党圣元　李正学　主编

清代文艺思想史

◎上

北京师范大学出版集团
北京师范大学出版社

《清代文艺思想史》
编委会

主　编
党圣元　李正学

作　者
陈志扬　方盛良　梁结玲

李正学　李继凯　郭　伟

薛显超　孙晓涛　党圣元

《清代文艺思想史》
主编简介

党圣元

1955年9月生，陕西榆林人。现为中国社会科学院大学中国社会科学院文学与阐释学研究中心教授、博士生导师。兼任全国马列文论研究会会长、中国古代文学理论学会副会长、太湖世界文化论坛副主席。长期从事中国古代文论、中国文学史、马克思主义文论等领域的研究工作，出版学术著作10余种，发表学术论文200余篇，主编学术论著10余种（套）。科研成果曾多次获奖。

李正学

1971年3月生，山东莱芜人。山东师范大学文艺学博士，中国社会科学院外国文学研究所博士后，现任洛阳师范学院新闻与传播学院教授、硕士生导师。主要从事中国小说理论批评史、中国小说史、文化诗学等领域的研究工作，主持国家社科基金项目、教育部社科项目等多项，先后出版学术专著《毛宗岗小说批评研究》《狐狸的诗学》，发表学术论文70多篇，成果曾入选第三批中国社会科学博士后文库等。

目 录

绪 论 *1*

第一编 清初的文学艺术思想

第一章 顺治、康熙年间的诗学思想（上） *37*

 第一节 概 述 *37*

 第二节 钱谦益的诗学思想 *39*

 第三节 冯班、吴乔的诗学观念 *64*

 第四节 顾炎武、黄宗羲、傅山的诗学思想 *85*

 第五节 王夫之的诗学思想 *103*

 小 结 *132*

第二章 顺治、康熙年间的诗学思想（下） *134*

 第一节 概 述 *134*

 第二节 王士禛的诗学思想 *136*

 第三节 叶燮的诗学思想 *144*

 第四节 朱彝尊的诗学观念 *160*

 第五节 吴伟业的诗学观念 *167*

 小 结 *177*

第三章　顺治、康熙年间的散文思想　179
　　第一节　概　述　179
　　第二节　易代之际散文观念承变　180
　　第三节　清初思想家的散文理论　192
　　第四节　清初文学家的散文理论　215
　　小　结　258

第四章　清前期的词学思想　261
　　第一节　概　述　261
　　第二节　云间词派的词学观念　265
　　第三节　阳羡派的词学思想　280
　　第四节　早期浙派的词学思想　291
　　第五节　李渔、顾贞观、纳兰性德的词学主张　303
　　小　结　316

第五章　清前期的小说思想　317
　　第一节　概　述　317
　　第二节　毛宗岗的小说思想　329
　　第三节　李渔的小说思想　347
　　第四节　张竹坡的小说思想　363
　　小　结　379

第六章　清前期的戏剧思想　381
　　第一节　概　述　382
　　第二节　金圣叹的戏剧思想　398
　　第三节　毛纶的戏剧观念　414
　　第四节　李渔的戏剧思想　428
　　第五节　洪昇、孔尚任的戏剧观念　447
　　小　结　461

第七章　清前期的绘画思想　463
　　第一节　概　述　463
　　第二节　"四王"的画学思想　469
　　第三节　"四僧"的绘画观念　482

第四节 石涛《画语录》的绘画思想　492

第五节 周亮工、龚贤、笪重光、恽格的绘画主张　507

小　结　523

第二编　清中期的文学艺术思想(上)

第八章　雍正、乾隆年间的诗学思想(上)　527

第一节 概　述　527

第二节 赵执信的诗学观念　528

第三节 厉鹗的诗学观念　536

第四节 沈德潜的格调说　542

小　结　564

第九章　雍正、乾隆年间的诗学思想(下)　565

第一节 概　述　565

第二节 袁枚的诗学思想　567

第三节 赵翼、李调元的诗学思想　603

第四节 汉学家的诗学观念　621

小　结　640

第十章　雍正、乾隆年间的散文思想　641

第一节 概　述　641

第二节 桐城派的古文思想　645

第三节 汉学家的散文观念——以程廷祚、戴震等人为例　698

第四节 章学诚的散文思想　716

小　结　739

第十一章　雍正、乾隆年间的骈文思想　740

第一节 概　述　740

第二节 袁枚的骈文观念　746

第三节 孙梅的骈文思想　756

小　结　774

第十二章　雍正、乾隆年间的词学思想　775
第一节　概　述　775
第二节　厉鹗、王昶的词学思想　779
第三节　郭麐及中期浙派的词学思想　790
第四节　蒋重光、田同之的词学观念　807
小　结　813

第十三章　雍正、乾隆年间的小说思想　815
第一节　概　述　815
第二节　李绿园的小说观念　827
第三节　曹雪芹、脂砚斋的小说思想　841
小　结　858

第十四章　雍正、乾隆年间的戏剧思想　860
第一节　概　述　860
第二节　蒋士铨、杨潮观的戏剧观念　870
第三节　李调元的戏剧理论　886
小　结　900

第十五章　雍正、乾隆年间的绘画思想　902
第一节　概　述　903
第二节　唐岱、张庚、邹一桂的画学思想　912
第三节　扬州八怪的画学思想　928
第四节　传教士的绘画思想与《视学》理论　940
第五节　丁皋、蒋骥的画学思想　949
第六节　方薰、沈宗骞的画学观念　961
小　结　981

第三编　清中期的文学艺术思想（下）

第十六章　嘉庆、道光年间的诗学思想　985
第一节　概　述　985

第二节　翁方纲的诗学思想　*986*

第三节　张问陶的诗学观念　*1007*

第四节　潘德舆的诗学观念　*1013*

小　结　*1025*

第十七章　嘉庆、道光年间的散文思想　*1026*

第一节　概　述　*1026*

第二节　阳湖派的散文思想　*1027*

第三节　桐城派后学的散文观——以梅曾亮、方东树、姚莹为中心　*1055*

小　结　*1063*

第十八章　嘉庆、道光年间的骈文思想　*1066*

第一节　概　述　*1066*

第二节　阮元的骈文观念　*1069*

第三节　李兆洛的骈文思想　*1085*

小　结　*1103*

第十九章　嘉庆、道光年间的八股文思想　*1104*

第一节　概　述　*1105*

第二节　路德的八股文观念　*1110*

第三节　姚鼐的八股文观念　*1120*

第四节　焦循、阮元的八股文观念　*1128*

第五节　尊经守注与情感抒发　*1137*

小　结　*1147*

第二十章　嘉庆、道光年间的词学思想　*1151*

第一节　概　述　*1151*

第二节　戈载、吴衡照对后期浙派的矫正　*1153*

第三节　张惠言的词学思想　*1166*

第四节　周济的词学思想　*1173*

小　结　*1188*

第二十一章　嘉庆、道光年间的小说思想　*1189*

第一节　概　述　*1189*

第二节　脂评之后的红学观　*1202*

第三节　冯镇峦评点文言小说的思想　*1219*
　　小　结　*1238*

第二十二章　嘉庆、道光年间的戏剧思想　*1240*
　　第一节　概　述　*1240*
　　第二节　石韫玉的剧作观　*1248*
　　第三节　花部的戏剧观念　*1260*
　　小　结　*1276*

第二十三章　嘉庆、道光年间的绘画思想　*1278*
　　第一节　概　述　*1278*
　　第二节　汤贻汾、戴熙的绘画思想　*1292*
　　第三节　郑绩的绘画观念　*1306*
　　小　结　*1313*

第四编　清代前中期其他艺术思想

第二十四章　清代前中期的音乐思想　*1317*
　　第一节　概　述　*1318*
　　第二节　戏曲音乐思想　*1331*
　　第三节　乐歌音乐思想　*1347*
　　小　结　*1363*

第二十五章　清代前中期的书学、印学思想　*1365*
　　第一节　概　述　*1365*
　　第二节　清代前期的书学思想　*1369*
　　第三节　清代中期的书学思想　*1380*
　　第四节　清代前中期的印学思想　*1414*
　　小　结　*1438*

第二十六章　清代前中期的园林思想　*1442*
　　第一节　概　述　*1442*
　　第二节　清代前期的园林思想　*1446*

第三节　清代中期的园林思想　*1455*
　　第四节　造园家及造园理论　*1469*
　　小　结　*1479*

第二十七章　清代前中期其他门类的艺术观念　*1482*
　　第一节　概　述　*1482*
　　第二节　民俗文化及日常生活中的审美趣味　*1488*
　　第三节　家具、陶瓷的工艺观念　*1503*
　　小　结　*1512*

主要参考文献　*1514*

大事记　*1524*

后　记　*1580*

绪　论

作为中国封建社会的最后一个王朝，清代的文学艺术思想虽未能走出传统的樊篱，但其封建王朝终结者之身份和境遇，却也成就了它作为总结者的功绩，具有了某种集大成的性质。这其中，既有客观的政治、经济、社会等时代因素，亦有统治者文化、学术、政策的深刻影响，同时也是文学艺术发展及文学艺术思想本身发展演进的结果。

一

清代的历史应从明清战争说起。1616年，建州女真族首领努尔哈赤（1559—1626）建立后金，以"七大恨"为由发布讨明檄文（《清史稿·太祖本纪》），明朝与后金的战争从此拉开序幕。1636年，皇太极（1592—1643）改国号大清，正式称帝，全力以赴对明朝发起战争。1644年，摄政王多尔衮（1612—1650）进占北京，迎顺治小皇帝入关，明王朝覆灭。明清战争经历了熊廷弼被冤杀、袁崇焕被下狱、洪承畴投降、吴三桂叛变等重大事件，表明为争夺天下统治权，腐朽王朝的堕落必定抵不过新兴王朝的野心。明清战争的性质类似于13世纪发生的宋元战争，既是一次封建王朝兴亡的战争，也是一场民族战争。可以说，这次战争集中了当时最大和最重要的，也是最深刻的矛盾。

与明清战争密切相关的是李自成（1606—1645）起义。李自成领导的大顺起义军本是反对明王朝的腐朽统治的，虽然最终攻陷北京、致崇祯皇帝自杀（1644），却未能抵挡住清兵入关，又在抗清斗争中败退失利，其矛盾性质在当时尤难以言说。一方面，这次起义是揭露明朝弊政、反思总结导致明亡历史教训的最好契机，民间确曾发出了"每苦有司苛敛，恨不得李公子之早来"①的心愿，盼望起义军推翻明王朝，建立起一心为民的新政权。另一方面，起义军与明朝军队的内战，给清兵入关提供了可乘之机，而连年不绝的战乱，事实上给处在社会底层的百姓带来了无尽的痛苦和灾难，加剧了社会的动荡不安，严重破坏了人民生活的安定。李渔小说《女陈平计生七出》有论道："明朝自流寇倡乱，闯贼乘机，以至沧桑鼎革，将近二十年，被掳的妇人，车载斗量，不计其数。"②不仅将"沧桑鼎革"归咎于这次起义，而且特别指出对妇女的残害，批评极为严厉。

清政府定鼎初期，推行民族歧视和压迫的野蛮政策。为维护满族贵族利益，在京畿一带强制推行落后的农奴制生产关系，进行大规模的圈地，前后三次共圈地约16.6万多顷，"圈田所到，田主登时逐出，室中所有，皆其有也"（史惇《恸余杂记·圈田地》），强夺汉人的所有财产。颁布"投充令"，逼掠汉人为奴；又颁行"逃人法"，对逃奴者进行严惩。顺治元年（1644）、顺治二年（1645）两次颁行"薙发令""易服令"，强令各族官民一律遵满族服制，"遵依者为我国之民，迟疑者同逆命之寇，必置重罪"（《清世祖实录》卷一七）。在挥兵南下打击南明政权（至1661年攻灭）时，对于抵抗者和不服从者，清政府施以残酷的镇压。

清政府的暴行，激起了各地士子与百姓强烈的仇恨情绪，激化了民族矛盾，"反清复明"的抗清斗争风起云涌。冲在最前面的是农民起义军。大顺军退出北京后，撤回西安，重整旗鼓，一度在河南怀庆重创清军，并把清军

---

① （明）懒道人等：《李闯小史》，见（明）杨士聪等：《甲申核真略（外二种）》，97页，杭州，浙江古籍出版社，1985。
② （清）李渔：《觉世名言十二楼　等两种》，85～86页，南京，江苏古籍出版社，1991。

主力全部吸引到西线，成为当时抗清的主力，为南明政权提供了喘息之机。后因战势不利，大顺军转战湖北、江西，遭到清军和汉族地方武装的夹击，李自成在湖北通城九宫山下遇袭牺牲。继大顺军之后，张献忠（1606—1647）领导的大西军，不顾明朝军队余部与地主武装的侵袭，坚决走向抗击清军的前线。1646年，大西军从四川北上陕西，正面迎击清军。因叛徒出卖，在西充凤凰山遭到清军主力的突然袭击，张献忠中箭身亡。两位农民起义领袖的相继离开，无疑给清初的抗清斗争蒙上了巨大的阴影，斗争声势也由此渐趋转低。

艰苦的斗争形势，促使农民军余部转变斗争策略，他们向南明政权提出了合作抗清的建议，双方形成联合抗清战线。大顺军余部在郝摇旗、刘体纯、李过、高一功等率领下，分散到湖北、湖南一带活动，于1648年春，在湖广境内与永历政权的何腾蛟（1592—1649）共同发起反攻，收复常德、永州、益阳、湘潭等地，掀起了抗清的一个高潮。然因桂王政权内部的派系斗争，相继失败，何腾蛟被俘牺牲。刘体纯等被迫率义军转战川鄂边区，据险为营，组成著名的"夔东十三家"，边务农边战斗，坚持抗清斗争达21年，终因寡不敌众，至1664年，李来亨领导的最后一支大顺军被清军围剿于茅麓山，停止了可歌可泣的抗清历程。大西军余部在孙可望、李定国（1621—1662）率领下撤入云贵一带，与桂王政府"联合恢剿""合师北拒"。1652年，李定国、刘文秀率大西军两路出师，李定国先取沅州（今湖南黔阳）、靖州（今湖南邵阳），继攻广西桂林，大败清军，兵锋直指长沙。致使降清的定南王孔有德兵败自杀，敬谨亲王尼堪被斩阵前，为清廷屡献战功的吴三桂也遭大败。清朝君臣一时"闻定国名，股栗战惧，有弃湘、粤、桂、赣、川、滇、黔七省"（刘彬《晋王李定国列传》），与永历媾和之议，达到了"万历戊午以来全盛天下所不能有"（黄宗羲《永历纪年》）的境地，使抗清斗争进入一个全新的局面。然而，如此大好形势，却因孙可望的争权叛变而被破坏殆尽。李定国不得已转战两广，期间曾一度与郑成功联合抗清,终因兵力渐少,云贵失守。后闻永历帝被缢杀,李定国也在中缅边境忧愤而死。

与此同时,山东、河南、山西、陕西、河北、广东等地的农民军,也不断发起抗清斗争,与大顺军、大西军相为呼应,终因势弱,被相继剿杀。在江南一带,贫苦农民、渔民与城市市民,乃至下层汉族地主等团结起来,并力守城抗清,先后有江阴保卫战、嘉定保卫战等,因未能联结为一个整体,多是孤军奋战,被各个击破。而各地人民自发的起义和斗争①,更是此起彼伏。这些以农民为主力的各地人民抗清的失利,标志着全国范围内大规模抗清斗争的基本结束。

南明政权的腐朽是失败的主因。明亡后,在江南、西南相继成立的南明政权有:南京福王朱由崧的弘光政权、绍兴鲁王朱以海监国的浙东政权、福州唐王朱聿键的隆武政权、广州唐王之弟朱聿粤的绍武政权、肇庆桂王朱由榔的永历政权。从当时的局势看,仅弘光政权即拥兵近百万,而入关的清兵加吴三桂降兵不过20多万,兵力对比很明显,还是有利于南明的。但是,南明诸政权没有一个是志在抗清的。他们遇到清军来袭,文官武将或逃或降,根本没有政权的凝聚力;即使在位的诸王,也是为着满足一顶皇冠的赤裸裸的虚荣心,腐化堕落,懦弱无能,反倒是对社会底层张开血盆大口,大肆进行残酷掠夺。各政权内部派系斗争激烈,如弘光政权中马士英与左良玉相斗,永历政权中"扈驾元勋"朱天麟等结成的吴党与"反正功臣"李成栋结成的楚党相斗。特别令人不忍的是,各政权之间置强敌当前于不顾,为争正统,竟同室操戈,相互攻杀,如鲁王与唐王之间、绍武与永历之间的自相残杀。还有很重要的一点,就是南明政权未妥善处理其与农民军的关系。当时各方势力中兵力最强的弘光政权,始终受清朝"为尔等复君仇"(《碑传集》卷四《内秘书院大学士范文肃公墓志铭》)口号的迷惑,未能清醒地认

---

① 例如,清顺治五年(1648),甘肃洮州地区回族人民发动的反清复明起义。参见丁士仁:《清初洮岷地区反清复明起义始末》,载《西北民族研究》,2011(2)。

识到其吞并天下的野心，反而以农民军为仇，一直抱存着与清兵"合师共讨"农民军的幻想，不仅大大贻误、葬送了战机，更使有限的兵力一再折损，使力量对比从有利走向不利。随着抗清斗争的形势急转直下，永历政权采取了与农民军联合的策略，成为诸政权中坚持抗清时间最长、最有战果的一个，但终因双方没有互信的基础，导致内部争乱不已，短暂的辉煌无奈化为泡影。

南明政权的不作为，使一些名将的坚决抗清更显得难能可贵。史可法（1601—1645）领导的扬州保卫战，喊出了"城存与存，城亡与亡，我头可断，而志不可屈"（徐鼒《小腆纪传》）的铿锵誓言，直至城破，被俘牺牲。扬州保卫战是南明军队最顽强的一次抵抗，书写了抗清斗争中至为惨烈的壮丽篇章。郑成功（1624—1662）在父亲郑芝龙降清的情况下，毅然打出"背父救国"的旗帜，以厦门、金门为根据地，积极抗清，多次与张煌言（1620—1664）、大西军李定国、大顺军李来亨等"夔东十三家"配合作战，并于1659年亲率大军北伐，很快兵临南京城下，清军几不可守，成为抗清斗争以来最重要的胜利之一，逼迫清政府不得不发布"迁海令"，封锁东南沿海一带，使其处于孤立无援的境地。然而由于麻痹轻敌，北伐军折戟于南京之役。兼之在清军疯狂镇压下，全国抗清斗争已落低潮，郑成功遂决定进行战略转移，"平克台湾，以为根本之地"，养蓄军力，"然后东征西讨"①，再树抗清大业。

康熙帝即位（1661），在剪除守旧辅政大臣鳌拜的势力后，进行了一系列政治革新，有力缓和了民族矛盾和阶级矛盾，以此为基础，统一全国的重任被提上日程。在西南、东南一带，平定"三藩之乱"（1673—1681），使云南、广东、福建得以安定。平西王吴三桂、平南王尚可喜，以及靖南王耿仲明的孙子耿精忠，虽然打着"兴明讨虏"的旗号，然而作为降将和进攻南明、农民军的急先锋，积恶累累，且对属地人民残酷压榨，他们的兴兵只能

---

① （清）杨英撰：《先王实录校注》，陈碧笙校注，244页，福州，福建人民出版社，1981。

是地方叛乱,不再是抗清斗争。康熙帝对"三藩"的平定,得到了人民的支持。在东南,清政府收复台湾,促进了国家统一和领土完整,具有深远的历史意义。郑成功去世后,台湾政局逐渐陷于混乱动荡,郑克塽即位后甚至提出,"请如琉球诸国例,称臣入贡"(康熙二十二年)[①],出现了割据独立的征兆。1683年,施琅率兵攻取澎湖,郑克塽归降,随后,清政府正式设台湾府,隶属福建省,并驻军镇守,维护了国家主权和领土完整。

在西北、北部一带,清政府多次粉碎准噶尔部的叛乱,奠定并巩固了西藏、青海、蒙古的安定统一,意义重大。康熙于1690年、1696年、1697年,三次御驾亲征,击垮了长期作乱的噶尔丹,致其众叛亲离,仰药自杀。康熙五十五年(1716),策妄阿拉布坦侵入西藏,制造混乱,清兵入藏平乱,设置驻藏大臣,密切了西藏与内地的联系。当然,西北边疆的统一斗争是极为复杂而漫长的。雍正、乾隆时期,又分别平定了罗卜藏丹津的叛乱(1723),加强了对青海的控制;平定了阿睦尔撒纳及大小和卓的叛乱(1759),统一了新疆。

除内平叛乱,清政府还积极外御侵略,保卫国家领土和主权的完整。在东北,沙皇俄国多次派兵入侵黑龙江流域,强占了雅克萨、尼布楚等地,烧杀抢掠,无恶不作。康熙二十四年(1685)、二十五年(1686),清军两次进行还击,迫使沙俄于1689年签订《中俄尼布楚条约》,恢复了黑龙江流域、乌苏里江流域边境居民生产生活的秩序。在漠北,沙俄还在喀尔喀蒙古地区不断侵扰扩张,雍正五年(1727)、六年(1728),双方签订《布连斯奇条约》《恰克图条约》,划定了中俄中段边界线。1771年,移居伏尔加河的土尔扈特人冲破沙俄的重重阻挠,实现了回归祖国的夙愿。在西北,沙俄多次支持准噶尔部的叛乱,都被击溃。乾隆年间,英国支持的廓尔喀(今尼泊尔)军队入侵西藏,亦被击退。嘉庆、道光年间,英国支持张格尔在新疆发动叛乱,也被平定。

---

① (清)蒋良骐撰:《东华录》,186页,济南,齐鲁书社,2005。

清政府还加强了对南海诸岛的管辖。康熙年间，广东副将吴升曾率水师巡海，"自琼崖，历铜鼓，经七洲洋、四更沙，周遭千里，躬身巡视"（《泉州府志》卷五六《史弼传》）。七洲洋、四更沙都是南海岛屿，为广东省琼州府万州所辖。历仕康雍乾三朝、曾任台湾总兵的陈伦炯所撰《海国闻见录·南澳气》中载"万里长沙""千里石塘"①，即南海诸岛。又据记载，1775年有外国船只在"九洲洋面"（即西沙一带）遇难，当时清朝官员按外国船只被风飘至内地资遣回国条件，在救济之后，转送回国，以主权国家资格处理了这桩涉外事件。②

康熙、雍正、乾隆时期，清政府对所辖疆域的确定与巩固，振奋了各民族的信心，促进了多民族国家的发展与进步。加之政局稳定后，清政府采取了一系列有利于社会发展、政权稳固的政治与经济措施，出现了"康雍乾盛世"的局面。全国人口激增，明代最高人口数为6000多万，由于易代战争，至顺治十八年（1661）减为约1900万，康熙五十年（1711）增至2460多万，乾隆二十五年（1760）达到20550多万。国库存银、存粮充盈，康熙四十八年（1709），存银5000万两以上，存粮数千万石；乾隆中期库银增至7000多万两。普通民家也大多殷实，据昭梿《啸亭续录》卷二载："本朝轻薄徭税，休养生息百有余年，故海内殷富，素封之家，比户相望，实有胜于前代。"③

然而，清朝自乾隆中期以后开始走向衰落。一是社会蔓延嗜欲奢靡之风。乾隆帝好大喜功，连年用兵，又六次南巡，耗折资财无量，导致国库亏空。二是各级官吏贪污腐败的行径，已司空见惯。乾隆后期的和珅、嘉庆时的穆彰阿，都是出了名的巨贪。民间则流传着"三年清知府，十万雪花银"的谚语，地方官吏穷奢极欲，攘夺刻剥，已到了骇人听闻的地步。三是

---

① （明）黄衷撰，（清）陈伦炯、杨炳南、徐继畲撰：《海语·海国闻见录·海录·瀛环考略》，155~156页，台北，学生书局，1984。
② 邱荣洲、荣敬臻主编：《中国古代史》下，408页，上海，上海社会科学院出版社，1987。
③ （清）昭梿撰：《啸亭杂录 续录》，307~308页，上海，上海古籍出版社，2012。

八旗军制僵化,军队腐化,丧失了战斗力,导致战备废弛。嘉庆四年(1799),号称劲旅的京师健锐营、火器营,出征七十里路走了两天;在杭州举行阅兵,很多士兵射箭百发不中,骑马则人仰马翻。四是土地兼并愈演愈烈。入关初期的"圈地"政策,使土地都汇集到满族王公贵族名下,也成为清代土地兼并疯狂的诱因。官僚、富商大贾纷纷加入,致使地价不断上涨,大量农民被夺去土地。湖广两地,"近日田之归于富户者,大约十之五六,旧时有田之人,今俱为佃耕之户"(《皇朝经世文编·陈明米贵之由疏》)。全国"占田者十之一二,佃田者十之四五,而无田可耕者十之三四"(旷敏本《岣嵝删余文草》)。加之地租不断上涨,天灾人祸横行,百姓卖儿鬻女亦无法生存自立。

严重的社会矛盾,导致从乾隆后期开始,不断发生农民武装起义。乾隆六十年(1795),贵州、四川、湖南一带的苗民,因土地被官吏、地主"尽占为民地"(魏源《圣武记·乾隆湖贵征苗记》),横征暴敛,发动起义,打出"逐客民,复故地"口号,持续十三年之久。嘉庆时期,民间秘密结社组织白莲教、天理教、天地会、哥老会等,不断举行起义,南北呼应,声势浩大。嘉庆元年(1796),爆发了清中期最大的一次起义——王聪儿、姚之富等领导的白莲教起义。整个起义历时九年多,波及五省。清廷耗银两万万两才镇压下去,并由此遭受到沉重打击,堪称清王朝由盛转衰的一个转折点。嘉庆十八年(1813),河南、河北、山东各地爆发了李文成、林清领导的天理教起义,义军甚至潜入北京城,对守卫森严的皇宫发起进攻,以至嘉庆帝颙琰发出哀叹:"从来未有事,竟出大清朝。"[1]由于白莲教、天地会的主张顺应民意,符合民众长期以来普遍存在的"反清复明"的愿望,从而加速了清王朝的衰亡。

---

[1] 《线装经典》编委会编:《中国通史》,347页,昆明,云南教育出版社,2010。

二

清朝在建立之初,国政由议政王大臣会议商定,也称"国议",成员由八旗贵族担任。这一制度带有浓厚的奴隶制贵族政治色彩,"诸王大臣佥议既定,虽至尊无如之何"[①],却与封建皇权的发展构成了矛盾。入关后,为加快向封建君主专制转变,诸帝相继采取措施,限制并削弱旗主权力,加强了中央集权。在八旗管理层面,康熙十八年(1679),在八旗设都统、副都统掌管旗务,直接听命于皇帝,旗主不得干预。雍正元年(1723),又谕旨规定,旗主对旗下人的任用、处罚,均需请旨,确立了皇帝至高无上的地位与权力。在中枢议政机构层面,顺治十五年(1658),仿明制设立内阁,作为中央最高行政机构,以图牵制旗权。康熙时,除坚持内阁制外,在乾清宫另设南书房,"拣择词臣才品兼优者充之"[②],帮助皇帝处理军机要章,定断国策。雍正八年(1730),因西北军务紧急,为防止泄密,于隆宗门内设军需房,后改为军机房、军机处。成员由皇帝从大学士、尚书、侍郎中选择亲信充任,人数无定制,亦不设专职专员,无专门衙署;且仅备咨询顾问,只有建议权,诸务最后由皇帝裁决。军机处初设时仅限于军务,"军国大计,罔不总揽。自雍、乾后百八十年,威命所寄,不于内阁而于军机处"(《军机大臣年表一》)[③],后发展成为总揽军政大权的中枢决策机构。这样,军机处就成为集合议政王大臣会议和内阁主要职权的机构,其实权远超内阁,内阁逐渐演变成为日常的行政部门,议政王大臣会议则彻底丧失了存在的意义。

清朝的中央行政组织,较前代有很多改变。为中央集权的需要,设内务府,专管宫廷事务,照料皇帝的生活起居。内务府独立于朝廷的行政系统之

---

① 陈茂同:《中国历代选官制度》,246 页,北京,昆仑出版社,2013。
② (清)昭梿撰:《啸亭杂录 续录》,282 页,上海,上海古籍出版社,2012。
③ 赵尔巽等撰:《清史稿》第二十一册,6229 页,北京,中华书局,1977。

外,"凡府属吏、户、礼、兵、刑、工之事皆掌焉"(光绪《钦定大清会典》卷八九"内务府"条),与六部殊不相混。内务府直接为皇帝服务,职官众多,可以说是清朝规模最大的机构。内务府的设置,使明代形成的宦官二十四衙门的制度得以废止,有效避免了明代频发的宦官专政之祸,有一定的进步意义。清政府为维护满族贵族统治,特设宗人府,专理皇族事务,列于内阁、六部之上,表明宗室在政治集团中居于无比重要的特殊地位。为维护军事统治,设八旗都统衙门,掌管军务与旗务。八旗制度是满族政权的根本制度,其核心是"兵民为一",是国家军事机构的根基。八旗正规军直接归皇帝统辖调动,武官任命须经皇帝批准,从而使军权更加集中于皇帝手中。沿用明朝六部的设置,但六部的职权弱于明代,如兵部不得过问八旗军务,吏部只能主管中下级文官的考核,中级以上官员则由皇帝直接任免等。六部长官只能奏请皇帝颁发诏谕,无权向地方发号施令,加之六部的很多职权与其他机构重叠,相互制约,备受掣肘。清政府又设都察院、大理寺,负责监察监督、司法刑狱,重大案件由刑部、都察院、大理寺三法司会审,最后的判决权由皇帝定夺。都察院侧重对官员忠诚及腐败的监察,监察官员则成为皇帝的耳目。清朝逐渐取消了封驳皇帝诏令的制度,使皇帝的重大决策处于无监督状态。同时,出于管理蒙古、新疆、西藏等地区少数民族事务的需要,清政府新设理藩院,"掌外藩之政令,制其爵禄,定其朝会,正其刑罚"(光绪《钦定大清会典事例》卷二五)。理藩院与六部平级,列工部之后。

  清朝的地方行政组织划分为省、道、府、县四级。在内地 18 行省常设总督、巡抚,使督抚制度固定化。总督辖一省或数省之地,代表皇帝总揽地方军政大权,巡抚总管一省政务。督抚均由皇帝直接委派,事权不一,可以相互牵制,且任期不长,便于皇帝加强控制。除非奉命,督抚不得招兵买马,壮大兵力。督抚制的革新,是清代统治者吸取前朝地方拥权、拥兵抗命中央的历史教训的结果,基本上避免了军阀割据局面的出现。每省又设提督学政,主管教育、科举等事务,与督抚平行。督抚下设藩台、臬台。道设道员,府设知府,县设知县。地方基层行政组织推行严密的里社、保甲制度,里社负责征税,保甲维持治安,保正、甲长均由富户充任,证明清代君主专制是"依靠地主绅士作为全部封建统治的基础"①。

清代的政治体制带有鲜明的民族歧视特征。很多官职汉族士人不得担任。且不说议政王大臣会议,内务府总管大臣也由满族王公担任,宗人府、理藩院、各省驻防将军、都统、参赞等重要职务也俱为满官担任,汉人皆不得充当,地方督抚也多任用满族和汉军旗人。知府以下官吏才主要以汉族士人充任。官缺制中,满官缺汉人不得补任,汉官缺满人却可补充。军队建制中也是如此,兵部对八旗叙功远优于绿营,绿营将缺满将可补任,绿营兵饷不到八旗兵的三分之一,驻防地方的绿营要受驻防八旗的监视、控制。这种不平等还存在于法律制度中。1646年颁布的《大清律》规定,满族人犯罪可以"换刑",如徒刑、流刑等罪,只以枷号代刑,不发配。公然的不平等,一方面使汉人为求仕途,不得不对主子奴颜婢膝,尽丧廷臣颜面;另一方面也使民族矛盾处于隐忍、潜伏状态,最终成为灭亡清朝的一条千里引线。

清代经济的发展可谓大起大落,极为复杂。清政府曾经因野蛮的"圈地"运动,使成熟的封建农业经济退回到奴隶制生产关系时代,开了历史的倒车;也曾经因合理的"摊丁入亩"政策,带来了土地与人口制度的解放,推动封建经济走上历史的巅峰。又曾经因封建生产关系的顽固,制约了已在各行业广泛展开的资本主义生产关系的深入变革;还因保守落后的"闭关锁国"政策,阻碍了向西方资本主义国家开放学习的机会,最终导致引火上身,列强的鸦片与坚船利炮纷至沓来。

清代农业生产关系的新变化,表现为可耕作土地数量的激增。康熙时废止了"圈地令",使大量被改作牧场的良田,重新回到原耕种者的手中。清前期诸帝都鼓励垦荒,康熙朝规定自1671年起,放宽垦荒起科年限,长者至于十年;平定三藩之乱后军费开支压力骤减,更为放松,农民开垦按限起科

---

① 《毛泽东选集》第二卷,624页,北京,人民出版社,1991。

的田地,也常常"未令起科","不事加征"。 还鼓励地主和乡绅垦荒,并按垦荒多寡,赏给官职。 这些措施,使至康熙末年时全国的荒地基本得到开垦,天下田土"开垦无遗",云贵川广等地也是"山谷崎岖之地,已无弃土,尽皆耕种矣"(《清圣祖实录》卷二四九)。 康雍乾三朝注重兴修水利,康熙时疏浚了黄淮河道,修治永定河;雍正、乾隆时修筑江浙海塘,使河滩、斥卤、海滩变为膏腴之田。 清初,满族贵族肆行的农奴制生产关系,使农业生产人口锐减。 康熙时颁布"出旗为民"令,准许壮丁开户为民,买地开垦。雍正时颁布"除贱为良"令,废除江南地主奴役的"伴当世仆"制度,"开豁为良";又下令除贱籍,废教坊乐籍、惰民丐籍等,改业为良民。 这些措施,均削弱了封建人身依附关系,促进了生产力的解放,农业劳动人口数量激增。 农业经济结构也随之发生了变化,管理与分工越来越细,"有业收田租者,有主持银钱入数者,有司钱谷出数者,有理园圃者、贸易者、买办者"(刘世馨《粤屑》卷八)。 同时,优良品种得以推广,在江南地区推广双季稻,大大提高了亩产量;高产作物甘薯从南方推广到北方,玉米从西北传到内地。 经济作物种类多、种植广,如烟草、棉花、茶叶、桑叶、甘蔗以及蓝靛、蒲葵、苎麻等药材,都得到较大的发展,且形成了如福建等专业种植地区。

清代施行赋税改革,吸取明末赋饷繁多、民不堪命的历史教训,顺治三年(1646),清廷组织编纂《赋役全书》,要求按规定的准则征赋,相对减轻了农民的赋税负担。 康熙时为恢复农业生产,实行"更名田"制度,将原属明宗室藩王勋戚的庄田,免价给予原种之人,又屡下蠲免令,蠲免农民的钱粮负担。 康熙帝在位的61年中,"前后蠲除之数,殆愈百万"(《食货二》)[①],历史罕见。 1771年,因户部库银存贮5000余万两,乾隆帝更是在全国范围内普遍蠲免一年。 为解决丁银难征的问题,康熙还实行固定丁银的新税制,规定以1711年丁数为准,"圣世滋丁,永不加赋"(《清圣祖实录》

---

① 赵尔巽等撰:《清史稿》第十三册,3551页,北京,中华书局,1977。

卷二四九）。至雍正朝时施行"摊丁入亩"的新政策，有地纳银，地多则多纳，无地、添丁皆不纳。这一制度，结束了自秦汉以来近两千年的丁口税，削弱了封建国家对农民的人身控制，人民的负担也有所减轻，既有利于增加封建政府的赋税收入，又有利于促进社会经济发展、人口增长。嘉庆二十四年（1819），全国人口超过3亿，不能不说有税制改革的巨大贡献。

  清代的资本主义生产关系有了新的发展，手工业、制造业也获得极大发展。清初曾采取限制丝织业、实施矿禁等落后措施，康熙中期以后开始放松。丝织业中，发展出手工工场、大商人开设"账房"两种资本生产方式，在工本贷给、原料与生产工具供给以及原料生产领域都有资本渗透；苏州"机户出（资）经营，机匠计工受值"，或工价"按件而计，视货物之高下，人工之巧拙，为增减"（《奉各宪永禁机匠叫歇碑记》）[1]，资本主义雇佣关系十分明显。出现了苏州、杭州、江宁（今南京）、佛山、广州等丝织业中心，处地偏远的贵州所产柞丝织绸，闻名全国。棉纺业也出现了规模十分可观的作坊，松江府本地的棉纺原料不足，多购用外地原料，产品却多种多样。苏州也成为染坊最为集中的城市之一。据英文报纸《华事月报》报道，1833年广东佛山有织布手工场2500多家，雇工5万余人，每场平均有20个工人。[2]乾隆年间云南开办铜厂300余处，最高年产量达1450万斤。冶铸业以佛山、洛阳等地最为著名，乾隆时佛山有"炒铁之炉数十，铸铁之炉百余，昼夜烹烁，火光烛天"（《佛山忠义乡志·乡俗志》），所产铁锅、铁丝、铁钉、铁针、农具等，销行天下，号称"佛山之冶普天下"[3]。陶瓷业仍以景德镇为中心，规模、工艺均超过明代。制茶业，福建瓯宁（今建瓯）一地有上千家制茶作坊或工场，"每厂大者百余人，小者数十人"（蒋蘅《云寮山人文钞·禁开茶山记》）。其他如造纸业、造船业、制糖业、制盐

---

[1] 江苏省博物馆编：《江苏省明清以来碑刻资料选集》，6页，北京，生活·读书·新知三联书店，1959。
[2] 彭泽益编：《中国近代手工业史资料（1840—1949）》第一卷，382页，北京，中华书局，1962。
[3] （清）屈大均：《广东新语注》，李育中等注，405页，广州，广东人民出版社，1991。

业、木材加工业等，也都产生了资本主义生产关系的萌芽。

清代的商品经济活跃、繁荣。当时重要的商品有粮食、棉花、布匹、盐铁、陶瓷、烟酒、茶糖、油品、药材，以及其他手工业品等。农村集市贸易普遍，北京的集、南方的墟、西南地区的场或行，都定期开设市场。城郊经济也发展起来，出现了专业种菜、牲畜饲养、水果种植等商品性经营。城市经济与乡村经济的联系也有所加强，城市迅速发展，北京、南京、苏州、杭州、扬州等成为著名的大城市。苏州"五方杂处，人烟稠密，贸易之盛，甲于天下"，①杭州则成为"百货所聚"的商业城市。长江沿岸出现了几个著名的码头，如"布码头"无锡、"船码头"汉口、"银码头"镇江等。广州、天津、开封、太原、宣化等都是交通重地和商业发达城市。西北和西南地区在乾隆年间也出现了众多的商业城市，如乌鲁木齐、伊犁、多伦诺尔、西宁、打箭炉（今康定）等，各族人民的经济联系至此有所加强。

随着清代商品货币经济的发展，货币地租逐渐取代实物地租，佃农与地主的人身依附减弱，封建剥削关系产生了新变化。农业较发达地区如江西石城，于1645、1670年两次爆发了农民争取"永佃权"的斗争，表明农民与地主围绕土地的依附关系正在发生变化。在社会生产组织中，对不存在主仆关系的雇工的需求增加，既促进了农业的发展，也为佃农进入其他行业创造了条件。

总体来说，在清代资本主义缓慢的发展中，还带有明显的封建生产关系的残余。例如，当时手工业生产的主要形式是与农业相结合的家庭手工业；"重农抑商"的封建政治经济关系、地主阶级对农民的残酷剥削，都阻碍了工业生产范围的扩大及劳动力的来源。同时，投入工业生产的资本始终没有超出商业资本、高利贷资本的范围，也尚不具备建立工业资本的性质。工业生产带来的资本盈利很少被投入工业再生产，未形成稳固的资本积累链，工场主和商人们的资金大多用来购买土地，很大程度上制约了工业发展。而受封

---

① （清）顾禄撰：《清嘉录》，93页，上海，上海古籍出版社，1986。

建剥削积习的传染,工业生产领域中的剥削却被不断推高,加重了工人的生活负担,促使他们不断起来反抗,成为影响扩大工业生产的关键因素。 例如,康熙十九年(1680),安徽芜湖商民因反抗政府额外加征赋税而"罢市三日";雍正七年(1729),苏州踹布工匠为增加工价、取消附加剥削举行了七次罢工;乾隆十三年(1748),商业发达的苏州爆发了贩夫顾年尧率领民众反抗官府及富商囤积粮食的斗争等。 适应斗争的需要,工人建立了组织,产生了丝织工人的"行帮"、踹匠的"踹匠会馆"、铜矿工人的烧香结盟等,这些都成为资本主义生产关系加强的显明例证。

清代的对外经济交流较明代更趋活跃。 当时,西南洋诸国,"咸来通市"①,中国商人也是"帆踔二洋,倏忽数千万里"②。 18世纪,朝鲜商人每年输入中国的白银达几十万两。 据日本长崎港统计,从康熙初年到鸦片战争前夕,驶抵船只多达4000艘以上③。 清朝与南洋诸国交往也不断加强,华侨带去了农耕技术、铁制工具、铜器、瓷器、丝织品等,并在当地经营糖厂、矿厂、木材等,促进了当地经济发展与社会进步。 17世纪中叶,英国、法国等殖民势力相继在广州设立商馆,进行贸易欺诈及掠夺活动。 康熙帝对此一直保有戒心,指出"海外如西洋等国,千百年后,中国必受其累,国家承平日久,务需安不忘危",仅把广州、漳州、宁波、云台山(今连云港)设为通商口岸,供海外贸易人活动。 随着对外经济规模的不断扩大,1720年在广州成立"公行",打理对外贸易。

但是,以英国为首的西方资本主义国家,在与清朝的商品贸易中一直处于逆差,"西方人希求东方的货物,而又提供不出多少商品来交换"④。 特别是18世纪下半期产业革命完成后,大机器生产带来的生产率提高,列强急需为过剩商品寻找倾销地,输出资本,并掠夺原料。 为此,他们采取使节、

---

① (清)王之春:《清朝柔远记》,赵春晨点校,78页,北京,中华书局,1989。
② (清)屈大均:《广东新语注》,李育中等注,333页,广州,广东人民出版社,1991。
③ [日]木宫泰彦:《日中文化交流史》,胡锡年译,639~647页,北京,商务印书馆,1980。
④ [英]格林堡:《鸦片战争前中英通商史》,康成译,1页,北京,商务印书馆,1961。

商人与传教士相勾结的形式，用外交、军事等软硬兼施的方法，多次要求开放通商口岸。出于保障经济及军事安全的需要，清政府于1757年施行"一口通商"的闭关自守政策，关闭漳州、宁波、云台山三关，禁止西商违例北上。乾隆五十七年（1792），英国马嘎尔尼率使团访华，提出诸多无理要求，遭到清政府严词拒绝。乾隆帝在致英女王的书信中说："天朝物产丰盈，无所不有，原不假外夷货物以通有无。特因天朝所产茶叶、瓷器、丝巾为西洋各国及尔国必需之物，是以加恩体恤，在澳门开设洋行，俾得日用有资，并沾余润。"（梁廷枏《粤海关志》卷二三）这种极为傲慢的心态，使英人更加恼怒。

为扭转贸易逆差，掠夺中国的财富，英国向中国输入鸦片。至1840年前，输入35万箱，掠走白银3亿多两，危害人群达200多万。鸦片的输入，严重损害了人民的身心健康，"久食鸦片者，肩耸项缩，颜色枯羸，奄奄若病夫初起"[1]，加速了贫苦百姓的破产；导致清政府财政枯竭、官吏腐败衰朽，"军营战兵，多有吸食鸦片烟者，兵数虽多，难于得力"[2]，如林则徐指出："是使数十年后，中原几无可以御敌之兵，且无可以充饷之银"[3]。恶毒的鸦片贸易，不仅使西方殖民主义者迅速扭转了对中国的贸易逆差，而且成为打开中国国门、奴役中国人民的重要的侵略手段。鸦片贸易遭到清政府有识之士的坚决抵制，1839年林则徐在广州禁烟，"虎门销烟"奏响了封建时代中国人民反抗侵略的最强音，并从此与资本主义列强展开了不屈不挠的斗争。

三

明清易代之际，天翻地覆的沧桑巨变、统治阶级的腐朽堕落以及西方近

---

[1] （清）俞蛟撰：《梦厂杂著》，154页，北京，文化艺术出版社，1988。
[2] 齐思和、林树惠、寿纪瑜编：《中国近代史资料丛刊·鸦片战争一》，311页，上海，神州国光社，1954。
[3] （清）林则徐：《林文忠公政书》，104页，北京，中国书店，1991。

代科技文化的传入,在思想文化领域掀起一股要求个性解放,追求平等、自由的带有反封建性质的早期启蒙进步思潮。代表人物有著名的三大思想家黄宗羲、顾炎武、王夫之,还有方以智、唐甄、傅山、陈确、吕留良等。

黄宗羲(1610—1695),字太冲,号南雷,又号梨洲,学者尊为梨洲先生,浙江余姚人。明时曾同阉党斗争,明亡后募义军抗清,失败后隐居,专意著述,诏举博学鸿词,征荐修《明史》,俱不应。著有《明儒学案》《宋元学案》《明夷待访录》《南雷文定》等。他提出了比较系统的批判君主专制的思想理论,在《原君》中指出,后之君者"以天下之利尽归于己,以天下之害尽归于人";为满足一己之私欲,不惜"屠毒天下之肝脑,离散天下之子女,以博我一人之产业","敲剥天下之骨髓,离散天下之子女,以奉我一人之淫乐";因此,"为天下之大害者,君而已矣"。深刻揭露了封建君主专制自私自利、害人害国的本质。他在《原臣》中又提出,"天下之治乱,不在一姓之兴亡,而在万民之忧乐",他以人民为本,对改朝换姓的封建王朝的更迭予以彻底否定。他还主张立"公法",用"天下之法"代替"一家之法"(《原法》),提倡法治;主张"工商皆本"(《财计三》)[①],反对"重农抑商",这在客观上顺应了商品经济发展的历史要求。

顾炎武(1613—1682),初名绛,乳名藩汉,别名继坤、圭年,字忠清、宁人,号亭林,世称亭林先生,亦自署蒋山佣,苏州府昆山(今属江苏)人。曾入复社,明亡后,因慕文天祥学生王炎午的为人,改称炎武,坚持抗清,拒不出仕。著有《日知录》《天下郡国利病书》《亭林诗文集》等。他强烈批判君主专制,将封建王朝"易姓改号"的"亡国",与国家民族兴亡的"亡天下"区别开来(《正始》)。反对"独治",主张"众治"(《爱百姓故刑罚中》),倡言"保天下者,匹夫之贱,与有责焉"(《正始》)[②]。提出"非器则道无所寓"的唯物观,并从明亡的历史教训出发,提出了"经世致

[①] (清)黄宗羲:《明夷待访录注释简评》,刘河注译简评,3~5页、15页、24页、245页,贵阳,贵州人民出版社,2001。
[②] (清)顾炎武:《日知录校注》,陈垣校注,343页、722~723页,合肥,安徽大学出版社,2007。

用""明道救世"的主张。

王夫之（1619—1692），字而农，号薑斋，又号夕堂，湖南衡阳人。明亡时，举兵抗清，鼎革后遁隐湘西，在衡阳石船山著书，学者称船山先生，遗民终老，著有《船山遗书》。他批判程朱理学"理在气先"的本末倒置观，提出"气者，理之依也"（《思问录·内篇》），"理者，物之固然，事之所以然也"（《张子正蒙注》卷五）[1]，强调要以事物的客观规律为本；提出"因'所'以发'能'"（《尚书引义·召诰无逸》）[2]的认识论，主张有客体的存在才有人对客体的认识，所谓"闻见之知不如心之所喻，心之所喻不如身之所亲行焉"（《周易内传》卷五上）[3]，提倡躬身亲行，大大提升了我国古代唯物主义思想的高度。他还反对理学主静的形而上学的思想，提出"惟其日新"（《周易外传》卷六）[4]的事物运动观，主张静中亦有动，丰富并发展了对立统一的思想观。

然而，在封建专制的高墙厚壁面前，黄、顾、王的猛烈批判即使如惊涛骇浪，但还是不能动摇它的一点根基。如上所述，代明而立的清政府，政治上更追求集权，经济上更趋于保守，导致其对思想文化领域的专制超过了历朝历代。这体现在一是推崇理学，加强思想钳制。清朝入关后，为笼络汉族地主知识分子，将程朱理学奉为官方哲学，宣扬封建礼教，鼓吹忠君思想。康熙帝也十分重视理学学习，从18岁到33岁，坚持15年听完了对四书五经的"日讲"；康熙十四年（1675）手批《性理大全》，后又责令李光地编《御纂朱子全书》。清廷规定，科举考试全以朱熹对四书五经的注疏为准，不允许生发新说新见，因此皓首穷经的举子大多成了思想僵化、一无是处的书呆子。正如雍正朝的军机大臣鄂尔泰所说："非不知八股为无用，而用以牢笼志士，驱策英才，其术莫善于此。"[5]吴敬梓《儒林外史》第25

---

[1] （清）王夫之：《船山全书》第一、二册，419页、194页，长沙，岳麓书社，2011。
[2] （清）王夫之：《船山全书》第二册，376页，长沙，岳麓书社，2011。
[3] （清）王夫之：《船山全书》第一册，510页，长沙，岳麓书社，2011。
[4] （清）王夫之：《船山全书》第一册，1044页，长沙，岳麓书社，2011。
[5] 陆保璿：《满清稗史》上，17页，北京，中国书店，1987。

回,借一位做了37年秀才的倪老爹批判道:"就坏在读了这几句死书,拿不得轻,负不得重,一日穷似一日。"①清政府还把科举作为压制抗清斗争的工具。 时人有议云:"开科取士,则读书者有出仕之望,而从逆之念自息。"② 除正常科举外,清政府还举行"博学鸿儒""经济特科""孝廉方正科"等,最大范围地网罗汉族知识分子,为朝廷效力。

统治者的愚民政策,受到学者们的有力批判,继起的学者有颜元、李塨、戴震等。 颜元(1635—1704)、李塨合称"颜李学派"。 他们痛斥理学"不啻砒霜鸩羽"(颜元《朱子语类评》),讥刺理学家否定私利情欲"正如山中精怪"(颜元《存人编》),倡导实学,提出"将以七字富天下:垦荒,均田,兴水利;以六字强天下:人皆兵,官皆将;以九字安天下:举人材,正大经,兴礼乐"③。 戴震(1724—1777),字慎修、东原,徽州休宁(今属安徽)人。 少从江永游,聪明过人,精研群书,博闻强记,长于小学、训诂等考辨之学。 以举人六次参加会试不第,赐进士,充《四库全书》纂修官。 著有《原善》《原象》《孟子字义疏证》等。 他尖锐批判"存天理、灭人欲"的理学主张,认为"理者存乎欲者也"(《原善上》),指出有欲而后有为,欲是促使人前行作为的动力;揭露"酷吏以法杀人,后儒以理杀人"(《与某书》),"人死于法,犹有怜之者;死于理,其谁怜之"④,认为理学家比酷吏更残忍。

二是大兴文字狱,压制文化发展。 清廷虽标榜"满汉一体",但实际上民族偏见极深,对士人在文章或著作中有文字犯禁或藉文字讥讪朝廷的内容格外忌惮。 由此兴起文字狱,捕风捉影,疑神疑鬼,对文人进行残酷的杀戮。 康熙、雍正时期著名的几大案,如庄廷鑨《明史》案,因刊行明代史实的著作被认为是反清,庄氏全族被杀,为此书写序、校对及卖书、刻字、印

---

① (清)吴敬梓:《儒林外史》,170页,上海,上海古籍出版社,1991。
② 陈文新主编:《〈清实录〉科学史料汇编》,7页,武汉,武汉大学出版社,2009。
③ (清)李塨撰、王源订:《颜元年谱》,67~68页,北京,中华书局,1992。
④ (清)戴震:《孟子字义疏证》,8页、58页、174页、10页,北京,中华书局,1961。

刷而受株连致死者达70余人。戴名世的《南山集》案，因记载抗清史实，以翰林院编修身份被下狱处死，株连数百人，震动儒林。查嗣庭科场试题案，"维民所止"的命题，被荒唐地认为"维""止"二字是"雍正无头"，查嗣庭被逮问罪致死，亲属被杀或被流放。乾隆时的文网更密，沈德潜咏紫牡丹诗："夺朱非正色，异种也称王"被认为讥讽清廷，遭戮尸。江西新建的胡中藻，曾任内阁大学士、广西学政，写有"一把心肠论浊清"之句，被认为在清朝之上加"浊"字，含污蔑之意。他在担任广西学政时，出题"有乾三爻不像龙说"，被认为诋毁乾隆年号，下狱处死。文字狱的淫威，使文人噤若寒蝉，"一涉笔惟恐触碍于天下"（李祖陶《迈堂文集》卷一《与杨蓉诸明府书》），纷纷远离现实埋头于故纸堆，致使思想和文化的发展受到严重阻碍。

　　三是禁止中西文化交流，阻碍了文化的丰富与发展。清代的对外文化交流主要表现在两个方面。一方面，对东亚以文化输出为主。朝鲜人朴趾源出使中国，著《热河日记》，为中朝两国农业技术交流做出了可贵贡献。康熙二十七年（1688），抵达日本长崎的中国人有9128人[①]，为此长崎港专门建造了唐人坊。旅居日本的抗清志士、学者朱之瑜（号舜水），在江户（东京）讲学，对日本学术界影响很大。另一方面，对西洋以借鉴和学习为主。顺治帝封德国人汤若望（1591—1666）为钦天监监正，负责编修历法。康熙帝对西方先进科技文化持开放态度，重用比利时人南怀仁（1623—1688）、法兰西人白晋等编修历书、制造火炮等，并希望精通西方律吕、画术、医术者来华效力。但这些正常的交流被意外的因素冲击而中断。其一，守旧派的盲目排外。例如，康熙四年（1665）的"钦天监教案"，毫无历法知识的杨光先著《辟邪论》，诬告汤若望等人，并使其下狱。其二，西方列强的入侵之心。因在政治、外交、贸易等领域受阻，西方列强便暗中收买一些不法传教士，绘制中国的山川形势等图籍，以配合其军事入侵。因此，即使并不

---

① [日]大庭脩：《江户时代的日中秘话》，徐世虹译，19页，北京，中华书局，1997。

排外的康熙帝，也对传教士的活动保持警惕，始终严格监视。其三，罗马教皇的冒犯。自意大利人利玛窦（1552—1610）在明代中叶来到中国，采取尊重中国习俗的方式传教，后世教士多从之。康熙三年（1664），中国的天主教徒多达24.6万人。但康熙末年，罗马教皇颁布禁约，不准中国教徒敬天、祭祖、祀孔。这一禁约加剧了传教士在中国传教的矛盾。康熙帝明确表示，众西洋人自今以后若不遵利玛窦的规矩，断不准在中国住，必逐回去。康熙五十九年（1720）又重申："以后不必西洋人在中国行教，禁止可也，免得多事。"[1]雍正时，除留京效力的传教士外，其余的都赶回国。乾隆五十年（1785）、嘉庆十六年（1811），制定西洋人传教治罪条例，遂使传教活动日渐衰微。清中期时，中西文化交流几乎处于停滞的状态，这不仅限制了中国先进知识分子的视野，也影响了中华文化多样性与先进性的发展。

思想、文化内缩的倾向，使清代学术出现了考据学、史学和文献整理三座高峰。考据学又称汉学、朴学，是清代兴起的一门新学问。原因有三：一是学界呼唤新发展，所谓一代有一代之学术，尽管清统治者提倡理学，但在诸多批判下，由明入清的理学已明显呈现出式微趋向。二是学者们的大力提倡，清初顾炎武为去除理学空谈心性之弊，提出"经世致用"，黄宗羲提出"用汉儒博物考古之功"（《陆文虎先生墓志铭》）[2]，后经阎若璩、胡渭发扬，形成敢于怀疑经典、擅长考证辨伪的学风，考据学得以正式奠基。三是文字狱等文化专制的恐怖压力，使学人纷纷回避现实，躲于经籍文献的考证和整理中。同时，清政府也愿意看到知识分子多钻在书房里，不问现实、不参与政治，从而转移其对反清斗争的注意力。乾嘉时期，考据学成为社会时尚，一时"家家许郑，人人贾马"，甚至达官贵人、乾隆皇帝也附庸风雅作考据，形成了著名的"乾嘉学派"。乾嘉学派可分为两派：以惠栋为代表的吴派，尊崇汉儒，主张"凡古必真，凡汉皆好"[3]，趋于保守，弟子有余肖

---

[1] 陈垣识：《康熙与罗马使节关系文书》，13页、70~71页，台北，文海出版社，1974。
[2] （清）黄宗羲：《黄宗羲全集》第十册，339页，杭州，浙江古籍出版社，1992。
[3] 梁启超：《清代学术概论》，31页，上海，上海古籍出版社，1998。

客、江声、钱大昕、王鸣盛等,均恪守其尊汉的学术路径;以戴震为代表的皖派,是乾嘉学派的主流,主张"实事求是,不偏主一家"(钱大昕《潜研堂文集·戴先生震传》),注重求实,其弟子段玉裁、王念孙、汪中、阮元亦有很大贡献。前人有论,"惠君之治经求其古,戴君求其是"(洪榜《初堂遗稿·戴先生行状》),极有道理。考据学的名著,在文字学方面,有段玉裁的《说文解字注》、王念孙的《广雅疏注》、王引之的《经传释词》等;史学方面,有钱大昕的《廿二史考异》、赵翼的《廿二史札记》、王鸣盛的《十七史商榷》等;声韵学有江永的《古韵标准》、金石学有毕沅的《关中金石记》等。作为一代之学,考据学成就高、影响大。著名史学家孟森评价说:"乾隆以来多朴学,知人论世之文,易触时忌,一概不敢从事,移其心力,毕注于经学,毕注于名物训诂之考订,所成就亦超出前儒之上。"[1]梁启超说:"考证学直至今日还未曾破产,而且转到别个方面,和各种社会科学会合发生影响。"[2]但是,考据学也有明显的缺点,所论支离破碎,烦琐饾饤,脱离实际,是故嘉庆后逐渐衰落。

清代史学也超越往代。官修史书,有《清实录》《明史》《续通志》《续文献通考》《清通典》《清通志》《清文献通考》等。乾隆皇帝"钦定二十四史",对古代正史进行了完整的大规模汇刻。私修编年体史书,有谈迁的《国榷》、毕沅的《续资治通鉴》;纪事本末体史书,有谷应泰的《明史纪事本末》、高士奇的《左传纪事本末》等;杂记笔记体史书,有沈德潜的《万历野获编》等;学术史,有黄宗羲的《宋元学案》《明儒学案》等;地方志,有官修的《大清一统志》,及顾炎武的《天下郡国利病书》《肇域志》等;史论,有王夫之的《读通鉴论》、章学诚的《文史通义》等。乾隆中叶以后,地方志编撰大兴,边疆史也受到关注,出现了《畿辅通志》《贵州通志》等近6000种方志。清代的修史之风,是知识分子参与现实建设的具体体现。

得益于政治稳定、经济繁荣,以及考据学、史学奠定的坚实学术基础,

---

[1] 孟森:《明清史讲义》下,556页,北京,中华书局,1981。
[2] 梁启超:《中国近三百年学术史》,26页,北京,东方出版社,1996。

清代对文献典籍的整理和编纂空前发展。康熙时，吴楚材、吴调侯选定的《古文观止》，成为清代以来最为流行的古文选本。张英、王士禛等辑补的《渊鉴类函》，搜罗宏富，容量倍于宋代的《太平御览》。张玉书、陈廷敬、李光地等编撰的《佩文韵府》，成为文人作诗选取辞藻、寻找典故的一部方便的工具书。曹寅主持、彭定求等编的《全唐诗》，比较完备地汇集了唐及五代诗人的诗作。张玉书、陈廷敬主持，在明人梅膺祚《字汇》、张自烈《正字通》的基础上，编纂了《康熙字典》，收录汉字之多，创历史之最。康熙至雍正时期，陈梦雷主持编纂的大型类书《古今图书集成》，分历象、方舆、明伦、博物、理学、经济六编，共一万卷，"凡六合之内，巨细必举，其在十三经、二十一史，只字不遗；其在稗史、子、集，十亦只删一二"（陈梦雷《松鹤山房集·上诚亲王汇编启》），所收文字数量比同时期的《大英百科全书》（第十一版）要多三四倍。乾隆时，命纪昀、戴震、邵晋涵、王念孙等编纂大型丛书《四库全书》，按经、史、子、集四类，收入古书3457种、79070卷，成为我国最大的一部丛书，比同时代法国的《狄德罗学典》（1751—1772）的字数多十倍以上①。但是，对这些大型文献的整理虽有贡献，但也有损毁和破坏。《四库全书》在编纂的过程中，查禁销毁的书籍，"将近三千余种，六七万卷以上，种数几与四库现收书相埒"（孙殿起《清代禁书知见录自序》）②，即使收录的书中的内容也多有删改，这无疑也是令人痛心的。

四

作为精神传承的载体，政治军事、社会风俗、思想文化等的方方面面，都会反映到文学艺术中，并影响着文学艺术的发展。清代的文学艺术，在吸

---

① 陈兴林主编：《中国史纲》，118页，北京，人民教育出版社，2001。
② （清）姚觐元编、孙殿起辑：《清代禁毁书目（补遗）·清代禁书知见录》，上海，商务印书馆，1957。

收传统营养的基础上吐故纳新，内容的深刻性与形式的多样性都得到很大提升，出现了一批总结性、集大成式的作品。

由于由明入清这一重大历史事件发生得较为突然并且迅速，很多文人对局势翻天覆地的变化还未做好准备，或者根本就没能意料得到，清政府的铁蹄就由远而近来到跟前，一转眼已是国被灭、家被破的悲惨境地。所以，清前期的文学艺术，一是多带有这一特殊历史时期所具有的较为普遍的悲哀色彩，很多作品真实地记录、描写了明清易代之际动乱的社会现实和人民的苦难生活，表现出极为强烈的现实主义精神。二是多带有明代遗民情结，或怀有深沉的故国之思，或曲折地反映与清廷的斗争，或表达无奈的自放与退隐的苦闷之情，表现出强烈的爱国思想和民族情怀。三是带有较浓厚的复古习气，这本身是明代文艺风气的遗留使然，入清后骤然之间尚未来得及转变，也是缺乏创新的意识、勇气与能力，从而因循守旧，留恋并满足于模拟前人杰出成就的结果。

清代诗歌的数量超过以往历代。顺治初年，活跃着一批遗民诗人，著名者如顾炎武、王夫之、吴嘉纪、屈大均等。他们大都参加过抗清斗争，失败后不愿意与清廷合作，自甘清苦。其诗歌多写国家民族兴亡之大事，托物寄兴，吊古伤今，流露出强烈的民族意识，充满着浓厚的民族感情。当时，驰名诗坛者有"江左三大家"，即钱谦益、吴伟业、龚鼎孳三位降清文人。钱谦益被称为"清初诗坛盟主"，论诗以"性情""世运""学问"并重，既对明诗有纠正，又对清诗发展起到指导作用。影响最大的是吴伟业，他长于七言歌行，其诗声韵优美，词采华丽，叙事性强，形成了独特的艺术风格，号为"梅村体"，开启了叙事诗在清代的新发展。被王士禛称为"南施北宋"的宋琬、施闰章，也较有影响，其诗作多反映易代感伤。康熙时的诗坛盟主是王士禛，其尊唐诗，力倡"神韵"说，追求含蓄雍容、冲和淡远的情致和韵味，及其诗"不著一字，尽得风流"的深远意趣，一定程度上克服了宋诗好发议论的诗风，以及明诗空疏浅露的毛病，但典雅有余，社会意义不足，有回避现实政治和遗民情绪之嫌。

清前期散文称道者，有"三先生"及"三大家"。"三先生"指顾炎武、黄宗羲、王夫之，"三大家"指侯方域、魏禧、汪琬。作为遗民散文的代表，顾、黄、王主张"文须有益于天下"，直抒胸臆，反对模拟，以散文彰显哲思，成为宣传启蒙性质新思想的有力武器。侯方域以传记著称，"以小说为古文辞"，注重描绘人物，渲染故事，影响力极大。魏禧多以遗民豪杰之士为题材，文风慷慨淋漓，识理精密，卓然自立。汪琬之文，偏于正统，有儒者气象。词历宋以后，元明衰落，清又呈中兴气象。词派林立，词作、词论、词选皆有成就。清初词人辈出，影响较大的有"三大家"，即朱彝尊、陈维崧和纳兰性德。其中"朱陈"并称，朱彝尊是"浙西词派"的创始人，宗法姜夔、张炎，强调雍容典雅，注重字句、声律功夫，对后世影响很大，然所作之词内容空虚，脱离现实。所辑《词综》汇集唐宋金元词500余家，为词的研究和创作提供了重要资料。陈维崧开创了"阳羡词派"，模仿苏轼、辛弃疾，字句精悍，风格豪放，为清代词人词作最多者。其作品中多有感慨南明政权腐败，寄寓故国之思，抒发了英雄壮志未酬的悲愤情怀，最引人注目。纳兰性德反对模拟，直抒胸臆，多写离别相思和个人愁怨，并与历史的惆怅、悼亡的创伤融为一体，凄婉清丽，近似李煜，被王国维誉为"北宋以来，一人而已"[①]。

小说领域，如才子佳人小说、时事小说、白话短篇小说，都还留有明人遗风。长篇白话小说有一定发展，陈忱的《水浒后传》描写32位水浒英雄重整义旗，抗击金兵，最后到海外创立基业的故事，应该说寄托了作者深沉的民族意识。钱彩、金丰编撰的《说岳全传》，借南宋抗金英雄岳飞精忠报国的故事，曲折反映了明末清初的斗争现实。西周生创作的《醒世姻缘传》，通过妖魅与现实的结合，批判封建一夫多妻制的家庭生活；褚人获编著的《隋唐演义》，融合两代历史，演绎历史风云，两者都以两世姻缘为大框架，令人耳目一新。当然，小说领域成就最高的是文言短篇小说。蒲松

---

① 王国维：《人间词话》，13页，上海，上海古籍出版社，1998。

龄的《聊斋志异》,驰骋于诗意的、自由的想象,用花妖狐媚的艺术形象来反映深刻的社会矛盾,寓批判于奇幻,抒"孤愤"于笔端,达到了古代短篇小说艺术的最高境界。在戏剧领域,清初戏剧创作较成功的是以李玉为代表的"苏州派",其以反映重大历史事件及当时的政治斗争为主题,富有现实意义和时代气息。李玉的《清忠谱》,描写城市市民反抗阉党的斗争,肯定市井小民的历史地位,是我国戏剧史上第一部"事按俱实"的历史戏。康熙时"南洪北孔"冠绝剧坛。洪昇的《长生殿》,以唐明皇与杨贵妃的爱情为依托,描写了因皇帝昏庸、政治腐败而导致的安史之乱对唐王朝的巨大破坏,具有强烈的抒情色彩和悲剧气氛。孔尚任的《桃花扇》,以儿女悲欢反映朝代兴亡,把个人遭际与国家命运、爱情纠葛与政治斗争紧密结合在一起,将爱情剧推向新的高峰。

清代的绘画派别极多,门户之见亦甚。清初有世称"江左四王"的王时敏、王鉴、王翚、王原祁,"四王"承晚明董其昌复古画风,缺乏新意。加上吴历、恽寿平两人,又被合称为"清六家"。成就较高的是"清初四僧",即朱耷(八大山人)、石涛(原济)、渐江(弘仁)、髡残(石谿)。朱耷为明帝室后裔,入清后出家为僧,常自署"八大山人",善以秃笔淡墨入画,其作苍劲圆润,雄健简朴,反映出画者孤愤的心境。石涛的山水画、"叠石"皆出名,其定居扬州时,曾设计过"万石园"。

清前期,特别是康熙一统之前,因国家尚未统一,文学艺术的兴盛尚不具备条件。雍正、乾隆时期,由于清政府统治已久,政治巩固、经济繁荣,因此,产生了一批极具时代特色的文学艺术作品。诗有沈德潜的格调诗,文有桐城派的古文、汪中的骈文,小说有《红楼梦》《儒林外史》,绘画有扬州画派。此一时期的文学艺术都不可避免地受到考据学的影响,均带有考据至上的痕迹与影子,即使公认的中国古典小说的巅峰之作《红楼梦》,也不例外。同时,在高压与怀柔的政策钳制下,文人的反清意识逐渐被磨灭;又因文网严密,思想的空间越来越窄,所表达的情感也趋于隐晦艰涩。

沈德潜倡导"格调说",主张写诗要符合"温柔敦厚""怨而不怒"的儒家诗教观，不暴露社会矛盾，且为维护封建统治而服务，因而受到当朝皇帝的称赏。他编选的《唐诗别裁》《明诗别裁》等诗歌选本，对清代诗风极有影响。袁枚主张"性灵说"，反对以考据入诗，其《仿元遗山论诗》云："天涯有客号冷痴，误把抄书当作诗。抄到钟嵘《诗品》日，该他知道性灵时。"他强调诗歌应抒写个人情性，要有真性情的自然流露，不满理学家的矫情与做作，提出"好货好色，人之欲也"，成为诗歌界反对理学的急先锋。与袁枚并称"乾隆三大家"的赵翼和蒋士铨，也主张诗歌要表现人的性情。不过，蒋士铨的性情，包含"忠孝节义之心，温柔敦厚之旨"，带有调和格调说、肌理说的迹象。此外，出身贫苦的黄景仁，以诗揭露盛世下穷苦文人的苦闷，亦传诵一时。

　　桐城派的创始人为安徽桐城人方苞，代表人物为刘大櫆、姚鼐等。方苞提出"义法"说，"义"指文章内容要以儒家思想为中心，"法"指文章的方法技巧，"义以为经而法纬之"（《又书货殖传后》）。姚鼐主张"义理""考据""辞章"三者合一。桐城派是清代成就最高、影响最大、势力最强的散文流派。当时，不傍桐城门户者有袁枚、郑燮等，他们的短文率意而为，抒写人情、彰显个性，具有晚明小品的韵致；又有阮元、章学诚、钱大昕等的学者散文，在当时也较有影响。骈文曾盛于六朝，唐至明衰落，清则中兴。清中期骈文尤盛，堪与桐城古文相抗，有胡天游、汪中、洪亮吉三大家。汪中，科举不第，数从幕府，恃才傲物，睥睨一世，自成一家，名噪一时，其名篇《哀盐船文》被誉为"惊心动魄，一字千金"（杭世骏序）。此一时期，"浙西词派"的代表是厉鹗，以纪游、写景和咏物为主，所选取的意象大多华美幽冷。后浙西词派终因题材狭窄、词境单一，逐渐走向衰落。

　　长篇白话小说走向巅峰，出现了《红楼梦》《儒林外史》《歧路灯》三部名作。曹雪芹的《红楼梦》通过贾、王、史、薛四大家族的盛衰，和三个青年男女贾宝玉、林黛玉、薛宝钗的爱情悲剧，以家国同构的叙事方式，揭露了封建社会的黑暗。鲁迅的《中国小说的历史的变迁》予以高度评价，"自有《红楼梦》出来以后，传统的思想和写法打破了"。吴敬梓的《儒林外史》堪称古代儒林的"大观园"和科考举子的精神"解剖图"，有力地抨击了科举、礼教对读书人灵魂的毒害,是一部杰出的长篇讽刺小说。李绿园的《歧路灯》,以青年的人生道路为题材,描写了封建家庭的盛衰变化,历来少受关注,但不失为名作。戏曲呈现花部、雅部相争之势。昆曲逐渐衰落,秦腔、弋阳腔、二簧调等地方剧种渐趋繁荣,亦给戏曲注入了新鲜活力。乾隆时,著名剧作家有蒋士铨、杨潮观等,他们的部分作品虽具有一定的现实意义、流传较广,但都存在"案头化"倾向,已不适应戏剧发展的要求。

清代中期城市经济的发展,导致民众对艺术品的需求激增,出现了很多职业画家。以金农、罗聘、郑燮、李方膺、汪士慎、高翔、黄慎、李鱓为代表的"扬州八怪",他们的绘画风格既遵循市场求"怪"的方向,又豪放不羁,多有创新,并以抒发情感、张扬个性为目标,极具艺术张力,一时颇受欢迎,成为清代最具代表性的画派。

嘉庆、道光时期,随着国势衰落,文学亦渐趋于末。以昆曲退出历史舞台为代表,几乎各类文艺体裁都走向衰落,创作上充满摹拟复古,形式主义较为严重。徽剧、汉剧进京后,采用北京方言,形成皮黄戏,从而为后来"京剧"的诞生奠定了基础。

在诗歌领域,王士禛的再传弟子翁方纲,作为考据、经籍、金石学的专家,为纠"神韵说""格调说"之弊,提出"肌理说",倡导学问诗,一时钱大昕、孙星衍、阮元、钱大昭等学者皆作诗应之。龚自珍、魏源成就相对较高。龚自珍提倡自我意识,"众人之宰,非道非极,自名曰我"(《壬癸之际胎观第一》),诗多"讥切时政",如《己亥杂诗》《咏史》等。此一时期的散文,都为批评桐城派之不足而兴起。有张惠言、恽敬为代表的"阳湖派",属桐城后学的散文。最可喜的是沈复的《浮生六记》,尽抒性灵,极富生活情趣,又深刻揭露了封建家族礼教的压迫,具有逐渐向人性解放目标接近的特征。清代的八股文,可分为才情派、理学派、词章派、考据派四派。乾隆时方苞奉敕编选《钦定四书文》;路德专以时艺之法教人,编选了《时艺引》等八股文读本,均在社会上产生了很大影响。代浙西词派而起的是张惠言、周济的"常州词派"。张惠言主张词应该与《诗经》一样,要有

"比兴寄托"。其词带有经学气息,意境隐狭,词旨晦涩。周济提出"非寄托不入,专寄托不出"的观点,并提出"词史"一说,力纠词风的附会隐晦之病,一直影响到晚清词坛。

嘉庆初年,纪昀的《阅微草堂笔记》结集问世,"尚质黜华",议论犀利,与《聊斋志异》同为中国文言短篇小说发展到清代产生巅峰之作。一时其他作者或仿《聊斋志异》、或仿《阅微草堂笔记》的文体和手法进行写作,然成就都有所降低。李汝珍的《镜花缘》是才学小说的新发展;文康的《儿女英雄传》,标志着侠义小说的诞生。

清代书法的发展,康有为《广艺舟双楫》中有概括:"国朝书法凡有四变:康、雍之世,专仿香光;乾隆年代,竞讲子昂;率更贵盛于嘉、道之间;北碑萌芽于咸、同之际。"①这里总结为三派。一派是帖学。明末清初,以王铎、傅山为代表的晚明书风,张扬个性,充满激情,占据书坛。后因康熙帝酷爱董其昌书法,乾隆帝喜爱赵孟𫖯书法,又一时成风,形成崇董、崇赵两派帖学。崇董者有查士标(1615—1698)、刘墉等,崇赵者有张照(1691—1745)等。一派是碑学。受文字狱的影响,不少文人转而致力于古文字学、金石考据之学,如两周金文、秦汉刻石、六朝墓志、唐人碑版等出土日多,备受世人青睐。至嘉庆、道光年间,进入学碑、研碑、论碑的碑学阶段。前期代表有郑簠等,以写碑铭名世;中期代表有"扬州八怪"中的金农、郑燮等,他们以汉碑之法融入行书,大胆进行创新。至邓石如、伊秉绶等,则全面师碑,为阮元、包世臣等碑学理论的建立奠定了基础。一派是馆阁体。此书风是适应科举应试书体的需要而产生的,在乾隆、嘉庆、道光年间达到高潮,代表人物如永瑆(1752—1823)、董诰(1740—1818)等,然缺乏生趣,没有多少贡献。

在此,还要提到西方文学艺术对中国的影响。较早且较明显的,体现在园林建筑、家居装饰中,如清政府允许传教士在北京建造教堂,教堂室内的

---

① (清)康有为:《广艺舟双楫注》,崔尔平校注,60页,上海,上海书画出版社,2006。

图饰纹案,以及悬挂的西洋画作,无不吹进一股令人新奇的西洋西貌。 乾隆时增建圆明园,曾让意大利耶稣会士、宫廷画家郎世宁,在园内添加了一些根据意大利 18 世纪洛可可风格改造的建筑。 康熙帝曾设立如意馆,供欧洲来的传教士们作画、修理钟表和机械器物,并对其中的杰作予以奖励。 宫廷画家焦秉贞曾在耶稣会士的帮助下学习透视法,著名画家邹一桂非常推崇西方的阴影和透视法①。 西方艺术的影响在陶瓷工艺中更有直接体现,受欧洲买主要求而制作的"洋彩",多绘制含有如受洗、十字架、基督复活、军事纹章等欧洲宗教与文化意义的图案。 从欧洲进口的珐琅釉料等,开始被用到瓷器制作上。 雍乾时期,珐琅彩出现了模仿西洋画写实风格的人物题材的画面,花卉主题也凭借明暗和透视关系,展现异域风情。 乾隆时,唐英在景德镇督窑,在他的督导下,瓷器在装饰、造型设计及制瓷技术方面都达到了无与伦比的境界。

清代文学艺术思想与文学艺术发展同向而行,在不同时代、不同阶段显示出了不同的特色,成就自然也有了明显的区别。 顺治、康熙时期,黄宗羲、顾炎武、王夫之等思想家,在从思想意识形态上总结明亡历史教训的同时,将批判矛头直指程朱理学,甚至是封建君主专制制度;他们对明代文学的弊端也进行了总结与批评,进而提出了适应时代需要的、面向现实的文学主张。 与此同时,金圣叹、李渔、叶燮等理论家的文学批评,更注重文艺理论系统的构建和思考,且都取得了巨大的成就,且影响深远。 思想的深度与理论的高度相互结合补充,使得清前期的文学理论批评成就斐然,较明代和清中期更显得尤为深刻和系统,成为清代文学艺术思想中最有价值、最有成就的一个时期。

雍正、乾隆时期,诗文及词领域出现了诸如"桐城派""性灵派""浙西词派"等文学流派,它们的文学观念和文学主张都不同程度地与清政府对文

---

① 《小山画谱》卷下"西洋画"谈道:"西洋人善勾股法,故其绘画于阴阳远近,不差锱黍,所画人物屋树,皆有日影。 其所用颜色与笔,与中华绝异,布影由阔而狭,以三角量之,画宫室于墙壁,令人几欲走进。 学者能参用一二,亦其醒法。"参见(清)邹一桂撰:《小山画谱》,43 页,北京,中华书局,1985。

学、学术的规范和倡导保持一致，或主清真雅正，或倡温柔敦厚，或远离现实而只重视艺术形式，或顺应时政所需而宣扬伦理教化，总之都被纳入清政府设定的文化、文学政策的轨道之中。而文学流派和文学思潮的风起云涌，不可避免地引起各流派之间文学思想与观念的此起彼伏的交锋、辩驳，包括"神韵派"与"格调派"的争辩，以及同一流派内部如"桐城派""浙西词派"不同代表人物之间的辩难，这既丰富和促进了文学理论批评的发展，深化了清代文学理论批评的成就，也成为中国古代文学流派和文学思潮最为发达、最为辉煌的标志之一。这一时期，小说、戏曲在创作上的繁荣，也使小说、戏曲理论多有创获，虽未超过清前期的成就，但也为中国古代小说、戏曲理论批评的发展做出了很大的贡献。

嘉庆、道光时期，目睹清王朝的腐朽与衰落，文人们的经世意识又重新抬头，文学理论批评中也开始出现要求干预现实的思潮。文词、小说、戏曲批评中都有理论收获，"肌理派""阳湖派""常州词派"兴起，并加入文学流派论争的大潮中；针对《聊斋志异》《红楼梦》产生了诸多小说评点文献，还有《花部农谭》等戏曲论著，都有不少新的见解。贯穿整个清代文学理论批评史和学术史的"宗唐宗宋"之争，散文领域里的骈散之争，以及戏曲领域里的"花雅之争"等，此一时期也基本上尘埃落定。

五

清代文学艺术思想的历史样态可谓枝繁叶茂、缤纷多彩。传统的诗文词画，新兴的市民文学，即小说、戏曲，乃至较难突破的骈文、八股文，都获得了大发展，产生了较为成熟的理论体系。郭绍虞在《中国文学批评史》中曾谈道，清代学术"有他特殊的成就，即是不仅各人或各派分擅以前各代之特长，更能融化各代各派各人之特长以归之于一己或一派"[①]。这个判断，

[①] 郭绍虞:《中国文学批评史》下，12页，天津，百花文艺出版社，1999。

可以适用于文学艺术中的各个领域。

在这种情况下，思想史的书写如何切入，就成为一件颇费斟酌的事。是按照具有代表性的思想家及其著作、观点，顺时直下，还是按照流派（如桐城派）、家别（如史学家、经学家）的组成，贯串系之？是按照文类来分领，还是按照历史分期来阐说？即便是历史分期，也还存在顺治朝是否独为一期、康熙朝是否截为前后两段、雍正朝划入清前期还是清中期等诸多争议，难以衷于一是。

本着"通史"研究的目的来总览清代的文学艺术思想，此前学界诸贤的切入办法，都值得吸收借鉴。首先，在整体结构上确立历史分期的轴线。按照社会性质的变化，把顺治至道光（1840年之前）年间的封建社会时期，分为清前期、清中期，而清中期又分上、下两段；隐含的清后期，指1840年后至宣统退位的1912年，属于半封建半殖民地社会时期，应是近代文学艺术思想史的研究范围。其次，具体分期按照清代封建社会之兴起、强盛、衰落的发展脉络来设定。以顺治、康熙两朝为清前期，以雍正、乾隆两朝为清中期上，以嘉庆至道光二十年为清中期下。之所以要强调这一过程，是因为在清初的一段时间内，先进的封建制生产关系在一定程度上遭到破坏，被落后的农奴制生产关系所取代，从而使封建生产关系的恢复成为一个必然的过程，给封建生产关系的发展与迅速提高，都造成了某种困难与阻碍。因此，将康熙朝设为一个时段，而不是分为两段，有利于保证康熙朝的完整性，更好地呈现出生产关系演变的轨迹；有助于我们认识封建生产力逐渐积累、成长的全过程，体会康熙朝所实施的政策、制度对文学艺术思想影响的连贯性；有利于我们进一步深化对清代所出现的盛世的理解，即康熙帝平定三藩、驱逐沙俄等功绩，是盛世的前奏，为盛世的出现做好了政治准备、释放了政策空间。雍正时期中央集权的加强，乾隆时期经济的繁荣、人口的激增、文网的严密，均构成了封建社会末期盛世所特有的风景。否则，像长篇小说、桐城古文、扬州画风，这些最能代表清代文学艺术成就的"产品"，就不可能如此集中地在雍乾时期诞生。最后，以各体文学艺术思想的演变为纬。通史务要达到通观、通览的目的。为此，各体文学艺术的形式要全，皆要照顾到，一册在手，诸体皆备，要描绘出清代文学艺术思想的全貌来；要有线，即按照清代不同时期文艺思想的发展勾勒出线索来，使其清晰可见。

据此，清代文艺思想史共分为四编。前三编，按照清前期、清中期上、清中期下的纵向时间轴排列。编下分章，按文类进行划分，基本遵循清代文艺理论批评界的一般认识，选择将较大的文类，如诗歌、散文、词、小说、戏剧、绘画等次第描述。章下分节，每章选取有代表性的理论家或观点进行阐述，并辅以"概述""小结"，做到体例统一，主次分明。散文中，又把骈文、八股文独立出来，分别设在第二编、第三编。第四编，则将清代前中期较小的文类，如音乐、书法、园林，以及工艺设计、民俗生活中的审美趣味等，按横向空间轴排列，并集中叙述。

清代文学艺术思想是我国封建时代文学艺术思想的终结，又是过渡到半封建半殖民地时代文学艺术思想的桥梁。在以往历朝历代积累的基础上，在封建生产关系成熟的催生下，在末世情结的感染推动下，清代文学艺术思想取得了极高的成就，为中国古代文学艺术思想史画上了一个极其生动有力的句号。而由于资本主义生产关系的迅速发展，中西文化交流的加快，西方资本主义列强的入侵，西方文学艺术思想的观念逐渐开始影响到中国，传统的文学艺术思想开始出现转型的迹象，为近代文学艺术思想帷幕的拉开谱好了序曲。

第一编 ◎ 清初的文学艺术思想

第一章
顺治、康熙年间的诗学思想(上)

受朝代鼎革、社会巨变的影响,清初的诗学是在对明代诗学的清算中展开的,不管是重格调的"前后七子"(后多以"七子"简称),还是重性情抒写的"性灵派",都成为清初构建诗学思想的资源。在家国覆亡的刺痛之下,"七子"(以"后七子"为主要陈述对象)的"雅"与"性灵"的"真",都已经不能满足时代对诗歌的要求。痛定之余,儒家的诗教传统,以及诗歌经世致用的社会功用,再次被放大、被重视,这使清初的诗歌理论具有强烈的政治、伦理色彩,诗学研究的视野较明代更为开阔。而对前明诗学思潮、诗坛风气的反思与批判,也成为这一时期诗学思想的显著特征。

◎ 第一节
概　述

明崇祯十七年(1644),在不到两个月的时间里,北京城两度易主,刚入关的清军、明朝残余势力及农民起义军互相角逐。王朝的迅速更替打破了原有的利益格局,与新王朝合作或反抗成了士子艰难的选择。走合作之路的贰臣们,怀着忐忑之心食俸于新朝,但名节观念却时时刺痛他们的心灵,他们在新王朝里苟且偷生,内心无限悲凉,见之于声诗。走反抗、归隐之路的遗民们,抛却了心理枷锁,将深沉的亡国悲痛发抒为精神救赎。"今之为诗者,大率兴兵之后,掣去制举,无所挟拖,而后乃寄之于诗。"①失去了科举的依托,又不愿为新朝效力,遗民士子相率结社,诗歌创作"无地无之",《吾炙集》《感旧集》《诗观》《娄东十子诗选》等诗歌选本大量涌现,诗歌创作出现了前所未有的兴盛局面。社会的激烈震荡,特别是清朝的入主刺激了人们的情感,诗歌成了人们思想的出口,亡国之痛是清初诗歌的主题,诗人们哀思于故国,悲愤之情溢于言表。归庄言,"万古痛心事,崇祯之甲申,天地忽崩陷,日月并湮沦。当时哀愤切,情词难具陈"②。亡国之恨激起了人们对明代学术文化的反思,面对明代的学术文化,清初的学人没有思想包袱,他们对明代空疏不学的学风、放任心性、党派之争等不良积习进行了猛烈抨击。清初的诗学思想与整个学术文化思潮紧密联系在一起,不少人身兼学人与诗人的身份,使诗学思想成为学术文化的有机组成部分。正是构建于学术文化反思的基础上,清初的诗学思想具有博大闳深的文化特征。清初学人对晚明学术异端的倾向进行了批评,他们试图重新回归儒家传统,在这一思潮的影响下,儒家政教传统的诗论得到了弘扬,诗歌的社会功能、时代意义得到了突出的强调,顾炎武、黄宗羲、王夫之、傅山、钱谦益等人,都以"有益于天下"视为诗歌创作的最高标准,徒事辞藻、格调的做法遭到了批评。值得我们注意的是,清初学人在努力恢复儒学诗论伦理价值的同时,也在积极倡导诗歌比兴怨刺的传统,并没有完全忽视诗歌自身的审美特性,王夫之、钱谦益、冯班、吴乔等人都注意到了诗歌自身的艺术性。明前后七子分唐界宋,以格调相尚,似雅实俗,性灵派追求真性情,却浅俗低下,不管是前后七子还是公安性灵,诗学都没有建立在健实的学识基础上。在对明代空疏学风的批评中,顾炎武、黄宗羲、钱谦益、朱彝尊等人,都强调学识对诗歌创作的意义,将学问与诗人、性情并举,试图将诗歌与学问有效融合。

---

① (清)毛奇龄:《西河文集》第二册,381 页,上海,商务印书馆,1937。
② (清)归庄:《归庄集》上,35 页,北京,中华书局,1962。

明代门户之习严重，政治、文学皆然，清初的学人、诗人对这一恶习无不深恶痛绝，将之视为明亡的原因。正是基于这一认识，清初的诗学将视野拓展到整个学术史、文学史，打破了"诗必盛唐"的牢笼，将广阔的文学传统纳入诗学视野，兼取众长，避免了诗学思想的狭隘。

◎ 第二节
钱谦益的诗学思想

钱谦益（1582—1664），字受之，号牧斋，又自称牧翁，晚号蒙叟、东涧老人，常熟（今属江苏）人。万历三十八年（1610）考中进士，崇祯年间历官至礼部侍郎，早年名列东林党。顺治二年（1645）降清，授礼部侍郎，管秘书院事，充修《明史》副总裁。清顺治三年（1646），称疾乞归，曾秘密从事抗清活动。顺治五年（1648），钱谦益因黄毓祺案株连被囚，后经柳如是全力营救才得以免祸。

钱谦益是明清之际一大关键人物，他身仕两朝，始终处于政治旋涡的中心，却又屡遭排挤。他早年熟读七子诗篇，深受李梦阳、王世贞的影响；四十岁前后，转而接受汤显祖、程嘉燧等人的诗学观念，"幡然易辙"，猛然批判七子诗学。他与公安派袁小修、竟陵派钟惺颇有交谊，却又不满他们的诗学。钱谦益入清后身负名节的重压，却又主持文坛近半个世纪，清初重要的诗人如吴伟业、朱彝尊、王士禛、宋荦、施闰章等都与他有交往。改朝的经历，也使钱谦益在诗歌创作上呈现出新的气象，不囿于明代诗歌的传统，建立起一个承上启下的理论体系。邹式金在《有学集序》中说道："牧斋先生产于明末，乃集大成。其为诗也，撷江左之秀而不袭其言，并草堂之雄而不师其貌，间出入于中、晚、宋、元之间，而浑融流丽，别具炉锤，北地为之降心，湘江为之失色矣。其为文也，仰观云霞之变，俯察山川之奇，中究人物品类之盛，本之六经以立其识，参之三史以练其才，游之八大家以通其气，极之诸子百氏稗官小说以穷其用，文不一篇，篇不一局，如化工之肖物，纵横变化而不出乎宗，又如景星卿云，光怪陆离，世所希见，而不自知其所至。信艺苑之宗工、词林之绝品也。"[1]钱谦益的诗学思想与时代学术文化息息相关，在通经汲古及经世的学术思想指导下，钱谦益对明代诗学的空疏不学、缺乏通变等弊端进行了批判，使得清初诗学一开始便具有重学致用、识古通变、经经纬史的恢宏气象。

一、通经汲古的诗学观

（一）对"俗学"的批评。钱谦益早年对前后七子有浓厚的兴趣，能翻诵李梦阳、王世贞诗文集，并以前后七子为学习对象。万历末年，钱谦益与程嘉燧、李长蘅等嘉定诸子交往，文学思想发生转变，由七子之徒变为对其的批判者。"长而从嘉定诸君子游，皆及见震川先生之门人，传习其风流遗书。久而翻然大悔，屏去所读之书，尽焚其所为诗文，一意从事于古学。"[2]钱谦益的俗学包括心学、时文和诗歌等，几乎涉及明代的整个学术文化。他对明代学术文化的批判是多方面的，从旧阵营里走出来的人对问题看得更清楚，否定也更为激烈。"俗学谬种，不过一赝，文则赝秦、汉，诗则赝汉、魏、盛唐，史则赝左、马，典故则赝郑、马，论断则赝温陵，编纂则赝毗陵，以至禅宗则赝五叶，西学则赝四韦陀，长笺则赝三仓。邪伪相蒙，拍肩接踵。一旦张目奋臂，区别稂莠，据一间之地，而为四战之国，布方寸之鹄，而招千人之射。实应且憎，号咷寡助。物莫之与而伤之者至矣，岂不岌岌乎殆哉！"[3]如果说钱谦益批判的声音在明代还少有呼应的话，那么随

---

[1] （清）钱谦益：《牧斋杂著》下，952页，上海，上海古籍出版社，2003。
[2] （清）钱谦益：《牧斋杂著》下，676页，上海，上海古籍出版社，2003。
[3] （清）钱谦益：《牧斋有学集》下，1327~1328页，上海，上海古籍出版社，1996。

着翻天覆地的历史转折的出现,这样的呼声逐渐成为时代的强音。顾炎武将"明学术,正人心,拨乱世,以兴太平之世"作为著述的主旨,提倡学术经世、厚德的作用。与俗学相对,钱谦益倡导的是"古学",他所说的古学并不是一味地复古,而是上溯经史源流,思辨古学真义,反对固执于理学而不知变通。他在《答杜苍略论文书》中说道:"年近四十,始得从二三遗民老学,得闻先辈之绪论,与夫古人诗文之指意、学问之原本,乃始豁然悔悟,如推瞆睡于梦呓之中,不觉流汗浃背。而世网羁绁,日月逾迈,遂无从抟心屏虑,溯流穷源,以究极古昔孙志时敏之学。牵率应酬,支缀撰述,每一举笔,且愧且恶,胸中怦怦然如与笔墨举舂相应和,今所传《初学集》者,皆是物也。少读班、马二史欣然自喜。戊寅岁,讼系西曹,取而读之,然后少知二史之史法,与其文章之蹊径阡陌。始自叹四十六年以前,虽读《史》、《汉》,犹无与也。向后再读之,辄有所得。去岁累囚白下,又翻一过,又自愧向者之阔疏也。读古人之书,其难如此,而况于自作乎?又况于驱驾古人,欲凌而上之乎?仆所以重自退损,不敢妄插牙颊,僭冒于著作之林,为此故也。"①中年以后的钱谦益对俗学的肤浅日益有所体悟,他的学术之路是从反思俗学开始的。

钱谦益对俗学的批评主要有两个原因,一是它的虚伪,二是它的祸国。他在《李贯之先生存余稿序》一文中说道:"世降道衰,教学偏背,烦芜之章句,熟烂之时文,剽贼佣赁之俗学,耳食目论,浸淫熏习,而先民辨志敬业之遗法,不可以复考矣。迨其末也,世益下,学益驳,謏闻曲见,横骛侧出,聋瞽狂易,人自为师。世所号为魁士硕儒,敢于嗤点谟诰,镌夷经传大书浓抹,以典训为剧戏。驯至于黄头邪师、弥戾魔属,充塞抗行,交相枭乱,而斯世遂有陆沉板荡之祸。呜呼!学术之失也,以其离圣而异躯,捐古而近习。方其滥觞也,朱黄丹铅,钻纸弄笔,相与簸弄聪明,贸易耳目。而其极也,经学蠹,人心坏。三才五常,各失其所。率兽食人,于是焉

---

① (清)钱谦益:《牧斋有学集》下,1306~1307页,上海,上海古籍出版社,1996。

始。 古者谓之非圣无法,学非而博,顺非而泽,以疑众者,诛不以听,岂过也哉!"①钱谦益认为明代国势衰微,俗学也随之大行其道,俗学的流弊是伦理道德的沦丧,这加剧了国家的危机。 钱谦益对明代学术文化几乎是持完全否定的态度,应该说这是亡国的刺激使然。 清初的学人对明代学术文化,尤其是晚明的学术文化均持严厉的批判态度,认为堕落的学术文化导致了国家的衰亡。 顾炎武痛惜道:"刘、石乱华,本于清谈之流祸,人人知之,孰知今日之清谈有甚于前代者,昔之清谈谈老、庄,今之清谈谈孔、孟,未得其精而已遗其粗,未究其本而先辞其末。 不习六艺之文,不考百王之典,不综当代之务,举夫子论学、论政之大端一切不问,而曰'一贯',曰'无言',以明心见性之空言,代修己治人之实学。 股肱惰而万事荒,爪牙亡而四国乱,神州荡覆,宗社丘墟。"②钱谦益认为明代的学术文化空疏浅薄、不切实用,已偏离了传统学术文化的正常路径,他继承了归有光经世致用的思想,倡导古学,注重古学的经世之意。 他在《大学衍义补删序》中说道:"治本道而道本心,传翼经而经翼世,其关楗统由乎学。 学也者,人心之日月也。 儒者学圣,王者学天。 存于密勿之为性原,质于上帝之为天命,流于制作见于典诰册命之为文章,继乎烈祖接乎尧、舜、禹、汤之为统系,敷于礼乐播于纪纲法度质文宽猛之宜之为治功。 是故帝王以身一天下之不一而治以名,帝王以身正天下之不正而学以立。 治学相需,不啻表里。"③正是强调学治合一,钱谦益的诗学理论也被纳入政教体系之中。 因此,他倡导学古,是全方位的,认为只有进入古学,才能开启当今的学术。"今诚欲回挽风气,甄别流品,孤撑独树,定千秋不朽之业,则惟有反经而已矣。 何谓反经? 自反而已矣。 吾之于经学,果能穷理折义、疏通证明,如郑、孔否? 吾之于史学,果能发凡起例、文直事核如迁、固否? 吾之为文,果能文从字顺,规摹韩、柳,不倜规矩,不流剽贼否? 吾之为诗,果能缘情绮靡、轩翥风雅、

---

① (清)钱谦益:《牧斋有学集》中,784 页,上海,上海古籍出版社,1996。
② (清)顾炎武:《日知录集释》,黄汝成集释,240 页,长沙,岳麓书社,1994。
③ (清)钱谦益:《牧斋有学集》中,675 页,上海,上海古籍出版社,1996。

不沿浮声、不堕鬼窟否？ 虚中以茹之，克己以厉之，精心以择之，静气以养之。 如所谓俗学之传染，与自是之症结，如镜净而像现，如波澄而水清。 于是乎函道德、通文章，天晶日明，地负海涵，彼欲以萤火烧山，蜉蝣撼树，其如斯世何？ 其如千古何？"①返经即为返本，唯有如此，才能不背离传统。 钱谦益讲通经汲古，要求诗歌也起到救世的功能，"孟子曰：'《诗》亡然后《春秋》作。'《春秋》未作以前之诗，皆国史也。 人知夫子之删《诗》，不知其为定史。 人知夫子之作《春秋》，不知其为续《诗》。《诗》也，《书》也，《春秋》也，首尾为一书，离而三之者也。 三代以降，史自史，诗自诗，而诗之义不能不本于史。 曹之《赠白马》，阮之《咏怀》，刘之《扶风》，张之《七哀》，千古之兴亡升降，感叹悲愤，皆于诗发之。"②钱谦益强调以诗存史，发挥诗歌"微言大义"的作用，这就要求诗歌不能仅仅像七子那样，只是从形式风格上入手，更要注重其救弊世道人心的作用。

（二）传统政教诗论的构建。 在传统的文化观念里，诗歌并不是一个独立的学科门类，而是国家政教体系的组成部分，宗经、征圣是诗歌的正道。 经学是封建社会内在的精神支柱，在传统的士大夫眼里，经学不仅关系政治、时俗、史学、文学，而且还关系经济、国运。 "是故经学与国政，咸出于一，而天下大治。 及其衰也，人异学，国异政。 公卿大夫，竞出其聪明才智以变乱旧章。 晋之刑鼎，鲁之丘甲田赋，郑之竹刑，纷更多制，并受其敝。 又其甚也，获雁之鄙人，假田弋之说以干政事；而振铎之后，不祀忽诸。 繇此言之，经学之不明，国论之不一，其关于存亡治乱之故，犹病之著于肌表，诊视者可举目而得之，不待医和及缓而后知其不可为也。"③明代的学术文化在清初被视为离经叛道，明代的诗文也不外乎此。 七子专注于诗文而不知返经，公安、竟陵专注于性情而不知返经，钱谦益站在经学的高度上对主要诗学流派进行铨定。 他论唐诗："唐之诗人，皆精于经学。 韩之《元

---

① （清）钱谦益:《牧斋有学集》下，1314 页，上海，上海古籍出版社，1996。
② （清）钱谦益:《牧斋有学集》中，800 页，上海，上海古籍出版社，1996。
③ （清）钱谦益:《牧斋初学集》中，877 页，上海，上海古籍出版社，1985。

和圣德》、柳之《平淮夷雅》，《雅》之正也。玉川子之《月蚀》，《雅》之变也。后世有正考父，考校商之名《颂》，以《那》为首，其必将有取于此。而世之论诗者莫能知也。"①钱谦益从经学论唐诗，一则指斥七子只学唐诗皮毛，一则是对宋明以来的学术不知返古提出异议。正是站在经学的立场上，他建立了一个以《诗经》为始祖的诗学谱系。"《诗三百篇》，巡守之所陈，太师之所系，采诸田畯红女涂歌巷讴者，列国之《风》而已。曰《雅》，曰《颂》，言王政而美盛德者，莫不肇自典谟，本于经术。"②经、史、文都可以成为儒家政教体系的组成部分，《诗经》虽然是文学作品集，但它在"过度阐释"中被赋予太多的伦理内涵，因而成为"经"。依经论文是儒家文论的传统，这一传统在明代给中断了，无论是"文必秦汉，诗必盛唐"，还是公安性灵说，政教色彩已被淡化。钱谦益要恢复诗文的政教传统，这就得强调经学对文学的决定意义。因此，在他的著作中，纯粹的诗人或文人很少提及，贯通经史的渊博之士是他给后学提示的榜样。"窃观古人之文章，衔华佩实，画然不朽。或源或委，咸有根底。韩、柳所读之书，其文每胪陈之。宋景濂为《曾侍郎志》，叙古人读书为学之次第，此唐、宋以来高曾之规矩也。"③仔细辨读钱谦益的作品，我们不难发现，他对韩愈、柳宗元、宋濂等人的作品十分强调，其意旨是很明显的。

诗歌有教化的一面，也有审美的特性。对诗歌政教功用的强调，使钱谦益对偏重于形式、审美的诗学多有不满。他批评严羽："世之论唐诗者，必曰初、盛、中、晚。老师竖儒，递相传述。揆厥所由，盖创于宋季之严仪，而成于国初之高棅。承讹踵谬，三百年于此矣。夫所谓初、盛、中、晚者，论其世也，论其人也。"④由严羽至高棅建立了一个宗唐的诗学体系，但严羽和高棅在宗唐的旨趣上还是有很大的差别的。严羽反对江西诸公以文

---

① （清）钱谦益：《牧斋有学集》中，823 页，上海，上海古籍出版社，1996。
② （清）钱谦益：《牧斋有学集》中，823 页，上海，上海古籍出版社，1996。
③ （清）钱谦益：《牧斋有学集》下，1323 页，上海，上海古籍出版社，1996。
④ （清）钱谦益：《牧斋有学集》中，707 页，上海，上海古籍出版社，1996。

字为诗、以议论为诗、以才学为诗，推崇自然、冲远的诗风，他推崇盛唐侧重于艺术方面的诗风。高棅标举四唐，以盛唐为归，主要着眼于盛唐诗的社会内容，并不大顾及艺术风格。钱谦益将他们混为一谈，这是不严谨的。当然，钱谦益主要的着眼点不在于二者的区别，而是在于二者都画地为牢，缺乏辩证的眼光。因此，他感慨："嗟夫！唐人一代之诗，各有神髓，各有气候。今以初、盛、中、晚厘为界分，又从而判断之曰：此为妙悟，彼为二乘；此为正宗，彼为羽翼。支离割剥，俾唐人之面目，蒙羃于千载之上；而后人之心眼，沈锢于千载之下，甚矣诗道之穷也！"① 明七子"诗必盛唐"源于高棅的"四唐说"，而高棅的"四唐说"又源于严羽，钱谦益对严羽的批评其实是指向了前后七子。"自羽卿之说行，本朝奉以为律令。谈诗者必学杜，必汉、魏、盛唐，而诗道之榛芜弥甚。羽卿之言，二百年来，遂若涂鼓之毒药。甚矣！伪体之多，而别裁之不可以易也。"② 钱谦益将明代诗歌之误归因于严羽的诗论，其实正是力图让诗歌回归传统，避免诗歌背离传统。

钱谦益对古诗学的继承，既接受其宣政教化的一面，又接受其言志抒情的一面。他在《爱琴馆评选诗慰序》一文中说道："夫诗者，言其志之所之也。志之所之，盈于情，奋于气，而击发于境风识浪奔昏交凑之时世，于是乎朝庙亦诗，房中亦诗，吉人亦诗，棘人亦诗，燕好亦诗，穷苦亦诗，春哀亦诗，秋悲亦诗，吴咏亦诗，越吟亦诗，劳歌亦诗，相春亦诗。穷尽其短长高下抑抗清浊吐含曲直乐淫怨诽之极致，终不偭背乎五声六律七音八风九歌之伦次。诗之教如是而止。古之为诗者，学溯九流，书破万卷，要归于言志永言，有物有则，宣导情性，陶写物变。学诗之道，亦如是而止。陆士衡、曹子桓、沈休文、江文通与夫李、杜、元、白、皮、陆之绪言，皆具在也。"③ 可见，钱谦益既注重诗歌的政教功用，又注重其抒情达意的作用，这正是其诗学的辩证所在。钱谦益的抒情言志虽然所指甚广，但他更注重的是

---

① （清）钱谦益：《牧斋有学集》中，709页，上海，上海古籍出版社，1996。
② （清）钱谦益：《牧斋初学集》中，924页，上海，上海古籍出版社，1985。
③ （清）钱谦益：《牧斋有学集》中，713页，上海，上海古籍出版社，1996。

社会内容的情志,而不是普通的自然情感,这是对公安派的修正。钱谦益与公安派的主要成员交谊颇深,他对诗歌言志抒情的强调也与此有关,正因如此,他对公安派的批评并没有后来者那么激烈。

二、为诗三要素:灵心、世运、学问

在对明代及中国诗歌发展历程反思的基础上,钱谦益认为诗歌创作的关键因素有三个:灵心、世运、学问。他在《题杜苍略自评诗文》中说道:"夫诗文之道,萌折于灵心,蛰启于世运,而苗长于学问。三者相值,如灯之有炷有油有火,而焰发焉。"①这一诗学理论的提出既是针对明代诗学,也是对中国诗歌史的一次总结,涵盖了中国古代诗歌言志、为事、学问三大传统,理论集成色彩鲜明。

(一)灵心。明代文学复古盛唐,其实在宋代已有先声。严羽曰:"入门须正,立志须高;以汉魏晋盛唐为师,不作开元、天宝以下人物。"②明初高棅传承了这一理论,《唐诗品汇》将唐诗分为初、盛、中、晚,标举盛唐,"终明之世,馆阁宗之"。唐诗被当作一种典范来学习,这很容易使诗歌失去现实的指向,造成"万口一响"的格局,模仿成习,更是屋下架屋,愈见其小。"在前人犹仿汉、唐之衣冠,在今人遂奉李、王为宗祖,承讹踵伪,莫知底止。"③模拟的风气一至于此。七子的复古论调在明末仍然有相当的市场。崇祯四年(1631),张溥、陈子龙等提出"继七子之迹",希望能够传承七子的传统。钱谦益对此却颇有异议,他对七子的"伪"感到不满,在《答唐训导汝谔论文书》中,他对七子进行了比较温和的批判。入清之后,他在《读宋玉叔文集题辞》中又激烈批判七子以汉唐为界划地求圆,"灭裂经术,偭背古学",注重形式风格而忽视了诗歌言志的本质。钱谦益对"字则

---

① (清)钱谦益:《牧斋有学集》下,1594页,上海,上海古籍出版社,1996。
② (宋)严羽:《沧浪诗话校释》,郭绍虞校释,1页,北京,人民文学出版社,1961。
③ (清)钱谦益:《牧斋初学集》下,1702页,上海,上海古籍出版社,1985。

字、句则句、篇则篇,毫不能吐其心之所有"的拟古不化感到不满,在对诗歌本质的探求中,他又重新梳理了"诗言志"这一古老的命题。他在《季沧苇诗序》中说道:"《三百篇》变而为《骚》,《骚》变为汉、魏古诗,根柢性情,笼挈物态,高天深渊,穷工极变,而不能出于太史公之两言。所谓两言者,好色也,怨诽也。士相媚,女相说,以至于风月婵娟,花鸟繁会,皆好色也。春女哀,秋士悲,以至于《白驹》刺作,《角弓》怨张,皆怨诽也。好色者,情之橐籥也。怨诽者,情之渊府也。好色不比于淫,怨诽不比于乱,所谓发乎情、止乎义理者也。人之情真,人交斯伪。有真好色,有真怨诽,而天下始有真诗。一字染神,万劫不朽。钟记室论《十九首》,谓'惊心动魄,一字千金。'太白叹吾衰不作,子美矜得失寸心,皆是物也。今不读古人之诗,不知其言志永言真正血脉,而求师于近代,如暨人之学步,如伧父之学语,其不至于胃足沓舌者,则亦鲜矣。"①钱谦益的"志"兼有个体的合理情感和政治诉求,既是对公安派的修正,又是对传统"言志"说的发展,从这样的角度来谈性情、论诗是很符合中国文学传统的。七子复古失真,公安言真而俗,理学重理失情,钱谦益找到了三者的结合点,避免了理论的偏颇,这就为清代诗学的兼容、集成奠定了基础。在辨析七子与公安的性情论中,钱谦益提出了"人其诗"和"诗其人"的命题。

> 古云诗人,不人其诗而诗其人者,何也?人其诗,则其人与其诗二也,寻行而数墨,俪花而斗叶,其于诗犹无与也。诗其人,则其人之性情诗也,形状诗也,衣冠笑语,无一而非诗也。吾与子游芧邨、药谷之间,山重水袭,溪回谷转,青鞋布袜,杳然尘垆之外。于斯地也,穿烟岚,穴云气,扶杖而追寻。司空表圣之论诗曰:晴雪满竹,隔溪渔舟。可人如玉,步屧寻幽。吾之遇二邵于斯也,表圣之所云,显显然在心目间,称之曰诗人焉其可矣。②

---

① (清)钱谦益:《牧斋有学集》中,758~759页,上海,上海古籍出版社,1996。
② (清)钱谦益:《牧斋初学集》中,935页,上海,上海古籍出版社,1985。

"人其诗"是人为地制作，只是注重字句的黏合，没有把作者的性情融合到作品中。"诗其人"则是人诗合一，个人的性情、性格、平时表现，在诗歌中都得到了显示，诗歌风格与个人风格高度合一。钱谦益重个体的性情，但他的性情论与公安派的性情论是有区别的。公安派的性情论注重的是个人的自然情感，特别是日常生活中的情感，而在国家危难之际，这样的情感显然是不合时宜的，钱谦益强调诗歌的情志必须要"有本"。"古之为诗者有本焉，《国风》之好色，《小雅》之怨诽，《离骚》之疾痛叫呼，结辔于君臣夫妇朋友之间，而发作于身世逼侧、时命连蹇之会，梦而噩，病而吟，春歌而溺笑，皆是物也。故曰有本。唐之李、杜，光焰万丈，人皆知之。放而为昌黎，达而为乐天，丽而为义山，谲而为长吉，穷而为昭谏，诡灰晃兀而为卢仝、刘叉，莫不有物焉，魁垒耿介，槎枒于肺腑，击撞于胸臆，故其言之也不惭，而其流传也，至于历劫而不朽。今之为诗，本之则无，徒以词章声病，比量于尺幅之间，如春花之烂发，如秋水之时至，风怒霜杀，索然不见其所有，而举世咸以此相夸相命，岂不末哉！"①古人之吟笑皆"结辔于君臣夫妇朋友之间"，钱谦益认为这样才"有本"；反之，只是以词章声病相夸，或只是毫无节制的"春花之烂发，如秋水之时至"，无关国家、君臣、朋友、夫妻之义，这样的诗歌就失去了诗旨的根本，处于末流了。钱谦益以"本"挽性情之失，不仅仅是针对公安派，也是针对七子。七子徒以声音格调模拟前人，失却了真性情，学古而赝，其实也失却了古学的传统。正是为了强调诗歌对世道人心的教化作用，钱谦益才对竟陵派深表不满，他针对钟惺批评道：

> 当其创获之初，当尝覃思苦心，寻味古人之微言奥旨，少有一知半见，掠影希光，以求绝出于时俗。久之，见日益僻，胆日益粗，举古人

---

① （清）钱谦益：《牧斋有学集》中，767 页，上海，上海古籍出版社，1996。

之高文大篇铺陈排比者，以为繁芜熟烂，胥欲扫而刊之，而惟其僻见之是师，其所谓深幽孤峭者，如木客之清吟，如幽独君之冥语，如梦而入鼠穴，如幻而之鬼国，浸淫三十余年，风移俗易，滔滔不返。余尝论近代之诗，抉擿洗削，以凄声寒魄为致，此鬼趣也。尖新割剥，以噍音促节为能，此兵象也。鬼气幽，兵气杀，着见于文章，而国运从之，以一二轻才寡学之士，衡操斯文之柄，而征兆国家之盛衰，可胜叹悼哉！①

易代之后，在追思明代文学时，钱谦益将竟陵派的诗风视为"鬼趣""兵象"，认为这种诗风导致了国运的衰败。钱谦益将国运与诗歌联系，反对情感的过度泛滥，其实是希望诗歌在性情的表现上有所节制。

诗歌创作是个体的精神创造，它与个人的品性、天赋有关。钱谦益认为诗人是"天地间之元气"，优秀的诗人具有一种与天俱来的禀赋。他在《梅村先生诗集序》中说道：

> 余老归空门，不复染指声律，而颇悟诗理。以为诗之道，有不学而能者，有学而不能者，有可学而能者，有可学而不可能者，有学而愈能者，有愈学而愈不能者。有天工焉，有人事焉。知其所以然，而诗可以几而学也……夫诗有声焉，宫商可叶也。有律焉，声病可案也。有体焉，正变可稽也。有材焉，良楛可攻也。斯所谓可学而能者也……文繁势变，事近景遥，或移形于跬步，或缩地于千里。泗水秋风，则往歌而来哭；寒灯拥髻，则生死而死生。可能乎？不可能乎？所谓可学而不可能者信矣。而又非可以不学而能也，以其识趣正定，才力宏肆，心地虚明，天地之物象，阴符之生杀，古今之文心名理，陶冶笼挫，归乎一气，而咸资以为诗。善画马者曰，天闲万厩，皆吾师也。安有撑肠雷腹，蝉吟蚓窍而谓之能诗者哉？玄黄金碧，入其垆鞴，皆成神丹，而他

---

① （清）钱谦益：《列朝诗集小传》下，571页，上海，上海古籍出版社，1983。

人则为掇拾之长物。幺弦孤韵，经其杼轴，皆为活句，而他人则为偷句之钝贼。参苓不能生死人，朱铅不能饰丑女，故曰有学而愈能，有愈学而愈不能。读梅村诗者，亦可以霍然而悟矣。①

学诗有两种人，一种是"不能"：学而不能、可学而不可能、愈学而愈不能；另一种是"能"：不学而能、可学而能、学而愈能。其实，从能诗的角度看，有学而能与不学而能两种，前者靠学习而获得诗歌的相关知识和写作能力，后者却禀承天赋，不学而能。钱谦益认为诗才是一种自然的才能，它能促使诗人创作出具有天然美感的作品。"夫诗之为道，骈枝俪叶，取材落实，铺陈扬厉，可以学而能也。刓目鉥心，推陈拔新，经营意匠，可以思而致也。若夫灵心俊气，将迎恍忽，禀乎胎性，出之天然。其为诗也，不矜局而贵，不华丹而丽，不钩棘而远。不衫不履，粗服乱头，运用吐纳，纵心调畅。虽未尝与捃摭掏擢者炫博争奇，而学而能，思而致者，往往自失焉。"②不学而能出于人的灵心，具有天然的本性，如果加入人工的斧凿反而失去诗歌的艺术魅力。钱谦益对不学而能的诗人很赞赏，对于学而愈能的诗人更是赞赏，他认为吴梅村是后一类的代表。

（二）世运。明清易代之际，空谈心性、徒事文华已不被时代所取，经世思想不断地被强化，将文学与时代紧密结合成为时代共识。清初，"诗史"再次被激活，文学一方面要起到"补史""证史"的作用，另一方面还要传扬其匡时救弊的精神。钱谦益认为诗歌的变化与时代息息相关，诗歌随时代而变，他在《纯师集序》中说道：

夫文章者，天地之元气也。忠臣志士之文章，与日月争光，与天地俱磨灭。然其出也，往往在阳九百六，沦亡颠覆之时。宇宙偏沴之运，

---

① （清）钱谦益：《牧斋有学集》中，756～757页，上海，上海古籍出版社，1996。
② （清）钱谦益：《牧斋有学集》中，791页，上海，上海古籍出版社，1996。

与人心愤盈之气，相与轧磨薄射，而忠臣志士之文章出焉。①

诗歌是个人性情的表现，个人遭际不一，诗歌的内容、形式风格也不一样，在动荡的社会，"世运"深深地影响了个体的诗文创作。钱谦益认为诗文乃是"天地之元气"，与时代紧密相关，在国家危难的时候，这股"元气"就会磅礴而出，诗文也由此而盛。他对宋遗民尤为推崇，认为"宋之亡也，其诗称盛"。由明入清，许多诗人诗风发生了变化，钱谦益认为这是世运使然。他在《李缁仲诗序》中叙述道：

> 缁仲年舞象，长蘅携以过余。于时缁仲丰神开朗，须眉如刻画，握笔数千言，旋风骤雨，发作于行墨之间，虽老于文学者，靡不望而却走也。抠衣奉手以见于先生长者，肩随步趋，悛悛无子弟之过。微窥其志气，如天马之长鸣，秋鹰之整翮，不可以驾驭束缚。又如天外朱霞，映望倒景，非可以人世尘坌与之梯接也。世故迁流，遇合寥廓，长蘅戢景菰芦，缁仲肘足场屋，日月逾迈，祸乱侵寻，于是乎为退士、为旅人、为乞食之贫子、为对簿之累囚，秃袖敝衣，苍颜白发，如命侣之阳雁、如绕树之越鸟，伶仃仔亍，羁栖憔悴。向日之缁仲，鲜妍轩举，颓然不复可以别识。而文章之气，隐现于眉目之间，作为诗歌，倾江洒海，学益富，才益老，神益王，人之口咕目瞠，望而却走，视昔有加无不及焉。盖其少壮时，禀长蘅兄弟之家训，闻孟阳诸公之格论，学有师承，文有原本，而又以盛年高才，流离坎壈，箕毕之雨风，龙汉之水火，天运人事，盘互参错，皆足以磨厉其深心，而锉削其客气。故其境会遭适，支离复逆，皆用以资其为诗。而其才华志意，渐归平实，抒情征事，仗缘托物，远师香山，近仿石田，于世之蝇声蚓窍，声转喉而吟拥鼻者，邈乎不相及也。欧阳子有言：诗能穷人，必穷者而后工也。岂不

---

① （清）钱谦益：《牧斋初学集》中，1085页，上海，上海古籍出版社，1985。

信哉！①

易代以前，李缁仲为世家公子，"丰神开朗，须眉如刻画"，彬彬有礼，下笔千言，不知所止，"如天马之长鸣，秋鹰之整翮，不可以驾驭束缚"。入清后，这位公子"肘足场屋"，"为退士、为旅人、为乞食之贫子、为对簿之累囚"，已不复有当年的神采，而诗文"才华志意，渐归平实，抒情征事，仗缘托物，远师香山，近仿石田"，文风一变。钱谦益对七子的知复不知变感到不满，认为时运变了，诗歌也要跟着变化，这是历史的必然。七子复多变少，忽视了社会环境对文学的影响，钱谦益的批评是很中肯的。鼎革之后，不少诗人的诗风前后判若两人，钱谦益"以诗存人"，撰《列朝诗集小传》，正是注意到了世运对诗人的影响。

世运不仅仅影响个体的创作，而且还影响时代文学的风貌。"宇宙偏沴之运，与人心愤盈之气，相与轧磨薄射，而忠臣志士之文章出焉。有战国之乱，则有屈原之《楚词》；有三国之乱，则有诸葛武侯之《出师表》；有南北宋、金、元之乱，则有李伯纪之奏议、文履善之《指南集》。"②"昔者有唐之文，莫盛于韩、柳，而皆出元和之世，《圣德》之颂，《淮西》之雅，铿锵其音，灏汗其气，晔然与三代同风。若宋之谢翱，当祥兴之后，作《铙歌》鼓吹之曲，一再吟咏，幽幽然如号啼鬼语，虫吟促而狼啸哀。甚矣哉！文章之衰，有物使然，虽有才人志士，不能抗之使高，激之使壮也。"③时代特殊的历史境遇，使得诗歌呈现出时代的风格。"文变染乎世情，兴废系乎时序"。不仅每一个朝代会因其"世运"而使诗歌的风貌有所变异，而且在各个朝代的不同时期，也会因为时事而使诗歌创作染上时代特征。"天宝有戎羯之祸，而少陵之诗出；元和有淮蔡之乱，而昌黎之诗出。"④钱谦益从社会

---

① （清）钱谦益：《牧斋有学集》中，837～838页，上海，上海古籍出版社，1996。
② （清）钱谦益：《牧斋初学集》中，1085页，上海，上海古籍出版社，1985。
③ （清）钱谦益：《牧斋有学集》中，811页，上海，上海古籍出版社，1996。
④ （清）钱谦益：《牧斋初学集》中，903页，上海，上海古籍出版社，1985。

存在的外在因素来反思文学的特征，对时代文学风格的分析是符合历史事实的。他特别推崇动乱时的文学，认为在这样的年代，文学能够真正地发出"天地之元音"。钱谦益对文学在"世运"影响下的变是比较通达的。"世运"对文学的影响要通过个体来表现，"世运"与人心是不可分离的。"诗家之铺陈攒俪，装金抹粉，可勉而能也；灵心慧眼，玲珑穿透，本之胎性，出乎毫端，非有使然也。"①他指出，"文章之变"与天地变化有关；天地变化不断，人心随之而变，故文章也在变，应当在传承前代的基础上创造出属于自己时代的文学。

（三）学问。前后七子、公安派、竟陵派多是从诗文传统来论述诗文的，而钱谦益却是从经史的传统来论诗文的，这就使得他的批评更具哲理深度。"《三百篇》，《诗》之祖也；屈子，继别之宗也；汉、魏、三唐以迨宋、元诸家，继祢之小宗也。六经，文之祖也；左氏、司马氏，继别之宗也；韩、柳、欧阳、苏氏以迨胜国诸家，继祢之小宗。古之人所以驰骋于文章，枝分流别，殊途而同归者，亦曰各本其祖而已矣。今之为文者，两人焉，其一人曰：必秦必汉必唐，舍是无祖也。是以人之祖祢而祭于己之寝也。其一人曰：何必秦？何必汉与唐？自我作古。是被发而祭于野也。此两人者，其持论不同，皆可谓不识其祖者也。夫欲求识其祖者，岂有他哉？六经其坛墠也；屈、左以下之书，其谱牒也。尊祖敬宗收族，等而上之，亦在乎反而求之而已。"②六经是诗文之祖，两者殊途同归，只有"尊祖敬宗收族，等而上之"，才能不使诗文失去方向。钱谦益追踪溯源，将包括《诗经》在内的经学视为后世诗学的源头，认为诗文创作必须先了解经学之源。钱谦益指出，积学可以尚志养气，为诗文创作打下基础。

> 古之为学者，莫先于学《诗》。《诗》也者，古人之所以为学也，非以《诗》为所有事而学之也。古之人，十有三年学乐诵《诗》舞勺，成童舞

---

① （清）钱谦益：《吾炙集》，柳南草堂刻本。
② （清）钱谦益：《牧斋初学集》中，826~827页，上海，上海古籍出版社，1985。

象，春诵夏弦，秋学《礼》，冬学《书》，其于学《诗》也，没身而已矣。师乙之论声歌也，自歌《颂》歌《雅》以逮于歌《齐》，各有宜焉，自宽柔静正，以逮于温良能断之德，各有执焉。清浊次第，宫商相应，辨其体则有六义；考其源则有四始五际六情，故曰：温柔敦厚，《诗》教也。古人之学《诗》者如是。今之为诗者，不知诗学，而徒以雕绘声律剽剥字句者为诗，才益驳，心益粗，见益卑，胆益横，此其病中于人心，乘于劫运，非有反经之君子，循其本而救之，则终于胥溺而已矣。①

古人学诗，不仅只学习诗歌的表现手法，更注重诗歌的教化功能，从诗歌中得到道德的感化。钱谦益认为古学中的这种传统在后世被忽略了，后人只是"以雕绘声律剽剥字句者为诗"，见识日益低下，思想境界卑微，循于末而不知返本，诗歌创作每况愈下。其实，明代的"俗学"并非不学古，只是学古而不知古，并没有得到古人的真义，这是钱谦益疾呼古学的真正原因。他在《赠别方子玄进士序》一文中说道：

  夫今世学者，师法之不古，盖已久矣。经义之敝，流而为帖括；道学之弊，流而为语录。是二者，源流不同，皆所谓俗学也。俗学之弊，能使人穷经而不知经，学古而不知古，穷老尽气。盘旋于章句占毕之中，此南宋以来之通弊也。弘治中学者，以司马、杜氏为宗，以不读唐后书相夸诩为能事。夫司马、杜氏之学，固有从来。不溯其所从来，而骄语司马、杜氏，唐以后岂遂无司马、杜氏哉？务华绝根，数典而忘其祖，彼之所谓复古者，盖亦与俗学相下上而已。驯至于今，人自为学，家自为师，以鄙俚为平易，以杜撰为新奇，如见鬼物，如听鸟语，无论古学不可得见，且并其俗学而失之矣。六经子史，譬如药物之有参苓也。参苓之剂，足以生人。假令投之毒药之中，则亦化而为毒药而已

---

① （清）钱谦益：《牧斋有学集》中，844~845 页，上海，上海古籍出版社，1996。

矣。今之学者，缪种已成，六经子史，一入其中，皆化为异物，又况司马、杜氏哉？余有忧之，居恒与孟阳抵掌窃叹，而不敢以告人。①

学古而不知古，只能留于皮毛，古人的真精神、真境界就无法达到。因此，他认为："诚欲正人心，必自反经始；诚欲反经，必自正经学始。圣天子广厦细旃，穆然深思，特诏儒臣，是正遗经进御，诚以反经正学为救世之先务，亦犹二祖之志也。不然，夫岂其王师在野，方隅未静，汲汲然横经籍传，如石渠、开阳故事，润色太平也哉？"②反经、正经才能培养人的"浩然之正气"，提高个体的境界，为诗文创作埋下根基。

  曹子桓云："文章以气为主。"李文饶举以论文之要。而余取韩、李之言参之，退之曰："气，水也；言，浮物也，水大，而物之浮者大小毕浮；气盛，则言之短长，与声之高下者皆宜。"此气之溢于言者也。习之曰："义深则意远，意远则理辨，理辨则气直，气直则词盛，词盛则文工。"此气之根于志者也。根于志，溢于言，经之以经史，纬之以规矩，而文章之能事备矣。不养气，不尚志，剪刻花叶，俪斗虫鱼，徒足以佣耳借目。鼠言空，鸟言即，循而求之，皆无所有，是岂可以言文哉？③

由学殖以辨义理，义理辨则气直，气直则词盛，词盛则文工，这是深于经学的收获，这是钱谦益在心学泛滥下对传统"养气说"的再度回应，这是有现实针对性的。注重积学不仅能够"养气"，而且还能让作者融通变化，推动个人创作向前发展。钱谦益评诗多喜欢论其学，《族孙遵王诗序》中云："遵王生长绮纨，好学汲古，逾于后门寒素。其为诗，别裁真伪，区明

---

① （清）钱谦益：《牧斋初学集》中，992～993页，上海，上海古籍出版社，1985。
② （清）钱谦益：《牧斋初学集》中，851页，上海，上海古籍出版社，1985。
③ （清）钱谦益：《牧斋有学集》中，825～826页，上海，上海古籍出版社，1996。

风雅,有志于古学者也。比来益知持择,不多作,不苟作,介介自好,戛戛乎其难之也。"①"笼溪黄孝翼氏,少而好学,六经三史诸子别集之书,填塞腹笥,久之而有得焉。作为诗文,文从字顺,弘肆贯穿,如雨之膏也,如风之光也,如川之壅而决也。孝翼之学殖如是,斯其所以有而不夸也与!"②各门学科知识相互融通能够促使创作发展,这是有见地的。

尊经复古是学问的一个方面,要从事诗文创作,除了要有"古学"的基础,还必须了解诗歌的传统,以及诗歌的源流正变和各种风格的诗体。钱谦益在论学的时候特别喜欢用杜甫"别裁伪体""转益多师"的观点,认为"自古论诗者,莫精于少陵别裁伪体之一言"③。别裁伪体就是要区别各种文体,了解其源流,通晓文学发展的内在规律,唯有如此,一代代的诗人才能相禅、相继而出。"诗人之妙,心灵意匠,生生不停,新新相续。"④应该说,钱谦益对诗学的传承与创新的看法是比较辩证的。

三、对明代诗学的批判

清初诗学思想基本上都是建立在对明代诗歌批判的基础上的,作为文坛领袖,钱谦益无疑是时代的旗手。他早年与公安派、竟陵派多有交往,中年以后的学术思想发生了转变,幡然悔悟,摒去所诗之书,尽焚诗文,并对明代主流诗派进行了批判,态度坚决。因为与公安派的袁小修交好,钱谦益的诗学思想多有吸收公安派之处,他对明代诗学的批评主要集中于七子和竟陵派,冀图在批评中完成诗学的构建。

七子的复古思想在明末仍然有相当的市场。复社领袖张溥说道:"予生也晚,不及从琅琊王氏两先生游,则闻之长老云:'元美先生广大,敬美先生

---

① (清)钱谦益:《牧斋有学集》中,828 页,上海,上海古籍出版社,1996。
② (清)钱谦益:《牧斋初学集》中,934 页,上海,上海古籍出版社,1985。
③ (清)钱谦益:《牧斋初学集》中,924 页,上海,上海古籍出版社,1985。
④ (清)钱谦益:《牧斋有学集》中,714 页,上海,上海古籍出版社,1996。

方严。'辄私心想见之。"①琅琊王氏两先生即王世贞、王世懋，张溥以不能从游于两先生为憾，内心之敬重可想而知。陈子龙更是以七子为旗帜，他在《壬申文选凡例》中直接标举七子口号："文当规摹两汉，诗必宗趣开元，吾辈所怀，以兹为正。"以陈子龙为代表的云间、西泠派在明末颇有影响，钱谦益与陈子龙也有交情，但这并不影响他对七子的态度。在《答唐训导（汝谔）论文书》中，钱谦益揭示了七子思想的病根：

> 弘、正之间，有李献吉者，倡为汉文杜诗，以叫号于世，举世皆靡然而从之矣。然其所谓汉文者，献吉之所谓汉而非迁、固之汉也；其所谓杜诗者，献吉之所谓杜，而非少陵之杜也。彼不知夫汉有所以为汉，唐有所以为唐，而规规焉就汉、唐而求之，以为迁、固、少陵尽在于是，虽欲不与之背驰，岂可得哉！献吉之才，固足以颠顿驰骋，惟其不深惟古人著作之指归，而徒欲高其门墙，以压服一世，矫俗学之弊，而不自知其流入于缪，斯所谓同浴而讥裸裎者也。嘉靖之季，王、李间作，决献吉之末流而扬其波，其势益昌，其缪滋甚。弇州之年，既富于李，而其才气之饶，著述之多，名位之高，尤足以号召一世。然其为缪则一而已。今观弇州之诗，无体不具，求其名章秀句，可讽可传者，一卷之中，不得一二。其于文，卑靡冗杂，无一篇不偭背古人矩度，其规摹《左》、《史》，不出字句，而字句之讹缪者，累累盈帙。闻其晚年手《东坡集》不置，又极称归熙甫之文，有久而自伤之语。然而岁月逾迈，悔之无及，亦足悲矣！夫本朝非无文也，非无诗也。本朝自有本朝之文，而今取其似汉而非者为本朝之文；本朝自有本朝之诗，而今取其似唐而非者为本朝之诗。②

---

① （明）张溥：《七录斋诗文合集》之《古文近稿》卷五，475页，台北，台湾伟文图书出版社，1977。
② （清）钱谦益：《牧斋初学集》下，1701页，上海，上海古籍出版社，1985。

唐汝谔乃云间人，嗜王、李之学，与陈子龙一样，是七子的推崇者。钱谦益认为七子文取法于汉、诗取法于唐并没有错，但其致命之处在于只知皮附汉唐，不知汉之所以为汉，唐之所以为唐的原因，因此只是形似，并没有得其精髓。以李梦阳为代表，七子之所以没有得到汉唐诗歌的真髓，是因为没有"深惟古人著作之指归，而徒欲高其门墙，以压服一世"，以门派代替实学，结果所作诗文既非汉唐，又非本朝。钱谦益还以王世贞为例，说明七子不可取法。王世贞才气饶，名位高，著述丰富，但诗歌可传者极少，所作文章"卑靡冗杂，无一篇不偭背古人矩度"，晚年才认识到归有光提倡古学的价值所在，追悔莫及，实在可悲。七子的诗学路径已非，后世承讹踵伪，莫知底止，"使夫人穷老尽气，至死而不知悔，其为祸尤惨于俗学"，钱谦益认为这实在可悲。他提出要发掘七子的讹伪，得需博古识真之才，这显然是以古学规导后学。如果说钱谦益早年对七子的态度还比较温和的话，那么入清以后就不那么客气了。在《列朝诗集小传》里，他严厉地批评七子：

> 献吉生休明之代，负雄鸷之才，偭然谓汉后无文，唐后无诗，以复古为己任。信阳何仲默起而应之。自时厥后，齐吴代兴，江楚特起，北地之坛坫不改，近世耳食者至谓唐有李、杜，明有李、何，自大历以迄成化，上下千载，无余子焉。呜呼，何其悖也！何其陋也！夷考其实，平心而论之，由本朝之诗，溯而上之，格律差殊，风调各别，标举兴会，舒写性情，其源流则一而已矣。献吉以复古自命，曰古诗必汉魏，必三谢；今体必初盛唐，必杜；舍是无诗焉。牵率模拟剽贼于声句字之间，如婴儿之学语，如桐子之洛诵，字则字、句则句、篇则篇，毫不能吐其心之所有，古之人固如是乎？天地之运会，人世之景物，新新不停，生生相续，而必曰汉后无文，唐后无诗，此数百年之宇宙日月尽皆缺陷晦蒙，直待献吉而洪荒再辟乎？献吉曰："不读唐以后书。"献吉之诗文，引据唐以前书，纰缪挂漏，不一而足，又何说也。国家当日中月满，盛极孽衰，粗材笨伯，乘运而起，雄霸词盟，

流传讹种，二百年来，正始沦亡，榛芜塞路，先辈读书种子，从此断绝，岂细故哉！①

明代的覆亡刺痛了士子，他们在反思亡国原因时，都将矛头指向了明代的学术文化："不习六艺之文，不考百王之典，不宗当代之务；举夫子论学，论政之大端一切不问，而曰一贯，曰无言。以明心见性之空言，代修己治人之学，股肱惰而万事荒，爪牙亡而四国乱，神州荡覆，宗社丘墟。"②亡国的事实让钱谦益不能再对明代的文学保持平静的心态，他对七子的批评简直是叫嚣怒骂，态度之激烈也是罕见。他自己也承认："余之评诗，与当世抵牾者，莫甚于二李及弇州。"③钱谦益对七子的批评让人们更清楚地看到明代文学的局限性，这对建立清代文学是有帮助的，入清以后，破除门户之见，重真性情的抒写渐渐成为共识。

钱谦益对七子的批评主要集中在两个问题。一是割断时代联系的复古思想。七子挟汉唐以令诗文，钱谦益批评李攀龙："僻学为师，封己自是，限隔人代，揣摩声调，论古则判唐、选为鸿沟，言今则别中、盛为河汉，谬种流传，俗学沈痼，昧者视舟壑之密移，愚人求津剑于已逝，此可为叹息者也！"④批评何景明："运世迁流，风雅代变，西京不得不变为建安，太康不得不变为元嘉，康乐之兴会标举，寓目即书，内无乏思，外无遗物，正所以畅汉魏之飙流，革孙许之风尚，今必欲希风枚马，方驾曹刘，割时代为鸿沟，画晋宋为鬼国，徒抱刻舟之愚，自违舍筏之论。"⑤用时代或王朝来划分文学史有其可取之处，但以此来限定文学创作就不免陷入画地为牢的境地，钱谦益的批评应该说是比较合理的。他对七子复古思想的批判明显接受了公安派的影响。"夫文章者，天地变化之所为也。天地变化，与人心之精

---

① （清）钱谦益：《列朝诗集小传》上，311页，上海，上海古籍出版社，1983。
② （清）顾炎武：《日知录集释》上，黄汝成集释，310页，上海，上海古籍出版社，2006。
③ （清）钱谦益：《牧斋有学集》下，1562页，上海，上海古籍出版社，1996。
④ （清）钱谦益：《列朝诗集小传》下，429页，上海，上海古籍出版社，1983。
⑤ （清）钱谦益：《列朝诗集小传》上，323页，上海，上海古籍出版社，1983。

华,交相击发,而文章之变,不可胜穷。"①这与公安派论"变"如出一辙。公安派论"变"注重文体和语言的变化,强调民间文学的价值,而钱谦益论"变"则注重外部社会环境与文学自身的源变,这是两者的不同之处。

二是忽视现实社会内涵的模拟论。七子复古重形式的风格,追求"貌似",古代诗文重视现实的指向没有得到足够的重视。"夫世之称诗者,较量兴比,拟议声病,丹青而已尔,粉墨而已尔,其属情藉事,不可考据也。其或不然,剽窃掌故,傅会时事,不欢而笑,不疾而呻,元裕之所谓不诚无物者也。"②"古人之诗,以天真烂漫自然而然者为工。若以剪削为工,非工于诗者也。天之生物也,松自然直,棘自然曲,鹤不浴而白,乌不默(编者注,依文意当作'墨')而黑,西子之捧心而妍也,合德之体自香也。岂有于矜嚬笑、涂芳泽者哉?今之诗人,骈章俪句,谐声命律,轩然以诗为能事,而驱使吾性情以从之。诗为主而我为奴,由是而膏唇拭舌,描眉画眼,不至于补凑割剥,续凫断鹤,截足以适履,犹以为工未至也。"③"不诚无物",缺乏真性情,这点到了七子诗文的致命之处。钱谦益认为个人的性情是诗歌的首要条件,局限于形式违反了诗歌的本质,只能让诗歌成为"伪诗","情动于中而形于声,乱世之不能不怨怒而哀思也,犹治世之不能不安以乐也。局于初、盛、中、晚之论,是将使人不欢而笑,不病而呻,哀乐而乐哀。音不生于心,声不动于情,而后可也"④。易代之际,缺乏个体性情和家国意识的作品已不为时代所取,钱谦益对七子的批评既代表了时代文学的潮流,也影响了清初文学的发展走向,这对清代文学的健康发展是很有益的。

万历至崇祯年间是钱谦益学术思想成熟的时期,而这也正是竟陵派活跃于诗坛的时期。竟陵后学沈春泽在给钟惺的《隐秀轩集》写序时说道:"盖

---

① (清)钱谦益:《牧斋有学集》下,1343页,上海,上海古籍出版社,1996。
② (清)钱谦益:《牧斋初学集》中,958页,上海,上海古籍出版社,1985。
③ (清)钱谦益:《牧斋有学集》中,829页,上海,上海古籍出版社,1996。
④ (清)钱谦益:《牧斋杂著》上,442页,上海,上海古籍出版社,2007。

自先生之以诗若文名世也,后进多有学为钟先生语者,大江以南更甚。"①钱谦益在《列朝诗集小传》中也说道:"伯敬少负才藻,有声公车间。擢第之后,思别出手眼,另立深幽孤峭之宗,以驱驾古人之上。而同里有谭生元春,为之应和,海内称诗者靡然从之……所撰《古今诗归》盛行于世,承学之士,家置一编,奉之如尼丘之删定。"②钱谦益与钟惺为同年进士,与谭元春也有交谊。明末,竟陵派受到批评,钱谦益"深为护惜,虚心评骘,往复良久,不得已而昌言排击"。然竟陵派力矫公安之失,试图在学古与性情之间找到诗学的门径。这样的取向与钱谦益本无太大冲突,不过因他们学古过于偏隘,没有站在正统诗学的大道上,终究与钱谦益的诗学思想存在差异,这引起了钱谦益的不满。

　　钱谦益对竟陵的批评主要体现在三个方面。一是批评竟陵派的风格。他说:"自近世之言诗者,以其幽眇峭独之指,文其单疏僻陋之学。海内靡然从之,胥天下变为幽独之清吟,诘盘之断句,鬼趣胜,人趣衰,变声数,正声微,识者之所深忧也。"③竟陵派诗风"幽眇峭独",学识上"单疏僻陋",这与钱谦益恢复正统古学,提倡健实的诗风不一致,因此其对竟陵派的鞭挞不遗余力。"诗文之缪,佣耳而剽目也,俪花而斗叶也。其转缪,则蝇声而蚓窍也,牛鸣而蛮语也。其受病,则皆不离乎伪也。"④竟陵学古而失其真,不得古诗的风格,仍然陷入"伪诗"的境地。

　　二是批评竟陵诗风引发国运的衰败。将诗文、音乐与国运相连在中国屡见不鲜,《礼记》有云:"治世之音,安以乐,其政和;乱世之音,怨以怒,其政乖;亡国之音,哀以思,其民困。声音之道,与政通矣。"这一论述在历代都不乏市场。清初士子们在亡国的伤痛之下,都普遍将诗乐之道与国政联系在一起。钱谦益并不完全否认竟陵派的价值,但认为竟陵派行的不是诗学

---

① (明)钟惺:《隐秀轩集》,601页,上海,上海古籍出版社,1992。
② (清)钱谦益:《列朝诗集小传》下,570页,上海,上海古籍出版社,2008。
③ (清)钱谦益:《牧斋初学集》中,960页,上海,上海古籍出版社,1985。
④ (清)钱谦益:《牧斋初学集》中,909页,上海,上海古籍出版社,1985。

的正道。他在《刘司空诗集序》中进行了分析：

> 万历之季，称诗者以凄清幽眇为能，于古人之铺陈终始，排比声律者，皆訾謷抹杀，以为陈言腐词。海内靡然从之，迄今三十馀年。甚矣诗学之舛也！譬之于山川，连冈隤嶂，逶迤平远，然后有奇峰仄涧，深岩复壁，窈窕而忘归焉。譬之于居室，前堂后寝，弘丽靓深，然后有便房曲廊，层轩突夏，纡回而迷复焉。使世之山川，有诡特而无平远，不复成其为造物；使人之居室，有突奥而无堂寝，不复成其为人世。又使世之览山水造居室者，舍名山大川不游，而必于诡特，则必将梯神山，航海市，终之于鬼国而已；舍高堂邃宇弗居，而必于突奥，则必将巢木杪、营窟室，终之于鼠穴而已。今之为诗者举若是，余有忧之而愧未有以易也。今年与刘司空敬仲先生相见请室，得尽见其诗。卢子德水之评赘，可谓精且详矣。而余独喜其渊静闲止，优柔雅淡，意有余于匠，枝不伤其本。居今之世，所谓复闻正始之音者与？使世之学者，服习是诗，奉为指南，必不至悼慄眩运，堕鬼国而入鼠穴，余又何忧焉？史称陈、隋之世，新声愁曲，乐往哀来，竟以亡国。而唐天宝乐章，曲终繁声，名为人破，遂有安、史之乱。今天下兵兴盗起，民不堪命，识者以谓兆于近世之歌诗，类五行之诗妖。①

诗有其康庄大道，僻邪之道只能成为诗学的小补充，如果任僻邪之诗横行天下，那世运就会陷入衰败，引起国家的灭亡，安史之乱便是前车之鉴。钱谦益认为竟陵派腐蚀了世风，是亡国的先兆。"自万历之末以迄于今，文章之弊滋极，而阉寺钩党、凶灾兵燹之祸，亦相挺而作。尝取近代之诗而观之，以清深奥僻为致者，如鸣蚓窍，如入鼠穴，凄声寒魄，此鬼趣也。以尖新割剥为能者，如戴假面，如作胡语，噍音促节，此兵象也。鬼气幽，兵气

---

① （清）钱谦益：《牧斋初学集》中，908～909页，上海，上海古籍出版社，1985。

杀，著见于文章，而气运从之。有识者审声歌风，岌岌乎有衰晚之惧焉。"①竟陵派的"鬼趣""兵气""兵象"充斥于国朝，国运亦由此而衰，最终引发了国家的覆亡。

三是批评竟陵派的古学。竟陵派以学古救公安之弊，但他们的古学缺乏严谨的治学，钱谦益对此颇为不满，大加斥责。他在《冯已苍诗序》中说道：

> 若近世之《诗归》，错解别字，一一举正。宾筵客座，辨论锋起，援古证今，矫尾厉角，自以为冯氏一家之学，论者无以难也。已苍顾不鄙余，而以其诗卷请叙。孟子不云乎：君子深造之以道，欲其自得之也。又曰：博学而详说之，将以反说约也。余以为此学诗之法也。抒山之言曰：取由我衷，得若神表。文外之旨，但见情性，不睹文字。严羽卿以禅喻诗，归之妙悟，此非所谓自得者乎？说约者乎？深造也，详说也，则登山之蹊，渡水之筏也。"读书破万卷，下笔如有神"、"别裁伪体亲风雅，转益多师是汝师"，得之者妙无二门，失之者邈若千里。此下学之径术，妙悟之指归也。荀卿曰：诵数以贯之，思索以通之，为其人以处之，除其害者以持养之。以是学诗也，其几矣乎？已苍之诗行世，必有读其诗而知其学者，于以箴砭俗学，流别风雅，其必有取于此矣。余之为序，非以张已苍，亦以为学诗者告也。②

钱谦益倡通经汲古之学，他不仅批评钟惺《诗归》中的错误，而且还对钟惺的《春秋左传》等的评点进行批评修正。"至于诘经，则非其所长"，四库馆臣对钟惺的评价点了其致命之处，而"诘经"正是钱谦益学术的基点。

---

① （清）钱谦益：《牧斋初学集》中，903页，上海，上海古籍出版社，1985。
② （清）钱谦益：《牧斋初学集》中，1087页，上海，上海古籍出版社，1985。

◎ 第三节
冯班、吴乔的诗学观念

明末清初，以钱谦益为代表而形成的虞山派对诗坛的影响甚大。虞山派诗人除了钱谦益外，二冯（冯舒、冯班）和吴乔也是不可忽视的人物。王应奎说道："吾郡诗学，首重虞山，钱蒙叟倡于前，冯钝吟振于后，盖彬彬乎称盛矣。"[①]虞山派在清初的地位既跟钱谦益的努力分不开，也跟冯班、吴乔在诗学上的贡献有关。

一、冯班的诗学观念

冯班（1602—1671），字定远，晚号钝吟老人，江苏常熟人。少时与兄冯舒齐名，人称"海虞二冯"。明末诸生，入清未仕，佯狂避世，常常就座中恸哭，人称其为"二痴"。冯班是虞山诗派的重要人物，著有《钝吟集》、《钝吟杂录》和《钝吟诗文稿》等。

二冯的学术思想、诗学思想受钱谦益影响不小，钱谦益在《冯定远诗序》中说道："定远，吾友嗣宗之子也，而游于吾门。"[②]二冯在对明代学术、文学复古、严羽诗学思想等的批判上与钱谦益基本一致，但在诗学观念上却有比较大的差异。钱谦益以言志为旗帜，主张回到儒家以经学为中心的诗学传统，在破除了唐诗的偶像后倾向于宋元，而二冯却由盛唐上溯齐梁，下学中晚唐及西昆体，建立起以晚唐诗作为基础的诗学体系，这既有别于钱谦益，又不同于云间派。王应奎在《柳南随笔》中说道："某宗伯诗法受之

---

① 钱仲联：《清诗纪事·明遗民卷》，184 页，南京，凤凰出版社，2004。
② （清）钱谦益：《牧斋初学集》中，939 页，上海，上海古籍出版社，1985。

于程孟阳,而授之于冯定远。两家才气颇小,笔亦未甚爽健,纤佻之处,亦间有之,未能如宗伯之雄厚博大也。然孟阳之神韵,定远之细腻,宗伯亦有所不如。盖两家是诗人之诗,而宗伯是文人之诗。吾邑之诗有钱、冯两派。"①钱谦益对明代的经学到文学进行了反思,建立了"通经汲古"的诗论,其诗论多从大处着眼,没有在细微之处进行辨析。冯班长于辨体,对诗体源流有比较深入的研究,他宗尚晚唐,对晚唐诗歌的艺术成就有独到的偏好,因此论诗细腻,对诗歌艺术性的认识比钱谦益要深入,王应奎对二者的判断应该说是很准确的。蒋寅认为清代的诗论家:"仅从创作观念来考察,往往既没有新颖的文学主张也没有独特的理论贡献,只有从观念史、批评史和学术史相结合的角度去看,其诗学的丰富内容和独特意义才能充分呈现出来。二冯的诗学正是如此,相对于理论创新来说,其意义更多的是在实际的开风气上。"②清代诗学理论的思辨性、集成性较前代更加明显。郭绍虞认为:"一到清代,由于受当时学风的影响,遂使清诗话的特点,更重在系统性、专门性和正确性,比以前各时代的诗话,可说更广更深,而成就也更高。"③海虞二冯没有建立起宏大的诗学体系,但他们在专门问题的研究上却成就不小,这一点值得我们关注。

(一)诗与非诗的辩解

中国古代的学者在追溯诗歌源头时往往都指向了《诗经》,《诗经》因被认为是孔子删定而被推尊为儒家经典之一。在被经典化的过程中,《诗经》经学的意味加重,而文学的审美特性往往被淹没了,依经论文、依经论诗成了中国诗学的传统。虽然魏晋南北朝有文笔之分,萧统以"事出于沉思,义归乎翰藻"为原则,有意遴选经、史之外富于审美韵味的文学作品,但文学成为一门独立学科的呼声却是很微弱的。明代七子以具有典范意义的时代

---

① (清)王应奎:《柳南随笔》,19~20页,北京,中华书局,1983。
② 蒋寅:《清代诗学史》第一卷,185页,北京,中国社会科学出版社,2012。
③ (清)王夫之等撰:《清诗话》,"前言"3~4页,上海,上海古籍出版社,1978。

文学为学习、继承的对象，却忽视了文学自身的流变及社会因素对文学的制约，这在清代及后世一直被批评。七子缺乏"变"的文学观固然不足取，但他们在对文学遗产的整理中仔细分辨各种文体，辨别诗文之别，反对诗史的提法，就使得文学观念较前代要明确。钱谦益在"通经汲古"的口号下将七子的文学理论成就一笔抹杀，其实并不见得一定比七子高明。冯班虽然对明代复古思潮感到不满，但他对七子的批评更多的是从诗学的理路上来展开的，其路径更显深入。

中国古代对诗歌的界定并不明确，诗与文、诗与赋常常混淆在一起。冯班对历来诗与非诗界线不分感到不满，他的辨体是建立在"何者为诗"这一基础上的。他说："有韵无韵，皆可曰文；缘情之作则曰诗。诗者，思也。情动于中，形乎言；言不足，故长言之；长言不足，故咏歌之；有美焉，有刺焉：所谓诗也。不如此则非诗，其有韵之文耳。《礼》有汤之盘铭、孔子诔，《春秋左传》有卜筮繇词，皆有韵；三百篇中无此等文字，知古人自有阡陌，不以为诗也。"①六朝时曾以有韵无韵分"文"与"笔"，这种仅仅从形式上来划分文与非文的方法，显然是存在很大缺陷的。冯班抛弃了从形式上来划分的做法，他将"缘情"视为诗歌的首要因素。"诗言志"是中国诗论的传统，言志之"志"内容宽泛，既可以指政治伦理的志向，又可以指向个人自然的情感，在儒家诗论里，指向前者更占主流。冯班虽然也不否认"言志"，但他在论述诗的本质时却是更多地用"缘情"，这个"缘情"侧重于个体的自然情感，没有这种自然情感就不能称为诗。他认为性理诗、理学诗就不是诗。他在《正俗》一文中说道："如《易林》之作，止论阴阳，非言志、缘情之文，王司寇欲以《易林》为诗，直是不解诗，非但不解《易林》也。王、李论诗，多求之词句，而不问其理，故有此失。少年有不然余此论者，余论之曰：'夫镜圆也，饼亦圆，饼可谓镜乎？《易林》之不为诗，亦犹此耳。若四言韵语便是诗，诗亦多矣，何止焦氏乎？'"②《易林》文字雅丽，

---

① （清）冯班：《钝吟杂录》，65页，北京，中华书局，2013。
② （清）冯班：《钝吟杂录》，40～41页，北京，中华书局，2013。

有诗歌的形式,但冯班认为它是宣理之文,不是个体情感的自然流露,"非言志、缘情之文",不能算是诗。与《易林》相反,《春秋左氏传》《国语》所载的歌谣虽然没有整齐的形式,但它们却是缘情之作,仍然可以算得上是诗。孔子言,"不学诗,无以言","诵诗三百,授之以政,不达;使于四方,不能专对。虽多,亦奚以为?"孔子所论之诗是指《诗经》,包括风、雅、颂。毛公解诗:"诗者,志之所之也,在心为志,发言为诗,情动于中而形于言,言之不足,故嗟叹之,嗟叹之不足,故咏歌之,咏歌之不足,不知手之舞之足之蹈之也。"冯班正是在孔子和毛诗序的基础上理解诗歌的,他说:"古人文章自有阡陌。《礼》有汤之盘铭、孔子之诔,其体古矣,乃三百五篇都无铭、诔之文,故知孔子当时不以为诗也。近世冯惟讷撰《诗纪》,首纪'古逸',尽载铭、诔、箴、祝、赞、繇词,殆失之矣。元微之集云:'诗之流,为赋、颂、铭、赞……',大抵有韵之文,体自相涉,若直谓之诗,则不可矣。铭、赞、箴、诔、祝、诫,皆文之有韵者也,诗人以来,皆不云是诗。诗人已后,有骚、词、赋、颂,皆出于诗也,自楚人以来,亦与诗画界,此又后人所分也。"[①]冯班以孔子和毛诗为断,将铭、诔、箴等各种文体排除在诗之外,这就使得诗这一概念接近了当代纯文学的观念。冯班依据经典来界定诗,避免了诸多非文学因素对诗的干扰,但由此也容易将诗狭隘化。钱锺书在这一点上对冯班的诗歌定义提出了质疑,他说:

> 《三百五篇》无箴、铭、诔而有颂,《周颂》、《商颂》、《鲁颂》累牍盈卷,是"孔子当时"以颂为诗矣。陆机《文赋》曰:"诔缠绵而凄怆,铭博约而温润,箴顿挫而清壮,颂优游以彬蔚",以四体连类。岂颂独"言志"、"发情",而诔之"缠绵凄怆",不得为"言志"、"发情"乎?亦见《三百五篇》之体例,未足资别裁之所依据矣。元稹《乐府古题·序》言《诗》、《骚》以后,"诗之流为二十四名……皆《诗》人六义之余",颂、铭、箴、

[①] (清)冯班:《钝吟杂录》,40页,北京,中华书局,2013。

诔,赫然都与其数,冯氏敢以讥"王司寇"者上讥元相耶?"有韵不得直为诗",其言是也。然科以所标"言志"、"发情",则"有韵"之名"诗"者亦每"不得直为诗",如钟嵘《诗品·序》即摈"平典似道德论";而"有韵"之向不名"诗"者,却"直"可"为诗"而无害。盖只求正名,浑忘责实,知名镜之器可照,而不察昏镜或青绿斑驳之汉、唐铜镜不复能照,更不思物无镜之名而或具镜之用,岂未闻"池中水影悬胜镜"(庾信《春赋》)耶?甚至"以溺自照"、"以影质溺"(王世贞《弇州四部稿》卷一五〇《艺苑卮言》评谢榛、汤嘉宾《睡庵文集》卷三《王观生近艺序》、阮大铖《春灯谜》王思任《序》)耶?[1]

钱锺书从诗的发展及后人对诗的理解上驳斥冯班,认为冯班关于诗的定义并不符合中国诗歌发展的实际,他指出"六义之余"的颂、铭、箴、诔等都可以称为诗,而被冯班认为"言志""缘情"的作品并不一定是诗。其实,陆机的《文赋》是论文,颂、铭、箴、诔等都可以被视为具有文艺性的散文,而冯班论的是诗,钱锺书没有仔细辨析两人所论的对象而混为一谈,这是不正确的。《文心雕龙·明诗》篇辨析了诗的源流,也没有将颂、铭、箴、诔等文体列入诗,而是把它们当作另一种文体对待。钱锺书认为冯班对诗的界定就是"言志""缘情",这也是不符合冯班原意的。冯班将"缘情"视为诗的第一要义,但他并不认为只要是缘情而发的就是诗歌,他认为情感的抒发要有艺术的审美形式,这个审美的形式便是比兴。"宋儒多不解诗,朱紫阳诗人也,然所得颇浅。比兴乃诗中第一要事,二字本出大序,大序出于《毛诗》,齐、鲁、韩皆无此序。朱子既不信序文,却不应取此二字;既用二字,又不应用毛解。毛止有兴也,本是意兴之兴,非兴起之兴。又比兴是诗中作用,诗人不以比兴分章,朱子谬甚。如朱说,则兴者乃是说了又说,重复可厌。又如此解'兴'字,亦鄙而拙。书公云;'取象曰比,取义

---

[1] 钱锺书:《管锥编》二,222~223页,北京,生活·读书·新知三联书店,2001。

曰兴,义即象下之义。'此语直捷分晓。"①朱熹对赋、比、兴的解释是:"赋者,敷陈其事而直言之者也";"比者,以彼物比此物也";"兴者,先言他物以引起所咏之词也"。朱熹虽然能够比较准确地说出赋、比、兴的内涵,但冯班认为这样解释比兴还有不足,他更认可皎然对比兴的观点。皎然在《诗式》中论比兴:"取象曰比,取义曰兴。义即象下之意。凡禽鱼草木人物名数,万象之中,义类同者,尽入比兴。《关雎》即其义也。"比兴不仅仅是反复咏叹,更是形象与意蕴的合一,有限的形象寓意无限的内在情感,"诗亦然也,仁者乐山,智者乐水,咏之何害?风云月露之词,使人意思萧散、寄托高胜,君子为之,其亦贤于博奕也"②。冯班的比兴淡化了美刺,强调主体的缘情与自然的合一,这是对比兴概念的深化。他批评李东阳:"西涯之词,引绳切墨,议论太重,文无比兴,非诗之体也。"这就把比兴视为衡量诗的标准了。

  冯班的比兴之论更倾向于艺术审美色彩,这与他的审美爱好有关。冯班的诗作宗尚晚唐,以温、李为范式,创作上追求华丽的辞采和细腻的情感,排斥缺乏审美价值的低俗风气,他用形象的比喻描述了七子与钱谦益的诗风。"图骐骥之形,极其神骏,若求伏辕,不免驾款段之驷;写西施之貌,极其美丽,若须荐枕,不如求里门之姬。万历间,王、李盛学汉、魏、盛唐之诗,只求之声儿之间,所谓骐骥、写西施者也;虞山诗人好言后代诗,所谓款段之驷、里门之姬也。遂谓里门之姬胜于西施,款段之驷胜于骐骥,岂其然乎?况今日之虞山诗人,捋掊剽剥,其弊与王、李同,而文不及王、李,是图款段之马、写里门之姬者也,宜为世人所笑。钱遵王以为诗妖,此君亦具眼。"③西施虽有瑕疵,但从整体上看优于里门之姬,冯班将七子喻为西施,而将钱谦益为代表的虞山诗人喻为里门之姬,并称其为"诗妖",其诗学态度是很明显的。钱谦益延续了公安派"言志"的传统,公安派强调自

---

① (清)冯班:《钝吟杂录》,76页,北京,中华书局,2013。
② (清)冯班:《钝吟杂录》,5~6页,北京,中华书局,2013。
③ (清)冯班:《钝吟杂录》,63页,北京,中华书局,2013。

然情感的抒发，真而不雅，真而不美，冯班对这种倾向感到不满，他反对将诗歌低俗化，认为诗歌既要真，也要美、善。他对明代诗歌批评道："王李、李何之论诗，如贵胄子弟依恃门阀，傲忽自大，时时不会人情。锺谭如屠沽家儿，时有慧黠，异乎雅流。钱牧斋选《国朝诗选》，余谓止合痛论李何、王李，如伯敬辈本非诗人，弃而不取可也。"[1]冯班把竟陵派排除在诗歌之外，他偏激的态度由此可见。

（二）乐府文体之辨

中国古代文学一直被视为"杂文学"，诗、词、赋等具有纯文学特征的文体与奏、铭、寿文、箴、诔等实用文体并行不悖。中国古代文学文体庞杂，对各种文体的辨析也一直是中国古代文论的重要话题，李充的《翰林论》、刘勰的《文心雕龙》、挚虞的《文章流别论》、徐师曾的《文体明辨》、吴讷的《文章辨体》等，都是对各种文体的辨析。冯班在文体辨析上也是相当细致、深入的，成就不可小视。

乐府在唐以前颇受关注，唐代以后的乐府创作式微，古乐考辨困难，研究则更少了。冯班有《古今乐府论》《论乐府与钱颐仲》《论歌行与叶祖德》三篇论文专题探讨乐府，《正俗》《钝吟乐府自序》等篇章中也多有论及乐府，并对乐府进行了系统的梳理，廓清了创作中的诸多误区，贡献是不小的。

早期的文学与音乐、舞蹈密不可分，文辞乃是音乐的组成部分，冯班指出了诗歌的起源。"古人之诗，皆乐也。文人或不闲音律，所作篇什，不协于丝管，故但谓之诗。诗与乐府，从此分区。又乐府须伶人知音增损，然后合调，陈王、士衡多有佳篇，刘彦和以为'无诏伶人'、'事谢丝管'，则于时乐府已有不歌者矣。"[2]乐先于诗，后世文人独立创作，舍弃音乐，专注于语言文字，诗才独立成为一种艺术样式。正因诗依附于音乐，因此，早期

---

[1] （清）冯班：《钝吟杂录》，54页，北京，中华书局，2013。
[2] （清）冯班：《钝吟杂录》，41页，北京，中华书局，2013。

的诗并没有固定的形式,"伶工所奏,乐也;诗人所造,诗也。诗乃乐之词耳,本无定体"①。冯班注意到,两汉的诗歌仍然与音乐有密切的关系,"只如西汉人为五言者二家,班婕妤《怨诗》亦乐府也,吾亦不知李陵之词可歌与否。如《文选》注引古诗,多云枚乘乐府诗,知《十九首》亦是乐府也"②。冯班认为乐府音乐与文辞的分离是在魏晋时期,"追魏有三调,歌诗多取汉代歌谣,协之钟律,其辞多经乐工增损,故有本辞与所奏不同,《宋书·乐志》所载是也。陈王、陆机所制,时称'乖调'。刘彦和以为'无诏伶人','事谢丝管',则疑当时乐府,有不能歌者,然不能明也……大略歌诗分界,疑在汉、魏之间"③。冯班借助于文献资料对乐府的源变进行考察,其判断是符合文学史发展实际的。诗孕育于音乐,当它脱离音乐时,经历了一个依违的过程,"夫乐府本词多平典,晋、魏、宋、齐乐府取奏,多聱牙不可通,盖乐人采诗合乐,不合宫商者,增损其文,或有声无文,声词混填,至有不可通者,皆乐工所为,非本诗如此也"④。"又乐府采诗以配声律,出于伶人增损并合,剪截改窜,亦多自不应题目,岂可以为例也?"⑤唐代的新乐府运动舍弃了乐府的音乐,并自拟新题进行创作,冯班认为是符合乐府精神的。"杜子美作新题乐府,此是乐府之变。盖汉人歌谣,后乐工采以入乐府,其词多歌当时事,如《上留田》《霍家奴》《罗敷行》之类是也。子美自咏唐时事,以俟采诗者,异于古人,而深得古人之理。元、白以后,此体纷纷而作。"⑥"乐府中又有灼然不可歌者,如后人赋横吹诸题及用古题而自出新意,或直赋题事,及杜甫、元、白新乐府是也。"⑦唐代乐府除了不入乐外,表现题材、表现方法等基本与汉乐府相通,冯班最后对古今乐府进行了总结:"总而言之,制诗以协于乐,一也;采诗入乐,二也;古有此曲,

---

① (清)冯班:《钝吟杂录》,42页,北京,中华书局,2013。
② (清)冯班:《钝吟杂录》,42页,北京,中华书局,2013。
③ (清)冯班:《钝吟杂录》,145页,北京,中华书局,2013。
④ (清)冯班:《钝吟杂录》,143页,北京,中华书局,2013。
⑤ (清)冯班:《钝吟杂录》,41页,北京,中华书局,2013。
⑥ (清)冯班:《钝吟杂录》,143页,北京,中华书局,2013。
⑦ (清)冯班:《钝吟杂录》,146页,北京,中华书局,2013。

倚其声为诗,三也;自制新曲,四也;拟古,五也;咏古题,六也;并杜陵之新题乐府,七也。古乐府无出此七者矣。"①这样的总结是相当全面而准确的,今天的乐府研究,很难突破其框架。

明确了乐府发展的线路,冯班对明代的拟乐府深为不满,他对明代以乐府为名进行创作的诗人进行了批评:

> 近代李于鳞取晋、宋、齐、隋《乐志》所载,章截而句摘之,生吞活剥,曰"拟乐府"。至于宗子相之乐府,全不可通。今松江陈子龙辈效之,使人读之笑来。王司寇《卮言》论歌行,云"有奇句夺人魄者,直以为歌行",而不言此即是拟古乐府。……(钟)伯敬承于鳞之后,遂谓奇诡聱牙者为乐府,平美者为诗。其评诗至云某篇某句似乐府,乐府某篇某句似诗,谬之极矣。……李西涯作诗三卷,次第咏古,自谓"乐府"。此文既不谐于金石,则非乐也;又不取古题,则不应附于乐府也;又不咏时事,如汉人歌谣及杜陵新题乐府,直是有韵史论,自可题曰"史赞",或曰"咏史诗",则可矣,不应曰"乐府"也。②

乐府本来平易浅显,而明代的拟乐府却变得晦涩难懂,冯班从文体特征出发进行批判,这是有建设意义的。

歌行与乐府的关系密切,冯班在对乐府辨析的过程中也对歌行进行了考辨:

> 七言创于汉代,魏文帝有《燕歌行》,古诗有《东飞伯劳》,至梁末而七言盛于时,诗赋多有七言,或有杂五七言者,唐人歌行之祖也。声成文谓之歌,曰"行"者,字不可解。见于《宋书·乐志》所载魏、晋乐府,盖始于汉人也。至唐有七言长歌,不用乐题,直自作七言,亦谓之歌

---

① (清)冯班:《钝吟杂录》,143 页,北京,中华书局,2013。
② (清)冯班:《钝吟杂录》,143~144 页,北京,中华书局,2013。

行，故《文苑英华》歌行与乐府又分两类。今人歌行题曰古风，不知始于何时，唐人殊不然，故宋人有七言无古诗之论。……《才调集》卷前题云：古律杂歌诗一百首。古者，五言古也；律者，五七言律也；杂者，杂体也；歌者，歌行也。此是五代时书，故所题如此，最得之，今亦鲜知者矣。大略歌行出于乐府，曰"行"者，犹仍乐府之名也。①

歌行出于乐府，当代不少学者也持这一观点。歌行与乐府一样，也经历了由入乐到脱离音乐，冯班注意到歌行与齐梁体、律诗有别，将它归入"古诗"，这是很有见地的。他最后对歌行总结道："今之歌行，凡有四例：咏古题，一也；自造新题，二也；赋一物、咏一事，三也；用古题而别出新意，四也。"②应该说，这样的归纳和总结是比较准确的。

（三）性情与雅丽：对七子和公安的综合

钱谦益猛烈抨击明七子和竟陵派，二冯出自钱谦益门下，对七子的复古和竟陵派也颇多不满，在对明代诗学的反思中，二冯都试图超越简单的复古和性情之论。冯班说："王李、李何之论诗，如贵胄子弟依恃门阀，傲忽自大，时时不会人情。钟谭如屠沽家儿，时有慧黠，异乎雅流。"③明七子多喜树立门户，以势压人，文学上以复古为帜，缺乏对个体情感的关注，冯班对这种"傲忽自大，时时不会人情"的做法感到不满，而竟陵派实则是公安派的延续，诗学品格低下，类于亡国之音，没有七子雅健的风怀。在七子与竟陵之间，冯班最痛恨竟陵，认为"伯敬辈本非诗人"，没有给竟陵派留下生存的余地。其实，冯班对公安、竟陵的性情论是有吸取的，他主张诗要"缘情"，公安、竟陵也主张诗歌要表现喜怒哀乐之情。

---

① （清）冯班：《钝吟杂录》，142～143 页，北京，中华书局，2013。
② （清）冯班：《钝吟杂录》，147 页，北京，中华书局，2013。
③ （清）冯班：《钝吟杂录》，54 页，北京，中华书局，2013。

> 诗以道性情,今人之性情,犹古人之性情也,今人之诗不妨为古人之诗。不善学古者,不讲于古人之美刺,而求之声调之间,其似也不似也则未可知。假令一二似之,譬如偶人刍狗,徒有形象耳。黠者起而攻之,以性情之说,学不通经,人品污下,其所言者皆里巷之语,温柔敦厚之教,至今其亡乎?①

性情论是冯班诗论的基石,他认为不讲性情而只讲声音格调,只能是只有外形而缺乏精神的偶像,这就很容易让低俗的性情论找到缺口,乘虚而入。低俗的性情论真,但不善,也不美,最终只会使传统温柔敦厚的诗教走向灭亡。冯班继承了钱谦益"诗言志"的观点,认为诗要传达情感,但这个情感不是个体的自然情感,而是具有政治伦理色彩的社会情感。过于强调个体的自然情感,很容易让诗歌陷入低俗,使诗歌偏离诗教传统。冯班极度轻视竟陵派,"谭元春、钟惺之论诗,俚而猥,不通文理,不识一字,此乃狭邪小人之俗者,名满天下,真不可解"②。要避免公安、竟陵这种倾向,冯班认为一是要读书学古,二是坚持诗文的雅丽风格。

明代学术空疏不学,公安、竟陵其实是明代学术思想在诗歌上的反映。冯班认为要除此弊病,必须多读书,他说:"余不能教人作诗,然喜劝人读书。有一分学识,便有一分文章。但得古人十分贯串,自然才力百倍。相识中多有天性,自能诗者,然学问不深,往往使才不尽。……多读书则胸次自高,出语皆与古人相应,一也;博识多知,文章有根据,二也;所见既多,自知得失,下笔知取舍,三也。"③明清之际,公安、竟陵名誉扫地,钱谦益、陈子龙、黄宗羲等学人都主张学古,以济明代学术之不足,冯班显然也是受这种思想的影响。他说:"杜陵云'读书破万卷,下笔如有神',近日

---

① (清)冯班:《钝吟杂录》,153~154页,北京,中华书局,2013。
② (清)冯班:《钝吟杂录》,65页,北京,中华书局,2013。
③ (清)冯班:《钝吟杂录》,53页,北京,中华书局,2013。

钟、谭之药石也。"①冯班批判竟陵远甚七子，但这并不表明他完全拒斥竟陵，相反，如果从诗学内涵上看，他倒是竟陵的诤友，弥补了竟陵诗学的重大缺陷。冯班讲学古，但并不主张一味地复古，他说："古诗法汉魏，近体学开元、天宝，譬如儒者，愿学周孔，有志者谅当如此矣。近之恶王、李者，并此言而排之，则过矣，顾学之何如耳。"②学古并没有错，关键是如何学，这就涉及复与变的问题。冯班认为，学古既要深入古人，又要知道权变，他评价七子："王、李妄庸处，人都不解，只是被他倒了六经架子。"③七子的复古只是得了古人的架子，并没有领会古学的精髓，这种师法古人的方法是不可取的，冯班推崇杜甫的"转益多师"："子美中兴，使人见诗骚之义，一变前人，而前人皆在其中，惟能精于学古，所以能变也，此曹、王以后一人耳。"④"钱牧翁教人作诗，惟要识变。余得此论，自是读古人诗，更无所疑，读破万卷，则知变矣。"⑤杜甫既是传统诗歌的集大成者，又是新变者，这是冯班理想的学习对象。

虞山诗人多尚华丽的辞采，冯班也不例外。他在《同人拟西昆体诗序》中说："余自束发受书，逮及壮岁，经业之暇，留心联绝。于时好事多绮纨子弟，会集之间，必有丝竹管弦，红妆夹坐，刻烛擘笺，尚于绮丽，以温、李为范式，然犹恨不见西昆酬唱之集。"⑥冯班宗尚晚唐，创作上追求华丽的辞采，反对诗歌创作质朴无文。"儒者之言曰：'食取其充腹，无事于膏粱也；衣取其御寒，无事于文绣也；文贵其达意，无事于华绮也。'应之曰：'不得膏粱而食葵藿，不得文绣而衣疏布，盖不得已也。必葵藿、疏布而后衣食，则惑矣。孔、孟之文，皆如金玉，古之人必有道矣。'"⑦冯班认为华

---

① （清）冯班：《钝吟杂录》，53页，北京，中华书局，2013。
② （清）冯班：《钝吟杂录》，49页，北京，中华书局，2013。
③ （清）冯班：《钝吟杂录》，108页，北京，中华书局，2013。
④ （清）冯班：《钝吟杂录》，114页，北京，中华书局，2013。
⑤ （清）冯班：《钝吟杂录》，53页，北京，中华书局，2013。
⑥ （清）冯班：《钝吟杂录》，151页，北京，中华书局，2013。
⑦ （清）冯班：《钝吟杂录》，119页，北京，中华书局，2013。

丽的辞采能够避免低俗，而让诗歌保持高雅的品调。

二、吴乔的诗学观念

吴乔（1611—1695），原名殳，字修龄，江南太仓（今属江苏）人，入赘昆山。明崇祯十一年（1638）诸生。入清后以布衣游于公卿间，著有《围炉诗话》。吴乔与冯班交好，诗论多合，吴乔早年虽然因投书钱谦益未果而愤激作《正钱录》以攻之，但他晚年悔误，在诗论上也多挺钱谦益，应该说是钱谦益诗学的继承者。

反思明代诗学一直是清初诗学构建的基点，以钱谦益为代表的虞山诗派在易代之际大力抨击明七子的复古，使得复古思潮难以在清初形成大势。康熙二十年（1681）前后，唐宋诗风更迭，冯班、吴乔等人宗尚晚唐，从诗艺的角度平议唐宋诗风，独异于时代的诗风，也多受时人非议。钱谦益对明七子的批评多是从学术的角度进行，并由此肇始了崇宋的风气。吴乔随口批评明七子"瞎盛唐"，对明代诗学不屑一顾，完全否定了明代的诗歌，他的诗学思想是建立在反思明代诗学的基础之上的。同时，吴乔对康熙年间的宗宋风气也很不满，认为宋诗远低于唐诗，不值得去学习。吴乔批评的态度比较激进，多为人诟病，但他的诗论撇开了外在因素的干扰，主要从诗艺的角度进行评论和构建，因此也能切中明清诗歌的诸多弊端，这是值得我们注意的。

（一）以"意"为主

中国古代的经学、史学及诗歌多有论及"意"，经史中的"意"近乎"道"，诗歌中的"意"则近乎情感。王弼在《周易略例·明象》中认为："尽意莫若象，尽象莫若言。……故言者所以明象，得象而忘言；象者，所以存意，得意而忘象。"[①]这里讲的"意"其实就是"道"，由言而象而意，

[①] （魏）王弼：《王弼集校释》下册，楼宇烈校释，609页，北京，中华书局，1980。

最终达到对天理的体悟。杜牧《答庄充书》中说："凡为文以意为主，气为辅，以辞彩章句为之兵卫。未有主强盛而辅不飘逸者，兵卫不华赫而庄整者"①。这里的"意"主要是指诗人的个人情感。吴乔论诗首重"意"，他的"意"其实就是诗人的情感，在前人已经无数次提及的情况下，吴乔为何要再次强调呢？这主要是针对明代盲目的复古风气。他在《围炉诗话》中说道：

> 问曰："诗在今日，以何者为急务？"答曰："有有词无意之诗，二百年来，习以成风，全不觉悟。无意则赋尚不成，何况比兴？"叶文敏公论古文，余曰："以意求古人则近，以词求古人则远。"公深然之。诗不容有异也。唐诗有意，而托比兴以杂出之，其词婉而微，如人而衣冠。宋诗亦有意，惟赋而少比兴，其词径以直，如人而赤体。明之瞎盛唐诗，字面焕然，无意无法，直是木偶被文绣耳。此病二高萌之，弘、嘉大盛，识者只斥其措词之不伦，而不言其无意之为病。是以弘、嘉习气，至今流注人心，隐伏不觉。习气如乳母衣，纵经灰涤，终有乳气。②

吴乔以比兴和有意、无意考察唐、宋、明代的诗歌，认为唐诗能够沿袭《诗经》的传统，有比兴、有意；宋诗赋多而少比兴、意存；明诗有词却无意、无法。通过三代的对比，吴乔总结出诗学代降的基本原因在于是否能够传承比兴的传统和有意。宋诗比兴少，吴乔还能容忍，明诗无意，他就特别反感，处处讥讽。"弘、嘉人依盛唐皮毛以造句者，本自无意，不能融景；况其叙景，惟欲阔大高远，于情全不相关，如寒夜以板为被，赤身而挂铁甲。"③"明初之诗，娟秀平浅而已。李献吉岸然以盛唐自命，韩山童之称

---

① （唐）杜牧：《樊川文集》，194 页，上海，上海古籍出版社，2007。
② （清）吴乔：《围炉诗话》，见郭绍虞编选：《清诗话续编》一，458 页，上海，上海古籍出版社，1983。
③ （清）吴乔：《围炉诗话》，见郭绍虞编选：《清诗话续编》一，478 页，上海，上海古籍出版社，1983。

宋裔也。无目者骇而宗之,以为李、杜复生,高、岑再起,有词无意之习已成,性情吟咏之道化为异物。何仲默、李于鳞、王元美承献吉之泄气者也,牛诟驴鸣,其声震耳,宜为人所骇闻。数十年前,蚓响蛩鸣,亦复主盟中夏。然蚓蛩止误流俗阿师,牛驴实误有志之士,冒盛唐高名故也。"① 在吴乔的著述中,对明诗"无意"的批评随处可见。诗歌作为情感的艺术哪里能没有"意"呢?明七子虽然在艺术形式上宗尚唐人,但他们在诗歌里还是有情感流露的。吴乔一味地批评,这是有失公允的,他的态度很有可能与钱谦益、冯班等人对明代诗学不遗余力的批判有关。

吴乔认为明代诗歌的衰败首先表现在"无意",那么怎样的诗歌才是"有意"的呢?吴乔的"意"其实包括两层意思,一是个体的遭遇与情感。

> 人之境遇有穷通,而心之哀乐生焉。夫子言诗,亦不出于哀乐之情也。诗而有境有情,则自有人在其中。如刘长卿之"得罪风霜苦,全生天地仁。青山楼行泪,白首一穷鳞"。王铎为都统诗曰:"再登上相惭明主,九合诸侯愧昔贤。"有情地境,有人在其中也。子美《黑白鹰》、曹唐《病马》亦然。鱼玄机《咏柳》云:"枝迎南北鸟,叶送往来风。"黄巢《咏菊》曰:"堪与百花为总领,自然天赐赭黄袍。"荡妇、反贼诗,亦有人在其中。故读渊明、康乐、太白、子美集,皆可想见其心术行已,境遇学问。刘伯温、杨孟载之集亦然。惟弘、嘉诗派浓红重绿,陈言剿句,万篇一篇,万人一人,了不知作者为何等人,谓之诗家异物,非过也。②

诗为心声,人的穷通不一,顺逆有别,哀乐由此而生,把这种境界和情感

---

① (清)吴乔:《围炉诗话》,见郭绍虞编选:《清诗话续编》一,473~474页,上海,上海古籍出版社,1983。
② (清)吴乔:《围炉诗话》,见郭绍虞编选:《清诗话续编》一,490页,上海,上海古籍出版社,1983。

叙述出来，就是诗的"意"。吴乔认为，明七子缺少的正是这种真境、真情，徒有古人的风貌而无自我性情，"万篇一篇，万人一人，了不知作者为何等人"。因此，吴乔将他们称为"诗家异物"。诗歌的情与景密不可分，借景抒情是常见的表现手法。在情景关系上，吴乔更重情。他说："夫诗以情为主，景为宾。景物无自生，惟情所化。情哀则景哀，情乐则景乐。"①以情为主，景为宾，这就突出了"有意"在诗歌创作中的主导作用，强调内容的主导性。他对诗歌中重景轻情的写法深感不满，"明诗之为异物，于叙景最为显著。诗以身经目见者为景，故情得融之为一，若叙景过于远大，即与情不关，惟登临形胜不同耳。献吉《桂殿》诗曰：'桑干斜映千门月。'桑干水自大同而来，相去甚远，何以映宫门之月？……其《乔太师宅饮别》云：'燕地雪霜连海桥，汉家箫鼓动长安。'大且远矣，与当时情事何涉？虽有哀乐之情，融化不得，岂非如牛头阿旁异物耶！"②明七子师法前人，重在形似，过度重形式，结果导致了情感的缺失。吴乔对他们的批评，对诗歌创作的健康发展是有帮助作用的。同样的，吴乔对"以韵害意"的做法也不满，他说：

> 诗思与文思不同，文思如春气之生万物，有必然之道；诗思如醴泉朱草，在作者亦不知所自来，限以一韵，即束诗思。唐时试士限韵，主司因得易见高下耳。今日何可为之耶？若又步韵，同于桎梏，命意布局，俱难如意。后人不及前人，而又困之以步韵，大失计矣！施愚山曰："今人只是做韵，谁人做诗？"狮子一吼，百兽脑裂。做韵定五字，于《韵府群玉》《五车韵瑞》上觅得现成韵脚了，以字凑韵，以句凑篇，扭捏一上，全无意义章法，非做韵而何？步至数人，并韵字亦觉可厌。古

---

① （清）吴乔：《围炉诗话》，见郭绍虞编选：《清诗话续编》一，478 页，上海，上海古籍出版社，1983。
② （清）吴乔：《围炉诗话》，见郭绍虞编选：《清诗话续编》一，672 页，上海，上海古籍出版社，1983。

诗不对偶，无平仄，韵得叶用，唐诗悉反之，已是难事，若又步韵，李、杜无以见长。①

诗歌既然是以意为主，那么声韵就应该是为意服务的，如果只是重视声韵而损害情感的表达，那就不足取了。吴乔在内容与形式的看法上，基本上是沿袭了传统的观点。

吴乔的"意"与公安派强调情感的"真"基本是一致的，但吴乔除了强调"真"，还注重情的雅正。他的雅正，其实正是传统儒家的诗教，这也是他论"意"的第二层意思。

> 问曰："何为性情？"答曰："圣人以'思无邪'蔽《三百篇》，性情之谓也。《国风》好色，《小雅》怨诽；发乎情也。不淫不乱，止乎礼义，性也。乐而不淫，哀而不伤，亦言此也。此意晋、魏不失，梁陈尽矣。陈拾遗挽之使正，以后淫伤之词与无邪者错出。杜诗所以独高者，以不违无邪之训耳。"②

明代诗歌在复古中忽视诗的政教功用，易代之际，经过顾炎武、钱谦益等人的疾呼，恢复诗歌的政教传统得到了响应。吴乔批判明代诗歌的"无意"，正是对这一诗学思想的继承。他用诗教的标准来衡量文学史，尤其推重杜甫。"杜诗是非不谬于圣人，故曰'诗史'，非直指纪事之谓也。纪事如'清渭东流剑阁深'与不纪事之'花娇迎杂佩'皆诗史也。诗可经，何不可史，同其'无邪'而已。用修不喜宋人之说，并'诗史'

---

① （清）吴乔：《围炉诗话》，见郭绍虞编选：《清诗话续编》一，486页，上海，上海古籍出版社，1983。
② （清）吴乔：《围炉诗话》，见郭绍虞编选：《清诗话续编》一，480页，上海，上海古籍出版社，1983。

非之,误也。"①诗歌可以与经史同义,这就把诗歌当作了经世的工具,吴乔因为过于强调诗歌的经世作用,所以把杜甫纪事与不纪事的诗都纳入了"诗史",这就矫枉过正了。

吴乔长期游幕,对世俗的诗歌创作深有体会,他对千篇一律的应制诗提出了批评,认为这些诗作"无意"。

> 诗坏于明,明诗又坏于应酬。朋友为五伦之一,既为诗人,安可无赠言?而交道古今不同,古人朋友不多,情谊真挚,世愈下则交愈泛,诗亦因此而流失焉。《三百篇》中,如仲山甫者不再见。苏、李赠别诗,未必是真。唐人赠诗已多。明朝之诗,惟此为事。唐人专心于诗,故应酬之外,自有好诗。明人之诗,乃时文之尸居馀气,专为应酬而学诗,学成亦不过为人事之用,舍二李何适矣!②

古人的应酬诗情真意切,后人的应酬诗流于形式,情感虚假,失去了情感的所指功能,吴乔将它视为败坏诗歌的因素之一。他还以自身的经历揭示了应酬诗文的无聊:"余自代笔,而识四大家受病之故焉。彼之仕途泛交,与余不识面之贵人何异?彼遇欢戚会别等事,不论有暇无暇,须与之一诗,与余之旅涂困顿,茫无情绪时,忽然索诗何异?彼之无情而强为之辞,又欲似盛唐,不得不依样造句,与余之昧心蒙面,诡遇他人何异?彼自谓铿锵绚丽,宛然唐人,与余所举《乞食草》中之无意思,郛壳烂恶,陈久馁败之语何异?所不同者,余以秋根自命,彼以盛唐大家自许耳。然余乞食诗,实得少时十年沈浸粪沟之力。"③

---

① (清)吴乔:《围炉诗话》,见郭绍虞编选:《清诗话续编》一,584页,上海,上海古籍出版社,1983。
② (清)吴乔:《围炉诗话》,见郭绍虞编选:《清诗话续编》一,594页,上海,上海古籍出版社,1983。
③ (清)吴乔:《围炉诗话》,见郭绍虞编选:《清诗话续编》一,598页,上海,上海古籍出版社,1983。

除了应酬诗，寿诗也是如此，吴乔批评道：

今世最尚寿诗，不分显晦愚智，莫不堕此罥索。余谓村里张思谷，田中李仰桥，乃乐此物，知文理者，必宜看破。庚戌，贱齿六十，友人欲以诗寿。余曰："若果如此，必踵门而诟之。"友曰："何至于此！"余曰："吾是老代笔，专以此侮人者也，君辈乃欲侮我耶！"闻者大笑。庚申，遂无言及之者。庸医不信药，俗僧不信佛，皆此意也。唐人绝少寿诗，宋人有之，而寿词为多。无已，寿词犹可。①

寿诗多阿谀之词，不仅严重失真，而且多虚情假意，纯属点缀。吴乔以过来人的身份揭示实用性诗体的虚伪性，这正是他重"意"的表现。

钱谦益在一定程度上抨击了明七子对盛唐诗的迷信，吴乔却从性情的角度批评了对四唐的划分。

或问曰："初盛中晚之界如何？"答曰："商、周、鲁之诗同在《颂》，文王、厉王之诗同在《大雅》，闵管、蔡之《常棣》与刺幽王之《旻》、《宛》同在《小雅》，述后稷、公刘之《豳风》与刺卫宣、郑庄之篇同在《国风》，不分时世，惟夫意之无邪，词之温柔敦厚而已。如是以论唐诗，则初、唐、中、晚，宋人皮毛之见耳。不惟唐人选唐诗，不分人之前后，即宋、元人所选，亦不定也。自《品汇》严作初、唐、中、晚之界限，又立正始、正宗以至旁流、馀响诸名目，但论声调，不问神意，而唐诗因以大晦矣。"②

吴乔认为四唐的划分侧重于诗的形式风格，这种划分是皮毛之见，并没

---

① （清）吴乔：《围炉诗话》，见郭绍虞编选：《清诗话续编》一，596 页，上海，上海古籍出版社，1983。
② （清）吴乔：《围炉诗话》，见郭绍虞编选：《清诗话续编》一，551 页，上海，上海古籍出版社，1983。

有真正地发现唐诗的价值所在,他认为唐诗重在其性情而非表现形式。 其实,高棅的《唐诗品汇》对四唐的划分,并非只是仅仅从形式着眼,而是将唐代的社会风气与诗歌创作结合起来的。 诗歌创作与社会风气有相一致的一面,吴乔全然否定时代风气对诗歌创作的影响,这是不对的。 吴乔以性情统摄文学史,其实是想避免"失意"。

(二) 诗之道

明清易代之际,诗歌的政教传统被唤醒,比兴的表现手法也得到了伸张,吴乔也将比兴视为诗歌的重要因素,"文无比兴,非诗之体也",他将能否有比兴视为诗歌评判的标准,认为唐诗继承了比兴的传统故而兴盛,宋诗少比兴而多赋,成就不及唐诗,明诗无比兴,诗至衰。 吴乔虽然论比兴的地方很多,但对比兴的内涵却没有深入地分析,他对诗歌的审美特征多喜欢用"虚"和"曲"作解答,"虚"和"曲"可以说是他对比兴的委婉阐释。

吴乔"诗酒文饭"的比喻一直为人们称道,他的这一比喻其实道出了诗文之别。

> 问曰:"诗文之界如何?"答曰:"意岂有二? 意同而所以用之者不同,是以诗文体裁有异耳。 文之词达,诗之词婉。 书以道政事,故宜词达;诗以道性情,故宜词婉。 意喻之米,饭与酒所同出。 文喻之炊而为饭,诗喻之酿而为酒。 文之措词必副乎意,犹饭之不变米形,啖之则饱也。 诗之措词不必副乎意,犹酒之变尽米形,饮之则醉也。"[①]

诗文都要以意为主,但诗文体裁有别,文为实用,故要词达,而诗为虚,故要词婉。 吴乔的比喻在一定程度上点出了诗与文的区别,但他所论的

[①] (清)吴乔:《围炉诗话》,见郭绍虞编选:《清诗话续编》一,479 页,上海,上海古籍出版社,1983。

文比较笼统，没有注意区分实用性散文和文艺性散文，忽视了文艺性散文的审美特性。虽则如此，吴乔还是在比较中给我们揭示了诗歌的审美特性。他认为诗歌必须"曲"，太直的诗歌价值会大打折扣。

  诗贵和缓优柔，而忌率直迫切。元结、沈千运是盛唐人，而元之《春陵行》《贼退诗》，沈之"岂知林园主，却是林园客"，已落率直之病。乐天《杂兴》之"色禽合为荒，政刑两已衰"，《无名税》之"夺我身上暖，买尔眼前恩。进入琼林库，岁久化为尘"，《轻肥》篇之"是岁江南旱，衢州人食人"，《买花》篇之"一丛深色花，十户中人赋"等，率直更甚。东野《列女操》《游子吟》等篇，命意真恳，措词亦善；而《秋夕贫居》及《独愁》等，皆伤于迫切。韦苏州《寄全椒道士》及《暮相思》，亦止八句六句，而词殊不迫切，力量有馀也。贾岛之《客喜》《寄远》《古意》，与东野一辙。曹邺、于濆、聂夷中五古皆合理，而率直迫切，全失诗体。梁、陈于理则远，于诗则近。邺等于理则合，于诗则违。宋人虽率直而不迫切。①

曲才能和缓优柔，意蕴无穷，给人以美的享受，率真就了无意蕴可言。吴乔通过具体的诗作，指出了"曲"的审美特性。曲能给人惊奇和回味，"子瞻云：'诗以奇趣为宗，反常合道为趣。'此语最善。无奇趣何以为诗？反常而不合道，是谓乱谈；不反常而合道，则文章也"②。诗要曲，但又要符合情理，吴乔的观点是很辩证的。

  吴乔认为诗重在比兴，因此贵虚，太实就失去了意韵表现的空间。"诗之失比兴，非细故也。比兴是虚句活句，赋是实句。有比兴则实句变为活

---

① （清）吴乔:《围炉诗话》，见郭绍虞编选:《清诗话续编》一，518 页，上海，上海古籍出版社，1983。
② （清）吴乔:《围炉诗话》，见郭绍虞编选:《清诗话续编》一，475 页，上海，上海古籍出版社，1983。

句,无比兴则实句变成死句。 许浑诗有力量,而当时以为不如不作,无比兴,说死句也。"[1]虚则活,实则死,诗歌作为艺术,要用想象的空间,太实就局限于物质的层面,意韵得不到伸张,因此"虚"才能让诗歌变得空灵。"大抵文章实做则有尽,虚做则无穷。《雅》《颂》多赋,是实做;《风》《骚》多比兴,是虚做。 唐诗多宗《风》《骚》,所以灵妙。"[2]吴乔过度强调诗歌的"虚",这虽然有利于我们区别诗文,但也容易使诗歌失去现实的指向功能,这是我们需要注意的。

吴乔以"虚"和"曲"阐释比兴,强化了人们对诗歌审美特性的认识,把比兴理论推进了一大步。 但他过于强调诗文的二元对立,又很容易让诗文创作走向僵硬化,这是他的不足之处。

◎ 第四节
顾炎武、黄宗羲、傅山的诗学思想

明朝灭亡后,不少遗民由武装斗争转向了学术研究,他们的学术研究强调经史的现实作用,具有强烈的批判色彩和现实指向性。 在当代学术语境中,人们多以思想家称之。 这部分思想家虽然主要志向不在诗文,但大多具有良好的文学素养,诗文创作也有不小的成绩,诗歌理论是他们学术思想的一部分,他们的诗论不乏深见。 本节主要分析顾炎武、黄宗羲、傅山的诗学思想。

---

[1] (清)吴乔:《围炉诗话》,见郭绍虞编选:《清诗话续编》一,481~482 页,上海,上海古籍出版社,1983。
[2] (清)吴乔:《围炉诗话》,见郭绍虞编选:《清诗话续编》一,481 页,上海,上海古籍出版社,1983。

一、顾炎武的诗学思想

明末清初是一个思想激荡的时代,面对社会的迅速变化,人们迫切需要在思想上进行总结,以找到最好的出路。顾炎武就是这个时代的"产儿",他的一生在动荡中度过,学术思想、文学思想形成于这一特殊的时代,具有鲜明的时代性。顾炎武对宋明以来的学术思想都有所继承和批判,他的思想具有强烈的经世精神,主张"君子之为学,以明道也,以救世也"。文学思想是他的学术思想的组成部分,在救世的情怀下,他的文学思想也有了浓重的实用色彩。

(一)经世的文学观

明清易代,救亡图存成为时代的共识,文化救亡是从反思明代学术文化开始的。学人们不满明代学术的不切实际,从一开始便具有强烈的经世倾向。在救亡意识的指导下,顾炎武主张"文章须有益于天下",要求一切学术文章都要有正面的实用功能,多一篇有多一篇的益处,而无关救世的著作越少越好。他提出文章为现实、为政治服务,主张恢复传统"文道合一""文以载道"的思想,把文学纳入整个思想战线中,反对脱离现实的著述,从而提出非"当世之务"之文不为的激进主张。"孔子之删述六经,即伊尹、太公救民于水火之心,而今之注虫鱼、命草木者,皆不足以语此也。故曰:'载之空言,不如见诸行事。'"[①]在我们今天看来,这样强烈的政治指向不免偏激,但在那个特殊的时代,这样的呼声是有现实针对性的。文学虽然可以为政治、为现实服务,但文学毕竟与两者有别,那么文学如何经世呢?顾炎武认为,文学应该发挥它"美刺"的传统。

---

① (清)顾炎武:《顾亭林诗文集》,91页,北京,中华书局,1983。

唐白居易《与元微之书》曰:"年齿渐长,阅事渐多,每与人言,多询时务,每读书史,多求理道,始知文章合为时而著,歌诗合为事而作。"又自叙其诗,关于美刺者谓之讽谕诗,自比于梁鸿《五噫》之作,而谓"好其诗者,邓鲂、唐衢俱死,吾与足下又困踬,岂六义四始之风,天将破坏不可支持邪? 又不知天意不欲使下人病苦闻于上耶?"嗟乎! 可谓知立言之旨矣。①

他认为诗文要"为时""为事"而作,作诗文要关注时事,不作无病之呻吟,要具有美刺的政教功能,故对应酬文章十分反感。他说:"《宋史》言刘忠肃每戒子弟曰:'士当以器识为先,一命为文人,无足观矣。'仆自一读此言,便绝应酬文字,所以养其器识而不堕于文人也。"②他拒绝了李颙的再三请求,坚决不为其母作墓志铭,原因便是"止为一人一家之事,而无关经术政理之大"。应酬的诗文只为一人而作,无涉国计民生;以无聊的应酬诗文取乐,也是文人的一大弊病,顾炎武对这种文人习气深恶痛绝,他对诗歌政教功能的强调具有强烈的公共意识。诗文要发挥其政教功能,真实性是必要的前提。顾炎武强调诗歌必须源于真心,反对矫揉造作。

末世人情弥巧,文而不惭,固有朝赋《采薇》之篇,而夕赴伪廷之举者。苟以其言取之,则车载鲁连、斗量王蠋矣。曰是不然,世有知言者出焉,则其人之真伪即以其言辨之,而卒莫能逃也。《黍离》之大夫,始而摇摇,中而如噎,既而如醉,无可奈何,而付之苍天者,真也。汨罗之宗臣,言之重,辞之复,心烦意乱,而其词不能以次者,真也。栗里之征士,淡然若忘于世,而感愤之怀有时不能自止而微见其情者,真也。其汲汲于自表暴而为言者,伪也。③

---

① (清)顾炎武:《日知录集释》上,黄汝成集释,1168页,上海,上海古籍出版社,2006。
② (清)顾炎武:《顾亭林诗文集》,96页,北京,中华书局,1983。
③ (清)顾炎武:《日知录集释》上,黄汝成集释,1095页,上海,上海古籍出版社,2006。

明末清初，以文辞欺人的贰臣太多了，他们心口不一，苟且偷生，顾炎武对此极为痛恨，他多次提出为人的底线，应是"行己有耻"。在诗歌创作上，顾炎武也反对心口不一的诗作。他认为诗歌应该表现诗人真实的心迹，不必伪饰自己的情感。

（二）文学发展观

明代前后七子以复古为旗帜，复多变少。顾炎武批评道："近代文章之病，全在摹仿。"①这其实是对明代诗文创作倾向的批评。顾炎武熟知中国古代社会的沿革，他的社会史观是辩证发展的，对于文学，他也主张"变"。

> 《三百篇》之不能不降而《楚辞》，《楚辞》不能不降而汉、魏，汉、魏之不能不降而六朝，六朝之不能不降而唐也，势也。用一代之体，则必似一代之文而后为合格。诗文之所以代变，有不得不变者。一代之文，沿袭已久，不容人人皆道此语，今且千数百年矣，而犹取古人之陈言一一而摹仿之，以是为诗，可乎？②

"变"是社会发展的公理，也是文学发展的必然。一代的文学必须与一代的社会形势相适应，这样的文学才算是"合格"。文学发展到一定的程度，不可能再按原来的样子进行创作，必然要求有新的文学代替旧的文学，七子知复不知变，只会让文学走进死胡同。顾炎武强调诗文创作必须要有独创性，他奉劝友人："君诗之病在于有杜，君文之病在于有韩、欧。有此蹊径于胸中，便终身不脱'依傍'二字，断不能登峰造极。"③有了依傍就很难开创出一个新的境界，在继承与创新上，顾炎武更倾向于创新。

---

① （清）顾炎武：《日知录集释》上，黄汝成集释，1097页，上海，上海古籍出版社，2006。
② （清）顾炎武：《日知录集释》上，黄汝成集释，1194页，上海，上海古籍出版社，2006。
③ （清）顾炎武：《顾亭林诗文集》，95～96页，北京，中华书局，1983。

> 子书自孟、荀之外，如老、庄、管、商、申、韩，皆自成一家言。至《吕氏春秋》《淮南子》，则不能自成，故取诸子之言汇而为书，此子书之一变也。今人书集，一一尽出其手，必不能多，大抵如《吕览》《淮南》之类耳。其必古人之所未及就，后世之所不可无，而后为之，庶几其传也与？①

孟、荀、老、庄、管、商、申、韩能够自成一家，有自己的创见，顾炎武甚为推崇，而认为《吕氏春秋》《淮南子》是没有创见的。顾炎武认为著述必须"古人之所未及就，后世之所不可无"，才能流传。因此，他对那些抄袭雷同之作深感不满。"古人之会君臣朋友，不必人人作诗。人各有能有不能，不作诗何害？若一人先倡而意已尽，则亦无庸更续。是以虞廷之上，皋陶赓歌，而禹、益无闻，古之圣人不肯为雷同之辞、骈拇之作也。柏梁之宴，金谷之集，必欲人人以诗鸣，而芜累之言始多于世矣。"②没有己意、没有新意就不必作诗，顾炎武对诗文始终怀着一种严肃的态度，反对无聊的文字游戏。当然，顾炎武也并没有否定对文学传统继承的重要性，他认为诗文创作贵在"似"与"不似"之间。"故不似则失其所以为诗，似则失其所以为我。李杜之诗所以独高于唐人者，以其未尝不似而未尝似也。知此者，可与言诗也已矣。"③"似"意味着对前人的学习，但仅仅限于"似"就不会有自己的成就，"似"只能说是重复，在"似"的基础上达到"不似"才能形成自己的东西，顾炎武对于继承与创新的论述充满着辩证思维。

（三）反对作文程式

明代八股文固守作文程式，限制个体的自由发挥，造成了文章的千人一面。顾炎武论诗文重新、重变，归根到底是重意。正因为重意，他反对僵

---

① （清）顾炎武：《日知录集释》上，黄汝成集释，1083~1084页，上海，上海古籍出版社，2006。
② （清）顾炎武：《日知录集释》上，黄汝成集释，1168页，上海，上海古籍出版社，2006。
③ （清）顾炎武：《日知录集释》上，黄汝成集释，1194页，上海，上海古籍出版社，2006。

化的文学形式，他说：

> 文章无定格，立一格而后为文，其文不足言矣。唐之取士以赋，而赋之末流最为冗滥。宋之取士以论策，而论策之弊亦复如之。本朝之取士以经义，而经义之不成文又有甚于前代者。皆以程文格式为之，故日趋而下。……欲振今日之文，在毋拘之以格式，而俊异之士出矣。①

作文立程式最为有害，使人们拘于形式中，其末流更甚。顾炎武通过对历代程文的考察，得出"毋拘之以格式，而俊异之士出"的结论。因此，他主张以意为主，反对用固定的程式来创作诗文。"古人之诗，有诗而后有题。今人之诗，有题而后有诗。有诗而后有题者，其诗本乎情。有题而后有诗者，其诗徇乎物。"②诗题因诗情而立，如果反其道而行之，性情就给束缚了，这样的诗就很难说是真诗了。

顾炎武长期从事音韵研究，在古音学上做出了很大的贡献。他将音韵研究移入文学批评，对诗歌的用韵提出了看法。他认为诗歌虽有音韵，但"不以韵而害意"，主张以意为主。

> 是知以韵从我者，古人之诗也；以我从韵者，今人之诗也。自杜拾遗、韩吏部未免此病也。……诗主性情，不贵奇巧。唐以下人有强用一韵中字几尽者，有用险韵者，有次人韵者，皆是立意以此见巧，便非诗之正格。③

熟悉古诗音韵却能坚持以意为主，这就保证了诗歌的言情本质。同时，

---

① （清）顾炎武：《日知录集释》上，黄汝成集释，954页，上海，上海古籍出版社，2006。
② （清）顾炎武：《日知录集释》上，黄汝成集释，1171页，上海，上海古籍出版社，2006。
③ （清）顾炎武：《日知录集释》上，黄汝成集释，1171~1172页，上海，上海古籍出版社，2006。

顾炎武对用韵并不反对,他主张"韵律之道,疏密适中为上",注重自然和美,反对过度拘泥,这样的观点也是很辩证的。

二、黄宗羲的诗学思想

明代文学在清初受到了批评,学人们痛感明代文学的迷失,他们在对儒家传统的回顾中,重新提倡文学的经世功能,依经、重情成为这个时期文学理论的一大特点。作为易代之际三大思想家之一,黄宗羲虽然不以文名,也没有刻意研究文学,但他诗文创作颇丰,与时人唱和不已,诗文理论成为他学术思想的组成部分。

(一)诗道性情

明末,经过钱谦益的疾呼,明代文学的弊病已被世人认知,在动荡的社会环境下,提倡抒写具有个体色彩和时代色彩的"真诗"成为诗学的强音。黄宗羲的一生曲折多故,他自称"初锢之为党人,继指之游侠,终厕之于儒林"。在明末身历党争,在清初投身抗清,最终以著述成就人生,黄宗羲的情感向度很深,激荡的社会现实使他对诗言志有独特的理解。晚明心学泛滥,士大夫追求闲适平淡的心境,在易代的刺激下,人们要求个体情感要有家国意识,黄宗羲将之推到"有诗""无诗"的高度,他说:

> 古人不言诗而有诗,今人多言诗而无诗,其故何也?其所求之者非也。上者求之于景,其次求之于古,又其次求之于好尚。以花鸟为骨,烟月为精神,诗思得之坝桥驴背,此求之于景者也。赠别必欲如苏、李,酬答必欲如元、白,游山必欲如谢,饮酒必欲如陶,忧悲必欲如杜,闲适必欲如李,此求之于古者也。世以开元、大历之格绳作者,则迎之而为浮响,世以公安、竟陵为解脱,则迎之而为率易为浑沦,此求之于一时之好尚者也。夫以己之性情,顾使之耳目口鼻皆非我有,徒为

徇物之具，宁复有诗乎？①

明代应酬诗泛滥，诗文雷同剿袭，并无真性情。"今人多言诗而无诗"，黄宗羲认为"无诗"的根本在于没有真实的个人情感，没有健实的社会内容，为作诗而作诗，把诗当做文字游戏，这样的诗再多也没有多大的意义。在易代的痛楚下，黄宗羲要求诗歌不仅要抒写个体情感，而且要有深广的历史内涵，他提出了"一时之性情"与"万古之性情"的命题。

> 诗以道性情，夫人而能言之，然自古以来，诗之美者多矣，而知性者何其少也。盖有一时之性情，有万古之性情。夫吴歈越唱，怨女逐臣，触景感物，言乎其所不得不言，此一时之性情也。孔子删之，以合乎"兴观群怨""思无邪"之旨，此万古之性情也。吾人诵法孔子，苟其言诗，亦必当以孔子之性情为性情，如徒逐逐于怨女逐臣，逮其天机之自露，则一偏一曲，其为性情亦末矣。②

黄宗羲认为，个人的遭遇哀乐是"一时之性情"，合乎天道的性情是"万古之性情"；唯有"万古之性情"才具有永恒性，诗歌创作应当以"万古之性情"为主，"一时之性情"只是性情之"末"。其实，黄宗羲并不否定个体情感的合理性："即时不甚乱，而其发言哀断，不与枯荄变谢者，亦必逐臣、弃妇、孽子、劳人，愚慧相倾，惛算相制者也。此则一人之时也。……盖诗之为道，从性情而出。人之性情，其甘苦辛酸之变未尽，则世智所限，易容埋没；即所遇之时同，而其间有尽不尽者。不尽者终不能与尽者较其贞脆。"③黄宗羲肯定个人情感的合理性，但他所肯定的并不是一般的情感，而是具有健实社会内容的个体情感，尤其在易代的社会现实下，他

---

① （清）黄宗羲：《黄梨洲文集》，361页，北京，中华书局，1959。
② （清）黄宗羲：《黄梨洲文集》，363~364页，北京，中华书局，1959。
③ （清）黄宗羲：《黄梨洲文集》，345页，北京，中华书局，1959。

更倾向于具有时代意义的个人情感。他说:"余尝辑姚江逸诗。千年以来,称诗者无虑百人,而其为诗人者三人而已,宋高菊磵、明宋无逸及景州是也。"①在黄宗羲看来,姚江历代诗人中真正的诗人只有区区三位遗民诗人,其他的都排不上号。在黄宗羲的诗歌评论中,他对遗民诗人情有独钟,应该说这是他的情怀使然。

黄宗羲的诗论是他学术思想的一部分,在动荡的时代,他无暇仔细辨析诗文的门径,他所提的"万古之性情"其实正是儒家传统的政教诗论。

> 昔吾夫子以兴、观、群、怨论诗……盖古今事物之变虽纷若,而以此四者为统宗。自毛公之六义,以风、雅、颂为经,以赋、比、兴为纬,后儒因之,比、兴强分,赋有专属。及其说之不通也,则又相兼,是使性情之所融结,有鸿沟南北之分裂矣。古之以诗名者,未有能离此四者。然其情各有至处。其意句就境中宣出者,可以兴也。言在耳目,赠寄八荒者,可以观也。善于风人答赠者,可以群也。凄戾为《骚》之苗裔者,可以怨也。②

在先秦,诗歌作为国家政治的组成部分,发挥着政治伦理教化的功能,但这一功能在后代给弱化了,娱乐性、交际性成了诗歌的主要功能。黄宗羲重提孔子诗论,其实是想让道统与文统合二为一。黄宗羲的"情"与"性"是相通的,而"性"正是所谓的"道"。因此,他的诗情论具有浓重的道论色彩,在救亡的时代语境下,这样的文学与一般迂腐的儒家诗论是有别的,这点需要我们注意。

黄宗羲论诗重情,他认为诗的感情与普通的感情是不一样的,"情各有至处",只有"至处"才能写出好诗,这是对言志说的一大发展。他说:"然吾观夫子所删,非无考盘、丘中之什厕乎其间,而讽之令人低徊而不能去者,

---

① (清)黄宗羲:《黄梨洲文集》,339页,北京,中华书局,1959。
② (清)黄宗羲:《黄梨洲文集》,357~358页,北京,中华书局,1959。

必于变风变雅归焉。盖其疾恶思古，指事陈情，不异薰风之南来，履冰之中骨，怒则掣电流虹，哀则凄楚蕴结，激扬以抵和平，方可谓之温柔敦厚也。"①诗道性情，这性情并不是一般的性情，而是有强烈的现实指向性的。黄宗羲对"温柔敦厚"提出了新解，反对平面性的情感抒写，并对没有情感深度的诗风提出了批评："今之为诗者，曰必为唐，必为宋，规规焉俯首缩步，至不敢易一辞，出一语，纵使似之，亦不足贵。"②宗唐宗宋都只是风格上的学习，是一时之风尚，过于强调形式的追求很容易失去对情感的发掘，黄宗羲对"至情"的强调突出了内容的优先性。

黄宗羲的诗情论在诸多方面突破了传统的诗论，这是时代环境使然，也是时代诗歌需要解决的课题，它对扫除明代不良的诗风起到了推动作用。

（二）以诗补史

黄宗羲博综经史，对历史文献，特别是明代人物文献的保存做出了诸多贡献。他论史注重"史意"，寓褒贬于史，主张经世致用。强烈的历史意识在他的诗学思想中也得到了体现，他在前人的基础上提出"以诗补史"。

> 今之称杜诗者以为诗史，亦信然矣。然注杜者，但见以史证诗，未闻以诗补史之阙，虽曰诗史，史固无藉乎诗也。逮夫流极之运，东观兰台但记事功，而天地之所以不毁，名教之所以仅存者，多在亡国之人物，血心流注，朝露同晞，史于是而亡矣。犹幸野制遥传，苦语难销，此耿耿者明灭于烂纸昏墨之余，九原可作，地起泥香，庸讵知史亡而后诗作乎？是故景炎、祥兴，《宋史》且不为之立本纪，非《指南》《集杜》，何由知闽广之兴废？非水云之诗，何由知亡国之惨？非白石、晞发，何由知竺国之双经？陈宜中之契阔，《心史》亮其苦心；黄东发之野死，《宝幢》志其处所，可不谓之诗史乎？元之亡也，渡海乞援之事，见于九

---

① （清）黄宗羲：《黄梨洲文集》，362页，北京，中华书局，1959。
② （清）黄宗羲：《黄梨洲文集》，358～359页，北京，中华书局，1959。

灵之诗。而铁崖之乐府,鹤年、席帽之痛哭,犹然金版之出地也,皆非史之所能尽矣。明室之亡,分国鲛人,纪年鬼窟,较之前代干戈,久无条序。其从亡之士,章皇草泽之民,不无危苦之词。以余所见者,石斋、次野、介子、霞舟、希声、苍水、密之十余家,无关受命之笔,然故国之铿尔,不可不谓之史也。①

孟棨《本事诗》将杜诗称为"诗史",此后,"诗史"成了中国诗学的一个命题,"以诗存史""褒贬""美刺"成为这一命题的主要内涵。"诗史"这一命题虽然在明代受到怀疑,但在明清易代之际,动乱的社会现实以及清政府一系列残暴的行径,让人们再次呼唤诗史论。钱谦益"以史证诗",他在《杜工部集笺注》中用史实阐明杜诗的本事和内容,认为诗具有史一样的文献价值,黄宗羲所说的"注杜者"其实正是钱谦益。黄宗羲与钱谦益交好,对钱谦益也很敬重,他的民族气节比钱谦益重,他对诗与史的看法也比钱谦益要深入。黄宗羲认为诗不仅要有文献价值,而且要体现时代的精神。东观和兰台只是藏录典籍、核定史籍,而历史的正气却在诗歌中得以留存。因此,诗可以注史,让历史的"史意"得以充分的展现。黄宗羲认为诗歌是个体精神境界的表现,特别是在危难的关头,诗歌的"元气"就会鼓荡而出。他在《谢皋羽年谱游录注序》中说道:

> 夫文章,天地之元气也。元气之在平时,昆仑磅礴,和声顺气,发自廊庙,而枒浃于幽遐,无所见奇。逮夫厄运危时,天地闭塞,元气鼓荡而出,拥勇郁遏,坌愤激讦,而后至文生焉。故文章之盛,莫盛于亡宋之日,而皋羽其尤也。②

"元气"其实就是诗人的精神气质,它在平时无所见奇,一旦到了危难

---

① (清)黄宗羲:《黄梨洲文集》,346页,北京,中华书局,1959。
② (清)黄宗羲:《黄梨洲文集》,320页,北京,中华书局,1959。

时刻,便会倾泻而出,充盈天地。 因此,诗不仅可以证史,而且能展现历史精神。 黄宗羲特别注重社会历史重大变革时期的"元气",认为这种"元气"至真至极,其艺术价值也是远超平常的。 正因如此,他把宋亡之时的文学视为文学的最高峰。 黄宗羲一直都很推崇这种历史的"元气",他在《缩斋文集序》中评道:

> 商之亡也,采薇之歌,非阳气乎! 然武王之世阳明之世也,以阳遇阳,则不能为雷。宋之亡也,谢皋羽、方韶卿、龚圣予之文,阳气也。其时遁于黄钟之管,微不能吹钐转鸡羽,未百年而发为迅雷。元之亡也,有席帽、九灵之文,阴气也,包以开国之重阳,蓬蓬然起于大隧。风落山为蛊,未几而散矣。①

黄宗羲把"气"视为历史的精神,时间流逝,精神永存,这就把"诗史"在精神层面上推进了一层。

(三)有品藻而无折衷——对历代诗学的兼容

明清之际,经过钱谦益对明七子的批判,纯粹宗尚一种诗风已不为时代所取,转益多师逐渐成为共识,这为以后总结、集成明朝的文学思想做了铺垫。 黄宗羲认识到诗歌的"补史"功能,特别推崇宋诗,甚至认为宋诗的成就在唐诗之上。 黄宗羲是清初宋诗运动的发起人之一,有些人因此认为他宗宋祧唐。 其实,黄宗羲推崇宋诗是想弥补宗唐的不足,他在诗学上主张兼容多种诗风。

> 慨自唐以前,为诗者极其性分所至,怵心刿肠,毕一生之力,春兰秋菊,各自成家,以听后世之品藻。 如钟嵘之《诗品》,辨体明宗,固未

---

① (清)黄宗羲:《黄梨洲文集》,337 页,北京,中华书局,1959。

尝墨守一家以为准的也。至于有宋，折衷之学始大盛。江西以汗漫广莫为唐，永嘉以胆鸣吻呋为唐，即同一晚唐也，有谓其纤巧酿亡国之音，有谓其声宏还正始之响，学昆体者谓之村夫子，学郊、岛者谓之字面诗。入主出奴，谣诼繁兴，莫不以为折衷群言。然良金华玉，并行而不悖，必欲铢两以定其价，为之去取，恐山川之灵气，割裂于市师之手矣。……退山言作诗者……其于古今作者，有品藻而无折衷，盖不欲定于一家以隘诗路也。①

所谓"品藻"就是"辨体明宗"，辨识各种艺术风格，认识到不同时期、不同诗人诗作的价值所在，"春兰秋菊，各自成家"，并在此基础上借鉴和学习。"折衷"就是以平静的心态兼采众华，反对单一的价值取向，避免"入主出奴，谣诼繁兴"。黄宗羲提出"有品藻而无折衷"，其实是对整个明代文学反思的结果，明七子知复不知变，墨守一种艺术风格而排斥其他诗风，结果没有能够创造出属于自己的"一代之文学"。公安、竟陵知变不知复，放任心性，俚俗不雅，偏离了诗学的传统。明末清初，宗唐的风气依然很重，黄宗羲对缺乏通变的做法提出了批评：

> 夫诗之道甚大，一人之性情，天下之治乱，皆所藏纳。古今志士学人之心思愿力，千变万化，各有至处，不必出于一途。今于上下数千年之中而必欲一之以唐；于唐数百年之中而必欲一之以盛唐。盛唐之诗，岂其不佳？然盛唐之平奇浓淡，亦未尝归一，将又何所从耶？是故论诗者但当辨其真伪，不当拘以家数。②

诗道性情，古今天下治乱皆一寓于诗，各个时代都有其"至处"，唐诗

---

① （清）黄宗羲：《黄梨洲文集》，354～355 页，北京，中华书局，1959。
② （清）黄宗羲：《黄梨洲文集》，387 页，北京，中华书局，1959。

只是其中的一途，而且唐诗平奇浓淡，并非只是一种风格，"拘于家数"正是明代文学的主要弊病。黄宗羲针对宗唐的弊病，提出了取径宋诗的主张，他在《张心友诗序》中说道：

> 余尝与友人言诗，诗不当以时代而论，宋、元各有优长，岂宜沟而出诸于外，若异域然。即唐之时，亦非无蹈常袭，故充其肤廓而神理蔑如者，故当辨其真与伪耳。徒以声调之似而优之而劣之，扬子云所言伏其几袭其裳而称仲尼者也。①

以宋济唐，以此救弊宗唐的偏颇，这是黄宗羲的用意所在，他并不是宗宋而祧唐，而是兼取两者，他对宋诗的提倡影响了清一代的宋诗运动。品藻折中并不仅仅限于诗文，他认为只有将诗与经史打通，才能真正地做到"有品藻而无折衷"，"读经史百家，则虽不见一诗，而诗在其中；若只从大家之诗，章参句练，而不通经史百家，终于僻固而狭陋耳"②。折中古今，折中经史，这是黄宗羲的取向所在，也是黄宗羲诗论的深刻之处。

三、傅山的诗学思想

傅山（1607—1684），初名鼎臣，字青竹；后改名山，字青主、侨山等；入清后又名真山，号朱衣道人，又有浊翁、观化翁、石道人等别名，山西阳曲（今太原）人。自幼颖悟，过目不忘，但在明朝却未考取任何功名。自称为老庄之徒，于学无所不通，经史之外，兼通先秦诸子，又长于书画医学，著有《箱红龛集》等，后人辑有《傅青主女科》《傅青主男科》两书，在当时有"医圣"之名。傅山一生经历了明朝的万历、泰昌、天启、崇祯和清

---

① （清）黄宗羲：《黄梨洲文集》，347页，北京，中华书局，1959。
② （清）黄宗羲：《黄梨洲文集》，387页，北京，中华书局，1959。

朝的顺治、康熙朝，康熙二十三年去世，亲历了17世纪动荡不安的社会现实。傅山是明清之际博学多才的学人，侯外庐评价清初学术时说道："在三百年前，援儒入释者有之，外儒内释者有之，但对于二氏之学与杨墨异端，都认为与儒家相反，斥之辟之不遗余力，没有人敢于公然研究，自命为异端，以干犯儒林传统的攻击。清初大儒也有吸收释道方法论者如王夫之，有兼赞墨学者如顾炎武，但他们都摆脱不开正统思想的形式。惟独傅山不然，他大胆地提出了百家之学，对于六经与诸子无可轩轾地加以阐发和注释，首开近代子学研究的蹊径，这不能不说是17世纪中国思想界的一支异军。"①傅山的"百家之学"突破了传统儒家一尊的局面，其认为儒学、理学只是百家中的一家，提出"经子平等"，经、子应具有平等的地位。傅山不拘一格的学术思想影响了他的诗学思想，他论诗往往不为传统礼法所束缚。

（一）诗言志的深化

明代七子以复古为旗帜，试图在文学高峰的学习中再造另一高峰，学习途径偏重于形式风格，而公安派矫枉过正，重性情之"真"，忽视了对传统的继承。明代的覆亡使人们对公安派文学多有批判，动荡的社会现实让人们对"诗言志"这一古老的话题有了新的认识，"言志"的教化色彩给淡化了，诗歌激荡着浓厚的民族情感，"言志"的认识功能得到了强化。身处动荡年代，傅山论诗重真性情，他说："诗则性情之音，平日有诗，此时亦有诗。我不敢曰：此时无诗情也，盖我以诗代嵇阮之酒者也。"②诗歌是个体情感的自然流露，平日有情感，平日有诗，此时有情，此时也有诗，傅山论情，重的是自然情感。他在评论好友戴廷栻的诗集时说道："其中有佳处，亦有疵处，俱带冰雪气味。大概深于寄托，情至之语，自能感人。"③明七子高调

---

① 侯外庐主编：《中国思想通史》第五卷，272页，北京，人民出版社，1959。
② （清）傅山：《傅山全书》第一册，453页，太原，山西人民出版社，1991。
③ （清）傅山：《傅山全书》第一册，367页，太原，山西人民出版社，1991。

复古，注重形式风格的学习，其弊病在于"不真"，傅山的真情论是对七子的救弊。他在《觅息眉诗有作》中说道："不喜为诗人，呻吟实由瘘。凝滞何难化，运气中乖错。一线凭元气，阴阳与盘礴。晦冥得奇句，潸然汗泊泊。"①傅山不喜为诗人，而诗作颇丰，这些作品确实是他个人情感的体现，有真情便有真诗，这是他对诗歌的看法。傅山对于只是注重诗文形式的做法感到不满，他在《口号十一首》中说道："江南江北乱诗人，六朝花柳不精神。盘龙父子无月露，紫搅万众亦风云。六朝人物景宗豪，竟病诗惊瘦沈腰。口角若无曹植气，笔端争似吕虔刀。"②六朝诗风柔弱，声病竞起，傅山赞许的是像周盘龙父子那样豪言壮志的人，而不是表达花云和月露的无力诗风。

正是强调情感的真实，傅山对诗歌的伦理教化感到不满，他评价庾信："庾开府诗，字字真，字字怨。说者乃曰：诗要从容尔雅。夫《小弁》、屈原，何时何地也，而概责之以'从容尔雅'，可谓全无心肝矣。"③17世纪的中国社会动荡不安，明季朝政败坏，农民起义风起云涌，清兵入关，国破家亡，种种社会现实已让诗人们不能止步于温柔敦厚的诗教。傅山把以诗教律人的做法视为"全无心肝"，这是对诗言志的深化。其实，在易代之际，傅山积极投身反清复明大业，他的情感论染上了时代的色彩，他的"真"更多的是强调在动乱中个体情感的真实性。他大量的诗歌充满着故国之思，亡国之痛，如《甲申守岁》便记载了他内心的伤痛：

  三十八岁尽可死，栖栖不死复何言。徐生许下愁方寸，庚子江关黯一关。
  蒲坐小团消客夜，烛深寒泪下残编。怕闻谁与闻鸡舞，恋着崇顿十七年。

---

① （清）傅山：《傅山全书》第一册，55页，太原，山西人民出版社，1991。
② （清）傅山：《傅山全书》第一册，268页，太原，山西人民出版社，1991。
③ （清）傅山：《傅山全书》第一册，834页，太原，山西人民出版社，1991。

掩泪山城看岁除，春正谁辨有王无？远臣有历谈天度，处士无年纪帝图。

北塞那堪留景略，东迁岂必少夷吾。朝元白兽尊当殿，梦入南天建业都。①

甲申之变，中原在不足两个月的时间内两度易主，作者以"尽可死"的感叹写出了内心的伤痛，自此，朝代更迭的记忆一直成为傅山诗歌中的主题。

傅山的性情论与晚明以来个性解放的思潮是一致的，其强调的是个体的真情实意，反对外在形式对情感的损害，认为"真"是诗歌的生命所在，而在易代的刺激下，他的性情论又染上了浓重的民族色彩。

（二）重奇的审美观

晚明王学左派倡导童心说，抨击理学，批判假道学，在思想界掀起了偏离传统的思潮，在文学艺术界，重奇成了时代的风尚。傅山旁通百家，他的思想与晚明这股异端思想十分相近，也很赞赏晚明的这股思潮，其诗论不免受此影响。傅山的诗文、书法率意而为，有倔强突兀的风格。他对此说明道："从来诗僧但以句胜，不以篇胜也。宁隘、宁涩，毋甘、毋滑。至于宁花柳、毋瓶钵，则脱胎换骨之法。"②隘、涩是质朴坚硬的语言，甘、滑则是华丽的辞藻，以硬涩的句胜，而不是以华丽的篇胜，这是傅山的审美趋向，其实也正是有个性的文人对动荡的社会现实所做出的反应。傅山的诗歌大量用典，这正是他以句胜，而不以篇胜的表现。《夏五过黄玉》一诗云："日夕直盼死，涕零吊屈时。哥舒诛既晚，魏胜起何其？"③黄昏悼念屈原，感慨不早诛哥舒翰，致其后来助安禄山；魏胜自发组织义军抗金，何时才能再现中原大地？这样的用典在傅山的诗作中很常见，有些甚至艰涩难懂，难怪

---

① （清）傅山：《傅山全书》第一册，226页，太原，山西人民出版社，1991。
② （清）傅山：《傅山全书》第二册，226页，太原，山西人民出版社，1991。
③ （清）傅山：《傅山全书》第一册，157页，太原，山西人民出版社，1991。

他的好友戴廷栻评其诗："支离神胜，而不得其解。"乱世的情感是"奇"产生的根源。傅山自叹道："情性配以气，盛衰惟其时。沧溟发病语，慧业生《诗归》。捉得竟陵诀，弄渠如小儿。风有方圆否？水因搏击高。偏才遇乱世，喷口成波涛。按着盛唐觅，突洒奴目逃。不论河岳气，私各光焰豪。文人不相下，直不真文曹。针芥胶臭味，旗鼓劝劲矛。拟议属谁何，小技吾心劳。"①乱世之下，种种怪象让人无法用正常的表达方式来表述，只能是"水因搏击高"。

重奇、重个性，导致傅山对诗法不以为然。他说道："曾有老先生谓我曰：'君诗不合古法'。我曰：'我亦不曾作诗，亦不知古法。即使知之，亦不用。呜呼！呜呼！古是个甚？若如此言，杜老是头一个不知法三百篇底'。"②讲诗法只得形似，以古法律今，诗歌不会有生气，傅山反对这种模拟的做法。其实，傅山并不是反对学习，他认为学习重在得神，他借用学佛来对此进行说明："譬如以杜为迦文佛，人想要做杜，断无钞袭杜字句而能为杜者。即如僧学得经文中偈言，即可为佛耶？凡所内之领会，外之见闻，机缘之触磕，莫非佛，莫非杜，莫非可以作佛、作杜者。靠学问不得，无学问不得，靠知见不得。如楞严之狂魔，由于凌率超越，而此中之狂魔，全非超越之病，与不劣易知足魔同耳。法本法无法，何况非法？非法非非法。如此知，如此见，如此信解，不生法相。一切诗文之妙，与求作佛者界境最相似。"③有了内在的学问再去领会，以及外在的见闻及机缘才能为佛，仅靠经文偈语无法洞察佛学境界。傅山认为诗文也是如此，内外与机缘都是必不可少的，有了这些因素，"法"便会不求自来。

---

① （清）傅山：《傅山全书》第一册，45页，太原，山西人民出版社，1991。
② （清）傅山：《傅山全书》第一册，551页，太原，山西人民出版社，1991。
③ （清）傅山：《傅山全书》第一册，550页，太原，山西人民出版社，1991。

◎ 第五节

王夫之的诗学思想

明末清初,中国古典美学进入了总结时期,其标志便是王夫之和叶燮建构的美学体系,二人被视为"中国美学史上的双子星座"。① 王夫之著有《诗绎》《夕堂永日绪论》《诗广传》《诗经稗疏》《古诗评选》《唐诗评选》《明诗评选》等诗学著作。他和叶燮的诗学思想皆建立在哲学思辨的基础上,对诗学理论的分析更具学理的深透性,因而备受关注。两人的差异体现在,叶燮以理论演绎的方式直接构建起了理论大厦,而王夫之则更多的是在作家作品、经学文本的阐释中释放理论观点,理论的体系性并不是很明显。王夫之早年的成就主要在经学、史学上,40岁以后才在诗学思想上绽放异彩,他的诗学思想充满了哲学思辨的智慧,传统诗学诸多命题在他那里得到了新的阐释,这些阐释既是对古典诗学的总结,又开启了近代诗学思想的新声。

一、何者为诗:对诗本质的思考

先秦的典籍里,"诗"一般指《诗经》,《诗经》而后,各种诗体繁兴,当人们追问诗的本质时,往往喜欢溯回源头,在经典里寻找诗的本质。汉儒解《诗经》多从政治伦理的角度进行,《诗小序》代表了这种倾向,这种倾向深刻影响了后代人对诗歌本质的认识。朱熹解《诗经》废小序而申大序,破除了人们对小序的迷信,将《诗经》研究带入了一个新的境地,接近我们今天对《诗经》的理解。王夫之虽然与朱子一样极力提倡"诗教",但他对诗歌

---

① 叶朗:《中国美学史大纲》,451页,上海,上海人民出版社,1985。

本质的理解却较朱子更深一步，他突破了依经论文的传统，在文道、体用、情景、心物的对立关系中获得高层次的统一。他诗学思想的诸多命题，如情景论、诗教论、意象论、现量说等，都可以在他对诗歌本质的反思中找到答案。

中国古代诗学强调宗经，诗歌之宗源其实就是《诗经》，作为儒家六经之一，《诗经》一直被视为经学而非文学，因此，以"言志"解诗时，"志"更多的是具有政治伦理的情感，而非纯粹的自然情感。孔颖达认为诗是"承君政之善恶，述己志而作诗，为诗所以持人之行，使不失坠"[①]。朱熹说道："诗者，人心之感物而形于言之余也。心之所感有邪正，故言之所形有是非。惟圣人在上，则其所感者无不正，而其言皆足以为教。其或感之之杂，而所发不能无可择者，则上之人必思所以自反，而因有以劝惩之，是亦所以为教也。……孔子生于其时，既不得位，无以行劝惩黜陟之政，于是特举其籍而讨论之，去其重复，正其纷乱，而其善之不足以为法，恶之不足以为戒者，则亦刊而去之，以从简约、示久远，使夫学者即是而有以考得失，善者师之而恶者改焉。是以其政虽不足以行于一时，而其教实被于万世，是则诗之所以为教者然也。"[②]中国纯文学观念并不发达，依经论文、依经论诗是中国古代文论的传统，即使是像萧统这样注重文学审美形式的论者，也不敢公然将诗文与经学截然分开。《文选序》中"若夫姬公之籍，孔父之书，与日月俱悬，鬼神争奥，孝敬之准式，人伦之师友，岂可重以芟夷，加之剪截？"[③]这其实是在强大传统面前的屈服。

王夫之并不否认诗歌的言志、道情，也不否认诗歌讲理，但他认为诗歌的"志""情""理"与经史所言的志、理是不一样的。"诗以道性情，道性之情也。性中尽有天德、王道、事功、节义、礼乐、文章，却分派与《易》、《书》、《礼》、《春秋》去，彼不能代《诗》而言性之情，《诗》亦不能代彼

---

① （清）阮元校刻：《十三经注疏》上册，262页，北京，中华书局，1980。
② （宋）朱熹集注：《诗集传》，"诗集传序"1页，上海，上海古籍出版社，1980。
③ （南朝梁）萧统编：《文选》上册，"文选序"2页，北京，中华书局，1977。

也。决破此疆界,自杜甫始。桎梏人情,以掩性之光辉,风雅罪魁,非杜其谁耶?"①王夫之认为人性的仁义礼智其实就是天地之性,也就是天理,性无不善,五经中的《易》《书》《礼》《春秋》代表了天地之性的各个方面,而《诗经》却是言性之情,既然诗是道情的,那么诗自有其门径,与《易》《书》《礼》《春秋》则有别,两者不能混为一谈。王夫之将诗视为一个独立的学科门类,不与其他经史混淆,是建立在性与情的严格区别上的。他说道:

> 在天之变合,不知天者疑其不善,其实则无不善。惟在人之情才动而之于不善,斯不善矣。然情才之不善,亦何与于气之本体哉!气皆有理,偶尔发动,不均不决,乃有非理,非气之罪也。人不能与天同其大,而可与天同其善,只缘这气一向是纯善无恶、配道义而塞乎天地之间故也。②

太虚即气,它无所不善,不善源于人的情才,人的情才使气偏离了中庸,这才产生了"罪"。因此,王夫之要求诗之情应该顺乎性之善,"夫人之有哀乐,情之必发者也。乐而有所止,哀而有节,则性之在情中者也。以其性之正者发而为情,则为乐为哀,皆适如其量;任其情而违其性,则乐之极而必淫,哀之至而必伤。夫因诗以起乐,于乐而用诗,所以兴起人之性情,而使欸于为善之承,其不可使荡轶而流于淫与伤也明矣。"③恰如其分的情才是性的本然,违性之情其实就不是性了。情与性的区别就是诗与经的区别,这种区别是在什么地方呢?王夫之认为是"思":

> 《诗》非授人以必遵之矩也,非示人以从入之途也,其以移易人之性

---

① (清)王夫之评选:《明诗评选》,300～301页,保定,河北大学出版社,2008。
② (清)王夫之:《读四书大全说》上册,667页,北京,中华书局,1975。
③ (清)王夫之:《船山遗书》第四卷,1711页,北京,北京出版社,1999。

情而发起其功用者，思而已矣。人之善恶得失，皆如是以思之，即如是以为之。乃思者有其正也，坦然一共由之理，直用之而无旁出，物欲不能诱之以去，以之思理可也……以之思衰乱之变迁，无不可也。若舍其正而从其妄，则不特淫慝者日陷于恶，即忠孝廉节之事亦且偏托而不免于讥矣。[①]

诗不是以强制的方式进行道德驯化的，它让人们在感兴中思索真理，由情入性，在情感的感染中完成对天理的体悟。这一过程的关键是"思"，王夫之认为人之性是善的，"思"可以唤起人的本性，找到人性中的仁义礼智。诗道情，情可通性，诗与经具有同一性，但诗不是经，它具有自己独特的表现形式，王夫之特别强调诗的形式，甚至认为形式比内容更具本质性。他说：

> 教之以《诗》，而使咏歌焉者，何也？以学者之兴，兴于《诗》也。善之可为，恶之必去，人心固有此不昧之理。乃理自理而情自情，不能动也。于《诗》而咏叹焉，淫泆焉，觉天下之理皆吾心之情，而自不善以迁善，自善以益进于善者，皆勃然而不自已，则《诗》实有以兴之也。教之以礼，而使率由焉者，何也？以学者之立，立于礼也。敬其所尊，爱其所亲，人生固有此必尽之事。乃情自情而事自事，无能行也。于礼而斟酌焉、驯习焉，知吾有其情而古人已有其事，有所不及而不能自安，有所过而不能自固者，得所据而依已定，则礼实有以立之也。教之以乐，而使肄习焉者，何也？以学者之成，成于乐也。为善之乐，因性之近，人心固有此成章之德。乃德易杂而心不纯，无能定也。于乐而天几通焉，人用泱焉，知德不假于强勉，而心自有其律度以鼓舞而不倦、顺畅而自得者，气已孚而志已定，则乐实有以成之也。古人有兴起之心而《诗》作，有自立之志而礼制，有治定功成之乐而乐作。是兴、立、成

[①]（清）王夫之：《船山遗书》第四卷，1685页，北京，北京出版社，1999。

者,《诗》、礼、乐之所自出也。后人于《诗》而遇其兴起之心,于礼而正其自立之志,于乐而得其成功定治之叙,则《诗》、礼、乐者,固兴、立、成之所必资也。始以兴、继以立、终以成,若有序焉。①

"兴于诗,立于礼,成于乐"。礼经历一个习得的过程,它需要实践和理性的思维。而诗要达到教化的作用,依靠的是感兴和咏歌的音乐表现形式,它对人的影响是潜移默化的,效果虽然不像礼那样明显,但却是全面深远的,是一个人最终有所成的表现。《诗经》是诗乐合一,而在后世的发展中,诗不再与音乐结合一体,而成为纯粹的语言艺术。虽则如此,诗仍然有音乐的形式美。王夫之认为这种美表现在诗的起兴中,他评孟浩然《鹦鹉洲送王九之江左》:

以言起意,则言在而意无穷;以意求言,斯意长而言乃短。言已短矣,不如无言。故曰:"诗言志,歌永言。"非志即为诗,言即为歌也。或可以兴,或不可以兴,其枢机在此。唐人刻画立意,不恤其言之不逮,是以竭意求工,而去古人愈远。②

长期以来,在内容与形式的关系上,内容一直被视为第一要素,形式被认为是为内容服务的,从孔子的"绘事后素"到宋儒将追求文辞形式视为"玩物丧志",文学作品的形式一直处于从属的地位,萧统、阮元等形式论者也没有敢颠覆内容决定形式这一固定的认识。王夫之并不否定诗歌内涵的重要性,他虽是温柔敦厚诗教的倡导者,但他对文学作品形式的反作用有深刻的认识,认为诗歌是文学形式对内容的征服。"诗言志"是中国诗论的开山之作,也是中国诗学的传统命题,人们几乎不用思索便可以接受,这个命题很容易导致诗散文化、非诗化。宋代的性理诗、清代的考据诗都可以说

---

① (清)王夫之:《船山遗书》第四卷,1790页,北京,北京出版社,1999。
② (清)王夫之:《唐诗评选》,12页,上海,上海古籍出版社,2011。

是这一命题的恶性发展，其症结是忽视了形式在文学作品构建中的作用。王夫之并不否认"诗言志"，他认为诗是道性情的，但"志"并不等于诗，语言的表述也不一定是具有音乐韵味的"歌"，要想使主体的"志"传达出来成为诗，必须使其具有"有意味的形式"。没有这种形式，便不是诗，"不如无言"。王夫之认为，"志"成为诗的关键在于"兴"，"或可以兴，或不可以兴，其枢机在此"。兴并不仅仅是先言他物以引起所咏之事，它还要注意到语言的形式美，"以言起意，则言在而意无穷；以意求言，斯意长而言乃短"。"以言起意"，这就要求在具有了"意"之后，要与"意"保持一定的距离，用审美的形式将"意"表达出来。王夫之的"言"，其实就是文学语言的审美形式。他认为《诗经》的"兴"最能体现文学的这种形式美，《诗经》也是文学的典范。中国传统诗论注重"怨诗"，强调文学作品的社会功用，而王夫之论得最多的却是"兴诗"。他对唐代诗歌评价并不是很高，特别是对杜诗一直心怀芥蒂，这是因为他是从文学作品的审美形式进行考察的。

上古诗乐合一。王夫之认为诗的形式美就是其音乐形式的美感，诗的这种形式特点存在于语言之中，诗歌语言的音乐美是诗与经史区别的重要标志。"故《诗》者，与《书》异垒而不相入者也。故曰：'言之不足，故嗟叹之；嗟叹之不足，故永歌之；永歌之不足，故不知手之舞之、足之蹈之。'知然，则言固有所不足矣。言不足，则嗟叹永歌，手舞足蹈，以引人于轻微幽浚之中，终不于言而祈足也。"[1]通过对诗语言形式的把握，王夫之找到了诗的"文学性"，并以此作为探求诗歌本质的入口。

诗与经史虽然在内涵上有相通之处，但两者毕竟在旨趣、表现形式上有极大的区别。王夫之认为忽视两者的区别是不可取的，"夫诗之不可以史为，若口与目之不相为代也，久矣"[2]。诗道情，经述性，史叙述重大的历史事件，混淆它们之间的区别，只能使它们失去各自的功能。"诗有叙事叙

---

[1] （清）王夫之:《诗广传》，166页，北京，中华书局，1964。
[2] （清）王夫之:《诗绎》，见《姜斋诗话笺注》，24页，上海，上海古籍出版社，2012。

语者，较史尤不易。史才固以檃括生色，而从实著笔自易；诗则即事生情，即语绘状，一用史法，则相感不在永言和声之中，诗道废矣。此《上山采蘼芜》一诗所以妙夺天工也。杜子美仿之作《石壕吏》，亦将酷肖，而每于刻画处犹以逼写见真，终觉于史有余，于诗不足。论者乃以'诗史'誉杜，见驼则恨马背之不肿，是则，名为可怜悯者。"[1]诗与史有别，王夫之对长期以来备受人们推崇的杜甫的"诗史"功能提出了异议。他对杜甫评价不高，很大程度上也是因为杜甫的诗歌没有处理好诗与史的区别，没有很好地继承《诗经》比兴的传统。诗不仅与经史有别，而且也与实用文体在功用、表现形式上有差异，不能片面强调诗的作用。"如可穷六合亘万汇而一之于诗，则言天不必《易》，言王不必《书》，权衡王道不必《春秋》，旁通不必《尔雅》，断狱不必律，敷陈不必笺奏，传经不必注疏，弹劾不必章案，问罪不必符檄，称述不必记序，但一诗而已足。既已有彼数者，则又何用夫诗？又况其离经破轨，率尔之谈、调笑之说、咒咀之恶口，率以供其纵横之用哉？"[2]明代的复古思潮强调辨体，辨体的结果是使文体观念趋于清晰，诗歌摆脱了经史的束缚成为一门独立的艺术门类，诗歌也没有必要承担过多的政治教化或其他实用功能。王夫之认识到诗与其他文体的区别，诗不能代替其他文体，其他文体也不能代替诗，每一种文体都有其表现形式和功能，混淆它们的区别是不可取的，过分强调诗的作用也是不科学的。在辨清文体之下，王夫之反对诗歌低俗化，"离经破轨，率尔之谈，调笑之说，咒咀之恶口"都不能成为诗，强调诗的"雅"其实正是深化了对诗歌体裁的认识。

诗与经史有别，那么两者到底孰优孰劣呢？王夫之从诗与经史的起源上考察了这一问题。

《周礼》大司乐以乐德、乐语教国子，成童而习之。迨圣德已成，而学《韶》者三月。上以迪士，君子以自成，一惟于此。盖涵泳淫泆，引性

---

[1] （清）王夫之评选：《古诗评选》，166 页，保定，河北大学出版社，2008。
[2] （清）王夫之评选：《古诗评选》，326 页，保定，河北大学出版社，2008。

情以入微，而超事功之烦黩，其用神矣。世教沦夷，乐崩而降于优俳，乃天机不可式遏，旁出而生学士之心，乐语孤传为诗。诗抑不足以尽乐德之形容，又旁出而为经义。经义虽无音律，而比次成章，才以舒，情以导，亦所谓言之不足而长言之，则固乐语之流也。二者一以心之元声为至。舍固有之心，受陈人之束，则其卑陋不灵，病相若也。韵以之谐，度以之雅，微以之发，远以之致，有宣昭而无罨霭，有淡宕而无犷戾。明于乐者，可以论诗，可以论经义矣。①

上古以乐化德，以乐治国，君子在音乐的修养中完成了个体道德的修炼，礼崩乐坏之后，诗乐合一的诗歌仍然维持乐的传统，当诗歌不再起到维系人伦的时候，则旁生出了经义。王夫之以音乐为中心推演了诗与经史出现的次序，从他的推导中，我们不难发现他所推崇的理想世界是一个以音乐感化为主要治理手段的社会，并希望诗与经史能够从形式上起到感化人心的作用。正因为诗在感化人心上较经史更具直接性和深远性，王夫之才认为诗是较经史更高一层的境界。

> 科举试士之法有三：诗赋也，策问也，经义也……策问者，有所利用于天下者也。诗赋者，无所利用于天下者也。则策问之贤于诗赋，宜其远矣。乃若精而求之，要归而究之，推以古先圣王涵泳之仁、灌磨之义，则抑有说焉。……且夫诗赋，则亦有所自来矣。先王之教士而升以政也，岂不欲规之使圆，削之使方，檠之使必正，束之使必驯，无言而非可用，无动而非可法，俾皆庄肃如神，干惕如战，勤敏如疾风，纤密如丝雨，以与天下相临，而弘济艰难哉？然而先王无事此也。幼而舞勺矣，已而舞象矣，已而安弦操缦矣。及其成也，宾之于饮，观之于射，旅之于语，泮涣夷犹，若将远于事情，而不循乎匡直之教。夫岂无道而

---

① （清）王夫之：《夕堂永日绪论》，见《姜斋诗话笺注》，37页，上海，上海古籍出版社，2012。

处此？以为人之乐于为善而足以长人者，唯其清和之志气而已矣。不使察乎天下之利，则不导以自利之私；不使摇于天下之变，则不动其机变之巧；不使讦夫天下之慝，则无余慝之伏于心；不使测夫天下之情，则无私情之吝于己。荡而涤之，不以鄙陋愁其心；泳而游之，不以纷拏鼓其气。养其未有用之心，为有用之图，则用之也大；矜其无可尚之志，为所尚之道，则其所尚也贞。咏歌忾叹于人情物态之中，挥斥流俗以游神于清虚和畅之宇。其贤者，进于道，而以容四海、宥万民而有余裕；不肖者，亦敛戢其乔野鸷攫之情，而不操人世之短长，以生事而贼民。盖诗赋者，此意犹存焉。虽或沉溺于风云月露之闲，茫然于治理，而岂掉片舌、舞寸管，以倒是非、乱纲纪，贻宗社生民之害于无已哉？①

与策问、经义相比，诗赋似乎无用，但这无用只是表面。仔细考察，诗的"无用之用"要胜经史，利用得当，感化人心，敷政布道，使天下归安；利用不当，祸害民生，荼毒社会。因此，王夫之才提出诗的境界更高一层于经史。

二、诗教重提：美善合一

在先秦，诗歌并不仅仅是一门艺术，它还为政教体系的运行提供了推动作用。"诵诗三百，授之以政，不达；使于四方，不能专对。虽多，亦奚以为？""《诗》可以兴，可以观，可以群，可以怨；迩之事父，远之事君；多识于鸟兽草木之名。""不学诗，无以言。"汉儒将《诗》经典化，强化了诗的政治功能，在继承孔子诗论的基础上，建立了"温柔敦厚"，以及"发乎情，止乎礼义"的诗教传统。然而，两汉以后的诗歌创作日益偏离政教传统而成为"缘情"的语言艺术，诗歌在国家政教体系中的作用式微，应酬诗、

---

① （清）王夫之撰：《宋论》，81~83页，上海，商务印书馆，1936。

山水诗、咏物诗成为文人创作的主体。明代,在复古思潮下,诗人们更喜欢揣摩前代诗人的诗风,试图在模拟中构建一代文学,诗歌染指现实政治的功能被弱化了。明朝的覆亡刺激了世人,他们对明代的学术、文学进行了批判,要求整个文化战线回到经世济用的传统,诗歌的政教传统在易代之际被唤醒。

(一)诗道性情。王夫之在中年以后才深入研究诗学,《诗广传》是其最早的一部诗学著作。这部著作以"注经"的方式阐发了自己的学术观点,可以算是王夫之诗学的胚胎。从著作的整体看,王夫之既传承"诗言志"这一诗学传统,又对它进行了批判改造。在《论北门》中,他对"诗言志"提出了自己的看法。

> 诗言志,非言意也。诗达情,非达欲也。心之所期为者志也,念之所觊得者意也,发乎其不自已者情也,动焉而不自待者欲也。意有公,欲有大,大欲通乎志,公意准乎情。但言意则私而已,但言欲则小而已。人即无已自贞,意封于私,欲限于小,厌然不敢自暴,犹有愧怍存焉,则奈之何长言嗟叹,以缘饰而文章之乎?①

在言志的诗学传统中,"志"是一个模糊的概念,既可以被认为是性、道,又可以是个体的自然情感。不同时代的人们对儒家先典的"言志"进行了各种解释,构建起了不同时代的诗学理论。王夫之长于哲学思辨,他的很多诗学命题都是源于其以对立统一为核心的哲学思想。在"诗言志"这一命题上,他先将"言志"拓展为"言志"和"达情",然后再对"志"和"情"进行辨析。王夫之的"志"不仅仅是志向、抱负、理想,更是"道",而"情"是个体合乎情理的情感。与"志"相反的是"意",即个体意向;与"情"相反的是"欲",即个体的生理欲望。王夫之将"志""情"列为正极

---

① (清)王夫之:《诗广传》,22页,北京,中华书局,1964。

的一组，而"意""欲"列为有待清理的一组。这是对"诗言志"的全面清理，这一清理其实也是对宋儒言志说与明儒言情说的综合。更进一步地说，在对"情"进行清理后，王夫之更倾向于诗言情。"诗以道情。'道'之为言'路'也。诗之所至，情无不至；情之所至，诗以之至。"①王夫之虽然并不反对在诗中说理，但他认为诗与经史有别，彼此各有领域。"《诗》以道性情，道性之情也。性中尽有天德、王道、事功、节义、礼乐、文章，却分派与《易》、《书》、《礼》、《春秋》去，彼不能代《诗》而言性之情，《诗》亦不能代彼也。决破此疆界，自杜甫始。桎梏人情，以掩性之光辉；风雅罪魁，非杜其谁耶？"②在《诗广传》的开篇《论关雎》中，船山说道："文者，白也，圣人之以自白而白天下也。匿天下之情，则将劝天下以匿情也。"③明确了诗以达情为主。王夫之对"情"提出了规范："夫人之有哀乐，情之必发者也。乐而有所止，哀而有节，则性之在情中者也。以其性之正者发而为情，则为乐为哀，皆适如其量；任其情而违其性，则乐之极而必淫，哀之至而必伤。夫因诗以起乐，于乐而用诗，所以兴起人之性情，而使歆于为善之承，其不可使荡轶而流于淫与伤也明矣。"④人的情感有哀乐、贞淫、邪正，必使诗发乎情而得乎"中"才是真诗。王夫之的诗道情，正是对明代公安、竟陵放纵心性的纠正，正因如此，他将诗提高到国家兴亡的高度。

> 上不知下，下怨其上；下不知上，上怒其下。怒以报怨，怨以益怒，始于不相知，而上下之交绝矣。夫诗以言情也，胥天下之情于怨怒之中，而流不可反矣，奚其情哉！且唯其相知也，是以虽怨怒而当其情实。如其不相知也，则怨不知所怨，怒不知所怒，无已而被之以恶

---

① （清）王夫之评选：《古诗评选》，169页，保定，河北大学出版社，2008。
② （清）王夫之：《明诗评选》，219页，上海，上海古籍出版社，2011。
③ （清）王夫之：《诗广传》，1页，北京，中华书局，1964。
④ （清）王夫之：《船山遗书》第四卷，1711页，北京，北京出版社，1999。

名。……有《君子于役》之劳,则有《扬之水》之怨;有《扬之水》之怨,则有《兔爰》之怒。下叛而无心,上刑而无纪,流散不止,夫妇道苦,父母无恒,交谤以成于衰周,情荡而无所辑有如是。故周以情王,以情亡,倩之不可恃久矣。是以君子莫慎乎治情。①

诗道性情,能够使上下相知、相恤,是一种沟通的渠道,如果诗只是一味地怨、怒,上下缺乏对话、交流,就会使上下交谤而国衰,最终亡国。从王夫之对历代诗歌的评论上看,他对"怨诗"始终保持着警惕的态度,连文学史上备受人们推崇的杜甫也不放过。"若夫货财之不给,居食之不腆,妻妾之奉不谐,游乞之求未厌,长言之,嗟叹之,缘饰之为文章,自绘其渴于金帛、没于醉饱之情,觍然而不知有讥非者,唯杜甫耳。呜呼!甫之诞于言志也,将以为游乞之津也,则其诗曰'窃比稷与契';追其欲之迫而哀以鸣也,则其诗曰'残杯与冷炙,到处潜悲辛'。是唐虞之廷有悲辛杯炙之稷、契,曾不如呼蹴之下有甘死不辱之乞人也。甫失其心,亦无足道耳。韩愈承之,孟郊师之,曹邺传之,而诗遂永亡于天下。"②在动乱的年代,杜甫哭穷叹苦,王夫之都给予尖锐的批评,这样一种极端的态度在批评史上是少有的。

诗道性情,但性情本身却不是诗。诗性的开展有其形式上的要求,王夫之对过分隐晦的表现方式也感到不满,这是他对诗道性情在表现方式上的辩证之处。他反对"健笔",对用诗来进行谩骂也不容忍。"代和意深,所以代和意益深。长庆人徒用谩骂,不但诗教无存,且使生当大中后,直不敢作一字。"③在"诗言志"的口号下,公安派"信心而出,信口而谈",真而不美。王夫之对这样的诗风感到不满,他在对古诗的反思中寻找诗的本质,"长言咏叹,以写缠绵悱恻之情,诗本教也"。形式上长言咏叹,而表现的情

---

① (清)王夫之:《诗广传》,34～35页,北京,中华书局,1964。
② (清)王夫之:《诗广传》,22～23页,北京,中华书局,1964。
③ (清)王夫之:《唐诗评选》,84页,上海,上海古籍出版社,2011。

感缠绵悱恻,这是王夫之理想的诗歌。他还对畏首畏尾,不敢直白性情的诗歌也提出批评。

  《小雅》《鹤鸣》之诗,全用比体,不道破一句,《三百篇》中创调也。要以俯仰物理,而咏叹之,用见理随物显,唯人所感,皆可类通;初非有所指斥一人一事,不敢明言,而姑为隐语也。若他诗有所指斥,则皇父、尹氏、暴公,不惮直斥其名,历数其慝,而且自显其为家父,为寺人孟子,无所规避。《诗》教虽云温厚,然光昭之志,无畏于天,无恤于人,揭日月而行,岂女子小人半含不吐之态乎?《离骚》虽多引喻,而直言处亦无所讳。宋人骑两头马,欲博忠直之名,又畏祸及,多作影子语,巧相弹射,然以此受祸者不少。既示人以可疑之端,则虽无所诽诮,亦可加以罗织。观苏子瞻乌台诗案,其远谪穷荒,诚自取之矣。①

易代之际,出处是士子们艰难的选择,出言不慎也容易带来祸害。这一时期的诗歌创作虽然兴盛一时,但不少诗意旨隐晦,"悲秋"式的诗歌充斥宇内。王夫之对这样一种骑墙的态度感到不满,他既反对"健笔""直笔",又反对模棱两可的表述;他要求诗歌表达的情感要清晰,不要隐晦不明,认为猜谜式的影子语并不是诗,最终会带来更大的祸害,他的剖析是很有深度和见地的。王夫之将"诗言志"带进了一个新的境地。

  (二)兴观群怨。自孔子提出"兴观群怨"一说,后世都对这一命题进行了阐释。孔安国注曰:"兴,引譬连类。"郑玄注"观":"观风俗之盛衰。"《文心雕龙·比兴》篇中说:"比者,附也;兴者,起也。附理者,切类以指事,起情者,依微以拟议。起情故兴体以立,附理故比例以生。"②皎然在《诗式》中解释道:"取象曰比,取义曰兴,义即象下之意。凡禽鱼

---

① (清)王夫之:《夕堂永日绪论》,见《姜斋诗话笺注》,129～130页,上海,上海古籍出版社,2012。
② (南朝)梁刘勰:《文心雕龙注》下,范文澜注,601页,北京,人民文学出版社,1958。

草木人物名数,万象之中义类同者尽入比兴。"①兴观群怨是诗教的核心内容之一,汉儒在解释这一命题时强调政治的教化功用,宋儒则将"天理"融入其中。在王夫之之前,兴观群怨一说并不是一个完整的整体,而是各部分的简单相加,它所强调的是诗歌的政治伦理功能,特别是在"事君""事父"的态度上。王夫之突出的贡献在于将兴观群怨视为一个整体,相生相动,融合而一。

  兴、观、群、怨,诗尽于是矣。经生家析《鹿鸣》、《嘉鱼》为群,《柏舟》、《小弁》为怨,小人一往之喜怒耳,何足以言诗?"可以"云者,随所"以"而皆"可"也。《诗三百篇》而下,唯《十九首》能然。李杜亦仿佛遇之,然其能俾人随触而皆可,亦不数数也。又下或一可焉,或无一可者。故许浑允为恶诗,王僧孺、庾肩吾及宋人皆尔。②

  不管是汉儒还是宋儒,用经义简单套解兴观群怨已是屡见不鲜。王夫之对这样一种解释深为不满,他用"可以"一词对兴观群怨进行了"过度阐释",把四者连成一个整体。"于所兴而可观,其兴也深;于所观而可兴,其观也审。以其群者而怨,怨愈不忘;以其怨者而群,群乃益挚。出于四情之外,以生起四情;游于四情之中,情无所窒。作者用一致之思,读者各以其情而自得……人情之游也无涯,而各以其情遇,斯所贵于有诗。"③值得注意的是,王夫之将兴观群怨视为"四情",情感是相通相融的,它们之间可以相互感应,王夫之由此找到了沟通的桥梁。有了对社会的察识,"兴"会更深,有了诗的起兴,对事物的认识就会更明确。群而怨,怨更深,怨而群,群之情更挚。"四情"不仅彼此联系,而且还将作者和读者有效地沟通起来,"作者用一致之思,读者各以其情而自得"。王夫之在谈到这"四情"

---

① (唐)皎然:《诗式校注》,李壮鹰校注,36页,北京,人民文学出版社,2003。
② (清)王夫之:《夕堂永日绪论》,见《姜斋诗话笺注》,42页,上海,上海古籍出版社,2012。
③ (清)王夫之:《诗绎》,见《姜斋诗话笺注》,4~5页,上海,上海古籍出版社,2012。

的时候，往往都是把它们联系起来进行考察的，而不是孤立地去阐释。"方其群而不忘夫怨，而其怨也旁寓而不触，则方怨而固不失其群，于是其群也深植而不昧。夫怨而可以群，群而可以怨，唯三代之诗人为能，无他，君子辞焉耳。"①将兴观群怨视为"情"而不是"理"，这与王夫之将诗的本质视为道情有关，说明他对诗的艺术性是有充分认识的。

把兴观群怨只是视为"情"，这显然不符合王夫之对立统一的哲学思想。在王夫之看来，兴观群怨不仅仅是"四情"，而且还是艺术批评的标准，这个标准兼顾了思想性和艺术性，因而成为其诗论的独到之处。王夫之的诗学思想多见其具体的诗歌批评中。从他的批评中我们不难发现，兴观群怨的诗教标准一直贯穿其中。他在评阮籍《咏怀二十首》时说道："唯此宵宵摇摇之中，有一切真情在内，可兴可观，可群可怨，是以有取于诗。然因此而诗，则又往往缘景缘事，缘已往缘未来，终年苦吟而不能自道，以追光蹑景之笔，写通天尽人之怀，是诗家正法眼藏。"②他在此处将兴观群怨视为诗法眼藏。评杜甫《野望》诗："如此作自是野望绝佳写景诗，只咏得现量分明，则以之怡神，以之寄怨，无所不可。方是摄兴观群怨于一炉，锤为风雅之合调。"③对于不以兴观群怨为标准进行的创作，王夫之持否定的态度。

> 议论入诗，自成背戾。盖诗立风旨以生议论，故说诗者于兴观群怨而皆可。若先为之论，则言未穷而意已先竭。在我已竭，而欲以生人之心，必不任矣。以鼓击鼓鼓不鸣；以桴击桴亦槁木之音而已。唐宋人诗，惜浅短，反资标说，其下乃有如胡曾《咏史》一派，直堪为塾师放晚学之资，足知议论立而无诗允矣。④

---

① （清）王夫之：《诗广传》，124页，北京，中华书局，1964。
② （清）王夫之评选：《古诗评选》，192页，保定，河北大学出版社，2008。
③ （清）王夫之：《唐诗评选》，123页，上海，上海古籍出版社，2011。
④ （清）王夫之评选：《古诗评选》，212页，保定，河北大学出版社，2008。

明代门户之见甚重,王夫之认为此习气危及了兴观群怨,致使诗歌创作式微。

> 建立门庭,自建安始。曹子建铺排整饰,立阶级以赚人升堂,用此致诸趋赴之客,容易成名。伸纸挥毫,雷同一律……降而萧梁宫体,降而王、杨、卢、骆,降而大历十才子,降而温、李、杨、刘,降而江西宗派,降而北地、信阳、琅邪、历下,降而竟陵,所翕然从之者,皆一时和哄汉耳……沿及宋人,始争疆垒。欧阳永叔亟反杨亿、刘筠之靡丽,而矫枉已迫,还入于枉,遂使一代无诗,掇拾夸新,殆同觞令。胡元浮艳,又以矫宋为工。蛮触之争,要于兴观群怨丝毫未有当也。①

不管是对个体的创作还是文学史的评介,王夫之一直将兴观群怨作为主要的批评标准进行裁定。他说道:"'诗可以兴,可以观,可以群,可以怨',尽矣。辨汉、魏、唐、宋之雅俗得失以此。读《三百篇》者必此也。"②

(三)温柔敦厚。温柔敦厚是诗教化的目标,也是儒家理想的人格特征之一。《礼记·经解》最早将"诗教"视为"温柔敦厚"。孔子曰:"入其国,其教可知也。其为人也温柔敦厚,《诗》教也……其为人也温柔敦厚而不愚,则深于《诗》者也。"③温柔敦厚是诗教的集中体现,是诗"上以风化下,下以风刺上"的结果。它使人们在诗的感化中能够平和、从容地为人处世,而且不迂腐。孔颖达对"温柔敦厚"说道:

> 温,谓颜色温润;柔,谓情性和柔。《诗》依违讽谏不指切事情,故

---

① (清)王夫之:《夕堂永日绪论》,见《姜斋诗话笺注》,105~106页,上海,上海古籍出版社,2012。
② (清)王夫之:《诗绎》,见《姜斋诗话笺注》,4页,上海,上海古籍出版社,2012。
③ 王云五、朱经农主编:《礼记》,139~140页,上海,商务印书馆,1947。

"云温柔敦厚",是《诗》教也。……《诗》主敦厚,若不节之,则失在于愚。……此一经以《诗》化民,虽用敦厚,能以义节之。欲使民虽敦厚,不至于愚,则是在上深达于《诗》之义理,能以《诗》教民也,故云深于《诗》者也。①

朱子云:

《诗》本人情,该物理,可以验风俗之盛衰,见政治之得失。其言温厚和平,长于风谕。故诵之者,必达于政而能言也。②

孔子论诗只讲兴观群怨,汉儒却将温柔敦厚直接赋予诗教,强化了诗歌的政治伦理及教化功用,直到宋代这种解释仍然占据主流。明清两代,人们开始注意从艺术风格、艺术原则上进行阐释,高棅、李梦阳、胡应麟、陆时雍等人结合伦理和艺术进行具体的批评,拓展、深化了温柔敦厚的内涵。王夫之借助于比兴的传统,将这一命题丰富化、具体化了。

王夫之认识到诗与经史之别,他的温柔敦厚说主要是从道德情感的感化来说。因此,他论温柔敦厚更多的是涉指"情"。

乐之为教,先王以为教国子之本业,学者自十三以上莫不习焉。盖以移易性情而鼓舞以迁于善者,其效最捷,而驯至大成,亦不能舍是而别有化成之妙也。推而用之,则燕飨、祭祀、饮射、军旅、人神、文武,咸受治焉,是其为用亦大矣。周之衰也,郑、卫之音始作,以乱雅乐。沿及暴秦,焚弃先王之典章,乐文沦替,习传浸失。汉兴,雅、郑互登,莫能伤定,而六代之遗传,仅抚于学士大夫之论说。故戴氏承其敝缺,略存先儒所论乐理之言,辑为此篇,而乐之器数节度,精微博大

---

① 李学勤主编:《十三经注疏·礼记正义》下,1598页,北京,北京大学出版社,1999。
② (宋)朱熹:《论语集注》,129~130页,济南,齐鲁书社,1992。

者，亦未从而考焉。以故授受无资而制作苟简，教衰治纪，民乱神淫，胥此之由矣。学者览此篇之言，将以窥见制作之精意，而欲从末由，可胜悼哉。……此篇之说，传说杂驳，其论性情文质之际，多淫于荀卿氏之说而背于圣人之旨，读者不察，用以语性情之趣，则适以长疵而趋妄。①

王夫之论诗崇尚上古，因此论诗论乐基本上是同一回事，他的诗乐论注重的是情感的感化，由情感的善而达到上下和睦、举国合治的目的。在解释"温柔敦厚"时，王夫之说道："'温柔'者，情之和也；'敦厚'者，情之固也。"孔子论诗的教化功能也主要是在情感的熏习上，王夫之明确地从"情"的感化上论诗教，"以移易性情而鼓舞以迁于善者，其效最捷，而驯至大成，亦不能舍是而别有化成之妙也"，认识到艺术教育具有其他教育所不能代替的作用。诗对人的熏习有正面、有负面，王夫之论诗的情感必须是"善"，反对违背圣人之旨的情感，"思无邪"一直是他评判诗歌思想内容的标准。

> 夫子曰：学者以之感动其性情，而兴起于善，则在于《诗》矣。《诗》之为篇凡有三百，有正焉，有变焉，有善者可以劝焉，有恶者可以鉴焉。学者于此，将因所赋以生其喜怒哀乐之情，将有忽彼忽此而不足者矣。乃学《诗》者固必有自正之情，以区别其贞淫，为兴观之本，则有蔽之者，而后凡《诗》皆一理，凡《诗》皆可以有得也。而请用一言以蔽之：《鲁颂·驰》之篇有之，曰：思无邪。斯言也，可以蔽三百矣。②

用诗来规训个体的情感，这是儒家诗论的正统，王夫之继承了这一理论。然而，王夫之并不止于此，他的"温柔敦厚"不仅是一种理想的人格状

---

① （清）王夫之：《船山遗书》第三卷，1091页，北京，北京出版社，1999。
② （清）王夫之：《船山遗书》第二卷，1685页，北京，北京出版社，1999。

态，而且还是一种艺术风格，"温柔敦厚"意味着诗性的委婉含蓄，情感清晰但表达时却富于艺术意味。在评论左思的《咏史》时，他说道："似此方可云温厚，可云元气。近人以翁妪嗫嚅语为温厚，塞讷莽撞语为元气，名惟其所自命，虽屈抑亦无可如何也。"①王夫之温柔敦厚的诗风其实是比兴的诗歌传统，并认为这是诗歌的本质之一，他对违反这种诗风的作品大加鞭挞。在评论庾信的《咏怀》诗时，王夫之就对杜甫的评价"清新""健笔纵横"深感不满，认为杜甫的评论只能将诗引入死亡的境地。

清新已甚之敝，必伤古雅，犹其轻者也。健之为病壮于顽，作色于父，无所不至。故闻温柔之为诗教，未闻其以健也。健笔者，酷吏以之成爱书而杀人，艺苑有健讼之言，不足为人心忧乎？况乎"纵横"云者，小人之技，初非雅士之所问津。古人以如江如海之才，岂不能然？顾知其不可而自闲耳。如可穷六合互万汇而一之于诗，则言天不必《易》，言王不必《书》，权衡王道不必《春秋》，旁通不必《尔雅》，断狱不必律，敷陈不必笺奏，传经不必注疏，弹劾不必章案，问罪不必符檄，称述不必记序，但一诗而已足。既已有彼数者，则又何用夫诗？……呜呼，凡今之人，其不中此毒者鲜矣！故五言之亡，倡于沈，成于庾，而剧于杜；自杜以降，澌灭尽矣。②

王夫之认为"清新""健笔纵横"远离了古诗的传统，缺乏艺术性，有违诗歌一咏三叹的表现形式，与传统温柔敦厚的诗风是相排斥的，如果诗不坚守自己的传统，那么诗大可代替《周易》《春秋》《尚书》《尔雅》等经史及笺奏、注疏、符檄、记序等，一切文化事业有诗就足够了。王夫之固守古诗温柔敦厚的婉约风格，拒斥清新、刚健的诗风，反映出其诗论的狭隘性和极端性，这受到了当代学者的批评。如果我们结合王夫之所处的时代语境，或许

---

① （清）王夫之评选：《古诗评选》，196页，保定，河北大学出版社，2008。
② （清）王夫之评选：《古诗评选》，326页，保定，河北大学出版社，2008。

能够理解他的这种极端。易代之际,遗民们哀号痛哭,亡国之痛溢于言表,刺诗、怨诗横行,而贰臣及骑墙的文人则半遮半掩,诗歌达意模糊不清。黄宗羲说:"今之论诗者,谁不言本于性情?顾非烹炼使银铜铅铁之尽去,则性情不可出。彼以为温柔敦厚之诗教,必委蛇颓堕,有怀而不吐,将相趋于厌厌无气而后已。若是,则四时之发敛寒暑,必发敛乃为温柔敦厚,寒暑则非矣。人之喜怒哀乐,某喜乐乃为温柔敦厚,怒哀则非矣。其人之为诗者,亦必闲散放荡,岩居川观,无所事事而后可。亦必茗碗薰垆,法书名画,位置雅洁,入其室者,萧然如睹云林海岳之风而后可。然吾观夫子所删,非无《考槃》、《丘中》之什厕于其间,而讽之令人低徊而不能去者,必于变风变雅归焉。盖其疾恶思古,指事陈情,不异薰风之南来,履冰之中骨,怒则掣电流虹,哀则凄楚蕴结,激扬以抵和平,方可谓之温柔敦厚也。"[1]王夫之温柔敦厚诗风的提倡其实是希望诗歌能够回到古代诗歌的传统,既能道性情,又具备比兴的艺术审美,应该说,这样一种提法也是有其积极意义的,我们不能完全抹杀。

三、情景论

叙事、写景与抒情的结合是中国诗歌创作的传统,因此,情与景关系的探讨是中国诗学的热门话题之一。中国古代诗学讨论"意""境""意境"的文章不少,这些文章大体论的是情与景的关系,将"意境"视为一个审美范畴并将它作为诗词批评标准,王国维是第一人,应该说这是中国诗学传统与西方哲学思想结合的产物。其实,中国古代诗学的情景论到王夫之已经达到高峰,体现了中国古典诗学情景论的最高成就,王国维的意境说则是站在近代的门槛里对古典诗学进行的反思。

王夫之的诗学思想是建立在《诗经》基础之上的。《诗绎》第一条便

---

[1] (清)黄宗羲:《黄梨洲文集》,362页,北京,中华书局,1959。

云:"故艺苑之士,不原本于《三百篇》之律度,则为刻木之桃李。"①三百篇在后代被列入经,成为五经或六经之一,因而将诗三百看作政治、伦理教材代不乏人。王夫之的一大贡献便是用文学的眼光看待《诗经》,将它与其他经史区别开来。有了文学的眼光,建立在《诗经》基础上的诗学就摆脱了经学的束缚,思辨的色彩较前代则更浓了。王夫之在分辨诗与经史之后,更倾向于"诗道性情",将诗视为情感表现的方式。诗虽然是言志、表情的,但志、情本身并不是诗,"故曰:'诗言志,歌永言。'非志即为诗,言即为歌也。或可以兴,或不可以兴,其枢机在此。"②"志"、情只是诗歌表现的内容,本身并不是诗,要想成为诗,必须要有诗歌的表现形式"兴",王夫之认为能否有"兴"是问题的关键。比兴一直被认为是《诗经》的表现形式,而王夫之却将之提升到诗本质的位置,并以比兴裁衡古今作品。在王夫之看来,比兴不仅仅是一种表现形式,而且还是普通情感升华为艺术审美的"催化剂":

> 能兴即谓之豪杰。兴者,性之生乎气者也。拖沓委顺当世之然而然,不然而不然,终日劳而不能度越于禄位田宅妻子之中,数米计薪,日以挫其志气,仰视天而不知其高,俯视地而不知其厚,虽觉如梦,虽视如盲,虽勤动其四体而不灵,惟恐不兴故也。圣人以"诗"教荡其浊心,震其暮气,纳之于豪杰而后期之以圣贤,此救人道于乱世之大权也。③

兴是情感的抒发,能将人从日常琐碎中解脱出来,并进入艺术审美的境界,从而陶冶性情,提升个体的精神境界。比兴在《诗经》中是常用的表现手法,王夫之认为后世诗歌失去了比兴的传统,成就难以企及前人。"或可

---

① (清)王夫之:《诗绎》,见《姜斋诗话笺注》,1页,上海,上海古籍出版社,2012。
② (清)王夫之:《唐诗评选》,12页,上海,上海古籍出版社,2011。
③ (清)王夫之:《船山全书》第十二册,479页,长沙,岳麓书社,2010。

以兴,或不可以兴,其枢机在此。唐人刻画立意,不恤其言之不逮,是以竭意求工,而去古人愈远。"魏晋以后,中国山水田园诗蔚兴,情景关系成为诗学关注的焦点,比兴失去了其解释的有效性。王夫之虽然很推崇古诗,但他对诗歌的流变还是比较认可的,从目前已知的情况来看,除了《古诗评选》,他辑评的选本有《唐诗评选》《宋元诗评选》和《明诗评选》。这样,通过选本,他几乎是撰写了一部诗歌史。王夫之以比兴评论古诗,当比兴失去了对近体诗的有效解释之后,王夫之以什么标准来评价近体诗及唐以后的诗歌呢? 且看《诗广传》里的一段话:"汉、魏以还之比兴,可上通于风雅;桧、曹而上之条理,可近译以三唐。元韵之机,兆在人心,流连泆宕,一出一入,均此情之哀乐,必永于言者也。"①《诗经》与后世诗歌的高度并非不可逾越,其连接的线索便是人心的"情",能够言情咏言,那么古今诗歌便可相通。如果说古诗以比兴言情咏言,那么近代以来的诗歌则是在情景的咏叹间抒情达意。王夫之的情景论可以说是比兴论的延续,比兴论与情景论都是论心物的关系,有着内涵的一致性。

对立统一是王夫之哲学思辨的特点之一,在心物关系上他并不主张人对宇宙和世界的主宰,他认为心与物有相成的一面。

> 人之有性,函之于心而感物以通,象著而数陈,名立而义起,习其故而心喻之。形也,神也,物也,三相通而知觉乃发。故由性生知,以知知性,交涵于聚而有间于中,统于一心,由此言之则谓之心。顺而言之,则惟天有道,以道成性,性发知道;逆而推之,则以心尽性,以性合道,以道事天。惟其理本一原,故人心即天。②

物的存在是一种意向性的存在,它呼唤人们对它进行审视,进入它的世界。如果物我两别,物是物,我是我,那人与世界便无法沟通。因此,物我

---

① (清)王夫之:《诗广传》,1页,北京,中华书局,1964。
② (宋)张载撰,(清)王夫之注:《张子正蒙》,94页,上海,上海古籍出版社,2000。

合一在王夫之看来很重要。王夫之对人、物关系的思考，应该说是受《乐记》的影响。《乐记》有云："凡音之起，由人心生也。人心之动，物使之然也。感于物而动，故形于声。声相应，故生变，变成方，谓之音。"人感物而动，动而情生，情生而乐起，诗乐中的情物浑然一体。因此，王夫之在情景论上对过去将"情"与"景"截然分开的做法深为不满，他在《姜斋诗话》中批评道：

> 近体中二联，一情一景，一法也。"云霞出海曙，梅柳渡江春。淑气催黄鸟，晴光转绿苹"，"云飞北阙轻阴散，雨歇南山积翠来。御柳已争梅信发，林花不待晓风开"，皆景也，何者为情？若四句俱情，而无景语者，尤不可胜数。其得谓之非法乎？夫景以情合，情以景生，初不相离，唯意所适。截分两橛，则情不足兴，而景非其景。且如"九月寒砧催木叶"，二句之中，情景作对；"片石孤云窥色相"四句，情景双收；更从何处分析？陋人标陋格，乃谓"吴楚东南坼"四句，上景下情，为律诗宪典，不顾杜陵九原大笑。愚不可瘳，亦孰与疗之？①

世俗教人作诗的方法，以一情一景为法，将情与景二元分开其实是物我的对立，这一对立便把物我视为两物。王夫之反驳了这一说法，他认为诗中四句可以都是景语或情语，情景相生相成。"截分两橛，则情不足兴，而景非其景。"王夫之认为情与景互不可分，它们共同构成了一个整体，在这个艺术整体中，景与情早已互相包容。"关情者景，自与情相为珀芥也。情景虽有在心在物之分。而景生情，情生景，哀乐之触，荣悴之迎，互藏其宅。天情物理，可哀而可乐，用之无穷，流而不滞；穷且滞者不知尔。"②王夫之认为，在诗歌中，情与景的融合才能让诗歌达到理想的境界。

> 情景名为二，而实不可离。神于诗者，妙合无垠。巧者则有情中

---

① （清）王夫之：《夕堂永日绪论》，见《姜斋诗话笺注》，76页，上海，上海古籍出版社，2012。
② （清）王夫之：《诗绎》，见《姜斋诗话笺注》，34页，上海，上海古籍出版社，2012。

景,景中情。景中情者,如"长安一片月",自然是孤栖忆远之情;"影静千官里",自然是喜达行在之情。情中景尤难曲写,如"诗成珠玉在挥毫",写出才人翰墨淋漓、自心欣赏之景。①

情景相生,其中有三种境界:妙合无垠、情中景、景中情。景中情是主体将自身的情感投射在事物中,在对事物的叙写中完成了情感的表达。王夫之用李白《子夜吴歌》做了说明:"长安一片月,万户捣衣声。秋风吹不尽,总是玉关情。何日平胡虏,良人罢远征?"月光如水,照满了整个长安城,平和的月色下,妇女们正连夜为戍守边关的丈夫制作征衣。秋风徐徐,总是吹不散那无尽的思念,战争何时才能结束,夫妻就可以过上安稳的生活。作品将思夫之情融入对景物的描写之中,长安夜,捣衣声,秋风,玉关,见景不见人,人的情感早已化在景物之中,物我难分。"情中景"是以情观物,故物皆着我之情。王夫之在《登岳阳楼》一诗中说道:

"亲朋无一字,老病有孤舟。"自然是登岳阳楼诗。尝试设身作杜陵,凭轩远望观,则心目中二语,居然出现,此亦情中景也。②

诗人满怀惆怅登上城楼,极目远望,感慨身老世乱,生民涂炭,悲怆的心情寓目既抒。"妙合无垠"的境界是情景了无痕迹,景亦情,情亦景,难分彼此。王夫之十分赞叹《诗经·采薇》:

往戍,悲也,来归,愉也。往而咏杨柳之依依,来而叹雨雪之霏霏。善用其情者,不敛天物之荣凋、以益己之悲愉而已矣。夫物其何定哉?当吾之悲,有迎吾以悲者焉;当吾之愉,有迎吾以愉者焉;浅人以

---

① (清)王夫之:《夕堂永日绪论》,见《姜斋诗话笺注》,72页,上海,上海古籍出版社,2012。
② (清)王夫之:《夕堂永日绪论》,见《姜斋诗话笺注》,74~75页,上海,上海古籍出版社,2012。

其褊衷而捷于相取也。当吾之悲，有未尝不可愉者焉；当吾之愉，有未尝不可悲者焉；目营于一方者之所不见也。故吾以知不穷于情者之言矣：其悲也，不失物之可愉者焉，虽然，不失悲也；其愉也，不失物之可悲者焉，虽然，不失愉也。①

"依依""霏霏"，悲喜都糅于其中，我们很难说是景还是情，景在诉情，情寓于景，整个作品无迹可求，而意象空灵。

王夫之的情景论其实是抓住了诗歌的意象，意象的产生源于物我的互动，"情者阴阳之几也，物者天地之产也。阴阳之几动于心，天地之产应于外。故外有其物，内可有其情矣；内有其情，外必有其物矣。"②情景的相互感应不仅仅生发在作者身上，而且同样体现在读者身上。王夫之认为，人的情感是相通的，作者的情感与读者的情感可以彼此沟通，他的情景论同时兼顾了二者。"作者用一致之思，读者各以其情而自得。"在评袁彖《游仙》时，他说道："无端无委，如全匹成熟锦，首末一色。唯此，故令读者可以其所感之端委为端委，而兴观群怨生焉。"③整个作品浑然一体，首末一色，作者的情思与读者的情思达成了一致。在分析读者接受的时候，王夫之还注意到读者之间的差异，作品的境界高，就需要读者也有相应的高度，否则接受就难以达到完美。

"池塘生春草"、"蝴蝶飞南园"、"明月照积雪"皆心中目中与相融浃，一出语时，即得珠圆玉润，要亦各视其所怀来而与景相迎者也。"日暮天无云，春风散微和"，想见陶令当时胸次，岂夹杂铅汞人能作此语？程子谓见濂溪一月，坐春风中。非程子不能知濂溪如此，非陶令不

---

① （清）王夫之：《诗广传》，75～76页，北京，中华书局，1964。
② （清）王夫之：《诗广传》，20页，北京，中华书局，1964。
③ （清）王夫之：《古诗评选》，281页，保定，河北大学出版社，2008。

能自知如此也。①

作品是作者情感的表达，作者的胸怀体现于作品中，如果有作者的品性和境界，共鸣就容易发生，有陶潜的胸次才能深知陶潜，有程子的品性才能深知周子的不俗。王夫之注重读者对作品的接受，同时也注意到"知人"的难度，这是很难得的。

四、文学现量说

现量是佛教因明学的术语，它是"三量"之一。"三量"是指现量、比量和非量，王夫之对它的解释是：

> "现量"现者，有现在义，有现成义，有显现真实义。现在，不缘过去作影。现成，一触即觉，不假思量计较。显现真实，乃彼之体性本自知此，显现无疑，不参虚妄。……比量比者，以种种事，比度种种理。以相似比同，如以牛比兔，同是兽类；或以不相似比异，如以牛有角，比兔无角，遂得确信。此量于理无谬，而本等实相原不待比。此纯以意计分别而生，故唯六识有经。……"非量"，情有理无之妄想，执为我所，坚自印持，遂觉有此一量，若可凭可证。②

比量是借助比较、分析、综合而得到的知识；非量是由纯粹的情感激发而形成的不合理认识；现量却是凭直觉获得的知识，它不需要通过概念、推理等抽象思维，在物我的交流中可直接把握事物。王夫之认为"现量"有三层含义。一是"现在"，它不需要对过去的经验作回顾、比对，当下直接与

---

① （清）王夫之：《夕堂永日绪论》，见《姜斋诗话笺注》，50～51页，上海，上海古籍出版社，2012。
② （清）王夫之：《船山遗书》第七卷，4093页，北京，北京出版社，1999。

事物交流；二是"现成"，是瞬间直觉对事物的把握，"一触即觉，不假思量计较"；三是"显现真实"，是指面向事物得到的知识，它是具体的知识，"不参虚妄"。佛学三量说与克罗齐的哲学理论很相似，克罗齐在《美学原理》中说道："知识有两种形式：不是直觉的，就是逻辑的；不是从想象得来的，就是从理智得来的；不是关于个体的，就是关于共相的；不是关于诸个别事物的，就是关于它们中间关系的；总之，知识所产生的不是意象，就是概念。"①克罗齐由此给艺术下了定义：艺术即直觉、即表现。王夫之的现量说与克罗齐对艺术的定义都强调直觉、强调当下、强调艺术的形象性而非抽象性。王夫之借用佛学术语来阐释审美，从思维的角度加深了人们对文学的认识。

一是审美直觉的当下性。王夫之认为诗歌创作是物我合一的感兴过程，"天地之际，新故之迹，荣落之观，流止之几，欣厌之色，形于吾身以外者化也，生于吾身以内者心也；相值而相取，一俯一仰之际，几与为通，而浡然兴矣。"②诗的感兴需要存在于具体的语境中，失去了具体的语境，诗歌的情感表现就成了问题。他对贾岛的"推敲"就很不满："'僧敲月下门'，只是妄想揣摩，如说他人梦，纵令形容酷似，何尝毫发关心？知然者，以其沉吟'推敲'二字，就他作想也。若即景会心，则或推或敲，必居其一，因景因情，自然灵妙，何劳拟议哉？'长河落日圆'，初无定景。'隔水问樵夫'，初非想得。"③或推或敲，这是事后言语的琢磨，诗歌创作在感兴之际，应该是"或推或敲，必居其一，因景因情，自然灵妙"，不必执着于一词之差异，现场的感觉是怎样就直接表达出来，不必人工斧凿。王夫之认为现场的真实性更能打动人心，隔岸观火是不能代替真实的现场的。

---

① [意]克罗齐：《美学原理》，朱光潜译，7页，北京，外国文学出版社，1983。
② （清）王夫之：《诗广传》，68页，北京，中华书局，1964。
③ （清）王夫之：《夕堂永日绪论》，见《姜斋诗话笺注》，52～53页，上海，上海古籍出版社，2012。

身之所历，目之所见，是铁门限。即极写大景，如"阴晴众壑殊"、"乾坤日夜浮"，亦必不逾此限。非按舆地图便可云"平野入青徐"也，抑登楼所得见者耳。隔垣听演杂剧，可闻其歌，不见其舞；更远则但闻鼓声，而可云所演何出乎？前有齐、梁，后有晚唐及宋人，皆欺心以炫巧。①

王夫之认为离开当下的真实情感与境遇就只能是"欺心以炫巧"，犹如隔墙观剧，只闻其声，不见其舞，这样的创作是没有生命力的。"身之所历，目之所见，是铁门限"，当下性是诗歌创作的前提条件。正是强调即情会情，王夫之甚至认为作诗只能写"一时一事"：

一诗止于一时一事，自《十九首》至陶、谢皆然。"夔府孤城落日斜"，继以"月映荻花"，亦自日斜至月出诗乃成耳。若杜陵长篇，有历数月日事者，合为一章。《大雅》有此体。后唯《焦仲卿》、《木兰》二诗为然。要以从旁追叙，非言情之章也，为歌行则合，五言固不宜尔。②

王夫之认为言情之作必须是一时一事，过长的时间与过多的事件并不利于情感的直接抒写，但这一观点不免有些极端。王夫之即情会情的当下性，对扭转复古的文学风气是有帮助作用的。面对剧烈的事件，痛定思痛，与表现对象保持一定的审美距离，更有利于情感的表达。

二是直觉性。直觉是物我交互间个体对事物的直接把握，它不需要对事物进行比较、分析，也不用借助概念进行价值判断，它在物我合一的那一刹那就把握了物我。王夫之在评王俭的《春诗》时说道："此种诗直不可以思路求佳，二十字如一片云，因日成彩，光不在内，亦不在外，既无轮廓，亦

---

① （清）王夫之：《夕堂永日绪论》，见《姜斋诗话笺注》，56页，上海，上海古籍出版社，2012。
② （清）王夫之：《夕堂永日绪论》，见《姜斋诗话笺注》，57页，上海，上海古籍出版社，2012。

无丝理，可以生无穷之情，而情了无寄。"①诗歌可以"生无穷之情，而情了无寄"，我们无法用言语来说它表达了什么哲理，它也没有明确的思路，"不可以思路求佳"，在物我合一的瞬间，我们已经在情感上完成了对事物的把握，也完成了个体情感的升华。直觉是不能用明确的概念来把握的，王夫之在评鲍照的《拟行路难》时说道：

  看明远乐府，别是一味，急切觅佳处，早已失之。吟咏往来，觉蓬勃如春烟弥漫，如秋水溢目盈心，斯得之矣。②

在诗歌中寻找性理是不可能的，在吟咏之间，体悟诗歌的思绪，有所感受就够了。

三是形象的真实性。王夫之认为"现量"是"显现真实"的，真实的世界有其物质存在性，因此必然是真实的。同时，由于物我相感相生，"真实"还包括情感的真实，只有真实的情感才能让我们在直觉中把握事物，才能达到对事物的审美认识。

  苏子瞻谓"桑之未落，其叶沃若"，体物之工，非"沃若"不足以言桑，非桑不足以当"沃若"，固也。然得物态，未得物理。"桃之夭夭，其叶蓁蓁"，"灼灼其华"，"有蕡其实"，乃穷物理。夭夭者，桃之稚者也。桃至拱把以上，则液流蠹结，花不荣，叶不盛，实不蕃。小树弱枝，婀娜妍茂，为有加耳。③

"桑之未落，其叶沃若"只得物态，未得物理，王夫之认为并非上乘，"桃之夭夭，其叶蓁蓁"，"灼灼其华"，"有蕡其实"，既得物态，又得物理，

---

① （清）王夫之评选：《古诗评选》，134页，保定，河北大学出版社，2008。
② （清）王夫之评选：《古诗评选》，54页，保定，河北大学出版社，2008。
③ （清）王夫之：《诗绎》，见《姜斋诗话笺注》，17页，上海，上海古籍出版社，2012。

审美情感强化了许多。王夫之的"显现真实"不仅仅是再现事物和情感,而且是对事物本质的认识,他说:"谢灵运一意回旋往复,以尽思理,吟之使人卞躁之意消。《小宛》抑不仅此,情相若,理尤居胜也。"①吟咏之际,情感上能够相互打通,并能认识事物之理,王夫之对此尤为推崇。值得注意的是,王夫之讲的"理"并不是儒家经典的教条,而是艺术形象中所体现出的情中之理,他说:"'诗有妙悟,非关理也。'非谓无理有诗,正不得以名言之理相求耳。且如飞蓬何首可搔?而不妨云'搔'首,以理求之,讵不蹭蹬?"②严羽反对以议论为诗,以才学为诗,强调妙悟、直觉,王夫之并不反对诗中有理,他认为诗之理与经生之理是有区别的,那么这种"理"是怎样的形态呢?他在评杜甫《祠南夕望》一诗中说道:"'牵江色'一'色'字幻妙,然于理则幻,寓目则诚。"③"寓目则诚"正是在对事物的直觉观照中进入了事物,它是对事物的情感把握,而非逻辑推理的认识。因此,王夫之的"理"其实就是"情中之理",而非概念、逻辑之理,它是艺术与科学之间的分别。

◎ 小　结

中国古代诗歌一直具有宗经的传统,明代诗歌偏离了这一传统,他们对诗歌格调、性情的强调都与传统诗论有较大的出入。在易代的刺激下,站在学术文化前沿的学人在批判明代学术文化的同时,对明代的诗歌也进行了批判。他们站在传统学术文化的立场上审视明代诗歌,以儒家诗论为批评的立足点,从诗歌史的角度权衡诗歌的流变,主张诗歌经世致用的功能,注重诗歌比兴美刺的传统,反对门户的习见,为清代诗歌的发展扫清了历史障碍。

---

① (清)王夫之:《诗绎》,见《姜斋诗话笺注》,31页,上海,上海古籍出版社,2012。
② (清)王夫之评选:《古诗评选》,198页,保定,河北大学出版社,2008。
③ (清)王夫之:《唐诗评选》,126页,上海,上海古籍出版社,2011。

面对明代的文化、文学遗产，清人没有历史的包袱感，他们在对明代学术文化的批判中再次梳理了学术，特别是诗学的传统，他们对历史的梳理已不局限于一朝一代，这种总结的意识影响了清代后来的诗学思想。他们强调诗歌对现实的干预，避免了诗歌架空于现实，这有助于清代诗歌的健康发展；同时，过多地强调文学的现实性，在一定程度上也为皇权干预诗歌提供了合法性依据，清代中后期政治、文化的高压政策正是这一理路的延伸。

第二章
顺治、康熙年间的诗学思想（下）

康熙中叶前后，清王朝进入了相对稳定的发展时期，为了维护稳定的社会秩序，加深对民族共同体的认同，理学得到了强化。鉴于明代覆亡的历史教训，这一时期的理学更强调"躬行"和"主敬"，反对空谈义理和朋党之争，同时，诗歌创作趋于平和，诗歌创作和诗学思想的构建由外向内转换，诗论在唐宋的争辩中趋于融合。这一时期是清代诗歌和诗论的建设时期，诗学由批评前明转入对自身的建设，诗学自身的诸多问题得到了深入的探索，诗学理论集成的特色开始彰显。

◎ 第一节
概　述

康熙二十二年（1683），台湾收复，同年，南明王朝瓦解，大清基本上完成了统一。这一时期社会相对稳定，遭受战争破坏的经济得到了恢复和发展，社会生活水平有了极大的提高。随着遗民的凋零，新成长起来的一代对于民族共同体的认同感加深，名节观念较前期有所减弱，并积极融入新王朝成为社会发展的中坚力量。康熙十八年（1679）前后，冯溥、施闰章、毛奇龄、徐乾学等人在万柳堂集会,抨击宋诗运动,认为宋诗"非清明广大之音",主张诗歌创作要适应"国运"。同年的博学鸿词科,网罗了大批文人,虽然部分遗老以各种方式拒绝参加,但他们的文化反抗显然没有前期激烈,有的已经默许了新的王朝,清代文学自身的建设可以说已正式开始。

随着汉满文化融合持续深入,统治阶级放弃了心学,大力宣扬更有利于维护新王朝的理学。在强力政治与理学结合之下,清代社会文化进入了一个稳定的建设时期,传统文化的复兴加速了人们对新王朝的认可。在诗风上,这一时期唐宋诗风更迭,主持诗坛的王士禛经历了"中岁越三唐而事两宋"的变化,唐宋诗风的更迭其实是怀念故国与对蒸蒸日上的王朝的肯定在诗歌上的反映。毛奇龄就对宗宋诗风批评道:"益都师相尝率同馆官集万柳堂,大言宋诗之弊,谓开国全盛,自有气象,顿鹜此佻凉鄙弇之习,无论诗格有升降,即国运盛杀,于此系之,不可不饬也。"①王士禛在短暂推宋之后又回到了唐音,其主导的诗派倡导神韵并成为康熙年间的主流。而宗宋诗风也并没有消失,雍正至乾隆初年,以厉鹗为代表的浙派又掀起了宗宋的新风。康熙中期以后的诗歌进入了和缓的创作期,易代之际激昂高蹈的诗风逐渐消失。从整个意识形态来看,温柔和缓的诗风更有利于新王朝的建立,建立与国势相一致的诗风也成了诗歌发展的方向,王士禛的神韵说代表了这一趋向。与前期重健实的社会功能不同,这一时期的诗歌由"外"向"内"转,对诗学自身诸多问题的探讨如形式、风格、复变等得到了进一步的展开,诗学研究的专门性进一步加强。王士禛对文学遗产进行了梳理,辑有《古诗选》《五言诗》《七言诗》《五言今体诗》《七言今体诗》等选本,对诗歌史的发展、得失有了深入的论述和总结。叶燮的《原诗》是对中国诗歌的理论总结,其理论的完整性、体系性在中国古代诗学史上是少见的。丰富的创作实践与深入的理论总结,使这一时期的诗学思想开始呈现总结、集成的面目。

---

① (清)毛奇龄:《西河诗话》卷五,清康熙刻西河合集本。

◎ 第二节
王士禛的诗学思想

　　明末清初的诗坛对诗歌漠视现实的状况进行了批评，人们普遍要求诗歌回归政教传统，发挥诗歌"厚人伦，美教化"的作用，这是儒家积极入世思想在诗学上的体现。到了康熙时期，清王朝的统治地位基本巩固，与蒸蒸日上的国势相适，诗歌创作由乖戾转入平缓，重建诗学的审美成为时代的需求，王士禛的神韵说代表了这一需求。

　　王士禛（1634—1711），字子真、贻上，号阮亭，又号渔洋山人，人称王渔洋，谥文简，乾隆朝时，改称士祯，新城（今山东恒台）人。清顺治十五年（1658）进士，康熙四十三年（1704）官至刑部尚书。康熙年间，王士禛诗名扬天下，官位也不断迁升，被认为是继钱谦益后的诗坛盟主。他的诗学思想和创作影响了康熙朝数十年的诗风，也是在清代被评论最多的诗人之一，清代主要的诗论家都对他的诗学思想进行评析，褒贬抑扬不一。王士禛的诗学思想的核心是"神韵"，他拈出了"神韵"却没有对它进行系统阐释，后世围绕"神韵"一词，颇多争论，有的认为是论意境，有的认为是冲淡清远的艺术风格，有的认为是诗歌的最高境界。郭绍虞认为："实则渔洋所谓神韵，单言之也只一'韵'字而已。"①笔者认为这是比较接近王士禛"神韵"的本质的。

　　与儒家政教传统的诗学并行，超功利的诗学思想在历代不乏其人。南朝的钟嵘，唐代的司空徒，宋代的严羽，明代的徐祯卿、李攀龙等，一直标举诗歌的审美维度，强调诗歌的韵味，这一诗学传统到王士禛这完成了总结，诗学的思路较前代更清晰，且能将理论付诸实践。王士禛没有明确地阐释

---

① 郭绍虞：《中国文学批评史》，595页，天津，百花文艺出版社，2008。

"神韵"的含义,"神韵"以片言断语散见于笔记、序跋、问答、诗作之中,在不同的场域,其侧重点是不一样的。总的来说,"神韵"主要包括以下几个方面。

一、诗歌的意境

王士禛早年对王、孟诗风情有独钟。他在《感旧集》中说道:"士正自九岁学为小诗,兄辄喜之,令抄唐诗中王、孟、韦、柳、常建、刘眘虚数公之作都为一卷,日夕吟讽。"①之后,他又编有《神韵集》。早年的爱好对他后来的诗歌创作及诗学思想产生了很大的影响。当然,他早年的"神韵"其实并不仅仅限于王、孟一派,他七岁诵《诗经》,"便觉怅触欲涕,亦不自知其所以然。稍长,遂颇悟兴观群怨之旨"②。康熙年间,唐宋诗风更迭,王士禛是唐宋诗风的倡导者和推动者之一。康熙帝素爱唐诗,王士禛侍读的地位使他最终以唐诗为归。俞兆晟在《渔洋诗话序》中记录王士禛的创作历程:

> 吾老矣,还念生平,论诗凡屡变;而交游中,亦如日之随影,忽不至于转移也。少年初筮仕,惟务博综该洽,以求兼长,文章江左,烟月扬州,人海花场,比肩接迹。入吾室者,俱操唐音;韵胜于才,推为祭酒。然而空存昔梦,何堪涉想?中岁越三唐而事两宋,良由物情厌故,笔意喜生,耳目为之顿新,心思于焉避熟。明知长庆以后,已有滥觞;而淳熙以前,俱奉为正的。当其燕市逢人,征途揽客,争相提倡,远近翕然宗之。既而清利流为空疏,新灵浸以佶屈,顾瞻世道,怒然心忧。于是以大音希声,药淫哇锢习,《唐贤三昧》之选,所谓乃造平淡时也,

---
① (清)王士禛:《感旧集》卷八,清康熙年间刻本。
② (清)王士禛:《王士禛全集》六,3232页,济南,齐鲁书社,2007。

然而境亦从兹老矣。①

王士禛晚年以唐诗为归,《唐贤三昧集》可以说是他对诗学的最后总结。他在该书的序中说道:"妄欲令海内作者识取开元、天宝本来面目。"《唐贤三昧》以王、孟为宗,不选杜甫、李白,王士禛虽然以种种理由为此说明,但我们还是可以从中看出他对非功利审美诗风的追求。《唐贤三昧集》以"神韵"为标准进行选辑,王士禛推崇的正是王孟一派诗歌的意境,他在序中说道:

> 严沧浪论诗云:"盛唐诸人,唯在兴趣。羚羊挂角,无迹可求;透彻玲珑,不可凑泊。如空中之音,相中之色,水中之月,镜中之象,言有尽而意无穷。"司空表圣论诗亦云:"妙在酸咸之外。"康熙戊辰春杪,归自京师,居宸翰堂,日取开元、天宝诸公篇什读之,于二家之言,别有会心,录其尤隽永超诣者,自王右丞而下四十二人,为《唐贤三昧集》。②

"言有尽而意无穷""妙在酸咸之外",这正是诗的意境。王士禛在《唐贤三昧集》中多选山水及赠别的边塞诗,这些作品虚实相生,融情于景,只可意会而不可言传,体现了传统诗歌的审美特征。王士禛选王维和裴迪唱和的诗歌多达26首,而王维的应制之作《和贾舍人早朝大明宫之作》却被他痛斥。自此,我们可以看出他对诗歌非功利的崇尚。

王士禛的论"神韵"注重诗歌整体的意境美,"或问'不著一字,尽得风流'之说。答曰:太白诗:'牛渚西江夜,青天无片云。登高望秋月,空忆谢将军。余亦能高咏,斯人不可闻。明朝挂帆去,枫叶落纷纷。'襄阳诗:'挂席几千里,名山都未逢。泊舟浔阳郭,始见香炉峰。尝读远公传,永怀

---

① (清)王士禛:《王士禛全集》六,4749页,济南,齐鲁书社,2007。
② (清)王士禛:《王士禛全集》三,1534页,济南,齐鲁书社,2007。

尘外踪。 东林不可见,日暮空闻钟。'诗至此,色相俱空,正如羚羊挂角,无迹可求,画家所谓逸品是也。"①诗歌的意蕴超越了文字描述的对象,这正是"不著一字,尽得风流"之意。 李白的《夜泊牛渚怀古》、孟浩然的《晚泊浔阳望香炉峰》中的情景合二而一,诗人的情感超越了物我,给人以无穷的回味空间。 王士禛的"神韵"还注重读者的接受,他说:

> 唐人五言绝句往往入禅,有得意忘言之妙,与净名默然、达磨得髓,同一关捩,观王、裴《辋川集》及祖咏《终南残雪》诗,虽钝根初机,亦能顿悟。程石臞有绝句云:"朝过青山头,暮歇青山曲。青山不见人,猿声听相续。"予每叹绝,以为天然不可凑泊。②

王士禛以禅论诗,注重的是读者对诗的领悟,借读者把作品的内涵挖掘出来。 王士禛处处以禅论之,正是对读者接受的重视。

二、冲淡清远的形式风格

王士禛的"神韵"倾向于冲淡清远的诗风,他在《池北偶谈·神韵》中说道:

> 汾阳孔文谷天胤云:"诗以达性,然须清远为尚。薛西原论诗独取谢康乐、王摩诘、孟浩然、韦应物,言'白云抱幽石,绿筱媚清涟',清也;'表灵物莫赏,蕴真谁为传',远也;'何必丝与竹,山水有清音','景昃鸣禽集,水木湛清华',清远兼之也。总其妙在神韵矣。"神韵二字,予向论诗,首为学人拈出,不知先见于此。③

---

① (清)王士禛:《王士禛全集》六,5026 页,济南,齐鲁书社,2007。
② (清)王士禛:《王士禛全集》六,4485 页,济南,齐鲁书社,2007。
③ (清)王士禛:《王士禛全集》四,3275~3276 页,济南,齐鲁书社,2007。

"清"是清静空明,"远"是悠远的意蕴,"清远"是意蕴与审美形成共生的艺术风格。"清"可与"神"相通,"远"可与"韵"相通,正是在这个意义上,"清远"与"神韵"也是相通的。王士禛的"神韵"兼指了清远的诗风,从他的诗歌评点上看,他多推崇王孟一派的诗风。他在《香祖笔记》中说道:

> 昔司空表圣作《诗品》,凡二十四,有谓"冲淡"者曰:"遇之匪深,即之愈稀";有谓"自然"者曰:"俯拾即是,不取诸邻";有谓"清奇"者曰:"神出古异,淡不可收",是三者品之最上。①

王士禛将冲淡清远的诗风视为"品之最上",这是他的宗尚所在。《四库全书总目提要》指出:"国初多以宋诗为宗,宋诗又弊,士禛乃持羽余论,倡神韵之说以救之,故其推为极轨者,惟王孟韦柳诸家。"②在具体的作品分析中,我们也不难发现他的审美倾向。

> 晚唐人诗:"风暖鸟声碎,日高花影重""晓来山鸟闹,雨过杏花稀"。元人诗:"布谷叫残雨,杏花开半邨"皆佳句也,然总不如右丞"兴阑啼鸟缓,坐久落花多"自然入妙。盛唐高不可及如此。③

> 七言联句,神韵天然,古人亦不多见。如高季迪"白下有山皆绕郭,清明无客不思家"。杨用修"江山平远难为画,云物高寒易得秋"。曹始能"春光白下无多日,夜月黄河第九湾"……释读彻"一夜花开湖上路,半春家在雪山中",皆神到不可凑泊。④

---

① (清)王士禛:《王士禛全集》三,1798页,济南,齐鲁书社,2007。
② (清)永瑢等撰:《四库全书总目》下册,1728页,北京,中华书局,1965。
③ (清)王士禛:《王士禛全集》四,3221页,济南,齐鲁书社,2007。
④ (清)王士禛:《王士禛全集》六,4486页,济南,齐鲁书社,2007。

清远的诗风注重物我的有机融合，具有出世的情怀，王士禛继承了严羽以禅论诗的传统，将禅宗所追求的自然、出世的情怀运用于诗歌批评之中。

> 严沧浪以禅喻诗，余深契其说，而五言尤为近之。如王、裴辋川绝句，字字入禅。他如"雨中山果落，灯下草虫鸣"，"明月松间照，清泉石上流"；以及太白"却下水清帘，玲珑望秋月"……妙谛微言，与世尊拈花，迦叶微笑，等无差别。通其解者，可语上乘。①

禅宗的空明境地在审美理想上与山水诗有着一致性，王士禛对具有禅味的诗作特别感兴趣，他在《居易录》中说道："尝戏论唐人诗，王维佛语，孟浩然菩萨语，刘眘虚、韦应物祖师语，柳宗元声闻辟支语，李白、常建飞仙语，杜甫圣语……陈子昂真灵语，李贺才鬼语，卢仝巫觋语，李商隐、韩偓儿女语。"②将王维、孟浩然、韦应物比作佛、菩萨、祖师，这比杜甫、李白的境界还要高一层，审美趣味由此可窥一斑。值得注意的是，王士禛并非只是推崇冲淡清远这一种风格，他对雄浑的诗风也是推重的。他在《师友诗传录》中说道："七言古若李太白、杜子美、韩退之三家，横绝万古，后之追风蹑景，唯苏长公一人而已。"③以冲淡清远为尚，但不排除其他诗风，这是王士禛论诗的辩证处。

三、"直寻"与"妙悟"的感知方式

王士禛具有丰富的创作实践，他的诗风与他的理论基本一致。"神韵"偏重于诗歌的艺术价值，冲淡清远的意境来源于直觉的感悟，因此在创作上

---

① （清）王士禛：《王士禛全集》三，2013 页，济南，齐鲁书社，2007。
② （清）王士禛：《王士禛全集》四，3363 页，济南，齐鲁书社，2007。
③ （清）王士禛等：《师友诗传录》，见王夫之等撰：《清诗话》上册，130 页，上海，上海古籍出版社，1978。

强调灵感的作用。在文学创作观念上，有两种倾向，一种反映论，认为文学创作是社会生活、个人情感的表现，有怎样的社会生活和情感就有怎样的文学作品；另一种则将文学视为一个自足的世界，文学自有其表现的方式和审美价值，不必为社会人生所捆绑。王士禛虽然也认识到社会生活、个体情感对创作的重大影响，但他更强调灵感式的创作，应该说他属于后一种创作倾向。王士禛继承了严羽以禅喻诗的理论，认为"诗禅一致，等无差别"，将禅宗的"顿悟"引入诗歌创作之中。"顿悟"在禅宗中，指通过正确的修行，在某一场合能够迅速领悟到佛法要旨，从而进入佛的空明境地。在文学创作中，"顿悟"是指创作主体在外界影响下对事物的突发性直觉把握，一般情况下与灵感是相通的。"神韵"与禅趣有共通之处，王士禛多以"顿悟""妙悟"论诗歌创作，他说："诗家上乘，全在妙悟。""大抵禅道唯在妙悟，诗道亦在妙悟。"能够"悟"才能进入诗歌的门道，王士禛的"悟"正是灵感的感发。

诗禅无二，"悟"能使理、物、人达到极高的境界，那诗歌创作中的"悟"是一种怎样的状态呢？王士禛认为"悟"在诗歌创作中表现为"伫兴而就"。

> 萧子显云："登高极目，临水送归。早雁初莺，花开叶落。有来斯应，每不能已。须其自来，不以力构。"王士源《序孟浩然诗》云："每有制作，伫兴而就。"余平生服膺此言，故未尝为人强作，亦不耐为和韵诗也。[①]

不强作，不耐为和韵，强调灵感的兴会而至，这是王士禛推崇的创作方法。"伫兴而就"意味着在物我感应的一刹那完成对世界的直觉把握，它不是一个推理的过程，而是一个直觉把握的过程。因此，王士禛反对在创作中仅仅追求物的真实，他说道：

> 香炉峰在东林寺东南，下即白乐天草堂故址。峰不甚高，而江文通

---

① （清）王士禛：《王士禛全集》六，4772页，济南，齐鲁书社，2007。

《从冠军建平王登香炉峰》诗云："日落长沙渚，层阴万里生。"长沙去庐山二千余里，香炉何缘见之？孟浩然《下赣石》诗："暝帆何处泊？遥指落星湾。"落星在南康府，去赣亦千余里。顺流乘风，即非一日可达。古人诗只取兴会超妙，不似后人章句，但作记里鼓也。①

诗歌创作是创作主体在精神上对世界的感悟，它不必拘泥于事物的客观存在，只要能够达到情感的真实，诗歌就可以超越物质真实的层面。王士禛用江文通、孟浩然的诗句说明了诗歌重在情感真实而非物理事实，而这种情感真实是兴会神到的情感领悟，远远超越了物质层面。"兴会"是创作主体诗性的勃发，它与个体的天赋才能有不可分割的联系，王士禛很注重个体的参悟对诗歌创作的影响，他说："越处女与勾践论剑术曰：妾非受于人也，而忽自有之。司马相如答盛览论赋曰：赋家之心，得之于内，不可得而传。诗家妙谛，无过此数语。"②文学创作是创造性的直觉，创作主体的内在体悟具有不可言传性，王士禛以"兴会"揭示诗歌创作的复杂性，这比一般的诗法论更深入诗歌创作的内理，也更具有了诗学的深度。

王士禛注意到"兴会""妙悟"对诗歌创作的影响，但他并不否认学力的作用，他认为后天的学习也是很重要的，这是他诗学思想的辩证之处。

夫诗之道，有根柢焉，有兴会焉，二者率不可得兼。镜中之象，水中之月，相中之色，羚羊挂角，无迹可求，此兴会也。本之风雅以导其源，溯之楚骚，汉魏乐府诗以达其流，博之九经、三史、诸子以穷其变，此根柢也。根柢原于学问，兴会发于性情。于斯二者兼之，又斡以风骨，润以丹青，谐以金石，故能衔华佩实，大放厥词，自名一家。③

---

① （清）王士禛：《带经堂诗话》上，68 页，北京，人民文学出版社，1963。
② （清）王士禛：《带经堂诗话》上，81 页，北京，人民文学出版社，1963。
③ （清）王士禛：《带经堂诗话》上，78 页，北京，人民文学出版社，1963。

根柢源于学问，兴会发于性情。学问、性情是诗歌创作的两大要素，王士禛认为理想的状态是能够兼容二者，使根柢、兴会相得益彰的。王士禛所说的学问其实包括的范围很广，他告诫后学："为诗须博极群书。如《十三经》、《廿一史》，次及唐、宋小说，皆不可不看。所谓取材于《选》，取法于唐者，未尽善也。"又说："为诗要多读书，以养其气；多历名山大川，以扩其眼界；宜多亲名师益友，以充其见识。"[①]王士禛的学问就不仅仅是书本上的知识了，而且还包括了社会的阅历，这就把学问推进了一步，丰富了创作理论。王士禛一生没有受太大的挫折，但他的诗歌创作经历了唐宋诗风，性情、学问对诗歌创作的影响他是深有体会的，因此在二者的关系上，他也绝不是泛泛而谈，而是比较有针对性的。

王士禛的创作论偏重于创作主体的内在感悟和形式风格，虽然他并不排斥雄浑的诗风，但整体上以具有禅味的冲淡清远的诗风为尚。这样的诗风忽视了对社会生活的揭示，出世情怀浓重，没有突出情感本位，因此受到后世的批评。袁枚批评他"于气魄、性情俱有所短"，梁章钜批评他"所欠者，真耳"，这批评是有见地的。但我们也不能由此否定王士禛在诗学上的贡献，王士禛在诗史的探索上可以说是一大总结，直到今天，我们仍然可以领受他的这份遗产。

◎ 第三节
叶燮的诗学思想

叶燮（1627—1703），字星期，号己畦，苏州府吴江（今属江苏）人，晚

---

① （清）何世璂：《然镫记闻》，见王夫之等撰：《清诗话》上册，120页，上海，上海古籍出版社，1978。

年定居吴江之横山，世称横山先生。叶燮著有《原诗》，该著作体大思精，被认为是继《文心雕龙》之后，我国文艺理论史上最具逻辑性和系统性的一部理论专著。《四库全书》评价曰："是编乃其论诗之语，分内篇、外篇，又各分上、下。其大旨在排斥有明七子之摹拟，及纠弹近人之剽窃，其言皆深中症结。而词胜于意，虽极纵横博辩之致，是作论之体，非评诗之体也。亦多英雄欺人之语，如曰：'宋诗在工拙之外，其工处固有意求工，拙处亦有意为拙，若以工拙上下之，宋人不受也。'此论苏、黄数家犹可，概曰宋人，岂其然乎！至谓谢灵运胜曹植，亦故为高论耳。"① 叶燮抨击明七子及模拟、剽窃之风，这在清初已成为一般风气，并无太多新意。因古代文学批评多体现在诗话、文话中，体系性的理论著作并不多见，所以具有体系的"作论之体"，亦未引起足够重视。加之"极纵横博辩之致"导致的"英雄欺人之语"，也受到一些批评。所以，叶燮在完成《原诗》后虽然颇感自负，但这一著作在清代及近代并没有受到广泛关注。直到 20 世纪 80 年代以后，受西方体系性文艺理论著作的影响，《原诗》才成为学界研究热点，评价甚高。

清代的诗学理论是在反思明代文学实践的基础上建立起来的，明七子以唐人格调相许，雅而不真，公安以性情救弊，真而不雅。在对明代文学的总结中，清人一般都不会走极端的诗学路线，他们在比较、分析中进行综合，理论呈现出总结、集成的特征。日本汉学家青木正儿有一段论述值得玩味：

> 自从钱谦益抨击格调派的拟古主张，而鼓吹宋元诗以后，打乱了独尊盛唐的统治，有于盛唐之外取中晚唐者，有取宋元者，又有折衷唐宋者，一时诗坛陷于混乱。在这种混乱中产生一种倾向，这就是自成一家的思潮。就是说，希望发挥各自个性的思想蓬勃兴起；溯本求源，这可以从明万历年间公安三袁反抗王、李拟古派而提倡性灵说得其端绪。至康熙中叶，王、李的余波也已完全绝迹，尊崇盛唐者也已不再有去做那

---

① （清）永瑢等撰：《四库全书总目》下册，1806 页，北京，中华书局，1965。

种大谈王、李而遭到宋元派攻击的蠢事的人，人们都怀着一种非常自由的心情。主张不将目标特别拘泥于或唐或宋或元，一切按照个人所好，形成各自风格，以吟咏个人性情为宜的人逐渐出现。首先发出这一呼声的，是苏州的叶燮。①

在清代中叶，人们都能怀着自由的心情进行诗歌评论，故而形成了具有个体色彩的诗论，叶燮的诗论正是如此。据蒋寅推断，《原诗》成书于康熙二十五年（1686）②，这个时期正是宋风趋炽的时期，对唐宋诗风的争论其实还是很严重的，叶燮的诗论应该说是试图超越时代争论，为寻求诗歌发展的永恒真理的理论而探索。林云铭在《原诗叙》中说道：

> 嘉善叶子星期，诗文宗匠，著有《原诗》内外篇四卷，直抉古今来作诗本领，而痛扫后世各持所见以论诗流弊。③

明代诗歌是叶燮反思的基点之一，叶燮以"变"疏通了诗歌发展史，横扫明诗的流弊，建立起通达的诗学理论。叶燮写作《原诗》的时间也正是宗宋风气趋热之时，叶燮的弟子沈德潜在《清诗别裁集》中说道："先生初寓吴时，吴中称诗者多宗范、陆，究所猎者，范陆之皮毛，几于千手雷同矣。先生著《原诗》内外篇四卷，力破其非，吴人士始多訾謷之，先生没，后人转多从其言者，王新城司寇致书，谓其'独立起衰'，应非漫许。"④吴中称诗者师法陆游、范成大而趋于俚俗，这是叶燮身边的创作环境，沈德潜认为叶燮"力破其非"，这应该说是有依据的，"吴人士始多訾謷之"，说明他的诗论在当时也是有争议的。因此，从《原诗》成书的时间上看，我们不难看

---

① ［日］青木正儿：《清代文学评论史》，89页，北京，中国社会科学出版社，1988。
② 蒋寅：《叶燮的文学史观》，载《文学遗产》，2001（6）。
③ （清）林云铭：《原诗叙》，见叶燮著、霍松林校注：《原诗·附录》，84页，北京，人民文学出版社，1979。
④ （清）沈德潜：《清诗别裁集》，286页，长沙，岳麓书社，1998。

出，叶燮的诗论是对明代以来诗歌创作的反思，他试图超越时代风气达到对诗歌发展的永恒认识。纵观整体，叶燮的诗论是在继承中创新，继承的部分多于创新的部分，他论诗的最大成就是将诗学思想建立在哲学反思之上，从而形成了他的诗学体系。

一、原诗——"诗"的本质的探讨

清初面临的最直接的文学遗产是明代的前后七子，"文必秦汉，诗必盛唐"的门户之争给清人留下了一面值得借鉴的镜子，辨析前后七子是清代初期至中期人们热议的话题。清初，不少学者已开始有意识地借鉴宋诗，顾炎武、钱谦益、朱彝尊等人主张兼取唐宋，而黄宗羲、吴之振、查慎行等人更是直取宋诗，特别是吴之振《宋诗钞》的刊行将宗宋风气推到了一个高潮。这正如纳兰性德所言："十年前之诗人，皆唐之诗人也，必嗤点夫宋；近年来之诗人，皆宋之诗人也，必嗤点夫唐。"[①]这话虽然说得有点绝对，但大体还是符合清初诗坛的实际的。唐宋诗风的更迭造就了一个时代文学的面目，也给后人留下了批判的靶子，在文学相继相禅的背后，有没有文学的本质和规律可以探讨，这是清代要回答的时代课题，叶燮的《原诗》可以说是对这一问题的回应。从标题上看，"原"便是分析诗歌的源流本末，探索诗歌的本质。用叶燮的话来说，便是"诗有源必有流，有本必达末；又有因流而溯源，循末以返本"。[②]"本"就是诗的本质所在，"源"是诗歌的源起，寻找到了"本""源"，就能够扶正诗歌健康发展，不为各种风气所徇。

长期以来，"言志"一直被认为是诗的本质所在。然而，"言志"不一定是诗，其他文体也可以"言志"。在"诗言志"的命题下，诗歌自身的特征并不清晰，反而模糊。叶燮在论诗的本质时没有从"诗言志"这一命题出发，而是从哲理上来论诗，这是他高明的地方。他说："曰理、曰事、曰情

---

① （清）纳兰性德撰：《纳兰成德诗集、诗论笺注》，209页，太原，山西人民出版社，1988。
② （清）叶燮等：《原诗·一瓢诗话·说诗晬语》，3页，北京，人民文学出版社，1979。

三语，大而乾坤以之定位，日月以之运行，以至一草一木一飞一走，三者缺一，则不成物。文章者，所以表天地万物之情状也。"①叶燮认为世间万物都离不开理事情，诗文也不例外，那么什么是理事情呢？叶燮用了一个例子进行了说明。

> 譬之一木一草，其能发生者，理也。其既发生，则事也。既发生之后，夭矫滋植，情状万千，咸有自得之趣，则情也。苟无气以行之，能若是乎？②

理其实就是事物的规律，事是指事物呈现出来的状态，情是事物的韵趣。既然万事万物都是理事情的表现，那诗文也不例外。因此，叶燮将诗文定义为"表天地万物之情状"。"状"就是理事情中的"事"，即事物的状态，"情状"就是"理事情"中的事情。那么，诗的"理"在哪里呢？叶燮认为，诗之"理"与经生老儒所谈的"理"是不一样的：

> 可言之理，人人能言之，又安在诗人之言之！可征之事，人人能述之，又安在诗人之述之！必有不可言之理，不可述之事，遇之于默会意象之表，而理与事无不灿然于前者也。③

叶燮认为可方之理、可征之事，都不是诗的"理"和"事"，诗的"理"和"事"是"不可名言""不可述"的，他用了杜甫的诗句进行了解释。我们且看他是如何用《玄元皇帝庙作》一诗中的"碧瓦初寒外"一句来说明的。

---

① （清）叶燮等：《原诗·一瓢诗话·说诗晬语》，21页，北京，人民文学出版社，1979。
② （清）叶燮等：《原诗·一瓢诗话·说诗晬语》，21页，北京，人民文学出版社，1979。
③ （清）叶燮等：《原诗·一瓢诗话·说诗晬语》，30页，北京，人民文学出版社，1979。

言乎"外"，与内为界也。"初寒"何物，可以内外界乎？将"碧瓦"之外，无"初寒"乎？"寒"者，天地之气也。是气也，尽宇宙之内，无处不充塞；而"碧瓦"独居其"外"，"寒"气独盘踞于"碧瓦"之内乎？"寒"而曰"初"，将严寒或不如是乎？"初寒"无象无形，"碧瓦"有物有质；合虚实而分内外，吾不知其写"碧瓦"乎？写"初寒"乎？写近乎？写远乎？使必以理而实诸事以解之，虽稷下谈天之辩，恐至此亦穷矣！设身而处当时之境会，觉此五字之情景，恍如天造地设，呈于象，感于目，会于心。意中之言，而口不能言；口能言之，而意又不可解。划然示我以默会相象之表，竟若有内、有外、有寒、有初寒，特借"碧瓦"一实相发之。有中间，有边际，虚实相成，有无互立，取之当前而自得，其理昭然，其事的然也。①

叶燮所说的"理"正是艺术的真实，它是一种假设的真实，也是情感的真实；而"情"则是诗的意象，"呈于象，感于目，会于心"，情景合一，虚实相生。这样，通过界定诗歌的理事情，叶燮在他的哲理体系中揭示了诗歌的特性。

虽然诗歌的理事情与现实社会中的理事情有别，但叶燮并不否认诗歌与社会现实的联系，他在谈到诗歌源起的时候说道：

原夫作诗者之肇端而有事乎此也，必先有所触以兴起其意，而后措诸辞、属为句、敷之而成章。当其有所触而兴起也，其意、其辞、其句，劈空而起，皆自无而有，随在取之于心。出而为情、为景、为事，人未尝言之，而自我始言之。②

诗歌的肇端是外界的事物，"有所触以兴起其意"，有了所触才会有所

---

① （清）叶燮等：《原诗·一瓢诗话·说诗晬语》，30~31页，北京，人民文学出版社，1979。
② （清）叶燮等：《原诗·一瓢诗话·说诗晬语》，5页，北京，人民文学出版社，1979。

兴,所以社会现实对诗歌创作具有制约的作用。在中国古代,谈到诗歌与现实关系时大多强调社会现实对诗歌的决定作用,白居易"文章合为时而著,歌诗合为事而作"很具有代表性,"为时""为事",这就把诗文放在了从属的地位。叶燮虽然并不否认社会存在对诗文的制约,但他对艺术的独立性是有认识的。他在《唐百家诗序》中说道:

> 自有天地,即有古今。古今者,运会之迁流也。有世运,有文运,世运有治乱,文运有盛衰,二者各自为迁流。然世之治乱杂出,递见久速,无一定之统。孟子谓天下之生,一治一乱,其远近不必同,前后不必异也。若夫文之为运,与世运异轨而自为途,统而言之曰文,分而言之曰古文辞,曰诗赋,二者又异轨而自为途。①

叶燮认为世运与文运各自有其发展规律,诗文的正变盛衰自有其道路,"二者又异轨而自为途",这样的看法是相当辩证的。

二、"有正有变"的诗歌发展观

正与变是哲学研究的重要内容,也是诗学必须要解决的问题,《毛诗序》最先提出了"变风变雅"这一概念,"至于王道衰,礼义废,政教失,国异政,家殊俗,而变风变雅作矣"。有"变风变雅",那就有"正风正雅","变风变雅"的出现是由于政治、世风的衰败,这其实是把政治的盛衰看作正变的来源。郑玄在《诗谱序》中阐释了"正"与"变":

> 文武之德,光熙前绪,以集大命于厥身,遂为天下父母,使民有政有居。其时诗,风有《周南》、《召南》,雅有《鹿鸣》、《文王》之属。及成

---

① (清)叶燮:《已畦文集》卷八,见《丛书集成续编》第124册,上海,上海书店出版社,1994。

王、周公致太平,制礼作乐,而有颂声兴焉,盛之至也。本之由此风雅而来,故皆录之,谓之诗之正经。……后王稍更陵迟。懿王始受谮亨齐哀公,夷身失礼之后,邶不尊贤。自是而下,厉也,幽也,政教尤衰,周室大坏。《十月之交》、《民劳》、《板》、《荡》、勃尔俱作,众国纷然,刺怨相寻。王某月之末,上无天子,下无方伯,善者谁赏?恶者谁罚?纪纲绝矣。故孔子录懿王、夷王时诗,讫于陈灵公淫乱之事,谓之变风、变雅。①

纯粹用政治兴衰来解释文学的正变,很容易得到治世为正,乱世为变的结论,这种简单以政治为标准来取舍文学的观点忽视了文学自身的独立性和思想内容的丰富性,在历代都遭到了批评,但在传统的儒家诗论里却很有市场。 在传统的诗论中,"正"意味着文学的正态发展,"变"意味着文学形态的异样,因此,"正"与"变"都包含了文学价值的判断,崇正抑变一直是文学追求的理想。"正"与"变"的发展论,到叶燮达到了新的高度,在诸多方面都突破了传统的文学史观。

前后七子崇正抑变,他们以典范时期的文学为取法对象,试图再造文学的"中兴",他们的复古思想其实蕴含了对"变"的价值的否定。 王世贞说道:"西京之文实,东京之文弱,犹未离实也。 六朝之文游,离实矣。 唐之文庸,犹未离浮也。 宋之文陋,离浮矣,愈下矣。 元无文。"②代愈降,文愈下,至元代则无文,所以回到古学才有价值,这是七子大力倡导复古的原因。 叶燮否定了这种崇古抑今的文学观念,他认为"变"是文学发展的必然趋势。

盖自有天地以来,古今世运气数,递变迁以相禅。古云:天道十年

---

① (东汉)郑玄:《诗谱序》,见李学勤主编:《十三经注疏》上,6~8页,北京,北京大学出版社,1999。
② (明)王世贞:《艺苑卮言校注》,罗仲鼎校注,102页,济南,齐鲁书社,1992。

一变。此理也，亦势也。无事无物不然，宁独诗之一道，胶固而不变乎？今就《三百篇》言之：风有正风，有变风；雅有正雅，有变雅。风雅已不能不由正而变，吾夫子亦不能存正而删变也。则后此为风雅之流者，其不能伸正而诎变也明矣。①

叶燮从哲理的角度阐明变是天理，是事物发展的规律，诗歌是人类的活动之一，自然也无法超越这一规律。诗歌的源头《诗经》就已经显示了诗的"变"：风雅由正而变，孔子删诗，正变并存。叶燮认为"变"是踵事增华，前人创之，后人变而异之。

大凡物之踵事增华，以渐而进，以至于极。故人之智慧心思，在古人始用之，又渐出之；而未穷未尽者，得后人精求之，而益用之出之。乾坤一日不息，则人之智慧心思，必无尽与穷之日。②

事物的发展是一个踵事增华的过程，后出转工，叶燮用了个比喻描述诗歌的踵事增华过程：

《三百篇》，则其根；苏、李诗，则其萌芽由蘖；建安诗，则生长至于拱把；六朝诗，则有枝叶；唐诗，则枝叶垂荫；宋诗则能开花，而木之能事方毕。③

诗歌的发展是踵事增华的螺旋上升的过程，叶燮认为"变"的价值不一定低于"正"，"变"能够开启"正"所无法达到的境界，"历考汉魏以来之诗，循其源流升降，不得谓正为源而长盛，变为流而始衰。惟正有渐衰，故

---

① （清）叶燮等：《原诗·一瓢诗话·说诗晬语》，4 页，北京，人民文学出版社，1979。
② （清）叶燮等：《原诗·一瓢诗话·说诗晬语》，6 页，北京，人民文学出版社，1979。
③ （清）叶燮等：《原诗·一瓢诗话·说诗晬语》，34 页，北京，人民文学出版社，1979。

变能启正"。因此,"正"与"变"是事物发展的两个形态。

> 诗道之不能不变于古今而日趋于异也,日趋于异,而变之中不变者存,请得一言以蔽之,曰:雅。雅也者,作诗之原,而可以尽乎诗之流者也。自《三百篇》以温柔和平之旨肇其端,其流递变而递降。温柔流而为激亢,和平流为刻削,遇刚则有桀骜诘聱之音,过柔则有靡曼浮艳之响,乃至为寒、为瘦、为袭、为貌,其流之变,厥有百千,然皆各得诗人之一体,一体者,不失其命意措辞之雅而已。所以平奇、浓淡、巧拙、清浊,无不可为诗,而无不可以为雅。诗无一格,而雅也为无一格。①

叶燮认为"变"才是"正"得以存在的条件,这一观点极具辩证性。他以"雅"为例进行了说明,雅由温柔而变为激亢、为刻削、桀骜诘聱、靡曼浮艳,甚至为寒、为瘦、为袭、为貌,流变各异,这些都是雅的各种形态,正是因为有了这些形态,雅才得以在后世中存在,因此,"诗无一格,而雅也为无一格"。

值得注意的是,叶燮的正变论注意到了诗文自身的发展规律,认为诗文的形式风格也存在正变的发展过程,这就突破了仅从政治和国运谈诗文正变的局限。

> 风雅之有正有变,其正变系乎时,谓政治、风俗之由得而失、由隆而污。此以时言诗;时有变而诗因之。时变而失正,诗变而仍不失其正,故有盛无衰,诗之源也。吾言后代之诗,有正有变,其正变系乎诗,谓体格、声调、命意、措辞、新故升降之不同。此以诗言时,诗递变而时随之。故有汉、魏、六朝、唐、宋、元、明之互为盛衰,惟变以

---

① (清)叶燮:《已畦文集》卷九,见《丛书集成续编》第124册,上海,上海书店出版社,1994。

救正之衰,故递衰递盛,诗之流也。①

后世诗文的正变在于自身,是形式风格的变化,"谓体格、声调、命意、措辞、新故升降之不同",因此有汉、魏、六朝、唐、宋、元、明等各个朝代的形式风格,诗文的风格变了,时代反而是"随之"。脱离时代盛衰仅从诗文形式风格上来谈正变,叶燮的这一观点可以说远远超越了时代局限。但他并没有把《诗经》列入考察的范围,这说明他的宗经思想还是比较强的,也影响了他理论的完整性,有不足之处。

总而言之,叶燮的正变发展论突破了传统正变二元对立的思维,认为变能启正,变在价值上并不一定比正低。其注意到事物发展的螺旋上升,并将发展的理论运用于诗文的形式风格,从诗文发展的"内在理路"来探讨正变,显示了作者独到的眼光。但我们也要注意到,叶燮的发展论最终还是陷入循环论,他认为诗歌发展到宋代以后便达到了顶峰,"自宋以后之诗,不过花开而谢、花谢而复开",这样的结论说明他的发展论还没有大的突破。

三、创作论

创作方法是中国古代诗文理论讨论的重要话题,叶燮的重要贡献在于能够将创作的主客体融合起来,比较全面地分析创作的要素,并打通各个要素之间的关系。

(一)理事情与才胆识力。从比较宏观的角度看,叶燮认为诗歌创作可以从客体和主体两个角度来分析,创作的客体是"理事情",创作主体所需要的条件是"才胆识力",创作需要两方面的结合。

> 曰理、曰事、曰情,此三言者足以穷尽万有之变态。凡形形色色,

---

① (清)叶燮等:《原诗·一瓢诗话·说诗晬语》,7页,北京,人民文学出版社,1979。

音声状貌，举不能越乎此。此举在物者而为言，而无一物之或能去此者也。曰才、曰胆、曰识、曰力，此四者所以穷尽此心之神明。凡形形色色，音声状貌，无不待于此而为之发宣昭著。此举在我者而为言，而无一不如此心以出之者也。以在我之四，衡在物之三，合而为作者之文章。大之经纬天地，细而一动一植，泳叹讴吟，俱不能离是而为言者矣。①

理事情是世间万物的存在形态，宇宙的一切事物都可以用它来概括，诗歌也有其理事情。叶燮认为诗歌的理事情与其他事物的理事情是不一样的，这一点我们上面已讲到。在这三者中，叶燮认为理最为重要。他说："理一而已，而天地之事与物有万，持一理以行乎其中，宜若有格而不通者，而实无不可通，则事与物之情状不能外乎理也。"因此，在对事物进行分析的时候，"揆之以理而不谬，则理得。次征诸事；征诸于事而不悖，则事得。终系诸情；系诸于情而通，则情得。三者得而不可易，则自然之法立"②。理事情毕竟是外在的因素，诗歌创作是主体化的过程，创作主体的主观条件最终决定了作品的质量，有怎样的主观条件便有怎样的作品。叶燮将主体的条件归纳为四点：才、胆、识、力。因而，叶燮将创作视为"以在我之四，衡在物之三，合而为作者之文章"。把主客体紧密地结合起来，诗歌创作是主体对客体的整合，这样的观点是比较全面和深入的。

叶燮对主体才胆识力的论述，主要着眼于主体感知和把握审美对象，把外在的理事情内化为诗歌的意象，从而达到对世界的诗意把握。"才"是指诗人天赋的才能，"其优于天者，四者具足，而才独外见，则群称其才；而不知其才之不能无所凭而独见也。其歉乎天者，才见不足，人皆曰才之歉也，不可勉强也"③。叶燮认为才是主体把握诗歌本质的能力，"夫才者，诸法

---

① （清）叶燮等：《原诗·一瓢诗话·说诗晬语》，23页，北京，人民文学出版社，1979。
② （清）叶燮等：《原诗·一瓢诗话·说诗晬语》，20页，北京，人民文学出版社，1979。
③ （清）叶燮等：《原诗·一瓢诗话·说诗晬语》，24页，北京，人民文学出版社，1979。

之蕴隆发现处也",把握了诗歌的本质,诸法均为我所有。才有其理性的一面,也有其非理性的一面,叶燮更倾向于才的理性。他说:"其所为才,皆不从理、事、情而得,为拂道悖德之言,与才之义相背而驰者,尚得谓之才乎?"①才是对理事情的洞察,不能违背于理,叶燮所说的理其实就是儒家的天理。"胆"是诗人胆量和勇气,有胆才能傲视古今,"无胆则笔墨畏缩"。"力"是指诗人意志所体现出来的笔势,"惟力大而才能坚,故于坚而不可摧也"。才胆识力四者是相互依存、密不可分的,"大约才、识、胆、力四者,交相为济,苟一有所歉,则不可登作者之坛"。而这四者中,叶燮认为"识"最为关键,他说道:

  四者无缓急,而要在先之以识:使无识,则三者俱无所托。无识而有胆,则为妄、为卤莽、为无知,其言背理、叛道,蔑如也。无识而有才,虽议论纵横,思致挥霍,而是非淆乱,黑白颠倒,才反为累矣。无识而有力,则坚僻、妄诞之辞,足以误人而惑世,为害甚烈。若在骚坛,均为风雅之罪人。惟有识,则能知所从、知所奋、知所决,而后才与胆力,皆确然有以自信;举世非之,举世誉之,而不为其所摇。安有随人之是非以为是非者哉!其胸中之愉快自足,宁独在诗文一道已也!②

  有了识,"胆""才""力"才不会失去正确的方向,才不会犯原则性的错误,叶燮对"识"的强调,其实是强调了"理"。同时,他也认识到四者之间的依存关系,"胆"能够突破陈规旧习,促进"才"的升发,"成事在胆";"才"能够统领其他三者,"力"能使其他三者发挥到淋漓尽致。叶燮关于才胆识力的论述深化了中国传统"诗言志"的理论,强化了人们对创作主体的认识,"志之发端,虽有高卑、大小、远近之不同,然有是志,而以我所云才、胆、识、力四语充之,则其仰观俯察、遇物触景之会,勃然而兴,旁见

---

① (清)叶燮等:《原诗·一瓢诗话·说诗晬语》,26页,北京,人民文学出版社,1979。
② (清)叶燮等:《原诗·一瓢诗话·说诗晬语》,29页,北京,人民文学出版社,1979。

侧出，才气心思，溢于笔墨之外。志高则其言洁，志大则其辞弘，志远则其旨永。如是者，其诗必传，正不必斤斤争工拙于一字一句之间"①。

（二）胸襟。才胆识力是创作主体应该具备的基本素质，如果创作要达到"工而可传"，叶燮认为还必须处理好四个环节：基础、材料、匠心、文辞。基础是创作的根本："诗之基，其人之胸襟是也。""有是胸襟以为基，而后可以为诗文！"叶燮特别强调了"胸襟"对创作的催化作用：

> 我谓作诗者，亦必先有诗之基焉。诗之基，其人之胸襟是也。有胸襟，然后能载其性情、智慧、聪明、才辨以出，随遇发生，随生即盛。千古诗人推杜甫，其诗随所遇之人之境之事之物，无处不发其思君王、忧祸乱、悲时日、念友朋、吊古人、怀远道，凡欢愉、幽愁、离合、今昔之感，一一触类而起，因遇得题，因题达情，因情敷句，皆因甫有其胸襟以为基。如星宿之海，万源从出；如钻燧之火，无处不发；如肥土沃壤，时雨一过，夭矫百物，随类而兴，生意各别，而无不具足。……不然，虽日诵万言、吟千首，浮响肤辞，不从中出，如剪彩之花，根蒂既无，生意自绝，何异乎凭虚而作室也！②

胸襟是主体对世界的体认和胸怀，它统摄主体的其他因素，决定诗歌的品性和广度，没有胸襟，主体的才、胆、识、力都无从生发。

第二个环节是取材。取材一定要有所选择，"材非培塿之木、拱把之桐梓，取之近地阛阓村市之间而能胜也。当不惮远且劳，求荆湘之梗楠，江汉之豫章，若者可以为栋为榱，若者可以为楹为柱，方胜任而愉快，乃免支离屈曲之病"③。叶燮认为，诗歌创作取材要向伟大的作品学习，切不可低俗，一落低俗便无足观。第三个环节是匠心，就是熔裁处理材料的功夫。

---

① （清）叶燮等：《原诗·一瓢诗话·说诗晬语》，47页，北京，人民文学出版社，1979。
② （清）叶燮等：《原诗·一瓢诗话·说诗晬语》，17页，北京，人民文学出版社，1979。
③ （清）叶燮等：《原诗·一瓢诗话·说诗晬语》，17～18页，北京，人民文学出版社，1979。

"得工师大匠指挥之，材乃不枉。为栋为梁，为榱为楹，悉当而无丝毫之憾。"同样，叶燮认为处理材料也要借鉴古人，深入古人的学识神理，然后匠心乃出。最后一个环节是修饰文辞，使作品焕发生机。"夫诗，纯淡则无味，纯朴则近俚，势不能如画家之有不设色。古称非文辞不为功；文辞者，斐然之章采也。必本之前人，择其丽而则、典而古者，而从事焉，则华实并茂，无夸缛斗炫之态，乃可贵也。"①文辞并不一定以华丽为美，关键是雅。

（三）有法与无法。中国古代的诗法论大多认为诗歌创作"有法而不可拘于法"，这样的观点其实是很辩证的，但也由此而使"法"变得模糊不清，到底"法"的存在形态是怎样，超越"法"的形态又是怎样，这个问题一直没有得到很好的回答。叶燮关于诗法的理论其实与传统的诗法论并无太大的区别，他的贡献在于结合理事情和才胆识力把诗法讲实了，使得诗法理论成为具体的理论。

叶燮认为："法者，虚名也，非所论于有也；又法者，定位也，非所论于无也。"法是"虚名"，同时又是"定位"，何为"虚名"，何为"定位"呢？叶燮解释道：

> 先揆乎其理，揆之于理而不谬，则理得。次征诸事，征之于事而不悖，则事得。终絜诸情，絜之于情而可通，则情得。三者得而不可易，则自然之法立。故法者，当乎理，确乎事，酌乎情，为三者之平准，而无所自为法也。故谓之曰"虚名"。②

法并不是独立存在之物，而是隐于理事情之中的，与理事情并行而不悖。从表面上看，人们只是体悟到理，看到事和情，而从深层上看，法却在起着作用，法是看不见的，因此是"虚名"。

---

① （清）叶燮等：《原诗·一瓢诗话·说诗晬语》，18～19页，北京，人民文学出版社，1979。
② （清）叶燮等：《原诗·一瓢诗话·说诗晬语》，20页，北京，人民文学出版社，1979。

> 法者，国家之所谓律也。自古之五刑宅就以至于今，法亦密矣。然岂无所凭而为法哉！不过揆度于事、理、情三者之轻重大小上下，以为五服五章、刑赏生杀之等威、差别，于是事理情当于法之中。人见法而适惬其事理情之用，故又谓之曰"定位"。①

"定位"是理事情运用、表现的程度，它可以在"等威、差别"中看出来。从诗文创作上说，得法的程度表现在体现理事情的程度上，因此是"定位"。

传统的诗法论喜欢谈"死法"与"活法"。叶燮认为，"死法为定位，活法为虚名"，这就把诗法辨得更清了。

> 吾不知其离一切以为法乎？将有所缘以为法乎？离一切以为法，则法不能凭虚而立。有所缘以为法，则法仍托他物以见矣。吾不知统提法者之于何属也？彼曰："凡事凡物皆有法，何独于诗而不然！"是也。然法有死法，有活法。若以死法论，今誉一人之美，当问之曰："若固眉在眼上乎？鼻口居中乎？若固手操作而足循履乎？"夫妍媸万态，而此数者必不渝，此死法也。彼美之绝世独立，不在是也。又朝庙享燕以及士庶宴会，揖让升降，叙坐献酬，无不然者，此亦死法也。而格鬼神、通爱敬，不在是也。然则，彼美之绝世独立，果有法乎？不过即耳目口鼻之常，而神明之。而神明之法，果可言乎！彼享宴之格鬼神、合爱敬，果有法乎？不过即揖让献酬而感通之。而感通之法，又可言乎！死法，则执涂之人能言之。若曰活法，法既活而不可执矣，又焉得泥于法！而所谓诗之法，得毋平平仄仄之拈乎？村塾中曾读《千家诗》者，亦不屑言之。若更有进，必将曰：律诗必首句如何起，三四如何承，五六如何接，末句如何结；古诗要照应，要起伏。析之为句法，总之为章法。此三家村词伯相传久矣，不可谓称诗者独得之秘也。若舍此两端，而谓作

---

① （清）叶燮等：《原诗·一瓢诗话·说诗晬语》，20页，北京，人民文学出版社，1979。

诗另有法，法在神明之中、巧力之外，是谓变化生心。变化生心之法，又何若乎？则死法为"定位"，活法为"虚名"。"虚名"不可以为有，"定位"不可以为无。不可为无者，初学能言之；不可为有者，作者之匠心变化，不可言也。①

叶燮以人的形与神喻死法和活法，形象生动，批判了三家村学究，在形与神的辩证中把诗法论述得更具体、深入。辨析诗法，有利于人们走出复古的影子，使诗歌创作能够在继承的基础上开创一个新的高度。

◎ 第四节
朱彝尊的诗学观念

朱彝尊（1629—1709），字锡鬯，号竹垞，又号醧舫，晚号小长芦钓鱼师，又号金风亭长。浙江秀水（今嘉兴）人。少时家道中落，入赘冯家。清初曾参与抗清，几死，年逾三十入曹溶幕，历经 20 余年漂泊，于康熙十八年（1679）举博学鸿词科，除翰林院检讨。二十二年（1683）入直南书房。精于金石文史，购藏古籍图书不遗余力，为清初著名藏书家之一。曾参加纂修《明史》，著有《曝书亭集》等。

朱彝尊在诗歌与词上均有不凡的成就，清初诗坛上有"南朱北王"之称，从创作及交往上看，王士禛与朱彝尊俨然为诗坛两大名家，但从影响上看，朱彝尊显然是比不上王士禛的。王士禛的神韵说追求冲淡清远的诗风，偏重于艺术风格，朱彝尊的诗论却具有浓重的传统色彩，重诗歌的功用，重醇雅，不满公安、竟陵诗风，与大一统帝国的文化政策相吻合，在构建清代

---

① （清）叶燮等：《原诗·一瓢诗话·说诗晬语》，20～21 页，北京，人民文学出版社，1979。

诗学自身面目上有其不容忽视的价值。

一、重诗教

朱彝尊博通经史，认为"文章本经术"，强调诗文尊经重教。他在《高舍人诗序》中说道："诗之为教，其义风赋比兴雅颂；其旨兴观群怨；其辞嘉美、规诲、戒刺；其事经夫妇、成孝敬、厚人伦、美教化、移风俗；其效至于动天地、感鬼神。惟蕴诸心也正，斯百物荡于外而不迁，发为歌咏，无趋数、敖辟、燕滥之音。故诵诗者必先论其人，《记》曰：宽而静，柔而正者宜歌《颂》；广大而静，疏达而信者，宜歌《大雅》；恭俭而好礼者，宜歌《小雅》；正直而静，廉而谦者宜歌《风》。凡可受世人之目者，类皆温柔敦厚而不愚者也。"①在先秦，诗歌是国家政教体系的组成部分，孔子认为诗具有兴观群怨的功能，并强调温柔敦厚的诗教功用，《诗大序》将教化细分为经夫妇、成孝敬、厚人伦、美教化、移风俗。在儒家正统的思想里，诗歌的教化功能一直被强化，宋儒直接将诗文视为载道之具。朱彝尊接过了这一思想，认为诗文的根本在于载道："文章之本，期于载道而已。道无不同，而文章亦何殊之有。辱惠书，以古文辞相勖。足下负高世之才，所为歌诗，皆必传之业。而手教谆挚，抑何其自处之恭而称许之过也。文章之本，期于载道而已。道无不同，则文亦何殊之有？足下乃云南北分镳，各行其志。岂非以于麟为北，而道思、应德、熙甫数子为南乎？"②诗文表面南北分镳，但不是各行其志，而是殊途同归，都是达道之具。朱彝尊对具有背离载道倾向的诗歌表示不满，他对魏晋以来的诗歌批评道：

> 魏晋而下，指诗为"缘情"之作，专以"绮靡"为事，一出乎闺房儿女子之思，而无恭俭好礼、廉静疏达之遗，恶在其为诗也？唐之世二百

---

① （清）朱彝尊：《曝书亭集》上，468页，北京，国学整理社，1937。
② （清）朱彝尊：《曝书亭集》上，395页，北京，国学整理社，1937。

年，诗称极盛，然其间作者，类多长于赋景而略于言志，其状草木鸟兽甚工，顾于事父事君之际或阙焉不讲。惟杜子美之诗，其出之也有本，无一不关乎纲常伦纪之目，而写时状景之妙自有不期工而工者。然则善学诗者，舍子美其谁师也欤？明诗之盛，无过正德，而李献吉、郑继之二子，深得子美之旨，论者或诋其时非天宝，事异唐代，而强效子美之忧时。嗟乎！武宗之时何时哉，使二子安于耽乐而不知忧患，则其诗虽不作可也。今世之为诗者，或漫无所感于中，惟用之往来酬酢之际。仆尝病之，以为有赋而无比兴，有颂而无风雅，其长篇排律，声愈高而曲愈下，辞未终而意已尽，四始六义阙焉。①

魏晋诗多缘情、绮靡之作，朱彝尊对此提出质疑，有唐一代的诗歌，他也只称许杜甫，对近代的应酬诗则"病之"。在朱彝尊的诗文世界里，离开了传道，诗文就失却了其意义。正是强调诗文的载道作用，朱彝尊关注诗人的人品，"诵诗者必先论其人"，认为人品与诗品相埒，健康的人品才能衍化出良好的诗品。"故士必先尚其志而后可以言诗。唐人之作，中正和平，其变者，率能成方。迨宋而粗厉噍杀之音起，好滥者其志淫，燕女者其志溺，趋数者其志烦，敖辟者其志乔。由是被之以声，高者硁而下者肆，陂者散而险者敛，侈者笔而拿者郁，斯未可以道古也。"②诗言志，言者思想境界的高下决定了诗品的高下。在朱彝尊诸多的诗序中，他先论人品，再论诗品，由人品推及诗品，以此品定诗的境界。

二、诗达情

明七子追求高古的风格，注重艺术形式，忽视了真性情的抒写。易代之际，七子的模拟做法受到了钱谦益等人的批判。明七子的拟古其实是想通过

---

① （清）朱彝尊：《曝书亭集》上，395页，北京，国学整理社，1937。
② （清）朱彝尊：《曝书亭集》上，481页，北京，国学整理社，1937。

诗文创作助推盛世之音，从其动机上看，是值得肯定的，而其拟古不真，这是问题所在。与钱谦益相比，朱彝尊对七子的看法比较辩证。他肯定了七子在复古上的努力，但又对其"不真"提出了批评："三十年来，海内谈诗者每过于规仿古人，又或随声逐影趋当世之好，于是己之性情汩焉不出。"①规仿古人，其实就是为古人的形式风格所束缚，能入而不能出，被古人的程式所规训，"吾言吾志之谓诗。言之工，足以伸吾志；言之不工，亦不失吾志之所存。乃旁有人焉，必欲进之古人之域，曰诗有格也，有式也，于是别世代之升降，权声律之高下，分体制之正变，范围之，勿使逸出矩矱绳尺之外，于古人则合矣，是岂吾言志之初心哉？且诗亦何常格之有？"②学古固然有必要，但也必须要有自我的性情，没有自我的性情，诗格、诗法便是死法，因此，朱彝尊主张言之有物，不必作无病呻吟：

  诗以言志者也。中有欲言，纵吾欲言之，连章累牍而不厌其多。无可言，则经年逾月置勿作焉也可。诗三百，有五为嘉：为美、为规、为刺、为诲、为戒，皆出乎人心有不容已于言者。言之，非有强之者而后言也。后世君臣燕游，辄命赋诗记事，于心本无欲言，但迫于制诏为之，故其词多近于强勉。若学士大夫用之赠酬饯送，则以代仪物而已。甚至以之置科目取士，限之以韵，其所言者初未尝出乎中心所欲，而又衡得失于中，冀逢迎人之所好，以是而称之曰诗，未见其可矣。故夫作诗者必先缠绵悱恻于中，然后寄之吟咏，以宣其心志。言之工，可以示同好，垂来世；即有未工，亦足以为怡悦性情之助，不以人之爱恶而移，不因人之驱使而出，则学士大夫或不若布衣之自适，游览之顷，纵吾意之所如，而言之不倦。此咏歌之乐，至于足之蹈之，手之舞之而未已也。③

---

① （清）朱彝尊：《曝书亭集》上，457页，北京，国学整理社，1937。
② （清）朱彝尊：《曝书亭集》上，473页，北京，国学整理社，1937。
③ （清）朱彝尊：《曝书亭集》上，472页，北京，国学整理社，1937。

明清之际，在救亡图存的刺激下，"真诗"成为诗坛的共识，没有现实指向的诗作已不为时代所取。黄宗羲说道："若无王孟李杜之学，徒借枕籍咀嚼之力，以求其似，盖未有不伪者也。一友以所作示余，余曰：'杜诗也。'友逊谢不敢当。余曰：'有杜诗，不知子之为诗者安在？'友茫然自失。此正伪之谓也。"①朱彝尊重提诗言志，认为诗必须有为而发，中有所欲言，连章累牍而不厌其多，中无所得，经年逾月置勿作焉也可。朱彝尊对千篇一律的赠酬钱送、科举制文感到深恶痛绝，甚至认为这些根本不是诗。朱彝尊对"真诗"的追求与时代是合拍的，对扫除明代模拟诗风起到了推动作用。

三、博学醇雅诗风的追求

朱彝尊以博学多识著称于世，其诗词创作多用典故，以炫耀学问。他自己也称："故予论诗，必以取材博者为尚。"②赵执信以"朱贪多，王爱好"评价朱彝尊和王士禛，这是比较公允的。与钱谦益、顾炎武等学者一样，朱彝尊对明代空疏不学感到不满。他批评明代学风："自明万历以来，公安袁无学兄弟，矫嘉靖七子之弊，意主香山、眉山，降而杨、陆，其辞与志，未大有害也。竟陵钟氏、谭氏，从而甚之。专以空疏浅薄诡谲是尚，便于新学小生操奇觚者。不必读书识字，斯害有不可言者已。"③晚明心学放纵心性，空疏不学，公安、竟陵是这股思潮在诗学上的表现。朱彝尊痛诋公安、竟陵，认为诗文源于经史，诗歌创作要建立在博学经史之上。他说："诗篇虽小技，其源本经史。必也万卷储，始足供驱使。别材非关学，严叟不晓事。顾令空疏人，著录多弟子。"④在动荡的社会环境下，将诗歌视为纯艺术已不合时宜，钱谦益、冯班等对严羽等人的别裁、别趣之说进行了批判，

---

① （清）黄宗羲：《黄梨洲文集》，386页，北京，中华书局，1959。
② （清）朱彝尊：《曝书亭集》上，468页，北京，国学整理社，1937。
③ （清）朱彝尊：《曝书亭集》上，481页，北京，国学整理社，1937。
④ （清）朱彝尊：《曝书亭集》上，263页，北京，国学整理社，1937。

顾炎武、黄宗羲等遗民更是要求诗歌要起到经、史的讽劝作用。朱彝尊虽然没有顾炎武等人强烈的现实指向性，但他对诗文与经史分离的做法感到不满，认为必须熟读经史才有诗材可以驱使，严羽的别裁、别趣是"不晓事"。朱彝尊将当代诗歌创作不振指向了严羽："今之诗家，空疏浅薄，皆由严仪卿'诗有别才匪关学'一语启之。天下岂有舍学言诗之理？"[1]朱彝尊在《杜诗评本》中称赞杜甫"读书破万卷，下笔如有神，岂欺我哉？"朱彝尊早年虽然对江西诗派多有批评，但他以学问论诗的观点与江西诗派并无太大差别。近人钱仲联也认为，朱彝尊"晚年忽师山谷"[2]。

朱彝尊论诗虽然有厚重的政教色彩，但是与理学家的诗论还是有区别的，他对诗歌的审美特性有比较深入的认识。"缘情以为诗，诗之所由作。其情之不容已者乎？夫其感春而思，遇秋而悲，蕴于中者深，斯出之也善。长言之不见其多，约言之不见其不足。情之挚者，诗未有不工者也。后之称诗者，或漫无所感于中，取古人之声律字句而规仿之，必求其合。好奇之士则又务离乎古人以自鸣其异。均之为诗未有无情之言可以传后者也，惟本乎自得者，其诗乃可传焉。盖古人多矣，吾辞之工者，未有不合乎古人，非先求合古人而后工也。"[3]诗缘于情之不容已，感春而思，遇秋而悲，情景交融，自鸣其自得。朱彝尊的诗词创作成就不小，对诗词的审美是有体会的，对于不符合诗歌审美的做法坚决予以批判。他对在诗歌中对理学重理轻情的做法批评道："自尧夫《击壤》而后，讲学毋复言诗，言诗辄祖尧夫，遂若理学、风雅不并立者。然一峰、康斋、白沙、定山，咸本《击壤》，而定山尤。所谓'太极圈儿大，先生帽子高'等句，不一而足。以是为诗，其去张打油、胡钉铰无几矣。甘泉从而辑之，以诏学者，谓非此则与道学远也。然则打油、钉铰反为近道之言，而《诗》三百篇春女秋士之思，皆可置勿录

---

[1] （清）朱彝尊：《曝书亭集》上，484页，北京，国学整理社，1937。
[2] 钱仲联：《梦苕庵诗话》，83页，济南，齐鲁书社，1986。
[3] （清）朱彝尊：《曝书亭集》上，455页，北京，国学整理社，1937。

也。窃为理学诸先生不取也。"①理学家重理轻情,所作诗歌与打油诗无异,对《诗经》中的爱情诗无动于衷,朱彝尊认为这样的诗风不可取。对于"理学诸公"以理入诗,无视诗歌风格,将诗歌变成说道的工具,朱彝尊认为这是"诗道旁落"。诗主温柔敦厚,但诗也要有自己的审美特性,这是朱彝尊对待诗歌的辩证之处。正是这种辩证的观点,他宗唐却又不为唐诗所局限,能够通达变化。"顾正嘉以后言诗者,本严羽、杨士弘、高棅之说,一主乎唐而又析唐为四,以初盛为正始正音,目中晚为接武遗响,斤斤权格律、声调之高下,使出于一。吾言其志,将以唐人之志为志;吾持其心,乃以唐人之心为心。其于吾心性何与焉? 至谓唐以后事不必使,唐以后书不必读,则惑人之甚者矣。韩退之有云'惟古,于辞必己出,降而不能乃剽贼。'夫辞非己出,未有不流为剽贼者。夫辞非己出,未有不流为剽贼者。"②宗唐但不泥唐,诗歌要形成自己的风格,这是朱彝尊高于七子的地方。"三十年来,海内谈诗者知嫉景陵邪说,顾仍取法于廷礼,比复厌唐人之规幅,争以宋为诗。夫惟博观汉魏六代之诗,然后可以言唐,学唐人而具体,然后可以言宋。彼目不睹全唐人之诗,辄随响附影,未知正而先言变。高诩宋人,诋唐为不足师,必曰离之始工,吾未信其持论之平也。"③由汉魏六朝追溯唐诗,由唐而论宋,学古而通今,这样才能把握诗学的面目。朱彝尊学古的方法是很客观的,这对了解诗歌自身的发展很有启示。

朱彝尊的诗学思想具有过渡的性质。他一方面对明七子、公安派、竟陵派进行了总结和回顾,另一方面又将传统的诗论引入诗坛,促使诗学思想朝雅正的方向发展。朱彝尊宗唐,但他论诗重学问的倾向对于宋诗而言又是助动器,在清政府定鼎中原后,他的诗歌理论对清代诗学思想的构建是有积极意义的。

---

① (清)朱彝尊:《静志居诗话》上,212页,北京,人民文学出版社,1990。
② (清)朱彝尊:《曝书亭集》上,466页,北京,国学整理社,1937。
③ (清)朱彝尊:《曝书亭集》上,458页,北京,国学整理社,1937。

◎ 第五节
吴伟业的诗学观念

吴伟业（1609—1672），字骏公，号梅村，别署鹿樵生、灌隐主人、大云道人，江苏太仓人。崇祯四年（1631）进士，明亡自杀未遂。顺治十年（1653），被迫应诏北上，次年被授予秘书院侍讲，后升国子监祭酒。顺治十三年（1656）底，以奉嗣母之丧为由乞假南归，此后不复出仕，著有《梅村集》等。吴伟业是明末清初著名诗人，与钱谦益、龚鼎孳并称"江左三大家"，又为娄东诗派开创者。吴伟业流传下来的诗歌反映了当时的社会现实和诗人的心迹，有"诗史"之称。吴伟业早年追随复社张溥，张溥以复兴古学相标榜，试图通过习古以拯救社会风气的颓败和文气的萎靡不振，吴伟业的学术思想与张溥相近。吴伟业与几社、复社及云间、西泠派都过往甚密，彼此声气相通，以复古为志帜，在文学上以明七子为楷模，强调文学的古雅风格。在动荡的社会现实之下，吴伟业的诗学观念较明七子更具现实感，对公安、竟陵也有所折取。

一、复古思想

明代复古思潮笼罩整个文坛，这股思潮在万历以后遭到了钱谦益等人的批判，然易代之际，文学上复古的风气仍然很浓重。以陈子龙为代表的云间、西泠派，以吴伟业为代表的娄东诗派及"燕台七子"等，直接继承明七子的传统，反对公安、竟陵的低俗、鬼趣，力图以宏雅的诗风挽救衰败的国运。钱锺书说道："清初诗家如天生、竹垞、翁山，手眼多承七子，即亭林、梅村亦无不然。毛西河扬言薄七子，而仍未脱彀中。匪特渔洋为'清秀鱼鳞'。世人以为七子光焰至牧斋而僭者,失之未考耳。"①钱谦益批判明七子只是注重从形式上学习古人,认为从文学到整个学术应该建立起通经汲古的致用之学,反对模拟失真。其实,明七子是在台阁体、理学诗泛滥的历史语境下提倡复古的,他们并非没有现实情怀。李梦阳"遇因乎情""情动乎遇""真诗乃在民间"等观点,其实指涉了诗歌与现实的关系,实际的文学创作也多现实之作,不可简单地以形式主义、模拟否定其成绩。明末在动荡的社会现实之下,公安、竟陵对个性的放纵是晚明社会思潮在文学上的反映,在内忧外患之下,构建强有力的政纪伦理更符合时代的要求。作为时代的领袖人物,吴伟业对明代空疏、不切实际的学术倾向进行了批评,在这一点上他与钱谦益是一致的。

吴伟业认为,明代士风的败坏起于科举。他愤怒地指出:"余尝惟国家当神宗皇帝时,天下平治,而士大夫风习不能比隆往古者,良由朝廷以科目限天下士,士亦敝焉束缚于所为应世之时文。以吾耳目所闻见,如吴中邵茂齐、徐汝廉、郑闲孟三君子,皆号为通人儒者,而白首一经,穿穴书传,于朝政得失,贤奸进退之故,则不闻有所论述,故其不遇以死也,姓氏将泯灭而勿传。当是之时,有不好经生章句而谈国是人才、边情水利,凿然欲见诸施行者,独有一何季穆耳。然且才力无所展,议论无所用,即后人所欲铺扬而称述之者,今止其书在,书之传不传亦未可知也。"②明代科举取材于四书五经,答题按照八股程序进行,这致使士子们只知经书,不考究学问,不问现实,科举入选者多不具备经世致用的学识和能力,而有能力与真学识的人才却是难以进入国家的行政体系的。吴伟业以亲身经历为那些怀才不遇者叹息,并揭示国家衰败的内在原因。明代科举弊病之二是开启门户之争,"嗟乎!今之为制艺者,咸哆然有自大之心,其中初无所得,而欲以轻侮当世,凌忽老成,邀结党类,底娸侪辈,以余耳目所见,比比而是也"③。明

---

① 钱锺书:《谈艺录》,324 页,北京,生活·读书·新知三联书店,2001。
② (清)吴伟业:《吴梅村全集》中,654 页,上海,上海古籍出版社,1990。
③ (清)吴伟业:《吴梅村全集》中,744 页,上海,上海古籍出版社,1990。

代的朋党之争始于政事,终于文学,士子们拉帮结派,党同伐异,标异新声,使得国家政体处于分裂状态。易代之际,人们对这种党争批判不已。吴伟业认为,造成这种状况乃是由于"中初无所得",缺乏对经典要义的深入了解和体行。吴伟业并没反对四书五经,也不反对科举,认为是纯粹为科举而设的教育和僵化的科举考试,使得科举择选真学实才的原意丢失了。"昔者孔子既没,异端繁兴,西汉二三醇儒,始号为黜百家,尊经术,而唐之贞元、宋之嘉祐,作者又起而力扶其衰敝,浸寻乎元季、明初诸儒,讲求条贯于六艺之微言,先民之要指,亦既彰切著明矣。乃三百年来,不免汩没于帖括之时文。夫帖括者,摘裂经传,破碎道术,朱考亭氏早鳃然忧之,虽其中非无卓然名家而超轶绝群之才,拨去其筌蹄,不害于所为古学,然敝一世以趋之,而人才之磨耗固已多矣。"①科举的弊端达到了违反其原义的地步。不仅仅是经学成为仕途的敲门砖,文学也是如此。"嗟乎!自举世相率为制举义,而诗道湮灭无闻。十余年来,学宫之子弟稍有习其事者,无过修干谒、希进取,不离时艺者近是,纵语以挽近之作者,迷瞀不解,况于先王比兴之义,有得而闻之乎?"②科举使一代的学术、文学、社会风气颓废不振,要想挽回这一局面,唯有返回古学。

吴伟业为复社主要领导人张溥的入室弟子,后来成为复社重要成员,名列"十哲"。吴伟业对时代社会风气的判断与张溥基本一致,"时经生家崇尚俗学,先生独好三史,西铭张公溥见而叹曰:'文章正印,其在子矣!'因留受业,相率为通经博古之学"③。复社有感于知识分子不通经术,游心无学,缺乏经世致用的才能,倡导"兴复古学,将使异日者务为有用"。吴伟业也批评士子们只知考试而不知学问,"盖天下之士,止知制义之可贵,而不思古学之当复,其为日也久矣"④。吴伟业提倡复古有两个方面的要求,一

---

① (清)吴伟业:《吴梅村全集》中,688页,上海,上海古籍出版社,1990。
② (清)吴伟业:《吴梅村全集》中,663页,上海,上海古籍出版社,1990。
③ (清)吴伟业:《吴梅村全集》下,1403页,上海,上海古籍出版社,1990。
④ (清)吴伟业:《吴梅村全集》中,746页,上海,上海古籍出版社,1990。

是回到古代典雅的形式,反对诗文的低俗化,他与云间、西泠一样对明七子的复古倾向是认同的。

> 弇州先生专主盛唐,力还大雅,其诗学之雄乎!云间诸子,继弇州而作者也;龙眠、西陵,继云间而作者也。风雅一道,舍开元、大历其将谁归?①

吴伟业并不否认七子的诗学主张,对继承七子余绪的云间、西泠派也是推崇的。钱谦益猛烈批评明七子,吴伟业对此并不赞同。他在《龚芝麓诗序》一文中说道:"牧斋深心学杜,晚更放而之于香山、剑南,其投老诸什为尤工。既手辑其全集,又出余力以博综二百余年之作,其推扬幽隐为太过,而矫时救俗,以至排诋三四巨公,即其中未必自许为定论也,诚有见于后人之驳难必起,而吾以议论与之上下,庶几疑信往复,同敝天壤,而牧斋之于诗也可以百世。"②钱谦益所排诋的"三四巨公",其实便是王世贞等明七子的成员。吴伟业就此与钱谦益往复论辩,"同敝天壤",说明他们之间在对待明七子复古的态度上差距是很大的。钱谦益认为七子的模拟失去了诗学言志致用的传统,只在形式上复古,最终失去了古人的精神。吴伟业并没有认为七子复古是错误的,他称赞王世贞,"其盛年用意之作,瑰词雄响"③。钱谦益对王世贞的批判,吴伟业认为并非"笃论"。模拟复古的风气在明末受到了批评,吴伟业是如何评价这一现象的呢?他认为七子的复古并没有错误,错误的是七子的末流,七子末流影从七子,并没有真正学到七子的精神。他在《与宋尚木论诗书》中说道:

> 夫诗之尊李、杜,文之尚韩、欧,此犹山之有泰、华,水之有江、

---

① (清)吴伟业:《吴梅村全集》下,1087页,上海,上海古籍出版社,1990。
② (清)吴伟业:《吴梅村全集》中,666页,上海,上海古籍出版社,1990。
③ (清)吴伟业:《吴梅村全集》下,694页,上海,上海古籍出版社,1990。

河,无不仰止而取益焉,所不待言者也。使泰山之农人得拳石而宝之,笑终南、太乙为培塿;河滨之渔父捧勺水而饮之,目洞庭、震泽为泛觞;则庸人皆得而揶揄之矣。今之学者何以异于是?彼其于李、杜之高深雄浑者未尝望其崖略,而剽举一二近似,以号于人曰:"我盛唐,我王、李。"①

唐诗是文学的高峰,犹山之泰、华,水之江、河,仰止取益是必不可少的,明七子以此为宗,并能适当吸取其他营养。七子末流却没有深入学习唐人的精神,以明代王、李代替向盛唐的学习,屋下架屋,愈见其小,最终失去了唐人的精神。吴伟业痛恨的正是这些末流不知返古求知,徒以声貌论诗,最终画虎不成反类犬。

吴伟业推崇七子、推崇盛唐,并非仅仅局限于诗歌的形式,他也是从诗歌与政治的关系来看待唐诗的。他认为,文学应当起到维系社会政治伦理的作用。"夫文者,古人以陈谟矢训、作命敷告、教世化俗者之所为,非仅以言辞为工者也。有一代之兴,必有一代之文以为之重。当夫礼乐未行,纪纲未定,得其文以讽谕天下,无不翕然从风;及其功成而道浃,荐之郊庙,而之声歌,可谓盛矣。乃其学不专一能,书不名一家,奇邪踳驳之弊无自而起,盖繇垂教之人即其谋国之人,故因事立言,取其明体适用,浮词剿说不得而入也。"②吴伟业认为文风与世风相伴相随,文学创作对社会政治具有反作用。"夫诗之为道,其始未尝不渟滀含蓄,养一代之元音,其后垂条散叶,振藻敷华,方底于极盛,而浸淫以至于衰也。"③世衰文坏,吴伟业变风、变雅之音起,吴伟业也认识到这是文学发展的必然,但他认为这并非是诗文的正道,一味地变只会让社会陷入更乱的境地。

---

① (清)吴伟业:《吴梅村全集》中,1089 页,上海,上海古籍出版社,1990。
② (清)吴伟业:《吴梅村全集》中,655 页,上海,上海古籍出版社,1990。
③ (清)吴伟业:《吴梅村全集》中,660 页,上海,上海古籍出版社,1990。

且君子观其始必要其终，图其成将忧其渐，吾若是其持之，尚忧郑、卫之杂进，而正始之不作也，可不慎哉！子不见夫水乎？当其发源，涓涓涘涘，其清也可挹，其柔也可玩；既而潢污行潦，无不受也，平皋广陆，无不至也；及乎排岩下濑，淫鬻宭泊于江湖之间，则奔突冲决之患已成，势且莫之制矣。吾为是选，宁使后之君子有以加之，踵事增荣，殆将俟焉。若兹者起尾闾，昉滥觞，岂可即决防溃闲，莫知束伏，而不早为之所乎？凡以慎吾始焉尔。①

魏裔介的《观始集》是清初全国性的诗歌选集，编者旨以雅正之声映衬新王朝的文治武功，防止变雅之音对政体的侵蚀。吴伟业在给该书的序里充分肯定了编者的意图，从中我们不难发现，吴伟业一直提倡诗歌的政治教化功用。对于不符合治道的诗文，吴伟业极力反对。他对竟陵派批评道：

竟陵之所主者，不过高、岑数家耳，立论最偏，取材甚狭。其自为之诗，既不足追其所见，后之人复踵事增陋，取侏俪木强者，附而著之竟陵，此犹齐人之待客，使眇者迓眇者，跛者迓跛者，供妇人之一笑而已。②

清初诗坛大力批判竟陵派，虞山、云间等尤甚，钱谦益将竟陵视为"诗妖"。竟陵与公安一样是对明七子的反动，他们的诗学旨趣与国家政教体系并不协调，吴伟业对他们的排斥更多的是在政教的角度。对于公安、竟陵，吴伟业也肯定其合理的一面，"夫诗者本乎性情，因乎事物，政教流俗之迁改，山川云物之变幻，交乎吾之前，而吾自出其胸怀与之吞吐，其出没变化，固不可一端而求也，又何取乎訾人专己、喋喋而咕咕哉！"③个人的境遇

---

① （清）吴伟业：《吴梅村全集》中，661 页，上海，上海古籍出版社，1990。
② （清）吴伟业：《吴梅村全集》下，1089～1090 页，上海，上海古籍出版社，1990。
③ （清）吴伟业：《吴梅村全集》下，1091 页，上海，上海古籍出版社，1990。

不一样，社会发展也复杂多变，文学也不可能仅仅限于一种风格，吴伟业对正与变的看法还是比较辩证的，这也体现了清初诗学逐渐走向综合的倾向。

以吴伟业为中心形成了娄东诗派，这个地域诗派与以钱谦益为代表的虞山派，以陈子龙为代表的云间、西泠派，在清初均有很大影响。娄东派除了吴伟业，重要成员有"太仓十子"，这十子宗法吴伟业，理论上取法明七子，"今此十人者，自子俶以下，皆与云间、西泠诸子上下其可否"[①]。娄东派与云间、西泠声气相通，吴伟业与陈子龙交往也颇密，这两大诗派对清初诗歌产生了重要影响，明代复古思潮在顺治期间还是很有市场的。

二、诗史观

易代动荡的社会现实刺激了诗歌创作，形成了中国文学史上一个创作的高峰。钱澄之在《生还集自序》中感慨："遇境辄吟，感怀托事，遂成篇帙。既困顿风尘，不得古人诗时时涵泳，兼以情思溃裂，凤殖荒芜，得句即存，不复辨所为汉魏六朝三唐矣。"[②]杨凤苞也说道："明社既屋，士之憔悴失职，高蹈而能文者，相率结为诗社，以抒写其旧国旧君之感，大江以南，无地无之。"[③]国破家亡之痛刺激了人们，诗人们已无暇顾及诗歌的形式。他们寓目即抒，直面残酷的现实，抒写心灵的真实感受。朱庭珍在《筱园诗话》中说道："吴梅村祭酒诗，入手不过一艳才耳。迨国变后诸作，缠绵悱恻，凄丽苍凉，可起可歌，哀感顽艳。以身际沧桑陵谷之变，其题多纪时事，关系兴亡，成就先生千秋之业，亦不幸之大幸也。"[④]国家不幸诗家幸，诗人们借助诗歌，反映了动荡的社会现实，写下了个体的真实感受。动乱的社会无法让人们静下心来描述当前的事件，短、平、快的诗歌更容易成为时

---

① （清）吴伟业：《吴梅村全集》中，694 页，上海，上海古籍出版社，1990。
② （清）钱澄之撰：《藏山阁集》，400 页，合肥，黄山书社，2004。
③ 谢国桢：《明清之际党社运动考》，167 页，北京，中华书局，1982。
④ （清）朱庭珍：《筱园诗话》，见郭绍虞编选：《清诗话续编》四，2355 页，上海，上海古籍出版社，1983。

代的印记。黄宗羲说道:"流极之运,东观兰台,但记事功。而天地之所以不毁,名教之所以仅存者,多在亡国人物。心血流注,朝露同晞,史于是而亡矣。犹幸野制遥传,苦语难销,此耿耿者,明灭于烂纸昏墨之余,九原可作,地起泥香,庸讵知史亡而后诗作乎?"①事件是诗歌创作的动因,亲身经历或耳闻目睹也可以成为历史的见证,特别是易代之后,统治阶级有意的歪曲很容易使历史变形,在这种情况下,诗歌成了重要的史料。黄宗羲认为"以诗证史""以诗补史之阙",正是在这个意义上提出来的。依经论文是中国文学的传统,唐宋将"诗史"冠于杜甫,彰扬其诗歌对历史和伦理教化的贡献。明代在复古思潮之下,辨体成为复古派理论的起点之一,他们在对诗歌形式风格的辨析中否定了"诗史"的价值,杨慎对"诗史"批评道:

> 宋人以杜子美能以韵语纪时事,谓之"诗史"。鄙哉宋人之见,不足以论诗也……如诗可兼史,则《尚书》、《春秋》可以并省。又如今俗卦气歌、纳甲歌,兼阴阳而道之,谓之"诗易"可乎?②

明代诗学思想实则滥觞于严羽、高棅,他们反对诗歌的议论化倾向,排斥宋诗,对杜甫铺排议论的诗风也有所不满,他们的追求主要是在艺术形式的审美风格上。明清易代之际,这样的价值取向显然是不符合时代要求的。钱谦益曾肯定杜甫诗歌"诗史"的价值,认为宋亡之时也是诗歌创作兴盛之时,其成就要超过唐代。钱谦益以古喻今,将明亡与宋亡相提并论,认为遗民们的诗作与历史并悬日月,留垂后世。钱谦益从文学社会价值的角度将诗与史合一,充分肯定了文学的社会价值。

吴伟业存诗1200多首,作为上层文人,他的诗歌创作反映了明清之际的社会风貌,以时事为题材的作品历来为人们称道。顾师轼在吴伟业的年谱中说道:"昔人谓少陵之诗,诗史也。读其诗而天宝以后兴亡治乱之迹具在,

---

① (清)黄宗羲:《黄梨洲文集》,346页,北京,中华书局,1959。
② (明)杨慎:《升庵诗话》,见丁福保辑:《历代诗话续编》中,868页,北京,中华书局,1986。

其为史之所同者可以相证明焉,其为史之所遗者可以相参考焉,诗之所以贵有为而作也……吾乡梅村先生之诗,亦世之所谓诗史也。"①以诗史将吴伟业与杜甫相提并论,这并不过分。 吴伟业的诗歌创作既直面兴亡的重大历史事件,又有社会下层的日常叙写,既有忠臣,又有贰臣,作者的爱恨并加,是我们了解易代之际士子心灵的重要资料。 在谈及《临江参军》时,吴伟业也自信"即谓之诗史,可勿愧"。

吴伟业自幼喜好历史,尤笃《史记》、前后《汉书》,无论是在明朝还是在清朝,修史一直是他任职的重要工作。 对历史的偏好使他喜欢以史解经,"夫文有文有质,质以原本经术,根极理要,文以发皇当世之人才。 是道也,孰有大于《春秋》者乎? 自《易》之精微,《诗》之温厚,《书》之浑噩,《礼》之广博,至《春秋》一变为记事之书,其为言也简矣而不详,直矣而不肆,可以谓之质矣。 然而董仲舒、贾谊、刘向皆以闳览博物之才,从而推演其说,各自名家,务折中于孔子,不徒规规焉守章句而已。 岂《春秋》之质者即其所为文欤?"②《春秋》兼具五经文风之长,以历史记事的方法弘扬经术的思想内涵,应该说是"文质彬彬"的典范了。 吴伟业不少诗歌以重大历史事件为题材,诗与史在他看来并没有很严格的区别,诗可以存史,诗可以证史,诗也可以像历史一样具有经世的功能。

> 古者诗与史通,故天子采诗,其有关于世运升降、时政得失者,虽野夫游女之诗,必宣付史馆,不必其为士大夫之诗也;太史陈诗,其有关于世运升降、时政得失者,虽野夫游女之诗,必入贡天子,不必其为朝廷邦国之史也。③

诗为心声,关系国家的兴衰治乱,上古将诗歌纳入国家的政教系统,这

---

① (清)吴伟业:《吴梅村全集》下,1422页,上海,上海古籍出版社,1990。
② (清)吴伟业:《吴梅村全集》中,748页,上海,上海古籍出版社,1990。
③ (清)吴伟业:《吴梅村全集》中,1205页,上海,上海古籍出版社,1990。

一传统在后世给丢失了,诗歌越来越远离国家政治。吴伟业通过诗歌历史的回顾,试图将诗歌再度纳入政教系统,让诗与史融合而一。"忆余曩与映薇年兄同游师门,映薇虽不官史,而一时称能诗者必首映薇;余虽不能诗而官于史,映薇称知诗者必及余。余两人深相得,而于诗相得尤深。"①长于诗与长于史在吴伟业看来是一致的,诗与史的功用也是一样的。

吴伟业的诗史观不仅要求诗歌要有史料、史义,而且还要求诗歌要起到经世的作用。他在魏裔介的文集序中说道:"自古一代之兴,必有名世巨人出而弘济苍生,润色鸿业,然而长于政事者未必工于文章,工于文章者未必优于理学,求其兼备无遗者,不数见也。"②诗歌与国运濡涵互动,安乐之音更有利于政体的稳固,无论是在明朝还是在清朝,吴伟业都极推崇治世之音。

> 季札适鲁,观六代之乐,君子曰:此周之衰也。鲁雅周公之后,得赐备乐。顾太师所习,夫孰非土风,乃季子不之京师而适与国,此岂复有升歌象舞之盛哉?降及汉魏,乐府之首《大风》,重沛宫也;古诗之美西园,尊邺下也。初唐《帝京》之篇,应制《龙池》诸什,实以开一代之盛。明初高、杨、刘、宋诸君子皆集金陵,联镳接辔,唱和之作烂焉。夫诗之为道,其始未尝不渟滀含蓄,养一代之元音,其后垂条散叶,振藻敷华,方底于极盛,而浸淫以至于衰也。自兵兴以来,后生小儒穿凿附会,剽窃摹拟,皆悁然有当世之心,甚且乱黑白而误观听,识者虽欲慨然厘正,未得其道也。③

明七子推崇盛唐,崇正抑变,希望文学能够促进盛世的出现。易代之际,在家国破碎的形势下,云间诸子仍然提倡健实向上的诗风,这其实是

---

① (清)吴伟业:《吴梅村全集》中,1206 页,上海,上海古籍出版社,1990。
② (清)吴伟业:《吴梅村全集》下,1156 页,上海,上海古籍出版社,1990。
③ (清)吴伟业:《吴梅村全集》中,660 页,上海,上海古籍出版社,1990。

继承了明七子的精神。 吴伟业认为诗歌可以"养一代之元音",也是这种精神的体现。 他对明末沉郁、悲怆的诗风感到不满,认为"未得其道"。在他看来,积极配合国家建设才是诗文正道。 他在《白东谷诗集序》中说道:"当世祖皇帝优礼词臣,东观横经,长杨校猎,凡有编摩谘访,飞鞚趣召,往往在严更之后,风雪之中,公应诏立成,辩言如响,同官中咸以大人长德博闻强记推之。 及乎出贰铨衡,上参槐棘,撤侍从而典邦禁。圣主以造邦之初,成宪方立,文墨法律之吏之足以着絜令,惟公经术深厚,传古义,定谳法,故倚以天下之平焉。"[①]吴伟业的诗学理论具有强烈的政治色彩,这跟他特殊的社会地位有关,也跟易代动荡的社会现实有关。

◎ 小　结

康熙中期以后社会进入了稳定发展的阶段,诗风也一改前期的噍杀之音,诗学开始呈现具有清代诗学特色的面目。 这一时期的诗学思想虽然还没有完全摆脱前期诗学思想的影响,但诗论已经在相当程度上摆脱了与政治、伦理的纠缠不清,更专注于诗歌自身的建设。 受社会政治文化环境的影响,这一时期的诗风以温柔敦厚为主,施闰章开了先河,王士禛继起并把这种诗风推向高潮。 宗唐与宗宋在这一时期交相更替,成为诗学的风向标,诗学风气的转变在一定程度上标志着清代诗学的建设由此真正展开。 这一时期的诗学思想,不管是诗人还是学人,在诗论上大多比较通达,他们对门户之习持批判的态度,对不同时期的诗风基本上都能兼容并包。 王士禛由唐入宋,最后再回归唐诗,这一诗歌创作实践其实正说明诗学不能画地为牢,必须兼

---

① （清）吴伟业:《吴梅村全集》中,657 页,上海,上海古籍出版社,1990。

取众长。王士禛之后，惠栋、沈德潜、翁方纲等都从博采众长的角度阐发王士禛的诗学思想，王士禛对清代中后期诗学思想的影响是深远的。叶燮的《原诗》从学理的角度对诗歌进行了探讨，其诗学理论的构建基于诗歌史的发展，理论总结富于思辨和历史深度，是难得的一部系统性诗学理论著作。不管是王士禛在唐宋之间的徘徊，还是叶燮对诗歌理论的全面总结，清代诗学总结、集成的特点在这一时期得到了体现。

第三章
顺治、康熙年间的散文思想

"古文一脉,自明代肤滥于七子,纤佻于三袁,至启祯而极敝。国初风气还淳,一时学者始复讲唐宋以来之矩矱。"[1]清初文人学者在反思明文的得失中探求出路,确立了以经世致用、载道翼教为宗旨,以六经为源、旁参史学,以唐宋八大家为典范的文章观,为清代文学正宗桐城派的兴起做了理论铺垫。

◎ 第一节
概　述

顺治、康熙年间,无论是思想家还是文人,即便他们的人生经历、思想、学术立场各有侧重,但都围绕着一个中心,即从反思传统文化中去总结明王朝灭亡的历史教训,这是这一时期文学理论的重要特点。以黄宗羲、顾炎武、王夫之为代表的清初思想家鞭挞空谈之风,对社会流弊、道学中腐朽的成分都做出了猛烈抨击,表现出向先秦时期儒家精神回归的倾向,他们对

---

[1] (清)永瑢等撰:《四库全书总目》下册,1522页,北京,中华书局,1965。

文学的认识也表现出这一面。他们剖析了前人尤其是明代人的文学理论体系,强调文学的社会责任感与理性精神,重新定义了优秀作品的思想内容,尤其是文中之"情"须符合传统儒家规范,这与晚明时期的李贽、公安派、竟陵派诸子迥异。同时,他们不仅破除了明代文人固守宗门之习,还能从前人的文学积累中博采众长,这种开阔的视野与包容的精神,开清代文学批评集大成之风。

与当时的思想家相比,顺康时期文人理论中的哲学和伦理色彩稍显淡薄,对文学创作中许多重要问题的探讨则更为深入、细致,如钱谦益对明代文学批评史的总结与反思,极富见解,产生了深远的影响;"清初古文三大家"侯方域、魏禧和汪琬,在具体创作、文学理论两个层面都表现出鲜明的时代特色与现实意义。考虑到思想家与文人的理论批评重心的不同,故本章对其分而论之。清初思想家的散文理论,以"清初三大儒"顾炎武与黄宗羲、王夫之为代表,本章主要阐述他们强烈的现实关怀和经世精神,以及他们在文学领域中各具特色的文论思想。清初文学家的散文理论则以钱谦益、侯方域、魏禧、汪琬、廖燕为代表,本章同时对不同地域的文人文学批评中的一些重要理论问题进行深入考察。

◎ 第二节
易代之际散文观念承变

黄宗羲曾有感于文坛积弊丛生,发出"勦袭陈言,可谓之健乎?游谈无根,可谓之厚乎"[1]的浩叹,可谓深中明代学术及文风之弊。综观清初各家文论,归根结底就是呼唤一种理正词醇的古文文风,围绕这根主线,那些曾

---

[1] (清)黄宗羲:《高元发三稿类存序》,见《黄梨洲文集》,333页,北京,中华书局,2009。

引起明代各派激烈争论的话题,如应该以古为范还是师心自任? 是模拟秦汉还是效法唐宋? 是尺寸古法还是求古人精神? 虽同样在易代之际得以延续,但已体现出新的时代特征与思想趋向。

一、明道致用、沉酣经史

吴伟业在《古文汇钞序》中借为古文正名,赋予了古文写作振衰起弊、扶世翼教的使命感:"古文之名何昉乎? 盖后之君子论其世,思以起其衰,不得已而强名之者也。""古文"内涵原本是"黜浮崇雅之学",因为"自魏、晋六朝工于四六骈偶,唐宋巨儒始为黜浮崇雅之学,将力挽斯世之颓靡而轨之于正,古文之名乃大行,盖以自名其文之学于古耳,其于古人之曰经曰史者,未敢遽以文名之。 南宋后,经生习科举之业,三百年来以帖括为时文,人皆趋今而去古,间有援古以入今,古文时文或离或合,离者病于空疏,合者病于剽窃,彼其所谓古文,与时文对待而言者也。 盖古学之亡久矣!"①吴伟业认为,古文肇始于唐宋诸子的革新文风,而它为时文所困,离则病于空疏、合则病于剽窃,都已经与真正的古学背道而驰。

而潘耒以一位湛深经史的学者眼光,敏锐观察到了清初五十年文风的转变趋势,透露出清代文章变革的讯息。 他对晚明学风的批评可谓一针见血:"明之末造,学士大夫大率夸多斗靡、争新尚异,或矫而入于晦僻,或放而趋于缪悠,其中绳度者甚少。"②晚明士风儒释相杂,醇驳各半,教失准的,文风亦缪悠不中绳度。 而清初文坛扭转晚明陋习已喜见成效:"迨于今朝,人稍觉悟,操觚者往往远宗欧、苏,近慕归、唐,渐知雅洁之足尚。"③以至

---

① (清)吴伟业:《古文汇钞序》,见《吴梅村全集》中,716~717 页,上海,上海古籍出版社,1990。
② (清)潘耒:《朴学斋稿序》,《遂初堂文集》第八卷,见《续修四库全书》编纂委员会编:《续修四库全书》第 1417 册,525 页,上海,上海古籍出版社,1995。
③ (清)潘耒:《朱竹垞文集序》,《遂初堂文集》第八卷,见《续修四库全书》编纂委员会编:《续修四库全书》第 1417 册,520 页,上海,上海古籍出版社,1995。

"五十年来,家诵欧、曾,人说归、王,文体寖趋于正"。[1] 他已看到,一股宗奉唐宋八大家的古文新风正逐渐酝酿为主流。而潘耒本人的古文理想,是"穷天人之渊源,阐心性之阃奥,羽翼经传,综贯百家,此则根柢之文,道备而辞与义无不该焉"[2]。也就是说,一种源于经史的"根柢之文"正逐渐取代为心学浸染、率性逞慧的晚明才子的文风,这与魏禧对"儒者之文"的大力推崇如出一辙。而这一局面的形成,当归功于清初文论家的孜孜探究与酝酿倡导,遂将古文引入宗经载道的书写律令中。

围绕这条律令的达成,清初文论致力三个方面的探求。一方面,激发作者对文章写作的使命感与责任感。扭转文风,首在士风。从晚明以来耽溺佛老,到重返儒学,以经术自励、有益世教。"诐淫邪遁之词无自而入",成为易代之际知识界文化反思的重要主题。东林、复社诸子以重返程朱之学为依归的经世思潮,在身经鼎革、目睹波荡、急切重建士人精神世界的学者手中得以延续。文章发挥力挽狂澜、弘道教俗的现实作用,也得到充分重视。有感于明亡之痛,顾炎武呼吁文章"救民以言",应充满扶危济困的现实关怀与社会责任感,此种担当精神与作者地位的尊卑无关:"今日之民,吾与达而在上位者之所共也。救民以事,此达而在上位者之责也。救民以言,此亦穷而在下位者之责也。"[3]这里的"救民以言",当包括文章,反映了顾炎武对包括文章在内的一切言论的社会意义与现实作用的重视。万斯同精研经史之学,强调文章以"天下为念",有裨世用,反对学术与经济分途:"吾窃怪今之学者,其下者既溺志于诗文,而不知经济为何事,其稍知振拔者,则以古文为极轨,而未尝以天下为念。"[4]

---

[1] (清)潘耒:《朴学斋稿序》,《遂初堂文集》第八卷,见《续修四库全书》编纂委员会编:《续修四库全书》第1417册,525页,上海,上海古籍出版社,1995。
[2] (清)潘耒:《毛氏家刻序》,《遂初堂文集》第八卷,见《续修四库全书》编纂委员会编:《续修四库全书》第1417册,501页,上海,上海古籍出版社,1995。
[3] (清)顾炎武:《日知录》,17页,北京,中国文史出版社,1999。
[4] (清)万斯同:《与从子贞一书》,《石园文集》第七卷,见《续修四库全书》编纂委员会编:《续修四库全书》第1415册,513页,上海,上海古籍出版社,1995。

另一方面，追求文章思想的醇正规范，合乎儒家道统。重振唐宋文家强调的"文以载道"说，作为扫除"诡谲诞漫、淫艳剽窃"之风的根本出路。姜宸英继承唐宋名家的"文道合一"说："《韩退之集序》'文者贯道之器'，先儒驳其本末倒置，是已。然所以谓文为末者，文不与道俱故也。善乎，濂溪之言曰：'文所以载道也。'文非道，何以载道，轮辕饰而不为虚车者，以其所载者道也，其载之者亦道也。文特其形而下者耳，岂得谓道自道，文自文乎？然车不载物，始谓之虚车，任有物焉充之，斯不虚矣。文不载道，诡谲诞漫、淫艳剽窃之词胜，虽有载焉，岂得不谓之虚言哉！既谓之虚言，夫其离道愈远也，而鄙之为末，宜矣。"[1]黄宗羲则强调穷经正学，他论明文之"三盛"以经术为标尺："有明之文，莫盛于国初，再盛于嘉靖，三盛于崇祯。国初之盛，当大乱之后，士皆无意于功名，埋身读书，而光芒卒不可掩。嘉靖之盛，二三君子振起于时风众势之中，而巨子哓哓之口舌，适足以为其华阴之赤土。崇祯之盛，王、李之珠盘已坠，郊莒不朝，士之通经学古者耳目无所障蔽，反得以理既往之绪言。"[2]钱澄之论及张夏钟文章时称："盖道明而后有言，是其达，非以为文，以为道也。故张子于汉、唐、宋诸家之文，皆有异议焉，其所谓道，一本于宋四大儒，而非诸家之所为道也。"[3]他的道，明确规定为程朱理学之道，将阳明心学排除在外，表彰张子的文章"以韩、欧、苏、曾之笔，铨程、周、朱、张之理"，这正是清初古文追求理正辞醇的具体表现，而这成为后来桐城派的核心观念。钱澄之还就此提出，"程、周、朱、张自有其文，韩、欧、苏、曾自有其理，至于达，则一也"，在"明理而后有言"的标准下，文统与道统并无二致。可见，他竭力将古文的出路，置于文统与道统合一的轨道上。

经世载道之文，以精研经学、旁贯子史为途径，以作者的积理练识为关键，明确了文章功能论到修养论、知识学的路径。黄宗羲认为士子耽溺时

---

[1] （清）姜宸英：《尊闻集序》，见《湛园集》第一卷，文渊阁《四库全书》本。
[2] （清）黄宗羲：《明文案序上》，见《黄梨洲文集》，387页，北京，中华书局，2009。
[3] （清）钱澄之：《匏野集序》，见《田间文集》，248～249页，合肥，黄山书社，1998。

文，视野狭隘，学殖浅薄，"士之不学，由专工于时艺也。时艺之不工，由专读于时文也。故嘉隆以前之士子，皆根柢经史，时文号为最盛"，而万历以后，时文选评畅行，士子束书不观，以揣摩坊社流行之文为捷径，"举世尽蹈于诡绐假谲之途"，"自是以后，时文充塞宇宙，经史之学，折而尽入俗学矣"，①"举业之捷径，与理学无与"。王夫之将矛头指向阳明心学，称"良知之说，充塞天下，人以读书穷理为戒"②。认为导致晚明文章污俗不堪的原因在于，文士不能穷极义理，甚而"束书不观"；由于学识贫乏，唯有卖弄滥调秽词。王夫之认为，要扭转风气首先要学古于心，化育古人精髓而后成文："欲除俗陋，必多读古人文字，以沐浴而膏润之。然读古人文字，以心入古文中，则得其精髓；若以古文填入心中，而亟求吐出，则所谓道听而途说者耳。"③王夫之正是从捍卫儒家道统、坚持学本经义的角度来探讨一切文学现象的。

清初文论中穷经、读书、养气、积才、练识，成为人们热议的话题。黄宗羲的《论文管见》："文必本之六经，始有根本。"朱彝尊推重宋元诸家及明代方孝孺、王阳明、王慎中、唐顺之、归有光诸子，作为文章典范，称他们的文章："稽之六经以正其源，考之史传以正其事，本之性命之理，俾不惑于百家二氏之说以正其学。"④开桐城文风先声的钱澄之，在《问山堂文集序》中说："才有长短，音有高下，必一以气充之，则自然节奏无不合宜，是以贵乎养也。而养之之术，韩子谓：'行之乎仁义之途，游之乎《诗》《书》之源。'其说甚高，要不过读书穷理而已。夫读书穷理，非以为文也，而文至焉。"⑤明确提出读书穷理养气作为行文的先决条件，与韩愈《答李翊书》所言相同。邵长蘅称："夫文者，非仅辞章之谓也，圣贤之文以载道，学者之文蕲弗畔道，故学文者，必先浚文之源，而后究文之法。浚文之源者何？

---

① （清）黄宗羲：《冯留仙先生诗经时艺序》，见《黄梨洲文集》，344页，北京，中华书局，2009。
② （清）王夫之：《姜斋诗话》，173页，北京，人民文学出版社，1961。
③ （清）王夫之：《姜斋诗话》，175页，北京，人民文学出版社，1961。
④ （清）朱彝尊：《与李武曾论文书》，见《曝书亭集》第三十一卷，四部丛刊本。
⑤ （清）钱澄之：《问山堂文集序》，见《田间文集》，249页，合肥，黄山书社，1998。

在读书,在养气。"①万斯同早年曾致力于古文,对读书积学体会极深,论文多就此立说,其《与钱汉臣书》:"大凡儒者读书,必有先后,当先经而后史,先经史而后文集。就文集而论,当先秦汉而后唐宋,先唐宋而后元明,此不易之序也。诚使通乎经史之学,虽不读诸家之集,而笔之所至,无非古文也。"②穷经、读书、养气、积才、练识等,其实说到底,就是以儒家经典熏陶、规范作者的心性和情感。

当然,也应看到,由于强调文章要载道宗经,多少会造成经术、学问对文学性的挤压。万斯同就称,"不读诸家文集"而"笔之所至"皆为古文,则不免矫枉过正,犯了以学问取代文学的毛病。陆世仪为学笃守程朱,主张"先道后文""文自道生",对清初文人趋之若鹜的韩、欧文,提出自己的看法:"韩之原道、欧之本论,亦庶几乎圣人之徒矣。而程朱犹谓之倒学,盖先有文而后有道,学为文而规模乎前哲,求其不悖乎道,而冀其文之或传也,乃后世之学韩欧八大家之文者,并其所谓倒学而忘之,而日驰骛于体格、气局、词令、才情之末。"陆业仪不满后人学唐宋从揣摩体格气局文辞等形貌入手,而忽视其宗经明道之蕴旨,这未必不是很好的意见。但又称:"君子之于道也,尽其志而学焉,内观乎身心性命之微,外观乎天地民物之大,从容而践履之,优游充积而发抒之,灿然而理明,油然而辞顺,无意于文,而天下穷老尽气流汗奔走而为文者,退然莫敢与之争,夫是之谓至文。"③大抵囿于"有德者必有言"之说,强调心性修养对于文章境界的重要性,但又不免流露出崇道废文之倾向。

另外,在重振程朱之学、儒家正统思想日渐强大的清初,晚明士风的余波仍在,释老仍是人们的兴趣。钱澄之即批评"今之法震川者"的思想淆

---

① (清)邵长蘅:《与魏叔子论文书》,《邵青门文录》第一卷,见《续修四库全书》编纂委员会编:《续修四库全书》第1670册,88页,上海,上海古籍出版社,1995。
② (清)万斯同:《与钱汉臣书》,《石园文集》第七卷,见《续修四库全书》编纂委员会编:《续修四库全书》第1415册,511页,上海,上海古籍出版社,1995。
③ (清)陆世仪:《曹颂嘉漫园文稿序》,《桴亭先生文集》第三卷,见《续修四库全书》编纂委员会编:《续修四库全书》第1398册,466页,上海,上海古籍出版社,1995。

驳、有违经训:"庄周之谬悠荒唐,马迁之疏漏少修饰、是非诡于圣人,其可议者至多。"①但又对"泛滥于古今事物之典、天人之故,旁援释老之书"②予以赞许,仍反映了晚明心学思潮深受佛老思想影响的风习。在文风上,表现为对宏肆奇横的青睐,如杜濬欣赏独往、新奇的文章,仍未受程朱理学之清规戒律的束缚,他推崇"不以人为而不为,不以人不为而为之者,偶然独往,庸畸以外人也"的"天下奇作"。③傅山沉潜经史百家,精于校勘,开清代学术风气,但又强调"文乃性情之华,情动中而发于外,是故情深而文精,气盛而化神,才挚而气盈,气取盛而才见奇"④,"自得悟入,别生机轴,依傍不依傍,熏习变化全非我所得与尔拈出者"⑤。强调学文贵在自得。重感性与自我、无所顾忌,所以他们恃才为文、磊落抒怀,在清初多有"肆"的特点,或奇旷或"诞而不经",皆未从理论上纳入清代程朱理学之正统,这反映了清初文论从多元而趋于一致中存在的复杂性。

二、别裁伪体,由肆还醇

与思想上正本清源、重振经学一致的,是文章的别裁伪体、文风的由肆还醇。所谓别裁伪体,旨在排斥俗学,重建雅范,"伪体"即复古派的摹拟诗文。辨明正伪,确立师法典范,仍旧是清初文论的主题,但并未形成像明代那样,秦汉派与唐宋派、师古派与师心派相持不下的局面,人们几乎达成共识,即以唐宋文为正宗。黄宗羲《明文案序下》对明文的流别梳理中,就以宗唐宋为正脉,以宗秦汉为歧出。万斯同表彰王慎中、唐顺之等人,"取

---

① (清)钱澄之:《陈椒峰文集序》,见《田间文集》,247页,合肥,黄山书社,1998。
② (清)钱澄之:《求是堂集序》,见《田间文集》,235页,合肥,黄山书社,1998。
③ (清)杜濬:《初刻文集自序》,《变雅堂遗集》第二卷,见《续修四库全书》编纂委员会编:《续修四库全书》第1394册,24页,上海,上海古籍出版社,1995。
④ (清)傅山:《家训》,见《霜红龛集》上,673页,太原,山西人民出版社,1985。
⑤ (清)傅山:《家训》,见《霜红龛集》上,672页,太原,山西人民出版社,1985。

裁于欧、曾","藉以取正,而古文之法始得以不泯于后世"①。朱彝尊之所以从早年追随秦汉派,为文"颇类于鳞之体",转而"深有契乎韩、欧阳、曾氏之文",是因为后者本于经术,因此,他认为唐宋文较秦汉更醇正:"魏、晋以降,学者不本经术,惟浮夸是务,文运之厄数百年。赖昌黎韩氏始倡圣贤之学,而欧阳氏、王氏、曾氏继之,二刘氏、三苏氏羽翼之,莫不原本经术,故能横绝一世。盖文章之坏,至唐始反其正,至宋而始醇。宋人之文亦犹唐人之诗,学者舍是不能得师也。北宋之文,惟苏明允杂出乎纵横之说,故其文在诸家中为最下;南宋之文,惟朱元晦以穷理尽性之学出之,故其文在诸家中最醇。学者于此可以得其概矣。"②陈玉璂称:"以六经为寝庙,以《左》《史》为堂奥,以唐宋大家为门户,而后上者可至于《左》《史》,下不失为唐宋大家。"③

可以说,崇雅黜靡、由肆还醇,成为清初文章革新旗帜,唐宋文备受推重。吴伟业告诫复社诸子,文章应远规唐宋,近师归有光、唐顺之、茅坤,甚至以钱谦益为唐宋派之集大成者,在此基础上,他还认为除了唐宋八大家外,应将学习范围扩大到元代:"若夫韩欧大家之文,后人尊而奉之,业已家昌黎而户庐陵,然君子以为元末诸儒所为娄学者,其于八家讲求,各有本原,所当博稽以要其归,未可于尺幅之内规规而趋之也,盖读书之难如此。"④从博采兼收、避免画地为牢看,这未必不是对唐宋派的警醒。创作是否需要典范的规训,如果需要,又该寻求怎样的典范? 明代诸多文学流派在各自的理论建设及创作实践中,均不无流弊,清初学者文人对此多有清醒的认识。

如何由肆而醇,是清初文风建设及文论的重心之一。醇就是雅正,黄宗

---

① (清)万斯同:《李杲堂先生五十寿序》,《石园文集》第七卷,见《续修四库全书》编纂委员会编:《续修四库全书》第1415册,519页,上海,上海古籍出版社,1995。
② (清)朱彝尊:《与李武曾论文书》,见《曝书亭集》第三十一卷,四部丛刊本。
③ (清)陈玉璂:《学文堂文集》第九卷,见(清)缪荃孙主编:《常州先哲遗书》,光绪二十三年(1897)本。
④ (清)吴伟业:《古文汇钞序》,见《吴梅村全集》中,717页,上海,上海古籍出版社,1990。

羲以序为例，指出"今之号为古文者，未有多于序者也。序之多，亦未有多于寿序者也"，但其实人们"并不识古文词为何物，无所差择"，至于为人仰重的陈仲醇、王思任、曹学佺、谭元春"四君子"之序，或"伤于纤巧""博而杂"，或"雕刻粗浅""谐而俗"，皆非"古文之正派也"。① 王夫之用几近声讨的言辞批评苏轼文章的不醇："夫轼亦窃《六经》而倚孔孟为藏身之窟。乃以进狭邪之狎客为入室之英，逞北里之淫词为传心之典，曰'此诚也，非是则伪也'，抑为钩距之深文，谑浪之飞语，摇暗君以逞其戈矛，流滥之极，数百年而不息。轼兄弟之恶，夫岂在共、骥下哉？"魏禧言："文章不朽，全在道理上说得正，见得大，方是世间不可少之文。"② 又曰："词气不和平，此大患也。常细求和平工夫，却不在词气上，须要心中不急不愤，不自是，不好上。"③ 平正端方的文章，要理醇气和，作者要去除燥气。文章的高下直接取决于作者的心性修养、道德情操。以平实清粹为美，反对奇、弱、薄。魏禧《答孔正叔》曰："善为文者，以《六经》为寝庙，《左》、《史》为堂奥，唐、宋大家为门户，然读《左》、《史》，则欲去其诬滥不经，唐、宋大家则欲去其偏见卮言。"④

所谓"清真雅正"也就成为必然趋势。钱澄之"其理实，其气平，其法雅饬，其词和豫"，由"学韩而得欧"⑤，即为后来桐城派所继承。吴伟业批评今人逞其私智、离经叛道："悉其才智，运机轴于毫芒，而六艺博洽之言，先儒平实之论，概而绝之，弗得使入。吾不知其冲虚淡漠，果有得于中，抑猥随流俗为风尚也？然则学者将安从？亦求其不谬于圣人，不悖于先正，如是足矣。"其深层所指是作者如何从思想到文风，从晚明皈依先儒

---

① （清）黄宗羲：《施恭人六十寿序》，见《黄梨洲文集》，508~509页，北京，中华书局，2009。
② （清）魏禧：《里说》，见《魏叔子文集·魏叔子日录》第一卷，1099页，北京，中华书局，2003。
③ （清）魏禧：《里说》，见《魏叔子文集·魏叔子日录》第一卷，1068页，北京，中华书局，2003。
④ （清）魏禧：《答孔正叔》，见《魏叔子文集·魏叔子文集外篇》第七卷，360页，北京，中华书局，2003。
⑤ （清）钱澄之：《毛会侯文序》，见《田间文集》，251页，合肥，黄山书社，1998。

六经的"博洽""平实",仍宗经为本,与方苞"学继程朱"、追求平实一致。王弘主张明道经世之文,当黜浮华、祛气焰,归于文辞简贵、文风平淡,而具体标准是:"不杂不蔓故清,不饰不倍故真,不凑不佻故典,不俗不野故雅,唯清、唯真、唯典、唯雅,故简也。"①文章表达道、理,应以文辞简约典正为要,"道在力学,读书明理之人,识必中肯,言必居要,故求之以博,守之以约,欲其自得之也"②。行文畅达自然,其《文稿自序》:"文,君子之言也,以明理、以晓事、以宣情,取其达而已矣,故贵淡,行乎其所当行,止乎其所不得不止。斯善为淡者也,所谓绚烂之极尔。浮荡艰深,精靡啴缓,失其淡也,文斯下矣。《中庸》曰:淡而不厌。君子之道且然,而况文哉?倘反是则小人矣。"③

清初士风文风处于易代之际由肆转醇的过渡期,既有晚明率性自肆、"破碎大道"之余波,哀吟愤慨、发泄不平,也有走向盛世之音的安雅平和。王士禛所倡导的神韵诗,亦相当于文界的桐城派,皆以清真醇雅为旨,他论文"崇尚经术,耻为浮薄"④。李绂《古文辞禁八条》称,禁用"儒先语录""佛老唾余""四六骈语""传奇小说"⑤等,与方苞训其门人沈廷芳"古文中不可入语录中语、魏晋六朝藻丽俳语、汉赋中板重字法、诗歌中隽语、南北史佻巧语"一样力求雅洁平实。可以说,清初文家对别裁伪体、由肆还醇的努力,都为日后桐城派追求清真雅正先行清扫门庭,为吟唱盛世之音打下了理论基础。

---

① (清)王弘撰:《制义选又序》,《砥斋集》第一卷上,见《续修四库全书》编纂委员会编:《续修四库全书》第1404册,362页,上海,上海古籍出版社,1995。
② (清)王弘撰:《制义选又序》,《砥斋集》第一卷上,见《续修四库全书》编纂委员会编:《续修四库全书》第1404册,362页,上海,上海古籍出版社,1995。
③ (清)王弘撰:《文稿自序》,《砥斋集》第一卷下,见《续修四库全书》编纂委员会编:《续修四库全书》第1404册,372页,上海,上海古籍出版社,1995。
④ (清)王士禛:《嘉定四先生集序》,《带经堂集·蚕尾续文》第一卷,见《续修四库全书》编纂委员会编:《续修四库全书》第1415册,11页,上海,上海古籍出版社,1995。
⑤ (清)李绂:《穆堂别稿》,见《续修四库全书》编纂委员会编:《续修四库全书》第1422册,上海,上海古籍出版社,1995。

三、鄙弃积习：文坛氛围的整顿

与创作精神之正本清源相一致，清初学者文人展开了对明代文坛积习的清肃。明代文学各派的实践证明，无论复古还是师心，宗秦汉或祧唐宋，均流弊丛生。清初在鄙弃文坛积习、整顿文坛氛围上主要表现在如下两方面。

一方面，摈弃门户之争。黄宗羲痛责明代文坛标榜分户、党同伐异，甚至以"骂詈相高"责斥陋习："本无所谓古文，而缘饰于应酬者，则又高自标致，分门别户。才学把笔，不曰吾由何、李以溯秦汉者也，则曰吾由二川以入欧、曾者也。"①他对秦汉派、唐宋派皆有批判。黄宗羲指出，不管两派本身还是旁观者，大多从"词之异同而有优劣其间"，而不求"古文原本"所在，只就字句较短量长，很容易导致盲目跟风："自此意不明，末学无知之徒，入者主之，出者奴之，入者附之，出者污之。"②不管宗尚哪派，最终都难免出现"黄茅白苇"的结局。万斯同批评秦汉派"志矜意满，藐韩、柳而陋欧、曾""人人自以为秦汉也"。③朱彝尊批评时人："古文之学不讲久矣。近时欲以此自鸣者，或摹仿司马氏之形模，或拾欧阳子之余唾，或局守归熙甫之绪论，未得古人之百一，辄高自位置，标榜以为大家，然终不足以眩天下之目而塞其口，集成而诋諆随之矣。"④他与黄宗羲尽管都偏向于唐宋派为正宗，但对唐宋派末流均有批评，是非清醒，不为门户所囿，表现出健全的学术观、文章观。

另一方面，反对剽剥，纠正摹拟风习。明代甚嚣尘上的摹拟风气，经李贽、袁宏道等人的抨击，至清初可谓笑齿已冷，但余势一时难以根绝，所以，清初文人学者仍将之作为反思清肃的浅陋末学。顾炎武批评文人摹仿之

---

① （清）黄宗羲：《李杲堂文钞序》，见《黄梨洲文集》，340页，北京，中华书局，2009。
② （清）黄宗羲：《庚戌集自序》，见《黄梨洲文集》，385页，北京，中华书局，2009。
③ （清）万斯同：《李杲堂先生五十寿序》，《石园文集》第七卷，见《续修四库全书》编纂委员会编：《续修四库全书》第1415册，519页，上海，上海古籍出版社，1995。
④ （清）朱彝尊：《答胡司臬书》，见《曝书亭集》第三十三卷，四部丛刊本。

病:"近代文章之病,全在摹仿。即使逼肖古人,已非极诣,况遗其神理而得其皮毛者乎?"①并告诫他人曰:"君诗之病在于有杜,君文之病在于有韩、欧。有此蹊径于胸中,便终身不脱'依傍'二字,断不能登峰造极。"②康熙十年(1671),黄宗羲指出清初剽剥之风仍未根绝,"今天下另有一番为古文词者,聚敛拆洗,生吞活剥,大言以为利禄之媒,较之启、祯间,卑之又甚矣"③。从反对摹拟出发,钱谦益以真伪论文,钱澄之以雅俗论文,以"自抒其所独见"为雅,以"规模而拟似之"为俗:"是故有不事修饰,一意孤行,直自摅其所独见,不必尽合于古人也,亦不顾人之以古人律我也,虽瑕瑜不掩,吾必谓之雅。若己一无所恃,徒取唐宋及近代诸大家之文,规模而拟似之,惟虑有一字一句之不肖,使人得以议我,此非以为古,只以媚时也,若然者,于人谓之乡愿,于文谓之时文,俗而已矣。俗也者,合于时之谓也,雅则有甚不合者也。"④他们均将尺寸古人的摹拟之文,斥为"伪体""俗体"。

　　如何才能杜绝摹拟因袭?潘耒尝从顾炎武游,经史根底深厚,作为平正通达的饱学之士,他认为肃清文坛摹拟陋习,唯赖培养学问:"古之君子,天资高明,学问宏富,见理明而更事多,资之深而养之厚,发为文词,浩乎沛然,昌明条达,何尝雕章琢句以为工,又何尝规模拟议以求合哉?后世之士,学无根柢,辞有枝叶,本无独见而妄思立论,本无至性而强欲造端,于是不得不以摹仿蹈袭为能事。言文者一以为《左》、《史》,一以为《庄》、《骚》,一以为韩、欧;言诗者时而主汉魏,时而主三唐,时而主宋。彼此更相訾笑,其于不能自立均也。"即便摹仿得"既工且似",也因作者才疏学薄而流于肤袭,"求其所以立言之故,枵然无有",这样的文章自然"传者寡矣"。解决的途径,"惟其根深而蓄厚,故作为文章,踔厉清矫,其气充以

---

① (清)顾炎武:《日知录集释》,黄汝成集释,1462~1463 页,长沙,岳麓书社,1994。
② (清)顾炎武:《与人书十七》,见《顾亭林诗文集》,95~96 页,北京,中华书局,1959。
③ (清)黄宗羲:《寿李杲堂五十序》,见《黄梨洲文集》,493 页,北京,中华书局,2009。
④ (清)钱澄之:《追雅堂记》,见《田间文集》,177 页,合肥,黄山书社,1998。

完,其辞辩以达"。①

  清初文家对法度抱有更从容的心态,虽推重典范,但并不盲从,如黄宗羲从强调"自胸中流出"出发,赞许学者勇于"脱略门面",反对任何形式的摹拟:"文非学者所务,学者固未有不能文者。今见其脱略门面,与欧、曾、《史》《汉》不相似,便谓之不文,此正不可与于斯文者也。"②顾炎武鼓励追步唐宋文的潘耒曰:"刻意自厉,身处于宋元以上之人与为师友,而无徇乎耳目之所濡染者焉,则可必有其成矣。"③与此同时,黄宗羲表彰李邺嗣为文出于自我"心之所明""情之所至",不囿门户之见,师心自运,"未尝取某氏为旋折之,亦未尝取某氏而赤帜之,要皆自胸中流出,而无比拟皮毛之迹。当其所至,与欧、曾、史、汉不期合而自合也"。他们提出最理想的状态是:"绝不为依仿形似之学,而风格体裁,一一与古大家合辙,以豪杰之士为正始之音,虽欲不传不可得矣!"④对于如何无心刻意摹仿,却又能与"古大家合辙",魏禧作了精彩的探讨,代表了清初古文文法的新高度。下文详述,此不赘附。

◎ 第三节
清初思想家的散文理论

  明清鼎革,顾炎武与黄宗羲、王夫之并称"清初三大儒",他们都有抗

---

① (清)潘耒:《托素斋集序》,《遂初堂文集》第八卷,见《续修四库全书》编纂委员会编:《续修四库全书》第1417册,517页,上海,上海古籍出版社,1995。
② (清)黄宗羲:《李杲堂文钞序》,见《黄梨洲文集》,341页,北京,中华书局,2009。
③ (清)顾炎武:《与潘次耕札之一》,见《顾亭林诗文集·亭林余集》,167页,北京,中华书局,1959。
④ (清)潘耒:《托素斋集序》,《遂初堂文集》第八卷,见《续修四库全书》编纂委员会编:《续修四库全书》第1417册,517页,上海,上海古籍出版社,1995。

清复明的沉痛经历,表现出坚贞的民族气节与遗民风概。在思想领域,他们继轨启、祯以来的经世思潮,以复兴程朱之学为己任,表现出强烈的现世关怀及经世精神。在文学领域,力倡学统与文统的融合,重视学力与真情,痛斥摹拟因袭,在文章功用观、本体论及文风文法等层面,形成各具特色的文论思想。

一、顾炎武的散文理论

顾炎武精于经史考据、音韵小学之研究,对清代朴学有开山之功。梁启超《清代学术概论》中概括其为文特点:"其为文也朴实说理,言无枝叶,而旨壹归于雅正。语录文体,所不喜也,而亦不以奇古为尚……清学皆宗炎武,文亦宗之。"[1]所撰多为纪实说理致用之文,不摹古不枝蔓,体现了他本人的论文主张,对清代的学风文风皆给予深远影响。

(一)"文须有益于天下"

顾炎武在《与黄太冲书》中回顾自己遭乱后,对文章经世价值有了全新的体会:"伏念炎武自中年以前,不过从诸文士之后,注虫鱼、吟风月而已。积以岁月、穷探古今,然后知后海先河,为山覆篑,而于圣贤六经之指,国家治乱之源,生民根本之计渐有所窥,未得就正有道。顷过蓟门,见贵门人陈、万两君,具谂起居无恙。因出大著《待访录》读之再三,于是知天下之未尝无人,百王之敝可以复起,而三代之盛可以徐还也。"[2]受黄宗羲《明夷待访录》启发,顾炎武确立了遵六经之旨、作有用之文的著述理想,五十岁后笃志经史,著《日知录》,"上篇经术,中篇治道,下篇博闻",称"君子之为学,以明道也,以救世也。徒以诗文而已,所谓'雕虫篆刻',亦何益

---

[1] 梁启超:《清代学术概论》,58 页,北京,东方出版社,1996。
[2] (清)顾炎武:《与黄太冲书》,见《顾亭林诗文集》,239~240 页,北京,中华书局,1959。

哉"①! 自信能"救民以言",为正俗兴衰、安邦济世提供殷鉴,"有王者起,将以见诸行事,以跻斯世于治古之隆,而未敢为今人道也"。《日知录》中具体阐述了他"文须有益于天下"的宗旨:"文之不可绝于天地间者,曰明道也,纪政事也,察民隐也,乐道人之善也。若此者有益于天下,有益于将来,多一篇,多一篇之益矣。若夫怪力乱神之事,无稽之言,剿袭之说,谀佞之文,若此者,有损于己,无益于人,多一篇,多一篇之损矣。"关乎世道人心,成为顾炎武论文的核心理念,体现他身经易代所醒悟的文化担当与儒者情怀。

首先,反对空言,文章应务实切用。晚明由东林、复社诸子掀起的经世思潮,旨在由王返朱,改变以禅入儒的出世思想,代之以躬行实践、治国济世的务实之学。这是国家面临危机,心学无法拯救时局的情况下,东林在思想领域对儒学所做的一次调整改造,并为广大士人所认同。顾炎武有鉴于心学思潮下文风之凿空蹈虚、疏远事务,提倡著书立说,当有益于社会现实与人伦秩序的建构,反对清谈误国:"圣人之道,下学上达之方,其行在孝弟忠信;其职在洒扫应对进退;其文在《诗》、《书》、三《礼》、《周易》、《春秋》,其用之身,在出处、辞受、取与;其施之天下,在政令、教化、刑法;其所著之书,皆以为拨乱反正,移风易俗,以驯致乎治平之用,而无益者不谈。"②顾炎武对"圣人之道"的理解,更多落实于"治平之用",从坐而论道,空谈心性,到以文章直接干预现实,发挥"拨乱反正,移风易俗"的社会作用。《宋史》载:"欧阳永叔与学者言,未尝及文章,惟谈吏事。谓文章止于润身,政事可以及物。"顾炎武《日知录》征引此言表示赞同,认为心怀天下、经纶事务,高于个人的澡身浴德,以文谕世更在空谈性理之上,并以孔子定《春秋》惩乱世为己任:"夫《春秋》之作,言焉而已,而谓之行事者,天下后世用以治人之书,将欲谓之空言而不可也。愚不揣,有见于此,

---

① (清)顾炎武:《与人书二十五》,见《顾亭林诗文集》,98页,北京,中华书局,1959。
② (清)顾炎武:《答友人论学书》,见《顾亭林诗文集》,135页,北京,中华书局,1959。

故凡文之不关于六经之指、当世之务者,一切不为。"①他呼吁作者应将儒家思想、性命之说落实于人伦事务,才能真正发挥化民正俗的社会意义:"世儒尽性至命之说,必归之有物有则,五行、五事之常,而不入于空虚之论。"②这是顾炎武在社稷倾覆之时代激变下,对晚明士风务虚避世之反思及在文章观上的要求,也是对宋明士人宗奉"文以载道",以空谈心性、阐发义理相高的突破,对扭转清初士风、文风皆具有振聋发聩的启蒙意义。

其次,顾炎武强调"有益于天下之文",当体现"纪政事""察民隐""乐道人之善"的实学精神,还贵在蕴藏真知灼见。这就要求作者具备社会洞察力与不取誉悦世的批判精神,因此提出"立言不为一时""文不贵多"的主张。所谓"立言不为一时",正体现了作者不同凡俗的"识"。顾炎武举《魏志》载司马朗复井田、《唐书》载李叔明论佛骨之弊为例说明:"天下之事,有其识者,不必遭其时;而当其时者,或无其识。然则开物之功,立言之用,其可少哉?"③有"识"才能"立言之用",尽管顾炎武未能像魏禧那样,将"积理而练识"作为文论中心,但已敏感地认识到"识"是经世之文的灵魂,虽未必能对政治当即奏效、立竿见影,但其烛照现实、前瞻未来之超迈高卓,定能产生历史作用。顾炎武肯定"有益之文"当不求鼓噪一时,以经得住世事考验、具有真理性为终极追求。与此相关,他认为经世之文不必贪多、以博世誉:"二汉文人所著绝少,史于其传末每云:所著凡若干篇。惟董仲舒至百三十篇,而其余不过五六十篇,或十数篇,或三四篇。史之录其数,盖称之,非少之也。乃今人著作以多为富,夫多则必不能工,即工亦必不皆有用于世,其不传宜矣。"甚至认为"文以少而盛,以多见衰",反对滥竽充数,这虽为顾炎武的有激之论,但确实出于对文章"有益于天下"的迫切期待。以此为衡文标准,顾炎武贬斥大量奢谈"怪力乱神之事,无稽之言,剿袭之说,谀佞之文",指出这类"无益之文"的特点就是浮躁虚妄,很

---

① (清)顾炎武:《与人书三》,见《顾亭林诗文集》,91页,北京,中华书局,1959。
② (清)顾炎武:《答友人论学书》,见《顾亭林诗文集》,135页,北京,中华书局,1959。
③ (清)顾炎武:《日知录集释》,黄汝成集释,680页,长沙,岳麓书社,1994。

大程度上源自文人不学无术导致的思想空疏、精神愚弱。顾炎武借痛斥唐宋以下多"不识经术，不通古今，而自命为文人者"，以"撫我华，而不食我实"自居，徒事沽名钓誉，造成文风浮华浅薄。顾炎武以此唤醒当代文人穷经正学，存志养气，真正担负起书写"救世之言"的社会责任。

（二）反对巧言，强调辞达

文章经世乃基于作者的胸襟抱负、修身进德等主观心性。在顾炎武看来，人品通于文品，文风窳败的重要原因在于文人的伪饰媚俗，其文以"巧言"趋时欺世，自然难以担当"有益于世"的重任，遂发为摈斥"巧言"之说，旨在倡导真诚纯挚、境界高尚的文风。

顾炎武批评的"巧言"，主要指文章中的道德伪饰、虚情假意，可以危害世道、迷惑人心：

> 夫巧言不但言语，凡今人所作诗赋、碑状足以悦人之文，皆巧言之类也。不能不足以为通人，夫惟能之而不为，乃天下之大勇也，故夫子以刚毅木讷为近仁。学者所用力之途在此、不在彼矣。天下不仁之人有二，一为好犯上好作乱之人，一为巧言令色之人。①

"巧言"旨在"悦人"。身为遗民，顾炎武对易代之际失节者以文辞欺人感喟甚深，遂借批评谢灵运、王维予以斥责。认为谢灵运"身为元勋之后，袭封国公。宋氏革命，不能与徐广、陶潜为林泉之侣"。既为晋元勋之后，就不应仕宋，受到猜忌排挤后，再去谈"忠义"，为时已晚，已无诚悃可言。认为王维"为给事中，安禄山陷两都，拘于普施寺，追以伪署"，既接受叛贼伪职，复以赋诗诉屈，亦无济于事。顾炎武以为他们的诗文实属"文辞欺人"、自我粉饰而已。至于"有王莽之篡弑，则必有扬雄之美新；有曹

---

① （清）顾炎武：《日知录集释》，黄汝成集释，682页，长沙，岳麓书社，1994。

操之禅代,则必有潘勖之九锡"那样谄媚奸佞之举,背德违仁,十足风教罪人。顾炎武更将批评目光,遍及"今人所作诗赋、碑状足以悦人之文",发出"一切诗、赋、铭、颂、赞、谏、序、记之文,皆谓之巧言而不以措笔"之呼告,看似愤激,实有惩于"巧言"泛滥祸国殃民、致使忠信委地而发出的痛切箴言。追究"巧言"根源,顾炎武归咎于"不仁",既然"夫镜情伪,屏涤言,君子之道,兴王之事,莫先乎此",那么唯一出路仍仰赖作家的修身进德:"然则学者宜如之何?必先之以孝弟,以消其悖逆陵暴之心。继之以忠信,以去其便辟侧媚之习。使一言一动皆出于其本心,而不使不仁者加乎其身,夫然后可以修身而治国矣。"①

重视"辞达",是顾炎武在明道经世之外的另一鲜明主张。潘耒《日知录序》称:"凡经义史学、官方吏治、财赋典礼、舆地艺文之属,一一疏通其源流,考正其谬误。至于叹礼教之衰迟,伤风俗之颓败,则古称先,规切时弊,尤为深切著明,学博而识精,理到而辞达。"②精确概括了顾氏关怀现实、贯穿经史、博通深厚,而又"理到而辞达"的为文风范。顾炎武文章以说理朴实为主,虽不乏丽辞奇语,但总体而言平正辞达,体现他追求"风行水上,自然成文",无意为工而工的态度。但他并非不讲文法,称:"夫子不曰:'其旨远,其辞文'乎?不曰:'言之无文,行而不远'乎?"③对理学家重道轻文提出批评:"后之君子,与下学之初即谈性道,乃以文章为小技,而不必用力。"他虽肯定"有德者必有言",但强调载道之言仍需重视文章形式:"不能文章而欲闻性与天道,譬犹筑数仞之墙,而浮埃聚沫以为基。"④所以他批评讲学先生从语录入门,多不善修辞,"语录出而文与道判矣"。语录体本为"先儒随口应问,通俗易晓之语"⑤。顾炎武针对以语录为文的现象,表彰王士禛等人的变革之举:"自嘉靖以后,人知语录之不文,于是王

---

① (清)顾炎武:《日知录集释》,黄汝成集释,682 页,长沙,岳麓书社,1994。
② (清)顾炎武:《日知录集释》,黄汝成集释,"前言"2 页,长沙,岳麓书社,1994。
③ (清)顾炎武:《日知录集释》,黄汝成集释,684 页,长沙,岳麓书社,1994。
④ (清)顾炎武:《日知录集释》,黄汝成集释,684 页,长沙,岳麓书社,1994。
⑤ (清)王夫之:《姜斋诗话》,171 页,北京,人民文学出版社,1961。

元美之《札记》、范介儒之《肤语》，上规子云，下法文中，虽所得有浅深之不同，然可谓知言者矣。"①由此可见顾炎武对修辞必要性的重视。此外，针对理学家的崇尚简要，复古派刻意追求简奥生涩以求古崛，顾炎武都表示反对，指出文章"不可以省字为工"，认为措辞不在于繁简，而应以表达思想准确明晰为宗旨："子曰'辞达而已矣。'辞主乎达，不论其繁与简也。繁简之论兴，而文亡矣。"若一味求简，反而有损文意，难以体现作者的真实意图与表达效果。他以《孟子》书中"校人烹鱼"为例，指出校人重复子产之语，恰正表现了他自鸣得意之态，"此必须重叠而情事乃出"。同样道理，顾炎武认为"《史记》之繁处必胜于《汉书》简处"，原因在于"班孟坚为书，束于成格，而不得变化。且如《史记·淮阴侯传》末载蒯通事，令人读之感慨有余味"②。相较班固的谨严求简，司马迁详叙蒯通说韩信事，文字更为生动有致、情态如生。由此不难看出，顾炎武文章观不仅宗经致用，在修辞方面对史传文学的艺术手法也颇为重视。

彭绍升《亭林先生余集序》称："亭林顾先生间代通儒，有扶世立教之志，而生逢革命，无所发抒，孤忠磊磊，至老不渝。其所为文，至于家国存亡之际，慷慨伤怀，天性激发，以视屈原、贾生，未知其孰先而孰后也。"③顾炎武不仅将自己追求的著述境界贯彻于散文创作中，也将这一理想落实于文章观中，强调作者宅心仁厚、修身诚意，才能写就有益世道人心的"救世之言"，这也是其儒家思想在文学思想上的鲜明体现。此外，他还从典章制度等知识学角度，充实明代以来的文体辨体学，如对序、传二体产生、源流及功能的考镜源流，较吴讷《文章辨体序说》、徐师曾《文体明辨序说》更为翔实，开拓了文体学研究的新视角，也体现了顾炎武作为学者的渊博素养与朴学精神。

---

① （清）顾炎武：《日知录集释》，黄汝成集释，685页，长沙，岳麓书社，1994。
② （清）顾炎武：《日知录集释》，黄汝成集释，898页，长沙，岳麓书社，1994。
③ （清）顾炎武：《顾亭林诗文集》，144页，北京，中华书局，1959。

二、黄宗羲的散文理论

黄宗羲的文学造诣得益于"原本于六经,取材于百氏"的学术成就:"梨洲之于文学,仍不出其治史学之范围,其所为文,所注意者尤在于乡邦之文献,人物之传纪,因文章而存其人,以补史氏之缺。"①他对秦汉派、唐宋派皆有不满,借评李邺嗣之文,提出自己的文论纲领:"文之美恶,视道合离;文以载道,犹为二之。聚之以学,经史子集。行之以法,章句呼吸。无情之辞,外强中干;其神不传,优孟衣冠。五者不备,不可为文。"②以文道合一为理想,反对摹拟,强调作者的学力才禀与真情至性,在宗经载道中也糅合了心学思想与晚明性灵旨趣。

(一)"原本经术,出为文章"

"文道合一"历来被视为文章最高境界,黄宗羲亦不例外。他在《陈葵献偶刻诗文序》中,借周敦颐之言,批评文道分离的不良现象:"文所以载道也。今人无道可载,徒欲激昂于篇章字句之间,组织纫缀以求胜,是空无一物而饰其舟车也。故虽大辂艅艎,终为虚器而已矣。"③相较徒事涂饰、缺乏内蕴者,"汲古穷经"的陈葵献文章,虽未以"古文自命",但在黄宗羲看来,其"雍容典雅,辞气平和"乃是载道宗经的"真古文"。这一观念贯穿于黄宗羲对汉唐、宋元文脉之把握,对明代秦汉派、唐宋派的抑扬尊贬,及对甬上文风的大力崇奖中,成为他文章观及文学批评的根本思想。

在黄宗羲之前,宋濂从学统、文统两个角度,梳理汉唐宋元之文的流变:"汉唐二三儒者,其于文或得其皮肤骨骼,独宋室学统数先生,得文之精

---

① 谢国桢:《黄梨洲学谱》,见沈云龙主编:《近代中国史料丛刊》正编本,70页,台北,文海出版社,1966。
② (清)黄宗羲:《李杲堂先生墓志铭》,见《黄梨洲文集》,196页,北京,中华书局,2009。
③ (清)黄宗羲:《陈葵献偶刻诗文序》,见《黄梨洲文集》,342页,北京,中华书局,2009。

髓,而为六经孔孟之文。"又从"文章之能事""质文始终之变",肯定汉唐文较宋儒文"有专长以相胜",但毕竟对文统一脉重视不够。黄宗羲竭力清理出学统与文统并行而互涉的脉络,以此强调文道统一的原则。他认为学统中,理学家朱熹、陆九渊等"以文而论之,则皆有史汉之精神,包举其内",不乏情韵之美。至于文统中,欧阳修、苏轼等人所撰亦"皆经术之波澜也"。显然,黄宗羲这番历史追溯的用意,旨在树立文道合一之轨则:"承学统者,未有不善于文;彼文之行远者,未有不本于学。"反之,"言理学者,惧辞工而胜理,则必直致近鄙;言文章者,以修词为务,则宁失诸理"。①在他看来,辞理融契、文质炳焕的宗经载道之文,才代表了古文的正宗典范。

在《明文案序下》中,黄宗羲以浸润经术之"言理学者""承学统者",作为"有明文章正宗",表彰其"未尝一日而亡"之深远意义:

> 自宋(濂)、方(孝孺)以后,东里(杨士奇)、春雨(解缙)继之。一时庙堂之上,皆质有其文。景泰、天顺稍衰。成、弘之际,西涯(李东阳)雄长于北,匏庵(吴宽)、震泽(王鏊)发明于南,从之者多有师承。正德间,余姚(王守仁)之醇正,南城(罗玘)之精炼,掩绝前作。至嘉靖而昆山(归有光)、毗陵(唐顺之)、晋江(王慎中)者起,讲究不遗余力。大洲(赵贞吉)、浚谷(赵时春)相与犄角,号为极盛。万历以后又稍衰。……崇祯时,昆山之遗泽未泯,娄子柔(坚)、唐叔达(时升)、钱牧斋(谦益)、顾仲恭(顾大韶)、张元长(张大复)皆能拾其坠绪。②

黄宗羲确认的这一文统,囊括了明代台阁文臣及唐宋派诸人,尽管诸人经术造诣有别,但在黄宗羲看来,皆以"学力为深浅,其大旨罔有不同",他们所代表的是明文"无俟于更弦易辙"的康庄正道,不可移易。反倒是李梦阳、

---

① (清)黄宗羲:《沈昭子耿岩草序》,见《黄梨洲文集》,349~350页,北京,中华书局,2009。
② (清)黄宗羲:《明文案序下》,见《黄梨洲文集》,388~389页,北京,中华书局,2009。

何景明等秦汉派才是旁门左道：

> 自空同出，突如以起衰救弊为己任，汝南何大复友而应之，其说大行。……当空同之时，韩、欧之道如日中天，人方企仰之不暇，而空同矫为秦、汉之说，凭陵韩、欧，是以旁出唐子窜居正统，适以衰之弊之也。其后王、李嗣兴，持论益甚，招徕天下，靡然而为黄茅白苇之习。曰"古文之法亡于韩"，又曰"不读唐以后书"，则古今之书去其三之二矣。又曰"视古修辞宁失诸理"。六经所言唯理，抑亦可以尽去乎？百年人士染公超之雾而死者，大概便其不学耳。①

七子派论诗衡文的宗旨，是力求将理学与文学剥离，以重情辞审美取代重性理道德，显然不符合黄宗羲文道合一之理想，所以他不仅多有贬斥，且将明文之弊，归咎于七子派："唐宋之文，自晦而明；明代之文，自明而晦。宋因王氏而坏，犹可言也；明因何、李而坏，不可言也。"毫无疑问，在黄宗羲眼里，唐宋派、秦汉派的正闰之判，并非仅仅宗尚取向的分门别户，根本区别在于更高层面的写作律令上，关乎学统与文统的离合相悖。以陈葵献、李邺嗣等甬上文人"原本经术，出为文章"，与秦汉派每有背离儒术不同，无疑堪称文道融契之典范，为清初文章之振弊起衰指明方向，遂赢得黄宗羲的大力揄扬。

作为文道合一理想的基础，便是宗经正学、贯穿经史。黄宗羲提出：文章"本之经以穷其原，参之史以究其委，不欲如今人刻画于篇章字句之间，求其形似而已"②。作为具体途径，"读书当从六经而后《史》、《汉》，而后韩、欧诸大家，浸灌之久，由是而发为诗文，始为正路，舍是则旁蹊曲径矣"。通过经史的研读熏染，以圣贤之道浸润文心。陈葵献文章之精粹和厚，即得益于深湛的经学功夫与所受到的精神陶冶："每讲一经，必尽搜郡中

---

① （清）黄宗羲：《明文案序》，见《黄梨洲文集》，389页，北京，中华书局，2009。
② （清）黄宗羲：《沈昭子耿岩草序》，见《黄梨洲文集》，349页，北京，中华书局，2009。

藏书之家,先儒注说数十种,参伍而观,以自然的当不可移易者为主,而又积思自悟。"①在他影响下,"数年来甬上诸子,皆好古读书,以经术为渊源,以迁、固、欧、曾为波澜,其溯而上之于古来数十人者,已非断流绝港矣"。遂使文风返归于醇正,"不及十年而能转浙河东黄茅白苇之风,概使之通经学古"②。可见无论宗秦汉还是祖唐宋,经学是渊源,"文章不本之经术,学王、李者为剿,学欧、曾者为鄙",都不过无源之水,难免捉襟见肘。这也代表了黄宗羲本人的观点。事实上,尽管黄宗羲思想深受晚明心学之沾溉,但其站在维护道统的立场,仍坚持古文根柢六经,追求醇厚雅正的"儒者气象",所谓"作文不可倒却架子,为二氏之文,须如堂上之人,分别堂下臧否,韩、欧、曾、王,莫不皆然,东坡稍稍放宽,至于宋景濂,其为大浮屠塔铭,和身倒入,便非儒者气象"③。此处的"架子"就是宗经征圣,关乎文章醇驳、境界高下。

对唐宋派之流弊,特别是名重一时的茅坤、艾南英的文章,黄宗羲认为其不足在于经史功底欠缺:"观荆川与鹿门论文书,底蕴已自和盘托出,而鹿门一生仅得其转折波澜而已,所谓精神不可磨灭者,未之有得,缘鹿门但学文章,于经史之功甚疏,故只小小结果。"④茅坤经学修养难与唐顺之、王慎中相提并论。在这一问题上,黄宗羲以艾南英为例,提出"举子之经术""学者之经术"之分,说明唐宋派后学的流弊,实皆属于"举子之经术"。启、祯年间,艾南英力追唐、归一派,雅慕归有光文章,"规之矩之",却不得其所长,根本原因是"于经术甚疏""其所为经术,蒙存浅达,乃举子之经术,非学者之经术也"。不过是"时文之士",欲"改头换面而为古文",只能习得钩锁顿挫而已,导致"震川一派,遂为黄茅白苇矣。古文之道,不又

---

① (清)黄宗羲:《陈葵献偶刻诗文序》,见《黄梨洲文集》,342页,北京,中华书局,2009。
② (清)黄宗羲:《陈葵献五十寿序》,见《黄梨洲文集》,496页,北京,中华书局,2009。
③ (清)黄宗羲:《读文管见》,见《黄梨洲文集》,481页,北京,中华书局,2009。
④ (清)黄宗羲:《答张尔公论茅鹿门批评八家书》,见《黄梨洲文集》,461页,北京,中华书局,2009。

绝哉"①!　正是源于对秦汉派、唐宋派流弊的审察，黄宗羲将革新文章的主张进一步落实于作者层面，强调"心游万仞，沥液群言"的渊博学力与深弘才情。

（二）学力才禀，发乎性情

在《论文管见》中，黄宗羲对拾掇经语入文的做法表示异议："文必本之六经，始有根本。唯刘向、曾巩多引经语，至于韩、欧，融圣人之意而出之，不必用经，自然经术之文也。近见巨子，动将经文填塞，以希经术，去之远矣。"②韩、欧的高妙在于以"圣人之意"浸润自家胸臆，发露于立意行文，"不必用经"而"自然经术之文"，反之，徒事"填塞"，则不免粗率，难以精粹雅健。此处的"巨子"，即《思旧录》中"用六经之语，而不能穷经"的钱谦益。那么，怎样才能化经文为己出？黄宗羲认为关键在于作者的学力与才情，"盖自有宇宙以来，凡事无不可假，惟文为学力才禀所成"③。此乃"古文之本"所系。

对学问范围，黄宗羲理解较为宽泛，即"精综六籍，翱翔百氏"④，并不局限经术之内，但实际他对佛老仍予排摈。又推重"欧阳公作文之法，读书多，讲究多，著作多，文始能工"，所谓"才有兼长，但能充之以学，则又何所不至？"⑤对明末以来有识之士以博学、事功等，涵养心性、培植才禀，革除空疏不学之弊，黄宗羲予以充分肯定："周介生倡为古学，因尚子书《繁露》《法言》""张天如易之以注疏""吴次尾以八家风动江上""陈卧子以时务崛起云间"。⑥无非都是从有助培养学力角度加以表彰。黄宗羲论诗亦称："昔之为诗者，一生经、史、子、集之学，尽注于诗。夫经、史、子、集何与

---

① （清）黄宗羲：《郑禹梅刻稿序》，见《黄梨洲文集》，354 页，北京，中华书局，2009。
② （清）黄宗羲：《论文管见》，见《黄梨洲文集》，481 页，北京，中华书局，2009。
③ （清）黄宗羲：《郑禹梅刻稿序》，见《黄梨洲文集》，353 页，北京，中华书局，2009。
④ （清）黄宗羲：《陈葵献五十寿序》，见《黄梨洲文集》，495 页，北京，中华书局，2009。
⑤ （清）黄宗羲：《赵渔玉诗钞序》，见《黄梨洲文集》，366 页，北京，中华书局，2009。
⑥ （清）黄宗羲：《马虞卿制义序》，见《黄梨洲文集》，357 页，北京，中华书局，2009。

于诗，然必如此而后工。时文亦然。"①其实在学力禀赋的培养上，无论诗文，其理相通。从这点出发，黄宗羲认为归有光尽管被称为明文大家，但毕竟建树未广："近时文章家，共推归震川为第一，已非定论，不过以其当王、李之波决澜倒，为中流之一壶耳。"②原因在于，归文"除去其叙事之合作，时文境界，间或阑入，较之宋景濂尚不能及。此无他，三百年人士之精神，专注于场屋之业，割其余以为古文，其不能尽如前代之盛者，不足怪也"③。归文擅写人物琐事，只学得"史迁之神"，而"纡回曲折次之"，根本在于他为举业所囿，学殖不厚导致才力薄弱，难以驾驭"大题目"，所以不能追步宋濂，更无法望唐宋诸家项背。

重视博学与才力的同时，黄宗羲强调对经史百家的融汇，离不开作者"积思自悟"，经内心体认、陶冶性情，最后形诸文字："所谓文者，未有不写其心之所明者也。心苟未明，劬劳憔（原书作"惟"，误）悴于章句之间，不过枝叶耳。无所附之而生，故古今来不必文人始有至文。"这里的"至文"，强调一种充盈深挚的生命感受，哪怕其思想属于"九流百家"，只要"以其所明者，沛然随地涌出，便是至文"④。由此出发，黄宗羲格外强调文章当源于灵腑："今古之情无尽，而一人之情有至有不至，凡情之至者，其文未有不至者也，则天地间街谈巷语，邪许呻吟，无一非文；而游女田夫，波臣戍客，无一非文人也。"甚至认为，情比理更重要："文以理为主，然而情不至，则亦理之郭廓耳。庐陵（欧阳修）之志交友，无不呜咽；子厚（柳宗元）之言身世，莫不悽怆；郝陵川（经）之处真州，戴剡源（表元）之入故都，其言皆能恻恻动人。古今自有一种文章，不可磨灭，真是'天若有情天亦老'者。"⑤至于那些"不乏堂堂之阵，正正之旗"的"大文"，之所

---

① （清）黄宗羲：《马虞卿制义序》，见《黄梨洲文集》，357 页，北京，中华书局，2009。
② （清）黄宗羲：《郑禹梅刻稿序》，见《黄梨洲文集》，353～354 页，北京，中华书局，2009。
③ （清）黄宗羲：《明文案序上》，见《黄梨洲文集》，388 页，北京，中华书局，2009。
④ （清）黄宗羲：《论文管见》，见《黄梨洲文集》，482 页，北京，中华书局，2009。
⑤ （清）黄宗羲：《论文管见》，见《黄梨洲文集》，481 页，北京，中华书局，2009。

以给人"刳然无物"之遗憾,原因就在尽管道理说得正大堂皇,"其中无可以移人之情者",难以打动人心。 这与黄宗羲的诗论相通,"盖情之至真","可以贯金石、动鬼神。 古之人情,与物相游而不能相舍,不但忠臣之事其君,孝子之事其亲,思妇劳人,结不可解,即风云月露,草木虫鱼,无一非真意之流通"①。

黄宗羲将是否有真情作为衡文的重要标尺。 其《明文案序下》称:"其人不能及于前代而其文反能过于前代者,良由不名一辙,唯视其一往情深",于是虽"巨家鸿笔",却以"浮浅受黜",而"稀名短句",则"幽远见收",区别在于是否有真情实感。 黄宗羲认为明文最大遗憾,乃是摹拟、应酬导致雷同肤庸,性情不出:"试观三百年来,集之行世藏家者不下千家,每家少者数卷,多者至于百卷,其间岂无一二情至之语,而埋没于应酬讹杂之内。"而《明文案》之编选,旨在"涤其雷同,至情孤露,不异援溺人而出之",拨云见日,为作者标示向上一路。 黄宗羲对当代巨子钱谦益文章"阔大过于震川,而不能入情",亦提出批评,称他虽与王士禛不相上下,"可谓堂堂之阵,正正之旗",但"不能入情""不能穷经",可谓深中其弊。 他对言不由衷的文字极为反感,称"应酬之中,岂有古文"②,将它与照本宣科、殊少性情的"当道之文""代笔之文"同列为"作文三戒"。 不难看出,黄宗羲理解的"至文",更接近于"独抒性灵"的意味,"所谓古文者,非辞翰之所得专也,一规一矩一折一旋,天下之至文生焉,其又何假于辞翰乎"。 文章意度波澜的背后是作者独特的生命体验,"盖其身之所阅历,心目之所开明,各有所至焉,而文遂不可掩也。 然则学文者,亦学其所至而已矣,不能得其所至,虽专心致志于作家,亦终成其为流俗之文耳"③。 所以"学其所至",当学古人性情,而非"流俗之文"喜好的字比句拟。 在黄宗羲看来,尽管钱谦益一生"訾毁太仓,诵法昆山",但也只是"满得太仓之分量而

---

① (清)黄宗羲:《黄孚先生诗序》,见《黄梨洲文集》,343 页,北京,中华书局,2009。
② (清)黄宗羲:《陈葵献偶刻诗文序》,见《黄梨洲文集》,342 页,北京,中华书局,2009。
③ (清)黄宗羲:《钱屺轩先生七十寿序》,见《黄梨洲文集》,490 页,北京,中华书局,2009。

止",不乏学力识见,却"不得其所至者"。至于文坛效法归有光者,不过习其章法皮毛而未窥其性情。归文所以见重于世,在于"得史迁之神。其神之所寓,一往情深"。所谓风神,乃作者修养、情怀等精神内蕴之外显于篇章,似"春光之于被草木也,在其风烟缥缈之中,翠艳欲流,无迹可寻",而追随者仅模仿其意脉纡徐,不及性情,则形同"执陈根枯干,以觅春光,不亦悖乎"[①]!

(三)"叙事须有风韵"

尽管在文以载道、融贯经史的前提下,黄宗羲强调"大凡古文传世,主于载道,而不在区区之工拙"[②],但他并非完全忽视文章美感的营造与表达技巧的讲求。有感于世人对韩愈"陈言务去"望文生义,黄宗羲指出:"所谓陈言者,每一题,必有庸人思路共集之处"[③],是指常人作文堕入的腐熟套路,而非"求之字句之间",旨在提醒不可以理废辞。对于学唐宋文而偏于拘忌寡淡,黄宗羲甚为不满:"东坡以黄茅白苇比王氏之文,余以为不独王氏也,濂、洛崛起之后,诸儒寄身储胥虎落之内者,余读其文集,不出道德性命,然所言皆土梗耳。"[④]茅坤则从唐宋文中得出应推重文质兼备的文章理想,"深于经术,而取材于诸子百家,仁义之言,质而不枯,博而不杂,如水之舒为沦涟,折为波涛,皆有自然之妙"。不仅内容上思致雅正,行文措辞亦要"不枯""不杂",雅润精纯,具备舒卷自如、委曲周备的畅达之美。

那么文章如何才能具备这样的风神? 黄宗羲专就叙事文提出看法,主张应借鉴"小说家伎俩",即史传文的表现手段:"叙事须有风韵,不可担板。今人见此,遂以为小说家伎俩,不观《晋书》、《南北史》列传,每写一二无关系之事,使其人之精神生动,此颊上三毫也。史迁《伯夷》、《孟子》、《屈

[①] (清)黄宗羲:《郑禹梅刻稿序》,见《黄梨洲文集》,353~354 页,北京,中华书局,2009。
[②] (清)黄宗羲:《与李杲堂陈介眉书》,见《黄梨洲文集》,461 页,北京,中华书局,2009。
[③] (清)黄宗羲:《论文管见》,见《黄梨洲文集》,480 页,北京,中华书局,2009。
[④] (清)黄宗羲:《郑禹梅刻稿序》,见《黄梨洲文集》,353~354 页,北京,中华书局,2009。

贾》等传,俱以风韵胜,其填《尚书》、《国策》者,稍觉担板矣。"①从他所作序铭等文看,的确很注重人物琐事,所谓"竹头木屑,常谈委事,无不有来历",借以展现人物精神。倘文章过于拘谨,则"大概世俗之调,无异吏胥之案牍,旗亭之日历。即有议论叙事,敝车羸马,终非卤簿中物"。②重视吸收"小说家伎俩",在清初顾炎武、侯方域等的文论及创作中皆有体现,而在黄宗羲的各类文章中也多有体现,也因此招致不同看法,历来备受争议。《四库全书总目·明文海》提要云:"又欲使一代典章人物,俱藉以考见大凡。故虽游戏小说家言,亦为兼收并采,不免失之泛滥。"李慈铭《越缦堂读书记·明文授读》称:"南雷之文,浩瀚可熹,而才情烂漫,无复持择,故往往不脱明末习气,流入小说家言。"刘师培《论近世文学之变迁》也有大致相似的评论:"余姚黄氏亦以文学著名,早学纵横,尤长叙事,然失之于芜辞多枝叶,且段落区分牵连钩贯,仍蹈明人陋习。"

此外,黄宗羲力求将宗经明道与个人的真情、个性融为一体,也可视为他将晚明文学的性灵思潮引入了古文领域。《四库全书总目·明文海》提要曰:"明代文章,自何、李盛行,天下相率为沿袭剽窃之学。逮嘉、隆以后,其弊益甚。宗羲之意,在于扫除摹拟,空所倚傍,以情至为宗。"黄宗羲的这一创作及批评取向,与他所受刘宗周及王阳明心学的影响不无关系。正如其《明儒学案序》所云"盈天地间皆心也,人与天地万物为一体,故穷天地万物之理,即在吾心之中",与他强调"所谓文者,未有不写其心之所明者",显然有着内在理路的契合。

三、王夫之的散文理论

与顾炎武、黄宗羲擅长经史之学不同,王夫之治学博涉深邃,精通佛

---

① (清)黄宗羲:《论文管见》,见《黄梨洲文集》,481页,北京,中华书局,2009。
② (清)黄宗羲:《论文管见》,见《黄梨洲文集》,480页,北京,中华书局,2009。

老,辨析程朱、陆王,其学术重心主要在哲学。钱穆《学术大要》对王夫之学术思想这样评价:"明末诸老,其在江南,究心理学者,浙有梨洲,湘有船山,皆卓然为大家。然梨洲贡献在学案,而自所创获者并不大。船山则理趣甚深,持论甚卓,不徒近三百年所未有,即列之宋明诸儒,其博大闳括,幽微精警,盖无多让。"①所云"理趣"也渗透于船山的文学思想中,显示出受哲学浸润的"穷探极论"的特点,其文论以《夕堂永日绪论》外编较为集中,主要涉及作者修养、情与理及文法论。

(一)"文章本静业"

所谓"文章本静业",是王夫之批评苏轼文章时提出的概念,涉及文章的情、理问题。王夫之对文学情感主要站在理学层面考虑,即《诗广传》中提出的"圣人达情以生文,君子修文以函情。琴瑟之友,钟鼓之乐,情之至也"。为何"圣人之情"为"情之至"?王夫之的解释是:"至者,非夫人之所易至也。圣人能即其情、肇天下之礼而不荡,天下因圣人之情、成天下之章而不紊。"联系王夫之理学思想,可知"圣人之情"是符合天理的性情,而非寻常意义上的私情,是经过理性净化后的情,属于"以情合性"的范畴。至于最高的"至情",即"情以亲天下者也,文以尊天下者也"。此境界唯有儒家圣人能及,一般通常人"唯勉于文而情得所正",这里的"文",指包含诗文在内的人文法度等,常人借其陶冶作用,使"情得所正",此即所谓"文章本静业"之内涵。也可以说,船山思路实际契合着理学所谓"天地之性"与"气质之性"之别,他是将文学情感置于哲学框架下来思考的,并将"以性正情"的伦理观念转化为诗文批评的审美标准,体现在对文章情感的特殊要求上,而这些显然与其理学修养密切相关。

王夫之的"以惟正情的伦理观"突出表现在其对唐宋派所宗奉的韩愈、苏轼等人的尖锐批评上,借以提倡雅正平和之情,反对文章情感的鄙近卑

---

① 钱穆:《中国近三百年学术史》,106 页,北京,商务印书馆,1997。

俗、嚣陵竞乱:

> 愚尝判韩退之为不知道,与扬雄等,以《进学解》、《送穷文》悖悖然怒,潸潸然泣,此处不分明,则其云"尧、舜、禹、汤相传"者,何尝梦见所传何事! 经义害道,莫此为甚,反不如诗赋之翛然于春花秋月间也。①

王夫之指责韩愈的理由是,其文掺杂"悖悖然怒,潸潸然泣",此类号寒哀饥,"以酸寒嚣竞之心说孔孟行藏,言之无怍,且矜快笔",既失去仁者观物销虑的平和霭如之境,"世教焉得而不陵夷"? 王夫之《诗广传》云:"贞于情者怨而不伤,慕而不匿,诽而不以其矜气,思而不以其私恩也。"可见船山对文学情感大抵定位为:"诗源情,理源性,斯二者岂分辕反驾者哉?"② 文学情感是合于性理之情,而非"恤妻子之饥寒,悲居食之俭陋,愤交游之炎凉,呼天责鬼"之"穷酸极苦"之怨情。 这与他在《诗广传》中批评杜甫之诗"失其心""无足道",并批评韩文承杜诗,"韩愈承之,孟郊师之,曹邺传之,而诗遂永亡于天下。 是何甫之遽为其魁哉"属于同一思路。 在唐宋诸家中,王夫之唯推重欧阳修文章无"猖狂谲躁"之气,以此竭力贬低苏洵:"文章本静业,故曰'仁者之言蔼如也',学术风俗皆于此判别。 ……俗称欧苏等为大家,试取欧阳公文与苏明允并观,其静躁、雅俗、贞淫,昭然可见。"③也出于同一道理。 包括明末启、祯诸公汲汲事功,"欲挽万历俗靡之习",在王夫之看来也难免"竞躁之心胜,其落笔皆如椎击,刻画愈极,得理愈浅;虽有才人,无可胜澄清之任"。 公允而论,王夫之的上述评价很难引起普遍认同。 原因就在于,王夫之是以圣人"情以亲天下者"为标准的,故反对在诗文中过分陷溺于自我私情意气,追求合乎人伦物理、蔼如渊懿的

---

① (清)王夫之:《姜斋诗话》,176 页,北京,人民文学出版社,1961。
② (清)王夫之:《古诗评选》,陆机《赠潘尼》评语。
③ (清)王夫之:《姜斋诗话》,180 页,北京,人民文学出版社,1961。

"仁者"情怀。这也是邵雍等宋元理学家的一贯思路,所以王夫之斥责韩愈不知"道",苏洵"心粗气重"等的苛评,皆出自理学家对文章情感的高严眼光,不尽出于文学立场。这与黄宗羲受心学及晚明性灵思潮影响、肯定文学情感的世俗性与自我性显然不同。

(二)"建立门庭,已绝望风雅"

王夫之论文竭力反对建立门庭,对"立门庭"与"依傍门庭"者,可谓责之不稍贷,其评骘明代诗文高下,一以是否依傍门庭为准:

> 诗文立门庭,使人学已,人一学即似者,自诩为"大家",为"才子",亦艺苑教师而已。高廷礼、李献吉、何大复、李于麟、王元美、钟伯敬、谭友夏,所尚异科,其归一也。才立一门庭,则但有其局格,更无性情,更无兴会,更无思致;自缚缚人,谁为之解者?昭代风雅,自不属此数公。若刘伯温之思理,高季迪之韵度,刘彦昺之高华,贝廷琚之俊逸,汤义仍之灵警,绝壁孤骞,无可攀蹑,人固望洋而返;而后以其亭亭岳岳之风神,与古人相辉映。次则孙仲衍之畅适,周履道之萧清,徐昌穀之密瞻,高子业之戌削,李宾之之流丽,徐文长之豪迈,各擅胜场,沉酣自得。正以不悬牌开肆,充风雅牙行,要使光焰熊熊,莫能掩抑,岂与碌碌余子争市易之场哉?①

"门庭"既立,至少带来两种恶果:其一助长门户之争,明代各派画地为牢、势同水火,流弊丛生、难以自拔。这是对明人好立山头、结宗派之陋习的严肃批评。据欧阳兆熊《槲栎谈屑》,王夫之未刊之《夕堂永日八代文评》一书,"其选文周、秦以至陈、隋而止,而以'昌黎文起八代'为不然:六朝之风云月露,与唐、宋之也者之乎,其弊将毋同!又云:陈霸先作天子

---

① (清)王夫之:《姜斋诗话》,155~156页,北京,人民文学出版社,1961。

已奇，韩昌黎作《原道》更奇"。又谓：苏明允讼人之魁，最足害人心术；曾子固如乡约老叟，刺刺不休，无一语动人；王半山如闽、越人效官话，咬文嚼字，神气终不属；茅鹿门以八家为古文，而古文扫地尽矣"。可见王夫之对八大家并不盲从，甚至肆意摘其病累，所谓舍唐宋、崇八代，其实也还是在唐宋外另立门墙而已，并未彻底摆脱明人习气。

其次，门庭一立，则为取捷径者"开方面门"，非拾人牙慧、辄桎梏性情。以诗而言，"欲作李、何、王、李门下厮养，但买得《韵府群玉》《诗学大成》《万姓统宗》《广舆记》四书置案头，遇题查凑，即无不足。若欲吮竟陵之唾液，则更不须尔，但就措大家所诵时文'之''于''其''以''静''澹''归''怀'熟活字句凑泊将去，即已居然词客"①。于是"举世悠悠，才不敏，学不充，思不精，情不属者，十家百姓而皆是"。时文同样不免，"四大家未立门庭以前，作者不无滞拙，而词旨温厚，不徇词以失意。守溪（王鏊）起，既标格局，抑专以遒劲为雄，怒张之起，由此滥觞焉。及《文抄》盛行，周莱峰、王荆石始一以苏、曾为衣被，成片抄袭，有文字而无意义；至陈（栋）傅（夏器）而极矣。隆、万之际，一变而愈下于弱靡，以语录代古文，以填词为实讲，以杜撰为清新，以俚俗为调度，以挑撮为工巧"。有明一代制艺"变而愈下"，归根结底是"依傍以立户牖，己心不属"，门庭既立则难免诱人人彀。王夫之上述虽就经义而发，但唐宋派本多时文高手，讥嘲茅坤，俨然咎责他依傍唐顺之而建立门庭之意。所谓"心灵人所自有，而不相贷，无从开方便法门，任陋人支借也"，"唯其不可支借，故无有推建门庭者，而独起四百年之衰"。②文章欲振衰起蔽，绝不仰赖以门庭相高。王夫之身处的明清之际，文坛树朋结党习气未减，如陈子龙重振秦汉派余波，钱谦益、黄宗羲力倡唐宋古文等，各树赤帜、分畛对峙，王夫之在两派之外依然保持着自己特立独行的批评立场。

---

① （清）王夫之：《姜斋诗话》，157页，北京，人民文学出版社，1961。
② （清）王夫之：《姜斋诗话》，158页，北京，人民文学出版社，1961。

（三）"凡言法者，皆非法也"

正如不为门庭所囿，王夫之对法度流弊亦有批判。他虽提出"无法无脉，不复成文字"，但论诗又称"情为至，文次之，法为下"。其实他无心于建立什么具体的法度，而是孜孜于破法，反对拿僵化之死法，拘限生生不息、摇曳多姿的文思灵性。就经义而言，尤其厌弃经生"各有蹊径，强经文以就己规格"，对名噪一时的顾梦麟《诗经塾讲》"以转韵立界限，划断意旨"，极尽丑诋，直斥为"劣经生桎梏古人，可恶孰甚焉"。作文亦如此，拘执于株守死法，或束身奉古、画地为牢，焉能"各擅胜场，沈酣自得"，所以必须破除死法：

> 若果足为法，乌容破之？非法之法，则破之不尽，终不得法。诗之有皎然、虞伯生，经义之有茅鹿门、汤宾尹、袁了凡，皆画地成牢以陷人者，有死法也。死法之立，总缘识量狭小。如演杂剧，在方丈台上，故有花样步位，稍移一步则错乱。若驰骋康庄，取涂千里，而用此步法，虽至愚者不为也。①

王夫之不仅讥嘲经生制艺陷入对死法的迷执，更对以经义时文之法批评唐宋八大家文的茅坤，攻之不遗余力："一篇载一意，一意则自一气。首尾顺成，谓之成章；诗赋、杂文、经义有合辙者，此也。以此鉴古今人文字，醇疵自见。有皎然《诗式》而后无诗，有《八大家文钞》而后无文。立此法者，自谓善诱蒙童，不知引蒙童入荆棘，正在于此。"②在王夫之心中，皎然《诗式》、茅坤《唐宋八大家文钞》，几可谓诗文之罪魁。他以经义为例，分析泥法之弊："必以法从题，不可以题从法。以法从题者，如因情因理，得其平允。以题从法者，豫拟一法，截割题理而入其中，如舞文之吏，俾民

---

① （清）王夫之：《姜斋诗话》，148 页，北京，人民文学出版社，1961。
② （清）王夫之：《姜斋诗话》，169 页，北京，人民文学出版社，1961。

手足无措。"①法本应服从题旨，助于表情达意、谋篇成章之条畅流贯，"合一事之始终，而俾成条贯也"。在王夫之看来，抱定死法以绳千变万化之文心，如茅坤选编《唐宋八大家文钞》，不仅强以钩锁之法桎梏八家文，且作为供人效学的古文摹本，去"引蒙童入荆棘"，简直贻害无穷。

在清初时文理论中，如金圣叹、吕留良等人孜孜于立法，唯独王夫之不遗余力地破法，对文章家津津乐道的章句字之"死法"，逐一搐击而后快。以时文名家的唐宋派，最得意于起承转合、钩锁之章法，王夫之竭力讥诋："一篇之中为数小幅，一扬则又一抑，一伏则又一起，各自为法，而析之成局，合之异致，是为乱法而已矣。"所谓钩锁之法，由王鏊"开其端"、唐顺之"以为秘密藏"，茅坤"批点八大家，全恃此以为法"，遂得以风行一时。王夫之丑之曰："摇头掉尾，生气既已索然。并将圣贤大义微言，拘牵割裂，止求傀儡之线牵曳得动，不知用此何为！"②"陋人以钩锁呼应法论文，因而以钩锁呼应法解书。岂古先圣贤亦从茅鹿门八大家衣钵邪？"③他举曹丕《典论·论文》等为例，称古文"研虑以悦心，精严如此"，岂能"据一'虚起实承'、'反起正倒'、'前钩后锁'之死法"，尽抉其潜蕴奥义？另外，王夫之批评刻意追求警句，认为那样反易弄巧成拙："非谓句不宜工，要当如一片白地光明锦，不容有一疵类；自始至终，合以成章，意不尽于句中，孰为警句，孰为不警之句哉？"④句之警与不警，当首先考虑相辅相成，句篇浑然和谐，否则就落得妍媸并存、良莠不齐，警句便成了"撮弄字面"的鄙语。在字法方面，王夫之反对滥用虚字："填砌最陋。填砌浓词固恶，填砌虚字，愈阑珊可憎。作文无他法，唯勿贱使字耳。王、杨、卢、骆，唯滥固贱。学八大家者，'之'、'而'、'其'、'以'，层累相叠，如刘草茅，无所择而缚为一束，又如半死蚓，沓拖不耐，皆贱也。古人修辞立诚，下一字即

---

① （清）王夫之：《姜斋诗话》，167页，北京，人民文学出版社，1961。
② （清）王夫之：《姜斋诗话》，169页，北京，人民文学出版社，1961。
③ （清）王夫之：《姜斋诗话》，177页，北京，人民文学出版社，1961。
④ （清）王夫之：《姜斋诗话》，179页，北京，人民文学出版社，1961。

关生死。曾子固、张文潜何足效哉!"①唐宋派对八大家文章善用虚字斡旋最为倾心,然而盲目效仿,一味堆垛杂沓,反而肤庸可憎、奄奄无生气。王夫之批评陶石篑的序记书铭"用虚字如蛛丝罥蝶,用实字如屐齿黏土,合古今雅俗,堆砌成篇",读之"令人头重",原因就在此。所以他认为虚实配合并无定法,当随文气语脉而设:"非有吞云梦者八九之气,不能用两三叠实字;非有轻燕受风、翩翩自得之妙,不能叠用三数虚字。然一虚一实,相配成句,则又俗不可耐。"②

大抵而言,船山论诗文以浑融天成为旨趣,相较一般理论家,他对法度抱着更为形而上的态度。如他提出"古诗无定体"③,但又强调并非"信笔为之",而是遵循一种"天然不可越之矩矱",即"意不枝,词不荡,曲折而无痕,戌削而不竞",天然合辙、神理宛然。又称"《三百篇》以至庾、鲍七言,皆不待钩锁,自然蝉联不绝。而此法可通于时文",显然这是对具体法度的超越,是更玄妙的无法之法。其实这也足可代表王夫之对一切文章法度的总体看法。值得注意的是,与法相对,王夫之提出"脉"的概念:

> 无法无脉,不复成文字。特世所谓"成、弘法脉"者,法非法,脉非脉耳。夫谓之法者,如一王所制刑政之章,使人奉之,奉法者必有所受。……谓之脉者,如人身之有十二脉,发于趾端,达于颠顶!藏于肌肉之中;督任冲带,互相为宅,萦绕周回,微动而流转不穷,合为一人之生理。若一呼一喏,一挑一缴,前后相钩,拽之使合,是傀儡之丝,无生气而但凭牵纵,讵可谓之脉邪?④

所谓"无束湿之法而有法,无分析钩锁而有脉",法的最高意义就是"脉"之

---

① (清)王夫之:《姜斋诗话》,168页,北京,人民文学出版社,1961。
② (清)王夫之:《姜斋诗话》,173页,北京,人民文学出版社,1961。
③ (清)王夫之:《姜斋诗话》,148页,北京,人民文学出版社,1961。
④ (清)王夫之:《姜斋诗话》,167~168页,北京,人民文学出版社,1961。

于身体那样,隐伏在字面之下,但又无所不在,让文章各因素彼此呼应,"互相为宅,萦绕周回,微动而流转不穷",成为浑然的整体,至于钩锁之法那样"一呼一喏,一挑一缴,前后相钩,拽之使合",岂非"傀儡之丝,无生气而但凭牵纵"? 所以他对归有光、茅坤的经义都评价甚低:"剔发精微,为经传传神,抑恶用鹿门、震川铺排局阵为也?"[①]从唐宋派将钩锁之法引入古文所造成的流弊看,王夫之意在破除死法画地成牢之陋习,对文法理论的建构当有惩戒意义。

王夫之的文论主要围绕制艺及唐宋派展开,在清初对唐宋文趋之若鹜的风气下,能以宏识孤怀直斥唐宋八大家文之种种缺陷,可谓不囿时俗、别具只眼。 其文章不堕蹊径、不拘格套,欧阳兆熊《槽枥谈屑》谓其"学《六经》、诸子,故其文不立间架,无起伏照应之迹,而自然合度"。 与其论文主张可谓桴鼓相应。 钱基博《近百年湖南学风》导言称湖湘"风气锢塞,常不为中原人文所沾被。 抑亦风气自创,能别于中原人物以独立。 人杰地灵,大儒迭起,前不见古人,后不见来者,宏识孤怀,涵今茹古,罔不有独立自由之思想,有坚强不磨之志节。 湛深古学而能自辟蹊径,不为古学所囿"。 仅就王夫之对流行文法的痛切反思看,其确属当时文坛少见的见识高卓的独行者。

◎ 第四节
清初文学家的散文理论

由明入清的文人,以散文理论、创作见长者,有文坛领袖钱谦益,有"后先相望四五十年间"的国朝三家侯方域、魏禧、汪琬,又有声传日本的廖燕。 本节作一合述,以见与思想家文论的不同。

---

① (清)王夫之:《姜斋诗话》,172 页,北京,人民文学出版社,1961。

一、钱谦益的散文理论

钱谦益身事新朝、志节有亏,但作为文宗巨擘,其"高才博学,囊括古今,则复乎卓绝一时"①,足以影响一代风气。吴伟业指出钱谦益古文承前启后的历史地位:"至古文辞,则规先秦者失之模拟;学六朝者失之轻靡;震川、毗陵扶衰起敝,崇尚八家;而鹿门分条晰委,开示后学。若集众长而掩前哲,其在虞山乎!"②钱谦益深受心学及经世思潮影响,论文宗经正学与抒发性灵并重,师法唐宋但反对模拟因袭,反映了明清之际散文多元演进的时代特色,其文论思想主要围绕别裁伪体、重树雅范,以及对王士禛、归有光的评论和对文章创作规律的总结而展开。

(一)渐除俗学、标举唐宋

鉴于对明代文坛各派流弊的考察,钱谦益自称中年以后以"渐除俗学,别裁伪体"③"别裁其伪体,格量其是非"④为己任,致力于扫除积弊,为文坛重树雅范。他所贬斥的"俗学",主要针对秦汉派,"俗学谬种,不过一赝,文则赝秦、汉","史则赝左、马"⑤。其"伪体",即复古派的摹拟诗文。与之相对,他提出"真"的概念:"文章途辙,千途万方,符印古今、浩劫不变者,惟真与伪二者而已。"⑥遂将真作为文章的理想与准则:"真文必淡""真文必质""真文必简""真文必平""真文必变","真则朝日夕月,伪则朝华夕槿。真则精金美玉,伪则瓦砾粪土也。不可比量而区以别矣"。

---

① (清)朱鹤龄:《与吴梅村祭酒书》,见《愚庵小集》第十卷,文渊阁《四库全书》。
② (清)吴伟业:《致孚社诸子书》,见《吴梅村全集》下,1087页,上海,上海古籍出版社,1990。
③ (清)钱谦益:《复王烟客书》,见《牧斋有学集》下,1364页,上海,上海古籍出版社,1996。
④ (清)钱谦益:《读杜小笺中》,见《牧斋有学集》下,1656页,上海,上海古籍出版社,1996。
⑤ (清)钱谦益:《答王于一秀才论文书》,见《牧斋有学集》下,1327页,上海,上海古籍出版社,1996。
⑥ (清)钱谦益:《复李叔则书》,见《牧斋有学集》下,1345页,上海,上海古籍出版社,1996。

钱谦益对俗学的清肃,包括对秦汉派文章的鄙弃,也涉及自己古文创作道路上弃秦汉、转唐宋的反思,"仆年四十,始稍讲求古昔,拨弃俗学"。钱谦益早年从七子秦汉派入手:"仆年十六七时,已好陵猎为古文。空同、弇山二集,澜翻背诵,暗中摸索,能了知某行某纸。摇笔自喜,欲与驱驾,以为莫己若也。"① "误于王、李俗学之沿袭,寻行数墨,佽佽如瞽人拍肩"②。中年受李流芳、程嘉燧、汤显祖等人的引导,转宗唐宋,"及为举子,与李长蘅偕,始得知唐宋大家与王、李迥别,及其所以然之故。四十后与汤义仍游,义仍告以勿漫视宋景濂,始覃精苦思,刻意学唐宋古文"③。他的"别裁伪体"思想,主要体现在对秦汉派与唐宋派的褒贬上。

从厌弃"俗学""伪体"出发,钱谦益对包括秦汉派在内的一切伪古文统统予以斥责:

> 近代之伪为古文者,其病有三:曰僦,曰剽,曰奴。窭人子赁居廊庑,主人翁之广厦华屋,皆若其所有,问其所托处,求一茅盖头曾不可得,故曰僦也。椎埋之党,铢两之奸,夜动而昼伏,忘衣食之源而昧生理,韩子谓降而不能者类是,故曰剽也。佣其耳目,囚其心志,呻呼唵呓,一不自主,仰他人之鼻息,而承其余气,纵其有成,亦千古之隶人而已矣,故曰奴也。百余年来,学者之于伪学,童而习之,以为固然。彼且为僦为剽为奴,我又从而僦之剽之奴之。沿讹踵谬,日新月异,不复知其为僦为剽为奴之所自来,而况有进于此者乎?④

这主要是针对秦汉派古文的尺寸古人、剿袭比拟。在钱谦益看来,以复古自

---

① (清)钱谦益:《答山阴徐伯调书》,见《牧斋有学集》下,1347 页,上海,上海古籍出版社,1996。
② (清)钱谦益:《答杜苍略论文书》,见《牧斋有学集》下,1308 页,上海,上海古籍出版社,1996。
③ (清)钱谦益:《读宋玉叔文集题辞》,见《牧斋有学集》下,1588 页,上海,上海古籍出版社,1996。
④ (清)钱谦益:《郑孔坚文集序》,见《牧斋初学集》中,930 页,上海,上海古籍出版社,1985。

命的李梦阳、何景明，恰正是"面背古学"的文坛罪人。"要而言之，昔学之病病于狂，今学之病病于瞽。献吉之戒不读唐后书也，仲默之谓文法亡于韩愈也，于鳞之谓唐无五言古诗也，灭裂经术，佴背古学，而横骛其才力，以为前无古人。此如病狂之人，强阳偾骄，心易而狂走耳。今之人，传染其病，而不知病症之所从来，如群瞽之拍肩而行于途，街衢沟渎，惟人指引。不然则扪籥以为日也。执箕以为象也，并与其狂病而无之，则谓之瞽人而已矣。"① 钱谦益将批判"伪体"的矛头，指向了他曾经奉为楷模的王士禛。当然，钱谦益所批判的俗学中也包括唐宋派末流及竟陵派，如批评唐宋派误解韩愈"文从字顺"而导致的率浅庸俗："先生以几庶体二之才，好学深思，早服重积，蒿目呕心，扶斯文于坠地。轻材小生，谀闻目学，易其文从字顺，妄谓可以几及，家龙门而户昌黎，则先生之志益荒矣。"② 包括恪守唐宋文立意风调造成的肤廓貌似："规模韩柳，拟议欧曾，宗洛闽而祧郑孔，主武夷而宾鹅湖，刻画其衣冠，高厚其闬闳，庞然标一先生之一言，而未免为象物象人之似，则亦向者缪种之传变，异侯而同病者也。"③ 唐宋派末流之陈陈相因，与秦汉派沦为"古人影子"，皆列"异侯而同病者"之"俗学""伪体"范围。

正因此，钱谦益对唐宋各家的崇尚，主要从"真文必变"的角度肯定其典范地位与师法意义，认为"夫文章者，天地变化之所为也。天地变化，与人心之精华；交相击发，而文章之变，不可胜穷"，对李楷（叔则）认为"唐、宋之文，不尽于八家"予以赞赏，谓之"此知其变者也"，在给李楷的信中，钱谦益对此做了详尽阐述，尽情表达了对唐宋各家的尊仰倾慕：

> 是故论唐文，于韩、柳之前，未尝无陈拾遗、燕、许、曲江也，未

---

① （清）钱谦益：《读宋玉叔文集题辞》，见《牧斋有学集》下，1589 页，上海，上海古籍出版社，1996。
② （清）钱谦益：《新刻震川先生文集序》，见《牧斋有学集》中，730 页，上海，上海古籍出版社，1996。
③ （清）钱谦益：《赖古堂文选序》，见《牧斋有学集》中，769 页，上海，上海古籍出版社，1996。

尝无权礼部、李员外、李补阙、独孤常州、梁补阙也，未尝无颜鲁公、元容州也。元和以还，与韩、柳挟毂而起者，指不可胜屈也。宋初庐陵未出，未尝无杨亿、王禹偁也，未尝无穆修、柳开也。庐陵之时，未尝无石介、尹洙、石曼卿也。眉山之时，未尝无二刘三孔也。眉山之学，流入于金源，而有元好问。昌黎之学，流入于蒙古，而有姚燧。盖至是文章之变极矣。①

既然"天地之大也，古今之远也，文心如此其深，文海如此其广"，而明代各派局促于七子、竟陵之门墙，"窃窃然戴一二人为巨子，仰而曰李、何，俯而曰锺、谭，乘车而入鼠穴，不亦愚而可笑乎"！所以，钱谦益认为师法"文章之变极"的唐宋，足可惩治秦汉派画地为牢，"为偽为剽为奴"之不智。相较而言，钱谦益从"真文"出发，对宋代欧、苏更为倾心，谓："文人之文，高文典则，庄严矜重，不若琐言长语，取次点墨，无意为文，而神情兴会，多所标举。若欧公之《归田录》、东坡之《志林》，放翁之《入蜀记》，皆天下之真文也。"②归庄称钱谦益文章与欧、苏尤近："自先生起而顿辟康庄，一扫蒙茸。知与不知，皆曰先生今日之欧苏两文忠。"原因就在于钱谦益深受欧苏之文"无意为文，而神情兴会"的启发，文章随物赋形，如万斛泉源不择地而出，故而"光华如日月，汗浩如江海，巍峨如华嵩。至其称物而施，各副其意，变化出没。不可端倪，又如生物之化工"③。这也反映在钱谦益对欧、苏的表彰上。

值得注意的是，钱谦益将欧、苏均视为司马迁的血脉，称欧阳修："有宋之韩愈也。其文章崛起五代之后，表章韩子，为斯文之耳目，其功不下于韩，《五代史记》之文，直欲挑班而祧马。《唐六臣》、《伶人》、《宦者》诸传，淋漓感叹，绰有太史公之风……居今之世，欲从事于二百余年之史，非

---

① （清）钱谦益：《复李叔则书》，见《牧斋有学集》下，1343页，上海，上海古籍出版社，1996。
② （清）钱谦益：《题南溪杂记》，见《牧斋有学集》下，1610页，上海，上海古籍出版社，1996。
③ （清）归庄：《祭钱牧斋先生文》，见《归庄集》，470~471页，上海，上海古籍出版社，1984。

有命世之豪杰如欧阳子者，其孰能为之？"①又云："仆初学为古文，好欧阳公《五代史记》，以为真得太史公血脉。"②不仅将欧阳修比作韩愈，更认为欧"有太史公之风"，"得太史公血脉"，将欧文之源上溯于秦汉，俨然有破除七子派藩篱的意味。钱谦益对苏轼文章极为赞许："吾读子瞻《司马温公行状》、《富郑公神道碑》之类，平铺直叙，如万斛水银，随地涌出，以为古今未有此体，茫然莫得其涯涘也。晚读《华严经》，称性而谈，浩如烟海，无所不有，无所不尽，乃喟然而叹曰：'子瞻之文，其有得于此乎？'文而有得于《华严》，则事理法界，开遮涌现，无门庭，无墙壁，无差择，无拟议。世谛文字，固已荡无纤尘，又何自而窥其浅深，议其工拙乎？……然则子瞻之文，黄州已前得之于《庄》，黄州已后得之于释。吾所谓有得于《华严》者，信也。中唐已前，文之本儒学者，以退之为极则。北宋已后，文之通释教者，以子瞻为极则。"钱氏早年受晚明心学思潮浸染，故思想不尽遵守儒家思想，对佛老不无倾心之处，故对苏轼之文"得之于释"，颇能心领神会，这与黄宗羲、王夫之从道统出发，对苏文"蔓衍"不经的排斥不同。他们衡文差异的背后，反映了各自思想体系中儒、佛的差异及纷争。

同样，钱谦益也将苏轼与司马迁置于同一文脉中："古今之文，雄浑激射，累千百言如一气回复者，太史公之后，唯苏子瞻耳。"③而钱谦益通过对欧苏与司马迁渊源关系的确认，不仅旨在强调"韩、柳之文，皆自叙其所读之书。而古人读书之法，则宋潜溪（濂）于《曾侍郎墓志》盖详言之。由宋、元以上溯于两汉、有唐，其学问之条目，一而已矣"④，打通秦汉派、唐宋派之壁垒，更在于提出"六经降而为二史，班、马其史中之经乎"

---

① （清）钱谦益：《再答苍略书》，见《牧斋有学集》下，1310～1311 页，上海，上海古籍出版社，1996。
② （清）钱谦益：《答山阴徐伯调书》，见《牧斋有学集》下，1348 页，上海，上海古籍出版社，1996。
③ （清）钱谦益：《答徐祯起书》，见《牧斋有学集》下，1354 页，上海，上海古籍出版社，1996。
④ （清）钱谦益：《答杜苍略论文书》，见《牧斋有学集》下，1307 页，上海，上海古籍出版社，1996。

之主张，从而在根柢经史的总原则下，确立一条由唐宋而上溯班马的文章新规范。这在他对归有光文章的激扬及对文章创作规律的总结上皆有体现。

（二）根柢经史、抒写灵心

在文章创作规律上，钱谦益提出了"根于志，溢于言，经之以经史，纬之以规矩，而文章之能事备矣"①，又称"夫诗文之道，萌折于灵心，蛰启于世运，而茁长于学问。三者相值，如灯之有炷有油有火，而焰发焉"②，以贯穿经史、抒写灵心为文章根本，是钱谦益深受晚明宗经复古及性灵思潮交织影响的结果。

早在万历年间，钱谦益就确立了文章宗经的思想。在其古文思想的转变与定型中，如果说归有光给了他精神引领，那么与汤显祖的交往则对他的思想转变起了更直接的作用。万历三十四五年，汤显祖对钱谦益"寄声相勉，曰：'本朝文，自空同已降，皆文之舆台也。古文自有真，且从宋金华着眼。'自是而指归大定"③。而宋濂文章正是继承唐宋古文的尊经载道传统，认为"六经之外，当以孟子为宗，韩子次之，欧阳子又次之"，将此一文脉作为"直趋圣贤大道"。④ 汤显祖的叮嘱促成了钱谦益鄙弃模拟七子，转而学习唐宋文，也必然促使他对文道关系有所思考。十年后，三十四岁的钱谦益为汤显祖文集作序，就已经明确了宗经的文论思路：

> 嘉、隆之文，称秦汉古文词者争相訾謷曾、王，以为名高，二十年来日以颓敝，说者群起而击排之。排诚是也，而不思所以返于古。败者东走，逐者亦东走，古文之复，岂可几也。义仍有忧之，是故深思易

---

① （清）钱谦益：《周孝逸文稿序》，见《牧斋有学集》中，826 页，上海，上海古籍出版社，1996。
② （清）钱谦益：《题杜苍略自评诗文》，见《牧斋有学集》下，1594 页，上海，上海古籍出版社，1996。
③ （清）钱谦益：《读宋玉叔文集题辞》，见《牧斋有学集》下，1588 页，上海，上海古籍出版社，1996。
④ （明）宋濂：《文原》，见《文宪集》第二十五卷，文渊阁《四库全书》本。

气,去者割爱,而归其指要于曾、王。夫曾、王者,岂足以尽古文哉。其指意犹多原本六经,其议论风旨去汉、唐诸君子犹未远也。以义仍之才之情,由前而与言秦汉者争得持扯割剥,我知其无前人;由后而与言排秦、汉者争为叫嚣瞠突,我知其无巨子。而回翔弭节,退而自处于曾、王,世之知曾、王者鲜,则知夫义仍者泂寡矣! [1]

这篇序中,钱谦益批评嘉靖、隆庆年间秦汉派与唐宋派的水火不容,导致"古文之复,岂可几也",而汤显祖在两派纷争中迥出流俗,宗仰其乡贤曾巩、王安石文章,显示出非同一般的眼力。而曾、王文章"指意犹多原本六经,其议论风旨去汉、唐诸君子犹未远也",钱谦益意味深长地将汤显祖置于这一唐宋文统中,以突出其源于经学的古文正统身份。此一评价显示了钱谦益对古文宗经精神的深刻领会。晚明东林、复社诸子掀起宗经复古、经世济民的思潮,钱谦益作为思潮中的代表人物,积极投身其中,倡导尊经复古,批评士人"盘旋于章句占毕之中","穷经而不知经,学古而不知古",更将矛头掉向文坛,指责前七子与竟陵派的学殖浅薄,在《赠别方子玄进士序》这篇文章中,钱谦益连带严厉批评了文坛俗学,讥嘲七子派、竟陵派的"务华绝根",不能穷经正学而导致肤袭鄙俚之弊蔓延不绝。这也就可以解释根柢经史何以在钱谦益的文学思想中如此重要。

同样,在《再答苍略书》中钱谦益有更明确的阐述:"古人之学,自弱冠至于有室,六经三史,已熟烂于胸中,作为文章,如大匠之架屋,楹桷榱题,指挥如意。今以空竦缪悠之胸次,加以训诂沿袭之俗学,一旦悔悟,改乘辕而北之,而世故羁绁,年华耗落,又复悠忽视荫,不能穷老尽力,以从事于斯,遂欲卤莽躐等,驱驾古人于楮墨之间,此非愚即妄而已矣。……六经,史之宗统也。六经之中皆有史,不独《春秋》三传也。六经降而为二史,班、马其史中之经乎?""由二史而求之,千古之史法在焉,千古之文法

---

[1] (明)汤显祖:《汤显祖诗文集》下,1533页,上海,上海古籍出版社,1982。

在焉。"①而在文章与经史结合的具体路径上,钱谦益在《袁祈年字田祖说》一文中作了如此梳理:"六经,文之祖也;左氏、司马氏,继别之宗也;韩、柳、欧阳、苏氏以迨胜国诸家,继祢之小宗也。古之人所以驰骋于文章,枝分流别,殊途而同归者,亦曰各本其祖而已矣。"②他将六经作为"文之祖",左氏、司马氏为"继别之宗",韩、柳、欧、苏为"继祢之小宗",明确了以六经为根基,以两汉文为支流,以唐宋文为取法对象的创作原则。

在诗文抒发性情的问题上,钱谦益的观点较为复杂,既可将其理解为符合儒家思想的伦理之情,又可将其理解为自我心性的自由宣泄。后者深受李贽及公安派主张独抒性灵的影响。在《赖古堂合刻序》中,钱谦益所谓的"本",实际就是性情。对公安派所倡的性灵,钱谦益颇为欣赏,他高度赞扬袁宗道"以通明之资,学禅于李龙湖,读书论诗,横说竖说,心眼明而胆力放","中郎之论出,王、李之云雾一扫,天下之文人才士始知疏瀹心灵,搜剔慧性,以荡涤摹拟途泽之病,其功伟矣"。在袁氏弟兄中,钱谦益有实际交往的是袁中道,他们的古文观念不无相通之处。如袁氏在《解脱集序》中说:"夫文章之道,本无今昔,但精光不磨,自可垂后。唐宋于今,代有宗匠。……昌黎去肤存骨,荡然一洗,号谓功多。"认为韩愈以"荡然一洗"的开创之功,自可垂范后世。这些求真重变,宗法唐宋的古文观念,无疑显现出钱谦益和公安诸袁的一致倾向。受性灵说启发,钱谦益在《李君实恬致堂集序》中提出了与之相近的"灵心"概念:"文章者,天地英淑之气,与人之灵心结习而成者也,与山水近,与市朝远;与异石古木哀吟清唳近,与尘埃远","故风流儒雅、博物好古之士,文章往往殊邈于世,其结习使然也",以此灵心"为诗文,翕山水之轻清,结彝鼎之冷汰……不古不今,卓然

---

① (清)钱谦益:《再答苍略书》下,见《牧斋有学集》,1309~1310页,上海,上海古籍出版社,1996。
② (清)钱谦益:《袁祈年字田祖说》,见《牧斋初学集》中,826页,上海,上海古籍出版社,1985。

自作一体者也"①。 这里的灵心,指远离世俗的萧然自适,不同于儒家济民化俗的人伦教化之情。 当然,钱谦益对这种文境态度有所保留,对竟陵派钟、谭那样"覃思苦心,寻味古人之微言奥旨,少有一知半见,掠影希光,以求绝出于时俗",乃至陷入旁门左道,专意于"深幽孤峭者","如木客之清吟,如幽独君之冥语,如梦而入鼠穴,如幻而之鬼国",若以"鬼气""兵气著见于文章,而国运从之",在钱谦益看来实又堕入"别裁末流",必须予以清肃。

(三) 论王士禛、归有光文章

钱谦益的文论主张,也表现在对王士禛、归有光这两位古文大家的评论中。 他在回顾自己的学文经历时,提到与他们的渊源:"余之从事于斯文,少自省改者有四。 弱冠时,熟烂空同、弇州诸集,至能阇数行墨。 先君子命曰:'此毗陵唐应德所云,三岁孩作老人形耳。' 长而读归熙甫之文,谓有一二妄庸人为之巨子,而练川二三长者,流传熙甫之绪言。 先君子之言益信。 一也。 少奉弇州《艺苑卮言》,如金科玉条。 及观其晚年论定,悔其多误后人,思随事改正。 而其赞熙甫则曰:'千载有公,继韩、欧阳。 余岂异趋,久而自伤。' 盖弇州之追悔俗学深矣。"②在《宋玉叔安雅堂集序》中,钱谦益自道与王士禛异趋的缘由:"家世与弇州游好,深悉其晚年追悔,为之标表遗文,而抉擿其指要,非敢以臆见为上下也。 今之结侪附党,群而相噪者,祖述弇州之初学,掇拾其呕哕之余,以相荐扬。 谚有之:海母以虾为目。 二百年来,俗学无目,奉严羽卿、高廷礼二家之瞽说以为虾目。 而今之后,人又相将以俗学为目。 由达人观之,可为悲悯。"③钱谦益竭力塑

---

① (清)钱谦益:《李君实恬致堂集序》,见《牧斋初学集》中,907 页,上海,上海古籍出版社,1985。
② (清)钱谦益:《读宋玉叔文集题辞》,见《牧斋有学集》下,1588 页,上海,上海古籍出版社,1996。
③ (清)钱谦益:《宋玉叔安雅堂集序》,见《牧斋有学集》中,763~764 页,上海,上海古籍出版社,1996。

造出王士禛晚年"追悔俗学"、表彰归有光这段公案，其目的就是借此排击秦汉派气焰，为唐宋古文的正宗地位张目，而在对王、归的褒贬中也表达了他自己的古文观念。

钱谦益比较王、归二人的文坛境况，称："嘉靖之季，吾吴王司寇以文章自豪，祖汉祢唐，倾动海内。而昆山归熙甫昌言排之，所谓一二妄庸人为之巨子者也。当司寇贵盛之时，其颐气涕唾，足以浮沉天下士。熙甫穷老始得一第，又且前死，其名氏几为所抑没。二十年来，司寇之声华焜赫、烂熳卷帙者，霜降水涸，索然不见其所有；而熙甫之文，乃始有闻于世。以此知文章之真伪，终不可掩，而士之贵有以自信也。"①嘉靖前期，以王慎中、唐顺之为首的唐宋派，主张由欧、曾文章入手，揣摩其法度神情，以取代前七子对古人字句的剿袭。嘉、隆间李攀龙、王士禛狎主文盟，重树秦汉派旗帜，导致唐宋派的衰歇。归有光卒于隆庆五年（1571），此后二十年里，正是王士禛风动天下之时，而归有光不仅生前独守唐宋古文传统，卒后声名亦为秦汉派的赫赫声势所掩。而在钱谦益"文章之真伪"之判中，王、归二人可谓高下犁然，他既以王士禛所代表的秦汉派为"伪体"，意欲别而裁之，当然就尊奉归有光为风雅正宗。在明代古文家中，钱谦益独对归有光最为倾慕，除了他与唐宋八大家一脉相承外，还因钱氏与归有光曾孙归庄的师生情谊，二人曾合作校勘归有光文集。钱谦益借评价归有光，也梳理了自己的古文思想，主要涉及如下两个方面。

首先，关于归有光的经学修养。钱谦益《列朝诗集小传》丁集中"震川先生归有光"条云："熙甫为文，原本六经，而好太史公书，能得其风神脉理。其于六大家，自谓可肩随欧、曾，临川则不难抗行。"钱谦益特意提及归有光"钻研六经，含茹洛、闽之学"，在文章家中"其识见盖韩、柳未逮"。如对汉宋儒治学方式的比较，归氏就独具慧识。其《送何氏二子序》说："盖汉儒谓之讲经，而今世谓之讲道。夫能明于圣人之经，斯道明矣，

---

① （清）钱谦益：《嘉定四君集序》，见《牧斋初学集》中，921页，上海，上海古籍出版社，1985。

道亦何容讲哉？凡今世之人多纷纷然异说者，皆起于讲道也。"在他看来，宋代理学家讲道与汉儒诂经名物不同，缺点是容易导致"纷纷然异说"，张皇自大。他在《与潘子实书》中说："窃谓经学至宋而大明，今宋儒之书具在，而何明经者之少也？夫经非一世之书，亦非一人之见所能定，而学者固守沉溺而不化，甚者又好高自大，听其言汪洋恣肆，而实无所折衷，此今世之通患也。"批评宋学末流的空疏不实。在《经序录序》中，归有光说："宋儒始以其自得之见，求圣人之心于千载之下，然虽有成书，而多所未尽，赖后人因其端以推演之。……不免有唐世义疏之弊，非汉人宏博之规。"认为宋儒之学不如汉儒之学渊懿宏博，导致后来的学者沉溺不化，好高自大。与经学家相比，归有光所见未必精深透辟，但毕竟有识之见，钱谦益对归氏经学思想颇为重视，在《震川集》的《凡例》中，特意将归有光的解经文章置于卷首，称"先生覃精经学，不傍宋人门户，如《易图论》、《洪范传》是也，故以经解为首"。钱谦益之所以特意表彰归氏的经学功夫，当然是为强调自己的文章宗经思想。

其次，关于归有光的文风。钱氏《题归太仆文集》提及王士禛晚年对归有光文风的推服："弇州晚年，颇自悔其少作，亟称熙甫之文，尝赞其画像曰：'风行水上，涣为文章。风定波息，与水相忘。千载有公，继韩欧阳。予岂异趋，久而自伤。'其推服之如此。而又曰：'熙甫志墓文绝佳，惜铭词不古。'推公之意，其必以聱牙诎曲不识字句者为古耶？"[①]王士禛看到归有光古文自然平易的特点，如"风行水上，涣为文章。风定波息，与水相忘"，这与归有光在《与吴三泉》中说"自惟鄙拙，不习为古文，聊发其所见，不能櫽括为精妙语，徒蔓衍其词，又不知忌讳，俗语所谓依本直说者"，在《与沈敬甫》中说"文字又不是无本源，胸中尽有，不待安排"大致相同。但王士禛并未尽脱秦汉派之习气，当初李梦阳等不满明初台阁体的迂缓平弱，通过学习秦汉文的古崛简奥以振起文风，难免对"聱牙诎曲"有所偏

---

① （清）钱谦益：《牧斋初学集》，见《牧斋有学集》下，1760 页，上海，上海古籍出版社，1996。

嗜。此处钱谦益认为王士禛尚未摆脱"文必秦汉"观念，以为归氏"铭词不古"，予以委婉批评。

但从钱谦益对韩愈"文从字顺"的辨析看，他对"聱牙诘屈"并非全然否定，称"昌黎之所谓'诘屈聱牙'者，未尝不文从字顺。而古今之文法章脉，来龙结局，纡回演迤，正在文从字顺之中"①。认为"诘屈聱牙"与"文从字顺"并不矛盾，"文从字顺"的核心是"陈言务去"，反对漂洗拟议，所以"文从字顺，陈言务去。虽复铺陈排比，不失其为简，诘屈聱牙，不害其为易"②。明初宋濂曾告诫人们学习唐宋文容易流于平弱，出于对唐宋文末流之失的纠正，钱谦益通过对"简易"的辩证解释，既维护唐宋文的正宗地位，又借鉴秦汉派反对平庸文风的主张，力求避免取法唐宋文可能导致的熟易弊端。在《题归太仆文集》中，还记载："传闻熙甫上公车，赁骡车以行。熙甫俨然中坐，后生弟子执书夹侍。嘉定徐宗伯年最少，从容问李空同文云何？因取集中《于肃愍庙碑》以进。熙甫读毕，挥之曰：'文理那得通？'偶拈一帙，得曾子固《书魏郑公传后》，挟册朗诵至五十余过。听者皆欠申欲卧，熙甫沉吟讽咏，犹有余味。"③似乎委婉暗示了归文沉闷平弱的缺点。而在《新刻震川先生文集序》中，钱谦益对归有光的古文渊源及其风格特征，提出另一种描述：

> 先生钻研六经，含茹洛、闽之学……少年应举，笔放墨饱，一洗熟烂，人惊其颉颃眉山，不知汪洋跌荡，得之庄周者为多。壮而其学大成，每为文章，一以古人为绳尺。盖柳子厚之论，所谓旁推交通以为之文者，其它可知也。参之《孟》、《荀》以畅其支，参之《穀梁》以厉其气，参之太史以著其洁。其畅也，其厉也，其洁也，学者举不能知，而先生

---

① （清）钱谦益：《再答苍略书》，见《牧斋有学集》下，1310页，上海，上海古籍出版社，1996。
② （清）钱谦益：《复王烟客书》，见《牧斋有学集》下，1365~1366页，上海，上海古籍出版社，1996。
③ （清）钱谦益：《题归太仆文集》，见《牧斋初学集》下，1760页，上海，上海古籍出版社，1985。

独深知而自得之。……轻材小生,腴闻目学,易其文从字顺,妄谓可以几及,家龙门而户昌黎,则先生之志益荒矣。

认为归有光文章博采众长,既得益于六经、《史记》,但取法对象又超越唐宋八大家藩篱,出入《庄子》《孟子》《荀子》等,遂形成"畅""厉""洁"的风格特征。按照钱氏标准,归文同样达到了"文从字顺"的境界。而对照归文,钱谦益的评价并不完全属实,也可以说,他是借诠释归有光文风表达了自己的文章理想。

作为身跨明清的学人兼文人,钱谦益与明代中后期的学术界、文坛有着密切的联系,其古文理论和创作活动与明文的发展轨迹相始终,也造成了其文论以批评居多、自己的理论建树不足的特点。既宗尚唐宋文,但又贬斥复古模拟;力主性灵,然又不满竟陵之狭窄、公安之肤浅;既倡"情真""情至",又倡宗经正学反对空疏;这些都烙上了晚明散文多元演进中亟待理论建设的时代印记。

二、侯方域的散文理论

侯方域(1618—1655),字朝宗,河南商丘人。明末诸生。曾参与复社,以古文名重乡间,曾与同道结"雪苑社"以研习诗文。顺治八年(1651)应河南乡试为副贡生,招致物议,遂取室名"壮悔堂"以寓忏悔。侯方域的古文"出入韩、欧","其天才英发,吐气自华,善于规模,绝去蹊径,不戾于古,而亦不泥于今"。[1] 与魏禧、汪琬并称"清初三大家",此三人风格各异:"禧策士之文,琬儒者之文,而方域则才人之文。"邵长蘅称:"侯氏以气胜,魏氏以力胜,汪氏以法胜。"[2] 侯方域的文论不及魏、汪

---

[1] 王钟翰点校:《清史列传》第七十一卷,5720页,北京,中华书局,1987。
[2] (清)邵长蘅:《国朝三家文钞序》,见(清)宋荦、许汝霖辑:《国朝三家文钞》卷首,清康熙刊本。

深刻全面，大抵感于其自身创作经验，故以骨气论文，且对才气与法度的关系较有体会。

（一）辨秦汉唐宋，以骨气为路径

侯方域论文主张从师法唐宋文入手，他以极其形象生动的比喻，考察历代文章变迁，认为秦汉文"如泰、华三峰，直与天接，层岚危磴，非仙灵变化，未易攀陟，寻步计里，必蹶其趾"①，汉唐宋文则"纵舟于长江大海间，其中烟屿星岛，往往可自成一都会，即飓风忽起，波浪万状，东泊西注，未知所底，苟能操柂觇星，立意不乱，亦自可免漂溺之失"。因此，他批评"高者又欲舍八家，跨《史》《汉》而趋先秦，则是不筏而问津，无羽翼而思飞举，岂不怪哉"？此观点其实并非一己独得，艾南英在给陈子龙的论战信中，即有相同论调："夫秦、汉去今远矣，其名物器数，职官地理，方言里俗，皆与今殊。存其文以见于吾文，独能存其神气耳！役秦、汉之神气而御之者，舍欧、韩奚由？譬之于山，秦汉则蓬山绝岛也，去今既远，犹之有大海隔之也，则必借舟楫言而后能至。夫韩、欧者，吾人之文所由以至于秦汉之舟楫也。由韩、欧而能得至于秦、汉者无他，韩、欧得其神气而御之耳。"②在艾南英看来，韩、欧学秦汉是从"神气"把握，而非秦汉派那样拾掇古语、饾饤以为词，遂批评陈子龙为"窃秦、汉之句字者尊王、李"，而自己是"得秦、汉之神气者尊、韩欧"，牵涉两个问题，一是唐宋派以韩、欧为介上溯秦汉的师法路径，二是不由形迹而揣摩"神气"的学习方法。

侯方域于文有气、骨之论，"大约秦以前之文主骨，汉以后之文主气"。先秦之文除"六经"外，"如老韩诸子，《左传》、《战国策》、《国语》，皆敛气于骨者"，此类文高古峻险，不易登攀，李梦阳辈不知底里，强欲攀陟，成为"所谓蹶其趾者"；而"汉以后之文，若《史》、若《汉》、若'八家'，最

---

① （清）侯方域：《与任王谷论文书》，见《壮悔堂文集》第三卷，清顺治刻本。
② （明）艾南英：《答陈人中论文书》，见《天佣子集》第一卷，清康熙三十四年张符骧刻本。

擅其胜,皆运骨于气者也",此类文"往往可自成一都会",不会随波逐流,如"韩欧诸子"便能"独嵯峨于中流"。倘"欲舍'八家',跨《史》《汉》而趋先秦,则是不筏而问津,无羽翼而思飞举"。当然"六朝选体之文",则属"最不可恃"者。侯方域的这番论述,明确表达了作古文必由八家、《史》《汉》而入古人境界,并称之为"运骨于气"者。在倡导唐宋古文并且崇道反经的学古道路上,侯方域与钱谦益基本一致,只是他的"气""骨"之说,虽别致却不免显得很笼统,思理亦不甚周匝。

(二)"务尽其才,而后轨于法"

侯方域为文任气使才,震荡闳奇,以纵横豪肆著称于清初。从理论源头上,远可追溯"文气"说,近则为步武唐宋八大家,尤其是韩愈"不平则鸣"之结果。因此他对于韩愈文中流露的"不能自持"处,难免有曲为掩饰之嫌,如韩愈贬至潮州后,内心深感凄凉,作《潮州刺史谢上表》,"昔人论其欲以词赋述封禅,几于相如逢君",即有论者以为韩愈有不安潮阳、逢迎朝廷之病,侯氏的解释是:"盖士君子之自处,固有生死不难决绝,而落寞悲凉之际,反惝然不能自持者。如苏子卿娶胡妇,寇莱公陈天书,与昌黎不安于潮阳,其病一也。""故曰:君子之学,变化以成德。自知其病,矫而克焉,变化之谓也。"侯认为韩愈与苏武、寇准仍然是"铮铮"者,正回荡着一股郁勃抑塞之气,如侯方域本人的《孟仲练诗序》一文,徐作肃评之:"大段是欧,然全欧之神兼韩之气以驱遣处,劲而肆也"[1]。论者对此褒贬不一,赞之者如宋荦《邵子湘全集序》:"朝宗文超轶雄悍,当者辟易,如项王瞋目一呼,娄烦目不能视,手不能发,盖气胜也。"病之者如魏禧,批评曰"才气奔逸,时有往而不返之处"[2],认为缺少节制与优雅从容之度。其实,侯方域对如何既慷慨为文而又能不逾矩,倒是有自己的看法。其《倪涵谷文序》

---

[1] (清)侯方域:《壮悔堂文集》第二卷,清顺治刻本。
[2] (清)魏禧:《任王谷文集序》,见《魏叔子文集·魏叔子文集外篇》,399页,北京,中华书局,2003。

谈及自己曾游倪元璐之门，"得闻制艺绪论"，受其启发，明白为文"必先驰骋纵横，务尽其才，而后轨于法"①，"文之所贵者，气也"，但此骏迈之气不可纵逸恣肆，"必以神朴而思洁者御之，斯无浮漫卤莽之失"②，以经过理性制约的神思予以驾驭，才不会放纵失检。他还特别强调敛气就法的问题，因为奇矫奔纵之气，"雕镂之所不受，组练之所不及"，必须借助"扶质而御气"，方能不"畔于法"，使气"达于理而无杂揉之病"、使质"任乎自然而无缘饰之迹"，而文之"道"亦得以相传。在侯氏的文论逻辑里，任气使才与文章高下有着必然的因果关系。

侯方域文章长于叙述，既继承史传传统，又吸收了小说家笔法，提出叙事文的具体作法："行文之旨，全在裁制，无论细大，皆可驱遣。当其闲漫纤碎处，反宜动色而陈，凿凿娓娓，使读者见其关系，寻绎不倦。至大议论，人人能解者，不过数语发挥，便须控驭，归于含蓄。若当快意时，听其纵横，必一泻无复余地矣。"③此又可视作侯方域对归有光散文擅长处的悉心把握，归有光"能于不要紧之题，说不要紧之语，却自风韵疏淡，此乃是于太史公深有会处"。《惜抱轩尺牍·与陈硕士》这也是黄宗羲最欣赏处，所谓"无论细大，皆可驱遣"，亦与黄宗羲叙事兼取"竹头木屑，常谈琐事"见人物风神的主张契合。归有光文之"畅""厉""洁"，也即叙事节奏与文字收放的从容把握，可谓"独深知而自得之"。对此，侯方域当受其启发，也是在这一层面上由归有光而上溯史家之文，窥得行文风神。侯方域古文多有得自《庄子》《列子》、司马迁、唐宋八大家处，自然融入状人叙事的小说家精神与手法。汪琬就批评侯方域《马伶传》是以小说为古文④，含有不雅驯之意。

乾隆间李祖陶评论侯方域文章得失云："朝宗天赋异禀，以其迈往无前之

---

① （清）侯方域：《倪涵谷文序》，见《壮悔堂文集》第一卷，清顺治刻本。
② （清）侯方域：《答孙生书》，见《壮悔堂文集》第三卷，清顺治刻本。
③ （清）侯方域：《与任王谷论文书》，见《壮悔堂文集》第三卷，清顺治刻本。
④ （清）汪琬：《跋王于一遗集》，见《钝翁类稿》第四十八卷，清乾隆刻本。

气,卓荦不群之才,矫夭独雄之风调,崛起中原,遂能变易天下耳目,扫明季之陋,而振国初之风。其文纯以神行,而自中法度,所谓放之千里息焉则止于闲者也,可不谓豪杰之士乎哉!然而后之讥之者则亦多矣。有谓其本领浅薄者,有谓其是非失情实者,有谓其火色未老、尚不脱小说家习气者,其言皆切中其病,非文士相轻之可比。"[1]侯方域自称"少年溺于声伎,未尝刻意读书,以此文章浅薄,不能发明古人之旨"[2],文章缺少读书积养、泛滥经史的学者气,属于率性豪肆、波澜跌宕的才子文章,虽能在清初允推一家,但随着日后宗经正学思潮的形成,载道明理、醇厚雅洁文风成为主流,侯方域这类散文就显得不合时宜了。

三、魏禧的散文理论

魏禧(1624—1681),字凝叔,一字叔子,号裕斋,江西宁都人,明亡后隐居讲学,与兄祥、弟礼皆负文名,称"宁都三魏"。又与南昌彭士望、林时益,同邑李腾蛟、邱维屏、彭任、曾灿等九人研讨《周易》,号"易堂九子"。魏禧提倡实学,强调文章经世致用,其《杂说》称:"作文须先为其有益者,关系天下后世之文,虽名立言,而德与功俱见,亦我辈贫贱中得志事也。"[3]不过他将理论重心主要移于作者论与文法论,探讨作者才能素养与行文之法,与此前顾炎武、黄宗羲、王夫之儒家学者的角度不尽相同。

(一)"积理而练识"

魏禧称"文章之能事在于积理",文章是作者胸中事理的油然表达:"天

---

[1] (清)李祖陶:《壮悔堂集文录序》,见《续修四库全书》编纂委员会编:《续修四库全书》第1669册,428页,上海,上海古籍出版社,1995。
[2] (清)侯方域:《与任王谷论文书》,见《壮悔堂文集》第三卷,清顺治刻本。
[3] (清)魏禧:《魏叔子文集·魏叔子日录》,1126页,北京,中华书局,2003。

下事理，自然而已，故无言者本也。而以明理立教，记事道情，有勃然郁于中，不得不发于言者，故文非不得已则不必作。"①可见，他所说的事理有"明理立教""记事道情"等宽泛指向。当然最核心的内容，是强调"理"要适用于世，关乎国家社稷，"天下事理日出而不穷，识不高于庸众，事理不足关系天下国家之故，则虽有奇文与《左》、《史》、韩、欧阳并立无二，亦可无作"②。"读书所以明理也，明理所以适用也，故读书不足经世，则虽外极博综，内析秋毫，与未尝读书同"③。也可以说，魏禧的"积理""明理"说，是将传统"文以载道"说予以明确化："惟文章以明理适事，无当于理与事，则无所用文，故曰文者载道之器。"④因而他所指的理，也还是指"道"，即"文章之根柢，在于学道而积理"⑤。特别之处在于，他的"理""道"要比理学家的儒家之性理更为宽泛、更具现实功利性，也就是他说的"物务"，即"理"具有开物成务的实践性："在学道人，尤当练于物务，使圣贤之言见诸施行，历历有效，则豪杰之士争走向之。"他举自己因变乱所激而留心经世的经历："禧少好左氏，及遭变乱，放废山中者二十年，时时取之读之，若于古人经世大用，左氏隐而未发之旨，薄有所会，随笔评注"，所以他很明确提出"至于文章，首当明理练（原书作"炼"，误）识，为有用之学"⑥，体现出强烈的经世实用精神。

因此，他提出诸多告诫，一是防止理挟私怨，随性所好。"守道不笃，见理不明，而好议论以刺讥于人，翻古人之成说，则虽极文章之工，取适于

---

① （清）魏禧：《魏叔子文集·魏叔子日录》，1111页，北京，中华书局，2003。
② （清）魏禧：《宗子发文集序》，见《魏叔子文集·魏叔子文集外篇》，412页，北京，中华书局，2003。
③ （清）魏禧：《左传经世叙》，见《魏叔子文集·魏叔子文集外篇》，367页，北京，中华书局，2003。
④ （清）魏禧：《恽逊庵先生文集序》，见《魏叔子文集·魏叔子文集外篇》，402页，北京，中华书局，2003。
⑤ （清）魏禧：《八大家文钞选序》，见《魏叔子文集·魏叔子文集外篇》，413页，北京，中华书局，2003。
⑥ （清）魏禧：《里言》，见《魏叔子文集·魏叔子日录》，1093页，北京，中华书局，2003。

己，而有误于人，君子盖有所不取。"①这是对晚明左派王学及李贽影响下文人追求任情适性乃至流于放达，甚至以文攻讦的批评。二是力戒凿空蹈虚，华而不实。"国家之败亡，风俗之偷，政事之乖，法度纪纲之坏乱，皆由道学不明，中于人心而发于事业，始若山下之蒙泉，终于江河之溃下而不反。然世儒之谈道学，其伪者不足道；正人君子，往往迂疏狭隘弛缓，试于事百无一用。"②这是由明亡而发出的深切感喟。三是从文辞角度，提出"夫理明者辞必简，议论多则意见乱，而自相抵牾者必甚"③，要"能删余意支言，及人人所能道及，不必尽言而意自见者"④。提出了明理之法在于简要其辞的书写原则。

再看"练识"。魏禧的《答施愚山侍读书》集中谈论这一问题："愚尝以谓为文之道，欲卓然自立于天下，在于积理而练识。……所谓练识者，博学于文，而知理之要；练于物务，识时之所宜。""有其志无其学，有其学无其识，有其识无其事，则文皆弗极于工。"论述了文章事、理、学、识相互依存关系，认为数者俱全，才能写出"正人心之惑溺，而救国家之败"，发挥"名理之言，经物济世之说"的有用之文。魏禧反复论证了作文者明事理、练学识的锻炼功夫，"至于文章，首当明理练识，为有用之学，徐攻格调，争衡古人也"。练识也应尚简要平实："识时宜则不为高论，见诸行事而有功。""至平至实之中，狂生小儒皆有所不能道，是则天下之至奇已。故练识如炼金，金百炼则杂气尽而精光发。善为文者，有所不必命之题，有不屑言之理。譬犹治水者，沮洳去则波流大；爇火者，秽杂除而光明盛也。是故至

---

① （清）魏禧：《八大家文钞选序》，见《魏叔子文集·魏叔子文集外篇》，413 页，北京，中华书局，2003。
② （清）魏禧：《明右副都御史忠襄蔡公传》，见《魏叔子文集·魏叔子文集外篇》，805 页，北京，中华书局，2003。
③ （清）魏禧：《八大家文钞选序》，见《魏叔子文集·魏叔子文集外篇》，414 页，北京，中华书局，2003。
④ （清）魏禧：《杂说》，见《魏叔子文集·魏叔子日录》，1127 页，北京，中华书局，2003。

醇而不流于弱，至清而不流于薄也。"①反对文章堕入奇、弱、薄，追求醇正清粹之美，而这些都有待于作者"练识如炼金"的积养功夫。

如何"练识"？魏禧提出两个主张：一是博学。读书可以培养见识、提升道德水平和人格境界，"欲长志识，必须读书，不但经世之方于此学，望见古人胸次高阔，操行真笃，劳心苦身，勤勤恳恳"，目的是"淘洗肠腹卑俗私吝之气"。②但是，魏禧反对将读书作为助长骄诌的工具，"读古人书，好附和，好翻驳，皆病也"③。二是阅历。"造识之道有三：曰见闻，曰揣摩，曰阅历。见闻者，读古人书，听老成人语，及博闻四方之故是也。"④阅历包括自己亲历及间接经验。魏禧对"见闻多则私智胜，又好以其偶合者穿凿附会古今之事，故其文愈根据而愈叛于道"⑤的现象，提出警戒，强调以阅历充实人生、锤炼性情，提升文章境界，反对以阅历助长私智，败坏文德。综上说，魏禧的"积理而练识"，具有鲜明的务实性，与佛老面壁蹈虚遁入寂灭不同，而是一种充满经验性、现世性的成德过程，是对传统"文以载道"命题独具特色的演绎，寄托了他的儒者情怀，也是易代之际文人经世精神在文论上的突出表现。

（二）"文多真气而又深于古人之法"

除了事理、识见等作者修养功夫外，就文章本身而言，魏禧谈及较多的是气、法："吾尝谓今天下之文最患于无真气，有真气者或无特识高论，又或不合古人之法；合古法者，或拘牵摹拟，不能自变化，是以能者虽多，环玮魁杰沉深峻削之文所在而有，求其足自成立，庶几古作者立言之义，则不少

---

① （清）魏禧：《答施愚山侍读书》，见《魏叔子文集·魏叔子文集外篇》，289页，北京，中华书局，2003。
② （清）魏禧：《答门人》，见《魏叔子文集·魏叔子文集外篇》，332页，北京，中华书局，2003。
③ （清）魏禧：《里言》，见《魏叔子文集·魏叔子日录》，1094页，北京，中华书局，2003。
④ （清）魏禧：《里言》，见《魏叔子文集·魏叔子日录》，1064页，北京，中华书局，2003。
⑤ （清）魏禧：《朱锡鬯文集叙》，见《魏叔子文集·魏叔子文集外篇》，388页，北京，中华书局，2003。

概见。宜兴任王谷,隐君子学古而能文者也。其人易直淳古,故其文多真气而又深于古人之法。"①涉及文章的情感表现与文章法度两方面。

魏禧在《论世堂文集序》中,以气为角度考察天地人文,将"天之文,地之理,圣人之道",到"六经之文",变"为周诸子,为秦汉、为唐宋大家之文",皆视为天地元气之流转,"其气莫不载之以传","惟以浩瀚蓬勃,出而不穷,动而不止者当之"。无气则如"吹毛而驻于空,吹不息,则毛不下。土石至实,气绝而朽壤,则山崩";有气则"视之以形而不见,诵之以声而不闻,求之规矩而不得其法,然后可以举天下之物而无所挠败"。这是传统宇宙生成之气化说在文论上的运用。气之强弱关乎世运盛衰,也影响于文学。清初持文气说者不乏其人,如诗学思想中所引钱谦益《复李叔则书》、黄宗羲《谢皋羽年谱游录注序》中均作如是说。这实际是对文学与世运的气化玄解,反映了明清易代激发出的感时伤事、慷慨激愤的时代心理及抒情力量。而在魏禧看来,蕴结在作者身上的气,有着更具体的内涵,就功夫论而言,为作者"积理而练识"之显露;就表现论而言,正如毛卓人点评魏禧的《论世堂文集序》所云:"理非气不亢,事非气不立,文非气不雄,以气发论,真得作者深处。"气之充盈刚健是文章说理纪事亢爽明晰的内在基础,议论文章之树义阐理,尤须借助气势的激荡才能收到文酣理畅之效。

从"言者心之声"出发,魏禧反对以矫饰遮掩真情,"宁使其辞之或有不工,必不使稍有矫饰以自害其性情"②,批评今人文章善于作伪:"传曰:'言者心之声',故邪正能否皆于文字可见。然古人文字可信,后人文字不可信。何也?古人原无文字格例,但据胸中所有,发舒而出,故各肖平生。"又称许古人或"清真自放,而波澜不阔,光焰不长",或"遇事感慨激昂,连类旁及,凌轹古今,呼抢天地而不能自忍",虽有失平和,但皆不失真气。

---

① (清)魏禧:《任王谷文集序》,见《魏叔子文集·魏叔子文集外篇》,398页,北京,中华书局,2003。
② (清)魏禧:《徐祯起诗序》,见《魏叔子文集·魏叔子文集外篇》,464页,北京,中华书局,2003。

与此相关是情与法的问题。魏禧认为只要真情真意，发为文章，皆不失佳构，故不必刻意"求工古人之法"。他以柳宗元游记为例，称"古今记游，共推子厚，近人必慕仿之，曰似柳某记某记，则以为能"，而苏轼则自我作法，"缘物绘情，自有天真"，"不必似柳然后工也"。但魏禧随即又提出"我"与"法"的矛盾："夫文章之工，必法古人，而法古人者，又往往不得为工。"①这也是明代文坛各派纠结困惑的问题，魏禧将这对矛盾称为"家数"与"本领"：

> 今天下家殊人异，争名文章，然辨之不过二说：曰本领，曰家数而已。有本领者，如巨宦大贾，家多金银，时出其所有，以买田宅，营园圃，市珍奇玩好，无所不可。有家数者，如王、谢子弟，容止言谈，自然大雅。有本领无家数，理识虽自卓绝，不合古人法度，不能曲折变化以自尽其意。如富人作屋，梓材丹雘，物物贵美，而结构鄙俗，观者神气索然。有家数无本领，望之居然《史》、《汉》大家，进求之，则有古人而无我。如俳优登场，啼笑之妙，可以感动旁人，而与其身悲喜，了不相涉。然是二者，又以本领为最贵，王、谢子弟，枵腹清谈，无当实事，固不若巨宦大贾，温饱自养，且可出其余财，上佐国用，下业贫民也。足下留意经学，治儒先之言，可谓有本；而措之文辞，虽杂出《文选》六代，然朴气未漓，深朗隽整，殊为近古，非小家所及。②

魏禧期求的理想状态是"本领"与"家数"的完美统一。他总结自己作文经验："吾少好《左传》、苏老泉，中年稍涉他氏，然文无专嗜，惟择吾所雅爱

---

① （清）魏禧：《李季子文叙》，见《魏叔子文集·魏叔子文集外篇》，400 页，北京，中华书局，2003。
② （清）魏禧：《答毛驰黄》，见《魏叔子文集·魏叔子文集外篇》，352 页，北京，中华书局，2003。

赏者。至于作文,则切不喜学何人,人何篇目,故文成都无专似。"①达到他期待的"触手与古人会,而自无某人某篇之迹"的境界。但在实际写作中这种得心应手的境界并非轻易可致。事实上,在这个问题上,魏禧不像王夫之那样否定一切法,而是采取比较灵活而务实的方式,对寻常作者而言不无指导意义。主要表现为如下两方面。

首先,认为文章体法已尽于古人,惟有自家"本领"识见、情感等可与时俱进,不为古人所囿:"文章之变,于今已尽,无能离古人而自创一格者。独识力卓越,庶足与古人相增益。"②"今夫文章,六经四书而下,周、秦诸子、两汉百家之书,于体无所不备。后之作者,不之此则之彼。而唐、宋大家,则又取其书之精者,参和杂糅,镕铸古人以自成,其势必不可以更加。故自诸大家后,数百年间未有一人独创格调,出古人之外者。然文章格调有尽,天下事理日出而不穷"③,所以当在识力上卓然自立,甚至与古人争胜,特别是源于作者"积理""练识"而行于文章的真气真情,"盖天地之生杀,圣人之哀乐,当其元气所鼓动,性情所发,亦间有其不能自主之时,然世不以病天地圣人而益以见其大。文章亦然。古人法度犹工师规矩,不可叛也。而兴会所至,感慨悲愤愉乐之激发,得意疾书,浩然自快其志,此一时也,虽劝以爵禄不肯移,惧以斧钺不肯止,又安有左氏、司马迁、班固、韩、柳、欧阳、苏在其意中哉"④这种闳肆充沛的激情难以被陈法所束缚拘牵,这种情况下当然以"本领为最贵"。

另一方面,魏禧又强调在某些具体情况下法不可叛,理识必须借助法度来表现,否则无从自见。如他论传志之文:"犹兵家之律,御众分数之法,

---

① (清)魏禧:《与诸子世杰论文书》,见《魏叔子文集·魏叔子文集外篇》,284页,北京,中华书局,2003。
② (清)魏禧:《答蔡生书》,见《魏叔子文集·魏叔子文集外篇》,265页,北京,中华书局,2003。
③ (清)魏禧:《宗子发文集序》,见《魏叔子文集·魏叔子文集外篇》,411页,北京,中华书局,2003。
④ (清)魏禧:《答计甫草书》,见《魏叔子文集·魏叔子文集外篇》,248页,北京,中华书局,2003。

不可分寸恣意而出之。生动变化则存乎其人之神明,盖亦法中之肆焉者也。某公文得力在欧、王之间,而碑志最工;法度紧严,于碑志最得宜,是以冠于诸体。"作者可凭自己的神明变化,遵法而不泥法,所谓"法中之肆",即我与法之间由对峙为融契,魏禧对此有十分辩证的阐述:

> 予尝与论文章之法。法譬诸规矩,规之形圆,矩之形方。而规矩所造,为椭,为掣,为眼,为倨句磬折,一切无可名之形,纷然各出,故曰规矩者,方圆之至也。至也者,能为方圆,能不为方圆,能为不方圆者也。使天下物形,不出于方,必出于圆,则其法一再用而穷。言古文者,曰伏,曰应,曰断,曰续,人知所谓伏应,而不知无所谓伏应者,伏应之至也;人知所谓断续,而不知无所谓断续者,断续之至也。①

只知方圆为规矩所形,不知一切有形者皆规矩之变化,则其所守之规矩就是死法。可见魏禧论法的最大特色,是动态变化地驾驭法,"变者,法之至者也。此文之法也",也就是所谓"法中之肆",将不变与变做辩证的统一。比如文字有"首尾照应之法",但可以变化多端:"有明明缴应起处者,有竟不顾者,有若无意牵动者,有反骂破通篇大意,实是照应收拾者。不明变化,则千篇一律,而文亦易入板俗矣。"②虽仍谈论具体的文法,但却并不拘执,较茅坤等人更能体现一种守正而能变的通达辩证思路,也比王夫之的"凡言法者,皆非法也"说,多了务实色彩与实践性。

(三)文章与世运、人品与文风

魏禧的古文理论涉及面较广,除了上述作家修养论、文法论外,还对文章与世运、人品关系,及各种文风等有所论述。其论文运与世运之关系:

---

① (清)魏禧:《陆悬圃文叙》,见《魏叔子文集·魏叔子文集外篇》,428 页,北京,中华书局,2003。
② (清)魏禧:《杂说》,见《魏叔子文集·魏叔子日录》,1123 页,北京,中华书局,2003。

"古今文章,代有不同,而其大变有二:自唐、虞至于两汉,此与世运递降者也;自魏、晋以迄于今,此不与世运递降者也。"①上古"气运有所必开","纯庞之气,因时递开,其自简而之繁,质而之文,正而之变",随时代以降,离纯正之文渐行渐远,属于"天下之运必有所变",文运与世运递降。而魏晋以来文风靡弱,至韩愈、李翱诸人起而振之,梁唐以后又有欧、苏诸人崛起六代之后,"古学于是复振",属于"天下之变必有所止"。魏禧提出了考察历代文章嬗变的一种视角。

"文亦必发于性情,不由模拟得者,然千万之中未可一二遇也,古人如宋之问诗极清高,人品乃极卑秽;徐摘文极浮薄,政事乃极精详,如此者多矣。近如崇祯末年浙中三名公文,绮缛浊杂,伤理害体,几于眯目病风,每意节操二字必不可望于此人。"②"文如其人"是人们对文章与人品之间关系的一般定论,魏禧别出心裁拈出种种矛盾现象,提出"君子不以人废言,亦不可以言废人"的深刻道理。特别值得一提的是,魏禧比较各家文风之别:"简劲明切,作家之文也;波澜激荡,才士之文也;迂徐敦厚,儒者之文也。"③着力对更为倾心的儒者之文作了种种规定:"可深厚,不可晦重;可详复,不可烦碎;可宽博,不可泛衍;可正大,不可方板;可和柔,不可靡弱;可无惊人之论,不可重袭古圣贤唾余;其旨可先本先圣先儒,不可每一开口辄以圣人大儒为开场话头。"要求意旨深醇质厚而不板重呆滞,表达详尽委婉而不琐屑冗复,结构宽厚博大而不泛滥铺衍,意境平正宏大、意脉流畅,文风和婉有力,语言朴实平易。这段话既是针对明代文风种种弊端,又明确表达了建构醇厚雅健文风的期待。他还自述作文之道:"故少年作文,当使才气怒发,奇思绎络,如人梓泽,如观沓潮,如骏马驰坂,健鹘摩空,要令横绝一时,然后和以大雅,洒以平淡,归于至醇,而犹有隐然不可驯之气,不可掩抑之光,斯为至尔。"既是对自己创作经验的回顾,也表达了雍

---

① (清)魏禧:《杂说》,见《魏叔子文集·魏叔子日录》,1121 页,北京,中华书局,2003。
② (清)魏禧:《杂说》,见《魏叔子文集·魏叔子日录》,1122~1123 页,北京,中华书局,2003。
③ (清)魏禧:《里言》,见《魏叔子文集·魏叔子日录》,1091 页,北京,中华书局,2003。

容和婉、典雅清醇的文章理想,这对桐城文派"清真古雅"之说当有一定启发意义。

魏禧的文论思想,在邵长蘅《与魏叔子论文书》中得到回应。该文集中探讨"文之源"与"文之法"。首先,"文之源"。文章根源于读书治经,邵长蘅认为:"夫文者,非仅辞章之谓也,圣贤之文以载道,学者之文蕲弗畔道,故学文者,必先濬文之源,而后究文之法。濬文之源者何?在读书,在养气。夫六经道之渊薮也,故读书先于治经。"①各类书籍中首推经书,其次为唐宋八大家文集,"集自韩柳欧苏曾王而外,略加节钞,可备采择。此读书之渐也"。可见其宗经及尊奉唐宋文,乃清初复古正学之主流倾向。读书养气旨在培养作者心性和粹醇厚,乃文风雅正的前提:"韩愈氏有言:气,水也;言,浮物也。水大而物之浮者大小毕浮。是故气盛者,其文畅亦醇;其气舒者,其文疏以达;其气秺者,其文砺以纰;其气奡者,其文诐以顽;其气挠者,其文剽以瑕。是故涵养道德之涂,菑畬六艺之圃,以充吾气也;泊乎寡营,浩乎自得,以舒吾气也。"古文之法的根本在作者的经学根底,由精研六艺,再扩大到载道之文。

其次,"究文之法"。邵长蘅对法有"不变"与"变"的辩证认识。他认为欲追随圣贤之文以载道,必先读书养气"浚文之源",再"究文之法",称:"文之法,有不变者,有至变者。文体有二,曰叙事,曰议论,是谓定体。辞断意续,筋络相束,奔放者忌肆,雕刻者忌促,深赜者忌诡,敷演者忌俗,是谓定格。言道者必宗经,言治者必宗史,导情欲婉而畅,述事欲法而明,是谓定理。此法之不变者也。若夫纵横驰骛,变化百出,各视工力之所及,巧拙不相师,后先不相袭,此法之至变者也。吾得其所为不变者,不《左》不《史》,不班、范,不韩、柳、欧、苏,而不可骇其创也;吾得其所为至变者,即《左》《史》,即班、范,即韩、柳、欧、苏,而不可訾其袭也。二者所以究文之法也。是故不濬其源而言文,譬之扬蹄涔之波者,不

---

① (清)邵长蘅:《与魏叔子论文书》,见《续修四库全书》编纂委员会编:《续修四库全书》第1670册,88页,上海,上海古籍出版社,1995。

识渤澥之广,炫萤尾之照者,不睹日月之明,几文之成不能也。不究其法而言文,譬之骤新羁之驷而弛其衔辔,操匠郢之斤而辍其规矩,几文之成不能也"①。李祖陶称邵长蘅对魏禧之意"条贯而出之,学者以此为鹄的,虽不中不远矣"。

四、汪琬的散文理论

汪琬(1624—1691),字苕文,号尧峰,晚号钝翁,长洲(今江苏苏州)人。顺治十二年(1655)进士,授户部主事,迁刑部郎中,以奏销案降北城兵马司指挥,再迁户部主事。以疾假归,闭户著述。康熙十八年(1679)举博学鸿词,授翰林院编修。在清初"讲唐宋以来之矩矱"的作者中,汪氏与魏禧、侯方域并称"清初三大家",通常被视为清初文章最雅正者:"禧才杂纵横,未归于纯粹。方域体兼华美,稍涉于浮夸。惟琬学术既深,轨辙复正,其言大抵原本六经,与二家迥别。其气体浩瀚,疏通畅达,颇近南宋诸家,蹊径亦略不同。庐陵、南丰固未易言,要之,接迹唐、归,无愧色也。"②汪琬古文获得康熙帝赐书嘉许,为朝臣所重,乃因其迎合官方意识形态,代表了清廷文化政策下的文章正统主流。其文论涉及甚广,尊经明道、注重文法等,继轨唐宋派而不无自家的独到体会。

(一)"合艺苑与儒林、道学为一"

在汪琬文章观中,居于道统中的文章家对弥纶文道有特殊贡献,他虽宗法唐宋八大家,但竭力通过崇扬朱熹等人理学家文章,以扭转清初文章"道敝"局面,为"轨辙复正"指明路径。他批评汉以后文道分途,乃至儒林、

---

① (清)邵长蘅:《与魏叔子论文书》,见《续修四库全书》编纂委员会编:《续修四库全书》第1670册,89页,上海,上海古籍出版社,1995。
② (清)永瑢等撰:《四库全书总目·尧峰文钞提要》第一百七十三卷,1522页,北京,中华书局,1965。

艺苑、道学区隔为三："自汉以来，遂区儒林与艺苑为二"，至《宋史》又别立道学之目，"陵迟益甚，文统、道统于是歧而为二，韩、柳、欧、曾以文，周、张、二程以道，未有汇其源流而一之者也"。①汪琬对道统文章竭尽揄扬之力，他在多种场合皆将朱熹尊为弥合文道的典范："其间厘剔义理之丝微，钻研问学之根本，能以其所作进而继孔子者，惟朱徽公一人止耳。"②有时，他也将范围涵盖其他唐宋理学大家、朝廷重臣："朱徽公（熹）固理学之祖也，而其诗文最工，推南渡后一大家，唐之陆宣公（贽）、李卫公（靖），宋之韩魏公（琦）、范文正公（仲淹）之流。其勋名在朝廷，其声望在天下，后世宜乎不屑于诗文矣！然而议论之卓荦，词采之壮丽，五七言小诗之雍容尔雅，至今读其片言只句，犹莫不想见其风采而企慕其人。"③在他看来，"区道学、儒林、艺苑为三，此史家之陋，未可谓之通论也"，其弊端就在"谈义理者或涉于迂疏，谈经济者或流于雄放，于是咸薄诗歌古文词为小技，而不屑以为"④。这是导致文章衰敝的重要原因。对此，汪琬借表彰郝雪海为例予以说明，称郝不仅"潜心宋儒诸语录，始于居敬穷理，而归诸躬行得，故其所养日邃，所发日宏，平居读史则有《史断》，阐发孟子则有《孟子章句序》，是盖合道学、儒林为一者也"，更融文、儒、道为一体："窥其旨醇正而浑厚，揽其词清润而雄畅，一切抚时触物，跌宕感慨，皆于是乎见之。虽号为诗文专家者，或未之能逮也，殆又合艺苑与儒林、道学为一者与？"⑤在汪琬看来，这样的文章"谓之学者之绪余可，谓之小技不可"，足可征示清初明道之文"旨醇正而浑厚""词清润而雄畅"的新风范。不难看出，汪琬对朱熹等道统文章的竭力标举，与方苞强调"学行继程朱"，在精神取向上并无二致。

与汪琬过从甚密的计东，在其《钝翁类稿序》中进一步详述文道分离之

---

① （清）汪琬：《王敬哉先生集序》，见《尧峰文钞》第二十九卷，四部丛刊本。
② （清）汪琬：《王敬哉先生集序》，见《尧峰文钞》第二十九卷，四部丛刊本。
③ （清）汪琬：《拾瑶录序》，见《尧峰文钞》第三十卷，四部丛刊本。
④ （清）汪琬：《拾瑶录序》，见《尧峰文钞》第三十卷，四部丛刊本。
⑤ （清）汪琬：《拾瑶录序》，见《尧峰文钞》第三十卷，四部丛刊本。

历史现象，大抵条贯汪氏主张："圣人之道，载于六经，学者能从经见道而著之为文，不使经与道与文三者析而不可复合，则可为善学矣。汉贾谊、董仲舒、刘向、扬雄之文皆湛深于经术而道即寓焉，斯时之天下，知有经学而已。唐韩退之能原道之大端，而未悟其精微。柳子厚闻性善之说于僧大鉴，李习之亦尝著《复性书》，虽渐有求见道体之意，然其所以正告天下及诏后学以为文之本者，未有离经学以立教者也。《宋史》分立儒林、道学两家，后世学者遂以欧阳、曾、王、苏氏为文章之儒，周、程诸先生为道学之儒，而文与道为二。究之欧阳、曾、王、苏氏之文，未有不原于经、不窥于道而可粹然成一家之言者，是则三者始未尝不同其原、终亦不可析而为二也。南宋之文独朱子能阐经以明道，自陆予静、杨慈湖之徒创为六经注我之论，蔑弃章句，不复措意于文章，于是儒林、道学两家判然不可复合。文章弇陋，经术支离，而凡自诩为见道者，其流弊遂相率而为无忌惮，其害至今日未息也。"计东反对"以欧阳、曾、王、苏氏为文章之儒，周、程诸先生为道学之儒，而文与道为二"之陋见，值得注意的是，他不仅建构明代弥纶文道的典范序列，俨然也将汪琬置于"近继归、王垂绝之绪，远躐韩、欧诸公"的显赫地位：

> 明二百八十年中，文章可宗式者归熙甫、王道思，归早闻道于魏恭简，证道于程、朱。道思与唐应德、王汝中友善，亦称闻道者。然其立言必贯穿六经之义，故其文足以继前人而信后世。二公殁后百余年，而我郡有汪苕文者出，其始亦仅志乎古人之文，习其矩矱而已，既乃知文之不可苟作，必根柢于六经而出之，然犹未得夫经之指归也，益黾勉窥测于道之原。而得其所以为经者，遂能贯经与道为一而著之为文，洋洋乎积数万言，而沛然不悖于圣人之道，则其文之足传于后世，而近继归、王垂绝之绪，远躐韩、欧诸公无疑也。①

---

① （清）计东：《钝翁类稿序》，见《改亭诗文集》诗集卷一，清乾隆十三年计璘刻本。

计东从文道离合的历史脉络中肯定汪琬古文的现实意义,并以自己"学为文于汪氏"的切身体会,充分肯定汪文"积数万言"而"足传于后世",就在"能贯经与道为一而著之为文"。 所谓"未有不原于经不窥于道而可粹然成一家之言者""近继归、王垂绝之绪,远蹑韩、欧诸公"之赞许,旨在证明汪琬文章作为一代典范的学术正统性与历史合法性。 计东所言,也道出了汪琬在清政府右文重教政策下备受青睐的原因所在。

(二)博而能专、溯流穷源

汪琬强调文章"言之有物",内容关乎义理世教,反对字摹句拟的饾饤之文:"予谓为诗文者必有其原焉,苟得其原,虽信笔而书,称心而出,未尝不可传而可咏也;不得其原,则饾饤(原书作"饤饾",误)以为富,组织以为新,剽窃摸拟以为合于古人,非不翕然见称一时也,曾未几何而冰解水落,悉归于乌有矣! 是故为诗文者,要以义理、经济为之原。"①这是强调文章当以明道致用为思想内涵。 在汪琬看来,文章思想内涵之醇驳精粗,与作者学识修养,尤其是道学功夫密切相关。 文章欲深造妙境,须通过穷究经史培养识鉴,才能知正变、明源流,以便于取法乎上,"其源(原书作"原",误)不深者其流不长,古人所以取喻于江海也,诚欲进求作者之指要,则上之六经三史具在,次之诸子百氏,下迄唐宋大家诸集亦具在,足下习之既久,而玩之既熟矣。 其详择而审取焉可也。 顾舍此不论,而区区惟嘉靖、隆庆诸君子是询,溯流而忘源,非所仰望于足下也"②。 这是鄙薄明七子陷溺秦汉而画地成牢,遂以博而能专、溯流穷源作为惩戒。

汪琬结合自身的学习经历,阐明古文家为文欲"深于道",其学问当谋求考镜源流、审察明辨之功:"当其少时,颇好韩吏部、欧阳子之书,及壮而始习六经,又好诸家注疏之书,孜孜矻矻,穷日尽夜,以用力于其中。 于是

---

① (清)汪琬:《拾瑶录序》,见《尧峰文钞》第三十卷,四部丛刊本。
② (清)汪琬:《答陈霭公论文书》一,见《尧峰文钞》第三十卷,四部丛刊本。

异同离合之必辨名物,器数之必晰义类,指归之必加研求,不可谓不博且专也。至于既久则稍举而笔之,于文亦且旷然若有所见,怡然若有所得矣。至于又久而微察之,然后知其所得者或狃于才气之偏,所见者或出于聪明之臆,求诸圣贤之道达于日用事为,而根柢于修己治心者,概未有合也。"①这是一个日积月累而心有感悟的过程。要求作者不仅要破除"不精求道之大原,而区区守其一得之文,自以为察之皆醇,而养之皆熟,一倡群和"的狭隘固陋、自以为是,还要能勇于自新、精益求精,文章倘不能"穷义理之微""达古今之变",则虽苦心孤诣所成,亦皆弃置不惜:"从容闭户,尽发其所藏六经三史,详读而细绎之;则又其识不能穷义理之微,其才不能达古今之变,虽时时瘁精疲思,作为文章,以求发摅其感愤不可如何之心,而謇涩陋劣,卒无以进希作者之万一,宜在摈而不录之列久矣。"载道之文平正醇厚,与"謇涩陋劣"之文不可同日而语,写作本身也是对作者人格毅力的砥砺与精神境界的提升。

要臻于此一境界,需要学力深厚、见闻广博。汪琬要求学文者于"六经三史"至"唐宋大家诸集",皆须"详择而审取",为学"必当上述孔孟,次陈濂洛关闽之书,最下亦当旁采前明薛文清(瑄)、王文成(守仁)、陈公甫(献章)、罗达夫(洪先)诸贤之说,为之折衷其异同,研晰其醇驳,而相与致辨于微芒疑似之间,庶乎于道无负矣"②。提出阐明载道之文当以"博且专"为学术基础:"古之作者,其于道也,莫不各有所得,虽所见有浅深,所从入者有彼此,顾非是则其文章不能以传,虽传亦不能及于久且远。自孔孟而下,若庄、骚,若荀、扬,以讫于唐宋诸大家,未有不然者也。而概以小技斥之,其可乎?"③眼界不可局限于道统之内,应对"庄、骚""荀、扬",乃至"唐宋诸大家"皆能旁搜远绍。它们与朱熹那样纯粹的论道之文,容或有义理精粗深浅之别,但不可"概以小技斥之"。正如其《治生说》所云:

---

① (清)汪琬:《答陈霭公论文书》一,见《尧峰文钞》第三十二卷,四部丛刊本。
② (清)汪琬:《答陈霭公书》二,见《尧峰文钞》第三十二卷,四部丛刊本。
③ (清)汪琬:《北浦集序》,见《尧峰文钞》第二十七卷,四部丛刊本。

"为学亦然,举凡《诗》、《书》六艺,诸子百家,吾所资以为文者,亦如富家之有田亩也,故必愈精竭神以耕且获于其中。惟其取之也多,养之也熟,则有渐摩之益,而无剽贼之疵,有心手相应之能,而无首尾舛互之病。浩乎若御风而行,沛乎若决百川四渎而东注,其见于文者如此,则亦庶几乎其可也。"①可见,汪琬竭力强调文统、道统不可偏废,更从深广的知识谱系中谋求两者的相契相融。

(三)不废才情,恪守法度

作为散文大家,汪琬并未因道废文,所谓"经非文无以发明其旨趣,而文不本于六经,又不足谓之文"②。他对道学家常犯的重道轻文之拘执狭陋,亦多有警醒,故而论文重视才气情感、讲究文法技巧的精益求精,称"非穷愁不能著书。古人之文安得有所谓无寄托者哉?要当论其工与否耳。工者传,不工者不传也,又必其尤工者,然后能传数千百年而终于不可磨灭也",认为形式工巧是文章流传的决定因素。他将行文之法视为文章性命,似乎在载道与文学之间有所偏至,不过这正体现了汪琬与纯粹道统文章家之别,力求在载道的前提下为古文的文学性、审美性争取更多空间。

汪琬称"非穷愁不能著书",乃祖述司马迁"发愤著书"及韩愈"不平之鸣"的文章创作论,不过,他对文以载道还是遣情作了区分:"如屈原作《离骚》,则托诸美人香草,登阆风、至县圃,以寄其伴狂;司马迁作《史记》,则托诸《游侠》、《货殖》,聂政、荆卿,轻生慕义之徒,以寄其感激愤懑,皆是也。"③他指出以文学性见长者往往以"才雄""气厚"直接感染人心,至于文中所载之"道",多深蕴其中不能直接诉诸字面。关于这点,汪琬通过考察诸家之文予以进一步阐发:

---

① (清)汪琬:《治生说》,见《尧峰文钞》第九卷,四部丛刊本。
② (清)汪琬:《三衢文会记》,见《尧峰文钞》第二十三卷,四部丛刊本。
③ (清)汪琬:《答陈霭公论文书》一,见《尧峰文钞》第三十二卷,四部丛刊本。

> 仆尝遍读诸子百氏、大家名流与夫神仙浮屠之书矣，其文或简炼而精丽，或疏畅而明白，或汪洋纵恣、逶迤曲折，沛然四出而不可御，盖莫不有才与气者在焉。惟其才雄而气厚，故其力之所注，能令读之者动心骇魄，改观易听，忧为之解颐，泣为之破涕，行坐为之忘寝与食，斯已奇矣！而及其求之以道，则小者多支离破碎而不合，大者乃敢于披猖磔裂，尽决去圣人之畔岸，而蹶拔其藩篱。虽小人无忌惮之言，亦常杂见于中，有能如周张诸书者，固仅仅矣。然后知读者之惊骇改易，类皆震于其才，慑于其气而然也，非为其于道有得也。吾不识足下爱其文，将遂信其道乎？抑以其不合于道，遂并排黜其文而不之录乎？夫文之所以有寄托者，意为之也，其所以有力者，才与气举之也，于道果何与哉？

汪琬指出文章"各有所主，有假文以明道者，有因文以求道者，有知文而不知道者"，尽管有出于"诸子百氏、大家名流与夫神仙浮屠"之别，但并无妨于以"才雄而气厚"营造强烈的感染力，"能令读之者动心骇魄，改观易听，忧为之解颐，泣为之破涕"。这样的文章，衡以明道翼教之标准，是否"以其不合于道，遂并排黜其文而不之录乎"？这恐怕不仅是汪琬的困惑，也是载道之文本身的清规戒律、门庭高严所致。只能说，汪琬文论在载道的框架下，对情感、才气等感性、私人性因素抱以适度的宽容，也因此，他与侯方域的恣情任气、魏禧的"理非气不亢"终究仍有程度之别。

与黄宗羲、王夫之等思想家重载道而不同程度地轻视文法相比，汪琬文论对法度探讨甚多，对唐宋八大家的意度波澜推崇备至：

> 如以文言之，则大家之有法，犹弈师之有谱、曲工之有节、匠氏之有绳度，不可不讲求而自得者也。后之作者，惟其知字而不知句，知句而不知篇，于是有开而无阖（原书作"碌"，误），有呼而无应，有前后而无操纵顿挫，不散则乱，辟诸驱乌合之市人，而思制胜于天下，其不立

败者几希。古人之于文也,扬之欲其高,敛之欲其深,推而远之欲其雄且骏,其高也如垂天之云,其深也如行地之泉,其雄且骏也如波涛之汹涌、如万骑千乘之奔驰,而及其变化离合,一归于自然也。又如神龙之蜿蜒而不露其首尾,盖凡开阖呼应、操纵顿挫之法,无不备焉,则今之所传唐宋诸大家举如此也。①

在汪琬眼中,明代堪称典范的理学家、唐宋派之文,无不取法韩、欧、曾、苏:"前明二百七十余年,其文尝屡变矣,而中间最卓卓知名者,亦无不学于古人而得之,罗圭峰(玘)学退之者也,归震川学永叔者也,王遵岩学子固者也,方正学、唐荆川学二苏者也,其他杨文贞(士奇)、李文正(东阳)、王文恪(鏊)又学永叔、子瞻而未至者也。"②其视角与黄宗羲称艾南英时文"以欧曾笔墨,诠程朱之名理",在本质上并无差别。

具体而言,汪琬的文法论主要涉及两方面:首先,学习古人文章,倘若胶柱于字比句拟以求色泽气象,很容易流于剽袭饾饤,此即秦汉派遭人诟病之因,而文章的组织运笔与作者立意的"神明变化"有关,对其绳墨布置、奇正转折之法参伍变化,可避免因剽袭而成为古人影子。所以汪琬提出"前贤之学于古人者,非学其词也,学其开阖呼应操纵顿挫之法,而加变化焉以成一家者是也",对"后生小子不知其说,乃欲以剽窃模拟当之"的盲目误解嗤之以鼻。

其次,认为对法度应能化入化出、融液通变,不受其桎梏窘缚。汪琬推崇欧阳修、归有光,时人遂有"不曰祖庐陵,即曰祢震川"之嘲,汪琬不以为然:"凡为文者,其始也必求其所从入,其既也必求其所从出。彼句剽字窃,步趋尺寸以言工者,皆能入而不能出者也。古今人虽不相及,然而学问本末莫不各有所会心与?其所得力者,即父子兄弟犹不相假借,而况庐陵、

---

① (清)汪琬:《答陈霭公书》二,见《尧峰文钞》第三十二卷,四部丛刊本。
② (清)汪琬:《答陈霭公书》二,见《尧峰文钞》第三十二卷,四部丛刊本。

震川乎？"①意思是，自己的师法原则高于墨守成规者，既入乎法度之中以求规矩，又能出乎其外以求变化，遂与"能入而不能出者"高下有别。另外，他认为相较作者"神明变化"，法度只是相对的存在，对它的领会因人而异，"父子兄弟犹不相假借"，无论"气力之厚薄，议论之醇疵，局法之工拙"，皆"大相区绝"，欲"尽同古人"，既无必要，也不可能，"假使拘拘步趋，如一手模印，辟诸舆台皂隶，且不堪为古人臣妾，况故与之揖让进退乎，宜乎誉某，而某不之许也"②。所以自己当然不会局促欧、归辕下。然而事实上，揣摩章法与"句剽字窃，步趋尺寸"，不过五十步笑百步之别，同样会导致雷同因袭。正如王士禛所云："元明作者大抵祖宋祧唐，万吻雷同，卒归率易"，"今之学者，为古文必宋，宋必欧阳，吾皆于无取焉，恶其同也"③。宋琬指责时人学习唐宋文："非剿拾剽贼，即袭取大家皮毛"，"学韩柳者，失之支离塞涩，如口吃人作吴侬语，口期期不似也；学欧、苏者，非浅则俗，即极力摹仿，终不脱学究气习"④。都与汪琬对唐宋文法的膜拜心理不同。至于茅坤以钩锁呼应为唐宋文法之神髓，此前已招至王夫之"傀儡之丝"、黄宗羲"小小结果"之讥，田雯更斥之曰："以前后照应为篇法，以简少妥帖为尽美尽善，呜呼，文章丧矣，今日遭此一辈蒙面人。"⑤可见清初对唐宋八大家文绳以章法之举，早已遭人嫌弃，那些徒有八大家本面的伪唐宋文，与秦汉派模拟饾饤之文一样被视同"黄茅白苇"，汪琬仍斤斤拘执于此，自然难逃时人讥嘲。魏禧批评其文"醇而未肆"，"奉古人法度，犹贤有司奉朝廷律令，循循缩缩，守之而不敢过"。⑥叶燮《汪文指瑕》亦不满他"生平作古文，以'规拟'二字为独得之秘，不觉透露写照也"⑦。

---

① （清）汪琬：《与梁曰缉论类稿书》，见《尧峰文钞》第三十二卷，四部丛刊本。
② （清）汪琬：《与梁曰缉论类稿书》，见《尧峰文钞》第三十二卷，四部丛刊本。
③ （清）王士禛：《半部集序》，见《带经堂集》第六十五卷，清乾隆刊本。
④ （清）宋琬：《答曹峨眉书》，见《宋琬全集·安雅堂未刻稿》，649页，济南，齐鲁书社，2003。
⑤ （清）田雯：《杂著·作古文》，见《古欢堂集》第二十一卷，文渊阁四库全书本。
⑥ （清）魏禧：《答计甫草书》，见《魏叔子文集·魏叔子文集外篇》，247～248页，北京，中华书局，2003。
⑦ （清）叶燮：《汪文摘谬》，见《己畦集》，清光绪梦篆楼刊本。

说明其学唐宋八大家也远未臻于脱略门面的境地。

在清初古文史上,汪琬恪守儒家道统与文统,以文道合一为旨,推崇雅洁醇厚之文,在明代唐宋派与清代桐城派之间可谓承上启下。正如计东《钝翁生圹志》所称,汪氏以唐宋元理学家文为宗,博取于元代吴澄、黄溍诸子,"极其理趣,而卓然自成一家"[①],其文论旨趣与桐城派"学行继程、朱之后,文章在韩、欧之间"已很接近。《四库全书》收入其《尧峰文钞》五十卷,宋荦、许汝霖将他与侯方域、魏禧文章合集为《国朝三家文钞》,所谓"清初三大家"由此得名,宋荦称他"为本朝一大家,如欧苏曾之在宋,虞集、黄溍、柳贯诸君之在元,则海内学士大夫皆以为然,非予私言也"[②]。而三家中,汪琬两度中第并得授翰林院编修,其文集被收入《四库全书》,当与其文章"轨辙复正"有关,其论文"反复乎欧、曾,折衷乎紫阳",既符合官方意识形态要求,也为清代散文发展昭示了方向,可视为桐城派古文理论的先声。

五、廖燕的散文理论

廖燕(1644—1705),初名燕生,字梦醒,号柴舟,广东曲江(今韶关)人,顺康之际为诸生,后弃举业,筑室武水西,名曰二十七松堂,有《二十七松堂集》。廖燕虽出生于清初,但思想不受正统程朱理学的束缚,立身行事更倾心于晚明风习。其诗文"绝去近代陋习",其文"颇疏隽,欲以幽冷取胜,自负相高","而议论偏谲,读书无本,不脱明季江湖之习"。[③] 其论文企慕金圣叹之"顿异新标,迥出意表",虽称"文即道"、著述为"自抒愤懑",但对传统"文道"说等皆有所突破,对晚明小品文文体特征及抒写性灵等功能皆有独到探讨。

---

① (清)计东:《钝翁生圹志》,见《改亭集》第十四卷,清乾隆刻本。
② (清)宋荦:《尧峰文钞序》,见(清)汪琬:《尧峰文钞》卷首,四部丛刊本。
③ (清)李慈铭:《越缦堂读书记》,994页,上海,上海书店出版社,2000。

（一）"文即道也，道外无文"

廖燕重文道统一，所谓"文即道也，道外无文"，"文散于古今天地事物间，无端而忽然相遭，纵横曲直，随人性情之深浅而一抵于极，此岂无道而能然耶？故人之于文，当从道入，不当从文入"①。传统文论中的道，多以儒家思想为内涵，如韩愈的"贯道"、柳宗元的"明道"及周敦颐的"文所以载道"，皆属于此，但廖燕的道已经越出儒家思想藩篱，既非儒家性理道德，也非伦理秩序，它散在天地万物间，即所谓"无字书者，天地万物是也。古人尝取之不尽而尚留于天地间，日在目前而人不知读。燕独知之，读之终身不厌。其后穷困益甚，涉世愈深，所读愈多，虽仇家怨友皆为吾师而靡不取益焉，然后知学之在是也。此岂学文而然欤？抑学道也"②。因此，廖燕所云之道，实即涵盖了天地万物与社会生活、人情人性等广泛内容。主要分如下两个方面。

一方面，廖燕的道，既指"自然之文章"，也指社会生活，它们是作者的创作源头："窃尝论文，莫大于天地。凡日月星辰云霞之常变，雷电风雨与夫造化鬼神之不测，昭布森列皆为自然之文章，况山川人物与鸟兽鳞介昆虫草木之巨细刻画，在人见之，以为当然，不知此皆造物细心雕镂而出之者。虽以圣人之六经视此，犹为蓝本，况诸子乎？故善文者，岂惟取法于圣人诸子，并将取法于天地。"③所谓"文有实义，而道无定体。有物有道，无物亦有道"④，天地万物包括文章，皆为道的显现。廖燕不仅"以天地论文"，认为奇山大川正是自然界之"文章"，文人应该取法自然，将天地"大文章"形诸文学作品中。"试看天下山河大地与夫飞潜动植之类，其间纵横曲直，千变万化，种种皆成妙理，即种种皆成妙文，岂非天地之大文章

---

① （清）廖燕：《黄少涯文集序》，见《廖燕全集》上，65页，上海，上海古籍出版社，2005。
② （清）廖燕：《答谢小谢书》，见《廖燕全集》上，196页，上海，上海古籍出版社，2005。
③ （清）廖燕：《与某翰林书》，见《廖燕全集》上，180页，上海，上海古籍出版社，2005。
④ （清）廖燕：《答谢小谢书》，见《廖燕全集》上，196页，上海，上海古籍出版社，2005。

耶?"①"生平以遨游为诵读,闻其尝从衡岳泛洞庭,横越黄河之险,北至都门,复渡扬子江、彭蠡,逾岭而南,所至极山川之胜,而形之言者,仿佛峰峦起伏,岩树纷纠,波澜曲折而幻诡,时有烟岚云雾缭绕笔端,形状历历可指。"②"山灵亦欲以奇惊人耶? 思得胸中块垒,出而与之相敌,始不为其所胜耳。"③其至儒家"圣人之六经"亦以天地为蓝本,这就突破了文章为阐释六经之具的狭隘功利性,体现出一种境界更为深弘的文道观。 此外,所谓"我生以前不见有天地,虽谓之至此始生可也。 我既死以后,亦不见有天地,虽谓之至此亦死可也。 非但然也,亦且有我而后有天地,无我而亦无天地也,天地附我以见也。"④天地与道既具先验性,但又通过人心来呈现,就更突出"我"对道的能动性,实际也就是强调文学突出自我的性灵善感而非仅仅对道德信条的被动接受。

另一方面,廖燕所谓的"道",指"性情""性灵",在某种意义上可通于晚明文学思想中性灵、灵趣的概念。 廖燕认为只要是以"道"为内核的文章,自然"出于性情之真":"故以文为学,则文虽至班、马,犹不免拾人唾余也。 以道为学,则文虽未至班、马,亦不失为性情之真也。 性情真而文自至,又何多求乎哉!"⑤他并不排斥韩、欧之道,认为其"载道"文字亦属"性灵"文字:"自李于鳞、王元美之徒以其学毒天下,士皆从风而靡,缀袭浮词,臃肿夭瘀,无复知有性灵文字,非得如韩欧之人之文,谁其正之?"⑥廖燕所谓"性灵",与公安派"独抒性灵"之"性灵"有一定区别。 公安派之"性灵"属心学概念,是无善无恶之澄明本体,此处以韩欧为"性灵文字",主要从"出于性情之真"考虑,故与七子派模拟因袭、失去自我面目高下不同。 而在对"道"的感受把握上,廖燕更突出源于自我生命、"我之为

---

① (清)廖燕:《山居杂谈》,见《廖燕全集》上,367页,上海,上海古籍出版社,2005。
② (清)廖燕:《刘五原诗集序》,见《廖燕全集》上,78页,上海,上海古籍出版社,2005。
③ (清)廖燕:《与罗仲山》,见《廖燕全集》上,242页,上海,上海古籍出版社,2005。
④ (清)廖燕:《三才说》,见《廖燕全集》上,251页,上海,上海古籍出版社,2005。
⑤ (清)廖燕:《答谢小谢书》,见《廖燕全集》上,197页,上海,上海古籍出版社,2005。
⑥ (清)廖燕:《山居杂谈》,见《廖燕全集》上,371页,上海,上海古籍出版社,2005。

我"的真实体验："便觉鬼神与通，造化在手，不难取天地宇宙山川人物区画而位置之"，"我之为我，无父兄师友督责于其前，又无主司取舍荣辱之虑束缚于其后，惟取胸中之所得者沛然而尽抒之于文，行止自如，纵横任意，此其愉悦为何如者耶"①。创作主体不同的性情表现都是"道"的体现，有"道"则有情，表现出对具有个性特征的情感的重视。

（二）"从来著书人皆自抒愤懑"

廖燕以"不平之气激而为诗文"②，兀傲狂放，奇横恣肆，论文亦主张表现作者充沛浓烈的主观情感状态："世人有题目，始寻文章。予则先有文章，偶借题目耳。犹有悲借泪以出之，非有泪而始悲也。""题目不过借径，因自己胸中有无限妙理妙事，无因不能自发，于是偶借某题以吐其奇，非谓此题中实实有此一篇文字也。"③批评文人模拟因袭之风："近来斯道衰敝，虽有作者，类皆蹈袭饾饤，不堪句读。"④他在《二十七松堂集》"自序"中反复强调文章要有"我"：

> 笔代舌，墨代泪，字代语言，而笺纸代影照，如我立前而与之言而文著焉。则书者以我告我之谓也。且吾将谁告？蒙蒙者皆是矣，噪噪者皆是矣。虽孔子犹不能告之七十二国，况下此者乎。退而自告之六经之孔子而后可焉，则千古著书之标也。故舌可笔矣，泪可墨矣，语言可字矣，而影照可笺纸矣。而我不书乎，而书不我乎，以我告我，宜听之而信且传也。

廖燕认为，文章不应无关痛痒、空洞肤浅，而是作者整个生命、情感、意志

---

① （清）廖燕：《作诗古文词说》，见《廖燕全集》上，259页，上海，上海古籍出版社，2005。
② （清）廖燕：《廖燕全集》"朱序"，上海，上海古籍出版社，2005。
③ （清）廖燕：《山居杂读》，见《廖燕全集》上，370页，上海，上海古籍出版社，2005。
④ （清）廖燕：《与郑同虎书》，见《廖燕全集》上，203页，上海，上海古籍出版社，2005。

的投射:"万物在天地中,天地在我意中,即以意为造物,收烟云、丘壑、楼台、人物于一卷之内,皆以一意为之而有余。"①在各种情感中,廖燕基于自己数十年来"所历穷通常变荣辱,与夫辛苦流离忧虞险厄患难之故无不备尝"的特殊经历,突出强调郁怒激壮的"愤懑"之情,并以之作为"道"的特性,提出了文章的"愤气"说,是对传统文论"发愤著书"说颇具个性的再发挥。

廖燕认为天、地、人文都是"愤气"的自然流露,一切自然现象都是其所蕴含的"愤气"的表现:"然天下之最能愤者莫如山水。山则巉峭纵崛,婉嬗磅礴,其高之最者则拔地插天,日月为之亏蔽,虽猿鸟莫得而逾焉。水则汪洋巨浸,波怒涛飞,顷刻十数百里,甚至溃决奔放,蛟龙出没其间,夷城郭宫室而不可阻遏。故吾以为山水者,天地之愤气所结撰而成者也。天地未辟,此气常蕴于中。迨蕴蓄既久,一旦奋迅而发,似非寻常小器足以当之,必极天下之岳峙潮迴海涵地负之观而后得以尽其怪奇焉。其气之愤见于山水者如是,虽历今千百万年,充塞宇宙,犹未知其所底止。故知愤气者,又天地之才也,非才无以泄其愤,非愤无以成其才。则山水者,岂非吾人所当收罗于胸中而为怪奇之文章者哉!"②人生种种孤愤牢骚、块垒不平,犹如"愤气"压抑于胸,应将之诉诸文章加以宣泄:"满腔愤恨尽驱入寸管云雷中,作冰雪灭,故亡恨耳。愤起笔飞,文成恨绝,况当患难病贫后,险过波平;惊喜未暇,何况愤恨,以此胸常雪淡耳。"③其文章乃"愤""恨"和泪凝结,是其人生坎壈际遇下抒写"愤气"的产物,具有海涵地负般的震撼力。

毫无疑问,文章就是"愤气"的宣泄形式,担负着为天地抒愤的使命。在晚明文学重情率性的思潮影响下,廖燕主张"愤气"为文,认为可以臻于嵇、阮那样率意适性、恣肆狂妄的境界:"从来著书人,类皆自抒愤懑,方将是其所非、非其所是,以为快。况以燕之疏慵放诞,而下笔立论尚肯效学究

---

① (清)廖燕:《意园图序》,见《廖燕全集》上,82页,上海,上海古籍出版社,2005。
② (清)廖燕:《刘五原诗集序》,见《廖燕全集》上,77页,上海,上海古籍出版社,2005。
③ (清)廖燕:《与澹归和尚书》,见《廖燕全集》上,193页,上海,上海古籍出版社,2005。

家区区诠释字义而已耶？必不然矣。何不进之于庄周、嵇、阮间也。"①反对一切礼法对个体真情的束缚，鄙弃讲学家埋没情感于章句传注，呼吁自由奔放、不拘格套的作文风格，是晚明张扬个性、强调自我的一种极度呈现。廖燕将"愤气"与"才"结合起来，他认为刘五原之诗文就是其"愤气"与"才"的结合而产生的："天地以山水为文章，五原则以诗文为山水，其愤之泄极矣。非愤也，才有以使之然也。……他日愤以成其才，才以泄其愤，为羽声慷慨，继屈原而续《骚经》，则其文章之怪奇，又安知其所底止也耶？"②

廖燕"愤气"说的提出，除了身世经历外，还与所处时代及其学术思想有关。明清鼎革对文人心理形成巨大冲击，激发了他们对自我情感的审视，而廖燕直接继承晚明以来追求个性自由的思想，不为清代占统治地位的程朱理学所囿："讲学必讲圣贤之所以然，世之讲学类皆窃宋儒之唾余而掩有之，则是讲程朱之学，非讲孔子之学矣，燕则何敢。"③表现出离经叛道的狂放精神，因而对"文以载道"说以理节情，对儒家"温柔敦厚"诗教予以大胆突破。

（三）小品文理论

晚明小品文的兴盛，是晚明士风及文学思潮在散文领域开出的奇葩。它与一般载道之文的严肃凝重、内容多事关宏旨不同，小品文以自娱或娱人为目的，没有道德与教化的沉重使命，而是以灵动平易的体制，记录着晚明人士对生命、对自然的感悟与思考。随着小品文的形成，一些文人开始对小品文的功能、价值等进行总结，出现了专门的小品文理论，如王纳谏在《苏长公小品自序》中道："余于文何得，曰：寐得小醒焉，倦得之舒焉，暇得之销焉。是其所得于文者，皆一晌之欢也，而非千秋之志也。"指出小品文与古

---

① （清）廖燕：《与黄少涯》，见《二十七松堂文集》，248页，上海，上海远东出版社，1999。
② （清）廖燕：《刘五原诗集序》，见《廖燕全集》上，78页，上海，上海古籍出版社，2005。
③ （清）廖燕：《自题四书私谈》，见《廖燕全集》上，102页，上海，上海古籍出版社，2005。

文的差别。陆云龙在《叙袁中朗先生小品》中指出了小品文充满谐趣而率真的特点："率真则性灵现，性灵现则趣生。……然趣近于谐，谐则韵欲其远，致欲其逸，意欲其妍，语不欲其沓拖，故予更有取于小品。"[①]王夫之在论述制义小题时，盛赞明唐、晚明小品思致灵隽："唯有一种说事说物单句语，于义与无，亦无所碍，可以灵隽之思致，写令生活，此当以唐人小文字为影本。刘蜕、孙樵、白居易、段成式集中短篇，洁净中含静光致远，聊拟其笔意以驰宕心灵，亦文人之乐事也。汤义仍（显祖）、赵侪鹤（南星）、王谑庵（思任）所得在此，刘同人亦往往近之，余皆不足比数。"[②]江盈科在《与屠赤水》一文中称小品"如石家珊瑚，十尺固自连城，径寸亦自珍玩，无不令人解颐醉心也者"[③]。华淑《题闲情小品序》称："长夏草庐，随兴抽检，得古人佳言韵事，复随意摘录，适意而止，聊以伴我闲日，命曰《闲情》，非经、非史、非子、非集，自成一种闲书而已。"受晚明思潮浸染，廖燕不仅创作了大量小品文，而且发掘小品文的思想价值与艺术成就，为小品文张目。其《选古文小品序》云："大块铸人，缩七尺精神于寸眸之内。呜呼！尽之矣。文非以小为尚、以短为尚。顾小者大之枢，短者长之藏也。若言犹远而不及，与理已至而思加，皆非文之至也。故言及者无繁词，理至者多短调。巍巍泰岱，碎而为嶙砺沙砾，则瘦漏透皱见矣。滔滔黄河，促而为川渎溪涧，则清涟潋滟生矣。盖物之散者多漫，而聚者常敛。照乘粒珠耳，而烛物更远，予取其透而已。匕首寸铁耳，而刺人尤透，予取其远而已。大狮搏象用全力，搏兔亦用全力，小不可忽也。粤西有修蛇，蜈蚣能制之，短不可轻也。"[④]廖燕认为小品文虽小，但有深刻丰富的"精神"凝聚于其中，"小"可以藏"大"，所谓"照乘粒珠""刺人尤透"之匕首寸铁、大象搏兔、蜈蚣制蛇四个比喻，说明小品文"以小藏大""以小博大"的功能及

---

① （明）袁宏道：《袁宏道集笺校》，钱伯城笺校，1721页，上海，上海古籍出版社，1981。
② （清）王夫之：《姜斋诗话》，185～186页，北京，人民文学出版社，1961。
③ （明）江盈科纂：《与何山阳》，见《江盈科集一·雪涛阁集》，417页，长沙，岳麓书社，2008。
④ （清）廖燕：《廖燕全集》上，94页，上海，上海古籍出版社，2005。

特点。其中,"照乘粒珠"喻小品文丰富的内涵及其深刻的道理;"匕首寸铁"、大象博兔、蜈蚣制蛇等几个意象,则比喻小品文强烈的批判精神及强大的力量感。而这篇《选古文小品序》本身就是幽峭跌宕、奇崛不俗的小品佳作。

廖燕论"法天地"在清初可谓奇谈,其为文亦尚"怪奇",别出心裁、不落凡响,认为文章是作者抒发抑郁愤激之气的产物,在风格上必然姿态奇横:"故知愤气者,又天地之才也。非才无以泄其愤,非愤无以成其才。则山水者,岂非吾人所当收罗于胸中而为怪奇之文章者哉!"廖燕追求包括小品文在内的一切文章的"怪奇"之美,与清初以来崇尚"清真古雅"的趣尚迥异,是其延续晚明性灵思潮,思想离经叛道在文章论上的鲜明体现。

◎ 小　结

清初文论承袭明代余习又有新的发展,反思与创新成为清初文论主旋律,表现为对晚明心学的纠偏以及对程朱之学的回归。在思想上,追求文章醇正规范,合乎儒家道统,意图重振唐宋文家强调的文以载道;在创作上,唐宋八大家古文重新得到重视,学者精研经学、旁贯子史,有别于明代创作风尚。围绕新的学术话题,学者重建清初文风,重视文章别裁伪体以及醇雅中正。同时,还开展对明代文坛积习的清肃,摒弃门户之争,反对剽剥、纠正模拟风习,从而整顿文坛氛围,使得文风与士习得到较大扭转与改善。然而,在学术性得到加强的同时,学者又在反思学问对文学性的影响,并引发相关议题。另外,晚明所遗留的释老余习,并未全然杜绝,而是在学者思想中不时闪现,因而在这一段时期内,多元文化并存,文论思想趋于复杂。

在此过程中,"清初三大儒"顾炎武、王夫之、黄宗羲是文人的典型代表,他们提倡的经世之文,重新复苏传统文论中经世诉求,并撰写了一系列有利于国计民生的著作,引领学者走出耽于心学而游谈无根的文学困境,开辟了新的学术领域,再次引领时代的风潮,甚至为整个清朝的文论创作奠定了重视经世学问的基调。他们重视穷经、读书、养气、积才、练识,在学术研究方面,形成一股较强的势力。特别是顾炎武,他有鉴于心学思潮下文风之凿空蹈虚、疏远事务,首倡"文须有益于天下"之论,旗帜鲜明,反对清谈误国,振聋发聩。他还尝试创作的革新,反对巧言,强调辞达,以期儒家思想能与文学思想相契合。与此同时,黄宗羲也主张文章原本经术之说,他在《明文案》中,厘正文学思想,分别从浸润经术之"言理学者""承学统者"来标举作为"有明文章正宗",构建从宋濂、方孝孺至钱谦益、顾大韶、张大复的古文统绪,从而对明七子重视仿效模拟之习以及唐宋派的鄙陋进行反拨,强调学力才禀,论文发乎性情,同时侧重叙事须有风韵。王夫之则从哲学的高度,对清初文论建设提出重要参考,他主张文章本静业之论,将"以性正情"视为诗文批评的审美标准;他还对制艺与唐宋派进行批评,直斥唐宋八大家文之种种缺陷,在当时文坛开创风气之先。

在对明代文学思想进行反思时,钱谦益以及清初三大家、廖燕等也进行了一系列努力。钱谦益尽管在清代被界定为"贰臣",特别是在清代文化生态中,他的著作遭禁与刊改最为严重,然他的文学批评与建树则不容忽视,他论文宗经正学与抒发性灵并重,别裁伪体,重树雅范,师法唐宋但反对模拟因袭,并对王士禛、归有光的文章创作规律进行了相关总结,这些都对其后文人创作产生了一定影响。清初三大家尽管齐名,然创作风格迥异。侯方域辨秦汉唐宋,以骨气为路径,为文"务尽其才,而后轨于法";魏禧重视积理而练识,侧重为文的气与法,还将文章与世运、人品与文风综合考量;汪琬文章最雅正,代表清朝文化政策下的文章正统主流,为文强调"合艺苑与儒林、道学为一",博而能专,溯流穷源,不废才情,恪守法度。其后廖燕也能在清初三大家的基础上别出一格,对晚明小品文文体特征及抒写性灵等功能皆有独到探讨,主张"文即道也,道外无文",以及"从来著书人皆自抒愤懑"等观念。在清初文人的集体探讨下,文坛异彩纷呈,文苑奇葩,多方绽放。这段时期的文学创作,既承明代文学之绪又开清代文学风气之先,在清代文史脉络中占据重要地位。

第四章
清前期的词学思想

词体经过元明的衰微萎靡，入清而复盛，号称"中兴"。首先是存世数量巨大，《全清词》仅顺康卷就有5万多首，词人2100位。据此，严迪昌先生估计清词总量当超出20万首，这个数量是前代望尘莫及的。数量之胜，说明了对词这一文体，参与写作者之多及用力之勤。其次流派纷呈，遍地开花，欧晏、苏辛都有继承者，岭南、塞北都有填词人。清前期，国破家亡的现实巨大地震动了读书人，残酷的压迫摧残着士子。于是，词人一改明词托体不尊及艳科、小道的思路，以所思所感寓意歌哭，推尊词体，批判明词，成为词学发展的主要着力点。

◎ 第一节
概　述

清代词学的发展，多从"中兴"说起。陈水云曾指出："研究清代词学当从清词中兴说起，进而把握清代词学所独具的学术品格，以及清代词学研究的文献问题。"①"中兴"不仅是后人对清词发展历史的判断,而且也是清人自觉努力的方向,如沈修指出:"词盛于唐,成于南唐,大昌于两宋,否于元,剥于明,至我清又成地天之泰,地雷之复焉!"②

清词的"中兴"表现在多个方面,除前面简略提及的词人词作数量巨大、流派众多、风格多样等之外,以下几点更应引起注意。

一是词境大大拓宽。宋词除部分豪放词以外,大抵不出个人生活的范围,多表达伤春、悲秋、羁旅、欢宴等主题。而清词则扩大为广泛的社会生活,尤其是易代之际,社会巨变让原本词风香艳的一些词人也都一转而为沉郁,屈大均、王夫之等人都有词作反映社会离乱之苦。词在这些人眼中,已经不再是"小道"和"末技",而和诗一样成为抒情言志的手段。

二是创作主体的多样性。在词体鼎盛的唐宋,作者主体是贵族、知识分子,而清词的作者已经辐射到社会各个阶层。李渔指出:"无论一切诗人皆变词家即闺人稚子、估客村农,凡能读数卷书,识里巷歌谣之体者,尽解作长短句。"③考虑到清代知识下行这一事实,这个创作主体的数量必是极大的,可惜因为身份低的问题,此类作者的作品大多没有流传下来。不仅如此,清代还在诗人之词、词人之词以外,产生了学人之词。与以往理学家们排斥填词不同的是,清代的各类学者们常常融合其学术身份与词人身份,如朱彝尊和张惠言,不仅均是著名的经学家,同时也是浙、常两派的开山人物,而他们的学风在一定程度上也影响到词风。

三是自觉而丰富的理论建树。清代的词学理论,往往与时代风气相呼应,以地域为中心,围绕一二巨子形成流派,羽翼周边与后学,进而辐射全国。这些词学流派往往有鲜明的理论主张,如王士禛重神韵、陈维崧重"存经存史"、朱彝尊重醇雅等,出现了《远志斋词衷》《花草蒙拾》等众多词话。这些理论主张又往往辅以选本。与以往不同的是,清代的词选编纂本

---

① 陈水云:《清代词学思想流变》,1页,北京,社会科学文献出版社,2018。
② (清)沈修:《彊村丛书序》,见朱孝威辑校:《彊村丛书》,3页,上海,上海书店,1989。
③ (清)李渔:《耐歌词自序》,见《李渔全集》第二卷,31页,杭州,浙江古籍出版社,1991。

身带有明确的目的性,与好事者资谈助,附庸风雅是不同的,这些词选的出版无形中扩大了词派的影响力。清人对词学有相对自觉的意识,在反思明代学风的基础上,清代学风更加平实,追求客观及科学,如徐釚的《词苑丛谈》将词学归纳为体制、音韵、品藻、纪事、谐谑、外编六类,是"词学"系统整理的初步尝试。

清词之所以能够"中兴",在词作与理论等诸多方面繁荣昌盛,是其本身发展规律与时代相互作用的结果,是清代政治、经济、地理交通、学术思想发展等多种因素合力的产物。

首先,易代带来的震动和伤痛是清词反思、改变的起点。"甲申国变"作为一个政治事件,在时间、地域上都有一个绵延的过程。赵园写道:"王朝更迭本是一个发生在时间中的具有连续性的过程。使这一事件以明确的日期为标记,通常因了那个日子都城陷落、君主被废黜或者死亡。都城陷落与君主之死,被作为一个王朝覆亡的确证——即使此后仍有连绵的战事,有抗拒与反扑。"[1]因此,江山易主总是给知识阶层带来精神层面长久的痛苦,更何况随之而来的"清军入关",冲击着传统的"夷夏之辨";大批知识分子南逃,沿途所见所感,无不摧心伤肝。古人云"江山不幸诗家幸",倚声填词者再也不能绮艳香罗了。杨凤苞云:"明社既屋,士之憔悴失职,高蹈而能文者,相率结为诗社,以抒其旧国旧君之感,大江以南,无地无之。"[2]词人的情况也约略如此。

其次,清政府对知识分子的恩威并施是清词繁荣与词风转变的直接原因。清军入关之初,明代遗裔虽大势已去,但各地反抗仍此起彼伏。清帝为此屡兴大狱,数动干戈,不仅有"扬州十日"和"嘉定三屠"这样的浩劫,也有"科场""奏销""反诗"等惨案。知识分子面对新朝对他们的时刻警惕,不得不谨小慎微,胸中歌哭亦转而借小道、婉媚的"长短句"来吐露,这当然是文人既无奈又明智的一种选择。但由此,一方面造成了清词数

---

[1] 赵园:《想象与叙述》,5页,北京,人民文学出版社,2009。
[2] (清)杨凤苞:《书南山草堂遗集后》,见《秋室集》卷一,清光绪十一年陆心源刻本。

量增多、词人云集的中兴局面;另一方面由于士人心中的政治震撼和心灵煎熬,也为词体摆脱明季的流弊注入了新的活力,为词风转变带来了新的契机。 大量文人在此种背景下投身于词的创作,从而使当时的创作实践和理论批评实现了飞跃。

高佑釲在《湖海楼词序》说:"明词佳者不数家,余悉踵《草堂》之习,鄙俚亵狎,风雅荡然矣。"晚明词作更是如此,对此清人多有批评。 清人对于明词的批评,一是俗,托体不尊,大雅不存,"才士摸情,辄寄言于闺阃;艺苑定论,亦揭橥于香奁"[①];二是在音律上,"词自宋元以后,明三百年无擅场者。 排之以硬语,每与调乖;窜之以新腔,难与谱合"。[②] 清词对于明词的矫正,也就从此着眼。 首先,以明词流弊为切入口,推尊词体的是以陈子龙为中心的云间诸子;以陈维崧为核心的阳羡词派,则以不同的路径和主张推动着词体中兴的步伐,而后朱彝尊为首的浙西词派渐成规模。 整体上,此时期的词坛是多元复兴的景象。 主要活跃的词派有云间、西泠、柳州、广陵、阳羡、浙西等,各派都通过评点、选本、创作的方式标榜及践行各自的词学主张。

康熙十二年(1673)以后,清代社会进入了稳定发展时期,三藩渐次平定,朝廷需要用人,也需要笼络汉族地主,于是开明史馆及博学鸿词科。1682 年康熙帝组织了一次规模较大的宫廷唱和活动,明确提出"绍雅颂之音""昭升平盛事",歌咏升平成了此时文学的主旋律。 这种从前期亡国、忠愤之音到升平之音的转变,尤以朱彝尊为代表。 一方面,他作为浙西词派的代表人物,明确主张词"宜于宴乐",并指出这是词区别于诗的根本特点;另一方面,他和陈维崧等人一样,也经历了易代的丧乱,早期《江湖载酒集》书写的正是"南逾岭,北出云朔,东泛沧海,登之罘,经瓯越"[③]所见所闻与所思所感,颇多故国之思。 那时候,他认为词"尤不得志于时者所宜寄

---

① 吴梅:《词学通论》,139 页,上海,华东师范大学出版社,1996。
② (清)朱彝尊:《水村趣琴序》,见《曝书亭集》卷 40,文渊阁景印四库全书本。
③ (清)李元度:《国朝先正事略》下册,1071 页,长沙,岳麓书社,1991。

情焉耳"①。朱彝尊前后的转变,说明了词风转变与社会治乱的关系,也正是因为顺应了时代、政治的需要,浙西词派才能牢笼词坛百余年。

◎ 第二节
云间词派的词学观念

云间词派以"云间三子",即陈子龙、李雯、宋征舆为核心,后期则有宋征璧、夏完淳、钱芳标、宋存标、蒋平阶、沈亿年等人。龙榆生曾指出:"词学衰于明代,至子龙出,宗风大振,遂开三百年来词学中兴之盛。"②此论一方面透露出陈子龙在明代晚期已经开始救弊振衰的工作,另一方面则肯定以陈子龙为主将的云间词派与清词中兴之关系。

陈子龙(1608—1647),字卧子,一字人中,诗人、词人、散文家、骈文家,晚号大樽,几社领袖,崇祯十年(1637)进士,曾任绍兴推官,论功擢兵科给事中。明亡后奋起抗清,失败后以身殉国。陈子龙被清人推为明代词学第一人,谭献在《复堂日记》中称其"明则卧子,直接唐人,为天才"③。其论词文字不多,散见于《〈幽兰草〉词序》《王介人诗余序》《三子诗余序》《宋子九秋词稿序》等序文当中。其《〈幽兰草〉词序》云:

> 词者,乐府之衰变而歌曲之将启也。然就其本制,厥有盛衰。晚唐语多俊巧,而意鲜深至,比之于诗,犹齐梁对偶之开律也。自金陵二主以至靖康,代有作者。或秾纤婉丽极哀艳之情;或流畅澹逸穷盼倩之

---

① (清)朱彝尊:《陈纬云红盐词序》,见《曝书亭集》卷40,文渊阁景印四库全书本。
② 龙榆生:《陈子龙小传》,见《近三百名家词选》,2页,台北,世界书局,1997。
③ (清)谭献:《复堂日记》,见唐圭璋编:《词话丛编》,3998页,中华书局,1986。

趣。然皆境繇情生,辞随意启,天机偶发,元音自成,繁促之中尚存高浑,斯为最盛也。南渡以还,此声遂渺,寄慨者亢率而近于伧武,谐俗者鄙浅而入于优伶,以视周、李诸君,即有"彼都人士"之叹。元滥填词,兹无论已。明兴以来,才人辈出,文宗两汉,诗俪开元,独斯小道,有惭宋辙。其最著者,为青田、新都、娄江,然诚意音体俱合,实无惊心动魄之处。用修以学问为巧辩,如明眸玉屑,纤眉积黛,只为累耳。元美取径似酚苏、柳间,然如凤凰桥下语,未免时堕吴歌。此非才之不逮也。钜手鸿笔,既不经意,荒才荡色,时窃滥觞。且南北九宫既盛,而绮袖红牙不复按度。其用既少,作者自希,宜其鲜工也。①

这篇序言是词学研究的重要文献,是云间词派的理论纲领,从中我们亦可以窥见陈子龙论词的大概。针对明词之弊端,陈子龙提出了对词体的要求。他指出,明词较之诗文,成就不高,一方面是托体不尊,另一方面就是取径问题。刘基不甚用意,杨慎好用典故,讲求辞藻;王世贞则杂词入曲。他还指出,明词衰弊的另一原因,在于其延续了南宋、元以来的词体系统。这便涉及雅俗之辨、盛衰之辨、南北宋之辨,以及诗、词、曲之辨,而我们知道,这些正是清代词学所津津乐道的大题目。

陈子龙论词首重"雅",这是他对明词托体不尊所带来恶果的反思,当然也是他论诗的一贯主张。其论诗云:"既生于古人之后,其体格之雅,音调之美,此前哲之所已备,无可独造也。"②这段话若放在诗学发展史上看,自然是偏颇的,因为他从复古的角度出发,认为雅与美是前贤已备的,后代的各种翻新求异都是衰变。我们在这里不妨将其看成一种复古以开新的策略。正是在这个基础上,他认为明词"有惭宋辙",明人低估词体价值,导致缺乏庄重的创作思想和态度,作品立意不高。另一个造成明词俗的原因,

---

① (明)陈子龙:《〈幽兰草〉词序》,1页,见《安雅堂集》卷5,明崇祯刻本。
② (明)陈子龙:《皇明诗选·序》,见上海文献丛书编委会编《皇明诗选》上,1页,上海,华东师范大学出版社,1991。

便是杂剧传奇等俗体文学对词的影响很大。所以陈子龙希望通过复古求雅的方式,来实现词体的自尊。换言之,陈子龙为词学振兴开出的药方:一个是在取法对象上,要延续北宋词统;另一个就是重视真情在词中的作用。下面分述之。

陈子龙认为,词学要想回归正轨就必须接续北宋词统。他极力称颂五代北宋词风,《〈幽兰草〉词序》云:"自金陵二主以至靖康,代有作者。或秾纤婉丽极哀艳之情;或流畅澹逸穷盼倩之趣。"①在《三子诗余序》中云:"诗余始于唐末,而婉畅秾逸极于北宋。"②在《宋子九秋词稿序》中亦云:"文词之婉丽,音调之铿锵,则方驾金陵、齐镳汴洛矣。"③指出向上一路,反对粗俗的动机非常明显。"南渡以还,此声遂渺",更是将南宋放到北宋五代的对立面来描述,有了自觉的辨南北的意识,到他的弟子时这种意识更加明确了。沈亿年述《支机集·凡例》就说:"词虽小道,亦风人余事。吾党持论,颇极谨严。五季犹有唐风,入宋便开元曲。故专意小令,冀复古音,摒去宋调,庶防流失。"④这里甚至连北宋也被摒弃了,这种趋向不能不说和子龙有莫大关系,因为陈子龙创作以小令为主,而五代、北宋恰是小令成就鼎盛之时。

陈子龙还在诗、词的辨体中强调情感的作用。他认为诗的作用在于言志,并指出:"作诗而不足以导扬盛美,刺讥当时,托物联类而见其志,则是《风》不必列十五国,而《雅》不必分大小也。虽工而余不好也。"⑤因此,陈子龙的诗不仅写得苍劲高古,而且多忠爱奋发之志。与此相反,陈子龙对词较看重于婀娜多姿中蕴深情,于缠绵中见寄托。他在《王介人诗余序》中

---

① (明)陈子龙:《〈幽兰草〉词序》,见《安雅堂集》卷5,明崇祯刻本。
② (明)陈子龙:《三子诗余序》,见《陈子龙文集》下,54页,上海,华东师范大学出版社,1988。
③ (明)陈子龙:《宋子九秋词稿序》,见《陈子龙文集》上,435~436页,上海,华东师范大学出版社,1988。
④ (清)蒋平阶:《支机集》,见施蛰存主编:《词学》第2辑,241页,上海,华东师范大学出版社,1983。
⑤ (明)陈子龙:《六子诗序》,见《陈子龙文集》上,48页,上海,华东师范大学出版社,1988。

云:"宋人不知诗而强作诗,其为诗也,言理而不言情,故终宋之世无诗焉。然宋人亦不免有情也。故凡其欢愉愁怨之致,动于中而不能抑者,类发于诗余。故其所造独工,非后世可及。"①彭宾也曾引述陈子龙的观点:

> 大樽每与舒章作词最盛,客有唰之者,谓得毋伤绮语戒耶?大樽答云:"吾等方少年,绮罗香泽之态,绸缪婉娈之情,当不能免。若芳心花梦,不于斗词游戏时发露而倾泄之,则短长诸调与近体相混,才人之致不得尽展,必至滥觞于格律之间。西昆之渐流于靡荡,势使然也。故少年有才,宜大作于词。"②

通过以上论述,可以看出,虽然陈子龙仍然认为词是小道,只是一种"斗词游戏",但是也指出了其在表现内容与表现手法上和诗、文、曲的区别,强调风骚之旨,皆本言情,并进而要求境由情生。我们需要指出的是,陈子龙所论之情指"欢愉愁怨之致,动于中而不能抑者",并自觉将"芳心花梦"及"绮罗香泽之态,绸缪婉娈之情"等加入个人化的情感内涵中。可以说,陈子龙还是在"词为艳科"的范围内来考虑词的情感问题的。

陈子龙强调词本于情,是要将词放置在抒情的本位上去考量的,以摒弃明词妄作之风。同时,他还强调词之不可废更在于其归于风骚之旨。词作虽涉艳情,但终要以曲折之笔传达君国之念、身世之感。因此,他论词也颇重意。

旨、意相近,都是指作品的内蕴、志趣、情志等。如此,闺情就成了一种比兴寄托的手法和表现路径。陈子龙在《三子诗余序》中指出:

---

① (明)陈子龙:《王介人诗余序》,见《陈子龙文集》下,55页,上海,华东师范大学出版社,1988。
② (清)彭宾:《二宋倡和春词序》,见《彭燕又先生文集》,清康熙六十一年,彭士超刻本。

诗余始于唐末,而婉畅秾逸极于北宋。然斯时也,并律诗亦亡。是则诗余者,匪独庄士之所当疾,抑亦风人之所宜戒也。然亦有不可废者,夫风骚之旨,皆本言情,言情之作,必托于闺襜之际。代有新声,而想穷拟议。于是以温厚之篇、含蓄之旨,未足以写哀而宣志也,思极于追琢而纤刻之辞来,情深于柔靡而婉娈之趣合,志溺于燕媟而妍绮之境出,态趋于荡逸而流畅之调生。……同郡徐子丽冲、计子子山、王子汇升,年并韶茂,有斐然著作之志。……示予词一编,婉弱倩艳,俊辞络绎,缠绵猗娜,逸态横生,真宋人流业也。或曰:"是无伤于大雅乎?"予曰:"不然。夫'并刀''吴盐',美成以被贬;琼楼玉宇,子瞻遂称爱君。端人丽而不淫,荒才刺而实腴,其旨殊也。三子者,托贞心于妍貌,隐挚念于佻言。"[1]

陈子龙不仅强调意的作用,更强调立意的深与隐。这一方面是陈子龙的词体观所致,另一方面也与其人生经历有关。叶嘉莹认为:"云间词风的转变,在于在他们的词里面有了这么多言外之意的潜能,而这种潜能的作用是小词的一个美感的特质。"[2]这种美感特质,就是陈子龙所看重的"境由情生,辞随意启,天机偶发,元音自成,繁促之中,尚存高浑",此段透露出陈子龙词学思想的核心部分,即重视言情,追求自然、含蓄的表达。其在《王介人诗余序》中,通过四难来说明词的美感特质:"盖以沉至之思而出之必浅近,使读之者骤遇如在耳目之表,久诵而得沉永之趣,则用意难也。以嬛利之词,而制之实工练,使篇无累句,句无累字,圆润明密,言如贯珠,则铸词难也。其为体也纤弱,所谓明珠翠羽,尚嫌其重,何况龙鸾?必有鲜妍之姿,而不藉粉泽,则设色难也。其为境也婉媚,虽以警露取妍,实贵含

---

[1] (明)陈子龙:《三子诗余序》,见《陈子龙文集》下,54页,上海,华东师范大学出版社,1988。
[2] 叶嘉莹:《清词丛论》,34页,石家庄,河北教育出版社,1997。

蓄，有余不尽，时在低回唱叹之际，则命篇难也。"①在这里，陈子龙表现出明确的尊体与辨体意识。词体虽是小道，但本贵言情，写哀宣志，不可废也；作为小道，有其特殊的审美取向和价值追求。概言之，陈子龙在词体推尊、接续词统，促力清词复兴方面有着重要的贡献，是清词振兴道路上重要的一环。

宋征璧（约1602—1672），字尚木，原名存楠，华亭人，有《三秋词》，入清后为潮州知府。其于《倡和诗余》中论曰：

> 吾于宋词得七人焉。曰永叔秀逸，子瞻放诞，少游清华，子野娟洁，方回鲜清，小山聪俊，易安妍婉。若鲁直之苍老，而或伤于颓；介甫之劖削，而或伤于拗；无咎之规俭，而或伤于朴；稼轩之豪爽，而或伤于霸；务观之萧散，而或伤于疏。此皆所谓我辈之词也。苟举当家之词，如柳屯田哀感顽艳，而少寄托；周清真蜿蜒流美，而乏陡健；康伯可排叙整齐，而乏深邃；其外则谢无逸之能写景，僧仲殊之能言情，程正伯之能壮采，张安国之能用意。万俟雅言之能协律，刘改之之能使气，曾纯甫之能书怀，吴梦窗之能叠字，姜白石之能琢句，蒋竹山之能作态，史邦卿之能刷色，黄花庵之能选格，亦其选也。

王士禛称："云间数公……其于词，亦不欲涉南宋一笔。佳处在此，短处亦在此。"然观宋征璧数语，可见其取径似乎并不像陈子龙那样偏狭，而表现出一定程度的灵活。其于《倡和诗余再序》中提出："词者诗之余乎？予谓非诗之余，乃歌辩之变，而殊其音节焉者也。"含蓄地否定了陈子龙的诗余论，而把词体看成楚辞的流亚。

宋征璧的另外三段论词之言，皆见于沈雄《古今词话·词品》：

---

① （明）陈子龙：《王介人诗余序》，见《陈子龙文集》下，55页，上海，华东师范大学出版社，1988。

情景者，文章之辅车也。故情以景幽，单情则露。景以情妍，独景则滞。今人景少情多，当是写及月露，虑鲜真意。然善述情者，多寓诸景，梨花榆火，金井玉钩，一经染翰，使人百思。哀乐移神，不在歌恸也。

词家之旨，妙在离合，语不离则调不变宕，情不合则调不联贯。每见柳永，句句联合，意过久许，笔犹未休，此是其病。

词称绮语，必清丽相须。但避痴肥，无妨金粉。譬则肌理之与衣裳，钿翘之与环髻，互相映发，百媚斯生，何必裸露，翻称独立。且闺襜好语，吐属易近，率露之多，秽亵随之矣。①

可见，宋氏在复古主旨、华美词风的基础上，对词学中情景关系等也有独到看法，但是却仍难以扭转云间的颓势。

蒋平阶是陈子龙的学生，他将自己与门生沈亿年、周积贤，其子蒋无逸等人的词作，合为《支机集》，并在《凡例》中表达其词学主张："词虽小道，亦风人余事。吾党持论，颇极谨严。五代犹有唐风，入宋便开元曲。故专意小令，冀复古音，屏去宋调，庶防流失。"②可以看出，作为云间词派的余响，他仍在做着种种理论上的努力。

综合以上，我们可以看出，云间后期的词学取径更加偏窄，干脆舍去宋调而专学五代了。蒋平阶等人这种更见狭隘的词学观，入清后成为云间派的主导，影响较为广泛。王士禛曾批评道："仆谓此论虽高，殊属孟浪。……然则古今文章，一画足矣，不必三坟八索，至六经、三史，不几几赘疣乎！"③在清初词派烽起，词人辈出之时，云间派取径如此偏狭，且愈演愈

---

① （清）沈雄：《古今词话》，见唐圭璋编：《词话丛编》，849~852页，北京，中华书局，1981。
② （清）蒋平阶：《支机集》，见施蛰存编：《词学》2辑，241页，上海，华东师范大学出版社，1983。
③ （清）王士禛：《花草蒙拾》，见唐圭璋编：《词话丛编》，685页，北京，中华书局，1981。

烈，无怪乎其渐趋衰寂了。

总之，云间词风早期承继的仍然是明末的诗酒台榭、绮艳香萝的软媚词风，陈、宋、李诸人虽对明词多有针砭，但其词风真正转变的契机，却是"甲申国变"，极大地震动了江南士人。又，前已言之，清廷于东南镇压最烈，实在与东南反抗最烈互为因果，陈子龙为几、复两社坛主，时人"因其词而重其人，又实因其人而益重其词也"①。因此，流风遍及东南，西泠、广陵、毗陵等词派，无不受到云间词风的沾溉。

承云间词派而起的是西泠词派。《清史稿·文苑传》云："先是陈子龙为登楼社，圻、澎及同里柴绍炳、毛先舒、孙治、张丹、吴百朋、沈谦、虞黄昊、陈廷会等并起，世号西泠十子。"陈子龙在绍兴推官任上奖掖后进，与众人诗酒唱和，西泠派的这些人均是子龙诗社中人。王昶曾云："后如西泠之十子皆奉司李之余绪。"②因此"西泠派即云间派也"。这表现在他们的词学观念整体上近子龙框架，但是亡国之痛与生活境遇的改变，使得他们中的很多人在子龙的婉丽纤秾之外有了对风格多样性的追求及悲凉慷慨的看重。

沈谦（1620—1670），字去矜，号东江，仁和临平（今杭州临平镇）人。工词，长于音韵学，曾作《东江词韵》。沈谦作为登楼社的早期重要成员，承续了陈子龙的词学观念，在词统上肯定婉丽正宗的地位，其论词曰：

> 六朝君臣，赓色颂酒，朝云龙笛，玉树后庭，阙惟滥觞，流风不泯。迨后三唐继作，此调为多，飞卿新制，号曰《金荃》；崇祚《花间》，大都情语。艳体之尚，由来已久。奚俟成都、太仓、始分上次。及夫盛宋，美成就官考谱，七郎奉旨填词，径辟岐分，不无阑入。甚至燔柴凤驾，庆年颂治；下及退闲高咏，登眺狂歌，无不寻声按字，杂然交作。此为词之变调，非词之正宗也。至夫苏、辛壮采，何得非佳？然方之

---

① （清）江顺诒：《词学集成》，见唐圭璋编：《词话丛编》，3304页，北京，中华书局，1986。
② （清）王昶：《湖海诗传》第4册，1107页，上海，商务印书馆，1936。

周、柳诸君,不无伧父。①

可见,沈谦虽也承认苏辛亦有佳处,其《填词杂说》云:"晓风残月、大江东去,体制虽殊,读之皆若身历其境,惝恍迷离,不能自主,文之至也。"②但是他坚持认为苏辛是变调,他真正欣赏的是"其为体也纤弱,为境也婉媚"的所谓正宗。以艳丽为宗,沈谦推法五代北宋:"男中李后主,女中李易安,极是当行本色。"③在这种本色观的前提下,沈谦论词强调词的言情功能,如"'天便教人,霎时厮见何妨',花前月下见了不叫归去,卞急迂妄,各极其妙。美成真深于情者。"④写景也是为了服务于写情,"范希文'珍珠帘卷玉楼空,天淡银河垂地'及'芳草无情,又在斜阳外',虽是赋景,情已跃然"⑤,以及"东坡'似花还似非花'一篇,幽怨缠绵,直是言情,非复赋物"。⑥

至于词的作用,沈谦强调移情。"词不在大小浅深,贵在移情。"⑦"柳屯田'每到秋来'一曲,极孤眠之苦。予尝宿玉儿客舍,倚枕自歌,能移我情,不知文之工拙也。"⑧沈氏强调,词人所作既要是自己情感的真实表露,同时还要达到能移人情,让人身临其境,有所共鸣,这已是极高的要求了。

此外,沈氏对于不同词调的写法等细节问题,有很多具体精微的看法,其所著《词韵》在词学理论史上有重要意义,成为后来很多选家选词所依循的标的。

毛先舒(1620—1688),原名骙,字驰黄,后改名先舒,字稚黄,仁和(今浙江杭州)人,明亡,不求仕进。曾从事音韵学研究,亦工诗文。与

---

① (清)沈谦:《车江集钞》195册,见《四库全书存目丛书》,济南,齐鲁书社,1997。
② (清)沈谦:《填词杂说》,见唐圭璋编:《词话丛编》,629页,北京,中华书局,1986。
③ (清)沈谦:《填词杂说》,见唐圭璋编:《词话丛编》,631页,北京,中华书局,1986。
④ (清)沈谦:《填词杂说》,见唐圭璋编:《词话丛编》,634页,北京,中华书局,1986。
⑤ (清)沈谦:《填词杂说》,见唐圭璋编:《词话丛编》,630页,北京,中华书局,1986。
⑥ (清)沈谦:《填词杂说》,见唐圭璋编:《词话丛编》,631页,北京,中华书局,1986。
⑦ (清)沈谦:《填词杂说》,见唐圭璋编:《词话丛编》,629页,北京,中华书局,1986。
⑧ (清)沈谦:《填词杂说》,见唐圭璋编:《词话丛编》,634页,北京,中华书局,1986。

毛奇龄、毛际可齐名，时称"浙中三毛，文中三豪"。毛先舒早岁曾师事陈子龙，其作词与论词都是《花间》《草堂》的婉丽、纤秾路数，后随着时代、环境的变化，呈现出一些新变。

毛先舒后期论词强调寄托：

> 外集者何？集填词也；外者何？外之也。何以外之？古经不得已而变《风》《雅》，古诗不得已而变六朝，近体不得已而变中晚。中晚，诗之末也；填词亦末也。其辞荡于心，其节谐于吻，其音溺乎道，古者耻言之，而予又何从事于斯？生乎开元之先，予微得其声，然予弗敢开也；立乎祥兴之后，予获观其成，然予弗敢废也。虽然弗敢淫，弗敢多男女之际，有执手之义，金罍之思，上宫闲馆，囷置喙焉，是弗敢多也。首稍冠以诸吴声曲及诗，本诸其始基也。附以杂曲著其流也。客曰：其间感化离，而悲怨旷，壹何多邪？予曰：是托也，非志也。夫人衷有所隐，而辞有弗能已，则更端以达之。《离骚》之志，美人目君；张衡《四愁》，非直为错刀绣段而已也。①

毛先舒的新变在于他不仅以《离骚》《四愁》为艳词张目，更以此代表了一种新的作词及解词取向，这一方面深刻了艳词的内蕴，另一方面也使得软媚的词作在讽喻寄托上直接诗旨。其评邹祗谟《丽农词》云："今读之，讽刺揄扬，隐而微中，使人留连焉，惝恍焉，其意义视《三百篇》何以异哉！"又《题三先生词》云："俱极工思，高脱沉壮，至其悲天悯人、忧谗畏讥之意，尤三致怀焉而不能已。呜呼，何其厚也。"邹祗谟及曹尔堪、宋琬、王士禛诸人，均曾遭受无端之祸，因此，毛先舒的揭示是符合实际的。

此外，毛先舒论词体风格也较众人宏通。毛先舒论词不主门户之见，其《与孙无言书》云："今人论文，每云某家某派。不知古人始即临摹，终期

---

① （清）毛先舒：《潠书》，见《四库全书存目丛书》，集部影印思古堂十四种书本。

脱化，遗筌舍筏，掉臂孤行，盘礴之余，亦不知其所以从出。初或未尝无纷纷同异，久之论定，遂更尊之为家派耳，古来作家率如此，规规然奉一先生而株守之，不堪其苦矣。"①与这种通达的词学观相配合，毛先舒也主张风格的多样性，他虽然肯定艳丽的云间词风，但是对于苏、辛等豪放风格也不排斥，其云：

  词句参差，本便旖旎，然雄放磊落，亦属伟观。成都、太仓稍胪上次，而足下持厥成言，又益增峻。遂使"大江东去"竟为逋客，"三径初成"没齿长窜。揆之通方，酷未昭晰。借云词本卑格，调宜冶唱，则等是以降，更有时曲。今南北九宫，犹多鞺鞳之声，况古创兹体，原无定画。何必抑彼南辕，同还北辙，抽儿女之狎衷，顿壮士之愤薄哉。②

  总体来看，西泠十子在陈子龙的影响下，词学思想整体上以艳丽为本色，推崇北宋，反对豪放词风。后期随着时代环境的变化，如毛先舒、丁澎等越来越重视对豪放词风的取法，突破了云间的狭隘局限，为清词的多样性做出了自己的贡献。同时，需要指出的是，云间词派虽然在矫正明代淫靡的词风方面具有一定的作用，但其崇尚婉丽、含蓄的本色观毕竟还是取径过窄，因此一些私淑陈子龙而未能列门墙的词人，虽观念、主旨不脱云间窠臼，但亦能根据实际做出相应的修正和发展，成为清词发展中的重要一环。

  康熙时，王渔洋继钱谦益而主盟诗坛，以"神韵说"为世所重。王士禛在清词和清诗的发展史上都有重要地位，从其任扬州推官起，形成了以王士禛为首，邹祗谟、彭孙遹为羽翼的广陵词坛。这种填词月旦的群体创作风气，对后来的阳羡词派，甚至浙西词派的审美取向都有相当的影响。况周颐曾云："王阮亭、邹程村同操选政，程村实主之，引阮亭为重云尔。而为当代巨公，遂足转移风气。世知阮亭论诗以神韵为宗，明清之间，诗格为之一

---

① （清）毛先舒：《潠书》，见《四库全书存目丛书》，集部影印思古堂十四种书本。
② （清）王又华：《古今词论》，见唐圭璋编：《词话丛编》，610页，北京，中华书局，1986。

变。而词格之变，亦自托阮亭之名始，则罕知之。"①

阮亭论词从《花间》《草堂》入，尝云："往读花间、草堂，偶有所触，辄以丹铅书之，积数十条。"他自己的词作也有明显的云间承续，但他对于云间不学南宋有着清醒的认识，有云："云间数公论诗拘格律、崇神韵。然拘于方幅，泥于时代，不免为识者所少，其于词，亦不欲涉南宋一笔，佳处在此，短处也在此。"②正是循着这个思路，阮亭认为婉约、豪放只是风格问题，至多存在着正变之别，却无优劣之分，云："词家绮丽、豪放二派，往往分左右袒。予谓：第当分正变，不当论优劣。"③他认为：

> 弇州谓苏、黄、稼轩为词之变体，是也。谓温、韦为词之变体，非也。夫温、韦视晏、李、秦、周，譬赋有《高唐》、《神女》，而后有《长门》、《洛神》，诗有古诗、录别而后有建安、黄初、三唐也；谓之正始则可，谓之变体则不可。④

对于分属婉约、豪放的易安和稼轩，他都给予了极高的评价。"张南湖论词派有二：一曰婉约、一曰豪放。仆谓婉约以易安为宗，豪放惟幼安称首，皆吾济南人，难乎为继矣。"⑤又云："词如少游、易安，固是当行本色，而东坡、稼轩以太史公笔力为词，可谓振奇矣。……自是天地间一种至文，不敢以小道目之。"⑥这说明阮亭对于苏辛词的特点和价值有非常深刻的认识。针对云间词人的当行本色观，阮亭提出了两派当行的观点，"名家当行，固有二派。苏公自云：'吾醉后作草书，觉酒气拂拂，从十指间出。'黄鲁亦云：'东坡书挟海上风涛之气。'读坡词当作如是观。琐琐与柳七较锱

---

① （清）况周颐：《蕙风词话》，见唐圭璋编：《词话丛编》，4510页，北京，中华书局，1986。
② （清）王士禛：《花草蒙拾》，见唐圭璋编：《词话丛编》，685页，北京，中华书局，1986。
③ （清）王士禛撰：《香祖笔记》，169页，上海，上海古籍出版社，1982。
④ （清）王士禛：《花草蒙拾》，见唐圭璋编：《词话丛编》，673页，北京，中华书局，1986。
⑤ （清）王士禛：《花草蒙拾》，见唐圭璋编：《词话丛编》，685页，北京，中华书局，1986。
⑥ （清）王士禛撰：《古夫于亭杂录》，87页，北京，中华书局，1988。

铢，无乃为髯公所笑。"①由此可见，阮亭在风格多样性方面看法宏通，即使是偏好婉约词风的他，也偶有作品略染豪气。

阮亭以"神韵说"闻名诗坛，论词也同样以"神韵"为标的。如评陈子龙以"神韵天然"："大樽诸词，神韵天然，风味不尽，如瑶台仙子独立却扇时。而《湘真》一刻，晚年所作，寄意更绵邈凄恻。"②又评毛际可："神韵澹隽，如咏瑶台月下之句。"评欧、晏："妙处俱在神韵，不在字句。"而对卓人月的词作评价不高也正是因为："卓珂月自负逸才，《词统》一书，搜采鉴别，大有廓清之力，乃其自运，去宋人门庑尚远，神韵兴象，都未梦见。"③他虽主张兼学南宋，但对南宋诸公的批评也是从神韵着眼的："宋南渡后，梅溪、白石、竹屋、梦窗诸子，极妍尽态，反有秦、李未到者。虽神韵天然处或减，要自令人有观止之叹。正如唐绝句，至晚唐刘宾客、杜京兆，妙处反进青莲、龙标一尘。"④应该说渔洋的以神韵论诗词，还是抓住了诗词某些方面的本质特征的，只是偏于缥缈罢了，他的这种看法影响了同时的邹祗谟、彭孙遹等人。

邹祗谟（1627—1670），号程村，武进（今属江苏）人。顺治戊戌进士，著有《远志斋集》，又有《丽农词》二卷。与王士禛《衍波词》、彭孙遹《延露词》并称"三名家词"。邹祗谟进士与王士禛同榜，为人豪宕，因"奏销案"落职后，来往维扬间，多与渔洋等相唱和。邹氏学识渊博，以余力填词，论词亦多精微独得之见。其与渔洋共同编选的《倚声初集》是清初重要选本。《远志斋词衷》附刻于《倚声初集》前编，唐圭璋先生整理为词话一卷，凡64则，虽篇幅不长，但内容广泛，对词律、词派、词风、词人皆有精辟论述。

程村论词首重尊体。他是在词是"艳科"的前提下推尊词体的。他肯

---

① （清）王士禛：《花草蒙拾》，见唐圭璋编：《词话丛编》，681页，北京，中华书局，1986。
② 龙榆生编选：《近三百年名家词选》，5页，上海，上海古籍出版社，1979。
③ （清）王士禛：《花草蒙拾》，见唐圭璋编：《词话丛编》，685页，北京，中华书局，1986。
④ （清）王士禛：《花草蒙拾》，见唐圭璋编：《词话丛编》，682页，北京，中华书局，1986。

定艳情的合理性，指出"诗之为体，肇自《风》者。然披拂支体，浏涟情态，绮迂荡往，而莫穷其所自。汉乐唐谣，吴歈越艳，无非是也，况于词乎？"①既然诗都可以写艳情，词又有何不可呢？在评价梁溪、云门诸位才子时，邹祗谟更提出了"词非卑格"的主张：

> 梁溪、云门诸子，才华斐然。近对岩以苏友、乐天、景行、华峰、青莲及家黎眉词见示，合之山来、沛玄诸子旧作，笔古蕴藉，清艳兼长。惜全集欲成，采撷绝少，不无蛤帐将旦之恨。乃对岩以古文作手自命，诸子亦诗歌竞爽，而词悉当家。故知揽芳撷蕤，正不以倚声为卑格耳。②

程村推尊词体还表现为两方面的努力，一是严格词韵，二是重情与寄托。邹祗谟正处在词韵初创阶段，面对"自词韵无成书，而近来名手操觚者，随意调叶，不按古法"③的状况，着力推重音律，提倡韵、调规范。他甚至对渔洋关于词韵的观点提出质疑：

> 阮亭常与余论韵，谓周挺斋《中原音韵》为曲韵，则范善溱《中州全韵》当为词韵。至《洪武正韵》，斟酌诸书而成……但愚按《中州》之比《中原》，止省阴阳之别，及所收字微宽耳。其减入声作三声，及分车、遮等韵，则一本《中原》，尚与词韵有辨。即阮亭旧作如《南乡子》《卜算子》《念奴娇》《贺新郎》诸阕，所用鱼、模仄韵，有将入声转叶者，俱用《中州》韵故耳。揆诸宋人韵脚所拘，借用一二，亦转本音，竟尔通叶，昔人少觏。至毛氏《南曲韵》十九则，乃全依《正韵》分部。而又云：沈氏词

---

① （清）邹祗谟：《倚声初集序》，见《续修四库全书》1729册，438页，上海，上海古籍出版社，2003。
② （清）邹祗谟：《远志斋词衷》，见唐圭璋编：《词话丛编》，659页，北京，中华书局，1986。
③ （清）邹祗谟：《远志斋词衷》，见唐圭璋编：《词话丛编》，664页，北京，中华书局，1986。

韵,《中原音韵》,可以参用。大约词韵宽于诗韵,合诸书参伍以尽变,则了如指掌矣。①

至于另一方面,程村论词重"情",在评点各家词作时,往往从"情"的角度进行论述。 比如,他认为孙允恭《菩萨蛮·新柳》"含情无限",张天湜《诉衷情·闺情》"善写柔情",龚鼎孳《虞美人·同内人湖舫送春用秋岳泊京口韵》"宛转绵至,一往情深",陈维崧词"工作情语,浓淡皆有倩色"等。 此外邹祗谟又强调寄托:"词至咏古,非惟著不得宋诗腐论,并著不得晚唐人翻案法。 反复流连,别有寄托,如杨文公读义山'珠箔轻明'一绝句,能得其措辞寓意处,便令人感慨不已。"②

邹氏受到生活的砥砺,不能不反映在词作及主张之中,引人注目的还有他的词学发展观。 在《倚声初集》的序言中,他这样写道:

> 《恼公》《懊侬》之曲,《金荃》《兰畹》之编,其源始于"采荇""弋雁",其流浚于美人香草,言情之作,原非外篇。揆诸北宋,家习谐声,人工绮语。杨花谢桥之句,见许伊川;碧云红叶之调,共推文正。其余名儒硕彦,标新奏雅,染指不乏。强欲以庄辞为郑声,是用《尚书》《礼运》而屈《关雎》《鹊巢》也。至于南宋诸家,蒋、史、姜、吴,警迈瑰奇,穷姿构彩;而辛、刘、陈、陆诸家,乘间代禅,鲸呿鳌掷,逸怀壮气,超乎有高望远举之思。譬诸篆籀变为行草,写生变为皴劈,而云书穗迹、点睛益颊之风,颓焉不复。非前工而后拙,岂今雅而昔郑哉?③

邹祗谟以发展的眼光看待词学的发展,反对以雅正、正变等来厚古薄

---

① (清)邹祗谟:《远志斋词衷》,见唐圭璋编:《词话丛编》,662~663 页,北京,中华书局,1986。
② (清)邹祗谟:《远志斋词衷》,见唐圭璋编:《词话丛编》,653 页,北京,中华书局,1986。
③ (清)邹祗谟:《倚声初集序》,见《续修四库全书》1729 册,438 页,上海,上海古籍出版社,2003。

今。他充分肯定艳词，推崇南北宋的诸大家，无非是想为"词非卑格"张目。他不但认为艳词充分合理，更从艳体的角度，证明词之不同于诗的特性。其《梅村诗余序》云："词者，诗之余也。乃诗人与词人有不相兼者，如李杜皆诗人也，然太白《菩萨蛮》《忆秦娥》为词开山，而子美无之也；温李皆诗人也，然飞卿《玉楼春》《更漏子》为词擅场，而义山无之也。欧苏以文章大手，降体为词，东坡'大江东去'卓绝千古，而六一婉丽，实妙于苏。介甫偶然涉笔，而子固无之。眉山一家，老泉、子由无之也。以辛幼安之豪气，而人谓其不当以诗名，而以词名，岂诗与词若有分量，不可得而逾者乎？"①《序》中由唐而宋，婉约豪放并举，就是要说明词体有不能为诗所替代者，这与渔洋的词劣于诗论已经有了明显的差别。

◎ 第三节
阳羡派的词学思想

云间词派及其流风余韵所影响的词人，从创作与批评上未能突破《花间》《草堂》的艳丽、旖旎之风。康熙四年（1665），王士禛北上，此后对词"绝口不谈"，广陵词坛也就随之没落了。继起的阳羡词人，则因时循世在托尊词体及增强词体的艺术表现力上，做出了自己的贡献。

阳羡词坛以陈维崧为领袖，代表作家有与之风格相近、意气相投的曹贞吉、万树、蒋景祁、任绳隗、徐喈凤等人。阳羡词人尚才气、主豪放，其抒写身世、吊古感怀和赠送漂泊江湖艺人的作品成就较高，对后世影响也较大。蔡嵩云曾这样描述："阳羡派倡自陈迦陵，吴薗次、万红友继之，效法

---

① （清）吴伟业撰：《梅村词》，1页，广州，广东人民出版社，1985。

苏、辛、惟才气是尚,此第一期也。"①其中坚力量"大抵是怨夫迁客,猖士恨人,他们或清狂放逸、寄情烟霞,或愤世嫉俗、浪迹湖海,或佗傺无聊、沉沦下幕,或息影篱门,酣醉高卧……家国之痛,幻灭之怨,压抑之悲,放废之愤,又将他们驱遣到一起,同声以求,同病相怜,相濡以沫,相通其情,于是酿变出一组悲慨的、萧瑟的、激宕的、冷峻的、疏放的、凄寂的这样多层次、多音部的和声歌哭。"②关于阳羡词派的影响,陈对鸥云:"江左言词者,无不以迦陵为宗,家娴户习,一时称盛。"后人谭献说:"嘉庆以前,为二家牢笼者,十居七八。"③阳羡词派词人据相关考证有百人之多,其理论与创作实践并重,选本、词话都很丰富,影响很大。

陈维崧(1625—1682),字其年,号迦陵,宜兴(今属江苏)人,清代词人、骈文作家。清初诸生,康熙十八年(1679)举博学鸿词,授翰林院检讨。其生在明末,出身名门望族,少年时候就从学于陈子龙、李雯、张溥等复社名流,有神童之誉。其填词生涯起步甚早,曾自云:"忆昔我生十四五,初生黄犊健如虎。华亭叹我骨格奇,教我歌诗作乐府。二十以外出入愁,飘然竟从梅村游。先生呼我老龙子,半醉披我赤霜裘。此生阑入铜驼路,可怜老作《江南赋》。头上不畏咸阳王,眼前只认丁都护。晚交许子怀抱开,看尔不合长悲哀。手提一诗来赠我,十幅错落红玫瑰。我年三十余,清狂爱儿戏。旁人见我笑不休,安知我有填膺事。"④可见,他早期步入词坛是受云间众人影响的,因此云间取法北宋、着力小令、崇尚婉丽的特征,在其早期词作中都有表现。陈维崧也因此被蒋平阶等云间词人引为同调:"词章之学,六朝最盛。余与阳羡陈其年、萧山毛大可、山阴吴伯憨,力持复古。"⑤邹祗谟甚至认为,他是云间词风学习中的佼佼者,直到迦陵开

---

① (清)蔡嵩云:《柯亭词论》,见唐圭璋编:《词话丛编》,4908页,北京,中华书局,1986。
② 严迪昌:《阳羡词派研究》,205页,济南,齐鲁书社,1993。
③ (清)谭献:《复堂词话》,见唐圭璋编:《词话丛编》,4008页,北京,中华书局,1986。
④ (清)陈维崧:《酬许元锡》,见《清诗别裁集》,217~218页,石家庄,河北人民出版社,1997。
⑤ (清)聂先、曾王孙:《百名家词钞·容易词》附评,康熙绿荫堂刻本。

宗立派以后，陈对鸥仍称其"犹有《草堂》之余"。

陈维崧词风与词学观念的转折发生在中年以后。其弟宗石说："方伯兄少时，值家门鼎盛，意气横逸，谢郎捉鼻，麈尾时挥，不无声华裙屐之好，故其词多作旖旎语。迨中更颠沛，饥驱四方；或驴背清霜，孤篷夜雨；或河梁送别，千里怀人；或酒旗歌板，须髯奋张；或月榭风廊，肝肠掩抑；一切诙谐狂啸，细泣幽吟，无不寓之于词。"①正是这种生命的沉痛，命运的坎坷，促使他的感情更加深沉、词境更加阔大，题材也趋于多样。他对早年艳词之作追悔不已，说："忆在庚寅、辛卯间，与常州邹、董游也，文酒之暇，河倾月落，杯阑烛暗，两君则起而为小词。方是时，天下填词家尚少，而两君独矻矻为之，放笔不休，狼藉旗亭、北里间。其在吾邑中相与为唱和则植斋及余耳。顾余当日妄意词之工者，不过获数致语足矣，毋事为深湛之思也。乃余向所为词，今复读之，辄头颈发赤，大悔恨不止。"②

阳羡派论词步武苏辛、崇尚豪放是多方面原因造成的。一方面，清初词风虽然对于明末以来有所反驳，但是整体上未脱《花间》《草堂》窠臼，毛、丁、王、邹诸人越来越多地倡导词体风格的多样性，给予豪放词人及豪放词风以肯定，其年继起，举豪放为大旗，也是文学史发展的必然结果；另一方面阳羡不论是人文，还是地理都对豪放词风颇有助益。陈维崧曾自道："铜官崎丽，将军射虎之乡；玉女峥泓，才子雕龙之薮。城边水榭，迹擅樊川；郭外钓台，名标任昉。虽沟塍芜没，难询坡老之田；而陇树苍茫，尚志方回之墓。一城菱舫，吹来《水调歌头》；十里茶山，行去《祝英台近》。鹅笙象板，户习倚声；苔网花笺，家精协律。居斯地也，大有人焉。"③可见此地不但词学传统深厚，更是向来受到豪放词风的沾溉。第三就是陈维崧本人的经历了。陈维崧少年承平，家世鼎盛，但是后来遭遇四方多故才有了变化。姜宸英说："其年生长江南繁富之地。方其少时，视家族鼎盛，鲜裘怒

---

① （清）李元度：《国朝先正事略》下，1073页，长沙，岳麓书社，1991。
② （清）陈维崧：《任植斋词序》，见《湖海楼全集》卷2，康熙十八年患立堂刻本。
③ （清）陈维崧：《蒋京少梧月词序》，见《陈检讨四六》卷9，四库全书本。

马,驰骋于五陵豪贵之间,狂歌将军之筵上,醉卧胡姬之酒肆,其意气之盛,可谓无前,故其诗亦雄丽宕逸,称其胸中。及长,遇四方多故,残烽败垒,惊心动魄之变,日接于耳目。而向时笙歌促席之处,或不免蹂为荆棘以栖冷风,故其诗亦一变而慷慨激昂有所怆然而悲愀然。"①所以,陈维崧虽然早年也写过艳词,并参加过广陵唱和,但是终究形成了雄浑豪健的风格。

陈维崧在邹祗谟等谢世后,因久试不售,郁郁不得志,遂至于弃诗不作,专力作词,这成为其词风转变的关键。实际上,其年是将诗歌的功能由词来承担了,使词具备了言志的功能。蒋景祁曾追忆:"向者诗与词并行,迨倦游广陵归,遂弃诗弗作。伤邹、董又谢世,间岁一至商邱,寻失意返,独与里中数子晨夕往还,磊砢抑塞之意,一发于词,诸平生所诵习经史百家,古文奇字,一一于词见之。"②陈廷焯亦云:"其年年四十余尚为诸生,故学业最富,其一种潦倒名场,抑郁不平之气,胥于诗词发之。"③

阳羡的理论特色主要体现为以下几个方面。陈维崧重豪放而兼取其他风格,他在《贺新郎·奉赠蘧庵先生》中明确表达了崇尚豪放的取向:"识得词仙否?起从前、欧苏辛陆,为先生寿。不是花颠和酒恼,豪气轩然独有。要老笔、万花齐绣。掷碎琵琶今破面,好香词污汝诸伶手。笑余子,徒雕镂。秦宫汉殿描难就。蠢中原、怒涛似箭,断崖如臼。我有铜人千行泪,扑地狮儿腾吼。声撼落、橘中棋叟。鹤发鸡皮人莫笑,忆华年、曾奉西宫帚。家本住,金台口。"迦陵不以苏辛为变体,极力推崇,但是他也并不排斥其他风格,在表达真性情的前提下,迦陵是主豪放而兼取其他的。《今词选序》云:

> 夫体制靡乖,故性情不异。弦分燥湿,关乎风土之刚柔;薪是焦劳,无怪声音之辛苦。譬之诗体,高、岑、韩、杜,已分奇正之两家;

---

① (清)陈维崧:《湖海楼诗序》,见《陈迦陵文集》卷6,四库丛刊初编本。
② (清)蒋景祁:《陈检讨词钞序》,见(清)陈维崧:《湖海楼词》,乾隆六十年浩然堂刻本。
③ (清)陈廷焯:《词坛丛话》,见唐圭璋编:《词话丛编》,3731页,北京,中华书局,1986。

至若词场，辛、陆、周、秦，讵必疾徐之一致。要其不窕而不挎瓜，仍是有伦而有脊。终难左袒，略可参观。仆本恨人，词非小道。遂撮名章于一卷，用存雅调于千年。①

这是他同吴逢源、潘眉等人共同编选的词选所写的序言，应当较为真实地反映了陈氏的词学观。不仅选词如此，他自己的创作也较好地体现了这一点，顾咸三就评价说："宋名家词最盛，体非一格。苏、辛之雄放豪宕，秦、柳之妩媚风流，判然分途，各极其妙。而姜白石、张叔夏辈，以冲澹秀洁，得词之中正。至其年先生纵横变化，无美不臻，铜琶铁板，残月晓风，兼长并擅，其新警处，往往为古人所不经道，是为词学中绝唱。"②虽稍有过誉，但是其词创作风格方面的特色还是得以揭示。

其对多种风格的兼取，是建立在表达真情、有所寄托的前提下的。他说："夫言者，心之声也。其心慷慨者，其言必磊落而英多，其心窳爱者，其言必和平而忠厚。偏狭之人其言狷，佚荡之人其言靡，诞逸之人其言乐，沉郁之人其言哀。要而论之，性情之际微矣。"③风格由性情决定，只要发自肺腑真情，就都能受到肯定。其年所谓的真情，实际上更接近于作家因为生活阅历、政治遭遇而产生的悲慨情怀。因此，迦陵提倡独创，反对因循模拟，提倡"别裁伪体，直举天怀；纬昔事以今情，传新声于古意；绝无依傍，略少抚摹"④。

比照诗歌，他认为词也是穷而后工的："先生之穷，王先生之词之所由工也。……故其所遇最穷，而为词愈工。……若甲辰三月，王先生之穷则何如，拘挛困苦于圜扉间，前后际俱断，彼思前日之事，与后日之事俱如乞儿过朱门，意所不期，魂梦都绝，盖已视此身兀然，若枯木而块然类异物矣。

---

① （清）陈维崧：《今词选序》，见《迦陵俪体文集》卷2，四部丛刊初集本。
② （清）高佑钯：《湖海楼词序》，见陈维崧：《湖海楼词》，乾隆六十年浩然堂刻本。
③ （清）陈维崧：《董文友集序》，见《迦陵文集》卷2，四部丛刊初集本。
④ （清）陈维崧：《迦陵俪体文集》卷7，四部丛刊初集本。

故所遇最穷，而为词愈工。客曰：善。穷愁而后工，向者不信，今知之。虽然，必仇矣，而后工；必愁且穷矣，而后益工。然则词顾不易工，工词亦不易哉！"①陈维崧"穷而后工"的主张，是对诗学中"穷而后工"论的靠拢，从中可以看出陈氏的尊体努力。不仅如此，在词学功能上，陈维崧还进一步提出了"存经存史"的看法：

> 客或见今才士所作文，间类徐庾俪体，辄曰：此齐梁小儿语耳。掷不视。是说也，予大怪之。又见世之作诗者，辄薄词不为，曰：为辄致损诗格。或强之头目尽赤。是说也，则又大怪。夫客又何如？客亦未知开府《哀江南》一赋，仆射"在河北"诸书，奴仆《庄》《骚》，出入《左》《国》，即前此史迁、班椽诸史书，未见礼先一饭；而东坡、稼轩诸长调又骎骎乎如杜甫之歌行与西京之乐府也。盖天之生才不尽，文章之体格亦不尽，上下古今如刘勰、阮孝绪以暨马贵与郑夹漈诸家所胪载文体，仅部族其大略耳，至所以为文不在此间，鸿文巨轴固与造化相关，下而谰语卮言，亦以精深自命。要之，穴幽出险以厉其思，海涵地负以博其气，穷神知化以观其变，竭才渺虑以会其通，为经为史，曰诗曰词，闭门造车，谅无异辙也。……嗟乎！鸿都价贱，甲帐书亡，空读西晋之阳秋，莫问萧梁之文武。文章流极，巧历难推，即如词之一道，而余分闰位，所在成编，义例凡将，阙如不作，仅效漆园马非马之谈，遑恤宣尼觚不觚之叹，非徒文事，患在人心。然则余与两吴子、潘子仅仅选词云尔乎？选词所以存词，其即所以存经存史也夫。②

在这篇序文中，陈维崧提出了作词是"为经为史"，选词是"存经存史"的看法，这等于将词是"小道"的传统看法统统抛开了。以往尊体者多从创作态度、字句意象锤炼上入手，终是难以跳出小道的藩篱，因为无论怎样，

---

① （清）陈维崧：《陈迦陵集》卷2，四部丛刊影印患立堂本。
② （清）陈维崧：《今词选序》，见《迦陵俪体文集》卷2，四部丛刊初集本。

词体作为诗余的预设,以及起源于宴飨的出身,都形成了不可逾越的限制。陈维崧将词之创作归为一种不尽的"文之体格",并具备存经存史的作用,这是一种直截本源的做法。加之其在自己的创作实践中,有力地贯彻了这一点,因此陈氏之说以及阳羡词派,才获得了与浙西分庭抗礼的地位。陈廷焯评价陈维崧说:"国初词家,断以迦陵为巨擘。"①非虚言也。

阳羡派的其他同仁,理论上大体都在迦陵的范围内,如任绳隗主推尊词体,蒋景祁主风格多样等,下面撮其大要,简述之。

任绳隗(1621—1679),字青际,号植斋,一度更名方斗,江苏宜兴人。他长陈迦陵三岁,也是最早与迦陵进行唱和的词人。他的家世、经历都与陈迦陵颇多相似之处。他早岁做艳词,以"十索"名躁于时,有"隽永有曲致"之评,"奏销"案后,词风渐转沉郁,在理论上对词是"小道""诗余"的观念也进行了批评:

> 顾又谓:"词者诗之余也,大雅所不道也。故六代之绮靡柔曼,几为词苑滥觞,自唐文三变,燕、许、李、杜诸君子,变而愈上,遂障其澜而为诗,宋人无诗,大家如欧、苏、黄、秦,不能力追初盛,多淫哇细响,变而愈下,遂泛其流而为词。"此主乎文章风会言之也。或又以永叔名冠词坛,当时谤其与女戚赠答。大为清流所薄;晏元献天圣间贤辅,乃至以作小词致讥。此较乎立德与立言轻重之异也。以余衡之,要皆竖儒之论耳。自三百篇未尝袭卿云纠缦之歌,《离骚》楚些不必蹈关雎麟趾之什;嗣是而诵周诗者,岂见少乎大风、天马也?推汉魏者,宁庋置乎开府、参军也?夫诗之为骚,骚之为乐府,乐府之为长短歌,为五七言古,为律,为绝,而至于为诗余,此正补古人之所未备也,而不得谓词劣于诗也。……此余决其为竖儒之论盖无疑也。②

---

① (清)陈廷焯:《白雨斋词话足本校注》上,屈兴国校注,328页,济南,齐鲁书社,1983。
② (清)任绳隗:《学文堂诗余序》,见《直木斋全集》卷11,清道光七年香荫楼刻本。

他明确反对词体是文体演变而渐趋卑下的产物,认为诗余作为文中题材不但是文体发展的必然,更有补古人未备的作用。任氏从"补"的角度来论证词体的作用,并给出具体的论证,较之空泛尊体显然多了很多理性的思考。

任氏认为词体非卑,自然对词为"小道"的观念不能容忍。

> 昔人谓诗人之赋丽以则,词人之赋丽以淫。盖香奁绣阁,不可奏于郊祀明堂也;春闺秋邸,不可拟于登高应制也;绮靡袅娜,不可俪于和平大雅也;倚谱切声,不可语于自然协律也。虽然,亦顾其人为何如耳。宗元、禹锡诗亦蹈淫,希文、子瞻词不失则,词何足以病人,人顾足以累词耳。①

该序文以好词与恶诗作对比,指出词是表情达意的工具,关键看词人能否摆脱艳科束缚,自铸其词。这些都成为阳羡词派推尊词体的重要主张。

蒋景祁(1646—1695),字京少,一作荆少,宜兴(今属江苏)人。生年较晚,比陈维崧小20余岁,但其命运与迦陵等阳羡词人同样坎坷不济。作为阳羡词派的后期中坚,迦陵对其甚为看重,迦陵临终前,蒋景祁曾为迦陵编选《陈检讨词钞》十二卷,并序云:

> 先生之词,则先生之真古文也。盖尝论之文章之源流,古今同贯,而历览作者,其所成就,未尝不各擅一家,虽累百变而不相袭,故读之者亦服习焉而不厌也。五经文字,无敢轻议,后此则《离骚》祖风雅,词赋家祖骚,史家祖迁、固,体制殊别,不能为易。然纵横变化,存乎其人,譬如游蓬壶者,耳目睹记,大抵皆神仙窟宅,而所称三神山蓬莱、方丈之属,本倏忽变幻,不可方物,入之者目玩意移,至不能举其数。

---

① (清)任绳隗:《直木斋全集》卷十一,清道光七年香荫楼刻本。

若规格一定,意境无异,如世摩画化人宫阙,纵极工丽,一览已尽,又况乎胶滞笔墨者耶?文章之道,亦如是而已。词之兴,其非古矣。《花间》犹唐音也,《草堂》则宋调矣,元明而后,驳骏卑靡。学者苟有志于古之作者而守其藩篱,即起温、韦、周、秦、辛、苏诸公于今日,其不能有所度越也已。①

蒋氏论词强调变化,认为变乃是"各擅胜场"的前提条件,是有所成就并让人学习不厌的标准。蒋的贡献在于,他把这种变化的依据归根于创作者自身,纵横变化是存乎其人的,因此,所谓变化的独创性,也就成了各人写各人的所思所见,于是也就没有所谓的藩篱,也就没有了千人一面的规格。正是在这些基础上,蒋氏也更强调风格的多样性。他反对只认艳语作当行本色的看法,认为只要写得好都是当行本色,反对专尊词人之词的说法。其评论《横江词》云:"词于文章家为一体,而今作者率趋焉,纵横凌厉,往往举其全力赴之,固不必专尊词人之词为当行本色也。"又云:"宋词唯东坡、稼轩魄力极大,故其为言豪放不羁,然细按之未尝不协律也。下此乃多入闺房亵冶之语,以为当行本色。夫所谓当行本色语,要须不直不逼,宛转回互,与诗体微别,勿令径尽耳。专谱艳词狎语,岂得无过哉?"《雅坪词谱跋》蒋景祁认为,词体当行与否的标准是不直不逼,宛转回互,符合此标准便是当行,强调了词体风格的多样性,同时也为豪放张目。蒋氏将词看作文章家一体,抛开词是诗余、小道,也俨然有尊体之意。蒋氏论词还"重意"。蒋评沈朝初《不遮山诗余》中《吴山》一首:"一片哀笔急管,慷慨悲凉,是纯以意胜者,区区描情绘景,退避三舍。"又评陆茱《雅坪词谱》卷三《喜迁莺·立冬》一首:"金门节候,故乡风物并入篇中,言淡而意远。"可看出,他常用"意"作为衡量的尺度。"纯以意胜""言淡而意远",是要求有内在意蕴的词学观念。

---

① (清)蒋景祁:《陈检讨词钞序》,见陈维崧:《湖海楼词》,乾隆六十年浩然堂刻本。

蒋景祁词学思想中另一值得注意的是他已经出现了折中南北，调和辛、姜的倾向。其在《刻瑶华集述》中云："今词家率分南北宋为两宗，歧趋者易至角立。究之臻其堂奥，鲜不殊途同归也。犹论曲亦分南浙，吾皆不谓之知音。"云间宗法北宋、浙派取径南宋，蒋景祁有意调和南北宋，即使在南宋词人中，对于辛、姜这样的对立词风，他也是兼收并取的。他曾数次称颂姜夔。《雅坪词谱跋》："体致修洁，运掉清新，极刻划而不流倔强，极旖旎而不涉轻靡，真是姜白石、史邦卿佳境。"又云："体制精整，比当以白石、玉田诸君子为法。守此格者则秀水朱日讲耳。"他在自己的选本中也贯彻了这一主张，《瑶华集》视野非常开阔，选词不限浙西、阳羡，类型上对闺阁、遗民等词人均有涉及。王士禛晚年称许道："宜兴门人蒋京少（景祁）编《瑶华集》，凡二十卷，搜采国朝名家填词甚富。二十年前，予在扬州与故友武进邹祗谟（程村）撰《倚声集》，起万历末，迄顺治初年，以继卓珂月（人月）、徐野君（士俊）《词统》之后，蒋此编又起顺治，迄于今，以继《倚声》之后，合观三集，三百二十年间，作者略备矣。"①

万树（1630—1688），字红友，一字花农，号山翁、山农，常州人，清代著名诗人、词学家。万树论词的特点和成就在词律。他积二十年之功所作的《词律》，是阳羡词派重要的理论成果。其自序云：

> 乃今泛泛之流，别有超超之论，谓词以琢辞见妙，炼句称工。但求选艳而披华，可使惊新而赏异，奚必斤斤于句读之末，琐琐于平仄之微，况世传啸余一编，即为铁板，近更有图谱数卷，尤是金科。凡调之稍有难谐，皆谱所已经驳正。但从顺口，便可名家。于是篇牍汗牛，枣梨充栋。至今日而词风愈盛，词学愈衰矣。②

---

① （清）王士禛：《居易录》卷4，见《景印四库全书》第869册，348页，北京，商务印书馆，1985。
② （清）万树：《词律序》，见《词律》影印本，上海，上海古籍出版社，1984。

万树认为词律是词学的重要部分，如果不能精研，光从字句、平仄上下功夫是缘木求鱼。重视词律是阳羡词派的一贯主张，蒋景祁曾云："西河洞晓音律，为词学宗师，其推敹宋韵，严辨出入，至精且晰，然以去矜之书为不必作，则又矫枉过其正矣。……去矜之书本以词调曼衍，宽其约法，使人易遵。……窃思唐代诸名家所为排体，最富至百十韵者，其布置岂不倍难于词，而未闻有所通借。则作者之工拙、妍丑信不系乎韵之宽与严也？去矜之论从于宽；西河之意严，而其论愈失之宽。读者勿以词害意，而一奉休文之韵为宗，则两家之说可息矣。"《刻瑶华集述》毛奇龄认为词韵之书可以不作，万树明确反对，认为四声可以通达，但是用韵还是宜严。

《词律》是在清初规范词格以推尊词体的大背景下所作的，杜文澜在《词律校勘记序》中也说："故当日填词家虽自制之腔，亦能协律，由于宫谱之备也。元明以来，宫调失传，作者腔每自度，音不求谐，于是词之体渐卑，词之学渐废，而词之律则更鲜有言之者。七百年古调元音，直欲与高筑嵇琴同成绝响。"[1]丁绍仪曾云："格调之舛，明词为甚，国初诸家，亦尚不免。盖奉程张二家啸馀图谱为式，踵讹袭陋，如行云雾中。康熙初，宜兴万红友断断辨证，定为词律，廓清之功不小。"[2]万树对于前人词律之作多有批驳修正，共收唐、宋、金、元词660调，1180余种体。虽偶有疏漏，实在当时已称得上精严详备。吴衡照《莲子居词话》中说："万红友当樛轇榛枯之时，为词宗护法，可谓功臣。"[3]《词律》是一部集大成的作品，通过对以往词律的批驳纠误，构建了词律谱的基本框架，确立了词律谱的谱式内容和体例编排，成为当时词坛词律谱的范本。

阳羡词派作为特定历史时期的产物，由盛而衰仅仅经历了十余年。当其盛时，"康乾之际，言词者莫不以朱、陈为范围"。[4]然而，随着社会控制的

---

[1] （清）江顺诒辑：《词学集成》，见唐圭璋编：《词话丛编》，3237页，北京，中华书局，1986。
[2] （清）丁绍仪辑：《听秋声馆词话》，见唐圭璋编：《词话丛编》，2575页，北京，中华书局，1986。
[3] （清）吴衡照撰：《莲子居词话》，见唐圭璋编：《词话丛编》，2403页，北京，中华书局，1986。
[4] 徐珂撰：《近词丛话》，见唐圭璋编：《词话丛编》，4222页，北京，中华书局，1986。

越来越严密，承平之日也渐多，终究陈不胜朱，主张醇雅清空的浙西词派，因为适应王朝的需要而走向了历史的舞台。当然，这并不代表阳羡理论的就此歇焰，二百年后，当时代有了新的变化和需要的时候，我们会看到与阳羡词派有着深厚渊源的常州词派的继起。

◎ 第四节
早期浙派的词学思想

浙西词派在阳羡词派同时而稍后，也就是阳羡趋向衰落之时，浙西词派已经登上历史舞台，但二者有着明显不同的命运。此后，阳羡词派逐渐式微，浙西词派却蓬勃发展，名家众多，成为清代存在时间最久、影响最深远的词派。浙派历康、雍、乾、嘉、道数朝，直到常州词派兴起，还有不少余韵留存。浙派势力的强大是时势使然。承平日久，前朝遗老们已经渐次淡出历史舞台，国恨家仇的影响在逐渐淡化。清朝统治者恩威并施的统治策略震慑和收买了大部分知识分子，于是能适合统治者需要的歌颂升平、倡导雅正的词风自然会成为时代的主流，至少是官方主流。叶嘉莹指出："由秀水朱彝尊所倡导而形成的所谓浙西词派，在有清一代之词与词学的发展和演化中，实在占有一个极值得重视的地位。因为朱氏之词与词学所代表的，原来可以说正是由明清之际的兴亡激荡，而转入康熙盛世之成熟反思的一个重要阶段。"[1]当然，浙派自身的创作与理论调适能力也起到了很大的作用，以朱彝尊为代表的前期浙派，厉鹗为领袖的中期浙派，吴锡麒为代表的后期词派，甚至直到很晚的戈载，都能根据词坛情况做出相应的理论及创作回应，因此说，浙派实际上是一个比"云间""阳羡"要复杂得多的词学流派。

---

[1] 叶嘉莹：《浙西词派创始人朱彝尊之词与词论及其影响》，载《中国文化》，1995（1）。

一、朱彝尊与前期浙派

康熙十七年（1678），朱彝尊主编的《词综》由藏书家汪森增订付梓。十八年（1679），51 岁的朱彝尊以博学鸿词科入翰林与史馆，也是在这一年，龚翔麟汇编的《浙西六家词》在金陵刊刻印行。这几个事件成为浙西词派走向词坛的标志。当然，一个词派的形成与兴盛不是一蹴而就的，此前浙西已经提出了自己的理论主张并开始在创作中践行，初步形成同气相求的团体。

朱秀水论词有几大特点：首先是倡导南宋词风。词之为道，有剥必复，"云间""广陵"等都学南唐、北宋，至秀水始学南宋。《词综·发凡》云："世人言词，必称北宋。然词至南宋，始极其工，至宋季始极其变，姜尧章氏最为杰出。"[1] 陈对鸥云："自《浙西六家词》出，瓣香南宋，另开生面，于是四方承学之士，从风附响，知所指归。"[2] 都是强调朱彝尊在倡导南宋词风方面的作用。但朱彝尊实际上不是专意学南宋，而是南北兼取辩证看待的。朱彝尊在《水村琴趣序》中说："予尝持论，谓小令当法汴京以前，慢词则取诸南渡。"《书东田词卷后》云："窃谓南唐、北宋惟小令为工，若慢词，至南宋始极其变。"[3] 陈廷焯云："国初多宗北宋，竹垞独取南宋，分虎、符曾佐之，而风气一变。"[4] 稍有偏颇，风气一变是肯定的，但是竹垞实际上并不独取南宋，而是慢词取法南宋，小令仍以北宋为高。

不仅如此，秀水也不是一开始就自觉地独取南宋，也是经历了一番变化的。徐釚评论朱彝尊早期词风："锡鬯天才踔厉，诗文脍炙海内，填词与柳七、黄九争胜。叶元礼尝作骈体文序之，缀以绝句云：'鸳鸯湖口推朱十，

---

[1] （清）朱彝尊、汪森编：《词综·发凡》，10 页，上海，上海古籍出版社，1978。
[2] （清）冯金伯辑：《词苑萃编》，见唐圭璋编：《词话丛编》，1951 页，北京，中华书局，1986。
[3] （清）朱彝尊：《书东田词卷后》，见《曝书亭集》卷 53，景印文渊阁四库全书本。
[4] （清）陈廷焯撰：《白雨斋词话》，见唐圭璋编：《词话丛编》，3825 页，北京，中华书局，1986。

代北汶西词客哀。弄墨偶然工小令，人间肠断贺方回。'"①这与他后来称自己"不师秦七，不师黄九，倚新声、玉田差近"相矛盾。说明其早期词风也是从北宋入手的。到以词"空中传恨"的转变实有两个原因。一方面是生存环境及人生经历的转变。严迪昌指出："康熙三年到康熙十七年，即'西北至云中'入曹溶大同备兵署为幕僚，到'策柴车入京师'应'鸿博'之征，寄迹'僧舍'这段前后达15个年头的落魄坎坷。这是朱彝尊'短衣尘垢，栖栖北风雨雪之间'，其'羁愁潦倒'、'糊口四方，多于筝人酒徒相狎'，一生中最为恓惶的阶段。"②生活的磨砺不能不在其词作当中表现出来，朱彝尊词作《解佩令·自题词集》也写道：

　　十年磨剑，五陵结客，把平生、涕泪都飘尽。老去填词，一半是，空中传恨。几曾围、燕钗蝉鬓？

　　不师秦七，不师黄九，倚新声、玉田差近。落拓江湖，且分付、歌筵红粉。料封侯、白头无分！

另一方面，与这种转变相关的，就是曹溶对其词风的影响。朱彝尊描述："彝尊忆壮日从先生（曹溶）南游岭表，西北至云中，酒阑登陴，往往以小令、慢词，更迭倡和。有井水处，辄为银筝、檀板所歌。念倚声虽小道，当其为之，必崇尔雅，斥淫哇，极其能事，则亦足以宣昭六义，鼓吹元音。往者明三百祀，词学失传，先生搜辑南宋遗集，尊曾表而出之。数十年来，浙西填词者，家白石而户玉田，春容大雅，风气之变，实由先生。"③曹溶搜集南宋词集，昭六义、鼓元音，对浙派是有显著影响的。陈之遴说："秋岳才大如斗，体苞众妙，当世罕俦。独于诗余，间或商之于余。余应之

---

① （清）冯金伯辑：《词苑萃编》，见唐圭璋编：《词话丛编》，1941页，北京，中华书局，1986。
② 严迪昌：《清词史》，263～264页，南京，江苏古籍出版社，1999。
③ （清）曹溶：《静惕堂词》，见陈乃乾辑：《清名家词》第一卷，"静惕堂词序"1页，上海，上海书店，1982。

曰：'选义按部，考词就班，此即填词之金科玉律也'。公乃日夕揣摩，不屑屑于南唐、北宋，而自出机杼，独立营垒，建大将旗鼓，而出井陉。望之者皆旗靡辙乱。"①可见曹溶确实独取南宋并影响到浙派，因此我们溯源浙派多言及曹溶，但是鉴于曹溶本身的多面与复杂，对此中影响亦不能过分强调。

朱彝尊取法南宋的着眼点乃是南宋词寄托精微，南宋多黍离麦秀之悲，和南宋词人类似的经历导致了强烈的情感共鸣。朱彝尊《红盐词序》说："词虽小技，昔之通儒巨公往往为之。盖有诗所难言者，委曲倚之于声，其辞愈微，而其旨益远。善言词者，假闺房儿女之言，通之于离骚变雅之义。此尤不得志于时者所宜寄情焉耳。"②浙西词家推崇南宋词大都有与朱彝尊相似的思想感情因素，如浙西六家之一的李符就称："余布袍落魄，放浪形骸，自谓颇类玉田子。年来亦以倚声自遣，爱读其词。"③正是指身世遭际的感同身受，寄寓其中，惺惺相惜的情感因素。浙西六家另一位龚翔麟在谈到王沂孙、张炎时也说：

  叔夏尝谓：中仙词极娴雅，有白石意趣。仇山村亦云：叔夏词律吕协洽，当与白石老仙相鼓吹。是二家之词，非深于情者，未必能好。即好之而不善学，亦未必能似。④

可见，浙派早期词人对于王沂孙、张炎等南宋词人的认识多是着眼于深沉复杂的思想感情，如郭麐《灵芬馆词自序》："余少喜为侧艳之辞，以《花间》为宗，然未暇工也。中年以往，忧患鲜欢，则益讨沿词家之源流，藉以陶写厄塞，寄托清微，遂有令于南宋诸家之旨。"⑤可见浙派后学仍然继承了

---

① （清）朱崇才：《名家词钞评》卷一，见《词话丛编续编》，648页，北京，人民文学出版社，2010。
② （清）朱彝尊：《陈纬云红盐词序》，见《曝书亭集》卷40，景印文渊阁四库全书本。
③ （清）李符：《山中白云词序》，见《山中白云词》，沈阳，辽宁教育出版社，2001。
④ （清）冯金伯辑：《词苑萃编》，见唐圭璋编：《词话丛编》，1945页，北京，中华书局，1986。
⑤ （清）郭麐：《灵芬馆词》，见陈乃乾编：《清名家词》，2页，上海，上海书店，1982。

此种观点,但是大多数的浙派后学倾慕、取法的仅仅是南宋间的清雅。 与龚翔麟类似的,朱彝尊也是在这个意义上特别赏识姜夔和张炎的词作。 宋翔凤《乐府余论》剖析说:"词家之有姜石帚,犹诗家有杜少陵,继往开来,文中关键。 其流落江湖,不忘君国,皆借托比兴,于长短句寄之。 如《齐天乐》,伤二帝北狩也;《扬州慢》,惜无意恢复也;《暗香》、《疏影》,恨偏安也。 盖意愈切而辞益微,屈、宋之心,谁能见之? 乃长短句中复有白石道人也。"①陈廷焯《白雨斋词话》也阐述了相同的观点,指出白石词的特点是"感慨全在虚处,无迹可寻,人自不察耳。 感慨时事,发为诗歌,便已力据上游,特不宜说破,只可用比兴体。 即比兴中,亦须含蓄不露,斯为沉郁,斯为忠厚"②。 张炎词的特色也在此,《四库全书总目提要〈山中白云〉提要》说:"炎生于淳祐戊申,当宋邦沦复,年已三十有三,犹及见临安全盛之日,故其所作往往苍凉激楚,即景抒情,备写其身世盛衰之感,非徒以剪红刻翠为工。"易代之际的词人有许多身世家国感受,都属难言之隐,只能托物寓意,借水怨山。 姜夔、张炎寄托幽隐的表现方法,非常投合朱彝尊等浙西词派的脾胃。 清人郭麐对此解释并告诫说:"倚声家以姜、张为宗,是矣。 然必得胸中所欲言之意,与其不能尽言之意,而后缠绵委折,如往而复,皆有一唱三叹之致。"③

其次,朱彝尊推重的便是南宋词的精工和雅正。 南宋词无论用韵还是用字都较北宋词严格、有法度,少谑浪、俚俗之语。 南宋词风尚雅,陈廷焯说:"北宋间有俚语,间有伉语;南宋则一归纯正。"④陈匪石《声执》也云:"宋有俳词、谑词;不涉俳、谑,乃谓之雅,此种风尚成于南宋。"⑤朱彝尊倡导学南宋也是针对当时词坛现实的,《水村琴趣序》云:"词自宋元以后,明三百年为擅场者,排之以硬语,每与调乖;窜之以新腔,难与谱合。"不仅

---

① (清)宋翔凤撰:《乐府余论》,见唐圭璋编:《词话丛编》,2503 页,北京,中华书局,1986。
② (清)陈廷焯撰:《白雨斋词话》,见唐圭璋编:《词话丛编》,3797 页,北京,中华书局,1986。
③ (清)郭麐撰:《灵芬馆词话》,见唐圭璋编:《词话丛编》,1524 页,北京,中华书局,1986。
④ (清)陈廷焯:《词坛丛话》,见《白雨斋词话足本校注》下,816 页,济南,齐鲁书社,1983。
⑤ (清)陈匪石撰:《声执》,见唐圭璋编:《词话丛编》,4955~4956 页,北京,中华书局,1986。

如此，受《草堂诗余》等影响的词风在朱彝尊看来也是俗的。其云："词人之作自《草堂诗余》盛行，屏去《激楚》、《阳阿》而巴人之唱齐进矣。周公谨《绝妙好词》选本虽未全醇，然中多俊语，方诸《草堂》所录雅俗殊分。"①朱彝尊觉得南宋词的这种雅致能医治明代以来的词学俗的弊病。他还编纂《词综》用以替代《草堂诗余》，特别推崇南宋周密的《绝妙好词》等几部词选。

朱彝尊的雅正观还可以上溯到曹溶。曹溶有言：

> 填词于摛文最为末艺，而染翰若有神工。盖以偷声减字，惟摭流景于目前，而换羽移宫，不留妙理于言外。虽集天份之殊优，加人工之雅缛，究非单行种草，本色真乘也。所贵旨取花明，语能蝉脱；议论便入鬼趣，淹博终成骨董。在俪玉骈金者，向称笨伯；而衿虫斗鹤者，未免伧父。用写哀曲，亟参活句。有若国色天香，生机欲跃，如彼山光潭影，深造匪艰。务令味之者一唱三叹，聆之者动魄惊心。所云竟致相诡，无理入妙者，代不数人，人不数句。其有造词过壮，则与情相戾；辩言过理，又与景相违。剽似者靡而短于思，臆创者俳而浅于法。剪采杂，而颛古者卑之；操作易，而深研者病之。即工力悉敌，意态纷陈，要皆糠秕，堕彼云雾，不知文余妙谛，解出旁观。词话一书，似复以庄注郭，以疏钞经。然肇自李唐、赵宋，迄于胜国、熙朝，辨及九宫四声，断自连章集字，所赖集诸家而为大晟，规模亦可尽变，综前说而出新编，穿贯即为知音也。……上不牵累唐诗，下不滥侵元曲者，词之正位也；豪旷不冒苏辛，秽亵不落周柳者，词之大家也。②

我们注意到，朱彝尊所说的尊南宋，实际上词风专有所指，即以姜夔、张炎为代表的清空骚雅词风。他说："填词最雅无过石帚。"邓廷桢云："词

---

① （清）朱彝尊：《书绝妙好词后》，见《曝书亭集》卷43，景印文渊阁四库全书本。
② （清）沈雄：《古今词话》，1页，上海，上海书店，1987。

家之有白石,犹书家之有逸少,诗家之有浣花。"①姜夔、张炎词风在浙派后学这里越来越重要,成为婉约、豪放之外的第三派。 凌廷堪云:"填词之道,须取法南宋,然其中亦有两派焉。 一派为白石,以'清空'为主,高、史辅之。 前则有梦窗、竹山、西麓、虚斋、蒲江,后则有玉田、圣与、公谨、商隐诸人,扫除野狐,独标正谛,犹禅之南宗也。"②至于辛弃疾的豪放是被排除在外的。 浙派这种取径也为弊端埋下了种子。 陈匪石云竹垞有言:"世人言词,必称北宋。 然词至南宋始极其工,至宋季始极其变。 此在当时,自有两种道理:一则词至明季,尽成浮响,皆有高谈《花间》、《尊前》,鄙南宋而不观之过,故以此语矫之;二则竹垞专宗乐笑翁,遂开二百年浙西词派,其得力正在宋季,自言其所致力也。"③这段话清晰地表明到浙西末学,言南宋等同于言姜、张。 朱彝尊这是有为而作,并不是轻视北宋,至于后来末学的专意南宋皮毛,锡鬯是不任其咎的。 南宋的清空骚雅,在朱彝尊可能更多的是基于慢词的特质及词体托尊的需要,但是客观上却适应了"盛世"的需要,从而也促成了浙西词派的大盛。 高佑钯云:"词始于唐,衍于五代,盛于宋,沿于元,而榛芜于明,明词佳者不数家,余悉踵《草堂》之习,鄙俚袭狃,风雅荡然矣。 文章气运,有剥必复,吾友朱子锡鬯出而振兴斯道,俞子右吉,周子青士,彭子羡门,沈子山子、融谷,抟九,李子武曾、分虎,共阐宗风。"④朱彝尊宗法南宋、倡导醇雅,确实在振兴词体方面功绩显著,但其创作中排斥豪放词风,整体上不脱传统正变观的窠臼,尤其是其晚期对于"词欢愉而后工"的说法,更是将词等同于茶余饭后的无事靡靡,用意可能是托尊词体,强调词体特质,但实际的效果确实割裂了词体与现实生活的血肉联系,成为无本之木,无源之水。 他说:"昌黎子曰

---

① (清)邓廷桢撰:《双砚斋词话》,见唐圭璋编:《词话丛编》,2525 页,北京,中华书局,1986。
② (清)谢章铤撰:《赌棋山庄词话》,见唐圭璋编:《词话丛编》,3357 页,北京,中华书局,1986。
③ (清)陈匪石编著:《旧时月色斋词谭》,见《宋词举》附 211~212 页,南京,江苏古籍出版社,2002。
④ (清)高佑钯:《湖海楼词序》,见陈维崧:《湖海楼词》,乾隆六十三年浩然堂刻本。

'欢愉之言难工,愁苦之言易好。'斯亦善言诗矣。至于词或不然,大都欢愉之辞工者十九,而言愁苦者十一焉耳。故诗际兵戈俶扰,流离琐尾,而作者愈工,词则宜于宴嬉逸乐,以歌咏太平,此学士大夫并存焉而不废也。"① 就其自身而言,可能是一时一地之言,但是作为浙派的宗主,他的这些论调产生了深远的影响。

李良年(1635—1694),字武曾。少有隽才,与兄绳远、弟符齐名,时称"三李";又与朱彝尊并称"朱、李"。官场蹭蹬,后来于秋锦山房聚徒讲学,他在《秋锦山房集·钱鱼山词序》中说:

> 诗人而工词,唐之李太白,特偶为之。他如温、韦、牛、薛诸家,及宋之欧、秦、范、陆皆诗人也。词非不工而世终以诗人目之,则以诗掩其词,抑或其词犹未免逊于专家耳。宋固多于词者,至南宋而盛,白石、玉田、梦草二窗极专家之能事矣。诚取其词,息心澄虑,与前数公相比絜,其射较一镞,弈争一子,非解人不易知也。或谓北宋诸家多有温厚之音、豪宕之气,后此似不逮,子何独偏袒南渡?予谓:如君言,论近诗矣,词则否。倚声按拍在绮筵朱户、香帘锦瑟之旁,杂以壮夫壮士,斯婵娟却步矣。

这段论述可以看出,浙派各家虽同尊南宋,但是实际取择在原因上还是各不相同的。李良年学南宋主要是推重吴文英和张炎,二者一密一疏,但是都各极其工,他认为如能兼到,方为作手。曹贞吉曾称赞良年说:"秋锦论词必尽扫蹊径,独露本色。尝谓南宋词人,如梦窗之密,玉田之疏,必兼之乃工。"《秋锦山房集·序》因此,结合《钱鱼山词序》我们可以看出,李良年偏袒南宋,并选择吴文英和张炎,其原因正在于南宋词更符合他所认为的词体特征,他认为北宋词人成就虽高,但是并不是"专家能事",南宋才是

---

① (清)朱彝尊:《紫云词序》,见《曝书亭集》卷40,景印文渊阁四库全书本。

专家。也就是说词才是真正代表南宋文学成就的,南宋的词之所以是词中的正宗,是因为"绮筵朱户、香帘锦瑟"在旁,看来李良年所推崇的是词体不同于诗体的表现内容和审美特征。结合前面对于朱彝尊、汪森的论述,朱彝尊倡南宋,取法的是清空醇雅,是疏也,而汪森、李良年等人推崇吴文英,是密也,虽都讲"兼之",但实际上还是各有侧重,或许名家作手还能兼妙,但是越到末流,浅情薄才,必然会走向一偏,因此疏密的问题一直伴随着浙派的发展。

早期浙派词人中,还有类似沈皥日(字融谷)这样较复杂的浙派词人,沈皥日词被编入《浙西六家词》,因此是早期浙派的代表人物。龚翔麟在《柘西精舍词序》中说其:"融谷情之所至,发为声音,莫不缠绵谐婉,诵之可以忘倦,虽其博综乐府,兼括众长,固不尽出于二家,然体格各有所近,不位置融谷于二家之间不可也。"[①]二家是指王沂孙和张炎,说明其词风与朱、汪等人相较,还是有些差别的。尤其在他南游岭南之后,词学思想发生转变。《瓜庐词序》云:

> 近代词家林立,指不胜屈。阳羡宗北宋,秀水宗南宋,北宋以爽快为主,南宋以幽秀为主,好尚或有不同。而秀水《词综》一书,二者并收,未尝有所独去而独存也。爽快之弊或近于粗,或入于滑,而泛滥极于鄙且俚,幽秀则无弊,秀水之意盖如是乎?虽然,一代有一代之风气,一人有一人之性情,既不可强之使合,亦不可强之使分。得乎心,应乎手,各自吐其所怀,自成其一家所言,以待后来之论定而已矣。余少从秀水游,学为倚声之学,好读玉田、白石诸作,偶有所作,按拍而讴,有《江楼合选》一刻,有在《浙西六家词》一刻,有《岁寒词》一刻,皆词坛诸公不我见弃,谬为播扬。然余怀囷囷,夜蛩诉雨,败叶吟风,有感于中不能自已。若别之为南,别之为北,则茫茫无以答也……嗟乎,

---

① (清)龚翔麟辑:《浙西六家词》,58页,济南,齐鲁书社,1997。

吾生日逆之境也，仅于字句间求此一刻之快意，犹畏缩不敢出诸口，何其愚也。勉强求南，勉强求北，余则未之敢信而何以信于人？①

沈皞日认为创造以情为主，消解了南北宋的区别，提出的"一代有一代之风气，一人有一人之性情"，以及"得乎心，应乎手，各自吐其所怀，自成其一家所言"的主张，在当时还是颇为难得的。

二、汪森与《词综》编纂

汪森（1653—1726），字晋贤，号碧巢，安徽休宁人。虽不是两浙人士，但长期居桐乡，与两浙士人相交甚厚。增补《词综》十卷，所作《词综·序》是浙西词派的理论性代表作。序文称：

> 古诗之于乐府，近体之于词，分镳并骋，非有先后。谓诗降为词，以词为诗之余，殆非通论矣。西蜀、南唐而后，作者日盛。宣和君臣，转相矜尚。曲调愈多，流派因之亦别。短长互见，言情者或失之俚，使事者或失之伉。鄱阳姜夔出，句琢字炼，归于醇雅。于是史达祖、高观国羽翼之，张辑、吴文英师之于前，赵以夫、蒋捷、周密、陈允衡、王沂孙、张炎、张翥效之于后。譬之于乐，舞《箾》至于九变，而词之能事毕矣。世之论词者，惟《草堂》是规，白石、梅溪诸家，或未窥其集，辄高自矜诩。予尝病焉，顾未有以夺之也。友人朱子锡鬯，辑有唐以来迄于元人所为词，凡一十八卷，目曰《词综》，访予梧桐乡。予览而有契于心，请雕刻以行。②

这篇序言中，汪森交代了当时词坛的背景及朱彝尊作《词综》的理论目

---

① 孙克强、杨传庆、斐喆编著：《清人词话》，544页，天津，南开大学出版社，2012。
② （清）朱彝尊著、汪森编：《词综》"序"1页，上海，上海古籍出版社，1978。

的，交代了自己续编的过程，更重要的是提出了独具特色的理论主张。

朱彝尊词论多只言片语、零零碎碎、一鳞半爪，而且时有先后龃龉之处。对于推尊词体，朱彝尊实际上并没有明确的理论文字，但是推尊词体不仅是清词复兴的标志，更是各家努力的方向，只不过大家采取的策略多有不同。汪森在这篇《序》中反对词为诗余的看法，认为词与诗并行，非有先后。以词是诗余，这是宋朝以来的普遍看法，如"王荆公初为参知政事，闲日因阅读晏元献公小词而笑曰：'为宰相而作小词，可乎？'"①陆游、王士禛等都曾"悔其少作"，这当然是贬义的看法。但还有另一面，名"诗余"不仅为词的绮艳香萝作辩护，同时，也能为词体提供更多的自由度。明词因此而亡，这是人所共知的。到了清代，词体因时代而复兴，词人歌哭都一寓于词，有了深沉的内容和宏大的题目，以往的小道、诗余观念就成了必须清除的路障。汪森找到的策略就是从"兼言""齐言"和倚声合乐的角度来反对词是诗余的观点，这和朱彝尊在接受词是"小道""诗余"前提下，提出对词的精致、雅正追求是有着明显不同的。但是，我们也应该注意到，汪森的出发点可能是要给词争一个平起平坐的地位，但是所举论据却很牵强，不足以支撑；他对南宋的推崇也比朱彝尊更极端，竟无一语论及北宋，取径渐趋狭窄，导致了浙派词的清空倾向。

《词综》可说是朱彝尊与汪森合作。朱彝尊《词综》二十六卷，汪森增补了十卷，全书共收录唐、五代、两宋、金、元词共计2253首，词人659人。《词综》贯彻了朱彝尊取径南宋，尊崇雅正的词学主张。《词综》前三十卷中，有十五卷是南宋词，其中姜夔、史达祖、高观国、吴文英、蒋捷、周密、陈允平、王沂孙、张炎等人入选词作最多，至于北宋的柳永、苏轼、秦观及南宋的辛弃疾等人则所选甚少。龙榆生指出："浙常二派出，而词学遂号中兴。风气转移，乃在一二选本之力。"就浙派而言，最有影响的选本首推《词综》，《词综》不仅标志着浙西派走上词坛，而且确实左右了词坛风

---

① （宋）魏泰：《东轩笔录》，52页，北京，中华书局，2006。

向。郭麐《灵芬馆词话》卷一说："本朝词人，以竹垞为至，一废《草堂》之陋，首阐白石之风。《词综》一书，鉴别精审，殆无遗憾。"又说："《草堂诗余》，玉石杂糅，芜陋特甚，近皆知厌弃之矣。然竹垞之论未出以前，诸家颇沿其习。故其《词综》刻成，喜而作词曰：'从今不按，旧日《草堂》句。'"①王昶《姚茝汀词雅序》说："国朝词人辈出，其始犹沿明之旧。及竹垞太史甄选《词综》，斥淫哇，删浮俗，取宋季姜夔、张炎诸词以为规范，由是江浙词人继之，蔚然跻于南宋之盛。"②陈匪石也说："所录之词，自唐迄元，一以雅正为鹄。盖朱氏当有明之后，为词专宗玉田，一洗明代纤巧靡曼之习，遂开浙西一派，垂二百年。简练揣摩，在清代颇占地位。"③

此后，人们依照《词综》体例，出现了一个"词选热"。王昶编纂《明词综》和《国朝词综》，与朱彝尊的《词综》曾一起付梓，合称《历朝词综》。此外，还有丁绍仪的《清词综补》，吴衡照的《明词综补》（见《莲子居词话》卷三），黄燮清的《国朝词综续编》（见《四部备要·集部》），清人的《女词综》（见《蕙风词话续编》卷二），民国林葆恒的《词综补遗》，民国沈宗畸的《今词综》（见《晨风阁丛书》第1集）等，形成一个"词综"系列。其他种类的词选，也深受《词综》影响。如清陈廷焯的《云韶集》选唐五代至清人的词作，不但"以雅为主"的去取标准与《词综》相同，而且自言所选之词的词调"悉本竹垞《词综》之例，不敢更易"。尽管《词综》也存在着诸多如错漏讹误、考核不精及取径偏窄的问题，但是整体上看，正如《四库全书总目提要》中所说："于专集及诸选本外，凡稗官野纪中有片词足录者，辄为采掇，故多他选未见之作。其词名、句读为他选所淆舛，及姓氏爵里之误，皆详考而订正之。其去取亦具有鉴别。盖彝尊本工于填词，平日尝以姜夔为词家正宗，而张辑、卢祖皋、史达祖、吴文英、蒋捷、王沂孙、张炎、周密为之羽翼。谓自此以后，得其门或寡。又谓小令当法汴京

---

① （清）郭麐撰：《灵芬馆词话》，见唐圭璋编：《词话丛编》，1505页，北京，中华书局，1986。
② （清）王昶：《春融堂集》卷41，见《姚汀词雅序》，清嘉庆十二年塾南书屋合刊本。
③ （清）陈匪石撰：《声执》，见唐圭璋编：《词话丛编》，4962页，北京，中华书局，1986。

以前，慢词则取诸南渡，又谓论词必出于雅正，故曾惜录《雅词》，铜阳居士辑《复雅》。又盛称《绝妙好词》甄录之当。其立说，大抵精确，故其所选能择简不苟如此。以视《花间》、《草堂》诸编，胜之远矣。"几无半句批评。

◎ 第五节
李渔、顾贞观、纳兰性德的词学主张

清初词学，首推"云间"，而后余风所及，有此派的羽翼及回响。至康熙朝，浙西词派因为其理论主张和彼时政治环境及士人心态相契，故被推上词坛盟主之位，牢笼词坛百余年，但是总有掉臂独行之士，嘎嘎独造之音。他们的存在哪怕没能形成风气、养成气候、产生深远的影响，但仍能在浙西的滔天巨浪中独自弄潮，以其批评视野和理论触角丰富着词坛景象。

一、李渔的词学主张

李渔词学观点主要体现在《窥词管见》二十二则，以及《名词选胜序》《耐歌词自序》两篇序文当中。

李渔的词论有着不同于以往的特色，有较强的理论性、思辨性，有许多精到的见解。李渔曾说："填词非末技，乃与史传诗文同源而异派者也。"[1]那么他所谓的这些文体的共同之"源"是指什么呢？李渔指出："文章者，心之花也；溯其根荄，则始于天地。天地英华之气无时不泄。泄于物者，

---

[1] （清）李渔：《闲情偶寄》，16页，上海，上海古籍出版社，2000。

则为山川草木；泄于人者，则为诗赋词章。"①这说明李渔有着明确的尊体意识，正是在这种意识的基础上，李渔明辨了诗词曲三者的区别。

> 作词之难，难于上不似诗，下不类曲，不淄不磷，立于二者之中。大约空疏者作词，无意肖曲，而不觉彷佛乎曲。有学问人作词，尽力避诗，而究竟不离于诗。一则苦于习久难变，一则迫于舍此实无也。欲为天下词人去此二弊，当令浅者深之，高者下之，一俯一仰，而处于才不才之间，词之三昧得矣。②

以往论家辨析诗词之间的异同多不得要领，李渔将词放在诗曲中间，认为词的特质正在于不类诗、不类曲，"才不才之间"，才能得"词之三昧"。

李渔所谓的"才华"是指："词采似属可缓，而亦置音律之前者，以有才技之分也。文词稍胜者即号才人，音律极精者终为艺士。"③才华主要体现在作者因性情而落墨的词采，至于音律即使再精熟，也只是"艺人"。又云："曲与诗余，同是一种文字。古今刻本中，诗余能佳而曲不能尽佳者，诗余可选而曲不可选也。诗余最短，每篇不过数十字，作者虽多，入选者不多，弃短取长，是以但见其美。曲文虽长，每折必须数曲，每部必须数十折，非八斗之才，不能始终如一。"④如此，词体在词采的华丽上还要高于诗歌了。

论"情景"也是李渔词论的鲜明特色。

> 作词之料，不过情景二字，非对眼前写景，即据心上说情，说得情出，写得景明，即是好词。情景都是现在事，舍现在不求，而求诸千里

---

① （清）李渔：《李渔全集》第三卷，34 页，杭州，浙江古籍出版社，1991。
② （清）李渔：《李渔全集》第二卷，506 页，杭州，浙江古籍出版社，1991。
③ （清）李渔：《闲情偶寄》，18 页，上海，上海古籍出版社，2000。
④ （清）李渔：《闲情偶寄》，32 页，上海，上海古籍出版社，2000。

之外，百世之上，是舍易求难，路头先左，安得复有好词。①

词虽不出情景二字，然二字亦分主客。情为主，景是客，说景即是说情，非借物遣怀，即将人喻物。有全篇不露秋毫情意，而实句句是情，字字关情者。切勿泥定即景咏物之说，为题字所误，认真做向外面去。②

予谓总其大纲，则不出情景二字。景书所睹，情发欲言，情自中生，景由外得，二者难易之分，判如霄壤。以情乃一人之情，说张三要象张三，难通融于李四；景乃众人之景，写春夏尽是春夏，止分别于秋冬。善填词者当为所难，勿趋其易。③

情景关系是我国古代文论的重要论题，李渔对于情景强调"情真景明""据心上说情"，感情一定要发自内心的真实，然后通过文字"说得情出"，在此基础上，景物写得明，就能更好地辅助情的表达，如果景物不够直观、明了，就失去了主客。在情景关系中，情是主导，景物的描写是表达情感的需要，所以在李渔看来，单纯的写景咏物之作毫无意义，李渔这种主情的论调一方面是对明末主情论的继承，同时也影响了清代词学。

李渔论"雅俗"也值得注意。在我国古代文学思想史上，雅俗不只是一个趣味问题，更关系到优劣正变等复杂问题。清词词学的开展正是在对明词淫、艳、鄙、游的批判上展开的。李渔由于受生平活动范围等影响，论词虽以雅正为宗，却沾染俗的底色，如对于清代词学中屡受非议的柳永大加赞扬。

到春来，歌从字里生哀。是何人，暗中作祟，故令舌本慵抬？因自向神前默祷，才知是作者生灾。柳七词多，堪称曲祖，精魂不肯葬篷莱。思报本，人人动念，醵分典金钗。才一霎，风流冢上，踏满弓鞋。

---

① （清）李渔撰：《窥词管见》，见唐圭璋编：《词话丛编》，554 页，北京，中华书局，1986。
② （清）李渔撰：《窥词管见》，见唐圭璋编：《词话丛编》，554 页，北京，中华书局，1986。
③ （清）李渔：《闲情偶寄》，38 页，上海，上海古籍出版社，2000。

问郎君，才何恁巧，能令拙口生乖。不同时恼翻后学；难偕老，怨杀吾侪。口衮香魂，舌翻情浪，何殊夜夜伴多才。只此尽堪自慰，何必怅幽怀。做成例，年年此日，一莫荒台。①

他主张作词要选择常见之事，选择市民熟悉的题材，避免使用冷僻字。杜绝"有道学气，有书本气，有禅和子气"，不能有"隐事僻句"与"冷字"。将可解看作词的首要条件，认为："并勿作填词做，竟作与人面谈。又勿作与文人面谈，而与妻孥臧获辈面谈。有一字难解者，即为易去。"②但李渔论词还是以雅正为宗的，他认为："不俗则类腐儒之谈，太俗即非文人之笔。"③他追求的是"俗中带雅"。

雅中带俗，又于俗中见雅，活处寓板，即于板处证活。此等虽难，犹是词客优为之事。所难者，要有关系。关系维何？曰：于嘻笑诙谐之处，包含绝大文章，使忠孝节义之心，得此愈显。④

雅俗取向的区别，关系到词与诗的文体辨别。李渔云："凡作此等词，更难下笔，肖诗既不可，欲不肖诗又不能，则将何自而可。曰不难，有摹腔炼吻之法在。诗有诗之腔调，曲有曲之腔调，诗之腔调宜古雅，曲之腔调宜近俗，词之腔调，则在雅俗相和之间。"⑤诗贵雅，曲宜俗，词则在雅俗相和之间，《窥词管见》举例说："如畏摹腔炼吻之法难，请从字句入手。取曲中常用之字，习见之句，去其甚俗，而存其稍雅，又不数见于诗者，入于诸调之中，则是俨然一词，而非诗矣。"⑥李渔也知道，字句毕竟还是诗词的浅层

---

① （清）李渔：《清风吊柳七》，见《李渔全集》第二卷，495页，杭州，浙江古籍出版社，1992。
② （清）李渔撰：《窥词管见》，见唐圭璋编：《词话丛编》，554页，北京，中华书局，1986。
③ （清）李渔：《闲情偶寄》，75页，上海，上海古籍出版社，2000。
④ （清）李渔：《闲情偶寄》，76页，上海，上海古籍出版社，2000。
⑤ （清）李渔撰：《窥词管见》，见唐圭璋编：《词话丛编》，549页，北京，中华书局，1986。
⑥ （清）李渔撰：《窥词管见》，见唐圭璋编：《词话丛编》，549页，北京，中华书局，1986。

次,因此,他还在精神气度上强调词曲之间的区别。《窥词管见》云:"一字一句之微,即是词曲分歧之界,此就浅者而言。至论神情气度,则纸上之忧乐笑啼,与场上之悲欢离合,亦有似同而实别,可意会而不可言诠者。慧业之人,自能默探其秘。"①都是为了凸显词体的特质。

李渔论词针对明词开展,在清词复兴的背景下对辨体、尊体、雅俗等问题作出了回应。虽然明显带有新旧交替的痕迹,但是其词论具有较强的理论性和实践性,有较强的思辨精神,在清代词学的发展上是重要一环。

二、顾贞观的词学主张

顾贞观(1637—1714),初名华文,字华峰,号梁汾,是清初以词著名的作家,与陈维崧、朱彝尊有"词家三绝"之称,又与曹贞吉、纳兰性德并称"京华三绝"。顾氏生于大家族,有家学,兄弟几人都有词集行世。他对自己的词作非常自信,但其词学思想长期为学界所忽视,近人对于顾贞观的研究也常常附缀于纳兰性德,实际上正如纳兰自己承认的那样,他的词学思想深受顾贞观的影响。顾贞观仕途不顺利,满腹才学只作得数任小官,晚岁隐居,潜心理学,主持东林讲席,可以说大半生都坎坷困顿。当其与纳兰合作选编《今词初集》时,于词学还是颇为用力并力图创立词派的,但是随着容若的早逝,浙西的得势,顾贞观也就"何忍复拈长短句"了。

顾贞观的词学思想,主要表现在他为别人写的词序以及与纳兰性德同选的《今词初集》里,另外我们还可以从其他人对顾贞观的评价文字和他自己的作品《弹指词》中探知一二。

顾氏着力于词体创作,自然尊崇词体,这也是清初词体复兴的标志与表现。鲁超在作于康熙十六年(1677)的《今词初集》序文中引贞观的话说:

---

① (清)李渔撰:《窥词管见》,见唐圭璋编:《词话丛编》,550页,北京,中华书局,1986。

诗之体至唐而始备，然不得以五七言律绝为古诗之余也。乐府之变，得宋词而始尽，然不得以长短句之小令、中调、长调为古乐府之余也。词且不附庸于乐府，而谓肯寄闰于诗耶？①

顾氏在此段中认为词从乐府而来，强调词体的音乐背景，否认词体的附庸地位，尤其撇弃词是"诗余"的观点，其在李渔的《名词选胜序》中"盖以词名诗余，似必诗有余力，而后为之。夫既诗矣，焉得复有余力哉？"一语下评价说："世人借此一字，文其浅率，今道破矣。"显然，顾氏反对以诗余名词的观点，也可见清初词坛以诗余看待词体的仍大有人在。

顾贞观认为词与诗之间不是附庸关系。他还说："元微之曰：余读诗至杜子美，而知古人之才，有所总萃焉。不复以青莲并称，文章光焰，顿觉轩轻，至于樊川，诗格拗峭，且力矫长庆，何有西昆诸子矣。然此但就诗论诗歌，若以长短句言之，则青莲之《菩萨蛮》《忆秦娥》，故非饭颗山头苦吟所及。而《金荃》小令，即阻风中酒者见之，当自逊能。虽云壮夫不为，实亦天分有限。宋人以词名者，指不胜屈，而其中若《寿域集》，吾无取焉。窃疑诗词不甚相远，何前后杜氏才高若是，顾并优于彼而独黜于此也。"②不管这种立论是否恰当，从词体独立价值的角度出发，认为诗词有所分别，还是恰当的。但是我们也看到，顾贞观自己可能对于推尊词体也没有明确的理论指向，因此，当论及词体的地位、特质等内容时，又回到攀附诗骚的路线上来了，他作于康熙三十四年（1695）的《柳烟词序》中有"词本于《诗》"之语，其《浣花词序》亦云："诗在六朝曰绮靡，在三代以上曰温柔敦厚，此非词源之所出者乎？"③尊体路线要么是能就词体特质有所阐发，要么就回到拉近诗词距离的老路上来了，这是清人尊体的通病，倒也不能因此苛责顾贞观。

---

① （清）顾贞观、纳兰性德：《今词初集》，康熙刻本。
② （清）顾贞观：《浣花词序》，见侯晰：《梁谈词选》，民国初云轮阁抄本。
③ （清）顾贞观：《浣花词序》，见侯晰：《梁谈词选》，民国初云轮阁抄本。

顾贞观论词较重视自抒性灵，其在《十名家词序》中说："今人之论词，大概如昔人之论诗，主格者其历下之摹古乎？主趣者其公安之写意乎？迩者竞起而守晚宋四家，何异牧斋之主香山、眉山、渭南、遗山？要其得失，久而自定。"①针对当时方兴未艾的浙西词派，顾贞观表示了不同的看法，他认为词学不能单纯"摹古"。《栩园词弃稿序》的一段论述更具代表性："余受知香岩而于词尤服膺倦圃。容若尝从容问余两先生意指云何。余为述倦圃之言曰：词境易穷，学步古人，以数见不鲜为恨；变而谋新，又虑有伤大雅。子能免此二者，欧秦辛陆何多让焉？"②可见顾氏希望在不学步古人的前提下，追求变化谋新，这的确是词学中需要用心平衡的，学步古人就是袭蹈模拟，但是变化出常又容易失去词体本身的特征。变而不伤雅正是顾氏词学的基本看法，一面要求独抒性灵，一面强调不失其正，其《古今词选序》云：

  温柔而秀润、艳冶而清华，词之正也。雄奇而磊落，激昂而慷慨，词之变也。然工词之家，徒取乎温柔秀润，艳冶清华，而于雄奇磊落、激昂慷慨者概皆弃之，何以尽词之观哉？虽然执此论者，抑犹有未善焉。夫词调有长短，音有宫商，节有迟促，字有阴阳，此词家尺度不可紊也。今雄奇磊落、激昂慷慨者，任其才之所至，气之所行，而长短、宫商、迟促、阴阳诸律，置焉不问，则是狐其裘而羔其袖也。词之道，又不因是荡然乎？③

顾贞观的"正变说"大概脱胎于王士禛，王士禛认为"词家绮丽、豪放二派，往往分左右袒。予谓第当分正变，不当分优劣"。这是他思想的宏

---

① （清）况周颐撰：《蕙风词话　续词话》，见唐圭璋编：《词话丛编》，4542页，北京，中华书局，1986。
② （清）顾贞观：《与栩园论词书》，见（清）纳兰性德撰，赵秀亭等笺校：《饮水词笺校》附录，5页，北京，中华书局，2005。
③ （清）沈时栋：《古今词选》，民国十九年扫叶山房刻本。

通之处。另外需要我们注意的是，顾贞观在独抒性灵的同时还要求"铲削浮艳"，即排斥柔艳之词。在作于康熙三十四年（1695）的《柳烟词序》里他说：

> 古诗三千余篇，逸者十九，存者十一，统所存计之，柔情艳语，故不啻十一也。将无古之诗人，多所寄托，如楚辞之流连香草美人者耶？后世不察，概目之为刺淫夫，然则屈宋以下，殆无往而非刺矣。词本于诗，忽云"词人之则丽以淫"，一体之中，强分泾渭，于是高者不屑为，而下者则漫为之，致荡佚而不可返，填词之弊，职此其由。……《柳烟词》情之柔而语之艳，直仿佛《花间》《尊前》，要皆能自为之节，令柔者不致于溺，而艳者不失诸浮。含蕴既深，体裁复密。殊有合乎比兴之旨。由是以返，于诗径莫近焉。

从尊体的角度反对浮艳，顾贞观遇到了一个持类似观点者都会遇到的障碍，即如何看待前代经典中类似浮艳的作品。顾贞观认为词要"合乎比兴之旨"，这符合他所认同的词学审美理想，同时也是针对当时词坛的弊端而发的，唯一遗憾的就是他自己的词学实践未能贯彻自己的理论。

顾氏宗尚北宋。况周颐说顾贞观操选《今词初集》，"北宋宗风，兹焉未坠"。朱彝尊《水村琴趣序》亦云："余尝持论，谓小令当法汴京以前，慢词则取诸南渡，锡山顾典籍不以为然也。"[①]都从侧面证明了顾贞观对北宋的倾慕。顾贞观在《十名家词序》中说："余则以南唐二主当苏李，以晏氏父子当三曹，而虚少陵一席，窃比于钟记室独孤常州之云。"[②]没有提及南宋词人，他及本派词人也多擅长小令，都是明证。但顾贞观对北宋并不是一味肯定，对南宋也不是全部排斥。如对北宋杜安世就很瞧不上，对南宋的史达祖

---

① （清）朱彝尊：《水村琴趣序》，见《曝书亭集》卷40，景印文渊阁四库全书本。
② （清）况周颐撰：《蕙风词话续编》，见唐圭璋编：《词话丛编》，4543页，北京，中华书局，1986。

等人词作多有同调和词。他承认南宋词最工,但南宋的那种依靠才学,雕琢的工与他崇尚自然、性灵的审美理想相左,所以顾氏是有选择的兼取。《古今词选序》云:"吴江焦音沉君深有感焉,曰:'吾将折其中',于是汇唐宋以来迄本朝若干人列其词而核之,合正变二体之长,而汰其放纵不入律者。"①明言要折中而取二者之长。

顾贞观还非常重视词律,前引其《古今词选序》云:"今雄奇磊落、激昂慷慨者,任其才之所至,气之所行,而长短、宫商、迟促、阴阳诸律,置焉不问,则是狐其裘而羔其袖也。"②已可见这种旨向。从旁人对顾氏的评价中,也能得出这样的结论。杜文澜《憩园词话》卷二记载:"国朝词人最工律法者,群推纳兰容若、顾梁汾、周稚圭三家。"③徐珂《近词丛话》评贞观"考声选调,吐华振响,浸浸乎薄苏、辛而驾周、秦"。

顾贞观是清代词学思想发展中的重要一环,理应受到充分的重视。正如严迪昌先生所说:顾贞观"以清初词坛极盛时期的当事人和见证人,从纷繁的头绪中为人们提挈出一个盛衰消长的脉络,界清其演变推进的大体轮廓,为今天梳理这段史实提供了足资参证的依据"④。

三、纳兰性德的词学主张

纳兰性德(1655—1685),叶赫那拉氏,字容若,满洲正黄旗人,原名成德,避太子保成讳改名为性德,一年后太子更名胤礽,于是纳兰又恢复本名纳兰成德,号楞伽山人。自幼饱读诗书,文武兼修,十七岁入国子监,被祭酒徐文元赏识,推荐给内阁学士徐乾学。十八岁参加顺天府乡试,考中举人。十九岁参加会试中第,成为贡士。康熙十二年(1673)因病错过殿

---

① (清)沈时栋:《古今词选》,民国十九年扫叶山房刻本。
② (清)沈时栋:《古今词选》,民国十九年扫叶山房刻本。
③ (清)杜文澜撰:《憩园词话》,见唐圭璋编:《词话丛编》,2865 页,北京,中华书局,1986。
④ 严迪昌:《清词史》,31 页,南京,江苏古籍出版社,1990。

试。康熙十五年（1676）补殿试，考中第二甲第七名，赐进士。惜英年早逝。他与顾贞观亦师亦友，论词颇受其影响，他的词以"真"取胜，写景逼真传神，词风清丽婉约，哀感顽艳，格高韵远，独具特色。著有《通志堂集》《侧帽集》《饮水词》等。

纳兰论词首重尊体。清词的复兴是在对明词的反思过程中实现的，其理论建构带有明显的拨乱反正的色彩，但清代词学思想的建构是一个逐渐探索成熟的过程。纳兰将词提到与诗文同等的高度，反对词是"诗余"的看法。他说："每言诗词，同古所尚。古诗长短，即词之创。南唐北宋，波澜特壮。亦犹诗律，至唐而畅。屈为诗余，斯论未当。"①纳兰与顾贞观同操选政，编著《今词初集》，鲁超序之曰："吾友梁汾尝云：诗之体至唐而始备，然不得以五七言律绝为古诗之余也。乐府之变，得宋词而始尽，然不得以长短句之小令中调长调为古乐府之余。词且不附庸于乐府，而谓肯寄闰于诗耶？容若旷世逸才，与梁汾持论极合，采集近时名流篇什，为《兰畹》《金荃》树帜，期与诗家坛坫并峙古今。"这段引述，也颇能代表纳兰性德的词学旨趣。他从音律的角度将词与三百篇联系起来，指出："不见词源远过诗律近，拟古乐府特加润。不见句读参差三百篇，已自换头兼转韵。"②这个观点大概是受到顾贞观的影响，是对词体地位的一种争辩，从音律角度来实现尊体，作为一种尊体策略，较诸多牵强之论还是高明许多。纳兰论词非常讲究"音调铿锵、自然协律"。纳兰性德词以小令为主，字法精研，音调畅美。胡薇元在《岁寒居词话》中评论道："容若《饮水》一卷，《侧帽》数章，为词家正声。散璧零玑，字字可宝。"纳兰性德精通音律，自创及填写时人新调，积极革新词体音律。

纳兰论词提倡比兴寄托。在词学所产生的效果方面，纳兰认为词可以通经。他说："《诗》变而为《骚》，《骚》变而为赋，赋变而乐府，乐府之流

---

① （清）纳兰成德：《纳兰成德集》，715页，北京，北京古籍出版社，2006。
② （清）纳兰成德：《纳兰成德集》，375页，北京，北京古籍出版社，2006。

漫浸淫而为词曲,而其变穷矣,穷则必复之于经。"①这也是纳兰性德为首的饮水词派在尊体上的深化。 正是在词学尊体的基础上,纳兰提倡继承风骚传统,讲究比兴寄托。 纳兰性德指出:"《雅》《颂》多赋,《国风》多比兴。《楚词》从《国风》而出,纯是比兴,赋义绝少。 唐人诗宗《风》《骚》多比兴,宋诗比兴已少,明人诗皆赋也,便觉版腐少味。"②认为比兴是诗体中不可或缺的要素,若没有比兴,诗就寡淡少味,这是纳兰对当时诗坛的反思,同样适用于词。 在其《填词》一诗中,纳兰成德表达了这个观念:"诗亡词乃盛,比兴此焉托……古人且失风人旨,何怪俗眼轻填词。"③在他看来,比兴传统的丧失,是词体卑下的重要原因。 要提高词体的地位,就必须重视比兴手法。 比兴的运用当然是为了寄托,"唐人有寄托故使事灵,后人无寄托故使事板"④。 从这些论述中还是能看到顾贞观词论的痕迹,当然,这也是纳兰针对清初词坛现状的有感而发。 当时词坛虽有阳羡新声,但逞才使气,容易流于叫嚣,很多词人整体格调上还是受《花间》和《草堂》的积习影响,词作乏味俗艳,而浙西拥护者们又太字斟句酌,纳兰正是在这个前提下提出比兴寄托说的。 不仅从词体自身的角度提出了艺术追求,扩大了词体的表现力,也为尊体提供了保障。 以后的常州词派正是在比兴寄托上大加提倡,从而开宗立派的。

纳兰论词虽讲究寄托比兴,却是以抒写性情为前提的,强调词的抒情本位及在其基础上引申而出的词的独立地位。 按照纳兰的观点,词并不需要借古自重,它本身的抒情功能及自身艺术特色足以使其脱离小道的附庸地位。同时,立足于抒情本位的词体,也不必斤斤于字句之雅正及风格的淡婉。 顾贞观提出了铲削浮艳、抒写性灵的词学追求,作为顾贞观的至交好友,纳兰赞同这种词学追求。 他说:"诗乃心声,性情中事也。 发乎情,止乎礼义,

---

① (清)纳兰成德:《纳兰成德集》,493 页,北京,北京古籍出版社,2006。
② (清)纳兰成德:《纳兰成德集》,562 页,北京,北京古籍出版社,2006。
③ (清)纳兰成德:《纳兰成德集》,375 页,北京,北京古籍出版社,2006。
④ (清)纳兰成德:《纳兰成德集》,563 页,北京,北京古籍出版社,2006。

故谓之性，亦须有才乃能挥拓，有学乃不虚薄杜撰，才学之用于诗者，如是而已。昌黎逞才，子瞻逞学，便与性情隔绝。"①对于当时词坛来说，阳羡逞才，浙西逞学，都产生了弊病。纳兰强调词的抒情本位，这样才有个性，才有生命，才能实现才、情、学的多位统一。纳兰在论诗文字中对因性情而形成的个性特征有所论述，他说："近时龙眠钱饮光以能诗称。有人誉其诗为剑南，饮光怒；复誉之为香山，饮光愈怒；人知其意不慊，竟誉之为浣花，饮光更大怒，曰：我自为钱饮光之诗耳，何浣花为？虽狂言，然不可谓不知诗之理也。"②纳兰自己的创作便体现了这一点。谢章铤正是从这一角度评价纳兰的："长短调并工者，难矣哉国朝其惟竹垞、迦陵、容若乎？竹垞以学胜，迦陵以才胜，容若以情胜。"③

纳兰在词学取径上较为宏通，对于各家各派均试图取长补短。清人门派意识非常强烈，在取法上为了突出门派之别，忽而宗唐，忽而宗宋，登坛树帜者，往往强分坛坫，固执一端。纳兰对这种现象提出了批评："世道江河，动成积习。风雅之道，而有高髻广额之忧。十年前之诗人，皆唐之诗人也，必嗤点夫宋。近年来之诗人，皆宋之诗人也，必嗤点夫唐。万户同声，千车一辙。"④词学也是一样，各派宗主还稍能宏通，但是越到后学就越是固执门户之见，浙西宗主朱彝尊的确偏重南宋，但是对北宋也多有肯定，后学不明就里，单尊南宋，导致取径越来越逼仄，风格越来越单一。纳兰性德还主张转益多师，他说："《花间》之词如古玉器，贵重而不适用；宋词适用而少贵重。李后主兼有其美，更饶烟水迷离之致。"⑤在纳兰成德看来，五代北宋词各具所长，亦各有所短，拘执于其中的一端，自然难免其弊，唯独后主李煜兼有其美，如他对苏轼就有所批评，认为其词学成就不如辛弃

---

① （清）纳兰成德：《纳兰成德集》，562页，北京，北京古籍出版社，2006。
② （清）纳兰成德：《纳兰成德集》，495页，北京，北京古籍出版社，2006。
③ （清）谢章铤撰：《赌棋山庄词话》，见唐圭璋编：《词话丛编》，3472页，北京，中华书局，1986。
④ （清）纳兰成德：《纳兰成德集》，494页，北京，北京古籍出版社，2006。
⑤ （清）纳兰成德：《纳兰成德集》，570页，北京，北京古籍出版社，2006。

疾。 另外，纳兰成德虽明言不喜南宋诸家，但是在真正"专取精诣"的词选编选时，还是体现出宏通的视野。《与梁药亭书》：

> 然愚意以为吾人选书不必务博，专取精诣杰出之彦，尽其所长，使其精神风致涌现于楮墨之间。每选一家，虽多取至什至佰无厌，其余诸家不妨竟以黄茅白苇，概从芟薙。青琐绿疏间，粉黛三千，然得飞燕玉环，其余颜色如土矣。天下唯物之尤者，断不可放过耳，江瑶柱入口而复咀嚼鲍鱼马肝，有何味哉？……北宋之周清真、苏子瞻、晏叔原、张子野、柳耆卿、秦少游、贺方回，南宋之姜尧章、辛幼安、史邦卿、高宾王、程钜夫、陆务观、吴君特、王圣与、张叔夏诸人，多取其词，汇为一集，余则取其词之至妙者附之。①

可见，纳兰性德是将婉约、豪放的两派词作大家大部分囊括在内的，并不重此轻彼，而是对他们进行同样的审视，给予客观的评价，从而得出公正的结论，然后对各家的长处进行汲取，应用在自己的创作实践中。 同时，纳兰性德博采众家之长的眼光，并没有只停留在两宋，先秦、魏晋、汉唐的优秀作品都是他开采文学宝藏的富庶之地，眼界比当时浙西词派要开阔得多。

毛际可曾云："近世词学之盛，颉颃古人，然其卑者，掇拾《花间》《草堂》数卷之书，便以骚坛自命，每叹江河日下。 今梁汾、容若两君权衡是选，主于铲削浮艳，舒写性灵，采四方名作，积成卷轴，遂为本朝三十年填词之准的。"②纳兰成德以其《饮水词》和《今词初集》对当时的词坛产生了很大的影响，形成了以其为核心的饮水词派，但纳兰成德早逝，贞观歇笔，一个词派也随之早夭了。

---

① （清）纳兰成德：《纳兰成德集》，603 页，北京，北京古籍出版社，2006。
② （清）毛际可：《今词初集序》，见张秉成：《纳兰词笺注》，532 页，北京，北京出版社，1996。

◎ 小　结

　　自清廷建立到康熙时期，接近八十年的时间里，南北词坛可谓风云际会、百派合流，而又如晚春之花、暮秋之叶，盛极而衰。文学兴衰变化向来有内部、外部两种因素。内部者，文体自然之消长、变化、文质互动、情辞升降；外部者，时代变化、政治环境、地域限制等。

　　清词从反思明词流弊开始，提倡尊体、风格倡雅，通过音乐性的论证和比兴之旨来为"诗余""小道"正名，云间诸君大力倡雅，这是内外部因素共同作用的结果，对于明词的淫靡，晚明士人已有批评，入清的巨变成为有力的外部契机。但是，云间诸子仍不脱花间、草堂窠臼，阳羡众人大倡苏辛，尚才气，词风为之一振。这固然是词风自身消长的产物，但是清政府对于这一文体的控制相对宽松也是不可轻视的条件。顾贞观曾慨叹："假令今日更得一有大力者倡之，幡然从而和之，安知衰者之不复盛邪？"[①]针对词坛的衰落，他想到的药方是有大力者，而实际上此时的大力者正是康熙皇帝本人，他钦命编纂《历代诗余》《词谱》，对词进行规范，浙派的"歌咏太平"正是这种时势的产物，咏物、题图之盛行也就不难理解了。

---

① （清）顾贞观：《〈栩园词弃稿〉序》，见唐圭璋编：《词话丛编》，4562页，北京，中华书局，1986。

第五章
清前期的小说思想

有清一代,小说批评名家辈出,小说评点经典文本不断问世,使小说批评成为名山事业的一部分,成为思想传播的一个坚实阵地。清前期涌现的著名小说理论批评家有毛宗岗、李渔、张竹坡,其他又有董说、陈忱、丁耀亢、王望如、杜濬等人。小说创作的主要收获有时事小说、续书小说和遗民小说,如江左樵子《樵史通俗演义》、董说《西游补》、丁耀亢《续金瓶梅》、陈忱《水浒后传》等;李渔出版的《十二楼》和《无声戏》,对白话中短篇小说的发展做出了贡献;白话长篇小说如《醒世姻缘传》《隋唐演义》《女仙外史》等,也取得了一定成就;蒲松龄《聊斋志异》则登上了古代文言小说的巅峰。小说思想产生的主要来源多与动荡的时局有关,其写作的主要方式多是通过对前代小说的评点、改写及续写来完成的。

◎ 第一节
概　述

清前期是中国古代历史上矛盾关系特别集中且矛盾性质最为复杂的一个时期。其时,影响全局的重大社会政治事件有明清战争、农民军起义、抗清斗争等，构成了错综复杂的政治矛盾、阶级矛盾和民族矛盾。这些深重的社会危机，促使文学开始觉醒。最显著的变化是，一部分文人从"独抒性灵"（袁宏道《叙小修诗》）的诗文传统中惊醒过来，开始面向现实，学习和借鉴杜甫的"诗史"精神，用小说记载明末清初的历史变化，创作出一大批直接反映时代现状的"时事小说"。世传有四大系列：（一）反映明朝腐政的"魏阉小说"，如《警世阴阳梦》、《魏忠贤小说斥奸书》、《皇明中兴圣烈传》、《梼杌闲评》（又名《明珠缘》）；（二）反映明清战争的"辽东小说"，如《辽东传》《辽海丹忠录》《近报丛谭平虏传》《陆沉纪事》《鸥鹭记》《东隅恨事》《镇海春秋》；①（三）反映李自成起义的"李闯小说"，如《剿闯通俗小说》（又名《剿闯小史》《忠孝传》）、《定鼎奇闻》（又称《新世弘勋》《盛世弘勋》《新史奇观》《顺治皇帝过江传》等）、《铁冠图忠烈全传》（又名《铁冠图》《忠烈奇书》《崇祯惨史》等）、《末明忠烈奇书演传》；（四）反映南明存亡的"东南小说"，如《七峰遗编》《海角遗编》《江阴守城记》《甲申痛史》《殷顽志》《沙溪妖乱志》《鲸鲵录》《前后十判王记》《毗舍耶小劫记》《平台记》。②此外还有从整体上反映明清易代历史的《樵史通俗演义》，等等。

时事小说是宋元以来历史演义小说的新发展，是一种新体小说。所谓"新"，主要体现为实录风格的转变。旧体的历史小说，乃后代人写前代事，是先有史书后有小说。实录的意思即依据经史采择故事、贯穿人物，如明人余邵鱼《题全像列国志传引》中言："编年取法麟经，记事一据实录。"③实录的法则仅限于书本。时事小说则是当代人写当代事，没有现成的史书材料作为根据，实录的法则完全来源于生活，即作者大多是当事人、亲历者，凭借亲见亲闻的真实的人物故事，编撰成小说，且有意以其中的记载作为后来人修国史的参考，如七峰樵道人《七峰遗编序》曰：

---

① 按，《辽东传》《陆沉纪事》《鸥鹭记》《东隅恨事》四种已佚。
② 按，《甲申痛史》及以下七种已佚。
③ 丁锡根编著：《中国历代小说序跋集》中，861页，北京，人民文学出版社，1996。

> 此编止记常熟福山自四月至九月半载实事,皆据见闻最著者敷衍成回。其余邻县并各乡镇,异变颇多,然止得之传闻,仅仅记述,不敢多赘。后之考国史者,不过曰某月破常熟,某月定福山。其间人事反覆,祸乱相寻,岂能悉数而论列之哉? 故虽事无关国计,或不系重轻者,皆具载之,以仿佛于野史稗官之遗意云尔。①

可见,从旧体到新体,小说与史书的关系颠倒过来了。旧体中史书为主、小说为从,新体中小说为主、史书为从。时事小说大大增强了小说创作的主动性和积极性,小说与史书的书法区分不惟更明确了(史书是"某月破常熟,某月定福山",小说是"人事反覆,祸乱相寻"),小说的真实性与生动性也得到很大程度的提升,并开始具备了干预现实、批判现实的功能。

江左樵子编辑、钱江拗生批点的《樵史通俗演义》,反复重申实录的精神。第 25 回回末评:"节节实录,写得跃跃生动。(杨嗣昌)哭不赴援一事,范质公每向友人述之,非劈空描画,以资谈柄也。"第 27 回回末评:"此回事事摭实,高闯一段传闻甚确。特为拈出,以备正考。"第 34 回回末评:"字字实录,可为正史作津筏。"然而,这种来自于现实生活的实录,也不是没有问题。一是事件本身可能存在疑点。第 35 回回末评:"太子一事,千古疑案,聊为据事直书,以俟天下后世,不敢溢一词也。阮家公案,亦世所共闻,不敢失实。"有"疑案",则何者为实,何者失实,是值得商榷的。二是见闻可能有所不同。第 26 回回末评:"李自成出身及陷身作贼,皆得之《异同补》一书,与《剿闯》诸小说迥乎不同,可为后来修史者一证佐,识者勿以演义而漫然视之也。"②见闻不同,小说叙事自有差别,到底哪一个才是实录呢? 由此可知,时事小说给实录的艺术法则带来了新思考和新挑战。在旧体历史小说下,小说如与史书不符,辄可断为违背了实录。但在新体小

---

① 丁锡根编著:《中国历代小说序跋集》中,1042 页,北京,人民文学出版社,1996。
② (清)江左樵子编辑、钱江拗生批点:《樵史通俗演义》,191、206、263、270、199 页,北京,人民文学出版社,1989。

说中，实录的问题变得越来越复杂，不能简单对待了。

易代之际的复杂时局带给小说发展的第二个影响是，造成了小说家、小说批评家队伍的分化。大约可分为三类。一类是始终怀抱故国旧民之感，不仅亲身参加抗清斗争，而且失败后誓不降清、拒不仕清，转而走向埋头著书，陈忱是其中的代表。一类是虽以明朝遗民自居，但不抵抗亦不出仕，采用不问时事而隐居或著述的生活姿态，以天花藏主人、董说（1620—1686）、杜濬（1611—1687）为代表。一类是或亦怀有家国之情，但为进身之念或者科举之名，愿意做新朝之官民，以丁耀亢（1599—1669）、王望如（1623—？）、吕熊（1642—1723）[①]为例。不过，尽管这三类文人对现实的看法与态度不同，立身去向也各有差别，就他们的小说观念来说，却具有时代的共通性。即他们大都存有一种愤懑之情，愤明亡之弊政，而泄于小说创作与批评。或表现为总结明亡教训的形式，如董说《西游补答问》："灭六贼，去邪也；刑秦桧，决趋向也；拜武穆，归正也。此大圣脱出情妖之根本。"[②]如此则大圣迷于情妖和逃出情妖，即分别暗喻有明之沉沦与觉醒（虽然是不可能实现的）也。王望如《评论出像水浒传总论》指出，《水浒》的宗旨是"所以责备徽宗、蔡京之暴政也"。[③]或表现为直斥君王之过的形式，如青莲室主人辑《后水浒传》第41回叙杨幺痛陈南宋小朝廷耽于享乐，"忘君父之仇"，令人"愤懑横胸"，非直谏不能"畅快心胸"。[④] 署名采虹桥上客的《序》文，也指斥徽钦二帝，"无治世之才，任用奸佞，以至金人自北而南"。

最能代表这种愤懑之情的，是陈忱提出的"泄愤"说。陈忱，字遐心，号雁岩山樵、樵余，又自号默容居士，浙江乌程（今浙江吴兴县）人。入清后绝意仕进，卖卜为生，曾与顾炎武等组织"惊隐诗社"，还是"东池诗人"

[①] 按，吕熊的生卒年，参见杨锺贤：《〈女仙外史〉作者的名字及其他——与胡小伟同志商榷兼答周尚意同志》，载《天津师大学报》，1988（5）。
[②] 朱一玄、刘毓忱编：《〈西游记〉资料汇编》，395页，天津，南开大学出版社，2002。
[③] 陈曦钟、侯忠义、鲁玉川辑校：《〈水浒传〉会评本》上，35页，北京，北京大学出版社，1987。
[④] （清）青莲室主人辑：《后水浒传》，415页，天津，春风文艺出版社，1981。

的核心人物①，晚年死于穷饿。托名"古宋遗民"著《水浒后传》40回，并作评点。又著有《续廿一史弹词》《痴世界乐府》和诗文杂著等，均散佚。

  陈忱是一位慷慨激昂的民族斗士，一位"身名俱隐"②的奇士，更是一位出色的遗民小说家。《水浒后传》第23回结尾诗曰："亡国孤臣空饮恨，读残青史暗销魂。"③《水浒后传序》曰："穷愁潦倒，满眼牢骚，胸中块磊，无酒可浇，故借此残局而著成之也。"他以小说为武器，挥舞出满腔激愤之情，开创了遗民文学的新天地。在《水浒后传论略》中，他认为前传《水浒》所谓"愤书"之说，已经不符合当时社会的精神需求了，理应被推翻而由"泄愤之书"的《后传》来代替。关于泄愤的内容，他指出："愤宋江之忠义，而见鸩于奸党，故复聚余人，而救驾立功，开基创业；愤六贼之误国，而加之以流贬诛戮；愤诸贵幸之全身远害，而特表草野孤臣，重围冒险；愤官宦之嚼民饱壑，而故使其倾倒宦囊，倍偿民利；愤释道之淫奢诳诞，而有万庆寺之烧、还道村之斩也。"④总之是针对明代的政治弊端、明亡的根本原因而发。关于泄愤的方式，他认为应采取与前传倒转的写法，前传叙群小在朝而群英在野、群英忠义而群小阴狡，只是在抒愤；《后传》写六贼受诛，才是在泄愤。他还针对明清易帜已成的事实，特别在第24回创造出燕青入金营探宋徽宗、献青子黄柑的情节，以寓示"若然青子能回味，大赍黄柑庆万春"⑤的苦尽甘来之意；并联系当时"永历帝流离南中，郑成功出没海上"（胡适《水浒续集两种序》）⑥的事件，在结尾创设出群英于海外立国，个个封妻荫子、共享太平的理想结局。关于泄愤的效果，陈忱自己也意

---

① 按，陈忱的生年、自号及参与"东池诗人"的情况，载于国家图书馆藏《东池诗集》。陈会明：《〈水浒后传〉作者事迹新证》，载《福州大学学报（哲学社会科学版）》，2005（4）。
② （清）陈田《明诗纪事》"辛签卷十四"引韩纯玉《明诗兼》云："诗人隐逸者，唐如张志和、陆鸿渐，宋如林君复、魏仲先，明如孙太初、吴孺子辈，身虽隐而名愈彰，未有身名俱隐如吾乡陈君雁宕者。"参见陈田：《明诗纪事》，2953页，上海，商务印书馆，1936。
③ （清）陈忱：《水浒后传》，186页，南京，凤凰出版社，2008。
④ 朱一玄、刘毓忱编：《〈水浒传〉资料汇编》，553～554页，天津，百花文艺出版社，1984。
⑤ （清）陈忱：《水浒后传》，188页，南京，凤凰出版社，2008。
⑥ 胡适：《中国章回小说考证》，166页，大连，实业印书馆，1934。

识到,泄愤只可快意一时,无论再美好的结局只能停留在虚无缥缈的梦幻中。《水浒后传序》曰:"中原陆沉,海外流放,是得离骚之哀;牡蛎滩、丹霞宫之警喻,是得楞严之悟。"泄愤起于内心的痛苦,但泄愤之后所感到的悲哀与绝望,却比痛苦更甚。

陈忱的泄愤说,是小说思想在特定历史时期的一种发展。从"愤"的性质上看,基本集中于家国之愤、社会之愤,而非指个人仕途不得意、困顿不得志或是一时的兴起与冲动,亦非个人私仇己恨之愤,故十分高尚。从"泄"的程度上看,虽愤而不至于谩骂,"非漫然如许伯哭世,刘四骂人"(《水浒后传序》);虽愤而不至于污蔑,而是讲求"傲慢寓谦和,隐讽兼规正"的叙事风格,显得十分典雅,绝不失士人所为。这一点,是时事小说所不能比的,如《樵史通俗演义》,立意之初便欲丑诋李自成,故在叙述中极描其淫亵,且言所娶第一位妻子乃妓女之女、是个三婚的女人,前后三位妻子都与人通奸,不免有低俗之嫌。

清前期小说发展的第三个重要变化,来自于清政府的文化政策影响。为了维护得之不易的最高统治权,从顺治至康熙都在推行政治、军事高压的同时,采取严酷的文化高压政策。首要的措施是禁书,而禁小说尤甚。一个原因是清代统治者自一开始就有禁小说的传统。太宗皇太极在位时,于天聪九年(1635)谕令文馆诸臣禁译汉文野史:"野史所载,如交战几合、逞施法术之语,皆系妄诞。此等书籍,传至国中,恐无知之人,信以为真,当停其翻译。"被誉为"允文允武"(《清史稿·太宗本纪》)的先人都这样做,自然得到继任者的效仿和贯彻。入关以后,世祖福临虽早早恢复了科举取士制度(1644),表现出吸引接纳汉族文人的决心,但于汉文小说却丝毫不敢放松。顺治九年(1652)即发布禁令:"坊间书贾,止许刊行理学政治有益文业诸书;其他琐语淫词,及一切滥刻窗艺社稿,通行严禁。违者从重究治。"康熙帝曾五次下诏禁小说淫词,分别在二年(1663)、二十六年(1687)、四十年(1701)、四十八年(1709)、五十三年(1714)。1663年严禁小说令曰:"嗣后如有私刻琐语淫词,有乖风化者,内而科道,外而督抚，访实何书系何人编造，指名题参，交与该部议罪。"①1714 年夏，康熙在写给礼部的诏谕中，阐释了他严禁小说的思想依据："朕惟治天下，以人心风俗为本，欲正人心，厚风俗，必崇尚经学，而严绝非圣之书，此不易之理也。"②按照这个旨意，凡是能"正人心，厚风俗"的小说，他并不反对。敏感的李渔，早就看出了这一点。《闲情偶寄·凡例》第一则曰："圣主当阳，力崇文教。……方今海甸澄清，太平有象，正文人点缀之秋也。……所著万言无一言稍故者，以鼎新之盛世，应有一二未睹之事、未闻之言以扩耳目，犹之美厦告成，非残朱剩碧所能涂饰榱楹者也。草莽微臣，敢辞粉藻之力！"③丁耀亢也早做出了行动，他声称《续金瓶梅》是"遵着当今圣上颁行的《劝善录》、《感应篇》，都是戒人为恶，劝人为善"，是一部"讲《太上感应篇》的注解"。④ 但谁知竟让人从中挑出了影射新朝新政的话语，而遭了大罪。可见，粉藻美厦与文字狱之间仅一字之遥。如此严峻而残酷的现实，给小说发展带来了巨大挑战。写什么，怎么写，成为每一位作家都必须思考的问题。

康熙于禁书的上心，致属臣亦步亦趋，共有三例。分别是二十五年（1686）江宁巡抚汤斌颁发告谕禁淫邪小说，端正风俗；二十六年（1687）刑科给事中刘楷疏请禁淫词小说，经议准共禁 150 余种；四十八年（1709）江南道监察御史张莲奏疏严禁淫词小说。其中以刘楷事件闹得最为轰动。时政如此，小说界难免受感染。具有地方官员和小说批评家双重身份的刘廷玑，就曾主动站出来响应禁书。《在园杂志》卷三论各种小说续书之不当，得出结论曰："演义，小说之别名，非出正道，自当凛遵谕旨，永行禁

---

① 王利器辑录：《元明清三代禁毁小说戏曲史料》（增订本），22～23 页，上海，上海古籍出版社，1981。
② 王利器辑录：《元明清三代禁毁小说戏曲史料》（增订本），27 页，上海，上海古籍出版社，1981。
③ （清）李渔：《李渔全集》第三卷，杭州，浙江古籍出版社，1992。
④ （清）丁耀亢撰：《丁耀亢全集》中，李增坡主编、张清吉校点，3 页，郑州，中州古籍出版社，1999。

绝。"①"凛遵谕旨",就是严格与皇帝的旨意保持一致。熟谙小说之道的刘廷玑,积极在小说评论中贯彻维护清朝的文化统治政策,使得小说有被视为洪水猛兽的意思,发展的环境更为严峻了。《骨董琐记》卷六《小说禁例》载:"据此知明季以来小说,多不传于世,实缘康熙有此厉禁。"②这个结论是很到位的。

另一个原因,统治者内部对小说的力量深有体会。清开国之初,统治者曾一度把《三国演义》当作军事、政治教材。据记载,努尔哈赤曾受桃园结义一事启发,笼络交结蒙古诸部,"本朝羁縻蒙古,实是利用《三国志》一书。当世祖之未入关也,先征服内蒙古诸部,因与蒙古诸汗约为兄弟,引《三国志》桃园结谊事为例,满洲自认为刘备,而以蒙古为关羽"③。又据说,皇太极为除掉心腹大患、明代著名将领袁崇焕,所使用的反间计,就是学习了《三国演义》中周瑜借蒋干除掉蔡瑁、张允一事,"即公瑾赚蒋干之故智"④。因此,他虽禁译野史,却极力提倡"翻译《三国演义》为兵略"。国主如此,诸将亦然,"国初,满洲武将不识汉文者,类多得力于此"⑤。他们从《三国演义》中受益匪浅,自然能够体会到小说所具有的巨大力量。还有一个原因,统治者对小说在下层社会的传播有所注意与警觉。他们知道,像《三国演义》《水浒传》这样的小说,不仅他们在用,起义军等其他武装力量也在用。当时很多农民军就是通过读这两部小说来指导战争的。崇祯间,李青山等起义军便曾模仿《水浒传》行事。而据记载,"张献忠之狡也,日使人说《三国》、《水浒》诸书,凡埋伏攻袭咸效之"⑥。另外一层入主中原的清朝统治者也不得不考虑,那就是如辽东系列、东南系列等明末时

---

① (清)刘廷玑撰:《在园杂志》,125页,北京,中华书局,2005。
② 邓之诚:《骨董琐记》,邓珂增订点校,201页,北京,中国书店,1991。
③ 蒋瑞藻:《小说考证》,528页,北京,古典文学出版社,1957。
④ 陈平原、夏晓虹编:《二十世纪中国小说理论资料》第一卷,264页,北京,北京大学出版社,1989。
⑤ (清)陈康祺:《郎潜纪闻初笔二笔三笔》下,514页,北京,中华书局,1984。
⑥ 朱一玄、刘毓忱编:《〈水浒传〉资料汇编》,512、515页,天津,百花文艺出版社,1981。

事小说，以及清初的遗民小说在民间的流行，任何一位官民看到这些小说，恐怕他们都不愿意。 所以，清初统治者展开大规模禁书运动，把明季野史、明遗民的著作等，都列入"谋反""大逆"的罪名中，禁止民间修史，由此造成号称"不下千家"的明代野史的大量失传。 梁启超在《中国近三百年学术史》中曾发出沉痛的叹息："窃计自汉晋以来二千年，私家史料之缺乏，未有甚于清代者。"①

其次，是兴文字狱。 用文字狱打击异己、排除异见、压制异族，实行文化专制，以此巩固政权，清以前已经出现。 所不同的是，清统治者把这一政策发挥运用到极致。 据统计，顺治帝在十八年统治期间兴文字狱 7 次，康熙统治期间影响较大的文字狱即有 10 余次，而以康熙元年（1662）爆发的庄廷鑨明史案、五十二年（1713）的戴名世《南山》案最著名。 在此，仅提两起与小说直接相关的有影响的案件。 一起是李渔《无声戏二集》被查遭禁。 顺治十三年（1656），时任浙江左布政使的张缙彦（1599—1670）出资刊刻李渔白话短篇《无声戏》十二卷，又刊刻《无声戏二集》十二卷。 至十七年（1660），因为党争关系，遭到御史萧震疏劾，指责他在编刻的《无声戏》中，称李自成为"不死英雄"，"惑人心，害风俗"。 "上命贳死，籍其家，流徙宁古塔。 寻死于戍所"（《列传三十二》）。② 《无声戏二集》也因此案被官府禁毁。 另一起是丁耀亢《续金瓶梅》被查禁。 顺治十六年（1659）七月，丁耀亢题补福建惠安知县。 在赴任途中，他却私至杭州西湖撰写小说《续金瓶梅》，未能于限定日期内到任，因此被有司革职。 康熙三年（1664），刑部尚书尼满奏称，丁耀亢违禁撰写《续金瓶梅》一书："书内叙徽宗帝为满洲掠去，而满洲猎获飞禽走兽之后，不论生熟皆食，徽宗帝被逼无奈，亦同满洲食生熟，不时仰天长叹。 又，徽宗帝躺卧于有驼、马、羊粪之地，身披羊皮袄，头戴狗皮帽，不避腥臭，与狗同卧。 看得，人寡而狗多。 等语。"这是指责书中所叙有贬低满洲人生活野蛮的意思。 又说："书

---

① 梁启超：《中国近三百年学术史》，276 页，北京，中国书店，1985。
② （清）赵尔巽等撰：《清史稿》第 32 册，9638 页，北京，中华书局，1977。

内写有一名叫作洪皓之人,伊至满洲地方后,教授过满洲子弟。而丁耀亢亦曾任教习,教授过辽东人,借此加以比喻。等语。"这是指责丁耀亢自己有文化优越感而以满洲子弟无文化的意思。又说,该书虽假托为"前金、宋二朝之事",但书中"有宁古塔、鱼皮国等言辞",与现在清王朝发祥地的地名相同,分明是在借古讽今,以宋金之事来喻指明清之事。据此,尼满提议应作速缉拿丁耀亢,解送刑部,严审议罪。① 此案后经龚鼎孳帮助,丁耀亢得免于罪,但《续金瓶梅》十三卷却于次年(1665)由礼部查封焚毁。

再有就是科举制度。科举自隋朝创始后,一直是封建各朝选官用人的基本制度,经过唐、宋、金、元诸朝的发展,至明、清两朝达到鼎盛。科举所反映的一个根本问题是统治者对待文化人的态度。清政府入关前很长时间并未实行科举制,努尔哈赤本人十分痛恨读书人,凡是房到的秀才一律格杀勿论。据王先谦《东华录·天聪四》载:"太祖察出明绅衿,尽行处死,谓种种可恶,皆在此辈。"皇太极继位后,为利用汉人同明朝作斗争,开始重视儒生。天聪三年(1629)举行了第一次儒生考试,"初考试儒生……分别优劣,得二百人。……俱免二丁差徭,并候录用"。② 入关后,顺治帝采纳范文程的建议(《清史稿·范文程传》),自第二年(1645)起便正式实行科举考试。然而,对一般的读书人而言,科举既是功名富贵之路,亦是落魄潦倒之路。前者可喜,后者堪怜。堪怜之情实在比可喜之心更甚。蒲松龄(1640—1715)就是这样一个例子。他在19岁参加考试,连夺县、府、道三个第一,考中秀才,受到山东学政施闰章的赞誉,"名藉藉诸生间"。但之后他却极不得志,屡屡不中,仅得以补廪膳生(46岁)、贡生(72岁)收场。科场的冷落与怨愤,促使他把全部的激情投于小说创作中,写出了经典名著《聊斋志异》。他在《聊斋自志》中说:"独是子夜荧荧,灯昏欲蕊;萧斋瑟瑟,案冷凝冰。集腋成裘,妄续幽冥之录;浮白载笔,仅成孤愤之书:寄托如此,亦足悲矣!嗟乎!惊霜寒雀,抱树无温;吊月秋虫,偎栏自

---

① 安双成:《顺康年间〈续金瓶梅〉作者丁耀亢受审案》,载《历史档案》,2000(2)。
② (清)王先谦、朱寿朋:《东华录·东华续录》,68页,上海,上海古籍出版社,2008。

热,知我者,其在青林黑塞间乎!"①满腹才华,不为人识,勿为世用,而只得引狐鬼为知己——蒲松龄的"孤愤",在"唯科举是用"的封建时代是有共性的。

清代科举制度中的突出事件是科场案,统治者以之作为压制汉族文人的重要手段。例如,顺治十四年(1657)爆发的"丁酉科场案",以顺天、江南、河南三乡为主,"蔓延几及全国",士子"诛戮及遣戍者无数"②。又有一些专门针对读书人的案件,最值得提出的是顺治十八年(1661)在苏州爆发的"哭庙案",文学批评大家金圣叹(1608—1661)在这次案件中被处以腰斩极刑,可以说给清代文艺思想的发展带来了最重大的损失。与此相伴而行,还要提到清政府实施的文化笼络政策,如康熙十七年(1678)开设博学鸿词科,广招天下"学行兼优、文词卓越之士"(《圣祖本纪一》)③;十八年(1679)又开《明史》馆等。其实,这种策略的目的是以笼络行高压,以修书行禁书。所谓世无"野人",则无野史。聪明的康熙,意图就是要从源头上根本杜绝野史小说的发展。

高压与笼络并行、软硬兼施的文化路线,使清前期的文人在从事小说活动时不得不小心谨慎。比如,他们在进行创作与批评时大多不敢用真名,而是用托名、假名或者不具名,或是前人及已逝者之名,或是随着心性编造难以查考的某某字、号来署名。及至出版,也往往不敢称是自己的心血与劳动的成果,而是编造一些谎话、伪托什么"古本"之类,来遮人耳目。例如,陈忱《水浒后传》既曰"古宋遗民著",又云"雁宕山樵评",还在《论略》中声明:"此稿近三百年无一知者。闻向藏括苍民家,又遭伧父改窜,几不可句读。余悬重价,久而得之,细加绅绎,汇订成编。倘遇有心人,剞劂传世,定勿使施、罗专美于前也。"④不可不谓慎之再慎、委曲已甚!

---

① 张友鹤辑校:《聊斋志异会校会注会评本》上,3页,上海,上海古籍出版社,1986。
② 孟森:《心史丛刊》,28页,沈阳,辽宁教育出版社,1998。
③ (清)赵尔巽等撰:《清史稿》第2册,196页,北京,中华书局,1977。
④ 朱一玄、刘毓忱编:《〈水浒传〉资料汇编》,562页,天津,百花文艺出版社,1981。

更值得称道的是，在夹缝中存活的文人，利用前代已有的丰富小说资源，开辟出了一条在他们看来可以略略回避时嫌的道路，即针对旧小说进行改写或续书。不让修史书，则编写小说；不让写新书，则去做续书。大约受这样一种心理逻辑推动，大家就不约而同地做起小说续书来，清前期的小说史意外地迎来了一次小说改写及续书的热潮，真可谓失之东隅，得之桑榆。从事改续的人多了，续书理论也就逐渐有人思索并受到重视，从而成为中国小说理论史上一个独特而新颖的收获。

清前期的批评家如李渔、董说、丁耀亢等，都发表过关于续书的看法。金圣叹曾反对续书，认为续书没有价值，"稗官之后作新稗官"，是才之不逮而以唾沫相袭，终不免于做"古人之奴"。（《水浒传序》）[1]董说认为，原书虽然"不阙"，但续书如能与原书有所"颠倒"，也是可行的。《西游补》与《西游记》相比，妖的概念改变了，不是牛首虎头之妖，而是无形无声的"情妖"；妖的行状改变了，不再豺声狼视、狰狞可怕，而是一位婉娈近人的"万古以来第一妖魔"；由此带来大圣、唐僧的形象，以及小说叙事方式等都发生了改变。[2] 不过，惜乎董说语焉不详。

小说续书理论的真正突破在于陈忱。他指出，要写好续书，作者首先要有自己的精神寄托。不能看到一部名著想续就续，为续而续，为小说而小说。《水浒后传》第1回说："千秋万世恨无极，白发孤灯续旧编。"[3]在历史脉搏的跳动中，在时代精神的感召下，找到自己的情感结合点，才能使新编真正焕发出新生。其次，思想内容上要敢于表现不同，如前传赞许宋江为忠义，陈忱则以为"剧贼"，而称祝家庄、曾头市之败，如书诸葛入寇，十分可惜；前传称宿太尉为正人君子，陈忱则以为"其人可诛"。再次，结构、语言等要讲创新，做到"机局更翻，章句不袭"（《水浒后传序》），从而跳出前传的格套束缚。最后，艺术风格上要求变，变单调为丰富，变单一为多

---

[1] （清）金圣叹评点：《第五才子书施耐庵水浒传》，236页，郑州，中州古籍出版社，1985。
[2] 朱一玄、刘毓忱编：《〈西游记〉资料汇编》，394～395页，天津，南开大学出版社，2002。
[3] （清）陈忱：《水浒后传》，2页，南京，凤凰出版社，2008。

样。《水浒后传》"兼四大奇书之长",自然完成了对前传的一种超越。 如果能达到以上这几个要求,续书作者就可以自豪地说,"后传有难于前传处""有高于前传处"了。①

改写的例子如褚人获。 褚氏字稼轩,号石农,长洲(今江苏苏州)人。与毛宗岗同学。 著述甚富,其中《续圣贤群辅录》《鼎甲考》等均未传,今传历史小说《隋唐演义》和笔记小说《坚瓠集》。《隋唐演义》乃据明人罗贯中《隋唐志传》、齐东野人《隋炀帝艳史》和袁于令《隋史遗文》改写而成。他在《隋唐演义序》中提出了"账簿"说,指出《资治通鉴》等史书为"古今大账簿",历朝传志演义诸书则为"古今大账簿之外小账簿之中所不可缺少之一帙"。② 只对史实作记账处理,不发表议论,不作评价,自然也就远离了文化高压的恐吓。

◎ 第二节
毛宗岗的小说思想

毛宗岗(1632—1709),字序始,一字越修③,号子庵。 苏州府长洲县(今江苏苏州)人。 顺治八年(1651),考取长洲县第三名秀才。④ 曾随清初宋学家彭珑(1613—1689)游学,屡以时艺请政乡贤蒋灿(1593—1661),向金圣叹学习律诗分解理论⑤,并与褚人获有交往,为山西朔州知州蒋深之师。 他与父亲毛纶合评的《第一才子书》,是中国小说批评史上的经典文献,上承金圣叹,下启张竹坡、脂砚斋,影响深远。 另著有戏曲评论

---

① 朱一玄、刘毓忱编:《〈水浒传〉资料汇编》,552~562 页,天津,百花文艺出版社,1981。
② (清)褚人获:《隋唐演义》上,上海,上海古籍出版社,2006。
③ 李正学:《毛宗岗小说批评研究》,383 页,北京,中国社会科学出版社,2010。
④ 陈翔华:《毛宗岗的生平与〈三国演义〉毛评本的金圣叹序问题》,载《文献》,1989(3)。
⑤ 李正学:《毛评与金圣叹关系新辨》,载《南京师范大学学报(社会科学版)》,2012(2)。

《第七才子书·参论》一篇。

从古代小说思想发展史看,毛宗岗主要有以下三方面的贡献。

一、"有此天然妙事,凑成天然妙文":历史小说创作论

宋至元明,讲史小说极为流行,受到人们的普遍喜爱。以罗贯中《三国演义》为代表,历史小说层出不穷,极大地促进了长篇通俗小说的发展。但是,历史小说怎么写却一直存在争论,未得到很好的回答。《三国演义》的批评者蒋大器、张尚德,主张向正史看齐,不能违背"信史"[①]。酉阳野史《新刻续编三国志引》则提出,要向传奇戏剧学习,"内百无一真",而以"取悦一时"。这两种观点,都是以其他文类规模小说,不把小说看作小说,显然是不够的。

金圣叹批评《水浒传》,力主事为"文料"(第28回回评)之说,并进而辨清了小说写法与史书的某种不同,初步确立了小说文体的创作性质。但他不喜欢《三国演义》,认为所叙人物事体太多了,"笔下拖不动,蹩不转","分明如官府传话奴才","何曾自敢添减一字"。(《读第五才子书法》)金氏欣赏的小说,必须是"一部书皆从才子文心捏造而出"。(第35回夹批)像《三国演义》这样的历史小说,"文料"取材史迹,不得已要"描述已发生的事"(亚里斯多德语)[②],故缺乏随意"捏造"的自由性,不在他的法眼之列。这就是说,金圣叹尚未意识到历史小说——作为一种小说文体存在的独立属性;因此,像历史小说与正史的关系、与小说的关系之类问题,便被轻易抹杀了。

毛宗岗曾师事金圣叹,很多文学观念都取自金氏,可称金氏最好的承传

[①] (明)张尚德:《三国志通俗演义引》,见黄霖、韩同文选注:《中国历代小说论著选》上(修订本),115页,南昌,江西人民出版社,2000。
[②] [古希腊]亚里斯多德:《诗学》,见罗念生、杨周翰译,《诗学·诗艺》,28页,北京,人民文学出版社,1962。

人。但关于《三国演义》，即历史小说创作论的认识，却与金氏截然不同。首先，他发现历史小说与历史著作构成体式迥异。《史记》是"各国分书，个人分载"；《三国演义》则"合本纪、世家、列传而总成一篇"。《左传》依经立传，"逐段各自成文，不相联属"；《国语》"离经而自为一书"，"究竟国分作八篇，亦不相联属"；《三国演义》则"自首至尾读之，无一处可断"。(《读三国志法》，以下简称《读法》)[①]其次，他发现历史小说的书写方式与史书大相径庭，如第39回"博望坡军师初用兵"，毛氏指出，朱熹《通鉴纲目》仅仅直书"诸葛亮破曹兵于博望"九个字，即交代本事完毕。然《三国》却"曲折多端"，洋洋洒洒敷演成一二千言，既写赵云诱敌，又写玄德诱敌，并写夏侯猛省，几次起灭，令读者不禁慨叹："文章之妙，有非猜测之所能及者。"史书"一味直写"，历史小说则需"撰此一篇"，因此务必力求"文章之妙"。再次，他发现历史小说与其他小说的表现对象判然有别。第83回回评曰："《三国志》本以纪人事，岂尽如《西游记》仗孙行者之神通，赖南海观音之相救乎？"第94回回评又曰："《三国》一书，所以纪人事，非以纪鬼神。……不似《西游》、《水浒》等书，原非正史，可以任意结构也。"对象决定方法。方法不能脱离对象的实际情况而存在。《西游记》描写神魔妖怪，《水浒传》假托天罡地煞，二者均远离"人事"范畴，可以随意结撰。《三国演义》演义正史，惟以"纪人事"为本，怎么能和《水浒传》等量齐观？毛宗岗实事求是的辩证思维告诉我们，历史小说的写法，的确应该与英雄传奇小说、神魔小说有所不同，不能划一，亦不能如金圣叹那样并论。

基于这三项观察，毛宗岗提出，历史小说的独特表现方法乃是"叙一定之事"。《读法》曰：

> 读《三国》胜读《水浒传》。《水浒》文字之真，虽较胜《西游》之幻，然

[①] 按，本书引用毛宗岗批语，均据陈曦钟、宋祥瑞、鲁玉川辑校：《三国演义会评本》，北京，北京大学出版社，1986。只注回目，不注页码。

无中生有，任意起灭，其匠心不难。终不若《三国》叙一定之事，无容改易，而卒能匠心之为难也。且三国人才之盛，写来各各出色，又有高出于吴用、公孙胜等万万者。吾谓才子书之目，宜以《三国演义》为第一。

这段话，毛宗岗运用并发挥了金圣叹的"才子书"思想，但与之争胜的意味很强。抛开《三国演义》与《水浒传》匠心孰难孰不难的现象之论不谈，"叙一定之事"的概括颇具醒世之功。《三国演义》是历史小说，它的叙述必须以三国的历史事实和人物的生活风貌做基础，不能像《水浒传》《西游记》那样，可以"无中生有，任意起灭"。而"一定之事"，虽"无容改易"，但须运以千样万难之"匠心"，使笔下人才"写来各各出色"。所以，"一定之事"的称谓，既不同于其他小说的无有之事，也不同于史书的全部之事、肯定不移之事。历史上魏、吴、蜀三国鼎立的史实，如陈寿《三国志》等史传所写，《三国演义》不可能尽述，不可能叙得确凿无误，且又不容改易捏造，只能采取有目的、有选择、有意识的叙事策略，在"匠心之为难"中求胜，是故方谓才子书目之"第一"。

毛宗岗强调历史小说创作的独特性，在世界小说发展史上不乏同音。英国作家司各特（1771—1832），在《〈威弗利〉总序（1829）》中写道："我读了大量的虚构作品中的奇迹以后感到有些餍足，便逐渐转到历史著作、回忆录、航海记录和游记一类的作品中去寻求跟想象作品一样奇妙的事件。这些事件比起虚构作品来有更加优越之处，那就是，它们至少在很大程度上是真实的。"[①]真实的事件，也具有艺术的"奇妙"。一味凭空虚构，反会使人感到"餍足"，难以相信。司各特的叙事转向，是对拜伦主义的一种克服。[②]毛宗岗的认识转向，同样是对金圣叹主义的一种修正。法国作家巴尔扎克（1799—1850）论道："一部小说总是一部小说，决不应听命于历史的

---

① 参见文美惠编选：《司各特研究》，287页，北京，外语教学与研究出版社，1982。
② ［匈牙利］卢卡契：《历史小说的古典形式》，参见文美惠编选：《司各特研究》，101页，北京，外语教学与研究出版社，1982。

严格要求，因为人不会到这里寻找过去的历史的。"① 小说不听命于严格的历史，即指它有匠心独运的自由。 俄罗斯批评家别林斯基曾说："长篇小说不叙述历史事实，只有和构成其内容的个人事件连结在一起时才采用历史事实作为描写对象。"② 这里，可以作为小说艺术材料的"历史事实"，即毛宗岗所谓"一定之事"。 日本作家菊池宽（1948—1988）在谈到历史小说时说："创作一方面要不受历史的束缚，他方面历史中有可以利用之点在各方面都要将它利用起来。"③并把创作之于历史的关系，形象地比喻为"败家子对于其慈爱的父母的关系"。 毛宗岗所论虽不如此直接明白，但个中意思则一致。

毛宗岗还进一步论述了历史小说创作的美学要求。 第 48 回评，论甘宁赚二蔡又渲染黄盖、庞统救徐庶又照出马腾，曰："有此天然妙事，凑成天然妙文。 固今日作稗官者构思之所不能助也。"意思是说，《三国》之叙事，已达到事中有事、文中有文的境地，映照联发，旁通交互，妙不可言。 并且，如此"妙文"，非由"构思"之助，实乃"天然"如此。 毛氏多次阐述这一思想。 第 44 回回评，论刘表、袁绍之家难仿佛而不类，曰："岂非天然有此变化之事以成此变化之文哉！"第 73 回回评，论关羽之失意伏线于快意之时，曰："此非作者有意为如此之文，而实古来天然有如此之事。"

毛宗岗主张天然之美，意义重大。 首先，这是小说创作论中唯物思想的新发展。 早在明代，容本《水浒传》就已注意到小说须以生活为本源。 怀林《〈水浒传〉一百回文字优劣》曰："世上先有《水浒传》一部，然后施耐庵、罗贯中借笔墨拈出。"又曰："非世上先有是事，即令文人面壁九年，呕

---

① ［法］巴尔扎克：《书刊评论·泼皮》，李健吾译，参见王秋荣编：《巴尔扎克论文选》，249 页，北京，中国社会科学出版社，1986。
② ［俄］别林斯基：《诗歌的分类和分科》，见《文学的幻想》，满涛译，471 页，合肥，安徽文艺出版社，1996。
③ ［日］菊池宽：《〈文艺创作讲座第一卷小说讲座〉历史小说论》，洪秋雨译，21 页，上海，光华书局，1936。

血十石,亦何能至此哉?"①明确强调生活第一性,小说第二性。 与这一观点相比,毛宗岗同样强调历史小说要从以往史实史事中寻找灵感,先有历史之美,后有小说之美,小说家要深入体会历史上的人物与事件,才能创造出动人的作品。 但他拈出"天然"二字不一般。"天然"统摄小说创作之因、果两端。 创作过程自始至终都要遵循天然美的本质要求。"天然妙事"是创作之源,即动因。"天然妙文"是艺术结晶,是成品的审美风格。"妙事"与"妙文"不能割裂,二者相辅相成。"天然"说富有极强的辩证性,比单纯主张"先有是事"、后有是文的观点要深刻。 同时,对金圣叹重文轻事、割裂事文关系的具有强烈拜"文"主义倾向的创作观,也是一种努力克服。 毫无疑问,毛宗岗的"天然"说,应该与张竹坡的"入世"说、脂砚斋的"身经目睹"说,一道构成小说理论史上唯物主义创作观的主线。②

其次,是对当时明末清初创作界之弊病的严厉批判。 明代传奇、小说,盛行凭空捏造之风,多巧合空虚的迹象,缺乏生活的感染力。 这深深损害了文艺形象的生命,窒息了作家的创作活力。 更有甚者,一些本朝小说如《真英烈传》《正统传》等,严重歪曲史实,肆意诋毁人物,创作态度十分恶劣,而且蒙蔽了普通民众的视听。③ 这些都是脱离生活、割裂文与事的内在统一性的恶果。 毛宗岗开出"天然"这个药方,劝导作家不要违背生活的真理,要深入生活,研究生活,多向生活学习,寻找美的艺术规律,切莫一味随意捏造,是很有积极意义的。 况且,事有思所不能及者,文有想所不能到者。不到生活中去发现艺术的条件,又到什么地方去呢? 俄国作家陀思妥耶夫斯基(1821—1881)在一封信中谈道:"人们总是说,现实是枯燥的、单调的;为了使自己解闷,诉诸艺术、幻想,阅读小说。 对我来说,刚刚相反:有什

---

① 陈曦钟、侯忠义、鲁玉川辑校:《〈水浒传〉会评本》,26 页,北京,北京大学出版社,1987。
② 按,有关论述参见叶朗:《中国小说美学》,28 页,北京,北京大学出版社,1982。 孙逊:《明清小说理论中的"真""假"概念及其内涵》,见《明清小说论稿》,82~87 页,上海,上海古籍出版社,1986。
③ 参见欧阳健:《历史小说史》,221 页,杭州,浙江古籍出版社,2003。

么比现实更富于幻想性和更出人意料的呢? ……现实每天成千上万的与最平凡的样式向我们提供的东西,是小说家也想不到有如此这般的可能性的。有时甚至是任何想象力却根本想象不出来的。"①陀氏认为,小说创作动力和源泉正是"更富于幻想性和更出人意料"的现实所提供的那些东西。这个看法,与毛宗岗"天然"说是一致的。

最后,是对传统诗书画文天然美学观的有益吸收。作为古典文艺美学的一个重要范畴,"天然"始自魏晋六朝。晋人葛洪(284—364)《抱朴子》:"乾坤方圆,非规矩之功;三辰摘景,非莹磨之力;春华粲焕,非渐染之采;苣蕙芬馥,非容气所假。知夫至真,贵于天然也。"②指造文设语,贵乎自然纯真,而弃因袭雕饰。齐人王僧虔(426—485)《论书》曰:"宋文帝书,自谓不减王子敬。时议者云:天然胜羊欣,功夫不及欣。"③梁代庾肩吾(487—551)《书品》曰:"王工夫不及张,天然过之;天然不及钟,工夫过之。"④以"工夫"对"天然",工夫美崇尚楷则典范,天然美则追求本真生命,因而是一种超乎工夫之上的高层次的美。沈约(441—513)《宋书·谢灵运传论》云:"至于高言妙句,音韵天成,皆暗与理合,匪由思至。"⑤以苦思对"天成",思所不至者而天成之,强调诗歌创作的天然之美。自隋唐而下,天然美学观念逐渐向诗论、词论、曲论渗透。李白、元好问在诗歌领域,苏轼在散文领域,都力主天然。宋词、元曲作家,追求本色之美,也即天然美。小说批评中,容本、袁本《水浒传》以及金圣叹,都注意辨别"化工"与"画工",如容本第76回回末总评:"是一架绝精细底羊皮画灯,画工之文,非化工之文。低品低品。"⑥"画工"指人工功夫,"化工"即天然之意。然而,他们都未说透。毛宗岗是第一个明确提出小说要追求天然美的

---

① 参见彭克巽:《陀思妥耶夫斯基的创作美学》,载《国外文学》,2001(3)。
② (东晋)葛洪:《抱朴子·外篇》,辞义卷第四十,见《诸子集成》8,上海,上海书店出版社,1986。
③ 杨素芳、后东生编:《中国书法理论经典》,35~36页,石家庄,河北人民出版社,1998。
④ 杨素芳、后东生编:《中国书法理论经典》,55页,石家庄,河北人民出版社,1998。
⑤ (梁)沈约撰:《宋书》第6册,1779页,北京,中华书局,1974。
⑥ 陈曦钟、侯忠义、鲁玉川辑校:《〈水浒传〉会评本》,1291页,北京,北京大学出版社,1987。

理论家。他吸纳传统天然美学的内涵,延伸至小说领域,强调应以"造物自然之文"取代"今人臆造之文"(《读法》)。因为前者在篇制构成上巧夺天工,匪夷所思,而又一气呵成,天衣无缝,令人叹为观止;后者则板滞拘谨,局促狭隘,显得十分笨拙与粗糙。"自然之文"以整体为美,以变化为美,以天然为美;"臆造之文"则顾此失彼,尺长寸短,缺乏内在的协调与和谐。

二、叙事妙品:小说叙事理论的成熟

唐代史学家刘知幾《史通·叙事》云:"夫史之称美者,以叙事为先。"[①]小说中追求叙事之美,南宋刘辰翁评点《世说新语》已有此意。然而,明确使用"叙事"概念,始自明代。王世懋(1536—1588)评《世说新语·方正》"王敦既下"篇曰:"叙事如画。"[②]《水浒传》批点更明显。据笔者统计,直接以"叙事""叙述"评文者,不包括"叙""序""叙法"之类相近术语,容本只有1次,袁本有7次,金圣叹有13次,表现出愈来愈重视的趋向。至于毛宗岗,则达到30次,远超前人。"叙事者""叙者"概念,金圣叹提到1次(见第15回夹批),毛宗岗则有多次(如第51回夹批)。尤其值得注意的是,毛氏创造出"叙事妙品"一语,用以表示小说叙事之美的最高境界;并且前后使用不下20次,有时一回甚至两见(如第20回、第28回、第71回、第117回)。金圣叹未见此论,只是在评潘金莲、王婆言语时有"辞令妙品"一语。这一变化说明,"叙事"在毛宗岗的小说观念中,已上升为一种现象,占据极其重要的地位。因此,尽管就叙事理论的具体阐述来说,金圣叹等人都有贡献,但是到了毛宗岗,方真正显示出古代小说叙事理论的成熟。

---

① (唐)刘知幾撰、(清)浦起龙释:《史通通释》上,165页,上海,上海古籍出版社,1982。
② (南朝宋)刘义庆撰:《世说新语汇校集注》,朱铸禹汇校集注,281页,上海,上海古籍出版社,2002。

何谓"叙事妙品"？"妙品"本指精妙的书画作品。 元人陶宗仪在《南村辍耕录·叙画》中载，画论分三品："气韵生动，出于天成，人莫窥其巧者，谓之神品。 笔墨超绝，传染得宜，意趣有馀者，谓之妙品。 得其形似而不失规矩者，谓之能品。"①明人何良俊（1506—1573）《四友斋丛说·画一》又补为四品，曰逸品、神品、妙品、能品。 这里，以"妙品"居于突出神似的"神品"和具备形似的"能品"之间，盖言其作形有余而神亦备，得形神之中，故曰"妙"。 小说不同于书画，书画的品级不可能照搬于小说。 特别是《三国演义》为历史小说，叙事以天然为美，不讲任意虚构，故不能称"神品"。 盖神品虽曰"天成"，而实由"巧"思。 另一方面，《三国》"叙一定之事"，有历史史实作为本事基础，然又不以规矩摹刻历史为上，故"能品"亦不能形容《三国演义》之美。 综合这些考量，"妙品"说最能切合《三国演义》的艺术情状。 叙事本乎天然，可谓有"形"；作文臻乎其妙，是谓有"神"。 如此笔铺墨染，形神毕现，意趣贯中，文兼质融，即是"叙事妙品"的审美风格。

毛氏的"叙事妙品"说，内涵十分丰富，既包括"叙法变换"（第 48 回夹批）的叙事行为论，又包括"妙在不知其人"（第 77 回夹批）的叙事视角论，而最值得称道的则是空间叙事论。 美国学者蒲安迪《中国叙事学》曾指出，中国小说讲究"空间性"的布局，历代批评中最明显的例子，莫过于毛宗岗所使用的一系列术语，如"近山浓抹、远树轻描"，"奇峰对插、锦屏对峙"，"横云断岭、横桥锁溪"等。② 空间性布局，指小说的叙事流程具有横断性，而非纵贯性，横断面缀结组成了小说的整个尺幅空间。 那么，这些横断面是怎样交替运动的，它们之间靠什么来联系？ 于此，毛宗岗提出了颇富民族美学特征的叙事情境论。

概括说来，良好的小说叙事不应当像死海一样令人沉闷窒息，昏昏欲睡。 在它里面，应该既有悲惨世界，也有极乐世界；既有伊甸园，也有失乐

---

① （元）陶宗仪：《南村辍耕录》，220 页，北京，中华书局，1959。
② ［美］蒲安迪：《中国叙事学》，85 页，北京，北京大学出版社，1996。

园。小说应该像一列行程遥远的火车，它必须具有穿越平原、丘陵、山地、高原等不同地形地貌，经历热带、温带、寒带等迥异气候气象的勇气和精神。否则，它就不可能使人"可喜可愕，可悲可涕，可歌可舞；再欲捉刀，再于下拜，再欲决胆，再欲捐金；怯者勇，淫者贞，薄者敦，顽钝者汗下"①。叙事情境的设置，对小说的预期心理功能有决定作用。只有善于在不同的情境之间往来穿梭，小说才能展示出丰富多彩的情感蕴含，才能显得跌宕起伏，扣人心弦。

就整体布局而言，毛宗岗认为："《三国演义》一书，有笙箫夹鼓、琴瑟间钟之妙。"(《读法》)鼓声热烈，笙箫清扬。钟声震耳，琴瑟悦心。鼓、钟指金戈铁马之事，以描写男子为主；笙箫、琴瑟指温柔缠绵之情，以描写女性为主。也就是说，前者构筑的为男性叙事空间，后者构筑的为女性叙事空间，二者给人的感觉是根本不同的。毛宗岗一口气举出16个事例。其中，以孙权亲妹洞房花烛最能说明问题，因为这个故事乃经毛宗岗修改润色而成的。在嘉靖本《三国演义》中，刘备与孙夫人不过上演了一出政治联姻的骗局和闹剧，毛宗岗本则把他们演变成英雄美人的爱情悲剧。②这就是说，女性叙事空间需要女性与情感的融合，只有女性而缺乏深切饱满的情感，构不成感人的叙事空间。如此，女性叙事空间才能以独特的声色和氛围形成对男性叙事空间的间隔。就好像长江水域里的无数湖泊、水库，对"滚滚长江东逝水"的间隔一样。经此柔情蜜意的阻隔，帝王将相、国家战争的叙事直线被拦腰切断，变成了一截截的叙事线段，时间也就为空间腾出了尽情表演的舞台。从性别的角度，将女性空间叙事话语与男性空间叙事话语区别开来，毛宗岗的这一阐释即使在今天仍然有其新颖的意义。

局部叙事布局也是如此。《读法》提到的"寒冰破热，凉风扫尘"，即用一段段令人感觉心清气冷的文字，将一幅幅看起来无比繁忙热闹的情节隔

---

① (明)绿天馆主人：《古今小说序》，参见黄霖、韩同文选注：《中国历代小说论著选》上(修订本)，225页，南昌，江西人民出版社，2000。
② 李正学：《毛宗岗小说批评研究》，368~370页，北京，中国社会科学出版社，2010。

开,以造成故事情境的间歇与转换。 毛宗岗举了十个事例。 均言主人公在急急奔忙于建功立业之时、征战杀伐之际,偏偏有一僧道隐逸之类人物出现,从而让紧张的文势暂时舒缓,涌喷的激情略略销蚀,构成一种忙闲交织、冷热交替、"哀乐倏变"的叙事特点。 毛氏曰:"或僧或道,或隐士或高人,俱于极喧闹中求之,真足令人躁思顿清,烦襟尽涤。"为什么要采取这种间断性的叙事布局? 原因与"本文"时间跨度的思考有关。 毛宗岗说:"盖文之短者,不连叙则不贯串;文之长者,连叙则惧其累坠,故必叙别事以间之,而后文势乃错综尽变。"当然,"本文"的时间跨度无法度量,要找到一个"基准"来说明时间跨度的变化,将会十分困难。[①] 或短或长,应当在把握事件情理的基础上,由叙事者根据叙事情感表达的需要自己决定。 或者以寒冰般的一段短文,击破热浪般的一段长文;或者以犹如凉风的引文,开启颇似蒸笼的正文。 总之,间断性叙事是对叙事流程的一种自觉控制。

人物一己之身的叙事也有情境之分。 第35回评:"前玄德以'髀肉复生'而悲,何其壮也! 今至南漳道中,见牧童吹笛而来,乃有'吾不如也'之叹,顿使英雄气尽。"上一回还是英雄壮志未酬,此一回忽作英雄之气颓尽。 同是一个玄德,竟然在瞬间步入两种截然相反的情境空间,不能不令人感到诧异。 其下又批曰:

> 玄德于波翻浪滚之后,忽闻童子吹笛,先生鼓琴;于电走风驰之后,忽见石按香清,松轩茶熟。——正在心惊胆战,俄而气定神闲。真如过弱水而访蓬莱,脱苦海而游阆苑,恍疑身在神仙境界矣!

夹批又曰:"既闻笛声,又听琴声,与从前马蹄声、波涛声大不相同矣。"前一回刘备困厄无依,蹇滞无助,疲于逃命;此一回忽逢隐士,突闻奇才,遂迎来转机的曙光。 弱水而蓬莱,苦海而阆苑,马蹄声、波涛声而笛声、琴

[①] [以色列]里蒙-凯南:《叙事虚构作品》,姚锦清等译,93页,北京,生活·读书·新知三联书店,1999。

声,情境的对立与伸缩,制造了小说的张力与引力,促使读者的审美情感发生了沧海桑田般的巨大变化。不善于在情境中穿梭,就不可能取得如此震颤般的艺术快感。

根据毛宗岗的看法,《三国演义》极善于让人物在一起一落的时空隧道中穿行。他指出:"文章之妙,妙在极热时写一冷人,极忙中写一闲景。"(第89回回评)热时写冷,如第68回曹操之遇左慈。其时操志得意满,威福无边,回评曰:"其势力足以刑人、辱人、屠人、族人,而忽遇一无可奈何之左慈,刑之不得,辱之不得,屠之、族之亦不得,而于是奸雄之威丧,奸雄之权沮,奸雄之势诎,奸雄之力尽矣。且有'土鼠随金虎,奸雄一旦休'之语,于极热闹中早笑其销灭。不啻于秦长脚之遇风魔,令读者快之。"忙中写闲,如第89回孔明之遇万安隐者。孔明四擒孟获,绥靖蛮方,其心"极忙""极热",万安隐者却是"极闲""极冷"。两者心境迥然有异,夹批曰:"百忙中却偏叙出隐士清冷之况,令人烦襟顿涤。"

毛宗岗主张冷热转换的叙事情境论,是对立统一的辩证美学在小说中的表现。老子《道德经》第二章云:"故有无相生,难易相成,长短相较,高下相倾,音声相和,前后相随。"这一哲学观念,反映在文学艺术中,便是追求文情事意的相对相成之美。刘勰《文心雕龙·丽辞》曰:"造化赋形,支体必双,神理为用,事不孤立。夫心生文辞,运裁百虑,高下相须,自然成对。"此论文。宋人郭熙(约1023—约1085)《林泉高致集》:"盖画山,高者、下者、大者、小者,盎晬向背,颠顶朝揖,其体浑然相应,则山之美意足矣。"[1]此论画。小说是叙事文学,叙事情境以冷热交错为美,实乃固有之义。在毛宗岗之前,已有此种认识。如袁本《水浒》第9回回末评:"柴王孙一封书变为雪冷,高衙内相思症空尔火热。"[2]不过只是初步尝试,未能从自然时景的冷热上升到情感内蕴的冷与热。金圣叹更进一步,第23回回

---

[1] (宋)郭熙、郭思:《林泉高致集》,见俞剑华编著:《中国画论类编》,637页,北京,人民美术出版社,1986。
[2] 陈曦钟、侯忠义、鲁玉川辑校:《〈水浒传〉会评本》,218页,北京,北京大学出版社,1987。

评："上篇写武二遇虎，真乃山摇地撼，使人毛发倒卓。忽然接入此篇写武二遇嫂，真又柳丝花朵，使人心魂荡漾也。"一惊一漾，一害怕一魂荡，已经是叙事情境之变了。然惜金氏未明确指出。金氏在分解杜甫诗时，曾提到这一情境转换特色，如评《龙门》："前半何其热艳，后半何其悲凉。"①毛宗岗向他学习，也认为唐人诗有此特色，如评李白《越中览古》："上三句何等热闹，末一句何等悲凉。"②难能可贵的是，毛宗岗把这种诗歌情境的分解，移植到小说中，认为小说的叙事情境也是交替变化的，从而把冷与热的生理感觉变为"某种新的叙事形态"③，成为小说叙事的一种自觉追求。后来，张竹坡批评《金瓶梅》，别出心裁地拈出"冷热金针"，并以此二字为一部金钥，不能不说受到了毛宗岗的启发和影响。

附带说明，毛宗岗的叙事情境论，极其突出本文故事的思想倾向和情感内蕴，这与西方从人称角度探讨叙事情境的理论完全不同。④此不赘述。

三、论"后幅"：长篇小说结构之难

小说中"结构"概念的提出，始自金圣叹。《第五才子书》第43回眉批："如此结构，真是锦心绣手。"第66回夹批："大奇大奇，真乃异样结构。"两处均指人物事件不同寻常的组织与营构。毛宗岗有4次提到"结构"。第92回评："观天地古今自然之文，可以悟作文者结构之法矣。"第107回评："叙事作文，如此结构，可谓匠心。"第113回评重复了这句话。

---

① （清）金圣叹：《金圣叹选批杜诗》，23页，成都，成都古籍书店，1983。
② 李正学：《毛宗岗小说批评研究》，392～393页，北京，中国社会科学出版社，2010。
③ 杨义：《中国叙事学》，360页，北京，人民出版社，1997。按：杨义先生认为，毛宗岗"寒冰破热"之法"不仅仅是一种文章法，一种叙事情调的调节，而且包含着对叙事世界的一种认识，包含着对某种新的叙事形态，即复调叙事形态的体验。""复调叙事"云云，倒不如叙事情境简捷易懂。
④ 按，有关西方叙事情境的论述，请参见罗钢：《叙事学导论》第五章，昆明，云南人民出版社，1994。王阳：《小说艺术形式分析：叙事学研究》第十一章第五节，北京，华夏出版社，2002。陈良梅：《论叙事情境》，载《当代外国文学》，2005（4）。

第 94 回评则批评《西游记》《水浒传》,"原非正史,可以任意结构也"。可见,毛宗岗的结构论意识比金圣叹更为明确,"结构"一语,由此成为小说美学的一个重要范畴。

毛宗岗的结构理论,最新颖突出的是"后幅"论。所谓后幅,指长篇小说的后半部。这里很难有一个统一的量化标准。曾有研究者指出,长篇小说"大抵的作品,大契点总不放在故事的结末,而总是放在全体四分之三的地方;而其余的四分之一的篇幅,则用以说明那契点的解开(也便是那故事的结果)"[1]。这是一家之言,不过也是对长篇小说艺术结构经验的总结。不妨暂且以这个"大契点",作为后幅的开始。

明末清初,叙事理论界对长篇作品的后半部问题非常关注。容本《水浒传》在第 98 回"卢俊义大战昱岭关,宋公明智取清溪洞"有批道:"文字至此,都是强弩之末了,妙处还在前半截。"[2]批者以为"前半截"写得好,而后半截写得不好,对《水浒传》的后幅是不满意的。这种意见发展到金圣叹,变本加厉。金氏对《水浒传》的后半部非常看不起,称之为"横添狗尾,徒见其丑"。他怀着一股莫名的愤怒批道:"若江等生平一片之心,则固皎然如冰在玉壶,千世万世,莫不共见。故作者特于武松落草处顺手表暴一通,凡以深明彼江等一百八人,皆有大不得已之心,而不必其后文之必应之也。乃后之手闲面厚之徒,无端便因此等文字,遽续一部,唐突才子,人之无良,于斯极矣。"他认为水浒英雄"大不得已之心"前文既已"深明",后文不必相应。因此,就干脆假托古本,将七十回以后的人物情节完全删节了。金氏这一绝世超奇的做法,尽管在不同时期都有评论家站出来表示颂扬,但毫无疑问,严重损害了中国古典长篇小说的结构观念,其不良影响无法估量。正如古希腊哲学家亚里斯多德所论:"一个完整的行动,里面的事件要有紧密的组织,任何部分一经挪动或删削,就会使整体松动脱节。要是

---

[1] 高明:《文艺创作讲座》第三卷,14 页,上海,光华书局,1936。
[2] 陈曦钟、侯忠义、鲁玉川辑校:《〈水浒传〉会评本》,1332 页,北京,北京大学出版社,1987。

某一部分可有可无，并不引起显著的差异，那就不是整体中的有机部分。"① 删削七十回以后的故事，显然使《水浒传》这个"完整的行动"，产生了巨大而"显著的差异"，成为以思想干预结构、漠视结构独特性征诉求的败笔。金氏每曰："凡人读一部书，须要把眼光放得长。……若使拖长看去，却都不见。"然而，他自己正是没能"放得长"，因此，把《水浒》的后幅都看不见了。而一部没有后幅的《水浒传》，虽然还可以称为小说，但已经不再是具有典范艺术形态的古典长篇小说了。现代文学家鲁迅评得好，金圣叹"截去《水浒》的后小半，梦想有一个'嵇叔夜'来杀尽宋江们，也就昏庸得可以"；他使《水浒传》"成了断尾巴蜻蜓"。②

在当时，《水浒传》的后幅颇受质疑，《三国演义》的后幅也不例外。李卓吾评本第 110 回总评云："读到此等去处，真如嚼蜡，淡然无味。阵法兵机都是说了又说，无异今日秀才文字也。山人诗句亦然。"第 112 回总评又云："读演义至此，惟有打盹而已，何也？只因前面都已说过，不过改换姓名重叠敷演云耳，真可厌也！此其所以为《三国志演义》耳。"③显而易见，批者对《三国》的后幅极其不满。

如上可知，《三国演义》《水浒传》所反映出来的后幅问题，确已成为长篇叙事艺术所特有的一种结构难题，成为必须面对和亟待解决的重大理论命题。毛宗岗对此不能不予以关注。而他所做的就是尊重后幅，承认后幅作为长篇艺术有机整体构成的必要性和必然性。

首先，毛宗岗确立了后幅的位置。第 85 回评曰：

> 高祖斩白帝子而创业，光武起白水村而中兴，先主入白帝城而托

---

① ［古希腊］亚理斯多德：《诗学》，见罗念生、杨周翰译，《诗学·诗艺》，33 页，北京，人民文学出版社，1962。
② 鲁迅：《谈金圣叹》，见王得后、钱理群编：《鲁迅杂文全编》下编，101 页，杭州，浙江文艺出版社，1994。
③ 陈曦钟、宋祥瑞、鲁玉川辑校：《〈三国演义〉会评本》，1347、1367 页，北京，北京大学出版社，1986。

第五章　清前期的小说思想　　343

孤，二帝始于白，一帝终于白，正合李意白字之义。自桃园至此，可谓一大结局矣。然先主之事自此终，孔明之事又将自此始也。前之取西川、定汉中，从草庐三顾中来。后之七擒孟获、六出祁山，从白帝托孤中来。故此一篇，在前幅则为煞尾，在后幅则又为引头耳。

前幅与后幅相对。前幅指小说的前半部，后幅指后半部。前幅与后幅的交接点就在此第85回。《三国演义》总120回，所以前幅、后幅的转捩点大约是全书长度的四分之三处。可见，毛宗岗的划分还是很符合前文所言的那个"大契点"的。这说明，他对《三国演义》长篇艺术结构特点的把握非常充分。

在此基础上，毛宗岗提出了后幅的艺术特征。第109回评，通过比较前幅、后幅中诸葛亮与司马昭拜井出泉，诸葛亮与姜维借敌之箭以射敌两件事，指出："读《三国》者，阅至后幅，愈出愈奇。谁谓武侯死后，无出色惊人之事？"《三国》演至"卷之十八"，重要的人物角色均已不在，故事呈收尾之势。但并不如李卓吾评本所言，如同嚼蜡，"淡然无味"。而是"愈出愈奇"，照样有"出色惊人之事"，相比前幅更充满着赏鉴的兴味。这里，"愈出愈奇"，明显从整幅结构的艺术特征立言。就是说，后幅的人物情节只要是能比前幅"愈出愈奇"，它就不是"改换姓名重叠敷演"，而是具有相对独立性，能在艺术上与前幅统一，前、后构成一个完整的、不可分割的艺术整体。第120回回评又云："凡书至终篇，每虞其易尽。有如此之竿头百尺，愈出愈奇者哉！"全书至最后一回，还能"百尺竿头更进一步"，愈出愈奇，让人沉浸其中，流连忘返，这才是一种具有艺术性的长篇制作。所以，从"愈出愈奇"的艺术特征来看，后幅并不是长篇小说的通病，它并不是可有可无的，而是自有其审美价值存在的。

第113回评，通过比较前幅、后幅中幼弱帝王谋诛强权大臣这类事件，毛宗岗指出："读《三国》者，读至后幅，有与前事相犯，而读之更无一毫相犯。愈出愈幻，岂非今古奇观！"在《三国演义》中，此类事件共发生三次。前幅有一次，汉献帝刘协谋诛曹操，一败于国舅董承，二败于国丈伏完，事见第 23 回和第 66 回。后幅则有两次，魏主曹芳谋诛司马师，败于国丈张缉，事见第 109 回；吴主孙亮谋诛孙琳，事败于国丈全尚、国舅全纪父子，事见第 113 回。这三件事，事件特征趋一，人物的身份特征也存在极大的可比性。但事件的呈现方式、人物关系的艺术处理，则前后变化不拘，活脱自然，并没有生硬单调的感觉。以后事读前事，反而更觉新鲜，变幻莫测，果然"愈出愈幻"，让人目不暇接。

奇与幻，是古代小说叙事美学的两大特征。毛宗岗以"愈出愈奇""愈出愈幻"来论述《三国演义》后幅的艺术特征，后幅相对于前幅所具有的艺术独立性，以及后幅在整幅小说中的重要地位，并不是信口一说，随置一议。换言之，他谈论"后幅"问题，完全着眼于人物事件的审美价值，着眼于小说的审美风格。这样的评论在当时不仅需要勇气，更需要眼光和智慧。

毛宗岗还认为，后幅在章法结构上应力求"天然"。第 115 回评："先主将入西川，先见孔明画图一幅，又得张松画图一幅；司马昭将取西川，先见邓艾沓中画图一本，又得钟会全蜀画图一本。前后天然相对，若合符节，真奇文奇事。"孔明西川画图见第 38 回，张松画图见第 60 回；邓艾、钟会画图见第 115 回。四幅画图，都为议取西川而作。四画四人，分别出自蜀、魏壁垒。取西川，是《三国演义》叙事的关键事件。西川得取，鼎足三分形成；西川被伐，辉煌三国遂付之东流。可见，这四幅画图在小说中地位非常重要。而其前后相隔，迢迢八十余回，可谓漫长。然而，正是这四幅看似无关紧要的画图，把一部长篇前后里外衔接起来，使其长且不断，遥遥相连，天然辐辏，具备了内在的一贯性。"若合符节"，这是前幅、后幅所追求和所能达到的最高的艺术境界，与上文所言"天然"创作美学观是相通的。

后幅有如此艺术作用，对待后幅就需持正确的态度。从创作的角度讲，长篇不比中篇或者短篇。长篇应以后幅取胜。长篇的后幅，其艺术性要求远远大于前幅。因为，长篇小说前幅精致不奇，前幅易于下笔；后幅出彩奇，后幅难于着笔。优秀的长篇小说，应该善于锻造后幅。例如，毛评第

115回所言,"有读书至终篇,而复与最先开卷之数行相应者","于一百十回之后,忽然如睹一百十回以前之人,忽然重见一百十回以前之事。如此首尾连合,岂非绝世奇文!"后幅的人和事,与前幅的人和事,既有外部特征的相似性,也有内部特征的一致性。后幅如睹前幅之人、重见前幅之事,这样的后幅便是佳酿绝构,庶几不误长篇之制。

从阅读的角度讲,要"乐观其后"。第112回评:"其事之纡徐,文之曲折如此。读书至此,又乐得而观其后矣。"只有能乐观其后,尊重后幅艺术,才能获得持续的心理愉悦,发现不为人知的艺术奥秘,从而得到艺术审美的最大快感。毛宗岗多次强调"乐观"的重要性。如第113回评:"每见读《三国志》者,谓武侯死后,便不堪寓目;今试观此篇,与武侯存日,岂有异哉?"第117回评:"不谓读《三国》者,读至终篇,有此惊见骇闻之乐。"这是在告诫不善读后幅者,起始篇中看不到的东西,在终结篇中能看到;终篇所见,更甚于始篇所观。"乐观其后"的对立面自然是"厌观其后"。像《三国演义》这样的长篇艺术,事件纷纭,人物繁多,对于习惯了阅读唐诗、宋词和唐宋散文的目光来说,从一开始便大不妙了。"牢骚太盛防肠断,风物长宜放眼量。"[毛泽东《和柳亚子先生(1949年4月29日)》]明清之际,随着长篇小说的不断发展,相应地提出了艺术鉴赏与接受视野急需调整以适应长篇巨著的问题。这就要求读者不得不抛弃一些陈旧的阅读观念,以面对崭新的文学现实,重整艺术审美视野,实现视野融合。因此,当时所有的长篇小说批评,无非是为了加快促进这一次新的审美观念的重建与整合。由此说来,毛宗岗"乐观其后"的提出,确实在长篇小说之长度审美方面,做出了独一无二的贡献。

我们注意到,后幅艺术也是西方小说界争论的焦点。英国小说批评家乔·艾略特在谈到这个问题时曾说:"结尾是大多数作家的薄弱环节。"[1]他把矛头转移到作家身上,使后幅问题进一步复杂化了。福斯特在《小说面面

---

[1] [英]乔·艾略特:《论小说创作》,见《小说的艺术》,张玲等译,16页,北京,社会科学文献出版社,1999。

观》中指出,后幅是长篇小说这一亚文体本身所存在的一种艺术困难。原因即来自于情节与人物的争胜。"人物开始时显得生气勃勃,难以驾驭,各自在情势与个性的自然发展下,为自己打下极有可为的生命基础,然而到后来,作者为了赶时间却一手把这些工作都接收了下来,不让他们自然发展",而是改"由情节出来收拾残局"。这一解释,过分突出人物与情节的不相融性,没有认识到后幅与前幅的和谐性质。因此,他受德国思想家尼采所谓"结构的大溃蚀"的影响,提出要把情节"藏起来,打碎它,烧掉它"①。要人物而不要情节,注定只能成为不是解决办法的解决办法。

◎ 第三节

李渔的小说思想

李渔(1611—1680),名仙侣,字谪凡,号天徒。后因"担簦戴笠游寰中"(《赠许茗车》),改名为渔,号笠鸿、笠翁、笠道人。又常署名湖上笠翁、觉世稗官、新亭客樵、随庵主人等。祖籍浙江兰溪,生于江苏雉皋(今如皋)。本是富裕医家,却弃医习文。二十四岁应童子试,入金华府庠。然几次乡试,都遭落第。明朝倾覆后,便不再应举。以刻书卖文为生,成为职业文人。曾在金陵开辟闻名后世的书肆"芥子园"。又组织家庭戏班,四出演剧,聊以糊口。老年死于贫困。著有诗文杂著《笠翁一家言全集》,传奇集《笠翁十种曲》,短篇小说集《无声戏》(别称《连城璧》)、《十二楼》,长篇小说《合锦回文传》等,并曾评点《三国演义》《金瓶梅》。②

---

① [英]佛斯特:《小说面面观》,苏炳文译,78~79、84页,广州,花城出版社,1981。
② 此按,关于李渔作《合锦回文传》及评点《三国演义》《金瓶梅》,目前学界尚存争议。其中,对《三国演义》的评点、《合锦回文传》的创作较为大家认可,而对《金瓶梅》的评点则多受质疑。这里均持肯定之论。特别关于对《金瓶梅》,笔者已发现确系李渔详点的新线索,容另文撰出。

李渔是一位集创作与理论于一身的小说大家。他的短篇小说是对明代"拟话本"的发展,他对《三国演义》的评点承接毛宗岗,对《金瓶梅》的评点则启示张竹坡,在清代小说思想史上发挥了承前启后的重要作用。

一、"指归据实而非臆造":小说实录美新解

李渔非常喜欢读小说。他在《资治新书》中有眉批道:"阅此等案牍,如看《水浒》、《西游》,不惟忘倦,且能起舞。"①而他最喜欢的小说是《三国演义》。他曾为毛评本《三国演义》作序(以下简称毛评本序)②,又曾亲自操笔批阅《三国志演义》并为序(以下简称李评本序)③。在毛评本序文中,他借王士禛、冯梦龙的"四大奇书"之说,称《三国演义》是"第一奇书"。在李评本序中,他又借金圣叹、毛宗岗的"才子书"之说,称《三国演义》是"第一才子书"。他为何如此推崇《三国演义》?乃因其具有实录之美。毛评本序曰:

> 然野史类多凿空,易于逞长,若《三国演义》则据实指陈,非属臆造,堪与经史相表里。由是观之,奇又莫奇于《三国》矣。

李渔评本序曰:"至于《三国》一书,因陈寿一志扩而为传,仿佛左氏之传麟经……事有吻合而不雷同,指归据实而非臆造。"④《三国演义》能够"据实指陈",依据史书《三国志》扩演,且能做到"事有吻合而不雷同",是李渔

---

① (清)李渔:《资治新书(初集)》,见《李渔全集》第十六卷,530页,杭州,浙江古籍出版社,1992。
② 见现存最早的毛评《三国志演义》刻本,康熙年间醉耕堂大字刊本,藏北京图书馆善本室。序文参见陈翔华:《毛宗岗的生平与〈三国志演义〉毛评本的金圣叹序问题》,载《文献》,1989(3)。下引毛评本序同此。
③ 见清代两衡堂刊本《李笠翁批阅三国志》,藏首都图书馆、法国巴黎国家图书馆。
④ 按,本书引用李渔对《三国演译》的批语,均据陈曦钟、宋祥瑞、鲁玉川辑校:《三国演义会评本》,北京,北京大学出版社,1986。只注回目,不注页码。

最欣赏的。

在中国美学史上,"实录"最早用于史书的美学特征。班固《汉书·司马迁传赞》:"其文直,其事核,不虚美,不隐恶,故谓之实录。"[①]明代小说家把它用作讲史小说的批评,毛宗岗又有进一步发展。与前人相比,李渔则有很大突破。他提出,是否"实录"应以读者的广泛接受为前提。毛评本序论道,陈寿《志》较之荀勖、裴頠魏晋诸《纪》,差此善彼,"览者终为郁抑而不快"。《三国演义》则不然,"足以使学士读之而快,委巷不学之人读之而亦快,英雄豪杰读之而快,凡夫俗子读之而亦快,拊髀扼腕有志乘时者读之而快,据梧面壁无情用世者读之而亦快也"。"演义"之所以具有如此高超的艺术魅力,在于它摒弃了"志""纪"的三个缺点,即"质以文掩,事以意晦,而又爱憎自私,去取失实"。换言之,李渔在此提出了实录美的三个标准:其一过于强调文而不重视质,则非实录;其二过于强调意而使文章显得隐晦深曲,则非实录;其三创作者主观感情流露太过,人为校正本事,则非实录。依照这几条原则,李评本序批评《水浒传》文过于质,"庸陋之夫读之,不知密隐鉴诫深意",从而误以为"果有其事",实则无所指归。批评《西游记》,"凿空捏造,人皆知其诞而不经,诡怪幻妄",随心臆造,缺乏事实依据。又批评《金瓶梅》,为了"讥刺豪华淫侈,兴败无常",不惜将"情欲"暴露过甚,虽然看似染乎世情,反养成不及之祸,只堪"资人谈柄",不足"多读"。因此得出了《三国演义》为"第一"的结论。

我们注意到,李渔反对"臆造"主张"实录"的观念,受到毛宗岗追求"天然"而反对"臆造之文"的影响。李渔所谓的"才子书"论,固然由金圣叹得来,但已不再聚焦于小说的文法。李评本序称,《水浒传》"文藻虽佳"、《西游记》"辞句虽达",辞藻已非小说品评的决定性因素。毛评本序称:"作演义者,以文章之奇而传其事之奇,而且无所事于穿凿,第贯穿其事实,错综其始末,而已无不奇,此又人事之未经见者也。"认为"文章之奇"

---

① (汉)班固撰,(唐)颜师古注:《汉书》第9册,2738页,北京,中华书局,1962。

不如"事之奇","事之奇"中又以"无所事于穿凿"为尚,以能"匠心独运"地贯穿事实、错综始末为贵。

李渔的实录观,在他的小说创作中有积极贯彻。例如,《无声戏》之《丑郎君怕娇偏得艳》在正话开头论道:"我如今再把一桩实事,演做正文,不像以前的话,出于阎王之口,入于判官之耳,死去的病人,还魂说鬼,没有见证的。"①本篇入话叙述阎王惩罚一个极恶的人做一个嫁给丑陋男子的标致妇人,夫妻都活百岁,以使其不得遂志,禁锢终身,饱受忧煎涕泣之苦。这样不能征信的鬼魂题材,自然不是实录派的写法。李渔的意思,事实上含有对明代以来小说、戏剧中流行的一味写鬼画魂的荒怪做法的批评。又如《十二楼》之《鹤归楼》,叙述两位青年士子因人生观、婚姻观不同,而谱成一悲一喜两重天的世情故事。尾语论曰:"这些事迹出在《段氏家乘》中,有一篇《鹤归楼记》,借他敷演成书,并不是荒唐之说。"②因为小说以已有文献为依据,事本其源,绝非凭空捏造,所以看似离奇曲折,难以置信,实则并不荒唐,而是古已有之的事实。另一篇《合影楼》,叙述珍生和玉娟通过水中倒影彼此相识,冲破重重阻碍,终于结成夫妻。尾语评道:"这段逸事出在胡氏笔谈,但系抄本,不曾刊板行世,所以见者甚少。如今编做小说,还不能取信于人,只说这一十二座亭台,都是空中楼阁也。"③盖言此篇"影儿里情郎,画儿中爱宠"的故事,虽是野史中绝好题目,只因未曾刊行,世人见之者少,难以确信其真,故不免有虚妄之讥。可见,李渔不主张小说创作如空中楼阁,丝毫不依赖坚实厚重的平地基础,而应取材于历史人物故事,方能做到真切感人。

但是,李渔强调实录,并不是如明代批评家所谓的照抄照搬,不追求变化。《三国演义》第19回在探子报语中叙河内太守张杨自灭,李渔评:"正史中许多说话,演义反简,妙妙!"演义小说把某些不重要的人和事化繁为

---

① (清)李渔:《无声戏》,3页,北京,人民文学出版社,1989。
② (清)李渔撰:《十二楼》,224页,上海,上海古籍出版社,1986。
③ (清)李渔撰:《十二楼》,25页,上海,上海古籍出版社,1986。

简，不仅可以透出正史与演义的区别，而且有利于突出创作主题，如《鹤归楼》《合影楼》，讲求与本事"吻合"，然而都有"敷演"，能够做到"不雷同"。这一思想，在《闲情偶寄·演习部》中谈论"变调"问题时说得更清楚："学书学画者，贵在仿佛大都，而细微曲折之间，正不妨增减出入，若止为依样葫芦，则是以纸印纸，虽云一线不差，少天然生动之趣矣。"①显然，李渔反对"一线不差"的彻底的完全的实录，主张摹本对原本应有"增减出入"，从而达到"仿佛大都"的艺术妙境。

李渔还把实录说的评鉴范围从史书文献本事扩展到人情世态。现存最早的《金瓶梅》版本即李渔绣像批评本，在第 11 回"潘金莲激打孙雪娥，西门庆梳笼李桂姐"中，叙孙雪娥在吴月娘面前告诉潘金莲，说她"怎的霸拦汉子"，"背地干的那茧儿，人干不出，他干出来"，"当初在家，把亲汉子用毒药摆死了"。李渔眉批："虽仇口，却句句是金莲实录。"②意思是指，这段话没有半点虚夸和不切实际处，完全是潘金莲日常所作所为及其人格品性的真实写照。本着这种认识，李渔在小说史上首次提出《金瓶梅》是世情书的论断。第 52 回眉批："此书只一味要打破世情，故不论事之大小冷热，但世情所有，便一笔刺入。"像潘金莲在妻妾争宠中霸拦西门庆，用毒药害死武大郎，便是"世情所有"的事，绝非出自胡编乱造。③也就是说，但凡世间人情人事之"所有"，世情小说便可秉笔直书。词的创作也是这样。《窥词管见》第五则论道："即在饮食居处之内，布帛菽粟之间，尽有事之极奇，情之极艳，询诸耳目，则为习见习闻；考诸诗词，实为罕听罕睹；以此为

---

① （清）李渔：《李渔全集》第三卷，70 页，杭州，浙江古籍出版社，1992。
② 按，本书引用李渔《金瓶梅》批语，均据刘辉、吴敢辑录：《会评会校金瓶梅》，香港，天地图书有限公司，1994。只注回目，不注页码。
③ 按，明人判牍记载了许多妻妾因争宠相犯、妻因奸谋杀亲夫的案例。翻阅这些资料可知，如潘金莲谋杀武大郎确实并不夸张，狠毒甚于潘金莲者比比皆是。据钱春《一起依谋杀亲夫律凌迟犯妇一口刘氏》载："刘氏以狐媚贪杨周七之苟合，恨亲夫丰朝阳之阻绝也，商奸夫而炀之，酒力弱，而雷锤三击，面骨如糜伤哉，具化为物矣，豕缚而弃之畲岭。"有如此世情，故有如此小说，切不可以姑妄言视之。参见（明）钱春：《湖湘谳略》，见《四库全书存目丛书》史部 65 册，697 页。

新,方是词内之新,非《齐谐》志怪,《南华》志诞之所谓新也。"①词的创新,不在于语言文字的新奇警策,更不在于所咏之人事物的夸张怪诞,而在于庸常日习中所发现的奇事与艳情。正如《名词选胜序》所总结的,"文章者,心之花也;溯之根荄,则始于天地"。②文章的"根荄"存于日用现实和自然事理的"天地"之间。以此为基,方能动于内而盛开于外,呈现出一片烂漫多姿的样态。

李渔主张小说以实录为美,与他求善的美学思想有关。《闲情偶寄·声容部》在"选姿第一手足"篇中提出,相女子之足,不可但求窄小,须"由粗以及精,尽美而思善"。③意思是说,女子裹脚至于窄小,犹如三寸金莲,美则美矣,然须"不受脚小之累、兼收脚小之用",即不致难行与臭秽,而能瘦若无形惹怜惜、柔若无骨耐抚摩,方可尽与于美而臻于善。概括地看,李渔所谓"善",包含三层意思。第一要质地上乘。《声容部》之"修容第二点染"谈道,脂粉为材而设,美色可施其余则不可,原因在于"二物颇带世情,大有趋炎附热之态,美者用之愈增其美,陋者加之更益其陋"。④毛评本序便认为,《演义》之所以为"奇书",乃因古来历史,"从未有六十年中,兴则俱兴,灭则俱灭,如三国争天下之局之奇者也"。第二要有艺术化的修饰。璞玉终须雕琢成。自然之美需要与人之艺术眼光的有机结合。《闲情偶寄·居室部》"窗栏第二取景在借"论湖舫窗格的设计,应"四面皆实,犹虚其中",如此,以内视外是一幅便面山水,以外视内亦是一幅扇头人物,"同一物也,同一事也,此窗未设以前,仅作事物观;一有此窗,则不烦指点,人人俱作画图观矣"。⑤第三追求美观实用。于器物的创设,讲究"使适用美观均收其利而

---

① (清)李渔:《笠翁一家言诗词集》,见《李渔全集》第二卷,509页,杭州,浙江古籍出版社,1992。
② (清)李渔:《笠翁一家言文集》,见《李渔全集》第一卷,34页,杭州,浙江古籍出版社,1992。
③ (清)李渔:《李渔全集》第三卷,113页,杭州,浙江古籍出版社,1992。
④ (清)李渔:《李渔全集》第三卷,125页,杭州,浙江古籍出版社,1992。
⑤ (清)李渔:《李渔全集》第三卷,171页,杭州,浙江古籍出版社,1992。

后可"(《闲情偶寄·器玩部》"制度第一箱笼箧笥"),而不止于精巧。① 于艺术的表现,也力求实际效益,而不落入虚文空套。《器玩部》之"制度第一屏轴"谈论文艺史上"诗中有画,画中有诗"的问题,认为诗情画意结合固然好,然自古此法始终停留在"诗自诗而画自画"的状态。李渔的想法是使诗、画真正做到"混而一之","法于画大幅山水时,每于笔墨可停之际,即留余地以待诗,如峭壁悬崖之下,长松古木之旁,亭阁之中,墙垣之隙,皆可留题作字者也",如此则"昔作虚文,今成实事"矣。②

二、"此等情节不堪说破":小说情节美学的开创

我们现在认为,情节是小说的要素。然而,这一观念是如何发展起来的? 据笔者考察,小说中出现"情节"一语,起于明代,如《水浒传》第 41 回叙述梁山好汉劫了江州法场,救下宋江、戴宗,来到穆弘庄上,众英雄"饮酒中间,说起许多情节"。③ 但是直接运用"情节"术语批评小说,则于明清批评家中并不多见,李渔应该算是比较早而积极的一位。

绣像本《金瓶梅》第 26 回评潘金莲不让西门庆打铗安,眉批:

此等情节不堪说破。说破,西门庆自开口动手不得。

此处叙述西门庆为与宋蕙莲通奸,把她丈夫来旺儿罗织罪名递解徐州,不想小厮铗安偷把事情对宋蕙莲说了,她便一时寻死觅活起来。西门庆欲打铗安,的确是没有任何正当理由的。"此等情节",便概指主子西门庆与家仆媳妇宋蕙莲如何勾搭成奸、如何为方便支开来旺儿以及来旺儿如何知晓事情真相的前前后后。小说《合影楼》第 1 回末作者自评:"这是第一回,单说

---

① (清)李渔:《李渔全集》第三卷,214 页,杭州,浙江古籍出版社,1992。
② (清)李渔:《李渔全集》第三卷,220 页,杭州,浙江古籍出版社,1992。
③ (明)施耐庵、罗贯中:《水浒传》,539 页,北京,人民文学出版社,1997。

他两个影子相会之初,虚空摹拟的情节。但不知见形之后,实事何如,且看下回分解。"①即言小说开端主要构建了一个情节,以使青年男女"合影"的故事能够延此继续往下发展。这一情节只是露出了整个故事的端倪,因此尽管"虚空摹拟",读者读此肯定会产生对故事结果的预期和一系列断定性的意识:珍生、玉娟合影的实形实事下文必见。小说《人宿妓穷鬼诉嫖冤》叙述解粮运官对诉冤的王四魂魄说:"我不曾读过书,不晓得这上面的情节,你还是口讲罢。"②以下运官找到王四本人,方才了解到他如何因篦头恋上妓女雪娘,如何欲以银两为雪娘赎身,却被雪娘和鸨母串通欺骗,以致告到官府形成冤案的"情节"。在这里,情节指的是王四之受冤屈的整个故事的来龙去脉。《窥词管见》第四则论述戏剧也曾用到"情节"一语。其曰:"优人演剧,每作此状以发笑端,是深知其丑而故意为之者也。不料填词之家竟以此事谤美人……无论情节难堪,即就字句之浅者论之……"③这里,李渔批评唐人词《菩萨蛮》"碎挼花打人"、李煜词《一斛珠》"烂嚼红绒,笑向檀郎唾",均非描画美人之状。而一些剧作者竟往往把这两首词中的情景搬演成情节套路,来刻画绣阁丽人。李渔指出,这种情景只是娼妇倚门腔,是丑态而非美态,无法形容出佳人闺秀之幽闲温柔的状貌。因此,剧中凡设此情节者,便是诽谤美人,是使美人露出"难堪"之样,更无论"烂嚼""打人"诸腔口浅薄俗杀,缺乏雅情韵趣了。

综上所举,李渔已经把"情节"视作评鉴叙事性作品的关键因素,情节设计的优劣直接决定了作品艺术水平的高低。受李渔影响,后来张竹坡批评《金瓶梅》,也使用了"情节"这个术语。第 61 回评小人物胡秀对于韩道国、王六儿一家故事发展的作用,眉批:"此等情节,皆作者经营苦心,方写此胡秀一看破也。"④

---

① (清)李渔撰:《十二楼》,8 页,上海,上海古籍出版社,1986。
② (清)李渔:《无声戏》,122 页,北京,人民文学出版社,1989。
③ (清)李渔:《笠翁一家言诗词集》,见《李渔全集》第二卷,508 页,杭州,浙江古籍出版社,1992。
④ 王汝梅、李昭恂、于凤树校点:《书金瓶梅》,904 页,济南,齐鲁书社,1987。

"情节"之外,李渔还多用"情事"一语。这也成为他与金圣叹、毛宗岗的一个显著区别。毛评本序云:"传中模写人物情事,神采陆离,瞭若指掌。"所谓"情事"即情节,用以称赞《三国》叙事艺术的高超。《三国》评点正文中还有,如第 19 回评刘备不为吕布求情:"此段写情事活现。"第 21 回评曹刘二人青梅煮酒:"情事可画。"第 35 回评刘备夜听徐庶、司马徽谈话:"俱从声影中映带出情事来,妙甚。"《金瓶梅》评点中也十分多见,如第 2 回评西门庆贿说王婆:"东拉西拽,逼真情事,莫依闲话看过。"第 57 回评潘金莲、陈敬济在卷棚底下偷情:"情事如画。"第 69 回评西门庆拷打帮闲小张闲等人:"一路叙致疏落,有要没紧,情事又逼真。"几处"情事"的运用,均从情节的角度立意着眼,指人物故事的移动发展始终以情感为驱动,无情不成事,有事必有情。

李渔提出情节批评具有重要意义。首先,这是小说史发展的必然要求和小说理论发展的时代呼唤。明代小说如《西游记》、"三言"、"二拍"等,均已言及"情节"的概念。作为批评家,金圣叹提出"性格"说,毛宗岗把"叙事"论、"结构"论推向成熟,预示着"情节"的观念也应该被提出来了。显然,李渔就是这样一位在正确的年代出现的正确的理论家。其次,情节是对文法、性格、叙事、结构诸概念的重要补充。只有在一定的情节中,这些概念的审美性质才能得到充分而鲜明的体现。离开情节,片面谈论文法、性格、叙事、结构是不够的。金圣叹从文法上、毛宗岗从叙事与结构体式上[①]区别小说与史书的不同,究其实,情节上的不同才是最为明显的,因而也是更容易被理解和接受的,即构成小说的是情节,史书有的只是一堆堆的史实和本事。换言之,小说可以不讲究华丽的、令人炫目的文法,小说中的人物可以缺乏令人印象深刻的性格,小说也可以不去过分追求叙事与结构的超级艺术;但是,小说不可能没有情节。再次,具备情节审美观念,方能使读者离开历史故事、人物事件串联的支离琐细之感,使小说进入一个有

---

① 参见李正学:《毛宗岗小说批评研究》,197~205 页,北京,中国社会科学出版社,2010。

情有景的浑然一体的庞大建筑中。《三国演义》第16回于陈珪说吕布处夹批："思量女儿做皇后便欢喜，恐怕是反贼眷属便惊惧，情变如此。"事之变化皆因人的情感变化而起，情之错综反复则事之细末枝节现出。此处李贽有评云："此陈生又通。"只是粗略地品评人。毛宗岗有评云："言天下皆将攻徐州。"只是就事论事。比较地看，李渔评点更符合小说的艺术审美规律。《金瓶梅》第30回评西门庆得知李瓶儿生子后的举动，曰："似一毫无味，却是至情。何物匠心至此？"洗手降香、祷告祖先，均是初为人父者"情"之所动，绝非是琐屑"无味"，不必刻画摹写之谓也。

如何做到有"情节"？李渔认为，一是事料当缀以闲情。所谓"据实指陈"，并不是将实事简单地摆放在一起，而是要求以闲情作为连缀。《闲情偶寄·居室部》在谈到便面窗的取景时说，人力所补不如天然来凑，"若能实具一段闲情，一双慧眼，则过目之物，尽在画图，入耳之声，无非诗料。譬如我坐窗内，人行窗外，无论见少年女子是一幅美人图，即见老妪、白叟扶杖而来，亦是名人画图中必不可无之物；见婴儿群戏是一幅百子图，即见牛羊并牧、鸡犬交哗，亦是词客文情内未尝偶缺之资"。① 犹如中医的哲学，"牛溲马渤，尽入药笼"。室主有情，即可以把窗外远远近近的风景、各种各样的人物事件，尽行收入窗中。小说之道亦如此。凡是自然、社会之事料，皆可纳入有情者的叙述视野中，使之对人物塑造、故事推进发挥出美不胜收的巨大作用。《三国》第1回叙刘备家之东南有一大桑树，夹批："桑质原具经纶作用，故伊尹以之生，玄德以之兴。"第5回叙华雄夜战孙坚，始终围绕孙坚所戴赤帻做文章，夹批："从赤帻上生情，绝好装点。"桑树、赤帻都不是孤立而无所谓的，而是有情之物，从而能把平白的事实勾连起来构成牢不可破的情节。

二是叙事当学会断节。"情节"二字固以情为核心和动力，强调情的连接功能。但也应注意"节"的调节与控制作用，以增强叙事的延展性、有序性，能够充分地排列在时间与空间组成的立体结构中。小说《拂云楼》第3

---

① （清）李渔：《闲情偶寄》，见《李渔全集》第三卷，177～178页，杭州，浙江古籍出版社，1992。

回回末云："这番情节虽是相连的事，也要略断一断，说来分外好听。就如讲谜一般，若还信口说出，不等人猜，反觉得索然无味也。""断"的目的是使故事更加"好听"，有连接有断续，方觉情味更浓，读来兴致更高。第2回中又云："说话的，你以前叙事，都叙得入情，独有这句说话，讲脱节了！既是梅香、小姐，那日湖边相遇，众人都有眼睛，就该识出来了；为何彼时不觉，都说是一班游女、两位佳人，直到此时方才查访得出？"[①]叙事中暂时"脱节"，偏离前面所叙之"情"的轨道，不过是权屈看官"朦胧一刻"（第1回），将前情过结完毕，方才拾起话头，进入到后情的叙述之中。梅香、小姐的姓名不在一开始就交代清楚，恰恰是这样的模糊"朦胧"引起了故事的悬念，吊足了看官的胃口，使整个叙事过程变得更加富于艺术美感了。

三是要懂得"涵养文情"。李渔认为，情与节统一于文情。叙事者应该学会如何在情与节的协调配合中，在情事的曲折变幻和节次的有序安排中，彰显文章的情致之美、雅趣之韵。由此，李渔特别强调文情、文趣的概念，不再重视文法、文势之说。《金瓶梅》第68回评应伯爵衔玉臂一段曰："骤然便说有何情致？插入伯爵，文情文趣悠然不尽。"郑爱月儿正欲在西门庆面前排挤李桂姐，不想被应伯爵进来鬼混了一番。像这样的插叙，既是对郑爱月儿与西门庆之情的阻隔，又是一种节外生枝、枝上添花，从而使整段叙事颇富情趣，韵致悠然。第59回叙吴月娘盘问西门庆的去处，玳安不说，春鸿又说得模糊，眉批："若玳安一口说破，有何趣味？妙在令春鸿隐隐约约画个影子，似是而实非。涵养文情，真如生龙活虎。"玳安笑而不说已让人悬想发急，春鸿所说又令人猜测莫辨，如此化显明之事为无可探究之情，情生节，节增情，把一段故事渲染得矫健如龙、活泼似虎，大大增强了情节的艺术张力与活力。

---

① （清）李渔撰：《十二楼》，159～160、148 页，上海，上海古籍出版社，1986。

三、"无声戏"：小说的戏曲化

李渔的小说美学具有浓烈的戏曲意味。他曾把小说集《连城璧》直接唤作《无声戏》，又在小说《拂云楼》第4回回末论道："此番相见，定有好戏做出来，不但把小姐订了，连韦小姐的头筹都被他占了去，也未可知。各洗尊眸，看演这出无声戏。"①小说是"无声"的戏曲，戏曲则是对小说的"有声"地翻版与表演。本着这个观念，李渔曾根据唐传奇《柳毅传》《张生煮海》的故事改编成《蜃中楼》传奇②，供自己的家庭戏班演出。还曾将自己的小说改编成传奇，如《连城璧》中的《谭楚玉戏里传情 刘藐姑曲终死节》改编成《比目鱼》《寡妇设计赘新郎 众美齐心夺才子》改编成《凰求凤》，《十二楼》第11篇《生我楼》改编成《巧团圆》。更有意思的是，李渔还多次抱着将一篇故事同时作成小说与戏曲的想法，并作出了实验性尝试。例如，《无声戏》目次中注曰：

> 《丑郎君怕娇偏得艳》此回有传奇即出
> 《美男子避惑反生疑》此回有传奇嗣出
> 《妻妾抱琵琶梅香守节》此回有传奇嗣出③

前者标注"即出"，果然改编成《奈何天》。后两篇标注"嗣出"，惜今未流传，或者只是改编成了家用戏班的脚本，未得刊印之故。

李渔有意混同小说与戏曲的文体界限，努力将小说引向戏曲的做法是有根源的。从文艺思想的发展历史看，因为小说较戏曲早熟的缘故，早在宋元时期小说被改编成舞台表演艺术形式的现象就比较常见了，加之明代形成了

---

① （清）李渔撰：《十二楼》，165页，上海，上海古籍出版社，1986。
② 按，元人杂剧已有《柳毅传书》和《张生煮海》，然总归源出于唐代传奇小说。
③ （清）李渔：《无声戏 连城璧》，见《李渔全集》第八卷，3页，杭州，浙江古籍出版社，1992。

"以文为戏"(曾棨评《剪灯余话》语)①的小说观,戏曲与小说的距离更加接近。李渔的贡献在于:他意识到元明戏曲繁荣给戏曲艺术带来的巨大变革,因而改变了以往多是小说的人物、故事等元素影响到戏曲,戏曲从小说改编中来的局面,力图让戏曲的某些艺术元素进入小说,做到借助戏曲的审美特征来提升小说的艺术表现能力,开创出一条把小说引向戏曲化的崭新道路。清初的时代思潮,也为李渔的做法提供了有力支持。明清鼎革所造成的"天崩地裂不汝恤,其生其死如飘烟"(王夫之《放杜少陵文文山作七歌》)②的痛苦,使得许多文人改变了对现实生活的美好认识,一时之间人生如梦、世事如戏的看法弥漫起来。以戏曲家尤侗为代表,即把"二十一史"看作是"一部大传奇也"。(李调元《〈雨村剧话〉自序》)③大约与李渔同时,署名迷津渡者的小说集《锦绣衣》分别称其中两篇小说为"第一戏换嫁衣""第二戏移绣谱"。相同署名的另一部小说《笔梨园》第1回有评云:"一本佳戏,此回乃纲领也。"④把世情小说称作"戏",不辨内中的文体之别,显然是戏曲艺术观念入侵小说的结果。李渔的突出之处在于:他兼擅小说、戏曲二体,兼具理论、创作双重身份,因此他的小说达到了这一文艺思潮的最高水平,也就形成了对小说戏曲化的更多有益的思考与认识。

近代国学大师王国维在谈论何为戏曲时说:"必合言语、动作、歌唱,以演一故事,而后戏剧之意义始全。"⑤作为一种舞台表演艺术,戏曲必须依靠场上人物角色的言语、动作、神态、容貌、装扮等来提高可观赏的性质,借以有效地吸引观者。因此,戏剧艺术的发展,实质上促进了如何运用这些要素来表现人物形象的艺术技艺的不断丰富。小说也是需要运用言语、动作等来塑造人物的。在这一点上,小说和戏曲之间形成了可以交流沟通的桥梁。

---

① (明)李昌祺:《〈剪灯余话〉序六》,121页,(明)瞿佑等:《剪灯新话》,上海,上海古籍出版社,1981。
② (清)王夫之:《王船山诗文集》下,533页,北京,中华书局,1962。
③ 蔡毅编著:《中国古典戏曲序跋汇编》一,167页,济南,齐鲁书社,1989。
④ 苗深等标点:《明清稀见小说丛刊》,703、798页,济南,齐鲁书社,1996。
⑤ 王国维:《宋元戏曲史》,40页,上海,华东师范大学出版社,1995。

而在更擅长戏曲的李渔看来，小说中描写人物形象的言语、动作，使其更为生动传神，应该向戏曲学习，汲取戏曲艺术的经验和特长。

在言语方面，李渔改变了以往传奇轻视宾白的传统，特别重视宾白的艺术表现功能，认为应该与填词等视，"有最得意之曲文，即当有最得意之宾白"。宾白的至高之境是"语求肖似"。李渔继承金圣叹"设身处地"和"动心"的观点，要求作者应本着"欲代此一人立言，先宜代此一人立心"的精神，力求做到"说一人，肖一人"。[①] 生旦净丑之言语自是各有差别，即便生与小生、旦与小旦等，也须逐一计较，绝不可雷同浮泛。宾白转换到小说中，就是人物的独白与对话。以《金瓶梅》评点论，李渔批评其中人物言语的部分是最多的。颇值得注意的是，他从欣赏的角度提出了心口合一的观点。第13回叙吴月娘数落西门庆自己成日不着家，却劝花子虚回家，眉批："一人开口，便着一人之痛痒，所以为妙也。"吴月娘的话，的确是关系到自己"痛痒"的话，是真情实感的流露。作为继室和正妻，她一直想劝西门庆不要在外任胡为，却一直想说而未便说出，遂趁着这个因由脱口而出。第51回叙妻妾诸人听尼姑宣卷，眉批："金莲之动，玉楼之静，月娘之憎，瓶儿之随，人各一心，心各一口，各说各是，都为写出。"文中的场景颇像是戏台上诸人同台表演的实景。月娘说金莲"原不是听佛法的人"，金莲说月娘"好干这营生"。一样问题两番言语，鲜明地表现出了两人个性的不同。关于言语理论，金圣叹曾提出"人有其声口"。李渔的这个观点，显然是对金圣叹的一大发展，不仅明确回答了言语产生的来源和根据，且将此一理论由英雄传奇引向世情小说，极具进步意义。

在动作方面，李渔指出戏场上角色的"科"不能随意忽视，不能仅仅将其看作演唱之余的"插科"，而应十分讲究，考虑如何使其更富于艺术表现性，通过简单的一举一动来展现剧中人物的品性与精神。《闲情偶寄·科诨》曰："文字佳，情节佳，而科诨不佳，非特俗人怕看，即雅人韵士，亦有

[①] （清）李渔：《闲情偶寄》，见《李渔全集》第三卷，44～45页、47～88页，杭州，浙江古籍出版社，1992。

瞌睡之时。"①戏曲中的科诨是非常有价值的,切不可尽付净丑添凑之说而待之。《〈耐歌词〉自序》又谓填词一道,"不求悦目,止期便口"。② 意思是说,徒口演唱可以不加动作,因此只求"便口"不求"悦目"。若是场上表演,则必须把"便口"和"悦目"结合起来,追求演员动作的可视性了。把无声戏的思想引申到小说中,就是要求文本世界中的人物动作也应该突出视觉上的冲击力和激刺性,以方便读者观赏。李评本《三国》第21回于曹操、刘备对坐畅饮云:"情事可画。"第89回于孟获骑赤毛牛出战云:"骑牛出战,好看。"均言小说叙事画面感强,能于简单的动作摹刻中凸显深长的立体意味,让读者为之夺目摄魂。在《金瓶梅》评点中,"画"字则成为李渔的常用术语。如第22回评"小玉立在上房门首",第35回评"西门庆努了个嘴儿",等等,均是。所谓"画",即强调文本叙事富有图画性,读之犹如观赏静止的绘画艺术,更如观看极具动感和雕塑感的戏场表演,让人倍感赏心悦目。李渔还根据戏剧表演中生、丑等角色不同,动作亦不同,得出小说人物的动作也应各有区别,由动作的不同可以判断出人物身份地位、性格特征的不同。例如第23回评宋蕙莲、潘金莲走路之不同,宋是"急伶俐两三步就扠出来",眉批:"行动是个媳妇子,妙。"潘是"轻移莲步,悄悄走来窃听",眉批:"悄悄冥冥,写得美人行径。自与蕙莲之两三步一溜烟天壤矣,作者细心如此。"正是怎样人便怎样走路,"美人"与普通"媳妇子"的巨大差别,在走路的姿态方式、快慢轻重中显露无遗。

在神态方面,李渔非常强调"态"的审美作用。《闲情偶寄·态度》云:"态之为物,不特能使美者愈美,艳者愈艳,且能使老者少而嫫者妍,无情之事变为有情,使人暗受笼络而不觉者。"③戏曲舞台上,表演者需要时时注意以言语、动作之"态"来吸摄观者之心。小说也是如此。李渔评点《金瓶梅》屡次提及西门庆是个市井小人,如第57回眉批:

---

① (清)李渔:《李渔全集》第三卷,55页,杭州,浙江古籍出版社,1992。
② (清)李渔:《李渔全集》第二卷,378页,杭州,浙江古籍出版社,1992。
③ (清)李渔:《李渔全集》第三卷,115页,杭州,浙江古籍出版社,1992。

期望中更多卖弄，小人口角尔尔，奈折福何！

自信处，却说得道理分明，是以圣人恶佞舌。西门庆口角逼真市井，妙。

不是拿着自己的官职说兴头，就是夸耀自己的泼天富贵，如此言语中流露出来的神态语调，正是西门庆低俗本质的最好反映。第27回叙潘金莲先是从西门庆手里抢了一枝瑞香花插在头上，又强要了一朵簪在云鬓之傍，眉批："金莲之丽情娇致，愈出愈奇，真可谓一种风流千种态。使人玩之不能释手，掩卷不能去心。"美人戴花已增其美，而一抢一强的神情态度，不在妻妾分花中"掐个先儿"誓不罢休的劲头，所有这些加在一起使金莲更美。但是，李渔又认为，小说与戏曲的神态描写存在差异。《窥词管见》第三则论词、曲不同云："一字一句之微，即是词曲分歧之界，此就浅者而言；至论神情气度，则纸上之忧乐笑啼，与场上之悲欢离合，亦有似同而实别，可意会而不可言诠者。慧业文人，自能默探其秘。"①小说是纸上的艺术，戏曲是场上的艺术，神态经过演员表演来展现和经过笔下文字来展现，效果是不一样的。一般来说，场上神态易见，纸上做作却不易读出。因此，小说的神态刻画要难于戏曲，惟有慧业文人方能默心体会得出。

附带说明，评价小说人物的行动、神态具有画感，犹如写生之类，并非李渔的独创，早在李贽等评点家已有。李渔做得只是更为集中，更加有意识地从戏曲的立场来看待小说。还需指出的是，李渔把小说戏曲化的方式很多，如传奇色彩、喜剧性、程式化、道具串联情节等观点，前人已多有论述，这里不再絮言了。②

---

① （清）李渔：《李渔全集》第二卷，507~508页，杭州，浙江古籍出版社，1992。
② 按，可参见沈新林：《无声戏：李渔的小说观》，载《扬州师院学报（社会科学版）》，1991（4）；李时人：《李渔小说创作论》，载《文学评论》，1997（3）。

◎ 第四节

张竹坡的小说思想

张竹坡（1670—1698），名道深，字自得，号竹坡。江苏徐州铜山人。生性聪颖绝伦，过目不忘，倾倒同塾，有才子誉。体有羸形，善病，然精神独异乎众，十昼夜目不交睫，不为疲。早年捐监，候选县丞，未赴任。曾五应乡试，皆不第。效力于永定河河工，有功待擢，却突然暴病吐血而亡。（张道渊《仲兄竹坡传》）[1]与小说家张潮等人有交游。除评点《金瓶梅》外，还有《幽梦影》评语、《东游记》评语若干。另著有古文《乌思记》、诗集《十一草》等。

张竹坡称《金瓶梅》为"第一奇书"。"奇书"之说，取自明末张无咎《平妖全传叙》，其中谈到《金瓶》与《水浒》《三国》《西游》的不同，谓"另辟幽蹊，曲终奏雅。然一方之言，一家之政，可谓奇书"；然其成就亚于《水浒》，故"无当巨览"。[2]张竹坡一反其意，在全面剖析家庭市井小说如何称"奇书"的基础上，高度肯定《金瓶梅》足以堪当"巨览"的艺术价值，为世情小说的发展指明了方向。

一、"世情书"：小说社会认识程度的加深

小说反映世情，始于南宋刘辰翁。他评点《世说新语》，于《贤媛》"王右军郗夫人"篇云："语悉世情，可以有省。"于《简傲》"王子敬兄弟见"篇云："备极世情。只'儿辈'是，别本'鼠辈'非。"[3]强调志人小说描摹人

---

[1] 吴敢：《张竹坡生平述略——张竹坡与〈金瓶梅〉研究之一》，载《徐州师范学院学报（哲学社会科学版）》，1984（3）。
[2] （明）罗贯中：《三遂平妖传》，张荣起整理，143 页，北京，北京大学出版社，1985。
[3] （南朝宋）刘义庆撰：《世说新语汇校集注》，朱铸禹汇校集注，586、647 页，上海，上海古籍出版社，2002。

情世事,要人微入理。 随着宋元话本小说、明代拟话本小说,以及明中叶世情小说的出现,小说与世情的关系愈来愈受到重视。 冯梦龙《古今小说序》主张天下小说应多写通俗里耳。 凌濛初《拍案惊奇序》提出,"耳目之内,日用起居"即为奇怪,不必延及鬼神幻诞。 笑花主人《今古奇观序》也说,天下之真奇皆出于庸常。① 容评《水浒传》第97回回末总评:"水浒传文字不好处只在说梦、说怪、说阵处;其妙处都在人情物理上,人亦知之否?"②至于《金瓶梅》,明人欣欣子认为,它"寄意于时俗",纯为"市井之常谈,闺房之碎语"。③ 清初李渔《新刻绣像批评金瓶梅》亦指出,是"一篇世情语,出脱得干干净净"。(第94回眉评)④这些评论,只言片语,揭示出小说逐步深入世情的积极信息。 张竹坡总此大成,把世情理论推向系统化的高峰。

张氏认为,"文字总是情理"(第11回夹批)。⑤ 情理是文字与文章之本源。 天下文字只要从情理中流出,则新作偶或有同于旧作,如《金瓶梅》叙潘金莲入西门庆家一段,"大约同《水浒》文字",则不妨随手只如此写去,不必嫌其同。 第2回回评:"文字是件公事,不因那一人做出此情理,便不许此一人又做出此情理也。"前乎"那一人"可以做出世间男女偷娶偷嫁之情理,后乎"此一人"亦可以做出。 不是说前有模范,则后必当禁绝。 因为"本文的神理、段落、章法",与前文并不相同,毋庸避嫌。 这就是说,《金瓶梅》中的莲庆故事,看似截取于《水浒传》,却是各自有其独立存在的"本文"情理的。 张竹坡从"情理"说的角度,肯定"本文"艺术的态度,

---

① 黄霖、韩同文选注:《中国历代小说论著选(修订本)》上,225、263、271页,南昌,江西人民出版社,2000。
② 陈曦钟、侯忠义、鲁玉川辑校:《〈水浒传〉会评本》下,1331页,北京,北京大学出版社,1998。
③ (明)欣欣子:《金瓶梅词话序》,见朱一玄编:《金瓶梅资料汇编》,187页,天津,南开大学出版社,1985。
④ 刘辉、吴敢辑录:《会评会校金瓶梅》壹,223页,香港,天地图书有限公司,1994。
⑤ 按,本文引用张竹坡批语,均据王汝梅、李昭恂、于凤树校点:《金瓶梅》,济南,齐鲁书社,1987。 只注回目,不注页码。

无疑为明清时期众多仿作、续作、翻作小说提供了重要的理论支撑。

情理是文法、章法、字法产生之依据。第 40 回回评："文字无非情理，情理便生出章法，岂是信手写去者？"陆游《文章》诗曰："文章本天成，妙手偶得之。"然受晚明理学空疏学风的影响，却由此形成诗文只需信手而写、无有拘牵，甚至以文为戏、以文为技艺的错误认识，如明人王嗣奭（1566－1648）评杜甫诗云："信手写去，意尽而止，空灵宛畅，曲尽其妙。"[①]更近者，金圣叹《第五才子书》反复谈到，文章家须"随手风云，腕中神鬼"，"两石相接，文随手起"，"妙文随手而成"。[②] 这种观点，一味推崇才子之能或者灵感之神，忽视创作的实际根基，早在毛宗岗就狠批其"无中生有，任意起灭"，匠心不难。毛宗岗的解药是以史书文本叙事为据。然而，毕竟只适合历史小说。张竹坡提出"情理"说，以情理作为撬动世间一切人事的杠杆，很好地规避了问题的局限性，从而可以成为小说艺术普遍的行文准则。由此，张氏侧面批驳了金圣叹的文法审美论，使小说美学实现了向探寻人情物理之美的巨大转变。确实，一部小说的创作，不能仅靠摆弄文字技巧，更应该做到贴近现实生活，符合人情物理的一般规律。如果单纯为文法而文法，于人世情理不管不顾，那只能是虚假的创作，是伪小说。

张竹坡对金圣叹的驳正不止于此。《批评第一奇书〈金瓶梅〉读法》（以下简称《读法》）有曰：

> 做文章，不过是"情理"二字。今做此一篇百回长文，亦只是"情理"二字。于一个人心中，讨出一个人的情理，则一个人的传得矣。虽前后夹杂众人的话，而此一人开口，是此一人的情理；非其开口便得情理，由于讨出这一人的情理方开口耳。是故写十百千人皆如写一人，而遂洋洋乎有此一百回大书也。

[①] （明）王嗣奭撰：《杜臆》，12 页，上海，上海古籍出版社，1983。
[②] （清）金圣叹评点：《第五才子书施耐庵水浒传》，729、770、880 页，郑州，中州古籍出版社，1985。

金圣叹《读法》曰:"《水浒传》一个人出来,分明便是一篇列传。"点明《水浒传》受《史记》影响颇深,叙事带有列传体风格的烙印,故而一人出来便着意为此一人立传。但是,为什么立传以及如何立传,尚未说明。张竹坡指出,于一人心中讨出一人之情理,使此一人得活,是谓立传。否则,毫无情理的真实性可言,即使能"五六句成一篇",或者"两三卷成一篇",也只是垂诸空文。金圣叹《读法》曰:"一样人,便还他一样说话。"然究其实如何才能"还他一样说话",如何由"一样说话"看出"一样人",还是闷葫芦。张竹坡指出,若使笔下一人开口,关键是要讨出这一人的情理。此一人的情理不同于他人,则此一人一开口便是自己,无法与他人相混。如此,无论写一人还是十百千人,都绝不可能重复。一百回洋洋大书,惟赖讨出"情理"二字而成。张氏的这个解答,标志着小说创作又实现了一大转变,即从传奇式人物传记走向现实性人情物理的描摹与反映。

情理,被视为决定性因素,如何获得? 张氏谈到,作者在创作之先,必须要深入社会生活,对人事物理进行认真仔细的观察与研究。《读法》:"作《金瓶梅》者,必曾于患难穷愁,人情世故,一一经历过,入世最深,方能为众脚色摹神也。"《竹坡闲话》亦曰:"迩来为穷愁所迫,炎凉所激,于难消遣时,恨不自撰一部世情书,以排遣闷怀。"经历丰富,下笔方能写出各色各样的生活场景;入世深,方能体会透、感受深,写出各种角色的神态情致,使其惟妙惟肖。如第五十六回常峙节老婆因无钱过活、无房居住与他大吵大闹,又因骤得十二三两银子的"巨钞"而欢喜和好,夹批:"一篇柴米夫妻文字。"生活离不开柴米油盐酱醋茶,历朝历代挣扎在贫困线上的年轻家庭,最能够体会此中况味。如未经历,怎能写出? 第 67 回应伯爵因生子而现出穷酸窘迫,夹批:"未曾嫁女,又早生儿,人生百年向平愿,未有不在鬼门关上,可叹!"嫁女需要钱财,养儿又需要钱财,普通家庭经济条件不好,很难应付自如,往往会露出入不敷出、东挪西借的拮据之状。如未亲见,何能摹得? 故《读法》又曰:"读之,似有一人亲曾执笔,在清河县前,西门家里,大大小小,前前后后,碟儿碗儿,一一记之,似真有其事,不敢谓为操笔伸纸做出来的。"昔金圣叹《第五才子书》谓小说创作可以"凭空结撰",尽是"无中生有文字"①;《第六才子书》谓戏剧创作,乃"佳日闲窗,妙腕良笔"所为②。均过分突出灵感构思以及文法笔法的作用,而忽视社会生活的储积与孕育。张竹坡的观点对此有反驳,可以说正式确立了一种现实主义的创作观念。同时代思想家王夫之(1619—1692)论诗歌创作尝云:"身之所历,目之所见,是铁门限。即极写大景,如'阴晴众壑殊','乾坤日夜浮',亦必不逾此限。"③与张竹坡一样意思。

张氏重视现实,不意味着摹写现实世态的刻板不化。《金瓶梅》虽看似真有其事,但若由此误认为确如"一一记之"的会计记账式的账簿写作,那就大错特错了。《读法》:"常见一人批《金瓶梅》曰:'此西门之大账簿。'其两眼无珠,可发一笑。夫伊于甚年月日,见作者雇工于西门庆家写账簿哉?"按,这里所批之人指张无咎,他在《北宋三遂平妖传叙》曾说:"他如《玉娇丽》、《金瓶梅》,如慧婢作夫人,只会记日用账簿,全不学得处分家政;效《水浒》而穷者也。"④视《金瓶梅》类似日记体的写作为"日用账簿",显然是不正确的,不值一顾。张氏发现,《金瓶梅》中时日标识十分精确,犹如《史记》中的年表。但作者又往往"故为参差"。如西门庆的年龄、官哥的年龄、李瓶儿的卒年等,细算起来都有出入。为什么?《读法》曰:"此书独与他小说不同。看其三四年间,却是一日一时,推着数去,无论春秋冷热,即某人生日,某人某日来请酒,某月某日请某人,某日是某节令,齐齐整整捱去。若再将三五年间甲子次序,排得一丝不乱,是真个与西门庆计账簿,有如世之无目者所云者也。故特特错乱其年谱,大约三五年间,其繁华如此。则内云某日某节,皆历历生动,不是死板一串铃,可以排

---

① (清)金圣叹评点:《第五才子书施耐庵水浒传》,377、528页,郑州,中州古籍出版社,1985。
② (元)王实甫著,(清)金圣叹批评:《西厢记》,9页,南京,凤凰出版社,2010。
③ (清)王夫之:《姜斋诗话笺注》,戴鸿森笺注,55页,北京,人民文学出版社,1981。
④ (明)罗贯中:《三遂平妖传》,141页,北京,北京大学出版社,1985。

头数去,而偏又能使看者五色迷目,真如捱着一日日过去也。此为神妙旨笔。"小说不是历史,历史需按年月日编年,但小说则追求人物情节生动感人,而非时日凿实的死板。《金瓶梅》的叙事时间整齐中有不整齐,清楚中有模糊和混乱,正是为了凸现繁华短暂的景状,表现出某日某节"历历生动"的性质。张竹坡高度称赞这一叙事手法,认为"技至于化","真千古至文"。

同时,张氏还指出,超越账簿式叙述的艺术能力即想象力也很重要。《读法》:"作《金瓶梅》,若果必待色色历遍才有此书,则《金瓶梅》又必做不成也。何则?即如诸淫妇偷汉,种种不同,若必待身亲历而后知之,将何以经历哉?故知才子无所不通,专在一心也。"又曰:"一心所通,实又真个现身一番,方说得一番。然则其写诸淫妇,真乃各现淫妇人身,为人说法者也。"大千世界,世相万千。若果然执持身经目见之论,则创作之艺境也实在有限得很。所以,张竹坡又强调作者需具有心通而身现的艺术想象能力。秉一心所通,实现逐个现身,方能使潘金莲、李瓶儿、庞春梅、宋惠莲、王六儿、李桂姐、林太太等各种身份地位的淫妇,一一活灵活现地跳跃在读者面前。这个观点,与金圣叹《第五才子书》提出的"动心"说是相通的。不过,张氏更强调想象的现实根基。想象必须筑基在生活体验之上。如果缺乏生活,想来天花乱坠,写来则一团乱麻,不知所云。还应看到,张氏的观点是现实主义文论的普遍看法。法国作家莫泊桑(1850—1893)尝说:"我们不得不向自己这样提问题:'如果我是国王,凶手,小偷,娼妓,女修士,少女或菜市女商人,我会干些什么?我会想些什么?我会怎样地行动?'"[1]即主张无论描写什么样的人,都应该"真个现身一番",设身处地想象对象应有的言行和心理,然后才可以放笔去写。

---

[1] [法]莫泊桑:《小说创作》,载《文艺理论译丛》,1958(3)。

二、"风影之谈"：小说寓言论

清代批评家，绝少不受金圣叹影响的。《读法》："看《金瓶》，把他当事实看，便被他瞒过，必须把他当作文章看，方不被他瞒过也。"这个论断就是金圣叹式的。然而，张竹坡不是简单袭取。他考虑的不是事实与文章之间的对立，而是一个更为严肃深入的问题，即"事实"如何才能具备"文章"的艺术性质，从而使人不"把他当事实看"，可以"当作文章看"。特别对于反映世情的小说来说，这个问题显得更为迫切而重要。

张氏指出，小说所叙事实，虽然从人情事理中讨来，却不是对现实中真人真事的生搬硬套。现实主义小说与社会现实并不等同。《〈金瓶梅〉寓意说》谈到："稗官者，寓言也。其假捏一人，幻造一事，虽为风影之谈，亦必依山点石，借海扬波。故《金瓶》一部，有名人物不下百数，为之寻端竟委，大半皆属寓言。庶因物有名，托名撰事，以成此一百回曲曲折折之书。"小说中的人物故事都是作者捏造的，是为了创作而进行的艺术虚构。虚构的方式即"风影之谈"。生活中有堆积如山、浩瀚似海的丰富内容，作者当"依山点石，借海扬波"。于山不取全山而寻一片石，以石象山；于海不激全海而扬一点波，以波喻海。如此系风捕影，以求物之妙，借假人幻事寄寓真实的人世情理，作者笔下的"事实"，也就穿上了文学的伪装，摇身一变成为引人夺目的"文章"。

不难看出，小说的寓言性，首先表现在人物命名上。古人作诗托物言志，今人作小说则托人之名撰事说义，曲折成书。据《〈金瓶梅〉寓意说》，作品中主要女性人物之命名，多取花作寓象。潘金莲是莲花，"莲出污泥"（第7回回评），又"潦倒污泥"，故叙金莲所为，总是"风流不堪回首"，无非"污辱下贱"。李瓶儿是瓶中花，瓶中之花总有罄尽之时，"罄"同"庆"，故云："瓶因庆生也。盖云贪欲嗜恶，百骸枯尽，瓶之罄矣。"李瓶儿生命火焰的燃尽，是贪欲嗜恶的必然结果。庞春梅是梅花，"冬梅为奇寒所迫，至春吐气，故'不垂泪别'，乃作者一腔炎凉痛恨发于笔端"。故春梅前为丫鬟，屈于人下；后为守备夫人，倨为人上。孟玉楼是杏花，取自诗句"玉楼人醉杏花天"。杏花乃日边仙种，应该依云栽之（第7回回评）；且"杏"同"幸"，故玉楼虽然受屈，几至身毁名污，但其天性嫣然，终于吐气，嫁给李衙内为正夫人。又，梅杏同样吐气，然"梅酸杏甜，则一命名之间，而后文结果皆见"。李娇儿是李花，取自俗言"桃李春风墙外枝"。《西厢记·前候》："你看人似桃李春风墙外枝，卖俏倚门儿。"明讽李娇儿出身于妓院。此外，吴月娘取月，含"遍照诸花"之意，故吴月娘为妻妾之首。孙雪娥取雪，含梅雪相争，雪娥受春梅辱之意。

次要人物的命名，则视关系最密切的女性所代表的花之种类而定。如花子虚、吴银姐之于李瓶儿，"因瓶生情，则花瓶而子虚姓花，银瓶儿银姐名银"。花子虚本来就是无所谓有无所谓无的人，如陈敬济之于潘金莲，《读法》："莲与茎，类也；陈，旧也，败也；敬、茎同音。败茎芰荷，言莲之下场头。故金莲以敬济而败。"陈敬济谐音败茎芰，言其人乃为潘金莲而设，在她走向下场的时候发挥作用，暗示并加速她的死亡。其他不重要的人物，有因事命名，如游守（手）、郝（好）贤（闲）等。有即器物为名，如吴神仙名无奭，取镜子之意，故冰鉴众人终身无失也。还有随手调笑、随时会意者，如侯林儿言树倒猢狲散，白汝晃之"晃"字同说谎等。

通览张氏所论，人物命名的设定，或者依据自然事物的生存处境、物质特征，或者借助日用器物的形状式样、功能作用，或者通过汉字谐音的指示性，以及重点字词的暗示性，以达到寓言象意的目的。在作品中，它们不仅有关人物的出身、性格及命运变化，有关不同人物之间错综复杂的关系，还对故事情节的展开、结构框架的设定、主题意蕴的揭示，具有直接和间接的意义。总之，如第7回所评："一部中有名之人，其名姓，皆是作者眼前用意，明白晓畅，彼此贯通，不烦思索，而劝惩皆出也。"

其次，是事件的寓意。第78回回评针对"宋御史送一百本历日来"一事，分析有三层寓意："盖言一百回文字，至下一回，将写其吃紧示人处也。

财色二字，至下一回讨结果也。况一百本历日，言百年有限，人且断送于酒色财气之内也。故用宋乔年送来。又瓶儿一百日后，是西门死期，言瓶之罄矣，不能苟延也。"此事中，施动者宋乔年之"宋"同"送"，"年"暗示人之生年有限。施动内容为一百本历日。"一百"是数字，"历日"指时间。合起来可以寓指小说总一百回文字，可指"生年不满百"（《古诗十九首》），又可指丧礼风俗中的"百日"。受动者西门庆（罄），在第79回贪欲丧命，故这里屡有"讨结果""断送""不能苟延"之说。再次地名的寓意，如小说中对西门一家具有重要意义的"永福寺"，"永福"意为"涌于腹下"，隐喻男子之阳物，故寺名本身含有"见色之利害"的规劝意义。第100回叙韩爱姐随叔父韩二捣鬼，寻父母至湖州何官人家，三人姓名之外，地名湖州亦有寓意。夹批："今日爱河二字已成一片，须细思其在爱河中，捣鬼胡诌均属寓言。欲灸好淫之病也，故必至湖州，字意又可思。"后文又借吴月娘梦中醒悟之语，批曰："一部捣鬼，要人如此。"认为小说最后一回，特意点出捣鬼一人、湖州一地，无非借指整部书乃是捣鬼胡诌，一派寓言，不必当真。

《读法》："作者无感慨，亦必不著书。"苦心经营满篇寓意如是，意欲何为？《竹坡闲话》曰："此仁人志士、孝子悌弟不得于时，上不能问诸天，下不能告诸人，悲愤呜唈，而作秽言以泄其愤也。……是其言愈毒，而心愈悲……是用借西门氏以发之。"又曰："怨恨深而不能吐，日酿一日，苍苍高天，茫茫碧海，吾何日而能忘也哉！……且是愤已百二十分，酸又是百二十分，不作《金瓶梅》，又何得消遣哉！"在张竹坡看来，这种"泄愤"包含三个方面。一是作者自身遭遇之愤。《竹坡闲话》："作者不幸，身遭其难，吐之不能，吞之不可，搔抓不得，悲号无益，借此以自泄。"第7回回评："著作者必于世，亦有大不得已之事。如史公之下蚕室，孙子之刖双足，乃一腔愤懑而作此书。"能满怀愤激之情而著书，此书必是"奇书"，此人必是抱负高才伟志的小说家，不像寻常小说家那样，仅流于"漫肆空谈"，无病呻吟。二是仁人志士、孝子悌弟之愤。在此，张氏特地作一篇《苦孝说》，大畅其旨曰："故作《金瓶梅》者，一曰'含酸'，再曰'抱阮'，结曰'幻化'，且必曰幻化孝哥儿,作者之心,其有余痛乎? 则《金瓶梅》当名之曰《奇酸志》、《苦孝说》。 呜呼! 孝子,孝子,有苦如是!"极力强调仁孝乃是全部寓意之核。 这样的写法,符合寓言的本质。 德国文论家莱辛(1729—1781)说过,虚构的寓言,就是能让大家从真实的故事中,形象地认识出一句普遍的道德格言。① 三是对黑暗的仕途和社会上病态的日常人伦关系的愤懑。 第36回回评:"此回乃作者放笔一写仕途之丑、势利之可畏也。……吾不知作者有何深恶之一人,而借此以丑之也。"《读法》谈到,《金瓶梅》用尽通身力量加倍写蔡太师、蔡状元、宋御史、六黄太尉等一批"枉为人"的权臣。 这些人物全是十分丑恶的形象,把他们叠加排列在纸上,从而使"《金瓶梅》到底有一种愤懑的气象"。

张竹坡的"泄愤"说,是对金圣叹"发愤"说的发展。 前文论及,金圣叹主张所愤之对象应具有社会现实性,在这个坡的评点下,这种现实针对性和生活批判性显然更为突出强烈。 作者既要作"世情书",自是对世态炎凉有极其深刻的体会,所以满腔愤激,发为一部寓言大书。 第95回夹批:"此书总欲为炎凉翻案,亦是世情必有。"说的就是这个意思。

从"寓言"观和"泄愤"说出发,张竹坡进而批驳了两种错误认识。 其一影射说。 这一观点否认小说人物是艺术虚构的产物,带有寓言的性质,主张把他们与历史人物一一对号入座。 例如,明清两代多有指西门庆为明代奸相严嵩之子严世藩(号东楼)者。《读法》驳曰:"夫作者既用隐恶扬善之笔,不存其人之姓名,并不露自己之姓名,乃后人必欲为之寻端竟委,说出名姓何哉? 何其刻薄为怀也。 且传闻之说,大都穿凿不可深信。 ……故别号东楼,小名庆儿之说,概不置问。"不过,张氏的批评很不彻底。 第98回叙蔡太师被参劾,礼部尚书蔡攸被处斩并抄家,又下夹批曰:"总结众人,又暗合东楼父子。 则此书当成于严氏败事之后。"其二"淫书"说。 这里有对

---

① [德]莱辛:《论寓言》,见蔚家麟等编:《寓言研究资料选》,77页,武汉,中国民间文艺家协会湖北分会编印,1987。

金圣叹《第六才子书》批评思想的继承。① 《金瓶》流传以来，长期被视为秽言秽书。弄珠客《金瓶梅序》："《金瓶梅》，秽书也。"李日华（1565—1635）《味水轩日记》："大抵市诨之极秽者耳。"谢肇淛（1567—1624）《金瓶梅跋》："其不及《水浒传》者，以其猥琐淫媟，无关名理。"②对此，张竹坡专门写了一篇《第一奇书非淫书论》进行批驳，指出那些目为"淫书"的人，不过是"淫者自见其为淫耳"。张竹坡还以孝悌名理校正"猥琐淫媟"。第100回回评："一篇淫欲之书，不知却句句是性理之谈，真正道书也。世人自见为淫欲耳，今经予批后再看，便不是真正道学不喜看之也。淫书云乎哉？"由此，张竹坡在《读法》中郑重提出，《金瓶梅》不要"零星看"，要学会看全书的整体，能读出"上半截热，下半截冷"，才能真正看出作者的"深意"。

三、"西门典型尚在"：小说人物美学新识

典型一语，出自《诗经·大雅·荡》："虽无老成人，尚有典刑。""刑"同"型"，典型指常事故法。小说批评中，较早应用典型者，见于谢肇淛《五杂组》："晋之《世说》、唐之《酉阳》，卓然为诸家之冠，其叙事文采足见一代典刑，非徒备遗忘而已也。"③指文言小说的叙事成法。金圣叹则与小说作品中的人事联系在一起。《第五才子书施耐庵〈水浒传〉》第31回评武松送宋江："真正哥哥既死，且把认义哥哥远送，所谓虽无老成人，尚有典型也。"武松对待宋江，像对待亲哥哥一样。典型，谓兄弟情义之常，即使异姓结义弟兄亦不失规范。张竹坡更进一步，开始直接用于人物批评。第68回叙陈敬济欲偷娶潘金莲，夹批："又一个偷娶，西门典型尚在。"这里，典型固然含有旧法的意思，指西门庆偷娶事件，西门虽死，身后仍有人在遵

---

① 参见本书"金圣叹的戏剧思想"一节。
② 朱一玄编：《金瓶梅资料汇编》，189、190、193页，天津，南开大学出版社，1985。
③ （明）谢肇淛：《五杂组》，264页，上海，上海书店出版社，2001。

循效仿。但已经明显发生转折：首先，"西门典型"突出的是西门庆这一个人物，偷娶是能代表西门庆其人其行、其品其性的"特出的东西"①，或言"性格的特殊性"②所在；其次，偷娶行为施于同一对象潘金莲，前后实施者又为岳婿关系，具有紧密的相承性；最后，这几乎是同一个人在做同样的事，从而使人感觉整个人物事件就像"用同一个模子托出来的东西"，完全"一模一样"③。因此，我们说，张氏的"西门典型"指的就是典型人物。我国小说美学史上，"典型人物"的概念，直到鲁迅《译了〈工人绥惠略夫〉之后》（1921）方明确提出，追溯其源实为"西门典型尚在"。鲁迅写到，俄国作家阿尔志跋绥夫的小说《赛宁》塑造了一个专以满足"自然的欲求"，"以性欲为第一义"的典型。④ 这个论断，应该受到张竹坡批评西门庆的影响。此外，清代批评家效法张竹坡，以典型品评小说人物者，又见齐省堂增订本《儒林外史》第八回叙蘧太守年老不能拜墓之语，眉评："老成典型，声口酷肖。"⑤指具有典型性的语言描写，使人物形象神态毕肖，分外逼真。

  张竹坡"典型"说的超越之处，还体现为特别重视典型环境对人物成长的作用。小说理论史上，李贽较早认识到人物与环境的关系。《焚书·与焦弱侯》提出"欲求巨鱼，必须异水；欲求豪杰，必须异人"的命题，认为考察人物必须先要考察人物所产生的环境，豪杰之士不可能产生在"乡人之中"。⑥ 此后，金圣叹批评《水浒传》，以"忽提四字醒之"强调要为人物活动创设一种具体可感的环境⑦，以"不见可欲，其心不乱"突出艺术形象与

---

① 按，马克思《致斐·拉萨尔》中说："我感到遗憾的是，在人物个性的描写方面看不到什么特色。"参见《马克思恩格斯选集》第四卷下，341页，北京，人民出版社，1976。
② 按，黑格尔谈到："性格的特殊性中应该有一个主要的方面作为统治的方面。"参见《美学》第1卷，朱光潜译，304页，北京，商务印书馆，1997。
③ 朱光潜：《西方美学史》，678页，北京，人民文学出版社，2004。
④ 按，鲁迅《译了〈工人绥惠略夫〉之后》中的原话为："而阿尔志跋绥夫的解辩，则以为'这一种典型，在纯粹的形态上虽然还新鲜而且希有，但这精神却寄宿在新俄国的各个新的，勇的，强的代表者之中。'……阿尔志跋绥夫是诗人，所以在一九〇五年之前，已经写出一个以性欲为第一义的典型人物来。"参见《鲁迅全集》第十卷，167页，北京，人民文学出版社，1987。
⑤ 李汉秋辑校：《儒林外史汇校汇评本》，113页，上海，上海古籍出版社，1999。
⑥ （明）李贽：《焚书·续焚书》，3页，长沙，岳麓书社，1990。
⑦ 叶朗：《中国小说美学》，86～88页，北京，北京大学出版社，1982。

环境的相互影响①。但正如研究者所客观指出的那样，在人物与环境的关系上，金圣叹"只是在作品分析中透露了一些猜测，未能上升到一定的理论高度"。就是说，金圣叹提出了"性格"的概念，不过主要围绕个性化的典型性格立论，并未实质性地谈到性格与环境的关系问题。转变之迹见于毛宗岗。作为金氏"性格"说的最早发挥者和传播者，张竹坡评点的《金瓶梅》一方面认为"一人有一人性格"（第35回回评），一方面又提出"因时而变者然"（第62回回评），立意考察环境对人物性格的制约作用，对小说理论的发展做出了贡献。②然而，在这一理论命题上，张竹坡比前人走得更远，所见更深。

《水浒传》第14回写阮小五鬓边插朵石榴花，金圣叹夹批："恐人忘了蔡太师生辰日，故闲中记出三个字来。"《三国演义》第114回叙姜维于月夜弃粮胜魏兵，毛宗岗夹批："正是八月十五日。将写火先写月，百忙中有此闲笔。"这种以时景为"闲笔"的空间叙事观念，虽可称为中国古典小说的一种独特品性，但却忽视了自然与人的关系，未注意到它们对人物典型塑造的功能与作用，从而降低了自然风物描写的艺术性质与文本地位。张竹坡则不然。他认为时节变化、自然景色有助于突出人物的典型性，而不只是作为外在的自然之物的单独存在，或者是行文中的闲笔点缀。第38回叙潘金莲、李瓶儿两边，一个独守空房日久，冷清凄苦，恨嫉不过，于雪夜弹弄琵琶以抒悲伤；一个养着官哥儿，生着火盆儿，陪着西门庆喝葡萄酒，其乐融融。夹批："一处热，一处冷，咫尺便是如此，天下事难周遍也。"点出"雪夜""小火盆儿"，就有表现人物处境和心理的作用。第89回回评："今看他于出嫁玉楼之先，将春光极力一描，不啻使之如锦如火，盖云：前此你在闹热中，我却寒冷之甚；今日我到好时，你却又不堪了。"孟玉楼之名本与杏花相关，以春杏为寓托之物。此处极写春光无限，笑歌芳草地，晴雨杏花

---

① 刘欣中：《金圣叹的小说理论》，76～77页，石家庄，河北人民出版社，1986。
② 李正学：《毛宗岗小说批评研究》，241～246页，北京，中国社会科学出版社，2010。

天，正是借杏花烂漫，预示玉楼花开，其人终于获得侥幸脱离污淖之机。春光杏花之美，与孟玉楼的自然本色之美交相辉映，融为一体。

张竹坡指出，在人物典型方面，社会环境的作用比自然环境更为充分有力，如《读法》分析潘金莲的淫荡性格，特别注意到她小时候的成长环境。文曰：

> 王招宣府内，固金莲旧时卖入学歌学舞之处也。今看其一腔机诈，丧廉寡耻，若云本自天生，则良心为不可必，而性善为不可据也。吾知其二三岁时，未必便如此淫荡也。使当日王招宣家，男敦礼义，女尚贞廉，淫声不出于口，淫色不见于目，金莲虽淫荡，亦必化而为贞女。奈何堂堂招宣，不为天子招服远人，宣扬威德，而一裁缝家九岁女孩至其家，即费许多闲情，教其描眉画眼，弄粉涂朱，且教其做张做致，乔模乔样。其待小使女如此，则其仪型妻子可知矣。宜乎三官之不肖荒淫，林氏之荡闲逾矩也。招宣实教之，夫复何尤！然则招宣教一金莲，以遗害无穷，身受其害者，前有武大，后有西门，而林氏为招宣还报，固其宜也。吾故曰：作者盖深恶金莲，而并恶及其出身之处，故写林太太也。

潘金莲的淫荡绝非"本自天生"，而是"出身之处"使然。她出生于一个小市民家庭，大概生计艰难，被卖到王招宣府作丫环使女。她在两三岁时，也肯定是一个活泼可爱、纯真善良的小女孩。假如一直待在父母身边，长大之后她会保持普通市民应有的本分，不会成为作者"深恶"的那个金莲。潘金莲之所以成为潘金莲，全部是她九岁之后生活的王招宣府丑恶环境熏染的结果。这个表面上冠冕堂皇，打着"为天子招服远人，宣扬威德"旗号的官府，骨子里却是"一腔机诈，丧廉寡耻"，腐朽糜烂透顶。王招宣费尽心机，教小使女"描眉画眼，弄粉涂朱，且教其做张做致，乔模乔样"，显然怀着邪恶的目的。王招宣的妻子林氏人到中年，且荡闲逾矩，以富贵之尊屈于恶贱，毫无仪型规范。王招宣的儿子王三官荒淫无耻，趋炎附势，认奸作父，完全是一派无知作态。身处其中，"机变伶俐"的小金莲，终于一步一步走向嫉妒狠毒、只知淫欲为乐的泥潭，不能自拔。张竹坡的批评，充满对小金莲的无限同情，批判矛头直指封建统治阶级的招宣府，从而变个人品鉴为社会揭露，具有十分丰富而深刻的社会生活内涵。

此按，世界典型理论的发展，有两个核心命题：一是典型性格论，二是典型环境论。[1] 马克思主义典型学说集亚里士多德、黑格尔等人之大成，鲜明提出"每个人都是典型，但同时又是一定的单个人"，即主张共性与个性统一的典型性格论；"真实地再现典型环境中的典型人物"，即把人物审美与社会历史审美结合起来，强调人物与环境统一的典型环境论。[2] 我们认为，在中国典型理论发展中，金圣叹重视个性的性格说，同于典型性格论；张竹坡重视"出身之处"的典型说，则同于典型环境论。以"出身之处"写典型，方能把典型人物的典型性格塑造得更为真实生动，反映出社会生活的本质规律。在这个意义上，张竹坡超越了金圣叹、毛宗岗，有独特贡献。而从金氏的性格说到张氏的典型说，中国小说的典型理论方显得真正成熟了。

如何才能做到"真实地再现典型环境中的典型人物"？张竹坡认为，一是要注意刻画人物的"同类"出身。写一个人物因出身环境不同而成为某一种人，或带有个别现象的意思，个性使然的味道，不足以揭示社会生活的本来面目。如果连续描写几个出身同类的人，都具有相同的品格和行为，做出类似的事件、说出类似的话来，那么就可以说明人的发展完全是社会发展的结果，个人"出污泥而不染"的独立性是极其有限的。第78回叙叶五儿先与贲四私通，被拐占为妻子，后又与玳安私通，并与西门庆私通，归其原因，总是"那老婆原来奶子出身"。夹批："又是如意同类。"如意是李瓶儿

---

[1] 按，相关论述可参见叶纪彬：《中西典型理论述评》第九章，上海，华东师范大学出版社，1993；陆学明：《西方典型理论发展史》，长春，东北师范大学出版社，1986。
[2] 按，分别参见恩格斯《致敏·考茨基》《致玛·哈克奈斯》，见《马克思恩格斯选集》第四卷下，453、462页，北京，人民出版社，1976。

生下官哥之后雇用的奶娘，她在李瓶儿死后便与西门庆私通。张氏此批盖言，封建时代做过奶子的女性，如如意儿、叶五儿等，都摆脱不了与家中男主人、男仆私通的命运。这是她们的地位与遭遇使然，绝不是她们本意喜欢如此。

二是注意写出主要人物的"后身"与"候缺"。主要人物是小说所着力塑造的，主要人物并不是特殊材料制作的，更不是特殊环境下的产物。要说明主要人物的社会一般性，比较可取的做法就是在他（她）消失之后，再塑造几个循其道路继续成长的次要人物。"后身"描写，如第78回叙何千户娘子蓝氏，为内府生活所蓝太监侄女儿，嫁给何千户时"陪了好少钱儿"。回评："忽又写一蓝氏，也是太监侄儿之妻也，有钱，俨然又一瓶儿。"李瓶儿是东京花太监侄儿花子虚之妻，嫁到西门府中时也带来无数金银财宝。第79回特叙蓝氏喜欢六娘，夹批："又是瓶儿，我固云瓶儿后身也。"瓶儿已死，但造就瓶儿这样的人的社会环境仍然存在，它还在绵绵不断地生产同样一种人。则李瓶儿非是一己之身的李瓶儿，而是处在巨大社会背景下的李瓶儿。这样的一个李瓶儿，方是具有深刻历史内涵的，不是独立的存在体。"候缺"描写，如第78回于西门庆死前，叙张二官府欲与他争东京下来的古器买卖，夹批："又点二官，所谓候缺者也。"第80回叙西门死后，应伯爵撺掇张二官娶了李娇儿做二房，补了西门提刑之官缺，又要娶潘金莲。故《读法》曰张二官"俨然又一西门"。点出西门大官人、张二官人都不是个别的存在，都是一定社会制度下的存在。前有模范，后有效仿。前者去，后者生。"候缺者"对前人的不断接续与补足，正说明人都是环境中的人，人的环境制约性大于人的个别生存属性。

三是"因一人写及全县"。适应世情书的叙事需要，《金瓶》形成一种网状结构①，表现在人物组织上，即因写西门一人而写清河县种种人。《读法》提到，因西门庆一家，而写及武大、花子虚、乔大户、陈洪、吴大舅、

---

① 王先霈、周伟民：《明清小说理论批评史》，401页，广州，花城出版社，1988。

张大户、王招宣、应伯爵、周守备、何千户、夏提刑等十多家，凡此大约清河县官员大户、泼皮无赖、穷贱人等屈指已遍。又因写西门一人之恶而及京师省外种种人之恶。第47回回评提到陈三、翁八、苗青之恶。第48回回评又提到宋巡按、蔡太师之恶，曰："且见西门之恶，纯是太师之恶也。夫太师之下，何止百千万西门，而一西门之恶已如此，其一太师之恶为何如也。"西门之恶，不过是整个社会之恶浊龌龊的一个小小代表而已。一人之恶殊不如众人恶恶。西门这一恶的个像，不是当时世态中的孤立现象，而是自上到下，人人均皆如此。如此写西门庆之恶，方显得"十分满足"，方使人觉得蔡太师之恶更加不言而喻。

◎ 小　结

清前期的小说思想，在继承明人的基础上，有很大的创新和跨越，从而成为中国古代小说理论史上颇具贡献的一个时期。就整个清代小说思想发展而言，清前期则是奠基期与高产期，因而成为一个引领期。雍乾时期和嘉道时期的小说理论，都是受清前期的启发和指引而进一步展开探索的。

在艺术层面上，我们看到，近现代以来人们讨论小说时必谈的一些概念，如性格、情节、结构、叙事、典型等，在这一时期都集中出现了，并已达到足够高的认识高度。设想一下，假如没有毛宗岗、李渔、张竹坡的卓越贡献，近代以来面对西方小说思想的猛烈冲击，很难说小说界还能坚持住中国传统小说思想的底线与特征。

在小说的品性上，清前期的批评家都有意赋予小说以强烈的战斗精神和顽强不屈的生命情怀。这是"时势造批评"的结果。十八世纪朝鲜李朝时期的安鼎福（1712—1791）在谈到金圣叹、毛宗岗时曾说，考其人未知何如人，考其时"而顺治甲申岁，此天地变易、华夏沦没之时，中原衣冠，混入薙发左衽之类，文人才子之怨抑而不遇者，其或托此而寓其志耶！"[①]如发愤说、孤愤说、泄愤说等，在这一时期广为流行，可作为最好的证明。应该看到，这种坚强的斗争精神，其实是古诗、古文之抒情言志的诗性传统在小说中的再生，对于小说走出街谈巷语、道听途说的老调，提升自己在社会文化中的地位与价值具有重要意义。

在发展趋势上，此一时期的小说活动主要围绕明代"四大奇书"，即《三国演义》《水浒传》《西游记》《金瓶梅》来进行，是对这些名作的评点、修改、续写以及理论总结与探讨。这一点，既构成清前期小说思想发展的最大特色和优势，反之也成为一个明显的不足。优势体现在，对明代的小说成果做了最充分而及时的总结，并在改写与续写的实践中检验了理论的真实程度；不足则是缺乏个人独创性小说作品的问世，因而已经取得的优秀理论成果亟待进一步接受创作实践的检验。不过，这只能是下一个时期的课题了。

[①] 谭帆：《中国小说评点研究》，138页，上海，华东师范大学出版社，2001。

第六章
清前期的戏剧思想

中国古代戏剧，大致经历了从先秦原始歌舞到汉魏六朝百戏、隋唐参军戏，再到宋元戏曲、杂剧和明清传奇，以及清中叶以后地方戏剧兴起的发展过程。戏剧理论的发展，则经历了从先秦汉魏史籍中有关巫优乐人的零星记载，到唐宋文人笔记对戏剧活动的深入描述，再从元代戏剧专论出现并在杂剧创作繁盛的引导下自觉探讨音韵唱法，到明代开始肯定戏剧的文学地位与文化价值，以至清代戏剧理论正式走向体系化、系统性与集成性的过程，终达到可与小说理论相媲美的应有的历史高度。

清前期的戏剧思想，是中国古代戏剧思想发展史上创获最丰富的时期。不仅有金圣叹、毛纶、李渔三位批评大家，沈自晋、丁耀亢、查继佐、吴伟业、黄周星、尤侗、毛先舒、毛奇龄、吴仪一、刘廷玑等也颇有建树。创作方面亦实绩斐然，出现了洪昇、孔尚任两位杰出戏剧家，吴伟业的《秣陵春》、李渔的《风筝误》、尤侗的《黑白卫》《钧天乐》、万树的《风流棒》，以及苏州派剧作家李玉的《千钟戮》《清忠谱》、朱素臣的《十五贯》等，也都成为享誉一时的名作，对人们的社会生活产生了深刻影响。

◎ 第一节
概　述

　　鲁迅曾言："小说和戏曲，中国向来是看作邪宗的。"[1]在古代，戏剧固然与小说一样，长期受到贬抑而地位不高，但戏剧本身毕竟与小说有很大不同。具体表现在，戏剧首重娱乐，作为原始巫祭歌舞时是这样，后来发展成为有闲者（或消闲者）提供宴乐表演也是这样，其娱神与娱人紧密结合的目的一以贯之。这使得戏剧成为古人生活中不可或缺的一部分，成为日常风习的一个重要组成。林语堂总结中国人"玩耍寻乐"的各种名目与方式，将"看戏"列入其中，是十分有道理的。[2]戏剧的第二个优势在于它更通俗，更容易为最普通的人所接受，更易于深入人心。乾隆年间一位官员曾谈道："且淫词小说久经奉旨严禁，犯者问牵，恶其导淫而长恶也。然小说惟识字者能看，今演之为戏，无论男女老幼识字与否，人人可以观览，比之淫词小说，其入人不更易，而其导淫长恶不更甚乎？"[3]这是从禁毁的角度来谈的，但恰恰指明了戏剧与小说在传播与接受上的显著不同。以上两点，使封建官府将戏剧纳入管理范围成为必然。早在唐代便设立教坊，掌管俳优杂技及俗乐之事。宋、金、元三代仍之。明代则设有钟鼓司、教坊司。清代更是经历了顺治帝时的教坊司、康熙帝时的南府，以及道光帝以后的升平署等三次变迁。这些机构担负着重要使命，第一是满足宫廷官府自身娱乐的需求，承应他们每于政务闲暇、节庆宴集之际，征召戏剧优人前来表演；第二是便于

---

[1] 鲁迅：《徐懋庸作〈打杂集〉序》，见王得后、钱理群编：《鲁迅杂文全编》（下编），703页，杭州，浙江文艺出版社，1994。
[2] 林语堂：《吾国与吾民》，310页，西安，陕西师范大学出版社，2002。
[3] 哈恩忠编选：《乾隆初年整饬民风民俗史料》下，载《历史档案》，2001（2）。

监控、引导戏剧艺术的发展，使之按照官府设定的轨道进行。如明太祖朱元璋喜欢看戏，不但因为其出生于安徽凤阳而影响到南曲取代北曲的流行，还以其出身贫寒而喜观民间疾苦剧目，引起《琵琶记》在各地推广并盛演不衰。比较而言，小说显然未能享受到如此一软一硬、并行而施的待遇。

清代统治者与戏剧渊源颇深。先世女真人素喜歌舞，《北盟录》载"女真百艺中有'挝簸'"，即为一种戴面具而歌舞的艺术。满族民间习俗称面具为"鸟神鬼脸"，满语习呼为"嘎思哈玛虎"；这种跳"玛虎神"的歌舞游戏，后来演变成一种古老的戏剧"马虎戏"。据《清史稿·乐志》载："戴面具三十二人，衣黄画布者半，衣黑羊皮者半。跳跃倒掷，象异兽。骑禺马者八人，介胄弓矢，……周旋驰逐，象八旗。"①在此文化传统培植下，清代贵族都十分喜欢戏剧。据《明季北略》卷二《辽阳陷·附记》载，努尔哈赤破辽东，"惟四等人不杀"，前三等为皮工、木工、针工，第四等为优人，"能歌汉曲不杀"。一位秀士假冒优人，"唱四平腔一曲"，得以保全性命。②传奇戏文在清廷入关之前，就成为他们乐于观赏的娱乐形式了。又据程正揆（1604—1676）《沧州纪事》载："（甲申岁）……后有威武将军白驹以督粮至，马步百余，传令取倡妇百口。防御大索不满百，以良家女及新寡充数。又令夜不收，向旧巡抚王梅和公弼家索歌妓，王无以应。将军大怒，凌辱不堪。"③这里，歌妓优女虽被视为"战利品"进行掠夺，却亦可稍稍透出北方骑射民族对歌舞戏剧的热衷与喜爱。

从顺治帝开始，对待戏曲的态度产生分化。一方面允其娱乐价值而乐于从事。顺治八年（1651），为端正内宫，诏改由太监承应扮演戏剧，停止招教坊司女优入宫。十四年（1657），曾观看明代传奇《鸣凤记》。程正揆《青溪遗稿》有生动记载："传奇《鸣凤》动宸颜，发指分宜父子奸。重译

---

① 赵尔巽等撰：《清史稿》第十一册，3009页，北京，中华书局，1976。
② （清）计六奇编辑：《明季北略》，18页，上海，商务印书馆，1936。
③ 《台湾文献史料丛刊》第六辑，台北，大通书局，1987。

第六章 清前期的戏剧思想 *383*

二十四大罪，特呼内院说椒山。"①这是说，剧本于"白内多用骈俪之体，颇碍优伶搬演"（梁廷枏《曲话》卷三）②，且于杨椒山故事过分简略，顺治帝十分不满，想着找人重新修改。其后，冯铨（1595—1672）等把这一任务交给丁耀亢。丁氏作《表忠记》，因最后一出指陈前代弊端过于露骨，冯铨等不满意，让其修改，不从，故未进呈。不久，另一位剧作家吴绮（1619—1694）受命以此剧为蓝本，写出了以杨继盛事迹为主的《忠愍记》（已失传），并在宫内上演。十五年（1658），因看到尤侗杂剧新作《读离骚》，颇为赏识，传旨命教坊司排演。尤侗《年谱》记载，该剧"教坊内播之管弦"③。此外，顺治帝还注意到尤侗的另一部剧作《清平调》。十六年（1659），曾派人到江南选优。尤侗《咏史》曰："天子瑶池奏玉笙，只教阿母唤双成。闲来海上探仙籍，又问飞琼小玉名。"（《看云草堂》卷二）④清楚地说明，顺治帝看到太监演戏水平有限，远不能满足艺术欣赏的需求，无奈之下才下令挑选名伶进宫。另一方面查其社会危害而又严令禁止。据《大清会典则例》卷一《宗人府》载，十五年时曾题定诸王以下，毋得溺于逸乐、耽丝竹及演戏、观鱼，在城外关厢放鹞，致扰居民，"仍严饬各该长史等官，令其规谏，府官不时稽察，有犯者，该长史等官一并议处"⑤。皇亲国戚斗富逞威、大肆张扬，因过分的演艺活动对社会治安构成妨碍，从严惩处实不为过。

　　康熙帝对戏剧的喜爱超过了顺治帝。但在执政前期，因忙于鳌拜专权、三藩之乱、统一台湾、抗御沙俄入侵等政事，政权还不稳固，社会动荡不安，这种喜爱被压制下来。出于政治安全和维护稳定的现实需要，他于十年（1671）禁止在京城内开设戏馆。"京师内城，不许开设戏馆，永行禁止。

---

① （清）程正揆：《清溪遗稿》卷十五《孟冬词二十首》，康熙五十四年刊本。
② 中国戏曲研究院编：《中国古典戏曲论著集成》八，275页，北京，中国戏剧出版社，1959。
③ （清）尤侗：《西堂余集》，玉函山房藏书，山东师范大学图书馆藏。
④ （清）尤侗：《西堂全集》，文理堂版，山东师范大学图书馆藏。
⑤ 赵兴勤、赵韡：《王利器〈元明清三代禁毁小说戏曲史料〉辑补》，载《晋阳学刊》，2010（1）。

城外戏馆，如有恶棍借端生事，该司坊官查拿。"同年还禁止唱秧歌妇女"潜住京城"，以免滋事生非。① 十六年（1677），又禁止京城内寺庙庵院建设高台演剧敛钱、酬神赛会，违禁者其罪同于设教聚会。② 在困难重重的17世纪70年代，京城的安定确实应该成为头等大事、要事，不得马虎，必须谨慎提防。为防止戏曲这种娱乐活动中消极不良因素的传播，他还曾禁止戏女进城，坐车沿街游唱，理由是她们"名虽戏女，乃于妓女相同"。而在看到满人学戏，并有可能沾染上赌博等恶习时，他也命令禁止："近见满洲演戏，自唱弹琵琶弦子，常效汉人约会，攒出银钱戏耍，令应将此严禁。"③说实话，假如果真有人趁观戏之机聚众赌博斗殴，这样的禁令并不为过。乾隆年间，李绿园就曾对乡间因观戏而起的一些祸乱现象痛心疾首，《家训谆言》云："乡村寺庙中，演戏一棚，便有许多酒肆博场，无赖不根之徒，嬉嬉然附腥逐臭而往。"④然而，康熙帝也有极不光彩的一面。洪昇《长生殿》中有安禄山进京城称孤，雷海青痛骂"武将文官总旧僚，恨他反面事新朝"（《骂贼》）的情节，被康熙帝视为仇恨清军入关之作。二十八年（1689），洪昇等于佟皇后忌日观演此剧，让康熙帝抓到把柄，借口"国丧演剧"（梁绍壬《两般秋雨盦随笔》）触犯律例，将洪昇放逐，诗人赵执信被褫还乡里。⑤此案牵涉多位文人，轰动一时，以至有"可怜一剧《长生殿》，断送功名到白头"（王培荀《乡园忆旧录》卷一）的感叹。⑥

1683年，康熙帝实现天下一统的王业。他想到的最高规格的庆祝方式，便是传旨举行盛大的戏剧演出。据董含《莼乡赘笔》载："二十二年癸

---

① 王利器辑录：《元明清三代禁毁小说戏曲史料》（增订本），23～24页，上海，上海古籍出版社，1981。
② 赵兴勤、赵韡：《王利器〈元明清三代禁毁小说戏曲史料〉辑补》，载《晋阳学刊》，2010（1）。
③ 王利器辑录：《元明清三代禁毁小说戏曲史料》（增订本），29页，上海，上海古籍出版社，1981。
④ （清）李绿园：《歧路灯》，栾星校注，869页，郑州，中州古籍出版社，1998。
⑤ 按，《大清会典》卷五十二《丧礼二》规定："皇后大丧，群臣二十七日除服，百日薙发。京朝官百日不作乐。"
⑥ （清）王培荀：《乡园忆旧录》，蒲泽校点，22页，济南，齐鲁书社，1993。

亥，上以海宇荡平，宜与臣民共为宴乐，特发帑金一千两，在后宰门架高台，命梨园演目连传奇用活虎活象真马。"①花费之巨、场面之盛、规模之大，都可以说是史无前例，极大地促进了昆曲在京城乃至全国的传播。为了便于观戏，康熙帝在宫内设置专门机构——南府，从全国各地聘请优秀教习前来教太监排演。《掌故丛编》第二辑《清圣祖谕旨二》就提到三位教习，分别是朱四美、吴香、焦文显。其中吴香"病势沉重"，康熙还专门嘱咐"倘若不好了"，按惯例赏赐发送。以皇家无上威严，而关心一名教习日常之事，足显康熙对昆曲的喜好与重视。南府的历史，自康熙中一直持续到道光七年（1827），前后历时一百四十余年，有力地推动了清代宫廷戏曲的兴盛。

康熙帝还把他喜好看戏的兴趣延伸到宫外。二十三年（1684），他在南巡时曾至苏州织造祁国臣家观看昆曲演出。据姚廷遴《上浦经历笔记》抄本载：

> 上曰：……这里有唱戏的么？工部曰：有。立刻传三班进去，叩头毕，即呈戏目，随奉亲点杂出。戏子禀长随哈某曰：不知宫内体式如何？求老爷指点。长随曰：凡拜，要对皇爷拜；转场时不要背对皇爷。上曰：竟照你民间做就是了。随演《前访》《后访》《借茶》等二十出，已是半夜矣。上起即在工部衙内安歇。②

看戏看到半夜不说，因为看戏竟不顾皇家体面，论其处此之情，这位"皇爷"也真是开恩之至了。又据杨士凝《芙航诗襭·捉伶人》载："江南营造辖百戏，搜春摘艳供天家。"③说明直到康熙末年，江南地方仍有供奉皇家演出之事。这无疑又促进了地方戏曲演艺水平以及普及程度的提高。

---

① （清）朱一新：《京师坊巷志稿》，38页，北京，北京古籍出版社，1982。
② 参见陆萼庭：《昆剧演出史稿》，179页，上海，上海文艺出版社，1981。
③ 邓之诚：《清诗纪事初编》，449页，台北，明文书局，1985。

康熙对戏曲也有一定的研究。比如，他曾传旨："问南府教习朱四美，琵琶内共有几调，每调名色原是怎么起的？……叫个明白些的著一写来。"①这是在探究乐器的音调问题。他还曾要求对旧本《西游记》进行修改。谕旨曰："《西游记》原有两三本，甚是俗气。近日海清，觅人收拾。已有八本，皆系各旧本内套的曲子，也不甚好。尔都改去，共成十本，赶九月内全进呈。"②明显是欲改"俗气"入雅调，以适应宫廷演出的典则艺术需要。

与清政府有行有禁的两可态度相比，清前期的部分汉族知识分子反倒对戏剧表达了较为苛刻严厉的看法。黄宗羲指出，词曲与小说不得进入学校教育，"已刻者皆追版烧之"。③时尊"理学名臣"的汤斌（1627—1687）提出，乡社报赛不得"高搭棚台，演搬杂剧"；有丧之家"搭台演戏"，喧阗杂闹，专悦耳目，忘哀作乐，乃是使孝子"自陷十恶之罪"；倡优剧戏之人与游食僧道，皆有害于三时之务，"俱当驱逐"。（《汤子遗书》卷七《禁约事》）④曾参与起兵抗清的文学家归庄（1613—1673），甚至公开指责他的同乡金圣叹所批《西厢记》才子书是"诲淫之书"，并以其才为"邪鬼"，心恨而欲诛之。⑤这些观点表明，人们对戏剧价值的认识总会有所不同，在内部进行争执议论固无可厚非。另有一些地方文献还提到，城市乡村于节庆宴乐，"惟多聚倡优，扮演杂剧，连日累夜，甚非美俗"，不仅多耗财货，而且易启酗酒、赌博、打斗、偷盗、娼妓等诸多事端，"所宜戒止"。⑥这是从外部原因考虑戏剧表演连带引发的社会作用，应该说亦符合清初的社会现实。

综上，清前期的戏剧文化氛围与小说相比较为宽松。这为戏剧的生长提供了相对良好的环境，从而使其有条件按照自身的规律来运行。鉴于此一时

---

① 故宫博物院图书馆掌故部《掌故丛编》第二辑《清圣祖谕旨二》，20 页，北京，故宫博物院，1928。
② 《掌故丛编》第二辑《清圣祖谕旨二》，19 页，北京，故宫博物院，1928。
③ （清）黄宗羲：《明夷待访录》，13 页，北京，中华书局，1981。
④ 丁淑梅：《元明清三代禁毁戏曲史料补遗》，载《中国文学研究》（第九辑），2007（2）。
⑤ （明）归庄：《归庄集》，499~500 页，北京，中华书局，1962。
⑥ 丁淑梅：《元明清三代禁毁戏曲史料补遗》，载《中国文学研究》（第九辑），2007（2）。

期处在上承明下启清的交界口,所以戏剧思想的发展便主要体现为对明人继承辩驳的基础上渗透融入时运之感。概括说来,线索有三。

第一,案头与舞台的争论与调和。明万历以后,传奇呈现出日渐文人化、案头化的趋势,导致戏曲之文辞与音律两相乖离,由此引起汤显祖"临川派"重文采、沈璟"吴江派"重格律的论争。清承前调。重视文采者有金圣叹、毛纶、毛宗岗等,分别评点《西厢》《琵琶》行世。毛宗岗《第七才子书参论》(1666)说,《琵琶记》中有《诗经》文法,有《尚书》《中庸》文法,有《水浒传》文法,有唐人诗法,能总结历代诸体精妙文法之大成,故称"才子之文"。[1] 重视音律者有沈自晋、查继佐、姚思、毛奇龄等。他们的观点是清代戏曲音乐思想的代表,我们将集中在音乐思想中讨论。这里仅提及经学家毛奇龄的《论定西厢记》,时人吴兴祚(1632—1698)为其作《序》(1676),曾评价曰:"西河善音律,尝欲考定乐章,编辑宫徵,而蹉跎有待。洪钟之响,发于寸莛,岂其志与?"[2] 观其大意,乃是嘉其能辩论院本《西厢》流传中的未灭"宫谱"和"铎音灰线",使其复而"能歌",恢复原来作为美善"艳曲"的本分。故《序》中谓"才子之书唯才子能解之","才子"所指乃音律之才子,非文采之才子也,表达的是轻文采而重音律的意思。

主张调和文采、音律者有沈自晋、李渔等。沈自晋(1583—1665),字伯明、长康,号西来,因精通音律又号鞠通生,出身江苏吴江沈氏世家,为沈璟之侄。明亡后隐居吴山,悠游以终。著有曲论《南词新谱》,传奇《翠屏山》《望湖亭》等。沈氏以曲学名家而兼重词采,《重订〈南词全谱〉凡例》论"采新声"曰:"其他伪文采而为学究,假本色而为张打油,诚如伯良氏所讥,亦或时有。特取其调不强人,音不拗嗓,可存以备一体者,悉参览而酌收之。"[3] 虽然有些新曲为音调可"备一体"而采,但仍指出它们缺乏文

---

[1] 李正学:《毛宗岗小说批评研究》,390~395 页,北京,中国社会科学出版社,2010。下引同此。
[2] 伏涤修、伏蒙辑校:《〈西厢记〉资料汇编》,244 页,合肥,黄山书社,2012。
[3] 吴毓华编著:《中国古代戏曲序跋集》,433 页,北京,中国戏剧出版社,1990。

采,或为学究饾饤,或为粗俗打油,绝非"名笔"所有。李渔则以词坛大家而兼顾音律。他在名著《闲情偶寄》中,将戏剧总体上分为词曲和演习二部,"词曲部"分上下,似有重于"演习部";但亦可见出"演习部"不可或缺,而以"词曲部"为基础。在"词曲部上"中,他又将"词采"排在第二,"音律"排在第三,显示出词采、音律兼收的决心。为此,他还在《词曲部下·填词余论》中批评金圣叹:"圣叹之评《西厢》,可谓晰毛辨发,穷幽极微,无复有遗议于其间矣。然以予论之,圣叹所评,乃文人把玩之《西厢》,非优人搬弄之《西厢》也。文字之三昧,圣叹已得之;优人搬弄之三昧,圣叹犹有待焉。"①戏剧的本义在于"优人搬弄",而非"文人把玩"。词家务必精通词采与音律,其作方能便于"优人搬弄"。李渔的这个观点,可视为对案头、舞台之争的总结,从而为此一段论争画上了一个完美的句号。

吴仪一(1647—1703)②的观点也值得注意。吴氏字瑮符,一字舒凫,又字吴山,别称吴人,浙江钱塘人。监生,髫年游大学,名满京师,受到王士禛等人赞誉,与洪昇友笃,工诗词,好戏曲,曾评点《长生殿》,并与三任妻子(陈同、谈则、钱宜)合评《牡丹亭》(《吴吴山三妇合评牡丹亭》),成为戏曲批评史上的一段佳话。另著有《吴山草堂诗集》《吴山草堂词》等。他在《〈长生殿〉序》中,批评《琵琶记》"韵每混通,遗误来学",称赞昉思"句精字研,罔不谐叶,爱文者喜其词,知音者赏其律"。③在《牡丹亭或问》中,总结戏曲有四类,即"情思"类、"审音"类、"方言"类、"雕章"类,《牡丹亭》"不可以是四者名之","其妙在神情之际"。以字句论,就是力求独创,非独创不能臻其神妙。他说:"试观记中佳句,非唐诗即宋词,非宋词即元曲。然皆若士之自造,不得指之为唐、为宋、为元也。"④

---

① (清)李渔:《李渔全集》第3卷,65页,杭州,浙江古籍出版社,1992。
② 按,吴仪一的生卒年,参见华生:《吴舒凫生平考——与刘辉先生商榷》,载《戏剧艺术》,1988(2)。
③ (清)洪昇、吴仪一:《吴仪一批评本长生殿》,明才校点,南京,凤凰出版社,2010。
④ 毛效同编:《汤显祖研究资料汇编》下,895页,上海,上海古籍出版社,1986。

以唱词论，则应强调语义与唱腔及情感表现的高度结合。他分析《牡丹亭》中状声词之美，指出"杂用哎哟、哎也、哎呀、咳呀、咳也、咳咽诸字"是有讲究的，不是不分异同，"字异，而义略同；字同，而呼之有轻重疾徐，则义各异。凡重呼之，为厌辞，为恶辞，为不然之辞；轻呼之，为幸辞，为娇羞之辞；疾呼之，为惜辞，为惊讶辞；徐呼之，为怯辞，为悲痛辞，为不能自支之辞。以此类推，神理毕见矣"。① 追求状声词的艺术表现力，用状声词来表达人物内心的丰富情感，引起观者的注意和共鸣，这恰是中国戏曲的独特魅力所在。

清前期力图寻求词采与音律相统一的，还有审美理论中提出的"自然"论、"天然"说。"自然"论可以刘廷玑为代表，提出了"传情"与"求似"的观点。"传情"指文辞要有"至情"。《在园杂志》颇推崇高明的《琵琶记》，其论曰："《琵琶》语语至情，天真一片，曲调合拍，皆极自然，真是天衣无缝。"② 戏曲中人物的唱词与说白，要充满真情实意，"语语至情"，语中带情，绝不造作矫揉、排空虚套，方能使观者体味出人间的酸甜苦辣。从戏曲作为表演艺术的特性上看，文辞要有情，还需配合极为"自然"的曲调，把以词感人和以律入人完美地统一起来，才能收到最佳的现场传感效果。"求似"指戏曲表演的艺术真实性。他在《梨园诸误》中说："优孟衣冠，取其相似也。"戏曲是一门假装或模仿的艺术，乐人通过改形换装，以逼真的表演达到接近现实生活的目的。因此，"相似"是戏曲艺术的本质追求，是使舞台具有恒久生命力的源泉。做到"相似"，务须演员在戏曲表演中方方面面都细致，不要出现误漏。大者如曲词运用，"《追贤》之韩信，曲文内'一事无成两鬓斑，不觉得皓首苍颜，空熬得鬓斑斑'，至戏末赠金时，犹不用鬓髯，何也？范少伯之《后访》，曲文内'羞杀我，一事无成两鬓星'，亦不用鬓髯，皆老梨园以讹传讹，失于检点之故也"。小者如衣着服饰，"《庆寿》之王母则凤冠霞帔，群仙则用蟒衣；《小逼》之卫律则补

---

① 毛效同编：《汤显祖研究资料汇编》下，896页，上海，上海古籍出版社，1986。
② （清）刘廷玑撰：《在园杂志》，张守谦点校，91页，北京，中华书局，2005。

服,《大逼》之元帅亦用蟒衣,不可枚举"①。 这些"绝不相似"的、不当的现象必须根除,以保证梨园的纯粹与雅净。

"天然"说可以黄周星(1611—1680)为代表。 黄氏字景明、景虞、略似,号九烟,别号圃庵、而庵、汰沃主人、笑苍道人、半非道人等,晚年又名黄人,湖南湘潭人。 明崇祯十三年(1640)进士,入清后以授经为业,尝怀复国之志,康熙十九年为拒博学鸿儒荐,投江而逝。 著有曲论《制曲枝语》,传奇《人天乐》和杂剧《试官述怀》《惜花报》等。《制曲枝语》谈道:"愚尝谓:曲之体无他,不过八字尽之,曰:'少引圣籍,多发天然'而已。"②戏曲的本体之美尽在天然。 要做到词采之天然,务必"少引圣籍",即反对在戏曲创作中卖弄学问,堆砌典故与辞藻。 要做到音律之天然,务必少用拗折奇峭之音,即反对"割凑曲名以求新异"。 他说:"所贵乎才人者,于规矩准绳之中,未始不可见长,何必以跳越穿凿为奇乎? 且曲之优劣,岂系于曲名之新旧乎?"戏剧天才之才,不在穿凿之白、新异之曲,而在一定音律的要求下表现出自然动听的文辞。 他又认为天然之美以"趣"和"感人"为内涵。 所谓"趣"指戏曲具有丰富的审美趣味,如趣情("诗酒")、趣景("花月")、趣人("圣贤豪杰")、趣事("忠孝廉节")等,是曲最为突出的审美特性。"曲为诗之流派,且被之弦歌,自当专以趣胜。"曲有"趣",才能为"雅俗共赏"。 趣是打通雅俗的桥梁,实现共赏的前提与促动。 进言之,"一切语言文字,未有无趣而可以感人者"。 所谓"感人"指戏曲具有充盈的审美情感,能创生出最为直接的审美效应,使人"喜则欲歌、欲舞,悲则欲泣、欲诉,怒则欲杀、欲割"。 总之,感人者即"生趣勃勃,生气凛凛之谓也"。 有此动人气象,戏曲方能立于"兴观群怨"的中国诗性传统。

第二,从虚妄走向纪实。 明代文坛多剿袭蹈空。 吴梅《四梦传奇总

---

① (清)刘廷玑撰:《在园杂志》,张守谦点校,93页,北京,中华书局,2005。
② 中国戏曲研究院编:《中国古典戏曲论著集成》七,120~121页,北京,中国戏剧出版社,1959。

跋》尝曰:"盖惟有至情,可以超生死,忘物我,通真幻,而永无消灭。否则形骸且虚,何论勋业,仙佛皆妄,况在富贵!"①似乎唯有描写幻灭虚妄才能突出"至情",非幻灭则不为想象虚构、非虚妄则不能成文,从而形成了崇虚离实的创作倾向。这一状况因明末清初时局之变得到改观。首先是时事戏的兴起。明代揭露严嵩专政的《鸣凤记》是开山之作,此后蔚然成风,出现了描述郑和下西洋的无名氏《西洋记》,反映辽东战事的徐应乾《筹虏记》,揭露客魏横暴统治的李闇甫《磨忠记》、清啸生《喜逢春》等。这些还是着眼时政要事的。此外,一些针对时人之事的作品也开始流传。据《清代轶闻》载:吴梅村之师李太虚,"国变不死",降李自成起义军。举人徐巨源闻之,乃与龚鼎孳投降丧节事合在一起,"撰一剧,演太虚及龚芝麓降贼。后闻清兵入,急逃而南,至杭州,为追兵所蹑,匿于岳坟铁铸秦桧夫人胯下,值夫人方月事,追兵祸而出,两人头皆血污,此剧已演于民间"。后李、龚观此剧,相顾大哭,谓名节扫地至此,乃遣人刺杀徐巨源。(卷八《词曲·李太虚曲本》)②此事或为传闻,无从考证,但至少处在动乱变局中的时人时事历经奇险变怪,为当时戏剧创作提供了不少真实生动的素材却是事实。

其次,是日常说的提出,即反对脱离人世的荒唐虚妄,主张从日常生活中寻求真情至情。此说的理论源头在明代。例如,凌濛初(1580—1644)的《谭曲杂札》,反对传奇叙写"人情所不近,人理所必无",将"真实一事""翻弄作乌有子虚"。③清人又多有发展,并开始有意在创作中贯彻落实。理论提倡者如丁耀亢、李渔。丁氏字西生,号野鹤,别署紫阳道人、木鸡道人,山东诸城人。明末诸生,入清后曾任旗下教习,科场失意,遂以诗画自娱,行走于南北名公巨卿之间。著有《丁野鹤先生遗稿》《出劫纪略》,以及传奇《化人游》《赤松游》《表忠记》《西湖扇》等。《赤松游题

---

① 徐朔方笺校:《汤显祖诗文集》下,1573页,上海,上海古籍出版社,1982。
② 裘毓麐:《清代轶闻》,19页,上海,上海书店、中华书局联合出版,1989。
③ 中国戏曲研究院编:《中国古典戏曲论著集成》四,258页,北京,中国戏剧出版社,1959。

辞》有云:"曲曰传奇,乃人中之奇,非天外之事。五伦外岂有奇人? 三昧中总玩至性。"①明确指出,奇不在"天外""五伦外",而在"人中"、在世中。符合人生实际的奇,方能体现出人的至性至情。惜乎其剧作仍不脱仙游古事。

真正使日常说在理论与创作中实现贯通的是李渔,如樗道人《巧团圆序》有评曰:"是剧于伦常日用之间,忽现变化离奇之相。无后者鬻身为父,失慈者购妪作母,凿空至此,可谓牛鬼蛇神之至矣! 及至看到收场,悉是至性使然,人情必有,初非奇幻,特饮食日用之波澜耳。"②肯定全局全是伦常日用,全为饮食男女,而在离奇波澜中凸显人情人性之至,绝不同于满是"牛鬼蛇神"的凿空之作。朴斋主人《风筝误》第三十出《释疑》"总评"曰:"是剧结构离奇,熔铸工炼,扫除一切窠臼,向从来作者搜寻不到处,另辟一境,可谓奇之极、新之至矣! 然其所谓奇者,皆理之极平;新者,皆事之常有。近来牛鬼蛇神之剧充塞宇内,使庆贺宴集之家,终日见鬼遇怪,谓非此不足悚人观听。讵知家常事中,尽有绝好戏文未经做到耶! 是剧一出,鬼怪遁形矣。"③该剧以风筝引起才子对佳人、傻男对丑女的婚姻大事,在一连串的巧合误会中展现新奇惊异,确实为充斥鬼怪的剧坛带来一股清风。李渔这种不事模仿,力求在日用伦理中提新炼异的创作风格,在当时可谓独树一帜。冷西梅客《凤求凤总评》曾谈到,清初剧作多模仿《琵琶》《荆钗》《西厢》《幽闺》等名曲,"或窃其文敌,或仿其情节,改头换面,别是一班傀儡登场,不得已牛鬼蛇神炫奇饰怪,按实求之,了无意味"。④ 抛弃了日用题材的源头活水,而换作一班不接地气因而绝无生气的傀儡,虽沾染上名作之光,但演得再奇怪热闹,也是没有生趣、不能感人的。

再次,是现实剧的转向。尤侗诗云:"国丧家难一时并,况失良朋痛几

---

① (清)丁耀亢:《丁耀亢全集》上,李增坡主编,张清吉校点,806 页,郑州,中州古籍出版社,1999。
② (清)李渔:《李渔全集》第 5 卷,317 页,杭州,浙江古籍出版社,1992。
③ (清)李渔:《李渔全集》第 4 卷,203 页,杭州,浙江古籍出版社,1992。
④ (清)李渔:《李渔全集》第 4 卷,521 页,杭州,浙江古籍出版社,1992。

经。三副泪痕流不尽,西风助哭雨霖铃。"(《西堂剩稿》卷下《闻寇去用前韵》)①由明入清的很多文人,既遭"国破山河在"(杜甫《春望》)的悲痛,又遇家境破落败亡、逃逸野外的苦窘,加之交朋友辈多死亡的沉重打击,受此时境之气感召,常常满怀蓬蓬郁郁之孤愤。小品文大家张岱(1597—1684)晚年在《蝶庵题像》中说:"嗟此一老,背鲐发鹤。气备四时,胸藏五岳。禅既懒参,仙亦不学。八十一年,愁卓荦。"②仙家、佛家皆弃用,唯剩下儒家"发愤"之情。因此,他在看人演戏时指出,无论作者、演者,都是"一肚皮书史,一肚皮山川,一肚皮机械,一肚皮磊砢不平之气,无地发泄,特于是发泄之耳"。(《彭天锡串戏》)③这样的身境与心境,培养了作家们的现实情怀。于是,无论寓言,还是纪实之作,无论历史,还是当下题材,都寄托着强烈的现实情感,从而形成一股强大的现实剧创作潮流。借戏曲来抒发忧愤牢骚者,如张潮(1650—约1707)《笔歌》、边汝元(1653—1715)《鞭督邮》《傲妻儿》等,而以李玉、吴伟业、尤侗、嵇永仁为代表。边氏《鞭督邮自叙》曰:"辛卯八月乡试,余以耄而且贫,块处牖下。噫!诸公方角胜一战,而余顾作壁上观乎?高诵魏武'老骥伏枥'之歌,悒悒者久之。偶取翼德鞭督邮事演成杂剧二折,剧成,鼓掌称快,颇属狂妄。"④寄意之作,热情满腔,有的放矢,有所为而为,写来自能感人。而借小说中的人与事书愤,《鞭督邮》取自《三国演义》"张翼德怒鞭督邮",《傲妻儿》取自《金瓶梅》"常峙节得钞傲妻儿",较之以往多借助古人古事,则在题材范围上有一定开拓。

嵇永仁(1637—1676),字匡侯、留山,号东田,别号抱犊山农,江南无锡(今属江苏)人。屡试不中,后不幸为福建耿精忠乱军囚禁,为保全气节自缢而死。著有诗文钞《抱犊山房集》、医书《东田医补》,及传奇《扬

---

① (清)尤侗:《西堂全集》,文理堂藏版,山东师范大学图书馆藏。
② (清)张岱:《琅嬛文集》,云告点校,251页,长沙,岳麓书社,1985。
③ (清)张岱:《陶庵梦忆·西湖梦寻》,52页,上海,上海古籍出版社,1982。
④ 周妙中:《清代戏曲史》,157页,郑州,中州古籍出版社,1987。

州梦》《双报应》和杂剧《续离骚》等。后两种作于狱中，故多愤世之音。《续离骚引》中云："仆辈遭此陆沉，天昏日惨，性命既轻，真情于是乎发，真文于是乎生。虽填词不可抗骚，而续其牢骚之遗意，未始非楚些别调云。"[1] "真情"与"真文"，生于现实的苦难与处境的悲惨。这在当时无疑是一种普遍共鸣。又如尤侗，字同人、展成，号悔庵、艮斋，晚号西堂老人，江南长洲（今江苏苏州）人。顺治五年（1648）拔贡，康熙十八年（1679）举博学鸿词科，授翰林院检讨，入史官参修《明史》，后告老归乡。著有《西堂全集》，及杂剧《读离骚》、传奇《钧天乐》等。他的一生还算平稳发达，但也赞同感情寄寓说。其《叶九来乐府序》云："（诗歌）既又变为词曲，假托故事，翻弃新声，夺人酒杯，浇己块垒。于是嘻笑怒骂，纵横肆出，淋漓极致而后已。……观者目摇神愕，而作者幽愁抑郁之思为之一快。然千载而下，读其书，想其无聊寄寓之怀，忾然有余悲焉。而一二俗人，乃以俳优小技目之，不亦异乎？"[2]戏剧饱含着作者"幽愁抑郁"的现实之思，故不能等闲视之。曹尔堪曾评价他的《读离骚》云："为嘻笑，为怒骂，雅俗错陈，毕写情状。"（《〈读离骚〉题词》）[3] 以知人论世看，尤侗不仅难免受激愤时气所染，其早年的科场蹭蹬，以及仕宦途中的不得意，在剧中均有鲜明体现，因而是十分真实的。

第三，对整体结构的重视。这是戏剧艺术结构理论的新发展。又包含两点。其一是对长篇剧作之结尾的认识。明末清初的理论家，对长篇小说如《水浒传》《三国演义》、长篇戏剧如《西厢记》《琵琶记》，后半部分（即所谓"后幅"）与前半部分的整体结构是否统一的问题，颇存在争议。金圣叹批《西厢》虽未删去第五本，但提出了"半截美人"的说法。毛纶批《琵琶》，则提出第五本虽为续作，但与前文是一个统一的艺术整体，前后不可

---

[1] （清）嵇永仁：《续离骚》，清刊本，东京大学东洋文化研究所藏书。
[2] 吴毓华编著：《中国古代戏曲序跋集》，348页，北京，中国戏剧出版社，1990。
[3] 吴毓华编著：《中国古代戏曲序跋集》，356页，北京，中国戏剧出版社，1990。

分割。① 可见，这个问题的生成，与明清时期针对名著进行续作续书现象的广泛流行，以及评点行为中可以根据己意随便删改原作有莫大关系，性质较为复杂。李渔《闲情偶寄》也曾发表过一种看法，《音律第三》载：

> 向有一人欲改《北西厢》，又有一人欲续《水浒传》，同商于余。余曰："《西厢》非不可改，《水浒》非不可续。然无奈二书已传，万口交赞，其高踞词坛之坐位，业如泰山之稳，磐石之固，欲遽叱之使起而让席于余，此万不可得之数也。无论所改之《西厢》、所续之《水浒》未必可继后尘，即使高出前人数倍，吾知举世之人不约而同，皆以'续貂、蛇足'四字为新作之定评矣。"二人唯唯而去。②

李渔从文艺需要不断创新的发展眼光提出，"新作"之新，全在于个人独创，既不在于"改"，亦不在于"续"。续作与改作，无论如何难以撼动原作的历史地位。所以，他劝人还是不要致力于"改"或"续"的好。李渔婉转地表达了肯定一部作品的艺术有机性，不赞成将作品的前、后两部分割裂开来，与他极力强调结构之美的观点是一致的。

这里，我们再谈一谈毛西河对《西厢》之结尾的认识。以经学家考据的方法来作戏曲评鉴，对于结构美学这样的问题，他会怎么看待呢？《西厢记考实》中曰："《西厢》作法，断不得止'碧云天'者。元曲有院本，有杂剧；杂剧限四折，院本折合杂剧为之，或四剧，或五剧，无所不可。故四折称一剧，亦称一本。'碧云天'者，第四本之第三折也，而谓剧本有止于三折者乎？"只有三折，不合乎他考证得来的一本四折的创作规范，所以是不对的。接着又说："若其不得止'草桥'者，《西厢》关目皆本董解元《西厢》。'草桥'以后，原有'寄赠''争婚'，以至'团圆'，此董词蓝本也。

---

① 李正学：《毛宗岗小说批评研究》，281~283页，北京，中国社会科学出版社，2010。
② （清）李渔：《李渔全集》第3卷，29页，杭州，浙江古籍出版社，1992。

元例传演，皆有由历。由历一定，即李白吓蛮本传所无，张仪激秦与史乖反，亦不得不照由历。所谓主司援题者授此耳。今由历在董，董未止，何敢辄止焉？"止于"草桥惊梦"，不符合他考实的蓝本结构，以及"由历"限定，所以亦是站不住脚的。下面又说："且院本虽合杂剧，然仍分为剧，如《西厢》仍作五本是也。但每本之末必作【络丝娘煞尾】，二语缴前启后，以为关锁，此作法也。今《西厢》第一本【煞尾】已亡，第二、第三、第四本犹在也。第四本【煞尾】云：'都则为一官半职，阻隔得千山万水。'此正起末剧得官报喜之意，而谓'梦觉'即止，作者阁笔耶？"①这一段议论则属文本内在艺术规律的考实。既然每本之末必作【煞尾】，以为"缴前启后"之关锁，则第四本之后势必有第五本以相应也。由是可知，毛西河层层推理，追本溯源，由外及内，最后还是归结为一句话，即反对作为结尾的第五本为续作、应该删除之说，仍然强调全本的艺术统一性。

其二是对悲喜情感结构的认识。明人谢肇淛《五杂俎》曰："戏与梦同，离合悲欢非真情也，富贵贫贱非真境也。"②戏剧有离有合、有悲有欢，实为古来不自觉形成的定制与传统。然而，正如宋元话本《快嘴李翠莲·入话》所云："出口成章不可轻，开言作对动人情。虽无子路才能智，单取人前一笑声。"③在宋明理学的压抑下，百姓图的是在戏曲观演中、在演员的不断调笑声中，身心重压得到片刻的舒缓，发之于一笑的解脱中。特别是明代社会享乐、纵乐风气的形成，促使戏曲中的情感表达越来越变得"欢"多"悲"少，而人们观看戏剧也越来越喜"乐"厌"悲"了。如此发展的结果是，满眼皆是大团圆的喜剧，而传达悲情的苦戏少之又少。以《西厢》第五本论，张生、崔莺莺一路欢合，终成眷属，良辰美景，怎舍得让他们忍受离别之苦呢？也就是说，第五本的结构性问题，很大一部分原因乃起于世人重"喜"轻"悲"，闻"喜"则迎、闻"悲"则拒的庸俗情感观念。这一症结，

---

① 伏涤修、伏蒙蒙辑校：《〈西厢记〉资料汇编》，246 页，合肥，黄山书社，2012。
② （明）谢肇淛：《五杂俎》，313 页，上海，上海书店出版社，2001。
③ （明）洪楩编辑：《清平山堂话本》，石昌渝校点，62 页，南京，江苏古籍出版社，1990。

受明清交替而带来的满地悲风惨雾影响,而大有改观。不仅世人重新意识到"悲"之存在的事实性与必要性,理论家也纷纷站出来纠正明人传奇美学的偏颇与不足,强调戏剧创作不能向"喜"一边倒,应该努力增加并突出"悲"的成分,如毛宗岗《第七才子书参论》云:"传奇但有欢而无悲,亦不成传奇。"明确否定了那些只有"欢"而没有"悲"的剧作。李渔《闲情偶寄·剂冷热》云:"予谓传奇无冷热,只怕不合人情。如其离合悲欢,皆为人情所必至,能使人哭,能使人笑,能使人怒发冲冠,能使人惊魂欲绝,即使鼓板不动,场上寂然,而观者叫绝之声,反能震天动地。"[①]这是从人情之常、之至上来谈论传奇情感的表达的。人有七情,歌哭怒笑,掺和混杂,无法拘一。如果能搬演出人情的常态与至态,深刻地感染每一位观者,则传奇可以不必限于热或者冷了。李渔的要求显然更高。有趣的是,毛西河《论定西厢记》也谈到这个问题。他说:"且《西厢》闺词也,亦离合词也。不特董词由历不可更易,即元词十二科中有所谓'悲欢离合'者,虽白司马《青衫泪》剧亦必至完配而后已。公然院本,而离而不合科例谓何?"[②]既然界定了剧本的文体体例,就应该一遵而行。"离合词"者,故事情节有离有合之谓也,主人公需要经历"悲欢离合"之谓也。如是,《西厢》第五本之不能割却,理应是古代戏曲艺术的本质要求使然了。

◎ 第二节
金圣叹的戏剧思想

金圣叹(1608—1661),名采,字若采,又名人瑞,号圣叹。别号唱经子、唱经先生、大易学人、涅槃学人。庠姓张,曾顶张人瑞名应科试。苏

---

① (清)李渔:《李渔全集》第3卷,69页,杭州,浙江古籍出版社,1992。
② 伏涤修、伏蒙蒙辑校:《〈西厢记〉资料汇编》,246页,合肥,黄山书社,2012。

州府长洲县（今江苏苏州）人。早岁被其师誉为"读书种子"（《第六才子书西厢记·酬韵》夹批）；青年时期短暂从事扶乩降神的佛教活动，称"泐庵""泐公""泐师""泐子"等。因为文怪诞，岁试见黜，终于诸生，而以读书、著书、授书为业。其学赅博赡富，经史释道、诗文时艺、小说戏曲，无有不通。因幼年最恨"鸳鸯绣出从君看，不把金针度与君"（《读第六才子书西厢记法》），最苦冬烘先生辈相传"诗妙处正在可解不可解之间"（《鱼庭闻贯·与任升之》），故立志于"评释"（《水浒传序三》）之事。主要评刻有《水浒传》《西厢记》《杜诗解》《唐才子诗》《天下才子必读书》《左传》等，并著有《沉吟楼诗选》和其他杂著若干种。

金圣叹《贯华堂第六才子书西厢记》（1656）的问世，成为清初戏剧思想发展最重要的贡献。① 金氏的这部著作，基本沿用了《第五才子书》的批评体式，一些批评观点也有互通之处。但因是晚年之作，思想显得更为精熟脱透。且不说对久有争议的《西厢》第五本续作仍为收录，欲使不懂戏文者知膻芗不能混弦管；他对戏剧主角中心制的倡导，对"淫书"说的极力痛诋，对灵眼与灵手的灵感论的辩证性阐述，都使古代戏剧理论迈上了一个新的台阶，成为指导戏剧艺术创作实践的圭臬。

一、"为一人立传"：戏剧主角中心制

自元代北杂剧流行以来，受限于演员社会地位低下，多以家庭戏班组织经营，以及舞台狭窄简陋等条件，在戏剧表演中逐渐形成了"一人主唱""一宫到底"的固定艺术程式。宫调的变化不论，由正末或正旦一唱到底的结构，主要目的是充分发挥戏班主要演员的歌唱才能，而以其他角色的念白、

---

① 按，金圣叹在小说思想上亦有杰出贡献，因《第五才子书水浒传》成于1641年，故于《明代文学艺术思想通史》述及，本卷从略。

做工为陪衬附和。① 舞台表演中的这一艺术形式，换作金圣叹看来，就是在戏剧表现中确立了以主角为中心的审美观念，其他配角只作为次要形象存在。《第五才子书》第 33 回回评："吾观元人杂剧，每一篇为四折，每折止用一人独唱，而同场诸人，仅以科白，从旁挑动承接之。"② "一人独唱"，此一人自然成为一折戏的表现中心，全场注目的焦点。同场诸人挑动承接，则完全视主角的表现需要而定。

金圣叹认识到，整一部戏也具有这样的特点。《读第六才子书西厢记法》（以下简称《读法》）指出，该剧塑造了三个主要人物，"一个是双文，一个是张生，一个是红娘"。③ 出现在剧中的其他人物，如老夫人、法本、白马将军、欢郎、法聪、孙飞虎、琴童、店小二等，都不是作者笔力所着重倾洒的对象，而是"写三个人时所忽然应用之家伙"。他们对于表现"三个人"有用则来，无用则去，完全不必更费笔墨。但是，作者对这三个人，并不是平均用力，而是有重中之重、眼中之眼。《读法》：

> 若更仔细算时，《西厢记》亦止为写得一个人。一个人者，双文是也。若使心头无有双文，为何笔下却有《西厢记》？

点明崔莺莺是全剧的核心，居于文本的中心地位。没有崔莺莺，就没有《西厢记》。剧中一切人物场景的选择与设置，均围绕崔莺莺进行。如红娘，乃是"为要写此一个人"，便不得不写之。不写婢女，便无法写小姐；写婢女越是出色，则衬托小姐无限光辉。如张生，乃是"所以写此一个人者"，莺莺是写张生的理由，写张生，正是为了把"此一"理由表现得更加充分。

---

① 张庚、郭汉城主编：《中国戏曲通史》上，315 页，北京，中国戏剧出版社，1984。
② （清）金圣叹：《第五才子书施耐庵水浒传》上，文子生校点，543 页，郑州，中州古籍出版社，1985。
③ 按，本文引用金圣叹批语，均据《贯华堂第六才子书西厢记》，见陆林辑校整理：《金圣叹全集》（二），南京，凤凰出版社，2008。只注出处，不注页码。

换用现代叙述学的行动元理论来说,"只有某些能起行动元作用的形象会上升为主题作用:它们就叫做角色"①。 在《西厢记》的众多角色中,崔莺莺的"主题作用"最为突出鲜明,因此是最重要的行动元,是全部戏剧的主角,故而成为整一部戏剧行动的中心。 围绕这个中心,才出现了追求者(张生)、促进者(红娘等)、反对者(老夫人),以及竞争与破坏者(郑恒等);②才组成了整一部书的叙事结构。

金圣叹曾批评一些明清传奇,"一篇之事乃有四十余折,一折之辞乃用数人同唱"。 胡乱敷衍、盲目添设,打破了杂剧一事一折、一折一人的古法,"于是辞烦节促,比于蛙鼓,句断字歇,有如病夫"(《第五才子书》第33回回评),既不利于艺术表现对象的简净与集中,也使舞台表演显得繁乱无章。 在金圣叹看来,戏剧这种以人物为表现中心,尤其以主角统领众多人物形象的做法,与小说是相通的。 他说:"稗官固效古史氏法也,虽一部前后必有数篇,一篇之中凡有数事,然但有一人必为一人立传,若有十人必为十人立传。 夫人必立传者,史氏一定之例也。"小说受纪传体史书的影响,追求"但有一人必为一人立传"。《读第五才子书法》:"《水浒传》一个人出来,分明便是一篇列传。"③然而,因为文体差异,在为人立传的艺术形式上,小说与戏剧又有不同。 小说没有舞台的限制,故可以一回数事,数回一人,前后连接成体。 具体存立之法有二:"某甲、某乙共为一事,而实书在某甲传中,斯与某乙无与";"某甲、某乙不必共为一事,而于某甲传中忽然及于某乙,……是又与某甲无与"。 前者是以某甲为重,为某甲立传,如花荣传中提写宋江;后者是以某乙为重,为某乙立传,如宋江传中再述武松。戏剧之法则不然。《读法》提到,《西厢记》有"目注彼处,手写此处"之妙,有"目注此处",却更端数番从远远处迤逦写到之妙;有"先觑定阿堵一

---

① [法]A.J.格雷马斯:《行动元、角色和形象》,见王国卿译,张寅德编选:《叙述学研究》,135页,北京,中国社会科学出版社,1989。
② 参见童庆炳主编:《文学理论教程(修订二版)》,247页,北京,高等教育出版社,2007。
③ (清)金圣叹:《第五才子书施耐庵水浒传》上,文子生校点,19页,郑州,中州古籍出版社,1985。

处",却从四面左右盘旋之妙。戏文自始至终所"目注"与"觑定"者,无非莺莺一人。具体到两个人之间,有烘云托月,《惊艳》总评:"将写双文,而写之不得,因置双文勿写而先写张生者,所谓画家'烘云托月'之秘法。"有移堂就树,莺莺如好树,张生如堂,移此堂就此树下以求嘉荫,方能"写得张生是莺莺心头之一滴血,喉头之一寸气"(《寺警》总评)。即使写一个人,又有月度回廊的渐度之法,莺莺之于张生之情,自《酬韵》《闹斋》一路写来,犹如月照美人,"必由廊而栏、而阶、而窗,而后美人",方能写出"未照美人以前之无限如迤如逦,如隐如跃,别样妙境"。

金圣叹指出,叙事文学"一人有一个之传"的好处在于,可使"一传有一篇之文,一文有一端之指,一指有一定之归"。即叙事目标明确,文笔不散乱,便于收束全文。但是,一篇之中,究竟为谁立传,让何人歌唱发言,需要深思熟虑。例如,《赖婚》,主赖者为老夫人,所赖者为张生,受赖者为莺莺,旁观者为红娘。选择哪一个人来主唱?德国美学家黑格尔说:"每个人都是一个整体,本身就是一个世界,每个人都是一个完满的有生气的人,而不是某种孤立的性格特征的寓言式的抽象品。"[①]选择某一个人,意味着塑造某一种有生气的世界。这里,不写作夫人唱、张生唱、红娘唱,而必写作莺莺唱,乃是欲突出莺莺不同于其他三人"之心""之体""之地"。总评:"事固一事也,情固一情也,理固一理也,而无奈发言之人,其心则各不同也,其体则各不同也,其地则各不同也。"以心论,张生言之正,老夫人言之反;以体论,莺莺言之婉,张生言之激;以地论,莺莺言之尽,红娘言之半。综合这些因素,《赖婚》一篇写作莺莺独唱,方能恰如其分地表现出一个相府小姐既沉静幽贞,又热烈追求爱情的内心矛盾和精神苦闷,委婉含蓄地表达对封建礼教的批判与反抗。

如上可见,"为一人立传"的根本目的是写人,是考虑如何把一个活生生的人呈现在观者面前。《赖简》总评,极言莺莺不愧为"至尊贵女子""至有

---

① [德]黑格尔:《美学》第1卷,朱光潜译,303页,北京,商务印书馆,1997。

情女子""至灵慧女子""至矜尚女子","不是洛阳对门女儿"。 按洛阳女儿,典出唐代诗人王维《洛阳女儿行》。 言洛阳对门女儿无行,是至小家女儿,是低贱女儿,是无情无聊女儿,至粗蠢女儿,至放荡女儿。[①] 这样的女儿,放在诗歌中咏叹可以,但在戏剧现场表演中,绝不可以作为主角或一角色。 由此,金圣叹提出,立传之"一人"需是美人。《衣锦荣归》总评:"《西厢》为才子佳人之书,故其费笔墨处俱是写张生、莺莺二人,余俱未尝少用其笔之一毛、墨之一沈也。"他批评第五本所刻画的崔莺莺,不再是"窈窕淑女,君子好逑"(《诗经·关雎》)的"佳人",而是写成不解世事人情,"一味纯是空床难守,淫啼浪哭"(《泥金报捷》总评)的女子,完全失却相国小姐之本分。《郑恒求配》总评,金圣叹举邵僧弥论画的观点说:"夫天生恶树,我特不得尽斩伐之耳。 若饭后无事而携我门人晚凉闲步,则必选彼嘉树坐立其下焉,无他,亦人之好美疾丑,诚天性则有然也。 今我乃见作画之家,纯画臃肿恶树,此则不知其何理也。"造作文章也是这个道理,须"择取妙题,抒写佳制",不能像垒集土块一样,写"恶骂丑言"、丑人恶事。 并进而指出,那种美丑相形的创作观是不对的。 譬如写花,可以写蝴蝶,"蝴蝶实非花,而花必得蝴蝶而愈妙";但决不写到泥,"非不知花定不可无泥",花之鲜美需从泥中获得滋养,实因泥乃丑恶粗俗之物,不必费墨形容也。 金氏特别举郑恒的例子说:"只如郑恒,此亦不过夫人赖婚,偶借为辞耳。 今必欲真有其人出头寻闹,此为是点染莺莺,为是发挥张生耶? 既不为彼二人,则是单写郑恒。"明确指出,《西厢记》无恶人郑恒立足之地,不会为他一人立传。 因为写一恶贼郑恒,虽能自娱,却不能娱人,写来徒添其丑,为世之懂文者恶骂,属"笨伯不达"之所为。 郑恒如此,其他人物事节中的"偶借之家火"亦然。 前文偶然借用,后文不必一一如犯人过堂。

[①] 唐代诗人王维《洛阳女儿行》曰:"洛阳女儿对门居,才可颜容十五余。 良人玉勒乘骢马,侍女金盘脍鲤鱼。 画阁朱楼尽相望,红桃绿柳垂檐向。 罗帷送上七香车,宝扇迎归九华帐。 狂夫富贵在青春,意气骄奢剧季伦。 自怜碧玉亲教舞,不惜珊瑚持与人。 春窗曙灭九微火,九微片片飞花琐。 戏罢曾无理曲时,妆成只是熏香坐。 城中相识尽繁华,日夜经过赵李家。 谁怜越女颜如玉,贫贱江头自浣纱。"

这些"家火","如风吹浪,浪息风休,如桴击鼓,鼓歇桴罢,真乃不必更转一盼,重废一唾也"。根据这个认识,金圣叹提倡文章累百千万言曲曲写之,应至于妙处而止,"乃既至妙处,即笔墨都停;夫笔墨都停处,此正是我得意处"。《西厢记》演至第四本,恰如半身美人图,妙处已传;不必更画出美人之"下半截"来,本意求全,实则画蛇添足,不能取样,徒增其丑。

二、"是千古妙文,不是当时实事":戏剧文本的赏析

古代文人受事功思想和儒家经学独尊的影响,长期轻视文章之艺。曹植《与杨德祖书》:"辞赋小道,未足以揄扬大义,彰示来者也。"杜甫虽然高吟"文章千古事"(《偶题》),但也说过"文章一小伎,于道未为尊"(《贻华阳柳少府》)、"辞赋工何益"(《陪郑广文游何将军山林》十首其四)之类的话。戏曲流行民间,更被视为小道中的小道。朱自清曾说:"小说和曲(包括戏曲)直到新文学运动的前夜,却还是丑角打扮,站在不要紧的地位。"[①]在《西厢记》的流传中,李贽《童心说》较早推许为"至文",发出了与世不同的声音。曹雪芹《红楼梦》第 23 回题曰"《西厢记》妙词通戏语",也表达了对其文章之美的欣赏。然而,真正确立《西厢》作为"千古妙文"之地位的,却是金圣叹。

首先,他严厉批驳"《西厢记》是淫书"的低俗观点。《西厢》因为描写崔、张二人的爱情故事,自行世以来,屡遭封建卫道者的恶毒攻击与谩骂。明代梁辰鱼《劝诫录》诬为"淫书之尤"。金圣叹批《西厢》时,还有人来劝告说"淫书"不能批。但金圣叹义正词严,驳斥那些污蔑诋毁《西厢》的人,要么是不懂文理、不识时务的冬烘先生,要么是冬烘先生的弟子,总之不可救药,只须扑不必教,"后日定堕拔舌地狱"。(《读法》)他又从读者阅读的角度提出:"文者见之谓之文,淫者见之谓之淫耳。"作品是在

[①] 朱自清:《论严肃》,见《朱自清古典文学论文集》上册,110 页,上海,上海古籍出版社,1981。

读者的接受中最后完成的。在天下锦绣才子眼中,《西厢记》断断是妙文。而在世间贩夫皂隶看来,《西厢记》断断是淫书。他们读《西厢》,"止为中间有此一事耳",听闻有此一事,争相取阅即止读此一事。因事废文,赏事灭文,在所不顾。

"淫书"论者最喜读《酬简》一折。因为,其中有"软玉温香抱满怀""畅奇哉,浑身通泰,不知春从何处来?"的赤裸裸的性描写①。针对这一荒疏之说,金圣叹特别批道:

> 有人谓《西厢》此篇最鄙秽者,此三家村中冬烘先生之言也。夫论此事,则自从盘古至于今日,谁人家中无此事者乎?若论此文,则亦自从盘古至于今日,谁人手下有此文者乎?谁人家中无此事,而何鄙秽之与有?谁人手下有此文,而敢谓其有一句一字之鄙秽哉?

以事论,男欢女爱"何日无之,何地无之?"(《读法》),不必以为新奇,实乃庸常之至。所以,善读书者取其文而不取其事。"盖事则家家家中之事也,文乃一人手下之文也。借家家家中之事,写吾一人手下之文者,意在于文,意不在于事也。意不在事,故不避鄙秽;意在于文,故吾真曾不见其鄙秽。"文成一手,以庸常之事写成绝世之文,此谓天下才子之文。冬烘先生不惟不解其文,又不能解其事故,实则天下之鄙秽殆莫过之也。

其次,他高度赞赏《西厢记》的爱情主题。这是在驳倒"淫书"说的反词邪论之后,从正面立场得出的。《酬简》总评指出,男女情爱之事,实乃文章最喜之事。"自古至今,有韵之文,吾见大抵十七皆儿女此事。"其中原因,不是以此事真是妙事,而是以为,"文必为妙文,而非此一事则文不能妙也"。明确肯定爱情故事具有发为妙文的艺术价值。因为爱情可以发为无限妙文,故此常人都可以体验和拥有的故事,也就成了妙事。妙文决定妙

---

① 参见沈雁冰:《中国文学的性欲描写》,见郑振铎:《中国文学研究》下册,上海,上海书店,1981。

事，没有妙文便不存在妙事。当然，"事妙，故文妙"；若此事真为妙事，为文则可成妙文。妙事、妙文是相统一的。金圣叹的这个观点，应该是我们现今所言"爱情是文学永恒的主题"最早的发端。

金圣叹认为，与一般爱情题材相比，《西厢》格外强烈动人。其一，张生与双文的爱情，"是真所谓不辞千死万死，而几乎各愿以其两死并为一死也者"（《琴心》总评）的爱情，是"我身子里有你也，你身子里也有了我"（《琴心》夹批）的爱情，是"之死矢靡它"（《诗经·鄘风·柏舟》）的爱情。他们的爱，发自世间儿女"恒情恒理"（《赖简》总评）的自然本性；他们的情，源自天下才子佳人的"必至之情"。因此，具有极其深刻的真实性和极其广泛的代表性。其二，在双文和张生身上，突出反映了封建时代"必至之情"与"先王制礼"的根本矛盾。《琴心》总评："先王制礼，万万世不可毁也。《礼》曰：'外言不敢或入于阃，内言不敢或出于阃。'斯两言者，……至死而不容犯也。""必至之情"不可藏，"先王制礼"不可犯。因此，一段爱情故事必用委委折折之笔，写得尽情尽礼，从而使那些表面上看起来文涉非礼之事，也显得不是非礼，仍是宣扬礼教防范之严，如红娘教张生琴诉之文事，便极论有"小姐之体""小姐之恩"，能使人"于读《西厢》之次而怃然重感于先王焉"。同时，又把儿女之情发生完全归罪于老夫人。第一本首评："一部书，十六章，而其第一章大笔特书曰：'老夫人开春院。'罪老夫人也。……厥后诈许两廊退贼愿婚，乃又悔之，而又不遣去之，而留之书房，而因以失事，犹未减焉。"如此，所谓的私情便不算违礼，反而大大增强了作品的批判性。其三，崔张之爱带有悲情的性质。《哭宴》总评，从佛教的离别观理解说，"一切众生，最苦离别，最难离别，最重离别，最恨离别。……由是言之，然则《西厢》之终于《哭宴》一篇。岂非作者无尽婆心滴泪滴血而抒是文乎？"。两情相悦不得已止于哭宴离别，文字之感人可知。唐代韩愈有曰："欢愉之辞难工，而穷苦之言易好。"（《荆潭唱和诗序》）然而，这个观点只重言辞表达不看艺术效果，无疑是很片面的。第四折《惊梦》总评："填词虽为末技，立言不择伶伦，此有大悲生于其心,即有至理出乎其笔也。"梦者所以言志。 孔子梦周公,《诗经·小雅·斯干》梦一熊一蛇。 张生两梦莺莺,极言此一段真情痴爱绝非"无端而来",可以"无端而去",乃是出自其至诚至忠、至情至性。 如此,以梦中离合比衬现实离别,一段男悦女慕的爱情被涂上浓浓的悲意色彩,自是分外动人。

再次,他视《西厢记》为"千古妙文"。 明代槃薖硕人曾说:"夫《西厢》传奇,不过词台一曲耳。 而至与《四书》、《五经》并流天壤不朽。"① 金圣叹发展了这一看法。《读法》提到,读《西厢》的手眼与《庄子》《史记》齐同,可以并观;《西厢》的好文字,与《左传》《战国策》《离骚》《公羊传》《谷梁传》《汉书》、韩柳、三苏等"才子必读书"同列,可以并传;《西厢》所写事,便全是《国风》所写事;《西厢》的文字之法,与《左传》《史记》一样精纯,可以为绝代才子作文之道。《闹斋》总评,言《西厢》之写法,于读《孟子》往往遇之。 金圣叹如此抬高《西厢记》,难怪李渔评价他说:"盖愤天下之小视其道,不知为古今来绝大文章,故作此等惊人语以标其目。"②

根据金氏的分析,《西厢》之文妙在三点。 其一,天地自然之文。《读法》:"《西厢记》不同小可,乃是天地妙文。 自从有此天地,他中间便定然有此妙文。"这种存于天地之间的妙文,严格说来并非人世间某一个作者能作出来。"不是何人作得出来,是他天地直会自己劈空结撰而出。 若定要说是一个人作出来,圣叹便说,此一个人即是天地现身。"虚构性的说辞,正是极力强调文章需具自然之美,而非人工苟苟营作。《后候》总评谈到全文的章法结构,谓最前有一生(《惊艳》),最后又一扫(《哭宴》);发生期有两来(《借厢》《酬韵》),发展期有三渐三得(《闹斋》《寺警》《后候》);

---

① (明)槃薖硕人:《玩西厢记评》,见伏涤修、伏蒙蒙辑校:《西厢记资料汇编》上册,214页,合肥,黄山书社,2012。
② (清)李渔:《闲情偶寄》卷一《词曲部上·忌填塞》,见《李渔全集》第3卷,24页,杭州,浙江古籍出版社,1991。

转折期有二近三纵（《请宴》《前候》《赖婚》《赖简》《拷艳》），磨合期有两不得不然（《听琴》《闹简》），高潮期有实写一篇（《酬简》），尾声期又有虚写一篇（《惊梦》）。全篇四本十六折，起承转合，照应连接，十分紧凑自然。由此，金氏批评一些剧作，枝蔓拖沓，片面追求长度，而忽视内部构造的合理性与天然性。他说："伧近日所作传奇，例必用四十折。吾真不知其何故不可多，不可少，必用四十折也。"具体到一本一折、一篇一段，也应当天生自然，反对人工涂饰。《酬简》节批："细思张生初接双文时，真乃一部十七史从何句说起好。今看其第一句紧承前篇，第二句紧承前前篇，譬如眉目鼻口，天生位置，果非人工之得与也。"并批评《西厢》第五本不是王实甫原作，而是续作，故不如"前十六篇之为天仙化人"，乃是"螺蛳蚌蛤之所得而暂近也者"。（《泥金报捷》总评）

其二，曲折之文。《赖简》总评："文章之妙，无过曲折。诚得百曲千曲万曲、百折千折万折之文，我纵心寻其起尽，以自容与其间，斯真天下之至乐也。"又曰："夫天下之百曲千曲万曲、百折千折万折之文，即孰有过于《西厢·赖简》之一篇。"《赖简》曲曲折折，所以能把双文尊贵矜尚的天性形容殆尽，栩栩如生。可见，文章以曲折为美，乃是着眼于塑造人物形象的艺术目的。其三，决无实写。《闹斋》总评指出，文章之法，如听人述匡庐美景之状："江行连日，初不在意，忽然于晴空中劈插翠巘，平分其中，倒挂匹练，舟人惊告，此即所谓庐山也者，而殊未得至庐山也。更行两日，而渐不见，则反已至庐山矣。"究其实，去过庐山的人，实实都无有见此情景者。然正因未见庐山之实景如此，知是虚景如此，方更见庐山之美。故曰："从来妙文，决无实写一法。夫实写，乃是堆垛土墼子，虽乡里人犹过而不顾者也。"文章既无实写，则文中所叙之事不必为实事。《寺警》节批："世之愚生，每恨恨于夫人之赖婚。夫使夫人不赖婚，即《西厢记》且当止于此矣。今《西厢记》方将自此而起，故知夫人赖婚，乃是千古妙文，不是当时实事。"善观剧者，当赏其妙文，不当误信其事。闻金氏之评，有知焉。

三、灵眼与灵手:戏剧创作的灵感

古代文艺思想史上,直接论述灵感的材料并不多见。晋人陆机《文赋》称"应感":"若夫应感之会,通塞之纪,来不可遏,去不可止。"点明了应感的突发性。唐人皎然《诗式》:"有时意静神王,佳句纵横,若不可遏,宛若神助。"点明此一创造过程的神奇性。李德裕《文章论》首言"灵气":"文之为物,自然灵气。惚恍而来,不思而至。"说明灵气之生具有某种神秘性。宋代苏轼《筼筜谷偃竹记》注意到如何把所思转化为所写:"故画竹必先得成竹于胸中,执笔熟视,乃见其所欲画者,急起从之,振笔直遂,以追其所见,如兔起鹘落,少纵则逝矣。"阐明灵感发生的瞬间性,极不容易捕捉到。比较看来,金圣叹《第六才子书》对灵感的论述更为全面而集中,所见也更为深刻。

著名学者郑振铎说过,金圣叹能"言人所不敢言,不能言,颇有许多可以永传者"[①]。金圣叹的灵感理论,即为可以永传者。固然,他没有明确提到"灵感"一语。但他别出心裁地命以"灵眼"与"灵手",不仅很好地解决了灵感的物化问题,而且使整个论述颇具辩证性和统一性,显得十分合理得当。

金氏提出,最妙的文章来自于灵感。没有灵感,便写不出好文章。灵感,是一切美文和妙文的源泉。《读法》:"文章最妙,是此一刻被灵眼觑见,便于此一刻放灵手捉住。盖与略前一刻亦不见,略后一刻便亦不见,恰恰不知何故,却于此一刻忽然觑见,若不捉住,便更寻不出。"作文如作画,纸张摆放在书桌上,假使忽然能在其上看出一篇文章立起来,灵感降临,思如泉涌,全身震颤,莫名兴奋,即应及时动手投入创作中,运用灵活巧妙,犹如鬼使神差,令人难以置信的双手,把灵眼所觑见的内容结构、人物情

---

① 郑振铎:《郑振铎文学大纲》中,531页,长春,吉林人民出版社,2013。

节、语词文字等，一一描绘出来。

金圣叹用非常生动的语言，形象逼真地概括了灵感发生的特性。一是来袭的偶然性与突然性。不思而至、不期而遇，属不料之中，落意想之外，具有"突如一夜春风来，千树万树梨花开"之情状。用他自己的话说，就是"并无成心与定规"，即不是有心刻意为之，不是有目的、有计划地操作。好比云的升腾，山川之气，聚空为云，丝丝缕缕，有形无形，随风飘荡，无缘无故，无根无由。"既是风无成心，便是云无定规，都是互不相知，便乃偶尔如此。"王实甫作《西厢记》正然，"无非此日佳日闲窗，妙腕良笔，忽然无端，如风荡云"，扫笔成文。二是发生过程的不可重复性。灵感的每一次发生，都是不可替代的，是此前一次、此后一次后绝不可能再发生的。这就需要灵手与灵眼的竭诚合作、通力配合，增强"灵手捉住"与"灵眼觑见"之间的同时性、同步性和同构性，努力做到不放过一次灵感，有一种灵感便立即捉成一篇妙文。他论《西厢》的创作说："若使异时更作，亦不妨另自有其绝妙。然而无奈此番已是绝妙也，不必云异时不能更妙于此，然亦不必云异时尚将更妙于此也。"灵感只有绝妙不绝妙，没有先与后。倘若一味等待异时更妙者，则不如搁笔不作矣。他又举自己的例子说："仆尝粥时欲作一文，偶以他缘不得便作，至于饭后方补作之，仆便可惜粥时之一篇也。"粥时之灵感与饭后之灵感，已然千变万化，绝难复原；粥时之原文与饭后之补作，只能算作两篇文字，两者截然不同，不能齐观并论。三是结果的决定性与绝对性。一次灵感的感发，就决定了一种妙文的质地与品性，就构成前后—上下—左右空间与时间四维立体环境中一个独一无二的存在体。因此，设或某一灵感发生却限于种种原因不能捉住，便将埋没浪费无数好文章，成为千古文坛无法弥补的巨大损失。他感叹："细思万千年以来，知他有何限妙文，已被觑见，却不曾捉得住，遂总付之泥牛入海，永无消息。"又论《西厢》说，王实甫之后，任何绝代才子绝不可再作得此本出来；"便教当时作者而在，要他烧了此本，重作一本，已是不可复得。纵使当时作者他却是天人，偏又会作得一本出来，然既是别一刻所觑见，便用别样捉住，便是别样文心,别样手法,便别是一本,不复是此本也。"别一刻灵眼自有别一样灵手,以别一样手法写出别一样文心。 不仅本文的形式与内容会有质的差异,即使作者的表现技巧、言语风格也不可能统一。 因此,此本只此一本,别本是别一本,都是独立的存在。

作为灵感活动的两个构成,灵眼与灵手的作用不同。 灵眼是先定的,居于灵感的始发层;灵手是后发的,处于灵感的完成层。 灵眼决定灵手,没有灵眼觑见则无灵手捉住。 然天下景物虽常在,灵眼却并非时时都有,须视机缘汇通而定。 有时很短的时间内能发生,有时则长时间灵犀皆无。 他在《杜诗解·戏题王宰画山水图歌》中说:"天下妙士,必有妙眼。 渠见妙景,便会将妙手写出来。 有时或立地便写出来,有时或迟五日、十日方写出来,有时或迟乃至于一年、三年、十年后方写出来,有时或终其身竟不曾写出来。 无他,只因他妙手所写,纯是妙眼所见;若眼未有见,他决不肯放手便写。 此良工之所以永异于俗工也。"[1]优秀的作者于创作完全据妙眼、灵眼之有无。 一个题目、一样景物,即使十年、终身缺乏妙眼所见,也不肯像俗手那样随意勉强放手写出,即没有妙眼所见,则宁肯不写,方是不辜负了写作。 另一方面,灵手是灵眼呈现的唯一途径,灵眼必须借助灵手表现出来,否则空有灵眼无限,灵手捕捉不住,也会"恰似一江春水向东流",无尽美妙的文字构想化为乌有一片。 苏轼向文与可学习画竹,尝深感自己"心识其所以然,而不能然","内外不一,心手不相应",有慧心慧眼而苦于无妙手。 他总结道:"故凡有见于中而操之不熟者,平居自视了然,而临事忽焉丧之,岂独竹乎!"妙手,亦构成对妙眼的强力制约。 这是一切文艺创作中的普遍问题,不独画竹而然,一切创作皆然。 所以,金圣叹格外强调灵手的重要性。《泥金报捷》总评举出一个例子,说昔人于某日造一文,听闻某甲亦造,迟其稿不敢出,直候某甲造毕,往请读之,吐舌称叹,归竟自烧其稿。 金氏认为,昔人与某甲所争者,"只在一字半字之间也"。 意即灵手稍

---

[1] (清)金圣叹:《唱经堂杜诗解》,见陆林辑校整理:《金圣叹全集》二,693~694 页,南京,凤凰出版社,2008。

逊。昔人自感己之灵手不如某甲,故烧其书稿,诚乃大丈夫之行! 又论半身美人图画说:"停目良久睇之,睇此妙处,振笔迅疾取之;取此妙处,累百千万言曲曲写之;曲曲写而至于妙处,只用一二言斗然直逼之,便逼此妙处。"灵眼觑见此一妙处,灵手取此妙处,想方设法运用各种手段和技巧谨慎细致描写而出,使此一妙处能为千万人领会并睹见,此一妙处方成为真正妙处,方可形成真正妙文。

说得更直接明白一些,灵感乃是天赋与人工的结合。《读法》:"盖觑见是天付,捉住须人工也。"灵眼觑见是天赋、天才的表现,灵手捉住则是人力、人工所为。世上有很多人天赋甚高,能以灵眼觑见,却只是不容易用灵手捉住。如苏轼所言,这纯粹是不学之过。故金氏主张,子弟读《西厢》,"不必又学其觑见,一味只学其捉住"。觑见之天赋不可学。曹丕《典论·论文》曰:"虽在父兄不能以移子弟。"捉住之人工可学。金圣叹刊刻《第六才子书》遍行天下的目的,便是欲使"大家一齐学得捉住",从而使世间平添无限妙文。

灵感是怎么来的? 金氏也有回答。一是需要长期积累准备,郁积于内而猝于一发。不可能没有任何基础,毫无根由地生发。《惊艳》总评:"夫天下后世之读我书者,彼岂不悟此一书中,所撰为古人名色,如君瑞、莺莺、红娘、白马,皆是我一人心头口头吞之不能,吐之不可,搔爬无极,醉梦恐漏,而至是终竟不得已,而忽然巧借古之人之事以自传,道其胸中若干日月以来,七曲八曲之委折乎?"意思是说,"我一人"心头口头久有郁积,欲有所抒发,忽一日灵眼觑见张君瑞、崔莺莺等古人名色,遂急以灵手捉住,运用委婉曲折之笔,尽吐为快。没有"若干日月"的准备和积累,是不会产生创作《西厢》的灵感的。二是需要精微细致地观察生活,分析世间一事一物。《酬韵》总评借用佛教的说法,阐明天下事物皆存于极微。秋云、野鸭、草木之花、灯火之焰、世人之心,皆鳞鳞微微,"其间则有无限层折,如相委焉,如相属焉"。如不细察,则不可见真面目,不能得其至妙。所以,为文者需要细心深入地观察事物,积有时日,得于一朝,力争做到"一字一句一节，都从一黍米中剥出来"。 推此以往，"则操笔而书乡党馈壶浆之一辞，必有文也；书人妇姑勃溪之一声，必有文也；书途之人一揖遂别，必有文也"。 三是需要平心静气地体味与思考。《前候》总评："文章之事关乎至微。"倘使灵眼能觑见、灵手能捉住至微之物，必须气平心细，否则无以能之。 他说："夫人而气平、心细、眼到，则虽一黍之大必能分本分末，一咳之响必能辨声辨音。"施之于创作，"然则文章真如云之肤寸而生，无处不有，而人自以气不平、心不细、眼不到，便随地失之"。 如果不能心平气静，则灵眼不到，灵手不捉，所有的奇思妙想都会成为空谈，化作过眼云烟。 在此，金氏又有别才、别眼说。《请宴》总评概括山水游记的写作经验提出，胸中有一副别才、眉下有一双别眼，则不必山山而至，石石而察，泉泉而寻。"由是言之，然则世间之所谓骇目惊心之事，固不必定至于洞天福地而后有此，亦为信然也。"意即只要能深入观察、静心思考，则可通过别才、别眼以"翱翔"，由一道万，从一个事物看出万千事物的一般道理。 然后，犹如狮子搏象、搏兔均用全力，花大聪明、大气力经营结撰，一双灵手亦能写出无有不像的奇文绝句。

在金圣叹看来，如果能做到以上这些要求，依凭灵感的启示，造成一篇文字，那么，这篇妙文便不只属于创作者心中所有，而是天下人心中之共宝。《读法》："总之，世间妙文，原是天下万世人人心里公共之宝，决不是此一人自己文集。"《西厢记》便不是"姓王字实父此一人"所能造，而是他"平心敛气，向天下人心里偷取出来"。 因此，尽管相隔久远，后人平心敛气读之，仍然感觉一字一句"都是我心里恰正欲如此"，恰似自己"适来自造"一般，光景如鲜。 假使一位作者不能道出"天下万世人人心里之所曾有"，写来写去只是自己一人之文集，那么，这样的文章便是"不妙之文"，根本没有经过灵感的疏瀹和澡雪。

◎ 第三节
毛纶的戏剧观念

　　毛纶，字德音，号声山。 约生于明万历三十八年（1610）[1]，享寿六十岁以上，卒年不详。 苏州府长洲县（今江苏苏州）人。 少有文名，为同郡宋学家彭珑、戏剧家尤侗等推重。 命运多舛，未曾出仕。 1651年，受聘为蒋灿"冢孙"蒋之逵授业。[2] 中年目瞽，遂学左丘，闭门著书。 据褚人获《坚瓠集》记载，毛纶有"《三国笺注》《琵琶辞》行世"[3]，惜并不传于今。 康熙丙午年（1666），由毛纶评次、毛宗岗手录的《第七才子书琵琶记》付梓，成为继金圣叹《第六才子书西厢记》之后，又一部重要的戏曲评点著作，同时也是《琵琶记》评点文本中最有理论价值的著作，在清初文学理论界产生了较大影响。

一、"本有是事而形容之"：历史剧的创作

　　明代曲论家孙鑛（1543—1613）论南剧有"十要"，"第一要事佳"。[4] 就是说，戏剧以故事取胜，能否找到一个感人至深的故事，直接决定着剧本的成败。 有吸引力的故事从哪里来？ 经验丰富的作者认识到，那些耳熟能

---

[1] 按，此参考黄霖《前言》，见齐烟校点：《毛宗岗批评三国演义》，济南，齐鲁书社，1991。
[2] 按，此参考陈翔华《毛宗岗的生平与〈三国志演义〉毛评本的金圣叹序问题》，载《文献》，1989（3）。蒋灿，字韬仲，号雉园，长洲人。 蒋之逵（1636—1694），字云九，号佚圃。
[3] （清）褚人获：《坚瓠集补集》卷二《汪啸尹祝寿诗》，杭州，浙江人民出版社，1986。 据民国丙寅（十五年）柏香书屋校印本影印。
[4] （明）吕天成：《曲品》，见中国戏曲研究院编：《中国古典戏曲论著集成》六，223页，北京，中国戏剧出版社，1982。

详的历史事迹，在民间久为流传的人物情节，总能吸引观者的目光，唤起他们强烈的观演兴趣。因此，取材于历史人物故事的戏剧，即历史剧，应运而生，成为剧坛的常见剧种。欧洲文艺复兴时期，英国杰出的戏剧大师莎士比亚（1564—1616），曾以本国12至15世纪间的历史事实，创作了如《亨利四世》等一系列历史剧佳作。在我国元明之世，历史剧创作也十分活跃，出现了如关汉卿《单刀会》、白朴《梧桐雨》、马致远《汉宫秋》、纪君祥《赵氏孤儿》，以及无名氏《白兔记》、高明《琵琶记》等名作。但古代戏剧的发展，长期存在理论落后于实践的状况。所以，这些历史剧的宝贵经验，历来缺乏总结。直到毛纶《第七才子书》问世，历史剧艺术之冰山一角，其独特的创作要求，才开始渐为人知。

毛纶认为，历史剧的取材要力图反映出时代的独特气质。历史事件纷繁复杂，不同朝代出现同一类型的故事，极为可能。但这些故事的细枝末节毕竟有差别，从而具备不同的气质特性。譬如高明（？—1359）的《琵琶记》，乃封建演说文人举子嫌贫慕富，状元及第后攀高亲娶贵妇而抛本亲弃贱妇之事，这在古代可以说是一个比较普遍的社会现象。戏文所指本事，明代论家提出有汉代蔡邕说、黄允说，唐代蔡生说、邓敞说，北宋王魁说、蔡卞说，南宋王十朋说，元代王四说等。从一般戏剧理论看，这些辩说甚无所谓。姚燮（1805—1864）《今乐考证》云："传奇家托名寄志，其为子虚乌有者，十之七八。千载而下，谁不知有蔡中郎者？诸家纷纷之辨，直痴人说梦耳。"①但从历史剧来看，究竟属于何人何事，就十分必要了。毛纶力倡王四说。《总论》："《琵琶》者，何为而作也？曰：高东嘉为讽王四而作也。"②他指出，与其他诸说相比，王四说具有以下几个特征。

其一，王四少贱，尝为人佣菜。这一至贫至贱的身份，颇符合元代社会

---

① （清）姚燮：《今乐考证》，见中国戏曲研究院编：《中国古典戏曲论著集成》十，190页，北京，中国戏剧出版社，1982。
② 按，本文引用毛纶批语，均据《毛声山评第七才子书琵琶记》，见侯百朋编：《琵琶记研究资料汇编》，北京，书目文献出版社，1989。只注出处，不注页码。

轻视文人，致使文人地位低贱的时代性征。故戏中反其序而谐音为"蔡邕"（菜佣），以抒此情此状。同时，由一个"佣菜"之人一跃飞升为丞相之婿，也使此类负心故事的批判性达到最高值。第八出"文场选士"出评有云："宋元之末，士子入试，多以阿附执政而获隽。"王四便是彼时士子的典型代表。这是以身份传。

其二，赵五娘者，以姓传。盖中国大一统的历史，在元朝建立之前，从孔子所称颂的周朝开始算起，至于秦汉唐宋，适传五个姓氏。五娘姓"赵"，赵氏王朝为元人推翻，如此千古奇冤无以出之，故依托戏中姓赵行五者一女子的悲惨遭遇隐括之。

其三，牛丞相不花氏，家居牛渚（今安徽马鞍山市采石镇）——这一南北纷争必争之地。又据记载，元人呼牛、马为"不花"。① 故牛丞相之谓，多有衔恨侮辱之意。《琵琶记》第十六出"五娘请粮被抢"，载张广才怒骂里正曰："你这般不仁不义，谩自家有赢余。空吃人的五谷，枉带人的头颅。身着人的衣服，一似马牛襟裾。我历数你从前过恶，真个罪不容诛。"② 马牛襟裾，意谓虽穿衣服，直是马牛。以此言之，乡中里正乃是朝中牛丞相的换形，他们都是不仁不义的"不花"。里正盗抢粮食，丞相强占人子人婿，实是导致蔡家悲剧的两大直接根源。这是以名传。

我们看到，尽管毛纶的论辞不那么直接痛快，他的批评也明显受到索隐式批评的影响，但他对《琵琶记》产生的时代性质，还是做了肯定回答的。这不但彰显了高明托名蔡邕而作戏曲的本意，而且也是毛纶从他自己所处的明清之交的历史环境出发，提出的历史剧创作的必然要求。因此，《第七才子书》批判牛丞相，"怎说着伤风败俗非礼的言语"（第三十一出"几言谏父"）；批判天子诏书，"可曲从师相之请，以成桃夭之化"（第十六出"丹陛陈情"），完全不顾礼法，不吝酿成天下之悲苦乱离，实是像高明那样，把矛

---

① （清）姚燮：《今乐考证》，见中国戏曲研究院编：《中国古典戏曲论著集成》十，188～189页，北京，中国戏剧出版社，1982。
② （元）高明：《元本琵琶记校注》，钱南扬校注，105、109页，上海，上海古籍出版社，1980。

头再一次指向了最高统治者,严厉谴责他们所犯下的罪行。 从文人的角度说,由明入清,一时名士大儒不顾名节、无行无操者比比皆是,如在清初诗坛享有盛誉的"江左三大家"钱谦益、吴伟业和龚鼎孳,以及曹溶、周亮工、王崇简等降臣诗人。《第七才子书》也借机表达了对他们的讥刺和愤慨。 第五出出评曰:"从来高才绝学之人,往往亏心短行,遂使人有文人无行之叹。"第十一出夹批又曰:"名儒那有不好哉? 因近世名士往往誉满寰中而行亏门内,于是名儒遂有不好者矣。"他们所造成的恶劣后果,较王四有过之而无不及。 莎士比亚在著名的《哈姆雷特》中曾经指出:"自有戏剧以来,它的目的始终是反映自然,显示善恶的本来面目,给它的时代看一看它自己演变发展的模型。"[1]由毛纶的论述可见,历史剧要达到反映人性变化的目的,必须善于选择具有鲜明时代特征的历史本事。

毛纶进而强调,历史剧不同于凭空捏造的才子之文。 第二十七出"感格成坟"出评:

> 左丘明好奇,往往言鬼言梦,司马迁好奇,亦往往言鬼言梦,然左、马言鬼言梦,本有是事而形容之耳。若本未有是事而凭空捏造,则如今人之作传奇,每至说不去处,便造出一鬼,造出一梦,此因水尽山穷、文思已竭,自不得已而为之,非才子之所为也。

历史剧的创作有如史书,乃"本有是事而形容之"。 鬼梦之类的夸饰虚构,皆需依凭本事而作。 然像明清以来热演的才子佳人剧、神仙道化剧,"本未有是事而凭空捏造",一到文思枯竭、说不下去的时候,便造鬼造梦(如《牡丹亭·魂游》《西厢记·草桥店梦》),给人以"随口胡诌,随手乱写"之感。 不仅有背文艺创作常道,而且有失艺术真实。 所以,毛纶一反金圣叹才子之说,认为凡能"本有是事而形容",方称天下才子之笔。 具体到剧

---

[1] [英]莎士比亚:《莎士比亚全集》九,68 页,北京,人民文学出版社,1991。

情,要讲究以本事为基础的"形容"之术。《总论》谈到,一部《琵琶记》,前幅注意者只在"官媒议婚"一篇,后幅注意者只在"书馆悲逢"一篇。前幅他篇所写,辞婚之前辞官,辞官之前辞试,因辞试而写一逼试之蔡公,写一留试之蔡母,更写一劝试之邻叟,"凡此种种,皆因辞婚而添设者也"。后幅他篇所写,先不弃妻有念妻,先念妻有念亲,因念亲写一代夫葬亲之赵氏,写一从夫省亲之牛女,更写一听女迎亲之牛相,"凡此种种,皆因不弃妻而点染者也"。这些"添设"和"点染"的情节,犹如众星拱月,构成对主要事件的陪衬与渲染。没有它们,剧情就不会紧凑生动。

人物安排方面,一者要根据有无所指,决定其详其略。第四出出评:"盖于其人之有所指则详之,无所指者即略之。赵氏以影周氏,牛氏以影不花氏,皆有所指者也。父母邻舍则无所指。无所指则不在所重而在所轻,虽蔡公之名从简,蔡母之为秦氏,且不于首篇叙其名姓,而何有于张大公也哉!"赵氏和牛氏具有影射原型人物的作用,故在剧中要详述,要加强突出。蔡公、蔡母及邻人张大公,无所指用,故作淡化处理,连其名姓亦惜于显示,不像其他剧作,于生旦之亲必周遮备述。二者不是历史真有之人,其角色特征不必遵循须与剧中作用严格吻合的规定。第二出出评:"若蔡员外、蔡安人为真有是人也者,则当论其宜旦不宜净,通名姓与不通名姓;今员外、安人本皆子虚乌有,则老旦可也,净亦可也,即通名姓可也,不即通名姓亦可也。"员外、安人本非实有,在剧中属不注意者,则不必过于计较其身份角色。毛纶的这段议论,乃针对明人李贽、陈继儒(1558—1639)对蔡公、蔡婆的扮相的批评而发。第二出"高堂称庆"于"净扮蔡婆上",李贽夹批:"妇人虽无远见,姑息之爱乃人之常情,不合以净角扮蔡婆,易以老旦为是。不然,因子辱母,为人子忍乎?"第二十出"勉食姑嫜"于"净云:阿公,亲的到底是亲",李贽夹批:"到此蔡婆又合扮净去矣。"[①]宋明时期,戏剧中的净与末、丑三个角色,常一起调笑取乐,愉悦观者。据南宋耐

---

① (明)李贽:《李卓吾先生批评琵琶记》,见侯百朋编:《琵琶记研究资料汇编》,213、228页,北京,书目文献出版社,1989。

得翁《都城纪胜》载:"副净色发乔,副末色打诨。"①发乔,指当场装痴作呆。《琵琶记》第十六出,丑扮里正,向观众介绍说:"猜你是谁? 我是搬戏的副净。"可见,在南戏中,净的作用就是诙谐逗趣、插科打诨。李贽认为,第二出蔡婆劝阻蔡生不要赴试,具有正面性,不合为净,宜为老旦;第十六出她怀疑赵五娘奉养不忠,成了反面形象,故宜为净角。毛纶对李贽的批驳,突出了历史剧演出的独特要求;同时也反映出随着戏剧艺术的不断发展,次要人物的角色设置变得更为灵活自由,不再像以前那么过于拘泥束缚了。

二、"必欲使观剧者泣下数行":戏剧悲剧论

戏剧是一种现场艺术。不论何种题材,都要以能打动并感染观者为宗旨。高明对戏剧表演的现场效果有深切体会。《琵琶记》开场说:"论传奇,乐人易,动人难。"他自己努力要达到的,便是迎"难"而上,演出一部"动人"的作品,而非仅仅"乐人"者。然而,何者为"动人",何者为"乐人",高明没有阐明。至明代,李贽评本指出,第二十一出"糟糠自厌"和第二十五出"祝发买葬",可令人"一字一哭,一字万哭","一字十哭","读此而不哭者非人也"。② 认为像这种能令人哭泣的文字,即可谓"动人"。陈继儒评本指出,除以上两出,第五出"南浦嘱别"、第十一出"蔡母嗟儿"和第二十九出"乞丐寻夫",也十分动人。其批曰:"参人情,按世态,淋漓嘘慨,读之一字一泪,却乃一泪一珠。"又曰:"《琵琶记》当以'蔡母嗟儿'为霓裳第一拍,次骨洞心,绝不闲散一字。半入雍门之琴,半入渐离之筑,凄凄楚楚,铿锵镗鎝,庶几中声起雅。"又曰:"五娘辞墓,

---

① (南宋)孟元老等:《东京梦华录》(外四种),96 页,上海,古典文学出版社,1957。
② (明)李贽:《李卓吾先生批评琵琶记》,见侯百朋编:《琵琶记研究资料汇编》,229~232 页,北京,书目文献出版社,1989。

读之真痛哭流涕。"①所认为"动人"之处更多，且其催人泪下的感人程度更深更强。 由此，他们推崇《琵琶记》是真正"无中生有，妙绝千古"的"好文字"。

毛纶对高明的阐释更全面。 首先，他根据戏剧艺术表演的现场效果，并吸取李、陈二人的观点，明确把"动人"解释为令人哭泣，把"乐人"解释为令人发笑。 第一出出评："文章之妙，不难于令人笑，而难于令人泣。 盖令人笑者，不过能乐人，而令人泣者，实有以动人也。"能令人笑或者泣的文章，都是妙文。 然而，正如明代曲论家王骥德（1540—1623）论散套所言："摹欢则令人神荡，写怨则令人断肠，不在快人，而在动人。 此所谓'风神'，所谓'标韵'，所谓'动吾天机'。"②相比摹欢追笑，写怨诉悲的作品，更具有风标神韵，让人"不知其所以然而然"。 故此，能令人泣的文章，方谓天地间之至文，"方是神品"。 可见，毛纶概括的一泣一笑，不仅成为戏剧观场两种截然不同的效果体现，而且成为剧作之艺术力量渊然有别的直接反映。 此外，他还批评古人的一种俗见说，演剧所以侑酒，剧中合欢处，能让人掀髯一笑，为浮一大白；剧中悲愤处，亦可让人拍案一叫，放声一哭，亦为浮一大白。 是则，"不独喜处可下酒，愤处、悲处亦未尝不可下酒也"。

其次，毛纶发挥高明"不关风化体，纵好也徒然"的看法，特别强调儒家风教的作用，认为忠孝节义乃戏剧"动人"之本。 高明"动人"说，源自汉代的《毛诗序》："风，风也，教也；风以动之，教以化之。"非风非教，无以动之化之。 毛纶总结《琵琶记》的艺术经验指出："夫动人而至于泣，必非佳人才子、神仙幽怪之文，而必其为忠贞节孝之文可知矣！"（第一出出评）才子佳人，密期幽会，有违儒家礼教之旨。 神仙幽怪，夸诞迷离，有背

---

① （明）陈继儒：《陈眉公先生批评琵琶记》，见侯百朋编：《琵琶记研究资料汇编》，246、249、262页，北京，书目文献出版社，1989。
② （明）王骥德：《曲律》，见中国戏曲研究院编：《中国古典戏曲论著集成》（四），132页，北京，中国戏剧出版社，1982。

孔子不曰怪力乱神之禁。 毛纶的这一认识,有对元明两代戏剧史的观察。尤侗《第七才子书序》曾批评元杂剧和明南词,数量虽不可仆数,"大半街谈巷说,荒唐乎鬼神,缠绵乎男女,使人目摇心荡,随波而溺,求其情文屈致,哀乐移人,风以动之,教以化之者,万不获一也"①。 可谓与毛纶同意。 毛纶还进一步从儒家经典中寻找"动人"说的依据。 第二出出评:"文之亘天地、垂日月者,莫如五经,而《易》则凶悔吝居其半,《书》则商、周征伐之事居其半,《诗》则变风变雅居其半,《春秋》亡国五十二、弑君三十六,《礼记》丧事颇多,至今居丧谓之'读礼'。"五经中都有以哀情感人的记载,儒家正是把哀怨动人作为教化的良好手段,而不是一种俗世忌讳。 据此,毛纶批判当时戏剧演出中,以《西厢》男女会合之事为吉庆,而以《琵琶》父母双亡之事为不祥,乐演吉庆之事,不喜演不祥之事的庸俗做法,大声疾呼戏剧"当论其佳与不佳,不当论其吉与不吉"。 戏剧表演应当着眼于现场的感人效果,而不应受吉凶祸福的民间迷信论调的束缚。 从"动人"的艺术观看,不是《西厢》较胜《琵琶》,而是《琵琶》完胜《西厢》。

再次,毛纶指出戏剧的"动人"要讲究一定的艺术形式。 戏剧,不是伦理道德的传声和直译。 表现在戏剧中的忠孝节义,必须以艺术化的方式呈现在观者面前,才能求得"动人"的最佳效果。 主要表现在:其一,悲欢相间。 第二出出评:"叙事之佳者,将叙其欢合,必先叙其悲离,不有别离之苦,不见聚首之乐也。 乃将叙其悲离,又必先叙其欢合,不有聚首之乐,亦不见别离之苦也。"强调《琵琶记》所追求的并不是自始至终全是悲离,令人一路跟着哭泣到底,而是先乐后苦、悲喜间立、相得益彰的绝妙叙事艺术。 这种艺术,既是文章美学中重视反跌、反振之法的体现,如本出"骅骝欲骋""功名富贵"二语下有眉批曰:"文章之法,不反振则正意不出。 东嘉欲写孝子之孝,而若不作如是反振法,即无以见其孝也。"②本出叙"高堂称

---

① 侯百朋编:《琵琶记研究资料汇编》,273 页,北京,书目文献出版社,1989。
② 按,关于毛纶的反跌文法,可参见李正学:《毛纶批评〈琵琶记〉的文学思想》,载《四川戏剧》,2007(2)。

庆",正为第二十五出"祝发买葬"之反跌。又以生活中的真实情感体验为基础。出评曰:"盖极欢极合之中,而悲离之几,已兆于此。从来世事,大抵如斯,岂独《琵琶记》为然哉!"世事离合相伏、悲欢相依,能反映出普通人生活之悲喜二重奏的作品,就是最感人的艺术。其二,"意愈曲而情愈悲"(第二十九出夹批)。即使纯描悲情之戏,也须讲文思曲折、文意跌宕,而不是一味直写,一笔透尽,如"乞丐寻夫",先叙赵五娘描画公婆真容,"未描之前,先有不堪描、不忍描之悲,既描之后,又有我能认子不能认之叹";继而叙其携画拜墓,看着画中睁眸之舅姑,念及墓中瞑眸之舅姑……总之,"种种哀伤,层层嗟悼",把一段悲哀之情,渲染得非常透彻。第二十三出"代尝汤药",叙事有同样之功,故毛纶批曰:"文思之曲,曲至此而极矣!语意之悲,悲亦至此而极矣!我爱其奇且曲,尝喜读之;而我畏其悲,则又不能多读之也。"

最后,毛纶提出"情到不堪,事到难忍"的戏剧,是"动人难"中之最难者。第二十一出评赵五娘吃糠:"然孝妇之孝,不难在吃糠,而难在不欲令公婆知道,又难在疑之而尚不言,窥之而犹自掩之。"凡媳妇伺候公婆,教公婆吃米面自己吃糠,已十分大难;吃糠反不欲令公婆知道,而为自己心疼,更难。公婆怀疑自己不孝,万分委屈而不言,又十分大难;及被窥破一切底里,自己兀且遮掩,更是难上之难。这些事情,是人人"叹为难能之事";这些感情,却是"人人共有之情"。所以,毛纶说:"情到不堪,事到难忍,虽数百年后,读其书尚为之酸鼻喉咽,况身当其际,人情未有不然者。"情之不堪的至高之境,无疑是生命的悲惨死亡。第三十八出出评:"《荆钗》曲云:'慕形容不见伊,诉衷曲无回对',可谓悲矣,然观者知钱氏不死,则悲犹可解,未若《琵琶》张公叫墓之悲为尤甚也。"明人传奇《荆钗记》突出刻画钱玉莲所受的种种不幸遭遇,亦十分"动人"。然并未至于有生命的去世,钱玉莲投江自尽、王十朋任上病故,两事都是虚说,终未发生。而《琵琶记》明确写到蔡公、蔡婆的去世。两相比较,《琵琶》更动人,更称得上是一出悲剧。第四十二出出评,毛纶又把《琵琶》和传奇创作中"悲则极悲,欢亦极欢""死者必恶,生者必善"的两种常套相比,指出《琵琶》独写"一不全之事""一不平之事"以终篇,"大异乎今之传奇"。不全、不平的结局方式,更加增添了作品的感人力量。毛纶还敏锐地觉察到,戏剧所写"情到不堪,事到难忍"的承担者,即角色形象应该以女性为难。赵五娘曾自唱:"软怯怯不济事的孤身己。"(第二十一出)古代女子饱受非人的社会禁锢,不得自由。在这种情况下,把所有的灾难都压给一个弱小的女子,让她来承担所有的是非和责任,让她忍受巨大的痛苦,甚至是做出非比寻常的巨大牺牲,其感人肺腑之情,自然来得更为强烈。《琵琶记》是一个典型例子。应该承担全部压力的青年男子(蔡伯喈)一走了之,所有的苦难只让青年女子(赵五娘)一人来遭受,其情其事,焉能不到"不堪""难忍"？第二十二出夹批:"春色不到寒门是苦境,炎威不到华屋是乐境,方正写五娘子之苦,便接写牛氏之乐,相形处令人三叹。"苦乐两境相形,只是做到了文笔之妙;以弱女子一人来承受全部苦情苦况,才是戏剧动人以至悲的根本。

至此,我们说,毛纶所谓"必欲使观剧者泣下数行",就是中国古代的悲剧认识论。由于他对元明以来诸种悲剧说法多有总结汇集,高明"动人"说不论,如明代"怨谱"说,徐渭(1521—1593)曾以此解释《琵琶》,据《前贤评语》载:"《琵琶》一书纯是写怨。蔡母怨蔡公,蔡公怨儿子,赵氏怨夫婿,牛氏怨严亲,伯喈怨试、怨婚、怨及第:殆极乎怨之致矣。"[1]其他"苦戏"说、"哀曲"说,在毛纶评语中亦都有体现。所以,我们认为这是古代悲剧理论第一次比较明确而集中的论述。附带说明,中国古代悲剧,虽然如亚里斯多德所论:"最完美的悲剧都取材于少数家族的故事。"[2]但是,它并不通过引发"恐惧"之情来使观者的感情得到宣泄,也不像莎士比亚的悲剧那样,充满着重重叠叠的矛盾斗争和不可遏制的复仇意识。这种悲剧,

---

[1] 侯百朋编:《琵琶记研究资料汇编》,290页,北京,书目文献出版社,1989。
[2] 〔古希腊〕亚里斯多德:《诗学》,见罗念生、杨周翰译,《诗学·诗艺》,40页,北京,人民文学出版社,1962。

主要通过叙述家庭生活的困穷、无助和孤绝，以及由此而引起的当事人的死亡，令人泣下并产生悲悯之情。造成悲剧的原因，有些是由强大的恶势力制造的，如《窦娥冤》中的张驴儿父子、《赵氏孤儿》中的屠岸贾、《白兔记》中的哥嫂等；有些善恶对比不明显，《琵琶记》即属于这一类。悲剧所着重反映的，不是对命运的诅咒，很大程度上也不是对性格的批判，而是对传统忠孝节义观念的深刻思考。把握好这几条原则，才能正确理解中国古代的悲剧观。

三、"补古来人事之缺陷"：戏剧的现实功能

毛纶喜欢传奇。《总论》言，他平生尝欲作十种传奇，"其一曰《汨罗江屈子还魂》，其二曰《博浪沙始皇中击》，其三曰《太子丹荡秦雪耻》，其四曰《丞相亮灭魏班师》，其五曰《邓伯道父子团圆》，其六曰《荀奉倩夫妻偕老》，其七曰《李陵重归故国》，其八曰《昭君复入汉关》，其九曰《南霁云诛杀贺兰》，其十曰《宋德昭勘问赵普》"。可惜，毛纶未能付诸实践，仅停留在构思阶段。单从题名来看，它们都取自历史故事，说明毛纶对历史题材确有特别爱好。毛纶的意图，是欲把历史上这十件没有实现的事逐一加以实现，把有缺陷、不完美的事加以补充完善。用他的话说，即是"诸如此类，皆足补古来人事之缺陷"。因此，他给这些传奇起了一个有意思的总名——《补天石》。

毛纶认为，戏剧创作是对现实生活的补足。他说："凡作传奇者，类多取前人缺陷之事，而以文人之笔补之。"并以尤侗所著《反恨赋》为例说，"多有先得我心者，可见天下慧心人，必不以予言为谬"。从这种补世的文学观念出发，毛纶批评唐人元稹的《莺莺传》以负心为善补过[①]，其实不是补过，而是"事之大可恨者也"。故此，《西厢记》特写一不负心的张生，来

---

① 按，元稹《莺莺传》结尾写到，"时人多许张为善补过者"。参见张友鹤选注：《唐宋传奇选》，111页，北京，人民文学出版社，1964。

弥补前事的不足。《琵琶》的创作与《西厢》一样，作者借蔡邕以讽王四，却又写蔡邕与赵氏终复团圆的故事，正是以蔡邕的不负心补足王四的负心。毛纶指出，《西厢记》可以"消其怅"，《琵琶记》可以"消其恨"。他自己的《补天石》十种传奇，则是欲把"古今事之可恨者"，一一"拟作雪恨"。可见，"补世"说触及文艺创作行为本身所具有的情感疏导功能。

在中国文学理论史上，"补世"说约兴于东汉前期。班固在《汉书·楚元王传》后之"赞"中提出："自孔子后，缀文之士众矣，唯孟轲、孙况、董仲舒、司马迁、刘向、扬雄，此数公者，皆博物洽闻，通达古今，其言有补于世。"①王充《论衡·自纪》更进一步，曰："为世用者，百篇无害；不为用者，一章无补。"②发展到唐代，白居易《与元九书》提出了"救济人病，裨补时阙"，"泄导人情""补察时政"③的方针，比较全面地概括了"补世"说的内涵。宋代王安石《上人书》中也提到："且所谓文者，务为有补于世而已矣。"④毛纶与前人的区别是，他有意把诗歌、古文之"补世"延伸到传奇中，且把所泄导的人情单单定格在"怅恨"这一端。人有七情，物生六欲。毛纶对"补世"说所做的这种特殊限定，或许说明了他自己独具的批评气质，但毋宁相信是他所处的时代环境使然。

《总论》中曾谈到，毛纶自幼喜读《琵琶记》，乃受"先大人"影响，"以其所写者，皆孝、义、贞、淑之事，不比其他传奇也"。而作为一位由明入清的遗民，毛纶不可能没有忠明之心。第二十九出出评："一贵一贱，交情乃见，一生一死，乃见交情。不以盛衰改节者，自不以存亡易心也。东嘉之讽世深矣。"高明在元代的讽世，移到清初同样具有警醒作用。毛纶借此大声喊出"不以盛衰改节""不以存亡易心"两语，可谓是对明清易帜之际无数降臣降将的痛贬。第二十出出评，又借《琵琶》所言夫妇家庭间事，故

---

① （汉）班固：《汉书》第 7 册，1972 页，北京，中华书局，1962。
② （汉）王充：《论衡》，453 页，上海，上海人民出版社，1974。
③ 顾学颉校点：《白居易集》第 3 册，962 页，北京，中华书局，1979。
④ （宋）王安石撰：《临川先生文集》，811 页，北京，中华书局，1959。

劝天下为夫者、为妇者、为子者,不可不读;进一步伸张曰:"为臣者亦不可不读《琵琶》。从来忠臣义士,往往义而见疑,忠而被谴,而其义愈坚,其忠愈烈,亦此物此志也夫!"明末清初,"信而见疑,忠而被谤"(《史记·屈原贾生列传》)的忠臣义士,如袁崇焕(1584—1630)、史可法(1601—1645),一时名传大江南北。毛纶讴歌赵五娘,实际上连带而出的是对这些英雄的礼赞。对忠义之性的特殊偏好,也可以从《补天石》中看出。十部传奇,除其五事关父子、其六情关夫妻外,其余八部都多少与国难有关,旨在抒写屈原、张良、太子丹、诸葛亮、李陵、王昭君、南霁云的爱国之情和报国之志。正如现代戏剧家郭沫若所言:"剧作家的任务是在把握历史的精神而不必为历史的事实所束缚。剧作家有他创作上的自由,他可以推翻历史的成案,对于既成事实加以新的解释、新的阐发,而具体地把真实的古代精神翻译到现代。"①毛纶欲"补古来人事之缺陷",以历史剧的艺术形式"推翻历史的成案",试图做出新的回答,其原初动力即来自对明清之际世情世事的高度不满,"补世"而意在讽刺当世,具有极强的现实批判性。

毛纶还认为,《琵琶》的思想内涵在很大程度上与儒家文化经典是相通的,戏剧文本带有极强的文化互文性。因此,戏剧在流行传播中,可以通过这种文化属性发挥积极干预社会生活的能力。他视传奇为五经四书之鼓吹。第三十七出夹批:"以前春酒介寿则引毛诗,晨昏定省则引《曲礼》,此处乃举《周易》,下文并举《尚书》《春秋》,五经错综点叙,作者自许其书之足为五经鼓吹也。"可见剧中人在唱白中多有直接引用五经语言。《总论》谈到,牛相与牛氏之间父念女、女念父,蔡母与蔡中郎之间母嗟儿、儿思母,两组人物虽有贵贱之别,但一种情感却"特特相肖"。故曰:"读者于此可以通《大学》絜矩之心,可以推《中庸》忠恕之理,可以悟《论语》不欲勿施之情,可以省《孟子》出尔反尔之戒。"《琵琶》对人伦情感的抒发,堪为四书精神妙义的绝佳范本,令人有"不意读歌曲,亦如读圣经贤传"(第三十一

---

① 郭沫若:《我怎样写〈棠棣之花〉》,见《郭沫若全集文学编》第6卷,227页,北京,人民文学出版社,1986。

出眉批)之感。朱元璋曾说:"五经、四书,布帛菽粟也,家家皆有;高明《琵琶记》,如山珍、海错,贵富家不可无。"①毛纶的观点,明显受到这位大明皇帝的影响。他认为传奇之中有"齐家之训"(第六出出评)。齐家以子孝为本,以妇贤为重。第四出于"家贫亲老"夹批:"将一部《孝经》俱于此揭出。"第十七出出评比较赵五娘、牛氏均能在各自处境中诚心养亲、思亲,曰:"以五娘处牛氏之境,自能为牛氏,以牛氏处五娘之境,亦必能为五娘,境有不同,理非执一,妇仪闺范,莫备于《琵琶》之一书矣!"《总论》又云:

  《琵琶》本意,止劝人为义夫,然笃于夫妇,而不笃于父母,则不可以训,故写义夫,必写其为孝子,义正从孝中出也。乃讽天下之为夫者,而不教天下之为妇者,则又不可以训,故写一义夫,更写二贤妇,见妇道与夫道宜交尽也。是以其文之妙,可当屈赋、杜诗读,而其文意之妙,则可当《孝经》、《曲礼》读,更可当班孟坚《女史箴》一篇、曹大家《女论语》一部读。

把传奇当作屈原的《离骚》、杜甫的诗来读,只是看到了"其文之妙"。文,指本文的艺术美。若当作《孝经》《女史箴》《女论语》之类的传统伦理道德劝诫书来读,方是品味到"其文意之妙"。文意,指本文的寓意美。毛纶主张"文意"高于"文"。《琵琶记》的美妙不在于文藻与文思,而在于义夫、孝子与贤妇这三种人物的高大形象,在于他们所展现出的《孝经》《女论语》中规劝的理想的道德人格。

  《毛诗序》曰:"先王以是经夫妇,成孝敬,厚人伦,美教化,移风俗。"王安石《上人书》曰:"尝谓文者,礼教治政云尔。"在以儒家文化为正统思想的封建社会,把文学作品看作一定道德观念的宣言书,是很正常,

---

① (明)徐渭:《南词叙录·叙文》,见李复波、熊澄宇注释:《〈南词叙录〉注释》,6页,北京,中国戏剧出版社,1989。

或云"科学"的。毛纶提倡"文意之妙",主张以此"文意"来补世,正是传统教化文学观的表现。由此出发,他批评《西厢》等剧作叙男女之情,"不待父母之命、媒妁之言,而私相慕悦,汲汲焉,惟恐其不合,惟恐其合之不早",有伤风化;赞赏惟有《琵琶记》具有"维持风化之意",能"劝人敦伦者至深切"。在《总论》中,他甚至自豪地宣称:"且《琵琶》一书得此快评,直为孝子、义夫、贞妇、淑女别开生面,是不特文人墨士窗前灯下所不可少之书,而亦深闺绣闼妆台镜侧所不可少之书也。"如是,则《第七才子书》文人读之可以激劝忠孝节义,闺秀读之可以敦劝贤淑贞静,有功于世诚莫深莫重矣。

◎ 第四节
李渔的戏剧思想

在清初文艺界,李渔不仅以小说著名,更以戏曲擅场。清人许茗车尝云:"今天下谁不知笠翁,然有未尽知者,笠翁岂易知哉!止以词曲知笠翁,即不知笠翁者也。"[1]显见当时李渔主要以戏曲扬名。朴斋主人批评《风筝误》曾言及李渔剧作流传的盛况:"从来杂剧未有如此好看者,无怪甫经脱稿,即传遍城中。由是观之,天下之耳目果相似也。"[2]李渔的美学名著《闲情偶寄》,对戏曲理论做了全面系统和富于开拓性的阐述,也极受时人瞩目,余怀《序》称此乃"天下雅人韵士家弦户诵之书",是"经国之大

---

[1] (清)李渔:《李笠翁一家言诗词集》,见《李渔全集》第2卷,61页,杭州,浙江古籍出版社,1992。
[2] (清)李渔:《笠翁传奇十种》上,见《李渔全集》第4卷,191页,杭州,浙江古籍出版社,1992。

业",非为腐儒所谓"破道之小言者"。① 总之,李渔一改金圣叹、毛纶只重理论的作风,把理论探求与实践创作结合起来,使戏曲思想的发展走向又一个新的高峰。

一、"独先结构":戏剧艺术重心的迁移

戏剧表演艺术自元代开始成熟,表现力日臻其善。但在李渔看来,仍存在较大的改进和提升空间。就个别剧作而言,他曾从情节提炼、人物构成、音律协调等方面修改《琵琶记》、《明珠记》(明人陆采)、《南西厢》等,"变陈为新,兼正其失",受到同人称许。② 就曲白所占比重言,他一改前人"止重填词,视宾白为末着"(《宾白第四》)的传统,强调宾白的艺术表现功能和表演作用,大胆在剧中增加宾白的戏份。他自己说:"传奇中宾白之繁,实自予始。"(《词别繁减》)然而,李渔戏剧观最重要的变化,是从"重音律"转向"先结构"。《闲情偶寄·词曲部上》"结构第一"篇曰:"填词首重音律,而予独先结构。"元人呼制曲为填词,故首重叶韵合辙,周德清《中原音韵》即由此出。发展到明代,以汤显祖为代表的临川派与以沈璟为代表的吴江派形成竞争。前者受李贽影响强调"凡文以意趣神色为主"(《答吕姜山》)③,开始展现出欲极力摆脱音律束缚的态势;后者则一遵元人,仍强调"合律依腔""细把音律讲"(《商调【二郎神】论曲》)④,把戏剧牢牢拴缚在音律的规范下。至于清代,金圣叹主张"一人主唱",底子里依然是突出音律的。李渔多少是在沿着汤显祖的路往前走,但他对戏剧艺术之重心的

---

① 按,因本节引用《闲情偶寄》文字较多,除非特别提请注意者,一般只注篇名,不再逐一标注页码。均参见(清)李渔:《李渔全集》第3卷,杭州,浙江古籍出版社,1992。
② 按,《琵琶》《明珠》改本附于《闲情偶寄·变旧成新》篇后。李渔还曾作《予改〈琵琶〉〈明珠〉〈南西厢〉诸旧剧,变陈为新,兼正其失。同人观之,多蒙见许。因呈以诗,所云为知者道也》,以道此意。诗载《李笠翁一家言诗词集》卷一。
③ 《汤显祖诗文集》下,徐朔方笺校,1337页,上海,上海古籍出版社,1982。
④ (明)沈璟:《沈璟集》,徐朔方辑校,849、850页,上海,上海古籍出版社,1991。

认识完全是开辟性的。按照他的话说，戏剧一道，"音律极精者终为艺士"，"文词稍胜者即号才人"（《结构第一》），结构至善者方称大家。——竟将音律置于三要素的末席，不能不说是一个带有巨大颠覆性的观点，"泄从前未泄之秘"（《声务铿锵》篇后"余云"）。

何以重视结构？首先，这是李渔对戏曲创作经验的反省与总结。他在《闲情偶寄·密针线》中说，传奇一事，"其中义理分为三项：曲也，白也，穿插联络之关目也。元人所长止居其一，曲是也，白与关目皆其所短"。关目指组织结构的构成。元曲（杂剧）顾名思义以曲见长，结构的地位自然不受注意。《结构第一》又批评时人剧作："尝读时髦所撰，惜其惨澹经营，用心良苦，而不得被管弦、副优孟者，非审音协律之难，而结构全部规模之未善也。"明代以来的一些传奇很难搬到场上表演，不是音律之坏，而在于关目设置不合理，从而导致整个结构凌乱无序，不利于场上组织调节。例如，以审音协律著称的吴江派代表沈璟，撰有《属玉堂传奇》十七种，只有一种上演过，其他都只能作为"案头剧本"，束之高阁。究其原因，构局上的不足是最主要的。李渔因为曾组织家庭戏班四处巡演，兼任编剧、导演、演员于一身，故此能够体会到剧本的关目穿插联络合体得当，对于舞台演出之重要性。所以他的剧本能够做到"独先结构"，"甫经脱稿，即传遍城中"。

其次，是对明代以来文艺美学中结构理论的转借与升华。明代书法美学已经形成了结构重于笔法、先于笔法的认识。晚明赵宧光（1559—1625）《寒山帚谈》谈道："能结构不能用笔犹得成体，若但知用笔不知结构，全不成形矣。"[1]笔法指运笔的方法与技巧，结构指字的整体布局与构型。小说批评中，金圣叹借用苏轼古文理论的"成竹"说，提出了"全书在胸"说，并明确开始使用"结构"（《第五才子书》第 43 回、第 66 回评点）的概念。这一思想至毛宗岗发展成熟。李渔在戏曲中提出"结构"说，应当受到此一文艺思潮的影响。就戏曲美学而论，明代的王骥德已经注意到结构问题，

---

[1] （明）赵宧光：《寒山帚谈》，见《四库全书》"子部·艺术类"。

《曲律·论章法》曰："作曲,犹造宫室者然。"工师作室,"必先定规式";"作曲者,亦必先分段数,以何意起,何意接,何意作中段敷衍,何意作后段收煞,整整在目,而后可施结撰"。[①] 提倡结构先行,自始至终如有"整整在目"之感。 此按,工师之譬喻,发端于南朝刘勰,《文心雕龙》论"附会"云:"若筑室之须基构,裁衣之待缝缉矣。"附会即组织结构的意思。 李渔吸收了王骥德的说法,而更进一步。 一方面,他指出工师建宅,"必俟成局了然,始可挥斤运斧",成局是最重要的,具有决定性意义;另一方面,他又提醒切不可"造成一架而后再筹一架",犯下只有间架没有结构、只见部分不见整体的"未成先毁"的先天性错误。

由于李渔公开声称"结构第一",并从正反两方面论述了结构为先的必要性,故他的结构观成为古典文艺理论中结构美学的高峰。 总的看来,他所强调的戏剧结构突出三个特点。 第一,反对逐段滋生。《闲情偶寄》中言:

> 如造物之赋形,当其精血初凝,胞胎未就,先为制定全形,使点血而具五官百骸之势。倘先无成局,而由顶及踵,逐段滋生,则人之一身,当有无数断续之痕,而血气为之中阻矣。

王骥德论作曲尚有"必先分数段"之说,难免给人以可以段段敷衍的误觉,是不够严谨的。 李渔从造物赋形的自然论出发,以精血生成胞胎、胞胎生成人体的有机过程为比喻,生动形象地指出结构的艺术应该像一个生命体一样,自上而下、从头到尾都是血脉相连、精气流布的,而不是像道旁的房舍,或者一些工匠的制作,只是简单机械地组装与拼凑,缺乏整体性和有机性。 可见,李渔反对"逐段滋生",乃是对王骥德思想的有益补充,克服了以往工师建宅说的不足。

李渔还在《居室部》论园林假山时指出,盈亩累丈的大山,鲜无"补缀

[①] 中国戏曲研究院编:《中国古典戏曲理论集成》(四),123 页,北京,中国戏剧出版社,1959。

穿凿之痕"，与真山之浑然一体相去甚远，其病即在于不讲成局结构之法。他说："至于累石成山之法，大半皆无成局，犹之以文作文，逐段滋生者耳。"这里，反过来用文章之道比喻假山之道。文章一道，"结构全体难，敷陈零段易"。假山的造设也是如此，"小者易工，大者难好"，关键在于结构的意识不够明确而深入。李渔提出的"以文作文"观念特别值得注意。所谓"以文作文"，指"间架未立，才自笔生，由前幅而生中幅，由中幅而生后幅"。此种作文方法，亦可达到水到渠成之妙境，"然但可近视，不耐远观，远观则襞裰缝纫之痕出矣"。"缝纫"之喻，暗中带有否定刘勰视"附会"为缝缉的意思；而强调为文应先立"间架"，然后再考虑才与笔，事实上又形成对金圣叹才子之文的批驳。意谓无论如《史记》"以文运事"，还是如《水浒》"因文生事"，都只是"以文作文"的不同做法，这种唯"才"是举的文法论存在很大片面性，并不足取。他举唐宋八大家为例说，古文名作"全以气魄胜人，不必句栉字篦"，"以其先有成局，而后修饰词华，故粗览细观同一致也"。成局第一，词华第二；结构在先，修饰在后，方可一气呵成、精血贯通，庶几不误高文典册之誉。

第二，追求针线紧密。《密针线》云："编戏有如缝衣，其初则以完全者剪碎，其后又以剪碎者凑成。"李渔反对作品带有修剪缝补的"缝纫之痕"，追求天衣无缝、天然凑泊的至高之境。他认为，要想做到这一点，"全在针线紧密"。倘若"一节偶疏"，则全篇之破绽必然露出。为此，他强调"每编一折，必须前顾数折，后顾数折，顾前者欲其照映，顾后者便于埋伏"。并且指出，不仅全篇之间、折与折之中、一人一事需要照映埋伏，凡剧中"有名之人、关涉之事，与前此后此所说之话，节节俱要想到，宁使想到而不用，勿使有用而忽之"。他举《琵琶记》为例说，大关节目如蔡伯喈中状元而家人不知、赵五娘千里寻夫只身无伴等，皆背谬甚多；小节细目如必以赵五娘剪发见其孝、对张大公疏财仗义不作回护等，皆有失考虑，损害了人物形象的完整性。所以，他说："吾观今日之传奇，事事皆逊元人，独于埋伏照映处胜彼一筹，非今人之太工，以元人所长全不在此也。"戏剧在元代处于初创期，自有"一种文字之法脉准绳"（《结构第一》）；发展至清代，已是成熟期，时过境迁，则必又有一种文字之准绳法脉诞生，这是艺术史演化的事实，毋庸争议。从追求针线紧密出发，李渔要求作品做到"首尾一理"（《语言恶习》）。这个看法，大致如金圣叹所言"一篇如一句"、毛宗岗所言"首尾连合"，但因李渔一切以"结构为先"，故更加强调作品的结构严谨性质，突出一体天成、圆润自如的美学特点。《三国演义》李评本《序》指出，小说"首尾映带，叙述精详，贯穿联络，缕析条分。……且行文如九曲黄河，一泄直下，起结虽有不齐，而章法居然井秩，几若《史记》之列'本纪'、'世家'、'列传'各成段落者不侔，是所谓奇才奇文也"[①]。高度称赞《三国》的结构艺术，其中虽有对毛宗岗批评的袭取，然所论明显更为精当。

第三，切忌头绪繁多。《减头绪》云："头绪繁多，传奇之大病也。"李渔得出这一认识，源自两个方面。一是戏曲史经验。明代"四大传奇"（《荆钗记》《刘知远》《拜月亭》《杀狗记》）之所以盛演不衰，"止为一线到底，并无旁见侧出之情"，是故即使三尺童子观演这些剧作，"皆能了了于心，便便于口"，"以其始终无二事，贯串只一人也"。可见，切忌头绪繁多是为了妇孺老幼、每一位观众的"便观"。这是根本目的。二是舞台演出经验。戏场角色有限，剧团演员亦有限，因此剧中"便换千百个姓名，也只此数人装扮"。如果剧中事件关目繁多，人物"忽张忽李"变换不暇，则只能令观者"莫识从来"，看来看去满头雾水，难明所以。可见，切忌头绪繁多是为了演员演出及舞台表演的"便演"。这是直接目的。本着这两个目的，李渔提出："作传奇者，能以'头绪忌繁'四字刻刻关心，则思路不分，文情专一。"并且，又在《立主脑》中进一步提出如何做到"文情专一"的具体方法，即著名的"一人一事"说。一本戏中有无数人名，"原其初心，止为一人而设"；戏曲自始至终演绎人生离合悲欢，中具无限情由和无穷关

[①] 陈曦钟、宋祥瑞、鲁玉川辑校：《三国演义会评本》，北京，北京大学出版社，1986。

目,"原其初心,又止为一事而设"。在此,李渔其实道出了传奇与"奇书"的某种重要区别,如"四大奇书"(《三国》《水浒》《西游》《金瓶》)等小说,不受表演、演出等条件限制,尽可以人多事繁情密,而戏曲只能追求凝练与单纯。同时期的欧洲剧坛,为古典主义戏剧结构理论"三一律"统治,强调务必遵循"要用一地、一天内完成的一个故事"[1]来充实舞台的美学原则。这应该说与李渔有相通之处。这正如法国文艺美学家狄德罗(1713—1784)所言:"小说家有的是时间和空间,而戏剧诗人却缺乏这两样东西。"[2]由于"缺乏"而谨慎,方成就戏剧之正道。

二、"有可以传世之心":戏剧创作本意论

戏剧创作的本意是什么?按照金圣叹"千古妙文"的说法,是为了传文而作;按照毛纶"文意之妙"的说法,是为了补世事之不足。李渔认为,这两种说法都是有问题的,并未触及戏剧创作的实质。因为,如果是为了传文,单纯为文而文,不考虑是否将文士之笔变成了武士之刀,用作人身谩骂攻击的"杀人之具",则其快其凶其痛比刀更加百倍,即使文才灿若朝霞、文笔美如锦绣,也失去了为文的意义。如果是为了补世,一味因补而补,不计较是否由于违背事实而不得已带有修饰浮夸的味道,从而构成对历史和社会的某种讽刺与鞭挞,即使补得人圆事圆、有裨风化,也难免引起失望遗憾之情,降低了戏曲传世的价值。所以,李渔在《闲情偶寄·戒讽刺》中,明确反对两种不良创作习气。一种是"报仇泄怨"的作态。指一些刻薄的作者,刻意把现实人物同戏曲人物等同起来,现实中"心之所喜者,处以生旦之位,意之所怒者,变以净丑之形";且为了达到不可告人的险恶目的,"举千百年未闻之丑行,幻设而加于一人之身,使梨园习而传之,几为定案,虽

---

[1] [法]波瓦洛:《诗的艺术》,任典译,33页,北京,人民文学出版社,1959。
[2] [法]狄德罗:《论戏剧诗》,见徐继曾、陆达成译:《狄德罗美学论文选》,159页,北京,人民文学出版社,1984。

有孝子慈孙，不能改也"。刑罚中的剐人，亦莫甚于此。一种是讽刺挖苦的腔调。指一些齐东野人，有意把现实生活中不良无道之人事，通过改名换姓的做法纳入戏剧中，以创作之名行讥刺之实，把文学创作完全等同于街谈巷议，也是非常不可取的。他举《琵琶记》为例说："人谓《琵琶》一书，为讥王四而设，因其不孝于亲，故加以入赘豪门致亲饿死之事。何以知之？因琵琶二字有王字冒于其上，则其寓意可知也。"批驳王四说，不同意毛纶的历史剧观。

基于此，李渔得出："凡作传世之文者，必先有可以传世之心，而后鬼神效灵……传非文字之传，一念之正气使传也。"在他看来，所谓明清"传奇"之传，乃传正气而非传文字，有文字无正气当世即朽，有文字有正气方可万世流芳；古来文章"传世"之传，乃以传心为本，传文为末，切不可本末倒置，舍本逐末。

为什么要突出强调"传世之心"？这与李渔对戏剧本质的认识有关。他说："窃怪传奇一书，昔人以代木铎。因愚夫愚妇识字知书者少，劝使为善，诫使勿恶，其道无由，故设此种文词，借优人说法，与大家齐听。谓善者如此收场，不善者如此结果，使人知所趋避，是药人寿世之方，救苦弭灾之具也。"在《曲部誓词》中他谈论写戏的目的，"不过借三寸枯管，为圣天子粉饰太平；揭一片婆心，效老道人木铎里巷"[①]。木铎是古代宣布政教法令时，为引起百姓注意而敲打的一种响器。《周礼·天官·小宰》："徇以木铎。"东汉郑玄注："古者将有新令，必奋木铎以警众，使明听也……文事奋木铎，武事奋金铎。"[②]后来引申变化，能够振兴文教、救治世之沉溺的人与文，皆可称木铎。《论语》曾称孔子为木铎，《八佾》云："天下之无道也久矣，天将以夫子为木铎。"《汉书·食货志》以诗为木铎，其云："行人振木铎徇于路，以采诗，献之大师，比其音律，以闻于天子。故曰王者不窥牖户而

---

① （清）李渔：《李笠翁一家言文集》，见《李渔全集》第1卷，130页，杭州，浙江古籍出版社，1992。
② （清）阮元校刻：《十三经注疏》上，655页，扬州，江苏广陵古籍刊印社，1995。

知天下。"①明清之世，受教化文艺风气的影响，自冯梦龙"三言"始坊间出现了以小说为木铎的观点。兼善堂刊本《警世通言识语》曰："非警世劝俗之语，不敢滥入，庶几木铎老人之遗意，或亦士君子所不弃也。"衍庆堂刊本《醒世恒言识语》也提到"总取木铎醒世之意"②。李渔以戏剧为木铎，是对上述诸说的发展与呼应，在戏剧理论中有首创之功，而取俗说协雅调更见其可贵。由是，他自己创作的戏剧，便被时人视为木铎。朴斋主人评《风筝误》有眉批曰："笠老欲返靡丽之风，故借传奇为木铎，非仅使观者解颐，有心人自当解此！"③乾隆间程大衡评玩花主人《缀白裘》，亦称"警愚之木铎也"④。至于清末，戏曲家余治（1809—1874）自署"木铎先生"，并著有劝善戏《庶几堂今乐》（又名《劝善杂剧》）若干种。

《曲部誓词》中曰："不肖砚田糊口，原非发愤而著书。""木铎"说旨在反对的就是这两种戏剧创作观念。"糊口"说，是深受明代以来商业大潮冲击而形成的戏曲经济下的产物，坊人和戏曲作者完全因利益而动，一切出版和创作均以经济收入为最高目的，有时为了赚取养家糊口的活命本钱，甚至不惜降低身份去编写低俗的"淫戏"，而不顾及其恶劣的社会效果。"发愤"说，是对古已有之的士人著书立说观的延续，在明代特定社会文化的发酵下，改头换面生成"宿怨"说和"泄愤"说（如李贽）。此说首先被运用到小说领域，继而深入戏曲领域，视作品为创作主体排遣宣泄情感的手段和工具，虽在一定程度上提升了艺术水平，然流播所及，造成因泄愤而泄愤所带来的不负责任的报复仇恨情绪，大大冲淡了文本的表现力度，也是时复可见和颇为触目惊心的。李渔认识到，作为职业文人，一方面不能"应坊人之

---

① （汉）班固：《汉书》第4册，1123页，北京，中华书局，1962。
② 丁锡根编注：《中国历代小说序跋集》中，777～778页、780页，北京，人民文学出版社，1996。
③ （清）李渔：《笠翁传奇·风筝误》，见《李渔全集》第4卷，164页，杭州，浙江古籍出版社，1992。
④ 吴毓华编著：《中国古代戏曲序跋集》，497页，北京，中国戏剧出版社，1990。

求""坚索不已"(《〈耐歌词〉自序》)①而轻易让步,需要保持自己独立的创作品格和艺术审美品位,才能促进戏剧艺术的不断发展。 另一方面也应对神圣的文字("仓颉造字而鬼夜哭")满怀敬畏,从而注意保持自己的品德操守,自觉摒弃不道德的创作习惯,把借作品进行"讽刺"的恶习扔进历史的垃圾桶中,方能永葆健康昂扬的创新精神和动力。

李渔认为,从"传世之心"上看,"发愤"说比"糊口"说影响更加不好,因而更值得批判。 他总结古来文章创作的普遍原则,发出由衷感叹:"噫! 岂千古文章止为杀人而设,一生诵读徒备行凶造孽之需乎?"又从"五经""四书""左传""史记"等不朽经典的角度,质问当年作者中"有一不肖之人、轻薄之子厕于其间乎?";还不厌其烦、三番五次拈出《琵琶记》为例,澄清高则诚确实不是"残忍刻薄之徒",故不能因谬成真、谬信"琵琶王四"之说。 他大声疾呼道:"谁无恩怨? 谁乏牢骚? 悉以填词泄愤,是此一书者,非阐明词学之书,乃教人行险播恶之书也。"以此来告诫,"凡作传奇者,先要涤去此种肺肠,务存忠厚之心,勿为残毒之事。 以之报恩则可,以之抱怨则不可;以之劝善惩恶则可,以之欺善作恶则不可"。 并举出他的亲身创作实践,说自己尝作《曲部誓词》曰:"是用沥血鸣神,剖心告世。稍有一毫所指,甘为三世之喑。 即漏显诛,难逭阴罚。 作者自干于有赫,观者幸谅其无他!"②李渔借此完全同明代以来颇具声势的"发愤"说划清了界限。

必须指出,李渔反对"发愤""讽刺",主张作者应具有"传世之心",作品的内容应该讲"正气",实是对中国传统戏剧美学特征的一种总结。 从戏剧风格上看,中国传统戏剧历来不以惨毒为尚,缺乏西方戏剧中反复出现的杀戮、复仇等情节。 这或许与"中国人的心太善,看不得悲惨场面,最向

---

① (清)李渔:《李笠翁一家言诗词集》,见《李渔全集》第2卷,378页,杭州,浙江古籍出版社,1992。
② (清)李渔:《李笠翁一家言文集》,见《李渔全集》第1卷,130页,杭州,浙江古籍出版社,1992。

往美好结局"有关,或许与中国哲学中一贯追求的"中和"境界、中庸之道有关。此种写法形成了中国戏曲多喜剧、少悲剧,因而与西方完全不同的美学格局。①

如何才能做到"传世之心"? 李渔提出首先要有明确的文体意识。《贵显浅》曰:"曲文之词采,与诗文之词采非但不同,且要判然相反。何也? 诗文之词采贵典雅而贱粗俗,宜蕴藉而忌分明;词曲不然,话则本之街谈巷议,事则取其直说明言。"文体不同,语言表达、事件叙述的原则就不同。诗文尚典雅蕴藉,词曲则贵浅俗明白。越是普通人的常言常语,越是一说即明的事体,越宜选入词曲。基于此,李渔对众人推崇的《牡丹亭》颇有微议。他说《惊梦》首句"袅晴丝吹来闲庭院,摇漾春如线",不可不谓惨淡经营,"然听歌《牡丹亭》者,百人之中有一二人解出此意否? ……恐索解人不易得矣"。又说"停半晌,整花钿"等语,"字字俱费经营,字字皆欠明爽。此等妙语,止可作文字观,不得作传奇观"。就是说汤显祖没有注意到文体决定语言这一美学原则,用写诗文的语言来写传奇,虽然文采飞扬,但听起来并不明白入耳,不能称为好的传奇范本。

其次,要有明确的读者意识。《忌填塞》曰:"总而言之,传奇不比文章,文章做与读书人看,故不怪其深,戏文做与读书人与不读书人同看,又与不读书之妇人小儿同看,故贵浅不贵深。"读者对象不同,语言表达亦应有所区别。传奇要写给百众万民同看,不只要让有文化有知识的人看懂,更重要的是让没有接受过教育、不能读书识字的广大人民群众看懂,自然应"贵浅不贵深"。李渔又说,从读者的角度考虑,假如古来文章都作与"读书人、不读书人及妇人小儿同看",则即使是"圣贤所作之经传","亦只浅而不深",如今世之传奇、小说,而不是如现在理精义微、古奥晦涩的样子,令一些读书人也望而却步了。由此,李渔站在时代发展的高度,得出一个结论:"能于浅处见才,方是文章高手。"肯定戏文小说这些"流行于民间,成

---

① 杜书瀛:《李渔美学心解》,58 页,北京,中国社会科学出版社,2010。

为大众所嗜好,所喜悦的东西"①,是绝世大才所为,是"古今来绝大文章",切不可小视其道。

再次,要带有鲜明的审美情趣。李渔在《重机趣》中认为,填词家不可少"机趣"。机是"传奇之精神",指戏剧的有机构成,"勿使有断续痕",即上文所言的结构。趣是"传奇之风致",指戏剧的审美情趣,"勿使有道学气"。假设一部戏缺乏风致,则如同没有了精神一样,就会变成泥人土马,"有生形而无生气"。可见,风致与精神同等重要。他进一步解释道:"所谓无道学气者,非但风流跌宕之曲、花前月下之情当以板腐为戒,即谈忠孝节义与说悲苦哀怨之情,亦当抑圣为狂,寓哭于笑,如王阳明之讲道学,则得词中三昧矣。"作戏曲虽然为着传世,虽然要有正气,但切忌一本正经、一味说教。爱情戏当写得情趣横生,伦理戏也不能为宣扬而宣扬,悲苦戏不能处处皆是眼泪,都应讲求活泼通透,兼容并生。李渔还把作者是否具有"趣"的才能,视为"性中带来",如无凤根、天授,即使再强求亦不可能获得。这事实上强调了审美情趣的唯一性。

三、"传奇无实,大半皆寓言耳":戏剧的虚构性

李渔在小说《谭楚玉戏里传情 刘藐姑曲终死节》中,曾借刘绛仙之口叙述他对"戏"字的理解:

这个"戏"字怎么样解说?既谓之戏,就是戏谑的意思了,怎么认起真来?②

把戏谑与认真相对,这层意思源出《诗经·卫风·淇奥》:"宽兮绰兮,猗重

---

① 郑振铎:《中国俗文学史》上,1页,北京,作家出版社,1954。
② (清)李渔:《觉世名言十二楼 等两种》,崔子恩、胡小伟校点,244页,南京,江苏古籍出版社,1991。

较兮。善戏谑兮，不为虐兮。"郑玄笺："君子之德有张有弛，故不常矜庄而时戏谑。"①戏谑是君子张弛得中之象的一种表现。君子虽善为戏谑，但有一个基本前提，即不致伤人而招人怨恨。联系上文所提到的"戒讽刺"（按，即"不为虐兮"），我们可以看出，李渔释"戏"为"戏谑"的观念，显然是儒家君子人格观在戏剧艺术中的典型反映，代表了古人对戏的基本看法。

《闲情偶寄·审虚实》进一步把"戏谑"说概括为"寓言"说。其曰："传奇无实，大半皆寓言耳。"《曲部誓词》总结他自己的创作体验，亦曰："余生平所著传奇，皆属寓言。"②就是说，戏中所演之事是不能"认起真来"看作实事的，它们都是不认真的戏谑玩笑，是类同寓言一样的虚事。李渔对实、虚又有解释："实者，就事敷陈，不假造作，有根有据之谓也；虚者，空中楼阁，随意构成，无影无形之谓也。"他主张的是虚构而非实陈。由此，他批驳那些认为"古事皆实"的论调，指出如曲中之祖《西厢》中崔莺莺嫁给张君瑞，《琵琶》中蔡邕饿死双亲、赵五娘干蛊其夫等，都不存在真凭实据。他极力高呼："凡阅传奇而必考其事从何来、人居何地者，皆说梦之痴人，可以不答者也。"据《闲情偶寄·音律》载，时居相位的魏裔介（1616—1686）曾犯过此类错误，他拿了一篇《崔郑合葬墓志铭》，要求李渔"作《北西厢》翻本，以正从前之谬"。③ 李渔虽自许"力足以降人"，但还是以"尚无实据"为由谢绝了。李渔的做法，得到魏裔介、龚鼎孳两位名家的当场肯定。李渔批评的这种人，在德国美学家莱辛（1729—1781）笔下也可以看到。《汉堡剧评》第24篇论道："手持编年记事来研究他的作品，把他置于历史的审判台前，来证明他所引用的每个日期，每个偶然提及的事件，甚至在历史上存在与否值得怀疑的人物的真伪，这是对他和他职业的误

---

① （清）阮元校刻：《十三经注疏》上，321页，扬州，江苏广陵古籍刊印社，1995。
② （清）李渔：《李笠翁一家言文集》，见《李渔全集》第1卷，130页，杭州，浙江古籍出版社，1992。
③ 按，该《墓志铭》意图向世人展示，崔莺莺嫁给了郑恒，两人门当户对、明媒正娶；而非嫁给张生，私约花前月下，冲破了门第等级观念等封建牢笼。

解,如果不说是误解,坦率地说,就是对他的刁难。"①像魏裔介这样的实学派,就有"刁难"《西厢》的意思,好在他后来反悔了。

以戏曲为实事的说法确有流行。自明代孙鑛至清初毛纶一直坚持"本有是事"的观点。金圣叹是反对"实事"说的,但他提出的"妙文"说的答案,似乎与问题的解决还颇有距离。究其实,"实事"说的内在根本是不承认虚构,认为作家离开事实就无法写作,一切创作必须建立在真人真事的基础上,从而显示出对虚构手法的不自信。李渔曾在《曲部誓词》中谈他自己的创作体会,说运用"幻设"即虚构的艺术手段,可以自由地到达任何境地,写出任何想要表现的人与事,"七情以内,无境不生;六合之中,何所不有"。显示出对想象虚构的高度信任与重视,从而十分科学地解决了虚构不必置于实事之下的艺术难题。

但是,李渔是有分别的。他认为历史剧的虚构应该与现实剧有所不同。现实剧"纪目前之事,无所考究,则非特事迹可以幻生,并其人之姓名亦可以凭空捏造,是谓虚则虚到底也"。历史剧"用往事为题,以一古人出名,则满场脚色皆用古人,捏一姓名不得;其人所行之事,又必本于载籍,班班可考,创一事实不得","所以必求可据,是谓实则实到底也"。或许受明末清初考据学学术思维影响的缘故,李渔完全从是否可以考据的角度来看待现实剧和历史剧两种创作理路。现实剧是"今人填今事",今人与今事处在共时语境之中,无论耳闻目睹了如指掌,即使言语形态与表达方式也都不存在隔阂,故可以依据艺术需要幻生幻灭、一虚到底,而人不以为缪怪。历史剧是"今人填古事",今人已经远离了古时所有的话语环境,对古人古事一概陌生,在这种情况下,如果不对古已有之的人与事一一考索清楚,排查明白,则难免疏漏,产生不真实之感,所以要一实到底。不过,他又指出假如把历史剧视作"古人填古事",则与"今人填今事"的现实剧一样,不必担心可考不可考的问题,亦可以一虚到底了。

---

① [德]莱辛:《汉堡剧评》,张黎译,126页,上海,上海译文出版社,1981。

可见，李渔强调历史剧应该以"姓名事实必须有本"为准绳，与他的"无实"论的寓言说并不冲突。他只是考虑到时空变迁、语境变化等诸多历史文化因素，为历史剧多增设了一道枷锁，从而使"今人填古事"显得比"今人填今事"难了。实质上，他的立论总归于便于搬演和便于观场两条原则。在搬演上，他提出一要做到"满场脚色同时共事"，或是今人或是古人要限定清楚，不要混杂；二要做到"本等情由贯串合一"，或是古事或是今事要一目了然，不要含混。在观场上，他提出不能欺罔观者，观者不惟对今人今事熟知底里，对流传既久的古人古事亦"烂熟于脑中"。因此，"用一二古人作主"的历史剧，切不可出于拼凑"陪客"的目的，幻设一些难免带有时代性征的姓名角色上场代之。如此虚捏一人，或者幻设一事，"虚不似虚，实不成实"，势必给戏剧观场的现场真实感构成巨大冲击。李渔把这样的戏剧称作"词家之丑态"。他坚持虚、实分明的创作态度，现实剧就是现实剧，历史剧就是历史剧，反对以现实人物窜入历史剧中，或把历史人物搬入现实剧中。这样的认识，含有肯定《琵琶记》是一部历史剧，而非是"王四"说的现实剧的意思。

李渔的虚构，虽言"凭空捏造"，但还是要讲来历和根基的。他在《香草吟》第十出《蛇蜕》有眉批曰："谑浪哄堂，妙在语语皆有根据来历，不是劈空杜撰者。昌黎《毛颖传》，绝世单行，正与此同一鼻孔。"①这是讲来历。《闲情偶寄·声容部》中又谈到："凡以彼物肖此物，必取其当然者肖之，必取其应有者肖之，又必取其形色相类者肖之，未有凭空捏造，任意为之而不顾者。"②这是讲根基。一句话，艺术虚构绝不是任意胡为，应该具有合理性和科学性。为此，他曾批评《琵琶》一剧，既以《琵琶》得名，当以"琵琶"二字为一篇之主。然当年作者"仅标其名，不见拈弄其实"，在虚构上不免有失严谨。他建议：赵五娘身背琵琶北上寻夫之时，当"弹出北曲哀声一大套，使观者听者涕泗横流"，方能使"琵琶"一记名实相副，并成

---

① （清）李渔：《李渔全集》第18卷，149页，杭州，浙江古籍出版社，1992。
② （清）李渔：《李渔全集》第3卷，121页，杭州，浙江古籍出版社，1992。

为剧中"一大畅事"。(《音律第三》)

李渔以戏为虚的看法又是辩证的。他于创作和观赏以为虚,具体到舞台表演,又反过来强调变戏为真、假戏真做。《谭楚玉戏里传情 刘藐姑曲终死节》中叙道:"只因别的梨园,做的都是戏文,他这两个做的都是实事。戏文当做戏文做,随你搬演得好,究竟生自生而旦自旦,两下的精神联络不来。所以苦者不见其苦,乐者不见其乐。他当戏文做,人也当戏文看也。若把戏文当了实事做,那做旦的精神,注定在做生的身上,做生的命脉,系定在做旦的手里,竟使两个身子合为一人,痛痒无不相关。所以苦者真觉其苦,乐者真觉其乐。他当实事做,人也当实事看。"[①]从演员的角度讲,确乎作者的一切虚构皆应当作实行。这样的戏曲表演,才能演出精神,见出真感情,才能具有极其感人的艺术魅力。

关于虚构,李渔还提出一种重要方法。他说:"欲劝人为孝,则举一孝子出名,但有一行可记,则不必尽有其事,凡属孝亲所应有者,悉取而加之,亦犹纣之不善不如是之甚也。一居下流,天下之恶皆归焉。其余表忠表节,与种种劝人为善之剧,率同于此。"这就是文艺创作中常用的"加法"。首先,此法以有利于人物形象的塑造为目的,通过将同质性的品性特征的累积与叠加,使原本看似较为贫弱的人物丰满起来、丰厚起来,从而彰显人物的典型性。其次,此法有利于在剧中形成善恶分明、忠奸对立的人物气场,易于感染人、感动人。最后,此法有利于使剧作的结构更为紧凑集中,不枝不蔓,忠孝节义的主题更为透彻鲜明,简单易懂。当然,此法驾驭不当,也会使人物产生类型化、平面化的嫌疑,故非熟手、高手不能运用。

四、"总其大纲,不出情景二字":戏剧艺境论

情与景是中国传统美学的一对重要概念。最早在诗歌中出现,明清时期

[①] (清)李渔:《觉世名言十二楼 等两种》,崔子恩、胡小伟校点,241页,南京,江苏古籍出版社,1991。

戏曲、小说大兴，情景也就由抒情文学进入叙事文学，成为评价艺术成就高低的重要标准。明人谢肇淛（1567—1624）已定下此一思想的基调。《五杂俎》谈道："凡为小说及杂剧戏文，须是虚实相半，方为游戏三昧之笔。亦要情景造极而止，不必问其有无也。"①把"情景"与"虚实"视作小说、戏曲必备的两个条件，要求作者在虚构的同时，要高度重视情景的营造。"情景造极"似乎构成对"虚实相半"的补足，即作品中的虚虚实实务要不脱情景之外，有情有景，虚实互映，方成妙文。然而，谢氏吉光片羽，所言并不深入；且"止不问其有无"，易把情景论引向空灵疏脱的境地，不免带有一定的历史局限。

李渔的戏曲情景理论对此有所发展。首先，他解决了戏曲情景的本源问题。陆机《文赋》："诗缘情而绮靡。"情景一向被视作抒情文学的专利，作为一种叙事文体，戏曲为什么需要构造情景？《闲情偶寄·结构第一》曰："填词非末技，乃与史、传、诗、文同源而异派者也。"李渔指出，填词所描述的亦是"帝王国事"，则《元人百种》等同于汉史、唐诗。一般认为，此论提高了戏曲的文体地位。殊不知，其中也隐含着戏曲的写法应与诗、文"同源"的意思。故唐诗、宋文讲情景，元曲、明清传奇亦应讲情景。

其次，回答了何谓"情景"的问题。在《戒浮泛》中，李渔综论文章之义理，得出为文莫若"说何人肖何人，议某事切某事"，各文体中"头绪之最繁"则以填词为上。而在填词中，如何将繁杂无穷的人事梳理得合体得当，明白清晰，不致观场混乱不堪，又以"情景"最为重要。他说："予谓总其大纲，则不出情景二字。"情景是把握和掌控一切的枢纽，是体现和反映一切的基石。若说一部戏曲的成功，在于结构，在于"传世之心"，在于寓言性质，它们都需要在情景中一一展现出来；情景设置的好坏，最终决定着结构的优劣、"传世之心"的醒目和寓言的优美动人，故一言以蔽之都在于情景。情景是什么？李渔曰："景书所睹，情发欲言，情自中生，景由外

---

① （明）谢肇淛：《五杂组》下，447页，北京，中华书局，1959。

得。"这句话由汉代《毛诗序》"情动于中而形于言"生发得来。情指主体的内在情感,是剧中角色的所唱、所言与所感;景指客体的外在景物,是剧中角色的所见以及所存、所处的客观环境。具体而言,情是人情,"以情乃一人之情,说张三要象张三,难通融于李四"。情是个别的和独特的,因此应该遵循特殊化的处理原则。景是时景,"景乃众人之景,写春夏尽是春夏,止分别于秋冬"。景是普遍的和具有共性的,因此要遵循一般化的处理原则。如此说来,情与景的结合是个别与一般相统一的结果,并非可以胡乱贴衬搭配。

再次,明确阐述了情与景的地位和关系。一是情难于景。情既然是主体的独特心理体验,创作者就必须善于在细微处见精神,写出人人不同的个性化感受。景是客体的自然物理变化,只要能突出季节时令特征,则无需浓墨重彩的描写。故曰:"二者难易之分,判如霄壤。"二是情为主、景为客。《窥词管见》第九则谈道:"词虽不出情景二字,然二字亦分主客。情为主,景是客。"[1]第十二则在谈论文章如何做到"一气如话"时说:"大约言情易得贯穿,说景难逃琐碎。"[2]始终以情为主,方能使结构浑然如一;如果津津乐道于写景,势必成为段段滋生,失去了活性和灵气。

由此,李渔指出了情景关系中应当注意的问题。其一,不能犯止书所见之景而"不及中情"的毛病。这种情况容易出现在以"游山玩水、赏月观花"为主要内容的传奇中,即使把风云月露写得十分佳处,读来也只能折算得五分。其二,不能犯"舍情言景"的毛病。有些疏浅的作者为了图省力,舍难就易,不写情只写景。"殊不知眼前景物繁多,当从何处说起?咏花既愁遗鸟,赋月又想兼风。若使逐件铺张,则虑事多曲少;欲以数言包括,又防事短情长。"如此辗转推敲,费尽心思,不能成其文章。实在不如干脆"只就本人生发,自有欲为之事,自有待说之情,念不旁分,妙理自出",反能最易一挥而就。其三,最好的做法应该是"即景生情"。《戒浮泛》曰:"善咏物者,妙在即景生情。"他举《琵琶·赏月》中四支曲子为例

---

[1] (清)李渔:《李渔全集》第2卷,511页,杭州,浙江古籍出版社,1992。
[2] (清)李渔:《李渔全集》第2卷,512页,杭州,浙江古籍出版社,1992。

进行说明,"同一月也,牛氏有牛氏之月,伯喈有伯喈之月。所言者月,所寓者心。牛氏所说之月,可移一句于伯喈?伯喈所说之月,可挪一字于牛氏乎?"。同一月是指月的共有性,不同人有不同之情则是指情的独有性。在极为常见的物理中抒写出极其独特的人情,庶几堪当"妙曲"之称。他还以即景生情反对即景咏物之说。《窥词管见》第九则曰,"说景即是说情","句句是情,字字关情",方是妙文。① 即景咏物是堆砌景物的、单单描写外在自然事物的写作,即景生情才是触及人物内心世界的真情流露与告白。

此按,李渔关于情景的这些看法在清初是有共鸣的。同时期的诗歌美学中,情景理论已极为成熟。与他同龄的吴乔在《围炉诗话》中提出景物"惟情所化""情哀则景哀,情乐则易乐"②的观点;小他几岁的王夫之在《姜斋诗话》中说:"情景名为二,而实不可离。神于诗者,妙合无垠。"又说:"不能作景语,又何能作情语邪? ……以写景之心理言情,则身心中独喻之微,轻安拈出。"③李渔所论,几乎与他们是等同的。但李渔的景,不得不考虑到戏曲舞台对表演的限制,因此着重于一般化的时景及实景,与诗歌中可以自由驰骋的完全心理化的"虚景"自是不同。大概这种不同,即李渔所称戏曲与诗文究竟属于"异派"使然。不过,总体来看,李渔的戏曲(包括小说)情景理论,与王夫之等的诗歌情景理论一道,成为古典情景理论发展的高峰。由于李渔完成的是情景理论的一次跨界(文体)演绎和嬗变,所以格外值得关注。

最后,李渔强调了人情物理的价值和意义。如上所述,情指人情,景指物理。主张情景说的核心,即告诉大家戏剧要围绕人情与物理来写。在《戒荒唐》中,他指出"王道本乎人情",古今文字亦然。"五经""四书"《左》《国》《史》《汉》,以及唐宋诸大家,无一不说人情,无一不关物理。词曲自是不能例外。那么,人情物理存在的性质是什么呢?他论道:"凡作传奇,只当求于耳目之前,不当索诸闻见之外。"人情乃日常人事之情,物

---

① (清)李渔:《李渔全集》第 2 卷,511 页,杭州,浙江古籍出版社,1992。
② (清)吴乔述:《围炉诗话》,7 页,北京,中华书局,1985。
③ (清)王夫之:《姜斋诗话笺注》,戴鸿森笺注,72、92 页,北京,人民文学出版社,1981。

理乃自然生活之理,都是当下可听可见的人世常道。他说:"凡说人情物理者,千古相传;凡涉荒唐怪异者,当日即朽。"古来经典家传户颂,均喜其平易。一些著作之所以湮灭不闻,比如志怪之书《齐谐》,全在其怪诞。这里,李渔认为要讲述庸常所有而不是所无的情景,又显示出与谢肇淛的不同。谢氏"止不问其有无",故"有"的可入,"无"的亦可入,如《西游记》《牡丹亭》等明代作品均以鬼神灵怪充斥其中。

尤侗眉批《戒荒唐》云:"昔人传奇,今则传怪矣。笠翁此论,真斩蛟手!"不过,在读过《笠翁传奇十种》之后,也许有人要问,李渔讲要"辟谬崇真",但他的作品,如《蜃中楼》中的东华上仙,不是也有鬼神吗?其实,这正是李渔情景说的又一高明之处。他明确谈到,作品果真有必要叙述怪异而非庸常之物,务必符合人情物理的内在要求。《香草亭传奇序》论作品可传有"三事",一曰情,二曰文,三曰有裨风教。情是最主要的,"情事不奇不传"。在李渔看来,戏剧中最奇之情,莫过于"幻无情为有情,既出寻常视听之外,又在人情物理之中,奇莫奇于此矣"。[①] 意思是说,即便是无情之物、怪异之事中,也都存在着至情至理、合乎生活发展的规律,可以被容纳在常见的生活现象之内,何况作为应该具有常理常情的主体——常人呢?

◎ 第五节
洪昇、孔尚任的戏剧观念

清代最著名的戏曲家是洪昇和孔尚任。他们创作的《长生殿》和《桃花扇》都是历史剧,因此,清代戏曲成就最高的是历史剧。围绕《长生殿》《桃花扇》而产生的批评,与《西厢记》批评、《琵琶记》批评、《牡丹亭》批

[①] (清)李渔:《李渔全集》第1卷,47页,杭州,浙江古籍出版社,1992。

评一道,构成清代戏曲批评的五大系统,而尤以历史剧理论为突出。 加入历史剧这个队伍的,还有李玉、吴伟业等人,他们的观点和言论,也成为清代历史剧理论的有益补充。 这就意味着,清代戏曲理论最重要的贡献其实是历史剧理论。 此节便以洪昇、孔尚任为主,对清代历史剧理论作一评述。

一、"非言情之文,不能擅场":历史剧的言情论

洪昇(1645—1704),字昉思,号稗畦,又号稗村、南屏樵者,钱塘(今浙江杭州)人。 生于世宦之家,康熙七年(1668)为国子监生,科举不第,白衣终身。 著有《啸月楼集》《稗畦集》《诗骚韵注》,以及杂剧《四婵娟》等。

洪昇为何创作《长生殿》,其"自序"谈道:

> 余览白乐天《长恨歌》及元人《秋雨梧桐》剧,辄作数日恶。南曲《惊鸿》一记,未免涉秽。从来传奇家非言情之文,不能擅场;而近乃子虚乌有,动写情词赠答,数见不鲜,兼乖典则。因断章取义,借天宝遗事,缀成此剧。凡史家秽语,概削不书,非曰匿瑕,亦要诸诗人忠厚之旨云尔。①

"例言"更明确地说,"史载杨妃多污乱事,予撰此剧,止按白居易《长恨歌》、陈鸿《长恨歌传》为之。 而中间点染处,多采天宝遗事杨妃全传。 若一涉秽迹,恐妨风教,绝不阑入,览者有以知予之志也"②。

在这里,洪昇表达了两层含义。 一是扬情而去秽。 他总结传奇流传的历史经验,指出"非言情之文,不能擅场"。 因此,他在素日阅览经久传诵

---

① (清)洪昇:《长生殿·自序》,北京,人民文学出版社,1958。
② (清)洪昇:《长生殿·例言》,北京,人民文学出版社,1958。

的唐明皇和杨贵妃的爱情故事时，起了将它们由诗歌（白居易《长恨歌》）、小说（陈鸿《长恨歌传》）两种体裁，搬演成戏剧的念头。但是，要想在戏场上演绎这段爱情，必须注意扬情而去秽。要写出纯洁的、高尚的男女之爱，而不能让污言秽语充斥其中，损人耳目。戏剧史上，以李杨爱情为题材的作品，元代白朴《梧桐雨》叙及安禄山和杨贵妃私通的情节，明代吴世美《惊鸿记》有父（李隆基）夺子（寿王李瑁）妃和梅妃、杨贵妃争宠之事。这三种事节，都与温柔敦厚的传统礼教相违背，是故洪昇以"涉秽"进行指责，认为它们虽属历史题材的爱情剧作，但并不以讴歌"窈窕淑女，君子好逑"（《诗经·关雎》）的美好爱情为主。同样需要提到的还有明人梁辰鱼的《浣纱记》，范蠡在吴越两国相争的激烈冲突中，甘愿将自己的恋人（西施）献给敌人（吴王夫差），以达到消解并摧毁其功业的目的。这样的爱情观念也是极不健康的，应该属于"秽事"之列。从立意宣扬爱情出发，他又批判史书中的杨贵妃形象，"史载杨妃多污乱事"，故于戏剧表现中务要做到"凡史家秽语，概削不书"。他的想法是，"若一涉秽迹，恐妨风教"。"风教"固是在他那个时代需树立起来的一面堂皇的旗帜；然而，其中包含的戏剧思想的变革同样意义非凡。就是说，如《梧桐雨》《惊鸿记》《浣纱记》之类剧作，历史的成分多而爱情的内容少，着重表现史实与史事的分量大于表现当事人的爱情故事。《长生殿》则相反，它着重表现爱情而淡化历史，要把历史沉重的车轮安装在男女爱情的马车上，而非仅仅视爱情为历史叙事的附庸或点缀，要变"历史而爱情"为"爱情而历史"，从史重情轻、史多情少走向情重史轻、情多史少，一句话，从传史走向了传情。所以，剧中即便保留了虢国夫人、梅妃等形象，因为专为"情"作，非为"史"作，把他们视作情感发展的动力，而非历史进程中的乱象，也就不存在"污秽"之迹，而合乎风教之礼了。

　　洪昇在"例言"中提及，《长生殿》一剧的剧名和剧情曾经过三次大修改。第一次是与朋友闲坐聊天时，谈及开元、天宝间事，为"李白之遇"所感，欲作《沉香亭》传奇。如若写来，这只能是一出高人名士怀才不遇的才子事迹剧,在当时的剧坛应该没什么特色。 友人毛玉斯便指出"排场近熟",意义不大。 于是,洪昇又想"去李白,入李泌辅肃宗中兴",更名《舞霓裳》。 这出戏便于上演,因为优伶皆久习唐代霓裳之舞,但写来只是一场帝王将相的事功剧,估计没多少人愿意看,便干脆放弃了。 第三次才转到爱情立意上。"后又念情之所钟,在帝王家罕有。 马嵬之变,已违凤誓,而唐人有玉妃归蓬莱仙院,明皇游月宫之说,因合用之,专写钗合情缘,以《长生殿》题名,诸同人颇赏之。"① "长生殿"之名、"钗合情缘"之意,皆取白居易《长恨歌》:"惟将旧物表深情,钿合金钗寄将去。 钗留一股合一扇,钗擘黄金合分钿。 但令心似金钿坚,天山人间会相见。 临别殷勤重寄词,词中有誓两心知。 七月七日长生殿,夜半无人私语时。"如此,戏剧的主人公便由才子、帝王将相转变为一对痴迷于爱情的情人,戏剧的主题也由怀才不遇、丰功伟绩转变为歌颂天长地久的伟大爱情。 否定之否定的最终结果,使《长生殿》与以前的同类故事、同一题材戏剧都有很大不同,面貌焕然一新。 所以,才得到诸同人的共赏。 第一出《传概》唱得好:

今古情场,问谁个真心到底? 但果有精诚不散,终成连理。万里何愁南共北,两心那论生和死。笑人间儿女怅缘悭,无情耳。感金石,回天地。昭白日,垂青史。看臣忠子孝,总由情至。先圣不曾删《郑》《卫》,吾侪取义翻宫、徵。借太真外传谱新词,情而已。②

洪昇之前,剧作家孙郁有一部同题材的《天宝曲史》。 孙氏字右汉,号雪崖,生平事迹不详,约康熙朝在世,直隶大名府元城县人(今河北省大名县人)。 著有《漱玉堂三种传奇》,包括《天宝曲史》《绣帏灯》和《双鱼佩》。《天宝曲史》亦根据《太真外传》《梅妃传》而作,意欲突出李杨爱

---

① (清)洪昇:《长生殿·例言》,北京,人民文学出版社,1958。
② (清)洪昇:《长生殿》,1页,北京,人民文学出版社,1958。 着重号为笔者加。

情,且主要情节与《长生殿》大致相同。但中间载有李白制《清平调》的故事,显然还不能忘记才子事迹,因而冲淡了爱情主题。《长生殿》亦提及李白《清平调》,然于第四出《春睡》只作暗场处理,第二十四出《惊变》只作一句点染,去才人显爱情的意图十分明显。

主张在历史剧中突出爱情的还有大诗人吴伟业,著有传奇《秣陵春》、杂剧《临春阁》《通天台》等。《秣陵春》以宋代南唐为背景,叙述南唐人徐适、黄展娘的爱情故事,从互看杯镜中影像钟情到魂魄于冥界仙婚,再到阳界真婚,可以说是曲折动人。吴伟业着重强调的就是"不为名教束缚"的爱情。在《杂剧三集序》中,他提出"曲亦有道也",道即在"男女情欲之事"。他总结元明戏曲的规律,指出"大半多绮靡之语",原因在于"人苟不为名教束缚,则淫佚之事","如长卿之于文君,卫公之于红拂"等,实人间常有,不能视为"越礼"。因此,无论从人情意愿还是社会发展上看,"淫倍于贞"的风流家言,讽一劝百,皆"时势使然"。[1] 吴氏的看法,虽然外表包装为"淫",但实质上与洪昇的传情论是一致的。

二是去虚而就实。金圣叹评《西厢记》第八折时说,才子佳人是天下之至宝,才子佳人之情是天下至情,"才子爱佳人,如张生之于双文,佳人爱才子,如双文之于张生"都是矢志不渝,愿共生死的感动天地的爱情。受《西厢》崔张爱情描写的影响,当然也受清初以来才子佳人小说叙事习惯的影响,很多爱情剧多将主要笔墨放在青年男女的"情词赠答"上,本不必要或者无才写出"情词"的人物,也强行安排他们这样做。洪昇对此颇为不满,批评这些剧作一味无中生有,以情词来往赠答展现爱情过程的叙述方式,不仅不合"典则",有违风教之嫌,而且过于沉想于虚情夸饰、假意渲染,观赏性有余,真实性不足。特别对于历史题材的爱情剧而言,如此描写,问题更为严重,不值得袭取。《长生殿》的做法是,一开始用历史事实的发展催动爱情进展,从七夕密誓到马嵬死别,再走到雕像痛哭;既遵历史传说,有深

---

[1] 吴毓华编著:《中国古代戏曲序跋集》,321 页,北京,中国戏剧出版社,1990。

厚的历史基础,合用唐人"玉妃归蓬莱仙院""明皇游月宫"两说,设置了魂魄相会、月宫团圆的结局,扫尽"子虚乌有"的俗套和"情词赠答"的窠臼,而且使爱情表现得深刻而丰富,以另一种形式重新演绎了汤显祖的爱情观,将历史爱情剧提升到一个崭新的高度。

洪昇坚持去虚就实,适应了明清历史剧、时事剧注重"纪实"的发展潮流。苏州剧作家李玉(1591—1671)在这方面可为代表人物。李氏字玄玉,亦作元玉,号苏门啸侣,吴县(今江苏苏州)人。一生"连厄于有司"(吴伟业《北词广正谱序》),甲申以后绝意仕进。癖好词曲,著有《北词广正谱》《一笠庵四种曲》以及《清忠谱》《千忠戮》等剧作几十种,堪称我国戏曲史上的大家。《千忠戮》取材于明代燕王朱棣"靖难"事件。昆曲界有"家家收拾起,户户不提防"之说,"收拾起"出自《千忠戮·惨睹》一折,"不提防"出自《长生殿·弹词》一折。两剧对称,充分说明历史剧作在当时的重要影响。《清忠谱》描述苏州市民颜佩韦等"五义士"敢于反抗权奸魏忠贤的故事。吴伟业《清忠谱序》称为"事按俱实",可以目为"信史"。[①] 我们说,这股提倡要写真人真事的创作潮流,不仅与毛纶提出的"本有是事"说是相通的,而且也构成洪昇为李杨爱情翻案,并借助历史剧推进爱情戏发展的理论基础。

二、"其事则新奇可传":历史剧的传奇说

孔尚任(1648—1718),字聘之,一字季重,号东塘,别署岸堂主人、云亭山人,山东曲阜人。因为康熙讲经而受赏识,破格授国子监博士,官至员外郎。康熙三十九年(1700)以"疑案"罢官。著有《湖海集》《岸堂文集》等。

《桃花扇》作于1699年。洪昇的《长生殿》是对旧有题材的改写,动

---

① 吴毓华编著:《中国古代戏曲序跋集》,318页,北京,中国戏剧出版社,1990。

因起于对剧坛现状的不满。孔尚任的《桃花扇》则是对新题材的开创，其创作诱因更具有原动力性质。到底是什么触动了他的心弦，而起意要作这样一部戏剧呢？《桃花扇本末》中有说明：

> 族兄方训公，崇祯末为南部曹；予舅翁秦光仪先生，其姻娅也。避乱依之，羁栖三载，得弘光遗事甚悉；旋里后数数为予言之。证以诸家稗记，无弗同者，盖实录也。独香姬面血溅扇，杨龙友以画笔点之，此则龙友小史言于方训公者。虽不见诸别籍，其事则新奇可传，《桃花扇》一剧感此而作也。南朝兴亡，遂系之桃花扇底。

孔尚任指出，让他决定动笔的真正原因，是一位秦淮歌妓的感人故事。在历史兴亡的滚滚洪流中，李香君敢于反抗，不屈从于权奸阮大铖、马士英等人的摆布，血溅定情纸扇，其精神可昭垂青史。时有文人见扇上血痕红艳异常，遂用笔点染成几支艳丽桃花，以桃花喻美人，则薄命堪怜；以血痕警世人，则触目惊心，雅情韵致引人无限嗟叹。于是，剧名由此而定，剧情因此而生。孔氏将之概括为"其事则新奇可传"。所谓"新奇"，应该表现为以下几点。

其一，对象新。南明灭亡固是重大历史事件，但在剧中承托此事的人物，却不是上层统治者，不再是重要人物。如《浣纱记》《秣陵春》《长生殿》写的都是帝王将相，而《桃花扇》写的则是下层人物，没什么重要性可言，侯方域只是一名复社文人，李香君更是一名歌妓。尤其李香君，身处社会最底层，不仅无法与杨贵妃、西施相比，即使黄展娘也是将门之女，可以说是历来历史剧女性人物中地位最低下的，是以前从未出现过的一位"新人"。并且，即便在表现下层人物斗争精神的剧作中，如李玉《清忠谱》所描写的市民，《万民安》所描写的纺织工人[1]，《桃花扇》一开始在第五出《访

---

[1] 按，李玉《万民安》描写明万历二十九年（1601），以纺织工人葛成为首的苏州市民反对税监的斗争。

翠》、第六出《眠香》中,所刻意刻画的荡子、妓女形象,也绝非高尚而正面的,似乎还显得颇为令人不耻。这就是说,虽然孔氏对表现下层人物的戏剧艺术有所传承,然亦有很大创新和不同。如此,对象焕然一新,整个剧作剧貌也必然彻底改观。

其二,材料新。孔尚任所选取的李香君故事,"不见诸别籍",为诸家稗记所无。以此为题进行创作,固可新人耳目。而且,这段情事乃画扇之当事人杨龙友亲口所说,"龙友小史言于方训公",方训公归乡后又"数数为予言之"。从杨龙友到孔尚任,中间只隔一人,只是一传再传,人物事件的真实可靠性非常高,符合"实录"的叙事要求。在当时很多人都留心研读明史之际,这样一条鲜为人知的史料一公布出场,自然会马上引起史家学人的关注与好奇。总之,这一条是强调历史剧应该善于挖掘新材料,而非抱着旧材料不放,只有新材料才能有新剧情,才能带来新的观感。

其三,时间新。也就是指南明王朝刚刚灭亡不久,孔尚任就选择这一重要题材,作了一部《桃花扇》。"南朝兴亡,遂系之桃花扇底。"好友顾彩(1650—1718)在《序》中评价这部戏剧问世的意义,如同司马迁以史书纪西汉,李白、杜甫以诗歌纪盛唐,韩愈以古文纪中唐,填补了当时无人纪南明的空白,"何意六十载后,云亭山人以承平圣裔,京国闲曹,忽然兴会所至,撰出《桃花扇》一书"[1]。另一位时人也评论曰:"一部传奇,描写五十年前遗事,君臣将相,儿女友朋,无不人人活现,遂成天地间最有关系文章。"[2]因此,《桃花扇》问世后,马上引起巨大轰动。很多故臣遗老看后无不唏嘘感叹,重新勾起他们的亡国之痛,纷纷哭泣着散场离去。孔尚任这种有意将历史剧与时事剧融合、以时事入历史的创作思路,固然以李玉《清忠谱》为先导,但因所选择的题材更为重大而重要,所以时效性和战斗性更强,充分发挥出了借戏剧干预社会现实的积极理性,促进了历史剧体裁的发展。

---

[1] 吴毓华编著:《中国古代戏曲序跋集》,443~444 页,北京,中国戏剧出版社,1990。
[2] 吴毓华编著:《中国古代戏曲序跋集》,445 页,北京,中国戏剧出版社,1990。

其四所谓"奇",乃"不奇之奇"。上文所述"新",是"奇"的基础。有"新"便为"奇"。李香君是一位奇女子,桃花扇是一把奇扇子,以传奇演述南明事迹,因为是第一部的缘故,也是一种奇演述。何谓"奇"?《桃花扇小识》有一段较长的解释,为作说明,赘引如下:

> 传奇者,传其事之奇焉者也,事不奇则不传。《桃花扇》何奇乎?妓女之扇也,荡子之题也,游客之画也,皆事之鄙焉者也;为悦己容,甘矬面以誓志,亦事之细焉者也;伊其相谑,借血点而染花,亦事之轻焉者也;私物表情,密缄寄信,又事之猥亵而不足道者也。《桃花扇》何奇乎?其不奇而奇者,扇面之桃花也;桃花者,美人之血痕也;血痕者,守贞待字,碎首淋漓不肯辱于权奸者也;权奸者,魏阉之余孽也;余孽者,进声色,罗货利,结党复仇,隳三百年之帝基者也。帝基不存,权奸安在?惟美人之血痕,扇面之桃花,啧啧在口,历历在目,此则事之不奇而奇,不必传而可传者也。

这里,孔尚任指出,奇不在事之程度上的轻与重,性质上的正与鄙或者雅与俗;不在人之地位高下,身份贵贱;亦不在所表现的情感是否败纲越礼。他所谓"奇",首先要强调一种关于奇的现实化、庸常化的理解。即是说,要去掉有关奇的任何主观附会的认识,不以特殊而特定的人和事来界定奇,而把奇放置在普遍而多样的社会存在中,视其本然的状态而定,而非受其或然性迷惑。最平常的才是最可以恒久流传的。《桃花扇》所叙之人事,鄙也,细也,轻也,亵也。剧中述一人之反抗权奸,不过为悦己者容而已,不过珍爱定情"私物"(纸扇)而已,不过钟情于悦己者而已,不过抗拒强婚逼婚而已,不过以头触地誓不听从而已。诸如此行,皆是古代女子再平常不过之事也,并未见有何奇特之处。若说果有奇特之处,以一迎来送往之妓女而钟情于一文士,绝不贪财爱富、生张熟魏,此或可为"奇"也。然而,焉知香君不把自己当作一名普普通通的女子来看待耶?可见,"庸中之奇"

说，完全消解了非常之奇的主观氛围，还原了历史与人生的本来面目，使戏曲创作回归客观，返回到生活的本原之处，具有极大的现实价值和意义。

次者强调要以小人物为奇。以往历史剧中的传奇观，常以主要人物地位、等级的重要性为奇，即以历史上的大人物为奇，小人物为不奇。小人物虽有出现，但多为次要人物。例如，《长生殿》系列题材中出现的乐人雷海青，他的慷慨骂贼与其地位构成鲜明反差，就含有"奇"的成分。然在李杨爱情中，这样的奇显然不占主流。《秣陵春》也是以李后主、黄保仪、小周后等皇帝妃嫔为奇，其中出现的乐人曹善才算是对雷海青的模仿，地位并不重要。《桃花扇》则出现了诸多小人物的集合，如乐人柳敬亭、苏昆生，如司仪老赞礼，处在普通文人地位的侯朝宗、袁继咸，也可算是小人物。当然，最重要的小人物还是李香君。并且，在孔尚任看来，侯李爱情甚至比不得普通的才子佳人剧，因为他们是荡子娼女的组合，且又多"猥亵不足道"之事，无论从高雅性还是纯洁度上看，似乎都有不可弥补的巨大缺陷。这么说，《桃花扇》的奇——真有点"冒天下之大不韪"了。

再次皆在"不奇之奇"。孔尚任解释桃花扇本"不足道"，无奇之处。然而，倘若追究起桃花扇这一小小事件得以发生的根本渊源，就有些令人惊奇了。孔氏用了一连串推理，把桃花扇放在显微镜中，一步一步由表及里，逐渐放大，扩大事件的真正与真实原因，从而把一把小小的桃花扇与"三百年之帝基"联系在一起。"隳三百年之帝基者"是权奸，制造桃花扇事件的也是权奸。况且，他们这帮恶人挑起桃花扇事端的目的，就是隳帝基；为了隳帝基，才想到去制造桃花扇一案。琐细者如桃花扇，重大者如"三百年之帝基"，两者截然不同、根本无法对等，但它们的故事就这样被紧紧扣拢起来。如此，由一件极其平庸的日常生活琐事，透露出一个王朝发展的历史大势，那么这件庸行小事便具备了"不奇之奇"的艺术性质。顾彩说得好："斯时也，适然而有却奁之义姬，适然而有掉舌之二客，适然而事在兴亡之际,皆所谓奇可以传者也。"①在王朝大势(帝基、权奸)灰飞烟灭之后,"适然"而发的琐事,却仍能让人口口相传,啧啧称赞。这种极为客观化的、自然而然的生成发挥过程,正是"不奇之奇"最具魅力所在。

综上,孔尚任关于历史剧的传奇说,突破了以往重要人物、重大题材的限制,他对普通人命运的高度关注,使历史剧更加切近广大观者的现实生活,在最大程度上拉近了历史剧与普通观众的审美距离,对历史剧之艺术生命力发展的贡献值得高度肯定。

三、"为末世之一救":历史剧的宗旨

由明入清以来,学者痛心于明朝的灭亡,逐渐兴起一股修史之风,"述一代兴亡之由,明一代成败之迹"。顺治时瞿共美撰写的《东明闻见录》曰:"国可灭,史不可灭,死固甘心矣。"②相继参与修明史者,官修如傅维鳞(1608—1666)、黄宗羲、万斯同(1638—1702)等,私修如谷应泰(1620—1690)、毛奇龄、尤侗等。在他们看来,修史固然是名山事业的一部分,而作为明代遗民,修明史亦可以表达"以任故国之史事报故国"③的心愿。此外,更重要的修史还与学术界"经世致用"的主张结合,产生了"以史经世"的思想。顾炎武就特别强调史学"引古筹今"的价值。他在《答徐甥公肃书》中说:"夫史书之作,鉴往所以训今。"《与人书八》又说:"引古筹今,亦吾儒经世之用。"④在这些原因的推动下,随着乾隆年间《明史》行世,清代在明代确定的"二十一史"的基础上,先后正式确定了"二十二史"(加入《明史》)、"二十三史"(加入《旧唐书》)、"二十四史"(加入《旧五代史》)。至此,中国古代王朝的史书体系基本构架完成。

---

① 吴毓华编著:《中国古代戏曲序跋集》,444 页,北京,中国戏剧出版社,1990。
② 《青燐屑·所知录·东明闻见录·风倒梧桐记》(合订本),45 页,台北,大通书局,1984。
③ (清)全祖望:《鲒埼亭集》卷二十八《万贞文先生传》,1189 页,台北,文海出版社,1988。
④ (清)顾炎武:《顾亭林诗文集》,93、138 页,北京,中华书局,1983。

应该看到,清代的这股史学之风,是历史剧获得大发展的文化来源。如果说史学家是在努力践行"以史经世"的话,那么,如洪昇、孔尚任等剧作家就是在"以剧经世",即以历史剧达到"引古筹今"的现实目的。

洪昇《长生殿》以唐史为对象。《自序》写道:"然而乐极哀来,垂戒来世,意即寓焉。且古今来逞侈心而穷人欲,祸败随之,未有不悔者也。玉环倾国,卒至陨身;死而有知,情悔何极。苟非怨艾之深,尚何证仙之与有。孔子删《书》而录《秦誓》,嘉其败而能悔,殆若是欤?第曲终难于奏雅,稍借月宫足成之。要之广寒听曲之时,即游仙上升之日。双星作合,生仞利天,情缘总归虚幻;清夜闻钟,夫亦可以蘧然梦觉矣。"①明确指出,借史传情非只为了赞美情,也是为了促成统治者、当事人的"情悔",并以他们的"梦觉"告诫今世之人,逞侈穷欲祸败必随之。因此,"清夜闻钟",还是能及时自觉做到"梦觉"的好。

孔尚任《桃花扇》以明史为对象。故其融以史自任为以剧自任的精神,较之洪昇更为切实而强大。《桃花扇小引》曰:"《桃花扇》一剧,皆南朝新事,父老犹有存者。场上歌舞,局外指点,知三百年之基业,隳于何人?败于何事?消于何年?歇于何地?不独令观者感慨涕零,亦可惩创人心,为末世之一救矣。"指明他创作这部历史剧的宗旨,并不满足于具备以情感人的感性效果,还要力求做到"惩创人心"的理性效果,最终达到以剧救世的终极意愿。孔氏的主张,体现出"经世致用"学派的鲜明特色,如顾炎武在《初刻日知录自序》中提出,学术旨在"正人心,拨乱世以兴太平之事"。②《与人书二十五》又说,君子之学在于"明道""救世",那种"徒以诗文而已"的所谓"雕虫篆刻",是没有任何益处的。③对照可知,孔尚任的制曲旨趣即在于以历史剧的形式行经世之用。

综合洪、孔二人的观点,以剧经世首先必须做到实录。梁启超曾说,

---

① (清)洪昇:《长生殿》,徐朔方校注,北京,人民文学出版社,1958。
② (清)顾炎武:《日知录校注》,陈垣校注,22页,合肥,安徽大学出版社,2007。
③ (清)顾炎武:《顾亭林诗文集》,98页,北京,中华书局,1983。

"史事总是时代越近越重要。……以史学自任的人,对于和自己时代最接近的史事,资料较多,询访质证亦方便",所以可以写得宏博翔实,得其真相,以贻后人。① 孔尚任的明史剧就以材料实、质证真著称,在避免虚空上他做得比洪昇更严格。据《桃花扇本末》记载,孔氏在未仕时就有作南明历史题材传奇的想法,不过,"恐闻见未广,有乖信史",故"仅画其轮廓",不敢"饰其藻采"。此后十余年中,他对诸家稗记孜孜以求,费尽辛苦,然因未亲见故,尚不敢以为确。恰巧,曾经在"南部"为官和生活的族兄方训公、舅翁秦光仪归乡,他们于"弘光遗事"亲见亲闻,得之甚悉。他们的口传与稗记之言十分相符,在信为实录之后,方"挑灯填词","三易稿而书成"。试一出《先声》借老赞礼之口曰:"实事实人,有凭有据。"《桃花扇凡例》又自评曰:"朝政得失,文人聚散,皆确考时地,全无假借。至于儿女钟情,宾客解嘲,虽稍有点染,亦非乌有子虚之比。"②时间、地点、人物、事件,都是完全的历史真实;即使儿女之情,也从实录出发,只是"稍有点染",没有走夸张渲染的老路,这样的纪实精神比李玉、洪昇都要高很多。

或许有人要问,清人已经有了"二十四史",还要另外编造"二十四剧"吗? 个中原因,一是能阅史者少,能观戏者众,戏剧比史书传播的面更宽广、更迅速,更易于深入人心。二是纪实派的历史剧也确有其特色和功效,《长生殿》《桃花扇》在各地的盛演,就很能说明问题。

其次,"为末世之一救"的说法事实上肯定了悲剧说的无条件成立。我们在毛纶一节中曾论及古代悲剧认识论的成立。毛纶只是做了理论总结与探讨,而随着创作实践的不断发展,悲剧观愈发得到人们的认可和接受。《长生殿》《桃花扇》都是悲剧。洪昇说:"余览白乐天《长恨歌》及元人《秋雨梧桐》剧,辄作数日恶。"导致他心里郁郁不乐的原因,当以李杨爱情中的悲剧成分为主。在"大团圆"式的喜剧充斥剧坛的环境中,这

---

① 梁启超:《中国近三百年学术史》,84页,北京,中国书店,1985。
② (清)孔尚任:《桃花扇》,王季思、苏寰中校注,1页,北京,人民文学出版社,1958。

种"数日恶"无疑是一种有价值的挑战,可带来若许新鲜感。《桃花扇》"借离合之情,写兴亡之感"(试一出《先声》),最后落在"白骨青灰长艾萧,桃花扇底送南朝"(第四十出《入道》),扇子被"扯碎一条条"[①],男女主人公也分别入道而去。这样的处理方式,相比单纯表现历史兴亡的剧作(如吴伟业《临春阁》)所传达的历史感慨更为强烈。与此前"兴亡加爱情"的剧作相比,如《秣陵春》《长生殿》,其悲剧内容更为彻底,无论爱情还是兴亡,都以破碎告终,所以悲剧效果更为显著。在孔尚任看来,"为末世之一救"是一个合理的逻辑推演过程:末世自然会产生无数悲剧,观悲剧方能生"救世"之心;无悲剧结局,不足以"惩创人心",悲剧越深越重,其惩创力度也就越大越强;而悲剧的情感作用,只能更加使"观者感慨涕零"。由此,历史剧的悲剧说被无争议和无条件地推向了艺术殿堂的顶峰。

最后,值得一提的,还有本着"救"的目的而对劝惩说的吸收。洪昇反复声称"恐妨风教"。但他出于传情之意重,剧中针对帝妃的劝惩略轻,只希图以"情悔""梦觉"让其警醒,是不足够的。孔尚任《桃花扇题志》云:"贬刺奸邪,褒扬忠义,兼春秋雅颂之征旨。登之优场,当与磬史座铭并观,不但粉饰太平而已。"本此目的,爱情一方的荡子妓女、帮闲同谋,兴亡一方的帝王将相、权奸佞臣,都在他的惩创之列。他把惩创的范围几乎扩大到所有人,实乃"救世"之心过重之故。所谓救之唯恐不及,欲救之而不惜重重惩创之,道或在是也。不过,劝惩切不可过甚。假使一味主张"果然善有善报,天理昭彰"(第四十出《入道》),像董榕所说的那样"唯期与伦常有补,风化无颇"(第一出《开宗》),则往往会陷入劝惩说的末流,如此一来,历史剧的艺术价值也就被降低了。

[①] (清)孔尚任:《桃花扇》,王季思、苏寰中校注,1页,北京,人民文学出版社,1958。

◎ 小　结

　　清前期的戏剧思想，有三个主要来源。其一是针对前人优秀剧作的评点。例如，围绕《西厢记》，产生了金圣叹、毛奇龄的评点；围绕《琵琶记》，产生了毛纶、毛宗岗父子的评点。其二是针对时人剧作的评述。例如，洪昇、孔尚任等作者本人自作的序跋，更有如围绕《笠翁传奇十种》等产生的大量序跋、评点。其三是独立剧评的创制。自然以李渔《闲情偶寄》中"词曲部""演习部"为代表。并且，所有参与这些戏剧生产活动的文人，还有一个共同特点值得注意，即除以批评传世的金圣叹和事迹鲜为人知的毛纶外，其他几乎都同时是剧作家，都有戏剧作品问世。来源的性质决定了产出的品质。前乎于此时或后乎于此时，戏剧思想的生产，仅是做到了以上列举的一点或者两点，未有能如此完全者。是故，这一时期的戏剧思想，既成为对元明以来戏剧思想发展的总结，且又具有鲜明的时代特色和独创性质，而开启了有清一代戏剧思想发展的整体脉络与轨迹。

　　此一时期，在戏剧艺术理论上的贡献尤为值得重视。金圣叹主角制的提出，高扬人的本位与旗帜，不仅是对明代铺张神鬼形象的刺破，而且使戏剧彻底人化和人性化，达到了戏剧思想的本然形态，诚如别林斯基所说："人是戏剧的主人公"，"戏剧的主人公是人的个性"，"戏剧的兴趣必须集中在主要人物的身上，而戏剧的基本思想就表现在这个人物的命运中"[①]。其他有关灵感问题、结构意识、悲剧成分以及舞台演出实践的强调，都使中国古代戏剧思想显得体大思精、丰富而恢宏，能够与近现代戏剧理论实现气脉沟通，

---

① ［俄］别林斯基：《别林斯基文学论文选》，满涛、辛未艾译，316、317、369 页，上海，上海译文出版社，1999。

从而延续而及今。

  本时期戏剧思想的又一重要突破是纪实理论的提出与遵循。明代后期戏曲创作虽佳作频仍,但文词的雅化、曲律的案头化、演出内容的虚妄化,也在一定程度上使戏曲发展走入误区而显得活力不够。这一切都源于理学禁锢而引起的某些"怪癖"情致。正如布瓦洛《诗的艺术》所批评的:"大部分人迷惑于一种怪僻的情致,总是想远离常理去寻找他的文思;在他离奇的诗句里他专想矫激惊人,别人和他一样想他便觉跌下身份。避免这样穿凿吧:不要学那意大利,让它去用假色泽使文章光怪陆离。一切要合乎常情,但要达到这一点,路是滑而难行的,很不易防止过偏;你稍微走差一步就堕落不能自救。"[1]显然,清前期的戏剧是主张走常情常理之路的。这使戏剧重新获得了生命的原动力,促使昆曲的创作与表演进入又一个兴盛期。

---

[1] [法]布瓦洛:《诗的艺术》,任典译,4页,北京,人民文学出版社,1959。

第七章
清前期的绘画思想

在逐渐摆脱了战乱导致的萧条境况之后，清前期的政治稳定、社会经济日渐繁荣为文学艺术提供了良好的生长环境。这一时期的画家、画学家深受早期启蒙思想促发的人文主义精神影响，躬身践行方以智"会通"意识引导的"集大成"治学方法，不断探索与经世致用的社会思潮相携行而异径的发展道路。由于画坛尊崇明末董其昌"尚南贬北"的宗派观念，清前期绘画思想既呈现出师古思想的流弊与突围等演进态势，也有源自复古思想内部的自我超越动势。与此同时，也产生了像石涛《画语录》这样代表儒释道融通思想高峰的画学专著。

◎ 第一节
概　述

清初，"四王"画派（王时敏、王鉴、王原祁和王翚）占据画坛的主体地位。他们的山水画创作受董其昌的直接影响，因注重对前人笔墨技法的研摹，加之自身功力深厚，又承皇室扶持，终成画坛正统。与"四王"遥相辉映，江南则有以"四僧"（石涛、朱耷、弘仁、髡残）和"金陵八家"（龚贤、樊圻、吴宏、高岑、邹喆、谢荪、叶欣、胡慥）为代表的"在野"派。他们力主在传统画法基础上革故鼎新、自我立法，在古典绘画体系内部进行了具有前瞻性的艺术形式探索。

与画坛主流创作实践的相对保守不同，清前期的绘画理论则在一定程度上对复古主义思潮进行了反思和批判。如"四王"中的王鉴、王翚提出要能够出古化古，以及师古不拟古等观点。不过，更多的批判声音主要来自复古者内部，如周亮工、龚贤、笪重光等都主张在师古的同时要清醒地坚持己意，勇于突破门派局限。相较而言，遗民画家"四僧"更是明确提出要善于"借古开今"。他们皆反对陈陈相因、盲目摹古，重视亲身感受，强调自由抒写性情，代表了清初绘画思想的另一脉生气。

总体上看，这一时期的绘画思想主要集中在对复古和宗派诸问题的讨论上。当然，画家、画学家也对创作主体、创作过程，笔墨技巧、艺术风格，画理、画法，画史、画派等问题作了进一步的梳理和完善。具体体现在以下几个方面：

一、面对画坛复古主义思潮的矛盾心态

清初师古论者对"南宗"画派的笔墨技巧、气韵、形势等非常重视。"四王"更是继承了董其昌的绘画思想，以传统为宗，重视笔墨形式中蕴含的生动气韵。他们以摹写古人图式为主，通过不断调整和修正图式以及自然和"我心"的关系，尝试突破旧有图式而自成一家。因而也希望通过思考这些问题使绘画创作更趋规范，也更妙造自然。与此相应，画家们又试图将调整、修正后的图式和已突破的方法确立为一种新的审美标准。不过，由于这一时期的绘画风格大抵都"属于明代沈、文、董、陈的末流，其技巧渐陷于一定的典型，颇缺乏自由的态度"，因而"见宋元风格者甚稀"[1]，整体创作

---

[1] ［日］中村不折、小鹿青云：《中国绘画史》，郭虚中译，144页，杭州，浙江人民美术出版社，2013。

依然呈现出较为浓重的师古意味。

在绘画观念上，清初画家和画学家表现出了一定的反思精神。"四王"画跋（王时敏的《西庐画跋》、王鉴的《染香庵画跋》、王翚的《清晖画跋》、王原祁的《雨窗漫笔》《麓台题画稿》）等，基本上都是针对文人画技法、批评原则和标准等进行的论说。如王鉴直接批判"南宗"末流一味摹古的现象："吾郡画家，文、沈后几作广陵散矣。近时画道最盛，颇知南宗正脉，但未免归于精工，所乏自然之致"。①他不仅善于自我反思，而且具有师不必贤于弟子的胸襟和气度，并明确指出弟子可以达到出蓝之妙的出古境界。王翚师古而不拟古的思想在他晚年写的《清晖赠言·自序》也有一定的体现："忆自童子时即嗜翰墨，得古迹真本辄摹仿数纸，必得其神乃已。每欲出以就正有道，而未敢也。"②这里描述了他在临摹课后常常不敢向有道之师求教的忐忑心情，显示了他自少时已有志于摹古而"必得其神"的自觉意识。

不过，在师古、化古和独创的关系问题上，清初画界表现出十分矛盾的心理，画学家和画家一面强调师古的重要性，一面对师古产生质疑，一面又发出振聋发聩的"独至"宣言，如王原祁既声称"初恨不似古人，今又不敢似古人"③，又质疑"谓我似古人，我不敢信；谓我不似古人，我亦不敢信也"④；恽寿平则颇具胆识地说"当使古人恨不见我"⑤等。这一复杂的心路历程至石涛的化古论方得以廓清。石涛认为：

> 如是者知有古而不知有我者也。我之为我，自有我在。古之须眉不能生在我之面目，古之肺腑不能安入我之腹肠。我自发我之肺腑，揭我

---

① 俞丰译注：《王鉴画论译注》，11页，北京，荣宝斋出版社，2012。
② 俞丰译注：《王翚画论译注》，85页，北京，荣宝斋出版社，2012。
③ 俞丰译注：《王原祁画论译注》，53页，北京，荣宝斋出版社，2012。
④ 俞丰译注：《王原祁画论译注》，32页，北京，荣宝斋出版社，2012。
⑤ （清）恽格：《南田画跋》，21页，上海，上海人民美术出版社，1987。

之须眉。纵有时触着某家，是某家就我也，非我故为某家也。①

由此，石涛提出"我于古何师而不化之有"②的观点，在古今问题上指出了明确的方向——画家要拥有不为某家役、不为古所拘的出古境界，以及师古为我所用的化古观。

二、对宗派问题的清醒和反叛姿态

自明代陈继儒、董其昌等酝酿并提出"南北宗"论始，关于宗派的论争一直纷扰未停。对这一问题的讨论也是清代画学的重要议题，"尤其对绘画分'南北二宗'之说，从其说者，更为普遍"③。董氏之前，中国山水画出现过以宋画和元画为代表的两种本体取向：宋人山水虽然并不是对真山水的摹写，但重视再现；元人山水虽然强调"应物象形"，但重视表现。入明以后，文人画大体在这两种倾向之间徘徊。董其昌建立起的"南宗"画派，重临摹、重笔墨、重心象。但是，"南宗"末流又过于强调董氏画学思想，并在艺术创作中过于讲求法则和程式，这些一定程度上窒息了绘画艺术的创造精神。④

虽然董其昌在画跋中表述过一些相对保守的言论，但作为绘画史上有着独创精神的画家，他在山水画上实现的重要变革却不容忽视。尤其是他在大量的仿古练习中找到了实现画风超越的关键技法——笔墨功夫，并以此为基础，其又从对传统绘画的深刻再认识中挖掘出独特的笔墨形式，开创了明末文人画的新气象。在董其昌看来，就像禅学有主张觉悟的顿、渐之异的"南

---

① （清）石涛：《苦瓜和尚画语录》，见俞剑华编著：《中国画论类编》，149 页，北京，中国古典艺术出版社，1957。句读由笔者加。
② （清）石涛：《苦瓜和尚画语录》，见俞剑华编著：《中国画论类编》，149 页，北京，中国古典艺术出版社，1957。句读由笔者加。
③ 王伯敏：《中国绘画通史》下，261 页，北京，生活·读书·新知三联书店，2008。
④ ［美］高居翰：《风格作为观念的明清绘画》，载《新美术》，1990（1）。

北二宗"一样，画家感知和表达世界的方式也有顿、渐之别。由此，绘画流派也可依此分为"南北二宗"。以这样的绘画观念为依托，明末画坛逐渐形成了以董其昌为中心的"重笔"的"南宗"（以松江派为代表）画派，并明确区别于之前"以理为尚"的"北宗"（以吴门派为代表）画派。"北宗"画派主要由职业画家组成，强调经过正规的绘画训练，逐步达到对技巧的掌握。"南宗"画派则更多沿袭业余画家的传统，以"文人画"著称。以董其昌为首的"南宗"画家，意识到了"北宗"画家承袭宋元重理风气而有失自然等问题，因而他们更加强调探索精妙笔墨对于文人画的意义，坚持在创作中对直觉和顿悟的信赖，强调在植根传统的同时，不断进行自我超越，并积极开展艺术探索。

从这个角度看，"四王"对董其昌"文人画"思想的推崇虽然呈现出了一定的师古、复古之弊，但也有着不同于机械摹古的独特价值。尤其是"四王"中的王鉴既重视对"南宗正脉"的学习，也对惟"南宗正脉"论者进行了批判。相较而言，能够"集宋元之大成，合南北为一宗"（盛大士语）的王翚，在宗派问题上显得更为清醒。他很早就意识到，真正的艺术家就要能够做到"不复为流派所惑"。故而，王翚的创作实践也正显示出了兼顾南北的开阔气度。当然，还有对"南北宗"论持有更为坚定的反对立场观点的人。例如，鉴赏家、画学家笪重光就更大胆提出了"不拘法者变门庭"的"反宗派"说。

三、对绘画本质规律的主体性规定

作为传统经验美学思想的一部分，清前期绘画思想也"特别注重审美主体在审美实践中的意义"[①]，侧重从审美主体出发，接受、认识纷繁复杂的绘画现象。尤其是对创作主体应具有的文化修养、精神境界、情怀操守、胸

[①] 赵宪章：《文艺学方法通论》，37页，杭州，浙江大学出版社，2006。

襟气度等皆有着极高的要求。无论是正统派还是在野派,都将书卷气、士人画、学问家画当做绘画的最高追求。画学家、画家一致认为,真正的画家当拥有真挚之情、淡泊之志、澄净之思、恬静之意、清雅之趣、高逸之格和旷达襟怀、破格气魄,同时还要不为时趣所惑,不为古法、流派所拘的慧智,这实际上是将画家的人品和画格密切地联系在了一起。

如王原祁认为,画家不但要有"安闲恬适"的精神境界,而且要有"以理、气、趣为重"的观念,还要在"高旷中有真挚"的性情。周亮工则强调画家要拥有"负质颇异"的禀赋。这一"异质"观点远承庄子的"散木""散人"论,近与龚贤"自成一家"思想、恽寿平的独创主义艺术实践等相互激发,成为清中叶一大批个性张扬的艺术家主张"标新立异"的绘画实践和画学思想的先声。石涛在其绘画理论中专门论及了对画家品格的要求,由"远尘章""脱俗章""兼字章""资任章"四篇组成,其中着重探讨了画家的禀赋、能力、素养等精神境界问题。他提出画家要拥有"不劳心"的生活态度,"思其一"的思维品质,具有"生智"以明达的资质,"清至"的审美心境。同时,画家还要晓知艺术通变规律以求破格创新。

在绘画的理法问题方面,清初画家更倚重于法。王原祁认同当时画坛关于笔墨技法的观点。他说:"世人论画以笔墨,而用笔、用墨必须辨其次第,审其纯驳,从气势而定位置,从位置而加皴染。略一任意,便疥癞满纸矣。"①龚贤总结出了一套较为完整的技法理论,即"画家四要"(笔法古、墨气厚、丘壑稳、气韵浑)。恽寿平曰:"称其笔墨,则以逸宕为上。咀其风味,则以幽澹为工。"②这一观点主要是从绘画作品的韵致和风格两个方面分析得来的。

对于上述问题的关注和探索,充分显示出清初绘画思想中的雅逸古淡的精神气质和文化品格。整体而言,在儒释道一体的哲学思想浸润下,清初画

---

① (清)王原祁:《仿梅道人笔》,见俞丰译注:《王原祁画论译注》,23 页,北京,荣宝斋出版社,2012。
② (清)恽格:《南田画跋》,33 页,上海,上海人民美术出版社,1987。

家、画学家通过自我审视和反思，进一步厘清了诸多有关绘画理法的问题，更集中，也更全面地构建了传统文人画的理论体系。

◎ 第二节
"四王"的画学思想

　　作为画学史、美术史上的一个重要概念和艺术现象，清初"四王"这一称谓有着特别的历史意义和特定的美学价值。"四王"者，为王时敏、王鉴、王翚、王原祁，又称江左"四王"。他们的风格较为相似，绘画观念也较为一致。在绘画技法方面，"四王"继承并力倡明末董其昌所主导的"南宗"山水画法，重视笔墨功夫。在艺术追求方面，他们主张营造萧散荒疏的意境以表现恬淡平和的趣味，强调在大量摹古练习中追求"古意"，讲求绘画的写意性和抒情性。因深受皇家赏识，"四王"画派一时被奉为画坛正统。作为"南宗"正派观念和技巧方法的主要支持者、学习者和实践者，"四王"也曾一度徘徊于师古还是出古的矛盾中。不过，他们一边在绘画实践中倡导着复古主义观念，一边对如何师古有着更为冷静的认识和思考。经过不断地质疑和反思，"四王"的绘画创作在一定程度上达到了出古、化古的境界。

一、逐"仿古之巧妙"的王时敏

　　王时敏（1592~1680），初名赞虞，字逊之，号烟客，自号偶谐道人，晚号西庐老人等，江苏太仓人。崇祯初年曾任太常寺卿（原名奉常），因此也被称为"王奉常"。清初时退隐，专事艺文书画，著有《西田集》《西庐画跋》等。因家藏丰厚而得以潜心研习宋元名迹,"画穷大痴阃奥""深入吴黄之室"①,一时颇受董其昌、陈继儒等大家赏识。作为"四王"之首,王时敏追随并推崇元代山水画家黄公望与宋代山水画家李成的笔墨技巧,师诸家之长,兼善诸法。可以说,"凡辋川、洪谷、北苑、华原、营丘,树法石骨,皴擦勾染,皆有一二语拈提,根极理要"②。正因为此,他创造出了"集大成"③的艺术风格,开创了"娄东派"。不过,王时敏晚期的作品也有重复过多之嫌。

王时敏没有画论专著存世,他的绘画思想集中体现在其绘画作品的题跋中。王时敏对师古、摹古怀着精谨的心境和虔诚的态度,并在题跋中多次谈到对摹古的重视,如在《题自画关使君袁环中》一文中,他说:

> 昔人所谓"恒似似人"之语,转觉学步之难为工也。特书以志吾愧。关门紫气幻云烟,大石寒山列两边。割取一峰深秀色,可堪移入米家船?④

这不仅显示出他对前人"恒似似人"的习古观念的认同,而且对自己在摹古中很难达到"工"的理想境地而感到有"愧"。在其《赠虞山王石谷》一诗中,王时敏更是直接表明了极力推崇元四家以及"南宗"鼻祖画风的态度:"江南风景属琴川,画手推君诣独元。奇思每参摩诘句,清标真得一峰传。胸中丘壑看吾辈,笔底烟云羡少年。何日秋霖共乘兴,呎毫闲泛尚湖船。"⑤赞誉之情可谓溢于言表。

---

① 邹登泰编辑:《王烟客集并西庐怀旧集》,苏州,苏州振新书社、上海商务印书馆、上海苏新书社,1916。
② (清)恽格:《南田画跋》,60页,上海,上海人民美术出版社,1987。
③ 按,王时敏于顺治九年(1652)所作《拟古山水图册》,共十二页,分别是"仿"董北苑、大痴、黄鹤山樵、赵令穰、赵文敏、小米、赵伯驹、巨然、黄子久、吴仲圭、倪高士、梅道人的画作,充分说明他转益多师的态度以及对传统绘画精品的精研细磨。
④ 俞丰译注:《王时敏画论译注》,56页,北京,荣宝斋出版社,2012。
⑤ 俞丰辑注:《四王山水画论辑注》,358页,上海,上海辞书出版社,2017。

不仅如此，王时敏还强调临摹甚至难于创作。他说："盖自画，犹可从宕匠心。临摹则必尺寸前规，不爽毫发，乃称能事。即使形似宛然，笔墨岂能兼妙"①。可见他对精确摹古的推崇几乎到了复制画作的程度。因此，王时敏在赞赏王翚的画艺时直接说："毋论位置蹊径，宛若古人，而笔墨神韵，一一寻真。且仿某家，则全是某家，不杂一他笔，使非题款，虽善鉴者不能辨，尤前所未有，即沈文诸公，亦所不及者也。"②这种"仿某家，则全是某家"的观点，确有机械复古主义之嫌，因而也常常为后世所诟病。

以古为师讲求的是对"古意"的学习，如此才能避免简单的形似而达到笔精墨妙之境。正像王时敏多次强调的那样："仿古之奇妙，不徒尚其形似，而直抉其精髓"③。在这里，他表达了在技法层面不求形似而求笔墨之妙的立场。王时敏为王鉴作的题跋云："廉州画出入宋元，士气、作家俱备，一时鲜有敌手。"④从中也可看出他对理法与气韵的追求。

需要注意的是，后来诸学往往断章取义，过度夸大王时敏的摹古思想，而忽视他对摹写古意的兼顾，这是对他"复古"思想的片面理解甚至误读。从王时敏的绘画实践可以看出，他并没有将自己的审美判断力托付于古人。一句"胸中丘壑看吾辈，笔底烟云羡少年"，正展示出了他重视今人并强调胸有丘壑的观念和自出机杼的气魄。

二、王鉴的师古、出古、化古思想

王鉴（1598~1677），字玄照，后避清圣祖康熙玄烨的名讳，改字元照，一字圆照，号湘碧，又号香庵主，江南太仓人，王世贞曾孙，与王时敏为子侄关系。崇祯六年举人，后任廉州府知州，世称"王廉州"。清初"四王"

---

① 俞丰译注：《王时敏画论译注》，213页，北京，荣宝斋出版社，2012。
② 俞丰译注：《王时敏画论译注》，138页，北京，荣宝斋出版社，2012。
③ 王伯敏：《中国绘画史》，573页，上海，上海人民美术出版社，1982。
④ 俞丰译注：《王时敏画论译注》，174页，北京，荣宝斋出版社，2012。

之一,工山水,早年由董其昌亲自传授,从游叔父王奉常,摹拟宋、元大家,对董源、巨然钻研最深,持守文人画"南宗"思想。与王时敏、王原祁同属"娄东派"。吴伟业将他与董其昌、王时敏、李流芳、杨文骢、张学曾、程嘉燧、卞文瑜和邵弥合称为"画中九友"。

王鉴"家世收藏书画亦富,笔亦超脱"①。他的绘画思想文献辑录较少,只能从其题跋(如《染香庵画跋》)和绘画作品的总貌中窥知一斑。

王鉴的绘画作品多以"仿"字为题。他在画跋中申明:

> 画之有董、巨,如书之有钟、王,舍此则为外道。惟元季大家,正脉相传。近代自文、沈、思翁之后,几作广陵散矣。独大痴一派,吾娄烟客奉常深得三昧,意此外无人。②

王鉴一方面推崇"南宗"正脉的艺术成就,另一方面,他也直指当时一味追慕"南宗"正脉画家的画作,"未免过于精工,所乏自然之致"。当然,于自己的研习和摹仿过程而言,王鉴一直态度虔敬,力求精进技法。

正因为此,王鉴自己独特的绘画风格似乎并没有得到充分的识解。当代画论家俞剑华甚至对他有些过激的批判:"其实王鉴亦仅知临摹,而不知创造者,所临摹纵极精工,亦不免貌合神离,只知有古人,不知有自我,徒为画之复印机耳,何足贵乎?"③不过,细读王鉴画跋和作品后可以发现,他的师古论中隐含着极高的艺术追求,并没有仅仅停留在机械"复印"的层面。

王鉴对苏州刺史张约庵作品的评价是,"书法山谷,画宗北苑,得其三昧,不拘拘形似也"④。王氏重视的是在技法精诣全面基础上的"不拘形似"。基于此,方能追求文人画所指向的精神内涵。

---

① (清)谢坤:《书画所见录》,见赵国英:《王鉴绘画研究》,282 页,北京,新华出版社,2005。
② (清)王时敏、王鉴、王翚、王原祁:《清初四王山水画论》,123 页,济南,山东画报出版社,2012。
③ 俞剑华:《中国绘画史》,13 页,南京,东南大学出版社,2009。
④ 俞丰译注:《王鉴画论译注》,3 页,北京,荣宝斋出版社,2012。

论及画家的自我修养，王鉴更是要求严苛。他在描述王石谷作画时说，石谷"乃澄心敛气，惨淡经营，忽起奋笔，竟日而就，不啻如出一手"①。可以看出，无论是家学渊源还是师从关系，王鉴都表现出尚释尊儒的精神取向。在他的绘画作品中，既有"屏绝声色，不异老僧"②并远溯王维诗意的隐逸思致，也有在笔墨上维护正统正脉文化秩序的士夫情结。

严苛的仿古所要达到的艺术境界究竟是什么？这一问题直到王鉴看到徒弟王石谷和沈伊在的画作，并提出"出蓝之妙"的仿古理想之后，方得到解答："客冬遇王子石谷、沈子伊在于金阊，得观所作，俱师子久而各有出蓝之妙"③。对于这一理想的艺术妙境，王鉴自愧弗如。

仿古能够达到"出蓝之妙"的出古境界已经难能可贵了，但王鉴并未停留于此。在他看来，纯粹追求技法上延续宗脉的精工并非真正意义上的师古。他认为，师古不仅要懂得"神品、妙品之别"，而且要在研磨并吸收古法精华的基础上，能够妙得"自然之致"，真正达到"化古"为我所用的艺术至境。王鉴甚至提出："人见佳山水，辄曰如画；见善丹青，辄曰逼真。则知形影无定法，真假无滞趣，惟在妙悟人得之。"④通过人们将真山水评价为如画，而将意境超绝之画评价为"逼真"这一现象，他认识到画无定法这一根本的画理问题。由此可见，王鉴在艺术创作实践中以仿古见长，但他的绘画观念并没有陷入机械仿古的窠臼。

三、"不复为流派所惑"的王翚

王翚（1632~1717），字石谷，号烟客、烟客外史、耕烟散人、剑门樵客、乌目山人等，晚号清晖老人，江苏常熟人。在"四王"中，他和王原祁

---

① 俞丰译注：《王鉴画论译注》，3页，北京，荣宝斋出版社，2012。
② 俞丰译注：《王鉴画论译注》，155页，北京，荣宝斋出版社，2012。
③ 俞丰译注：《王鉴画论译注》，6页，北京，荣宝斋出版社，2012。
④ 俞丰译注：《王鉴画论译注》，8页，北京，荣宝斋出版社，2012。

年龄相仿,都较为年轻。 王翚家学深厚,曾祖王伯臣,善画花鸟,祖父王载仕,擅长山水、人物、花卉,父亲王云客专画山水,画风秀丽雅致。

王翚早年为画商摹制古画,临摹过诸多宋、元名迹,十六岁时拜同乡画师张珂为师,后被王鉴收为徒,又从游于王时敏。 在绘画创作方面,他强调师古,但又不拘一家,可谓"集宋、元之大成,合南北为一宗,法律则精深静细,气韵则疏宕散逸"[①]。 1691年,王翚奉召总管康熙皇帝第二次南巡胜况图绘的创作,即巨型长卷《南巡图》。 该图中大部分山水由他本人执笔,其余像人物、界画以及较琐碎的物项皆由助手协作。 作品全部完功时,他在东宫接受皇太子召见,获太子特赐卷轴和亲题的"山水清晖"[②]四字,回归故里后自号"清晖主人"。 王翚画风华滋浑厚,气势勃发。 可以说,"四王"中王翚技法最为全面,笔墨严谨,造诣最深,不同时流;因此他的声名也最为显赫,被王时敏、吴梅村等人誉为"画圣"。

王翚的绘画思想主要体现在后人从他的题款中抄辑而成的《清晖画跋》中。《清晖画跋》共十四则,言简意赅,见解独到;内容丰赡,理路清晰,融画史概述、画家风格分析、流派批评、画作鉴赏、笔墨技巧、构图设色等为一体。 尤其是他在《清晖画跋》第九则中提出"以元人笔墨,运宋人邱壑,而泽以唐人气韵,乃为大成"[③]的观点,充分展现出了他在师法问题上集大成的气度和风范。

《清晖画跋》第二则一开篇即发出慨叹:"嗟呼! 画道至今日而衰矣",究其因则在于"支派之流弊也"。 然后,王翚简述了山水画的嬗变历程,析理了元四家的个人风格。 基于此,他指出自己也曾经深陷于时俗流派之拘牵而无法自拔的境况,以及在尽情览胜名迹之后,厘清了关于流派的诸多

[①] (清)盛大士:《溪山卧游录》,见俞剑华编著:《中国古代画论类编》上,263页,北京,人民美术出版社,2004。
[②] (清)王翚在其《清晖赠言·自序》云:"适坚斋宋黄门奉命绘《南巡图》,首蒙招致,图就进呈,深称上旨。 更荷青宫召见,赐座赐食,得拜睿书之褒,而公卿群艳其事,乐为称道,布衣之荣,于斯极矣。"见俞丰译注:《王翚画论译注》,85~86页,北京,荣宝斋出版社,2012。
[③] 俞丰译注:《王翚画论译注》,12页,北京,荣宝斋出版社,2012。

问题：

> 由是潜神苦思，静以求之。每下笔落墨，辄思古人用心处。沈精之久乃悟：一点一拂皆有风韵；一石一水皆有位置。渲染有阴阳之辩，傅色有今古之殊。于是涵泳于心，练之于手。自喜不复为流派所惑，而稍稍可以自信矣。①

当时画坛，宗派观念大盛，王翚又师从画坛正派的王鉴、王时敏两位大家。在这样的环境中，他能够清醒地认识到"不复为流派所惑"，足见其思想的超越性和无止境的艺术追求精神。在集大成师法精神的引领下，王翚的创作越出了"南宗"的局限，达到了"画有南北宗，至石谷而合焉"②的境界。无愧恽寿平屡屡对他的赞誉："古今来笔墨之至龃龉不能相入者，石谷则罗而置之笔端，融洽以出。神哉技乎！"③

王翚开创的"虞山画派"之所以能够延续几百年时间，绝不仅仅因为他参与绘制《南巡图》饱受赞誉而名扬南北，更重要的是他对绘画技法的精确习染，其中也包括对写生的重视。唐志契曾在《绘事微言》中介绍了面对真山真水的写生方式。王翚对"写生"技法又作了进一步阐释：

> 北宋徐崇嗣创制没骨花，远宗僧繇傅染之妙，一变黄筌勾勒之工。盖不用笔墨，全以彩色染成，阴阳向背，曲尽其能，超乎法外，合于自然，写生之极致也。④

他认为，徐崇嗣远承僧繇傅染之妙，变黄筌以线勾勒的造型方法为彩色晕

---

① 俞丰译注：《王翚画论译注》，5页，北京，荣宝斋出版社，2012。
② 俞丰译注：《王翚画论译注》，189页，北京，荣宝斋出版社，2012。
③ 俞丰译注：《王翚画论译注》，189页，北京，荣宝斋出版社，2012。
④ 俞丰译注：《王翚画论译注》，14页，北京，荣宝斋出版社，2012。

染。这样对物象进行阴阳向背立体造型的敷染方法,"超乎法外,合于自然",达到了写生的极致。当然,写生观念在王翚自己的创作实践中也有灵活的运用。他的写生代表《虞山十二景册》,可以称得上一幅妙品。正如恽寿平所赞,王翚"用古人笔法,写眼前丘壑。凡宋元名法家,册中略备。拂水飞流,剑门秋色,可于案乘间收其胜概"①。因此可以说,在师古的基础上,以造化为师使王翚的绘画技法更胜一筹。他将师古所得诸法与彩色晕染立体造型的技法相结合,敷色精妙,笔意秀润,达到了"真能得造化之意"②的理想效果。

从绘画实践看,王翚他能够超越王原祁及其他文人画家之处,也正在于其学古而集大成的画学理念。他不只学黄公望一家,也不只学"南宗"抑或"北宗"几家,而是以自知知人之睿智,惊警审慎,广收博取,研深入微,穷其神蕴,终使画艺达到了笔墨脱化之境。尤其值得注意的是,王翚善于将自己"超乎法外,合于自然"的绘画观落实于观察真山水的行旅中,落笔于集身经、目历之感受为一体的创作实践之中。如此,他的作品也就"具有一定的真实感和生活气息,在董其昌及娄东三王之外,恢复了北宋山水画'可望、可游、可居'的传统"③。这样生趣盎然的画作自然思致清迥、境界混成。

四、强调理想山水图式的王原祁

王原祁(1642~1715),字茂京,号麓台、石师道人,江苏太仓人,王时敏孙。康熙九年进士,入仕后供奉内廷,官至户部侍郎,人称王司农。主要为宫廷作画和鉴别古画,康熙四十四年奉旨与孙岳颁、宋俊业等编撰《佩

---

① (清)王翚绘:《王翚》,10页,北京,人民美术出版社,2005。
② 俞丰译注:《王翚画论译注》,14页,北京,荣宝斋出版社,2012。
③ 薛永年:《论"四王"》,见朵云编辑部编:《清初四王画派研究论文集》,95页,上海,上海书画出版社,1993。

文斋书画谱》,任总撰集官;康熙五十六年主持绘《万寿盛典图》,任总裁。承家学,擅画山水,习元四家,以黄公望为宗,喜用干笔焦墨,层层皴擦,沉着稳健,自称笔端有金刚杵。绘事之余,喜作诗文,著有《罨画集》《雨窗漫笔》《麓台题画稿》等。

王原祁声名显赫,追随者甚多,其弟子及传人最多时达数千人,因此形成了"娄东派"——以其家乡东临娄江而得名。此画派与王翚所创的"虞山派"一起,成为"四王"之后最有势力的画派。考察王原祁画论著作《雨窗漫笔》《麓台题画稿》等,可以对其绘画思想有一个概貌性的理解和把握。

(一)强调文人画的精神性和抒情性等内在旨趣

王原祁在《雨窗漫笔》中指出:"意在笔先,为画中要诀。"①这里所说的"意",指的是创作主体的艺术构思与表现意图,集中体现在绘画作品流露出的精神内涵中。概览王原祁的画跋可以发现,无论是他所言说的画意(如绘画作品要能够达到"适意"的艺术效果),还是他标举仿意之说——"仿其意者,旷然有遐思焉"(《麓台题画稿》)②,最终指向的都是画家应具备的内在涵养。具体包含以下几个方面的要求:

1.画家要有"安闲恬适"的精神境界

王原祁承袭前人"意在笔先"的观点后,详细阐述了画家应具有的自我涵养。他说,画家"作画于搦管之时,须要安闲恬适,扫尽俗肠。默对素幅,凝神静气"③。王原祁的意思是,画家要拥有澄净雅淡的心境,勿急心名利,勿以取悦人为目的。否则,就会使画作"扭捏满幅",形成"意味索然"的"俗笔"。王原祁以逆向审视的反思精神,强调要将安闲恬适的精神

---

① (清)王时敏、王鉴、王翚、王原祁:《清初四王山水画论》,142页,济南,山东画报出版社,2012。
② (清)王时敏、王鉴、王翚、王原祁:《清初四王山水画论》,167页,济南,山东画报出版社,2012。
③ (清)王时敏、王鉴、王翚、王原祁:《清初四王山水画论》,142页,济南,山东画报出版社,2012。

境界落实到具体的技法层面。

王原祁首先对当时画坛的一些不良风气做了严苛的批判:"笔肥墨浓者,谓之浑厚;笔瘦墨淡者,谓之高逸;色艳笔嫩者,谓之明秀;而抑知皆非也"。① 他认为,当时画坛的不良习气都是不知画理的结果。王原祁指出,能够实现神凝气静韵致的笔墨技法为"位置紧而笔墨松"。在这里,他回应了开篇所提的核心命题——构思与立意。进入到具体的创作过程,王原祁要求画家下笔前要仔细地"看高下,审左右,幅内幅外,来路去路",以便将立意构思与具体的画幅尺寸结合起来;下笔时,画家还要注意构图的紧凑性,笔墨运行状态则以放松为佳。也就是说,画家每每创作一幅画时,最好能够做到立意高远、构思缜密、布局审慎、笔墨从容,如此方能使渍染于笔端的"甜、邪、俗、赖不去而自去矣"。

在具体的创作过程中,如何做到笔墨从容呢? 王原祁给出了细致而又条理清晰的交代:

> 用笔忌滑、忌软、忌硬,忌重而滞、忌率而浑、忌明净而腻、忌丛杂而乱。又不可有意着好笔,有意去累笔。从容不迫,由淡入浓,磊落者存之,甜俗者删之,纤弱者足之,板重者破之。又须于下笔时,在着意不着意间。则觚棱转折,自不为笔使。用墨用笔,相为表里。五墨之法,非有二义。要之,气韵生动,端在是也。②

这段文字主要从用笔的姿态、运笔的质感、笔势的情态、笔意的品味、笔迹的状态以及着笔去笔的意图六个方面,精准地论述了画家在创作过程中需要规避的问题。只有注意到这些用笔禁忌之后,画家才能在笔法层面从容地存

---

① (清)王时敏、王鉴、王翚、王原祁:《清初四王山水画论》,142页,济南,山东画报出版社,2012。
② (清)王时敏、王鉴、王翚、王原祁:《清初四王山水画论》,146页,济南,山东画报出版社,2012。

磊落、删甜俗、足纤弱、破板重,从而使笔在着意不着意间自由地觚棱转折。

而用墨之法亦同于用笔,最终要实现的都是六法之首的气韵生动。循此而来,王原祁继续阐述他的笔墨原则,即"用笔用墨必须辨其次第,审其纯驳,从气势而定位置,从位置而加皴染。略一任意,便疥癞满纸矣"①(《麓台题画稿·仿梅道人笔》)。在具体操作中,就需要画家严谨地处理用笔用墨的顺序、性质、气势与位置的关系,以及位置和皴染的关系。

总体而言,若真正地晓知画理,"有志笔墨者"须读懂古人作品的匠心之所在,注意"向上研求,视其定意若何,结构若何,出入若何,偏正若何,安放若何,用笔若何,积墨若何。必于我有一出头地处,久之自与吻合矣"②。如此,王原祁勾勒出一个完整的师法、研读古人画作的过程。这一过程也是古典画学思想体系中基本画理体系所涉及的核心问题,即取法、定(立)意、结构(谋篇布局)、出入(融会贯通)、偏正、安放(位置经营)、用笔积墨(笔墨)等。王氏认为,学画者沿着这些问题中的任何一项精细研求,皆能慧悟画理之奥妙。

2.重视画作中的"理气趣"

王原祁准确地勾勒了自己的画理体系,但他并没有仅仅止步于此。在《雨窗漫笔》中,他将画理延伸到与气和趣的关系中:"作画以理、气、趣兼到为重。非是三者,不能入精、妙、神、逸之品。故必于平中求奇,绵里有针,虚实相生。"③也就是说,单单懂得画理并不能提升文人画的品格问题,还必须做到理气趣兼重,才能入精妙神逸之品。对于理气趣之间的关系,王原祁并没有做出清晰的界说。他认为,"若其理趣兼到,右丞始发其

---

① (清)王时敏、王鉴、王翚、王原祁:《清初四王山水画论》,154页,济南,山东画报出版社,2012。
② (清)王时敏、王鉴、王翚、王原祁:《清初四王山水画论》,144页,济南,山东画报出版社,2012。
③ (清)王时敏、王鉴、王翚、王原祁:《清初四王山水画论》,148页,济南,山东画报出版社,2012。

蕴。至宋有董、巨，规矩准绳大备矣。"①（《画家总论题画·呈八叔》）。也就是说，理趣兼到之致始自"南宗"王摩诘，到了宋代的董源和巨然，这一画境的规则标准已经十分完备。

至于气，王原祁认为："画虽一艺，而气合书卷，道通心性。非深于契合者，不轻以此为酬酢也。"②（《送励南湖画册十幅》）他将"气"和"道"放在一个层面上论说，提出与"合书卷"之"气"相对的是"伧夫气"（《题仿淡墨云林》），体现出他对画家学问的重视。顺延苏轼、黄公望不刻意求形似的文人画思想，王氏主张逸品第一。他也从观念层面指出了实现文人画气韵生动的途径，就是画家要能够持有理气趣兼重的思想，如此方能"得意得气得机，则无美不臻矣"（《仿大痴笔·为轮美作》）。

（二）山水画的"龙脉"之势

王原祁在《雨窗漫笔》中清晰地阐释了"龙脉"的理念。他说："画中龙脉开合起伏，古法虽备，未经标出。石谷阐明，后学知所衿式，然愚以为不参体用二字，学者终无入手处。"③从这里可以看出，王原祁一方面将"龙脉"说系统化为具体的画理问题，一方面又将其转化为在创作实践中山峦走势的技法中。

王原祁认为："古人南宗北宗各分眷属，然一家眷属内，有各用龙脉处，有各用开合起伏处。其气味得力关头也，不可不细心揣摩。"④宋代郭溪、元代黄公望的绘画作品皆有关于龙脉的表现，尤其是黄公望的《富春山居

---

① （清）王时敏、王鉴、王翚、王原祁：《清初四王山水画论》，181页，济南，山东画报出版社，2012。
② （清）王时敏、王鉴、王翚、王原祁：《清初四王山水画论》，167页，济南，山东画报出版社，2012。
③ （清）王时敏、王鉴、王翚、王原祁：《清初四王山水画论》，143页，济南，山东画报出版社，2012。
④ （清）王时敏、王鉴、王翚、王原祁：《清初四王山水画论》，145页，济南，山东画报出版社，2012。

图》，既是经营位置的最佳图本，也是"龙脉"表达的范例。① 黄公望虽然没有直接使用"龙脉"一词，但其《写山水诀》举例说："李成画坡脚，须要数层，取其湿厚，米元章论李光丞有后代儿孙昌盛。果出为官者最多，画亦有风水存焉"②。可见他对于风水、龙脉的理解，依然停留在堪舆学对实际生活的预测和指导的术数观念层面。"四王"之一的王翚对"龙脉"理念亦有所阐发，并得后学效法。不过，在目前考为王翚的文献中，并未见到他阐释"龙脉"概念的文字。

王原祁的"龙脉说"主要是整合了前人在经营位置方面进行的笔墨技巧的探索。他借用一个堪舆学术语，喻指在山水画创作中要善于结合笔墨的浓淡、枯润、干湿、粗细等变化，并以富有生命节奏和律动的形式，将自然山水的内在生命节律表现出来。由此，王原祁强调师古时对笔墨技巧的研磨，这也是"四王"共同的艺术追求。不过，他们"致力建设的集大成的山水图式，一方面使山水画出现了追求单纯形式的唯'雅'倾向，另一方面则极大地促进了中国画脱离绘画本然的造型因素，演变成一堆构成'理念山水'的抽象符号"③。

从这个角度上看，王原祁师古的实质是以师古为契机，以领悟传统、突破古法限制为目标，从师古中找到属于自己的法则。他将传统因素重新组合并加以变化，最终融会在运己意的笔墨结构中，以生成洽合古意的艺术效果。例如，王原祁在《仿大痴秋山》图的题跋中描述过：虽然他没有机缘一睹黄公望的那幅《秋山图》，只是听说有这么一幅作品，便"仿"了一幅。对此，王氏记录曰："癸巳九，风高木落，气候萧森，拱宸将南归。余正值悲秋之际，有动于中，因名之曰《仿大痴秋山》。不知当年真虎笔墨何如？

---

① 郭建平：《论王原祁〈雨窗漫笔〉"龙脉"观的文化意义》，2页，厦门，厦门大学出版社，2009。
② （元）黄公望：《写山水诀》，见潘运告主编：《元代书画论》，425页，长沙，湖南美术出版社，2002。
③ 汤哲明：《多元化的启导》，69页，上海，上海书画出版社，2001。

神韵何如？ 但以余之笔，写余之意。"①可见，无论是拟其意，还是综合运用传统的笔墨技巧，均显示出王原祁师古、仿古的抽象性特征。

王原祁师法古人抽象古意的绘画形式不仅是一种新的创作方法，甚至可以说，"这似乎标志着，至此为止，中国传统的山水画不但在笔墨语言方面早已进入了程式化阶段，而且在章法结构方面也开始进入了程式化阶段，并出现了画面空间的抽象化倾向"②。 这一艺术倾向，无论是在正统派还是在野派的绘画作品中都有着显著的体现。

◎ 第三节
"四僧"的绘画观念

清初"四僧"是指石涛、朱耷、髡残与弘仁四位画家，他们都有出家的经历，因传奇人生和独特画风而成为清初画坛上特立独行的一群人。 画史多将"四僧"与"四王"并列，分别称他们为"在野派"和"正统派"的代表人物。 从绘画风格来看，"四僧"常常以变形写意来实现他们在山水画中的观念性或哲性寓含，如石涛的景致组合、朱耷的减笔、髡残的复笔、弘仁的方折造型等。 本节主要讨论朱耷、髡残和弘仁的画学思想。 兹分述如下：

一、八大山人的至简绘画观

朱耷（1626~1705），号八大山人，别号雪个、个山、人屋、何园个山驴

---

① （清）王时敏、王鉴、王翚、王原祁：《清初四王山水画论》，184 页，济南，山东画报出版社，2012。
② 方闻：《王翚：画之双翼》，见《清初"四王"画派研究论文集》，602 页，上海，上海书画出版社，1993。

汉、驴屋、传綮。谱名朱统，明太祖朱元璋第十七子朱权的九世孙，父、祖父皆擅书画。明亡后，削发为僧，后改做道士，住南昌青云谱道院。他一生以明朝遗民自居，潜隐于绘事。从清康熙二十三年（1684）起，他开始在自己作品上签署"八大山人"这个号，其他名号全弃之不用，直至他于康熙四十四年（1705）逝世。存世代表作主要有《水木清华图》《荷花水鸟图》等。

八大山人（后行文多以"八大"简称）精山水、花鸟，善于以象征、寓意、夸张、变形等手法抒心志、达忧思，寄高情于画作，寓兀傲于笔端。他的山水画远法董、巨、米、黄、倪诸家，近师董其昌；花鸟画则取法沈周、陈淳及徐渭。八大运笔行墨恣肆淋漓、纵逸洒脱；用笔简练，布白奇险；景致突兀，形象怪诞；剪裁大胆，章法独到；又聚散相宜，疏而不空。在具体的绘画创作实践中，他写画山水多取荒寒萧疏之景，以表达"墨点无多泪点多，山河仍为旧山河""想见时人解图画，一峰还写宋山河"的愤懑与悲慨。他勾勒鸟鱼多拟白眼向天之态，将形与趣、巧与意揉为一体，将书法、篆刻的笔法技巧转化为抽象的轮廓勾勒，为传统绘画创作方法提供了新的表现途径。尤其是其利用生宣纸易致水分洇渗的特性，让画面呈现出物象稀少、笔墨凝练的独特效果，为传统水墨画拓展了新的方向。八大的绘画思想与艺术创作实践并行不悖，兹结合具体的作品分析将其绘画思想简述如下：

1. "画法兼之书法"的绘画书法化思想

明末以来，文人画家越来越重视纯粹笔墨技法的表现效力，他们的绘画作品中逐渐呈现出绘画书法化的特点。甚至可以说，"画法的书法化，是后期文人画的一个根本性的特点"[①]。正如八大在一《山水册》上的题跋所言："昔吴道元学书于张颠、贺老，不成，退，画法益工。可知画法兼之书法。"[②]他又于册后再临李北海书法一段，自识云："画法董北苑已，更临北

---

① 蔡星仪：《关于八大山人研究的几个问题》，见王朝闻主编：《八大山人全集》第 5 卷，1010 页，南昌，江西美术出版社，2000。
② 王朝闻主编：《八大山人全集》第 5 卷，1185 页，南昌，江西美术出版社，2000。

海书一段于后,以示书法兼之画法。"①可见八大对书法入画法这一表现方法的重视。

根据我国传统绘画创作使用的材料(纸张、笔墨等)所具有的特性,文人画家逐渐探索出一条以线、空白等构筑平面视觉空间,并在其中寓含不同的情感、意趣、认知和观念。从宋元以来文人画的演进历程来看,"文人画家首先要研究古代名家,明确地阐释和评价历史。通过将古代的山水画语汇系统地演绎为比较简单的书法性图式,他们创造了一种新颖的、抽象的表现语汇。……那是用一种高度个性化语言创作的书法性绘画,配上艺术家本人撰写的诗作,是某种复杂人格的展示,也是文字与图像的联姻——它们承担着表达不同层面上的多种情感与睿智"②。八大不仅是"画法兼之书法"思想的倡导者,而且是这一思想的躬行者。同时,他也因此而助推着画家诗书画印兼善,且书诗画印一体的时代趣味的发展。

2. "曷其廉"与"少为足"的"减笔"绘画观

八大在其《书画合璧册》末自题:"方语:'河水一担直三文'。《三辅录》:'安陵郝廉,饮马投钱'。谐声会意,所云'郝'者,'曷'也,'曷其廉也'。予所画山水图,每每得少为足,更如东方生所云'又何廉也'。"③可以说,"少为足"与"曷其廉",也是八大画作中最为突出的艺术特点。

于绘画而言,少者有二:一则画作中摄取的物象少;一则用笔少。廉者,减也;"曷其廉"又何其不廉八大以此实现水墨画追求的计白当黑、以少胜多的艺术效果,并通向空无之禅境。正如八大在《题画奉答樵谷太守二首》有言:"说禅我弗解,学画耶得省。至哉石尊者,笔力一以骋。"④一个"省"字包含着太多画理,"省"至石涛的"一画论",则集成了儒释道合一

---

① 王朝闻主编:《八大山人全集》第5卷,1185页,南昌,江西美术出版社,2000。
② 方闻:《超越再现——8世纪至14世纪中国书画》,李维琨译,355页,杭州,浙江大学出版社,2011。
③ 王朝闻主编:《八大山人全集》第4卷,836页,南昌,江西美术出版社,2000。
④ 八大山人纪念馆编:《八大山人研究》,227页,南昌,江西人民出版社,1986。

的画学思想。但真正将至"省"入画者,非八大莫属也。以此故,郑板桥在比较八大与石涛时曰:"八大名满天下,石涛名不出吾扬州,何哉? 八大纯用减笔,而石涛微茸尔。"①(《靳秋田索画》)郑板桥一语道出了八大山人至简画风的根源特质之所在。

八大也是恽寿平倡导的"高简"("笔墨简洁处用意最微")画风的最直接的实现者。他的花鸟、竹石,皆构图简洁,有时仅一鸟一石,甚至仅仅一枝花;他用笔拙朴,方笔、圆笔自由变换,画面刻意铺排,以打破物象常态下的关联性,以消弭物形边界,如长卷《鱼鸭图卷》;他善于营造散逸的透视空间,如《鱼鸟图》;甚至是直接将文字与图形组合起来,如《游鱼图轴》(上题诗云:"三万六千顷,毕竟有鱼行。到尔一黄颊,海潮吹上笙"②)。整体上看,八大的笔墨及造型灵活多变、意趣丰澹,或以形之扭曲,或以位之错置,或以势之颠倒,或以态之拟人,造妙入微,如臻化境。

八大更重视绘画的"神似",他以独异之构思,使画作"笔情恣纵,不泥成法,奇崛诡异,博大精深,可以说是转益多师,集众家笔墨之大成者并将中国绘画艺术推上高度净化——简括、夸张、变形的水墨写意新阶段"③。他的作品都充分体现出他既是儒释道合一并以道禅为主的画学思想的躬行者,也是将这一思想与特殊经历融入笔端的实践者。八大最终抵达了他理想中的以少胜多的笔墨境界。

二、髡残的禅画绘画观

髡残(1612~1673),俗姓刘,武陵(今湖南省常德市)人,居南京。字介丘,号石豀,又号白秃、残道者、电住道人、石道人,法名髡残。与石涛合称"二石"。幼年丧母,后削发为僧,云游名山。30余岁时明朝灭亡,

---

① 周积寅编著:《郑板桥书画艺术》,35页,天津,天津人民美术出版社,1982。
② 王朝闻:《东方既白》,377页,重庆,重庆出版社,1994。
③ 阮荣春、顾平、杭春晓:《中国美术史》,251页,沈阳,辽宁美术出版社,2001。

参与反清,失败后避难山野。43 岁时定居南京大报恩寺,后迁居牛首山幽栖寺,度过后半生。

髡残精山水,亦工人物、花卉。其山水画远宗五代董源、巨然,近习董其昌、文征明,尤其得力于元四家之王蒙、黄公望。在学习前贤的基础上,髡残更重视师造化,自谓"论画精髓者,必多览书史。登山窮源,方能造意"①。其山水画作近看似"粗头乱服",远观秩序井然。他的画面构图天地饱满,景致繁复细密;笔墨郁茂苍劲,境界幽深浑阔。可谓活力生气兼具,灵韵动感互生,禅机与画趣相得益彰。张庚评其画云:"石溪工山水,奥境奇辟,缅缈幽深,引人入胜,笔墨高古,设色精湛,诚元人之胜概也。此种笔法不见于世久矣,盖从蒲团上得来,所以不犹人也。"②髡残的传世作品主要有《溪桥策杖图》《苍山结茅图》《秋山红树图》《禅机画趣图》等。髡残丰富的绘画思想尽在其题画诗跋中,兹概述为以下几个方面。

1. 气韵妙悟说

髡残因信仰而出家,佛学造诣极深,修养深厚。他曾参与校刻《大藏经》,觉浪禅师圆寂时遗命将曹洞宗的法系传给他,髡残终未接受,但禅宗思想深深地影响着他的感知方式、审美经验、艺术风格乃至禅画思想的形成。髡残在《山水册十页》的画跋中说:"残僧本不知画,偶因坐禅后悟此六法,随笔所止,亦未知妥当也,见者喝棒。"③他的《苍翠凌天图》一画,灵韵秀润,富有律动感。远处重峦叠嶂,古木华滋,山泉高挂,楼阁整饬;近处茅屋数间,柴扉半掩,墨苔若剥。画中题诗句为:"雾气隐朝晖,疏村入翠微。路随流水转,人自半天归。树古藤偏坠,秋深雨渐稀。坐来诸境了,心事托天机。"④而这些也正是其禅画思想的直接体现。

髡残的"禅悟画"说源于董其昌的"以禅喻画"思想。1667 年,髡残创

---

① 知识出版社编:《艺术百科全书》下,772 页,北京,知识出版社,1993。
② 王伯敏等编著:《三国——现代 132 名中国书画家》,279 页,济南,山东美术出版社,1984。
③ 赵洪军:《髡残绘画作品编年图录》,68 页,天津,天津人民美术出版社,2018。
④ 南京博物院藏宝录编辑委员会编:《南京博物院藏宝录》,201 页,上海,上海文艺出版社、三联书店,1992。

作的《松岩楼阁图》有题跋云："董华亭（其昌）谓：画和禅理共旨，不然禅须悟，非工力使然。故元人论品格，宋人论气韵。品格可力学而至，气韵非妙悟则未能也。"[①]在董氏思想的影响下，髡残又提出了"以禅悟画"的重要画学命题。对这一命题的感悟，使他在创作实践中将气韵问题转换成具体的笔墨技巧。因此，他的画作常常以湿笔挥写，浑厚有力地表现出山水的缅邈之貌，墨韵流畅，景致繁复细密而又秩序井然。

2.禅画功能论

与禅悟画思想相辅相成，髡残希望如得棒喝一样得到对画理的顿悟，这一观念主要体现在以下两个方面：

其一，以禅画说法。髡残在《浅绛山水图》一画中所题偈语谓："从知四大皆假念，顺境逆途非乐忧。梦中妄想惊得鹿，海上忘机思狎鸥。举世何人到彼岸，独君知我是虚舟。画成说法能开导，顽矿无情也点头。"[②]在这里，他将自己看做是引领他人觉悟的"虚舟"，让画作起到布道说法以开导参禅者的作用，以此达到"顽矿无情也点头"的了悟境界。这是从创作意图角度演绎的禅画功能论，这一观点使髡残成为我国画史上第一位大胆提出以禅悟画，并以禅画说法的画家。

其二，以禅画了法悟道。髡残在《山水图》轴的跋中有语："即笔墨之好，不外乎性灵，亦经义中之参化。若人知此理，法即了，道不难。"[③]他将笔墨中的寄寓性灵之理与参化经义之道相比较，认为可以从笔墨中了法悟道，这是从鉴赏者角度对禅画功能所做的阐释。

3.重视把握山水画的流动性特质

髡残在四十九岁时的画作《秋山钓艇图》中题诗说：

    白云起山半，迅逸如迸泉。沉（或为泛）演乎林莽，飘飘乎山川。飞

---

① 江苏省地方志编纂委员会编著：《江苏省志·文物志》，482页，南京，江苏古籍出版社，1998。
② 赵洪军：《髡残绘画作品编年图录》，228页，天津，天津人民美术出版社，2018。
③ 赵洪军：《髡残绘画作品编年图录》，213页，天津，天津人民美术出版社，2018。

霞共联络，凯风与周旋。开轩滁遐想，我思何绵绵。顾瞻忽在兹，亦复停披焉。卷舒无定理，变幻徒萦缠。兴念于髯（或为松）子，若承鹤上仙。涧花结浮翳，百色交我前。咸欣从妄起，心寂合自然。扁舟或来去，不为名利牵。当识太虚体，勿随形影迁。①

一句"卷舒无定理，变幻徒萦缠"，透露出他在描绘特定时空中的景致时寄寓的哲思。髡残认为，不要被一时的物象形态所迷惑，太虚是一个流动不居的存在，要想画出山水作为一种实存的本相，第一要务就是把握好物形在时间中的流动特性。基于此，无论是创作实践还是绘画思想，髡残都特别注重探寻对山水画流动性的表现方法。如果说此前山水画是以画家主体意识投射对象的方式呈现在画面中的话，那么，髡残就开启了我国传统山水画从对象性的静态画境，走向以本体出场的动态场域摹写这一大的语境变革之路。自髡残始，山水画不再依附于画者主体的情感、意志和思绪，在画家的笔下，山水画开始以其于天地间自在的面貌，和在时空中无住地流动的样态向万物呈现自己。

革新建基于深刻的批判。髡残对山水画动态的场域摹写这一新语境的发现，源自他对师古问题的反思、批判和超越：（1）他说，"若先有成法，则塞却悟门矣"②（《仿王蒙山水图·题跋》），这是对当时画坛一味师法古人程式画法的反思；（2）他认为，"虽于古人窠窟出，而却不于窠窟中安身，枯劲之中发以秀媚"，这是对如何出古以自成一家方法的总结；（3）他认为，"不于窠窟中安身，枯劲中发出秀媚。广大之中出其琐碎，备尽生物之妙"③（《绿树听鹂图·自题》），这是对绘画要表现出自然生命的物性的倡导；（4）他自我评价说，"拙画虽不及古人，亦不必古人可也"④，这是他脱

---

① 黄宾虹：《中国画史馨香录》，241 页，北京，生活·读书·新知三联书店，2002。
② 赵启斌主编：《中国历代绘画鉴赏》，873 页，北京，商务印书馆国际有限公司，2016。
③ 伍蠡甫主编：《中国名画鉴赏辞典》，814 页，上海，上海辞书出版社，1993。
④ 赵洪军：《髡残绘画作品编年图录》，177 页，天津，天津人民美术出版社，2018。

离师古进入独创境界的艺术理想。

髡残大胆的艺术革新思想和实践,离不开他"尔当亲授受"的禅悟心境。 他在《天都探胜图》的题跋中,他说:

> 尝与青溪读史论画,每晨夕登峰眺远,益得山灵真气象耳。每谓不读几卷书,不行几里路,皆眼目之见,安足论哉? 亦如古德云:尔当亲授受,得彼破了蒲团诀时。余归天都,写溪河之胜,林木茂翳,总非前辈所作之境界耶![1]

也就是说,要能够突破宗师观念,亲身感知"山灵真气象",才能领悟此在的本相。 徜徉于山水之间,髡残不仅受到了大自然的陶冶,也收获了无限的创造灵感。 在与自然高度一致的盈虚消长的节奏中,他获得了关于生命和时空的启示。 的确如此,只有画家自己才能真正地认识、触知到自然变化之奥妙,才能创造出"总非前辈所作之境界",才能捕获"山灵真气象",才能在画作中呈现出一种令人身临其境的艺术胜境。

三、弘仁的绘画变形思想

弘仁(1610~1664),安徽歙县人,俗姓江,名韬、舫,字六奇、号鸥盟。 少时曾随父寓居杭州,为杭郡诸生,王士祯弟子。 父故,随母回歙县。 36岁参与抗清,兵败赴福建。 一年后在武夷山出家为僧,法名弘仁,自取字无智,号渐江、渐江学人、渐江僧、梅花古衲。 画从宋、元名家入手,尤崇倪瓒画法。 造型方折如几何体,笔墨瘦劲疏简,风格冷逸。 作为"新安画派"的开创者,他与查士标、孙逸、汪之瑞并称为"海阳四家"。主要作品有《松梅图》《陶庵图》《黄山树石图》《江山无尽图》《黄海松石

---

[1] 中国文物学会主编:《新中国捐献文物精品全集》(徐悲鸿/廖静文卷)上,184页,北京,文津出版社,2015。

图》《天都峰图》《黄山始信峰图》等。亦兼善诗文,有《画偈》一卷。

弘仁的绘画思想主要体现在友人为他辑录的题画诗集——《画偈》中。《画偈》一卷,"计75首(四言10首,五言23首,七言42首)。考其所言,乃为题画之作,有标举绘画主张的,有述取法名家的,有言绘画构图的,有叙画面景物的。"①这些题跋集中体现了弘仁反对摹古、反对追逐时趣的勇气。他以新异立意,以独特的绘画手法践行自己宣称的"并无一段入藩篱"②的绘画独创理想。

1. 追求"玻璃"般透明感的艺术效果

弘仁在其《武夷山水》轴中有题诗为:"造物何钟九曲溪,朦峰胰壁瞰(或为阙)玻璃。道人笔载篷窗底,双目瞠瞠未敢题。"③这首诗明确表达了他作品中渲染出的特殊的艺术效果。弘仁常常以方折用笔描绘突兀之崚嶒,皴擦较少,从而使画面中的山水呈现出"玻璃"一样的透明感。

为了凸显这种透明感,弘仁采用中锋用笔。同时,他还"吸收书法家颜真卿的折钗股法入画,用笔如钢条,劲挺而不单薄。在笔与墨的关系方面,弘仁强调笔法立骨的基干作用,每以纵横交错的笔法组织把山石结构夸张成显眼的几何形体的交错关系,用墨只是用笔的辅佐,取其单纯而恬静。"④例如,他在《画偈》中所言:"笔锋历历起嵯峨,欲谢尘寰瞬息过。常听啸声天上落,不知谁在白云窝。"⑤弘仁的"笔锋历历"刚健若折铁的用笔技巧,可将嵯峨山峦尽收笔底。

弘仁以方折用笔实现绘画透明效果的表现方法,并没有被当时的画坛识别到其独特之处,而是被画论家冠以画风"异""奇"来概括。例如,萧云从称赞弘仁画为"天都异境,不必身历其间,已宛然在目矣,诚画中之三昧

---

① 皮朝纲:《中国禅宗书画美学思想史纲》,560页,成都,四川美术出版社,2012。
② 郑锡珍:《弘仁 髡残》,13页,上海,上海人民美术出版社,1979。
③ 汪世清、汪聪编纂:《渐江资料集》,77页,合肥,安徽人民出版社,1964。
④ 王朝闻主编:《中国美术史》,清代卷,上,93页,济南,齐鲁书社,2000。
⑤ 汪世清、汪聪编纂:《渐江资料集》,42页,合肥,安徽人民出版社,1964。

哉"①。 查士标为弘仁作的一则题跋认为:"渐公画入武夷而一变,归黄山而益奇。"②弘仁自己也有过对倪瓒所具"奇情"的表述,他说,"倪迂中岁具奇情,散产之余画始成。 我已无家宜困学,悠悠难免负平生。"③由此可见,对异境、奇景或者奇情的追求是弘仁画作的鲜明特色。 究其实,则是他采用了一种直观表现自然形貌的绘画方法。

弘仁刻意求奇的绘画风格,不仅寄寓了他对机械摹古风潮的抗拒,也显示出他对当时社会现状的尖锐批判。 这些作品,抒写了他"明知自不合时宜"却离群索居的心志,也显现了他清高、超拔的志趣。 当然,他独特的画风也应和着他"敢言天地是吾师,万壑千崖独杖藜"④的勇气和境界,为清初画坛舒展起了一杆异质性的旗帜。

2.块面造型的技法理念

弘仁在其《画偈》四言第二首中说:"白水似膏,深松如漆。 有人在焉,呼之或出。"⑤从诗意本身来看,弘仁说的是画家要能够描绘出"呼之或出"的真境来。 细读后发现,这首诗无意识地呼应了他在绘画创作中使用块面造型的表现方法。 所谓块面造型,指的就是"弘仁对自己的绘画形式语言的意象表达",他"声称他的画,有如'膏'和'漆'那种液体的凝结状态,以及黑白对比的极致效果。 弘仁画水几乎不画流动的形态,而是用线界出几何块状,用遒劲凝练的笔墨支撑着诗的意象,完善自己绘画的写意风格"⑥。 这一艺术效果可上溯至柳宗元的《游黄溪记》中所描绘的情境:"黄神之上,揭水八十步,至初潭,最奇丽,殆不可状。 其略若剖大瓮,侧立千尺,溪水积焉。 黛蓄膏淳,来若白虹,沉沉无声。 有鱼数百尾,方来会石下。"⑦在这篇文

---

① 郑锡珍:《弘仁 髡残》,11 页,上海,上海人民美术出版社,1979。
② 王伯敏:《中国绘画史》,556 页,上海,上海人民美术出版社,1982。
③ 郑锡珍:《弘仁 髡残》,12 页,上海,上海人民美术出版社,1979。
④ 郑锡珍:《弘仁 髡残》,13 页,上海,上海人民美术出版社,1979。
⑤ 汪世清,汪聪编纂:《渐江资料集》,29 页,合肥,安徽人民出版社,1964。
⑥ 皮朝纲:《中国禅宗书画美学思想史纲》,562 页,成都,四川美术出版社,2012。
⑦ 叶楚伧主编:《唐宋散文选》,71 页,南京,正中书局,1946。

章中，柳宗元使用"膏淳"一词，形象生动地描绘出潭水像淳厚的凝脂一样蓄积在山谷里的情形。柳宗元与弘仁分别以文图的形式描绘了同样的"黛蓄膏淳"般的美景，遥相呼应，文图互生，形成了一种巧妙的文如画境，画写文意的现象。

在弘仁理想的画境中，那如膏一般的水，那如漆一样的松，皆深蕴着神秘的宇宙精神。人生中叠加起来的感知经验和丰富的生活经历，都促使他的画作生成一种融符号化和抽象化为一体的张力，呈现出一种几何化的形式特点和艺术风格。基于此，弘仁变形造境以抒情达意的创作意图，也使其画面呈现出强烈的主体意识和修辞意味。

总体上看，作为我国历史上又一个少数民族统治的封建帝国，在经历了武力称雄的阶段后，清王朝统治者为了更有效地管理国家，采取了一手文化钳制，一手笼络追逐名利者为其服务的双面政策。一些性格耿直的士大夫画家（如"四僧"）的思想更为激进，他们常常借绘画来抒发满腹的愤慨、哀伤和落寞之情。他们的绘画以"高简""嵯峨"之"异境"或"奇情""奇趣"，展示了宋元以来文人画的另一种的傲岸姿态。画家们不断打破前人思维定式中潜隐的程式化、标准化的绘画方式，并走向了变形写意的探索路径，留下了许多值得后世思考和借鉴的具有时代超越性的绘画观念。

◎ 第四节
石涛《画语录》的绘画思想

明清之际，黄宗羲、顾炎武、王夫之、方以智、朱之瑜、傅山等一大批思想家不断对社会体制进行"自我批判"[①]。通过对宋明理学进行反思，学

---

① 冯契：《中国古代哲学的逻辑发展》，934页，上海，上海人民出版社，1985。

者们对前人哲学思想进行整理、归纳,形成了自唐代儒释道合流以来再一次哲学思想的大会通。 这一时期的思想家、科学家、理论家和艺术家才力、识胆兼具,并高扬主体精神,使理论与躬行相互激发,相互影响,共同汇成了一股具有自我反思和不断超越以求革故鼎新的合力。 在这一激进的历史潮流之中,清初"四僧"之一的石涛在画坛一直都以反叛者的姿态出现,同摹古派为代表的"四王"以及流行于当时画坛的浙派、吴派、松江派分庭抗礼。

石涛(1642~约1707),本姓朱,名若极,明靖江王朱守谦十世孙朱亨嘉之子。 广西全州人,晚年定居扬州。 年少时遭南明内讧、同室操戈的变故,为避难出家为僧,法名原济,一作元济,号石涛,又号苦瓜和尚、大涤子、清湘陈人等。 以卖画为生,半世云游。 早年山水师法宋元诸家,画风疏秀松透、明洁雅静;晚年构图新奇,剪裁自然,笔情纵肆,墨趣淋漓,格法多变,意趣放达,思致洒脱。 兼工书法,能诗文。 存世画作有《搜尽奇峰打草稿》《山水清音图》《竹石图》等。 精于绘画理论,著有《画语录》。

石涛的《画语录》原称《画谱》,清雍正九年汪绎辰抄本题名《苦瓜和尚画语录》,后世刊行时又有异名数种。 1960年上海博物馆影印出版手写刻本《画谱》。 相较而言,《画谱》与《画语录》内容基本相同,只是初稿与定稿之间的差别。《画语录》具有显著的画学史和美术史意义,是清代汗牛充栋的画学文献中一部有着完整体系的画学理论书籍,代表了这一时期卓越的画学思想成就。 即使放在我国传统画学著述宝库中,《画语录》的学术价值也非常具有前沿性,这也标志着我国古典画学达到了新的高度。

《画语录》既是石涛在个人创作经验基础上构建而成的完整的画学理论体系,也是融汇前人哲学、绘画思想的集大成之作。 全书共十八章,见解精辟独到,体系完备,结构严密,理路明晰。 该书以"深入其理,曲尽其态"为全篇主旨,涉及山水画创作的四大问题:其一,基本画理,即绘画本体论;其二,绘画技法论;其三,创作主体论;其四,儒释道思想融合的"一画"论。总体上看,《画语录》既有绘画理论的系统性、包容性和开放性,又有思想的超越性和前卫性。

一、完善的表现主义画理体系

石涛以"一画章""了法章""变化章""尊受章"四部分,作为《画语录》的理论总统领,从艺术本体出发,分别就绘画画理体系中的基本问题进行分析和论述,主要包括绘画的立法、规矩、变化、尊受等。与上述四个问题紧密相关,石涛又进一步延伸出一画论、画理与法障关系、经权与法化关系、受与识的关系等艺术本体论的核心论题。最后,《画语录》以无法之至法精神为艺术朝向,凸显了石涛"我之为我,自有我在"的表现主义画学思想。

在石涛看来,绘画艺术的法则是立于世界的本体存在,即"众有之本,万象之根"[1],而绘画的立法权则在"我"。基于此,能够"曲尽其态",以"得一画之洪规"的根本,就是"理"。石涛认为,法障的根源就在于不明"一画之理",那些"泥古不化者","是识拘之也"[2]。他说,由于"识拘于似则不广","故君子惟借古以开今也"[3],借以扩充感知和表达世界的方法。对于立法度者或者以创作主体"我"而言,就是要尊重并持守"先受而后识"的感受以及对自然的认知规律。如此,才能"借笔墨以写天地万物,而陶泳乎我也"[4],从而实现绘画作为"天下变通之大法""山川形势之精英""古今造物之陶冶""阴阳气度之流行"的美学意趣。

石涛并未局限于纯粹画理的玄虚论说,而是将立法、规矩、变化、尊受四个论题统摄在基本的画理体系中,进一步把画理分为基本画理、法理(技

---

[1] 于安澜编:《画论丛刊》上卷,146页,北京,人民美术出版社,1989。
[2] 于安澜编:《画论丛刊》上卷,147页,北京,人民美术出版社,1989。
[3] 于安澜编:《画论丛刊》上卷,147页,北京,人民美术出版社,1989。
[4] 于安澜编:《画论丛刊》上卷,147页,北京,人民美术出版社,1989。

法理论）和创作主体论三个部分。他把山水画的画理与画法喻为质饰关系，以画理为主线贯穿全篇，认为"一理才具，众理附之。审一画之来去，达众理之范围"[①]。石涛强调画理的重要性，体现出了我国古典画学家对艺术表达中"理"的自觉探索，其画理体系则体现出了我国古典哲学思想在绘画理论中的渗透与延伸。

清代画学家普遍重视绘画中应有的理性精神和认知能力，积极地进行画理体系的构建。王原祁入仕之后，王时敏仍谆谆教导他曰："汝幸成进士，宜专心画理，以继我业。"[②]至石涛构建出完善的基本画理体系，清初画家、画学家已经走过了对绘画艺术从感性把握到综合研究的阶段，完成了将"画论"提升为"画学"的历史任务。石涛《画语录》不仅内容丰富、观念前卫，而且逻辑严谨，在对画理体系的构建确有承前启后之功。

二、完备的技法理论体系

《画语录》中的技法理论，由"笔墨章""运腕章""氤氲章""山川章""皴法章""境界章""蹊径章""林木章"八章构成。石涛主要针对绘画创作过程中涉及的笔墨技巧、创作手法、表达效果、画理与笔法关系、表现手段、透视、景物搭配方法进行了分析和论说，内容详尽，理法严谨。

石涛突破了中国古典哲学一元观、二元观的思想局限，通过对几组对位概念、范畴的梳理，以技法所能够达到的最高审美境界"神"（即受生活）和"灵"（即得蒙养）为统摄，构建了一套完备的技法理论体系。尤其值得注意的是，石涛丰富多样的创作经历，为他技法理论的形成提供了坚实可靠的经验基础。他一生挥毫不辍，绘画艺术极具独创性，在山水树石、花卉虫鱼及人物神像诸领域均有极高的成就，其山水与花卉画创作更是精品众多。石

---

① 于安澜编：《画论丛刊》上卷，152页，北京，人民美术出版社，1989。
② 温肇桐：《王原祁》，2页，上海，上海人民美术出版社，1980。

涛笔墨虚灵有致，气势奔放潇洒，构图宏阔新奇，气韵清润雄浑，并善于开掘事物在时间中的流动性。他的诸多传世作品如《搜尽奇峰打草稿》《山水清音图》《苦瓜和尚妙谛册》等，皆呈现出格高境远，笔法流畅，墨法多变，巧拙相生的艺术特质。石涛的绘画风格与其技法理论互相印证、互相扣合，开辟了在深研画理基础上的表现主义绘画创作的新天地。

"笔墨章"讨论的核心问题是画家的"蒙养"和"生活"的关系。二者含蕴在笔墨中，是画家通过技法达到"灵""神"境界的思想源泉。石涛说"能受蒙养之灵而不解生活之神，是有墨无笔也；能受生活之神而不变蒙养之灵，是有笔无墨也"。他把蒙养、生活、灵神与笔墨关系层层剖解出来，认为受蒙养可得墨韵，解生活可得笔意；既受蒙养又解生活则可墨韵、笔意兼得。反之，不解生活则无笔，不变蒙养则无墨。

石涛在"运腕章"提出，画家要善于把握形势、画法的变化。运腕，即艺术的传达过程，在这一过程中要掌握好运腕的实虚、正仄、疾迟、化变、奇神等关系。画家通过具体的运腕方法来传达其创作意图时，要能够做到"中直藏锋""欹斜尽致"且"操纵得势""拱揖有情"。如此，画家方能实现"沉著透彻""飞舞悠扬"和"浑合自然""陆离谲怪"的画面效果，直至达到"神工鬼斧""川岳荐灵"的艺术至境。其前提是，艺术创作的主体要充分地领受蒙养的滋润、晓知山林的自然形态，这样才能将含蕴于心的化之于运腕的过程，才能以腕之虚灵迎画之折变，以笔之截揭遏形之痴蒙。

"氤氲章"认为，笔与墨会生成氤氲，并以这一美学形态为旨归，画家摄取意象要具有"灵、动、生、逸"的特质和品格。石涛对绘画中氤氲之境的强调，再次回应了他画学思想的两大旨趣：其一，重申画"理"对实现理想艺术效果的重要作用。他认为，要实现氤氲之境，不但要剔除"雕凿、板腐、沉泥、牵连和脱节"的弊病，而且不可"无理"。其二，巧妙扣合了他在"变化章"中提出的"自有我在"的表现主义绘画思想。石涛认为，画家在经历了蒙养、生活的转换之后，若能进一步深悟画理与精研画法，就能

"于墨海中立定精神,笔锋下决出生活,尺幅上换去毛骨,混沌里放出光明"。待绘画创作完成时,那些显现在画面上的山水已不再是自然的山水,而是写满了"我"的精神意志。

"山川章"一开篇讨论的是山水画的意蕴("得乾坤之理")和形式("得笔墨之法")的关系。不过,石涛并没有沿着这一问题的脉络进行阐释,他将问题投向绘画的理法关系,"画之理,笔之法,不过天地之质与饰也"。石涛将山水画的画理视为天地之质,将技法喻为天地之饰,认为画理与技法是质饰关系。进而,石涛又将论题引入其表现主义画学思想的主旨,即"我有是一画,能贯山川之形神"。可见,"山川章"中所涉及的艺术创作的意蕴与形式关系问题,实质上就是我国古典绘画思想体系中"内容""形式"关系的形象化阐释。

"皴法章"讨论的是山水画的个性化表现手法,即如何使用皴法描绘出自然山川的鲜活生命力。石涛不厌其烦地列举出十三种皴法,就是要修正山水画的程式化、类型化法则,走向"受一画之理而应诸万方"的自由表达境界。在实际创作中,石涛也是一步步走出程式化画法的局限,最终拥有了别开生面的绘画风格。他早期受梅清影响,形成了方折用笔、皴法纠结的"细笔石涛"风格。中年时期,他多种皴法灵活使用,通过劲利沉着的用笔,淋漓泼辣的用墨,将山石以淡墨勾勒,兼用浓墨、焦墨皴擦。一如他的《山水清音图》,"多种皴法交织互施,带光带毛,夹水夹墨,颇得生动节奏之效"[①]。到了创作晚期,石涛终于突破了前人陈法,用赭代墨皴擦山石,从而收到一种笔法恣纵、酣畅淋漓的画面效果。石涛的画作《搜尽奇峰打草稿》卷就是将坚实凝重的线条与灵巧的点面相结合,并依盘曲交错的山势进行皴擦点染方达到的艺术效果,而这也正是他将"峰与皴合,皴自峰生"[②]的皴法理论巧妙运用的结果。

"境界章"与"蹊径章"讨论的是山水画构图中的透视和景物搭配的

[①] 伍蠡甫主编:《中国名画鉴赏辞典》,914 页,上海,上海辞书出版社,1993。
[②] 于安澜编:《画论丛刊》上卷,152 页,北京,人民美术出版社,1989。

方法。

"境界章"着眼于绘画创作中的画面分割和布局安排。石涛反对僵化如"印刻"般的透视法则与程式化构图("分疆三叠两段"),提出要处理好地、树、山三者的画面关系,"先要贯通一气,不可拘泥"[1]。他认为绘画的透视方法要能够契合自然景物本身的界域,符合自然山水的生命状态,这样才能使画面建立起一种内在的气脉连接,从而自然而然地呈现出一个生机勃勃的有机的生命世界。

"蹊径章"聚焦于绘画构图中景物搭配的方法问题。石涛总结出"对景不对山、对山不对景、倒景、借景、截断、险峻"六种景物搭配法。尤其是"借景"法,石涛将之定义为,"如空山杳冥,无物生态。借以疏柳嫩竹,桥梁草阁。此借景也"[2]。其中的"借"字,即"移花接木也","这里强调的是突破实在景致的束缚,灵活地进行画面的组接与搭配"[3],这也是石涛所说"搜尽奇峰打草稿"的景物组合方法。由于文人画越来越注意抒发画家的书卷气、个人品格和自我性情,这种景物组合和搭配的构图方法,已成为清初画家们不谋而合而皆所采用的绘画技法。

"林木"的绘画技巧在山水画法中占有重要位置,也一直是古典画论重点探讨的议题之一。石涛《画语录》专列一章来谈林木,可见他对这一问题的重视。《画语录》"林木章"的关键,在于引出一个"势"字来。石涛论林木之"势",首先强调的是古人作画时要先处理树与树之间的位置关系,"令其反正阴阳,各自面目,参差高下",由此传达出"生动有致"的韵律。其次,他自己作画时则是集中处理植株之间营造而成的"势",一如"英雄起舞,俯仰蹲立,蹁跹排宕"[4]。最后,石涛认为,要将林木之势表达出来,需要特别注意运笔、运婉、指法、用肘的连续性等具体的创作行为。可

---

[1] 于安澜编:《画论丛刊》上卷,153 页,北京,人民美术出版社,1989。
[2] 于安澜编:《画论丛刊》上卷,153 页,北京,人民美术出版社,1989。
[3] 苏荟敏:《石涛〈画语录〉美学思想研究》,163 页,北京,中国社会科学出版社,2011。
[4] 于安澜编:《画论丛刊》上卷,153 页,北京,人民美术出版社,1989。

以说，在"林木"一章，石涛集中讨论的是如何以具体的创作行为来造"势"的问题。

三、画家涵养论

石涛画学体系中的画家涵养论，由"远尘章""脱俗章""兼字章""资任章"四部分组成，着重探讨画家应有的精神境界。例如，"不劳心"的生活态度和"思其一"的思维品质；"生智"以明达的禀赋和"清至"的审美心境；晓知艺术通变规律以求破格创新的资质、能力、素养等。

石涛推崇自由无拘、不受尘杂所累的生活态度。他认为，山水画家不应作为"局隘人"，为"外物"所蒙蔽和役使，而应做到"心不劳"。就是要求"作为创作主体的'我'，彻底排除各种私心杂念的干扰，摆脱世俗种种利害得失的计较，使精神从外在的功名、富贵、利禄、穷达的束缚中解脱出来，进入不为外物役使的自由境界，若能如此，山水画创作就有了希望"[①]。石涛提出，在不为尘杂浸染的状态下，画家还要能够具有"一意专心"的思维品质，正所谓"思其一，则心有所著而快。所以画则精微之，入不可测矣"[②]。思想专一了，心就会因物象在内心的明晰感而快意起来，如此，才能使绘画达至精微之致。正如管子所言："一意搏（专）心，耳目不淫，虽远若近"。（《管子·内业篇》）如此，创作主体才能让自己虚静空明地置身于寰宇之中，澄怀味象以体察、领受世界的本相，并将领悟到的内容出神入化地落墨于纸笔。

"脱俗章"关注的是画家是否能够具有"生智"以明达的禀赋，从而实现绘画中"俗除清至"的艺术境界。正如伍蠡甫强调的那样："凡是不能接物、明理、了法、立法、用法、去障、化法，终于化物为我用的画家，便是

---

① 韩林德：《石涛与〈画语录〉研究》，184 页，南京，江苏美术出版社，1989。
② 于安澜编：《画论丛刊》上卷，155 页，北京，人民美术出版社，1989。

未能远尘,未能脱俗。可见石涛所说的'尘''俗',乃'法障'的同义词,所谓'远尘''脱俗',不应和封建士大夫们的隐逸以自命清高混同起来。"① 更确切地说,"尘""俗"是画家的心障。在石涛看来,"愚者与俗同识。愚不蒙则智,俗不溅则清。俗因愚受,愚因蒙昧。故至人不能不达,不能不明。达则变,明则化。"②脱俗的根本在于开愚,开愚的根本在于启蒙,启蒙的根本在于明智,由此方能达变、明化。石涛对明智禀赋的强调,切实地为画家提供了一条了法的思想路径,这不仅在清代绘画思想体系中是独一无二的,而且具有普遍的思想史层面的启蒙意义。

除了要具备达变明化的禀赋,石涛认为画家还要拥有"心淡若无"的审美心境,才能达到"操笔如无为"的艺术自由之境,从而实现"清至"的画境。石涛对"清"风格的推崇也表现在他自己的作品中,如他画墨竹时所言:"风来一种疏密,雨过百般醒醉。惟有月影摇,空幽致,自与高人风度雅俗不同。对此空坐,杯茗之余,声清在即。"③由此可见,石涛将创作主体的智性、审美心境和艺术风格紧密地联系在一起。这一方面显示出他对道家"清静无为"思想的认同和向往,另一方面也传达出他秉承的依然是画家禀赋、人品和画品一致的文人画思想。

"兼字章"从书画一体的思想出发提出画家要具有兼善书法的能力,石涛通过书画一体现象要讨论的是画家要具有"伐功""务变"的能力。他认为,画家要通晓艺术的"先天之根本"与"后天之经权"的关系,由此才能真正地获得借古开今、破格创新的胆识和气魄。石涛不但在理论上强调"我用我法化古为新"的创造精神,而且在实践中坚持反对"古人既立法之后,便不容今人出古法"的陈规,足见他务求其变的突破性。

不仅如此,石涛认为,"古今字画,本之天而全之人也"④。也就是说,

---

① 伍蠡甫:《名画家论》,169 页,北京,中国大百科全书出版社,1988。
② 于安澜编:《画论丛刊》上卷,155 页,北京,人民美术出版社,1989。
③ 卢辅圣主编:《中国书画全书》,七,575 页,上海,上海书画出版社,1994。
④ 于安澜编:《画论丛刊》上卷,155 页,北京,人民美术出版社,1989。

只有拥有大智和大授之人才能拥有书画兼善的能力，因为"一画者，字画先有之根本也。字画者，一画后天之经权也"①。基于此，他特别强调画家要重视对书法能力的运用，从而形成了他"以书入画"的理论。可以说，"石涛的'以书入画'具有高度的灵活性，他不但注重绘画笔墨的书法韵味，而且注意到书法创作中的绘画意趣。……扬州八怪书法和绘画中常常表现出既用书法作画，又用画法作书的特点。在这一点上可以说八怪是直接继承了石涛的绘画思想的。"②必须注意到的是，石涛过于强调画家书画兼工的能力，也就忽略了二者之间在表现方法上存在的差异。因而，他的画作不可避免地显示出某些书法性、抽象性的艺术特点。这也是清代文人画共有的特点，当然也是"问题"所在。

作为全篇着力最多的"资任章"，石涛主要论述的是画家的资质、心智、道德、操守等精神境界的问题。他在"资任章"中所言的"'资'与'任'各自的三层含义与'资任'的概念中交叉组合在一起，形成了一个极为复杂但又意味无穷的意义场。综合其诸层含义来看，它所涉及的是艺术创作之中的'外取'与'内求''规定'与'被规定'的复杂关系以及对此关系的随顺运作、超越自如的问题。……在确立了全篇的总纲之后，接下来将从'笔墨之任''山水之任'和'吾人之任'这三个向度对'资任'说加以展开。"③石涛主张，真正的艺术家要能够懂得"天地自然与山水""山水之间"以及"画家与山水"这三种相互生发、相互资用、相互资益的关系。在此基础上，画家方能获得儒家的"资取""资用"之心，以及佛家的"资益""资养"之智。

---

① 于安澜编：《画论丛刊》上卷，156页，北京，人民美术出版社，1989。
② 乔念祖主编：《〈石涛画语录〉与现代绘画艺术研究》，281～282页，北京，人民美术出版社，2007。
③ 苏荟敏：《石涛〈画语录〉美学思想研究》，210、212页，北京，中国社会科学出版社，2011。

四、"一画"论的绘画思想史意义

石涛"一画"论的提出有着重要的绘画思想史意义。他以道家的宇宙观为出发点,以儒家的仁乐思想为根基,以佛禅的受识观为体验宇宙、自然、人生的指导,以理学的思维方式为主线,将画学思想上升到了艺术哲学的高度。中国古代哲学体系中有着一条儒释道思想渐趋合一的路径,尤其"自汉末以来,先是玄学盛行,尔后儒、道、释长期鼎立,互相作用。到宋代,随着中国封建社会进入后期,儒学主要以理学的形式得到复兴,并逐渐取得了独尊的地位"[①]。不过,"理学家们打着'辨异端,辟邪说'的旗号,其实却吸取了佛教、道教的思想"[②]。清初绘画思想(尤以石涛的一画论为代表)就是这一思想大融通路径的直接体现。石涛最为人称道的名言——"我之为我,自有我在""借古以开今""搜尽奇峰打草稿"等,也正是从"一画"论得以形成的宇宙观、美学观中顺理成章地抽绎而出的。际遇于儒释道会通的哲学背景,秉持"我在"的创作理念和"化一而成氤氲"的创造能力,石涛终使自己的画学思想和绘画成就,矗立为中国古典画学史、美术史上一坐不可逾越的高峰。

在《画语录》中,石涛所说的"一画"指的是浸润了画家哲思的表现符号,它从"以线造型"的表意性来,经过抒情、写实、达意功能的辗转,走向对存在本相的抽象表达之途。在中国画特定的表现符号体系中,线条具有独特的审美意蕴,它取自"书画同源"——即在书法的抽象表达基础上深蕴着"书意"的表意功能。因此,画家使用线条的美学追求就在于突破形体轮廓线的桎梏,这不但要充分地表现出线条本身的形式美,而且还要描绘出物象所包蕴的精神内涵。用石涛的话说,就是"用无不神,而法无不贯也;理

[①] 冯契:《中国古代哲学的逻辑发展》下册,733页,上海,上海人民出版社,1985。
[②] 冯契:《中国古代哲学的逻辑发展》下册,734页,上海,上海人民出版社,1985。

无不入,而态无不尽也"①。这里说的正是线条能够达到的自由境界,可谓"吾道一以贯之"②。

石涛的"一画"论,"渊源于《周易》的'易有太极,是生两仪,两仪生四象,四象生八卦'"在这句话中,"太极的内涵就是阴阳对立统一的关系,始于一,终于一,更多的是受启于老子《道德经》所论'道生一,一生二,二生三,三生万物'和'昔之得一者,天得一以清,地得一以宁,神得一以灵,谷得一以盈,万物得一以生''是以圣人抱一为天下式'"(邓白序语)。③ 于此意义而言,石涛"一画论"中所体现的美学思想可谓是宇宙生成论、绘画起源论、主体创造论的同一。④

1."一画"论是中国画线条深蕴老子之道的再现符号的具体体现

老子哲学的中心范畴和最高范畴是"道",它具有很多性质:(1)"道"是原始混沌;(2)"道"产生万物;(3)"道"没有意志,没有目的;(4)"道"自己运动;等等。⑤ 石涛"一画"论在宇宙生成观念上直接继承了老子"道"的思想基础。《老子·第四十一章》曰:"天下之物生于有,有生于无。道生一,一生二,二生三,三生万物。"此言既总结出了宇宙生成的规律,又描绘出了地球上生命万物的生成过程。石涛以老子"道一"论为思想基石,寻找到了"一画"论产生的思想根源。《画语录·一画章第一》曰:"太古无法,太朴不散。太朴一散,而法立矣。法于何立?立于一画。"⑥ 也就是说,"太朴"与"道"为原始混沌的统一;"太古无法,太朴不散"与"道"的无意志、无目的性相统一;"太朴一散,而法立矣"与"道"的自然运动统一;"一画"与"道"生万物统一。至此,中国画"以线造型"表现天

---

① 于安澜编:《画论丛刊》上卷,146页,北京,人民美术出版社,1989。
② 于安澜编:《画论丛刊》上卷,146页,北京,人民美术出版社,1989。
③ 杨成寅:《石涛画学》,4页,西安,陕西师范大学出版社,2004。
④ 周怡:《宇宙生成论、绘画起源论、主体创造论的同一说——关于石涛"一画论"的美学思想》,载《学术交流》,2001(2)。
⑤ 叶朗:《中国美学史大纲》,24页,上海,上海人民出版社,1985。
⑥ 于安澜编:《画论丛刊》上卷,146页,北京,人民美术出版社,1989。

下万物的艺术规律,与道家揭示的天下万物之生长规律紧密地扣合在了一起。

2."一画"论是佛禅思想在"以线造型"绘画思想中的具体体现

因深受本月禅师的影响,石涛的"一画"论美学体系显示出佛学本体论思想的痕迹。换言之,"一画"之线条也是深蕴禅宗"不立文字"、即心即佛的能指。

佛教用"指"比喻语言文字,用"月"喻指佛法真谛。所谓见了真月,自然不必看手指。"禅宗富有创造性地提出了'指月不二'的命题,使它成为富有禅门特色的语言观。禅宗指出,超越了指月的分别,独特的语言表达形式,同样可以传达出禅的至深至妙之境。语言有时不但是工具,而且本身也可以获得本体的意义。"①石涛认为,中国画的线条一如这语言之"指",它不是本相或真意本身,但它指向本相或真意。他所言"出笔混沌开",指的就是本相或真意自现于线条之"出笔"。

祖师禅特别讲求"扫象""泯迹"以悟入,即心即佛。受其影响,宋元以来的文人画家不仅反对偏执于"形似"的画法,而且反对"传神"滞于化迹;特别强调线条能够"以不似之似,传写超脱洒然的画外之意。这里的不似之似所似的是离一切相的实相,画外之意的真意是无住生心"②。画家使用线条构筑"不即不离"的"妙象",以直达顿悟神秘的本心,从而使线条具有了以不似之形(非相之实相),达(似)不尽之意(无住生心)的象喻功能。因而,妙象之来,以非常之体,符造化之功,以简繁拘放之形而随缘大机大用。再加上画家用笔法约淡疏朗,又妙然自在,从而使画中的意境豁然,终成绘画的"逸品"境界。

3."一画"论是中国画"以线造型"美学对儒家绘画功用思想的扬弃

石涛对于儒家的"吾道一以贯之"之说,"认为自然现象和艺术创作、自

---

① 吴言生:《经典禅语》,165～169 页,台北,台湾东大图书公司,2002。
② 赖贤宗:《禅的意境美学:以禅艺合流与石涛的一画论为研究的主要对象》,载《第四次儒佛会通学术研讨论文集》,2000(5)。

然美和艺术规律都属于'万物'，它们的规律都必然地导源于'一'，以'一'为根本"①。石涛《画语录》中的"道"不只通向混沌，也不只通向佛性，它还是"一个出发点，是一个确立方向的指示灯，而不是一个终极的目的地"。就特性而言，孔子之"'道'可以被描述为一种各种文化矢量的聚结。通过连续性的多重视角，那些文化矢量被整合并集中为一种可理解的中心。'道'具有不同领域的重要性和不同程度的成就，其较低的层面可以被描述为细枝末节的'小道'，如果这些'小道'不是彼此不同的话；而其中心的、更高的层面则是对人的生活的恰当关注"②。与此相应，中国画"以线造型"的美学特征还赋予了线条传达思想的认知（《周易》"通神明之德，类万物之情"说）功能、记载（东晋陆机的"存形莫善于画"说）功能，以及"与六籍同功"的"成教化，助人伦，穷神变，测幽微"（张彦远）功能等。石涛的"一画"论思想也有深受儒家思想影响的痕迹，一如他在《一画章第一》中所言："信手一挥，山川人物，鸟兽草木，池榭楼台，取形用势，写生揣意，运情摹景，显露隐含，人不见其画之成，画不违其心之用"③。但是，石涛并没有延续绘画的教化功能思想，而是与六朝"山水以形媚道"的"畅神"（宗炳）说、宋元以来文人画主张"游心"（邓椿）、"画乃心印"（张若虚）等"怡情悦性"思想保持一致。同时，他的一画论也与佛禅注重心性的思想紧密结合起来。石涛以饱满的主体精神，扬弃了儒家关于绘画的功用和伦理秩序观念，以佛禅思想为参悟路径直指画家心性，并以道家思想为通达自由之境的理想直指画家的"了法"资质，从而为"一画"赋予了丰富的哲性内涵。

《画语录》之外，石涛还创作了大量的题画诗跋，尤其是其"笔墨当随时代"一说特别值得深思。石涛提出：

---

① 伍蠡甫：《中国画论研究》，184 页，北京，北京大学出版社，1983。
② [美]安乐哲：《孔子对道的理解》，载《中国思想史研究通讯》，第五辑。
③ 于安澜编：《画论丛刊》上卷，146 页，北京，人民美术出版社，1989。

> 笔墨当随时代，犹诗文风气所转。上古之画，迹简而意澹，如汉魏六朝之句；然中古之画，如初唐、盛唐，雄浑壮丽；下古之画，如晚唐之句，虽清丽而渐渐薄矣；到元则如阮籍、王粲矣。倪黄辈如口诵陶潜之句"悲佳人之屡沐，从白水以枯煎"，恐无复佳矣。①

在这里，石涛关注的是烙印在艺术品身上的时代因素。他认为，一个时代有一个时代的艺术风格，真正意义上的佳作是不可替代的，也是不可复制的。石涛的"笔墨当随时代"说，比法国文艺理论家伊波利特·丹纳提出的著名的文学演变受制于种族、环境、时代三要素的理论要早二百多年，不啻为一种进步的社会学视角的艺术观。

相较而言，石涛"更关心的是每个时代诗画特定的风气，他不是关心艺术史的进步与落后这样的规律，而是在强调每个时代的诗、画都有自己独特的风气，随着时代不同都会发生变化。无论在诗歌还是在绘画上，石涛都没有将自己仅仅放在一个继承者的位置上，而是将自己放在时代风气的塑造者这样的定位上"②。在"四王"的拟古风潮中，石涛以为绘画立法的姿态和气魄，建立起了体大虑周的表现主义画学思想体系，充满了富有革新和创造精神的才力识胆。与此相应，石涛的创作也产生了名动江左的影响力。

总体上看，由于石涛特别注重景致物象的集纳和混用的画法，其大幅的绘画作品往往因缺少贯通全幅的气脉而时有少生机和乏气韵之弊。张庚曾批评他的画作："小品绝佳，其大幅惜气脉未能一贯"③，亦是不无道理的。尽管如此，石涛以立法者姿态构筑而成的大写意绘画思想及其绘画艺术成就，依然对后世产生了深远的影响。

---

① （清）石涛：《大涤子题画诗跋》，见中国书画全书编纂委员会编：《中国书画全书》八，591页，上海，上海书画出版社，1994。
② 王嘉主编：《邓乔彬教授七十华诞纪念文集》，408页，芜湖，安徽师范大学出版社，2013。
③ （清）张庚：《国朝画征录·释道济》，见王朝闻主编：《八大山人全集》第5卷，1269页，南昌，江西美术出版社，2000。

◎ 第五节
周亮工、龚贤、笪重光、恽格的绘画主张

在清初复古主义的大潮中，不仅"四王"没有完全为复古所障蔽，而且同时代的不少画家和画学家也都对刻板拟古的弊病有着清醒的认识。他们不为时趣所惑，勇于反思，敢于创新，不断超越，开宗明义地主张应在复古的基础上进行开拓和变法革新。反对机械复古绘画思想的主要代表有周亮工、龚贤、笪重光、恽格等，兹分述如下。

一、周亮工"负质颇异"的绘画观念

周亮工（1612~1672），字元亮，别号陶庵、减斋、缄斋、适园、栎园，人称栎园先生、栎下先生、笠公、栎翁、元翁、长眉公，自称笠僧、栎下、栎下生。文人、篆刻家、鉴赏家、收藏家、出版家。江西省金溪县合市乡人，原籍河南祥符（今开封），后移居金陵（今南京）。崇祯十三年进士，官至浙江道监察御史。入清后历任山东潍县县令、盐法道、兵备道、布政使、左副都御史、户部侍郎等，一生饱经宦海沉浮，曾两次下狱，被劾论死，后遇赦免。生平博览群书，爱好古图、史、书、画、印、彝器等，著有《赖古堂集》《书影》《读画录》等。

周亮工的绘画思想集中体现在《读画录》中，在《赖古堂集》《书影》中亦有所见。《读画录》是一本纪传体画史、画论著作，对明末清初76位画家的生平、生活、交游等做了翔实的记录。乾隆年间编纂《四库全书》时，因《读画录》"诗内有'人皆汉魏上，花亦义熙余'，语涉违碍，经文渊阁详校

签出，奏请销毁。并将周亮工所撰各书，一概查毁"①，实则只是撤出或删除部分违碍语句，全书并未禁毁。《读画录》以画家批评、作品鉴赏为主，既有同时代画家的横向比较，又有画史、画家师承脉络的纵向梳理，开绘画鉴赏、批评之先河。《赖古堂集》"多题其同时人之手迹，在当时为佳作，在今日俱成名迹矣。其中多叙其交游情事、烟霞之契、投赠之雅，犹可得其仿佛也"②。《书影》内容驳杂，主要涉及艺坛掌故、名人传记、史事考订、艺术品品鉴等。

在一个个性舒张的时代，艺术呼应感性的程度亦是相通的。周亮工的诗学、画学观也保持着自道性情和舒写抑郁无聊之气之间的贯通性。不过，他也意识到了诗画这两种艺术表达方式的不同，并没有将对诗歌的理解直接移植到绘画批评中。他注意到，绘画在不为规则所限时反而更易精进。在《方邵村》篇中，周亮工介绍说，方氏"早年不过游戏笔墨，患难后自塞上归。一借不聿，舒写其抑郁无聊之气。故其画更进"③。问题在于如何才能更好地将性情浸润、浸染于作品之中呢？

周亮工并未对此作出具体的解答，而是通过画家评点，为我们深入认识、探索这一问题指明了方向。他强调，作画得之于天赋。谈及画家高遇时，他指出其天才资质之所在，高遇"尝为予作落霞晚眺一册，光景直超然天半，正如青莲妙句。出自天才，非郊岛寒瘦可比也"④；谈到郭巩时，说"无疆作画，具有天质"⑤。天赋之质表现在很多方面，周亮工特别对画家"负质颇异"的精神大加赞誉。在品评杨文骢时，他说道："从董文敏，精画理。然负质颇异，不规规云间蹊径也。"⑥在注重统一和秩序的农耕文明时代，大胆提倡"负质颇异"说，这恐怕是周亮工的文艺思想无法得到官方

---

① 丁福保，周云青编：《四部总录艺术编：书画、法帖、版画册》，第 1 册，903 页，北京，文物出版社，1984。
② 余绍宋编撰：《书画书录解题》，卷五，349～350 页，北京，北京图书馆出版社，2003。
③ 于安澜撰：《画史丛书》十三，2643 页，郑州、开封，河南大学出版社，2009。
④ 于安澜撰：《画史丛书》十三，2665 页，郑州、开封，河南大学出版社，2009。
⑤ 于安澜撰：《画史丛书》十三，2678 页，郑州、开封，河南大学出版社，2009。
⑥ 于安澜撰：《画史丛书》十三，2657 页，郑州、开封，河南大学出版社，2009。

推介、作品无法得到收录的根本原因。然而"不规规云间蹊径",高蹈自由的心性,恰恰正是中国传统画学思想中尤为值得称道的可贵品质。

与此相应,周亮工对明末清初画坛师古、摹古的文人画风潮也有着清醒的认识。在谈及赵文度时,他说:"与董文敏同郡同时,笔墨亦相类。世人谓开松江派者,首为屈指。然无笔不自古人中出,非时辈可及也。"①又指出吴梅村"不多为画,然能萃诸家之长,而运以己意,故落笔无无可传者"②。如何才能在师古的同时做到运以己意?周亮工提出,摹古要不拘绳墨,要有自得之趣,即不拘泥古人古法。他认为江遥止能够深研古代名家技法,在继承的基础上创造出独特新颖的笔墨形式。对此,周氏给予了充分肯定,评价江氏字画虽"极力摹古,然颇有自得之致"③。在批评龚贤的画作时,周亮工进一步提出"其画扫除蹊径,独出幽异"④。也就是说,绘画不仅要在摹古的基础上拥有自得之趣,而且要能够得自然之致,如此方能最终达到"独出幽异"的艺术境界。

周亮工在对艺术品进行赏鉴、品评时,坚持以艺术性为第一的标准,较为客观、严谨。

首先,以史笔述论画家、作品。可以说,"我国向无书画史专书"⑤,周亮工以断代专史的笔法开启了明末清初画学中绘画鉴赏和批评的风潮。他的画论语言简雅,内容丰富,所涉画家众多且知名度高,品评绘画作品种类极繁,对花鸟、山水、人物等各种类型的画作均有介绍。具体篇目资料翔实,赏鉴、批评方法多样,既包括画家品藻、画作画风品评,以及同时代其他文人士大夫对画家的品评,也包括对画家际遇、与画家的交往、藏画获得过程的记述。此外,还有关于所藏画作的题跋、画作的代笔与作伪等问题的分析。

---

① 于安澜撰:《画史丛书》十三,2612页,郑州、开封,河南大学出版社,2009。
② 于安澜撰:《画史丛书》十三,2611页,郑州、开封,河南大学出版社,2009。
③ 于安澜撰:《画史丛书》十三,2677页,郑州、开封,河南大学出版社,2009。
④ 于安澜撰:《画史丛书》十三,2645页,郑州、开封,河南大学出版社,2009。
⑤ 余绍宋编撰:《书画书录解题》,9页,北京,北京图书馆出版社,2003。

其次,多种品鉴方法的综合使用。周亮工较为常用的方法主要有:(1)比较。在《王石谷》篇中,他对赵雪江和王翚的摹古方法作了比较,给出了中肯的评价。他说:"雪江太拘绳墨,无自得之趣。石谷天资高,年力富,下笔便可与古人齐驱,百年来第一人也。"①相较而言,周氏更欣赏王翚。他以能否超越法度,有无自得之趣为考察标准,认为赵雪江不能越法度获得自得之趣,王翚则不仅在天资和年力等综合禀赋上优胜,而且笔下功夫深厚,因此无愧百年来第一人的称号。(2)社会学批评视角。周亮工多引述画家交友、生活情况,说明这些对其绘画风格或成就的影响,同时辑录其他画家、画学家对其进行品评的诗作、短文加以印证,顺势稍加评点,以此呈现出鉴赏和批评对象的艺术概貌。(3)艺术本体批评。周亮工在《姚简叔》篇中说:"简叔作画,一洗浙习,尽萃诸家之长,而出以秀韵。"②评点邹典时,他指出:"君画笔意高秀,绝去甜俗一派。故足俯视余子。"③事实证明,"甜俗"正是致使晚期吴门画派衰落的原因之一。

最后,周亮工总体上秉承了自宋元以来主导画坛的文人画思想,并在此基础上,无论使用哪一种鉴赏、批评方法,他都有一套自己的品评标准。即使是在对待绘画的"南北宗"问题及正统与非正统问题上,周氏也没有显示出刻意区分和偏爱的痕迹;在论及流派之争时未表现出门户偏见,更未追逐时趋,以画家名气论艺术成就的高低。周亮工始终以绘画作品为第一位,不仅对师古、摹古、出古、化古和绘画的艺术性等问题有着清醒而独到的认识,而且对时人不认同、不重视的画家(如恽本初"颇为俗笔所诋"),也能持守以艺术为尚的观点,从而秉持较为客观、中肯的态度进行艺术鉴赏和批评,这些都充分显示出其画学思想的开放性和包容性。正由于此,他才能独具慧眼,识得王石谷"百年来第一人"的艺术造诣,领会其艺术的时代超越性。

---

① 于安澜撰:《画史丛书》十三,2640 页,郑州、开封,河南大学出版社,2009。
② 于安澜撰:《画史丛书》十三,2629 页,郑州、开封,河南大学出版社,2009。
③ 于安澜撰:《画史丛书》十三,2617 页,郑州、开封,河南大学出版社,2009。

此外，周亮工认为绘画不应仅仅停留在"悦人耳目"的感官享受层面，而应能"令人静穆"，起到心性沉淀的作用，即"每见能令人静穆，不似近人，但以浮艳悦人耳目也"。①（《姚简叔》）这与稍晚于他的画家恽寿平提出的绘画"对之将移我情"，具有"使鉴画者生情""润泽神风，陶铸性器"的审美功能遥相呼应。在绘画定意方面，他更赞赏笔意高秀者。因为只有这样，才能在具体的绘画实践中达到虽"不以画名"，但"偶然落墨，便有出尘之想"②（《王子京》）的艺术效果。在画派推介方面，周亮工可谓"金陵八家"的首评首倡者。他在《读画录》中对"金陵八家"的介绍，是研究明末清初绘画的重要资料，这也使他成为地域性艺术研究（包括金陵画派研究）必须涉及的关键人物。

二、龚贤"自成一家"的绘画独创思想

龚贤（1618~1689），字岂贤，号半千、野遗、柴丈人，江苏昆山人，后迁居南京。清初画学家、山水画家、诗人，"金陵八家"之首。画学著述有《柴丈画说》《龚安节先生画诀》《半千课徒画论》，这三部论著主要针对初学者，内容以山水画基本技法的普及为主，较为完整地体现了龚贤的艺术观。

（一）绘画技法的"画家四要"

龚贤在《柴丈画说》中提出"画家四要"，即山水画创作中有关笔法、墨气、丘壑、气韵四个方面的法则。四者的关系是，中锋用笔为第一，墨气要"厚""活""润"，丘壑要"奇"而"安"，笔法、墨气、丘壑三者得则气韵生。笔法、墨气、丘壑依靠绘画技法实现，有具体的形态可以把握，而气韵"犹言风致也"，是抽象的、不易实现和习得的。龚贤在《柴丈画说》中并没有详细讨论气韵问题，他在画作《自藏山水图轴》题款中指出："画以气韵

---

① 于安澜撰：《画史丛书》十三，2629页，郑州、开封，河南大学出版社，2009。
② 于安澜撰：《画史丛书》十三，2644页，郑州、开封，河南大学出版社，2009。

为上，笔墨次之，丘壑又次之。"①也就是说，赏鉴批评层面上以气韵为上，而在具体的创作实践中，则笔法为先，"先言笔法，再论墨气，更讲丘壑，气韵不可说，三者得则气韵生矣"②。龚贤将创作时如何达到气韵生动的艺术境界，落实到了笔法运用、墨气晕染和丘壑勾勒中。可谓"由技进乎道，这一简单而朴素的看法，将'气韵'从郭若虚、邓椿、董其昌以来的不可师、不可知、不可学，拉回到基于具体绘画技法和物质形态的认知轨道上来"③。这是他结合创作实践研思画理得出的深切体会，也为他进一步提出独创性的绘画思想奠定了坚实的基础。

龚贤强调，应精研技法、重视细节真实。以此为依托，画家可以摆脱画谱以类造型的弊病，进而反思并最终批判、反对机械摹古主义的程式画法。他的积墨画法一方面来源于对创作实践的总结，从练习中摸索而来，极为具体且可操作性强："一遍点，二遍加，三遍皴，便歇了。待干又加浓点，又加淡点一道，连总染是为七遍。"④另一方面，也是他对宋人积墨法的承继。正是如此，以积墨法的运用为参照系，龚贤的创作可分为"白龚"和"黑龚"⑤两大时期。尤其是"黑龚"时期，不仅充分显示出他在笔法墨法上所做的可贵探索，而且体现出了他"惟于光绯明暗，则尤能渲染得体，独出机杼，开画界之创格，为艺林时代之前驱"⑥的创新精神。

（二）"惟胸中先不著画柳想"的不刻意而为的绘画观

美国纳尔逊-阿特金斯艺术博物馆收藏有龚贤 57 岁时的作品《云峰图》长卷。该画卷尾录有一首长诗：

---

① （清）龚贤题：《自藏山水图轴》，原作藏故宫博物院。
② 俞剑华著：《中国古代画论精读》，341 页，北京，人民美术出版社，2011。
③ 顾工：《龚贤的身世、性格与绘画思想》，载《美与时代》，2011（3）。
④ 俞剑华著：《中国古代画论精读》，342 页，北京，人民美术出版社，2011。
⑤ 按，黑龚，即用墨浓郁，苍润欲滴，由此而使绘画作品产生墨色淋漓、意境雄浑的艺术效果，并显现出光影明暗来。
⑥ 刘海粟主编：《龚贤研究集》上集，182 页，南京，江苏美术出版社，1988。

> 山水董源称鼻祖,范宽僧巨绳其武。复有营丘与郭熙,支分派别翻新谱。襄阳米芾更不然,气可食牛力如虎。友仁传法高尚书,毕竟三人异门户。后来独数倪黄王,孟端石田抗今古。文家父子唐解元,少真多赝休轻侮。吾生及见董华亭,二李恽邹尤所许。晚年酷爱两贵州,笔声墨态能歌舞。我于此道无所知,四十春秋茹荼苦。友人索画云峰图,菡萏莲花相竞吐。凡有师承不敢忘,因之一一书名甫。①

这一题款既体现出了龚贤对于"新""真""生动"画法的潜心追求,也包含着他对师承的虔敬遵从之心。

在《画诀》一书中,龚贤对树、石、桥、亭、屋、船、泉等具体物象的整体布局、视角、皴法、用笔、用墨、构型以及不同季节的表现方式等作了详细介绍,这些是学画初期需要掌握的切合实用、操作性强的基本技法。龚贤认为,画作的整体布局宜"先画树,后画石"。画树的用笔方法是"向右树第一笔,自上而下,又折上。折上谓之送,送笔宜圆。若偏锋,即扁笔也"②。画石的总体美学原则是"妙在不方不圆之间"。画石的方法先分内外两个角度,"外为轮廓,内为石纹"③,然后才是皴和纹之间互为"现"和"浑"的表征与风格的关系。关于绘画视角,龚贤提出了"景在下面朝我,景在上面朝外"④的观点。

龚贤列举了名称众多的皴法,将它们首先归为"正经"和"旁门外道"两大类:"皴法名色甚多,惟披麻、豆瓣、小斧劈为正经。其余卷云、牛毛、铁线、鬼面、解索,皆旁门外道也"⑤。接下来又将不同的皴法与画家的风格、绘画流派联系起来,对其间的关系作了对应解析:"大斧劈是北派,戴文进、吴小仙、蒋三松多用之,吴人皆谓不入赏鉴。刺梨皴即豆瓣皴之

---

① 刘海粟主编:《龚贤研究集》上集,119页,南京,江苏美术出版社,1988。
② 俞剑华著:《中国古代画论精读》,339页,北京,人民美术出版社,2011。
③ 俞剑华编著:《中国古代画论精读》,338页,北京,人民美术出版社,2011。
④ 俞剑华编著:《中国古代画论精读》,338页,北京,人民美术出版社,2011。
⑤ 俞剑华编著:《中国古代画论精读》,338页,北京,人民美术出版社,2011。

变，巨然常用此法。"①从这里可以看出，龚贤虽然不断探求绘画的创格之致，但依然深受正宗正脉观念的影响。

龚贤归纳出了几种基本的绘画造型方法，比前人更为细致，可操作性也更强。比如，他将树的画法细分为树枝、树叶、树皮、树根、树杈、态势、树丛、群树等次类。画树干时，在具体笔法上，他强调"曲直、转折"，"笔锋的使用"以及点划与墨之浓淡干湿等问题。

在准确造型的基础上，是对绘画的季节表现问题的讨论。龚贤把不同季节里树木的典型特征和具体的笔墨方法结合起来。他认为："无叶谓之寒林，数点谓之初冬。叶稀谓之深秋，一遍点谓之秋林，积墨谓之茂林，小点着于树杪谓之春林"②。从这段话可以看出，龚贤虽然还深受传统造型观念的影响，但已经向物象实际存在状态的精确摹写方向迈进了一大步。

值得注意的是，龚贤在详尽论说具体技法的同时，更以技法的细化和精确化为基础，从画作的整体构思出发，特别强调绘画不要刻意而为。他说："惟胸中先不著画柳想，画成老树，随意勾下数笔，便得之矣"③。从这句话描述的随意而得的作画状态可知，龚贤极力倡导的独创主义绘画理想已呼之欲出。

龚贤的绘画独创思想是和这一时期的绘画创作情况是相互呼应的。或者说，"独创主义者一方面展示了完全偏离自然的变形观念；另一方面却又回归自然，重新思考早期山水论所持的，画家的心智与外在世界做直接接触的观点。"④比如，王时敏、程正揆、弘仁等诸多深受董其昌影响的画家，在作品中突出了一种精心策划的矛盾情形。他们在画面中常常通过紧张和模棱两可的不合理结构，突兀或摇摇欲坠的岩石，歪斜或不平衡的块面形式来呈现这种矛盾。从某种意义上而言，清初画坛总体上表现出了回归自然的美学

---

① 俞剑华编著：《中国古代画论精读》，338 页，北京，人民美术出版社，2011。
② 俞剑华编著：《中国古代画论精读》，340 页，北京，人民美术出版社，2011。
③ 俞剑华编著：《中国古代画论精读》，341 页，北京，人民美术出版社，2011。
④ [美]高居翰：《图说中国绘画史》，李渝译，199 页，北京，三联书店，2014。

倾向，画家"以淡泊的风致为主，在不求技巧的精微中，寓莫大的诗趣，洒落书卷之气横溢画外，发展其'非职业的'一种风格，这也许可称为中国山水画的新发展吧"①。而这一新的艺术思潮的兴起，与龚贤"不宜相似"的"改法"观念等亦不无关联。

三、笪重光"不拘法者变门庭"的变法精神

笪重光（1623～1692），字在辛，号江上外史，江苏句容人。清顺治九年进士，官金都御史，擅诗文书画，精于鉴赏，著有《书筏》《画筌》等。其画学思想主要体现在《画筌》中，全文不分卷，不分段，以骈体文一气呵成。该书共4600余言，论说的对象主要为山水画，兼及人物、花鸟画，糅画道、画理和具体的技巧规律、技法等，构筑了较为完整的复古主义绘画思想体系。康熙年间，画家王翚、恽寿平曾为《画筌》分段作评。

《画筌》全篇缺少章节、目次的划分安排，以至它虽然言精理确，文采斐然，却未免论说互杂。因此，汤贻汾专门作《画筌析览》，费数年之功对它作了整理、订正，经过少量删削而缕析为论山、论水、论树石、论点缀、论时景、论钩皴染点、论用笔用墨、论设色及杂和总论共十部分。

《画筌》着重论述了山水画的布局、笔法、墨法、设色以及品评等，内容大致可分为六部分：一、总论人与画合之旨；二、山水画总法则与三远透视法则；三、布局命意的方略与景物点缀的要点；四、意境的要素及其创造、笔墨运用及设色的具体技法；六、杂论。全文经王翚、恽寿平分段合评三十条，文理与意旨皆更明晰。

笪重光的画学观在复古中有所超越。他力倡变法精神，指出清以来的画坛存在的五大弊病：一、前期一度出现的刻板拟古倾向；二、绘画创作因表意不集中导致"胸中了无主见"（王翚、恽寿平评），进而又出现的"强题而

---

① ［日］中村不折、小鹿青云：《中国绘画史》，郭虚中译，144～145页，杭州，浙江人民美术出版社，2013。

意索"现象;三、有些画作过于重视形似而有失气韵,即"画工有其形,而气韵不生"[1]现象;四、文人画创作疏于经营位置,即"士夫得其意,而位置不稳"[2]现象;五、文人画假写意以欺人现象,即"时流托士夫气,藏拙欺人"[3]。围绕这些问题,笪重光在阐明自己观点的同时,也形成了"全局于心"说和"妙境"论,并因此而特别强调画家要具备"变门庭"的革新精神。他认为,画家如果要在画面中显示出主体意识,就必须注意文学、书法修养与意境创造之间的关系。如此方能以深切的感受传达旨趣,并能讲求绘画的真境、神境、妙境和摄情。笪氏的绘画思想主要体现在以下三个方面。

(一)画家应有"全局于心"的运筹能力

《画筌》的第二段首先总论山川林岳、形势景色的晕染标准。笪重光说:"夫山川气象,以浑为宗;林峦交割,以清为法。形势崇卑,权衡小大;景色远近,剂量浅深"[4]。然后,他用了很大篇幅详尽而细致地介绍了山体各部位的画法,还有树石、烟雨、沙势、远墅、水岸、涧浏、平波、急湍、浪花、涛势等物象的具体画法。此外,他还讨论了地势、水性等问题。在此基础上,笪重光又宕开一笔,点明了绘画布局与绢帛纸张、命意与规程之间的关系。他强调:"布局观乎缣楮,命意寓于规程。统于一而缔构不棼,审所之而开阖有准。"[5]可见他深谙绘画布局中对于宽紧、上下、左右位置的经营方法。因而,王翚、恽寿平批注说:"画法不离纵、横、聚、散四字,所谓一阴一阳之谓道"[6],这充分显示出笪氏的绘画思想辩证统一的开放性特点。

笪重光指出,绘事中常见的弊病有,"树无表里,不知隐见之方;山少阴

---

[1] 于安澜编:《画论丛刊》上卷,170页,北京,人民美术出版社,1989。
[2] 于安澜编:《画论丛刊》上卷,170页,北京,人民美术出版社,1989。
[3] 于安澜编:《画论丛刊》上卷,170页,北京,人民美术出版社,1989。
[4] 于安澜编:《画论丛刊》上卷,165页,北京,人民美术出版社,1989。
[5] 于安澜编:《画论丛刊》上卷,168页,北京,人民美术出版社,1989。
[6] 于安澜编:《画论丛刊》上卷,168页,北京,人民美术出版社,1989。

阳,岂识渲皴之诀。水迟引导,难以奔流;树早生根,无从转换。瀑水若同檐溜,直泻无情;石块一似土坯,模棱少骨。坡宽石巨,崇山翻似培塿;道直沙粗,远地犹同咫尺"①。他因此强调,画家应善于厘清理路、备景色,静心明眼。在作树作山时,要提前进行"目中有山""意中有水"的立意、构思。鉴于此,他特别提出了"全局布于心中,异态生于指下"②的全局观和"异态"说。这一理念前承顾恺之达画之变在于"置陈布势"③的思想,后启清中期绘画思想中倡导的求新求异观。

(二)体系完备的"妙境"论

意境论最早产生于文学领域,与玄学、佛学的关系源远流长。绘画理论领域,无论是顾恺之的"以形写神"论,还是宗炳向往的"澄怀观道,卧以游之"④的画境,谢赫主张的"气韵生动"之韵,形神关系一直都是画家思考、关注的核心论题。王维所标举的"凡画山水,意在笔先"⑤,苏轼所强调的"论画求形似,见与儿童邻",被后世公认为文人画思想的肇始。此后,从邓椿的"藏意"⑥说,郭溪山水画造境的"三远说",直到倪瓒的"逸笔草草,不求形似"说,绘画理论中不再专门讨论意境问题。画学家、画家致力于发明更精确的技法,以求在有限的画幅内不断拓展空间的向度和维度,以呈现虚拟时间的深度和广度(或曰"画中有诗"),去无限接近、抵达或洽和形而上的存在(如萧散简淡的诗境)。

笪重光承接文人画思想体系中的意境营造观,精辟地论述了意境的构成要素及其创造方法,将"意境"论向"妙境"说推进了一步。《画筌》以"六

---

① 于安澜编:《画论丛刊》上卷,168页,北京,人民美术出版社,1989。
② 于安澜编:《画论丛刊》上卷,170页,北京,人民美术出版社,1989。
③ (晋)顾恺之:《画品》,见潘运告主编:《汉魏六朝书画论》,274页,长沙,湖南美术出版社,1997。
④ (南朝)谢赫:《四库家藏·古画品录》,85页,济南,山东画报出版社,2004。
⑤ (唐)王维:《山水论》,见周积寅编著:《中国历代画论》上编,399页,南京,凤凰出版传媒集团,2007。
⑥ 潘运告主编:《图画见闻志·画继》,269页,长沙,湖南美术出版社,2000。

法六长,颇闻要略……聊摅所见,辑以成篇"①始,以"其天怀意境之合,笔墨气韵之微,于兹编可会通焉"②终,从多重角度阐述了完整的"意境"理论,厘清了境与象,实境、真境、神境和妙境之间的关系。该书不仅有着深刻的理论反思性和超越性,而且具有行之有效的针对性和可操作性。

当然,文人画的"写意"传统一直是宋元之后直至现代画坛的主流,在长期的创作实践中形成了异常稳固的笔墨程式。事实上,像西方文艺复兴以来的透视画法或照相术那样对真境进行描摹的绘画技法,文人画家并没有真正实现。笪重光的画论也只是提出了取实境以成真境的创作方法,但并未对此做深入探究;反而是转过来再次强调延续文人画的写意性脉络,借此走出笔墨程式化、造型类型化、意趣标准化的束缚。以此为基础,他强调画家应本着相机而作、离象而求的精神以达至笔墨脱化的技法,创造出绘画的"妙境"来。

(三)"品殊"说

笪重光在《画筌》"缘起"篇开门见山地阐明画家的人格对画品的影响:"然人非其人,画难为画。师心蹖习,迄无得焉"③。针对文人画最终体现出来的品格或格致,他提出了一个特别值得注意的问题——"笔墨悟后,格致难成",同时也表达出对民间画工和"托士夫气,藏拙欺人"者的批判。

魏晋南北朝将九品中正制引入了诗学,据此对诗歌进行风格细分,对诗人进行品格细分,确立了"品"这一诗学范畴。嗣后,"品"通过书学转而又成为绘画风格的评定标准。苏轼以来的文人画家刻意追求人品、气质和个性在画作中的体现。当然,笪氏也未能冲出这一篱落,其"人与画合"的思想及"品殊"说既受到文人画意识的深刻影响,也与他曾为官僚并结交诸多正统派画家有一定的关联。所以,王石谷、恽南田在做评注时说:"绘苑流

---

① 于安澜编:《画论丛刊》上卷,170 页,北京,人民美术出版社,1989。
② 于安澜编:《画论丛刊》上卷,165 页,北京,人民美术出版社,1989。
③ 于安澜编:《画论丛刊》上卷,165 页,北京,人民美术出版社,1989。

传,大都高人韵事,写其胸中逸气。此言人与画合,真为定论。"[1]可见,笪重光的绘画观,仍然有一些方面是对文人画审美趣味和鉴赏、品评标准的延续。

除上文所涉内容之外,笪重光的《画筌》还包括以下几种具体技法的理论:第一,皴染法。笪氏不仅以皴法为区分画派的重要参照,而且详细述说了皴的风格以及皴、染之间的关系。他还特别注意到了人物的衣饰和时代的关系,认为可依"冠服""审其时代",这对人物画表现类型的造型方法有所突破。第二,设色问题。笪重光明确提出,应注意间色、"一色之变化"的具体情况,更应注意对"无色"(留白)的妙用。第三,笔墨关系。笪氏认为,"墨以破用而生韵,色以清用而无痕"[2];"笔中用墨者巧,墨中用笔者能。墨以笔为筋骨,笔以墨为精英";"笔有中锋侧锋之异用,更有著意无意之相成"[3]。也就是说,如能使笔、墨、色相互结合、和谐互用,并以中锋立骨,侧锋取妍。就能够生成新的笔墨效果。结合这些讨论,他又回到绘画的书法化论题上来,提出"画法原通于书法"[4]的观点。由此,笪氏复归至"绘心"复合于"文心"等具有鲜明时代特色的文人画观念。

笪重光的绘画思想有着极为重要的美学价值和鲜明的时代意义。他的画理逻辑缜密严谨,画法探讨精细入微,甚至在禅宗思想的影响下,他还提出画家应重视画作中的空白和整体效果之间的关系问题。因此,《画筌》在当时就得到了王翚和恽寿平的激赏。笪氏提出的"善师者师化工,不善师者抚缣素。拘法者守家数,不拘法者变门庭"[5]的变革思想更是有着震荡画坛的气势和影响。现代学者更是对他赞誉有加,认为该书"荟萃历代画论,聚集百家画法,撷其精华,汰其糟粕,千锤百炼,字斟句酌,不特诸法惧备,

---

[1] 于安澜编:《画论丛刊》上卷,165页,北京,人民美术出版社,1989。
[2] 于安澜编:《画论丛刊》上卷,172页,北京,人民美术出版社,1989。
[3] 于安澜编:《画论丛刊》上卷,173页,北京,人民美术出版社,1989。
[4] 于安澜编:《画论丛刊》上卷,173页,北京,人民美术出版社,1989。
[5] 笪重光:《画筌》,55页,北京,人民美术出版社1987。

而精微奥妙,不偏不倚。毫无门户之见,堪称艺苑南针,画道宝筏"①。可谓精准恰切之评。

不过,由于受时代环境的影响,《画筌》仍存在着一定程度的师古思想。比如笪重光提出在画"樵子""渔父""宿客""行人""诗人""高士""农夫""羽客""高僧"等人物时,应按社会地位、冠服等进行角色分类。此类说法不免有一定的时代局限性。此外,与整个"清代前期思想在肯定感性、感官、感受时,却竭力要把这种美学形式与古代传统思想和当时主流思想调和起来"②的情况一样,笪重光的画学理论也呈现出某种的被动性和与时代观念的趋同性。

四、恽格"游于法度之外"的绘画思想

恽格(1633—1690),字寿平,号南田,江苏武进人。"清初六大家"(王时敏、王鉴、王翚、王原祁、吴历、恽寿平)之一,"常州画派"创始人。其画诗书有"南田三绝"之誉。初善山水,后专攻花鸟,所创"没骨花卉"对清初花鸟画坛"有起衰之功";诗被赞为"毗陵六逸之冠";书学褚遂良,世称"恽体"。

恽格《题石谷为王奉常烟客先生画册》一诗云:"作画须有解衣般礴、旁若无人之意。然后化机在手,元气狼藉。不为先匠所拘,而游于法度之外矣"③。就是说,能够得画机在手的画家不仅拥有自由洒脱的逍遥游境界,还有不拘于古人、不拘于法度的独创精神,如此才会真正做到神闲意定、不拘形迹。这也正与恽格的好友——为《瓯香馆集》作序的顾祖禹对恽氏的绘画艺术进行评价时使用的词语"独至"("既而见虞山王子石谷所画山水,遂

---

① 俞剑华编著:《中国古代画论精读》,354 页,北京,人民美术出版社,2011。
② 张法:《中国美学史》,294 页,上海,上海人民出版社,2000。
③ 于安澜编:《画论丛刊》上卷,179 页,北京,人民美术出版社,1989。

改为卉草、禽鱼。神机几夺造化，盖无不出于独至之心胸也"①）相扣合。尤其是恽格"不为先匠所拘，而游于法度之外"的独创之思、超拔之气，更使他的画学思想一早就跳出了同时代的复古、拟古大潮。这一切都使他独步于当时的画坛，"草草游行，颇得自在。因念今时六法未必如人，而意则南田不让也"②。综合来看，恽格有着特殊思想史意义的"游于法度之外"的绘画思想，主要包括以下两个方面的内容。

(一)"化境"论

恽格在师法古人的问题上一向谨严自律。他在精研古人的法理之后，气魄非常地提出了不为成法所拘、超越古人的口号，甚至有些自负地确信自己的艺术水准能够"使古人恨不见我"③。既然古人笔墨之精妙难以学到，那么究竟师法至何种程度，才是他所认为的画学思想的最高旨趣呢？恽格的回答是，要"使通幅神趣，通幅墨光俱出，真化境也"④。然而，达到真化境的画作，究竟又运用了怎样的笔墨技巧呢？

其一，用笔使意从虚灵处生。在用笔的虚实问题上，恽格首先强调笔墨技巧的应用能够达到逼真的效果。具体来说就是："用笔时，须笔笔实却笔笔虚。虚则意灵，灵则无滞。迹不滞则神气浑然，神气浑然则天工在是矣。夫笔尽而意无穷，虚之谓也"⑤（《题扇示学者》）。只有做到用笔的虚实结合，虚之以灵而畅达，浑然天成，才能使"虚处实则通体皆灵，愈多而愈不厌，玩此可想昔人惨淡经营之妙"⑥。这句话可以说道出了"惨淡经营"四字的真谛。

其二，风格以"破格写意"为上。恽格在其《图画册》跋中说："《销

---

① （明）顾祖禹：《瓯香馆集序》，见朱季海辑：《南田画学》，79 页，苏州，古吴轩出版社，1992。
② （清）恽寿平：《南田画跋》，22 页，济南，山东画报出版社，2012。
③ 于安澜编：《画论丛刊》上卷，190 页，北京，人民美术出版社，1989。
④ 于安澜编：《画论丛刊》上卷，198 页，北京，人民美术出版社，1989。
⑤ （清）恽寿平：《南田画跋》，29 页，济南，山东画报出版社，2012。
⑥ 于安澜编：《画论丛刊》上卷，191 页，北京，人民美术出版社，1989。

暑》为破格写意"①。 所谓"破格",实际上就是对摹古的反对。 这是因为,只有不断地突破古法,才能创造出独具个性的画风——"六如居士以超逸之笔,做南宋画法。 李唐刻画之迹,为之一变。 全用渲晕洗其勾斫,故焕然神明,当使南宋诸公,皆拜床下"②。 在这里,恽格分析了师法古人者能够胜出的原因——大胆倡导变法精神。 由此,他再一次强调要在不断的变法中超越古人,从而使"创制遂为独绝",足见其"使古人恨不见我"的独创勇气。 当然,这也是每一位在自己的工作领域独树一帜的人所具有的共同特质。 从这一角度看,恽格提倡的独创思想,不仅遥承董其昌主张的学古人要做"透网鳞",以达到自出机杼的境界,而且也应了其好友顾祖禹对他的评价——"盖无不出于独至之心胸也"。 基于此,绘画方能达到真正的化境,并直抵宇宙的本相和自然的本体。

(二)重视"高简"画风

什么才是恽格心目中具有新趣又能够引领画坛新风尚的绘画风格呢? 他的回答是:"笔墨简洁处,用意最微。 运其神气于人所不见之地,尤为惨淡。 此惟悬解能得之。 石谷临柯敬仲竹石,真有出蓝之美"③。 具有"出蓝之美"画作的最大特点,当是"笔墨简洁"。 这对于既是职业画家又是文人画家的恽格来说,不啻是对自己的一个超越。

"四王"的山水画把笔墨作为一种独立的、纯粹的形式语言,恽格却将笔墨之美从宋元山水以"物"或"心"为对象,转换为对笔墨自身的审美趣味。 作为一个坚决的反法派,恽格在艺术实践上虽有过分强调笔墨情趣之嫌,但也意识到笔墨技巧必须有所变革。 所以,他明确提出:"画之简者,不独有其势,而实有其理"④。 可见恽格充分认识到了"高简"画法或画风

---

① 于安澜编:《画论丛刊》上卷,181 页,北京,人民美术出版社,1989。
② 于安澜编:《画论丛刊》上卷,177 页,北京,人民美术出版社,1989。
③ 于安澜编:《画论丛刊》上卷,177 页,北京,人民美术出版社,1989。
④ 于安澜编:《画论丛刊》上卷,177 页,北京,人民美术出版社,1989。

的理路之所在。由此，他着重从创作主体的内在涵养、笔墨技巧，以及上述因素对"逸格"山水的作用等几个方面进行了阐述。

恽格认为，"画以简贵为尚。简之入微，则洗尽尘滓。独存孤迥，烟鬟翠黛，敛容而退矣"①。这一说法与他整体的"逸"的画学思想保持着高度一致。他所谈的"高简"首先指笔墨，继而又指画风。这表明他对如何创造"高简"风格的问题有着较为细致的思考。正如他所言："高逸一种，不必以笔墨繁简论。……如披裘公人不知其名、夷叔独行西山、维摩诘卧毗耶。惟设一榻，岂厌其少？"②虽然恽格还没有对"高简"画法和画风做出较为完整的系统性的建构，但是，他的这一倡导为此后的画坛和画学思想界的转向奠定了坚实的基础。

总体上看，恽格深受传统画学思想的影响。他对人、生命、世界、宇宙以及艺术自身的认识，都体现出儒、道、禅、玄一体的特点。当然，他的绘画观念与道、禅、玄思想更为亲近。事实上，恽格并没有完全认同文人画思想，而是以此为基础，形成了自己独特的"逸"的画学体系。他提出了"摄情"说、"移情"论、"妙境"论，倡导了"高简"的画法画风，从而在清初绘画思想的变革过程中起到了重要的承转作用。

◎ 小 结

清初画家、画学家在对复古思潮进行反思和批判的基础上，逐渐解决了长久以来盘亘在画家心中的古今问题。无论是"四王"中的王时敏提出"仿古之巧妙"的观点，王鉴的师古、出古、化古思想，王翚"不复为流派所

---

① 于安澜编：《画论丛刊》上卷，176页，北京，人民美术出版社，1989。
② 于安澜编：《画论丛刊》上卷，176页，北京，人民美术出版社，1989。

惑"的观念,还是王原祁强调的理想山水图式的绘画思想,都在师古的同时,逐渐剥离了对机械师古的倚重。当然,他们在技法层面依然带有一定的机械师古的痕迹,也因此常常后人所诟病。不过,更强的批判声音还是来自周亮工、龚贤、笪重光和恽格等人的绘画主张。他们强调画家在师古的同时,要拥有"负质颇异"的自由心性,持有"自成一家"的绘画独创思想,和"不拘法者变门庭"的变法精神。这些绘画主张与独创主义艺术实践相互激发,共同推动着清初画坛走出复古风潮的步伐。

相较而言,更具有探索精神的"四僧",则创造性地提出了一系列至今仍具有影响力的绘画思想,如八大"画法兼之书法"的绘画书法化思想,及其"曷其廉"与"少为足"的"减笔"绘画观;髡残的气韵妙悟说、禅画功能论,以及他重视把握山水画流动性特质的思想。此外,还有弘仁追求"玻璃"般透明感的艺术效果,和强调块面造型的技法理念等,皆呈现出画家、画学家独抒性灵、解放个性的前瞻意识。尤其是石涛在详尽论述了绘画的画理、技法、创作主体及一画论等基本理论的同时,还特别强调画家要善于洞晓笔墨、古今等基本的画史问题。如此,画家才能在对生活蒙养之理的领受中,以及在笔墨运行的过程中最终抵达"任运自如"的艺术至境。

国家出版基金项目

清代文艺思想史

党圣元 李正学 主编

◎ 中

北京师范大学出版集团
BEIJING NORMAL UNIVERSITY PUBLISHING GROUP
北京师范大学出版社

《清代文艺思想史》编委会

主　编

党圣元　李正学

作　者

陈志扬　方盛良　梁结玲

李正学　李继凯　郭　伟

薛显超　孙晓涛　党圣元

《清代文艺思想史》
主编简介

党圣元

1955年9月生，陕西榆林人。现为中国社会科学院大学中国社会科学院文学与阐释学研究中心教授、博士生导师。兼任全国马列文论研究会会长、中国古代文学理论学会副会长、太湖世界文化论坛副主席。长期从事中国古代文论、中国文学史、马克思主义文论等领域的研究工作，出版学术著作10余种，发表学术论文200余篇，主编学术论著10余种（套）。科研成果曾多次获奖。

李正学

1971年3月生，山东莱芜人。山东师范大学文艺学博士，中国社会科学院外国文学研究所博士后，现任洛阳师范学院新闻与传播学院教授、硕士生导师。主要从事中国小说理论批评史、中国小说史、文化诗学等领域的研究工作，主持国家社科基金项目、教育部社科项目等多项，先后出版学术专著《毛宗岗小说批评研究》《狐狸的诗学》，发表学术论文70多篇，成果曾入选第三批中国社会科学博士后文库等。

第二编 ◎ 清中期的文学艺术思想（上）

第八章
雍正、乾隆年间的诗学思想（上）

康熙帝执政的六十一年，是清代稳步发展的时期，但王朝的诸多弊端也开始显露。雍正帝执政后，努力消除各种弊端，社会经济持续发展，使得"盛世"得以继续。雍正以后，诗歌创作更加繁富，不同流派的诗风相继呈现，同时，清代的文化政策趋紧，诗歌创作的现实指向性减弱，诗学理论更注重自身的建设，诗学思想受前期神韵说的影响较大。在乾隆的有意提携下，格调说盛行一时，这一诗学思想是文化政策高压的表现。随着沈德潜的去世，格调说也开始消沉。

◎ 第一节
概　述

雍正、乾隆年间，诸多社会弊端不断得到修正，社会经济持续发展，国势不断增强。雍正帝虽然兼取儒道佛三教，但理学的地位在乾隆前中期仍然占据着主导地位，文化政策更加严厉，诗歌创作外指的倾向有所减弱，交游、应酬的诗风在这一时期开始兴盛。到了康熙末年，国初名家多已谢世，王士禛也于康熙五十年（1711）去世。王士禛在康熙年间广泛培植后学，是康熙时影响最大的诗派，进入雍正以后，其门人如查慎行、黄叔琳、汤右曾等仍然活跃在诗坛。追求"空中之音，相中之色，水中之月，镜中之象"的神韵说有纯艺术的倾向，与注重诗歌社会功能的传统诗论有相当差距。有感于神韵说的空无，赵执信著《谈龙录》贬之，强调诗歌要"有人""有事"。赵执信虽然因国丧期间观《长生殿》而被终身革职，但在雍正、乾隆初期却享有盛誉，被视为"鲁殿灵光"。革职后的赵执信遍游天下，其诗学理论也为时人所熟识，他"有人""有事"的诗论开启了乾嘉时期的性灵诗论。严迪昌认为赵执信确实是清诗自前期转入中期的过渡阶段的代表人物，这是很有见地的。

雍正、乾隆初期，唐宋诗风之争仍然持续，宗唐、宗宋，莫衷一是。厉鹗辑刊《宋诗纪事》，宋诗再度引发人们的兴趣，而沈德潜等人对此却颇有不满。沈德潜早年以唐诗为归，但他的诗论不局限于唐诗的格调，他论诗兼具思想内容和艺术形式，既强调诗歌的政教功能，又能兼及诗歌的审美特性，可以说是传统诗论的一大总结。乾隆帝有意提携年老的沈德潜，格调说一时被视为诗学正宗，政教诗论再度占据主导。沈德潜的格调说其实并没有什么新意，与政治文化需求不谋而合是其盛行的主要原因。从诗学发展的内在规律上看，赵执信"有人""有事"批判神韵说，使得诗歌朝言志、言情的方向发展，这更符合诗坛发展的规律。在沈德潜身后，袁枚的性灵派一呼而百应，正是顺应了诗歌发展的内在规律，沈德潜的格调说应该说是外在力量对诗歌的冲击而出现的发展中断。这一时期的诗论虽然没有提出新的问题，但论诗更细致、深入，诗学总结、集成的特色进一步发展。

◎ 第二节
赵执信的诗学观念

一种诗学思潮占据时代主流的时候，其流弊也日益显露，反对的声音也由此强化，最后催促了新思潮的出现。在明后七子鼎盛之时，归有光就痛斥时俗的弊病，他的声音在当时虽然很微弱，但后来经过钱谦益的宣扬，在清初成为热潮，最终使得七子的复古思潮被儒家传统诗论取代。王士禛是康熙年间的诗坛领袖，不管是宗唐还是宗宋，他的诗学思想和创作左右了康熙一代的文学。"海内公卿大夫，文人学士，识公之面，闻公之名，莫不尊之为泰山北斗。"①在神韵说鼎盛之际，赵执信与王士禛的一场争论为诗学思潮的更迭埋下了伏笔。这一场争论使得雍正、乾隆初期的诗坛对"神韵说"进行了反思，"神韵说"主导的格局被打破，为清代中叶诗学思想的发展提供了理论资源，其在诗学史上的意义是不可忽视的。

赵执信（1662—1744），字伸符，号秋谷，晚号饴山老人、知如老人，淄博博山（今属山东）人。十四岁中秀才，十七岁中举人，十八岁中进士，后任右春坊右赞善兼翰林院检讨。二十八岁因在佟皇后丧葬期间观看洪昇所作《长生殿》戏剧，被劾革职。著有《饴山诗集》《饴山文集》《诗余》等。

一、"谈龙"之争

赵执信与王士禛的争论主要由赵执信挑起，这与他的遭遇、个性、诗学观念有关。赵执信是王士禛的甥婿，早年很佩服王士禛，曾向王士禛请教，"乃敛衽慑服"，在王的指正下"噤不作诗者四五年"。王士禛对这位后辈很赞赏，"醉之以酒，请驰其禁。"两人早年的关系是比较融洽的。赵执信性格狂易，他曾自称："余少好为诗，而性失之狂易，始官长安时，颇有飞扬跋扈之气。"②十八岁中进士，可谓早达，这也助长了他狂狷的个性。康熙二十八年（1689），年仅二十八岁的赵执信，因在佟皇后丧葬期间观看《长生殿》而解职，终身再没机会踏上仕途，"可怜一夜《长生殿》，断送功名到白

---

① （清）王士禛：《王士禛年谱》，65页，北京，中华书局，1963。
② （清）赵执信：《赵执信全集》，375页，济南，齐鲁书社，1993。

头"。美好的前程一下子化为乌有,这对他的打击可想而知。放归之后,赵执信个性更张扬,他强烈地希冀在诗歌上能与时贤一比高下,"他年自携三万首,要向君论雁抗行"。康熙年间的神韵诗派俨然是海内龙门,王士禛门生数千,"神韵"成了诗学的宗尚。赵执信对诗坛的门户习气感到不满,他说:"奖掖后进,盛德事也。然古人所称引必佳士或胜己者,不必尽相阿附也。今则善贡谀者,斯赏之而已。后来秀杰,稍露圭角,盖罪谤之不免。乌睹夫盛德?"[1]王士禛门户广大,攀援富贵的阿谀之徒混迹其中,赵执信对王士禛不辨贤愚感到不满,认为这样的"盛德"名不副实,而对文学新秀的排斥更让他感到愤怒。赵执信对王士禛门户的抨击虽然有很大的意气成分,但为人们看清"神韵说"的弊病提供了入思的门径,也给了后来的诗学以启示。

王士禛的"神韵"其实是严羽"妙悟说""以禅喻诗"的发展,追求平淡清远的艺术风格,一般不大染指社会现实。清初,钱谦益、冯班痛斥严羽的诗论,努力把诗歌创作引向现实。虽然冯班为一介寒儒,但赵执信对他却很欣赏,"常熟陶元淳子师,戊午之秋,从翁司寇来济南,与公权及余结交。明年余留京师,晨夕无间。钝吟先生遗书,子师先得之,转以付余,且为赏析。由是得肆其力于诗与书法。"[2]晚年他更是推崇冯班、吴乔,多次祭拜并私淑冯班,将冯班视为隔世知己。在野的赵执信无权无势,要想在诗歌上与王士禛比衡,需要有力的理论武器,他的这些举措应该说是构建理论的需要。

赵执信与王士禛的争论在《谈龙录》中得到了集中体现,争论中双方都以龙为喻,这大概就是《谈龙录》之名的由来。

> 钱塘洪昉思(昇),久于新城之门矣。与余友。一日,并在司寇宅论

---

[1] (清)赵执信:《谈龙录》,见(清)王夫之等撰:《清诗话》上,315页,上海,上海古籍出版社,1978。
[2] (清)赵执信:《赵执信全集》,319页,济南,齐鲁书社,1993。

诗。昉思嫉时俗之无章也,曰:"诗如龙然,首尾爪角鳞鬣,一不具,非龙也。"司寇哂之曰:"诗如神龙,见其首不见其尾。或云中露一爪一鳞而已,安得全体?是雕塑绘画者耳。"余曰:"神龙者,屈伸变化,固无定体,恍惚望见者,第指其一鳞一爪,而龙之首尾完好,故宛然在也;若拘于所见,以为龙具在是,雕绘者反有辞矣。"昉思乃服。此事颇传于时,司寇以告后生而遗余语,闻者遂以洪语斥余,而仍侈司寇往说以相难。惜哉,今出余指,彼将知龙。[①]

洪昇针对时俗诗歌创作无章法之弊,以龙为喻,认为诗歌创作应该有章法可寻,不具章法便无法成诗,如龙然。王士禛则认为诗如神龙,见首不见尾,而神情超乎象外。赵执信则认为神龙可以窥一斑而知全豹,从局部可以想象到神龙首尾完好,如在目前。王士禛其实是反对诗歌创作固守章法,主张由变而达到诗的极致的,赵执信显然是没有领会王士禛的意旨,强硬将争论指向有龙无龙、真龙假龙的问题上。在这一场争论中,赵执信的意气成分很大,从谈话的口气上看,他一方面不服王士禛,另一方面以掌握真理者自居。洪昇与赵执信素有交往,但赵执信也是以居高临下的姿势看洪昇,甚至认为洪昇"才力本弱,篇幅窘狭",这样一种自傲的个性很容易使诗学争论偏离学理而变成人身攻击,事实上赵执信对王士禛的人身攻击随处可见。

赵执信由谈龙开始,进而批评王士禛的"神韵说"诗中无人,诗中无事,偏离了以意为主的诗学传统。神韵说确实有追求纯艺术的倾向,王士禛以禅喻诗,将诗歌引向了没有人间烟火的空灵境地,赵执信的批评也点到了神韵说的要害。赵执信偏向冯班、吴乔的诗论,主张"以意为主",反对虚无缥缈的"神韵",他说:"昆山吴修龄论诗甚精。所著《围炉诗话》,余三客吴门,遍求之不可得。独见其与友人书一篇,中有云:'诗之中须有人在。'余服膺以为名言。夫必使后世因其诗知其人,而兼可以论其世,是又

[①] (清)赵执信:《谈龙录》,见(清)王夫之等撰:《清诗话》,310页,上海,上海古籍出版社,1978。

与于礼义之大者也。若言与心违，而又与其时与地不相蒙也，将安所得知之而论之？"①诗中有人就是要表现个体的真实感情，反对无病呻吟。

司寇昔以少詹事兼翰林院侍讲学士，奉使祭告南海，著《南海集》，其首章《留别相送诸子》云："芦沟桥上望，落日风尘昏。万里自此始，孤怀谁与论？"又云："此去珠江水，想思寄断猿。"不识谪宦迁客更作何语？其次章《与友夜话》："寒宵共杯酒，一笑失穷途。"穷途定何许？非所谓诗中无人者耶？②

王士禛《南海集》诸诗是否如赵执信所言"诗中无人"，我们不好断定，但我们可以从中看到赵执信的诗学主张，诗要为人、为事而作，不能无的放矢。除了诗中有人，赵执信还要求诗歌要真实地反映现实，他在《谈龙录》中援用阎若璩的话对王士禛进行了批评。"山阳阎百诗（若璩），学者也。《唐贤三昧集》初出，百诗谓余曰：是多舛错，或校者之失，然也足为选者累。如王右丞诗：东南御亭上，莫使有风尘。'御'讹为'卸'，江淮无卸亭也。孟襄阳诗：行侣时相问，浔阳何处边？'浔'误'浔'，浔阳近湘水，浔阳则辽绝矣。……余深韪其言，寓书阮翁。阮翁后著《池北偶谈》，内一条云：诗家惟论兴会；道远里近，不必尽合。如孟诗：'暝帆何处泊，遥指落星湾'。落星湾在南康云云，盖潜解前语也。噫！受言实难。夫'遥指'云者，不必此夕果泊也，岂可为'浔阳'解乎？"③赵执信强调诗歌要有人，有意，这其实是对传统诗学的继承，也正是找到了传统诗学的根基，他在对王士禛进行批评时才底气十足，他说："诗之为道也，非徒以风流

---

① （清）赵执信：《谈龙录》，见（清）王夫之等撰：《清诗话》，311 页，上海，上海古籍出版社，1978。
② （清）赵执信：《谈龙录》，见（清）王夫之等撰：《清诗话》，311 页，上海，上海古籍出版社，1978。
③ （清）赵执信：《谈龙录》，见（清）王夫之等撰：《清诗话》，312～313 页，上海，上海古籍出版社，1978。

相尚而已。《记》曰：'温柔敦厚，诗教也。'冯先生恒以规人。《小序》曰：'发乎情，止乎礼义'。余谓斯言也，真今日之针砭矣夫！"①赵执信认为王士禛以风流相尚的诗歌偏离了诗的真义，这正是时代诗歌的症结所在，诗既是发乎情，又要止乎礼义。值得注意的是，赵执信所说的"礼义"并非儒家的伦理道德，而是合乎伦理的情感，"诗固自有其礼义也。今夫喜者不可为泣涕，悲者不可为欢笑，此礼义也；富贵者不可语寒陋，贫贱者不可语侈大。"②将传统诗论中的"发乎情，止乎礼义"解释为有感而发，这并不符合儒家诗论的真义，但赵执信于此"过度阐释"，主要是针对"神韵"的虚无。赵执信的诗歌创作奔放不羁，对"礼义"的新解在一定程度上也是为自己的创作开脱。

二、争论的诗学史意义

王士禛去世后，他的门人如查慎行、黄叔琳等仍然影响着康熙末年到雍正年间的诗坛。在王士禛身后，赵执信四处周游，与各地诗坛多有交往，与查慎行并称诗坛。乾隆年间，刘执玉编选《国朝六家诗钞》，选取了宋琬、施闰章、王士禛、朱彝尊、赵执信、查慎行六家，这六家其实正好是包括了顺治、康熙、雍正三朝的重要诗人。随着王士禛影响的逐渐变小，赵执信成为康熙末年到乾隆诗坛的过渡性人物，他与王士禛的争论屡屡被乾嘉诗人提及，其在诗学史上的价值是不容忽视的。

王士禛的"神韵说"在康熙年间风靡朝野，"神韵说"以司空徒、严羽的诗论为价值取向，重在追求诗歌的"味外味"。其实，王士禛之"神韵"并非只是一种诗风，但其流弊却是陷于"神韵"而不知返。赵执信援引冯班、

---

① （清）赵执信：《谈龙录》，见（清）王夫之等撰：《清诗话》，311页，上海，上海古籍出版社，1978。
② （清）赵执信：《谈龙录》，见（清）王夫之等撰：《清诗话》，311页，上海，上海古籍出版社，1978。

吴乔为佐证，认为诗歌创作应该"设格甚宽"，反对只将"神韵"视为正宗而排斥其他诗风。赵执信对"神韵"的批评虽然说是建立在对王士禛不全面理解的基础上，但在一定程度上为诗学的多元化发展提供了理论基础。袁枚对"神韵说"评价道：

> 严沧浪借禅喻诗，所谓"羚羊挂角，香象渡河，有神韵可味，无迹象可寻"。此说甚是。然不过诗中一格耳。阮亭奉为至论，冯钝吟笑为谬谈：皆非知诗者。诗不必首首如是，亦不可不知此种境界。①

"神韵"只是诗中一格，不必首首如是，但也不可不知"神韵"的境界，袁枚的态度可以说是比较客观的，这一批评其实可以在赵执信"设格甚宽"中找到来源。沈德潜也对"神韵"设格不宽提出了批评，他说："司空表圣云：'不著一字，尽得风流。''采采流水，蓬蓬远春。'严沧浪云：'羚羊挂角，无迹可求。'苏东坡云：'空山无人，水流花开。'王阮亭本此数语，定《唐贤三昧集》。木玄虚云'浮天无岸'，杜少陵云'鲸鱼碧海'，韩昌黎云'巨刃摩天'，惜无人本此定诗。"②《唐贤三昧集》之选缺少的正是"鲸鱼碧海"和"巨刃摩天"的风格，沈德潜虽然与王士禛一样崇尚唐诗，但晚年编《宋金元三家诗》，弥补了过度崇唐的不足，而且在唐诗的选取上也避免了王士禛单一诗风的取向。乾隆年间，沈德潜《唐诗别裁集》风靡朝野，取代了《唐贤三昧集》，在某种程度上说，这正是赵执信破除偶像努力的延续。王鸣盛将赵执信视为"大家"，对他"胸中有书"的治学表示赞赏，这就开启了乾嘉学术影响下的"肌理说"。

从诗学内涵上看，赵执信对"神韵说""不真""无人"的断定为乾嘉诗学的转向做了理论铺垫。王士禛的"神韵"在咏物抒情、模山范水的叙写上显示出独特的审美价值，但在反映社会现实、抒写个人情感上却很难体现出

---

① （清）袁枚：《随园诗话》上，273 页，北京，人民文学出版社，1982。
② （清）叶燮、沈德潜：《说诗晬语》，133 页，南京，凤凰出版社，2010。

"神韵"。赵执信看到"神韵说"的弊病,批评王士禛一味地"爱好",主张"诗之外尚有事在",诗要"真",要有健实的社会现实内容,这些主张其实正是传统诗论的内在要求。赵执信身后的乾嘉诗坛基本上都是在辨香传统诗论的基础上进行理论构建的,赵执信回归传统诗论,为乾嘉诗学的转向做了铺垫。袁枚的性灵说是诗言志的发展,他对王士禛批评道:"阮亭主修饰,不主性情,观其到一处必有诗,诗中必用典,可以想见其喜怒哀乐之不真矣。"[1]袁枚一反王士禛的主修饰,主张诗表性情,这是对赵执信"诗中须有人"的继承。袁枚诗论广大,他对这位诗坛前辈既怀着敬意,又能洞察其不足,他评价王士禛:

> 阮亭先生,自是一代名家。惜誉之者,既过其实,而毁之者,亦损其真。须知先生才本清雅,气少排奡,为王、孟、韦、柳则有余,为李、杜、韩、苏则不足也。余学遗山,《论诗》一绝云:"清才未合长依傍,雅调如何可诋娸。我奉渔洋如貌执,不相菲薄不相师。"[2]

袁枚不相菲薄不相师,一方面是尊重诗坛前辈,肯定其合理之处,另一方面却是不相师。王士禛论诗不主性情,而袁枚却是以性情为主导,两者异途而驰,各不相师。袁枚对王士禛的评价都可以在赵执信那里找到根源,正是在这个意义上,郭绍虞将赵执信视为性灵派的先驱之一。其实,赵执信的"有人""有事"与袁枚的性灵说有很大的区别,赵执信可否列入性灵一派是值得商榷的,但他的诗歌理论给乾嘉性灵派以影响应该说是毋庸置疑的。袁枚在《怕听》一诗中说道:"怕听旁人夸早贵,已输十八贾登朝。""十八贾登朝"其实正是指十八岁中进士的赵执信。赵执信在诗论上具有浓重的现实主义倾向,他多次批评王士禛的台阁气、粉脂气,对"徒以风流相尚"的诗风感到不满,这与沈德潜的政教诗论有着一致性。沈德潜与王士禛、赵执信都

---

[1] (清)袁枚:《随园诗话》上,80页,北京,人民文学出版社,1982。
[2] (清)袁枚:《随园诗话》上,48页,北京,人民文学出版社,1982。

有交往，在中进士后曾赠诗称与赵执信为前后甲子同年。可见，沈德潜对赵执信的诗论是有所领会的，他的格调说不能说与谈龙之争没有关缘。

另外，赵执信对王士禛及其"神韵说"的批评在客观上起到了瓦解诗派的作用。王士禛去世后，其影响已大不如前，而赵执信在当时影响也不小，他"独不执弟子之礼"的耿介精神，对流派的分化起到了一定的作用。许印芳在《谈龙录跋》中说道："渔洋诗风格出自大家，惟于言志本旨不甚理会，故不免浮泛空滑之病。赵秋谷取吴修龄诗中有人之说，著《谈龙录》以攻其短，后之读渔洋诗者，弃短取长，始见庐山真面目，则秋谷此书，虽出一时私憾，而实渔洋功臣，且可为学诗者千秋金鉴。夫学诗者无不用典求雅，摹古求高，而辞多意少，貌合神离，穷年苦吟，阴受渔洋之病，而不自知其非。读此书而翻然悔悟，去伪存真，不朽之业，于是乎在，其有益于后学岂浅鲜哉！"诗歌流派的更替有社会及文学内部的因素，同时也需要有批评者从中发难，以此引发新的文学思潮的出现，赵执信正是康乾诗坛过渡性的人物，他对王士禛的发难是后来诗学流派出现的序幕。

◎ 第三节
厉鹗的诗学观念

雍正、乾隆年间，以厉鹗为代表的"浙派"诗人活跃于诗坛，这一诗歌流派在审美趣味上倾向于宋诗，诗事活动频频，在江南及全国其他地方都有不小的影响。以王士禛为代表的神韵一派崇尚唐诗，追求冲淡、幽远的诗风。崇唐一派的领袖人物多是达官，而雍乾间的浙派却多是布衣诗人。严迪昌在分析清代诗歌史时说道："不断消长继替过程中的'朝'、'野'离立。具体而言，'朝'是指庙堂朝阙；'野'，则是概言草野遗逸。清代诗史上作为离立一方的'朝',固已非通常所说的馆阁之体,实系清廷'文治武功'中'文治'的重要组成部分;而'野'也不同于往昔每与庙堂呈互补态势的山林风习,乃在总体性上表现为与上述'文治'持离心逆向趋势。"[1]浙派诗人与"文治"的诗文保持一定的距离,其诗风多瘦硬尖新,不尽符合温柔敦厚的诗风。

厉鹗是雍乾诗坛浙派的代表,他集学人与诗人为一体,其诗歌创作、诗学思想在当时是独具一格的,多为时人所称道。厉鹗(1692—1752),字太鸿,又字雄飞,号樊榭、南湖花隐等,钱塘(今浙江杭州)人。少时家贫,兄弟常以卖"淡巴菰叶"为生。读书勤奋,然因各种原因,终身未仕,著有《樊榭山房集》《宋诗纪事》《辽史拾遗》《东城杂记》《南宋院画录》等。他与查为仁合编的《绝妙好词笺》,成为继朱彝尊《词综》之后推崇南宋词方面最有影响的著作,他也是浙西词派的中坚人物。

一、诗不以无体,而不当有派

文学的各种文体有其共性,诗有诗之体,墓志铭有墓志铭之体,寿序有寿序之体,文体的共性是文体合法性存在的依据。虽然各种文体有其共性,但作者在运用这一文体时却表现出差异性,同样是写诗,李白与杜甫不一样,陆游与黄庭坚不一样,不同的作家在运用同一文体时表现出个体性的差异。明七子注重诗体辨析,他们严辨汉唐诗体,但他们的辨体注重的是诗体的共性,正是因为注重诗体的共性,结果流于门户之见。厉鹗论诗也强调诗体之辨,他的辨体由共性转向个性,注重个体在文体运用上形成的风格。厉鹗对诗体的辨析是对明七子的超越,他在《查莲坡蔗塘未定稿序》中说道:

诗不可以无体,而不当有派。诗之有体,成于时代,阙乎性情,真

---

[1] 严迪昌:《清诗史》上,15页,杭州,浙江古籍出版社,2002。

气之所存，非可以剽拟似、可以陶冶得也。是故去卑而就高，避缛而趋洁，远流俗而向雅正，少陵所云"多师为师"，荆公所谓"博观约取"，皆于体是辨。众制既明，炉鞴自我，吸揽前修，独造意匠，又辅以积卷之富，而清能灵解，即具其中。盖合群之作者之体而自有其体，然后诗之体可得而言也。自吕紫微作西江诗派，谢皋羽序睦州诗派，而诗于是乎有派。然犹后人瓣香所在，强为胪列耳，在诸公当日未尝断断然以派自居也。迫铁雅滥觞，已开陋习。有明中叶，李、何扬波于前，王、李承流于后，动以派别概天下之才俊，噉名者靡然从之，七子五子，叠床架屋。本朝诗教极盛，英杰挺生，缀学之徒，名心未忘，或祖北地、济南之余论，以锢其神明；或袭一二钜公之遗貌，而未开生面。篇什虽繁，供人研玩者正自有限。于此有卓然不为所惑者，岂非特立之士哉？①

个人诗体的形成既受时代因素的影响，也与个人的性情、阅历、学识等因素紧密相关，用共性代替个性，造成了诗派的对立，厉鹗对明代到清初只具共性的诗派提出了批评，认为真正的诗人应该具备自身的诗体风格。个人诗体风格的形成是诗歌创作成熟的表现，厉鹗将诗派与诗体对举，认为诗派很容易损害个体诗风的形成，个体诗风的形成必须打破诗派的门户之见。要形成个体的诗体风格，厉鹗认为必须取法高远，"去卑而就高，避缛而趋洁，远流俗而向雅正"，与此同时，还必须熔铸前贤，形成自己的风格，"合群之作者之体而自有其体，然后诗之体可得而言也"。从明代到清初，诗派更迭不已，不同的诗派以某一诗风或理论为指导，缺乏对个体风格的尊重，厉鹗的批评可以说是深中其弊，"诗不以无体，而不当有派"既是其对自身诗歌理论的总结，也是其新见，长期以来，厉鹗的诗歌辨体思想一直没有引起我们充分的关注。

---

① （清）厉鹗：《樊榭山房集》中，735页，上海，上海古籍出版社，1992。

二、学问与性情

厉鹗学识渊博,尤其熟悉宋代文献,著有《宋诗纪事》《辽史拾遗》《南宋院画录》等,在文史诸多领域都有建树。全祖望称:"于诗无所不窥,所得皆用之于诗,故其诗多有异闻轶事,为人所不及知。"[1]厉鹗在《绿杉野屋集序》提出了以学问为诗的观点。

> 少陵之自述曰:"读书破万卷,下笔如有神。"诗至少陵止矣,而其得力处,乃在读万卷书,且读而能破致之,盖即陆天随所云"鞭铄波涛,穿穴险固,囚锁怪异,破碎阵敌,卒造平澹而后已"者,前后作者,若出一揆。故有读书而不能诗,未有能诗而不读书。……夫材,屋材也;书,诗材也。屋材富,而宩庙桴桷,施之无所不宜;诗材富,而意以为匠,神以为斤,则大篇短章均擅其胜。[2]

读书才能作诗,未有不读书而能诗者,厉鹗将学问视为诗歌的根基,有了学问才能"施之无所不宜","诗材富,而意以为匠,神以为斤,则大篇短章均擅其胜"。厉鹗的生活面比较窄,他的一生以书斋生活为主,长期沉浸于"群籍",他的诗歌有浓重的学问倾向,以学为诗、好用典是他诗歌的显著特点。厉鹗的交游圈,学人不少,如全祖望、杭世骏、汪沆等。将学问视为诗歌的基础是其诗歌创作的理论总结,也是清代"学人诗"的理论代表。

厉鹗论诗重学问,但这并不意味着他只是在书籍里讨诗料,厉鹗论诗也注重性情的抒写,他将性情视为诗歌生发的根源,认为诗歌是心灵的印记,他在诗集的"自序"中说道:"譬之山谣村笛,虽无当于钟吕之响,而向来所

---

[1] (清)厉鹗:《樊榭山房集》下,1740页,上海,上海古籍出版社,1992。
[2] (清)厉鹗:《樊榭山房集》中,742页,上海,上海古籍出版社,1992。

阅闲居羁旅、恬愉忧悴，历历在目，每一开视，聊以省忆生平，窃亦自珍自疑。"①对世俗将诗歌功利化的做法，厉鹗持批判的态度。

> 往时东南人士，几以诗为穷家具，遇有从事声韵者，父兄师友必相戒以为不可染指。不唯于举场之文有所窒碍，而转喉刺舌，又若诗之大足为人累。及见夫以诗获遇者，方且峨冠纤绅，回翔于清切之地，则又群然曰："诗不可不学!"夫诗，性情中事也，而顾以穷与遇为从违，即为之而遇，犹未足以自信，使其不遇，则必且曰"是果穷家具"，而弃之惟恐不速。诗，果受人轩轾欤？②

厉鹗的性情论其实已经淡化了诗歌的政治伦理色彩，他将诗歌视为自然情感的抒写，这与乾嘉性灵派是比较接近的。

厉鹗的学问与性情论是有机一体的，他认为学问与性情的结合才能创作出独立的诗歌风格，他称赞赵谷林的诗歌："格高思精，韵沉语炼，昭宣备五色，锵洋叶六义。胚胎于韦、柳、韩、杜、苏、黄诸大家，而能自出新意，不袭故常。"③评汪沆的诗："以坚瘦为其格，以华妙为其词，以清莹为其思。……绝去切拟，冥心独造，而卒无不与古人合。"④厉鹗对学问和性情的强调其实正是学人诗与诗人诗的融合，其诗论具有很强的辩证色彩，也是学人诗论的一次很好的总结。

三、唐宋诗风融合论

厉鹗熟悉宋代的典籍，其诗风接近宋诗，沈德潜批评厉鹗"沿宋习败唐

---

① （清）厉鹗：《樊榭山房集》中，760 页，上海，上海古籍出版社，1992。
② （清）厉鹗：《樊榭山房集》中，743 页，上海，上海古籍出版社，1992。
③ （清）厉鹗：《樊榭山房集》中，731 页，上海，上海古籍出版社，1992。
④ （清）厉鹗：《樊榭山房集》中，751 页，上海，上海古籍出版社，1992。

风",今人朱则杰分析更细,"一般诗人学习的大都是苏轼、黄庭坚、陆游等大家,而厉鹗所学尽是小家,主要是南宋的永嘉四灵,旁及姜夔,仅陈与义家数稍大,而所取也只是他的前期诗。"①厉鹗虽然在创作上多取径于宋人,但他的理论却没有这么狭隘,他诗学理论兼取唐宋,并不完全为宋诗所囿,他在《懒园诗钞序》中说道:

> 夫诗之道不可以有所穷也。诸君言为唐诗,工矣;拙者为之,得貌遗神,而唐诗穷。于是能者参之苏、黄、范、陆,时出新意,末流遂澜倒,无复绳检,而不为唐诗者又穷。物穷则变,变则通。当繁哇噪聒之会,而得云山《韶濩》之响,则《懒园》一编非膏肓之针石耶?②

固守唐诗容易产生僵化的弊病,掺之以宋诗,能救固守之弊,掺之过度也会产生弊病,厉鹗主张从变通的角度来看待唐诗和宋诗,反对固执一端。厉鹗的这一观点是对清初唐宋之争的一次总结,不管是神韵派还是宋诗派,其末流都使诗歌陷入困境,厉鹗对两派都有所不满,他推崇的是能够融汇两种诗风的诗人。厉鹗并不固执于唐诗宋音,而是从能否别出新意的角度来看待对唐诗、宋诗的继承,这样的眼光比专注于其中一种风格的诗人、学人要通达得多。

厉鹗专门论述诗学理论的文章并不多,他论及的问题虽然都是一些老问题,但却能够剖析入微,突破了清代前期诗论宏观有余、微观不足的弊病,是对清初诗学现象的一次很好的总结。乾嘉以后,诗歌的诸多问题也多不幸被他言中。

---

① 朱则杰:《清诗史》上,227~228页,南京,江苏古籍出版社,2000。
② (清)厉鹗:《樊榭山房集》中册,734页,上海,上海古籍出版社,1992。

◎ 第四节
沈德潜的格调说

明七子标举盛唐，讲究辨体，注重形式风格的古雅，钱谦益以"经世"矫之，试图恢复儒家政教传统的诗学。由于钱谦益的人格污点，在康熙以后影响并不是很大，康熙年间影响最大的是王士禛的"神韵说"。"神韵说"主平淡清远的艺术风格，注重诗歌的审美特征，而忽视了诗歌的社会作用，在王士禛身后，攻击"神韵说"的人不少。乾隆前中期，沈德潜晚年受知乾隆，君臣相互唱和，成为乾隆诗坛的佳话。乾隆的推赞，加上沈德潜积极奖掖后进，格调诗论由此而占据诗坛主流的位置。

沈德潜（1673—1769），字确士，号归愚，苏州府长洲（今属江苏）人。乾隆四年（1739年），以六十七岁高龄得中进士，授翰林院编修。乾隆帝喜其诗才，称"江南老名士"，历任侍读、内阁学士、上书房行走。选有《古诗源》《唐诗别裁集》《明诗别裁集》《清诗别裁集》等，流传颇广。沈德潜的格调说既是对儒家传统政教诗论的继承，又是对明七子、严羽、王士禛诗学的发展，具有极大的包容性。

一、温柔敦厚的诗教

在先秦，诗歌一直是政教体系的一部分，诗歌的经世功能在汉代以后就淡化了，经过漫长的演化，诗歌的娱乐性、交际性增加，到明清两代，应酬诗泛滥，诗歌经世的意识日益淡化。沈德潜的诗论具有强烈的儒家经世的色彩，他在《说诗晬语》开篇便提出："诗之为道，可以理性情、善伦物、感鬼神、设教邦国、应对诸侯，用如此其重也。秦汉以来，乐府代兴；六代继之，流衍靡曼。至有唐而声律日工，托兴渐失，徒视为嘲风雪、弄花草、游历燕衎之具，而'诗教'远矣。"①沈德潜对诗歌政教功能的衰落有所不满，他希望能够重新拾回诗歌拯救世道的功能。"学者但知尊唐而不上穷其源，犹望海者指鱼背为海岸，而不自悟其见之小也。今虽不能竟越三唐之格，然必优柔渐渍，仰溯风雅，诗道始尊。"②沈德潜将《诗经》视为诗歌之源，认为只有返回《诗经》才能窥视诗歌的广大和尊尚。在先秦，诗歌是政治的组成部分，而在后代，诗歌与政治的关系日益疏远，沈德潜也认识到诗歌不可能像在先秦那样干预社会政治，他强调的是诗歌的伦理教化作用。"诗本六籍之一，王者以之观民风、考得失，非为艳情发也。虽四始以后，《离骚》兴美人之思，平子有定情之咏，然词则托之男女，义实关乎君父友朋。自梁陈篇什，半属艳情，而唐末香奁，益近亵嫚，失'好色不淫'之旨矣。此旨一差，日远名教。"③香奁诗无关教旨，失去了"好色不淫"的教化作用，沈德潜坚决将这样的诗歌踢出门外。对于过度追求词采的诗歌，沈德潜也认为其妨碍诗歌的教化功能，容易让人偏离伦理情感，因此也反对过度追求词采。他批评陆机："士衡旧推大家，然通赡自足，而绚彩无力，遂开出排偶一家。降自齐梁，专工队仗，边幅复狭，令阅者白日欲卧，未必非陆氏为之滥觞也。所撰《文赋》云：'诗缘情而绮靡。'言志章教，惟资涂泽，先失诗人之旨。"④沈德潜将儒家政教功用视为"诗人之旨"，并将此视为诗学的第一要义，即便形式优美，也未必符合他的审查要求。在评判不同的诗风方面，他认为具有教化的诗歌优于其他风格的诗歌。"古今流传名句，如'思君如流水'，如'池塘生春草'，如'澄江静如练'，如'红药当阶翻'，如'月映清淮流'，如'芙蓉露下落'，如'空梁落燕泥'，情景俱佳，足资吟咏。然不如'南登霸陵岸，回首望长安'忠厚悱恻，得'迟迟我行'之意。"⑤钟嵘、严羽、王士禛推崇"直寻"，偏重于自然、清远的诗风，沈德

---

① （清）叶燮、沈德潜：《说诗晬语》，81页，南京，凤凰出版社，2010。
② （清）叶燮、沈德潜：《说诗晬语》，81页，南京，凤凰出版社，2010。
③ （清）叶燮、沈德潜：《说诗晬语》，128页，南京，凤凰出版社，2010。
④ （清）叶燮、沈德潜：《说诗晬语》，95页，南京，凤凰出版社，2010。
⑤ （清）叶燮、沈德潜：《说诗晬语》，98页，南京，凤凰出版社，2010。

潜并不反对这种诗风,但他更倾向于具有强调社会内涵的诗风。在《唐诗别裁集》序言中,他提出了选诗的校准:"先审宗旨,继论体裁,继论音节,继论神韵,而一归于中正和平。"可见,他是将思想性放在了诗论的第一要素,只有"宗旨"不离儒家伦理才能进入艺术的考量。诗是个人情志的表现,诗歌的"宗旨"要想得到保证,就必须对作者提出要求,"有第一等襟抱、第一等学识,斯有第一等真诗。如太空之中,不着一点;如星宿之海,万源涌出;如土膏既厚,春雷一动,万物发生。古来可语此者,屈大夫以下,数人而已。"[①]作者的胸襟、学识决定了诗歌的成就,沈德潜所说的"胸襟""学识"其实是个体的道德修养,他认为历史上真正有此素养的人"数人而已",这也未免要求过高了。

现实主义倾向的诗歌有美有刺,沈德潜身处盛世,他对"美"诗是比较认可的,但对"刺"诗,他要求尽量避免直露和过度激烈。"用意过深,使气过厉,抒藻过秾,亦是诗家一病。故曰:'穆如清风。'"[②]沈德潜认为过分激烈的感情会破坏诗歌的美,也达不到教化的作用,因此他要求情感尽量平缓。对于《诗经》《楚辞》表现出来的强烈情感,沈德潜进行了温柔化的解读。"《巷伯》恶恶,至欲'投畀豺虎'、'投畀有北',何尝留一余地?然想其用意,正欲激发其羞恶之本心,使之同归于善,则仍是温厚和平之旨也。《墙茨》《相鼠》诸诗,亦须本斯意读。"[③]"《离骚》者,《诗》之苗裔也。第《诗》分正变,而《离骚》所际独变,故有侘傺噫郁之音,无和平广大之响。读其词,审其音,如赤子婉恋于父母侧而不忍去。要其显忠斥佞,爱君忧国,足以持人道之穷矣。尊之为'经',乌得为过?"[④]《诗经·巷伯》《离骚》乃是诗人强烈情感的表现,沈德潜却强调把教化的外衣给作者披上,将诗歌的情感柔化,由此纳入他的"温柔敦厚",这种"过度阐释"是

---

① (清)叶燮、沈德潜:《说诗晬语》,82页,南京,凤凰出版社,2010。
② (清)叶燮、沈德潜:《说诗晬语》,121页,南京,凤凰出版社,2010。
③ (清)叶燮、沈德潜:《说诗晬语》,88页,南京,凤凰出版社,2010。
④ (清)叶燮、沈德潜:《说诗晬语》,89页,南京,凤凰出版社,2010。

沈德潜诗观使然。

二、比兴互陈,反复咏叹

沈德潜的"温柔敦厚"说是对传统诗论的扩展和深化,他的"温柔敦厚"其实包含了多种风格,他在《重订唐诗别裁集》的序中说道:

> 新城王阮亭尚书选《唐贤三昧集》,取司空表圣"不著一字、尽得风流"。严沧浪"羚羊挂角,无迹可求"之意,盖味在盐酸外也。而于杜少陵所云"鲸鱼碧海",韩昌黎所云"巨刃摩天"者,或未之及。余因取杜、韩语意定《唐诗别裁》,而新城所取,亦兼及焉。……因而增入诸家:如王、杨、卢、骆唐初一体,老杜亦云"不废江河万古流"也;白傅讽谕,有补世道人心,本传所云"箴时之病,补政之缺"也;张、王乐府,委折深婉,曲道人情,李青莲后之变体也;长吉呕心,荒陬古奥,怨忿悲愁,杜牧之许为《楚骚》之苗裔也。[1]

沈德潜自幼喜欢唐诗,他的《唐诗别裁集》与王士禛的《唐贤三昧集》一样在清代影响很广,他在选辑上改变了王士禛取向单一的做法,不仅选取了具有冲淡清远风格的诗歌,而且还补入了"鲸鱼碧海"、"巨刃摩天"、初唐、讽谕等多种风格的诗歌,取材不拘一格。可见,沈德潜的"温柔敦厚"其实是以儒家诗论为主导,兼容各种诗风的集成性诗论的,这种集成性,主要是在"诗言志"上找到了结穴,他说道:

> 性情面目,人人各具。读太白诗,如见其脱屣千乘。读少陵诗,如见其忧国伤时。其世不我容,爱才若渴者,昌黎之诗也。其嬉笑怒骂,

---

[1] (清)沈德潜选注:《唐诗别裁集》上,序第3页,上海,上海古籍出版社,2013。

风流儒雅者,东坡之诗也。即下而贾岛、李洞辈,拈其一章一句,无不有贾岛、李洞者存。倘词可馈贫,工同鑿涗,而性情面目,隐而不见,何以使尚友古人者,读其书、想见其为人乎?①

人有不同的性情,诗歌也有不同的风格,不同风格的诗歌除了具有儒家的人格理想,还应该具有怎样的艺术风范呢? 沈德潜对诗歌的艺术特征有深入的了解,他认为诗歌要"比兴互陈,反覆唱叹",这样,其效果才会体现出来。

事难显陈,理难言罄,每托物连类以形之。郁情欲舒,天机随触,每借物引怀以抒之。比兴互陈,反覆唱叹,而中藏之欢愉惨戚,隐跃欲传,其言浅,其情深也。倘质直敷陈,绝无蕴蓄,以无情之语而欲动人之情,难矣。②

沈德潜的诗论没有道学家说教的空洞性,他认识到,诗歌要发挥其诗教的作用,必须要符合艺术的规律,违背了艺术的规律,其诗教的功用也不复存在。因此,只有在"比兴互陈,反覆唱叹"中,诗歌的感化作用才会体现出来,"质直敷陈,绝无蕴蓄",就很难动人之情了。沈德潜很注重诗歌中的"比兴""反覆",他在评五言古诗时说道:

五言古长篇,难于铺叙,铺叙中有峰峦起伏,则长而不漫;短篇难于收敛,收敛中能含蕴无穷,则短而不促。又长篇必伦次整齐,起结完备,方为合格;短篇超然而起,悠然而止,不必另缀起结,苟反其位,两者俱偾。③

---

① (清)叶燮、沈德潜:《说诗晬语》,134 页,南京,凤凰出版社,2010。
② (清)叶燮、沈德潜:《说诗晬语》,81 页,南京,凤凰出版社,2010。
③ (清)叶燮、沈德潜:《说诗晬语》,92 页,南京,凤凰出版社,2010。

长短适合，起结有方，沈德潜的诗法论有浓重的"中庸"味道，这其实是对诗歌创作的规范，防止诗歌章法杂乱，情意无法体现出来。在具体的作品评论中，沈德潜在把握住主导思想之后，很注重对诗艺的分析。

> 讽刺之词，直诘易尽，婉道无穷。卫宣姜无复人理，而《君子偕老》一诗，止道其容饰衣服之盛，而首章末以"子之不淑，云如之何"二语逗露之；鲁庄公不能为父复雠，防闲其母，失人子之道，而《猗嗟》一诗，止道其威仪技艺之美，而章首以"猗嗟"二字讥叹之。苏子所谓不可以言语求而得，而必深观其意者也，诗人往往如此。①

> 诗贵寄意，有言在此而意在彼者。李太白《子夜吴歌》本闺情语，而忽冀罢征；《经下邳圯桥》本怀子房，而意实自寓；《远别离》本咏英皇，而借以咎肃宗之不振、李辅国之擅权。杜少陵《玉华宫》云："不知何王殿，遗构绝壁下。"伤唐乱也；九成宫云："巡非瑶水远，迹是雕墙后。"垂夏殷鉴也；他若讽贵妃之酿乱，则忆王母于宫中；刺花敬定之僭窃，则想新曲于天上。凡斯托旨，往往有之。但不如《三百篇》有小序可稽，在读者以意逆之耳。②

王士禛清远的诗风是出世的精神，而沈德潜的"温柔敦厚"却是积极入世，他选评的多数诗歌都是具有强烈社会政治伦理指向的作品，在解读这些作品时，他能够将思想性与艺术性紧密结合，既坚持思想的倾向性，又不废艺术特征，这就使得他的诗论比道学家高出了许多。沈德潜评论《诗经》是杜甫、李白、白居易等人的诗歌，基本上能够坚持这样的立场。诗歌中的议论多是说理，但沈德潜却认为议论中也是可以有"比兴"的：

---

① （清）叶燮、沈德潜：《说诗晬语》，85页，南京，凤凰出版社，2010。
② （清）叶燮、沈德潜：《说诗晬语》，128～129页，南京，凤凰出版社，2010。

> 人谓诗主性情，不主议论，似也，而亦不尽然。试思二《雅》中何处无议论？杜老古诗中，《奉先咏怀》、《北征》、《八哀》诸作，近体中《蜀相》、《咏怀》、《诸葛》诸作，纯乎议论。但议论须带情韵以行，勿近伧父面目耳。戎昱《和蕃》云："社稷依明主，安危托妇人。"亦议论之佳者。①

其实，这里的议论并不是纯粹的说理，而是借助形象来感发体悟，沈德潜在这个意义上来把握诗歌中的议论，这是很有见地的。

三、由唐风向唐宋兼容的努力

沈德潜一生经历了康、雍、乾三朝，对从康熙到乾隆间的唐宋之争有着切身的体会，他在《唐诗别裁集》的序中说道："德潜于束发后，即喜钞唐人诗集，时竞尚宋、元，适相笑也。"康熙年间宋诗热的时候，沈德潜不顾时流，毅然沉浸于唐诗中，这说明唐诗是他的爱好所在。在受知乾隆前，沈德潜对宋诗评价并不高，相反，为时人所诟病的明前后七子却受到了他较高的评价。在受知乾隆后，沈德潜对宋诗的态度有所改变，晚年辑《宋金元三家诗选集》。在对待唐诗与宋诗上，沈德潜经历了一个艰难的抉择过程，这一抉择反映了他的爱好与诗学理论的矛盾。

目前对沈德潜诗学的研究，大多集中在格调论内涵的探讨上，对他在唐诗、宋诗态度上的研究很少，即使有论及者，也简单地以后期补弊前期宗唐的不足而论之，对其价值取舍的意图、方式、结果并无论及。

沈德潜所作的影响最大的诗歌选本是《唐诗别裁集》，这是他受知乾隆之前的唐诗选辑，他在该书的"序"中说道："德潜于束发后，即喜钞唐人诗集，时竞尚宋、元，适相笑也。迄今几三十年……取向时所录五十余卷，删

---

① （清）沈德潜：《说诗晬语》，127 页，南京，凤凰出版社，2010。

而存之，复于唐诗全帙中网罗佳什，补所未备，日月既久，卷帙遂定。"①沈德潜选辑唐诗时经历了宋诗的由热趋冷，而他在这三十年的选辑过程中并没有受到时代风气的影响，坚持认为唐诗是诗歌的正宗，"时吴中诗学祖宋祧唐，几家至能而户务观。予与二三同志欲挽时趋，苦于无其力。"②在宋诗广泛地为人们所接受的时候，沈德潜的唐诗选有矫枉过正的弊病，他在《唐诗别裁集》的凡例中说道："诗至有唐，菁华极盛，体制大备。学者每从唐人诗入，以宋、元诗流于卑靡。"很明显，在唐、宋的对比中，他认为唐诗乃得诗的正宗，而宋诗却远逊于唐了。袁枚在《答沈大宗伯论诗书》中说："先生诮浙诗，谓沿宋习、败唐风者，自樊榭为厉阶。"③袁枚与沈德潜三次同年参加科举考试（乡试、会试、博学鸿词），袁枚隐退后与沈德潜往来频繁，袁枚的评价应该说是有依据的。鲁迅说："凡是对文术，自有主张的作家，他所赖以发表和流布自己的主张的手段，倒并不在作文心、文则、诗品、诗话，而在出选本。"④沈德潜长期苦钞唐诗，一则是唐诗的艺术成就吸引他，二则是唐诗所具有的思想内涵与他的格调论是相契合的。他在《唐人五言长律清丽集序》中说道："余尝论唐初长律，王、杨、卢、骆、沈、宋、陈、杜、燕、许、曲江，并皆佳妙，少陵出而瑰奇宏丽，变动开阖，后有作者，无能为役。……是集详初盛，略中晚，大篇多录少陵诗，以示模则，却取谨严，有与余曩日持论合者。"沈德潜前期主要推崇古诗和唐诗，对唐以后的诗人评论很少，而且评论也不高。在唐代诗人中，他最推崇杜甫："圣人言诗自兴观群怨，归本于事父事君。少陵身际乱离，负薪拾橡，而忠爱之意，惓惓不忘，得圣人之旨矣。""抱负如此，终遭阻抑。然其去也，无怨怼之词，有'迟迟我行'之意，可谓温柔敦厚矣然备一代之诗，取其宏博。而学诗者沿流讨源，则必寻究其指归。何者？人之作诗，将求诗教之本原

---

① （清）沈德潜选注：《唐诗别裁集》上，序第1页，上海，上海古籍出版社，2013。
② （清）沈德潜：《归愚文钞》卷十四，乾隆教忠堂刻本，北京师范大学图书馆藏。
③ （清）袁枚：《小仓山房诗文集·小仓山房诗集补遗》，1502页，上海，上海古籍出版社，1988。
④ 鲁迅：《集外集》，123页，北京，人民文学出版社，1995。

也。"杜甫诗歌的思想性与艺术性的完美结合是沈德潜格调论的最佳注脚,在《唐诗别裁集》中,他对杜甫的称赞可谓不厌其烦。在《杜诗偶评序》中,他也说道:"予少喜杜诗,而未能即通其义。尝虚心顺理,尝咏恬吟以求之,不逞泛滥,不蹈凿空,尤不敢束缚拘挛,惟于情境偶会、旁通证入处,随手评释。日月既久,渐次贯穿,即未必果有得于鲁直、裕之之语,如与少陵揖让晤于千载之上。……同邑潘子森千,予忘年友也,素嗜杜,与予同癖,任剞劂之资,并为发凡起例,不欲使此本之湮没也。"[①]沈德潜对杜诗可谓是爱敬交加。

在坚持思想性的前提下,沈德潜在《唐诗别裁集》中对唐诗艺术上的成就是有充分认识的,如评唐七言律诗:"平叙易于径直,雕镂失之佻巧,比五言更难。初唐英华乍启,门户未开,不用意而自胜。后此摩诘(王维)、东川,春容大雅,时崔司勋(崔颢)、高散骑(高适)、岑补阙(岑参)诸公,实为同调。而大历十子及刘宾客(刘禹锡)、柳柳州(柳宗元),其绍述也。少陵胸次阔阔,议论开辟,一时尽掩诸家。而义山咏史,其余响也。外是曲径旁门,雅非正轨,虽有搜罗,概从其略。"评五言长律:"五言长律,贵严整,贵匀称,贵属对工切,贵血脉动荡。唐初应制赠送诸篇,王(王勃)、杨(杨炯)、卢(卢照邻)、骆(骆宾王)、陈(陈子昂)、杜(杜审言)、沈(沈佺期)、宋(宋之问),燕、许、曲江(张九龄),并皆佳妙。少陵出而瑰奇宏丽,变动开合,后此无能为役。元(元稹)、白(白居易)长律,滔滔百韵,使事亦复工稳,但流易有余,变化不足,故宁舍旃。"评五言绝句:"五言绝句,右丞之自然,太白之高妙,苏州之古淡,纯是化机,不关人力。他如崔颢《长干曲》,金昌绪《春怨》,王建《新嫁娘》,张祜《宫词》等篇,虽非专家,亦称绝调。后人当于此问津。"评七言绝句:"七言绝句,贵言微旨远,语浅情深,如清庙之瑟,一倡而三叹,有遗音者矣。开元之时,龙标(王昌龄)、供奉(李白),允称神品。外此高、岑起激壮之音,

---

[①] (清)沈德潜:《归愚文钞》卷十一,乾隆教忠堂刻本,北京师范大学图书馆藏。

右丞多凄惋之调，以至'葡萄美酒'之词，'黄河远上'之曲，皆擅场也。后李庶子、刘宾客（刘禹锡）、杜司勋（杜牧）、李樊南（李商隐）、郑都官（郑谷）诸家，托兴幽微，克称嗣响。"

难能可贵的是，沈德潜的《唐诗别裁集》对唐诗艺术成就的认识是建立在对文学发展史的基础之上的。沈德潜虽推崇唐诗，认为"诗至有唐，菁华极盛，体制大备"。但他并不否认前代诗歌的成就，并认识到前代诗歌的基础性地位。"五言古体，发源于西京，流衍于魏、晋，颓靡于梁、陈，至唐显庆、龙朔间，不振极矣。陈伯玉力扫俳优，直追曩哲，读《感遇》诗，何啻在黄初间也。张曲江、李供奉继起，风裁各异，原本阮公。唐体中能复古者，以三家为最。过江以后，渊明诗胸次浩然，天真绝俗，当于语言意象外求之。唐人祖述者，王右丞得其清腴，孟山人得其闲远，储太祝得其真朴，韦苏州得其冲和，柳柳州得其峻洁，气体风神，翛然埃壒之外。"（《凡例》，下同）"五言律，阴铿、何逊、庾信、徐陵已开其体，唐初人研揣声音，稳顺体势，其制大备。神龙之世，陈、杜、沈、宋如浑金璞玉，不须追琢，自饶名贵。开、宝以来，李太白之秾丽，王摩诘、孟浩然之自得，分道扬镳，并推极胜。杜少陵独开生面，寓纵横颠倒于整密中，故应超然拔萃。终唐之世，变态虽多，无有越诸家之范围者矣。以此求之，有余师焉。""唐人诗虽各出机杼，实宪章八代。如李陵《录别》，开《阳关三叠》之先声；王粲《七哀》，为《垂老别》、《无家别》之祖武；子昂原本于阮公；左司嗣音夫彭泽。揆厥由来，精神符合。读唐诗而不更求其所出，犹登山不造五岳，观水不穷昆仑也。选唐人诗外，旧有《古诗源》选本，更当寻味焉。"沈德潜对各种诗体的流变虽然有些地方值得进一步商榷，但其论诗的宏观视野却是超出了许多唐诗选本的作者，正如其在《古诗源》序中所说："诗至有唐为极盛，然诗之盛非诗之源也。""唐诗者，宋元之上流，而古诗又唐人之发源也。"[1]在宋诗为人们广泛接受的时候，沈德潜对诗歌源流的追溯并认为

---

[1] （清）沈德潜选：《古诗源》，序页，北京，中华书局，1963。

"诗至有唐、菁华极盛,体制大备",其反宋诗的意图是不言而喻的。

沈德潜的唐诗选改变了历代唐诗选狭隘偏见的积习,兼包多种风格,力图还原唐代诗歌的真正面貌。他对历代唐诗选本多持批评态度,"唐人选唐诗,多不及李、杜。蜀韦縠《才调集》,收李不收杜。宋姚铉《唐文粹》,只收老杜《莫相疑行》《花卿歌》等十篇,真不可解也。元杨伯谦《唐音》,亦不收李、杜。明高廷礼《正声》,收李、浸广,而未极其盛。是集以李、杜为宗,玄圃夜光,五湖原泉,汇集卷内,别于诸家选本。"(《凡例》)"顾自有明以来,选古人之诗者,意见各殊。嘉、隆而后,主复古者拘于方隅,主标新者偭而先矩,入主出奴,二百年间,迄无定论。"(《原序》)兼顾唐代不同的诗风,不仅体现了唐诗"菁华极盛,体制大备",而且让唐诗成为一个与宋诗对立的审美范畴,对打击宋诗热是有一定作用的。

沈德潜在辑成《唐诗别裁集》后,便着手开始选辑《古诗源》。从选辑的内容上看,《古诗源》的选取更严格地按照诗教的标准来进行。照理,宋诗在重教化、重实用上更胜于唐诗,而沈德潜却对宋诗评价不高,其原因何在?如果我们仔细分析他对宋诗的评价,便不难发现,沈德潜对宋诗的评判并没有像他评价古诗、唐诗那样按照思想和艺术两个标准,而是仅仅从艺术上看待宋诗,更有甚者,他以唐诗律宋诗,这就让宋诗处在了二流的位置,这在他的理论性著作《说诗晬语》中得到了体现。

成书于雍正九年(1731)的《说诗晬语》是沈德潜诗学思想的集中体现,该书完成在《唐诗别裁集》《古诗源》编选之后,从内容上看,沈德潜抑宋的意图很明显。《说诗晬语》评论宋代诗人不多。在《说诗晬语》中,沈德潜按时间顺序对从《诗经》到明代的主流作家进行了评点。从朝代上看,评唐的比较多,而评宋的却很少,仅有十二则。在评价唐诗的时候,除了杜甫,沈德潜对其他诗人的品评多从艺术角度着眼,给予了很高的评价。如评盛唐大家:"高、岑、王、李(颀)四家,每段顿挫处,略作对偶,于局势散漫中求整饬也。李,杜风雨分飞,鱼龙百变,读者又爽然自失。"评李白:"太白想落天外,局自变生,大江无风,涛浪自涌,白云卷舒,从风变灭,此殆天授，非人力也。集中笑矣乎、悲来乎、怀素草书歌等作，开出浅率一派，王元美称为百首以后易厌，此种是也。或云：此五代庸妄子所拟。"评唐诗佳句："起手贵突兀。王右丞'风劲角弓鸣'，杜工部'莽莽万重山''带甲满天地'，岑嘉州'送客飞鸟外'等篇，直疑高山坠石，不知其来，令人惊绝。"从整体上而言，沈德潜对唐诗的评价是很高的。而在评价宋诗的时候，沈德潜几乎都是从艺术上进行评价，这就舍去了宋人在义理上的优势。更有甚者，他还每每以唐诗的艺术成就来对比宋诗，这就将宋诗推到了二流的位置，如评陆游："《剑南集》原本老杜，殊有独造境地，但古体近粗，今体近滑，逊于杜之沈雄腾踔耳。明代杨君谦、本朝杨芝田专录其叹老嗟卑之言，恐非放翁知己。"评黄庭坚："'西江派'黄鲁直太生，陈无己太直，皆学杜而未晬其炙者。然神理未浃，风骨独存。南渡以下，范石湖变为恬缛，杨诚斋、郑德源变为谐俗，刘潜夫、方巨山之流，变为纤小；而四灵诸公之体，方幅狭隘，令人一览易尽，亦为不善变矣。"沈德潜对宋诗的评价可谓是舍其所长而论其所短，这就难怪他对宋诗评价不高了。与对宋诗的评价形成鲜明对比的是，清初以来一直遭受世人痛斥的明七子却受到了沈德潜的推扬。

从清初至乾嘉时期，肯定七子成就的人很少，而沈德潜却逆道而行，这其实是看到了七子对唐诗学传统的继承。在沈德潜的心目中，唐诗"菁华极盛，体制大备"，他并不责怪七子学唐，而是称许他们在恢复唐诗传统上的贡献："明初，虽沿元季余习，然如刘伯温、高季迪辈，飚然自异，亦一时之盛。洪宣以后，疲苶无力，衰矣。李献吉、何大复奋然挽之，边庭宝、徐昌榖诸人辅之，古体取法八代，近体取法盛唐，虽未尽得古人之真，而风格遒上，彬彬大盛。后王、李继述，亦称蔚然。"[1]"永乐以还，崇'台阁体'，诸大老倡之，众人应之，相习成风，靡然不觉。李宾之（东阳）力挽颓澜，李（梦阳）、何继之，诗道复归于正。"[2]沈德潜对七子的不满只是在

---

[1] （清）沈德潜：《归愚文钞》卷十五，乾隆教忠堂刻本，北京师范大学图书馆藏。
[2] （清）叶燮、沈德潜：《说诗晬语》，116页，南京，凤凰出版社，2010。

于责怪他们"临摹已甚,尺寸不离"。而对于批评七子的钱谦益,沈德潜就对他不客气了,"李献吉雄浑悲壮,鼓荡飞扬;何仲默秀朗俊逸,回翔驰骤。同是宪章少陵,而所造各异,骎骎乎一代之盛矣。钱牧斋信口掎摭,谓其摹拟剽贼,同于婴儿学语。至谓读书种子,从此断绝。此为门户起见,后人勿矮人看场可也。两人学少陵,实有过于求肖处。录其所长,指其所短,庶足服北地、信阳之心。"同样的,对矫枉过正的公安派,沈德潜也很不客气:"诗至钟、谭诸人,衰极矣。陈大樽垦辟榛芜,上窥正始,可云枇杷晚翠。"①沈德潜认为公安派"衰极",一则是公安派诗风的低俗,二则是公安派的诗学理论偏离了唐诗的传统。不顾时流推崇明七子,这是沈德潜崇唐的重要体现。沈德潜对明诗的态度在《明诗别裁集》中表现最为突出,他在"序"中说道:

> 宋诗近腐,元诗近纤,明诗其复古也。而二百七十余年中,又有升降盛衰之别。尝取有明一代诗论之。洪武之初,刘伯温之高格,并以高季迪、袁景文诸人,各逞才情,连镳并轸,然犹存元纪之余风,未极隆时之正轨。永乐以还,体崇台阁,骩骳不振。弘、正之间,献吉、仲默,力追雅音;庭实、昌谷,左右骖靳。古风未坠。余如杨用修之才华,薛君采之雅正,高子业之冲淡,俱称斐然。于鳞、元美,益以茂秦,接踵囊哲。虽其间规格有余,未能变化,识者咎其鲜自得之趣焉。然取其菁英,彬彬乎大雅之章也。自是而后,正声渐远,繁响竞作。公安袁氏,竟陵钟氏、谭氏,比之自郐无讥。盖诗教衰而国祚亦为之移矣。此升降盛衰之大略也。编明诗者,陈黄门卧子《皇明诗选》,正德以前殊能持择,嘉靖以下形体徒存。尚书钱牧斋《列朝诗选》,于青邱、茶陵外,若北地、信阳、济南、娄东,概为指斥,且藏其所长,录其所短,以资排击。而于二百七十余年中,独推程孟阳一人。而孟阳之诗,

---

① (清)叶燮、沈德潜:《说诗晬语》,120页,南京,凤凰出版社,2010。

纤词浮语，只堪争胜于陈仲醇诸家。此犹舍丹砂而珍溲勃，贵筝琶而贱清琴，不必大匠国工，始知其诬妄也。①

在沈德潜的心目中，有明一代的诗歌，刘伯温、高启、袁凯诸人"未极隆时之正轨"，真正代表明代诗歌最高成就的乃是前后七子，认为他们"力追雅音"，这"雅音"其实便是盛唐诗。沈德潜对钱谦益排斥七子的做法极为不满，认为他并没有客观地评价七子。钱谦益过度地贬低七子，而沈德潜却又有意地抬高七子，同为明代诗歌选本，两者却表现出迥异的趣向，这实乃两人的唐诗观使然。沈德潜对钱谦益的批评其实是希望诗歌回到唐风上来，他在《与陈耻菴书》中说道：

李献吉、何大复奋然挽之，边庭实、徐昌穀诸人辅之，古体取法八代，近体取法盛唐，虽未尽得古人之真，而风格遒上彬彬大盛。后王李继述，亦称蔚然，而拟义太过，末学同声冠裳剑珮等于土偶，盛者渐趋于衰。公安袁氏有心矫弊，失之于俚，竟陵钟谭立意标新，失之于魔，极矣。于是钱受之意气挥霍一空，前人于古体中揭出韩苏，于近体中揭出剑南，受之之学高于众人，而又当钟谭极衰之后，钱氏之学行于天下，较前此为盛矣。然而推激有余，雅非正则，相沿既久，家务观而户致能，有词华无风骨，有队仗无首尾，甚至讥诮他人则曰此汉魏，此盛唐。耳食之徒有以老杜为戒者。弟弱冠时犹闻此语，受之之意未尝云尔，而流弊则至于此也。②

前后七子在清初普遍地受到了人们的批评，沈德潜对这些批评都不满意，从根本上说，是他将唐诗视为正宗使然。《四库全书总目》在总结明代诗歌时说：

---

① （清）沈德潜、周准编：《明诗别裁集》，序页，北京，中华书局，1975。
② （清）沈德潜：《归愚文钞》卷十五，乾隆教忠堂刻本，北京师范大学图书馆藏。

明之诗派，始终三变。洪武开国之初，人心浑朴，一洗元纪之绮靡，作者各抒所长，无门户异同之见。永乐以迄弘治，沿三杨台阁之体，务以舂容和雅，歌咏太平。其弊也冗沓肤廓，万喙一音，形模徒具，兴象不存。是以正德、嘉靖、隆庆之间，李梦阳、何景明等崛起于前，李攀龙、王士禛等奋发于后，以复古之说，递相唱和，导天下无读唐以后书。天下响应，文体一新。七子之名，遂竟夺长沙之坛坫，渐久而摹拟剽窃，百弊俱生，厌故趋新，别开蹊径。万历以后，公安倡纤诡之音，竟陵标幽冷之趣，幺弦侧调，嘈囋争鸣。佻巧荡乎人心，哀思关乎国运，而明社亦于是乎屋矣。大抵二百七十年中，主盟者递相盛衰，偏袒者互相左右，诸家选本，亦遂皆坚持畛域，各尊所闻。①

前后七子复而不变，忽视创作主体的创造性，这是他们遭受诟病的主要原因。"坚持畛域，各尊所闻"对宣扬唐诗有一定的作用，但却不是诗歌发展的正路。

当然，沈德潜对明前后七子并非全盘接受，他接过明七子格调论的时候对它进行了改造，他以诗教补七子的不足，试图通过诗教唤醒创作主体的积极入世的情怀，构建起格调与性情之间的桥梁，避免格调架空于现实之上。明七子的格调是从学唐诗入手的，而沈德潜的格调却是从学识性入手的。"诗道之实其气在根柢于学，以唐人言之，少陵之诗穿穴经史，太白之诗浸淫庄骚，昌黎之诗原本汉赋，推此而上若颜谢阮陶曾刘诸人蔑弗尽然。盖能根柢于学，则本原醇厚，而因出之以性情之和平，将卓尔树立，成一家言。吾不受风气之转移而可转移乎。风气此实其气之说也，假使王李以后有人焉，溯古人之真而不袭古人之迹，以自授其隙，公安、竟陵之徒何自而置其喙哉！"②很显然，与七子空谈格调、谈诗法相比，沈德潜的诗论要现实得多，

---

① （清）永瑢等撰：《四库全书总目》，748页，北京，中华书局，1965。
② （清）沈德潜：《归愚文钞》卷十五，乾隆教忠堂刻本，北京师范大学图书馆藏。

他成功地将唐诗的传统与性情融合起来，找到了思想性与艺术性的结合点，也正因如此，他的诗学观受到了朝野上下的一致称许。

（二）后期唐宋兼容。在《唐诗别裁集》刊发四十年后，沈德潜再次进行了补辑。前期的沈德潜以王士禛为依归，以受知于王士禛为荣。康熙四十五年（1706），王士禛曾在致尤侗之子尤珍的信中问及沈德潜，沈德潜感动万分，写下了《王新城尚书寄书尤沧湄宫赞，书中垂问鄙人，云"横山下尚有诗人"，不胜今昔之感。末并述去官之由，云与横山同受某公中伤。此新城病中口授语也，感赋四章，末章兼志哀挽》一诗，诗中感慨道："三百年来久，风骚让此贤。惭无水曹句，辱荷尚书怜。千里吴云隔，双鱼汶水传。野夫承下讯，惆怅倚江天。"①得到王士禛的赞许无疑是沈德潜的一大骄傲。而在受知乾隆后，他对神韵说提出了批评，"新城王阮亭尚书选《唐贤三昧集》，取司空表圣'不著一字，尽得风流'，严沧浪'羚羊挂角，无迹可求'之意，盖味在盐酸外也。而于杜少陵所云'鲸鱼碧海'，韩昌黎所云'巨刃摩天'者，或未之及。余因取杜、韩语定《唐诗别裁集》，而新城所取，亦兼及焉……要籍以扶掖雅正，使人知唐诗中有'鲸鱼碧海'，'巨刃摩天'之观。"（《重订唐诗别裁集序》）补辑在选取上较前期也有了很大的突破。

> 镌版问世，已四十余年矣。第当时采录未竟，同学陈子树滋携至广南镌就，体格有遗，倘学诗者性情所喜，欲奉为步趋，而选中偏未之及，恐不免如望洋而返也。因而增入诸家：如王、杨、卢、骆。唐初一体，老杜亦云"不废江河万古流"也；白傅讽谕，有补世道人心，本传所云"箴时之病，补政之缺"也；张、王乐府，委折深婉，曲道人情，李青莲后之变体也；长吉呕心，荒陊古奥，怨怼悲秋，杜牧之许为《楚骚》之苗裔也。又五言试贴，前选略见，今为制拉所需，检择佳篇，垂示准

---

① （清）沈德潜：《归愚诗钞》卷十二，清代诗文集汇编本，上海，上海古籍出版社，2010。

则),为入春秋闱者导夫先路也。他如任华、卢仝之粗野,和凝《香奁诗》之亵嫚,与夫一切生梗僻涩及贡媚献谀之辞,概排斥焉。且前此诗人未立小传,未录诗话,今为补入;前此评释,亦从简略,今较详明。……诗虽未备,要藉以扶掖雅正,使人知唐诗中有"鲸鱼碧海""巨刃摩天"之观,未必不由乎此。(《重订唐诗别裁集序》)

袁枚对前期的《唐诗别裁集》批评道:"至于卢仝、李贺险怪一流,似亦不必摈斥。两家所祖,从《大招》《天问》来,与《易》之龙战、《诗》之天姝,同波异澜,非臆撰也。一集中不特艳体宜收,即险体亦宜收。然后诗之体备而选之道全。"[①]香奁诗和卢仝的诗在重订的时候仍然被排斥在外,这是沈德潜一贯的持论,但将李贺的诗给补上了,这说明沈德潜在后期是力图做到"诗之体备而选之道全"的。沈德潜在坚持诗教的前提下,收录了多种风格的诗歌,这些诗歌中不乏导源宋代诗风的晚唐诗人群。从选辑唐诗的过程看,他晚年重订增补,目的是要建立一个宏大的唐诗体系,这与明七子宗盛唐、王士禛宗王、孟是不可同日而语的。在《唐诗别裁集》前期的序中,沈德潜说到了选诗的标准:"既审其宗旨,复观其题材,徐讽其音节,未尝立异,不求苟同,大约去淫滥以归于雅正,与古人所云微而婉、和而庄者,庶几一合焉;此原意所存也。"而在《重订唐诗别裁集序》中,沈德潜说道:"作诗之先审宗指,继论体裁,继论音节,继论神韵,而一归于中正和平。"成书于乾隆十八年(1753)的《七子诗选》的序中,他也说道:"始则审宗旨,继则标风格,终则辨神韵,如是焉而已。"王士禛的神韵论在乾隆初期为人们所诟病,受知于乾隆之后的沈德潜成为诗坛盟主,他没有必要以王士禛为自己张目,他有意将"神韵"放在选择标准的最后,这无非就是有意说明他并不想像王士禛那样狭隘持论,而是力图在诗教的思想指导下建立更为宽宏的诗学体系。在成书于乾隆二十三年(1758)、重修于乾隆二十五年

[①] (清)袁枚:《小仓山房诗文集·小仓山房诗集补遗》,1505页,上海,上海古籍出版社,1988。

(1760)的《国朝诗别裁集》一书中,沈德潜说道:"唐诗蕴蓄,宋诗发露。蕴蓄则韵流言外,发露则意尽言中。愚未尝贬斥宋诗,而趣向旧在唐诗。故所选风调音节,俱近唐贤,从所尚也。若乐府及四言,有越唐人而窃攀六代、汉、魏者,所云虽不能至,心向往之。"①沈德潜说"未尝贬斥宋诗",而在前期的《明诗别裁集序》中他明说:"宋诗近腐,元诗近纤,明诗其复古也。"在《说诗晬语》中对宋诗的贬斥也是很明显的,沈德潜在这里是很难自圆其说的。究其原因,后期的沈德潜乃是想以宏大的诗论修正前期过度宗唐带来的门户之嫌,《宋金三家诗选》其实是对这个意图的实践。《宋金三家诗选》是沈德潜最后一部诗歌选本,于去世当年完成,选宋代苏轼诗185首,陆游诗208首,元好问诗134首。与前面的三个选本相比,选诗的人数和规模都要小得多,实际的选辑工作都是由他人完成的,这与沈德潜晚年精力不足有紧密联系。陈明善在序中说到了该书的成因:

> 余钞《唐宋八家诗》成,戊子夏携之吴门请正于归愚师,因论宋金人诗,师曰:"苏子瞻天才奔放,铸古镕今;陆放翁志在复仇,沈雄悲愤;元遗山遭时变故,登归凭吊,声与泪俱之。三家者皆不可不熟习者也。"苐全集卷帙浩繁,艰于披阅,选本虽多,惜未尽善,能汇而钞之亦大快事。善即以三家诗辑为请,师许之。今年春,师先定放翁、遗山二家,继辑东坡集,未及评而师游道山。呜呼,殆绝笔于此矣!善不敢自秘,谨依原本缮写付梓以公海内。若夫采择之精,评论之确,有识者自应奉为准则,非余荒陋所能赘一辞也。②

沈德潜对宋诗其实并不是一味地排斥,他不仅许可《宋金三家诗选》的选辑,而且还亲自评定,虽然未及评苏轼而先逝,但从他对宋金三家的高度评价上看,他对宋诗的成就是不否认的,这与前期对宋诗的批判形成了对

---

① (清)沈德潜、周准编:《明诗别裁集》,凡例,上海,上海古籍出版社,2013。
② (清)沈德潜编:《宋金三家诗选》,序页,济南,齐鲁书社影印本,1983。

比。在前期的《说诗晬语》中，沈德潜对苏轼的评价并不是很高，对陆游也一样，元好问则并没有出现在集子中，晚年的沈德潜却对三人给予了很高的评价："苏子瞻天才奔放，铸古镕今；陆放翁志在复仇，沈雄悲愤；元遗山遭时变故，登归凭吊，声与泪俱之。三家者皆不可不熟习者也。"晚年的沈德潜不废宋诗，也是有鉴于明七子门户之争所带来的弊病。明代前后七子的似古作风在清初至清代中叶一直受到猛烈的批评，吴乔在《围炉诗话》中说道：

> 问曰："先生尝言三唐与宋、元易辨，唐、明难辨者，何也？"答曰："此为弘、嘉派言之也。若唐、明易辨，则二李俗学，为人指击尽矣，安得蹶而复起耶？世亦有厌贱俗学者，而意中阴受其害，衹求好句，不论诗意，则其所谓唐诗，止是弘、嘉人诗也。读唐人之诗集，则可以知其人之性情、学问、境遇、志趣、年齿。如《韵语阳秋》之评太白者，可以见太白诗从心出故也。读明人诗集，了无所见，以作者仿唐人皮毛，学之者又仿其皮毛，略无自心故也。夫唐无二盛，盛唐亦无多人，而自弘、嘉以来，百千万人，百千万篇，莫非盛唐，岂人才独盛于明，瑶草同于麻蓝苇乎？此何难知，逐臭者不知耳。"[1]

赵翼在《瓯北诗话》中也批评道："高青丘后，有明一代，竟无诗人。李西涯虽雅驯清澈，而才力尚小。前、后七子，当时风行海内，迄今优孟衣冠，笑齿已冷。"[2]前后七子的拟古，轻则以食古不化受清人訾骂，重则以亡国加罪，在清代中叶以前，人们对七子批评的多，赞扬的少。沈德潜也认识到了他们的弊病，他在《王东溆柳南诗草序》中说道：

---

[1] （清）吴乔：《围炉诗话》，见郭绍虞编选：《清诗话续编》，554页，上海，上海古籍出版社，1983。
[2] （清）赵翼：《瓯北诗话》，130页，北京，人民文学出版社，1963。

> 夫诗道之坏在性情之境地之不问而务期乎苟同。前明中叶，李献吉、何大復以复古倡率天下，天下靡然从风，家北地而户信阳，于是土苴文绣訽删。当时咎学李何者并李何而咎之。后济南、娄东绍述李何，天下皆王李也。公安竟陵搘击王李，天下皆二袁、钟谭也。苟同之弊必至于此。①

为了避免重蹈七子的覆辙，沈德潜适当地借助了曾不喜的宋诗，以抑平可能带来的论诗的狭隘。 沈德潜晚年的这一补苴宋诗，其实更多的还是为了避免陷入偏执门户的时议，顾宗泰在该书的序中说道：

> 吾师归愚先生所选《古诗源》、《唐诗别裁》、《明诗别裁》诸集久已脍炙，海内人士奉为圭臬。而独宋、金、元诗久未之及，非必如嘉隆以后言诗家尊唐黜宋，概以宋以后诗为不足存而弃之也。诚以宋以后诗门户不一，求其精神面目可嗣唐正轨者不二三家，即得二三家矣，篇什浩博，择焉不精，无以存之，不如听其诗之自存。是则存之綦重而选之难也。今年春先生始选苏东坡、陆放翁、元遗山三家诗补前此所未及，同协助者为吾友陈君野航。茫如烟海，各一搜寻三家为宋以后大家，以选之者存之，尽诗之正轨矣。放翁、遗山二家先生首为论定，例言评语都备，独东坡诗于病中选阅，祇有定本，不及评而先生已下世。今野航梓版行世，悉存其旧，不纂入一语以滋后世惑也。窃尝取三家诗读之，东坡于韩吏部后独天生面，其才之大如金银铜锡合为一冶，其笔之超旷如天马行空，不可羁靮，洵巨手也。放翁南渡后推第一，胸怀磊落，光气凌暴，其志节所见直可上追少陵，不得以诗人尽也。遗山值金之衰，悲愤沉郁，浩气独存，黍离麦秀之感往往流溢，其身未尝仕元，实为金诗。首选三家者各有面目，各具精神，非择之至精，无以存其真，此先

---

① （清）沈德潜：《归愚文钞》卷十二，乾隆教忠堂刻本，北京师范大学图书馆藏。

生迟之数十年久而论定，庶不与唐岐趋而存宋以后之诗也。①

在《古诗源》《唐诗别裁集》《明诗别裁集》《清诗别裁集》等选本风行海内后，如何评价宋诗便成为摆在沈德潜面前的一个问题，宋人选本的编辑可以避免门户之见的责难。顾宗泰的"诚以宋以后诗门户不一"来为沈德潜的前期尚唐旨趣开脱，其实沈德潜在评论宋诗的时候并没有谈到门户纷争，只是认为宋人诗作成就不高，顾宗泰的解释并不得要领。沈德潜前期不选宋诗的真正原因乃是认为宋诗"可嗣唐正轨者不二三家"。这其实是把唐诗视为正轨，故在评价宋诗的时候以唐诗作为价值评判的参照系，归根结底，仍然是宗唐的观念在作怪。宋诗的选辑其实也是对他诗学的补充，在"凡例"中，沈德潜认为三家的诗是对杜诗的继承，"东坡、放翁、遗山为宋金大家，其源皆出于少陵，选本颇多，率皆专集，今合而梓之，知波澜之莫二云"。杜甫的诗歌具有浓厚的爱国情怀，沈德潜在评陆游的时候也说道：

> 放翁诗前有杨仪部君谦选，后有杨太史芝田选，仪部多取其叹老嗟卑之作，太史则兼及光芒烛天者矣，然不免短长相见。兹严择其大有关系者，故所收少于两家。②

沈德潜在选三家的时候似乎很注重他们的思想性了。其实，在评论宋诗的时候，沈德潜重于艺术上的评判，把思想性给轻放了，如评苏轼的《书王定国所藏烟江叠嶂图》，沈德潜说道："铺写画景，错落有致。"评《行琼儋间，肩舆坐睡，梦中得句云"千山动鳞甲，万谷酣笙钟"，觉而遇清风急雨，戏作此数句》："想见独立苍茫景象。"评陆游的《夜宿阳山矶将晓大雨北风甚劲俄顷行三百余里遂抵雁翅浦》："写出顺风者气势。"评《龙湫歌》："写

---

① （清）沈德潜：《归愚文钞》卷十二，乾隆教忠堂刻本，北京师范大学图书馆藏。
② （清）沈德潜编：《宋金三家诗选》，凡例，济南，齐鲁书社影印本，1983。

得出随物成形,此真是放翁独绝处。"沈德潜于宋仅取苏轼、陆游,着眼点乃在于二人继承了唐诗的传统,"东坡于韩吏部后独天生面,其才之大如金银铜锡合为一冶,其笔之超旷如天马行空,不可羁靮,洵巨手也。放翁南渡后推第一,胸怀磊落,光气凌暴,其志节所见直可上追少陵,不得以诗人尽也"。江西诗派也以师承杜甫自号,晚年的沈德潜在辑宋诗的时候没有选黄庭坚,可能是仍然没有改变他前期对江西派的看法:"'西江派'黄鲁直太生,陈无己太直,皆学杜而未晬其炙者。"[1]与苏轼、陆游相比,江西派的诗风离唐更远了,沈德潜排斥江西派,原因可能在于此。

在后期的评论中,沈德潜对具有宋诗风格的作品给予了很高的评价,在《王凤喈诗序》中,他对王鸣盛的诗作评价道:"己巳夏,予乞身归里,卿大夫皆有诗宠其行,而嘉定王孝廉凤喈赠五言百韵一章,排比铺张,才情繁富,而一归于有典有则,予心焉重之。既读其《竹絫园诗》及《日下集》若干卷,知其平日学可以贯穿经史,识可以论断古今,才可以包孕余子,意不在诗,而发而为诗,宜其无意求工而不能不工也。……凤喈能卓然于举世波靡之日,平心易气,磊落英多,而书味盎然。可希风于古君子之其言有物者,其亦中流之一壸也已。"[2]王鸣盛长于经史考证,诗作多排列学问,近乎"以议论为诗""以文字为诗""以才学为诗"的江西诗派。而在前期,沈德潜认为:"古来说诗者多矣,而司空表圣、严沧浪、徐昌榖为胜,以不着迹象,能得理趣也。"从"理趣"为胜到"书味盎然",沈德潜诗论的兼容性向前推进了一大步。在《七子诗选序》中,他也说道:"七子者,秉心和平,砥砺志节,抱拔俗之才,而又亭经藉史,培乎根本,其性情,其气骨,其才思,三者具备,而归于自然。故发而为诗,或如巨壑崇岩,龙虎变化;或如寒潭削壁,冰雪峥嵘,曷尝沾沾焉摹拟刻画,局守一家之言哉!"《七子诗选》是沈德潜归里后的门人诗选,七子中不少人长于经史考证,以学问为诗的倾向更重,沈德潜对此不像前期一样排斥,这与他修正后的诗学观有关。

---

[1] (清)叶燮、沈德潜:《说诗晬语》,113页,南京,凤凰出版社,2010。
[2] (清)沈德潜:《归愚文钞》卷十四,乾隆教忠堂刻本,北京师范大学图书馆藏。

沈德潜前期是在唐宋诗风势如冰火的历史语境下推唐诗的,而在受知乾隆后,他诗坛盟主的地位已确立,面临的危险是门户之争而带来的诟病。选辑宋人选本,可使沈德潜免掉时人对他的门户之诮。故沈德潜晚年孜孜不倦地选评宋诗,正是他努力建立宏大诗学体系而避免陷入门户之诮的意图所在。

◎ 小 结

雍正到乾隆初期,政治、文化的高压使得诗歌创作更多的是朝交游、闲适的方向发展,诗学思想也由"外"向"内"转,关注的重点是诗学内部的问题,而不是诗对现实的干预。康熙年间宗唐、宗宋更迭出现,神韵一派成为主流诗派。雍正、乾隆时期的诗学其实是对前期诗学的总结、反思,这一时期的诗学力图挽救康熙时期诗学的不足,理论构建上更加深入,是清诗理论的深化期。赵执信"有人""有事"的提出,将诗歌从形式风格的追求转向了现实,避免了诗歌架空于现实,他与雍乾诸多诗人都有交往,这对雍乾诗风的转变起到了一定的作用。厉鹗虽然不以论诗见称,但其诗论见解独到,是对清初唐宋之争、学问与性情之争的一次总结,显示了清代诗学理论持续推进的态势。沈德潜的格调说既是神韵说的余响,也是传统儒家诗论的总结。沈德潜的诗论既注重诗歌的社会教化功能,又不废诗歌的艺术审美特性,尤其注重对秦汉诗歌和唐诗风格的继承,这使得他的诗学理论显得宏大、正统。

第九章
雍正、乾隆年间的诗学思想（下）

乾隆一朝是清代发展的鼎盛时期，也是诗歌创作的鼎盛时期，诗人数量、诗作数量都远超前代。物质条件的优裕，文化政策的高压，使得诗歌创作有摆脱政教功用的趋向，个体的自然情感得到了强调，诗歌"缘情"色彩鲜明。性灵派是乾隆诗坛的主流诗派，是对前期格调说的反拨，也是中国诗歌"缘情"发展的高峰。清代主流的学术——考据学在乾隆朝也开始进入高峰，考据与诗歌的碰撞、以考据入诗成为这一时期诗坛的又一风景。诗学与主流学术的纠缠，是这一时期诗学显著的特点。

◎ 第一节
概　述

乾隆一朝社会趋于稳定，经济不断发展，人口迅速增长，物质财富较前代有了大幅度的增长，人们的生活水平也有了很大的提高，出现了封建社会中难见的繁盛局面。据《清实录》统计，乾隆五十五（1790）年，全国人口近3亿人，北京、广州、太原等城市商业繁荣，商品流通速度加快，地方商会遍及全国各地。综合国力的增强使得清朝的正统地位逐渐为人们所接受，乾嘉时期的社会状况与"天崩地解"的清初相比可谓是天壤之别。

清朝虽然取得了中原的统治权,但汉族对其文化的认同程度却没法与明代相比。明末社会黑暗但忠臣不绝,乾嘉虽然政治比较开明,但诤臣却很少。与明代比,诗人少了一份家国的情怀。从文人结社看,明代的结社有很强的政治倾向,而清代虽然结社风气也很盛,却主于诗文唱和,在乾嘉经济繁荣和政治高压下,诗人们的政治热情严重减少。与文人的精神状态相适,乾嘉时期的文学在表面盛世之下显得平和,闲适性增强,即使是咏史诗,也多缺少外指性的家国情怀。"当时的士大夫如王士禛、朱彝尊之流,诗酒流连,所举行的'一品会',拿唱和联吟来抒写其怀抱,其中士类,也有清浊的分别。这种风气,一直到乾隆的末年,并没有更改……可是当时朝士熙熙攘攘,诗酒酬唱,结社的风气仍然没有断绝。"①

同时,乾嘉时期,随着经济的恢复,东南沿海的资本主义经济进一步发展,市民阶层不断壮大,民间通俗艺术也随之普及发展,这就使得文学创作具有了广泛的群众基础。在社会经济的支撑下,文学创作出现了繁荣,诗文作者近万人,文学作品浩如烟海,乾隆一人的创作在数量上就抵得上《全唐诗》的数量。在新王朝成长起来的一代已没有了前辈对于名节的枷锁,诗歌经世的功能弱化,闲适性、娱乐性是这一时期诗文的主调,清初以来被忽略的主体性情再度被提及,袁枚的性灵说成为这一时期诗坛的主流,应该说与当时的社会经济、文化发展是相一致的。乾隆中期,考据学开始进入鼎盛时期,考据学是针对理学空谈心性而发的,梁启超认为它是对理学的"反动",余英时更倾向于经学发展的"内在理路"。尽管他们对乾嘉考据的学理认识不一,但是对乾嘉考据反对宋明理学的看法却是一致的。这一时期的理学普遍成了人们批判的对象,"明季以来,宋学太盛。于是近今之士,竞尊汉儒之学,排击宋儒,几乎南北皆是矣。豪健者尤争先焉"②。人们对理学不满,宋儒也成了汉学家们打击的对象,汪中甚至见人提及宋儒便谩骂不

---

① 谢国桢:《明末清初的学风》,208页,上海,上海书店出版社,2006。
② (清)袁枚:《随园诗话》上,49页,北京,人民文学出版社,1982。

休,"君最恶宋之儒者,闻人举其名,则骂不休"①。在考据学的影响下,重学问、以考据入诗又成了这一时期诗歌创作的一大特色。这一派学人将学问视为诗歌创作的必要条件,是典型的学人诗派。以袁枚为首的性灵派,提倡个体自然情感的抒写,这与考据学反对理学,从自然人性的角度阐释儒学是一致的。而考据学强势的时代话语权、学人内部重经轻文的倾向,在一定程度上造成了诗歌与考据学的内在紧张。总之,性情与学问是这一时期诗歌理论的关键词。

◎ 第二节
袁枚的诗学思想

从清兵入关到康熙初年,民族矛盾是社会的主要矛盾,国破家亡的沉郁笔调是这一时期诗歌的主旋律。到乾隆时期,大清的版图基本确定,社会趋于稳定,经济不断发展,人口迅速增长,物质财富较前代有了较大的增加,人们的生活水平也有了很大的提高,出现了封建社会中难见的繁盛局面。综合国力的增强使得大清的正统地位逐渐为人们所接受,乾嘉时期的社会状况与"天崩地解"的清初相比,可谓天壤之别,以袁枚为代表的性灵派的出现应该说是时代使然。

袁枚(1716—1798),字子才,号简斋,晚年自号仓山居士、随园主人、随园老人,钱塘(今浙江杭州)人,祖籍浙江慈溪。乾隆四年(1739)进士,历任溧水、江宁等县知县,有政绩,四十岁即告归。在江宁小仓山下筑随园,吟咏其中。广收诗弟子,女弟子尤众。袁枚是乾嘉时期代表诗人之一,与赵翼、蒋士铨合称"乾隆三大家"。袁枚倡导的性灵说,主张诗歌

---

① (清)凌廷堪:《校礼堂文集》,319页,北京,中华书局,1998。

表现鲜活的个人真实情感，褪去了诗歌的政治伦理色彩，注重个体情感的抒写，提倡创新与变革，体现了新兴市民阶层的审美趣味。袁枚不仅广交社会各阶层的文人，还善于团结、奖掖后学，培养了大批的男女弟子，故而性灵派人数众多，一时"随园弟子半天下，提笔人人讲性情"，成为乾嘉时力量最大的一个诗学流派，影响清代一百多年的诗歌创作。

一、性灵的内涵

"性灵"一词在中国古代文学批评中多被提及，刘勰《文心雕龙·原道》说道："仰观吐曜，俯察含章，高卑定位，故两仪既生矣。惟人参之，性灵所钟，是谓三才。"钟嵘在《诗品》中也有"陶性灵，发幽思"。《南史·文学叙传》有："自汉代以来，辞人代有，大则宪章典诰，小则申纾性灵。"这里所说的"性灵"主要指人异于自然界其他生物的秉性，明确将"性灵"视为诗学主张的是明代的公安派、竟陵派。袁宏道提出"独抒性灵，不拘格套"，这里的"性灵"主要是指个体的自然情感。"性灵派"并不是袁枚自封，而是同时代的人给他贴的标签，袁枚在《随园诗话》里只是将自己的群体称为"随园派"。袁枚虽然对公安派多有指责，但从内涵上而言，他的诗学理论与公安派多有相通之处。袁枚的性灵主要指个体的自然情感，因此，有的学者将袁枚的性灵说直接说成是性情说，"袁枚的'性灵'与'性情'、'情'实际上是一回事。"[1]"他所说的性灵，说穿了不过是封建文人的生活情趣。"[2]袁枚的性灵说虽然重情，但却并不偏颇，他对诗歌的审美价值、积累与创新、灵感、诗与非诗的区别等诗学问题是有清醒认识的，因此，不可简单地以性情论之。郭绍虞先生将"性灵说"当作中国传统诗学的集成，他说："《虞书》言'诗言志'，《诗序》言'诗者志之所之也'，凡一切言诗以言志的论调，都可以是性灵说的滥觞，《诗序》言'情动于中而形于

---

[1] 张少康：《中国文学理论批评史》，346页，北京，北京大学出版社，2005。
[2] 马积高、黄钧主编：《中国古代文学史》下册，550页，长沙，湖南文艺出版社，1992。

言',《文赋》言'诗缘情而绮靡',凡一切言诗以宣情者,也都可说是性灵说的滥觞。"①因此,他对袁枚的性灵说评价很高,"所以公安、竟陵之诗论,犹易为人所诟病,而随园之诗论,虽建筑在性灵上面,却是千门万户,无所不备。假使仅就诗论而言,随园的主张却是无可非难的"②。其实,袁枚的诗论与创作并不完全一致,他的创作多诙谐风趣之作,但他的诗学思想却是很严肃的,郭绍虞从"诗言志"的诗学传统看待袁枚的性灵说,注意到其对传统诗学的集成,这是很有眼光的。同时,我们也要注意到,性灵派崛起之时,也正是乾嘉考据学和沈德潜格调说占据主流话语权的时期,袁枚的性灵说需要突破两者对诗学的束缚,因此他的理论构建具有相当浓重的辩论色彩。

(一)真性情。性灵说首注重个体情感的抒写。从明七子到王士禛、沈德潜,一直强调诗歌的格调,格调论注重诗歌的形式风格,很容易导致"不真"。袁枚明确将性情视为诗歌创作的第一要素,反对形式风格对个体情感的掩盖,"自三百篇至今日,凡诗之传者,都是性灵,不关堆垛。"③性情是诗歌发展史的内在线索,缺失了性情,诗歌将无所依附。诗歌是表现个体情感的,不同的时代、不同的诗人有不同的情感,诗歌的任务就是要将这种具体的情感表现出来,"诗如天生花卉,春兰秋菊,各有一时之秀,不容人为轩轾。音律风趣,能动人心目者,即为佳诗;无所为第一、第二也"④。从形式风格论诗,很容易得出高下之分,从性情论诗,就很难分出第一、第二了,袁枚认为格调从性情中见出,"须知有性情,便有格律;格律不在性情外。《三百篇》半是劳人思妇率意言情之事;谁为之格,谁为之律? 而今之谈格调者,能出其范围否? 况皋、禹之歌,不同乎《三百篇》;《国风》之格,不同乎《雅》、《颂》:格岂有一定哉?"⑤形式风格源于个体的性情,个

---

① 郭绍虞:《照隅室古典文学论集》上编,441页,上海,上海古籍出版社,1983。
② 郭绍虞:《照隅室古典文学论集》上编,470页,上海,上海古籍出版社,1983。
③ (清)袁枚:《随园诗话》上,146页,北京,人民文学出版社,1982。
④ (清)袁枚:《随园诗话》上,70页,北京,人民文学出版社,1982。
⑤ (清)袁枚:《随园诗话》上,2页,北京,人民文学出版社,1982。

体的性情决定了诗歌的形式风格,袁枚把性情视为诗歌创作的先决条件,这就把性情论彻底坚持了。

诗缘情是中国诗歌的传统,强调性情对诗歌的决定作用并不是袁枚的首创,袁枚性灵论的特点在于强调情感的"真",主张诗歌表现个体真实、具体的情感,反对政治伦理对情感的扭曲,这是袁枚情感论异于传统之处。袁枚对以"关系""温柔敦厚"来规训诗歌就感到很不满,在《与沈大宗伯论诗书》中,他对沈德潜的诗论提出了怀疑:

> 至所云诗贵温柔,不可说尽,又必关系人伦日用。此数语有裒衣大袑气象,仆口不敢非先生,而心不敢是先生。何也?孔子之言,戴经不足据也,惟《论语》为足据。子曰:"可以兴,可以群",此指含畜者言之。如《柏舟》、《中谷》是也。曰:"可以观,可以怨",此指说尽者言之,如"艳妻煽方处"、"投畀豺虎"之类是也。曰:"迩之事父,远之事君",此诗之有关系者也。曰:"多识于鸟兽草木之名",此诗之无关系者也。仆读诗常折衷于孔子,故持论不得不小异于先生。计必不以为僭。①

沈德潜的诗论具有浓重的功用色彩,认为诗歌应该起到"理性情、善伦物、感鬼神、设教邦国、应对诸侯"②的作用,这其实是把诗歌当作工具了。把诗歌视为教化的工具,那个体的情感必须要符合儒家的伦理规范,否则就无法起到教化的作用。沈德潜处处以"关系人伦日用"解读《诗经》,而袁枚却不认可,认为诗既可以有"关系",也可以没有"关系",不必处处以"关系"来看待诗歌。其实,袁枚对《诗经》的解读只是以一种普通的人性情感来解读,他对政治伦理牵强附会的解诗感到不满,他在《随园诗话》还

---

① (清)袁枚:《小仓山房诗文集·小仓山房诗集补遗》,1503~1504页,上海,上海古籍出版社,1988。
② (清)叶燮、沈德潜:《说诗晬语》,81页,南京,凤凰出版社,2010。

一再申诉他的观点：

> 老学究论诗，必有一副门面语：作文章、必曰有关系，论诗学、必曰须含蓄。此店铺招牌，无关货之美恶。《三百篇》中有关系者"迩之事父，远之事君"是也。有无关系者"多识于鸟兽草木之名"是也。有含蓄者"棘心夭夭，母氏劬劳"是也。有说尽者"投畀豺虎"、"投畀有昊"是也。①

> 选家选近人之诗，有七病焉……动称纲常名教，箴刺褒讥，以为非有关系者不录；不知赠芍采兰，有何关系？而圣人不删。宋儒责蔡文姬不应登《列女传》；然则"十七史"列传，尽皆龙逢、比干乎？学究条规，令人欲呕：四病也。②

在"诗言志"口号下，诗歌既可以为"成教化"的工具，也可以成为抒写个体情意的工具，沈德潜是前者的代表，而袁枚却是后者的代表。袁枚认为，只要是个人的情感都可以被称为"志"。这种理解将"志"泛化了。正因如此，他对艳诗大加赞赏，认为"情所最先，莫如男女"，他对沈德潜在《国朝诗别裁集》中不选艳诗提出了质疑：

> 本朝王次回《疑雨集》，香奁绝调；惜其只成此一家数耳。沈归愚尚书选国朝诗，摈而不录，何所见之狭也！尝作书难之云："《关雎》为《国风》之首，即言男女之情。孔子删诗，亦存《郑》、《卫》；公何独不选次回诗？"沈亦无以答也。唐李飞讥元、白诗"纤艳不逞，为名教罪人"。卒之千载而下，知有元、白，不知有李飞。③

---

① （清）袁枚：《随园诗话》上，236页，北京，人民文学出版社，1982。
② （清）袁枚：《随园诗话》上，466页，北京，人民文学出版社，1982。
③ （清）袁枚：《随园诗话》上，15页，北京，人民文学出版社，1982。

王次回的艳体诗在晚明曾风靡一时,它以描写男女恋情为主,极尽缠绵词藻之美,诗体格调确实不高,袁枚极力为其辩护,其实正是为自己的诗论做注脚。袁枚不仅赞赏艳诗,而且也写作艳诗,他的朋友劝他将诗集中的艳诗删去,他却极力辩驳:

> 来论谆谆教删集内缘情之作,云"以君之才之学,何必以白傅、樊川自累"。大哉足下之言,仆何敢当! 夫白傅、樊川,唐之才学人也,仆景行之尚恐不及,而足下乃以为规,何其高视仆卑视古人耶! 足下之意,以为我辈成名,必如濂、洛、关、闽而后可耳。然鄙意以为得千百伪濂、洛、关、闽,不知得一二真白傅、樊川。以千金之珠易鱼之一目,而鱼不乐者,何也? 目虽贱而真,珠虽贵而伪故也。①

以濂洛关闽的理学标称文集,袁枚认为有违自己的心性,与其伪理学不如真性情,真性情比假理学更值得关注。能够抛弃名节观念,这在当时是一个很大胆的行为,我们由此不难看出袁枚对真性情的坚持。

乾嘉时期,经史考证成为时代的风尚,梁启超说道:"乾、嘉间之考证学,几乎独占学界势力,虽以素崇宋学之清室帝王,尚且从风而靡,其他更不必说了。"②考据取得了学术话语的主导权,文学、理学处于边缘化的地位,四库馆的成立更是加重了这种学术风气。在考据的热潮中,不少汉学家也热衷于诗歌创作,翁方纲、凌廷堪等人以考据入诗,用诗歌的形式载入考据的内容,受到了一些汉学家的推崇。考据诗以学问为诗,大多以诗的形式罗列考据内容,缺乏个体的生活情感,袁枚对此深为不满,他批评道:

> 近见作诗者,全仗糟粕,琐碎零星,如剃僧发,如拆袜线,句句加

---

① (清)袁枚:《小仓山房诗文集·小仓山房续文集》,1801页,上海,上海古籍出版社,1988。
② 梁启超:《中国近三百年学术史》,24页,北京,中国书店,1985。

注,是将诗当考据作矣。虑吾说之害之也,故续元遗山《论诗》,末一首云:"天涯有客号詅痴,误把抄书当作诗。抄到钟嵘《诗品》日,该他知道性灵时。"①

考据诗以古为雅,以今为俗,具有浓重的复古色彩,它缺少生活的气息,这与性灵派对当下情感的关注形成了鲜明的对比,袁枚多次表示对考据诗的厌恶并提出了批评。袁枚对考据诗的批评对维护诗歌的本性是有帮助的。刘声木也对翁方纲的考据诗提出批评:

> 虽一事一物,亦必穷源溯流,旁搜曲证,以多为贵,渺不知其命意所在。而爬罗梳剔,诘曲聱牙,似诗非诗,似文非文,似注疏非注疏,似类典非类典。袁简斋明府论诗,有"错把钞书当说诗"之语,论者谓其为学士而发,确为不谬。百余年来,翁氏之集,名虽行世,试问何人取而诵读则效?聊供插架之用。②

张问陶在诗学观上与袁枚同调,对考据为诗也很不满,他在《论文》一诗中写道:

> 甘心腐臭不神奇,字字寻源苦繫縻。只有圣人能杜撰,凭空一画爱庖羲。一代舆图妙崭新,薄今爱古转陈陈。寻名枉受翻书苦,乱写齐秦误后人。职官志表辨兴亡,忍署头衔属汉唐。此事好奇奇不得,特书人爵要遵王。识字何须问子云,强依篆隶转纷纷。写书累煞诸名士,搁管迟疑画《说文》。笺注争奇那得奇,古人只是性情诗。可怜工部文章外,幻出千家杜十姨。志传安能事事新,须知载笔为传真。平生颇笑抄书手,牵率今人合古人。诗中无我不如删,万卷堆床亦等闲。莫学近来糊

---

① (清)袁枚:《随园诗话》上,146页,北京,人民文学出版社,1982。
② (清)刘声木:《苌楚斋随笔续笔三笔四笔五笔》,53页,北京,中华书局,1998。

壁画，图成刚道仿荆关。文场酸涩可怜伤，训诂艰难考订忙。别有诗人闲肺腑，空灵不属转轮王。①

张问陶认为诗只有"性情诗"，而考据诗"争奇那得奇"，这与袁枚是一致的。

袁枚不仅批评考据诗，而且对当代违反自由抒情言志的做法都进行批评；"不料今之诗流，有三病焉：其一填书塞典，满纸死气，自矜渊博。其一全无蕴藉，矢口而道，自夸真率。近又有讲声调而圈平点仄以为谱者，戒蜂腰、鹤膝、叠韵、双声以为严者，栩栩然矜独得之秘。不知少陵所谓'老去渐于诗律细'，其何以谓之律何以谓之细少陵不言。元微之云：'欲得人人服，须教面面全。'其作何全法，微之亦不言。盖诗境甚宽，诗情甚活，总在乎好学深思，心知其意，以不失孔、孟论诗之旨而已。必欲繁其例，狭其径，苛其条规，桎梏其性灵，使无生人之乐，不已慎乎！唐齐己有《风骚旨格》，宋吴潜溪有《诗眼》：皆非大家真知诗者。"②外在的表现形式如果不能充分的达情言意，那么这样的形式不值得去遵循，诗的首要功能是抒情，以形式规范情感是本末倒置，袁枚在内容与形式的关系上看得是很清晰的。

袁枚在思索"性灵"时，注意到诗歌情感的自然性、历史性，使得传统"诗言志"的观念在封建社会末期出现了新变。朱自清先生《诗言志辨》考察了诗言志在各个历史语境中的内涵，认为在中国历史上，诗言志长期受到政治教化的干预，陆机《文赋》"诗缘情而绮靡"的提出，体现了诗与政治教化的分离，而直到袁枚，诗言志的传统才得到进一步发展，将教化排除在外。朱氏的论断基本符合中国诗论的实际。

袁枚对诗表性情的论断在很大程度上是以人性为基础的。"圣人称诗'可以兴'，以其最易为感人也。王孟端友某在都娶妾，而忘其妻。王寄诗

---

① （清）张问陶撰：《船山诗草全注》二，686~690 页，成都，巴蜀书社，2010。
② （清）袁枚：《随园诗话》下，626~627 页，北京，人民文学出版社，1982。

云：'新花枝胜旧花枝，从此无心念别离。知否秦淮今夜月？有人相对数归明。'其人泣下，即挟妾而归。"①孔子的文学思想是从伦理出发对诗进行阐发的，强调诗对仁、义、礼的作用。到了袁枚这里，孔子的兴观群怨被平民化、通俗化了，政治伦理色彩被淡化，而生活的风趣之味借助于经典而被激活。也正因如此，袁枚历来为人们所诟病，同时代的章学诚于《〈妇学〉篇书后》痛斥了以袁枚为代表的诗派："而近日不学之徒，援据以诱无知士女，逾闲荡检，无复人禽之分，则解《诗》之误，何异误解《金縢》而起居摄，误解《周礼》而启青苗，朱子岂知流祸至于斯极？……彼不学之徒，无端标为风趣之目，尽抹邪正、贞淫、是非、得失，而使人但求风趣；甚至言采兰赠芍之诗有何关系，而夫子录之，以证风趣之说。无知士女，顿忘廉检，从风波靡。是以六经为导欲宣淫之具，则非圣无法矣……是则风趣之说，不待攻而破，不待教而诛者也……岂知千载而后，乃有不学之徒，创为风趣之说，遂使闺阁不安义分，慕贱士之趋名，其祸烈于洪水猛兽，名义君子，能无世道忧哉？"②卫道者的驳斥更彰显了袁枚思想的不平凡性。

（二）个性论。情感有个体的情感和群体的情感，儒家传统诗论注重的是具有家国意识的情感，反对将个体情感置于群体情感之上，袁枚的情感论却是建立在个体基础之上的，他说：

> 作诗，不可以无我，无我，则剿袭敷衍之弊大，韩昌黎所以"惟古于词必己出"也。北魏祖莹云："文章当自出机杼，成一家风骨，不可寄人篱下。"③

情感不可能凭空而生，它依赖于个体的具体活动，诗歌既然是表现情感的，那它就必然是表现具有个体特征的情感，只有表现出个体的真实情感，

---

① （清）袁枚：《随园诗话》上，400页，北京，人民文学出版社，1982。
② （清）章学诚：《文史通义新编新注》，仓修良编注，317页，杭州，浙江古籍出版社，2005。
③ （清）袁枚：《随园诗话》上，216页，北京，人民文学出版社，1982。

才称得上是真诗,袁枚认为诗歌"有人无我,是傀儡也"。不同的人有不同的遭遇与性格,表现在诗歌上便有不同的风格,袁枚在评论不同诗人诗风时特别注重个体的差异:

> 凡作诗者,各有身分,亦各有心胸。毕秋帆中丞家漪香夫人,有《青门柳枝词》云:"留得六宫眉黛好,高楼付与晓妆人。"是闺阁语。中丞和云:"莫向离亭争折取,浓阴留覆往来人。"是大臣语。严冬友侍读和云:"五里东风三里雪,一齐排着等离人。"是词客语。夫人又有句云:"天涯半是伤春客,飘泊烦他青眼看。"亦有慈云护物之意。张少仪观察和云:"不须看到婆娑日,已觉伤心似汉南。"则的是名场耆旧语矣。①

文如其人,诗人的身份、心胸不一,在诗歌中表现出的风格也不同,各有所长,彼此难以置换,诗歌创作应该根据自己的个性发挥自己的长处,同时也不必隐藏自己的短处。"庙堂典重,沈、宋所宜也;使郊、岛为之,则陋矣。山水闲适,王、孟所宜也;使温、李为之,则靡矣。边风塞云,名山古迹,李、杜所宜也;使王、孟为之,则薄矣。撞万石之钟,斗百韵之险,韩、孟所宜也;使韦、柳为之,则弱矣。伤往悼来,感时记事,张、王、元、白所宜也;使钱、刘为之,则仄矣。题香襟,当舞所,弦工吹师,低徊容与,温、李、冬郎所宜也;使韩、孟为之,则亢矣。天地间不能一日无诸题,则古今来不可一日无诸诗。人学焉,而各得其性之所近,要在用其所长而藏己之所短则可,护其所短而毁人之所长则不可。"②人各有所长,兼善多种诗风是极少的,我们应该用好自己的所长,袁枚敬告人们,"无自得之性情,于诗之本旨已失矣。"③个人的创作特性虽然有天赋的成分,但也是需要后天修习的,袁枚在《续诗品》中说道:"不学古人,法无一可。竟似古

---

① (清)袁枚:《随园诗话》上,101页,北京,人民文学出版社,1982。
② (清)袁枚:《小仓山房诗文集·小仓山房诗集补遗》,1505页,上海,上海古籍出版社,1988。
③ (清)袁枚:《小仓山房诗文集·小仓山房诗集补遗》,1506页,上海,上海古籍出版社,1988。

人，何处着我！ 字字古有，言言古无。 吐故吸新，其庶几乎！ 孟学孔子，孔学周公。 三人文章，颇不相同。"①个人风格的形成离不开对文学遗产的学习、继承，但如果仅仅知道学习而不知创新就会失去自我，所以创新对个人极为重要，只有在继承的基础上进行创新，诗歌才能开创出一片天地。 袁枚在论盛唐诗时说道："杜少陵、白香山创为新乐府，以自写性情。 此三唐之诗之所以盛也。"②杜甫、白居易将旧题乐府到新题乐府，拓展了乐府的表现方式，这不仅成就了个人的创作，而且促进了乐府的发展，功不可没。 袁枚对食古不化的做法感到不满，认为没有个性的创作不足以留名文学史，他说：

> 高青丘笑古人作诗，今人描诗。描诗者，像生花之类，所谓优孟衣冠，诗中之乡愿也。譬如学杜而竟如杜，学韩而竟如韩：人何不观真杜、真韩之诗，而肯观伪韩、伪杜之诗乎？孔子学周公，不如王莽之似也；孟子学孔子，不如王通之似也。唐义山、香山、牧之、昌黎，同学杜者；今其诗集，都是别树一旗。杜所伏膺者，庾、鲍两家；而集中亦绝不相似。萧子显云："若无新变，不能代雄。"陆放翁曰："文章切忌参死句。"黄山谷曰："文章切忌随人后。"皆金针度人语。《渔隐丛话》笑欧公"如三馆画笔，专替古人传神"，嫌其描也。五亭山人《嘲鹦鹉》云："齿牙余慧虽偷拾，那识雷同转可羞。"又曰："争似流莺当百啭，天真还是一家言。"③

模拟别人再好也终是别人的东西，模拟容易失真。 失去了自我的真性情，其作品的价值就打折了。 袁枚将是否具有个性视为"真诗"与"伪诗"的标准，这是很有见地的。 袁枚不仅在理论上强调推陈出新，而且在创作上

---

① （清）袁枚：《小仓山房诗文集·小仓山房诗集》，491 页，上海，上海古籍出版社，1988。
② （清）袁枚：《随园诗话》下，817 页，北京，人民文学出版社，1982。
③ （清）袁枚：《随园诗话》上，235 页，北京，人民文学出版社，1982。

多有新意,他的不少诗歌以翻新而脍炙人口,如《张丽华》:"结绮楼边花怨春,青溪栅上月伤神。可怜褒姐逢君子,都是《周南》传里人。"①《再题马嵬驿》云:"不须铃曲怨秋声,何必仙山海上行? 只要姚崇还作相,君王妃子共长生。"②袁枚一反"女人是祸水"的女人亡国论,从人性平等的角度给历史上的女性以客观的评价,作品从旧题材翻出新意,构思巧妙,对比鲜明,清新自然。

(三)审美价值。性灵说最鲜明的特征是论情,但情不是诗,情感要成为诗,必须具有诗的审美意蕴,袁枚对诗歌的审美特征有充分的认识,他说:"诗,如言也,口齿不清,拉杂万语,愈多愈厌。口齿清矣,又须言之有味,听之可爱,方妙。若村妇絮谈,武夫作闹,无名贵气,又何藉乎? 其言有小涉风趣,而嚅嚅然若人病危,不能多语者,实由才薄。"③诗不仅是言情,而且要有恰当的表现形式,失去了恰当的表现形式,诗歌也就失却了其审美价值,袁枚对诗歌的艺术特性的把握是到位的。他评沈德潜的诗歌:

> 沈归愚尚书,晚年受上知遇之隆,从古诗人所未有。作秀才时,《七夕悼亡》云:"但有生离无死别,果然天上胜人间。"《落第咏昭君》云:"无金赠延寿,妄自误平生。"深婉有味,皆集中最出色诗。六十七岁,与余同入词林。《纪恩》诗云:"许随香案称仙吏,望见红云识圣人。"④

在《随园诗话》里,袁枚对不同创作倾向的作品进行评价时都能坚持艺术的标准,对于违反艺术规律、缺乏意蕴的作品则极力排斥。以翁方纲为代表的考据诗在乾嘉时产生不小的影响,这些考据学者虽然借诗叙写考据成就,但其实都不把诗文当作一门严肃的艺术来看待,他们将经史考证视为一

---

① (清)袁枚:《小仓山房诗文集·小仓山房诗集》,422页,上海,上海古籍出版社,1988。
② (清)袁枚:《小仓山房诗文集·小仓山房诗集》,366页,上海,上海古籍出版社,1988。
③ (清)袁枚:《随园诗话》上,82页,北京,人民文学出版社,1982。
④ (清)袁枚:《随园诗话》上,293页,北京,人民文学出版社,1982。

切学问的正宗,而诗文不过是"余事"。戴震在《与方希原书》中提出学问有"理义""制数""文章"三途,而文章"等而末之"。考据学家虽然不满宋儒对经典的牵强附会,但在重道轻文上却是一致的,都认为道本文末。重经轻文,就必然忽视文学作品的审美特质,以真律文,汪师韩说:

> 魏文帝《典论》曰:"诗赋欲丽。"陆士衡《文赋》曰:"诗缘情而绮靡。"刘彦和《明诗》亦曰:"四言正体,则雅润为本;五言流调,则清丽居宗。"以绮丽说诗,后之君子所斥为不知理义之归也。尝读《东山》之诗矣,周公但言"慆慆不归"及"勿士行枚"数言而已足矣。彼夫蜎在桑野,瓜在栗薪,"伊威在室,蠨蛸在户",町畽近庐舍而鹿以为场,熠燿乃仓庚而萤以为号;未至而"妇叹于室",既至而"亲结其缡",皆赘言也。又尝读《离骚》矣,屈子但言"国无人莫我知"及"指九天以为正",亦数言而可毕矣。彼夫驷玉虬,戒鸾皇,饮咸池,登阆风;索虑妃而求简狄,占灵氛而要巫咸;始之秋兰秋菊,终之琼佩琼靡,皆空谈也。是则少陵之杰名,无如"老夫清晨梳白头";昌黎之佳作,莫若"老翁真个似童儿"。"一二三四五六七",固唐贤《人日》之著题;"枇杷橘栗桃李梅",且汉代大官之本色。香山《长庆集》,必老妪可解也;郑谷《云台编》,必小儿可教也。古乐府之"鱼戏,"(鱼戏莲叶东,鱼戏莲叶西,鱼戏莲叶南,鱼戏莲叶北。)《浣花集》之"杜鹃",(西川有杜鹃,东川无杜鹃,涪万无杜鹃,云安有杜鹃。)元刘仁本之"蕨萁",(东山有蕨萁,南山有蕨萁,西山有蕨萁,北山有蕨萁。)明袁中郎之"西湖",(一日湖上行,一日湖上坐,一日湖上住,一日湖上卧。)同一排比也;晋之《懊侬》,(江陵去扬州,三千三百里,已行一千三,所有二千在。)苏之《静坐》,(无事此静坐,一日似两日。若活七十年,便是百四十。)同一真率也。刻画而有唐之卢延逊;坦易而有明之庄定山,几于风雅扫地矣。"窅窅乎思乙若抽,渊渊乎言长不足。""起轮囷之调,扬缥缈之音。"《典论》、《文赋》之言,窃

谓未可尽非也。①

汪师韩批评《杜鹃》《蕨萁》《西湖》《懊侬》《静坐》诸诗的繁杂是有道理的,但由此而反对《诗经》《离骚》等作品的重章叠句的语言形式,却是错误的。文学的形式固然服从于内容,但形式对于内容的表现是具有积极的反作用的,恰当的形式不仅能充分地表达内容,而且让作品更富于感染力。"感性观照的形式是艺术的特征,因为艺术是用感性形象化的方式把真实呈现于意识的,而这感性形象化在它的这种显现本身里就有一种较高深的意义,同时却不是超越这感性体现使概念本身以其普遍性相成为可知觉的,因为正是这概念与个别现象的统一才是美的本质和通过艺术所进行的美的创造的本质。"②黑格尔的"理念"虽然过于抽象,但他对于形式与"理念"的分析是辩证的,他看到了艺术形式所具有的积极意义。文学虽然以言志、达意为主,但是如果忽视了艺术所具有的能动作用,我们终究还是不能很好地言志、达意了。汪师韩对文学作品形式美的否定其实是道本文末的观念在起作用,他认为文只是一个简单地传达道的工具,在传达时必须简洁、真实地反映生活。很显然,汪师韩对文学的形式美认识还是比较表面的。在评价杜甫时他说:"诗至少陵,谓之集大成,然不必无一字一句之可议也。读其全集,求痕觅瑕,亦何可悉数?即如'岱宗夫如何,齐鲁青未了。'(《望岳》)起轻佻换体。'利涉想蟠桃',(《临邑舍弟书至》)以临邑近海而用蟠桃,岂非凑韵?"③站在道学实用的立场,汪师韩用客观、冷峻的眼光来看待诗文,不允许诗文来得半点虚假与轻佻,其弊病是很明显的。

在对待文学真实上,袁枚既看到了生活真实对文学的制约,又看到了文学的美与趣,与考据学家、理学家只是将文学作为传道之"器"是大不一

---

① (清)汪师韩:《诗学纂闻》,见(清)王夫之等撰:《清诗话》上,441页,上海,上海古籍出版社,1978。
② [德]黑格尔:《美学》第一卷,129~130页,北京,商务印书馆,1979。
③ (清)汪师韩:《诗学纂闻》,见(清)王夫之等撰:《清诗话》上,457页,上海,上海古籍出版社,1978。

样的。

>近日有巨公教人作诗,必须穷经读注疏,然后落笔,诗乃可传。余闻之,笑曰:且勿论建安、大历,开府、参军,其经学何如。只问"关关雎鸠"、"采采卷耳",是穷何经、何注疏,得此不朽之作?陶诗独绝千古,而"读书不求甚解";何不读此疏以解之?梁昭明太子《与湘东王书》云:"夫六典、三礼,所施有地,所用有宜。未闻吟咏情性,反拟《内则》之篇;操笔写志,更摹《酒诰》之作。'迟迟春日',翻学《归藏》;'湛湛江水',竟同《大诰》。"此数言振聋发聩;想当时必有迂儒曲士,以经学谈诗者,故为此语以晓之。①

以经学评诗或以经学作诗只能让诗呆板地符合生活真实或道的真实,并不能保证能够造出一个富于生命气息的艺术作品。文学作品的美是无法用考据发掘出来的,对汉学家的迂腐做法,袁枚非之甚当。对于文学作品的美,袁枚的认识是比较客观的。"诗境最宽,有学士大夫读破万卷,穷老尽气,而不能得其阃奥者。有妇人女子、村氓浅学,偶有一二句,虽李、杜复生,必为低首者。此诗之所以为大也。作诗者必知此二义,而后能求诗于书中,得诗于书外。"②诗的美在于其韵味与风雅。诗是一个独立的世界,自有其风趣与性灵,给人以某种新鲜感或是某种启示。"熊掌、豹胎,食之至珍贵者也,生吞活剥,不如一蔬一笋矣。牡丹、芍药,花之至富丽者也,剪采为之,不如野蓼山葵矣。味欲其鲜,趣欲其真,人必如此,而后可与论诗。"③诗要让人感到生活之真,同时要蕴含着某种让人回味的东西,"诗无言外之意,便同嚼蜡"④。"咏物诗无寄托,便是儿童猜谜。读史诗无新

---

① (清)袁枚:《随园诗话》下,567页,北京,人民文学出版社,1982。
② (清)袁枚:《随园诗话》上,88页,北京,人民文学出版社,1982。
③ (清)袁枚:《随园诗话》上,20页,北京,人民文学出版社,1982。
④ (清)袁枚:《随园诗话》上,41页,北京,人民文学出版社,1982。

义,便成《廿一史弹词》。虽着议论,无隽永之味,又似史赞一派,俱非诗也。"[1]"诗有干无华,是枯木也。有肉无骨,是夏虫也……有格无趣,是土牛也。"[2]诗的意味便是这种让人沉迷其中而乐此不疲的东西,它让诗歌成为一个自我的世界。

袁枚认为不可按生活的逻辑来要求艺术世界,它自有运行的空间。"或引'春江水暖鸭先知',以为是坡诗近体之佳者。西河云:'春江水暖,定该鸭知,鹅不知耶?'此言则太胡突矣。若持此论诗,则《三百篇》句句不是:在河之渊者,斑鸠鸤鸠皆可在也;何必'雎鸠'耶?止邱隅者,黑鸟白鸟皆可也,何必'黄鸟'耶?"[3]艺术的世界之所以能够存在,就在于其能引起人的某种共鸣,具有某种趣味,不必拘泥于生活,这是袁枚对艺术真实的看法。而考据追求的却是客观真实,王鸣盛在《十七史商榷·序》说道:

> 史家所记典制,有得有失,读史者不必横生意见,驰骋议论,以明法戒也;但当考其典制之实,俾数千百年建置沿革了如指掌,而或宜法,或宜戒,待人之自择焉可矣。其事迹则有美有恶,读史者亦不必强立文法,擅加与夺,以为褒贬也;但当考其事迹之实。俾年经事纬,部居州次,记载之异同,见闻之离合,一一条析无疑,而若者可褒,若者可贬,听之天下之公论焉可矣。书生胸臆,每患迂愚,即使考之已详,而议论褒贬犹恐未当,况其考之未确者哉!盖学问之道,求于虚不如求于实,议论褒贬,皆虚文耳。作史者之所记录,读史者之所考核,总期于能得其实焉而已矣,外此又何多求邪![4]

诗追求的是美与趣,讲究意境,而考据追求的却是真,实事求是是其最

---

[1] (清)袁枚:《随园诗话》上,58页,北京,人民文学出版社,1982。
[2] (清)袁枚:《随园诗话》上,222页,北京,人民文学出版社,1982。
[3] (清)袁枚:《随园诗话》上,71页,北京,人民文学出版社,1982。
[4] (清)王鸣盛:《十七史商榷》上,序第1页,北京,中国书店,1987。

高的境界。美、趣与真往往不能合一，诗与考据各异其趣，袁枚说道：

> 《三余编》言："诗家使事，不可太泥。"白傅《长恨歌》："峨嵋山下少人行。"明皇幸蜀，不过峨嵋。谢宣城诗："澄江净如练。"宣城去江百余里，县治左右无江。相如《上林赋》："八川分流。"长安无八川。严冬友曰："西汉时，长安原有八川，谓：泾、渭、灞、浐、沣、滈、潦、潏也；至宋时则无矣。"①

考据往往拘泥于事实的真实，而诗更注重作品整体的空灵之气，一求真，一求美，两者各异其趣。文学与考据形同水火，文学的美、趣、韵味是枯索的考据所无法达到的，正因如此，袁枚认为，过度援考据入诗，将会破坏诗的空灵之美。"从古讲六书者，多不工书。欧、虞、褚、薛，不硁硁于《说文》、《凡将》。讲韵学者，多不工诗。李、杜、韩、苏，不斤斤于分音列谱。何也？空诸一切，而后能以神气孤行；一涉笺注，趣便索然。"②"吟诗自注出处，昔人所无。欧公讥元稹注《桐柏观碑》，言之详矣。况诗有待于注，便非佳诗。韩门先生《蚊烟诗》十二韵，注至八行，便是蚊类书，非蚊诗也。"③如果纯粹从表现方式上而言，以诗歌的形式表现考据的发现，确实让沉重的经史考证穿上了轻松活泼的外衣，但这种没有情韵的表现是否是诗，是值得我们怀疑的。

乾嘉时期的扬州八怪对个性及对艺术美的追求与袁枚的性灵诗学在内涵上有着天然的相似性，他们对考据戕杀艺术美的做法很不满，郑燮在诗中写道：

> 英雄何必读书史，直摅血性为文章；不仙不佛不贤圣，笔墨之外有

---

① （清）袁枚：《随园诗话》上，10 页，北京，人民文学出版社，1982。
② （清）袁枚：《随园诗话》上，223 页，北京，人民文学出版社，1982。
③ （清）袁枚：《随园诗话》上，119 页，北京，人民文学出版社，1982。

主张,纵横议论析时事,如医疗疾进药方。名士之文深莽苍,胸罗万卷杂霸王。用之未必得实效,崇论闳议多慨慷。雕镌鱼鸟逐光景,风情亦足喜且狂。小儒之文何所长,抄经摘史饾饤强;玩其词华颇赫烁,寻其义味无毫芒。弟颂其师客谈说,居然拔帜登词场。初惊既鄙久萧索,身存气盛名先亡,幸碑刻石临大道,过者不读倚坏墙。呜呼!文章自古通造化,息心下意毋躁忙![1]

诗文与考据各有其旨趣,以考据律诗文只会让诗文走向衰败,郑燮的批评深切文学创作的时弊。张问陶在《论诗十二绝句》中说道:

> 跃跃诗情在眼前,聚如风雨散如烟。敢为常语谈何易,百炼功纯始自然。想到空灵笔有神,每从游戏得天真。笑他正色谈风雅,戎服朝冠对美人。妙语雷同自不知,前贤应恨我生迟。胜他刻意求新巧,做到无人得解时。子规声与鹧鸪声,好鸟鸣春尚有情。何苦颠顶书数语,不加笺注不分明。[2]

诗歌创作是"想到空灵笔有神,每从游戏得天真"的空灵之笔,诗歌的美是"跃跃诗情在眼前,聚如风雨散如烟"的情韵之美,诗歌是"美人",而考据"不加笺注不分明",求真的考据是危衣正襟的"戎服朝冠"。张问陶通过诗歌将两者进行了比较,道出了两者在旨趣上的差异。

(四)才性。性灵派注重个体对诗歌的决定性作用,而个体的天分、才能各不一样,不同的天分才能决定了诗歌的风格与成就,袁枚说:

> 夫用兵,危事也;而赵括易言之,此其所以败也。夫诗,难事也;

---

[1] (清)郑燮:《郑板桥文集》,46页,合肥,安徽人民出版社,2002。
[2] (清)张问陶撰:《船山诗草全注》二,783~785页,成都,巴蜀书社,2010。

而豁达李老易言之，此其所以陋也。唐子西云："诗初成时，未见可訾处，姑置之，明日取读，则瑕疵百出，乃反复改正之。隔数日取阅，疵累又出，又改正之。如此数四，方敢示人。"此数言，可谓知其难而深造之者也。然有天机一到，断不可改者。余《续诗品》有云："知一重非，进一重境；亦有生金，一铸而定。"①

诗文创作似易实难，其难在于难出新意，难于艺术上的精巧，要达到精美，作者付出的努力是难以言喻的。而在创作艰难之时，如果天分一到，便可"一铸而定"。显然，这种天机是诗人创造性的灵感，它决定了诗人的成就。袁枚认为："人之才性，各有所近。"认为人的才性是一种天赋的才能，它是人们能够在某一领域做出不朽成就的必要条件，他说：

> 今夫越女之论剑术曰："妾非受于人也，而忽自有之。"夫自有之者，非人与之，天与之也。天之所与，岂独越女哉！以射与羿，奕与秋，聪与师旷，巧与公输，勇与贲、育，美与西施、宋朝。之数人者，俱不能自言其所以异于众也。而众之人，方且弯弓斗棋、审音习斤，学手搏，施朱粉，穷日夜追之，终不克肖此数人于万一者，何也？②

妙笔生花的才性是一种"天籁"，它是诗人进行创作最重要的主体性因素，只有秉持天才，我们才能创作出天地的至文。正因如此，袁枚说："诗文之道，全关天分。聪颖之人，一指便悟。"③这正是在才性论基础上引出的必然结论。因此，他说：

> 诗不成于人，而成于其人之天。其人之天有诗，脱口能吟；其人之

---

① （清）袁枚：《随园诗话》上，67页，北京，人民文学出版社，1982。
② （清）袁枚：《小仓山房诗文集·小仓山房文集》，1756页，上海，上海古籍出版社，1988。
③ （清）袁枚：《随园诗话》上，488页，北京，人民文学出版社，1982。

天无诗,虽吟而不如其无吟。同一石,独取泗滨之磬;同一铜,独取商山之钟。无他,其物之天殊也。舜之庭,独皋陶赓歌;孔之门,独子夏、子贡可与言诗。无他,其人之天殊也。刘宾客亦云:天之所与,有物来相。彼由学而至者,如工人染夏以视羽畎,有生死之殊矣。①

天分不同,成就也就不一样,"成于其人之天"道出了文学创作中天分的决定性作用,文学创作并非是人人都可以做的易事。在先天禀赋的基础上,袁枚很重视诗歌创作中的灵感,认为灵感是天才的表现,并将灵感与"兴会"联系起来,认为"作诗兴会所至,容易成篇。"《续诗品·神悟》:

鸟啼花落,皆与神通。人不能悟,付之飘风。惟我诗人,众妙扶智。但见性情,不著文字。②

"鸟啼花落"的自然景象在普通人眼里只能"付之飘风",而一旦进入诗人的心灵世界,神与物游,便可通过主体的想象与联想创作出另一个"天籁"一般的艺术世界。"神悟"其实就是在外物"众妙扶智"催化下主体创造性灵感产生的过程。袁枚最重视这种"众妙扶智"的灵感作用。他的《遣兴》诗写道:"但肯寻诗便有诗,灵犀一点是吾师。夕阳芳草寻常物,解用都为绝妙词。""灵犀"就是诗文创作中的"灵感",它是不可预知的,但却能使创作进入一个绝妙的世界。《诗话》卷四说:

白云禅师作偈曰:"蝇爱寻光纸上钻,不能透处几多难。忽然撞着来时路,始觉平生被眼瞒。"雪窦禅师作偈曰:"一兔横身当古路,苍鹰才见便生擒。后来猎犬无灵性,空向枯桩旧处寻。"二偈虽禅语,颇含作

---

① (清)袁枚:《小仓山房诗文集·小仓山房续文集》,1763页,上海,上海古籍出版社,1988。
② (清)袁枚:《小仓山房诗文集·小仓山房诗集》,490页,上海,上海古籍出版社,1988。

诗之旨。①

苍蝇经过"几多难"的摸索之后终于"忽然撞着来时路",创作灵感的到来具有偶然得之的特性,它忽然而至,不可理喻。灵感的出现往往是在不经意间,因而,当灵感出现的时候,就应该像苍鹰一样"才见便生擒",不可错过时机。两则禅宗偈语告诉人们既要有丰富积累,为灵感的出现做好准备;又要善于把握时机,做出机敏迅捷的反映,创作出好的诗文。袁枚认为这种灵感是天才在诗歌创作中的表现。

令人吃惊的是,袁枚还将才性置于德性之上,认为无才便无德,这在长期以来以德为先的传统文化中无疑是大胆的变化。

> 邮递中接公手书,读三过,殷然以天下为己任。数年来,得此上游极寡。第书中称"德为贵,才为贱"。是说也,狂夫阻之。
>
> 公而不以天下为己任也,则废才可矣;公而以天下为己任者,则天下事何一非才所为乎?忠于君,德也;而所以忠之者,才也。孝于亲,德也;而所以孝之者,才也。孝而愚,忠而愚,才之不存,而德亦亡。古以天、地、人为三才。天之才,见于风霆;地之才,见于生物;人之才,极于参赞。其大者为圣贤,为豪杰;其小者为农夫,为工匠。百亩之田,人所同也,或食九人,或食五人,而才见焉。冶埴之事,人所同也;为燕之铸,为秦之庐,而才见焉。使农一日不食人,工一日不成器,则子不能养其父,弟不能养其兄,而顾嚣嚣然曰:"吾有德,吾有德。"其谁信之!
>
> 孔子论成人,以勇艺居先,而以思义授命者次之。论士以使于四方不辱君命者居先,而以称孝称弟者次之。曰:"高阳氏有才子八人。"曰:"才难。"曰:"如有周公之才之美。"若是乎,才之重也!降至战国,纵横

---

① (清)袁枚:《随园诗话》上,120页,北京,人民文学出版社,1982。

变诈,似才之为祸尤烈。故孟子起而辨之曰:"若夫为不善,非其才之罪也。"孟子之意,以为能视者,目之才也;虽察秋毫,不足为目病。而非礼之视,非其才之罪也。能食者,口之才也;虽辨淄渑,不足为口病。而非礼之食,非其才之罪也。若因其视非礼而必瞎目而盲之,食非礼而必钳口而喧之,是则罪才贱才之说,而非孔、孟意矣。

《駉》之三篇曰:"斯马斯才。"马尚非才不可,而况于人!今天下非无德也,然而有所谓伪德;非无才也,然而有所谓伪才。公与其贵此而贱彼也,毋宁两辨而求其真!①

袁枚为才张目其实是对长期以来被覆没的主体性的发掘,这与他在诗文创作中强调作者的才性论是一致的,虽然持论过激,但还是很有针对性的。袁枚对才性的伸扬近乎"唯天才论",但他并不完全排斥后天的积学,只是把学力视为次要的辅助成分而已。《诗话补遗》卷六说:

刘知幾云:"有才无学,如巧匠无木,不能运斤;有学无才,如愚贾操金,不能屯货。"余以为诗文之作意用笔,如美人之发肤巧笑,先天也;诗文之征文用典,如美人之衣裳首饰,后天也。至于腔调涂泽,则又是美人之裹足穿耳,其功更后矣。②

"作意用笔"是作家在艺术构思基础上的创造性思维活动,对文学创作的成败起着决定性作用。当然,先天的才性如果没有后天的积学所得的"征文用典"和"腔调涂泽"也难成美文。袁枚曾明确表示:"诗文自须学力,然用笔构思,全凭天分","三分人事七分天"。袁枚论性灵,表现出重天赋、轻积学的倾向,这是他对天赋与学力关系的基本观点。

---

① (清)袁枚:《小仓山房诗文集·小仓山房诗集补遗》,1485~1486页,上海,上海古籍出版社,1988。
② (清)袁枚:《随园诗话》下,714页,北京,人民文学出版社,1982。

袁枚对才性的张扬是对长期被湮没的创作主体个性的唤醒，他们的才性论在一定程度上冲破了考据尚博对诗文创作造成的重压，解放了诗人的心灵，其时代意义是不言而喻的。才性论成为乾嘉时期诗学理论上的自觉，这与市民阶层日益壮大的背景是分不开的，也与考据对个性的束缚有关，它的出现是时代的必然。尚才性之下学识的空疏也造成了性灵诗派在创作上的鄙浅，这是才性论的不足之处。

（五）诗歌发展论。乾嘉时期，在朴学影响下，不少文人埋头故纸堆，鱼虫书蠹，加之统治阶级的倡导，复古的风气一度极浓重。与考据相表里，在当时文坛上，拟古、门户之见的风气很重。在《原诗》一文中，纳兰性德写道："十年前之诗人，皆唐之诗人也，必嗤点夫宋；近年来之诗人，皆宋之诗人也，必嗤点夫唐。万户同声，千车一辙。"①袁枚对这种风气进行了批判。他说："大抵古之人先读书而后作诗，后之人先立门户而后作诗。唐、宋分界之说，宋、元无有，明初亦无有，成、弘后始有之。其时议礼讲学，皆立门户以为名高。七子狃于此习，遂皮傅盛唐，搤擎自矜，殊为寡识。"②指出当时宗唐或宗宋都是"寡识"。"以门户判诗，以书籍炫诗，以叠韵、次韵、险韵敷衍其诗，而诗道日亡。"抱守门户其实是一种偏见，也是对诗人主体性的戕杀，他说："抱韩、杜以凌人，而粗肢笨手者，谓之权门托足。仿王、孟以矜高，而半吞半吐者，谓之贫贱矣人。开口言盛唐及好用古人韵者，谓之木偶演戏。故意走宋人冷径者，谓之乞儿搬家。好叠韵、次韵、刺刺不休者，谓之村婆絮谈。一字一句，自注来历者，谓之骨董开店。"③进一步，袁枚指出："尝谓诗有工拙，而无今古。自葛天氏之歌至今日，皆有工有拙，未必古人皆工，今人皆拙。即三百篇中，颇有未工不必学者，不徒汉晋唐宋也。今人诗有极工极宜学者，亦不徒汉晋唐宋也。然极律莫备于古，学者宗师，自有渊源。至于性情遭际，人人有我在焉，不可貌

---

① （清）纳兰容若：《纳兰词全编笺注》，395页，长沙，湖南文艺出版社，2017。
② （清）袁枚：《小仓山房诗文集·小仓山房诗集补遗》，1503页，上海，上海古籍出版社，1988。
③ （清）袁枚：《随园诗话》上，148页，北京，人民文学出版社，1982。

古人而袭文，畏古人而拘之也。"①人的性情遭际不一，诗亦随时而发展，只要缘于真性情，功夫卓到，便是好诗，不必尊古而卑今，也不是越古越好。针对当时的"宗宋"一派，袁枚就指出其弊病："不依永，故律亡；不润色，故采晦。又往往叠韵如虾蟆繁声，无理取闹。或使事太僻，如生客阑入，举座寡欢。其他禅障理障，庾词替语，皆曰远夫性情。病此者，近今吾浙为尤。"②袁枚认为唯有创新，才能流传于世。

在当时，考据之学严重渗透到诗歌创作，人们埋头故纸堆中，进行琐碎的校勘、辨疑，这对继承、发扬文学遗产无疑起到了推动的作用，但同时也使创作主体失却了灵性。在文学创作上，填书塞典的现象非常普遍，这引起了袁枚的不满："近见作诗者，全仗糟粕，琐碎零星……句句加注，是将诗当考据作矣。"③这使得写诗如同"古董开店"。更有甚者，有的人"误把抄书当作诗"，将诗歌写作与学问考据混为一谈。艺术的光晕被考据的迷雾所笼罩，诗人们的性灵在考据中迷失了。袁枚对考据与诗歌创作进行了区别：

> 古文之道，形而上，纯以神行，虽多读书，不得妄有撼拾。韩、柳所言功苦，尽之矣。考据之学，形而下，专引载籍，非博不详，非杂不备，辞达而已，无所为文，更无所为古也。尝谓古文家似水，非翻空不能见长。果其有本矣，则源泉混混，放为波澜，自与江海争奇。考据家似火，非附丽于物，不能有所表见。极其所至，燎于原矣，焚大槐矣，卒其所自得者皆灰烬也。以考据为古文，犹之以火为水，两物之不相中也久矣。《记》曰："作者之谓圣，述者之谓明。"《六经》、《三传》，古文之祖也，皆作者也。郑笺、孔疏，考据之祖也，皆述者也。苟无经传，则郑、孔亦何所考据耶？《论语》曰："古之学者为己，今之学者为人。"著作家自抒所得，近乎为己；考据家代人辨析，近乎为人。此其先后优

---

① （清）袁枚：《小仓山房诗文集·小仓山房诗集补遗》，1502 页，上海，上海古籍出版社，1988。
② （清）袁枚：《小仓山房诗文集·小仓山房诗集补遗》，1508 页，上海，上海古籍出版社，1988。
③ （清）袁枚：《随园诗话》上，146 页，北京，人民文学出版社，1982。

劣不待辩而明也。①

文学创作志于翻空，与江海争奇，而考据却附丽于别人门下，难怪喜欢创新的袁枚用"形而上"与"形而下"对二者进行了区别，二者的优劣也在这一概念中体现了出来。

袁枚从诗的本质论出发，有针对性地指出"诗者，心之声也，性情所流露者也"，"诗者，人之性情者也"。同时，他还论证了诗歌与考据学两者不能相兼。他说：

> 著作之文形而上，考据之学形而下。各有资性，两者断不能兼。……考订数日，觉下笔无灵气。有所著作，惟捃摭是务，无能动运深湛之思。②

袁枚所说的"著作之文"指的主要是诗文的创作。他认为人的"禀性"不一，有的宜于考据，有的宜于创造性的诗文创作，两者不能相兼，只能择其一，这是二者的旨趣使然。他说："考据之学，离诗最远"，"著作与考订两家，鸿沟界限，非亲历不知。……著作如水，自为江海；考据如火，必附柴薪"。③诗歌贵独创，考据则重实证，诗歌创作表现人的真性情，是个体生命对世界的直觉把握；考据则是一种纯粹的学术活动，注重理性的科学实证，因而二者判若水火。考据学对主体个性的消融与袁枚倡导的性灵说相去甚远，因而，袁枚力反考据入诗，主诗文创新。"人心不同，各如其面，故好丑虽殊，而不同则一也。考史证经，都从故纸堆中得来。我所见之书，人亦能见；我所考之典，人亦能考。虽费尽力气，终是叠床架屋、老生常

---

① （清）袁枚：《小仓山房诗文集·小仓山房续文集》，1800页，上海，上海古籍出版社，1988。
② （清）袁枚：《小仓山房诗文集·小仓山房续文集》，1767页，上海，上海古籍出版社，1988。
③ （清）袁枚：《随园诗话》上，187页，北京，人民文学出版社，1982。

谈。"①考据费尽千辛,亦无独创,诗文的独到创新才是袁枚的旨趣所在。

袁枚认为诗歌是人性的表露,它是发展、变化的,这是诗歌发展的必然。袁枚认为考据窒息性灵,不利于诗歌的发展,与诗文创作判若水火。他说:"唐人学汉魏变汉魏,宋学唐变唐。其变也,非有心于变也,乃不得不变也。使不变,则不足以为唐,不足以为宋也。子孙之貌,莫不本于祖父,然变而美者有之,变而丑者有之。若必禁其不变,则虽造物所不能。"②时代变了,诗歌必然随之而变,或变好,或变不好,我们不能绝对把握,但变却是不以人的意志为转移的,袁枚认为,"唐、宋之不能为秦汉,犹汉、秦之不能为三代也。"每个时代的特色与成就,是他朝不可取代的。以文来论,"大抵唐文峭,宋文平;唐文曲,宋文直;唐文瘦,宋文肥"③。正所谓"环肥燕瘦,各有千秋"。就具体诗人而言,古今不一,每个人的才性不一,各有千秋,不可尊古卑今。因此,袁枚主张诗坛上的百花齐放,认为每一种风格的诗,不管其奇、平、艳、朴、厚、薄,都应有其地位,诗应以工拙而论,而不应以高低而分。他说:"诗如天生花卉,春兰秋菊各有一时之秀,不容人为轩轻。音律风趣能动人心目者,即为佳诗,无所为第一第二也。"④

袁枚认为人的才性既有其先天性,又有后天性的因素。"天之生才,敏钝各异:或应机立断,或再三思而后决;或卧而理,或戴星出入而后理。此岂可学哉?"⑤先天的习性固难学,但后天性的"性情""际遇"势必使诗人、时代的诗歌内容、风格、形式异于其他时代,这才是"变"的真正原因。《随园诗话》卷四指出:"作诗者,各有身份,亦各有心胸。"还说"作诗,不可以无我",应"性灵独出",灌注着诗人自己独特的真情。他认为

---

① (清)袁枚:《随园尺牍:鱼雁传不尽的情思》,160页,南京,南京师范大学出版社,2018。
② (清)袁枚:《小仓山房诗文集·小仓山房诗集补遗》,1502页,上海,上海古籍出版社,1988。
③ (清)袁枚:《小仓山房诗文集·小仓山房续文集》,1860页,上海,上海古籍出版社,1988。
④ (清)袁枚:《随园诗话》上,70页,北京,人民文学出版社,1982。
⑤ (清)袁枚:《小仓山房诗文集·小仓山房诗集补遗》,1523页,上海,上海古籍出版社,1988。

"三唐诗之所以盛",在于"杜少陵、白香山"能"自写性情"。可见,在诗歌创新上,他首先强调诗歌作品应表现诗人的真性情。

二、袁枚与沈德潜之争

乾隆王朝是清代的鼎盛时期,时间跨度有六十年之长,这一时期的诗歌创作在数量上远胜前代,据柯愈春在《清人诗文集总目提要》中的统计,乾隆朝诗文家有四千二百多人,诗文集近五千种,诗文创作数量远胜前代,乾隆一人的创作便与《全唐诗》数量相埒。乾隆诗坛多是纪游、颂德、应酬之作,如果用精英史观来考察,可圈可点的作品并不多,因此长期以来一直没有得到文学史的重视。然而,乾隆一朝诗风屡变,清代四大诗学流派中有三大流派产生于此间,乾嘉诗人孙原湘在谈到乾隆时期江南诗坛时说道:

> 吴中诗教五十年来凡三变:乾隆三十年以前,归愚宗伯主盟坛坫,其诗专尚格律,取清丽温雅,近大历五十子者为多。但小仓山房出而专主性灵,以能道俗情、善言名理为胜,而风格一变矣。至兰泉司寇,以冠冕堂皇之作倡率后进,而风格又一变矣。近则或宗袁,或宗王,或且以奇字僻典拦入风雅,而性灵格律又变为考古博识之学矣。

当前对于乾隆朝诗坛的研究多是静态、独立地进行,对诗风变化的时代背景缺乏持续深入的考察。沈德潜的格调说是乾隆前期主要的诗学流派,随着沈德潜于乾隆三十四年(1769)去世,格调说趋于式微。接替格调说成为主流的是袁枚的性灵说,袁枚于1798年去世,性灵说在嘉庆以后影响渐小。乾隆后期,王昶(兰泉)论诗重传道、重学问,与同时代翁方纲的肌理说接近。以翁方纲为代表的肌理说在乾隆影响并不大,主要局限于少数的考据学者中,由格调说变为性灵说是乾嘉诗坛主要的转变。乾隆诗坛由格调向性灵转变是一个复杂的过程,当沈德潜的格调论在乾隆帝的首肯下成为强势话语的时候，以袁枚为代表的性灵派也已在民间得到了反响。

（一）性灵派与格调派的消长。 乾隆诗坛诗风由格调而性灵而肌理，每一次转变可以说都是对前期的反动，变化的过程是一个由渐变而质变的过程。 袁枚与沈德潜三次同年参加科举考试（博学鸿词、乡试、会试），乾隆七年（1742），翰林散馆，袁枚因满文考试不及格而被外放江南，任溧水知县，沈德潜留馆，授编修，此后数年，在乾隆的恩宠及推持下，沈德潜诗名鹊起，成为诗坛领袖。 在沈德潜声名正盛之时，袁枚开始在吴中小有影响，并为时人所关注、认可。 袁枚在下放后招纳弟子，论说诗文，初步形成了自己创作的风格，《随园诗话》有一段记载：

> 余甲子科从沭阳就聘南闱，过燕子矶，见秦秀才大士题诗壁上，有"渔火真疑星倒出，钟声欲共水争流"之句，心甚异之。 次年，奉调江宁，秦以弟子礼见。 见赠一律，中二联云："门生半为论文至，大吏都邀作赋还。 玉麈清谈时善谑，乌纱习气已全删。"予月课多士，拔其尤者，如车研、宁楷、沈石麟、龚孙枝、朱本楫、陈制锦及秦君等，共二十人，征歌选胜，大会于徐园。 有伶人康某为余所赏，秦即席赋诗云："秋云幂历午阴长，舞袖风回桂蕊香。 忘是将军门下客，公然仔细看康郎。"一坐为之解颐。①

在江南任官期间，袁枚积极培养人才，经常集会，形成了一个小团体。 正当沈德潜以诗教训导诗坛的时候，袁枚风趣、诙谐的诗风已在门生、诗友间传开，以袁枚为中心，江南诗风已悄然发生变化。 乾隆十年（1745），袁枚在《答曾南村论诗》中说道："提笔先须问性情，风裁休划宋元明。 八音分列宫商韵，一代都存雅颂声。 秋月气清千处好，化工才大百花生。 怜予官退诗偏进，虽不能军好论兵。"②官退诗进，而且好论性灵，袁枚的诗学思

---

① （清）袁枚：《随园诗话》上，457 页，北京，人民文学出版社，1982。
② （清）袁枚：《小仓山房诗文集·小仓山房诗集》，73 页，上海，上海古籍出版社，1988。

想在这时已基本成形。袁枚在江南任官时,他的恩师尹继善正好任两江总督,尹继善是乾隆时期的名臣,乾隆曾评介:"我朝百余年来,满洲科目中惟鄂尔泰与尹继善为真知学者。"尹继善性诙谐,爱才如命,与袁枚相处甚欢,"公余问文章,一月辄八九"①。袁枚与尹继善在诗歌创作上是同调,袁枚与尹继善的唱和提高了袁枚在江南诗坛的地位。果然,袁、尹二人的诗风引起了世人的关注。乾隆十九年(1754),赵翼在尹继善府中见到袁枚的诗册,称赞道:"好诗到手耐频繙,花色冰肌雪月魂。今日艺林谈此事,教人那得不推袁。曾传丽句想风流,今读新诗笔更遒。始叹知君殊大浅,前番犹是蔗梢头。只因书味夙根深,弃把微官换苦吟。千古传人可传处,元来别有一胸襟。狂名狼藉大江东,谢傅怜才意独钟。读到新诗鳞爪见,方知不是叶公龙。"②赵翼"推袁",并将袁枚视为"千古传人",这无疑是将袁枚推到诗坛领袖的行列。袁枚富于生活气息的诗风给当时重复古、重教化的诗坛带来了一股清新之风,以致刚从京师回到江南的赵翼说道"曾传丽句想风流","今日艺林谈此事",可见袁枚在京师和江南是受到时人推崇的。尹继善交流甚广,他与袁枚的交游酬唱无疑是推动了性灵诗风。赵翼对袁枚评价甚高,但袁枚是否被时人认为是"千古传人"呢?笔者认为,赵翼的颂扬有同声相应之嫌。赵翼在诗风上与袁枚同调,多诙谐之作,尚镕说道:"云松(赵翼)祼躬以礼,而诗乃多近滑稽之雄,使人失笑,较子才而更甚。"③赵翼推崇袁枚,其实是为自己的创作做注脚,以便在诗坛正宗的格调说下有生存的理由。应该说,在乾隆十九年前后,是袁枚在江南和京师影响日益扩大的时期,但他仍然无法与沈德潜相抗衡。

袁枚于乾隆十七年(1752)归隐,在经营随园的同时不断邀请文人雅集,随园成了金陵文人活动的中心,袁枚的影响不断扩大。乾隆二十一年

---

① (清)袁枚:《小仓山房诗文集·小仓山房诗集》,91页,上海,上海古籍出版社,1988。
② (清)赵翼:《瓯北集》上,57页,上海,上海古籍出版社,1997。
③ (清)尚镕:《三家诗话》,见郭绍虞编选:《清诗话续编》四,1926页,上海,上海古籍出版社,1983。

（1756），在军机处任职的赵翼在《次韵酬袁子才见寄之作》中写道："早脱朝衫作野樵，云烟满坞养心苗。才名未肯将官换，好名还应仗福消。技有鼻伤非郢斲，音无肉味是虞韶。何当一访随园去，鸿爪双双迹互标。"[1]沈德潜在与袁枚的和诗中也称：来吴欲访工诗者，旗鼓何人角两雄。

如果说沈德潜的格调说在乾隆的推动下成了官方诗学，那么以随园为阵地，袁枚的随园派在这时成了民间诗学的代表，袁枚的性灵派在乾隆二十一年后开始有了与格调说抗衡的力量，之后的时间是两个诗派争锋的时期。孙原湘以乾隆三十年（1765）作为格调诗派与性灵诗派的交替的节点，应该说是比较可信的。钱泳评判两派时说道："沈归愚宗伯与袁简斋太史论诗，判若水火。宗伯专讲格律；太史专取性灵。自宗伯三种《别裁集》出，诗人日渐日少；自太史《随园诗话》出，诗人日渐日多。然格律太严固不可，性灵太露亦是病也。"[2]沈德潜的格调说其实并没有什么新意，只是把儒家的诗教重复一遍，而袁枚的性灵说却是崛起的市民阶层的代言，群众基础较格调说要广泛得多，导致了"随园弟子半天下，提笔人人讲性情"，郭绍虞甚至认为"在当时，整个的诗坛上似乎只见他的理论"。

性灵说与格调说判若水火，诗风交替之际，争论在所难免。沈德潜比袁枚长四十三岁，两人友谊不浅，但在诗学思想上却是论敌。袁枚的文集存在两篇与沈德潜论诗的书信，而沈德潜的文集却没有存有争论的书信，这与沈德潜稳重、不好争论的个性有关。袁枚与沈德潜的两封书信是两个诗学思想的交锋，问题集中在复古、诗教、艳诗三个问题上。沈德潜的诗论具有浓重的复古色彩，注重追本溯源，他在《古诗源》的"序"中称："予之成是编也，于古逸存其概，于汉京得其详，于魏晋猎其华，而亦不废夫宋齐后之作者。既以编诗，亦以论世，使览者穷本知变，以渐窥风雅之遗意，犹观海者

---

[1] （清）赵翼：《瓯北集》上，74页，上海，上海古籍出版社，1997。
[2] （清）钱泳：《履园谈诗》，见（清）王夫之等撰：《清诗话》下，871页，上海，上海古籍出版社，1978。

由逆河上之以溯昆仑之源，于诗教未必无少助也夫！"① 袁枚在诗论上坚持"变"：

> 尝谓诗有工拙，而无今古。自葛天氏之歌至今日，皆有工有拙，未必古人皆工，今人皆拙。……至于性情遭际，人人有我在焉，不可貌古人而袭之，畏古人而拘之也。今之莺花，岂古之莺花乎？然而不得谓今无莺花也。今之丝竹，岂古之丝竹乎？然而不得谓今无丝竹也。天籁一日不断，则人籁一日不绝……先生许唐人之变汉魏，而独不许宋人之变唐，惑也。且先生亦知唐人之自变其诗，与宋人无与乎？初、盛一变，中、晚一变，至皮、陆二家，已浸淫乎宋氏矣。风会所趋，聪明所极，有不期其然而然者。故枚尝谓变尧舜者，汤武也；然学尧舜者，莫善于汤武，莫不善于燕哙。变唐诗者，宋、元也；然学唐诗者，莫善于宋、元，莫不善于明七子。何也？当变而变，其相传者心也；当变而不变，其拘守者迹也。鹦鹉能言而不能得其所以言，夫非以迹乎哉？②

明七子一味复古，从清初到清代中叶一直受到批判，袁枚求"变"的思想其实并没有什么新鲜之处，他的"变"其实是为他的性情论做铺垫，个人遭际不一，性情不一，诗必然因人因时而异，如果不变，文学史就不会有各种诗风的更替了。袁枚的性情退却了政治伦理色彩，是个体的自然情感，他甚至宣称"情所最先，莫如男女"，对沈德潜在选本中排斥艳诗大为不满。朱自清先生在《诗言志辨》中考察了诗言志在各个历史语境中的内涵，认为在中国历史上，诗言志长期受到教化的干预，陆机《文赋》"诗缘情而绮靡"的提出体现了诗与教化的分离，而直到袁枚，诗言志的传统才得到了进一步的发展，将教化排除在外。

---

① （清）沈德潜选：《古诗源》，序页，北京，中华书局，1963。
② （清）袁枚：《小仓山房诗文集·小仓山诗文集补遗》，1502~1503页，上海，上海古籍出版社，1988。

第九章　雍正、乾隆年间的诗学思想（下）　597

沈德潜与袁枚的争论是当时诗坛的一桩公案,这时正是袁枚性灵说广泛深入人心的时候,沈德潜试图规劝袁枚返回诗坛"正道",而袁枚却并不领情,处处辩驳。 沈德潜诗作呆板、凝重,诗论上卫道色彩很浓,而袁枚的诗风清新、诙谐,正好代表了崛起的市民阶层,给当时的诗坛带来了一股新风,振奋着时代诗坛。 这一场争论对作为官方诗学的格调说具有"解构"的作用,袁枚好辩,学识也并不在沈德潜之下,挑战诗坛领袖,这正好为宣传自己的诗学思想提供了一个良好的平台。 沈德潜的文集中并没有收录与袁枚争论的书信,但我们仍然可以从他的言论中看出对袁枚诗论的不满。 在《王凤喈诗序》中,他批评当时诗坛:"而近代称诗之家,又复喜轻佻,尚剽贩,粉黛纂组,百态呈妍。 其他横逞胸臆者,则又荒幻险怪,同于跳丸掉竿,吞刀吐火之流。"[①]从儒家诗论的角度看,以袁枚为代表的性灵派确实是背离了传统诗风,"轻佻""粉黛""百态呈妍",但这也正好是对呆板、凝重的诗风的有益补充,从某种程度上来说,后者更具有群众基础,这就难怪钱泳说:"自宗伯三种《别裁集》出,诗人日渐日少;自太史《随园诗话》出,诗人日渐日多。"学界对这一场争论多有探及,但基本上是从争论中探析袁枚和沈德潜的诗学思想,没有对争论的时代意义进行追究,这是很可惜的。

(二)争论是诗学发展的内部之争。 明代七子在复古中试图再造"一代之文学",他们在"辨体"中找到了诗法的对象,然而,他们对汉魏、盛唐的学习侧重于形式风格,中国文学经世的传统被淡化了。 易代之际,钱谦益等人提倡"通经汲古",力图恢复诗文的经世功用。 康熙时期,王士禛倡导"神韵",以王、孟为宗,追求冲淡、清远的艺术风格,诗风又一变,雍正、乾隆初年,尚沿袭此风。 沈德潜早年喜好唐诗,以受知王士禛为荣,他的《唐诗别裁集》取材广泛,是优秀的唐诗选本,较王士禛只追求一风格的《唐贤三昧集》要高明得多。 王、沈二人均宗唐,都给明七子以很高的评价,沈德潜接过唐诗的时候唤醒创作主体的积极入世的情怀,构建起格调与

---

① (清)沈德潜:《归愚文钞》卷十四,乾隆教忠堂刻本,北京师范大学图书馆藏。

性情之间的桥梁，避免格调架空于现实之上。明七子、王士禛是从学唐诗的形式风格入手，而沈德潜的格调却是从诗歌的政教传统入手，认为诗歌应发挥"理性情、善伦物、感鬼神、设教邦国、应对诸侯"①的作用。与七子、王士禛空谈格调、谈诗法相比，沈德潜的诗论要现实得多，他将唐诗置于诗教传统之下，在注重诗歌艺术性的同时更关注其功用。在先秦，诗歌是政治的组成部分，而在后代，诗歌与政治的关系日益疏远，沈德潜认识到诗歌不可能像在先秦那样干预社会政治，他强调的是诗歌的伦理教化作用。"王子击好《晨风》，而慈父感悟；裴安祖讲《鹿鸣》，而兄弟同食；周盘诵《汝坟》，而为亲从征。此三诗别有旨也，而触发乃在君臣父子兄弟，唯其'可以兴'也。读前人诗而但求训诂，猎得词章记问之富而已，虽多奚为？"②沈德潜对诗歌政教功能的衰落有所不满，他希望能够重新拾回诗歌拯救的功能，他论诗"先审宗旨"，将思想性置于首位，排斥"嘲风雪，弄花草，游历燕衎"的诗歌，对艳诗更是深恶痛绝。打着唐诗的口号，沈德潜骨子里其实还是道学家的诗论，这与高压的文化政策是一致的，乾隆就称赞沈德潜的诗歌"收明经致用之效"，并批评了"獭祭为工，剪彩为丽者。"③沈德潜晚年受恩宠于乾隆帝，这有其必然性。

乾隆时期，考据学的兴起打破了理学对学术的垄断，汉学家不满宋明理学对人性的束缚，他们在儒家先典中重新解释儒家义理，普遍认可人的基本情欲，乾隆第一学者戴震就批评理学："酷吏以法杀人，后儒以理杀人。"性灵派诗学是这股人性化的儒学思潮在文学上的反映，袁枚所论的性情更多的是情感的原生态性，没有过多的道德教化的染指，他说道：

　　余作诗，雅不喜叠韵、和韵及用古人韵。以为诗写性情，惟吾所适。一韵中有千百字，凭吾所选，尚有用定后不慊意而别改者；何得以

---

① （清）叶燮、沈德潜：《说诗晬语》，81页，南京，凤凰出版社，2010。
② （清）叶燮、沈德潜：《说诗晬语》，81页，南京，凤凰出版社，2010。
③ 《清高宗清实录》卷三五二，北京，中华书局，1985，

一二韵约束为之？既约束，则不得不凑拍；既凑拍，安得有性情哉？《庄子》曰："忘足，履之适也。"余亦曰：忘韵，诗之适也。①

袁枚认为情是诗歌的灵魂，他的情多是日常情感，强调的是情感的真实性，反对给诗歌贴上非情感的标签。

> 最爱周栎园之论诗曰："诗以言我之情也，故我欲为则为之，我不欲为则不为。原未尝有人勉强之，督责之，而使之必为诗也。是以《三百篇》称心而言，不著姓名，无意于诗之传，并无意于后人传我之诗。嘻！此其所以为至与！今之人，欲借此以见博学，竞声名，则误矣！"②

读袁枚的诗，我们会发现，他追求享乐的率真之情被反复地咏叹，这体现了他对个体生命的珍重。袁枚的诗歌理论突破了正统的"载道"的诗歌理念，他关注的是"小我"，注重个体的生命体验及生活的兴趣，是"生活的诗学"，是对格调说的反动，也是诗歌理论的一次解放。沈德潜的格调论其实是一次复古，而性灵说却是一次"新变"，这一复一变正体现了诗学自身发展的"内在理路"，是诗学的自我演绎，是符合诗学发展规律的。

（三）争论的学术史意义。沈德潜的格调说其实并没有什么新意，只不过是在新的历史条件下把儒家政教诗论再说一遍罢了，但他的诗论却是在尊重诗歌艺术特征的前提下提出的，故而他的理论没有道学家说教的空洞性，倒是让人觉得符合文学的规律，可以说是对传统儒家诗论的一次大总结。袁枚的性灵论虽然在当时称得上新锐，但也是对传统诗学合理成分的继承，郭绍虞认为凡一切言诗以宜情者，都可说是性灵说的滥觞，因此，他认为："随园之诗论，虽建筑在性灵上面，却是千门万户，无所不备。假使仅就诗论而

---

① （清）袁枚：《随园诗话》上，3页，北京，人民文学出版社，1982。
② （清）袁枚：《随园诗话》上，73页，北京，人民文学出版社，1982。

言,随园的主张却是无可非难的。"①这个分析大致是不错的。由于沈德潜与袁枚的诗论都具有总结、集成的特性,因此,在静态的描述中,这一场诗论嬗变的意义没有被学术史充分挖掘。

晚明王学泛滥,士子空谈心性、空疏不学,整个社会缺乏强有力的精神约束力,顾炎武痛惜道:"刘、石乱华,本于清谈之流祸,人人知之,孰知今日之清谈有甚于前代者,昔之清谈谈老、庄,今之清谈谈孔、孟,未得其精而已遗其粗,未究其本而先辞其末。不习六艺之文,不考百王之典,不综当代之务,举夫子论学、论政之大端一切不问,而曰'一贯',曰'无言',以明心见性之空言,代修己治人之实学。股肱惰而万事荒,爪牙亡而四国乱,神州荡覆,宗社丘墟。"②王学的放任并不利于大一统帝国的建设,程朱理学更有利于建立稳定的社会秩序,清代从建国起便将程朱理学视为官方哲学。乾隆时期虽然社会经济发展达到鼎盛,但文学狱此起彼伏,文化政策也是清代最严酷的。沈德潜的格调论试图重新确立诗歌的"立法"地位,防止诗歌偏离政教传统,这与大一统的政治意识形态、高压的文化政策正好吻合。而袁枚的性灵论却抛弃了政治伦理的维度,注重个体的自然情感,以人性作为价值的评判标准,代表的是崛起的市民阶层。美国人类学家雷德菲尔德在《农民社会与文化》一书中将文化分为大传统与小传统两类,他认为大传统是一种占据优势的文学模式,提供社会文化的范式并成为社会文明的价值内核,而小传统却在大传统的影响下存活。雷德菲尔德大小传统的二元划分虽有可议之处,但为我们深入问题的内核提供了理论的思路。从文学角度而言,以载道为要务的文学一直被官方视为"正宗",被赋予崇高的品格,由此形成了中国文学的大传统,大传统在国家机器的推动下不断地被再生产。与此相对,偏离官方意识形态的文学可视为小传统,它以人性为理论支撑,盘活于大众之中。明代中叶以后,市民阶层的崛起使得小传统文学日益趋

---

① 郭绍虞:《照隅室古典文学论集》上编,470页,上海,上海古籍出版社,1983。
② (清)顾炎武:《日知录集释》上,黄汝成集释,240页,长沙,岳麓书社,1994。

炽,并不断解构官方意识形态。袁枚的诗学思想虽然并未全然脱去传统的诗学思想,但已基本体现出近代市民阶层的思想意识,具有近代的性质,因此,沈德潜与袁枚的诗论之争并不是传统诗学思想的内部之争,而是具有了时代的超越性,具有从古代向近代过渡的性质,这一点我们可以从龚自珍、黄遵宪等人对袁枚的继承中看出来。

袁枚诗歌多诙谐之作,在乾隆时期刮起了一股"风趣"之风,朱庭珍说道:"赵云松翼,则与钱塘袁枚同负重名,时称袁、赵。袁既以淫女狡童之性灵为宗,专法香山、诚斋之病,误以鄙俚浅滑为自然,尖酸佻巧为聪明,谐谑游戏为风趣,粗恶颓放为雄豪,轻薄卑靡为天真,淫秽浪荡为艳情,倡魔道妖言,以溃诗教之防。一盲作俑,万瞽从风,纷纷逐臭之夫,如云继起。"[①]长期以来,诗歌一直被视为高雅的艺术,"风趣"无疑是打通了雅与俗的界线,扩大了诗歌创作和接受的队伍,使得诗歌成为一门"日渐日多"的大众艺术。如果仔细考察乾隆时期的文学,我们会发现,诗歌与小说、戏曲一样,已成为大众艺术的门类。钱大昕在为顾炎武的《日知录·重厚》作注时感慨道:"古有儒释道三教,自明以来又多一教曰小说。小说演义之书,士大夫、农工、商贾无不习闻之,以至儿童、妇女、不识字者亦皆闻而如见之。是其教较之儒释道而更广也。释道犹劝人以善,小说专导人从恶,奸邪淫盗之事,儒释道书所不忍斥言者,彼必尽相穷形,津津乐道。以杀人为好汉,以渔色为风流,丧心病狂,无所忌惮。子弟之逸居无教者多矣,又有此等书以诱之,曷怪其近于禽兽乎!"[②]钱大昕将小说视为一教,与儒释道并列,我们由此不难看出小说在当时的影响。焦循在《花部农谭》的"序"中也感慨民间戏曲之盛:"郭外各村,于二、八月间,递相演唱,农叟、渔父,聚以为欢,由来久矣。"[③]诗歌一直被视为高雅的艺术,性灵派却

---

① (清)朱庭珍:《筱园诗话》,见郭绍虞编选:《清诗话续编》四,2366 页,上海,上海古籍出版社,1983。
② (清)黄宗羲:《泰州学案一》,见《明儒学案》下,709 页,北京,中华书局,1985。
③ 中国戏曲研究院编:《中国古典戏曲论著集成》八,225 页,北京,中国戏剧出版社,1959。

将诗歌大众化了，乾隆诗坛的这一嬗变推动了文学大众化浪潮。后来的戏曲、小说等通俗文学在为自身寻找安身立命之所时都自觉地将目光投向了诗歌，诗歌重心的下移让它们找到了注脚，因此，乾隆诗坛的嬗变为后世通俗文学的发展提供的隐性助力是不可以忽视的。

◎ 第三节

赵翼、李调元的诗学思想

雍乾年间与袁枚诗学思想相近的还有赵翼、李调元等人的诗学思想。赵翼被视为性灵派的副将，而袁枚亦将李调元视为"知己"。

一、赵翼的诗学思想

赵翼（1727—1814），字云崧，一字耘松，号瓯北，又号裘萼，晚号三半老人，江苏阳湖（今江苏常州）人。乾隆二十六年（1761）进士，官至贵西兵备道。中年辞官，主讲安定书院。赵翼一生诗作甚巨，存诗四千八百多首，长于史学，考据精赅，著有《廿二史箚记》《陔馀丛考》《檐曝杂记》《皇朝武功纪盛》等。《瓯北诗话》是赵翼诗学思想的集中体现，作者按历史发展的顺序选录自唐至清的十位诗人：李白、杜甫、韩愈、白居易、苏轼、陆游、元好问、高启、吴伟业、查慎行进行评述，以史的眼光为我们勾勒出了中国古典诗歌的发展框架。其诗论的最大特色为认为诗歌随时代而发展，一代有一代之文学，重发展变化与诗才。

（一）诗才论。乾嘉时期，社会经济得到恢复和发展，市民阶层逐步壮大，考据学的兴起打破了理学对学术的垄断，传统的价值观念受到了冲击，对个体基本情欲的张扬弥漫社会文化的各个领域。在文学领域，创作主体的才性得到了人们的关注，王鸣盛说道：

  忧悲愉喜，夫人而有之，光景物色，随所处而遇之。惟工于言者为能极其所至而传之，若此者才为之乎？情为之乎？情不深则无言或强言之，人弗感也。然则情者言之本也，才将缘是而萌茁焉，虽然，请言其用。夫遂古之谣谚，懕懕而不能成声，才未开也，不夫女子片言极致而无以与乎文章之观，才之有所囿也，即使烂然具体，入著作之林矣，而犹或甘辛异宜，丹素各适，无他，其才偏至而止也。是则能达其情者非才不为用，深于情而绌于才者矣，未有才之至而无情者也。才之用也，广之为沧溟，细之为沟浍，高之为山岳，碎之为珂珮，壮之为武贲，弱之为处女，华之为雕绮，素之为布荩。自非悬解超览之士，孰以与于斯乎？①

  诗言志或诗缘情强调志、情对诗歌创作的决定作用，王鸣盛认为志、情并不是问题的关键，创作主体的才能才是问题的关键所在，"未有才之至而无情者也"，才决定了情，也决定了诗歌的成就。沈德潜对汉学家忽视诗人才性的做法也很不满，他说："夫天下之物以实为质，以虚为用；学其实也，才其虚也，以实运实则滞，以虚运实则灵。万物实也，而动万物者莫疾乎雷，雷其虚乎？挠万物者莫疾乎风，风其虚乎？老子谓'天地之间，其犹橐籥，虚而不屈，动而愈出'，洵乎虚者足以用实。而学人之学，非才人之才无以善之也。"②沈德潜认为学实才虚，一虚一实方足以运诗，这与性灵诗论有相似之处。

  赵翼认为诗歌虽然是个人情感的表现，但它是基于诗人才性的，正是这种才性，使诗建立起了自己的王国，他说："诗之工拙，全在才气、心思、功

---

① （清）王鸣盛：《西庄始存稿》，乾隆三十年刻本影印，续修四库全书本，卷二十五。
② （清）沈德潜：《归愚文钞》卷十四，乾隆教忠堂刻本，北京师范大学图书馆藏。

夫上见。"①诗歌的成就关键在于"才气、心思、功夫"三个方面，而以"才气"为第一要义，足见赵翼对才的重视。"天上麒麟岂偶然，定知孝穆以才传。学诗不用求师说，自有尔翁一万篇。"②才性是与天俱来的财富，它内蕴于自我之中，是诗歌创作的源泉。"江山代有才人出，各领风骚数百年"，统摄文学史的都是各个时代的才人，他们是文学发展的钥匙。赵翼的《瓯北诗话》以历史上的十大才人为中心，构建了他心目中的文学发展史。对于这十大诗人，他首标其"才气"，他称李白"才气豪迈，全以神运"，"神识超迈，飘然而来，忽然而去"，"触手成春"："此仙人与人之别也"③。"诗仙"当然指李白有超凡脱俗之诗才。值得注意的是，"明李崆峒诸人"认为杜甫"全乎学力"，没有诗才，赵翼斥之为"耳食之论"，指出杜甫并不缺少"才分"："盖其思力深厚，……思力所到，即其才分所到，有不如是则不快者。此非性灵中本有是分际，而尽其量乎？出于性灵所固有，而谓其全以学力胜乎？"④对杜甫的评介可谓是真知灼见。杜甫之所以成为千古"诗圣"，写出大量传世之作，倘若仅凭"学力"，而没有超群绝伦之"才分"，岂非痴人说梦？但后人往往容易看到李白之天才，而忽视杜甫之天才，赵翼为此作了翻案文章，可谓有胆有识。《瓯北诗话》又赞誉白香山"称心而出，随笔抒写，并无求工见好之意，而风趣横生"，"其笔快如并剪，锐如昆刀，无不达之隐，无稍晦之词"⑤。这"笔"实为"才"所驾驭，这正是对白居易诗才的具体阐发。对韩昌黎，赵翼虽不无贬词，但因韩是"大才子"而重视。明七子鼓吹"诗必盛唐，非是者不道"，沈德潜赞同"不读唐以后书"；赵翼却反对分界唐宋。唐代有才分之诗人固然应推崇，唐以后有诗才者亦不应排斥。他对宋代的苏东坡就不小觑，称之为"继李、杜后为一大家

---

① （清）赵翼：《瓯北诗话》，147 页，北京，人民文学出版社，1963。
② （清）赵翼：《瓯北集》上，191 页，上海，上海古籍出版社，1997。
③ （清）赵翼：《瓯北诗话》，3 页，北京，人民文学出版社，1963。
④ （清）赵翼：《瓯北诗话》，16 页，北京，人民文学出版社，1963。
⑤ （清）赵翼：《瓯北诗话》，36 页，北京，人民文学出版社，1963。

也",能与盛唐李、杜相提并论,重要原因就在于苏氏"天分高",是所谓"天才"。赵翼曰:"坡诗不尚雄杰一派,其绝人处,在乎议论英爽,笔锋精锐,举重若轻,读之似不甚用力,而力已透十分。此天才也。"故能"才思横溢,触处生春"。① 此论可谓苏轼的知音。也欣赏南宋诗家陆放翁"才思灵敏","才力雄厚"。对明代高青丘同样示以青睐,称赞他"才气超迈","天分不可及也"。于本朝诗人洪稚存也赠以"君也十倍才,出语破万胆"之赞词。

赵翼认为才有全有偏,全才功力纯厚,自成体势,而偏才却顾此失彼,他批评清代以来几位"偏才"诗人,指出施闰章腐气,宋琬学晚唐而功力不足,王渔洋长于神韵而短于他技,即使是"负海内重名"的朱彝尊亦有"颓唐恣肆,不加修饰,实非风雅正宗之处"②。赵翼认为清代诗人查初白能代表清代诗坛的成就,他评查初白:"才气开展,工力纯熟……气足调自振,意深则味有余,得心应手,几于无一字不稳惬。其他摹写景物,脱口浑成,犹其余技也。"查初白不仅有"才",而且才"全",这是赵翼醉心之处。

纵观《瓯北诗话》,赵翼主要从诗人的才气来进行评论,认为十大诗人的成就并非是有意学习或造作,而是其自身所具有才性自然流露的结果,非如是而不快。对才性的揭示是《瓯北诗话》的一条重要线索,也是作者论诗的主旨之一。

赵翼论才性不仅注重创作主体的内在禀赋,而且还注意到后天的阅历对才性的影响,这比袁枚要深刻,这与他开阔的史学视野是分不开的。赵翼论元遗山,认为"才不甚大,书卷亦不甚多,较之苏、陆,自有大小之别",但作者随即笔锋一转,反指出"其廉悍沉挚处,较胜于苏、陆",奥妙何在呢?答曰:"盖生长云、朔,其天禀本多豪健英杰之气;又值金源亡国,以寄托邱墟之感,发为慷慨悲歌,有不求而自工者;自固地为之也,时为之也。"③并

---

① (清)赵翼:《瓯北诗话》,57页,北京,人民文学出版社,1963。
② (清)赵翼:《瓯北诗话》,146页,北京,人民文学出版社,1963。
③ (清)赵翼:《瓯北诗话》,117页,北京,人民文学出版社,1963。

援引同时李治称其"律切精深，有豪放迈往之气"之语以证之。元遗山生长于金朝，又"遭遇国变，感慨沧桑"，是云、朔之"地"与亡国之"时"，培养了他"豪健英杰之气"，激发了他"慷慷悲歌"之情，其作品或控诉蒙古军暴行，或抒发亡国之痛，或借歌颂人民反抗斗争，皆如郝经所言："歌谣扶荡，挟幽、并之气"。赵翼《题遗山诗》则称其"国家不幸诗家幸，赋到沧桑句便工"①，坎坷的人生使他具有"豪健英杰之气"，故评其诗"感时触事，声泪俱下"，而且"千载后犹使读者低徊不能置"②。在《瓯北诗话》里，赵翼按时间顺序选取了各个朝代的代表诗人十人进行评论。对于本朝诗人，《瓯北诗话》除吴梅村外，舍弃"南朱（彝尊）北王（士禛）"与"南施（闰章）北宋（琬）"诸名家，而独标举查初白，被张维屏许为"独具只眼"。赵翼认为："梅村后，欲举一家列唐、宋诸公之后者，实难其人。惟查初白才气开展，工力纯熟，鄙意欲以继诸贤之后。"③查氏当然不乏诗才，但赵翼将他选入十大诗人之列的原因便是折服于其"气"。查氏早年从军西南，壮游南北，培养了他非凡的气度，正如赵翼所述："当其少年，随黔抚杨雍建南行，其时吴逆方死，余孽尚存，官军恢复黔、滇，兵戈杀戮之惨，民苗流离之状，皆目所击，故出手即带慷慨沉雄之气，不落小家。入京以后，角逐名场，奔走衣食，阅历益久，锻炼益深，气足则调自振，意深则味有余，得心应手，几于无一字不稳惬。"④可见，战场的悲壮经历造就了查初白"慷慨沉雄之气"，正是这股气，使他的创作超越凡响，自成一家。赵翼论陆游也表现出了对气的重视，赞其"古体诗才气豪健"，认为这与陆游"从戎巴蜀"的阅历是分不开的。重视社会经历对个人才性形成的考察，将才性与生活紧密结合，使得赵翼在才性论方面具有超越寻常之论的宏观视野。

赵翼论才性也不废学问功力，他说："香山恬淡闲适之趣，多得之于陶、

---

① （清）赵翼：《瓯北集》下，772页，上海，上海古籍出版社，1997。
② （清）赵翼：《瓯北诗话》，118页，北京，人民文学出版社，1963。
③ （清）赵翼：《瓯北诗话》，146页，北京，人民文学出版社，1963。
④ （清）赵翼：《瓯北诗话》，146页，北京，人民文学出版社，1963。

韦。其《自吟拙什》云：'时时自吟咏，吟罢有所思。苏州及彭泽，与我不同时。此外复谁爱？惟有元微之。'又《题浔阳楼》云：'常受陶彭泽，文思何高玄。又怪韦苏州，诗情亦清闲。'此可以观其趣向所在也。"①赵翼认为白居易学习韦、陶学到了神采，因此颇为赞赏。在《瓯北诗话》卷八里，他对高启的博学也是很赞叹的："可见其挫笼万有，学无常师也。即如身当元季，沉沦江村，身未历殿陛，目未见典章，一旦召修《元史》，列于朝班，其诗即典切瑰丽，虽贾至、岑参等《早朝大明宫》之作，不能远过。"②学习是一个能量聚积的过程，充足的能量是才性闪光的土壤，是成就不朽的基石。"诗写性情，原不专恃数典，然古事已成典故，则一典已自有一意，作诗者借彼之意，写我之情，原自然倍觉深厚，此后代诗人不得不用书卷也。"赵翼称赞"熟于庄、列诸子，及汉、魏、晋、唐诸史"的苏东坡"书卷繁复，又足以供其左旋右抽，无不如志"，"亦足见其学之富笔之灵"。他劝勉后学："好趁青春多读书，他年倘执骚坛柄。"③赵翼认为后天的学习能丰富诗人的才华，在一定程度上弥补先天之不足。

赵翼认为学习积累首先要端正学习的态度："论人且复先观我，爱古仍须不薄今。"④"背人恰向菱花照，还把人看眼自看。"学习不仅要认识清楚自己的"优点"与"缺点"，而且辩证古今，不能一味复古，学习古人的同时也要向"今人"学习。在《瓯北诗话》中，他选了同时代的查初白（查慎行）来评述，并且给予了查氏以很高的评价，其目的是告诫人们不要薄今。而批评那些贬抑查初白的"薄今"者为"掩口葫芦""荣古虐今"，并且敬告当时诗人们"是古而非今，一步不可履"。在学习方法上，赵翼认为，要根据自己的特点来学习："由来诗法有独到，不与人世同妍媸"⑤。同时，学古要"雅"。韩愈的诗以奇险著称，赵翼对他就有所批评："昌黎诗亦有晦涩俚

---

① （清）赵翼：《瓯北诗话》，41页，北京，人民文学出版社，1963。
② （清）赵翼：《瓯北诗话》，125页，北京，人民文学出版社，1963。
③ （清）赵翼：《瓯北集》下，832页，上海，上海古籍出版社，1997。
④ （清）赵翼：《瓯北集》下，1092页，上海，上海古籍出版社，1997。
⑤ （清）赵翼：《瓯北集》上，52页，上海，上海古籍出版社，1997。

俗，不可为法者。""元末明初，杨铁崖最为巨擘。然险怪仿昌谷，妖丽仿温、李，以之自成一家则可，究非康庄大道。当时王常宗宗已以'文妖'目之，未可为后生取法也。"①过于险怪、妖丽，赵翼认为不可取，赵翼性情温和，其主学以雅正为主，体现了他的审美取向。

（二）诗歌的发展论。梁启超在《清代学术概论》中说：

> "清代思潮"果何物耶？简单言之，则对于宋明理学之一大反动，而以"复古"为其职志者也。其动机及其内容，皆与欧洲之"文艺复兴"绝相类。而欧洲当"文艺复兴期"经过以后所发生之新影响，则我国今日正见端焉。②

将清代的考据学潮比之欧洲的文艺复兴，这或许并不妥当，但在考据学风下，复古思潮弥漫于社会科学的各个领域却是一个事实。在绘画、书法领域，"唯古是尚"，古碑、古画不断地被挖掘、研究，收藏字画蔚然成风。在诗文创作上，复古的气息也很重，陈寿祺曾说："自胡稚威始倡复古，乾隆、嘉庆间乃多追效《选》体，然吾乡犹局时趋，未能丕变。"③沈德潜说："学者但知尊唐而不上穷其源，犹望海者指鱼背为海岸，而不自悟其见之小也。今虽不能竟越三唐之格，然必优柔渐渍，仰溯风雅，诗道始尊。"④方苞对文学创作的发展提出了疑问："抑吾观周末诸子，虽学有醇驳，而言皆有物，汉、唐以降，无若其义蕴之充实者。宋儒之书，义理则备矣，抑不若四子之旨远而辞文，岂气数使然邪？抑浸润于先王之教泽者，源远而流长，有不可强也。"⑤当时兼长诗文的汉学家虽然没有明确提出复古的主张，甚至是反对复古，但他们的创作大多以汉唐是尚，如程晋芳、胡天游、汪中的骈文便是

---

① （清）赵翼：《瓯北诗话》，124页，北京，人民文学出版社，1963。
② 梁启超：《清代学术概论》，5页，北京，中华书局，2010。
③ （清）陈寿祺：《左海文集》卷四，续修四库全书本，第1496册183页。
④ （清）叶燮、沈德潜：《说诗晬语》，81页，南京，凤凰出版社，2010。
⑤ （清）方苞：《方苞集》上，37页，上海，上海古籍出版社，2008。

以六朝、初唐为宗，程瑶田、洪亮吉等人的诗也是以追摹汉唐为特色的，这就给诗文创作带上了浓厚的复古色彩。汉学家深潜于古代典籍，他们由研经而爱其文，其诗论多少都带有厚古薄今的味道。这种厚古薄今的观念让他们对当代诗人、诗风多有不满，他们与主宰乾嘉诗坛的性灵派的冲突是很难避免的了，我们且看洪亮吉。洪亮吉以诗和考据见称于时，与袁枚有较密切的交往，但在观念上却更具有正统的卫道倾向，他的诗论多少带有厚古薄今的味道。

> 凡作一事，古人皆务实，今人皆务名。即如绘画家，唐以前无不绘故事，所以着劝惩而昭美恶，意至善也。自董、巨、荆、关出，而始以山水为工矣。降至倪、黄，而并以笔墨超脱，摆脱畦径为工矣。求其能绘故事者，十不得三四也。而人又皆鄙之，以为不能与工山水者并论。岂非久久而离其宗乎？即诗何独不然！魏晋以前，除友朋答赠，山水眺游外，亦皆喜咏事实，如《古诗为焦仲卿妻作》以迄诸葛亮《梁父吟》、曹植《三良诗》等是矣。至唐以后，而始有偶成漫兴之诗，连篇接牍，有至累十累百不止者，此与绘事家之工山水何异？纵极天下之工，能借之以垂劝戒否耶？是则观于诗画两门，而古今之升降可知矣。①

晚年的洪亮吉与赵翼同住一条巷子，他们交往甚密，经常往来唱和，当时赵翼正在写作《唐宋七家诗话》(既后来的《瓯北诗话》的雏本)，赵翼欲将清代的查初白选入诗话，作《八家诗话》，以历史发展的眼光勾勒中国文学发展的历史，便将这个想法告诉了洪亮吉，遭到了洪亮吉的反对，"君意欲以查初白配作八家，余固止之"②。赵翼将查初白与李白、杜甫、韩愈、白居易、苏轼、陆游、高启等大家相提并论是否妥当确实值得商榷，但洪亮吉反对将查初白置入八家诗话的真正原因，并非只是看到查初白创作上的成就

---

① （清）洪亮吉：《北江诗话》，80页，北京，人民文学出版社，1998。
② （清）洪亮吉：《洪亮吉集》，1294页，北京，中华书局，2001。

不足与七家并列,其深层的原因乃是其复古的思想,伍崇曜认为主要是洪亮吉的"怀古癖"。①

赵翼论诗的最大特点是主张创新发展,其《论诗》有:"李杜诗篇万口传,至今已觉不新鲜。江山代有才人出,各领风骚数百年。"其《瓯北诗话》以李白、杜甫、韩愈、白居易、苏轼、陆游、高启、吴伟业、查慎行十大才人为线,构建了中国文学发展史。赵翼认为十大才子的不朽之处在于其开创了前人所没有的东西,故而能为世人所景仰,而这种创新实则是由诗人的才性所决定的。赵翼在写作《十家诗话》的过程中不顾洪亮吉的反对,将吴伟业、查慎行入选诗话,将清代的两大诗人与古人并列,体现了他厚古不薄今的诗学思想。吴伟业、查慎行的诗风与赵翼具有相似性,后人多认《瓯北诗话》入选两人不免有"徇己"之嫌,但笔者认为这是不恰当的。乾嘉以前成就比较大的清代诗人除吴、查外,当属钱谦益、王士禛、朱彝尊。钱、王、朱虽然成就不小,但基本上是对传统诗歌创作的延续,并没有太大的创新,这与赵翼的入选标准是不相符的。吴、查二人在影响上虽不及钱、王,但在创作上形成了独到的特色,这是赵翼选他们的主要原因。在与洪亮吉的争论中,赵翼写下了《稚存见题拙著〈瓯北诗话〉次韵奉答》,坚持了自己的诗学观点。

> 论古虽如廷尉平,诗文事已一毫轻。但消白首无聊日,岂附青云不朽名。老始识途输早见,贫堪凿壁借馀明。只惭结习痴堪笑,犹是灯窗未了情。

> 何限纷纷著作林,拣来只剩几铢金。论人且复先观我,爱古仍须不薄今。耳食争夸谈娓娓,鼻参谁候息深深。锦机恐负遗山老,枉度鸳鸯旧绣针。

---

① 参见洪亮吉:《北江诗话》,108~109 页,北京,人民文学出版社,1998。

晚知甘苦择言驯，一代风骚自有真。耄学我悲垂尽岁，大名君已必传人。幸同禅窟参三昧，不笑玄关隔一尘。从此国门悬《吕览》，听他辩舌骋仪秦。①

赵翼认为诗歌不断推陈出新，厚古薄今的"结习""痴堪笑"，因而不能一味地复古而不识今，正确的诗论应该为"爱古仍须不薄今"。他在《论诗》中说道：

作诗必此诗，定知非诗人。此言出东坡，意取象外神。羚羊眠挂角，天马奔绝尘。其论实过高，后学未易遵。诗文随世运，无日不趋新。古疏后渐密，不切者为陈。譬如泛驾马，将越而适秦。灞浐终南景，何与西湖春？又如写生手，貌施而昭君。琵琶春风面，何关苧萝春。是知兴会超，亦贵肌理亲。吾试为转语，案翻老斫轮：作诗必此诗，乃是真诗人。②

赵翼对苏轼"作诗必此诗，定知非诗人"这一命题进行翻案，认为"作诗必此诗，乃是真诗人"。赵翼的"作诗必此诗"其实是指"诗文随世运，无日不趋新"的随时随地而变，只有与时俱进的变化才是诗的真谛所在，墨守成规将会无所成就。他认为"古疏后渐密"，历史是不断发展的，诗"本从性情出"，"不切者为陈"，离开了具体的情境，诗歌便失去了存在的基础，"只应触景生情处，或有空中天籁音。"

---

① （清）赵翼：《瓯北集》，1092页，上海，上海古籍出版社，1997。
② （清）赵翼：《瓯北集》，1173～1174页，上海，上海古籍出版社，1997。

二、李调元的诗学思想

李调元(1734—1802),字羹堂,又字鹤洲、赞庵,晚年自号雨村、童山、童山蠢翁、四桂先生等,别署童山蠢翁,绵州罗江(今属四川罗江)人。乾隆二十八年(1763)进士,授翰林院庶吉士,历任吏部考功司主事和文选司主事、员外郎、广东副主考、广东学政、直隶通永道道员,乾隆四十九年(1784)被诬下狱,获赦后隐居家乡,潜心著述。建"万卷楼",时称"四川藏书第一家",为乾嘉时文化大家,一生著述极为丰富,有《雨村诗话》《雨村词话》以及《童山诗集》《童山文集》《粤东笔记》,并编纂刊刻了大型文化典籍《函海》。李调元社交很广,与诗坛宿将袁枚、赵翼、蒋士铨等交往颇深,尤其推崇袁枚,其《雨村诗话》多记袁枚诗事,诗论与袁枚相近,袁枚亦将李调元视为"知己",后人多有将李调元归入性灵派者。李调元论诗与袁枚相近,甚至在某些论调上有抄袭随园之嫌,但不能因此而将其视为随园之"余唾",他对诗歌有其见解,与袁枚和而不同,在乾嘉特殊的历史语境下,他的诗论自有其价值。

(一)诗乐关系的探讨。 李调元雅好通俗文学,除了诗歌,他的创作涉及戏曲、词、小说等,还辑有《粤风》《南越笔记》等,编辑、保存了不少两广地区的民间山歌。李调元的爱好与他对文学的理解紧密相关,他从文艺源起的角度思考诗歌的源变。"三代以前,诗即是乐,乐即是诗。若离诗而言乐,是犹大风吹窍,往而不返,不得为乐也。故诗者,天地自然之乐也。有人焉为之节奏,则相合而成焉。"[1]三代以前的诗歌主要是民间歌谣和《诗经》,它们不仅与音乐合为一体,而且还与舞蹈紧密相关,从历史记载来看,"诗即是乐,乐即是诗"是符合历史实际的。因为诗乐合一,因此声律、韵调必须符合音乐的规范,"乐歌必要短长相接,长取其声之婉转,短取

---

[1] (清)李调元:《雨村诗话校正》,3 页,成都,巴蜀书社,2006。

其声之促节"。到了汉代，诗与乐开始分离，"自汉以后，《郊庙》、《房中》析而为二，古诗、乐府遂分"①。《郊庙》沿继了乐府诗乐合一的传统，而《房中》却先辞后曲，遂成不一定入乐的古诗。汉代乐府分工甚明，"古人乐府，非如今人有曲谱而后填词也。然亦照定十二律赋为词，付之乐工，叶以音律。但乐工知清浊高下，而不通文，故先分章段，为之勾勒，亦读乐府入门之一法"②。乐工主要负责音乐，并不一定通晓文辞，所以文人必先按照音乐的形式为之勾勒，使乐辞完美合一。乐工与文人各有分工，文体的演变深受这一分工的影响，李调元认为后世的词其实也源于乐府，"乐府者以其词付乐工，其中工尺之抑扬，乃乐工事。五季变为词，将所留乐工之虚字尽填满，较古法更严密，不能驰骋才华，不若古乐府之松矣"③。词源于乐府，而诗又源于词，李调元说道："词非诗之余，乃诗之源也。周之颂三十一篇，长短句属十八；汉《郊祀歌》十九篇，长短句属五；至《短箫铙歌》十八篇，篇皆长短句。自唐开元盛日，王之涣、高适、王昌龄绝句流播旗亭，而李白《菩萨蛮》等词亦被之管弦，实皆古乐府也。诗先有乐府而后有古体，有古体而后有近体，乐府即长短句，长短句即古词也。故曰：词非诗之余，乃诗之源也。"④由三代歌谣而乐府而词而诗，李调元勾勒出了诗歌的源变史，并对音乐的源变进行了分析，"天然之音，止有五字。今笛中之五六工尺上，配合宫商角徵羽之五百，犹琴之五弦。加文弦、武弦而成七，所谓变宫、变徵而成七调也。故南北正调，原止有五，唐律之五言是也。若七字则为变调，而名变宫、变徵矣。七言难于五言十倍，以其杂变调故也。故虽变调，必须排荡而成，不可轻易下笔。盖八句不出起承转收，神而明之，存乎其人尔。"⑤诗乐同源，李调元认为天然之音只有五个，后来加上变宫、变徵而为七，诗歌的五言、七言与此相附。李调元从音乐的角度来推演

---

① （清）李调元：《雨村诗话校正》，3 页，成都，巴蜀书社，2006。
② （清）李调元：《雨村诗话校正》，3 页，成都，巴蜀书社，2006。
③ （清）李调元：《雨村诗话校正》，3 页，成都，巴蜀书社，2006。
④ （清）李调元：《童山文集》，51 页，北京，中华书局，1985。
⑤ （清）李调元：《雨村诗话校正》，3~4 页，成都，巴蜀书社，2006。

诗歌的发展，有其合理之处，但他过于强调音乐对诗歌发展的影响，认为五言、七言诗是音乐影响的结果，这就忽视了诗歌发展的复杂性。

李调元能够用发展的眼光评述后代的文体，他论建安七子："论诗首推汉、魏，汉以前无专家，至魏，曹操、植（子建）一家继美，以沉雄俊爽之音，公然笼罩一代，可谓'文奸'矣。王粲、陈琳、刘桢、徐幹、应玚、应璩起而和之，阮籍、嵇康辈皆渊渊乎臻于大雅。故论诗者以汉、魏并论，不诬也。"①从文体及诗风的角度将汉、魏并称，这确实有深见。李调元将庾信视为古体的集大成者与近代的开启者，从文体发展的角度看，这也是有道理的，"至北周则惟庾信子山一人而已，不但诗凌铄百代，即赋启四六，上下千古，实集大成，宜为词坛之鼻祖也"②。此外，李调元对祖孝孙、陈子昂等人恢复诗三百"风雅""兴寄"的传统也赞叹不已，这些都表现了他对文体把握的深度。在对文体的发展变化进行分析的时候，李调元还能够将文体与历史语境相结合，揭示作品的内涵，破除了不少成见。"《东光》，因汉武有事西南夷，动众劳民，文、景之富，一朝顿匮，故托古人讽谏意而作也。诺家聚讼，迄无一是。"③《东光》一诗意指并不明确，后世解诗不一，李调元结合汉代诗歌的特征进行解读，确有令人信服之处。"向传田横殁后，门下客作挽歌，《薤露》挽田横，《蒿里》挽五百从死之士。或曰作此等题须有一段英豪激烈之概，今皆不言，只以数语写其萧瑟悲凉景况，何也？噫！是殆不知作者苦心，并不知文章体例也。田横不与刘、项共逐秦鹿，屏迹海隅，又不肯降志从汉，种种曲折，岂可明言？盖不惟恐罹汉高忌讳，即田横有知，亦扪心饮泣而不愿闻者，而门下客岂忍重提往事？故于不叙处，正藏一篇大文字在内。所谓可与知者道，难与俗人言也。"④结合汉代诗乐合一的特点分析，更切合时代及文体语境，比后世纯粹从语言角度解读诗歌要高明

---

① （清）李调元：《雨村诗话校正》，9页，成都，巴蜀书社，2006。
② （清）李调元：《雨村诗话校正》，10页，成都，巴蜀书社，2006。
③ （清）李调元：《雨村诗话校正》，5页，成都，巴蜀书社，2006。
④ （清）李调元：《雨村诗话校正》，5页，成都，巴蜀书社，2006。

许多。

（二）性情论。 袁枚论诗重情，他所指的情多是日常生活体现之情，李调元对此比较认同，他说："诗须体贴人情。 鄞县施瞻山句云：欠伸妻劝睡，盥洗仆嗔烦。 此情逼真。"①"袁子才《生女诗》云：'堕地无人贺，遥知瓦在床。 为谁添健妇，懒去报高堂。 妄想能招弟，佯欢且为娘。 江干有黄竹，惯作女儿箱。' 若不经意，而曲尽人情。"②袁枚论情一般不大涉及家国，也不注重诗歌的教化功用，更多的是把诗歌当作交际和娱乐的工具，李调元虽然也主张诗缘情，但他的"情"却比袁枚严正许多。

> 独不见夫尼山删《诗》，不废郑卫；輶轩采风，必及下里乎？ 夫曲之为道也，达乎情而止乎礼义者也。 凡人心之坏，必先由于无情，而后惨刻不衷之祸作，若夫忠臣孝子、义夫节妇，触物兴怀、如怨如慕，而曲生焉。 出于绵渺则入人心脾，出于激切则发人猛省。 故情长情短，莫不于曲寓之。 人而有情，则士爱其缘，女守其介，知其则，而止乎礼义，而风醇俗美；人而无情，则士不爱其缘，女不守其介，不知其则，而放乎礼义，而风不醇、俗不美，故夫曲者，正鼓吹之盛事也。 彼瑶台玉砌，不过雪月之套辞，芳草轻烟亦只郊原之泛句，岂足以语于情之正乎？ 此余之所以不能已于话也。③

李调元论曲重教化，这与他论诗重教化如出一辙，他不像袁枚那样排斥诗歌的教化功用，"温柔敦厚，诗之教也，余最不喜尖新"④。 李调元论性情不是泛泛而谈，而是从哲理的角度进行论述，故而比较厚实，少了袁枚的轻薄，在《云谷诗草序》中，他说道："诗也者，人之性情也。 人之性情禀乎

---

① （清）李调元：《雨村诗话校正》，33 页，成都，巴蜀书社，2006。
② （清）李调元：《雨村诗话校正》，73 页，成都，巴蜀书社，2006。
③ （清）李调元：《童山文集》，52 页，北京，中华书局，1985。
④ （清）李调元：《雨村诗话校正》，157 页，成都，巴蜀书社，2006。

五行。五行者金木水火土也。在天为五星，在地为五方，在时为五德，在人为五常，发于文章为五色，播于音律为五声，而总其精气之用，谓之五行。五行者，互相生而间相胜也。"①宇宙万物本于五行，也都是五行的表现，天为五星，在地为五方，在时为五德，在人为五常，发于文章为五色，播于音律为五声，人的性情禀乎五行，儒家义理也是禀乎五行，性情与义理不可偏废，所以诗歌要"发乎情，止乎礼义"。李调元在性情观上与袁枚有较大的区别，从根本上说，是两人在对待儒家思想上的差异所致。袁枚对儒家"多闻阙疑"，对理学更是直接批判，而李调元对儒家则比较推崇，他对性情的理解基本上沿袭了儒家传统的性情之辩。

> 性善者何，性本于天，故善也，天本在气质之中，而能生万物，其理固辗转相因，而皆乘于气质，健顺五常之德，莫不昏明纯，驳杂见于万物之表，反正微茫，交乘于一物之间者，气质为之也。如天之雨与水一也，然未至乎地，其形象不可得而言也。故人生而静，既至乎地，则亦既为水，而无复雨之形象。故方言性时，便已不是性，雨之降也，以洁器盛之则清，以污泥受之则浊，入花蕊者香，入厕溷者臭矣，不得谓清香者。雨而臭浊者，非雨也。故恶亦不可不谓之性，不得谓雨之在天者，原浊且臭也。故曰：继之者善。孟子所谓性善与夫韩子之言三品，周子之言刚柔善恶，皆举清浊香臭而析言之也，此外一切偏驳之说，可不再喻而知其非矣。②

性本善，而在表现出来时，因机缘不同而有香臭善恶之分，情兼有善恶，符合儒家义理之情才是性的正确表现，反之则是不恰当的表现。李调元在《张鹤林诗集序》中论述性与情的关系时就说道："诗虽发于情，而实本于

---

① （清）李调元：《童山文集》，62页，北京，中华书局，1985。
② （清）李调元：《童山文集》，135页，北京，中华书局，1985。

性，性不笃者，情不真也。"①李调元论情多以"性"节之，这就使得他的性情论富于教化色彩。

（三）诗法论。 李调元在《雨村诗话》中说道："余雅不喜诗中说诗，易涉率略也。"②自杜甫《戏为六绝句》，后代论诗诗并不少见，论诗诗多基于感性直觉，缺乏细致的分析，李调元嫌其"易涉率略"既原于此。 李调元喜欢论诗法，并能结合具体的作品进行分析，诗法由此变成了一种具体的知识，这是他独到的地方。

1. 诗题。 诗歌的题目不仅涉及作品的选材，而且还与作品的主旨紧密相关，李调元对题目很重视，他说："不但诗宗杜，诗题亦应宗杜。 如杜诗《陪李金吾花下饮》，题不曰'招饮'而曰'陪饮'，滑稽之深。 末句云'不怕李金吾'谑浪之辞，似禁犯夜，直是面笑李金吾矣。"③用"陪饮"而不是用"招饮"，显出了轻松的氛围，句末"金吾"典故的运用与诗题相得益彰，作品浑然一体，题目加重了作品的韵味。 画龙点睛的诗题有价值，无题或反题更有价值，李调元说道："凡诗有有题者，有无题者。 有题是诗之正面，无题是诗之反面。 如乐府《陇西行》，何篇中无陇西之意？ 为尊者讳也。 立是名，补诗之不足也。 '陇西'二字是题正面，全诗却是反射旁击。 ……写《陇西》以反衬天下，写豪富反衬贫苦，写妇人反衬男子，写闺门反衬边廷，可悟作文之法。 若唐以后人作《陇西行》，必备写山川风景，有何妙意？《善哉行》乃仓卒弃家，是不堪事，而反曰'善哉'，盖事拙而自慰之词也。 故诗贵反用，诗题亦然。"④题目是《陇西行》，但内容却是写富家妇人尽礼待客，以反衬陇西男子无不从军作战，若只是描写陇西的山川风景，便无意味。 仓卒弃家反而说是"善哉行"，矛盾之中显示了作品主人公的无奈。 反题而写，增强了作品的张力，李调元对这样的标示法很是

---

① （清）李调元：《童山文集》，62页，北京，中华书局，1985。
② （清）李调元：《雨村诗话校正》，323页，成都，巴蜀书社，2006。
③ （清）李调元：《雨村诗话校正》，14页，成都，巴蜀书社，2006。
④ （清）李调元：《雨村诗话校正》，7页，成都，巴蜀书社，2006。

赞赏。

2. 章法、句法、字法。杜甫论诗重行文之"细",李调元对此很推崇:"作诗之法,少陵尝自言之矣,曰'别裁伪体亲风雅',言正其所从入也;曰'熟精《文选》理',言有根柢也;曰'前辈飞腾入,余波绮丽为',曰'篇终接混茫',言有收束也;曰'新诗改罢自长吟',曰'老去渐于诗律细';夫以太白之才,雄奇跌荡,而犹欲与细论文,然则'细'之一字,其诗学之金针乎?"①李调元论诗探及章法、句法、字法,可谓细致。李调元特别注重起承转合的章法,认为作诗必须有这样的波折。

> 文章亦如造化也。四序虽定而万物之生成不然,谷生于夏而收于秋,麦生于冬而成于夏,有一定之时,无一定之物也。文之起承转合亦然。徐文长曰:"冷水浇背,陡然一惊。便是兴、观、群、怨之副本。"惟能于虚空中卒然而起,是谓妙起。本承也,而反特起,是谓妙承。至于转,尤难言,且先将上文撇开,如杜诗云"江雪飘素练,石壁断空青。"此殆是转之神境。所以古乐府偏于本题所无者,忽然排宕而出,妙在有意无意之间,如白云卷空,虽属无情,却有天然位次。只是心放活,手笔放松,忽如救火捕贼,刻不容迟;忽如蛇游鼠伏,徐行慢衍,是皆转笔之变化也。至于合处,或有转而合者,有合而开者,有一往情深去而不返者。人所到,我不必争到;人不到,我却独到,要在人神而明之。果能久于其道,定与古人并驱也。②

李调元认为起承转合的章法与四季有序变换一样,是诗歌的自然法则,任何作品都可以此法进行剖解,"乐府长短虽殊而法则一,短者一句中包含多义,长者即将短章析为各解,此即律诗之前后分解也。分解不出起承转合四字。若知分解,则能析字为句,析句为章,虽千万言,皆有纪律。如四体

---

① (清)李调元:《雨村诗话校正》,18页,成都,巴蜀书社,2006。
② (清)李调元:《雨村诗话校正》,6页,成都,巴蜀书社,2006。

百骸，合而成人，能转旋无碍者，心统之也"①。李调元将起承转合的章法上升到哲理的高度，可见他对章法的注重。在《雨村诗话》里，他结合乐府、杜诗对这一章法多次阐释，四者之中，他尤其推重"转"，认为转得好方起波澜，作品神境也由此而出。

在《雨村诗话》中，李调元还结合作品对句法和字法进行剖析。"少陵诗有不可解之句，如《咏怀·宋玉》一首曰：'怅望千秋一洒泪，萧条异代不同时。'夫'异代'即'不同时'，乃作此语何耶？盖身虽异代，摇落之悲，却似同时人耳，此为深知宋玉也。《秋兴》之'瞿塘峡口曲江头'，摘出一句不可解，下云'万里风烟接素秋'，乃知刘继庄所谓'两句合而一句之义始成'，真妙论也。又如'晚节渐于诗律细，谁家数去酒杯宽'，偶对不测，自称'律细'，何耶？盖雨中遣闷，戏呈路十九曹长耳。雨中闷极，唯有作诗饮酒，故想路十九也。此皆意在空际之法。"②《咏怀》一诗中，"异代"与"不同时"并列，表面上看似乎有矛盾，其实不然，这看似矛盾之处其实正是作者心灵的最深之处。"异代"是杜甫与宋玉处在不同的时代，这是一个客观的事实，"不同时"是指杜甫与宋玉心绪相通，只恨不同时共勉。《秋兴》中"瞿塘峡口曲江头"看起来有些突兀，但与"万里风烟接素秋"结合起来，意蕴便丰富而完整，"晚节渐于诗律细，谁家数去酒杯宽"也是此理。诗歌是情感的艺术，灵活的句法能够把各种意象粘连在一起，形成一个富于意韵的艺术整体，李调元正是揭示了句法的艺术作用。李调元对用字也很讲究，论字的地方并不少。"作诗须用活字，使天地人物，一入笔下，俱活泼泼如蠕动，方妙。杜诗'客睡何曾着，秋天不肯明，'肯'字是也。"③"肯"字刻画出诗人浓重的思乡情感。"诗用助语字，始于唐人五言。老杜云：'去矣英雄事，伤哉割据心。'孟浩然云：'重以观鱼乐，因之鼓櫂歌。'至宋则七言亦用之。东坡云：'时复中之徐邈圣，无多酌我次公狂。'可谓善于摹仿。至曾幼度云：

---

① （清）李调元：《雨村诗话校正》，5页，成都，巴蜀书社，2006。
② （清）李调元：《雨村诗话校正》，17~18页，成都，巴蜀书社，2006。
③ （清）李调元：《雨村诗话校正》，16页，成都，巴蜀书社，2006。

'不可以风霜后弃,何伤于月雨余云。'则更巧矣。余尝戏拟云:'其可再乎忙止酒,未为晚也亟删诗。'未知似否?"①助语字其实就是现代汉语中的虚词,适当地运用可以助动作品的情感,也能使作品的形式更具审美价值。

3. 音韵。 李调元还很重视诗歌的用韵,认为作诗必须注意音韵,"古人作近体诗,必先选韵,一切晦涩者不用。如葩即花也,而葩字不亮;芳即香也,而芳字不响,诸如此类。 间有借用者,皆谓之不善选韵。 尹文端公继善论诗,选韵最细,有句云:'得天厚只论诗刻,待客丰惟自奉廉。'"②他甚至认为六言、九言等不符合音韵特征的诗歌体裁不是"正格","唐以五言七言为句,此定式也。 间有六字成句者,与官商不协,不必作也。"③"至如长句有九言至十三言者,虽始于鲍参军昉,自高贵乡公、沈隐侯、文湖州效之,中峰禅师用以咏梅,杨升庵从而和之,然结屈聱牙,总非正格。"④注重诗歌的音韵是正确的,但用音韵来衡量诗体的"正"与"不正",这未免有些过度。

乾嘉时期性灵派主导诗坛,表面上看,李调元多有附和袁枚之处,但如果仔细辨析,我们会发现,他的诗学思想与他的戏曲、小说、词等通俗艺术门类多有相通之处,并非只是袁枚的影子。

◎ 第四节
汉学家的诗学观念

乾隆时期不少汉学家兼长诗文,钱大昕、王鸣盛、王昶、孙星衍、洪亮吉等人早年都负有诗名,诗歌创作是他们文化生活的组成部分。 汉学家博通

---

① (清)李调元:《雨村诗话校正》,35 页,成都,巴蜀书社,2006。
② (清)李调元:《雨村诗话校正》,150 页,成都,巴蜀书社,2006。
③ (清)李调元:《雨村诗话校正》,3 页,成都,巴蜀书社,2006。
④ (清)李调元:《雨村诗话校正》,410 页,成都,巴蜀书社,2006。

经史，他们大多从经学的角度辨析诗歌，诗学理论更具理论和历史的辩证性。本节介绍纪昀、洪亮吉两位学人的诗论。

一、纪昀的诗学观念

在 18 世纪的文学批评界，纪昀是一位不可多得的人物，他是四库馆的干将，"始终其事，十有余年"，熟悉经、史、子、集，辨章学术、考镜源流，为一代鸿儒。纪昀（1724—1805），字晓岚，别字春帆，号石云，又号观弈道人、孤石老人，直隶献县（今河北献县）人。乾隆十九年（1754）进士，历雍正、乾隆、嘉庆三朝，官至礼部尚书、左都御史、协办大学士。卒后谥号文达，乡里世称文达公。纪昀熟悉文学发展史，他在四库集部别出"诗文评"一目，这是中国文学批评史独立地位确立的标志，也是学科成熟的表现。纪昀对历代文学有深入的把握，朱东润评价："晓岚论析诗文源流正伪，语极精，今见于《四库全书提要》，自古论者对于批评用力之勤，盖无过纪氏者。"[①] 阮元也说道："盖公之学在于辨汉、宋儒术之是非，析诗文流派之正伪，主持风会，非公不能。"[②] 纪昀的诗文批评既有对作家作品的评点，又有对诗文本质、源变的考察和分析，成果很丰富，其诗学思想既具有集成的特点，又具有鲜明的时代性，对我们今天重建具有民族特色的文学理论是有借鉴意义的。

1. 拟议与变化。复与变一直是中国古代学术争论不休的话题，这一争论也波及文学。明代文学复多变少，由明入清，清代学人在对明代文学的反思中构建起其理论体系，一味地复古在清代已不合时宜，叶燮在《原诗》中对"变"进行了全面阐释，认为"变"是事物发展的必然趋势。乾隆初期，袁枚、赵翼等人也大力抨击复古思想，提倡新变。清初以来的新变论多是为诗文创作的新变寻找依据，纪昀却把"变"当作一个学术问题进行探讨，学

[①] 朱东润：《中国文学批评史大纲》，301 页，上海，上海古籍出版社，1983。
[②] （清）阮元：《揅经室三集》，678 页，北京，中华书局，1993。

理性很浓。在考察汉魏至明清的文学后,纪昀认为诗歌的发展主要是在"拟议"与"变化"两个取向的斗争中发展的,他说:"故体格日新,宗派日别,作者各以其才力学问智角贤争,诗之变态遂至于隶首不能算。然自汉、魏以至今日,其源流正变、胜负得失,虽相竞者非一日,而撮其大概,不过拟议、变化之两途。从拟议之说最著者无过青丘,仿汉魏似汉魏,仿六朝似六朝,仿唐似唐,仿宋似宋,而问青丘之体裁如何? 则莫能举也。从变化之说最著者无过铁崖。怪怪奇奇,不能方物,而卒不能解文妖之目其亦劳而鲜功乎?"[1]纪昀将历代诗歌源流正变归结为"拟议""变化"两个路径取向,并以高启和杨维桢作为两个路径的极端加以说明。"拟议"其实就是模拟,"变化"是指新变,纪昀认为单纯地模拟或求新都是不可取的,应适当兼顾两者,他对明代文学批评道:"北地、信阳以摹拟汉、唐流为肤滥,然因此禁学汉、唐,是尽佴古人之规矩也;公安、竟陵以荨甲新意,流为纤佻,然因此恶生新意,是锢天下之性灵也。又何以酌其中欤?"[2]纪昀认为,要想兼顾两者,应该是"拟议以成变化",既有继承又有新变:

> 善为诗者,当先取古人佳处涵咏之,使意境活泼,如在目前,拟议之中,自生变化。如"萧萧马鸣,悠悠旆旌",王籍化为"蝉噪林愈静";"光风转蕙,泛崇兰紫",荆公化为"扶舆度阳焰,窈窕一川花":皆得其句外意也。水部《咏梅》有"惫枝却月观"句,和靖化为"水边篱落忽横枝"、"疏影横斜水清浅",东坡化为"竹外一枝斜更好":皆得其句中味也。"春水满四泽",变为"野水多于地";"夏云多奇峰",变为"山杂夏云多",就一句点化也。"千峰共夕阳",变为"夕阳山外山";"日华川上动",变为"夕阳明灭乱流中",就一字引申也。"到江吴地尽,隔岸越山多",变为"吴越到江分",缩之而妙也。"曲径通幽处,禅房花木深",变为"微雨晴复滴,小窗幽且妍。盆山不见日,草木自苍然",衍之而妙

---

[1] (清)纪昀:《纪晓岚文集》第1册,206页,石家庄,河北教育出版社,1991。
[2] (清)纪昀:《纪晓岚文集》第1册,271页,石家庄,河北教育出版社,1991。

也。如是有得，乃立古人于前，竭吾力而与之角。如双鹄并翔，各极所至；如两鼠斗穴，不胜不止。思路断绝之处，必有精神坌涌，忽然遇之者，正不必挦撦玉溪，随人作计也。①

"拟议"是"变化"的前提，"变化"又是诗文发展的必然，纪昀对两者的辩证关系是看得比较清晰的。在《四库全书总目》中，纪昀对历代诗文的考察多是基于"拟议"与"变化"的角度，如评顺治诗人林尧华："其诗才气俊爽，早年刻意雕镌，而未造浑成，晚年又颇涉颓唐，纵笔太早，其词有南宋人格意，而罕睹新声，亦拟议而未变化也。"②纪昀熟悉诗歌发展史，他不仅能够描述诗歌发展变化的过程，而且对其原因有深入的认识，他认为诗歌发展变化既受制于外部因素，又与诗歌自身的发展规律有关。"三古以来，文章日变。其间，有气运焉，有风尚焉。史莫善于班、马，而班、马不能为《尚书》、《春秋》；诗莫善于李、杜，而李、杜不能为《三百篇》。此关乎气运者也。至风尚所趋，则人之心为之矣。其间异同得失，缕数难穷。大抵趋风尚者三途：其一、厌故喜新。其一、巧投时好。其一、循声附和，随波而浮沉。变风尚者二途：其一、乘将变之势，斗巧争长。其一、则于积坏之余，挽狂澜而反之正。若夫不沿颓敝之习，亦不欲党同伐异，启门户之争，孑然独立，自为一家，以待后人之论定，则又于风尚之外，自为一途焉。"③时代不同，反映现实的文学形式也有所变化，班固、司马迁只能略古详近，李白、杜甫只能抒写唐代气象，这些都是时代环境即"气运"所致。而时代风尚所趋，又可以让人随波逐流或逆向而行。"气运""风尚"是诗歌变化的外在因素，对于诗文而言，"救弊"是其发展的内在因素。

---

① （清）纪昀：《纪晓岚文集》第3册，21～22页，石家庄，河北教育出版社，1991。
② （清）永瑢、纪昀等：《四库全书总目》，下册，1645页，北京，中华书局，1965。
③ （清）纪昀：《纪晓岚文集》第1册，188页，石家庄，河北教育出版社，1991。

夫文章格律与世俱变者也。有一变，必有一弊；弊极而变，又生焉。互相激，互相救也。唐以前毋论矣。唐末，诗猥琐，宋、杨、刘变而典丽，其弊也靡；欧、梅再变而平畅，其弊也率；苏、黄三变而恣逸，其弊也肆；范、陆四变而工稳，其弊也袭；四灵五变，理贾岛、姚合之绪余，刻画纤微；至江湖末派流为鄙野，而弊极焉。元人变为幽艳，昌谷、飞卿遂为一代之圭臬，诗如词矣。铁崖矫枉过直，变为奇诡，无复中声。明林子羽辈倡唐音，高青丘辈讲古调，彬彬然始归于正。三杨以后，台阁体兴，沿及正嘉，善学者为李茶陵，不善学者遂千篇一律，尘饭土羹。北地、信阳挺然崛起，倡为复古之说，文必宗秦汉，诗必宗汉、魏、盛唐，踔厉纵横，铿锵震耀，风气为之一变，未始非一代文章之盛也。久而至于后七子，剿袭摹拟，渐成窠臼。其间横轶而出者，公安变以纤巧，竟陵变以冷峭，云间变以繁缛，如涂涂附，无以相胜也。

国初，变而学北宋，渐趋板实。故渔洋以清空缥缈之音，变易天下之耳目。其实亦仍从七子旧派神明运化而出之。赵秋谷掊击百端，渔洋不怒；吴修龄目以清秀，李于鳞则衔之终身，以一言中其隐微也。故七子之诗，虽不免浮声，而终为正轨。吐其糟粕，咀其精英，可由是而盛唐，而汉魏。惟袭其面貌，学步邯郸，乃至如马首之络，篇篇可移；如土偶之衣冠，虽绘画而无生气耳。[①]

叶燮认为诗文是一个"踵事增华"过程，他对"变"的成因分析侧重于哲理，而纪昀却能够进入文学史的过程，从文学"变—生弊—新变"的角度分析文学变化的内在因素，这样的分析很切合文学史的实际，也更具说服力。纵观纪昀的文学批评，我们可以发现他对文学的发展变化更侧重文学内部的因素，更注重从"救弊新变"的角度进行分析，这在一定程度上修正了

---

① （清）纪昀：《纪晓岚文集》第1册，190页，石家庄，河北教育出版社，1991。

中国传统文学批评过多外部批评的不足,这是很值得称道的。

2. 折衷的性情论。乾嘉时期以袁枚为代表的性灵派注重个体情感的抒写,排斥空洞的伦理说教,激荡着乾嘉诗坛,而在袁枚身后,性灵派颇受世人非议。与袁枚相比,纪昀对诗歌本质的理解要宏通一些,他既肯定个体情感的合理性,又以"礼义"节之,避免情感的过度泛滥,因此,纪昀身后,批评的声音很少。在《云林诗钞序》一文中,纪昀说道:

《大序》一篇,确有授受,不比诸篇小序,为经师递有加增。其中"发乎情,止乎礼义"二语,实探《风》、《雅》之大原。后人各明一义,渐失其宗。一则知"止乎礼义"而不必其"发乎情",流而为金仁山《濂洛风雅》一派,使严沧浪辈激而为"不涉理路,不落言诠"之论;一则知"发乎情"而不必其"止乎礼义",自陆平原"缘情"一语引入歧途,其究乃至于绘画横陈,不诚已甚与!①

中国历代对诗歌本质的认识有两个极端,一是以"理"律诗,将诗歌视为理学的附庸,理学诗是其代表;二是以情论诗,无视诗歌的社会伦理价值,艳诗是其代表。这两派其实都在"诗言志""发乎情,止乎礼义"中找到理论的根源。纪昀指出了这两派的不足,希望能够不陷入极端。

注重"情"与"理"之辩证,这在中国古代文学批评史上并不少见,在乾嘉汉宋之争的学术旋涡中,纪昀是汉学的拥护者,他对理学多有批判,因此,他的"情"与"理"之辩脱落了理学家的僵硬性、空洞性,显得更富生活的气息。在《冰瓯草序》中,他说道:"诗本性情者也。人生而有志,志发而为言,言出而成歌咏,协乎音律。其大者,和其声以鸣国家之盛;次亦足抒愤写怀。举日星河岳、草秀珍舒、鸟啼花放、有触乎情,即可以宕其性灵,是诗本乎性情者然也,而究非性情之至也。夫在天为道,在人为性,性

---

① (清)纪昀:《纪晓岚文集》第1册,198~199页,石家庄,河北教育出版社,1991。

动为情。情之至,由于性之至;至性至情,不过本天而动。而天下之凡有性情者,相与感发于不自知,咏叹于不容已。于此见性情之所通者大,而其机自有真也。"①有真性情而后有真诗,诗歌来源于情感的流露,纪昀强调情感对诗歌的决定作用,他认为情感可以涉及家国,也可以是个人日常情感,山川、草木、鸟兽,感于人心者,都可以成为诗歌表现的内容,纪昀所论的性情其实是一个很宽泛的概念。在具体评论中,纪昀能够结合个人性情论诗,不拘于成见,持论公允,他评论许景衡:

> 景衡虽源出洛学,而立身刚直,不与贾易诸人嚚争门户。其文章坦白光明,粹然一出于正。在徽宗时,即极言财力匮乏,请罢花石纲运,为王黼所中而去。及从高宗在扬州,又与黄潜善不协,借渡江之议,斥逐而死。虽厄於权倖,屡起屡踬,而终始不挠。今集中所存奏议,如《论童贯误国》《辨宗泽无过》《论王安石当自便》《乞宽恤东南》诸劄子,皆诚意恳挚,剀切详明。其他亦多关系国家大计。虽当时不能尽用其说,而史称"既没之后,高宗每念其遇事敢言,追思不置"。亦足见其忠爱之忱,有以感孚于平素也。至其诗篇,乃吐言清拔,不露伉厉之气,如"玉樽浮蚁一样白,青眼与山相对横"诸句,殊饶风调。胡仔《渔隐丛话》谓:"寇准诗含思凄婉,富于音情,殊不类其为人。"今景衡亦然。盖诗本性情,义存比兴,固不必定为濂洛风雅之派,而后谓之正人也。②

许景衡立身刚直,所写奏议多涉国家大计,但他的诗"乃吐言清拔,不露伉厉之气",诗与人相去甚远。纪昀认为人的性情是多方面的,表现刚立不屈的家国情怀的诗有价值,表现日常生活情感的诗篇也有其价值。

纪昀论性情注重其自然性,对以理论诗的做法感到不满,他批评理学家:"以讲学为诗家正脉,始于《文章正宗》。白沙、定山诸集,又加甚焉。

---

① (清)纪昀:《纪晓岚文集》第1册,186~187页,石家庄,河北教育出版社,1991。
② (清)永瑢、纪昀等:《四库全书总目》下册,1345页,北京,中华书局,1965。

至廷秀等,而风雅扫地矣,此所谓言之有故,执之成理,而断断不可行于天下矣。"①纪昀认为诗歌源于人的自然情感需求,他在《鹤街诗稿序》中说道:

> 在心为志,发言为诗,古之风人特自写其悲愉,旁抒其美刺而已。心灵百变,物色万端,逢所感触,遂生寄托;寄托既远,兴象弥深,于是缘情之什,渐化为文章。如食本以养生,而八珍五鼎缘以讲滋味;衣本以御寒,而纂组锦绣缘以讲工巧。相沿而至,莫知其然,而亦遂相沿不可废。②

人的需求如食以养生,衣以御寒那样,先求生存,然后求美,这些都是人的本性所致,诗歌也是先有情感而后求美,这是符合人性本质的,以理论诗则多有违背人性之处。 正是强调情感的自然性,纪昀并不完全排斥艳诗,他撰有《玉台新咏校正》十卷,四库全书所采用的就是他校正的版本,他能够从人性的角度评价艳诗,相对于其他论者来说要人性得多,"虽皆取绮罗脂粉之词,而去古未远,犹有讲于温柔敦厚之遗,未可概以淫艳斥之"③。 纪昀所说的"温柔敦厚之遗"其实也正是人的正常情欲。

纪昀虽然肯定人的自然情感,但他并不像袁枚那样过度宣扬人的基本情欲,而是强调"礼义"对情感的制约,他在《俭重堂诗序》中说道:

> 夫欢愉之辞难工,愁苦之音易好,论诗家成习语矣。然以龌龊之胸,贮穷愁之气,上者不过寒瘦之词,下而至于琐屑寒乞,无所不至,其为好也亦仅。甚至激忿牢骚,怼及君父,裂名教之防者有矣。兴观群怨之旨,彼且乌识哉! 是集以不可一世之才,困顿偃蹇,感激豪宕,而

---

① (清)永瑢、纪昀等:《四库全书总目》下册,2773 页,北京,中华书局,1965。
② (清)纪昀:《纪晓岚文集》第 1 册,206 页,石家庄,河北教育出版社,1991。
③ (清)永瑢、纪昀等:《四库全书总目》,下册,1687 页,北京,中华书局,1965。

不乖乎温柔敦厚之正,可谓'发乎情止乎礼义者'矣! 穷而后工,斯其人哉![1]

纪昀对不符合伦理规范的情感是排斥的,"龌龊之胸,贮穷愁之气",并不属于他所论的自然情感,对于"恣牢骚,怼及君父",他更是不能容忍,认为这已违背了诗的本质。纪昀的情感论从根本上看是主张温顺平和的性情,尽可能不去触及传统道德的底线,在《四库全书总目》中他最称道的是人品、诗品俱佳的诗歌,而对李白、陆游等具有非正统思想和异端思想的人就非常不满。作为传统文人,在乾嘉文化政策高压之下,这样的论调也是很正常的。

3. 知本识变的学诗理路。 乾嘉学术是对中国古代学术的整理和思辨,具有浓重的复古倾向,梁启超将之视为中国的"文艺复兴"。面对丰富的文化遗产,乾嘉学者都认识到学习文化遗产的必要性。纪昀是中国传统文化的集大成者,他"述而不作",长于"辨章学术,考镜源流",在学诗路径上,他强调知本、识源流,反对空疏不学,这与乾嘉学风是很吻合的。纪昀认为"学"应该包括两个方面,一是经史,一是文学源流。

乾嘉时期是一个博学的时代,"根柢"是这一时期响亮的学术口号。方苞在乾隆年间曾被视为一代古文"正宗",而钱大昕却严厉批评方苞学问不深,并在《味经窝类稿序》中提出,植乎六经子史之根柢,当"为言之先"。的确,不本经术,诗文便无以自立,这样的观点在汉学家中很普遍。纪昀也持此论,他在《香亭文稿序》中说道:

> 夫为文不根柢古人,是俑规矩也;为文而刻画古人,是手执规矩不能自为方圆也。孟子有言:"梓匠轮舆,能与人规矩,不能使人入巧。"是虽非为论文设,而千古论文之奥,具是言矣。夫巧者,心所为;心所

---

[1] (清)纪昀:《纪晓岚文集》第1册,186页,石家庄,河北教育出版社,1991。

以能巧，则非心之自能为。学不正则杂，学不博则陋，学不精则肤，杂而兼以陋且肤，是恶能生巧；即恃聪明以为巧，亦巧其所巧，非古人之所谓巧也。惟根本六经，而旁参以史、子、集，使理之疑似，事之经权，了然于心，脱然于手，纵横伸缩，惟意所如，而自然不悖于道。其为巧也，不有不期然而然者乎。①

纪昀认为后世之文实是四派之更迭：秦汉派、八大家派、冷峭孤峻派、六朝派。在纪昀的眼中，这四派的成就不大，之所以如此，乃在于"不根柢古人"，而要"根柢古人"，就必须"根本六经，而旁参以史、子、集，使理之疑似，事之经权，了然于心，脱然于手，纵横伸缩，惟意所如，而自然不悖于道"。这其实就是以字词通经和以子证经的考据学了。他认为唯有如此，作文才能"其为巧也不有不期然而然者乎"。可见，在纪昀眼中，文与理密不可分，只有推究六经，才能认识事理，事理弄通了，文学便通了。他在《明皋文集序》中说道：

夫事必有理。推阐其理，融会贯通，分析别白，使是非得失釐然具见其端绪，是谓之文。文而不根于理，虽鲸铿春丽，终为浮词；理而不宣以文，虽词严义正，亦终病其不雅训。譬诸礼乐，礼主于敬，理也，然袒裼而拜君父，则不足以为敬；乐主于和，理也，然喧呶歌舞，快然肆意，则不足以为和。②

纪昀并非没有看到文学的"巧"与美，他只是认为文学之美乃是建立在"理"的基础之上的，没有"理"做基础，文学就失去了意义。我们要注意的是，纪昀所谓的"理"并非宋儒的"理"，乾嘉汉学家严辨汉宋，势如水火，他们借助于文字训诂，自以为找到了儒家原典的"理"，这个理与宋儒

---

① （清）纪昀：《纪晓岚文集》第1册，193页，石家庄，河北教育出版社，1991。
② （清）纪昀：《纪晓岚文集》第1册，215页，石家庄，河北教育出版社，1991。

援佛入儒的"理"是不同的。

除了要有经史的"根柢",纪昀认为诗文创作还必须了解其发展变化,他说道:"诗日变而日新。余校定《四库》所见不下数千家,其体已无所不备。故至'嘉隆七子'变无可变,于是转而言复古。古体必汉、魏,近体必盛唐,非如是,不得入宗派。"①明七子多受人抨击,纪昀从诗歌发展的角度肯定了其合理性,前代诗体已无所不备,因此认为七子"非如是,不得入宗派"。在《瀛奎律髓刊误》中,纪昀说道:

> 诗家之有"江西",正如欲食之有海错,可兼尝而不可常馔。……学者根柢乎八代、三唐,而兼涉"江西",得其别致,未为不佳。如专以"江西"为宗,则出手已是偏锋,愈入愈深,愈歧愈速。积成粗犷之习,高自位置,转相神圣,不复以正理诘矣。又安能旁通触类,兼收诸家之长耶?②

专学一家很容易走入偏锋,"根柢乎八代、三唐",广泛学习近代,才能触类旁通,形成新变,在纪昀的诗文评论中,考察历代诗歌的变化屡见不鲜,如在《冶亭诗介序》中,他对唐以来的诗歌发展变化进行了总结:

> 唐末诗猥琐,宋、杨、刘变而典丽,其弊也靡;欧、梅再变而平畅,其弊也率;苏、黄三变而恣逸,其弊也肆;范、陆四变而工稳,其弊也袭;四灵五变,理贾岛、姚合之余绪,刻画纤微,至江湖末派,流为鄙野,而弊极焉。元人变为幽绝,昌谷、飞卿遂为一代之圭臬,诗如词矣。铁崖娇枉过直,变为奇诡,无复中声。明林子羽辈倡唐音,高青丘辈讲古调,彬彬然始归于正。三杨以后,台阁体人,沿及正嘉,善学

---

① (清)纪昀:《纪晓岚文集》第1册,207页,石家庄,河北教育出版社,1991。
② (元)方回选评,李庆甲集评校点:《瀛奎律髓汇评》下册,1816页,上海,上海古籍出版社,1986。

者为李茶陵，不善学者遂千篇一律，尘饭土羹。北地、信阳挺然崛起，倡为复古之说，文必宗秦汉，诗必宗汉魏盛唐，踔厉纵横，铿锵震耀，风气为之一变，未始非一代文章之盛也。久而至于后七子，剿袭摹拟，渐成窠臼；其间横轶而出者，公安变以纤巧，竟陵变以冷峭，云间变以繁缛，如塗塗附，无以相胜也。国初变而学北宋，渐趋板实。故渔洋以清空缥缈之音，变易天下之耳目。其实亦仍从七子旧派，神明运化而出之。①

纪昀不厌其烦地历数诗歌的源变，目的就是让人们看清诗歌发展的面目，不要重蹈历史覆辙，"论诗者不逆挽其弊，则不足以止其衰；不节取其长，则不足以尽其变。诗至五代骎骎乎入词曲矣。然必一切绳以'开宝'之格，则由是以上，将执汉魏以绳'开宝'，执《诗》、《骚》以绳汉魏，而《三百》以下无诗矣，岂通论哉？"②学诗要知其弊才能止其衰，取其长才能成其变，不能以盛唐、诗三百为极则而不思变取，知源善变，才能创造出一代的文学，纪昀对于学诗的方法是相当辩证和宏通的。

乾嘉时期，文化集成色彩尤为浓烈，纪昀博通经史，对诗文的发展有深入的认识，这就使得他的诗学思想具有总结、集成的特点，可以说是中国古代诗学的一大结穴。

二、洪亮吉的诗学观念

洪亮吉是乾嘉时期知识视野开阔的诗人和学者，他与乾嘉诗坛的宿将都有交往，对乾嘉各家诗论既有吸收又有批判，诗论不拘一格却又不时自相矛盾。洪亮吉（1746—1809），初名洪莲，又名礼吉，字君直，一字稚存，号北江，晚号更生居士，江苏阳湖（今常州）人。乾隆五十五年（1790），高

---

① （清）纪昀：《纪晓岚文集》第1册，190页，石家庄，河北教育出版社，1991。
② （清）纪昀：《纪晓岚文集》第1册，251页，石家庄，河北教育出版社，1991。

中榜眼，授翰林院编修。嘉庆四年（1799），上书言事，极论时弊，触怒嘉庆皇帝，免死戍守伊犁。次年，诏以"罪亮吉后，言事者日少"，释还家中，居家十年而卒。洪亮吉诗论受性灵派影响最大，他的《北江诗话》中有不少《随园诗话》的影子，但他个性耿直，儒家传统观念比较强，思想较袁枚要正统得多，诗论中有比较浓重的教化色彩，可以视为乾嘉向嘉道过渡的一个人物。

1. 重真性情。占据乾嘉诗坛主流的是袁枚的性灵说，他论诗首重性情。洪亮吉与袁枚交往频繁，与性灵派的赵翼、张问陶等也过往甚密，他论诗也是首重真性情。在《北江诗话》中，洪亮吉说道："诗文之以至性流露者，自六经四始而外，代殊不乏，然不数数觏也。其情之缠绵悱恻，令人可以生，可以死，可以哀，可以乐，则三百篇及《楚骚》等皆无不然。'河梁''桐树'之于友朋，秦嘉、荀粲之于夫妇，其用情虽不同，而情之至则一也。至诗文之有真气者，秦汉以降，孔北海、刘越石以迄有唐李、杜、韩、高、岑诸人，其尤着也。"①情之至、情之真自能感人，洪亮吉历数文学史，将真情视为诗歌的本质要素之一，在具体的批评中，他也多以是否有真情作为评判的标准：

> "不知今夜游何处，侍从皆骑白凤凰。"逼真神仙。"黄昏风雨黑如磐，别我不知何处去。"逼真剑侠。"千回饮博家仍富，几处报仇身不死。"逼真豪士。"天寒翠袖薄，日暮倚修竹。"逼真美人。"门前债主雁行列，屋里酒人鱼贯眠。"逼真无赖。"依倚将军势，调笑酒家胡。"逼真豪奴。近江宁友人燕山南《暑夜纳凉》诗云："破芭蕉畔一丝风。"逼真穷鬼语。陈毅《感事》云："偏是荒年饭量加。"逼真饿鬼语。②

真神仙、真剑侠、真豪士、真美人、真无赖、真豪奴、真穷鬼、真饿

---

① （清）洪亮吉：《北江诗话》，22页，北京，人民文学出版社，1983。
② （清）洪亮吉：《北江诗话》，17～18页，北京，人民文学出版社，1983。

鬼，这些"真"是现实的真实，也是艺术的真实，它不仅写出了人物的真实情感，而且将其意蕴充分展示出来，给人以审美的享受。由此可见，真是艺术的生命所在，要达到"真"的境界，就必然要深入把握人物的情感特征。对于"不真"的诗歌，洪亮吉极力反对，洪亮吉对同乡邵长蘅批评道："余颇不喜吾乡邵山人长蘅诗，以其作意矜情，描头画角，而又无真性情与气也。晚年，入宋商邱荦幕，则复学步邯郸，益不足观。其散体文，亦惟有古人面目，苦无独到处。"①只是在形式风格上学习模仿，很容易失去自我，描得再像也没有自己的气息，这些性情不真，即是"假诗"。"或曰：今之称诗者众矣，当具何手眼观之？余曰：除二种诗不看，诗即少矣。假王、孟诗不看，假苏诗不看是也。何则？今之心地明了而边幅稍狭者，必学假王、孟；质性开敏而才气稍裕者，必学假苏诗。若言诗能不犯此二者，则必另具手眼，自写性情矣。是又余所急欲观者也。"②不写自己的真性情而去经营别人的性情，这种诗歌是假诗歌，没有阅读的价值。每个人都有其性情，把自我的性情、个性充分展示出来，这才是真诗，也才会有其流传的价值，洪亮吉对于真诗、假诗的辨析是相当辩证的。洪亮吉的性情论应该说是受到了袁枚的影响，袁枚在《与稚存论诗书》中说道："足下前年学杜，今年又复学韩，鄙意以洪子之心思学力，何不为洪子之诗，而必为韩子杜子之诗哉。无论仪神袭貌，终嫌似是而非。就令是韩是杜矣，恐千百世后人仍读韩杜之诗，必不读类韩杜之诗。"③洪亮吉的观点和表述与袁枚如出一辙，洪亮吉在给袁枚的回信中也表示接受袁枚的观点，"暇日理旧所为诗，凡得二千首。举凡描摹古人者去之，应酬朋辈者去之，尚可得其千二百篇。虽为敢平视辈流，抗心前哲。然要皆亮吉之诗，而非他人之诗矣。追维阁下，教以自成一家之言，实于亮吉有师友渊源之益"④。"师友渊源之益"道出了袁枚与洪亮吉诗学

---

① （清）洪亮吉：《北江诗话》，43 页，北京，人民文学出版社，1983。
② （清）洪亮吉：《北江诗话》，81 页，北京，人民文学出版社，1983。
③ （清）袁枚：《小仓山房诗文集》下册，1848 页，上海，上海古籍出版社，1988。
④ （清）袁枚：《袁枚全集》第六册，353 页，南京，江苏古籍出版社，1993。

的关系。

洪亮吉的性情论虽然受袁枚的影响,但在价值取向上还是有很大差距的。袁枚对理学多有批判,他的性情更多的是个体的自然情感。相对而言,洪亮吉的性情论要传统得多,他论性情具有浓厚的伦理色彩,"明御史江阴李忠毅狱中寄父诗:'出世再应为父子,此心原不问幽明',读之使人增天伦之重。宋苏文忠公《狱中寄子由》诗:'与君世世为兄弟,又结他生未了因',读之令人增友于之谊。唐杜工部送郑虔诗:'便与先生成永诀,九重泉路尽交期',读之令人增友朋之风义。唐元相悼亡诗:'惟将终夜长开眼,报答平生未展眉',读之令人增伉俪之情。孰谓诗不可以感人哉!"[①]注重诗歌的教化功用,这是儒家诗论的传统,洪亮吉于此也一样。高洁的人品才能让其诗歌起到感化人心的作用,洪亮吉对诗人的人品也提出了要求:"诗人不可无品,至大节所在,更不可亏。杜工部、韩吏部、白少傅、司空工部、韩兵部,上矣。李太白之于永王璘,已难为讳。又次则王摩诘,再次则柳子厚、刘梦得。又次则元微之。最下则郑广文。若宋之问、沈佺期,尚不在此数。至王、杨、卢、骆及崔国辅、温飞卿等,不过轻薄之尤,丧检则有之,失节则未也。"[②]乾隆后期,性灵诗论泛滥,诗品格调低下,洪亮吉以人品论诗,应该说是有针对性的。洪亮吉虽然与袁枚有师友之谊,但他对袁枚的俚俗也感到不满,在《北江诗话》里,他将袁枚喻为"通天神狐,醉即露尾"。

2. 怀古癖。洪亮吉早年游幕朱筠,朱筠是四库全书的倡导者,幕下有戴震、邵晋涵、王念孙等著名汉学家,受这些学者的影响,洪亮吉考据学日进。汉学家以博古为雅,对古学特别是两汉学术、文学兴趣盎然,在文风上具有浓重的复古色彩,受复古思潮的影响,洪亮吉对文学史持"倒退论":

> 诗除《三百篇》外,即《古诗十九首》亦时有化工之笔,即如"青青河

---

① (清)洪亮吉:《北江诗话》,3页,北京,人民文学出版社,1983。
② (清)洪亮吉:《北江诗话》,65页,北京,人民文学出版社,1983。

畔草"及"四顾何茫茫,东风摇百草",后人咏草诗有能及之者否?次则"池塘生春草",春草碧色,尚有自然之致。又次则王胄之"春草无人随意绿",可称佳句。至唐白傅之"草绿裙腰一道斜",郑都官之"香轮莫碾青青草",则纤巧而俗矣。孰谓诗不以时代降耶?①

洪亮吉论诗最重诗骚及两汉诗,他论诗往往喜欢追溯到《诗经》,并以《诗经》为标准,权衡后代的诗歌。"《三百篇》无一篇非双声迭韵。降及《楚辞》与渊、云、枚、马之作,以迄《三都》《两京》诸赋,无不尽然。唐诗人以杜子美为宗,其五七言近体,无一非双声迭韵也。间有对句双声迭韵,而出句或否者,然亦不过十分之一。中唐以后,韩、李、温诸家亦然。至宋、元、明诗人,能知此者渐鲜。"②从音韵的角度探讨诗歌史,这其中就暗含了后代诗歌每况愈下的观念。

赵翼论诗主创新,认为"不创新未有,焉传后无穷"。晚年流放归来的洪亮吉与赵翼住处临近,两人往来频繁。当时赵翼正打算写《唐宋七家诗话》,后来又打算把清代的查初白加入,改为《八家诗话》。不管是七家还是八家,赵翼诗话的写作是他诗学思想的实践。赵翼在写作过程中曾与洪亮吉商讨,两人就诗话的写作发生了争论,我们可以通过伍崇曜在《北江诗话》的跋中看到个中微细。

先是:赵瓯北撰《七家诗话》,欲以查初白配作八家。先生止之,赋诗云:"初白差难步后尘";又云:"只我更饶怀古癖,溯源先欲到周秦。"自注云:"余亦作诗话一卷,自屈、宋起。"见《更生斋集》。则先生之宗旨可知。然是书无论及灵均辈语,殆亦不无遗佚欤?又先生尝赋《论诗绝句》,顾宁人、吴野人共一首,王阮亭、朱竹垞各一首,今读是书,所论几于迭矩重规;又如吴梅村、邵青门、沈归愚、袁简斋、蒋心

---

① (清)洪亮吉:《北江诗话》,60页,北京,人民文学出版社,1983。
② (清)洪亮吉:《北江诗话》,2页,北京,人民文学出版社,1983。

余、厉樊榭、孙渊如诸子，均有宋玉微词；然俱精确不磨，固不同文人相轻积习，转贻笑柄者。①

洪亮吉反对赵翼将查初白入选诗话，固然是看到了查初白在诗歌上的成就不及七家，但其内心深处的"怀古癖"才是真正的内在驱动力。

唐诗人去古未远，尚多比兴，如"玉颜不及寒鸦色"、"云想衣裳花想容"、"一片冰心在玉壶"及玉溪生《锦瑟》一篇，皆比体也。如"秋花江上草"、"黄河水直人心曲"、"孤云与归鸟，千里片时间"以及李、杜、元、白诸大家，最多兴体。降及宋元，直陈其事者十居其七八，而比兴体微矣。②

汉学家在学术活动中接触了大量的前代典籍，他们在深入研究这些典籍的时候，难免产生爱屋及乌的情感。王国均在《北江诗话》的序中评价洪亮吉：

余维先生立身以忠孝为大，论学以经史为宗，论诗以三百篇为主，故于魏晋诗人，独取陶靖节，以其去古未远也；盛唐李杜，已视为诗派之支流；历宋元明，旁及各家，吞云梦者八九，目中安有余子哉！③

这确实是点出了洪亮吉论诗的特点。

3. 拔戟自成一家。明代文学的复古与门户之见在清初得到了清算，乾嘉时期，格调派、性灵派、肌理派虽然论诗有所侧重，但都注意吸收前代诗学的理念成果，理论包容性都很强。洪亮吉虽然有浓重的复古倾向，但他对

---

① （清）洪亮吉：《北江诗话》，108页，北京，人民文学出版社，1983。
② （清）洪亮吉：《北江诗话》，2页，北京，人民文学出版社，1983。
③ （清）洪亮吉：《北江诗话》，110页，北京，人民文学出版社，1983。

囿于门户的做法很反感,主张要自具风格、自成一家。他评唐代诗人:"杜牧之与韩、柳、元、白同时,而文不同韩、柳,诗不同元、白;复能于四家外,诗文皆别成一家,可云特立独行之士矣。韩与白亦素交,而韩不仿白,白亦不学韩,故能各臻其极。"①杜牧、韩愈互不相仿而能自成一家,洪亮吉誉之为"特立独行之士",并总结出诗学的经验:诗贵自得。对于当代诗人,洪亮吉特别推崇黎简:"余于近日诗人,独取岭南黎简及云间姚椿,以其能拔戟自成一家耳。"②对于朱彝尊,他却有微词:"朱检讨彝尊《曝书亭集》,始学初唐,晚宗北宋,卒不能镕铸自成一家。"③不能自成一家,源于宗派之见,洪亮吉认为宗派、门户限制了个性的发展,他在《西溪渔隐诗序》中说道:

> 诗至今日,竞讲宗派,至讲宗派,而诗之真性情真学识不出,尝略论之。康熙中,主坛坫者,新城王尚书士祯、商丘宋尚书荦。新城源出严沧浪,诗品以神韵为宗,所选《唐贤三昧集》,专主王、孟、韦、柳而已,所为诗,亦多近之,是学王、孟、韦、柳之派。商丘诗主条畅,又刻意生新,其源出于眉山苏氏,游其门者,如邵山人长蘅等,亦皆靡然从风。同时海盐查编修慎行亦有盛名,而源又出于剑南陆氏,是又学苏、陆之派;秀水朱检讨彝尊,始则描摹初唐,继则泛滥北宋,是又学初唐北宋之派;博山赵官赞执信,复矫王、宋之弊,持论一准常熟二冯,以唐温、李为极则,是又学温、李之派。追乾隆中叶,长洲沈尚书德潜以诗名吴下,专以唐开元、天宝为宗,从之游者,类皆摩取声调,讲求格律,而真意渐漓,是又学开元、天宝之派。盖不及百年,诗凡数变,而皆不出于各持宗派,何则?才分独有所到,则嗜好各有所偏,欲

---

① (清)洪亮吉:《北江诗话》,3页,北京,人民文学出版社,1983。
② (清)洪亮吉:《北江诗话》,8页,北京,人民文学出版社,1983。
③ (清)洪亮吉:《北江诗话》,21页,北京,人民文学出版社,1983。

合之，无可合也。①

清代诗派起伏更替，各派均有师承，洪亮吉认为时代诗风将不同嗜好的人硬拉到一块，忽视了个人的特性、专长，以个性殉时代，这最终导致了诗歌的衰落。洪亮吉认为纯粹的模仿不能超越古人，只能是屋下架屋，愈见其小，他说："宋初杨、刘、钱诸人学'西昆'，而究不及'西昆'；欧阳永叔自言学昌黎，而究不及昌黎；王荆公亦言学子美，而究不及子美；苏端明自言学刘梦得，而究亦不能过梦得。所谓棋输先着也。"②食古不化就很难超越前人，洪亮吉认为要想自成一家，一是要学习，二是要写出自己的性情。他说："今世士惟务作诗，而不喜涉学，逮世故日胶，性灵日退，遂皆有'江淹才尽'之诮矣。《北齐书孙搴传》：'邢邵尝谓之曰：更须读书。搴曰：我精骑三千，足敌君赢卒数万。'岂今之不务读书者，胸次皆有孙搴三千精骑耶？"③洪亮吉甚至认为"《行路难》《上云乐》等乐府，皆非读破万卷者，不能为也。"④有了读书的学问基础，同时还要自出新意，"庾信《哀江南赋》，无意学《骚》，亦无一类《骚》，而转似《骚》。王维、裴迪《辋川》诸作，元结《春陵》篇及《浯溪》等诗，无意学陶，亦无一类陶，而转似陶。则又当于神明中求之耳。"⑤无意学习并不是不学习，而是不刻意模仿，学习的时候注意神取而不是貌取，"神明中求之"，其实是依据自己的性情、经历来抒写，创出新意，只有这样才能形成自己的风格。"王文简之学古人也，略得其神，而不能遗貌。沈文悫之学古人也，全师其貌，而先已遗神。"⑥学习古人，既要得其形，也要得其貌，这是洪亮吉的观点，应该说这是比较辩证的。值得注意的是，洪亮吉认为文字训诂对诗歌创作有促进作用，他说：

---

① （清）洪亮吉：《洪亮吉集》第一册，218～219 页，北京，中华书局，2001。
② （清）洪亮吉：《北江诗话》，27 页，北京，人民文学出版社，1983。
③ （清）洪亮吉：《北江诗话》，59 页，北京，人民文学出版社，1983。
④ （清）洪亮吉：《北江诗话》，86 页，北京，人民文学出版社，1983。
⑤ （清）洪亮吉：《北江诗话》，94 页，北京，人民文学出版社，1983。
⑥ （清）洪亮吉：《北江诗话》，78 页，北京，人民文学出版社，1983。

"人但知陶渊明诗一味真淳，不填故实，而以为作诗可不读书。不知渊明所著《圣贤羣辅录》等，又考订精详，一字不苟也。"[1]"诗人之工，未有不自识字读书始者。即以唐初四子论，年仅弱冠，而所作《孔子庙碑》，近日淹雅之士，有半不知其所出者。他可类推矣。以韩文公之俯视一切，而必谆谆曰：'凡为文辞，宜略识字。'杜工部，诗家宗匠也，亦曰'读书难字过'。可见读书又必自识字始矣。"[2]乾嘉是一个考据学主据学术主流话语的时代，发出这样的声音自然有其时代背景，这一观点与翁方纲的肌理说有一致之处。

洪亮吉活跃于乾嘉学坛、诗坛，他的诗学理论具有综合乾嘉诗学的包容特征，嘉庆以后，国难加重，他的诗教论、性情论得到了进一步的发展，对嘉道诗学思想的影响是不小的。

◎ 小　结

乾隆时期诗歌创作达到了历史的高峰，在社会经济、时代学术文化等因素的影响下，诗学朝性情、学问两个方向进进，以袁枚为首的性灵论为朝野所广泛接受，论诗重学问则主要在学人中盛行。性灵派是乾隆时期影响最大的诗派，这一诗论突破了偏重于伦理教化的儒家诗论，强调个体自然情感的抒发，是"诗言情"发展的必然，与近代意义上的诗论很接近了。这一时期性灵派遭到的主要阻力不是传统的儒家诗论，而是学人诗论，学人诗论与性灵诗论是乾隆诗坛主要的理念倾向，两者的矛盾、争论也是这一时期的诗学特色。

---

[1] （清）洪亮吉：《北江诗话》，47 页，北京，人民文学出版社，1983。
[2] （清）洪亮吉：《北江诗话》，47 页，北京，人民文学出版社，1983。

第十章
雍正、乾隆年间的散文思想

雍乾时期，文论在继承顺康时期文论的基础上，又有新的发展和变化。桐城派在这一时期开宗立派，方苞、刘大櫆、姚鼐相继兴起，薪火相传，其文论主张在文坛上影响较大，桐城文法由此渐渐传播于大江南北。但这也引起了以程廷祚、凌廷堪、阮元等为代表的汉学家的抨击，尤其是阮元，身居高位，提倡文笔说，有力挑战了桐城派的主张，同时也深化了人们对骈散地位的认识。此外，浙东史学家章学诚撰写了《文史通义》，对文史之义有许多独到的见解。

◎ 第一节
概　述

雍乾时期，在统治愈加专制的情况下，社会稳定，经济繁荣，清王朝进入繁盛期。这一时期，文艺思想也有新的发展和变化，这与当时的学术文化是紧密关联的。

雍乾时期，理学空疏之风受到批评，实学考证风气渐盛。清初，统治者确立了"尊孔尊朱""崇儒重道"的基本国策。康熙皇帝在理学儒臣熊赐履等人的影响下，对程朱理学有着浓厚的兴趣和很深刻的见解，"理学之书，为立身根本，不可不学，不可不行。朕尝潜玩性理诸书，若以理学自任，则必至于执滞己见，所累者多。反之于心，能实无愧于屋漏乎？"①可见，他也能认识到"以理学自任"的不足。实际上，针对这种不足，他早已大力提倡经学。在康熙二十一年八月，他在与日讲官牛钮、陈廷敬的问对中，便接受了"道学即在经学中"的观点②。次年，他为纂成的《日讲易经解疑》撰序时，重申："帝王立政之邀，必本经学"，还提出"以经学为治法"的主张③。"治天下以人心风俗为本，欲正人心、厚风俗，必崇尚经学。"④雍正即位后，延续康熙的文化政策，礼遇名臣。乾隆御极之初，恪守父祖遗规，尊崇朱子，倡导理学。从乾隆三年（1738）到十八年（1753）这十几年间，他在所举行的十九次经筵讲学中，服膺和潜心理学，阐发朱子学说，俨然一派尊崇朱子学气象⑤。不过，这表象的背后，乾隆对理学的失望不时涌现，如他批评尊崇程朱的方苞："假公济私，党同伐异，其不安静之痼习，到老不改。"⑥乾隆十三（1748）年，乾隆帝为重刻《十三经注疏》撰序，要求海内学者"笃志研经，敦崇实学"⑦。十四年（1749），他又谕令内外大臣荐举潜心经学之士："内大学士、九卿，外督抚，其公举所知，不拘进士、举人、诸生，以及退休闲废人员，能潜心经学者，慎重遴访。务择老成敦厚，纯朴淹通之士以应，精选勿滥，称朕意焉。"⑧应该说，随着乾隆日益重视经学，加上他在后来的经筵讲习中多次质疑朱子学，庙堂之上的学风渐趋变化。有学者指出："清高宗以其举荐经学的重大举措，纳理学、词章于经学之中，既

---

① 中国第一历史档案馆：《康熙起居注》"五十四年十一月十七日"条，2222页，北京，中华书局，1984。
② 中国第一历史档案馆：《康熙起居注》"二十一年八月初八日"条，879页，北京，中华书局，1984。
③ 《清圣祖实录》卷113"康熙二十二年十二月乙卯"条。
④ 《清圣祖实录》卷258"康熙五十三年四月乙亥"条。
⑤ 陈祖武、朱彤窗：《乾嘉学派研究》，6页，石家庄，河北人民出版社，2007。
⑥ 《清高宗实录》卷92"乾隆四年五月戊午"条。
⑦ 《清高宗实录》卷286"乾隆十二年三月丙申"条。
⑧ 《清高宗实录》卷352"乾隆十四年十一月己酉"条。

顺应了康熙中叶以后兴复古学的学术演进趋势,又完成了其父祖融理学于经学之中的夙愿,从而确立了崇奖经学的文化格局。"[1]

随着朝廷崇奖经学的推行,加之惠栋诸儒对古学的倡导,经史考证之风渐兴,成为士林之潮流。惠栋、戴震、张惠言、孙星衍、段玉裁、王鸣盛、赵翼、章学诚、钱大昕、凌廷堪、孔广森、王念孙、王引之等一大批优秀学者在经说、小学、音韵学、礼学、考证史学、水地、天算、金石、典章制度、校勘、辑佚等诸多领域做出了卓越的成绩。例如,戴震有《孟子字义疏证》等,段玉裁有《说文解字注》《六书音韵表》等,王念孙有《读书杂志》《广雅疏证》等,王引之有《经义述闻》《经传释词》等,惠栋有《周易述》等,赵翼有《廿二史札记》等,王鸣盛有《十七史商榷》等,钱大昕有《二十二史考异》等,章学诚有《文史通义》等。由此可知,清代学术在这一时期显然已由"尊德性"转向"道问学"。梁启超对这一时期的学术研究评价甚高,"吾常言:欲一国文化进展,必也社会对于学者有相当之敬礼;学者恃其学足以自养,无忧饥寒,然后能有余裕以从事于更深的研究,而学乃日新焉。近世欧洲学问多在此种环境之下培养出来,而前清乾嘉时代,则亦庶几矣。"[2]受学术思潮的影响,这些汉学家的文学思想也深深地打上了治学的烙印。[3]他们治学经常用的方法,也渗透运用到对文学的理解上,这对他们的文学思想也有很大的影响。他们实事求是、虚己求真的为学精神,在一定程度上使他们的文学思想往往以敦学和固本为重。

乾隆时期汉学家在治学过程中流露出的弊病,也引起了以桐城派文人为代表的宋学家的批评和反驳。梁启超说桐城派:"又好述欧阳修'因文见道'之言,以孔、孟、韩、欧、程、朱以来之道统自任,而与当时所谓汉学者互相轻。"[4]姚鼐就说:"今世学者乃思一切矫之,以专宗汉学为至,以攻

---

[1] 陈祖武、朱彤窗:《乾嘉学派研究》,20页,石家庄,河北人民出版社,2007。
[2] 梁启超:《清代学术概论》,55页,上海,上海古籍出版社,2005。
[3] 参见刘奕:《乾嘉经学家文学思想研究》,上海,上海古籍出版社,2012。
[4] 梁启超:《清代学术概论》,57页,上海,上海古籍出版社,2005。

驳程、朱为能，倡于一二专己好名之人，而相率而效者，因大为学术之害。"①当然，姚鼐虽宗程朱，但不反对汉学，所不满者乃汉学末流之弊病。故而，他在为学思想上，提出"义理""考据""词章"三者相济的观点，显示出他兼容开放的襟怀。这种学术理念，一方面对桐城派的学术谱系建构有深远的影响，另一方面也是对汉学家学术思想的回应。

还需指出的是，雍乾时期，文化事业繁荣。乾隆登基之初，即以"稽古右文"相标榜。他不仅命令儒臣校勘《十三经》《二十一史》，嘉惠后学，还开馆纂修《通鉴辑览》《纲目三编》及《三通》诸书。他还颁谕各直省督抚、学政，责成访求天下遗书。乾隆六年正月，谕令："从古右文之治，务访遗编。目今内府藏书，已利大备。但近世以来，著述日繁，如元明诸贤，以及国朝儒学，研究六经，阐明性理，潜心正学，醇粹无疵者，当不乏人。虽业在名山，而未登天府。著直省督抚、学政，留心采访，不拘刻本、抄本，随时进呈，以广石渠、天禄之储。"②《四库全书》的编纂，更是乾隆进行文化建设的标志性工程。乾隆三十七年1772，他下诏说："今内府藏书，插架不为不富，然古今来著作之手，无虑数千百家，或逸在名山，未登柱史，正宜及时采集，汇送京师，以彰稽古右文之盛。其令直省督抚会同学政等，通饬所属，加意购访。"③次年，他下令设立四库全书馆，聘纪昀、邵晋涵、戴震、王念孙等诸多优秀学者参与校纂。至乾隆四十七年（1782），《四库全书》编纂成功。这项大型文化工程，对当时的学界文坛产生了重要影响。

总之，雍乾时期，朝廷稽古右文，经史考证之风复兴，汉学与宋学之争激烈，这都对文艺思想的发展产生了深远影响，使得这一时期的文艺思想呈现出会通性、学问化等方面的特性。

---

① （清）姚鼐：《复蒋松如书》，见《惜抱轩诗文集》，95页，上海，上海古籍出版社，1992。
② 《清高宗实录》卷134"乾隆六年正月庚午"条。
③ 中国第一历史档案馆编：《清代档案史料 纂修四库全书档案》上册，1页，上海，上海古籍出版社，1997。

◎ 第二节

桐城派的古文思想

桐城派滥觞于康熙、雍正年间，桐城戴名世堪称先驱，他的古文思想及创作对方苞有一定的影响。戴名世死后，方苞以其声望吸引着刘大櫆问道求法。刘大櫆深得其衣钵，自成一家。至乾隆、嘉庆年间，刘氏弟子姚鼐又历主梅花、紫阳、敬敷、钟山诸书院讲席长达四十年，著书立说，传播文法，游学之士纷纷影从。桐城古文之学，至此声光四射，焜耀文坛。

一、方苞的古文思想

方苞（1668—1749），字灵皋，亦字凤九，晚年号望溪，亦号南山牧叟，安徽桐城人。清代重要古文家，与姚鼐、刘大櫆合称"桐城三祖"。方苞自幼聪慧，二十四岁至京城，入国子监，文名远播。康熙四十五年（1706）进士，后受《南山集》案牵连下狱，在狱中著《礼记析疑》《丧礼或问》，康熙亲赞其学问"天下莫不闻"，出狱后入南书房。雍正年间升内阁学士，官至礼部侍郎。方苞一生著述丰富，有《周官集注》《周官析疑》《集外文》《补遗》等。作为桐城派的创立者，他提出的古文创作理论，对其后学有深远的影响。

（一）义法说。方苞古文理论的核心是"义法说"。对古文法度的探讨，一直是明清以来的热点问题，明代的前后七子、明清之际的魏禧、汪琬等人于此颇为热衷。方苞的义法说在继承前人的基础上，又有所发展变化，不仅关注法度，同时也关注法度所要表达的内容。其义法说既包括作文之法，也包括文章的主题思想，以及二者如何结合的问题。

方苞的义法说受古代经学、史学的启发，其直接来源是史书的书写义例。他说："《春秋》之制义法，自太史公发之，而后之深于文者亦具焉。义即《易》之所谓'言有物'也；法即《易》之所谓'言有序'也。义以为经而法纬之，然后为成体之文。"①所谓义法"自太史公发之"，指的是司马迁《史记·十二诸侯年表序》中所云："兴于鲁而次《春秋》，上记隐，下至哀之获麟，约其辞文，去其烦重，以制义法，王道备，人事浃。"②太史公认为孔子编纂《春秋》，遵循了一定的义法，即"约其文辞，治其烦重"，通过这类的精心处理，达到"王道备、人事浃"的撰述意图。孔子以《春秋》褒贬政治，司马迁从中总结出他所理解的义法，并在撰写《史记》时加以运用。方苞受二者的启发，拈出"义法"二字作为他的理论核心。

方苞的义法说包括内容与形式两个方面，即"义"和"法"两面。"义"是内容、思想观点的层面，他用《易·家人》象所云的"言有物"解释之；"法"为法度的层面，他用《易·艮》六五卦辞"言有序"解释之。方苞所言之"言有物"，并非泛指作文的一般性内容，而是有着特定的含义的。方苞自言其行身祈向是"学行继程朱之后，文章介韩欧之间"，他与程朱理学有极深的渊源。桐城桂林方氏等一些家族自宋末元初由朱熹祖籍徽州迁来，因而谨守乡邦之学；康熙帝推尊朱熹，将程朱理学确立为官方思想，而方苞在戴名世《南山集》案中获康熙帝殊恩，不仅未治其罪，反而让他以白衣直入南书房，因此他对康熙帝感恩戴德，势必信守朝廷的文化政策。方苞遵从程朱理学，其作文"义"的方面，必然和理学，以及整个儒家思想是一体的。方苞所言的"义"，存在于儒家经典之中，于是他复又回到韩愈以来的传统做法，即本之于儒家的经术以求"义"。在《答申谦居书》中他说：

> 仆闻诸父兄：艺术莫难于古文。自周以来，各自名家者，仅十数

---

① （清）方苞：《又书货殖传后》，见《方苞集》上，58页，上海，上海古籍出版社，1983。
② 韩兆琦译注：《史记》，1198页，北京，中华书局，2010。

人，则其艰可知矣。苟无其材，虽务学不可强而能也；苟无其学，虽有材不能骤而达也；有其材，有其学，而非其人，犹不能以有立焉。盖古文之传，与诗赋异道。魏、晋以后，奸佞污邪之人而诗赋为众所称者有矣，以彼瞑眴于声色之中，而曲得其情状，亦所谓诚而形者也。故言之工而为流俗所不弃。若古文则本经术而依于事物之理，非中有所得不可以为伪。故自刘歆承父之学，议礼稽经而外，未闻奸佞污邪之人而古文为世所传述者。韩子有言："行之乎仁义之途，游之乎《诗》《书》之源。"兹乃所以能约六经之旨以成文，而非前后文士所可比并也。姑以世所称唐、宋八家言之，韩及曾、王并笃于经学，而浅深广狭醇驳等差各异矣。柳子厚自谓取原于经，而掇拾于文字间者，尚或不详。欧阳永叔粗见诸经之大意，而未通其奥赜。苏氏父子则概乎其未有闻焉。此核其文而平生所学不能自掩者也。韩、欧、苏、曾之文，气象各肖其为人。子厚则大节有亏，而余行可述。介甫则学术虽误，而内行无颣。其他杂家小能以文自襮者，必其行能少异于众人者也。非然，则一事一言偶中于道而不可废，如刘歆是也。然若歆者，亦仅矣。以是观之，苟志乎古文，必先定其祈向，然后所学有以为基，匪是，则勤而无所。若夫《左》《史》以来相承之义法，各出之径途，则期月之间可讲而明也。①

与其父方仲舒及之后的姚鼐等人所持"诗文一体"的观点不同，方苞认为古文与诗赋"异道"：诗赋可以作伪，而古文是学问人品的真实体现。曹丕云"诗赋欲丽"②，陆机云"诗缘情而绮靡，赋体物而浏亮"③，诗赋内容上追求缘情体物，形式上注重绮靡浏亮，在方苞看来，魏晋以来由于过度追求作品的"声色"之美而忽略了作家的真实品性，故诗赋仅有"言之工"就为流俗所追捧。而古文则不同，乃是"本经术而依于事物之理"，是作家在

---

① （清）方苞：《方苞集》（上），164～165页，上海，上海古籍出版社，1983。
② （魏）曹丕：《论文》，见《典论》，1页，北京，中华书局，1985。
③ （晋）陆机著，张怀瑾译注：《文赋译注》，29页，北京，北京出版社，1984。

悉心研读儒家经典，及格事物之理的基础上，提炼出的独得的体会。诗赋可以凭借华丽的辞藻而掩盖真实的性情，所以品性低劣之人，其作品只要文辞华美就为流俗所喜；但古文则不能依赖外在的形式取悦世俗，而是凭借对儒家经典独到的见解以流传后世。方苞虽然也强调"依于事物之理"，但其"义"的最主要的部分仍存在于儒家经典之中，所以古文乃是"约六经之旨而成文"，"六经之旨"也就是他提倡的"义"的重要来源。在《古文约选序例》中，他也说："学者以先秦盛汉辨理论事，质而不芜者为古文。盖六经及孔子、孟子之书之支流余肄也。"[1]虽主要就法度的层面而言，实际上也关涉到主旨的归依。由此，古文之"义"是否符合六经之旨，成为方苞衡量文之高下的重要依据。尽管他对归有光极为景仰，但在"义"的方面对其多有不满，他批评归氏"于所谓有序者盖庶几矣，而有物者则寡焉"，原因就在于认为归有光之文"乡曲应酬者十六七，而又徇请者之意，袭常缀琐，虽欲大远于俗言，其道无由"[2]，而这类文章，必然被方苞视为远离儒家之道的一类。

"六经之旨"也就是道之所在，方苞义法论中的义，也可置换为道。他在代和硕果亲王为《古文约选》所作的序例中云：

> 先儒谓韩子因文以见道，而其自称则曰："学古道，故欲兼通其辞。"群士果能因是以求六经、《语》、《孟》之旨，而得其所归，躬蹈仁义，自勉于忠孝；则立德立功，以仰答我皇上爱育人材之至意者，皆始基于此。是则余为是编以助流政教之本志也夫！[3]

韩愈提倡"文以明道"，柳宗元声言"文者贯道之器"，宋代理学家提出"文以载道"的主张，古文与道的关系无比密切，古文成了载道的专用文

---

[1] （清）方苞：《方苞集》上，612页，上海，上海古籍出版社，1983。
[2] （清）方苞：《书归震川文集后》，见《方苞集》上，117页，上海，上海古籍出版社，1983。
[3] （清）方苞，《方苞集》下，613页，上海，上海古籍出版社，1983。

体。方苞继承前人之论，强化由载道的古文以求六经、《论语》《孟子》之道，则古文之作，就有了"助流政教"之用。方苞所谓的"义"，最终是归结到儒家之道上来的。但方苞并不像宋代理学家那样因道而废文，他也重视文对道的表现作用，他对那些有"物"却没有"序"的理学家之文并不甚推崇。方苞在《书删定荀子后》中说："抑吾观周末诸子，虽学有醇驳，而言皆有物，汉、唐以降，无若其义蕴之充实者。宋儒之书，义理则备矣，抑不若四子之旨远而辞文。"①周末诸子虽所言不一定完全符合儒家之道，但却内容充实，意蕴丰厚，超过汉唐以降同类之作；而宋儒之书虽义理俱备，却文采不彰，方苞觉得不如《大学》《中庸》《论语》《孟子》之作"旨远而辞文"。方苞的这段话在桐城派中极有代表性，该流派虽然崇信程朱理学，但始终看重文的作用，如后面刘大櫆与方东树反复言及的"至于行文则别有能事在"，方苞重道却又不轻视文，所以关于为文的义法，他亦有很多的讨论。"有序"在方苞文论中的地位是和"有物"同样重要的。

方苞认为道是根本，学者欲从事于古文，必先定其行身祈向，因为这是一个需要长期学习涵养的过程。而至于法，则在很短时间内就能掌握。方苞所言的"法"，指的是法度的层面，而"义法"连说，往往也侧重于此。方苞著有《左传义法举要》，其所研讨的《左传》"义法"，主要就是"法"的层面。在方苞看来，文体不同，法度也是有异的，"盖诸体之文，各有义法"。这里的"义法"连用也是侧重于法而言的。如表志之文，"尺幅甚狭，而详载本议，则臃肿而不中绳墨；若约略剪截，俾情事不详，则后之人无所取鉴，而当日忘身家以排廷议之义，亦不可得而见矣"②。又如墓志之文，他给好友程若韩的亲人作墓志铭，程嫌其简略，希望他有所增加，方苞回信说："来示欲于志有所增，此未达于文之义法也。昔王介甫志钱公辅母，以公辅登甲科为不足道，况琐琐者乎？……在文言文，虽功德之崇，不

---

① （清）方苞，《方苞集》上，37页，上海，上海古籍出版社，1980。
② （清）方苞：《答乔介夫书》，见《方苞集》上，137页，上海，上海古籍出版社，1983。

若情辞之动人心目也,而况职事族姻之纤悉乎?"①方苞拒绝按照程若韩的意见在墓志中增加职事族姻等方面的内容,认为这些都是"琐琐"之事,没有写入的必要。不仅这些琐事,就是隆崇的功德,有时亦不必刻意加以描绘,因为会令读者昏昏欲睡。动人的情辞当是墓志之文着力表现之处。在这里可以看出,他将"情辞之动人心目"看作墓志之文写作的"法"。方苞说如果程若韩对他的文章不满意,可以找别人去撰写,而他则会坚持自己的主张不再更改。再如记体之文,方苞认为散体文中"惟记难撰结",论、辨、书、疏"有所言之事",志、传、表、状则"行谊显然",只有记"无质干可立,徒具工筑兴作之程期,殿观楼台之位置,雷同铺序,使览者厌倦,甚无谓也"。所以韩愈作记,"多缘情事为波澜";欧阳修、王安石则"别求义理以寓襟抱";柳宗元"惟记山水,刻雕众形,能移人之情",他的《四门助教厅壁记》《武功县丞厅壁记》等诸记,则"皆世俗人语言意思,援古证今,指事措语,每题皆有见成文字一篇,不假思索"②,所以北宋文家于唐代记体之文,多称韩愈、李翱,而不提柳宗元,原因正在于此。可见韩、欧、王得记体之法,而柳宗元山水之外的记体之文则不合此体之法。

当然,方苞的义法论来自《左传》《史记》等史传类作品,故而主要是针对叙事文而言的。在叙事之文中,他最推崇的也是这二者,他说:"纪事之文,惟《左传》《史记》各有义法。"③"序事之文,义法备于《左》《史》。"④他的义法,很多都是从二者中总结出来的。方氏著有《左传义法举要》,于该书义法颇有心得;他读《史记》亦甚为用心,仿照归有光评点《史记》之法,其文集中有多篇阅读《史记》的文章,记录其独特的体悟。他还将由此二书总结出来的义法,上升到一般叙事文的写作法度。方苞为孙

---

① (清)方苞:《与程若韩书》,见《方苞集》上,181页,上海,上海古籍出版社,1983。
② (清)方苞:《答程夔州书》,见《方苞集》上,166页,上海,上海古籍出版社,1983。
③ (清)方苞:《书五代史安重诲传后》,见《方苞集》上,64页,上海,上海古籍出版社,1983。
④ (清)方苞:《古文约选序例》,见《方苞集·集外文》下,615页,上海,上海古籍出版社,1983。

奇逢作传，孙氏后人不满，觉得写得简略，方苞回信说：

> 古之晰于文律者，所载之事，必与其人之规模相称。太史公传陆贾，其分奴婢装资，琐琐者皆载焉。若萧曹《世家》而条举其治绩，则文字虽增十倍，不可得而备矣。故尝见义于《留侯世家》曰："留侯所从容与上言天下事甚众，非天下所以存亡，故不著。"此明示后世缀文之士以虚实详略之权度也。①

他人关于孙奇逢生平事迹的描写大要在三个方面，或详讲其学宗旨及师友渊源，或条举其平生义侠之迹，或盛称其门墙广大。方苞认为这些都是"末迹"，"三者详而征君之志事隐矣"；故作此文时，"虚言其大略"："详者略，实者虚"，将孙氏"所蕴蓄"，传达之于"意言之外"，故虽可能遭受"太略"之病，仍坚持自己的写法②。

但方苞所说的法不是死法，而是活法，是法之变，而非法之常。他认为《左传》《史记》二书，"一篇之中，脉相灌输而不可增损，然其前后相应，或隐或显，或偏或全，变化随宜，不主一道"，就是说两书的义法均为活法，不主故常。他特别推崇《史记》中的《伯夷列传》《孟子荀卿列传》及《屈原列传》，因为这些都是"议论与叙事相间"。之所以采取此法，乃是因为"四君子之传以道德节义，而事迹则无可列者。若据事直书，则不能排纂成篇。其精神心术所运，足以兴起乎百世者，转隐而不著。故于《伯夷传》，叹天道之难知；于《孟荀传》，见仁义之充塞；于《屈原传》，感忠贤之蔽壅，而阴以寓己之悲愤。其他本纪、世家、列传有事迹可编者，未尝有是也"③。太史公在处理四人传记时，因他们的事迹较少，很难传达传主的精神面貌，故加以议论，不仅能凸显他们的道德节义，且可以抒发自己的悲

---

① （清）方苞：《与孙以宁书》，见《方苞集》上，136页，上海，上海古籍出版社，1983。
② （清）方苞：《与孙以宁书》，见《方苞集》上，136~137页，上海，上海古籍出版社，1983。
③ （清）方苞：《书五代史安重诲传后》，见《方苞集》上，64页，上海，上海古籍出版社，1983。

愤。 这与正格的列传之文写法有异,是变体,但因为符合所要传达的"义",所以行文时可以采取这种变通之法。 方苞批评欧阳修《五代史》于法不知有变:"《五代史·安重诲传》总揭数义于前,而次第分疏于后;中间又凡举四事,后乃详书之;此书疏论策体,记事之文古无是也。……夫法之变,盖其义有不得不然者。 欧公最为得《史记》法,然犹未详其义而漫效焉。"① 方苞认为《史记》于上述四人采取夹叙夹议之法是不得不然,《安重诲传》则根本没必要如此效法。 欧阳修学《史记》,过于僵化了。

方苞所说的"法"是与"义"相关联的法,是为"义"服务的法。 他本此以分析《春秋》之义法云:

> 《记》曰:"属辞比事,《春秋》教也。"凡先儒之说,就其一节,非不持之有故,言之成理,而比以异事而同形者,则不可通者,十八九矣。 惟程子心知其意,故曰:"《春秋》不可每事必求异义,但一字异,则义必异焉。"然经之异文,有裁自圣心而特立者,如鲁夫人入各异书之类是也。 有沿旧史而不能革者,称人、称爵、称字、称名、或氏、或不氏之类是也。 其间毫芒之辨,乍言之,若无可稽寻;及通前后而考其义类,则表里具见,固无可疑者。 抑尝考《诗》《书》之文,作者非一,而篇自为首尾,虽有不通,无害乎其可通也。 若《春秋》则孔子所自作,而义贯于全经,譬诸人身,引其毛发,则心必觉焉。 苟其说有一节之未安,则知全经之义俱未贯也。 又凡诸经之义,可依文以求,而《春秋》之义,则隐寓于文之所不载,或笔或削,或详或略,或同或异,参互相抵,而义出于其间。 所以考世变之流极,测圣心之裁制,具在于此,非通全经而论之,末由得其间也。②

方苞认为孔子编纂《春秋》,于法极为用心,在笔削、详略、同异以及对

---

① (清)方苞:《书五代史安重诲传后》,见《方苞集》上,64页,上海,上海古籍出版社,1983。
② (清)方苞:《春秋通论序》,见《方苞集》上,84页,上海,上海古籍出版社,1983。

于人物的种种称呼之中,都包含着"义",这种"义"是该书所不载的,而是"隐寓"于文法之中的。他在分析《史记·货殖列传》时云:

> 是篇两举天下地域之凡,而详略异焉。其前独举地物,是衣食之源,古帝王所因而利道之者也;后乃备举山川境壤之支凑,以及人民谣俗、性质、作业,则以汉兴,海内为一,而商贾无所不通,非此不足以征万货之情,审则宜类而施政教也。两举庶民经业之凡,而中别之。前所称农田树畜,乃本富也;后所称贩鬻儋贷,则末富也。上能富国者,太公之教诲,管仲之整齐是也;下能富家者,朱公、子赣、白圭是也。计然则杂用富家之术以施于国,故别言之,而不得侪于太公、管仲也。然自白圭以上,皆各有方略,故以"能试所长"许之。猗顿以下,则商贾之事耳,故别言之,而不得侪于朱公、子赣、白圭也。是篇大义,与《平准》相表里,而前后措注,又各有所当如此,是之谓"言有序",所以至赜而不可恶也。①

《史记·货殖列传》中两举天下地域之凡,两举庶民经业之凡,虽所举者同,但方苞却从中分析出太史公的不同用心,那就是在今昔对比中,"古帝王所因而利导之者",是以本为富;而汉代则是"商贾无所不通",是以末为富。在两联对比之法中,突出司马迁所要表达的"义"。正如桐城后学方东树所言,"义法之是非,词体之美恶,即为事与道显晦之所寄"②。这里的义法就相当于方苞所说的法,而此法是与道相关联的,所以方苞重视的法,并不仅仅是纯粹的法。

这里所论有物和有序即义和法的关系,方苞将之描述为"义以为经而法纬之,然后为成体之文",有物和有序不是截然分割的两面,而是整合为一的"成体"。经为织物上的纵线,纬为织物上的横线,纵横交织才能织成实

---

① (清)方苞:《又书货殖传后》,见《方苞集》上,58~59页,上海,上海古籍出版社,1983。
② (清)方东树:《书惜抱先生墓志后》,见《考槃集文录》上,清光绪二十年刻本。

第十章 雍正、乾隆年间的散文思想 653

用而又美观的布匹。只有义充足,法才能得到很好的运用;只有法充分地为义服务,才能创作出完美的文章。他说:"盖道不足者,其言必有枝叶,而是书(《周官》)指事命物,未尝有一辞之溢焉,常以一字二字,尽事物之理,而达其所难显,非学士文人所能措注也。"①《周礼》一书在方苞看来做到了道与言的完美结合,所以文字上后人不能措一言。义与法、有物与有序、道与文的完美结合,是文章写作的最高追求和创作理想,这直接开启了姚鼐"道与艺合"的观点。方苞古文理论所以能高出理学家,这一方面的认识至关重要。

(二)雅洁论。因为古文是载道的文体,所以与缘情体物的诗赋相比,这种文体的要求更为严格,于是在提出义法说的同时,方苞还特别强调雅洁论。

所谓雅洁,包含的意味极为广泛,一是对古文思想内容上的要求,一是对古文语言的要求,一是对古文文体的要求。从古文内容来看,方苞要求古文所描写的内容必定是雅的,司马迁在收集有关五帝的资料时,对于那些小说家言,均排斥在外,因为"文不雅驯,荐绅先生难言之"②,这里的雅驯,是就文章的内容而言的。方苞无疑遵守了这一传统,如班固承袭《史记》描写萧何一生,并且增加了他劝汉王刘邦不要着急攻打项羽而赶紧进入汉中一事,方苞认为这件事情的载入就是不洁的,他说:"其事有无未可知,信有之,亦谋臣策士所能及也,且语甚鄙浅,与何传气象规模不类。柳子厚称太史公书曰洁,非谓辞无芜累也,盖明于体要,而所载之事不杂,其气体为最洁耳。以固之才识,犹未足与于此,故韩、柳列数文章家,皆不及班氏。噫,严矣哉!"③又说:"盖所记之事,必与其人之规模相称,乃得体要。子厚以洁称太史,非独辞无芜累也,明于义法,而所载之事不杂,故其气体为

---

① (清)方苞:《周官析疑序》,见《方苞集》上,82页,上海,上海古籍出版社,1983。
② (汉)司马迁:《史记》,46页,北京,中华书局,1959。
③ (清)方苞:《书萧相国世家后》,见《方苞集》上,56页,上海,上海古籍出版社,1983。

最洁也。"①所载之事不能芜杂,而要与其人之规模气象相符合,这样的古文才能称得上"洁"。方苞认为唐宋诸大家之所以扬马而抑班,就在于班固撰《汉书》时未能如《史记》那样很好地处理内容题材上的雅洁问题。同时,古文表达的主旨是儒家思想,必定也是高雅纯洁的,相对于此,其他的思想则是不雅的,正如方氏同时代的丘嘉穗所云:"高者宗异端虚无寂灭之教,卑者袭策士纵横捭阖之论,是意不雅也。"②佛道二教之道,纵横策士之论,与儒家思想冲突,如果将之写入古文,则是意不雅。方苞要求文章内容上谨严、洗练,叙事文的取材要很好地展现人物的精神状貌,这才是雅洁。当然达到这一境界,主旨的纯洁必不可少。

雅洁也是对文章语言的要求,"文之古雅者,惟其辞之'是'而已"③,所谓的"是",就是要求古文语言的切当。方苞古文虽从唐宋八大家而来,但他对柳宗元批评得很严厉。在他看来,柳宗元欲图有为而依附二王,于大节有亏。由此对其古文评价亦不高,方苞指责其古文语言是"辞繁而芜句佻且稚"④,"繁""芜"是指杂用排偶语句,甚至有些啰唆;"佻""稚"是指语言稚嫩轻佻,没有做到典雅厚重。前者不符合"洁"的标准,后者不符合"雅"的标准。他批评归有光的古文"其辞号雅洁,仍有近俚而伤于繁者"⑤,语言俚俗而伤雅,语言繁杂而害洁,都不符合他所提倡的雅洁标准。"洁"一直是古代史家撰述的不二法门,《左传》《史记》等均遵循此道,方苞学习《史记》,也注重这一点。正因如此,他特别反对文章之繁,他说:"夫文未有繁而能工者,如煎金锡,粗矿去,然后黑浊之气竭而光润生。《史

---

① (清)方苞:《史记评语》,见《方苞集·集外文补遗》下,853页,上海,上海古籍出版社,1983。
② (清)邱嘉穗:《诗文·雅驯》,见《东山草堂迩言》第六卷,《四库全书存目丛书》本。
③ (清)方苞:《进四书文选表》,见《方苞集·集外文》下,581页,上海,上海古籍出版社,1983。
④ (清)方苞:《书柳文后》,见《方苞集》上,112页,上海,上海古籍出版社,1983。
⑤ (清)方苞:《书归震川文集后》,见《方苞集》上,117~118页,上海,上海古籍出版社,1983。

记》、《汉书》长篇,乃事之体本大,非按节而分寸之不遗也。"①简洁之文,汰去渣滓,仅存精华,故而可贵。

方苞的雅洁论,还关涉到古文的文体。古文乃载道之体,其文体品位极高,根据古代文体的通则,品位高的文体可以进入低一级的文体,以文为诗,以诗为词,以词为曲,这类作法得到古代理论家、作家的认可。而低一级的文体则不能进入高一级的文体,若以诗为文,以词为诗,以曲为文,则会遭到严厉的批判。同样,根据这一规则,方苞也反对其他文体掺入古文之中,他对门生沈廷芳说:"南宋元明以来,古文义法久不讲。吴越间遗老尤放恣,或杂小说家,或沿翰林旧体,无一雅洁者。"由此可见,雅洁也是属于方苞古文义法论系统的,只不过这个问题相对来说比较重要,故而他特别加以阐释。古文不可杂入小说家,因为小说乃小道,其体至俗,难登大雅之堂。"翰林旧体"则是指唐宋以来翰林院撰文时所用的骈体之文,韩柳古文运动就是针对其而起的。在古文家看来,骈散势不两立,因此也不能进入古文。此二体杂入古文,必定给古文文体的纯洁性造成伤害,方苞于此极力反对。其他还有一系列文体亦遭到方苞的抵制:"古文中不可入语录中语,魏晋六朝人藻丽俳语,汉赋中板重字法,诗歌中隽语,南北史佻巧语。"②此外还有佛氏语:"凡为学佛者传记,用佛氏语则不雅,子厚、子瞻皆以兹自瑕,至明钱谦益则如涕唾之令人觳矣。"③语录语伤俗,藻丽俳语过丽,汉赋字法太板重,诗歌语的轻隽与南北史语的佻巧均不厚重,佛氏语则与儒家观念冲突。虽说的是语言,但同时也关涉到与这种语言相连接的文体。也就是说,方苞反对小说体、骈体、语录体、汉赋体、诗歌体、史体(特指南北史)、佛教体等诸种文体进入古文领域,以此保持古文之体的高雅性、纯洁性。与方苞同时的李绂,也反对其他文体进入古文,在《古文辞禁八条》中,他明确排斥八种语体入侵古文领地,李氏之八禁分别是:禁用儒先语录

---

① (清)方苞:《与程若韩书》,见《方苞集》上,181页,上海,上海古籍出版社,1983。
② (清)沈廷芳:《书方望溪先生传后》,见《隐拙斋集》第四十一卷,清乾隆二十二年刻本。
③ (清)方苞:《答程夔州书》,见《方苞集》上,166页,上海,上海古籍出版社,1983。

语、禁用佛老唾余、禁用训诂讲章、禁用时文评语、禁用四六骈语、禁用颂扬套语、禁用传奇小说、禁用市井鄙言。所言内容与方苞相近，这也是时人一致的看法。方苞、李绂对于这方面的关注，也是与当时的时文理论相关的。自明代以来，时文就杂入了小说体、语录体等诸种语体，为保持时文文体的雅洁，明清统治者三令五申禁止。万历十四年，沈鲤上《请正文体疏》，描述了文体日坏的现象："今士子之为文何式乎？自臣等初习举业，见有用六经语者，其后引用《左传》《国语》矣，又数年而引用《史记》《汉书》矣，史、汉穷而用诸子，诸子穷而用百家，甚至取佛经道藏，摘其句法口语而用之，凿朴散淳，离经叛道，文章之流弊至是极矣。"面对此种情景，他要求严正文体："及今不及严禁，恐益灌渍人心，浸寻世道，其为患害甚于异端。"①冯琦有鉴于"士子艺文，诡异不经"的状况，"乃疏正文体，不得杂用释氏语"②。在大臣们的强烈要求下，万历皇帝责成礼部严办，礼部将字句"仍前诡异，杂用佛老百家，违悖注疏者"，"开送内阁覆阅"，并建议"将提学官照例参治，本生定行黜退"③。清代康熙、雍正、乾隆三帝，明确规定时文要"清真雅正"，禁止其他语体掺入时文。雍正七年（1729）议准："嗣后士子作文，以明理为主，放诞狂妄之语，应行禁止。"十年（1732），鉴于"士子逞其才气词华，不免有冗长浮靡之习"，便"晓谕考官，所拔之文，务令清真雅正，理法兼备……支蔓浮夸之言，所当屏去"④。乾隆元年（1736）和三年（1738），又两次下谕厘正文体。时文禁体的政策影响了古文的写作。方苞、李绂为了保持古文文体的雅洁，仿效时文之举，也拒绝其他文体的入侵，这种做法遭到钱大昕等人的猛烈抨击，认为是"以时文为古文"。不过方、李之举也在一定程度上提高了古文文体的地位，达到了尊体之目的。

---

① （明）沈鲤：《亦玉堂稿》第一卷，文渊阁《四库全书》本。
② （清）陈鼎：《冯琦传》，见《东林列传》第十五卷，文渊阁《四库全书》本。
③ （明）俞汝楫等：《责成正文体疏》，见《礼部志稿》第四十九卷，文渊阁《四库全书》本。
④ （清）素尔讷等纂修：《钦定学政全书》第六卷，清乾隆三十九年武英殿刻本。

方苞的义法论、雅洁说,在承袭前代文章学理论的同时,也做了一些开拓,自有其价值,但局限亦很明显,姚鼐对方苞古文理论的评价比较中肯,他说:"望溪所得,在本朝诸贤为最深,而较古人则浅。其阅太史公书,似精神不能包括其大处、远处、疏淡处及华丽非常处,止以义法论文,则得其一端而已。"①正因为桐城后学看到方苞古文理论的不足,才在其基础上加以发挥、提升,桐城派古文理论到了刘大櫆、姚鼐,已逐渐形成自己的体系。

二、刘大櫆的古文思想

刘大櫆(1698—1779),字才甫,一字耕南,号海峰,安徽桐城人。雍正七年(1729)副贡生,官黟县教谕。少游于方苞门下,受古文"义法",为清代著名古文家,与方苞、姚鼐合称"桐城三祖",著有《海峰集》。在唐宋派"神理"说、王士禛"神韵"说的基础上,刘大櫆又对其师方苞"义法"说进行改造,建立了系统的"神气"说:以"神"为主,音节、字句、气为之用。

(一)义理、书卷、经济:行文之实。刘大櫆的古文理论在继承方苞义法说的基础上有了很大的发展。如果说方苞义法并重的话,那么刘大櫆虽然不轻视义,但却更重视法。《论文偶记》中云:

> 人不穷理读书,则出词鄙倍空疏。人无经济,则言虽累牍,不适于用。故义理、书卷、经济者,行文之实,若行文自另是一事。譬如大匠操斤,无土木材料,纵有成风尽垩手段,何处设施? 然即土木材料,而不善设施者甚多,终不可为大匠。故文人者,大匠也;义理、书卷、经济者,匠人之材料也。②

---

① (清)姚鼐:《与陈硕士》,见《惜抱轩尺牍》,75页,合肥,安徽大学出版社,2014。
② (清)刘大櫆:《论文偶记》,3页,北京,人民文学出版社,1959。

这段话的基本观点与方苞相近，既重视有物，又重视有序。只是二者之中，更重视后者。刘大櫆将方苞所谓的义分为三类，即义理、书卷、经济。所谓义理，他说来自穷理，当亦同于方苞，只是联系刘氏思想实际，他所谓的理应该还包括阳明心学及自己思考所得的并不一定符合程朱理学观念的思想。刘大櫆在《删录荀子序》中说："其有抵牾于圣人，而文辞粲然有可观者，余亦存之，不能割也。"①与方苞《书删定荀子后》所持观点相异，显然刘氏所言义理，包含的范围比方苞更为广泛。书卷即知识，义理与书卷可以使文章内容充实。三者中对经济一项的突出，则与方苞的笼统表述显然有别。刘大櫆表明自己作文是"本以明义理，适世用"，适世用即经济。刘大櫆声言义理、书卷、经济是行文之实，相当于匠人所用的土木材料，是基础。但如果不善设施，即如果没掌握好行文之能事，则纵有再多再好的材料，也终难成大匠。刘大櫆将义理、书卷、经济重重提起，又轻轻放下，然后特别强调文之能事。方苞的观念中，义与法并重，而刘大櫆则重法而轻义。观其《论文偶记》中，多为论述法的文字。而所谓的文之能事，他又将其归结为神气、字句与音节。特别是神气，可以说整部《论文偶记》的主要观点，就是神气论，这也使得后人将刘大櫆的文论概括为"神气说"。

（二）"神气"说。刘大櫆《论文偶记》明确提出：

> 行文之道，神为主，气辅之……然气随神转，神浑则气灏，神远则气逸，神伟则气高，神变则气奇，神深则气静，故神为气之主。

> 神者，文家之宝。文章最要气盛；然无神以主之，则气无所附，荡乎不知其所归也。神者气之主，气者神之用。②

---

① （清）刘大櫆，《刘大櫆集》第二卷，44页，上海，上海古籍出版社，1990。
② （清）刘大櫆：《论文偶记》，3～4页，北京，人民文学出版社，1959。

对于"神为气之主",刘大櫆从行文(创作)、作家两方面进行论述。"神为气之主"对于行文来说就是控制"气"的方向、清、浊、雄、逸等创作内驱力,所谓"神转气随"。这样以"神"为主论文,桐城派中可上溯到桐城前辈戴名世。他借取神仙导引术"精气神"来评论古文。他说:

> 余昔尝读道家之书……盖其说有三:曰精,曰气,曰神。此三者炼之,凝之,而浑于一……乃窃以其术而用之于文章……太史公纂《五帝本纪》,"择其言尤雅者",此精之说也。蔡邕曰:"炼余心兮浸太清。"夫惟雅且清则精,精则糟粕、煨烬、尘垢、渣滓,与凡邪伪剽贼,皆刊削而靡存,夫如是之谓精也。而有物焉,阴驱而潜率之,出入于浩渺之区,跌宕于杳霭之际,动如风雨,静如山岳,无穷如天地,不竭如江河,是物也,杰然有以充塞乎两间,而盖冒乎万有。呜呼,此为气之大过人者,岂非然哉!今夫语言文字,文也,而非所以文也。行墨蹊径,文也,而非所以文也。文之为文,必有出乎语言文字之外而居乎行墨蹊径之先……夫非有声色臭味足以娱悦人之耳目口鼻,而其致悠然以深,油然以感,寻之无端而出之无迹者,吾不得而言之也。夫惟不可得而言,此其所以为神也。①

戴氏把"荒忽诞漫"的神仙道术"精、气、神"当作审美标准引进古文理论,此处"气"是指一种潜在而又盛大的精神力量,亦是形成文章气势,使作者思想外化为文辞的内在动力,所谓"动如风雨,静如山岳,无穷如天地,不竭如山河"。而"神"指"寻之无端,出之无迹",而又"悠然以深,油然以感"的玄虚之物,此处则指文章神化之境②。可见戴氏以"神"为主论文,表现在语言文字上,就是"文之为文,必有出乎语言文字之外而居乎行墨蹊径之先……此其所以为神也"。此为刘大櫆所承,《论文偶记》云:

---

① (清)戴名世:《答伍张两生书》,见《戴名世集》第一卷,4页,北京,中华书局,1986。
② 许结:《说桐城派之神》,载《江淮论坛》,1986(2)。

"远必含蓄。或句上有句，句下有句……说出者少，不说出者多"，"微情妙旨，寄之笔墨蹊径之外"，"略有笔墨，而无笔墨之迹"。戴氏之神直接勾连"含蓄"；作品内容上要求"求真入神"；作家修养上主张"独知"，以"游其神于文字之外"①；创作技巧上，强调神化：

  登览乎高山之巅，举目千里，云烟在下，苍然茫然，与天无穷。顷者游于渤海之滨，见夫天水浑沦，波涛汹涌惝恍四顾，不复有人间。呜呼！此文之自然也。文之为道如是，岂不难哉。②

  戴氏借用画家传神的写生技巧来类比作家创作。为文传神之难在于自然天成而"浑沦"之，超脱自然而再现之。清人黄子云《野鸿诗的》也曾将"精气神"纳入诗论："导引之术精、气、神，诗之理亦然。"两者多显空泛。

  因此，戴名世"精气神"的艺术思想，从文章内容到形式，从作家修养到创作技巧等，无不看出对神的崇尚，对文章"神"的认识主要集中在古文合法度而又变化无迹，境象自然天成而又超然脱俗，指向的是文之神化境界。戴钧衡评戴名世曰：

  余读先生之文，见其境象如太空之浮云，变化无迹，又如飞仙御风，莫窥行止。私尝拟之古人，以为庄周之文，李白之诗，庶几相似。而其气之逸、韵之远，则直入司马子长之室而得其神。③

  可见，戴氏之文如行云飞仙，气逸韵远，变化无迹，"神"实为其作品及

---

① （清）戴名世：《与刘言洁书》，见《戴名世集》第一卷，5页，北京，中华书局，1986。
② （清）戴名世：《与刘言洁书》，见《戴名世集》第一卷，6页，北京，中华书局，1986。
③ （清）戴钧衡：《潜虚先生文集目录序》，见戴名世：《戴名世集》，459页，北京，中华书局，1986。

理论核心。而这个神是建立在雅洁的语言、尚简的风格、变化的气势、求真的内容、独知的修养、传神的技巧等基础之上的，从而使其"神"缥缈而有迹，逸远而见影。

刘大櫆继承戴名世"精气神"论而主"神气"说，刘氏明确指出"神为主，气辅之"的"神主气辅"关系，使"精气神"理论更加精微，更加契合古文自身的审美规律。

刘氏"神气"说以神为主，与其师方苞专以"义法"论文有关。如前所述，方氏"义法"说中"义"指"言有物"；"法"指"言有序"。也就是所谓的"道统""文统"问题。刘大櫆在《论文偶记》中将文分为"匠人之材料"——"义理、书卷、经济者"，"匠人之能事"——"神气、音节、字句"；按传统分法也可分为精、粗两部分。但刘大櫆却将"神气""音节字句"分成"精粗"两部分，突出"神"的核心地位，其关系如下图：

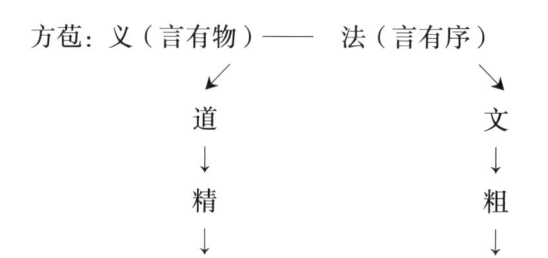

方苞：义（言有物）—— 法（言有序）
　　　　　↓　　　　　　　↓
　　　　　道　　　　　　　文
　　　　　↓　　　　　　　↓
　　　　　精　　　　　　　粗
　　　　　↓　　　　　　　↓
刘大櫆：文之材料（义理、书卷、经济）—文之能事
　　　　　　　　　　　　　↓　　　↓
　　　　　　　　　　　　"义"　↔　"法"
　　　　　　　　　　　　　↓　　　↓
　　　　　　　　　　　　"精"　↔　"粗"
　　　　　　　　　　　　　↓　　　↓
　　　　　　　　　　　　神气　↔　音节字句

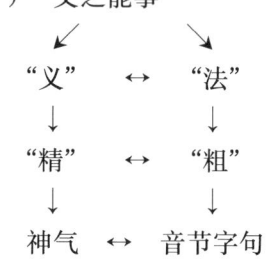

由上图可见，刘大櫆对方苞义法说进行了全面改造，避开方苞所谓道统"义"的部分，即被刘氏视为文之材料（义理、书卷、经济）的方面，专辟方氏所谓文统"法"的部分，建立"文之能事"理论体系，在此体系中他又组建了新的"义法"说。这里有两点值得注意。一是把"义理、书卷、经

济"三大类即义理学、考据学、经世致用之学统统归为文之"实"。这三者虽为文章所不可少,但决定文章妙与否的却不在此,而是作家"能事",即"文之能事"。这是从文学艺术自身分析而得出的结论,与"文以载道""文以理为主"诸说显然有别。二是刘氏"神气"说打破以往文之"义法"的范畴。刘氏"神气"说使文之精"神气"充当"义",发挥主导作用;文之粗"音节字句"担当"法"的重任。其新的"义法"中义与法、精与粗、神气与音节字句,已是完全以"神"为中心的相互依存的辩证统一体。

之所以进行上述改造,是因为刘大櫆看到了方苞"义法"说中,"法"是受到"义"的严格管制的,虽有"法"随"义"之变,但这个"义"被方苞紧紧限制在"先王之法""圣贤之旨"的范围之内,作者个性自由,自然在文中无法得到完满施展,谈何文之万变?后来方东树对此一语中的,他说:"袭于程朱道学已明之后,力求充其知而务周防焉,不敢肆;故议论愈密,而措辞矜慎,文气转拘束,不能宏放也。……向使先生生于程朱之前,而已能闻道若此,则其施于文也,讵止是已哉?"[①]方苞本人晚年也察觉到了这个问题,他在《答程夔州书》中说:"散体文惟记难撰结,论、辨、书、疏有所言之事,志、传、表、传则行宜显然,唯记无质干可立。"方苞看到"言有物"者不难,而对于散体古文这类全靠作家怀抱、修养、才气行文的文体,他就感到无从下手。因为散体古文要靠作家自身情感、个性精神的自由抒发,方能至极。刘大櫆就此提出以"神"为主的"神气"说,以救方氏以"义"为主的义法说之弊。如此作家思想解放了,文章自然就活了。正如刘大櫆在《论文偶记》中所说:"专以理为主者,则犹未尽其妙也。""古人文章可告人者惟法耳。然不得其神而徒守其法,则死法而已。"由此可见刘大櫆《论文偶记》慧眼独具。

刘大櫆以一系列字来解释神气,尤其是神,如其论"文贵远"云:

---

① (清)方东树:《书望溪先生文集后》,见《考槃集文录》第五卷,清光绪二十年刻本。

> 文贵远。远必含蓄。或句上有句，或句下有句，或句中有句，或句外有句，说出者少，不说出者多，乃可谓之远。昔人论画曰："远山无皴，远水无波，远树无枝，远人无目。"此之谓也。远则味永。文之味永，则无以加。昔人谓子长文字，微情妙旨，寄之笔墨蹊径之外；又谓如郭忠恕画天外数峰，略有笔墨，而无笔墨之迹。故太史公文，并非孟坚所知。意尽而言止者，天下之至言也，然言止而意不尽者尤佳。意到处言不到，言尽处意不尽，自太史公后，惟韩、欧得其一二。①

此处的含蓄不尽之意相当于王士禛的神韵说，也是刘大櫆的"神"论。又如"文贵高"：

> 文到高处，只是朴淡意多；譬如不事纷华，倏然世味之外，谓之高人。昔谓子长文字峻，震川谓此言难晓，要当于极真、极朴、极淡处求之。②

又论"文贵简"云：

> 凡文笔老则简，意真则简，辞切则简，理当则简，味淡则简，气蕴则简，品贵则简，神远而含藏不尽则简，故简为文章尽境。程子云："立言贵含蓄意思，勿使无德者眩，知德者厌。"此语最属有味。③

又论"文贵疏"云：

> 文贵疏。宋画密，元画疏；颜、柳字密，钟、王字疏；孟坚文密，

---

① （清）刘大櫆：《论文偶记》，7～8页，北京，人民文学出版社，1959。
② （清）刘大櫆：《论文偶记》，7页，北京，人民文学出版社，1959。
③ （清）刘大櫆：《论文偶记》，8页，北京，人民文学出版社，1959。

子长文疏。凡文力大则疏；气疏则纵，密则拘；神疏则逸，密则劳；疏则生，密则死。①

远、高、简、疏等都与神有密切的关系，做到这几个方面，神自然就显豁。由这些论述可以看出，刘大櫆所谓的神，与王士禛神韵说中的"神"旨趣相近，与风神、神韵、气韵、韵味所表现的境界大抵相同。虽属于法的层面，但绝不是具体的法，也即郭绍虞先生在《中国文学批评史》中所说的抽象的法。

在《论文偶记》中，亦有很多关于气的论述。刘大櫆说：

今粗示学者：古人行文至不可阻处，便是他气盛。非独一篇为然，即一句有之；古人下一语，如山崩，如峡流，觉阑当不住，其妙只是个直的。②

又说：

气最重要。予向谓文须笔轻气重，善矣，而未至也。要知得气重，须便是字句下得重；此最上乘，非初学笨拙之谓也。③

又说：

昔人云："文以气为主，气不可以不贯；鼓气以势壮为美，而气不可以不息。"此语甚好。④

---

① （清）刘大櫆：《论文偶记》，8页，北京，人民文学出版社，1959。
② （清）刘大櫆：《论文偶记》，4~5页，北京，人民文学出版社，1959。
③ （清）刘大櫆：《论文偶记》，5页，北京，人民文学出版社，1959。
④ （清）刘大櫆：《论文偶记》，5页，北京，人民文学出版社，1959。

关于气，孟子有"养浩然之气"之说，观其论述内在与外在之关系的话语，则浩然之气与形成浩然之文之间必定有着内在的联系。其论可谓开了以气论文的先河。韩愈对之有独得的体会，他说的"气盛者则言之短长与声之高下皆宜"，也强调盛气对文章表达的作用。根据赵建章的研究，刘大櫆的气说也受到李德裕的影响，与后者所言的"气贯""势壮"相似，是主体的思想感情在作品中表现出来的强大气势①。刘大櫆特别强调气盛，"论气不论诗，文法总不备"，"文章最要气盛"，气与势结合，形成气盛，这才是为文的不二法门。虽则如此，他又对雄气与逸气结合的境界特别欣赏，《论文偶记》"文贵品藻"条云："品藻之最贵者，曰雄，曰逸。欧阳子逸而未雄；昌黎雄处多，逸处少；太史公雄过昌黎，而逸处更多于雄处，所以为至。"②此中的雄，乃是气雄，相当于雄伟阔大的境界，如韩愈之文即是；而逸，则在于其风神绵邈的一面，如欧阳修之文即是。刘大櫆认为欧阳修只具有逸的一面，而缺少雄的一面；韩愈雄的一面超过逸的一面；而太史公之文所以为至，正在于其文逸处多于雄处，这与欧阳修的"逸而未雄"并不相同，而是能逸能雄，达到由雄而入逸的地步，所以才能称为至文。看来由雄而入逸，应该是刘大櫆追求的更高的为文之境。这种观点也对其门生姚鼐阳刚阴柔的观点有直接的影响。

刘大櫆将神与气区分开来，但二者之间又是密切联系在一起的。他说："神者，文家之宝。文章最要气盛；然无神以主之，则气无所附，荡乎不知其所归也。神者气之主，气者神之用。神只是气之精处。"③神与气，是体与用的关系，神为主，为体；气为用。神与气之所以有这种关系，则在于"气随神转，神浑则气灏，神远则气逸，神伟则气高，神变则气奇，神深则气静，故神为气之主"④。气受神的支配，有什么样的神就会相应地产生什

---

① 赵建章：《桐城派文学思想研究》，140～142页，北京，北京图书馆出版社，2003。
② （清）刘大櫆：《论文偶记》，12页，北京，人民文学出版社，1959。
③ （清）刘大櫆：《论文偶记》，4页，北京，人民文学出版社，1959。
④ （清）刘大櫆：《论文偶记》，3页，北京，人民文学出版社，1959。

么样的气。

（三）神气与音节、字句。 神气为抽象的概念，流于虚无缥缈，很难把握，也很难为别人接受。 刘大櫆在强调神气的同时，也提出如何把握神气，即具体入手之处何在，即神气是由字句、音节而获得、体现的，神气与后二者之间有着密切的关系。 对神气、音节、字句之间关系的论述是刘大櫆《论文偶记》的核心。 现从作家、创作、鉴赏三个层面对其略分如下。

文学层面	神、气、音节、字句关系
作家	①神者，文家之宝。 文章最要气盛；然无神以主之，则气无所附，荡乎不知其所归也。 神者气之主，气者神之用。 神只是气之精处。 ②行文之道，神为主，气辅之。 曹子桓、苏子由论文，以气为主，是矣。 然气随神转，神浑则气灏，神远则气逸，神伟则气高，神变则气奇，神深则气静，故神为气之主。 至专以理为主者，则犹未尽其妙也。
创作	①行文之道，神为主，气辅之。 曹子桓、苏子由论文，以气为主，是矣。 然气随神转，神浑则气灏，神远则气逸，神伟则气高，神变则气奇，神深则气静，故神为气之主。 至专以理为主者，则犹未尽其妙也。 ②文章最要气盛；然无神以主之，则气无所附，荡乎不知其所归也。 神气者，文之最精处也；音节者，文之稍粗处也；字句者，文之最粗处也；然论文而至于字句，则文之能事尽矣。 盖音节者，神气之迹也；字句者，音节之矩也。 神气不可见，于音节见之；音节无可准，以字句准之。 ③音节高则神气必高，音节下则神气必下，故音节为神气之迹。 一句之中，或多一字，或少一字；一字之中，或用平声，或用仄声；同一平字仄字，或用阴平、阳平、上声、去声、入声，则音节迥异，故字句为音节之矩。 积字成句，积句成章，积章成篇，合而读之，音节见矣；歌而咏之，神气出矣。
鉴赏	①古人文章可告人者惟法耳。 然不得其神而徒守其法，则死法而已。 要在自家于读时微会之。 ②积字成句，积句成章，积章成篇，合而读之，音节见矣；歌而咏之，神气出矣。 ③学者求神气而得之于音节，求音节而得之于字句，则思过半矣。 其要只在读古人文字时，便设以此身代古人说话，一吞一吐，皆由彼而不由我。 烂熟后，我之神气即古人之神气，古人之音节都在我喉吻间，合我喉吻者便是与古人神气音节相似处，久之自然铿锵发金石声。

由上可知，从作家层面看，刘大櫆侧重论作家自身之神、气关系。 神与气同为精神现象，依附作家人体，即所谓的"精气""心气"。 刘氏本人也承认这种神气是"天偶以是气界之其人"，"天实使之"[①]，即为天才。 至于

---

① （清）刘大櫆：《海门初集序》，见《刘大櫆集》第二卷，59页，上海，上海古籍出版社，1990。

"专以理为主,则未尽其妙",透露出"理"也为"神气"所含。因为"理"是一种思想,与其同系的气之"神",理应是一种涵盖"理"的思想或状态。所以,作家之神就是这种思想加上天才所形成的创作理念或状态。不应"专以理为主,则未尽其妙",而要以作家之神为主,就是针对方苞的。方氏思想上笃信程朱理学,写文章"以义理浸灌其心"(《进四书文选表》),论文专以"义法"。姚鼐批评方苞评点《史记》时在精神上不能括其大处、远处、疏淡及华丽非常处,且只以义法论文。这显然是对刘大櫆"文贵大""文贵远""文贵疏""文贵华"论文观点的继承。同时他又指出方苞"止以义法论文,则得其一端"的弊病,进一步佐证刘大櫆"专以理主,则未尽其妙"亦是针对方氏。

联系刘大櫆个性自由思想,可以约略推知刘氏所谓作家之神当是个性思想自由化艺术思维。"神气"二字,可分开来说,神指作家精神、风神,气指文章气势、气魄。不同作家的禀性、才能不一,形成不同的艺术风格,才会出现"气随神转,神浑则气灏,神远则气逸,神伟则气高,神变则气奇,神深则气静"的临文状态。这种神被刘氏视为"文家之宝",结合"行文之道,神为主""文章最要气盛"及"音节为神气之迹""字句为音节之矩",可见文家之神对气、音节、字句的决定作用。正如韩愈所说:"气盛则言之短长与声之高下者皆宜。"[1]又如李梦阳所说:"至其为声也,则刚柔异而抑扬殊,何也?气使之也。"[2]

再从创作角度说,作家神气如何灌注于作品并形成反映作家之神的文气。明顾起元曾谈及此问题:"夫所谓神理者,固亦不出乎音响肤泽之间,然是音响肤泽者,神理变化也。"[3]顾氏揭示出"神理↔音响肤泽"互逆关系。刘大櫆就此提出了神气、音节、字句说。同时刘大櫆分别将其分成最

---

[1] (唐)韩愈撰:《韩昌黎文集校注》,马其昶校注,171页,上海,上海古籍出版社,1986。
[2] (明)李梦阳:《张生诗序》,见《空同集》第五十一卷,文渊阁《四库全书》本。
[3] (明)顾起元:《刘成斋先生诗序》,见(清)黄宗羲辑:《明文授读》第三十六卷,清康熙三十六年张锡琨味芹堂刻本。

精处、稍粗处和最粗处三部分,即"神气者,文之最精处也;音节者,文之稍粗处也;字句者,文之最粗处也。然论文而至于字句,则文之能事尽矣。盖音节者,神气之迹也;字句者,音节之矩也。神气不可见,于音节见之;音节无可准,以字句准之"(《论文偶记》)。可见,刘氏创作论的神气、音节、字句亦具有互逆性:神气↔音节↔字句,刘氏将顾氏"音响肤泽"细化为"音节、字句"。值得注意的是刘大櫆"神气↔音节↔字句"关系式。在创作中,对作家来讲,这是一个循环过程,即神气→音节→字句→音节→神气。循环前半部分即作家"神气"统摄作品"音节、字句"的"兴会"状态,循环后半部分是作家"神气"落实"字句、音节"的文字物化过程,两端"神气"实为一体。这从刘氏把"神气"视为文之最抽象部分的"最精处",把"字句、音节"看成文之较具体部分的"粗处",就可看出此种关系。

其实刘氏这种神气、音节、字句关系思想可上溯到桐城前辈戴名世对"魂""魄"的解析。戴氏在《程偕柳稿序》中说:

> 余尝推其意而论之曰:"凡有形者谓之魄,无形者谓之魂。有魄而无魂者,则天下之物皆僵且腐,而无复有所为物矣。今夫文之为道,行墨字句其魄也,而所谓魂也者,出之而不觉,视之而无迹者也。人亦有言曰:'魂亦出歌,气亦歌舞。'"①

戴氏将"有形者"称为"魄","无形者"视为"魂",并且认识到"有魄无魂"则天下无物,说明"魂"对"魄"的主导作用。此种思想源于《易传》。《易传·系辞上》曰:"精气为物,游魂为变。"古人认为离开人形体而存在的精神为"魂",又以依附形体而显现的精神为"魄"。"人生始化曰魄,既生魄,阳曰魂,用物精多,则魂魄强。"(《左传·韶公七年》)孔颖达

---

① (清)戴名世:《戴名世集》,71页,北京,中华书局,1986。

疏言:"形气既殊,魂魄各异,附形之灵为魄,附气之神为魂也。附形之灵者,谓初生之时,耳目心识手足运动啼呼为声,此则魄之灵也;附气之神者,谓精神性识渐有所知,此则附气之神也。"也就是说,"魂"较之"魄"得精气多而阳盛,能离人形体而独立,是所谓神,而"魄"只是形。戴氏将其引入文论,并将"魄"具体化为"行墨字句",把"魂"视为"出之而不觉,视之而无迹者"。可贵的是,戴氏看到"魂亦出歌,气亦歌舞",即魂、气是能歌能舞的生命之物。这也是桐城派孜孜以求的文之生命有机体。

刘大櫆接过戴氏话头,化"魂魄"为"精粗",化"精粗"为"神气"、"音节、字句"。后来姚鼐将文者八事"神、理、气、味、格、律、声、色"中,"神、理、气、味"称为"文之精","格、律、声、色"看作"文之粗"①。桐城后辈方东树以"魂气"指鲜活生动的作品,以"魄气"指死滞而缺乏活力的作品,所谓"魂气多则成活相,魄气多则为死滞。千古一人,惟杜子美,只是纯以魂气为用"。晚近桐城后学贺涛将"声"直接视为"文之精神"。他说:"声者,文之精神,而气载之以出者。气载声以出,声亦道气以行。"②

这里还须注意一个问题,就是对于上述循环的后半部分"音节高则神气必高,音节下则神气必下,故音节为神气之迹"的理解。吴德旋在《初月楼古文绪论》中说:"刘海峰文最讲音节,有绝好之篇。"③在这里刘大櫆看到音节对神气并不是完全消极被动的,音节的"高""下"制约并显示神气"高""下",这促使文家竭力追求古文的节奏感和音乐美,创造出包含神气的古文。正如刘大櫆所说:"文章最要节奏,譬之管弦繁奏中,必有希声窈渺处。"(《论文偶记》)姚鼐亦承此曰:"诗古文各要从声音证入。不知声音,总为门外汉耳。"《与陈硕士》但这决不能说"神气由音节决定"④,只

---

① (清)姚鼐:《古文辞类纂序目》,见《古文辞类纂》卷首22页,上海,上海古籍出版社,2016。
② (清)贺涛:《答宗端甫书》,见《贺涛选集》,138页,合肥,安徽教育出版社,2014。
③ (清)吴德旋:《初月楼古文绪论》,31页,北京,人民文学出版社,1959。
④ 顾易生:《方苞姚鼐的文论及其历史地位》,载《江淮论坛》,1982(2)。

要我们把刘氏的创作循环论作为一个整体看,就很容易理解这个问题。从前半部分即作家创作前酝酿过程,文家之"神气"无疑决定"音节";从后半部分即作家神气物化音节过程,此时"音节"对"神气"具有反作用。所以,"音节高则神气必高,音节下则神气必下"中"则""必"相连表达的应是"制约""表现"之意。这足见刘大櫆"以神为主"神气说的缜密性和创新性。

对于鉴赏,即从读者角度来考察神气、音节、字句关系,刘氏《论文偶记》涉及鉴赏目的、鉴赏途径、鉴赏方法等问题。

对于鉴赏目的,刘大櫆明确指出,就是得文章"神气"与"音节",即"求神气而得之于音节,求音节而得之于字句,则思过半矣"(《论文偶记》)。对于文法,刘氏要求字法、句法、章法皆能传神,即得其神之活法,而不是"不得其神而徒守其法"的"死法"。

刘大櫆所论鉴赏的途径就是:字句→音节→神气,即从最粗→稍粗→最精。这与创作过程中"字句→音节→神气"绝然不一,前者主体是作家,字句、音节是作家正在物化的产物,此神气乃是作家之神气,所谓"因情而造文";后者主体是读者,字句、音节是作家物化后的产物,即读者接受的文本,此时神气乃是读者所能领悟的,由文本诱发读者的神气,其中可能有原作家之神,抑或更多,此过程为"披文以入情"(《文心雕龙·知音》)。因此这两个"神气"指向非同,研究者需要特别注意,它涉及古代文论体系特征问题。姚鼐说:"然苟舍其粗,则精者亦胡以寓焉?学者之于古人,必始而遇其粗,中而遇其精,终则御其精者而遗其粗者。"(《古文辞类纂序》)姚氏这里所指亦是鉴赏过程,不过带点庄子舍筏登岸、得鱼忘筌之味,这是刘氏所没有的。

由上表鉴赏栏很容易发现刘氏鉴赏方法,那就是"涵泳",他说:"一句之中,或多一字,或少一字;一字之中,或用平声,或用仄声;同一平字仄字,或用阴平、阳平、上声、去声、入声,则音节迥异,故字句为音节之矩。积字成句,积句成章,积章成篇,合而读之,音节见矣;歌而咏之,神气出矣。"(《论文偶记》)如此诵读确实是把握散文(尤其诗歌)音乐节奏、感情和神气的必由之路。此法达到极致就是"烂熟后,我之神气即古人之神气",即达到读者与作家神气的完全融合。艺术鉴赏达到这种地步,才能真正入乎其内,完全洞察作品神气音节之幽微。张裕钊对此十分推崇,他说:"长老所传,刘海峰绝丰伟,日取古人之文,纵声读之。姚惜抱则患气羸,然亦不废哦诵,但抑其声使之下耳。"①这里张氏揭示出刘大櫆涵泳之法是从实践中得出的可行理论,"纵声读之"是刘氏涵泳的突出特色。即使姚鼐"患气羸,然亦不废哦诵",可见其法切实可行,影响之深。因此,姚氏说"若但能默看,即终身门外行也",他谈到诵读方法目的时说:"急读以求其体势,缓读以求其神味。"②后来方东树倡导"精诵"③,曾国藩《与子书》亦曰:"文以引声,声亦足以引文。循环互发,油然不能自已,庶渐渐可入佳境。"④张裕钊标榜"因声以求气"⑤,林纾疾呼"声即韵也"⑥。皆由刘氏涵泳理论而来。

综观刘大櫆"神气"说,它涵盖了作家论、创作论、鉴赏论,是一个相对完整的理论体系。其"行文自另是一事",与李易安词"别是一家"、严羽诗"别才别趣"之说的艺术自觉性是一脉相承的,对桐城后学的影响巨大。方东树说:"刘海峰其说盛行一时,及门暨近日乡里后进私淑者数十辈,往往守其微言绪论以道学,肖其波澜意度以为文及诗者,不可胜纪。"⑦

---

① (清)张裕钊:《答吴至甫书》,见《张裕钊诗文集·濂亭集》,85页,上海,上海古籍出版社,2007。
② (清)姚鼐:《与陈硕士书》,见《惜抱轩尺牍》,96页,合肥,安徽大学出版社,2014。
③ (清)方东树:《书惜抱先生墓后》,见《考槃集文录》第五卷,清光绪二十年刻本。
④ (清)曾国藩:《曾国藩全集》第16册,470页,长沙,岳麓书社,2011。
⑤ (清)张裕钊:《答吴至甫书》,见《张裕钊诗文集·濂亭集》,84页,上海,上海古籍出版社,2007。
⑥ 林纾:《春觉斋论文》,85页,北京,人民文学出版社,1959。
⑦ (清)方东树:《刘悌堂诗集序》,见《仪卫轩文集》第五卷,清同治七年刻本。

三、姚鼐的古文思想

在桐城派文学理论建构的过程中,姚鼐发挥了重要的作用。 姚鼐(1732—1815),字姬传、梦榖,室名惜抱轩,安徽桐城人。 乾隆二十八年(1763)进士,官至刑部郎中,充《四库全书》编修官。 中年辞官,主持梅花、紫阳、钟山书院四十余年。 他的文学主张继承了同乡前辈方苞、刘大櫆及叔父姚范等的观点,集桐城派理论之大成,并进一步充实和完善了桐城派的文学理论。 桐城派发展至姚鼐,才成为一个真正意义上的文学流派,这也与其理论主张的系统化有密切关系。

姚鼐的文学理论主要包括文论和诗论,在具体阐释时,他往往将诗文合论。 虽然他也承认二者"取径不同",但更认识到"诗之与文,固是一理"①,主张诗文创作的相通。 有鉴于此,本文在论述时也多合论二者,只有在独特之处,才区别对待。

(一)"道与艺合,天与人一"。 姚鼐论文重文与道的结合,以及先天禀赋与后天努力的统一,在《敦拙堂诗集序》中他说:"夫文者,艺也。 道与艺合,天与人一,则为文之至。"②在他看来,文的极致就是道与艺、天与人的高度结合。

首先看道与艺合。 这一观点继承并发展了方苞的义法论,道与艺在一定程度上同义和法相近。 姚鼐所谓的道,与程朱理学的"理"相当,一方面是指道德原则的当然,另一方面是指事物规律的必然。 他说:"天下所谓文者,皆人之言,书之纸上者尔。 言何以有美恶,当乎理,切乎事者,言之美也。"③"理""事"即当然与必然而言,文只有符合理与事,才称之为美。

姚鼐所言之道,糅合了方苞的义法论,突显刘大櫆为文之实中的经济一

---

① (清)姚鼐:《与王铁夫书》,见《惜抱轩诗文集》,290 页,上海,上海古籍出版社,1992。
② (清)姚鼐:《惜抱轩诗文集》,49 页,上海,上海古籍出版社,1992。
③ (清)姚鼐:《稼门集序》,见《惜抱轩诗文集》,273 页,上海,上海古籍出版社,1992。

项，特别强调文章与社会的关系，他说：

> 夫古人之文，岂第文焉而已，明道义、维风俗以诏世者，君子之志；而辞足以尽其志者，君子之文也。达其辞则道以明，昧于文则志以晦。鼐之求此数十年矣，瞻于目，诵于口，而书于手，较其离合而量剂其轻重多寡，朝为而夕复，捐嗜舍欲，虽蒙流俗讪笑而不耻者，以为古人之志远矣，苟吾得之，若坐阶席而接其音貌，安得不乐而愿日与为徒也。①

文之作用在于讲明道义，维护风俗，适于世用。他一直以来孜孜不倦追求的就在于此。同时，姚鼐关注的道也有一种本体论的色彩。《敦拙堂诗集序》云：

> 言而成节合乎天地自然之节，则言贵矣。其贵也，有全乎天者焉，有因人而造乎天者焉。今夫《六经》之文，圣贤述作之文也。独至于《诗》，则成于田野闺闼、无足称述之人，而语言微妙，后世能文之士，有莫能逮，非天为之乎？然是言《诗》之一端也，文王、周公之圣，大、《小雅》之贤，扬乎朝廷，达乎鬼神，反覆乎训诫，光昭乎政事，道德修明，而学术该备，非如列国《风》诗采于里巷者可并论也。夫文者，艺也。道与艺合，天与人一，则为文之至。世之文士，固不敢于文王、周公比，然所求以几乎文之至者，则有道矣，苟且率意，以觊天之或与之，无是理也。②

这里所阐述的内容，一方面是光昭政事、道德修明之道，为社会政治伦理等层面的意义；另一方面则是言合乎天地自然之节的道，具有本体论的意

---

① （清）姚鼐：《复汪进士辉祖书》，见《惜抱轩诗文集》，89页，上海，上海古籍出版社，1992。
② （清）姚鼐：《复汪进士辉祖书》，见《惜抱轩诗文集》，49页，上海，上海古籍出版社，1992。

义。从中可以看出姚鼐所言之道具有更广泛的意味，既是具体的伦理、政治之意，也充满着抽象的本体的色彩。姚鼐拓展了方苞义法论中"义"仅注重道德原则的一面，强调了刘大櫆观念中适于世用的内容，又增加了更具普遍意义的本体论之意，更为全面。

所谓"艺"，即艺术技巧，一方面指具体的法（即"文之粗"），另一方面指抽象的法（即"文之精"）。姚鼐认为方苞作文论文停留在具体的法之上，而他则更为关注抽象的法，故批评方苞"阅太史公书，似精神不能包括其大处、远处、疏淡处及华丽非常处；止以'义法'论文，则得其一端而已"①，所谓"大处、远处、疏淡处及华丽非常处"，就是抽象的法。抽象的法不是固定不变的，因此文无定法。他就这个问题和翁方纲讨论，他说："鼐闻今天下之善射者，其法曰：'平肩臂，正腘，腰以上直，腰以下反句磬折，支左诎右。其释矢也，身如槁木。苟非是，不可以射。'师弟子相授受，皆若此而已。及至索伦蒙古人之射，倾首、欹肩、偻背，发则口目皆动。见者莫不笑之，然而索伦蒙古之射远贯深而命中，世之射者常不逮也。然则射非有定法亦明矣。"②姚鼐以射箭为例，说明文章写作也是一样，有法但却无定法。他接着从理论的层面深入分析这个问题，他说："文字者，犹人之言语也，有气以充之，则观其文也，虽百世而后，如立其人而与言于此；无气，则积字焉而已。意与气相御而为辞，然后有声音节奏高下抗坠之度，反复进退之态，采色之华。故声色之美，因乎意与气而时变者也，是安得有定法哉！"③姚鼐所谓的"气"，与刘大櫆所重的气势有所不同，他强调的是作家个人的生命状态，就是生气。有生气的文章千百世后其作者犹活在其文字中，无生气的文章，则不过是堆积文字而已。"意"是指作家所要表达的主旨。作家之生气与其创作主旨结合，表现为文辞，因为意与气，然后才能形成文辞的声音、节奏等效果。但文辞又因意、气二者结合的不同方式

---

① （清）姚鼐：《与陈硕士》，见《惜抱轩尺牍》，75页，合肥，安徽大学出版社，2014。
② （清）姚鼐：《答翁学士书》，见《惜抱轩诗文集》，84页，上海，上海古籍出版社，1992。
③ （清）姚鼐：《答翁学士书》，见《惜抱轩诗文集》，84～85页，上海，上海古籍出版社，1992。

而形成丰富多彩的文辞效果。正因为如此，所以文法是千变万化的，而非一成不变。姚鼐在这里以意、气及辞三者的关系论证文法变化无穷的奥妙所在，这种对文法的探求，已经深入文学创作的内核，见解是非常深刻的。

因为讲究"道与艺合"，自然要求文以表现道为旨归。姚鼐说："夫古人之文，岂第文焉而已，明道义、维风俗以诏世者，君子之志；而辞足以尽其志者，君子之文也。达其辞则道以明，昧于文则志以晦。"①道是文表现的目的，但如果"昧于文"，则道也不能得到阐扬，所以二者是紧密结合的。不过在姚鼐看来，道是起决定作用的，他批评钦善书说："夫文技耳，非道也，然古人藉以达道。其后文至而渐与道远，虽韩退之、欧阳永叔，不免病此，况以下者乎。足下之文，不通于俗，而亦不尽合于古；不求工于技，而亦不尽当于道；自适己意，以得其性情所安，故曰畸文也。"②文属于技的层面，是达道的工具，所以文为主导。钦善之文自适己意，虽一己之性情得安，但却不尽当于道，故所为文亦不善。欲道之充足，首先需要提高作家自身的修养。如果道充于诗人胸中，则其胸襟自然高旷，发之于文，自然成为至文："夫诗之于道固末矣，然必由其人胸臆所蓄，行履所至，率然达之翰墨，扬其菁华，不可伪饰，故读其诗者如见其人。"③所以诗人不能仅仅以作为一个诗人自命，善为诗不仅要在艺术手段上下功夫，更重要的是涵养自己的胸襟，姚鼐说："古之善为诗者，不自命为诗人者也。其胸中所蓄，高矣、广矣、远矣，而偶发之于诗，则诗与之为高广且远焉，故曰善为诗也。"④姚鼐的意思是，诗人的首要任务不是在于诗艺，而是在于成为一个有道德修养的人，只要有道德修养，自然就成为一个诗人。这与韩愈"仁义之人，其言蔼如"及欧阳修"道至者，文不难而自至"的观点相承。其次，诗之成就的高低，最重要的也不是在艺术上，而在于诗人胸襟的高、广、远，

---

① （清）姚鼐：《复汪进士辉祖书》，见《惜抱轩诗文集》，89页，上海，上海古籍出版社，1992。
② （清）姚鼐：《复钦君善书》，见《惜抱轩诗文集》，291～292页，上海，上海古籍出版社，1992。
③ （清）姚鼐：《朱二亭诗集序》，见《惜抱轩诗文集》，260页，上海，上海古籍出版社，1992。
④ （清）姚鼐：《荷塘诗集序》，见《惜抱轩诗文集》，50页，上海，上海古籍出版社，1992。

即他是以道德原则而不是艺术原则作为衡量诗歌成就的首要标准的，道德涵养越高，则诗歌成就也越高，这与叶燮及其弟子沈德潜所言"有一等胸襟，方且为一等诗人"(《说诗晬语》)的观点相同。而如果仅仅以成为一个诗人为奋斗目标，则尽管诗歌创作"为之虽工"，艺术手法高明，也难以达到很高的成就："其诗卑且小矣。"(《荷塘诗集序》)姚鼐不忽视艺术的层面，也注重道的主导作用。

　　道与后天的学习与涵养相关，艺则同先天的禀赋与后天的努力分不开，所以"道与艺合"又同"天与人一"结合在一起。所谓的"天"，指先天的禀赋；所谓的"人"，指后天的努力。这二者在姚鼐的观点中是并重的。《敦拙堂诗集序》云："言而成节合乎天地自然之节，则言贵矣。其贵也，有全乎天者焉，有因人而造乎天者焉。"[①]"全乎天者"即先天的禀赋，"因人而造乎天者"即后天的努力。他认为有的人先天就具备了艺术感觉，而有的人则通过努力才能达到天才所具有的境界。关于道，姚鼐从理学家的立场出发，特别提倡涵养："为学之要，在于涵养而已。声华荣利之事，曾不得以奸乎其中，而宽以期乎岁月之久，其必有以异乎今而达乎古也。"[②]具体的法，也是后天的努力可造就的，他在《与刘明东书》中教导刘开说："诗律细处，精意读书，可以必得，然非数年之深功不能。"至于抽象的法，如"诗境大处"，如果"勤心深求"的话，"或半年便得，或一年乃得"，但也有可能"终身不得"，毕竟有些是属于先天禀赋的层面。为文既需后天的努力，更需要先天的禀赋；后天的努力已属不易，先天的禀赋更为难得："抑人之学文，其功力所能至者，陈理义必明当，布置取舍、繁简廉肉不失法，吐辞雅驯不芜而已。古今至此者，盖不数数得。然尚非文之至，文之至者通乎神明，人力不及施也。"[③]所以欲成为文学家，不仅需要努力学习，也需要具有一定的天赋，天赋是成为杰出文学家的重要条件，具备了天赋，所作之文便

[①] （清）姚鼐：《惜抱轩诗文集》，49页，上海，上海古籍出版社，1992。
[②] （清）姚鼐：《答鲁宾之书》，见《惜抱轩诗文集》，104页，上海，上海古籍出版社，1992。
[③] （清）姚鼐：《复鲁絜非书》，见《惜抱轩诗文集》，94页，上海，上海古籍出版社，1992。

有通乎神明的美感效果,这不是人力所能达到的。但仅有天赋,没有后天的努力也不行。他以《诗经·国风》中的诗为例,这些诗"成于田野闺阃、无足称述之人","而语言微妙,后世能文之士,有莫能逮,非天为之乎"?但姚氏同时也认识到此仅是"言《诗》之一端",《雅》《颂》诸篇,乃"道德修明,而学术该备,非如列国《风》诗采于里巷者可并论也"。如果仅具天赋,"天机间发,片言一章之工亦有之";但若言"衮然成集,连牍殊体,累见诡出,闳丽谲变"之作,"则非巨才而深于法者不能",天赋与学习都不可偏废。姚鼐认为杜甫就是先天禀赋与后天努力完美结合的人。杜甫之所以能成为文学史上极杰出的一位,原因就在于此:"子美之诗,其才天纵,而致学精思,与之并至,故为古今诗人之冠。"①姚氏对杜甫的推崇,于其言论中随处可见。他强调先天与后天结合的创作倾向,乃是有感于袁枚性灵诗风影响下,诗坛上所盛行的浮薄诗风之弊而提出的,他借鉴袁枚性灵说重天分的理论,又对其加以完善,观点更为宏通。

为沟通天人,姚鼐特别提倡"悟"的功夫。在教导弟子为诗为文时,他反复提及禅悟,他对陈用光说:"文家之事,大似禅悟;观人评论圈点,皆是借径。一旦豁然有得,呵佛骂祖,无不可者。"又说:"学文之法无他,多读多为,以待其一日之成就,非可以人力速之也。士苟非有天启,必不能尽其神妙。"②他对侄孙姚莹说:"凡诗文事与禅家相似,须由悟入,非语言所能传。……欲悟亦无他法,熟读精思而已。"③在悟之前,姚鼐也看重评论圈点等"借径",也就是说,姚鼐虽倡言文无定法,但并不废弃学习古人,他对前后七子的模拟作风在一定程度上是接受的。他教导管同说:"近世人习闻钱受之偏论,轻讥明人之摹仿。文不经摹仿,亦安能脱化?观古人之学前古,摹仿而浑妙者,自可法;摹仿而钝滞者,自可弃。虽扬子云亦当以此义

---

① (清)姚鼐:《敦拙堂诗集序》,见《惜抱轩诗文集》,49页,上海,上海古籍出版社,1992。
② (清)姚鼐撰:《与陈硕士》,见《惜抱轩尺牍》,79页,合肥,安徽大学出版社,2014。
③ (清)姚鼐撰:《与石甫侄孙》,见《惜抱轩尺牍》,138页,合肥,安徽大学出版社,2014。

裁之，岂但明贤哉？"①钱谦益早年亦受前后七子模拟之风的影响，后来同公安派游，转而抨击复古派。由于他的巨大影响，模拟之习在清初遭人唾弃。姚鼐虽强调模仿古人的必要性，但在如何模仿上，他提出与前后七子不同的途径："近人每云，作诗不可摹拟，此似高而实欺人之言也。学诗文不摹拟，何由得入？须专摹拟一家，已得似后，再易一家。如是数番之后，自能熔铸古人，自成一体。若初学未能逼似，先求脱化，必全无成就。譬如学字尔不临帖，可乎？"②观人评点、熟读精思、模拟等途径，都是为了悟而做的准备。一旦到了临界点，必然进入悟的境界。禅宗以为佛性人人本来就有，但为外物遮蔽；欲得佛性，须由悟入。姚鼐强调通过后天的学习，唤醒本身具有的天分，这个过程和禅宗的顿悟原理相通。以禅论诗，并非始于姚氏，严羽、王士禛均有此论，姚鼐吸收他们的观点，并加以改造。他的贡献在于当别人注重天分的时候，他亦不废后天的学习，并得后天的努力将天赋与禅悟结合起来。他特别强调悟是本体与功夫的合一，只有功夫达到一定的地步，本体才能豁然开朗。

（二）阳刚阴柔。从天分的角度出发，每个人禀受的气质不同，体现在文章风格方面也是有明显差异的，由此姚鼐提出了著名的阳刚阴柔说。阴阳观念来自《易》，中国古代哲学很早就认识到事物对立统一的规律，阴阳指事物对立的两个方面，《易》云："一阴一阳之谓道。"《说卦传》云："分阴分阳，迭用柔刚，故易六位而成章。"《老子》亦云："万物负阴而抱阳。"道与万物就是阴与阳这对矛盾的统一体，万物由之而形成。《易·贲·象传》云："刚柔交错，天文也。"后来用以指称男女，汉代班昭《女诫》进一步将阴阳与男女刚柔的气性对应，说："阴阳殊性，男女异形。阳以刚为德，阴以柔为用。"（《后汉书·曹世叔妻》）阳刚为男性的美，阴柔为女性的美。姚鼐则将这一观念移用于对文学作品中两种对立风格的表述。

---

① （清）姚鼐撰：《与管异之》，见《惜抱轩尺牍》，69页，合肥，安徽大学出版社，2014。
② （清）姚鼐撰：《与伯昂从姪孙》，见《惜抱轩尺牍》，129页，合肥，安徽大学出版社，2014。

所谓阳刚之美,姚鼐用形象化的语言描写道:"其得于阳与刚之美者,则其文如霆,如电,如长风之出谷,如崇山峻崖,如决大川,如奔骐骥。其光也如杲日,如火,如金镠铁。其于人也,如凭高视远,如君而朝万众,如鼓万勇士而战之。"这都是一些壮美的景象,阳刚就是表现为壮美的文学风格,如豪放、刚健、沉雄、悲壮等,均属阳刚之美。对阴柔之美,他也用形象的比喻描述道:"其得于阴与柔之美者,则其文如升初日,如清风,如云,如霞,如烟,如幽林曲涧,如沦,如漾,如珠玉之辉,如鸿鹄之鸣而入寥廓。其于人也,漻乎其如叹,邈乎其如有思,暖乎其如喜,愀乎其如悲。"[①]这都是一些优美的景象,阴柔就是表现为优美的文学风格,如婉约、柔和、淡雅、幽深等,均属阴柔之美。

对于文学作品的风格,刘勰《文心雕龙·体性篇》分为典雅、远奥、精约、显附、繁缛、壮丽、新奇与轻靡八种,并也认识到典雅与新奇、远奥与显附、精约与繁缛、壮丽与轻靡为四组相对的风格。至托名为司空图的《二十四诗品》,则将诗歌风格分为二十四类,即雄浑、冲淡、纤秾、沉著、高古、典雅、洗炼、劲健、绮丽、自然、含蓄、豪放、精神、缜密、疏野、清奇、委屈、实境、悲慨、形容、超诣、飘逸、旷达、流动。虽是论诗,实际也通于衡文。这些分类,细致地揭示了文学作品的不同风格之美,但太多的分类,也有繁琐之感。姚鼐以阳刚阴柔二端总括,显得简洁明了。以刚柔论人而至文,沈约、刘勰也可被视为先导,沈约《宋书·谢灵运传论》云:"民禀天地之灵,含五常之德,刚柔迭用,喜愠分情。"刘勰在《文心雕龙·体性篇》中说:"气有刚柔。"又在《定势篇》中说:"文者……刚柔虽殊,必随时而适用。"《熔裁篇》云:"刚柔以立本,变通以趋时。立本有体,意或偏长;趋时无方,辞或繁杂。蹊要所司,职在熔裁。"他是从人的气之刚柔而论及文的刚柔的,不过他还没有将文学作品的风格归结为这两类。到了清代,人们较多地从"对待之两端"(叶燮《原诗》)思考文学创作的规律,姚

[①] (清)姚鼐:《复鲁絜非书》,见《惜抱轩诗文集》,93~94页,上海,上海古籍出版社,1992。

鼐就是在这种氛围中，将文学作品的各种风格归总为阳刚与阴柔两类的。但这并不是说天下文风，就此二端。阴阳之气的不同组合能化生万物："阴阳刚柔，其本二端，造物者糅而气有多寡进绌，则品次亿万，以至于不可穷，万物生焉。"文学作品中，阳刚与阴柔两种风格各自多寡组合的不同，又产生出多种多样的风貌，所以姚鼐说"夫文之多变，亦若是已"①。阳刚与阴柔二气多寡的不同的组合，造就了多姿多彩的文学艺术之美。

"天地之道，协和以为体"，道与万物都是阴与阳的统一，文也应该是阳刚与阴柔的统一，二者"并行而不偏废"，这是姚鼐观念中理想的状态。既是理想的状态，便不是所有人都能做到的，只有圣人之言才能达到二者的统一，他说："鼐闻天地之道，阴阳刚柔而已。文者，天地之精英，而阴阳刚柔之发也。惟圣人之言，统二气之会而弗偏。"至于其他的人，因其时不同，面对的说话对象有异，文风也有所偏向；自诸子之文以下，"其为文无弗有偏者"（《复鲁絜非书》），有的偏于阳刚，有的偏于阴柔。而天地之道又是"尚阳而下阴，伸刚而绌柔，故人得之亦然"，既然崇尚阳刚之人，那么在文风上，姚鼐自然也推崇偏向阳刚之文，他说："文之雄伟而劲直者，必贵于温深而徐婉。"他回顾文学史，发现温深徐婉之才不多，而雄才更是屈指可数："温深徐婉之才，不易得也。然其尤难得者，必在乎天下之雄才也。夫古今为诗人者多矣，为诗而善者亦多矣，而卓然足称为雄才者，千余年中数人焉耳。"②他本此以评论前代的文章："西汉人文传者大抵官文书耳，而何其雄骏高古之甚。昌黎官中文字，止用当时文体，而即得汉人雄古之意。欧、曾、荆公官文字雄古者，鲜矣，然词雅而气畅，语简而世尽，固不失为文家好处矣。熙甫于此体，乃时有伤雅，不能简当之病。"③至于同时代，他认为只有好友辽东朱孝纯为雄才，其诗"即之而光升焉，诵之而声宏焉，

---

① （清）姚鼐：《复鲁絜非书》，见《惜抱轩诗文集》，94页，上海，上海古籍出版社，1992。
② （清）姚鼐：《海愚诗钞序》，见《惜抱轩诗文集》，48页，上海，上海古籍出版社，1992。
③ （清）姚鼐撰：《与陈硕士》，见《惜抱轩尺牍》，83页，合肥，安徽大学出版社，2014。

循之而不可一世之气勃然动乎纸上而不可御焉，味之而奇思异趣角立而横出焉"①。姚鼐对雄才及雄奇劲直之文的推崇，是和他呼唤英雄人物的用世之心相联系的。

不过就算是呼唤雄才，推崇雄奇劲直之文，只因为是"偏向"，是"一有一绝无"，便违背了"一阴一阳之为道"的对立统一原理。只有阳刚或只有阴柔都不能成文，而且"刚不足为刚、柔不足为柔者，皆不可以言文"（《复鲁絜非书》），难以为刚，难以为柔的，都是未能领悟为文之用心的，姚鼐总结说："阴阳刚柔，并行而不容偏废，有其一端而绝亡其一，刚者至于偾强而拂戾，柔者至于偏废而闇幽，则必无与于文者矣。"（《海愚诗钞序》）文风一定要是主于阳刚或阴柔之一端，而又糅合与其对立的一端，方是为文之道。正因为如此，他在推崇阳刚之文的同时，也向往阴柔之美，他评价苏园公诗时说："大抵高格清韵，自出胸臆；而远追古人不可到之境于空濛旷邈之区，会古人不易识之情于幽邃杳曲之路。使人初对，或淡然无足赏；再三往复，则为之欣怀恻怆，不能自已。此是诗家第一种怀抱……以言才力雄富，则或不如古；以言神理精到，真与古作者并驱，以存名家正统。"②这些"高格清韵""空濛旷邈""幽邃杳曲"之境，虽从"才力雄富"一面来说比不上古之作者，但从神理精到一面来说，亦为名家正统。姚鼐称之为"诗家第一种怀抱"，推崇之意甚明。如果说这里主要还是针对诗而言，他也明确论及文的阴柔之美："文章之境，莫佳于平淡，措语遣意，有若自然生成者，此熙甫所以为文家之正传。"③阴柔中蕴含着阳刚，阴柔并不仅仅是阴柔，而是包含着阳刚的阴柔，所以从天地之道来说崇尚蕴含着阴柔的阳刚，而从个人的趣味来说又倾心于糅合着阳刚的阴柔，二者并未有矛盾之处："苟有得乎阴阳刚柔之精，皆可以为文章之美。"（《海愚诗钞序》）在审美理想上，姚鼐从天地之道出发，推崇阳刚；但基于个人兴趣及才性，他又倾心于阴柔之美。

---

① （清）姚鼐：《海愚诗钞序》，见《惜抱轩诗文集》，48页，上海，上海古籍出版社，1992。
② （清）姚鼐：《答苏园公书》，见《惜抱轩诗文集》，294页，上海，上海古籍出版社，1992。
③ （清）姚鼐：《与王铁夫书》，见《惜抱轩诗文集》，289页，上海，上海古籍出版社，1992。

对姚鼐的诗文风格和审美理想，也应该从这一角度去理解。

姚鼐的阳刚阴柔理论对桐城后学影响极大。其弟子管同继承了这一理论，他说："仆闻文之大原出于天，得其备者，浑然如太和之元气；偏焉而入于阳，与偏焉而入于阴，皆不可以为文章之至境。然自周以来，虽善文者，亦不能无偏。仆谓与其偏于阴也，则无宁偏于阳。何也？贵阳而贱阴，信刚而绌柔者，天地之道，而人之所以为德者也。"①管同理论如同其师的翻版，推尊阳刚阴柔的结合为文章的"至境"；只不过相比之下，他更倾向于认同阳刚之美。姚氏后学吴德旋也说："文章之道，刚柔相济。《史记》及韩文，其两三句一顿，似断不断之处极多；要有灏气潜行，虽陡峻亦寓绵邈，且自然恰好，所以为风神绝世也。"②他认为《史记》与韩文虽为阳刚之文，但却能于陡峻之中寓含绵邈之风，也就是阳刚中糅合阴柔，且做到自然恰好的状态，他觉得这类文之所以"风神绝世"，原因就在于此。姚莹沿着姚鼐推崇雄文的观点继续加以阐发，结合他自身的经历和时世需求，渴望奇文，认为孔子、老子、庄子、屈原、贾谊、司马迁、曹植、李白、杜甫、韩愈等人的作品都以奇评之，之所以为奇，他说："是奇也，大抵有所为而后发……非困顿沉郁，势极情至不可已，则发之也浅，其成之也不可以大而久。……非困穷忧患，则圣人之遇不奇；非绝无仅有，则宇宙之奇不泄。诸子亦各以其穷为其奇而不朽。盖从古无安常处顺、坐至富贵而能奇者，斯其与草木同腐耳。"③可见奇就是姚鼐所推崇的雄，属于阳刚之列。

最能发挥姚氏阳刚阴柔理论的当数晚清曾国藩，他"粗解文章，由姚先生启之"，文学观念继承并发展了姚氏之论，在《求阙斋日记》中说："吾尝取姚惜抱先生之说，文章之道，分阴柔之美，阳刚之美。大抵阳刚者，气势浩瀚；阴柔者，韵味深美。浩瀚者喷薄而出之，深美者吐吞而出之。"又

---

① （清）管同：《与友人论文书》，见《因寄轩文集·初集》第六卷，清道光十三年管氏刻本。
② （清）吴德旋：《初月楼古文绪论》，21页，北京，人民文学出版社，1959。
③ （清）姚莹：《答张亨甫书》，见《桐城派名家文集·6·姚莹集》，132页，合肥，安徽教育出版社，2014。

说："尝慕古文境之美者，约为八言，阳刚之美者曰：雄、直、怪、丽，阴柔之美者曰：茹、远、洁、适。"并由阳刚阴柔发展为气势、识度、趣味、情韵的"四象"，气势即太阳之属，识度即太阴之属，趣味即少阳之属，情韵即少阴之属，并选文以标配各类，在日记中他也说："造句约有二端，一曰雄奇，一曰惬适。雄奇者，瑰玮俊迈，以扬、马为最；恢诡恣肆，以庄生为最；兼擅瑰玮、恢诡之胜者，则莫盛于韩子。惬适者，汉之匡、刘，宋之欧、曾，均能细意熨帖，朴属微至。雄奇者，得之天事，非人力所可强企；惬适者，诗书酝酿，岁月磨练，皆可日起而有功。惬适未必能兼雄奇之长，雄奇则未有不惬适者。学者之识，当仰窥于瑰玮俊迈、恢诡恣肆之域，以期日近于高明。若施手之处，则端从平实惬适始。"曾氏还教育其为文偏于阴柔的弟子张裕钊，让他从汉赋的字法中吸取气势以提高其古文的品格："足下为古文，笔力稍患其弱。昔姚氏论文，有阳刚、阴柔之分，而者画然不相谋；然柔和渊懿之中，必有坚劲之质、雄直之气运乎其中，乃有以自立。足下气体近柔，望熟读扬、韩各文，而参以两汉古赋，以救其短。"在老师的教导下，张氏为文也提倡阳刚阴柔，以"神、气、势、骨、机、理、意、识、脉、声"配阳刚，以"味、韵、格、志、情、法、词、度、界、色"配阴柔。姚鼐阳刚阴柔理论在他们的发展下，成为一个比较完备的文章风格论体系。

姚鼐的阳刚阴柔理论，也改变了桐城派文学主张及创作特色的格局。在此之前，戴名世、刘大櫆偏重于"神"，在此之后，管同、曾国藩、吴汝纶等偏重于气。姚鼐是这个转折中的关键人物。

（三）文之精粗。姚鼐编选的《古文辞类纂》是影响极大的一部古文选本，在书前《序目》中，编者提出论文八字，并对其相互关系做了阐述：

> 凡文之体类十三，而所以为文者八：曰神、理、气、味、格、律、声、色。神、理、气、味，文之精也；格、律、声、色，文之粗也。然苟舍其粗，则精者亦胡以寓焉？学者之于古人，必始而遇其粗，中而遇其精，终则御其精者而遗其粗者。文士之效法古人，莫善于退之，

尽变古人之形貌，虽有模拟，不可得而寻其迹也。其他虽工于学古，而迹不能忘，扬子云、柳子厚于斯盖尤甚焉，以其形貌之过于似古人也。而遽摈之谓不足与于文章之事，则过矣。然遽谓非学者之一病，则不可也。①

精是指作品的内在因素，即神韵、义理、气势、韵味；粗是指作品的外在形式，即格局、法度、音节、文采。只有精粗结合，内在因素与外在形式相辅相成，才是极致的艺术境界。八要素综合并发展了方苞的"义法"说、刘大櫆的"神气"说。刘大櫆所云"神气不可见，于字句见之；字句无可准，以音节准之"，姚范亦曾云："字句章法，文之浅者，然神气体势，皆因之而见。"②这些都是姚鼐文之精粗论的先声。姚鼐强调这八者对于文章写作的重要性："夫文章一事，而其所以为美之道非一端，命意立格，行气遣词，理充于中，声振于外。数者一有不足，则文病矣。"（《尺牍·与陈硕士七》）这里虽举四者，实际兼包八类。

所谓神，形容的是文学创作所达到的神妙、神化的境界。刘勰以"神"论艺术构思时的心理活动，言曰："文之思也，其神远矣。"（《文心雕龙·神思篇》）这大概是以神论文的开端。杜甫用以形容诗文的境界："文章有神交有道。"（《苏端薛复筵简薛华醉歌》）甚至是所有艺术的最高境界："书贵瘦硬方通神。"（《李潮八分小篆歌》）刘大櫆《论文偶记》以神气说为核心，建立诗文创作的理论框架，他说："行文之道，神为主，气辅之……气随神转，神浑则气灏，神远则气逸，神伟则气高，神变则气奇，神深则气静。故神为气之主。"又说："文章最要气盛；然无神以主之，则气无所附，荡乎不知其所归也。"姚鼐所论之神，就是从刘大櫆之论中脱胎而来。他论文论诗时常以"神"来赞誉，如评苏园公诗为"神理精到"（《答苏园公书》），评朱二亭诗为"神逸"（《朱二亭诗集序》），评管同诗文为"神气超绝"（《与

---

① （清）姚鼐：《古文辞类纂》第1册，3页，北京，西苑出版社，2003。
② （清）方东树：《昭昧詹言》，15页，北京，人民文学出版社，1961。

管异之书》），等等。虽重在评诗，根据诗文一体的观念，也适用于文。

所谓理，即文理、脉理，指文章条理明晰通畅。姚鼐文中涉及理字，包括两种含义，一是理道，相当于方苞义法说之"义"，与刘大櫆所言"作文本以明义理、适世用"接近。姚鼐在《答鲁宾之书》中说："《易》曰'吉人之辞寡'，夫内充而后发者，其言理得而情当。"只有内心之理充扩，发之于文才能理得情当。姚鼐认为理已被前人阐明，因此很难出新；但说理之言，必须创新。他看到陈硕士所作《南池文集序》一文，觉得"论文太涉门面气"，便教导他说："凡言理不能改旧，而出语必要翻新。佛氏之教，六朝人所说，皆陈陈耳；达摩一出，翻尽窠臼，然理岂有二哉！但能搬陈语，便了无意味。移此意以作文，便亦是妙文矣。"（《尺牍·与陈硕士》）清代理学家于义理无多发挥，桐城派也是如此。故而姚氏不注重义理的发挥，而着意表达方式的技巧。所以其所言之理既是强调义理之理，也是注重文理之理，正如刘大櫆所言，作文"专以理为主，未尽其妙。盖人不穷理读书，则出辞鄙倍空疏；人无经济，则其言累牍不适于用。故义理、书卷、经济者，行文之实。若行文自是另一事"（《论文偶记》）。所以与理道本身而言，桐城派于文理更为用心。姚鼐《今体五七言诗钞》对杜甫五言排律的章法和结构尤多分析，他说："杜公长律有千门万户开阖阴阳之意，元微之论李杜优劣，专主此体，见虽少偏，然不为无识。自来学杜公者，他体犹能近似，长律则愈邈矣。"又说："杜公长律旁见侧出，无所不包，而首尾一线，寻其脉络，转得清明，他人指陈褊隘，而意绪或反不逮其整晰。"观桐城派喜将诗法用于文法，可知此也适用于古文文理的分析。此后方东树亦以文法论诗，其论及屈原、杜甫虽亦能"时出见道语"，"然惟于旁见侧出"处露之，故佳。若"实用于正面，则似传注语录而腐矣。或即古人指点，或即事指点，或即物指点，愈不伦不类，愈渺远不测"（《昭昧詹言》）。桐城派对"文之能事"即文理的兴趣，要远远超过宋代理学家，这也是桐城派之文没有成为理学家之文的一个重要原因。

所谓气，即气势。养气之说，始于孟子；而以气论文，发端于曹丕。

《典论·论文》云："文以气为主。气之清浊有体，不可力强而致。"这里的气主要是就人之不可移易的气质而言的，体现于文，与风格相关。曹丕评价徐干有"齐气"，孔融"体气高妙"，刘桢有"逸气"，就是这一含义。至《文心雕龙》则本孟子而言气势，刘勰所说的"意气骏爽""务盈守气"，主要是就这一层面而言。《养气》："夫学业在勤，功庸弗怠，故有锥股自励，和熊以苦之人。志于文也，则申写郁滞，故宜从容率情，优柔适会；若销铄精胆，蹙迫和气，秉牍以驱龄，洒翰以伐性，岂圣贤之素心，会文之直理哉……是以吐纳文艺，务在节宣，清和其心，调畅其气，烦而即舍，勿使壅滞。意得则舒怀以命笔，理伏则投笔以卷怀。逍遥以针劳，谈笑以药倦，常弄闲于才锋，贾余于文勇，使刃发如新，凑理无滞，虽非胎息之万术，斯亦卫气之一方也。"申述养气与为文的关系。又《风骨》云："怊怅述情，必始乎风；沉吟铺辞，莫先于骨。故辞之待骨，如体之树骸；情之含风，犹形之包气。结言端直，则文骨成焉；意气俊爽，则文风清焉。若丰藻克赡，风骨不飞，则振采失鲜，负声无力。……故炼于骨者，析辞必精；深乎风者，述情必显。捶字坚而难移，结响凝而不滞，此风骨之力也。若瘠义肥辞，繁杂失统，则无骨之征也；思不环周，索莫乏气，则无风之验也。"这里特别强调气与风骨的关系。韩愈论文亦同于此，他对弟子李翱说："气盛则言之短长与声之高下皆宜。"(《与李翱书》)其后苏氏兄弟也重视气势。刘大櫆论气就顺承这种含义而来。《论文偶记》云："古人行文至不可阻处，便是他气盛。"又云："气最重要。"他还将气与势结合起来，二者缺一不可："论气不论势不备"。至于如何得气，他强调字句要下得有力："要得气重，须是字句下得重，此最上乘。"姚鼐也将气理解为"笔势痛快"，达到这种境界，一要"力学古人"，二要"涵养胸趣"，且更注重涵养，因为"心静则气自生"(《尺牍·与陈硕士》)。姚氏论气，兼容并包了前贤的诸种看法，并有所拓展。他提倡顿挫驰骤结合之气，他在给姚莹的书信中说："大抵文章之妙，在驰骤中有顿挫，顿挫处有驰骤。若但有驰骤，即成剽滑，非真驰骤也。"真驰骤中有顿挫，否则流于剽滑，缺乏含蓄之韵味。

所谓味，有厚味、意味、深味、风味、韵味、异味、兴味、趣味诸种意思。《文心雕龙·隐秀篇》云："深文隐蔚，风味曲包。"论味最典型的当数司空图，他自论己诗，以为"得味外味"，他以梅与盐为喻，所谓的味外味，就是在"酸咸之外"。姚鼐《五七言今体诗钞》选录了韦庄《长安清明》："早是伤春梦雨天，可堪芳草正芊芊。内官初赐清明火，上相间分白打钱。紫陌乱嘶红叱拨，绿杨高映画秋千。游人记得承平事，暗喜风光似昔年。"姚氏评云："伤乱而作此，故佳。若正序承平，而为是语，则无味矣。"写战乱中的美景和盛事，令人倍觉伤情，传达出无限的意味。

所谓格，即格局，指文章的体格。姚鼐后人姚永朴在《文学研究法·格律》中解释道："大抵文章一类有一类之格，……又一篇有一篇之格。"他接着说："盖欲谋篇，必制局；欲制局，必立格。"所以可简称为格局。唐代以来有诸多诗格类著作，桐城派亦将之作为古文创作的规范。姚鼐在给弟子陈硕士的信中说"命意立格"，大概就是这个意思。格并非完全外属，而是和人的品格有关联，姚鼐尤其强调人品对文品的支配作用，"为人重于为诗"（《荷塘诗集序》），人品有高低，文品亦有高下之分，人品决定着文品。

格是从正面的引导来说的，而律则是就反面的禁戒而言，有法度的意思。方苞曾告诫弟子沈廷芳："南宋元明以来，古文义法久不讲。吴越间遗老尤放恣，或杂小说体，或沿翰林旧体，无一雅洁者。古文中不可入语录中语，魏晋六朝人藻丽俳语，汉赋中板重字法，诗歌中隽语，南北史佻巧语。"①对古文创作提出种种规范。姚鼐亦从正反两面论述古文创作格局与法度，他教导侄孙姚莹说："凡作古文，须知古人用意冲澹处，忌浓重，譬如举万钧之鼎，如一鸿毛，乃文之佳境；有竭力之状，则入俗矣。"他还教导学生，"为文不可有注疏语录及尺牍气"②，这与方苞之论近似，亦可视为为文戒律。

---

① （清）沈廷芳：《书方望溪先生传后》，137 页，合肥，安徽大学出版社，2014。
② （清）梅曾亮：《惜抱轩尺牍序》，见姚鼐：《惜抱轩尺牍》，1 页，合肥，安徽大学出版社，2014。

所谓声，即音节。姚永朴解释道："所谓声者，就大小、短长、徐疾、刚柔、高下言之。"《文学研究法·格律》诗歌特别讲究音律，而桐城派于古文创作也强调字句的音节。姚鼐叔父姚范在《援鹑堂笔记》中说："朱子谓'韩昌黎、苏明允作文，敝一生之精力，皆从古人声响处学。'此真知文之深者。"刘大櫆在《论文偶记》中也说："文章最要有节奏，譬之管弦繁奏中，必有希声窈渺处。"姚鼐也将文字声音提到很重要的位置，他对陈用光说："诗古文要从声音证入。不知声音，总为门外汉耳。"对于学古文，他提倡一种独特的诵读之法："先要放声疾读，又缓读，久之自悟。若但能默看，即终身作外行也。"（《惜抱轩尺牍》卷七）诵读有利于悟入，而且这是悟入的唯一途径："深读久为，自有悟入。夫道德之精微，而观圣人者不出动容周旋中礼之事；文章之精妙，不出字句声色之间。舍此便无可窥寻矣。"（《惜抱轩尺牍》卷八）学诗文从音节入手，这是桐城派的传统。

姚永朴解释色说："所谓色者，就清奇、浓淡言之。"[①]其核心在炼字、造句与用典。古人非常注重诗文的遣词造句，《文心雕龙》中就有《炼字》《丽辞》。桐城派非常注重字句的锤炼。姚范《援鹑堂笔记》说："字句之奇，宋以后大家多不讲此，亦是其病处。"刘大櫆也持此种态度，《论文偶记》云："近人论文，不知有所谓音节者；至语以字句，则必笑以为末事。此论似高实谬。作文若字句安顿不妙，岂复有文字乎？"受叔父与老师的影响，姚鼐也将文字之色列入文之八事中。特别是用事，他要求比较严格。在给刘开的信中他说："见赠五言排律，所用故事，都不精切，止是随手填入。姑摘其一联：'志公谓徐陵，天上石麒麟'，岂可易石为玉？又陵官非学士，学士唐人乃有此官耳。公孙宏与陵，于鄙人绝不似，止十字中而病痛已四五矣。"他评价别人的诗也是非常注重这一点的。《五七言今体诗钞》评陆放翁《江楼醉中作》云："天上但闻星主酒，人间宁有地埋忧？生希李广名飞将，死慕刘伶赠醉侯。"认为前联用孔融"天垂酒星之耀"、仲长统

---

① （清）姚永朴：《文学研究法·声色》，150页，南京，凤凰出版社，2009。

"寄愁天上、埋忧地下",都是汉人的典故,因此用典相称。而后联用唐人诗"若使刘伶为酒帝,亦须封我醉乡侯"取材猥琐,与上句有仙凡之别。

姚鼐将神理气味视为文之精处,将格律声色视为文之粗处,并认为学文之道在由粗而入精:"学者之于古人,必始而遇其粗,中而遇其精,终则御其精者而遗其粗者。"(《古文辞类纂序目》)这种观点也是有所师承的。刘大櫆《论文偶记》云:"神气者,文之最精处也;音节者,文之稍粗处也;字句者,文之最粗处也。……音节者,神气之迹也;字句者,音节之矩也。神气不可见,于音节见之;音节无可准,以字句准之。"他们的观点直接启发了姚鼐。所谓精,即抽象的方面,所谓粗,相当于具体的方面,具体的方面在审美上层次较低,而抽象的方面在审美上层次较高。但层次较高的方面,又必须通过层次较低的方面体现出来,二者是不可分离的。

至于如何由音节以体会神气,桐城派自提出了独特的"因声求气"说,即通过诵读文之粗处的音节字句来领会文之精处的神理气味。刘大櫆、姚范提倡由音节以见神气,已开此论先河,姚鼐继续接着这个话题阐述。他接到陈用光的诗文,读到其文中间有滞钝处,认为是读古人文不熟造成的。他教导学生应该这样读古人文:"必急读以求其体势,缓读以求其神味。"(《惜抱轩尺牍·与陈硕士》)晚清方宗诚曾对张裕钊说:"长老所传,刘海峰绝丰伟,日取古人之文,纵声读之;姚惜抱则患气羸,然亦不废哦诵,但抑其声使之下耳。"姚鼐之后的梅曾亮、曾国藩、吴汝纶等都提倡因声求气,张裕钊在和吴汝纶讨论这个问题时有比较明确的生发:

> 古之论文者曰:文以意为主。而辞欲能副其意,气欲能举其辞。譬之车然,意为之御,辞为之载,而气则所以行也。欲学古文之文,其始在因声以求气,得其气,则意与辞往往因之而并显,而法不外是矣。是故契其一,而其余可以绪引也。盖曰意,曰辞,曰气,曰法之数者,非判然自为一事,常乘乎其机,而绳同以凝于一,惟其妙之一出于自然而已。自然者无意于是,而莫不备至;动皆中乎其节,而莫或知其然。曰

星之布列，山川之流峙是也。宁惟日星山川，凡天地之间之物之生而成文者，皆未尝有见其营度而位置之者也，而莫不蔚然以炳，而秩然以从。夫文之至者，亦若是焉而已。观者因其既成而求之，而后有某者某者之可言耳。夫作者之亡也久矣，而吾欲求至乎其域，则务通乎其微，以其无意为之，而莫不至也。故必讽诵之深且久，使吾之与古人沂合于无间，然后能深契自然之妙，而究极其能事。若夫专以沉思力索为事者，固时亦可以得其意，然與夫心凝形释，冥合于言议之表者，则或有间矣。故姚氏暨诸家因声求气之说为不可易也。吾所求于古人者，由气而通其意，以及其辞与法，而喻乎其深。及吾所自为文，则一以意为主，而辞气与法胥从之矣。①

张裕钊很好地阐发了意、辞、气与法四者的关系，得气是关键，而得气则由乎声音。欲至古人之境地，一意沉思力索是很难达到的，而因声求气则能很好地实现这一意图。可见，因声求气的诵读之法，就是由粗入精的桐城派学文法门。

（四）义理、考据与辞章。乾嘉时期汉学兴盛，并对宋学产生一定的冲击。株守程朱理学的桐城派势必对这个问题做出回应。刘大櫆继方苞义法说之后提出义理、书卷、经济等行文之实，也已经重视读书对作文的重要性。身处汉宋之争旋涡中的姚鼐，更要对这个问题做出回应。据说姚鼐小的时候，叔父姚范问他行身祈向，姚鼐说："义理、考据、辞章。"此事不一定可靠，但后来他的文论中就特别强调此三者的合一。在《述庵文钞序》中他说：

> 鼐尝论学问之事，有三端焉：曰义理也，考证也，文章也。是三者苟善用之，则皆足以相济；苟不善用之，则或至于相害。今夫博学强识

---

① （清）张裕钊：《答吴至甫书》，见《张裕钊诗文集》，84页，上海，上海古籍出版社，2007。

而善言德行者，固文之贵也；寡闻而浅识者，固文之陋也。然而世有言义理之过者，其辞芜杂俚近，如语录而不文；为考证之过者，至繁碎缴绕，而语不可了当，以为文之至美，而反以为病者何哉？其故由于自喜之太过而智昧于所当择也。夫天之生才虽美，不能无偏，故以能兼长者为贵，而兼之中又有害焉。岂非能尽其天之所与之量而不以才自蔽者之难得与？①

在《复秦小岘书》中他又说：

鼐尝谓天下学问之事，有义理、文章、考证三者之分，异趋而同为不可废。一途之中，歧分而为众家，遂至于百十家。同一家矣，而人之才性偏胜，所取之径域，又有能有不能焉。凡执其所能为，而呲其所不为者，皆陋也，必兼收之乃足为善……天下之大，要必有豪杰兴焉，尽收具美，能袪末士一偏之蔽，为群材大成之宗者。②

义理、考证、文章这三者各有其价值，不是截然分开的，而是互相结合的，善于结合，才会相辅相成；不善结合，则互为妨害："是三者苟善用之，则皆足以相济；苟不善用之，则或至于相害。"当时汉学家以考据学攻击宋学，以为义理、词章皆出于考证，并以考据入文，而轻视辞章之学。姚鼐指出如果"执其所能为，而呲其所不为者，皆陋也"，他提出的解决方式就是"必兼收之乃足为善"。由此他构建了一种通达的文学观。形成这一路径的原因，一者在于桐城派内部的发展倾向，一者在于姚氏所处的乾嘉学术氛围。就前者而言，受程朱理学影响的桐城派作家又多是著名学者，容易将为学与为文相结合，继方苞提出义法论之后，刘大櫆又加入书卷、经济等方面，桐城派总是根据学术及社会发展状况及时调整自身的文学主张。因此，

---

① （清）姚鼐：《惜抱轩诗文集》，61页，上海，上海古籍出版社，1992。
② （清）姚鼐：《惜抱轩诗文集》，104～105页，上海，上海古籍出版社，1992。

到姚鼐时，提倡义理、考据与辞章三者的结合也就不足为怪。就后者而言，在乾嘉考据学氛围中，姚鼐也受到感染，且其叔父姚范就是当时比较著名的文献学者，他还曾动过拜以考据闻名的戴震为师的念头。将考证融入文章，也是对这种学风的容受。姚氏三结合的观点是受此内外学风的影响而形成的。

三结合中的义理主要指程朱理学，但宋儒重道而轻文，程颐就说过："古之学者一，今之学者三，异端不与焉：一曰文章之学，二曰训诂之学，三曰儒者之学。欲趋道，舍儒者之学不可。"[1]在此倾向下，自南宋以来，形成一种以语录语为古文的创作倾向，方苞从雅洁的立场严厉批评此风，刘大櫆则以"行文之能事"而重视文之审美特征。姚鼐虽固守理学，但对此种习气也表示反对，他说："世有言义理之过者，其辞芜杂俚近，如语录而不文。"其时文坛上此风依旧延续，姚氏此论亦有现实针对性。姚氏秉承文以载道的传统，但也不废文，认为"达其词则道以明，昧于文则志以晦"(《复汪进士辉祖书》)，欲义理说得明白透彻，必须于文上讲求，义理与辞章是合一的，这就是前面所说的"道与艺合"。

和批评重道轻文相比，姚鼐三结合的理论，更主要的是有感于其时考证与古文的关系而发。姚鼐并不否认学问对文章的益处，"今夫博学强识而善言德行者，固文之贵也；寡闻而浅识者，固文之陋也"(《进庵文钞序》)。然而，当时以戴震为首的考据学者重考证而轻辞章，戴震认为考证是义理、文章的来源，在与方希原的信中甚至说出"事于文章者，等而末者也"(《与方希原书》)，轻重之意非常明确。其弟子段玉裁也认为"义理、文章未有不由考核而得"(《戴东原集序》)，强调考据对于文章的支配作用，师徒二人均有取消辞章独立性的迹象。鉴于他们在当时学坛上的影响，这种观点可视为考据学者的共识。姚鼐对此极为不满，指责重考证轻文章必定产生不良后果："为考证之过者，至繁碎缴绕，而语不可了当"(《述庵文钞序》)，"以

---

[1] (宋)程颢、程颐：《河南程氏遗书》，见《二程集》，187页，北京，中华书局，1981。

考证累其文则是弊耳"(《惜抱轩尺牍·与陈硕士》)。对于"矜考据者每窒于文词"(《谢蕴山诗集序》)的弊端，考据与辞章的结合是必由之路；只有如此才能达到"议论考核，甚辨而不烦，极博而不芜，精到而意不至于竭尽"(《述庵文钞序》)的妙境。

姚鼐对考证之文的抨击，根源于汉宋之争。姚氏三结合的理论，也是有所轻重的，正如晚清的王先谦所说，"惜抱自守孤劳，以义理、考据、词章三者不可一阙，义理为干，而后文有所附，考据有所归。故其文源流兼赅，粹然一出于醇雅"(《续古文辞类纂序》)，姚氏以宋儒义理为主干，文章、考证为归附。而汉学家或者为考证而考证，或者以汉学反宋学，与姚氏固守的行身祈向发生激烈的冲突。《惜抱轩诗文集》中批评考据学者的言论比比皆是，专注点在于汉学家的反宋倾向。《复蒋松如书》云："今世学者，乃思一切矫之，以专宗汉学为至，以攻驳程、朱为能，倡于一二专己好名之人，而相率而效者，因大为学术之害。"一方面看到考据对学问的重要性，另一方面又反对考据学者对宋学的攻击，在种种合力的作用下，姚鼐有限度地吸收考证入文，正如他对陈用光所说的，"以考证助文之境，乃佳文耳"(《惜抱轩尺牍·与陈硕士》)，考证是处在辅助文章的地位的，这就与汉学家以考据为文之源头的观点恰好相反。

同时，姚鼐所说的考证与汉学家也有所不同。姚氏晚年与弟子陈用光谈文论学的信函极多，陈氏较能领会其师意图。他曾对朋友说："吾师之所谓考证，岂世之所谓考证乎？"他所理解的姚鼐的考证之学，"非欲以名物象数之能，考证矜其博识"，而是宋儒格物致知之学，所以他说："循吾师考证之说，则于宋儒之学，未必其无所合也。"(《复鲁宾之书》)在修正姚鼐为文三端的同时，姚莹又于其中增加了"经济"一项，并对之加以阐发说："海内名人先达，生平闻见多矣。精考订或拙于文章，工辞翰又弱于气节。至于经济世务，多迂曲鲜通。阁下独驰骋于翰墨之场，研参于贾、郑之席，气节世务，矫然通伟，宜可以膺当时子厚任而塞人士之望矣。"(《与陈恭甫书》)此前刘大櫆所言的经济，被姚鼐归入义理之后，根据时世的需要，姚莹又重新将之独立出来加以特别的强调。与姚莹同为军政界重要人物的曾国藩也极为重视经济，于是，义理、考据、辞章、经济在曾国藩的古文理论中"缺一不可"（《求阙斋日记类编》），他又将这四者与孔门四科对应："义理者，在孔门为德行之科，今世目为宋学者也。考据者，在孔门为文学之科，今世目为汉学者也。辞章者，在孔门为言语之科，从古艺文及今世制义诗赋皆是也。经济者，在孔门为政事之科，前代典礼政书及当世掌故皆是也。"（《劝学篇示直隶士子》）曾国藩受同乡理学家唐鉴等人影响，从宋儒理学入手，故在四者中，他认为义理为根本："义理之学最大，义理明，则躬行有要而经济有本；章之学，亦所以发挥义理者也。"（《曾国藩家书·致诸弟》）这些都是在刘、姚古文理论的基础上，根据时世需要而拓展的结果。

姚鼐义理、考据与辞章三者结合的为文路径，扩大地说就是强调主旨、材料与文辞的统一，要求材料、文辞为表现观点服务，这种通达的文学观出现在清代乾嘉时期，是极为可贵的，即使在现代仍具有一定的借鉴作用。

（五）熔铸唐宋。清代中期诗风多元化趋向极为突出，宗唐的有沈德潜的格调诗，宗宋的有翁方纲的肌理诗、厉鹗的浙派诗。这些诗人各持一家之说，有所得亦有所失。而姚鼐则融会各家之说，明确提出"熔铸唐宋"的诗学主张，在《惜抱先生尺牍·与鲍双五书》中他说："熔铸唐宋，则固是仆平生论诗宗旨耳。"《高常德诗集序》中他说："常德之诗，贯合唐宋之体。""贯合唐宋之体"即"熔铸唐宋"。他称赞谢启昆为"诗人之杰"，就在于谢诗"风格清举，囊括唐宋之箐，备有闳阔幽深之境"（《谢蕴山诗集序》），囊括唐宋精华者受到他的高度评价，可见姚鼐的确是将熔铸唐宋作为"论诗宗旨"的。在他推崇的前代诗人中，唐代有李白、杜甫、韩愈，宋代为苏轼、黄庭坚与陆游，此数人可谓唐宋诗最杰出的代表人物。他编有《五七言今体诗钞》，除收入众多的唐代作家外，还编选了若干宋代诗人的作品，尤以苏轼、黄庭坚、陆游三家为最。在序言中他称赞苏轼为天才，"有不可思议处。其七律只用梦得、香山格调，其妙处岂刘、白所能望哉"；推崇黄庭坚"刻意少陵，虽不能到，然其兀傲磊落之气，足与古今作俗诗者澡灌胸胃，导启性灵"；表彰陆游"激发忠愤，横极才力，上法子美，下揽子瞻，裁制既富，变境亦多。其七律固为南渡后一人"。

之所以将"熔铸唐宋"作为"诗论宗旨"，是因为在姚鼐看来唐宋诗不仅各有优长，而且还可以相容。在《乾隆庚寅科湖南乡试策问》中他考问应试士子："七言律诗，明人之论，或主王维、李颀，或主杜子美，而尽斥宋、元诸作者，意亦隘矣。然苏、黄而下，气体实自殊别。意有不袭唐人之貌而得其神理者存乎？"[①]显然他觉得尽管唐、宋诗气体殊别，但其神理相通，所以唐、宋诗本质上是可以熔铸为一体的。

至于熔铸唐宋的操作方法，他也有明确的主张。曾向他求学的郭麐在《樗园消夏录》中记载姚氏之语："近日为诗当先学七子，得其典雅严重，但勿沿乎皮毛，使人生厌。复参以宋人坡谷诸家，学问宏大，自能别开生面。"为诗先学明代前后七子，复参以苏轼、黄庭坚，就能别开生面。就具体方面来说，姚氏熔铸唐宋之举体现在性情与学力并重、格调与法度兼容。

首先是性情与学力并重。一般认为，唐诗主性情，宋诗重学力，姚氏论诗兼取二者。姚鼐提倡诗歌表达性情，他用形象的比喻批评"今之工诗者"如贵介达官相对，穿戴着华美的衣冠，迈着谨慎的步伐，看上去很美，但却"寡情实"（《吴荀叔杉亭集序》），这种评价，可以看出他呼唤诗歌表现作者独特真实情感的热望。正因如此，他对长白永卧冈的《晚香堂集》中诗"情深而体正"之风大加赞扬。对于《诗经》中的怨刺之诗，姚鼐也持肯定的态度："孔子录《小雅》，怨诽君子风。"司马迁发愤著《史记》，招致后世腐儒的诸多不满，姚鼐却说"美善而刺恶，史笔非不工"，肯定太史公"怨诽"的合理性。姚氏论文主张义理、考据与辞章三者的结合，论诗必然注重学力。不过他所重视的学问，要和性情融合在一起。姚氏对翰林密友谢启昆的诗赞叹不已，就在于其诗"空灵骀荡，多具天趣，若初不以学问长者"。谢启昆为小学家，其学问不容置疑，他的作诗将学问与性情融合，"非如浅学

---

① （清）姚鼐：《惜抱轩诗文集》，139～140页，上海，上海古籍出版社，1992。

小夫之矜于一得者"(《谢蕴山诗集序》)。重学问而不卖弄学问,这是姚鼐所看重的。性情得于天者,学问出于人为,性情与学力并重,就是"天与人一"。

其次是格调与法度兼容。唐诗格高气雄,后世宗唐者多尚格调,明前后七子及清代沈德潜诸人即是。姚鼐企慕具有阳刚之美的雄才,故而论诗重气势,他说:"夫文以气为主,七言今体,句引字赊,尤贵气健。"(《今体诗钞·序目》)为此,他以文为诗,后人评价姚氏之诗时说:"作诗亦用古文之法,七律劲气盘折,独创一格。"(徐世昌《晚晴簃诗汇》卷九一)当然,姚鼐崇尚阳刚,并非完全摒弃阴柔之美,正如他所说,一有一绝无,不是为文的路径。宗唐者末流易入庸滥,宗宋者末流稍涉槎枒,招致后人的诸多批评。姚鼐意识到二者的弊端,故而熔铸唐宋,蕴雄直之气于深婉表述之中,以避末流之失。姚氏主张从格律声色这些文之粗者领会神理气味这些文之精者,格律声色又可以通过模拟学习而得,因此,他对明代前后七子并不是一味的蔑弃。他教导弟子,"学诗须从明七子诗入手",并编《明七子律诗选》示为准则(刘声木《苌楚斋随笔》);他还告诫方东树说:"凡学诗文,且当就此一家用功,良久尽其能,真有所得,然后舍而之他。不然,未有不失于孟浪者。"(方东树《昭昧詹言》)出于"天与人一"的理论认识,姚氏注重作诗的法度。前代诗人中,他极为推崇杜甫,正如曾国藩所说:"姚惜抱最服杜公五言长律,以其对仗工,使典切,而其实复纵横如意也。"(《题王定安蜕教斋稿》)在《五七言今体诗钞》中,选杜诗也最多,林昌彝赞其"深知杜法"(《海天琴思录》),不为虚美。但姚鼐能"由模拟以成真诣"(《雪桥诗话余集》卷八),方东树《昭昧詹言》中认为,这一点姚鼐是超过刘大櫆的。姚氏论诗注重格调与法度的兼容,就是遵循其由文之粗入文之精的理论追求而来的。

姚氏文论诗论在继承前人尤其是桐城前辈的基础上,又多有创获,故而自成一家。他在各地书院教学四十余年,弟子众多,有此明确的理论指导,故而桐城文学的影响扩大至全国范围,形成声势浩大的桐城派。姚鼐的文学主张，不仅是桐城派的理论支柱，在中国文学史上也占据着重要的地位。

◎ 第三节
汉学家的散文观念——以程廷祚、戴震等人为例

乾嘉时期，汉学力量占据学坛主导地位，尊道问、黜德性成为时代风气。以惠栋、程廷祚、戴震、汪中、凌廷堪、阮元、焦循等为代表的汉学家们治学严谨，注重实事求是，其治学精神与方式深深地影响了他们对文章的看法。他们的文论思想迥异于以刘大櫆、姚鼐等人为代表的桐城派。

一、文本与文用论

程廷祚（1691—1767），字启生，号绵庄，晚号青溪居士。江苏上元（今南京）人。补诸生，乾隆初应博学鸿词科不第，后闭户穷经，著述甚丰，有《程氏易通》《大易择言》《象爻求是说》《尚书通议》《青溪诗说》《春秋识小录》《鲁论说》等。

程廷祚主张文原于道，道者乃自然之道，文从道中自然流出，不可强力为之，也不必雕镂之。他在《复家鱼门论古文书》中说：

> 文章一道，自古难言，诚有如足下所论者，抑愚窃有见。夫天地雕刻众形，而咸出于无心，文之至者，体道而出，根心而生，不烦绳削而自合六经、孔孟之书，尚矣。自圣经不复作，而左丘明以华整之才，易

古人之高浑简质，文人之文于是焉始歧趋别出。①

他认为，至美之文从自然之道中流淌而出，是道的自然表现。他在《与家鱼门论古文书》里还认为为文之道，要本之以诚。他说：

> 大《易》曰："言有序"。曰："言有物"。曰："修辞立其诚"；逸诗曰："昔吾有先正，其言明且清；《曲礼》曰："安定辞"；孔子曰："辞达而已矣；"曰："言之不文，行而不远；"曾子曰："出辞气，斯远鄙倍矣。"此皆古先圣贤之论文者也。大要以立诚为本，有物即诚也。言之中节，则曰"有序"。如是则容体必安定，气象必清明，远乎鄙倍而文之至矣。古之立言者，期至于是而止。故曰：辞达而已矣。故为文之道，本之以诚，施之以序，终之以达，以此发挥道德，则董仲舒、扬雄不足道也；以此敷陈政事，则贾谊、晁错不能过也。前可以考诸先王，后可以俟诸百世，尚何规摹他人之有！是故贵求其本。②

他所讲的"求其本"，实际上就是求文之道的问题，而文之道，又在于"言之有物""修辞立诚"。除了这些之外，他在《寄家鱼门书》中还提到文章的功用问题："他若诗之为道，性情寄焉；古文之为道，事物之要用存焉，是皆所宜学也。若词赋、骈俪之文，虽未必尽害于道，然其用亦小矣。"③这表现出他尚实用的文学观念。

王引之认为文出于经训，六经是文章之祖。他在《萧山王晚闻先生文集序》中说："文章之原，出于经训，故六经者，文章之祖也。其次则先秦诸子，两汉遗文，皆无意为文，而极天下之文之盛。"④

---

① （清）程廷祚：《青溪集》，239～240 页，合肥，黄山书社，2004。
② （清）程廷祚：《青溪集》，230～231 页，合肥，黄山书社，2004。
③ （清）程廷祚：《青溪集》，230 页，合肥，黄山书社，2004。
④ （清）王引之：《萧山王晚闻先生文集序》，见《王文简公文集》第三卷，1925 年罗氏铅印《高邮王氏遗书》。

戴震论文以道为本,他在《与方希原书》中说:"古今学问之途,其大致有三:或事于理义,或事于制数,或事于文章。事于文章者,等而末者也。然自子长、孟坚、退之、子厚诸君子之为之,曰:'是道也,非艺也。'以云道,道固有存焉者矣。如诸君子之文,亦恶睹其非艺欤?夫以艺为末,以道为本,诸君子不愿据其末,毕力以求据其本。本既得矣,然后曰:'是道也,非艺也。'循本末之说,有一末必有一本。譬诸草木,彼其所见之本与其末同一株而根枝殊尔,根固者枝茂。世人事其枝,得朝露而荣,失朝露而瘁,其为荣不久。诸君子事其根,朝露不足以荣瘁之,彼又有所得而荣、所失而瘁者矣。且不废浸灌之资,雨露之润。此固学问功深,而不已于其道也,而卒不能有荣无瘁。故文章有至有未至,至者得于圣人之道则荣,未至者不得于圣人之道则瘁。"[1]又说:"六经者,道义之宗而神明之府也。古圣哲往矣,其心志与天地之心协,而为斯民道义之心,是之谓道。士生千载后,求道于典章制度,而遗文垂绝,今古县隔。时之相去,殆无异地之相远,仅仅赖夫经师故训乃通,无异译言以为之传导也者。……韩退之氏之言'志乎古必遗乎今',彼所谓古,特文词不类于近今者耳。进而语人以汉经师之业,其沈蕴积久,岂古文词比哉……经之至者道也,所以明道者其词也,所以成词者未有能外小学文字者也。由文字以通乎语言,由语言以通乎古圣贤之心志,譬之适堂坛必循其阶,而不可以蹴等。"(《古经解钩沉序》)[2]

钱大昕强调文以贯道,他在《文箴》一文中专论为文之道:"文以贯道,言以匡时。雕虫绣帨,虽多奚为!博而屠守,默而湛思。非法不服,先哲是师。窃人之言,以为己词。欺世哕名,为识者嗤。文依于行,若木有枝。本实先拨,枝其萎而。"[3]"夫道之显者谓之文,六经子史皆至文也。

---

[1] (清)戴震:《戴震文集》,143~144页,北京,中华书局,1980。
[2] (清)戴震:《戴震文集》,145~146页,北京,中华书局,1980。
[3] (清)钱大昕:《潜研堂文集》,见陈文和主编:《嘉定钱大昕全集》玖,258页,南京,江苏古籍出版社,1997。

后世传文苑，徒取工于词翰者列之，而或不加察，辄嗤文章为小技，以为壮夫不为，是耻鞶帨之绣而忘布帛之利天下；执糠秕之细而訾菽粟之活万世也。"(《味经窝类稿序》)①钱大昕还认为文之功用在于经世，他在《世纬序》中说："夫儒者之学，在乎明体以致用，《诗》、《书》、执《礼》，皆经世之言也。《论语》二十篇，《孟子》七篇，论政者居其半，当时师弟之所讲求者，无非持身处世、辞受取与之节，而性与天道，虽大贤犹不得而闻，儒者之务实用而不尚空谈如此。"②在《与友人书》中说："夫古文之体，奇正、浓淡、详略本无定法，要其为文之旨有四，曰明道、曰经世、曰阐幽、曰正俗。有是四者，而后法律约之，夫然后可以羽翼经史，而传之天下后世。"③在《题冯巽泉太守秋缸补读图》中说："文章须有裨名教，经史自可致治平。"④由这些材料可以看出，钱大昕看待文章的功用问题很现实，那就是要经世致用。

王鸣盛倡言有本之文，他在《王懋思先生文集序》中说："夫天下有义理之学，有考据之学，有经济之学，有词章之学。譬诸木然，义理其根也，考据其干也，经济则其枝条，而词章乃其花叶也。譬诸水然，义理其原也，考据其委也，经济则疏引溉灌，其利足以泽物，而词章则波澜沧漭、潆洄演漾，足以供人玩赏也。四者皆天下之所不可少，而能兼是者则古今未之有也。孰为重义理为重，天下未有无根之木、无原之水而能长久者也。虽然，豫章之材，刘其干而徒存其本，可乎哉？执湔氏而曰江尽是，执坳泽而曰河尽是，是岂不为太愚乎？是故义理之与考据，常两相须也。若夫经济者，事为之末，词章者，润色之资，此则学之绪余焉已尔。先生之学固尝有

---

① （清）钱大昕：《潜研堂文集》，见陈文和主编：《嘉定钱大昕全集》玖，415页，南京，江苏古籍出版社，1997。
② （清）钱大昕：《潜研堂文集》，见陈文和主编：《嘉定钱大昕全集》玖，403页，南京，江苏古籍出版社，1997。
③ （清）钱大昕：《潜研堂文集》，见陈文和主编：《嘉定钱大昕全集》玖，575页，南京，江苏古籍出版社，1997。
④ （清）钱大昕：《潜研堂文集》，见陈文和主编：《嘉定钱大昕全集》玖，101页，南京，江苏古籍出版社，1997。

意于义理矣，其征引经史，左右贯串，又未尝不留心于考据也。此殆所谓以有本之学为有本之文者乎。"①

杭世骏论文，亦主文原于道。他在《制艺宗经序》中说："三才建而天地人之道立，声于事物，布于伦纪，散见于经纶日用之间，微而不可见，大而不易穷也，不得不寄之文以宣其蕴，文以明道以贯道，而实以载道，匪明何以贯？匪贯何以载？说虽殊，其为深探元本则一也，或者嗤为小技，薄为余事，是直析文与道而二之，岂知文哉？又岂为知道哉？"②

二、修辞论

江藩在《经解入门》中"古书疑例"条中谈到了修辞之例，虽然他谈的是经书修辞之事，但也适用于辞章，也可以看作文法的内容。他说：

> 古书有倒句例，有倒序例，有错综成文例，有参互见义例，有上下文异字同义例，有上下文同字异义例，有两事连类并称例，有两事传疑并存例，有两语似平实侧例，有两句似异实同例，有以重言释一言例，有以一字作两读例。有语急例，有语缓例，有倒文就韵例，有变文协韵例，有蒙上文而省例，有探下文而省例，有因彼见此例，有因此见彼例。有一人之辞自加"曰"字例，有两人之辞反省"曰"字例，有文具于前而略于后例，有文没于前而见于后例。古人行文，不嫌疏略，不可以疏略而疑。古人行文，不避重复，不可以重复而疑。古书传述，每有异同，不可以其异同而疑。古人引书，每有增损，不可以其增损而疑。古人称谓，与今人不同，不可据今以疑古。古书称名，常有寄寓，不可以假而疑真。古有以双声叠韵代本字，不可以其代而妄改；古有以读若字代本字，不可

---

① （清）王鸣盛：《西庄始存稿》第二十五卷，乾隆三十年刻本。
② （清）杭世骏：《道古堂文集》，见《续修四库全书》编纂委员会编：《续修四库全书》第1426册，272页，上海，上海古籍出版社，1995。

以其代而疑歧。古有以大名冠小名，又有以大名代小名，复有以小名代大名，不可以执一论也。古有以美恶而同词，又有以高下而相形，复有以反言而见意，不可以偏见拘也。若乃有以叙论并行者，皆以为叙则失矣。有以实字活用者，皆以为实则失矣。有以语词叠用者，误易焉则失矣。有以语词复用者，误改焉则失矣。有于句中用虚字者，倒易之则失矣。有于上下文变换虚字者，妄疑为误则失矣。有反言而省"乎"，增之则失。有助语而用"不"字，删之则失。古书"邪"、"也"通用，"虽"、"唯"通用，分之则失。古书发端之词不同，连及之词不同，泥之则失。①

在乾嘉汉学家中，沈彤也是较早认识到修辞对解经的重要性的，他说过："读古书而获其意义之真，凡所发明，皆大有裨于后学，则其言不可不及时以著于篇。夫古书自群经、诸子而外，其意义之深且远者，莫若左之《传》、屈之《骚》、司马之《史记》、杜之诗、韩之笔。读之者必求之训诂与夫名数、象物、事故之属，而后其文辞可通必求诸抑扬轻重疾徐出入明晦，与夫长短浅深纵横断续之际，而后其神理可浃。文辞通、神理浃，而后其意义之真者可获。"②从修辞的角度来讲，他觉得求训诂而文辞可通，解修辞而神理乃浃，然后才能获得"意义之真"。

程廷祚在《与家鱼门论古文书·附尺牍》中说：

> 字句之修饰，篇章之安顿，虽圣人为文，不能不从事于此。左氏所以为文人之文者，以修饰安顿处有痕迹，而圣人无痕迹也。左氏不独修饰安顿有痕迹，且有腔调蹊径，于三代之文，特为近时。汉人于此，却不屑讲究，故浑古朴茂之风，转胜左氏。使三代以下无西汉，久已自魏、晋而趋于六朝矣。昌黎谓"左氏浮夸"，盖亦见于此。韩虽师古，实则别成一派，今欲学其篇章字句，徒为画虎。其胜人处，却在无腔调蹊

---

① （清）江藩：《经解入门》，28～29页，上海，华东师范大学出版社，2010。
② （清）沈彤：《赠沈师闵序》，见《果堂集》第六卷，光绪十一年刻本。

径。欧、苏以下力量不足,则有腔调蹊径,一学而能,面目令人可憎,尤不足法。今欲专力于古文,惟沉潜于六籍,以植其根本;阅历于古今,以达其事变;寝食于先汉,以取其气味;不患文之不日进于高古。字句篇章,不可全学汉人,须加以修饰安顿,此则世运使然,无可如何,善会者自知之耳。①

由此看来,他非常注重篇章字句的安顿修饰,注重遣词造句和材料的组织。不仅如此,他还注意处理篇章字句时要避免"文人之文"的"腔调蹊径"等弊端。实际上,他所讲的"辞达",是有原则基础的,那就是"以进德修业为本原,以崇实黜浮为标准,以有关系发明为体要"。他在《复家鱼门论古文书》中说:

古之有至德卓行者,多不以文自见,不得已而欲自见于文,其取精用宏,故自有术,而要之以进德修业为本原,以崇实黜浮为标准,以有关系发明为体要。理充者华采不为累,气胜者偶俪不为病,陈言不足去,新语不足赚,非格式所能拘,非世运所能限,在山满山,在谷满谷,则庶几乎由秦而前,圣贤人之文矣。②

可见,他讲的修辞问题,在根本上还是"立诚"的问题。

三、文与学

焦循强调学为文之本,不学则文无本,他说:"不学则文无本,不文则学不宣。余十二三岁读三苏文,即解为论序,见东坡文范增、晁错诸论,思拟而效之,苦于不谙史事,乃阅《汉书》《三国志》,递及《南北史》《唐书》

---

① (清)程廷祚:《青溪集》,241~242页,合肥,黄山书社,2004。
② (清)程廷祚:《青溪集》,241页,合肥,黄山书社,2004。

《五代史记》。又思不明地理，何以作《水经》序，不通天文术算，何以作李淳风、一行论。文之有序也，必提挈一书之精要而标举之。序经学书，必明于经；序史学书，必明于史。一切阴阳、天地、医卜、农桑，不少窥其畺域而征得其奥窔，何以各还其本末？文之有传赞墓表志也，必形容一人之面目而彰显之。为经学之人立传，必道其得经之力者何在。为文艺之人作铭，必述其成家之派何在。其人功在治平，必有以暴其立政之心。其学专理道，必有以核传业之确。故非博通经史四部，偏览九流百家，未易言文。吾生平无物不习，非务杂也，实为属文起见。若徒讲关键之法，佁口于起伏钩勒字句之间，以公家泛应之词自诩作者，如是为文，何取于文耶？"①在他看来，"属文不难，得乎属文之本为难"，为经学、史学之书写序，必须运经、明史；为他人立传，则必须了解其人学问文章的师承家派。如是撰文，自然"非博通经史四部，遍览九流百家，未易言文"了。他认为撰写文章，不应只讲究字句起伏勾勒等技巧，而应正视学问的培养。他在《雕菰集·文说一》中说："学者以散行为古文。散行者，质言之者也。其质言之，何也？有所以言之者，而不可以不质言之也。夫学充于此，而深有所得，则见诸言者，自然成文，如江河之水，随高下曲折以为波涛，水不知也。倘无所以言之者，而徒言之，谆谆于字句开合、呼应领挫之间，是扬行潦以为澜，列枯骨朽荄吹嘘之以为气……是故学为古文者，必素蓄乎所以言之者，而后质言之。古文者，非徒质言之者也。"②古文是散行、质言之文，却又非仅仅是质言而已，它是作者"学充于此"，"深有所得"，而自然所成之文，不可不质而言的结果。也就是说，"质言"这种形式乃作者学问的自然表现，因此徒然讲究字句开合、呼应顿挫，并非学习古文之道。他在《与王钦莱论文书》中提出"文莫重于注经"的观点："孔子之《十翼》，即训诂之文，反覆以明象变，辞气与《论语》遂别，后世注疏之学，实起于此。依经

---

① （清）焦循：《里堂家训》卷下，光绪十一年仪征吴氏校刊本。
② （清）焦循：《雕菰集》第十卷，道光四年刻本。

文而用己之意，以体会其细微，则精而兼实，故文莫重于注经。"①

张惠言则强调文能助道。他在《文稿自序》中说："已而思古之以文传者，虽于圣人有合有否，要就其所得，莫不足以立身行义，施天下致一切之治。荀卿、贾谊、董仲舒、扬雄以儒；老聃、庄周、管夷吾以术；司马迁、班固以事；韩愈、李翱、欧阳修、曾巩以学；柳宗元、苏洵、轼、辙、王安石，虽不逮，犹各有所执，操其一以应于世而不穷，故其言必曰'道'。道成而所得之浅深醇杂见乎其文，无其道而有其文者，则未有也。故迺退而考之于经，求天地阴阳消息于《易》虞氏，求古先圣王礼乐制度于《礼》郑氏，庶窥微言奥义，以究本原……然余之知学于道，自为古文始。"②

阮元也强调文人要学与文兼备，他说："元谓古人古文小学与词赋同源共流，汉之相如、子云，无不深通古文雅训。至隋时，曹宪在江、淮间，其道大明。马、扬之学，传于《文选》，故曹宪既精雅训，又精选学……元幼时即为《文选》学，既而为《经籍纂诂》二百十二卷，犹此志也。"③在阮氏看来，曹宪既通训诂，又精《选》学，故而其道能大明。而五代之后的文学家，由于缺乏"学"，故其成就不及前代文人。关于"学"的问题，阮元《传经图记》中还提到了"陋儒之学"与"通儒之学"，他说："有陋儒之学，有通儒之学。何谓陋儒之学？守一先生之言，不能变通，其下焉者，则惟习词章，攻八比之是务，此陋儒之学也。何谓通儒之学？笃信好古，实事求是，汇通前圣微言大义而涉其藩篱，此通儒之学也。"

凌廷堪论文讲究学问，认为文与学应该相互统一配合，强调为文必须多读书。他在《与江豫来书》中说："曩者所云，'近见为文者，稽之于古，则训诂有乖验之于今，则典章多舛'。又云'能文者必多读书，读书不多必不能文'。此数语，仆俯首至地，以为非真读书人不能道也。盖文者，载道之

---

① （清）焦循：《雕菰集》第十四卷，道光四年刻本。
② （清）张惠言：《茗柯文编·三编》，四部丛刊本。
③ （清）阮元：《扬州隋文选楼记》，见《揅经室集·二集》上，388～389页，北京，中华书局，1993。

器，非虚车之谓也。疏于往代载籍，其文必不能信今，昧于当时掌故，其文必不能传后……今之号称能文者，以空疏之腹，作灭裂之谈，惧读书者之掎摭其后也，于是为之说曰：'能文者不在多读书也，吾读书不屑屑于考据也。'又忌读书者之凌驾其上也，于是为之说曰：'多读书者，类不能文也。即能文，亦往往不暇工也。'及其遇胸腹更陋于彼者，则又毛举一二误处，以自矜淹博，竟忘其与前说之相刺谬也……昔韩昌黎见殷侑新注《公羊春秋》，遂乃愧生颜变，不复自比于人。今之文人每自诡步趋昌黎，何狂易之病不以昌黎瘳之也。"①他在《绝句四首》其二中说："蒙鸠系苇本无根，果是文雄学必醇。信否昌黎见殷侑，尚悯不复比于人。""文雄学必醇"可算是对前段材料最好的概括。凌氏认为文是载道的工具，雄于文者必然学问醇厚，空疏之文无益于道，因此价值也不高。比如说，韩愈有《后汉三贤赞》，为王充、王符、仲长统而作。凌廷堪认为，该文"约《汉史》而成文，本蔚宗而立说，盖亦如小司马述《史记》之赞而已，无他深义也……退之既非阐扬，又鲜断制，虽不作可也。"②认为该文识见不值得称道，可以不作，反而许慎、服虔和郑玄三人，"皆东京之冠冕，洵儒林之翘秀"（《后汉三儒赞序》）。

四、文笔说

文笔之辨，在南朝时就已有之。关于此点，钱大昕在《十驾斋养新录》卷十六中"文笔"一条说：

> 刘彦和云："今之常言'有文有笔'，以为无韵者笔也，有韵者文也。"按《南史·颜延之传》宋文帝问延之诸子才能，延之曰："竣得臣笔，测得臣文。"《任昉传》："尤长载笔，王公表奏，无不请焉。既以文才见

---

① （清）凌廷堪：《与江豫来书》，见《校礼堂文集》，212页，北京，中华书局，1998。
② （清）凌廷堪：《后汉三儒赞序》，见《校礼堂文集》，87页，北京，中华书局，1998。

知,时人云'沈诗任笔'。"殷潘云:"历代词人,诗笔双美者鲜矣。"杜牧之诗"杜诗韩笔愁来读,似倩麻姑痒处抓。"①

可见,有韵者为文,无韵者为笔,这是六朝人的文学观念。到清代乾嘉时期,人们对"文笔"的内涵产生了兴趣,他们重新拾起魏晋时期的文笔旧说,并以此来理清"文"义,树立骈文正宗地位,从而留下了许多精彩纷呈的表述。

凌廷堪在作于乾隆年间的《祀古辞人九歌》的序文中,明确揭示出他重"文""笔"之分的观念。他说:

> 盖太空弗形,因人心而呈露;元始无朕,缘物象而流通。目所不暇瞬者,竹素能留之,舌所不遑宣者,铅椠能达之,文之时义大矣哉! 是故六律六同,协工商以眇虑;一经一纬,构杼轴以深思。或如金石谐而为乐,或如丹黄杂而云采,则有神瞽逊其工,天孙惭其巧者矣。夫曲蘖所以酿酒,而水则类酒之形;黼黻所以成文,而质则为文攸附。指曲蘖为酒者固谬,谓水为酒者更非。何则? 离曲蘖而言酒,则水不可饮;舍黼黻而言文,则质将何辨。所以炳炳者其泽,琅琅者其响,渺渺者其情,蓬蓬者其气,不欲陋而欲华,不取奇而取偶。譬之虞廷庆云,色皆备五;丰城宝剑,光必成双。此屈宋鸿篇,为辞林之正轨;班张巨制,乃文苑之大宗也。用能垂日月而不刊,与天地而齐寿。渊源自古,光景常新。虽徐庾之绮才艳骨,燕许之佩玉垂绅,而老成之典型尚存,高曾之规矩未改。降及韩柳,矫彼梁陈,漫云起八代之衰,实自成一家之学。然而《进学》名解,体仍沿于《客难》《释讥》;《贞符》命篇,源本出于《封禅》《典引》。方诸庐陵之高谈太史,眉山之轻诋德施,固有间焉。或谓车以任重,安用雕轮;钓以获鲜,奚须桂饵。于是训诂未辨,遽尔名

---

① (清)钱大昕:《十驾斋养新录附余录》,见陈文和主编:《嘉定钱大昕全集》柒,453~454页,南京,江苏古籍出版社,1997。

家;古今未通,裒然成集。夫剪彩不如春华,而春华非朽株之谓也;琢圭不如太璞,而太璞非顽石之比也。乃朽株且欲驾春华而上之,顽石竟欲浑太璞而同之,斯固陋夫藏拙之方,抑亦后来谈艺之谬也。故风会所趋,格随时变;见闻所囿,习与性成。论文之书日繁,为文之旨日晦。自隋以上,溯魏之初,范良御之驰驱,示大匠之规矩。传于世者尚有九家,约而言之均归一辙。东莱《文鉴》久失其旨,西山《正宗》未睹斯秘,可谓一线之微传,千钧之重寄矣。于魏时则有若文帝之《典论·论文》,于晋时则有若挚太常之《文章流别》、陆平原之《文赋》,于梁时则有若昭明太子之《文选》、沈隐侯之《宋书·谢灵运传论》、任敬子之《文章缘起》、刘舍人之《文心雕龙》、钟记室之《诗品》,于陈时则有若徐仆射之《玉台新咏》。他如《答宾戏》,《演连珠》,《两京》、《三都》、《九怀》、《七发》,子虚乌有之撰,墨卿翰林制构,以迄茂铭颂赞之俦,书序诔碑之属,篇章虽富,扃钥未闻。凡此诸贤,皆在所略。夫技之深浅,语不能传;心之精微,口所难喻。而数子者,叩音响于空虚,索端倪于冲漠。不疾不徐,而得心应手;或披或导,而官止神行。洵轮扁之甘苦咸宜,庖丁之踌躇满志者矣。虽仲洽之编已残,彦升之作或伪,而赵璧睨柱,碎琼弥珍;夏金沦波,赝鼎亦贵。昔贤不可作矣,解人当自知之。[1]

这是一篇以骈偶方式写成的序文,文中对"文"的概念做了重新梳理和界定,并且对文统排列有新的看法。其观点在当时可谓独具一格,与众不同。在他看来,"文"应该是指藻丽、骈偶、悦耳之文,如果不具有这些特征,那就不算真正的"文"。

阮元是当时"文笔"说的重要倡言者。他曾在学海堂大力提倡文笔说,并完成对文笔说的最后改定与总结。其观点散见于《文言说》《文韵说》《书梁昭明太子文选序后》《与友人论古文书》等文中。他早在给房师孙梅写的

---

[1] (清)凌廷堪:《校礼堂文集》,44~48页,北京,中华书局,1998。

《四六丛话序》中就表达了他对"文"的认识：

> 昔《考工》有言：青与白谓之文，赤与白谓之章。良以言必齐偕，事归镂绘，天经错以地纬，阴偶继以阳奇。……懿夫人文大著，肇始《六经》，典坟邱索，无非体要之辞，《礼》、《乐》、《诗》、《书》，悉著立诚之训。商瞿观象于《文言》，邱明振藻于简策，莫不训辞《尔雅》，音韵相谐。至于命成润色，礼举多文，仰止尼山，益知宗旨。……周末诸子奋兴……若斯之类，派别子家，所谓以立意为宗，不以能文为本者也。至于纵横极于战国，春秋纪于楚、汉，马、班创体，陈、范希踪，是为史家。重于序事，所谓传之简牍，而事异篇章者也。夫以子若彼，以史若此，方之篇翰，实有不同。是惟楚国多才，灵均特起，赋继孙卿之后，词开宋玉之先。隐耀深华，惊采绝艳。故圣经贤传，六艺于此分途，文艺词林，万世咸归围范矣。……综两京文赋诸家，莫不洞穴经史，钻研六书，耀采腾文，骈音丽字。……建安七子，才调辈兴，二祖、陈、王，亦储盛藻。……至于三张、二陆、太冲、景纯之徒，派虽弱于当涂，音尚闻夫正始焉。文通、希范，并具才思，彦升、休文，肇开声韵。……盖时会使然，故元音尽泄也。孝穆振采于江南，子山迁声于河北。昭明勒选，六代范此规模，彦和著书，千古传兹科律。迄于陈、隋，极伤靡敝，天监、大业之间，亦斯文升降之会哉。唐初四杰，并驾一时，式江、薛之靡音，追庾、徐之健笔。……义山、飞卿，以繁褥相高，柯古、昭谏，以新博领异。骈俪之文，斯称极致。……欧、苏、王、宋……虽新格别成，而古意寖失。……载稽往古，统论斯文，日月以对待曜采，草木以错比成华。玉十縠而皆双，锦百两而名匹。明堂斧藻，视画绩以成文，阶苑笙镛，听铿鈜而应节。自周以来，体格有殊，文章无异。若夫昌黎肇作，皇、李从风，欧阳自兴，苏、王继轨，体既变而异，今文乃尊而称古。综其议论之作，并升荀、孟之堂，核其叙事之辞，独步马、班之室。拙目妄讥其纰缪，俭腹徒袭为空疏。此沿子史

之正流，循经传以分轨也。考夫魏文《典论》，士衡赋文，挚虞析其流别，任昉溯其源起，莫不谨严体制，评陟才华。岂知古调已遥，矫枉或过，莫守彦和之论，易为真氏之宗矣。①

从这篇序文情况来看，阮元的观念与凌廷堪的观念较为一致。他首先从训诂的视角解释了"文章"的内涵，认为："青与白谓之文，赤与白谓之章"，并且认为文章应该要"言必齐偕，事归镂绘"。

阮元曾在学海堂大力倡言他的学说和主张，并组织学生进行讨论和争辩。道光三年（1823），阮元在学海堂以文笔策问诸士子，其子阮福对曰：

> 自明人以唐、宋八大家为古文，于是世之人惟知有唐、宋古文之称，窃考之唐以前所称似不如此也。唐人每以文与笔并举，又称每以诗与笔并举，是笔与诗、文似有别也。②

这段对答，是关于文笔之分的，揭示出文与笔确实有区别。此外，其子阮福还整理出梁元帝《金楼子·立言篇》，内容如下：

> 古人之学者有二，今人之学者有四。夫子门徒，转相师受，通圣人之经者谓之儒。屈原、宋玉、枚乘、长卿之徒，止于辞赋，则谓之文。今之儒，博穷子史，但能识其事，不能通其理者，谓之学。至如不便，为诗如阎慕善，为章奏如伯松，若此之流，泛谓之笔。吟泳风谣，流连哀思者，谓之文。而学者率多不便属辞，守其章句，迟于通变，质于心用。学者不能定礼乐之是非，辩经教之宗旨，徒能扬榷前言，抵掌多识。然而挹源知流，亦足可贵。笔退则非谓成篇，进则不云取义，神其巧惠，笔端而已。至如文者，帷须绮縠纷披，宫徵靡曼，唇吻道会，情

---

① （清）阮元：《四六丛话序》，见《揅经室集·四集》下，738～740页，北京，中华书局，1993。
② （清）阮元：《学海堂文笔策问》，见《揅经室集·三集》下，709页，北京，中华书局，1993。

灵摇荡。而古之文笔，今之文笔，其源又异。至如象系风雅，名、墨、农、刑，虎炳豹郁，彬彬君子，卜谈四始，李言七略，源流已详，今亦置而弗辨。潘安仁清绮若是，而评者止称情切，故知为文之难也。曹子建、陆士衡皆文士也，观其辞致侧密，事语坚明，意匠有序，遣言无失。虽不以儒者命家，此亦悉通其义也。遍观文士，略尽知之。至于谢元晖始见贫小，然而天才命世，过足以补尤。任彦升甲部阆如，才长笔翰，善缉流略，遂有龙门之名，斯亦一时之盛。夫今之俗，搢绅稚齿，巷小生，学以浮动为贵，用百家则多尚轻侧，涉经记则不通大旨。苟取成章，贵在悦目，龙首豕足，随时之义牛头马髀，强相附会。等张君之弧，徒观外泽，亦如南阳之里，难就穷检矣。①

对于《立言》里的话，阮元认为这足以证明经、子、史与文是有分别的，所以他"平日著笔不敢名曰文"②是很对的。他在《文韵说》中进一步阐述了"文"的标准："综而论之，凡文者在声为宫商，在色为翰藻。即如孔子《文言》'云龙风虎'一节，乃千古宫商翰藻奇偶之祖，'非一朝一夕之故'一节，乃千古嗟叹成文之祖。子夏《诗序》'情文声音'一节，实千古声韵性情排偶之祖。吾固曰：韵者即声音也，声音即文也。"《揅经室集·续集》在这里，他把声韵、翰藻作为区分文与非文的主要标准，这显然受到了刘勰、萧统等人论文的影响。由此标准出发，他把注重声韵、排偶、辞藻的骈文作为延续孔子《文言》的正派，相反，无韵之文则被阮氏排在了文统之外。嘉庆年间，阮元作《扬州隋文选楼记》，他说："唐人属文尚精选学，五代后乃废弃之。昭明选例以沈思翰藻为主，经、史、子三者皆所不选。唐、宋古文以经、史、子三者为本，然则韩昌黎诸人之所取，乃昭明之所不

---

① （清）阮元：《学海堂文笔策问》，见《揅经室集·三集》上，710～711 页，北京，中华书局，1993。
② （清）阮元：《学海堂文笔策问》，见《揅经室集·三集》上，710～711 页，北京，中华书局，1993。

选，其例已明著于《文选序》者也。"①他首次明确区分"文"和"经、史、子"的不同，并将韩愈"诸人之所取"排除在"文"外。他在《书梁昭明太子文选序后》中亦说："昭明所选，名之曰'文'，盖必文而后选也，非文则不选也。经也，子也，史也，皆不可专名之为文也……昭明《文选序》后三段特明其不选之故。必沈思翰藻，始名之为文，始以入选也。"②在此基础上，他认为孔子《文言》"奇偶相生，音韵相和"，"实为万世文章之祖"。并指出：

> 自齐、梁以后，溺于声律，彦和《雕龙》，渐开四六之体。至唐，而四六更卑。然文体不可谓之不卑，而文统不得谓之不正。自唐、宋韩、苏诸大家以奇偶相生之文为八代之衰而矫之，于是昭明所不选者，反皆为诸家所取，故其所著者，非经即子，非子即史，求其合于《昭明·序》所谓文者，鲜矣；合于班孟坚《两都赋》所谓文章者，更鲜矣。③

由此可以看出，在阮元的观念里，骈文才是文章正宗。他对文笔的认识，深深地影响到了人们对骈文的认识。

五、讥议八家

唐宋八大家文，自明归有光、唐顺之等人倡导之后，一直为人所景慕和效法。到清代姚鼐之时，八家之文被桐城诸老推崇到很高的地位。不过，当时，并非所有人都推崇八家之文，这尤以凌廷堪、阮元等一批汉学家的异

---

① （清）阮元：《揅经室集·二集》上，388～389页，北京，中华书局，1993。
② （清）阮元：《书梁昭明太子文选序后》，见《揅经室集·三集》下，608页，北京，中华书局，1993。
③ （清）阮元：《书梁昭明太子文选序后》，见《揅经室集·三集》下，608页，北京，中华书局，1993。

见最为明显。

凌廷堪作为乾嘉朴学的领军人物，少好六朝辞赋，为文喜作选体。其《学古诗二十章》云："文章无成法，达意即为善。高源万里来，曲折随地变。百家异趋向，各明己所见。胸腹苟无得，辛苦枉叚练。文极自生质，时代递相擅。齐梁夸徘领，天章五色绚。韩欧矫其习，遂为不学使。入主出则奴，门户竞攻战。吾心别有在，硁硁守经传。"①他在《祀古辞人九歌序》中明确提出"屈宋鸿篇，为辞林之正轨；班张巨制，乃文苑之大宗也"，并对唐宋古文家有所不满。②他在《书唐文粹后》一文中，还专门指出了韩、欧古文的流弊，说："皮袭美《九讽》、《反招魂》，楚骚类也，不当入诗。韩退之《进学解》、《答客难》类也，不当入古文，皆其短也。唯《平淮西碑》，取段文昌而不取昌黎，此真深知文体者。盖昌黎之文，化偶为奇，戞戞独造，特以矫枉于一时耳，故好奇者皆尚之。然谓为文章之别派则可，谓为文章之正宗则不可也。宋初古学犹存，文章矩矱，人皆知之，故姚氏明于决择如此。熙宁而后，厌故喜新，末学习为固然。元明以来，久不复识源流之别矣。窃谓昌黎之论文，与考亭之论学，皆欲以一人之见，上掩千古，虽足以矫风尚之同，而实便于空疏之习，故韩、欧作而挚虞、刘勰之焰熸，洛、闽兴而冲远、叔明之势绌，废坠之所由来者渐矣。今一二有识者，知蹈虚言理不如名物训诂之实有可凭也，于是搜遗订佚，倡之于前，士从事学者，皆以复古为志。而论文则贸贸焉但曰八家，是知二五而昧于十也，因读《文粹》感而书此。"③

对于汉学的代表，阮元甚至不同意唐宋八大家的提法，而是以《文选》为文之正统，他在《书梁昭明太子文选序后》中说："至唐，而四六更卑。然文体不可谓之不卑，而文统不可谓之不正。自唐、宋韩、苏诸大家以奇偶

---

① （清）凌廷堪：《校礼堂诗集》第五卷，清道光六年刻本。
② （清）凌廷堪：《校礼堂文集》，44～45页，北京，中华书局，1998。
③ （清）凌廷堪：《校礼堂文集》，290页，北京，中华书局，1998。

之文为八代之衰而矫之,于是,昭明所不选者,凡皆为诸家所取。"①

程廷祚也不满唐宋之文,认为古文之弊始于宋。他在《与家鱼门论古文书》中说:"夫三代以来,圣贤经传皆文也,其别称古文自近日始。一则对科场应试之文而言,一则唐、宋诸子自谓能复秦、汉以前之文而言。后代言文者,率以唐、宋为依归,而日趋于时。以日趋于时之文,而自命为古文,明者之所哂也。……若古文之弊,则始于宋。当时之识者,已讥其不尚实而以浮论虚词靡敝学者之精神,可不知戒欤!由宋以后,作者愈不逮宋矣,非愚所敢盱衡而论定者也。"②"夫文之衰,至今极矣。有志者起而振之,若日舍唐、宋人则无所问津,愚虽陋劣,未敢以为然也。古之有至德卓行者,多不以文自见,不得已而欲自见于文,其取精用宏,固自有术,而要之以进德修业为本原,以崇实黜浮为标准,以有关系发明为体要;理充者华采不为累,气盛者偶俪不为病,陈言不足去,新语不足撰,非格式所能拘,非世运所能限,在山满山,在谷满谷,则庶几乎由秦而前圣贤人之文矣。若退之之张皇号叫,永叔之缠绵悲慨,皆内不足,而求工好于文,岂古文所有哉!"③在《与家鱼门论古文书》中又说:"汉代人品淆杂,文反近古,如贾生、董子、晁错、司马迁、相如、匡衡、刘向之徒,意不在文,而文随之。东京稍若不逮,而著作不谬于经术。下及魏晋,渐尚词华,雄伟不足,然其杰出如王、曹、潘、陆者,犹不失厚重之意,亦非后世所易及也。末流至乎南朝之季,有不足道者矣。韩退之崛起数千载之后,属文章靡敝,凭陵轥轹,首唱古文,而能范围后来之作者,诚可谓文人之雄也已。然其自负太过,后之尊崇亦太过……以退之之才,而使天下唯知有记诵词章,岂不重可叹息哉?……宋之师法退之而能名其家者,不过数人,未有及退之者也。继之元明以来,又未有及数家者也。由退之而前,吾见退之之任之,由退之

---

① (清)阮元:《书梁昭明太子文选序后》,见《揅经室集·三集》下,608 页,北京,中华书局,1993。
② (清)程廷祚:《青溪集》,230~231 页,合肥,黄山书社,2004。
③ (清)程廷祚:《青溪集》,240~241 页,合肥,黄山书社,2004。

之后，退之将不任乎？"①

孙星衍也从经学的角度表达了对唐宋大家的批评，他在《洪筠轩文钞序》中言："八家中韩退之学识最高，无背圣哲之论，柳子厚则多出入，所见僻隘，略如其人。欧阳永叔不惑二氏之学，持论甚正，然蹼议不合于经。苏子瞻经学典礼甚疏，其文实天下之才也。"②

总的来说，乾嘉时期的汉学家们立足于考据学，注重经史，强调为学有本，把骈文推上文章正宗之地位。此外，他们还强调从训诂入手寻绎义理。他们的文论主张在当时文坛颇有影响力，有力地挑战了桐城派的文学主张。

◎ 第四节

章学诚的散文思想

乾嘉时期，史学兴盛，以钱大昕、章学诚、赵翼为代表的史学家取得了优异的史学成就。作为浙东史学的领军人物章学诚，其《文史通义》通论文史，卓见宏富，蕴含着丰富的文史思想。日本内藤湖南认为，在章氏的学术思想体系中，"所有的学问无非史学"③，不存在无史学背景之学问。由于章氏是站在史的立场上谈论文学，故其文论思想深深地打上了史的烙印。

一、史为文宗

章学诚（1738—1801），字实斋，号少岩，浙江会稽（今绍兴）人。乾

---

① （清）程廷祚：《青溪集》，239~240 页，合肥，黄山书社，2004。
② （清）孙星衍：《孙渊如先生全集》，322 页，上海，商务印书馆，1935。
③ ［日］内藤湖南：《中国史学史》，马彪译，381 页，上海，上海古籍出版社，2008。

隆四十三年（1778）进士，官国子监典籍，后入毕沅幕府。为清代著名史学家、思想家、教育家，一生致力于讲学，先后执教于定武书院、莲池书院、文正书院。著有《文史通义》《校雠通义》。

章学诚在《文史通义》开篇就提出"六经皆史"说，这个著名论断是贯穿章氏整个学术思想体系的关键命题。它有力地动摇了"文本于经"的传统说法，并由此奠定了他以史论文、以史统文的基础。

章氏在《报孙渊如书》中说："愚之所见，以为盈天地间，凡涉著作之林，皆是史学，六经特圣人取此六种之史，以垂训者耳。子、集诸家，其源皆出于史，末流忘所自出，自生分别，故于天地之间，别为一种不可收拾、不可部次之物，不得不分四种门户矣。"[1]按照他的意思，史为一切著作之本，经部、子部、集部著作皆源出于史。毋庸置疑，集部文章之体，即便种类纷纭，也亦归于史。他说："文集仿于东京，至魏晋而渐广，至今则浩如烟海矣。然自唐以前，子史著述专家，故立言与记事之文，不入于集，辞章诗赋，所以擅集之称也。自唐以后，子不专家，而文集有论议，史不专家，而文集有传记，亦著述之一大变也。彼虽自命曰文，而君子以为是即集中之史矣。况内制外制，王言通于典谟，表状章疏，荩臣亦希训诰，是别集之通乎史矣。至于总集，尤为同苔异岑……是则集部之书，又与史家互出入也。"（《史考释例》）[2]正如钱穆先生所说："章实斋讲历史有一更大不可及之处，他不站在史学立场来讲史学，而是站在整个学术史立场来讲史学，这是我们应该特别注意的。也等于章实斋讲文学，他也并不是站在文学立场来讲文学，而是站在一个更大的学术立场来讲文学。这是实斋之眼光卓特处。"[3]

受"六经皆史"说影响，章氏提出了"文从史出""史为文宗"的看法。他在《报黄大俞先生》中说："然则辞章记诵，非古人所专重，而才识之士，

---

[1] （清）章学诚撰：《章学诚遗书》，86页，北京，文物出版社，1985。
[2] （清）章学诚：《章学诚遗书》，615页，北京，文物出版社，1985。
[3] 钱穆：《中国史学名著》，253页，北京，生活·读书·新知三联书店，2000。

必以史学为归。为古文辞而不深于史,即无由溯源六艺而得其宗,此非文士之所知也。"①在《文史通义·文德》中又说:"古文辞而不由史出,是饮食不本于稼穑也。"由此可以看出,古文辞创作离不开史,必须以史为宗。只有从史出来的古文辞,才是有本之文。

其实,章氏所指"古文辞"另有特殊的思想内涵。他在《杂说下》一文中专门阐述了"古文"名称内涵的发展变化,从而表露了其对"古文辞"的认识:"'古文'之目,始见马迁,名虽托于《尚书》,义实取于科斗。古者称字为文,称文为辞;辞之美者可加以文,言语成章亦谓之辞;口耳竹帛,初无殊别。《春秋传》曰:'辞不可已。'《易》曰:'指远辞文。'夫郑相口宣,叔向称为辑怿,则言语成章,可为辞也;文,周系《易》,夫子赞辞为文,则嘉尚其辞,乃为文也;未有以所属之辞即称为文,于文之中又称为古者也。自东京以还,迄于魏、晋,传记皆分史部,论撰沿袭子流,各有成编,未尝散著。惟是《骚赋》变体,碑诔杂流,铭颂连珠之伦,七林答问之属,凡在辞流,皆标文号,于是始以属辞称文,而《文苑》《文选》所由撰辑。彼时所谓文者,大抵别于经传子史,通于诗赋韵言,斯则李《苑》姚《粹》,犹沿其例,覆检部目,可得而言者矣。文缘质而得名,古以时而殊号。自六代以前,辞有华朴,体有奇偶,统命为文,无分今古。自制有科目之别,士有应举之文,制必随时,体须合格,束缚驰骤,几于不胜。于是吾衰谁陈,太白慷慨于大雅;于今何补,昌黎深悲于古人;玉溪自恨于幕移,刘伉希风于作者,师鲁之矫昆体,永叔之谢杨、刘。自后文无定品,俳偶即是从时;学有专长,单行遂名为古;'古文'之目,异于古所云矣。宋、元经义,明代始专;策论表判,有同儿戏;学者肆习,惟知考墨房行,师儒讲求,不外《蒙存》《浅达》。间有小诗律赋,骈体韵言,动色相惊,称为古学;即策论变调,表判别裁,亦以向所不习,名曰古文。斯则名实不符,每况愈下,少见多怪,俗学类然。充其义例,异日科举成文,改易他

---

① (清)章学诚:《文史通义新编新注》,仓修良编注,635页,北京,商务印书馆,2017。

制，必转以考墨房行为古文矣。（凡著述当称文辞，不当称古文，然以时文相形，不妨因时称之。）"①"古人作文，不称为文，而称属辞。其称文者，多指字画，如云文止戈为武，有文在手为鲁夫人是也。以临文为撰文，乃后世之语。"②在章氏看来，"古文"最初并不是指文章，而是汉以前字体之名称。东汉以后至唐以前，开始以属辞称文，亦无所谓"古文"之称。不过，随着科举之文的出现，文章中开始有"古文"之名，这是对学有专长的单行散文的称谓。宋元以后，随着科举士子一心钻研时文，轻视策论表判等文体，古文内涵变了味道。因此，章氏的"古文辞"内涵实指著述之文。

在章学诚看来，著述之文有别于文人之文。他说："文人之文与著述之文不可同日语也。著述必有立于文辞之先者，假文辞以达之而已。譬如庙堂行礼，必用锦绅玉佩，彼行礼者不问绅佩之所成，著述之文是也。锦工玉工未尝习礼，惟藉制锦攻玉以称功，而冒他工所成为己制，则人皆以为窃矣，文人之文是也。故以文人之见解而议著述之文辞，如以锦工玉工议庙堂之礼典也。"（《答问》）③他认为，著述之文如庙堂行礼者，用锦绅玉佩的时候，不问它们如何制成，只要礼成即可；而文人之文如锦工玉工，要亲自制作锦绅玉佩，要借助于它们立功，这需要不断创新。实际上，著述之文相当于史家之文。章学诚说："文士撰文，惟恐不自己出；史家之文，惟恐出之于己，其大本先不同矣。"（《与陈观民工部论史学》）④"文士务去陈言，而史笔点窜涂改，全贵陶铸群言，不可私矜一家机巧也。"（《跋〈湖北通志检存稿〉》）⑤可见，在"六经皆史"的观念统摄下，章学诚极为偏重著述之文，轻视文人之文。

因为章学诚重著述之文，强调比事属辞，故他对古文文统有自己的认识："左丘明，古文之祖也，司马因之而极其变；班、陈以降，真古文辞之大

---

① （清）章学诚撰：《章学诚遗书》，94～95页，北京，文物出版社，1985。
② （清）章学诚：《信摭》，见《章学诚遗书》，365页，北京，文物出版社，1985。
③ （清）章学诚：《文史通义新编新注》，仓修良编注，324页，北京，商务印书馆，2017。
④ （清）章学诚：《文史通义新编新注》仓修良编注，405页，北京，商务印书馆，2017。
⑤ （清）章学诚撰：《章学诚遗书》，611页，北京，文物出版社，1985。

宗。 至六朝古文中断，韩子文起八代之衰，而古文失传亦始韩子。 盖韩子之学，宗经而不宗史，经之流变必入于史，又韩子之所未喻也。 近世文宗八家，以为正轨，而八家莫不步趋韩子；虽欧阳手修《唐书》与《五代史》，其实不脱学究《春秋》与《文选》史论习气，而于《春秋》、马、班诸家相传所谓比事属辞宗旨，则概未有闻也。 八家且然，况他人远不八家若乎！"①（《与汪龙庄书》）在他看来，左丘明当为古文之祖，司马迁、班固、陈寿等史家都是古文辞大家。 唐宋八大家，因为于"《春秋》、马、班诸家相传所谓比事属辞宗旨"未有闻之，故其地位不及前者。 类似的意思，他在《上朱大司马论文》中也说过："昔曹子建薄词赋，而欲采庶官实录，成一家言；韩退之鄙鸿辞，而欲求国家遗事，作唐一经； 似古人著述，必以史学为归。 盖文辞以叙事为难，今古人才，骋其学力所至，辞命议论，恢恢有余，至于叙事，汲汲形其不足，以是为最难也。 ……然古文必推叙事，叙事实出于史学，其源本于《春秋》'比事属辞'，左、史、班、陈家学渊源，甚于汉廷经师之授受。 马曰'好学深思，心知其意'，班曰'纬六经，缀道纲，函雅故，通古今'者，《春秋》家学，递相祖述，虽沈约、魏收之徒，去之甚远，而别识心裁，时有得其仿佛。 而昌黎之于史学，实无所解，即其叙事之文，亦出辞章之善，而非有'比事属辞'、'心知其意'之遗法也。 ……欧阳步趋昌黎，故《唐书》与《五代史》，虽有佳篇，不越文士学究之见，其于史学，未可言也。 然则推《春秋》'比事属辞'之教，虽谓古文由昌黎而衰，未为不可，特非信阳诸人，所可议耳。 ……昌黎善立言而又优于辞章，无伤其为山斗也，特不深于《春秋》，未优于史学耳。 噫！ 此殆难以与文学士言也。"②也就是说，章学诚以史学观照文统，另眼相看韩欧等人之文。

　　史家之文重在叙事，故章学诚特别在乎叙事之文。 他在《论课蒙学文法》中说："文章以叙事为难，文章至叙事而能事始尽。 而叙事之文，莫备于《左》、《史》。 今以史迁之法，而贯以《左氏》之文，神而明之，存乎其

---

① （清）章学诚撰：《章学诚遗书》，82 页，北京，文物出版社，1985。
② （清）章学诚：《文史通义新编新注》，仓修良编注，768~769 页，北京，商务印书馆，2017。

人，非尽初学可几也。……叙事之文，题目即在文辞之内，题散而文以整之，所谓事征实而难巧也。……征实之文，徒观古人所作，一似其事本自如是，夫人为文，必当如是叙述，无由窥作者之意匠经营。……学叙事之文，未有不宗《左》、《史》，而世之读《左》《史》者，徒求之形貌，而不知分析贯串之推求，无怪读文者多而能文者少也。序论辞命之文，其数易尽；叙事之文，其变无穷。故古今文人，其才不尽于诸体，而尽于叙事也。盖其为法，则有以顺叙者，以逆叙者，以类叙者……离合变化，奇正相生，如孙、吴用兵，扁、仓用药，神妙不测，几于化工。……叙事之文，比事属辞，《春秋》教也。"[①]叙事是史书最重要的特质，源于《春秋》"比事属辞"之教。

二、文德论

在中国古代文章学史上，首次明确提出"文德"这个概念的是东汉王充。他在《论衡·书解》中说："夫文德，世服也。空书为文，实行为德，著之于衣为服。故曰：德弥盛者文弥缛，德弥彰者人弥明。"他所说的文指文章形式；德指道德实践。德决定文。德行越高，文章越华美。进一步说，王充所说"文德"，是强调思想内容的重要性，以此批评追求繁文丽辞的形式主义文风。此后，刘勰、颜之推、韩愈、柳宗元、欧阳修、宋濂等人都曾强调过"文德"，要求创作主体应具备一定的道德修养，即合道德文章为一。到了清代，章学诚在《文史通义·文德》中专门就文德问题做了深入论述。当然，《史德》《言公》《质性》等篇也有相关论述。他对文德的认识，与前人所论，颇有不同。

他的"文德"是相对于"史德"而提出来的。章学诚认为，史家除了具备刘知幾所说的才、学、识外，还应具备史德。他说："能具史识者，必知

---

① （清）章学诚：《文史通义新编新注》，仓修良编注，415~416 页，北京，商务印书馆，2017。

史德。德者何谓？谓著书者之心术也。"德就是"心术"。那么什么是"心术"呢？他说："夫秽史者所以自秽，谤书者所以自谤，素行为人所羞，文辞何足取重！魏收之矫诬，沈约之阴恶，读其书者先不信其人，其患未至于甚也。所患夫心术者，谓其有君子之心而所养未底于粹也。夫有君子之心而所养未粹，大贤以下所不能免也。此而犹患于心术，自非夫子之《春秋》不足当也。以此责人，不亦难乎？是亦不然也。盖欲为良史者，当慎辨于天人之际，尽其天而不益以人也。尽其天而不益以人，虽未能至，苟允知之，亦足以称著书者之心术矣。而文史之儒，竞言才学识，而不知辨心术，以议史德，乌乎可哉？"由此段话可以知道，"心术"指的是史家的思想品格。进一步讲，史家既有君子之心，又有深粹之学养。章氏提出"史德"，是史学观念的重要突破，具有重要意义和深远影响。

章氏认为文史之儒，宜才、学、识、德四者俱备。同理，在文学上，辞章之士也应具备文德。他说："凡言义理，有前人疏而后人加密者，不可不致其思也。古人论文，惟论'文辞'而已矣。刘勰氏出，本陆机氏说而昌论'文心'；苏辙氏出，本韩愈氏说而昌论'文气'；可谓愈推而愈精矣。未见有论文德者，学者所宜深省也。夫子尝言'有德必有言'，又言'修辞立其诚'，孟子尝论'知言''养气'，本乎集义，韩子亦言'仁义之途'，'《诗》《书》之源'，皆言德也。今云未见论文德者，以古人所言，皆兼本末，包内外，犹合道德文章而一之；未尝就文辞之中言其有才、有学、有识，又有文之德也。"（《文史通义新编新注·内篇二》）也就是说，章学诚认为文辞之中除了具备才、学、识外，也应具备德。那么他所讲的"文德"究竟有哪些内涵呢？他说："凡为古文辞者，必敬以恕。临文必敬，非修德之谓也。论古必恕，非宽容之谓也。敬非修德之谓者，气摄而不纵，纵必不能中节也。恕非宽容之谓者，能为古人设身而处地也。嗟乎！知德者鲜，知临文之不可无敬恕，则知文德矣。"由此看来，章学诚的"文德"观包括两个方面："临文必敬"与"论古必恕"。

所谓"临文必敬"，这是从文学创作角度而言的。其具体内涵，章氏在

（《文史通义新编新注·内篇二》）有详细的解释："韩氏论文，'迎而拒之，平心察之'，喻气于水，言为浮物。柳氏之论文也，'不敢轻心掉之'，'怠心易之'，'矜气作之'，'昏气出之'。夫诸贤论心论气，未即孔、孟之旨，及乎天人性命之微也。然文繁而不可杀，语变而各有当。要其大旨，则临文主敬，一言以蔽之矣。主敬则心平，而气有所摄，自能变化从容以合度也。夫史有三长，才、学、识也。古文辞而不由史出，是饮食不本于稼穑也。夫识，生于心也；才出于气也；学也者，凝心以养气，炼识而成其才者也。心虚难恃，气浮易弛，主敬者，随时检摄于心气之间，而谨防其一往不收之流弊也。夫缉熙敬止，圣人所以成始而成终也，其为义也广矣。今为临文，检其心气，以是为文德之敬而已尔。"可见，在他看来，"敬"并非是道德修养，而是与心气有关，他认为创作主体在临文时要"随时检摄于心气之间，而谨防其一往不收之流弊也"。也就是说，作者在写作时，不能让个人的主观情感与思想倾向肆意泛滥而不加控制，应当有所检摄。实际上，"临文主敬"指的就是作者写作时应持有严肃端正、客观平和的态度。这需要修德养气，最终达到心平。只有在这种心平气和的状态下写作，才能排除个人的主观情感和偏见的干扰。

所谓"论古必恕"，这是从文学批评角度而言的。其具体内容，章氏也有详细解说："昔者陈寿《三国志》，纪魏而传吴、蜀，习凿齿为《汉晋春秋》，正其统矣；司马《通鉴》仍陈氏之说，朱子《纲目》又起而正之。'是非之心，人皆有之'，不应陈氏误于先，而司马再误于其后，而习氏与朱子之识力偏居于优也。而古今之讥《国志》与《通鉴》者，殆于肆口而骂詈，则不知起古人于九原，肯吾心服否邪？陈氏生于西晋，司马生于北宋，苟黜曹魏之禅让，将置君父于何地？而习与朱子，则固江东南渡之人也，惟恐中原之争天统也。诸贤易地则皆然，未必识逊今之学究也。是则不知古人之世，不可妄论古人文辞也。知其世矣，不知古人之身处，亦不可以遽论其文也。身之所处，固有荣辱隐显、屈伸忧乐之不齐，而言之有所为而言者，虽有子不知夫子之所谓，况生千古以后乎！圣门之论恕也，'己所不欲，勿施于人',其道大矣。今则第为文人论古必先设身,以是为文德之恕而已尔。"(《文史通义新编新注·内篇二》)章氏以史家之文作为例子,阐述同样是记载三国史事,编撰者思想倾向各有不同。陈寿、司马光以曹魏为正统,而习凿齿、朱熹则以蜀刘为正统,后世读史之人不可因思想倾向之差异而肆口漫骂编撰者,应该要考虑编撰者所处的历史环境。由此,他引出"不知古人之世,不可妄论古人文辞也"。显然,这个观念是继承了孟子的"知人论世"说的。在此基础上,他还认为除了"知其世"外,还必须知古人"身之所处",要了解其"荣辱隐显、屈伸忧乐"。只有这样,才能真正理解古人,才能对古人的所作所为抱理解之同情。由此看来,"论古必恕"的意思是,评论古人时要设身处地地考虑他们的所作所为,不能超越时代环境苛求古人。相似的话,章学诚在《刘忠介公年谱叙》中也说过:"盖学者能读前人之书,不能设身处境,而论前人之得失,则其说未易得当也。"[1]又说:"人不幸而为古人,不能阅后世之穷变通久,而有未见之事与理,又不能一言一动处处自作注解,以使后人之不疑,又不能留其口舌以待后方掎摭之时出而与之质辨,惟有升天入地,一听后起之魏伯起尔。然百年之后,吾辈亦古人也,设身处地,又当何如?"[2]

章学诚在《评沈梅村古文》中说:"《易》曰:'言有物而行有恒。'又曰:'修辞立其诚。'所谓物与诚者,本于人心之所不容已,仁者见仁,知者见知,要余实有其所见,故其所言自成仁知而不诬,不必遽责圣贤道德之极至,始谓修辞之诚也。"[3]由此出发,可发现章氏的"文德"论背后隐藏着"修辞立其诚"的意蕴。故程千帆先生说:"实斋之所谓文德,则临文态度之必敬以恕也而其要归,则'修辞立其诚'一语足以括之。《中庸》曰:'诚者,天之道也;诚之者,人之道也。诚者不勉而中,不思而得,从容中道,圣人也。诚之者,择善而固执之者也。'又曰:'唯天下至诚,为能尽其性;

---

[1] (清)章学诚:《文史通义新编新注》,仓修良编注,538页,北京,商务印书馆,2017。
[2] (清)章学诚:《文史通义新编新注》,仓修良编注,398页,北京,商务印书馆,2017。
[3] (清)章学诚:《文史通义新编新注》,仓修良编注,484页,北京,商务印书馆,2017。

能尽其性,则能尽人之性,则能尽物之性。'又曰:'诚者,物之始终,不诚无物,是故君子诚之为贵。诚者,非自成己而已也,所以成物也。'凡此皆言哲理,而其道通乎艺事。夫从容中道,则文质彬彬,而无过与不及之病矣。诚而有物,则言行如一,而无巧言乱德之失矣。尽人成物,则临文必恕矣;择善固执,则临文必敬矣……有志斯文者,恶可不立诚慎始,以聿修厥德哉!"①

概言之,章学诚的文德论是在继承前人理论基础上的发展和创新。因为前人谈文德多是从创作者的道德修养出发的,而章氏则是从文辞角度,谈文章的写作与批评、鉴赏,谈知人论世的。他对"敬"和"恕"的强调,对文学写作与批评有重要的指导意义。

三、文理论

一般来说,文学创作是有规律可循的。这种规律需要文学批评家去总结、归纳和概括。章学诚曾用"文理"来谈论文学创作的艺术规律。他在《辨似》一文中说:"盖文固所以载理,文不备而理不明也。且文亦自有其理,妍媸好丑,人见之者,不约而有同然之情,又不关于所载之理者,即文之理也。"②他强调文学作品有其自身的审美特征,文学创作也有自身的艺术规律。他还专门有《文理》一文谈论文学创作的内在规律问题。

根据他的意思,"文理"说应该包括"言之有物"和"中有所见"两个方面。所谓"言之有物",就是要求文章写作宜有深刻的思想内容,而不是纯粹追求、模仿古人的形式。章学诚说:"故善论文者,贵求作者之意旨,而不可拘于形貌也。"(《诗教下》)他还说:"夫立言之要,在于有物。古人著为文章,皆本于中之所见,初非好为炳炳烺烺,如锦工绣女之矜夸采色已也。富贵公子,虽醉梦中不能作寒酸求乞语;疾痛患难之人,虽置之丝竹华

---

① 程千帆:《程千帆全集》,131页,石家庄,河北教育出版社,2001。
② (清)章学诚:《文史通义新编新注》,仓修良编注,159页,北京,商务印书馆,2017。

宴之场，不能易其呻吟而作欢笑。此声之所以肖其心，而文之所以不能彼此相易，各自成家者也。今舍己之所求而摹古人之形似，是杞梁之妻善哭其夫，而西家偕老之妇亦学其悲号；屈子自沉汨罗，而同心一德之朝，其臣亦宜作楚怨也，不亦慎乎！至于文字，古人未尝不欲其工。孟子曰：'持其志，无暴其气。'学问为立言之主，犹之志也；文章为明道之具，犹之气也。求自得于学问，固为文之根本；求无病于文章，亦为学之发挥。故宋儒尊道德而薄文辞，伊川先生谓工文则害道，明道先生谓记诵为玩物丧志，虽为忘本而逐末者言之；然推二先生之立意，则持其志者不必无暴其气，而出辞气之远于鄙倍，辞之欲求其达，孔、曾皆为不闻道矣。但文字之佳胜，正贵读者之自得，如饮食甘旨，衣服轻暖，衣且食者之领受，各自知之，而难以告人。如欲告人衣食之道，当指脍炙而令其自尝，可得旨甘，指狐貉而令其自被，可得轻暖，则有是道矣。必吐己之所尝而哺人以授之甘，褛人之身而置怀以授之暖，则无是理也。"①郭绍虞先生说："古文家虽讲言之有物，而实在无物，所以只能在分段结构意度波澜上揣摩，所以不敢在唐、宋各家习用之句调格式外有所创造或变化。"②章学诚还认为，要做到"言之有物"，应该要"学资博览，须兼阅历"。"大抵身履其境，心知其意，方有真见解，不用功于实际，则见解虽高，而难恃也。"（《文史通义新编新注·内篇二》）基于此点，他还对桐城派奉归有光用五色圈点《史记》之法进行了抨击，他说归有光此书"五色标识，各为义例，不相混乱。若者为全篇结构，若者为逐段精彩，若者为意度波澜，若者为精神气魄，以例分类，便于拳服揣摩，号为古文秘传。前辈言古文者，所为珍重授受，而不轻以示人者也。又云：'此如五祖传灯，灵素受箓，由此出者，乃是正宗；不由此出，纵有非常著作，释子所诃为'野狐禅'也。余幼学于是，及游京师，闻见稍广，乃知文章一道，初不由此，然意其中或有一二之得，故不遽弃，非珍之也。''余曰：文章一道，自元以前，衰而且病，尚未亡也。明人初承宋、元之遗，粗

---

① （清）章学诚：《文史通义新编新注》，仓修良编注，140页，北京，商务印书馆，2017。
② 郭绍虞：《中国文学批评史》下，425页，天津，百花文艺出版社，1999。

存规矩，至嘉靖、隆庆之间，晦蒙否塞，而文几绝矣。归震川氏生于是时，力不能抗王、李之徒而心知其非，故斥凤洲以为庸妄，谓其创为秦、汉伪体，至并官名地名而改用古称，使人不辨作何许语，故直斥之曰文理不通，非妄言也。然归氏之文，气体清矣，而按其中之所得，则亦不可强索。故余尝书识其后，以为先生所以砥柱中流者，特以文从字顺，不汩没于流俗，而于古人所谓阃中肆外，言以声其心之所得，则未之闻尔。然亦不得不称为彼时之豪杰矣。但归氏之于制艺，则犹汉之子长，唐之退之，百世不祧之大宗也。故近代时文家之言古文者，多宗归氏。唐、宋八家之选，人几等于《五经》四子所由来矣。惟归、唐之集，其论说文字皆以《史记》为宗；而其所以得力于《史记》者，乃颇怪其不类。盖《史记》体本苍质，而司马才大，故运之以轻灵。今归、唐之所谓疏宕顿挫，其中无物，遂不免于浮滑，而开后人以描摩浅陋之习。故疑归、唐诸子得力于《史记》者，特其皮毛，而于古人深际，未之有见。今观诸君所传五色订本，然后知归氏之所以不能至古人者，正坐此也。"（《文史通义新编新注·内篇二》）

所谓"中有所见"，指的是作家在创作时要有自己的见解与看法。章学诚在《答沈枫墀论学》中就说"学以求心得"，"不求心得而行迹取之，皆伪体矣"。他指出，文学创作要有自己的心得，不能人云亦云，这样才可以自成一家之言。他在《答客问上》中亦云："所以通古今之变成一家之言者，必有详人之所略，异人之所同，重人之所轻，而忽人之所谨，绳墨之所不可得而拘，类例之所不可得而泥。而后微茫秒忽之际有以独断于一心。及其书之成也，自然可以参天地而质鬼神，契前修而俟后尘，此学家之所以可贵也。"《文史通义新编新注·内篇四》可见，章学诚非常在意创作者的独特看法与个人心得。当然，要做到"中有所见"，作家还应磨炼其"志识"。章氏还专门在《说林》篇里说：

> 文辞，犹三军也；志识，其将帅也。李广入程不识之军，而旌旗壁垒一新焉，固未尝物物而变，事事而更之也。知此意者，可以袭用成文

而不必己出者矣!

　　文辞,犹舟车也;志识,其乘者也。轮欲其固,帆欲其捷,凡用舟车,莫不然也。东西南北,存乎其乘者矣。知此义者,可以以我用文而不致以文役我者矣。

　　文辞,犹药毒也;志识,其医工也。疗寒以热,热过而厉甚于寒;疗热以寒,寒过而厉甚于热;良医当实甚而已有反虚之忧,故治偏不激而后无余患也。知此义者,可以拯弊而处中矣。①

　　章学诚通过比喻的手段,强调了"志识"在文学创作中的重要性。应该说,在章学诚看来,文学艺术有其自身的特殊性和规律性。此外,他还对当时文坛上那些机械模仿古人、无病呻吟的文学现象进行了尖锐的批评,并认为这是严重违背文学创作艺术规律的。

四、古文十弊

　　章学诚有《古文十弊》一文,专门对当时的古文弊病做了猛烈的抨击,他在文首小序中说:"余论古文辞义例,自与知好诸君书,凡数十通;笔为论著,又有《文德》、《文理》、《质性》、《黠陋》、《俗嫌》、《俗忌》诸篇,亦详哉其言之矣。然多论古人,鲜及近世。兹见近日作者所有言论与其撰著,颇有不安于心,因取最浅近者条为十通,思与同志诸君相为讲明。若他篇所已及者不复述,览者可互见焉。此不足以尽文之隐,然一隅三反,亦庶几其近之矣。"②可见此文是有为而发,目的在于矫治时弊。那么,"十弊"具体是指哪些弊病呢?且看章学诚的说法:

---

① (清)章学诚:《文史通义新编新注》,仓修良编注,223 页,杭州,浙江古籍出版社,2005。
② (清)章学诚撰:《章学诚遗书》,19 页,北京,文物出版社,1985。

一曰，凡为古文辞者，必先识古人大体，而文辞工拙又其次焉。不知大体，则胸中是非不可以凭，其所论次未必俱当事理。而事理本无病者，彼反见为不然而补救之，则率天下之人而祸仁义矣。有名士投其母氏行述，请大兴朱先生作志，叙其母之节孝，则谓乃祖衰年病废卧床，溲便无时，家无次丁，乃母不避秽亵，躬亲薰濯，其事既已美矣。又述乃祖于时戚然不安，乃母肃然对曰："妇年五十，今事八十老翁，何嫌何疑！"呜呼！母行可嘉，而子文不肖甚矣。本无芥蒂，何有嫌疑？节母既明大义，定知无是言也。此公无故自生嫌疑，特添注以斡旋其事，方自以谓得体，而不知适如冰雪肌肤剜成疮痏，不免愈濯愈痕瘢矣。人苟不解文辞，如遇此等，但须据事直书，不可无故妄加雕饰。妄加雕饰，谓之"剜肉为疮"，此文人之通弊也。

二曰，《春秋》书内不讳小恶。岁寒知松柏之后凋，然则欲表松柏之贞，必明霜雪之厉，理势之必然也。自世多嫌忌，将表松柏而又恐霜雪怀惭，则触手皆荆棘矣。但大恶讳，小恶不讳，《春秋》之书内事，自有其权衡也。江南旧家，辑有宗谱。有群从先世，为子聘某氏女，后以道远家贫，力不能婚，恐失婚时，伪报子殇，俾女别聘，其女遂不食死，不知其子故在。是于守贞殉烈，两无所处，而女之行事实不愧于贞烈，不忍泯也。据事直书，于翁诚不能无歉然矣。第《周官》禁嫁殇，是女本无死法也。《曾子问》娶女有日，而婿父母死，使人致命女氏，注谓恐失人嘉会之时，是古有辞昏之礼也。今制，婿远游，三年无闻，听妇告官别嫁，是律有远绝离昏之条也。是则某翁诡讬子殇，比例原情，尚不足为大恶而必须讳也。而其族人动色相戒，必不容于直书，则匿其辞曰："书报幼子之殇，而女家误闻以为婿也。"夫千万里外，无故报幼子殇，而又不道及男女昏期，明者知其无是理也，则文章病矣。人非圣人，安能无失？古人叙一人之行事，尚不嫌于得失互见也。今叙一人之事，而欲顾其上下左右前后之人皆无小疵，难矣！是之谓"八面求圆"，又文人之通弊也。

三曰，文欲如其事，未闻事欲如其文者也。尝见名士为人撰志，其人盖有朋友气谊，志文乃仿韩昌黎之志柳州也，一步一趋，惟恐其或失也。中间感叹世情反复，已觉无病费呻吟矣。末叙丧费出于贵人，及内亲竭劳其事。询之其家，则贵人赠赗稍厚，非能任丧费也，而内亲则仅一临穴而已，亦并未任其事也。且其子俱长成，非若柳州之幼子孤露，必待人为经理者也。诘其何为失实至此，则曰：仿韩志柳墓，终篇有云："归葬费出观察使裴君行立，又舅弟卢遵，既葬子厚，又将经纪其家。"附纪二人，文情深厚。今志欲似之耳。余尝举以语人，人多笑之。不知临文摹古，迁就重轻，又往往似之矣。是之谓"削趾适履"，又文人之通弊也。

四曰，仁智为圣，夫子不敢自居；瑚琏名器，子贡安能自定？称人之善，尚恐不得其实；自作品题，岂宜夸耀成风耶？尝见名士为人作传，自云："吾乡学者，鲜知根本，惟余与某甲，为功于经术耳。所谓某甲，固有时名，亦未见必长经术也。作者乃欲援附为名，高自标榜，恧矣！又有江湖游士，以诗著名，实亦未足副也。然有名实远出其人下者，为人作诗集序，述人请序之言曰："君与某甲齐名，某甲既已弁言，君乌得无题品？"夫齐名本无其说，则请者必无是言。而自诩齐名，藉人炫己，颜颊不复知忸怩矣！且经援服、郑，诗攀李、杜，犹曰高山景仰；若某甲之经，某甲之诗，本非可恃，而犹藉为名。是之谓"私署头衔"，又文人之通弊也。

五曰，物以少为贵，人亦宜然也。天下皆圣贤，孔孟亦弗尊尚矣。清言自可破俗，然在典午，则滔滔皆是也。前人讥《晋书》，列传同于小说，正以采掇清言，多而少择也。立朝风节，强项敢言，前史佥为美谈。明中叶后，门户朋党，声气相激，谁非敢言之士！观人于此，君子必有辨矣，不得因其强项申威，便标风烈，理固然也。我宪皇帝澄清吏治，裁革陋规，整饬官方，惩治贪墨，实为千载一时。彼时居官，大法小廉，殆成风俗，贪冒之徒，莫不望风革面，时势然也。今观传志碑状之文，叙雍正年府州县官，盛称杜绝馈遗，搜除积弊，清苦自守，革除例外供支，其文洵不愧于《循吏传》矣。不知彼时逼于功令，不得不然，千万人之所同，不足以为盛节。岂可见阉寺而颂其不好色哉！山居而贵薪木，涉水而宝鱼蝦，人知无是理也，而称人者乃独不然。是之谓"不达时势"，又文人之通弊也。

六曰，史既成家，文存互见，有如《管晏列传》，而勋详于《齐世家》，张耳分题，而事总于《陈馀传》；非惟命意有殊，抑亦详略之体所宜然也。若夫文集之中，单行传记，凡遇牵联所及，更无互著之篇，势必加详，亦其理也。但必权其事理，足以副乎其人，乃不病其繁重尔。如唐平淮西，《韩碑》归功裴度，可谓当矣。后中谗毁，改命于段文昌，千古为之叹惜。但文昌徇于李愬，愬功本不可没，其失犹未甚也。假令当日无名偏裨，不关得失之人，身后表阡，侈陈淮西功绩，则无是理矣。朱先生尝为编修蒋君撰志，中叙国家前后平定准、回要略，则以蒋君总修方略，独力勤劳，书成身死，而不得叙功故也。然志文雅健，学者慕之。后见某中书舍人死，有为作家传者，全袭《蒋志》原文，盖其人尝任分纂数月，于例得列衔名者耳，其实于书未寓目也。是与无名偏裨居淮西功，又何以异？而文人喜于撦事，几等军吏攘功，何可训也！是之谓"同里铭旌"。昔有夸夫，终身未膺一命，好袭头衔，将死，遍召所知，筹计铭旌题字。或徇其意，假藉例封、待赠、修职、登仕诸阶，彼皆掉头不悦。最后有善谐者，取其乡之贵显，大书勋阶师保殿阁部院某国某封某公同里某人之柩，人传为笑。故凡无端而影附者，谓之同里铭旌，不谓文人亦效之也，是又文人之通弊也。

七曰，陈平佐汉，志见社肉；李斯亡秦，兆端厕鼠。推微知著，固相士之玄机；搜闲传神，亦文家之妙用也。但必得其神志所在，则如图画名家，颊上妙于增毫；苟徒慕前人文辞之佳，强寻猥琐，以求其似，则如见桃花而有悟，遂取桃花作饭，其中岂复有神妙哉？又近来学者，喜求征实，每见残碑断石，余文剩字，不关于正义者，往往藉以考古制度，补史缺遗，斯固善矣。因是行文，贪多务得，明知赘余非要，却为有益后世，推求不惮辞费。是不特文无体要，抑思居今世而欲备后世考征，正如董泽矢材，可胜暨乎！夫传人者文如其人，述事者文如其事，足矣。其或有关考征，要必本质所具，即或闲情逸出，正为阿堵传神。不此之务，但知市菜求增，是之谓"画蛇添足"，又文人之通弊也。

八曰，文人固能文矣，文人所书之人，不必尽能文也。叙事之文，作者之言也，为文为质，惟其所欲，期如其事而已矣；记言之文，则非作者之言也，为文为质，期于适如其人之言，非作者所能自主也。贞烈妇女，明诗习礼，固有之矣。其有未尝学问，或出乡曲委巷，甚至佣妪鬻婢，贞节孝义，皆出天性之优，是其质虽不愧古人，文则难期于儒雅也。每见此等传记，述其言辞，原本《论语》《孝经》，出入《毛诗》《内则》，刘向之《传》，曹昭之《诫》，不啻自其口出，可谓文矣。抑思善相夫者，何必尽识鹿车鸿案善教子者，岂皆熟记画荻丸熊！自文人胸有成竹，遂致闺修皆如板印。与其文而失实，何如质以传真也！由是推之，名将起于卒伍，义侠或奋闾阎，言辞不必经生，记述贵于宛肖。而世有作者，于斯多不致思，是之谓"优伶演剧"。盖优伶歌曲，虽耕氓役隶，矢口皆叶宫商，是以谓之戏也。而记传之笔，从而效之，又文人之通弊也。

九曰，古人文成法立，未尝有定格也。传人适如其人，述事适如其事，无定之中，有一定焉。知其意者，旦暮遇之；不知其意，袭其形貌，神弗肖也。往余撰和州故给事《成性志传》，性以建言著称，故采录其奏议。然性少遭乱离，全家被害，追悼先世，每见文辞，而《猛省》之篇尤沉痛，可以教孝，故于终篇全录其文。其乡有知名士赏余文曰："前载如许奏章，若无《猛省》之篇，譬如行船，鹢首重而舵楼轻矣。今此敩尾，可谓善谋篇也。"余戏诘云：设成君本无此篇，此船终不行耶？盖塾师讲授《四书》文义，谓之时文，必有法度以合程式。而法度难以空言，则往往取譬以示蒙学。拟于房室，则有所谓间架结构；拟于身体，则有所谓眉目筋节；拟于绘画，则有所谓点睛添毫；拟于形家，则有所谓来龙结穴。随时取譬，习陋成风，然为初学示法，亦自不得不然，无庸责也。惟时文结习，深锢肠腑，进窥一切古书古文，皆此时文见解，动操塾师启蒙议论，则如用象棋枰布围棋子，必不合矣。是之谓"井底天文"，又文人之通弊也。

十曰，时文可以评选，古文经世之业，不可以评选也。前人业评选之，则亦就文论文可耳。但评选之人，多非深知古文之人。夫古人之书，今不尽传，其文见于史传。评选之家，多从史传采录。而史传之例，往往删节原文以就隐括，故于文体所具，不尽全也。评选之家，不察其故，误谓原文如是，又从而为之辞焉。于引端不具而截中径起者，诩谓发轫之离奇；于刊削余文而遽入正传者，诧为篇终之崭峭。于是好奇而寡识者，转相叹赏，刻意追摹，殆如左氏所云："非子之求，而蒲之觅矣。有明中叶以来，一种不情不理自命为古文者，起不知所自来，收不知所自往，专以此等出人思议夸为奇特，于是坦荡之涂生荆棘矣。夫文章变化侔于鬼神，斗然而来，戛然而止，何尝无此景象，何尝不为奇特！但如山之岩峭，水之波澜，气积势盛，发于自然；必欲作而致之，无是理矣。文人好奇，易于受惑，是之谓"误学邯郸"，又文人之通弊也。[1]

可见，章氏所说的古文十弊，主要是指：剜肉为疮、八面求圆、削趾适履、私署头衔、不达时势、同里铭族、画蛇添足、优伶演剧、井底天文、误学邯郸。他把当时文坛的臭毛病批得体无完肤。可谓一针见血！

总的来讲，章学诚在《古文十弊》中猛烈批评了模古的形式文风，同时也阐发了自己对事理与文辞、文章与现实、文章与真实、文章与法度、文章

---

[1] （清）章学诚撰：《章学诚遗书》，19~20页，北京，文物出版社，1985。

与气势等观点。"这些观点总括起来,其核心就是崇实尚用。在章学诚看来,史传文章的事理最为重要,要力求真实,反映客观,为现实服务,能够做到这样,文章的法度、气势也就自然具备,文辞形式也就能为表达内容服务了。这种文章观,在考据之学、性灵之学和桐城派古文盛行的乾嘉时代,是很有进步作用的,在今天也还很有现实意义。"①

五、清真说

在章学诚的文论体系中,"清真"说是非常重要的一个概念。他在《文史通义》等著述中多次就这个观点予以阐发。他说:"余论文之要,必以清真为主。"②"至于古文之要,不外清真。"③"仆持文律,不外'清真'二字。"这些话语无不表明:章学诚确实非常看重"清真",这是其文学思想体系中的一个重要概念。故郭绍虞说"实斋文论,一言以蔽之,'清真之教'而已","实斋文论之能一以贯通之者,即清真二字而已"。④

"清真"究竟指什么呢?章学诚对此有明确的解释。他说:"清则气不杂也,真则理无支也。"⑤"真则不求于文,求于为文之旨,所谓言之有物,非苟为文是也。清则主于文之气体,所谓读《易》如无《书》,读《书》如无《诗》,一例言之,不可有所夹杂是也。"⑥在他看来,"清"就是"气不杂","真"就是"理无支"。那么,什么是"气不杂""理无支"呢?

所谓"气不杂",指的是文之气体不杂。而文之气体,是指文章的体制风格。也就是说,章学诚是用"清"作为审美标准来衡量文体的。他在《乙卯札记》中说:"时代升降,文体亦有不同,用一代之体,不容杂入不类

---

① 张会恩:《从〈古文十弊〉看章学诚的文章观》,载《湖南师院学报》,1984(4)。
② (清)章学诚撰:《章学诚遗书》,377页,北京,文物出版社,1985。
③ (清)章学诚撰:《章学诚遗书》,613页,北京,文物出版社,1985。
④ 郭绍虞:《中国文学批评史》下,429页,天津,百花文艺出版社,1999。
⑤ (清)章学诚:《文史通义新编新注》,仓修良编注,667页,北京,商务印书馆,2017。
⑥ (清)章学诚:《乙卯札记》,见《章学诚遗书》,391页,北京,文物出版社,1985。

之语，亦求清之道也。"在《评沈梅古文》篇也说："盖文各有体，《六经》亦莫不然，故《诗》语不可以入《书》，《易》言不可以附《礼》，虽以圣人之言，措非其所，即不洁矣，辞不洁则气不清矣，后世之文，则辞赋绮言，不可以入纪传，而受此弊者乃纷纷未有已也。"[1]在章学诚看来，文体随时代而升降，随着时代的变化而变化。基于此，他非常认同顾炎武的说法："三百篇不能不降楚辞，楚辞不能不降而汉魏，汉魏不能不降而六朝，六朝不能不降而唐也，势也。用一代之体，则必似一代之文，而后合格"，并认为"此说良然"。此外，由于文各有体，不容错乱，不能杂入不类之语，章学诚说："近有强解事者，于碑志之文，谓六朝华缛，而书法多用诹辞乱之。唐宋清析，而藻缛不如六朝。因用唐宋书法叙事，而参以六朝藻饰，自矜创巧，不知无此理也。文有一时体式，今古各不相袭。犹书法之真草篆隶，不相混也。假如四方乡语不同，能作官音雅言佳矣。否则各操方音，亦成一家之言。今操燕语而忽入越吟，齐语而间以楚咻，不成言语矣。篆文入以隶法，楷书运以草构，有是理乎？"[2]他还就史传文体表达了自己的看法："辞赋绮言不可以入纪传"，"六朝浮縻之风，入于古文，令人不辨作何语……名义混淆，有失清真之体尔"。他还对司马迁的《史记》发表自己的看法："太史迁《伯夷列传》有云：'伯夷、叔齐虽贤，得夫子而名益彰；颜渊虽笃学，附骥尾而行益显。'夫骥乃马名，而尾乃马体，以此而代先圣门墙，得毋不洁不清之尤者欤？又云：非附青云之士，乌能施于后世。夫青云在天，修士则亦人耳。如曰置身若在青云之上，明作此喻可也，直以青云称士，是亦贤者好奇之过也。"（《评沈梅村古文》）[3]

由于文章体制非常重要，章氏认为初学者应当首要辨体。他在《古文公式》中说："古文体制源流，初学入门，当首辨也。苏子瞻《表忠观碑》，全录赵抃奏议，文无增损，其下即缀铭诗。此乃汉碑常例，见于金石诸书者，

---

[1] （清）章学诚撰：《章学诚遗书》，613页，北京，文物出版社，1985。
[2] （清）章学诚撰：《章学诚遗书》，369页，北京，文物出版社，1985。
[3] （清）章学诚撰：《章学诚遗书》，613页，北京，文物出版社，1985。

不可胜载。即唐、宋八家文中,如柳子厚《寿州安丰孝门碑》,亦用其例,本不足奇。王介甫诧谓是学《史记·诸侯王年表》,真学究之言也。李耆卿谓其文学《汉书》,亦全不可解。此极是寻常耳目中事,诸公何至怪怪奇奇,看成骨董!且如近日市井乡间,如有利弊得失,公议兴禁,请官约法,立碑垂久,其碑即刻官府文书告谕原文,毋庸增损字句,亦古法也。岂介甫诸人,于此等碑刻犹未见耶?当日王氏门客之訾摘骇怪,更不直一笑矣。"①

此外,章学诚甚至还用"清"来评价过他人的文章,他说归有光之文"气体清矣"(《文理》),又说:"自欧曾诸君扩清唐末五季之诡僻,而宋、元三数百年,文辞虽有高下,气体皆尚清真,斯足尚矣。"(《繁称》)

所谓"理无支",指的是文章宗旨,即要言之有物。进一步说,文章要有充实的内容,不可片面追求艺术形式。他在《文理》中说:"夫立言之要,在于有物。古人著为文章,皆本于中之所见,初非好为炳炳烺烺,如锦工绣女之矜夸采色已也。"他在《言公中》中说:"无其实而有其文,即六艺之辞,犹无所取,而况其它哉。"章学诚又认为文章写作要做到言之有物,就必然要合乎"道"。他说:"儒家者流,守其六籍,以谓是特载道之书耳。夫天下岂有离器言道,离形存影者哉!彼舍天下事物人伦日用,而守六籍以言道,则固不可与言夫道矣。"②"立言与功德相准,盖必有所需而后从而给之,有所郁而后从而宣之,有所弊而后从而救之,而非徒夸声音采色,以为一己之名也。《易》曰'神以知来,智以藏往;'知来,阳也;藏往,阴也。一阴一阳,道也。文章之用,或以述事,或以明理。事溯已往,阴也,理阐方来,阳也。其至焉者,则述事而理以昭焉,言理而事以范焉,则主适不偏,而文乃衷于道矣。迁、固之时,董、韩之文,庶几哉有所不得已于言者乎!不知其故而但溺文辞,其人不足道矣。即为高论者,以谓文贵明道,何取声情色彩以为愉悦亦非知道之言也。夫无为之治而奏熏风,灵台之功而乐钟鼓,以及弹琴遇文,风雩言志,则帝王致治,贤圣功修,未尝无悦目娱心之适,而谓文章之用,

---

① (清)章学诚:《文史通义新编新注》,仓修良编注,北京,商务印书馆,2017。
② (清)章学诚:《文史通义新编新注》,仓修良编注,北京,商务印书馆,2017。

必无咏叹抑扬之致哉！但溺于文辞之末，则害道已。"(《原道下》)①

如前所述，章学诚的"清真"说实际上是对文章内容与文章形式相统一的强调。在某种程度上，他也是在谈文质关系。他在《贬俗》中说："夫文，生于质也。"②在《诗话》中说："质已丧而文无可附矣。"③在《删订曾南丰〈南齐书目录〉序》中又说："质之不存，文于何附？"④从这些表述中可以看出章学诚在文质关系上是强调文质并重的，文生于质，质不离文，文质一体。

实际上，"清真"还牵扯到"学"与"文"的关系。章学诚说："清之为言不杂也；真之为言实有所得而著于言也，清则就文而论，真则未论文而先言学问也。"⑤还说："清真者，学问有得于中，而以诗文抒写其所见，无意工辞而尽力于辞者莫及也。"这里就明确表明，"清"跟文有关，"真"跟学有关。其实，在学与文的关系上，章氏多有论述，他在《史释》篇云："君子苟有志于学，则必求当代典章以切于人伦日用，必求官司掌故而通于经术精微，则学为实事而文非空言，所谓有体必有用也。"⑥在《答沈枫墀论学》中说："夫考订、辞章、义理虽曰三门，而大要有二，学与文也；理不虚立，则固行乎二者之中矣。学资博览，须兼阅历，文贵发明，亦期用世，斯可与进于道矣。"⑦"学问文章，古人本一事，后乃分为二途。近人则不解文章，但言学问，而所谓学问者，乃是功力，非学问也。功力之与学问，实相似而不同。记诵名数，搜剔遗逸，排纂门类，考订异同，途辙多端，实皆学者求知所用之功力尔！即于数者之中，能得其所以然，因而上阐古人精微，下启后人津逮，其中隐微可独喻，而难为他人言者，乃学问也。今人误执古人功力以为学问，毋怪学问之纷纷矣。文章必本学问不待言矣，而

---

① （清）章学诚：《文史通义新编新注》，仓修良编注，北京，商务印书馆，2017。
② （清）章学诚撰：《章学诚遗书》，27页，北京，文物出版社，1985。
③ （清）章学诚撰：《章学诚遗书》，45页，北京，文物出版社，1985。
④ （清）章学诚撰：《章学诚遗书》，45页，北京，文物出版社，1985。
⑤ （清）章学诚撰：《章学诚遗书》，369页，北京，文物出版社，1985。
⑥ （清）章学诚：《文史通义新编新注》，仓修良编注，271页，北京，商务印书馆，2017。
⑦ （清）章学诚：《文史通义新编新注》，仓修良编注，715页，北京，商务印书馆，2017。

学问中之功力,万变不同,《尔雅》注虫鱼,固可求学问,读书观大意,亦未始不可求学问,但要中有自得之实耳。中有自得之实,则从人之途,或疏或密,皆可入门,圣门如颜、曾、赐、商,未能一辙。而今之误执功力为学问者,但趋风气,本无心得,直谓舍彼区区掇拾,即无所谓学,亦夏虫之见矣。"[1]在《博约中》中说:"夫学有天性焉,读书服古之中,有人识最初而终身不可变易者是也。学又有至情焉,读书服古之中,有欣慨会心而忽焉不知歌泣何从者是也。功力有余而性情不足,未可谓学问也。性情自有而不以功力深之,所谓有美质而未学者也。"[2]由此看来,学与文的关系也是"清真"说的另一面。

需要指出的是,章学诚还从古文辞写作的角度谈了"清真"问题。在这里,他是借用韩愈的"文从字顺"说来谈"清真"的。实际上,在他看来,做到了文章写作,做到了文从字顺,也就是做到了"清真"。他在《湖北文征叙例》一文中说:"刘氏勰曰:贾生俊发,文洁而体清。柳氏宗元曰:参之太史以著其洁。李氏白曰:垂裳贵清真。韩氏愈曰:文从字顺,各识职。古人所谓洁也,真也,清也,从顺而识职也,言乎体要,各有当也。"[3]此处,他不仅对"清真"做了溯源,还强调"清真"就是文从字顺。他在《驳张符骧论文》中说:"如欲清真结撰,摹写传真,自当简削其辞,拟于伐毛洗髓,隐括要节,谋兹短篇。庶知文者,以谓曲折无尽,此竹数尺,而有千寻之势,文短而神味长也。譬之酿酒,少粮则减水而醇醲始发,理易明也。"[4]在《庚辛之间亡友列传》中又说:"闻余言古文辞,君(钱诏)心醉焉。……作为问曰:'敢问古文之道如何?'……答曰:'古文之道如治薄书尔。'……如其事之起迄,而不以我意增损其言,是薄书之定体,古文之极则也。凡治官府文书,不如事之起迄,而或以己意损其间,则必干

---

[1] (清)章学诚:《文史通义新编新注》,仓修良编注,714 页,杭州,浙江古籍出版社,2005。
[2] (清)章学诚:《文史通义新编新注》,仓修良编注,117~118 页,杭州,浙江古籍出版社,2005。
[3] (清)章学诚撰:《章学诚遗书》,298 页,北京,文物出版社,1985。
[4] (清)章学诚撰:《章学诚遗书》,76 页,北京,文物出版社,1985。

上官驳话，而事不能行，故治簿书无不有法度。文士为文，不知如事之起讫，而私意雕琢其间，往往文虽可观，而事则全非。或事本可观，而文乃不称事，盖无有部院司府长官为之驳话，而其事亦无关一时行与不行，此其所以无法度也。"①这些话语皆表明：文从字顺对古文写作是非常重要的。

简而言之，章学诚在继承前人关于"清"的论断的基础上，提出了自己的看法。他强调文章写作要清而不杂，要得其义例体制，要精炼洁净地描写事物，这是十分有见地的。

总的来说，章学诚凭借其深厚的史学功底、卓异的学术见解，深刻阐发了他对文史的独特看法。这些文艺思想具有极为重要的价值和意义，值得我们高度重视。

◎ 小 结

雍乾之际，经史之学兴盛，汉宋之争激烈，文章与经史、学术都有着密不可分的关系。当时，崇奉宋学的桐城派作家、推崇汉学的经学家、一些史学家依据自己的学术思想对文章提出了种种看法。桐城派立足于程朱理学，以"义法"为理论基础，对文章的内容与形式的关系、文体的构成要素、文风的审美要求等诸多方面都做了深入探讨。以程廷祚、戴震、阮元等为代表的经学家崇奉汉学，重实证考据，强调经学与文章的贯通，并在解经的框架下阐释文章的特性问题。尤其是阮元，倡言"文笔"说，推崇骈体为正宗，在当时影响较大。史学家章学诚以史为宗，沟通文与史之间的创作共性，并力图汲取经学思想中的有益成分，在文德、文辞、文弊等方面都发表了一些独到的见解。总之，这一时期的文论思想对后世有着深远的影响，嘉道以后文论思想的演变大体上都是沿着雍乾时期的文论思想来继续展开的。

---

① （清）章学诚撰：《章学诚遗书》，191 页，北京，文物出版社，1985。

第十一章
雍正、乾隆年间的骈文思想

到了清代,文学发展到了一个总结时期,很多文学样式在这一时期都出现了中兴。清代在骈文文学上不仅出现了骈文八大家,而且骈文理论也日趋成熟,出现了诸如孙梅《四六丛话》这样的理论专著。雍乾年间的骈文理论涉及问题很多,但为骈文合法性提供依据是这一时段的核心话题。

◎ 第一节
概　述

遭受唐宋两次古文运动的重创之后,骈文一直处于死而不僵的态势,然而在历经了数百年的沉寂后,气若游丝般的骈文到了清代却又一次得以复兴,且局面蔚为壮观。这其中不仅有文学自身的因缘,更与一代时运与学风的转捩衍延有关。

明末文学社团发达,六朝骈体文风盛行。后虽明朝灭亡,但崇尚骈文的风气通过受其影响的作家传承而余波尚在,如陈维崧、毛先舒等人就是受明末骈俪风气影响的骈文家。清初科举考试制度,特别是康熙十七年(1678)诏举博学鸿儒,选拔了许多饱学之士及擅长骈文者,极大地刺激了士人的创作热情。 康熙十七年十一月初一日，康熙皇帝诏举博学鸿儒，谕三品以上朝廷大臣和地方官荐举经学通明之士，于十八年（1679）三月初一日举行考试，内外荐举之士凡一百八十六人，诣京应试者五十九人，又有九人因老、病不能入太和殿应试，实到五十人，作《璇玑玉衡赋》（并四六序）及《省耕诗》排律二十韵，钦定彭孙遹等二十人为一等，李来泰等三十人为二等，已仕者就其品级授翰林侍读、宫坊或编修，未仕之布衣例授检讨，充明史馆纂修，年老回籍者授内阁中书舍人。 在这场博学鸿儒科考试中，特别重视四六。 不仅官员推荐多用骈体章奏，以示对皇帝的尊重，而且赋序及赋文本身要求使用骈体，否则就不符合格式。 当年此科中以骈文著名者有毛奇龄、陈维崧、尤侗、吴农祥、黄始、周清原等人。 毛际可曾说："岁戊午（1678），国家以博学鸿词征召天下士。 其文尚台阁，或者以为非骈体不为功。 一时名流云集，皆意气自豪，而余内顾胸中，索然一无足恃。"①屠寄也指出，康熙以来的博学鸿词科考试对骈文有巨大的促进作用："康熙以来，累试举鸿博。 于是冠带荐绅之伦，间左解褐之士，咸吐洪辉于霄汉，采瑰宝于山渊。 雅道既开，飙流益煽。"②

清代骈文俨然有复兴的气象，第一代名家有尤侗、吴绮、毛奇龄、陈维崧、吴兆骞诸人，而陆繁诏、黄之隽、章藻功则其继焉者也。 骈文经过康熙时期的发展，至雍正时地位提高了许多，俨然与古文、诗并列为学之一种。 雍正年间诏修《辙车故事》，准备开大科以充三馆。 当时李绂对全祖望说："大江南北人才，大率君所熟知，试为我数之，予因援笔奏记四十余人，各列所长，甲精于经，乙通于史，丙工于古文或诗或骈偶之学。"③此风顺延而下，至乾嘉时期则出现了我国自六朝以来骈文创作的第二大高潮，云蒸霞蔚，富有日新，以胡天游、袁枚、邵齐焘、王太岳、汪中、吴锡麒、洪亮吉、

---

① （清）毛际可：《陈其年文集序》，见《四库全书存目丛书》第 229 册集部，548 页，济南，齐鲁书社，1997。
② （清）屠寄等：《国朝常州骈体文录·骈三十·叙录》，见《续修四库全书》第 1693 册集部，711 页，上海，上海古籍出版社，2002。
③ （清）全祖望：《鲒埼亭文集选注》，黄云眉选注，204 页，济南，齐鲁书社，1982。

刘星炜、孙星衍、孔广森、曾燠、阮元诸人为最。《清史稿》卷四九〇载："俪体文自三唐而下,日趋颓靡,清初陈维崧、毛奇龄稍振起之,至天游奥衍入古,遂臻极盛。而邵齐焘、孔广森、洪亮吉辈继起,才力所至,皆足名家。"[1]这一时期的骈文"其体格不能一辙,有汉魏体者,有晋宋体者,有齐梁至初唐体者,流别各异,其骨格韵调,则皆超轶流俗,同为专门名家之作也"[2]。

乾嘉骈文兴盛是前代风气的延续,更与当时的学术风气紧密相连。乾嘉间考证学几乎独霸学界,梁启超甚至形容道:"稍为时髦一点的阔官乃至富商大贾,都要'附庸风雅',跟着这些大学者学几句考证的内行话。"[3]乾嘉诸儒病明季学者空谈心性,俚言臆说,荒经蔑古,于是倡为学说,用汉人治经实事求是之法,为天下倡。他们研究注疏,考订名物,以许慎解字之法,通郑康成诂经之旨,宗汉祧宋,力矫空疏之弊,非读书万卷,不能通其一字。骈文博学征典的特征适合当时社会崇博尚学的风气,促使饱学之士以骈文作为载体来表达其思想和精神,故乾嘉时期涌现出一大批骈文创作名家。这时期的骈文高手多为成就卓著的朴学家,不少阐扬朴学的文章也采用骈体而名高一世,最典型的如孔广森为戴震学术著作所作《戴氏遗书序》。其他为考据专著或学术丛书撰序而出之以骈体形式的,不胜枚举。

创作与理论批评是互动的,乾嘉时期骈文理论批评亦进入繁盛期,不仅论作数量多,而且研究水平也突破前人樊篱,显示了一种集体力量与理性自觉。骈文经过唐宋古文运动昭"罪"于世后,文坛弥漫着一股浓烈鄙薄骈文的风气,骈文俨然为"淫靡害俗"的代名词。元王若虚云:"四六,文章之病也,而近世以来,制诰表章,率皆用之。君臣上下之相告语,欲其诚意交孚,而骈俪浮辞,不啻如俳优之鄙,无乃失体邪!后有明王贤大臣一禁绝

---

[1] (清)赵尔巽:《清史稿·文苑二》,见《续修四库全书》第295册史部,265页,上海,上海古籍出版社,2002。
[2] 金钜香:《骈文概论》,126页,上海,商务印书馆,1933。
[3] 梁启超:《中国近三百年学术史》,25页,北京,东方出版社,2004。

之，亦千古之快也。"①清程廷祚《青溪集》卷九《与家鱼门论古文书》云："骈体最病于文，诗余最病于诗。"②《四库总目提要·四六法海》描述了骈文沦为不齿的这段历史："厥后辗转相沿，逐其末而忘其本。故周武帝病其浮靡，隋李谔论其佻巧，唐韩愈亦断断古文时文之辨。降而愈坏，一滥于宋人之启札，再滥于明人之表判。剽袭皮毛，转相贩鬻。或涂饰而掩情，或堆砌而伤气，或雕镂纤巧而伤雅，四六遂为作者所诟厉。宋姚铉撰《唐文粹》，至尽黜俪偶；宋祁修《新唐书》，至全删诏令。而明之季年，豫章之攻云间者，亦以沿溯六朝相诋。"③因此，为骈体正名、争取生存空间是清代骈文理论第一要务。

　　袁枚的骈文理论带有唯美主义色彩，宣称"古圣人以文明道，而不讳修词。骈体者，修词之尤工者也"④，并不忌讳纵谈骈文美学技巧。此外，汪士鋐《四六金桴》，王太岳《答王芥子同年书》，吴蔚《问字堂外集题词》《思补堂文集题词》等亦多从修辞角度探讨骈文写作。但是，乾嘉时期研究骈文内部规律者绝非主流，这固然是由于精英诗学推崇至法乃无法，但也是乾嘉时期整个骈文文论话语都是围绕骈散之争展开的特定形势下的必然选择。骈文因注重文字修饰而不堪"靡丽""华而不实"的重负，所以在乾嘉骈文尊体化运动中，研究骈文技法无论如何也是非常不合时宜的。更何况它并不像八股文、试律诗那样事关利禄功名，所以也不存在为后学说法、指示门径之类的现世要求。陈维崧的《四六金针》，"对于唐宋以来骈文的体裁、优劣和作法等，均有具体的详述，启示学习骈文者以门径"⑤；遭到四库馆臣斥为"浅陋"之境地，以至于怀疑《四六金针》非陈维崧所作，亦可见当

---

① （元）王若虚：《文辨》，《滹南遗老集》卷三七，见《钦定四库全书》第1190册集部，462页，上海，上海古籍出版社，1987。
② （清）程廷祚：《与家鱼门书》，见《青溪集》，220页，安徽，黄山书社，2004。
③ 《四库全书总目提要》卷一八九，集部总集类三之《四六法海》提要条，4203页，上海，商务印书馆，1933。
④ （清）袁枚：《胡稚威骈体文序》，见《袁枚全集新编》第五册，226页，杭州，浙江古籍出版社，2015。
⑤ 蒋伯潜、蒋祖怡：《骈文与散文》，89页，上海，上海书店，1997。

第十一章　雍正、乾隆年间的骈文思想　743

时之情势①。

最早使用"骈体"概念的是明代嘉靖至万历间人沈懋孝②,但骈文作为文体概念流行始于清代。《文心雕龙》谓之"丽辞",梁简文帝又谓之"今体",自唐而后,李义山自题《樊南四六》。 从唐李商隐的《樊南四六甲乙集》开始,"四六"被用来指称这种文体。 宋王铚著为《四六话》,谢伋又有《四六谈麈》,明王志坚所选之文,亦言《四六法海》。 清代嘉庆朝以前,学界大致还是沿用"四六"一词来指代骈文,有黄始《听嘤堂四六新书》、李渔《四六初徵》,胡吉豫《四六纂组》,吴鼒《八家四六文钞》、王先谦《十家四六文钞》、孙梅《四六丛话》。 为此,孙梅还详细考察了"四六"一词的来历。"四六"本意是指一种句式,如柳宗元云"骈四俪六,锦心绣口"。齐梁是骈文最为流行的时代,当时骈文句式主体是四字句和六字句。 唐代李商隐首以"四六"命名文集,《樊南甲集序》云:"大中元年,被奏入岭当。表记,所为亦多。 冬如南郡,舟中忽复括其所藏,火燹墨汙,半有墜落。因削笔衡山,洗砚湘江,以类相等色,得四百三十三件,作二十卷,唤曰《樊南四六》。 四六之名,六博格五、四数六甲之取也,未足矜。"③"四六"已从句式蜕变为骈文文体含义。 四六句式初出于制文,后泛用于表启等公牍文体。 孙梅《四六丛话》是第一部系统探讨"四六"文体的专著,其考据"四六"命名既注重"四六"名称之始,又注重"四六"涵盖范围变化,较为完备。

但是"四六"一词指代骈文明显是不妥当的,袁枚《胡稚威骈体文序》

---

① 《四库全书总目提要》卷一九七,集部诗文评类存目《四六金针》提要条,4413页,上海,商务印书馆,1933。
② 沈懋孝有《与塾中士论四六骈体》一文,论"表"体由散到骈的演变,言及汉代"表"有年表、进表、辞表、贺表四体,而后来诸葛亮《出师表》、李密《陈情表》又逸出于此四体之外,"然皆散文也。 骈体兴于宋齐梁,而唐初则骆义乌以四六擅场","唐文大昌于退之,其《谏佛骨》《谢潮阳》则用散体,其《贺灵雨》则用骈体。 盖两能之,而退之终不以四六名"。(清)沈懋孝:《与塾中士论四六骈体》,《长水先生文钞·长水先生贲园草》,见《四库禁毁书丛刊》第160册集部,116页,北京,北京出版社,1997。
③ (唐)李商隐:《樊南文集》上,427页,上海,上海古籍出版社,1988。

批评道:"若夫四六者,俗名也。《庚桑楚》及《吕览》所称四六,非此之解。柳子称骈四俪六,樊南称六甲四数,亦偶然语耳。沿此名文,于义何当!"①谭献论《四六丛话》时亦云:"骈俪之学,既知探源《骚》《选》,而目曰'四六',称名已乖。"②比如六朝之骈文命骈文则可,谓之"四六"则不可。对于四六与骈文的分野,孙德谦在《六朝丽指》中论述最为详明,反复指出"骈体与四六异","吾观六朝文中,以四句作对者,往往只用四言,或以四字、五字相间而出。至徐、庾两家,固多四六语,已开唐人之先,但非如后世骈文,全取排偶,遂成四六格调也"③。"要之,骈散合一乃为骈文正格,倘一篇之内,始终无散行处,是后世书启体,不足与言骈文矣。"④骈文句式灵动、骈散相间,而"四六格调"则是通体排偶,习以四六句式相对,亦即书启体。六朝文既为骈文之极则,则亦需为之正名,"其实六朝文只可名为骈,不得名为四六也"⑤。来裕恂《汉文典》论"四六":"魏晋以来,始有四六之文,其体犹未纯一。至南北朝,文书尚偶,句数并对,作为四字六字,但其中亦有变化,或三七、或五八、或六八,字数亦有参差,有隔句对,有二句对,有散联二句对,有偶联隔句对。至宋而四六始立专体。"⑥郭象升《文学研究法》指出:"四六之目,出于李义山,其辞不典,又不足以概括东京、魏晋之文。是故言骈文,四六在其中矣;言四六,骈文不尽在其中也。"⑦换言之,四六只是骈文的一种体式,骈文概念较广,可以涵盖四六。骈文与散文相对,在命名的划分标准上清晰,所以逮至清乾隆中后

---

① (清)袁枚:《胡稚威骈体文序》,见《袁枚全集新编》第五册,226页,杭州,浙江古籍出版社,2015。
② (清)谭献:《复堂日记》,328页,石家庄,河北教育出版社,2001。
③ (清)孙德谦:《骈文与四六异》,《六朝丽指》,见王水照编:《历代文话》第九册,8425页,上海,复旦大学出版社,2007。
④ (清)孙德谦:《六朝丽指》,见王水照编:《历代文话》第九册,8451页,上海,复旦大学出版社,2007。
⑤ (清)孙德谦:《六朝丽指》,见王水照编:《历代文话》第九册,8497页,上海,复旦大学出版社,2007。
⑥ 来裕恂撰:《汉文典·文章典四卷》,见王水照编:《历代文话》第九册,8677页,上海,复旦大学出版社,2007。
⑦ 郭象升:《文学研究法·文选篇》,154页,太原,太原中山图书社,1933。

期以后，别集则有孔广森《仪郑堂骈体文》、曾燠《赏雨茅屋骈体文》、董佑诚《栘华馆骈体文》，总集则有曾燠《骈体正宗》、姚燮《骈文类苑》，选本则有李兆洛《骈体文钞》、王先谦《骈文类纂》，骈文概念逐渐取代"四六"成为命名的主流，并最终成为通用之称。从骈文的命名与涵盖上都可以看出在清代乾嘉汉学训练下的学者的科学严谨品格。

◎ 第二节
袁枚的骈文观念

袁枚一生尽其才为文辞诗歌，是一个文学多面手。他不仅是乾隆诗坛的领军人物，而且兼长古文骈文。姚鼐《袁随园墓志铭》称赏袁枚文章时就说道："古文、四六体，皆能自发其思，通乎古法。"[1]他被吴鼒《八家四六文钞》列为其中的一家。袁枚《小仓山房诗文集·外集》专录骈体文，计八卷九十二篇。袁枚视古文、骈文和诗具有一样的功能，皆可以藉来抒情达意的工具，所以袁枚高举文学独立的旗帜，持辞章家的骈散并行划一观。

一、斥鄙薄骈文的风气

在"文以明道""载道"功利文章观念指引下，散文"有用"，骈文"无用"；骈文是文运衰落，乃至国运不昌的表征，成为一种时代共识。袁枚《答友人论文第二书》反驳这种鄙薄骈文的舆论云：

> 足下之答绵庄曰"散文多适用，骈体多无用，《文选》不足学"，此又

---

[1] （清）姚鼐：《袁随园墓志铭》，见《惜抱轩全集》，154页，北京，中国书店，1991。

误也。夫高文典册,用相如;飞书羽檄,用枚皋。文章家各适其用。若以经世而论,则纸上陈言,均为无用。古之文,不知所谓散与骈也。《尚书》曰:"钦明文思安安",此散也;而"宾于四门,纳于大麓",非其骈焉者乎?《易》曰"潜龙勿用",此散也;而"体仁足以长人,嘉会足以合体",非其骈焉者乎?安得以其散者为有用,而骈者为无用也?①

袁枚以《尚书》和《周易》为例证,指出圣人经典之中亦是有骈有散,只是"各适其用"而已。在该书信中,作者又以日常生活的"布帛菽粟"与"珠玉锦绣"各有其用作比,提出不应扬散抑骈。

清代考据学盛行一时,汉学家厌薄辞章,自处过高,然袁枚深不以为然。袁枚性好文学,自甘于当一名辞章家,在《答惠定宇书》中,他明确表达了这种人生旨趣:"孔子不强颜、闵以文学,而足下乃强仆以说经。倘仆不能知己知彼,而亦为以有易无之请,吾子其能舍所学而相从否?"在袁枚看来,辞章胜于考据:考据易沿袭雷同,而辞章"各序其事,各值其景,如烟云草木,随化工为运转,故日出而不穷",故"文章家所以少沿袭者"②。文学胜经学的道理在他的《散书后记》中说得更明白:"一主创,一主因;一凭虚而灵,一核实而滞;一耻言蹈袭,一专事依傍;一类劳心,一类劳力。二者相较,著作胜矣。"复次,从产生次序而言,"先有著作而后有书,先有书而后有考据。以故著作者,始于《六经》,盛于周秦;而考据之学,则自后汉末而始兴者"③。换言之,文学是原生的,是第一位的;考据是文学的派生物,文学高于考据不言自明。

袁枚不仅要面对外部学问家对辞章家的贬损,而且在辞章家内部要调节骈、散二家的纠纷。自苏轼提出"文起八代之衰"一说,后世学者几乎无不

---

① (清)袁枚:《答友人论文第二书》,见《袁枚全集新编》第六册,362页,杭州,浙江古籍出版社,2015。
② (清)袁枚:《答惠定宇书》,见《袁枚全集新编》第六册,347页,杭州,浙江古籍出版社,2015。
③ (清)袁枚:《散书后记》,见《袁枚全集新编》第六册,572页,杭州,浙江古籍出版社,2015。

援引此语作为六朝文学地位的定谳,东汉以迄南北朝的文章,尤其骈文创作成就因此被世人轻而易举地抹杀。然而在对骈、散二体发展历史的系统梳理中,袁枚在《答友人论文第二书》中大胆地提出了"八代固未尝衰"的观点:

> 足下云云,盖震于昌黎"起八代之衰"一语,而不知八代固未尝衰也。何也?文章之道,如夏、殷、周之立法,穷则变,变则通。西京浑古,至东京而渐漓。一二文人,不得不以奇数之穷,通偶数之变。及其靡曼已甚,豪杰代雄,则又不屑雷同,而必挽气运以中兴之。徐、庾、韩、柳,亦如禹、稷、颜子,易地则皆然者也。①

又《答戴敬咸进士论时文》云:

> 盖尝论之:……无韵之文,始自《尧典》,降而汉、魏,降而六朝,降而八家,再降至时文,而流品极矣!②

骈文"迷恋"于形式上的优美,而其发展全盛期恰恰又是中国文学在思想内容方面相对贫弱的时代,且与备受讥评的宫体诗同步并行发展,由此骈文背负着诸多负面信息,以致以骈文为代表的六朝文学被视为一段不堪回首的历史。顺便连带上了可前推的东汉与后续的隋朝。裴子野《雕虫论》谓"箴绣鞶帨,无取庙堂……淫文破典,斐尔为功"③,李谔《上文帝论文体轻薄书》谓"遗理存异,寻虚逐微",刘知幾《史通·叙事》谓"修短取均,奇偶

---

① (清)袁枚:《答友人论文第二书》,见《袁枚全集新编》第六册,362 页,杭州,浙江古籍出版社,2015。
② (清)袁枚:《答戴敬咸进士论时文》,见《袁枚全集新编》第十五册,54~55 页,杭州,浙江古籍出版社,2015。
③ (南朝)裴子野:《雕虫论》,见《文渊阁四库全书》第 1340 册,集部第 279 册,233 页,台北,商务印书馆,1986。

相配……弥漫重沓，不知所裁"①等，都是对这段文学的讨伐檄文。自从宋代诗文革新以来，古文似乎毫无争议、理所当然地成为文章正宗；骈文仅限于几种应用文中，且被排斥在文统之外。桐城派自谓其统绪由归有光而来，上接唐宋古文，进进而上溯至三代两汉，全然漠视六朝。袁枚则将古文、骈文一同纳入文统，从"变"与"通"角度考察骈散交替发展演变，认为六朝文学上承两汉，下启唐宋，此期骈文盛行合乎文学发展的规律，根本不存在所谓"衰"的问题。

此外，袁枚指出，连古文领袖韩愈都未鄙视过骈文，作为韩愈的门徒却没有沿袭精神领袖的胸襟委实不该。顾炎武在《日知录》中云："韩退之文起八代之衰，于骈偶声律之文宜不屑为，而其《滕王阁记》推许王勃所为序，且曰：窃喜载名其上，词列三王之次，有荣耀焉。"②继后，《四库全书总目》也提及韩愈推崇王勃《滕王阁序》事。《滕王阁序》是骈文作品，古文家韩愈非但不贬王序，还以己之记文能与王勃之序文同列而感到荣耀。考据家还原历史真相的事实被袁枚挪用来论证骈文地位的合法性，《随园诗话》卷一云："以昌黎之崛强，宜鄙俳体矣，而《滕王阁序》曰：'得附三王之末，有荣耀焉。'以杜少陵之博大，宜薄初唐矣，而诗曰：'王杨卢骆当时体，不废江河万古流'。以黄山谷之奥峭，宜薄西昆矣，而诗曰：'元之如砥柱，大年若霜鹘。王杨立本朝，与世作郛郭。'今人未窥韩、柳门户，而先扫六朝；未得李、杜皮毛，而已轻温、李。何蜉蝣之多也！"③

二、骈文存在的合理性

袁枚关于文学史的这一观点是建立在骈散对等基础上的。袁枚在其文章中曾多方位论证骈文存在的合理性。

---

① （唐）刘知幾：《史通》，127页，上海，上海古籍出版社，2008。
② （清）顾炎武：《日知录》，143页，西安，陕西人民出版社，1998。
③ （清）袁枚：《袁枚全集新编》第八册，7~8页，杭州，浙江古籍出版社，2015。

文分骈散是自然之理，非人所强为。清初，陈维崧高呼"盖天之生才不尽，文章之体格亦不尽"①，强调骈体与诗赋、散体平等，甚至也可与经、子、史平等，在当时的文坛刮起了一阵强有力的旋风。毛先舒给陈维崧文集作序时曾为这种主张提供了哲学支撑："原夫太极，是生两仪；由兹而来，物非无耦。日星则珠联而璧合，华木亦并蒂而同枝。关关锵锵，鸣必相和；儦儦俟俟，聚斯为友。物类且尔，况于人文者哉？是皆天壤自然之妙，非强比合而成之也。"②毛宗岗认为，物之有偶本于太极生两仪的天道之理，是天地自然的基本属性，既然物是如此，作为人文之一的文学亦当有这样的特点，进一步来说，文有骈体实非人所强为的结果。袁枚的骈文思想与毛先舒相似，但说得更清楚、更全面，也更生动。《胡稚威骈体文序》开篇云：

> 文之骈，即数之偶也，而独不近取诸身乎？头，奇数也；而眉目，而手足，则偶矣。而独不远取诸物乎？草木，奇数也；而由叶，而瓣鄂，则偶矣。山峙而双峰，水分而交流，禽飞而并翼，星缀而连珠，此岂人为之哉？③

袁枚认为，天地之数有奇有偶，这是不会因人力而改变的自然之道，比如人的身体，头为奇数，眉目、手足则偶数；又如植物，草木本身为奇，其发芽开花则偶；人和植物如此，其他山、水、禽、星也莫不如此。而文作为天地万物的一部分、作为自然之道的一种体现，自然也有奇偶之分。袁枚采用"近取诸身""远取诸物"的方法，既从抽象的天道奇偶来论证，又通过具体自然现象来论证，通过这种双重比附，骈文应与散体同存在哲学层面得到

---

① （清）陈维崧：《词选序》，见《陈维崧集·陈迦陵散体文集》上，54页，上海，上海古籍出版社，2010。
② （清）毛先舒：《湖海楼俪体文集序》，见《四部丛刊初编》第281册集部，上海，上海书店，2015。
③ （清）袁枚：《胡稚威骈体文序》，见《袁枚全集新编》第五册，226页，杭州，浙江古籍出版社，2015。

了合理的说明。 这个意思，袁枚在《书茅氏八家文选》中表述得更为简洁明确，"一奇一偶，天之道也；有散有骈，文之道也"①。

袁枚论证骈文地位的最有力的方法是剥离文对道的依附，从文学独立价值来论证。 古文之所以贵重，皆因载道。 儒家要求文服务政教，将其作为经邦治国工具，汉儒有"厚人伦、美教化"的说教，刘勰亦有"经纬区宇，弥纶彝宪，发挥事业"的规矩。 唐韩愈提出了"文以明道""约六经之旨而成文"，又曰："与《诗》《书》相表里。"但准确说来，韩愈的"文统"与"道统"并非完全一回事。 韩愈作《进学解》称："上窥姚姒，浑浑无涯；周诰、殷《盘》，佶屈聱牙；《春秋》谨严，《左氏》浮夸；《易》奇而法，《诗》正而葩；下逮《庄》、《骚》，太史所录；子云，相如，同工异曲。"②阐明了他学习和写作文章的师法与路数，即后人所谓"文统"。 韩愈"文统"较庞杂，既有儒家经典，也有诸子百家集，这与《原道》篇阐述的"道统"不尽吻合。 由此可见，在韩愈那里，文统与道统固然有交叉，但绝不是一元的。正因如此，韩愈的文统受到不少理学家的指责，如宋陆九渊批评他"因学文而学道"，"是倒做"③。 明方孝孺"颇恨其未纯于圣人之道"，批评韩愈"措心立行或多戾乎矩度，不能造颜、孟氏之域，为贤者指笑"④。 理学家要求将文完全纳入道的规范，朱熹认为："道者，文之根本；文者，道之枝叶。 惟其根本乎道，所以发之于文皆道也。 三代圣贤文章，皆从此心写出，文便是道。"⑤更有甚者提出"文以害道"说，完全抹去文的价值。

文道合一观在清代也很有市场，如戴震《与方希原书》云："夫以艺为末，以道为本。"并说文章至于圣人之道则荣，不至则瘁。 朱彝尊《与李武

---

① （清）袁枚：《书茅氏八家文选》，见《袁枚全集新编》第七册，606 页，杭州，浙江古籍出版社，2015。
② （唐）韩愈：《进学解》，见《丛书集成新编》第 58 册，680 页，台北，新文丰出版公司，1988。
③ （宋）陆九渊：《语录·上》，见《象山先生全集》卷三十四，397 页，上海，商务印书馆，1935。
④ （明）方孝孺：《与郑叔度八首》，见《钦定四库全书》第 1235 册集部，299 页，上海，上海古籍出版社，1987。
⑤ （明）胡广：《性理大全书》，见《钦定四库全书》711 册子部，251～252 页，上海，上海古籍出版社，1987。

曾论文书》也肯定韩愈文统论，指出文章"至唐始反其正，至宋而始醇"。①袁枚在《答友人论文第二书》中，对这种一贯以来的文以载道说讽刺道："三代后，圣人不生，文之与道离也久矣。然文人学士，必有所挟持以占地步，故一则曰'明道'，再则曰'明道'，直是文章家习气如此。"②

文与道的关系到底该如何处理？袁枚《虞东先生文集序》与《答友人论文第二书》两文有集中阐述。归纳起来，主要有两点：其一，文与道合，文的价值也必须得到重视。"盖以为无形者道也，形于言谓之文。既已谓之文矣，必使天下人矜尚悦绎，而道始大明。若言之不工，使人听而思卧，则文不足以明道，而适足以蔽道。""文人而不说经可也，说经而不能为文不可也。"③其二，文实可与道分，文有其独立价值。其实，道不一定要靠文传，"夫道若大路然，亦非待文章而后明者也。"④文亦未必非传道不可。韩愈《淮西碑》《顺宗实录》等"有绝大关系"的文章著作，自可"传之不衰"，而如柳宗元那些"不与经合"，仅"形容一石之奇，一壑之幽"的"谲诡悖傲"文字，亦足"与韩峙，而韩且推之畏之"。袁枚还抓住程晋芳"于庄、屈之荒唐，则爱之而诵之；于程朱之语录，则尊之而远之"的事实，说明文可以独立于道，形式美也是一种价值。就袁枚本意而言，他阐述的第一点已属敷衍传统，其实他更倾向于第二点。中国自古就有与庙堂文学相对的山林文学传统，如以杨维桢和"吴中四杰"为代表作家，特点是关注饮酒、作画、写字、烹茶、游园、听曲、赏花、观雪、夜话、送别等休闲生活，作文讲究技巧和文采。性灵文学倾向淡化家国情怀，然佳作至文亦复不少，正如包世臣《与杨季子论文书》所云："夫事无大小，苟能明其始卒，究其义类，

---

① （清）朱彝尊：《与李武曾论文书》，见《钦定四库全书》第1318册集部，2页，上海，上海古籍出版社，1987。
② （清）袁枚：《答友人论文第二书》，见《袁枚全集第六编》，364页，杭州，浙江古籍出版社，2015。
③ （清）袁枚：《虞东先生文集序》，《袁枚全集新编》第五册，209页，杭州，浙江古籍出版社，2015。
④ （清）袁枚：《答友人论文第二书》，《袁枚全集新编》第六册，364页，杭州，浙江古籍出版社，2015。

皆足以成至文,固不必悉本忠孝,攸关家国也。"①袁枚中隐隐于市,就是沿着这一文脉发展而来的文学家。由于袁枚是以纯文学眼光甄辨骈体的,文学的独立性一旦获得认可,那么"修词之尤工者"的骈文自然也就顺理成章地拥有了合法地位。

三、对学问家与古文家的妥协

袁枚甘愿当辞章家,故对被他称为"修词之尤工者"②的骈体文不可不予以足够的重视。袁枚创作骈文是一种有意识自立山头的选择,曾言"本朝开国以来,尚未有能以四六成一家言者,窃欲自立一帜"。但是在学问家、古文家客观上占强势地位的情形下,袁枚的人生哲学表现出狡黠的一面。在骈散对等的前提下,袁枚严划骈散之界,承认古文雅洁与高贵,这是对桐城派的油滑妥协。《与邵厚庵太守论杜茶村文书》云:

> 若夫始为古文者,圣人也。圣人之文而轻许人,是诬圣也。六经,文之始也,降而《三传》,而两汉,而六朝,而唐、宋,奇正骈散,体制相诡,要其归宿无他,曰顾名思义而已。名之为文,故不可俚也;名之为古,故不可时也。③

袁枚高度肯定古文的社会价值功能。又《再答陶观察书》云"尝谓功业报国,文章亦报国"④。《随园诗话》也云:"唐开元之治,辅之者:宋璟以

---

① （清）包世臣:《与杨季子论文书》,见王水照编:《历代文话》第六册,5201页,上海,复旦大学出版社。
② （清）袁枚:《胡稚威骈体文序》,见《袁枚全集新编》第五册,226页,杭州,浙江古籍出版社,2015。
③ （清）袁枚:《与邵厚庵太守论杜茶村文书》,见《袁枚全集新编》第六册,358页,杭州,浙江古籍出版社,2015。
④ （清）袁枚:《再答陶观察书》,见《袁枚全集新编》第六册,305页,杭州,浙江古籍出版社,2015。

德，姚崇以才，张说以文，皆称贤相。"①因此袁枚重视古文形式方面的规范，《与孙俌之秀才书》云："此体（指散文）最严：一切绮语、骈语、理学语、二氏语、尺牍词赋语、注疏考据语，俱不可以相侵。"②又据《覆家实堂》载，朱珪赞袁枚古文能去"谈心论性，颇似宋人语录""俳词偶语，学六朝靡曼""平弱敷衍，袭时文调"③等十弊，袁枚于十弊外增"征书数典，琐碎零星，误以注疏为古文"等三项。又尺牍常被人归入古文，袁枚则认为"尺牍者，古文之唾余""今之人或以尺牍为古文，误也。盖古文体最严洁，一切绮语、谐语、排偶语、词赋语、理学语、佛老语、考据、注疏、寒暄、酬应语，俱不可一字犯其笔端；若尺牍，则信手任心，谑浪笑傲，无所不可。"乾隆四十年袁枚编《随园全集》，后来分别于乾隆五十五年与嘉庆元年进行了两次补编，袁枚都将古文编为《文集》，将日常应酬尺牍独立编为《随园尺牍》。以上所述种种，都是袁枚为保证古文纯正性以尊古文的努力。又，他编辑《随园全集》时，将骈文编为《外集》。对于此举，洪锡豫在《〈小仓山房尺牍〉序》中解读道："先生以四六为《外集》，其严画古文界限之意，业已了然。"④尽管袁枚力图将骈文提到与古文对等的地位，但其"严画古文界限"仍隐约地表明古文优于骈文。此外，袁枚与姚鼐始终保持着友好关系，晚年专门委托桐城派掌舵人姚鼐为其撰墓志铭，这都释放出不与古文家为敌的信号。

虽然袁枚提倡文学的独立审美价值，但面对考据学强势的话语压力，也表现出对学问家的心虚。《随园随笔序》云："著作之文形而上，考据之学形而下。各有资性，两者断不能兼。"⑤袁枚所言的"著作之文"主要指的是

---

① （清）袁枚：《袁枚全集新编》第六册，408页，杭州，浙江古籍出版社，2015。
② （清）袁枚：《与孙俌之秀才书》，见《袁枚全集新编》第七册，725页，杭州，浙江古籍出版社，2015。
③ （清）袁枚：《覆家实堂》，见《袁枚全集新编》第十五册，73～74页，杭州，浙江古籍出版社，2015。
④ （清）洪锡豫：《〈小仓山房尺牍〉序》，见《袁枚全集新编》第十五册，1页，杭州，浙江古籍出版社，2015。
⑤ （清）袁枚：《随园随笔序》，见《袁枚全集新编》第六册，562页，杭州，浙江古籍出版社，2015。

诗与古文。考据不可入诗，他在《随园诗话》卷五中说，古今可传之诗，"都是性灵，不关堆垛"①。考据入诗妨碍性灵的抒发，所以他讥讽肌理派是"开古董店"。考据又不可入古文，他在《与程蕺园书》中说"考据家似火"，"古文家似水"，两物不相中亦不相容。②又《覆家实堂》云："其中忽有韩、柳、欧、曾，为古文于举世不为之时。……形而上者谓之道，形而下者谓之器。古文，道也；考据，器也。……作者之谓圣，述者之谓明。古文，作也；考据，述也。……我辈下笔所以不如欧、曾者，正为胸中卷轴太多之故。"③但是，正如袁枚自己在《覆家实堂》中所描述的："从来风运所趋，历代不一。西汉尊经，东汉穷经，魏晋清谈，六朝骈俪，唐尚诗赋，宋尚理学，元尚词曲，明尚时文，本朝尚考据。趋之者，如一群之貉，累万盈千。"④考据是一时之风气，但诗与古文却又不宜杂入考据，当如何化解？

《随园诗话》卷五云："人有满腔书卷，无处张皇，当为考据之学，自成一家；其次，则骈体文，尽可铺排，何必借诗为卖弄？"⑤《胡稚威骈体文序》云："论者先散行后骈体，似亦尊乾卑坤之义。然散行可蹈空，而骈文必征典。骈文废，则悦学者少，为文者多，文乃日敝。"⑥又《答友人论文第二书》指出："盖其词骈，则征典隶事，势难不读书；其词散，则言之无物，亦足支持句读。"⑦由于骈文需要属对工整、隶事用典、音韵和谐、词藻绮丽，这样，骈文创作就为考据学提供了场所。袁枚本人的创作就体现了这种倾向，他于骈文中卖弄才学，字字皆有来历，读者不知所出，辄茫然兴望

---

① （清）袁枚：《袁枚全集新编》第八册，158页，杭州，浙江古籍出版社，2015。
② （清）袁枚：《与程蕺园书》，见《袁枚全集新编》第七册，593页，杭州，浙江古籍出版社，2015。
③ （清）袁枚：《覆家实堂》，见《袁枚全集新编》第十五册，73页，杭州，浙江古籍出版社，2015。
④ （清）袁枚：《覆家实堂》，见《袁枚全集新编》第十五册，72～73页，杭州，浙江古籍出版社，2015。
⑤ （清）袁枚：《袁枚全集新编》第八册，158页，杭州，浙江古籍出版社，2015。
⑥ （清）袁枚《胡稚威骈体文序》，见《袁枚全集新编》第五册，226页，杭州，浙江古籍出版社，2015。
⑦ （清）袁枚：《答友人论文第二书》，见《袁枚全集新编》第六册，363页，杭州，浙江古籍出版社，2015。

洋之叹。当时袁枚骈文风行海内，为之笺注者颇多。据《随园诗话》卷十四可知，杨芳灿年十六师事袁枚，受命笺注袁氏骈文，后因出宰甘肃而中断。现存最早注本是吴县石韫玉《袁文笺正》十六卷《补注》一卷。此外尚有数家，如益阳黎光地《随园骈体文注》、泰州王广业《袁文合笺》、会稽屠湘之《袁文笺正》等。[①] 袁枚《答友人某论文书》云："仆不敢自知天性所长，而颇自知天性所短。若笺注，若历律，若星经、地志，若词曲家言，非吾能者，决意绝之。犹恨其多爱而少弃也。"[②]但事实上，袁枚在考据上用力甚勤，平日读书多有摘录，时久乃成《随园随笔》。自知天性短于考据之事，"犹恨多爱而少弃"，事实上他却又未全弃，这心理的纠结生动地表现在考据学压力下辞章家的复杂心态。

总而言之，袁枚虽倡"八代未尝衰"之论，立足于文学本位，肯定骈文的审美价值，但他又严骈散之划，以古文为尊。在骈散并置中，骈文既获得了自己的位置，又未僭越古文，袁枚在语言游戏中与传统周旋，使得他的逆俗棱角不致清晰分明。在考据学的压力下，他也有心虚的表现，乃至在骈文中卖弄学问，以保持其弱势心理的平衡。

◎ 第三节
孙梅的骈文思想

孙梅的《四六丛话》于"百家之杂编别集，尽得遗珠；七阁之秘笈奇书，更吹藜火。凡此评文之语，勒成讲艺之书"[③]，四十余万字的皇皇巨著

---

① 昝亮、李丹博：《袁枚骈文试论》，载《广西师范大学学报》，1998（2）。
② （清）袁枚：《答友人某论文书》，见《袁枚全集新编》第六册，359页，杭州，浙江古籍出版社，2015。
③ （清）阮元：《四六丛话·后序》，见《续修四库全书》第1715册集部，193页，上海，上海古籍出版社，2002。

辑录了古代丰富的四六材料。但当我们细致地剥离这些前人的材料，剔出孙梅本人杂入其中的个人话语独立审视时，其辑录之功便退居其次。孙梅并非与他同时代的彭元瑞《宋四六话》那样无思想的辑录，这正如他本人所言："妄欲仿本事之体，成一家之言。"①清代骈文论纷纭，立论之公允，视域之全面，可能仅孙梅一人而已。

一、孙梅之生平与《四六丛话》之编纂

孙梅位卑名微，其生平与著作具体情况至今阙如。《清史列传》《文献徵存录》等清人传记资料均无其传，仅《同治湖州府志》有其短传一篇，兹录如下：

> 孙梅，字松友，号春浦，归安人，乌程籍。乾隆二十七年南巡，召试，取二等，赐彩缎荷包。中三十四年进士，授中书，出为太平府同知。历校南闱。仪征阮元，其所荐也。梅少年攻诗，有才子之目。尝赋白燕诗，为人所传。生平著述甚富，所著《四六丛话》，博稽千古，综览万篇，阮元为之序。（孙宪绪撰行略、参《揅经室集》、《灵芬馆诗话》）族人五封，字巽男，嘉庆二十三年岁贡。有诗名，为朱珪、阮元所赏。晚境益困，而诗益工，不作门面语，冥搜神会，时有独到处。著有《午亭诗钞》（家传）。②

又据与孙梅以世好而交往的师范《摘刊四六丛话缘起序》载："乌程孙松友司马，为春元潜村先生文孙。己丑会闱，制艺策问皆作四六，学士曹习庵

---

① （清）孙梅：《四六丛话·自序》，见《续修四库全书》第 1715 册集部，197 页，上海，上海古籍出版社，2002。
② （清）宗源瀚：《同治湖州府志二》，见《中国地方志集成·浙江府县志辑》，530 页，上海，上海书店出版社，2011。

师以元荐,极为刘文定相国所赏识。 格于例,仅中散名。"①据其族弟孙宁衷所作的《四六丛话·跋》云:"于庚戌春季,甫脱稿,即以是秋捐馆。"② 由此可知孙梅卒于庚戌年,即乾隆五十五年。

孙梅《四六丛话》大致成稿于乾隆五十三年(1788),浙江学政阮元于嘉庆二年(1797)秋叮嘱其子刊刻,历经八个月于嘉庆三年方成。 程杲《四六丛话·程序》言及孙梅编撰此书原因时云:"第四六之兴,不一代矣,四六之作,又不一体矣,自来选者,或合一代之作,或聚一体之文,从未有体裁悉备,提要钩玄,集诸家之论说,而成四六之大观者,此孙夫子《四六丛话》所由作也。"③该书前二十八卷,叙文体。 其论文体,每章之前,均有叙论,而以参考资料附于后;后五卷,论作家。 网罗资料于作家之后,间有案语。 清代骈文的中兴气象是孙梅《四六丛话》更为深层的时代背景。 焦循总结著述方式云:"著书之派有五:一曰通核;二曰据守;三曰校雠;四曰摭拾;五曰丛缀。 此五者各以其所近而为之。"④《四六丛话》是孙梅以丛掇的著述方式参与乾嘉骈文中兴的手段之一。 应该说明的是,辑录前人四六之说早在宋代已经出现,现存有杨囷道《云庄四六余话》,不过当时的孙梅似乎没有见过此书。 该书流传较少,《四库全书总目》不见存录。 阮元督学江浙广收四库未收之书目,嘉庆十六年(1811)由鲍廷博协助校订的《云庄四六余话》提要云:"是编藏书家目录未见,此以宋刊本过录。"⑤此时的孙梅

---

① (清)师范:《摘刊四六丛话缘起序》,见《丛书集成续编》第132册集部,515~516页,上海,上海书店,1994。
② (清)孙宁衷:《四六丛话·跋》,见(清)孙梅:《四六丛话》,715页,北京,人民文学出版社,2010。
③ 程杲:《四六丛话·程序》,见《续修四库全书》第1715册集部,194页,上海,上海古籍出版社,2002。
④ (清)焦循:《辨学》,见《续修四库全书》第1489册集部,177页,上海,上海古籍出版社,2002。
⑤ (清)阮元:《〈云庄四六余话〉提要》,见《四库未收书目提要·研经室外集卷三》,1343页,北京,中华书局,1993。

已经去世多年。孙梅之后又有彭元瑞《宋四六话》,该书出版于嘉庆八年(1803),较孙梅《四六丛话》嘉庆三年为晚,若较之孙梅成稿时间(乾隆五十三年)则更晚。

《四六丛话》的编成颇获好评,秦潮云:"盖自宋王性之、谢景思而后,为话四六,多作沃焦归墟矣。"①陈广宁云:"萧统之《文选》,刘勰之《文心雕龙》,不过备文章,详体例,从未有钩玄摘要,抉作者之心思,汇词章之渊薮,使二千年来骈四俪六之文,若烛照数计,如我夫子之集大成者也。"②周中孚云:"专论四六之书,自宋王铚《四六话》二卷、谢伋《四六谈尘》一卷、洪迈《四六丛谈》一卷外,绝不经见。吾乡孙同守(梅)著《四六丛话》三十二卷,分门别类,博采群书,洋洋乎大观哉!"③但是《四六丛话》在清代的流传范围不广,光绪年间的孙福清云:"从未有话及于赋者,有之自近人孙梅始。然其书世少传本。"④孙梅作为一个下层普通官吏,倘若没有跻身封疆大吏的门生阮元的资助揄扬,出版难以保证,影响则更为未知。《四六丛话》是我国古代骈文理论批评的集大成之作,它的出现在骈文学研究史上具有里程碑的意义。现代学术建立以后,《四六丛话》的这种价值被广泛认知。钱基博云:"谈骈文者,莫备于乌程孙梅松友《四六丛话》。"⑤刘麟生云:"关于批评骈文之书籍,至孙梅《四六丛话》而始告美备。"⑥

---

① (清)秦潮:《四六丛话·序》,见《续修四库全书》第1715册集部,191页,上海,上海古籍出版社,2002。
② (清)陈广宁:《四六丛话·跋》,见(清)孙梅:《四六丛话》,714页,北京,人民文学出版社,2010。
③ (清)周中孚:《郑堂札记》,见《续修四库全书》第1158册子部,4页,上海,上海古籍出版社,2002。
④ (清)孙福清:《复小斋赋话·跋》,见《丛书集成续编》第159册集部,220页,上海,上海书店,1994。
⑤ 钱基博:《骈文通论》,见(清)孙梅:《四六丛话·附录三》,723页,北京,人民文学出版社,2010。
⑥ 刘麟生:《中国骈文史》,118页,北京,东方出版社,1996。

二、骈文文体理论：后出转精

《四六丛话》汇集四六评论属史料学范畴，为后人骈文研究提供丰富材料，减免繁琐搜检之劳。不仅仅在此，该书的凡例、每体之前之叙论、文体作家之案语，是孙梅三十年研究之心得，这些个人话语蕴含着深刻的骈文思想，而重中之重则是文体论。刘麟生云："叙论之穷源溯委，精审赅备，得未曾有。"①孙梅的文体论可划分为两个层次：一是骈文分体史，二是骈文史。

孙梅将骈文分为十八体，其《凡例》云：

> 陆机《文赋》，区分十体，魏、晋前其流未广。西山真氏，以四体撰《文章正宗》，亦仅挈其纲。若乃辨体正名，条分缕析，则《文选序》及《文心雕龙》所列，俱不下四十。而《雕龙》以《对问》、《七发》、《连珠》三者，入于杂文，虽创例亦其宜也。唐设宏词科，试目有十二体，则皆应用之文。今自《选》、《骚》外，分合之为体十八，亦就援引考据所及而存之。其章疏与表，分而为二者，以宣公奏议之类，不可入表故也。碑志与铭，分为二者，碑用者广，志专纳墓，而铭则遇物能名，各有攸当。其余悉入杂文，又列谈谐，皆《雕龙》例也。②

阮元在概括孙梅的为学宗旨时指出："吾师乌程孙松友先生学博文雄，尤深选学，挚虞刘勰心志实同，夫且上溯初唐，下沿南宋，百家书集，体裁所分，古人用心靡不观览，是以濡墨洒翰，兼擅众长。不泥古而弃今，不矜今而废

---

① 刘麟生：《中国骈文史》，118页，北京，东方出版社，1996。
② （清）孙梅：《四六丛话·凡例》，见《续修四库全书》第1715册集部，198页，上海，上海古籍出版社，2002。

古,曩撰《四六丛话》二十篇,各穷源委,冠以叙文,学者诵习,得研指趣。"①孙梅以挚虞、刘勰自励而各穷四六文体之源委,鉴于《文心雕龙》"探幽索隐,穷形尽状,五十篇之内,百代之精华备矣""自陈隋下讫五代,五百年间,作者莫不根柢于此"②,孙梅骈文分体理论选择了以其作为主要参照对象。

  孙梅骈文分体理论的第一个特点是"各穷源委"处与刘勰《文心雕龙》一书互补。这种补充表现在四个方面:(一)体性认识的补充,如《谈谐》篇认为"谈有虚实之分,谐有雅郑之异"③,刘勰的《谐隐》篇则仅讲雅郑。(二)新文体的补充。如刘勰《杂文》篇涵盖答问、七发、连珠三种文体,孙梅增有上梁文、致语、乐语、口号、青词、疏语、祝寿文。(三)文体新形式的补充。孙梅将赋分为古赋、文赋、律赋、骈赋、骚赋,这些名目在刘勰那个时代尚未出现。(四)阐述内容有意偏重。刘勰《文心雕龙》建立起原始以表末、释名以章义、选文以定篇、敷理以举统的文体学模式,孙梅既以《文心雕龙》为参照物,必尽量回避重复。《续修四库全书总目提要》非议孙梅之文体叙论云:"其间议论大抵词胜于意,虽极纵横博辨之致,终是行文之体,非衡文之作。"④孙梅有意回避内容的重复,势必带来信息量不足而有"词胜于意"之嫌。判、记、序三体最为刘勰《文心雕龙》阐释之不足,由此孙梅获得了驰骋的空间。亦正因此,孙梅骈文分体理论以此三体最为精彩,创意尤多。

  孙梅骈文分体理论特点之二是文体分合更趋合理。孙梅认为真德秀《文章正宗》"仅挈其纲",即归类过于笼统,因而更倾向于刘勰的划分法,但又

---

① (清)阮元:《旧言堂集后序》,见《续修四库全书》第1479册集部,239页。
② (清)孙梅:《四六丛话》,见《续修四库全书》第1715册集部,572页,上海,上海古籍出版社,2002。
③ (清)孙梅:《四六丛话》,见《续修四库全书》第1715册集部,508页,上海,上海古籍出版社,2002。
④ 《续修四库全书总目提要》(稿本)第19册,《四六丛话缘起》题要条,252页,济南,齐鲁书社,1996。

并不完全一致。其不同之处除《凡例》所云"章疏与表,分而为二""碑志与铭分为二"之外,又有数点:《文心雕龙》有书记而无记。随着文学的发展,记体创作数量增加,文体独特性也日益得到体现,孙梅将记体独立分出;《文心雕龙》将序入论说,孙梅认为序非论说文,并详明序的多样性;《文心雕龙》判入契券类。孙梅则认为"按《周礼》媒氏之判,实男女之婚籍,后世之判,乃州郡之爰书,亦名同而实异耳"①;孙梅纠正了刘勰檄与露布不分的状况:"夫檄与露布,六朝不甚区别,故《文心》合而为一。唐宋以后,则檄文在启行之先,露布当克敌之后,名实分矣。"②

孙梅骈文分体理论特点之三是"执数端以览众体",几乎囊括四六诸种文体。唐、宋科举之博学鸿词科所试之文体十二种:制、诰、诏、表、露布、檄、笺、铭、记、赞、颂、序,此十二体为骈文常见文体。孙梅分体为十八,实数并不止如此:赋、制敕诏册、表、章疏、启、颂、书、碑志、判、序、记、铭箴赞、檄露布、论、祭诔、杂文(答问、七发、连珠、上梁文、乐语、致语、口号、青词、疏语、祝寿文)、谈谐。除去衍分而新增之外,孙梅所收之文体亦较上述常见文体纯多出数种。

孙梅文体理论第二个层面是骈文史论。世人多注意《四六丛话》文体叙论二十篇,其实该书的文体作家论价值亦不容低估。如果说《选》叙、《骚》叙、《总论》是骈文史的宏观,文体作家论则是骈文史的散点透视。孙梅首先考察了"四六"名称的来源,《凡例》云:

> 四六之名,何自昉乎?古人有韵谓之文,无韵谓之笔。梁时"沈诗任笔",刘氏"三笔六诗"是也。骈俪肇自魏、晋,厥后有齐梁体、宫体、徐庾体。工绮递增,犹未以四六名也。唐重《文选》学,宋目为词学。而

---

① (清)孙梅:《四六丛话》,见《续修四库全书》第1715册集部,428页,上海,上海古籍出版社,2002。
② (清)孙梅:《四六丛话》,见《续修四库全书》第1715册集部,469页,上海,上海古籍出版社,2002。

章奏之学，则令狐楚以授义山，别为专门。今考《樊南甲乙》，始以四六名集。而柳州《乞巧文》云："骈四俪六，锦心绣口"又在其前。《辞学指南》云："制用四六，以便宣读"。大约始于制诰，沿及表启也。①

《四六丛话》间有考订，这是时代披靡之风的烙印。《续修四库全书总目提要》云："虽松友文士，考证非其所长，故其于四六诸体源流得失之辨，往往不能窥其要领。"②孙梅固然不以考据名家，但该条考据既注重"四六"称之始，又注重"四六"称涵盖范围变化，不失为考据名例。

孙梅认为"自赋而下，始专为骈体"，则《文选》与《骚》实非四六之一体，孙梅又何以将《文选》《骚》列为卷首？《凡例》阐释云：

《选》实骈俪之渊府，《骚》乃词赋之羽翼。杜少陵云："熟精《文选》理。"王孝伯云："熟读《离骚》，便成名士。"是知六朝、唐人词笔迥绝者，无不以《选》、《骚》为命脉也。是编以二者建为篇首，欲志今体者探本穷源、旁搜远绍之意。③

又《文选》叙与《骚》叙各有一处说明："余既有《丛话》之役，以为四六者，应用之文章；《文选》者，骈体之统纪。《选》学不亡，则词宗辈出。"④"其列于赋之前者，将以《骚》启俪也。"⑤溯源是我国文体理论的一项重要传统，孙梅通过《文选》《骚》两个源泉的确立，实质上旨在确定骈

---

① （清）孙梅：《四六丛话·凡例》，见《续修四库全书》第1715册集部，198页，上海，上海古籍出版社，2002年。
② 《续修四库全书总目提要》（稿本）第19册，《四六丛话缘起》题要条，252页，济南，齐鲁书社，1996。
③ （清）孙梅：《四六丛话·凡例》，见《续修四库全书》第1715册集部，198～199页，上海，上海古籍出版社，2002。
④ （清）孙梅：《四六丛话·选一》，见《续修四库全书》第1715册集部，203页，上海，上海古籍出版社，2002。
⑤ （清）孙梅：《四六丛话·骚二》，见《续修四库全书》第1715册集部，227页，上海，上海古籍出版社，2002。

文的形貌与内质,诚如刘麟生所言:"卷首专论《诗》《骚》,以明系统。"[1]

孙梅认为先秦时期是一个骈散不分的时代,骈文经西汉的酝酿至东汉方臻形成。《四六丛话·总论》云:"夫一画开先,有奇必有偶;三统递嬗,尚质亦尚文。剪彩为花,色香自别。"[2]"西汉之初,追踪三古,而终军有'奇木白麟'之对,兒宽撼'奉觞上寿'之辞。胎息微萌,俪形已具。迨乎东汉,更为整赡,岂识其为四六而造端欤?踵事而增,自然之势耳。"[3]魏晋时期骈文诸形态特征则愈加明朗,所以《凡例》云"骈俪肇自魏晋"。孙梅比较称许这段时期的骈文,他指出:"古文至魏氏而始变,变而为矜才侈博,六朝由此增华,然而质韵犹存。沈刻峭拔,是其所长,无纂积饾饤之迹也,如钟索初变隶法,尚留古意。述俪者于此寻源,溯古者于此辨异。"[4]"述俪者于此寻源,溯古者于此辨异"的魏晋骈文俨然成了骈文发展的分水岭。孙梅对六朝骈文不甚满意,《总论》云:"六朝以来,风格相承,妍华务益。其间刻镂之精,昔疏而今密;声韵之功,旧涩而新谐:非不共欣于斧藻之工,而亦微伤于酒醴之薄矣。"[5]

孙梅认为"唐人擅四六者,多淹没何可胜道"[6],尤推崇唐初四杰:"夫瑰丽之文,以唐初四杰为最。而四子之中,尤以王氏子安为尤。"[7]并将张说、柳宗元、令狐楚奉为唐代三大家,魏徵、王维、陆贽、杜牧、李商隐次之。唐以后,孙梅独褒赏欧、苏,南宋讫元明之骈文则认为无足可观,其

---

[1] 刘麟生:《中国骈文史》,118页,北京,东方出版社,1996。
[2] (清)孙梅:《四六丛话·总论二十》,见《续修四库全书》第1715册集部,516页,上海,上海古籍出版社,2002。
[3] (清)孙梅:《四六丛话·总论二十》,见《续修四库全书》第1715册集部,516页,上海,上海古籍出版社,2002。
[4] (清)孙梅:《四六丛话》,见《续修四库全书》第1715册集部,562页,上海,上海古籍出版社,2002。
[5] (清)孙梅:《四六丛话·总论二十》,见《续修四库全书》第1715册集部,516页,上海,上海古籍出版社,2002。
[6] (清)孙梅:《四六丛话》,见《续修四库全书》第1715册集部,376页,上海,上海古籍出版社,2002。
[7] (清)孙梅:《四六丛话·总论二十》,见《续修四库全书》第1715册集部,516页,上海,上海古籍出版社,2002。

云:"四六至南宋之末,菁华已竭。元朝作者寥寥,仅沿余波。至明代经义兴而声偶不讲,其时所用书启表联,多门面习套,无复作家风韵。"①身处其时的孙梅对清代骈文的感受亦不失公允:"圣朝文治聿兴,己未、丙辰两举大科,秀才词贤,先后辈出,迥越前古。而擅四六之长者,自彭羡门、尤悔菴、陈迦陵诸先生后,迄今指不胜屈,但各家俱有专集。而脍炙腴词,激扬绪论,若侯芭、桓谭之流,犹有待焉。"②

李慈铭谓孙梅论四六"推重欧、苏而薄徐、庾"③,《续修四库全书总目提要》云其"取法汉魏"④,综观孙梅的骈文史论,盖均不差。王志坚的《四六法海》、吴蔚光的《骈文源流》、李兆洛的《骈体文钞序》、刘开的《与王子卿太守论骈体书》等以不同形式阐述了骈文的发展史,而以孙梅的《四六丛话》最为系统。清末民初,西学东渐,现代学术始建立,其表现形态之一便是各类文学史编纂蔚然成风。当近代学人试图从古人那里寻求学术资源时,孙梅以其系统之强脱颖而出。

三、为骈原则:"文以意为之统宗"

"文以意为之统宗,……极而论之:行文之法,用辞不如用笔,用笔不如用意"⑤是孙梅倡导的骈文书写原则,这一原则是孙梅整个骈文理论的核心。孙梅"文以意为之统宗"骈文观念的形成,最为直接的原因则是深受《四库全书简明目录》的影响。

---

① (清)孙梅:《四六丛话·凡例》,见《续修四库全书》第1715册集部,199页,上海,上海古籍出版社,2002。
② (清)孙梅:《四六丛话·凡例》,见《续修四库全书》第1715册集部,199页,上海,上海古籍出版社,2002。
③ (清)李慈铭:《越缦堂读书记》五,1094页,沈阳,辽宁教育出版社,2001。
④ 参见《续修四库全书总目提要》(稿本)第19册,《四六丛话缘起》题要条,252页,济南,齐鲁书社1996。
⑤ (清)孙梅:《四六丛话·总论二十》,见《续修四库全书》第1715册集部,517页,上海,上海古籍出版社,2002。

《四库全书简明目录》由馆臣赵怀玉于乾隆四十七年（1782）录出，于乾隆四十九（1784）年刊刻于杭州，而《四库全书总目提要》刊刻于乾隆五十四（1789）年。《四库全书简明目录》除存目不录外，入选提要删繁就简，《简目》先于《总目》问世，加之便于检阅，遂得以广泛流传。孙梅的《四六丛话》于乾隆五十四年定稿，次年孙梅去世，故《四六丛话》未受《四库全书总目提要》影响，甚至有可能孙梅有生之年未及见该书。《四六丛话》"至近人著述，并不登入，以是编所录作家迄于宋、元故也"[1]，却破例悉录《简明目录》中的有关材料，其《凡例》云："恭读《钦定四库全书简明目录》一书，于前代文集，存佚评鉴，无不详备。集千古之大成，树艺林之标准。是编于作家诸卷，谨悉恭录，盖蠡测鼴饮之义，取资无尽云。"[2]四库馆为皇朝最高修书机构，网罗一时精英，左右学界治学为文导向，孙梅作为一名中下层知识分子，对四库馆臣诚惶诚恐在当时也是情理之事。《四库全书简明目录》内含的文学思想成了孙梅骈文思想的坐标，对于提升孙梅骈文理论有着重要的意义。四库馆臣立论较高，如《四库全书简明目录》言及王铚《四六话》云："所论多宋人表启之文，大抵举其工巧之联，而气格法律，皆置不道，故宋之四六日卑。"[3]评谢伋《四六谈麈》云："其论四六，多以命意遣词分工拙，所见在王铚《四六话》上。其论长句全句，尤切中南宋之弊也。"[4]王铚重遣词，谢伋以命意为之药石，孙梅正是汲取《四库全书简明目录》这种褒谢贬王的轩轾思想，故其骈文评论亦不斤斤计较字句之工拙。

　　孙梅既然认为行文以意为主，所以主张对偶"言对为易，事对为难，反

---

[1] （清）孙梅：《四六丛话·凡例》，见《续修四库全书》第1715册集部，199页，上海，上海古籍出版社，2002。
[2] （清）孙梅：《四六丛话·凡例》，见《续修四库全书》第1715册，集部，199页，上海，上海古籍出版社，2002。
[3] 《四库全书简明目录》卷二十诗文评类，875页，上海，上海古籍出版社，1985。
[4] 《四库全书简明目录》卷二十诗文评类，877页，上海，上海古籍出版社，1985。

对为优，正对为劣"，其原因在于"此用意之长也"①。孙梅非常欣赏杨亿"朝无绛灌，不妨贾谊之少年；坐有邹枚，未害相如之未至"句，因为该句"用事有意，则活泼泼地。如贾生厄于绛灌，以致时宰，岂复佳事，然翻转说来，弥见属对之长，此丹成九转，点铁成金手也"②。孙梅又主张"隶事之方，用史不如用子，用子不如用经"，这是因为经、子、史内蕴含量逐次退减之故："九经苞含万汇，如仰日星，诸子总集百灵，如探洞壑，此子不如经之说也。南朝之盛，三史并有专门，隋唐以来，诸子束之高阁，而掊扯稍广，理趣不深，此史不如子之辨也。苟非笔意是求，而惟辞之尚，非无纤秾，谓之剿说可也。若非经史是肄，而杂引虞初，非不奥博，谓之哇响可也。"③

根源"文以意为之统宗"的思想，孙梅骈文批评强调以意运转材料，追求于整体的自然天成。孙梅指出："盖粗才贪使卷轴，往往填砌地名人名，以为典博，成语长联堆排割裂，以为能事，转入拙陋。至于活字，谓不妨杜园伧气，殊不知大为识者所嗤。为作家主于用意，不主于用事，当其下笔，若自抒胸臆，谛加玩味，则字字有成处，浑然天成，此杜诗韩笔，所以绝妙古今也，不知此者，不可与言四六。"④"义山章奏之学，得自文公，盖具体而微者矣。详观文公所作，以意为骨，以气为用，以笔为驰骋出入，殆脱尽裁对隶事之迹。……由其万卷填胸，超然不滞，此玉溪生所以毕生服膺，欲从末由者也。"⑤

李商隐与汪藻之骈文有着两种不同的风格追求，前者意足而后者文工。

---

① （清）孙梅：《四六丛话·总论》，见《续修四库全书》第1715册集部，517页，上海，上海古籍出版社，2002。
② （清）孙梅：《四六丛话》，见《续修四库全书》第1715册集部，371页，上海，上海古籍出版社，2002。
③ （清）孙梅：《四六丛话·总论》，见《续修四库全书》第1715册集部，517页，上海，上海古籍出版社，2002。
④ （清）孙梅：《四六丛话》，见《续修四库全书》第1715册集部，370页，上海，上海古籍出版社，2002。
⑤ （清）孙梅：《四六丛话》，《续修四库全书》第1715册集部，591页，上海，上海古籍出版社，2002。

第十一章 雍正、乾隆年间的骈文思想 767

孙梅对二者的价值评判与陈振孙迥然相异，是透视孙梅为骈原则的一个极佳个案。陈振孙崇汪藻而薄李商隐，《直斋书录解题》云："浮溪集六十卷。四六偶俪之文，起于齐梁，历隋唐之世，表章诏诰多用之，然令狐楚李商隐之流，号为能者，殊不工也。本朝杨刘诸名公，犹未变唐体，至欧苏始以博学富文，为大篇长句，叙事达意，无艰难牵强之态。而王荆公尤深厚尔雅，俪语之工，昔所未有。绍圣后，置词科，习者益众，格律精严，一字不苟，措若浮溪，尤其集大成者也。"《四六丛话》以其丛掇性质收录了这则材料①，但孙梅案语却明显有意识地与之针锋相对，云："骈俪之文，以唐为极盛。宋人反诋讥之，岂通论哉！浮溪之文，可称精切，南宋作者，未能或先，然何可与义山同日语哉。古之四六，句自为对，语简而笔劲，故与古文未远。其合两句为一联者，谓之隔句对，古人慎用之，非以此见长也。故义山之文，隔句不过通篇一二见。若浮溪非隔句不能警矣，甚至长联至数句，长句至十数字者。以为裁对之巧，不知古意寖失，遂成习气，四六至此弊极矣，其不相及者一也；义山隶事多而笔意有余，浮溪隶事少而笔意不足，其不相及者二也。若令狐文体尤高，何可妄为轩轾乎！"②孙梅与陈振孙这种态度的分歧又可见于卷三三"李商隐"条。

宋倪思云："文章以体制为先，精工次之；失其体制，虽浮声切响，抽黄对白，极其精工，不可谓之文矣。"③严羽《沧浪诗话》亦以"辨家数如辨苍白"相尚。严于体制者，认为各体语式不得相杂，如刘祁云："文章各有体，本不可相犯。……如散文不宜用诗家语，诗句不宜用散文言，律赋不宜犯散文言，散文不宜犯律赋语，皆判然各异。如杂用之，非惟失体，且梗目难通。"④

---

① （清）孙梅：《四六丛话》，《续修四库全书》第 1715 册集部，615 页，上海，上海古籍出版社，2002。
② （清）孙梅：《四六丛话》，《续修四库全书》第 1715 册集部，615 页，上海，上海古籍出版社，2002。
③ （明）吴讷、（明）徐师曾：《文章辨体序说　诸儒总论作文法》，14 页，北京，人民文学出版社，1962。
④ （元）刘祁撰：《归潜志》，138 页，北京，中华书局，1983。

谢伋云："四六经语对经语，史语对史语，诗语对诗语，方妥贴。"①孙梅既以意为主，语式相杂也就变得不重要了。其言云："用四六入诗，此自诗境之熟，若融化诗句入四六，则尤擅清新，或以诗句对文，或以文句对诗，或以诗对事，或以事对诗，巧思濬发，宋人尤所长矣。"②此等议论，尚工巧者视之，纯属不伦。

四、推阐骈文思潮：骈散合一

乾嘉骈散相争之初，骈散两派反唇相讥，"世之剿徐庾者诮八家为空疏，而袭史汉者每讥六朝为摭拾"③，这场壁垒分明的争论使得骈散奇偶自然，迹别泾渭，判若鸿沟。而孙梅全不见那种剑拔弩张的火药味，他并不刻意制造骈散对立。故刘麟生评价《四六丛话》总体思想云："推阐骈文思潮，具有特识。卷首专论《诗》《骚》，以明系统，总论调和骈散，以示指归。"④在这场骈散之争中，孙梅鲜明地提出骈散合一的主张。

《四六丛话·总论》云："尚心得者遗雕伪，以为堆垛无工；富才情者忽神思，则曰空疏近陋。各竞所长，人更相笑。仆以为齐既失之，而楚亦未为得也。夫一画开先，有奇必有偶；三统递嬗，尚质亦尚文。剪彩为花，色香自别，惟白受采，真宰有存。"⑤孙梅将《骚》作为骈文源泉之一颇具深意。《四六丛话》卷三叙云："《丛话》曷为而次《骚》也？曰：观乎人文，稽于义类，古文四六有二源乎？大要立言之旨，不越情与文而已。……诗

---

① （宋）谢伋：《四六谈麈》，见《钦定四库全书》第1480册集部，21页，上海，上海古籍出版社，1987。
② （清）孙梅：《四六丛话》，《续修四库全书》第1715册集部，341页，上海，上海古籍出版社，2002。
③ （清）师范：《摘刊四六丛话缘起序》，见《丛书集成续编》第132册集部，515页，上海，上海书店，1994。
④ 刘麟生：《中国骈文史》，118页，北京，东方出版社，1996。
⑤ （清）孙梅：《四六丛话·总论》，见《续修四库全书》第1715册集部，516页，上海，上海古籍出版社，2002。

人之作，情胜于文；赋家之心，文胜其情。有文无情，则土木形骸，徒惊纡紫；有情无文，则重台体态，终恶鸣环。屈子之词，其殆诗之流，赋之祖，古文之极致，俪体之先声乎？"①孙梅从系统序列的高度寻找骈散相融的纽带。倘若从深层角度考察，我们就会发现，孙梅之高明处在于不像乾嘉一般学者那样直线纠结于句式奇偶之争，而是把骈散之争置换为情与文、文与质的议题，深入逼视骈散之争的实质。而孙梅文艺思想以意为主，主张情文并重。《四六丛话》卷三一云："越石寥寥数篇，才气杰然，足盖魏晋，其劝进表、答卢谌诗序，豪宕感激，从肺腑流出，无意于文而文斯至。"②卷十云："若以堆垛为之，固属轮辕虚饰，纯以清空取胜，亦无非臭腐陈言。一言以断之曰：惟情深而文明，沛然从肺腑流出，到至极处，自能动人。作之者非关文与不文，感之者亦不论解与不解，手舞足蹈，有不知其然而然者。"③明乎此，就不难理解孙梅何以言骈散合一了。

孙梅从骈文角度提出"骈散合一"有三层含义：一开拓书写题材，二融合古文写作形式，三贯穿儒家经世精神。

清代骈文尊体化，其中一个重要方面就是扩大骈文的创作领域。"清代一些骈文家既有意与古文家争席乃至争文统，凡六朝人已用骈体来写的体裁固然用骈体来写；唐宋古文家所开拓的文章领域，他们也试图用骈体来写。"④因此，颜之推、郦道元、温大雅等人以四六为论为叙，引起了孙梅高度关注："四六长于敷陈，短于议论。盖比物连类，驰骋上下，譬之蚁封盘马，鲜不蹶矣。乃六朝之文，无不以骈俪行之者，而颜氏《家训》尤擅议论之长。街谈巷说，鄙情琐语，一入组织，皆工妙可诵。习骈俪者，于以探

---

① （清）孙梅：《四六丛话》，见《续修四库全书》第1715册集部，226页，上海，上海古籍出版社，2002。
② （清）孙梅：《四六丛话》，见《续修四库全书》第1715册集部，566页，上海，上海古籍出版社，2002。
③ （清）孙梅：《四六丛话》，见《续修四库全书》第1715册集部，325页，上海，上海古籍出版社，2002。
④ 马积高：《清代学术思想的变迁与文学》，109页，长沙，湖南人民出版社，2002。

赜观澜，非徒成一家言也。"①"四六之文，议论难矣，而叙事尤难。颜氏《家训》、郦氏《水经注》，援据征引，则有之矣，叙事犹未也。其惟《创业起居注》乎，以编年之体，为鸿博之辞，不惟对属之能，兼有三长之目，学者与陆宣公奏议参观之，知熟于此道者，固无施不可。"②孙梅更是以饱满的热情称颂《文心雕龙》《文赋》《诗品》《史通》等为"论说之精华，四六之能事"。孙梅通过这些作品的历史回溯，以树立创作的风标。亦正如此，孙梅《四六丛话》步钟嵘、刘勰之后尘，选择以骈文形式表达其四六思想，其文体叙论二十篇均以骈文形式写成。

对骈文而言，唐宋古文运动既是挑战也是机遇。孙梅激赏古文运动主将柳宗元、欧阳修、苏轼的骈文绝非一个普通信号。《四六丛话》卷三三评欧阳修云："宋初诸公骈体，精敏工切，不失唐人矩矱，至欧公倡为古文，而骈体亦一变其格，始以排奡古雅，争胜古人。而枵腹空笥者，亦复以优孟之似，藉口学步，于是六朝三唐格调寖远，不可不辨。"③评苏轼云："东坡四六，工丽绝伦中，笔力矫变，有意摆落隋唐五季蹊径。以四六观之，则独辟异境；以古文观之，则故是本色，所以奇也。"④更耐人寻味的是，孙梅将素来为四六文论话语缺席的人物——柳宗元抬升为唐代三大家之一："吾于有唐作家，集大成者，得三大家焉。于燕公极其厚，于柳州致七精，于文公仰其高。"孙梅自揭谜底云："惟子厚晚而肆力古文，与昌黎角立起衰，垂法万世。推其少时，实以词章知名。词科起家，其镕铸烹炼，色色当行。盖其笔力已具，非复雕虫篆刻家数。然则有欧苏之笔者，必无四杰之才；有义山之工者，必无燕公之健。沿及两宋，又与徐庾风格去之远矣。独子厚以古

---

① （清）孙梅：《四六丛话》，见《续修四库全书》第 1715 册集部，571 页，上海，上海古籍出版社，2002。
② （清）孙梅：《四六丛话》，见《续修四库全书》第 1715 册集部，576 页，上海，上海古籍出版社，2002。
③ （清）孙梅：《四六丛话》，见《续修四库全书》第 1715 册集部，602 页，上海，上海古籍出版社，2002。
④ （清）孙梅：《四六丛话》，见《续修四库全书》第 1715 册集部，608 页，上海，上海古籍出版社，2002 年。

文之笔,而鑪鞴于对仗声偶间。天生斯人,使骈体古文合为一家,明源流之无二致。呜呼,其可及也哉!"①至此,我们方才明白,处于古文运动之初的柳宗元,其骈文变革突出表现在句法上的骈散交错,而后来由欧、苏开创的新四六则以古文之气运乎骈文,三者都契合孙梅骈散合一的骈文思想。此外,魏晋骈文"述俪者于此寻源,溯古者于此辨异",是古文与骈文交融阶段,这个阶段之所以受到孙梅的褒扬原因也正在于此。

袁枚云:"足下之答绵庄曰:'散文多适用,骈体多无用,《文选》不足学。'此又误也。……夫物相杂谓之文。布帛菽粟,文也;珠玉锦绣,亦文也;其他浓云震雷、奇木怪石,皆文也。足下必以适用为贵,将使天地之大、化工之巧,其专生布帛菽粟乎?抑能使有用之布帛菽粟,贵于无用之珠玉锦绣乎?人之一身,耳目有用,鬚眉无用。足下其能存耳目而去鬚眉乎?是亦不达于理矣。"②袁枚试图用功能多元性消解骈文无用论的攻击,实际上这种驳斥存在着一个重大缺陷,即在"实用"价值上已经承认了骈文的无能为力。而孙梅解构文字游戏之嫌的利器是倡导骈文同样具有儒家经世之精神怀抱,达到在精神层面上与古文合而为一。孙梅的这种思想可从其对范仲淹、令狐楚二人的评价中略窥一二。《四六丛话》卷三三云:"公(范仲淹)读书长白,断齑画粥,研究六经,而成王佐之学,何尝沾沾于词章哉!譬之本根,日加培溉,而蒸菌吐华,不期自致焉尔。"③《四六丛话》卷十云:"令狐文公于白刃之下,立草遗表,读示三军,无不感泣,遂安一军。与宣公草兴元赦书,山东将士读之流涕。同一手笔,必如此,始为有用之文,四六所由与古文并垂天壤也。"④谢无量指出:"朱文公尝谓是科习

---

① (清)孙梅:《四六丛话》,见《续修四库全书》第1715册集部,588~589页,上海,上海古籍出版社,2002。
② (清)袁枚:《答友人论文第二书》,见《袁枚全集新编》第六册,362~363页,杭州,浙江古籍出版社,2015。
③ (清)孙梅:《四六丛话》,见《续修四库全书》第1715册集部,602~603页,上海,上海古籍出版社,2002。
④ (清)孙梅:《四六丛话》,见《续修四库全书》第1715册集部,324~325页,上海,上海古籍出版社,2002。

诏谀夸大之辞,竞骈俪雕刻之巧,当稍更文体,以深厚简严为主,使学者必涵咏六经之文,以培其本云,则其弊非一朝一夕之故矣。士人苟趣便利,当官但循旧贯,于是四六之用,弥滥而不精。然亦无长篇大制,高者尚不逮唐远甚,无论梁陈以上。"[1]盖以儒家之精神充实改造骈文的建议朱熹已着先鞭,只是习气风尚一时难以改变。

孙梅将《离骚》确立为骈文之一源,并强调指出:"若夫幽通思元,宗经述圣,《离骚》之本义也。……虽音涉哀思,而志纯贞正。屈迹江潭之下,抗节云霄之上,以视夫益稷之陈谟,箕子之衍范,未知何如也。"[2]这说明孙梅骈文经世思想在其骈文的系统序列建构之初已经奠定。同时,孙梅主张约束文人锋芒毕露的豪气,封建文人在宦海浮沉中的一种无奈选择,使得骈作又有儒家"穷则独善其身"的性质。其言云:"大凡辩博之才,记诵之学,矜才则多去道甚远;矜才则遭忌,昧道则寡识,此王、杨、卢、骆所以为裴行俭所料也。杨亿之文雅近四子而器识稍高,然卒以疏放,始罹逸口,终洩机事,位既黜辱,年亦不长。忠定勤勤规切,有以也。夫故曰:文以载道,亿于道未之见,虽妃青俪白,谈天雕龙,一艺之长耳。若柳子厚、苏文忠对偶之文,无不根极于道,虽处困厄,其精神自超然物外,岂可同年语哉!"[3]

孙梅所处之时主张骈散合一者并不多见,曾燠等人虽都强调骈散两种文体具有共同表述功能,骈体也应当以达意明史为主,也可以用来谈经论史,但旨在宣扬骈散并尊,惟汪中与孙梅桴鼓相应。嘉庆末年以后,汉宋学术趋于合流,崛起的新秀如李兆洛、包世臣、蒋湘南、谭献等倡导骈散合一,骈散合一终成一股思潮。

---

[1] 谢无量:《谢无量文集》,224 页,北京,中国人民大学出版社,2011。
[2] (清)孙梅:《四六丛话》,见《续修四库全书》第 1715 册集部,226~227 页,上海,上海古籍出版社,2002。
[3] (清)孙梅:《四六丛话》,见《续修四库全书》第 1715 册集部,416~417 页,上海,上海古籍出版社,2002。

◎ 小　结

　　清代骈文创作的大量出现，推动人们重新思考骈文与古文的关系，抬升骈文地位的理论逢春蛰起。清代骈文与古文两派壁垒分明，"世之剿徐庾者诮八家为空疏，而袭史汉者每讥六朝为摭拾"[①]，充满着剑拔弩张的火药味。清代的骈文理论是以骈散之争为主轴发展起来的，故清代骈文学应按骈散相争的进程来划分时段。雍乾时期，骈文在舆论上还不具备压倒古文的优势，袁枚在不冒犯古文高洁前提下求骈文的生存，刀锋深藏，是清代骈散之争第一时段的代表性人物。

---

① （清）师范：《摘刊四六丛话缘起序》，见《丛书集成续编》第132册集部，515页，上海，上海书店，1994。

第十二章
雍正、乾隆年间的词学思想

经过长时间的积累,清词在数量、多样性上达到了相当的高度。然王朝承平日久,控制日深,政治、思想等方面显得沉闷而少生趣。致使读书人的锐气顿减,词作质量下降,文体本身的积弊暴露出来。一些词人仅于词中求生活,词体的社会功能被淡化,词人多斤斤于字句、声律。在这种背景下,浙派后劲纷纷开始反思、矫正,而一些不甘入浙派词风牢笼的词人,也做出了各自的努力。

◎ 第一节
概　述

雍正、乾隆年间,社会矛盾相对缓和,人民生活较为安定,进入了后世称许的"盛世"图景。虽然这一时期的诗词等抒情文学创作上诗人林立,集子汗牛充栋,但是整体质量平庸。早在康熙末期,诸多词家已经感受到词体衰落的气息,顾贞观、田同之等对此都有议论。顾贞观云:"虽云盛极必衰,风会使然,然亦颇怪习俗移人,凉燠之态,浸淫而入于风雅,为可太息。假令今日,更得一有大力者起而倡之,众人幡然从而和之,安知衰者之不复盛邪?"①田同之也有类似的感受,其云:"自邹、彭、王、宋、曹、陈、丁、徐,以及浙西六家后,为者寥寥,论者亦寡。行见倚声一道,讹谬相沿,渐紊而渐熄矣。"②严迪昌先生指出:"这种退潮之势显然是在清王朝进入一个新的时势阶段促迫而成的。"③当然,平庸并不是停滞,词坛产生脱离社会现实的吟风弄月、饾饤支离的词风,斤斤于审音查律也就理有其宜了。此时词坛还是浙派一家独大的局面,厉鹗在朱彝尊、汪森的范围内,对浙派理论进行了完善,理论方面表现得更加自觉,但是由于取径的狭窄,风格的单一,末学弊端也逐渐显露。郭麐在时代发展的背景下,对浙西词派弊端进行了反思,以更加宏通的视野对待多种风格,提倡性情、寄托,作出了自己的理论努力。当然,时代虽冠以"家白石而户玉田",实际情况也并不是铁板一块,太仓诸王、蒋重光等人能够接续云间词风,郑燮、查礼等上溯阳羡词风,都可以说是依自身性情,针对词坛现状而发的有为之论。他们或者凭借创作,或者编选词集,成为浙派牢笼下的异调,虽不能雄主词坛,但是就像声律派、格调派对于词体审美价值的探寻一样,共同丰富了词坛的景象。而此种词学发展样貌与趋向,与此阶段的政治、学术思想等是分不开的。

首先,统治者加强了文化整肃力度。雍正、乾隆两朝,文字狱的数量达到70多起,也有研究者认为光是乾隆朝文字狱就达到130起之多④。不仅数量多,影响也很大,而且矛头所指乃是人文渊薮的江南地区。值得举出的文字狱,有雍正时的钱名世案、吕留良案,乾隆时期的谢济世著书案、彭家屏私史案、钱谦益案等。朝廷的控制还体现在科场案的处理上,科场舞弊本来是考生及其家长利用科举漏洞,采用行贿、串通等办法作弊的违法行为,受到惩处也是咎由自取。例如,雍正十年(1732),俞鸿图任河南学政,结果仆从和妾氏受贿,帮助参考者作弊,案发后,雍正判了斩立决。乾隆时期

---

① (清)况周颐:《蕙风词话续编》,见唐圭璋编:《词话丛编》,4562页,北京,中华书局,1986。
② (清)田同之撰:《西圃词说》,见唐圭璋编:《词话丛编》,1443页,北京,中华书局,1986。
③ 严迪昌:《清词史》,318页,北京,人民文学出版社,2011。
④ 郭成康、林铁钧:《清朝文字狱》,124页,北京,群众出版社,1990。

的"顺天案"也与此类似。另外还有一些案子,似与科场牵涉而实为文字狱的,如雍正时的查嗣庭案与乾隆时的胡中藻案。雍正四年(1726),查嗣庭任江西乡试考官,之后被人举发试题中"维止"二字,意在取"雍正"二字去其首。这明显是"欲加其罪,何患无辞"。但雍正为打压隆科多一党,以文字狱治之。胡中藻因是鄂尔泰党羽而为乾隆帝所恶,于是密令广西巡抚卫哲治将胡中藻任广西学政时所出的试题及与人唱和的诗文"并一切恶迹,严行查出"。果然找出了"一把心肠论浊清"这样的诗句,胡中藻被处决,鄂氏一门均被牵连。这两个案子的影响还不止于此,前者,雍正停了整个浙江士子的考试资格;后者,乾隆严告众臣:"如有与汉人互相唱和、较论同年行辈往来者,一经发觉,决不宽贷!"从以上两个案子可以看出,不管是文字狱还是科场案,都可能成为朝廷打压江南知识分子,排除异己,巩固政权的手段,客观上制造了紧张的氛围,达到了钳制思想的作用。李祖陶曾云,当时"一涉笔惟恐触碍于天下国家"[①]。在这种高压下,学术风气也受到了明显的影响,文人或者潜心治学,或者吟风弄月、游戏文字,文学中"意"的成分衰减,代之而起的则是形式方面的讲求。

其次,乾嘉朴学影响到此时的词风及其转移。李一氓曾说:"康熙中期到乾隆末,已近百年,比上个时期多出两倍,政治经济情况,已大异,文风亦不相同,乾嘉朴学盛行,已影响诗词。"[②]一方面,乾嘉学风尚实。有学者指出:"迄至乾嘉,滥觞于明清之际的考据学附庸蔚为大国。此期学人的经史考据虽仍以'辟异端'为取径,然其学术关怀也已发生深刻变迁。无论是明清之际以顾、黄、王为代表的明遗民,还是康熙中叶以降以阎若璩、胡渭为代表的早期考据学者,其为学宗旨趣尚未脱出理学的藩篱,前者之批判禅学化的阳明心学之空疏学风,后者之对理学经典依据的辨伪,本质上尚是理学内部的一种自我修正。但是,乾嘉时期,随着明遗民学人相继去世,以及弃虚蹈实学风的长期浸润和理学经典依据的解构,乾嘉学

---

① (清)李祖陶:《与杨蓉诸明府书》,见《迈堂文略》卷1,道光十五年江西鹭洲书院刻本。
② 李一氓:《一氓题跋》,193页,北京,生活·读书·新知三联书店,1981。

者实已厌弃形上玄远的理学，而唯考据学是尊。"①另一方面，朴学中人亦有词学重要人物。比如，乾嘉学术的代表人物凌廷堪，作为后期浙派的代表人物，他精研音律，作《燕乐考原》，该书一定程度上引领了浙派后期注重音律的词学风气。叶恭绰曾指出，清词中兴的原因有两个，一个是托体尊，另一个就是审律严，而清人精研音律，正是考据谨严学风的必然结果。王易曾指出乾嘉学风与词学之间的关系："清则不然，朴学日昌，……虽在填词度曲之微，亦有厚薄深浅之等；遂乃各植根柢，务造精深。浅学者不足以成名；高才者无所用其满。稽其所诣，洵足以振明代之衰，而发词林之暗矣。"②

最后，值得一提的是此时词坛缺少"大力者"，创作主体多是一些寒士。伍崇曜在《沙河逸老小稿跋》中指出："大抵皆淹雅恬退之人，阒寂荒凉之辈，拟之以贺知章、陆龟蒙、陶岘，洵无愧色，……以视疏泉架石，游人阗集，篇索当途题句，笔舌互用，以惊爆时人耳目者，迥不侔矣。"③而这样的寒士，在紧张的政治空间下，更容易逃避现实，退守书斋。厉鹗曾感叹："……今人，即欲如梅溪、梦窗诸公，邀嬉于山绿湖光，歌云舞绣，以寄其沦落无聊之思，亦不易得，可胜叹哉！"④厉鹗感叹的就是当时词旨的虚无缥缈，可即使是有所寄托的作品，所强调的寄托也不再是易代之际的家国之思，而是一种寒士处境的身世之感。这些寒士没有从政的经历，也没有入世的热情，登高饮酒，乐在林泉，所以创作上也追求清雅。陈水云指出："这些生活在雍乾盛世别惊吓的'寒士'，他们的审美趣味在乾隆后期有很大的影响，像扬州、吴中西泠等地词人，都追求一种'清寒'之境的趣味。"⑤而

---

① 孔定芳、王新杰：《乾嘉考据学的展开路径及其发展演变三阶段》，见孔定芳等主编：《大思想史视野下的清代思想研究》，87页，武汉，华中科技大学出版社，2019。
② 王易：《词曲史》，380页，北京，东方出版社，1996。
③ （清）伍崇曜：《沙河逸老小稿跋》，见（清）马曰琯：《沙河逸老小稿》，99页，北京，中华书局，1985。
④ （清）厉鹗：《陆南香白蕉词序》，见《樊榭山房集》中，753页，上海，上海古籍出版社，2012。
⑤ 陈水云：《清代词学思想流变》，113页，北京，社会科学文献出版社，2018。

为了表达这种清寒与清幽,词人在创作时,不免堆砌与刻意,带来了不好的影响。

◎ 第二节
厉鹗、王昶的词学思想

厉鹗是继朱彝尊之后的浙派盟主。厉鹗(1692—1752),字太鸿,号樊榭,钱塘人。康熙五十九年(1720),曾因笺注《绝妙好词》而不赴礼部应选,其清高孤洁可见一斑。乾隆元年(1736),入京应博学鸿词科,却以违例落选。这种矛盾的心态和坎坷的经历,既是康乾之际社会大环境的真实写照,也自然反映在他的作品中。谢章铤云:"至朱竹垞以姜、史为的,自李武曾以逮厉樊,榭群然和之,当其时亦无人不南宋。迨其后,樊榭之说盛行,又得大力者负之以趋,宗风大畅,诸派尽微。"①吴锡麒《詹石琴词序》云:"吾杭言词者,莫不以樊榭为大宗,盖其幽深窈渺之思,洁静精微之旨,远绪相引,虚籁相生,秀水以来,其风斯畅。"②蒋敦复云:"浙派词,竹垞开其端,樊榭振其绪,频伽畅其风,皆奉石帚、玉田为圭臬,不肯进入北宋人一步。"③可见,其在浙西词派发展过程中具有承前启后的作用,在他之前,浙派的词学主张已经大备,厉鹗在朱、汪范围之内,根据历史环境和词坛的情况,进行了一系列的补充调整、发展深化。其在词学主张的精密、自觉和纯粹上,相对于前期浙派有明显的进步,在浙西词学的系统构建上建树颇丰。

厉鹗论词文字见于《论词绝句十二首》《群雅词集序》《张今涪〈红螺

---

① (清)谢章铤:《赌棋山庄词话》,见唐圭璋编:《词话丛编》,3309页,北京,中华书局,1986。
② (清)吴锡麒:《有正味斋骈体文》卷8,会文堂书局,1925。
③ (清)蒋敦复撰:《芬陀利室词话》,见唐圭璋编:《词话丛编》,3636页,北京,中华书局,1986。

词〉序》《吴尺凫〈玲珑帘词〉序》等词文里。这里需要注意的是《论词绝句十二首》。以诗论词，是以诗论诗体制的一种，在清代词学创作与批评全面复兴繁荣的背景下，成为一种独特的风景。据吴熊和先生初步统计，清人论词绝句至少有近800首。吴先生说："如果翻检更多的清人诗集，所获当不止于此。……内中自出手眼，并见学识之作，在在可见，与历代词话或互资发明，或别开生面。"①论诗词之诗是以韵文论韵文，由于受到格律、体制的限制，自然有利有弊。但从历代论家的评价看，对厉鹗论词绝句的肯定是比较多的，可以说在清代此类良莠不齐的评论文字中堪称翘楚。丁绍仪曾评价说："综古今诗词而论列之，贵有特识，尤贵持平。若于古人寓微词，而于近人多溢美，适形其陋而已。樊榭论词，古多今少，最为醇正。"②

厉鹗论词首推周邦彦，其很多理论观点都能从对周邦彦的推崇上得到更明晰的解答。《吴尺凫玲珑帘词序》云：

> 两宋词派，推吾乡周清真，婉约隐秀，律吕谐协，为倚声家所宗。自是里中之贤，若俞青松、翁五峰、张寄闲、胡苇航、范药庄、曹梅南、张玉田、仇山村诸人，皆分镳竞爽，为时所称。元时嗣响，则张贞居、凌柘轩。明瞿存斋稍为近雅，马鹤窗阑入俗调，一如市侩语，而清真之派微矣。本朝沈处士去矜号能词，未洗鹤窗余习，出其门者，波靡不返，赖龚侍御蘅圃起而矫之。尺凫《玲珑帘词》，盖继侍御而畅其旨者也。③

推崇周邦彦在浙派不是新鲜论调，朱彝尊曾云："宋以词名家者浙东西为多，钱塘之周邦彦，孙惟信，张炎，仇远，秀洲之吕渭老，吴兴之张先，此

---

① 吴熊和：《词话丛编读后》，见《吴熊和词学论集》，135页，杭州，杭州大学出版社，1999。
② （清）丁绍仪：《听秋声馆词话》，见唐圭璋编：《词话丛编》，2730页，北京，中华书局，1986。
③ （清）厉鹗：《吴尺凫玲珑帘词序》，见《樊榭山房文集》卷4，四部丛刊本。

浙西之最著者也。"① 对于朱彝尊来说，周邦彦只是风格多样兼取，或者小令宗北宋的具体实践。但是樊榭说："尝以词譬之画，画家以南宗胜北宗。稼轩、后村诸人，词之北宗也；清真、白石诸人，词之南宗也。"② 他仿照董其昌以划分南北宗的做法，将词也分南北宗，稼轩入北宗，清真入南宋。这里面暗含的意思是不以朝代划分，而以风格区分南北宋，这对当时不明就里，斤斤于南北的词人有廓清作用。丁绍仪云："我朝竹垞太史尝言，小令当法五代，故所作尚不拘一格，逮樊榭老人专以南宋为宗，一时靡然从之，奉为正鹄。"③ 丁绍仪认为樊榭的特点是专以南宋为宗，这是否和樊榭所论有所矛盾呢？实际上并不矛盾。周邦彦作为南北宋词风转变的关键人物，其词所具备的幽深缠婉而又协律精工的特点正与浙派思想相符合。不仅如此，清真词的雅、清也都是厉鹗所着力强调发挥的方面。

厉鹗论词尚雅，这本也是朱、汪陈义，但是厉鹗所论含义与朱、汪稍有不同，并在雅正的内涵和审美特征上有细化、深化。《群雅词集序》云：

> 词源于乐府，乐府源于《诗》。四《诗》大、小雅之材，合百有五，材之雅者，风之所由美，颂之所由成。由《诗》而乐府而词，必企夫雅之一言，而可以卓然自命为作者。故曾端伯选词名《乐府雅词》，周公谨善为词，题其堂曰志雅。词之为体，委曲啴缓，非纬之以雅，鲜有不与波俱靡而失其正者矣。

又云：

> 今诸君词之工，不减小山，而所托兴，乃在感时赋物、登高送远之间。远而文，淡而秀，缠绵而不失其正，骋雅人之能事，方将凌铄周、

---

① （清）朱彝尊：《孟彦林词序》，见《曝书亭集》卷40，景印文渊阁《四库全书》本。
② （清）厉鹗：《红螺词序》，见《樊榭山房文集》卷4，四部丛刊本。
③ （清）丁绍仪：《听秋声馆词话》，见唐圭璋编：《词话丛编》，2649页，北京，中华书局，1986。

秦，颉颃姜、史，日进焉而未有所止。研农编次都为一集，将锓版以问世，冷红词客标以"群雅"，岂非倚声家砭俗之针石哉！①

将词的远祖上溯到《诗经》，是清人尊体的策略。厉鹗的推进在于，他认为词源于诗不是形式体制上的，而是思想内容上的；认为思想的"雅正"沟通了诗词之间的沟壑，证明了其内在相通的理据。"雅"是《风》之所由美，《颂》之所由成。正是因为有了雅，才能不失于正。他的学生汪沆曾在《籽香堂词序》中转述厉鹗的观点："词权舆于唐，盛于宋，沿流于元明，以及于今，门户各别，好尚异趋。然豪迈者失之粗厉，香艳者失之纤亵；惟有宋姜白石、张玉田诸君，清真雅正，为词律之极则。"②

"雅"在他看来还和寄托有关系。《群雅词集序》："今诸君词之工，不减小山，而所托兴，乃在感时赋物、登高送远之间。远而文，淡而秀，缠绵而不失其正，骋雅人之能事，方将凌铄周、秦，颉颃姜、史，日进焉而未有所止。"③他称赞吴尺凫"寓托既深，揽撷亦富，行徐幽邃，惝恍绵丽"，都是强调诸公词寄托遥深的特点。他自己的词作也贯彻了这一点，他的朋友符幼曾评价说："余与樊榭交垂十五年，见其偃蹇侘傺，不废文史，而感时览物，托寓微至，诗所不尽，必形之于词。"④在《红螺词序》中，厉鹗也自言心迹："仆少时索居湖山，抱侘傺之悲，每当初莺新雁，望远怀人，罗绮如云，芳菲似雪，辄不能自已，伫兴为之，有三数阕。"⑤

朱、汪诸人虽强调雅正，推重某些姜、张词风，但是在具体的词论中并没有对什么是雅正，以及怎么样达到雅正给予必要的解释。我们甚至可以认为，朱彝尊、汪森对此也是很模糊的。汪森竟然将姜夔的"醇雅"归为"句琢字炼"，实在不能说明晰准确。厉鹗则标举"清"作为雅的审美特征。

---

① （清）厉鹗：《群雅词集序》，见《樊榭山房文集》卷4，四部丛刊本。
② （清）汪沆：《籽香堂词序》，见孙鼎恒：《籽香堂词》，乾隆刻本。
③ （清）厉鹗：《群雅词集序》，见《樊榭山房文集》卷4，四部丛刊本。
④ （清）冯金伯辑：《词苑萃编》，见唐圭璋编：《词话丛编》，1950页，北京，中华书局，1986。
⑤ （清）厉鹗：《张今涪红螺词序》，见《樊榭山房文集》卷4，四部丛刊本。

《论词绝句》其一云:"玉田秀笔溯清空,净洗花香意匠中。羡杀时人唤春水,源流故自寄闲翁。"评鲁直词曰:"存殁人间感有余,黄门诗余最清疏。"评陆培词:"清丽闲婉,使人意消。"①都明确地将清和雅结合起来。如其词作《百字令·月夜过七里滩》:月夜过七里滩,光景奇绝。歌此调,几令众山皆响。"寂寂冷萤三四点。穿过前湾茅屋,林净藏烟,峰危限月,帆影摇空绿。随流飘荡,白云还卧深谷。"表现出一种清幽深窈的意境。是故,《续修四库全书提要》对其有"其骚情雅意,曲折幽深,声调高清,丰神摇曳"之评。

不仅如此,厉鹗还特别重视音律,不仅代表着浙派的发展走向,也符合此时整体文化环境的演进。其《论词绝句》称:"张、柳词名柱并驱,格高韵胜属西吴。可人风絮堕无影,低唱浅斟能道无?"肯定张先的格高韵胜。他称赞《半缘词》:"以淡雅为宗,稍加粉泽,弥觉韵格之胜,可谓善学南渡者,使竹垞翁复起,必曰浙西六家一派。"都是从声韵角度着眼的。在《绝句》之十二中,他也表达了对词律的重视:

去上双声仔细论,荆溪万树得专门。
欲呼南渡诸公起,韵本重雕菉斐轩。

此诗原注云:"近时宜兴万红友《词律》严去、上二声之辨,本宋沈伯时《乐府指迷》。余曾见绍兴二年刊菉斐轩《词林要韵》一册,分东、红、帮、阳等十九韵,亦有上、去、入三声作平声者。"②高度赞扬了万树的《词律》。

厉鹗是浙派承前启后的重要人物。谢章铤云:"雍正、乾隆间,词学奉樊榭为赤帜,家白石而户梅溪矣。"③正是因为这种影响,浙派甚至被称为"厉派"。严迪昌先生在论及厉氏词论与创作时曾精辟地指出,厉鹗"将朱

---

① (清)厉鹗:《论词绝句十二首》,见《樊榭山房文集》卷7,四部丛刊本。
② (清)厉鹗:《论词绝句十二首》,见《樊榭山房文集》卷7,四部丛刊本。
③ (清)谢章铤:《赌棋山庄词话》,见唐圭璋编:《词话丛编》,3325页,北京,中华书局,1986。

彝尊的词学观发展推向到极点,于是偏执之论的流弊益重:雅洁无疑是雅洁之至,但性情与'真气'却匮乏少存;'辅以积卷之富'这一点也空前未有,而'独造意匠'则未见用力。……这足见艺术个性和审美习惯的顽强的执拗性,往往不是理性所能约制的。"①

王昶(1725—1806),字德甫,号兰泉,晚号述庵,江苏青浦人。先后担任内阁中书、吏部主事、鸿胪寺卿等职,仕途还算平坦,晚岁也得善终。他是个学识渊博的学问家:在金石考证方面,他倾半生心血,收罗商周铜器及历代碑刻拓本1500余种,编成《金石萃编》160卷,是一部极有价值的资料性、学术性著作;在文学艺术方面,他工诗善文,早年与王鸣盛、吴泰来、钱大昕、赵文哲、曹仁虎、黄文莲并称为"吴中七子"。他的诗文结集《春融堂集》共60卷,姚鼐、俞樾曾先后为之作序。此外他还作了大量的文学选编工作,辑有《湖海诗传》《湖海文传》《明词综》《国朝词综》等。

他的生平经历和志向所在有助于我们了解他的词学观点。正因为他半生都在统治者周围,加上其对《诗》《礼》多有研究,又奉理学,他的词学推尊浙派应该也是一种符合其政治取向的选择。他效仿朱彝尊、汪森,编有《明词综》和《国朝词综》等,继续推尊词体,鼓吹清雅词风。他在《明词综序》中说:"选择大旨,亦悉以南宋名家为宗,庶成太史(朱彝尊)之志云耳。"在《国朝词综序》中,王昶又道:"至选词大旨,一如竹垞太史所云,故续刊于《词综》之后,而推广汪氏之说,以告世之工于此者。"②谢章铤说他"一生专师竹垞,其所著之书皆若曹参之于萧何"③,陈锐也评价说:"王兰泉祖述竹垞,以南宋为极诣。"④这些人都是在强调王昶的理论取向。

王昶的词学观点主要保存在《春融堂集》中的一些序言里,如《姚苣汀词雅序》《琴画楼词抄序》《国朝词综续编自序》《江宾谷梅鹤词序》等,另外

---

① 严迪昌:《清词史》,351页,南京,江苏古籍出版社,1999。
② (清)王昶:《国朝词综自序》,见《春融堂集》卷41,光绪十八年刻本。
③ (清)谢章铤:《赌棋山庄词话》,见唐圭璋编:《词话丛编》,3321页,北京,中华书局,1986。
④ (清)陈锐撰:《裒碧斋词话》,见唐圭璋编:《词话丛编》,4200页,北京,中华书局,1986。

就是《西崦山人词话》,该词话保留了除一部分已随《词综》刊行的札记外,还有为数不少的随感式评论,简短、精练地反映了作者的词学思想。

下面说说王昶的词学中对浙派有所发展及相异的方面。《国朝词综续编自序》云:

> 汪氏晋贤叙竹垞太史《词综》,谓长短句本于"三百篇"并汉之乐府,其见卓矣,而犹未尽也。盖词实继古诗而作,而诗本乎乐,乐本乎音,音有清浊、高下、轻重、抑扬之别,乃为五音十二律以著之,非句有长短,无以宣其气而达其音。故孔颖达《诗正义》谓风、雅、颂有一二字为句,及至八九字为句者,所以和人声而无不协也。三百篇后,楚辞亦以长短为声。至汉《郊祀歌》《铙吹曲》《房中歌》,莫不皆然。苏、李画诗出,以五言,而唐时优伶所歌,则七言绝句,其余皆不入乐。李太白、张志和始学词,以续乐府之后。不知者谓诗之变,而其实诗之正也。由唐而宋,多取词入于乐府,不知者谓乐之变,而其实所以合乐也。……是词乃《诗》之苗裔,且以补《诗》之穷,余故表而出之。以为今之词即古之《诗》,即孔氏颖达之谓长短句。而自明以来,专以词为诗之余,或以小技目之,其不知诗乐之源流,亦已慎矣。[1]

其论词又云:

> 秦汉以前文之有韵者,或称诗歌,或称赋,屈子《离骚》,后世称楚辞,而班固《艺文》入于赋类唐宋间乃取诗句之长短者强别为词,而皆昧其所自。夫词之所以贵,盖《诗》三百篇之遗也。汉之郊祀、铙歌,无不然者。齐梁拘以四声,渐启五七言律体。不能协于管弦,故终唐之世自绝句外,其余各体皆非伶人所习,是离诗与乐而二之矣。盛唐后,词调

---

[1] (清)王昶:《国朝词综续编自序》,见《春融堂集》卷41,光绪十八年刻本。

兴焉，北宋遂隶于大晟乐府，由是词复合于乐，故曰词"三百篇"之遗也。然风雅正变，王者之迹，作者多名卿士大夫、壮人正士。而柳永、周邦彦辈不免杂于俳优。后惟姜、张诸人以高贤志士放迹江湖，其旨远，其词文，托物比兴，因时伤事，即酒食游戏，无不有《黍离》周道之感，与《诗》异曲而同工，且清婉窈渺；言者无罪，听者泪落，有如陆氏文奎所云者，为三百篇之苗裔，无可疑也。①

这两段文字最能代表王昶的基本词学观点，总结起来便是清代各家都力倡的"尊体"。我们知道"尊体"在清代词学复兴的大背景下，各家各派在各个阶段都不遗余力地进行着自己的努力，所不同的是他们所采取的策略，这些策略的采取往往利弊并存，好处常常是词学理论发展得以推进，弊端往往也存在于尊体的勉强之处。

王昶的尊体策略，总的说来还是采取的攀《诗》附《骚》的路线，所不同的就是在攀附的路径上，他找到了比前人从形式、体制上更为深刻、根本的音乐方面。他认为后世之诗和词都是三百篇之苗裔。他的《吴竹桥小湖田乐府序》说："盖以词者，乐之条理，诗之苗裔，举一端而六艺居其二焉。故论次之不遗余力也。浅夫俗士辄以小道薄技目之，何足以仰窥圣言之大哉？"②于是词就不再是"诗余"、小道了，因为其与《诗》有着密切的音乐关系，词体经过这样的描述以后，就成为"诗之正"了，准确性虽不好讲，但是较之以往的皮相之论，似乎更为探本。不仅如此，论证词体制上的原因，在"音有清浊高下，轻重抑扬之别"，而不是"非句有长短，无以宣其气而达其音"，也显得更有说服力，或者说更接近词体的某些本质方面。他自己也不无得意地宣称："予窃叹词之行世千余年矣，未有知其所自来与其所可贵，故举诗乐之源流，以长短句而续'三百篇'者如此，冠之于简，谂诸当

---

① （清）王昶：《姚莲汀词雅序》，见《春融堂集》卷41，光绪十八年刻本。
② （清）王昶：《吴竹桥小湖田乐府序》，见《春融堂集》卷41，光绪十八年刻本。

世词人，斯亦竹垞太史所未发之旨也夫。"①

通过音乐这条途径建立了词和诗之间的同宗关系，因此诗歌的那些要求和法则也就适用于词了。因为，它们本来是异曲同工的，这也是王昶理论高明的地方。他认为柳永、黄庭坚等的亵狎小词失却长短句之正，由此推重姜夔、张炎的托物比兴及清婉窈眇。王昶指出："文章之变，日出不穷。诗四言变而之五言，又变而之七言古诗，既又变为五七言律体及于绝句。唐之末造，诗人间以其余音绮语变为填词，北宋之季演为长调，变愈甚，遂不能复合于诗。故词至白石、碧山、玉田，与诗分茅设绝，各极其工。非嗜古爱博、性情萧旷之士，孰能几于此。"②王昶在这里推重姜夔、张炎，主要是倡导一种醇雅的词风。需要我们注意的是，虽然王昶祖述竹垞，表达了对南宋词"黍离麦秀之悲"的关注，但问题是这类词话在王昶的整个词学体系里占的比重极小，而且在大部分情况下，他所指"骚雅"含义，已经与朱彝尊的有了一些不同，更接近于"醇雅"的意思。他更看重南宋雅词清冷的意象和悠长的韵味，强调一种清闲幽雅的生活情趣。他提到最多的就是姜夔的《暗香》《疏影》，喜欢的意象是梅花、水仙。其评陶凫乡《红豆树馆词》："凫乡娴雅歌，通诗文，性情风格似魏晋人，而犹以词擅名于时。所作以石帚、玉田、碧山、蜕岩诸公为师，近则以竹垞、樊榭为规范。其幽洁妍靓，如昔人所云'水仙数萼，冰梅半树'。可想见其娟妙。"③也就是说，虽然他对竹垞亦步亦趋，但是随着历史时段、生活经历的不同，王昶在推尊姜夔、张炎时，侧重点已经不一样了，体现出中期浙派的一些变化。

为了保证这种他所认同的雅正，王昶强调两点，一个是人品，另一个是环境。一方面，他认为人品对于词品很重要，强调知人论世。"凡乐之作由人心生，乐播于音，音著于诗。其心冲然、粹然，合乎温柔敦厚之旨，然后著为咏歌，朱弦而疏越，一唱而三叹，自非守道之笃而养心之至

---

① （清）王昶：《姚莲汀词雅序》，见《春融堂集》卷41，光绪十八年刻本。
② （清）王昶：《琴画楼词钞自序》，见《春融堂集》卷41，光绪十八年刻本。
③ （清）王昶：《陶凫乡红豆树馆词序》，见《春融堂集》卷41，光绪十八年刻本。

者不能。"①他认为人品的高下决定了词的雅俗:"余常谓论词必论其人,与诗同。如晁端礼、万俟雅言、康顺之,其人在俳优戏弄之间,词亦庸俗不可耐。周邦彦亦不免于此。至姜氏夔、周氏密诸人,始以博雅擅名,往来江湖,不为富贵所熏灼,是以其词冠于南宋,非北宋之所能及。暨于张氏炎、王氏沂孙,故国遗民,哀时感事,缘情赋物以写闵周哀郢之思,而词之能事毕矣。世人不察,猥以姜、史同日而语,且举以律君。夫梅溪乃平原省吏,平原之败,梅溪因以受黥,是岂可与白石比量工拙哉?譬犹名娼妙伎,姿首或有可观,以视瑶台之仙,姑射之处子,臭味区别,不可倍蓰算矣。"②评厉鹗的词:"乾隆甲子、乙丑间厉孝廉为邗江寓公,以倚声倡,从而和者数家。然气韵标格未有如君之工。盖君耿介峭冷,熏心炙手之地,望望去之。每逢荒溪幽町,孤游独谣,归而掩关却帚。日以图史、金石、笔墨、香茗为伴侣,俗客罕阄其户,用是见訾于时,而君诗与词之工实在于是。"③其所言都体现出这种一贯性。知人论世是诗学常调,王昶用以论词,强调词的不俗、不俚、不硬、不粗,"发乎情、止乎礼义,有好色而不淫,好乐而无荒之思,不以弥漫亵媟为长"。这些观点对于词体的纯净还是有进步意义的,也与早期浙派有了明显的不同。

另一方面,他强调闲适悠然的生活对于创作的重要作用。《西崦山人词话》中有一段记载:"上海赵文哲璞庵工于词,尝与余书云:'窃谓慢词,必宗南宋,此不易之论。然若不能酝酿载藉,以新意自见,徒向碧山、玉田稿中篇摹而句仿之,倚门傍户终不成家,况如乐府指迷中所云,取字句于飞卿、长吉者,犹是第二等议论。昔王梨洲论古文,宁为古人子孙,毋为奴仆。词何独不然?'其识见超迈如此。"④关于如何创新,王昶又说道:"璞

---

① (清)王昶:《潘榕皋三松堂诗集序》,见《春融堂集》卷四十一,光绪十八年刻本。
② (清)王昶:《江宾谷梅鹤词序》,见《春融堂集》卷四十一,光绪十八年刻本。
③ (清)王昶:《江宾谷梅鹤词序》,见《春融堂集》卷四十一,光绪十八年刻本。
④ (清)王昶:《西崦山人词话》,见屈兴国编:《词话丛编二篇》第二册,940页,杭州,浙江古籍出版社,2013。

庵又题余乐府补题后云：'幽居圆泖，莼菜鲈鱼随处好。把酒江关，唱出新词俨碧山。横云如许，何日从君归隐去。结屋三间，蟹螯渔罾共往还。'盖减字木兰花也。"我们从中都可以看出隐含着的他所崇尚的清雅的风格和生活之间的关系。如果这个还不够明显，下面这段就足够代表性了。

> 吾友朱子适庭，夙以诗名吴会，吟什流播东南，士争推挹之。既乃为倚声之学，泚然以清，孑然以峭。宗法在白石、碧山、玉田、草窗诸家，而于律尤细。适庭性故澹诞，所居绿荫槐夏阁。掩关邻扫，石衣生阶，研墨沌笔，日考索七音二十八调。复与余辈寥萧简散者流相酬和，或把盏而思，或抚弦而谣。其词与诗偕工也宜。岁初秋，槐影逾碧，凉蝉间鸣，夕霏暮雨，几砚如水。循览兹卷，可缅想其标格也已。①

> 吾友吴君竹桥素工诗，已而专精词学，……近复以《小湖田乐府》若干卷见示。情深文明、微婉顿挫，于四朝词之精粹，无不掇其芳华，比其格律，纵横变化，一以清虚骚雅为归，卓然为当代名家无疑也。湖田在乌目山麓，沿郭而南。清波渺弥，凡数百顷。春秋佳日，篮舆画舫，往往倾城而出。君以读书之暇，游衍其间，引商刻羽，长篇小令，杂出于酒旗歌扇之余。情来兴往，将富有而日新也。②

这两段在描述了他所欣赏的词风之后，都用大量的文字描写作家闲适的生活。类似的情况在其各种论词文字中比比皆是。他这个说法是有些道理的，毕竟一定的人文与自然环境，以及娴雅、幽静的心态，可能会对作家的创作有所影响，王昶所处的时代正是所谓的乾隆盛世，所以表面上看来没有那么多黍离麦秀之悲。他自己描述自己的词作，也是强调环境、心境的影响。他说："盖吾乡溪山清远，与三吴竞胜，而地偏境寂，无芬华绮丽之引。士大夫家云烟水竹间，起居饮食，日餐湖光而吸山渌，襟怀幽旷，皆乾

---

① （清）王昶：《朱适庭绿荫槐夏阁词序》，见《春融堂集》卷41，光绪十八年刻本。
② （清）王昶：《吴竹桥小湖田乐府序》，见《春融堂集》卷41，光绪十八年刻本。

第十二章 雍正、乾隆年间的词学思想　789

坤清气所结。往往屏喧杂、爱萧闲、励清标、崇名节,居官以恬退相师,伏处以孤高自励。性情学问,追古人于千载之上,从容抒写,归于自得。故如明中叶以后,空同、历下、公安、竟陵,纷呶奔走,四方争附其壝坫,以此哗世炫俗。而吾邑士大夫附丽者独少,此固昔贤自守之高,而为家乡后进读其诗仰企其人,如何流连跂慕奉为轨则欤?"①正谬且不论,这种在强调雅词的基础上重视创作心态与环境,和早期浙派已经有了明显的差别。

◎ 第三节
郭麐及中期浙派的词学思想

郭麐(1767—1831),字伯祥,号频伽,晚号复翁,吴江人。郭麐少时有神童之称,乾隆四十七年(1782)补诸生,乾隆六十年(1795),参加科举考试不第,遂绝意仕途,专研诗文、书画。好饮酒,醉后画竹石,时称一绝。郭麐喜交游,与姚鼐、袁枚最为知己。著作主要有《灵芬馆诗集》《金石例补》《诗画》《唐文粹补遗》等。郭麐的词学观点主要体现于《灵芬馆词话》和《词品》以及《灵芬馆杂著》里大量的词集序跋(如《秋梦楼词序》《无声馆词序》《梦绿庵词序》《春草闻房词序》《梅边笛谱序》《衡梦词序》《浮眉楼词序》《忏余绮语序》等)中。

郭麐一生虽无太大的波折,但其词作及词学思想也经历了一个发展变化的过程。他曾自述:"余少喜倚声,惟爱《花间集》,得子夜读曲之遗。中年以往,羁旅寥落,死生离合,穷郁悲忧感其中,而事物是非接其外以为诗歌杂文有不足以曲折达意者,遂有会于南宋诸家之作。"②郭麐在这篇序中交

---

① (清)王昶:《青浦诗传自序》,见《春融堂集》卷41,光绪十八年刻本。
② (清)郭麐:《秋梦楼词序》,见《清代文学批评资料汇编》上,600页,台北,成文出版社,1979。

代了自己词风变化的因由。 郭麐向来被称为"浙派"殿军,面对浙派末路,他力图矫正,想走一条不同的新路,因此他无论是词作还是词论,都有矫正的意图。 他一方面对传统浙派所尊崇的清空骚雅多有认同,对南宋诸家深所服膺;另一方面也表现出相当的理论反思,自觉扛起了词坛革新的使命。 虽然终究没能跳出浙派的圈子,没能挽救浙派的消亡,但其继承晚明公安派、清中期性灵派的主张,标榜性灵与真情,取径上较传统浙派为宽,又能认识并肯定豪放等多种词风,对于逸态、清脆等词体精微之处亦有很多深造自得的论述。 从这个意义上,可以说郭麐代表了浙派自我调适的努力,同时也是当时词坛风云激荡、互相影响的结果。

郭麐作为浙派骨干,对浙派所推崇的南宋诸家同样服膺,对浙派宗主们非常推重,本身就包含了他对浙派词学既有观点的认同。 他说:"本朝词人,以竹垞为至,一废《草堂》之陋,首阐白石之风。《词综》一书,鉴别精审,殆无遗憾。 其所自为,则才力既富,采择又精,佐以积学,运以灵思,直欲平视《花间》,奴隶周、柳。 姜、张诸子,神韵相同,至下字之典雅,出语之浑成,非其比也。"[1]这既是对朱彝尊、厉鹗的推重,也是对南宋姜、张的阐扬。 又云:"词之为体,盖有诗所难言者,委曲倚之于声,竹垞之论如此,真能道词人之能事者也。 又言世之言词者,动曰南唐、北宋,词实至南宋而始极其能。 此不易之论也。"[2]又云:"草堂诗余玉石杂糅,芜陋特甚,近皆知厌弃之矣。 然竹垞之论未出以前,诸家颇沿其习。 故其《词综》刻成,喜而作词曰:'从今不按,旧日草堂句。'"[3]他对浙派宗谱发展中各主将的作用也多有评述,表现出明显的宗派统属意识。 例如,其《梦绿庵词序》云:"而国初之最工者,莫如朱竹垞,沿而工者,莫如厉樊榭。 樊榭之词,其往复自道,不及竹垞。 清微幽渺,间或过之。 白石、玉田之旨,竹垞开之,樊榭浚而深之。 故浙之为词者,有薄而无浮,有浅而无亵,有意

---

[1] (清)郭麐:《灵芬馆词话》,见唐圭璋编:《词话丛编》,1503页,北京,中华书局,1986。
[2] (清)郭麐:《灵芬馆词话》,见唐圭璋编:《词话丛编》,1504页,北京,中华书局,1986。
[3] (清)郭麐:《灵芬馆词话》,见唐圭璋编:《词话丛编》,1505页,北京,中华书局,1986。

不逯而无涂泽叫嚣之习,亦樊榭之教然也。"①

郭麐论词尚雅。 经常以雅为准的评价其他词人词作:

> 袁兰村少时喜为侧艳之词,余尝为之序,未敢许也。后见所刻捧月楼词,居然大雅。②

> 毛开樵隐词,所传无多,然亦是雅音。杨用修独称其泼火初收一阕,平熟无可取,用修未可为知词者也。其醉落魄咏梅云:"新愁怅望催华发。雀啅江头,一树垂垂雪。"玉楼春云:"酒成憔悴花成怨。闲煞羽觞难会面。可堪春事已无多,新笋遮墙苔满院。"皆远过所称。③

> 世之论词者,多以秾丽隽永为工,灯红酒绿,脆管幺弦,往往令人倾倒,然非词之极工也。吾友兰村,少善倚声,体多侧艳,及刻捧月楼词,则一归于雅。④

> 顾庵颇为雅洁,念奴娇一阕,殊有竹山风调。(《灵芬馆词话》卷二)

从他对俗的反对,更能看出雅的含义。他说"柳七靡曼近俗矣",又说陈维崧"时有俗笔,村不可耐。如'玉梅花下交三九',既已妙矣。下半阕结句,乃下劣如是,令人恨恨",均可见其雅,亦和浙派传统有异,并有自己独特的内涵,尚雅是浙派核心观点之一,但诸家所论还是各有微小差异的。郭麐所说的雅,似乎更强调作者本人的性情真挚和灵魂高洁,如其对蒋捷的赞许,所谓"竹山风调"。这种雅如果不能从社会生活的广阔实际中去找到立身的根源,那么就不可能扭转浙派自身的衰颓走向。当然,看到郭麐词学思想与浙派的共同点,并不代表他没有自己独造的发展和贡献。

郭麐的时代,康乾盛世已经衰颓了,社会正在走下坡路,这种末世之感

---

① (清)郭麐:《梦绿庵词序》,见《灵芬馆杂著》,嘉庆十三年刻本。
② (清)郭麐:《灵芬馆词话》,见唐圭璋编:《词话丛编》,1519 页,北京,中华书局,1986。
③ (清)郭麐:《灵芬馆词话》,见唐圭璋编:《词话丛编》,1531 页,北京,中华书局,1986。
④ (清)郭麐:《灵芬馆词话》,见唐圭璋编:《词话丛编》,1532 页,北京,中华书局,1986。

加上他对于词坛"词妖"盛行的不满,导致了他主情、性灵的词学观。郭麐曾描述当时词坛:"倚声家以姜、张为宗,是矣。然必得其胸中所欲言之与其不能尽言之意,而后缠绵委折,如往而复,皆有一唱三叹之致。近人莫不宗法雅词,厌弃浮艳,然多为可解不可解之语,借面装头,口吟舌言,令人求其意旨而不得。此何为者耶。昔人以鼠空鸟即为诗妖,若此者,亦词妖也。"①

针对词作全无意旨,借面装头的弊端,郭麐提出要写心、适性以维护主体精神,这种观点本身就包含着融贯通变,包含着对浙派樊篱的突破。这不仅和词坛现状对他的刺激有关,还和他与袁枚等性灵派代表人物的交往有关。

郭麐与袁枚相交甚笃,甚至可以说师事袁枚。因此,他的文学观点多受袁枚影响。他曾说:"浙西诗家颇涉饾饤,随园出而独标性灵,天下靡然从之。"又说:"诗者,发于志而形于言者也。故有发愤而作,有不得已而后言发愤与不得已者,不于其遇于其时,不于其身于其心,不于其词于其志。"②他的论艺文字中都贯彻了这一思想,尝云:"天下有文而无所谓古文,凡言之属于心而书于手者皆文也。……仆少语言,凡言之属有可以书于手者,皆慕为之。然不能守一先生之说以自附于作者,何也?亦曰杂而已矣。然亦自其心出而书于手,则不可谓非其自著也。"③

他还指出:"近世之学者或守一隅之说,或荣古而虐今,豪杰之士则不然。其始由也,必于耳目所及,师友之服习,久于其道。而后精神问学之所至,能识古人之所以卓然者,而追而从之。古与今非有二也,在我精神问学之与为浅深而已。凡夫诗文、字、画、篆隶、金石莫不皆然。"④诗词的

---

① (清)郭麐:《灵芬馆词话》,见唐圭璋编:《词话丛编》,1524页,北京,中华书局,1986。
② (清)郭麐:《红花诗序》,见《灵芬馆全集》,嘉庆十二年刻本。
③ (清)郭麐:《灵芬馆杂著》自序,见陈良运编:《中国历代词学论著选》,488页,南昌,百花洲文艺出版社,1998。
④ (清)郭麐:《梦绿庵词序》,见《清代文学批评资料汇编》,601页,台北,台湾成文出版社,1979。

关键在有"我精神",失去了这个就是肤廓馁饤,所以他推崇朱彝尊的"胸臆间语"。他说:"竹垞才既绝人,又能搜剔唐、宋人诗中字冷隽艳异者,取以入词。至于镕铸自然,令人不觉,直是胸臆间语,尤为难也。"①朱彝尊的词作之所以高出同时诸公,在郭麐看来,不是因为华丽的辞藻,或者是精严的格律,而是因为其自然和胸臆。郭麐觉得情真意切便会感人。又如:"词至金凤亭长《词综》之出,而倚声者知所趋向,小令非南唐北宋,慢词非南宋不道也。顾《花间》之集,淮海《琴趣》之作,亦有庸音俗语,而叔夏、草窗、君特、尧章诸君之词,有过为掩抑屈折,令人不即可得其微旨,当时感慨所由,后来不尽知之也。在学之者之心思才力,足以与古相深而能自抒其襟灵,方为作者。"②称赞晏几道词:"咏酒醉之诗,唐人有'知谁送出深松',宋人有'阿谁扶我上雕鞍',皆善于描写。叔原玉楼春词云:'当年信道情无价。桃叶尊前论别夜。脸红心绪学梅妆,眉翠工夫如月画。来时醉倒旗亭下。知是阿谁扶上马。忆曾挑尽五更灯,不记临分多少话。'真能委曲言情。"③以上种种论述,都是突出强调词体要表达真情实感,直抒胸臆的这一要求。

郭麐和以往言性情者不同之处在于,他言性情的同时不废积学,并不是说只要有了性情,就可以任意而为了,或者作品一旦具备了性情就自然成为上品了。他强调灵思、积学和性情的结合。前引他尊朱彝尊的话,就强调典雅与浑成,反对平仄不协,诘屈聱牙。他说:"词有拗调,如寿楼春之类。有拗句,如沁园春之第三句,金缕曲之第四、第七句,忆旧游之末句。比比甚多,要须浑然脱口,若不可不用此平仄者,方为作手。若炼句未能极工,无宁取成语之合者以副之,斯不觉其聱牙耳。"④可见他要达到的艺术效果,不是浅薄叫嚣的直抒胸臆,而是超越雕琢的浑然天成。

---

① (清)郭麐:《灵芬馆词话》,见唐圭璋编:《词话丛编》,1504页,北京,中华书局,1986。
② (清)郭麐:《灵芬馆杂著三编》卷4,见《灵芬馆全集》,嘉庆十二年刻本。
③ (清)郭麐:《灵芬馆词话》,见唐圭璋编:《词话丛编》,1530页,北京,中华书局,1986。
④ (清)郭麐:《灵芬馆词话》,见唐圭璋编:《词话丛编》,1523页,北京,中华书局,1986。

在认为性情本身是一种主体精神的基础上，郭麐论词还比较讲究寄托。这种寄托也是他说崇尚的"雅"的内涵的一个部分。郭麐称："余少喜为侧艳之辞，以《花间》为宗，然未暇工也。中年以往，忧患鲜欢，则益讨沿词家之源流，藉以陶写陁塞，寄托清微，遂有会于南宋诸家之旨。"①

他对浙派以及词坛的反思也与此有关。《梅边笛谱序》一针见血指出："倚声之学，今莫盛于浙西，亦始衰于浙西，何也？自竹垞诸人，标举清华，别裁浮艳，于是学者莫不知祧《草堂》而宗雅词矣。樊榭以而祖述之，以清空微婉之旨，为幼眇绵邈之音，其体厘然一归于正。乃后之学者，徒仿佛其音节，刻画其规模，浮游惝恍，貌若玄远，试为切而按之，性灵不存，寄托无有，若猿吟于峡，蝉嘒于柳，凄楚抑扬，疑若可听，问其何语，卒不能明。"②都是强调一种陶写性情、寄托精微的词学思想。但是，通过他的诸多论词文字，我们认为他所说的寄托精微，仿佛更多的是一种身世之感和价值追求，而非一种直接的社会政治现实的反映。

郭麐论词另一个突出的特点便是风格的兼取，在宗法的路径上也比前人宽阔。这是因为词风已经到了不得不变的时候了，不能突破姜、张樊篱，已经成为浙派的瓶颈。他在《无声诗馆词序》中说：

> 词家者流，其源出于《国风》，其本沿于齐梁。自太白至五季，非儿女之情不道也。宋立乐府，用于庆赏饮宴，于是周、秦以绮靡为宗，史、柳以华缛相尚，而体一变。苏、辛以高世之才，横绝一世，而奋末广愤之音作。姜、张祖骚人之遗，尽洗秾艳，而清空婉约之旨深。自是以后，欲离去别见，其道无由。然写其心之所欲出，而取其性之所近，千曲万折以赴声律，则体虽异而其所以为词者，无不同也。③

---

① （清）郭麐：《蘅梦词浮眉楼词序》，见《灵芬馆全集》，嘉庆十二年刻本。
② （清）郭麐：《灵芬馆杂著续编》，见《灵芬馆全集》，嘉庆十二年刻本。
③ （清）郭麐：《灵芬馆杂著》卷2，见《灵芬馆全集》，嘉庆十二年刻本。

这里创造性地将宋代词风分为三派，难得的是，郭麐在这里并没有分别优劣，只是认为凡能陶写性情、自抒襟抱的，都是值得肯定的，并对前人的门户之见进行了批评，显得非常宏通。他还将词的风格分为四种：

> 词之为体，大略为有四：风流华美，浑然天成，如美人临妆，却扇一顾，花间诸人是也。晏元献、欧阳永叔诸人继之。施朱傅粉，学步习容，如宫女题红，含情幽艳，秦、周、贺、晁诸人是也。柳七则靡曼近俗矣。姜、张诸子，一洗华靡，独标清绮，如瘦石孤花，清笙幽磬，入其境者，疑有仙灵，闻其声者，人人自远。梦窗、竹屋，或扬或沿，皆有新隽，词之能事备矣。至东坡以横绝一代之才，凌厉一世之气，间作倚声，意若不屑，雄词高唱，别为一宗。辛、刘则粗豪太甚矣。其余幺弦孤韵，时亦可喜。溯其派别，不出四者。①

郭氏开宗明义，总结词史四派：即花间一派、秦周一派、姜张一派、苏辛一派。而评姜张一派，"一洗华靡，独标清绮，如瘦石孤花，清笙幽磬，入其境者，疑有仙灵，闻其声者，人人自远。梦窗、竹屋，或扬或沿，皆有新隽，词之能事备矣"，推崇备至。而于苏辛一派，评苏词"雄词高唱，别为一宗"，而辛词则"粗豪太甚"，有所贬抑。虽更推崇姜张一派，但并无明显的轩轾，已展露开放胸怀。

郭麐曾经比较朱彝尊和厉鹗，认为两者之间的高下，正在于厉鹗不能兼取。他说："至谓樊榭胜竹垞，鄙意大不谓然。樊榭论词绝句云：'然燕语人无语，心折小长芦钓师。愚谓竹垞小令固佳，长调纡馀宕往中，有藻华艳耀之奇，斯为极至。即小令中佳者，亦未必惟此语为可心折也。大抵樊榭之词，专学姜、张，竹垞则兼收众体也。"②他还曾作《诗品》作词品十二则，更明确的表现了自己兼取的词学观念。

---

① （清）郭麐：《灵芬馆词话》，见唐圭璋编：《词话丛编》，1503页，北京，中华书局，1986。
② （清）郭麐：《灵芬馆词话》，见唐圭璋编：《词话丛编》，1509页，北京，中华书局，1986。

他在《词品序》中说:"余少耽倚声,为之未暇工也。中年忧患交迫,廓落鲜欢,间复以此陶写,入之稍深,遂习玩百家,博涉众趣。虽曰小道,居然非粗鄙可了。因弄墨余闲,仿表圣《诗品》,为之标举风华,发明逸态,以其涂较隘,止得表圣之半,用以轩轾六义之后,奋藃四声之余,亦犹贤乎博奕。"具体条目虽然仍然侧重传统浙派一路,但是还是能够以一种宏通的眼光来看待词体风格,试举几条词境相对特别的:

清脆:美人满堂,金石丝簧。忽击玉磬,远闻清扬。韵不在短,亦不在长。哀家一梨,口为芳香。芭蕉洒雨,芙蓉拒霜。如气之秋,如冰之光。

感慨:人生一世,能无感焉。哀来乐往,云浮鸟仙。铜驼巷陌,金人岁年。铅水迸泪,鹍鸡裂弦。如有万古,入其肺肝。夫子何叹,唯唯不然。

奇丽:鲛人织绡,海水不波。珊瑚触网,蛟龙腾梭。明月欲堕,群星皆趋。凄然掩泣,散为明珠。织女下眂,云霞交铺。如将卷舒,贡之太虚。

逋峭:清霜警秋,微月白夜。其上孤峰,流水在下。幽寻欲穷,乃见图画。惬心动目,喜极而怕。跌宕容与,以观其罅。翩然将飞,倘复可跨。

名隽:名士挥麈,羽人礼坛。微闻一语,气如幽兰。荷雨夜歇,松风夏寒。之子何处,秋山槃槃。万籁俱寂,惟鸣幽湍。千漱百咽,奉君一丸。①

这是词史上第一篇总结词的风格的专文,比较精细,描述深刻,代表了清人对于词体风格研究的进步,梁绍壬曾评价说:"司空图《诗品》何等超

---

① (清)江顺诒:《词学集成》,见唐圭璋编:《词话丛编》,3295~3297页,北京,中华书局,1986。

妙。随园老人仿而作《续诗品》,然只是论,非品也,郭频伽先生作《词品》,其微至处,独可步尘表圣。"①

此外,郭麐对于"逸态""清脆"等词体精微方面,也均有些深造自得的论述。蒋敦复云:"浙派词,竹垞开其端,樊榭振其绪,频伽畅其风,皆奉石帚、玉田为圭臬,不肯进入北宋人一步。"②直以郭麐接朱彝尊、厉鹗统序,评价不可谓不高。郭麐主情性的本体观、通变开放的词史观,在当时每下愈况的浙派是一种新变,无疑为词派创作指明了一条健康发展道路。但不幸的是,浙派沉痼已深,积重难返,病入膏肓,郭麐的这针强心剂已是无能为力了。

吴锡麒(1746—1818),字圣徵,号榖人,浙江钱塘人。一生虽无较大波折,但值乾隆后期国势渐颓,和珅当政导致严重的吏治腐败等,二十年间只做到从六品官,在乾隆朝始终担任清冷的文秘类官职,在嘉庆朝,除去丁忧在家,实际在职仅两年,便骤升至从四品的国子监祭酒。常有"岁岁文章称供奉,那免葫芦样子。但瘦马东华尘里"之叹。吴锡麒自况其情势为"风雪中蹇驴敝车",可见稳居京官的吴锡麒,其精神深处其实并不洒脱,甚或是凄苦了。

吴锡麒诗词古文俱工,尤擅骈文,以"合汉魏六朝唐人为一炉冶之"而著称,著有《有正味斋集》七十三卷,当时与邵齐焘、曾燠、刘星炜、袁枚、洪亮吉、孙星衍、孔广森并称骈文八家。全椒吴鼒称赞他:"不矜奇,不恃博,词必泽于经史,体必准乎古初。"③

吴锡麒在词的创作上,非常服膺朱彝尊和厉鹗。他曾说:"慕竹垞之标韵,缅樊榭之音尘。"④其《詹石琴词序》说:"吾杭言词者,莫不以樊榭为大宗。盖其以幽深窈渺之思,洁静精微之旨,远绪相引,虚籁自生,秀水以

---

① (清)梁绍壬:《两般秋雨盦随笔》卷5,道光十七年汪氏振绮堂刻本。
② (清)蒋敦复:《芬陀利室词话》,见唐圭璋编:《词话丛编》,3627页,北京,中华书局,1986。
③ (清)吴鼒编:《国朝八家四六文钞》,较经堂本。
④ (清)吴锡麒:《伫月楼分类词选自序》,见《有正味斋骈体文》卷8,清道光二十年刻本。

来，厥风斯畅。"①吴氏不仅承认厉鹗是浙西词风的倡导者，充分肯定其词史地位，而且对受厉鹗影响的浙西词派诸人，也大加称赞："吾杭自樊榭老人藻厉词坛，挼张琴趣，一时如尺凫、对鸥诸先辈，合尊促席，领异标新，各自名家，徽徽称盛。"吴锡麒还主动归宗认派，指出厉鹗等人对自己的影响："余获承末绪，有企前修，穷窈渺之音，博幽微之趣，往往草深双屩，独走空山，花泛一瓢，自导流水。"②

陈水云指出："王昶宗法南宋的热情有余，但其对变革浙派所作的努力稍显不足，在变革浙派词学上迈出一大步的是吴锡麒。"③浙派发展到这个时候，弊端已经开始显露。一味追求清空骚雅，脱离社会实际，风格单一，格调清冷。吴锡麟曾反思道："古今体物之工，词之为最，才子言情之作，词人乎微。"又说："今日耳不倾齐梁之听，足未涉姜、史之藩，而欲拈法秀之槌，弄君卿之舌，必使筝调院落，齐鸣狮子之弦；曲奏房中，尽击麟皮之鼓。"④词坛正是在这种情况下，吴锡麒作为浙派中晚期的重要代表人物，做出了必要的理论调整。前人多批评其在炼字造句上下功夫，如陈廷焯："樊榭造句多幽深，縠人措辞则全在洗炼，又不逮樊榭远矣。"⑤吴衡照也说："縠人先生词有高妙语、有幽秀语。"我们统观他的词作与词论，认为这种评价是有失偏颇的，《有正味斋词》清和雅正，语言清秀明快，较多运用赋体的白描手法，尝试以"健骨"风力挽浙西词派传统柔弱空枵的颓势，还是有所贡献的。其在《与董琴南论词书》等论词文字中，虽仍然以传统浙派观点为尚，但是针对当时词坛死气沉沉的"乏真情、少意味"的现状，也有明显的补救和突破。

吴锡麒的补救首先从词学取径入手，和浙派众人不同的是，他虽仍然强

---

① （清）吴锡麒：《詹石琴词序》，见《有正味斋骈体文》卷8，清道光二十年刻本。
② （清）吴锡麒：《陈雪庐词序》，见《有正味斋骈体文》卷8，清道光二十年刻本。
③ 陈水云：《清代词学思想流变》，119页，北京，社会科学文献出版社，2018。
④ （清）吴锡麒：《伫月楼分类词选自序》，见《有正味斋骈体文》卷8，清道光二十年刻本。
⑤ （清）陈廷焯：《白雨斋词话》，见唐圭璋编：《词话丛编》，3918页，北京，中华书局，1986。

调雅正为宗，但是对豪放风格能正确认识其价值，并力图兼取。

> 盖词虽后起，音犹古初；长短或区，节奏无迕。督护之曲，倡始于彭城；相思之吟，权舆于少穆。迨时代屡易，风气益开，奇秾播于晚唐，哀艳溢于五代。极之南宋，遂畅阙流。派演分支，盖有二焉：残月晓风涌出田之句；微云衰草传女婿之篇。香草能愁，落花易怨；意徘徊而不尽，韵飘渺而长留。所谓丽而不淫，可供之浅斟低唱者也。琼楼玉宇，听水调之歌；翠袖红巾，按龙吟之谱。秋涛善怒，老竹偏豪，气飒爽而难平，调激昂而自喜。所谓慨当以慷，可付之铁钹铜琶者也。论其正则以雅洁为宗，推其变亦以纵横见赏。而要之黄钟大吕，非山水之音；謇腹厚唇，岂闺房之乐？是必引申琴趣，仿写笛家，要眇以致其幽，清冷以流其韵。一字之选，如锦在梭；全调之成，若金受范；忏除绮语，祓濯凡材；白云自高，春水弥绿。①

这段文字中，虽然仍是强调传统浙派的雅正为宗，豪放为变，但是并不一概排斥，而是赏其纵横之气。在《董琴南楚香山馆词钞序》中，这种主张更加明显：

> 词之派有二：一则幽微要眇之音，宛转缠绵之致，戛虚响于弦外，标隽旨于味先，姜、史其渊源也，本朝竹垞继之，至吾杭樊榭而道盛。一则慷慨激昂之气，纵横跌宕之才，抗秋风以奏怀，代古人而贡愤，苏、辛其圭臬也。本朝迦陵振之，至吾友瘦桐而其格尊。然而过涉冥搜，则缥缈而无附，全矜豪上，则流荡而忘归，性情不居，翩其反矣。是惟约精心而密运，耸健骨以高骞。……一陶并铸，双峡分流，情貌无遗，正变斯备。②

---

① （清）吴锡麒：《与董琴南论词书》，见《有正味斋骈体文》卷17，清道光二十年刻本。
② （清）吴锡麒：《董琴南楚香山馆词钞序》，见《有正味斋骈体文》卷8，清道光二十年刻本。

这里他明确将婉约和豪放看作两种重要的风格，他强调的要"情貌无遗，正变斯备"，就是兼到并取的意思。这是针对当时词坛"过涉冥搜，则缥缈而无附"，及"全矜豪上，则流荡而忘归"的现状而发的。这里后人容易有个误区，认为他的这种兼取非常狭隘，不具备突破性。诚然，吴锡麒作为浙派后劲，自然是强调雅正正宗的，对此他也曾反复申明，《屈弢园竹沪渔唱序》云："大抵词之道，情欲其幽而韵欲其雅，摹其履舄则病在淫哇、杂以筝琶则流为伧楚。"①他反对作词追步于人，倡导避却"淫哇"与"伧楚"，其论体现出鲜明的反对浅俗化的审美取向。《银藤词序》云："倚声之道，雅正为难。质实者连蹇而滞音，浮华者苟缛而丧志。其或猛起奋末，徒规于虎贲，阴淫案衍，渐流为爨弄。翩其返矣，又何称乎。"②《陈雪庐词序》云："词以韵流，当效玉田之雅；词以情胜，须兼竹屋之痴。"③我们不能因此否定吴锡麒对于矫正词风的努力，其在理论的提出上是认真而自省的，至于理论能起到多大的效果，这往往不是他所能决定的。吴锡麒在《倪米楼剪云楼词序》中说："夫使感绸缪之楚，遽触闲情；搴窈窕之萝，多生绮障。则湘皋悦其解佩，阿谷效其抽筋，划袜情深，唾绒笑浅，桃穰擘处，莲子抛余，眼底屏山，拓金鹅而入梦；心头井水，驾玉虎而牵丝。湛染有加，忏除不易。终累樊川之行，恐来法秀之呵；又使飚陈豪驱，沧波吻纵。西经易水，便学悲歌；东望大家，尤工感慨。则拊狮弦而发唱，敲铁钹而助吟。"④他对两种风格态度是宽容的，他自己的词作有一部分也体现出这种实践，如《过秦楼·怀柔道中》云：

扑面风尖，压装云重，一骑鞭丝孤袅。笳悲塞苦、笛怨边寒，白尽满天沙草。为问废垒前朝，苍莽空山，有谁凭吊？羡太平图画，横骑牛

---

① （清）吴锡麒：《屈弢园竹沪渔唱序》，见《有正味斋骈体文》卷8，清道光二十年刻本。
② （清）吴锡麒：《陈雪庐词序》，见《有正味斋骈体文》卷8，清道光二十年刻本。
③ （清）江顺诒：《词学集成》，见唐圭璋编：《词话丛编》，3290页，北京，中华书局，1986。
④ （清）吴锡麒：《倪米楼剪云楼词序》，《有正味斋骈体文》卷8，清道光二十年刻本。

背，牧儿闲好。休更数、敕勒歌豪，尉迟杯满。无限古人怀抱。荆卿划地，邹子谈天，都系者边斜照。谁道今日可怜，城角黄昏，暝鸦吹到。且寻余宿处，前路犬声如豹。

这首词是他北上热河时候的作品，颇有雄壮之风。

针对浙派后期枯寂、雕镂凿空的词风，吴锡麒强调"真情"。吴锡麒主张词作情感表现要像高观国一样，始终体现出一种痴情，真情实意尽在词中。吴锡麒对词作的表情功能实际上提出了真诚的要求。情要与词相宜。《红豆词序》云："驻枫烟而听雁，舣葭水而寻渔；短径遥通，高楼近接；琴横春荐，杂花乱飞；酒在秋山，缺月相候，此境与词宜。金迷纸醉之娱，管语丝哇之奏；浦遗余佩，钗挂臣冠；满地蘼芜，夕阳如画；隔堤杨柳，红窗有人，此其情与词宜。"[①]

与这种真诚的"性情"观相应，吴锡麒提出了"穷而后工"的主张。"穷而后工"本是诗学命题，在清代词体复兴、尊体等背景下，成为一个词学中也常讨论的话题。在吴锡麒之前，陈维崧主张穷而后工，朱彝尊作为浙派宗主却认为词是欢愉而后工，到吴锡麒针对词坛现状，才又提出词"穷而后工"，补弊救偏的意味非常明显。他说：

> 昔欧阳公序圣俞诗谓：穷而后工，而吾谓唯词尤甚。盖其萧寥孤奇之旨，幽复独造之音，必与尘事罕交，冷趣相洽，而后托幺弦而徐引，激寒吹以自鸣，天籁一通，奇弄乃发。若夫大酒肥鱼之社，眼花耳热之娱，岂能习其铿锵，谐诸节奏？[②]

他认为"大酒肥鱼之社，眼花耳热之娱"，是不能写出好作品的，因为这极容易造成词的俗艳。他《仿乐府补题唱和词序》中说："青衫涕泣，自

---

① （清）江顺诒：《词学集成》，见唐圭璋编：《词话丛编》，3290页，北京，中华书局，1986。
② （清）吴锡麒：《张渌卿露华词序》，见《有正味斋骈体文》卷8，清道光二十年刻本。

古工愁；白发刁骚，频年失志。 慨堂蓑之舛年，借盐杖以敲铿。 讨句花边，摹声笛里。 继广陵之风雅，仿南宋之体裁。"①《倪米楼芦中秋瑟谱序》说："若夫仆本恨人，子为穷士。 孤蓬雨滴，灭烛难眠……蛩语幽微，托孤心于卷叶；蟹行瑟缩，觅古怨于爬沙。"②这几段论述，集中表现了词体创作与作者处境的关系。 吴锡麒是在认为词风格以及路径兼容多样的前提下说这番话的。 比如，在《仿乐府补题唱和词序》中，他说："在昔词人遭逢末运，抚铜驼而泣下，惊白雁之飞来。 沧海波荒，冬青树冷。 残山剩水，摹画本而难工；断井颓垣，觅钗钿而不见。 溺人必笑，秋士能悲；离黍之思既深，梦粱之感斯托。 东风二月，招来杜宇之魂；天宝何年，弹出琵琶之泪。 寄旧恨于荷花桂子，写遗声于落叶哀蝉。 虽愁苦之音工，实欢娱之意少。 今则承平多暇，逸兴遄飞，浮大白以高吟，付小红而低唱。 十里之珠帘卷起，二分之明月催来。 纵禅榻鬓丝，不无惆怅；而酒旗歌扇，别有因缘。 唱买陂塘，随地皆堪词隐；吹哑觱篥，知音同是国工。 此其送抱推襟，唱余和汝；有不极倚声之妙，擅体物之能者哉！"③这其实是认为现在的时代承平日久，词作也正适宜于歌咏盛世士大夫的生命。 这种矛盾是他自己的局限造成的，即他认识到浙派弊病，主张革新，但自己的生活面又比较狭窄，难以跳出自己的圈子。

下面说说吴锡麒对浙西词派既有理论的发展。 他非常重视声律和字句，这当然和对词体纯正与醇雅的追求有关。 他强调"别裁隽语，文以情深。 递变新声，词因调遣。 倘使葩华薪布，而律谢雌雄，蛙咬蔓流，而意乖风雅，或则类太常之哑钟，或则比梨园之爨本"。④ 认为如果声律不和谐、文辞不雅，都会像无法发出声响的乐钟。 在《唐陶山刺史露蝉吟词序》中，吴锡麟也强调：

---

① （清）吴锡麒：《仿乐府补题唱和词序》，见《有正味斋骈体文》卷8，清道光二十年刻本。
② （清）吴锡麒：《倪米楼芦中秋瑟谱序》，见《有正味斋骈体文》卷8，清道光二十年刻本。
③ （清）吴锡麒：《仿乐府补题唱和词序》，见《有正味斋骈体文》卷8，清道光二十年刻本。
④ （清）吴锡麒：《仁同楼分类词选自序》，见《有正味斋骈体文》卷2，清道光二十年刻本。

若夫词者,既限之长短,复拘以声律。片言未协,则病其哑钟,只字勿谐,则讥同湿鼓。故必选胜以定质,荡漾以澄音。而后宛转入情,案衍式度。盖闽娥之产,非绘为纂绎,不能见其娥嬴也;般轮之巧,非渐乎矩凿,不能美其轮奂也。[1]

声律的重要性,不仅体现在若无好的声律及修辞,就不能产生理想的词作,更体现在声律及修辞本身便是词体、词风的重要构成。他还指出:"今宫调之不明也久矣。继声者转喉而见戾,自度者矫舌而失调。遂致事谢伶伦,音沉律管,不知阴阳互变,和缪交生,律隔八而声相旋,声隔八而律相应,三隅一反,固有在也。乃或徒习皇夸,罔知春牒,改千古不移之宫羽,快一时自便之齿牙,转使雌霓莫谐,纣红贻诮,饰西施之足,书混沌之眉,不亦惑乎!"对当时词坛存有的声律乱相进行了批评。

浙西词派其实一开始就强调修饰文辞、讲究格律,用以改变粗俗鄙陋的词风,这在明末的背景下是有着必要性和积极意义的,但是过分强调,就会使一个原本该是发乎性情、有血有肉的词体,变成一种纯粹审音酌字的游戏。任何一种问题如果失去了与人及广阔的生活的深厚联系,是不可能拯救自己的,这也是浙派中后期无法阻止倾颓之势的根本原因。

凌廷堪(1757—1809),字次仲,一作仲子,又号仲子先生,安徽歙县人。生六岁而孤,靠母亲卖首饰就学。后经商数年,因不善此道而失败。年二十始立志为学。曾得到翁方纲、阮元的赏识与指点。乾隆五十五(1790)年中进士,然淡薄功名,授知县不赴,选为宁国府教授。从此,边教学边著述,成为乾嘉学派的著名学者。有词集《梅边吹笛谱》。其词学观点主要体现在其学生张其锦所写序言的转述中,凌廷堪有较高的音乐修养,填词重视音律谨严,有《燕乐考原》一书传世,该书是《词源》以后古代音乐研究领域的重要著作,客观上适应引领了浙西学派后期重视词乐、讲

---

[1] (清)吴锡麒:《唐陶山刺史露蝉吟词序》,见《有正味斋骈体文》卷2,清道光二十年刻本。

究音律的风气。

凌廷堪为一代朴学大师,诗词为其余事。当其时,浙派弊端越来越明显,所以浙派后劲们虽然总体上都还是崇尚雅正、推尊词体,但实际上不管是当时词风矫正的需要,还是与常州词派抗衡的需要,新变已经从内部发生,这一时期有创造性、有价值的词学思想大多能从相对宏通的角度和更广阔的视野来看待词学发展流变,体现出一种流派自我修复的努力。张其锦《梅边吹笛谱序》转述凌氏观点云:

> 词者,诗之余也,昉于唐,沿于五代,具于北宋,盛于南宋,衰于元,亡于明。以诗譬之,慢词如七言,小令如五言。慢词北宋为初唐,秦、柳、苏、黄如沈、宋,体格虽具,风骨未遒。片玉则如拾遗,骎骎有盛唐之风矣。南渡为盛唐,白石如少陵,奄有诸家。高、史则中允、东川,吴、蒋则嘉州、常侍。宋末为中唐,玉田、碧山风调有余,浑厚不足,其钱、刘乎。草窗、西麓、商隐、友竹诸公,盖又大历派矣。稼轩为盛唐之太白,后村、龙洲亦在微之、乐天之间。金元为晚唐,山村、蜕岩可方温、李,彦高、裕之近于江东、樊川也。小令唐如汉,五代如魏晋,北宋欧、苏以上如齐、梁,周、柳以下如陈、隋。南渡如唐,虽才力有余而古气无矣。①

这段话,从词为诗余的传统看法出发,简要概括了词的发展史,将词与诗进行了类比,并将慢词的发展比附诗歌发展的初、盛、中、晚期,小令也按照诗的发展进行了比类。首先我们要指出的是,这种比类方式不甚高明,但我们确实可以从他这种想法中,窥见他的词学思想。这段话的核心是以南宋为盛,以慢词为尊。首推姜夔,次则周邦彦。这一方面是浙派的传统思想,另一方面也和凌廷堪本人精于音律有关。他的词也都自标工尺谱,善于

---

① (清)张其锦:《梅边吹笛谱序》,见《梅边吹笛谱》,清光绪刻本。

自制曲。张其锦称："吾师之词不专主一家，而尤严于律。"凌廷堪自称："少作，但因旧词填之，不知宫调为何物；近因学律少少有所悟。"①说明其重词律经历了一个过程。

关于词体风格，张其锦还转述道：

> 填词之道，须取法南宋，然其中亦有两派焉。一派为白石，以清空为主，高、史辅之。前则有梦窗、竹山、西麓、虚斋、蒲江，后则有玉田、圣与、公谨、商隐诸人，扫除野狐，独标正谛，犹禅之南宗也。一派为稼轩，以豪迈为主，继之者龙洲、放翁、后村，犹禅之北宗也。元代两家并行，有明则高者仅得稼轩之皮毛，卑者鄙俚淫亵，直拾屯田、豫章之牙后。我朝斯道复兴，若严荪友、李秋锦、彭羡门、曹升六、李耕客、陈其年、宋牧仲、丁飞涛、沈南溟、徐电发诸公，率皆雅正，上宗南宋，然风气初开，音律不无小乖，词意微带豪艳，不脱《草堂》、前明习染。唯朱竹垞氏，专以玉田为模楷，品在众人上。至厉太鸿出，而琢句炼字，含宫咀商，净洗铅华，力除俳鄙，清空绝俗，直欲上摩高、史之垒矣。又必以律调为先，词藻次之。昔屯田、清真、白石、梦窗诸君，皆深于律吕，能自制新声者。其用前人旧谱，皆恪守不敢失，况其下乎？②

此段承接上段，言学词取径问题，核心无非是宗法南宋，但是具体论述中和前人多有不同。浙派前人论词虽有能重视稼轩风格的，但是一般不能重视到这个程度，稼轩词风往往只被视为一种对软媚词风的矫正和补充。凌廷堪所论，则回到婉约、豪放两种风格的高度，一方面想避免姜、张风格单一、狭窄所造成的问题，另一方面推出稼轩，意图并不在推举豪放，而是要

---

① （清）凌廷堪：《梅边吹笛谱自序》，见《梅边吹笛谱》，清光绪刻本。
② （清）谢章铤：《赌棋山庄词话》，见唐圭璋编：《词话丛编》，3510～3511页，北京，中华书局，1986。

学习他的雅正为本、辞藻次之。因此，我们看到凌廷堪最终的落脚点在于对律调的强调。谢章铤曾评价说："《梅边吹笛谱》目录跋后按篇中多持平之论，以视主张姜、史，掊击辛、刘者，其识解固高人一等矣。至论国朝词，则各言所见，且当时风气之所趋，亦足以考流派矣。"①

◎ 第四节
蒋重光、田同之的词学观念

在浙派弊病显露非常明显之时，词坛也并不是一派死寂，云间、阳羡等至此时仍有余响，还有熔铸广陵与浙西两派思想的其他词家。

谢章铤曾云："雍正乾隆间，词学奉樊榭为赤帜，家白石而户梅溪矣。惟王小山太守时翔及其侄汉舒秀才策独倡温、李、晏、秦之学，其时和之者，顾玉停行人陈埼、毛鹤汀博士健、徐冏怀秀才庚，又有素威辂、颖山嵩、存素愫三秀才，皆王门一姓之俊。笙磬同音，埙箎迭奏，欲语羞雷同，诚所谓豪杰之士矣。"②可见，即使在浙西词派牢笼词坛的时候，清代词学也不是铁板一块的。太仓诸王在浙西风气正盛之时，主张宗法北宋，力倡缘情绮靡，行迹上非常接近云间宗风，可以看成是云间风气的一种历史回响。此派的选本《昭代词选》及《清绮轩历朝词选》分别由蒋重光和夏秉衡编选。《清绮轩历朝词选》名义上是想补充《词综》中所遗漏的词作，实际上选词有自己的宗旨。夏秉衡云："词虽宜于艳冶，亦不可流于秽亵。尝见韩魏公、寇莱公、赵忠简勋德才望、昭映千古，而所作小词有'人远波空翠''柔情不断如春水''梦回鸳帐余香嫩'等语，非不尽态极妍，然不涉绮语，故不为法

---

① （清）谢章铤：《赌棋山庄词话》，见唐圭璋编：《词话丛编》，3511页，北京，中华书局，1986。
② （清）谢章铤：《赌棋山庄词话》，见唐圭璋编：《词话丛编》，3458页，北京，中华书局本，1986。

秀道人所呵也。是集所选，一以淡雅为宗。"沈德潜为该词选作序也强调了其对云间的追慕："意不外乎温厚缠绵，语不外乎搴芳振藻，格不外乎循声按节。"①可以看出，夏氏的选词标准是陈子龙一脉，专取唐五代北宋。这些"云间"旧识的重新提出，显然是要与浙派抗衡的。

蒋重光（1708—1768），字子宣，江苏常州人，屡试不第，中年博收群书，以文章行世，其藏书楼曰"贮书楼"，乾隆时修四库，其子曾献秘本一百种，受到嘉奖。《昭代词选》选词范围从顺治直至乾隆中期，收录的词人574家，整部词选共38卷。顺治朝六卷，81家，词493首；康熙朝18卷，270家，词1649首；雍正朝2卷，28家，词180首；乾隆朝10卷，122家，词922首；闺秀、名妓62人为一卷，词僧、羽衣及女尼11人为一卷，凡73家，词169首。从选词的地域、词人和词作来看，蒋重光选词不囿于门户之见，这一时期的各个词学群体，如云间、阳羡、浙西、广陵、西陵词派等都被囊括在内，风格上也能兼收并蓄，对"豪放者、奥衍者、清新者、幽秀者，亦并有香艳者"②都有选录。

蒋重光选词有两个特点，第一就是数量尽可能多，范围尽可能大，这体现了他存人存词的目的，仅选1~2首的词人比重占了绝大多数。第二，蒋重光选词还有以选立论的倾向。众多词人中，入选数量差异较大，比如陈维崧入选191首，朱彝尊有172首，纳兰成德101首，作为浙派中期领袖的厉鹗只有5首入选，陈维岳则只有4首，任绳隗只有1首。一方面说明他选词有自己的标准，并不被门派、声名所限，另一方面也可以看出对中期浙派的不满及希望匡正的努力。

蒋重光也主张推尊词体，尊体是清人的共同主张，差异在各自所选的策略上，蒋重光认为："夫词者，其源出于古乐府，固统于文而诗之余也。文载道，诗达情，惟词亦然。"③他指出词和诗文的性质与功能是一致的，都是

----

① （清）夏秉衡：《清绮轩词选·卷首》，乾隆年刻本。
② （清）蒋重光：《昭代词选·序》，乾隆三十二年刻本。
③ （清）蒋重光：《昭代词选序》，乾隆三十二年刻本。

载道达情的工具，这就将词与诗文并置，提高了词的地位，而且这种存经、存史的观点取向是承接陈维崧与尤侗的。尤侗云："夫古人有诗史之说；诗之有话，犹史之有传也。诗既有史，词独无史乎哉？"①也许正是基于此，蒋重光对清初词选经常忽视的尤侗格外看重，选取了他的74首词作。

蒋重光选词以雅正为宗，这在《昭代词选序》中已经说得很明白了，重雅是浙派的一贯主张，但是蒋重光所重之雅和浙派还有不同。比如，朱彝尊雅正的前提是对词体"宜于宴嬉逸乐，以歌咏太平"的认识，而蒋重光的看法并不如此，他选朱彝尊词大量选了咏史怀古的作品，陈维崧、尤侗的入选作品中也大量的咏史怀古之作，或者是有一定现实意义的沉郁慷慨之作。从中能看出和浙派，尤其是厉鹗为代表的中期浙派有较大的差别。

需要提及的是，《昭代词选》不录贰臣之作，吴伟业、龚鼎孳、曹溶等人由是均未入选。乾隆皇帝曾下诏编纂《贰臣传》，希望借此"崇将忠贞"，"风励臣节"。但是不录吴伟业等人还是有争议的，因为吴梅村曾入康熙帝编选的《历代诗余》，且吴伟业对清初词坛颇有影响，蒋氏此举似乎割裂了词史，严迪昌先生也因此说他"迂腐""可笑"。但是联系当时的环境，蒋氏不录贰臣，似乎理由不限于《贰臣传》，应该还有对词风纠正的原因，和他尊体、雅正及重视词的现实功能相关的。

田同之（1677—？），字彦威，又字砚思，号西圃，又号小山姜，山东德州人。撰有《西圃词说》一卷，词作《晚香词》三卷。他学为长短句甚早，但是晚年归乡后才致力于此，词话也作于晚年，其"自序"云：

> 余自少日即嗜长短音，每遇乐府专家，则磬折请益。忽忽数十年，沉困于制举艺，不暇兼及，兼及者惟承学声诗，以遵吾家事耳。词则偶一染指，不多为。今老矣，卧病岩间，无所事事，复流连于宋之六十家中，勉强效颦，以寄情兴。而又虑斯道渊微，难云小技，自邹、彭、

---

① （清）尤侗：《词苑丛谈序》，见《词集序跋萃编》，863页，北京，中国社会科学出版社，1994。

王、宋、曹、陈、丁、徐,以及浙西六家後,为者寥寥,论者亦寡。行见倚声一道,讹谬相沿,渐紊而渐熄矣。故不自揣,於源流正变、是非离合之间,追述所闻,证诸所见,而诸家词话之切要微妙者,又复采择之,参酌之,务求除魔外而准正轨,以成此填词之说。夫是说也,虽不敢谓奥窔之烛,而情文之蹠戾,宫商之偭背,亦庶几乎一知半解矣。呫呫填词,岂小技哉。况词有四声五音清浊重轻之别,较诗律倍难,且有诗所难言者,委曲倚之于声,其旨愈远。所谓假闺房之语,通风骚之义,匪惟不得志于时者之所宜为,而通儒钜公,亦往往为之。不然张文潜以屈、宋、苏、李譬方回,黄山谷以高唐、洛神方晏氏,亦从无疑二家之言为过情者,呫呫填词,又岂小技哉?①

这段"自序"透露出诸多信息。他将王士禛为代表的广陵词人和浙西词派并举,而忽略其他词人,并认为此后作者少、论者少,这实际上是一种主观的有意判断。他对二家的尊崇,在他自己的词话中也能得到印证,《西圃词说》九十三条,征引、转述广陵词人的词论就多达五十余条。这正如田氏的诗学观,虽然他自幼秉承家学,但最后却成为王士禛诗学的继承者、神韵说的鼓扬者,他的词学观也主要承袭了王士禛及其他广陵词人的词学理论,如他对清空、自然的强调等。同时,他又采择、参酌浙西六家的词学主张和见解,兼而取之,融而合之,形成了自己的词学观。田同之晚岁作词话用意还是针对当时词学衰落,努力辩证源流,并为词学创作指出正轨所在。田同之弥纶群言的词学理论建构方式,决定了他的理论成就不高,但是还是有一些值得注意的方面。

首先,田同之论词也倡导尊体,认为词不是小道、末技。在内容上,"有诗所难言者",在意旨上"通风雅之义",在作法上,因为词律的限制,甚至"较诗律倍难"。词论第二十条更明言自己的尊体观念:"昔人云,填词

---

① (清)田同之:《西圃词说》,见唐圭璋编:《词话丛编》,1443页,北京,中华书局,1986。

小道,然鲁直谓晏叔原乐府为高唐、洛神之流,张文潜谓贺方回幽洁如屈、宋,悲壮如苏、李,夫屈、宋,三百之苗裔,苏、李,五言之鼻祖,而谓晏、贺之词似之,世亦无疑二公之言为过情者,然则填词非小道可知也。"[1]以诗词的比附来说明词的地位,实际并不高明,理论也站不住脚,但是,田同之用词律和诗律的对比来尊体,是有自己独到见解的。第六条则引述李清照批评晏殊、欧阳修、苏轼词不协音律的原因分析:"盖诗文分平仄,而歌词分五音,又分五声,又分音律,又分清浊轻重。"这也是从律的角度来印证词体特征以达到推尊的目的。

其次,辨析诗词特质。词体地位的提高,最终还是要靠其自身独特审美特质的阐发。如果一味地以强拉词入诗的方法,只能造成诗词的混同,反而消解了词体存在的意义。田同之自幼秉承家学,着力诗学,晚岁着意于词,若要托尊词体,必须明辨诗词的同异。第五条指出:"词与诗体格不同,其为摅写性情、标举景物,一也。若夫性情不露,景物不真,而徒然缀枯树以新花,被偶人以衮服,饰淫靡为周、柳,假豪放为苏、辛,号曰诗余,生趣尽矣,亦何异诗家之活剥工部,生吞义山也哉。"[2]这是诗词相同的一面,即"抒写性情""标举景物",从文学功能上来说,这是真实的。诗词的生命都在于有真性情,并将此一性情寓于景物之中,只有性情而无景物,则容易浅白叫嚣,只有景物而无性情,则成模山范水,全无生趣。但若在这一总原则下,论到具体文学体裁,则又必须有明显之差别,这正是多种文学体裁存在的价值。田同之认为:"从来诗词并称,余谓诗人之词,真多而假少;词人之词,假多而真少,如邶风《燕燕》、《日月》、《终风》等篇,实有其别离,实有其摈弃,所谓文生于情也。若词则男子而作闺音,其写景也,忽发离别之悲;咏物也,全寓弃捐之恨,无其事,有其情,令读者魂绝色飞,所谓情生于文也。此诗词之辨也。"[3]

---

[1] (清)田同之:《西圃词说》,见唐圭璋编:《词话丛编》,1455页,北京,中华书局,1986。
[2] (清)田同之:《西圃词说》,见唐圭璋编:《词话丛编》,1450页,北京,中华书局,1986。
[3] (清)田同之:《西圃词说》,见唐圭璋编:《词话丛编》,1449页,北京,中华书局,1986。

他用"真多假少""文生于情"和"假多真少""情生于文"来断说诗、词之别,发前人所未发。词本是燕乐,其内容自花间以来便多是绮艳香萝,田同之的这个看法,认为词假,不是认为词不能表达真情,或者真情较少,而是为词中的男女、绮艳做辩护,认为这都是情生于文,有所寄托的。第二条云:"词虽名诗余,然去雅颂甚远,拟于国风,庶几近之。然二南之诗,虽多属闺帏,其词正,其音和,又非词家所及。盖诗余之作,其变风之遗乎。惟作者变而不失其正,斯为上乘。"①又云:"词自隋炀、李白创调之后,作者多以闺词见长。合诸名家计之,不下数千万首,深情婉至,摹写殆尽,今人可以不作矣。即或变调为之,亦须别有寄托,另具性情,方不致张冠李戴。"②这既符合他托尊词体的需要,也契合他的词学理想。

田同之还从诗、词两种文学形式的风格不同入手,论述、分析了两者的体格之别。第四条:"魏塘曹学士云:词之为体如美人,而诗则壮士也;如春华,而诗则秋实也;如夭桃繁杏,而诗则劲松贞柏也。罕譬最为明快。然词中亦有壮士,苏、辛也;亦有秋实,黄、陆也;亦有劲松贞柏,岳鹏举、文文山也。选词者兼收并采,斯为大观。若专尚柔媚,岂劲松贞柏,反不如夭桃繁杏乎!"③这条词论,表达的中心是不同的风格各有所长,在风格问题上,不可偏执一端,要兼收并采,才会有词坛上的丰富多彩、蔚为大观。这种宏通的风格取向是对当时词坛的一种反驳,朱彝尊为代表的浙派专宗南宋,造成了很多弊端,田同之反对这种狭窄的看法,他认为南北宋各有其妙。第十九条正是本着这样一种观点来评论南、北宋词的:"词始于唐,盛于宋。南北历二百余年,畸人代出,分路扬镳,各有其妙。至南宋诸名家,倍极变化。盖文章气运,不能不变者,时为之也。于是竹垞遂有词至南宋始工之说。惟渔洋先生云:南北宋止可论正变,未可分工拙。诚哉斯

---

① (清)田同之:《西圃词说》,见唐圭璋编:《词话丛编》,1449页,北京,中华书局,1986。
② (清)田同之:《西圃词说》,见唐圭璋编:《词话丛编》,1455页,北京,中华书局,1986。
③ (清)田同之:《西圃词说》,见唐圭璋编:《词话丛编》,1450页,北京,中华书局,1986。

言，虽千古莫易矣。"①赞同王士禛，反对朱彝尊，认为南北宋正变而无优劣，因此在取法上也就没必要只以南宋为尊了。

田同之还论述了诗词在同样风格多样的前提下，所具有的微小不同。第九条云："诗贵庄而词不嫌佻；诗贵厚而词不嫌薄；诗贵含蓄而词不嫌流露。之三者，不可不知。"②这就从风格上突出了词体的特异性，词体风格不是不能庄、厚以及含蓄，这是它与诗体相同的方面，但是，词体却可以佻、薄、露，这是诗体所不及的、所难言的。

最后，田同之论词还尚性情。《西圃词说》云：填词亦各见性情。性情豪放者，强作婉约语，毕竟豪气未除；性情婉约者，强作豪放语，不觉婉态自露。故婉约自是本色，豪放未尝非本色也。"③他把风格同词人的性情结合起来，是持平之论。关于婉约、豪放的问题，词论家历来纠缠，以婉约为本色的，对于豪放词即使"极天下之工，要非本色"，入清以来，已经有不少人对此做了批评，田同之将本色建立在性情说的基础上，摆脱了以往的纠缠，有廓清作用。田同之所说的性情和朱彝尊非常接近，在其"自序"中一段对于朱彝尊《红盐词序》的化用可以看出，但是田同之对朱彝尊还是有所扬弃，朱彝尊言性情前提是词是小道，田同之根据时代需要肯定了性情，但是扬弃了小道。

◎ 小　结

此时期，王朝呈现出两极化的倾向，一方面是四海升平，皇权统治达到极高的程度；另一方面表面的繁荣昌盛潜藏着涌动的暗流，士人感到的压抑

---

① （清）田同之：《西圃词说》，见唐圭璋编：《词话丛编》，1454 页，北京，中华书局，1986。
② （清）田同之：《西圃词说》，见唐圭璋编：《词话丛编》，1452 页，北京，中华书局，1986。
③ （清）田同之：《西圃词说》，见唐圭璋编：《词话丛编》，1455 页，北京，中华书局，1986。

自不必说，民间土地兼并、严苛的赋税等都预示着一个动荡时代的来临。

词坛以浙西词派为主，朱彝尊论词不取北宋，而厉鹗论词承朱彝尊，以幽隽为特色，并能兼取北宋，以厉鹗为核心的浙派词人群体，主要集中在浙江的杭嘉湖地区、江苏的苏州地区，以及在扬州一带寓居的皖籍人氏。而浙派的影响，也在"吴中"王昶手中达到全盛，其所编的《国朝词综》，是清代浙派词风总结性的、集大成式的编著。郭麐是浙派的总结人物，针对浙派的繁密、艰涩以及雅洁的空口号，郭麐由密返疏、尚流利，也代表着浙派后期的求变的努力，但是由于审美的惯性，这些努力终究失败，浙派的衰落也就自然而然了。

当然，浙西词派一家独大，也并不代表词坛是铁板一块，阳羡词风仍有流风余韵，如郑燮、蒋士铨等，中叶也有太仓诸王及无锡顾、杨二姓词人群体，脱离浙派牢笼，不为时风左右，构成了多元的词坛景象。

第十三章
雍正、乾隆年间的小说思想

雍正、乾隆年间，闻名的小说理论批评家有曹雪芹、脂砚斋、李绿园等，其他则有蔡元放、张书绅等。小说创作方面的成就最为引人注目，出现了《红楼梦》《儒林外史》两部名著，还有杰作《歧路灯》，以及颇有特点的《绿野仙踪》《野叟曝言》等。此一时期的小说思想，既来自对前人小说的整理与评点，更与作家个人独特的创作实践息息相关，做到了理论与实践的紧密结合，具有显著的时代特征。

◎ 第一节
概　述

与清前期相比，雍正、乾隆时期属于盛世，这时政治军事矛盾相对缓和，社会生活比较稳定，因此影响小说思想发展的主要因素，不再是重大的政治事件，而是基本来自文化政策方面。综括来看，有以下几点。

其一是禁书。这一时期的禁书，以清前期打下的基础和积累的经验为本，进而变本加厉，继续往深处、细处推进，自上而下形成了一个严明的体系，织成了一张严密的网。这最先体现在皇帝的诏谕上，雍正帝有两次诏谕，分别在雍正二年（1724）、雍正六年（1728）；乾隆帝有三次，分别在乾隆三年（1738）、乾隆十八年（1753）、乾隆十九年（1754）。乾隆十八年的上谕曰："满洲习俗淳朴，忠义禀乎天性，原不识所谓书籍。自我朝一统以来，始学汉文。皇祖圣祖仁皇帝欲俾不识汉文之人，通晓古事，于品行有益，曾将《五经》及《四子》、《通鉴》等书，翻译刊行。近有不屑之徒，并不翻译正传，反将《水浒》、《西厢记》等小说翻译，使人阅看，诱以为恶。甚至以满洲单字还音抄写古词者俱有。似此秽恶之书，非惟无益；而满洲等习俗之偷，皆由于此。如愚民之惑于邪教，亲近匪人者，概由看此恶书所致，于满洲旧习，所关甚重，不可不严行禁止。"①这段话溯本清源，措辞严厉至极。然而，正面分析看来，却是色厉内荏、虚弱无力。因为其把满洲习俗之坏归咎于读书学习，本身已是极为落后的文化观念；且明中叶以来，文坛已视《水浒传》《西厢记》等同于经史诗文，置这一新思想于不顾，更可以说对何为小说一概无知了。

紧跟着附和呐喊的是诸大臣的奏疏。乾隆朝有两例。分别是乾隆三年（1738）广韶学政王丕烈奏禁淫词小说；乾隆十九年（1754）福建道监察御史胡定奏禁《水浒传》。胡定之奏，指责《水浒传》"以凶猛为好汉，以悖逆为奇能"，非议金圣叹"恶薄轻狂""妄加赞美"，将《水浒传》定性为"教诱犯法之书"。②危言耸听，希冀博取政誉美名，私心作祟亦未可知。雍正朝不见载。不过，雍正六年的一则朝议更值得提出。护军参领郎坤在给皇帝的奏折中，援引《三国演义》，有"明如诸葛亮，尚误用马谡"之语。雍正阅后大为震怒，下谕将其"革职，枷号三个月，鞭一百发落"。③这是个很可笑的例子，然而颇能说明当时社会查禁小说，确已到了让人噤若寒蝉的

---

① 王利器辑录：《元明清三代禁毁小说戏曲史料》（增订本），43～44 页，上海，上海古籍出版社，1981。
② 王利器辑录：《元明清三代禁毁小说戏曲史料》（增订本），44 页，上海，上海古籍出版社，1981。
③ 王利器辑录：《元明清三代禁毁小说戏曲史料》（增订本），36 页，上海，上海古籍出版社，1981。

地步。

其二是文字狱。这一时期，文字狱爆发得最为频繁，成为清廷打击文人创作的最重要的手段。雍正帝在位十三年，兴文字狱近 20 次。乾隆帝在位六十年，兴文字狱大约 130 次，平均每年两次，真可谓达到了登峰造极、空前绝后的境地。[1] 推究其中原因，清政府在从实施文化统治到走向文化专制的道路上，经过几代皇帝不断摸索与总结，终于得出："禁"不如"狱"，文字狱显然比禁书的效果更直接。值得举出的文字狱，有雍正十年（1732）吕留良案，乾隆六年（1741）谢济世注大学案、乾隆二十二年（1757）彭家屏私藏明史案、乾隆二十二年（1757）陈安兆著书案乾隆等。因一般为诗文案件，此处不再详述。

禁书与文字狱两路夹击，前堵后追，看起来小说似乎无路可走了。然而，作为一种长期饱受歧视的文体，小说反抗偏见和压迫的能力是十分强大的，它的办法就是走民间路线。根据目前学界的认识，曹雪芹《红楼梦》最早的成书年代是乾隆二十七年（1762），最早的刊本是乾隆五十六年（1791）的程甲本，前后相距三十年的时间里一直以抄本流传，早期抄本有 12 种之多。吴敬梓（1701—1754）的《儒林外史》成书于乾隆十四年（1749）或稍前，初刻于嘉庆八年（1803），抄本传世超过了半个多世纪。蒲松龄《聊斋志异》完成于康熙十八年（1679），现存最早的刊本是乾隆三十一年（1766）赵起杲的青柯亭刻本，传抄接近一百年。最令人惊讶的是李绿园《歧路灯》，完稿于乾隆四十二年（1777），在清一代竟未能刊刻，仅以抄本相传，以至于埋没达两百年。而最能说明问题的，还是夏敬渠《野叟曝言》。此书于乾隆四十四年（1779）左右完成[2]，当时他随从幕游的官宦曾亟请付梓，但他却以"是书托于有明，穷极宦官权相妖僧道之祸，言多不祥，非所

---

[1] 参见郭成康、林铁钧：《清朝文字狱》，17、24 页，北京，群众出版社，1990。
[2] 赵景深：《〈野叟曝言〉作者夏二铭年谱》，见《中国小说丛考》，445～446 页，济南，齐鲁书社，1980。

以鸣盛也"①为由,拒不刊行。 自此至光绪七年(1881)最早的刊本面世,一百多年中唯以数量不多的抄本流传。 此按,抄本小说是中国小说史上十分值得关注的现象。 小说只能以抄本形式而不能以刊本形式出现,在一定历史时期可能是印刷技术问题,或是某些读者的个人爱好问题,也可以归因于作者无资无力刊行——这是最为遗憾的。但在雍乾时期,一切解释的理由都是苍白的。 当时诸多名作迫不得已采取抄本流传,这正是对统治者查禁小说之严酷程度的最直观的说明,以及一次集体的、无声的反抗。 清前期的作者用个假名、隐名,差不多还能刊刻,此时无论如何不敢公开出版,只能说明文化专制已经取代文化统治,真正彻底地建立起来了。

事实上,清代的皇帝不是不想看小说。 自宋金以来,受汉族文化的影响,女真统治者就对小说表现出非常浓厚的兴趣。 他们向宋朝勒索的战利品,除了土地金银,还包括小说艺人。 据《三朝北盟会编》(卷77)载:"金人来索……杂剧、说话、弄影戏、小说……等艺人一百五十余家。"满族是女真族的后裔。 这种对小说的喜好,在他们身上也有流传。 根据《啸亭杂录》《郎潜纪闻》《圣武记》等书的记载,努尔哈赤、皇太极等都喜欢通俗小说。 清崇德四年(1639),皇太极曾命大学士达海将《三国演义》翻译成满文,并颁布流传。 初入关的清朝统治者,在官办的"翻书坊"中又以满语翻译过《西厢记》《金瓶梅》等书。 对那些"疏节字句,咸中綮肯"的上乘译作,满人也是表现出"人皆争诵焉"的巨大热情。② 而据德国学者马丁·吉姆统计,有清一代,被译成满文的汉文小说至少有72部,除上述几部外,还有《水浒传》《西游记》《说岳全传》等。③ 小说具有娱乐功能。 既然如唐玄宗、宋仁宗等都喜欢读小说,清代的皇帝们怎么能拒绝呢? 只是特殊历史时期的特殊统治心理的体现,使他们高估了辽东小说、东南小说的社会唤醒作

---

① 丁锡根编著:《中国历代小说序跋集》下,1573页,北京,人民文学出版社,1996。
② (清)昭梿:《啸亭杂录》,397页,北京,中华书局,1980。
③ [法]克劳婷·苏尔梦编著:《中国传统小说在亚洲》,颜保等译,130~190页,北京,国际文化出版公司,1989。

用，从而把禁小说视为一场等同于政治斗争、民族斗争的文化斗争。其实，在内心里，他们也渴望小说能粉饰太平。

据统计，自康熙延至雍乾时期才子佳人小说有50余部。[1] 这一现象的出现应该不是偶然，而是小说正确应对现实选择、主动进行自我调节的结果。具体表现为：其一，这些小说强调以才正色，才为主导、色为附会。曾经影响一时的批评家天花藏主人[2]，在《飞花咏小传序》中说："蛾眉皓齿，莫非美人也。虽未尝不怡耳悦目，亦必至才高白雪，情重阳春，而后飞声闺阁，颂美香奁，倾慕遍天下也。"明确以"才高""情重"为美，非止以形貌肤色为美。《两交婚小传序》曰："色之为色必借才之为才，而后佳美刺人人心，不可磨灭也。"[3]色无才不美，才为主、色为副，方是佳人身份。以"才"为核心的叙述观念，使这些小说能够摆脱明代艳情小说的色情旧套，如西湖渔隐《欢喜冤家叙》公开借"圣人不除郑卫之风"为挡箭牌，鼓吹"作小说者游心于风月之乡"。[4] 这样就可以回避淫词艳语之嫌，不被官府查禁。

其二，多以误会、缘分与天意推动故事。例如，天花藏主人《画图缘序》曰："丝丝缕缕凑合成姻，此缘之所以为妙，天之所以为奇。"[5]他的《玉支玑》结尾诗又说："绝代佳人信有之，难于同地更同时，一朝才美相逢巧，敢夸千秋闺阁奇。"[6]不仅摈弃了艳情小说偷约、私奔的痕迹，而且能以缘抑情，小说以情感人的作用有所降低，从而减少了诱惑人心的口舌纷争。

---

[1] 参见苗壮：《才子佳人小说史话》，18页，沈阳，辽宁教育出版社，1992。苏建新：《中国才子佳人小说演变史》，309~312页，北京，社会科学文献出版社，2006。
[2] 按，关于天花藏主人的真实身份，学界有徐震说、张匀说等，不能确定。这里依据《金云翘传序》中，"及遭父难，则慷慨卖身，略不顾及"，"故一闻诏降，即念东南涂炭，臣主忧劳，殷殷劝顺"，"此又天之怜念其孝、其忠、其颠沛流离之苦，而曲遂其室家之愿也"等语，断定为乃是享平日久的一位文人，起码生活在康熙中后期。因其有招降劝顺之说，并且深感"室家之愿"重于"流离之苦"，故也。
[3] 丁锡根编著：《中国历代小说序跋集》下，1247、1249页，北京，人民文学出版社，1996。
[4] 丁锡根编著：《中国历代小说序跋集》中，819~820页，北京，人民文学出版社，1996。
[5] 丁锡根编著：《中国历代小说序跋集》下，1257页，北京，人民文学出版社，1996。
[6] （清）天花藏主人：《玉支玑》，202页，天津，春风文艺出版社，1985。

此外，因误会而产生爱情的叙事方式，"其事不出乎闺房儿女"（云水道人《巧联珠序》）①的写作立场，可以使小说逃避对现实生活的真实描述，从而也就自动避开了朝廷大事和政治形势，避免了因指摘时政而招致的惨痛灾祸。

其三，这类小说极重劝惩。蠡庵在《女开科传跋》中写道，读此书不觉拍案大叫曰："游戏三昧，已成劝惩。全书愤世绝俗，多半诙谐笑话。"游戏与愤世，均是清前期的小说所坚持的；劝惩与诙谐，则成为雍乾时期的小说特征。并形容小说的功能，"是济渡一世之宝筏，维持天下之瑶琛也"②。陈朗《雪月梅自序》亦云："因欲手辑一书，作劝惩之道。"点明作小说的直接目的就是为了劝惩。劝惩说的形成，显然是含有回应最高统治者诏谕精神的意思。

最后是科举制度。天下大局已定，故国之思逐渐消散，文人士子本可以把全部精力都放在读书中举上。但频发的科场案，一次次打击着他们的意志和精神，使他们的畏惧感、厌恶感与时俱增。康熙朝还相对宽松，如康熙五十年（1711）江南乡试案等大案并不多见。雍乾时期则渐收渐紧。发生的大案如雍正二年河南乡试案、雍正四年（1726）查嗣庭江西科场试题案、雍正十一年河南科场案；乾隆十二年（1747）胡中藻广西科场试题案、乾隆二十三年（1758）顺天案等。科场案主要针对文人士子，故成为他们受害的又一重灾区。同时，以《四书》为主的单调的考试内容、八股文的古板写作形式、中举与不中举带来的人生遭际和生活境遇的巨大差别，都在不同程度地影响着生员秀才们的情感与心态。在这种情况下，科举与小说发展的关系比以往历朝历代都要更加紧密，以至于小说创作的方式与内容、小说观念的变迁等，无不打上了科举的烙印。

从作者的身份看，大多是在中举出仕无望，不得已走上评著小说的道

---

① 丁锡根编著：《中国历代小说序跋集》下，1290 页，北京，人民文学出版社，1996。
② 丁锡根编著：《中国历代小说序跋集》下，1309 页，北京，人民文学出版社，1996。

路。如李百川（1714—1775）①、夏敬渠（1705—1787）②、陈朗（约1715—？）等都是。陈朗的话较有代表性，他说："惟念立言居不朽之一，生平才识短浅，未得窥古人堂奥。然秋虫春鸟亦各应时而鸣，予虽不克如名贤著述，亦乌能尸居澄观嘿不发一语乎？"他们的发语，多是不甘于"贫而在下"的生活窘况与无奈，借小说发泄胸中的科举之愤；而倘若"才情"过人竟不能中举、无人欣赏，则这种愤恨来得更激切。清前期的蒲松龄已开先声。天花藏主人《合刻七才子书序》曰："顾时命不伦，即间掷金声，时裁五色，而过者若罔闻罔见，奄忽老矣。欲人致其身，而既不能，欲自短其气，而又不忍；计无所之，不得已而借乌有先生以发泄其黄粱事业。"③黄粱出自唐沈既济《枕中记》，指中举之梦。美梦无法成真，故把所有的"立功"设想都形于笔下。"有时色香援引，儿女相怜；有时针芥关投，友朋爱敬；有时影动龙蛇，而大臣变色；有时气冲牛斗，而天子改容。凡纸上之可喜可惊，皆胸中之欲歌欲哭。"佳人之爱、朋友之敬、同僚之争、君臣之会，所有这一些都以中进士为前提，不中则一切都无从谈起。月岩氏《雪月梅读法》亦曰，作此书者，想其胸中，别有许多经济，勃不可遏，定要发泄出来。指出作者陈朗乃因一生困于棘闱，场屋不利，故借雍乾间东南海岸频遭国外殖民主义势力侵扰的事实，托之于明代嘉靖年间，虚构了一段英勇忠烈的平海寇故事。所以，小说文本中叙事情感的强烈变动，实际上是创作主体的满腔抱负积极进行内化的结果。

从作品的内容看，显著变化有两点。第一，科举题材成为一时之尚，产生了大量的科举小说。不愿意走科举之路的吴敬梓，创作的《儒林外史》便是典型代表。闲斋老人《儒林外史序》曰："其书以功名富贵为一篇之

---

① 按，李百川的生卒年，参见许隽超：《〈绿野仙踪〉作者李百川生平家世考实》，载《文学遗产》，2012（3）。
② 按，夏静渠的生卒年，参见王琼玲：《由〈浣玉轩集〉看夏静渠生平、著作及创作〈野叟曝言〉素材、动机》上，载《明清小说研究》，1996（4）。
③ 丁锡根编著：《中国历代小说序跋集》下，1245、1263页，北京，人民文学出版社，1996。

骨。"①点得极是透辟。其他小说类型，也难以割舍科举情结，如才子佳人小说多以中举收尾，并促成大团圆的美满结局，充分反映出昌盛年代的文人生活梦。第二，世情成为小说叙事的一大主题，产生了相当数量的世情小说（或云人情小说）。这是由于寒窗苦读与华堂歌舞对比明显，令广大文人饱尝人世冷暖，势必引起对人情演化之生态、世事变迁之规律的更多思索。浪迹生在《鸳鸯梦叙》中称稗官小说，"隐有人情世风在即"。小说以世情为新内容。佚名《快心编序》言，作品能"勘破种种世情"。②世情以小说为新工具。月岩氏《雪月梅读法》曰，是书随便送一礼、设一席，家常事务细微处，无不周到，纯是细心。小说与世情的结合，产生出当时文坛最为真实生动的新气象。

其四是学术思想。清前期，严酷的政治环境把文人逼向革命的道路，革命不成又逼向学术之路。著名的清初三大儒黄宗羲、顾炎武、王夫之，晚年均投身学问。不过，他们的研究是有锐气的，颇带有以学问为革命的精神。然而，随着雍正、乾隆时期的到来，越来越收紧的严酷的文化环境，逼使文人的学术研究生气渐少，纷纷把文献整理和史料考据当作躲避政治迫害和文化压制的"避风港"，从而走上考据的道路。复古学派的代表人物、倡导诗歌"肌理"说的翁方纲，曾质疑章学诚具有独创性的学术名著《文史通义》，"学业究何门路"？（章学诚《家书二》）③颇有不以为然的意思。桐城派领袖姚鼐（1731—1815）明确提出，古文写作要"义理、考据、辞章"并重。传统诗文受到考据之风的影响，小说创作也不例外。一时之间，作者将小说作为展示才学的途径，往往在小说中大谈知识学问，或是间接地通过笔下人物之口；或者干脆自己站出来，直接对某一古代文献、文义及字句进行考据。具体说来有如下三个方面。

其一，考据性内容大大增加。这一特点几乎表现在当时所有小说流派及

---

① 朱一玄、刘毓忱编：《儒林外史资料汇编》，255 页，天津，南开大学出版社，1998。
② 丁锡根编著：《中国历代小说序跋集》下，1276、1278 页，北京，人民文学出版社，1996。
③ （清）章学诚：《文史通义》，刘公纯标点，334 页，北京，古籍出版社，1956。

作品中。《红楼梦》第3回叙述贾宝玉初见林黛玉，以"颦颦"一语送她为字。探春便问何出，宝玉答出自《古今人物通考》。两个小孩子一问一答，满是考据的口吻，浸润之深令人感叹。《歧路灯》第101回叙谭绍闻、盛希瑷、娄朴三人，赴京赶考，一路谈论河南封丘、汲县以及河北邯郸、涿州等地的古事古迹，约占了一整回的内容。其中还谈到考据的原则说："考往探徂，贵于观其大，得其正，若求琐屑之轶事，是徒资谈柄学问，不足尚的。"①夏敬渠（1705—1787）《野叟曝言》更以考据见长。西岷山樵《序》载，夏氏在作此书时曾称："士生盛世，不得以文章经济显于时，犹将以经济家之言，上鸣国家之盛，以与得志行道诸公相印证。"②他认为，小说中出现的考据其实是文人士子的"经济家之言"，是不得志者的"鸣盛"之道。得道诸公以正经考据之学行于世；不能显志者，即使有种种学术著作，如夏敬渠有《经史余论》《全史约论》《浣玉轩诗集》《唐诗臆解》《医学发蒙》等，因位卑力弱，无法刊行，不得已方出之于小说中，借小说来流行于世。现在有研究者指出的"夏敬渠创作《野叟曝言》的目的之一，即是以小说存录其未能刊刻的作品内容"③，甚为入情入理。

其二，诞生了一个新的小说流派，即才学小说④。这是随着考据内容增多而产生的，然应该不单单限于考据。南宋赵彦卫《云麓漫钞》论唐传奇曰："盖此等文备众体，可以见史才、诗笔、议论。"⑤考据大致在议论的范畴，但史才、诗笔亦可称"才学"。庚辰本《红楼梦》第25回脂砚斋批："余所谓此书之妙，皆从诗词句中翻出者，皆系此等笔墨也。试问观者，此非'隔花人远天涯近'乎？"⑥小说"皆从诗词中泛出"，便是才学的一种表现，可称之为诗词化的才学小说，乃是受传统诗词文化影响的结果。张书绅

---

① （清）李绿园：《歧路灯》，739页，郑州，中州古籍出版社，1998。
② 丁锡根编著：《中国历代小说序跋集》下，1573页，北京，人民文学出版社，1996。
③ 王琼玲：《夏敬渠与野叟曝言考论》，368页，台北，学生书局，2005。
④ 按，才学小说的命名，乃据鲁迅《中国小说史略》第25篇《清之以小说见才学者》，参见鲁迅：《中国小说史略》，上海，上海古籍出版社，1998。
⑤ （宋）赵彦卫撰：《云麓漫钞》，135页，北京，中华书局，1996。
⑥ （清）脂砚斋评：《脂砚斋评批红楼梦》上，424页，济南，齐鲁书社出版社，1994。

于乾隆年间作《新说西游记》，曾称他批点《西游记》的宗旨，"只是教人诚心为学，不要退悔"。① 在他看来，《西游记》讲的其实是《大学》《孟子》中所包含的理学。总之，才学小说中所言的才学范围非常广泛。据记载，夏敬渠"英敏绩学，通经史，旁及诸子百家、礼乐兵刑、天文算数之学，靡不淹贯"②。可称一位饱学之士。所以，他所叙述的小说主人公文素臣便显示出一副知识渊博、学养深厚的模样，"十岁即工古诗，涉猎史子百家。十八岁游庠，后益事博览，精通数学，兼及岐黄、历算、韬略诸书"。③ 确乎成为夏氏博学多才的写照。具体到小说中，如第 78 回评讲三国人事、第 87 回论述《大学》《中庸》，都是对他学术著作的直接摘录。至于医术、算学等方面知识的摆弄，更是比比皆是。考据进入小说，历来颇受指摘。但也应该看到，这种叙事毕竟是当时文士真实生活的表现，有这样乐在其中的考据生活，自然会出现这样的考据化的才学小说。另外，这在一定程度上丰富了小说作为文体之王、兼备众体之长的特性，从而使长篇小说进一步走向无所不有、无所不包的百科全书型态势。

其三，小说叙事观念及手法发生变化。主要是对虚、实观念的再探讨。明人李日华《广谐史序》提出"虚者实之，实者虚之"，要求小说做到亦虚亦实，不脱不系，以达到"生机灵趣泼泼然"的叙事效果。④ 所言亦虚亦实，虚在实前，一是受谐谑类小说的性质限定，二是带有明中叶尚虚之风的痕迹。康熙年间刊刻钱彩的《说岳全传》，把这一虚实观念引到讲史小说中，并根据现实的需要和艺术的需要变为实在虚前。金丰《说岳全传序》曰："从来创说者，不宜尽出于虚，而亦不必尽出于实。苟事事皆虚，则过于诞妄，而无以服考古之心；事事皆实，则失于平庸，而无以动一时之听。"⑤ 诞

---

① 朱一玄、刘毓忱编：《〈西游记〉资料汇编》，322 页，天津，南开大学出版社，2002。
② （清）夏炜如、季念贻纂，（清）冯寿镜、卢思诚修：《光绪江阴县志》，见《中国地方志集成·江苏府县志辑 25》，496 页，南京，江苏古籍出版社，1991。
③ （清）夏敬渠：《野叟曝言》上，3 页，北京，中华书局，2004。
④ 黄霖、韩同文选注：《中国历代小说论著选（修订本）》上，176 页，南昌，江西人民出版社，2000。
⑤ 丁锡根编著：《中国历代小说序跋集》中，987 页，北京，人民文学出版社，1996。

妄的小说屡遭查禁已是事实，故文人不敢任意虚构；"考古之心"其时已具，故由此推动形成尚实之风。并且，讲史小说终须依凭史实而起，史实在先，虚构在后，因此追求亦实亦虚的叙事手法即成为必然。此书实的部分，叙不可调和的宋金对立、忠奸对立的矛盾，使它在乾隆年间被指为曲折反映了当时紧张激烈的民族矛盾，而遭到明令查禁。① 虚的部分，则引入奇幻之说和转世之说，如大鹏鸟临凡（岳飞）、女土蝠化身（兀术）之例；倘若把这样的写法与《红楼梦》中的木石前盟，以及褚人获《隋唐演义》、西周生《醒世姻缘传》中的两世姻缘联系起来，不可不谓为一时代之风。

沿尚实一路发展，蔡元放提出了"记事之书"说。蔡元放，本名蔡昪，字元放，号野云主人，江苏江宁（今南京）人，故又称金陵憨客、七都梦夫。生活在乾隆年间。曾评点《东周列国志》《水浒后传》，并重订增评《西游记证道书》，是一位很有影响力的小说批评家。《东周列国志读法》首则便指出，《列国志》的叙事观念不仅与神魔小说《封神演义》②《西游记》等有差异，亦与讲史小说《三国演义》不同，它是"有一件说一件，有一句说一句，连记实事也记不了，那里还有功夫去添造"。我们看到，同为历史小说，《隋唐演义》还大胆"添造"了隋炀帝、朱贵儿与唐明皇、杨贵妃的两世姻缘，至《东周列国志》竟一句一件也不敢"添造"了。抛开个人的主张偏好不论，这里面不能不考虑到文网越来越密的时局所导致的小说理论转型的直接效应。捕风捉影、脱离事实的描写，极易为当权者认为是有目的的和有意叙事，从而可以轻易罗织影射的罪名；纯是"记实事"则大可不必担心这一点。一句话，尚实的目的不过是为了逃避政治迫害。

沿虚构一路发展，出现了以神魔小说为代表的叙事观。康熙朝《第九才子书斩鬼传》（一名《平鬼传》《钟馗传》）的作者刘璋（1667—？）已有提出此一思想的苗头。其《飞花艳想序》曰："发想可以见奇，不必谓稗官野史不足阅也。"公开为小说的虚构性正名。又曰："如生奇想，天际飞来，虽水

---

① 清军"机处"编：《禁书总目》，131页，台北，广文书局印行，1981。
② 笔者按：其中叙三十六天罡、七十二地煞，以及道法魔术等，亦带有神魔小说的影子。

穷山尽而幻景出之。"①然而，人之遇花艳之奇，究不如遇鬼神更奇，"飞花艳想"之幻究不如"斩鬼"更幻。所以，《斩鬼传》的艺术成就明显超过了《飞花艳想》。同时代人黄越为《平鬼传序》曰："有可传，传其有可也；无可传，传其无亦可也。"此论可视为神魔小说的宣言。但是，鬼神魔怪之类为什么存在呢？他又说："且夫传奇之作也，骚人韵士以锦绣之心，风雷之笔，涵天地于掌中，舒造化于指下，无者造之而使有，有者化之而使无。不惟不必有其事，亦竟不必有其人。所谓空中之楼阁，海外之三山，倏有倏无，令阅者惊风云之变态而已耳。"②小说之作，固须考虑阅者"惊风云之变态"的接受效果，但作者何以托之于"自无而之有，亦且自有而之无"的叙述对象，尤其是值得深思的。这里的"无者造之而使有，有者化之而使无"一语，不免使我们想到《红楼梦》中反复强调的"假作真时真亦假，无为有处有还无"（第1回、第5回）那句话。当小说达到有无可以互化、真假可以互生的艺术境界时，一般的阅读者便无法考证，考证的基础和途径都自动消除了，如此无论当局者如何挖苦心思，也无法坐实借文字来害人的罪名了。可见，沉迷于神魔小说，抑或神道鬼的世界，亦是逃避现实、避免文字迫害的一种切实可行的有效方法。正如刘璋《斩鬼传自序》在谈到为什么写鬼时所说："若夫鬼，则无形，增之不见其长，减之不见其短，任意率笔，通无考证，此所以易画也。"③"无考证"，是无文字之灾。李百川《绿野仙踪自序》在谈到自己为什么"说鬼"时也说，如果要创作一部稍稍接触到社会现实的小说，"又虑灰线草蛇，莫非衅窦"；特别是"以穷愁潦倒之人，握一寸毛锥"来写，更易于被别人抓住把柄、指为有意讥刺和怨谤。所以他便选择"于《列仙传》内，添一额外神仙"，以这样"谎到家"（陶家鹤《绿野仙踪序》）④的文字，来达到让阅者无法找出"幽踪"而蓄意制造陷害的叙事目

---

① 丁锡根编著：《中国历代小说序跋集》下，1274~1275页，北京，人民文学出版社，1996。
② 丁锡根编著：《中国历代小说序跋集》下，1677页，北京，人民文学出版社，1996。
③ 丁锡根编著：《中国历代小说序跋集》下，1675页，北京，人民文学出版社，1996。
④ （清）李百川：《绿野仙踪》，818、815页，北京，人民文学出版社，1987。

的。《红楼梦》第 54 回，王熙凤谓贾母揭短才子佳人小说是"掰谎"；纪昀《滦阳消夏录六》提到"公一生无妄语，知确非虚构"，"小说稗官，亦不全出虚构"[1]，正式提出了"虚构"的艺术概念，开辟了对小说虚实关系的新认识。

◎ 第二节
李绿园的小说观念

　　李海观（1707—1790），字孔堂，号绿园，又称碧圃老人，祖籍河南新安。康熙三十年（1691）豫西大饥荒，祖父携家逃难至汝州宝丰县，遂为宝丰人。乾隆元年（1736）丙辰恩科乡试中举，然经年科名不顺，未能考中进士；年逾六十，选贵州印江知县，在任一年，便辞官还乡。著有小说《歧路灯》，以及《绿园文集》《绿园诗钞》等。《歧路灯》与《儒林外史》《红楼梦》，同为乾隆时代长篇小说的杰作，尽管它问世后流传范围不广，仅以抄本形式知于中原乡间，但在清代小说发展中的地位不容忽视。况且，李绿园兼具作者、论者双重身份，既是理论的倡导者又是自觉的实践者，他在《〈歧路灯〉自序》以及小说正文中，提出的小说观值得重视。

一、"愈失本来面目"：小说叙事的客观化

　　李绿园的小说活动，始于对前人小说观念的批判。这一点，颇与曹雪芹近似，说明小说在 18 世纪，的确显示出欲和 17 世纪决裂的坚定态度。

---

[1]　（清）纪昀：《阅微草堂笔记》，115、125 页，石家庄，河北人民出版社，1988。

《〈歧路灯〉自序》①（以下简称《自序》）认为，明末以来坊间佣袭"四大奇书"，不过冒其名而无其实，如《三国演义》，以陈寿《三国志》为本。当其时，社会上固为帝魏寇蜀之日。然寿以蜀仕魏，难免有故国感叹，遂在叙事中做出表面上"不得不尊夫曹"而实际"本左袒于刘"的姿态，直接导致言辞闪烁不定，令人难以捉摸。再传为演义小说，为着"便于市儿之览"的市场需要，此一倾向进一步增强，人物故事一溷再溷，"愈失本来面目"，皆演为"身在曹营心在汉"之例，离事实越来越远，从而造成鱼目混珠，使后来的读者不能据此认清历史。被誉为三国"第一人"的孔明是最典型的例子，他以澹泊宁静著称，具有无限"圣学本领"，《出师表》又自谓刘备付以托孤大事，"而演义则曰附耳低言，如此如此，不几成儿戏场耶？"把军国大事写成一种小孩过家家似的游戏场，把旷世"第一人"塑造成一个天真幼稚的小孩子，这样的人和事还有什么真实性可言？所以，在李绿园看来，小说不能为了追求叙事之奇与文之奇，而有意抹杀社会真实，完全不顾及实实在在的生活本真；小说不能单纯地追求超乎现实之上的艺术审美功能，而忽略合乎现实、在于现实之中的社会认识功能。那种带有强烈感情色彩、拒绝冷静与客观，任意扭曲社会"本来面目"的叙事态度，确实到了应该反思、检讨与批判的时候了。

如果说由于描写失实，《三国演义》还只是让人感到可笑，《水浒传》《金瓶梅》《西游记》则让人怵惕。李绿园论到，《水浒传》以"替天行道"的字样，美化历史记载中的"淮南盗"，结果引起"乡曲间无知恶少，仿而行之"，肆暴行虐，"流毒草野，酿祸国家"。《金瓶梅》"道其事之所曾经，与其意之所欲试"（又见《歧路灯》第90回），然"其意"盖过"其事"，丑化形容，反成"海淫之书"，于幼学童子危害不小。《西游记》取唐玄奘西域取经一事，"幻而张之"，变出"捷如猿猱、痴若豚豕之徒"来消魔扫障，为了

---

① 参见栾星编著：《歧路灯研究资料》，94～95页，郑州，中州书画社，1982。下引同此，不再注明。

宣扬佛法,不惜"惑世诬民"。这三部书分别运用美化、丑化和幻化的方法,使作品与所本之人事大大脱节,从而让读者无所适从,极易产生对社会现实的误认与误读,应该予以警惕并纠正。

此按,李绿园着眼于小说构造现实生活的能力,强调小说要使读者获得有关社会真实的认知,通过真切实际的认知内容来感染人,而不是通过理想的和有共鸣的审美形象来感动人,这一观点摈弃了金圣叹、毛宗岗、张竹坡等人欣赏"左国、史迁之文"的一贯做法,无疑是对小说理论的一种发展。因此,他虽然站在保守的立场,对"四大奇书"的批判过于激烈,甚至否定它们具有正面而积极的社会认识价值,但是倘若据此称他是"贬低小说的小说家"[①],则走向了问题的另一个极端。世上并没有完全合理的小说观念,也不存在没有缺点的、不能再进行修正的小说。小说的不断发展,其实是一代又一代的小说家不断拿不同的材料和想法来做小说实验的结果。通过总结"四大奇书"的艺术经验,李绿园自认为已经找到了明代作家尚未发现和写到的材料,尚未产生和运用的想法。所以,他所理解的"小说",才显示出与前人的很大不同。

李绿园是一位非常诚实的作者。他在《〈歧路灯〉自序》中评价自己的小说,"前半笔意绵密","后半笔意不逮前茅"。后半较前半艺术价值有降低,原因在于前半写于壮年精力旺盛之时,中间"辍笔者二十年",后半草成于晚年心智减损之际。所以,他恳请"识者谅我桑榆可也"。能够公开承认自己创作的不足以及作品存在的缺点,这样的作家此前还未出现过,即使放在整个小说史上也并不多见。这种极为坦诚的创作态度,使李绿园有勇气站出来说:

> 空中楼阁,毫无依傍,至于姓氏,或与海内贤达偶尔雷同,绝非影射。若谓有心含沙,自应坠入拔选用舌地狱。

[①] 王先霈、周伟民:《明清小说理论批评史》,542页,广州,花城出版社,1988。

《歧路灯》是一种老老实实的创作。既不像《三国演义》《水浒传》《西游记》，皆依傍史实，也不像《金瓶梅》含沙射影，它完全出于李绿园的个人虚构。即使与同时期的两部长篇比，《儒林外史》采用纪传体结构，有《史记》《水浒传》的痕迹。清人黄富民《序》曰："篇法仿《水浒传》。……是书亦人各为传，而前后联络，每以不结结之。"①《红楼梦》带有《金瓶梅》的影子。第13回脂砚斋眉批："写个个皆到，全无安逸之笔，深得《金瓶》壶奥。"②唯有《歧路灯》，无论是结构题材还是篇法人物，都未存心模仿别人，而是以我为主，坚持自我写作，走出了一条踏踏实实的独立构思之路。在中国长篇小说创作中，这是第一次，是非常具有开创意义的。朱自清先生曾经称，《歧路灯》"是中国旧来唯一的真正长篇小说"③。这个观点虽是"单论结构"，然从"空中楼阁，毫无依傍"的彻底的独创性上论，也是能站得住脚的。

李绿园在创作中坚持有一说一、有二说二，绝不片面夸张。他否认那种借笔下人物的"姓氏"做文章，或雷同或影射，通过指桑骂槐、借东说西来达到发泄作者个人情感的叙事方式。为彰明此论，他甚至用"坠入拔舌地狱"这样的毒誓，宣称自己的创作绝非"有心"针对他人，自己的小说绝不包含个人情感，而是十分冷静地、客观地对整个社会现实进行描述。应该看到李绿园这种主张纯写实的创作意旨，事实上也与《儒林外史》《红楼梦》有很大差别。吴敬梓、曹雪芹都有意把小说写成是自己的"自况"与"自道"④，视小说主人公为自己的化身或影子，自然难免在作品中倾注强烈的

---

① 朱一玄、刘毓忱编：《儒林外史资料汇编》，281页，天津，南开大学出版社，1998。
② （清）脂砚斋评：《脂砚斋评批红楼梦》，224页，济南，齐鲁书社，1994。并按，关于《红楼梦》与《金瓶梅》的关系，今人也多有论及，如苏曼殊曾说："论者谓《红楼梦》全脱胎于《金瓶梅》，乃《金瓶梅》之倒影云，当是的论。"参见朱一玄编：《红楼梦资料汇编》，853页，天津，南开大学出版社，2004。
③ 《〈歧路灯〉论丛》第一集，11页，郑州，中州古籍出版社，1982。
④ 按，金和《儒林外史跋》："书中杜少卿乃先生自况，杜慎卿为青然先生。"参见朱一玄、刘毓忱编：《儒林外史资料汇编》，280页，天津，南开大学出版社，1998。江顺怡《读红楼梦杂记》谓作者乃"自道其生平"。参见一粟编：《红楼梦研究资料》上册，208页，北京，中华书局，1964。

个人感情色彩。脂砚斋《凡例》有言:"字字看来皆是血,十年辛苦不寻常。"①吴、曹二人在叙事中的确做不到冷静客观。以作者的身份不时干预叙事者的叙述行为,在小说中是很多见的。《歧路灯》立足写"他人",叙述谭绍闻、盛希侨两个浪荡败家子的改邪归正,与作者本人并不相干。自然可以采取严谨求实的叙事态度,还原一切事实的"本来面目",而不存在出于作家主观立场上的美化、丑化及幻化。

当然,要说李绿园自始至终都不曾在作品中露面,没有表现和流露自己的情感倾向,未免把他和他的小说绝对化了。古代章回小说的一个写作特点是作者常常在回末站出来发表评论,李绿园亦然,如第56回叙塾师智周万因貂鼠皮诬陷辞馆,回末曰:"智周万则有我偌大年纪,焉有这事,此等语岂非下乘哉!"②这里的"我",即李绿园本人。他直接替"经纶满腹"的智周万辩护,批驳"匪类"(第55回)貂鼠皮之流的卑鄙行径。这种写法,一方面是受《史记》中"太史公曰",以及宋代说话艺术建立起来的,以艺人主体为主导的叙事传统影响,使得古典章回小说作家不可能在小说叙事中不见踪影,完全隐身。所以,即如强调客观的李绿园,也经常忍不住"以他本人的面目"③出现在叙事文的本文情境中。另一方面李绿园的小说观与同样强调客观的19世纪欧洲批判现实主义小说还是有区别的。法国作家福楼拜(1821—1880)在谈到自己的艺术理想时曾说:"我以为就不该暴露自己,艺术家不该在他的作品里面露面,就像上帝不该在自然里面露面一样。人算不了什么,作品才是正经!"④本着不露面的零度叙事原则,他在《包法利夫人》中塑造了女主角的堕落与自杀,从而实现了对社会现实的彻底批判。《歧路灯》同样着意于叙述一个良家子的堕落。但是,在作品的"后幅"却

---

① (清)脂砚斋评:《脂砚斋评批红楼梦》,"凡例",济南,齐鲁书社,1994。
② 按,本文引用《歧路灯》原文,均据(清)李绿园:《歧路灯》,郑州,中州古籍出版社,1998。只注回目,不注页码。
③ 张寅德编选:《叙述学研究》,270页,北京,中国社会科学出版社,1989。
④ [法]福楼拜:《书信选》,见伍蠡甫主编:《西方古今文论选》,250页,上海,复旦大学出版社,1984。

笔锋突转,描写堕落者的幡然醒悟和改悔过程。这就使作者在达成对社会现实进行无情批判与揭露的同时,又十分含蓄地表达了自己一度隐蔽起来的鲜明爱憎之情。

二、"作文有主从,稗官小说亦然":小说创作个性的加强

李绿园是一个非常具有创作个性的作家,他与曹雪芹一样,都力求小说不落俗套,要写出真正属于自己的特色。例如,第22回叙戏主茅拔茹带着戏子九娃,与帮闲夏逢若在谭绍闻家吃酒唱戏,有一句评语:"若是将这些牙酸肉麻的情况,写的穷形极状,未免蹈小说家窠臼。"意思是说,像这种为正经读书人所不齿的事情,其他小说已经有很多描述,《歧路灯》本意不在于此,故不必不惮其烦地详细叙述。第24回叙谭绍闻狎私妓红玉,写道:"一个章台初游之士,遇着巫山惯赴之人,何必深述。"第108回叙谭篑初与薛全淑洞房花烛,"二更天气,垂流苏压银蒜六字尽之,不敢蹈小说家窠臼也"。士子妓女、男女夫妻欢爱云雨之事,乃艳情小说之长。《歧路灯》对此不进行"深述",适可而止,即意味着拒绝沿袭艳情叙事的老路,而谋求另创一条新路。第107回叙谭绍衣做了河南巡抚,力行善政,有评曰:

> 这些善政,作者要铺张扬厉起来,不仅累幅难尽,抑且是名臣传,不是家政谱了。作文有主从,稗官小说亦然,只得从了省文。

小说不是历史传记。史书中有"名臣传",可以详细铺叙他们辅国治世的善行仁政。《歧路灯》虽然叙及名臣,但它立意在"家政"之间,意欲谱写一曲前人未有述及的家道衰而复兴的新篇章。因此,文字或主或从,皆视其是否与此一"家政谱"的意旨相合。合者为"主",需详述;不合者为"从",故略述。

例如,第81回叙谭绍闻集债如猬,不得已听了夏鼎之策,砍伐祖坟上大

树卖钱抵债，结语处道："嗣后木工如何坟上发锯，土工如何在坟上挖坑，灵宝公贤令宰也，为贤者讳，不忍详述了。"谭绍闻祖上曾经做过灵宝知县（第1回），不想到他这一代（第六辈曾孙），既嫖又赌，致使家势败落，竟要靠祖坟之荫来还债。此情此景，简述一笔即可以达意，不必津津乐道，不为"贤者"隐讳，且于堕落者亦殊"不忍"。据此可知，李绿园作《歧路灯》最重要的是叙述书香世家子弟走上"歧路"的原因与过程，从而为这样人家的"家政"点亮一盏指路明灯。全书之密钥，当在第12回谭孝移临终前留给13岁幼子的八个字："用心读书，亲近正人"。他说："守住这八个字，纵不能光宗耀祖，也不至覆家败门；纵不能兴家立业，也不至弃田荡产。"然而，他死后，无人监护的端福却像贾瑞看"风月宝鉴"一样，完全走向了反面，不读书而去赌博狎妓养戏子，不近正人而亲小人匪类。最终把家产挥霍一空，销蚀殆尽。所以，本书从第13回至第81回着意突出的其实是帮闲篾片、地痞恶棍之匪人，私窠戏子之"贱人"，常见的场景是赌博、狎妓和听戏，这些人和事如何引诱世家子弟一步步走向堕落；虽然间写正人君子的清谈、饮宴、友情互助等，但只作为反衬和点缀。这样的写法和内容，此前小说是没有过的。《水浒传》提到"不通文墨的人"（第14回）喜赌博，然并未刻意强调赌博害人败家的严重程度。① 《金瓶梅》叙西门庆包养妓女，与应伯爵等结交，虽云"又会赌博"（第1回），却并未特意提及个中情景，尤其是没有把此类事情视作败坏良家子弟的根本原因和反面典型。《红楼梦》第47回叙柳湘莲"原是世家子弟，读书不成"，"赌博吃酒，以至眠花卧柳，吹笛弹筝，无所不为"。② 赌博狎妓是结果，并不作为柳湘莲家道衰落的原因；特别是并不以赌博为害，反视作柳湘莲放荡不羁的豪侠性格的表现。可见，其他小说未注意之处，恰是《歧路灯》的立足之处；其他作品轻描淡写略略叙述的，《歧路灯》反而要铺张渲染极力详述。

---

① 按，《水浒传》有多处叙及赌博。例如，第5回大相国寺菜园附近泼皮破落户赌博；第14回阮小七因赌博输钱晦气；第34回石勇"日常只靠放赌为生"等。
② （清）曹雪芹、高鹗：《红楼梦》，585页，北京，人民文学出版社，1980。

李绿园这种自觉追求个性化叙事的创作精神，努力彰显小说文本的主体性质，做到与他人不相同不重复而有创新，反映在叙事话语的锤炼上，就是力避前人崇尚文法的俗套，而追求质朴。他在《家训谆言》中说，写作就像"盖房屋，制器皿"一样，"皆不可用雕刻匠役，总以朴坚为贵"。①即不作精细的加工与修饰，有什么就用什么，是怎样就写成怎样。他不喜欢因语言藻饰而使文风艳冶，也放弃了"四大奇书"常见的通过点缀诗词曲赋而使作品产生无限风韵的一贯做法。《性理粹言跋语》曰："近今学者，圣时隽异，不乏其人，率皆疲力于辞章藻缋，而性理一编，或且迂而置之，即肄业及之者，率以寻摘为弋科名计，则亦昧于知本者矣。"②作家的才华，不能徒力于驰骋辞章而不顾性理，亦不能困于时文场屋，"寻章摘句老雕虫"（李贺《南园十三首》），昧本失根，沽名钓誉。《〈绿园诗钞〉自序》又说："余生平最喜孟郊'临行密密缝，意恐迟迟归'，王建'三日下厨房，洗手作羹汤'，朴而弥文，读之使人孝悌之心，油然于唇吻喉臆间。"③既质地朴实，写出生活原样；又能见出文采，传达出深情厚谊，方是最好的文章。

　　据此，李绿园猛烈批评那种只强调文采与文法，而忽视作品之根柢是否朴质纯实的做法。第11回叙塾师侯冠玉教端福读《绣像西厢》，曰：

> 那是叫他学文章法子。这《西厢》文法，各色俱备。莺莺是题神，忽而寺内见面，忽而白马将军，忽而传书，忽而赖柬。这个反正开合，虚实浅深之法，离奇变化不测。

又说要与他讲《金瓶梅》，"那书还了得么！开口'热结冷遇'，只是世态炎凉二字。后来'逞豪华门前放烟火'，热就热到极处；'春梅游旧家池馆'，冷也冷到尽头。大开大合，俱是左丘明的《左传》，司马迁的《史记》脱化

---

① 栾星编著：《歧路灯研究资料》，151页，郑州，中州书画社，1982。
② 栾星编著：《歧路灯研究资料》，92页，郑州，中州书画社，1982。
③ 栾星编著：《歧路灯研究资料》，93页，郑州，中州书画社，1982。

下来。"侯冠玉的看法，显然是受金圣叹、李渔、张竹坡影响。但在李绿园看来，读书不从《五经》开始，受了八股取士重视文法的影响，于文章只看法则，不识性理，便不能移人化人。如侯冠玉，"语言甜俗，意味粗浅"，甚少"中藏"，分明是缺乏修养，是一个俗不可耐的人。在他的教导下，端福"虽在案上强作哼唧，脸上一点书气也没有"。反倒为《西厢记》《金瓶梅》所害，渐渐生了"邪狎之心"（第19回）。小说尤其描写谭孝移一开始不知《金瓶梅》为何书，及至打开一看，"猛然一股火上心，胃间作楚，昏倒在地"，犯了胃脘疼痛病，躺在床上，"呻吟之声不绝"。这个夸张的细节颇令人惊讶。然李绿园以小说来反小说，通过打倒一种小说观念来推行自己的新的小说观念，似乎也在情理之中。

《歧路灯》第56回，借智周万与谭绍闻的谈话，又提出小说语言应以"切"为上。何谓切？就是要求直书其事，切近事理，贴近现实，尽量做到与生活本身密合无二。智周万写了一首戒赌诗，自评"语质词俚，却是老妪能解"。谭绍闻说，这样的诗"不过为下等人说法，但求其切，不必过文"。意为不追求文采，不以绮言俪语修饰，不讲文法，只以应景切合实际为是。倘能三言两语点出参与赌博的恶劣下场，如"强则为盗弱为丐"，能让从者警醒，便是良箴，何必用什么"横云断山法"呢？第105回谈到官府请幕友，人品须端正，文字须清顺、畅晓。写书札，要尽量避免"春光晓霁，花柳争妍"之类的修饰语，减少甚至不用"额贺，额贺"之类酸腐庸俗的客套话。写告示，更应该心里想着预设的读者，即不识字的百姓，"试想百姓尚不认的字，如何懂的'噬脐'文意？告示者，叫百姓们明白的意思，就该妇孺可晓，套言不陈。何故单单叫八股秀才读《盘庚》上下篇？"也是强调以切为上，去虚存实，去伪存真。

谭绍闻又请智周万将恋妓病痛，亦作一箴铭。智周万认为，狎妓之事，难以用切语道出，"不切则辞费，切则伤雅"。此等事体终归语涉淫媟，不求"切"则须委婉含蓄，拖泥带水，颇费词章周折，偏离了质俚朴实的基本要求；求"切"则不免满纸"秽词污语"，有悖"师弟之间"温文尔雅、贤良敦厚的道德风尚。智周万还引用唐代诗人白居易，借《古诗十九首》"皎皎河汉女"的诗句，为长安妓阿软的女儿取名"皎皎"，暗讽不知是"何"汉子之女的故事，来提醒谭绍闻恋妓宿娼之罪祸（此按，白居易为诗倡浅易直切之风）。因而，这里实际上隐约透出李绿园"但求其切，不必过文"的主张，乃是承自白居易。白氏《新乐府并序》云"言直而切"，声称"为君、为臣、为民、为物、为事而作，不为文而作也"。① 要求诗歌应抒写日常生活琐事，吟咏人人可见可感的寻常事物，"务言人所共欲言"，而非尚奇逐异等"人所不敢言"②。观《歧路灯》所载，大致如白居易《与元九书》中所提倡的，皆是身边"一时一物""一笑一吟"，"率然成章"③。既没有"四大奇书"中鬼神变异之类的虚幻描写，也不像《儒林外史》传写市井奇人，《红楼梦》讲述口含顽石的"新闻"，可称小说中以平实简易见长的"白乐天体"。

三、"培养天下元气"：劝诫小说发展的极致

李绿园既批判"四大奇书"，欲与旧的小说传统决裂，那么他自己要做成一种什么样的小说呢？《自序》谈到：

> 余尝谓唐人小说，元人院本，为后世风俗大蛊。偶阅阙里孔云亭《桃花扇》，丰润董恒岩《芝龛记》，以及近今周韵亭之《悯烈记》，喟然曰：吾故谓填词家当有是也。藉科诨排场间，写出忠孝节烈，而善者自卓千古，丑者难保一身，使人读之为轩然笑，为潸然泪，即樵夫牧子厨妇爨婢，皆感动于不容已。以视王实甫《西厢》、阮圆海《燕子笺》等出，皆桑濮也，讵可暂注目哉！因仿此意为撰《歧路灯》一册，田父所乐观，闺阁所愿闻。

---

① （唐）白居易：《白居易集》，41页，长沙，岳麓书社，1992。
② （清）赵翼：《瓯北诗话》，霍松林、胡主佑校点，36页，北京，人民文学出版社，1963。
③ （唐）白居易：《白居易集》，427页，长沙，岳麓书社，1992。

这里点出,《歧路灯》的创作乃是受同时代三部戏剧的影响。《桃花扇》暂置不论,《芝龛记》为河北董榕作,演述明朝末年传奇女子秦良玉忠于朝廷,征讨判军的故事。《悯烈记》又名《中州愍烈记》,为江西周埙(1714—1783)作,演述河南延津农妇卢氏的节烈事迹。李绿园认为,这几部戏剧能"藉科诨排场间,写出忠孝节烈",感动樵夫牧子、厨妇爨婢,于世情大有裨益。不像唐人小说和元人院本,专以传写《莺莺传》《西厢记》之类,有文无质、偷香窃玉,诱导不求性理、缺乏根柢的青年男女,为了爱情不顾一切,成为风俗之大蠹。因此,李绿园从一个理学家的立场出发,倡导小说创作应该像朱熹的理学思想一样,扬善罚恶,"善者可以发人之善心,恶者可以惩创人之逸志",从而能"于纲常彝伦间,煞有发明"。

《歧路灯》第101回,叙谭绍闻、娄朴、盛希瑗三人赴京北闱,过邯郸城经"黄粱梦"游卢生庙,讨论此一地名是否为《枕中记》中所言,是否"果有其事"。娄朴答曰:"小说家言,原有此一说。但卢是范阳之卢,这梦在长安地方。俗下扯在这里,加上些汉钟离、吕洞宾话头。要之也不论真与不真,庙修在大路边上,正可为巧宦以求速仕者,下一剂清凉散,也好。"指出无论小说还是其地其事,都不在"真与不真",而在有意为"巧宦以求速仕"者做针砭,以清凉之药剂,冲散趋炎附势、梦想飞黄腾达之热衷,于天下士子之仕进是大有裨益的。

由上可见,李绿园以小说为劝惩,他的小说即属于在清代颇有市场的劝诫小说。需要点明的是,李绿园与曹雪芹是截然相反的。李绿园以劝诫教导为主,曹雪芹以"适趣解闷"(《红楼梦》第1回)为上;李绿园视小说为"家训谆言",曹雪芹把小说看成闲书闲文。乾隆抄本《歧路灯》卷首有李绿园《家训谆言》81条,过录人曾从学于李绿园。其题语曰:"学者欲读《歧路灯》,先读《家训谆言》,便知此部书籍振聋发聩、训人不浅,非时下闲书所可等伦也。"又声言:"乃乡间又不通书理者,贪看闲书而假冒识字之名,只像实有其人,凡类是而欲借此书者,尽行打脱,以留为有目之共赏耳。"《歧路灯》能振世训人,绝非《红楼梦》之类闲书可"等伦"。并批评

"贪看闲书"者不过假冒识字之名,其实不通书中为人处世的道理,此等读者是没有资格来借阅《歧路灯》的。平心而论,每一位作家的小说观念都不一样。如果从曹雪芹的立场看,像《歧路灯》这样的劝诫小说,一味奢谈性理,而不是"大旨谈情",恰恰走向《红楼梦》的反面,成为他批判厌恶的"理治之书"。

然而,一种小说有一种小说之特色。就劝诫小说而言,李绿园《歧路灯》还是非常具有代表性的,可以说达到了这一文体艺术的极致。具体表现在以下三个方面。

其一,劝诫的对象确定为少年。《歧路灯》之于中国小说的最大发明,是把小说的叙述对象确定为"少年"。为中国正在成长的少年一代写一部大书,这是李绿园的初衷。小说开篇即言:"话说人生在世,不过是成立覆败两端,而成立覆败之由,全在少年时候分路。"(第1回)少年是人生的基础与关键。人生的成败,莫不在少年时期做着准备。少年走正路,则一生成就可期;少年走邪路,则一生败落可知。这是个十分浅显而人人共知的道理,贵在李绿园以小说艺术的形式反映出来,难在小说史上第一个认识到并且做到。

从劝惩的叙事观念出发,写一个少年正而后成,与写一个少年邪而后败,这种单线型叙事劝诫意义都不甚大。写一个少年先正后败,与写一个少年先邪后成,如此复合型叙事方具备一定的劝诫价值,而又以后者大于前者。进一步说,设想一个普通人家的少年起先不走正路,其劝诫性质自然无法与设想一个世家子弟不慎误入歧途相比。而且,论其瞬间跌落之势,各方面资质突出者总比平庸者,来得更为感人。李绿园的选择就是如此。他把这个少年设定为"一家极有根柢人家,祖、父都是老成典型"的,"一个极聪明的子弟"。① 因此,从对象的确定开始,李绿园已经有意识要把小说的劝诫功能发挥到最大。

---

① 按,着重号为笔者加。

例如，第22回叙谭绍闻这个本该走读书科举之路的世家子弟，竟去结交匪人，且收个戏子来做干儿子。回末论曰："子弟切莫学世路，才说周旋便浊污；偎依父兄师长前，此外那许多一步。"世家子弟正经应走书山之路，素日以经史帖括为伴，偎依父兄师长之前，不出书房半步。然谭氏子幼年丧父，母亲纵溺，又无师长管教，不能正心读书，所以着了小人"学世路"的恶道，整日往来周旋，呼朋唤友，供戏吃酒，身心浊污损害、失却清雅高洁之相不说，也使整个家庭陷入岌岌可危的境地。第58回叙谭绍闻参与聚匪赌博，差点为人告发而吃官司。李绿园对此最是痛恨。《家训谆言》云："予观近今人家之败，大率由于赌博。"[1]视赌博为败家之首。故在回末插入大段议论，说少年学生定要择地而蹈，守身如玉，千万不可踏入赌场之地。并说小说之所以反复描写赌博之事，无非以此提耳谆言、一片苦心，"要有福量的后生阅之，只要你心坎上添上一个怕字"，绝不是为了生趣取笑、闲情解闷之故！又缀一诗曰："草了一回又一回，矫揉何敢效《金瓶梅》；幼童不许轩渠笑，原是耳旁聒迅雷。"《歧路灯》叙少年学生不务正业，"不惮穷形极状"，并不像《金瓶梅》一样为文法而文法，而是为劝诫而不得已为之的一种艺术。

其二，劝诫的主题定位于走正道。劝诫小说固然要惩恶扬善，且一般多流于善恶报应，尤其要借助道教、佛教鬼神精怪等虚幻形象以及虚妄之谈来实现。但在《歧路灯》中，一切迷信因果都不存在，自然就消退了浓重的说教意味；完全是现实的、可以发生在每一个读者身边的人物故事，因而带有鲜活的质感，增强了劝诫的真实性，效果也就更为突出。特别是这里的善恶标准，不再是抽象的道德教条的演绎，而是关于谋生之路的正与邪的严酷斗争，是正者的极为痛苦的眼泪，和邪者所暴露出来的血淋淋的黑暗现实。走邪路者，诱人害人，最终也将害己，身遭其报，如夏鼎、张绳祖等一帮地痞流氓均以惨淡收场。走正路者，以读书仕进为业，小人

---

[1] 栾星编著：《歧路灯研究资料》，142页，郑州，中州书画社，1982。

不近，邪物不侵，虽则一时不慎，踏进歧路，流同匪类，殆将害己害家，然凭着一点灵犀和一片祖荫，终能改正，洗去一切污泥尘垢，回归正途。正道与歧路、邪路的较量，使得小说能够抛开一个封建士大夫的狭隘立场，可以离开它所产生的那个时代，从而具有超越时代与个人的永远的认识意义。

其三，劝诫的最高目的是"培养天下元气"。劝诫具有多层面性。从小处看，一言一行的改变，一品一德的改善，均可称之。从中间看，忠臣孝子、义士节妇，无不当之。第36回评王中诗曰："忠仆用心本苦哉，纵然百折并无回。漫嫌小说没关系，写出纯臣样子来。"不仅历史演义、英雄传奇可以塑造忠臣烈士，而且日常生活题材的小说，也可以很轻松地写出忠贞侠义的模样，为世人楷则。这两层，一般劝诫小说都能做到。不过，从大处看，"培养天下元气"——却少有作品能注意或不容易做到。根据第90、91两回，围绕苏霖臣所刻《孝经》的讨论可知，首先，这种"元气"须"为天性人所自有"的一种朴正纯良之气。人人皆有，天性不免，旨意醇厚，故可感动每一个人、天下所有的人。而不像"诲淫"（《金瓶梅》）、"诲盗"（《水浒传》）之作，只限于一部分人。其次，须为天下人着眼，做到语言通俗，能让五尺童子可读，为"妇稚所共喻"。而不像博雅文字，仅有饱学宿儒能解。最后，须为培养立意，做到事例真实，为人人深信不疑，只要躬身践行便有莫大收益。不似坊间装神弄鬼、胡编假造之作，无法取效。还要如古人左图右史之样，做到图文并茂，和气化人，以使人迅速移情换性。具备以上三点，所以能如老儒程嵩淑言，"老哥这部书，乃培养天下元气"；平生只知看戏的巫翠姐说，"这本书儿，叫人看着喜欢"；孀妇老樊说，"所以感人之速，入人之深，有似白乐天的诗，厨妪能解"。对苏霖臣《孝经》的这些评价，应该视作李绿园本人对《歧路灯》的艺术要求，当然也成为劝诫小说发展的最高境界。

◎ 第三节

曹雪芹、脂砚斋的小说思想

18世纪,中国小说思想发展的最大贡献,是曹雪芹《红楼梦》的问世。以及随之产生的脂砚斋对《红楼梦》的评点。曹雪芹(1715—1763)[1],名霑,字梦阮,号雪芹、芹圃、芹溪居士。为满洲正白旗人"包衣"人,与清皇室关系密切,曾在宗学当差。早年家庭两遭巨变,生活地由南京迁到北京,也由一个"锦衣纨袴""饫甘餍肥"的贵族公子哥,变为与"蓬牖茅椽,绳床瓦灶"(甲戌本《凡例》)[2]为伴、"举家食粥"(敦诚《赠曹雪芹》)的贫困士,"竟坎坷以终"(敦诚《鹪鹩庵杂志》)[3]。

脂砚斋,其事迹无可考。甲戌本第1回眉批:"今而后惟愿造化主再出一芹一脂,是书何幸,余二人亦大快遂心于九泉矣。甲午八月泪笔。"一般认为,脂砚斋是曹雪芹的密友或至亲。他对《红楼梦》的评点,是促使这部旷世巨著得以完成的重要因素。现在红学界简称的"脂评",署名包括脂砚斋、畸笏(叟)、常村(棠村)、梅溪(孔梅溪)、松斋、杏斋、玉蓝坡、立松轩、鉴堂、绮园、左绵痴道人等。评点所属时间跨度较大[4]。从整体上看,它们与曹雪芹的思想相互表里,构成小说创作与批评交响协奏的一道亮丽风景。

---

[1] 按,曹雪芹的生年有乙未(1715)、甲辰(1724)二说。卒年有壬午(1762)、癸未(1763)、甲申(1764)三说。这里采用乙未至癸未说。
[2] 按,本文引用脂砚斋批语,均据(清)脂砚斋评:《脂砚斋评批红楼梦》,济南,齐鲁书社,1994。只注回目,不注页码。
[3] 一粟编:《红楼梦资料汇编》上册,1、6页,北京,中华书局,1964。
[4] 按,脂砚斋批语多在甲戌年(1754)、己卯年(1759),畸笏叟评语多在壬午年(1762)、丁亥年(1767)。

一、"着意于闺中":小说审美重心的转变

曹雪芹在《红楼梦》第 1 回"甄士隐梦幻识通灵,贾雨村风尘怀闺秀",借石兄与空空道人的谈话,对明清时期较为流行的几种小说创作观念提出了批评。他认为,历史演义小说虽然"朝代年纪、地舆邦国"一一可考,给人以极为真实之感,但可一而不可再,同一朝代的题材写来写去,极易"皆蹈一辙",出现前后模拟剿袭、雷同重复的粗制滥造现象。为了摆脱这种历史真实的束缚而产生的"野史"体小说,则流于"讪谤君相""贬人妻女""奸淫凶恶"的泥淖,不能自拔,实在又等而下之。"理治之书"①以"大贤大忠"为歌颂对象,着重"理朝廷治风俗",以其丰功伟业资鉴时政弊病。然而,由于这些小说不注重日常普通人物和琐细生活的刻画,故市井俗人喜看者甚少。他说:"今之人,贫者日为衣食所累,富者又怀不足之心,总一时稍闲,又有贪淫恋色、好货寻愁之事,那里去有工夫看那理治之书?"可知,理治之书偏离了当时大众的审美需求,是不受欢迎的一种小说。受《金瓶梅》影响而产生的艳情小说,一定程度上满足了"富者""贪淫恋色、好货寻愁"之本能,但由于审美情趣存在严重问题,故始终难以摆脱"诲淫"的恶名,"不可胜数"反是污臭熏天,亟为禁止方能归于正道。相比前面几种小说,才子佳人小说都有改进,把自身打造得几近完美,看来最为适合时流,尤其是它刻意戒掉了"风月笔墨",力图以才胜人、以情悦人,而非以色引人、以欲惑人。但惜乎一者不彻底,"终不能不涉于淫滥";二者陷于"千部共一套",少有创新;三者过分逞才露情,偏使满篇"皆自相矛盾,大不近情理之话"。因此,虽能于明末清初流行一时,但进入清代中叶,已然丧失了

---

① 按,"理治之书"是曹雪芹提出的一个独特概念。从其"大贤大忠"的描写对象看,可以包括《三国演义》中的诸葛亮、《水浒传》中的宋江、《西游记》中的孙悟空、《杨家府演义》中的杨家将、《说岳全传》中的岳飞等。这些小说均有涉朝政,其写法是曹雪芹所反对的。加之曹雪芹本人自幼饱受朝廷斗争之害,难免对这种小说的叙述内容亦产生厌恶抵触情绪,故而对这种小说驳斥格外严厉。观其文义,当与后面提出的"大旨谈情"之书针锋相对。

生活基础，不再具有促进艺术发展的鲜活生命力。

基于这些认识，曹雪芹提出了衡量一部优秀小说的四个标准。其一，"事迹原委，可以消愁破闷"，即故事梗概要有趣。其二，"歪诗熟话，可以喷饭供酒"，即要以诗词曲赋之类穿插其中，作为阅者茶余饭后的谈笑取乐之资。其三，务要叙述"离合悲欢，兴衰际遇"，而且不"失其真传"。这一点，乃是集以上诸体小说叙事艺术之优点而去不足，是我国古典小说所一贯追求的一种极高的叙事境界。其四，人物必须有创新，即要以塑造出"强似前代书中所有之人"的艺术形象，为最高目的。由此，他评价自己所作的《红楼梦》，首先，它以"半世亲睹亲闻的这几个女子"为主要人物，这是历来小说中所没有写出的，堪称一大创举；其次，小说"毫不干涉时世"，"上面虽有些指奸责佞贬恶诛邪之语，亦非伤时骂世之旨"，并且书中叙仁良慈孝等伦常所关之处，"皆是称功颂德，眷眷无穷，实非别书之可比"；最后，小说"大旨谈情"，绝非"一味淫邀艳约、私订偷盟之可比"。这一鲜明的思想转向，奠定了《红楼梦》在中国古代小说中无可替代的崇高地位和重要意义。

脂砚斋高度肯定《红楼梦》的审美价值。甲戌本《凡例》写道：

> 此书只是着意于闺中，故叙闺中之事切，略涉于外事者则简，不得谓其不均也。
>
> 此书不敢干涉朝廷。凡有不得不用朝政者，只略用一笔带出，盖实不敢以写儿女之笔墨唐突朝廷之上也。又不得谓其不备。

历来小说如历史演义、英雄传奇、神魔奇幻等，往往详切于"外事"，即朝廷之事、社会之事，略不及于"内事"，即儿女闺阁之事。往往以"主外"的男子为主，略不愿提及"主内"的女子。《红楼梦》则完全翻转过来，不但"着意于闺中"，而且"外事"只是简略涉及，可以说彻底颠覆了旧有的叙事传统。历来文学以"言志"（《尚书·尧典》）为上，"缘情"（陆机《文赋》)为下,多借物取兴,引类譬谕,故"灵修美人,以媲于君;宓妃佚女,以譬贤臣"①,以才士追思美人之情象征忠君爱国。如此一来,不仅不承认儿女笔墨存在的艺术独立性和必要性,而且使儿女真情缺乏通达顺畅的表达渠道。《红楼梦》则敢于打破这些雾障枷锁,强调儿女与朝廷不能相混,那种以儿女之情寄寓忠君之思的艺术手法并不高明,甚至还有些"唐突"可笑。儿女自儿女,朝廷自朝廷。不能以朝廷高于一切,便压抑儿女作了附庸。更不能以儿女之事琐屑细碎,便违心贴上一副堂而皇之的朝廷标签。总之,"儿女之笔墨"亦可成天地至文,值得大书特书。《凡例》又曰:"开卷即云'风尘怀闺秀',则知作者本意原为记述当日闺友闺情,并非怨世骂时之书矣。"第四回"葫芦僧乱判葫芦案",有批:"可谓此书不敢干涉廊庙者,即此等处也。莫谓写之不到。盖作者立意写闺阁尚不暇,何能又及此等哉!"以闺阁为本,用尽全副精神写闺阁,《红楼梦》的出现真正令小说界改天换地了。

本意本旨的改变,带来写法的全面创新。蒙府本第 27 回有批:"开生面,立新场,是书不止'红楼梦'一回②。"全书均皆如此。一道一僧的对话可作代表:

> 那道人道:"果是罕闻,实未闻有还泪之说。想来这一段故事,比历来风月事故更加琐碎细腻了。"那僧道:"历来几个风流人物,不过传其大概以及诗词篇章而已。至家庭闺阁中一饮一食,总未述记。再者,大半风月故事,不过偷香窃玉、暗约私奔而已,并不曾将儿女之真情发泄一二。想这一干人入世,其情痴色鬼,贤愚不肖者,悉与前人传述不同矣。"

---

① (汉)王逸:《离骚经序》,见郭绍虞主编:《中国历代文论选》上册,121 页,北京,中华书局,1962。
② 按,指第 5 回"游幻境指迷十二钗,饮仙醪曲演红楼梦"。

这里指出，与"前人传述"的风流冤家故事比较，《红楼梦》有三个显著变化。第一，"更加琐碎细腻"，脂评贾雨村"真是个英雄"。蒙府本批："即遇此等人，又不得太琐细。"是知古来写英雄豪杰只能用粗豪之笔，不能用琐细之笔。倘若英雄人物被写得琐琐细细，反令其英雄气短，而显出儿女情长了。第19回评贾宝玉给林黛玉讲小耗子的故事："玉兄也知琐碎。"知琐碎，故玉兄只有儿女情，没有英雄气。第55回叙王夫人，"凡有了大事，自己主张；将家中琐碎之事，一应都暂令李纨协理。"一家之外事是大事，不宜琐碎；凡家中之事尽皆小事，是小孩子们可以做的事，宜其琐碎。《红楼梦》力图写内事而非外事，自然以琐碎之美为美。第6回叙述者有言："你道这一家姓甚名谁，又与荣府有甚瓜葛？诸公若嫌琐碎粗鄙呢，则快掷下此书，另觅好书去醒目；若谓聊可破闷时，待蠢物逐细言来。""琐碎粗鄙""逐细言来"，正是《红楼梦》的叙事追求之所在。细腻与琐碎紧密相连。细腻因琐碎而出，琐碎因细腻而显。无琐碎透不出生动细腻，无细腻则不见琐碎传神。第16回叙宝玉问黛玉平安，甲戌本夹批："又从天外写出一段离合来，总为掩过宁、荣两处许多琐细闲笔。处处交代清楚，方好起大观园也。"问安之语，琐碎至极。然恰恰从此一句中透出行文之细腻不苟来。第58回叙老太妃丧葬之礼，庚辰本夹批："周到细腻之至。真细之至，不独写侯府得理，亦且将皇宫赫赫，写得令人不敢坐阅。"寥寥数语，句句神理，将皇宫、侯府丧礼形容无遗，如在目前，令人肃然起敬。

第二，着力记述"家庭闺阁中一饮一食"。自古风流人物的爱情故事，无非以才子、佳人的遇合为风流，故止"传其大概"，如唐传奇《莺莺传》《柳毅传》等，难及"一饮一食"的细枝末节。第52回中宝玉问黛玉："你一夜咳嗽几遍？醒几次？"庚辰本夹批："此皆好笑之极，无味扯淡之极，回思则皆沥血滴髓之至情至神也。岂别部偷寒送暖，私奔暗约，一味淫情浪态之小说可比哉！"从饮食起居中写出青年男女的爱情来，在《红楼梦》却是破天荒的。又特别以吟诗作赋、弹琴吹箫为风流。究其实，"不过作者要写出自己的那两首情诗艳赋来"，是作者欲传自己的"诗词篇章"，与书中人物无关。《红楼梦》则不然。第 37 回庚辰本批语："宝钗诗全是自写身分，讽刺时事，只以品行为先，才技为末。纤巧流荡之词，绮靡秾艳之语，一洗皆尽，非不能也，屑而不为也。最恨近日小说中，一百美人诗词语气，只得一个艳稿。"无论有多少人物，多少诗篇，均能做到"一人是一人口气"，互不相犯。对于喜欢穿插诗词的古典小说来说，这无疑是一个至高无上的要求。

第三，发泄儿女之真情。古来文章多发泄忠君爱国之情、愤世嫉俗之意，儿女之情、卿卿我我难入著者法眼。即使偶或有"儿女之笔墨"，一般也不含"儿女之真情"。不是视为朝廷政治的附庸，只见其伪难见其真；就是叙作"偷香窃玉、暗约私奔"之事，初衷本不合理，结果亦难称情。《红楼梦》提出要"将儿女之真情发泄一二"，不啻为振聋发聩。其中有对"发愤作书"说之外延的发展，又有对儿女之情之内涵与精神的提升，从而在内、外两个方面，丰富并促进了古典爱情小说的创作。

当然，发泄儿女真情是有条件的。《凡例》云："今风尘碌碌，一事无成，忽念及当日所有之女子，一一细推了去，觉其行止见识，皆出于我之上，何我堂堂之须眉，诚不若彼一干裙钗！……虽我之罪固不能免，然闺阁中本自历历有人，万不可因我之不肖，则一并使其泯灭也。……何为不用假语村言，敷演出一段故事来，以悦人之耳目哉？"就是说，必须以"女子"作为叙事重心，而不是"堂堂之须眉"。这些女子必须是"当日"亲眼所见，亲自经历，方知她们行止见识之高超，皆出于"我"浊物之上。必须怀着深切的愧疚感、负罪感，认识到自己在封建家庭制度下，虽占尽机宜，却终于不肖，远非这些女子之所匹。必须敢于为这些女子鸣不平，为她们的命运遭际、为她们的才情品性，发出她们深藏在内心的热切呼唤。甲戌本第 1 回有批："今又被作者将此一把眼泪，洒与闺阁之中。"第 2 回又批："盖作者实因鹡鸰之悲、棠棣之戚，故撰此闺阁庭帏之传。"无此一副眼泪和悲戚，是无法抒写儿女之真情的。

二、"囫囵不解":人物审美之至境

小说最重要的是写人,要写出一个全新的人。这在《红楼梦》已是不置之论。然而,此人究竟新在何处,还需进一步探究。是性别年龄、身份职业,还是道德情操、能力特长? 第 19 回庚辰本有两段长批,颇能说明问题,不妨赘引如次:

> 按此书中写一宝玉,其宝玉之为人,是我辈于书中见而知有此人,实目未曾亲睹者。又写宝玉之发言,每每令人不解;宝玉之生性,件件令人可笑;不独于世上亲见这样的人不曾,即阅今古所有之小说传奇中,亦未见这样的文字。于颦儿处更为甚,其囫囵不解之中实可解,可解之中又说不出理路。合目思之,却如真见一宝玉,真闻此言者,移之第二人万不可,亦不成文字矣。余阅《石头记》中至奇至妙之文,全在宝玉、颦儿至痴至呆囫囵不解之语中。其诗词雅谜、酒令、奇衣奇食奇玩等类,固他书中未能,然在此书中评之,犹为二着。

> 这皆是宝玉意中心中确实之念,非前勉强之词,所以谓今古未有之一人耳。听其囫囵不解之言,察其幽微感触之心,审其痴妄委婉之意,皆今古未见之人,亦是未见之文字,说不得贤,说不得愚,说不得不肖,说不得善,说不得恶,说不得正大光明,说不得混帐恶赖,说不得聪明才俊,说不得庸俗平凡,说不得好色好淫,说不得情痴情种,恰恰只有一颦儿可对。令他人徒加评论,总未摸着他二人是何等脱胎,何等心臆,何等骨肉。余阅此书亦爱其文字耳,实亦不能评出此二人终是何等人物。后观"情榜"评曰:"宝玉情不情,黛玉情情。"此二评自在评痴之上,亦属囫囵不解,妙甚!

脂砚斋认为，曹雪芹笔下的贾宝玉、林黛玉，已经达到了"今古未有之一人"的艺术高度。不独世间未有，历来小说传奇中亦未见闻。无论他们的生性为人、言谈举止、心情意度，皆属"囫囵不解"，因此能让人耳目一新、叹为观止。赏玩之乐，远远超出了书中诗词酒令、衣食玩器所带来的趣味。本回夹批反复阐扬宝玉的这一特点，如评宝玉赞叹袭人的姨妹子："又是令人囫囵不解之语。只此便抵过一大篇文字。"评宝玉"性格异常"："四字好。所谓说不得好，又说不得不好也。"评宝玉"更有几件千奇百怪口不能言的毛病儿"："只如此说更好，所谓说不得聪明贤良，说不得痴呆愚昧也。"又评宝玉"任性恣情"："四字更好，亦不涉于恶，亦不涉于淫，亦不涉于骄，不过一味任性耳。"

曹雪芹把贾宝玉塑造成一个"囫囵不解"的人，即一个不能明确辨识贤愚、善恶、正邪、慧痴、情淫、好恶的人，这与他的时气成人的认识论是分不开的。第2回贾雨村对冷子兴品评历史人物，有一段宏论。大意是说，世治运生大仁，世危劫生大恶。当"运隆永祚之朝，太平无为之世"，天地"清明灵秀之气"盛行朝野，"残忍怪癖之气"隐匿沟壑。两气之余者，搏击掀发，交融汇合，陶铸成一种不上不下、介于仁人君子与大凶大恶之间的人，如情痴情种、逸士高人、奇优名倡之类。联系到贾宝玉，出生在"公侯富贵之家"的他，乃是大仁、大恶两种余气合体的结果，是当时清平盛世的必然产物。贾宝玉属于一芹一脂共同存活的那个时代。因此，他既不是古人，也不是未来人，而是一个现实感充足的真人，一个不能为已有的社会认知水平所接纳的陌生人，和为即将形成的理论道德体系所承认的新人。所以，在他的身上，才泯灭了清初小说中那种忠奸对立分明的性质，体现出不解中实可解、可解中又说不出的带有一定融和性的时代新质。

以这样的认识论来评价旧小说中的人物，脂砚斋发现，他们无一例外都过于简单化和程式化了。表现在人物命名上，第8回雪雁口中说出"紫鹃姐姐"，脂评："又顺笔带出一个妙名来，洗尽春花、腊梅等套。"按，李渔在小说《拂云楼》中曾提到,"从古至今,都把'梅香'二字做了丫鬟的通号。"①看来,古人的确喜欢用"腊梅"称呼丫鬟。《金瓶梅》中有一个著名的春梅,大概是春花、腊梅的合套。因为生活中经常如此称呼,所以小说家乐得取其便宜,殊不知正犯了俗套之病。表现在外貌描写和性格特征上,如第1回写娇杏"眉目清朗",脂批:"这便是真正情理之文。可笑近之小说中满纸闭月羞花。"写贾雨村"直鼻权腮",脂批:"最可笑世之小说中,凡写奸人,则用鼠耳鹰腮等语。"写娇杏对雨村的感觉,"这人生的这样雄壮,却又这样褴褛",脂批:"这方是女儿心中意中正文。又最恨近之小说中满纸红拂、紫烟。"官宦府中的丫鬟,并非都是绝色美人。鼠耳鹰腮之人,不一定就是奸邪卑劣之辈。雄壮之士,未必没有潦倒之时。这种把外貌长相、穿着打扮和人物的身份地位,尤其是性格联系起来的写法,是十分庸俗而可笑的。表现在人物才情上,第18回叙宝钗教宝玉"绿蜡"之典,脂批:"想见其构思之苦,方是至情。最厌近之小说中满纸神童天分等语。"第48回宝钗说香菱因苦于作诗,成了个"呆子",脂批:"呆头呆脑的,有趣之至!最恨野史有一百个女子皆曰聪明伶俐,究竟看来他行为也只平平。今以'呆'字为香菱定评,何等妩媚之至也!"才子也不是无论做什么都有才,可以一挥而就,也有不才之处。佳人也不是每一方面都佳,完美无缺,也有不佳之处。历来小说总好以非常完满的笔调,以溢情谀辞来夸大才子之才和美人之美,恰恰说明是十分片面且极不真实的。

由此,脂砚斋提出"真正美人方有一陋处"的审美观。第20回叙史湘云说话咬舌,"二""爱"发音不清,脂批:"可笑近之野史中,满纸羞花闭月,莺啼燕语,殊不知真正美人方有一陋处,如太真之肥,飞燕之瘦,西子之病,若施于别个不美矣。今见'咬舌'二字加之湘云,是何大法手眼,敢用此二字哉!不独不见其陋,且更觉轻俏娇媚,俨然一娇憨湘云立于纸上,掩卷合目思之,其'爱厄'娇音如入耳内。然后将满纸莺啼燕语之字样,填

---

① (清)李渔:《十二楼》,萧容标校,140页,上海,上海古籍出版社,1986。

粪窖可也。"美是一种整体的感觉和认识，对于一个可爱的女孩子来说，不能因为她有一点陋处，就否定她的美。比如，玫瑰长着扎人的刺，但人们仍然认为它是美的。也就是说，美不代表没有缺点。往往正是这个缺点，就能把对象衬托得更美，更具有与众不同的特点。香菱的呆相，湘云的咬舌，为其他正钗、副钗所不能夺，"移之第二人万不可"，合目思之，仅是她们能如此如此，所以更觉轻俏妩媚。根据这一观念，脂砚斋再次严厉批评美恶对立的人物处理方法。第43回叙尤氏宽待周姨娘、赵姨娘，脂批："尤氏亦可谓有才矣。论有德比阿凤高十倍，惜乎不能谏夫治家，所谓人各有当也。此方是至理至情。最恨近之野史中，恶则无往不恶，美则无一不美，何不近情理之如是耶？"尤氏有不好有好，不能谏夫治家，是其大不好处；有才又有德，则是其大好处。只有把人物的好坏、美恶统一起来，拒绝单一与片面，才符合情理与常规，读来才更加真实可信。

那么，在人物的塑造上，如何做到"真正情理之文"呢？第1回通过石头与空空道人的对话，提出了一个基本原则，即要坚持"实录"。石头自言："至若离合悲欢，兴衰际遇，则又追踪蹑迹，不敢稍加穿凿，徒为供人之目而反失其真传者。"明清才子佳人小说，受晚明戏剧创作中"穿凿"之风的影响，为传几首诗词，往往随意"假拟出男女二人名姓，又必傍出一小人其间拨乱，亦如剧中之小丑然，且环婢开口即者也之乎，非文即理"，只为"供人之目"，取乐欢笑，遂不顾及内中情理，有失踪迹真传，在所难免。空空道人认为，《石头记》虽然言情，"亦不过实录其事"，绝非"假拟妄称"者之可比。亦强调实录，反对虚妄。此按，"实录"是史书与历史小说的创作信条。唐人刘知幾《史通·惑经》解释"实录"曰："盖明镜之照物也，妍媸必露，不以毛嫱之面或有疵瑕，而寝其鉴也；虚空之传响也，清浊必闻，不以绵驹之歌时有误曲，而辍其应也。夫史官执简，宜类于斯。苟爱而知其丑，憎而知其善，善恶必书，斯为实录。"而不能像《疑古》篇所言："美者因其美而美之，虽有其恶，不加毁也；恶者因其恶而恶之，虽有其美，不加誉也。"①在历史人物与事件的善恶美丑问题上,不能做任何加法或者减法,掩盖历史的本来面貌,只能坚持"零度"创作原则,冷静而客观地进行叙述。曹雪芹主张的"实录",无疑是对这一精神的移借。要求在儿女真情故事中,不虚拟不夸张,不做作不矫饰,而是注重写实,通过严格的描摹现实来做到不落俗套。

第3回叙林黛玉进荣府,看到王夫人居坐宴息,用具尽皆"半旧",脂批云:"此处则一色旧的,可知前正室中亦非家常之用度也。可笑近之小说中,不论何处,则曰商彝周鼎、绣幙珠帘、孔雀屏、芙蓉褥等样字眼。"侯门贵族之家,正室与耳房,待客与家居,亦自有别,此常情俗理。如果一味粉饰,反而露出不懂得现实生活,从未见过真实情状的马脚来。脂批在此处讲了一个很有意思的笑话,说一庄农人进京回家,众人问他见过何等世面,庄人就抬出皇帝老爷来炫耀,曰:"皇帝左手拿一金元宝,右手拿一银元宝,马上稍着一口袋人参,行动人参不离口。一时要屙屎了,连擦屁股都用的是鹅黄缎子,所以京中掏毛厕的人都富贵无比。"说京城一片富贵无比,固是无人相信;夸皇帝满是金银人参,正显出穷人穷见之声口。脂砚斋论道:"试思凡稗官写富贵字眼者,悉皆庄农进京之一流也。盖此时彼实未身经目睹,所言皆在情理之外者焉。"且补云:"又如人嘲作诗者亦往往爱说富丽话,故有'胫骨变成金玳瑁,眼睛嵌作碧琉璃'之诮。余自是评《石头记》,非鄙薄前人也。"不能身经目睹,切忌信口胡言。倘能老老实实,"敢于如实描写,并无讳饰",自能"和从前的小说叙好人完全是好,坏人完全是坏的"②区别开来。

第20回李嬷嬷吵宝玉,"我都知道那些事",脂批:"囫囵语,难解。"第21回叙袭人说宝玉:"你心里还不明白,还等我说呢!"脂批:"《石头记》每用囫囵语处,无不精绝奇绝,且总不觉相犯。"

---

① (唐)刘知幾、(清)浦起龙释:《史通通释》,402、380页,上海,上海古籍出版社,1982。
② 鲁迅:《中国小说的历史的变迁》,见《鲁迅全集》第9卷,338页,北京,人民文学出版社,1982。

三、"不写之写"：小说行文的风格美

毛宗岗评点《三国演义》指出，第37回叙述"第一妙人"诸葛亮，采用了一种"不于有处写，正于无处写"的奇妙手法，从而使叙述对象"隐而愈现"，达到"神妙"的艺术化境。① 曹雪芹对这一回中的文字是大有研究的。《红楼梦》第50回芦雪庵即景联诗，由不曾读过书的王熙凤开头，来了一句"一夜北风紧"。众人极评此句虽粗，却"正是会作诗的起法"。其实，这句"粗话"，乃是化用刘备二顾茅庐，黄承彦所作咏雪诗之首句"一夜北风寒"——到底是一句"雅话"。更重要的是，曹雪芹还学习这一回的叙事之法，不仅用于妙人妙事之塑造，而且扩而大之；用于一般人物之塑造，并推而广之；用于小说全篇，则成为一种整体叙事风格追求。

第1回叙甄士隐在太虚幻境看到一副对联："假作真时真亦假，无为有处有还无。"这其实是作者关于叙事宗旨的宣言，即强调不于真处、有处写，而于假处、无处写。根据脂砚斋的理解，此回甄、贾二士之姓名字号大有含义。甄费为"真废"，士隐为"事隐"，合为"托言将真事隐去也。"贾化为"假话"，时飞为"实非"，合为"假语村言"；"雨村者，村言粗语也。言以村粗之言，演出一段假话也。"真事隐，故甄者进入幻（空）境；假语存，故贾者进入实（时）境。一部《红楼梦》，皆作如是观。

脂砚斋特别概括出四个字，"不写之写"。如第3回叙林如海向贾政书谏贾雨村，中有"其为人谦恭厚道，大有祖父遗风，非膏粱轻薄仕宦之流"，"否则不但有污尊兄之清操，即弟亦不屑为矣"之字样。脂批："写如海实系写政老。所谓此书有不写之写是也。""尊兄"为宝玉之父，此时尚未出现；"弟"为黛玉之父，虽已现身，未见一笔形容。二玉之至亲，自是书中一流人物。不好直书推重，故于两人之间荐他人之书而自荐。虽然未写，已然

---

① 李正学：《毛宗岗小说批评研究》，250～255 页，北京，中国社会科学出版社，2010。

十分写及。本回叙王夫人领黛玉过凤姐屋子,"院门上也有四五个才总角的小厮",脂批"也有"二字:"实是他处不写之写也。"意思是说,此处用"也有",乃暗点他处院门皆是如此,足见荣国府豪奢之盛。窥一斑而知全豹,望一叶而知深秋。例如,第1回脂批之言:"若从头逐个写去,成何文字?《石头记》得力处在此。"第39回叙平儿言贾琏查问小厮住儿告假一事,脂批:"分明几回没写到贾琏,今忽闲中一语,便补得贾琏这边天天闹热,令人却如看见听见一般,所谓不写之写是也。刘姥姥眼中耳中,又一番识面,奇妙之甚!"所谓"花开两朵,各表一枝"。书家一支笔不能做两支用,故忙叙凤姐、平儿,不得不搁开贾琏。然又怕有冷淡、忽略处,遂借机从平儿口中轻轻提出。这样,贾琏虽然未真正现身,却也写到了。第66回脂评说此法是"一击两鸣","好极之文,将茗烟等已全写出,可谓一击两鸣法,不写之写也。"本来,在鲍二家的看来,什么主子跟什么奴才,谁知跟贾琏的兴儿也爱编混话,"倒象是宝玉那边的"茗烟了。可知,"混话"一词一语双关,把两边的主子和奴才都形容到了。第45回叙夜间蘅芜苑一送燕窝的老婆子与黛玉谈话,脂评:"几句闲话,将潭潭大宅夜间所有之事,描写一尽。虽诺大一园,且值秋冬之夜,岂不寥落哉?今用老妪数语,更写得每夜深人定之后,各处灯光灿烂,人烟簇集,柳陌之上,花巷之中,或提灯同酒,或寒月烹茶者,竟仍有络绎人迹不绝,不但不见寥落,且觉更胜于日间繁华矣。此是大宅妙景,不可不写出。又伏下后文,且又衬出后文之冷落。此闲话中写出,正是不写之写也。"大观园夜景不易写,尤其不易直写。繁华过后尽寂寥,大观园日后冷落不易写,尤不宜以明明相对之文来写。此处偏以无关紧要之一老婆子与黛玉两人闲闲问答之言,既透出日间、夜间繁华无算之象,又恰能与后文大观园的破败形成明暗对比,遂有化腐朽为神奇之效。

总的来看,脂砚斋所谓"不写之写",有时言他人以咏己,有时以闲语话忙人,有时又以点带面,以部分反映整体。可以说,省略了不少人物故事,更省却了不少笔墨,达到了最为经济美观的叙事效果。在浅层上,它是写人写事的一种写作技法；在深层上，它则形成小说行文的审美风格。第13回叙秦可卿的死因，更具有说服力。原本此回有"淫丧天香楼"一节。靖藏本回前批云：

> "秦可卿淫丧天香楼"，作者用史笔也。老朽因有魂托凤姐贾家后事二件，岂是安富尊荣坐享人能想得到者？其事虽未漏，其言其意，令人悲切感服，姑赦之，因命芹溪删去"遗簪"、"更衣"诸文，是以此回只十页，删去天香楼一节，少去四五页也。

但是，删去之后，却不影响读者能通过今本留存的文字，还原整个故事的原貌，如文中"彼时合家皆知，无不纳罕，都有些疑心"一句，甲戌本眉批："九个字写尽天香楼事，是不写之写。"就是说，天香楼故事虽然不存在了，但这九个字能引发调动读者的想象，可以"将可卿如何死故隐去"（靖藏本眉批）的"四五页"内容，再一次复现出来。后文又叙贾珍命在天香楼上设坛，打解冤洗业醮；又有"此时贾珍恨不能代秦氏之死，这话如何肯听"之句，按照蒙府本的批语，"总是填实前文"。可见，"不写之写"不等于完全不写。而是十分巧妙地通过地点的点染和情感痕迹构成的联想，将不方便叙述、有碍于观瞻而"隐去"的真事，填充在读者眼前，达成叙事重构的目的。

脂砚斋把"不写之写"看成是一门非常有讲究的艺术。首先，需要强调对象的性质。不是任何人物、事件都可以使用此法，采用此法能与对象之身份性质密切关联，从而使行文映带产生出无限意味。《红楼梦》是"谈情"之书。明人陆时雍《诗镜总论》曰："善言情者，吞吐深浅，欲露还藏，便觉此衷无限。"[1]但凡欲以情动人，必须取将说还羞、曲径通幽之姿态。何况此书概言女儿情，女儿之心情心境不可捉摸更甚。第5回宝玉入仙女之

---

[1] 张葆全、周满江撰：《历代诗话选注》，257页，西安，陕西人民出版社，1984。

室,见一副对联:"幽微灵秀地,无可奈何天。"脂批:"女儿之心,女儿之境。两句尽矣。撰通部大书不难,最难是此等处,可知皆从无可奈何而有。"如此难写之心境,正适宜用"不写之写"出之,把不可捉摸的人与事,都融化在青葱郁莽的幽眇淡微中。

其次,要以含蓄为美。曹雪芹论诗文以含蓄为高。第 37 回李纨品评白海棠诗,"若论风流别致,自是这首;若论含蓄浑厚,终让蘅稿。"取薛宝钗为第一,压过了林黛玉。天香楼叙事即是含蓄的典范。主要事件未说出,只零星地通过贾珍的言语行事及众人的猜疑来感知,即把"风流"秽事隐藏的一干二净,又能从风言冷语中略略窥知一二。例如,他说要尽其所有操办丧事,蒙府本批:"尽我所有,为媳妇是非礼之谈,父母又将何以待之?故前此有恶奴酒后狂言,及今复见此语,含而不露,吾不能为贾珍隐讳。"这一非分越礼之举,便将贾珍隐含的衷曲透露出来。第 15 回叙"宝玉不知与秦钟算何账目,未见真切,未曾记得,此系疑案,不敢纂创。"脂批:"忽又作如此评断,似自相矛盾,却是最妙之文。若不如此隐去,则又有何妙文可写哉?这方是世人意料不到之大奇笔。若通部中万万件细微之事俱备,《石头记》真亦太觉死板矣。故特因此二三件隐事,借石之未见真切,淡淡隐去,越觉得云烟渺茫之中,无限丘壑在焉。"文中之事若笔笔罗列,件件铺陈,如同"账目"或者"獭祭"(第 53 回蒙府本回后评),缺乏拿捏提收,便成印版之文,不仅不能凸显含蓄之美,且会僵硬死板。有时,哪怕是一两个字词也可隐括带叙出无数故事。第 77 回叙王夫人审问宝玉身边"不长进"的丫环,觉得像四儿、芳官,素日以"私语"、玩笑把宝玉"教习坏了","这事更比晴雯一人较甚"。脂批:"暗伏一段'更比',觉烟迷雾罩之中更有无限溪山矣。"就是说,如四儿相同生日做夫妻之语,芳官要柳五儿进来之事,往常不知在怡红公子贾宝玉身边发生过多少,若许人事都由"更比"二字隐约而出。含蓄之论,脂批中还有很多,不再胪列。需要着重指明的是,含蓄是宋代以来的最高审美艺境。郭熙《林泉高致》云:"山欲高,尽出之则不高,烟霞锁其腰,则高矣。水欲远,尽出之则不远，掩映断其派，则远矣。"①乾隆文坛，也以含蓄为主调。刘大魁《论文偶记》曰："文贵远，远必含蓄。或句上有句，或句下有句，或句中有句，或句外有句，说出者少，不说出者多，乃可谓之远。"②而在白话小说中，含蓄艺术以《红楼梦》臻至极境。曹雪芹的叙事与脂砚斋的评点，堪为里外互证。

最后，多重的艺术效用。一是空白张力。"不写之写"是小说家汲取画家"不画之画"的艺术经验，在文中留下叙事空白，召唤读者的想象结构，以想象弥补笔墨未到的叙事空间。宗白华先生在《美学散步》中说："空白处更有意味。……以虚带实，以实带虚，虚中有实，实中有虚，虚实结合，这是中国美学思想中的一个重要问题。"③例如，当黛玉看见宝钗坐在熟睡的宝玉身旁做针线的情景时，作品并没有安排她发表什么评论，只是用了四个字"早已呆了"。然而，正如《老子》第十一章所云："三十辐共一毂，当其无，有车之用。埏埴以为器，当其无，有器之用。凿户牖以为室，当其无，有室之用。故有之以为利，无之以为用。"无的作用是最大的。"此时无声胜有声"（白居易《琵琶行》），"早已呆了"四字所蕴含的酸妒悲苦之情，比明确说出来、写出来还要更为丰富。二是歧解和多义。"不写之写"以微含半露的方式，增加了小说的歧义性和多义性，使全书看起来"总是一幅云龙图"，犹如"月下梨花，几不能辨"（第11回脂评），至于达到了难以解释、无论怎么解释都有一点儿道理的地步。例如，刘姥姥见王熙凤时，"蓉儿"在场的一段，是淫是情，是理是戏，是有是无？真正难以辩说。无怪脂砚斋动辄感叹，"真镜中花，水中月，云中豹，林中之鸟，穴中之鼠，无数可考，无人可指，有迹可追，有形可据，九曲八折，远响近影，迷离烟灼，纵横隐现，千奇百怪，炫目移神，现千手千眼大游戏法也"（第46回）。

---

① （宋）郭熙、郭思：《林泉高致集》，见俞剑华编著：《中国画论类编》，639页，北京，人民出版社，1986。
② （清）刘大魁、吴德旋、林纾：《论文偶记·初月楼古文绪论·春觉斋论文》，7页，北京，人民文学出版社，1998。
③ 宗白华：《美学散步》，39页，上海，上海人民出版社，1998。

隐晦曲折至于如此，难解是肯定的。 三是讲究趣味。 元人范德机《木天禁语》云："辞简意味长，言语不可明白说尽，含糊则有余味。"①《红楼梦》中的含蓄，关键不在纠缠于难解（可解不可解），而在读出"有余味"，曹雪芹多次声明此道。 小说开篇曰："列位看官：你道此书从何而来？ 说起根由虽近荒唐，细按则深有趣味。"即便以荒唐的叙事话语，来完成隐真用假的叙事策略，这种荒唐也不是寓言志怪小说讲的荒诞、荒怪，或以妖异变幻的面孔吓人，而是以趣味包裹的让人满口生津的"奇传"。 又作一绝句云："满纸荒唐言，一把辛酸泪！ 都云作者痴，谁解其中味？"荒唐只是言语的组织形式，和情感传递的外在表相，并不是艺术的本来目的，而是全在能体会和咂摸的趣味上。 故第 2 回叙官制半遵古名，脂评："余最喜此等半有半无、半古半今、事之所无、理之必有、极玄极幻、荒诞不经之处。"小说不是官职表，名称在有无古今之间，不是错误，反能使叙事在一定程度上摆脱现实的拘执，沾带上亦真亦幻、半虚半实之趣。 第 16 回叙鬼判持牌来捉索秦钟，脂批："《石头记》一部中皆是近理近情必有之事，必有之言，又如此等荒唐不经之谈，间亦有之，是作者故意游戏之笔耶？ 以破色取笑，非如别书认真说鬼话。"此书僧道鬼判、石头仙草、宝玉金钗之类，荒唐之笔甚多，然总不严肃认真，而是故意游戏取笑，供人释闷生趣。 西班牙名著《小癞子》的作者曾说，一部小说，一定要让读者找到他"心喜的东西"，"就算他不求甚解，也可以消闲解闷"。 又说："我笔墨粗陋，写了这个小故事。 如果读者觉得有趣，一致称赞，并且从此知道，一个人多么困苦艰辛也能活命，那么，我也决不会不高兴的。"②解闷有趣是小说的根本要求，因此也是通向本旨的必由之路。

---

① （元）范德机：《木天禁语》，何文焕辑：《历代诗话》下，746 页，北京，中华书局，1982。
② ［西班牙］佚名：《小癞子》前言，杨绛译，12 页，上海，上海译文出版社，1978。

◎ 小　结

如果我们把 17 世纪定义为小说批评的世纪[①]，18 世纪则是小说创作的世纪。受益于小说创作的这种史无前例的巨大发展，雍正、乾隆时期的小说思想虽然在整体成就上稍逊于清前期，只是清前期的一个继承期和发展期，但是它比清前期更多地来源于创作实践中的具体思考，因而也就显得更加活跃。

第一，表现在艺术理论上。这一时期最突出的贡献是对性格美学的探讨，吸收了金圣叹、毛宗岗、李渔、张竹坡等人的思想精华，达到一个新的历史高度，如脂砚斋的"囫囵不解"说。小说虚构理论也有进一步突破，如陶家鹤"谎到家"的主张、纪昀"虚构"概念的提出等，无疑开辟了读者对于小说虚实关系的新认识。

第二，理论发展的流派化。鲁迅曾说："清代底小说之种类及其变化，比明朝比较的多。"[②]这些种类变化集中体现在雍乾时期，产生了诸如才子佳人小说、世情小说、历史演义小说、科举小说、才学小说、神魔小说、劝惩小说、续书小说等众多流派。一种流派总需要表达适合自己的某些艺术观念，因此流派小说理论适时诞生。不可否认，其中有些流派理论是从清前期发展过来的，是对前期的回顾、总结及批判，如刘廷玑的续书理论，但更多的还是因时而进，自倡其说。流派小说理论，显示出小说思想往专门化发展的趋向，是有其进步意义的。

第三，批评心态的变化。正如陈朗《雪月梅传》开篇诗曰："纷纷明季

[①] 李正学：《毛宗岗小说批评研究》，21 页，北京，中国社会科学出版社，2010。
[②] 鲁迅：《中国小说史略》，301 页，北京，人民文学出版社，1973。

乱离过,正见天心洽太和。盛世雍熙崇礼乐,万方字谧戢干戈。妇勤纺绩桑麻遍,男习诗书孝友多。野老清闲无个事,拈毫编出太平歌。"[1]从"乱离""干戈"到"诗书""太平"的变迁,必然引起批评家身份角色的转变,引发心态认识上的重要变化,从而给小说思想界吹来新风、带来新的拓展。普遍地看,朝代兴衰的主要矛盾让位于个人的荣辱得失,大部分文人(特别是不得志者)也把愤恨的矛头,从清前期的家国场域转移到科举场域和对世态人情的感慨中来。这一变迁的直接结果是,世情小说理论成为本时期最光辉的成就,达到了历史的顶点,超越并弥补了清前期的不足。

---

[1] (清)陈朗:《雪月梅传》,1页,济南,齐鲁书社,1986。

第十四章
雍正、乾隆年间的戏剧思想

雍正、乾隆年间的杂剧传奇承清前期之绪，在社会经济相对稳定的条件下，以蒋士铨、杨潮观等为代表，创作与演出呈现繁荣趋向。相较而言，戏剧理论则稍显平淡，除历史剧理论进一步发展外，整体成就远不如前期。本时期所出现的专注于戏剧批评的文人很少，似乎只有徐大椿、李调元较为出名，其他多以作曲家出现，如张坚、夏纶、黄图珌、沈起凤等。戏剧批评者所关注与思考的理论问题也缺乏生动性与创新性，多以强调劝惩教化为主，辅以神仙诞妄和学问考据，成为一时的主流。

◎ 第一节
概　述

谈到清代中后期戏剧的发展，不得不先提到皇帝对戏剧的好恶，这对戏剧之生存与生态具有重要的影响。

清代皇帝喜爱戏剧的传统到雍正帝时有所间歇，至乾隆帝又极其兴盛。据昭梿《啸亭续录》载："乾隆初，纯皇帝以海内升平，命张文敏制诸院本进呈，以备乐部演习，凡各节令皆奏演。其时典故如屈子竞渡、子安题阁诸事,无不谱人,谓之'月令承应'。其于内庭诸喜庆事,奏演祥征瑞应者,谓之'法宫雅奏'。其于万寿令节前后奏演群仙神道添筹锡禧,以及黄童白叟含哺鼓腹者,谓之'九九大庆'。"(卷一《大戏节戏》)①这是说,乾隆帝大大发展了宫廷承应戏的剧种和规定演出的时间。文中点出的三种宫廷戏,"月令承应"用于年月节令之时,"法宫雅奏"用于人事喜庆之日,"九九大庆"则用于万寿节(皇帝诞辰)。此外,乾隆帝又命令编演根据古代历史故事写成的"历史大戏",以及根据《西游记》《封神榜》等神仙故事写成的"神话大戏"。这些戏剧剧制浩大,多为数十本百十出,演出时间长达旬月以上,可以充分满足皇室成员无节制的观演欲望。此曲"一旬演出《西游记》,完了《昇平宝筏》筵"②可证。另外,还需提到乾隆帝促进戏曲体制发展的一个贡献。乾隆四十五年(1780),他着令巡盐御史伊龄阿在扬州设局改剧,组成由黄文旸总责,凌廷堪、沈起凤等多人参与的编辑组,花费一年多的时间,对元明清三朝以来的剧作进行抽彻删改,撮其关目大概,编成《曲海》一书。又将剧目作者汇成一卷,后人称为《曲海目》(亦称《曲海总目》)。这项工作,初衷是审查戏本内有无"违碍之处"、"有关涉本朝字句"③,客观上则保存了很多剧目、剧情、作者、折子戏等方面的资料。

在南巡观戏上,乾隆帝也不示弱,而是把此项活动推向极盛。据钱泳《履园丛话》卷十二《艺能·演戏》载:"梨园演戏,高宗南巡时为最盛,而两淮盐务中尤为绝出。例蓄花雅两部,以备演唱。"④明确指出比康熙帝尤甚。又据徐珂《清稗类钞·巡幸类》载:"南巡时须演新剧,……当御舟开行时,二舟前导,戏台即架于二舟之上,向御舟演唱,高宗辄顾而乐之。"⑤特地要求"演新剧",这自然会在短时间内促进戏剧创作的兴盛。这种无休

---

① (清)昭梿:《啸亭杂录》,何英芳点校,377 页,北京,中华书局,1980。
② 傅瑾主编:《京剧历史文献汇编·清代卷捌》笔记及其他,274 页,南京,凤凰出版社,2011。
③ 王利器辑录:《元明清三代禁毁小说戏曲史料》(增订本),48~49 页,上海,上海古籍出版社,1981。
④ (清)钱泳撰:《履园丛话》下,332 页,北京,中华书局,1979。
⑤ 徐珂:《清稗类钞》第 1 册,341 页,北京,中华书局,1986。

止的爱好,又被乾隆帝广泛地用于出游、出巡及祭告等各种各类活动中,如乾隆四十一年(1776),因平定金川而祭告东陵、西陵,乾隆帝由此东巡曲阜,沿路州县"每日俱有戏台承应,甚或间以排当"。① "排当"是饮宴的意思,即让皇帝一边饮宴一边看戏,如同在宫中一般自在欢乐。地方官的安排可谓精心之至,真是摸透了乾隆帝的脾气。

再看厌恶和禁止的一面。雍正皇帝于禁止戏曲格外着力。雍正二年(1724),禁八旗官员遨游歌场戏馆,禁外官蓄养优伶。雍正三年(1725),禁盛京演戏,禁江南、苏松两府因豁免浮粮聚会演戏,又修改禁止搬做杂剧律例,增入禁演圣贤之事;禁直省府道以上至督抚提镇家中蓄养戏子,禁以聚会演戏诸事感激皇恩。雍正四年(1726),上谕观优属应参之事。雍正五年(1727),禁各省地方聚集梨园,喧哗糜费;浙江主考陈万策因袒护皇帝忌辰演戏之事被严办。雍正六年(1728),禁演戏,江西清江县知县牛元弼因张筵唱戏被参。雍正七年(1729),西藏提督周瑛以令所辖兵丁等演戏,解任严审。雍正十三年(1735),定律条例,禁城市乡村当街搭台悬灯演唱夜戏;革除各省秋审时演剧为乐之陋习。② 而据《清朝野史大观》载,他还曾有"杖杀伶人"之事。(《清宫遗闻》卷一)③这些禁令涉及伶人的生存地位、戏班的组织产生、演戏活动的开展、戏剧的表现内容等种种方面,无疑使戏曲的发展受到极大的阻碍。

禁止看戏的地方范围也扩展了,不能在家里看也不能去戏园或寺庙看,如乾隆三年(1738)禁止旗人设席演剧邀请分资,乾隆二十七年(1762)禁五城寺观僧尼开场演剧,又禁旗人、需次人员出入戏园,乾隆四十一年(1776)禁旗员赴戏园看戏。乾隆四十五年(1780),甚至禁京师内外城开戏园,以求彻底阻止。禁止的人员范围有扩大,如果说乾隆四十六年

---

① 郭成康编写:《清史编年·乾隆朝》下册,253 页,北京,中国人民大学出版社,2000。
② 参见王利器辑录:《元明清三代禁毁小说戏曲史料》(增订本),30～39 页,上海,上海古籍出版社,1981;赵兴勤、赵韡:《王利器〈元明清三代禁毁小说戏曲史料〉辑补》,载《晋阳学刊》,2010(1)。
③ 《清朝野史大观》一,30 页,上海,上海书店出版社,1981。

(1781)禁八旗兵丁在歌唱曲戏地方居住,还是为军队战斗力考虑的话,乾隆四年(1739)禁皇子看戏,则让人觉得这位"父亲"做的实在有些过分。[1]乾隆禁止的形式和名目多样化,明显的标志就是戏曲文字狱。上文所举《曲海》的编辑不说,乾隆四十年(1775)以"有不法字句""语多悖妄"为由,查禁江宁清笑生撰《喜逢春传奇》,指令"清笑生是何姓名、有无子孙存留板片,必须迅速追起,以绝根株",就颇为惊骇人心。[2]所谓"上有好者,下必甚焉"(《礼记·缁衣》)。乾隆帝承其父之风而有愈烈之势。禁止的严厉度有所增加,统治初期(乾隆五年,1740)和中期(乾隆四十二年,1777),分别两次禁搬做杂剧律例。乾隆一朝,各地官员禁戏、禁园也开始增多。如乾隆元年(1736),江南总督赵弘恩奏请禁演戏,江西巡抚俞兆岳奏禁演扮淫戏;乾隆三十一年(1766),昆曲的发源地苏州也禁开戏园。至此,禁戏——越来越演绎成比禁小说更为声势浩大的一场运动。

统治者对待戏剧的两面态度,一方面为戏剧思想的自由发展提供了空间,另一方面也为曲论家附和来自宫廷的声音预先设定好了一个圆圈。

自由发展的一面,主要表现为对戏剧艺术规律的自觉遵循与探讨。有些曲家很好地继承了借戏曲创作以抒怀写愤的传统。被杨恩寿赞誉为"洵足为昉思之后劲,开藏园之先声,湖上笠翁不足数也"[3]的张坚(1681—1763)堪为代表。张氏字齐元,号漱石、洞庭山人,别署三松先生,江苏上元(今南京)人。出身书香之家,工诗文,精音律,嗜戏曲,有"江南第一秀才"之称。然屡荐不售,一生穷困,负才磊落。学汤临川之意,著《梦中缘》《梅花簪》《怀沙记》《玉狮坠》传奇四种,合称《玉燕堂四种曲》,时人称"梦梅怀玉"。他在《怀沙记》中,常借屈原所唱之词直接抒发自己科场不得志的感慨,"满腹牢骚,半生离恨忧难数。登朝无路,举足遭时妒。冠世

---

[1] 参见王利器辑录:《元明清三代禁毁小说戏曲史料》(增订本),30~39页,上海,上海古籍出版社,1981;赵兴勤、赵韡:《王利器〈元明清三代禁毁小说戏曲史料〉辑补》,载《晋阳学刊》,2010(1)。
[2] 上海书店出版社编:《清代文字狱档》(增订本),168页,上海,上海书店出版社,2011。
[3] 中国戏曲研究院编:《中国古典戏曲论著集成》九,264~265页,北京,中国戏剧出版社,1959。

文章，欲待鸣何处！ 年衰暮，借他词赋自把闲愁吐"（第十八出"著骚"），"今古恨教人怎懂？ 天公似哑如聋，颜算殀，跖寿全终；货权贵，孔哲偏穷。 总拗不过运途消长将人送"（第十九出"卜居"）。① 从而把这一历史题材，写得抒情意味十足。 正如"凡例"曰："此为屈子写怨，非为秦楚编年。""写怨"大于、重于"编年"，也就使历史剧染上了抒情剧的秾丽色彩。 当然，这个"怨"主要来源于作者在现实生活中的不满与寄托。 同样表达科场失意、人生蹭蹬的还有吴震生（1695 —1769），其《自题磨剑图》比况云："男儿四十无闻奚足数，况复廿载无家，栖栖行歧路。 有气不得薄苍冥，终日昏昏坐云雾。 一言不能言，愁思将谁诉！ 磨我手中剑，凌空一舞神锋吐。 阵云欲散星光寒，霜枫乱飒秋原树。 鸥鸟无声萤火收，皎月星光还太素。 兴阑弃剑复高歌，男儿欲待欢乐奈老何！"无家无业，老而无成，对于毕生为求取功名而奋斗奔波的古代文人来说，这样的结果无疑是残酷的，打击也确实是具有摧毁性的。

除了这些男性作家惯常的"不满"声音地流露，此一时期也非常难得地出现了女曲家的哀怨之情。 例如，王筠（1749 —1819），字松坪，号绿窗女史，陕西长安县（今西安）人。 生于翰林之家，自幼颖异，能诗善词，收入《槐庆堂集》；又有传奇《繁华梦》，秦腔剧本《全福记》《游仙梦》《会仙记》等，可称戏曲史上才情丰饶的女曲家之一。《繁华梦》（1770）第二出《独叹》，写女主人公对性别身份的感叹，其实就是作者的内心独白："俺虽未从师，略知文义，但生非男子，不能耀祖光宗；身为裙钗，无路扬名显姓。 当此春融天气，柳媚花妍，莺啼燕语，总是恼人情绪也。"这段话，颇与《红楼梦》第 55 回贾探春那句"我但凡是个男人，可以出得去，我早走了，立出一番事业来"②的愤语同感同受，均表达了康乾盛世女性追求平等、渴望解放的强烈意识，令人欣慰。

部分曲作也继承了"尚奇"的传统。 例如，夏纶（1680 —1753）提出了

---

① （清）张坚：《玉燕堂四种曲》，清乾隆刻本，国家图书馆藏。
② （清）曹雪芹、高鹗：《红楼梦》二，698 页，北京，人民文学出版社，1980。

"庸中之奇"说，与清前期的日用之奇遥相呼应。夏氏字惺斋，号言丝、朧叟，晚年别署惺斋居士，浙江钱塘（今杭州）人。自十四岁应乡试，连举八次未得一第。乾隆元年（1736）应博学鸿词科，为人劝阻止，因洁身返乡，著书自娱，有《无暇璧》《杏花村》《瑞筠图》《广寒梯》《花萼吟》《南阳乐》，总名《新曲六种》。他曾在"自序"中，与人辩论"传奇"的性质，指出传奇固以"文工"为必须条件，然所传之事非"事奇"之谓，"忠孝节义五种庸行"皆可以传。他说："子以反常背道为奇，欲其奇之传也，难矣。天下惟事本极庸，而众人避焉，一人趋焉，是为庸中之奇。庸中之奇，斯为奇可传，而其传可久。"[①]张坚则由"奇"入"幻"，《梦中缘》以幻缘始，被称为"排场生动，变幻新奇"。剧中多设神仙人物及场景，如《梅花簪》中出现了灵应大帝，《玉狮坠》中出现了八仙与龙女等；即使在历史剧《怀沙记》中，也平添了屈原升天的细节，把奇幻渲染到极致。

戏曲情景理论也得到贯彻和发挥。康熙时吴仪一曾注意到《长生殿》努力营造优美意境的特色，使作品极富抒情性质，故给以很高的评价，多次在具体评点中点出"情景如画"（第二十九出"闻铃"），"情景各异，摹写宛然"（第十一出"闻乐"），"情与景会，神妙难言"、"境由情生"（第二十二出"密誓"），"境从心生"（第十八出"夜怨"）[②]等。此时张坚提出了"以情造境"说。《梦中缘》"自叙"中指出，要想塑造出"一往而深"之情，必须"以想造情，以情造境"，情生梦，梦生情，梦境与情境相生相成，才能达到"情真则无梦非真，梦幻则无情不幻"的艺术效果。黄图珌（1699—1765）[③]提出了"情景相生"说。黄氏字容之、荣工，号蕉窗居士、守真子，江南华亭（今上海）人。雍正六年（1728）以荫生入都，官至河南卫辉府知府。擅诗文词曲，著有《看山阁集》，并撰传奇八种，分别是《雷峰

---

① 吴毓华编著：《中国古代戏曲序跋集》，490 页，北京，中国戏剧出版社，1990。
② （清）洪昇著、（清）吴仪一批评：《吴仪一批评本〈长生殿〉》，106、37、81、79、64 页，南京，凤凰出版社，2010。
③ 按，黄图珌的生卒年，参见华玮、陆方龙：《黄图珌及其孤本传奇〈解金貂〉与〈温柔乡〉》，载《戏曲研究》第八十一辑。

塔》《解金貂》《温柔乡》《栖云石》《百宝箱》《梦钗缘》《双痣记》《梅花笺》（已佚），合称《看山阁乐府》或《排闷斋传奇》。他的戏曲理论集中于《看山阁集闲笔·文学部·词曲》及一些戏曲剧本的序跋中。他认为情与景的关系并非是独存的，而是可以融会贯通的。《词情》云："情生于景，景生于情；情景相生，自成声律。"又指出景的变化与转换必须紧随情的起伏与波动，自然妙和，无微不至，方能使戏曲臻于"化工"。《有情有景》云："心静力雄，意浅言深，景随情至，情繇景生，吐人所不能吐之情，描人所不能描之景，华而不浮，丽而不淫，诚为化工之笔也。"[1]以上这些论述，应该说比李渔更进一步，从而构成了中国古典情景诗学的重要内容。

历史剧创作与理论进一步发展。受洪昇、孔尚任的影响，涌现出一批以历史剧经世的作品，如黄振（1724—1772）《石榴记》搬演南宋史，夏秉衡（1726—1774）《诗中圣》搬演唐杜甫史事，瞿颉（1742—1817）《元圭记》搬演夏史，许鸿磐（约1757—约1837）《西辽记》搬演辽史、《雁帛书》搬演元史、《女云台》搬演明史等，不再赘举。

许廷录（1678—1742）[2]，字升闻，号适斋，常熟（今属江苏）人。少英妙卓荦，以抱幽忧疾，决意功名，潜心子史百家，工书法，喜墨竹，诗文词皆长，著有传奇《五鹿块》《两钟情》《五虎山》《碧玉钏》，杂剧《蓬壶院》，及《东野轩文集》《东野轩诗》《东野轩暇集》等。《五鹿块》搬演春秋时期晋国史，许氏尝谈创作过程曰：

> 余何为演而编之哉？夏四月，观剧于琅琊氏。客谓余曰：晋公子重耳事可传也，惜无其传，子能曲，盍广其传乎？予应之曰：唯。归家，蒐所谓《史》《左》《国》而稽之。茫乎若临深山，林木苍莽，荆棘盘郁，虽有奇峰峻岭却不得上。因惘然忧之，转悔向之何以轻诺也。继复思天下

---

[1] 中国戏曲研究院编：《中国古典戏曲论著集成》七，141、142页，北京，中国戏剧出版社，1959。
[2] 按，许廷录的生卒年，参见王银洁：《许廷录生平、家世及〈五鹿块〉传奇创作考》，载《戏曲艺术》，2015（1）。

岂有不可辟之径耶？因芟草莱，剪翁翳，悬崖而上，援索而升，登巅陟岭，得践予言，而予忧始释。①

以形象化的语言描述了查找资料、选择剪汰、梳理线索、确定主题的艰辛，真非个中人不能知也。这里谈到历史剧的创新问题，即选材一定要独特，要尽量选择前人未写过的，并且是有意义的、能适合进行舞台表现的内容，"事可传"而"无其传"，故作来价值非凡。写作时还要注意，不能把原料原封不动地拿过来就用进去，历史剧不是历史材料的收集场，"原汁原味"的创作方式是要不得的，需要坚决回避。而且，历史中的人与事，若要走上舞台进行广泛传播，还需以"为世之鉴""立世之则"为宗旨，对社会伦理道德场域的构建起到积极的引领作用。

徐大椿《乐府传声·源流》认为，戏曲风格随时代而变，"曲之变……乃风气自然之变，不可勉强者也"。雍乾考据学风也刮进历史剧中，曲家多以严谨的治学态度来编演剧本，从而促使历史剧走向考据。代表人物有董榕、瞿颉。董榕（1711—1760），字念青，号恒岩、定岩、谦山、渔山，别署繁露楼居士，直隶道化州丰润县（今河北丰润）人。雍正十三年（1735）拔贡，廷试第一，历任多地知县、知州、知府，兴利除弊，服务人民，是一位难得的能吏。为孝子故，在母亲死后，溺水以殉。著有《周子全书》《庚洋集》《畿辅诗传》《繁露楼集》等。《芝龛记》首出《开宗》【双调词·庆清朝】曲云："修前史，昭特笔，表纯忠奇孝。"甫一开唱，便具有借"修前史"对前朝表忠孝的味道。时人何东山评云，此曲乃本《明史·秦良玉传》，"而考据更博"。黄叔琳《序》云："杂采群书，野乘墓志，文词联贯补缀，为之翕辟张弛，褒贬予夺，词严义正，惨澹经营，洵乎以曲为史矣。"②"以曲为史"，即含有通过治史来制曲而行经世之义。《光绪遵化通志》卷五四传称："组织明室一代史事，思精藻密，足为龟鉴，当与谷应泰《明鉴纪事

---

① 蔡毅编著：《中国古典戏曲序跋汇编》第3册，1561～1562页，济南，齐鲁书社，1989。
② 吴毓华编著：《中国古代戏曲序跋集》，465页，北京，中国戏剧出版社，1990。

本末》并传不朽,不得第以传奇目之。"①将制曲等同于治史的意思更为明显。瞿颉(1742—1818),本名颙,为避仁宗讳改,字孚若,号菊亭,别署琴川居士、琴川苍山子、秋水阁主人、菊亭居士,江苏常熟人。乾隆三十三年(1768)举人,曾任鄮都县知县。著有《四书质疑》《仓山诗钞》《秋水阁古文》等,并撰有传奇八种,今存《鹤归来》等四种。《鹤归来》"自序"云:"余乃为之更正姓名,其中情事,悉按《明史》及《粤行纪事》所载,以归核实。"②以治史的实录态度来制曲,其创作思维明显步踪孔尚任《桃花扇》。

附和朝廷声音的一面,以各地方政府最积极。雍正年间山西朔州正堂发布《禁夜戏示》,指出"作无益,害有益,废时失事,莫甚于戏",认为戏曲观演活动是滋生各种不端的温床,"淫词艳曲,丑态万状,正人君子所厌见恶闻,而愚夫愚妇方且杂沓于稠人广众之中,倾耳注目,喜谈乐道,僧俗不分,男女混淆,风俗不正,端由于此",要求予以"惩治""严禁"。③ 江南总督赵弘恩写于乾隆元年(1736)请禁演戏的奏折,措辞更加严厉,视演戏为非法,"凡属演戏者皆为犯法,国家无此科条"④。然而,完全的禁止是不可能的。彼时戏文已在百姓生活中生根,成为社会活动不可或缺的组成部分。李绿园《歧路灯》中的巫翠姐就是一个很生动的例证。她"素以看戏为命"(第49回),自孩提时便喜欢上了看戏,只要山陕庙唱戏,无论白日夜间,总要去看。巫翠姐能说古论今,全部引用戏名、戏中典故,看戏几乎成了她获取知识、学习为人处世的唯一源泉。鲁迅《马上支日记·七月五日》曾言,旧时"国民的学问",大多数是靠着小说和戏文得来的。⑤ 此语确真,也反映出戏曲作为一种文艺形式的强大的生命力。

---

① (清)何松泰、史朴纂修:《河北遵化通志》第53—56卷,38页,清光绪年间刻本。
② 蔡毅编著:《中国古典戏曲序跋汇编》第4册,2078页,济南,齐鲁书社,1989。
③ 丁淑梅:《元明清三代禁毁戏曲史料补遗》,见《中国文学研究》第九辑,443页,北京,中国文联出版社,2007。
④ 丁淑梅:《元明清三代禁毁戏曲史料补遗》,见《中国文学研究》第九辑,444页,北京,中国文联出版社,2007。
⑤ 王得后、钱理群编:《鲁迅杂文全编》上编,446页,杭州,浙江文艺出版社,1993。

禁，禁止不绝；于是在禁之外，生出了劝。江西巡抚陈弘谋写于乾隆八年（1743）的奏折上说："总惟汰去淫邪之状，大彰报应之理。如此，则凡有剧场，所演者无非忠孝节义之事，所闻者无非福善祸淫之言，人人喜观，处处乐道，必能感发其良心，惩创其恶念，用以移风易俗、鼓吹休明。"①以这样程朱理学的"教条"来规范戏曲创作与演出，无论什么时候演、演出多长时间、观演的人群多么庞大，都不必担心了。无害反益，实在是最好的折中法门。受此影响，乾隆间戏曲风化观占据了主导地位，曲家多以封建伦理道德为中心，宣扬教化，歌颂忠孝。例如，程大衡《新镌缀白裘合集序》说："其中大排场，褒忠扬孝，实勉人为善去恶，济世之良剂也。小结构梆子秧腔，乃一味插科打诨，警愚之木铎也。雅艳豪雄，靡不悉备；南弦北板，各擅所长。撷翠寻芳，汇成全璧。即可怡情悦目，兼能善劝恶惩。"②演出不论大小，一律都被同化净化了，剧场遂变成封建教化的操演场。

即便连沈起凤这样的名家也不能幸免。其《脂脂》首出《天榜》中，借仙子吴彩鸾之口宣称："我想科场一事，人间专重文章，天上全凭阴骘。你看贪欢的遭黜贬，严刑的蒙罪愈。远地里夺了巍科，受了官非，种下奇冤。这的是天道昭彰，这的是天道昭彰。前因后果，祸淫福善，抵多少格言惩劝。"显然着力于劝善。不过，与一般俗手的区别是，为达到劝的目的，沈氏十分注意戏曲语言的俗化革新，不那么一本正经板着脸教训人，而是力求用语通俗，以使劝善的效用最大化。他曾写过一篇笔记小说，记述他所编创的一部传奇的社会影响。《谐铎》卷三《镜戏》篇后有按语曰："犹记庚寅岁（1770）养疴红芍山房，戏制《泥金带》传奇，为天下悍妇惩妒，演诸宋观察堂中。登场一唱，座上男子无不变色却走。盖悍妇之妒未惩，而懦夫之胆先落矣。殆哉！"③该剧之所以能起到如此立竿见影的现场效果，剧中作

---

① 丁淑梅：《元明清三代禁毁戏曲史料补遗》，见《中国文学研究》第九辑，446 页。
② 钱德苍选辑：《缀白裘》，参见王秋桂主编：《善本戏曲丛刊》第五辑第 1 册，台北，学生书局，1987。
③ （清）沈起凤：《谐铎》，43 页，北京，人民文学出版社，1985。

为士大夫的"宋观察",语语通俗能为人懂,而不是之乎者也满口嗟呀,恐怕是最直接的原因。

◎ 第二节
蒋士铨、杨潮观的戏剧观念

　　清代剧坛继康熙年间的"南洪北孔"之后,乾隆年间又出现了一些颇有影响的剧作家,其中尤以蒋士铨和杨潮观为代表,曲史研究者称"东杨西蒋"①,足见前辉后映。尽管两人的剧坛地位不如他们的前任,且于戏曲也是创作见长而少于论说,然而作为观察清中期戏剧思想演变的组成,还是很有发掘之必要的。

一、反对"曲繁白赘":剧本体制的革新

　　戏剧自元杂剧始,剧本体制一直存在很明显的弊端,即以"长"为要素,居"长"不减,一部戏往往长达几十出。鸿篇巨制固然自有其胜处,但作为舞台表演艺术,"长"必定会影响到观演效果,一定程度上也增添了不必要的创作麻烦。对于这个问题,近代戏曲史家吴梅有评曰:"明代传奇,率以四十出为度,少者亦三十出,拖沓泛滥,颇多疵病,即玉茗《还魂》,且多可议。"②因为要服从体制长的安排,反而使作品滋生了许多"疵病",名作尚不能幸免,其他毋论矣。事实上,明代曲家也早已意识到剧本体制上的不足,而着手进行改变。"前七子"之一的王九思(1468—1551),就写出了

---

① 周妙中:《清代戏曲史》,272 页,郑州,中州古籍出版社,1987。
② 谢玉峰编:《吴梅词曲论著集》,262~263 页,南京,南京大学出版社,2008。

一折杂剧《中山狼》，成为单折短剧探索的先行者。以此为引导，明代单折短剧创作活跃，出现了徐渭《四声猿》中的《狂鼓吏》、汪道昆《大雅堂四种》、程士廉《小雅四纪》、沈自徵《渔阳三弄》、许潮《泰和记》等八十余种。这些短剧，注意吸收南戏的表演特色，多写文士郁情或说禅话道，重情轻体，灵活开放，表现出北南戏曲合流的趋势，开辟了剧本体制改革的时代篇章。

至清代，短剧创作出现新局面，不仅从事者众、剧作多、适用场合广，题材、内容及手法上也有新变化，标志着短剧进入兴盛期。清宫承应戏即以单折短剧为多，便于适应筵宴活动的短长，以及服务主题对象的变化。文人短剧颇多佳作，如唐英《古柏堂传奇》中的部分剧作，杨潮观的《吟风阁杂剧》、蒋士铨的《庐山会》、徐爔《写心杂剧》、桂馥的《后四声猿》等。以戏剧改编闻名的唐英，崇尚短小精练，常常缩长为短，剧作以单折居多，有《笳骚》《佣中人》《清忠谱正案》《女弹词》《英雄报》《十字坡》，此外《长生殿补阙》为二折剧，又有《梁上眼》八出、《巧换缘》十二出等。

《吟风阁杂剧》是清代短剧的代表作。杨潮观（1710—1788）[①]，字宏度，号笠湖，江苏金匮（今无锡）人。乾隆元年（1736）中顺天乡试举人，入实录馆，后调山西、河南、四川等地任地方官，先后做过七任县令、三任知州，政绩卓异。喜花竹，工书善画，深于经史，尤以词曲见长，与袁枚、鄂尔泰、顾光旭、钱维乔等交游。著述另有《春秋左鉴》《周礼指掌》《易象举隅》《古今治平汇要》等。《吟风阁》包括三十二个短剧，每剧以"思"字题起，一剧一"思"，各自独立，又结成一体，构成"思"剧系列，分外有创意。其剧取材或于史书、或于神话传说、或于文人笔记，有的仅据几笔史料便生发如花幻想，有的串联辩驳阐发新说，大多立意奇警，情节活泼，人物逼肖，曲白干净，场面饱满，富于极强的艺术感染力，既适合看文又适合看演，历来颇受赞誉。同时代的汤大奎（？—1786）评价说："《吟风阁》杂

[①] 按，关于杨潮观的生卒年，参见刘世德《杨潮观生卒年考辨》，载《文史》，1978,5（12）。

剧,深得元人三昧。昔人论制曲须是巨才,与诗词是另一副笔墨,既宜传演,又耐吟讽,摹神绘影,中人性情,斯为能事。"(姚燮《今乐考证》)①民国学者陈侠君也予以高度评价:"先生谱《吟风阁传奇》三十二回,将朝野隔阂,国富民贫,重重积弊,生生道破;心摹神追,寄托遥深,别具一副手眼。文情艳丽,科白滑稽,光怪陆离,独标新义,扫尽浮词,不落前人窠臼,似非寻常随腔按谱填曲编白可比也。"②无论是思想性、艺术性,还是舞台性,都达到很高的水平,确立了短剧作为一种比传奇篇幅小而又大于诗文的新抒情文体的地位,树立了短剧体制的典范形态,在短剧从长剧中脱离出来的道路上发挥了至关重要的作用,成为短剧走向独立的标志。

徐爔(1732—1807),字鼎和,号榆村,别署镜缘子、枫江种缘子,吴江(今江苏苏州)人。为词家徐釚之孙,名医、曲学家徐大椿之子。幼承家学,亦以医名,并擅词曲。以太学生授儒林郎,曾于乾隆二十六年(1761)、乾隆三十六年(1771),两次随父进京治病。晚年家道中落,遂将笔墨寄感慨,著有《镜光缘》传奇、《写心杂剧》,以及《蝶梦盦词曲》《梦生草堂诗文集》《曲池花影诗钞》《药性诗解》等。《写心杂剧》属系列杂剧合集,共由十八种一折剧作组成。"自序"曰:"写心剧者,原以写我心也。心有所触则有所感,有所感则必有所言,言之不足,则手之舞之足之蹈之而不能自已者,此予剧之所由作也。"③这种"写心",不是托物言志,或借他人酒杯,而是剧作者亲自登场,自编自演,自做主角,自现身法,在表现手法上有很大的改进。例如,《湖山小隐》中有白曰:"小生姓徐,自号榆村,家傍松陵,宿占五湖风月;质缘鲁钝,深惭一脉书香。付功名于流水,等富贵于浮云。偶习岐黄,以消岁月,那些患病的人,皆错认我有长生之药,都来下问,反使我半世奔驰,焦劳异常,因此欲觅幽栖之处,藏名隐姓,以乐余年。"活脱脱是徐爔个人生平、理想志趣的自我介绍。以自传为戏剧,起

---

① 中国戏曲研究院编:《中国古典戏曲论著集成》十,178页,北京,中国戏剧出版社,1959。
② (清)杨潮观:《吟风阁杂剧》,245页,上海,上海古籍出版社,1983。
③ 蔡毅编著:《中国古典戏曲序跋汇编》第2册,1012页,济南,齐鲁书社,1989。

自清前期廖燕（1644—1703）的《诉琵琶》杂剧，《写心杂剧》数量多又如此集中，则对这一写法的定型起到了很好的塑造作用。

桂馥（1736—1805），字冬卉，号未谷，别署老苔，山东曲阜人。乾隆五十四年（1789）中举，五十五年（1790）举进士，任云南永平知县，卒于任所。博涉群书，潜心训诂，为乾隆间硕儒。著有《说文义证》《国朝隶品》《历代石经图》《东莱草》《老苔藤稿》《行笈草》等，年七十作杂剧《后四声猿》，蜚声剧坛。《后四声猿》包括《放杨枝》《投溷中》《谒帅府》《题园壁》四个短剧，北杂剧、南杂剧各二，长者两千余字，短者仅数百字。简短精练，笔锋老辣，长于心理刻画，是难得的短剧佳作，以一代经学家、文字训诂学家之力，推动了短剧的成熟与发展。对此，郑振铎评价曰："馥虽号经师，亦为诗人。《后四声猿》四剧，无一剧不富于诗趣。风格之遒逸，辞藻之绚丽，盖高出自号才士名流之作远甚。似此隽永之短剧，不仅近代所少有，即求之元明诸大家，亦不易二三遇也。清剧自梅村、西堂、坦庵、权六诸人，开荆辟荒后，至乾隆间而全盛。馥与杨潮观尤为大家，短剧风格之完成，允当在于此时。未谷、笠湖之后盛极，盖难为继矣。"[1]虽有过高之誉，还是充分肯定了桂馥对清代短剧所做出的贡献。

短剧的短，不限指一折、单折，如四折、六折、八折、十二折的剧作，自然也可以称为短剧。在这方面，蒋士铨做出了有益的探索。他的《庐山会》是一折剧，《四弦秋》《一片石》及《西江祝嘏》四部是四折剧，《第二碑》是六折剧；他还有长至三十多折的长剧，最长的《冬青树》达三十八折。蒋氏自一四六折的短剧，到三四十折的长剧，乃至二十折左右的中篇剧都有，说明他并不墨守杂剧创作规范，是一位勇于进行文体体制革新的实践家。

此时的曲家为什么要写短剧呢？一个原因是演出的需要。元杂剧一般四本二十折，明清传奇篇幅加长动辄四十出，令舞台演出十分不便。王鲁川

---

[1] 蔡毅编著：《中国古典戏曲序跋汇编》第2册，1027页，济南，齐鲁书社，1989。

为张坚《梦中缘序》中曰:"填词太长,本难全演……舞榭歌楼,曲未终而夕阳已下;琼筵绮席,剧方半而鸡唱忽闻。则此滔滔汩汩之文,终非到处常行之技,未免为优伶所难。"①一部戏,整天整夜还演不完,难免让人产生反感。洪昇曾谈到五十出《长生殿》的演出烦恼:"今《长生殿》行世,伶人苦于繁长难演,竟为伧辈妄加节改,关目都废。"②就是说,为了便于进行短时间内的演出,对原作做了很多删改。曲家虽极不满意,然演者亦是无奈之举。还有一种改动形式,即适应剧长与演出时短的矛盾,把原作中的精彩片段及对观者感染力强的,单独拿出来进行演出,不演全本,只演某一折,称"折子戏",如《牡丹亭》五十五出,其中《春香闹学》《游园惊梦》《拾画叫画》等,都成为经常演出的折子戏。戏曲演出中,流传既广且久的戏,多为折子戏。乾隆年间,剧场演出折子戏成一时之风,诞生了《缀白裘》这样的折子戏选本。全本戏"苦",折子戏"乐",曲家们舍长求短,也算是必然选择吧。

另一个原因是文人抒情的需要。戏剧虽属于叙事文体,但在明清时期,其抒情性越来越浓。张椿山《空谷香序》曰:"元人杂剧,限于篇幅,故事曲繁白赘,节目殊多牵混。……太史历落嵚崎,名山友教,跌宕于文章气谊间,有不可一世之槩。酒阑灯灺,意有所触,辄纵笔取古今事,作金元院本,以发挥其志趣,此《空谷香传奇》其一种也。"③"曲繁白赘"是为了增强叙事性,使剧本的故事情节更精彩,更能吸引人看。蒋士铨追求的却是因"意"发"志",重在情感的抒发,从而改变了戏剧的写作方向。杨潮观《吟风阁杂剧》"自序"云,"往年行役,公余遣兴为之"。即是"遣兴",也就决定了创作需以抒情为主。又曰:"夫哀乐相感,声中有诗,此亦人事得失之林也。士大夫诗而不歌久矣,风月无边,江山如画,能不以之兴

---

① 蔡毅编著:《中国古典戏曲序跋汇编》第3册,1698页,济南,齐鲁书社,1989。
② (清)洪昇:《长生殿》"例言",北京,人民文学出版社,1958。
③ (清)蒋士铨撰:《蒋士铨戏曲集》,433页,北京,中华书局,1993。

怀。"①明确把短剧作为一种诗体来看待,作为可供士大夫抒怀的另立于诗之外的一种载体。 近人胡士莹评其《大江西小姑送风》曰:"此剧只是作者自写入蜀时江行光景……这是文人即兴之作,并无什么情节,仅可供案头阅读欣赏之用。 ……是一篇优美的抒情诗。"②不注重塑造情节,而重在即兴抒情,戏剧文体的功能与性质发生了大变样,走上诗化的道路。 刘大杰说的更直接:"一折之短剧,因其形式之方便,最利于文人之抒写怀抱,故自徐文长、汪道昆以来,作者颇多。"③在抒情的内在动力驱使下,短剧才成为一种新文体。 不必说徐爔的"自传"式抒怀,一辈子从事文字训诂的桂馥,"大才不偶",晚年也要以《后四声猿》,"借古衣冠发抒块垒"④,便是一个极有趣而生动的例子。

二、"以乡人言乡事":历史题材的转向

清代历史剧盛行,无论宫廷承奉、文人创作,还是民间演场,历史题材都是重要的构成。 但创作观演的多了,正史上的材料也就几乎被搜罗殆尽了。 曲家不想炒人冷饭,拾人牙慧;演者不想就同一内容,演了这出演那出;观者更不想一个人物故事不同版本换着看,味同嚼蜡,没甚意味。 在这种情况下,同时也是为了走出洪、孔两人大型历史剧的盛威,清中期历史题材的创新问题,不可避免地被提上了日程。

如何创新? 不满历史中的陋见成见,或是前人剧作之意,进行核考辩证会生新说是一条路。 例如,杨潮观《灌口二郎初显圣》一剧,立旨"思德馨"。 认为历史上有功于民得享祭祀者,大禹之后,"惟蜀之二郎","香火千年,蜀人尊为川主,恩其德而歌舞之宜矣"。 由此辩证史家、小说家有关

---

① (清)杨潮观:《吟风阁杂剧》,"自序",上海,上海古籍出版社,1983。
② (清)杨潮观:《吟风阁杂剧》,12页,上海,上海古籍出版社,1983。
③ 刘大杰:《中国文学发展史》下册,589页,天津,百花文艺出版社,2007。
④ 蔡毅编著:《中国古典戏曲序跋汇编》第2册,1026页,济南,齐鲁书社,1989。

二郎神之姓氏的不同，"惟是神之姓氏，传闻异辞，在正史为李氏子，在虞初家皆以为杨，岂灌口有两二郎耶？"①从"大庇民"的功德观角度，肯定二郎神应姓李，乃是蜀郡太守李冰之子李二郎，而非小说家笔下的杨戬。这一认识，把英雄观、神灵观与人民的利益结合在一起，闪耀着以人民为本的思想光辉，是积极进步的。《寇莱公思亲罢宴》一剧，通过贵与贫的强烈生活对比，还原历史人物寇准的幼时经历，肯定邵伯温《邵氏闻见录前录》中的"家贫"说，否定《宋史·寇准传》、欧阳修《归田录》中的"豪侈"说；尤其站在"家之不齐，岂能治国"的高度，来考量整个剧情，引起矛盾冲突，显得分外深刻。作者题下《小序》曰："罢宴，思罔极也。长言不足而嗟叹之，不自知其泪痕渍纸，哀丝急管，风木增声，恐听者兴蓼莪俱废尔。"②"不自知"之语，或疑其有自我身世的感叹融在里边，故为掇拾史料，写剧作辩。该剧艺术性强，流传甚广。焦循《剧说》卷五有评云："寇莱公罢宴一折，淋漓慷慨，音能感人。阮大中丞巡抚浙江，偶演此剧，中丞痛哭，时亦为之罢宴。盖中丞亦幼贫，太夫人实教之，阮贵，太夫人久已下世，故触之生悲耳。"③可见确实是感人至深。

蒋士铨《四弦秋》则为驳正前人剧意而作。"自序"云："向有《青衫记》院本，以香山素狎此妓，乃于江州送客时，仍归于司马，践成前约。命意敷词，庸劣可鄙。同人以予粗知声韵，相属别撰一剧，当付伶人演习，用洗前陋。"④这样的《青衫记》，既不见诗人的理想人格，也没有男女缠绵悱恻之情，还将女性视为可以赠来送去的"礼物"，思想格调低下，玷污剧坛甚矣。《四弦秋》重新界定了"青衫泪"的内涵，即不是与爱妓离别之泪，乃是因君臣前相得、后生误而引起的仕宦沉浮之泪。"呜呼！此青衫之泪所难抑制者也。"白居易这样的奇伟男子，"泪"岂能轻弹乎？！如此，人物结

---

① （清）杨潮观：《吟风阁杂剧》，107 页，上海，上海古籍出版社，1983。
② （清）杨潮观：《吟风阁杂剧》，211 页，上海，上海古籍出版社，1983
③ 中国戏曲研究院编：《中国古典戏曲论著集成》八，195 页，北京，中国戏剧出版社，1959。
④ （清）蒋士铨撰：《蒋士铨戏曲集》，185～186 页，北京，中华书局，1993。

构与故事核心也发生了巨大变化,不再像《青衫记》那样,仅仅因一"琵琶老妓浪费笔墨"了。孰高孰低,一看便知。

与纠结于考辨相比,历史题材的乡土转向,似乎更是一条康庄大路,可以越走越宽,也可以有更多的人加入进来。这一转向应以蒋士铨(1725—1785)为代表。蒋氏字辛畲,一作辛予、心余,一字苕生,号清容、定甫,别署离垢居士、清容居士、铅山倦客、藏园主人,江西铅山(今上饶)人。应童子试,被殿撰金德瑛誉为"孤凤凰"。乾隆二十二年(1757)进士,授内阁中书,改庶吉士、以散馆授翰林院编修,充武英殿纂修,曾任顺天乡试同改官、《读文献通考》纂修官,声名日起,年轻时遍游山东、河北、山西等地,遍交海内名士,因不欲为显官罗致门下,乞假奉母南归,受聘讲学于绍兴蕺山书院、杭州崇文书院、扬州安定书院。母亲去世后,入京师充国史修撰,记名御史,然抱负未展,抱病辞归。天资聪颖,博学多才,诗文词曲皆擅。著有《清容外集》《西江祝嘏》《忠雅堂诗集》《忠雅堂文集》等。

蒋士铨现存剧作十六种,其中从乡土取材者,有《冬青树》《一片石》《第二碑》《採樵图》《临川梦》《空谷香》《庐山会》七种。几占一半,足见蒋氏对乡土文化的热爱。按照取材的范围,又可分为三类:一类演述江西历史上的前辈乡贤,如《冬青树》演南宋著名爱国诗人文天祥(江西庐陵)、谢枋得(江西上饶)故事,《临川梦》演明代著名戏剧家汤显祖(江西临川)故事,《一片石》《第二碑》《採樵图》三剧演明代著名理学家娄谅(江西上饶)的女儿、宁王朱宸濠的妃子娄氏的爱国故事;一类演述发生在身边的时人时事,如《空谷香》演当时南昌令尹顾瓒园与妾姚氏的爱情;一类演述发生在江西地面上的神仙故事,如短剧《庐山会》,乃演上界福、禄、寿三仙与江西各地山神的宴会,参加者有名为大匡君、小匡君的庐山山神,有名为五老的五老山(位于江西九江)山神,有名为大姑、小姑的大孤山、小孤山(位于江西九江)山神。尤其娄妃之人事,连写三剧,集束凸显,尽情抒发,对任何一位曲家来说,都是极为罕见的,表明乡贤题材在蒋士铨心目中地位之高。

通过这些创作,蒋士铨提出了乡土剧的选材标准。首先,地方的也须是全国的,即须在整部正史中、在全国具有典型性。《冬青树自序》论云:

> 窃观往代孤忠,当国步已移,尚间关忍死于万无可为之时,志存恢复,耿耿丹衷,卒完大节,以结国家数百年养士之局,如吾乡文、谢两公者。呜呼!难矣哉![1]

的确,文天祥、谢枋得两人,是古来伟大爱国精神的化身与象征。他们的爱国事迹,无论被置于何处,都是光芒闪烁,可以引起人们的普遍共鸣的。可惜,竟未有戏剧进行表现!所以,作者才深感痛心,夜不能寐,"撷拾附会,连缀成文"。取"冬青树"之寓意,弥补了这一遗憾与不足。诚然,这样的题材,非"吾乡"的作者也可以写;但由于没有在"吾乡"世居生活的深厚体验,无法达到"慷慨歌呼,不自能已"的激情创作状态,故写出来的效果可能会大打折扣。

其次,须是湮没未闻、精神未得到发扬的。娄妃事件即如此。娄妃可谓一个奇女子,她的一生,自始至终充满奇情奇节。出身理学名门,此奇一;德才貌俱佳,此奇二;得嫁宁王,此奇三;劝宁王勿反,忠于国家,此奇四;其父娄谅为明代大儒王守仁之师,而王守仁又平定"宁王之乱",此奇五;投江自殉,大节大烈,此奇六;王守仁为之建娄妃墓,此奇七;逝后二百多年的时间里,一直未引起地方重视,此奇八。蒋士铨因为撰修《南昌县志》,一一抒发其奇之所在,辨析其中之疑点,创为三剧,方使其人其名得彰于天下。《一片石》"自序"概述创作之由,"前明宁庶人娄妃沉江后……二百年来,无有志者";前明太守"悯焉",曾为表彰,赠守墓子弟官牒;乡人"好为议论者",怀疑妃子尸体当"顺流西下皖江",不当"逆溯城阙",即跟上饶地方没有关系。前代以为实、为之旌,今人反以为疑,取消

---

[1] (清)蒋士铨撰:《蒋士铨戏曲集》,2页,北京,中华书局,1993。

其可以作为乡土人事的根本，这是让作者大为焦虑的。乃为之考证奔走，坐为信实，参杂于史志中；又"惧其弗播人口"，方编为杂剧。蒋氏述其创作情景曰："淫雨溜檐，新藓上四壁，砚中尘薄若蒙縠，一灯荧荧然，乃起，濡残墨，衍其事为《一片石》杂剧。其间稍设神道附会，精诚所感，又何必不尔耶。"①附会神道的情节，是为回答娄妃尸体溯流至上饶的可能性的。他说："夫义烈之鬼，皮骨苟存，且有应声逐人者矣，有反侧鼎镬中者矣。精气不泯，可动天日，区区河伯，敢不回既倒狂澜，成贤妃首邱之志？"娄妃本为上饶的女儿，像她勇于赴死的壮烈事迹，"应声逐人"、急纳之于本乡还唯恐不及，又何必哓哓置论呢？更何况，她的死，于冥冥之中，定会感动河神，帮助达成她怀念故土、叶落归根的志愿。

最后，须是忠义节烈、感人至深的。古人戏剧都要遵循这一原则。即娄妃事迹言，因宁王叛乱，就有人质疑她的忠烈。王矩平《第二碑叙》云："或有以叛臣妻少之者，以故二百年来，仅一青原方伯表识其墓。"②事理识断上的不明，造成了对人物事迹的不正确评判，并影响到有效传播。因此，剧作家需有"识"，识高故义明。王矩平称赞蒋氏将娄妃之"义烈"载之邑乘，又以文人之笔宣播于戏剧，"精于辨义而勇于旌善"，很好地廓清了"其忠也、义也、烈也"的事实，无论于其人于本乡，意义都极为重要。他又自述观剧之感："予退食之余，庚楼凭眺，辄携此帙临江讽之，尤爱〔醉花阴〕数阕，怨慕情深，低徊欲绝。而故宫禾黍之悲，恍缭绕于波涛浩渺间，有令人慷慨唏嘘，不知涕之何从焉。因叹文章之能移我情也。"高度评价了蒋氏剧作的艺术力量。《空谷香》"自序"也提到，为何要以一位普通的姬妾作为表现中心："夫姬以弱女子，未尝学问，一丝既聘，能为令尹数数死之，其志卒不见夺，虽烈丈夫可也。"③弱女子者，烈丈夫也。能忠于婚姻约定，面对意外变故，矢志不夺，且敢于"数数死之"，平凡中寓极不平凡。所以，

---

① （清）蒋士铨撰：《蒋士铨戏曲集》，341页，北京，中华书局，1993。
② （清）蒋士铨撰：《蒋士铨戏曲集》，377～378页，北京，中华书局，1993。
③ （清）蒋士铨撰：《蒋士铨戏曲集》，434页，北京，中华书局，1993。

她的去世，才能令太守悲不自胜，"凡三易烛"，"色沮声咽"，对人述说。而作为听者，"予亦泫然不能去"。且再向别人（方伯王宗之）说起，也认为"姬其可传也"。能感动三位士大夫，其价值不名自言。

蒋士铨还指出了乡土剧的语言要求，即用乡言土语。由此，他发起了引俗入雅的戏曲改革运动。《空谷香》"自序"有论云："天下事有可风者，与为俗儒潦倒传诵，易若播之愚贱耳目间，尚足以观感劝惩，翼裨风教。"①明确提出戏曲最主要的不是用来让儒生文士观赏的，而是为了让处在社会底层的普通人受到真切实际的影响。戏曲中的人物形象、情节故事、唱白音律、服装道具以及歌舞动作等，都应顺应这一指向，做出相应的调整和变化。《一片石》"自序"又曰："若诙笑点染，以乡人言乡事，曼声拉杂，谓之操土音可也。"②用土音土语，传乡人乡事，平易亲切，幽默诙谐，可以起到易行易入、且深且厚的艺术目的。四帧祝寿戏《西山祝嘏》，则完全"出自民间风谣"，用"闾井伧鄙之音"，"佐以声韵"（王兴吾《西山祝嘏原序》）编辑而成。③值得注意的是，蒋士铨戏剧语言的俗化，是裹挟在乡土题材剧的整体中的，因而是内在要求。也就是说，他的向俗转向，是全方位的，并非单语言这一块，并不生硬，而是极为自然，较易为人接受。杨潮观《吟风阁》"自序"也主张戏剧语言要通俗："惟是香山乐府，止期老妪皆知；安石陶情，不免儿辈亦觉矣。"④通语俗言，老妪幼儿亦能听能解，这样的戏剧才便于观演，传播广且影响深。不过，杨氏仅指语言，未提到全剧的性质，就略略有些强求了。

蒋士铨倡导的俗化之风，在乾隆年间成为共识。今传钱德苍编定戏曲剧本集《缀白裘》，其第六集载叶宗宝"序"云："词之一体，由来旧矣；未有不登雅而斥俗，去粗而用精，每为文人学士所玩，不为庸夫愚妇所好也。若夫

---

① （清）蒋士铨撰：《蒋士铨戏曲集》，434 页，北京，中华书局，1993。
② （清）蒋士铨撰：《蒋士铨戏曲集》，342 页，北京，中华书局，1993。
③ （清）蒋士铨撰：《蒋士铨戏曲集》，659 页，北京，中华书局，1993。
④ （清）杨潮观：《吟风阁杂剧》"自序"，北京，中华书局，1963。

随风气为转移,任人心所感发,词既殊于古昔,歌亦逊于畴囊,非关阳春白雪,仅如下里巴人,一时步趋,大抵皆然。"①前时戏曲"登雅",此时戏曲近俗;雅戏只限于学士赏玩,俗戏则千百大众乐观。可以说,"以乡人言乡事"的乡土剧,为俗戏发展提供了最真实的舞台。

三、"唤做词人心骨痛":济世精神的阐扬

蒋士铨的戏曲创作,被推为"乾隆曲家第一,其后无能追从之者"。②其开拓了戏曲艺术俗化的新方向,格外强调思想性,具有积极的济世除弊精神,这也是很重要的一方面。

蒋士铨在诗文中,多次表达自己学以致用的人生取向。《上陈榕门太傅书》曰,"平居非有关于世道人心之书,未敢涉猎",不愿做一个"媲青配白"的文人,而欲以圣贤之学,"明体达用,济物利人"。③《述怀》诗曰:"忆昔诵书史,耻与经生俦。苦怀经济心,学问潜操修。"④他不愿意做一个百无一用的书生、皓首穷经的经生,不愿意做一名只知空谈、不能躬行的文人,只会八股制义、不能经世的举子。他的理想,仍是以古人"三立"为标,先修行德操,次求学问道、"济物利人",后则著书立说、"告之同志"。

为此,蒋士铨在戏剧创作中主张言情戏要慎重。儿女相思的爱情戏,古来虽擅歌场,然因其导情故,批判之声一直不绝。王阳明尝曰:"今要民俗反朴还淳,取今之戏子,将妖淫词调俱去了,只取忠臣孝子故事,使愚俗百姓人人易晓,无意中感激他良知起来,却于风化有益。"⑤"妖淫词调",即

---

① 吴毓华编著:《中国古代戏曲序跋集》,500 页,北京,中国戏剧出版社,1990。
② [日]青木正儿:《中国近世戏曲史》,王古鲁译,409 页,上海,商务印书馆,1936。
③ (清)蒋士铨:《忠雅堂集校笺》(四),邵海清校,李梦生笺,2310 页,上海,上海古籍出版社,1993。
④ (清)蒋士铨:《忠雅堂集校笺》(三),邵海清校,李梦生笺,1759 页,上海,上海古籍出版社,1993。
⑤ 王利器辑录:《元明清三代禁毁小说戏曲史料》(增订本),269 页,上海,上海古籍出版社,1981。

多指言情戏。张椿山《空谷香序》评南曲,"浅俚痴肥者,固不足道,而妖艳靡曼之音,诲淫倡乱,甘以词章得罪名教,遂使毛颖、陈元失身溷厕,楚炬秦灰不能廓清摧陷,岂非词场冤山苦海欤"①,认为词场应首重芟汰妖淫之音。

作为曲家来说,完全杜绝儿女私情的内容几乎是不可能的。关键要看秉持什么样的态度来处理这类题材。蒋士铨属于很严格、非常强调理性的那一种。《题愍烈记》云:"安肯轻提南董笔,替人儿女写相思。"②"南董笔",指南史、董狐之笔,两人都为春秋时期良史。蒋士铨短暂做过史官,归乡后又热衷于编写县志,故喜以史家之心、史家之笔自居。由此,他把相思戏看得很轻,并且不想做这样的戏。在他的剧作中,以男女爱情为重的戏,仅有《空谷香》《香祖楼》两部。数量之少,说明的确有所取舍。在写情上,他也承认情的重要性,"情字包罗天地,把三才穿贯总无遗"③,但主张务要淡化情的色彩,突出理的成分。《香祖楼》"自序"曾驳斥"破绮语之戒、涉欲海之波、践情尘之迹"的说法,提出"得乎性情之正者"的观点:

> 曾氏得《螽斯》之正者也,李氏得《小星》之正者也,仲子得《关雎》之正者也。发乎情,止乎礼义,圣人弗以为非焉,岂儿女相思之谓耶?

强调要以儒家的"风教"观为根本,情不能脱"正",以"正"制情,导情于正道。"才色所触,情欲相维,不待父母媒妁之言,意耦神搆,自行其志,是淫奔之萌蘗也。君子恶焉……于是以情关正其疆界,使言情者弗敢私越焉"④。"弗敢私越",这就是他对爱情戏的总要求。可见,他的"言情"论,由主情变成主理,与汤显祖有了根本不同。"扬州八怪"之一罗聘

---

① (清)蒋士铨撰:《蒋士铨戏曲集》,433页,北京,中华书局,1993。
② (清)蒋士铨撰:《蒋士铨戏曲集》,541页,北京,中华书局,1993。
③ (清)蒋士铨撰:《蒋士铨戏曲集》,541页,北京,中华书局,1993。
④ (清)蒋士铨撰:《蒋士铨戏曲集》,541页,北京,中华书局,1993。

(1733—1799)为《香祖楼》所作《论文一则》中说得好:"玉茗先生写杜女离魂苦彼矣,作者偏不畏其难,而一再撄其锋、犯其垒,弗以为苦。写梦兰之死,则达也;写俞娃之死,则恋也;写若兰之死,则恨也。皆非若丽娘之死于情欲之感。"①以"性情之正"代替"情欲之感",才创造出了梦兰(《空谷香》)、俞娃(《临川梦》)、若兰(《香祖楼》)这样的新人物。

主张为国家悲痛立言。蒋士铨写儿女戏少,聚焦国家之痛的戏却多。《冬青树》《桂林霜》两剧,反映国家兴亡,展现民族矛盾。《采石矶》《採樵图》两剧,写到国家战乱。《四弦秋》《临川梦》两剧,也触及国家政治中存在的君臣不相得的问题。他对国家苦难的反思,明显多于对儿女相思的发抒。为国家悲痛立言,成为他戏剧创作的主要选项。《桂林霜传奇》"自序"云:"国初,三孽跳梁,诸臣死者累累。然目炬唇锋,赫然史册,即钗笄角卯,同任国殇者,亦难历数。顾皆慷慨捐生,虽难而未极其至也。若文毅半载空衙,四年土室,冻骸饿殍,纵横阶所间。虎伥雉媒、魍沙鱼饵,日陈左右,而屹然不动,卒至喷血常山,旋飚柴市,偕四十口藁葬尸陀。呜呼!可谓极其难者矣。长夏病瘝,百事俱废。瘝止,辄採其事,填词一篇。积两旬,成《桂林霜》院本。"②是什么样的动力,驱使作者身在"病瘝"中,尚为之营构匠心呢?"序"文字里行间表达了对国难制造者的无比愤慨,对挺身赴难的忠臣义士的高度赞扬!把现实中的人物,演化为身处大忠大奸尖锐斗争中的艺术形象,其感染力大为增强。张三礼《桂林霜》"序"曰:"史册忠贞义烈之臣,或异或同,后先辉映。即学士大夫不能偻指。其幸而传播天壤,虽愚贱皆知姓名者,则托于词客,演于伶人之故。"③戏场观演有力推动了勇赴国难光辉形象的传播,对于提振人心、维护国家统治起到了积极作用。

---

① (清)蒋士铨撰:《蒋士铨戏曲集》,549页,北京,中华书局,1993。
② (清)蒋士铨撰:《蒋士铨戏曲集》,79~80页,北京,中华书局,1993。
③ (清)蒋士铨撰:《蒋士铨戏曲集》,80页,北京,中华书局,1993。

重视宣扬大节。 历史题材中的人物一般都是人们耳熟能详的，要抓住哪一点来宣扬，才能更具吸引力，更能凸显其历史地位，值得曲家深思熟虑。蒋士铨"不乐以文人自见"，推之于笔下人物，也反对只作"文人"写。《采石矶传奇》"自序"就以李白为例，表明了这一思想。他说："太白才倾人主，气凌宦官，荐郭汾阳，再造唐室，知人之功，虽姚、宋何让焉。后世诵其文者，皆以诗人目之，浅之乎丈夫矣！"①他认为，李白的伟大贡献，在于对国家发展的推动，荐郭子仪，平定"安史之乱"，对唐王朝有"再造"之功；而不能仅仅以"诗人"的名头来概括，诗艺不过一技耳！所以，他在作《冬青树》"表文、谢两公忠义后"，又"尽一日"，创作了《采石矶》，"以见青莲一生遭际志节"。《四弦秋》叙白居易，也有意不作"诗人"看，而看其政治遭际与志节，故而着重突出了白居易与唐宪宗前后亲疏关系的变化，"矧居易受特达之知，列在近侍，且使择官以济其贫，明良之会"，为衰世君臣所不及；后因居易上书捕贼，宪宗心生"厌薄"，"借以出之"。以汤显祖为主角的《临川梦》更是如此。"自序"开门见山，辩驳汤临川非为"词人""学人"：

> 呜呼！临川一生大节，不迕权贵，递为执政所抑，一官潦倒，里居二十年，白首事亲，哀毁而卒，是忠孝完人也。观其《星变》一疏，使为台谏，则朱云、阳城矣。徐闻之讲学明道，遂昌之灭虎纵囚。为经师，为循吏，又文翁、韩延寿、刘平、赵瑶、钟离意、吕元膺、唐临之流也。词人云乎哉！②

"词人"仅是被人熟知的一面，不被知的一面，即不得际遇的"忠孝完人"，才是对汤显祖更准确、更真实的评价。《临川梦·提纲》云："唤做词人心骨

---

① （清）蒋士铨撰：《蒋士铨戏曲集》，163页，北京，中华书局，1993。
② （清）蒋士铨撰：《蒋士铨戏曲集》，209页，北京，中华书局，1993。

痛，史册弹文，后世谁能诵。醒眼观场当自讼，古来才大难为用。"①蒋士铨再三刻画李白、白居易、汤显祖这些"古来大才"政治上的不得志，使我们看到的是他辞官归隐、不复重用的影子，感同身受。

具有强烈的社会批判意识。优秀的剧作总少不了融入批判意识。《空谷香》虽为儿女相思戏，但蒋士铨还不忘穿插摹写小人。"自序"云："夫他若刻画小人，摹写世态，又二十载飘零阅历所助，知我者何罪焉。"②即如《康衢乐》《仞利天》《长生录》《生平瑞》四种祝寿戏，因多以神仙扮演，更善于在喜庆的气氛中插科打诨，讽刺社会、揭露时弊。如《生平瑞》第二出《斋议》，刻画学中老门斗，如何欺上霸下，"新官到任之时，问出身、访家道、算年纪、揣度量，全要相机而行，方可玩之掌上；秀才谒师之日，估贫富，相品貌，看穿着，试软硬，必须确乎可啖，才能入我彀中……敬廪生、哄增生、吓附生、藐修生，留这点文坛势力；吃监生、穿武生、骗礼生、欺祀生，常弄些学海风波"③，分外传神。

批判也是剧坛一时之风。杨潮观《偷桃捉住东方朔》，在滑稽中有对社会的鞭挞。如东方朔被捉后直斥王母："若讲偷盗，就是你做神仙的惯会偷……你神仙那一样不是偷来的，还嘴巴巴说打我的偷盗。我倒劝娘娘，不要小器。你们神仙，吃了蟠桃也长生，不吃蟠桃也长生，只管吃他做甚？不如将这一园的桃儿，尽行施舍凡间，教大千世界的人，都得长生不老，岂不是个大慈悲大方便哩！"④发前人所未发，矛头直指最高统治者，阐明了真正的神仙，在于救世而不在于惯作享乐的本旨。

---

① （清）蒋士铨撰：《蒋士铨戏曲集》，218 页，北京，中华书局，1993。
② （清）蒋士铨撰：《蒋士铨戏曲集》，435 页，北京，中华书局，1993。
③ （清）蒋士铨撰：《蒋士铨戏曲集》，757 页，北京，中华书局，1993。
④ （清）杨潮观：《吟风阁杂剧》，177～178 页，北京，中华书局，1963。

◎ 第三节
李调元的戏剧理论

著名诗人、藏书家李调元,亦是戏剧名家。著有《雨村曲话》(以下简称《曲话》)、《雨村剧话》(以下简称《剧话》);又据传作有戏剧《春秋配》、《陈青天传奇》等;并曾招募伶童,教习曲目,于各地演出。李调元是继顺康戏剧批评高峰之后,乾嘉时期一位重要的戏剧理论家兼实践派,他的戏剧理论对后来的焦循等人产生了影响。

一、"作曲最忌出情理之外":戏剧的叙事性

戏曲作为一种艺术制作,自杂剧始,多"出于鸿儒、硕士所作"[①],叙事性得以受到重视。元刊本杂剧往往题以"新编关目"字样,以示情节新奇,体制独创,与众不同。明中叶以后,李贽、臧懋循、吕天成、张岱等均以"关目好"作为衡量一部佳作的重要条件。由此,逐渐建立起戏曲的叙事美学观念。

李调元的贡献是,他对戏曲叙事的审美要求更为明确具体,论述也更详细。首先,他强调"触物兴怀"而曲生。这是从来源上审视戏曲叙事之美的问题。他认为,戏曲产生于人在生活中的真实感受,特别是臣子夫妇这类人,他们在忠孝节义的表现上,受到某些心术不正的坏人的阻碍与破坏,由此造成双方剧烈的不可调和的矛盾冲突,并因之遭受"惨刻不衷之祸"。这

---

① 中国戏曲研究院编:《中国古典戏曲论著集成》八,44页,北京,中国戏剧出版社,1959。

样设置的情节，往往能产生"出于绵渺，则入人心脾；出于激切，则发人猛醒"①的良好艺术效果。因此，戏曲构作之初，作者选取什么样的人、什么样的事进入他的审美视野，至关重要。李调元主张务必要多选择忠臣、孝子、义夫、节妇之类的悲情故事，无论其"情长""情短"，皆可"于曲寓之"。这里，强调叙事的悲情特点，有毛纶评《琵琶记》的影响。至于对剧中某些唱词的评点，他也以能产生悲戚感为上，如评元人乔吉《玉箫女两世姻缘·煞尾》末句"比及你见那负心薄幸，多管我一灵先到洛阳城"云："此等语不但惨戚回环，抑且以之作收，力有万钧。"②而突出四类特定人物的感人事迹，则带有封建士大夫文艺观的共性特征，是"风教"论的最好体现。他评昆曲《周羽教子寻亲记》，"读之可以讽世"（《曲话》卷下）。又批评《拜月亭》，虽贵为元曲"四大家"，"却无裨风教，不似《琵琶》能使人堕泪也"③。他还引用明代理学家刘宗周在《人谱类记》中的评论说："每演戏时，见有孝子、悌弟、忠臣、义士，虽妇人牧竖，往往涕泗横流。此其动人最切。"④并表达了对那些多撰写"男女私媟之事"的院本的深恶痛恨。男女私情不合于礼教规定，不存在让作曲家"如怨如慕"的正当理由，应该予以摒除。基于此，李调元认为，最好的戏剧就是带有真情实感地讲述能动人泣下的孝子贤妇故事。《曲话》卷上评《琵琶记》云："此曲体贴人情，描写物态，皆有生气，且有裨风教，宜乎冠绝诸南曲。"⑤即为典型例证。

其次，他认为曲家要重视宾白。元明杂剧、南戏或传奇的语言体制，皆以说、唱构成，唱者为曲，说者为白，共同推进人物故事的演进与发展。而元曲多由一人演唱到底，故曲的文本地位远大于白。曲长于抒情，白主在叙事，曲的比重与分量的增加，恰恰是对剧作之叙事性的一种无形压制，不利

---

① 中国戏曲研究院编：《中国古典戏曲论著集成》八，5页，北京，中国戏剧出版社，1959。
② 中国戏曲研究院编：《中国古典戏曲论著集成》八，24页，北京，中国戏剧出版社，1959。
③ 中国戏曲研究院编：《中国古典戏曲论著集成》八，17页，北京，中国戏剧出版社，1959。
④ 中国戏曲研究院编：《中国古典戏曲论著集成》八，45页，北京，中国戏剧出版社，1959。
⑤ 中国戏曲研究院编：《中国古典戏曲论著集成》八，16页，北京，中国戏剧出版社，1959。

于叙事功能的有效发挥。王骥德早已注意到这一点。他在《曲律·论宾白》第三十四中谈到，剧曲、宾白宜并重，提高宾白的艺术地位；认为"宾白"或"说白"可分"定场白""对口白"两种，两者各有其用；宾白之多少，取决于剧情发展的需要，然而"大要多则取厌，少则不达"。① 李渔《闲情偶寄·词曲部·宾白》第四也提出了"宾白一道，当与曲文等视"的观点。② 李调元对这一问题亦有较系统的认识。他引用明万历间臧懋循辑雕虫馆刻本《曲选》指出，元代填词科只设题目、曲名和韵，宾白不在其列。因此，戏曲中最早的宾白，乃"演剧时伶人自为之"，故"多鄙俚蹈袭之语"，艺术水平不高，不为人重视。第一个亲笔创作宾白的戏曲家是王实甫，"如《西厢》，亦五杂剧，皆出词人手裁，不可增减一字，故为诸曲之冠"（《曲话》卷上）。③ 意思是说，《西厢记》冠绝元代曲坛，得力于宾白皆出自制，故雅丽动人之助者甚多。可见李调元视宾白艺术作用之高！当然，元曲以"曲"为主，整体上必须保证"曲"占有绝对优势的地位；白不能喧"宾"夺"主"，白的分量少，这是文本体制的内在要求。所以《剧话》卷上又说："曲白不欲多。惟杂剧以四折写传奇故事，其白有累千言者。观《西厢》二十一折，则白少可见。"④但是，"白少"与白之美能起到的艺术效能的高低，这是两回事，是两种不同性质的问题。"白少"并不构成对白之讲求艺术性的制约，相反更应该得到加强，以期达到两者"其势自能相生"（李渔《宾白第四》），"宾白及曲中佳处，亦能仿佛"⑤，两全其美、共成大美的效能最大化的艺术效果。这既是文人剧作整体美的艺术要求，更是进入清代戏剧艺术发展、白之叙事性受到普遍关注的必然趋势。

此外，为了便于叙事，充分发挥白的叙事功能，他还对白的骈偶化倾向提出了批评。《曲话》卷下曰："曲不欲多，白尤不欲多骈偶。"并引凌濛初

---

① 中国戏曲研究院编：《中国古典戏曲论著集成》四，141页，北京，中国戏剧出版社，1959。
② （清）李渔：《李渔全集》第三卷，45页，杭州，浙江古籍出版社，1992。
③ 中国戏曲研究院编：《中国古典戏曲论著集成》八，10页，北京，中国戏剧出版社，1959。
④ 中国戏曲研究院编：《中国古典戏曲论著集成》八，41页，北京，中国戏剧出版社，1959。
⑤ 中国戏曲研究院编：《中国古典戏曲论著集成》八，25页，北京，中国戏剧出版社，1959。

《谭曲杂剳》云："词忌组练而晦，白忌堆积骈偶而宽。"①骈偶虽利于诵读，然不利于演员舞台口说。究其实，白的内在之义，还是要求语言的散化，以区别于追求韵脚和丽采的唱词。《曲话》卷下曾批评梁伯龙《浣纱记》、梅禹金《玉盒》，"终本无一散语，其谬弥甚"。②举《浣纱记》为例，无论唱词还是说白，多用整齐平稳的四字句构成，兼以不管何种角色，出口即之乎者也，拗涩生硬，确乎是不怎么生动的。

最后，李调元为戏曲叙事提出了一条美学原则。《曲话》卷下云：

> 作曲最忌出情理之外。王舜耕所撰《西楼记》，于撮合不来时，拖出一须长公，杀无罪之妾以劫人之妾为友妻，结构至此，可谓自堕苦海。③

王舜耕指元代山东济南府散曲家王田，字舜耕，号西楼。所撰杂剧《西楼记》④今不传，明末袁于令《西楼记》或据此改编。剧中于鹃与穆丽华相恋，为奸人池同所阻。侠士胥（须）表设计，牺牲自己的爱妾轻鸿，救出穆丽华，遂使两人结成眷属。为解决生旦难以会合的矛盾，剧中还设置了"离魂"的情节。但"魂合"（如郑光祖《倩女离魂》）的结局既未如期出现，胥表"成人之美"的英雄作用发挥得也好像大不如前（如陆采《明珠记》、梅鼎祚《昆仑奴》）。作者可能是想另翻一个新样，打破此种题材已有的叙述经验，但如此一来，侠士难成侠士且不说，离魂也显得纯是在追求"时髦"的形式，成为了"鸡肋"，毫无意义和用处。想出新，却是搬起石头砸了自己的脚。这一结构上的疏漏，反映出作者想象力以及对生活洞察力的不足，于情于理确是都有违背的。

---

① 中国戏曲研究院编：《中国古典戏曲论著集成》八，18、25页，北京，中国戏剧出版社，1959。
② 中国戏曲研究院编：《中国古典戏曲论著集成》八，19页，北京，中国戏剧出版社，1959。
③ 中国戏曲研究院编：《中国古典戏曲论著集成》八，20页，北京，中国戏剧出版社，1959。
④ 按，有学者以为王田并未作《西楼记》，乃是李调元对袁于令《西楼记》的"误戴"。参见任荣：《王田生平考证二则》，见邵炳军主编：《泮池集——首届中国古代文学与地域文化学术研讨会论文集》，410～412页，上海，上海大学出版社，2012。

想象或"撮合"是戏曲增强艺术张力的必备手段。然而,艺术创作绝不允许任意想象、随便撮合。自由飞翔的翅膀终会以湛蓝的天空为极限。李调元提出的"情理"二字,就是戏曲作家驰骋于艺术想象的"天空"。这个"情理",应该与张竹坡、脂砚斋论世情小说提出的"情理"是相通的。可贵的是,李调元将之运用于历来被视为最擅长"撮合"之术的戏剧中,从而正式为戏剧叙事提出了必须遵循现实人物情理的审美原则。

根据不出"情理之外"的审美判断,李调元在《剧话》中考察了多种剧作的本事来源,指出词曲家"所撮合"的常用方法有"敷演""附会""牵入""剿入""移属"以及虚实相掺等多种,概其要者为有史可征、有事可采两种。所谓有史可征,是指曲家在剧中搬演的事实,有一定的史料依据,可征见于史书、杂记等文献记载,是一种偏重客观真实的方法。例如,他考证《祝发记》一剧见《陈书·徐陵传》,《海瑞巾棺》一剧见《明史》本传,《截江夺阿斗》一剧见《蜀志·刘封传》等。所谓有事可采,是指戏曲中的故事,多经过艺术虚构的锤炼过程,是采取张冠李戴、移花接木或杂取种种合称一个等艺术手法加工处理的结果,是一种侧重主观真实的方法。从李调元的品评看,这一类作品显然要占多数。例如,他考证《琵琶记》一剧乃将《留青札记》中王四的故事托名于蔡邕,《唐伯虎三笑姻缘》一剧乃据姚旅《露书》中吉道人与宦家婢秋香的故事移接,《汉宫秋》一剧乃"杂出"于《后汉书》《西京杂记》《琴操》等。

在论及剧中具体情节的组织时,《曲话》卷下以《明珠记》为例写道:"曲中佳语虽少,其穿插处颇有巧思,工俊宛展,固为独擅。"[①]对于戏曲艺术美的欣赏,历来评家都重视词采、曲律。这里,李调元一反其常,将情节的穿插放在第一位,强调情节组织的整齐宛转、跌宕起伏、错落有致,从而能有条不紊地将非常复杂的内容,如小姐陆无双、丫环采苹与书生王仙客以及刘震、崔氏夫妻两家五人的波折遭遇,放置于四十三出的故事架构中,显

---

① 中国戏曲研究院编:《中国古典戏曲论著集成》八,19页,北京,中国戏剧出版社,1959。

示出他作为一位理论家的卓见,对于创作实践是颇有指导意义的。

二、人生"无日不在戏中":戏剧审美的人生化

李调元论戏剧,一改元明两代只论"曲"的状态,既谈"曲"亦谈"剧",《曲话》《剧话》界限分别十分明显。这种对"曲"与"剧"的有意分离,在戏剧批评史上也是颇具突破性的,堪称中国戏剧由曲到剧的一个重大转折。他认为"曲"的本质在"情",而"剧"的核心则是"戏"。《剧话序》起首曰:"剧者何? 戏也。"按照他的解释,这个"戏"字乃颠倒真实之意。《剧话》卷上:"传奇以戏为称,其名欲颠倒而无实也。"[1]并举戏中的角色如生、旦、末、净之命名,皆如此意。

从"戏"的界域观看,他指出"古今一戏场也"。这是言戏剧审美的历史化,极言历史背景中的戏之多、之博、之广。"戏场"的概念被无限扩大,从一方狭小的戏台所容纳的范围扩展到纵贯古今的线性时空。以"古今"为戏场,则开辟以来发生的一切人与事,皆可视为"戏"矣,皆可以戏剧的审美视域来加以评判,皆可以作为戏剧的创作材料。李调元举了一些例子,如据上古尧时两位隐士巢父、许由"以天下戏"的故事,演成了《洗耳记》(秦腔);据夏朝、商朝两位忠臣关龙逄、比干"以躯命戏"的故事,演成了《龙凤剑》《比干挖心》等剧目;据战国时期两位纵横家苏秦、张仪"以口舌戏"的故事,演成了《黄金印》;据春秋战国两位兵家孙武、吴起"以战阵戏"的故事,演成了《马陵道》《湘江会》等剧目;据西汉两位丞相萧何、曹参"以功名戏"的故事,演成了《追韩信》《判七贤》等剧目。如果说这些还是后世曲家对于历史的戏剧化,以下四则则说明戏剧化本来就存在于历史氛围之中。例如两汉史家司马迁、班固都曾"以笔墨戏",即忍受牢狱之祸创作《史记》《汉书》;周穆王时技师偃师造"倡者"能作戏舞(参见《列

---

[1] 中国戏曲研究院编:《中国古典戏曲论著集成》八,40页,北京,中国戏剧出版社,1959。

子·汤问》),即一种木偶戏;汉武帝时有鱼龙之戏(参见《汉书·西域记》),即一种水戏;西汉初谋臣陈平曾作"傀儡",即一木偶美人以戏匈奴冒顿妻阏氏(参见段安节《乐府杂录》);春秋时期楚国宫廷艺人优孟,曾穿戴孙叔敖的衣冠戏楚庄王(参见《史记·滑稽列传》)。

他又引用曲家尤侗的话提出,"二十一史,一部大传奇也"。这是言戏剧审美的文本化。作为文本形式的一种典型代表,历史文本通过对历史事实的征用与包装,将史家个人话语一次性表达展露为集体话语。这一再生产的过程与结果,使得历史文本已经不同于历史。事实上,在后人的世界中,历史文本成了历史的替代品,人们对于历史真实的认知,主要是通过历史文本来实现的。自戏剧产生以来,史书就获得了满意度很高的大料库资质。据统计,仅现存的元杂剧中,至少有十六种是取材于《史记》的,其中包括《赵氏孤儿》这样的名作,以及流传很广的《霸王别姬》等。而当史书文本的大部分材料,都被戏家以戏剧化的表现手法进行演绎并搬上舞台表演时,史书文本的真实性也就被戏剧文本的真实性所取消并取代,很自然地实现了文本之间的审美转化。不过,即使是在这种情况下,我们也不能纯粹以剧观史,或者以史观剧。李调元说:"予恐观者徒以戏目之,而不知有其事遂疑之也,故以《剧话》实之;又恐人不徒以戏目之,因有其事遂信之也,故仍以《剧话》虚之。"[①]艺术审美的真实总是基于虚与实的有机结合。

他还总结说,"夫人生,无日不在戏中"。这是言戏剧审美的人生化,将观照视野由已知的历史场域、文本场域,转移到现知的生活场域,使"戏"化的思想在带有历史性、文本性的基础上,更具备了强烈的现实感与现实性。《剧话》"序"写道,人生如戏场,"富贵、贫贱、夭寿、穷通"的种种遭际,白驹过隙般的倏忽一生,转眼即逝的离合悲欢,纷纷不过"戏之顷刻而散场也";达而在上可作为"衣冠之君子戏",穷而在下可作为"负贩之小人戏";古人之戏今人可以重演,今人之戏后人可见登场。是故,"戏也,非戏

[①] 中国戏曲研究院编:《中国古典戏曲论著集成》八,35页,北京,中国戏剧出版社,1959。

也;非戏也,戏也"。① 人生是写满戏剧精神的无穷组合。 把戏剧中的虚实关系引申到人生观照中,可以引导人们不断地破实为虚,以虚充实,提高人生的修养与境界。 因此,相对于儒、道、佛三家思想对于人生的哲学式解读而言,这种戏化的人生观无疑为古人重新审视生活的必然与或然、价值与意义,提供了一条至为宝贵的审美途径。

人生在戏中包含的另外一层意思是,人生所经历一切之人事,皆可入戏来表现。 不分贫富贵贱,不论在上在下,不别男女老幼,只要戏中能见、生活中所有,曲家定有能力与责任搬上舞台。 这个认识,摆脱了士大夫自觉高人一等的虚架子,是很有进步性的。 同时期纪昀曾记载过一个故事,说其家有一婢女、一圉人,二人皆早年流离,隐隐有婚约之迹,遂相配与为夫妻,一时传为破镜重圆之美谈。 但纪栗甫批评说:"惜此女蠢若鹿豕,惟知饱食酣眠,不称点缀,可恨也。"这是歧视,更是缺乏戏剧审美观的薄见。 纪昀颇不同意,他引用诗人边连宝的话说:"传奇中所谓佳人,半出虚说。 此婢虽粗,傥好事者按谱填词,登场度曲,他日红上,何尝不莺娇花媚耶?"②世间本不乏戏剧,唯缺少戏剧审美之眼光。 此论庶几与李调元相近。

由人生皆可入戏更进一步,即主张戏曲要以表现日用百事为美,写出最真实的现实人生的真情实感来。 在《曲话》卷下中,他称赞"皆写宅内家人日用琐事"的剧作,"情真,景真,闻者莫不绝倒",认为戏曲最难得的是写出"人间一种真情话",并反对那些"其词涂金绘碧,求一真语、隽语、快语、本色语,终卷不可得"的作品,鲜明地提出了曲"贵当行不贵藻丽"的观点。③ 当行,即强调戏曲不能脱离现实生活,而应饱含人生的真情实境。

李调元"戏"观历史、文本与人生,有一定的思想基础。 据相关文献记

---

① 中国戏曲研究院编:《中国古典戏曲论著集成》八,35 页,北京,中国戏剧出版社,1959。
② (清)纪昀:《纪晓岚文集》第二册,190 页,石家庄,河北教育出版社,1991。
③ 中国戏曲研究院编:《中国古典戏曲论著集成》八,28、23、25、22 页,北京,中国戏剧出版社,1959。

载，元儒范无隐、明初学者杨慎提过"天地乃一大戏场，尧、舜为古今之大净"①的观点。明中叶曲家屠隆提出了"阎浮世界一大戏场也。世人之生老病死，一戏场中之悲欢离合也"②的说法。晚明文人虞长孺有"天地一梨园也"之语。袁于令《焚香记序》指出："盖剧场即一世界，世界只一情。"③孟称舜《古今名剧合选序》也说："迨夫曲之为妙，极古今好丑、贵贱、离合、死生，因事以造形，随物而赋象。时而庄言，时而谐诨，狐末靓狚，合傀儡于一场，而徵事类于千载。"④至乾隆年间，程大衡《缀白裘合集序》亦引用尤侗之语曰"大地岂非一场戏乎"。这些言论，都是试图以"戏"为支点，实现戏场与天地、历史、人间、世界的通观，这也启迪了李调元。所惜吉光片羽，未行阐述，故难称正论。终至李调元合之成说，方凝聚为一种绝响。

我们说，李调元"戏"化审美论的形成，还与他自己的不平遭遇分不开。作为巴蜀之地继杨慎之后最有成就的才子，偏居西南的地域劣势的限制，使他经常得不到同道的支持与认可。他的仕途也因此十分坎坷，始终做一些职务卑微的小官。乾隆三十四年（1769），其父李化楠卒于任，为丁父忧，他举家回罗江。期满返京候补，却艰于任命，一度陷入困窘。起复后，因为耿直不畏权势，常受到当道的排挤打击。乾隆四十一年（1776），在"京察"中曾被填入"浮躁"类，几使轻壮之年同于年迈多病而被弃。乾隆四十七年（1782），因保护《四库全书》不利，被人罗织罪名，诬陷入狱；次年被谴发伊犁，幸得直隶总督袁守桐保奏，方以万金赎归。

脱离苦难的李调元回到家乡后，居于"醒园"，杜绝了与官场的来往，唯以自己喜欢的藏书、著述、习戏自娱。李调元"顾性喜丝竹，不能寂居，

---

① （明）杨慎：《杨升庵丛书》第二册，922页，成都，天地出版社，2003。
② 隗芾、吴毓华编：《古典戏曲美学资料集》，116页，北京，文化艺术出版社，1992。
③ 陈多、叶长海选注：《中国历代剧论选注》，252页，上海，上海古籍出版社，2010。
④ 隗芾、吴毓华编：《古典戏曲美学资料集》，232页，北京，文化艺术出版社，1992。

又工乐府小令。家有数僮,皆教之歌舞"(《四桂先生传》)①,有时充当导演,所谓"习气未除身尚健,自敲檀板课歌僮"(《梨园遣兴》之二)②,甚至还兼演员,所谓"傅粉涂朱满面描,当年同院本轻佻"(《寄姜太史尔常劝余主讲锦江书院诗以辞之》)③。并像李渔那样,经常带着自己组织的戏班,到各地巡演。至于写成《曲话》《剧话》两部理论专著,更是兴之所至的事。但他的这番作为,却不为同人推许。《曲话》"序"载:"予辑《曲话》甫成,客有谓余曰:'词,诗之余;曲,词之余,大抵皆深闺、永巷、春伤、秋怨之语,岂须眉学士所宜有!况夫雕肾琢肝,纤新淫荡,亦非鼓吹之盛事也,子何为而刺刺不休也?'"指责他不积极,为粉饰太平服务,一味地自甘堕落。

幸运的是,李调元没有被外来的压力击倒。而是以他对戏剧的深入理解为调和剂,将人生经历的凄惨与苦痛、经常遭受不公正的质疑与责难,这两味"求之难得"却又"不请自来"的珍贵佐料,掺揉、和融为通观"戏"化的审美思想,充实了古典戏剧美学思想。《剧话》"序"有曰:"戏之为用大矣哉!"观李调元所为,良可见也。

三、天下非"一人、一方之腔":戏剧发展的趋势

《剧话》"序"曰:"书不多不足以考古,学不博不足以知今。"④李调元博学多才而又博通达观。他营建的万卷楼,藏书十万余卷,号为"西蜀藏书第一家"。他编辑的《函海》,主要收录乾隆以前历代四川学人的专辑,共160多种852卷,堪称古代巴蜀文化的百科全书。他虽偏居蜀地,但幼年随父赴任时曾游历过江浙,自己居官到过直隶、广东,因此养成了胸有天下的

---

① 《童山文集》卷九,丛书集成初编本。
② 《童山诗集》卷二十五,丛书集成初编本。
③ 《童山诗集》卷三十三,丛书集成初编本。
④ 中国戏曲研究院编:《中国古典戏曲论著集成》八,35页,北京,中国戏剧出版社,1959。

博大情怀。"我虽生于蜀,吴越长在怀"①,就是一种流露。他交游广泛,且未限西南一隅,而与当时文化相对发达的京畿、江浙一带,如"乾隆三大家"袁枚、赵翼、蒋士铨,秦腔表演艺术家魏长生等,建立了深厚的情谊。他还与朝鲜文人李德懋有诗作酬和。他的《曲话》论及元明清三代曲家近50人,《剧话》考及各类剧目50余个,可谓广采博收。

受此博约的为学心态影响,李调元在进行戏剧批评时,便十分宽和包容。对个别作家的批评,都是有褒有贬,并不以个人的喜好为转移,一切以作品的优劣为准的。比如评李渔,一方面称其"音律独擅",所作《笠翁十种曲》"近时盛行";另一方面又与蒋士铨比较,认为蒋剧"为近时第一","以腹有诗书,故随手拈来,无不蕴藉,不似笠翁辈一味优伶俳语也",指出了李渔剧作存在的缺点。②对于地域文学与文化,李调元也能平心论短长。比如,对于以方言入曲作的问题,方言是"当行"的表现,属于"作曲自有一番材料"的产物,不同于藻饰华靡,以及"套词""故实"。元曲"四大家"的《白兔记》《杀狗记》,即多用方言俗语。传至清代刻板,"人于方言不谙处,辄改之,面目全失矣"③。失去了颇具乡土风味的语言,也就失去了浓郁的乡土精神。但方言不能滥用、多用。以此,他批评临川派汤显祖《牡丹亭》一剧,"皆酷肖元人",值得推崇;然"惜其使才,于韵脚所限,多出以乡音,如'子'与'宰'叶之类;其病处在此,佳处亦在此"。④一出剧中方言太多,致身存异域的观者听不懂,很难说不是一个大的缺憾。不过,李调元总体上还是很肯定方言文学的,"佳处亦在此",即含此意。又如他非常引以为自豪的川蜀文化,虽然他多次强调,"从古诗人多至蜀","吾蜀文章之祖,司马相如、扬雄而后,必首推子昂","吾蜀杨升庵,为有明博学第一"⑤;但他也

---

① (清)李调元:《雨村诗话校正》,詹杭伦、沈时蓉校正,59页,成都,巴蜀书社,2006。
② 中国戏曲研究院编:《中国古典戏曲论著集成》八,26~27页,北京,中国戏剧出版社,1959。
③ 中国戏曲研究院编:《中国古典戏曲论著集成》八,22~23页,北京,中国戏剧出版社,1959。
④ 中国戏曲研究院编:《中国古典戏曲论著集成》八,20~21页,北京,中国戏剧出版社,1959。
⑤ (清)李调元著:《雨村诗话校正》,詹杭伦、沈时蓉校正,12、24、260页,成都,巴蜀书社,2006。

并不护短。他评董恒岩《芝龛记》云,"全写蜀中事","而明季史事,一一根据,可为杰作;但意在一人不遗,未免失之琐碎,演者或病之焉"。① 全写蜀地蜀人蜀事蜀情,似为川蜀增光,应当自喜;怎奈全剧牵涉太多,织网太密,不免有支离琐碎之感,不值得为之高兴。

由此,他主张理想的批评,一是不随波逐流,人云亦云,而是有属于自己的独立判断。《曲话》"序"云:"人之妍,非己之妍也;人之媸,非己之媸也。双眸具在,亦存其论而已矣。"② 人之美丑妍媸各不相同,不必强人之"善"以为己之"恶",更不必以他人之所"恶"为恶。每个人都可以自由地表达自己的审美认知,而不必看别人的是非眼色。他不顾"客"的极力反对,坚持写作"岂须眉学士所宜有"的《曲话》与《剧话》,充分表现了他强烈的批评个性和对戏剧美学的严肃追求。

二是不囿于成见,敢于倡立新说。他的曲论与剧论,多是摘录前人之说汇辑而成,但其中有驳有立,绝不因袭。例如,在谈到清代颇有影响的明人程明善辑撰《啸余谱》,新定乐府十五体的名目时说,"此十五体,不过综其大概而言;其实视撰词人之手笔,各自成家,如马致远'朝阳鸣凤'则豪爽一路,王实甫之'花园美人'则细腻一路,各自成体,不必拘也"。③ 所谓"十五体",乃从曲家的身份、背景、地域、志趣等角度,来概括词曲的美学风格,体现了"多人一体"的特点。对此,李调元颇不同意,认为有疏泛之嫌。他主张风格应视"词人之手笔"而定。词曲家的作品有什么样的特点、达到什么样的造诣,即成为一种相应的风格。这就是说,风格应该是"各自成家""各自成体",即"一人一体"。这种强调作者与作品的决定性而非作者外在特征的决定性的观点,无疑更具说服力。

三是不畏话语威权,敢于对话挑战。这里的"话语威权",指明代诗坛

---

① 中国戏曲研究院编:《中国古典戏曲论著集成》八,27 页,北京,中国戏剧出版社,1959。
② 中国戏曲研究院编:《中国古典戏曲论著集成》八,5 页,北京,中国戏剧出版社,1959。
③ 中国戏曲研究院编:《中国古典戏曲论著集成》八,8 页,北京,中国戏剧出版社,1959。

"后七子"的领袖王世贞。钱谦益称其"操文章之柄,登坛设墠,近古未有"[①]。所撰《艺苑卮言》,作为一部文艺思想名著,影响后世文坛近百年。曲论见于《艺苑卮言》的附录,后来摘刻行世,题曰《曲藻》。王世贞对戏曲有较为深刻的理解,提出了"不唯其琢句之工,使事之美",关键在于"体贴人情,委曲必尽",而至于"动人"的美学观。李调元继承了王世贞的思想,但也有很多不同看法,而具有发展性。

他反对王世贞以学问论曲。《曲话》卷下曰:"元美责《拜月》,以为无词家大学问,正谓其无吴中一种恶套耳,岂不冤甚!"[②]王氏出生苏州世族大家,地方经济文化发达,家学渊源深厚,学问典丽宏富。此王氏之长,然用于曲学,则适成其短。曲贵当行不贵学问,吴人多学,故形成了多以学问谈曲的"恶套",是不值得提倡的。反对王世贞以闻见辨曲。《曲话》卷下曰:"以'物'为'护',王元美谓南北混淆。然元美但知'护'非南音,不知'物'非'护'音,而'护'亦非北音。"[③]这种以一地所习之语音,或自己游历所听闻之语音,来审音辨律,品酌辞藻,甚且批评作者的做法,实即寡闻陋见,可笑得很。王世贞狭隘的地域主义,还可以对杨慎的批评看出。王世贞指摘杨慎的北曲颇不"当行",这本含有文人相轻之意。孰知,他却进一步把矛盾扩大化、激化,讥讽"蜀人多用川调,不谐南北本腔",把蜀人蜀调、蜀剧蜀文化都一耙子打倒。自然引起了身为蜀人的李调元极大不满,驳斥他为"妄也",遥相与归有光所称的"妄庸巨子"呼应(《项思尧文集序》)。《曲话》卷下曰:

> 蜀何尝有"川调"之名?南、北《九宫谱》、《中原音韵》,世所通行之谱,岂独吴人许用而蜀人不许乎?各分町畦,虽文人相轻,亦小人党习也。其佳句……皆生别不拾人牙慧。乃元美摭拾其"嫩寒生花底"数语,

---

① (清)钱谦益:《列朝诗集小传》,436 页,上海,上海古籍出版社,1959。
② 中国戏曲研究院编:《中国古典戏曲论著集成》八,23 页,北京,中国戏剧出版社,1959。
③ 中国戏曲研究院编:《中国古典戏曲论著集成》八,21 页,北京,中国戏剧出版社,1959。

以为"抄录元人秘本,掩为己有"。噫,是何腑肠! 必不容升庵出一头地也? 亦褊之至矣。①

李调元在此处指出杨慎剧作亦本《九宫谱》《中原音韵》。吴人剧作用之不嫌,蜀人剧作一用辄呼喊,王世贞的做法颇有"只许州官放火,不许百姓点灯"的意思。极力抬高吴人吴文化,而贬低蜀人蜀文化? 自诩为中心文化的优越性,而贬低偏远地区文化的"落后性",影响是极为恶劣的。李调元还提到,"前七子"之一的康海曾骂为杨慎的叔父杨廷仪为"蜀子"。"'蜀子',詈语也。'子'者,蜀人骂人之贱称,今犹有'湖广子''陕西子''江西子'之语。"②可见,明代前后七子对蜀文化的偏见是有"传统"的。目的为有意压制也不为过,其后果是造成了川蜀文学长期不发达、不得伸张的事实。难怪李调元要抓住王世贞进行猛烈抨击了。

近人梁启超曾言:"盖以中国之大,一地方有一地方之特点,其受之于遗传及环境者盖深且远。"③人必定要受到"地方"的限制,文学与文化亦如斯。但李调元与王世贞等人的不同在于,他除了对自己乡土乡言、土音土调的热爱之外,对其他地区也表示了极富诚意的称赞与接受,突出体现在对花部戏曲的态度上。《剧话》卷上对当时兴起的高腔、秦腔、胡琴腔、女儿腔及吹腔,诸种声腔的审美特征,都有关注和描述。关于高腔,他说:

> "弋腔"始弋阳,即今"高腔",所唱皆南曲。又谓"秧腔","秧"即"弋"之转声。京谓"京腔",粤俗谓之"高腔",楚、蜀之间谓之"清戏"。向无曲谱,只沿土俗,以一人唱而众和之,亦有紧板、慢板。④

---

① 中国戏曲研究院编:《中国古典戏曲论著集成》八,20页,北京,中国戏剧出版社,1959。
② 中国戏曲研究院编:《中国古典戏曲论著集成》八,21页,北京,中国戏剧出版社,1959。
③ 梁启超:《中国近三百年学术史》,338页,北京,东方出版社,1996。
④ 中国戏曲研究院编:《中国古典戏曲论著集成》八,46~47页,北京,中国戏剧出版社,1959。着重号为笔者加。

这就十分清楚地写出了弋阳腔在各地民间的流传情况和声腔演唱特征。弋阳腔因为"向无曲谱,只沿土俗",所以具有"多地域的熔接能力和伸发能力"①,能和各种民间曲调相融合,孕育催发出多种地方戏曲,如"京腔""高腔""清戏"之类是也。这是弋阳腔强大的艺术生命力之所在。李调元提到,王正祥《十二律京腔谱》欲以"十二律"为定谱,对这一声腔艺术进行硬性的"立法"规定,显然是极不合适的,丧失了其自由活泼的本性。由此,李调元总结道:"欲以一人、一方之腔,使天下皆欲倚声而和之,亦必不得之数也。"一地方有一地方之声腔曲调,欲以"京"挟"粤",无疑北辙南辕;以"京"制"楚、蜀",亦简直"乱弹"。

李调元的这个观点,道出了清中叶以后戏曲发展的现实,即各地方花部发展迅猛,大有取代昆腔一统天下之势;也点出了戏曲发展的必然之路,即如四川、京畿、东南等地,戏曲大融合的趋势加快。因此,我们说,李调元的戏剧理论是与戏剧实践紧密结合的。

◎ 小　结

从清前期进入清中期后,戏曲经历了一个去案头化而入剧场化、去文人化而走大众化的过程。这既是一次曲体的显著变革,也是戏曲影响力不断增强、渗透到整个社会角落的开始。

雍乾时期,戏曲演出之盛前所未有。宫廷里面且不说,城市内戏楼、戏馆昼夜不歇。潘荣陛《帝京岁时纪胜》载云:"帝京园馆居楼,演戏最盛。酬人宴客,冠盖如云,车马盈门,欢呼竟日。霜降节后则设夜座,昼间城内

---

① 余秋雨:《中国戏剧文化史述》,440页,长沙,湖南人民出版社,1985。

游人散后，掌灯则皆城南贸易归人，入园饮酌，俗谓夜八出，酒阑更尽乃归。"①日有"游人"，夜有"贸易归人"，果真无人不喜欢看戏。家庭演戏也十分发达，《红楼梦》第54回叙及，薛姨太太、李亲家太太"都是有戏的人家，不知听过多少好戏的"，家里的姑娘们都见过很多"好戏，听过好曲子"；贾府一唱戏，园子里就会失序、不好管理，上上下下、男仆女妇都会来"偷瞧瞧"的。②村居百姓看戏也习以为常，唐英《中秋夜即事·竹枝词八首》其六云："村社村歌唱野村，驮儿携凳出柴门。悲欢科诨怡神处，归路咨嗟绕梦魂。"这生动地描述了倾家出动观戏的情景。

戏剧之魅，引起朝野城乡、男女老幼如此之轰动，说明戏曲已经从一种简单而一般的文体，成长为可以控制社会舆论、引领一时精神思想导向的公共武器和工具。

---

① （清）潘荣陛、富察敦崇：《帝京岁时纪胜 燕京岁时记》，33页，北京，北京古籍出版社，1981。
② （清）曹雪芹、高鹗：《红楼梦》（二），687、679页，北京，人民文学出版社，1980。

第十五章
雍正、乾隆年间的绘画思想

雍乾时期,政治相对稳定,农业生产不断扩大。江南、华南、西北、西南不断形成一定规模的城市群。经历了几千年农耕文明的濡养与沥渗之后,自由的商业经济不断发展繁荣,人们的思想日渐活跃,主体意识也日益增强。随之而来的是,文化艺术领域的交流互通更为频繁。绘画艺术慢慢从追求教化的功能,转向对艺术性等绘画本体属性的关注与探索。一些源自清初正宗正派师承内部的画家、画学家,进一步对复古画学的核心理念"南北二宗"论展开了深度剖解;另一些来自商品经济相对发达地区的画家、画学家则强调通过绘画自由抒写性情,倡导个性解放。随着西学东渐之势愈演愈烈,汇涓流而成大潮,使逐渐渗入画坛的西洋画理画法与传统画学思想相互碰撞又相互激发。对于西法中用的绘画时趣,画学家和画家在经过了短暂的质疑之后,开始兼容并蓄探求绘画理论的新方向。他们以对传统绘画思想进行溯源为突破口,深究理路。在获取了精准的绘画理法知识后,他们又重新思考绘画与宇宙自然的关系,倡导绘画中"格物致知"的精神,精研绘画对象的"生理"和物性,形成了有清一代更为精谨、严密的绘画思想体系。

◎ 第一节
概　述

　　随着政治经济的稳定发展，清中叶一度出现了大国盛世的繁荣景象。清廷以设立如意馆或入值"南书房"的形式延纳宫廷画家。宫廷画家的任务主要是描绘帝后、大臣、少数民族首领等人物肖像，或表现帝后等的宫廷生活情状，以及记录当时的重大历史事件和制作供装饰、观赏用的山水、花鸟画等。画家通过图画宣扬统治者的文治武功，让万民膺服，借以实现帝王期望"皇图永固、天子万年"的治国理想。例如，雍正帝诏令郭朝祚绘制《雍正平准战图》，以志念其平定准噶尔之功；乾隆命徐扬主绘《南巡图》以昭示太平盛世，令传教士画家郎世宁等绘制《平定伊犁受降图》《格登鄂拉斫营图》《呼尔满大捷图》《黑水围解图》等十六幅铜版版画，以宣赫赫战功。

　　雍乾时期最负盛名的宫廷画家金廷标、丁观鹏、姚文翰、徐扬，以及西洋画家郎世宁、艾启蒙等以西法中用的路径进行的绘画创作。他们将西洋画的明暗、透视法引入绘画创作中，创立了中西合璧的画风。与此相应，为了更准确地处理画面中的明暗和远近关系，宫廷画家冷枚、唐岱等则以传统画法为主，借鉴西画透视原理，开启了清代院体画的新风格。

　　在这个艺术风格渐趋多样化的时代，以"扬州八怪"为代表的文人画派，始终坚守不媚时代、不媚俗的大写意风格。他们大胆地进行绘画实验与探索，高倡个性和怪奇的独特画风，开创了文人画的新方向。稍后的另一脉画家如方薰、沈宗骞等，则因重视物形和个性造像而创造出了淡雅隽永、兼工带写的绘画风格。在人物肖像画方面，丁皋以传统画学思想为依托，进一步明确了参用西洋画造型（后变为晕染法）的透视方法，更好地实现了"传真"写实的画风。 蒋骥更是在谙熟传统文人画法的基础上吸纳西洋肖像画的立体持法,创造出了融写意和工笔为一体的绘画风格。 与画家的创作实践相一致,这一时期的绘画思想也从四个方面呈现出不同的嬗变路径。

一、绘画本体思想的回归

在院体画新风格与中西合璧画风之间,以唐岱、张庚、邹一桂等为代表的画家、画学家,倚重绘画的艺术性本体,提出"深得其道者"可以传画名的艺术主张。 为了实现这一绘画理想,画家、画学家一方面更加重视并深研细磨技巧技法,高倡绘画资取鲜活自然的观点,不断探索绘画对象的个性造型方法。 另一方面,他们将传统的画学观视为创作基础,并把气韵问题落实在具体的笔墨技巧之间。

首先,"正派正传"说对"南北宗"论的背离。 清初逐渐形成了以"四王"为首的文人画的正统派一统画坛的局面。 依循这一趋势而来,正宗邪派的说法也渐渐流传开来:"在明代分宗说初期,不过将唐以后山水画分为两派,在南北两宗之中,虽有所爱憎,但并不鲜明,尤其董其昌对于北宗也还极力推崇,并没有一笔抹倒。 对于浙派也一字未提。 以后逐渐发展,遂有正宗邪派之论。 以南宗为正宗,以北宗为邪派,并以浙派末流代表北宗而痛加斥责。 是己非人,宗派成见,深入人心,虽有明智之士,亦不能挽大厦于既倾。"[①]至唐岱提出正派正传说时,他的目的是为了标属自己作为正派正传的画史地位。 但是,由于他将绘画史中各流派风格的嬗变统一收拢于儒家的道统思想之中,这在事实上形成了对董其昌"南北二宗"论的违离和动摇。

其次,强调对自然的师法。 从绘画的演进历程来看,无论是山水画、花鸟画还是人物画,其画理画法至清代中叶均已达到纯熟的阶段。 尤其是山水画家,他们不仅构建了唐宋以来我国古代山水画的最佳范式,而且实现了对

[①] 俞剑华:《中国山水画的南北宗论》,29 页,上海,上海人民美术出版社,1963。

"妙境"艺术效果的巧妙表达。然而,艺术不断求新求变的自为运行机制依然焕发着蓬勃的生命力。

最后,特别是在师心和师造化问题上,以唐岱为代表的画家、画学家非常明确地提出向自然师法的观点。张庚说:"法固要取于古人,然所资者,不可不求诸活泼泼地。若死守旧本,终无生路。"[①]邹一桂描述了花卉写生的方法:"今以万物为师,以生机为运。见一花一萼,谛视而熟察之。以得其所以然,则韵致丰采,自然生动,而造物在我矣。"[②]邹氏认为绘画理论应"以生理为尚,而运笔次之,调脂匀粉诸法附于后"[③]。由此,他提出了绘画的"八法四知(天地人物)"。可以说,邹一桂以自然为写生对象,以精准造型为绘画创作的基本技巧,一定程度上实现了对沿袭已久的造型方法和依照图谱图式等的程式化画法的突破。

二、求奇尚怪写意绘画思想的自觉召唤

清中叶,两淮地区盐业昌盛,漕运发达,尤其以扬州为最。发达的商品经济催生着文艺的繁荣,富商们不惜用重金修建园林、搜罗古董字画、养戏班、举办诗文雅集等附庸风雅。浓郁的世俗情趣和活跃的市场需求,为这一时期的绘画创作及画学思想带来了新的气象。如此便出现了以"扬州八怪"诗书画印"四绝"为一体的表现方式。他们的绘画思想尚奇求怪,具有激进的美学思想。"扬州八怪"虽多生活困窘,却有着士人的风骨。他们的绘画作品和画学思想虽然在当时并未得到广泛的传播,但他们的先锋精神和反叛姿态,却为近现代绘画的革新与创造提供了丰富的精神资源。不过,"扬州八怪"并没有完整的画学理论体系,他们的画学思想散见于各种题记和书

---

① (清)张庚:《浦山论画》,见潘运告编著:《清人论画》,429 页,长沙,湖南美术出版社,2004。
② 于安澜编:《画论丛刊》下卷,748 页,北京,人民美术出版社,1989。
③ 于安澜编:《画论丛刊》下卷,748 页,北京,人民美术出版社,1989。

札中。

"扬州八怪"对传统绘画雅俗观的超越就在于他们肯定"通俗""世俗"的市民情趣,并以创作实践迎合了大众的审美需求。面对"以画为业"的生存实际,"扬州八怪"的绘画创作需要兼顾自己的意趣与索画者的品味,甚至也出现了一些画家附属于画商的现象。李鱓曾在题画中说:"画索其值,随人指点。或不出题目,而索人高价,只得多费工夫,以奉迎索画者之心。"①可见尚奇求怪的绘画思想与自由的艺术市场之间的密切关联。郑板桥说:"王箬林澍,金寿门农,李复堂鱓,黄松石树谷,后名山,郑板桥燮,高西唐翔,高凤翰西园,皆以笔租墨税。岁获千金,少亦数百金,以此知吾扬之重士也。"②这些情况都充分说明了经济对艺术市场的催发作用。

在这样特殊的具有一定商业色彩的环境中,尽管"扬州八怪"坚持文人的风情雅趣,但也必然会有意无意地顺应日趋通俗化、大众化的市场需求。"扬州八怪""遂欲""达情"的绘画观,反映了市民阶层对人文主义精神的需求。此外,从文化史角度看,康乾时期皖派经学的代表,哲学家戴震"以其超前的智慧和独树一帜的创造性'复活了十七世纪清初大儒的人文主义的统绪,启导了十九世纪的一线曙光'(侯外庐语),成为近代启蒙思潮的先驱者"③。在这样的文化语境中,具有先锋精神的画家、画学家大胆地把先进的人文主义精神融进自己的作品之中,显示出了迥异于画坛时趣的美学趣味。

尤其是郑板桥特别推崇简练而不失活力的绘画风格,即艺术创作要讲求以简取胜。这既是对恽格主张的"高简"画风的呼应,也是对八大"至简"绘画思想的直接继承。这一绘画理想要求画家能够掌握高度概括、提炼物形以直抵物象神韵的能力,从而精准地传达出自然世界的盎然生机。如此,画家才能够通过不同的艺术形式巧妙地进行表情达意和喻志寓思。

---

① 张蔓华:《芜蔓集》,77 页,南京,东南大学出版社,2011。
② 王朝闻总主编:《中国美术史 清代卷》上,224 页,济南,齐鲁书社,2000。
③ 庆跃先、李季林主编:《安徽哲学》,173 页,合肥,安徽文艺出版社,2012。

可以说，郑板桥的绘画观，标志着中国古典画论对于绘画功能认识的转变。这一时期的画家、画学家不但逐渐改变了将绘画视为教化附庸的看法，而且日益把绘画当做市井人生的世俗情趣和自我情趣的重要表达手段。当然，随着社会文化的发展和变迁，清末以海派创作实践为代表的艺术家，更是将这一转向朝着大众化、商品化等方面延伸。

三、传教士画家对清中叶绘画思想的影响

随着东西方交流的日益频繁，西方绘画思想与我国绘画思想有了更多的融通契机。早在康熙年间，意大利传教士画家郎世宁已被纳入画院。乾隆年间，焦秉贞因吸收西洋画法而绘制的《耕织图》天下闻名。画院中还有许多效仿西洋画法的画家。这一时期的人物肖像画已开始使用中西结合的绘画技巧，山水画的传统艺术风格在乾隆后期已渐趋衰落。

传教士郎世宁、艾启蒙等都擅长西方绘画技法。宫廷画家焦秉贞、吴历等也渐渐结合西画方法来创作，但他们的作品并没有得到当时主流画坛的认同和推崇。受西画影响最深的吴历曾比较过中西画法的异同，他说："我之画，不求形似，不落窠臼，谓之神逸；彼全以阴阳向背形似窠臼上用工夫。即款识我之题上，彼之识下。用笔亦不相同。"[①]（《墨井画跋》）言语之间，似乎着意强调自己并没有受西方再现现实绘画传统中力求逼真肖似观念的影响。张庚在评价焦秉贞时说，"焦氏得其意而变通之，然非雅赏，好古者所不取"[②]。这些观点不仅体现出了当时的画家、画学家对文人画的独赏情怀，甚至还有意无意地流露着排斥西画技法的心态。尽管如此，西方写实画法还是为这一时期的画坛带来了巨大的冲击。某种意义上而言，随着西画技法而来的绘画观念也促发了我国古典绘画艺术及绘画观的终结。

与学习借鉴西法的创作实践相一致，关于透视画理画法的理论也在暗暗

---

① 上海书画出版社编辑部编：《书与画》1，37页，上海，上海书画出版社，1986。
② 于安澜编：《画史丛书》三，322页，上海，上海人民美术出版社，1963。

酝酿之中。雍正年间,在郎世宁的帮助下,精通西方数学的年希尧出版了画学专著《视学》(1729年初版),成为我国第一本系统的透视原理论著。该书根据安德烈奥·波佐的著作《透视画法与构图》写作而成①。焦秉贞的《耕织图》,是明显使用了透视画法的系列组画。至乾隆年间,袁栋在《书隐丛说》一书中,已从理论和技法两个方面准确地剖析出西画的透视画理和画法。袁栋说:"西洋画专用正笔。用侧笔者,其形平而偏,故有二面而四面具;用正笔者,其形直而尖,故有一面而四面具。在阴阳向背处,以细笔皱出黑影,令人闭一目观之,层层透彻,悠然深远。而向外槛柱,宛承目光,瓶盎等物,又俱圆湛可喜也。"②他不仅结合中国画的正、侧笔技法分析了西画以面造型的特色,而且对西画的透视做了较为精确的描述。年氏的《视学》与袁氏的《书隐丛说》对透视画理画法的介绍和论述,弥补了我国古典绘画理论中没有得到充分发展的写实理论。这也是清中叶画家、画学家从理论层面对西洋画技法进行借鉴而做出的系统性阐释和论述。

回顾写实绘画思想的嬗变历程,则可以看出:从顾恺之为裴楷图貌,王维为孟浩然画像,直至元代王绎撰写《写像秘诀》,中国传统人物画基本停留在类型造像和"收放九宫格法"等平面缩放、复制的阶段。与清初王翚、恽寿平等参"阴阳向背之理"入画进行细节改良的方法不同,吴历在游历澳门、上海等地之后,审慎地借鉴了西画技法。他以"阴阳向背形似"之法改变甚至是革新了文人画的传统构图方式和绘画技法,形成了一种"时有云气,绵渺凌虚"③且异于时趣的绘画风格。吴历之后的一大批西法中用的画家、画学家以精确写生为出发点,以文人士夫画的风格韵致为美学追求,开启了我国自南朝(受天竺遗法影响)、唐(受西域或中亚艺术影响)、宋(院体画)以来写实绘画的新气象。

---

① [英]迈克尔·苏立文:《东西方艺术的交会》,赵潇译,65页,上海,上海人民出版社,2014。
② [日]平川祐弘:《利玛窦传》,刘岸伟、徐一平译,309页,北京,光明日报出版社,1999。
③ (清)徐珂:《清稗类钞》第三十册,艺术,67页,北京,商务印书馆,1917。

特别是一些传教士画家直接将透视法用于创作实践之中，为清中叶绘画艺术的写实倾向带来了新的面貌。比如，乾隆帝为纪念平定准噶尔部的胜利，令郎世宁、王致诚和艾启蒙等创作了由 16 幅画组成的大型作品《平定准格尔回部得胜图》。该图是中西绘画技法的大融合之作，可谓透视清晰、气势恢宏、场面壮观。不过，当这幅组图运到法国进行雕版制作后，"除了对山岗的处理略微使用东方手法外，其余部分完全失去了原作的中国情调"①。可见铜版版画《平定准噶尔回部得胜图》更多地采用了西画技巧。此外，王致诚为"皇后、皇帝的兄弟们、其他有血缘关系的亲王和公主、皇帝的某些信臣和其他藩王"②作肖像画时，便直接使用了欧洲透视技法。特别是由王致诚等人绘制的平定准噶尔回部的功臣像，被乾隆帝下旨陈列在紫光阁。

西方写实绘画逐渐对我国古典绘画思想带来了强烈的触动。一方面，文人画画学家、画家对西画不重写意进行了激烈的批判；另一方面，西画逼真的透视方法，正好洽和了像唐岱、张庚、邹一桂等画家、画学家重视实境摹写（写生）的画学观念。清中叶画坛出现的这种矛盾的情形，无形中推动着当时的绘画思想在对写实技法的破、立中蓄力前行的境地。

这一情形包含着一个更深层的文化积淀因素的影响。那就是，中国画家几千年来的绘画方式，及其使用的绘画工具和运作机制、习惯乃至最终形成的画理画法等，均渗透着独特的社会文化内涵。尤其是主流画家对艺术所包孕的抽象的文学性、哲性、自然性等深层美学内涵，有着天然一致的认同、向往和追求。所以，"尽管并不是所有的艺术都反映了士大夫的文化需求，然而却是这个处于中国社会顶峰的小集团决定了中国艺术的主旋律。是这些学者们建立了自己时代的艺术标准，而不是朝廷。"③其结果就是，尽管西

---

① ［英］迈克尔·苏立文：《东西方艺术的交会》，赵潇译，86 页，上海，上海人民出版社，2014。
② ［英］迈克尔·苏立文：《东西方艺术的交会》，赵潇译，83 页，上海，上海人民出版社，2014。
③ ［英］苏立文：《明清时期中国人对西方艺术的反应》，见黄时鉴：《东西交流论谭》，333 页，上海，上海文艺出版社，1998。

方写实绘画思想通过传教士画家得以广布，但以我国传统笔墨技巧兼用西方透视方法实现的写实绘画风格及其理论，一直到徐悲鸿等人学成回国之后才得以完成。

四、重形重"生趣"等写实倾向绘画观念的发生

随着写实绘画思想的不断融入，清中叶画家对于物形的重视，渐变为"究竟"物理以准确造型的观念，如方薰认为：

> 画不尚形似，须作活语参解。如冠不可巾，衣不可裳，履不可屦，亭不可堂，牖不可户，此物理所定，而不可相假者。古人谓不尚形似，乃形之不足而务肖其神明也。①

言明要使形能够传神，根本在于衡物理。邹一桂更为直接地强调形似的重要性："要之，画以象形，取之造物，不假师传。"他声称："未有形缺而神全者也。"②方薰还提出："气韵生动，须将生动二字省悟。能会生动，则气韵自在。"③因而，他着重谈到"气"这一美学概念："气韵生动为第一义，然必以气为主。气盛则纵横挥洒，机无滞碍，其间韵自生动矣。"④以此为基础，方氏倡导笔墨间的气韵兼力。方薰认为北宋"宋迪作画，先以绢素张败壁，取

---

① （清）方薰：《山静居画论》，见于安澜编：《画论丛刊》下卷，437页，北京，人民美术出版社，1989。
② （清）邹一桂：《小山画谱》，见于安澜编：《画论丛刊》下卷，748页，北京，人民美术出版社，1989。
③ （清）方薰：《山静居画论》，见于安澜编：《画论丛刊》下卷，433页，北京，人民美术出版社，1989。
④ （清）方薰：《山静居画论》，见于安澜编：《画论丛刊》下卷，433页，北京，人民美术出版社，1989。

其隐显凹凸之意"①。这一观点也表现出他对立体造型技法的认同。

至沈宗骞,开始重视绘画中形的处理问题。深受西洋画三维透视技法的影响,沈氏认识到了"定匡廓""分凹凸"的立体造型技法的重要性。他也曾提出过对立体造型技法的借鉴。不过,沈氏仍在"形之小失犹可"和"为神故不离乎形"之间游移。

人物画家丁皋,也在西学透视技法的影响下,于《写真秘诀》一书中提出了"传真得真"的写真观。蒋骥也表述了对"上视、平视、下视、怒视"的瞳神状态,进行细节性的客观写实及妥善开展光影处理的想法。直至清后期的肖像画家郑绩强调,选择历史题材要能够描绘出人物平素的性情品质,画动物要能够传精神、具生气。显然,他更清楚地认识到了形的重要性。可谓清后期写实主义画学思想之先导。

总体上看,雍乾时期的画学家、画家以古人画论文章、绘画图本为参照,冷静地审视当时画坛的各种现象,并对之做出了相对明晰的梳理和分析。在中西文化交流不断深入的大背景下,他们都在不同程度上审慎地吸收和借鉴了西洋技法或西画画理,在传统文人画基础上形成了一股强劲的艺术变革力量。他们将塑造形神兼备、活泼泼物象的生趣作为技法追求的目标。通过思考人与宇宙、自然和社会的关系,细究画理画法,品咂艺术风味,这些拥有开阔视界的画家、画论家一边着手古典绘画理论的细化、学理化和系统化建设,一边尝试着突破传统绘画思想中的定式思维和理论框架。

与此同时,由于清代画学家、画家在具体的绘画技法层面依然沿袭着强大的传统法理,他们的绘画创作亦呈以文人画为主导风格。尤其是在师古问题方面,以郑板桥为代表的大写意画家虽然主张打破一切师法樊篱,提出"无今无古"的创新思想,但是,坚守传统文人画的画学家、画家似又有折回师古说之嫌。因此,无论是技法方面的生涩、甜熟、自然、佻巧、工致、

---

① (清)方薰:《山静居画论》,见于安澜编:《画论丛刊》下卷,435页,北京,人民美术出版社,1989。

拙朴、苍老、雄浑、高古、丑怪、神奇，还是用笔的粗细、繁简，用墨的浓淡干（焦）湿，乃至构图的灵活、腐板（或板刻）等问题，最终都落在了雅俗等审美趣味的问题之上。比如，方薰崇尚绘画作为"贤哲寄兴"的载体，提出了"画格与文同一关纽"的观点。他反对"甜、邪、熟、赖"的画风，强调绘画的古雅之致和自然之妙，甚至认为俗可入市肆的盛子昭之"画几至废格不行"①。即使是重视参用西法以传真写实的画学家，也持有文人画的气韵致胜观念。如丁皋曾言："欲得气韵，是在平时。守定性请，充实精髓，不为外扰而自得之矣。"②蒋骥更是直接将气韵与学问、人品紧密联系起来，提出"人品高，学问深，下笔自然有书卷气。有书卷气，即有气韵"③的观点。因此可以说，清中叶画家、画家在学习和借鉴西法的过程中，不断地进行着自我修正和自我完善，以期实现更为鲜活自然的艺术理想。不过，在强大的师古传统的熏陶和影响下，他们最终又回归了传统文人画重视格致气韵的审美旨趣。

◎ 第二节
唐岱、张庚、邹一桂的画学思想

形神关系与绘画风格几乎分为了一个问题的两个面向，重神观和绘画中的写意风格紧密相关，而重形观和绘画中的写实风格相一致，形神兼备思想则在某种程度上引导出现了兼工带写的绘画风格。在西洋绘画技法大潮的

---

① （清）方薰：《山静居画论》，见于安澜编：《画论丛刊》下卷，453 页，北京，人民美术出版社，1989。
② （清）丁皋：《写真秘诀》，见俞剑华编著：《中国古代画论类编》上，568 页，北京，人民美术出版社，2004。
③ （清）蒋骥：《传神秘要》，见于安澜编：《画论丛刊》下卷，868 页，北京，人民美术出版社，1989。

冲击中,以唐岱、张庚、邹一桂为代表的画家、画学家从对传统形神观的思考出发,不断超越前人,形成了明确而具体的绘画本体论观念。他们不但强调"深得其道"的法理观,而且追求取资"活泼泼"以及"写生"乃得"活"意的艺术效果,从而形成了清中叶另一脉具有写实倾向的画学景观。

一、唐岱"深得其道"的绘画思想

唐岱(1673~1752),字毓东,号静岩,又号知生、爱庐、默庄,满洲正蓝旗人。承祖爵,任骁骑参领、官内务府总管。山水画初师焦秉贞,后与王敬铭、张宗苍同为王原祁弟子,名动京师。其作用笔沉厚,布局深稳,得力于宋元;纤秀繁复,装饰性强。康熙帝甚赏其画,常召作画,赐称"画状元",乾隆帝也多次为其画作题写诗句。工诗,其名载御制《乐善堂集》;精画理,著有《绘事发微》。

唐岱的《绘事发微》是一部典型的儒家伦理学视域下的画学理论。该书论画分正派、传授、品质、画名、丘壑、笔法、墨法、皴法、着色、点苔、林木、坡石、水口、远山、云烟、风雨、雪景、村寺、得势、自然、气韵、临旧、读书、游览二十四篇。细读文本可知,唐岱的绘画思想主要体现在以下三个方面。

(一)对"南北二宗"论的动摇

唐岱《绘事发微·正派》开篇提出"画有正派,须得正传"的观点。然后,他点明:正传"如道统自孔孟后,递衍于广川、昌黎,至宋有周、程、张、朱,统绪大明"[1]。这一说法显示出他深受儒家温柔敦厚、含蓄中正诗学观及道(理)学正统思想的影响。在简述画史的过程中,他秉持绘画实用、教化功能说,推崇贤圣绘画。由此,他将明代戴文进、吴小仙、谢时臣

---

[1] 于安澜编:《画论丛刊》上卷,238页,北京,人民美术出版社,1989。

列为"非山水中正派",并指出他们的绘画像:"庄、列、申、韩诸子,虽各著书名家,可同鲁论邹孟耶?"①从而再次强调他所推崇的儒家正统思想。

唐岱认为"高克恭、倪元镇、曹知白、方方壶,虽称逸品,其实一家之眷属也"②。他直言"明董思白衍其法派,画之正传,于焉未坠",其后清初三王"继之",以至"余师麓台先生,家学师承,渊源有自,出入蹂躏于子久之堂奥者有年"③。至此,唐岱以儒家传道系统为类比对象,明确标属了他自己在师承脉络上的"南宗""正派""正传"地位。

自六朝《溪山卧游录》中提到了士人画与作家画的区分后,至李唐时期甚至当代艺术界依然将士人画奉为最高美学意趣。明代董其昌正式提出"南北二宗"论,清初正统画派又对之作进一步的推介。唐岱更是"师承王原祁,绍述董其昌等,以南宗为正派。称'摩诘用渲淡,开后世法门',无疑是说王维的渲淡法是南宗的传家宝。"④承续"南宗"正派论而来,唐岱又以皴法和用笔为参照,对"南北宗"做了细致的区分。不过,他似乎在无意之间说到了"荆、关、李、范,宋诸名家皴染,多在二子之间"⑤(《绘事发微·皴法》)的问题,却足以引起人们对"南北二宗"论的反思——皴法并非"南北宗"二分的绝对参照。这必然引起人们的质疑:既然在最基本的艺术手法上,都没有明确的区分界限,那么"二宗"论的合理性究竟何在?由此,唐岱直接触及到了"南北二宗"论的根本问题。

唐岱这一说法呈现了清代画学界较为客观的"南北二宗"论的冰山一角,显示出这一时期画学家、画家在"南北宗"问题上的认识和反思渐趋一致。

首先,画学家、画家更注重画家所取得的艺术成就,不再视"南北宗"之分为唯一艺术评价标准。如唐岱所言"每画到意之所至,看山之形势,石

---

① 于安澜编:《画论丛刊》上卷,238页,北京,人民美术出版社,1989。
② 于安澜编:《画论丛刊》上卷,238页,北京,人民美术出版社,1989。
③ 于安澜编:《画论丛刊》上卷,238页,北京,人民美术出版社,1989。
④ 李亮伟:《涵泳大雅:王维与中国文化》,418页,北京,中华书局,2003。
⑤ 于安澜编:《画论丛刊》上卷,244页,北京,人民美术出版社,1989。

之式样，少变笔意"①《绘事发微·皴法》。他认为绘画应当参照山石的具体情况来变笔意以达意，而不是依照某派的特定皴染之法来作画。张庚则将"南北宗"论发展为绘画流派说。沈宗骞大胆提出："其不必以南北拘者，则荆、关、李成、范宽、元季吴仲圭、有明沈、文诸公，皆为后世模楷。"②这些学说皆显示出画家、画论家在"南北宗"问题上持有的开放态度。

其次，画学家、画家更注重绘画风格的多样性，反对唯宗派论对艺术独创精神的限制。沿着清初以来相对清醒的画学思想脉络，尤其是到了清代中晚期，一些画学家提出了不唯"南北宗"论论画的观点。其中，李修易可谓真正辨析了"南北宗"论的关键所在。他在其《小蓬莱阁画鉴》中说："或问均是笔墨，而士人作画，必推尊南宗何也？余曰：'北宗一举手即有法律。稍觉疏忽，不免遗讥，故重南宗者，非轻北宗也，正畏其难耳。约略举之，如山无险境，树无节疤，皴无斧劈，人无眉目。由淡及浓，可改可救，赭石螺青，只稍轻用。枝尖而不劲，水平而不波，云渍而不勾（或为钩），屋朴而不华，用笔贵藏不贵露。皆南宗之较便也'。"③可见清中晚期的画家、画学家反对偏执一端的"南北宗"论，其要义在于既强调画家的造型能力，同时还要保证绘画抒写文人情趣情怀情致的写意性。

由此反观而来，唐岱的"正派""正传"说与"南北宗"论要宣讲的核心内容是相背离的，这也正是"正传"画家得以传画名的根本原因何在。

（二）墨分六彩说

唐岱在"墨法"篇中提出："墨色之中，分为六彩。何为六彩？黑、白、干、湿、浓、淡是也。"④（《绘事发微·墨法》）唐岱的墨分六彩说，不仅是对张彦远"运墨而五色具"说的发展，而且是中国古典绘画思想中具

---

① 于安澜编：《画论丛刊》上卷，244页，北京，人民美术出版社，1989。
② 于安澜编：《画论丛刊》上卷，325页，北京，人民美术出版社，1989。
③ 俞剑华编著：《中国古代画论精读》，113页，北京，人民美术出版社，2011。
④ 于安澜编：《画论丛刊》上卷，242页，北京，人民美术出版社，1989。

有特殊意义的色彩分析理论。他的墨分六彩说,基本上完善了我国水墨画的墨色理论,其艺术价值与十九世纪末时的西方新印象派(点彩派)的色彩分析方法有异曲同工之妙。

如果说荆浩的评画标准主要以气韵和笔墨两项为参照,且二者可分离,那么,清人论画则往往将气韵落实到具体的笔墨技巧上。唐岱更是从理论上将气韵落实到笔墨上,一如他所说"六者缺一,山之气韵不全矣"①(《绘事发微·墨法》)。

传统画学中的墨分五色理论主要有两种说法:第一,"五色"指的是依据墨的浓度,可将墨色分为焦、浓、重、淡、清五种。焦墨是一种含水分量少的墨汁,使用这种墨色,可以在画面上出现干燥粗涩的线条。浓墨的墨色比焦墨略为稀一点,重墨、淡墨、清墨的形成依据水分多少类推。第二,还有一种说法认为,"五色"是指浓、淡、干、湿、黑。这一说法与"焦、浓、重、淡、清"五色说只存在命名上的不同。实质上,干墨指的就是焦墨,湿墨则相当于清墨,是含水分最多的一种墨色。

与墨分五色说相比,唐岱的墨分六彩说,将不施墨的空白也视为以墨造型和摹写物象的手段。他进一步阐释说:"而使黑白不分,是无阴阳明暗;干湿不备,是无苍翠秀润;浓淡不辨,是无凹凸远近也。"②(《绘事发微·墨法》)从而将墨色的灵活变化当做画面透视的重要方法。

(三)"以画传者"之绘画本体论的提出

唐岱通过正派、正传说和对"南北宗"论的质疑找到画家得以传画名的根本原因。强调"墨分六彩"是他从精谨细致的技法理论层面对如何传画名所做的探索。不仅如此,唐岱还强调画家要能够在精研绘画技法的基础上,真正地领悟绘画的艺术本体之所在。在"画名"篇,唐岱更推崇的是"因画而传人"的艺术本体标准。他说:

---

① 于安澜编:《画论丛刊》上卷,242页,北京,人民美术出版社,1989。
② 于安澜编:《画论丛刊》上卷,243页,北京,人民美术出版社,1989。

> 以画传者，大略贫士卑官。或奔走道路，或扰于衣食，常不得为，即为亦不能尽其力，故少。然均之皆深通其道，而后能传，道非兼通文章书法而有之，则不能得，故甚难。①（《绘事发微·画名》）

当然，以画传世者常常因为生活困顿不能将全部精力投入到创作之中，这样的画家却甚为少见。那些真正能够传名后世的画家都深通绘画的本体性内涵，而要达到深通其道的艺术水准就需要积蓄"兼通文章书法"等多种艺术技能和文化修养的内在功力。

唐岱通过阐述"以画传者"的绘画本体论观点，最终的指向是画家的兼善技能和多种文化修养。可见，他的绘画思想承继的依然是董其昌的"扬南宗，抑北宗"的"南宗"正脉观念。虽然他的观点中涉及将儒家道统思想生拉硬扯于"南宗"正脉观的倾向，但是，他在《绘事发微》后部分篇章的论述中均呈现出"重视体会与把握艺术本体"的意识。从绘画教育视角来看，"他的绘画思想从一个比较高的层次指导学画之人开始习画时的方向和出发点，这也是'文人画家'气质在唐岱身上的一种体现"②。

作为一位深受两代帝王恩宠的供奉画家，唐岱不但身处正宗正派之中而不迷失自我，而且能够非常清醒地意识到以绘画艺术性为第一的重要性。他认为，若想达到绘画的艺术性，画家就要能够"精于六法六要，知三品三病"，如此方能使创作出来具有"笔坚墨妙，境界幽深，气韵浑厚，意味脱洒"境界的作品。基于此，唐岱提出，只有那些"深得其道者"方得传画名，这也正是他的绘画创作一直保持艺术性的关键所在。

从唐岱主张绘画艺术性第一的画学观可以看出，他在自己的绘画创作实践中不仅拥有精谨的态度，而且追求测神变、穷幽微的学问画境界，最终在自己的作品中呈现出了气势恢宏、浑然天成的艺术效果。唐岱的绘画作品风

---

① 于安澜编：《画论丛刊》上卷，240页，北京，人民美术出版社，1989。
② （清）唐岱：《绘事发微》，143页，济南，山东画报出版社，2012。

格多样,灵活多变,既有前期寄托着文人雅士性情的自娱之作,也有入宫廷后颇富装饰意味的工笔重彩之作,还有受西洋画法影响的技法革新之作。无论哪一种风格,皆透露出一种精谨细致的秀雅之美。他的作品往往呈现出一种沉稳雄浑的气势和天趣浑然的韵味,可谓画学思想与创作实践相互促进的典型范例。

通过强调正宗正派、质疑"南北宗"论乃至精准区分墨色等基本理论和相关技法理论的论述,唐岱详尽地辨析了画家如何才能"传画名"这一问题。对于该问题的解答可分为:《绘事发微》起始四篇"正派、传授、品质、画名"讨论的是基本画理;而"丘壑、笔法、墨法、皴法、着色、点苔、林木、坡石、水口、远山、云烟、风雨、雪景、村寺"等篇章讨论的是山水画的具体构图,及用笔用墨方法乃至物象造型方法等画法问题;最后三个小篇目"得势、自然、气韵"重点讨论的是画面呈现出的艺术面貌。从其解答如何才能"传画名"的过程来看,唐岱以一句"深通其道,而后能传"完成了其一直追求的本体画学理论。在大量绘画实践的支撑下,他更是深悟"画学高深广大,变化幽微。天时、人事、地理、物态,无不备矣"[①]的真正内涵。以此为基础,唐岱对如何挖掘绘画本体性内涵所做的讨论,为清中叶绘画摆脱作为文学的附庸而走向纯粹的艺术性,奠定一定的理论基础。

二、张庚取资"活泼泼"生物的绘画思想

张庚(1685~1760),原名焘,字溥三,后改名庚,字浦山,自号瓜田逸史、弥伽居士等,浙江秀水(今嘉兴市)人。以布衣应征博学鸿词,被尊称为"征君"。后不为科举业,致力于经史、绘画,工诗,著有《强恕斋文钞》等;擅画山水、人物、花卉,精鉴赏。传世作品有《仿江贯道秋林叠嶂图》等。画学著作有《通鉴纲目释地纠缪》六卷、补注六卷;《国朝画征

[①] 于安澜编:《画论丛刊》上卷,255 页,北京,人民美术出版社,1989。

录》三卷、《续录》二卷,《图画精意识》与《浦山论画》等。生平事迹见于方薰《山静居画论》、冯金伯《国朝画识》、蒋宝龄《墨林今话》等。

张庚的画学思想主要体现在其《国朝画征录》《图画精意识》及晚年所著的《浦山论画》中。《国朝画征录》三卷,又《明人附录》一卷,续编二卷。始撰于康熙六十一年(1722),成书于雍正十三年(1735)。该书收录了清初至乾隆年间画家476人,各有评传,亦有合传或附传,主要介绍画家的字号、生平、师承、画法特点、画论见解以及画风、师承、流派等。作为一部断代画史著作,《国朝画征录》论说有据,评述较为公允。《图画精意识》一卷,共八十五则,又名《强恕斋图画精意识》,有《昭代丛书》本、《槐庐丛书》本、《美术丛书》本。该书收录了张庚对部分画家作品的品评,包括总体评述以及具体笔墨技法、气韵意境、审美趣味分析等。《浦山论画》共九则,即总论与论笔、论墨、论品格、论气韵、论性情、论工夫、论入门和论取资。现存《昭代丛书》本,篇幅简短,思路清晰。张庚的绘画思想主要体现在以下两个方面。

(一)开启传统绘画流派批评之先河

《浦山论画》在总论中直接论说唐代以来的画坛形势,指出其中弊病,并以此作为立论依据,进一步分析各派源流及其得失。张庚说:"画分南北,始于唐世。然未有以地别为派者,至明季方有浙派之目。是派也,始于戴进,成于蓝瑛。其失盖有四焉:曰硬,曰板,曰秃,曰拙。"[1]在指出浙派艺术的发展脉络和得失之后,张庚点出了松江派的问题之所在:"松江派国朝始有,盖沿董文敏、赵文度、恽温之习,渐即于'纤''软''甜''赖'矣"[2];而且将金陵画派一分为二:"金陵之派有二,一类浙,一类松江。"[3]接着,张庚又对新安派、西江派进行了客观公允地评说:

---

[1] 于安澜编:《画论丛刊》上卷, 269 页, 北京, 人民美术出版社, 1989。
[2] 于安澜编:《画论丛刊》上卷, 269 页, 北京, 人民美术出版社, 1989。
[3] 于安澜编:《画论丛刊》上卷, 269 页, 北京, 人民美术出版社, 1989。

新安渐师以云林法见长，人多趋之。不失之结，即失之疏，是亦一派也。罗饭牛崛起甯都，挟所能而游省会，名动公卿。士夫学者，于是多宗之，近谓之西江派，盖失在易而滑。闽人失之浓浊，北地失之重拙。之数者，其初未尝不各自名家，而传仿渐陵夷耳。①

细读这段话可以发现，张庚言简意赅、客观明晰地分析了明代以来各绘画流派的师承脉络及其艺术得失。张庚的流派说，遥接宋代画学的师承说，近承明代何良俊的"传派"（"画家各有传派，不相混淆"②）说。可谓我国古代绘画思想史中第一则专门的绘画流派批评。

在分析流派演进脉络及代表人物的基础上，张庚以地域为参照考察流派之得失，评价中肯，见解独到，发人之未发。例如，他首次提出"常州画派"这一概念，确立了恽寿平一脉画风的正统地位和艺术成就；最早采用"新安画派"这一命名，并一直被沿用至今。余绍宋对张氏的流派命名与分析颇为称道，他说，"明季清初各派名称，实始于此"③，足见张庚流派论的画学史价值。

（二）持有"品格之高下不在乎迹，在乎意"的绘画观

张庚倡导"在乎意"的绘画品格观。他的《浦山论画》"论品格"一则曰："盖品格之高下，不在乎迹，在乎意。"④他对何为"意"所做的解释为："知其意者，虽青绿泥金，亦未可侪之于院体，况可目之为匠耶？不知其意，则虽出倪入黄，犹然俗品。所谓意者若何？犹作文者当求古人立言之

---

① 于安澜编：《画论丛刊》上卷，269 页，北京，人民美术出版社，1989。
② 周积寅编著：《中国历代画论》下编，753 页，南京，江苏美术出版社，2013。
③ 余绍宋：《书画书录解题》，见俞剑华编著：《中国古代画论精读》，96 页，北京，人民美术出版社，2011。
④ 于安澜编：《画论丛刊》上卷，271 页，北京，人民美术出版社，1989。

旨。"①张庚将绘画品格所追求的"意"阐释为"立言之旨",即画家创作时寄寓的意趣。沿着这一思路而来,张庚将绘画作品中体现出来的格调直接与画家的品格结合了起来。

为了阐述立意的品格问题,张庚又将创作主体的立"意"与画作流露出的"气韵"联系起来。在《浦山论画》"论气韵"篇中,他强调并倡导"发于无意"的气韵观。张庚说:"气韵有发于墨者,有发于笔者,有发于意者,有发于无意者。"②在这里,他把画面气韵的来源分为四类,即发于墨者、发于笔者、发于意者和发于无意者。进而,张庚又解释道:"发于无意者为上,发于意者次之,发于笔者又次之,发于墨者下矣"③。由此,他将"意"的品格明确分为四类。那么,"何谓发于意者?"张庚对此问题作了清晰的阐释,他说:"走笔运墨,我欲如是而得如是。若疏密、多寡、浓淡、干润,各得其当是也。"④这里的"意"相当于理性,即"其当是"。那么,"何谓发于无意者?"张庚自问自答曰:

> 当其凝神注想,流盼运腕,初不意如是而忽然如是是也。谓之为足,则实未足;谓之未足,则又无可增加。独得于笔情墨趣之外,盖天机之勃露也。⑤

这里的"发于无意者",是指创作主体无意识流露而出的天分、天赋,它得缘于"天机之勃露"。至此,张庚将气韵的来源,归结为创作主体的先天禀赋与自然宇宙内在推动力的融合。

概言之,绘画作品的格调出乎画家之立意;而画家的立意最终又体现在

---

① 于安澜编:《画论丛刊》上卷,271页,北京,人民美术出版社,1989。
② 于安澜编:《画论丛刊》上卷,271页,北京,人民美术出版社,1989。
③ 于安澜编:《画论丛刊》上卷,271页,北京,人民美术出版社,1989。
④ 于安澜编:《画论丛刊》上卷,271页,北京,人民美术出版社,1989。
⑤ 于安澜编:《画论丛刊》上卷,271页,北京,人民美术出版社,1989。

作品的气韵中。气韵可分为发于墨者、发于笔者、发于意者和发于无意者四类,发于无意者为上品。这就是张庚立意品格论的内在理路。这一"立意品格"论为后世画家、画学家对创作主体的要求乃至作品的深层意蕴提供了思路。

此外,张庚对中国绘画门类划分的最终成型也有一定的贡献。现今中国绘画分山水、花鸟、人物三大科,也是建立在画家、画论家长期的绘画实践和认识基础上,逐渐形成一定参照标准并最终对绘画门类问题达成共识。张庚在《国朝画征录》自序中说:"与所长之人物、山水、鸟兽、花卉,不敢妄加评骘,漫夸多闻。"[①]在这里,他将绘画题材分为人物、山水、鸟兽和花卉四大门类。这一绘画门类划分法与现代美术研究中关于中国画的三大分科最为接近。

总体上看,张庚的绘画思想"基本上沿袭'四王'的文人画一路,而董其昌和王原祁对他影响最深"[②]。不过,在张庚的绘画理论中,也出现过与同时代其他画学家观点重复的问题。相较而言,他对"论入门""论性情""论笔墨"等问题的阐释也稍嫌出新不够。

三、邹一桂《小山画谱》对绘画写实思想的贡献

在清代绘画思想体系中,不仅基本画理画谱著作繁多、理论成就高,而且基础技法理论著作也数量可观、论述精谨细致、准确严密。在一系列体大虑周的画学理论著作中,我国第一部较为系统完备的花卉画理论、技法专著——邹一桂的《小山画谱》在画学史上的地位和影响不容忽视。该著作既显示出了我国绘画理论越来越关注自身形式(或曰绘画本体)问题的特点,也体现出了古代绘画走向门类细化,走向独立和成熟的趋向。

---

① (清)张庚:《国朝画征录》,见于安澜编:《画史丛书》三,16 页,上海,上海人民美术出版社,1963。
② 潘耀昌编著:《中国历代绘画理论评注》清代卷(下),22 页,长沙,湖北美术出版社,2009。

邹一桂（1686~1772），字元褒，号小山，又号让卿，晚号二知老人，江苏无锡人。雍正五年进士，授翰林院编修，官至内阁学士兼礼部侍郎。擅花卉，亦画山水，风格清秀。著有《小山画谱》《大雅堂续稿》。其画学思想主要体现在《小山画谱》中。

《小山画谱》分为上下两卷。上卷列出"八法""四知"和115种花卉及其特征，又介绍了11种颜料的制炼之法，条分缕析，颇切实用；下卷四十三则，多摘古人画说，参以己意，并列出"画所""画鉴""赏识"以及"裱画""藏画"等属于画理画法之外的相关内容，后附矾绢、用胶矾、矾纸、画碟、画笔、用水等。最后再附洋菊谱，主要记录了乾隆二十一年（1756），邹一桂被召入内廷后所画的36种外来花卉的花叶形色。整部画论，兼顾绘画形式的内部和外部问题，理脉清晰，论说精准，注重观察自然和对自然物写生。可以说，《小山画谱》一书整体上呈现出了邹氏批判地接受西方写实绘画理论的倾向。

邹一桂对于西方写实画法的接受有着非常矛盾的心路历程。一方面，他赞誉西洋画透视技术的独特艺术效果：

> 西洋人善勾股法，故其绘画于阴阳远近，不差锱黍。所画人物屋树，皆有日影，其所用颜色与笔，与中华绝异。布影由阔而狭，以三角量之，画宫室于墙壁，令人几欲走进。学者能参用一二，亦其醒法。[1]

另一方面，他又指摘西洋画"笔法全无，虽工亦匠，故不入画品"[2]。他的矛盾心理主要来自于他翰林画家的身份背景，这使他在文人画传统和西法中用的风格之间常有游移。也就是说，在中西融通的文化语境中，邹一桂常常徘徊在以年希尧为代表的实用主义和文人业余画家以笔墨为本位的古典主义美学理想之间。但不可否认的是，邹一桂的《小山画谱》已表达出明确的重

---

[1] 于安澜编：《画论丛刊》下卷，271页，北京，人民美术出版社，1989。
[2] 于安澜编：《画论丛刊》下卷，806页，北京，人民美术出版社，1989。

形"写生"等开掘立体造型的写实思想。

(一)"八法四知"论

关于对物象造型的精准把握,清中叶画家、画学家各有所悟,亦各有所得。汤贻汾提出"以造化所生之物入其胸则象物"的观点;郑绩主张达画理、究物理以准确定形,并寄寓形象以生意生趣。邹一桂说:"要之画以象形,取之造物,不假师传"。① 他把"象形"的造型技法视为绘画中最重要的内容,并形成了他的"以生理为上"的"写真"观念。邹一桂对当时花卉画家缺失花卉基础知识的现象进行了言辞激烈的批判:"今之画花卉者,苞蒂不全,奇偶不分,萌蘖不备。是何异山无来龙,水无脉络,转折向背、远近高下之不分? 而曰笔法高古,岂理也哉!"②基于此,他在前人笔墨技法理论的基础上提出"八法"说。在《小山画谱》"点染法""烘晕法"和"树石法"篇中,邹一桂论述了呈现物象"阴阳之理"和"凸凹之形"的方法。这些思想都显露出了他深受西洋透视画法影响的痕迹。

在"八法"的基础上,邹一桂继续发前人之未发,导引出知天时、晓地理、知人性、察物理的"四知"说。在准确讲述了绘画生动造型等画理知识后,邹一桂提出"欲穷神而达化,必格物以致知"③,就是主张画家要能够真正地懂"生理"、讲"物性",为绘画创作做好充分的知识和法理储备。有了充分的知识储备,再注意与纯熟的技法结合在一起,这样才能使艺进乎道。那么,画家如何才能做到懂"生理"、讲"物性"呢? 具体而言就是:

"一曰知天"。这里讲的主要是万物在时间中的变化,画家要懂得并注意捕捉同一时间中不同生物的特质,以此为基础来表现其真实的生命状态。当然,邹一桂重视画花草的天时并非独创,而是对宋徽宗论花卉画法的呼

---

① 于安澜编:《画论丛刊》下卷,748 页,北京,人民美术出版社,1989。
② 于安澜编:《画论丛刊》下卷,748 页,北京,人民美术出版社,1989。
③ 于安澜编:《画论丛刊》下卷,752 页,北京,人民美术出版社,1989。

应。所不同的是，徽宗重视的是不同时间中同一花卉的不同画法[1]，邹一桂强调的则是同一时间中不同花卉的画法问题。

"二曰知地"。在这一篇目中，邹一桂论述的是绘画创作中要注意地理差异对花木的影响。邹一桂主张在花卉创作中要更重视细节的准确性，即花色、种类要看气候条件的客观变化对花卉形色的影响，以见出各自的形态，即其生长环境极其形态特征。

"三曰知人"。该篇讨论的是，由绘画对象可以导引出其背后涉及的人的问题。表面上看，此篇内容似论述剪裁培植问题，实质上，邹一桂最后的落脚点是绘画创作时画家的选材问题，即"凡花之入画者，皆剪裁培植而成者也"[2]。就是讲画家要画出花卉的精神，而不是任其在画面中出现一些"叶蔓而纵横""权析不成景""花发异形"等情况的发生。

"四曰知物"。邹一桂通过此篇主要是提醒画家要善于把握物象的个体属性和基本特征。具体来说，就是画家要不仅善于观察花卉花苞的"各各不相同"，还要看到"一树之花，千朵千样；一花之瓣，瓣瓣不同"[3]的个体甚至是细节上的差异。对这一问题的探讨是对中国古典画学理论体系中类型造型、图谱图式画法的一大突破。

总体上看，邹一桂主张在充分认知天时、地理、人品、物性的条件下，精确把握自然物的个体甚至是细节上的差异，从而为其"写生"观奠定了严谨科学的理论基石。

（二）"要之画以象形"的"写生"观

掌握了体人情、衡物理、察生理的知识和法理储备后，如何才能够创造出"活脱"的"真画"呢？

---

[1] 宋徽宗曰："月季鲜有能画者，盖四时朝暮，花蕊叶皆不同。"见郑绩：《画继》，见中国书画全书编纂委员会：《中国书画全书》第二册，723页，上海，上海书画出版社，1993。
[2] 于安澜编：《画论丛刊》下卷，751页，北京，人民美术出版社，1989。
[3] 于安澜编：《画论丛刊》下卷，751页，北京，人民美术出版社，1989。

邹一桂在《小山画谱》下卷设"两字诀"一篇,对上述问题做出了详细的回答。他说:

> 画有两字诀:曰活,曰脱。活者,生动也。用意用笔用色,一一生动,方可谓之写生。或曰:当加一泼字。不知活可以兼泼,而泼未必皆活。知泼而不知活,则堕入恶道,而有伤于大雅。若生机在我,则纵之横之,无不如意,又何尝不泼耶?脱者,笔笔醒透,则画与纸绢离,非笔墨跳脱之谓。跳脱仍是活意。花如欲语,禽如欲飞,石必崚嶒,树必挺拔。观者但见花鸟树石,而不见纸绢,斯真脱矣,斯真画矣。①

分析这段话可知,邹一桂先分别对"活""脱"二字的内涵做了描述。进而他提出两个观点:第一,"写生"乃出"活"意;第二,"笔墨跳脱"乃得"真画"。从笔墨技巧方面看,画家只有谙熟了"用意用笔用色,一一生动"的"写生"方法,才能构造出具有逼真效果的"真画"。显然,邹一桂的"写生"说,与西方古典绘画重视三维透视效果从而精准模仿自然物象形态的美学理念之间,有着一致性。所以,对我国的古典画论,我们要有新的审视和更加细微的研究。

邹一桂在《小山画谱》下卷"形似"篇专门讨论人物画的"写真"问题:"又谓写真在目与颧肖,则余无不肖,亦非的论。唐白居易诗'画无常工,以似为工;学无常师,以真为师';宋郭熙亦曰:'诗是无形画,画是有形诗。'"②他批评苏东坡说:"此论诗则可,论画则不可。未有形不似而反得其神者,此老不能工画,故以此自文",③甚至颇为犀利地指出东坡先生"乃以形似为非,直谓之门外人可也"④。足见邹氏对逼真写实技法的推崇

---

① 于安澜编:《画论丛刊》下卷,792 页,北京,人民美术出版社,1989。
② 于安澜编:《画论丛刊》下卷,793 页,北京,人民美术出版社,1989。
③ 于安澜编:《画论丛刊》下卷,793 页,北京,人民美术出版社,1989。
④ 于安澜编:《画论丛刊》下卷,793 页,北京,人民美术出版社,1989。

和坚持。

不仅如此,他又专列"写生""临摹"两个篇目,在《小山画谱》下卷对直接面对自然生物的创作方法与习古六法之传模方法进行了区分。他非常认同明代顾凝远《画引》中所论述的"写生"观:"昔人写生,先用心于行干分条。分寸之间,几多曲折;肤理纵横,各核名实。虽有偃仰柔劲之不同,自具迎旸承露之态。"①对沿袭师古传统的临摹法则持批判态度:"一摹再摹,瘦者渐肥,曲者已直。摹至数十遍,全非本来面目。此皆不求生理,于画法未明之故也。"②由此可见,邹一桂在画理层面持有北宋以来"诗画相表里"(《宣和画谱》),以及"画者,文之极也"(邓椿《画继》)的文人画观念。但是,他通过精研表现不同生物活泼生机的技法,"将诗画界限截然分开,迥异于北宋的诗画一体观念。可见,这种区隔不仅仅关乎画家的身份,邹一桂已经下意识地触及了绘画自身的边界来了。"③足见邹一桂绘画思想的深度。

在对西画写实技法的接受过程中,邹一桂又不自觉地流露出极其矛盾的心理。从他的创作实践来看,继康熙帝和雍正帝之后,乾隆帝崇尚风雅,喜欢传教士画家用笔墨绢素创作出的山水翎毛楼阁等西法中用的绘画风格。这样风格的画作大多是在他和王原祁等翰林画家倡导的方法规范之下实现的。再加上邹一桂与郎世宁同处朝中。因此,传教士画家艾启蒙所作的《香山九老图》(1771年)将他排在"致仕"之列。可见邹一桂不仅一直致力于西法中用的写实画风的实验与探索,而且他的创作也得到了皇家的认可。颇令人不解的是,在《小山画谱》"西洋画"篇中对西洋画法做出客观分析之后,他又对借鉴西法时出现的问题进行了言辞激烈的批判。也就是说,他虽然看到了西法能够产生的"令人几欲走进"的逼真效果,却意识到

---

① 于安澜编:《画论丛刊》下卷,794页,北京,人民美术出版社,1989。
② 于安澜编:《画论丛刊》下卷,796~797页,北京,人民美术出版社,1989。
③ 唐卫萍:《身份建构的焦虑——北宋"士人画"观念的发展演变》,202页,北京,中国社会科学出版社,2012。

西洋画法中并没有笔墨技巧。究其因则在于，在邹一桂的意识深处，一直深藏着文人画的艺术价值观和美学标准。所以他会认为，具有深度透视效果的西画太过匠气，甚至不入画品。这样的话，也就更谈不上西画是否具有气韵风致等文人画的美学品格了。

虽然如此，邹一桂的许多观点依然标志着我国古典画学创作论从强调"不求形似"的文人画风格，到重视"象形""写生"等写实画风的转向。

◎ 第三节
扬州八怪的画学思想

"扬州八怪"崛起于清中叶画坛。他们并不都是扬州人，因长期生活在扬州，又被正统派斥为画风"狂""怪"而得名。"八怪"具体指哪些画家，学界历来众说纷纭。在这些不同的说法中，有八人说，如清末李玉棻在《瓯钵罗室书画考》中介绍"扬州八怪"为汪士慎、郑燮、高翔、金农、李鱓、黄慎、李方膺、罗聘八位画家；也有十五人说，即在八人说基础上又增列了华喦、高凤翰、边寿民、杨法、陈撰、闵贞、李勉七位画家。本文采用宽泛的十五人说。

"扬州八怪"大胆地突破主导画坛的复古主义观念的束缚。在题材选择上，他们以宋、元以来文人士大夫喜欢的梅、兰、竹、菊"四君子"等比德画法的作品为主；表现方法上，他们将诗书画印巧妙地融为一体。画家们不守成规，纵逸恣肆，展现出某种不合时宜、不和传统、不合正统的"异端"趣味。"扬州八怪"并没有完整的画学理论体系，他们的画学思想散见于各种题记和书札中。

一、"领异标新"之郑燮

郑板桥（1693~1765），原名燮，字克柔，号板桥，江苏兴化人。应科举为康熙秀才、雍正举人、乾隆进士；官至山东范县、潍县知县。乾隆帝东巡泰山，他"以请赈忤大吏，乞疾归"[①]，后长期在扬州卖画为生。诗书画称"三绝"，兰竹尤妙。书法真隶相参而杂以行草，自称"六分半书"。绘画融真草隶篆四体书法入画，自成一格，别开生面；高古简朴，意态洒脱。郑板桥追求新异的绘画风格，具体绘画观念兹简述如下。

（一）"领异标新"的绘画追求

"领异标新"是郑板桥整个画学思想的主旨。这一绘画思想主要体现在他对师法问题、道法精神和艺术风格等问题的讨论中。

在师法问题上，郑板桥主张"无师"和"无今无古"，重视创作主体全身心感知世界的体验性。他在《题兰竹图》中说："敢云我画竟无师，亦有开蒙上学时。画到天机流露处，无今无古寸心知。"[②]这首诗所表达的师古观不仅陈述了中国古典画学思想体系中的古今问题，也充分体现出了郑板桥敢于冲破一切师法局限的胆识和勇气。基于此，他将自己师古观进一步阐释为，一者为"师其意不在迹象间也"[③]；一者为"学一半撇一半，未尝全学；非不欲全，实不能全，亦不必全也"[④]。可见，郑板桥反对机械的、"我注六经"式的学习方法，倡导"六经注我"式的创造性学习。其实质是要画家敢于摆脱传统的束缚，在尽师古意的基础上，力图确立并坚持自己的艺术个性以形成独特的画风。

---

① 上海古籍出版社编：《郑板桥集》，237 页，上海，上海古籍出版社，1962。
② 郭绍虞：《中国历代文论选》第 3 册，422 页，上海，上海古籍出版社，1980。
③ 陶明君编著：《中国画论辞典》，75 页，长沙，湖南出版社，1993。
④ 陈东原：《郑板桥评传》，79 页，上海，商务印书馆，1933。

在道法精神的方面，郑板桥强调画家要拥有"不仙不佛不贤圣，笔墨之外有主张"①的绝对自我意识。他藐视一切儒释道思想乃至史书对人思想的控制，大胆唱出"英雄何必读史书，直摅血性为文章"②的诗句。这种否定一切的激进姿态，对长期以来主导画坛的复古主义等正统派画学思想，产生了振聋发聩的冲击和震荡。因而，郑板桥也遭到正统派代表人物的抨击，甚至咒骂。王原祁直言："广陵、白下，其恶习与浙派无异。有志笔墨者，切须戒之。"③特别值得注意的是，虽然王原祁等人的批评有维护正统派绘画的嫌疑，但是像郑板桥那样一味地倡导无师与无今无古的观点，在绘画技法方面也确有矫枉过正之处。尽管"无师""无今无古"强调的是画家的心胸和气魄，但在实践中却容易对初学者带来一种误导，即忽视取法乎上的学术态度。就郑板桥个人的绘画实践而言，他也有大量图式雷同的作品。因此，在认同他高倡个性和创新思想对画学、思想史所做出的贡献之余，还需要反思他"无师""无今无古"说背后引发的后世文人画家不重视笔墨技巧等问题。

郑板桥推崇简练而不失活力的艺术风格。他认为师古要"不泥古法，不执己见，惟在活而已矣"④（《题画补遗》）。此话的大致意思为，艺术创作讲求以简胜、以得生机胜。显然，这一主张与恽格主张的"高简"画风，及八大的"至简"绘画思想一脉相承。这就要求画家要具有概括物形以直抵物象神韵的能力。掌握了精准造型的技法能力后，画家方能巧妙地用笔墨传达出自然世界的盎然生机，或者通过绘画作品表情达意。

（二）绘画创作过程四阶段说

关于绘画的创作过程，郑板桥做过一篇著名的画跋："江馆清秋，晨起看

---

① （清）郑燮：《郑板桥文集》，230页，成都，巴蜀书社，1997。
② （清）郑燮：《郑板桥文集》，230页，成都，巴蜀书社，1997。
③ （清）王原祁：《雨窗漫笔》，18页，杭州，西泠印社出版社，2008。
④ 上海古籍出版社编：《郑板桥集》，206页，上海，上海古籍出版社，1962。

竹，烟光、日影、露气，皆浮动于疏枝密叶之间。胸中勃勃，遂有画意。其实胸中之竹，并不是眼中之竹也。因而磨墨、展纸、落笔、倏作变相，手中之竹，又不是胸中之竹也。"[1]这段话形象地勾勒出一个完整的绘画创作过程，可粗略地将其分为四个阶段：（1）观察或感知阶段，即"馆中竹"；（2）兴发阶段，即行之于目、"眼中竹"，其实现途径为"惊异的感受"；（3）运思阶段，即行之于心、"胸中竹"，其实现途径是"想象、感性与理性体验、灵感、经验、观念"；（4）物化阶段，即行之于手、"手中竹"，其实现途径为"技法、载体、形式"。这四个阶段并没有清晰的界限，甚至是倏忽之间即可一气呵成的状态（如即兴创作），但是，在不同阶段，创作主体发挥的职能有着很大的差异。在观察馆中竹阶段，创作主体要善于将感知到的意趣与物形之间存在的某种相似性关联起来；兴发阶段，创作主体要善于发现并惊异于这种相似性；作为运思阶段，创作主体的目标就是发挥视知觉的想象能力来突显那种特定的相似性；在物化阶段，创作主体要寻找特定的符号将相似性转换为一定的艺术形式。在这四个阶段中，虽然都起因于"馆中竹"，但各个阶段的"竹"，却因注入了不同的感觉、体验、观念或经验而有着质的不同。这四个阶段中对竹的感觉、认知以及寄寓在其中的情致、哲思等皆瞬息万变，画家要适时、合理地进行洽和其意的转换。

直到70岁时，郑板桥又对绘画创作过程的"竹喻"论进行新的思考，并提出耐人寻味的"胸无成竹"说。他认为：

> 文与可画竹，胸有成竹；郑板桥画竹，胸无成竹。浓淡疏密，短长肥瘦，随手写去，自尔成局，其神理具足也。藐兹后学，何敢妄拟前贤，然有成竹无成竹，其实只是一个道理。[2]

这其中包含的道理就是强调艺术家要具备超越具体创作过程中的构思、物化

---

[1] 陈东原：《郑板桥评传》，77页，上海，商务印书馆，1933。
[2] 陈东原：《郑板桥评传》，78页，上海，商务印书馆，1933。

阶段的能力，由此方能拥有更加随性天然的创造力。足见他在不断的自我反思中实现了对自我的超越，同时也达到的更为自由的创作状态。

论述了绘画创作的四过程后，郑板桥接着指出："总之，意在笔先者，定则也；趣在法外者，化机也。独画云乎哉！"①如果说"意在笔先"是自张彦远提出的"意存笔先"说以来一直广被讨论的命题的话，那么，"趣在法外者，化机也"则是郑板桥对不拘成法的进一步阐释。与恽寿平的"妙夺化权"说相比，郑板桥更重视捕捉艺术创作过程中瞬息万变的法外之化机，也更讲求在动态进程中对艺术趣味的把握与呈现。他强调要在做好充分准备的前提下，不断突破和超越既有的法则，从而生成一种新的艺术创造能力。这样才能使创作具有"孤抱出风尘，兀傲嶙岣"的风格，甚至是"拈来俚语也精神"的极其自由的自然状态。这样才能在作品中呈现出无论"是雄还是逸，只写天真"的美学意趣。这也是他"古化为我"，而非"我化为古"等画学思想的自我总结之辞。

二、独赏奇趣之金农

金农（1687~1763），字寿门，又字司农、吉金；号冬心先生、稽留山民、曲江外史、昔耶居士等，浙江仁和（今杭州）人。生活在康雍乾三朝，自封"三朝老民"闲号。少受业于何焯，曾被荐举博学鸿词科，入京未试而返。一生好游历，50岁后以职业画家为生，客居扬州鬻诗文、卖书画。绘画题材遍及花鸟、鞍马、人物、山水等，笔法独特新颖，格调拙厚淳朴，时誉画坛。隶书古朴，楷书自创一种"渴笔八分"体，又称"漆书"。能篆刻，得秦汉法。亦精琴曲、鉴赏、收藏，学识渊博。工诗，著有《冬心先生集》《冬心先生杂著》等。金农的绘画思想散见于众多的诗画跋中。

---

① 陶明君编著：《中国画论辞典》，188 页，长沙，湖南出版社，1993。

（一）"独诣可求于己"论

金农曾对"同能"和"独诣"的关系以及"众毁"和"独赏"的关系进行过讨论。他宣称："独诣可求于己，独赏罕逢其人。予于画竹亦然。不趋时流，不干名誉。丛篁一枝，出之灵府。清风满林，惟许白练雀飞来相对也。"①明辨了两对关系问题后，他提出绘画的"独诣"说。从文字的本意看，金农推崇"独诣"的初衷是追求个性独立和人格尊严。正如他所宣称的那样："此身初非有意处于卑贱而不恤也。人贵乎自立耳，自立则其执役不为屈、不为辱也。"②金农赞扬拥有深蕴"平生高岸之气"的"狂竹"③的品格，这样的品格一方面是他游离于正统之中，是其不合时趋的独立精神和疏狂不羁性情的自然流露；另一方面，也是他将自己的抱负诉诸笔端而寄情于画、喻志于竹的心理写照。

由于一直处在出世与隐退之间，金农"很容易与古代的隐逸之士产生共鸣，出世思想又常常与其人生抱负相牴牾，搅扰了心理的平衡。这种矛盾的心理，使金农赋予了竹子一种双重性格，金农谓之'在野君子'。这实在是金农的一个创造。"④由于将个人的性情抱负寄托在竹子这一形象中，直到晚年偶尔弄笔时，金农依然有着不竭的创新思致。如此一来，在最后的创作时期，他几乎完全脱离了郑板桥有所肖似的竹画形式，而形成独属于自己的竹画风格。例如，金农于1760年创作的双钩朱竹画作中，便是"采用竹枝和竹笋相结合的章法，在观念上和方法上都是新颖而有创造性的。是融会了其个人画竹发展中的写实、写意和装饰趣味三个阶段而成。"⑤可见，金农始终是以某一绘画题材的艺术性为独诣之旨，以随性率真的自由境界为人生和艺术之独赏之格致进行绘画创作的。即便是在矛盾心理影响下的困窘逼仄时

---

① （清）金农：《冬心先生题画记》，26页，杭州，西泠印社出版社，2008。
② 黄宾虹，邓实编：《美术丛书》三集第一辑，68页，上海，神州国光社，1936。
③ （清）金农《竹图轴》跋其二曰："磨墨五升，画此狂竹。查查牙牙，不肯屈伏。"见（清）金农：《冬心先生题画记》，17页，上海，上海人民美术出版社，1986。
④ 王鲁湘：《金农艺术的心理赏析》，见《美的研究与欣赏》第四辑，220页，重庆，重庆出版社，1987。
⑤ 郑奇、黄俶成编：《扬州八怪评论集》（当代部分），657页，南京，江苏美术出版社，1989。

期,他依然葆有高风亮节的人格魅力。这些独异的心性和艺术追求最终都成就了金农在绘画史上的卓越地位。

(二)"游戏通神,自我作古"说

金农在一则绘画题记中说:"唐宋画竹,世不多见,即见亦难得其妙也。十年前予辄画竹,烟梢风箨,亦人意中所有也。挥扫奇趣横生,观者可能测老夫麝煤狐柱,何从而施纸上邪? 游戏通神,自我作古。"①这一段简短的文字主要呈现出了金农"游戏通神"的画学观念。

与清代关于绘画功能的悦人观念(如恽格的"陶铸性器"说、唐岱的"怡情养神"说)不同,遥接苏轼"游戏得自在"②的观点,金农提出了"游戏通神"说。在我国古典画学思想的嬗变历程中,金农的"游戏"说与"悦"己说和"世俗情趣"说等一起,构成了关于绘画功能问题的理论脉络。不过,与苏轼的"游戏说"强调绘画的"自娱"(悦己)不同,金农的"游戏通神"说包含了以下几个方面的内容。

首先,绘画因画家为求悦己而迎来了其艺术本体的开敞。金农的"游戏"说以"悦己"说为出发点,他"因以己意为之"③而写朱竹的行为,便是他在艺术上不傍前人、力求新颖的求变思想的直接体现。秦祖永在《桐阴论画》中赞他曰:"金农寿门,襟怀高旷,目空古人。展其遗墨,另有一种奇古之气,出人意表。"④画家以抒写己意而为之,不仅摒弃了绘画作为文学政治附庸功能的习惯性思维,而且彰显了绘画自己艺术本体属性的基本规律。对绘画"悦己"功能的重视,为绘画向其内部探求形式自身的美学特质导引了方向。

其次,绘画具有了作为画家遣兴墨戏的美学意趣。迫于生活压力,金农

---

① 黄宾虹,邓实编:《美术丛书》三集第一辑,172页,上海,神州国光社,1936。
② (宋)苏轼:《苏轼诗集合注》,1392页,上海,上海古籍出版社,2001。
③ (清)金农:《冬心先生集》,232页,杭州,西泠印社出版社,2012。
④ (清)秦祖永:《桐阴画诀 桐阴论画》,见《艺林名著丛刊》,34页,北京,北京市中国书店,1983。

不得已将绘画当作"乞米"手段。某种意义上而言，这样的艺术交换行为显示出绘画朝着表达"世俗情趣"这一美学特质的转向。金农在一幅雪中荷花题跋中曾说：

> 此幅是余游戏之笔，好事家装潢而藏之，复请予题记。以为冰雪沍寒之时，安得有凌冬之芙蕖邪？昔唐贤王摩诘画中雪中芭蕉，艺林传为美谈。予之所画亦如是尔。观者若以理求之，则非予意之所在矣。[1]

鉴于"好事家"装潢而藏之的需要，画家只需要以游戏之笔专求雪中物象的特定所指，而无需苛责其是否合乎画法画理，更不必在意它的社会功用或是象外之趣等。这样的创作意图反而实现了画家将绘画视为自由达意载体的艺术理想。

最后，体现道禅一体的画学观，如金农的《月华图》：一轮光灿灿的明月，仅由几笔淡墨晕染构绘而成。这幅画作与西方现代艺术之开端印象派绘画的表现方法趣似而旨异，却集中体现了金农的禅画风格。金农以视觉的直觉形象为参照，使用高度抽象的墨晕和线条，实现了对生命之初宇宙精神的隐喻性表达。直观画面即可以感受到，画作既显示出人能够超然物象之外而获得自由的精神状态，也流露出一种洪荒世界带给人的幽眇感和苍茫感。可以说，这幅画是金农"总要在象外体物之初耳"[2]观念的直接写照。

概言之，金农是中国古典画家中最早尝试对绘画形式本体进行变形探索和实践的先锋者。与此相应，他也持有着前卫的绘画变革思想。

三、"东涂西抹总开花"之李方膺

李方膺（1695～1755），字虬仲，号晴江，又号抑园、秋池、白衣山人

---

[1] 楚默：《中国画论史》，490 页，上海，百家出版社，2002。
[2] （清）金农：《冬心先生题画记》，59 页，杭州，西泠印社出版社，2008。

等,江苏南通人。曾借居南京借园,又自号"借园主人"。历任山东乐安、兰山知县。在任时,因被陷害下狱,至乾隆元年获释。重新赴任安徽潜山、合肥知县时,仍因不善逢迎,被劾去官。后移居扬州以卖画为生。为人傲岸不羁,为艺不拘绳墨。擅画松竹梅兰和草虫,尤精画梅,喜画风竹,间作山水、人物。亦擅大幅,颇富士气。绘画风格纵笔豪放,粗头乱服,苍劲浑古,水墨淋漓。主张面对造化自然,崇尚个性外造;自立门户,别具一格。兼工书,能诗,后人辑有《梅花楼诗草》。传世作品主要有《风竹图》《游鱼图》等。李方膺没有专门的画论著作存世,其绘画思想散见于平日所做的题画诗跋中,兹简述如下。

(一)重视文人画的即兴创作

李方膺的即兴创作观具体表现为:主张画家运用"惨淡经营"的绘画创作方式和"于难处夺天工"的自由表现技法。

李方膺的诗句"赏心只有三两枝"表达出了他崇尚简约的画学理想。那么,如何在具体的技法中实现这一美学理想呢?他在《梅花》册页上的题诗做了明确的回答曰:"梅花此日未生芽,旋转乾坤属画家。笔底春风挥不尽,东涂西抹总开花。"[1]四句诗充分显示出他走在时代前端的先锋主义精神:其一,强调画家要拥有强烈的个性;其二,强调画家应具有"旋转乾坤"的创新精神;其三,倡导"东涂西抹总开花"的自由表达方式。当然,李方膺的上述主张也正是这一时期写意文人画重视即兴创作的直接体现。从四僧到八怪,他们的绘画作品及其题跋诗都显示出对即兴绘画的偏爱。金冬心题《李方膺梅花》诗云:"人生天地乃借境,即事抒怀本无定。"[2]在这里,"即事抒怀"实有随机兴发之意。石涛在一则题画跋中写道:

> 如唐人千岩万壑头角十全者,远山水口之变,无一不有。若冷丘壑

---

[1] 顾麟文编:《扬州八家史料》,136 页,上海,上海人民美术出版社,1962。
[2] 刘墨:《禅学与艺境》上,189 页,石家庄,河北教育出版社,2002。

不由人处，只在临池间定，有先天造化时辰八字，相貌清奇古怪，非人思索得来者。世尊云：昨说定法，今日说不定法，吾以此悟解脱法门也。①

这里讨论的也是画家的即兴创作状态，当然，石涛主要是从"了法"层面来讨论即兴创作的问题。无论从哪个角度切入，李方膺和石涛都对即兴创作有着自己的见解，这一方面说明了清代画家对即兴创作已有一定的关注和认知，另一方面也反映出了文人画家对绘画抒情达意功能的重视。

李方膺曾在乾隆十六年（1751）所画的一幅风竹上题诗曰："画史从来不画风，我于难处夺天工。请看尺幅潇湘竹，满耳丁东万玉空。"②此诗至少包含两层意思：其一，选择前人未触及过的题材；其二，师天机处夺天工。李方膺于乾隆十九年（1754）在另一幅风竹上题诗为："波涛宦海几飘篷，种竹关门学画工。自笑一身浑是胆，挥毫依旧爱狂风。"③可见他已在风竹这一物象中寓寄了他狂放不羁、浑身是胆的性格。当然，这首诗其实也是他正处于风雨飘摇的宦海中的一种写照。

李方膺的即兴创作观延续了我国文人画的比德传统。在这一传统中，画家逐渐走出儒家伦理道德观念制约下的单一的比附形式，即将不同的艺术形式与道禅精神融合在一起。从顾恺之的"痴绝"、米芾的"癫"，到黄公望的"大痴"和郭诩的清狂、徐渭的狂纵，艺术家们在笔墨形式中寄寓的是不拘常规的自由精神和艺术追求。傅山提出的"宁拙毋巧，宁丑毋媚，宁支离毋轻滑，宁直率毋安排"④的观点及其狂禅精神，就是主张艺术家要能够怀抱不讨巧、不媚俗的美学理想，以不轻滑、不事安排的艺术形式对抗压力和世俗时趣。石涛发出"我只为我，自有我在"呼声，正式宣布为绘画立法，

---

① （清）汪绎辰辑：《大涤子题画跋诗》，37 页，上海，上海人民美术出版社，1987。
② 伍蠡甫主编：《中国名画鉴赏辞典》，989 页，上海，上海辞书出版社，1993。
③ 林木：《论文人画》，66 页，上海，上海人民美术出版社，1987。
④ 中国大百科全书总编辑委员会美术编辑委员会编：《中国大百科全书·美术》1，244 页，北京，中国大百科全书出版社，1990。

还包括朱耷白眼看人间的鱼鸭形象,刘熙载"以丑为美,丑到极处,便是美到极处"[1]的书学思想。这些类似宣言的艺术形式俨然已成为艺术家自由抒写心志的载体,其中渗透着、叠加着不同时代艺术家共同发出的具有强烈反叛意识的声音。同时,也是他们自发地将艺术探索的路径转向形式本身的具有前卫精神的实验。换言之,在不断践行去秩序、去安排、去巧饰的艺术理想过程中,笔墨形式自身所具有的美学特质,正逐渐地被艺术家发现并发掘出来。

(二)"直气横行翰墨端"的大写意思想

自王维援诗入画,经苏轼尚士人意气绘画理论的推动,再经过元明画家摹古意、写逸气并引书入画的创作实践与探索,文人画逐渐被奉为中国画最高审美旨趣的表现形式。文人墨戏的表现方法,也深深地影响了我国传统绘画创作和画学思想。元代温日观、明代陈淳和徐渭,直至石涛、八大山人、扬州八怪以来,更是将这种不拘笔墨的"直气横行翰墨端"(李方膺《梅花》册页题诗其五)的大写意方法尽情地挥洒于笔墨之间。挥笔泼墨的一瞬时,画家已尽情抒写着淋漓的士气和不羁的性情。这种文人画的流风余韵一直绵延至今。

李方膺的《兰石图》就是一幅真性情自然流露的大写意作品。此画呈现出一种恣肆泼洒、纠缠错结、信笔而来又能妙笔生花的美感。郑板桥将这种方法称为是"绝不剪裁"处的"真剪裁也"[2]。

大写意的创作方法一度过于忽略物形和技法,甚至因率意涂抹而致一些作品显得"粗头乱服"似病夫,而这也是大写意方法一直以来都备受批评家质疑和诟病之处。郑板桥对这一问题也有过深刻的反思,他特意在画跋中强

---

[1] (清)刘熙载:《艺概》,168页,上海,上海古籍出版社,1978。
[2] 郑板桥《题李方膺画梅长卷》有语:"顾为画梅,为天下先,日则凝视,夜则构思,身忘于衣,口忘于味,然后领梅之神,达梅之性,挹梅之韵,吐梅之情,梅亦俯首就范,入其剪裁刻划之中而不能出。夫所谓剪裁者,绝不剪裁,乃真剪裁也;所谓刻划者,绝不刻划,乃真刻划也。"见(清)郑燮:《郑板桥文集》,200页,成都,巴蜀书社,1997。

调"工"的重要性。他说:"殊不知写意二字,误多少事。欺人瞒自己,再不求进,皆坐此病。必极工而后能写意,非不工而遂能写意也。"①清后期画学家汪鋆也曾直接指出"八怪"率笔而为存在的问题。他说,扬州八怪"同时并举,画出偏师。怪以八名,画非一体。似苏、张之捭阖,俪徐、黄之遗规。率汰三笔五笔,复酱嫌桷(通'粗'字)。"②虽然汪氏因推崇正统派画风而对"八怪"有刻意贬抑之嫌,但是,仔细赏鉴其作品会发现,"扬州八怪"的画作中确实存在着草率粗劣之笔。因此,关于中国画到底该不该重视基本造型这一问题,到今天还有论争。

除了金农、李方膺和郑板桥外,"扬州八怪"其他画家像华嵒、高凤翰、边寿民、李鱓、黄慎、罗聘等,皆以不拘笔墨、巧拙互现甚至是恣纵怪诞的笔墨形式,来抒写他们淳朴天真、个性张扬的性情。

"扬州八怪"的绘画作品在当时"只盛行乎百里"③,他们的绘画思想也仅在扬州一带流行。自康熙后期到嘉庆初年最年轻的画家罗聘去世时,"扬州八怪"活跃的年代前后近百年时间,历时长、作品多,对后世产生了广泛影响。他们善于采用抽象变形的表现形式,使用至简笔墨托以象征、隐喻等表现手段,来实现对某种情感、意趣和特定思想、观念的表达。他们不仅为清代画坛做出了导"道咸中兴"之先的贡献,而且对晚清诗书画印一体的文人画定型模式的形成有着推动之功。同时,"扬州八怪"恣肆泼辣的画风、诗书画印一体的构图模式,对晚清重视金石趣味的海派以及近现代绘画创作皆产生了深刻的影响,如"海派"代表人物赵之谦、吴昌硕皆以碑学、金石融于画中④。从具体的画作和画论来看,近现代画家齐白石、傅抱石等也都曾深受"扬州八怪"思想与艺术创作的润泽与启发。

---

① 上海古籍出版社编:《郑板桥集》,155页,上海,上海古籍出版社,1962。
② (清)汪鋆:《扬州画苑录》,见《艺苑掇英》,46页,上海,上海人民美术出版社,1980。
③ 陶明君编著:《中国画论辞典》,245页,长沙,湖南出版社,1993。
④ 任伯年评价吴昌硕曰:"子工书,不妨以籀写花,草书作干,变化贯通,不难其奥诀也。"见上海书画出版社编辑:《朵云》1集,195页,上海,上海书画出版社,1981。

◎ 第四节
传教士的绘画思想与《视学》理论

清代主流画坛之外的院画"西学派"和传教士画家的创作实践，逐渐形成"中西合璧"的写实主义绘画思想。这些汲取"西艺"营养的画家没有专门的画学著作或诗跋作品等存世，不过，能够体现他们绘画观念的只言片语，常常收录于一些画学家的题画诗或画学著作中，从中亦可窥知一二。

一、"用郎之奇肖李之韵"的院画写实观

清代画院画家见录于胡敬《国朝院画录》者 81 人，加上最后"履贯未详者"33 人，共计 114 人；再加上未被收录者，总数约 200 人。在这些画家中，明确参用西法且有记录姓名的画家约 20 人。他们或者主笔，或者参与、辅助宫廷人物画、山水画、花鸟画、楼观界画的创制。这些宫廷画师善于学习西洋画法以为我用，其分别是：人物画家如焦秉贞、冷枚、丁云鹏、金廷标、丁观鹏、莽鹄立等；山水画家如唐岱、张宗苍等；花鸟画家如蒋廷锡、邹一桂等；楼阁界画的代表画家如徐杨、沈源、陈枚等。宫廷画师常常采用"得其意而变通之"（张庚语）的艺术手法进行绘画创作，即在传统工笔重彩画法的基础上，将几何学、透视原理运用于画作中。宫廷画师重明暗、擅渲染、刻画精细，逐渐形成了布局紧凑、设色妍丽、形象逼真的绘画风格，一度深受皇家的喜爱和奖掖。焦秉贞奉旨绘成的《耕织图》46 幅，被康熙帝大加赞誉并命人镂版印行赐予朝中百官珍藏。在《国朝院画录》中，胡敬将焦氏采用的方法描述为，"善于绘影，剖析分刌，以量度其阴阳向背，斜正长短，就其影之所著而设色，分浓淡明暗焉。故远视则人畜、花木、屋宇

皆植立而形圆，以至照有天光，蒸为云气，穷深极远，均粲布于寸缣尺楮之"。① 这段话明确谈到了焦秉贞借鉴西画技法所形成的"照有天光"般的光影效果。

焦秉贞的绘画技法为清代画院画家所继承，尤以其得意弟子冷枚的艺术水准最为众人称道。冷枚的绘画创作颇得西法，工中带写，精工妍雅，赋色韶秀。冷氏于康熙五十六年（1717年）参加《康熙万寿盛典图》卷（王原祁主持）及《康熙南巡图》卷的创制。《康熙万寿盛典图》画卷总长度约50米，主要表现的是从清宫神武门至畅春园数十里间张灯结彩、百戏杂陈的巨大场面；《康熙南巡图》共十二卷，总长度超过200米（现存世9卷），描绘了康熙帝第二次南巡的全部过程。各卷首尾相接，画面上景致繁复，所经之地亦被逐一绘出并加以文字标点。纯粹使用西法进行写真创作的画家莽鹄立，更是善于在以线勾勒五官的基础上，多次"渲染皴擦而成"创作肖像画。这样的技法不但使人物具有立体感和质感，而且"神情酷肖，见者无不指白是所识某也"②。乾隆时期，徐扬等人绘制并付梓镂版刻印的十二卷《南巡盛典图》，也是一次浩大的宫廷绘画创作活动。

宫廷画师大胆借用的"泰西法"（又称"海西法"），主要指的是"从文艺复兴到印象主义之前的西方绘画，并且完全不涉及对即便是视错觉艺术中仍然存在着的不同风格差异的辨析"③。不过，他们依然是在西体中用观念的指导下，创造出的构图严密紧凑、物象合乎透视法则的画面效果。同时，为迎合文人画的美学理想，画师们又结合传统的绘画六法使画面呈现出与文人画既似又不同的新画风。正像乾隆帝在其御制诗《题李公麟画三马苏轼赞真迹卷》中所说："今之服远殊贰师，良骥天闲牣汗赭。奇形既命世宁传，神韵更教廷标

---

① （清）胡敬：《国朝院画录》，见于安澜编：《画史丛书》三，1页，上海，上海人民美术出版社，1963。
② （清）张庚：《国朝画征续录》卷上，见上海书画出版社编：《海派绘画研究文集》，346页，上海，上海书画出版社，2001。
③ 吕澎：《中国现代美术史》，24页，杭州，中国美术学院出版社，2013。

写。"①紧接着,乾隆帝在诗下"注"中,对这一新画风做出了阐释:"癸未岁,爱乌罕贡四骏,命郎世宁为之图,形极相似。但世宁擅长西洋画法,与李伯时笔意不类。且图中有马而无人,因更命金廷标用公麟《五马图》法,用郎之奇肖李之韵,为四骏写生,并各有执鞚人。即用回部衣饰,更为萃美佳迹。"②可见,乾隆帝非常清晰地看到了中西画法的差异,他希望画师们能够融合中西之优长,创造出一种"用郎之奇肖李之韵"而形韵兼备的艺术效果。从宫廷画家着力从事的创作实践看,这一观点也正是他们所追求的绘画理想。

由于在处理具体人物、景致的远近层次、大小比例关系等技法问题时,既要参照西法,又要根据皇帝的喜好进行相应的调整,院体画整体上呈现出了一种"御制"作品的工丽纤巧有余而意境生气不足的特点。在绘画风格上,院画家创制的历史纪实画、楼阁界画、山水花鸟画等,因为过于追求工丽秀雅,而使画中人物性格不突出,形象纤弱无力。画面中的人物形体和神态也呈现出某些类型化、符号化的特征,从而无法真正地实现乾隆帝所提倡的形韵兼备的艺术理想。

事实上,在宫廷画师吸纳西画技法的同时,也在某种程度上对西方绘画有所影响。正像英国秉雍氏所言:"西洋近代之画学,使文艺复兴以后之科学观念参入其中,而仍循中古时代美术之故辙,以蝉嫣递展,其终极,将与东方画学同其致耳。"③可以说,直到现代,西方绘画所要追求的与东方画学同致的艺术效果方在一定程度上得以实现。这也使西方现代艺术出现了一些与东方艺术颇为神似的精神韵致。

二、"似则似矣逊古格"的"泰西别传法"

康雍乾时期,为了符合宫廷的欣赏习惯,御用传教士画家郎世宁、王致

---

① 水赉佑编:《苏轼书法史料集》上,676 页,上海,上海书画出版社,2017。
② 江滢河:《清代洋画与广州口岸》,101 页,北京,中华书局,2007。
③ 潘公凯编:《潘天寿谈艺录》,16 页,杭州,浙江人民美术出版社,1985。

诚、贺清泰、安德义、艾启蒙、潘廷章等人，最大可能地学习、吸收中国画的技法、图式等因素。他们糅合焦点透视和以线造型的画法特点，根据宫廷政治和宣传需要，在题材、透视、色彩、明暗、比例关系等技法方面上作出相应的调整，创造出了一种"西用中法"的新体画格。

郎世宁（1688～1766），意大利人，康熙五十四年（1715）来到中国传教，不久入值内廷，并在宫廷中创作了大量的艺术作品。除了为雍正、乾隆两帝及后妃、皇子等绘制肖像，以及创制大量历史纪实画作、花鸟走兽画作外，他还参加过圆明园、长春园等园林建筑的设计施工等工作，此外，郎世宁还为装潢殿堂楼阁设计并绘制了大量的图画。郎世宁为西方绘画艺术在中国的传播和中国绘画艺术的技法革新，以及对中西文化与艺术交流做出了卓越的贡献。《燕京开教略》记载曰："郎世宁片言之力，大胜于千百奏疏也"[1]。此话对郎世宁所做的工作给予了极高的评价和赞誉。

不仅如此，在写实绘画思想的传播过程中，郎世宁曾于雍正年间协助内务府总管兼景德镇督陶官年希尧，撰写出版了中国首部焦点透视原理的专著《视学》。在这本透视理论著作中，他们"引入了全面的西洋画知识，传授面之宽，理论性之强远远超过了他的前辈利玛窦、南怀仁、马国贤等"[2]。该著作显示了西方绘画技法对我国传统绘画的直接影响。可以说，"正是郎世宁与同行的多年奋斗，使清廷院画出现了繁荣景象，乾隆朝的艺术活动达到历代宫廷未曾有过的高峰。另一方面，当中国铜版画送到欧洲制作时，在那儿又留下一批作品，数年以后被再次重雕，这都为西方了解与学习中国美术增加了渠道"[3]。足见郎世宁对中西艺术交流做出的卓越贡献。

王致诚，法国人，擅长油画，乾隆三年（1738）来到我国，供奉于内廷。乾隆二十七年（1762）创作《平定准噶尔回部得胜图》中的《阿尔楚尔

---

[1] [美]迈克尔·格拉茨、莫妮卡·海威格编：《现代天主教百科全书》，赵建敏译，450页，北京，宗教文化出版社，2012。
[2] 莫小也：《17-18世纪传教士与西画东渐》，258页，杭州，中国美术学院出版社，2002。
[3] 莫小也：《17-18世纪传教士与西画东渐》，258页，杭州，中国美术学院出版社，2002。

之战》图,并有《八骏图》等作品传世。 王致诚在中国进行绘画创作的过程并不顺利。 他原本擅长人像和故事画,乾隆帝却强令他画山水、花鸟画和亭台楼阁画,并且,因为宦官和一些画师的挑剔,他一度被禁用西法。 这些遭遇引起他的极大抗拒,幸由郎世宁调解方得以平息。 1743 年,在一封发回欧洲的信函中,王致诚描述了他的工作情景:"吾人所居乃一平房,冬寒夏热,视为属民。 皇上恩遇之隆,过于其他传教士。 但终日供奉内廷,无异囚禁;主日瞻礼,亦几无祈祷暇暑。 作画时颇受掣肘,不能随意发挥。"① 可见他对自己所做工作的不满和无奈。 而他自己也对这样的困境做了思考:

> 若就以上所述,是余抛弃其平生所学,而另为新体,以曲阿皇上之意旨矣。然吾等所绘之画,皆出自皇帝之命。当其初吾辈亦尝依吾国画体,本正确之理法而绘之矣。乃呈阅时不如其意,辄命退还修改。至其修改之当否,非吾等所敢言,惟有屈从其意旨而已。②

从王致诚投身中国画革新的绘画实践可以看出,西方传教士画师对中西融合新画法的探索充满了艰辛的心路历程。

安德义,意大利人,宫廷画家、传教士。 乾隆年间来到我国,供奉于内廷。 擅画人物,构图严谨,笔法工细,多写实之作。 曾与郎世宁、王致诚、艾启蒙共同起稿《平定准噶尔回部得胜图》铜版画,其中《乌什酋长献城降》《呼尔满大捷图》等为其手笔。

艾启蒙(1708~1780),字醒庵。 波希米亚(今捷克)人。 乾隆年间到中国,供奉内廷,师从郎世宁。 擅画人物、走兽、翎毛。 西法中用,尤精画马,刻画精细,毫发毕现,但整体画风较郎世宁更显拘谨。 曾参与制作《平定准噶尔回部得胜图》,画迹《香山九老图》著录于《国朝院画录》。

在郎世宁、王致诚、安德义、艾启蒙"四洋画家"之后,耶稣会士贺泰

---

① 方豪:《中国天主教史人物传》下,90 页,北京,中华书局,1988。
② 陈辅国主编:《诸家中国美术史著选汇》,339 页,长春:吉林美术出版社,1992。

清、潘廷璋分别于 1770 年、1771 年来到中国。此时，由于郎世宁、王致诚已去世，他们并没有直接受过郎世宁的指导，但他们与郎世宁一样寻求中西绘画融合的技法，并先后参与数套铜版画的制作，同时还修复教堂壁画，为清宫廷制作了种种西洋风格的画作等。通过传教士画家所做的种种努力和工作，一种深受泰西画法影响的、且已被宫廷普遍接受的"西用中法"的新画风获得了蓬勃的生命力，并一直延续至 19 世纪初。

清代宫廷御用传教士画家虽然没有专门的画论著作，但是他们的绘画实践、往来信函等文献，足以为我国写实绘画思想的形成及其嬗变脉络提供一定的参照。不过，传教士画家在当时并不被认同。社会各个方面，无论是"南宗"正派画家，还是宫廷画师，甚至是皇帝本人，均对西画技法表现出一致的抗拒、排斥、贬抑等不接受的心态。既命郎世宁为其作《爱乌罕四骏图》后，乾隆又命金廷标为其再画《爱乌罕四骏图》，并在诗作《命金廷标摹李公麟五马图法画爱乌罕四骏因叠前韵作歌》中明确表示："泰西绘具别传法，没骨曾命写裹蹄。著色精细入毫末，宛然四骏腾沙堤。似则似矣逊古格，盛事可使方前低。"[①]可见，乾隆虽然喜爱西法的逼真写实效果，却更希望画家能够创造出一种中西融合又不失文人画情致和神韵的新绘画风格。由此，在当时画坛主导的文人画思想有意无意地排斥和抵制下，传教士画家创造的中西合璧的新格一派画法，在我国绘画领域并没能得到充足的生长和发展。不过，由他们引进并逐渐形成独特风范的肖像画技法，却散播民间，甚至深入到下层专职画家和工匠画师中。这种中西融合式的立体造像技法成为晚明以后乃至清代中国肖像画整体繁荣的重要影响因子。

胡敬《国朝院画录》中记载曰：

> 世宁之画本西法，而能以中法参之。其绘花卉具生动之姿，非若彼中庸手之詹詹于绳尺者比，然大致不离故习。观爱乌罕四骏，高庙仍命

---

① 于安澜编：《国朝院画录》，18 页，上海，上海人民美术出版社，1963。

金廷标仿李公麟笔补图,于世宁未许其神全,而第许其形似。亦如数理之须合中西二法,义蕴方备,大圣人之衡鉴,虽小道必审察而善择两端焉。①

为了审慎地营造出"形神兼备""气韵生动"的文人画意境,郎世宁舍弃了一些立体造像的艺术手法,从而"创造了一个'埋没自身'的流派"②。不过,他将西画技法融入文人画的情采韵致之中,为我国古典绘画敲开了另一扇门。可以说,作为清代历史的亲历者、见证者和图像记录者,以郎世宁为代表的传教士画家对我国绘画乃至相关艺术领域做出的贡献均是可圈可点的。

三、"能尽物类之变态"的透视原理专著《视学》

雍正年间,工部侍郎年希尧在御用传教士画家郎世宁的帮助下撰写并刻印出版了一本以数学方法来阐释西洋透视原理的专著——《视学》二卷,初版时名为《视学精蕴》,1729 年刻印。该书比法国数学家蒙日于 1798 年出版的《画法几何学》早了近 70 年。

年希尧在该书弁言中说:"余曩岁即留心视学,尝任智殚思,究未得其端绪。迨获与泰西郎学士数相晤对,即能以西法作中土绘事。始以定点引线之法贻余,能尽物类之变态。一得定位,则蝉联而生。虽毫忽分秒,不能互置。"③他力求透彻地论述透视理论的心思可见一斑。而一句"尽物类之变态"道尽了他对透视法的精准理解,同时也昭示出,这一时期画论家对物象造型的把握更接近对事物的认知。之后,年希尧继续研究,并补充附图,于 1735 年重刊,更名为《视学》。他结合中国绘画传统,以中国器皿、建筑

---

① 于安澜编:《国朝院画录》,18 页,上海,上海人民美术出版社,1963。
② 莫小也:《17—18 世纪传教士与西画东渐》,260 页,杭州,中国美术学院出版社,2002。
③ (清)年希尧:《视觉》,雍正刻本。该书句读由笔者加,下同。

物等图样为例,论说了透视方法的理论和相关创见,如他对立体图画的描述为:

> 试按此法,或绘成一室,位置各物,俨若所有。使观之者,如历阶级,如入门户,如升堂奥而不知其为画。或绘成一物,若悬中央,高凹平斜,面面可见,借光临物,随形成影,拱凹显然,观者靡不指为真物。①

这些既是他对透视法的思考或感悟,也是他对焦点透视所实现的身临其境的立体效果的推介。

作为我国乃至世界上第一部系统的透视画法的著作,《视学》内容丰富,插图精致。在透视学基本原理方面,年希尧主要阐述了三个方面的问题:之一,量点法、双量点法和截距法等透视技法;之二,平行、成角和斜透视以及以水平面为画面的仰透视等透视角度;之三,轴测图上中心光源阴影的处理方法等。在图例方面,年氏将图形分为直观图(立体图)和平面图两大类。然后,他又将直观图在画法原理上分为轴测图和透视图两种。他"对一般的立体图形均用二视图表示尺寸及形状,再作底面次透视图,决定各特征点之高,最后绘制出精美的透视立体图"②。由此可知,他的视学理论具有相当的可操作性。

《视学》中的平面图及其画法是该书中最具有价值的部分。虽刻印得有些细小,但总体上几乎"与现代工程制图原理完全一致"③。《视学》所包含的"大小图形共187幅。其中前30幅和后面的3幅确定来源于朴蜀的《建筑与绘画透视》,后面带序号的59幅一般认为是年希尧自己画的"④。还有

---

① (清)年希尧:《视觉》,雍正刻本。
② 张碧波、董国尧主编:《中国古代北方民族文化史》(专题文化卷),1463页,哈尔滨,黑龙江人民出版社,1995。
③ 李迪:《中国数学史简编》,281页,沈阳,辽宁人民出版社,1984。
④ 张成德主编:《中国古今名书大观》,1476页,太原,山西人民出版社,1996。

95 幅图绝大部分是关于静物的，主要呈现的是物体的透视画法。更值得注意的是，在《视学》中，年希尧第一次使用的中文透视学专业术语（如"地平线""视平线"等），至今依然在沿用。而且，该书"阐述了多种不同的作图方法，多种例图，包括一点、两点和三点透视，能适应各种场合和各种对象的描绘，其作图方法"[1]等，均一直沿用至今。

晚明时期来到中国的利玛窦曾说，中国画"一点也不知道油画的艺术，也不知道在画中使用透视法，这使得他们的作品往往生气全无"[2]。从逼真写实技法的嬗变历程来看，中国古典画学思想体系中关于透视法的原理似乎一直停留在南朝（受天竺遗法影响）、唐（受西域或中亚艺术影响）、宋（院体画）所发现的凹凸法的阶段。承续利玛窦的《中国布教记》（1615 年版）和毕方济的《画答》（1629 年版）中所言及的西洋画及雕版画理论而来，清中叶的朝臣年希尧将西洋透视法详细地介绍到了中国。他希冀这一立体造型方法对中国绘画的传统观念和技法有所触动甚至是改变，从而实现绘画对"真""妙"境界的表现和传达。

囿于时代、环境和民族文化等因素，年希尧论述的透视法还存在着一些技术或概念性的错误等。比如，他画的二视图的位置就"也有少数的颠倒了主视图和俯视图的位置关系。至于三视图的排列，这类问题就更多了"[3]。并且，目前还没有足够的文献可以进一步考察出年希尧透视理论对清中晚期画坛的具体影响。比如，这一理论是否对当时画坛技法革新起到了一定的促进和推动作用，又产生了哪些技法革新的经典佳作等。不过，《视学》所介绍的透视原理，对这一时期绘画的线画法、民间肖像画透视技法等还是有着切实影响的。

另外，由于年希尧曾担任过景德镇的督陶官，他的视学理论对景德镇瓷

---

[1] 武臣，颜静：《绘画新透视》，18 页，兰州，甘肃人民美术出版社，2010。
[2] ［美］高居翰：《气势撼人：十七世纪中国绘画中的自然与风格》，94 页，北京，生活·读书·新知三联书店，2009。
[3] 李迪：《中国数学史简编》，284 页，沈阳，辽宁人民出版社，1984。

器在画面上呈现出的生动逼真的工艺效果，也起着相当重要的影响作用。

◎ 第五节
丁皋、蒋骥的画学思想

　　一直延续到清中叶，始于清初的画坛正统派始终没有跳出"四王"主导的文人画风格和美学理想。直到西画技法渐渐为一些画家、画学家所借鉴，清代画坛、画学界才出现了一些新的变化。一方面，许多宫廷画家，如吴历、焦秉贞、冷枚、唐岱、丁观鹏、金廷标等，接受并使用凸显逼真写实效果的西画技法，创造出一种"西法中用"的绘画技巧。另一方面，一些传教士画家，如郎世宁、王致诚、安德义、艾启蒙等，为了迎合宫廷需要，将我国传统绘画的笔墨技巧融入到了以焦点透视为主的绘画技法之中，发明了"中法西用"的创作方法。

　　两脉画家积极地创造出两种中西结合式的绘画方法，逐渐形成了一种中西合璧的绘画新样式、新风格，并以此推进了宫廷绘画的最后繁荣。这种新的绘画风格，既不同于清初"四王"着意用画理画法来控制形式的、追求雅静平和情趣的文人士夫画；也不同于传承自遗民画家龚贤、"四僧"等的抒情写志；更与"扬州八怪"等尽情张扬个体精神的大写意画风大相径庭。当然，这一风格也明显区别于娄东派、虞山派末流的图式化、机械化、程式化的绘画特征。

　　随着两种中西融合创作方法在清代画坛的广被流传，还有一些画家、画学家相互影响，相互激发，大胆提出了众多可资借鉴的画学见解和观点。在大的文化合流背景下，他们虽然分属不同的派别，所持绘画观念亦有差异，但是都敏锐地感知并捕捉到了绘画需要精准造型的时代信息。他们在各自不同师承传统的濡养中,共同建构出了这一时期较为系统的写实绘画思想体系。在这些画家、画学家中,既有沿袭南朝唐宋写生、写真传统的画家、画学家,如沈宗骞、汤贻汾、郑绩、邹一桂等,也有流行于民间的肖像画家、画学家,如禹之鼎、丁皋、蒋骥等。

一、"传真得真"的丁皋

丁皋(约 1704~约 1781),字鹤舟,江苏丹阳人,扬州人,家三世皆工写照。其作品在《扬州画舫录》卷二中有记载。所著《写真秘诀》共 28 篇,附图 49 种。卷末附《退学轩问答》八则,为丁皋与其子以诚的问答之辞。该书首见于《芥子园画传》,《墨林今话》《画史汇传》均题为《传真心领》,李斗曾为之作序。《写真秘诀》因论说写像技法翔实细致而被王概等编的《芥子园画传》第四集所转录。由此,该书得以与《芥子园画传》前三集一起流传下来。

《写真秘诀》一书,画论与图谱相结合,文字朴实,内容丰富。该书所论肖像画法具体详尽,对顾恺之"传神阿堵"说多有发挥,可谓继元代王绎之后又一部系统的肖像技法专著。书作先列小引,再分部位论、起稿论、附起稿先圈说、心法歌、阴阳虚实论;天庭论、鼻准论、两颧论、附腮颐论、地阁论、眼光论、海口论、耳论、眉论、须论、发法等诸多画法论述,后只以提神要法等与附胶矾绢法、衣冠补景论、笔墨论、量写身法、附录退学轩问答八则论述,共计 28 篇。丁皋主要从肖像画画理、画法两大方面进行论说,形成体系完整而又内容丰富的人物写真技法理论。《写真秘诀》所体现出来的写实主义的绘画思想,可从以下两个大的方面来考察。

(一)"传真得真,心眼手诚"的"写真"论

丁皋对西洋透视造型方法有着准确的理解。面对儿子以诚追问"传其大意,端不外于阴阳乎"这一问题时,他说,"则阴阳之法,无过于西洋景

矣"。接着,他又对此问题进行了详细的解释:"夫西洋景者,大都取象于坤,其法贯乎阴也。宜方宜曲,宜暗宜深,总不出外宽内窄之形,争横竖于一线。"①丁皋认为,西洋画作中景的造型方法是取实景,从明暗关系中凸显物象的方曲(立体)造型。这一技法主要依靠线条构成"外宽内窄之形"来生成画面的深透感。丁皋不仅清晰地分析了西画技法的关键所在,而且将西画焦点透视技法的绘画语言转换为中国传统的画论语言。

问题的关键在于如何使用中国传统的笔墨纸砚等材料,来实现像西画一般的立体透视效果呢?丁皋在《写真秘诀》"小引"中说:"要在量部位而知长短,论虚实而辨阴阳,省开染而见高低,润神气而见活泼。可以意会,不可言传。可使审察于平时,不能必其变通于当局。"②这段话的意思是说,画家要善于从四个大的方面入手方能传达出"笔笔皆肖"的写真效果:之一,审察人体比例;之二,处理人物形象的明暗关系;之三,渲染人物的立体造型;之四,烘托人物鲜活的生命力。

在"部位论"一则中,丁皋不但将人体部位分为"三停五部"。他还特别将准确认识人体部位视为关键点,即"传真人手机关,丝毫不可易也"③。丁皋说,画家要真正地掌握各部位之间的"毫厘之差",则需要"多画"。因为,"多则熟,熟则专,专则精,精则悟"④。因此,丁皋自己也已经对人体的部位做出了准确的区分。在"量写身法"篇中,他分列出人体比例的准确数值:

> 写身之法,亦有定规,总从脸之大小应量。从发际至地边,长短量定,下加七数焉立,五数为坐,三数为蹲。盘膝与蹲同。要知出手与立同长。直数三摺,乳至股,股至膝,膝至足。三摺量定,加肩至顶,亦

---

① 俞剑华编著:《中国古代画论类编》上,568页,北京,人民美术出版社,2004。
② 俞剑华编著:《中国古代画论类编》上,545页,北京,人民美术出版社,2004。
③ 俞剑华编著:《中国古代画论类编》上,546页,北京,人民美术出版社,2004。
④ 俞剑华编著:《中国古代画论类编》上,545页,北京,人民美术出版社,2004。

出三摺之一。横数六弯,二肩二肱二肘,共六个四分脸长再加两手。每手皆有面长之八分。所以横竖皆以面八数为法;但有不应面之长短者,当因人而变之。①

此段话中,丁皋分别以不同的数值来作为描绘人体不同姿态(立坐蹲)、形态(大小)和部位(长短)的参照。可见,尽管还带有关于部位类型造像的痕迹,但是丁皋的人物写真画论,已从对技法的熟练把握和以经验论为主的视角中,提升到了明晰准确的比例关系层面。

(二)"浑元笔法之虚实"的渲染法

在《写真秘诀》"阴阳虚实论"篇中,丁皋细致地讨论了写真时对阴阳虚实的处理方法。他说:"凡天下之事事物物,总不外乎阴阳。以光而论,明曰阳,暗曰阴。以宇舍论,外曰阳,内曰阴。以物而论,高曰阳,低曰阴。以培堘论,凸曰阳,凹曰阴。"②丁皋首先从不同的角度切入,分析事物的阴阳构成,如光之明暗、宇舍之内外、物之高低等。然后,他进一步将事物所包含的阴阳关系推进到人物面容所呈现出的阴阳虚实之理中,从而引出人物写真时如何增加立体感的渲染法。丁皋说:

> 岂人之面独无然乎?惟其有阴有阳,故笔有虚有实。惟其有阴中之阳,阳中之阴,故笔有实中之虚,虚中之实。虚者从有至无,渲染是也。实者着迹见痕,实染是也。虚乃阳之表,实即阴之里也。故高低凸凹,全凭虚实,阴阳从虚而至实,因高而至低也。夫平是纯阳,无染法也。有高而有染,有低才有画也。盖平处虽低,而迎阳亦白也。凸处虽高,必有染衬,方见高也。③

---

① 俞剑华编著:《中国古代画论类编》上,566 页,北京,人民美术出版社,2004。
② 俞剑华编著:《中国古代画论类编》上,548 页,北京,人民美术出版社,2004。
③ 俞剑华编著:《中国古代画论类编》上,548 页,北京,人民美术出版社,2004。

从渲染技法的构成可知，他将西画综合运用线条、色彩、明暗、光影、空间、构图等生成立体透视效果的技法语言，一一对应地转换成了中国传统绘画理论的基本语汇和理论系统。

在定义并介绍了"渲染"法之后，丁皋主要从四个方面对其进行详细分析。

其一，人体各部位的渲染方法。丁皋参考了古代相学中的骨相和人体结构知识，并剥离了相学层面某些形而上的内容，以地形地貌喻人物的面部形状。在《写真秘诀》中的"天庭论""鼻准论""两颧论""附腮颐论""地阁论""眼光论""海口论""耳论"等篇目中，丁皋详细地介绍了对人体不同部位"能以着色磨洗者"的方法。

其二，染法的类别。在《写真秘诀》"染法分门"篇中，丁皋首先将染法分为"浑元"和"清硬"两大类。然后又将"浑元"法分为"全体浑元"和"分位浑元"两种具体的方法；将"清硬"染法分为"隙染"和"凸染"两种用笔用墨的方法。

其三，表现人物鲜活的生命力及其精神状态的渲染方法。丁皋分别在《写真秘诀》之"面色论""气血论""提神要法"篇，介绍了对活泼"生人"极其细微神色变化进行捕捉并传真写照的方法。在"气血论"篇，他总结说："细开止处以分界限。界限既清，阴阳自判。自能高现峰峦，低如缺陷。对人神色，毫末不差，再斟再酌，必至十分为足，其为传真不虚矣。"[1]可谓将人物写真的透视技巧探索至"毫末不差"的程度。

其四，背景渲染法。丁皋于《写真秘诀》中分列"择室论""旁背俯仰""衣冠补景论"进一步讨论如何对人物形体的外部因素进行阴阳虚实的把握。也就是如何对人物所处的背景，以及人物的行为姿态、衣饰情况等进行晕染以凸显真实生动的艺术效果。实质上，丁皋是将中国画人物写真的立体

---

[1] 俞剑华编著：《中国古代画论类编》上，558页，北京，人民美术出版社，2004。

造型方法,拓展至动态或细节的处理层面。

显然,这些晕染方法渗透着西画对物象进行光影处理的技法技巧。 基于此,丁皋完成了他的肖像画技法革新理论,即如何使用中国传统绘画媒材来表现如西方肖像画一般的写实效果。

总体上看,丁皋的《写真秘诀》是一部参用西洋以线造型和焦点透视方法的人物写真专著,属于古典文人画思想体系中不可或缺的一部分。 该书既有借鉴西法的创新思想,也饱含着浓重的文人画观念。 在这些思想中,甚至还隐约流露着丁皋在儒家伦理秩序影响下的画学观,如他所言:"俯则以头顶作主,五官作宾;仰则以颈颔作主,面部作宾"①。 与此同时,也不乏"眉兼疏密须先识,轻重短长皆有式"②的图式化理论的痕迹。 不过,丁皋《写真秘诀》构建的一套完整的人物写真理论,确为清代绘画"西法中用"写实思想体系中不可多得的经典文本。

二、蒋骥的《传神秘要》

蒋骥(约 1714~约 1787),字赤霄,号勉斋,江苏金坛人。 工书能画,曾书写《十三经》呈乾隆帝,特赐国子监学正衔。 著有《传神秘要》《读画纪闻》等。

《传神秘要》为肖像画技法专著,凡二十七条,各有题目。 该书分为传神以远取神法、点睛取神法、眼珠上下分寸、笑容部位不同、取笑法、神情等,以及礬纸画法、设色层次、用粉、补缀、火气、气韵、白描、临摹。 书前有程嗣立于乾隆七年所做的序文一篇。 按《传神秘要》自序所言,此书成于乾隆七年(1742 年)。 整部书所论详尽明确,只是编次先后稍显杂乱,但部分观点也别出心裁。

---

① 俞剑华编著:《中国古代画论类编》上,560 页,北京,人民美术出版社,2004。
② 俞剑华编著:《中国古代画论类编》上,555 页,北京,人民美术出版社,2004。

蒋骥《传神秘要》一书依循的是传统文人画"自有生趣"[①]的美学趣味；倡导的是画家要具有人品高、学问深、下笔自然有书卷气的文化意蕴；追求的是画作要有书卷气、有气韵的艺术理想。

(一)"传神以远取神法"的重神画学观

作为传统文人画主要类型之一的人物画，在清代呈现出了衰退之势。画家和受众更青睐写实的肖像画。肖像画理论也越来越重视精确写貌以肖神、写灵、达意的技巧技法。写照者如何才能摹写出人物的鲜活生命状态和可贵的精神品质？这一点在丁皋的《写真秘诀》中已有详尽而系统的论述。蒋骥的肖像画理论，对如何在技法层面做到"传神"做了进一步的探索。他认为，画家要能够捕捉到人物自然流露出的"意思"。他在《传神秘要》"点睛取神法"篇指出："凡人有意欲画照，其神已拘泥"[②]。就是说，当一个人想要画照时，他就会因为这种"意欲"拘泥自己而失去了自然的神态。此说与丁皋所言极为相似。这一现象说明，肖像画家、画学家均意识到直接面对被画者进行创作会使其倍感拘束，如此画出来的人物便不是其真实状态。

蒋骥并没有停留仅仅把这一现象摆出来即可的简单介绍中。针对这一问题，他给出了自己的判断："若令端坐后欲求其神，已是画工俗笔。"[③]也就是说，面对端坐的模特进行写生只是画工的基本能力。若面对被画者拘谨的情况却仍想捕捉到其真实神态的话，画家一旦落笔便已成俗笔。由此，蒋骥认同宋代陈造的"传神论"："着眼于颠沛造次、应对进退、颦頞适悦、舒急倨敬之顷。熟想而默识，一得佳思，亟运笔墨。兔起鹘落，则气王（或为生）而神完矣。"[④]这段话强调的是画家要善于摹写人物行为举止中流露出的神情气质。沿着这一思路而来，蒋骥对如何捕捉人物的神情气质做了阐

[①] 于安澜编：《画论丛刊》下卷，857页，北京，人民美术出版社，1989。
[②] 于安澜编：《画论丛刊》下卷，857页，北京，人民美术出版社，1989。
[③] 于安澜编：《画论丛刊》下卷，857页，北京，人民美术出版社，1989。
[④] 于安澜编：《画论丛刊》下卷，857页，北京，人民美术出版社，1989。

释,"我须当未画之时,从旁窥探其意思。彼以无意露之,我以有意窥之"①。此句的意思就是要求写照者善于观察人物无意流露出的自然神态,并记在心上,以备画时之需。

那么,如何观察并捕捉到写照对象的自然神态呢? 蒋骥提出了一种特殊的"传神以远取神法"的技巧。具体于肖像画的写照过程就是:"传神最大者,令彼隔几而坐。可远三四尺许,若小照可远五六尺许,愈小宜愈远。画部位或可近,画眼珠必宜远。"②蒋骥认为,绘画对象和画家的距离与投射到画面上的人物神态及其尺寸之间有着一定的对应关系。这里的原因在于:

> 凡人相对而坐,近在一二尺,则相视不用目力,无力则无神。若远至丈许,或于数丈,人愈远相视愈有力,有力则有神。且无力之视,眼皮垂下;有力之视,眼皮撑起。③

这样,画家对写像者的气质、神态便有了更清晰的认识和把握。接着,蒋骥进一步提出,画家不仅要善于用眼睛观察绘画对象的神态神情,而且要善于在绘画对象的自然行举中发现其天真的性情和自由活泼的生趣。他说:"画者须于未画部位之先,即留意其人。行止坐卧,歌呼谈笑,见其天真发现。神情外露,此处细察。"④就是要求画家多方面了解被画者,在把握其基本性情的基础上才能准确写照其内在神韵。这一说法至今仍值得人物画家深思。

观察并领会到了绘画对象无意流露出的"意思"之后,蒋骥特别提醒要注意找到与被画者眼睛传递出来的"神"对应的眼皮状态的"形"。就是说,画家要善于将"传神"落实在可见的形式之中。具体到用笔用墨来呈现

---

① 于安澜编:《画论丛刊》下卷,857 页,北京,人民美术出版社,1989。
② 于安澜编:《画论丛刊》下卷,856~857 页,北京,人民美术出版社,1989。
③ 于安澜编:《画论丛刊》下卷,857 页,北京,人民美术出版社,1989。
④ 于安澜编:《画论丛刊》下卷,857 页,北京,人民美术出版社,1989。

绘画对象的神态时，他又对写照不同年龄阶段人物适用的形式技巧进行了区分："所谓意思，青年者在烘染，高年者在皱纹。烘染得其浅深高下，皱纹得其长短轻重也。"①所论可谓精谨细致。至此，从观察到捕捉人物的自然神态，再到人物神态和造型之间的关系，最后落脚至用笔用墨技巧，蒋骥构造出了一个完整的肖像画传神技法论。不止如此，蒋骥的"传神以远取神法"论实质上也是一个如何精准传达绘画对象神态的创作过程论。

(二)写照技法论

详细地讨论了肖像画"传神以远取神法"的创作过程之后，蒋骥进一步对具体的写真方法进行了论述。主要包括：肖像画的立体构图，用笔、用墨、用色、用纸、用粉技巧和面部分寸（比例）法，以及气韵、白描、临摹等内容。

1.肖像画的精准构图

在《传神秘要》"点睛取神法""眼珠上下分寸""笑容部位不同""取笑法"等四则文字中，蒋骥分述了肖像画不同面部特征构图的方法。《传神秘要·白描》篇中，蒋骥还对如何使用淡笔勾勒人物的基本轮廓进行介绍。同时，他也介绍了定格处理绘画对象的表情、神态甚至是心理状况的技法。例如，在"笑容部位不同"篇中，蒋骥将笑的形态大致分为三种笑格：大笑、喜笑和眼合之笑。他说：

> 笑格每不同，大笑失部位，喜笑或眼合。取笑之法，当窥视其人心中得意而口尚未言，神有所注而外貌微露。若徒有笑容，不能得两目之神，亦所不取。②

就是要求画家不仅要关注人物的情（笑）态，还要掌握某一情态时脸部各部

---

① 于安澜编：《画论丛刊》下卷，857页，北京，人民美术出版社，1989。
② 于安澜编：《画论丛刊》下卷，859页，北京，人民美术出版社，1989。

位的构图与取势方法。

尤其需要引起注意的是,在谈到具体的"取笑之法"时,蒋骥说要学会"窥视其人心中得意而口尚未言"①时的微妙表情。 蒋骥介绍的这种颇具动势的面部构图技法,的确是古典绘画思想史不可多得的肖像画技法理论,已涉及对人物心理的理解和精准把握。 他讨论的"取笑之法"实则是对一个动态过程的及时捕捉和把握,这一过程包含着一个人从心而出但并未至开口言笑时的瞬时状态。

2.面部分寸(比例)法

关于面部分寸(比例)问题,蒋骥通过"眼珠上下分寸""鼻準与鼻相参核法""起稿算全面分寸法"和"全局"等四个小篇目进行介绍。 他详尽地叙述了面部五官的精确比例及其具体画法。 在"眼珠上下分寸"篇,他还对"上视、平视、下视、怒视"的瞳神状态进行具体分析。 虽然蒋骥所说的比例问题并没有完全脱离类型造型的局限,但是,在具体细节问题的处理上,他甚至精准到分数比例。 比如他在"鼻准与鼻相参核法"篇中将鼻子的比例划分为:

> 以鼻作十分算,定鼻之大小,则鼻有半鼻準者,有半鼻準又零几分者,有鼻小不及半鼻準者。再以鼻作十分算,定鼻準之寬狭,则鼻準有一鼻几分者,有两鼻几分者。总以鼻横数去定之,必相合无讹为要。②

可见蒋骥对面部比例测算的精准度极高。 不仅如此,他还特别提醒画家注意掌握眼珠的比例问题,甚至还观察到了非常细小部位的处理方法,如"眼角里尝有眼肉,及眼稍头黑影,必须画出。 而下半眼珠必当圆于上半眼珠。 至眼亦有大小,不可任意为之。"③可谓于细节处胜出。 因而,蒋骥不

---

① 于安澜编:《画论丛刊》下卷,859 页,北京,人民美术出版社,1989。
② 于安澜编:《画论丛刊》下卷,864 页,北京,人民美术出版社,1989。
③ 于安澜编:《画论丛刊》下卷,858 页,北京,人民美术出版社,1989。

仅指出了对眼角中眼肉的处理方法,而且提醒画家要根据不同人的眼睛来画出其特点,不可任意而为。

此外,蒋骥还在"起稿算全面分寸法"将人物画在起稿阶段时的比例处理问题交代得非常清楚。总体上看,蒋骥提供的客观、精准比例的人物写照理论,对后世以至当代中国人物画创作均有着重要的启发意义。

3.用笔、用墨、用色、用纸、用粉技巧

蒋骥在《传神秘要》中分设"用笔总论""用笔四要""用笔层次"三个篇目,论述了用笔技巧涉及的三个大问题:用笔的美学理想,勾勒肖像透视效果的步骤以及勾勒肖像部位的顺序。

尤其是在"用笔四要"篇中,他侧重介绍准确使用西方写实方法以增加画面立体效果的步骤,如用笔四要之四所示:"四曰提。设色将足,看面上凹凸处,用檀子等色提醒。然后格局分明,高下显露。"[1]从这几句话中可以看出,出于现实需要,古代社会中最实用的一种绘画类型——人物画,已将西画写实的透视方法改良为"准、烘、砌、提"的用笔技巧。

关于用墨问题,蒋骥设"笼墨"篇做了专门的交代。他说:"画定眶格,以淡墨笼之。闪光处又用淡墨烘染,再加粉和颜色画此,亦另有阴秀古雅之趣。"[2]此句讲述的是,解决了准确造型之后,画家该如何用墨凸显、烘染并用粉和颜色来增加肖像画的立体效果的方法。

谈到用色、用粉方法时,蒋骥在"闪光""气色""用全面颜色法""砌染虚实不同"以及"设色层次""用粉"等篇目,细腻地讨论了墨、色、制粉(如腻粉、铅粉、蛤粉)的使用方法。只有准确地掌握了这些技巧技法,才能活灵活现地表现出人物的气色、瞳神、性情、生趣等活力状态、精神气质和思想内涵。尤其是在"闪光"篇,蒋骥特别论述了对光影的处理方法。他说:

---

[1] 于安澜编:《画论丛刊》下卷,862 页,北京,人民美术出版社,1989。
[2] 于安澜编:《画论丛刊》下卷,860 页,北京,人民美术出版社,1989。

面上凹凸处，以颜色深浅分之。惟两颊及深眼眶或半侧面皆有闪光，略用檀子染之（檀子以墨和胭脂赭石），烘出高处。但此色不可多用，缘檀子颜色重浊，易致污秽（檀子近看即是黑气，不可多用）。①

在这一问题上，我们可以看到他深受西画明暗处理法影响的痕迹。

关于用纸，蒋骥介绍了生宣、熟宣纸的不同画法。不过，在"神情""气韵""白描""临摹"等问题上，蒋骥的肖像画理论又重新回归至传统文人画的美学理想。《传神秘要·神情篇》他说："神在两目，情在笑容。故写照兼此两字为妙，能得其一，已高庸手一筹。"②至于如何才能使肖像画生出气韵来，在《传神秘要·气韵篇》他说："笔底深秀，自然有气韵，此关系人之学问品诣。人品高，学问深，下笔自然有书卷气，有书卷气即有气韵。"③由此可见，蒋骥的画论思想，与丁皋改良西法以中用并以学问家画作为最高审美旨趣的写实观念有着高度的一致性。尤其是在立体造像问题上，他们都学习和借鉴了西法逼真写实技法。与此相应，他们又不约而同地将西方画论语言转换并改造为中国传统画论语言，并紧密结合传统绘画媒材和笔墨技巧，创造出了融工笔和写意为一体的人物画理论。

由于宫廷和民间需求量的不断扩大，兼具实用性和艺术性的肖像画在清代有了更大的发展空间，呈现出了多种类型齐头并进的态势。不同类型的肖像画日益达到了技法精准、写实强的艺术水准。画家越来越重视对人体的结构、比例和人物形象的立体感以及神韵特征等方面的细腻把握和灵活表现。在深谙传统绘画平涂法、墨骨法等技法的基础上，画家又熟练掌握了西洋画法的解剖、明暗、透视原理。不止如此，他们又将西画技法转化为融合了环境烘托和情节铺叙的文人画修辞手法，借以凸显人物的生趣和情采，使画作更显气韵生动，同时也更具现场感和真实感。因此，无论是宫廷帝后御容

---

① 于安澜编：《画论丛刊》下卷，859 页，北京，人民美术出版社，1989。
② 于安澜编：《画论丛刊》下卷，859 页，北京，人民美术出版社，1989。
③ 于安澜编：《画论丛刊》下卷，868 页，北京，人民美术出版社，1989。

像、行乐图，或大臣像和带有肖像特征的纪实画，还是民间喜神、家堂等肖像作品，皆呈现出与此前类型人物画不同的崭新面貌。这一时期出现的一些经典肖像画在人物性格、精神状态乃至气质涵养的刻画上均具有极高的艺术性。

◎ 第六节
方薰、沈宗骞的画学观念

作为传统文人画精神的秉持者，方薰和沈宗骞等画家、画学家不拘古人法度，在继承的基础上探索出"画法、画理、画趣"为一体的画学理论。他们不但从艺术本体层面出发，重新思考宗派、师古及气韵等传统画论关涉的核心命题，而且特别强调从笔墨技巧层面来解决如何实现对鲜活个体的表现问题。这些画家、画学家以传统为根基，又不断超越传统，注重从创作实践中提炼出独具特色的画理画法，最终形成了清中期重形、重"生趣"等具有写实倾向的绘画观念。

一、方薰"气韵兼力"笔墨间的重形思想

方薰（1736～1799），字兰坻，号兰士，又号兰如、长青、樗盦主等，石门（今浙江桐乡）人。布衣终生，性高逸狷介，朴野如山僧。画书诗篆刻并妙，山水花卉皆擅，尤工写生。与奚冈并称"方奚"，亦称"浙西两高士"。著有《山静居画论》二卷、《山静居稿》四卷、《山静居诗话》与《兰坻诗钞》等。生平事迹见录于《清史稿》卷五〇四、《国朝耆献类征》卷四三六，以及《清画家诗史》丁下等。

方薰的绘画思想主要体现在其《山静居画论》中,全书二卷,为其晚年所作。该书以笔记体辑录画论244则,主要涉及画学泛论,山水、人物、花卉等画法,以及历代画家品评与名画著录四大类。最为称道的是书作上篇中的泛论,它既是全书总论,也是方薰画学思想的核心。泛论分别论述气韵生动、笔墨、生熟、胸次、读画、章法、临摹、格法、粉本等,对画理、画法和画趣、形似和神似、立意和笔墨、气韵生动等传统美学的命题,都提出了精辟独到的见解。其中的一些观点对后世亦影响甚远。

(一)"气韵兼力"笔墨间

方薰的审美趣味偏向"南宗"文人画,以"古雅""士气"为美学追求。在笔墨技巧方面,他着意于笔墨,但并没有受成规影响。他以自己的创作实践重新验证前人的理论,将谢赫六法中的"气韵"问题进行了分解式的阐释:绘画作品的意蕴与具体技法的关系;创作主体的认知问题;绘画作品的生命力问题等。现分述如下:

其一,传统"六法"说基础上的"一法"统"五法"观。方薰认为,在谢赫"六法"中,气韵生动为"六法"之主旨,它是统一"骨法用笔、应物写形、随类赋彩、经营位置、传移模写"的"五法"的"一法"。因此,气韵"一法"绕乎其它"五法"之间。这一观点显示出方薰认识到了作品意蕴对技法形式所起到的统领作用。

其二,将画家对"气韵生动"的理解和认知方式分为"悟后"和"生知"两种类型。与清初正统派崇尚天才论不同,方薰认为"思有利钝,觉有后先,未可概论之也"[1]。这一认识为普通人学习绘画并不断提升艺术创造力指明了方向:"委心古人,学之而无外慕,久必有悟。悟后与生知者,殊途同归"[2]。由此,他有将"悟后"和"生知"视为两种同等重要且有着同样效果的理解和认知方式,这一观念颇具超前的艺术教育意识。当然,方薰

---

[1] 于安澜编:《画论丛刊》下卷,433页,北京,人民美术出版社,1989。
[2] 于安澜编:《画论丛刊》下卷,433页,北京,人民美术出版社,1989。

更多的还是在强调勤勉的学力对于绘画以气韵取胜的重要性。

其三,"能会生动,则气韵自在"的新"气韵"观。 方薰重视绘画作品内蕴的生命力,或曰"生动"性。 在强调画家要善于直接描绘鲜活生物来增强画作中的"生气"这一问题上,方薰与张庚有很多相似处。 张庚强调"气韵生动"来自画家巧妙结合"理气意"三个方面的内容,主张画家要拥有"理明""气顺"的创作心境。 如此,画家才能真正实现"取其意以会于古人笔墨"的艺术效果。 其主张与张庚主张取资鲜活生物的画学思想相一致性,这一时期许多画学家皆将"气韵生动"问题投注并迁移至"且观天地生物,特一气运化尔"①这样一个大生命场的存在上。 他们尝试纠正宋、元以来文人画过于追求文学性而形成的程式化、类型化弊病,希冀寻找到更多的表现鲜活自然的方法和路径。 顺应这一思路而来,方薰说:"气韵生动为第一义,然必以气为主。 气盛则纵横挥洒,机无滞碍,其间韵自生动矣。"②从而将传统"六法"从文本出发的第一义指向了创作主体需葆有的内在之"气"。

那么,究竟该如何于"气盛"间纵横挥洒笔墨呢? 方薰并没有给出明确的答案。 他将实现"气韵生动"的笔墨技巧问题进一步转换为技法等外围问题:其一,重新回落到文人画传统中,要求画家重视自我涵养。 一如他从姜白石所言"人品不高,落墨无法"的观点出发,将用墨与画家的人品结合起来。 他说:"用墨无他,惟在洁净,洁净自能活泼。 涉笔高妙,存乎其人"③。 其二,从画材上要求画家注意选择笔墨砚等材料。 其三,从画理层面更重视"画法、画理、画趣"为一体的绘画思想。

正如学者邓乔彬所述:"关于绘画的总体思想,方薰提出了法、理、趣相结合的看法。 即:'有画法而无画理非也,有画理而无画趣亦非也。 画无定

---

① (宋)董迪:《广川画跋》,见郑午昌撰:《中国画学全史》,246 页,上海,上海古籍出版社,2012。
② 于安澜编:《画论丛刊》下卷,433 页,北京,人民美术出版社,1989。
③ 于安澜编:《画论丛刊》下卷,438 页,北京,人民美术出版社,1989。

法,物有常理。物理有常而其动静变化机趣无方,出之于笔,乃臻神妙。'所涉兼及事物规律、机趣与表现方法这三者关系。对于这三者关系的理解,贯串于整部画论,也是传统的形神理论的发展。"①相较而言,方薰的"法、理、趣"一体观更为客观,也更重视绘画对"物理有常而其动静变化机趣无方"②的生命力的表现。不过,方薰并没有彻底地从技法上解决绘画如何描绘鲜活的自然生物这一问题。

尽管如此,方薰将文人画的第一审美标准"气韵生动",明确地从鉴赏和创作两个角度区分开来并尝试从技法上解决它,这的确有着可贵的画学史意义和价值。他的这一思想不仅为绘画突破文人画程式做出了积极的努力,而且对绘画从艺术本体出发进行创作和理论体系构建做出了一定的贡献。

(二)再论"意在笔先"

方薰再论"意在笔先"主要强调的是绘画中立意构思的重要性。他认为,艺术家须先经充分的审美思维活动,构思成熟后方可下笔。方薰将"意在笔先"之"意"与风格相联系,认为如果画家拥有的"意"具有奇、高、远、深等特点,其作品亦具有相应的风格。正所谓"作画必先立意,以定位置"③。进而,方薰又对立意和绘画风格的对应关系做了分析。他说:"意奇则奇,意高则高,意远则远,意深则深,意古则古。庸则庸,俗则俗矣"。④ 这里的"意"指的是创作主体所拥有的精神旨趣。既然立意决定了位置的构画,决定了作品的艺术风格,那么如何才能体现出画家的胸中之"意"呢。方薰顺利地解决了这一问题,他将"意"与笔墨紧密相连,即"笔墨之妙,画者意中之妙也"。⑤ 由此,他以"意在笔先"为切入点,沟通了创作主体、笔墨技巧和艺术风格三者之间相互协作的内在机制。

---

① 邓乔彬:《邓乔彬学术文集》第十二卷,75 页,芜湖,安徽师范大学出版社,2013。
② 于安澜编:《画论丛刊》下卷,433 页,北京,人民美术出版社,1989。
③ 于安澜编:《画论丛刊》下卷,447 页,北京,人民美术出版社,1989。
④ 于安澜编:《画论丛刊》下卷,447 页,北京,人民美术出版社,1989。
⑤ 于安澜编:《画论丛刊》下卷,436 页,北京,人民美术出版社,1989。

方薰所说的"意在笔先"之"意",主要包含着两个方面的内容:其一,他将创作主体的构思之"意"与其精神旨趣结合在一起。其二,他强调构思之"意"在创作过程中的不断变化。他说,"仆亦谓作画起首布局,却似博弈,随势生机,随机应变"。① 方薰的这一观点与其"无意"之"气韵"观相辅相成。就是说,画家要能够在无意识的创作状态下自然而然地生成画面中的气韵,不能刻意去求取画面的气韵。因而,"无意"而生的气韵乃最高妙的艺术效果。其三,方薰的"意在笔先"之"意",还具有统领画法的功能。他说:"古人画人物,亦多画外用意。以意运法,故画具高致。后人专工于法,意为法窘,故画成俗格"。② 这里的意思是说,如果画家的立意或精神旨趣不能超越画法,那么,他作品的格调也就不高。基于此,方薰重申了创作主体的精神旨趣和绘画作品的格调之间的密切关系。

在诸种倚重"南宗"文人画的复古大潮中,方薰强调"物形"的艺术主张就显得特别难能可贵。他对苏轼和晁补之的"画形"论进行比较后说,晁氏"特为坡老下一转语",即"画写物外形,要物形不改"③。方薰又进一步指出传统画论中对"不尚形似"的误读。他清醒地认识到过于提倡逸品会造成不重形似甚至欺人等问题:"三品画外,独逸品最易欺人眼目"④。他的这些观点直指中国绘画乃至画论思想的要害,精准、客观,发人深省。此外,方薰还提出了皴法"合度"说,即"皴法之有繁简也,浓淡也,湿笔燥笔也,各宜合度"⑤等。他强调对绘画画理的重视和对机趣的把握。他认为"看画独不可参己意。若参己意论之,则古人有多少高于己处,先见不到"⑥,说的是鉴赏时要拥有客观的美学标准才能读出古人作品中的精道之处。方薰还反对画家固守习文常见:"古人造一艺,必先绝弃常见。常见习

---

① 于安澜编:《画论丛刊》下卷,433页,北京,人民美术出版社,1989。
② 于安澜编:《画论丛刊》下卷,444页,北京,人民美术出版社,1989。
③ 于安澜编:《画论丛刊》下卷,434页,北京,人民美术出版社,1989。
④ 于安澜编:《画论丛刊》下卷,447页,北京,人民美术出版社,1989。
⑤ 于安澜编:《画论丛刊》下卷,441页,北京,人民美术出版社,1989。
⑥ 于安澜编:《画论丛刊》下卷,445页,北京,人民美术出版社,1989。

闻，最足蔽塞天性"①。 诸多观点皆有出新之妙。

总体上，方薰并没有形成严密而完整的绘画理论体系。 而且，正如他在《山静居画论》开篇所言："然昔人所谓贤哲寄兴，殆非庸俗能辨"②。 这句话显示出的思想倾向，也是由个人不可抗拒的时代因素所致。

二、沈宗骞"合规矩""就模范"的绘画观

沈宗骞（约 1737~1819），字熙远，号芥舟，浙江吴兴人。 他所著的《芥舟学画编》（1781 年）共有四卷。 该书一、二卷为山水画论，具体篇目依次为宗派、用笔、用墨、布置、穷源、作法、平贴、神韵、避俗、存质、摹古、自运、会意、立格、取势、酝酿，共 16 篇。 在这一部分，沈氏提出"不以宗之南北分低昂"说的同时，以棋道喻画理，强调画家要善于经营布置。 不过，虽然他清醒地意识到不能以狭隘的宗派观念来评价画家及其作品，但他的山水画论还是存在着"只谈师古人，不谈师造化"等问题，某种程度上"代表了清代山水画坛的'正统派'见解，并把董其昌、王原祁以来对山水画的见解发展为一个完整体系"③。 书中卷三"传神论"一篇目依次为总论、取神、约形、用笔、用墨、傅色、断决、分别、相势、活法。 在这一卷，沈宗骞以肖像画的创作经验为依托，包孕古今，参以自见，总结了传神理法，辩证地分析了形神关系。 尤其是他富有创见地提出的肖像画要注意"约形"和"个人人殊"等观点，将延续几百年的类型造像人物画思想向前推进了一大步。 该书第四卷包括人物琐论、笔墨绢素、设色琐论三篇，泛论古代人物画经验及创作工具、材料与媒介的选制和应用。

整部书以标举"正法"为要旨，一方面从绘画艺术的内部形式入手，层层剖析与绘画紧密相关的教育、画理、画法、画风等；另一方面对其外部因

---

① 于安澜编：《画论丛刊》下卷，447 页，北京，人民美术出版社，1989。
② 于安澜编：《画论丛刊》下卷，433 页，北京，人民美术出版社，1989。
③ 薛永年、杜娟：《清代绘画史》，147 页，北京，人民美术出版社，2000。

素如工具媒材等进行考察，论述详尽细致，可操作性强。可谓古代绘画思想史上一部翔实而又精准的画学指南。因此，沈宗骞的《芥舟学画编》堪称乾隆时期最具条理性和体系性的著作，也是清代最重要的画学著作之一。

（一）打破宗派观念重视"识学"对画艺的重要作用

《芥舟学画编》卷一"山水"部开篇之"宗派"论中，明确提出地理环境、气候与人的性情以及宗派形成之间的关系。

1. "不以宗之南北分低昂"论的提出

通过对比南北气候对人性格形成的影响，沈宗骞认为："天地之气，各以方殊，而人亦因之"①。"南北宗"说受气候、环境影响的原因在于，各地域画家率性而为——"于是率其性而发为笔墨，遂亦有南北之殊焉"②。鉴于此，他说："惟能学则咸归于正，不学则日流于偏"③。这里的意思是，善于学习者可以修正地域对画家画风单一性的影响。于是，沈宗骞摒弃前人狭隘的"南北宗"论，提出绘画艺术要"视学之纯杂为优劣"，而"不以宗之南北分低昂"的观点。这是画学史上第一次发出的反对董其昌等人倡导的"南北宗"论的声音。

不过，清代一些画家、画学家对"南北宗论"的认识实际上存在着误区。如果说王翚的"不复为流派所惑"说已经开始质疑流派划分对画家的不良影响的话，那么，沈宗骞提出的"不以宗之南北分低昂"观点，更是直接否定了将"南北宗"论作为绘画艺术唯一审美标准的惯例。沈氏的这一观点，不仅打破了"南北宗"论在画学史上的统治地位，而且对后世打破宗派观念、重新发现并重视绘画的艺术性标准等本体论绘画思想的发生发展，起到了重要的推动作用。

清中叶，画学界质疑、反对以分宗分派来扬此抑彼的声音更盛。邵梅臣

---

① 于安澜编：《画论丛刊》上卷，324页，北京，人民美术出版社，1989。
② 于安澜编：《画论丛刊》上卷，324页，北京，人民美术出版社，1989。
③ 于安澜编：《画论丛刊》上卷，324页，北京，人民美术出版社，1989。

明确主张画家宜不分宗派，应各有所长，各得神趣，如其《画耕偶录》所云："唐以前画家无分宗之说。笔墨一道，各有所长，不必重南宗轻北宗也。南宗渲淡之妙，著墨传神；北宗钩斫之精，涉笔成趣。"①钱泳则说："画家有南北宗之分，工南派者每轻北宗，工北派者亦笑南宗，余以为皆非也。无论南北，只要有笔有墨，便是名家。"②这些绘画思想都显示出清中后期画学家、画家在二宗问题上持有的更为开放的、以艺术为本的进步的艺术观。

事实上，直至现代画家傅抱石早年还是明确主张"提倡南宗"的思想。为此，傅抱石专门对"南北二宗"的艺术特征做了详细的分类辨析。他认为：所谓"南宗"，自是在野的；所谓"北宗"，自是在朝的。并将二者归纳为：在朝的绘画，即"北宗"，其特点为注重颜色、骨法、完全客观的、制作繁难、缺少个性的显示、贵族的；在野的绘画即"南宗"，即文人画，其特点为注重水墨渲染、主观重于客观、挥洒容易、有自我的表现、平民的。③后来，傅抱石在批评日本学者伊势专一郎时又增加了一些新的材料。比如他列出的"南宗"的艺术特点为：水墨淡彩（山水），没骨花卉（花卉）；材料以纸为主（完全生纸），先皴后彩（花青、藤黄、赭石），以水墨为主。"北宗"绘画的艺术特点为：青绿金碧（山水），工笔勾勒（花卉），材料以绢为主（偶用熟纸），重色掩皴（青绿、铅粉、金碧），以着色为主。总体来看，"南宗"为文人画、僧人画、士夫画；"北宗"为画家画、作家画、院体画。④由此，傅抱石曾说："中国绘画史的演变，实是一部南宗绘画的演变历史。"⑤可见，"南北二宗"论在中国画史中的影响之大之深之远。

2."天质少亏，须凭识学以挽之"的艺术教育观

在简略地回顾了"南北宗"形成的历史之后，沈宗骞在《芥舟学画编》

---

① 俞剑华编著：《中国古代画论精读》，423页，北京，人民美术出版社，2011。
② （清）钱泳：《履园丛话》上册，298页，北京，中华书局，1979。
③ 傅抱石撰：《中国绘画变迁史纲》，43页，上海，上海古籍出版社，1998。
④ 傅抱石：《从顾恺之到荆浩之山水画史问题》，载《东方杂志》，1935秋季特号。
⑤ 傅抱石撰：《中国绘画变迁史纲》，7页，上海，上海古籍出版社，1998。

卷一"山水"部开篇之"宗派"论接着讨论"不以宗之南北分低昂"的原因。他解释说不拘南北宗流派的画家如荆浩、关仝、李成、范宽、吴镇、沈周等,都成了后世的楷模。也就是说,真正的大家并不能简单地以流派作为评定他们艺术水准的依据。接着,沈宗骞以不拘于"南北宗"流派影响而成大器的画家为例,分析出了能够超越宗派限制的画家所具有的两种特质:"或气禀之偶异,南人北禀,北人南禀是也;或渊源之所得,子得之父,弟得之师是也"。[①] 他认为画家多种气禀的融合和家学渊源,是促使其艺术水平达到"大雅"和"入古"境界的重要条件,即画家要懂得"合规矩,以就模范"的"学画之道"。

懂得了学画之道还只是画家自我成就的第一步。沈宗骞说:"至于局量气象,关乎天质。天质少亏,须凭识学以挽之。"[②]也就是说,他认为有天质者和天质少亏者皆能臻至画艺之至境,关键问题在于学习者能否"凭识学"来最终实现高水准的艺术表达。这一说法体现出了沈氏具有前瞻性的艺术教育观念。

(二)强调绘画形象逼肖的艺术效果

强调逼肖形象的塑造,也是《芥舟学画编》中一个具有突出贡献的画学思想,具体表现在对以下几个问题的详细解析中。

1."匡廓既定,乃分凹凸"的立体造型技法论

深受西洋画三维透视造型技法的影响,沈宗骞开始重视绘画中"形"的处理问题。他说:

> 法有泼墨破墨二用。破墨者,先以淡墨勾定匡廓。匡廓既定,乃分凹凸。形体已成,渐次加浓,令墨气淹润。常若湿者,复以焦墨破其界

---

① 于安澜编:《画论丛刊》上卷,324页,北京,人民美术出版社,1989。
② 于安澜编:《画论丛刊》上卷,324页,北京,人民美术出版社,1989。

限轮廓，或作疏苔于界处。①

沈氏将传统绘画的淡墨构型、泼墨、破墨、晕染等技法进行改良。他主张在淡墨线勾定物象轮廓的基础上，再加上不同层次的泼墨方法来生成具有凹凸感的形体。接着，继续使用焦墨突破形体的界限轮廓，由此复归文人画的神韵情致。中西合璧之法的运用可谓颇得其妙。

因而，沈宗骞将得"形似"视为具有"得画源"价值的基本造型能力。在"穷源"篇，他说："且画之为言画也，以笔直取百物之形。洒然脱于腕而落于素，不假扭捏，无事修饰。自然形神俱得，意致流动，是谓得画源。"②沈氏已将以线造型的透视技法问题，提升至绘画如何实现形神兼备艺术境界这一根源性问题的层面上了。

2."然所以为神之故，则又不离乎形"的辩证形神观

沈宗骞的辩证形神观也是对前人二元制衡形神观的一个推进。他说，"盖形虽变而神不变也。故形或小失，犹之可也。若神有少乖，则竟非其人矣。然所以为神之故，则又不离乎形。"③沈氏强调形变而神不变同时神亦"不离乎形"的辩证观念。这不仅是对当时重"形"思潮的一种呼应，而且也是对主流画坛一味讲求"气韵"和"神韵"的正统派提出的警示。只有清楚地认识到形神兼具的重要性，才能使绘画创作真正地实现"神乃全而真"的艺术效果。

那么，何以如此呢？沈宗骞认为，"作者能以数笔勾出，脱手而神活现，是笔机与神理凑合，自有一段天然之妙也。"④表面上看，沈宗骞强调的是画家捕捉"笔机与神理"凑合刹那的技法能力（这一观点属于艺术天才论的内容），实质上沈氏强调的是创作过程中对技法功夫、谋篇布局、精神旨

---

① 于安澜编：《画论丛刊》上卷，329 页，北京，人民美术出版社，1989。
② 于安澜编：《画论丛刊》上卷，335 页，北京，人民美术出版社，1989。
③ 于安澜编：《画论丛刊》上卷，363～364 页，北京，人民美术出版社，1989。
④ 于安澜编：《画论丛刊》上卷，365 页，北京，人民美术出版社，1989。

趣、画理这四大绘画内部问题的巧妙处理。如此，画家方能将顾恺之以来的"以形写神"艺术观落实到具体的对于形的准确把握中。通过精准的造型技法训练，画家才能最终掌握更自然地将形神法理结合在一起的方法。一如沈氏所言："有功夫者，打一圈子，便得石之神理。功夫尚浅，法度未纯，虽用意摹写，神理愈失。可知画理之得失，只在笔墨之间矣"。① 也就是说，画家技法醇熟之后，画理问题便在笔墨之间自然而然地显现出来了。

3. 鲜活人物形象的"约形"说

沈宗骞在《芥舟学画编》卷三中提出的"约形"说，讲的就是人物画创作过程中的准确写形问题。他将人物形体刻画推进至对其比例关系、轮廓类型、具体部位的差异等问题的精确处理上。

首先是对人物各部位比例关系的整合与处理。

沈宗骞认为，在创作人物画的过程中需放在第一位的问题，应是画面物形象与现实人物之间的比例关系，即"约者，束而取之之谓。以大缩小，常患其宽而不紧。故落笔时，当刻刻以宽泛为防。"②然后是准确测量物象自身的比例关系，即"再约量其眉目相去几何，口鼻与眉目相去几何。自顶及颔，其宽窄修广，一一斟酌而安排之。安排既定，复逐一细细对过。勿使有纤毫处不合，即无纤毫处宽泛。虽数笔粗稿，其神理当已无不得矣。"③这里强调的是对人物面部各部位之间比例的准确把握和处理。

关于面部最完美的比例，沈宗骞在《芥舟学画编》卷三"分别"篇中也有所交代：

> 至于三停五眼之数，亦无或异。三停者，自顶至眉为一停，自眉至鼻为一停，自鼻至颔为一停。若就其俯者而观，则上故丰而下故歉；就其仰者而观，则上故缩而下故盈。五眼者，人两耳中间有五眼地位，惟

---

① 于安澜编：《画论丛刊》上卷，339 页，北京，人民美术出版社，1989。
② 于安澜编：《画论丛刊》上卷，365 页，北京，人民美术出版社，1989。
③ 于安澜编：《画论丛刊》上卷，366 页，北京，人民美术出版社，1989。

阔面侧处少，故常若有余；狭面侧处多，故常若不足。作者于耳根及颧骨交接处留心，便得之矣。①

首先，除了交代符合西法黄金分割比例（三庭五眼）的面部比例之外，沈氏还强调了在俯仰两种状态时的三停比例。还有就是对不符合五眼这一比例的阔面和狭面两种特殊类型的面部比例处理方法。

其次，注意不同类型人物的面目轮廓以及各具体部位的准确构型。沈宗骞将人物面部分为八种类型，他在《芥舟学画编》卷三"分别"篇用八个汉字即由、甲、田、申、用、白、目、四的字形来进行类比：

> 顶锐而下宽者，"由"字形也；顶宽而下窄者，"甲"字形也；方而上下相同者，"田"字形也；中间宽而上下皆窄者，"申"字形也；上平而下宽者，"用"字形也；下方而上锐者，"白"字形也。上下皆方而狭长者，"目"字形也；上下皆方而區阔者，"四"字形也。②

最后，沈氏还对如何刻画八种类型之外的面部情况做了交代。他说，"其上下平准，不在八字之例者，须看得确有定见。然后下淡笔约之。复再三斟酌，以审定其长短阔狭，使无纤毫出入，斯无不肖矣。"③在这里，沈氏强调画家要能够根据人物面部的"长短阔狭"来做出精准的构画，从而"使无纤毫出入"，并且达到"无不肖"的逼真效果。

第三，重视人物面部具体部位的画法。在人物整体轮廓处理好以后，还要讲求对眼睛、鼻尖、颧骨、眉棱、天庭等具体部位的画法。沈宗骞要求，在对具体部位的勾勒和用笔用墨上要"细细较对"，以求"无一处不合"，如此，方能够达到"不期神而神自来矣"的形神兼备的艺术效果。

---

① 于安澜编：《画论丛刊》上卷，372页，北京，人民美术出版社，1989。
② 于安澜编：《画论丛刊》上卷，372页，北京，人民美术出版社，1989。
③ 于安澜编：《画论丛刊》上卷，372页，北京，人民美术出版社，1989。

第四，在"傅色"问题上提出"活色"说。沈宗骞不但直接指出西洋画法"非吾所以为用墨之道也"，而且排斥西法。在"用墨"篇中，他直言："又今人于阴阳明晦之间，太为著相。于是就日光所映，有光处为白，背光处为黑，遂有西洋法一派。此则泥于用墨，而非吾所以为用墨之道也。"①不过，他的人物画"傅色"理论却深受西画技法的影响。沈宗骞说："故傅色之道，又当深究其理以备其法，特不宜全恃丹铅以眩俗观耳。"②。基于此，他进一步探求了"傅色"之理：（1）重视不同年龄人物之间的色差，即"人之颜色，由少及老，随时而易"。（2）视"灵变之处"的细微差别而做精谨处理：若概以色之苍嫩，配人之老少，又何能便相肖耶。（3）注意"用色有死活之分"，以呈现出人物的自然情态。

总之，"傅色"之道在于画家对绘画技艺的领悟和掌握程度，所谓止于技而近乎道。一如沈宗骞所说："故傅色之道，必外而研习于手法，内而领会于心神。一经其笔，便觉其人之精神丰采，若与人相接者，方是活色。夫活色者，神之得也。神得，而形又何虑乎！"③如此，方能通过探究人物不同年龄、状态乃至情态的色差之理进而完善"傅色"之法，从而使"傅色"之技艺达到逼肖人物的艺术效果。

第五，注重"各人人殊"的个性化造像。在《芥舟学画编》卷三"分别"篇中，沈宗骞认为："天下至不相同者，莫如人之面。不特老少苍嫩，各人人殊，即一人之面，一时之间，且有喜怒动静之异。况人各一神，乌可概以一法？"④他以"各人人殊"的人物画法为前提，不仅提出对人物面貌进行个性化描绘，而且强调要善于结合人物的情绪、形态、神态等对其进行造像。沈宗骞的这一技法理论已与现代人物写生法非常接近，也是对顾恺之的类型造像（男女之形）人物画论的一大推进。

---

① 于安澜编：《画论丛刊》上卷，369页，北京，人民美术出版社，1989。
② 于安澜编：《画论丛刊》上卷，369页，北京，人民美术出版社，1989。
③ 于安澜编：《画论丛刊》上卷，370页，北京，人民美术出版社，1989。
④ 于安澜编：《画论丛刊》上卷，371页，北京，人民美术出版社，1989。

不仅如此，沈宗骞还具有注重描绘人物运动情状的观念。在《芥舟学画编》卷三"相势"篇中，他说："先相其数人中，若者宜正，若者宜侧。既易于取神，复各有顾盼。是借其势，以贯串通幅神气，何便如之。故欲能相势，必先工于侧面。而后随其势而用之，亦安往而不得哉！"①在准确构型基础上，沈氏讨论了如何"取势"问题，即准确把握人物动态的技法。在《芥舟学画编》卷四"人物琐论"篇中，沈宗骞说："既知安顿部位骨骼，务须留心落墨用笔之道。夫行住坐立，向背顾盼，皆有自然之态，当以笔直取。"②这两句话描述的是如何捕捉人物"自然之态"的笔墨技巧，即对人物举手投足间流露出的神态"当以笔直取"。这一描绘人物动势的理论，对当今的国画人物画创作依然起着重要的指导作用。

此外，沈宗骞在《芥舟学画编》卷三"传神"篇中，专列"活法"一则探讨人物写照时的形象塑造问题。他说："然所谓活法者，又未尝不求甚肖。惟参以灵变之机，则形固肖，而神更既肖且灵之为贵也"。③沈氏主张，要真正解决人物画的形似问题，就要善于捕捉人物的精神面貌等内在气质与性格特点。他说，"且同是耳目口鼻，碌碌之夫，未尝无好相，而与之相习，渐觉寻常。雄才伟器，虽生无异质，而一段英杰不凡之概，时流溢于眉睫之间，观杜少陵赠曹将军诗可见矣"。④在这里，沈氏列出了"碌碌之夫""雄才伟器"两种气质类型人物的画法。接着，他将人物的多种情态一一铺排而出："眼稍旖旎，喜意流溢于双眉；口辅圆融，乐事显呈于两颊；疑真而并忘疑假，接之如生；载笑而惝听载言，呼之欲应。想寤歌之神味，俨对客之形容。顾盼有情，素识者固如逢其故；欢欣无限，素昧者亦恍睹其人。"⑤将人物细腻的情感状态摹写于笔端，不仅可以达到令人"接之如生""呼之欲应"般可触可摸的逼真效果，而且还能让陌生人产生"如逢其故"

---

① 于安澜编：《画论丛刊》上卷，375页，北京，人民美术出版社，1989。
② 于安澜编：《画论丛刊》上卷，371页，北京，人民美术出版社，1989。
③ 于安澜编：《画论丛刊》上卷，376页，北京，人民美术出版社，1989。
④ 于安澜编：《画论丛刊》上卷，384页，北京，人民美术出版社，1989。
⑤ 于安澜编：《画论丛刊》上卷，377页，北京，人民美术出版社，1989。

"恍睹其人"的怦然心动的感觉。因此，他反对机械的模特写生方法，强调以灵机之"活法"来巧妙地传达人物无定的神情，正所谓"吾所谓活法者，正以天下之人，无一定之神情，是以吾取之道，亦无一定之法则"①。也就是说，因人物"无一定之神情"，所以人物画家需采用"无一定之法则"。这句话充分说明了沈氏人物画理论内蕴"通变"的哲学观。

沈宗骞紧密联系形神法理四个方面的内容，并将其统一在画家对"化机"的把握过程中。无论是笔墨技巧，还是形神关系，比例关系、轮廓类型、具体的面部部位以及"傅色"、个性造像，甚至是以"活法"创造出逼肖的物象等问题，他皆从形、神、法理四个方面入手进行详细论说。正像他在论人物画时再次讲述"活法"问题时所说："仍俟学者能尽力以究成规，虚心以参活法。求作者临前，自有种种法度。熟极巧生，不过无方之应；文成法立，乃为有本之源。到此时候，下笔如印如镜，一涉其手，觉世无难写之面矣。"②可以说，在形神法理四方面内容的整体观照下，沈宗骞对西法的借鉴又自然而然地回转到了古典绘画思想体系之中。当然，这与沈宗骞持有的"天质人品学问"三位一体又兼重"襟期脱略"之"神致"的文人画思想保持着高度的一致。他说："若夫正派，非人品、襟期、学问三者皆备，不能传世。"③这里强调的依然是传统的正派观念。基于此，他指出："笔格之高下，亦如人品"。④从而将用笔风格与人品紧密地联系在一起。

由此可见，沈宗骞深切地认识到绘画风格的最终形成是笔墨之巧、作者胸中所蕴，及其学力、"神致"等多种素养综合作用的结果。所以他认为："可知笔墨之巧，亦有出而不穷之妙，在作者胸中之所蕴。而作者之所蕴，又在于平日见闻之广，学力之深。临时挥洒，随触随发。"⑤沈氏认为画家在拥有深厚的平日积累的情况下，完全可以实现临时的、"随触随发"式的即

---

① 于安澜编：《画论丛刊》上卷，377页，北京，人民美术出版社，1989。
② 于安澜编：《画论丛刊》上卷，374页，北京，人民美术出版社，1989。
③ 于安澜编：《画论丛刊》上卷，325～326页，北京，人民美术出版社，1989。
④ 于安澜编：《画论丛刊》上卷，374页，北京，人民美术出版社，1989。
⑤ 于安澜编：《画论丛刊》上卷，384页，北京，人民美术出版社，1989。

兴创作。与"八大山人"以及"扬州八怪"等高扬的天才观相较，这一观点显得更具有普遍的、现实的指导意义。

（三）"笔笔相生、物物相需"的绘画张力论

沈宗骞在《芥舟学画编》卷四"人物琐论"篇中提出，"凡图中安顿布置一切之物，固是人物家所不可少。须要识笔笔相生，物物相需道理。"①那么，究竟"何为笔笔相生"呢？沈宗骞说："如画人，因眉目之定所向，而五官之部位生之；因头面之定所向，而肢体之坐立生之。作衣纹，亦须因紧要处先落一笔，而联络衬贴之笔生之"②。也就是说，在表现人物动态的过程中要重视笔意和生气之间的勾连与相互生成关系。如此，才能"将存在于时间中的节奏感在所作的空间图像中显示出来。这种'笔笔相生'还进一步扩展到所作图画的各部分间的关系中，将静态的图像因素之间的张力关系变成创作过程中的相需关系。"③画家只有懂得笔与笔、物与物之间的"相生相需之道"，才能使画面呈现出一种生机勃勃的张力美，才能使作品达到"令玩者远看近看，皆无不称"④的艺术境界。

具体到用笔方法而言，在《芥舟学画编》卷一"用笔"篇中，沈宗骞对画家在作品中形成艺术张力的方法做了精确的分析。概言之，就是要求画家能够精研古法以拥有出古化古之致。沈氏主要从三个阶段来论说师古化古问题。

首先是精研古法。沈宗骞认为："学者当首法古人用笔之妙。始于黾勉，渐臻圆熟。"基于此，画家方能使自己的技法达到"圆熟之极，自能飞行绝迹，不落窠臼"⑤的水准。其次，在悉数掌握古人方法的基础上做到灵动

---

① 于安澜编：《画论丛刊》上卷，327页，北京，人民美术出版社，1989。
② 于安澜编：《画论丛刊》上卷，381页，北京，人民美术出版社，1989。
③ 高建平：《从棋理看画理》，载《审美文化丛刊》，2004（3）。
④ 于安澜编：《画论丛刊》上卷，327页，北京，人民美术出版社，1989。
⑤ 于安澜编：《画论丛刊》上卷，327页，北京，人民美术出版社，1989。

机变。正如沈宗骞所说:"揎袖摩挲,有动不逾矩之妙"①。随之而来的是,当一个画家逐渐由技近道而臻至自由表达之境时,就可以在作品中呈现出"解衣磅礴,有凌厉一切之雄"②的气势。再者,重视作品中的生趣。所谓"矫乎若天际游龙,黝乎若土花绣戟"③,就是要能够使作品表现出生机盎然、巧夺天工的天趣。最后,画家才能在师古化古之路上达到"初则依门傍户,后则自立门户"(《芥舟学画编》卷二"摹古"篇)的境界。

解决了如何实现出古化古之致的问题后,沈宗骞进一步提出笔性具有刚柔二德的观点。他在《芥舟学画编》卷一"用笔"篇中说:"是以有志之士,贵能博观旧迹,以得其用笔之道。始以相克,则病可日除;终以相济,而业堪日进。而后,可渐几于合德矣"。④在这里,他将画家人品在作品中的体现与用笔过程紧密联系在一起,并最终解决了笔性在绘画中如何相克相济的问题。

对绘画笔性问题的发现和探求,充分体现出了沈宗骞的理论统摄能力。他既重视艺术自为机制,又始终关注艺术创作主体的道德伦理和绘画的社会介入功能等他律问题。与此同时,沈氏又特别强调二者既矛盾又统一的相互作用。

(四)绘画工具媒材和设色方法专论

《芥舟学画编》卷四专设"笔墨绢素琐论"和"设色琐论",对绘画工具以及基本的用色问题等进行细致详尽的分析。在这些篇目中,沈宗骞不仅为初学者提供了绘画的基本知识,而且审慎地提醒着画家需要精谨处理的每一个细节问题。

"笔墨绢素琐论"首先以"战阵"喻作画过程,总论笔墨绢素三者关系:

---

① 于安澜编:《画论丛刊》上卷,327页,北京,人民美术出版社,1989。
② 于安澜编:《画论丛刊》上卷,327页,北京,人民美术出版社,1989。
③ 于安澜编:《画论丛刊》上卷,327页,北京,人民美术出版社,1989。
④ 于安澜编:《画论丛刊》上卷,387页,北京,人民美术出版社,1989。

"作画者譬诸战阵，笔为戈矛，墨为刍粮，绢素则地利也。"①论及绢素的功能，沈宗骞认为，绢素具有"承载笔墨"的作用，即绘画创作的表现载体；绢素能够"发挥意思"，即画家的表现媒介；绢素既于"当前则腴润而可玩"，即对接受者的怡情悦性功能；绢素又"向后则寿世于无穷"，即对文明的文化传播功能这四种功能。接着他又分别对笔墨绢素三者的种类、功能乃至历史沿革进行论述。谈及用笔问题，沈宗骞说："今之作人物者，大都皆用狼毫蟹爪，虽巨障长幅，亦以此为之。不知笔身细，必多贮水，则不能紧敛，而腕力何由得著，遂无爽飒意思矣。"②对于墨，他一反藏墨家重视"古制"的传统，特别提倡书画家用墨"新而高者足矣。盖书画皆取色泽，而画为尤重"等观点。关于纸，沈宗骞还分别对纸、绢的历史以及不同纸张、绢的特性等做了初步的梳理和简要的描述。足见沈氏绘画理论的广度和深度。

从沈宗骞的绘画工具媒材专论可以发现：清中后期画学思想已有从前人着重讨论绘画艺术的内部问题（如绘画作品如何实现气韵生动的艺术效果，以及画家的自我修养和画法、画理等）向艺术外部问题（如绘画工具和媒材功能论）转移的审美取向。

《芥舟学画编》卷四"设色琐论"一篇从墨和色彩两个方面，条清缕析地讲述用墨设色的"性情制合之法"。此篇所论主要包括画面构成的比例、色墨比重和具体的设色方法三个方面的内容。从画面构成的比例来看，沈宗骞认为："凡画，由尺幅以至寻丈巨障，皆有分量。尺幅气色，其分量抵丈许者三之一，三四尺者半之。"③从色墨比例来分析，沈氏说：

> 又当分作十分看。用重青绿者，三四分是墨，六七分是色；淡青绿者，六七分墨，二三分是色。若浅绛山水，则全以墨为主，而其色则无

---

① 于安澜编：《画论丛刊》上卷，387页，北京，人民美术出版社，1989。
② 于安澜编：《画论丛刊》上卷，388页，北京，人民美术出版社，1989。
③ 于安澜编：《画论丛刊》上卷，390页，北京，人民美术出版社，1989。

轻重之足关矣。但用青绿者，虽极重，能勿没其墨骨为得。①

其所论可谓精当。接着，他提醒画家要懂得在层层晕染时注意墨色与物象相与映发之理。同时，他还提出要注意依据事物在时间（四时朝暮明晦）以及空间（前后远近高下）中的不同情状，乃至于峻嶒、蒙密、相接、显豁处进行设色。这些都是从物象之间的细微差异入手进行的画理分析，充分显示出沈宗骞墨色理论的精准程度。

从用墨设色的"性情制合之法"说可以看出，沈宗骞的画学观在某种意义上引导了清代绘画思想写实观念的转变。画家、画学家越来越意识到究物象之理、体察物象之性情以及准确造型的重要性。

在坚持画家应具有坚实造型能力的基础上，沈宗骞还提醒画家不能疏忽了对画理的理解和掌握。他说：

> 作画之道，大类奕棋。低手扭定一块，所争甚小，而大局之所失已多。围手对弈，各不相争，亦各不相让，自始迄终，无一闲着。于此可悟画理。夫画虽一人所为，而与得失相争之故，一若与人对垒，少不谨慎便堕误失。及至火到工深之候，如高手饶人而弈，纵横驰聘，无不如意矣。②

也就是说，要懂得画理的真正内涵，首先要懂得总体布局对绘画成败所起到的关键性作用。沈宗骞并没有泛泛地讨论画理，而是将对画理的理解归之于对笔墨技巧的精准掌握。如果画家能够做到对画法了如指掌的话，那么，待到笔笔有来处时，功到自然成。

沈宗骞穷30年之心力，精心构建了一套具有写实倾向的画学体系。作

---

① 于安澜编：《画论丛刊》上卷，390~391页，北京，人民美术出版社，1989。
② 于安澜编：《画论丛刊》上卷，333页，北京，人民美术出版社，1989。

为他画学思想的代表论著《芥舟学画编》，更是理法兼重、体制完整、规模宏大，洞见非凡，其画学史价值可见一斑。囿于特定时空条件的限制，沈宗骞的绘画思想也存在着一些问题。

首先，沈宗骞持有典型的文人画学观。他态度鲜明地排斥世俗情趣，赞赏士人至上的"雅道"。他直言不讳地指出："市井之人，沉浸于较量盈歉之间，固绝于雅道。乃有外慕雅名，内深俗虑，尤不可与作笔墨之缘。山谷谓惟俗不可医，以其根之深而蒂之固也。"①从其《芥舟学画编》卷二之"山水论"所设篇目来看，沈宗骞通过"避俗、存质、摹古、自运、会意、立格、取势、酝酿"八个方面，集中论述了文人画的创作过程。他追求的绘画理想是作品能够达到"粹然以精，穆然以深，务令意味醇厚，咀嚼不尽而后已"（《芥舟学画编》卷二"酝酿"篇）的艺术效果。他一遍遍申明的"笔墨之道，本乎性情"亦是文人画家的美学理想。上述这些主张都充分体现出他力求"存雅去俗"的绘画观。

其次，沈宗骞的绘画理论呈现出"合规矩""就模范"的程式化倾向。在《芥舟学画编》卷二"宗派"篇中，他即指出："盖学画之道，始于法度，使动合规矩，以就模范；中则补救，使不流偏僻，以几大雅；终于温养，使神恬气静，以几入古。"②以"模范"观为参照，沈氏直指当时画坛存在的各种弊病。在《芥舟学画编·自序》中，他直言："夫云间、娄东、虞山，国初最称笔墨渊薮。乃风徽渐渺，矩矱就湮。正法日替，俗学日张。贻误来学，何可胜道？固予所亲尝而深惧者也。"③不仅如此，他对"扬州八怪"的画风亦有言辞激烈的批判："若听之而近于罢软沉晦，虽属南宗，曷足观赏哉？至徇俗好，以倾侧为跌宕，以狂怪为奇崛，此直沿门撽黑者之所为矣。何可以北宗概之乎？"④尤其针对赵文敏指出的那类"甜邪俗癞"情形的画

---

① 于安澜编：《画论丛刊》上卷，346 页，北京，人民美术出版社，1989。
② 于安澜编：《画论丛刊》上卷，322 页，北京，人民美术出版社，1989。
③ 于安澜编：《画论丛刊》上卷，322 页，北京，人民美术出版社，1989。
④ 于安澜编：《画论丛刊》上卷，322～323 页，北京，人民美术出版社，1989。

作，他直言："四者最是恶病①。"这样的抨击话语切中要害，掷地有声。 沈宗骞甚至认为赵氏所说的 "甜邪俗癫""四恶病"，终会导致"今也或是之亡"的结果。 他建议"好学深思者"，应"扫去时习，动法古人，以求真正道理"，从而"继绝业于既隳之后"②。

沈宗骞虽然能够对时趣时病有所针砭，但其"合规矩"和"就模范"的画学观，亦确为清代画学的程式化思想的典型代表。 这一倾向不仅使清代正统画派逐渐走向了图谱图式化的末路，而且也在一定程度上否定甚至压制了像"八大山人"那样自由抒发个性的表现型艺术家的生长空间。

最后，沈宗骞持有一定的机械复古主义观念。 他说："举凡不合古人之法者，虽众所共悦，必痛加绳削。 有合于古人之法者，虽众所共弃，必畅为引伸"。③ 只要不合古法，即使共悦亦"痛加绳削"；反之，合古法者，即使为众所共弃，也要竭力弘扬其道。 概览《芥舟学画编》四卷内容可见，沈宗骞的绘画理论体系中的确存在着一定程度上的"只知师古人，不知师造化"④的片面性。

概言之，沈宗骞的《芥舟学画编》四卷是我国古典绘画思想的集大成之作。 其中诸多精妙而深刻的理论创见，既是对传统文人画思想脉络的延续，同时也荡开了新的绘画思想产生的可能性。

◎ 小　结

清中叶是我国古代绘画思想出现重大波动并尝试着进行自我调整的时期。 首先，清初已受到宫廷器重的传教士画家带来的西画技法，对传统文人

---

① 于安澜编：《画论丛刊》上卷，325 页，北京，人民美术出版社，1989。
② 于安澜编：《画论丛刊》上卷，325 页，北京，人民美术出版社，1989。
③ 于安澜编：《画论丛刊》上卷，322 页，北京，人民美术出版社，1989。
④ 俞剑华注释：《中国画论选读》，441 页，南京，江苏美术出版社，2007。

画观念带来了巨大的冲击。虽然传教士画家没有留下较为系统的绘画理论著作，但他们在技法的直接输入或者改良过程中形成了一些颇具实用价值的绘画观念。无论是"用郎之奇肖李之韵"的院画写实方法，还是"似则似矣逊古格"的"泰西别传法"，都对当时画坛产生了深刻的影响。其次，一些宫廷画师、工笔画家和民间肖像画家，对西画技法均产生过排斥甚至是质疑的心理。不过，他们很快意识到了西画技法在精准造型方面的优长，开始积极借鉴、吸收西法，并从本体层面出发探索如何实现绘画中的写实性艺术旨趣。另一些传统文人画家如方薰、沈宗骞等，则在透视技法的影响下，特别重视画家对"形"的处理以及对绘画中有无"生趣"的表现等。可以说，不同文化艺术观念之间相互碰撞和相互融通的时代语境，在一定程度上推动着体大虑周、规模宏大的绘画理论体系的形成。尤其是沈宗骞的四卷本画学论著《芥舟学画编》，更是显示了这一时期绘画思想具有的既贯通古今又超越时代的思想史价值。还有一些肖像画家如丁皋、蒋骥等，则审慎地吸纳西画综合运用线条、色彩、明暗、光影、空间、构图等生成的立体透视效果的技法。在此基础上，他们又成功地将西画技法转换成使用中国画的传统媒材来表现逼真写实效果的技法革新理论。最后，与上述深受西画技法影响的绘画思想的演进路径不同的是，在当时的经济发达地区，一心追求淋漓士气和不羁性情的"扬州八怪"，则主张绘画另辟蹊径、领异标新的革新思想。他们创造出了表现主体意趣盎然的大写意技法和理论，最终形成了求奇尚怪、追求变形以达意的画学观念。由此，"扬州八怪"也成功地勾勒出了我国古典绘画思想史中最具前卫性、革新性，同时又最具民间性和通俗性的艺术脉络。

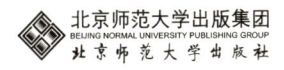

清代文艺思想史

党圣元　李正学　主编

下

北京师范大学出版集团
北京师范大学出版社

《清代文艺思想史》
编委会

主　编

党圣元　李正学

作　者

陈志扬　方盛良　梁结玲

李正学　李继凯　郭　伟

薛显超　孙晓涛　党圣元

《清代文艺思想史》
主编简介

党圣元

1955年9月生，陕西榆林人。现为中国社会科学院大学中国社会科学院文学与阐释学研究中心教授、博士生导师。兼任全国马列文论研究会会长、中国古代文学理论学会副会长、太湖世界文化论坛副主席。长期从事中国古代文论、中国文学史、马克思主义文论等领域的研究工作，出版学术著作10余种，发表学术论文200余篇，主编学术论著10余种（套）。科研成果曾多次获奖。

李正学

1971年3月生，山东莱芜人。山东师范大学文艺学博士，中国社会科学院外国文学研究所博士后，现任洛阳师范学院新闻与传播学院教授、硕士生导师。主要从事中国小说理论批评史、中国小说史、文化诗学等领域的研究工作，主持国家社科基金项目、教育部社科项目等多项，先后出版学术专著《毛宗岗小说批评研究》《狐狸的诗学》，发表学术论文70多篇，成果曾入选第三批中国社会科学博士后文库等。

第三编 ◎ 清中期的文学艺术思想（下）

第十六章
嘉庆、道光年间的诗学思想

嘉道时期，土地兼并加重，流民数量不断增加，官场贪污腐败之风愈演愈烈，整个朝廷的行政体系处于崩溃状态。这直接影响到国计民生，如漕运、盐法、河工三大政，举步维艰，弊端重重。内忧外患叠加，加重了社会危机，唤醒了士子们的救世情怀，他们的诗歌充满忧患意识，大力批判社会不合理现象，试图挽救处于风雨飘摇中的封建制度。这一时期的诗歌既有先觉者独清独醒的孤独，又有不见用于世的种种痛苦与自我慰藉。匡济天下与挽狂澜于既倒的救世热情成为学术和文学的方向，诗歌创作和理论由此一变。

◎ 第一节
概　述

嘉道时期社会危机的蔓延，促使这一时期的士子们将目光从悠游的学术转向了现实，调和汉宋、经世致用之学成为学界的共识，积极地参与政治成为文人们的选择。嘉庆以后，考据学进入高峰，学人诗较乾隆时期更活跃，肌理派的影响也在这一时期达到高峰。

放任心性的性灵说在嘉道已不合时宜，袁枚于嘉庆二年（1797）去世后，反对性灵说的呼声日益高涨，诗学回归传统的倾向不断加大。嘉道诗坛对性灵说多有不满，但"诗言情"一说在这一时期已被广泛接受，他们在接过这一诗论时，对"情"进行了规训，将个体性情与国家、社会紧密结合，避免个体情感偏离传统的伦理。受性灵派影响较大的诗人（如张问陶、宋湘、舒位等）都主动调整了性灵派的诗学观点，吸收了格调派的一些观点，理论上呈现出调和性灵与格调的倾向。国难的加重促使诗人们更关注现实，经世致用的思潮再度兴起，魏源将"贯乎道"视为诗歌的最高标准，姚莹、何绍基、龚自珍等都要求诗歌要有健实的社会内涵，反对徒事藻绘。正是强调诗歌的政治、伦理功用，诗人的人品、学识被突出强调。方东树认为"文章如面"，何绍基认为"人与文一"，龚自珍说"诗与人为一"，李兆洛也强调个体的性情对诗歌的决定作用。他们对人品、学识的强调其实是对乾隆朝诗学的反思。

嘉庆以后，考据学进入了高峰，学人诗较乾隆时期更活跃，以翁方纲为代表的肌理派的影响也在这一时期达到高峰。翁方纲的肌理说并不是独树学人诗一帜，而声称是对神韵说、格调说的继承，他认为肌理说是诗学理论的完美总结。翁方纲对杜甫和宋诗有独到的偏好，他的肌理说实则是学人审美趣味的体现。在翁方纲的身前身后，肌理说毁誉参半，虽则如此，主学、主宋的诗潮却形成一股潮流，这一潮流与肌理派是有紧密联系的。

◎ 第二节
翁方纲的诗学思想

翁方纲（1733—1818），字正三，一字忠叙，号覃溪，晚号苏斋，顺天大兴（今北京大兴区）人。乾隆十七年（1752）进士，授编修。历督广东、江西、山东三省学政，官至内阁大学士。富藏书，精于词章、书画、金石、谱录之学，著有《石州诗话》《复初斋诗文集》《小石帆亭著录》等。在乾嘉诗坛上，翁方纲是一位博学多才的学者，对考据怀有浓厚的兴趣，同时他又株守程朱理学，学术思想的时代性与保守性在他身上糅杂一体。他的诗论既传承了传统诗论的因子，又打下了时代学术的烙印。在翁方纲之前，王士禛、沈德潜、袁枚等人并没有刻意标举诗派，他们在提出诗学命题的时候都是源于传统的诗论，如王士禛的"神韵"、沈德潜的"格调"、袁枚的"性灵"等，都可以在传统诗论中找到其渊源，这些诗论总是借助于作家作品的批评引申出来的，理论的构建显得轻松、自然。翁方纲虽然创作平平，但却努力构建诗学理论，理论争辩色彩较其他流派要浓厚得多。他不像王士禛、袁枚等人那样立足当代诗歌创作，而是借助于传统学术和诗论，通过正本探源与穷形尽变，打通了学术与文学、前代文学与当代文学的关系，建立起一个诗学体系。翁方纲的肌理说具有很强的理论性和体系性，他的诗论并不强调外在的实践性，而是注重理论的演绎，试图借助当代学术找到诗学发展的"内在理路"，从而超越传统的诗学理论。

一、肌理说的内涵

言志或缘情一直是中国诗论的传统，翁方纲的肌理说却是以"理"论诗，他的"理"并非仅仅是传道或载道，而是兼顾了思想和艺术两个方面，并努力把各种学术思想、诗学思想包容在"理"之下，试图借助"理"将自己的诗学思想确立为诗学指南。朱熹说道："万物皆有此理，理皆同出一原，但所居之位不同，则其理之用不一。"[1]朱子构建出了最一般的"理"，这一"理"是万物之理的根源。翁方纲在《理说驳戴震作》中说道："夫理

---

[1] （宋）黎靖德编：《朱子语类》，398 页，北京，中华书局，1986。

者,彻上彻下之谓。性道统罕之理即密察条析之理,无二义也。义理之理即文理、肌理、腠理之理,无二义也。事理之理即析理、整理之理,无二义也。"①翁方纲的"理"与朱子的"理"并无二致,他认为形而上的理与形而下的理是同一的,是一般与个别的关系。因此,肌理是"理"的分殊,是"理"的体现。作为"理"的特殊性,肌理表现在什么地方呢?"理者,治玉也,字字从玉,从里声。其在于人,则肌理理也;其在于乐,则条理也。《易》曰:'君子以言有物。'理之本也。又曰:'言有序。'理之经也。天下未有舍理而言文者。"②天下之文都没有能够离开"理","有物""有序"经纬成文,因此,"有物""有序"是"理"在文学上的体现。

(一)言有物

翁方纲与桐城派的姚鼐过往甚密,两者在思想上都坚守理学,他的"言有物""言有序",应该是受到了桐城派的影响。方苞《又书货殖传后》据《春秋》《易经》提倡有物有序的义法说,用以指导古文创作。"义"为言之有物,要求作品有充实的内容和正确的思想倾向;"法"为言之有序,即语言的表现形式要详略得当,记叙生动,首尾相应,浑然一体。有物有序一说主要是针对古文创作,翁方纲在接过这一理论的时候把"有物"转变成了"诗言志",他在《志言集序》中说道:

> 昔虞廷之《谟》曰:"诗言志,歌永言。"孔庭之训曰:"不学诗,无以言。"言者,心之声也。文辞之于言,又其精者。诗之于文辞,又其谐之声律者。然则"在心为志,发言为诗",一衷诸理而已。理者,民之秉也,物之则也,事境之归也,声音律度之矩也。是故渊泉时出,察诸文理焉;金玉声振,集诸条理焉;畅于四支,发于事业,美诸通理焉。义

---

① (清)翁方纲:《复初斋文集》,323页,台北,文海出版社,1961。
② (清)翁方纲:《复初斋文集》,407页,台北,文海出版社,1961。

理之理,即文理之理,即肌理之理也。①

志是诗表现的内容,志的表现要"一衷诸理",不能违背"理"。翁方纲的"理"既有自然事物之"理"又有政治伦理之"理"。他在《月山诗稿序》中说道:"《传》曰:'诗发乎情',又曰:'感于物而动'。夫感发之际,情与物均职之,而情与物之间有节度焉,有原委焉。溺而弗衷者非情也;散而无纪者非物也。尝持此义以例近日诗家,如渔洋四言曰典远谐则者,衷乎情尽乎物矣,而至于发抒极致各指所之,则初白诸体乃有渔洋所未到者。"②王士禛论诗重冲淡清远之风,与查慎行直面现实政治的诗风迥异,翁方纲认为王士禛的诗能够"衷乎情尽乎物",有查慎行"所未到者"。从这里,我们可以看出,翁方纲论"志"并不像理学家那样局限于政治伦理。乾嘉汉学是对理学的反动,理学的普世价值受到了人们的怀疑和抨击,翁方纲对乾嘉汉学家对理学的抨击感到不满,他批评戴震:"乃其人不甘以考订为事,而欲谈性道以立异于程朱。就其大要,则言理力诋宋儒以谓理者,是密察条析之谓,非性道统挈之谓,反目朱子'性即理也'之训,谓入于释老'真宰'、'真空'之说,竟敢刊入文集,说理字至一卷之多。其大要则如此其反复驳诘牵绕,诸语不必与剖说也。"③诗是言志的,要"一衷诸理"就必须对创作主体有所要求,他称赞恒仁"为诗者实由天性忠孝笃其根柢,而后可以言情,可以观物耳"④。借助于"有物"说,翁方纲把"言志"说得更圆透了。

诗要"一衷诸理",那么"理"如何获得呢?翁方纲曾任四库全书纂修官,醉心于文献考证,他认为要得到真的"理",就必须借助于考证。他认为汉学的形成是由于"宋后诸家专务析理,反置《说文》、《尔雅》诸书不

---

① (清)翁方纲:《复初斋文集》,210页,台北,文海出版社,1961。
② (清)翁方纲:《复初斋文集》,169~170页,台北,文海出版社,1961。
③ (清)翁方纲:《复初斋文集》,321页,台北,文海出版社,1961。
④ (清)翁方纲:《复初斋文集》,170页,台北,文海出版社,1961。

省,有以激成之"①。 翁方纲对汉学的治学方法是认可的,他在《考订论上》中说道:"通经学古之事必于考订先之","考订之学,大则裨益于人心风俗,小则关涉于典故名物"。② 翁方纲认为考据所具有的博学广识是文学的基础,缺乏这个基础,文学便失却了源泉,他对桐城派为文空谈义法很不满,"予尝谓为文必根柢经籍,博综考订,非以空言机法为也"③。 桐城派作家大多考据不精,所作古文也都以"小事"为主,所谈为文之法多浮于字面,缺乏经籍的深度,故翁方纲对桐城派颇多微词。 由经术而文学,翁方纲认为这是文学创作的正确之道,他在《蛾术集序》中说道:"士生今日经学昌明之际,皆知以通经学古为本务,而考订诂训之事与词章之事未可判为二途。 诚得人人家塾童而习之,以此为安诗安礼所从入,则其为艺圃之津逮,为词学之指南,立诚居业皆由是以广益焉,而俪语之工特其余事耳,又岂石梁王氏所疑,泛论者所能该悉也哉!"④翁方纲将学问视为诗歌创作的基础,没有学问的基础,诗歌很容易偏离正轨,所以当选择学诗的道路时,他说道:"渔洋先生则超明人而入唐者也,竹垞先生则由元人而入宋而入唐者也。 然则二先生之路,今当奚从? 曰吾敢议其甲乙耶? 然而由竹垞之路为稳实耳。"⑤朱彝尊论诗主学问,王士禛论诗主神韵,重空灵。 由宋入则以学问为根基,学诗有一个坚实的基础,便于入门;由格调入唐蹈于虚,不容易把握。 正是对学问的推崇,翁方纲对宋诗犹为偏爱,他认为"诗则至宋而益加细密,盖刻抉入里,实非唐人所能囿也"⑥。 他虽然没有明确地表示宋诗优于唐诗,但在论述中我们可以感觉到他对宋诗的偏爱。

---

① (清)翁方纲:《复初斋文集》,279 页,台北,文海出版社,1961。
② (清)翁方纲:《复初斋文集》,305 页,台北,文海出版社,1961。
③ (清)翁方纲:《复初斋文集》,172 页,台北,文海出版社,1961。
④ (清)翁方纲:《复初斋文集》,192~193 页,台北,文海出版社,1961。
⑤ (清)翁方纲:《复初斋文集》,1427 页,台北,文海出版社,1961。
⑥ (清)翁方纲:《复初斋文集》,1426 页,台北,文海出版社,1961。

(二) 言有序

翁方纲的诗学思想是建立在辩驳"神韵"说、"格调"说基础之上的，他在对这两派诗学思想都持肯定的态度，同时又对它们进行了穷形尽变的批判改造，并以"肌理"取代"神韵"和"格调"，使之成为诗学的圭臬，如果抛弃翁方纲个人的偏好，肌理说可以说是中国诗学的最大集成。

1. 肌理即神韵

翁方纲早年诗学受王士禛影响很大，他自己说道："方纲束发学为诗，得闻先生绪论于吾邑黄詹事。"黄詹事是王士禛的弟子黄叔琳，与翁方纲为同乡，受此影响，翁方纲早年辑有《唐人七律志彀集》和《唐五律偶钞》，王士禛重韵味、格调的趣向在两个选本中均得到了体现。王士禛"中岁越三唐事两宋"，是康熙年间宋诗的倡导人之一，对宋诗评价也是很高的，"耳食纷纷说开宝，几人眼见宋元诗"，认为宋诗与神韵并不冲突，他的《蜀道集》《雍益集》《南海集》等诗集正是宋诗影响的结果。因此，王士禛的诗学并非只是一种风格，而是具有集成、总结特征的诗歌理论。严格来说，神韵标举的是诗歌的审美范畴，仅仅以唐诗的韵味论来论王士禛的诗学思想是不得其要领的。较早洞察王士禛宏大诗论的是惠栋，他说："渔洋诗能尽窥古人之秘，择善而从，故当时有集大成之目。"[①]王士禛论诗并不拘于一隅，能够"择善而从"，他的"神韵说"并非只是推崇冲淡清远的风格，而是以冲淡清风为尚，兼容多种诗风，避免了明代狭隘的门户之见。翁方纲也认识到王士禛诗学思想的集成性，他说："渔洋先生所讲神韵，则合丰致、格调为一而浑化之。此道至于先生，谓之集大成可也。"[②]对王士禛的诗歌创作，翁方纲评价道："济南文献千秋叶，三昧唐贤仅一隅。安得湖光《蚕尾录》，尽收监邑十籖符。"王士禛的唐诗选本《唐贤三昧》在清代影响很大，致使让人误解他的诗学，翁方纲特地标出"仅一隅"是有针对性的。应该说，翁方纲对

---

① （清）惠栋：《九曜斋笔记》，文渊阁四库全书本，卷二。
② （清）翁方纲：《石洲诗话》，见郭绍虞编：《清诗话续编》，1427页，上海，上海古籍出版社，1983。

王士禛诗学的理解较时人更深刻。王士禛的诗论在清代被视为"正宗",翁方纲接过了这"正宗"诗论,作了三篇《神韵论》,对它进行了深刻的解读。

> 君子引而不发,跃如也。中道而立之,能者从之。中道而立,非界在难易之间之谓也。朱子《集注》盖偶用某家之说,以中为难易远近之中间,此中字一误会,则而立二字,亦不得明白矣。道无边际之可指,道无四隅之可竟,道无难易远近之可言也。然而其中其外,则人皆见之。中道而立者,言教者之机绪,引跃不发,只在此道内,不能出道外一步,以援引学者,助之使入也。只看汝能从我否耳,其能从者,自能入来也。道是一个大圈,我只立在此大圈之内,看汝能入来与否耳。此即诗家神韵之说耳。①

翁方纲把王士禛的"神韵说"当作诗学的圭臬,并将其哲理化了。借助中庸的思想,翁方纲将神韵视为诗学的中庸,这样,神韵便获得了与道体同尊的地位,诗学便是神韵之学,"道是一个大圈,我只立在此大圈之内,看汝能入来与否耳。此即诗家神韵之说耳"。既然神韵是诗学的普遍法则,那它就不能为某个人所据有,翁方纲指出,"天地之精华,人之性情,经籍之膏腴,日久而不得不一宣泄之也。自新城王氏一倡神韵之说,学者辄目此为新城言诗之秘,而不知诗之所固有者,非自新城始言之也"②。神韵说很容易被人误解为"不着一字,尽得风流"的妙语说,翁方纲对此最为不满,多次进行辩解,"吾既为渔洋之承李、何,而不得不析言之;乃今又为近人之误会者,更不得不析言之。世之不知而误会者,吾安能一一析之。今姑就吾所近见其最不通者,莫如河间边连宝之论诗,目渔洋为神韵家。是先不知神韵乃自古诗家所共具,渔洋偶拈出之,而别指之曰神韵家,有时理乎?彼既不知神韵是诗中所固有矣,乃反归咎于严仪卿之言镜花水月,涉于虚无,为贻

---

① (清)翁方纲:《复初斋文集》,342页,台北,文海出版社,1961。
② (清)翁方纲:《复初斋文集》,340页,台北,文海出版社,1961。

害于后学，此非骂严仪卿也，特举以骂渔洋耳。渔洋特专取神韵而不能深切，则诚有之。然近日之讥渔洋者，持论皆不得其平也"①。消除了对神韵的误解，神韵便可以成为诗学的广大教主了。

为了证明王士禛的神韵说无所不包，翁方纲还专门著了《七言诗三昧举隅》，该书选取14位诗人26首七言诗举例论证神韵说的兼容性。"所以必拈取七言者，五言多含蓄，七言则疑于纵矣，故不得不举隅证之。"②翁方纲以王士禛《古诗选》所选的作品为例，来进行引证，如评《陇头吟》："长城少年游侠客，夜上戍楼看太白。陇头明月迥临关，陇上行人夜吹笛。关西老将不胜愁，驻马听之双泪流。身经大小百余战，麾下偏裨万户侯。苏武才为典属国，节旄空尽海西头！"翁方纲说道："此则实际振奇者矣，与前篇之本实叙事者不同也。愚所以说但举前一篇已足也。平实叙事者，三昧也；空际振奇者，亦三昧也；浑涵茫汪茫千汇万状者，亦三昧也，此乃谓之万法归源也。若必专举寂寥冲淡者以为三昧，则何万法之有哉？渔洋之识力，无所不包；渔洋之心眼，抑别有在？"③翁方纲看到了王士禛论诗的兼容性，比起一般将王士禛视为严羽诗论传承者要高明得多。王士禛论诗虽然兼容多种风格，但他认为盛唐诗为诗之正，欲为后世诗法准则。接过神韵棒子的翁方纲却将神韵论"过度阐释"了，他说："然则有明李何之徒，文必西汉，诗必盛唐、必杜者，亦曰以神，非以貌也。吾安能必执以为渔洋是而李何非乎？吾故曰，神韵者，格调之别名耳。虽然，究竟言之，则格调实而神韵虚，格调呆而神韵活，格调有形而神韵无迹也。七言视五言，又开阔矣。是以学人才人，各有放笔骋气处。所盛则言之长短、声之高下皆宜。先生又恶能执一以裁之？夫是以不得已而姑取短章也，为其骋之尚未极也。然而仁知见矣，浮沈判矣，真赝杂矣，微乎危乎，不可以不慎也。原先生之

---

① （清）翁方纲：《复初斋文集》，347页，台北，文海出版社，1961。
② （清）翁方纲：《七言诗三昧举隅》，见王夫之等撰：《清诗话》上册，285页，上海，上海古籍出版社，1978。
③ （清）翁方纲：《七言诗三昧举隅》，见王夫之等撰：《清诗话》上册，287页，上海，上海古籍出版社，1978。

意，初不谓壮浪驰骋者，非三昧也；顾其所以拈示微妙之处，则在此不在彼也。即先生述前人之言曰'不著一字，尽得风流。'此岂仅言短章乎。曰'羚羊挂角，无迹可求。'此岂仅言短章乎？知其不仅在此，而姑举此以为一隅先也，或有合于先生之意欤？"①《唐贤三昧》不选李白诗，翁方纲却认为"太白诗无一首不可作三昧观"。他的"三昧"是否就是王渔洋的"三昧"，我们不敢苟同。除了《七言诗三昧举隅》，翁方纲还在多个场合反复例证神韵论的丰富内涵，"渔洋先生五七言诗钞虽云钞不求备，而古今诗法之正脉系焉。既以所托古调若仍沿白雪楼遗意，且五言自杜韩以后若皆视为变体，或类举一废百乎！然先生提倡神韵，高挹群言，其所举似本自如此。揆诸三昧，十选沿波讨源，若涉大川，兹其津涯也"②。"夫渔洋论诗上下千古之秘，盖不得已而寄之于严沧浪，其于时辈也，盖又不得已而属之莲洋、丹壑耳。予束发为诗辄思与吾学侣共证斯义，尝为浮山张氏论次《莲洋集》矣，《丹壑集》则欲删存其什一而未暇。盖《丹壑》清词秀韵，几欲超莲洋而上之，而其通集芜弱者正复不少，不能无待于后人之重订也。"③"肯让坡诗百态新，苏黄诗尽属何人。邵庵自说先天义，鸣鸟声希想获麟。（盖未有不研经义而仅执不著理路、不落言诠之说以为三昧者。）"④可以说，辨析神韵论的内涵，贯穿了翁方纲诗论的全程，王士禛的神韵论就像一个永不消失的魂灵，盘旋在翁方纲诗论的上空，翁方纲的每一步理路，都要抬头仰望。

既然"神韵"是诗学的圭臬，那为什么还要另提"肌理"呢？翁方纳对此解释道："今人误执神韵，似涉空言，是以鄙人之见，欲以肌理之说实之。其实肌理亦即神韵也。昔之人未有专举神韵以言诗者，故今时学者若欲目神韵为新城王氏之学，此正坐在不晓神韵为何事耳。知神韵之所以然，则知是诗中所自具，非至新城王氏始也。其新城之专举空音镜像一边，特专以针灸

---

① （清）翁方纲：《七言诗三昧举隅》，见王夫之等撰：《清诗话》上册，285 页，上海，上海古籍出版社，1978。
② （清）翁方纲：《复初斋文集》，135 页，台北，文海出版社，1961。
③ （清）翁方纲：《复初斋文集外文》卷一，吴兴刘氏嘉业堂刊本影印，清代诗文集汇编本。
④ （清）翁方纲：《复初斋诗集》，卷六十二，清刻本，清代诗文集汇编本。

李、何一辈之癫肥貌袭者言之，非神韵之全也。且其误谓理字不必深求其解，则彼新城一叟，实尚有未喻神韵之全者，而岂得以神韵属之新城也哉？"①以"肌理"替代"神韵"，只是为了消除人们对"神韵"的误解，这个解释未免有些牵强。翁方纲首先将神韵论证为诗学的真理，之后他再以肌理取代神韵，这样，肌理其实便也是诗学的真理了，这其实是翁方纲借王士禛来推销自己的诗学。

2. 肌理即格调

乾隆前期，沈德潜倡导温柔敦厚的格调说，推尊唐诗、明诗，在乾隆的推动下，格调说成为官方的诗学。谈诗论格调并不始于沈德潜，沈德潜的格调说兼指儒家诗教和风格，是格调说的集成。面对官方的诗学，翁方纲也把格调泛化为诗学的特征，并视与"神韵"同义。翁方纲对"格调"一词解释道："记曰：'变成方谓之音'，方者音之应节也，其节即格调也。又曰'声成文谓之音'，方者音之应节也，其节即格调也。又曰'声成文谓之音'，文者音之成章也，其章即格调也。是故噍杀、啴缓、直廉、和柔之别由此出焉。是则格调云者非一家所能概，非一时一代所能专也。"②翁方纲所理解的"格调"其实是诗歌的风格，噍杀、啴缓、直廉、和柔都可以称得上是一种格调，诗人不同，格调不同；时代不同，格调不同。他批评明七子"惟格调之是泥，于是上下古今只有一格调而无递变递承之格调矣"③。沈德潜的格调说在风格上以唐为宗，在内涵上倡导儒家诗教，翁方纲讲格调诗歌和风格，其实是对格调的"过度阐释"。神韵是诗歌的本质所在，不同的风格可以在神韵中现出，因此，翁方纲认为格调其实就是神韵。既然格调与神韵同义，那王士禛为什么不称格调而称神韵呢？翁方纲解释道："至于渔洋变格调曰神韵，其实即格调耳。而不欲复言格调者，渔洋不敢议李、何之失，又惟恐后人以李、何之名归之，是以变而言神韵，则不比讲格调者之滋弊矣。

---

① （清）翁方纲：《复初斋文集》，341～342页，台北，文海出版社，1961。
② （清）翁方纲：《复初斋文集》，331页，台北，文海出版社，1961。
③ （清）翁方纲：《复初斋文集》，333页，台北，文海出版社，1961。

然而又虑后人执神韵为是，格调为非，则又不知格调本非误，而全坏于李、何辈之泥格调者误之，故不得以不论。"①论诗谈格调本身并没有错，但专论格调很容易陷入门户之见，把诗的本义给隐蔽了，因此，翁方纲认为，"化格调之见而后词必己出也；化格调之见而后教人自为也，化格调之见而后可以言诗，化格调之见而后言格调也"②。格调的提法不科学，那用"肌理"取代它便成了自然的事情了。

神韵、格调在被夸大为诗学的基本法则后，翁方纲又以肌理取代神韵，将肌理视为诗学的法则，这样，肌理说便取得了完全合法的地位，成为诗学指南了。因此，如果仅仅从理论内涵上看，肌理说无疑是诗学的集成，然而，翁方纲并没有于此止步，而是将神韵、格调"实有化"，将学问塞给了神韵、格调，在《方纲渔洋诗髓论》中，翁方纲说道："渔洋于五言言陶、谢，言韦、柳，而于七言乃言史、汉。昔东坡亦教人熟读三百篇及楚骚耳。然则由渔洋之精诣，可以理性情，可以穷经史，此正是读书汲古之蕴味。而所谓不涉理路，不落言诠者，乃专对貌为唐贤之滞迹者言之。其钞五七言，则三百篇之正路也；其选《万首绝句》，则乐府之息壤也；其《三昧十选》，则《十笺》之发凡也。学者及此时熟复先生言诗之所以然，而加以精密考订之功，从此充实涵养，适于大道，殆庶几矣！其仅执选本以为学先生与夫执一端以议先生者厥失均也。愚将综理《北池》、《石帆》卷目，析而究之。"③在《七言诗三昧举隅》中，翁方纲不仅将神韵论泛化了，而且也将其学问化、实有化了。在评论虞集《子昂画马》时，他说道："寻常故实，一入道园手，则深厚无际；盖所关于读书者深矣。"④以学问为诗的《为汪华玉题所藏〈长江万鸦图〉》被翁方纲认为是"真神韵也"。这就将王士禛的神韵论由虚转向实、由宗唐转向了宗宋，由此也完成了神韵向肌理的转化。

---

① （清）翁方纲：《复初斋文集》，333页，台北，文海出版社，1961。
② （清）翁方纲：《复初斋文集》，336页，台北，文海出版社，1961。
③ （清）翁方纲：《复初斋文集》，305页，台北，文海出版社，1961。
④ （清）翁方纲：《七言诗三昧举隅》，见王夫之等撰：《清诗话》上册，300页，上海，上海古籍出版社，1978。

二、肌理说的宋诗倾向

（一）以宋诗规训王士

翁方纲认为王士禛的神韵论是基于对明前后七子反思的基础上而提出的，他认为格调是个空架子，有其貌而无其神，容易让人陷入模仿的境地，在《格调论》中，他对明前后七子泥于唐风而内中无物深为不满：

> 古之为诗者，皆具格调，皆不讲格调。格调非可讲而笔授也。唐人之诗未有执汉魏六朝之诗以目为格调者，宋之诗未有执唐诗为格调，即至金元诗亦未有执唐、宋为格调者，独至明李、何辈乃泥执《文选》体以为汉魏六朝之格调焉，泥执盛唐诸家以为唐格调焉。于是不求其端，不讯其末，惟格调之是泥，于是上下古今只有一格调而无递变递承之格调矣。至于渔洋变格调曰神韵，其实即格调耳。而不欲复言格调者，渔洋不敢议李、何之失，又惟恐后人以李、何之名归之，是以变而言神韵，则不比讲格调者之滋弊矣。然而又虑后人执神韵为是，格调为非，则又不知格调本非误，而全坏于李、何辈之泥格调者误之，故不得以不论。①

明前后七子"文必秦汉，诗必盛唐"的模拟论调经清初钱谦益等人的批判已渐渐失去市场。乾嘉时期，议古论调已不再成为诗论的主流，如何突破前人的窠臼，成为时代诗论的课题。翁方纲认为诗歌历史上"递变递承"的各个时期的诗风都有其合理的存在，泥于其中一格调是不可取的。他认为明前后七子泥于唐诗之貌而不求其神，因此也只是形似，并没有得到唐诗的神髓，王士禛的神韵论是对格调之失的修正。从立论基点上看，翁方纲对神韵论提出背景的分析是有见地的。他认为学王士禛者多得其貌而不了解其实

---

① （清）翁方纲：《复初斋文集》，332～333页，台北，文海出版社，1961。

质的内涵，与明前后七子没有太大的区别。在《题渔洋先生戴笠像》中，他说道：

> 先生非戴笠人也，而其门人常赞之曰："身著朝衫头戴笠，孟县、眉山共标格。"夫苏有笠力，韩则无之。乃以为共标格者，何哉？愚以为此诗家之喻言耳。古今不善学杜者无若空同、沧溟，空同、沧溟貌皆似杜者也；古今善学杜者无若义山、山谷，义山、山谷貌皆不似杜者也。夫空同、沧溟所谓格调，其去渔洋所谓神韵者奚以异乎？夫貌为激昂壮浪者，谓之袭取；貌为简淡高妙者，独不谓之袭取乎？渔洋先生提唱唐贤三昧，无迹可求之旨，其胸中超然标举，独自得于空音镜象之外者，而其一时友朋门弟子或未之尽知也。此当时画者但知以戴笠之况写其萧寥高寄之神致，而于先生之实得究未能传者也。先生尝谓杜陵与孟襄阳不同，而其诗推孟浩然独至，若宋之山谷、元之道园，皆与先生不同调，而先生尤推述之不置，则先生论诗初不系乎形声象貌之似矣。然则当时画者之貌先生如此，其门人之赞先生如此，而今日方纲之所见先生又如此，此超松雪赞杜陵去"先生有神，当赏其意"者也。①

很显然，翁方纲认为王士禛的神韵乃是其表，重学问、重经世乃是其实。王士禛一生考证、辨伪、记录时政的著述确实不少，但他并没有执意将这些实学强加于诗歌之上。翁方纲对神韵论的理解在这一点上是"过度阐释"了。翁方纲不满于神韵的空灵，认为只有实学才能补救其弊，"诗必研诸肌理，而文必求其实际。夫非仅为空谈格韵者言也，持此足以定人品学问矣。乃今于曹子俪笙诗文集发之。圣门言德行，则文章即行事也。《乐记》：'声音之道与政通'，则文章即政事也。泥于言法者，或为绳墨所窘；矜言才藻者，或外绳墨而驰；是皆不知文词与事境合而一之者也"②。论诗

---

① （清）翁方纲：《复初斋文集》，1351～1352 页，台北，文海出版社，1961。
② （清）翁方纲：《复初斋文集》，207 页，台北，文海出版社，1961。

重实学，这与乾嘉时期的学术精神是一致的。乾嘉考据学是对理学的反动，空疏无物，戴震批评宋儒道："宋儒讥训诂之学，轻语言文字，是欲渡江河而弃舟楫，欲登高而无阶梯也。为之卅余年，灼然知古今治乱之源在是。"①皮锡瑞说："乾嘉以后，许、郑之学大明，治宋学者已鲜，说经者皆主实证，不空谈义理。"翁方纲主张以考据的实学融入诗歌，认为以实学补充诗歌的虚灵乃是诗之理，他在《志言集序》中说道：

> 士生今日，经籍之光，盈溢于世宙，为学必以考证为准，为诗必以肌理为准。《记》曰："声相应，故生变；变成方，谓之音。"又曰："声成文，谓之音，声音之道，与政通矣。"此数言者，千万世之诗视此矣。学古有获者，日览千百家之诗可也。惟是检之于密理，约之于肌理，则窃欲隅举焉。于唐得六家，于宋、金、元得五家，钞为一编，题曰"志言"，时以自勉，亦时以勉各同志，庶几有专师而无泛骛也欤！②

翁方纲认为"文理"乃是虚与实相间、学识与才情并茂，"文理"是"理"之分殊，与程朱义理之理一样具有普遍性，具有"自然"的准则。在将诗歌的肌理论抬高到理学的义理高度之后，翁方纲也具有了居高临下的高度，被他称为"当代诗家第一人，里门誉已冠儒绅"的王士禛也受到了批评，"渔洋谓理字不必深求其义，先生殆失言哉！"在"理"光环的照耀下，翁方纲将学问与诗联系起来，"诗家之难，转不难于妙悟，而实难于'铺陈终始，排比声律'，此非有兼人之力，万夫之勇者，弗能当也"③。求学、求实在诗论中获得了真理的地位，翁方纲以此为基点，批判唐音滑入宋调。他在《书王文简载书图后》中说道："况以先生之诗考之所谓镕铸经史，贯串百

---

① （清）戴震撰：《戴震集》，455页，上海，上海古籍出版社，1980。
② （清）翁方纲：《复初斋文集》，210～212页，台北，文海出版社，1961。
③ （清）翁方纲：《石洲诗话》，见郭绍虞编选：《清诗话续编》，1373页，上海，上海古籍出版社，1983。

家之作多在《蜀首》、《南海》、壮盛奉使之年，而其晚岁里居所谓《蚕尾续集》者，仅寂寞短章而已，虽不敢以才之盛衰轻量先生，而其精华所聚在此不在彼固有明征已。"①翁方纲强以己意解读王士禛，认为王士禛的诗歌精华在其中年追宋之后，学渔洋当从此入手方为真谛。翁方纲的有意"误读"，造成了他的肌理论。

（二）有意推尊宋诗

唐诗与宋诗是中国诗学的两大传统，也是文学的宝贵遗产，对它们的价值判断在很大程度上决定了诗学思想的风貌。文学史是线性发展的，明七子毅然砍断了宋诗，认为宋代诗歌是衰落的一代，他们试图在复古中再造诗歌的高峰。清人在对明七子的检讨中认识到门户之见的狭隘性，他们多以历史的眼光来评判唐诗和宋诗。叶燮说道："宋初，诗袭唐人之旧，如徐铉、王禹偁辈，纯是唐音。苏舜卿、梅尧臣出，始一大变，欧阳修亟称二人不置。自后诸大家迭兴，所造各有至极。"②清初倡导宋诗的吴之振也认为："宋人之诗，变化于唐，而出其所自得，皮毛落尽，精神犹存。"③康熙年间，唐宋诗风更迭，诗坛领袖王士禛也不免"中岁越三唐而事两宋"。到了乾嘉时期，兼容唐宋已成为共识，沈德潜晚年辑选《宋金三家诗选》，以弥补前期宗唐的不足。赵翼《瓯北诗话》以十家诗评建立起了诗歌史，于唐取李白、杜甫、韩愈、白居易，于宋金取苏轼、陆游、元好问，于明取高启，于清取吴伟业、查慎行，兼顾各时代的文学成就，这就消除了门户之见。袁枚也反对分唐界宋，他认为诗歌是情感的表现，无所谓唐与宋。乾隆皇帝的《御选唐宋诗醇》是官方的诗歌选本，于唐选李白、杜甫、白居易、韩愈，于宋选苏轼、陆游，选本唐宋兼收。乾嘉时期的文学具有浓厚的集成色彩，融合唐

---

① （清）翁方纲:《复初斋文集》，1349页，台北，文海出版社，1961。
② （清）叶燮:《原诗》，见叶燮等:《原诗 一瓢诗话 说诗晬语》，4页，北京，人民文学出版社，1979。
③ （清）吴之振等选:《宋诗钞》"序"，北京，中华书局，1986。

宋已被广泛认可,从历史发展的角度,普遍认为宋诗是唐诗的继承和发展。翁方纲并不否认诗歌的发展变化,他也认识到"变"的合理性,"古之拟乐府者,若《行路难》,其初本以旅阅历言也,其后渐扩写情事矣;若《巫山高》,其初以云雨十二峰言也,其后渐以旷望之怀言矣。如原题所指某事,而后来拟作变而推广者,不可胜原也。惟其如此,所以赖有《乐府解题》也。若使其后来拟作,悉依原来为之,则何为而有《解题》之作乎?"①翁方纲所理解的"变"是性质的变,因此,他称"唐人之诗未有执汉魏六朝之诗以目为格调者,宋之诗未有执唐诗为格调,即至金元诗亦未有执唐、宋为格调者"②这就把不同时代的诗风截然分开了。在唐宋诗的关系上,翁方纲砍断了唐诗和宋诗的联系,"宋人精诣,全在刻抉入里,而皆从各自读书学古中来,所以不蹈袭唐人也"③。他将两者视为不同的审美范畴来对待:

> 唐诗妙境在虚处,宋诗妙境在实处。初唐之高者,如陈射洪、张曲江,皆开启盛唐者也。中、晚之高者,如韦苏州、柳柳州、韩文公、白香山、杜樊川,皆接武盛唐、变化盛唐者也。是有唐之作者,总归盛唐。而盛唐诸公,全在境象超诣,所以司空表圣《二十四品》及严仪卿以禅喻诗之说,诚为后人读唐诗之准的。若夫宋诗,则迟更二三百年,天地之精英,风月之态度,山川之气象,物类之神致,俱已为唐贤占尽,即有能者,不过次第翻新,无中生有,而其精诣,则固别有在者。宋人之学,全在研理日精,观书日富,因而论事日密。如熙宁、元祐一切用人行政,往往有史传所不及载,而于诸公赠答议论之章,略见其概。至如茶马、盐法、河渠、市货,一一皆可推析。南渡而后,如武林之遗事,汴土之旧闻,故老名臣之言行、学术,师承之绪论、渊源,莫不借

---

① (清)翁方纲:《复初斋文集》,336~337页,台北,文海出版社,1961。
② (清)翁方纲:《复初斋文集》,332页,台北,文海出版社,1961。
③ (清)翁方纲:《石洲诗话》,见郭绍虞编选:《清诗话续编》,1427页,上海,上海古籍出版社,1983。

诗以资考据。而其言之是非得失，与其声之贞淫正变，亦从可互按焉。今论者不察，而或以铺写实境者为唐诗，吟咏性灵、掉弄虚机者为宋诗。所以吴孟举之《宋诗钞》，舍其知人论世、阐幽表微之处，略不加省，而惟是早起晚坐、风花雪月、怀人对景之作，陈陈相因。如是以为读宋贤之诗，宋贤之精神其有存焉者乎？①

翁方纲严格区别唐诗和宋诗，认为唐诗虚，宋诗实，这一对比其实是将两者当作不同的美学范畴来对待。他将盛唐视为唐诗的高峰，认为司空图、严羽的诗论是对唐诗的总结。宋诗关注现实，理学义理更精深，学问更深邃，在价值判断上较唐诗更可取。翁方纲对清初吴之振选宋诗"取其远宋而近唐者"的标准深为不满，认为以唐律宋导致了"宋诗则已亡矣"。翁方纲虽然没有在唐宋优劣上明确表态，但在论述中我们可以明显地看到他对宋诗的陶醉，"谈理至宋人而精，说部至宋人而富，诗则至宋而益加细密，盖刻抉入里，实非唐人所能囿也"。对于江西诗派，翁方纲几乎是毫不保留地给予了肯定，他生平喜好苏诗，著有《苏诗补注》八卷，他的书斋"苏斋"也以苏轼命名，他对苏诗的偏好可想而知。翁方纲评价黄庭坚，"义山以移宫换羽为学杜，是真杜也；山谷以逆笔为学杜，是真杜也"②。翁方纲还认为黄庭坚以"书卷典故"与"比兴寄托"有意识地节制情感，避免了情感过于直白地流露，使诗歌收到了奇效。吴之振在康熙年间刊行《宋诗钞》，掀起了宋诗热，然而，翁方纲对吴之振仍感到不满："吴孟举之钞宋诗，于大苏则欲汰其富缛，于半山则病其议论，而以杨诚斋为太白，以陈后山、简斋为少陵，以林君复之属为韦、柳。……吴独何心，乃习焉不察哉？"③翁方纲推崇宋诗，其实是为自己的肌理说做注脚，他在论述历代诗学时说道："诗自

---

① （清）翁方纲：《石洲诗话》，见郭绍虞编选：《清诗话续编》，1428～1429 页，上海，上海古籍出版社，1983。
② （清）翁方纲：《复初斋文集》，632 页，台北，文海出版社，1961。
③ （清）翁方纲：《石洲诗话》，见郭绍虞编选：《清诗话续编》，1436 页，上海，上海古籍出版社，1983。

宋、金、元接唐人之脉而稍变其音。此后接宋元者全恃真才实学以济之。乃有明一代徒以貌袭格调为事，无一人具真才实学以副之者。至我国朝文治之光乃全归于经术，是则造物精微之秘衷诸实际，于斯时发泄之。然当其发泄之初，必有人焉先出而为之伐毛洗髓，使斯文元气复还于冲淡渊粹之本然，而后徐徐以经术实之也。"[1]在诗学传统上，他高举宋代，认为明代没有什么成就，而能够承接宋代的便是清代，清代学术上接两宋，具有发扬诗学的基础，如果"有人焉先出而为之伐毛洗髓，使斯文元气复还于冲淡渊粹之本然"，"而后徐徐以经术实之也"，那么诗学便会大兴。翁方纲把自己置于诗学复兴的关键，这其实是把肌理说视为诗学不二的正宗了。

三、诗法论

肌理说将诗歌从虚空的神韵、格调中解脱出来，以理、学问充实诗歌，使诗歌虚实相生，这就必然引发诗法的问题。在翁方纲的著作中，论诗法的地方不少，《诗法论》是他论诗法的集中体现，他对论诗法既正本探源，又穷形尽变，是中国诗法论的一大总结。

（一）有法与无法

诗法论是中国古代文学探讨的热点问题，要解决这个问题，首先必须明确说明诗歌是否"有法"。翁方纲在解释"肌理"时说道："格调、神韵皆无可著手也。予故不得不近而指之曰'肌理'。少陵曰：'肌理细腻骨肉匀'，此盖系于骨与肉之间，而审乎人与天之合。微乎艰哉，智勇俱无所施，则惟玩味古人之为要矣。"[2]肌理有"骨""肉"的具体所指，但又不仅仅局限于有形的事物，于天人之际，更有智勇所无法企及的东西，唯有玩味于古人才能体会这些韵味。既然有"骨""肉"可依，那诗歌必是有法可遵

---

[1] （清）翁方纲：《复初斋文集》，349页，台北，文海出版社，1961。
[2] （清）翁方纲：《复初斋文集》，634页，台北，文海出版社，1961。

循的,在《诗法论》中,翁方纲说:"欧阳子援杨子制器有法以喻书法,则诗文之赖法以定也审矣。忘筌忘蹄,非无筌蹄也。律之还宫,必起于审度,度即法也。"[1]诗歌可以得鱼忘筌,得兔忘蹄,但筌、蹄却是客观存在的,所以诗歌的音韵规则还是要有的,翁方纲认为这种"度"存在于诗歌中,是不可以废除的。值得注意的是,翁方纲所讲的法并不是具体的创作方法、创作技巧,而是诗歌的普遍性要求,他对杨万里的俚俗、孟郊的寒酸、温庭筠的艳情都提出了批评,对不讲究结构和韵律也进行了批评。翁方纲认为诗歌创作有法,但却不认为有"定法",法因人、因事而变,有其相对性。

> 故法非徒法也,法非板法也。且以诗言之,诗之作作于谁哉,则法之用用于谁哉?诗中有我在也,法中有我以运之也。即其同一诗也,同一法也,我与若俱用此法,而用之之理、用之之趣各有不同者,不能使子面如吾面也。同一时、同一境、同一事之作,而其用法之所以然,父不能得之于子,师不能传之于弟;即同一在我之作,而今岁不能仿昨岁语,今日不能用昨日之语,况其隔时地、分古今,而强我以就古人之法,强执古人以定我之法。此则蔑古之尤者也,而可谓效古哉?[2]

法并不是存在于创作之外的,它体现在具体的创作中,作者不同,用法的方式便不一样,父不能传之于子,师不能传之于弟子,今天作诗有今天之法,明日作诗有明日之法,古今不一,法也不一。翁方纲把"法"置于具体的实践中,避免了论诗法的空洞性,他以大禹治水来比喻诗法:"禹之治水,行其所无事也。行首所不得不行,止乎所不得不止。应有者尽有之,应无者尽无之,夫然后可以谓之法矣。"[3]只要合乎"理",便得其法,翁方纲对诗法的理解是相当辩证的。长期以来,"死法""活法"一直是诗法辩论的焦

---

[1] (清)翁方纲:《复初斋文集》,329页,台北,文海出版社,1961。
[2] (清)翁方纲:《复初斋文集》,330页,台北,文海出版社,1961。
[3] (清)翁方纲:《复初斋文集》,330页,台北,文海出版社,1961。

点，翁方纲将诗法置于主体的创作过程中，实现了诗法论的总结。

（二）法之正本探源和穷形尽变

翁方纲对诗法的要求主要从两个方面进行：正本探源和穷形尽变。他在《诗法论》中说道：

> 法之立也，有立乎其先、立乎其中者，此法之正本探原也；有立乎其节目、立乎其肌理界缝者，此法之穷形尽变也。杜云"法自儒家有"，此法之立本者也；又曰"佳句法如何"，此法之尽变者也。夫惟法之立本者，不自我始之，则先河后海，或原或委，必求诸古人也。夫惟法之尽变者，大而始终条理，细而一字之虚实单双，一音之低昂尺黍，其前后接，乘承转换、开合正变，必求诸古人也。乃知其悉准诸绳墨规矩，悉校诸六律五声，而我不得丝毫以己意与焉。

文学的传统、文学的规范存在于创作之前，并对每一次的创作都起着引导作用，这就是诗法的"正本探源"；而在具体的创作过程中，法又因人、因事而变，这就是"穷形尽变"。"正本探源"和"穷形尽变"其实就是刘勰所说的"有常之体"与"无数之方"，是规范与变化的辩证统一。

诗法的"正本探源"首先要了解诗歌的源变，"夫惟法之立本者，不自我始之，则先河后海，或原或委，必求诸古人也。夫惟法之尽变者，大而始终条理，细而一字之虚实单双，一音之低昂尺黍，其前后接笋、乘承转换、开合正变，必求诸古人也。乃知其悉准诸绳墨规矩，悉效诸六律五声，而我不得丝毫以己意与焉"[①]。知源才能求变，求变必知其源，唯有如此才能"准诸绳墨规矩"，合乎诗歌发展的规律。其次翁方纲认为"法自儒家有"，儒家的经典已包含诗歌之法，这其实是要求诗歌的内涵要符合儒家的伦理规

---

① （清）翁方纲：《复初斋文集》，330 页，台北，文海出版社，1961。

范。他在《石洲诗话》中论杜甫道:"杜公之学,所见直是峻绝。其自命稷、契,欲因文扶树道教,全见于《偶题》一篇,所谓法自儒家有也。此乃羽翼经训,为《风》、《骚》之本,不但如后人第为绮丽而已。"①他对杨万里批评道:"以轻儇佻巧之音,作剑拔弩张之态,阅至十首以外,辄令人厌不欲观,此真诗家之魔障……孟子所谓'放淫息邪',少陵所谓'别裁伪体',其指斯乎!"②将理学之"理"纳入诗法并不是翁方纲的独创,温柔敦厚的儒家诗论一直要求创作主体要有高尚的品格情操。

"穷形尽变"既可以是"一字之虚实单双,一音之低昂尺黍,其前后接,乘承转换、开合正变",也可以是诗歌风格的变化。翁方纲论诗歌的换韵:"换韵之中,略以平韵句子,使之升缩舒和,亦犹夫末句之有可放平者也。尤以平韵与仄韵相参错,乃见其势,却须以三平正调掺和之。"③他对声韵的要求是很变通的。对于历代诗风,翁方纲也认为各极其致。"孔子于三百篇皆弦而歌之,以合于韶、武之音,岂三百篇,篇篇皆具《韶》、《武》节奏乎?抑且勿远稽三百篇,即以唐音最盛之际,若杜,若李,若右丞、高、岑之属,有一效建安之作,有一效谢、颜之作者乎?宋诗盛于熙、丰之际,苏、黄集中,有一效盛唐之作者乎?直至明朝,而李、何在前,王、李踵后,乃有文必西汉、诗必盛唐之说,因而遂有五言必效选体之说,五言不效选体,则谓之唐无五言古诗。然则七古亦将必以盛唐为正矣,则何不云宋言古诗?而彼不敢也。"④从字句、篇章到时代风格,翁方纲都肯定了变的合理性,他的"穷形尽变"可以说是对传统通变论的总结。

---

① (清)翁方纲:《石洲诗话》,见郭绍虞编选:《清诗话续编》,1380 页,上海,上海古籍出版社,1983。
② (清)翁方纲:《石洲诗话》,见郭绍虞编选:《清诗话续编》,1437 页,上海,上海古籍出版社,1983。
③ (清)翁方纲:《石洲诗话》,见郭绍虞编选:《清诗话续编》,1415 页,上海,上海古籍出版社,1983。
④ (清)翁方纲:《复初斋文集》,330 页,台北,文海出版社,1961。

◎ 第三节

张问陶的诗学观念

张问陶（1764—1814），字仲冶，一字柳门，号船山、蜀山老猿，四川遂宁（今蓬溪县）人。乾隆五十五年（1790）进士，曾任翰林院检讨、江南道监察御史、吏部郎中。后出任山东莱州知府，后辞官寓居苏州虎邱山塘。晚年遨游大江南北，嘉庆十九年（1814）三月初四，病卒于苏州寓所，撰有《船山诗草》，存诗 3500 余首。

以袁枚为首的性灵派在乾隆时期风行一时，袁枚的思想多具封建叛逆色彩，嘉庆二年（1797）袁枚去世后，多有诋毁的声音。然而，性灵说并没有因为袁枚的去世而消亡，张问陶对性灵说的提倡既修正了袁枚某些背离儒家传统的观点，又将个性论推向深入，是嘉庆时期诗坛不可忽视的诗人。当前关于张问陶是否是袁枚的传人、是否该列入性灵派颇有争议，张问陶是一个特立独行的诗人，他的好友洪亮吉与袁枚交谊颇厚，受袁枚影响应该是有的。张问陶的诗论与袁枚多有相似，将之列入性灵派并无不妥，一个时代的诗歌流派并不是看其师承关系，而是看其主要倾向。性灵派内部的袁枚和赵翼并无师承，但这不影响他们成为时代诗派的核心成员，张问陶诗论的主要倾向与性灵派是很接近的，所以也可将其视为性灵派的成员。张问陶并没有专门的诗学论著，但他的诗作中多有论诗、评诗之作，这些诗作是我们管窥他诗学思想的主要渠道。

一、真性情

乾隆中期以后，论诗重性情成为时代的共识。张问陶个性真纯，他论诗也重真性情，他在《题武连听雨图王椒畦作》一诗中说道："名流常恨不同时，玉局黄门顾恺之。输我三人齐下笔，性情图画性情诗。"①张问陶不仅长于诗歌创作，而且也擅长书画，"性情图画性情诗"，写出了他的诗画观和诗画创作特色。在《论文八首》中，他说道："诗中无我不如删，万卷堆床亦等闲。莫学近来糊壁画，图成刚道仿荆关。"②诗贵在"有我"，"无我"之诗不是真诗，即使堆床叠架也没有意义。"无我"之诗往往源于模拟，张问陶规劝人们不要只是模拟而无己意，他在《题屠琴坞论诗图》第十首中说："规唐摹宋苦支持，也似残花放几枝。郑婢萧奴门户好，出人头地恐无时。"③宗尚唐宋、两汉固然可以夸耀门户之正宗，也能开出几朵残花，但倚人墙下，终无出人头地的机会。《论诗十二绝句》第十首有云："文章体制本天生，只让通才有性情，模宋规唐徒自苦，古人已死不须争。"④古人已死，我们不能以古人的性情代替自己的性情，个人的性情是我们成就诗歌的来源，张问陶对"真性情"的重视使得他能够蔑视古人，自信能够开创出新的天地。他在《醉后口占》一诗中就喊出："伟衣玉带雪中眠，醉后诗魂欲上天。十二万年无此乐，大呼前辈李青莲。"⑤与李白争胜的雄心源于其对自我真性情的自信，认为有了傲视古今的雄心就可以创作出无愧于时代的作品。

乾嘉考据学兴盛，以翁方纲为代表的考据学者以考据入诗，乐此不疲，袁枚对此早有批判，"误把抄书当作诗"，将矛头指向了翁方纲。张问陶也反对以考据入诗，认为考据诗不是真诗。"笺注争奇那得奇，古人只是性情诗。可怜工部文章外，幻出千家杜十姨。""文场酸涩可怜伤，训诂艰难考订忙。别有诗人闲肺腑，空灵不属转轮王。"⑥"子规声与鹧鸪声，好鸟鸣春

---

① （清）张问陶撰：《船山诗草》上册，237页，北京，中华书局，1986。
② （清）张问陶撰：《船山诗草》上册，230页，北京，中华书局，1986。
③ （清）张问陶撰：《船山诗草》下册，543页，北京，中华书局，1986。
④ （清）张问陶撰：《船山诗草》上册，262页，北京，中华书局，1986。
⑤ （清）张问陶撰：《船山诗草》上册，125页，北京，中华书局，1986。
⑥ （清）张问陶撰：《船山诗草》上册，230页，北京，中华书局，1986。

尚有情。何苦颠预书数语,不加笺注不分明。"①诗歌是强烈情感的自然流露,将精力穷尽于笺注、训诂、考订,会失去真性情,也会远离现实生活,这样的诗歌与以诗言情的本质是背离的。在考据与诗文的论辩中,不少诗人都能够对两者进行区别,乾嘉后期的舒位论诗主真性情,可以说是性灵派的后响,他在《与守斋论诗三首》中也说道:

> 读书多多许,用书少少许。多则才质宏,少则义理举。不向如来行,不与将军侣。公论岂无人?霸才自有主。闲中窥陈编,人弃我亦取。梦中读密笈,鬼夺天所与。万里助山川,一灯扫风雨。考据与应酬,皆非我辈语。②

诗文来源于生活,考据注重冷静、客观的分析,虽然可以作诗料,但本身并不是诗,没有主体性情的考据与诗歌是有本质区别的。

值得注意的是,张问陶提倡真性情,表面上与袁枚无异,其实在内涵上是有区别的。袁枚的性情论提倡的是个体的自然情感,他反对以伦理束缚情感,特别注重男女之情,"情所最先,莫如男女"。张问陶的性情论内涵更广泛,既有亲情、友情,又有家国之情,这就比袁枚的性情要丰富,格调也高出不少。《怀古偶然作》其六有:"未许干时许相时,风流儒雅信吾师。一编温厚宣公疏,几卷和平白傅诗。治乱难言归讽谕,文章入妙戒新奇。中原趋向原无定,只仗贤豪为转移。"③诗人以陆贽、白居易相期,崇尚他们儒雅的风格,警戒诗文不能只是追求新奇,希望能够为国家做出贡献,这样的情怀就比袁枚要高出许多。张问陶的友情诗、亲情诗,甚至是描写自然景物的诗,也都富于情感之善、之美。《怀稚存》:"无诗无酒气纵横,谁指伊吾问死生。万里风沙悲独往,旧时李杜愧齐名。是非终向平心得,毁誉徒劳

---

① (清)张问陶撰:《船山诗草》上册,262页,北京,中华书局,1986。
② (清)舒位:《瓶水斋诗集》上,306页,上海,上海古籍出版社,2009。
③ (清)张问陶撰:《船山诗草》下册,382页,北京,中华书局,1986。

众口争。落日安西凝望远，浮云难掩故人情。"①好友洪亮吉忠谏被贬伊犁，风沙万里，不知生死，诗人张望远方，愁思不已。"同检红梅玉镜前，如何小别便经年？飞鸿呼偶音常苦，栖凤将雏瘦可怜。梦远枕偏云叶鬓，寄愁买贵雁头笺。开缄泪浥销魂句，药饵香浓手自煎。"②这首诗写出了对妻女的无限思念。张问陶描写民间疾苦的诗篇也是真情流露、感人至深。《拾杨稊》："拾杨稊，老妪苦，绿瞳闪烁如饥鼠。人搚柳叶我无梯，人斫柳皮我无斧。杨稊拾得连沙煮。衣厚绵，屋环堵。旧日田园足禾黍，两年不雨成焦土。泣春田，望春雨，一影随身行踽踽。夜枕新坟哭儿女。河北妪，乃如许。"③如果说袁枚的性情论比较偏狭，那么张问陶的性情论则回到了比较严肃、纯正的道路上了。

二、贵创新

清代考据至乾嘉而鼎盛，考据对原典的还原是建立在对古代文化制度深入了解的基础上的。随着考据风气占据学术的主导话语，"凡古必真，凡汉皆好"，清初已出现的复古主义思潮在这时期愈燃愈炽。这一复古思潮不仅在经学、史学、语言文字学等哲学社会科学领域出现，而且波及了自然科学和文学艺术领域。陈寿祺说道："自胡稚威始倡复古，乾隆、嘉庆间乃多追效《选》体，然吾乡犹局时趋，未能丕变。"④考据学对文学的渗透遭到了袁枚、赵翼等人的反击。赵翼认为，历代诗人之所以能够流传后代，关键在于其独创性，今人完全可以胜过古人。与袁枚、赵翼相比，张问陶重独创的意识更加强烈，《论诗十二绝句》其三云："胸中成见尽消除，一气如云自卷

---

① （清）张问陶撰：《船山诗草》下册，409页，北京，中华书局，1986。
② （清）张问陶撰：《船山诗草》上册，121页，北京，中华书局，1986。
③ （清）张问陶撰：《船山诗草》上册，227页，北京，中华书局，1986。
④ （清）陈寿祺：《左海文集》，续修四库全书本，183页，上海，上海古籍出版社，2002。

舒。 写出此身真阅历，强于钉饾古人书。"①诗应是自我性情的自由舒卷，不能以古人成见束缚自己，张问陶将"新"视为诗歌的生命。 在《冬夜饮酒偶然作》中他对自己的创作进行总结道：

> 先我生古人，天心已偏爱。即以诗自鸣，亦为古人碍。我将用我法，独立绝推戴。本无祖述心，忽已承其派。因思太极初，两仪已对待。区区文字间，小同又何害？惟应谢人巧，随意发天籁。使笔如昆吾，著物见清快。悠悠三十年，自开一草昧。耽吟出天性，如酒不能戒。积卷堆尺余，境移真语在。古人即偶合，岂能终一概。我面非子面，斯言殊可拜。安知峨眉奇，不出五岳外。②

古人占了先机，诗歌创作一开始便遇到"古人碍"，但人各有法，古今性情不一，后人也可以"自开一草昧"，独创一面。 纵观张问陶的论诗诗，我们不难发现，他一直强调诗中要"有我"，"古今大局多重复，只有当前属我生！"③有了自我的存在，就可以与古人一比高下，张问陶的自信是他独创的心理基础。 对于只是知道模仿前辈的诗人，张问陶批评道："语不分明气不真，眼中多少伪诗人。 呕来只觉心无血，麾去还夸笔有神。"④有人认为张问陶诗学袁枚，他回复道："诗成何必问渊源，下笔刚如所欲言。 汉魏晋唐犹不学，谁能有意学随园？""诸君刻意祖三唐，谱系分明墨数行。 愧我性灵终是我，不成李杜不张王。"⑤诗重在能成家，不必问渊源，张问陶认为自己的性灵与袁枚的性灵并不一样，是别具一格的。 孙桐生评价张问陶的诗："所为诗，专主性灵，独出新意，如神龙变化不可端倪。 近体超妙清新，雅

---

① （清）张问陶撰：《船山诗草》上册，262 页，北京，中华书局，1986。
② （清）张问陶撰：《船山诗草》上册，296 页，北京，中华书局，1986。
③ （清）张问陶撰：《船山诗草》上册，128 页，北京，中华书局，1986。
④ （清）张问陶撰：《船山诗草》上册，275 页，北京，中华书局，1986。
⑤ （清）张问陶撰：《船山诗草》上册，278 页，北京，中华书局，1986。

近义山,古体奔放奇横,颇近太白,卓然为本朝一大名家,不止冠冕西蜀也。"①这个评价确实道出了张问陶诗歌创作的特色。

在张问陶的论诗诗中,他还屡屡谈到"灵光","凭空何处造情文？ 还仗灵光助几分。 奇句忽来魂魄动,真如天上落将军"②。"平生识字眼如月,灵光一照乌焉突。""知君到日灵光发,坐对青山兴超忽。""灵光"是主体突发的灵感,与一般的灵感论不同,张问陶的"灵光"更注重个体的差异性和表现性,他评袁枚道:"披卷灵光出,宣尼不忍删。"③评李贺、卢仝、刘叉等人的诗歌:"间气毓奇人,文采居然霸。 那管俗眼惊,岂顾群儿骂。 冷肠辟险境,灵心恣变化。"④ "灵光"的提出突破了传统"兴会神到"的灵感论,让灵感论染上了浓重的个体色彩,是张问陶追求独创性在创作论上的表现。

三、文气

张问陶的诗歌雄迈奔放,情感的抒写酣畅淋漓,洋溢着勃勃生机,不少人将他的诗风与李白并举。 与豪放的诗风相适,张问陶论诗重"气","有情哪可无真气？"⑤ "语不分明气不真,眼中多少伪诗人。""偶凭真气作真语,无端落纸成诗文。"论气在中国古代中并不少见,曹丕提出"文以气为主",并认为"气有清浊",以清浊分论"气",刘勰则提出"气有刚柔"。 诗文中的"气"一方面强调作者的精神个性、气质特征在作品中的表现,另一方面指作品表现出来的风格,张问陶的"气"也兼指两者。 张问陶论"气"特别强调"真气""雄气""奇气","前身自拟老头陀,真气填胸信口呵。"⑥ "年

---

① （清）张问陶撰:《船山诗草》下册,725 页,北京,中华书局,1986。
② （清）张问陶撰:《船山诗草》上册,262 页,北京,中华书局,1986。
③ （清）张问陶撰:《船山诗草》上册,295 页,北京,中华书局,1986。
④ （清）张问陶撰:《船山诗草》下册,593 页,北京,中华书局,1986。
⑤ （清）张问陶撰:《船山诗草》上册,183 页,北京,中华书局,1986。
⑥ （清）张问陶撰:《船山诗草》上册,108 页,北京,中华书局,1986。

来我渐悔雕虫,才劳精神气转雄。""死有替人应属我,诗多奇气为逢君。"张问陶的气论提倡的是一种刚健的诗风,强调创作主体积极入世的家国情怀对诗文起决定作用,这是对乾嘉诗坛柔弱滑易诗风的救弊,在国难加重的嘉庆时期,这样的主张对维护诗歌的健康发展是有帮助的,刘师培对张问陶评价道:"遂宁公子文章伯,壮年奇气横干镆。"[1]张问陶的诗作一改袁枚低俗的作风,积极介入现实,可以说是乾隆诗坛向嘉道经世诗学过渡的一个人物。

◎ 第四节
潘德舆的诗学观念

潘德舆(1785—1839),字彦辅,号四农,别号艮庭居士、三录居士、念重学人、念石人,江苏山阳(今淮安)人。道光八年(1828),年四十余,始举乡榜第一。以知县分安徽,未到官卒。诗文精深,为嘉、道间一作手。有《养一斋集》《李杜诗话》等。嘉庆以后,清代国势日颓,社会矛盾加剧,风起云涌的农民起义让统治阶级感到了统治的危机,有识之士纷纷思索改变时局的对策,经世致用的思想再度泛起。社会的危机给文学提出了新的课题,不受约束的性灵说、沉湎于考据的肌理说,都不符合时代的要求,重拾儒家教化诗论,以挽救世道人心,成了时代的要求。潘德舆的诗论是嘉、道的社会危机在诗歌中的反映。

一、"性情既厚"

受乾嘉性灵派的影响,嘉道时期,香艳、率浮的诗风仍然有相当的市

---

[1] 胡传淮:《张问陶年谱》,85页,成都,巴蜀书社,2005。

场，潘德舆说道："今人诗无一句不求伟丽峭隽，而怒张之气、侧眉之态，令人不可向迩，此中不足而饰其外之过也。"① 一味地强调个人性情，不注重诗文的社会功用，这是乾嘉诗坛的弊病，针对这一现状，潘德舆在《养一斋诗话》中提出诗文要"厚"：

> 诗有一字诀，曰厚。偶咏唐人"梦里分明见关塞，不知何路向金微"，"欲寄征鸿问消息，居延城外又移军"，便觉其深曲有味。今人只说到梦见关塞，征鸿问消息便了，所以为公共之言，而寡薄不成文也。②

"厚"就其表现而言是"深曲有味"；就内涵而言，包括两个方面，一是强烈的情感使作品内涵充实饱满，二是在艺术表现手法上含蓄委婉。

潘德舆论"厚"注重从诗歌生发的根本上来谈，他明确指出"厚必由于性情"③，并认为"诗有本原，不可不究，性情既厚，心声乃精"④。诗的本原乃是言志，性情深厚，诗乃精，潘德舆将"厚"与性情紧密结合在一起，这其实是对诗言志的阐发。"厚"既然是源于性情，那么怎样的性情才能称得上"厚"呢？潘德舆认为性情要真实才能"厚"。要"厚"首先要情感真实，潘德舆对诗言志进行解释道："言志者必自得，无邪者不为人。是故古人之诗，本之于性天，养之以经藉，内无怵迫苟且之心，外无夸张浅露之状；天地之间，风云日月，人情物态，无往非吾诗之所自出，与之贯输于无穷。此即深造自得，居安资深，左右逢原之说也，不为人故也。后世之士，若不为人，则不复学诗；搦管之先，只求胜人，多作之后，遂思传世，虽久而成集，阅之几无一言之可存。何也？彼原未尝学诗也。"⑤诗最关键的是要"为己"，从自我的本心生发出来，才会左右逢源、深造自得，若是处

---

① （清）潘德舆：《养一斋诗话》，42页，北京，中华书局，2010。
② （清）潘德舆：《养一斋诗话》，16页，北京，中华书局，2010。
③ （清）潘德舆：《养一斋集》卷首，清道光二十九年刻本。
④ （清）潘德舆：《养一斋集》卷首，清道光二十九年刻本。
⑤ （清）潘德舆：《养一斋诗话》，5页，北京，中华书局，2010。

处"为人"，无自我之性情，那"虽久而成集，阅之几无一言之可存"，也就不是真诗了。正是注重真，潘德舆对白居易评价甚高，"心甚淡，节甚峻，识甚远，信有道者之言。诗可以兴，此类是也"①。性灵派以诗言志、诗缘情为口实推销俚俗情感，潘德舆对此提出了批评，认为诗言志的真实性应该是"柔惠且直"：

> 吾所谓性情者，于《三百篇》取一言，曰"柔惠且直"而已。此不畏强御，不侮鳏寡之本原也。老杜云"公若登台辅，临危莫爱身"，直也；"穷年忧黎元，叹息肠内热"，柔惠也。乐天云"况多刚狷性，难与世同尘"，直也；"不辞为俗吏，且欲活疲民"，柔惠也。两公此类诗句，开卷即是，得古诗人之性情矣。舍此而言性情，诗之螟螣也。"性情"二字，颇不易言，更勿误认。②

"柔惠"是深厚的家国情怀，"直"则是直面现实人生、社会时弊，通过"柔惠且直"，潘德舆厘清了"志"的高下，防止了诗歌的俚俗，在社会危机重重的嘉道时期，这样的阐释可以起到救弊的作用。

作为一个审美范畴，"厚"不仅仅要有刚健的思想内涵，更要有适当的表现形式，潘德舆说道：

> 诗不尽于句法，初学好于此求诗，因即拈此示之。偶与儿辈谈及元僧圆至诗云："'春路晴犹滑，山亭晚更凉。'欲求句法，先准诸此，便无直率杂凑病。"儿辈常忆此语。予笑曰："此清矣，未厚也。如岑嘉州'舟移城入树'，钱仲文'烟火隔云深'，一句凡几转折，此乃句法之正传耳。然此厚矣，未化也。子建'明月照高楼'，陶公'依依墟里烟'，斯入于化，以此求《三百篇》风旨不远矣。虽然，化境非初学所知，正传犹非初

---

① （清）潘德舆：《养一斋诗话》，171页，北京，中华书局，2010。
② （清）潘德舆：《养一斋诗话》，160页，北京，中华书局，2010。

学所能,仍于清者效之,庶几不致躐等,不误歧途,而可以驯致也。"①

"厚"要避免直率杂凑,句法宛转曲折也未必是"厚"的至境,要达到真正的"厚",必须要达到出神入化的境界,那如何才能达到这种境界呢?潘德舆用"辞达"来解释"厚"的艺术境界:

> 辞达而已矣,千古文章之大法也。东坡尝拈此示人,然以东坡诗文观之,其所谓达,第取气之滔滔流行,能畅其意而已。孔子之所谓"达",不止如是也。盖达者,理义心术,人事物状,深微难见,而辞能阐之,斯谓之达;达则天地万物之性情可见矣。此岂易易事,而徒以滔滔流行之气当之乎?以其细者论之,"杨柳依依",能达杨柳之性情者也;"蒹葭苍苍",能达蒹葭之性情者也。任举一境一物,皆能曲肖神理,托出豪素,"百世之下",如在目前,此达之妙也。《三百篇》以后之诗。到此境者,陶乎?杜乎?坡未尽逮也。②

"达"并不是情感的一泻千里,而是借助于一定的艺术形式将物态、事态充分表现出来,"杨柳依依","蒹葭苍苍",不仅写出了自然景物的物态,而且将诗人内心的情感充分展示出来,物我合一,人物如在眼前,这才是"达",而"达"则是"厚"的艺术表现。

二、质实

中国传统的文论中多以虚与实区别诗与文,诗言志,志可以不附丽于具体事物而意韵隽永,司空图"不著一字,尽得风流"历来为人们所称颂。 清

---

① (清)潘德舆:《养一斋诗话》,61~62页,北京,中华书局,2010。
② (清)潘德舆:《养一斋诗话》,37~38页,北京,中华书局,2010。

初吴乔将诗与文比作饭和酒：

> 文为人事之实用，诏敕、书疏、案牍、记载、辩解，皆实用也。实则安可措词不达，如饭之实用以养生尽年，不可矫揉而为糟也。诗为人事之虚用，永言、播乐，皆虚用也。赋而为《清庙》、《执竞》称先生之功德，奏之于庙则为《颂》；赋而为《文王》、《大明》称先生之功德，奏之于朝则为《雅》。二者必有光美之词，与文之撷拾者不同也。赋而为《桑柔》、《瞻卬》刺时王之秕政，亦必有哀恻隐讳之词，与文之直陈者不同也。以其为歌为奏，自不当与文同故也。赋为直陈，犹不与文同，况比兴乎？诗若直陈，《凯风》、《小弁》大诟父母矣。①

认为诗虚而文实，文重其实指的是事物，不同的文体有不同的审美风格，以虚实标识诗文，这为我们把握诗文各自的审美风格是有帮助的。 张炎在《词源》中也说道："词要清空，不要质实。清空则古雅峭拔，质实则凝涩晦昧。"②潘德舆论诗却反其道，以"质实"论之，他说：

> 吾学诗数十年，近始悟诗境全贵"质实"二字，盖诗本是文采上事，若不以质实为贵，则文济以文，文胜则靡矣。吾取虞道园之诗者，以其质也；取顾亭林之诗者，以其实也。亭林作诗，不如道园之富，然字字皆实，此"修辞立诚"之旨也。竹垞、归愚选明诗，皆及亭林，皆未尝尊为诗家高境，盖二公学诗见地，犹为文采所囿耳。③

潘德舆的"质实"是从质与文的辩证中反思的，他并不否认诗的文采，

---

① （清）吴乔：《围炉诗话》，见郭绍虞编选：《清诗话续编》，479页，上海，上海古籍出版社，1978。
② （南宋）张炎：《词源注》，16页，北京，人民文学出版社，1963。
③ （清）潘德舆：《养一斋诗话》，45页，北京，中华书局，2010。

"盖诗本是文采上事",反对的是重文轻质,从而导致质的丧失,"文济以文,文胜则靡矣"。因此,潘德舆推崇虞集、顾炎武的诗,认为虞集的诗"质",顾炎武的诗"实",朱彝尊、沈德潜选明诗,未将二公置于"高境",潘德舆对此颇有异议,认为朱、沈实为"文采所囿"。"质实"并不仅仅是从诗歌的内涵上说的,更兼指诗歌的艺术风格,从内涵上看,"质实"要求诗歌要有明确的伦理道德倾向,要有鲜明的现实指向性,反对徒事靡华;从艺术风格上看,"质实"指质朴的文风。为了论证"质实"的合理性,潘德舆对"质实"的诗歌传统进行了回顾:"道园诗乍观无可喜,细读之,气苍格迥,真不可及。其妙总由一'质'字生出。'质'字之妙,胚胎于汉人,涵泳于老杜,师法最的。故其长篇,铺放处虽时仿东坡,而不似东坡之疏快无余地;老劲斩绝,又似山谷,而黄安排用人力,虞质直近天机,等级亦易明耳。"①虞集人德合一,诗歌平易质朴,而儒理深蕴其中,典雅中见老练,潘德舆以此论诗歌的"质",可见"质"并不仅仅是理学之义理,更包含了质朴的艺术风格。"质"这一审美范畴始于两汉,成熟于杜甫,铺放而有节,老劲而近天机,这其实是儒家道德义理与朴素文风相结合所体现出来的一种审美特征。"质实"是一种艺术境界,苏轼诗文行云流水,潘德舆嫌其"无余地",缺乏节制,黄庭坚过于人力,缺乏"天机","质实"其实对诗歌要求很高,潘德舆对李贺就很不满:

> 杜紫薇谓李长吉诗"少加以理,奴仆命《骚》可也"。夫"奴仆命《骚》"者,惟《三百篇》耳,长吉为《骚》之奴仆而不足者也。长吉古诗,吾惟取其"星尽四方高,万物知天曙","买丝绣作平原君,有酒惟浇赵州土","二十八宿罗心胸,元精耿耿贯当中","雄鸡一声天下白","凉风雁啼天在水"诸句,及"长卿寥落悲空舍,曼倩诙谐取自容。见买若耶溪上剑,明朝归去事猿公"一绝耳。馀非鬼语,则词曲语,皆不得以诗目之。

---

① (清)潘德舆:《养一斋诗话》,41页,北京,中华书局,2010。

严沧浪云："玉川之怪，长吉之诡，天地间自欠此体不得。"立论已属支离。刘后村并谓"古乐府惟李贺最工"，直反易东西、倒乱黑白之言也。后村颇学长吉，如《赵昭仪春浴行》："小莲夹拥真天人，红梅犯雪敧一朵。"《东阿王妃梦行》："软香蕙雨裙衩湿，紫云三尺生红靴。"此类成何言语？诗之妖而已矣。①

李贺诗风怪靡，除了几首平易质朴的诗歌，潘德舆认为"皆不得以诗目之"，严羽认为天地间怪诡的诗风乃是一体，潘德舆斥之"立论已属支离"，而对学习晚唐体的刘后村，则严厉批评其为"诗妖"。潘德舆对李贺的批评其实是想维护诗风，他认为李贺的奇丽很容易误导后人，败坏诗风，"然钓名之士，欲人一见惊喜，刻意造句，必险必媚，而后易于动目。呕出心肝者，竟为后世声气用矣。悲夫！"②由此可见，"质实"追求的是平易、质朴的诗风，它兼容不下怪异的诗风。对于富有家国情怀的诗人，潘德舆则是大加赞赏的：

> 明诗不可以轻心抑之也。明开基诗，吾深畏一人焉，曰刘诚意；明遗民诗，吾深畏一人焉，曰顾亭林。诚意之诗苍深，亭林之诗坚实，皆非以诗为诗者，而其诗境直黄河、太华之高阔也。首尾两家，谁与抗手？抑明诗者，盍自较其所作乎？③

刘基诗文理气并重，重经世致用，反对浮靡纤弱文风；顾炎武"国家兴亡，匹夫有责"，诗歌坚实，直指现实。潘德舆对这两人推崇备至，将他们视为诗学传统的正宗，试图以此规训诗歌创作。

潘德舆的"质实"并不是一味地说理，它对艺术是有要求的，这一点值

---

① （清）潘德舆：《养一斋诗话》，79~80页，北京，中华书局，2010。
② （清）潘德舆：《养一斋诗话》，80页，北京，中华书局，2010。
③ （清）潘德舆：《养一斋诗话》，45页，北京，中华书局，2010。

得我们注意,他说:

> 或言诗贵质实,近于腐木湿鼓之音,不知此乃南宋之质实,而非汉、魏之质实也。南宋以语录议论为诗,故质实而多俚词;汉、魏以性情时事为诗,故质实而有余味。分辨不精,概以质实为病,则浅者尚词采,高者讲风神,皆诗道之外心,有识者之所笑也。①

南宋以语录、议论为诗,将诗歌变成了纯粹的载道工具,潘德舆认为这并不是"质实"的真正内涵,"质实"是对"感于哀乐,缘事而发"的汉魏诗歌传统的阐释,要求以"性情时事为诗",同时还要有"余味",是内涵和形式的双重要求。

嘉、道时期,士子队伍庞大,以诗文干谒权贵成为普遍的社会现象,潘德舆标举"质实",其实正是针对现实诗风提出的,他说:

> 凡悦人者,未有不欺人者也。末世诗人,求悦人而不耻,每欺人而不顾。若事事以质实为的,则人事治矣;若人人之诗以质实为的,则人心治而人事亦渐可治矣。诗所以厚风俗者此也。隋李谔曰:"连篇累牍,不出月露之形;积案盈箱,尽是风云之状。文笔日烦,其政日乱。"此皆不质实之过。质则不悦人,实则不欺人,以此二字衡之,而天下诗集之可焚者亦众矣。②

以"质实"来呼吁诗文创作的救济世道人心的作用,这正是潘德舆追求的目标。

---

① (清)潘德舆:《养一斋诗话》,46页,北京,中华书局,2010。
② (清)潘德舆:《养一斋诗话》,46页,北京,中华书局,2010。

三、教化与人品

中国古代文学并不是现代意义上的纯文学，文学与意识形态有着千丝万缕的关系，强调文学的教化功用是文学批评史的主线。在先秦，诗歌是国家政教体系的组成部分，它是熏陶、教化的工具，两汉以后，诗歌的审美功能得到强化，"经夫妇，成孝敬，厚人伦，美教化，移风俗"的功能不断被淡化，在经济繁荣时代，它甚至只是娱乐的工具。嘉、道时期，危机加重，世风日下，潘德舆痛斥："天下之大病，不外一'吏'字，尤不外一'例'字，而实不外一利字。近世一二魁儒，负匡济大略，非杂纵横，即陷功利，未有能破'例'字之局，而成百年休养之治者也。"①社会风气的败坏源于人心，要挽回人心，诗歌就不能放任自流，徐宝善在《养一斋诗话》的序中说道："凡诗之作由人心生也，是故人心正而诗教诗教昌而世运泰。"②这其实也正是潘德舆论诗的目的所在。

儒家的诗教源于孔子的诗论，潘德舆的诗教论基本上是建立在孔子诗论的基础之上的，在《养一斋诗话》的开篇，作者便说道：

> "诗言志"，"思无邪"，诗之能事毕矣。人人知之而不肯述之者，惧人笑其迂而不便于己之私也。虽然，汉、魏、六朝、唐、宋、元、明之诗，物之不齐也。"言志"、"无邪"之旨，权度也。权度立，而物之轻重长短不得遁矣；"言志"、"无邪"之旨立，而诗之美恶不得遁矣。不肯述者私心，不得遁者定理，夫诗亦简而易明者矣。③

"言志"是诗的本质，"无邪"是对诗歌内涵的要求，潘德舆将两者视为

---

① （清）王钟翰点校：《清史列传》第19册，6041页，北京，中华书局，1987。
② （清）潘德舆：《养一斋诗话》，4页，北京，中华书局，2010。
③ （清）潘德舆：《养一斋诗话》，5页，北京，中华书局，2010。

诗的"权度",越此不能成为诗,诗必囿于此两者中。潘德舆将"言志"和"无邪"并举,其实是把这两者视为一个整体,在评论明代黄陶庵的诗句"吾观道与文,不啻分主客。永言思无邪,性情有真宅"时,潘德舆说道:"信乎得诗之本原者矣。"①潘德舆的诗教观其实是要求诗歌创作要符合儒家的伦理规范,既要"言志"又要"无邪",对于偏离诗教传统的做法,他是不能容忍的,"阿谀诽谤,戏谑淫荡,夸诈邪诞之诗作而诗教熄,故理语不必入诗中,诗境不可出理外。谓'诗有别趣,非关理也',此禅宗之余唾,非风雅之正传"②。诗不可出于理外,潘德舆的理其实就是儒家的义理,严羽的别趣说追求诗歌的审美趣味,潘德舆斥之为"风雅之正传"。坚持诗歌"无邪"的义理,潘德舆将应酬诗也摒弃在诗歌之外,他批评杜甫的应酬诗:

> 杜诗亦多应酬之作,如《赠翰林张学士》、《故武卫将军挽词》、《奉赠集贤院崔于二学士》等诗是也。既无精义,而健羡荣华,悲嗟穷老,篇篇一律,有何特殊?挽武夫而不著姓名尤无关系,殆不得已而为之者。学者一概奉为准绳,则识卑而气短,不足成章矣。"杜酒偏劳劝,张梨不外求。"此小家之尤劣者,能谓杜诗一概佳吗?③

在历代诗人中,潘德舆极其欣赏杜甫忧国悯民的家国情怀,但对其应酬诗却没有放过,可见他持论之严。值得注意的是,潘德舆对言志的表现程度是有所保留的,他说:"凡作一篇诗文,与一诗文集成,必知三义焉:一曰简雅以合古;二曰正大以有用;三曰恭慎以远祸。"④清代高压的文化政策催使士子们处处微言慎行,潘德舆"恭慎以远祸"正是这种心态的反映。

诗是创作主体情感的表现,文如其人,创作主体的个性在很大程度上

---

① (清)潘德舆:《养一斋诗话》,45 页,北京,中华书局,2010。
② (清)潘德舆:《养一斋诗话》,6 页,北京,中华书局,2010。
③ (清)潘德舆:《养一斋诗话》,18 页,北京,中华书局,2010。
④ (清)潘德舆:《养一斋诗话》,268 页,北京,中华书局,2010。

决定了诗歌的风貌,叶燮说道:"诗是心声,不可违心而出,亦不能违心而出。功名之士,决不能为泉石淡泊之音;轻浮之子,必不能为敦庞大雅之响。"①重人品、学品的涵养在历代都不乏其人,沈德潜认为"有第一等襟抱,第一等学识,斯有第一等真诗。"这就将诗与个体的志趣、学识视为一体了。潘德舆极其注重人品,认为人品有污点的诗歌必不可取,他在诗话中论阮籍和陈子昂:

> 人与诗有宜分别观者,人品小小缪戾,诗固不妨节取耳。若其人犯天下之大恶,则并其诗不得而恕之。故以诗而论,则阮籍之《咏怀》,未离于古;陈子昂之《感遇》,且居然能复古也。以人而论,则籍之党司马昭而作《劝晋王笺》,子昂之谄武曌而上书请立武氏九庙,皆小人也。既为小人之诗,则皆宜斥之为不足道,而后世犹赞之诵之者,不以人废言也。夫不以人废言,谓操治世之权,广听言之路,非谓学其言语也。籍与子昂诚工于言语者,学之则亦过矣。况吾曾取籍《咏怀》八十二首、子昂《感遇》三十八首反复求之,终归于黄、老无为而已。其言廓而无稽,其意奥而不明,盖本非中正之旨,故不能自达也。论其诗之体,则高拔于俗流;论其诗之义,则浸淫隐怪。听其存亡于天地之间可矣,赞之诵之,毋乃崇奉憸人而奖饰诐辞乎?……王元美云:"孔雀虽有毒,不掩其文章",谓严嵩也。究竟今人谁肯读严嵩诗者?于严嵩则严之,而宽党逆之阮籍、陈子昂,此人之伪也。不明辨则诗教在圣教之外,而才士一门遂为小人之逋逃薮,害岂小哉!②

阮籍被视为"正始之音"的代表,历代评诗者给予陈子昂的正面评价很多,杜甫评其为:"千古立忠义,感遇有遗篇。"金元好问《论诗绝句》评为:"沈宋横驰翰墨场,风流初不废齐梁。论功若准平吴例,合著黄金铸子

---

① (清)叶燮:《原诗》,52页,北京,人民文学出版社,1979。
② (清)潘德舆:《养一斋诗话》,7~8页,北京,中华书局,2010。

昂。"阮籍、陈子昂在文学史上地位不低,潘德舆在历数两人的劣迹后认为"既为小人之诗,则皆宜斥之为不足道",由人品而否定了他们的诗歌成就,"其言廓而无稽,其意奥而不明,盖本非中正之旨,故不能自达也"。诗教是潘德舆诗论的核心,在他看来,人品低劣,其诗作就不会起到教化的作用,他说:"故予欲世人选诗、读诗者,如曹操、阮籍、陆机、潘岳、谢灵运、沈约、范云、陈子昂、宋之问、沈佺期诸乱臣逆党之诗,一概不选不读,以端初学之趋向,而立诗教之纲维。盖人品小疵,宜宽而不论,此诸人非小疵也。《孟子》曰:'《诗》亡然后《春秋》作。'若论诗不讲《春秋》之法,是诗与《春秋》相戾,诗之罪人矣! 可乎哉?"①论诗必以《春秋》之法,这是潘德舆的文学史观,要不然,诗教之纲维就被破坏了。在诗教的评判标准之下,符合他要求的诗人其实很少了,像王安石这样的名家他也不放过,"然安石有六大罪,而崇信释氏犹不与焉。欺君,一也;蠹国,二也;病民,三也;用小人,四也;逐君子,五也;侮圣经,六也。盖合唐、虞之共、驩,春秋时之少正卯而一之,此舜、孔之所必诛,而宋人以之配享孔子,不独欺当时,并能欺后世,信乎小人之杰魁,百代所罕见也。爱其文词而学之,则不恶不仁者矣,亦人之颠也"②。将诗品与人品简单等一,这是过度推崇诗教的结果,也在一定程度上限制了作者对文学审美特性的认识,这是我们应该注意的。

嘉、道时期社会黑暗,吏治腐败,文风卑靡,潘德舆重振儒家诗论,重质实,重诗文的教化功用,试图挽回世道人心,这样的努力是很有建设意义的。但他的诗论过于强调诗歌的教化功能,将人品与诗品等同,以人品论诗品,忽视了诗歌的审美价值,有粗暴批评的倾向,这是其不足之处。

---

① (清)潘德舆:《养一斋诗话》,47 页,北京,中华书局,2010。
② (清)潘德舆:《养一斋诗话》,9 页,北京,中华书局,2010。

◎ 小　结

　　嘉、道时期，社会危机加重，学术也由独尊汉学走向了汉宋融合，社会现实、学术文化影响了诗歌创作和诗学思想的风貌，嘉、道诗学突出诗歌的社会现实性，性灵派过度强调个体情感的观点被修正，学问与性情、个体与国家在诗学内部得到了协调，儒家传统诗论得到了深化。嘉、道诗坛没有提出新的问题，但其对前期诗学思想的总结以及强烈的现实干预色彩，为诗歌的近代化提供了理论准备。近代诗学强烈的救世呼声在嘉、道时期已有了先声。

第十七章
嘉庆、道光年间的散文思想

孟森在分析道光朝士习之转移时，发现"嘉道守文"的现象，他指出："嘉庆朝，承雍、乾压制，思想言论俱不自由之后，士大夫已自屏于政治之外，著书立说，多不涉当世之务。达官自刻奏议者，往往得罪。纪清代名臣言行者，亦犯大不韪。士气消沉已极。仁宗天资长厚，尽失两朝钳制之意，历二十余年之久，后生新进，顾忌渐忘，稍稍有所撰述。虽未必即时刊行，然能动撰述之兴，即其生机已露也。"[①]这一现象对于解释嘉道时期文风的形成，具有重要的参考作用。清朝经过康乾盛世，至嘉道时渐露衰竭之相，而在文论方面，又能在汉学的基础上另辟蹊径，同时与清初所倡经世风潮相呼应。阳湖派与桐城派中期成员异辕合轨，从而造就出新的学术生态格局。

◎ 第一节
概　述

乾嘉时期是有清一代学术发展最为兴盛的时段，其间刘大櫆、朱仕琇、姚鼐、袁枚、秦瀛等古文大家云集，形成一时夺目的文化景观。而就桐城派古文

---

① 孟森：《清史讲义》，375页，郑州，中州古籍出版社，2016。

一脉来说，从方苞开始，刘大櫆在其基础上，在桐城以及歙县等地传授古文，一时习文人数较多，形成较大的古文群体。其中刘大櫆弟子王灼、钱伯坰等人将古文薪火传至常州阳湖地区，恽敬、张惠言等人从其学，尽弃考据以及骈俪之学，一心专攻古文，形成桐城派的别支，在学术史上具有重要的意义。在此过程中，在古文谱系中，刘大櫆的地位一定程度上得到提升，后代刘师培就称其是桐城派中最有思想的人。而古文传至阳湖，又得到新的创造，发展出有别于桐城派的新内容，因而阳湖派与桐城派的关联逐渐从密到疏，后代追溯这段学术史时，对于二者的关联性研究探讨最为集中，也最为充分。若抛开文论新变的角度，而就整个清代文论而言，阳湖派又是清代文论链条上重要一环，与桐城派一起构建了清代古文的版图。桐城派中期成员的文论主要以姚门弟子为主，如梅曾亮、方东树、姚莹、刘开、管同等，他们继续将桐城派文论向前拓展，在义理、考据、辞章三维之外，增加"经济"一维，构成文论四维格局。梅曾亮所倡导"因时"之论，也是对嘉道时期社会变革的回应，而在古文创作核心中则体现于创作之"真"；方东树一心笃守义理之正，在与江藩的论战中极具斗士形象，他极力维护程朱义理以及桐城派赖以生存的思想命脉，而其文论思想中也存在经世内涵，值得细致分疏；姚莹在姚门四杰中是事功最为突出的成员，在嘉道时期与邓廷桢、陶澍、林则徐等经世之才极大地推动了社会革新，享有时誉，同时他又具文才，诗文兼擅，创作甚丰。而此时，桐城派传人业已流播全国，在文学领域内争奇斗艳，形成一时之盛。

◎ 第二节
阳湖派的散文思想

阳湖派为清代的古文流派，代表人物有恽敬、张惠言、李兆洛等。恽敬、李兆洛均为常州阳湖县（今江苏常州市武进区）人，张惠言为武进县人。当时阳湖、武进同城而治,其后之作者多为阳湖、武进人,故称"阳湖派"。

恽敬《上曹俪笙侍郎书》云:"后与同州张皋文、吴仲伦、桐城王悔生游,始知姚姬传之学出于刘海峰,刘海峰之学出于方望溪,及求三人之文观之,又未足以餍其心所欲云者。由是由本朝推之于明,推之于宋唐,推之于汉与秦,断断焉析其正变,区其长短。"①张惠言初治诗赋,后受刘大櫆弟子王灼、钱伯坰的影响改治古文,步趋桐城义法。陆继辂《七家文钞序》言:"乾隆间,钱伯坰鲁思亲受业于海峰之门,时时诵其师说于其友恽子居、张皋文;二子者,始尽弃其考据、骈俪之学,专志以治古文。"②由是可知,阳湖派渊源于桐城,实为桐城别派,但其文学思想与桐城诸家亦有较大不同。

一、恽敬的散文观

恽敬(1757—1817),字子居,号简堂。幼从舅父郑环学,好学深思,持论能独出己见。乾隆四十八年(1783)举人,五十二年(1787)任咸安宫官学教习,期满以知县用,先后任浙江江山、山东平阴及江西新喻、瑞金知县。在瑞金做知县时,"有富民进千金求脱罪,峻拒之。关说者以万金相畷,敬曰:'节士苞苴不逮门,吾岂有遗行耶!'卒论如法。由是廉声大著。"③由于政绩卓异,擢升南昌同知。恽敬为人负气,所至辄忤上官,因此得罪了不少人。最后署吴城同知时,"坐奸民诬诉隶诈财失察被劾。忌者闻而喜曰:'恽子居大贤,乃以赃败耶!'"④卒年六十一,著《大云山房文稿》十一卷。

---

① (清)恽敬:《大云山房文稿·初集》第三卷,《四部丛刊》。
② (清)陆继辂:《崇百药斋续集》第三卷,清道光四年合肥学舍刻本。
③ 赵尔巽等撰:《清史稿》第四百八十五卷,13403页,北京,中华书局,1977。
④ 赵尔巽等撰:《清史稿》第四百八十五卷,13403页,北京,中华书局,1977。

（一）内容为本，技巧为末

恽敬的古文思想，乃合韩愈、柳宗元、李翱的古文思想而推阐之。他说："夫后世之言文者未有如退之之为正者也。退之之言文，则告尉迟生、李生为最。吾少之时，盖尝读而乐之，若柳子厚、李习之与韦中立王载所言，视退之相出入者也，纫之求之乎是焉足矣。虽然退之、子厚、习之各言其所历者也，一家之所得也，于天下之文，其本末条贯有未备者焉，敬请合三子者之言为纫之申言之。"①韩愈的《答李翊书》曾提出"气盛言宜"的古文思想，怎样才能做到"气盛言宜"呢？ 韩愈认为，应"行之乎仁义之途，游之乎《诗》《书》之源，无迷其途，无绝其源"，"无望其速成，无诱于势利，养其根而俟其实，加其膏而希其光。根之茂者其实遂，膏之沃者其光晔，仁义之人，其言蔼如也"。② 也就是说，优游于六经，确立儒家的仁义之道，积之既久，气盛言宜，自然成文。 在恽敬看来，柳宗元、李翱的文论大体与韩愈类似，虽然他们立论极正，但于天下之文在本末条贯方面还有未备之处。 这些未备的地方，即是恽敬的发明。

恽敬所谓的"本"指文章的内容。 他用孟子的一段话来解释孔子所谓"辞达"，并以此作为文章之"本"：

> 孔子曰："辞达而已矣。"孟子曰："诐辞知其所蔽，淫辞知其所陷，邪辞知其所离，遁辞知其所穷。"古之辞具在也，其无所蔽、所陷、所离、所穷四者，皆达者也，有所蔽、所陷、所离、所穷四者，皆不达者也。然而是四者有之而于达无害者焉，列御寇、庄周之言是也，非圣人之所谓达也；有时有之、时无之而于达亦无害者焉，管仲、荀卿之书是也，亦非圣人之所谓达也。圣人之所谓达者何哉？ 其心严而慎者其辞端，其神暇而愉者其辞和，其气灏然而行者其辞大，其知通于微者，其

---

① （清）恽敬：《与纫之论文书》，见《大云山房文稿·初集》第三卷，《四部丛刊》。
② （唐）韩愈：《答李翊书》，见《韩愈全集·文集》第三卷，177 页，上海，上海古籍出版社，1997。

辞无不至。言理之辞，如火之明，上下无不灼然，而迹不可求也；言情之辞，如水之曲行旁至，灌渠入穴，远来而不知所往也；言事之辞，如土之坟壤咸潟而无不可用也，此其本也。

恽敬认为，就辞达而言，诸子百家皆能有之。如庄子、列子、荀子、管子，其文辞不能说不达、文章不能说不好，但其思想内容不够纯粹，或多或少都存在孟子所说的诐辞、淫辞、邪辞、遁辞之缺陷。因此，诸子所谓辞达非儒家圣人所谓辞达，真正的辞达应是"无所蔽、所陷、所离、所穷"，也就是祛除诐辞、淫辞、邪辞、遁辞之内容，成为纯儒式的辞达。纯儒的人格应是心严而慎、神暇而愉、气灏然而行、知通于微，这样的人格精神表现于文辞，才能呈现出"端""和""大""无不至"的审美气象。圣人之辞善于言理、言情、言事。因此，在恽敬看来，作家的主体性、人格的修养、精神境界是为文之本。为文之本关键在于坚守孔孟之道，蕴于其内，发于其外，表现于言辞。这便与韩愈等人的文学观沟通起来。

在恽敬看来，在如何进行古文写作方面，仅靠韩愈提出的优游于六经、"气盛言宜"是不够的，因为这只是本。除了本之外，写好文章还要有末。所谓末，就是具体的写作技巧。他说：

> 盖犹有末焉，其机如弓弩之张在乎手而志则的也；其行如挈壶之递下而微至也；其体如宗庙圭琮之不可杂置也，如毛发肌肤骨肉之皆备而运于脉也，如观于崇冈深岩，进退俯仰，而横侧乔堕无定也，如是其可以为能于文者乎？

也就是说，作文要围绕一个中心主题，构思要缜密，体式不能杂乱，组织应有条理，写作方法应富于变化等，这些都是为文之技巧。如果说内容属于道的范畴的话，技巧则属于末。而就文章技巧或者说末的层面，恽敬认为韩愈、柳宗元文论尚有未至之处。本末统合起来，古文理论才算完整。因此,恽敬说:"若其从人之途则有要焉,曰其气澄而无滓也,积之则无滓而能厚也,其质整而无裂也,驯之则无裂而能变也。"气为内容层面,气澄无滓,是指襟怀和思想的纯粹;质整无裂而且富于变化,是写作的技巧层面。统而言之,即本末一体,文章既有醇儒气象,又有谨严的法度。此之谓本末条贯。

恽敬的《答来卿》一文是具体讨论写作技巧的。他认为文章"变化之妙,存乎一心而已"[①]。他从韩愈古文中揣摩出许多可以借鉴的写作门径。如他点评韩愈的《汴州水门记》是小题不可大作之法,《李习之拜禹言》是大题亦不可大作之法,《殿中少监墓志》是点染法等。恽敬对韩愈的碑志文进行了研究,以为其中深含义法。他能看出韩愈给诗人、经师作传与给王侯将相作传,法度是不同的。前者宜"不列一事",以虚为佳;后者应铺排事实,不宜摹虚。

应该说,恽敬所谓本末条贯说,与桐城派的义法之说甚是接近。只不过,在道的层面和学文的对象方面,恽敬的理解稍不同于桐城派所坚守的程朱道统和唐宋八大家之文统。

(二)以六艺为折中,以诸子起文集之衰

与桐城派以程朱为道统、以唐宋八大家为文统不同,恽敬以诸子百家折中于六艺为道统和文统,其古文思想取径甚宽,突破了桐城派的樊篱。

恽敬的古文观,受到了班固《汉书·艺文志》的启发。《汉书·艺文志》是删节西汉刘歆的目录书《七略》而成的,其认为:"诸子十家,其可观者九家而已。""九家"指儒、道、阴阳、法、名、墨、纵横、杂、农,而这九家均为"《六经》之支与流裔"。也就是说诸子的根源皆本于《六经》,《六经》并非儒家的专利。恽敬在他的《大云山房文稿二集叙录》中赞叹刘向、刘歆、班固的这种学术史观"至哉此言,论古之圭臬也"。他说:

---

① (清)恽敬:《答来卿》,见《大云山房文稿·言事》第二卷,《四部丛刊》。

敬尝通会其说：儒家体备于《礼》及《论语》《孝经》；墨家变而离其宗；道家、阴阳家支骈于《易》；法家、名家疏源于《春秋》；纵横家、杂家、小说家适用于《诗》、《书》，孟坚所谓《诗》以正言，《书》以广听也。惟《诗》之流，复别为诗赋家而乐寓焉。农家、兵家、术数家、方技家，圣人未尝专语之，然其体亦六艺之所孕也。是故六艺要其中，百家明其际会；六艺举其大，百家尽其条流。其失者，孟坚已次第言之，而其得者，穷高极深，析事剖理，各有所属。故曰修六艺之文，观九家之言，可以通万方之略。后世百家微而文集行，文集散而经义起，经义散而文集益漓。学者少壮至老，贫贱至贵，渐渍于圣贤之精微，阐明于儒先之疏证，而文集反日替者，何哉？盖附会六艺，屏绝百家，耳目之用不发，事物之赜不统，故性情之德不能用也。

恽敬在班固《汉书·艺文志》的基础上，进一步寻绎"九家"在《六经》中的渊源。例如，他认为儒家体备于《礼》《论语》《孝经》，墨家是在儒家基础上的变化，道家、阴阳家源于《易》，法家、名家源于《春秋》等。要之，百家之学均为六艺所包孕，观"九家"之学，才可通万方之略。后世独尊儒术，而百家衰替，才有所谓的文集出现，而文集因脱离百家之学而日渐狭隘，才有专门的说经之书，经学与文集分途，文集日益衰敝。这种局面的形成，是与后儒摒弃百家之学的做法分不开的。应该说，恽敬从百家之学与六艺的联系出发，肯定百家之学的重要性，这对突破后儒独尊孔孟具有思想解放的意义。

恽敬从此思路出发，进一步思考文学史上的大家，无不是从百家之学入手。他说：

敬观之前世，贾生自名家、纵横家入，故其言浩汗而断制；晁错自法家、兵家入，故其言峭实；董仲舒、刘子政自儒家、道家、阴阳家入，故其言和而多端；韩退之自儒家、法家、名家入，故其言峻而能达；曾子固、苏子由自儒家、杂家入，故其言温而定；柳子厚、欧阳永叔自儒家、杂家、词赋家入，故其言详雅有度；杜牧之、苏明允自兵家、纵横家入，故其言纵厉；苏子瞻自纵横家、道家、小说家入，故其言逍遥而震动。至若黄初、甘露之间，子桓、子建气体高朗，叔夜、嗣宗情识精微，始以轻隽为适意，时俗为自然，风格相仍，渐成轨范，于是文集与百家判为二途。熙宁、宝庆之会，时师破坏经说，其失也凿；陋儒襞积经文，其失也肤。后进之士，窃圣人遗说，规而画之，睎而斫之，于是经义与文集并为一物。太白、乐天、梦得诸人，自曹魏发情；静修、幼清、正学诸人，自赵宋得理。递趋递下，卑冗日积。是故百家之散当折之以六艺，文集之衰当起之以百家。其高下远近华质，是又在乎人之所性焉，不可强也已。

在恽敬看来，西汉文章大家贾谊、晁错、董仲舒、刘歆，唐代的杜牧及唐宋散文八大家，都是从诸子中的某些派别入手，从而形成自己的文章风格的。浩汗、峭实、端和、峻达、温定、详雅、纵厉、逍遥，这些既是学术个性，也是人格个性，更是文章个性。但是，秦以后，也出现了文集与百家分途的现象，具体表现一是以轻隽为特色的纯文学，二是经义与文集并为一物。这两个路径致使文学家与思想家分离，而文集日益衰敝。恽敬提出的解决办法是"百家之散当折之以六艺，文集之衰当起之以百家"。诸子百家之学术短长，班固《汉书·艺文志》已有评判。恽敬在这些基础上提出以六艺折中百家，而以百家起后世文集之衰，则纯粹是他的发明。此文学主张可谓发前人之未发。

（三）以禅喻文，崇尚法度谨严而又自然天成

恽敬主张为文要有法度，同时又主张自然天成、不露痕迹。他说："古文，文中之一体耳，而其体至正，不可余，余亦支；不可尽，尽则敝；不可

为容,为容则体下。"①这段话的文字颇令人费解,以至于吴德旋说:"(恽敬)论文之语,则仆往往求其解而不可得。……其言:不可尽,不可余。吾不知其所谓尽。以何人之文、之体较之而谓之尽;其所谓余,以何人之文、之体较之而谓之余也。"②虽然难解,结合上下文,恽敬的意思大概是:文不可有意为之,应如先秦诸子文那样,内容第一,文是为了表达内容的。而后世作家常有意为文,成为文第一、内容第二,这样就出现了"余""尽""为容"之病。"余"大概是多余之意,属于无病呻吟、缺少思想内容的文章,因此为"支",也就是枝蔓繁芜之意。"不可尽"大概是说同一类思想内容不可写尽,写尽了,这一类的内容就过时了,所以谓之"敝"。"不可为容"是说不可有意取悦别人,取悦别人就丧失了作家的主体性,以文媚世,斯为"体下"。所以恽敬批评明代王慎中、归有光说:"盖遵岩、震川常有意为古文者也,有意为古文,则平生之才与学不能沛然于所为之文之外,则将依附其体而为之;依附其体而为之,则为支、为敝、为体下,不招而至矣。"③在恽敬看来,真正的古文应是自然天成,心中无一毫有意为文或凭文以取悦世人的念头。

恽敬以禅理来说为文之理。他说:

> 文章之事,工部所谓天成,着力雕镌便觌面千里,俪体尚然,何况散行?然此事如禅宗籈桶,脱落布袋打失之后,信口接机,头头是道,无一滴水外散,乃为天成,若未到此境界,一松口便属乱统矣。是以敬观古今之文,越天成越有法度,如《史记》,千古以为疏阔,而柳子厚独以洁许之。今读伯夷、屈原等列传,重叠拉杂,及删其一字一句则其意不全,可见古人所得矣。至所谓疏古,乃通身枝叶扶疏,气象浑雅,非

---

① (清)恽敬:《上曹俪笙侍郎书》,见《大云山房文稿·初集》第三卷,《四部丛刊》。
② (清)吴德旋:《与王守静论大云山房文稿书》,见《初月楼文钞》第二卷,光绪九年刻本。
③ (清)恽敬:《上曹俪笙侍郎书》,见《大云山房文稿·初集》第三卷,《四部丛刊》。

不检之谓也。敬于此事，如禅宗看话头参知识，盖三十年惜钝根所得不过如此。然于近世文人病痛多能言之，其最粗者如袁中郎等，乃卑薄派，聪明交游客能之；徐文长等乃琐异派，风狂才子能之；艾千子等，乃描摹派，占毕小儒能之。侯朝宗、魏叔子进乎此矣，然枪棓气重；归熙甫、汪苕文、方灵皋进乎此矣，然袍袖气重。能摔脱此数家，则掉臂游行，另有蹊径，亦不妨仍落此数家，不染习气者，入习气亦不染，即禅宗入魔法也。①

这段话以禅理喻文章，未悟之前，处处是障碍；既悟之后，即心是佛，非心非佛，得大自在，纵笔直去，无不自由。这是自然天成的为文境界。这自然天成之中，细看又处处合乎法度。恽敬以《史记》为例，说伯夷、屈原等列传，乍看重叠拉杂，但删其一字，则意思不全，这才是所谓的"洁"。"洁"表现在意思的表达上，并不仅仅在于字句的简省，还表现在法度的严整及其自然天成上。他以此为标准，批评袁枚卑薄，徐渭琐异，艾南英描摹，侯方域、魏禧有枪棓气，归有光、汪琬、方苞有道学家的袍袖气。上述诸家，或表现为缺少法度，或表现为不够天成，都不能算是为文之至境。恽敬理想的文境是能摆脱前人蹊径，得大自由；或者落入前人家数，而不染前人为文之病。就如禅宗一样，即使入魔境，也不受污染，有法度而又超法度。

二、张惠言的散文观

常州词派的开创者张惠言亦以古文见长。惠言为人渊雅，寡欲多思，少为辞赋，拟司马相如、扬雄之言，壮年后为古文，效韩愈、欧阳修，并受友人王灼、钱伯坰的影响，开始学习桐城派古文，著有《茗柯文编》等。

---

① （清）恽敬：《与舒白香》，见《大云山房文稿·言事》第一卷，《四部丛刊》。

（一）标举"意内言外""统乎志，归乎正"的词、赋观念

张惠言《词选序》曾被广泛征引，其于词学高标"意内言外""比兴寄托"，认为作为文体的词是"采乐府之音，以制新律"。但从词源学上，据《说文解字》，"意内言外者谓之词"。言与意的关系，是中国哲学的重要命题。《周易·系辞上》借孔子之口说"书不尽言，言不尽意"，承认言不能完全表达意，但又说"圣人立象以尽意，设卦以尽情伪"。张惠言是《易》学大师，他将《易》学应用于词学理论的建构中，从而为词体正名。据曹虹的研究，《说文解字》释"词"为"意内而言外"，本于孟氏《易》学，而张惠言所研治的虞氏《易》学，实是孟氏《易》学的传承者。张惠言引汉《易》旧说，其目的是将素来被视为"倚声之学"的词与儒家圣道相联系。① 据《周易·系辞下》："夫《易》，彰往而察来，而微显阐幽，……其称名也小，其取类也大，其旨远，其辞文，其言曲而中，其事肆而隐。"张惠言说词"其文小"，但"感物而发"，"各有所归"，其实亦有"取类也大，其旨远"之意义。这样的思路显然是来自《易》学。在他看来，词虽然缘情造端，兴于微言，幽约怨悱，低回要眇，但其本质却近似于《诗》之比兴、变风之义。因此，词虽然为诗之余，却也有诗教的功能。后世作者不明此义，将词引向淫荡靡曼、猖狂俳优，只知雕琢曼饰，实是失去词之本旨。

张惠言既以"意内言外"说词，于是，他常从古人词作中读出比兴寄托、微言远旨。例如，他评欧阳修《蝶恋花》："'庭院深深'，闺中既以邃远也。'楼高不见'，哲王又不寤也。'章台'游冶，小人之径。'雨横风狂'，政令暴急也。'乱红'飞去，斥逐者非一人而已，殆为韩、范作乎？"② 评苏东坡《卜算子》："'缺月'，刺明微也。'漏断'，暗时也。'幽人'，不得志也。'独往来'，无助也。'惊鸿'，贤人不安也。'回头'，爱君不忘也。'无人省'，君不察也。'拣尽寒枝不肯栖'，不偷安于高位也。

---

① 曹虹：《阳湖文派研究》，157页，北京，中华书局，1996。
② （清）张惠言编：《词选》第一卷，清道光十年刻本。

'寂寞沙洲冷'，非所安也。"①这种理解，不免牵强附会。之所以如此，与张惠言以《易》理通词，于词旨求之过深有关。这种批评方式，等于是将汉儒以美刺说《诗》转移到词学上去了。

张惠言不仅以"意内言外"说词，也以这个思维看待赋学。他说：

> 论曰：赋乌乎统？曰：统乎志。志乌乎归？曰：归乎正。夫民有感于心，有慨于事，有达于性，有郁于情，故有不得已者，而假于言。言，象也。象必有所寓。其在物之变化：天之漻漻，地之嚣嚣，日出月入，一幽一昭；山川之崔嵞杳伏，畏佳林木，振硪溪谷；风云霡雾，霆震寒暑；雨则为雪，霜则为露；生杀之代，新而嬗故；鸟兽与鱼，草木之华，虫走蚁趋；陵变谷易，震动薄蚀；人事老少，生死倾植；礼乐战斗，号令之纪；悲愁劳苦，忠臣孝子；羁士寡妇，愉佚愕骇。有动于中，久而不去，然后形而为言。于是错综其词，回互其理，铿枪其音，以求理其志。其在六经则为《诗》。《诗》之义六，曰风、曰赋、曰比、曰兴、曰雅、曰颂。六者之体，主于一而用其五。故风有雅、颂焉，《七月》是也；雅有颂焉，有风焉，《烝民》《崧高》是也。周泽衰，礼乐缺，《诗》终三百，文学之统熄。古圣人之美言，规矩之奥趣，郁而不发，则有赵人荀卿、楚人屈原，引词表旨，譬物连类，述三王之道，以讥切当世；振尘滓之泽，发芳香之邑，不谋同偶，并名为赋。故知赋者，诗之体也。其后藻丽之士，祖述宪章，厥制益繁。然其能者之为之，愉畅输写，尽其物，和其志，变而不失其宗；其淫宕佚放者为之，则流遁忘反，坏乱而不可纪。②

张惠言所谓赋"统乎志，归乎正"，仍是儒家的诗教思想。"有感于心，有慨

---

① （清）张惠言编：《词选》第一卷，清道光十年刻本。
② （清）张惠言：《七十家赋钞目录序》，见《茗柯文编·初编》，清同治八年刻本。

于事，有达于性，有郁于情"属于意内的范畴，表达这些"意"要假借于言辞，这仍是"意内言外"的思路。什么是"言"呢？张惠言说"言，象也"。将言与象联结起来，是说言表现的对象是万物之变化，从天地自然之变幻莫测，到人生百态、礼乐征伐，无不是言所表现的对象。因此，若要表现赋家之志意，必须"错综其词，回互其理，铿枪其音"，也就是说，要讲求文辞的华美，音韵的铿锵，理趣的深沉。张惠言认为，《诗经》的六义是相互贯通的，主于一而用其五，不能机械地将六义分割开来。荀卿、屈原作赋深知其义，所以他们的赋有《诗经》的传统。后世者赋家，其能者也能继承这个"意内言外"而托于象的传统，但偏离此传统者则流遁忘返，不统于志，不归于正，割裂言与意的关系，走向淫宕佚放之途。

总之，张惠言的词、赋观念一方面将词、赋两种文体和儒家征圣观念结合起来，另一方面也没有放弃"言"托于象所自在的文学性。词、赋讲究藻饰、韵律，具有形式上的唯美追求。赋与骈文的关系更是密切。张惠言早年曾致力于辞赋，这对他的古文理论有深刻的影响，使他没有像桐城派那样对骈文存有偏见并将其摒于古文之外，而是将辞赋、骈文的某些长处结合到古文中来。

（二）对古文之"道"与"法"的理解

据张惠言《送钱鲁斯序》，乾隆戊申（1788），友人钱伯坰告诉张惠言："吾尝受古文法于桐城刘海峰先生，顾未暇以为，子盍为之乎？"[①]张惠言时年28岁。又据其《文稿自序》："余少学为时文，穷日夜力，屏他务，为之十余年，乃往往知其利病。其后好《文选》辞赋，为之又如为时文者三四年。余友王悔生，见余《黄山赋》而善之，劝余为古文，语余以所受于其师刘海峰者。为之一二年，稍稍得规矩。"[②]由这两段材料可知，张惠言至少在28岁之前以治时文和辞赋为主，此后听从了朋友的鼓励，开始接触桐城家

---

① （清）张惠言：《送钱鲁斯序》，见《茗柯文编·二编》，清同治八年刻本。
② （清）张惠言：《文稿自序》，见《茗柯文编·三编》，清同治八年刻本。

法,以治古文。为了更好地写好古文,首先面临"明道"的问题。所以张惠言说:"余之知学于道,自为古文始。"①由是可知,张惠言开始虞氏《易》学、郑玄《礼》学的研究,目的是为了求古文中的道。"文以贯道"是唐宋八大家的传统,也是桐城派的传统。但张惠言受当时汉学的影响,对于"道"的理解与桐城派大有不同。他说:

> 已而思古之以文传者,虽于圣人有合有否,要就其所得,莫不足以立身行义,施天下致一切之治。荀卿、贾谊、董仲舒、扬雄,以儒;老聃、庄周、管夷吾,以术;司马迁、班固,以事;韩愈、李翱、欧阳修、曾巩,以学;柳宗元、苏洵、轼、辙、王安石,虽不逮,犹各有所执持,操其一,以应于世而不穷。故其言必曰"道"。道成而所得之浅深、醇杂见乎其文,无其道而有其文者,则未有也。故乃退而考之于经,求天地阴阳消息于《易》虞氏,求古先圣王礼乐制度于《礼》郑氏,庶窥微言奥义,以究本原。已而更先太孺人忧,学中废。嘉庆之初,问郑学于歙金先生。三年,图《仪礼》十卷,而《易义》三十九卷亦成,粗以述其迹象,辟其户牖,若乃微显阐幽,开物成务;昭古今之统,合天人之纪;若涉渊海,其无涯涘。贫不能自克,复役役于时,自来京师,殆又废弃,呜呼!②

这段话说古代的文家都各自有其"道"在。张惠言列举了荀卿、贾谊、董仲舒、扬雄、老聃、庄周、管夷吾、司马迁、班固、李翱以及唐宋八大家,说他们各有各的"道",因此也就呈现出各有各的"文"。上述人物的道有深浅、醇杂,但如果缺失了道,文是肯定不传的。于是张惠言先从求道做起,"求天地阴阳消息于《易》虞氏,求古先圣王礼乐制度于《礼》郑氏,庶窥微

---

① (清)张惠言:《文稿自序》,见《茗柯文编·三编》,清同治八年刻本。
② (清)张惠言:《文稿自序》,见《茗柯文编·三编》,清同治八年刻本。

言奥义,以究本原"①。 可见,张惠言求的"道"是汉学家的道,不同于桐城派程朱理学的道。

道的问题解决之后,剩下的就是写古文的技法了。 在这点上,张惠言也很注意向桐城派学习。 他在《送钱鲁斯序》中说:

> 今年夏,余自歙来杭州,留数月。一日,方与客语,有頯然而来者,则鲁斯也。其言曰:"吾见子古文,与刘先生言合。今天下为文,莫子若者,子方役役于世,未能还乡里,吾幸多暇,念久不相见,故来与子论古文。"鲁斯遂言曰:"吾曩于古人之书,见其法而已。今吾见拓于石者,则如见其未刻时;见其书也,则如见其未书时。夫意在笔先者,非作意而临笔也。笔之所以入,墨之所以出,魏、晋、唐、宋诸家之所以得失,熟之于中而会之于心。当其执笔也,緅乎其若存,攸攸乎其若行,冥冥乎,成成乎,忽然遇之,而不知所以然,故曰意。意者,非法也,而未始离乎法。其养之也有源,其出之也有物,故法有尽而意无穷。吾于为诗,亦见其若是焉,岂惟诗与书,夫古文亦若是则已耳。"呜呼! 鲁斯之于古文,岂曰法而已哉? 抑余之为文,何足以与此! 虽然,其惓惓于余,不远千里而来,告之以道,若惟恐其终废焉者。呜呼! 又可感也!②

钱伯坰(鲁斯)是张惠言接触桐城派的引路人。 桐城派对如何写好古文有一整套可操作的方法,除文以明道之外,对于唐宋八大家文章的剪裁熔炼、结构章法、波澜意度都有精深的揣摩和领会。 对于初学者而言,学其文章作法能较快入门。 文中所述钱鲁斯的话,实也可以代表张惠言对古文写作方法的认识。 钱鲁斯以书法喻文法,他说从前研究古人的书法,喜欢揣摩其书写方法,揣摩到一定程度,进入了化境:看到从石碑上拓下的文字,即可想象其

---

① (清)张惠言:《文稿自序》,见《茗柯文编·三编》,清同治八年刻本。
② (清)张惠言:《送钱鲁斯序》,见《茗柯文编·二编》,清同治八年刻本。

未刻之时;看到前代名家留下来的书法作品,即可想象其未书写时书家的情意。"夫意在笔先者,非作意而临笔也",从笔看出意,意在笔先,有法而又无法,这才是法的化境。要达到这种化境,前提是对魏、晋、唐、宋诸书法家的笔法烂熟于心,这样,在写字时才能写出自己的意趣、自己的风格。从写成的书法作品中,似乎看到有法,但又好像无法,无法而未尝离法,这种自然而又不知所以然的状态,便是意在笔先。学诗与学文都是此理。钱鲁斯此言实际上是说,要写好古文,先要烂熟历代古文大家的法度,然后运之于心,又不受这些法的束缚,才能意在笔先,似无法而又未尝无法,写出天然意境的优美古文。讲求古文写作方法是桐城派一贯的家法,在这一点上,张惠言可谓心领神会。

三、李兆洛的散文观

李兆洛(1769—1841),字申耆,晚号养一老人,阳湖人。嘉庆九年(1804)以第一名中举,翌年成进士,授翰林院庶吉士,散馆任凤台知县,治县七年而大治。以父忧去职,遂不复出,在江阴暨阳书院主讲多年,培育人才甚众。为学不分汉宋,以心得为主,精于校雠、史地、历算、金石翰墨诸学,学尚博览,人称"近代通儒,一人而已"。[①] 著有《历代地理志韵编今释》二十卷,《养一斋集》三十四卷等。

(一)调和骈散的文学思想

自乾嘉以来,汉学家与宋学家不仅学术上对立,而且在什么是"文"的观念上也产生了分歧。乾嘉时期的骈散文体之争,其实也是汉宋之争的一个副产品。宋学家尊崇宋学,文统上以唐宋八大家以及先秦两汉的散体文为楷模。散体文早在清初就得到清廷的提倡。昭梿考察清初的上谕,其中有一

---

① (清)魏源:《武进李申耆先生传》,见《魏源集》,361页,北京,中华书局,1976。

段文字说:"本朝列圣家法,……惟命词臣视草诰制,又以骈体肤阔,陈陈相因,所谓依样葫芦者,真无济于实事也。"① 可知至少在乾隆朝之前,朝廷文告还是以倡导质朴文风为主。方苞心目中的古文就是唐宋八大家式的散体文,这也适应了清初文风的转变。至乾嘉时期,姚鼐编《古文辞类纂》,以选本的样式来维护文统,弃骈文于古文之外,即使有骈体气味的散文也予以摒弃。他在该书序中明确提出:"古文不取六朝人,恶其靡也。"桐城派的人物也多不喜骈体,如姚鼐弟子梅曾亮说:

> 骈体之文,如俳优登场,非丝竹金鼓佐之,则手足无措;其周旋揖让非无可观,然以之酬接,则非人情也。②

汉学家崇尚汉学、排斥宋学,附带也瞧不起桐城派所推崇的宋人文章,以汉魏六朝的骈体文为古文的正统。至乾嘉时期,骈文伴随着汉学的复兴,形成了与古文相对抗的文体。张之洞《书目答问》所列"体格高而优"的清代骈文二十家中,乾嘉朴学家几占一半,如孔广森、汪中、孙星衍、阮元、洪亮吉、凌廷堪等,这些人物不仅是朴学大师,同时也是骈文高手。他们不仅作骈文,还从理论上证明只有骈文才是古文的正统。如号称"汉学护法"的阮元,对"文"的确切含义作了重新界定。在他看来,孔子所作的《易·文言》、子夏所作的《诗序》都是骈句,这才是真正意义上的"文",而唐宋八大家和时下桐城派"惟以单行之语,纵横恣肆,动辄千言万字,不知此乃古人所谓直言之言,论难之语,非言之有文者也,非孔子之所谓文也"。(《揅经室集·三集·第二卷》)他进一步指出:"千古之文,莫大于孔子之言《易》。孔子以用韵比偶之法,错综其言,而自名曰文。何后人之必欲反孔子之道而自命曰文,且尊之曰古也?"(《揅经室集·三集·第二卷》)这些

---

① (清)昭梿:《上谕馆》,见《啸亭续录》第一卷,清钞本。
② (清)梅曾亮:《复陈伯游书》,见《柏枧山房全集》第二卷,清咸丰六年刻,民国补修本。

话，无异于以反孔子的罪名来否定唐宋八大家及桐城派的古文的合法性了。汉学家认为的"文"，是萧统《文选序》所说"事出于沉思，义归于翰藻"式的骈文。他们普遍责难唐宋八大家中断了骈文的传统，背离了孔子的文统。凌廷堪在《书唐文粹后》中责难韩愈的古文是文之别派，不是文章的正宗。他对韩愈的论文和朱熹的论学同时进行抨击，其目的在于否定桐城派的整个文统。①

李兆洛主张汉宋调和，如其《养一斋集》中屡有主张："深造自得，不分别汉宋"②，"不为汉宋门户"③，"参究汉宋，融会程朱"④，等等。对于骈散文体，他也一样主张调和，这在其《骈体文钞序》中有集中的表达。在李兆洛看来，如果散体文为奇，那么骈俪体便是偶，骈散兼行，合于天地阴阳之道。天地分阴阳、迭用柔刚，那么文章之道也应该兼用骈散，骈散相杂方可称之为文。李兆洛通过考察从《六经》到隋唐文体的变迁，发现三代及秦汉文体已是骈散兼行，直至六朝，骈文才独立出来。他认为，散体文与骈文同源而殊流，骈文家与散文家歧奇与偶为两路都失之一偏。"毗阳则躁剽，毗阴则沉膇"，是说有阳无阴，则失之轻躁悍戾；有阴无阳，则失之滞重，少飞扬之气。只有阴阳兼行才有中和之美，阴阳对应骈散。因此，他主张写文章要迭用骈散，以去散体之躁剽、骈体之沉膇之病，从而取得中和之美。

基于这个观念，李兆洛编《骈体文钞》，将秦汉文作为骈体的源头，所以选了大量的秦汉文章。其中有38篇文章与姚鼐所选《古文辞类纂》中的篇目重合，如果不计辞赋类7篇，李兆洛所选几乎全是秦汉之文。姚鼐所视为古文的，李兆洛视之为骈文。韩愈曾倡言"非三代两汉之书不敢观"（《答李翊书》），古文家所倡言的古文源自秦汉文，这为人们所熟知。但李

---

① 参见武道房：《汉宋之争与曾国藩对桐城古文理论的重建》，载《文学遗产》，2012（2）。
② （清）李兆洛：《附监生考取州吏目庄君行状》，见《养一斋集·文集》第十四卷，道光二十三年活字本。
③ （清）李兆洛：《跋包文在易玩》，见《养一斋集·文集》第七卷，道光二十三年活字本。
④ （清）李兆洛：《徐怡亭〈周易〉慎思序》，见《养一斋集·文集》第二卷，道光二十三年活字本。

兆洛将秦汉文视为骈文,实为奇异之见,也不易为人所接受。如其友人庄绶甲就对李兆洛将司马迁的《报任安书》、诸葛亮的《出师表》选为骈文提出异议,李兆洛在《答庄卿珊》一文中作了详尽的解释。在他看来,秦汉文是后世散体文和骈文的源头,所以称之为古文可,称之为骈文亦可。他之所以将秦汉文视为骈文,乃是不满今之古文家(桐城派)只宗唐宋八大家,而不敢宗两汉。学唐宋文又只学其小,不能学其大,芜陋不文,纵笔直言,便可家家有集,人人著书,似乎成为古文家太容易了。而秦汉子书都是骈散兼行,《老子》《管子》《韩非子》骈句较多,人无异议,司马迁《史记》以及诸葛亮的文章亦散中有骈,六朝骈文的源头即在于此。所以,李兆洛的《骈体文钞》其实是针对桐城派的,当然也指向汉学家的骈体派。他对二者的观点进行调和,一方面可以使文章避免六朝骈文的靡曼之弊,另一方面又可避免桐城文家"单行之语,动辄千万言"的率易之病。李兆洛理想中的文,是"云汉之倬也,虎豹之文也,郁郁也,彬彬也,非是谓之野"。他批评桐城派:"孤行一意也,空所依傍也,不求工也,不使事也,不隶词也,非是谓之骈。"①只散无骈,极易陷入粗俚轻率,这样的古文是没有文学价值的。但李兆洛也反对那些仅以齐、梁文为骈文的狭隘观点,其将骈文等同于四六,而不知骈文实源于秦汉文,骈散本为一途。

因此,李兆洛的骈散兼行的文章学思想实是对桐城古文家法的突破,对扭转桐城派末流肤廓窳弱的文风有现实意义,在文学理论上也有创新价值。

(二)"义充则法自具"的义法说

李兆洛在《答高雨农书》一文中说:

> 古文义法之说,自望溪张之。私谓义充则法自具,不当歧而二之。

---

① (清)李兆洛:《附代作〈骈体文钞〉序》,见《养一斋集·文集》第八卷,道光二十三年活字本。

文之有法，始自昌黎，盖以酬应投赠之义无可立，假于法以立之，便文自营而已。习之者遂借法为文，几于以文为戏矣。宋之诸儒，矫之以义，而讲章、语录之文出焉，则又非也。《荀子》曰："多言而类。"兹毋乃不类矣乎？八股义取语录，法即古文之流弊。今又徒存其法，则不类之尤者也。抱此鄙陋，故每有所述，称心而言，意尽辄止，不足与于古文之数也。然犹牵率时俗，为不由中之言，只益赧然。先生志力淳笃，辞气雍和，而又洞明经纶，深识时变，言必有益于世，真不朽之业矣。而先生之意欲然若更求进者，此不当于文字求之也，志伊尹之所志，学颜子之所学，古之人有言之者矣，今亦有得之者焉，此又不能于人求之也。①

李兆洛不同意方苞的义法之说，他认为方苞将文章的"义理"和写作方法打为两橛。在他看来，义理充实，则方法自具。李兆洛以意为主，追求"称心而言，意尽辄止"。他还分析了方苞之求"法"源于韩愈，但韩愈之法实因其酬应投赠之文，义无可立，借法以立之，以便写作此类文体。而后世学者不明此意，也去"借法为文"，因刻意求法、刻意求文之工，反而使文章失去自然情致，尽似乎以文为戏了。宋儒不满这种文学游戏，专门以讲章、语录以求"义"，又走向另一个极端，使文章失去文采，这也是不可取的。明代出现八股文，其目的初在校"以文为戏"和语录讲章质木无文之弊，但发展到后来，"义"无明，只剩下讲求形式的"法"，从而使"义"与"法"脱节，所为文多言不由衷，成为失去生气的文字。所以，李兆洛认为法不可求，义与法本为统一，"志伊尹之所志，学颜子之所学"，如果学实有得，法度自备。这就是他"义充则法自具"的真实含义。

李兆洛反对"借法为文"，是针对桐城派末流而言的。一味去揣摩法

---

① （清）李兆洛：《答高雨农书》，见《养一斋集·文集》第八卷，道光二十三年活字本。

度，忽视文章的思想内容，则极容易纠缠于"一挑一剔，一含一咏，口牙小慧"式的方法处理，所成就的只能是庸劣肤浅之作。所以李兆洛主张博学和实有所得、主张人品与文品的统一，他说"古所谓文者，温润缜密有玉德焉"。① 对于那些德润于内、发言于外的学者，他是充满敬佩的。例如，李兆洛作《桐城姚氏姜坞惜抱两先生传》，对姚范和姚鼐的德与言极为推崇："君子所尚，躬行而知行之难，然后其心坦以谧，其气潜以温，其识宏以淳，而其言自不得不切。凡为言者皆宜如是也。……两先生之躬行同也，故不言文而其言立。"李兆洛认为，二姚的文之所以能立，关键在于他们的思想境界高远，义充而言立。他还感慨说"读先生（二姚）遗书，求得行事始末，恨不得在弟子之列，故私录其概，时观省焉"。② 萧穆、刘声木据此认为李兆洛曾师事姚鼐"受古文法"，并将李兆洛看成是桐城派中人。其实已有研究认为，李兆洛转益多师，不仅恨不为二姚弟子，也"恨不奉手教于"汪中等人。③ 他的文学观念与桐城派的差异较大，他之所以这样说，是为了说明"义充而法自具"之理。

四、陆继辂的散文观

阳湖派是一个以宗亲与师友关系为基础形成的文学流派，具有鲜明的地域性。张惠言、张琦为同胞兄弟，张氏兄弟与陆继辂、董士锡为宗亲关系；陆继辂与陆耀遹为叔侄，又与周仪暐是表亲，与庄逵吉、庄曾仪、洪饴孙是姻亲。他们和恽敬、李兆洛等文士志同道合，常常相与箴规切劘，其文学思想颇有共同之处；由于人生际遇不同，性格、气质各异，其文学思想又同中有异，各具特色。

---

① （清）李兆洛：《答屈侃甫》，见《养一斋集·文集》第十八卷，道光二十三年活字本。
② （清）李兆洛：《桐城姚氏姜坞惜抱两先生传》，见《养一斋集·文集》第十五卷，道光二十三年活字本。
③ 曹虹：《阳湖文派研究》，207页，北京，中华书局，1996。

在阳湖派作家中，陆继辂（1772—1834）笃志好学，才敏过人，然遭遇坎坷，颇多失意、伤心之事。幼年失怙，家计窘迫，体弱多病，频殇子嗣，科场又屡屡受挫。嘉庆五年（1800）中举后，八次应礼部试皆落榜，先后入阮元、曾燠、李廷敬幕中，直到四十六岁方获合肥县学训导一职，又过了十四年才升任江西贵溪县知县。继辂中年"致力为古文，不苟依傍，而通达事理"，取得了较高的成就，其文"洋洋乎如千顷波，而劲气昭质，充然炯然，按之皆有物"。① 有《崇百药斋文集》二十卷、《崇百药斋续集》四卷、《崇百药斋三集》十六卷等存世。

生而孤贫、偃蹇不遂的陆继辂对文学的理解和认识大致可分为四个方面：第一，是文学的功用和价值。首先，他没有囿于"文以载道""兴观群怨""诗言志""诗缘情""发愤著书"等观念，而是站在哲学的高度予以思考、理解。一方面，他坦承文学乃"祸人之具"，指出"伊诗人之遭际，恒少达而多穷"②；而为文者，上至"司马相如、扬雄之徒"，"下至苏轼、秦观辈"，"或坐致穷困"，"而王勃、李贺至以夭死"。③ 可见，文学往往会使人穷困潦倒，甚至是英年早逝，真是祸人匪浅。另一方面，他又提出一个发人深省的问题："自古魁伟闳达之士，有濡首溺志终其身为之而不厌者矣，岂皆以遇之穷而借以抒其湮菀之气耶？"④尽管文学带来的常常不是幸运和福气，但古往今来，仍有无数魁伟闳达之士为之呕心沥血，乐此不疲。他们难道只是为了抒发心中的不平愤懑之气？不然。"陈思、昭明身为天子之弟，若子则又何所不可好而尽心于此，如是其专且勤也"？⑤ 还有贤人君子，"其才分各有所优绌，而或挟一端以自引重，则荒江老屋之间，有薄卿相而不为者矣"。⑥ 可见，他们致力于文学并不仅仅是为了抒发一己之情。那么，他们

---

① （清）董士锡：《崇百药斋诗文集叙》，见《齐物论斋文集》第二卷，清道光二十年江阴暨阳书院刻本。
② （清）陆继辂：《丙子祭诗文》，见《崇百药斋文集》第二十卷，清嘉庆二十五年刻本。
③ （清）陆继辂：《百衲琴谱序》，见《崇百药斋续集》第三卷，清道光四年合肥学舍刻本。
④ （清）陆继辂：《长洲程君诗序》，见《崇百药斋续集》第三卷，清道光四年合肥学舍刻本。
⑤ （清）陆继辂：《长洲程君诗序》，见《崇百药斋续集》第三卷，清道光四年合肥学舍刻本。
⑥ （清）陆继辂：《七家文钞序》，见《崇百药斋续集》第三卷，清道光四年合肥学舍刻本。

为什么如此沉迷于文学？文学的力量到底在哪里？ 在《百衲琴谱序》一文中，陆继辂指出：

> 自皋文、传永、子居之亡，二三子意思衰飒，或多病，即于文学亦稍颓矣。呜呼！岂天之生此数人者，初未尝措意耶？抑恐其文之成，将抉摘幽隐足以泄天人神鬼妖魅灵怪之秘，而百计以致其澌灭耶？

在他看来，文学的力量和价值在于"抉摘幽隐足以泄天人神鬼妖魅灵怪之秘"。所谓"天人神鬼妖魅灵怪之秘"，指的是宇宙与生命的本质与法则，直接关系到人类存在的根本问题和终极问题。 很显然，陆继辂的可贵之处在于他站得更高，能够从哲学的高度把握文学的功能和价值。 正因为文学的功能在于探索、揭示宇宙与生命的奥秘，才能释放出强大的魅力，引得无数文学家竞相投身其中，即便放弃荣华富贵，华发早生，乃至困顿终生，身染沉疴，都无怨无悔。 而文学家们或穷，或病，或亡，也正是因为探索并揭示了宇宙与生命的奥秘而招致上天的惩罚。 从这一点来看，文学所起到的作用比齐家治国更为重要。 因此，陆继辂感叹："岂天之生此数人者，初未尝措意耶？"不过，陆继辂遗留了一个问题没有解答：既然造物者早已降大任于斯人，为什么又恐其文"抉摘幽隐"，进而惩罚他们？ 似有矛盾之处，有待于进一步思考。

其次，以自身和同道的人生际遇为基础，陆继辂对文学家的使命形成了非常细致而独到的理解。 其《百衲琴谱序》曰：

> 忆余与丙季(祝百五)定交，在乾隆乙酉之岁。丙季兄子常(祝百十)年二十有七，最长，次张宛邻(琦)，次吴仲甫(廷岳)，次丙季，次庄传永(曾仪)，次丁若士(履恒)，次余及余从子劲文(耀遹)，尔时识疏而志大，挟其一隅之见，几以为天下士尽于此矣。久之，子常女兄之婿薛画水(玉堂)来自无锡，宛邻之兄皋文(张惠方言)暨皋文之友恽子居(恽敬)

归自都下,而李申耆(兆洛)、吴仲伦(德旋)最后至。此十数人者,其所自期待与所相勖勉,岂尝沾沾求以文辞自见哉!已而仲甫溘逝,画水、皋文、申耆先后成进士,留官京师,亦卒,不显;子居令浙东,尤见摧抑;其他诸子与余各谋衣食于四方。于是始有身世寥落、死生离合之感动乎其中,思托于洸洋恣肆、铿锵清越之文,以自抒其郁勃慨慷之气。盖至余及子常之年,诸子皆怃然愿为文人,以自慰于没世矣。

昔者李元宾年不及三十,德业未有成就,而退之铭其墓,乃以为才高乎当世,而行出乎古人。自非退之之言,足以取信于百世,亦孰从而知元宾者。今世既未见退之其人,无可托以身后,而一时无聊,遣日比于博弈之所为,或反不幸而不与草木同腐。则后世之见知,将在乎是?呜呼,不其可悲也哉!嘉庆庚辰,余司训合肥;其明年,画水来守庐州;丙季偕至。叩其从前所谓郁勃慨慷之作散佚殆尽,而集句之词,以其子私录之故仅存。余颇怼其不自收拾,丙季笑而无言。呜呼,孰使吾丙季遗弃一切,乃至自比于汉阴河上之伦以终老耶?则虽才高乎当世,行出乎古人,将并世之人有所不能信,而千载而下,复何论耶?因又自恨吾文之不足以传吾友,而皋文之殁,为造物者有意夺其魁以挠败之,非偶然也。虽然,以皋文之学之成诚无憾于命之不延;而传永表里纯白,确然负入道之资,已夺其年,又斩其嗣,抑又何耶?余既贤长能辑录父书,益感念先友,泫然流涕,聊追昔踪书之卷,端以讯画水、丙季,其亦有相对泛澜,而不能自已者耶。[1]

因为志存高远,陆继辂与同道们并不"沾沾求以文辞自见"。然而,当他们饱经世间的沧桑,对生命有了更为深刻的把握,内心激荡着一股"身世寥落、死生离合之感"后,发而为文,便"洸洋恣肆、铿锵清越",成"郁勃慨慷之作"。然而,尽管在文学上有所成就,诸子却并不能成名于当时、流芳

---

[1] (清)陆继辂:《百衲琴谱序》,见《崇百药斋续集》第二卷,清道光四年合肥大学舍刻本。

于后世，张惠言、庄曾仪更是遭到天谴。面对坎坷的命运，他们虽心有不甘，但仍然"愿为文人"，并为此感到欣慰。其《与赵青州书》云：

> 故君子之于文，亦自竭其才与识焉已耳，后世之毁誉非所计也。若斤斤焉誉之是趋，而毁之为避，则必有所迁就、畏缩也，而才与识皆无由以自达其于文也，不已隘乎？①

文学家必须不避毁、不趋誉，"自竭其才与识"，才能够无所迁就和畏缩，从而达到"抉摘幽隐"之目的。可见，文学家的使命有两层内涵：其一，文学家必须走出书斋，在现实人生的大风大浪中挣扎沉浮，切身感受客观世界，穷心尽力，生发出充沛的感情，唯有如此，才能准确把握宇宙与生命的奥秘。其二，文学家不应以余力为文，而当全身心投入，殚精竭虑，无所保留。这就要求文学家有不求闻达、殉身不恤的献身精神。应该强调的是，陆继辂和他的同道并非借令言以博虚名，而是言行相顾，慎终犹始，这是值得我们钦佩的。

第二，为了维护文学的价值和尊严，他敢于指出名家与朋友的过失，体现出强烈的责任感和使命感。其《与吴仲伦书》云：

> 论文诸篇俱有精鉴，然亦有似是而实非者。姬传续出之文，颇有违心徇人之作，而序惕甫集为尤甚。足下服姬传过当，知其言之失而将蒙不知文之诮也。曲为护前之说，以为反言讥之。夫君子之于文也，恶有所谓反言者哉？……姬传之誉惕甫为不知文邪，吾知其非也；为知之而姑以谀辞，厌其请邪。后世误信其言，虽日取惕甫之文而读之，而师之，其咎亦止于破坏文律而已也。自足下之论出，而操觚之士谄事显达，恣为面欺，理绌辞穷，则皆有以自解曰"吾固反言以讥之，如姚姬

---

① （清）陆继辂：《崇百药斋之集》第十四卷，清嘉庆二十五年刻本。

传之于王惕甫云尔"。而姬传又素所称刚且介者,则其流弊复何可救正乎!

向者皋文之论文也,以足下与洋溟相提并论,然其言进退予夺,昭昭可辨;子居论文,以足下与惕甫相提并论,即不免小徇凌沧之意,继辂尝读之而不能平。

继辂于足下及惕甫、洋溟皆有平生之故,何所厚薄于其间,而独为足下争名哉?诚惧后世作者无所适从而文律紊乱而不可治也。今足下欲正惕甫之文,又欲文姬传之过,将以一言两利而俱存之,盖未之深思也。且足下引韩子之文为证,则又不然。樊绍述文、表、笺、状、策以至器物杂铭都六百十一篇之多,度其文有故为艰涩者,有文从字顺者,韩子恐后世好奇之士或误取之也。……足下乃谓姬传之意,读惕甫文者自当知之,姬传何由知惕甫之文之必为后人所见而俟其自悟邪?如不幸而不传,其虚誉固已在天壤矣。继辂观惕甫他作,自有不能泯灭者,不必龂龂于古文之一涂,挟姬传以自取重。姬传既已违心徇人,亦不足深咎。惟足下此论,阿谀逢合之徒将恃以为口实,故特辨之如此。恃足下厚爱,言之太过亦不复涂改,倘蒙采听,将翻然去其故谭,而益慎其新箸,俾得附于门徒校勘之役,幸甚。[1]

王芑孙(号惕甫)不擅古文,欲借名家之誉而博取时名。 姚鼐(姬传)碍于情面,曲意逢迎。 吴德旋(仲伦)一向推重姚鼐,意欲文饰其非。 陆继辂直言其过,一恐后世作者受其误导,致使文律紊乱;二恐文士沾染阿谀恶习,破坏学风和文风。 中国自古为人情社会,诤友少而损友多。 陆继辂能直言批评、规劝,可谓语重心长,足见其正直、坚定之品行。 这是从事文学批评必不可少的。

第三,陆继辂继承美人香草的传统,揭示词等文体的抒情特征,并进一

---

[1] (清)陆继辂:《崇百药斋续集》第三卷,清道光四年合肥学舍刻本。

步讨论了"文"的重要性,认识到意言双美、情文并茂才称得上理想境界。

陆继辂论词一向服膺张惠言,"好持张氏之说以绳天下之词"。① 张惠言标举"意内言外",其《词选序》云:"传曰:'意内而言外谓之词。'其缘情造端,兴于微言,以相感动,极命风谣里巷男女哀乐,以道贤人君子幽约怨悱不能自言之情,低回要眇,以喻其致。"②张惠言从《国风》《离骚》等篇章中汲取了不少思想资源,力主比兴寄托,认为词作应以里巷男女的悲欢离合寄寓君子内心深处最幽微、最婉曲、最悲怨、最微妙、最低回又难以表达的情感,主要表达怀才不遇、抑郁不平的心绪。

除了词,陆继辂对诗文的情感特征也有不少阐述,其《史半楼诗序》云:"且夫人与人相接而后有聚处之乐,有聚处之乐则必有离别之悲,有离别之悲则必有笺疏之往复,以接其阔绝而通其忧愫。又况我之于我一旦将委弃于亡何有之乡,离别之悲莫悲于此矣。"③《泗水兰言录序》云:"一篇之成,一韵之叶,小称意必小称之,大称意必大称之,因而知交传诵,邻里诧观。大足以悦亲,小足以娱友,精足以修治其性情,粗足以发抒其意气。"④关于中国文学的抒情特征,前人论之甚为详尽,但陆继辂立足于生活和人性,显得朴实、真诚,亦是自具特色。

如何发挥文学的抒情功能? 对此陆继辂亦颇有思考,可总结为三点。其一,主张陶冶性情。《徐寿伯诗序》云:"今夫欲工其诗者,必先自治其性情。"⑤养成了饱满、真诚、丰厚的性情,其文"滔滔清便,不为空疏繁缛之辞",自然不可埋没。⑥ 其二,强调文采的重要性。 陆继辂认为,君子为文,当"自竭其才与识",但才与识都不能"自达其于文"。 何谓"文"? 他指出"夫文者,说经、明遭、抒写性情之具也,特文不工,则三者皆无所

---

① (清)陆继辂:《冶秋馆词序》,见《崇百药斋续集》第三卷,清道光四年合肥学舍刻本。
② (清)张惠言:《茗柯文编·二编》上卷,清同治八年刻本。
③ (清)陆继辂:《崇百药斋文集》第三卷,清嘉庆二十五年刻本。
④ (清)陆继辂:《崇百药斋续集》第三卷,清道光四年合肥学舍刻本。
⑤ (清)陆继辂:《崇百药斋续集》第三卷,清道光四年合肥学舍刻本。
⑥ (清)陆继辂:《箧馀集序》,见《崇百药斋三集》第十一卷,清道光八年刻本。

附丽。故札记出而说经之文亡,语录出而明道之文亡,何者? 言之无文,则趋之者易也"。"文"乃"抒写性情之具",为情之附丽。言之有物还不够,情深、意重而文工,方能两擅其美。如何才能做到言之有物、有文? 他主张博采众家、众体之长,反对偏执于一端而不及其他的褊隘之见。在《与赵青州书》一文中,他指出:"江、鲍、徐、庾、韩、柳、欧阳、苏、曾,何必偏有所废乎? 治古文者往往薄四六为不屑,为甚者斥为俳优侏儒之技,入主出奴之见,亦犹考据、辞章两家,隐然如敌国,甚可笑也。"①各家、各体皆有所长,转益多师方是正途。基于这一认识,他对方苞提出了非常严厉的批评:

> 溺宋学而诋汉儒,至言訾謷程朱类多绝世不祀。甚哉! 方氏之陋也。夫以程朱之贤,虚怀求道于生前,而伐异党同,私为祸福于身后,吾恐方氏之诬罔,较之訾謷者而获罪为尤甚也! 且世之诋汉儒者,岂其情哉! 汉儒实事求是,其学不能一蹴而至。惟空言性命,则旦夕可以自命为圣人之徒,故畏难者群然趋之。②

汉学实,宋学虚,二者都不应摒弃。其《丙子祭诗文》序云:"综八代以论才,参三唐而辨格,稍变本于昌黎,渐离宗于修、轼,诚饮水兮思源,基定志而调息。"③融八代、三唐、两宋之学、之文的优长为一体,并以此为源头,将取之不竭,亦用之不尽。这才是文学生生不息并发扬光大的保证。
其三,倡导文心百变,尊重异音、独旨。其《论诗二首示刘大》第二首云:"殊方斯异音,适口有独旨。文心矧百变,各各成厥是。陋儒思立名,始辄恣诃诋。及观所叹赏,大率与己似"。④陆继辂的态度非常明确,他反对众

---

① (清)陆继辂:《崇百药斋文集》第十四卷,清嘉庆二十五年刻本。
② (清)陆继辂:《删定望溪先生文序》,见《崇百药斋文集》第十四卷,清嘉庆二十五年刻本。
③ (清)陆继辂:《崇百药斋文集》第二十卷,清嘉庆二十五年刻本。
④ (清)陆继辂:《崇百药斋文集》第三卷,清嘉庆二十五年刻本。

口一词、千篇一律，表现出对个性的赞赏和追求。

第四，陆继辂从人性、人情出发，主张女性创作的权利。嘉庆二十一年（1816）秋冬间，陆继辂编辑亡妻钱惠尊（字诜宜）诗作，题曰《五真阁吟稿》，并为之写序。序曰："吾闻诸儒家者曰：'妇人不宜为诗。'斯言也，亦几家喻而户晓矣。顾尝有辨之者，至上引《葛覃》《卷耳》以为之证。夫《葛覃》《卷耳》之果出于自为之与否，未可知也。则妇人之宜为诗与否，亦终无有定论也。抑吾又闻诗三百篇皆贤人君子忧愁幽思不得已而托焉者也。夫人至于忧愁幽思不得已，而托之于此，宜皆圣人之所深谅而不禁者，于丈夫、妇人奚择焉。"[1]陆继辂对"妇人不宜为诗"的观点提出质疑，其前提是承认女性和男性一样，也是具有存在价值的人。从这一点出发，他指出，男人内心有忧愁幽思，可以托文字抒发，妇人也有同样的权利。不仅如此，他还进一步结合父子、夫妻之情强调女性的创作权。惠尊早年丧母，既嫁事姑谨，二十六年来一直含辛茹苦、任劳任怨。倘若坚持"妇人不宜为诗"的古训，惠尊对家庭、丈夫和孩子的爱与内心的愁苦之情都无从表达，必将导致"父子之恩终不得达，夫妇之爱终不得通，而忧愁幽思之蕴结于中者，亦终不可得而发抒也"。陆继辂从夫妻之情出发，转而体谅女性的痛苦、尊重女性的权利，表现出可贵的人文精神。

由上可知，陆继辂的文学思想覆盖了文学观、创作论和批评论等诸多方面。在借鉴前人成就方面，他提倡广泛参究，不限于某代、某家，也不片面否定骈文，这是与阳湖派诸子的共通之处。其特异之处在于能够超越实用主义的文学价值观，在现实功用和审美价值之外，特别强调文学探索并认识世界的作用，重视文学家的使命，并且不流于空谈，通过诚恳的批评将之落到实处。更难得的是，他主张女性表达自我情感的权利，并为她们大声呼吁，以获取更为广泛的关注和支持。总之，陆继辂是一个颇有人文情怀的文学家

---

[1] （清）陆继辂：《五真阁吟稿序》，见《崇百药斋文集》第十四卷，清嘉庆二十五年（1820）刻本。

和理论家,其文学思想深刻而独到,在清代嘉道年间有着比较突出的价值和意义。

◎ 第三节
桐城派后学的散文观——以梅曾亮、方东树、姚莹为中心

在桐城派传衍的历史进程中,姚门弟子梅曾亮、方东树、姚莹地位显要,他们不仅笃守师说,继承桐城派关于义理、考据、辞章三者相济的精髓,而且各有阐扬,对桐城派的发展和其学说的传播发挥了重要作用。

一、梅曾亮的散文观

梅曾亮(1786—1856),原名曾荫,字伯言,又字葛君,号相月斋居士,江苏上元(今南京)人,原籍安徽宣城,著有《柏枧山房文集》《诗集》《文续集》《诗续集》《骈体文》,编《古文词略》二十四卷。出身于书香世家,祖辈为清代著名数学家梅文鼎,其父梅冲为嘉庆五年(1800)举人,母侯芝亦有诗才,曾手订弹词《再生缘》。梅曾亮于道光二年(1822)中进士,此后入安徽巡抚邓廷桢与江苏巡抚陶澍之幕,于道光十四年(1834)任户部郎中,居京期间文名渐盛,治古文者多从其问法,俨然有引领文坛之势,桐城文法赖以不坠。在桐城派后学中,他的古文理论较有特色,其主张表现在两个方面,一是强调因时而变,一是注重性情之真。

桐城派之所以能成为一个流派,程晋芳、周书昌总结其原因是"有所法而后能,有所变而后大"(姚鼐《刘海峰先生八十寿序》),既强调取法前人,又不墨守成规。方苞的义法说、刘大櫆的神气说、姚鼐的古文理论,都

强调变化前人之法,而且也能随着时世的变化而作出理论的调整。梅曾亮从理论上思考文章为何因时而变,在《答朱丹木书》中他说:"窃以为文章之事,莫大乎因时。立吾言于此,虽其事之至微,物之甚小,而一时朝野之风俗好尚,皆可因吾言而见之。使为文于唐贞元、元和时,读者不知为贞元、元和人,不可也;为文于宋嘉祐、元祐时,读者不知为嘉祐、元祐人,不可也。韩子曰:'惟陈言之务去。'岂独其词之不可袭哉!夫古今之理势,固有大同者矣,其为运会所移、人事所推演而变异日新者……其言亦已陈矣。"运会的推移、时代的变化、人事的推演、古今的理势不外一个变字,惟变而能日新,类似明前后七子模拟前人的为文之法是不通时变的。因此,为文不仅要去陈言,其所表现的内容也要能见出所生活的时代,因时而变是为文的根本原则。在《复邹松友书》中他也说:"居文学之职,其用心习技,必以古为师,是习钟鼎文以书试卷,必不售矣。"学古不化,必定要为时代所淘汰。当然,梅曾亮也不完全反对学习古人,他认为文章之所以为文章,关键在于"一气",而欲得其气,"必求之于古人,周秦汉及唐人文其佳者,皆成诵乃可"。但学习古人并非目的,而是为了更好地服务自己的写作,所以他强调学古与自身之所有的结合,"夫气者,吾身之至精者也。以吾身之至精,御古人之至精,是故浑合而无有间也"(《与孙枝房书》),以自身之精气,运古人之精气,如此才能达到混合无间的境地。这就是之前所言"有所法而后能,有所变而后大"的精义所在,既有所继承,又因时而变。梅曾亮明确提出这个观点,是桐城派发展至道咸以后,为适应时代的需要而主动寻求的变通。

因时而变不仅是和时代的变化相联系,也和作者的不同有关。模拟派强调古人性情为上,故而强调学古,却失去自我;梅曾亮强调时代的变化,凸显时代的特色,而时代的载体则是个人,也就是作者,于是作者特色的彰显就顺理成章了,作者性情之真的表现也被他看作为文的重要问题。在《太乙舟山房文集序》中他说:

见其人而知其心,人之真者也;见其文而知其人,文之真者也。人有缓急刚柔之性，而其文有阴阳动静之殊，譬之查梨橘柚，味不同而各符其名，肖其物，犹裘葛冰炭也。极其所长，而皆见其短。使一物而兼众味与众物之长，则名与味乖，而饰其短，则长不可以复见，皆失其真者也。失其真，则人虽接膝而不相知；得其真，虽千百世上，其性情之刚柔缓急，见于言语行事者，可以坐而得之。盖文之真伪，其轻重于人也，固如此。

梅曾亮认为，文之可贵，在于其真。由文不仅可以知道作者的缓急刚柔之性，亦可知其所长所短。因为文真实地表现了作者的性情，所以尽管时移世易，千百世后读其文，仍有与作者相对的真实感。梅氏也强调学古，但他不以学古为贵，"夫诗，亦何必不奇、不博、不新、不异者，而必贵乎古人，何也？曰：吾非贵古，贵古能得其真。"（《朱尚斋诗辑叙》）他之所以贵古人，是认识到古人之诗之真，着眼点还是在"真"字上。《黄香铁诗序》虽论诗，实亦通于文，他说："物之可好于天下者，莫如其真也。人之境百不同也，境同而性情不同，则其诗舍境而从心；心同而才力不同，则其诗隐心而呈才。境不同人不同，而诗为之征象，此古人之真也。境不同人不同而诗同焉，是天下人之诗，非吾诗也。"人与物相同，都以真为贵。因为境不同、心不同，故而诗也不同，这就是诗之真；若境不同、心不同而诗相同，则是天下人之诗，而见不出个人的性情，此非诗也。《吴笏庵诗集序》称吴之诗能做到"吾一人之性也"，吴氏能使其性"的然呈露于文字声律之间，而人皆以为境如是情如是者，千万人而不得一也。幸而得之，则其人之神理，系万世而不竭。吾之境，非人之境也；情，非人之情也。吾不自肖其情，安知不肖乎人之情？人则舍其情，而以吾之自肖其情者为同乎人之情，此吾所以于先生诗而得其人也。然则诗有不能得其人者，何也？得丧不能齐，而自讳其真也"。梅氏、吴氏均认为能得性情之真的诗并不多见，所以做到了真，则其诗必流传于后世。强调真，是梅曾亮文学主张的一大特色。杨钟羲《雪桥诗话·余集》云："温明叔侍郎及惜抱之门，与梅伯言甲乙科皆同榜,自谓实师事之。谓伯言论诗,以真为贵。"揆诸梅氏言论,此言信自不诬。

二、方东树的散文观

方东树(1772—1851),字植之,别号副墨子,又号仪卫老人,安徽桐城人。方东树幼承庭训,聪颖好学,自幼便对桐城古文之法歆慕不已,年纪稍长时拜姚鼐为师。方东树少有用世之志,但多次赴考失利,道光七年(1827)后便不再应试,一生无缘功名。其在四十岁后专注于研习义理,著《汉学商兑》以对抗汉学家诬诋程朱之风,文辞斐然,论锋敏锐,自此声名大震。其一生以授徒为主,客游四方,著有《仪卫轩文集》《昭昧詹言》《老子章义》等。

方东树论文首先强调"立本",将"本"与程朱理学紧密结合起来。同时,他又能立足于救时济世,并不一味空谈。"夫唐以前无专为古文之学者,宋以前无专揭古文为号者。盖文无古今,随事以适当时之用而已。"[1]在《答叶溥求论古文书》一文中,他言明文章之本正在于经济与德业:

> 抑又尝论,欲为文而弟于文求之,则其文必不能卓然独绝,足以取贵于后世。周、秦及汉,名贤辈出,平日立身,各有经济德业,未尝专学为文,而其文无不工者,本领盛而词自充也。故文之所以不朽天壤万世者,非言之难,而有本之难。若夫所以为之之方,一朝讲而毕也。[2]

方东树在论"道"或论"文"时,强调经世致用、建功立业。基于这点,他对同门姚莹及"官文书"都作出高度评价,"石甫平居以贾谊、王文成

---

[1] (清)方东树:《书惜抱先生墓志后》,见《考槃集文录》第五卷,清光绪二十年刻本。
[2] (清)方东树:《答叶溥求论古文书》,见《考槃集文录》第六卷,清光绪二十年刻本。

自比其学，体用兼备，不为空谈，故其文皆自抒心得，不假依傍。"①推崇"有用""有物"之文，"谓随时取给之文，但使有用，即与作者无异，则自东汉至于今，工为致用之文，不几千百人，而何以都不传于后，而独此寥寥数作者，光景常新，久而不敝，而为人所循诵法传乎？可知文章之道，别有能事，而不得以不知而作者强预之也。"②

同时，方东树论文重"法"，实质为看重古文的写作技法，"夫有物则有用，有序则有法；有用尚矣，而法不可背。"③他肯定桐城派评点之学的传统，认为识精者所作之圈点批评能帮助后辈学人识得文法。当然，他强调于道、法之外，还要注重"善因善创"，不能一味承袭古人。

三、姚莹的散文观

姚莹（1785—1853），字石甫，号明叔，晚号展和，安徽桐城人。姚莹于嘉庆十二年（1807）中举，次年为进士，后南游广东，嘉庆二十一年（1816）起，在福建、江苏任州县地方官。道光十八年（1838），为台湾兵备道，后因抗英被逮，贬官至四川，又罚入藏，道光二十八年（1848）归里。咸丰元年（1851），奉旨赴广西暂理军务，先后任广西、湖南按察使，参与镇压太平天国运动，不久病死于军中。著有《中复堂全集》。

姚莹其学体用兼备，不为空谈。因身处国家内忧外患之际，文论中体现出强烈的重经世致用的思想。

首先，他对"道"很重视，对"文""道"关系多有阐发。姚莹认为"文成而道以立"，认同"文以载道"这一传统论调：

> 且夫文章莫大于六经风雅典谟，既昭昭矣。说者谓善学者得其道，

---

① （清）方东树：《姚石甫六十寿序》，见《仪卫轩文集》第五卷，清同治七年刻本。
② （清）方东树：《〈切问斋文钞〉书后》，见《仪卫轩文集》第六卷，清同治七年刻本。
③ （清）方东树：《〈切问斋文钞〉书后》，见《仪卫轩文集》第六卷，清同治七年刻本。

不善学者猎其文。吾以为不得其道,即文亦乌可得哉?……诗文者,艺也,所以为之善者,道也。道与艺合,气斯盛矣。文与六经无二道也。诗之与文尤无二道也。①

尤其重视对儒家之道的阐扬,突出文正人心、纯风俗的社会功能,并强调文与道间的紧密联系:

天下之公也,文、德一人之私也。道足以继先哲,功足以被来兹,若此者已不必传,天下传之文者,载道以行,舍道以为文,非文也,技耳;技不足传君子。若夫德修于身,所以成已,非以为名。②

当然,在姚莹的言说体系中,"道"有着更为丰富的内涵,不仅仅包括经史子集等经典义理:

古之学者学道以正其心,今之学者学文以害其心。学道日益上,至于贤圣忠孝之极而止。学文日益下,至于弇鄙猥琐之极而止。甚矣,古今人之相远也!虽然,文之至者必近道,非知道者不能为,则文成而道以立。夫文成而道立,则其于心也何害?古之学者闭户而诵之,群萃而讲之,或三年,或五年,或七八年,若是,其专且久也。今之学者,诵读讲习专久同,而所以为学非也。古之学者志在道,故以忠信则学,以孝弟则学,以事君敬长、明礼而通其义则学。今之学者志在文,苟可以为荣则学,苟可以为利则学,故文非文也,务为浮薄诡谲以悦人而已。③

---

① (清)姚莹:《复杨君论诗文书》,见严云绶、施立业、江小角主编:《桐城派名家文集·6·姚莹集》,124~125页,合肥,安徽教育出版社,2014。
② (清)姚莹:《与张阮林论家学书》,见严云绶、施立业、江小角主编:《桐城派名家文集·6·姚莹集》,40页,合肥,安徽教育出版社,2014。
③ (清)姚莹:《赠王栻序》,见严云绶、施立业、江小角主编:《桐城派名家文集·6·姚莹集》,29~30页,合肥,安徽教育出版社,2014。

还包括才、学、识等因素,体现出其文论思想中开明、包容的一面:

> 古之君子必有高天下之识,不可一世之气,胞与民物之量,尘垢轩冕之怀,蔼然忠信岂弟之质,益以博览周稽上下古今典籍之所载,阅历山川形势之险夷,风俗人民情伪之同异,恢恢其广也,渊渊其深也,犁犁其辨也,肫肫其实也;出则达之而著为事功,退则存之而诧为文章,故精诚不朽、滂浃宇宙。①

可以看出,姚莹继承了桐城派的义法说,提倡以文明道,但赋予了"道"更为丰富、实际的内涵。

其次,他提倡经世之学。姚莹所重之道在桐城前辈的基础上,更为注重切实的经世之学,这与他独特的经历、交往和身处的时代背景紧密相关。其在《黄香石诗序》中说:"文章之大者,或发明道义,陈列事情,动关乎人心风俗之盛衰。"②姚莹将"经济天下"和"救时"凸显出来,并付诸实践。他在《与吴岳卿书》中明确提出读书作文之要端有四:"曰义理也,经济也,文章也,多闻也。"③并多次在文章中重视经济之学:"海内名人先达,生平闻见多矣,精考订或拙于文章,工辞翰又弱于气节。至于经济世务,益多迂曲鲜通。"④他倡导重视经济世务的文章之学,并且其个人创作也明显带有这一特点:

---

① (清)姚莹:《送余小颇守雅州序》,见严云绶、施立业、江小角主编:《桐城派名家文集·6·姚莹集》,285页,合肥,安徽教育出版社,2014。
② (清)姚莹:《黄香石诗序》,见严云绶、施立业、江小角主编:《桐城派名家文集·6·姚莹集》,112页,合肥,安徽教育出版社,2014。
③ (清)姚莹:《与吴岳卿书》,见严云绶、施立业、江小角主编:《桐城派名家文集·6·姚莹集》,120页,合肥,安徽教育出版社,2014。
④ (清)姚莹:《与陈恭甫书》,见严云绶、施立业、江小角主编:《桐城派名家文集·6·姚莹集》,132页,合肥,安徽教育出版社,2014。

植之先生同时友，才最大者，惟姚石甫先生。虽亲炙惜抱，而亦能自出机杼，洞达世务，长于经济。植之先生称其义理多创获，其论议多豪宕，其辨证多浩博，而铺陈治术，晓畅民俗，洞极人情。先生自谓其文博大昌明，诚有然也。文事虽未精，而有实用。①

因身处国家内忧外患之际，姚莹所撰游记、随笔乃至人物传记等，都常关乎当时的现实斗争，尤以那些通识时事的议论文最为突出，包括论治台之术的《答李信斋论台湾治事书》《复梅伯言》，论制夷之道的《与陆制军书》《复光律原书》《候林制军书》等，都是他洞达世务、长于经济的有力证明。这种观念还常常渗透到他对别人作品的品评中。姚莹赞赏贾谊、司马迁、曹植、杜甫、韩愈、陆游等有着忠义之节、仁孝之怀、任天下于一身之先贤，论文重功利实用：

夫文无所谓古今也。就其雅驯高洁、根柢深厚、关世道而不害人心者为之，可观者诵，则古矣。非是，而急求华言以悦世人好誉，为之虽工，斯不免俗耳。唐以前论文之言，如曹子桓《典论》、陆士衡《文赋》、挚虞《文章流别》、刘彦和《文心雕龙》，非不精美，然取韩昌黎、柳子厚、李习之诸人论文之言观之，则彼犹俗谛，此未易为浅人道也。②

此外，在经世致用思想的影响下，姚莹论文的另一个显著特点为多悲愤之思，提倡沉郁顿挫之风，这是他与桐城派前辈很不一样的地方：

然是奇也，大抵有所为而后发，有所为非困顿沉郁、势极情至而不可已，则发之也浅，其成之也不可以大而久。……非困穷忧患，则圣人

---

① （清）方宗诚：《桐城文录序》，见《柏堂集·次编》第一卷，清光绪刻本。
② （清）姚莹：《复陆次山论文书》，见严云绶、施立业、江小角主编：《桐城派名家文集·6·姚莹集》，282~283页，合肥，安徽教育出版社，2014。

之遇不奇，非绝无仅有则宇宙之奇不泄，诸子亦各以其穷为其奇而不朽。盖从古无安常处顺坐致富贵而能奇者，斯其与草木同腐也固宜。①

姚莹后因反抗侵略被诬入狱，接连遭到贬谪，于困顿中对司马迁的怨愤不平有了更为切实的理解。因此，他在《康輶纪行》中直接言明文章妙处全在沉郁顿挫，认为古代大家之所以能做出不朽之文，不仅是因为他们本身关心世务、博古通今，还与他们身处困穷险阻之境有关。这一主张明显继承了司马迁"发愤著书"、韩愈"不平则鸣"等理论，也是道光年间一批有志之士的共同意向。

◎ 小　结

嘉道时期学术与乾隆朝联系紧密，如果将嘉庆时期成名的学人学谱稍微梳理，就可发现很多在乾隆朝已经进士及第，而在嘉庆时期才得以展露辉煌，因而从学术脉络上分析，乾嘉时期本质上是不可决然划分的。然而嘉道时期，无论是在经济还是在文化方面，都有新的局面。此时期，时局动荡，社会问题复杂，这些外在因素都推动文学、学术快速变革，因而在汉宋之争的视域外，又有新的社会焦点和话题，以致汉宋调合成为此时期最为主要的基调。

因地缘因素，常州阳湖派文人得以集聚，形成影响一时的文学现象。而在文派形成之前，常州一地学术自有传统，明代唐顺之已经将古文的种子播撒于常州地区，带动常州一地古文写作风气。另外，毗邻七子也对常州一地

---

① （清）姚莹：《答张亨甫书》，见严云绶、施立业、江小角主编：《桐城派名家文集·6·姚莹集》，132页，合肥，安徽教育出版社，2014。

文学有极大影响，共同建构起地域文化的传统，因而在接受桐城古文时，阳湖派成员能够很快融入古文圈子。此外，联姻也在文学的类聚中起到一定的作用，这种以姻亲为纽带，同时辅以师承的渊源，带动周边学术的发展，形成淡于宗派的松散的学术组织。

在阳湖文派内，恽敬、张惠言、李兆洛、陆继辂成就最为突出。恽敬为文重视文本内涵，主张"内容为本，技巧为末"，而这与桐城派所论"义法"有相似之处。义法说侧重"言有物"和"言有序"，二者又有轻重之分。方苞即重视"义"，也即"言有物"。恽氏此论，与桐城派文论一脉相承。他还主张"以六艺为折中，以诸子起文集之衰"的观念，这就突破了桐城古典文系的范畴，在文统与道统方面折射出新的内涵。此外，他还"以禅喻文，崇尚法度谨严而又自然天成"，这更是桐城派文论之外的别响，也体现出阳湖文派对古文自身的思考。张惠言在古文上也有一定成就，他于文与道中体悟古文的意蕴，而他所言之道多侧重于汉学家之道，与程朱之理似有隔阂。尽管在"道"方面与桐城派有一定距离，但他擅长从桐城派中汲取营养，琢磨古文的法度，这也极大地促进了他的古文创作。然而，张惠言的真正成就在于词学方面，声名卓著。他是常州词派的领军人物，标举"意内言外""统乎志，归乎正"的词、赋观念，在清代词坛独树一帜。李兆洛的古文成就超过恽敬与张惠言，魏源称赞其为"近代通儒，一人而已"，足见他的文学造诣。他的古文思想，侧重于汉宋调和。在李兆洛的学术生涯中，最为知名的当属《骈体文钞》的编纂，这个选本被视为可与姚鼐所编《古文辞类纂》相抗衡。从其选本中能够透露出他的文学思想，即将秦汉文作为骈体的源头，有其独到之处，也被后人转相接受。在文论义法方面，李兆洛还主张"义充则法自具"的理念，言外之意是并不用单独标举"法"，这也对桐城派文论提出挑战。陆继辂与张惠言家族、董士锡、庄氏等有联姻的关系，又与恽敬、李兆洛志同道合，因而在文论方面有趋同之处，特别是在词学方面与张惠言有共同的趣味。然而，他也有一些独到见解，如对女性创作权利的重视和呼吁，使他的文论带上了特有的光彩。

这一时期的桐城派中人，还继续在古文方面耕耘。梅曾亮在道咸之际俨然古文宗师，在京师掀起古文创作的热潮，岭西五家、曾国藩、新城二陈等均与之交游。在新时期，他对义理、考据、辞章也有一些新的发展，在其文论中有很好的体现。同为姚门四杰之一的方东树因无功名，主要是入幕为宾，然他对文论的见解超出常人，不仅关注儒学内部的精蕴，还涉及佛学思考，儒释二者都能在他身上找到踪迹。他的这种习文路径，与姚鼐极为类似。姚鼐晚年也性耽佛学，从佛学要义中体悟文学的奥旨，而这在方东树身上得到最好的传承。姚莹的文学思想也受族祖姚鼐的陶冶，特别是在经世致用方面，他的表现最为鲜明。后来曾国藩将姚莹所倡"经济说"进一步发扬光大，极大地扩展了桐城派的后期格局，同时姚鼐在桐城派中的地位也得到进一步的巩固，周作人即称姚鼐为桐城派定鼎的"皇帝"。其实，在这三人之外，桐城派成员还有很多，如刘开、管同、陈用光等，他们不仅在文论上有创获，而且能各抒所长，在诗学、经学、子学等多个领域都有一定的贡献，这也是值得重视的地方。

第十八章
嘉庆、道光年间的骈文思想

嘉道年间骈文选本大量出现，是清代骈文思想形成期的重要表现之一，而且真正具有文体意义的"骈文"概念在这一时期才开始流行。嘉道年间骈散趋于融合的局面，使人们对骈文与古文之间的关系有了新的认识。虽然骈文是文之正宗的观点曾一度流行，然骈散合一观更符合文学发展的规律，终于成为骈散双方普遍接受的观点。

◎ 第一节
概　述

嘉道之际，古文与骈文相互抗衡的力量都更进一步地壮大起来。这主要是指桐城派的古文壁垒更为完善坚固；与此相对，褒赏骈体的呼声有所提高，也更为切实。最具标志意义的事，莫过于姚鼐《古文辞类纂》与李兆洛《骈体文钞》的相继刊刻行世。

骈文承乾隆朝高度发达之后继续在嘉庆时期发力，其中较著者有凌廷堪、朱珪、胡浚、李兆洛、刘嗣绾、杨芳灿、方履钱、董佑诚等,李祖陶在《国朝文录自序》中甚至慨叹"嘉庆朝骈文盛行,古文予不多见"。 随着骈文创作的进一步繁荣,不少骈文已不局限于其固有的经营领域,"清代一些骈文家既有意与古文家争席乃至争文统,凡六朝人已用骈体来写的体裁固然用骈体来写;唐宋古文家所开拓的文章领域,他们也试图用骈体来写"。① 强调骈散表达内容上的一致是维护骈文生存发展的一条重要路线。 乾隆帝曾在《御选唐宋文醇序》中指出:"夫十家者,谓其非八代骈体云尔,骈句固属文体之病,然若唐之魏郑公、陆宣公,其文亦多骈句,而辞达理诣,足为世用,则骈又奚病?"②孙梅亦强调范仲淹、令狐楚骈文具有经世精神,又以饱满的热情称颂《文心雕龙》《文赋》《诗品》《史通》等为"论说之精华,四六之能事"。③ 如果说乾隆帝与孙梅尚是在历史中寻找证据,以树立创作的风标,那么这条路线延续到嘉庆时期,便开始与现实创作互动。 与创作的这一新形势相同步,有些理论家在肯定骈文与散文异途同源的前提下,又强调两种文体具有共同的表述功能,如彭兆荪《荆石山房文序》云:"有唐一代,斯体尤崇,颖达以之叙经,房乔用之论史,其与散著途异源同。"④据孙星衍《仪郑堂遗稿序》载,孔广森曾寄书信予其外甥朱沧湄云:"骈体文以达意明事为主,不尔,则用之婚启,不可用之书札;用之铭诔,不可用之论辩,直为无用之物。 六朝文无非骈体,但纵横开阖,一与散体文同也。"⑤

在创作业绩和理论声势方面,骈文在这一阶段都已经积累了相当深厚的基础,其旧有的卑体形象大大得到缓解。 嘉庆三年(1798),吴鼒辑《八家

---

① 马积高:《清代学术思想的变迁与文学》,109 页,长沙,湖南人民出版社,2002。
② (清)爱新觉罗·弘历:《御选唐宋文醇序》,见《钦定四库全书》第 1447 册集部,100 页,上海,上海古籍出版社,1987。
③ (清)孙梅:《四六丛话》卷二二,见《续修四库全书》第 1715 册集部,452 页,上海,上海古籍出版社,2002。
④ (清)彭兆荪:《荆石山房文序》,见《小谟觞馆文续集》卷一,《清代诗文集汇编》第 492 册,182~183 页,上海,上海古籍出版社,2010。
⑤ (清)孙星衍:《仪郑堂遗稿序》,见《孙渊如外集》,《清代诗文集汇编》第 436 册,299 页,上海,上海古籍出版社,2010。

四六文钞》刊行，书名之为"八家四六"，有与唐宋八大家古文抗衡之意。嘉庆十一年（1806），曾燠辑《国朝骈体正宗》刊行。倡古文者以道统或文统之正自待，"正宗"之名似乎属于古文。曾燠选编当代骈文而以"正宗"为其书名，透露出对骈体活力的信心。他在《国朝骈体正宗》"序言"中指出："古文丧真，反逊骈体；骈体脱俗，即是古文。迹似两歧，道当一贯。近者宗工叠出，风气大开……康衢既辟，不回墨子之车；正鹄斯悬，以待由基之矢。"①在这样的背景下，阮元、阮福父子等人以为骈文才可以叫作文，说是孔子解《易》，于乾坤之言，自名曰文，此千古文章之祖，且遵之曰古，俨然要和古文家争文章正统。

另外，骈文的不利因素亦在嘉道年间凸显，故于道咸之际，此体复衰。嘉道之际，学术上，"在上之压力已衰，而在下之衰运亦见。汉学家正统如阮伯元、焦里堂、凌次仲，皆途穷将变之候也"②；文学上，姚鼐不为汉学之风所靡，独尊宋儒学说，专主古文，"君子之文也，达其辞则道以明，昧于文则志以晦，鼐之求此数十年矣。瞻于目，诵于口，而书于手，较其离合而量剂其轻重多寡，朝为而夕复，捐嗜舍欲，虽蒙流俗讪笑，而不耻者。以为古人之志远矣，苟吾得之，若坐阶席而接其音貌，安得不乐而愿日与为徒也"。③姚鼐编《古文辞类纂》一书，隐然归纳出他直承方苞、刘大櫆，近法明归有光、远绍唐宋八大家的文统。他还以其主讲的书院为基地，传授古文法，培养和影响了一大批文士。经姚鼐数十年的经营，清代古文在继乾隆朝短暂的消歇之后，于嘉道之际形成勃发态势。曾国藩对此评价云："当乾隆中叶，海内魁儒畸士崇尚鸿博，繁称旁证，考核一字，累数千言不能休，别立帜志，名曰'汉学'，深摈有宋诸子义理之说，以为不足复存，其为文尤杂寡要。姚先生独排众议，以为义理、考据、词章三者不可偏废，必义理为

---

① （清）曾燠：《国朝骈体正宗序》，见《赏雨茅屋外集》，《丛书集成续编》第192册，779页，台北，新文丰出版公司，2004。
② 钱穆：《中国近三百年学术史·自序》，2页，北京，中华书局，1986。
③ （清）姚鼐：《复汪进士辉祖书》，见《惜抱轩全集》卷六，《续修自库全书》集部第1453册，45页，上海，上海古籍出版社。

质,而后文有所附、考据有所归,一编之内,惟此尤兢兢。 当时孤立无助,传之五六十年,近世学子稍稍诵其文,承用其说。"①姚鼐门派意识甚强、门徒众多,其时之古文声势已非昔日方苞、刘大櫆可比,乾隆朝朱梅崖所感慨的那个"今世讲古文者益少,坠绪茫茫,旁绍为艰"②、"盖自古文废绝,非独其人不世出,间有出者,而世亦不知重之。 治须臾之富贵而弃古人所云三不朽者,苟告以子云、退之大儒之业,干干日夕,汲汲之胸,固有所不暇听也"③的时代已经结束。 基于此,更多人调和骈散对立,主张骈散合体,不应分家,如李兆洛、谭献诸人的主张便是。

◎ 第二节
阮元的骈文观念

骈散之争是清代骈文理论的核心议题,就这一议题,近人陈子展总结为三种主张:"有的以为骈散并尊,不宜歧视"、"有的以为骈文才可以叫做文"、"有的以为骈散合体,不应分家"。④ 其中,独尊骈文的代表人物阮元值得关注。

阮元(1764—1849),字伯元,号云台,一作芸台,又号雷塘庵主,晚号揅经老人、怡志老人,江苏仪征(今扬州)人,著名经学大师。 乾隆五十四年(1789)进士,身历乾隆、嘉庆、道光三朝,官至浙江、河南、江西巡

---

① (清)曾国藩:《欧阳生文集序》,见《曾文正公诗文集》文集卷三,《续修四库全书》第1537册集部,610页,上海,上海古籍出版社,2002。
② (清)朱梅崖:《答族弟和鸣书》,见《梅崖居士文集》卷二九,278页,沈阳,辽海出版社,2015。
③ (清)朱梅崖:《林太翁八十寿序》,见《梅崖居士外集》卷三,332页,沈阳,辽海出版社,2015。
④ 陈子展:《中国文学史讲话》下册,263~264页,上海,北新书局,1937。

抚,任湖广、两广、云贵总督等职,历任礼部、兵部、户部、工部侍郎,体仁阁大学士、太子太保,归田后又晋加太傅,卒谥号文达。阮元曾自誉"三朝阁老,九省疆臣",在经史、小学、天算、舆地、编纂、金石、书学、文献、校勘、教育、科技等多个领域都有非常高的造诣,著有《经籍纂诂》《畴人传》《小沧浪笔谈》等。他提出的骈文理论,对同时代古文家的文学观念是一种彻底颠覆。

一、多元辩护理论

清代文坛曾一度流行崇散行而薄骈偶的风气,陆继辂《与赵青州书》说:"治古文者往往薄四六为不屑为,甚者斥为俳优侏儒之技,入主出奴之见,亦犹考据、辞章两家隐然如敌国,甚可笑也。"①骈文爱好者在宣泄"甚可笑"之类的不满情绪外,也提出具有一定理论深度的学理性依据来维护骈文的地位,据笔者总结,不外乎以下四种方式。

方式之一:以天地万物作比附,从骈体符合宇宙自然之理角度对骈文作了肯定。袁枚《胡稚威骈体文序》云:

> 文之骈,即数之偶也,而独不近取诸身乎?头,奇数也;而眉目,而手足,则偶矣。而独不远取诸物乎?草木,奇数也;而由叶而瓣鄂,则偶矣。山峙而双峰,水分而交流,禽飞而并翼,星缀而连珠,此岂人为之哉?②

方式之二:利用人们尊古的心理,宣扬骈文导源于六经。丁泰《与张海

---

① （清）陆继辂:《与赵青州书》,见《崇百药斋文集》卷一四,《续修四库全书》集部第1496册,684～685页,上海,上海古籍出版社,2002。
② （清）袁枚:《胡稚威骈体文序》,见《袁枚全集新编第五册·小仓山房文集》卷十一,226页,杭州,浙江古籍出版社,2015。

门论骈文书》云：

> 圣人法天人之文而为文者，其言莫古于《易》，而乾坤、父母与坎离、震艮、巽兑，画卦无非对者。推而论之《诗》，《诗》也，而有"角枕锦衾"、"三百九十"之文；《书》、《史》也，而有"旸谷幽都"、"孤桐浮磬"之文，至左氏之传、戴氏之记，往往杂排比于散行之中，特其气朴茂，不形其为对偶耳。

方式之三：展现骈文独特的魅力，提倡文学功能的多元化，以消解骈文无用论。齐召南《绿罗山庄全集序》云：

> 所憾乎骈体者，谓其华而鲜实，似而非真，未究本原，徒工藻饰。用之谈理则未足以释圣经；纪事则未足以操史笔云耳。若夫词、赋、制、诰、表、章、序、记、书、启、哀、诔诸文，只取达意，亦堪立诚。引古证今，取物连类，则音如铿金戛玉，吹竹弹丝，岂不胜于瓦缶之操土？风采若麟翔凤骞，虎变龙腾，岂不胜于鸡豚之游村落也哉？①

方式之四：强调骈散两种文体具有共同的表述功能，骈体也可以用来谈艺论史。吴鼒《八家四六文钞序》云：

> 敷陈士行，蔚宗以论史；钩扶文心，彦和以谈艺。而必左袒秦汉，右居韩欧，排齐梁为江河之下，指王杨为刀圭之误，不其过欤！②

---

① （清）齐召南：《绿罗山庄全集序》，见《宝纶堂文钞》卷四，《丛书集成续编》第129册集部，976页，上海，上海书店，1994。
② （清）吴鼒：《八家四六文钞序》，见吴云编：《历代骈文名篇校注》，607页，天津，天津古籍出版社，2008。

上述四种方式中，前两种在论证思维上大致未出刘勰《文心雕龙·丽辞》篇之窠臼，后两种是清人在当时文学发展格局下的新阐发，有力地充实了我国传统的文论宝库。骈文维护者多能举上述之一二，或略有变通。

在当时盛行的几种为骈文辩护的理论之外，阮元通过对"文"概念的考证、界定，将古文逐出"文"的家园，捍卫骈文独立为文的地位，极大地廓清了骈文发展的空间与前景。

阮元以其特有的敏锐洞察力与汉学家的学术理路，提供了另一种方式。《文言说》云：

> 要使远近易诵，古今易传，公卿学士皆能记诵，以通天地万物，以警国家身心，不但多用韵，抑且多用偶。……于物两色相偶而交错之，乃得名曰"文"，文即象其形也。（《考工记》曰：青与白谓之文；赤与白谓之章。《说文》曰：文，错画也，象交文）。然则千古之文莫大于孔子之言《易》，孔子以用韵比偶之法错综其言，而自名曰"文"，何后人之必欲反孔子之道而自命曰"文"，且尊之曰"古"也？[1]

《文言说》综合运用了社会学以及乾嘉汉学家擅长的文字、音韵之学及人们尊圣崇经的心理，从源头上厘清"文"概念的含义。"文"概念一旦明晰，骈文为文学之正宗也就成了逻辑的必然："自齐梁以后，溺于声律，彦和《雕龙》渐开四六之体，至唐而四六更卑，然文体不可谓之不卑，而文统不得谓之不正。"[2]正是在这个意义上，备受时人鄙视的八股文被阮元认为"真乃上接唐宋四六为一脉，为文之正统也"。[3] 反之，古文的"文"性，甚至

---

[1] （清）阮元：《文言说》，见《揅经室集三集》卷二，《续修四库全书》第1479册集部，197页，上海，上海古籍出版社，2002。
[2] （清）阮元：《书梁昭明太子文选序后》，见《揅经室集三集》卷二，《续修四库全书》第1479册集部，198页，上海，上海古籍出版社，2002。
[3] （清）阮元：《书梁昭明太子文选序后》，见《揅经室集三集》卷二，《续修四库全书》第1479册集部，198页，上海，上海古籍出版社，2002。

概念本身都遭到了阮元的质疑:"然则今人所作之古文,当名之为何? 曰:凡说经讲学,皆经派也;传志记事,皆史派也;立意为宗,皆子派也。惟沉思翰藻,乃可名之为文也。非文者,尚不可名为文,况名之曰古文乎?"①又《与友人论古文书》云:"《选序》之法,于经、子、史三家不加甄录,为其以立意纪事为本,非沉思翰藻之比也。今之为古文者,以彼所弃,为我所取,立意之外,惟有纪事,是乃子、史正流,终与文章有别。"②

阮元正名明义的文言说,在对抗上,较之以前任何为骈文呐喊的言论更为强烈;在策略上,通过六朝文学观念的回溯以佐成其说,对于古文是一次釜底抽薪式的打击。阮元明确"文"概念后,非常赞成骈文渊薮《昭明文选》的编选原则,并视为同道知己而为之辩解。《书梁昭明太子文选序后》云:

> 昭明所选,名之曰"文",盖必文而后选也,非文则不选也。经也、子也、史也,皆不可专名之为文也,故《昭明文选序》后三段特明其不选之故。必沉思翰藻,始名之为文,始以入选也。或曰:昭明必以沉思翰藻为文,于古有征乎? 曰:事当求其始。凡以言语著之简策,不必以文为本者,皆经也、子也、史也。言必有文,专名之曰文者,自孔子《易·文言》始。传曰:"言之无文,行之不远。"故古人言贵有文。孔子《文言》,实为万世文章之祖。此篇奇偶相生,音韵相和,如青白之成文,如咸韶之合节,非清言质说者比也,非振笔纵书者比也,非佶屈涩语者比也。是故昭明以为经也、子也、史也,非可专名之为文也;专名为文,必沉思翰藻而后可也。③

---

① (清)阮元:《书梁昭明太子文选序后》,见《揅经室三集》卷二,《续修四库全书》第1479册集部,198页,上海,上海古籍出版社,2002。
② (清)阮元:《与友人论古文书》,见《揅经室三集》卷二,《续修四库全书》第1479册集部,199页,上海,上海古籍出版社,2002。
③ (清)阮元:《书梁昭明太子文选序后》,《揅经室三集》卷二,《续修四库全书》第1479册集部,197~198页,上海,上海古籍出版社,2002。

文中认为"孔子《文言》，实为万世文章之祖"，意在借圣人之旗号建立新的文统，与桐城古文家由韩欧上溯《左传》《史记》的古文文统相抗衡。近代文选学家骆鸿凯评论该篇云："'事出于沉思，义归乎翰藻'，此昭明自明入选之准的，亦即其自定文辞之封域也。……阮氏此篇推阐昭明沉思翰藻之旨，与不选经、史、子之故，可谓明畅。"①阮元对《文选》选文主旨的揭示、辩护，目的是借《文选》以张其帜，这与他后来发动"文笔"考证以佐其主张的致思方式是一致的。

为实践自己的文学观念，阮元自编文集的方式相当独特。既然古文被阮元排斥在"文"的范畴之外，其自编之集便改弦易辙，以经、史、子、集这种古代图书分类方式予以编辑。《揅经室集自序》云："余三十余年以来，说经记事不能不笔之于书，然求其如《文选序》所谓'事出沉思，义归翰藻'者甚鲜，是不得称之为文也。今余年届六十矣，自取旧帙命儿子辈，重编写之，分为四集。其一则说经之作，拟于贾邢义疏已云僭矣，十四卷；其二则近于史之作，八卷；其三则近于子之作，五卷。凡出于四库书史子两途者，皆属之。言之无文，惟纪其事，达其意而已。其四则御试之赋及骈体有韵之作，或有近于古人所谓文者乎，然其格亦已卑矣，凡二卷。又诗十一卷，共四十卷，统名曰集者，非一类也。继此有作，各以类续也。"②

但我们要清楚的是，阮元将古文逐出"文"的家园，并不等于否定古文的价值。王章涛指出："阮元不排斥古文派，他对唐宋八大家都很尊敬，特别对苏东坡有较高的评价，并对其一生的际遇赋予极大的同情。"③据钱基博分析，阮元兴此说主要是针对古文流弊而发："然桐城之说既盛，而学者渐流为庸肤，但习为控抑纵送之貌而亡其实；又或弱而不能振，于是仪征阮元倡

---

① 骆鸿凯：《文选学·义例第二》，16~18 页，北京，中华书局，1989。
② （清）阮元：《揅经室集自序》，见《续修四库全书》第 1479 册集部，527 页，上海，上海古籍出版社，2002。
③ 王章涛：《阮元评传》，371 页，扬州，广陵书社，2004。

为文言说,欲以俪体嬗斯文之统。"①

二、从推尊到独尊

阮元的骈文观存在一个从推尊到独尊的推进过程,这个过程大致以嘉庆十八年(1813)五月至九月为界,而其独尊骈文也经历了从隐而不张到广而鼓吹的变化。抚浙与督粤是阮元人生的两个重要时期,也是其推尊骈文与独尊骈文的两个代表性时期。

乾隆六十年(1795),时年三十二岁的阮元奉旨调任浙江学政,后又两任浙江巡抚。二任期间,因刘凤诰科举舞弊案受累,于嘉庆十二年(1807)解职入都。从任职学政到解职入都,阮元在浙江任职计十余年,在此期间他积极推尊骈文。嘉庆二年(1797)秋,阮元叮嘱孙梅之子刊刻《四六丛话》一书。在阮元的资助下,该书历经八月,于嘉庆三年(1798)刊成。孙梅雅好四六,"己丑会闱,制艺策问皆作四六"②,历三十余年而成的《四六丛话》是其一生精力所萃。孙梅是阮元丙午科房师,阮元此举固然是报恩,其中亦不乏张扬骈文的倾向。

嘉庆八年(1803),李富孙至武林,以所撰之《汉魏六朝墓铭纂例》请正于阮元,阮元颇称善。李富孙受朱竹垞"墓铭莫盛于东汉,鄱阳洪氏所辑《隶释》《隶续》,其文其铭,体例匪一,宜用止仲之法,举而胪列之"构想之启发③,其《汉魏六朝墓铭纂例》缘于"知昆仑以上之原之所在""沿其流而不忘其原"而作④,其实并无以汉魏六朝骈文碑志取代唐宋古文碑志为文

---

① 钱基博:《现代中国文学史》,32页,长沙,岳麓书社,1986。
② (清)师范:《摘刊四六丛话缘起序》,见《二余堂文稿》卷四,《丛书集成续编》第132册集部,515页,上海,上海书店,1994。
③ (清)朱彝尊:《书王氏墓铭举例后》,见《曝书亭集》卷五二,《钦定四库全书》第1318册集部,242页,上海,上海古籍出版社,1987。
④ (清)李富孙:《汉魏六朝墓铭纂例》自序,见《丛书集成新编》第80册,375页,台北,新文丰出版公司,2004。

章范式之意。阮元借机推尊骈文心切，忽视了李氏之本意，并向李富孙宣扬道："碑碣当以汉魏为法，六朝犹不失遗意，宜将原文及碑式跌寸，并为载入，俾古制有所考。"①

嘉庆九年（1804），阮元借修家庙之机，在庙西余地修建隋文选楼，作为江南名士诗文聚会的场所。隋文选楼内藏《文选》善本，楼上奉祀"文选学"家曹宪、公孙罗、魏模、景倩、李善、李邕、许淹等人木主。阮元又专门撰有《扬州隋文选楼记》《扬州隋文选楼铭》二文，其中《扬州隋文选楼记》对"文选学"源流、形成原因、师承关系进行了研究。人物行为的背后通常隐藏着个人的价值观与目的，当代学者对这一行为作了如下解读："阮元总结扬州学人对'文选学'创立的功绩和新建一座'隋文选楼'，其目的是弘扬'文选学'，提倡骈文，为'以骈救散'造声势、广舆论，最终清除桐城派末流在文坛的不良影响。"②

此时的阮元对《文选》选文标准已有了清晰的认识，《扬州隋文选楼记》总结指出，经、史、子三者及唐代韩愈"诸人之所取"皆不属于文。③但是，阮元独特的骈文观尚未形成。嘉庆十二年（1807），阮元《揅经室文集》刊行，此集以"文集"命名，非以经、史、子、集分类④，清楚地表明了这一点。

对《周易·文言》的阅读是阮元文学观念发生重大转折的关键，《揅经室续集·自序》云：

> 元四十余岁，已刻文集二三卷，心窃不安，曰：此可当古人所谓文乎？僭矣妄矣。一日读《周易·文言》，恍然曰：孔子所谓文者此也。著

---

① （清）李富孙：《汉魏六朝墓铭纂例》书后识语，见《丛书集成新编》第80册，392页，台北，新文丰出版公司，2004。
② 王章涛：《阮元评传》，369页，扬州，广陵书社，2004。
③ （清）阮元：《扬州隋文选楼记》，见《揅经室集二集》卷二，《续修四库全书》第1479册集部，63页，上海，上海古籍出版社，2002。
④ （清）孙殿起：《贩书偶记续编》卷一六云："《揅经室文集》十八卷，清仪征阮元撰。嘉庆十二年乌程张鉴校刊。"260页，上海，上海古籍出版社，1980。

《文言说》，乃屏去先所刻之文，而以经、史、子区别之，曰：此古人所谓笔也，非文也。[1]

阮元一生著述颇丰，版刻亦频，"屏去先所刻之文，而以经、史、子区别之"之事发生于道光三年（1823）。此前的最近一次结集是嘉庆十八年（1813）四月，这一年张鉴为阮元新结集《揅经室文初集》作序云："癸酉夏四月，鉴谒仪征师于淮安……吾师不斥其学殖之落，以《揅经室文初集》十八卷编刻初成，命志缘起。"[2]嘉庆十八年九月初八日，郝懿行收到阮元来函，随函有《文言说》一文见示。[3]由此可以精确地断定：阮元独特的骈文观形成于嘉庆十八年五月至九月，是年阮元五十岁，正值思想成熟的壮年期。《文言说》标志着阮元独特的文学观念的形成，是推尊骈文和独尊骈文的分水岭。阮元本人似乎也意识到这种观点的惊世骇俗，最初只在几个亲近的朋友中低调阐扬，《与友人论古文书》云："千年坠绪无人敢言，偶一论之，闻者掩耳。非聪颖特达深思好问如足下者，元未尝少为指画也。"[4]

嘉庆二十二年（1817），阮元出任两广总督，并数次兼广东巡抚及学政。政务之余，阮元留心教育，于嘉庆二十五年（1820）创办了学海堂。走出政治低谷的阮元，此前的顾虑散尽，他以学海堂为依托，有意识地将"文笔论"渗透于学海堂的教学活动中，表现出一种敢于开宗立派的气概与自主尊荣的大家气韵。六朝文笔之分与阮元持论最契合，为重回六朝时代的文学观念，达到宣扬骈文为文学之正统的目的，阮元以"文笔"策问士子：

六朝至唐皆有长于文、长于笔之称，如颜延之云"竣得臣笔，测得

---

[1] （清）阮元:《揅经室续集·自序》，见《揅经室续集》，1页，北京，中华书局，1985。
[2] （清）张鉴:《揅经室文集序》，见《冬青馆甲集》卷五，《续修四库全书》第1492册集部，55页，上海，上海古籍出版社，2002。
[3] （清）郝懿行:《奉答阮元台先生书》，见《晒书堂集外集》卷上，《续修四库全书》第1481册集部，572~573页，上海，上海古籍出版社，2002。
[4] （清）阮元:《与友人论古文书》，见《揅经室集三集》卷二，《续修四库全书》第1479册集部，199页，上海，上海古籍出版社，2002。

臣文"是也。何者为文？何者为笔？何以宋以后不复分别此体？①

阮福该文之案语云："家大人开学海堂于广州，与杭州之诂经精舍相同。以文笔策问课士，教福先拟对。"②阮福排比资料，得二十余条编成一篇，进一步充实了阮元的"文笔论"。阮元对其观点被证实甚为喜悦，阮福这样记载："福读此篇③与梁昭明《文选》序相证无异，呈家大人。家大人甚喜，曰：'此足以明六朝文笔之分，足以证《昭明序》经、子、史与文之分，而余平日着笔不敢名曰文之情益合矣。'……家大人以为此可与《书文选序后》相发明也，命附刻于三集之末"。④嗣后学生所答，以刘天惠、梁国珍、侯康、梁光钊最佳，被收入《学海堂初集》卷七，后阮福又受阮元之嘱，将之汇辑成《文笔考》一书。道光四年（1824），宋翔凤经南昌赴广州，年底经韶关返回苏州，今其《过庭录》卷十五存"文笔"考证长文一则，断言文笔之分在东晋之后。宋氏此举盖是受当时阮元在广州宣扬"文笔论"如火如荼波及的产物。

调任云贵总督的前一年，即道光五年（1825），阮元又写了另一篇重要的骈文理论文章《文韵说》。该文对文韵进行了新的阐释，并进一步对"文"的性质及基本特征作了界定，提出了"声音即文"⑤的高论。历经十三年思考，阮元文言说的逻辑理论体系至此臻于完善。

此外，阮元无论作跋、写序，还是训导他人，都身体力行运用文笔概念，并严分文笔之别，达到"一以贯之"的成熟境界。其《学海堂集序》

---

① （清）阮元：《学海堂文笔策问》，见《揅经室集三集》卷五，《续修四库全书》第1479册集部，255页，上海，上海古籍出版社，2002。
② （清）阮元：《学海堂文笔策问》之阮福案语，见《揅经室集三集》卷五，《续修四库全书》第1479册集部，255～257页，上海，上海古籍出版社，2002。
③ 按，指南朝梁元帝萧绎的《金楼子·立言》。
④ （清）阮元：《学海堂文笔策问》之阮福案语，见《揅经室集三集》卷五，《续修四库全书》第1479册集部，257页，上海，上海古籍出版社，2002。
⑤ （清）阮元：《文韵说》，见《揅经室续集三集》卷三，《续修四库全书》第1479册集部，496页，上海，上海古籍出版社，2002。

云："初集斯勒，四载以来，有笔有文，凡十五卷。"①道光七年（1827），阮元著《塔性说》，庭训福云："（《塔性说》）此笔也，非文也，更非古文也，将来姑收入《续集》而已。"②

清代揭橥六朝"文笔论"并不始于阮元，在其之前，乾嘉学子尚有多人探讨过"文笔"的概念问题。如王鸣盛、赵翼、钱大昕等通过材料的排列，指责陆游、顾炎武等人"文"即"笔"说之误，认为六朝"文笔"说法当以刘勰所言为准。③虽然同样是采取汉学的方法，但是他们的探讨带有很大的工具理性成分，不具有类似阮元那样试图通过对概念的梳理来为骈文争正统的现世诉求。学海堂"文笔"策问的学术训练拂去厚厚尘土，遭世人遗忘甚久的六朝文学观念再次放射出光芒。"主持风会数十年，海内学者奉为山斗"④的学坛身份，对阮元的宣传主张而言又是一份加持，曾任广东巡抚的程含章这样描述其成效："国朝自侯、魏、苕文、锡鬯卓然成家，嗣得望溪在，陆荻园诸先辈接起，寥寥不过十余人耳。近日台省宗工，暨四方名士都崇骈俪，不喜散文，遂觉此体几废。"⑤鉴于阮元骈文观念影响之大，当代学者张仁青特为其立一"仪征派"："当方、姚桐城文派风靡全国之际，有别树一帜，与之对抗者，为仪征文派，则阮元、阮福父子创其首，刘师培继其迹焉。……此说一出，天下震动，影响中国文坛，历百余年之久，于是有'仪征文派'一名词之诞生，以三子皆江苏仪征人也。"⑥

---

① （清）阮元：《学海堂集序》，见《揅经室续集四集》卷四，《续修四库全书》第1479册集部，507页，上海，上海古籍出版社，2002。
② （清）张鉴等：《阮元年谱》，133页，北京，中华书局，1995。
③ （清）王鸣盛：《十七史商榷》卷六三"诗笔"条，828页，黄曙辉点校，上海，上海古籍出版社，2016；《蛾术编》卷八〇"诗笔"条，1168页，顾美华点校，上海，上海书店出版社，2012；（清）赵翼：《陔余丛考》卷二三"诗笔"条，449页，上海，商务印书馆，1957；（清）钱大昕：《十驾斋养新录》卷十六"文笔"条，356页，南京，江苏古籍出版社，2000。
④ 《清史稿》卷三六四，列传一五一，见《续修四库全书》第299册史部，372页，上海，上海古籍出版社，2002。
⑤ （清）程含章：《复方东树书》，见《岭南集》，《程月川先生遗集》卷七，《丛书集成续编》第133册集部，169页，上海，上海书店，1994。
⑥ 张仁青：《中国骈文发展史》，487页，杭州，浙江大学出版社，2009。

三、骈散之争新阶段

阮元独尊骈文观念的形成,自有个人裁别之识与陶铸之功,析而言之,大凡归于师友的启发、切磋,更是汉宋学术与骈散文派两组对峙力量消长的产物。

扬州是"文选学"的发源地,著名学者曹宪、李善等都在此授徒讲学,精研《文选》,对扬州文化产生了深远的影响。生于斯、长于斯的阮元自幼深受这种风气的熏陶,"元幼时即为《文选》学"①,引导者有乔椿龄、胡廷森两先生,"(乔椿龄)善属文,以汉魏为法。……吾年九岁,从乔先生学。"②"元幼时,以韵语受知于先生(胡廷森),先生授元以文选之学。"③

孙梅的出现对阮元骈文观的形成具有重要意义。阮元自言其受孙梅影响甚深:"元才圉陋质,心好丽文,幸得师(孙梅)承,侧闻绪论。妄执丹管而西行,愿附骥尾而千里。固知卢、王出于今时,流江河而不废,子云生于后世,悬日月而不刊者矣。"④"元籍列门生,旧被教泽,凡师心力所诣,略能仰见一二。"⑤乾隆五十三年(1788),阮元为《四六丛话》写序,该序从文学发展史的角度阐述了骈文的意义与价值,与孙梅推尊骈文的观点桴鼓相应,这是阮元集中阐述骈文观的最早文章之一。

但真正促使阮元形成独具个性的骈文观的并非孙梅,凌廷堪是阮元相交甚久的挚友,其独尊骈文的胆识极有可能来自此人。据张其锦《凌次仲先生

---

① (清)阮元:《扬州隋文选楼记》,见《揅经室集二集》卷二,《续修四库全书》第1479册集部,63页,上海,上海古籍出版社,2002。
② (清)阮元:《李晴山、乔书西二先生合传》,见《揅经室集二集》卷二,《续修四库全书》第1479册集部,68页,上海,上海古籍出版社,2002。
③ (清)阮元:《胡西琴先生墓志铭》,见《揅经室集二集》卷二,《续修四库全书》第1479册集部,69页,上海,上海古籍出版社,2002。
④ (清)阮元:《四六丛话序》,见《揅经室集四集》卷二,《续修四库全书》第1479册集部,275页,上海,上海古籍出版社,2002。
⑤ (清)阮元:《旧言堂集后序》,见《揅经室集三集》卷五,《续修四库全书》第1479册集部,239页,上海,上海古籍出版社,2002。

年谱》所叙,乾隆四十三年(1778),是年二十二岁的凌氏便有了这种极端的观点:"先生论古文以《骚》《选》为正宗,于是作《祀古辞人九歌》"。① 如果说这是其门人所作的一种推断,那么凌氏本人在《书〈唐文粹〉后》一文中批评韩愈"化偶为奇",是文章之"别派"而非"正宗",就是很明确的文字表述。② 凌氏甚至批评主张骈散合一的汪中云:"独是汪君既以萧刘作则,而又韩柳是崇,良由识力未坚,以致游移莫定。犹之易主荀虞,而周旋辅嗣,诗宗毛郑,而回护考亭,所谓不古不今,非狐非貉者也。"③凌氏此观点在当时似乎产生过一定的社会影响,姚鼐在与他人的信中就表达过对凌氏的鄙夷:"吾昨得凌仲子集阅之,其所论多谬,漫无可取,而当局者以私交入《儒林》,此宁足以信后世哉?……至于文章之事,诸君亦了未解,凌仲子至以《文选》为文家之正派,其可笑如此。"④阮元十八岁订交凌廷堪,奉为终生益友,"合志同方,谊若兄弟"⑤,亦亲阅过其翰墨,"(嘉庆)十三年,元复任浙江巡抚,君免丧来游杭州,出所著各书相示,元命子常生从君学"。⑥ 凌氏死后不久,即嘉庆十七年(1812),《校礼堂文集》由其受业弟子张其锦、耿伯南收集整理出版,其间曾"至淮入就正于阮侍郎"。⑦ 近人刘师培曾指出"歙县凌次仲先生以《文选》为古文正的,与阮元《文言说》相符"⑧,依据凌廷堪与阮元交往情况及立论之先后,确切说来两者并不是

---

① (清)张其锦:《凌次仲先生年谱》,见(清)凌廷堪:《凌次仲先生遗书》,《丛书集成续编》第174册集部,492页,上海,上海书店,2004。
② (清)凌廷堪:《书〈唐文粹〉后》,见《校礼堂文集》卷三二,《续修四库全书》第1480册集部,328页,上海,上海古籍出版社,2002。
③ (清)凌廷堪:《上洗马翁覃溪师书》,见《校礼堂文集》卷二二,《续修四库全书》第1480册集部,254~255页,上海,上海古籍出版社,2002。
④ (清)姚鼐:《与霞纡侄》,见《惜抱先生尺牍》卷八,《丛书集成续编》第130册,977页,台北,新文丰出版公司,1988。
⑤ (清)阮元:《凌母王太孺人寿序》,见《揅经室集三集》卷五,《续修四库全书》第1479册集部,237页,上海,上海古籍出版社,2002。
⑥ (清)阮元:《次仲凌君传》,见《揅经室集二集》卷四,《续修四库全书》第1479册集部,116页,上海,上海古籍出版社,2002。
⑦ (清)江藩:《校礼堂文集序》,见(清)凌廷堪:《校礼堂文集》卷首,《续修四库全书》第1480册集部,103页,上海,上海古籍出版社,2002。
⑧ 刘师培:《文章源始》,见《刘师培中古文学论集》,216页,北京,中国社会科学出版社,1997。

简单的"相符"关系，阮元观点的形成实由凌氏引发亦未为可知。阮元自言其恍然大悟于《周易·文言》，只字未提凌廷堪，应该说含有不实的成分。惜凌氏文集虽有以《文选》为文家之正派的主张，却缺乏详细的论证阐述。

孔广森等人强调两种文体具有共同的表述功能，是通过向古文靠拢妥协的方式换取骈文文坛地位的被承认。阮元则从语言形式这一角度鼓吹宣唱，刻意拉开骈文与古文的距离。处于汉学衰退与古文复苏情形下的阮元，其骈文理论当时的意义在于：由前期"尊体"运动业已取得生存空间的业绩基础上进一步扩展到争夺文章正宗地位，从而为骈文创作的持续发展提供理论支持。汉宋之争所导致的骈散之争由此进入了一个新的历史阶段。袁枚《胡稚威骈体文序》曾说："然散行可蹈空，而骈文必征典。骈文废，则悦学者少，为文者多，文乃日敝。"①由于骈文与汉学存在遥相呼应、互为犄角的关系，因此骈文正宗论反过来成了一种挽救汉学衰势的手段，这恰是阮元所企盼的。侯外庐云："从学术内容和写作年代上说，阮元是扮演了总结十八世纪汉学思潮的角色的。"②钱穆亦云："芸台犹及乾嘉之盛，其名位著述，足以弁冕群材，领袖一世，实清代经学名臣最后一重镇。"③尽管阮元带有嘉道之际尊汉到汉宋合流过渡时期的气息，但在学术旨趣上更倾向于汉学，其"文选学"研究以汉学为宗旨。阮亨《瀛舟笔谈》卷七云："兄旧尝校《文选》之误若干条，又集高邮王氏等所校若干条，皆甚精确。戊辰又得南宋尤袤本《文选李善注》，属厚明校订，厚民多所校正。时胡果泉先生克家亦别得尤袤本，属顾千里广圻校刻，甚为精核。兄与厚明所校与顾校亦互有详略也。"阮元本人亦明确表明治《文选》的宗旨："《桂苑珠丛》久亡佚，间见引于他书，其书谅有部居，为小学训诂之渊海，故隋、唐间人注书引据便而

---

① （清）袁枚：《胡稚威骈体文序》，见《袁枚全集新编第五册·小仓山房文集》卷十一，226 页，杭州，浙江古籍出版社，2015。
② 侯外庐：《中国思想通史》，577 页，北京，人民出版社，1956。
③ 钱穆：《中国近三百年学术史》，478 页，北京，中华书局，1986。

博。 元幼时即为'文选学',既而为《经籍纂诂》二百十二卷,犹此志也。"①抚浙时阮元创办诂经精舍,奉祀许慎、郑玄二人,以崇尚朴学为宗旨;督粤后阮元创办学海堂,仍以发扬朴学为己任,"学海堂加课,仿抚浙时所立诂经精舍之例,专课经史诗文"。② 鉴于骈文与朴学唇亡齿寒的关系,诂经精舍与学海堂兼重骈文,延请的讲席王昶、孙星衍、陈寿祺等人既精朴学,又通骈文。 质而言之,阮元创建的书院以汉学为旨归,其骈文教学从属、服务于朴学。

四、文言说历史价值

阮元的文言说发凡起例自成一格,然谓正论则不可。 郭绍虞评价云:"(阮元)以扬骈文之焰,为了托体自尊,所以挟孔子《文言》作证以为重。但因意有偏主,立论就难于圆融。"③其文学观念狭隘,以致成了后来章炳麟《文学总略》主要掊击的对象。 但阮元始终固守这一观念,其后自订《揅经室续集》《揅经室再续集》仍以经、史、子、集分类编排。 随着争论的进一步发展,骈散之争走上了以李兆洛、蒋湘南、包世臣等为代表的骈散合一的道路,逐渐超越门派的界限,成为汉宋双方普遍接受的观点。

阮元"文笔"理论有两点突破不容轻视。 其一,"文韵"的重新阐释。刘勰以韵分文、笔,萧统《文选》重在翰藻,两人各有侧重,故阮福向阮元提出了"《文心雕龙》云:今之常言,有文有笔,以为无韵者笔也,有韵者文也。 据此,则梁时恒言,有韵者乃可谓之文,而《昭明文选》所选之文,不押韵脚者甚多,何也"④的疑问。 为协调两者间之差异,阮元将"文韵"

---

① (清)阮元:《扬州隋文选楼记》,见《揅经室集二集》卷二,《续修四库全书》第1479册集部,63页,上海,上海古籍出版社,2002。
② (清)张鉴等:《阮元年谱》,133页,北京,中华书局,1995。
③ 郭绍虞:《中国历代文论选》第三册,591页,上海,上海古籍出版社,1980。
④ (清)阮元:《文韵说》,见《揅经室续集三集》卷三,《续修四库全书》第1479册集部,495页,上海,上海古籍出版社,2002。

界定为："所谓韵者，固指押脚韵，亦兼谓章句中之音韵，即古人所言之宫羽，今人所言之平仄也。"①也就是说，他将押韵从脚韵扩大到了文章内部音节的顿挫和谐。所谓押韵，就是把同韵的两个字或多个字放在前后句同样的位置上。一般情况下韵放在句尾，因此句中韵遂为人所忽视。此后门人梁章钜承阮元之说，亦云："余则谓古人之韵，直是今人之平仄而已，今之四六，非有韵之文而不能无平仄，即今之四书文，亦断不可不讲平仄。试取前明及本朝各名家文读之，无不音调铿锵者，即所谓平仄也，即所谓韵也。然则谢灵运传语所言，不但抉千古文章之秘，即今之作四书文者，亦莫能外之矣。"②

其二，四书文的归并。古代视八股文为骈文之一种者并不多见，孙梅《四六丛话》、彭元瑞《宋四六话》、李兆洛《骈体文钞》等都未列入八股文。姚鼐云："夫四六不害为文学之美，时文之体岂不尊于四六乎？"③考其意，明显在八股文与骈文间画了一条不可逾越的界线。据《清史稿·选举三·文科》载："乾隆四十五年，会试三名邓朝缙首艺语意粗杂，江南解元顾问四书文全用排偶，考官并获谴。"④政府明令打击骈文向八股文渗透的倾向，阮元却并不忌讳八股文与骈文的联系，并且强调这种联系，倡言"四书排偶之文，真乃上接唐宋四六为一脉，为文之正统也"。⑤在创办学海堂后，阮元又因"唐宋诗话多，文话少，而明以来四书文话更少，非无话也，无纂之者也"⑥，组织人员对四书文进行考察。阮元将八股文纳入骈文范畴这一做法对民国骈文研究

---

① （清）阮元：《文韵说》，见《揅经室续集三集》卷三，《续修四库全书》第1479册集部，495页，上海，上海古籍出版社，2002。
② （清）梁章钜：《学文》，见《退庵随笔》卷十九，《续修四库全书》第1197册子部，415页，上海，上海古籍出版社，2002。
③ （清）姚鼐：《与鲍双五》，见《惜抱先生尺牍》卷四，《丛书集成续编》第130册，924页，台北，新文丰出版公司，1988。
④ 赵尔巽等撰：《清史稿》卷一一四，见《续修四库全书》第296册史部，329页，上海，上海古籍出版社，2002。
⑤ （清）阮元：《书梁昭明太子文选序后》，见《揅经室集三集》卷二，《续修四库全书》第1479册集部，198页，上海，上海古籍出版社，2002。
⑥ （清）阮元：《四书文话序》，见《揅经室续集三集》卷三，《续修四库全书》第1479册集部，498页，上海，上海古籍出版社，2002。

影响甚大，如刘麟生云："律赋与八股文，皆骈文之支流余裔也。"①瞿兑之亦云："从骈文说到八股，或者太远了罢！然而这并不是什么奇怪的事。"②民国学者周祺《国文述要》云："骈体之文以辞为主，或以二语、四语、六语、八语为骈，或以两段、三段、四段为骈，凡非单独行文者皆其体也。"周氏对骈文之骈描述较广，不限于句式，甚至扩张至段篇之式。其"或以两段、三段、四段为骈"之内涵盖指称八股文，八股文属于骈文的一种特殊形式。嘉道之际阮元骈文学说实际上是这种说法的张本，今已广为人所接受。

阮元不遗余力地倡导的文言说虽过于偏激，但在当时的文学界确实起到了壮大骈文声势、保障嘉道骈文持续发展的作用，也为挽救汉学颓势提供了一条途径，具有学术导向的功能。就整个文学理论史而言，阮元的文言说带有唯美主义文学色彩，其重提六朝文笔之辨，对唐以后文学与非文学不分的混沌文学观念具有摧陷廓清之功，其骈文为文体正宗之说"得师培而门户益张，壁垒益固"③，为五四时期西方纯文学观念植根我国学界提供了固有的传统资源媒介。从这一角度而言，我国泛文学观念在十九世纪就已经从内部开始动摇，其现代化转型并不完全是一个西学东渐的问题。

◎ 第三节

李兆洛的骈文思想

在清代骈散之争中，李兆洛的《骈体文钞》具有标杆性意义，它的出现标志着骈散之争进入一个新的阶段。在前章中，我们已经提到孙梅主张骈散

---

① 刘麟生：《中国骈文史》，111页，北京，东方出版社，1996。
② 瞿兑之：《骈文概论》，125页，上海，世界书局，1934。
③ 钱基博：《现代中国文学史》，123页，长沙，岳麓书社，1986。

合一，但是孙梅位卑言轻，其《四六丛话》在当时未能产生广泛影响。李兆洛以《骈体文钞》为重要途径而提出的骈散合一论则引起了持续的讨论，并最终赢得了骈文家与古文家两个阵营的一致赞同。对于为什么骈散应合一，尽管理由不一样，但从不同方面补充了骈散合一的理论。

一、沿流溯源，上规作者

"沿流溯源，上规作者"的骈文溯源意识在嘉庆年间已经较为普遍。李兆洛明确视秦汉文为骈文的源头，视六朝骈文为秦汉之文与唐宋古文间不可回避的一环，"欲使学者沿流而溯，知其一原"①，并通过在《骈体文钞》中选入司马迁《报任安书》等文来体现他的思想，同时以此破除桐城派的古文壁垒。《骈体文钞》遂成为融通骈散理念在实践上最有力的体现。

《骈体文钞》，三十一卷，始编于李兆洛中进士后的第二年，即嘉庆十一年（1806），完成于嘉庆二十五年（1820），道光元年（1821）付梓行世，书中收录了战国至隋被他认为属于骈体范围的文章凡七百七十四篇。李兆洛将此书取名为《骈体文钞》，以期真正融通骈散。他说："今日之所谓骈体者，以为不美之名也，而不知秦汉子书无不骈体也。"包世臣《李凤台传》述其宗旨云："时论盛推归、方，宗散行而薄骈偶，君则谓唐、宋传作皆导源秦、汉；秦、汉之骈偶实唐、宋散行之祖。"②具体说来，《骈体文钞》的针对性是指向姚鼐《古文辞类纂》的。桐城古文的统绪从归、方直接唐宋古文而上溯秦汉，六朝骈俪之文被排除在这个文统之外。姚鼐《古文辞类纂序》明确提出："古文不取六朝人，恶其靡也。"黎庶昌将姚鼐文论的要义归纳为："循姚氏之说，屏弃六朝骈俪之习，以求所谓神理、气味、格律、声色者，法

---

① 蒋彤：《清李申耆先生兆洛年谱》卷二，嘉庆二十五年，65～67页，见《新编中国名人年谱集成》第五十辑，台北，台湾商务印书馆，1981。李兆洛《骈体文钞序》《答庄卿珊》等文也都申明此意。
② （清）李兆洛：《答庄卿珊》，见《养一斋文集》卷八，《续修四库全书》第1495册集部，119页，上海，上海古籍出版社，2002。

愈严而体愈尊。"①可见，摒弃六朝骈文是桐城家法的重要内容。

李兆洛乘乾嘉以来骈散抗衡对垒之势，破古文家之成法，标举骈文之美，将一向被排除在古文文统之外的六朝骈文纳入源远流长的文章史中。为了论证六朝骈文的存在价值，李兆洛使用的方法是"从流溯源"。秦汉文是桐城古文统绪的源头部分，李兆洛恰好也将秦汉文作为骈体的源头。在文章的选择中，《骈体文钞》有38篇文章与《古文辞类纂》所选相同，若不计辞赋类7篇，几乎都是秦汉之文。李兆洛选入了相当一部分本不属于骈文范畴的秦汉之文，如贾谊的《过秦论》、司马迁的《报任安书》、诸葛亮的《出师表》等。按照他的观点，秦汉时期骈散界限尚未分明，既然古文可以上溯至秦汉，那么骈文也同样可以上溯至秦汉。他说："《报任安书》，谢朓、江淹诸书之蓝本也。《出师表》，晋宋诸奏疏之蓝本也。皆从流溯源之所不能不及焉者也。其余所收秦汉诸文，大率皆如此，可篇篇以此意求之者也。"②这正如他的弟子蒋彤在《清李申耆先生兆洛年谱》中所指出的："先生以为唐以下始有古文之称，而别对偶之文曰骈体，乃更选先秦、两汉以及于隋为《骈体文钞》，欲使学者沿流而溯，知其一原。"既然骈散同出一源，那么斤斤于优劣尊卑就显得没有什么意义了。这在文学史观的层次上有助于消弭骈散畛域。

事实上，骈散同源的意义不仅在于使文章家不去斤斤计较骈散此尊彼卑，更重要的在于为古文和骈文找到一个共同效法的典范，即两汉文章。李兆洛认为当时的古文家与骈文家各有流弊，桐城文派以唐宋为宗而过于讲究法度。他在《答高雨农书》中这样批评韩愈："文之有法，始自昌黎，盖以酬应投赠之义无可立，假于法以立之，便文自营而已。习之者遂借法为文，几于以文为戏矣。"③他对韩愈所开古文法门的不满，主要在于其助长了后世

---

① （清）姚鼐：《古文辞类纂序》，见《四部备要》第九十二册集部，7页，北京，中华书局，1989。
② （清）李兆洛：《答庄卿珊》，见《养一斋文集》卷八，《续修四库全书》第1495册集部，119页，上海，上海古籍出版社，2002。
③ （清）李兆洛：《答高雨农书》，见《养一斋文集》卷八，《续修四库全书》第1495册集部，123页，上海，上海古籍出版社，2002。

"借法为文"的流弊,《答庄卿珊》云:"洛之意颇不满于今之古文家,但言宗唐宋而不敢言宗两汉。所谓宗唐宋者,又止宗其轻浅薄弱之作,一挑一剔,一含一咏,口牙小慧,谫陋庸词,稍可上口,已足标异。于是家家有集,人人著书。"①对当时骈文创作,李兆洛主要不满于以齐、梁为宗。在《答汤子厚》中,他明确说:"曩与彦文论骈体,以为齐、梁绮丽,都非正声,末学竞趋,由纤入俗,纵或类凫,终远大雅,施之制作,益乖其方,文章之家遂相诟病。"②他认为齐、梁骈文"绮丽",不是"正声"。如他评王褒《上庸公陆腾勒功铭》说"方之齐、梁,浮响尚少";又评高允《北伐颂》说"格高而气卑,意厚而语薄,时为之也。然以视齐、梁繁响,则此固为雅奏";还说"齐、梁每有清辨之文,而多累于庸冗"。

针对当时古文之弊和骈文之失,李兆洛开了同样一张"药方":"宗两汉",这是骈散合一的"旗帜"。他说"夫文之道,盛于周,横于秦,尊于汉,浇于魏、晋,缛于齐、梁"③,认为两汉文章达到了他在《代作〈骈体文钞〉序》中描述的理想境界:"古之言文者,吾闻之矣。曰云汉之倬也,虎豹之文也,郁郁也,彬彬也,非是谓之野。"④据弟子汤成烈记李兆洛"授以作文之法"曰:"必读诸子百家以辅翼之,管、商、申、韩、《吕览》、《淮南》、《新序》、《说苑》各家,不可不玩诵也;贾、晁、董、马、刘、扬、班、傅、蔡之文,不可不肄习也。"⑤上所列举的大都是两汉之文,从贾谊到蔡邕之文尚处于骈散之界不如后世分明的时期,特别是扬雄、班固、傅毅、蔡邕等赋家文豪不乏丽辞壮采,正可以"药"当时骈散二家上述之弊。

---

① (清)李兆洛:《答庄卿珊》,见《养一斋文集》卷八,《续修四库全书》第 1495 册集部,119 页,上海,上海古籍出版社,2002。
② (清)李兆洛:《答汤子厚》,见《养一斋文集》卷八,《续修四库全书》第 1495 册集部,126 页,上海,上海古籍出版社,2002。
③ (清)李兆洛:《代作〈骈体文钞〉序》,见《养一斋文集》卷八,《续修四库全书》第 1495 册集部,119~120 页,上海,上海古籍出版社,2002。
④ (清)李兆洛:《代作〈骈体文钞〉序》,见《养一斋文集》卷八,《续修四库全书》第 1495 册集部,119 页,上海,上海古籍出版社,2002。
⑤ (清)汤成烈:《重刊李申耆先生〈养一斋文集〉序》,见(清)李兆洛:《养一斋文集》卷首,清光绪四年刻本。

对于如何"宗两汉",李兆洛在《答庄卿珊》中明确说:"窃以为欲宗两汉,非自骈体入不可。今日之所谓骈体者,以为不美之名也。而不知秦汉子书无不骈体也。窃不欲人避骈体之名,故因流以溯其源,岂第屈、司马、诸葛以为骈而已?将推而至老子、管子、韩非子等皆骈之也。"[1]他认为六朝骈文和秦、汉文章一脉相承,要学两汉文,必须以学六朝骈文为途径。既然说"齐、梁绮丽,都非正声",为什么又说"欲宗两汉,非自骈体入不可"呢?因为在李兆洛看来,六朝骈文上承秦、汉而下启唐、宋,是文统上重要的一环。他在《骈体文钞序》中说"文之体,至六代而其变尽矣"[2],既然六朝文章各体皆备,那么"唐、宋古文要溯源至秦、汉文必须以骈文为阶梯"。《骈体文钞》的评语也能体现出他对六朝骈文文统地位的肯定。评刘向《上〈战国策〉叙》说:"姚姬传先生云:'不及《过秦》雄骏,然冲溶浑厚,无意为文而自能尽意,若庄子所谓木鸡者,此意亦贾生所无。'兆洛以为如先生之言,则知东汉、魏、晋之文所自出。"强调东汉、魏、晋之文源于西汉。又评价魏、晋阮籍《答伏义书》"骏迈似东方生",晋、宋何承天《安边论》"文气近东京",无不强调六朝骈文源于两汉。桐城古文统绪是由唐、宋越过六朝直接秦、汉;而李兆洛则以为六朝骈文不仅是秦、汉文章的继承者,还影响到唐、宋古文和骈文。他说韩愈《送穷文》、柳宗元《乞巧文》是刘孝标《广绝交论》的"支流",隋代薛道衡《老氏碑》是"初唐四杰之先声",隋代李德林《天命论》"下开燕许"。在李兆洛看来,六朝骈文不能被排除于文统之外。事实上,他编选《骈体文钞》的目的之一就是从六朝骈文入手来"宗两汉",从而"正骈体之轨辙"。对此,孙德谦在《六朝丽指》中云"李申耆先生《骈体文钞》以六朝为断,

---

[1] (清)李兆洛:《答庄卿珊》,见《养一斋文集》卷八,《续修四库全书》第1495册集部,119页,上海,上海古籍出版社,2002。
[2] (清)李兆洛:《骈体文钞序》,见《养一斋文集》卷五,《续修四库全书》第1495册集部,77页,上海,上海古籍出版社,2002。

盖使人知骈偶之文当师法六朝也"。①

二、骈散合一的内涵

金秬香说:"三家(邵齐焘、孔广森、曾燠)之论,渐开合骈于散之机矣。"又说:"夫骈散不分之说,自汪中、李兆洛等人发之。"②李兆洛以"宗两汉"来统领骈散,针砭骈文与古文各自之流弊。他的"骈散合一"思想包含两个方面:一是在语言上骈句与散句"相杂而迭用",二是在文体上骈文与古文兼作,这是一种全面、彻底的调和骈散的批评思想。

在文体层面上,李兆洛反对骈文、古文相轻,主张二者并存,试图改变骈文家与古文家"隐然如敌国"的状况。其实,吴育在《骈体文钞序》中也挑明了李兆洛的这一层意思。他说:"大凡庙廷之上,敷陈圣德,典丽博大,有厚德载物之致,则此体为宜。"③这里,吴育指出了骈文与古文分工的问题,认为像"庙堂之制、奏进之篇"尤其适合用骈文。李兆洛在《骈体文钞·上编序》中也说:"至于诏、令、章、奏,固亦无取俪词。而古人为之,未尝不沉详整静,茂美渊懿,训词深厚,实见于斯。岂得以唐宋末流,浇刼浮尨,兼病其本哉!"④他虽然很赞赏古人用俪词为诏、令、章、奏而能"沉详整静,茂美渊懿",但也承认"诏令章奏"用散行之文为之比虽骈行而纤弱的那些"唐宋末流"要好。

《骈体文钞》的编排顺序、选文比例、选文分类也隐约地体现出这一层意思。在《骈体文钞》中,把"庙堂之制、奏进之篇"列为上编,共18卷、

---

① (清)孙德谦:《上抗下坠、潜气内转》,见《六朝丽指》,王水照:《历代文话》第九册,8432页,上海,复旦大学出版社,2007。
② 金秬香:《骈文概论》,126、141页,上海,商务印书馆,1933。
③ (清)吴育:《骈体文钞序》,见(清)李兆洛:《骈体文钞》,万有文库本,1页,上海,商务印书馆,1936。
④ (清)李兆洛:《骈体文钞·上编序》,见《养一斋文集》卷五,《续修四库全书》第1495册集部,77页,上海,上海古籍出版社,2002。

278 篇，将秦、汉、六朝有代表性的公牍骈文几乎囊括，占总数 620 篇的近 45%，为《骈体文钞》的重点和主要内容。这也就是吴育所谓"敷陈圣德，典丽博大"、宜用骈文的文体。《古文辞类纂》根据文章的功用，共分为 13 类，即论辩、序跋、奏议、书说、赠序、诏令、传状、碑志、杂记、箴铭、颂赞、辞赋、哀祭；《骈体文钞》共分为 31 类，分类更细，却无《古文辞类纂》中传状、赠序两类，这说明李兆洛承认这两类不是非常适合骈文表述，而需要由古文来担当此任。李兆洛评论任昉《齐竟陵文宣王行状》"以俪体述实事，于斯题尚称"，也反证了此观点。

就其自身创作而言，李兆洛骈散兼长，他是阳湖派巨擘，以古文名世。刘开说："数十篇中，上自邹、枚，下至苏、曾，无所不有，天才闳肆，吾乌乎测其所至哉！恐望溪、海峰亦当畏此后生也。"[①]蒋彤在《清李申耆先生兆洛年谱·序》中说"夫子之文、政事，学士咸服"，《桐城文学渊源考》卷九言"其为文，取材宏，研思沉，性情融怡，事理交畅"[②]，可见其古文成就之高。同时李兆洛又有许多骈文作品传世，张寿荣辑《后八家四六文钞》、屠寄辑《国朝常州骈体文录》都选有李兆洛作品；且其骈文也博得了较高评价，朱一新说："其自制文亦多上法东京，力宗崔、蔡，骈文之境界最高者。"[③]可见李兆洛"不薄骈文爱古文"，并非为其一则不为其二。

在语言运用上，李兆洛要求骈句与散句"相杂而迭用"，《骈体文钞序》指出：

> 天地之道，阴阳而已，奇偶也，方圆也，皆是也。阴阳相并俱生，故奇偶不能相离，方圆必相为用。道奇而物偶，气奇而形偶，神奇而识

[①] （清）刘开：《孟涂古文批·李申耆》，见《刘孟涂集》文集卷十，《续修四库全书》第 1510 册集部，403 页，上海，上海古籍出版社，2002。
[②] （清）刘声木：《桐城文学渊源考》卷九，见王水照：《历代文话》第十册，9370 页，上海，复旦大学出版社，2007。
[③] （清）朱一新：《无邪堂答问》卷二，见《续修四库全书》第 1164 册子部，517 页，上海，上海古籍出版社，2002。

偶。孔子曰:"道有变动,故曰爻;爻有等,故曰物;物相杂,故曰文。"又曰:"分阴分阳,迭用柔刚。"故易六位而成章,相杂而迭用。文章之用,其尽于此乎!《六经》之文,班班具存。自秦迄隋,其体递变,而文无异名。自唐以来,始有古文之目,而目六朝之文为骈俪。而为其学者,亦自以为与古文殊路。……文之体,至六代而其变尽矣。沿其流极而泝之,以至乎其源,则其所出者一也。①

李兆洛认为,文之有骈散,犹如天地之间有阴阳、奇偶、方圆,是"相并俱生""不能相离""必相为用"的。事实上,由于汉语是单音节孤立语,一音一义,便于对仗工整;古代又有平上去入四声,使单音文字有所区别,并能以单音连缀而成双声、叠韵等,有抑扬顿挫、音韵协畅之美。所以从中国最早的群经诸子之文来看,其中骈偶的成分已相当可观。因此他编选《骈体文钞》,"亦欲使人知古者未离乎骈也"。②他又说:"吾甚惜夫歧奇偶而二之者之毗于阴阳也。毗阳则躁剽,毗阴则沉膇,理所必至也,于相杂迭用之旨均无当也。"③认为如果偏执一端是不当的。

李兆洛倡导"宗两汉",在行文方面须像两汉文章那样骈散"相杂而迭用",因为"骈之本出于古","古者未离乎骈"。颇有争议的《过秦论》《报任安书》等很难说是骈文,而李兆洛将它们选入《骈体文钞》,认为它们不仅是古文之源,也是骈文之源,依据就是它们行文亦骈亦散。李兆洛的骈文用典不多,或以散句为主,运骈入散;或以骈句为主,间以散句,正与他自己汇融骈散的思想一致。如他的骈文代表作《〈姚石甫文集〉序》,实则介于骈散之间:在用散句介绍完姚莹主要著作之后,再用骈句来发表评论,在

---

① (清)李兆洛:《骈体文钞序》,见《养一斋文集》卷五,《续修四库全书》第1495册集部,76～77页,上海,上海古籍出版社,2002。
② (清)李兆洛:《代作〈骈体文钞〉序》,见《养一斋文集》卷八,《续修四库全书》第1495册集部,119页,上海,上海古籍出版社,2002。
③ (清)李兆洛:《骈体文钞序》,见《养一斋文集》卷五,《续修四库全书》第1495册集部,77页,上海,上海古籍出版社,2002。

骈句中又时而夹杂散句。这些骈句,除了两句相对,还有当句对、隔句对;有四字句、六字句;对偶不严,灵活自然;不务必骈,不求尽散。李兆洛的其他骈文如《皇朝文典序》《玛瑙泉别墅记》《旧言集叙》等行文也几乎都是同《报任安书》《出师表》那样骈散兼行,自然流畅。

三、古文家骈文情感向度的位移

骈散合一是骈文家推尊骈文的一种方式,同样也得到了古文家阵营的积极回应。被《书目答问》列为"不列宗派之古文家"的包世臣将行文之法分为六种,其一即为"奇偶","是故讨论体势,奇偶为先。凝重多出于偶,流美多出于奇。体虽骈,必有奇以振其气;势虽散,必有偶以植其骨"①,论及骈散的不同美学效果以及骈散融会对文章气骨的影响。即便是在桐城后学中间,骈散"相成"的关系也已成为一种共识。

清人谈沟通骈散,最初是侧重在古文中融合骈文之所长,王芑孙就是这方面的代表。他早年向方苞弟子钟励暇学过古文,但为文并不拘泥于所谓"义法",而喜用魏晋人语,又曾用力于东汉、六朝之文,作有骈文四卷,名《渊雅堂外集》。他在写于嘉庆三年(1798)的《外集》"自序"中说"古文之术,亦必极其才,而后可以裁于法"②,自言学骈文是为了"极其才,尽其境,然后反求诸古圣贤人,而治经术为古文"。③他认为学习骈文可锻炼作者的写作才能,以滋补古文创作。同时,正如吴锡麒所评,他的骈文因"从古人入,故根柢深而无枝勿荣"④,也得益于其习读秦汉古文所积累的深厚

---

① (清)包世臣:《论文·文谱》,见《艺舟双楫论文一》卷一,王水照:《历代文话》第六册,5188页,上海,复旦大学出版社,2007。
② (清)王芑孙:《渊雅堂全集·文外集自序》,见《续修四库全书》第1481册集部,318页,上海,上海古籍出版社,2002。
③ (清)王芑孙:《渊雅堂全集·文外集自序》,见《续修四库全书》第1481册集部,318页,上海,上海古籍出版社,2002。
④ (清)吴锡麒:《渊雅堂全集·文外集序》,见《续修四库全书》第1481册集部,316页,上海,上海古籍出版社,2002。

底蕴。不过王芑孙在这篇"自序"中并未就此展开论述，而是替借鉴骈文的古文创作找到了历史依据：

> 自宋以后，欧、曾、虞、范数公之文，非不古也，以视韩、柳则其气质之厚薄，材境之广狭，区以别矣。盖韩、柳皆尝从事于东京、六朝，而欧、曾以下则有所不暇。故欧、曾以下数公自少至老，其体皆纯，而韩、柳则无所不有。韩有东京、六朝之学，一扫而空之，融其液而遗其滓，遂以复绝千余年。柳有其学而不能空，然亦与韩为辅。望溪方氏宗法昌黎，心独不惬于柳，亦由方氏所涉于东京、六朝者浅，故不足以知之，而非柳之果不足学也。①

王芑孙认为韩、柳古文高明之处在于汲取了八代骈文之精粹，相比较而言，韩文能融而化之，柳文则留有痕迹。宋以后，古文与八代文章日渐疏离而境界益狭，至清代，桐城方苞甚至因觉察柳文有六朝余习而贬斥不学②，更显示了他与八代文章的隔膜。这便揭示出韩、柳古文尚存前代骈文的影响，而宋以后随着古文运动的深入，古文体制日益成熟，壁垒也更为森严，骈偶便遭到彻底摒弃。此前袁枚也指出了这一点，他说："韩、柳琢句，时有六朝余习，皆宋人之所不屑为也。惟其不屑为，亦复不能为，而古文之道终焉。"③显然他和王芑孙都以为古文体制的纯净反而使其堂庑变小。所以王芑孙开出了骈散结合的"药方"，希望以此突破明清古文格局趋狭的困境。这一做法对某些寻求出路的古文家很有吸引力，嘉道以后桐城派中也有人采取了兼收骈散的态度，这有利于化解骈散之间的纷争，营造宽松的气氛，并相应促进骈文批评的深入发展。

---

① （清）王芑孙：《渊雅堂全集·文外集自序》，新编《续修四库全书》第 1481 册集部，318 页，上海，上海古籍出版社，2002。
② （清）方苞：《书柳文后》，见《方苞集》卷五，113 页，上海，上海古籍出版社，2008。
③ （清）袁枚：《答友人论文第二书》，见《袁枚全集新编第六册·小仓山房文集》卷十九，363 页，杭州，浙江古籍出版社，2015。

桐城四杰之一的刘开是最先要求沟通骈散的桐城派文人，虽为姚鼐的受业弟子，但他在创作上却与姚鼐有异。他对骈散采取兼收并蓄的态度，表现出古文派内部的改良倾向。其《与阮芸台宫保论文书》云：

> 自屈原、宋玉工于言辞，庄辛之说楚王，李斯之谏逐客，皆祖其瑰丽。及相如、子云为之，则玉色而金声；枚乘、邹阳为之，则情深而文明。由汉以来，莫之或废。韩退之取相如之奇丽，法子云之闳肆，故能推陈出新，征引波澜，铿锵锽石以穷极声色。柳子厚亦知此意，善于造练，增益辞采，而但不能割爱。宋贤则洗涤尽矣。夫退之起八代之衰，非尽扫八代而去之也，但取其精而汰其粗，化其腐而出其奇，其实八代之美，退之未尝不备有也！宋诸家叠出，乃举而空之。子瞻又扫之太过，于是文体薄弱，无复沉浸酣郁之致，瑰奇壮伟之观，所以不能追古者，未始不由乎此。①

与王芑孙一样，刘开也标举韩、柳文章，并将是否得八代文章之美作为衡量古文优劣的重要标准。事实上，他以辞赋作为八代文章的渊源，并希望在古文中吸取汉赋的写法，这表明他对沟通骈散有独特的思考。在《与王子卿太守论骈体书》一文中，刘开又从骈文创作的角度较全面地阐述了骈散沟通的问题。首先他提出，骈散体制各自存在缺陷，故两者必须互补："故骈中无散，则气壅而难疏；散中无骈，则辞孤而易瘠，两者但可相成，不能偏废。"②也就是说，文章一味讲求骈俪会变得臃肿沉滞，一味强调散行则又显得单薄枯瘠，只有间用骈散才能相辅相成、两全其美。这本是一个简单的道理，而当骈文、古文严重对立的时候，人为地给骈散造成了隔阂，文章的体

---

① （清）刘开：《与阮芸台宫保论文书》，见《刘孟涂集》文集卷四，《续修四库全书》第1510册集部，350页，上海，上海古籍出版社，2002。
② （清）刘开：《与王子卿太守论骈体书》，见《刘孟涂集·骈体文卷二》，《续修四库全书》第1510册集部，425页，上海，上海古籍出版社，2002。

制固然纯粹了,但骈散互不相掺的行文拘忌破坏了表达的自然态势,影响了创作效果。所以刘开正式提出这个问题是有现实意义的。

接着刘开强调骈散并不存在实质的差异,其相互沟通是有可能的:"夫骈散之分,非理有参差,实言殊浓淡,或为绘绣之饰,或为布帛之温,究其要归,终无异致……是则文有骈散,如树之有枝干,草之有花萼,初无彼此之别,所可言者,一以理为宗,一以辞为主耳。夫理未尝不借乎辞,辞亦未尝能外乎理,而偏胜之弊,遂至两歧,始则土石同生,终乃冰炭相格。"①他认为骈散的差别主要表现在语言风貌上,骈文重藻饰,散文则相对朴素,这是由于古文以阐发义理为主,骈文以修饰辞藻为尚,而义理、辞藻二者在创作中不可偏废,所以骈散相合符合文章的根本要求。刘开的这一说法后来得到张之洞的发扬,《輶轩语二》"古文骈体文"云:"然骈散两体,不能离析,今为并说之。周秦以至六朝,文章无骈散之别。中唐迄今,分为两体,各为专家之长,然其实一也。义例繁多,殊难备举,试言其略。古文之要曰'实',骈文之要曰'雅'。实由于有事,雅由于有理。散文多虚字,故尤患事不足。骈文多词华,故尤患理不足。各免偏枯,斯为尽美。更有扼要一义,曰不能为古文者,其骈文可知;不能为骈文者,其古文亦可知。"

若将刘开对骈文的态度放入桐城三祖的骈文情感位移中审视的话,就会发现他的骈散交融论符合桐城派在骈散问题上的发展趋势。方苞鲜明排斥骈文,但在《刘大櫆集》中却难发现敌视骈体的论述。而且在《论文偶记》中,刘大櫆从古文创作角度提出骈散句应相杂迭用:"文贵参差。天之生物,无一无偶,而无一齐者。故虽排比之文,亦以随势曲注为佳。好文字与俗下文字相反:如行道者,一东一西,愈远则愈善……一欲偶俪,一欲参差。"②已开刘开之论的先鞭。姚鼐在《古文辞类纂》中选取战国至清代的

---

① （清）刘开:《与王子卿太守论骈体书》,见《刘孟涂集·骈体文卷二》,《续修四库全书》第1510册集部,426页,上海,上海古籍出版社,2002。
② （清）刘大櫆:《论文偶记》,10页,北京,人民文学出版社,1998;见王水照:《历代文话》第四册,4114~4115页,上海,复旦大学出版社,2007。

文章，独不取六朝之文，他说："古文不取六朝人，恶其靡也。 ……惟齐梁以下，则辞益俳而气益卑，故不录耳。"①但在《翰林院庶吉士侍君权厝铭并序》《广州府澳门海防同知赠中宪大夫翰林院侍讲加一级张君墓志》《袁随园君墓志铭并序》中，他又从审美角度肯定朋友们的骈文创作，在给鲍桂星的书信中还说四六"不害为文、学之美"。② 总体说来，姚鼐对骈文的态度开明平和。 姚门弟子大多骈散兼长，由姚鼐此态度，我们就不难理解。

包世臣对骈散差异的思考较能切中要害，道光九年（1829），他与人讨论古文创作时云："是故讨论体势，奇偶为先。 凝重多出于偶，流美多出于奇。 体虽骈，必有奇以振其气；势虽散，必有偶以植其骨。 仪厥错综，致为微妙。"③包世臣和刘开一样认为骈文文气不如古文流畅，但同时他又肯定骈文具有凝重的表达特点，说明其文章气势比古文更为内敛而浑融。 这便能撇开以古文为衡量标准的狭隘立场，对骈文的文章风格作出客观的评价。 因为古文崇尚的雄健气势是骈文所不具备的，历来的古文批评家便往往将骈文贬低为"气衰"，实际上骈文也能展示主体充沛的精神元气，只是呈现方式较为特殊而已，不该径以"气衰"来形容它。 明代批评家已指出这一点，如张溥就强调骈文也能充满"生气"，然而他尚未突出骈文的特殊表现态势。 包世臣则能认识到骈文表达有古文不能企及的一面，尽管将此特点概括为"凝重"未必贴切，但他对骈散气势进行比较，即能深入艺术特质的层次追究两者的异同，为后人研究骈文的艺术特点提供了正确的途径。

上述讨论除了能加深对骈文特征的理解、强调沟通骈散外，还能促成对骈散历史的通盘考虑。 这在湘乡派领袖曾国藩的文论中就有体现，其《送周荇农南归序》云：

---

① （清）姚鼐：《古文辞类纂序》，见《四部备要》第九十二册集部，7页，北京，中华书局，1989。
② （清）姚鼐：《与鲍双五》，见《惜抱先生尺牍》卷四，《丛书集成续编》第130册，924页，台北，新文丰出版公司，1988。
③ （清）包世臣：《论文·文谱》，见《艺舟双楫论文一》卷一，王水照：《历代文话》第六册，5188页，上海，复旦大学出版社，2007。

> 天地之数以奇而生，以偶而成，……故曰"一奇一偶者，天地之用也"，文字之道，何独不然。六籍尚已，自汉以来为文者莫善于司马迁。迁之文其积句也皆奇，而义必相辅，气不孤伸，彼有偶焉者存焉。其他善者，班固则毗于用偶，韩愈则毗于用奇。蔡邕、范蔚宗以下如潘、陆、沈、任等比者，皆师班氏者也；茅坤所称八家，皆师韩氏者也。①

曾国藩认为班固、韩愈之文分别导出奇、偶两派，而司马迁之文为两派的共同源头。他在此想对骈散历史作统一的描述，但为了强调沟通骈散是文章的本性，以司马迁的史传文字为例，实有牵强之处，因为那本是十分典型的散文，与后世的骈体并无直接的联系。虽然曾国藩的论述不够理想，但他兼顾骈散的思路却是极有前途的。

此后，桐城后学大体沿用骈散合一的观点，如姚永朴《文学研究法》云："若夫偏于用奇之文与偏于用偶之文之发生，则用奇者必居乎先，观伏羲画卦先《乾》后《坤》可见。但有奇即当有偶，此亦顺乎自然而不可以已者。"②又如吴曾祺《涵芬楼文谈·属对第三十八》云："自散体之作，别于骈俪为名，于是谈古文者，以不讲属对为自立风格。然平心而论，二者如阴阳畸（奇）耦（偶），不可偏废。自六经以外，以至诸子百家，于数百字中，全作散语，不着一偶句者，盖不可多得。此无他，文以气为主，而气之所趋，苟一泄无余，而其后必易竭，故其中必问以偶句，以稍止其汪洋恣肆之势，而文之地步乃宽绰有余。此亦文家之秘诀，而从来无有人焉尝举以告人者也。"③

嘉道以后，桐城派作家兼长骈文也是一个有意味的现象。姚鼐弟子刘开与梅曾亮都擅长骈文，也都有骈文集。梅曾亮是姚门四大弟子之一，也是继

---

① （清）曾国藩：《送周荇农南归序》，见《曾文正公文集》卷一，《续修四库全书》第1537册集部，549页，上海，上海古籍出版社，2002。
② （清）姚永朴：《文学研究法》，70页，南京，凤凰出版社，2009。
③ （清）吴曾祺：《涵芬楼文谈·属对第三十八》，见王水照：《历代文话》第七册，6617页，上海，复旦大学出版社，2007。

姚鼐之后最有影响的桐城派人物。谭献对他的骈文深为赞许,谓"清深婉约,殊近彦升、季友。伯言先生以桐城派古文名,乃骈俪成就如此,贤者不可测也"①,并以南朝的任昉、傅亮比之。桐城后学一改方苞、姚鼐时期壁垒森严的态势,转而对骈体接纳与喜好,正是骈散合一的极好例证。

四、骈散合一论的影响与价值

李兆洛对道光以后骈散合一论成为文坛大势起到极大的推动作用。清代经过较长时间的骈散之争后,局势渐趋明朗,骈散合一成为通达之人的共识。谭献《复堂日记》卷八列出当时主骈、主散与不分骈散之人的姓名,所列不分骈散者14人,主骈者7人,主散者9人,于此也约略可以看出晚清文坛大势。骈散合一论不仅具有文学史价值,而且具有重要的思想史价值。

李兆洛言传身教,以授业传道渠道推广骈散合一论。道光三年(1823),李兆洛始主讲江阴暨阳书院,《清史稿》本传记载李兆洛的教育成就云:"主讲江阴书院几二十年,以实学课士,其治经学、音韵、训诂,订舆图,考天官历术及习古文辞者辈出。如江阴承培元、宋景昌、缪尚诰、六承如等,皆其选也。"②承培元深得乃师骈文之传,屠寄主持编选的《国朝常州骈体文录》收其《说文解字系传校勘记后跋》一篇,该文以散为主,与李兆洛融通骈散的文风一致;另有弟子夏炜如"尤以遒文丽藻魁能冠伦","根柢既厚,华采益振"③,《国朝常州骈体文录》收其文四篇。可见李兆洛与弟子间的文章传授自具特色。《骈体文钞》在晚清备受推崇,道光、同治、光绪年间一再重刻。朱启勋对此书高度评价云:"李申耆创骈散合一之论,《文

---

① (清)谭献:《复堂日记》补录卷二,光绪十三年十二月初六日,333页,石家庄,河北教育出版社,2001。
② 赵尔巽等撰:《清史稿》卷四九一,见《续修四库全书》第300册史部,274页,上海,上海古籍出版社,2002。
③ (清)缪荃孙:《韵录斋稿序》,见(清)夏炜如:《韵录斋稿》卷首,《清代诗文集汇编》第604册,665页,上海,上海古籍出版社,2010。

钞》一书，破除门户，信可以持平文苑，置驿词场。"①

"骈散合一"的观点不仅在当时为骈散的调和树立了鲜明旗帜，而且对后来的骈文批评家如曾国藩、谭献、朱一新、孙德谦等人影响也很大。谭献推崇《骈体文钞》，并数次加以评点，甚至用"骈散合一"的观点去指导创作；朱一新完全赞成李兆洛为骈文溯源至秦汉的"复古"之举，认为"李氏志在复古，斯选绝精"；孙德谦对《骈体文钞》推崇备至，他在《六朝丽指》中说："李申耆先生《骈体文钞》以六朝为断，盖使人知骈偶之文当师法六朝也。其中六朝名篇，搜采殆尽，余三十之年，喜读此书。"②他们调和骈散的观点大都没有超出李兆洛"骈散合一"的框架，只是强调其中某一方面观点，或者在其基础上展开论述。曾国藩在《湖南文征序》中说："若其不俟摹拟，人心各具自然之文，约有二端，曰理，曰情……自群经而外，百家著述，率有偏胜。以理胜者，多阐幽造极之语，而其弊或激宕失中；以情胜者，多悱恻感人之言，而其弊常丰缛而寡实。自东汉至隋，文人秀士，大抵义不孤行，辞多俪语。即议大政，考大礼，亦每缀以排比之句，间以婀娜之声。历唐代而不改，虽韩、李锐志复古，而不能革举世骈体之风。此皆习于情韵者类也。宋兴既久，欧阳、曾、王之徒，崇奉韩公，以为不迁之宗。适会其时，大儒迭起，相与上探邹、鲁，研讨微言，群士慕效，类皆法韩氏之气体，以阐明性道。自元明至圣朝康雍之间，风会略同，非是不足兴于斯文之末，此皆习于义理者类也。"③曾国藩指出，古文以理胜，骈文以情胜，而阐述义理、表达情感都是创作的自然趋向，所以应沟通骈散，使作品能反映人心之本然。这是对李兆洛骈散兼作观点的理论阐发。朱一新是晚清骈文批评家，对骈文史、骈文创作、骈文文体特征都有精辟论述，其"潜气内

---

① 朱启勋：《骈体文林例言》，见《骈体文林类钞序目》，浙江大学图书馆藏稿本。
② （清）孙德谦：《上抗下坠、潜气内转》，见《六朝丽指》，王水照：《历代文话》第九册，8432页，上海，复旦大学出版社，2007。
③ （清）曾国藩：《湖南文征序》，见《曾文正公文集》卷四，《续修四库全书》第1537册集部，669页，上海，上海古籍出版社，2002。

转"说尤为著名。关于骈散渊源流变,朱一新说:"古人本不分骈散。东汉以后,骈文之体格始成;唐以后,古文之名目始立。流别虽殊,波澜莫二。"①完全承袭了李兆洛骈散"所出者一也"的观点。关于骈散相成,他说:"有阴则有阳,有奇则有偶,此自然之理。古参以排偶,其气乃厚。马、班、韩、柳皆如此,今人亦莫不然,日由之而不知耳。然非骈四俪六之谓。凡文必偶,意虽是而语稍过。若《揅经室集》诸论则偏矣。"又说:"天地之道,有奇必有偶。周、秦诸子之书,骈散互用,间多协韵;六经亦然。西京扬、马诸作,多用骈偶,皆已开其先声。"②还评价"曾选之首西河盖以时代为次,西河不以骈文名,而颇合六朝矩矱,整散兼行,并非钩棘"③,这些都没有超出李兆洛"相杂而迭用"的观点。对于如何学习骈文,朱一新在评价毛奇龄骈散间用的特点后说"惟才力薄弱者,苟欲为此,易至举鼎绝膑,不若效徐、庾、义山一派,可免举止羞涩也"④,又说"六朝文气骩骳,自是衰世之作,但学骈体,不能不宗之",这与李兆洛"欲宗两汉,非自骈体入不可"的观点是一脉相承的。

李兆洛重温汉魏文学,在文坛还下开晚清标举效法魏晋文的风气。更为重要的是,李兆洛的骈散合一论还具有思想史价值,正如有学者指出的那样:"打通骈散的理论要求,汇合着思想界自由意识的潜流"。⑤清初以来的文坛清算了明代前后七子"凭陵韩欧"之谬,认同唐宋为古文主流。而嘉道之际再度出现贬抑韩愈之论,看似重蹈明七子之覆辙,其实反映了文学上更新求变的历史需要。这一转变的信号并不是孤立的,而是与当时悄然兴起的

---

① (清)朱一新:《无邪堂答问》卷二,见《续修四库全书》第1164册子部,517页,上海,上海古籍出版社,2002。
② (清)朱一新:《无邪堂答问》卷二,见《续修四库全书》第1164册子部,517页,上海,上海古籍出版社,2002。
③ (清)朱一新:《无邪堂答问》卷二,见《续修四库全书》第1164册子部,518页,上海,上海古籍出版社,2002。
④ (清)朱一新:《无邪堂答问》卷二,见《续修四库全书》第1164册子部,518页,上海,上海古籍出版社,2002。
⑤ 曹虹:《清嘉道以来不拘骈散论的文学史意义》,载《文学评论》,1997(3)。

学术新风有密切的关系。无论是今文经学的兴起，还是经世致用之风的复苏，都深受"殆将有变"的时代刺激，试图突破原有的学术格局，展现思想的风采，同时关注文辞表现的闳丽。这就容易使他们把文章理想寄托在先唐，尤其是汉晋时代。李兆洛《答汤子厚》曰："曩与彦文论骈体，以为齐、梁绮丽，都非正声，末学竞趋，由纤入俗，纵或类鬼，终远大雅，施之制作，益乖其方，文章之家遂相诟病。窃谓导源《国语》及先秦诸子，而归之张、蔡、二陆，辅之以子建、蔚宗，庶几风骨高严，文质相附。要之此事雅有实诣，非可貌袭。学不博则不足以综蕃变之理；词不备则不足以达蕴结之情；思不极则不足以振风云之气。"①这里提到以张（衡）、蔡（邕）、二陆（机、云）等人为归趣，实现"风骨高严，文质相附"的理想风格。作为一种理想的原型，它从历史中被发掘出来，当然是基于其本身的特点以及发掘者切身的期待。汉晋文章的特点是属词隶事、声色渐开，但尚没有发展到取青媲白、讲究新巧的极致，这种中间状态容易符合词意相称、文质相附、骈散相间等文学趣味。

正如汤鹏在《浮邱子·树文》中所深切感到的"疏解调通之言，济时艰也"那样，试图突破陈规旧套对人心的桎梏是十九世纪中叶前后抱有忧患意识的文士共同的精神趋向。李兆洛、谭献等人明确倡导的不拘骈散论在文章学上积极提供"疏解调通"的具体方案，同时还引导自由通达的思维方法，因而在文学思想史上有其不可忽视的地位。谭献在《复堂日记》中写道："明以来，文学士心光埋没于场屋殆尽，苟无摧廓之日，则江河日下，无可倚杵。予自知薄植，窃欲主张胡石庄、章实斋之书，辅以容甫、定庵，略用挽救，而先以不分骈散为粗迹、为回澜。"②这里就把"不拘骈散"与挽救人心紧密联系起来，可见文学上的更新也是整个思想文化形态更新的一个环节。不过，十九世纪中叶前后，思想界尚缺乏外来文化的强烈激发，因而

---

① （清）李兆洛：《答汤子厚》，见《养一斋文集》卷八，《续修四库全书》第1495册集部，126～127页，上海，上海古籍出版社，2002。
② （清）谭献：《复堂日记》卷三，59页，石家庄，河北教育出版社，2001。

各种更新的方案仍然需要依托逝去的历史,在古人身上寄寓理想。 经学上的今文经学派以及不拘骈散论者回归魏晋,就是这种古典形态的反映。

◎ 小　结

历经一代代骈文家的努力,骈文势力大增,由阮元倡"骈文正宗"论挑战古文地位,标志着清代骈散之争进入第二阶段。 其说发凡起例自成一格,然谓正论则不可。 郭绍虞评价云:"(阮元)以扬骈文之焰,为了托体自尊,所以挟孔子《文言》作证以为重。 但因意有偏主,立论就难于圆融。"①其文学观念狭隘,以致成了后来章炳麟《文学总略》主要搞击的对象:"阮元之徒猥谓俪语为文,单语为笔。 任昉、徐陵所作,可云非俪语邪?"②但阮元始终固守这一观念,其后自订《揅经室续集》《揅经室再续集》仍以经、史、子、集分类编排。 骈散之争的第三阶段是古文派与骈文派调和,倡骈散交融。 从这个意义上讲,李兆洛是骈散之争的仲裁者、骈散理论的总结者。 面对骈文的强势崛起与骈文理论家的攻势,桐城后学在博弈中不得不顺应潮流,重新定位骈文。 随着骈散之争的进一步发展,两派中人超越门派的界限,逐渐走向了以刘开、李兆洛、蒋湘南、包世臣等人为代表的骈散合一的道路,于是咸同以后骈散合一、混融蔚成一代风气。 正如光绪间的谭献所云:"吾辈文字不分骈散,不能就当世古文家范围,亦未必有意决此藩篱也。 不谓三十年来几成风气。"③这是更为公允的选择,也是骈散竞雄的必然结局。

---

① 郭绍虞:《中国历代文论选》第三册,591 页,上海,上海古籍出版社,1980。
② (清)章太炎:《国故论衡·文学总略》中卷,51 页,上海,上海古籍出版社,2003。
③ (清)谭献:《复堂日记》卷八,191 页,石家庄,河北教育出版社,2001。

第十九章
嘉庆、道光年间的八股文思想

　　八股文作为封建社会的产物，随着新文化运动兴起而臭名昭著，殆成刍狗，刘绍棠的一段话颇具代表性："在我的印象里，八股文是和缠足、辫子、鸦片烟枪归于一类的，想起来就令人恶心。"[1]进入二十世纪以后，八股文处于一片咒骂声中，时代意见不断地寻找着与之相吻合的历史意见中的消极面[2]，因此现代学术研究集中于对古代批判材料的梳理。《聊斋志异》《儒林外史》《红楼梦》更以其通俗的文体方式而成为人们耳熟能详的材料，彰显二十世纪的批判所来有自。 这种一边倒的现象造成对另一种声音的严重遮蔽：古代精英层中不乏维护八股文者。 本章尝试以清代几个代表性人物为中心，以八股文取士的消极面透视其积极面。 姚鼐一生兼跨乾隆、嘉庆二朝，其有关八股文的思想亦放在本章论述。

---

[1] 刘绍棠:《八股文概说·序》，见王凯符:《八股文概说》卷首，1 页，北京，中华书局，2002。
[2] 本章借用了钱穆先生提出的时代意见与历史意见一组对立概念。 钱穆《中国历代政治得失》云："任何一种制度，决不会绝对有利而无弊，也不会绝对有弊而无利。 所谓得失，即根据其实际利弊而判定。 而所谓利弊，则指其在当时发生的实际影响而觉出。 因此要讲某一代的制度得失，必须知道在此制度实施时期之有关各方意见之反映。 这些意见，才是评判该项制度之利弊得失的真凭据与真意见。 此种意见，我将称之曰历史意见……待时代隔的久了，该项制度早已消失不存在，而后代人单凭后代人自己所处的环境和需要来批评历史上以往的各项制度，那只能说是一种时代意见。 时代意见并非是全不合真理，但我们不该单凭时代意见来抹杀以往的历史意见……这两者间，该有精义相通，并不即是一种矛盾与冲突。"参见钱穆:《中国历代政治得失》，5～7 页，北京，生活·读书·新知三联书店，2001。

◎ 第一节
概　述

　　八股取士制度起于明代。随着科举考试的发展，这种取士制度流弊丛生，在明代已生觖望之声。王士禛云："甫离龀即从事学官，顾其所习，仅科举章程之业，一旦取甲第，遂厌弃其事。至鸣玉登金、据木天藜火之地者，叩之，自一二经史之外，不复知有何书，所载为何物，语令人愦愦气塞。"①何景明亦云："今之师，举业之师也。执经授书，分章截句，属题比类，纂摘略简，剽窃程式，传之口耳，安察心臆，叛圣弃古，以会有司，是故今之师，速化苟就之术，干荣要利之媒也。"②此类批评见于明代中后期文人别集甚多，难以备举。明清鼎革之际，天衢尚梗，许多文人痛心疾首，将八股取士与国运结合思考，批判之声更为鼎沸。于是有人用红纸大书之曰："谨具大明江山一座，崇祯夫妇两口，奉申赘敬。晚生八股顿首。"顾炎武亦抨击八股文："败坏天下之人材，而至于士不成士，官不成官，兵不成兵，将不成将，夫然后寇贼奸宄得而乘之，敌国外侮得而胜之。"③明末遗民将八股文与明代亡国相联系，显得尤为沉痛。

　　清承明制，继续以八股文作为国家选拔人才的基本手段，明代关于八股文的是非之争注定因之而延续不绝。鉴于前明八股取士的流弊，清代前期统治者对该制度的兴废一度摇摆不定。顺治、康熙、雍正年间，朝野上下废除

---

① （明）王士禛：《与陈户部晦伯》，见《弇州山人四部稿》卷一二六，《文渊阁四库全书》集部1281册，127页，台北，台湾商务印书馆，1986。
② （明）何景明：《司问》，见《大复集》卷三三，《文渊阁四库全书》集部1267册，297～298页，台北，台湾商务印书馆，1986。
③ （清）顾炎武：《生员论中》，见《亭林文集》卷一，《亭林遗书十种》，《四库全书禁毁丛刊》集部第118册，595页，北京，北京出版社，1997。

八股取士的主张纷纭,康熙二年至八年(1663—1669)甚至一度暂停八股取士。① 乾隆三年(1738),以兵部侍郎舒赫德为代表的科举改革激进派奏请改科举、废八股。 舒赫德认为,科举之制"凭文而取,按格而官"已非良法,又加"积弊日深",中者多由侥幸,不能得人。 因此,必须加以彻底改革,"别思所以遴选拔真才实学之道"。② 乾隆六年(1741),归允肃又在"恭呈御览"的乡试录序中大胆发表议论:"夫科举之学,至沿为腐烂饾饤,其弊非一日矣。 有心者思欲廓然大变之,必正其指归,使学问有本原,而议论有据依。"③乾隆九年(1744),礼部在答复舒赫德废科举制议时云:"且夫时艺取士,自明至今殆四百年,人知其弊而守之不变者,非不欲变,诚以变之而未有良法美意以善其后。"④因无法找到更好的取士之法,这些建议一再被束之高阁。⑤ 乾隆帝晚年,翰林院侍读杨述曾再次提出废除八股。 据《清史稿·选举志三》载:"(《钦定四书文》)行之既久,攻制义者,或剽窃浮词,罔知根柢,杨述曾至请废制义以救其弊。"⑥在古人文字中罕见对此事态度的痕迹,杨述曾的建议大概未能引起朝野的任何反应。

八股文首先是一种取士的工具,具有鲜明的社会政治性,对于它的评判中,社会政治功能的得失是一个重要的维度。 乾嘉时代承前代之风,对八股取士制度进行抨击,大体上从三个方面展开,第一,立足经世致用,抨击八股时文空疏而无济于时务;第二,立足传统文化的嬗递,抨击科举制造成学术文化的断层;第三,立足士子"久困场屋"的"郁郁赍恨",抨击科举制扼杀人才。⑦ 八股文本身的价值是评判的另一个维度,法式善云:"今操觚之

---

① 详情请参见王戎笙:《清代前期科举取士的兴废之争》,见《明清论丛》第一辑,52~56页,北京,紫禁城出版社,1999。
② 《议时文取士疏》,见(清)贺长龄:《皇朝经世文编·礼政四》卷五七,近代中国史料丛刊本。
③ (清)归允肃:《顺天辛酉科乡试全录序》,见《归宫詹集》卷一,《清代诗文集汇编》第158册,360页,上海,上海古籍出版社,2010。
④ 《议时文取士疏》,见(清)贺长龄:《皇朝经世文编·礼政四》卷五七,近代中国史料丛刊本。
⑤ 参见(清)梁章钜:《制义丛话》卷一:"是时鄂文端公当国,力持议驳,制艺得不废者,文端之力也。"陈居渊点校,15页,上海,上海书店出版社,2001。
⑥ 《清史稿》卷一〇八,志第八三,3153页,北京,中华书局,1976。
⑦ 周积明:《乾嘉时期对科举制度的批判》,载《湖北大学学报》,1988(5)。

士莫不为时文,然于四子六籍不必穷其奥,于百家九流不必涉其藩,于古今盛衰升降之原不必旁通而博览,取一二科场之作,剽其字句,谐其声音,欣欣然以为得其道,无惑乎? 时文之日敝也。"①因社会政治功能失效的祸及以及现实写作的层层因袭,连八股文这种文体本身也普遍遭到人们的唾弃。《明史·艺文志》不列名家时艺稿,《四库全书》亦不采时文制艺。② 当时对八股文之鄙视甚至达到认为不能为时文作序的程度。③

通常人们视八股文体卑而不为,仅迫于家贫或遵父命才勉力应举,袁枚的态度是清代士林如何对待八股文的极佳个案。 袁枚博学鸿词科报罢后,为图生存,不得不拾起他自幼便嫌恶的八股文,"前望径绝,势不得不降心俯首,惟时文之自考。 又虑其不专也,于是忍心割爱,不作诗,不作古文,不观古书……于无情处求情,于无味处索味。 如交俗客,强颜以求欢。 半年后于此道小有所得,遂捷南宫,入词馆",待青紫既拾之后则视之如敝屣,"四十年来真与时文永诀"。④ 为攻克时文这个拦路虎,他自己曾拟了几十个八股文的题目,并统统做成文章,将八股文从运思方式到表达方式都吃透。这些文章后来被他的学生秦涧泉编成《袁太史稿》,在社会上广为流传,成为指导士子的程墨范本。 但袁枚本人对这些文章十分轻视,"每谈及时义即

---

① (清)法式善:《吴蕉衫制艺序》,见《存素堂文集》卷三,《续修四库全书》第1476册集部,699页,上海,上海古籍出版社,2002。
② 见《钦定四库全书总目·卷首》,乾隆三十七年正月初四圣谕:"除坊肆所售举业时文及民间无用之族谱、尺牍、屏幛、寿言等类,又其人本无实学,不过嫁名驰骛,编刻酬唱诗文,琐屑无当者,均无庸采取外,其历代流传旧书,内有阐明性学治法、关系世道人心者,自当首先购觅。"实收《经义模范》《钦定四书文》两部时文,算是例外。
③ 王芑孙云:"时文序人集诚自可厌。 近流中颇有言时文序不必作,不必存者,其陈义虽高,然此一物者,亦已萃四五百年人精神材力于其中,且有甘心不第尔名其业而槁项以死者,岂能无作又焉得无存乎? 但语有可存则存之矣。"(转引自法式善《存素堂文集》卷三《曹景堂制艺序》)又恽敬《大云山房文稿》初集卷三《答蒋松如书》云:"乃今之号为知古文者,曰不得作四子书文序,嗟乎! 诚使陆敬与司马君实诸人生于今日为四子书文,韩退之、李习之、曾子固诸人为之序,传之数千载之后,其尊于扬雄之伪言、刘歆之饰说,盖可必也。"
④ (清)袁枚:《与俌之秀才第二书》,见《小仓山房文集》卷三五,《袁枚全集》第二册,643页,南京,江苏古籍出版社,1993。

歉然，以少年刊布流传为悔。"①"世堪周旋先生者五年矣。先生时时言古文、言诗，而不甚谈时文。"②袁枚将郑板桥作为戏讽对象，有人向他讨教时文秘诀，他一概推给郑板桥："近来时文作手，或推伊福纳为最，郑燮次之，此殊大谬。伊能诗而时文不精，板桥深于时文而不会做诗，欲求深造，盍往见板桥求教乎？问道于盲，无益也。"③然为生存计，袁枚又世故地奉劝在体制内生存的士子们习八股、预科考。其《答袁惠缵孝廉书》云："时文之病天下久矣，欲焚之者，岂独吾子哉？虽然，如仆者焚之可耳，吾子固不可也。仆科第早，又无衡鉴之任，能决弃之，幸也。足下未成进士，不可弃时文；有亲在，不可不成进士。"④又《与陈省斋转运》云："尊卷行期在即，颇觉六年师弟，分手为难，所谆谆勖之者，渠于时文八股，少精进功夫。虽天下皆知罗隐，何须一第？然青云阶梯，非此不可。此事无关学问，而有系科名，他日大父含饴时，还须慈训及之。"⑤

乾隆朝国泰民安，任才使贤并不迫切，这也是终乾隆一朝，朝廷有关废除八股取士制度的争议相对缓和的重要因素之一。嘉庆、道光以后，内忧外患迭起并凑，山河失序，世衰道微，人才匮乏成为一个时代的殷忧，龚自珍甚至发出"我劝天公重抖擞，不拘一格降人才"的疾呼。同时，禁网渐疏，后生新进，顾忌渐忘，多敢言时事。尤其是道光以后，反思八股取士制度之风再次兴起，恰与清前期呈双峰并峙之势。

道光十三年（1833），胡林翼在给弟弟的一封信中写道："兄尝独居私念，秦始皇焚书坑儒，而儒学遭厄。明太祖以八股取士，而儒学再遭厄。

---

① （清）袁谷芳：《小仓山房文集后序》，见袁枚：《小仓山房文集》卷首，《袁枚全集》第五册，南京，江苏古籍出版社，1993。
② （清）黄世堪：《袁太史稿序》，见（清）袁枚：《袁太史稿》卷首，《袁枚全集》第五册，南京，江苏古籍出版社，1993。
③ 转引自（清）郑板桥：《与伊福纳》，见郑炳纯辑：《郑板桥外集》，95页，太原，山西人民出版社，1987。
④ （清）袁枚：《答袁惠缵孝廉书》，见《小仓山房文集》卷一七，《袁枚全集》第二册，290页，南京，江苏古籍出版社，1993。
⑤ （清）袁枚：《与陈省斋转运》，见《广注语译小仓山房尺牍》，119页，上海，世界书局，1937。

1108　第三编　清中期的文学艺术思想（下）

始皇之意，人咸知其恶。焚固不能尽焚，坑又未能尽坑。且二世即亡，时间甚暂，其害尤浅。独明祖之八股取士，外托代圣立言之美名，阴为消弭枭雄之毒计，务使毕生精力，尽消磨于咿唔咕哔之中，而未由奋发有为，以为家国尽献谟之献，此其处心积虑，以图子孙帝王万世之业，诚不失为驾驭天下之道，而戕贼人才，则莫此为甚。怀宗有言：'朕非亡国之君，诸臣皆亡国之臣。'则明祖以私学取士之制，亦且贻其子孙忧。此其制度之必须变革，诚有不容缓者矣。"[1]此外，如龚自珍、包世臣、潘德舆等，都主张废除八股文。光绪三十一年（1905），光绪帝正式下诏，宣布废除科举制度："自丙午科为始，所有乡会试一律停止，各省岁科考试亦即停止。"[2]处万劫不复之境的八股文终于寿终正寝。

但是我们必须明白，不同的个体，由于其阶层、地域、家境、年龄、学历、身份、性格、交友等具体情况的不同，对于同一种政治制度、同一种文体，其体验是千差万别的。郑板桥引袁枚为知己，但他对八股文的态度则与袁枚迥异，偏向八股取士制度，曾云："明清两朝，以制艺取士，虽有奇才异能，必从此出，乃为正途。其理愈求愈精，其法愈求愈密，鞭心入微，才力与学力俱无可恃，庶几弹丸脱手时乎？若漫不经心，置身甲乙榜外，则曰：'我是古学'，天下人未必许之，只合自许而已。老不得志，仰借于人，有何得意？"[3]郑板桥嗜好八股文甚至到痴迷的程度，自言幼时行匣中只有徐渭《四声猿》和方百川制艺二种，随行数十年不忍弃去。即便同一人，不同时段态度也会截然不同，如龚景瀚"少时不喜为时文，随侍河南，每试一艺，纵笔所之，塞责焉而已。先大夫忧之，亦不甚拘之绳墨"，既归，试于有司，虑及八股文为进身之资，"苟不尽其心焉，是自欺以欺人"，因取家藏先辈稿及名人选本尽而览之，沿流溯源，最终大悟"四书文与诗、古文辞本无

---

[1] （清）胡林翼：《致保弟枫弟》，见《胡林翼集》（二），1028~1029页，长沙，岳麓书社，1999。
[2] 沈桐生：《光绪政要》卷三十一，2220页，台北，文海出版社，1985。
[3] （清）郑板桥：《板桥自叙》，见《郑板桥集·补遗》，177页，上海，上海古籍出版社，1979。

二道，苟有所得，皆实学也"。①

◎ 第二节
路德的八股文观念

路德（1784—1851），字闰生，号鹭洲，陕西盩厔（今陕西周至）人。嘉庆十四年（1809）进士，官户部主事，著有《柽华馆全集》。路德既是时文的得益者，又培养过不少掇青拾紫的弟子，其时文理论的一个重要方面，是回应攻击者提出的时文无法选拔出人才的责难。路德从文体形式出发，论证八股取士制度的合理性。他认为八股文本身并无用处，却是一种最佳的手段：八股文以其题之万变，最能督促实学。换言之，八股文仅仅是一种工具，本身不是目的。

嘉道时期，乾隆后期所积累的社会危机已经显现，有识之士强烈要求取士的文体——八股文担负起培育士子经世致用观念与才能的责任。多次出任主考官的姚文田反复强调这一点："窃惟圣贤之言，所以垂教万世者，非徒为诵说而已，固将胥天下而俾之有用也，而学者习其文而通其义，亦非徒为讲贯而已，固将因其言而致之于用也。是故经义之兴，远轶词赋，岂惟所托者高，亦谓优柔厌饫？苟至于有所发明，则修己理人之要在是矣。自浅者不察，以是为弋取科名之具，故乃矜尚词藻排比声律，其极或至踳驳芜杂，而斯事遂尽归无用，盖其于国家取士之意亦失之远矣。"②如此反复强调，恰恰从反面表明八股取士制度的目标——培育士子内可修身、外可治国的失败，

---

① （清）龚景瀚：《积石山房四书文自叙》，见《澹静斋文钞》卷二，《续修四库全书》第 1474 册集部，572 页，上海，上海古籍出版社，2002。
② （清）姚文田：《嘉庆丁丑科会试录后序》，见《邃雅堂集》卷二，《续修四库全书》第 1482 册集部，374 页，上海，上海古籍出版社，2002。

八股文成为有识之士锋芒所指也就在所难免。

　　与之相对应的是，八股文作为取士工具有无合理性成为嘉道之际一个尤为迫切需要回答的问题。八股文是一种人为设计的取士文体，其设计者认为：圣贤之言是治国与齐家的良方，斯人亡而其言存，传载其言的经典文本示来者以轨则，蕴藏着普世的道理，现世一切问题都可以从中找到答案，只要学习好这些经书，什么问题都可以得到有效的解决。例如，蔡世远云："国家以制义取士，非徒使人敝精劳神，猎取词华，组织文字以为工也。盖以从古圣贤之言，无过于四子之书，读者玩心力索于此，则内自家庭之间，以及于事君交友、治国平天下之道，毕具于此。"①纪昀亦云："窃谓国家设科取士，将使共理天下事也。士修于家而献于廷，亦预储其学以分理天下事也。必深明乎理之是非，而后制事有所措；必折衷于圣贤之训，而后能明理之是非。圣贤之训，莫著于六经，故科场以经义为最重，所以明其理也。自隋唐以来，以诗赋试士者，不过一两朝，以经义试士者，则自宋至元至明至本朝，相沿历久而不易，岂非以明经为致用之本欤？"②他们认为八股文阐述圣贤的金科玉律，蕴含经天纬地的道理。但是，这种说法难以经受实践的检验，早被人道破。康熙初年，索尼、鳌拜辅政时曾公开诏称："八股文章，实与政事无涉。至今之后，将浮饰八股文章永行停止，惟于为国为民之策论中出题考试。"③乾隆年间八股兴废论争中力主八股的鄂尔泰事后也曾一针见血地说："非不知八股为无用，特以牢笼志士，驱策英才，其术莫善于此。"④嘉道之际，应经世思潮的需要，研究史学、考证掌故蔚然成风。躬逢其盛的胡林翼云："夫学问之道，当先端趋向，明去取。今之为时艺者，意果何所居哉！简练揣摩，无非借此以为进身之具，干禄之阶，作终南之捷

---

① （清）蔡世远：《九闽课艺序》，见《二希堂文集》卷二，《文渊阁四库全书》集部1325册，680页，台北，台湾商务印书馆，1986。
② （清）纪昀：《壬戌会试录序》，见《纪文达公遗集》文集卷八，《续修四库全书》第1435册集部，337～338页，上海，上海古籍出版社，2002。
③ 《圣祖仁皇帝实录》卷九，康熙二年八月条下，见《清实录》第四册，北京，中华书局，1985。
④ 陆保璇：《满清稗史》第三十一节《用儒术以笼络汉族》，北京，中国书店，1987。

径耳。使世主不由此以取士,则又将遁而之他,彼之心目中何尝知圣人之微言大义哉! 兄意时艺既为风会所趋,诚不妨一为研究。惟史学为历代圣哲精神之所寄,凡历来政治、军事、财用、民生之情状,无不穷源竟委,详为罗列。诚使人能细细批阅,剖解其优劣,异日经世之谟,即基于此。二弟其勿仅虚掷精神于无用之地,而反置根本之文学于不顾也。"①嘉道经世史学的兴起表明先知知识分子已不再从经书里寻找经世方法,沿用传统的观点为八股取士制度辩护易沦为游谈以欺人。

另一种递相祖述的说法是:通过八股文迫使士子阐发圣贤之微旨,由此以观其心术。中国古代阐释学强调读者与经典的心灵遥契,并反求诸己,躬行践履,文与行并行一致。统治者对于八股取士的预设正以此为前提。嘉庆帝曾谕示考官周系英云:"命题必正当,录文必雅厚。言为心声,其文醇者,其人必端重,异日出身加民可以为好官。"②考官与士林间亦多流行这种论调,如吴荣光云:"其为文而论议卓越也者,其人必博古通今而达于事理;其为文而训词深厚也者,其人必行端谊正而优于器识。盖修辞所以居业,而因文可以知人。"③谢金銮云:"国家以制义取士,必于四书命题,盖以人通是书,则其人必贤,其才必可用也。然则读四书者,当思其所以读之故;为制义者,当思其所以为之故。四书之旨,非身体力行,则其说必不能精,此又文行一本之道耳。"④龙瑛亦云:"惟文运之隆关乎世运……言为心声,因其言以考其学与识,而其心术之所向,与夫品诣之所成,亦从可知。彼逐新趋异,夸目尚奢,专事揣摩剽窃之术者,所蕴不深,所发必不厚。"⑤文品与

---

① (清)胡林翼:《致保弟枫弟》,见《胡林翼集》(二),1029 页,长沙,岳麓书社,1999。
② 参见包世臣为周系英写的《戊辰江南试录后序》,见包世臣:《小倦游阁集》卷二四,《续修四库全书》第 1500 册集部,590 页,上海,上海古籍出版社,2002。
③ (清)吴荣光:《嘉庆丁卯科浙江乡试录后序》,见《石云山文集》卷一,《续修四库全书》第 1498 册集部,48 页,上海,上海古籍出版社,2002。
④ 转引自(清)梁章钜:《读经》,见《退庵随笔》卷十五,《续修四库全书》第 1197 册子部,363 页,上海,上海古籍出版社,2002。
⑤ (清)龙瑛:《山西乡试录序》,见(清)罗汝怀:《湖南文征》卷七八《序二十三》,同治十年刻本。

人品一致的事例固然可以举出很多，但不可否认的是，文品与人品不一致的事例亦不胜枚举。曾国藩指出："朝廷以制义取士，亦谓其能代圣立言，必能明圣贤之理，行圣人之行，可以居官莅民，整身率物也。若以明德、新民为分外事，则虽能文能诗，而于修己治人之道实茫然不讲，朝廷用此等人作官，与用牧猪奴作官何以异哉？"①曾国藩的疑问正说明当时文品与人品分裂的窘境，连康熙帝也曾举例云："从前韩菼作时文甚佳，而为人不称所学，有学问而无人品，其所学亦何足道哉？"②躬行践履、文行不悖的取士预设理念不仅被塞涩不顺的实践击成败鳞残甲，仅就理论而言，也被纪昀等人撕开一道巨大裂缝。雍正七年（1729），协理山西道事李元直在密折中云："衡之以八股时文，而望其为忠臣、为良吏，此所取与所需者相左也。夫八股时文，能为端人正士之言，未必无卑污苟贱之行；能为慷慨经济之论，未必有治民理事之才。"③纪昀亦云："若夫人品心术之邪正，视其人他日之自为，才略之短长待圣天子他日之甄别，器使非场屋之文所可尽觇其生平。"④因此，从道德社风层面肯定八股取士制度同样苍白无力。

路德的高明之处在于不再蹈袭圣贤之言外可治国、内可修身的一套陈言。卢抱经《钟山书院课士文序》曾云："时文者，验其所学，而非所以为学也。"⑤路德之意庶几近之，他认为"工此道（八股文）者，内无益于己，外无济于人"。⑥通行的说法谓八股文可窥心术，此心术指一种道德之心。路德则认为考察的重心应是"实学之心"，为文与为政本一心，以真心为八

---

① （清）曾国藩：《致澄弟温弟沅弟季弟》，见《曾国藩全集》（家书），39页，长沙，岳麓书社，1994。
② 《圣祖仁皇帝实录》卷二三九，康熙四十八年十月条下，见《清实录》第六册，385页，北京，中华书局，1985。
③ 中国第一历史档案馆编：《雍正朝汉文朱批奏折汇编》，雍正七年三月初六协理山西道事李元直奏请更定取士方法折，791页，南京，江苏古籍出版社，1986。
④ （清）纪昀：《甲辰会试录序》，见《纪文达公遗集》文集卷八，《续修四库全书》第1435册集部，336页，上海，上海古籍出版社，2002。
⑤ （清）袁枚：《牍外余言》卷一第四十则，见《袁枚全集》第五册，南京，江苏古籍出版社，1993。
⑥ （清）路德：《仁在堂时艺辨序》，见《柽华馆全集》文集卷二，《续修四库全书》第1509册集部，341页，上海，上海古籍出版社，2002。

第十九章　嘉庆、道光年间的八股文思想　*1113*

股文者,日后亦必以实学治国。其言云:

> 士当未遇时,无民社之责,无簿书符牒之劳;不商不贾,匪农匪工,其日夜所业者,不过案头数事耳。于此而卤莽灭裂,何事不卤莽灭裂乎?于此而因陋就简,何事不因陋就简乎?于此而务苟得,何事不务苟得乎?于此而贪逸获,何事不贪逸获乎?今日之士,即异日之官,即不尽为官,亦乡间之所矜式、子弟之所则效也。不务实学,而惟剽窃之是务,是亦大可忧也。①

同理,对"实学之心为文"与"实心为吏"同构一致关系也必然要予以阐明。路德自觉提出"国家以文章取士,将以储政事才也。而文士登仕籍者或竟不达于政,岂为文一心,为政又一心哉"②的疑问,并将这种不一致归罪于"文士操术之误,亦鉴裁者未得其真"。其言云:"人惟一心,心所藏者神,善藏则神全,神全则用不匮,安有通于此而窒于彼者?强怒虽严不威,强亲虽笑不和,神不许也。真怒未发而威,真亲未笑而和,神先动也。今之业时艺者,摹花样,倚声调,有枝叶而无根底,多外貌而少内心,终身役役求一言之几乎道而不可得,是亦强怒强亲而不神者也。以不神者为文,文未必不售;以不神者为政,吾固知其龃龉而难入。……国家以文章取士,将以储政事才也,其取焉而不得者,乃文士操术之误,亦鉴裁者未得其真耳。得其真则文章政事并为一途矣,奚止拔十得五哉?"③乾隆三年(1738)的八股文兴废论争是一次最为主要的社会政治功能视角的大碰撞。以鄂尔泰、张廷玉等为意志的礼部在复奏舒赫德废除八股取士的提议时,就

---

① (清)路德:《仁在堂时艺辨序》,见《柽华馆全集》文集卷二,《续修四库全书》第1509册集部,341页,上海,上海古籍出版社,2002。
② (清)路德:《求益斋时艺序》,见《柽华馆全集》文集卷二,《续修四库全书》第1509册集部,326页,上海,上海古籍出版社,2002。
③ (清)路德:《求益斋时艺序》,见《柽华馆全集》文集卷二,《续修四库全书》第1509册集部,326~327页,上海,上海古籍出版社,2002。

搬出苏轼所强调的"得人之道在于知人,知人之道在于责实"的论调,认为只要"司文衡职课士者","循名责实,力除积弊,杜绝侥幸",就会"文风日盛,人才自出"。 概言之,八股取士之弊不在内容、方式,而在"上以实求,下以名应",即执行者未能有效落实。 这一托词在当时颇为官场所沿用,如余集云:"臣惟四子六经之书,古圣人冲穆之微言,经猷之盛轨也。制义之旨在乎明经,经明而后道明;道明而后治明,故以经义试士行之数百年而不改,而国家亦借以收用人之效焉。 承学之士,不揣其本而惟苟且剽窃之,是求艰僻诡遇之,是习此学者之过,而非制义之失也。"[①]邵晋涵亦云:"臣惟制义取士,制者奉功令之程式,义者阐圣贤之绪言,举两言而君师之统已备,士人欲求圣贤之绪言以遵功令之程式,孰有过于尊经者乎? ……乃或志在弋获,舍圣贤经传与夫汉唐宋元之训释于不讲,而取世俗所谓揣摩之文模拟剽窃,以为逢时之技。 幸而偶遇,又以其术授之于人,辗转伪谬,未有穷已。 学术不端,由于心术不正,与设科取士之意毋乃大相刺戾乎?"[②]甚至连普通下层知识分子也怀此看法,如科举制度的沦落人蒲松龄,在他的《聊斋志异》一书中更多的是将矛头集中于科场上的不公,把责任归结于考官的无能和贪赃。 英雄失路的蒲松龄无意击垮维系读书人身家性命的科举制度,而是期盼它有所改良与完善。 路德的解答在方法、思路上完全借用这种官场套语,并没有提供新的内容。

而且路德坚信文章之诚伪是客观存在的,且一定能够鉴别.其言云:"虽然,神不可伪也! 水之性不杂则清,莫动则平;鉴明则尘垢不止,止则不明。 天下人类繁矣,事机隐矣,躁人视之而弗见,惟静者审查而得之。 李惠击羊皮而负薪者屈,张举验猪咙而作奸者伏罪,傅令破鸡得粟而争鸡者无

---

① (清)余集:《河南乡试录后序》,见《秋室学古录》卷四,《续修四库全书》第1460册集部,327页,上海,上海古籍出版社,2002。
② (清)邵晋涵:《广西乡试录序》,见《南江文钞》卷五,《续修四库全书》第1463册集部,428~429页,上海,上海古籍出版社,2002。

辞，当时惊以为神，而不知非神也，静也。为文何独不然哉？"①张颐园通籍后仍勤于时文而不辍，并有善政。路德认为真心作时文者吏事必如是，张颐园成为支撑其主张的有力证据。他借为张颐园写时文序申明："世之工时文者多矣，其真伪奚以辨？辨于应试，非具眼不能也。辨于通籍后，凡作伪者可立谈而破也。士人一入宦途恒束书高阁，口不谈文，斯人也，固曩昔之登巍科膺华选，自谓能文者也，何淡漠若是？及观其应试之文，大抵尚涂饰倚声调，枝叶似而根柢非，外貌多而内心少。彼所涉者，藩篱耳；所学者，土梗耳。其人之也浅，故其出之也速；其得之也易，故其弃之也不惜。凡饮食久而生厌者，必不知其味者也；凡游佳山水而不复追思者，必未得其情者也。知其味者则朝夕餍饫之矣，得其情者则不惮数数游矣。文人之文，文人之心也，作文此心，作吏亦此心，心顾可以转移乎哉？"②

路德讲席关中三十余年，以时文授徒扬名西北。他为八股取士制度辩护最重要的策略，是区分真作八股文者与伪作八股文者。路德教书训徒以培养根基为旨归，故其此言有几分底气。何为真作八股文者？路德以为就是那些研精理法于书理、文法、经籍、笔力四者俱得的有志之士，"艺之所以为艺，终古不变者也，得其所不变而后能善变。朝为尤王可也，夕为章罗亦可也。虽风气一日一变，亦谁得而厄之哉？"③路德又云："汉儒之释经，博而烦，程朱起而正之；程朱之释经，精而略，元明以后之儒因而推广之。孔曾孟不世出，程朱亦不世出，赖后儒之一知半解，开寨疑网，羽翼前人，彼亦一是非，此一是非也。如谓先入者独是，后起者皆非，将使千万世儒者皆噤口卷舌，不敢于程朱外赘一辞、伸一解，岂惟非孔曾思孟之心哉，度亦非程

---

① （清）路德：《求益斋时艺序》，见《柽华馆全集》文集卷二，《续修四库全书》第1509册集部，327页，上海，上海古籍出版社，2002。
② （清）路德：《张颐园时文序》，见《柽华馆全集》文集卷二，《续修四库全书》第1509册集部，337页，上海，上海古籍出版社，2002。
③ （清）路德：《仁在堂时艺辨序》，见《柽华馆全集》文集卷二，《续修四库全书》第1509册集部，339页，上海，上海古籍出版社，2002。

朱所许矣。"① 路德认为对圣贤经典的阐释是一个无限的过程,"圣人之经,有赖于后人之发明也久矣,汉唐诸儒言之而未确者,宋人言之;宋人言之而未尽者,元明人言之;元明人言之而犹未尽者,国朝诸家言之……儒者宗程朱是已,岂谓程朱而外,概从废置哉"。② 基于这种不盲从程朱之说的观念,他赞赏孟熙刊刻明人刘巘竹《四书鞭影》一书。当时有人指责《四书鞭影》"喜为异论,抵牾程朱,传示后人无乃舛驳"。路德力排众议,认为该书"经经纬史,义多创获,不泥古,不徇时,融会儒先诸说,卓然自抒所见。盖由好学深思体验于身心而得之者,乃信其为儒者之言","是书之疏沦灵源,益人神智也固不少矣。……慎勿以蜩甲蛇蜕目之"。路德认为八股取士若"羌无故实者录,引经据典者黜,是禁人读书也;蹈常袭故者录,自出心裁者黜,是禁人立志也;不著痛痒者录,务为警辟者黜,是禁人研理也"③,他鼓励士子读书研理,敢于不蹈袭旧说,在教学中坚持"以读书为本,以研理为宗,以法律为门,上溯古文以增其笔力,旁及诗赋以发其才思"。诸生来去无常,而路德坚如磐石,"吾坚持吾说,始终不变"。④ 路德独抱八股文重在考察"实学之心"的见解,由此可见一斑。

八股文重在考察"实学之心"已得辨析,路德的第二步在于回答考察"实学之心"何以必用八股文。他在《仁在堂时艺辨序》中阐述:

> 窃思学人之病,莫甚于喜剽窃而惮实学,实学不废,真才自多。衡文者务拔真才,则人人勉为实学,而真才愈多。欲拔真才,须斥剽窃。何以辨之?辨之以题而已……且文章,小道也;时艺,文章之最卑者

---

① (清)路德:《重刊〈四书鞭影〉序》,见《柽华馆全集》文集卷二,《续修四库全书》第1509册集部,322页,上海,上海古籍出版社,2002。
② (清)路德:《周勉斋先生文集序》,见《柽华馆全集》文集卷二,《续修四库全书》第1509册集部,318页,上海,上海古籍出版社,2002。
③ (清)路德:《仁在堂时艺辨序》,见《柽华馆全集》文集卷二,《续修四库全书》第1509册集部,338~339页,上海,上海古籍出版社,2002。
④ (清)路德:《仁在堂时艺辨序》,见《柽华馆全集》文集卷二,《续修四库全书》第1509册集部,341页,上海,上海古籍出版社,2002。

也,工此道者,内无益于己,外无济于人,而国家取士,师儒训士,不能变而更之,岂崇尚时艺哉? 正所以杜剽窃也! 试之以策论,则怀挟者滥登;试之以表判,则宿构者易售。惟时艺限之以题,绳之以法,一部四子书离之合之,参伍而错综之,其为题也不知几万亿,虽有怀挟,弗能赅也;虽有宿构,未必遇也。非学焉而有心得者,不能游其彀中也。取士以此,可以储官材;训士以此,可以端士习。①

路德认为"惟时艺限之以题,绳之以法,一部四子书离之合之,参伍而错综之,其为题也不知几万亿",八股文命题的"题之万变"能够最大限度杜绝怀挟宿构,有效督促实学,这种辩护实则存在着重大漏洞。任何一种考试都存在预拟抄袭的可能,尤其是八股取士制度延续几百年,"题之万变"的空间已非常有限,钱大昕曾指出"四书文行之四百余年,场屋可出之题,士子早已预拟,每一榜出,钞录旧作,幸而得隽者,盖不少矣"。② 当年舒赫德力挺废除八股文,一条重要理由就是认为"士子各占一经,每经拟题,多则百余,少则数十,古人毕生治之而不足,今则数月为之而有余"。当时考官往往割裂经文截搭为题,实属一种不得已的选择。③ 截搭题的出现表明"题之万变"窘境的显露,预拟抄袭之风顺势而生,督促实学已变得不可能。

这一时期,从八股文的文体形式角度出发维护八股取士制度的还有章学诚、汪国霖等,但与路德的观点又略有不同。他们认为,时移世易,国家也在不断探索取士之法,按照文体递变的原则,八股文在文体演变序列的底端,它自然融合了以前文体的种种因素。八股文的综合性是选择它作为科举

---

① (清)路德:《仁在堂时艺辨序》,见《柽华馆全集》文集卷二,《续修四库全书》第1509册集部,341页,上海,上海古籍出版社,2002。
② (清)钱大昕:《十驾斋养新录》卷一八"科场"条,见《续修四库全书》第1151册子部,327页,上海,上海古籍出版社,2002。
③ 黄安涛说:"乾隆间,会试、乡试题多用搭截题及小题,盖避士子揣摩熟题也。"见(清)梁章钜:《制义丛话》卷二十二引,陈居渊点校,420页,上海,上海书店出版社,2001。

文体的一个重要依据。汪国霖《制义丛话序》云："制义之兴，岂人心之不容已者乎？汉取士以制策，其弊也泛滥而不适于用；唐以诗赋，其弊也浮华而不归于实；宋以论，其弊也肤浅而不根于理。于是依经立义之文出焉，名曰制义。盖穷则变，变则通，人心之不容已，即时运升降剥复之自然也。士人读圣贤书既久，各言其心之所得。故制艺者，指事类策，谈理似论，取材如赋之博，持律如诗之严。"章学诚亦云："学人具有用之材，朴则有经史，华则有辞章。然以经学取人，则伪经学进而经荒；以史学取人，则伪史学进而史废；辞章虽可取人，毕竟逐末遗本。惟今举业所为之四书文，义非经非史非辞章，而经史辞章之学无所不通；而又非若伪经伪史之可旦夕藻饰，又非若辞章之学以逐末遗本。"①显然，这种辩护方法似乎较路德要合理些。

另一个问题是，八股取士存在"士有积学数十年，文字不中有司程式，终老场屋者"②的现象，对此该作何解释呢？路德从八股文的特征以及士人宜采取的态度与方法两方面予以解答。《仁在堂时艺辨序》云：

> 艺，非才不能，非学不得。而才人学人往往困踬名场，皓首不遇者，非艺之不若人也，特其才学之过人而不循绳尺，不趋风气。才学愈高，枘凿益甚，优于艺薔于时，反不如铨才浅学之士，犹得用其所短，仰而掇之。然则所谓时者，恶可以不识哉？古今之文，随时而变，时艺之变尤甚。昔之文不可用于今，今之文不可用于后，匪世运使然，乃人事为之也。……才人学人，世之宝也，国之器也，不收之而弃之，此岂造物之心哉？夫才人学人之厄，虽曰风气厄之，亦其人自厄之也。使出其才学以趋风气，视他人当更不难，惜不遇严师畏友耳。③

---

① （清）章学诚：《跋屠怀三制义》，见《章学诚遗书》卷二九，323 页，北京，文物出版社，1985。
② （清）钱大昕：《山东乡试录序》，见《潜研堂文集》卷二三，《续修四库全书》第 1438 册集部，642 页，上海，上海古籍出版社，2002。
③ （清）路德：《仁在堂时艺辨序》，见《柽华馆全集》文集卷二，《续修四库全书》第 1509 册集部，338～339 页，上海，上海古籍出版社，2002。

路德认为"古今之文，随时而变，时艺之变尤甚。昔之文不可用于今，今之文不可用于后，匪世运使然，乃人事为之也"，因此，他要求士子"出其才学以趋风气"。这说明路德在一定程度上承认了八股取士制度对人才有压制性，其回应已呈捉襟见肘之态。

◎ 第三节
姚鼐的八股文观念

姚鼐是乾嘉时代推尊八股文不遗余力的代表人物，他所提出的文体无尊卑论是当时最具学理性的辩护理论。言圣贤之道、以古文为时文是当时尊八股者通常持有的论调。姚鼐在具体运用时，整合了社会上这两种论调，实际上又落入大众化辩护套路，这也说明姚鼐推尊八股文的观点有着广泛的社会背景。

姚鼐不仅自己"生平不敢轻视经义之文"，甚至"尝欲率天下为之"。[1]其再传弟子龙启瑞《朱约斋先生时文序》亦云："昔姚姬传先生，谓经义可为文章之至高，而士乃视之甚卑，固欲率天下为之。"姚鼐对八股文钩毫布画，持心御气而振之，其张扬八股文的又一举动是编写八股文选本。乾隆四十五年（1780），姚鼐"选隆万天崇及国朝人四书文二百五十一首，授敬敷书院诸生课读，以《钦定四书文》为主，而增益后来名家及小题文"。[2]姚鼐本人对此选本甚为满意，以之广示后学，"近刻为诸生儿辈改窜四书文，聊以

---

[1] （清）姚鼐：《陶山四书义序》，见《惜抱轩文集·后集》卷一，《续修四库全书》第1453册集部，138~139页，上海，上海古籍出版社，2002。
[2] （清）郑福照：《姚惜抱先生年谱》，《北图聚珍年谱丛刊》本。

一部寄阅，似颇有益于初学耳。"①"往时江西一门徒取蕅文刻板，蕅意乃不欲其传播，属勿更印，故今绝无此本子。惟四书义乃蕅自镌，其板在此，今辄以两部奉寄。"②姚鼐热衷编辑八股文选集似乎不止一次，他在与陈用光的一封书信中云："时文除石士所刻六十篇之外，又得百廿余篇，其中佳者似可与荆州鹿门抗行。"③

　　清代八股文除清初尚可与明代相较高下外，总体而言难以超越明代。近人商衍鎏云："论清制义，顺康雍乾百余年间，重朴学，戒空疏，上求下应，是可以称为盛时。自乾隆中叶以后，八股渐趋巧薄而就衰，士子剽窃陈言，但求幸获科名。嘉道咸同作者更寥寥可数，徒以取士在此，视为应举之工具而已。"④这也是乾嘉时代学人的共识，清人程晋芳云："忆在都门，萃海内胜流论及近日士大夫学问，或曰：本朝经史考据之学以及骈体诗词皆远过前明，所不及者，时文与古文耳。余曰：时文则信然矣，若古文岂遂多让耶。"⑤姚鼐对清代八股文衰败现状甚为叹息："此番礼闱尚可谓得人，但经艺之体之则日下矣！"⑥他认为八股文之所以出现这样的困境，主要缘于人们对八股文的认识不足，"今世时文之道，殆成绝学矣，由诸君子视之太卑也。"⑦为张帜八股文，姚鼐拈出文体无尊卑的观点，该观点可以说是这一时期为八股文辩护最具学理的理论之一。其《陶山四书义序》云：

---

① （清）姚鼐：《与鲍双五》，见《惜抱轩尺牍》卷四，《丛书集成续编》第130册，924页，上海，上海书店，1994。
② （清）姚鼐：《复秦小岘书》，见《惜抱轩文集》卷六，《续修四库全书》第1453册集部，53页，上海，上海古籍出版社，2002。
③ （清）姚鼐：《与陈硕士》，见《惜抱轩尺牍》卷六，《丛书集成续编》第130册，944页，上海，上海书店，1994。
④ 商衍鎏：《清代科举考试述录及有关著作》，225页，天津，百花文艺出版社，2004。
⑤ （清）程晋芳：《学福斋集序》，见《勉行堂文集》卷二，《续修四库全书》第1433册集部，308页，上海，上海古籍出版社，2002。
⑥ （清）姚鼐：《与胡雒君》，见《惜抱轩尺牍》卷三，《丛书集成续编》第130册，909页，上海，上海书店，1994。
⑦ （清）姚鼐：《与鲍双五》，见《惜抱轩尺牍》卷四，《丛书集成续编》第130册，924页，上海，上海书店，1994。

论文之高卑以才也，而不以其体。昔东汉人始作碑志之文，唐人始为赠送之序，其为体皆卑俗也；而韩退之为之，遂卓然为古文之盛。古之为诗者，长短以尽意，非有定也；而唐人为排偶，限以句之多寡。是其体使昔未有而创于今世，岂非甚可嗤笑者哉！而杜子美为之，乃通乎《风》《雅》，为诗人冠者，其才高也。明时定以经义取士，而为八股之体。今世学古之士，谓其体卑而不足为，吾则以谓此其才卑而见之谬也。①

姚鼐认为文体本身无雅俗尊卑之分，关键在于作者具有的艺术才能能否驾驭所从事的文体。驾驭得了，则俗可成雅、卑可变尊；驾驭不了，则雅亦成俗、尊亦转卑。姚鼐以"论文之高卑以才也，而不以其体"的大命题为前提，最终的归结点落在对八股文应有的态度上。很显然，姚鼐文体无尊卑的观点似专为八股文而设，此观点又见于他给两位门人的书信中。如姚鼐给陈用光信中云："此事在今日殆成绝学，以俗人但知作科举之文，而读书好古之君子又以其体近而轻之不为，不知此作古文亦何以异哉？"②又姚鼐给管同信中云："东汉六朝之志铭唐人作赠序，乃时文也，昌黎为之则古文矣。明时经艺寿序，时文也，熙甫为之则古文矣。作古文者，生熙甫后，若不解经艺，便是缺陷。……贤既作古文，须知经艺一体；又应科训徒，不得弃时文，然此两处画开用功，亦两不相碍。"③由此可见，姚鼐的"论文之高卑以才也，而不以其体"之说并非为他人写四书文序的临场敷衍之辞。

姚鼐在"文体无尊卑"的大命题下给八股文定位，但在实际阐述上，为推尊八股文，又将八股文与四六、寿序、词赋笺疏相比，扬此抑彼，明显背

---

① （清）姚鼐：《陶山四书义序》，见《惜抱轩文集·后集》卷一，《续修四库全书》第 1453 册集部，138 页，上海，上海古籍出版社，2002。
② （清）姚鼐：《与陈硕士》，见《惜抱轩尺牍》卷六，《丛书集成续编》第 130 册，944 页，上海，上海书店，1994。
③ （清）姚鼐：《与管异之》，见《惜抱轩尺牍》卷四，《丛书集成续编》第 130 册，927 页，上海，上海书店，1994。

离了"文体无尊卑"这一理论基点。姚鼐认为从文体性质来看,八股文尊于四六、寿序:"今世时文之道殆成绝学矣,由诸君子视之太卑也。夫四六不害为文学之美,时文之体,岂不尊于四六乎?"①"经义实古人之一体,刻《震川集》者,元应载其经义,彼既录其寿序矣,经义之体不尊于寿序乎?"②时人视四六、寿序为卑体,倘若说与之相较尚不足以说明八股文之尊的话,那么姚鼐又引词赋笺疏作比,断言道:

> 苟聪明才杰者,守宋儒之学,以上达圣人之精,即今之文体而通乎古作者文章极盛之境,经艺之体,其高出词赋笺疏之上,倍蓰十百,岂待言哉!③

这里的"词赋笺疏"颇有涵盖一切著述之文的味道。姚鼐何以认为"经艺之体"要高于别的文体呢?首先我们应该理解姚鼐对八股文文体性质是如何体认的,其《汪玉飞墓志铭》篇云:"为今世场屋之文,必求发古圣贤之旨,而不为苟美。"④至此我们方才明白,在姚鼐的观念中,八股文之尊缘于与圣贤相联系。姚鼐的学术旨趣是推崇程朱理学,为文要求"明道义,维风俗"⑤,以阐圣贤之道为宗旨的八股文为其所重也就理在必然。就古代人文价值体系而言,圣人之言是亘古之至道。康熙帝曾大力提倡宋代理学,即便在汉学兴盛的乾嘉时代,孔孟之道仍然是政治伦理哲学的圭臬,这与学术上以汉学为主并不对立。在古代人文价值体系下,胆敢非圣弃古的人并不多

---

① (清)姚鼐:《与鲍双五》,见《惜抱轩尺牍》卷四,《丛书集成续编》第130册,924页,上海,上海书店,1994。
② (清)姚鼐:《复秦小岘书》,见《惜抱轩文集》卷六,《续修四库全书》第1453册集部,53页,上海,上海古籍出版社,2002。
③ (清)姚鼐:《停云堂遗文序》,见《惜抱轩文集》卷四,《续修四库全书》第1453册集部,27页,上海,上海古籍出版社,2002。
④ (清)姚鼐:《汪玉飞墓志铭》,见《惜抱轩文集》卷一三,《续修四库全书》第1453册集部,99页,上海,上海古籍出版社,2002。
⑤ (清)姚鼐:《复汪进士辉祖书》,见《惜抱轩文集》卷六,《续修四库全书》第1453册集部,45页,上海,上海古籍出版社,2002。

见，理学地位受到挑战、八股文精神基座受到动摇，那还是五四新文化运动以后的事。因此，在当时的文化背景下，就学理而言，姚鼐以阐明圣贤之道为由而推尊八股文是完全成立的。

同时，姚鼐对八股文的创作现状予以猛烈抨击："士不知经艺之体之可贵，弃而不欲为者多矣。美才藻者，求工于词章声病之学；强闻识者，博稽于名物制度之事，厌义理之庸言，以宋贤为疏阔，鄙经艺为俗体，若是者，大抵世聪明才杰之士也。国家以经艺率天下士，固将率其聪明才杰者为之，而乃遭其厌弃。惟庸钝寡闻不足与学古者，乃促促志于科举，取近人所以得举者而相效为之，夫如是则经艺安得而不日陋？"①推尊八股文，却又批判八股文创作，这种看似矛盾的行为实是姚鼐推尊八股文的一种策略。八股文遭人诟病，很大程度上是因为受现实八股文末流的遮蔽，正如朱珔《制义丛话序》所云："天下必能自竖立卓尔不磨者，乃不受转移于风气，否则，骛乎此，复艳乎彼，驰逐东西，迄无一效。譬之驾车未熟，屡易轭衡，势将颠蹶。甚至模仿旧调，填砌字数，肤饰庸滥，徒具形而无君形者存，致议者以制义为诟病，不知特末流之过，岂制义之本如是哉。"②在当时八股文"殆成绝学"的处境下，姚鼐理想中的"守宋儒之学，以上达圣人之精，即今之文体而通乎古作者文章极盛之境"的八股文已属凤毛麟角，因此有必要对理想之八股文与现世之八股文末流切割划界，正本清源以正视听。

综上而言，姚鼐认为，制艺以阐明孔孟之道为旨归，故其体尊；八股文之弊是操术者之误，并非其文体本身不佳。他的这种观点与策略具有一定的普遍性，如彭绍升云："公复尝叙阎怀庭文以制艺之体为极卑，余不谓然。制艺亦古文注疏之变格，苟其中实得，借以阐圣贤之心声，泄天人之秘藏，其高于策论、诗赋远矣。若乃剽窃涂饰柗其中而襮其外，则虽仿六经四子而

---

① （清）姚鼐：《停云堂遗文序》，见《惜抱轩文集》卷四，《续修四库全书》第 1453 册集部，27 页，上海，上海古籍出版社，2002。
② （清）朱珔：《制义丛话序》，见（清）梁章钜：《制义丛话》卷首，《续修四库全书》第 1718 册集部，526 页，上海，上海古籍出版社，2002。

成文，亦终为侮圣人之言而已。"①又如朱梅崖云："时文依经立义，深往得圣人之意，一气所形，繁简浅深，自然悉合，何尝为病？其末流之弊则有司取舍误之耳。晁错、公孙宏之对策，谷永钦、杜邺之奏议，载在汉史，以其名人为之，文采特殊。至其趋避形势，浮游不切，亦何殊于时文弊者之为乎？尝见近世名士好薄时文，此皆夸气所为。心尝鄙之，顾足下勿效之也。"②石韫玉亦云："制义为文章之一体，所托甚高，其体代孔孟立言，非三代以上之书不敢述，非寻常论说之文所可同日语也。近日操觚之家不守先民矩矱，以致文章日敝。而约举文章之敝大略有三：读书不多也，析理不精也，用心不深也。惟读书多，然后能达天人之奥；惟析理精，然后能探圣贤之蕴；惟用心深，然后能去陈言而发新义。否则稗贩于房书闱义之中，相与习成雷同剿袭之说而已。"③

姚鼐在理论上完成了端正对八股文之价值的认识之后，又进一步为操作者指引为文之术，其言云：

> 使为经义者能如唐应德、归熙甫之才，则其文即古文，足以必传于后世也，而何卑之有？故余生平不敢轻视经义之文，尝欲率天下为之。夫为之者多，而后真能以经义为古文之本，出其间而名后世。④

桐城刘大櫆云："故习其业者，必皆通乎六经之旨，出入秦汉唐宋之文，然后

---

① （清）彭绍升：《蒙泉制艺序》，见《二林居集》卷六，《续修四库全书》第1461册集部，351页，上海，上海古籍出版社，2002。
② （清）朱仕琇：《复答鲁絜非书》，见《梅崖居士全集·文集》卷三五，268页，沈阳，辽海出版社，2015。
③ （清）石韫玉：《江铁君制义序》，见《独学庐五稿》卷三，《续修四库全书》第1467册集部，97页，上海，上海古籍出版社，2002。
④ （清）姚鼐：《陶山四书义序》，见《惜抱轩文集·后集》卷一，《续修四库全书》第1453册集部，138～139页，上海，上海古籍出版社，2002。

使辞气深厚，可备文章之一体，而不致龃龉于圣人。"①姚鼐步乡贤前辈刘大櫆之后尘，希望更多八股文作者能像唐顺之、归有光那样"以古文为时文"。门人鲁九皋成了姚鼐揄扬的模范之一，"其为科举之文，不循俗好，自以古文法推而用之。或以为不利场屋，君曰：得失命也。"②"以古文为时文"的口号起于明正嘉年间，积极倡导并努力实践的代表人物有唐顺之、归有光等。明末艾南英以诸生操选政，亦以"以古文为时文"相号召，将其从时文大家的创作推广到一般士子的写作中。在清代，倡导这一口号的人更多。如朱琦云："古文者，时文命脉也，时文体裁必具古文风骨，始称擅场，前明惟归震川能以古文为时文，由其胎息本深，故施诸八比，迥逾流辈，文章正轨实在于斯，……若夫识议之坚，魄力之厚，气味之醇，一一从古文门径来。"③这种做法亦取得官方的推崇，乾隆二十四年（1759）奉上谕："有明决科之文，流派不皆纯正，但如归有光、黄淳耀数人，皆能以古文为时文，至今具可师法。"④朱筠甚至将古文与时文混为一体，其言云："乃悟时文即古文，古文即经解，何派之有？"⑤八股文取法于古文，在有些人眼里也是其可尊的理由之一。阳湖李兆洛云："制艺之道尊于古文，以其步趋圣贤也，其为法亦初不殊于古文，其神理骨格皆资于古文也。"⑥王耘渠亦云："世之诟病时文者，谓其气体之非古耳。若得左马之笔，发孔孟之理，岂不所托尤尊而其传当更远乎？愚故谓有明制义，实直接《史》《汉》以来

---

① （清）刘大櫆：《方晞原时文序》，见《海峰文集》卷四，《续修四库全书》第 1427 册集部，409 页，上海，上海古籍出版社，2002。
② （清）姚鼐：《夏县知县新城鲁君墓志铭》，见《惜抱轩文集》卷一三，《续修四库全书》第 1453 册集部，98 页，上海，上海古籍出版社，2002。
③ （清）朱琦：《湘覃书屋文稿序》，见《小万卷斋文稿》第 494 页，242 页，上海，上海古籍出版社，2010。
④ 引自（清）梁章钜：《制义丛话》卷九，见《续修四库全书》第 1718 册集部，616 页，上海，上海古籍出版社，2002。
⑤ 引自（清）梁章钜：《制义丛话》卷九，见《续修四库全书》第 1718 册集部，616 页，上海，上海古籍出版社，2002。
⑥ （清）李兆洛：《金选小题文序》，见《养一斋文集》卷六，《续修四库全书》第 1495 册集部，95 页，上海，上海古籍出版社，2002。

乃文章之正统也。"①

姚鼐虽然主张以古文之法为时文,但是对于二者之间的界限、先后之顺序洞若观火。方苞被人批评"以古文为时文,以时文为古文"②,姚鼐对这一教训有着非常清楚的认识:"本朝如李安溪所见不出时文,其评论熙甫可谓满口乱道也。望溪则胜之矣,然于古文时文界限犹有未清处,大抵从时文家逆追经艺。古文之理甚难,若本解古文,直取以为经艺之体则为功甚易,不过数月内可成。"③姚鼐《敬敷书院课读四书文序目》亦云:"读四书文者,欲知行文体格及因题立义、因义遣辞之法,故无取乎多。若夫行气说理造句设色,一皆求之于古人,徒读四书文则终身不能过人也。"④当时多数学者在课读授徒中均持这种观念,其中启蒙教育最能显示这种观念在民间的深入程度。如吴兰陔曰:"要作好时文,全在读书。今之为父兄者,乐子弟之速化,读《四书章句集注》后,随意读一二经并《古文观止》《古文析义》数首,即授以时文、帖括,使之依样壶芦,侥幸弋获。或有笔性英敏者,遇试题得手,亦遂掇巍科以去。然根柢浅薄,终身不能自振拔,况又未必能弋获耶。"⑤陆清献《示子帖》亦云:"方做举业,虽不能不看时文,然只当择数十篇时文,看其规矩格式足矣,不必将十分全力尽用于此。惟读经、读古文,此是根本功夫。根本有得,则时文亦自然长进矣。"⑥

---

① 引自(清)梁章钜:《制义丛话》卷一,见《续修四库全书》第 1718 册集部,537 页,上海,上海古籍出版社,2002。
② (清)王澍(若霖)语,转引自(清)钱大昕:《跋方望溪文》,见《潜研堂文集》卷三一,《续修四库全书》第 1438 册集部,54 页,上海,上海古籍出版社,2002。
③ (清)姚鼐:《与管异之》,见《惜抱轩尺牍》卷四,《丛书集成续编》第 130 册,927 页,上海,上海书店,1994。
④ (清)郑福照:《姚惜抱先生年谱》,《北图聚珍年谱丛刊》本。
⑤ 引自(清)梁章钜:《制义丛话》卷一,见《续修四库全书》第 1718 册集部,537 页,上海,上海古籍出版社,2002。
⑥ 引自(清)梁章钜:《制义丛话》卷二,见《续修四库全书》第 1718 册集部,543 页,上海,上海古籍出版社,2002。

◎ 第四节
焦循、阮元的八股文观念

以姚鼐为代表的辩护者强调时文与古文的相通性，而焦循与阮元则有意区分时文与古文的差别。焦循云："古文以意，时文以形。舍意而论形，则无古文；舍形而讲意，则无时文。故二者不可以相通。"①阮元云："四书排偶之文，真乃上接唐宋四六为一脉，为文之正统也。"②此其一也。姚鼐强调八股文阐释圣贤之意的功能，而焦循与阮元始终将八股文放入文艺范畴中审视，此其二也。尽管焦循与阮元之间在具体阐述上存在差异，但他们目注心营唯八股文之形式、在文艺范畴中赞誉八股文则是一致的。

一、"都是一代之所胜"

焦循对八股文的价值评判建立在对八股文的艺术特征的理解上，并将其放在文体发展史上予以价值定位。

焦循对八股文的形体美表现出相当浓厚的兴趣，将它与弈、词曲一并称为造微之学，"余尝谓学者所轻贱之技而实为造微之学者有三：曰弈，曰词曲，曰时文。"③他对八股文的形体之美描述如下：

---

① （清）焦循：《时文说二》，见《雕菰集》卷十，《续修四库全书》第 1489 册集部，208 页，上海，上海古籍出版社，2002。
② （清）阮元：《书梁昭明太子文选序后》，见《揅经室集三集》卷二，《续修四库全书》第 1479 册集部，198 页，上海，上海古籍出版社，2002。
③ （清）焦循：《时文说一》，见《雕菰集》卷十，《续修四库全书》第 1489 册集部，208 页，上海，上海古籍出版社，2002。

其法全视乎题，题有虚实两端，实则以理为法，必能达不易达之理；虚则以神为法，必能著不易传之神。极题之枯寂险阻虚歉不完，而穷思渺虑，如飞车于蚕丛鸟道中，鬼手脱命，争于纤豪，左右驰骋而无有失。至于御宽平而有奥思，处恒庸而生危论，聚之则名理集于腕下，警语出于行间，别置一处不可为典要者，时文之体也。①

焦循认为时文与古文不同，"古文以意，时文以形。舍意而论形，则无古文；舍形而讲意，则无时文。故二者不可以相通。"②而"时文以形"，其性质是由诠题决定的，"时文之法与古文异，古文不必如题，时文必如题也。"③同样是诠题，时文与试帖诗又不一样，"其原盖出于唐人之应试诗赋。然应试诗赋虽必如题，不过实赋其事而止，无所为虚实偏全之辨也，即无所为连上犯下之病也，亦即无所为钩勒纵送之法也。"④焦循认为八股文的这种造微之技非寻常者可为，"时文之题出于四书，分合裁割千变万化，工于此技者亦千变万化以应之，不失铢寸，非童而习之，未有能精者也。"⑤"题有截上截下，以数百字适完此一二句之神理，古文无是也。题有截，因而有牵连钩贯者，其即离变化，尤未可以苟作。"⑥

在焦循看来，八股文融合了多种文体因素，"是故其考核典礼似于说经，拘于诗说经者不知也；议论得失似于谈史，侈于谈史者不知也；骈俪撷拾似

---

① （清）焦循：《里堂家训》卷下，见《续修四库全书》第951册子部，532页，上海，上海古籍出版社，2002。
② （清）焦循：《时文说二》，见《雕菰集》卷十，《续修四库全书》集部第1489册，208页，上海，上海古籍出版社，2002。
③ （清）焦循：《里堂家训》卷下，见《续修四库全书》第951册子部，532页，上海，上海古籍出版社，2002。
④ （清）焦循：《里堂家训》卷下，见《续修四库全书》第951册子部，532页，上海，上海古籍出版社，2002。
⑤ （清）焦循：《里堂家训》卷下，见《续修四库全书》第951册子部，532页，上海，上海古籍出版社，2002。
⑥ （清）焦循：《时文说一》，见《雕菰集》卷十，《续修四库全书》第1489册集部，208页，上海，上海古籍出版社，2002。

于六朝，专学六朝者不知也；关键起伏似于欧苏古文，模于欧苏古文者不知也；探赜索隐似于九流诸子，严气正论似于宋元人语录，而矢心庄老役志程朱又复不知也。"①他认为八股文的这种复合因素的形成是文体发展的必然结果，"诗既变为词曲，遂以传奇小说谱而演之，是为乐府。杂剧又一变而为八股，舍小说而用经书，屏幽怪而谈理道，变曲牌而为排比，此文亦可备众体，史才、诗笔、议论。"②焦循又以具体的作品为例，对八股文的赞许之情溢于纸面："黄淳耀八股'人而无信'一章题文云：……曹勋'敬鬼神而远之'题文云：……八股中如此一类，何逊乎汉赋唐诗？""耿争光'又称贷而'之题文云：……八股如此，何异唐宋人古文？"③焦循从文体形式上褒扬八股文，晚清反对废除时文的叶德辉也从文体形式上揄扬八股文，其《岁寒居士制艺序》云："制艺之兴，离经解、古文而独立者，垂八百年。然其体实兼经解、古文之长，非融会汉唐人注疏，精熟唐宋人古文义法，未有能制胜传远者也。"④这一视角后来被近人周作人所继承。周作人建议在大学应大讲特讲八股文，他说："自韩退之文起八代之衰，化骈为散之后，骈文似乎已交末运，然而不然，八股文生于宋，至明而稍长，至清而大成，实行散文的骈文化，结果造成一种比六朝的骈文还要圆熟的散文诗，真令人有观止之叹。而且破题的作法差不多就是灯谜，至于有些'无情搭'显然须应用诗钟的手法才能奏效，所以八股不但是集合古今骈散的菁华，凡是从汉字演出的一切奥妙的游艺也都包括在内，所以我们说它是中国文学的结晶，实在是没有一丝一毫的虚价。"⑤今人所著的《说八股》亦云："由技巧的讲究方面看，至少我认为，在我们国产的文体中，高踞第一位的应该是八股文，其次

---

① （清）焦循：《里堂家训》卷下，见《续修四库全书》第951册子部，532页，上海，上海古籍出版社，2002。
② （清）焦循：《易余籥录》卷十七，见《丛书集成续编》第29册，385页，台北，新文丰出版公司，1988。
③ （清）焦循：《易余籥录》卷十六，见《丛书集成续编》第29册，379～380页，台北，新文丰出版公司，1988。
④ （清）叶德辉：《郋园山居文录卷上》，见《叶德辉文集》，11页，上海，华东师范大学出版社，2010。
⑤ 周作人：《中国新文学的源流》附录《论八股文》，上海，华东师范大学出版社，1995。

才是诗的七律之类。"①

焦循承祖父之学,自幼喜好《周易》,其易学研究于乾嘉时代亦卓然成一家。 受《周易》辩证思想浸染甚深的焦循,在考察问题时具有"穷则变,变则通,通则久"的通变思想,这种思想也贯穿了他的文学发展史观。 焦循认为"楚骚、汉赋、魏晋六朝五言、唐律、宋词、元曲、明人八股,都是一代之所胜",并有编撰一集专录明代八股文的打算,"余尝欲自楚骚以下至明八股,撰为一集,汉则专取其赋,魏晋六朝至隋则专录其五言诗,唐则专录其律诗,宋专录其词,元专录其曲,明专录其八股,一代还其一代之所胜。然而未暇也,偶与人论诗而记于此。"②在焦循之前,持八股文为一代之文学观点者甚多。 如王思任《唐诗纪事序》云:"一代之言,皆一代之精神所出,其精神不专,则言不传。 汉之策、晋之玄、唐之诗、宋之学、元之曲,明之小题,皆必传之言也。"③焦袁熹云:"李唐诗学,宋元沿其支流,渐已不振。 而宋人之填词,元人之曲学、小说,小道可观,竟能与六籍同其不朽,明三百年诗道之衰,仰睎宋人,未敢以季孟相许,而况于唐人乎? 其力能与唐人抵敌无毫发让者,则有八股之文焉。"④尤侗亦云:"或谓楚骚、汉赋、晋字、唐诗、宋词、元曲,此后又何加焉? 余笑曰:只有明朝烂时文耳。"⑤此外,李贽、艾南英等都有此观点。⑥ 当代学者吴承学先生指出:

---

① 启功、张中行、金克木:《说八股》,66 页,北京,中华书局,1994。
② (清)焦循:《易余籥录》卷十五,见《丛书集成续编》第 29 册,369 页,台北,新文丰出版公司,1988。
③ (明)王思任:《杂序》,见《王季重十种》,78 页,杭州,浙江古籍出版社,2010。
④ (清)焦袁熹:《答曹谔庭书》,见《此木轩文集》卷一,《清代诗文集汇编》本。
⑤ (清)尤侗:《艮斋杂说》卷三,见《续修四库全书》第 1136 册子部,369 页,上海,上海古籍出版社,2002。
⑥ (明)李贽《焚书》卷三《童心说》云:"诗何必古选,文何必先秦,降而为六朝,变而为近体,又变而为传奇,变而为院本,为杂剧,为《西厢记》,为《水浒传》,为今之举子业,皆古今之至文。 不可得而时势先后论也。"(明)艾南英《答杨淡云书》云:"弟以为制义一途,挟六经以令文章,其或继周,必由斯道。 今有公评,后有定案。 吾辈未尝轻恕古人,后人亦必苛求吾辈。使有持衡者,衡我明一代举业,当必如汉之赋、唐之诗、宋之文升降递变,为功为罪,为盛为衰,断断不移者。 则吾兄以为今日置我辈于功乎罪乎?"[(清)周亮工辑《赖古堂名贤尺牍新钞》卷三]

"比较正宗的文学家通常是鄙视八股的,而富有创新精神如性灵派等人却是高度评价八股文的。"①八股文对于明代而言是一种新兴的事物,明代尊体者当然可从此着眼。但是,八股文发展到清代已是明日黄花,清代学者为其辩护已经失去这种优势,焦循的八股文为一代之说也仅沦为一种学术探讨。

二、"为文之正统也"

阮元从推尊骈文的立场出发推尊八股文,是乾嘉道骈散意气之争的产物。如果说焦循推尊八股文的视角尚有一定的社会共性,阮元的推尊理由则可谓别出心裁。他将八股文纳入骈文,此番苦心孤诣实是借此扩大骈文阵营,壮大声势以掊击古文。

阮元独标新义,一个大胆的主张就是将八股文并入骈文:"四书排偶之文,真乃上接唐宋四六为一派,为文之正统也。"②不仅如此,道光初年,在广东创办学海堂后,阮元组织人员编纂四书文话史料:"唐宋诗话多,文话少,而明以来四书文话更少,非无话也,无纂之者也。余令学海堂诸生周以清、侯康、胡调德纂之。"③在古人的文章观念里,一般不会将八股文归入骈文,历代骈文选本都不曾将八股文纳入骈文的范畴,如孙梅《四六丛话》、彭元瑞《宋四六话》、李兆洛《骈体文钞》等都未列入八股文。这一时期的考证家如赵翼、钱大昕、袁枚等也是将八股文放在典章制度里考察的,姚鼐甚至云:"夫四六不害为文学之美,时文之体岂不尊于四六乎?"在时文与四六之间明确画了一条界线。这种观念至今尚有延续,如当代学者邓云乡云:"八股文的对仗思维和所用语言材料,完全不同于四六骈文、诗词骚赋,而且最忌沾染词章气。""八股文在历史上是一种教育和考试的专用文体,它不是

---

① 吴承学:《中国古代文体形态研究》,312 页,广州,中山大学出版社,2002。
② (清)阮元:《书梁昭明太子文选序后》,见《揅经室集三集》卷二,《续修四库全书》第 1479 册集部,198 页,上海,上海古籍出版社,2002。
③ (清)阮元:《四书文话序》,见《揅经室续集三集》卷三,《续修四库全书》第 1479 册集部,498 页,上海,上海古籍出版社,2002。

阐述各种学术观点的论文，也不是什么文学艺术作品，不能用班马史汉、古人著述，以及诗词歌赋、小说戏曲和它相提并论。"①而阮元从语体的形式着手，倡言"四书排偶之文，真乃上接唐宋四六为一脉，为文之正统也"，将一个习焉不察的问题提了出来，这对民国的骈文观念影响甚大，如刘麟生《中国骈文史》云："律赋与八股文，皆骈文之支流余裔也。"②瞿兑之《骈文概论》亦云："从骈文说到八股，或者太远了罢！然而这并不是什么奇怪的事。"③两部著作都将八股文纳入骈文的研究范围。

我们不妨分析一下阮元是如何将八股文纳入骈文范畴的。阮元云："时文家每学八家古文，以为文必单行，不用偶句。……且时文以八比为式，比者偶也，甚至一比多至一二百字，对比偶之，一字不敢多少，虚实皆须巧对，是时文为偶之最。甚至日在偶中而人不觉也。"又云："时文曰八股者，宋元经义，四次骈偶而毕，故八也。今股甚长，对股仿比偶之格矣。震川辈矜以古文为时文，耻为骈偶，孰知日坐长骈大偶之中而不悟也。出股数十字或百字，对股一字不多，一字不少，起承转合，不差一毫，试问古人文中有此体否？"④就句式而言，八股文不拘四六，对仗随意，很难让人把它与骈文联系起来。阮元择微显幽，跳出局限字句的狭隘视角，而放眼于段与段之间的形式关系，八股文的对偶特征之秘便显露出来，确为不刊之论。近人刘麟生承其意云："八股文为骈散混合之文字，然就其整段作对而论，固应以之隶属于骈文。"⑤当代学者吴承学先生亦云："从语体来看，八股文综合了中国古代骈散两种语体：八股是骈体，而其他则是散体，由于八股是八股文的主体，所以八股语言的主体是骈体。"⑥清代骈文之风兴盛，骈文习气向八股文渗透曾受到清政府的严厉打击。据《制义丛话》载："孙状元辰东，原名

---

① 邓云乡：《清代八股文》，8、210页，石家庄，河北教育出版社，2004。
② 刘麟生：《中国骈文史》，94页，北京，东方出版社，1996。
③ 瞿兑之：《骈文概论》，31页，海口，海南出版社，1994。
④ 转引自王章涛：《阮元评传》，378～379页，扬州，广陵书社，2004。
⑤ 刘麟生：《中国骈文史》，115页，北京，东方出版社，1996。
⑥ 吴承学：《明代八股文》，见《中国古代文体形态研究》，286页，广州，中山大学出版社，2002。

曙故，字扶桑，为诸生时，好以骈体为制义。时吴中有文社曰同声，孙为之领袖，同社多效其体，风气为之一变。所选丁亥房书名曰《了闲》，悉六朝丽语，风行海内。满洲大臣刚公弹驳文体，乃与进士胥廷清、缪慧远、史树骏，举人毛重倬同时被逮，扶桑至褫其衿。"①又据《清史稿·选举三·文科》载："乾隆四十五年，会试三名邓朝缙首艺语意粗杂，江南解元顾问四书文全用排偶，考官并获遣。"②八股文浸染骈文习气的倾向在清代受到打击，而阮元并不忌讳谈八股文与骈文的联系，并强调这种联系，声称八股文源于骈文，为文章之正脉，实难脱冒犯朝廷之嫌。

究其实，阮元本人并不喜欢八股文，曾谕儿子阮福云："我幼时即不喜作时文。塾师曰：此功令也，欲求科第不得不尔。俗喻谓之敲门砖，门开则弃之，自获解后即不恒作。尔既不能为此，亦不能闲居食粟，当改学经史诗文。"③又据梁章钜《师友集》卷一载，阮元曾于道光二十二年给梁章钜修书一封云："弟生平最怕八股，闻人苦读声谓之为唱文，心甚薄之。故不能以此教子弟，子弟竟以不能攻此，未有科名。"阮元创办的诂经精舍、学海堂以博习经史词章为主，不预制举业，由这一办学宗旨亦可以略窥一些端倪。那么，阮元何以要言八股文亦为"文之正统"，并编纂四书文话史料为之张帜呢？要解决这个疑问，当置诸清代骈散之争的大背景下考察。当时不少古文家倡言以古文为时文，阮元通过这个方式剥离八股文与古文的关系，扩大骈文的涵盖范围。同时，这也宣告那些自诩以古文为时文的古文家终难脱为骈文的命运，这不正是对他们忤视骈文的一种辛辣讽刺吗？八股文身上关涉清代骈散两派的文学诉求，姚鼐与阮元都推尊八股文，但意图与方法却相差甚远。

焦循与阮元将八股文定位为"文艺"，偏重从文章学的角度褒扬八股

---

① （清）梁章钜：《制义丛话》卷二三，见《续修四库全书》第1718册集部，764页，上海，上海古籍出版社，2002。
② （清）赵尔巽等撰：《清史稿》卷一〇八，志第八三，3153页，北京，中华书局，1976。
③ （清）阮福：《揅经室训子文笔跋》，见《揅经室训子文笔》卷后，转引自王章涛：《阮元年谱》，767页，合肥，黄山书社，2003。

文，具有浓厚的形式主义色彩。八股取士就其本意而言，其一选拔符合统治思想者，其二选拔有治国之学识者，即德才兼备，并借此将这种理念推向整个社会，形成一种价值风尚。相对应的是，正统文人若肯定八股文，强调的是八股文所阐释的道与士人的道德修养、治国才能的同构关系，"文"仅是呈现"道"的工具而已，"道"才是他们津津乐道的首位。八股文作为"艺"之美，是当时许多人赞成的，但是很少有人因之而高评时文的品位，尊八股者一般也不会以此作为主要理由。如章学诚始终以理性的态度评价八股文，他肯定八股文融合了多种写作因素，"然其文境无所不包，说理、论事、辞命、记叙、纪传、考订，各有得其近似，要皆相题为之，斯为美也。"①并将此作为八股取士的合理性的理由之一。关于这一点，笔者在前文中已有说明。章学诚对八股文的技巧之美也有精到见解："截经书兮命题，制变化兮由人。长或连篇累章，短或片言只字。脱增减兮毫厘，即步移兮影徙……或语全而意半，或神到而形未。如云去而尚留，如马跃而未逝。纵收俄顷之间，刻画几希之际。水平剂量，何足喻其充周；历算交躔，曾莫名其微至。"②但章学诚对八股文褒贬与夺的整体价值定位并未因其技巧之美而偏向③，他的训蒙理论清楚地表明了这一点："世俗训课童子，必从时文入手。时文体卑而法密，古文道备而法宽。童幼知识初开，不从宽者入手，而使之略近于道；乃责以密者，而使之从事于卑。无论识趋庸下，即其从人之途，亦已难矣。"④"体卑"二字已足尽其意矣！然而大多数人甚至将八股文的高超技法贬为雕虫小技，这和焦循与阮元的文学观更是有霄壤之别。当然，焦循

---

① （清）章学诚：《论课蒙学文法》，见《章学诚遗书》佚篇，686～687页，北京，文物出版社，1985。
② （清）章学诚：《言公下》，见《章学诚遗书》内篇，32页，北京，文物出版社，1985。
③ 章学诚对于八股文体性特征认识充满矛盾，既认为八股文是义疏之一种，立言有宗，又认为八股文本与学问无关，而后一种认识似乎更为牢固，所以他的言论中更多的是将八股文定位为体卑。《与钱献之书》云："诚以其体论之，则举业本于经义，词章源自诗骚，苟果发于中之诚然，未始非专门之业、立言之宗也。"又《与朱沧湄中翰论学书》云："虽然，举业无当于学问，斯固然矣；彼谓学问有妨于举业，则未也。"
④ （清）章学诚：《论课蒙学文法》，见《章学诚遗书》佚篇，682页，北京，文物出版社，1985。

与阮元这里所言的八股文是抽象的八股文,在内涵上只可能指向那些理想的理念上的八股文,这一点也可以从焦循所举的例子来体认。

　　清人对八股文的起源众说纷纭,焦循的八股文探本求源却独辟蹊径。《易余籥录》卷十七云:"其破题开讲即引子也;提比中比后比即曲之套数也;夹入领题、出题、段落,即宾白也。 习之既久,忘其由来,莫不自诩为代圣立言,不知敷衍描摹亦仍优孟之衣冠。 至摹写阳货王骤太宰司败之口吻,叙述庾斯抽矢、东郭乞余,曾何异传奇之局段邪? 而庄老释氏之旨,文人藻缋之习无不可入之,第借圣贤之口以出之耳。 八股出于金元之曲剧,曲剧本于唐人之小说传奇,而唐人之小说传奇为士人求科第之温卷,缘迹而求,可知其本。"焦循将八股文定性为"文",在文学因素中寻找其源头,将它与难登大雅之堂的俗文学戏曲联系起来,无疑是将八股文从圣坛拉向地面。① 焦循钟爱八股文,情溢之于表,但是存在一个价值定位的前提。 焦循曾将文章划分为四种:科举应试之文(用之一身)、应酬交际之文(用之当时)、军国之重与民物之生之文(用之天下)、布衣之士独得之文(用之百世)。② 在他的这种划分体系中,八股文作为"用之一身"之文,无疑是处于末流地位。 同理,阮元张扬骈文时顺带推尊八股文,但是他对八股文的定位也是以"卑"为前提的:"(四六)文体不可谓之不卑,而文统不可谓之不正。"焦循与阮元均将八股文作为一种"文艺"来看待,代表着为八股文辩护的一种方式,这种辩护方式致命的缺陷在于他们在文化品位定性上已将八股文暗自降格。

---

① (清)梁章钜《制义丛话》卷一不满这类提法:"若昆山吴乔以代人口气比之元人杂剧,则过矣。"陈居渊点校,16页,上海,上海书店出版社,2001。
② (清)焦循:《与王钦莱论文书》,见《雕菰集》卷一四,《续修四库全书》第1489册集部,258页,上海,上海古籍出版社,2002。

◎ 第五节

尊经守注与情感抒发

八股文尊经守注、代圣立言的属性以及其他苛刻的清规戒律限制了个人情感的表达，成为其遭人诟詈的重要口实之一。但八股文代圣立言的文体机制也有可能在圣人之言与自我之间形成一定的张力。朱注本身的复杂性以及有识者的精心研理，使得在学理上与实践上都为褒扬八股文者留下辩护的空间。王芑孙"后抒其所独得，发其所不能已，至性至情腾踔而出"的观点虽已完全突破圣人之言与自我之间的张力，但在当时特定的政治环境下，只能算是对明代晚期八股文借题发挥盛况的一种憧憬。

代圣立言是八股文区别于其他文体的重要特征之一。[①] 包世臣云："古文言皆己意，八比则代人立言，故其要首在肖题。"[②]焦循亦云："于诸子中有近乎庄列申韩邓析公孙龙。然诸子之说根于己，时文之说根于题，实于六艺九流诗赋之外，别具一格。"[③]所谓代圣立言，就是题目中的话是哪位圣贤说的，作文者从"起讲"始就须站在哪位圣贤的立场上，设身处地地替他把题目中的那句话再加以阐发、分析，即近人商衍鎏所云"以数千年以后之

[①] 代圣立言只是一种笼统的说法，吴承学《中国古代文体形态研究·明代八股文》指出："事实上，在明代一些八股文中，也有不少没有'入口气'，也就是说代圣立言是八股文的基本体制，但不是绝对的定制。"代言的范围也不限于圣贤，商衍鎏《清代科举考试述录》云："倘题目非圣贤语，而为阳货、孺子、齐人妻妾，与夫权臣、幸臣、狂士、隐士之流，亦须设身处地，如我身实为此人，肖其口吻以为文，不可不谓为文格之创体也。"
[②] （清）包世臣：《艺舟双楫·论文二》，见《续修四库全书》第1082册子部，630页，上海，上海古籍出版社，2002。
[③] （清）焦循：《时文说一》，见《雕菰集》卷十，《续修四库全书》第1489册集部，208页，上海，上海古籍出版社，2002。

人，追模数千年以上发言人之语意"。① 刘大櫆认为这是八股文的美妙所在："文章者，艺事之至精，而八比之时文又精至精者也。立乎千百载之下追古圣之心，思于千百载之上而从之。圣人愉则吾亦与之为愉焉，圣人戚则吾亦与之为戚焉；圣人之所窈然而深怀翛然而远志者，则吾亦与之窈然而深怀翛然而远志焉。如闻其声，如见其形，来如风雨，动中规矩，故曰：文章者，艺事之至精，而八比之时文又精至精者也。"②也有人从八股文阐道效果的角度予以褒扬，如管世铭云："前人以传注解经，终是离而二之，惟制义代言，直与圣贤为一，不得不逼入深细。且《章句》《集传》本以讲学，其时今文之体未兴，大注极有至理名言，而不可以入语气，最宜分别观之。设朱子之前已有时文，其精审更当不止于是也。"③

但问题的另一面是，自《毛诗序》提出"诗以言志"的命题后，这一命题发展到清代，文学是个体生命的律动已经不再是一个值得争议的问题，因此八股文代言而非自言难免成为易受人责难的软肋。八股文遭人诟病之处总概有五：一道，二结构，三俪体，四代言，五功令。在古人的价值观及文章理论体系中，以上五点中，遭人指责的重心莫过于代言。袁枚云："从古文章皆自言所得，未有为优孟衣冠，代人作语者。惟时文与戏曲，则皆以描摹口吻为工……此其体之所以卑也。若云足以明道，极有关系，则戏曲中尽有无数传奇，足以动里巷之讴吟，招妇竖之歌泣者；其功且百倍于时文矣！"④八股文本托"圣人"之口而尊，在此反倒成遭人诟病的重要口实。"代"的言说方式不能反映士子的思想感情，也必然成为他们反对以八股文作为取士工具的理由之一。如曾镛云："近世文有时文，有古文。时文代圣立

---

① 商衍鎏：《清代科举考试述录及有关著作》，244页，天津，百花文艺出版社，2004。
② （清）刘大櫆：《徐笠山时文序》，见《海峰文集》卷四，《续修四库全书》第1427册集部，404～405页，上海，上海古籍出版社，2002。
③ 引自（清）梁章钜：《制义丛话》卷一，见《续修四库全书》第1718册集部，535页，上海，上海古籍出版社，2002。
④ （清）袁枚：《答戴敬咸进士论时文》，见《小仓山房尺牍》卷三，《袁枚全集》第五册，南京，江苏古籍出版社，1993。

言,义至深而情实泛;古文即儒者立言,旨即浅而裁自心。故欲穷古今之变,考政教之迁,观学士大夫之所得,求之于古文较近。"①

八股文代圣立言的机制建立在尊经守注的前提下,清政府扶植朱学,规定八股文以朱注为准,"功令四书制义,必遵《朱子集注》,违者率不得入彀"②,朱注成为通向圣人之志的唯一桥梁。那么尊经守注是否真的限制个人思想的表达? 学者郑邦镇指出:"《朱子集注》的体例,原本多样,或详略互见,或兼收异解,或可否并存,或不加断案。读者据题写作,并不见得会受到标准答案的拘限,甚至尚能各自于朱注内外临机决断。"③这样说来,朱注并不能完全限制个人思想的表达,尤其是清代的八股文并不是那么严格地遵守朱熹的注解。卢前《八股文小史》与商衍鎏《清代科举考试述录》都指出清代制义不同于明代制义的特征之一就是"在义理之求深。其识力透到之处,往往足补传注之不及"。不同的个体对经传理解的精深程度不同,其儒学修养的差异自然亦可反映出来,这就是取士之法所言的"窥人心术"。

康熙年间,吕留良、陆陇其等人倡言孔孟之道已被朱熹说尽,人们只消把朱注当作真理,句句照办就是。④ 这类观点延伸至依托朱注的八股文,就出现了如刘大櫆一类的论调:"盖孔孟之微言,经前代诸儒之论辩,而大意已明矣。后代更创为八比之文,如诗之有律,用排偶之辞以代圣贤之口语,不惟发舒其义,而且摹绘其神,所以使学者朝夕从事,渐渍于其中而不觉也。"倘若真如刘大櫆所言,那八股文就只不过是对"前代诸儒之论辩"的再一次艺术表达而已,根本谈不上任何个人思想。 其实清代学有宗旨之士并不认为朱注已趋完备而噤若寒蝉,如焦循《里堂家训》卷下云:"经学如天,

---

① (清)曾鏞:《国朝二十四家文钞序》,见《清文汇》乙集卷五三,2155 页,北京,北京出版社,1996。
② (清)周寿昌:《遵集注》,见《思益堂日札》卷四,《续修四库全书》第 1161 册子部,413 页,上海,上海古籍出版社,2002。
③ 郑邦镇:《八股文"守经遵注"的考察——举〈钦定四书〉四题八篇为例》,收入《第一届清代学术研讨会-思想与学术-论文集》,高雄,"中山大学"中国文学系编印,1989。
④ 朱维铮:《匪夷所思——世纪更替中间的哲人怪想》"陆陇其"条,见《走出中世纪》,上海,上海人民出版社,1987。

阳道也；史学如地，阴道也，终古此《诗》《书》《易》《礼》《春秋》而其义千变万化，阐之不尽，寻之不竭。自两汉以来，二千余年，说经之人千百家，或相师承，或相驳难，各竭一人之精力以为得定解矣。久之又竭一人之精力，而前之定解复不定。寒往则暑来，日往则月来，循环无端而神妙不测，故学经者博览众说而自得，其性灵上也；执于一家而私之以废百家，惟陈言之先入而不能自出，其性灵下也。"这种情况在"抵掌攘袂，明目张胆，惟以诋宋儒、攻朱子为急务"①的乾嘉汉学兴盛以后尤为突出。

乾嘉时代的汉学家们认为儒家经典被前人的解读所遮蔽，他们试图通过文字训诂等方式重新寻觅儒学真谛，这种学术风气也必然会影响到八股文的写作与八股取士。管世铭云："时文之境地，常若有域焉以限之，未易言深造也。惟苦心强力之至者，岁引月伸，晨摩夕荡，迟之又久，而此域始豁然以开，则举身之说，遭值目之所俯仰，耳之所听受，莫非吾文之所取资，而字里行间，仍各视其所养之浅深以为厚薄，非可以一蹴而几也。"②管世铭的这段话道出了清人的八股文写作并不是在简单地沿用朱注，而是在积极而艰难地咀嚼义理。清代科考的录取亦不完全以旧注为标准，据陆继辂《合肥学舍札记》载："嘉庆五年，江南乡试题'述而不作'一节，予初以老为老聃、彭为彭祖，文成而悔之。遂改从商贤大夫。是科用旧说者皆未中式。又一科'放勋日劳之来之'题，亡友臧在东独依赵注，作'放勋日劳之来之'，亦被落，因戒子弟试文不必宗旧说。"③又据具有总结清代制义性质的史料著作《制义丛话》卷十一载：阮元"于乾隆丙午第一次乡试，即遇朱文正公主试，试题'过位'二节，用江慎修新解，中式第八"。因此梁章钜在《制义丛话》之《例言》中申明："昔人论作史者须兼才、学、识三长，余谓制义代

---

① （清）方东树：《重序》，见《汉学商兑》卷首，《续修四库全书》第951册子部，536页，上海，上海古籍出版社，2002。
② 引自（清）梁章钜：《制义丛话》卷一，见《续修四库全书》第1718册集部，535～536页，上海，上海古籍出版社，2002。
③ （清）陆继辂：《合肥学舍札记》卷三"试文不必宗旧说"条，见《续修四库全书》第1157册子部，314～315页，上海，上海古籍出版社，2002。

圣贤立言，亦须才、学、识兼到。自元代定制，科举文以四子书命题，以朱子《章句集注》为宗，相沿至今，遂以背朱者为不合式，文人之心思亦日浚之而不竭。其有与《章句集注》两歧，而转与古注相符、与古书有证者，亦未尝不可相辅而行。"

一种认为由八股文可见人心智的观点亦由此而起，如章学诚云："举业虽代圣贤立言，亦自抒其中之所见，诚能从于学问而以明道为指归，则本深而末愈茂，形大而声自宏，未闻学问有得，而举业之道，其所见者不磊落而光明也。……盖学问为质，而举业乃其文著之一端，故学不皆同，而苟有所得，自可相因而见也。制举之初意，本欲即文之一端以觇其人之本质。"[1] 汪国霖亦云："要其取于心而注于手，出奇翻新，境最无穷。心之所造有深浅，故言之所指有远近；心之所蓄有多寡，故言之所含有广狭。皆各如其所读之书之分而止。吾故曰：制义虽代圣立言，实各言其心之所得者也。"[2] 但是我们必须明白，精心研理体道为八股文者毕竟不占主流，芸芸众生中更多的是为举业而举业者。诚如钱维乔所云："自元王耕野造八比文，迄今为士子羔雁，然借以进身，而致用不在是。于是才智之士惟以揣摩求合为工，一朝十禽亦遂掇巍科，驰盛誉，联翩以去；所为揣摩求合者复辗转蹈袭，愈降愈远，其流遂日劣不可支。"[3] 在这股"揣摩求合"的剽窃之风中，类似章学诚、汪国霖等人的观点恐怕只能在学理上成立，或仅适应个别现象。事实上，章学诚本人对此也非常清楚，其云："所为举业文字，大率取给坊刻时文，转相沿习，不能得立言柢蕴，经传援用所由来。"[4] 其又云："而世之徒务举业者，无其质而姑以文欺焉，是彼之过也；举业既为无质之文，而学问

---

[1] （清）章学诚：《与朱沧湄中翰论学书》，见《章学诚遗书》卷九，83 页，北京，文物出版社，1985。
[2] （清）汪国霖：《制义丛话序》，见（清）梁章钜：《制义丛话》卷首，《续修四库全书》第 1718 册集部，525 页，上海，上海古籍出版社，2002。
[3] （清）钱维乔：《范莪亭时文序》，见《竹初文钞》卷一，《续修四库全书》第 1460 册集部，205 页，上海，上海古籍出版社，2002。
[4] （清）章学诚：《定武书院教诸生识字训约》，见《章学诚遗书》佚篇，680 页，北京，文物出版社，1985。

不衷于道,则又为无根之质,是又为学者之过也;两者绝不相蒙,有由来矣。"①

唐仲冕在《屠韫斋时文序》中云:

> 凡艺之精,原于性情而后能进于道。文辞,艺也,时文则艺之程于有司者,体有式,语有禁,字句有限,又有风会所趋与试官之好尚各殊,而迫之以风檐寸晷,士之揣摩以蕲合乎程序风尚,而取科第者岂尚为性情之所属哉?故有童而习之,专一憔悴以至皓首而不得者。其得之者则又弃之如筌蹄,一时闳敏知名之士,往往高谈诗古文词而不屑于此。性情弗属,道于何有?然时文者,代圣贤立言,以之取士较诗赋策论为近道。自前明来,钜人长德多以时文名世,而功名节义卒如其文,迄今读之,犹令人沉潜而感发,几忘为制举之业。盖其性情心术之流露有深焉者矣。②

唐仲冕在这一段话中流露出一种矛盾的态度:一方面认为繁琐、苛刻的八股文格造成时文与性情的脱节,"性情弗属,道于何有";另一方面又承认明代八股文中确有"性情心术之流露有深焉者",这表明八股文是有可能表达个人情感的。潘奕隽亦云:"操觚之家取而览之,其亦可知清真雅正之中确有命中之技,而绳趋矩步未尝不可抒写才情,则庶乎能自树立,不苟因循,以仰副圣天子崇雅黜浮之至意也夫。"③沿着这一理路,尊奉程朱理学的学者认为,八股文的质量取决于性情体道的深浅与养就圣人之志的高低。如纪大奎云:"能志圣贤之志,然后能言孔孟之言,文固当以制艺为难也。志

---

① (清)章学诚:《与朱沧湄中翰论学书》,见《章学诚遗书》卷九,84页,北京,文物出版社,1985。
② (清)唐仲冕:《屠韫斋时文序》,见《陶山文录》卷五,《续修四库全书》第1478册集部,394页,上海,上海古籍出版社,2002。
③ (清)潘奕隽:《墨准初刻序》,见《三松堂续集》卷一,《续修四库全书》第1461册集部,70页,上海,上海古籍出版社,2002。

不立斯摹拟袭取之言易于工，而愈不足以入圣贤之道。 故上下数百年，传者不多，有非文之难，文之本于志者难也。"①瞿昆湖亦云："幼习举业，只是胡做，如是十余年，学既不成，试每不利。 一日偶读《庄子》，云：'风之积也不厚，其负大翼也无力；水之积也不厚，其负大舟也无力。'恍然悟为文之法，遂屏去笔砚，调息凝神，一意涵养性灵以培其基。 闭门静坐三月有余，自此试笔为文，便觉轻新流逸，迥然出群。 既而屡试冠军，联捷乡会，而阅吾文者无弗称善。 甚矣！ 静之为功，大也。"②这里讲的"为文之法"实质就是以一种澄明的心态炼就圣人之心。

这种主张是顺应封建社会科举考试真正意图的。 朝廷以八股取士，设计者的用意之一在于在士大夫阶层培养儒家伦理道德，并推广至整个社会。 八股文代圣立言的规定的本意，是欲使读书人置身于古圣贤生活的时代，引导他们想圣贤之所想、行圣贤之所行，从而潜移默化地达到束修身心的目的。 久困场屋，五十始成进士的王步青云："文章本乎心声、通乎政治，而制科取士，四子书之文是先。 盖古圣贤经世传心之要，所以陶冶性情，磨砻事业，其道甚微，其用甚巨，深于是者，取之心，注于手，优柔平中，清明广大，观其文而人之本末具见，非云事帖括已矣。"③方苞云："制义之兴所以久而不废者，盖以诸经之精蕴汇涌于四子之书，俾学者童而习之，日以义理浸灌其心，庶几学识可以渐开，而心术归于正。"④法式善亦云："余学为诗文三十年，官太学前后七八载，与生徒相砥砺久而益觉其难，何则？ 代圣贤立言，必敛抑其意气，和平其心思，及夫体验微至发抒自然，使人读之如接古

---

① （清）纪大奎：《余象恒先生四书文序》，见《双桂堂稿》卷三，《续修四库全书》第1470册集部，350页，上海，上海古籍出版社，2002。
② 引自（清）梁章钜：《制义丛话》卷二，见《续修四库全书》第1718册集部，543页，上海，上海古籍出版社，2002。
③ （清）王步青：《健余堂稿序》，见《已山先生文集》卷二，《四库全书存目》集部第273册，734页，济南，齐鲁书社，1997。
④ 引自（清）梁章钜：《制义丛话》卷一，见《续修四库全书》第1718册集部，534页，上海，上海古籍出版社，2002。

人于千载之上，斯乃足以刊浮华、阐道术而餍饫乎人心也。"①同时，在古代儒学的逻辑里，"内圣之学"必然可以推进至"外王之道"，"修身、齐家、治国、平天下"始终是八股文的基本主题。由于清人反复强调，近人卢前《八股文小史》竟然天真地相信这一点，其对清代八股文的特征概括中有一条为："三曰人文一致，即所谓'制义代言，宜与圣贤为一'。"②商衍鎏《清代科举考试述录》则不相信这个神话，总结清代八股文的特征时黜落了该条。

不过，这种阐释毕竟始终处于"圣贤之思"的观念场中，施展的空间尚狭。在前文中，章学诚认为"举业虽代圣贤立言，亦自抒其中之所见"，但他仍然承认这种"自抒其中之所见"与通常之论说有很大的区别："四书文字，本与经义，与论同出一源，其途径之分，则自演入口气始。盖代圣立言，所贵设身处地，非如论说之惟我欲言也。"③但是，要求时人之志与圣人之志合而为一只能是一种可望而不可即的追求，不可能真正解决对八股文无性情的责难。王芑孙对于当时指示学八股之法均不满意，"考卷墨卷之说出，而乱其末；书理法脉之说入，而乱其本。"因此他提出一个重要观点——八股文不仅须代圣立言，而且须反映个人思想、时代精神：

> 制艺，注疏之一体，上者为圣贤立言，下者能自立其言以附儒先，之后抒其所独得，发其所不能已，至性至情腾踔而出，其文传，而其人之是非好恶见其中，其一时之悲愉欣戚见其中，即其世之盛衰升降亦见其中，所谓接统于班马韩欧，而所托尤尊者，此也。……夫制举文非雄

---

① （清）法式善：《吴蕉衫制艺序》，见《存素堂文集》卷三，《续修四库全书》第1476册集部，699页，上海，上海古籍出版社，2002。
② 卢前《八股文小史》（商务印书馆1937年版）认为，清代八股与明代八股有六种不同："一曰在义理之求胜"，即"识力透到，往往足补传注之不及"；"二曰识字与正义"，即把考据用于八股，纠正明人"错解题，误用事"；"三曰人文一致"，即所谓"制义代言，宜与圣贤为一"；"四曰搜奇"，即八股内容"不限于群经正史，乃演为辑逸书，诸子书，以逮小学"；"五曰旁务"，即"弃经而之史者，实为一大枝派"；"六曰言辨"，即"一题到手，巧用心思，一义数篇，篇各一旨"。商衍鎏《清代科举考试述录·八股文之变化盛衰》仅取第一、二、四、五条。
③ （清）章学诚：《论课蒙学文法》，见《章学诚遗书》佚篇，683页，北京，文物出版社，1985。

骏磊落读书识世之君子无以为也。为之者本其孤子之诚、精刚之气,以浩然行乎天壤之间,而声音笑貌寄焉,而不废其为今文也,非其所以为古文也,而犹之其所为古文也。不然,四书之为书也,汉宋诸儒说之详矣,何烦此千万人者执笔复为衍说一通耶?①

王芑孙在"上者为圣贤立言,下者能自立其言以附儒先"的前提下,又提出"之后抒其所独得,发其所不能已,至性至情腾踔而出",实际上他重视的是最后一点,其认为八股文"所谓接统于班马韩欧,而所托尤尊者"正是缘于这一点。倘若八股文真能"之后抒其所独得,发其所不能已,至性至情腾踔而出",其代圣立言机制下的圣人之言与自我之间的张力则完全断裂。王芑孙的这种叛逆观点很大程度上缘于个人性格,他性素简傲,为文亦不寄人篱下。在给翁方纲的一封信中,他阐明自己为文的独创精神云:"然学者立意则必自昌黎,所谓能自树立不因循,始以此为文章。二十年不惟于并世人中无所依傍,即古人亦不肯专奉一先生之言,以自域其神明,而拘挛其体势。"②然而王芑孙的这种观点亦非空穴来风,有一定的历史依据。明代中后期心学盛行,为文追求个体意识,八股文也不例外。方苞《钦定四书文·凡例》云:"明人制义体凡屡变,……至启祯诸家,则穷思毕精,务为奇特,包络载籍,刻雕物情,凡胸中所欲言者,皆借题以发之。"③袁中道云:"时义虽云小技,要亦有抒自性灵不由闻见者。"④《四勿斋随笔》亦云:"言者心之声,古今诗文往往能自肖其人,制义则言之尤畅。如前明山阴徐文长渭,狂士也,其作'今之矜也忿戾'文云:'其视己也常过高,而身心性情之

---

① (清)王芑孙:《书时文读本后》,见《渊雅堂全集·惕甫未定稿》卷二三,《续修四库全书》第1481册集部,244~245页,上海,上海古籍出版社,2002。
② (清)王芑孙:《答翁覃溪先生书》,见《渊雅堂全集·惕甫未定稿》卷八,《续修四库全书》第1481册集部,62页,上海,上海古籍出版社,2002。
③ (清)方苞:《钦定四书文》卷首,见《文渊阁四库全书》集部1362册,台北,台湾商务印书馆,1986。
④ (明)袁中道:《成元岳文序》,见《珂雪斋前集》卷十,《四库禁毁丛刊》集部第181册,382页,北京,北京出版社,1997。

际，每怀不平；其视人也常过卑，而亲疏远近之间，鲜能当意。义利之辨未尝不明，但其所见者自以为义，而谓天下皆利也；是非之故亦未尝不悉。但其所执者自以为是，而谓天下皆非也。此非直浑厚惇大之体无所望也，好胜不已，而其势必至于争矣。'按：此文直是文长自作小传，可见狂士并不讳疾，特自知其疾而不能自医耳。"① 近人钱基博认为"世论多以八股文代古人语气，未易见抱负。然非所论于豪杰，而明贤借题发挥，往往独抒伟抱，无依阿洟涊之态"。② 今人金克木亦认为八股文"不论怎样僵死，还是扼制不住有突出才、学、情性的人。人格仍旧和风格联系，文体还掩不尽文心"。③ 这些评价主要适用于明代"新学横行"之后的八股文。

晚明清初之际，王学分化、流弊丛生，又有有识之士倡导程朱理学予以纠偏补正，同时新朝扶植程朱理学，王学因此歇息不张。"清朝统治者在经过多年的摇摆之后，决定以朱子作为官方意识形态的根据。康熙帝对王学阵营的敌对态度，一次比一次坚决，对朱子的崇信，也愈来愈具有排他性。这一发展过程，其实是与思想界一步一步肃清王学并突出朱子排他性地位的趋势平行发展。"④ 明代八股文张扬个性的趋势是以王学盛行、相对宽松的会讲风气为条件的，而在清代高压的政治学术环境下，士人那种洒脱之气已不复存。就八股文体制本身而言，大结部分是出口气，不会因入口气的限制而在圣贤之思上打圈圈，这样士子获得了一个自由表达个人情感的机会。但是因明末人多爱借此藏关节，清代人主中原后为钳制言论，于康熙年间下令废弃大结部分。《书香堂笔记》对此事记载甚详："前明制义，每篇之后多有大结。本朝陆清献亦尝论大结之不可无，汉唐以下事皆可借题立论，随题可以缀入。明之中叶，每以此为关节，后因文日加长，此调渐废。至我朝康熙

---

① 引自（清）梁章钜：《制义丛话》卷五，见《续修四库全书》第1718册集部，567～568页，上海，上海古籍出版社，2002。
② 钱基博：《明代文学史》，《万有文库》本，112页，上海，商务印书馆，1933。
③ 启功、张中行、金克木：《说八股》，125页，北京，中华书局，1994。
④ 王汎森：《晚明清初思想十论·清初思想趋向与〈刘子节要〉》，289页，上海，复旦大学出版社，2005。

六十年，始悬之禁令。乾隆十二年，编修杨述曾忽有复用大结之请，大学士张廷玉等奏驳以为若用大结，未见有益而弊窦愈起，断不可行，其议遂寝，至今遵守。"[1]随着大结的废弃，八股文与性情之间如何建构关系就成为一个颇为棘手的问题。如果袁中道所言"时义虽云小技，要亦有抒自性灵不由闻见者"以现实为基础，尚可成立的话，那么王芑孙的这种主张没有现实的政治环境作依托，便不可能在实践中广而为之，仅能作为一种历史的回顾。

◎ 小　结

王廷佐《莘民遗稿》云："今日科场，君子小人所同应。君子应之，谓是事君行道之始；小人应之，谓是受爵得禄之始。心术不同，故一则诱以揣摩之术而不得，一则禁其为揣摩之术而亦不得。"[2]君子与小人以不同心态从事八股文写作、参与科考，加上个人资质的不同，必然造就才能高低不一的人物、产生不同品位的八股文，这种结果是造成"横看成岭侧成峰，远近高低各不同"争论纷纭的潜在基础。综上所述，我们可以看到，无论是在功能层还是在文体层上，褒贬双方都有意或无意地分离了理念层与实践层。反对者多着眼于现实流弊状况，褒扬者则多有意识地从理念层面言说。辩护与批判双方不在同一个平台对话，自然也就各说各有理，难以评判，不可通约。道光年间的杨文荪揭示争论双方"盲人摸象，诸人只言，各照一隅，罕观通衢"的缺点云：

> 重之者曰制义代圣贤立言，因文见道，非诗赋浮华可比，故胜国忠

---

[1] （清）梁章钜：《制义丛话》卷一，见《续修四库全书》第1718册集部，533页，上海，上海古籍出版社，2002。
[2] 转引自柯愈春：《清人诗文集总目提要》，700页，北京，北京古籍出版社，2001。

义之士轶乎前代，即其明效大验。轻之者曰时文全属空言，毫无实用，甚至揣摩坊刻，束书不观，竟有不知史册名目、朝代先后、字书偏旁者，故列史艺文志制义从未著录。是二说也，皆未尽然。夫制义之重也，有重之者；其轻也，有轻之者，非制义之有可轻、有可重也。自有制义以来，固未有不根柢经史、通达古今而能卓然成家者，若他书一切不观，惟以研求制义为专务，无惑乎亭林顾氏谓八股盛而六经微也。①

盖万事万物可分理念、现实二层，不可以流弊而否定理念，亦不可执理念而无视现实，以此立论，方可破方隅之见。就此，阮元与钱谦益两个人物必须引起我们的注意：前者为八股文的取士工具功能的评判提供了一个良好的平台，后者为八股文的文学成就的评判提供了一个良好的平台。双方只有在这样的平台上才能心平气和地理性谈论问题，避免陷入拘虚短视的意气之争。

阮元《四书文话序》云："唐以诗赋取士，何尝少正人？明以四书文取士，何尝无邪党？惟是人有三等：上等之人无论为何艺所取，皆归于正；下等之人无论为何艺所取，亦归于邪；中等之人最多，若以四书文囿之，则其聪明不暇旁涉，才力限于功令，平日所诵习惟程朱之说，少壮所揣摩皆道理之文，所以笃谨自守，潜移默化，有补于世道人心者甚多，胜于诗赋远矣。"②阮元将应举对象划分为三等，强调科举教育是一种大众教育，判断八股取士制度是否合理，自然要看它在多大程度上网罗、培育了"中等之人"。从这个角度说，八股取士制度还是有其存在的合理性的，今人何怀宏云："（八股文）虽然并不具有总能把最好的人推到最高位置的确定性，但它

---

① （清）杨文荪：《制义丛话序》，见（清）梁章钜：《制义丛话》卷首，《续修四库全书》第1718册集部，527页，上海，上海古籍出版社，2002。
② （清）阮元：《四书文话序》，见《揅经室续集三集》卷三，《续修四库全书》第1479册集部，497～498页，上海，上海古籍出版社，2002。

还是把大量的庸才挡在了门外。"①阮元提供的评估视角、方法无疑是正确的，对于今天的教育评估也有借鉴意义。但阮元所言取"中等之人"以八股文胜于诗赋的观点却有待商榷，他自己后来也意识到这一点："弟生平最怕八股，闻人苦读声谓之为唱文，心甚薄之。故不能以此教子弟，子弟竟以不能攻此，未有科名。然又以为取士之道，不可不用此事，于拙集中三致意焉。但近来文风日清日薄，只是童生伎俩，便可登进士；供事笔墨，便可中状元。奈之何哉！想同此慨也。"②从某种程度上说，阮元的反省也正是缘于他的这种评判八股取士制度的视角。

清初的钱谦益则将八股文分为举子之时文、才子之时文、理学家之时文三种类型，进而又细分为真伪二体："杜工部云：'别裁伪体亲风雅，转益多师是汝师'，余谓时文亦然，有举子之时文、有才子之时文、有理学家之时文，是三者皆有真伪，能于此知别裁者，是亦佛家所谓正法眼藏也。"③清代有关八股文雅俗尊卑的纷纭争论，倘若在这样的时文划分建构中言说，方能见分晓。钱谦益"少事科举之业，聊以掉鞅驰骋，心颇薄之。通籍以还，都不省视"④，尽管如此，因其有一套合乎逻辑的划分标准，才能够持平对待，故其《家塾论举业杂说》一文能兼容并包，采录对立双方的观点。

评判八股文又可分为功能与文体两种角度，清代一种普遍批判八股文的风气的兴起主要纠结于作为一种取士工具的八股文，这是对八股文附加的功能价值的讨论，而非关涉其本身。八股取士制度在特定的历史时期的确功不可没，但就整个历史时期而言（尤其是后期），其弊端是主要的。八股文作为取士工具立法之始，意美法良，只不过作为科举制度的工具而先天所带的

---

① 何怀宏：《选举社会及其终结——秦汉至晚清历史的一种社会学阐释》，312页，北京，生活·读书·新知三联书店，1998。
② 见（清）梁章钜：《师友集》卷一，道光二十五年北东园刻本。
③ （清）钱谦益：《家塾论举业杂说》，见《牧斋有学集》卷四五，《续修四库全书》第1391册集部，445页，上海，上海古籍出版社，2002。
④ （清）钱谦益：《家塾论举业杂说》，见《牧斋有学集》卷四五，《续修四库全书》第1391册集部，444页，上海，上海古籍出版社，2002。

功利性的缺陷，以及后来的条条框框的束缚，使它在发展中与当初的设想背道而驰。八股文在强势的声讨声中黯然退出历史舞台，是历史给予八股取士制度成功与否盖棺论定式的结论。无论最初的动机、实施过程如何，功能价值的衡量标准只有一个——实际效果。因此，尽管维护方所言不乏合理成分，但八股取士制度不尽如人意的现实结果使得维护方有强辩之嫌。所以在功能之争上，以路德为代表的尊八股文者是处于下风的。

对一种文体雅俗尊卑的评判当然不能简单地以现实创作为依据，主要还是由文体本身的性质决定的。启功在《说八股》中深刻地指出："八股是一种文章形式的名称，本身并无善恶可言，只是明清统治者曾用它来做约束士子思想的工具，同时他们又在这种文章形式中加上繁琐而苛刻的要求。由积弊而引起的谴谪，不但这种文体不负责，还可以说它是这种文体本身被人加上的冤案。"①因此，剥离八股文与取士制度间的政治功能关系，仅着眼于文体体性特征来肯定八股文，是推尊八股文较为有效的途径。姚鼐、阮元、焦循、王芑孙等人在文体层面论述时又普遍与"末流"划清界限，其褒扬以八股文中的优秀之作为基础②，甚至完全是在学理上展开的，在辩护方式、理路的选择上是成功的。

---

① 启功、张中行、金克木：《说八股》，1页，北京，中华书局，1994。
② 古代八股文确实有不少佳作，如方苞奉命编纂的《钦定四书文》多半是上乘之作。《张之洞全集》附录《二家试帖》序也说："近人议科场之弊，集矢时文，然八比佳者，犹能发挥义理，包罗史籍。"

第二十章
嘉庆、道光年间的词学思想

乾隆晚年吏治腐败,社会矛盾尖锐。嘉庆新政没有收到预想的整肃效果,读书人不仅辅国无门,保身亦复不易,为悲哀、失望、迷惘裹挟笼罩。正是"江山不幸诗家幸",巨大的忧患感促使词体回到抒情的本位,甚至本属于诗学的"不平则鸣""比兴寄托"等,都成为尊体的手段。此时崛起的常州词派,其优缺功过,都在这一背景下展示出来。

◎ 第一节
概　述

嘉庆帝当政之初,颇想励精图治。为治理乾隆末年呈现的衰势,启用了一批新的官吏,废止了一些老旧、陈腐的政策,士人参与议论政治的热情一时高涨。但是康乾以来形成的整体执政措施并没有根本改变,所以总体上,汉族士人仍受到种种压制。一些希望"补天"的士人,都感到殆将有变,尤其是嘉庆元年(1796)爆发了历时九年的白莲教起义,这是肇始于乾隆晚期的社会矛盾的一次大爆发,起义严重撼动了王朝的根基,社会秩序转入动荡,引起知识界的警醒与反思。正如严迪昌先生指出的:"嘉道之际既不同于远去的各姓王朝，也不与乾隆时期相似，整个纲纪已呈大紊乱，宗庙社稷岌岌可危，倾圮在即。凡经世致用之志未泯的文人不能无动于衷，不能不作一些补苴罅漏的努力。"①梁启超说，当时"大部分学者依然继续他们考证工作，但'绝对不问政治'的态度，已经稍变"②。重视经学的一批学者开始"援经议政"。"今文经派"的"公羊学"就是在这种心态和背景下出现的。

这种政治状况与思想界的转变，影响到词学，就是常州词派的兴起。常州词派是清代后期影响最为深远的一个词派。徐珂说："浙派至乾嘉间而益弊，张皋文起而改革之，其弟翰风和之，振北宋名家之绪，阐意内言外之旨，而常州词派成。"③这段话描述了常州词派兴起的背景、主要旨趣以及发端人物，但是，也容易给我们造成一种印象，那就是张皋文的词论一出现就产生了重要的影响。这当然是一种误解。我们知道，常州词派的确有着非常大的影响，张惠言的词论虽然适应了时代的需要，但他编纂词选的初衷却是为了汪氏兄弟学词，其影响要到周济等常州词派中坚力量的出现后才真正发挥出来。

常州词派的兴起也可以看作是词坛对浙派矫正的结果。萧鹏曾指出："清嘉庆年间，先后有两个词人群体对浙西词派进行不同方向的改造与发展，常州张惠言兄弟注重词之内容，由此形成了常州词派，吴中戈载诸子则着眼于词之艺术形式，由此形成与浙西、常州不同的声律一派。"④

浙派此时已经衰微，但因为地缘优势，在吴中、浙西还有很大的作者群，风格趋向于谭献所说的"婉约清超"。其中，严元照、吴衡照等人已经能够认识浙派的问题，并做出了相应的调整。但是，这些吴中和浙西词人，虽说能在一定程度上变革浙派，却未能根本改变浙派末学浮滑肤廓和故实饾饤的弊端。后吴中七子则是从艺术形式入手，真正变革浙派，使浙派得以在

---

① 严迪昌：《清词史》，443页，北京，人民文学出版社，2011。
② 梁启超：《中国近三百年学术史》，28页，北京，中国社会科学出版社，2008。
③ 徐珂：《清代词学概论》，6页，上海，大东书局，1926。
④ 萧鹏：《"吴中七子"与吴派词人群》，见《词学》11辑，104页，上海，华东师范大学出版社，1993。

"审音辨律"上与常州词派相抗衡。顾广圻曾说:"其论词之旨,则首严于律,次辨于韵,然后选字炼句,遣意命言从之。"①陈水云指出:"'后吴中七子'并非后代学者所说的奉浙派为圭臬,而是对浙派思想作了某种程度的改造,以适应时代的需要,他们也是不满于浙派之流弊而起而矫浙派之失的。"②后吴中七子,承续了浙派宗法南宋的主张,更加突出地重视声律,对声律之美的讲求也是其对浙派的一种矫正。

而后,孙麟趾等吴中后劲,又对戈载过分注重声律的取向有所反拨。孙麟趾主张"畅词趣",他在《词迳》中提出的十六字决:清、轻、新、雅、灵、脆、婉、转、留、托、淡、空、皱、韵、超、浑,可见其一方面取径整体不超浙西的清空骚雅,另一方面又偏重审美韵味,明显是对戈载等偏重词体的修正。而词趣与声律并重的取向,说明浙派已经逐渐开放并与常州词派相融。

◎ 第二节

戈载、吴衡照对后期浙派的矫正

道光二年(1822),时年仅二十六岁的长洲词人王嘉禄倡议合刻《吴中七家词》,立即得到戈载等人的响应和支持。追随戈载的几位主要词人各自将旧词新作,"重加订正,又细考四声,必求合乎古人之名作以为法"③。精选为一编,付梓合刊。戈载为首,为《翠薇雅词》。其余六家依次为:沈彦曾《兰素词》,朱绶《湘弦别谱》,陈彬华《瑶碧词》,吴嘉洤《秋绿词》,沈

---

① (清)顾广圻:《吴中七家词序》,见《顾千里集》,王欣夫点校,209页,北京,中华书局,2007。
② 陈水云:《清代词学思想流变》,126页,北京,社会科学文献出版社,2018。
③ (清)戈载:《翠薇雅词序》,道光二年壬午刊本。

传桂《二白词》，王嘉禄《桐月修帘谱》。其体制仿照龚翔麟辑刻《浙西六家词》，标榜之意非常明显。词坛前辈顾广圻序《吴中七家词》云：

> 七家者，为戈子顺卿，沈子兰如、朱子酉生、陈子小松、吴子清如、沈子闰生、王子井叔，英年随肩，妙才反臂，生同里干，长共笔砚。凡于诗古文词罔不互相切劘，必诣最盛。其论词之旨，则首严于律，次辨于韵，然后选字练句、遣意命言从之。闻诸子尝尽取凡有词以来专集若干，类选若干，旁及乎散见小说笔记者又若干，博考精究，以求夫律之出入，韵之分合，以暨其字、其句、其意、其言，如是者得之，如是者失之，权衡矩矱，于斯大备，轻重方圆，未之或差。是故诸子之词，平奇浓淡，各擅所长。而无一字无来历，则七家未有不同也。①

这段论述，不仅交代了"七子"的由来，更透露了以戈载为代表的七子论词的主要旨趣，那就是首严于律、次辨于韵，非常重视词在形式格律方面的规范。

词学之尊体无非两大路径，一类是将词与诗拉近，从源流或者比兴寄托上引为同调；另一类是强调词与音乐的关系，前者的代表是苏轼的"以诗为词"，后者的代表是李清照的"别是一家"。"不仅南宋的格律派词人和辛派词人大致沿此道路，即便是清词的复兴也是在这样两个相反相成的层面上展开的。"②清人尊体的路径之一，便是通过拉近诗与词的距离实现的，使得词体从格律形式及地位作用等方面都竭力向诗体靠近，产生的影响便是在尊体的同时，词体特质也随之消失。王鹏运《词林正韵跋》中曾言："夫词为古乐府歌谣变体。晚唐北宋间，特文人游戏之笔，被之伶伦，实出声而得韵。南渡后与诗并列，词之体始尊，词之真亦渐失。当其末造，词已有不能歌

---

① （清）顾广圻：《吴中七家词序》，见《思适斋得》卷十三，道光二十九年刻本。
② 沙先一：《声韵探讨与词风演进》，载《文史哲》，2008（2）。

者，何论今日！"①正是从这样的现实出发，以戈载为首的吴中七子，从词的外在艺术形式入手，继承万树、凌廷堪等格律音韵成果，形成了与浙西、常州二派相互纠葛又独具特色的声律派，近可与"前吴中七子"、诗界之"吴中七子"分庭抗礼，远可与康熙年间的"浙西六家"比肩并坐，共同仰攀南宋姜（夔）张（炎）、二窗（吴文英和周密），在清词的发展中有着独特的意义。

　　吴中之所以会形成词坛的繁荣以及戈载为何着意声律，实际上原因是多方面的。首先，从当时的词坛环境来看，浙西之颓势已不可救，词坛对浙西的流弊已经有比较清醒的认识。常州词派提出的比兴寄托论，太过看重词体的社会作用，太过将诗词同化，操作性也较差，对二者的反思是吴中词派生成的背景。其次，乾嘉之际的朴学风气，也对词学中精研词律起到推波助澜的作用，如凌廷堪作《燕乐考原》六卷，对唐宋词乐中的诸多问题进行了较为详尽的论述。康熙十八年（1679），查继超也编成《词学全书》，至嘉庆年间，秦恩复刻《词学丛书》，都能看出词坛的重学风气。最后，吴中地区从历史文化积淀上来说，对于声律的追寻有着得天独厚的条件。吴中文学向来就有推重文学的音乐体性，追求外在形式的典雅的传统。吴嘉洤《亡友七人传》曾云："吴中乐部甲天下。"②《晋书·乐志》曾云："吴歌杂曲并出江南，东晋已来，稍有增广。……始皆徒歌，既而被之管弦。"③其领袖戈载也有家学渊源，戈载《词林正韵·凡例》曾云："惟自揣音韵之学，自幼尝承庭训，见家君与钱竹汀先生讲论，娓娓不倦。予于末座，时窃绪余。家君著有《韵表互考》、《并韵表》、《韵类表》、《字母汇考》、《字母会韵纪要》诸书，予皆谨谨校录，故于韵学之源流、升降、异同、得失，颇窥门径。近又承顾丈涧苹，谈宴之余，指示不逮，更稍稍能领其大略焉。"④王嘉禄《兰素

---

① （清）王鹏运：《词林正韵跋》，见《四印斋刻词》，328页，上海，上海古籍出版社，1989。
② （清）吴嘉洤：《仪宋堂文二集》卷7，清光绪五年刊本。
③ （唐）房玄龄等撰：《晋书·乐志》，716～717页，北京，中华书局，1974。
④ （清）戈载：《词林正韵·凡例》，上海，上海古籍出版社，1981。

词序》云：

> 吾友兰如，芷生丈季子也。少负殊禀，以余力精研四声二十八调，而求其离合。又性喜游历，客武林最久，烟晨月夕，迥清饮渌，辄以宋人乐府写之，顷将刻行所作，削稿相质。循节揣声，动谐律吕，有空灵之气，有宕往之神，有凄缛之采，有绵邈之旨。嗟乎，妙哉！是非原本家学，而又得山水清气以为之助，乌能及是耶！①

七子之一的吴嘉洤，追述云：吴县戈载承乡前辈顾广圻（千里）词论，有感于"声律之学失传久矣，今所谓词，短长其句而已"，乃揭倡阴阳清浊之辨，坚持律与韵不苟之说于吴中，"为之于举世不为之日"。嘉庆二十四年（1819），戈载自刻其近作为《翠薇花馆词续刻》二卷，自称"律求七始，颇具苦心。韵究四声，间有新得，蕲至古人，归趣大雅"②。

正是在这样的环境与风气之下，以吴县为中心，受到环绕其四周的词乡如华亭、嘉兴、常州、宜兴、扬州等地的影响，吴中词人结社分韵、商榷声律、选词刻词，逐步凝聚为大江南北所注目的焦点，成为一个新的词群体，尤其以戈载为核心的后吴中七子最为著名。

戈载（1786—1856），字顺卿，一生专著词学，有家学。顾广圻称其："词章学问，察受家庭，具传家法，更以填词一事，引而伸之，讲求积年，遂多神悟。"③戈载论词严于词律。在戈载之前，有关词韵、词谱的著作已有多种，如沈谦《词韵略》、万树《词律》、吴绮《词韵简》、程名世等辑《学宋斋词韵》、许宝善《自怡轩词谱》、许昂霄《词韵考略》、赖以邠《填词图谱》、吴宁《榕园词韵》等，尤其是康熙五十四年（1715）刊行了楼俨、杜

---

① （清）王嘉禄：《兰素词序》，见《吴中七家词》，清道光刻本。
② （清）戈载：《翠薇花馆词》，清嘉庆刊本。
③ （清）顾千里：《词林正韵序》，见施蛰存主编：《词集序跋萃编》，892 页，北京，中国社会科学出版社，1994。

诏、陈廷敬编纂的《钦定词谱》四十卷。但是，这些词韵著作层次不一，或过于简单，或曲韵、词韵不分，多有谬误之处，且缺乏必要的整理，不便于学词者宗法。戈载在前人的基础上，针对词坛现实展开自己的研究，他批评前人韵书错讹太多，如他评《词林韵释》说："词始于唐，别无词韵之书。宋朱希真拟应制词韵十六条外，列入声韵四部，其后张辑释之，冯取洽增之，元陶宗仪讥其混淆，欲为改定，今其书久佚，目已无考矣。厉鹗诗云：'欲呼南渡诸公起，韵本重雕菉斐轩。'注云：曾见绍兴二年，刊菉斐轩词韵一册，分东红邦阳十九韵，亦有上去入三声作平声者，于是人皆知有菉斐轩词韵，而又未之见，近秦恩复先生取阮芸台家藏《词林韵释》，一名为《词林要韵》，重为开雕，题曰宋菉斐轩刊本，而跋中疑为元明之季谬托，此书为北曲而设，诚哉是言也。观其所分十九韵，且无入声，则断为曲韵，樊榭偶未深究耳。"[1]他评沈谦《词韵略》时说："沈谦著《词韵略》一编，毛先舒为之括略，并注以东董江讲支纸等标目，平领上去，而止列平上，似未该括。入声则连两字曰屋沃、曰觉药，又似纷杂。且用阴氏韵目，删并既失其当，则分合之界模糊不清。字复乱次以济，不归一类，其音更不明晰，并错之讥，实所难免。"[2]评李渔《词韵》云："若李渔词韵，列二十七部，以支微部分为三，曰支纸真，曰围委未，曰奇起气。鱼虞部分为二，曰鱼雨御，曰夫甫父。家麻部为二，曰甘感绪，曰兼检剑。入声则以屑叶为一部，厥易月缺为一部，物北为一部，挞伐为一部。以乡音妄自分析，尤为不经。"[3]评胡文焕韵书曰："胡文焕之《文会堂词韵》，平上去三声用曲韵。入声分九部，曰古通古转，曰今通今转，曰借叶，自云本楼敬思《洗砚斋》中之论'大旨以平声贵严，宜从古，上去较宽，可参用古今，入声更宽，不妨从今。但不知所谓古今者，何古何今，而又何谓借叶'痴人说梦，不足

---

[1]（清）戈载：《词林正韵·发凡》，37页，上海，上海古籍出版社，1981。
[2]（清）戈载：《词林正韵·发凡》，38页，上海，上海古籍出版社，1981。
[3]（清）戈载：《词林正韵·发凡》，39页，上海，上海古籍出版社，1981。

道。"①在批判继承前人的基础上,《词林正韵》"列平、上、去为十四部,入声为五部,共十九部。皆取古人之名词,参酌而审定之,尽去诸弊,非谓前人之书皆非而予言独是也,不过求合于古"②。梳理词韵源流,评述韵书得失,显示了集大成、尽去弊的自信。

  戈载强调韵律于词的重要性,《词林正韵·发凡》中说:"词以协音为先,音者谱也,古人按律制谱,以词定声。故玉田生平好为词章,用功逾四十年,锤炼字句,必求协乎音律。观《词源》一书,可知用功之所在。今世之人往往视词为易事,酒边兴豪,引纸挥笔,不知宫调为何物,即有知玉田为正执者,而所论五音之数,六律之理,则又茫乎在云雾中。"③针对词坛以韵律为游戏的现实,戈载指出:"词之所以为词者,以有律也。词之有律,与人之有五官无异。五官之位次一定不易。若移目为口,置耳于鼻,鲜不骇为怪物者。词之律亦然。人必五官端正而后论妍媸,词必四声和协而后论工拙。否则长短句之诗耳,何云词哉?"④以音律为词体特质,如果失去了音节和谐,那么工拙也就无从谈起了。戈载云:"意旨绵邈,音节和谐,乐府之正轨也。不善学之,则循其声调,袭其皮毛,笔不能转,则意浅,浅则薄;笔不能炼,则意卑,卑则靡。"⑤戈载抓住词与音乐的共生关系,同时强调合律也要非常自然。戈载据此对当时创作中存在的"恃才者不屑拘泥自守,而谫陋之士,往往前人亡稍滥者利其疏漏,苟且附和,借以自文,其流荡无节,将何底止。实虑讹误淆混之处,演习既久,沉溺难返,韵学不明,词学亦因之而衰矣"⑥的现象进行了批评,指出"实虑伪误淆混之处,沿习既久,沉溺难返,韵学不明词学亦因之而衰矣"。他在批选《国朝

---

① (清)戈载:《词林正韵·发凡》,37页,上海,上海古籍出版社,1981。
② (清)戈载:《词林正韵·凡例》,上海,上海古籍出版社,1981。
③ (清)戈载:《词林正韵·发凡》,35页,上海,上海古籍出版社,1981。
④ (清)戈载:《翠薇雅词自序》,清道光刻本。
⑤ (清)江顺诒辑:《词学集成》卷5引戈载语,见唐圭璋编:《词话丛编》,3265页,北京,中华书局,1986。
⑥ (清)戈载:《词林正韵·发凡》,35页,上海,上海古籍出版社,1981。

词综》时，也正是从词律的角度来衡量作品的优劣的。他讽刺丁澎的《琐窗寒》《柳春影》，分别存在着律误、韵误的毛病。戈载还把词作中的格、调、韵、律当成一个整体来看待，提出"填词之大要有二，一曰律，二曰韵。律不协则声音之道乖，韵不审则宫调之理失，二者并行不悖"①的主张。在《宋七家词选·姜尧章词选跋》中，他对其深研词乐的过程进行了详细论述。

> 盖白石深明律吕之学，庆元三年丁巳四月，曾上书论雅乐，并进《大乐议》一卷，《琴瑟考古图》一卷，故能自制歌曲。今集中俱注明宫调，具有旁谱，予始茫然不解，后阅张玉田《词源》，其工尺字相类。又沈存中《梦溪笔谈》亦多发明。及读《朱子大全集》，有《宋乐俗谱》一条，乃稍稍辨别。惜字有讹阔处，参互考订，略得其旨。曾为秦敦夫太史校正《词源》，而白石之谱，亦从而有悟焉。②

试图从词乐入手把握词韵与乐律的关系，并将此三者都放到整体的背景下去加以研究，是值得肯定的。

戈载主张词的韵律要贵乎自然，述顾广圻论词云："词之合律，贵乎自然。即极难安顿者，亦必婉转谐适，不见有平仄之迹，乃为词家化境。苟为律所束缚，勉强牵制，非病其粘滞，既嫌其生涩，律虽是而仍不得谓之名作也。"③后来吴嘉洤、尤坚也有类似的论述，认为"词固以律为主，否则短长其句而已，然必协律而不为律所束缚，方得宋人三昧"④。都没有过分强调韵律，只是认为词学创作不应忽视声韵，词的内在意蕴与外在形式应达到完美的结合。

---

① （清）戈载：《词林正韵·发凡》，35 页，上海，上海古籍出版社，1981。
② （清）戈载：《姜尧章词选跋》，见施蛰存主编：《词籍序跋萃编》，239 页，北京，中国社会科学出版社，1994。
③ （清）戈载：《翠薇雅词自序》，见《吴中七家词》，清道光刻本。
④ （清）尤坚：《〈玉泩词〉评跋》，见《玉泩词》，清咸丰四年刻本。

吴中词派到底算不算一个独立的词派，历来有所争论。我们应该注意到，词派中人有明确的立派意识。例如，朱绶《沈芷桥词序》云："本朝词学，浙西为盛，吾郡仅有闻者，近数年来，吾党诸君，稍稍有作，而沈君芷桥为先。"①《桐月修箫谱序》云："近年来填词之学，吾吴为盛，戈氏首发音律之论，绶与沈闻生氏坚持之，得井叔而知为学之未有尽也。"②潘钟瑞《子绣叔父小传》云："吾吴词学，嘉道间有七家，而精研深究律与韵，无微芒毫忽之差者。"③吴中词派的后期词人，诸如此类标尚乡邑词学的言论还很多。蒋敦复《芬陀利室词话》卷一云："近来浙、吴二派，俱宗南宋。"其与浙派和常州词派都有极深的关系。刘毓盘《词史》云："若夫汇刻词，于宋徵舆之《幽兰草》不书，不以方隅为域也；王鹄之《同声集》不书，不以官爵为宠也；吴中词七子则书，以其融二派于一，以臻于极盛也。"④指出了吴中词人群体融合浙西、常州两派的特征。

吴中词派标举声律，亦有针对词之创作过于诗化的弊病起而救治的意图。一方面词乐的散佚，曲的兴盛，使词的音乐体性逐渐消亡。王鹏运所言："居今日而言，词韵实与律相辅。盖阴阳清浊，舍此更无从协律，是以声亡而韵始严，此则戈氏著书之微旨也。"⑤纪昀《四库全书总目提要》曾云："词萌于唐，而盛于宋。当时伎乐，惟以是为歌曲，而士大夫亦多知音律，如今日之用南北曲也。金元以后院本杂剧盛，而歌词之法失传。然音节婉转，较诗易于言情，故好之者终不绝也。于是音律之事变为吟咏之事，词遂为文章之一种。其宗宋也，亦犹诗之宗唐。"⑥蔡嵩云《柯亭词论》论临桂派词人曾云："本张皋文意内言外之旨，参以凌次仲、戈顺卿审音持律之说，而益发挥广大之。此派最晚出，以立意为体，故词格颇高。以守律为

---

① （清）朱绶：《沈芷桥词序》，见《知止堂全集》卷二，清道光刻本。
② （清）朱绶：《桐月修箫谱序》，见《吴中七家词》，清道光刻本。
③ （清）潘钟瑞：《香禅精舍集》卷1，清同治刻本。
④ 刘毓盘：《词史》，211页，上海，上海书店，1985。
⑤ （清）王鹏运：《词林正韵跋》，见戈载：《词林正韵》，上海，上海古籍出版社，1981。
⑥ （清）永瑢、纪昀主编：《四库全书总目提要》卷200，《宋名家词》提要，北京，中华书局，1965。

用，故词法颇严。"即指出了吴中词派倡举声律的潜在意义。吴中声律派也确实产生了极大的影响，龙榆生在《研究词学之商榷》中云："吴县戈载慨填词之家，用韵并杂。于是探索两宋名公周、柳、姜、张等集，以抉其间奥，包孕宏富，剖析精微，以成《词林正韵》一书，学者咸尊之，于是戈氏遂成其词韵之学。"①受其影响的词人除了吴中词人，还有俞樾、姚燮及清末四大家等。

当然，前人对于戈载等人专意声律也提出了批评。江顺诒《词学集成》卷三引汪根兰语云："吴门戈顺卿为近时作者，其所作必协宫商，于律则诚精矣，但少生趣耳。陶凫芗太常为余言，戈词如塑像一般，非有神气骨血者。"②谭献《复堂词话》云："顺卿谨于持律，剖及豪芒。道光间吴越词人从其说者，或不免晦涩觳觫，情文不副。"③都指出了吴派创作上的这一偏至。对戈载批评最为严厉的是谢章铤，谢氏不仅认为他抄袭，更认为其在研究方法与态度上都值得商榷。词韵本来无一定之规，戈载自以为是的态度，加上"不完全归纳法"的研究方法，确实造成了很多问题。

吴衡照，字夏治，号子律，浙江海宁人，嘉庆十六年（1811）进士，授金华府教授。有《辛卯生诗余》一卷，其词学思想主要体现在所著《莲子居词话》四卷里。关于他是不是浙派词人，历来有些争论，从其词话来看，观点确实受到浙派的影响，但其又能根据时代环境有所修正。所谓哪家哪派本来也是一个极含混的概念，因此我们将吴衡照当作浙派末期力图修正浙派词学诸多努力之中的一股力量来看待。

浙派专法南宋姜、张一派，取径逼仄，格调单一，中等才人还能清空幽冷，但其下者，已经出现游词、淫词、鄙词的不良倾向，郭麐虽力图突破，但实际效果微弱。像很多前辈一样，吴衡照矫正浙派弊病，也是求救于苏、

---

① 龙榆生：《龙榆生词学论文集》，88~89页，上海，上海古籍出版社，1987。
② （清）江顺诒辑：《词学集成》卷3，见唐圭璋编：《词话丛编》，3250页，北京，中华书局，1986。
③ （清）谭献撰：《复堂词话》，见唐圭璋编：《词话丛编》，4011页，北京，中华书局，1986。

辛。他认为专宗南宋不是至论："词至南宋，始极其工。秀水创此论，为明季人孟浪言词者示救病刀圭，意非不足。夫北宋也，苏之大，张之秀，柳之艳，秦之韵，周之圆融，南宋诸老，何以尚兹。"①就朱彝尊来说，他宗法南宋是有意强调的，而且专门突出慢词方面，并没有忽视北宋的含义，但浙西后来学者却变本加厉，而自陷窠臼。吴衡照强调北宋词人的成就和价值，他评价温庭筠："飞卿菩萨蛮云：'江上柳如烟。雁飞残月天。'更漏子云：'银烛背、绣帘垂。梦长君不知。'酒泉子云：'月孤明，风又起，杏花稀。'作小令不似此着色取致，便觉寡味。"②他论词常常两宋并称，如论明词之不振云："金元工于小令套数而词亡。论词于明，并不逮金元，遑言两宋哉。盖明词无专门名家，一二才人如杨用修、王元美、汤义仍辈，皆以传奇手为之，宜乎词之不振也。其患在好尽，而字面往往混入曲子。昔张玉田论两宋人字面，多从李贺、温岐诗来，若近俗近巧，诗余之品何在焉？又好为之尽，去两宋酝藉之旨远矣。"③这段话中不仅以两宋的词学成就并称，没有孰高孰低的轩轾之分，还将"酝藉"看作两宋的共同特征。再如其评彭孙遹词云："词力主两宋，秾致学黄鲁直，高峭近姜石帚。视难弟羡门先生，殆无多让。间尝论明人词好亦似曲，求其辞不伤雅，调不落卑，无雕巧之痕，无叫嚣之习，茗斋而外，盖尠其俦。"④这里不但主两宋，甚至连浙西词人一向不耻的黄庭坚，也加以肯定，相对来说较少门户之见。

此外，吴衡照论词，还有多处专门肯定北宋，体现出一种救弊的努力。

> 盖意主北宋，而以格韵自赏者。其词如一斛珠云云，行香子咏帘云云，雨淋铃题汉舒香雪词云云，三姝媚桐花云云，曲游春新柳云云，花犯云云，洵乎与浙西六家，异曲同工矣。仁和女史孙碧梧云凤能诗文，

---

① （清）吴衡照撰：《莲子居词话》，见唐圭璋编：《词话丛编》，2467页，北京，中华书局，1986。
② （清）吴衡照撰：《莲子居词话》，见唐圭璋编：《词话丛编》，2401页，北京，中华书局，1986。
③ （清）吴衡照撰：《莲子居词话》，见唐圭璋编：《词话丛编》，2461页，北京，中华书局，1986。
④ （清）吴衡照撰：《莲子居词话》，见唐圭璋编：《词话丛编》，2463页，北京，中华书局，1986。

工画,擅南北诸曲,女中名士也。湘筠馆词,小令尤佳致,有南唐北宋意理。①

此段文字评价王时翔所在的太仓词社与浙西六家异曲同工,实际上,太仓词社是注重宗法北宋的。正是在这种取径宏通的基础上,吴衡照强调肯定苏、辛的价值。他说:

> 辛稼轩别开天地,横绝古今。论、孟、诗小序、左氏春秋、南华、离骚、史、汉、世说、选学、李杜诗,拉杂运用,弥见其笔力之峭。②

> 苏辛并称,辛之于苏,亦犹诗中山谷之视东坡也。东坡之大,与白石之高,殆不可以学而至。③

将东坡与浙派奉若天神的姜夔并称,可见其意欲突破的信念。他论苏辛偏于侧重风格气力,如他非常赞同王若虚对苏轼的评价,云:

> 王从之若虚,自号慵夫,藁城人。金承安二年进士。博学好持论,多为名流所推服。生平论诗,大抵本其舅周德卿昂之说。不喜涪翁而尊坡公,尝言:"坡公,孟子之流,涪翁则扬子法言而已。"著有《滹南诗话》,间及诗余,亦往往中肯。云陈后山谓坡公以诗为词,大是妄论。盖词与诗只一理,自世之末作,习为纤艳柔脆,以投流俗人之好。高人胜士,或亦以是相矜,日趋于委靡,遂谓其体当然,而不知其弊至于此也。顾或谓先生虑其不幸而溺焉,故援而止之,特寓以诗之法。斯又不然。公以文章余事作诗,又溢而作词,其挥霍游戏所及,何矜心作意於

---

① (清)吴衡照撰:《莲子居词话》,见唐圭璋编:《词话丛编》,2474页,北京,中华书局,1986。
② (清)吴衡照撰:《莲子居词话》,见唐圭璋编:《词话丛编》,2408页,北京,中华书局,1986。
③ (清)吴衡照撰:《莲子居词话》,见唐圭璋编:《词话丛编》,2468页,北京,中华书局,1986。

其间哉。要其天资高，落笔自超凡耳。此条论坡公词极透彻。髯翁乐府之妙，得淳南而论定也。①

在他看来，词体日趋萎靡正是太强调词的某些特性，忽略与诗歌的某种本质共通之处所造成的。但是，吴衡照却也并不就此认为以诗法言词便是正理，他实际上强调，无论诗词，要想避免一偏之弊，便要重视气力。他指出："汉人之诗，浑浑穆穆。魏人之诗，浩浩落落。汉诗高在体，魏诗高在气。太白词气体俱高，词中之汉魏也。"②他评价彭孙遹词："《廷露词》亦有两副笔墨。如华逊来生日云云，长歌云云，酌酒与孙默云云，又时带辛气。"③都是强调作品中不可或缺的气骨。《莲子居词话》中的另一条批语，也从反面印证了这一点，他说："词忌堆积，堆积近缛，缛则伤意。词忌雕琢，雕琢近涩，涩则伤气。"④

吴衡照关于词宜清空雅正的观点，也非常近于浙派。从他对浙派诸位主将的评价中，也能看出他对浙派的推重。评价朱彝尊及厉鹗："竹垞有名士气，渊雅深稳，字句密致。自明季左道言词，先生标举准绳，起衰振声，厥功良伟。樊榭有幽人气，惟冷故峭，由生得新。当其沈思独往，逸兴遄飞，自成情理之高，无预搜讨之末。全谢山为樊榭作墓碣，谓深于言情，故其擅场尤在词。谢山初不攻倚声之业，然斯言独得樊榭之概。"⑤评价万树："万红友当轇轕榛楛之时，为词宗护法，可谓功臣。旧谱编类排体，以及调同名异，调异名同，乖舛蒙混，无庸讥矣。其於段落句读，韵脚平仄间，尤多模糊。红友词律，一一订正，辩驳极当。所论上、去、入三声，上、入可替平，去则独异。而其声激厉劲远，名家转摺跌宕，全在乎比，本

---

① （清）吴衡照撰：《莲子居词话》，见唐圭璋编：《词话丛编》，2412 页，北京，中华书局，1986。
② （清）吴衡照撰：《莲子居词话》，见唐圭璋编：《词话丛编》，2400 页，北京，中华书局，1986。
③ （清）吴衡照撰：《莲子居词话》，见唐圭璋编：《词话丛编》，2408 页，北京，中华书局，1986。
④ （清）吴衡照撰：《莲子居词话》，见唐圭璋编：《词话丛编》，2408 页，北京，中华书局，1986。
⑤ （清）吴衡照撰：《莲子居词话》，见唐圭璋编：《词话丛编》，2459 页，北京，中华书局，1986。

之伯时。煞尾字必用何音方为人格，本之挺斋。均造微之论。"①尽管我们强调他肯定、提高了苏、辛的地位，但是他论词还是首重雅正。其云："张玉田云：词贵雅正，如周美成'最苦今宵，梦魂不到伊行。天便教人，霎时厮见何妨'，'许多烦恼，只为当时一饷留情'，所谓变淳泊为浇漓矣。韪哉是言。雅俗正变之殊，学者诚不可不辨。'销魂当此际'，东坡所以致诮於少游也。"②本段对美成的苛责显得观念保守，周、柳的这种艳绮倾向不被清代词论家所喜。吴衡照认为，词可以写男女欢好，但是要言真情。他说："易安眼波才动被人猜，矜持得妙。淑真娇痴不怕人猜，放诞得妙。均善于言情。"③言情之作，不仅要雅，还应该处理好情景之间的关系。他说："言情以雅为宗，语丰则意尚巧，意亵则语贵曲。顾夐《诉衷情》云云，张泌《江城子》云云，直是伧父唇舌，都乏佳致。"又云："言情之词，必藉景色映托，乃具深宛流美之致。白石问後约、空指蔷薇，叹如此溪山，甚时重至。"又云："想文君望久，倚竹愁生步罗袜。归来后翠尊双饮，下了珠帘，玲珑闲看月。似此造境，觉秦七、黄九尚有未到，何论余子。"《诉衷情》情真语浅，正得小令风味，吴衡照之所以不喜欢，一方面是因为这与姜、张之清空不谐，另一方面也不符合他自己推重的淡雅。他说："词愈淡愈妙。频伽翠楼吟云：'似侬曾到。只三两人家，看来都好。柴门小。芙蓉无数，一时红了。'惟其不着色，所以为高。张渌卿诩尤能作苦语。真词中独辟之境。"④

吴衡照论词还重视寄托。他说："王少司寇昶云：世以填词为小道，此扪籥扣槃之见，非真知词者。词至碧山、玉田，伤时感事，上与风骚合旨，小道云乎哉？通人之言，识解自卓。徵歌度曲，盖犹近风雅。腰鼓三百

---

① （清）吴衡照撰：《莲子居词话》，见唐圭璋编：《词话丛编》，2403页，北京，中华书局，1986。
② （清）吴衡照撰：《莲子居词话》，见唐圭璋编：《词话丛编》，2417页，北京，中华书局，1986。
③ （清）吴衡照撰：《莲子居词话》，见唐圭璋编：《词话丛编》，2423页，北京，中华书局，1986。
④ （清）吴衡照撰：《莲子居词话》，见唐圭璋编：《词话丛编》，2475页，北京，中华书局，1986。

副,终胜于牧猪奴戏耳。"[1]他尊体的理由,便是词中"伤时感事,上与风骚合旨"。表达自己重视寄托的词学主张。实际上,从某种层面来说,这已经近于常州词派了。大概是当时常州词派已经崛起,时风使然,不可能不受到影响。这也是吴衡照词学思想中复杂的地方,一方面,他崇慕浙西词派的词学观点,并有一些发展、修正;另一方面,面对继起的常州词派,他也做出了调和的努力。

◎ 第三节
张惠言的词学思想

张惠言(1761—1802),字皋文,号茗柯,江苏武进(今常州)人。四岁丧父,自幼贫孤,依靠母亲姜氏做女工度日。十四岁因家贫以童子师执教乡里,十七岁补县学附生,攻举子业。乾隆五十一年(1786),乡试中式,翌年礼部会试,中正榜,例充内阁中书,是年考取景山宫官学教习。嘉庆四年(1799),中进士,改庶吉士,充实录馆纂修官,武英殿协修官。嘉庆七年(1802),以疾卒。学术上原本六经,尤其精于汉代虞氏易学,与惠栋、焦循一同被后世称为"乾嘉易学三大家",有《周易虞氏义》九卷;于《礼》宗郑玄,著《仪礼图》六卷。又辑《七十家赋钞》六卷。

嘉庆二年(1797),张氏馆于安徽歙县金榜家中,为向金氏子弟讲授词学,与其弟张琦一起编纂了《词选》一书,成为标明常州词派词学思想的开山之作。张惠言著有《茗柯词》,他的词学思想主要体现在《词选序》《词选》中对唐宋词人作品的评语,以及其本人的具体创作中。《词选序》云:

---

[1] (清)吴衡照撰:《莲子居词话》,见唐圭璋编:《词话丛编》,2467页,北京,中华书局,1986。

叙曰：词者，盖出于唐之诗人，采乐府之音以制新律，因系其词，故曰词。传曰：意内而言外谓之词。其缘情造端，兴于微言，以相感动。极命风谣里巷男女哀乐，以道贤人君子幽约怨悱不能自言之情。低徊要眇以喻其致。盖诗之比兴，变风之义，骚人之歌，则近之矣。然以其文小，其声哀，放者为之，或跌荡靡丽，难以昌狂俳优。然要其至者，莫不恻隐盱愉，感物而发，触类条鬯，各有所归，非苟为雕琢曼辞而已。

自唐之词人李白为首，其后韦应物、王建、韩翃、白居易、刘禹锡、皇甫淞、司空图、韩偓并有述造，而温庭筠最高，其言深美闳约。五代之际，孟氏、李氏君臣为谑，竞作新调，词之杂流，由此起矣。至其工者，往往绝伦。亦如齐梁五言，依托魏晋，近古然也。[1]

叶嘉莹先生曾评价说："推尊词体，上比'风''骚'，以比兴寄托为作词与说词之方法，既开途径，又标宗旨，遂奠定了常州一派之理论基础。"[2]这为我们理解和把握张惠言的词学理论和思想提供了思路。

尊体是清人词学的共同特征，只是各家的方法、路径和侧重不同。经过清人的努力，词体非小道、诗余的理念已经成为共识。词经过阳羡"存经存史"，浙西对词体与音乐关系、词体与诗、骚的关系等论述，已经基本摆脱长久以来，尤其是明末的那种浅斟低唱、浮艳绮靡的词风。在此过程中，我们注意到，词体推尊伴随着很多问题，虽然常有论家辨析词体特质，但是真正推尊词体靠的仍然是拉近其与正统诗文之间的距离，不管是表现手法上，还是内容意义上，这种攀诗附骚的方式在某种意义上又取消了词体的独立性，张惠言的词论也有这个问题。他所在的时代、他的知识结构、他对词体的看法，都决定了他的理论主张较前人走得更加远了。

张惠言论词首重"意"，他以"意内言外"解词，并援引东汉孟喜《周易

---

[1] （清）张惠言撰：《词选序》，见唐圭璋编：《词话丛编》，1617页，北京，中华书局，1986。
[2] 叶嘉莹：《清词丛论》，145页，石家庄，河北教育出版社，2000。

章句·系辞上传》及许慎《说文解字》所收"意内而言外谓之词"一语以释"词"。这种解释有其牵强附会之处，但是张氏明显是有意为之，陆继辂《冶秋声馆词序》记载云："仆年二十有一始学为词……心疑之。以质先友张皋文。皋文曰：善哉，子之疑也。许氏云：意内言外谓之词。凡文辞皆然，而词犹有然者。"①他所谓的"意"的内涵，是道贤人君子幽约怨悱不能自言之情。具体说来，表现为两个方面：一方面是"感士不遇"；另一方面是"忠爱之忱"。这是张惠言《词选》在对唐宋词作进行笺释时再三致意的大旨。有了这两个方面，男女哀乐、儿女相思也就有了言志的情感意味，再加上"言外"的适当的表现形式，便构成了张氏整体的词学架构。张惠言还关注到"意"与"法"的关系，其《送钱鲁斯序》中，转述钱鲁斯关于书画相通的文字："当其执笔也，繇乎其若存，攸攸乎其若行，冥冥乎，成成乎，忽然遇之，而不知其所以然，故曰意。意者，非法也，而未始离乎法。其养之也有源，其出之也有物，故法有尽而意无穷。"②

张惠言的"意内言外"观点的提出有其时代的背景，浙派后期由于刻意追求词的雅化，导致了思想内容上的空疏浅薄，阳羡词派的末流则片面追求社会政治内容的表达及体貌上的豪放。金应珪在《词选后序》中描述了当时词坛的景象：

> 近世为词，厥有三蔽。义非宋玉而独赋蓬发，谏谢淳于而唯陈履舄。揣摩床笫污秽中薵，是谓淫词。其蔽一也。独起奋末，分言析字，诙嘲则俳优之末流，叫啸则市侩之盛气，此犹巴人振喉以和阳春，黾蜮怒嗑以调疏越，是谓鄙词。其蔽二也。规模物类，依托歌舞，哀乐不衷其性，虑叹无与乎情，连章累篇，义不出乎花鸟，感物指事，理不外乎酬应。虽既雅而不艳，斯有句而无章，是谓游词。其蔽三也。原其所昧，厥亦有由。童蒙撷其粗而失其精，达士小其文而忽其义。故论诗则

---

① （清）陆继辂：《崇百药斋文集》，清嘉庆二十五年刻本。
② （清）张惠言：《送钱鲁斯序》，见《茗柯文编》，道光十五年陈善刻本。

古近有祖祢，亦词则风骚若河汉，非其惑欤？①

从清词之发展历史看，强调词以立意为本，并将词之内蕴做这样的限定，有利于提高词的地位，也有利于挽救乾嘉词坛普遍存在之意旨枯寂的形式主义颓风，使清词在嘉庆以后重又走上比较健康的发展道路。对此，后人多有深刻认识，比如谭献即曾云学常州词派"当学其立意深隽处"。而刘毓盘也曾云："张氏论词，以立意为本，协律为末。"皆是对张惠言此种词学思想的深刻领会之言。

比兴理论是常州词论的主要特色，在常州词派内部起纲领性的作用，一方面，体现了张惠言推尊词体，重视词意自然的生发。因为，言词以比兴，是从诗词同源的基调上，以诗歌比兴所具备的讽美刺的功能和含蓄委婉的美学要求两个方面来衡量词的，是将儒家的诗教观移植到论词之上，自然有尊体的意味。另一方面，体现了张惠言对于词体不同于诗体特质的一种整体认识。词体与言志之诗及载道之文不同，人们能意识到词体具有一种别样的美，但是却难以具言。朱彝尊的《红盐词序》曾对词体的特质做了一定的抒发，可限于篇幅又加上序跋文章所固有的过誉之嫌，难以看作是客观的理论认知。张惠言的《词选》是一个综合选本，所作之序包含着一种对于词体的整体认知。张惠言道："盖诗之比兴，变风之义，骚人之歌，则近之矣。"②这里边有两个层次，一个是"近之"，提示我们张惠言对于词体及功能希望有一个整体的把握，但是他又找不到合适的理论话语来进行表述，只能说"近之"。因此，我们在理解张惠言词论的时候不必过于胶柱；另一个是既然张惠言选择了比兴来说词，那么儒家诗论、汉序说诗之旨，就不能不作为题中应有之意而产生影响。由此"变风之义"以及"骚人之歌"，在传统观念中所代表的含义，都不同程度地被移植于词，张惠言对词之内蕴的强调，

---

① （清）金应珪：《词选后序》，见唐圭璋编：《词话丛编》，1618～1619 页，北京，中华书局，1986。
② （清）张惠言：《词选序》，见唐圭璋编：《词话丛编》，1617 页，北京，中华书局，1986。

来源于"诗""骚"的美刺传统。

关于比兴，我们可从比兴精神与比兴的手法两个方面来认识。这两个方面张惠言都有论及，并有词学创作与批评实践的印证。但是这两者之间不但造成了常州词派固有的矛盾，也成为后世指摘的言柄。

就比兴精神来说，移植于词，用以推尊词体是没有大问题的，因为比兴寄托是一切抒情文学的共同特征，取象比类，借景抒怀，不但符合儒家主文谲谏的干预传统，也符合温柔敦厚的诗教之旨。

就比兴的手法言，张惠言强调："缘情造端，兴于微言，以相感动。"兴在传统诗学中指人心受到外物的触发，所引起的一种情意的兴发与感动。所以，兴主要强调这种触发作用，是相对感性而偏于直觉的。而张惠言此处所论，却强调"微言"的感发，这就与传统很不相同了。他指出了词体本身依靠形象的精微及语言的精妙，能够给人以某种感发。其"以相感动"的说法，还隐约关注了读者层面。问题出在其对"触类条鬯，各有所归"上面，张惠言从尊体的角度出发，认为词不可苟作，以比兴寄托说词，但是他对比兴寄托的理解却显得有些狭隘了，他以"类"来说比，以"各有所归"来为词中的比兴寄托找到归宿，并在词学批评实践中进行了机械的比附，如其评欧阳修《蝶恋花》：

> 庭院深深，闺中既已邃远也；楼高不见，哲王又不寤也；章台游冶，小人之径；雨横风狂，政令暴急也；乱红飞去，斥逐者非一人而已。殆为韩范作乎？

评论与词的本义可说南辕北辙，寄托象征本来就具有多方面的层次，或者是某种现象的婉转讽刺，或者是某种心情的曲折表达，绝对不可以是这样胶柱鼓瑟的两两比附。这种解词的方式，成为后代指摘张惠言词论的关键所在。谢氏《赌棋山庄词话》便曾说："字笺句解，果谁语而谁知之。虽作者未必无此意，而作者亦未必定有此意。可神会而不可言传。断章取义，则是刻舟求剑,则大非矣。"①而批评态度激烈者莫过王国维:"固哉,皋文之为词也! 飞卿《菩萨蛮》、永叔《蝶恋花》、子瞻《卜算子》,皆兴到之作,有何命意? 皆被皋文深文罗织。"②叶嘉莹先生也认为,在张惠言《词选》一书中,"除了牵强比附地以比兴寄托来解说词意以外,实在并没有什么更为高明的见地"。③

我们倒是不必对张惠言这样苛责,他之所以有这样的理论选择,至少有以下几个方面的原因。 其一,张惠言是乾嘉时代的汉学大师,对汉儒虞翻的《易》学有精深研究,先后撰有《周易虞氏义》九卷、《虞氏消息》二卷、《虞氏易理》二卷、《虞氏易言》二卷等《易》学著作多部。 他推崇虞翻治《易》的方法:"翻之言《易》,以阴阳消息,六爻发挥旁通,升降上下,归于乾元用九,而天下治。 依物取类,贯串比附,始若琐碎,及其沉深解剥,离根散叶,郁茂条理,遂于大道。"④而张氏"原其指意""义有幽隐,并为指发"的探微索隐的解词方式,与虞翻解《易》之法也非常相似。 张氏是一个学问家,诗词乃其余事,他对于具体的词人词作评点虽多深造精微之言,但是其知识结构及学问旨趣不能不影响其对词学的理解。 其二,张氏选词的目的,是为了纠正当时词坛"跌荡靡丽、杂以昌狂俳优、安蔽乖方"之弊的,矫枉必须过正,因此张惠言在意格和审美之间,选择了意格,这其实并不能代表张惠言对于词体审美特质缺少独到见解。 正如陈廷焯所云:"张氏《词选》不得已而为矫枉过正之举,规模虽隘,门墙自高。"⑤陈廷焯指出了张氏解词的狭隘之处,但是同时也强调了门墙自高的客观效果。 实际上,常州词派是历来词派中理论问题最多,最没有词统的流派,却仍然影响巨大,其根源也都应该在门墙自高上找到理解的角度。 其三,我们在研究文论时常常要对某

---

① (清)谢章铤撰:《赌棋山庄词话》,见唐圭璋编:《词话丛编》,3486 页,北京,中华书局,1986。
② 王国维:《人间词话删稿》,见唐圭璋编:《词话丛编》,3486 页,北京,中华书局,1986。
③ 叶嘉莹:《清词丛论》,168 页,石家庄,河北教育出版社,2000。
④ (清)张惠言:《周易虞氏义帝》,见《周易虞氏义》,嘉庆八年扬州阮氏琅嬛仙馆刻本。
⑤ (清)陈廷焯撰:《白雨斋词话自序》,见唐圭璋编:《词话丛编》,3750 页,北京,中华书局,1986。

些文论家的言论保持警惕，即由于不同的言说语境，言说对象会导致论家的观点与自己一贯思想有矛盾，从而不能反映真实情况。如某些序跋中，由于文体的限制，难免会对著者有过誉之词；再比如传统诗词理论可意会难言传的特点，很多思想只是一个接引，所谓为知者道，外行看起来难免会以指为月，如张惠言与其弟张琦编选《词选》，乃是为了给金家子弟提供学词的范本，受到对象的限制，张氏兄弟在论词和选词的时候，肯定是有所侧重和保留的。

张惠言既以诗法论词，自然十分重视正变问题。诗歌中的正变，是从诗歌与政教风俗来立论的，变则失正，包含着某种褒贬色彩在里边，但变也有必要，并不是要一味排斥。张惠言十分重视正变，并从词的意格入手来辨析正变的，意指内容，格之风味，前者要有比兴寄托，后者追求格调雅正。在这两者基础上，张惠言肯定五代及两宋，以之为正，而反对元代之后的词，以之为变。具体词人中，以张先等八人为正，柳七、黄九则为变；同一人中，李煜亡国以后作品为正，亡国前的作品则为变；至于苏、辛词，只选取婉约作品，也能反映出张惠言的论词旨趣。我们认为这样的去取标准是不怎么高明的，颇难看出什么进步的地方，但是如能联系当时的词学实际，并结合张惠言的纠正补偏的意图，则也不难理解他理论指向的原因。

张惠言对于词体审美特质的认识，自有独到之处。张惠言《词选序》云："低徊要眇，以喻其致。"这句话明确谈及他对词之审美的主张。"低徊"，语出《楚辞·九章·抽思》"低徊夷犹，宿北姑兮"之句，王逸注云："夷犹，犹豫也。言己所以低徊犹豫，宿北姑者，冀君觉悟而还己也。"可见，"低徊"原指情感或行动的一种往返回旋、反复缠绵之貌。"要眇"，语出《楚辞·九歌·湘君》"美要眇兮宜修"之句，王逸注云："要眇，好貌。"洪兴祖补注云："此娥皇容德之美。"此句所描述者自当为湘水之神灵的一种美好资质。此外，《楚辞·远游》一篇，也曾有"神要眇以淫放"之句，洪兴祖补注云："要眇，精微貌。"可见，要眇者当指一种精微细致之美的特质。将"低徊"与"要眇"二者合起来，张惠言意谓词当具有一种细致精微、缠绵回旋之美。其《词选》的具体入选词人词作，也能反映他的审美主张。《词选》中，温庭筠和秦观的词入选最多，温词凡十八首。温庭筠词富艳精工，能够引人生发言外之联想。在宋代词人中，张惠言明确标举八家："张先、苏轼、秦观、周邦彦、辛弃疾、姜夔、王沂孙、张炎，渊渊乎文有其质焉。"在这八家中，秦观入选作品数量占首位，凡八首。而张惠言所选宋词三十二家之总量也不过才七十首。足见其对秦观之赏爱。

张惠言的词论客观上适应了乾嘉之际历史发展的需要，但是开始也只在友人、同道之间流传，直到张琦在道光十年（1830）重刻，《词选》才得以广泛传播。由于其理论未能自洽，论词时将比兴寄托的方法绝对化，都需要后人的发展和完善，因此其影响的真正广大，要等到周济对其进行完善和改造之后才发挥出来。

◎ 第四节
周济的词学思想

常州词派导源于张惠言，而实际上发扬于周济。常州词派创建之初，理论上还是比较粗糙的，在理论及方法上受到经学的影响较大，是周济在继承张惠言词论的基础上发展超越，做出了理论的创新，才使常州词论重回文学本位。周济词论的宏通取向，以及他树立词派的意识，都是常州词派发扬光大的重要条件。

周济（1781—1839），字保绪，晚号止庵，别号介存居士，江苏宜兴人。嘉庆十年（1805）进士，官淮安府教授。少有才名，精骑善射、能诗通画,有经世之意,不是一个徒事考据,斤斤于章句的文人墨客。 魏源《荆溪周君保绪传》记云:"君少与同郡李君兆洛、张君琦,泾县包世臣,以经学相切劘,兼习兵家言,习击刺骑射,至是益交江淮豪士,互较所长,尽通其术,并详训练营阵之制。"[1]周济晚年居南京,潜心著述,著有《晋略》八十卷,《说文字系》四卷,《韵原》二卷,有诗文集《介存斋集》,画论《折肱录》等,可见其学问的大概。 经世思想以及其他艺术门类的贯通,都对他的词学思想形成发展起了重要的影响作用。 周氏对词学极其专意,将其看作与潜心世事同等重要的程度,著有《词辨》十卷,编纂《宋四家词选》,自著《味隽斋词》《存审轩词》等。

周济的词学思想有一个发展变化的过程,一方面,其接受了常州词派的影响,从对浙西词派的学习、反思到转而反击浙西词派;另一方面,周济词学思想的变化是与时代、社会的发展及周济本人的文学思想转变契合的。 周济曾叙述自己学词的过程为"中更三变",《词辨自序》云:

> 余年十六学为词,甲子始识武进董晋卿,晋卿年少于余,而其词缠绵往复,穷高极深,异乎平时所仿效,心向慕不能已。晋卿为词,师其舅氏张皋文、翰风兄弟。二张辑《词选》而序之,以为词者,意内而言外,变风骚人之遗。其叙文旨深词约,渊乎登古作者之堂,而进退之矣。晋卿虽师二张,所作实出其上。予遂受法晋卿,已而造诣日以异,论说亦互相短长。晋卿初好玉田,余曰:"玉田意尽于言,不足好。"余不喜清真,而晋卿推其沈著拗怒,比之少陵。牴牾者一年,晋卿益厌玉田,而余遂笃好清真。既予以少游多庸格,为浅钝者所易托;白石疏放,酝酿不深。而晋卿深诋竹山粗鄙,牴牾又一年,予始薄竹山,然终不能好少游也。[2]

---

[1] (清)魏源:《荆溪周君保绪传》,见《魏源集》,362 页,北京,中华书局,1976。
[2] (清)周济撰:《词辩自序》,见唐圭璋编:《词话丛编》,1637 页,北京,中华书局,1986。

周济自言其词学思想转变的关键是董士锡。在认识董士锡以前，周济已经从事七八年的词学学习和创作了。当时浙西词学影响还非常大，浙西对姜、张的提倡，以及对稼轩的排斥，对南宋的尊崇，对北宋的贬抑，均对当时的周济产生了一定的影响。董士锡是张惠言的弟子和外甥，周济与他相善，二人过从切磋数年，所以周济得以受到常派思想的沾溉，并因着时代的缘故，逐渐认识并批评浙派的种种弊端。这段文字交代了周济词学思想转变的关键，勾勒了从张惠言、张琦到董士锡再到自己的这样一个词统传承，为以后振兴常派，扛起宗派大旗奠定了合法性。不仅如此，这段文字还透露出周济若干重要的词学旨向，如他对周邦彦的推重。周济将周邦彦列为宋四家之首，言其集大成，并主张"问途碧山，历梦窗、稼轩以还清真之浑化"，①这与张惠言的词论还是有明显区别的，显示出某种发展和完善。正是在这种不断的扬弃完善中，周济在五十一岁写作《宋四家词选目录序论》时，才有了自己独立的词学思想，其《序论》说：

> 余少嗜此，中更三变。年逾五十，始识康庄。自悼冥行之艰，遂虑问津之误。不揣浅陋，为蔡蔡言，退苏进辛，纠弹姜、张，剟刺陈、史，艾夷卢、高，皆足骇世。由中之诚，岂不或亮。其或不亮，然余诚矣。②

这段话除了明示自己词学的三个阶段之外，还显示了自己建立新词统，为后学指示学词门径及建立词派的意图。

从以上两段引文可知，周济从二十三岁接触到常州词论，到五十一岁写

---

① （清）周济撰：《宋四家词选目录序论》，见唐圭璋编：《词话丛编》，1643页，北京，中华书局，1986。
② （清）周济撰：《宋四家词选目录序论》，见唐圭璋编：《词话丛编》，1646页，北京，中华书局，1986。

《序论》,由《词辨》的"选录大意则本于皋文"①"辩说多主张氏之言"②对张氏兄弟的亦步亦趋,到壁垒森严,有自己独到之处的词学思想经历了长时间的发展过程。在常州派词论家中,周济的理论特点最鲜明,系统性最强,因而对后世的影响也最大。如作为晚清四大家师长的端木埰"亦是止庵一脉"③,晚清四大家王鹏运、朱祖谋、郑文悼、况周颐的词学渊源,正是由端木埰而直接周济的。"鹏运于词,欲由碧山、白石、稼轩、梦窗,蕲以上追东坡之清雄,还清真之浑化"④的主张,显然与周济"问途碧山,历梦窗稼轩以还清真之浑"之论相契合。朱祖谋在《杂题我朝诸名家词集后》对周济推尊有加:"金针度,词辨止庵精,截断众流穷正变,一灯乐苑此长明,推演四家评。"⑤可以说,晚清的词学批评、词学理论中,大多都或隐或显地体现出周济词学的某些精神方面。

鉴于此,我们有必要对周济词学思想的核心,其对常州的继承和发展,及所做出的理论贡献给予必要的关注和梳理。

重视比兴寄托是常州词论的特色,周济论词也非常重视寄托。《宋四家词选》中,周济评王沂孙《南浦》《柳下碧粼粼》云:"碧山故国之思,托意高,故能自尊其体。"⑥《介存斋论词杂著》评唐钰《水龙吟·白莲》一词云:"信乎忠义之士,性情流露,不求工而工也。"周济对《乐府补题》的解读也重在寄托,据清人王树荣《乐府补题跋》载:

> 荣前读周止庵《宋词选》,于唐玉潜《赋白莲》曰:"冰魂犹在,翠舆难驻。"曰"珠房泪湿,明珰恨远。"以为当为元僧杨琏真伽发宋诸陵而作。

---

① (清)周济撰:《词辩自序》,见唐圭璋编:《词话丛编》,1637页,北京,中华书局,1986。
② (清)潘曾玮撰:《词辨序》,见唐圭璋编:《词话丛编》,1638页,北京,中华书局,1986。
③ 唐圭璋:《端木子畴与近代词坛》,见《词学论丛》,629页,上海,上海古籍出版社,1986。
④ 龙榆生:《清季四大词人》,见《榆生词学论文集》,447页,上海,上海古籍出版社,1997。
⑤ (清)朱祖谋:《望江南·杂题我朝诸名家词集后》,见葛渭君:《词话丛编补编》,2394页,北京,中华书局,2013。
⑥ (清)周济撰:《宋四家词选眉批》,见唐圭璋编:《词话丛编》,1656页,北京,中华书局,1986。

又《赋蝉》曰："佩玉流空,峭衣剪雾。"曰："晚妆清镜里,犹记娇鬟。"疑亦指其事。①

可见,周济论词也是非常讲究寄托的,在方法上甚至也类似于张惠言。但是周济的寄托比张惠言所论更为宏通,一方面,他所谓的寄托含义比张惠言深广得多,张惠言的寄托关乎士大夫的穷达,非常强调政治因素,而周济则将寄托看作是一种词的感情基础,那么就不再仅限于政治方面了。他说:"感慨所寄,不过盛衰,或绸缪未雨,或太息厝薪,或已溺已饥,或独清独醒,随其人之性情学问境地,莫不有由衷之言。见事多,识理透,可为后人论世之资。"②周济用"诗有史,词亦有史"的"词史说"来说明词中的寄托应该与时代盛衰相关。"绸缪未雨",出于《诗经·鸱鸮》"迨天之未阴雨,彻彼桑土,绸缪牖户"之句,言对行将发生之变乱的预感。"太息厝薪"之"厝薪",语出贾谊《新书·数宁》"夫抱火厝之积薪之下而寝其上,火未及燃,因谓之安,偷安者也"之句,言对苟安于乱世,不思救亡图存之人的愤慨。"已溺已饥",出自《孟子·离娄下》"禹思天下有溺者,由己溺之也。稷思天下有饥者,由己饥之也"之句,是对夏禹、后稷能与生民疾苦同有切肤之感的赞扬。"独清独醒",语出《楚辞·渔父》"举世皆浊,我独清,众人皆醉,我独醒,是以见放"之句,言指屈原不苟于世而独善其身的无可奈何,此四者莫不带有时代盛衰的印记,这不仅是尊体的需要,更扩大了张惠言的寄托内涵。张惠言所提倡的"贤人君子幽约怨悱不能自言之情"虽然也关乎社会现实,但是似乎更强调词人一己在不利环境中的容纳与承担,是向儒家"温柔敦厚""怨而不怒"之传统思想的复归。从情感指向看,张惠言所主张之情感由外部指向词人自身,具有"内向性"特点,这也比较符合张惠言复归儒教传统的目的;周济讲"词史"不仅清晰地将张氏语焉未详而容

---

① (清)朱祖谋:《彊邨丛书》上,49 页,上海、扬州,上海书店、江苏广陵古籍刻印社,1989。
② (清)周济撰:《介存斋论词杂著》,见唐圭璋编:《词话丛编》,1630 页,北京,中华书局,1986。

易使人发生误解的词人离别自叹之词区分出来，而且更明确地指出他所要求的内容和情感指向。在周济看来，词学反映现实盛衰，是一种词人长期酝酿体验的产物，不一定为一事一物，只有这种词人主观情感和现实盛衰之感的完美结合才能为后人认识、理解词人所生活之时代，提供可资借鉴的材料。谭献对此评价说："《词辨》、《宋四家词筏》，推明张氏之旨而广大之，此道遂与于著作之林，与诗赋文笔，同其正变。"[1]所谓"广大"正是指此而言。

同时，周济将寄托分为初学词和格调既成两个阶段，向后人开示了词学的门径。

> 初学词求空，空则灵气往来。既成格调求实，实则精力弥满，初学词求有寄托，有寄托，则表里相宣，斐然成章。既成格调，求无寄托，无寄托，则指事类情，仁者见仁，知者见知。[2]

在《宋四家词选目录序论》中又将这两个阶段以"入"和"出"来表示：

> 夫词非寄托不入，专寄托不出。一物一事，引而伸之，触类多通。驱心若游丝之缫飞英，含毫如郢斤之斫蝇翼，以无厚入有间。既习已，意感偶生，假类毕达，阅载千百，馨欬弗违，斯入矣。赋情独深，逐境必寤，酝酿日久，冥发妄中。萋缀浅近，而万感横集，五中无主。读其篇者，临渊窥鱼，意为鲂鲤，虽铺叙平谈中宵惊电，罔识东西。赤子随母笑啼，乡人缘剧喜怒，抑可谓能出矣。[3]

---

[1] （清）谭献撰：《复堂词话》，见唐圭璋编：《词话丛编》，4010页，北京，中华书局，1986。
[2] （清）周济撰：《介存斋论词杂著》，见唐圭璋编：《词话丛编》，1638页，北京，中华书局，1986。
[3] （清）周济撰：《宋四家词选目录序论》，见唐圭璋编：《词话丛编》，1643页，北京，中华书局，1986。

在周济看来，"空""实""有""无""出""入"，存在表里精粗的区别，代表着学词不同阶段及不同的境界。初学词者容易执着于一事一物、一情一景，所以要求空，有了空就有了灵动、灵气。这是容易理解的，难理解的是既成格调后的求实，张炎论词提出"清空"与"质实"相对之说，但这里边的质实是作者反对的对象，这里的"实"是贴近于情感的表象或者物态的描摹。周济所论与此不同，他所认为的"实"是感情的沉郁深厚，是针对当时词坛踏虚蹈空所提出的拯救办法，无空则不流利婉转，无实则难沉着厚重。正是在这种审美追求下，周济认为，词不可苟作，不是能狭小天地、男女私情的单纯表露，必须要有所寄托，这是指出词学向上一路，既推尊词体，也警示作者。格调既成后，所求的无寄托不是真的不要寄托，而是求一种寄托的虚灵化，也就是含蓄蕴藉，让人若有所想，但难以指实，产生仁者见仁、智者见智的审美接受效果，在有寄托的前提下，扩大词的审美范畴，避免张惠言那种机械牵强的求寄托的方式。况周颐说："贵有寄托，所贵者流露于不自知，触发于弗克自己。"①至于"出""入"，标示着词学用心之努力的方向和门径。这种出入之间需要作者极高的艺术修养。周氏强调寄托，但是又指出如果执着于寄托当中，却反而难以得到很高超的审美效果与境界，这里边包含了周济对于词体审美特质的认识。世间万象多能引而申之，触类多通，作者依靠丰富的情感、深厚的修养，便能让飞英、蝇翼这类小事物为我驱遣，达成"无厚入有间"的高超境界。叶嘉莹认为："周氏的由'有'而'无'，由'入'而'出'的说法，对于想要在词中表现较深之情意的作者而言，则既可以因'入'与'有'之说而避免浮浅空虚之病，又可以因'出'与'无'之说而不致过分被狭隘的寄托所拘限，确实不失为一个可以采取的入门途径。"②

周济还非常注重读者因素。词学的所谓寄托或者词史的作用，必须经由

---

① （清）况周颐撰：《蕙风词话》，见唐圭璋编：《词话丛编》，4527页，北京，中华书局，1986。
② 叶嘉莹：《常州词派比兴寄托之说的新检讨》，见《清词丛论》，198页，石家庄，河北教育出版社，1997。

读者的揭示阐发才能为人所识别。周济的"无寄托"与"出寄托",增加了词学审美内涵丰富性的同时,也增加了阅读阐释的难度。因此,周济在重视读者作用的前提下,认为词学中的寄托既然是触类贯通的结果,自然可以"仁者见仁,智者见智"。周济用一连串绝妙譬喻,来描述接受者内心所被引起的审美效应:"读其篇者,临渊窥鱼,意为鲂鲤,中宵惊电,罔识东西。赤子随母笑啼,乡人缘剧喜怒,抑可谓能出矣。"①

张惠言寄托的弱点就在于指实,从而导致牵强附会。周济后学转精,明白指实的弊端,因此他从词学鉴赏的实际出发,强调读者虽然鲂鲤莫测,但是仍能借由联想体会词的感发力量。陈匪石说:"骤视之如在耳目之前,静思之遇于物象之外,每读一遍或代设一想,辄觉妙义环生,变化莫测,探索无尽。"②这种论述是比较符合文学欣赏的实际的。在周济之前,文学鉴赏虽也强调读者,但不论是"以意逆志",还是"知人论世"等,都侧重于读者对作者意图的把握,仿佛作者是有一个唯一真实的意图的。周济能重视接受主体的作用,是具有创新意义的。这种理论落脚点的不同,决定了周济以是否引起读者联想当作选词的标准。

> 夫人感物而动,兴之所托,未必咸本庄雅,要在讽诵䌷绎,归诸中正,辞不害志,人不废言。虽乖谬庸劣,纤微委琐,苟可驰喻比类,翼声究实,吾皆乐取,无苛责焉。③

周济对于读者的自由联想给予了极大的宽容,作者未必然,读者未必不然,读者联想未必非要和作者的用心一致,因此就避免了张惠言指发幽隐的鉴赏原则所带来的弊端。在具体的批评实践中,周济也贯彻了这种原则。

---

① (清)周济撰:《宋四家词选目录序论》,见唐圭璋编:《词话丛编》,1643页,北京,中华书局,1986。
② (清)陈匪石撰:《声执》,见唐圭璋编:《词话丛编》,4947页,北京,中华书局,1986。
③ (清)周济撰:《词辨自序》,见唐圭璋编:《词话丛编》,1637页,北京,中华书局,1986。

比如其评梦窗词云："梦窗非无生涩处，总胜空滑，况其佳者，天光云影，摇荡绿波，抚玩无绎，追寻已远。"评白石词云："白石词如明七子诗，看似高格响调，不耐人细思。"[1]评王沂孙词云："唯圭角太分明，反复读之，有水清无鱼之恨。"评张炎词云："偶出风致，乍见可喜，深味索然者，悉从沙汰。"[2]

词学境界的浑厚说，是周济词学思想又一个关键点。周济将词所应达到之理想审美效果称为"浑厚"，或曰"浑涵""浑化"。如评清真词云"清真愈勾勒愈浑厚"，又如评《花间》"极有浑厚之象"。对浑原的追求，体现了周济对南北宋、正变的新看法。但周济并没有讲什么是浑厚或者浑涵，所以我们只能从他对北宋词人词作的论述中去揣摩。

> 皋文曰："飞卿之词、深美闳约。"信然。飞卿酝酿最深，故其言不怒不慑，备刚柔之气。针缕之密，南宋人始露痕迹。《花间》极有浑厚气象，如飞卿则神理超越，不复可以迹象求矣。然细绎之，正字字有脉络。[3]

可以看出浑厚是兼具方法和效果的，也就是说，是手段与目的的统一。所谓"浑"主要是指手法上的"以意贯穿"，不露痕迹，这和周济的"无寄托出"及"无厚入有间"紧密相关。求寄托比兴是常州词论的核心，但是寄托容易有痕迹，所以周济强调要像王沂孙、温庭筠那样浑然一体。不仅如此，在形式上也要追求无迹可寻，以达到一种内在脉络贯注和整体韵味呈现，如其评美成之勾勒，并据此认为："美成思力，独绝千古，如颜平原书，虽未臻

---

[1] （清）周济撰：《介存斋论词杂著》，见唐圭璋编：《词话丛编》，1633～1634页，北京，中华书局，1986。
[2] （清）周济撰：《宋四家词选目录序论》，见唐圭璋编：《词话丛编》，1644页，北京，中华书局，1986。
[3] （清）周济撰：《介存斋论词杂著》，见唐圭璋编：《词话丛编》，1631页，北京，中华书局，1986。

两晋，而唐初之法，至此大备，后有作者，莫能出其范围矣。"①

所谓"厚"，指情感内容上的深厚、沉着，即"酝酿最深"和"深美闳约"。周济主要指寄托的情感深度，他评王沂孙词："碧山胸次恬淡，故《黍离》《麦秀》之感，只以唱叹出之，无剑拔弩张习气。"②便是浑厚，浑以厚为基础，厚又需要浑化无迹。常州派首重寄托，周济在张惠言的基础上，对重寄托提出了艺术效果上的要求，这对于常州词派解决其内在矛盾，认识词体特质而言非常重要。

周济还就此指出了学习的门径。他说："问途梦窗、稼轩，以还清真之浑化。"对此他解释说："碧山餍切事物，言今指远，声容调度，一一可循。梦窗奇思壮采，腾天潜渊，使夫柔情愫志皆有瑰伟卓荦之观，斯斐然矣。进之以稼轩，感慨时事，系怀君国，而后体尊。要之以清真，主方璧圆，琢磨谢巧，夜光照乘，前后举澈，能事毕矣。"③我们要注意的是，他对其所推重的词人也不是完全肯定的，而是对其词学中的某些方面加以择取，如其肯定辛弃疾的才情和思力，但是却对其锋芒毕露不以为然。他说："稼轩不平之鸣，随处辄发，有英雄语，无学问语，故往往锋颖太露。然其才情富艳，思力果锐，南北两朝，实无其匹，无怪流传之广且久也。"④吴文英的厚重、稼轩的真挚，最后到达清真的浑化，还是追求一种虚实相生、刚柔相济的境界。

这不仅是周济的词学理想和门径，还关涉诸多重要消息。以往词学多言正变、南北，并据此分优劣、别门户。但周济的正变观却不同：

---

① （清）周济撰：《介存斋论词杂著》，见唐圭璋编：《词话丛编》，1632页，北京，中华书局，1986。
② （清）周济撰：《宋四家词选目录序论》，见唐圭璋编：《词话丛编》，1644页，北京，中华书局，1986。
③ （清）周济撰：《业庵遗集》，宣统乙酉盛氏刻本。
④ （清）周济撰：《介存斋论词杂著》，见唐圭璋编：《词话丛编》，1633页，北京，中华书局，1986。

《词辨》十卷，一卷起飞卿为正。二卷起南唐后主为变。名篇之稍有疵累者为三四卷。平妥清通才及格调者为五六卷。大体纰缪、精彩间出为七八卷。本事词话为九卷。庸选恶札迷误后生、大声疾呼以昭炯戒为十卷。①

《词辨自序》又自述正体、变体如下：

自温庭绮、韦庄、欧阳修、秦观、周邦彦、周密、吴文英、王沂孙、张炎之流，莫不蕴藉深厚，而才艳思力，各骋一途，以极其致。譬如匡庐衡岳，殊体而并胜，南威西施，别态而同妍矣。若其著述未富，可采者鲜，而孤章特出，合乎道揆，亦因时代而附益之。后世之乐去诗远矣，词最近之。是故入人为深，感人为速。往往流连反复，有平矜释躁、惩忿窒欲、敦薄宽鄙之功。南唐后主以下，虽骏快驰骛，豪宕感激稍漓矣。然犹皆委曲以致其情，未有亢厉剽悍之习，抑亦正声之次也。②

可见，在周济看来，正变不再是优劣的标准，而是风格形态的不同而已。张惠言区分正变之后，对变体词人采取贬斥态度。周济对变体似乎并无太大轩轾，而且在遵循张氏标准的同时，在对正变的选择上也与张氏颇有不同，如张氏所不喜的刘过和吴文英、秦观，都是周济取法的对象、学习的典范。陈匪石对此评论道："周济的正变论实则古文家阴柔与阳刚之说，而托体风骚，取义比兴，犹是张惠言之法。道光十二年（1832），撰《宋四家词选》，以周、辛、王、吴四家领袖一代，莘莘余子以方附庸，其言曰：问途梦窗、稼轩，以还清真之浑化，则刚柔兼备，无所谓正变矣。"③

---

① （清）周济撰：《介存斋论词杂著》，见唐圭璋编：《词话丛编》，1636 页，北京，中华书局，1986。
② （清）周济撰：《词辨自序》，见唐圭璋编：《词话丛编》，1637 页，北京，中华书局，1986。
③ （清）陈匪石撰：《声执》，见唐圭璋编：《词话丛编》，4964 页，北京，中华书局，1986。

周济有关浑厚的追求，还包含着其对北宋的看法。清代的南北宋之争，与词派、词风关系密切，各家各派都将南北宋的争论看成是批评现实、构建理论的手段。浙西朱彝尊主取法南宋，尊崇姜、张，亦兼取北宋，但其末学却越来越崇南抑北，对北宋苏、张、秦、柳等一概抹杀，必然造成弊端。常州词派作为浙派的反对者、修正者，张惠言在兼到兼取的情况下，主尊北宋，但不偏废南宋，周济在继承张惠言词论的基础上批评南宋，矫正浙派的弊端。当时词坛内容空洞，追求风格上的清雅。周济对此提出了批评："近世之为词者，莫不低首姜、张，以温、韦为缁撮，巾帼秦、贺，筝琶柳、周，伧楚苏、辛，一若文人学士清雅闲放之制作，惟南宋为正宗，南宋诸公，又惟姜、张为山斗，呜呼，何其陋也。词本近矣，又域于其至近者可乎？宜其千躯同面，千面同声，若鸡之喌喌，雀之足足，一耳无余也。"①又说："近人颇知北宋之妙，然终不免有姜、张二字，横亘胸中。岂知姜、张在南宋，亦非巨擘乎？论词之人，叔夏晚出，既与碧山同时，又与梦窗别派，是以过尊白石，但主'清空'。后人不能细研词中曲折深浅之故，群聚而和之，并为一谈，亦固其所也。"②

周济指出，姜、张即使在南宋也不是第一流的作者。在此基础上，他客观分析了南北宋的优劣得失，不但使南北宋之争的内涵丰富、清晰，也为自己视野宽广的南北融合论调奠定了基础。他认为，南宋"有寄托"，而北宋"无寄托"。他所推崇的，是北宋以周邦彦为代表的"浑化"。其次，周济认为南宋词浅直，北宋词深曲，他指出："北宋主乐章，故情景但取当前，无穷高极深之趣。南宋则文人弄笔，彼此争名，故变化益多，取材益富。然南宋有门迳，有门迳故似深而转浅。北宋无门迳，无门迳故似易而实难。"③又说："北宋词多就景叙情，故珠圆玉润，四照玲珑。至稼轩、白

---

① （清）周济撰：《止庵遗集》，宣统乙酉盛氏刻本。
② （清）周济撰：《介存斋论词杂著》，见唐圭璋编：《词话丛编》，1629～1630页，北京，中华书局，1986。
③ （清）周济撰：《介存斋论词杂著》，见唐圭璋编：《词话丛编》，1645页，北京，中华书局，1986。

石,一变而为即事叙景,使深者反浅,曲者反直。"①因此,北宋词浑化无迹,无雕琢、斧凿的痕迹。这在比兴方面也有表现:"北宋词,下者在南宋下,以其不能空,且不知寄托也。高者在南宋上,以其能实,且能无寄托也。南宋则下不犯北宋拙率之病,高不到北宋浑涵之旨。"②通过这样的辨析,周济表达了对南北宋词的看法。但是,他也并不一味推重北宋,认为北宋的劣作,还在南宋之下。他在《宋四家词选》中说:"樊笼既抉,因思津逮,适从游诸子问湍材焉。进退两宋,遴甄四家,曰周邦彦、辛弃疾、王沂孙、吴文英,余则以类相从,附列其下。"③选四家词中,周济所列顺序,与他由南到北的思想完全一致。在周济看来,南北宋词尽管是两种不同的境界,但却又是作者创作过程不可或缺的两个阶段,只有融合两者,才能完成由浅入深,再由深到浅,由自然到雕琢,再由雕琢到自然的进化过程,最终达到创作的高级阶段。

随着南北宋内涵的清晰,以及对南北宋之争的反思,周济之后的词论者们一般能较宏通地看待南北宋的问题,基本能持辩证兼取的路径。例如,陈廷焯认为:"国初多宗北宋,竹垞独取南宋,分虎、符曾佐之,而风气一变。然北宋、南宋,不可偏废。南宋白石、梅溪、梦窗、碧山、玉田辈,固是高绝,北宋如东坡、少游、方回、美成诸公,亦岂易及耶。况周、秦两家,实为南宋导其先路。数典忘祖,其谓之何?"④又说:"词家好分南宋、北宋,国初诸老几至各立门户。窃谓论词只宜辨别是非,南宋、北宋不必分也。若以小令之风华点染,指为北宋;而以长调之平正迂缓,雅而不艳,艳而不幽者,目为南宋,匪独重诬北宋,抑且诬南宋也。"⑤《词坛丛话》直接用比

---

① (清)周济撰:《介存斋论词杂著》,见唐圭璋编:《词话丛编》,1634页,北京,中华书局,1986。
② (清)周济撰:《介存斋论词杂著》,见唐圭璋编:《词话丛编》,1630页,北京,中华书局,1986。
③ (清)周济撰:《宋四家词筏序》,见周济《止庵遗书》卷1,宣统乙酉盛氏刻本。
④ (清)陈廷焯撰:《白雨斋词话》,见唐圭璋编:《词话丛编》,3825页,北京,中华书局,1986。
⑤ (清)陈廷焯撰:《白雨斋词话》,见唐圭璋编:《词话丛编》,3963页,北京,中华书局,1986。

喻说明问题："北宋词，诗中之《风》也；南宋词，诗中之《雅》也，不可偏废。世人亦何必妄为轩轾。"再如况周颐也认为："两宋人词宜多读、多看，潜心体会。某家某某等处，或当学，或不当学，默识吾心目中。尤必印证于良师益友，庶收取精用弘之益。洎乎功力既深，渐近成就，自视所作于宋词近谁氏，取其全帙研贯而折衷之，如临镜然。一肌一容、宜淡宜浓，一经傅色揣称，灼然于彼之所长、吾之所短安在，因而知变化之所当亟。善变化者，非必墨守一家之言。思游乎其中，精骛乎其外，得其助而不为所囿，斯为得之。当其致力之初，门径诚不可误。然必择定一家，奉为金科玉律，亦步亦趋，不敢稍有逾越。填词智者之事，而顾认筌执象若是乎？吾有吾之性情，吾有吾之襟抱，与夫聪明才力，欲得人之似，先失己之真。得其似矣，即已落斯人后，吾词格不稍降乎？并世操觚之士，辄询余以倚声初步何者当学？此余无词以对者也。"[①]陈、况二者的论述，都是对周济词论的发展，而周济正是经由对正变、南北宋的辨析，结合寄托出入与词史论，构建了自己的词统论。

常派词人一般公认张惠言为宗主。徐珂《清代词学概论》指出："浙派至乾嘉间而益敝，张皋文起而改革之，其弟翰风和之，振北宋名家之绪，阐意内言外之旨，而常州派成。"蔡嵩云《柯亭论词》也说："常州派倡自张皋文。"并认为张氏之论皆与浙西词派相对立，如浙派推崇南宋，张氏就有意标举北宋："翰风与哲兄同撰《宛邻词选》，虽町畦未辟，而奥窔始开。其所自为，大雅遒逸，振北宋名家之绪。"这实际带有后人追认的成分。我们知道，当时张氏词论的流传范围是非常狭窄的，根本不可能产生重要的影响。真正对于常派的宗风大振具有非常重要作用的人是周济，这不仅因为他在词论上修正了张惠言的某些不足，重回文学本位，更自觉地构建了自己特色的理论系统，而且还因为他有明确的开宗立派构建词统的意识。

周济建立了独立的词学批评体系和词体词统观，坚持以词为本位，论词能尊崇词本身的文学特性，他用美学的眼光而非经学的眼光来审视词的成就

---

① （清）况周颐撰：《蕙风词话》卷1，见唐圭璋编：《词话丛编》，4417页，北京，中华书局，1986。

价值。在周济的眼中,词既不应是浅酌低唱的小曲,也不应是经史附庸与诗赋之余,词就是具有词的特殊审美特质的特定的文艺样式。这自然是一个流派得以支撑的理论关键,但是以流派论词是清代词论的重要特点,在清代以前,鲜有以流派论词学的,而既称流派就一定会旗帜鲜明、各筑营垒。周济这方面的特征较张惠言突出多了。

张惠言词论中几乎没有直接针对浙西的话语,反而对浙西多有继承。但是周济直接将矛头指向了浙西词派,尤其体现在他对姜、张的批评上。《介存斋论词杂著》云:"近人颇知北宋之妙,然终不免有姜、张二字,横亘胸中。岂知姜、张在南宋,亦非巨擘乎。论词之人,叔夏晚出,既与碧山同时,又与梦窗别派,是以过尊白石,但主清空。后人不能细研词中曲折深浅之故,群聚而和之,并为一谈,亦固其所也。"[1]这段话直接将姜、张的地位从天上拉了下来。

周济评张炎说:"玉田近人所最尊奉,才情诣力亦不后诸人,终觉积谷作米,把缆放船,无开阔手段。然其清绝处,自不易到。玉田词佳者匹敌圣与,往往有似是而非处,不可不知。叔夏所以不及前人处,只在字句上著功夫,不肯换意。若其用意佳者,即字字珠辉玉映,不可指摘。近人喜学玉田,亦为修饰字句易,换意难。"[2]不仅批评了张炎过于看重形式,所产生的不良风气,而且重点指出后学学习张炎所产生的不良风气。

周济评姜夔说:"吾十年来服膺白石,而以稼轩为外道,由今思之,可谓瞽人扪籥也。稼轩郁勃故情深,白石放旷故情浅。稼轩纵横故才大,白石局促故才小。惟暗香、疏影二词,寄意题外,包蕴无穷,可与稼轩伯仲。余俱据事直书,不过手意近辣耳。白石词如明七子诗,看是高格响调,不耐人细思。白石以诗法入词,门径浅狭,如孙过庭书,但便后人模仿。白石

---

[1] (清)周济撰:《介存斋论词杂著》,见唐圭璋编:《词话丛编》,1629页,北京,中华书局,1986。
[2] (清)周济撰:《介存斋论词杂著》,见唐圭璋编:《词话丛编》,1635页,北京,中华书局,1986。

好为小序，序即是词，词仍是序，反复再观，如同嚼蜡矣。"①这段话对白石如此苛责，很难说不是为了宗派的需要。

周济明确的开宗立派的意识，还体现在明确的浙、常对立的提法上。他说："词之为技，小矣，然考之于昔，南北分宗；征之于今，江浙别派，是亦有故焉，吾郡自皋文、子居两先生开辟榛莽，以《国风》《离骚》之旨趣，铸温、韦、周、辛之面目，一时作者竞出。"②这里明确地将常、浙对立，指出张惠言的开宗地位，隐含了自己对于常派法统的接续。

◎ 小 结

常州词派无疑是晚清最重要的词派之一，兴盛时间长达百年之久。但在本书论列的时间范围内，常州词派还在出现到振兴的过程中。张惠言的词学主张及《词选》编纂，是与当时的时代背景与士人心气郁结、致力有为的取向紧密相关的。但是，张惠言没有明确的开宗立派的意识，自己也不致力于词的创作，影响范围也较小，同辈人也不认为他的主张与浙派针锋相对。所以，张惠言的宗主地位及常州词派的词统是后人追溯的产物。周济是常州词派的真正发扬光大者，他致力于词，将常、浙对立，批评姜、张，明确树起常派大旗，对张惠言理论中过分狭窄的部分进行了一定程度的修正，并构建起有特色的理论体系。

文体的发展有其规律。常派虽然适应了时代的某些呼唤，但是其主张中的与词学审美相背离的部分及对儒家诗教的固守，都不能挽回词这一文体的衰败。当然，这种衰败不是数量上的，事实上，在这之后，词的数量反而大增。

---

① （清）周济撰：《介存斋论词杂著》，见唐圭璋编：《词话丛编》，1634 页，北京，中华书局，1986。
② （清）周济撰：《存审轩词二卷序》，见《求志堂存稿汇编》，道光十八年刻本。

第二十一章
嘉庆、道光年间的小说思想

从嘉庆元年（1796）至道光二十年（1840），是史称"嘉道中衰"的历史时期。这一时期的小说思想，基本上还是沿着雍正、乾隆时期的理路发展的，小说批评也呈现出走下坡路的迹象，未能达到雍乾时期和清前期的高度。值得提出的批评家有，对《红楼梦》进行评点的陈其泰、王希廉，对《儒林外史》进行评点的无名氏，对《聊斋志异》进行评点的冯镇峦等。创作方面，世情小说、神魔小说、英雄传奇小说、才子佳人小说、续书小说等纷纷走向衰落和末路；只有才学小说进一步闪光，出现了白话体名篇李汝珍的《镜花缘》和文言体名篇纪昀的《阅微草堂笔记》、屠绅的《蟫史》。新产生的小说流派则是侠义小说，标志性代表如文康的《儿女英雄传》和《施公案》。

◎ 第一节
概　述

经过康雍乾盛世的辉煌，清朝的封建统治逐渐走向腐败没落。在经济生产、社会发展日益衰落的同时，文化思想界也日趋沉闷乏味，失去了创造的生机与活力。

文化政策方面，表现为专制与高压的继续。以禁书论，有清一代康熙帝颁布诏谕禁止小说的次数是最多的，共有五次；其次就要数嘉庆帝了，他在二十五年的执政时间里，先后颁诏四次禁小说，分别是在七年（1802）十月、十五年（1810）六月、十八年（1813）十月以及十二月。不仅频率远超前人，十八年一年之内两下禁令，这一做法也是他的前辈们无法比的，而且就诏谕的内容与性质而言，亦有过之而无不及。例如，七年十月的诏令，先写他观看乾隆实录中有关禁小说的感受，接下来便做了一番恣意发挥。其文曰："从前满洲尽皆通晓清文，是以尚能将小说古词，翻译成编，皇考深恐为习俗之害，严饬禁止。今满洲非惟不能翻译，甚至清话生疏，不识清字，其粗晓汉文者，又以经史正文，词义深奥，难于诵习，专取各种无稽小说，日事披览，而人心渐即于偷，此不独满洲为然，即汉人亦更多蹈此陋习。如经史为学问根柢，自应悉心研讨，至诸子百家，不过供文人涉猎，已属艺余；乃乡曲小民，不但经史不能领悟，即子集亦束置不观，惟喜瞽词俗剧，及一切鄙俚之词；更有编造新文，广为传播，大率不外乎草窃奸宄之事，而愚民之好勇斗很者，溺于邪慝，转相慕效，纠伙结盟，肆行淫暴，概由看此等书词所致，世道人心，大有关系，不可不重申严禁。"[①]这段话一开始便秉承乾隆帝的精神，指出汉文小说翻译对维护满洲文化的传统地位具有很大的危害。次则分析了清朝入关百有五十余年来，满洲文化不断融入汉文化，满文化传统逐渐缺失所面临的严峻形势，一者满人汉文水平尚不高，很难抵挡"各种无稽小说"的诱惑与腐蚀，二者汉人披览既深且久，所蹈袭其中的陋习鄙俗更多。最后又郑重其事地认定，时下广为传播的"新文"小说，不外"草窃奸宄"四字，惑乱人心世道，应该予以严禁。可以见出，嘉庆帝的担心和惴惴不安，拒不接受新文艺，惟恐看到新思想，他所持的根本就是一种抱残守缺和顽固保守的态度。

---

① 王利器辑录：《元明清三代禁毁小说戏曲史料》（增订本），56 页，上海，上海古籍出版社，1981。

道光朝有一次，发生在十四年（1834）二月。其诏曰："近来传奇演义等书，踵事翻新，词多俚鄙，其始不过市井之徒，乐于观览，甚至儿童妇女，莫不饫闻而习见之，以荡佚为风流，以强梁为雄杰，以佻薄为能事，以秽亵为常谈；复有假托诬妄，创为符咒禳厌等术，蠢愚无识，易为簧鼓，刑讼之日繁，奸盗之日炽，未必不由于此。嗣后各直省督抚及府尹等，严饬地方官实力稽查，如有坊肆刊刻，及租赁各铺一切淫书小说，务须搜取板书，尽行销毁，庶几经正民兴，奇邪胥靖，朕实有厚望焉。"①他说得越发有些玄乎离谱和夸大其词了，不去反思政策制度和自己执政的原因，反而把反映出社会日趋走向没落的刑讼日繁、奸盗日炽这样的无法解决的现实问题，都归因于小说一门文学艺术，其荒谬性、不切实际性可想而知。究其情由，则是折射出日趋衰落的统治阶级无能与无赖的心理脉象。封建王朝的统治末期，大概都会实行如此不讲理的文化专制。与嘉、道差不多同时的欧洲普鲁士王国（1701—1871），在1842年发出的《书报检查令》中说："对政府措施所发表的见解，其倾向不是敌对的和恶意的，而是善意的。"对此，马克思（1818—1883）尖锐地指出，"这样一来，作家就成了最可怕的恐怖主义的牺牲品，遭到了涉嫌的制裁"。他又说："凡是不以当事人的行为本身而以他的思想作为主要标准的法律，无非是对非法行为的实际认可。"②显然，"非法行为"的最大实施者就是封建政府，而最大受害者则是作家。

封建的专制集权性质，决定了官员唯皇帝的金口玉言是瞻。"皇上曰可，臣亦曰可；皇上曰否，臣亦曰否。"（唐孙镐《讨诸葛际盛檄》）③这种政治倾向，在雍乾文化高压之后愈发明显突出。上举嘉庆、道光两帝的禁书，其中一些乃出自当廷僚属摸准了圣上的脉搏而上的奏疏。例如，嘉庆十五年（1820），御史伯依保奏请销毁淫说如《如意君传》《浓情快史》《株林野史》

---

① 王利器辑录：《元明清三代禁毁小说戏曲史料》（增订本），72页，上海，上海古籍出版社，1981。
② 《马克思恩格斯全集》第1卷上册，120页，北京，人民出版社，1995。着重号为原书所加。
③ （清）齐周华：《名山藏副本·附录》，327页，上海，上海古籍出版社，1987。

《肉蒲团》等（俞正燮《癸巳存稿》卷九《演义小说》）①，十八年（1823）御史蔡炯奏请饬禁坊肆售卖小说，皆为准奏。道光十四年的那一次，也是依据御史俞焜所奏禁毁传奇演义板书而行的。此外，据余治《得一录》卷十一《收毁淫书局章程》载，道光十七年（1837）十月，江苏按察使裕谦曾查禁所谓淫书、淫画，在公布的百余种书目中包括李渔小说《十二楼》以及曹雪芹《红楼梦》等。②一个更为极端的例子，则是俞万春奉其为官的父亲之命创作小说《荡寇志》，企图实现以小说禁小说的目的。据其弟俞矗《续序》载："是书之作，始于道光六年，与兄夜坐，约三更后，星光如筛，尽下西北隅；少顷，一大星复起，众星随之。兄曰：太白侵斗，乱将作矣。孰知罗贯中之害，至于此极耶！晓白诸庭，先大夫命兄作是书，命五弟临作《绁史正气录》以辅之，更五弟之名曰辅清。"③按照清代皇帝善于制造文字狱的逻辑来解释，"辅清"的名号，当含有辅佐清朝之意。以何辅佐？自然是以小说《荡寇志》来辅佐，以文本世界中描述陈希真、陈丽卿父女与梁山泊为敌、报效朝廷的行动，来实现在现实世界中帮助清朝清缴"贼寇"的愿望。如此，"辅清"着实成为一个向皇帝表白忠心的"美名"，《荡寇志》也成为一部赤裸裸地为封建政治服务的、"美化"文化专制的辅政小说。

受此影响，普通人家也传出了家长禁止子女阅读小说的例子。据陈其元（1812—1882）《庸闲斋笔记》载，浙江杭州曾发生过这样一个故事：一位商人的女儿，明艳工诗，以酷嗜《红楼梦》致成瘵疾。当绵惙时，父母以是书贻祸，取投之火。女在床乃大哭曰："奈何烧杀我宝玉？"遂死。一时杭人传为笑谈。④因为读小说而害致丢掉年轻的生命的立意结构，不能不使人为之惊讶动容。然而，当我们清醒过来，站在问题的实质上来考虑，就会看到，该故事所含蕴的批评《红楼梦》之过，亦或微讽此女对"我宝玉"的相

---

① （清）俞正燮：《癸巳存稿》，270页，北京，中华书局，1985。
② 参见（清）余治：《得一录》，776页，台北，华文书局股份有限公司，1969。
③ （清）俞万春：《荡寇志》下，1050页，北京，人民文学出版社，1985。
④ 参见（清）陈其元：《庸闲斋笔记》，200页，北京，中华书局，1989。

思过甚之过,远不如指责为父母者毫不理会女儿的精神需求,一味苛求女儿、禁锢女儿太严之过更甚。 在事实上构成危害的和危险的是专制的文化制度,而不是区区一部小说。

以文字狱论,此一时期发生的只有嘉庆二十三年(1818)顺天乡试科场条例案,乾隆帝庙号高宗的"宗"字,被误写为"祖"字,变成了"高祖",即乾隆帝之祖努尔哈赤,伦序颠倒,触犯大忌。 案发,近二十位官员遭到查办。 看似既不属于高发期,也不将普通文士作为重点打击对象;其实,处在康雍乾这么一个文字狱频发的特殊"盛世"之后,嘉庆、道光已经大可不必为以文字蓄意攻击清政权而担心,士子们大都不敢再做以文字犯罪或遭罪的事了。 首先,他们不敢再视文字为吟咏情性、表征个人节气贞操之物。 康熙间被《明史》案株连的江南名士陆圻,曾戒两兄曰:"终身不必读书,似我今日!"①同案的潘柽章在狱中吟诗:"纵使平反能苟活,他年应废蓼莪诗。"(《虎林军营唱和诗》)②走过雍乾两朝的孙嘉淦(1683—1753),初时还意气风发地议论当时官场习气,"趋跄诣胁,顾盼而皆然;免冠叩首,应声而即是"(《三习一弊疏》)。③但在乾隆十六年(1751)发生的伪稿案中,他却惊惧而死。 其次,他们不敢再以文字为相交之证。 例如,乾隆间的梁诗正(1697—1763),为了躲避同乡胡中藻《坚磨生诗抄》案,一再向浙江按察使富勒浑表示,"一切字迹最关紧要",他在内廷时"从不以字迹与人交往,即偶有无用稿纸亦必焚毁","总之,笔墨招非,人心难测,凡在仕途者遇有一切字迹必须时刻留心,免贻后患"。④ 最后,他们不敢再以文字为载史记道之具。 乾隆以后,摄于文字狱的淫威,有心治史的学者,纷纷转向古代史籍的整理、史事的考证以及正谬的订讹,如钱大昕《二十二史考异》、赵翼《二十二史札记》、王鸣盛《十七史商榷》、洪颐煊《诸史考异》等。 致使雍

---

① (清)节庵:《庄氏史案本末》,62页,上海,上海古籍出版社,1983。
② (清)孙静庵、李岳瑞:《栖霞阁野乘·悔逸斋笔乘》,29页,太原,山西古籍出版社,1997。
③ (清)苏渊雷:《经世文鉴》,130页,长春,北方妇女儿童出版社,2001。
④ 上海书店出版社编:《清代文字狱档(增订本)》,67～68页,上海,上海书店出版社,2011。

乾两代的野史，较之明清之际少之又少。对此，同时人李汝珍《镜花缘》第100回有委婉的批评，他假借刘昫之口说："我勉强做了一部《旧唐书》，那里还有闲情逸志弄这笔墨！"又假借欧阳询、宋祁之口说："我们被这一部《新唐书》闹了十七年，累的心血殆尽，手腕发酸，那里还有精神弄这野史！"①可以抒发闲情逸致的野史人人都不敢做了，都转向了故纸堆。后来人梁启超的评论更为客观直接："自汉晋以来二千年，私家史料之缺乏，未有甚于清代者。盖缘顺康雍乾间文网太密，史狱屡起，'禁书'及'碛碍书'什九属史部，学者咸有戒心。"②乾嘉之世，注重考证的汉学取代注重议论的宋学，不能不说是受到这一"戒心"的暗中推动。

几乎与嘉道时期相始终的龚自珍，对清政府以文为戮，非是以刀锯、水火为戮的本质看得十分清楚。他在《乙丙之际箸议第九》中总结道，文戮之法的可怕之处在于，它诛锄的不是士人的"要领"，而是"徒戮其心"，"戮其能忧心、能愤心、能思虑心、能作为心、能有廉耻心、能无渣滓心"。如此诸心戮尽，"积百年之力，以震荡摧锄天下之廉耻"，最终形成的是"一人为刚，万夫为柔"（《古史钩沉论一》）的政治结果。也就是说，清代恐怖的文字狱是借文化专制树立圣主的无上权威，却使臣下群民一切人等丧失了独立的意识与精神。能与时代共呼吸的龚自珍有感于此，在道光十九年（1839）的《己亥杂诗》中写下了这样震撼人心的诗句："九州生气恃风雷，万马齐喑究可哀。我劝天公重抖擞，不拘一格降人才！"③

一个"万马齐喑"的时代，会把小说带到何方？回答只能是抑情。抑制情感的流露与发展，成为嘉道时期小说发展的最大特点。在这一现实态度的无声指挥下，雍正、乾隆时期一度花团锦簇的诸多小说流派，纷纷褪色、败落并枯萎，失去了生长的必需养分；唯有才学小说受到"时露"沾溉滋润，获得了再度发展的机会，出现了如《镜花缘》（1818）这样的典范之作。

---

① （清）李汝珍：《镜花缘》上，759～760页，北京，人民文学出版社，1984。
② 梁启超：《中国近三百年学术史》，276页，北京，北京市中国书店，1985。
③ （清）龚自珍：《龚自珍全集》，6～7页、521页，上海，上海人民出版社，1975。

作者李汝珍（约1763—约1830），字松石，大兴（今北京）人，长住江苏北部，曾任河南县丞。他在第1回开卷指出："盖此书所载，虽闺阁琐事，儿女闲情，然如大家所谓四行者，历历有人：不惟金玉其质，亦且冰雪为心。非素日恪遵《女诫》，敬守良箴，何能至此。岂可因事涉杳渺，人有妍媸，一并使之泯灭？"①这段话自是仿照《红楼梦》开卷所作，但写得颇为委曲，含义已大不相同。同样叙闺阁儿女，但闲情琐事让位于《女诫》良箴；同样说"历历有人"，但这里的人则"冰雪其心"压倒了"金玉其质"；尤为不得已的是，有若许恪遵四行的女儿，竟不能使之立在此处世界，没奈何跑到"杳渺"的海外之国；甚且她们在国外也不再"大旨谈情"，而是"论学说艺，数典谈经，连篇累牍而不能自己"②，其受时局逼迫是分外明显的。由此可见，相比于他的"偶像"曹雪芹，李汝珍确实是"泯灭"了情感的。

作为抑情灭欲的替代物，作者一般在小说中陈述自己的博识多通，如李汝珍长于音韵和围棋，分别著有《李氏音鉴》《受子谱》。《镜花缘》第31回所叙从岐舌国得到的那张字母表，实际上是《李氏音鉴》的提纲③；而第73回谈论的围棋弈谱，也应该是对《受子谱》的转换。至于书中叙琴棋书画之艺、射鹄蹴球之技、花鸟虫鱼之学、星卜象纬之识等，无不显示出他"于学无所不窥"的才能。许乔林《镜花缘序》评价该书，"枕经葄史，子秀集华，兼贯九流，旁涉百戏，聪明绝世，异境天开"，诚非虚誉。据此，许氏还批评坊肆所见小说，"妄题为第几才子，其所描写不过浑敦穷奇面目。即或阐扬盛节，点缀闲情，又类土饭尘羹，味同嚼蜡。余尝目为'不才子'，似非过论"。④也就是说，在才学小说家眼里，所谓"才子书"的观念已经发生了变化，由强调文章文采之才转为突出博学多识之才。

在这种情况下，文字的功能也悄然发生了转变，不再以传情感人为上，

---

① （清）李汝珍：《镜花缘》上，1页，北京，人民文学出版社，1984。
② 鲁迅：《中国小说史略》，180页，上海，上海古籍出版社，1998。
③ 参见（清）李汝珍：《镜花缘·前言》上，北京，人民文学出版社，1984。
④ 丁锡根编著：《中国历代小说序跋集》下，1441~1442页，北京，人民文学出版社，1996。

而是以述学自娱为主。李汝珍提出的"以文为戏"观念可做说明。《镜花缘》第100回结尾，又模仿《红楼梦》由道人抄自石头之说，改为编自仙猿碑记，阐述作品来由："此人见上面事迹纷坛，补叙不易。恰喜欣逢圣世，喜戴尧天，官无催科之扰，家无徭役之劳，玉烛长调，金瓯永奠；读了些《四库》奇书，享了些半生清福。心有余闲，涉笔成趣，每于长夏余冬，灯前月夕，以文为戏，年复一年，编出这《镜花缘》一百回，而仅得其事之半。"须要看清，此处所言"余闲"，并不是李渔"闲情"之闲，而是研读修学之闲。有读奇书、享清福的闲心，故可把文字作为游戏，在闲暇之时自娱自乐。而从另外一个角度讲，以文自娱的认识，其实在内心是自动取消了作品价值的重要性的，只追求达到初等层面上的自娱以娱人、一笑解忧愁的艺术目的，多少是带有消极性的。李汝珍说，他把《镜花缘》拿给朋友看，"其友方抱幽忧之疾，读之而解颐、而喷饭，宿疾顿愈"。接着他又满怀感慨地敬告广大读者：

> 嗟乎！小说家言，何关轻重！消磨了三十多年层层心血，算不得大千世界小小文章。自家做来做去，原觉得口吻生花；他人看了又看，也必定拈花微笑；是亦缘也。[①]

自家花费三十多年的心血撰作一部小说家言，自家都认为它没有什么分量和"轻重"；自家自觉"口吻生花"，而求他人随从佛教禅宗里面所讲的缘分之说，有缘者便可"拈花一笑"，无缘者固可不笑不睬。李汝珍之意真正令人嗟叹。

表现在社会制度方面，腐朽与僵化势头显露。这可以从三层意思看出。第一层由康乾至嘉道盛衰转变已成为历史必然。清朝的衰落，早在十八世纪中叶已露出迹象。曹雪芹《红楼梦》第2回曾借冷子兴之口评论道："如今

[①] （清）李汝珍：《镜花缘》下，760页，北京，人民文学出版社，1984。

的这宁荣两门也都萧索了，不比先时的光景。"又说："如今人口日多，事务日盛，主仆上下，都是安富尊荣，运筹谋画的竟无一个。那日用排场，又不能将就省俭，如今外面的架子虽没很倒，内囊却也尽上来了。"①贾府的景况，其实是当时整个清政府的缩影。至嘉庆帝，"一代不如一代"的状况体现得更为明显。他还是皇太子时，随乾隆帝去阅兵，没承想看到的却是"射箭箭虚发；驰马人堕地"的可笑场面。②清朝赖以创基的剽悍威猛的武备力量已经荡然无存。他接手皇位，得到的不是"稻米流脂粟米白，公私仓廪俱丰实"（杜甫《忆昔》）的"全盛日"。不要说乾隆帝好大喜功、奢华享乐而耗费国资，大小贪官污吏的侵吞销蚀早已让国库变成了一个空壳子。"和珅跌倒，嘉庆吃饱"的传言可做说明。

由盛到衰的社会发展对小说的影响是十分明显的。一时之间，这种盛衰之变所带来的强大心理冲击成为很多作家创作的动机。譬如满洲镶红旗人文康，他出身贵族，后因家道中落，晚景困顿，遂署名燕北闲人作《儿女英雄传》（又名《金玉缘》《日下新书》《侠女奇缘》）以自遣。光绪间马从善《原序》云："先生少席家世余荫，门第之盛，无有伦比。晚年诸子不肖，家道中落，先时遗物，斥卖略尽。先生块处一室，笔墨之外无长物，故著此书以自遣。"创作主题变成了多抒写盛衰之叹、世运之感，以及志向未酬的叹惋和理想人生的构建。《原序》又曰："其书虽托于稗官家言，而国家典故，先世旧闻，往往而在。且先生一身亲历乎盛衰升降之际，故于世运之变迁，人情之反覆，三致意焉。先生殆悔其已往之过，而抒其未遂之志欤？"③鲁迅《中国小说史略》亦评曰："荣华已落，怆然有怀，命笔留辞，其情况盖与曹雪芹颇类。惟彼为写实，为自叙，此为理想，为叙他。"④彼时文康也试图寻找盛衰变迁的原因，对社会弊端进行批判，如书中对吏治败

---

① （清）曹雪芹、高鹗：《红楼梦》一，17、18页，北京，人民文学出版社，1980。
② 参见《清仁宗实录》卷38，嘉庆四年三月。
③ （清）文康：《侠女奇缘》，南宁，广西人民出版社，1980。
④ 鲁迅：《中国小说史略》，195页，上海，上海古籍出版社，1998。

第二十一章 嘉庆、道光年间的小说思想　*1197*

坏、贪污腐化的揭露等。此外，小说的叙述观念和方式上也有明显变化。李汝珍《镜花缘》第48回有曰："矧寿殀不齐，辛酸满腹，往事纷纭，述之惟恐不逮，讵暇工于文哉！"①往事盛今事衰，往日有幸今日不幸，巨大的人生落差本身即孕育着丰富的情感，因此，单是把这一变化过程讲述出来，便可构成一篇绝妙文章，无须像前人一般注意并讲究文才了。沈复在其名作《浮生六记》开篇中也说："余生乾隆癸未冬十一月二十有二日，正值太平盛世，且在衣冠之家，居苏州沧浪亭畔，天之厚我可谓至矣。东坡云'事如春梦了无痕'，苟不记之笔墨，未免有辜彼苍之厚。因思《关雎》冠三百篇之首，被列夫妇为首卷，余以次递及焉。所愧少年失学，稍识之无，不过记其实情实事而已，若必考订其文法，是责明于垢鉴矣。"②此书描述了"太平盛世"下"衣冠之家"中伉俪情深的美好生活，字里行间流露出无限眷恋，折射出家道变故后的无限痛惜。作者认为，"实情实事"已足以感人，不必孜孜苦求于"文法"的艺术。

随着封建中央集权的不断加强，社会问题、弊端日益突出，社会矛盾加剧。清代进入中期以来，封建统治集团不断走向腐朽，社会"习俗日流于浮荡，生计日见其拮据"③，加之人口剧增及白莲教、苗民等民变带来的强烈冲击，社会问题日益凸显，矛盾日益紧张激烈。为维护封建专制，统治者不断加强中央集权。雍正帝设立军机处，军政大权完全集于皇帝手中，标志着君主专制制度达到顶峰。至乾隆，"出一言而盈廷称圣，发一令而四海讴歌"（孙嘉淦《三习一弊疏》），专制权力无以复加。但集权与专制都无助于弊端的解决，反而使根本的制度矛盾进一步加深，社会陷入一片死气沉沉。龚自珍《乙丙之际箸议第九》形容这一社会现状说："痹痨之疾，殆于痈疽，将萎之华，惨于槁木。"《尊隐》又曰："山林冥冥，但有窒士，天命不犹，与

---

① （清）李汝珍：《镜花缘》下，760页，北京，人民文学出版社，1984。
② （清）沈复：《浮生六记》，1页，北京，书目文献出版社，1993。
③ 王利器辑录：《元明清三代禁毁小说戏曲史料》（增订本），54页，上海，上海古籍出版社，1981。

草木死。日之将夕，悲风骤至，人思灯烛，惨惨目光，吸饮莫气，与梦为邻，……灯烛无光，不闻余言，但闻鼾声，夜之漫漫，鹖旦不鸣。"为此，他在《乙丙之际塾议第七》中率先提出了改革的呼声："一祖之法无不敝，千夫之议无不靡，与其赠来者以劲改革，孰若自改革？"① 龚自珍的议论表明，两千年的封建制度已经彻底陷入糜烂的深渊，社会改革、制度变革已被提上历史日程。

存在决定意识。社会制度活力尽失，作为封建制度下精神文化产物的才子佳人小说等，也丧失了生机与创新能力。昔日鲜花顿成今日黄花，呈现出一片凋零枯萎之状。自怡轩主人许宝善《娱目醒心编序》认为，小说"能使悲者流涕，喜者起舞"的目的，惟在"无不处处引人于忠孝节义之途"。② 也就是说，艺术上的感人只是作为思想上进行劝诫的手段，从而取消了小说艺术美感的独立性，使之沦为劝世的工具。晴川居士《白圭志序》指出，小说虽以"平空举事"为尤难，但若《西游》《金瓶梅》之类，"无影而生端，虚妄而成文"，虽则"有其文"之妙，"其事无益于世道"，实难为"后世法者"。因此，"才子佳人，得七情之中道；善恶报应，见百行之规模。此皆通俗引正之书也"③。小说必须要为维护封建正统服务，这就使小说越来越成为封建制度的捆绑物，丧失了艺术发展上的内在规律的自觉性。罗浮居士《蜃楼志序》更是直接批评"神仙"（神魔小说）、"鬼神"（志怪小说）、"言兵"（英雄传奇小说）、"言情"（世情小说）、"言果报"（世情小说）等诸种小说形式都对社会有危害，从而提出小说重要的不是追求艺术上的创新，"不求异于人而自能拔戟别成一队"；而是应该"言情而不伤雅，言兵而不病民，不云果报而果报自彰"，"盖准乎天理国法人情以立言"。④ 一句话，小说应该成为封建制度和君主专制的传声筒。

---

① （清）龚自珍：《龚自珍全集》，7、87~88、6页，上海，上海人民出版社，1975。
② 丁锡根编注：《中国历代小说序跋集》中，826~827页，北京，人民文学出版社，1996。
③ 丁锡根编注：《中国历代小说序跋集》下，1316页，北京，人民文学出版社，1996。
④ （清）庚岭劳人：《蜃楼志全传》，天津，百花文艺出版社，1987。

第三层统治者疲态已显，感觉已经无力回天。前文言及，乾隆时期曾把满洲习俗败坏的原因都推到一两部小说上，试图通过以禁小说来救国，而不是厉行政治改革。这种找不到真正病因和解药的做法，分明已是统治无力之兆。乾隆所言所行，迅速在全社会蔓延开来。至于许宝善《娱目醒心编序》亦公开宣称，稗史"流弊所及，每使少年英俊之士，非慕其豪放，即迷于艳情。人心风俗之坏，未必不由于此"。显然是在有意附和皇帝的谕旨。直接继承者则是嘉庆帝。前举嘉庆七年（1802）十月的诏令把一系列的社会问题都归因于看小说"所致"，而把"世道人心"的维系都寄托在禁毁小说上，如法炮制乾隆所为，而不是厉行新政、推进改革，以挽狂澜于既倒，故无力回天之意、无心作为之态显露无遗。平实地看，小说在人民生活、社会发展中是应占据一定地位的，若因为几本小说败坏一个人、灭亡一个国家，不过是把封建时代历来流行的"女色祸国论"转借成了"小说祸国论"，究其实质，是封建君主制下的统治者无力作为、不敢担当、不能对天下负责的一种表现。

老子曰："长短相形，高下相倾。"事物有短者、下者，必有长者、高者。与"小说祸国论"相伴，则兴起了"小说救国论"。卧闲草堂刊本《儒林外史》所载无名氏第39回总评曰："余尝向友人言，大凡学者操觚有所著作，第一要有功于世道人心为主，此圣人所谓'修辞立其成'也。如郭孝子指教萧云仙一段，虽圣人复起，不易斯言。世所传之稗官，惯驱朝廷之命官去而之水泊为贼。是书能劝冒险借躯主人出而为国家效命于疆场。信乎！君子立言必不朽也。"[①]"有功于世道人心"之论，同于上文劝诫说。而认为小说中所叙人与事，具有劝人为国捐躯的现实作用，分明是有感当时八旗兵、绿营等清政府军队腐化堕落，战斗力严重退化，不能应对内有民变、外有海盗叠加相生的军事危机，而借小说批评发出的一份征兵广告。

《荡寇志》的写作更能说明问题。俞万春（1794—1849），字仲华，号

---

① 李汉秋辑校：《儒林外史会校会评》，491页，上海，上海古籍出版社，2010。

忽来道人，浙江山阴（今绍兴）人。为诸生，终生未出仕。青壮年时，曾随父亲在广东镇压农民起义。这一人生经历，使他走上了以小说禁小说、以小说帮助清政府消灭起义军的创作之路。《结水浒全传》曰："莫道小说闲书不关紧要，须知越是小说闲书越发播传得快，茶坊酒肆，灯前月下，人人喜悦，个个爱听。"因为每个人都爱看爱听，所以他深感《水浒传》"邪说淫辞，坏人心术，贻害无穷"，不能禁止，故欲提笔"提明真事，破他伪言"，使之永世不得存立。《荡寇志缘起》亦载，俞氏曾于夜梦雷霆上将陈丽卿付嘱，将欲"助国家殄灭妖氛"。[1] 故醒而以陈丽卿一女作为全书主人公。对此，我们看到了俞万春的可笑与无奈。明知政府军无以抵敌起义军，而托之于"在野军"；明知现实中男兵男将不中用，而托之于文本中一女子。真是难为俞万春的想象力了。不过，清朝官员的想象力比俞氏更高。太平军起义时，南京、广州的官员为维系摇摇欲坠的"世道人心"，曾经大量刻印《荡寇志》，妄图以文本世界的"荡寇"来实现现实世界的"荡寇"。"刻播是书于乡邑间，以资劝惩，厥后渐臻治安，谓非是书之力也"。[2]（《续刻荡寇志序》）统治者之无能为力，似乎从未如此之甚。

彼时清政府统治的无力诱发小说发生的另一个变化是侠义公案小说顿起。公案小说兴于宋代的话本，但侠义之士进入公案小说，却始于嘉庆年间成书的《施公案》，影响到后来《三侠五义》《彭公案》等的创作，并在光绪年间掀起一股"续书"热，出现了《续施公案》《施公案后传》等作品。此类小说的特点，一是侠士与清官共为主人公，甚至侠士的文本地位要超越清官，并且在实际办案中所起的作用也大于清官。表明作者对当时的官场政治已不抱任何希望，即使是清官出场也不能挽救即将倾颓的江山，而只能寄希望于中国文化中古已有之的侠义之士的无私帮助。二是侠士须得好女儿帮助。这一写法是对才子佳人小说与英雄传奇小说的双重吸收与改进。才子佳人小说中，佳人多娇弱无力，这里则改成为女英雄，如《儿女英雄传》中

---

[1] （清）俞万春：《荡寇志》，1、1045 页，北京，人民文学出版社，1985。
[2] （清）俞万春：《荡寇志》，1052 页，北京，人民文学出版社，1985。

的十三妹（何玉凤）。英雄传奇小说如《水浒传》，女子多缺乏真情，男子多不谈爱情；女子美貌者多是"祸水"如潘金莲，女英雄则要么外貌欠佳如孙二娘、顾大嫂，要么长得美貌却姻缘错配如扈三娘。这里则一律改为儿女英雄既武艺相抵、才色相配，又具真心真情。《儿女英雄传·缘起首回》曰："殊不知有了英雄至性，才成就得儿女心肠；有了儿女真情，才作得出英雄事业！"①《施公案》第 197 回黄天霸说："我得了一个才貌兼全的老婆，也可助我一臂之力。"②可见，不仅男性英雄的形象得到重新定义，女子的形象（英雄、佳人）更是"面目皆非"，得到巨大改观。我们说，男女英雄（佳人）俱成为至性、真情之人，部分是因为小说艺术内在发展的自身诉求，更应该视其为是为了适应清中后期社会发展新形势的需求，对统治者之虚伪与自欺的最直接有力的鞭挞。

◎ 第二节
脂评之后的红学观

　　曹雪芹在谈到《红楼梦》的创作目的时说："只愿世人当那醉余睡醒之时，或避事消愁之际，把此一玩。"③然而，这一最简单的愿望，却在最极端的为之"泪尽而逝"（甲戌本眉批）④的创作精神的滋养扶助下，迅速发展膨胀而成为人人乐观、乐读、乐评、乐续的一股社会热潮，从而兴起了一门专门的学问、可称中国小说批评史上一个奇迹的所谓"红学"。

　　乾隆统治中后期，京都士人已经以不识"曹侯"为一大恨事。康熙的曾

---

① （清）文康：《侠女奇缘》，4 页，南宁，广西人民出版社，1980。
② （清）无名氏：《施公案全传》，708 页，延边，延边人民出版社，1985。
③ （清）曹雪芹、高鹗：《红楼梦》一，3 页，北京，人民文学出版社，1980。
④ （清）曹雪芹：《脂砚斋评批红楼梦》，7 页，济南，齐鲁书社，1994。

孙永忠（1735—1793），在乾隆三十三年（1768）《因墨香得观〈红楼梦〉小说吊雪芹三绝句》的诗中说："传神文笔足千秋，不是情人不泪流。可恨同时不相识，几回掩卷哭曹侯。"[1]《红楼梦》一时之间成为家置户藏的必读书。郝懿行《晒书堂随笔》载曰："余以乾隆、嘉庆间入都，见人家案头必有一本《红楼梦》。"[2]受此推动，针对《红楼梦》的序跋、题咏、评论大量出现。例如，梦觉主人、舒元炜、戚蓼生、程伟元、高鹗的序言，周春的《阅读红楼梦随笔》（1794）等。嘉道时期，《红楼梦》评点风行，先后出现了张汝执与菊圃（1801）、陈其泰（1824）、孙崧甫（1929）、王希廉（1832）、云罗山人（1838）、张子梁（1844）、哈斯宝（1847）、张新之（1850）等人的评本；随之还有二知道人的《红楼梦说梦》（1812）、范锴《痴人说梦》（1817）、诸联《红楼评梦》（1821）、涂瀛《红楼梦论赞》（1842）等。《红楼梦》续书也形成一股热潮，出现了逍遥子《后红楼梦》等多种续红小说，以及裕瑞《枣窗闲笔》有关续红作品的批评。此后，咸丰年间出现的评点有黄小田、姚燮、朱湛过录本三家，同治年间出现的评点有话石主人和刘履芬两家，光绪年间出现的评点有《读红楼梦随笔》和蝶芗仙史两家。如此兴盛的批评局面，致使一部分文士甚至放弃了占据正统的经学，转而专攻新兴的"红学"。[3] 李放《八旗画录》曰："光绪初，京朝士大夫尤喜读之，自相矜为'红学'云。"[4]毫不夸张地说，在脂砚斋之后出现的这些红学批评，不仅构成了嘉道时期小说思想发展的主线和主要内容，而且是最高成就的代表。对《红楼梦》一部小说的认识，也成为解读全部古典小说艺术思想密码的关纽。

这里，适应论题的限定，我们主要谈发生在1840年之前的红学批评。

---

[1] 一粟编：《红楼梦资料汇编》上册，10页，北京，中华书局，1964。
[2] 一粟编：《红楼梦资料汇编》下册，355页，北京，中华书局，1964。
[3] 按，据均耀《慈竹居零墨》载，时人朱昌鼎嗜小说，最喜《红楼梦》。尝半开玩笑地对人说，他所讲的经学，乃系"經"字"少三曲者"，"吾所专攻者，盖红学也"。参见一粟编：《红楼梦资料汇编》下册，415页，北京，中华书局，1964。
[4] （清）李放：《八旗画录》，见周骏富辑：《清代传记丛刊·艺林类19》，489页，台北，明文书局印行，1985。

一、"盛极之必衰":小说与社会同呼吸

蒙府本脂批有曰:"世上人原自据看得见处为凭。"又曰:"非身临其境者不知。"①譬如《红楼梦》第1回叙甄士隐,原本身居"富贵风流之地",做着乡宦望族,无法体会得到"佳节元宵后"、"烟消火灭时"的真正含意。后来,女儿走失,家被烧成"一片瓦砾场",到乡下投亲不着,"急忿怨痛",遂致"贫病交攻","竟渐渐的露出了那下世的光景来"。家道由盛变衰的切身遭遇,使他一听到《好了歌》,便顿时"彻悟"起来,自作注解道:"陋室空堂,当年笏满床;衰草枯杨,曾为歌舞场;蛛丝儿结满雕梁,绿纱今又在蓬窗上。"②如果不经历盛衰之变,凭你是谁,恐怕都无法解得如此贴切。

世运与家运同理。曹雪芹虽然写出了世族大家子孙"一代不如一代"(《红楼梦》第2回)的事实,但他所处的时代决定了他还是倾向于主张"大旨谈情"。脂砚斋的批评多集中于艺术美学分析,虽然亦对"大族末世常有之事"不时生叹,但他的世道变迁之感并不强烈。他所看到的还是"作者不负大家后裔",因此认为"此书系自愧而成",内心深处所流露的是对兴盛光华生活的无限留恋。③至梦觉主人提出,"夫木槿大局,转瞬兴亡,警世醒而益醒;太虚演曲,预定荣枯,乃是梦中说梦"。④告诫人们一定要警惕兴亡荣枯之变。戚蓼生提出,"盛衰本是回环,万缘无非幻泡",以佛家因缘解说世事更替,已然怀有悲哀无奈之意。再往下发展,真正的衰世来临,批评家便开始以现实世界里获得的真实感受,来审视小说故事情节的前后变化。

---

① (清)曹雪芹:《脂砚斋评批红楼梦》,3、118页,济南,齐鲁书社,1994。
② (清)曹雪芹、高鹗:《红楼梦》一,4~12页,北京,人民文学出版社,1980。
③ (清)曹雪芹:《脂砚斋评批红楼梦》,34、243、208页,济南,齐鲁书社,1994。
④ 一粟编:《红楼梦资料汇编》上册,29页,北京,中华书局,1964。另按,木槿为落叶灌木,其开花的特点是:每花只开一日,朝开暮落,枯败者与绽放者交替,日日不绝。故梦觉主人借来形容"转瞬兴亡"。

舒元炜是第一人。 舒氏字董园，浙江杭州府仁和县人，历乾隆、嘉庆两朝，中过举人，但大比应试屡考屡败。 乾隆六十年（1795），朝廷从落第举人中选拔人才充实地方，他才被委任为山东泗水县令。 嘉庆三年（1798）七月，调任巨野县令；十月，又调任新泰县令。 因对属吏舞弊失察，次年被山东巡抚陈大文参奏革职。① 人生失意与世衰之感融汇交织，使他由衷地发出慨叹，"哀乐中年，我亦堕辛酸之泪"，这是触景生情；由小说中的"辛酸"看到自己的不幸；"感物理之无常，我亦曾经沧海"，这是伤时悼世，自己所经历的无常变化在作品中得到了印证。 在这样的双重感伤之下，他才深刻地理解了作者，认为是"色空幻境，作者增'好了'之悲"。② 明确以悲哀作为作品的主旨。

张汝执增益之。 在红学批评史上，以张汝执为主、菊圃为附二人合评的萃文书屋活字印本较少为人注意。 此本刊行于嘉庆六年（1801），是继脂砚斋之后出现的手写批语本。 张氏谈到，他批评《红楼梦》的本因，乃见程甲本（1791）风行一时，"新书纸贵"，"但其字句行间，鱼鲁亥豕，摹刻多讹，每每使人不能了然于心目，殊为憾事"。 程乙本（1792）虽有校正，亦未臻完善。 遂"不揣固陋，率意增删，而复妄抒鄙见，缀以评语"。③ 他看到了煌煌贾府前后生活的强烈对比。 第17回回后评曰："此回是极力将大观园描写一番。 似此规模之阔大，点缀之繁多，楼阁之峥嵘，铺陈之富丽，势须大为铺张，方足以影射后之荒凉景况。"④前文的极盛场面，正是为了与后文的衰落枯败构成巨大落差，从而激起阅读者的兴衰变迁的生活体验。 张氏还谈到他对稗官小说的艺术定位，"以为淑性陶情逸致"；并提到他批书的动机，"氂且闲，借此适性怡情，以排郁闷，聊为颐养余年之一助"（《序》）。 由此他的批评更着重于作品的文学性。 他分析大观园繁华景象的艺术呈现说：

---

① 参见许隽超：《舒元炜宦迹补考》，载《红楼梦学刊》，2011（2）。
② 一粟编：《红楼梦资料汇编》上册，30页，北京，中华书局，1964。
③ 丁锡根编注：《中国历代小说序跋集》中，1156页，北京，人民文学出版社，1996。
④ 按，张汝执《红楼梦批语》，曹立波、谭君华：《〈红楼梦〉张汝执评点述论》，载《红楼梦学刊》，2011（4）。

"但若不借此初创查看的节目,按其方向,星分棋布的写来,则阅者必不能豁目,而下笔亦难措手。此正是作者偷巧处。但立意臻善,用笔最难,何也?若呆呆写此一段,又呆呆写彼一段。一涉板直处,则便了无生动之气矣。看他处处纯用衬贴之笔而衬之,便觉笔笔活是。极好一篇出色文字。"大观园初次显露于读者眼前,如果不以灵动之笔写出其"生动之气",成为"极好一篇出色文字",令读者印象深刻,怎么能反衬出它在后文的衰败之象呢?张氏从文学审美的角度,肯定了《红楼梦》叙述盛衰之变的艺术成就,令人耳目一新。

东观阁本达到最强音。东观阁重刊本《新增批评绣像红楼梦》,刊刻于嘉庆十六年(1811),评点者未知姓名。与此前的评点本相比,此评本的特点在于一是评点形态更全,"有圈点、重点、重圈及行间评"[1];二是变手批为版刻,因此成为现存最早的带有评点的刻本。这个版本影响很大,不仅在当时多次重镌,成为最通行的本子,而且其评语观点多为王希廉、姚燮等人转化吸收,构成了红学评点史上颇具特色的"东观阁系统"[2]。总体上看,这个评本最重要的贡献是强调了《红楼梦》中的社会由兴盛走向衰败的悲痛经验教训。首先,此评本沿袭张汝执评本之路,多次谈到大观园景象的今非昔比。如第101回评曰:"大观园风景全非昔日。"第108回评曰:"大观园凄凉至此,不堪再想。"张氏注重于"前"盛,此本注重于"后"衰,这是它对前人的发展。其次,此评本看到了贾府衰败的必然之势,如第14回评曰:"极写贾府势焰,亲戚交好无非王侯,已反照下半部之衰。"这是整体观照,突出上半部与下半部的鲜明对比。第53回评曰:"极力铺张,以见盛极之必衰也。"这是局部白描,突出笔意手法中的艺术效果。第105回评曰:"焦大此回出来,反映上文数十回中门户器人时候,凤姐吆喝他去,一盛一衰,情何以堪!"这是镜头特写,突出人物形象及其言语行动上的明显反

---

[1] 一粟编:《红楼梦书录》,38页,上海,上海古籍出版社,1981。
[2] 曹立波:《〈红楼梦〉东观阁本批语对姚燮的直接影响》,载《红楼梦学刊》,2002(1)。又按,本文所用东观阁本评点文字,均此文,下不注明。

差。第 102 回评曰："盛衰之感。"这是总结概括，反复表达贾府必衰之意。最后，此评本敏锐地觉察到衰败是一种比较普遍的社会势头。第 106 回评曰："六亲同运，大势如此。"这是说，不惟贾府不可避免地走上衰败之路，围绕贾府展开的其他各家，如有婚姻关系的史家、薛家、王家、李家、刑家、尤家、秦家，有属从关系的甄宝玉家、甄士隐家以及贾雨村家等等，无一不衰败破落，"露出了那下世的光景来"，让人悲痛嗟叹未已。

应该指出的是，东观阁本不仅关注到由盛转衰的现象，而且总结归纳了其中的原因。它认为主要在世家子弟的不肖。例如，第 3 回评："世林之家奢后必不免。"第 17 回评："世家子弟娇养坏了。"第 29 回评："宝玉全不知稼穑艰难的说话。"第 55 回评："家常如此，奢侈极矣！乃云分例菜已减去，贾氏之所以必歇也。"这个观点，实质上是阐发自曹雪芹、脂砚斋，无甚新意。然而，作为一个经历过真实世运兴衰的评者，确属难能可贵。换言之，在一芹一脂时期，感受到清王朝之衰势的或许仅限于几个人，他们或者有自己的独特遭遇，或者属于先觉先知。但进入嘉庆以后，衰亡已成为普遍的社会事实，成为不可扭转的历史趋势，感觉认识到这一势头的人也就越来越多。他们在红学研读中，不约而同发现了小说与当下社会症状的共通性，所以才响亮地提出了"盛极之必衰"的论点。这既是对小说内涵的一种自觉指证，更是对评者所处时代背景的一种不自觉的印证。后来，姚燮把东观阁的批语引申为："东府里车都没有，可胜今昔荣枯之感。"（第 110 回），甚至民国时期的鲁迅，得出"悲凉之雾，遍被华林"[1]的观点，无不说明批评者总是在"呼吸而领会"了他的时代之后，才能"呼吸而领会"他所评的人物与作品。这就是说，一时代有一时代的批评思想，红学亦莫例外。

孙崧甫又有重要补充。孙氏本名孙超（约 1785—1866），字轶群，号崧甫，别号心青居士，江苏南通人。道光十八年（1838）戊戌科进士，曾官曲周知县、蓟州知府等，著有《芸晖阁制艺》《诗余》，现存《孙崧甫先生评点

---

[1] 鲁迅：《中国小说史略》，165 页，上海，上海古籍出版社，1998。

〈红楼梦〉》,为仙樵氏珍藏。 孙氏把贾府的衰败之势提前了,即不在大观园一回,而是早伏于第 2 回。 并且认为,衰落的根源不能完全归咎于子孙不肖,而在于整个统治阶级耽于安逸享乐和奢华淫靡。 其评曰:"人只知荣国府查抄以后,方显出一种败象,而不知已伏于元妃入宫之前。 玉软香温,珠围翠绕,是极热闹的光景,便是极衰残的根本。 从来世家子弟,饮甘餍肥,不知量入为出,未有不至于颓败者。 安富尊荣者尽多,运筹谋画者无一,二语足为千秋炯戒。"① "极衰残"本于"极热闹",而这种"极热闹"显然具有"不道"的性质。《老子》第 55 章曰:"物壮则老,是为不道,不道早已。"事物在强盛时产生"不道"的状态,就会迅速衰老。 这不是"壮"之过,实乃"不道"之因。 嘉道两朝的中衰,确实是各种统治制度僵化"不道"的结果,是一种绝对的衰落,并不是取它与盛世比较的相对值。 这里,孙崧甫谈《红楼梦》,事实上也在谈他对此一时期社会的深刻解剖与认识。但是,孙氏毕竟属于封建统治阵营中的一员。 所以,他有意无意地将衰落的原因转嫁推卸到阶层地位低下者那里,如第 4 回评:"雨村初任应天,何尝不以竭力图报为念? 只因葫芦僧一番说话,便将心术坏尽。 可见为官须自己把握得定,切不可听信左右。"贪官污吏"徇情枉法",反归罪于小沙弥改扮的门子,清廷官官相护可见一斑。 又如第 23 回评茗烟给宝玉买小说戏曲看:"从来这等小厮最善引诱富贵子弟,断不可用!"且不说阅读小说戏曲何罪之有,把统治者的堕落归之于受奴仆人等的"引诱",也实在莫须有得很。

二、"《红楼梦》,情书也":小说读者意识的提出

《红楼梦》自诞生以来,主淫的论调一直不绝于耳。 脂砚斋评本系统即有此论,如第 21 回评贾琏对平儿语曰:"丑态如见,淫声如闻,今古淫书未有之章法。"分明视其为淫书之最者。 第 58 回评贾宝玉对杏花伤叹曰:"近

---

① 梁左:《孙崧甫抄评本〈红楼梦〉记略》,载《红楼梦学刊》,1983(1)。 下引孙崧甫评点文字同此,不再注明。

之淫书满纸伤春,究竟不知伤春原委。看他并不提伤春字样,却艳恨秋愁,香流满纸矣。"①虽有意以此书批评"近之淫书",但无意间又将之等同于淫书了。当然,脂评的立场并不完全肯定,还是有些模糊的。后来在传播过程中,特别因为清政府以官方的姿态把《红楼梦》强制定义为淫书,这一论调遂甚嚣尘上,广泛流行开来。本章第一节提及,道光十七年官府曾把《红楼梦》列为淫书禁毁。影响所及,有些文人于书中文字涉淫还是不涉淫,也拿不准了。提出"绛树两歌"理论的戚蓼生,在《序》中说:"他如摹绘玉钗金屋,刻画芗泽罗襦,靡靡焉几令读者心荡神怡矣;而欲求其一字一句之粗鄙猥亵,不可得也。"②这是十分雅化的说法,以为字里字外都不露一淫字。后人陈其元则完全不同了,《庸闲斋笔记》曰:"淫书以《红楼梦》为最,盖描摹痴男女情性,其字面绝不露一淫字,令人目想神游,而意为之移。所谓'大盗不操干矛'也。"③这却是十分俗化的说法,以为字面义与引申义悬殊,简直是淫之极矣。同样的文字看法竟截然不同,原因何在?

应该看到,这是一个关乎作品性质判断的严肃问题,不能轻易让步。事实上,嘉、道时期的批评者倒是更多的持"情书"论,以针锋相对地批驳淫书论,从而成为本时期小说思想发展的一大亮点和一个重要贡献。东观阁评本较早提出主情的观点,把《红楼梦》从淫秽的阴霾中清理出来,还其干净清爽明丽之身,使得一般人可以欣赏接受。例如,它认为黛玉"还泪"说是情至性至的表现,第1回有评:"下泪之说甚奇,然天下情至不可解处,非下泪不足以极其缠绵固结之情也。卷中林黛玉自是可人,泪一日不下,则黛玉尚在,泪既干枯,黛玉亦物化矣。"评宝玉则多用"情胎""情种""情根""痴情"等语。因此,顺理成章,宝黛相爱便是"深于情者",非浅俗、庸薄之态可比。第28回有评:"真正一对痴儿女,真正是深于情者,故一转念便可作和尚。"鉴于东观阁评本在刻印之后,很快挤占了程甲本、程乙本两个

---

① (清)曹雪芹:《脂砚斋评批红楼梦》,369、921页,济南,齐鲁书社,1994。
② 一粟编:《红楼梦资料汇编》上册,27页,北京,中华书局,1964。
③ (清)陈其元:《庸闲斋笔记》,200页,北京,中华书局,1989。

活字本的市场，使《红楼梦》迅速得到普及，则这种主情的观点取代淫书论日益深入人心成为必然。反之，正是因为东观阁本一直高扬主情说的大旗，不但避开了淫书论之禁区，而且易于为更广大的读者群接纳，才使它成为一时影响最大、流传最广的刻本。

在此基础上，诸联《红楼评梦》又有提高。诸联，字星如，号晦香，别号明斋主人，江苏青浦（今上海）人，著有《明斋小识》《晦香诗钞》等。《红楼评梦》指出，《红楼》实乃古今"言情"之至。从其自身性质上看，该书虽然脱胎于《金瓶梅》，"而亵嫚之词，淘汰至尽。中间写情写景，无些黠牙后慧。非特青出于蓝，直是蝉蜕于秽"。[①] 可谓"出淤泥而不染，濯清涟而不妖"（周敦颐《爱莲说》）。与坊间所识《金瓶》既为淫书，则《红楼》必为淫书无疑的论调截然有别。据此，诸联严正批驳了那种指《红楼》为"导淫之书"的害人看法，而以为"戒淫之书"。见夫钗黛诸人花前月底、莺俦燕侣之清雅，足可将俚俗诸种"憨情妖态"粪土视之，"庶几忏悔了窃玉偷香胆"。从与其他言情书的比较上看，自古言情之作无过《西厢》，然所叙只两人事，"组织欢愁，摘词易工"；"若《石头记》，则人甚多，事甚杂，乃以家常之说话，抒各种之性情，俾雅俗共赏，较《西厢》为更胜"。并且诸联认为，《红楼》所叙之情，不惟宝黛之情，宝钗亦有情，"予谓宝钗更可怜：才成连理，便守空房，良人一去，绝无眷顾，反不若赍恨以终，令人凭吊于无穷也"。进而推之，红楼女儿如秦可卿、尤二姐、尤三姐、迎春、晴雯、鸳鸯、金钏、司棋等，均属红颜薄命，让人堪怜。在这一点上，《红楼梦》表现出了与其他言情之作的最大不同，誉为古今无两殊无过分。

诸联还指出，《红楼》言情之高超高妙，尤在于它"笔臻灵妙"，使人莫测其"言时之景状"与"笔外之神情"。故而同样的文字不同的人读后产生完全不同的理解是很自然的。于是，他提出了两个颇值得称道的观点。一是"善读"说。首先，读书要根据书的文体特点来读。《红楼》既为小说，

---

① 一粟编：《红楼梦资料汇编》上册，117～118页，北京，中华书局，1964。

则必当作小说读，不得当作史书读。诸联认为，"凡稗官小说，于人之名字、居处、年岁、履历，无不凿凿记出，其究归于子虚乌有。是书半属含糊，以彼实者之皆虚，知此虚者之必实"。故读是书，"若见而信以为有者，其人必拘；见而决其为无者，其人必无情"，皆属"头脑冬烘辈"，不足与论读小说。可取的读法是，"大约在可信可疑、若有若无间，斯为善读者"。就是说，不能用史书信实的读法来读小说。其次，读书要根据书的总体成就与特点来读。若《红楼》全部一百二十回书，诸联概括出三个词："曰真，曰新，曰文。"即当从艺术审美的角度，赏其情之真、其事之新、其文之妙。倘若不知何为真、何为新、何为文，而是一味从"有用无用"之实用论的角度来读，则非"善读"。诸联总结曰："此书传儿女闺房琐事，最为无用，而中寓作文之法，状难显之情，正有无穷妙义。不探索其精微，而概曰无用，是人之无用，非书之无用。"换言之，即"不在乎书，在读之者"。不是书之无用，而是读者之无用。二是"阅者各有所得"说。王夫之《诗绎》在论诗歌的阅读时，曾提出"作者用一致之思，读者各以其情而自得"[1]的观点。诸联论小说亦张此论。既然读者不同，读法各异，则读者阅同一种书、同一行文字，所得必定有所不同。诸联阐述道："《石头记》一书，脍炙人口，而阅者各有所得：或爱其繁华富丽，或爱其缠绵悲恻，或爱其描写口吻逼肖，或爱随时随地各有景象，或谓其一肚牢骚，或谓其盛衰循环提醒觉瞆，或谓因色悟空回头见道，或谓章法句法本诸盲左腐迁。亦见浅见深，随人所近耳。"用通俗的话说，就是喜淫者见其淫，爱情者见其情，乐文者见其文，好空者见其道，感盛衰者见其循环，等等。诸联的这个观点，从根本上解决了"绎树两歌"、淫情两面的对立争执问题，具有极高的理论价值。当代学者耳熟能详的、鲁迅论《红楼梦》时提出的"经学家看见《易》，道学家看见淫，才子看见缠绵，革命家看见排满，流言家看见宫闱秘事"（《〈绛花洞主〉小引》）[2]的观点，实源出于诸联。而西方接受美学界

---

[1] （清）王夫之：《姜斋诗话笺注》，戴鸿森笺注，5页，北京，人民文学出版社，1981。
[2] 鲁迅：《鲁迅全集》第8卷，179页，北京，人民文学出版社，2005。

在20世纪中后期供奉的"一千个读者,就有一千个哈姆雷特"艺术名言,倡导文学阅读中的读者意识,把审美重心向读者转移,这种意识早在中国的清代后期就已形成了,时间提前了一个多世纪。

言情说更进一步即情书论,由陈其泰明确提出。陈其泰(1800—1864),字静卿,号琴斋,又号桐花凤阁主人,浙江海盐人,道光十九年(1839)举人,著有《行素斋诗文集》《桐花凤阁诗文稿》等。陈氏对东观阁本、诸联的儿女真情论有吸收和拓展。主要表现为对妙玉、鸳鸯两个看似绝情女儿的批评。妙玉是尼姑,理应绝情;鸳鸯誓死不嫁,做出了绝情的实际行动。然细究两人心性,却又未必。第112回回评:"若痴情,则女子之本色也。倘妙玉和光同尘,人人见好,固不成其为妙玉。然使见宝玉而漠然忘情,又岂慧美女子之天性乎。"①青春女子天性在于痴情、善于动情,妙玉即使身归佛门,亦难逃脱情之束缚(按,又如智能儿),只是未遇到让她动心的人儿而已。又评鸳鸯抗婚:"誓死不嫁,非守贞也,情不钟也。"②言外之意,倘使鸳鸯如司棋一样有钟情的对象,她肯定不会至于誓死不嫁的。回目"尴尬人难免尴尬事,鸳鸯女誓绝鸳鸯偶"中,已然隐隐埋伏此意。所以,他说:"且《红楼梦》,情书也。无情之人,何必写之。"必如妙玉六根清净,鸳鸯绝无真情,"则《红楼梦》之书,可以不作矣"。③这个结论,事实上从侧面肯定了"情书"二字是《红楼梦》最大的特点和最集中的表征。陈氏又有自己创新性的见解。他认为《红楼梦》的创作精神乃上继屈原《离骚》,作者怀"感愤抑郁之苦心",作"此悲痛淋漓之一书",故不能以"寻常儿女之情视之"。④他说:"(宝玉)专心致意于黛玉,两人心心相印,纯

---

① (清)陈其泰评,刘操南辑:《桐花凤阁评〈红楼梦〉辑录》,343页,天津,天津人民出版社,1981。
② (清)陈其泰评,刘操南辑:《桐花凤阁评〈红楼梦〉辑录》,157页,天津,天津人民出版社,1981。
③ (清)陈其泰评,刘操南辑:《桐花凤阁评〈红楼梦〉辑录》,343页,天津,天津人民出版社,1981。
④ (清)陈其泰评,刘操南辑:《桐花凤阁评〈红楼梦〉辑录》,316页,天津,天津人民出版社,1981。

是天性，绝无人欲。"①又说："宝玉深于情者，而从不着意于警幻所训之事……若其于黛玉，则冰清玉洁，惟求心心相印而已。所以欲得为偶者，即紫鹃所谓万两黄金容易得，知心一个也难求。既得其人，必不忍相离耳。非慕色也，非好淫也。"②这里，陈其泰从天性至情论的角度，不仅完全划清了情和欲、真情和好色的界限，而且大大超越了他所处的历史与时代，提出"心心相印"的爱情观念，可谓彻底驳倒了淫书的论调。让人倍感惊讶的是，陈氏还提出了"泛爱"的观点。他说："宝玉之爱姐妹，是其天性……其意全不在夫妇床第之间。故不嫌于泛爱，与俗情自是不同。"③来自天性的泛爱是纯粹真情的流露，绝不可与夫妇床第等同。他又说："读《红楼梦》而存一男女之见以论宝玉，则触处皆错，不止不识得黛玉而已。"（第5回评）并曰："世俗之人，横一团私欲于胸中，便处处以男女相悦之心，揣摩书中所叙之事。"④那些以为书中有男女私欲、视为淫书的观点，完全系于读者本人，而与书无关。至此，有关《红楼梦》的淫书论，便被一针见血地剥去本相、剔去内质，再也没有立足之地了。

至孙崧甫，则指出了情书说的意义。第2回评曰："今世老学究每讳言情，殊不知蔑伦乱纪，伤风败化，乃是浊气太过，清气全无，何尝识得真一个情字。"以"情"为阻止世风日下、维系法纪纲常的全部动力，是冲破封建保守势力所构筑樊篱壁垒的最好武器。《〈红楼梦〉弁言总论》又曰："今世老学究犹以《红楼》为淫书、戒子弟令勿观者，当置之黑狱中，令其永不许托生人间方可耳。"表达了对保守者的严厉痛斥与无比厌恶。不过，孙氏虽然"以《红楼》为非淫书"，却又禀书中贾雨村清浊两赋之说，认为天地间大

---

① （清）陈其泰评，刘操南辑：《桐花凤阁评〈红楼梦〉辑录》，63页，天津，天津人民出版社，1981。
② （清）陈其泰评，刘操南辑：《桐花凤阁评〈红楼梦〉辑录》，152～153页，天津，天津人民出版社，1981。
③ （清）陈其泰评，刘操南辑：《桐花凤阁评〈红楼梦〉辑录》，119页，天津，天津人民出版社，1981。
④ （清）陈其泰评，刘操南辑：《桐花凤阁评〈红楼梦〉辑录》，145页，天津，天津人民出版社，1981。

第二十一章　嘉庆、道光年间的小说思想　　*1213*

忠大孝、大奸大淫,皆是有情人才能做得出,从而将情与淫等同起来,不免有些矫枉过正而失之东隅了,如第 5 回评:"愿世间有情人不必讳一情字,并不必讳一淫字。"模糊了情与淫的界限,给不良者留下了以讲情来宣淫的借口,贻害是很大的。

三、"由欢而悲,由合而散":小说情感结构新变

《红楼梦》的艺术情感结构,历来引人注目。脂砚斋在第 77 回夹批曰:"迥不与小说之离合悲欢窠臼相对。"[①]意思是,作品的凝结乃来自"作者身历之现成文字,非搜造而成者"。如果无王夫人搜检大观园一回,则小说"不独终无散场之局",第 75 回"贾母对月兴尽生悲"之意亦无从依附,且无法使"遭零落之大族儿子见此"能"默契于心者焉"。同属脂本系统的舒元炜《序》有同感,指出"升沉显晦之缘,离合悲欢之故",未有如是书者。此后,随着程高本一百二十回系统《红楼梦》取代脂批本八十回系统《石头记》而流行,即全本《红楼梦》的问世,小说所蕴含的前后盛衰对比愈发明显,其所激发的评者对情感结构显著变化的体验愈加强烈。对这一问题的认识,也就从着眼于写法上的突破,转为探讨文本世界内在的情感规律。

具体表现在三个方面。其一,从盛衰引起的情感变化上看。《淮南子·道应训》云:"夫物盛而衰,乐极则悲,日中而移,月盈而亏。"人情喜盛而悲衰,大体皆然。张汝执与菊圃评本在第 13 回评曰:"此回是极力描写宁府的铺陈热闹,以对照后文发送贾母之冷落。恰与《金瓶》先葬瓶儿,后葬西门一样笔意。"贾母之丧在第 110 回,两者前后相距约一百回,对照之下自然感慨小说前后面貌差距之大。王希廉双清馆刊本《新评绣像红楼梦全传》所见更深。王希廉(1805—1877)[②],字雪香、雪芹,号护花主人,别号护

[①] (清)曹雪芹:《脂砚斋评批红楼梦》,1206 页,济南,齐鲁书社,1994。
[②] 按,关于王希廉生卒年,参见李永泉:《王希廉家世生平补考》,载《红楼梦学刊》,2013(2)。

花使者，江苏吴县人。另著有《孪史》。《红楼梦·总评》曰："《红楼梦》专叙宁、荣二府盛衰情事。"①又曰："《红楼梦》虽是说贾府盛衰情事，其实专为宝玉、黛玉、宝钗三人而作。"盛衰情事是中心，宝黛钗三人是线索，围绕盛衰情事而叙宝黛钗之情事，循此一线索逐步展开宁、荣二府之盛衰之事。第5回有评曰："全部情事已笼罩在内，而宝玉情事亦此展开，是一部书之大纲领。"本回因将全部盛衰情事孕育其中，又将宝玉情事暗中透露，所以在全书中居于提纲挈领的地位，应该予以高度重视。由此，王希廉要求读者在阅读《红楼》时，要把全部注意力都放在盛衰情事上，而不是集中于宝黛钗三人之情事。爱情情事的感人程度与认识意义，远不如整个家族的兴衰更替来得深。例如，第94回评："花妖兆怪，通灵走失后，从此元妃薨逝，宝玉疯癫，宁府抄没，贾母、凤姐相继病亡。甚至引盗入室，串卖巧姐，种种凶事，接踵而至。此回是贾府盛极而衰一大转关处。"②假设只为宝黛爱情悲剧而感动，就看不到此回在全书叙事结构中的意义；另外一层，贾宝玉个人的故事、个人的悲情，怎抵得上整个贾府方方面面、上上下下都陷入悲痛与悲剧之中更加感人至深、具有震撼人心的艺术效果呢？

其二，从言情之深入度上看。《养一斋诗话》的作者潘德舆持此说。他在《读〈红楼梦〉题后》中提出："夫谓《红楼梦》之恃铺写盛衰兴替以感人，并或爱其诗歌词采者，皆浅者也。"③盛之热情与衰之冷清所以感人的程度，远不如"言情何深"。言情之深度决定着感人之深度。他描述了自己阅读过程中的极其深刻的情感体验，"余始读《红楼梦》而泣，继而疑，终而叹。……吾读其书之所以言情者，必泪涔涔下，而心怦怦三日不定也"。并指出，读者体会到的这种无比强烈的哀乐之情，也不是因为他"天性激烈之必不可已"的缘故，而唯在于作品"特宛转屈曲，使吾徒有此哀乐而已耳"。他继续描述自己的切身体验道："实而要之，吾未知其所施何地也，所

---

① 冯其庸纂校订定：《八家评批红楼梦·点评》上，北京，文化艺术出版社，1991。
② 冯其庸纂校订定：《八家评批红楼梦》下，2315页，北京，文化艺术出版社，1991。
③ 一粟编：《红楼梦资料汇编》上册，81～82页，北京，中华书局，1964。

用何故也，愈往愈深，而使人流宕而不知所返焉。"阅读情感来源于什么地方，为什么会发生如此作用，读者都不知道，只是感觉越往下读，情感来得越强烈，从而达到了乐不知返的境地。根据这种深沉而强烈的情感体验，他驳斥了《红楼梦》是一部"有所指斥"的影射作品的说法，强调作者的本意全在于言情，并不顾及其他，"其人自言情耳。专意指斥者，其文不能代为叙述而惨怛若此"。但是，潘德舆又不愿意任由这种惨怛之情发展，在他封建士大夫的意识里，他认为任何作品都不应该让读者悲之过切。于是，他又回溯情感的本诸世界，批评作者不应该让贾府一衰到底、《红楼梦》不应当一悲到底。他说："吾至是不能不疑夫作书者之哀乐殆未免过当而失其正，而以嗜欲之故，汩乱而缭绍之，而后至于此也。以妄起，斯以妄感。作者哀乐之当不当，于读者之哀乐见之矣。"过犹不及，不如中庸。潘德舆终究迈不出儒家温柔敦厚的诗教传统。

其三，从小说整体情感结构的变化上看，以二知道人的概括较为经典。二知道人，原名蔡家琬（1763—1835），字石峨，亦号陶门弟子、陶门诗叟，安徽合肥人。增贡生，江西候补州吏目，著有《陶门弟子集》《陶门续集》《陶门余集》等。[①] 他在《红楼说梦》中谈道："小说家之结构，大抵由悲而欢，由离而合，引人入胜。《红楼梦》则由欢而悲也，由合而离也。非图壁垒一新，正欲引人过梦觉关耳。"[②] 这是说，《红楼梦》的艺术结构较此前的小说有很大创新。例如，陈忱《水浒后传》、李绿园《歧路灯》等，确实大抵是由悲苦转至欢乐，由离散转至聚合。《红楼梦》则不然，一开始它便安排诸儿女聚集在大观园中，故事往后发展才一个个散去。最后的结局，如同第5回叙警幻仙姑填制《红楼梦》十二曲之尾曲《飞鸟各投林》所唱："好一似食尽鸟投林，落了片白茫茫大地真干净！"[③] 形成一个由聚到

[①] 参见赵春辉：《二知道人蔡家琬家世生平考实——兼考二知道人撰〈红楼梦说梦〉的时间与地点》，载《红楼梦学刊》，2013（1）。
[②] 一粟编：《红楼梦资料汇编》上册，86页，北京，中华书局，1964。
[③] （清）曹雪芹、高鹗：《红楼梦》一，3页，北京，人民文学出版社，1980。

散、由喜转悲的结构。蔡氏此说在红学史上颇有影响,可看作解读《红楼梦》艺术特色的代表性观点。诸联对此曾有转述。他说:"小说家结构,大抵由悲而欢,由离而合,是书则由欢而悲,由合而离,遂觉壁垒一新。"摒弃了"梦觉"的含混话语,完全从结构上立言,反倒觉得更为清晰俊朗。

王希廉的认识更有深度。首先,他明确运用"结构"的概念,高度评价《红楼梦》的艺术成就。其曰:"《石头记》结构细密,变换错综,固是尽美尽善;除《水浒》《三国》《西游》《金瓶梅》之外,小说中无有出其右者。"[①]其次,他从盛衰情事的理论依据出发,按照贾府由强盛至衰落的阶段层次,将百廿回《红楼梦》划分成二十个大段。《红楼梦总评》曰:"《红楼梦》一百二十回,分作二十段看,方知结构层次。"如他认为第17至24回是第六段,"为荣府正盛之时";第45至52回是第十段,"隐寓泰极必否、盛极必衰之意";第53至56回是第十一段,"是极盛之时";第70至78回是第十四段,为"荣、宁二府将衰之兆";第94至98回是第十七段,"为荣府气运将终之象";第104至112回是第十九段,"写宁、荣二府一败涂地、不可收拾"。最后,他并不拘泥于"段"的定式,而是认为大段中套着小段,段与段之间总是互连沟通,构成一个秩序井然的有机整体。《红楼梦总评》:"各大段中,尚有小段落,或夹叙别事,或补叙旧事,或埋伏后文,或照应前文,祸福倚伏,吉凶互兆,错综变化,如线穿珠,如珠走盘,不板不乱。"在红学批评史上,王希廉是最早对《红楼梦》的艺术结构做出系统评析的理论家。我们看到,在他的艺术理念观照下,中国古典长篇小说的结构艺术第一次真正豁然开朗,变得眉清目楚,可以为广大读者所接受并欣赏了。

此外,与这一聚合离散、盛衰荣枯的情感结构并立存在的,还有一种理性意义上的结构,即"福善祸淫"说。大抵受高鹗后四十回续书影响而成。第120回叙甄士隐之言道:"福善祸淫,古今定理。现今荣宁两府,善者修缘,恶者悔祸,将来兰桂齐芳,家道复初,也是自然的道理。"[②]续书派红学

[①] 冯其庸纂校订定:《八家评批红楼梦·摘误》上,北京,文化艺术出版社,1991。
[②] (清)曹雪芹、高鹗:《红楼梦》四,1544页,北京,人民文学出版社,1980。

大体沿此一思路发展，如逍遥子《后红楼梦序》云："尤喜全书归美君亲，存心忠孝，而讽劝规警之处亦多。"①评点派红学中，张汝执曾将"福善祸谣"看作"是全部中之用意点睛处"（第56回评）。王希廉亦有此论，《批序》言："夫福善祸淫，神之司也；劝善惩恶，圣人之教也。《红楼梦》虽小说，而善恶报施，劝惩垂诫，通其说者，且与神圣同功。"至云罗山人则奉为圭臬。云罗山人，名班禄，又号罗云山人，山西平阳府赵城县人（今山西洪洞县）。他鼓吹"我辈富贵读书"（第53回眉批），因此他的批评完全出于宣扬封建礼教的目的，主张"福善祸淫"（第106回眉批）是全书大旨。第120回借甄士隐之语评曰："堂堂正正，看他收结。盖福善祸淫，作者宗旨，故百二十回中，宫门横书四字，以醒阅者之目。犹恐人之忘之也，又于此大声重呼以结之。微意深矣，读者盖可怨之乎哉？"究实而论，这种观点是非常具有麻痹性的。高鹗笔下的甄士隐有言："大凡古今女子，那'淫'字固不可犯，只这'情'字，也是沾染不得的！"（第120回）②既绝淫、且去情，古今女子所受的封建礼法禁锢似乎从来没有这么严厉过。云罗山人评本第82回眉批伸张此义："未见好德如好色，是此书大旨。作者于此点清。后学有拿此书作情书、淫书读者，便失之千里矣。"③可见，福善祸淫说不仅抹杀了淫书论，同时也抹倒了情书说，消极意义是十分明显的。总之，在小说批评的领域里始终充满着积极与消极、进步与落后、正与反两种思想的斗争，小说评点这片广袤的田野其实一直以来是被作为战场的，其上无声地上演着一场场没有硝烟、没有火药味的战争。对此，我们在分析时不可不保持警惕。

---

① （清）逍遥子：《后红楼梦》，太原，北岳文艺出版社，1989。
② （清）曹雪芹、高鹗：《红楼梦》四，1544页，北京，人民文学出版社，1980。
③ 刘继保：《云罗山人〈红楼梦〉评点初探》，载《明清小说研究》，2005（1）。

◎ 第三节

冯镇峦评点文言小说的思想

古代文言小说的历史远早于白话小说。作为一种独特的语体表达形式，文言小说从魏晋志怪小说、志人小说到唐传奇，再到宋代传奇以及洪迈大部头的《夷坚志》，可谓源远流长，自成一体。与此相适应，文言小说理论也获得了较大发展，如汉代的刘向、班固，晋代的郭璞、葛洪，唐代的韩愈、刘知幾，明代的瞿佑、汤显祖等人，都在批评史上占有一席之地。而胡应麟《少室山房笔丛》的问世，则标志着古代文言小说批评的成熟。

至清代，文言小说创作达到高峰。不仅出现了蒲松龄《聊斋志异》、纪昀《阅微草堂笔记》这样的代表性著作，而且引发带动产生了一批仿作和续作，形成了小说史上的一桩公案，即聊斋体与阅微体之争。不仅有大量的文言短篇小说集，而且在嘉庆初年出现了屠绅的文言长篇小说《蟫史》。一时之间，在文言小说这片领域可谓群贤毕集、诸体皆备，而热闹之至。随之带来文言小说批评的兴盛，不仅作者对各自的创作观念有所论述，如蒲松龄、袁枚、纪昀、和邦额、沈起凤等，还出现了数量众多的针对专人专集的序跋、题辞；尤为引人注目的是，围绕《聊斋志异》产生了一股文言小说评点热，前后评点者有十六七家，如王士禛、王金范、王芑孙、方舒岩、冯镇峦、但明伦、何守奇等。这些文言小说理论，一方面有对汉代以来文言小说观念的总结与继承，另一方面带有清代历史发展的鲜明烙印与痕迹，从而可与清代白话小说思想相呼应，此外，也因其文体、语体之故而独具一定的特色，从而成为清代小说思想不可或缺的重要组成。

这里，仅以嘉庆、道光年间著名评点家、被公认为聊斋批评理论贡献最突出的冯镇峦为中心,对清代文言小说理论的发展略作说明。

一、"即聊斋自作小传":文言小说的精神寄托

冯镇峦(1761—1830),字远村,重庆合州(今合川)人,乾隆五十七年(1792)壬子科举人,曾任四川清溪(今犍为)县学教谕逾二十年,著有《晴云山房集》《晴云山房笔记》《红椒山房笔记》等。冯氏于小说批评学有独特建树。在最重要的理论文献《读聊斋杂说》中,他表达了对金圣叹的无比尊敬,"金人瑞批《水浒》《西厢》,灵心妙舌,开后人无限眼界,无限文心"[①]。他的"设身处地法"等很多观点都是转化金圣叹之意而成。不过,在小说批评方式上,他又认为金圣叹只重"论文"是不足够的。他提出五种批评方式,"往予评《聊斋》有五大例:一论文,二论事,三考据,四旁证,五游戏"。其中,"论文"与"论事"是金圣叹等人已经讨论过的,"考据"和"旁证"则明显受乾嘉考据学派的影响,带有鲜明的时代性质。"游戏"说值得格外关注。冯氏有谓,"平生喜读《史》《汉》,消闷则唯《聊斋》"。对《聊斋》艺术形式的纯粹喜爱,使他抛弃了日常俗务的困扰和低级情感意志的缠扰,全身心投入到对对象的无限把玩与赏鉴中。他说:"每饭后、酒后、梦后,雨天、晴天、花天,或好友谈后,或远游初归,辄随手又笔数行,皆独具会心,不作公家言。"本着这样的批评态度,他特别不满意《聊斋》的第一个评点者王士禛,指出王士禛的评点"亦只循常,未甚搔着痛痒处"。究其原因,乃在于王士禛的批评动机有问题。王士禛作为"一代伟人,文章总持,主骚坛者数十年,天下翕然宗之",竟想把《聊斋》据为己有,"欲以百千市其稿";聊斋先生不与,"因加评骘而还之"。就是说,王士禛评点《聊斋》是有所企图而为之,是欲借评点来达到抬高他自己身价的目的,动机不纯,故效果差劣。相反,冯镇峦纯以游戏之心评之,常常是

[①] 张友鹤辑校:《聊斋志异会校会注会评本·读聊斋杂说》上,12页,上海,上海古籍出版社,1986。

"至得意处便疾书数行",故"每多有会心别解,不作泛泛语,自谓能抓着作者痛痒处"。审美心境不同,故批评效能迥异。

我们注意到,冯镇峦的游戏说与同一时期生活在德国的美学家席勒(1759—1805)提出的游戏说颇有相通之处。《美育书简》谈道:"什么现象标志着野蛮人达到了人性呢? 不论我们对历史追溯到多么遥远,在摆脱了动物状态奴役的一切民族中,这种现象都是一样的:对外观的喜悦,对装饰和游戏的爱好。"(第二十六封信)在此,游戏不是动物般的玩耍嬉戏,而是人在摆脱了物质欲望束缚和道德理性强制之后能够进行的一种完全自由的活动。这种活动的显著特征是,它只对事物的纯粹外观感兴趣,只关心对象本身而进行无所为而为的观赏与玩味。席勒进一步认为,游戏的冲动来源于生命力的盈余,人的游戏不同于动物性的游戏,它在根本上是一种想象力的游戏,因而是一种审美游戏。"从这种游戏出发,想象力在它的追求自由形式的尝试中,终于飞跃到审美的游戏。"(第二十七封信)[1]冯镇峦受到《聊斋志异》美感形式的强烈吸引,且又有"远游初归"等盈余的生命的刺激,他的评点自然脱离了留名或者牟利的功利状态,而真正进入审美创造的自由境界。

冯镇峦的游戏说有其历史渊源和现实背景。文言小说批评史上,早在唐代韩愈与张籍发生争论,为其所作《毛颖传》辩护时,曾引据《诗经·国风·卫风》中"善戏谑兮,不为虐兮"之语,提出"以文为戏"的观点(《重答张籍书》)。柳宗元重申此论,在《读韩愈所著〈毛颖传〉后题》一文中提出"有所拘者,有所纵也",强调作者于经史诗文应"有所拘",即要遵从"文以载道"的束缚,不得乱言妄语;而作传奇小说则可以"有所纵",即暂时脱离或超出儒家文教观念的规范,亦不为过。柳宗元还看到,像《毛颖传》这样的作品之所以让作者"息焉游焉而有所纵欤",关键在于它们比诗文更能让创作者"尽其意",每每心有喜好,"奋而为之","以发其郁

---

[1] [德]席勒:《美育书简》,徐恒醇译,133、142页,北京,中国文联出版社,1984。

积"。① 就是说平生块垒之气都可以发抒在小说中。如此，长期以来被视为"史官之末事"（《隋书·杂传序》）、处于被轻视地位的小说，反倒因其"小"而得一"大福"，成为作者"不得其平则鸣"（韩愈《送孟东野序》）的专属性精神产物，而形象面貌焕然一新。至明代，汤显祖《点校〈虞初志〉序》再次提出，文言志怪虽属"游戏墨花，又奚害于涵养性情耶"，肯定《虞初志》乃是"意有所荡激，语有所托归"②之作。

清初蒲松龄对这一思想又有丰富充实。蒲氏字留仙，一字剑臣，别号柳泉居士，山东淄川人，除《聊斋志异》外，另著有《聊斋俚曲》《农桑经》《日用俗字》及诗词文若干。《聊斋自志》有曰："浮白载笔，仅成孤愤之书：寄托如此，亦足悲矣！"③概括聊斋先生的生平，我们知道，这里面寄托着他对由明入清政局变化的沉痛，对家道没落的无奈，对时境艰难与动荡的担忧，对封建弊政恶习的愤慨，以及对科举坎坷的苦闷。诸多复杂的情感叠加使他感觉到，小说是最好的寄托载体。《途中》诗云："途中寂寞姑言鬼，舟上招摇意欲仙。"《得家书感赋》诗云："新闻总入《狐鬼史》，斗酒难消磊块愁。"④唯有在小说中他才可以将满腹真情倾诉，才可以找到真正的心灵知音，"知我者，其在青林黑塞间乎"！因此，他极力强调，"放纵之言"不可"概以人废"。人或不得意（至七十二岁方补为贡生），小说却正有最得意处。

蒲松龄的孤愤说，明确以小说为寄托，一方面是把传统的寄托观念从诗文引入小说，开拓了寄托美学观念发展的新天地；另一方面则大大提升了文言小说的创作境界和艺术成就。画家高凤翰《跋》云："聊斋少负艳才，牢落名场无所遇，胸填气结，不得已为是书。余观其寓意之言，十固八九，何

---

① （唐）柳宗元：《柳河东全集》，247 页，北京，中国书店，1991。
② （明）汤显祖：《汤显祖全集》第 2 册，1652 页，北京，北京古籍出版社，1998。
③ 张友鹤辑校：《聊斋志异会校会注会评本·聊斋自志》上，3 页，上海，上海古籍出版社，1986。下引此文，不再注明。
④ 盛伟编：《蒲松龄全集》第 2 册，1574、1605 页，上海，学林出版社，1998。

其悲以深也!"不仅隐约有以聊斋先生媲美庄子、屈原之意,而且认为《聊斋志异》超过了魏晋志怪小说的代表作《搜神记》与《洞冥记》。 同为画家的余集(1738—1823)云:"平生奇气,无所宣泄,悉寄之于书。"①亦认为《聊斋》远高于《齐谐》《述异记》。 即使白话小说的批评者对《聊斋》也分外推崇,二知道人《红楼梦说梦》云:"蒲聊斋之孤愤,假鬼狐以发之;施耐庵之孤愤,假盗贼以发之;曹雪芹之孤愤,假儿女以发之:同是一把辛酸泪也。"②把《聊斋》与《水浒传》《红楼梦》并列,认为是中国古代小说中的三部"孤愤"大书,持论可谓推崇之至。

蒲松龄《次韵答王司寇阮亭先生见赠》诗云:"《志异》书成共笑之,布袍萧索鬓如思。 十年颇得黄州意,冷雨寒灯夜话时。"③他对文言小说执着追求,把小说视作生命精神的强烈寄托,在当时收获的并不全是赞誉,而是遭遇到不少冷眼。 友人张笃庆(1642—1715)曾题以善意的劝告:"君自闲人堪说鬼。"以为是"闲人"怡情娱性,或无所事事、消散时光之作,显然未达成与聊斋先生在创作精神上的共鸣。 诗坛盟主王渔洋似乎视之更低:"姑妄言之姑听之。"以为《聊斋》喜欢叙述"秋坟鬼唱",乃是"厌作人间语"之故,随便听他说说也就罢了,根本不必太为在意。 他自己偶尔厌烦了写作人间"神韵"的诗,便也去写几句"妄言"的《池北偶谈》,其中有些篇章的故事取材竟然与《聊斋》相同。④ 既轻视之而又甘心为之,王士禛的创作态度的确够矛盾的。

受王士禛领袖地位的影响,"姑妄"论构成清中期以后文言小说理论的主线。 以之为重者,径直走向"自娱"之路。 以之为轻者,则无所反顾地迈向"劝惩"之途。 前者首如颇为追求艺术个性的袁枚。 他在谈到自己创作《子不语》的原因时说:"余生平寡嗜好……文史外无以自娱,乃广采游心骇

---

① 张友鹤辑校:《聊斋志异会校会注会评本·余序》上,6页,上海,上海古籍出版社,1986。
② 一粟编:《红楼梦资料汇编》上册,83页,北京,中华书局,1964。
③ 盛伟编:《蒲松龄全集》第2册,1732页,上海,学林出版社,1998。
④ 按,如《池北偶谈·谈异》中的《林四娘》《五羖大夫》等,与《聊斋志异》相关篇章同。

耳之事，妄言妄听，记而存之，非有所惑也。譬如嗜味者，餍八珍矣，而不广尝夫蚳醢葵菹，则脾困。"①这个观点，杂韩愈、柳宗元、王士禛之说而用之。但不像王士禛为"谈异"所惑，不能自持，而是自标自高地承认实乃纯粹出于"自娱"的目的。同时，因其身处盛世并无意利禄的缘故，亦不像中唐衰落之时且屡遭贬抑的韩愈那样有无数"郁积"要抒发，从而颇存着些轻视小说的味道，距离蒲松龄的境界还是相当远的。他曾在《与杨笠湖》的尺牍中说："《子不语》一书，皆莫须有之事，游戏澜言，何足为典要！"②自己承认小说既不足当经史式考据批评之用，诗人一时遣兴排情、游戏笔墨，无根无据，而至于少情乏绪，见之大为惊诧、"色然而怒"的态度亦实无必要。次如相继而起的一大批仿作者，和邦额即为其中之一。和邦额，字闲斋，号霁园主人，生活于乾隆年间。《夜谭随录·自序》中说他生平"未尝遇怪，而每喜与二三友朋于酒觞茶榻间，灭烛谈鬼，坐月说狐，稍涉匪夷，辄为记载，日久成帙，聊以自娱。昔坡公强人说鬼，岂曰用广见闻，抑曰谈虚无胜于言时事也"③。引苏轼为挡箭牌，公开把谈鬼说狐看成是回避眼前社会政治矛盾的最佳途径，有心自娱但无奈无聊之甚难以掩饰，积极分明转变作消极，比袁子才又下之了。

后者的代表是纪昀。纪昀曾任《四库全书》总纂官，晚年著有小说《阅微草堂笔记》。首卷《滦阳消夏录（一）》前有弁言道："乾隆己酉夏，以编排秘籍，于役滦阳。时校理久竟，特督视官吏题签庋架而已。昼长无事，追录见闻，忆及即书，都无体例。小说稗官，知无关著述；街谈巷议，或有益于劝惩。聊付抄胥存之，命曰《滦阳消夏录》云尔。"《姑妄听之（一）》自题云："今老矣，无复当年之意兴，惟时拈纸墨，追录旧闻，姑以消遣岁月而已。故已成《滦阳消夏录》等三书，复有此集。"④他的创作，变袁枚的

---

① （清）袁枚：《子不语序》，见《子不语全集》，石家庄，河北人民出版社，1987。
② （清）袁枚：《小仓山房尺牍》，见王英志编：《袁枚全集》，134页，南京，江苏古籍出版社，1993。
③ （清）和邦额：《夜谭随录》，15页，郑州，中州古籍出版社，1993。
④ （清）纪昀：《纪晓岚文集》第2册，1、375页，石家庄，河北教育出版社，1991。

诗之余为公务之余，变和邦额的避言时事为"追录见闻"，变一股朝气蓬勃的激荡之气为暮气沉沉的意懒之声，也就变娱乐性情为消遣时日。这样，情感上的需要被遮蔽了，智识上的需要反而大大增强，加之出于政治与文坛地位的考虑，他的小说立足点就从精神层面、著述层面，自动转向了理治层面，提出了影响一时的"劝惩"说。学者周中孚（1768－1831）《郑堂读书记·滦阳消夏录》有论曰："文达所著诸书，……虽晚年遣兴之作，而意主劝惩，心存教世，不独可广耳目而已也。"[1]明确指出其"遣兴"少而"劝惩"多。

此一时期的文言小说，以劝惩派形成的阵势最大，可以说遍地皆是劝惩之音。仿纪昀而作者不必说，如梁恭辰（1814－?），竟干脆将自己的小说集命名为《劝戒四录》（又名《池上草堂笔记》《北东园笔录》）。他在《自序》中说，"凡遇有可为劝戒者，皆私记之"，故全书充满"迪吉逆凶、福善祸淫之语"。甚且，又变还显全面的劝惩、劝诫（戒）为一味的劝善，"特劝多而戒少，则善善从长之心，而非偏于劝而惮于戒也"[2]；再变为偏执至极的因果之谈，其父梁章钜便称此书"喜言因果"，从而使小说创作完全沦落为说教讽喻、劝化规训的工具。势力所及，至于一些《聊斋》的评点家也迷失了本来的方向，跟着为之鼓吹呐喊。如王芑孙（1755－1818）评《珊瑚》："观此篇，善恶之报固不爽也，人之孝友岂可不自尽哉？"[3]何守奇《绛妃》篇评云："此书之旨，在于赏善罚淫。"《李伯言》篇评云："福善祸淫之旨显然。"颇为知名的但明伦也主劝善说，《绛妃》篇评曰，"《志异》之所以以《考城隍》始，以《讨封氏》终"，全在于以"文章之能事"来彰显"劝惩之大义"。[4]是小说而写成劝善书、说教文，小说的作为艺术价值载体的性质自然也就不存在了。鲁迅就曾对这些劝惩小说提出严厉斥责，虽"亦记异

---

[1] 侯忠义编：《中国文言小说参考资料》，577页，北京，北京大学出版社，1985。
[2] 《笔记小说大观》第29册，223页，扬州，江苏广陵古籍刻印社，1983。
[3] 刘世德：《王芑孙聊斋志异批语汇辑》，载《蒲松龄研究》，1994（2）。
[4] 张友鹤辑校：《聊斋志异会校会注会评本》上，746、315页，上海，上海古籍出版社，2011。

事,貌如志怪者流,而盛陈祸福,专主劝惩,已不足以称小说"①。

话说得有点长,现在可以切入正题,即在这样的发展导向包裹中,谁能带领文言小说回归本源? 答案就是冯镇峦。 冯氏虽然未能做到"出淤泥而不染"(周敦颐《爱莲说》),亦提出了"劝世文""更为有关世教之书"的观点。 但他的理论精髓在于将文学活动视为一种基于审美自觉的游戏。 这一理念固然是对韩愈至于蒲松龄等人的传承,但在嘉庆、道光时期小说理论发展显得较为沉寂之时,则有拨云见日、拨乱反正之功,可谓达到了"一览众山小"(杜甫《望岳》)的地步。 冯氏游戏论的一个集中体现是自传说。《叶生》篇评:"余谓此篇即聊斋自作小传,故言之痛心。"②文言小说批评史上,较早提出自传(或自叙)说的是宋人赵令畤《辨传奇莺莺事》,明人凌云翰论瞿佑《秋香亭记》亦持此论。 然他们的自传说,仅仅停留在对文人不合礼义之风流艳事的箴戒忏悔上,因此尚无法从根本上逃脱"示劝戒"③的牢笼。 冯氏的认识则不然。 他一是取消了本事的猎奇性质,变奇人奇事为常人常事,叶生作为一个秀才去参加科举考试,故事本身绝无任何奇异特别之处,实为庸常之至。 二是将人生中某一段特殊的经历提升为整个生平的概括,尤其是弃物质欲望的描摹为情感精神上的形容,从而大大增进了自传说的内涵与品质。 叶生文名藉藉,却屡试不中,犹痴然而往,竟至病死而不自觉。 这一现象及他的苦苦追求,是作者蒲松龄本人的化身,更是封建科举时代无数文人普遍命运的写照。 就是说,作者在作品中传述的不仅仅是某一段可以为人听闻的自己的故事,更是自己所认为的一种积极向上的感人至深、动人至切的情感力量,是自己精神个性的浓郁而蓬勃地流露与体现。 冯镇峦的自传说,与此前张竹坡评《金瓶梅》提出的自喻说、金和《儒林外史跋》提出的自况说,此后江顺怡《读红楼梦杂记》提出的自道说,一道推动中国古代小说的自叙批评由生活轨迹的物理性考索转向生命意志的精神性比照,

---

① 鲁迅:《中国小说史略》,154 页,上海,上海古籍出版社,1998。
② 张友鹤辑校:《聊斋志异会校会注会评本》上,85 页,上海,上海古籍出版社,2011。
③ (宋)赵令畤等撰:《侯鲭录·墨客挥犀·续墨客挥犀》,126 页,北京,中华书局,2002。

标志着自叙批评在清代的真正成熟。①

难能可贵的是，冯镇峦还把他的寄托理论由创作引入批评。他说："作者难，评者亦不易。"批评者的批评，也必须饱含着一股强烈的精神寄托，才能超越于作者与作品之上。他自己"一官沈黎，寒毡终老"（喻焜语）。他把这样的苦味生活体验融化在《聊斋》批评中，使自己的情感与蒲松龄的情感混合统一，形成特色独具的"有得之言"："皆其平日读书有得之言，浅人或不尽解。至其随手记注。平常率笔，无关紧要，盖亦有之，然已十得八九矣"。因此，他很自豪地宣称，他的评点不仅强于王渔洋，更是对《聊斋》小说的一种再创作，"然《聊斋》得远村批评一篇，另长一番精神，又添一般局面"。甚至，他认为自己的这种寄托式的批评，也超越了李贽、金圣叹等评点史上的大家，"李卓吾、冯犹龙、金人瑞评《三国演义》及《水浒》《西厢》诸小说、院本，乃不足道"。尽管冯氏未免语出惊人，但他的认识值得充分肯定。

二、"说鬼亦要得性情"：文言叙述对象的人性化

早在春秋时期，儒家就确立了"子不语怪力乱神"（《论语·述而》）的文化传统。从此，像神怪之类现象不仅为君子不齿，也很难被纳入"人"的考察行列，尤其以文言小说领域体现得最为明显，魏晋小说就形成了志人（以《世说新语》为代表）和志怪大体上相互对立的两派，作为叙述对象的"怪"难以升格转化成"人"，同样"人"也拒绝降落蜕变为"怪"。不过，白话小说似无此困扰。不要说神魔小说中的"怪"，大多脱却了物的形态而人化了；即便是批评者也极力从心性之学上正视神魔的存在，使它们实现了与人的统一。元人虞集《西游证道书序》已持此说，其曰："盖吾人作魔作

---

① 按，有关自叙批评的论述请参见李正学：《论古代小说批评的形态》，载《吉首大学学报》（社会科学版），2013（6）。

佛，皆由此心。"①心放则人能作魔，心收则人能灭魔，如《西游证》叙说闹天宫、降妖伏怪之类事也。但是，文言小说仍痼疾难除。其中原因，未出现《西游记》一般的名著是主要的，评者的固执偏见也不容忽视。然而，随着《聊斋志异》的问世，第一个被破除了，第二个原因遂上升为解决问题的关键。

让我们先来回忆一下虞集是怎样对《聊斋》产生高度关注的。《序》曰："同在光天化日之中，而胡乃沉冥抑塞，托志幽遐，至于此极！"是聊斋先生对叙述对象的非常规选择，引起了他对其志气的深入思考。反之，如果选择的是在"光天化日之中"的人，虞集的审美一开始可能就不会如此之高了。虞集轻视"幽遐""鬼蜮"，不与"人类"对等是显然的。其实，这也是清前期以来的一贯论调，如余怀（1616—1696）《闲情偶寄·序》曾言："古今来大勋业、真文章，总不出人情之外，其在人情之外者，非鬼神荒忽虚诞之事，则诪张伪幻狯猾之辞，其切于男女饮食日用平常者，盖已希矣。"②认为鬼神之事不切"男女饮食日用平常"，把它们排除在人情之外；而"真文章"应该叙写人情，则这类志怪作品即绝非"真文章"，只能等同于"诪张伪幻狯猾之辞"了。可以肯定，这些否定言论的弥漫与扩张，对文言小说的持续发展是极其不利的。理论界已经到了必须承认鬼神为"男女"，让他们具备"人情"的重要时刻了。

应运而出者还是冯镇峦。《读聊斋杂说》有论曰：

> 昔人谓：莫易于说鬼，莫难于说虎。鬼无伦次，虎有性情也。说鬼到说不来处，可以意为补接；若说虎到说不来处，大段著力不得。予谓不然。说鬼亦要有伦次，说鬼亦要得性情。谚语有之：说谎亦须说得圆。此即性情伦次之谓也。试观《聊斋》说鬼狐，即以人事之伦次，百物

---

① 丁锡根编注：《中国历代小说序跋集》下，1352页，北京，人民文学出版社，1996。
② （清）李渔：《李渔全集》第3卷，杭州，浙江古籍出版社，1992。

之性情说之。说得极圆，不出情理之外；说来极巧，恰在人人意愿之中。虽其间亦有意为补接，凭空捏造处，亦有大段吃力处，然却喜其不甚露痕迹牵强之形，故所以能令人人首肯也。

《韩非子·外储说左上》载有一段关于绘画虚构理论的探讨，认为画"鬼魅最易"，画犬马最难。"夫犬马，人所知也，旦暮罄于前，不可类之，故难。鬼魅，无形者，不罄于前，故易之也。"①这是从物象的熟知程度上来说的，熟者人人知之，故难工；生者无人能晓，故易好，画艺之道大抵如此。后来金圣叹批《水浒传》化用此论，提出"鬼无伦次，虎有性情"的观点。"有性情"则不容易摹写，因为要处处体现出其合乎性情的规律；"无伦次"则易于着笔，只因其无性情规律可循。"说鬼到说不来处，可以意为补接，若说虎到说不来时，真是大段着力不得。"②由物象进于性情，这是金氏的一大进步。然而，他的局限也分外明显，即不承认鬼神可以具备人情与人性，事实上也不承认志怪小说的存在价值。对此，深谙文言小说之道的冯镇峦看得很清楚，坚决予以反驳，指出《聊斋》中的鬼狐都有伦次性情，都是相当的有人情与人性化了，所以整个叙事既"不出情理之外"，又"恰在人人意愿之中"，虚构艺术可谓妙到毫巅，达到了"令人人首肯"的地步。

在冯氏看来，《聊斋》是如何做到鬼有性情的呢？首先，基本前提是作者的文笔。文学最简单的定义就是语言文字的艺术。故没有文笔、文采，行文不讲文法，文字不可观，什么都不用谈。文法批评历来受到评点家的重视，根本原因即在这里。冯氏批评《聊斋》文法，多承前人特别是金圣叹而来。他提出的字法如"分沙漏石"法，句法如"突阵法"，文法如"消纳法"、"前暗后明法"（《读聊斋杂说》）、"飞渡法"（《念秧》）等。又反复强调曲折，如《连城》评语："若一求便允，天下容有此事，才士断无此文，嫌其太平也。故文人之笔，无往不曲，直则少情，曲则有味。"强调奇险之

---

① （清）王先慎：《韩非子集解》，见《诸子集成》第5册，202页，上海，上海书店，1986。
② （清）金圣叹评点：《第五才子书施耐庵水浒传》上，362页，郑州，中州古籍出版社，1985。

快,如《王桂庵》评语:"平地生波,无事生事,圣叹曰,文字不险不快,险绝快绝。"强调细节传神,如评《花姑子》"点缀琐事,写小女子性情,都是传神之笔",评《小谢》"写女子痴顽如画,闲细之甚"。① 另一个对《聊斋》文法做出贡献的是但明伦(1782—1858)。 但氏字天叙,一字云湘,号淳五,贵州广顺人。 嘉庆二十四年(1819)进士,做过庶吉士、编修、御史,著有《贻谋随笔》等。 他主要从学习文章作法的角度进行领悟,可称道者如在《葛巾》篇中提出"转字诀"、《王桂庵》篇中提出"蓄字诀",又提到"暗点法""遥对法""文字挪展法""钩连法""双提法"等诸多文法。 这些文法与前人多有重合,新意并不多见,不过,文法批评挖掘并勘察出《聊斋志异》作为名著的潜质与性质,使人真正认识到文言小说原来也可以这么美,可以取得如此之高的艺术成就。 正如冯镇峦所概括的:"盖虽海市蜃楼,而描写刻画,似幻似真,实一一如乎人人意中所欲出。 诸法俱备,无妙不臻。 写景则如在目前,叙事则节次分明,铺排安放,变化不测。 字法句法,典雅古峭,而议论纯正,实不谬于圣贤一代杰作也。"

其次,重要保证是作者为文要有命意,即一定要因为有所寄托而"有意"为文。 不讲兴寄的无意之文,或者只是为文而文、为事而文,是看不出任何精彩的。《聊斋》卷五《彭海秋》叙才子佳人不忘良缘之本,冯氏评曰:"聊斋处处是有意作文。"卷一《王六郎》叙置身青云者不忘贫贱之交,又评云:"《聊斋》每篇,直是有意作文,非以其事也。"②文固重于事,但意更重于文。 为事而文,极易流于稀奇怪异。 有文无意,则必然缺乏深度,流于辞藻堆砌和浮泛平庸。《读聊斋杂说》评论《左传》,"最喜叙怪异事",然因其具有"千古文字之妙",且亦属发愤著书,故可"以之作小说看"。 否则,就可能沦为"怪异类编"了。 又论《聊斋》的"效颦者"曰:"无聊斋本领,而但说鬼说狐,侈陈怪异,笔墨既无可观,命意不解所谓。"

---

① 张友鹤辑校:《聊斋志异会校会注会评本》上、下,365、1635、635、772 页,上海,上海古籍出版社,2011。
② 张友鹤辑校:《聊斋志异会校会注会评本》上,709、30 页,上海,上海古籍出版社,2011。

这些效颦小说,一无可观笔墨,二无所以命意,仅仅"侈陈怪异",自是"怪异类编"的典范。

不妨举两个例子。 一是沈起凤(1741—1802)的《谐铎》。 沈氏字桐威,号蘋渔、蓉洲,又号红心词客,别署花韵庵主人,江苏吴县(今苏州)人。 著有诗集《红心词》《吹雪词》,戏曲集《沈氏传奇四种》,散曲集《樱桃话下银箫谱》,以及《人鹄》《十三经管见》等。《谐铎》被认为"笔意纯从《聊斋志异》脱化而出"(邱炜菱《菽园赘谈》),在嘉道时期极具影响,应之而出现的作品有冯起凤《昔柳摭谈》、管世灏《影谈》、宣鼎(1832—1880)《夜雨秋灯录》等。 然究其实质是有"笔意"而缺乏"命意"。 殷杰《序》尝云:"以谐入铎,故听其铎者,但觉其谐;听其谐者,并不觉其铎也。"寓铎于谐,即寓劝戒于嬉笑欢乐,此即《谐铎》出发点。 本于劝世说教,命意自然大打折扣。 实际上,沈氏于二十八岁中举,后屡试不第,一生落魄,人生经历与聊斋先生颇为相似,应该说具有写出命意的条件。 但生逢安逸康乐的他,却转而"绝意进取,以著书自娱"(沈清瑞《跋》)。 世易时移,生活在变,观念在变,人和小说自然也就跟着变了。 一是曾衍东(1751—1830)的《小豆棚》。 曾氏字青瞻,又字七如,号七道士,山东嘉祥人。他的科举之路还算顺利,曾任湖北咸宁知县,但仕途遭舛,被诬革职,发配充军。 道光元年(1821)遇赦,晚境凄凉。 这么一种人生,按说也是应该有所激愤的,但他还是归于守分安贫、知足常乐。《小豆棚·述意》有唱:"我把那愤世嫉俗的心肠,也就冰消瓦解了。"[1]在这种情况下,他把自己的书称作"闲书"(《自序》),自己虽然不是"闲人"是"忙人",哪里还有什么命意可言?《述意》又唱:"把闷弓儿且按下,莫管他风月在谁家。 且放开笑和尚的布袋,丢了那莽八戒的钉耙。 不平事莫问咱,一谜价装聋作哑。写一部天花,学一尊菩萨,但愿他没一个冤家。 好人满天下,只就我吊古扳斩鬼封神平妖怪,都是些逢人劝化。"

---

[1] (清)曾七如:《小豆棚》,326 页,武汉,荆楚书社,1989。

最后,终极旨归是写情。晋人郭璞《注山海经叙》云,其书"所载而咸怪之,是不怪所可怪而怪所不可怪也"①。文言志怪小说历来以记怪物、载怪事为主。《聊斋》打破了这一传统,高扬明清时期"主情"的大旗,视写情为叙事的第一要旨,为小说创作的终极旨归。卷二《莲香》异史氏曰:"死者而求其生,生者又求其死,天下所难得者,非人身哉?奈何具此身者,往往而置之,遂至腆见然而生不如狐,泯然而死不如鬼。"②其中表达的观点,与汤显祖《牡丹亭题词》"生者可以死,死者可以生"一脉相承。情感是如此重要,以至有"人身"而无人情的人,竟不如无"人身"而有人情的狐(莲香)鬼(李女)。批评者注意到《聊斋》的这一巨大贡献。王士禛评《连城》曰:"雅是情种。不意《牡丹亭》后,复有此人。"但明伦评:"宾娘一事,只由情感推而言之。"③与他们相比,冯镇峦的总结与认识更为深刻。具体表现在,一是对于一些无情之物、似乎很难体现人之情感的篇什,也充分肯定其情感价值。例如,评《蛇人》:"此等题我嫌污笔,写来款款动人乃尔。"④小说不过取材蛇人弄蛇牟利之事,意义本无可谈,但因为于通篇中贯穿"情感"二字,使蛇人对蛇的感情(这还容易写出),蛇对蛇人的感情(这就很难描写了),甚至蛇与蛇之间的感情(这是最难以置信的),刻画得淋漓尽致,笔墨生风,读来情致韵味溢于言外,分外引人。又评《木雕美人》:"大抵有情人虽遇无情之物亦觉有情,无情人君父且路人视之矣。情博则心忍,心忍斯无所不至矣。"⑤此篇所叙并非情感之事,冯氏依然作此批评,说明他确实是一个情感至上的惟情论者。二是提出"《聊斋》真温柔乡中总持"的观念。例如,评《阿宝》:"此与杜丽娘之于柳梦梅,一女悦男,一男悦女,皆以梦感,俱千古一对情痴。"⑥充分肯定孙子楚与阿宝是明

---

① (东晋)郭璞注:《山海经·穆天子传》,189页,长沙,岳麓书社,1992。
② 盛伟编:《蒲松龄全集》第1册,158页,上海,学林出版社,1998。
③ 张友鹤辑校:《聊斋志异会校会注会评本》上,367页,上海,上海古籍出版社,2011。
④ 张友鹤辑校:《聊斋志异会校会注会评本》上,47页,上海,上海古籍出版社,2011。
⑤ 张友鹤辑校:《聊斋志异会校会注会评本》上,609页,上海,上海古籍出版社,2011。
⑥ 张友鹤辑校:《聊斋志异会校会注会评本》上,235页,上海,上海古籍出版社,2011。

清"情痴"典型系列中十分特殊的一对。 又评《绩女》:"吾想聊斋真温柔乡中总持,每写儿女子情,便已透纸十重,不只称风月主人已也。"①此篇所叙本非完全意义上的青年男女之情,只是偶尔有所涉及,但一写便力透纸背,说明《聊斋志异》中的爱情叙事已经达到文言小说的最高水平,可以与白话小说《红楼梦》相提并论了。 三是认为小说家对笔下所有事物现象,均应保持强烈的情感态度,而非仅描其物之形、只叙其事之状、单陈其象之体。 例如,评《聂小倩》:"各生一男,则小倩居然人矣,此等处但论其文,不必强核其事。"②以女鬼能生儿育女,是视女鬼非为异物、怪物,而是具有人情与人性的,是将其作正常女子来看待的。 评《鲁公女》:"此事为天下所无之事,在此段书为人人意中所有。 人情即天道,何妨谓实有是事。"③写男子为了一段两世相约的恋情返老孩童,罕异绝伦,却出于人情之所当有。 又评《梅女》:"或谓聊斋骂人太伤雅道,骂教官为饿鬼,骂典吏为龟头。 予曰,非也,有可骂则骂之。 以三百钱便污人名节,此岂尚得谓之官乎? 天下如此官岂少乎? 人各扪心自问,无怪人骂也。"④女鬼骂官,子虚乌有,其中蕴含的正是作者欲批判世事、干预生活的强烈态度。 基于以上分析,冯氏得出结论:"予谓当代小说家言,定以此书为第一,而其他比之,自桧以下。"(《读聊斋杂说》)高度界定了《聊斋》在小说史的地位。

三、"一书兼二体":文言小说的文体美学

冯镇峦《读聊斋杂说》全文引用了纪昀批评《聊斋》的一段话。 纪氏之论,原载《阅微草堂笔记》第四种《姑妄听之(四)》末尾之《盛跋》,为其门人盛时彦传述。 大意是对《聊斋志异》的文体,并由此而及对文言小说的

---

① 张友鹤辑校:《聊斋志异会校会注会评本》下,1222 页,上海,上海古籍出版社,2011。
② 张友鹤辑校:《聊斋志异会校会注会评本》上,168 页,上海,上海古籍出版社,2011。
③ 张友鹤辑校:《聊斋志异会校会注会评本》上,296 页,上海,上海古籍出版社,2011。
④ 张友鹤辑校:《聊斋志异会校会注会评本》下,911 页,上海,上海古籍出版社,2011。

书法提出疑问。因其义重大，不妨引录如下：

> 《聊斋志异》盛行一时，然才子之笔，非著书者之笔也。虞初以下，干宝以上，古书多佚矣。其可见完帙者，刘敬叔《异苑》、陶潜《续搜神记》，小说类也；《飞燕外传》《会真记》，传记类也。《太平广记》，事以类聚，故可并收。今一书而兼二体，所未解也。小说既述见闻，即属叙事，不比戏场关目，随意装点。伶元之传，得诸樊嬺，故猥琐具详；元稹之记，出于自述，故约略梗概。杨升庵伪撰《秘辛》，尚知此意，升庵多见古书故也。今燕昵之词、媟狎之态，细微曲折，摹绘如生。使出自言，似无此理；使出作者代言，则何从而闻见之？又所未解也。①

纪昀提出的两个"未解"，一者由《聊斋》论及魏晋、宋至于清代的文言小说，一者乃针对小说文体的独特书法，可以说不仅是关乎文言小说发展历史与现状的宏观纵论，而且是针对小说创作的本体属性的整体反思，在当时具有承前启后、昭示未来的重要意义。所以才引起冯氏等人的高度重视。概言之，纪昀与蒲松龄的争论，集中在以下三个否定。

第一个否定是小说非"著书"论。观弈道人曾于《阅微》五种自题诗二首。其一曰："平生心力坐销磨，纸上烟云过眼多。拟筑书仓今老矣，只应说鬼似东坡。"明确否定如《东坡志林》之类小说，绝非矢志著书者所为，乃心力消磨之后的、聊以自娱的价值不大的书。其二曰："前因后果验无差，琐记搜罗鬼一车。传语洛闽门弟子，稗官原不入儒家。"②进一步否定稗官小说的文化价值，与儒者自古传承的文章观念相去甚远。我们观"孤愤之书"说可知蒲松龄的写作状态。所以，纪昀否定小说为"著书"，不仅取消了小说的文章地位，而且不承认小说中所寄寓的生命精神，是上层封建士大夫轻视小说的意识在作祟，也是他崇尚朴学，故而非情尚理、轻情感重智

---

① （清）纪昀：《纪晓岚文集》，第2册，492页，石家庄，河北教育出版社，1991。
② （清）纪昀：《纪晓岚文集》，第2册，石家庄，河北教育出版社，1991。

识、轻感性重理性的为学倾向在作怪。纪昀认为，小说写作当以理求之，不能以情求之。《滦阳消夏录（六）》曾批评王士禛《池北偶谈》卷24《张巡妾》叙事不合理，"儒者著书，当存风化，虽齐谐志怪，亦不当收悖理之言"①。此篇载张巡妾转世为白衣少妇，向张巡的后生徐蔼索命，"君前生为睢阳，吾即睢阳之妾也。君为忠臣，吾有何罪？杀之以飨士卒。吾寻君已十三世矣，君世为名臣，不能报复，今甫得雪吾恨"。②十三世寻仇报复，皆因情所致；然转世投胎化身为他人，却不合乎格物致知的理性要求。纪昀又指出，以求理的方式写小说，小说固然还不能属于"著书"之列，不过这却是使小说接近于"著书"的唯一途径。盛时彦《序》云："岂非以荒诞悖妄者虽不足数，其近于正者，于人心世道亦未尝无所裨欤！"③荒诞悖妄之言，如果按照正理的要求来述说，走教化劝惩之路，裨补人心世道，儒者也可以考虑在心力不逮或闲暇之时偶而一为之。纪氏正是在这种动机下创作小说的，"阅微体"小说也因此走上求理不求情的道路，成为一种与"聊斋体"完全相反的小说。

在对待小孩子学写小说的问题上，颇能说明纪昀与蒲松龄的不同。蒲氏尝作七律《斗室落成，从儿辈颜之面壁居》描述自己的生活，其中写道："搦管儿曹呈近艺，涂鸦童子著新书。（幼孙学著小说，数年成十余卷，亦可笑也。）"④对孩子们的模仿与尝试，他是充分鼓励和肯定的。又据纪昀《纪汝佶六则》附载，"（汝佶）后依朱子颖，见《聊斋志异》抄本，又误堕其窠臼，竟沉迷不返，以迄于亡。……又惜其一归彼法，百事无成，徒以此无关著述之词存其名字也。"竟然认为是《聊斋》害死了他的儿子纪汝佶，显然对孩子学写小说是极力诋毁和贬斥的。喜欢小说，沉迷其中，即使作为老者的纪昀亦为不免，作为"儿辈"的年轻人乐学乐从，能有什么伤害呢？不能

---

① （清）纪昀：《纪晓岚文集》，第2册，120页，石家庄，河北教育出版社，1991。
② （清）王士禛：《池北偶谈》下，589页，北京，中华书局，1982。
③ （清）纪昀：《纪晓岚文集》，第2册，石家庄，河北教育出版社，1991。
④ 盛伟编：《蒲松龄全集》第2册，210页，上海，学林出版社，1998。

辨别孩子死因的真相，（竟或是有意推脱身为父亲的责任），从而轻率地把责任推向一种文艺形式——无辜的小说，这种莫须有，完全是"以理杀人"的做法，而出自一位讲理明性的大学者之口，实在令人感到惊奇。

第二个否定是小说叙事非虚构论。在纪昀看来，"小说既述见闻，即属叙事"。他解释"述见闻"有两种形式，一种是"代言（代述）"，一种是"自言（自述）"。代言者，如汉人伶玄作《飞燕外传》。伶玄之妾樊通德，"颇能言赵飞燕姊弟故事"，闲居命言，厌厌不倦，故而著其传，以识"盛之不可留，衰之不可推"（赵后外传自叙）之意。[①] 自言者，如唐人元稹作《莺莺传》。宋人赵令畤《辨传奇莺莺事》论曰："则所谓传奇者，盖微之自叙，特假他姓以自避耳。"[②]我们看到，他所举的这两种小说，首先均是叙述男女情事。可知，纪昀并不主张以小说描写爱情故事，这一点与蒲松龄、冯镇峦真是截然相反。其次，对这两种小说传奇式的创作方法，他都不认同，而是一概否定。他所持的是"采掇异闻，时作笔记，以寄所欲言"（盛时彦《序》）的杂记式写法。《滦阳续录（六）》曾论及张浮槎所著小说《秋坪新语》，说张氏因与纪氏有世姻，故凭传闻叙述了纪氏的两则家事，其实均与事实有出入，是不切实际的。由此他评"代言"之法道："所见异词，所闻异词，所传闻异词，鲁史且然，况稗官小说。他人记吾家之事，其异同吾知之，他人不能知也。然则吾记他人家之事，据其所闻，辄为叙述，或虚或实或漏，他人得而知之，吾亦未得知也。"[③]据传闻叙事，总是会脱离生活本真事实的，从而给当事人和事件的相关者留以不真实的指责借口。《聊斋自志》谈到创作方式时说："闻则命笔，遂以成编。久之，四方同人，又以邮筒相寄，因而物以好聚，所积益夥。"显然，纪氏的观点与此针锋相对。

纪昀认为，不论"代言"还是"自言"，都应从本事以论小说，据事实而讲叙述，"叠矩重规，毫厘不失"（《盛跋》）。形成这样的叙事法则，原因即

[①] 丁锡根编注：《中国历代小说序跋集》上，531页，北京，人民文学出版社，1996。
[②] （宋）赵令畤等撰：《侯鲭录·墨客挥麈·续墨客挥麈》，126页，北京，中华书局，2002。
[③] （清）纪昀：《纪晓岚文集》第2册，583页，石家庄，河北教育出版社，1991。

在于考证。《姑妄听之（一）》自题中言，"三十以前，讲考证之学"；五十以后，"复折而讲考证"。纪昀前后几十年的时间都浸润于考证，他的叙事观自然也就不脱离考证，从而"灼然与才子之笔，分路而扬镳"（《盛跋》），形成不讲"意兴"，与蒲松龄"遄飞逸兴，狂固难辞"（《聊斋自志》）背道而驰的另外一种创作理路。这一理路的实质应该是拒绝想象、排斥虚构。例如，冯氏评《封三娘》曰："文人之笔，操纵由我，可以起死人而肉白骨，岂非快事！故聊斋善作《志异》也。"① "起死人而肉白骨"的"快事"，是以理推求者所不能想象的，"操纵由我"的"文人之笔"，更是考证派叙事论者永远不能做到的。小说不可能没有想象，善于想象者方能善作小说。考证的叙事观也能做一些小说，不过他们的小说，"忆及即书，都无体例"，艺术成就上存在一定缺陷。

第三个否定是小说非"细微曲折，摹绘如生"论。此论承上论而出。纪昀指出，爱情小说中男女"燕昵之词、媟狎之态"，从自述的角度说"无此理"，不符合理智的规范约束；从代言的角度说，则实无闻见之途，无以取信于人。抛开自述、代言不谈，纪氏否定小说不可以"细微曲折，摹绘如生"，就使小说丢掉了它的看家本领，从而沦为记事簿和杂言堂了。《阅微》小说与《聊斋》小说相比，篇幅文字数量大为缩减，不能不说乃由不讲曲折、摹绘之故。他又在论《秋坪新语》篇末阐明他之于小说的"六不主义"，曰："惟不失忠厚之意，稍存劝惩之旨，不颠倒是非如《碧云騢》，不怀挟恩怨如《周秦行记》，不描摹才子佳人如《会真记》，不绘画横陈如《秘辛》，冀不见摈于君子云尔。"其中，"不颠倒是非""不怀挟恩怨"是正确的，"不描摹"爱情、"不绘画横陈"却是错误的。并且，他以忠厚自嘉、以君子自诩，也透露出他对蒲松龄及《聊斋》小说的不理解。《聊斋》卷一《斫蟒》篇讲到"德义"，冯远村评云："近日晓岚先生喜作此等语，于世道人心，大有裨益。聊斋非君子人，吾不信也。"②《聊斋》虽"才子之笔"，

---

① 张友鹤辑校：《聊斋志异会校会注会评本》上，615页，上海，上海古籍出版社，2011。
② 张友鹤辑校：《聊斋志异会校会注会评本》上，48页，上海，上海古籍出版社，2011。

然其敦厚之旨,篇中俱具,终不失君子之义。

《读聊斋杂说》还在引述纪氏之论后,紧接着对《阅微》小说提出严厉批评,曰:"《聊斋》以传记体叙小说之事,仿《史》《汉》遗法,一书兼二体,弊实有之,然非此精神不出,所以通人爱之,俗人亦爱之,竟传矣。虽有乖体例可也。纪公《阅微草堂四种》,顾无二者之病,然文字力量精神,别是一种,其生趣不逮矣。"《聊斋》的"精神",即在于"描写刻画,似幻似真,实一一如乎人人意中所欲出"。这也是它能为通人、俗人喜爱的根本原因。纪公遵循文体的谨严,竭力追求"无纤毫增减"(《滦阳续录(六)》),丧失的却是语言文字的"力量精神",成为一种"辨析名理,妙极精微;引据古义,具有根柢"(《盛跋》),只见"学问"难见"文章"的高谈阔论。聊斋先生并不顾及书体之要,而是灵活通变,洒脱自如,随物赋形,因人摹神,得到的却是一片生趣盎然的艺术世界。

◎ 小　结

纵观古代小说思想发展的整体历史,可以得出一个基本规律,即时代风云激变、内忧外患战乱频仍之时,便是思想提升跃进之际。正如黄宗羲所言,文章乃天地元气,元气之在平时,和顺无奇;"逮夫厄运危时,天地闭塞,元气鼓荡而出,拥勇郁遏,坌愤激讦,而后至文生焉"(《谢皋羽年谱游录注序》)。他又特别赞赏"阳气"之文,《缩斋文集序》云:"阳气在下,重阴锢之,则击而为雷。"①小说这一天地元气,本源自于"街谈巷议"(《汉书·艺文志》),是故"在下"的民间性实乃小说固有的传统与本性。因此,每当这样的"阳气"为"重阴"所锢,它便竭力喷薄滂沱而发出血脉贲

---

① (清)黄宗羲:《南雷文定前集 后集 三集 四集》一,13、8页,北京,中华书局,1985。

张的呐喊之声。战国乱局促成了"小说""小说家"概念的诞生，魏晋变革迎来了小说的第一次大发展，安史之乱后，小说发生了质的飞跃，宋代在纷争中求太平促成了小说演变的新质，元末明初、明末清初两次非同凡响的朝代更迭，则使人们对小说的认识走向最终的高峰。

循着这条线索的发展轨迹，我们注意到，作为清代历史发展的下坡路阶段，嘉道时期的小说思想注定要进入一个平静而黯淡的时期。此一时期，既没有出现像清前期那样富于开创性的批评大师，也没有出现像雍乾时期的《红楼梦》那样堪称集大成的皇皇巨著。如同前文所述，嘉道时期的小说理论家所能做的似乎就是对前一时期的小说进行批评、续作和仿作，从而十分及时迅速并有效地确立起《红楼梦》《聊斋志异》这些作品的经典地位。不过，话又说回来，这已经应该是一大贡献了。因为，以当代人评当代小说，做得如此集中、付出几乎全部的人员和力量，在中国小说批评史上尚属首次。

古语有谓："强弩之末，不能入鲁缟；冲风之衰，不能起毛羽。"（《汉书·韩安国传》）受承平之余和文化保守的深刻影响，清代小说思想发展至嘉道时期，确实显露出此种明显的迹象。这说明，旧有的批评和创作传统亟待从自身找出衰落的原因，重新确立其存在的意义和价值。说明小说思想界事实上已经在准备着变革的到来，外来异质批评文化因素的加入成为历史必然。这些话题，则是近代小说思想史要讨论的范畴，故此搁笔以待来日。

第二十二章
嘉庆、道光年间的戏剧思想

与前两个时期相比，嘉庆、道光年间的戏剧发展总体上趋于衰落。文人案头戏与戏剧观场之间的矛盾，花部乱弹与雅部昆剧的争雄，最终导致昆剧在创作、演出与批评上都走向不振，花部乱弹则强势兴起，从而将中国古代地方戏的发展推向一个崭新的时代。此一时期，较著名的戏曲理论家有李斗、石韫玉、焦循、梁廷枏等。

◎ 第一节
概　述

戏曲史上，嘉庆帝虽以颁发禁止乱弹诸腔闻名，但他对戏曲也有癖好。据嘉庆七年（1802）南府《旨意档》载，嘉庆帝日常观戏以"神话大戏"为主，如《狮驼岭》《盘丝洞》等西游戏和《混元盒》。[1] 他也像父祖那样，常常根据自己的口味和要求，改编剧本、修改台词、更换服装道具等，以表达自己的戏剧主张。例如，在一条旨意中规定，逢年节、万寿日演出的承应

---

[1] 参见王政尧：《清代戏剧文化史论》，34～51页，北京，北京大学出版社，2005。

戏,"说白不当说的,俱改念才是"。念白,是我国戏曲特有的一种艺术表现手法。以念白取代说白,有利于增强戏曲语言的音调变化,更易于传达人物内心的丰富情感。不过,嘉庆帝的戏曲造诣无法与其父祖相比,倒是在捏造时政朝事以入戏而求得片刻欢娱这一点上,他算是小有超越。乾隆八十大寿时,英国使臣马格尔尼不远万里来华庆贺。乾隆帝天朝大国皇帝的欲望得到极大满足,下令将此事补充到承应宴戏《四海升平》中。于是通用本第三段"四海咸孚声教"之后,出现了"故有暎咭唎国,仰慕皇仁,专心朝贡"的情节。嘉庆帝对此剧有所修改。通用本第十六段、第十七段,增入了当时福建人蔡牵领导海上起义军的故事,宣扬蔡牵惹氛生乱,扰害生民,圣天子"用彰天讨,获而正法"。[①] 无独有偶,在另一出承应戏《天献太平》中,嘉庆帝又命令增入了在川、楚、陕、豫、甘等地爆发的白莲教大起义之事。嘉庆五年(1800),领导起义的刘之协在河南被捕,宫内演《天献太平》庆贺昇平,戏中就增加了擒斩"逆首"的片段。与此同时,在川、楚一带活动的苟文明,势力强大,给清政府统治造成很大威胁,迟迟未能捉获。于是,某一日,嘉庆帝传下圣旨,将在戏中被斩的刘之协改为苟文明,以戏中的"虚构"来满足现实中的担忧、企盼与恐惧。嘉庆七年,苟文明被杀,消息传到避暑山庄,嘉庆帝高兴之余,急命"传与总管、首领等喜欢喜欢",共同观戏以为乐。殊不知,他的改戏反映的恰恰是日益尖锐突出的社会矛盾,与乾隆帝借观戏恣意享受太平已经迥然不同了。

道光帝时,经济萧条,内忧外患加剧,皇帝对戏曲的热情大为减退。演剧活动不断缩减,繁兴不再。道光七年(1827)的一条旨意载:"皇太后正圣寿,原系承应五天戏,今改承应三天戏;常年圣寿,原系承应三天戏,今改承应两天戏。所有应承应宴戏,若能按旧宴戏承应更好,若不能按旧宴戏时刻,就换新宴戏。……再:皇太后圣寿、万岁爷万寿俱不必唱大戏,人亦

[①] 参见王政尧:《清代戏剧文化考辨》第二章"清前期四帝改戏考",北京,北京燕山出版社,2014。

不毂,开团场要寿戏,其中间唱小戏轴子。 钦此。"①不仅演出时间缩短、演员人数减少,且不愿意更排新戏,亦不能再唱"大戏",国力不敷、主政者心力交瘁,皆从宫廷戏曲中表现了出来。 而且,宫廷不再从苏扬等地高价挑选伶人,致使兴盛了百余年的戏曲产业出现衰退;又将南府改为升平署,以太监替换伶人,演剧活动全部交由太监承应,使得宫廷戏剧表演的专业性、艺术性大为降低,势不可免地进入了低谷。

嘉道时期,受乾隆以降享乐之风的影响,清代社会呈现出全面衰退迹象。 戏曲因此被种种恶习捆绑起来,一定程度上变成了腐化堕落的助推剂。一方面出于社会娱乐的巨大需求,戏园开设屡禁不止。 例如,嘉庆四年(1799),禁止内城戏园;七年,禁止内城开设戏园,失察夜戏定罪;十一年(1806),禁旗人演唱戏文、登台演戏、赴园听戏;十二年(1807),禁止在斋戒日、祭祀日演唱戏剧。 道光元年,禁士民挟优,征逐歌场;三年(1823),禁京师乐部;十五年(1835),禁演唱、高跷入室。 而且,戏园演出的场地越办越大、越办越豪华。 例如,道光四年(1824),禁外城开设戏园、戏庄,又禁建设戏楼。 戏庄、戏楼显然比戏园更为铺张,从而使戏曲演艺活动真正成为朝廷"以杜奢靡而端习尚"的借口。

一方面旗人、太监、士民、官员、将兵各种人等都纵情扑入借戏曲享乐的海洋,忘乎所以,不顾一切。 例如,嘉庆十一年,禁旗人演唱戏文、登台演戏、赴园听戏。 道光元年,禁士民挟优,征逐歌场;四年(1824),禁搬做杂剧律例,禁太监听戏,"凡太监等,除出城置买什物不禁外,毋许在戏园酒肆饮酒听戏"②。 尤其是官员、将兵"乐此不疲"的危害更大。 故此,清廷自康熙之后,对官员蓄养家班优伶屡行禁止。 雍正二年(1724),曾下诏禁止官员蓄养家班优伶,"家有优伶,即非好官"(《雍正上谕·内阁》)。乾隆三十四年(1769),颁发"禁外官蓄养优伶"禁令,要求各地"于曾奉禁

---

① 王芷章编:《清升平署志略》上,105~106 页,北京,商务印书馆,2006。
② 王利器辑录:《元明清三代禁毁小说戏曲史料》(增订本),70 页,上海,上海古籍出版社,1981。

革之事，实力遵行，毋稍懈息"（《高宗纯皇帝实录》卷845）。据徐珂《清稗类钞选·戏剧》载："雍乾间，士夫相戒演剧，且禁蓄声伎。"嘉庆四年（1799）再申前令，"各省督抚司道署内，俱不许自养戏班，以肃官箴而维风化"（明亮等纂集《中枢政考》卷一三《禁令》）。道光二年（1822），职官在署演唱影戏处罚；八年（1828），巴彦巴图尔雇戏班在家演唱，引诱子弟唱习，被摘去顶戴。受此影响，家庭演戏跌入低谷，职业戏班悄然兴起。由于家养优伶多习昆剧，所以这反而在一定程度上促进了民间花部乱弹的发展。禁养戏班之外，对官员看戏的查处力度也非常大。比如，嘉庆八年（1803），禁官员改装潜入戏园；十三年（1808），四品旗员椿龄出城听戏被发往伊犁充当苦差；十六年（1811），禁官员入戏园看戏及内城开戏园。道光十八年（1838），镇国公绵顺等带同妓女因赴庙唱曲而被议处，这可能是有清以来因观曲而受到处分的级别最高的官员。清廷官员蓄养优伶，轻则妨碍政事，重则暗兴贿赂贪腐之蔽，带坏了社会风气，施以严惩是很有必要的。

同时，对将兵观戏的处罚也越来越严厉。例如，道光十八年（1838），副都统松杰游庙听曲，其举荐人被议处；二品武职大员副都统善英带同兵丁，在署弹唱，有失"整顿营伍"之专责，被革职；学习弹唱的一些驻防兵丁，如巴哈苏唐等也被革职。道光三十年（1850），二品武职大员、袁州协副将达崇阿，"不知认真操练，又不能约束兵丁，性好演戏，并纵容子弟演唱，实属有玷戎行"，被革职。可以想象一下，整天沉湎于唱戏、观戏的武官、士兵，由他们组成的军队，怎么会有心思打仗，怎么能具备强大的战斗力？

出于演戏活动所带来的负面危害，很多地方亦予以禁止。例如，道光十五年（1835），河南舞阳《厚风俗告示》禁止唱丧葬戏、祈神还愿戏、夜戏等，特别指出夜戏之害，"演唱夜戏，为害最甚，匪徒得以趁机掏摸，妇女多被调奸拐逃。更有远来观听者，门户废弛，难免盗窃之虞；偶失火烛，更有延烧之祸"①;十九年(1839),袁州、长沙等地流行采茶戏,"采茶戏,亦名三角班,相传来自粤东,二旦一小花面,所唱皆俚语淫词";因拐一爱好此戏的青年女子,被擒送法惩。② 至于一些士夫之家,也禁止子弟看戏。 如嘉道间的学者王师晋《资敬堂家训》云:"其尤可恨者,淫戏害人,使年轻子弟相率而为禽兽之行,其罪不减于盗贼。"③把戏剧活动与奢侈淫靡、赌博、偷盗、娼妓甚至鸦片等同起来,视其为滋生种种不良社会行为的温床,演剧不再是一种审美风尚,而是掺杂了诸多丑行恶习,如此戏曲的没落也就成为必然。

我们说,戏剧演出活动虽然伴生着不端,但官府一味严禁,并不符合文艺规律。 毕竟,戏曲已经与百姓生活不可分割,看戏、唱戏已经成为人们生活中比较重要的一部分。 不分青红皂白强令禁止、勒令押出是不可取的,也是大不得人心的。 近人醒醉生《庄谐选录》卷四引《俟征录》云:

> 张观准知河南某府,俗妇女好看庙戏,禁之不革。张伺某庙演戏时,出不意往坐其大门,使役堵其后门,命男子尽出,因令役谓诸妇女曰:"汝辈来此,定是喜僧人耳,命一僧负一妇女而出。"绅民大哗,闻于部,言官或入告,张由是罢官。④

不问因由,滥施官威,肆意污蔑,所行之恶甚于演戏之害,对当地风俗文化建设起到了消极破坏作用,只能落得个"罢官"的下场。

朝廷、官府禁戏,演戏活动沾带上了恶习,那么,戏剧如何发展才能摆脱这样的不利处境? 河南辉县志《禁夜戏淫词》分析得很清楚。 其中,首先承认民间演戏,"所以事神,果其诚敬聿修,以崇报赛",是很有意义的,

---

① 丁淑梅:《元明清三代禁毁戏曲史料补遗》,载《中国文学研究》(第九辑),2007(2)。
② 丁淑梅:《元明清三代禁毁戏曲史料补遗》,载《中国文学研究》(第九辑),2007(2)。
③ 陆林:《宋元明清家训禁毁小说戏曲史料辑补》,载《明清小说研究》,1997(2)。
④ 王利器辑录:《元明清三代禁毁小说戏曲史料》(增订本),130 页,上海,上海古籍出版社,1981。

本不必多禁。但夜戏、淫词对群众有危害，为消除这种害处，须做到：一演出频次需控制，不能"过演"，即演出不能太频繁，多了难免会产生负面作用；二演出内容需限制，"所演戏目，务择古人之忠孝节义，足以激发人心者演之"①，即不能演低俗不健康的戏目。在具体戏剧批评中，则沿雍乾之世的重理倾向，进一步走向绝对化与僵化。

梁廷枏（1796—1861）可视为这一方面的代表。梁氏字章冉，号藤花亭主人，广东顺德人，出身书香门第，颖悟好学，博通多艺，尤癖曲，精音律。师从梁章钜，并获阮元器重，然屡试不中。道光十四年（1834），中副榜贡生，遂弃功名转向戏曲。著有《藤花亭曲话》，并仿汤显祖"临川四梦"作"藤花亭四梦"，即《圆香梦》《江梅梦》《昙花梦》《断缘梦》杂剧四种，称"小四梦"；另有《南汉书》《夷氛记闻》《藤花亭诗文集》等。《藤花亭曲话》卷三曾概括夏纶剧作的主要特征："惺斋作曲，皆意主惩劝，常举忠、孝、节、义，各撰一种。以《无瑕璧》言君臣，教忠也；以《杏花村》言父子，教孝也；以《瑞筠图》言夫妇，教节也；以《广寒梯》言师友，教义也；以《花萼吟》言兄弟，教弟也。事切情真，可歌可泣，妇人孺子，触目惊心，浔有功世道之文哉！"一曲一个教化主题，有心为之，借以行世，终不免单调呆板。又评夏纶《南阳乐》曰："《南阳乐》一种，合三分为一统，尤称快笔。虽无中生有、一时游戏之言，而按之直道之公，有心人未有不拊掌称快者。"且历数剧中共有"十六快"："第三折诛司马师一快也，第四折武侯命灯倍明二快也，第八折病体全安三快也，第九折将星灿烂四快也，十五折子午谷进兵、偏获奇胜五快也，十六折杀司马昭六快也、擒司马懿七快也，十七折曹丕就擒八快也、杀华歆九快也，十八折掘曹操疑冢十快也，二十二折诛黄皓十一快也，二十五折陆伯言自裁十二快也、孙权投降十三快也、孙夫人归国十四快也，三十折成功归里十五快也，三十二折北地受禅十

---

① 王利器辑录：《元明清三代禁毁小说戏曲史料》（增订本），126页，上海，上海古籍出版社，1981。

六快也。"从而得出结论:"立言要快人心,惺斋此曲,独得之矣。"①如此一味求"快人心",遂"无中生有",乖谬史实,掺杂进无节制的想象与夸张,作"一时游戏之言"。这样的剧作,让人在观演时心底或果真生出快意了,但历史感也荡然无存了。历史剧还是要应该尊重基本的历史事实的,不能等同于娱乐剧,只为着博人片刻之乐,而拿历史开玩笑。历史剧不能被过多地娱乐化,不能借假的历史来寻开心,否则历史剧就会遁入娱乐剧的行列,失去历史剧应有的本性与面目。反之,这恰恰表明了历史剧的衰落。

剧作家周乐清(1785—1855)曾在传奇《补天石传奇八种自序》中论及取材于历史的剧作与史书的区别,认为可以"参差信史"。他说:"倘必欲事事考其正伪,则有《通鉴》《二十一史》在,无庸较此戏曲场面目也。"②诚然,人人有其戏曲观念,勿足为怪。周氏的《补天石》,乃本毛纶之说,取古来不满不足不平之事,"一付洪炉,所以销熔块垒者"③。如《定中原》,叙司马懿战败,刘谌即位,诸葛亮重返南阳草庐,同《南阳乐》如出一辙。这类借历史来抒愤寄情之作,单取情感上的快意,"发千古不平于嬉笑怒骂中"(梁廷枏《曲话》卷三),却由于取消了历史的真实,根本起不到正人心的救世作用了。

值得提出的还有王懋昭。王氏字梅轩,别署梅轩主人,生事迹不详,上虞(今属浙江)人,著有传奇《三星圆》和《神宴杂剧》《孤祝杂剧》《悦庆杂剧》三种。《三星圆·自叙》谈及创作意旨:"昔之作传奇者,为孝子忠臣扬眉吐气,为义夫节妇播美流芳。其于奸恶之徒,登场指顾而冰消以尽。洵为醒世之金钟,警人之木铎也。何后世轻薄者流,妄弄文墨,举胸中所不满者、抱憾者,假子虚之事迹,为乌有之姓名,比附而丑诋之,岂仅如王四无情,《琵琶》用刺已乎! 直将以醒世警人之作,为报仇泄恨之书也,不亦悖哉! 今余《三星圆》一集,切理按情,凭空结撰,虽不敢谓劝惩之意,大有裨于世道人心。而一种假事托名,隐用讥刺之陋习,固已洗濯干净矣。阅

---

① 中国戏曲研究院编:《中国古典戏曲论著集成》八,266~267 页,北京,中国戏剧出版社,1959。
② 蔡毅编著:《中国古典戏曲序跋汇编》第 2 册,1105 页,济南,齐鲁书社,1989。
③ 吴毓华编著:《中国古代戏曲序跋集》,566~567 页,北京,中国戏剧出版社,1990。

是集者，或不察余心，谓此指某人，此指某事，而于天下之略相近似者影射焉，以为予罪，则余之所不任受也夫。"[1]他反对历史剧之"报仇泄恨"的创作方式，而倡导"假事托名"，围绕一道德教条来"醒世警人"，即以戏曲作为"有裨于世道人心"的宣传教育工具。李渔曾说，戏曲要有"传世之心"。在这一点上，戏曲通俗化的艺术要求可以寻找到与劝惩说教的理性观念的有效统一。戏曲艺术的各方各面越是能做到通行通畅、俗化俗尚，就越能使抽象的道德教条深入万众之心。不过，教条式的道德教化说自是无法与李渔的"正气"说相提并论的，遂走向了"传世"的极为消极的一面。

必须看到，戏曲创作一旦遵从了道德教条的既定理路，作者的艺术个性也就几近泯灭，反而无限接近了统治者的政令要求。因此，我们说，从主情到主理，从通俗到说教，戏曲艺术的自觉发展之路其实也是统治者极力限定和要求的道路，是属于那个时代的必由之路和唯一可以选择的道路。戏曲最终还是进入了"请君入瓮"的轨道，说明以官方思想为主导的戏曲时代必将结束，一个主要表现民间思想的新时代即将到来。

此一时期，文人剧的定型化也颇值得注意。受花部与雅部激烈争斗的影响，昆曲逐渐失去剧坛中心的地位，从而引起了文人剧的内部分裂，戏剧史上长期存在的文人观念与民间观念孰重孰轻的问题，由可以被隐藏遮蔽、可以得到相宜调和而适度委屈忍让，到被显著地放大突出。文人剧，作为一种剧坛现象，也作为一个独立的戏曲概念，走进了观者的视野。

文人剧形成的原因有很多。这里结合曲家舒位的记载谈三点。舒位（1765—1816），少名佺，曾字仙才，后字立人、禅犀、槲禅、犀禅，号铁云，别称皋桥、铁云山人、酸枣山人，大兴（今北京）人。少颖悟，十岁能文。家境贫寒，以馆幕为生。著有戏剧合辑《瓶笙馆修箫谱》，共九种，今存《卓女当垆》《樊姬拥髻》《酉阳修月》《博望访星》四种。又有《瓶水斋集》。舒位在为自己所作的《琵琶赚传奇序》中云："呜呼，噫嘻！赍嗟涕

---

[1] 蔡毅编著：《中国古典戏曲序跋汇编》第4册，2058页，济南，齐鲁书社，1989。

洟。传之则奇，不传之则微。视之不见名曰希，听之不闻名曰夷。……洋洋乎焉哉乎也，堂堂乎初哉首基！疾之者曰客然犀，好之者曰妃呼豨。而壹不知三匝之乌栖，三峡之猿啼。此则无伤于貊稽，而并不识夫滑厘。曲终花落，则此砑光帽兮，酒阑人散，沾我郁轮袍而为之题兮。"这是言戏曲创作的抒情化。戏曲成为文人宣泄情感、自我娱乐的一种抒情性文体，自然增加了案头上的可读性，而减少了舞台上的可表演性，甚至文人们在创作时，不考虑舞台演出效果而只管抒情泄愤，也是极可能的。舒位在一封信札中写道："至此剧宫谱，不佞俱已斟酌，填此大概，文从字顺，即可被之管弦。独恨此日苏城，已无老伶工能传其意绪者，则将俟之百世而不惑矣。"（《舒王手札及诗曲稿合册》）这是言戏曲表演者的缺失。由于花部兴盛，市价倍增，伶工趋之若鹜，反令雅部无人乐演，即使有再好的剧本也只能束之高阁。无人配合演出，客观上促成文人创作较少关注演出效果。又载云："适此间有张石樵秀才见之，击节流涕，又焚香跪读一过，携之而去。"[①]这是言戏曲接受的诵读化。戏曲的感人，不必再通过剧场观演；因为文体抒情性的加强，只需通过案头阅读就可以实现了。如此，戏剧演出变得不再重要。然因诵读仅限于有知识、有文化的群体，普通民众不识字，无法进行诵读，也就造成文人剧与大众的隔离，传播面缩小、影响力大为降低。曲界固然还留有文人剧的位置，但文人剧让位于花部，已经成为戏曲发展的必然。

◎ 第二节
石韫玉的剧作观

石韫玉（1756—1837），字执如、琢如，号琢堂、归真子、花韵庵主人、

[①] 参见官桂铨：《关于舒位杂剧〈瓶笙馆修箫谱〉与〈琵琶赚〉》，63~67页，载《文献》，1987（4）。

绿春词客、西碛山人、竹堂居士，晚号独学老人，江苏吴县（今苏州）人。乾隆五十五年（1790）中状元，累官至山东按察使，屡建功绩，因事被劾，遂引足疾归。任杭州紫阳书院、江宁尊经书院、苏州紫阳书院讲席。博学多才，工诗文，善作曲，精书法、篆刻。广交游，与沈起凤、桂馥、翁方纲、洪亮吉、张问陶、沈复等唱和甚笃。喜藏书，建有"独学庐""凌波阁"，家藏书两万余卷。著述宏富，诗文有《独学庐诗文集》《晚香楼集》《花韵庵诗余》《微波词》；戏曲有散曲《花韵庵词余》、杂剧《花间九奏》以及传奇《红楼梦》，曾评点复刻本毛晋《六十种曲》（残帙二十六种），并有观剧诗、戏剧序跋多种；史学有《苏州府志》《昆山新阳两县志》；考证学有《多识录》《读左卮言》《读论质疑》《汉书刊讹》四部学术札记，又有《袁文笺正》、曾校勘《全唐文》等；还曾编选《文选编珠》《明八家文选》《国朝十家文选》，为世推重。

一、"皆古诗之流也"：戏曲的抒情性

石韫玉虽曾做过高官，十分喜欢戏曲。在他的观剧诗中，多有对戏曲演员的记载。例如，《逍遥堂述事》云："梨园弟子争芳妍，中有粲者妙若仙。二十不足十五余，双云覆额容婵娟。撞钟击鼓开长筵，中堂华灯镶九莲。血色氍毹软铺地，清歌一曲声闻天。登场苍鹘鬖髿髿，参军学语声绵蛮。英雄儿女各有态，座客听之无间言。"①既称赞演员的姿容，又极力形容其歌喉与演技。诗中还写到，他与这位演员是秦淮边上的旧相识，两人多年之后的相聚，特别是观看了其精彩演出后，内心感到无比舒畅，"我居荒城苦岑寂，忽然遇子缘非悭。胸中块垒积十年，浇以淳酒鲸吸川"。又如《燕兰曲简沈侍御舫西》云："梨园诸老散如尘，今有聘婷双璧人。南国旧家依茂苑，西都新宅近平津。登场幻作婵娟拜，犹是仙韶院中派。杨柳腰肢欲泥

---

① （清）石韫玉：《独学庐初稿》卷四，清写刻本独学庐全稿本。

人,樱桃眉目真如画。相逢不肯便通名,众说兰卿与燕卿。一种幽香应旷世,百般妙舞总倾城。倾城倾国原难得,初日芙蓉去雕饰。座上金貂问姓名,曲中粉黛无颜色。梨花枪法似神通,况有《红楼》一曲新。始信幽兰非众伍,转疑飞燕是前身。"①写到两位演员,均色艺俱佳。其中提及的《红楼》戏,反映了小说《红楼梦》被改编成戏曲进行表演的热况。大概受此感染,石韫玉才自己提笔,创作了传奇戏剧《红楼梦》(十出)。

石韫玉所撰杂剧九种,各有题剧诗一首,从中可见他的戏剧创作观。如《桃源渔父》下云:"避秦人去不知年,渔父重来亦惘然。独有渊明能著录,由来隐逸近神仙。"表现了他要向陶渊明学习,退隐归山的人生理想。《梅妃作赋》下云:"开元天子本多情,看到惊鸿百媚生。谁料一朝轻决绝,都缘谗诌蔽王明。"借对梅妃鸣不平,表达了他渴望遇贤明之主,及被诬陷革职的愤慨。《贾岛祭诗》下云:"新诗一字费推敲,邂逅相逢即缔交。如此怜才人不易,铸成瘦岛配寒郊。"借才人相惜,表现了尊才、爱才的社会观念。《对山救友》下云:"友生急难为同方,覆雨翻云事亦常。试看《中山狼》一曲,崆峒毕竟负康郎。"②表达了他对互助互济朋友之情的渴望,以及对负心者的批判。

石韫玉还曾为好友沈起凤《红心词客传奇》作"题解",如《报恩缘》解云:"戒负心也。白猿受谢生无心之庇,即一心报德,成就其科名,联合其婚姻。以视夫世间受恩不报者,真禽兽之不若哉!此剧可与《中山狼传》对勘。"认为与他自己所作的《对山救友》主题相同,都是意在批判"受恩不报"的人,宣扬"施惠无念,受恩莫忘"(《朱子家训》)的封建报恩思想。《才人福》解云:"慰穷士也。识字如祝希哲,工诗如张幼舆,一沉于卑位,一困于诸生。特著此剧,以为才人吐气。若唐时方干等十五人,死后始成进士,奚不可者?"③此剧又与石氏《贾岛祭诗》立意一致,"为才人吐气",

---

① (清)石韫玉:《独学庐二稿》卷一,清写刻本独学庐全稿本。
② 蔡毅编著:《中国古典戏曲序跋汇编》第 2 册,1044~1045 页,济南,齐鲁书社,1989。
③ 蔡毅编著:《中国古典戏曲序跋汇编》第 3 册,1943~1945 页,济南,齐鲁书社,1989。

充分表达了对怀抱高才者冤屈沉沦的不平。又解《文星榜》曰"惩隐匿也",解《伏虎韬》曰"警恶俗也",则是提倡惩恶扬善的戏剧教化观念。

石韫玉还撰有《红心词客传奇序》。《序》中总结了沈起凤创作四种传奇的原因:"累赴春官不第,抑郁无聊,辄以感愤牢愁之思,寄诸词曲。"又说:"既不遇于时,则所有芬芳悱恻之言,一切寓诸乐府。"把戏剧创作视为排遣胸中不平、发抒不得志的途径,并由此谈到对戏剧文体之性质的认识:

> 夫传奇虽小道,其所由来者远矣。盖古诗、《三百》,皆可被之管弦。乃一变而为楚人之骚,再变而为汉人之乐府,三变而为唐人之诗,四变而为宋人之词,五变而为金元人之曲。其体屡变而不穷,其实皆古诗之流也。[①]

指出传奇乃古诗之变体,与古诗一样,是音乐性与抒情性的结合体,都是文人骚客抒愤释怀的工具。

石氏的这个看法,于时颇有同调。曲家许鸿磐(约1762—1846)在《〈儒吏完城〉北曲弁言》中说:"时余养疴夷门,困顿无聊,且以文辞为破愁之具。岁云暮矣,风雨凄然,乃以病腕握冻笔,为北曲四套,以示韫山。"《〈三钗梦〉北曲小序》又谈到,取《红楼梦》"以为悲且恨者"三事,即晴雯之逐、黛玉之死、宝钗之寡,衍为《三钗梦》,"做《元人百种》体,为北调四折","乃为不知谁何之人,摅其悲,平其恨"[②],反复强调作北曲乃是为抒发悲愤之情的需要,激越高亢的北曲成为抒愤的最好载体。梁廷枏《云华梦自序》云:"秋风钝甚,病逐愁来,枯坐风旬,无可驱遣,辄取其本事曲折,略为陶铸,撰成此剧。情真事当,可免凿空添演之弊。"[③]以创作戏曲作为祛病消愁之良药,体现出文人生活区别于常人生活的一大特点。女

---

① 蔡毅编著:《中国古典戏曲序跋汇编》第3册,1942~1943页,济南,齐鲁书社,1989。
② 蔡毅编著:《中国古典戏曲序跋汇编》第2册,1049页,济南,齐鲁书社,1989。
③ 蔡毅编著:《中国古典戏曲序跋汇编》第2册,1126页,济南,齐鲁书社,1989。

剧作家吴藻（1799—1862）在《乔影跋》中也说："兹以侘傺懊咿之情，一发之于歌，不自知其涕之何从也。……余也羁栖海上，迹类蓬飘，秋士能悲，中年多感。爱志伤心之曲，聊书缀尾之词。"[1]男子有不得志之时，女子亦有不得情之日，如吴蘋香者，将无数忧伤悲苦发之以戏曲，着实古来少见，堪为奇女子也。

二、"文人之笔，非曲子当行"：文人剧的特点

石韫玉的《六十种曲》评点，包括序言、总评、眉批、旁批、尾批及圈点，古人评点的各种形式都有运用，虽多数地方著语不多，但言简意赅，内容颇为丰富。受乾嘉考据学派影响，他在评点中常不自觉进行考证。例如，《彩毫记》第十出众歌伎宾白："今日皇上爷不曾宣唤，且向酒楼取醉一番。"针对"宣唤"一词，有考曰："唐时教坊人，宫中亦非时宣唤，元微之时所云力士传呼，觅念奴是也。"[2]《邯郸记》第七出众妓云："奴家珠帘秀、奴家花娇秀、我叫做锅边秀。"下注曰："古时妓女皆以秀字为号，见《北里志》。"评《玉环记》时，还曾据《金瓶梅》作考证，下文将提到。

从文人身份出发，石韫玉主张雅韵，批判俚俗。例如，《红拂记》评："此剧是两人合传，一敛英雄之气，一敛儿女之情，其中蝉联处文心绝佳，曲文清圆流畅，不腻不枯，允推词场隽品。"该剧为明人张凤翼作，据唐代杜光庭《虬髯客传》小说，及孟棨《本事诗》中乐昌公主故事，演述唐代李靖、虬髯客的英雄儿女传奇。"英雄之气"指虬髯客事，"儿女之情"指李靖、张姬事，并及乐昌公主、徐德言事，均为历来传诵雅致之事。尤侗《题北红拂记》曾叙及剧的创作情景："唐人小说传卫公、虬髯客故事，吾吴张伯起新婚，伴房一月而成《红拂记》，风流自许。"以此新婚之境，传诵雅致之事，自然是"花迎喜气皆知笑，鸟识欢心亦解歌"（第三十四出"华夷一统"

---

[1] 蔡毅编著：《中国古典戏曲序跋汇编》第2册，1129页，济南，齐鲁书社，1989
[2] （清）石韫玉：《六十种曲》批点本，复旦大学图书馆藏。下引同此，不再注明。

【尾声】)。"隽品"之评，允为恰当。又，《玉镜台》第二十二出闺思【四朝元】评："此曲俚鄙不类。"该剧为明人朱鼎撰。这一段唱词抒发女子相思之情，穿插了三首诗，并由四个叹词"嗏"字、三个昵词"夫"字引领，感情表白较为刻露，因此被石韫玉视为"俚鄙"。石氏的思想较为保守。据陈康祺《郎潜纪闻》载，石韫玉"以文章伏一世，律身清谨，实不愧道学中人。未达时，见淫词小说，一切得罪名教之书，辄拉杂摧烧之。家置一纸库，名曰孽海，收毁几万卷"[①]。未达时有收毁"孽海"的格外之举，就难怪他显达后不能忍观"闺思"之类的直白了。事实上，嘉道之世虽地方戏大兴，但文人主导的曲界仍以雅为尊。重视花部的李斗，《岁星记自题》亦云："一启樊素口，歌我春雪篇。缓声时急绝，疾响故纡延。遂使齐心愿，真听通高言。"[②]文人们一旦提笔作戏，也还是强调"春雪""高言"的雅韵之路。

受戏曲传统影响，他强调本色，以元人为宗。《红拂记》第十七出【赏宫花】一段："你跟前怎假？我如何不念他？痛惜分连理，应自叹蒹葭。一入侯门深似海，至今顾影愧菱花。"评云："绝妙元人本色。"第十出红拂女所唱【前腔】有评云："莫不是一曲猜来，则失却当家本色也。"《还魂记》第二十九出评花神唱词云："本色，元人绝技。"《香囊记》总评："此本曲文全用元人白描法，可与《琵琶记》媲美，此曲全以《琵琶》为粉本。"元代是中国戏剧的高峰，奠定了传统曲学的审美观念，明清曲体虽屡变，但追踪元人、崇尚本色，一直沿袭传承下来。如《香囊记》，吕天成《曲品》有评云："词工，白整，尽填学问。此派从《琵琶》来，是前辈最佳传奇也。"[③]

音律方面，强调当行。所谓"吴下俳优，尤喜掇串。"（吕天成《曲品》）[④]苏州自明代后期就成为全国的戏曲中心。石韫玉作为吴人，非常喜

---

① 王利器辑录：《元明清三代禁毁小说戏曲史料》（增订本），389～390 页，上海，上海古籍出版社，1981。
② 蔡毅编著：《中国古典戏曲序跋汇编》第 3 册，1985 页，济南，齐鲁书社，1989。
③ 中国戏曲研究院编：《中国古典戏曲论著集成》六，224 页，北京，中国戏剧出版社，1959。
④ 中国戏曲研究院编：《中国古典戏曲论著集成》六，209 页，北京，中国戏剧出版社，1959。

欢吴音。《长生殿曲谱序》称赞冯起凤制曲云:"今吾吴冯丈,以缥缈之音度娟丽之语,凡声律疑致,宫调节拍,胥考订无遗者,诚善本也。昔昆山魏良辅镂心曲理,不下楼者十年,力扫凡响,变为新声,于是乎乃有昆腔名目。今读此本,迎头拍字,按板随腔,如雏凤之鸣,如流莺之啭,此真会心人与。"①吴语娟丽,吴音软媚,和曲唱之,雏凤流莺,婉转动听,分外醉人。石韫玉还看到,尽管吴音优美,也不能随意掺入他曲,否则会造成音律相乖。《节侠记》总评:"文理尚通,惜韵杂吴音耳。"该剧为明人许三阶作,三阶不知生平里居;后有许自昌改订本,自昌乃吴人。据此知,许三阶或亦为吴人。石氏谈到的,实际上是戏曲艺术中,作者或表演者能否以方言方音,混入剧作曲调的问题。对此,李渔早持否定态度。《闲情偶寄·词曲部》指出,传奇乃是"天下之书",苏州之地虽创演繁盛,但绝非"仅为吴越而设","花面登场悉作姑苏口吻";因此,要切记"少用方言"②,即尽量不将吴越之语演入剧中。不将乡音混入惯用的曲调之中,以便天下之人观感,此称为"当行"。

石韫玉在《牡丹亭曲谱序》又说:

> 然年来舞榭歌台,工同曲异,而卒无人引其商而刻其羽,致使燕筑赵瑟妙处不传,亦词人之恨事也。今云章冯丈,取临川旧本,详注宫商,点定节拍,谱既就,索序于余。余生平爱读传奇院本,心窃许《牡丹亭》为第一种。每当风月良宵,手执一卷,坐众花深处,作洛生咏。余音铿然,缥缈云霄。则起谓人曰:此中自有佳趣,何必"冷雨幽窗",致令其声"不可听"乎?今观此本,凡佳人才子,轻怜爱惜之致,以及嬉笑怒骂,里巷亵媒之语,与夫欢娱愁苦之音,靡不传神于栩栩之中。设使九京可作,临川当亦首肯。微特仆击节叹赏为无穷也。③

---

① (清)冯起凤:《吟香堂曲谱》,清乾隆刻本,南京图书馆藏本。
② (清)李渔:《李渔全集》第3卷,54页,杭州,浙江古籍出版社,1992。
③ (清)冯起凤:《吟香堂曲谱》,清乾隆刻本,南京图书馆藏本。

这里指出了《牡丹亭》传唱中存在的一个很重要的问题,即"曲异"。不同戏班搬演时,在曲调的校准上很容易产生差异,尤其南人演唱诵读,多用哀婉之南音,致使"燕筑赵瑟"的北曲之妙,渐失渐远,几令人误以南音为北音。他特别点到晚明扬州女诗人冯小青读《牡丹亭》的例子,在"冷雨幽窗"下,以"不可听"①之低徊婉转、哀艳凄绝之音,一字一咽,读之声泪俱下。此种读法,虽自有其美,然不能不说,亦有失当行。李渔《闲情偶寄》尝论"字分南北","北字近于粗豪,易入刚劲之口","南音悉多娇媚,便施窈窕之人"。②与石韫玉有交游的谢元淮(1784—1874),在《填词浅说》中也论及南北声音不同:"以辞而论,南多艳婉,北杂戈戎。以声而论,南主清丽柔远,北主劲激沉雄。北宜和歌,南宜独奏。及其敝也,北失之粗,南失之弱。此其大较也。"又曰:"北音重浊,凡唱重浊字皆揭起,唱轻清字皆抑下,正与南音相反。南音唱轻清字皆高唱,重浊字皆低。"③可见,南北之音差别十分明显,戏剧的演唱与诵读,绝不可南北音相混。石氏"作洛生咏"④,即特别注意字音的重浊性,多用鼻浊音进行吟咏诵读。这种读法,颇近北曲慷慨激越之性,故能产生"铿然""击节叹赏"的良好效果。无独有偶,同时期署名齐彦槐为吴藻《饮酒读离骚》题词云:"毕竟小青无侠气,挑灯闲看《牡丹亭》。"⑤也是不满意冯小青作为一哀弱女子的读法,强调要有"侠气",要变闲适为激越。

石韫玉还注意到文人制曲的不足。《鸣凤记》总评云:"此本填词大率以

---

① 按,冯小青《读〈牡丹亭〉绝句》云:"冷雨幽窗不可听,挑灯闲看《牡丹亭》。人间亦有痴于我,岂独伤心是小青。"
② (清)李渔:《李渔全集》第3卷,51页,杭州,浙江古籍出版社,1992。
③ 张璋等编纂:《历代词话》下册,1524、1525页,郑州,大象出版社,2002。
④ 按,"洛生咏"典出刘义庆《世说新语》,《雅量》篇载:"谢之宽容,愈表于貌,望阶趋席,方作洛生咏,讽浩浩洪流。"《轻诋》篇又载:"人问顾长康:何以不作洛生咏? 答曰:何至作老婢声!"刘峻注:"洛下书生咏,音重浊,故云老婢声。"参见徐震堮:《世说新语校笺》,206、452页,北京,中华书局,1984。
⑤ 蔡毅编著:《中国古典戏曲序跋汇编》第2册,1131页,济南,齐鲁书社,1989。

《琵琶》为蓝本，然多失韵，平仄亦不合宫谱。此文人之笔，非曲子当行也。"明代后期，戏曲界吴江派、临川派两派分峙，形成了重音律与重文采两大创作传统。迄于清中期，文人作曲一般究于文辞，注重修缮辞藻之美；而不擅长或不熟悉宫谱曲调，着力雕刻音律之美。这造成了文人剧不"当行"的局面，即轻于舞台演出而重于文笔辞采，从而使戏剧离舞台越来越远，成为徒供案头阅读欣赏的一种文本。石韫玉自己的戏曲创作，就存在这样的倾向。郑振铎《花间九奏跋》云："以儒生写作杂剧，其不能出色当行也固宜。"①

三、"情节曲折而不繁冗"：戏剧情节审美观

在戏曲批评领域，较早使用"情节"一语的是冯梦龙。他在《洒雪堂·总评》中写道："是记情节关锁，紧密无痕。"《永团圆序》则提出了"情节本妙"②的评鉴标准。凌濛初继承此论，在《谭曲杂记》中提出"戏曲搭架"是"要事"，情节的设置必须"大雅可观"，不能带有"人情所不近，人理所必无，世法既自不通，鬼谋亦所不料"③的杂乱性质。至清代，李渔在小说、戏剧两个领域都对情节美学有进一步的开创。

石韫玉在评点《六十种曲》时，一个非常突出的用语行为是，开始明确使用"情节"的概念，有十余处之多，数量之高、频次之繁、含义之丰、所指篇目之广，都是此前评点家中未见的。"情节"的使用，有的用来判断情节的性质，如《怀香记》尾批："情节半真半伪，词藻含情有文。"该剧为明人陆采撰，演《晋书·贾充传》《世说新语·惑溺》中，所载贾充之女贾午偷香私赠韩寿，并结为夫妻的故事，是一部历史题材的爱情剧，表达了"金屋阿娇瑶台仙子"与"草莱下士韦布匹夫"（《第九出"托婢传情"》），勇敢地

---

① 蔡毅编著：《中国古典戏曲序跋汇编》第2册，1043页，济南，齐鲁书社，1989。
② 隗芾、吴毓华编：《古典戏曲美学资料集》，176、178页，北京，文化艺术出版社，1992。
③ 隗芾、吴毓华编：《古典戏曲美学资料集》，211页，北京，文化艺术出版社，1992。

冲破门第观念，追求自由爱情的理想。原文仅二三百字，却借以敷演成四十出大戏，不运用想象，在真实的历史事实之外再添加必要的内容，以完成人物的塑造，是不可能的。"半真半伪"，就是对情节性质的一种判定。意思是说，像这样历史题材的爱情剧，允许"真伪"参半，"真"的一面指基本的史实材料，"伪"的一面指作者的艺术虚构。"真伪"的称义，与历史剧及历史小说中常用的"虚实"说是相通的；不过，清人更愿意言"真伪"或"真假"，如曹雪芹《红楼梦》中所言，反映出情节审美在语义上的变化与发展。因此，石韫玉的这个审美判断，既具有当代性又具有合理性，经得起艺术史的检验。今人徐朔方在谈到此剧时也说："国家大事作为剧情开展的时代背景，应该尽可能符合史实，而爱情故事则不妨虚构。《怀香记》所遵循的这条原则，为所有以历史传说为题材的作品提供了有益的经验。"[①]真乃古今同识，一体同理。

有的作为评判情节的标准。标准自然有优、中、差之分。优者如评《玉环记》云：

> 世传《金瓶梅》一书，为王凤洲所作，其书内已屡引此曲，则其所由来已久矣。玉箫两世姻缘，原书情节极佳，此改得甚为不通。玉箫本是青衣，今改作妓女，大为无谓。

该剧为明人杨柔胜撰，演唐人范摅《云溪友议·玉箫化》故事。但人物结构有较大变动，把一段贵公子与小青衣的两世恋情添枝加叶，改成了以"瑶台阆苑之琼姬"，招赘"浪裏风边之萍梗"（第十出"皋谒延赏"）为主的元明才子佳人俗套，本事却成为副线，殊伤唐人凄婉哀致。此按，以玉箫女两世姻缘为题材的剧本，有元人乔吉杂剧《玉箫女两世姻缘》，明初南戏《玉箫女两世姻缘》（徐渭《南词叙录》有著录，已佚），以及明无名氏传奇

---

① 徐朔方：《晚明曲家年谱》第一卷，98页，杭州，浙江古籍出版社，1993。

《玉环记》，皆采用一男两女的双线结构，当为杨柔胜《玉环记》所本。 又有明人陈与郊《鹦鹉洲记》杂剧，直接按小说情事搬演。 这两种不同的改编，效果也大相径庭。 明代曲论家吕天成在《曲品》中，曾批评《玉环记》"于事多误"，而赞誉《鹦鹉洲记》"方是实录"。① 石韫玉的看法与此相类，不失为明眼。 又评《龙膏记》云："此剧情节好，词白皆工致。"也算一例。

中者如《春芜记》总评："此剧词笔尚通，情节平平耳。"该剧为明人王錂撰，演述穷愁书生宋玉与相国小姐季清吴相爱成婚的故事，中间插一登徒子离间拨乱，以示曲折。 然此剧的情节，历来不乏疵声。 吕天成《曲品》云："串插有景，然何必禅寺也？"②指出剧中招提寺的设置，并未起到叙事功能，显得累赘。 与其他明代才子佳人剧相比，此剧冲突既不激烈，磨难也显稀常，缀以"平平"二字，是十分恰当的。 又评《四贤记》云："此本不知何人所作，情节尚通顺，词笔中平平无出色处。"该剧着力于塑造一家父、母、庶母、子四人皆贤孝，一国君明、臣忠、友义、婢良的封建理想社会。虽然串合了许多事节，驱动人物经受了不少苦难艰辛，但整体并不龃龉突兀，能衔接得下来。 近人赵景深认为："此剧结构尚可，遣词也平稳妥当，但很少有精采或出力描写的地方。"③与石韫玉"通顺"之称，差可相当。

差者如评《琴心记》曰："此剧情节冗杂，曲文肤浅，未见佳处。"该剧为明人孙柚作，演司马相如、卓文君事。 前半部与世传无异，后半部搬演相如被谗言陷害、文君出家为尼，雪冤出狱后方得团聚，以及茂陵女钟情、陈后买赋、卓父趋炎附势等事，冗长杂沓，历来颇受诟病。 明人徐复祚尝论《琴心记》云："极有佳句，第头脑太乱，脚色太多，大伤体裁，不便于登场，曲亦时有未叶，以故反不如梁长《浣纱》之传。"④意思是说，角色多、头绪乱，并不适合舞台艺术表现，有"破体"之嫌。 清人汪仲洋在为黄燮清

---

① 中国戏曲研究院编：《中国古典戏曲论著集成》六，225 页，北京，中国戏剧出版社，1959。
② 中国戏曲研究院编：《中国古典戏曲论著集成》六，243 页，北京，中国戏剧出版社，1959。
③ 赵景深：《明清曲谈》，101 页，上海，古典文学出版社，1957。
④ 中国戏曲研究院编：《中国古典戏曲论著集成》四，244～245 页，北京，中国戏剧出版社，1959。

（1805—1864）传奇《茂陵弦》（1830）所作评语中也说："尝读《琴心记》，恨其曲词白口不与题称，而又抹却谏猎一节，添出唐蒙设陷、文君信诳、相如受绁诸事，可谓痴人说梦，了无理绪。"①与石韫玉"冗杂"之论，极相一致。评《红梨记》又云："情节曲折而不繁冗。"再次指出，"繁冗"乃戏剧情节之大病。这也难怪，情节以追求曲折为本然。若想做到曲折，仅一生一旦肯定是不可能的，必须增添人物、事节；而一旦增加人与事，处理不好，就会产生"繁冗"之嫌。所以，曲折与繁冗在一定程度上是相互矛盾的。那么，如何才能既避开繁冗，又做到曲折有致呢？《红梨记》提供了一个较好的范本。该剧乃明代戏曲名家徐复祚撰，以北宋亡国为背景，叙述才子赵汝州与名妓谢素秋的爱情故事，寓离合于兴亡，颇觉厚重惆怅。人物事件绝不多为添设，结构紧凑，一笔呵成，随时事曲折，无繁杂冗沓，堪称佳篇。

在情节结构的其他方面，石韫玉对前人也多有继承。如文法，多继承金圣叹、毛宗岗。金圣叹提出"才子书"说，《彩毫记》总评："此剧风调清豪，不枉才人之笔。"毛宗岗提出"宾主"，《红拂记》评也概括有"宾中见主"的写法。批评话语方面，金圣叹多用比喻，石韫玉亦是。例如，评《红拂记》第二十六出形容为"文情如落花依草，飞雪回风。"评《明珠记》第三出形容为"令人生惊风飘日之感。"布局方面，则多学李渔。李渔提出"减头绪"之说，认为"头绪繁多"，"传奇之大病也"。②上文"冗杂""繁冗"即指此病。李渔提出"密针线"之说，石韫玉评《红拂记》第二出有"引针"，第十二出有"回顾越公一语，文有照应"，第十七出有"周匝"；评《邯郸记》第三出、第四出有"挈起全文""直注结局""总起全文"；评《香囊记》第二十一出有"又生出下文"，都是和"针线"有关的批语。

人物批评方面，有的学金圣叹个性说。例如，《红拂记》第十六出评虬髯客："虬髯一逢真主即灭逐鹿之心，故满目悲凉。"评李靖："卫公一逢真主

---

① 蔡毅编著：《中国古典戏曲序跋汇编》第4册，2168页，济南，齐鲁书社，1989。
② （清）李渔：《李渔全集》第3卷，12页，杭州，浙江古籍出版社，1992。

即定委质之心，故满身痛快。"道出了虬髯、李靖不同人物形象在相同境遇中的不同、追求的不同，即生成个性的不同。有的学李渔"化工"说。例如，《玉镜台》第二十二出评："此曲方是贤妇人口角。"《彩毫记》第十出评："形容妇人之态，画工所不能到。"《红拂记》第二十二出评："畏人之状如绘。"《节侠记》第二十八出评："行路艰难写来如画。"强调人物情事刻画要逼真，忌画工求化工。有的学脂砚斋"囫囵"说。《怀香记》总评："此剧大半撷拾史事而成，写贾充在忠佞之间，写午姐在贞淫之间，写韩寿在邪正之间，而其事全因女悦男而起，皆实录也。词笔亦清利可玩。"于性格提倡不单主一类，而是讲求复合，即要塑造出典型人物。

综上，石韫玉在戏曲创作与理论批评中都有贡献，他既有对前人的继承与总结，又有一定的发挥与创见，为嘉庆、道光年间相对沉寂的戏曲界做出了难得的贡献，不失为清代戏曲思想史上的一抹亮色。

◎ 第三节
花部的戏剧观念

我国戏曲具有很强的地方性和民间性。因此，它的发展不像小说，基本上以一种整体的、统一的方式在前进，表现出极大的恒定性；而是始终处在各种地方戏、诸种声腔的激烈竞争和不断融合之中，表现出极为复杂的不平衡性。在明代中叶，昆山腔亦属民间，"止行于吴中"（徐渭《南词叙录》）。后来种种原因促合，方成长为社会认可的官腔，压倒了其他地方腔种。然而，正如《吕氏春秋·贵公》所言："天下非一人之天下也，天下之天下也。"在戏曲界，天下非一曲之天下，实乃众曲之天下。李调元《剧话》就提出，不能"以一人、一方之腔"绳天下之声腔。① 至清中后期，昆曲式微，被时人称为"花部"的各地方戏种勃兴，实是一种必然之势。

关于"花部"的论述，载见于焦循《花部农谭》、李斗《扬州画舫录》等，他者如唐英的戏曲改编、钱德苍的戏曲选集《缀白裘》，介绍优伶情况的吴长元《燕兰小谱》、严长明《秦云撷英小谱》、铁山桥人《消寒新咏》和小铁笛道人《日下看花记》等也有谈及。这些著作能够顺应时代发展，敢于为花部昌言，肯定地方戏的思想价值和艺术魅力，是十分可贵的。

一、"一代有一代之所胜"：花部的历史生命力

焦循（1763—1820），乳名桥庆，字理塘，一字里塘，晚号里塘老人，江苏甘泉（今扬州）人。出身于诗书世家，嘉庆六年（1801）中举人，应礼部试不第，即返乡侍母，不求仕禄，闭门为学，与阮元（1764—1849）等友善。其学精博，广涉经学、天文学、数学、考古学等领域，颇有求新之识和创见之胆，著有《雕菰楼易学三书》《天元一释》《群经宫室图》《雕菰楼集》等，戏曲理论则有《花部农谭》和《剧说》。

焦循《易余籥录》卷十五，纵论商周至于金元的诗体发展，指出商颂、周诗、楚骚、汉赋、建安五言、唐律、宋词、元曲，皆有存有亡、有兴有无，是故前不必薄后，后不必让前，"夫一代有一代之所胜，舍其所胜，以就其所不胜，皆寄人篱下者耳"。② 理论家必须紧跟文学体式与世相移、随时俱变的脚步，努力发现当代文体之"所胜"，革除前代文体之"所不胜"。从这种文学进步观念出发，焦循对花部做了高度肯定和赞美。《花部农谭序》曰：

"花部"者，其曲文俚质，共称为"乱弹"者也。乃余独好之。盖吴音

---

① 中国戏曲研究院编：《中国古典戏曲论著集成》八，47页，北京，中国戏剧出版社，1959。
② （清）焦循：《易余籥录》，李盛铎：《木犀轩丛书》，清光绪间刻本。

繁缛,其曲虽极谐于律,而听者使未睹本文,无不茫然不知所谓。其《琵琶》、《杀狗》、《邯郸梦》、《一捧雪》十数本外,多男女猥亵,如《西楼》、《红梨》之类,殊无足观。花部原本于元剧,其事多忠、孝、节、义,足以动人;其词直质,虽妇孺亦能解;其音慷慨,血气为之动荡。[1]

焦循开宗明义,阐述了他"独好"花部而厌弃昆曲的原因,即在于两者在音、词、事三项上的根本不同。这里,音属于戏曲的情感表现系统,词属于戏曲的话语表现系统,事属于戏曲的含义表现系统。音与词都是外在的,且是无形的(如科介、舞台布置是有形的);事则是内在的。这三项要素,几乎涵盖了戏曲艺术表现符号的全部。从音上看,昆曲尚吴音,所谓"醉里吴音相媚好"(辛弃疾《清平乐·村居》),吴音的特点在于娇软柔媚,便于谐律。花部音声慷慨,或者无律、不便谐于律,但激昂奋发之气足以动人血脉,使观者仅凭音声即可动容。从词上看,由于吴语繁缛拗折,加之文人创作形容、润色雕刻,动辄吟诗填词,以致使昆曲离生活语言较远,有听不懂、不知所云之病。花部曲文尚俚质、直质,既俚且直,求质不求文,敢于将生活中的实际语言形态搬上舞台,因此即使是一字不识的老妇孺子亦可听得懂。从事上看,焦循指责昆曲"多男女猥亵",至于描写无足观赏的妓女之爱(《西楼记》中的穆素徽、《红梨记》中的谢素秋),甚少"思无邪"(《论语·为政》)的醇正佳本。花部则不然,多取法元杂剧,演绎不违背于儒家风教传统的"忠孝节义",故人人乐观易动。焦氏认为,花部有此三"胜",才具备了与昆曲相抗衡的强大生命力,能在城乡各地广为传播。《序》云:"郭外各村,于二、八月间,第相演唱,农叟、渔父,聚以为欢,由来久矣。"而作为经学家的他,也才特别喜欢,"每携老妇、幼孙,乘驾小舟,沿湖观阅"。花部也成为他与农夫、妇孺交流谈论的日常话题,"天既炎暑,田事余闲,群坐柳荫豆棚之下,侈谭故事,多不出花部所演,余因略为

---

[1] 中国戏曲研究院编:《中国古典戏曲论著集成》八,225页,北京,中国戏剧出版社,1959。

解说,莫不鼓掌解颐"。

　　焦循的观点并非个人之见,昆曲在当时陷入发展困境是不争的事实。 一是演出时间过长、资金耗费过大。 昆曲打破了杂剧一本四折的定制,视人物上下场分出,如果人物众多演出过程则随之拉长。 超常者如前文所述"历史大戏",即使较短的《目连救母》亦多达百出。 惯常者如《桃花扇》四十出,观演需两日;《长生殿》五十出,"凡三昼夜才毕"①。 这样的体制特点,使昆曲对戏班的生存资金、剧目排演的费用、演出的场所环境以及观者的经济能力与空闲,都提出了很高的要求。 我们看到,昆班多依赖宫廷、官府召唤,多被官僚、富商之家豢养,实是自身体制衍生出来的不得已的结果。 据徐珂《清稗类钞·戏剧类》载,一淮商排《桃花扇》一剧,"费至十六万金之多,可谓侈矣"②。 如此巨额支出与消费,平头百姓如何承受得起呢? 二是为追求文辞、音律兼美,导致过于依赖剧本,尤其是名家、名手的剧本。 李渔、孔尚任、蒋士铨等都有被追索戏本的记述。 这种情况,如果一旦缺乏创作人才,戏班、演员乃至观者就会陷入极为被动的状态。 另外,剧本承载的肯定是作者个人的东西,或如不平之块垒,或如历史兴亡之感慨,或如福善祸淫等,导致演员在场上极不易尽情发挥,从而使舞台表演艺术打了折扣。 三是始终无法避免才子佳人、神仙道化、劝善惩恶的俗套,内容走向僵化,缺乏创新不说,而且也远离普通人的生活。 四是一曲独大的局面,掩盖了在乐器、语言(吴音)、角色等表演因素上的诸多不足。"止有绰板"(严长明《秦云撷英小谱》),则难以表达更加丰富的情感;尚吴音,则忽视了地方方言众多、口音千变万化的事实;生旦为主,则不利于表现社会生活的复杂多变。 因此,在实际演出中昆曲经常遇到很大阻碍。 刘献廷《广阳杂记》记载,湖南衡阳有一次演《玉连环》,"楚人强作吴歙,丑拙至不可忍。 如唱'红'为'横'、'公'为'庚'、'东'为'登'、'通'为

---

① (清)金埴撰:《不下带编 巾箱说》,10页,北京,中华书局,1982。
② 徐珂编撰:《清稗类钞》第11册,5034页,北京,中华书局,1986。

'疼'之类。又皆作北音，收口开口鼻音中，使非余久滞衡阳，几乎不辨一字。"①效果显然是非常差的。

处此之境，花部取代昆曲在很多地方逐渐成为现实。乾隆初年，徐孝常为张坚《梦中缘序》（1744）云："长安梨园称盛……所好惟秦声、啰、弋，厌听吴骚，闻歌昆曲，辄哄然散去。"②秦腔在自己的发源地，对昆曲而言具有压倒性优势。乾隆末年，铁桥山人《消寒新咏》有诗曰："秦腔日日演京畿，不喜呜呜听本希。记得隔窗惊瓦落，顿教栖鸽忽回飞。"原注云："忆某日在同乐轩，正当游心息虑，静听百寿度曲，时忽隔墙鸦噪喧腾，犹如山崩屋倒。询之，乃知双和部在彼处演剧，此盖喝彩之声也。噫，抑何喧哗至此耶？"③京城的文士大夫虽然喜听昆曲祝寿戏，不喜听秦腔；但一边安静一边喧腾的演出场面对比，的确可以引起任何人的反思。嘉庆初年，小铁笛道人《日下看花自序》（1803）概括京华剧坛风气变化云："伶工荟萃，莫盛于京华。往者，六大班旗鼓相当，名优云集，一时称盛。嗣自川派擅场，蹈跷竞胜，坠髻争妍，如火如荼，日不暇给，风气一新。迩来徽部迭兴，踵事增华，人浮于剧，联络五方之音，合为一致，舞衣歌扇，风调又非卅年前矣。"④自弋腔而秦腔而徽部，花部诸腔逼入到绝境。道光初年，钱泳在《履园丛话》卷十二"演戏"条中谈到，他小时被誉为"绝响"的昆腔，至他晚年时即使在苏州地区也没有人愿意看了。"近则不然，视《金钗》、《琵琶》诸本为老戏，以乱弹、滩王、小调为新腔，多搭小旦，杂以插科，多置行头，再添面具，方称新奇，而观者益众，如老戏一上场，人人星散矣，岂风气使然耶？"⑤"老戏"的称呼很恰当，一个盛行了两百多年的剧种终于来到了它垂垂老矣的这一天。剧坛也不会拒绝新陈代谢，"老态龙钟"的昆曲

---

① （清）刘献廷：《广阳杂记》，147页，北京，中华书局，1957。
② 蔡毅编著：《中国古典戏曲序跋汇编》第3册，1692页，济南，齐鲁书社，1989。
③ 俞为民、孙蓉蓉编：《历代曲话汇编·清代编》第四集，739页，合肥，黄山书社，2008。
④ 傅谨主编：《京剧历史文献汇编》清代卷专书上，159页，南京，凤凰出版社，2011。
⑤ （清）钱泳：《履园丛话》，332页，北京，中华书局，1979。

注定要让位于生动活泼的花部。以"新戏"替代"老戏",这实是戏曲艺术发展的内部规律使然。

在此,有必要提及影响花部生长的外部环境。清代宫廷好弄戏,昆曲之外,弋阳腔亦受重视。康熙帝曾有奉戏者于弋腔,"益加温习,朝夕诵读,细察平上去入,因字而得腔,因腔而得理"①的谕令。是故,清代统治者实行禁戏,除了普遍意义上的禁止,又形成了不禁昆、弋两腔,而禁他腔的习惯。康熙二十九年(1690),河南上蔡县发布过"力为严禁一切清戏、啰腔,尽行驱逐"②的告令。乾隆八年(1743),江西巡抚陈弘谋的奏折说,"苟能去其邪荡之剧而谱以正大之音,则即寻常宴乐之中,皆有劝善惩恶之意"③。其中,即带有"正大之音"指昆曲、"邪荡之剧"指地方戏的意思。乾隆五十年(1785)议准:"嗣后城外戏班,除昆弋两腔,仍听其演唱外,其秦腔戏班,交步军统领五城出示禁止。现在本班戏子,概令改归昆弋两腔。如不愿者,听其另谋生理。倘于怙恶不遵者,交该衙门查拿惩治,递解回籍。"④可以说,这个规定是相当严格的。嘉庆时,花部表演虽然进入内廷,被称为"侉戏",并占据一定数量,但嘉庆帝每常还是要求"都要学昆弋,不许侉戏"(南府《旨意档》)。⑤嘉、道之间,查禁民间花部戏愈发成为当务之急,如嘉庆三年(1798)禁令曰:"查乱弹、梆子、弦索、秦腔等戏,淫靡嫌亵,怪诞不经。最为风俗人心之害。今钦奉谕旨,饬禁森严。即应先令民间概行摒弃,不复演唱,则此种戏班,无技可施。……嗣后民间演唱戏剧,止许扮演昆弋两腔,其有演乱弹等戏者,定将演戏之家及在班人等,均照违制律,一体治罪。断不宽贷。"⑥既不允许花部戏班改行入昆弋两班,又不让其"另谋生理",而是直接查禁治罪,让其"无技可施",妄图

---

① 《掌故丛编》第二辑《清圣祖谕旨二》,19页,北京,故宫博物院,1928。
② 丁淑梅:《元明清三代禁毁戏曲史料补遗》,载《中国文学研究》第九辑,2007(2)。
③ 哈恩忠编选:《乾隆初年整饬民风民俗史料》下,载《历史档案》,2001(2)。
④ 傅瑾主编:《京剧历史文献汇编》清代卷清宫文献,11页,南京,凤凰出版社,2011
⑤ 参见王政尧:《清代戏剧文化史论》,34~51页,北京,北京大学出版社,2005。
⑥ 江苏省博物馆编:《江苏省明清以来碑刻资料选集》,北京,生活·读书·新知三联书店,1959。

从本源上制止。道光二年（1822），广东嘉应、大辅禁止演唱采茶戏，"男扮女装，三五成群，唱土腔，和胡弦，流入于乡村街市，就地明灯，彻夜奏技，引诱良家子弟，掷钱无算，淫亵无耻，莫此为甚"。① 这样极具污蔑性的论调，在整个清代禁戏史上其实并不新鲜，底子里暴露出了统治者对民间文化的极度恐慌。

官府如此，一些缙绅之家也有禁止看花部戏的。乾隆五十九年（1794），有名的江阴夏氏之家、夏敬渠之弟夏敬秀，在训昆之作《正家本论》中曰："北之鼓儿词、档子曲，南之弹词、滩黄调，妇人每喜听。有子弟唱者，立榁之；有妇女看者观者，罚跪以惩之。"② 男子"榁之"，女子"罚跪"，家训之严令人惊讶。

凡此种种，说明花部所承受的成长压力是巨大的，要想取得正当的社会地位是艰难的。然而，一种戏曲的命运，实际上并不取决于一度因"御用""官用"而带来的繁荣。唯有听从本性的召唤，深深地植根于民间，与百姓同呼吸共患难，表达百姓之所想所说，才能具有永不可遏制的非凡生命力。花部的历史，就是最好和最生动的证明。至于昆曲，其实也曾是花部的一种，突然从"神坛"上跌落并不意味终结，再次回归地方与民间，它还可以重获新生。

二、"以鄙俚之俗情，入当场之科白"：花部的现实态度

钱德苍，字沛思，号慎斋，又号镜心居士、古泉居士，江苏长洲（今苏州）人，为雍乾时期的曲家。据许永昌《缀白裘八集序》云，他"屡蹶场屋"，"性好音律"，不愿至王公贵人幕下，而致力于梨园编选，终成一代选家。③ 他历经十年编选刊刻的《缀白裘新集》，辑录当时最流行的剧目五百

---

① 丁淑梅：《元明清三代禁毁戏曲史料补遗》，载《中国文学研究》第九辑，2007（2）。
② 夏敬秀：《正家本论》卷下"闲书勿藏"条，民国抄本。
③ 吴毓华编著：《中国古代戏曲序跋集》，502 页，北京，中国戏剧出版社，1990。

二十一出，成为古代戏曲选本史上最耀眼的一部著作。① 由于昆曲、花部兼收，并保留了舞台演出本的形式，所以这部书十分真实地向后人呈现了彼时两者的消长情况。金陵人许道承《缀白裘十一集序》就谈到花部与昆曲的区别：

> 且夫戏也者，戏也；固言乎其非真也。而世之好为昆腔者，率以搬演故实为事，其间忠臣孝子、义夫节妇、奸谗佞恶，悲欢欣戚，无一不备。然设或遇乱头粗服之太甚，豸声蜂目之巨耐，过目遇之，辄令人作数日恶。无他，以古人之陈迹，触一己之块垒，虽明知是昔人云：吹绉一池春水，干卿何事，而愤懑交迫，亦有不自持者焉。若夫弋阳、梆子、秧腔则不然，事不必皆有徵，人不必尽可考，有时以鄙俚之俗情，入当场之科白，一上氍毹，即堪捧腹。此殆如东坡相对正襟捉肘，正尔昏昏欲睡，忽得一诙谐讪笑之人，为我持羯鼓解酲，其快当何如哉！此钱君《缀白裘》外集之刻所不容已也。②

这段话从创作方法的角度，来剖析为何花部比昆曲更能吸引人。许道承的批判矛头直指当时盛行的昆腔历史剧，指出它们一味求"真"，背离了戏之为"戏"的本意，从根本上违反了戏曲固当"非真"的艺术规定。许氏的理解，着眼于戏曲初始形态时的含义，未必完全正确，但他确实为我们重新审视明清纪实派戏剧提供了一个新视角。因为历史剧往往无法做到完全真实，符合历史的本来面貌。比如演员的服饰打扮，任何剧作者都无法再次返回古代的生活样态，仅凭个别文献中的记载，很难说能和古人的穿着一模一样，加之时好心重，出现"乱头粗服"的情况不可避免。一处两处，观者可能还会容忍，如果触目皆是，必然会引起不满与质疑。再比如古人的形体相

---

① 参见黄婉仪：《钱德苍编〈缀白裘〉与翻刻、改辑本系谱析论》，载《戏曲研究》第八十九辑。
② 吴毓华编著：《中国古代戏曲序跋集》，504～505页，北京，中国戏剧出版社，1990。

貌、声音语态，如何能使后世的演员做到与前世的真人相同呢？不过是根据剧作者的要求，或者观者的欣赏口味，通过挑选和化妆做到尽可能地吻合而已。此处存在的问题更大，因为往往会出现将历史人物程式化、类型化的倾向。正面的人物极易被美化，一出场便风采奕奕，语语圆润动人；反面的人物极易被丑化，一出口便"豺声蜂目"，面目更是阴毒可憎。所以，历史剧尽管有利于突出忠孝节义的主题，有利于刻画忠奸分明的对立立场，有利于表现悲欢离合的动人故事，有利于将所有这一切尽收一剧之中，做到"无一不备"，从而展示剧作的宏大性和舞台的广阔性，但只要出现"扎眼"的失误，便令观者心中极不愉快。

许道承还进一步追究历史剧的创作动机，认为颇受明清理论家偏爱的"块垒"说值得商榷。曲家喜欢"搬演故实为事"，不过是"以古人之陈迹，触一己之块垒"，借助古人古事来表达自己"愤懑交迫"的情感。但是，"吹绉一池春水，干卿何事"？许氏的意思是，故实犹如平静的池水，即使作者用力将其"吹绉"，激起涟漪和波澜，那也只是表达了"池水"的情感，而与"卿"本人无关。许氏的质问不免有些浅薄，缺乏理论深度。然细思其言外之意，还是有进步性的，应该包含两层。其一，"亦有不自持者焉"，即有些作者将"块垒"表达得过头过分了。例如，上一节提到为了便于传情而将史实任意删削，虚构夸饰过度，便是"不自持"的表现。另外一种"不自持"，是有意将古人古事完全写成自己当前当世的影子。看似是古人古事的废墟遗址，实则是己人己事的情感楼台。戏剧成为换上了古装的情感"穿越"，自然也就使人觉得它与故实毫无关系了，如吴伟业的《通天台》，写尚书左丞沈炯在通天台痛哭梁亡，感动汉武帝在天之灵，欲起用沈炯，他却极力推辞，要求回江南等。故事取材于《陈书·沈炯传》，结构则带有唐人沈既济《枕中记》传奇的脉络。然明眼人一看既知，"沈炯就是作者自己的化身，梁武帝就是崇祯皇帝的影子"[1]。其二，应把搬演故实改成

---

[1] 周妙中:《清代戏曲史》，52页，郑州，中州古籍出版社，1987。

搬演当世人事。我们知道，清代历史剧热的形成，跟统治者的文化高压政策有关，文字狱和禁书的打击，使作者都不敢面向现实说话，而是像考据学派那样，被迫在故纸堆里发声。在这里，许道承的意见是，面向现实创作出的戏曲，能带给人的积极意义或许更强。

以下，许氏自然转入对花部的肯定。在他看来，弋阳、梆子、秧腔等，创作上不必拘泥于考证，因此打破了纪实与虚构的严格区分，显得十分灵活自由。这使它们可"以鄙俚之俗情，入当场之科白"，即可以尽情将现实人生的东西、百姓喜闻乐见的材料，串入当场的演出之中。以现实的真情实境打动人，而不是以过时的史实故事让人"昏昏欲睡"。花部能做到这一点，一是与它形制短小的体式有关，一般追求生活片段式的描画，而非全本全景式地展现一代兴亡。二是与它的观演对象有关。李绿园《歧路灯》第95回，写堂官伺候河南抚台大人看戏，细数驻省城的苏昆班子皆有不足，"又数陇西梆子班，山东过来弦子戏，黄河北的卷戏，山西泽州锣戏，本地土腔大笛嗡、小唢呐、朗头腔、梆锣卷，觉俱伺候不的上人"。最后还是以昆班为主，从花部戏班中挑了几个好演员，补充进去应付了事。[①] 从这段记载可见，昆班是为伺候"上人"的，花部的对象则是"下人"。下里巴人的生活离上层社会较远，在他们面前反映现实不会触到统治者敏感的神经；而且，他们一年到头忙于生计，没有过多的余暇和闲情去关注某个朝代兴衰的历史大事。对他们来说，用熟悉的语言和动作演一演发生在身边的人和事，就十分满足了。

基于上述认识，许道承才说《缀白裘》选入花部折子戏是很必要的，是当务之急，可以起到扭转戏坛时风、校正某些戏剧观点的切实效用。不过，因序文篇幅甚短，关于如何做到以俗情入当场，许氏没有做出解释，殊为可惜。

好在，焦循给出了一些回答。首先，他认为角色体制不应僵化，什么人

[①] 参见（清）李绿园：《歧路灯》，693页，郑州，中州古籍出版社，1998。

在戏中是什么角色、占什么地位，应该由生活本真说了算，根据原生态的现实样子来诠释，不可以完全遵从戏曲体裁内部的一贯做法，或者作者的主观理想。《剧说》卷一在讨论元曲的角色时说："其为正旦、正末者，必取义夫、贞妇、忠臣、孝子，他宵小市井，不得厕于之。"[1]作为下层人物的"宵小市井"不能成为某一故事的主角，只能成为配角；主角必须是礼教观念的代言人，因而必须是正面的和高大的，基本上预定了是作为上层人物的。如此明确的正反、上下两分之法，不仅本身带有极重的道学气、说教意味和阶级歧视性，而且与现实中人与人的关系世界是隔离、脱节的。昆曲和元曲一样，没有什么变动。直到花部戏曲兴起，才冲破了这一看似堂皇实则没来由的人为制定的"樊篱"，如《花部农谭》中提到的《清风亭》，主要角色即由贵人改为贫人，贫苦的张处士夫妇有情有义，状元郎薛氏子却是忘恩负义之徒，成为极力批判的对象。老实说，养子得中高官之后不认养父母的故事在现实生活中是存在的。这些活生生的现实存在的人物关系，有理由被直接搬到戏曲舞台上，不需要什么虚伪的粉饰。

其次，提倡角色形象性格的复杂化，而非像昆曲一样皆塑造成类型化、片面化的人物。现实中的人物都是复杂多变的，不可能只具有单向情感和单一性格。如《赛琵琶》一剧，主要人物陈世美贪图美色、厚禄而弃父母妻儿，且又冷酷毒辣欲派人杀妻及儿女，固然已是对传统小生角色的巨大反叛；但也没有必要把他形容得一无是处，走向另一种极端。焦循特别推崇演员在表现陈世美时，把他塑造成一个既断情绝义而又内心深深"追悔""自恨"的矛盾统一体。他说："然观此剧者，须于其极可恶处，看他原有悔心。名优演此，不难摹其薄情，全在摹其追悔。当面诉王相，昏夜谋杀子女，未尝不自恨失足。计无可生，一时之错，遂为终身之咎，真是古寺晨钟，发人深省。高氏《琵琶》，未能及也。"[2]《琵琶记》蔡伯喈未至于杀妻，悔恨之意亦不明显，所以其演出效果比不上《赛琵琶》。

---

[1] 中国戏曲研究院编：《中国古典戏曲论著集成》八，96页，北京，中国戏剧出版社，1959。
[2] 中国戏曲研究院编：《中国古典戏曲论著集成》八，231页，北京，中国戏剧出版社，1959。

最后，主张情节的处理更为紧张激烈，且能以百姓熟悉的方式来进行。如评《清风亭》的结局，改张处士郁恨而死为夫妻双双气愤不过，以头触亭、触地而死；改张仁龟带有反悔性的"自缢于驿亭"为遭天谴雷殛而死。撞头而死、天雷打人，冲突性被极大地增强了，而且也更符合平民百姓的文化信仰和接受心理。以这样的方式进行舞台表演，自然剧中情节被渲染得淋漓尽致，且能使观者人人怀以"悚惧"之心，所以称"真巨手也"。焦循还记述自己幼时观剧的情景，来说明《清风亭》的情节处理的确极为动人。他说："余忆幼时随先子观村剧，前一日演《双珠·天打》，观者视之漠然。明日演《清风亭》，其始无不切齿，既而无不大快。铙鼓既歇，相视肃然，罔有戏色；归而称说，浃旬未已。彼谓花部不及昆腔者，鄙夫之见也。"[①]《双珠记》乃明人沈鲸所作昆剧，剧中亦有天殛恶人性命的情节。然因对立双方的冲突不紧张激烈，所以其感人效果不强。可见，情节的紧张程度，确实对舞台演出效果有着决定性影响。

三、"打梆子唱秦腔笑多理少"：花部的价值取向

这里要先从戏剧家唐英（1682—1756）说起。唐氏字俊公、隽公，一字叔子，号陶人，晚年别号蜗寄老人，人称古柏先生，辽宁沈阳人。清皇室包衣出身，隶籍汉军正白旗。雍正时授员外郎，后奉命于江西景德镇等地督办制陶业。与曲家蒋士铨、董榕、张坚等过从甚密，著有戏曲集《灯月闲情》、诗集《陶人心语》。唐英与其他剧作家不同，他很重视花部戏曲，并主动从当时流行的乱弹剧目中汲取营养，以给渐趋退化的昆曲艺术注入新鲜血液。他的很多剧作，如《十字坡》《打面缸》《钓金龟》《鞭打芦花》《梅龙镇》《三元报》《巧换缘》等，都是根据梆子腔改编的。所以艺术生命力很强，至今仍然活跃在戏曲舞台上，为人们所熟知，通过这些改编，可以看出

---

① 中国戏曲研究院编：《中国古典戏曲论著集成》八，229页，北京，中国戏剧出版社，1959

唐英对花部与昆曲认识的不同。不妨以《天缘债》为例。该剧改自梆子腔《借老婆》，是清代乱弹戏中的经典。乾隆五年（1740），郑板桥给董伟业《扬州竹枝词》作序，曾题诗曰："丰乐朝元又永和，乱弹班戏看人多。就中花面孙呆子，一出传神'借老婆'。"①原剧充满世俗气息，张骨董是个势利小人，愚蠢糊涂，到处受骗；其妻沈赛花轻薄成性，文士李成龙也难说正派。剧中最后张骨董被"弄得个有头无尾"，"装扮的一点人情味儿都没有了，糟蹋了我一个可怜"。②改编之后就不同了。《天缘债》第一出《标目》【菩萨蛮】词中唱道："骨董生涯遭骗，沦落处，遇友河汀，还义债，人心天理，本利总勾清。"这句话点出了剧本命名的依据，即以"人心天理"为宗。所以，张骨董被塑造成一个能够"热肠创义""助友成名"的人；李成龙高中后和沈赛花一起积极"还义债"，帮助落难的张骨董再娶妻翻身。最后一出唐英借剧中人之口说出了自己由花部改编到昆腔的主旨："若得个文人名士改作昆腔，填成雅调，把你今日待我的这一番好处也做出来，有团圆，有结果，连你我的肝胆义气也替咱们表白一番，才是好戏。"就是说，《天缘债》与《借老婆》相比，无论形式上还是内容上都更"好"看了，从一出"粗戏"变成"好戏"，以温文尔雅代替了俗世炎凉。

当然，唐英最为精辟的概括，还是《天缘债》结尾的两句诗。其曰："打梆子唱秦腔笑多理少，改昆调合丝竹天道人心。"他分别用四个字总结了秦腔、昆调的不同特点。昆曲讲"天道人心"，是说它重封建教化，与理密不可分，更多的时候是作为统治者思想的载体以及价值观念的艺术化身。秦腔讲"笑多理少"，是说它重世俗娱乐，以笑声和愉悦为主，反对理的禁锢与束缚，主要反映下层人民生活心态和艺术美学诉求。老子《道德经》四十章曰："反者，道之动；弱者，道之用。天下万物生于有，有生于无。"由唐英所论可见，花部戏之"道"，正是在昆戏的"反"处、"弱"处和"无"处建立起来的。

---

① 参见《曲苑》编辑部编：《曲苑》第一辑，264页，南京，江苏古籍出版社，1984。
② （清）唐英：《古柏堂戏曲集》，473页，上海，上海古籍出版社，1987。

"反"处指花部开始变创作中心为演出中心,变作者中心为演员中心,变剧本中心为表演中心。"天道人心"只能是创作者预先设计定了的,通过一系列的情节和整本戏剧的观念来加以细致地展现。在这个过程中,甚至演员与其表演也都是"天道人心"的有机组成,怎么能脱离"天道人心"而单独行动呢?"笑多理少"则是表演者临场造作出来的。作者强加的说教成分减少了,允许演员自由表演的成分自然就会增多,演员的表演欲望和积极主动性也相应增强。上文提到焦循的"名优演此",即对演员及其表演能力的高度肯定。此外,我们要说,昆曲的时代是作者偶像化的时代,有名的作者前传后承,可以列举出一大串。然自花部戏兴起,天下名伶骤多(如魏长生),由此陆续出现了吴长元《燕兰小谱》等诸多记载优伶演技及生活情况的著作,表明戏曲演艺界真正开启了名伶偶像化的新时代。一部新戏上演,主要的演员名噪天下,作者反倒湮没不闻了。

"弱"处指花部艺术中笑戏成分大大增强。戏剧中的滑稽与诙谐,自古有之,然只是作为插科打诨来使用,附属于劝诫与说教,并不占主要地位。进入花部时代,"笑"不再是"理"的附庸,而是可以独立于"理",并取代"理"成为戏剧的主要表现目标。值得指出的是,一部戏的"笑点"亦是可以提前设计并打好埋伏的。但是,无论作者的设计如何出色,如果所选择的演员本身就缺乏"笑点",在表演过程中没有能力把"笑点"恰如其分地表现出来,并不失时机地推向高潮,也就相当于打了水漂,十分效果达到三五分就很不错了。所以,强调笑仍然是强调表演,而不是创作。一部戏中,笑的来源有很多,语言动作上的、角色扮相上的、情节内容上的等,都可以引发笑。上文提到,许道承所论"一上氍毹,即堪捧腹",就是强调花部表演的各方面必须都要有让人"捧腹"之处;而"忽得一诙谐讪笑之人",使"我"辈可以尽情畅快,则是为着达到"捧腹"的目的,必须要找到的极具滑稽天赋并且善于表演的演员。所以,滑稽演员在花部戏中的分量是最重的。对此,李斗有较为详细的描述。李氏字北有,号艾塘,别署画舫中人,江苏仪征人。生卒与生平不详,为诸生,著有《永报堂集》,包括描述扬州地理民俗、人文景观的《扬州画舫录》，以及《奇酸记》《岁星记》两部传奇。据《扬州画舫录》卷五记载：

> 凡花部脚色，以旦丑、跳虫为重，武小生、大花面次之。若外末不分门，统谓之男脚色。老旦、正旦不分门，统谓之女脚色。丑以科诨见长，所扮备极局骗俗态，拙妇駃男、商贾刁赖，楚咻齐语，闻者绝倒。然各囿于土音乡谈，故乱弹致远不及昆腔。惟京师科诨皆官话，故丑以京腔为最。如凌云浦本世家子，工诗善书，而一经傅粉登场，喝采不绝。广东刘八，工文词，好驰马，因赴京兆试，流落京师，成小丑绝技。此皆余亲见其极盛，而非土班花面之流亚也。吾乡本地乱弹小丑，始于吴朝、万打岔，其后张破头、张三网、痘张二、郑士伦辈皆效之。然终止于土音乡谈，取悦于乡人而已，终不能通官话。①

李斗先是给花部的角色体制排了一个顺序，把丑角排在最前面，强调丑角决定一部戏的成败，丑角取代昆剧中的生角和旦角，成为艺术影响力最强的因而是最叫座的角色。接着，李斗介绍了丑的表演特点，即所扮不论是何种人物、所说不论是何地方言，必须要能使"闻者绝倒"。特别是从语言和文化修养上，李斗分析了当时一些丑角取得的成就，指出"丑以京腔为最"，因为京腔作为通话可以"致远"，"土音乡谈"则不能，只可以"取悦于乡人而已"。又说，丑角也是有条件的，不是人人都可以做得，尤其在文化程度上，那些"工诗善书"、"工文词"的人，更具有培养价值，他们若能潜心丑艺，则极有可能养成"绝技"。李斗的这些论断，就舞台表演艺术而言，至今仍然有其启示性质，是十分鲜活的。李斗还在下文中指出，"跳虫又丑中最贵者也，以头委地翘首跳道及锤铜之属。张天奇、岑赓峡、郝天、郝三皆其最也"。这里就不再细谈了。

---

① （清）李斗：《扬州画舫录》，132～133页，北京，中华书局，1960。

"无"处指花部增加了昆剧较少见的武戏。武戏是在民间武术文化的影响下，被植入花部戏曲的。百姓爱热闹，花部加入武戏元素，用你来我往、金鼓杀伐的打斗"热戏"，取代昆曲往往一人独唱而造成静且孤的"冷戏"场面，也是一种颇有意义的变革。在李斗的角色榜中，"武小生"仅次于丑角，可见其地位之突出。他又提到，旦角兼跳打，谓之"武小旦"。适应武戏表演的需要，戏具行头中还产生了专门的"武扮"。其中，大衣箱包括"扎甲、大披挂、小披挂、丁字甲、排须披挂、大红龙铠、番邦甲、绿虫甲、五色龙箭衣、背搭、马挂、刽子衣、战裙"；布衣箱包括"紫金冠、金扎镫、银扎镫、水银盔、打仗盔、金银冠、二郎盔、三义盔、老爷盔、周仓帽、中军帽、将巾、抹额、过桥勒边、雉鸡毛、武生巾、月牙金箍、汉套头、青衣扎头、箍子、冠子"；至于"龙剑、挂刀、短把子刀"[①]等诸般兵器，更应该是乱弹戏班的必备之物了。

　　古代文人一般被形容为"手无缚鸡之力"。因此，武戏肯定不是被他们创作出来的，而是由通晓武术的演员，在舞台上一刀一枪卖力表演出来的。武戏的产生，为花部改编《水浒传》等英雄传奇小说、《三国演义》等历史战争小说入戏，提供了最为直接便利的窗口，从而使《打渔杀家》等著名剧目常演不衰。武戏对演员的表演才能提出了更高要求，在当时有所谓"文武昆乱不挡"之说，即指一位演员既会文戏又会武戏，既能唱昆曲又能唱乱弹，则其生存技能必将大大提高，不论走到哪里都会受到欢迎，成为戏班的台柱子。花部武戏表演的独特性，给善演文戏的昆曲带来极大冲击，迫使一些作家不得不主动学习如何编写武戏，以适应戏曲发展的新要求。代表者如不甘落后的蒋士铨，他的《香祖楼》《桂林霜》《雪中人》《空谷香》等剧作，均设有打斗场景，如《空谷香》第十五出"杀舱"写生与中净的武戏："（生打介，中净回手，生踢中净跌地，遂入后舱中坐，小旦起避，旁立介）（中净起，拔刀入内斫生，生踢落刀，小旦拾刀掷水中，中净复扑生，生踢中净仰

---

① （清）李斗：《扬州画舫录》，133～135页，北京，中华书局，1960。

跌，死介）（小生蹲地救介）。"①一向只会吟诗作词的"小生"，也学会了武艺，不能不让人感叹剧坛的日新月异。当然，最终受益的还是戏剧，它的表现手段更加丰富了，它的感染能力更强了。

秦伟业《扬州竹枝词》曾描写扬人喜欢观看乱弹的情景："小老妈怀抱小官，小朝奉大小爷欢。扬州时道当群小，戏子灯笼小乱弹。"②像"小老妈""小官"这些妇女儿童去看戏，她们图看个啥？她们是要去看帝王罕有的爱情，还是历史的离合兴亡？恐怕都不是。真正促使她们去看的，就应该是这些热热闹闹的笑戏和武戏，就应该是伶人们"神形并举，尤重传神"（铁桥仙人《消寒新咏》）的精彩表演。因此，花部才最终促成了作为民族国粹的——京剧的诞生。

◎ 小　结

嘉道年间的戏剧思想，发生在我国封建时代即将走向终结的历史时期。其中的纷争与歧见相较以往更为突出、激烈。比如统治者的矛盾态度，既爱之而又恨之，既想看到戏剧发展而又不断地通过各种手段进行打击和压制。花部与雅部的竞争更明显，诸如上层阶级和下层阶级之戏剧观念的不同，剧种、腔种之艺术体制的优劣，作家与演员对戏剧之主导权及个人生存权的争夺等，都猬集在此。至于封建文人余治提出"种种伤风败俗之事，都从看串客起因"③，把社会的衰落与退化竟归于花部而非昆曲，更属于论争之尤者，而成为戏剧（花部）的不堪承受之重了。

---

① （清）蒋士铨撰：《蒋士铨戏曲集》，494页，北京，中华书局，1993。
② 参见《曲苑》编辑部编：《曲苑》（第1辑），263页，南京，江苏古籍出版社，1984。
③ （清）余治：《得一录》卷十一之二《劝禁演串客淫戏俚言》，822页，台北，华文书局股份有限公司，1969。

此一时期，正值中国近代社会革命的前夜。在文艺思想界的其他阵地，差不多都处于平淡沉闷之际。以花部勃兴为代表，戏曲界频吹改革之风，建立了表演中心制，历史批判性和现实反抗性不断增强，而通俗化的发展道路又使其与普通观者的联系日益深入，这种禁而不止的星火燎原之势，与当时社会经济发展的状况是不平衡和不相称的。近人对戏曲敢领时运时气变化之先的精神，颇为赞许。三爱《论戏曲》中有言："戏曲者，普天下人类所最乐睹、最乐闻者也，易入人之脑蒂，易触人之感情。故不入戏园则已耳，苟其入之，则人之思想权未有不握于演戏曲者之手矣。"[①]可以说，正是从清中后期开始，作家与名伶们已经掌握了民众的"思想权"。

---

① 朱一玄、刘毓忱编：《水浒传资料汇编》，640页，天津，百花文艺出版社，1981。

第二十三章
嘉庆、道光年间的绘画思想

历经康雍乾盛世，嘉道时期的政治和经济皆呈现出衰退之势。清政府无力摆脱财政亏空，无法改变和治理大量土地兼并的现象，更无良策去整顿官员的顽固守旧思想。虽然如此，江南经济却沿着一条符合自身实际的道路快速发展，呈现出诸多令人欣喜的变化。再加上人口的增长，种植业的不断开发，以及对外商贸活动的日益频繁，这些都成为推动文化良性发展的内在力量。微观至绘画艺术自身的嬗变过程来说，西学东渐之势愈演愈烈，汇涓流而成大潮，终使西洋画的画理画法与传统绘画思想相互碰撞又相互激发。一些画家、画学家在承袭文化传统的基础上，不断强化借鉴西法的意识，形成了这一时期既重形倡"写真"又"务求神韵"的绘画思想。

◎ 第一节
概　述

由于乾嘉时期以汉学和宋明理学为主的学术观念一定程度上束缚了人们自由的性情，并呈现出与社会实际脱节之势，嘉道时期，以龚自珍、魏源为代表的今文经学家提倡"经世致用"观念，积极主张变革，注重更具实效性的"学用结合"思想。这些思想为文化艺术方面的自我调整提供了新的思路,也带来了新的变革契机。

与顺康和雍乾时期相较,虽然嘉道时期的画论著作相对较少,但整体上显示出一定的体系化和综合性特点。这一时期的主要画学论著包括钱泳的《履园画学》、钱杜的《松壶画忆》、范玑的《过云庐画论》、迮朗的《绘事雕虫》《绘事琐言》,还有董棨的《养素居画学钩深》、张式的《画谭》、华琳《南宗抉秘》、盛大士的《溪山卧游录》、邵梅臣的《画耕偶录》四册、汤贻汾的《画筌析览》、戴熙的《习苦斋画絮》、郑绩的《梦幻居画学简明》和李修易的《小蓬莱阁画鉴》等。这些著作不仅关注绘画中的笔墨技法、物形关系、宗派、理法、画家品德修养等绘画本体性问题,而且对绘画外部问题如工具、收藏、品鉴等进行了较为系统的分析和整理。同时,画家、画学家们也日益重形、重写照、重自然,并紧密结合自己的创作实践,构建出了较为完备的且具有写实倾向的文人画绘画理论,以及绘画工具媒材理论体系。

此外,这一时期还产生了一些画史、画传类著作,如彭蕴灿的《历代画史汇传》共75卷,汇编历代画家小传7500余人;女画史家汤漱玉的五卷本《玉台画史》仿厉鹗《玉台书史》的体例,辑录历代妇女能画者。画传类著作亦有不同的面貌出现,如黄锡蕃的《闽中书画录》收录了自唐至清嘉庆前人物,以时代编次,分女史、缁流、羽士、流寓、游宦。程庭鹭的《练水画征录》所收人物自宋至清,共200余人,后有《续录》补收75人。还有一些专门的工具媒材理论、品鉴、收藏论著等,则更多地关注绘画本体之外的问题。

总体而言,这一时期绘画思想关注的基本问题,主要还是围绕在传统绘画思想体系中的心与物、形之间的关系,以及师古与师造化之间的关系、士大夫画与画工画的区分和画家修养等方面。具体可从以下三个方面进行简要的叙述。

一、象物为真和摹绘造化等写实绘画观的形成

可以说，清代画坛的正统派始终没有跳出"四王"所主导的创作范式和美学理想。直到西方画法渐渐为一些画家、画学家掌握并熟练运用，清代画坛、画学界才出现了一些新的变化。嘉道时期的画家、画学家如汤贻汾、戴熙、郑绩、范玑、董棨、盛大士等，提出了许多至今仍值得借鉴的画学见解和观点。他们秉承文人画精神，沿袭着萌生于南朝唐宋时期的写生、写真传统，结合传教士画家带来透视方法，研习重形、重笔墨的"西法中用"技巧。他们结合创作体验和心得，建构出了这一时期较为系统的兼工带写的绘画理论体系。

从这一时期的绘画创作实践来看，无论是山水花鸟画，还是人物画，都呈现出重视摹写自然生趣的审美取向。奚冈在创作中表现出超逸清俊之旨趣，点染烘托物象肌理以豁显其生机，终得潇洒清润之画风。钱杜认为写意画也同样需要造型精准："凡写意者仍开眉目，衣褶细如蛛丝，疏逸之趣，溢于楮墨"①。汤贻汾为山水花鸟画创作找到了面对造化生物的"象物""为真"的技法。他自创干笔皴擦法，枯中见润以"明乎阴阳"，实现了舍假就真的艺术表现效果。戴熙不仅善用湿墨进行渲染，使画作笔意疏秀又不失精工之致，而且从师古过程发现了古人画法的奥妙之处："凡画谱称某家画法者，皆后人拟议之词，画者本无心也。但摹绘造化而已。"②郑绩则直接使用了"绘出古人平素性情品质"的人物画"肖品"技法技巧。在这些画家、画学家的创作实践和绘画理论中，皆留下诸如"明中而更分阴晦"和"晦中而须发空明"等吸收借鉴西画技法的痕迹。也就是说，摹绘造化也好，写照自然、写真鲜活物象也好，画家均需要先梳理清楚如何精准造型的问题。

范玑在其《过云庐画论》论山水画篇中说：

---

① 潘运告主编：《清代画论》，269 页，长沙，湖南美术出版社，2003。
② 俞剑华编著：《中国古代画论类编》下，997 页，北京，人民美术出版社，2004。

形随笔立，笔寓于形。古人论书谓真如立，行如走，草如奔，未有不能立而能走能奔者。固知作画亦知先整笔工细，次纵笔写意也。即不能精于整笔作工细画，而其形与笔之要，必极体令明晰。若信笔为忘形画，乃有法之极，归于无法。坡老云："论画以形似，见与儿童邻。"谓不特论形似更贵肖神明耳。不求形而形自具，非浅学所能。不然笔乱而形亦糊涂毕世矣。[1]

在这段话中，范玑认为苏轼所说的不求形似，实质是在精确掌握了物形的基础上得来的。浅学者往往仅仅抓住不求形似的表面意思而终致笔乱形失。他的这一说法纠正了人们对苏轼"不求形似"的误读和片面的理解。即便是在论述人物画时，范玑也倡导画家要具有"画有形至忘形为极"的造型能力。

李修易更是将造型能力视为学画者需具备的入门之功："遇古人名迹，不必留心位置，但当探讨笔墨，嘘吸其神韵，以广我之见解，所谓食古而化也。若临摹必求形似，虽神似终不离乎形似。此初学之功，非入门以后之学也。"[2]他认为，求形似的造型能力是初学者必备的基本功。不仅如此，在强调造型能力的同时，他也将画家通过笔墨技巧体现神韵的能力视为化古的一种表现。董棨阐释了重视物形需得功夫在形象之外的道理。他说："画固所以象形，然不可求之于形象之中，而当求之于形象之外。如庖丁解牛，以神遇而不以目视，官知止而神欲行，殆斯意也。"[3]董棨要表达的是，若想真正地掌握精准造型这一技巧，画家应当像庖丁熟悉牛的骨架结构一样先熟悉物象的内在结构。在对物象的内在结构谙熟于心的情况下，画家方能在创作时达到神行意至的自由状态。张式亦是要求学画"初以古人为师，后以造

---

[1] 俞剑华编著：《中国古代画论精读》，397页，北京，人民美术出版社，2011。
[2] 俞剑华编著：《中国古代画论精读》，116页，北京，人民美术出版社，2011。
[3] 潘运告主编：《中国历代画论选》下册，288页，长沙，湖南美术出版社，2007。

物为师"。 同时，他也主张学画应"以古人入，从造物出"①。 张式的这一观点辩证而全面。 初学者需要在历史的脉络里把握前人已使用过的诸多技法，并在掌握了一定的技法技巧之后，就需要以造化为师，从而走出既有知识的苑囿，掌握灵活处理变动不居的自然的方法。 不过，准确捕捉到造化的万变之态尚不是最终目的，重要的是，画家还要能够"从造化出"以达己意。

范玑以画品为切入点，重新思考了绘画品鉴和绘画创作之间不同的要求和评定标准。 他说：

> 从来画品有三：曰神、妙、能。学者由能入妙，由妙入神。唐朱景元始增逸品，乃评者定之，非学者趋途。宋黄休复将逸品加三品之上，以故人多摹而思习，为谬甚矣。夫逸者放佚也，其超乎尘表之概，即三品中流出，非实别有一品也。即三品而求古人之逸正不少，离三品而学之，有是理乎？②

唐代朱景元在"神""妙""能"三品之外又增设了"逸"品，是从批评者角度对绘画风格做出的区分，并非从学习绘画者角度所言。 如果学画者在初学阶段就从"逸"格入手，而不以提高造型能力为目标，实质上是一种错误的学习路径。 他认为，不宜将"逸"单列为一品，甚至更不能像黄休复那样将"逸"品置于三品之上，因为"神""妙""能"三品皆可抵达古人所谓之"逸"致。 那么，如果尚未达到"神""妙""能"之境而直接学习"逸"品画法，则违背了绘画之法理。 在这里范玑强调的是，初学绘画应打好精准造型这一基本功。

谈及画家要具备的造物（型）能力，就要进一步思考传统绘画中关于写

---

① 潘运告主编：《中国历代画论选》下册，314 页，长沙，湖南美术出版社，2007。
② 俞剑华编著：《中国古代画论精读》，399～400 页，北京，人民美术出版社，2011。

意画和工细画的区分问题。在《小蓬莱阁画鉴》卷三中，李修易首先解析了苏轼不求形似的说法。他说：

> 仆谓形似二字，须参活解，盖言不尚形似，务求神韵也。玩下文"作诗必此诗，定知非诗人"，便见东坡作诗，必非此诗乎。拘其说以论画，将白太傅"画无常工，以似为工"、郭河阳"诗是无形画，画是有形诗"，又谓之何？①

由此，李修易将不求形似活解为"务求神韵"。不过，他接着指出："今人不师古人，恃数句举业饾饤，或细小浮名，便挥笔作画，笔墨不暇责也，形似亦不可得而比拟。"②他主张绘画要在工细写形基础上寓"神韵"于其中。在这段话之前，李修易分析了恽格所言"昔滕昌祐常于所居多种竹、石、杞、菊，以资画趣"后说："此言写生也"。③由此，李修易整合了工笔和写意两种画法，创立了一种兼工带写的绘画技法理论。

由此可见，形神关系与绘画风格几乎成了传统文人画关涉的同一问题的两个面向。形神兼备基础上的"重神"观，即与写意风格紧密相关；形神兼备基础上"重形"观，即与写实风格相一致。形神兼备这一绘画思想，在某种程度上导引了传统文人画中一种兼工带写的新风格的生成。基于此，李修易提出了非常可贵的绘画品鉴标准："或谓工细可以学力，写意必赖天资，乃更不然。杜拾遗诗中之圣，法律森严，李供奉诗中之仙，出口成章。皆冰雪聪明，读破万卷书过来，特面目不同耳，岂得以优劣论哉！"④即不以工细和写意论画之优劣。那么，对于画家而言，"读破万卷书"的学习和造物能力就是最基础的技能练习了。

---

① 俞剑华编著：《中国古代画论精读》，115页，北京，人民美术出版社，2011。
② 俞剑华编著：《中国古代画论精读》，115页，北京，人民美术出版社，2011。
③ 俞剑华编著：《中国古代画论精读》，115页，北京，人民美术出版社，2011。
④ 俞剑华编著：《中国古代画论精读》，116页，北京，人民美术出版社，2011。

二、"求三昧当先求理"与"离法而立"等先进的理法观

若要准确地写照自然、表现物形,并寓高逸神韵于具体的物形之中,画家还应梳理清楚绘画的理法问题。这是嘉道时期画家、画学家为整个清代绘画思想史提供的另一个重要的系统性的画学理论。

画学家范玑说:"画论理不论体,理明而体从之。如禅家之参最上乘,得三昧教者,始可以为画。未得三昧,终在门外。若先以解脱为得三昧,此野狐禅耳。从理极处求之犹不易得,而况不由于理乎?求三昧当先求理,理有未彻,于三昧终未得也。"①他从"理""体"二元对立的视角,分析了绘画过程中明理的重要性。在论说范宽的绘画特点时,范玑说过一段值得反复推敲的话:

> 盖法固未尽其妙耳。丘壑结撰,如空中云体,终古不同。有定理无定法,应物写形。果能曲体其情,盈天地间何物而不可揽入笔一端?奚必古之人!古之人不出于临池之际乎哉?此为无法处说法。故凡论画,以法为津筏,犹非究竟之见。超乎象外,得其圜中,始究竟矣。②

由于时代的局限,范玑并没有详细地阐述出"理"所包含的内容。但是,他认为有定理而无定法。如果仅仅将技法当做绘画的工具,那还是没有真正懂得画理之所在。因而,在论及唐宋山水时,他进一步论述了画法的重要性。他说:"远古画法皆举大纲。唐宋以来,名家画论无微不显矣。从事于斯者,循其规,蹈其矩,寝馈日深,渐忘模范,别出头地,各自成家。"③在这里,范玑将"法"视为一种模范。他认为,如果想要自成一

---

① 俞剑华编著:《中国古代画论精读》,397 页,北京,人民美术出版社,2011。
② 俞剑华编著:《中国古代画论精读》,399 页,北京,人民美术出版社,2011。
③ 于安澜编:《画论丛刊》下卷,481 页,北京,人民美术出版社,1960。

家，画家就要在熟稔技法之后再将其遗忘。这一说法可谓对石涛"了法"观的继承和发挥。

张式也在其《画谭》中点明了"理"的具体所指："要接神在空有之间，活活泼泼，一笔是笔，循循有序。用心日久，渐近自然，才知画之妙理乃尔。既悟画理，则诸家之门径可寻，胸中之炉锤可化。心忘意到，出入宋元，犹运之掌。若但局于一家，不能兼通众妙，亦难成立。"[1]张式所谈的画理，指的是绘画的道理、物理、事理、心理、法理等相关问题的本体性内涵。画家晓知并明晰了画理知识，才能找到联通构思和创作的门径。通过这一门径，画家才能最终找到用笔墨形式将活泼物象呈现出来的技法技巧，方能在作品中表现出心忘而意到的入化之境和兼得众妙的自然之致。

打开了可化"胸中之炉锤"的画理之门后，画家、画学家还进一步厘清了理法与物形的关系。董棨在其《养素居画学钩深》中说："古人之法是用，而造化之象是体。古人之所画皆造化，而造化之显著无非是画。所以圣人不言《易》而动静起居无在非《易》。画师到至极之地，而行住坐卧无在非画。"[2]他将自然与画法的关系视为"体""用"关系。接着，董棨重点论述了初学者学画的顺序。他说：

> 初学论画，当先求法。笔有笔法，章有章法，理有理法，采有采法。笔法全备，然后能辨别诸家。章法全备，然后能腹充古今。理法全备，然后能参变脱化。采法全备，然后能清光大来。羚羊挂角，无迹可寻。非拘拘于法度者所能之也，亦非不知法度者所能知也。[3]

董棨认为，初学者应以法理知识为第一要务。笔法、章法、理法、采法具备，才能谈自由创作的问题。也就是说，只有懂得了画理，也晓知并真正

---

[1] 潘运告主编：《清代画论》，295～296页，长沙，湖南美术出版社，2003。
[2] 潘运告主编：《清代画论》，221页，长沙，湖南美术出版社，2003。
[3] 潘运告主编：《清代画论》，224页，长沙，湖南美术出版社，2003。

地掌握各种画法,才能够参悟画道之所在。画家悟得了画理,也就能够将某种相似性从空无中牵拉出来,将其内在的精神旨趣或物象的鲜活生命力寓寄在具象的笔墨之间。这既是绘画的门径,也是绘画的理法之所在。而真正能够将自然之致、造化之理鲜活地诉诸笔端的画家,一定具有在谙熟理法同时又将理法了化于笔墨纸张之中的能力。

肖像画家郑绩更为明确地提出了"作画要达理"的观点,以及画家应"穷究物理而参用笔法墨法"的主张。在他的画论中,"理"已出离"事理"之意,指向"物理"这一具体内涵。郑绩强调肖像画要能够"绘出古人平素性情品质",画动物则要能够"于形似中得筋力,于筋力中传精神,具有生气,乃非死物"[①]。显然,他已清楚地认识到了形的重要性。由此,郑绩将塑造"形象"视为"画学入门之规矩",并对绘画中的"有形之病"与"无形之病"进行分析。进而,他寻找出了准确"定形"的方法,即既要晓知画理又要穷究物理。

无论是强调山水花鸟画家应具有的"造物"能力,还是肖像画创作必需的"定形"能力,造型都是这一时期画家、画学家关注的重要议题。那么,在拥有了完善的造型能力后,画家要达到离旧法而立新法,抑或离他法而立我法、立古法而立今法的目的,又是什么呢?又如何才能达到汤贻汾所说的那种彻底冲破传统"法理"观的"离法而立"的艺术境界呢?

董棨认为:"临摹古人,求用笔明各家之法度,论章法知各家之胸臆。用古人之规矩,而抒写自己之性灵。心领神会,直不知我之为古人,古人之为我。是中至乐,岂可以言语形容哉!"[②]此话的意思是,准确造型的目的还是要自由地抒写画家的心性。盛大士说:"澹妆浓抹,触处相宜,是在心得,非成法之可定也。"[③]可见,心源依然是绘画中运用诸法所终要抵达之处。邵梅臣在其《画耕偶录》中也有类似的说法:"奇怪不悖于理法,放浪

[①] 杨大年编著:《中国历代画论采英》,232 页,郑州,河南人民出版社,1984。
[②] 俞剑华编著:《中国古代画论精读》,107 页,北京,人民美术出版社,2011。
[③] 于安澜编:《画史丛书》五册,363 页,上海,上海人民美术出版社,1963。

不失于规矩,机趣横生,心手相应,写意画能事毕也"。① 这些观点都强调了画家既要懂得理法,也要重视自身的经历、性情和学识、气度、趣味等内在精神旨趣的濡养。 如此,画家方能在自我审视和自我超越的过程中形成独树一帜的绘画风格。 而艺术品格的区分,也是以画家是否具有、或者具有怎样的理气趣为参照的。

综上可知,这一时期画家、画学家对绘画理法的认识已达到相当成熟的程度。 他们精心构筑的绘画理法体系理脉清晰、论说谨严、创见深刻。 这一绘画理法体系以"穷究"物理为认知基础,以笔法墨法为可操作性的技法原则,以"理""气""趣"三者合一为艺术风格的品鉴标准。

三、提倡书法用笔的绘画技巧

清中晚期画家、画学家对书法性问题的关注,是对画家如何增强造型能力的进一步思考。 范玑说:"画以笔成,用笔既误,不及议其画矣。 画笔本即书笔,其奈学者有误认笔根着纸以为中锋,画亦因之而误,其病非浅。"②如果画家不能掌握书法用笔的奥妙,那就无法谈及山水、花鸟画的"造物"能力,也遑论肖像画的"定形"技法。 对于画家而言,为什么要强调学书的重要性呢? 范玑接着解释说:"形随笔立,笔寓于形。"③绘画、书法的工具皆为笔,那么,书法之用笔表意便与绘画的以线造型具有异曲同工之妙。 因此,范玑强调画家也要精通用笔八法:"作画以篆、隶、真、草之笔随宜互用,古人精六法,无不精于八法者也。 不备诸体而成画,无有是处。"④尤其是使用生宣纸作画时会出现不可控的洇渗效果,还有绘画作品在时间中被变化的纸色遮蔽原本面貌等问题,都是画学家希望攻克的问题。 正

---

① 俞剑华:《中国画论类编》,285 页,北京,中国古典艺术出版社,1956。
② 于安澜编:《画论丛刊》下卷,397 页,北京,人民美术出版社,1989。
③ 于安澜编:《画论丛刊》下卷,397 页,北京,人民美术出版社,1989。
④ 于安澜编:《画论丛刊》下卷,397 页,北京,人民美术出版社,1989。

像邵梅臣所言："古人写意画多用浓墨，以纸色易变，着墨太淡，十数年后，笔墨皆为纸色所掩，不可不知。"①这些都是写意画家难以达到准确造型这一技巧的关隘所在。

（一）书法用笔对精准造型的作用

如何才能对物象进行准确造型？董棨将工笔画的笔法视为画法的基础，将钩稿定形看作画花卉禽鸟的开始步骤：

> 凡作花卉飞走，必先求笔。钩勒旋转，直中求曲，弱中求力，实中求虚，湿中求渴，枯中求腴。总之，画法皆从运笔中得来。故学者必以钩稿为先声。钩勒既熟，则停顿转折，处处入彀。画家所谓屋漏痕、折钗股、印泥划沙，随处布置。天成画幅，自得神妙境界，非十三科所可限也。②

这段话充分显示了董棨对画家线描构型能力的重视。

张式也认识到了书法用笔在山水画勾勒景物时的重要作用。他在其《画谭》中指出："善学书者，要临古帖，见古迹，学画亦然。士子若游艺扇头小景，即看时行画传，演习连络，再得墨韵瀚淡之情，便可寄兴。如欲入门成品，须多临古人真迹，多参古人画说。古人画说，各有精义；古人真迹，其法具在。善学者体味而寻索之，自能升堂入室。"③张式认为，在山水画创作中，真正掌握书法用笔的方法还是要师古。他甚至提出："学画又当先学书，未有不能书字而能书画者。"④这是因为，张式认为书法用笔本身即有雅俗之分。他说："而皮相者遂以水墨着色分雅俗，殊不知雅俗在笔。笔不雅者，虽著墨无多亦污人目；笔雅者金碧丹青，辉映满幅，弥见清妙。"⑤从

---

① 俞剑华编著：《中国古代画论精读》，120页，北京，人民美术出版社，2011。
② 于安澜编：《画论丛刊》下卷，469页，北京，人民美术出版社，1989。
③ 于安澜编：《画论丛刊》上卷，425页，北京，人民美术出版社，1989。
④ 于安澜编：《画论丛刊》上卷，426页，北京，人民美术出版社，1989。
⑤ 于安澜编：《画论丛刊》上卷，424～425页，北京，人民美术出版社，1989。

用笔之雅俗分析画作之雅俗，实质上也是在强调画家对笔性的认识和对笔法的讲究与重视。

(二)书法用笔对绘画风格的影响

画家、画学家不仅认识到了书法用笔对准确造型的重要作用，而且将这一作用推进至对绘画风格的影响。华琳明辨了用笔对于绘画风格形成的关键作用。他在《南宗抉秘》一书中指出："夫作画而不知用笔，但求形似，岂足论画哉？作画与作书相通。果如六朝各书家，能学汉魏用笔之法，何患不骨力坚强、丰神隽永也？"①华氏意识到了汉魏笔法可以形成画作骨力坚强、丰神隽永的面貌。盛大士更明确地以书体论画风，他说："书画源流，分而仍合。唐人王右丞之画，犹书中之有分隶也；小李将军之画，犹书中之有真楷也；宋人米氏父子之画，犹书中之有行草也；元人王叔明、黄子久之画，犹书中之有蝌蚪篆籀也。"②如此以书体论画风，盛大士强调的是不同书体对相应绘画风格内在的影响。不仅如此，邵梅臣在其《画耕偶录》中记载鲁南台先生的一段话曰："写意画非精熟工笔，则漫无法则。尤必神行气中，笔忌平庸，墨求生动。攻性兼到，能放能收。庶几随手万变，意到笔随。但知收而不知放，纵精熟工笔，不可与言写意。"③这段话谈到了写意画也需要精熟工笔来准确造型，但同时还要做到收放自如方能意到笔随。这一观点对当前我国画家的国画创作实践仍然有着很强的指导意义。

清中晚期画家、画学家提倡书法用笔的要义在于，既要强调画家的造型能力，又要保证绘画抒写文人情趣情怀情致的写意性。此外，他们还将书法用笔视为绘画作品雅俗之分的根性问题。同时，画家、画学家又将书法用笔与绘画风格以及技法手段等诸多形意关系问题联系了起来，进一步完善了这一时期绘画思想中关于技法理论的内容。

---

① 于安澜编：《画论丛刊》下卷，496页，北京，人民美术出版社，1989。
② 于安澜编：《画论丛刊》下卷，398页，北京，人民美术出版社，1989。
③ 俞剑华编著：《中国古代画论精读》，120页，北京，人民美术出版社，2011。

随着嘉道时期政治的日渐衰落，曾经深受欢迎的文人画流派和受皇家扶植的宫廷画派在画坛的地位也日益受到冲击。不过，贵族赏玩、大量商人和市民阶层的审美需要，共同孕育着丰富多彩的城市文化生活样态。民间职业画家以及各种爱好绘画艺术的人，越来越关心绘画作品的具体制作过程、工具媒材、装裱、品鉴标准和收藏价值等知识。例如，迮朗的《绘事琐言》一书便是关于绘画媒材的史论专著。书中涉及了笔、墨、纸、绢、砚，及矿物、粉质颜料和胶、矾，乃至画几、画橱、熨斗、垆、筛、画叉、画钩等有关器具。迮朗皆详考其历史渊源、制作方法和种类划分等，论说介绍均颇为翔实细致。邵梅臣在《画耕偶录》也专门论述过纸笔问题。他说："古人作画从无分别生熟纸之法。今画工往往以纸之生熟辨笔墨之优绌，此欺世语也。所谓熟纸即矾纸也。近来纸料恶劣，不得不借矾胶，略解灰性。"[1]其他还有张式在《画谭》中论制色，李修易在《小蓬莱阁画监》中论纸笔颜色等篇目，均有真知灼见。

总体来看，嘉道时期的绘画思想最终还是回归到传统文人画的美学理想。具体可从以下四个方面来考察。

第一，画家、画学家追求不为名利的纯粹绘画理想，如范玑倡言不要为世俗评价所惑："画以养性，非以求名利。世俗每视其人名利之得失而重轻其画，此大可鄙，莫为所惑！"[2]范玑甚至提出，与画家作画相比，鉴赏者识画鉴画也一样需要胸襟气度："画有能名后世不博名于一时者，渊深静穆之品，非粗浮可比。若笔墨精洁，增改不得，此工夫也，犹可至也。其神气渊穆，必有道之士为之。能识其妙者，胸次亦不凡矣。"[3]这些观点都直接体现画家、画学家以艺术性为第一考量标准的纯粹的绘画观念。

第二，重视文人画的美学趣味。比如，张式明辨了文人画和画工画区别之所在："士人学画，只要求道古人，不必问道庸史。若画工之流，只要问

---

[1] 俞剑华编著：《中国古代画论精读》，552页，北京，人民美术出版社，2011。
[2] 俞剑华编著：《中国古代画论精读》，397页，北京，人民美术出版社，2011。
[3] 俞剑华编著：《中国古代画论精读》，400页，北京，人民美术出版社，2011。

业庸史，不必学道古人。此士气、院习之判也。"①盛大士也专门论说了士夫画与画工画的异同："士大夫之画，所以异于画工者，全在气韵间求之而已。历观古名家，每有乱头粗服不求工肖，而神致隽逸，落落自喜。令人坐对移晷，顿消尘想。此为最上一乘。……若刻意求工，遗神袭貌，匠门习气，易于沾染，慎之慎之。"②这些话语中透露出来的依然是画家、画学家对士夫画的推崇之情。因而，与其审美理想相一致，盛大士倡导画家应具有综合修养和文化融通能力。他指出："作画亦然，先于神骨处求之，则学司农者不可不兼综诸家，以观其会通矣。"③

第三，追求绘画"空灵"的艺术境界和美学风格，如戴熙就特别追求"空灵妍妙，着纸欲飞"的艺术境界。而董棨则在《养素居画学钩深》中大赞虚灵之美："画贵有神韵，有气魄，然皆从虚灵中得来。若专于实处求力，虽不失规矩，而未知入化之妙。"④不过，若要使绘画真正地实现"空灵"的艺术境界和美学风格，还要注意虚实问题的具体处理。所以，范玑认为：

> 画有虚实处，虚处明，实处无不明矣。人知无笔墨处为虚，不知实处亦不离虚。即如笔着于纸，有虚有实，笔始灵活，而况于境乎？更不知无笔墨处是实。盖笔虽未到其意已到也。瓯香所谓"虚处实，则通体皆灵"。至云烟遮处，谓之空白。极要体会其浮空流行之气。散漫以腾，远视成一白片。虽借虚以见实，此浮空流行之气，用以助山林深浅参错之致耳。若布置至意窘处，以之掩饰，或竞强空之，其失甚大，正可见其实处理路未明也。必虚处明，实处始明。⑤

在这段话中，范玑详细讨论了"空灵"境界与笔墨虚实的关系，将虚灵的美

---

① 于安澜编：《画论丛刊》上卷，424页，北京，人民美术出版社，1989。
② 于安澜编：《画论丛刊》上卷，398页，北京，人民美术出版社，1989。
③ 于安澜编：《画论丛刊》上卷，403页，北京，人民美术出版社，1989。
④ 于安澜编：《画论丛刊》下卷，470页，北京，人民美术出版社，1960。
⑤ 于安澜编：《画论丛刊》下卷，483页，北京，人民美术出版社，1960。

学理想落脚在笔墨技巧之中。范玑的这一主张将抽象的法理与具体的技法技巧紧密结合了起来,使绘画理论具有了很强的实用性和可操作性。

第四,画家须具备高洁旷远的人格修养,如钱杜认为:"作画必明窗净几,笔墨精良,胸无尘滓,然后下笔。胸次默忆古名人山水,一树一石,如在腕下。则兴趣勃然,定是佳构。"①范玑在论画家自身修养时曾说:"画可观人之性,而即可验人之行。行不立,工画无益。纵加绫锦装池,未可入端人正士之室。故学画且须检身心,心澄则志高,身修则神定。"②因此,关于画家的性格涵养问题,范玑提出了"心清则气清"说。李修易则认为:"画至神妙,不可以学习求也,而又离学习不得。惟胸无尘滓,举头天外,庶几近之"。③可见,士大夫画所强调的胸次、心志、风骨等依然是这一时期画家、画学家心目中至高的追求。

总之,嘉道时期的画学论著中出现了诸多值得重新思考的理论主张和观点。比如,汤贻汾的"离法而立"说、戴熙提倡的"不依一法"观点、李修易提出的不以优劣论工细和写意等先进的"理法"观等。此外,还有一些画家、画学家详细讨论了书法用笔与精准造型乃至与绘画风格的关系问题。这些绘画观念和思想仍需进一步挖掘和整理。

◎ 第二节
汤贻汾、戴熙的绘画思想

在西画技法的输入和冲击下,一些画家、画学家在尝试借鉴光影明暗效果的时候普遍产生过纠结和矛盾的心理,如承继娄东派衣钵又自创一格的汤

---

① 于安澜编:《画论丛刊》下卷,472 页,北京,人民美术出版社,1989。
② 于安澜编:《画论丛刊》下卷,487 页,北京,人民美术出版社,1989。
③ 俞剑华编著:《中国古代画论精读》,116 页,北京,人民美术出版社,2011。

贻汾有诗句云:"群公大半诗酒星,不断青山屐底青。 手涂脚蹴尽生气,不比俗工徒绘形。 形神之间判今古,慧悟从心不能语。 天机急电失难追,王宰空劳李徒苦。"①对于中西画法进行取舍的结果是,汤贻汾绘画思想有着明确受西画技法影响的痕迹,但总体上依然根植于我国古代传统画学体系之中。 而另一些尊崇"南宗"正脉的画家、画学家如戴熙等人,则始终遵循着中国传统绘画思想的理脉和路径。 他们对笔墨技巧、形神关系、画家品格、艺术风格乃至美学追求等经典理论范畴进行思考,并沿用了一套成熟的文人画表意符号体系。 与此同时,他们也创作了大量具有浓郁古典美学意趣的绘画作品。

道光咸丰之后,社会离乱,经济萧条。 从大的文化环境看,虽然诗文的蓬勃生机为绘画带来了一丝新气象,但经历太平天国持续十几年的动荡之后,民不聊生,艺术家的生存也更加艰辛。 于画坛而言,画家锐减;于画家个人而言,命运跌宕起伏。 更不幸的是,画家、画学家汤贻汾和与其齐名的戴熙皆陨于太平天国运动中。 至此,我国古典绘画思想乃至整个古典艺术秩序已显露出了困顿和衰颓之势。

一、汤贻汾的绘画思想

汤贻汾(1778~1853),字若仪,号雨生、琴隐道人,晚号粥翁,江苏武进(今常州)人。 学问渊博,通天文、地理及百家之学。 以祖、父荫袭云骑尉,授扬州三江营守备。 晚寓居南京,筑琴隐园。 擅山水,亦写墨梅、花卉。 兼工书诗,喜骑射,娴韬略,精音律。 与方薰、奚冈、戴熙共享"方奚汤戴"之称。 画风精妍雅新,清微淡远。 太平军攻克金陵,投池以殉,谥"贞愍"。 代表画作有《姑射停云图》《秋坪闲话图》《隐琴图》等。 著有《琴隐园诗集》《画筌析览》等。

---

① 徐世昌:《晚晴簃诗汇》全十册,6090 页,北京,中华书局,1990。

汤贻汾认为，笪重光《画筌》"法虽兼备，而论未条分。私拟划成段落，每段仍加以注释。庶初学了然，不致迷于所向"①。因而，"读者犹苦其章段连翩，论说互杂"②。为便于读者省览，他对《画筌》加以重新梳理、校订与注释，删去与山水画无关的部分，并分为"原起""论水""论树石""论点缀""论时景""论色皴点染""论用笔用墨""论设色""杂论""总论"凡十一篇。每篇附上注释以使整篇文章条理清晰、论说分明。他以这一时期学界盛行的朴学方法与原著互勘，并名之为《画筌析览》。实质上，汤贻汾所做《画筌析览》不仅是对笪重光《画筌》的进一步梳理与发挥，而且在整理和重建绘画理论并提出"自可离法而立"宣言的同时，彻底打破传统画学思想的桎梏。他创立了一种新的、更重视"明晦"以及"象物"的具有鲜明写实倾向的绘画理论体系。

（一）彻底冲破古典画学"法理"观的"自可离法而立"说

汤贻汾认为，既然物皆无定形、意无定营、世无定象，那么，画法就是"多门"的。他在《画筌析览·总论第十》篇中说：

> 山无定向，水无定趋，树无定岐，石无定角，凡物皆无定形也。故笔无定着，意无定营，终之而书无定景。然无定其象，有定其法。天下无无法之事，而画法尤多门。昔人论画曰六法，举其概也。析而论之，自崇山大川，至于微尘弱草，下笔则无不各有其法，法可枚举哉？鹿柴氏曰："有法之极，归于无法。"此编法也，神而明之，自可离法而立。渔者得鱼忘筌，忘筌斯作者意乎！③

由此，汤氏大胆提出，即便是被师古派视为圭臬的"六法"，也不过是

---

① 于安澜编：《画论丛刊》下卷，508页，北京，人民美术出版社，1989。
② 于安澜编：《画论丛刊》下卷，508页，北京，人民美术出版社，1989。
③ 于安澜编：《画论丛刊》下卷，526页，北京，人民美术出版社，1989。

"举其概也"。他不仅对"六法"的概括性产生了质疑和批判,而且明确提出:对自然万物而言,"下笔则无不各有其法"。如此,则法亦不可枚举也。也就是说,传统的绘画"六法"说只是一种概论,而非面对"自崇山大川至于微尘弱草"这样的实存创造出的"各有其法"之法。他坦言:如果法达到了"神而明之"的境界,"自可离法而立"!可见他已有彻底冲破定法而自立新法的觉醒和气魄,这一远见卓识具着特殊的时代意义和画学史价值。

那么,如何才能自立新法呢? 汤贻汾认为,画家要善于根据"夷险异形,土石殊质"这一客观实相,来寻找辨别"形质"、标属"品类"的变化之法。在《画筌析览》"论山第一"篇中,通过阐释笪重光所说"山之旁胁易写,正面难工,山之腰脚易成,峰头难立"这一绘画现象,他认为,王概在《芥子园画传》中对"三远"的认识为"不易之论"。接着,汤贻汾提出一个问题:"然有能高深平而不能远者,其病在笔墨太痴,贬之只一字,曰:松"[1]。若要修正这一弊病,就要真正懂得绘画中的变化。他说,"尊有时而宾,卑有时而主;大有时而下,小有时而高;近有时而寂,远有时而喧;深有时而呈,浅有时而匿"[2]。就是说,不要一味地遵循某些特定的画法和秩序,而要认识到事物存在的实相,从而找到属于物象自身的画法。

汤贻汾清醒地认识到了伦理秩序观念支配下传统画学思想的局限性,渐渐脱离了旧有画学观念的制约与箝扣。他开始了接近生活的、朝向呈现事物本相的画学理论的构建,发掘出更多的对自然万物进行的"各有其法"的表现方式。正像张如芝在《画筌析览》文末"跋三"中所言:"雨生都尉以《析览》见示,末云:离法而立法,如得鱼可忘筌。斯真度《画筌》之金针,为后来之宝筏者也,善读者当自得之。但其始不能无法,熟后则法随心生,亦分两候。"[3]那么,法在何处? 法在殊质之万物中。法随心生,法乃初学时探究"象物"的基本路径。

---

[1] 于安澜编:《画论丛刊》下卷,512 页,北京,人民美术出版社,1989。
[2] 于安澜编:《画论丛刊》下卷,512~513 页,北京,人民美术出版社,1989。
[3] 于安澜编:《画论丛刊》下卷,528 页,北京,人民美术出版社,1989。

(二)"象物""为真"的写实观

汤贻汾在《画筌析览》的"用笔用墨第七"篇中有语:"画,象也,象其物也。今人每画必曰仿某、法某,故一搦管即以一古人入其胸,未尝以造化所生之物入其胸。"[1]由象跟物之间的相似性,他认识到"以造化生物入其胸则象物"的道理。也就是说,画家要以"造化生物"作为临摹的对象,方能实现与物象之间的最大相似性。相反,若"以古人入其胸则仅能象其象",即机械师古只能达到模仿的模仿这一境地,并非真正意义上的面对"造化生物"的创作。

什么样的画法才能达到"画成而不见其笔墨形迹,望而但觉其为真者谓之象"[2]的逼真效果呢? 汤贻汾认为:"字与画同出于笔,故皆曰写。写虽同而功实异也"[3]。他从书画同源的视角来强调画家以线造型的能力。他指出:"物有质,临摹物可已,何必临摹夫临摹之人? 人知欲学《兰亭》则竞学《兰亭》,不屑临松雪所临之《兰亭》。造化生物《兰亭》也,古画虽佳,松雪之《兰亭》也,何独于画而甘自舍真就假耶?"[4]汤氏以古人临摹《兰亭》为例,批评师古者"临摹夫临摹"的程式化、复制性的作画方法,直指这样"以模仿代创作"的错误根源就在于源流混淆。这一观点可谓击中了当时画坛积重难返的"舍真就假"现象的要害。

汤贻汾在自己的创作实践中也进行写实技法的练习。在笔法技巧方面,他使用小笔触、短线条、多层次皴擦以达到精细刻画物象的逼真效果。用墨时,他发展了淡墨干笔皴擦之法,枯中见润,创造了具有写实意味的绘画风格。这些都充分显示出他具有深谙艺术方向的敏锐感受力和精进绘画技艺的态度。

---

[1] 于安澜编:《画论丛刊》下卷,521页,北京,人民美术出版社,1989。
[2] 于安澜编:《画论丛刊》下卷,521页,北京,人民美术出版社,1989。
[3] 于安澜编:《画论丛刊》下卷,521页,北京,人民美术出版社,1989。
[4] 于安澜编:《画论丛刊》下卷,521页,北京,人民美术出版社,1989。

(三)注重绘画的光影明暗效果

在师法古人、承袭笪重光画学思想的基础上,汤贻汾独创一格,逐渐找到了"以造化生物入其胸则象物"①以"为真"的表现方法。质言之,汤氏更重视以真山水为师法底本,用以强化绘画中对光影明暗效果的处理。

纵览《画筌析览》全文可以发现,汤贻汾通过山、水、树石、点缀、时景、钩皴染点、用笔用墨以及设色、杂论等方面,论说了如何实现写实为真的艺术效果。其一,要善于辨"形质"、标品类,绘水色、图水声,晓知"枝法不一,叶式多门。各用其长,勿求其备"②。其二,需注意石的"阴中之阳""小中之大"画法,明确"点缀""固不皆应有而有,亦当知可无则无"③的性质。其三,细究"明中而更分阴晦"和"在晦中而须发空明"的精确明暗关系,揣摩"合钩皴染点一切法而论,要皆不外乎阴阳二字"④的透视功能。明确了明暗和透视关系之后,画家还要善于寻找"象其物"的用笔墨技巧。其四,通过设色增强物象透视关系的方法。汤贻汾总结了使用墨青赭三种颜色形成的十一种透视关系,并认为"盖即三色,亦有时而偏遗。但取其厚,不在其备也"⑤。其五,以淡墨干笔皴擦呈现光影明暗的层次。汤贻汾强调画家要能够更精准地观察并呈现出景物随时间变化而显现出的不同样态,即"景则由时而现,时则因景可知。故下笔贵于立景,论画先欲知时"⑥。表面上看,汤贻汾所做《画筌析览》是对笪重光《画筌》的梳理与删定。实质上,他更是接着笪重光的理论体系,进一步讨论如何通过具体的技法技巧实现"象物""为真"的写实效果。

在《画筌析览》"总论第十"篇中,汤贻汾论说了如何将画家意图、创作过程、技法结合起来以实现作品生意盎然艺术效果的方法。他说:

---

① 于安澜编:《画论丛刊》下卷,521页,北京,人民美术出版社,1989。
② 于安澜编:《画论丛刊》下卷,515页,北京,人民美术出版社,1989。
③ 于安澜编:《画论丛刊》下卷,517页,北京,人民美术出版社,1989。
④ 于安澜编:《画论丛刊》下卷,520页,北京,人民美术出版社,1989。
⑤ 于安澜编:《画论丛刊》下卷,522页,北京,人民美术出版社,1989。
⑥ 于安澜编:《画论丛刊》下卷,518页,北京,人民美术出版社,1989。

> 造化发其气，万物乘其机而已。吾欲象物，意所至即气所发，笔所触即机所乘，故能幻于无形，能形于有声。若经营惨淡，则无一非团搦而就，生气生机，全无觅处矣。试问造化生物，皆团搦而就者耶？[①]

汤氏认为，若使作品能够"象物"，其关键之处就在于，画家要善于捕捉意之所至和笔之所触相交汇的最佳时机。二者高度一致，方能在笔端营造出物象的生气。

在"娄东"派和"虞山"派后学逐渐合流的大趋势下，清中晚期画家虽然也从"象物"层面对绘画技法作出了有力的探索，但终没有能够真正地将汤贻汾"自可离法而立"的宣言变成现实。甚至是汤贻汾的创作，亦被讥为"嫌境界细碎，无浑沦古厚之气"[②]。可见，要想冲破传统绘画思想中不求形似、不重物形的固有观念而真正地走向"离法而立"的阶段，无论是绘画理论还是绘画实践，都还需要一定的时间。

二、戴熙的绘画思想

戴熙（1801~1860），字醇士，号榆庵，自号鹿床居士，又号井东居士、松屏、莼溪等，室名有习苦斋、冬熙室、赐砚斋、味经阁（又作"味经室"）等，浙江钱塘（今杭州）人。道光十二年进士，授翰林院编修供奉内庭，官至内阁学士兼礼部侍郎。道光十八年至二十六年间曾二任广东学政。辞官归里后主持崇文书院。咸丰十年，太平军攻陷杭城，投池自尽，谥号"文节"。擅画山水，深得耕烟神体，又兼师宋、元诸家，尤善花卉及松竹梅石小品，能治印。画作主要有《云岚烟翠图》《忆松图》《满门风华》等，创造

---

① 于安澜编：《画论丛刊》下卷，526页，北京，人民美术出版社，1989。
② （清）秦祖永：《桐阴论画》主编，见王伯敏：《中国美术通史》，第六册，188页，济南，山东教育出版社，1988。

了既具雄阔气势又有秀逸气质的独特画风。著有《习苦斋诗集》《题画偶录》《习苦斋画絮》等。

《习苦斋画絮》又题为《戴文节公题画笔记类编》，原为戴熙日记手录，多为题画跋文，记载了他的创作经历和相关绘画观点。后经查惠年编次成书，为九卷本，后又补录一卷，为十卷本。该书涉及笔墨技巧、形神关系、师古、师造化等多个绘画方面的问题。整部书多为片段式诗句或语句的辑录，并没有形成较为完备的学理脉络或理论体系。但因书中包含诸多颇具启发性的观点，如"摹绘造化""不依一法"说，追求"空灵"的绘画风格论，以及"三长""四美""五德"画家修养说等，不啻为清中晚期一部重要的画论著作。

（一）主张摹绘造化的"写照"观

作为"晚清继清初四王吴恽之后南宗文人画派的中兴殿将"[1]，戴熙追崇"四王"，尤视恽南田为偶像。虽然这一时期的"四王"流派已呈衰微之势，但是，作为一脉相承的画坛正统派，其门派之间依然"师友相承，风流不绝……顾自乾隆、嘉庆两朝以来，士夫笔墨克继王、恽诸公者，又已指不胜屈"[2]。年轻的戴熙在北京参加会试期间，也曾"偶借得王奉常及石谷山水两长卷，爱不忍释。为多留一月，临摹副本而后归"[3]。足见他对"四王"的追崇之情。

随着学识和游历阅历的增长，戴熙清醒地看到了画坛日益柔弱衰敝的趋势。在不断地学习和创作实践中，他逐渐认识到宋人画作中博大雄浑、元气淋漓的艺术风范，从而对宋、元绘画的不同之处予以对比说明："宋人重墨，元人重笔。画得元人益雅益秀，然而气象微矣。"[4]他认为宋画中那种"式

---

[1] 周永良：《浅析戴熙绘画艺术的嬗变——兼及〈习苦斋画絮〉纪年抄本的发现》，载《故宫博物院院刊》，2001（4）。
[2] （清）蒋宝龄：《墨林今话》，1页，上海，上海古籍出版社，2015。
[3] （民国）庞元济选：《虚斋名画录 虚斋名画续录》上，364页，上海，上海古籍出版社，2016。
[4] （清）戴熙：《习苦斋画絮》卷一，俞樾序，惠菱舫刻本。

体天造"的气势,"盖心与造物者游,故动相即合,一落语言文字,便是下乘"①。 他借用诗学、书学境界来做类比:"有气象而无畦径,有晦明而无笔墨。 有诗之神味、书之关纽,而无画之门面。 微斯人,吾谁与归?"②可见,戴熙希望绘画也能够达到像诗书那样无笔墨痕迹、不蹈畦径的"神味"境界。

关于如何抵达艺术至境的问题,戴熙的讨论并未就此停止。 他在称赞倪瓒时说:"云林无法不备,一法不立。 学者正如帆随湘转,望衡九面。 此惟亲见吕仙吹笛者知之耳。"③在这里,戴熙发现倪云林之所以拥有"一法不立"却又"无法不备"的艺术造诣,根源在于他亲见过自然风景。 就像戴熙记载自己的一段经历时所说:"自去年五月至今年五月,行程逾二万里,所见山水多矣,然未有如连州之奇也。 险怪虽不免,而秀削绝特,实为东南之冠。 篷窗远望,随笔点染,意在写照,不名一家。"④戴熙叙述了自己作画的感受,明确提出自己创作的目的即在于写照自然造化。 他的《画淙碧亭、凝碧湾二处山水》一画,也正是从峡山寺写生得来的。

王轨在"惠年分类本"跋文中评价戴熙时说:"诵读一过,然后知公之六法发源所在,正不惟宗旨董巨私淑恽王已也。 殆所师直造化耳。"⑤在这一意义讲,戴熙重视师古,实质上是从对古法的学习中找到了绘画艺术达至艺术至境的关键:"古人不自立法,专意摹绘造化耳。 会得此旨,我与古人同为造化弟子。"⑥这也是戴熙能够在师古基础上创造出属于自己独特画风的重要原因。

近50岁时,戴熙又意识到了王蒙画艺的制胜之处:"年来三见山樵真

---

① (清)戴熙:《习苦斋画絮》卷二,俞樾序,惠菱舫刻本。 该书句读由笔者加,下同。
② (清)戴熙:《习苦斋画絮》卷四,俞樾序,惠菱舫刻本。
③ (清)戴熙:《习苦斋画絮》卷一,俞樾序,惠菱舫刻本。
④ 俞剑华编著:《中国古代画论类编》下,995页,北京,人民美术出版社,2004。
⑤ (清)戴熙:《习苦斋画絮》卷十,俞樾序,惠菱舫刻本。
⑥ (清)戴熙:《习苦斋画絮》卷四,俞樾序,惠菱舫刻本。

迹,乃知其上承董巨,下开娄王,古今画统,一大关键也"①。高远的识见和清晰准确的判断常常伴随着技艺的精进?这一时期,戴熙的绘画创作也达到了他艺术人生的高峰。他创造出了文人画历史上又一种特殊的笔墨技法——"蝉翼皴"。观其盛期画作,可谓"用笔老健蕴藉,刚柔互济,用墨则浓、淡、干、湿、枯、润,恰到好处。可谓老而秀,苍而润,醇厚静穆,气象浑成"②。可见戴氏画艺已相当纯熟自然,皴擦勾勒点染笔法多样,积墨破墨法互溶互生,从而"使画面局部表现一种虚幻灵动的效果"③。

(二)追求"不依一法"的绘画技法

谈起文人画的技法和士夫气的关系,戴熙的说法至今仍值得深思。他说:

> 士夫作画,非当行多不入格。故画不入格者,辄曰士夫气。世以其士夫也尚之,于是画师竞效士夫矣。不知捧心龋齿,乌可学也!然则入格既不足贵,不入格又不可学,将奈何?曰:"求其所以为士夫者。"④

这段话表达了戴熙对当时出现的非当行、不入格的伪士大夫画现象的不满。那么,怎样的技法才能够"入格",才可以称得上是真正的士夫画呢?

戴熙常常将理法问题落实在具体的笔墨技巧的处理上。为此,他讨论过技法的生熟、涩滑:"画要熟中求生。余久不画,当生中求熟矣。然与其熟中熟,不如生中生耳。"⑤他认为,绘画技法过于纯熟会使绘画失去自然之

---

① (清)戴熙:《习苦斋画絮》卷六,俞樾序,惠菱舫刻本。
② 周永良:《浅析戴熙绘画艺术的嬗变——兼及〈习苦斋画絮〉纪年抄本的发现》,载《故宫博物院院刊》,2001(4)。
③ 周永良:《浅析戴熙绘画艺术的嬗变——兼及〈习苦斋画絮〉纪年抄本的发现》,载《故宫博物院院刊》,2001(4)。
④ (清)戴熙:《习苦斋画絮》卷四,俞樾序,惠菱舫刻本。
⑤ 俞剑华编著:《中国古代画论精读》,429页,北京,人民美术出版社,2011。

致,因而,不如技法生涩状态所流溢出的生动面貌。戴熙也论及纸张对绘画风格的影响:"书因乎笔,画因乎楮。楮有涩滑之不同,画乃有苍茫、淹润、灵妙、朴古各种。皆因其势而利导之,行乎不得不行者也。"①又说:"涩笺易于沉厚,难于超妙;滑笺易于超妙,难于沉厚。好易者功之徒也,好难者名之徒也。故曰:画是吾病。"②无论是涩笺还是滑笺,都可以创作出超妙和沉厚的风格,关键在于画家本人是否舍弃了功名之心。因而,戴熙也曾提出:"有墨易,有笔难。有笔墨易,无笔墨痕难。"③能够在最后的画作中不留笔墨痕迹,对于画家而言,既是难事,也是一个自我超拔的过程。

不仅如此,戴熙对笔墨与妙境、画道之间的关系也进行过深刻的思考和追问。他说:"画在有笔墨处,画之妙在无笔墨处。无笔墨处何以得妙?画道固先有妙、后有画也。"④如何才能通过"无笔墨"痕迹的技巧来抵达绘画的"妙境"呢?戴熙给出的答案是:画家要明白书画同源之理,即懂得书法用笔对于准确造型的重要作用。他以自己的经历为例说:"画之理通于书。以画求画,终无悟入处。吾尝辍笔不画,专力学书者五年,而画亦旋进。"⑤也正是通过思考如何以笔法增进画艺这一问题,戴熙找到了技巧和法理之间的关系。他认为:"画自无而之有,复能自有而之无者,化矣。是即为学日益,为道日损之说也。"⑥可以说,戴熙非常清楚地认识到,只有将笔墨技巧和法理都化为无,才能真正地实现绘画所要表现出的理想效果。

提倡将技巧和法理化为无痕,并不意味着戴熙不重视技巧,反而更显示出他对技巧的恰切认识。因而,戴熙更主张画家要善于通过精妙技法呈现生趣,通过不为技法而为的技法流露出自然情致。正如他所说:"以目入心,以手出心,专写胸中灵和之气。不傍一人,不依一法,发挥天真,降伏外

---

① 俞剑华编著:《中国古代画论精读》,427 页,北京,人民美术出版社,2011。
② 俞剑华编著:《中国古代画论精读》,429 页,北京,人民美术出版社,2011。
③ 俞剑华编著:《中国古代画论精读》,429 页,北京,人民美术出版社,2011。
④ (清)戴熙:《习苦斋画絮》,卷九,俞樾序,惠菱舫刻本。
⑤ 庞元济选:《虚斋名画录 虚斋名画续录》,上,364 页,上海,上海古籍出版社,2016。
⑥ 俞剑华编著:《中国古代画论精读》,428 页,北京,人民美术出版社,2011。

道,皆在于是。"①这样的技法追求与石涛"了于法"的技法观极为相似。

戴熙的绘画理论并未停留在法理关系这一层面上。正如他所言:"未捉笔时,不立一法。既掷笔后,不留一法。比之范铜取影,截竹得声,目击而道存者也。"②经过不断地思考和大量的创作实践,戴熙最终解决了一个关键的画学问题,即笔墨技巧和理法都是彰显画"道"的方法和路径。

(三)追求"空灵"的绘画风格

在不断思考技法、理法和画道关系的过程中,戴熙也特别重视画家应保持饱满的创作激情,同时强调灵感的重要作用。因而,他将"空灵"视为绘画艺术的最高美学理想。在比较"四王"的笔墨技巧时,戴熙说:"三王皆喜用渴笔,惟南田能用湿尖,空灵妍妙,着纸欲飞,可谓别开生面"③。自然,这句话也解释了他在师法古人的时候最为推崇恽格的原因。直至追师王蒙,取法其深邃厚密的艺术风格时,戴熙也认识到了一个关键问题,即空灵并非纤弱单薄。空灵也绝不是一味地虚无空泛,并且还要谨防将空灵变为空泛。在戴熙的绘画理想中,真正的"空灵"境界源自密中见疏、厚中见透、积秀成浑的表现手法。具体而言,就是画家要能够集各家之长。

为此,戴熙也从技法手段方面讨论过如何处理好几组关系以实现"空灵"的艺术境界。如他在力赞石涛时所说:

> 清湘恃高秀之笔,为纤细,为枯淡,为浓煤重赭。麓台鉴赏矜严,数者当非所取,不知何所见而推尊。今观《溪南八景》,方识清湘本领。秀而密,实而空,幽而不怪,淡而多姿,盖同时石谷、南田皆称劲敌。石谷能负重,南田能轻举。负重而轻举者,其清湘乎?④

---

① 俞剑华编著:《中国古代画论精读》,429 页,北京,人民美术出版社,2011。
② 俞剑华编著:《中国古代画论精读》,428 页,北京,人民美术出版社,2011。
③ 俞剑华编著:《中国古代画论精读》,429 页,北京,人民美术出版社,2011。
④ 俞剑华编著:《中国古代画论精读》,429 页,北京,人民美术出版社,2011。

在这里，戴氏将石涛视为兼具王原祁和恽格优长者，的确是识见非凡。

"空灵"更是戴熙希望在绘画创作中实现的美学风格。当然，他也的确在作品中实现了这一艺术理想，如陶北溟在戴熙42岁时创作的《度心香室读画图》后跋中所言："逊清绘事，自'四王'以至茶山（钱维城）、东山（董邦达），风气笼罩，举世皆成应制，无雄奇排奡之观，此道靡然衰矣，习苦后起，以灵秀出之，使人如啜苦茗，略得清醒。"①这段话明确指出戴熙绘画呈现的"灵秀"风格。

戴熙对"空灵"艺术境界和美学风格的追求，与他对心形关系的思考密不可分。他说："画当形为心役，不当心为形役。天和饱畅，偶见端倪，如风过花香，水定月湛。不能自已，起而捉之，庶几境象独超，笔墨俱化矣。"②或者说："物有定形，石无定形。有形者有似，无形者无似。无似何画？画其神耳。"③理解了心物形神之间的关系，自然也就解决了绘画所要表现的内容。那就是："画者生机，刻意求之，转工转远，眼前地放宽一步，则生趣既足，生机自畅耳。"④如此，也就能够真正理解表现载体、心和构思的关系了："纸如大地，心如水银，遇孔即出，随空而入。未画之先，不见所画；既画之后，无复有画。"⑤通过戴熙不厌其烦的论述可知，"空灵"的艺术境界是画家将自由逸趣及其对生趣的敏锐感知和把握，都融化至精湛的技法技巧中得来的。

戴熙还对画家应具有的知识素养、性情涵养和道德修养做出了规定。他认为："识到者笔辣，学充者气酣，才裕者神耸，三长备而后画道成。"⑥画家在"识""学""才"三者兼备的基础上，画道方具渐成之势。谈及画家的

---

① 周永良：《浅析戴熙绘画艺术的嬗变——兼及〈习苦斋画絮〉纪年抄本的发现》，《故宫博物院院刊》，2001（4）。
② （清）戴熙：《习苦斋画絮》卷四，俞樾序，惠菱舫刻本。
③ （清）戴熙：《习苦斋画絮》卷二，俞樾序，惠菱舫刻本。
④ （清）戴熙：《习苦斋画絮》卷一，俞樾序，惠菱舫刻本。
⑤ （清）戴熙：《习苦斋画絮》卷一，俞樾序，惠菱舫刻本。
⑥ （清）戴熙：《习苦斋画絮》卷四，俞樾序，惠菱舫刻本。

性情涵养，他说："闲则功力厚，静则智慧足。淡则旨趣别，远则气味长。四美具，谓之画。"①这"四美"是对画家性情心境做出的规定。谈及道德修养，戴熙更是提出了著名的"五德"说："画具五德，假片楮为斯人，生乐利，仁也；不以为干求，义也；来而后往，礼也；肆应天下而不穷，智也；口惠实必至，信也。不患画不工，但恐德不备。庶几道也，而进乎技矣。"②在这里，戴熙主张画家应具备儒家所说的"五常"之道德准则。

虽然戴熙以儒家思想为依托倡导画家应具有的道德情操，但是，在论及绘画的艺术性等绘画本体问题方面，他的一些观点却又深深地打上了老庄思想的烙印。一如他所说："画本无法，亦不可学，写胸中之趣而已。趣有浅深，愈深则愈妙，要未有无趣而成画者也。"③这句话突出了一个"趣"字。又及："士大夫托意毫素，当使名心尽净，然后游戏人间耳。"④一句"游戏而已"，正体现出戴熙希望摒弃名利以"游戏人间"的自由方式作画的纯粹艺术观。这一观点与他特别强调创作主体的自我意识亦有着异曲同工之妙。因而，戴熙亦曾有诗云："余画不求食，肆意类画墁。有若马行空，不受人羁绊。颠蹶固不免，飞腾亦得半。持以呈画师，相投若冰炭。见我辄咋舌，一辞不敢赞。"⑤这些片段式的话语和诗句，都显示出了他追求自由的心志、不拘不惧的心性和不逐时趣的艺术精神。

由于时代的局限，戴熙的绘画观念中难免也有诸多相互矛盾的地方。比如，他在师心和师造化之间的游移和困惑心理。戴熙说过："有意于画，笔墨每去寻画；无意于画，画自来寻笔墨。有意盖不如无意之妙耳。"⑥在这里，他说的是绘画不应刻意地追求笔墨等技巧问题。但是，他也曾满是迷惘而深有感慨地发问过："画任笔墨耶？笔墨无定形。任手耶？手无定法。

---

① 俞剑华编著：《中国古代画论精读》，428页，北京，人民美术出版社，2011。
② （清）戴熙：《习苦斋画絮》卷三，俞樾序，惠菱舫刻本。
③ 俞剑华编著：《中国古代画论类编》下，1000页，北京，人民美术出版社，2004。
④ 俞剑华编著：《中国古代画论类编》下，998页，北京，人民美术出版社，2004。
⑤ （清）戴熙：《习苦斋画絮》卷五，俞樾序，惠菱舫刻本。
⑥ （清）戴熙：《习苦斋画絮》卷一，俞樾序，惠菱舫刻本。

任心耶？ 心无定思。 孰主宰是？ 孰纲维是？ 曰：不知。 然则任天而动者耶？"①这些矛盾既是戴熙自己在思考和创作中遇到的问题，也是清中晚期大多数画家、画学家共同面临的艺术和心灵困境。

◎ 第三节

郑绩的绘画观念

郑绩（1813~1874），字纪常，号憨士，广东新会人。 曾居广州越秀山麓，辟园"梦香"，别署"梦香园叟"。 多才善辩，性任侠。 知医术，能诗，善画人物，兼写山水。 笔墨豪率、苍浑秀润，画境深远、自得其趣。 著有《论画》二卷、《梦幻居画学简明》《梦香园剩草》等。

郑绩的绘画观念主要包括山水画重"形象"、人物画倚"肖品"两个大的方面，其画学思想集中体现在《梦幻居画学简明》一书中。 该书共分五卷，详论山水、人物、花卉、翎毛、兽畜附鳞虫等画法。 每卷先著总论，挈共大纲，并述古以为证，以形准为切入点，再以"作画须先立意"为理论旨趣阐述其文人画思想。 其余所论，大致按照笔墨、皴染技法和绘画对象的类型分别进行介绍。 山水卷凡十七章，一百一十条。 总论及述古外，有论形、忌、笔、墨、景、意、皴、树、泉、界尺、设色、点苔、远山、题款、图章等内容，主要涉及画理、画法、画风等论述。

《梦幻居画学简明》一书，"眼光正大，意旨精纯"②，理路明晰，体系完备，"堪称中国古代画论中又一部带总结性的集大成之作"③。 同时，该

---

① （清）戴熙：《习苦斋画絮》卷一，俞樾序，惠菱舫刻本。
② 俞剑华：《中国古代画论类编》下，980 页，北京：人民美术出版社，2004。
③ 祁志祥：《中国美学通史》第三卷，317 页，北京，人民出版社，2008。

书也在中国画写实思想的演进脉络中发挥着重要的作用。兹将其中的主要绘画观念分述如下。

一、"是形象乃为画学入门之规矩也,焉能忽之"

在《梦幻居画学简明》"山水总论"中,郑绩开篇即重提沈宗骞画学重点关注的"形象"问题。郑氏进一步将之论述为:"画之形如字之文,写字未知某点某画为某字,又何足与论锺、王、颜、柳、欧、赵、苏、黄之家法、笔法耶。"[1]究其实,画学入门的规矩就是务求"形象",如郑绩所言:"或云画不求工,意不图形,又贵会写不会写之间,或似不似之际,庶脱画匠。"[2]他非常明确地指出绘画创作要重视"求工"和"形似"的关系。他认为,那些倡言书法、绘画在"会写不会写之间,或似不似之际"者,实际上是"道成"之后的说法,是"从有法归无法"的最后表现。真正的学画过程,就是要懂得"形象乃为画学入门之规矩也"[3]。由此,郑绩直言不讳地将准确的"形象"塑造能力提升至绘画入门必备的基本功的层面。

在《梦幻居画学简明》"论形"篇,郑绩先将物形的问题分为"有形之病"与"无形之病",然后论述"定形"的技巧技法。郑氏认为,笔墨技巧最后要实现的目的是"合自然之理"。这是因为,从法和自然之间的关系来看,"十六家皴法,即十六样山石之名也。天生如之山石,然后古人创出如是皴法"[4]。也即是说,先有自然界中的山石,然后才有前辈画家创造出来的表现山石形态的皴法。自然生物更是"天生成模样,因物呼名,并非古人率意杜撰游戏笔墨也"[5]。基于此,郑绩认为,学习绘事时"更毋拘法失

---

[1] 于安澜编:《画论丛刊》下卷,542 页,北京,人民美术出版社,1989。
[2] 于安澜编:《画论丛刊》下卷,542 页,北京,人民美术出版社,1989。
[3] 于安澜编:《画论丛刊》下卷,542 页,北京,人民美术出版社,1989。
[4] 于安澜编:《画论丛刊》下卷,545 页,北京,人民美术出版社,1989。
[5] 于安澜编:《画论丛刊》下卷,545 页,北京,人民美术出版社,1989。

形,画虎类犬。甚至犬亦不成,不知何物"①。他从自然事物和画中物象的关系出发,再次论述"形似"对于绘画的重要性。

接着,在《梦幻居画学简明》"论忌""论笔""论墨"篇中,郑绩皆紧紧围绕"形象"(或"形像")来详述绘事的12种忌讳和笔法墨法问题。他论说的目的是,画家要能够通过精准的技法来实现绘画构形与自然事物之间的最大相似性。在"论景"篇,郑绩从布景开始,详论了不同景致和不同时间风景的具体画法。他希望通过精准的技法摹写出"真景"。

在《梦幻居画学简明》"论意"和"论皴"篇之后,郑绩通过对画树和画泉之法的解析,继续强化其"象形"说。在"论树"篇中,他提出:"如三角、圆圈、垂尖,俱用笔像形。因以为名,非树果有此名也。若泥其点画,而求树之名,则凿矣!"②此话之意为,技法的命名依据的是树果之形,切不可穿凿附会地循点画而求树名。因此,他特别提醒画家要注意株头的画法。他说,"若株头不敛,则枝软无力。加叶重赘,更有屈折之势,殊失生气"③。在"论泉"篇,他更直接指出:"画水用笔,必须流行。回澜激浪,乃是活泉,而非死水"④。无论是花树还是画泉,准确构型的出发点是画出树之生气和泉之活水。当然,这也是郑绩画学的目的地。

通过精准物形传达出物象鲜活的生命力量,便是郑绩在以下篇章中讨论的重点。在《梦幻居画学简明》"设色"篇,郑绩主张"山水用色,变法不一。要知山石阴阳,天时明晦。参观笔法墨法如何,应赭应绿,应水墨,应白描。随时眼光灵变,乃为生色"⑤。由此,他进一步解析了"生趣"的来源:"胸中必明此意,作画方有生趣"⑥。在"论点苔"篇中,郑绩说:"夫画山水,守法固严,变法须活。要胸罗万象,浑涵天地造化之机。故或

---

① 于安澜编:《画论丛刊》下卷,545页,北京,人民美术出版社,1989。
② 于安澜编:《画论丛刊》下卷,560~561页,北京,人民美术出版社,1989。
③ 于安澜编:《画论丛刊》下卷,561页,北京,人民美术出版社,1989。
④ 于安澜编:《画论丛刊》下卷,563页,北京,人民美术出版社,1989。
⑤ 于安澜编:《画论丛刊》下卷,564页,北京,人民美术出版社,1989。
⑥ 于安澜编:《画论丛刊》下卷,563页,北京,人民美术出版社,1989。

简或繁,或浓或淡。得心应手,随法生机"①。这些观点均体现着他写实第一的绘画思想。

虽然将画法精细到事物的细小组成部分,但郑绩的绘画思想依循的仍然是类型造型的绘画理论。不过,《梦幻居画学简明》展现出了他希图以古典绘画理论的框架来解决艺术创新中遇到的准确"定形"问题。所以,郑绩对中西画法做了细致的比较分析。他认为,"夷画较胜于儒画者,盖未知笔墨之奥耳。写画岂无笔墨哉? 然夷画则笔不成笔,墨不见墨,徒取物之形影,像生而已"②。然而,"儒画考究笔法墨法。或因物写形,而内藏气力,分别体格,如作雄厚者,尺幅而有泰山河岳之势;作澹逸者,片纸而有秋水长天之思。又如马远作关圣帝像,只眉间三五笔,传其凛烈之气,赫奕千古。论及此,夷画何尝梦见耶。"③由此可见,郑绩重视对物形的把握,但是他并没有径直走向纯粹写实的绘画观念中去。他直指"夷画"仅仅视觉上看起来"像生"的问题,首次提出"儒画""内藏气力,分别体格"的形式美这一创见,具有独特的画学史意义。

二、人物画类型的"工笔、意笔、逸笔"三分法

郑绩说:"画人物有工笔、意笔、逸笔之分。工笔、意笔、逸笔之中,又有流云、折钗、旋韭、淡描、钉头、鼠尾,各家法不同。"④接着,他不但区分了三种绘画类型,而且指出不同人物画类型具有的不同艺术效果。他认为,"工笔如楷画,但求端正不难,难于笔活";"意笔如草书,其流走雄壮,不难于有力,而难于静定";"所谓逸者,工、意两可也。盖写意应简略,而此笔颇繁;写工应幼致,而此笔颇粗。盖意不太意,工不太工,合成一法,

---

① 于安澜编:《画论丛刊》下卷,566 页,北京,人民美术出版社,1989。
② 于安澜编:《画论丛刊》下卷,555 页,北京,人民美术出版社,1989。
③ 于安澜编:《画论丛刊》下卷,555~556 页,北京,人民美术出版社,1989。
④ 于安澜编:《画论丛刊》下卷,571 页,北京,人民美术出版社,1989。

妙在半工半意之间,故名为逸"。① 可见,郑绩的人物画三分法参照的依然是类型造型方法,其中含混着绘画观、创作方法、笔墨形式和绘画风格等多个方面的内容。 但这一分类方法却对现代美术学理论中依据表现手法将中国画分为工笔、写意和兼工带写三种类型有着重要的影响。 特别需要注意的是,郑绩认为工笔和写意均可达到绘画的"逸"品境界,关键在于如何在"半工""半写"之间实现绘画之妙境。 此外,郑绩还将人物画的画法与时代紧密联系起来。 这些观点和方法都显示出他画学理论的前瞻性和科学性。

在《梦幻居画学简明》中,还涉及传统画学理论中另一个常见的命题——"意在笔先"。 郑氏将"意在笔先"与笔意和绘画风格结合了起来,如他所言:"然笔意亦无他焉,在品格取韵而已。②"这一观点既不同于晋王羲之《题卫夫人笔阵图后》中的"构思"说:"夫欲书者,先乾研墨,凝神静思,预想字形大小,偃仰、平直、振动,令筋脉相连,意在笔前,然后作字。"③也不同于明末清初戏剧理论家李渔在其《闲情偶寄》"立主脑"说对"意图"的重视:"主脑非他,即作者立言之本意也"④。 而且,郑氏的"意在笔先"论与清初王原祁"意在笔先,为画中要诀"说所指的文人画的精神性和抒情性内容亦有差异。 相较而言,郑绩扩大了"意在笔先"这一命题的讨论范围。

三、"绘出古人平素性情品质"的人物画"肖品"思想

在论述人物画法时,郑绩在《梦幻居画学简明》专设"论肖品"篇。 他提出:"凡写故实,须细思其人其事,始末如何,如身入其境、目击耳闻一

---

① 于安澜编:《画论丛刊》下卷,573~575 页,北京,人民美术出版社,1989。
② 于安澜编:《画论丛刊》下卷,554 页,北京,人民美术出版社,1989。
③ 潘运告主编:《汉魏六朝书画论》,107 页,长沙,湖南美术出版社,1997。
④ (清)李渔:《闲情偶寄全鉴》,18 页,北京,中国纺织出版社,2017。

般。写其人不徒写其貌,要肖其品。何谓肖品? 绘出古人平素性情品质也"。① 也就是说,在创作历史题材人物画时,不仅要将人物事迹了解清楚,而且要将其性情品质描绘出来。 由此,他将人物的性情品质大致归为六种类型:"推之写买臣负薪,张良进履,写武侯如见韬略,写太白则显有风流。 陶彭泽傲骨清风,白乐天醉吟洒脱"。② 郑绩的人物画"肖品"说将顾恺之关于人物画依据性别、地位身份进行类型造型的方法向前推进了一大步。

如何使人物画达到"肖品"境界呢? 郑绩逐一对寿仙、美人、仙佛、鬼神四类题材的创作方法进行介绍。

关于寿仙人物,郑绩提出需注意"凡间称寿"者与"神仙中人"的区别。 因而,他赞同刘道醇"师法舍短"的观点。 论及如何写画美人,郑绩提出宜画出人物的"幽娴贞静之态","非徒悦得时人眼便佳也",从而抨击了人物画追逐时趣的现象。 同时,他主张人物画应根据人物的性格、身份来进行相应的衣饰处理,而不是本末倒置,一味地工于外在装饰。 写仙佛人物时,郑绩认为画家需格外注意从其"面目间""举动处"推想其心术、生平,从而将人物的思想、经历和身处的时代特征活化于笔墨之间。 关于鬼神人物的创作,郑绩不仅提出了"借笔墨以写胸中怀抱"的观点,而且将吴道子以来经典鬼神人物作品的变形手法称为"狂怪有理",并直斥时论之偏狭。 他说:

> 故吴道子画《天龙八部图》,李伯时画《西岳降灵图》,马麟作《钟馗夜猎图》,龚翠岩作《中山出游图》;贯休之十六尊者,陈老莲之十八罗汉,俱是自别陶冶,不肯依样葫芦。胸中楼阁,从笔墨敷演出来。其狂怪有理,何可斥为谎诞! 然必工夫纯熟,精妙入神。时有感触,不妨偶尔为之,以舒胸臆。亦不可执为擅长,矜奇立异。③

---

① 于安澜编:《画论丛刊》下卷,577 页,北京,人民美术出版社,1989。
② 于安澜编:《画论丛刊》下卷,577 页,北京,人民美术出版社,1989。
③ 于安澜编:《画论丛刊》下卷,578 页,北京,人民美术出版社,1989。

当然，郑绩并没有一味倡导鬼神人物恣肆变形的表现方法，并特别告诫学画者不能为了追求奇异而进行的过度变形。他更重视的是画家在以形传神基础上随感而发、尽抒胸臆的画法和态度。

总体上看，郑绩《梦幻居画学简明》兼重"形""意"的绘画思想依然沿袭着古典画学的理脉。在这一画学理脉中，还有盛大士的《溪山卧游录》，和集山水树石、人物为一体的重要画谱著作《芥子园画传》，以及戴熙的《习苦斋画絮》、戴以恒的歌诀体画学著作《醉苏斋画诀》、秦祖永的《桐阴论画》、华琳的《南宗抉秘》和松年的《颐园论画》等论著。这些画学著作围绕着传统绘画思想的核心命题和理论范畴，结合时代语境，提出了诸多精辟独到的见解。尤其是"郑绩的《梦幻居画学简明》和松年的《颐园论画》，体大而其思亦尚精湛，包罗甚广，可视作古典绘画创作理论的总结。如果说，这近四十年是古典绘画理论的夕阳行将没入地平线之时，郑绩、松年二著就代表着夕阳的余晖了"[1]。虽然如此，郑绩主张通过精确造型以尽抒胸臆的绘画观念依然具有一定的画学史价值。这些都建立在郑绩谙熟绘画史并敢于质疑经典的基础上，如他论山水画法时所说："然山水诸法，唐、宋尚且未备，因有迹不逮意、声过其实之论"[2]，确为的评。

作为古典绘画理论框架中具有总结性意义的画论著作之一，郑绩的《梦幻居画学简明》亦不乏对前人观点的重复。他的基本画学主张依然是文人画思想体系"学画贵书卷"的核心观念。整个著作既有论说过于细碎之嫌，也有深受严苛的伦理秩序思想局限之处，如他所言，"画法者，法律谨严。如孔子设教，君臣父子，五伦定分，一丝不紊也"[3]。甚至他也表达过对"八大山人"以来画坛标新立异画风的反对，流露出相对保守的思想倾向。这些与清中后期职业和业余画家之间差别缩小、整个画坛再次趋向文人画风格的艺术时趣有着密不可分的关联。

---

[1] 邓乔彬：《中国绘画思想史》下，467 页，芜湖，安徽师范大学出版社，2013。
[2] 于安澜编：《画论丛刊》下卷，562 页，北京，人民美术出版社，1989。
[3] 于安澜编：《画论丛刊》下卷，599 页，北京，人民美术出版社，1989。

郑绩的绘画理论充分显示出他在特定时代中和文化语境中的矛盾心理。一方面，他敏锐地感知到准确造型的重要性，呼吁重形以突显物象的生气、生色和生机；另一方面，他持有张弛有度的法理观，追求在鲜活物象中寄寓生意生趣和胸襟气度等美学理想。总体而言，从他特别强调要画出物象鲜活生命气息的核心画学观念可以看出：一种具有写实倾向的新绘画观念，虽已呼之欲出，却仍然深深地植根于浓郁的文人画传统之中。

◎ 小　结

嘉道时期，画道渐衰。在西方文明浪潮的冲击下，画家、画学家一方面对西画技巧有着矛盾的接受心理，另一方面也在中西技法融合的大势中不断质疑和反思传统绘画观念。因而，这一时期不可避免地呈现出普遍重视准确造型的绘画思想。尤其是汤贻汾和戴熙更是打破了传统绘画思想的桎梏，自发地建立一种新的、更重视"明晦"关系以及"象物"为真的、具有鲜明写实倾向的绘画理论体系。通过对师古师造化、形神关系等问题的梳理和辨析，画家、画学家构建出了"求三昧当先求理"与"离法而立"的先进理法观和提倡书法用笔等技法理论。他们追求不为名利的纯粹绘画理想，追求文人画的艺术趣味，追求绘画"空灵"的艺术境界，为我国古典绘画思想史抹上了最后一笔心澄志高的士大夫文人画色彩。整体而言，在嘉道时期的绘画思想脉络中，虽然画家、画学家有意识地对前人的绘画理论进行了重新的审视和总结，但是并没有出现更有突破性的绘画理论和观念。其中一些画家、画学家的观点和论点，甚至还有重复前人、固守传统文人画思想的繁杂琐碎和机械拘泥之嫌。

第四编 ◎ 清代前中期其他艺术思想

第二十四章
清代前中期的音乐思想

中国的音乐文化，始于远古时期人们在劳动中产生的诗乐舞结合的活动。据记载，黄帝时有《弹歌》(《吴越春秋·勾践阴谋外传》)，涂山氏有"候人歌"(《吕氏春秋·音初篇》)。伊耆氏制造了鼓(《礼记·明堂位》)，夏代出现了磬(《尚书·益稷》)；新石器时代也有考古出土的陶埙[1]。而相传葛天氏之乐有"八阕"(《吕氏春秋·古乐篇》)，已是相当复杂、丰富而综合的艺术演出了。思想伴随着实践生长。周朝时周公"制礼作乐"(《礼记·明堂位》)，孔子提出"兴于诗，立于礼，成于乐"(《论语·泰伯》)，至汉代《礼记·乐记》又说"礼乐刑政，其极一也，所以同民心而出治道也"。乐的作用被不断强化，成为维护社会稳定和促进个人发展的重要文化载体。封建时代的音乐思想，正是在这一基调上得以建立起来的。

清代是我国古代音乐大发展的时代，如民歌、舞蹈音乐、说唱音乐、戏曲音乐，以及以击乐器、吹乐器为代表的器乐演奏等[2]，均已形成自身较为成熟的体系，达到了古代音乐的最高成就。音乐理论上也建树卓著，出现了

---

[1] 按，1931年4月在山西万泉县荆村发现。参见卫聚贤编：《中国考古小史》，57～61页，上海，商务印书馆，1933。
[2] 按，这种划分法乃沿用20世纪60年代中央音乐学院试用教材，中央音乐学院中国音乐研究所编的《民族音乐概论》，该著将古代音乐分为"民歌和古代歌曲""歌舞与舞蹈音乐""说唱音乐""戏曲音乐""民族器乐"五部分。参见《民族音乐概论》，北京，音乐出版社，1964。

周之标、徐大椿、毛奇龄、汪烜、蒋文勋等理论家，为音乐美学宝库增色颇多。

◎ 第一节
概　述

中国民族音乐学的奠基者杨荫浏曾说："在中国历史上，特别重视宫廷雅乐的，是宋朝和清朝的统治者。"[1]努尔哈赤建立后金以后，即规定了典礼庆贺上的奏乐制度，以为辅政教化之用。崇德元年（1636），定祭太庙乐制、卤簿乐制，规定御前仪仗内使用的乐器主要为锣、鼓等打击乐器。顺治定都北京后，采用降臣洪承畴等人的建议，宫廷乐制基本沿袭明代旧制，初步建立了祭祀乐、朝会乐、燕飨乐等制度。这些乐制，既含有典制性的音乐，以尊示皇家威严和仪式隆重，也有娱乐性的音乐，以供时间宽裕的帝王、妃嫔们消闲娱乐。

康熙皇帝对清代音乐的发展颇有贡献。他的音乐态度是非常积极的。他曾作《礼乐论》，其中说道："礼乐何始乎？始于天地，而通于阴阳。何者？天位乎上，地位乎下，万物中处，尊卑灿列，而礼以行……若夫治定功成，制礼作乐，以渐摩天下，则必上之人履中蹈和，秉至德以为之基，而后可协天地之极，此朕之所以欿然而不敢足也。"[2]这段话秉承《乐记》提出的"乐者，天地之和也；礼者，天地之序也"，"大乐与天地同和，大礼与天地同节"[3]的音乐思想，坚持乐教与礼教相辅相成的观念，表达了虽功业有成而礼乐尚有可期，因此感到不满足的谦逊心理，值得敬佩。他常年坚持研习

---

[1] 杨荫浏：《中国古代音乐史稿》上册，380页，北京，人民音乐出版社，2004。
[2] 《御制文集》，177页，长春，吉林出版社，2005。
[3] （清）阮元：《十三经注疏》下，1530页，扬州，江苏广陵古籍刊印社，1995。

乐律。 我们在前文中提到,他曾与南府教习探讨过琵琶调色的问题。 康熙发现了殿陛用《中和韶乐》乐曲的不足,此曲本沿明撰,"句有长短,体制类词"。 康熙觉其文体不雅,命人皆改为四字句章法;然因"奏乐人未习声调,仍以长短句法凑合歌之",虽文法易而声调未易,听起来很不和谐。 故于五十三年(1714),又特命人依章法而改声调,务使两者协和,"必得歌章字句亦随声调",达到"章法明而宫商谐"的允当效果。① 诚如康熙所言,"此事所关最要"。 倘若不修改,碰到有精通乐理的外国人觐见上朝,肯定会笑话清人不懂音乐,从而使天朝大国颜面无光的。

康熙还以开放的心态接受欧洲音乐,努力学习西洋乐理和演奏技巧。 他聘请过两位西洋音乐教师。 第一位是比利时传教士南怀仁(1623—1688)。南怀仁于 1659 年来到中国,协助时任顺治钦天监监正的汤若望(1592—1666)工作。 不幸遭到鳌拜、杨光先等守旧势力的排斥,被捕入狱。 后由康熙诏谕申雪,且被任命为钦天监监副。 第二位是葡萄牙传教士徐日升(1645—1708)。 徐日升本在澳门传教,因南怀仁极力推荐,于 1673 年来到北京。 他拥有陌生的歌曲听过一遍,便可弹奏而不误的非凡能力,并曾在御前用钢琴弹奏中国歌谣。 康熙与他探讨音乐技艺与原理的愿望极高,有一次想让其当面评判一位竖琴弹奏极好的宫女的才能,但碍于传教信仰上的规定、怕给他添麻烦而放弃了。 据记载,徐日升曾教康熙在西洋乐器上"演奏两三支乐曲"。② 除了自己学习,康熙还在内廷为众皇子请了外籍音乐教师,即意大利遣使会士德里格(1670—1747),他于 1711 年从澳门来到北京。 还通过另一位葡萄牙传教士闵明我(1639—1712),从荷兰使臣那里招来一名年青的技艺精湛的竖琴演奏家,把他安置在宫廷乐署里,教青年太监演奏竖琴。 在康熙的支持和允许下,西洋乐器也漂洋过海,越来越多地出现在中国民众面前。 像竖琴等,固然可以作为礼物进奉;但以徐日升、德里格为代表的传教士们,同时也在尝试将西洋乐器的制造工艺带到中国,并指导

---

① 万依:《清代宫廷音乐》,载《故宫博物院院刊》,1982(7)。
② [法]白晋:《康熙皇帝》,赵晨译,32 页,哈尔滨,黑龙江人民出版社,1981。

工匠制造出各种各样的西洋乐器。著名的如 1703 年，在得到康熙的恩赐之后，徐日升扩建宣武门内天主教堂时，就建造了能奏出优美旋律的钟楼和一架巨型管风琴，在当时引起很大轰动。①

作为以上行动的结果，康熙于五十二年（1713）做了一件大事，即御命编纂《律吕正义》。这部书由他本人亲自主持，魏廷珍、梅瑴成、王兰生等参与其事，并于次年（1714）完成。是书上编、下编，考校历代律制乐制，续编则介绍了有关五线谱等西洋音乐知识。是书在乐理上有两大特别之处，一是批驳明代藩王世子、音乐家朱载堉（1536—1611）的十二平均律"新法密率"，而新提出一套"十四平均律"，其实在理论上根本站不住脚；二是让徐日升、德里格负责续编，打破历朝修乐书的惯例，收入西洋乐理论著，从而第一次以官方形式肯定了西方音乐的贡献②。这两者一个负面、一个正面，看似两相矛盾的结合，其实都是康熙统治思想和权力意志的反映。封建时代讲乐、政不分，宋代哲学家邵雍《声音唱和》尚提出："穷声音律吕，以穷万物之数。"③认为律吕是观测世界万物兴衰变化的基本途径和源泉。康熙坚持以"十四律"取代"十二律"，实质上并不是乐理与乐制正确与否的争议，而是保守落后的音乐思想使然。尽管身为一代明主，但他仍旧抱着乐必须服从于政，以政为主而乐从之，政决定乐的思想，取消律吕的独立性；从而妄图通过推出一种"新"的音乐形式，打倒"旧"的音乐形式，来实现稳定"新政权"、彻底清除"旧政权"影响的政治目的。这一点，只要联系当时民间反清复明的斗争经久不息、此起彼伏，满汉之间又发生较大的争权

---

① 按，此处参考余三乐：《记葡萄牙耶稣会士徐日升》，载《北京社会科学》，2009（4）；王柔：《西洋音乐传入中国考》，载《音乐研究》，1982（5）；吴艳玲：《清初宫廷葡萄牙传教士徐日升》，载《湖北社会科学》，2008（5）；王冰：《〈律吕纂要〉之研究》，载《故宫博物院院刊》，2002（4）。
② 按，五线谱作为一种音乐记谱形式，在 17 世纪趋于完善。而其功应起于 11 世纪意大利音乐理论家圭多（Guido'Arezzo，约 995—1050）首创的四弦记谱法。所以，徐日升、德里格给清人介绍的是自欧洲中世纪晚期至 17 世纪的音乐成就。另及，《律吕正义》纂修之前，作为一种准备，或者也作为教康熙学习西方音乐的教材，徐日升编撰了《律吕纂要》，内容基本与《律吕正义续编》相当。此不赘言。
③ （宋）邵雍撰：《皇极经世》，345 页，北京，九州图书出版社，2003。

斗争（三藩之乱），而致康熙帝忧心忡忡的事实，则不难理解。因此，书中借"阴阳以类相从而不相杂""阴阳唱和，律吕合用"以折中取声（《审定十二律吕五声二变》）①的观点，任意捏合音阶，改自商周时代即已出现并一直使用的七声音阶为等距音阶，甚至据此规定了制作各种新型乐器的标准尺寸，使音乐发展出现了极不科学的历史大倒退，这些都只不过是表面，而与编辑者的乐律造诣无关。毕竟，参与工作的汉族士大夫和外国传教士，在政治上都受康熙控制，他们都有求于康熙。

或许徐日升、德里格的荣辱更能说明问题。康熙能允许二人将西乐写进官书，很大程度上出于封建统治者所持的天下威仪、远人来归的心理，而非传播新的音乐知识。《律吕正义续编》卷一《总说》中强调："我朝定鼎以来，四海尽入版图，远人慕化而来者渐多，有西洋波尔都哈儿国人……后相继又有壹大里呀国人……"②所以，当这种初识的热情逐渐冷却淡下来之后，传教士们的麻烦便来了。徐日升受康熙宠遇多年，后来当他再次领人入宫弹奏西洋音乐，"皇上即以手掩耳"，不愿意听了。德里格比徐日升受宠尤甚，而其衰也快且惨。大约只维持了两年，就因涉罪下狱了。现存罗马传信部档案，有一道康熙五十三年（1714）的圣旨，值得玩味：

> 首领张起麟传旨：西洋人得里格的徒弟，不是为他们光学弹琴，为的是要学律吕根源；若是要会弹琴的人，朕什么样会弹的人没有呢？如今这几个孩子，连乌勒明法朔拉六七个字的音都不清楚，教的是什么？你们可明明白白说与得里格，着他用心好生教，必然教他们懂的音律要紧的根源，再亦着六十一管教道他们。③

只是精通音乐，却不懂得中国乐文化的传教士们，可能永远也无法体会康熙

---

① 故宫博物院编：《御制律吕正义五编》，15 页，海口，海南出版社，2000。
② 故宫博物院编：《御制律吕正义五编》，160~161 页，海口，海南出版社，2000。
③ 参见席臻贯：《从康熙皇帝的音乐活动看〈律吕正义〉》，载《音乐研究》，1988（6）。

皇帝的深意。是的，他喜欢音乐，但绝不是为了弄清楚"乌勒明法朔拉六七个字的音"以便会弹琴或者能开个人演唱会。他祈求的是外国的音乐家，能帮他以及皇子们，深深地去探求"律吕根源"，解决这个在他执政之时，那些极能通音律的臣子们都迷茫糊涂的最大难题。可是，欧洲神甫们即便音乐天赋再高，也理解不了"乐者天地之和"的文化深邃，从而无法自觉做到把乐和礼、刑、政三者联系起来，无法让康熙本人满意。既然解决不了这么一个大问题，那么传教士的活动，对于维护巩固清政府的统治，也就没有多大意义了。所以，一旦他们在传教中稍有不慎，以耶稣的"上帝"触犯中国的"天""帝"，遭到清政府查禁势所必然。被打进监狱里的德里格，至乾隆时期才被再次起用。而自雍正以后，历经乾嘉道三世，清廷禁教之令越来越严，也就几乎看不到欧洲传教士们在清代乐坛上活跃的身影了。

乾隆帝的文艺作为不少，但在音乐上他的积极性并不高。古乐方面，他继续命令编纂《律吕正义后编》，不过只是于材料上博采兼收，以至于卷帙浩大，而于理论上并没有多少新突破。他完成了对《中和韶乐》的修改，了却了康熙的未竟之愿，"但此次改动并非改曲谱以合歌词，而是改词以适应明代之曲谱"①，还是有很大不足的。他对戏曲音律偶尔也有评论。徐珂《清稗类钞·明智类》提到，"高宗精音律，《拾金》一出，御制曲也。南巡时，昆伶某净名重江浙间，以供奉承值。甫开场，命演《训子》剧。时院本《粉蝶儿》一曲，首句俱作'那其间天下荒荒'，净知不可邀宸听也，乃改唱'那其间楚汉争强'，实较原本为胜。高宗大嘉叹，厚赏之"。②然而，客观地看，这句改词只能说是迎合了皇上的统治心理，不喜听"天下荒荒"之病态；至于说如何"精音律"，恐怕未必，顶多是因惯听戏的缘故，可以随口评说罢了。西乐方面，乾隆帝也多次请懂音乐的西洋人，教内廷太监弹奏西洋乐器。例如，乾隆七年（1742），有一次他收到西洋乐器（小提琴等）若干件，便传旨："着交西洋人认看，收拾得时即在陆花楼教小太监。"真正有

---

① 万依：《清代宫廷音乐》，载《故宫博物院院刊》，1982（7）。
② 徐珂编撰：《清稗类钞》第7册，3339～3340页，北京，中华书局，1986。

意义的事件发生在乾隆四十八年（1783），乾隆帝同意意大利耶稣会士在宫廷内排演皮钦尼的歌剧《切奇娜》，并大张旗鼓地搭建舞台，布置幕景，以方便观看。① 这么一件破天荒的事情，按说可以引起中国音乐的某种改革，但终因乾隆只是图热闹的缘故，对音乐并非真正热衷，所以过去之后，也就烟消云散，并未在当时的音乐界激起半点波澜。

与皇帝们在宫廷内任性，致使音乐一时热一时冷相比，社会上就沉寂得多了。自康熙至道光，屡出禁止民间音乐活动的谕令，如禁唱秧歌，禁学唱，禁游歌场，禁养歌童，禁皮影戏、高跷、太平鼓戏等。影响较显著者，如康熙年间，曾明文规定禁造俚歌："凡有狂妄之徒，因事造言，捏成歌曲，鄙俚喋亵，刊刻流传，沿街唱和者，内外各地方官□□查拿，照不应重律治罪，若有妖言惑众等词，仍照律治罪。"乾隆年间，曾"禁档子演唱淫词小曲"："曩年最行档子，盖选十一二龄清童，教以淫词小曲，学本京妇人妆束，人家宴客，呼之即至，席前施一氍毹，联臂踏歌，或溜秋波，或投纤指，人争欢笑打彩，漫撒钱帛无算，为害匪细，今幸已严禁矣。"②道光十二年（1832），曾严禁鼓词，"此书多演怪力乱神，供人捧腹，似乎无害，然辞气抑扬之间，但图热闹，总以拜师学法，驱役鬼神，啸聚山林，劫夺法场等为贤。小民何知正史，信以为真……"③这股强劲的皇家之风引起的附和是极为激烈的。而最明显的体现即存于家训之中。康熙四年（1665），张履祥《扬园先生训子语》曰："至于异端邪说、淫辞歌曲之类，能害人心术，伤败风俗。严拒痛绝，犹恐不及，而况可贮之门内乎！"把歌曲说得一无是处。颜光敏《颜氏家训》曰："及观优剧，则言之便便，且能识其姓名、按其音节，不自觉其可羞也。"则完全是以懂音乐为耻辱了。又据《广西通志》载，男女婚嫁必须父母主婚、媒人说合，"不许仍蹈陋习，纵容男女群聚唱

---

① 参见廖辅叔：《乾隆宫廷音乐的洋玩意》，载《音乐研究》，1990（3）。
② 王利器辑录：《元明清三代禁毁小说戏曲史料》（增订本），29页，50页，上海，上海古籍出版社，1981。
③ 王利器辑录：《元明清三代禁毁小说戏曲史料》（增订本），71页，上海，上海古籍出版社，1981。

歌，私相苟合，以养廉耻之心，以成风俗之美"①。少数民族能歌善舞，民风质朴，男女青年于特定节日中相聚唱歌传情，乃民族习俗使然，即使满族亦不例外，但是连这个都不允许了，都必须抛弃。可见，统治者把音乐形容成"洪水""猛兽"，防之唯恐其漏，笼之唯恐其疏。究其实，还是固守着传统的音乐观念不放，给音乐披上了沉重的政治教化的铁衣，至于音乐本身到底是什么，则极少有人能意识得到，认得出来，并能认真去思考。

然而，思想史总是为有思想的人提供发言的机会。只要史不乏人，且能适时而出，这样就可以构成一部历史。英国伦敦大学的学者迈克尔·亨特说："至少从惯常的研究来看，思想史的核心在于研究以往时代的'高级'观念、那些参与当时学术文化的知识人的主张。"②值清代音乐亟须冲破旧的"高级"观念之际，毛奇龄、李塨、江永等"知识人"纷纷参与进来，提出了一些新的"高级"观念，才推动了音乐思想的继续发展。

毛奇龄（1623—1716），又名甡，字大可，又字齐于等，号秋晴，又以郡望为西河，尊称西河先生，浙江萧山人。康熙时任翰林院检讨、明史馆纂修官、会试同考官等职，后因疾归田。《清史稿》本传说"奇龄淹贯群书，所自负者在经学，然好为驳辨，他人所已言者，必力反其词"。③ 一生著述极为丰富，涉及经学、史学、文学艺术等多方面，其中论乐著作有《竟山乐录》（一名《古乐复兴录》）、《圣谕乐本解说》《论乐原疏》《皇言定声录》四部，以前者价值较高。

毛奇龄是清代音乐思想史上的斗士。他对各种"荒诞支离的旧说"，都提出了质疑和反对，具有"扫荡廓清之功"，实不愧梁启超所誉"一扫尘霾，独辟畦径"。④ 他最重要的贡献，是对音乐的本质属性作出了探讨。音乐是什么？是裹挟在它身上的种种"神奇幼眇"之说？如声名创自于"溷元太

---

① 赵兴勤、赵韡：《王利器〈元明清三代禁毁小说戏曲史料〉辑补》，载《晋阳学刊》，2010（1）。
② 丁耘主编：《什么是思想史》，20页，上海，上海人民出版社，2006。
③ （清）赵尔巽等撰：《清史稿》第43册，13176页，北京，中华书局，1977。
④ 梁启超：《中国近三百年学术史》，357～358页，北京，中国书店，1985。

乙",五声与阴阳五行说相配,乐学与一元两仪三才八卦相连等。还是必须借操算方能得成的"晓然以晰"的数字与度量衡? 抑或是宋代以来论律吕只需论及的乐器,以及改朝换代必然要修订纂改的乐书? 以往的这些认识都不对,都未涉及音乐自身的本质属性。 毛奇龄指出:"如乐之有五声,亦言其声有五耳,其名曰宫曰商,亦就其声之不同而强名之作表识耳。"(卷一《总论》)①说白了,音乐就是一种声音的艺术。 声音可能带有"强名之"而做成的"表识",那是文化强制性的产物,并不可怪。 由此,毛奇龄力斥以五行附会乐理的一切做法,特地以题为名彰明"乐器不是乐""乐书不是乐"的基本道理,并指出前人曲解乐理却又妄求传世,以至贻害后人,所以"从来乐书多辞费,翻害乐也"(卷四《采衣堂论乐浅说总论》)②。 不可否认,毛奇龄有他的历史局限。 比如,认为声音的艺术就是"人声",其实是只看到了音乐所含有的声乐的一面,而忽视了器乐的一面,即器乐之声也是音乐的物质材料来源。 又如,他对律吕之学中如陈旸等人在律数上取得的成就全盘否定,也是过于激切了。 但是,如此肯定地从本质属性上来界定音乐,毛奇龄是第一人。 若把《竟山乐录》拿来同《律吕正义》比较,则似乎毛奇龄专门针对康熙的错误之处所发,也颇有点冒天下之大不韪了。

确定了"乐者人声也"的基本道理,其他问题都容易解答了。 毛奇龄作了一篇《乐不分古今》(卷三),明确提出"古乐有贞淫而无雅俗"。③ 主要反对两种错误倾向,一是贵雅贱俗。 他从雅乐与俗乐之分的源头上,即唐代开始论起。 指出唐人将音乐分为雅乐、俗乐、番乐三等,"原非贵雅而贱俗也"。 白居易诗曰:"立部贱,坐部贵。 坐部退为立部伎,击鼓吹笙合杂戏。 立部又退何所任? 始就乐悬操雅音。"自注云:"太常选坐部伎,无性识者,退入立部伎。 又选立部伎绝无性识者,退入雅乐部,则雅声可知

---

① (清)毛奇龄稿:《竟山乐录》,2页,北京,中华书局,1985。
② (清)毛奇龄稿:《竟山乐录》,45页,北京,中华书局,1985。
③ (清)毛奇龄稿:《竟山乐录》,42页,北京,中华书局,1985。

矣!"①也就是说,唐代乃以番乐为贵,俗乐次之,雅乐为贱。因为唐时各民族间文化交流活跃而深入,番乐即少数民族音乐发展较快,歌舞及演奏技艺都达到较高水平,所以广受欢迎。雅乐作为宫廷庙堂之乐,因受儒家思想制约,在长期发展中始终改变不了音调平缓的特点,易给人昏昏欲睡之感。俗乐,泛指各种民间音乐,善于吸收各种流行元素,雅乐在与其的竞争中胜出。从这一点上看,宋明尚雅乐,清沿其习,以致形成贵雅贱俗之势,实是出于政教之需,并未着眼于音乐作为声音艺术的本义,不利于音乐的正常发展。

二是尊古卑今。古乐、今乐的问题,随雅乐与俗乐产生。崇雅乐即尊古乐而卑今乐。毛奇龄指出,音乐上的尊古有多种表现,如尊《韶》等古人之乐,摹揣古乐器之形以图复制,拘守古乐书之论不敢僭越等,都是对音乐历史发展的阻碍,并不能促进音乐文化的进步和音乐审美水平的提高。所以,他说:"故设为雅俗之辨,欲使知音者勿过尊古,勿过贱今。谓当世之人为今人,不为俗人;谓今人之声为人声,不为今声,则于斯道有庶几矣。"②今人的歌声即乐之本,即今人之乐,代表着今世音乐的最新发展;绝不能简单地称为俗人之乐,或者不同于古乐的今乐,而进行一概贬低。可见,通过这样的辩驳,毛奇龄实际上建立起一种面向现实的、较为客观公正的音乐观,有力地推动了清代音乐向前发展。

李塨(1659—1733),字刚主,号恕谷,河北蠡县人。曾于康熙二十九年(1690)中举,然感时文之害弃置不顾。少时师事颜元,发挥颜氏学说,世称颜李之学。后又从学毛奇龄。晚年修习斋学舍,讲学其中,著有《恕谷文集》。音乐方面有《学乐录》,记述他自己跟随毛奇龄学习音乐的心得,观点与《竟山乐录》大致相似且有所发展。他主要针对《孔子家语·辨乐》中的南北分音之说(亦见于《说苑·修文》)提出了有力批驳。他的核

---

① (唐)白居易:《白居易集》,44页,长沙,岳麓书社,1992。
② (清)毛奇龄稿:《竟山乐录》,42~43页,北京,中华书局,1985。

心论点自然是乐者乃声音也。乐为声属,声音的性质(善恶)与作用(好坏),只与作品自身的质性有关,而与其产生的方位地域并无必然联系,古来流传的以五方之说来论乐的观点都是武断的。南音、北音是有其特性,但并非截然不同。他说:"北声亦有柔缓,而多慷慨奋厉。南声亦有悲奋,而多啴缓柔韡。或是之分。"①北声、南声都可以表达极为丰富的情感,不能简单地从儒家传统的温柔敦厚的审美观念出发,抓住二者主要的一面就借此认定"南音必善,北音必恶";更不能从圣明之主舜、暴戾之主纣,他们所由之兴与亡的地理方位上,就断定"南音兴国、北音亡国"。李塨最后总结说:"是乐之得失唯以雅淫分,不以南北判也。"②或曰,李塨以北人,故为北音辨。然毋庸置疑,南北分音说是极不科学的。

江永(1681—1762),字慎修,号慎斋,江西婺源人。为诸生数十年,晚年入贡。清代皖派经学创始人,著述宏富,有《周礼疑义举要》《音学辨微》《算学》《春秋地理考实》等。乐理论著为《律吕新论》《律吕阐微》两部。他的观点与毛奇龄有所吻合,但稍显中庸,不如毛奇龄淋漓痛快。《律吕新论》包括《声音自有流变》《俗乐可求雅乐》《乐器不必泥古》《度量权衡不必泥古》诸篇,大可观题知义。总的来看,他肯定乐的声音本质,认为"徒考器数,虚谈声律",未有能成乐者也。又特别指出,声音"自有流变,非人之所能御"。人既不能控制音乐的播迁,则强力复古乐或从雅乐,亦均属不可能之事。尤其对普通民众来说,统治者企图强加给他们何种音乐、何种乐器,只是扰民已甚;因此,"若民间所用,固当听从民便,毋斤斤于法古,似亦事势之宜焉已"③。在雅乐与俗乐的对立上,他主张"为雅乐者,必深明乎俗乐之理",做到俗为雅用,方能不断保持雅乐的纯正。如雅乐的乐器,他就主张去古之所用柷敔,而用今之拍板,"柷敔之声粗厉,拍板之声清越"。粗厉,固不符合雅乐的审美要求。他还提出了复古乐、近雅

---

① 吴钊等编:《中国古代乐论选辑》,383页,北京,人民音乐出版社,2011。
② 吴钊等编:《中国古代乐论选辑》,384页,北京,人民音乐出版社,2011。
③ 吴钊等编:《中国古代乐论选辑》,389页,北京,人民音乐出版社,2011。

乐的途径,"当于今乐中去其粗厉高急、繁促淫荡诸声,节奏纡徐,曲调和雅,稍近乎周子之所谓淡者焉"①。可见在江永内心,终究是崇尚古乐和雅乐的。

如果说反复古主义者尚且留下一条尾巴的话,复古主义者则更加有恃无恐。代表人物为汪烜(1692—1759)。汪氏字灿人,号双池,又名绂,江西婺源人。出身贫困,终身未入仕,以教授为业。著作百余卷,乐学方面有《乐经律吕通解》,并辑有《立雪斋琴谱》。《乐经律吕通解·乐教》提出:"乐,和而已,而周子加以淡之一言。"②和与淡,都是指音乐的审美属性。如此界定乐,不是不可以,只是还不够到位和清楚。音乐的审美特征多种多样,追求和淡只是其中之一,可以被某一群体的人认可,其他群体则未必;而且,审美特征也可能会因文化、社会等方面的差异改变。究其实,"和淡"说乃是传统儒家尤其是宋明理学的音乐审美观。故此,汪氏虽然也认识到"乐之感人以音",但他考量的目光并未放在"音"上。他还是把古人"乐与政通"、"天人感应"、阴阳谶纬的那一套搬了过来,融会贯通,极力宣扬音乐的神秘感。他说:"盖声与政通,一感一应,祸福应之,有固然也。"又说:"必政善而后人心和平,人心和平而后诗辞皆善,诗辞皆善,然后审一定和,而声律之合亦无不淡且和。"(《乐教》)③并由此竭力主张废黜今乐、复兴古乐,禁俗乐淫声、兴雅乐雅调。他十分极端地写道,"凡天下之习俳优者,宜尽禁止之。取杂剧之书而悉焚之"。然后,选其知音者"隶养于官","而使有道有德通晓音律者作为雅乐诗章,以使有司集俳优之人而教之,以用之祭享,用之饮燕,用之宾客远人,亦所以绝淫声而兴雅乐也"。(《乐教》)④天下从乐者都被赶去为统治者服务,上层士大夫们倒是享用不尽了,可是让普通老百姓去听什么? 百姓就没有音乐分享权和知音的能力

---

① 吴钊等编:《中国古代乐论选辑》,388页,北京,人民音乐出版社,2011。
② 吴钊等编:《中国古代乐论选辑》,410页,北京,人民音乐出版社,2011。
③ 吴钊等编:《中国古代乐论选辑》,411页,北京,人民音乐出版社,2011。
④ 吴钊等编:《中国古代乐论选辑》,412~413页,北京,人民音乐出版社,2011。

吗？"民心无常，随感而应，故音之所感有异，而民之应之者心术顿殊。"（《乐记或问》）①可见，他去俗入雅的根本动机，乃源于这种不相信下层民众、鄙视百姓的反动心理。如此不可调和的音乐对立只能表明，传统音乐思想已经走进了死胡同。中国音乐思想若要继续发展，必须另谋新路。

那么，在当时的历史条件下，有没有提供这一可能呢？回答是肯定的。这就是清初以来，已经出现的各民族之间以及古今中外、城市乡村音乐大融合的趋势。归纳原因有三：一是政权的性质，清代以少数民族立国，在吸收汉族音乐文化外，如满族、蒙古族、藏族等少数民族音乐，自然也受到格外推崇；二是经济的迅速发展，导致地区与地区之间、民族与民族之间、城市与乡村之间交流日益增多，人们能够容纳并欣赏不同音乐形式的共同存在；三是对外交流的加强，前来访问、工作与生活的外国人不断增多，为外国音乐的融入提供了便利条件。

我们说，在当时也确实出现了这方面的理论呼声与依据。毛奇龄在谈到乐为人声时说："乐重人声，人声苟善，虽俗乐、番乐，在所必取，而况九州之大，四海之众，人声呕哑，不绝于世，一吟一咏，皆宜抽绎，所谓礼失而求之野者。"②不同民族、不同国家因为生产与生活方式的不同，可能会制造出不同的乐器，从而出现不同的器乐形式，一时难以引起彼此的共鸣。但四海九州同于"人声"，人与人之间靠声音传情达意，是极可以一瞬间就能沟通与理解的。声乐比器乐更易于接受，而且传播的范围和程度更加广泛而深入，这是一个基本的音乐事实。从这一点上说，毛奇龄提出"乐重人声"，（而非乐重器声），真正是千对万对的。毛奇龄的弟子李塨进一步发挥乃师之说，《学乐录》提出："天地元音今古中外只此一辙，辞有淫正，腔分雅靡，而音调必无二致。"这就说得更明确而直接了，"今古中外只此一辙"，天下大同系于"天地元音"，音乐之能超越时空、国界与种族的理念，有史以来第一次被摆在国人面前。

---

① 吴钊等编：《中国古代乐论选辑》，401页，北京，人民音乐出版社，2011。
② （清）毛奇龄稿：《竟山乐录》，42页，北京，中华书局，1985。

毛、李师徒二人的主张,在当时中西音乐交流实践中已有证明。康熙十二年(1673),徐日升觐见时,康熙与宫廷乐师一同弹奏一首中国歌,这位神父听了不一会儿,便随着轻轻地唱起来;并拿笔用欧洲的文字和音符直接记录下了这首歌。"随后,应皇帝的要求,他将那首中国歌重又弹奏了一遍,在节拍的间隔、音符的长短、情绪的抑扬顿挫等方面都十分完美,就好像他练习过很多天一样。其实他以前从来没听过这首歌。"①显然,如果不是人声上的"音调必无二致",徐日升是无法做到让康熙皇帝"十分惊讶,简直不能相信自己的耳朵"的。另外一个例子来自清廷大臣张照(1691—1745)。乾隆六年(1741),张照奉旨去找一些懂乐律的西洋人,得德里格、魏继晋、鲁仲贤三人。他见三人"以彼处乐器作中国之曲",倚声和之可立成。同样倍感惊讶,并由此悟出,中乐、西乐"可知其理之同也"。接着,他更就西洋音阶与中国音阶(宫商角徵羽及变徵变宫)做了比较,得出:"声音之道,无间中西,特制器审音不相侔耳。"②制器指演奏的乐器,审音指音阶的表识符号。它们虽存在很大差别,但声音的艺术却终究"无间"焉。

清代音乐大融合的具体表现就非常多且普遍了。在此,古今融合的例子不必细说。各民族之间的融合,如元旦举行的宴飨乐,除以汉文化的《中和韶乐》为统领外,少数民族音乐则有《番部合奏》《高丽国俳》《瓦尔喀部乐舞》《回部乐伎》等。城市、乡村间的融合,如当时城市中流行的小曲,一般是以农村中的民歌为基础经过艺术加工而成的,也被称作小调、时调和俗曲等。农村戏班排演得好了,到城中去摆摆场子;城中的戏班混不下去了,转到农村去维持生计,这些情况在李绿园《歧路灯》中都有记载。李斗《扬州画舫录》卷五也谈道:"郡城花部,皆系土人,谓之本地乱弹,此土班也。至城外邵伯、宜陵、马家桥、僧道桥、月来集、陈家集人,自集成班,戏文

---

① 参见余三乐:《记葡萄牙耶稣会士徐日升》,载《北京社会科学》,2009(4)。
② 参见廖辅叔:《乾隆宫廷音乐的洋玩意》,载《音乐研究》,1990(3)。

亦间用元人百种，而音节服饰极俚，谓之草台戏，此又土班之甚者也。"[1]都是土人组成的土班，然差者只能在城郊演出，较好的则可以到城里演出，戏曲市场自然有其运行的基本规律。中外融合，如上文提到的徐日升建造的钟楼和管风琴，都是中西音乐合璧的杰作。赵翼对此有真实记载，《檐曝杂记》卷二《西洋千里镜及乐器》云："有楼为作乐之所。一虬髯者坐而鼓琴，则笙、箫、磬、笛、钟、鼓、铙、镯之声无一不备。其法设木架于楼，架之上悬铅管数十，下垂不及楼板寸许。楼板两层，板有缝，与各管孔相对。一人在东南隅，鼓嘴以作气，气在夹板中尽趋于铅管下之缝，由缝直达于管。管各有一铜丝击于琴弦。虬髯者拨弦，则各丝自抽顿其管中之关捩而发响矣。铅管大小不同，中各有窾窍，以象诸乐之声。故一人鼓琴而众管齐鸣，百乐无不备，真奇巧也。又有乐钟，并不烦人挑拨，而按时自鸣，亦备诸乐之声，尤为巧绝。"[2]

综上可知，这种大融合的趋势，有助于音乐冲破宫廷雅乐与民间俗乐的尖锐对立，从而昭示着传统保守的音乐观念必将为历史所抛弃，音乐思想的发展终会迎来属于自己的明天。

◎ 第二节

戏曲音乐思想

戏曲与音乐密不可分。明人程羽文《盛明杂剧三十种序》曰："曲者歌之变，乐声也；戏者舞之变，乐容也。皆乐也。"[3]点明在中国礼乐文化体

---

[1] （清）李斗：《扬州画舫录》，130 页，北京，中华书局，1960。
[2] （清）赵翼、姚远之：《檐曝杂记·竹叶亭杂记》，36 页，北京，中华书局，1982。
[3] 吴毓华编著：《中国古代戏曲序跋集》，188 页，北京，中国戏剧出版社，1990。

制中,戏曲属于乐的行列,是乐学的一个分支。戏曲在根本上是一种歌与舞的艺术,歌变为曲、舞变为戏,才产生了后来的戏曲。可以说,戏曲是歌舞的变体,而歌舞乃是戏曲的"本体"。近人王国维《戏曲考原》曰:"戏曲者,谓以歌舞演故事也。"①强调以歌舞为先,歌舞既是本源又是手段;而故事则是戏曲作者在其中寄寓感情、表达社会看法的产物,与小说、诗文并无二致。

与古代其他音乐类别相比,戏曲音乐的综合性与包容性是最强的,因而成为最具艺术表现力的音乐形式。其中的角色演唱可比民歌,宾白间杂近于说唱,带有表演性质的科介动作同于舞蹈,而各种乐器的同台伴奏,则使每一出戏都成为展示民族器乐的大舞台。在清代,戏曲音乐也取得了很高的成就。这里,拟从戏曲的音乐本位、戏曲的腔调之美、戏曲的器乐之美三个方面,概述有关戏曲音乐思想的认识情况,以就正方家。

一、"止有一分曲,借尔十分唱":戏曲的音乐本位

古人为文作辞,十分讲究音声修饰。西晋陆机《文赋》云:"其会意也尚巧,其遣言也贵妍。暨音声之迭代,若五色之相宣。"②把语词之间音声的变化迭配之美,与词采的华丽和立意的灵巧等同,由此确立了古代文章美学的三要素,即立意、词藻和音声。后来,南朝人谢灵运更进一步,推崇音声之美趋于极致。他说:"欲使宫羽相变,低昂互节,若前有浮声,则后须切响。一简之内,音韵尽殊;两句之中,轻重悉异。妙达此旨,始可言文。"③意思是说,体会不到音律的精髓、达不到音律的精严要求,就不必言文了。音律被描述成为文的最重要的条件。

一般的文辞尚如此看待,则音声之于戏曲的重要性更不必待言。元人高

---

① 王国维:《王国维戏曲论文集》,163页,北京,中国戏剧出版社,1984。
② 张怀瑾:《文赋译注》,32页,北京,北京出版社,1984。
③ (南朝梁)沈约撰:《宋书》第6册,1779页,北京,中华书局,1974。

安道《嗓淡行院》写到，人们去歌楼看戏，乃是为了"赏一会妙舞清歌，瞅一会皓齿明眸"。① 这个要求乍一听可能太"俗"了，然而戏曲原本就是土生土长的通俗艺术，普通人去看戏，是把它和"闲茶浪酒"、烟花柳巷放在一起比较的。戏的吸引力若比二者大，则"暖日和风清昼"就打发在这里了。戏曲的魅力集于声、色，考虑到"皓齿明眸"还可以在烟花柳巷等地方"瞅"到，那么戏曲的声之美实为最吸引人处。观者有如此体会，论者亦有如此总结。明人徐渭《南词叙录》曰："夫曲本取于感发人心，歌之使奴、童、妇、女皆喻，乃为得体。"②根据《礼记·乐记》中的观念，古来能"感发人心"者，必"本于心"，如诗（言志）、歌（咏声）、舞（动容）皆然。乐总其大成，故曰："乐者，音之所由生也，其本在人心之感于物也。"③戏曲作为乐文化的典型代表，自然秉承了此种本性，所以说唯有通过歌唱以打动人，方能使戏曲"得体"。可见，徐渭已经认为，音乐之美是戏曲艺术表演的审美核心。

再看一位著者的观点。清代最为重视农村戏曲、为农民写戏编戏的蒲松龄，在聊斋俚曲《慈悲曲》的结尾指出："词宜音调清，白宜声色像，止有一分曲，借尔十分唱。"④这句话像是给演员提出的表演要求，因此可视作蒲松龄本人的戏曲主张。他把唱提到戏曲表演艺术中最高的位置。若词之音调清，只要是通官话或俚语的口齿清楚的演员，都不难做到，故能分辨出来的艺术高低成分不多。若声色之像，需要摹声作态，演员要学会"妆何等人，即当作何等人自居"（黄幡绰《梨园原》）⑤，有能力把自己化成剧中人，以"出于己衷"的方式表达所扮演角色的喜怒哀乐、离合悲欢，从而使看者触目动情，以为果真是现身说法。这一层，着重于演，便要看演员的艺术塑造能力了。但是，在戏曲中演不如唱，唱的天赋要求更高。李渔《闲情偶寄·

---

① 隋树森编：《全元散曲》，1110 页，北京，中华书局，1964。
② 中国戏曲研究院编：《中国古典戏曲论著集成》三，243 页，北京，中国戏剧出版社，1959。
③ （清）阮元校刻：《十三经注疏》下，1527 页，扬州，江苏广陵古籍刊印社，1995。
④ 盛伟编：《蒲松龄全集》第 3 册，2543 页，上海，学林出版社，1998。
⑤ 中国戏曲研究院编：《中国古典戏曲论著集成》九，11 页，北京，中国戏剧出版社，1959。

教白》云:"教习歌舞之家,演习声容之辈,咸谓唱曲难,说白易。"①指的就是这个意思。 唱,对于戏曲意义的传达至为关键。 写得非常一般的剧本,唱得好能将一分增长到十分;反之,写得非常好的剧本,唱不好则可将十分缩减为一分。 还需提及的是,蒲松龄强调唱,应该包含了对观众对象的考虑。 他几乎一生都在农村,与老百姓一起生活,很了解那些不识字、没有文化的村夫村妇。 对他们来说,一出戏的好坏优劣、是否感人,就在于一个字——唱。他们不可能去关心剧本,也尚未学会品味词、白。 但他们能听得懂唱,也唯有唱能使他们轻易地受到感染。 所以,既然是俗乐,既然要面向最底层的观众,那么唱就成为整个戏曲活动中最重要的环节。

戏曲演员的唱,要遵循一定的美学原则。 首在本质自然。 蒲松龄对人之声音的自然美颇有感受。 他曾形容青年女子吟诗的优美音调说,"曼声发娇音,入耳沁心脾。 如披三月柳,斗酒听黄鹂"(《听青霞吟诗》),"篇篇音调麝兰馨,莺吭哢出真双绝"(《又长句》)。 在他的想象中,以这样的音调来唱戏,肯定会更加美妙动人。 明人朱权《太和正音谱》,曾以自然之声为正音。 其曰:"唱若游云之飞太空,上下无碍,悠悠扬扬,出其自然,使人听之,可以顿释烦闷,和悦性情,通畅血气,此皆天生正音。"②有此自然正音,方"能合人之性情",使听之者有得。 自然之发声,还需做到合调依律。 清初音律家沈自晋《重定〈南词全谱〉凡例》有论述。 他说,"语曲以律,其在天人相与之际乎",律之发与声之发的结合,一开始就需天然凑泊、天衣无缝。 又说,音律须求长短之匀,高下之节,平仄之微妙,"精之在上去去上之发于恰当,更精之尤在阳舒阴敛之合于自然。 此词家三昧。 所谓诗言歌永,声依律和,千载如是,非臆说也"③。 上去的变化、阴阳的转换,如不合于自然,则会佶屈聱牙,难于动听。 夫作曲之必然,实乃唱曲尤为之然。 音乐一道,当如是观。 此外,追求自然,也是趋避古法与俗套

---

① (清)李渔:《李渔全集》第 3 卷,98 页,杭州,浙江古籍出版社,1992。
② 中国戏曲研究院编:《中国古典戏曲论著集成》三,46 页,北京,中国戏剧出版社,1959。
③ 吴毓华编著:《中国古代戏曲序跋集》,432 页,北京,中国戏剧出版社,1990。

的基本要求。黄图珌《看山阁集闲笔》尝言音律之妙曰:"每于审音、炼字之间,出神入化,超尘脱俗,和混元自然之气,吐先天自然之声,浩浩荡荡,悠悠冥冥,直使高山、巨源、苍松、修竹,皆成异响,而调亦觉自协。"[1]这段话出自他填词的切身体验,而毋宁说也是对演唱者提出的一个高标准。显然,作为演员,在演唱时只有能"和混元自然之气,吐先天自然之声",使天地万物之异响与声调音律"自协",而不是热衷于去模仿他人、"窃人余唾"或者沿用成法,才能真正唱出自己的个性风格,在曲坛彰显自己与众不同的独立存在的价值。

次在曲折变化。李渔论"教白",谈到"高低抑扬""缓急顿挫"两条要求。宾白还只是说,唱要想做到真正比说的好听,只有加强不能降低。诗人沈德潜《说诗晬语》在谈到咏诗之妙时说:"诗以声为用者也,其微妙在抑扬抗坠之间。读者静气按节,密咏恬吟,觉前人声中难写、响外别传之妙,一齐俱出。"[2]声音追求抑扬抗坠的变化之美,诚为一切声音艺术之通道。如小说家张潮,在《致张鼎望》中论秦腔曲调之美(1705),"快读一过,如置身鲁桥八景中,听抑扬抗坠之妙,不禁色飞眉舞也"。[3] 又如近代诗人王以敏(1855—1921)在《济城篇》中论鼓书艺人王小玉的演唱绝技,"稠众广场中,初默不一语,间一发声,则抑扬抗坠,分刌节度,不溢累黍,其幻眇曲折处,较歌者为难能,抑又非善歌者所能及也"[4]。秦腔与鼓书,均为较有影响的地方戏曲,它们的演唱技艺,应该代表了当时戏曲艺术的共性。

最后是"宜有曲情"。这是李渔提出来的,指演员在演唱中不但要善于酝酿发挥自己的感情,而且要使自己之情与戏曲中所表现的情感紧密结合,二者融一。以对曲情的最为深入的理解,对人物命运、内容意旨的深刻把握来演唱,而不是不关心剧本,仅凭天生一副好嗓子来唱,仅仅是为唱而唱。

---

[1] 中国戏曲研究院编:《中国古典戏曲论著集成》七,144 页,北京,中国戏剧出版社,1959。
[2] (清)叶燮等:《原诗 一瓢诗话 说诗晬语》,187 页,北京,人民文学出版社,1979。
[3] 赵山林选注:《安徽明清曲论选》,190 页,合肥,黄山书社,1987。
[4] 朱一玄编:《明清小说资料选编》下,842 页,天津,南开大学出版社,2006。又按,近代小说家刘鹗《老残游记》第二回,对王小玉精彩绝伦的演唱技艺,有出神入化的描述,可以参见。

他说：

> 唱曲宜有曲情，曲情者，曲中之情节也。解明情节，知其意之所在，则唱出口时，俨然此种神情，问者是问，答者是答，悲者黯然消魂而不致反有喜色，欢者怡然自得而不见稍有瘁容，且其声音齿颊之间，各种俱有分别，此所谓曲情是也。①

一部戏曲有一部戏曲之不同，歌唱时就必须认真研究其情感指向，采取不同的表达方式和表现手法。由此，李渔极力反对那种只教诵读歌咏，而不"讲解"剧情的授曲模式，批判那些"终日唱此曲，终年唱此曲，甚至一生唱此曲，而不知此曲所言何事，所指何人"的演员，说他们是"口唱而心不唱，口中有曲而面上身上无曲"的无情式演唱，虽然"腔板极正，喉舌齿牙极清，终是第二、第三等词曲，非登峰造极之技也"。要改变这一点，演员务必在加强练声的同时，多去读书学习，不断增强自身的文化艺术修养，从而学会"变死音为活曲，化歌者为文人"，才能臻至一流的演唱之境。李渔提及的，无疑是古往今来一切优秀演员所必须具备的基本功。

与戏曲以音乐为本、演唱为重的理念相关，还有演员的选材问题。李渔特别谈到，选材要根据喉音之本色，决定角色之取舍。《闲情偶寄·声容部》习技第四"歌舞"篇云："喉音清越而气长者，正生、小生之料也；喉音娇婉而气足者，正旦、贴旦之料也，稍次则充老旦；喉音清亮而稍带质朴者，外末之料也；喉音悲壮而略近嘁杀者，大净之料也。至于丑与副净，则不论喉音，只取性情之活泼，口齿之便捷而已。"②这里，有两点值得注意。一是再次提明，口齿便捷并非戏曲表演的主要因素，丑与副净重在插科打诨的宾白取胜，并不需以演唱见长。二是明显可见，对戏曲演员来说，形体相貌并不是最重要的条件，而以嗓音为第一。嗓音为天生之质，嗓音不佳，连

---

① （清）李渔：《李渔全集》第3卷，91页，杭州，浙江古籍出版社，1992。
② （清）李渔：《李渔全集》第3卷，151页，杭州，浙江古籍出版社，1992。

基础练习也不存在,遑论进行充分的艺术展现了。嗓音若佳,还需依据其音质、音色上的特征进行选择,也不能随便任意安排。务使每一位演员的喉音质色,与他所担任的生、旦、净、末等角色的性质相匹配。总之,戏曲演员选材之难,由此可见一斑,而全因音乐表现之故。

二、"集众美而归大成":戏曲音乐的声腔美

李渔《闲情偶寄·音律第三》有曰:"予生平最恶弋阳、四平等剧,见则趋而避之,但闻其搬演《西厢》则乐观恐后。何也?以其腔调虽恶而曲文未改,仍是完全不破之《西厢》,非改头换面、折手破足之《西厢》也。"[1]从李渔的观戏经验来看,一部戏之吸引人或者遭人嫌恶,腔调所起的作用与曲文同样重要。古代戏曲倚声成律、合调成腔,故这里的腔调应同于声腔。"声腔"之名,早在元代已见,周德清《中原音韵·正语作词起例》云:"逐一调平上去入,必须极力念之,悉如今之搬演南宋戏文唱念声腔。"[2]声腔正是戏曲音乐之美的重要体现。

一种戏曲的声腔之美是如何生成的?先看清代曲家王瑞生的认识。王瑞生,字正祥,自号有竹主人,生卒未详,江苏长洲(今苏州)人,著有《新定十二律京腔谱》《南词十二律昆腔谱》,另有佚作《音韵大全》《问奇一览》。他对昆、弋两腔都有深入研究。《〈新定十二律京腔谱〉凡例》第三则在谈到弋腔时说:

> 但弋阳旧时宗派,浅陋猥琐,有识者已经改变久矣。即如江浙间所唱弋阳,何尝有弋阳旧习?况盛行于京都者,更为润色,其腔又与弋阳迥异。予又不满其腔板之无准绳也,故定为十二律,以为曲体唱法之范围,亦窃拟如正乐者之雅颂,各得其所云尔。况乎集众美而归大成,出

---

[1] (清)李渔:《李渔全集》第3卷,28页,杭州,浙江古籍出版社,1992。
[2] 中国戏曲研究院编:《中国古典戏曲论著集成》一,219页,北京,中国戏剧出版社,1959。

新裁而辟鄙俗，则又如制锦者之必求其华赡也，尚安得谓之弋腔哉！今应颜之曰京腔谱，以寓端本行化之意，亦以见大异于世俗之弋腔者。①

"弋腔"之名，乃因起自江右弋阳县。弋腔的声腔之美，实是一个不断集众美为一美、合各美为共美的过程。最早时仅受发源地文化的影响，乡音未改、土腔未除，带有浓郁的乡土气息，虽然受到当地百姓的欢迎，但难免文化因素过于单一，不利于外地人，特别是文化程度较高的人接受。王瑞生把这一阶段的弋腔，定性为"浅陋猥琐"，固是蔑视之甚，然其过于朴质和粗糙，也应该是事实。生长在农村的地方戏，在清代被称为"粗戏"，就是这个原因。李绿园《歧路灯》第22回，乡下来的戏主茅拔茹，就曾把锣鼓戏这类粗戏和昆腔并提。随后，弋腔开始吸收各流传地文化的特征，不断改造自己，尽可能地吸收这些地方一切有利的文化因素，努力装饰、打扮和丰富自己。经过这样一个阶段，"弋阳旧习"自是被大大地革除了，不再完全是"旧时宗派"的模样，而是改换了新装。之后，弋腔来到了京都。京都文化与外省文化本来差别比较大，加之京都又成为各种戏曲的汇集地、交流地，也即发展中心地，各种戏曲要想在这里生存，不仅要学会把京城文化的元素纳入进来，其他戏曲的长处及有利于"我"补足提高之处，也要不断地借鉴和吸取。经过如此一番"润色"，相信任何一种声腔都会变得与以前迥然有异，大不相同。然而，这还不够。接下来还有很重要的一步，即文人文化对民间文化的总结与提升，使一部分俗态的成分雅化，把一些过于自由的表现形式规范化，使其有章可循、有法可依，并加进一些指导性的思想和劝化性的意旨，使其能流传得更广、传世性更强。可见，正像一个乡里娃经过进京读书而改变了人生一样，弋腔最后完成了属于自己的质变。它的身上，已经汇集了各种各样的审美元素，因而被越来越多的人所喜爱。至此，代表此种声腔的最高形态的美，就真正具备和生成了。

---

① 蔡毅编著：《中国古典戏曲序跋汇编》第1册，102～103页，济南，齐鲁书社，1989。

王瑞生关于声腔之美的变化、集成之说，存在一个潜在的艺术前提，即一般而言，曲文是相对稳定的，声腔则是易于变化的；曲文是有形的、可视的载体，声腔则是无形的、只可供于耳听的符号。曲文因为有形，故在发展变化的时间、空间上有较大限制；声腔因为无形，则可以因时因地，据字音之变、板式之变而变化。查继佐（1601—1676）《九宫谱定总论·腔论》云："腔不知何自来，从板而生，从字而变，因时以为好。"①李斗《扬州画舫录》卷五云："曲到字出音存时谓之腔。"②均指明腔的变化性是极强的。刘廷玑《在园杂志》提到："旧弋阳腔乃一人自行歌唱，原不用众人帮合，但较之昆腔，则多带白作。曲以口滚唱为佳，而每段尾声，仍自收结，不似今之后台众和，作哟哟啰啰之声也。西江弋阳腔，海盐浙腔，犹存古风，他处绝无矣。"③这段话又指出，一腔（弋腔）有一腔（昆腔）之美，一时（旧）有一时（今）声腔之美，一地（江西）有一地（他处）声腔之美。而其中，包括一人自歌及"以口滚唱"，众人帮合及后台众和的"哟哟啰啰之声"等，所以可变化的形式确实是极为复杂的。我们说，这正是因声腔艺术的根本要求而致，越是富于变化，声腔就越富于生命力，就越是能把最好的、"集众美而归大成"的声腔呈现在世人面前，供众人尽情听赏。

　　弋腔的例子，适用于其他各种声腔，不必细述。以下要探究一下声腔之间的转替所带来的声腔审美风气的变化。昆腔早在明代已时兴。沈庞绥《度曲须知》说，这种声腔"声则平上去入之婉协，字则头腹尾音之毕匀，功深镕琢，气无烟火，启口轻圆，收音纯细"④。张大复（1554—1630）《梅花草堂笔谈》卷十二指出，昆腔具有"善转音"的艺术特点，"能谐声律，转音若丝"⑤。顾启元（1565—1628）《客座赘语》则直接概括说，昆腔较海

---

① 隗芾、吴毓华编：《古典戏曲美学资料集》，327页，北京，文化艺术出版社，1992。
② （清）李斗：《扬州画舫录》，129页，北京，中华书局，1960。
③ （清）刘廷玑撰：《在园杂志》，89页，北京，中华书局，2005。
④ 中国戏曲研究院编：《中国古典戏曲论著集成》五，198页，北京，中国戏剧出版社，1959。
⑤ （明）张大复：《梅花草堂笔谈》，257页，上海，上海杂志公司，1935。

盐腔"又为清柔而婉折"①。清初词人朱彝尊《静志居诗话》，也谈到昆腔以"喉转音声"见长的特点。戏曲家李玉在《南音三籁序言》中，谈到由北曲转变为南曲，其间音律之美的变化时则说："沉雄豪劲之语，更为清新绵邈之音，唇尖舌底娓娓动人，丝竹管弦嫋嫋可听。"②南曲即主要指昆腔。由这些论述可以见出，昆腔颇像是一个修养深厚的理学大师，说话心平气和，轻声细语，似乎不带一丁点烟火气，着实是高雅得很。昆腔所代表的声腔审美，乃是明代中后叶崇尚"性灵"和"趣"的美学观念的集中体现。而一种审美观念久经成熟定型后，对社会的影响力必将会持续很长一段时间，其间虽然发生朝代变更这样重大的政治军事事件，可能也无法使其遽然中断。所以，清初以来仍是"最尚昆腔戏"（震钧《天咫偶闻》）。轻柔婉转的声腔美，仍然继续统治着戏曲音乐的舞台。

戏曲声腔美学发展的历史，也是一部审美观念的冲突史。新的声腔观念总是会不断向旧的观念发起挑战，以图打破之并取而代之。在清代，昆腔的衰落应该从对它的批评开始。尽管如刘廷玑，在对比各种声腔时，仍然坚持"终以昆腔为正音"③，而认为四平腔、京腔、卫腔，以及梆子腔、乱弹腔、巫娘腔、唢呐腔、啰啰腔等，是"愈趋愈卑"，即使唱出了"新奇叠出"的腔调，也不被承认。但是如复古主义者汪烜，已经把昆腔与地方声腔等同看待，指出它们都有偏颇，"昆腔妖淫愁怨，弋腔粗暴鄙野，秦腔猛起奋末，杀伐尤甚。至于小曲歌谣，则淫裹不足言矣"，因而应该一并被舍弃，独尊雅乐的王者地位，"淫声不绝，雅乐未可兴也，谁其念之"。（《乐教》）④继之而起，是花部声腔的广泛流行，从而一举突破了清细柔婉之风一统天下的局面。其中，尤以秦腔的冲击力最甚。据时人载，秦腔之兴始于李自成起义。陆次云《圆圆传》云：

---

① （明）陆粲、顾启元撰：《庚巳编·客座赘语》，303页，北京，中华书局，1987。
② 吴毓华编著：《中国古代戏曲序跋集》，362页，北京，中国戏剧出版社，1990。
③ （清）刘廷玑撰：《在园杂志》，89~90页，北京，中华书局，2005。
④ 吴钊等编：《中国古代乐论选辑》，411页，北京，人民音乐出版社，2011。

(吴骧)进圆圆。自成惊且喜,遽命歌。奏吴歈,自成蹙额曰:"何貌甚佳而音殊不可耐也!"即命群姬唱西调,操阮、筝、琥珀,已拍掌以和之,繁音激楚,热耳酸心。顾圆圆曰:"此乐何如?"圆圆曰:"此曲只应天上有,非南鄙之人所能及也!"①

"吴歈",当指以昆曲为代表的吴歌。李自成贬低昆腔,或是出于杜撰;然秦腔随着以秦陕之民为主组成的起义军,在全国各地流传,则是事实。也正是这一层原因,论者形容秦腔之美,颇有冠以"杀伐"之象者。汪烜已如上述,近人叶德辉《重刊〈秦云撷英小谱〉序》又曰:"夫昆曲雍和,为太平之象;秦声激越,多杀伐之声。"②一为治世,一为乱世,显然堕入了乐政一体的传统音乐美学的老路。其实,朱权《太和正音谱》对秦腔已有较为公允的看法,"其音属宫而杂商,如神虎之啸风,雄而且壮"。③清人评价极高者如严长明(1731—1787)。严氏字冬有(一作东有),号道甫(一作德甫),又号用晦,江宁(今江苏南京)人。乾隆二十七年(1762),因向高宗进呈诗文特赐举人,授官内阁中书,后擢内阁侍读。曾游陕西,晚年讲学合肥庐阳书院。著述甚丰,涉及经史、金石、音韵等多方面,然大多散佚。今传秦腔史专论《秦云撷英小谱》,其中有曰:"至于英英鼓腹,洋洋盈耳,激流波,绕梁尘,声震林木,响遏行云,风云为之变色,星辰为之失度,又皆秦声,非昆曲也。若夫调中有句,句中有字,字中有音,音中有态,小语大笑,应节无端,手无废音,足不徒蹋,神明变化,妙处不传,则音而兼容,在秦声中固当复进一解,又无论昆曲矣。"④明确肯定秦腔以壮美为美,与昆曲有质的区别,是昆腔所不具备的。

---

① (清)张潮辑:《虞初新志》,200 页,石家庄,河北人民出版社,1985。
② 陕西省艺术研究所编:《秦腔研究论著选》,165 页,西安,陕西人民出版社,1983。
③ 中国戏曲研究院编:《中国古典戏曲论著集成》三,45 页,北京,中国戏剧出版社,1959。
④ 陕西省艺术研究所编:《秦腔研究论著选》,174 页,西安,陕西人民出版社,1983。

当秦腔在乐坛尽情展现雄壮之美的同时,花部各腔也都纷纷跃跃欲试,各逞其美,如有弋腔的高亢之美,徽调的奔放之美,宜黄腔的粗犷之美等。于是,昆腔一美独行的局面终于被打破了,形成了花雅并蓄、腔腔争美的繁盛之态。而归结众腔之美的共同特点,可以得出均在一个"壮"字。从以"柔"为中心,到以"壮"为中心,清代声腔美学才真正确立起来。

三、"皆以鸣国家之盛":戏曲器乐的抒情性

在古人关于音乐的认识中,长期存在不正确看待器乐,以声乐压倒器乐的思想。《礼记·郊特牲》有曰:"歌者在上,匏竹在下,贵人声也。"[1]这是从歌者、伴奏者在表演时所占位置的不同,而判定贵贱之别,是一种礼学下的产物,并未言及音乐的实质。魏晋时期,《世说新语·识鉴》篇提出,"听伎,丝不如竹,竹不如肉,何也",曰"渐近自然"。[2] 丝指弦乐器,竹指管乐器,肉指人的歌喉。以肉声(声乐)为自然,而以器声(器乐)为不自然。弦乐器乃以人的手指弹奏而出,纯为器声;管乐器乃人以口吹奏而出,是人声与器声的结合;至肉方纯为人声,所以谓"渐近自然"。《文心雕龙·声律》又提出,人声发自人之血气,"故知器写人声,声非学器者也"。[3] 血气,是刘勰为人声至上说寻找到的根源。血气乃人之生命力的所在、情感的所在和精神的所在。所以,以血气为本,发出来的人声是最美的。而"器写人声,声非学器",如丝竹磬之类乐器本身无关血气,故单纯的器声发出来是无感情的,必须以器的发声摹写人的发声,向人声学习,才能化生出悦耳的节奏。然而,即便如此,从乐器中流出来的音律,也只是力求做到与人的言语协和。人声为主,器声为副,器声不可能喧宾夺主。

---

[1] (清)阮元校刻:《十三经注疏》下,1446页,扬州,江苏广陵古籍刊印社,1995。
[2] 徐震堮:《世说新语校笺》,221页,北京,中华书局,1985。着重号为笔者加。
[3] (南朝梁)刘勰著:《文心雕龙译注》下,陆侃如、牟世金译注,165页,济南,齐鲁书社,1981。着重号为笔者加。

这一思想，至唐人段安节说得就更简单直白了，《乐府杂录》曰："歌者，乐之声也，故丝不如竹，竹不如肉，回居诸乐之上。"①不过，唐代音乐获得极大发展，在此背景中，器乐的特殊之美也开始被认识，出现了白居易《琵琶行》、韩愈《听颖师弹琴》、李贺《李凭箜篌引》三篇音乐审美史上的"声音至文"。清人方世举（1675—1759）《李长吉诗集批注》曾评价说："白香山江上琵琶，韩退之颖师琴，李长吉李凭箜篌，皆摹拟声音至文。韩足以惊天，李足以泣鬼，白足以移人。"②韩、李、白的诗文写得好，究其本则是乐者演奏技艺上佳。我们注意到，琵琶、琴与箜篌，三人所"摹拟"的恰恰都是历来最被看低的弦乐器。因此，不能不说，器声的音乐美学价值在唐代已经受到上层文人的高度关注，并且认为它们同样具有惊人的感人肺腑的艺术力量。当此之时，如"丝"者真可谓扬眉吐气，一反长期被压抑沉沦在下之状。

然而，一种观念一旦形成之后，要想改变是很难的，西方学者也指出："自然语言的声调节奏略经变化，便成歌唱，乐器的音乐则从模仿歌唱的声调节奏发展出来。"③是故，以至于清代，对器乐的不公正理解仍有存在。这些问题，都反映在有关戏曲音乐的论述中。因为，戏曲演艺本身离不开器乐，且是诸种乐器的集中地和藏身所，甚至一种声腔的特色，很大程度上是依靠配合它的独特的乐器的。由此，器乐审美成为戏曲音乐的一项重要内容。综观彼时曲家的相关认识，主要有以下三点。

其一，对丝竹无情论的批驳。在明代文艺界"主情"说倡行之时，思想家李贽已谈到这个问题。《焚书·琴赋》云："琴者心也，琴者吟也，所以吟其心也。"又曰："夫心同吟同，则自然亦同。"④主张手的拨弄、弹奏与击打，从乐器中流淌出来的有声音乐，同样是人内心情感的自然抒发，与人声

---

① 中国戏曲研究院编：《中国古典戏曲论著集成》一，46页，北京，中国戏剧出版社，1959。
② （唐）李贺：《李贺集》，3页，长沙，岳麓书社，2003。
③ 朱光潜：《诗论》，117页，合肥，安徽教育出版社，1997。
④ （明）李贽：《焚书·续焚书》，204~205页，北京，中华书局，1975。

的自然是一样的；若必定说是模仿人声的结果，反倒隔了厚厚的一层，让人看不明白了。因此，肉胜于竹、丝的说法是不对的。李渔对丝、竹无情论亦有批驳。他在《闲情偶寄·蔬食》篇中，曾提到丝、竹不如肉的旧说，不过是为了引出"脍不如肉，肉不如蔬"的饮食之道，并非重申或者奉行此论。他又专作《丝竹》一篇，指出妇人学琴音"可以变化性情"。又说，妇人吹箫，"能愈增娇媚"。假如丝竹确属无情之物，怎么能起到如此作用呢？《歌舞》一篇中，则专门讨论丝、竹、肉的问题，提出了独到见解。"予又谓男音之为肉，造到极精处，止可与丝竹比肩，犹是肉中之丝，肉中之竹也。何以知之？但观人赞男音之美者，非曰其细如丝，则曰其清如竹，是可概见。"①我们知道，器乐与声乐的发声结构与机能是有很大区别的。器乐因为制作之"物"故，其构造、比例都是固定的，发声时易于控制，而且音高、音准、音域、音势等各方面都十分精准，只要是一个熟练的乐师，便很少失误。声乐由人发出，主要依靠口腔、声带、喉部、肺部等各人体器官的联动，变化性强，不易控制，很难随心所欲地唱出高低、强弱之调，即便是一位成熟的歌手，也容易犯错。因此，李渔说男音唱到极精致高妙处，其音反倒有如丝、竹，这是对男音之美的高度肯定。由此可见，器乐与声乐的区别，不在发声之材料的不同，而全在情感表达上。能把情感表达得丰富多样、清晰准确，则无论声乐、器乐，皆可为天下之至音。当然，李渔的观点并不彻底。在《吹合宜低》篇中，他又强调戏房演唱"须以肉为主，而丝竹副之"，丝竹不能反客为主，反对"以丝竹为主，而曲声和之"。②

其二，肯定不同乐器会给人带来不同的审美感受。清人对各种乐器的抒情功能有较为充分的认识，如琴在古代器乐美学中的地位是最高的，一直被推为四大才艺（琴棋书画）之首、古代器乐之王。上文提及，方世举评韩文"足以惊天"，在古人的艺术概念中已是最高的意思。王应奎（1683—1760）《柳南随笔》亦有这种认识。卷六载邑人赵应良善鼓琴，精通明代琴

---

① （清）李渔：《李渔全集》第3卷，150页，杭州，浙江古籍出版社，1992。
② （清）李渔：《李渔全集》第3卷，96页，杭州，浙江古籍出版社，1992。

师沈大韶的《洞天春晓》《秋山溪月》二曲,"琴理为天下第一"。"尝独夜对月,一弹再鼓,闻庭外鬼声凄绝。谛视之,有人长二尺许,皆古衣冠,杂坐秋草间,作听琴状。其声之妙,殆感动鬼神矣。"①以器乐而动鬼神,可见其中情感的传达于声乐实无二致。又如笛为吹乐器,不过需人口与人手的合作。据龚炜(1704—1769)《巢林笔谈》卷四《笛音何呜咽》载:"予于声歌无所谙,独喜笛音嘹亮,每当抑郁无聊,趣起一弄,往往多悲感之声,泪与俱垂,审音者知其为恨人矣。今夜风和月莹,兰干静倚,意亦甚过,为吹古诗一二首,皆和平之词,而其声仍不免于呜咽,何也?"②笛之为器,不论弄者心情抑郁还是和平,皆不免于悲感呜咽。这或与笛之构造及音色特点有关,然无疑确属其独特魅力所在。西汉刘向尝论鼓之美曰:"钟鼓之声,怒而击之则武,忧而击之则悲,喜而击之则乐。其志变,其声亦变。"③按此,则鼓乐之美,和敲击者的主观情感紧紧相连,适与笛乐相反。

具体到某一剧种声腔,其乐器组合一般相对固定。因此,乐器的传情性质将影响到该戏种的整体艺术特色。例如,秦腔。严长明《秦云撷英小谱》云:"昆曲止有绰板,秦声兼用竹木。所以用竹木者,以秦多商声。……商声驶烈。绰板声沉细,仅堪用以定眼也。"④竹木敲击之声强而剧,绰板拍打之声弱而轻,一驶烈一沉细,正说明昆曲与秦声之风格的不同,就在这些乐器的使用中。上文提到,秦腔又用阮(弹拨乐器)、筝(拨弦乐器)、琥珀(弹拨乐器),这三种乐器的表情效果,肯定是其能"繁音激楚,热耳酸心"的根源所在。又据《都门纪略》载,嘉庆间盛尚秦腔,"尽系桑间、濮上之音,而随唱胡琴,善于传情,最足动人倾听,曾经奏明禁止,渐革此风"。⑤胡琴是一种拉弦、弹弦两种演奏方法兼而有之的乐器,

---

① (清)王应奎撰:《柳南随笔 续笔》,116页,北京,中华书局,1983。
② (清)龚炜:《巢林笔谈》,96~97页,北京,中华书局,1981。
③ (汉)刘向撰:《说苑疏证》,赵善诒疏证,581页,上海,华东师范大学出版社,1985。
④ 陕西省艺术研究所编:《秦腔研究论著选》,173页,西安,陕西人民出版社,1983。
⑤ 王利器辑录:《元明清三代禁毁小说戏曲资料》(增订本),65页,上海,上海古籍出版社,1981。

由于其可拉可弹,故表现情感的方法更为多样,故言"善于传情,最足动人倾听"。另据刘献廷(1648—1695)《广阳杂记》卷三载:"秦优新声,有名乱弹者,其声甚散而哀。"①在我国民族乐器中,胡琴即以传达哀情著称。唐代诗人岑参《白雪歌送武判官归京》中曰:"中军置酒饮归客,胡琴琵琶与羌笛。"胡琴与琵琶、羌笛并举,均言它们善于传送悲歌慷慨之情。

其三,器乐之兴乃是"鸣国家之盛"。清代戏曲大兴,带来了器乐之兴。而某一种乐器的兴起,反之也会促进戏曲的兴盛。福格(1796—1870)《听雨丛谈》曾记载民间流行的太平鼓戏,其曰:"京师正腊两月,有击太平鼓之戏,以驴羊之皮冒于铁圈,作纨扇式,柄末另有大圈,贯以铁环,随挝随摇,铮铮聒耳,甚无味也。"②这种戏直接以乐器命名,显然无器则无戏。太平鼓之鼓式新颖,鼓型多样,且鼓声极为响亮,因此受到人们的欢迎。徐珂《清稗类钞·戏剧类》亦有描述:"铁条为郭,蒙以皮,有长柄,柄末缀铁环十数,且击且摇,环声与鼓声相应,其小者,如碗如镜,为孩提玩物,更有大如十石瓮者,群不逞聚而击诸市,所至,鼓声环声喧笑声哄闹声,耳为之震。"③太平鼓能引起这样一种盛大的热闹局面,于节庆表演、民间娱乐自是有益。但后来却被不法分子所利用,做为害社会之事,道光年间即被严令禁止了。

由此产生一个话题,即器乐之于社会构建的意义。杨静亭《都门纪略》历述京城戏曲的繁盛之状,康乾间盛昆腔,嘉庆间尚秦腔,至道光又兴黄腔(即京剧)。"黄腔铙歌妙舞,响遏行云,洵属鼓吹休明,藉以鸣国家之盛。故京都及外省之人,无不欢然附和,争传部曲新奇。不独昆腔阒寂,即高腔亦渐同《广陵散》矣。"④高亢响亮的器乐之声,乃是休明盛世的最好征兆。皇帝们必要在朝堂内廷摆设雅乐,贵族士大夫必想在家庭宅院中蓄养家乐,

---

① (清)刘献廷:《广阳杂记》,152页,北京,中华书局,1957。
② 傅瑾主编:《京剧历史文献汇编·清代卷》第二册专书(下),908页,南京,凤凰出版社,2011。
③ 徐珂编撰:《清稗类钞》第37册,74页,北京,中华书局,1986。
④ 王利器辑录:《元明清三代禁毁小说戏曲史料》(增订本),66页,上海,上海古籍出版社,1981。

普通百姓也要在闲暇时凑在一起，招个戏班乐和乐和，未尝不均由此种心理使然。但凡事需谨防过度。当一个民族自上而下都耽溺于戏曲音乐所带来的狂欢时，其对社会的发展反又形成制约。故道光以后，京剧虽一度繁荣，社会却一再陷于倒退和落后。至于像乾隆之世，外国人来京朝拜，所看到的器乐演出盛况，只能停留在记忆与幻想之中了。朝鲜学者朴趾源《热河日记·戏本名目记》曰："歌声皆羽调，倍清，而乐律皆高亮，如出天上，无清浊相济之音，皆笙、箫、篪、笛、钟、磬、琴、瑟之声，而独无鼓响，间以叠钲。顷刻之间，山移海转，无一物参差，无一事颠倒，自黄帝、尧、舜，莫不像其衣冠，随题演之。"①这是写他在避暑山庄看戏的情景，像这样由衷的称赞话语，嘉、道之后便很难再听到了。

◎ 第三节
乐歌音乐思想

刘勰《文心雕龙·声律》云："声含宫商，肇自血气，先王因之，以制乐歌。"美妙的人声可以发展成乐歌。宋人王灼《碧鸡漫志》云："有诗则有歌，有歌则有声律，有声律则有乐歌。"②乐歌乃由声律变化组合而生成。本节为方便论述，撷取"乐歌"一词，代指除戏曲音乐之外的其他音乐形式。

古人十分尊重歌者。《乐记·师乙》篇曰："夫歌者，直己而陈德也。动己而天地应焉，四时和焉，星辰理焉，万物育焉。"③歌，被视为天人感应、和合孕生之象。可以说，音乐于社会礼制的形成极有价值。然宋明以

---

① 朴趾源：《热河日记》，朱瑞平校点，251页，上海，上海书店，1997。
② （宋）王灼等撰：《碧鸡漫志·乐府指迷·词源·词旨》，1页，北京，中华书局，1991。
③ （清）阮元校刻：《十三经注疏》下，1545页，扬州，江苏广陵古籍刊社，1995。

来，崇理禁欲，歌者以倡优处之，社会地位十分低下。在这种情况下，音乐得不到应有的肯定与承认，似乎比戏曲、小说更甚。如果说戏曲音乐因附于戏曲，尚能得到一定的扶持和尊重，有一定的发展空间，那么一般的民歌、歌舞节目等，就难觅发展空间了。顾炎武《日知录》卷十三尝云："今之词人，率同此病，淫辞艳曲，传布国门，有如北齐阳俊之所作六言歌辞，名为《阳五伴侣》，写而卖之，在市不绝者。诱惑后生，伤败风化，宜与非圣之书同类而焚，庶可以正人心术。"①以时兴民歌为"淫辞艳曲"，"伤败风化"，应该严厉禁止。受此影响，民歌小调多被逼入妓馆等边缘角落。清代的一种世情小说，潇湘迷津渡者编辑、镜湖惜花痴士阅评《笔梨园》载，商人江干城到妓馆中，同妓女媚娟"吹吹、唱唱、弹弹，度过一日"。②似乎只有在这种地方，音乐活动才被视为"正宗"。

但是，一方面，乐歌是人心感物而动的自然发声。班固《汉书·食货志上》曰："男女有不得其所者，因相与歌咏，各言其伤。"③歌以言其事、咏以抒其情的音乐，是不可能为外力禁绝的。《笔梨园》中媚娟曾用胡琴弹唱一首《月儿高》，抒发自己遭遇离乱、陷入烟花的痛苦。词曰：

> 流落烟花院，栖迟奈何天。背影偷弹泪，逢人强取怜。恁的情怀，有甚风流妍？无聊谩把、谩把丝弦绾。那更怨声凄断，寂寞转添。忒强移步，向花前，倩花来排遣。谁是潇湘一段缘？④

像这样的歌曲，乃是对清初倭寇纵乱、江南一带民不聊生的血泪控诉。普通百姓不会写诗作文，只好把内心的伤痛发而为歌，在歌声中，既有个人及家庭的悲痛之情，又有国家社会治乱兴衰的历史，是十分值得铭记的，切不可

---

① （清）顾炎武：《日知录校注》，陈垣校注，745页，合肥，安徽大学出版社，2007。
② 苗深等标点：《明清稀见小说丛刊》，815页，济南，齐鲁书社，1996。
③ （汉）班固撰、（唐）颜师古注：《汉书》第4册，1121页，北京，中华书局，1962。
④ 苗深等标点：《明清稀见小说丛刊》，800页，济南，齐鲁书社，1996。

仅以"时曲"而贬低之,以出自倡女之口而鄙弃之。另一方面,民歌自古以来即普存于中国各地。《汉书·礼乐志》记载,汉武帝时"立乐府,采诗夜诵,有赵、代、秦、楚之讴"①,至明清时期更为丰富多样。王骥德《曲律·论腔调》曰:"古四方之音不同,而为声亦异,于是有秦声,有赵曲,有燕歌,有吴歈,有越唱,有楚调,有蜀音,有蔡讴。"②这些用各地土音方言演唱的民歌,随着历史的发展及社会经济文化水平的提高,汇聚成一股宏大的潮流,推动音乐不断走向民间,走向平民百姓,走向喜怒哀乐的日常生活。因此,音乐的力量必须受到重视,音乐的生命活力必须不断地被激发。只有站在这样的立场上,清人有关乐歌思想的认识,才能展现出其应有的历史进步性。

一、"声音之运,以时而迁":乐歌的时代性

我国文艺思想史上,很早就建立了"时文""时艺"的观念,即文学艺术的发展与时代推移密切相关,如《文心雕龙·时序》篇曰:"时运交移,质文代变。"又说:"文变染乎世情,兴废系乎时序。"显然,不同体裁的文学艺术,其与时代变化结合的程度,是应该有所区别的。明末清初知名女戏曲家、出版家周之标就注意到这个问题。周氏字君建,号梯月主人、宛瑜子、来虹阁主人,江苏长洲(今苏州)人。生平事迹不详。主要刻有《吴歈萃雅》《新刻出像点板增订乐府珊瑚集》《女中七才子兰咳集》《周君建鉴定古牌谱》,并辑有散曲别集《吴姬百媚》、诗文集《女中七才子兰咳二集》、小说集《香螺卮》、骈文选集《四六瑺朗集》。可以说是古代少有的、贡献很大的女性刻书家。《吴歈萃雅》是一部吴地民歌集。她写了一篇《又题辞》,谈到时曲与戏曲的区别。"时曲者,无是事有是情,而词人曲摹之者也;戏

---

① (汉)班固撰、(唐)颜师古注:《汉书》第4册,1045页,北京,中华书局,1962。
② 中国戏曲研究院编:《中国古典戏曲论著集成》四,114~115页,北京,中国戏剧出版社,1959。

曲者，有是情且有是事，而词人曲肖之者也。"①时曲指民歌等歌曲。时曲篇幅短小，内容有限，故对事的依赖性不强，只重在传达一种感情、情绪、情意，词人只需深深地扎根于时代的发展中，牢牢把握住时人共有之情，渲染出"时情"的某一个侧面、某一个点，即可以为时人歌咏传唱了。戏曲则不然，它的艺术规则比歌曲更为复杂，要求更加多样，不仅要能传情，还需要以讲好一个故事为前提，并以此取胜。这样看来，戏曲反映时代风气之变，就不如时曲更有灵活性和即时性。时曲可以赶在一种事件、事实发生与出现之前、之中，单凭对情意地揣摩就可以唱出来；戏曲则只能在此之后。陆游《小舟游近村舍舟步归》诗曰："斜阳古柳赵家庄，负鼓盲翁正作场。死后是非谁管得，满村听说蔡中郎。"②强调的就是戏曲的后发性，而非如时曲一般的前发性、即时性。

周之标的观点告诉我们，越是和人的情感结合更直接而紧密的艺术形式，其随时代变迁就越为迅速、明显。时曲无疑是最快的，应该跑在诸种艺术形式前面。古人有即席赋诗，诗歌的情感性和即时性也比较强，但那只限于文人骚客，普通人则达不到，唯有俗言俗语的"村曲"可以让他们任情而发，不受拘碍。诗歌与时曲还有适应不同人群的区别，诗歌适应者少、流传者窄，时曲适应者众、流传者泛，所以亦应推时曲为先。

在清代，苏州是我国音乐发展的中心。一些时兴新曲多是在这里诞生，而苏州的文人对音乐理论的认识与感悟，也较其他地区更为先进。继周之标提倡时曲之后，著名文人尤侗提出了声音以时而迁的观念。《倚声词话序》曰："盖声音之运，以时而迁；汉有铙歌横吹，而三百篇废矣；六朝有吴声楚调，而汉乐府废矣；唐有梨园教坊，而齐梁杂曲废矣。诗变为词，词变为曲，北曲之又变为南也。辟服夏葛者已忘其冬裘，操吴舟者难强以越车也，

---

① 蔡毅编著：《中国古典戏曲序跋汇编》第 1 册，435 页，济南，齐鲁书社，1989。
② 钱仲联、马亚中主编：《陆游全集校注》第二册，钱仲联校注，327 页，杭州，浙江教育出版社，2011。着重号为笔者加。

时则然矣。"①倚声，乃依照声律音调、节奏变化填词以作歌唱。故尤侗所言"声音之运"，在文学体式上是诗、词、曲以及北曲、南曲的变化，实则为音乐歌唱形式的变迁。一种音律节奏的兴起，必带来一种新的文辞表达方式；音乐对文辞的变迁至关重要，新的文辞多是因新的音乐而起的，音乐与时而变，故带来文辞随世而迁，出现了一朝有一朝文学的局面。可见，尤侗从音乐的角度，点明了音声发展之于语辞变化的重要意义，是非常有道理的。他还在《名词选胜序》中说："音与韵莫严于曲，阴阳开闭，一字不叶，则肉声抗坠丝竹随之。词虽稍宽于曲，然每见作者平侧失衡，庚侵杂用，是徒缀其文未谐其声，犹然古风长短句耳。"②明确指出，曲的音乐性是最高的，一字一声一音的变动，都可能引起人声与器声随之而动；词的音乐性即使稍宽，也不能"徒缀其文未谐其声"。谐声决定着缀文，这是音乐世界中的一般性原理。

对这个问题有相同看法的，还有王瑞生。他在《新定十二律京腔谱凡例》中说："大抵声音之道，与时偕行。即使清庙明堂，郊社雅奏，而时移世改，亦有变更矣。孰谓词曲而可仍旧贯乎？"朝廷庙堂雅乐亦随时制而变，何况民间一般的词曲俗乐了。由此，他提出选曲之道，"不论其词华，但取其当行可法，平仄相宜，以便于歌唱而已"；"如有俚鄙之曲，而可以为曲体者，即当录用；苟非然者，即字字珠玑、行行锦绣，而于曲体正格实为背谬，又何足取"。③选曲不是选文，应当遵于是否"便于歌唱"，合于音乐者虽语辞鄙俚亦选，不合者虽词采华丽而不取。王氏的选曲学，一切以音乐为准，可以说体现了当时音乐思想发展的最新要求，颇有借鉴和参考的价值。

坚持声音之时运的开放性观点，首先要做到与复古主义决裂。有两个人需要注意。一是姚思。姚思，姑苏人氏，具体生卒生平、字号不详。顺治

---

① 吴毓华编著：《中国古代戏曲序跋集》，347 页，北京，中国戏剧出版社，1990。
② 吴毓华编著：《中国古代戏曲序跋集》，350~351 页，北京，中国戏剧出版社，1990。
③ 蔡毅编著：《中国古典戏曲序跋汇编》第 1 册，105 页，济南，齐鲁书社，1989。

十三年（1656），他为同里钮少雅（1564—1656）①《南曲九宫正始》作序，其中谈道："夫古乐之不可得而闻，与古人之不可得而见，古治之不可得而复，非独其势使然，亦由理应如此。为吾党者，宜在今言今。"②声音之道，储于耳而不存于目。特别是在古代，曲谱一直未得定型，且精音律者又少，造成音乐只能口口流传，以至前代之乐后人便很难听懂并演唱。这一流传困难的特征，决定了音乐必须讲"在今言今"，而不能"在今言古"。姚思的看法无疑是十分正确的。二是凌廷堪。凌氏著有《礼经释例》《燕乐考原》等。他研究燕乐形态的动机是为了"明礼"，但他也很客观地指出："夫声音在天地间，本自然之物，不容以人力矫揉，故荀勖十二笛后世亦不能行也。"（《晋泰始笛律匡谬》）③受制于声音的自然属性，魏晋人荀勖的十二笛律管口校正数，这一我国早期声学的重大成就，尚且不得行于后世，更遑论其他音声歌调了。凌氏以经学大师的身份反对复古做派，显然是对毛奇龄等人的有力回应。

其次是力主采新声。新声指新歌新调。沈自晋《重订〈南词全谱〉凡例》论曰："人文日灵，变化何极，感情触物，而歌咏益多。所采新声，几愈出愈奇，然一曲每从各曲相凑而成。其间情有苦乐，调有正变，拍有缓急，声有疾徐，必于斗笋合缝之无迹，过腔接脉之有伦，乃称当行手笔。若夫勉强凑插，声情乖互，即或牌名巧合，勿取滥收。"新声是对时代之变的最新反映，是与百姓心底感触的直接唱和。新声才是一代音乐发展的真正代表。在此，沈自晋还提出"稽作手"的思想，即如同选诗、选文一样，绝不因其为新声而忽之，所选每一曲歌词必表姓氏名字。他说："盖声音之道通乎微，一人有一人手笔，一时有一时风气，历历尽然。……予兹集乃博访诸

---

① 按，钮少雅所作《自序》，云顺治辛卯（1651）其年八十有八。姚思《序》作于顺治丙申（1656），其中虽误称钮氏"今年八十有八"，然在提到钮氏的晚年生活时，并未像言及该书的另一位著者少室氏那样，明确点明已经去世。据此知钮少雅的卒年应在1656年以后。
② 吴毓华编著：《中国古代戏曲序跋集》，327页，北京，中国戏剧出版社，1990。
③ 《续修四库全书》"经部·乐类"。

词家，实核其作手，可一览而知其人，论其世，非止浪传姓字已也。"①可见，他对新声的重视程度，实将之等同于正统诗文，不仅把传统的"知人论世"(《孟子·万章下》)说移到这里，而且认为音乐的创作也是自有其风格的，既有个性特征的烙印，又有时代特征的标识。与沈氏的观点相近，并作为补充，周之标则提出了音乐的地域特征论。《吴歈萃雅·自叙》曰："曲之兴也，其来远矣。惟地异风殊，人分语别。南方水土和柔，音则清举而佻巧；北地山川重厚，语则沉浊而钝讹。辟之泾渭判流，渑淄各味者也。"②所谓一地有一地之理，南曲与北曲风格的不同，很大程度上是由它们所诞生的自然地理的差异所决定的。如此，音乐的个人、时代、地域之美，都被提了出来，不能不说是音乐美学的一大进步。

最后是肯定地方民歌俗调。这是顺理成章的事。当时进步文人多有描述。张潮在《致张鼎望》的尺牍中，提出一种观点："凡事一有妙处，定能动人，原不妨自我作古。"即如词曲一道，谱律俱全固佳，"即无谱无律之腔，亦未尝不佳"。词曲无谱律，则纯为地方声腔艺术和民歌小调了。据此，他特别肯定清代的民歌。其曰："如宋之词、元之曲，已各成一世界，独明朝未闻别立体裁，唯《挂枝儿》、《打枣竿》之类，可云妙绝千古。我朝数十年中，变为《劈破玉》，犹有纪律可循。若近常之《倒搬桨》、《呀呀哟》，听之颇觉悠扬入耳……"③宋词、元曲当属谱律俱佳，明代民歌《挂枝儿》至于清代民歌《劈破玉》，一变再变，谱律渐消渐退，只能说"犹有纪律可循"。若产生于劳动过程中的最一般的民歌，如船工号子们的开船调等，何以谈得上谱律？然这样的音乐亦十分动人。张潮所憾者，乃以其每每语词句法"多有出入，亦且粗鄙可憎"，而欲握管填词之我辈来润色之，"庶几不负此妙腔"。愿望固佳，然已脱离民歌的生存实际了。

---

① 吴毓华编著：《中国古代戏曲序跋集》，434页，北京，中国戏剧出版社，1990。
② 蔡毅编著：《中国古典戏曲序跋汇编》第1册，431页，济南，齐鲁书社，1989。
③ 赵山林选注：《安徽明清曲论选》，190页，合肥，黄山书社，1987。

二、"得曲之情尤重"：乐歌的情感美学

　　音乐起于人心。音乐与情感的关系历来受到重视。清代建立起创作、演唱、弹奏都须以情感为中心的一体化理论。

　　创作情感论以周之标为代表。《吴歈萃雅·又题辞》提出："余谓时曲，而惟取真情真境，则凡真者尽可采。"[1]情境审美论是明清文艺美学的新发展。在此，周之标不唯将"真情真境"说引入时曲中，赋予其以真为统一的情与境相结合的审美内涵，而且她对时曲之真又有独到认识。《题词》篇中，她痛斥八股时文的造作虚伪，以为这种借以谋取进阶升官的文章，毫无真情实境可言；八股文的审美度，还不如民间流行的时调小曲。"然则八股何如十三腔，而学士家虽谓读烂时文，不如读真时曲也可。"[2]时曲胜过"时文"，这的确是一个非常大胆的立论。即使曹雪芹《红楼梦》中有贾宝玉的厌学，吴敬梓《儒林外史》中有杜少卿的鄙弃，他们都是以风雅去功利，都不如周之标以通俗压过官样文章来得痛快。除了批判八股文，周氏又把矛头指向整个利欲熏心的文坛，以及唯知淫靡哄骗的曲坛。她说，"世道日衰，人心日下"，"毋论真文章，真事业，不可多得；即最下如淫词艳曲，求其近真者绝少"。当文章、事业一旦蜕变成沽名钓誉、升官发财的工具，时曲成为某些人牟利享乐的手段时，真情真境就会从其中流失，而变得毫无艺术美感可言了。由此，她推崇两种歌曲是尚情真的，"惟是闺中思妇，塞外征人，情真境真，尚堪摹画，而骚人以自己笔端，代他人口角，或灯之前，或月之下，或花之旁，或柳之畔，或山水之间，洋洋出之，宛然真也；歌之者亦宛然真也"。古代诗歌史、民歌史上，多征人之悲、思妇之泪，即皆因二者情真意切之故。《小引》篇中，周之标进一步指出，歌曲具有抒发吾人"胸中忧生失路之感"的作用，对人来说不可或缺、非常重要。然而，她以

---

[1] 蔡毅编著：《中国古典戏曲序跋汇编》第1册，435页，济南，齐鲁书社，1989。
[2] 蔡毅编著：《中国古典戏曲序跋汇编》第1册，434~435页，济南，齐鲁书社，1989。

一个多愁善感的女性的角度,看到在所有时曲中,唯有"摹闺中之情思"的歌曲最动人,"天下之有情莫此为甚"。故骚人逸士提笔铺纸,不抒写其他真情,如《又题辞》中提到的"忠臣之忠,烈士之烈,义夫之义,节妇之节,佞臣之口,馋人之舌,昏主之丧国,荡子之丧家,冶妇之丧节"等;每每以笔代口,刻画女子"意犹含而未吐"的心情,将她们的柔情媚态,"都宣泄于字形句拟之间"。她感叹道:"嗟嗟!粉黛文章,何如清真腔调,当今不乏有情人,留之几案,日读数过,可当炎熇世界一服清凉散也。"①《吴歈萃雅》中收录的,多为女子闺情之作。

演唱情感论以徐大椿(1693—1772)为代表。徐氏字灵胎,一名大业,晚号洄溪老人,以钦召称字,江苏吴江(今苏州)人。袁枚《徐灵胎先生传》称赞他,"有异禀,聪强过人,凡星经地志、九宫音律,以至舞刀夺槊、勾卒嬴越之法,靡不宣究。而尤长于医,每视人疾,穿穴膏肓,呼肺腑与之作语"②。由于徐大椿精通医学,故弃诸生业,专以医术活人,著有《洄溪道情》以及《医学源流论》《兰台轨范》等。《乐府传声》是一部专论唱曲的作品,集魏良辅、沈庞绥以来各家之长,深为后世曲坛推许。首先,徐大椿肯定乐者人声之说。《序》云:"古人作乐,皆以传声为本。……故人声存而乐之本自不没于天下。传声者,所以传人声也。"③其次,他指出人之声腔是随风气之变而变化的。然无论怎样变化,不可"尽失声音之本"。故《源流》篇云:"可变者腔板也,不可变者口法与宫调也。苟口法宫调得其真,虽今乐犹古乐也。"④这个认识极为辩证,深得乐律之理。最后,提出唱曲宜情重于声。《曲情》篇云:

唱曲之法,不但声之宜讲,而得曲之情为尤重。盖声者众曲之所尽

---

① 蔡毅编著:《中国古典戏曲序跋汇编》第1册,433页,济南,齐鲁书社,1989。
② (清)袁枚:《小仓山房文集》卷30~35,262页,台北,文海出版社有限公司,1981。
③ 中国戏曲研究院编:《中国古典戏曲论著集成》七,153页,北京,中国戏剧出版社,1959。
④ 中国戏曲研究院编:《中国古典戏曲论著集成》七,158页,北京,中国戏剧出版社,1959。

同，而情者一曲之所独异。不但生旦丑净，口气各殊，凡忠义奸邪，风流鄙俗，悲欢思慕，事各不同，使词虽工妙，而唱者不得其情，则邪正不分，悲喜无别，即声音绝妙，而与曲词相背，不但不能动人，反令听者索然无味矣。①

唱曲之声，即包括口法、宫调以及板腔。声是最基本的要素，一首曲子要唱好，歌者必须自始至终把声音的表达技巧控制好，不能出现一丁点瑕疵。每一首歌曲都必须遵循这一声音之道。曲之情，歌曲以情感的浓郁强烈与否见高低，又以一曲之情不同于他曲、曲曲有别而见出风格与特色。并且一曲之中，男音、女音又因其身份地位处境等的不同，而使情感有所差异；即使纯为一人一境，则情感亦应随着起始、中段、结尾的演唱流程，而存在强与弱、热烈与平静的变化。这是说，演唱之艺，固然以声情并茂为佳，然情重于声，情是使唱富于表现力和感染力的核心，是歌唱美学的集中所在。

如何才能唱出情？徐大椿把小说创作、戏剧表演中的"设身处地"说搬了过来。他说："必唱者先设身处地，摹仿其人之性情气像，宛若其人之自述其语，然后其形容逼真，使听者心会神怡，若亲对其人，而忘其为度曲矣。"②度曲者务要先度曲中之人，他的音容笑貌、性格气质，一一揣摩毕肖，方能使听者以为是曲中人在歌唱，而非度曲者在歌唱。这是第一层，即歌者与被歌者的融合问题。还有第二层，即歌者与所歌内容的融合。"故必先明曲中之意义曲折，则启口之时，自不求似而自合。若世之止能寻腔依调者，虽极工亦不过乐工之末技，而不足语以感人动神之微义也。"曲中之意义指歌曲的思想内容、情感意旨；曲折则指其中的变化起伏、抑扬顿挫。歌者如果不事先领悟透彻，做到洞然于心胸，则演唱的过程就只是一次寻腔依

---

① 中国戏曲研究院编：《中国古典戏曲论著集成》七，173～174 页，北京，中国戏剧出版社，1959。着重号为笔者加。
② 中国戏曲研究院编：《中国古典戏曲论著集成》七，174 页，北京，中国戏剧出版社，1959。

调的试验，只是乐工之末技的声的表演，而缺乏乐师之高超的情的演绎，不能把曲中的细情微义完整深刻地表达出来，达到"感人动神"的艺术效果。总之，这两层都要求演唱者要取消自我的个体性，不要以一名旁观者的姿态来演唱，而应代以所唱者的主体性，庶几可致演唱之妙境。

值得注意的是，我们在上一节提及，李渔强调戏曲演员的演唱"宜有曲情"。徐氏之说，与李渔是相通的。不论戏曲还是乐歌，都以曲情为重，表明清代的歌曲美学的确已经达到了很高的艺术水平。

弹奏情感论以蒋文勋（1804—1860）为代表。蒋氏号梦庵，又号胥江，江苏吴县人。自幼喜听琴音，曾拜琴师韩桂（字古香）学琴艺，又拜律学名师戴长庚（字雪香，著有《律话》一书）学律理，遂成一代琴学名家。所编琴集名为《二香琴谱》，乃取两师均有"香"字，感谢铭记师恩故也。是著前六卷为《琴学粹言》《琴律管见》等理论文字，后四卷为琴谱。如何才能以琴弦弹出情感？蒋氏也提出曲情之说。《右手纪要》篇曰：

> 指下出音，自一分以至十分，当体曲之情，悉曲之意，有不期轻而自轻，不期重而自重者。①

在《论文》篇中，他提到"琴曲有文无文之别"。无文之曲，如伯牙《水仙》、沈遵《醉翁》，以曲养神，以调和情，可以感人。有文之曲，如姜夔《古怨》、赵子昂《思贤》，因含有人物故事，具有情节性，故比无文之曲更感人。他说："有文之曲，一字数音，悠扬宛转，情致缠绵，低徊久之，若不能已者，岂不更愈于无文者哉。"②然无论曲之有文、无文，曲以传情达意为主，这是可以肯定的。琴曲因其情意不同而有别，非因其弦音也。是故，弹者入定，首先要做的就是细细体味一曲所传之情，洞悉一曲所达之意，方可下指出音。

---

① 吴钊等编：《中国古代乐论选辑》，451页，北京，人民音乐出版社，2011。着重号为笔者加。
② 吴钊等编：《中国古代乐论选辑》，454页，北京，人民音乐出版社，2011。

至于具体的弹法,他特别强调弹奏时的手法结构。《听琴弹琴诗录》篇云:"盖琴操虽有迟速之分,而迟操中亦间有紧峭处,速操中则必有停顿舒展之处,即一段一句之中,亦必速中有迟,迟中有速。不然若算子然,成何结构?"[1]迟速有致,紧舒有法,而不是匀速前进,如算盘乱响,这样的手法结构才有利于凸显情感的变化起伏。又强调下手时的手势。《右手纪要》篇云:"手势要潇洒自如,若不经意,闲暇之极,……或上或下,倏高倏低。……勾挑、剔抹、托擘、打摘、轮鼓、泼剌,皆有手势。虽长锁七声,亦要分还勾挑剔抹之势,盖不独取其隽雅可观,亦运指之法宜然耳。得其势则佳,否则便不佳也。"[2]手势运动代表着手法结构的整体走向,而手势的变化显然也是曲中之情意变化的体现,手势须与曲情紧密结合。此外,蒋文勋又强调指下之绰注。古琴弹奏,需左右手交合互动而构成。他认为表现琴音之妙,左手的作用大于右手。《左手纪要》篇云:"弹琴之妙,全在左手。"左手之动,有吟猱、绰注、上下三法。吟猱指左手按弦,指肉与指甲触弦,往复移动,使发颤音。上下指"指下过弦"与"弦上递指"的结合之法,讲究"起要有头,住要有顿,中间不可放松"。绰注指右手按弦时,左手轻按琴弦,指下分来势与去势,弹出轻微的滑音。他说:"指下之有绰注,犹写字之有牵私侧锋也,惟侧有情,如美人之妙,全在凝眸斜睨,欲言又止,若瞠目直视,侃侃而谈,情又何生?"[3]可见,绰注之于琴音,有"犹抱琵琶半遮面"的审美含义,使音乐进入若有若无的缥缈之境,从而大大提高了乐曲内在情感的表现力度。

三、"不若使人想象于无穷":乐歌的想象之境

春秋战国时期,齐国音乐文化发达,在音乐思想史上留下了许多佳话。

---

[1] 吴钊等编:《中国古代乐论选辑》,449页,北京,人民音乐出版社,2011。
[2] 吴钊等编:《中国古代乐论选辑》,451页,北京,人民音乐出版社,2011。
[3] 吴钊等编:《中国古代乐论选辑》,451~452页,北京,人民音乐出版社,2011。

其中，有三则故事最为人津津乐道。一是鲁国人孔子在齐国听《韶乐》，印象之深以至于"三月不知肉味"（《论语·述而》），第一次领会到音乐力量的巨大。二是韩国女歌手韩娥，在雍门"鬻歌假食"，"既去，而余音绕梁，三日不绝，左右以其人弗去"（《列子·汤问》）。三是晋国琴师伯牙在齐地学成琴艺，又在泰山为钟子期弹奏，"曲每奏，钟子期辄穷其趣"，于是伯牙舍琴而叹曰："善哉，善哉，子之听夫志！想象犹吾心也。吾于何逃声哉？"（《列子·汤问》）[1]三则故事都谈到同一个问题，即音乐乃是通过调动听者的想象力，来彰显自身的无穷魅力。

"想象犹吾心"。音乐之美，在于听乐之时与之后，在听者内心里引起的种种悬想，并生发出来的借以理解音乐之音律变化、内容情感的种种美丽的意象。朱熹注云："盖心一于是而不及乎他也。"[2]完全沉浸在有关音乐的幻想和想象之中，心无二虑，音乐之于人的身心修养，对人的道德精神的塑造作用，才能很好地发挥出来。唐人郎士元《听邻家吹笙》诗曰："凤吹声如隔彩霞，不知墙外是谁家，重门深锁无寻处，疑有碧桃千树花。"[3]音乐的美，就在于它具有能打通人听觉与视觉之关联的神奇魔力，变无形之象、抽象的律吕，为灿烂花开般的有形之境，使每一个人都能豁然开朗，感受到冥冥之中内心深处脉搏微动的召唤。

对这一优秀的音乐审美文化传统，清人又有继承与发展。其一，运用想象，发现音乐的心灵表象之美。这是个老话题。不过，此处还需说几句。从作者的立场看，音乐创作存在一个将外在世界的物象转化为"吾心"之意象的过程。就是说，音乐表演要臻于高妙至境，创作者本人必要充分发挥非凡的艺术想象天赋不可。龚自珍记吴地伶人金德辉，向钮非石学哀秘之声，得其谱而不能肖。一夕延客试技，忽有触感，"脱吭而哀"。《书金伶》云："俄而德辉如醉，如寱，如倦，如依，如眩瞀，声细如诮，如天空之晴丝，缠

---

[1] 《道教三经合璧》，慕容真点校，413页，杭州，浙江古籍出版社，1991。着重号为笔者加。
[2] （宋）朱熹：《四书章句集注》，48页，上海，上海书店，1987。
[3] 《全唐诗》第4册，2779页，北京，中华书局，2013。

绵惨暗，一字作数十折，愈孤引不自已，忽放吭作云际老鹤叫声，曲遂破。"①哀乐之作，歌者首先必须想象自己进入悲不自持的神志状态；其次想方设法模拟哀声之形，细切之音犹如晴丝入空皆无，孤不能立；最后追寻出惨痛之音的绝佳代表，如老鹤之声可以自天达地。像这样的演唱，即可称神乎其技。可惜，在当时曲高和寡，无人能解。从听者的立场看，唯有通过心理想象，才能化无形的音符为可以感知的有形之图象。周之标论时曲之美曰："时之曲，尤极其宛转流丽乎。……斯即飞鸟闻之，亦且徘徊欲下，而幽人壮士，概可知已。"②动听悦耳的音乐，不仅可与幽人壮士取得通感，听之忘倦，而且可与飞鸟之物取得共鸣，触动它们生命之感的心弦，从而留恋不舍、徘徊欲下。李渔谈提琴演奏曰："提琴之音，即绝少美人之音也，春容柔媚，婉转断续，无一不肖。即使清曲不度，止令善歌二人，一吹洞箫，一拽提琴，暗谱悠飏之曲，使隔花间柳者听之，俨然一绝代佳人，不觉动怜香惜玉之思也。"③以提琴之音为绝少美人之音，乃取音质表象上的相同；而形容其音柔媚婉转，具有少女袅娜娉婷的动态之美，则是乐声所引起的内心表象了。是故李渔建议，欲听提琴者，应舍弃清曲只听弹奏，且要与奏者间隔一定的距离，以便使距离促生想象，在内心唤起对一位绝代佳人之神韵的记忆，构建起一种"怜香惜玉"般的生命体验。

其二，回归想象，完成对丝竹肉之说的最后一击。主要指李渔的音乐美学贡献。《笠翁一家言》卷三《答同席诸子》中有如下记载：

> 昨与二三同调，联袂朱门，飞觞绮席，聆清歌、观妙舞，固闲中一适也。乃弟非周郎，强之顾曲，便尔品题优劣，凿然言之，弟亦伤于不恕。然胸中所见，自谓帘内之丝，胜于堂上之竹；堂上之竹，又胜于阶下之肉。非好为昔人下转语也，大约即不如离、近不如远；和盘托出，

---

① （清）龚自珍：《龚自珍全集》，182页，上海，上海人民出版社，1975。
② 蔡毅编著：《中国古典戏曲序跋汇编》第1册，434～435页，济南，齐鲁书社，1989。
③ （清）李渔：《李渔全集》第3卷，148～149页，杭州，浙江古籍出版社，1992。

不若使人想像于无穷耳。我辈生平著述，不宜倾箧示人，使海内因国门
而思名山，亦是此意。①

这里，李渔提出的"即不如离、近不如远"的审美观，是我国传统美学认识
论中，关于"距离产生美"的最为明确的主张之一，可以与宋人周敦颐"只
可远观而不可亵玩焉"（《爱莲说》）相媲美。而李渔直接用于论述音乐美
学，故比周敦颐更具启发意义。从这一基本的美学原理出发，李渔终于揭开
了千年以来丝竹肉之说的虚伪面纱。有如徐养原（1758—1825）《律吕臆
说·乐本说》所云："是故乐有本焉，非黄钟为宫之谓也。堂下之乐不贵于
堂上，琴瑟之声不贵于人声。"②按照封建乐教的规定，乐音也是有高低贵贱
的，乐律十二律中的第一律为黄钟，又称黄钟宫，乃为君王之像。而受古代
堂室结构的建筑观念影响，堂上、堂下等级森严。凡音乐活动，乐器伴奏多
设在堂下，而人声在堂上。由此形成了丝竹卑贱、肉声尊贵之说。李渔完
全抛弃了这一套空洞无实的说教理论。他第一次从艺术审美的观念出发，提
出就音乐的艺术表现而言，带有人声的歌唱，由于人声的主观性之故，相当
于"和盘托出"了歌曲的全部内涵，从而留给听众的想象余地较少。不如人
声成分少的竹声，更不如不带人声的丝声，可以给听者的想象力提供无穷无
尽的空间和可能。李渔此论，还原了音乐的真实性本质，声无尊卑，只在于
是否感人。当然，为了批判丝竹肉之说，而认定丝竹胜于肉，也显得不免武
断，从一个极端走向了另一个极端。但是，"不若使人想像于无穷"的观点
的提出，确实可谓找准了、号对了音乐审美之脉，具有极其重要的价值和深
远的影响。

其三，推崇想象，高度肯定纯音之美。循着李渔确定的音乐审美思路，
抑带有主观性的声乐，扬较具有客观性的器乐；而发展出认为可以音、词分
离，并且抑词扬音的一种观念。提倡纯粹音乐论，或曰惟音至上论。乾隆

---

① （清）李渔：《李渔全集》第1卷，198页，杭州，浙江古籍出版社，1992。着重号为笔者加。
② 吴钊等编：《中国古代乐论选辑》，440页，北京，人民音乐出版社，2011。

间的琴学家王坦,在《琴旨·有词无词说》中,便反对填词,认为"大抵声音之道,感人者微,以性情会之,自得其趣,原不系之乎词也"。①上文提到,蒋文勋从语词内容之于情感表达的作用上,主张"有文之曲"胜于无文之曲。此处王坦提出"原不系之乎词"的说法,看来与蒋氏大有出入。究其实,乃在于音乐审美的角度不同。王坦是从艺术想象上来说的,重在聆听者所产生的联想力与想象力。音乐最根本者在音,如果乐音中所表达的情感意象,丰富生动,细致入微,能触动听者的身心感觉,促使其中枢神经细胞活跃兴奋起来,调动全部的认识经验图式和智识经验图式,达到"以性情会之,自得其趣"的审美效果,而无须语词的帮助或过度阐释,则乐歌实不必"系乎词也"。论者往往以词先入为主、音离不开词的观念,乃源自《乐记》中的"诗乐舞"合一论。其曰:"故歌之为言也,长言之也。悦之故言之,言之不足,故长言之,长言之不足,故嗟叹之,嗟叹之不足,故不知手之舞之,足之蹈之也。"②这个理论,把音乐紧紧捆缚在诗教第一的传统教化观念中,认为乐离不开诗,无诗则无以乐,以乐和诗,诗主乐副,至于舞,则更是降至第三等。由此,就可以体会王坦声不系乎词的理论意义了,即其主张将音乐从诗乐舞相统一的体系中分离出来,从而使音乐获得独立的存在地位和意义。这一认识,无疑为音乐的进一步发展开辟了坦途大道。

在实践领域,确实也有纯音之美可以超越语言障碍的现象。据刘献廷《广阳杂记》卷四载:"旧春上元在衡山县曾卧听采茶歌,赏其音调,而于辞句懵如也。今又□衡山,于其土音虽不尽解,然十可三四领其意义。"③刘氏为吴人,乍入湘地,日常交际中的土语尚自懵懂,更不要说掺入乐歌中的方言了。一句也听不懂、一概不知,实属正常。然而,"赏其音调",音乐的旋律富于美感,则人人均可欣赏。曹雪芹《红楼梦》中的两个例子,也可为证。第 5 回叙贾宝玉在仙宫听仙曲,"宝玉听了此曲,散漫无稽,未见得

---

① 《琴曲集成》第 17 册,281 页,北京,中华书局,1991。
② (清)阮元校刻:《十三经注疏》下,1545 页,扬州,江苏广陵古籍刊印社,1995。
③ (清)刘献廷:《广阳杂记》,汪北平、夏志和标点,172 页,北京,中华书局,1957。

好处；但其声韵凄惋，竟能销魂醉魄。因此也不问其原委，也不究其来历，就暂以此释闷而已。"①散漫无稽指歌词不佳，然音律生新，足可以动人，何必深究原委来历呢。听曲释闷，人生足矣。第23回叙林黛玉听《牡丹亭》一曲的感受。初时听见"墙内笛韵悠扬，歌声婉转"，黛玉的听觉就有所感动了。然因自小受礼教严防，素习不以戏文为意，便不留心。②之所以不为动心，纯是礼教蒙蔽之故。话外之意，实已经动心了。所以，下面才一听再听，因曲文联想到自己的遭遇身世，竟至于"心痛神痴，眼中落泪"。假设起先不以音传，而直传过"戏文"来，必定会遭到黛玉的理性抵制。这正如俄罗斯美学家卡冈所分析过的，音乐符号与语言符号不同，音乐的声音音调符号"能够最准确地体现和传达以情感为主的信息"，而语言符号"则体现和传达以理性为主的信息"。③所以，任何时候任何场景，要想冲破理性信息的束缚与封锁，必须借助音乐这一感性信息的力量。

◎ 小　结

清代音乐处在古代音乐和近现代音乐的历史交接点上。其思想的发展，既有总结中的反思与反叛，又有过渡中的传承与创新，而结果便是对音乐本质的揭示。

总结从反对复古开始。毛奇龄、江永、李塨三人，是清代音乐思想界反复古主义的斗士，毛奇龄更堪称领袖。得益于他们的极力抨击与揭露，千余年来占据主流统治地位的音乐与政治、礼教不可分割的关系，得以松动，以致被打破；种种与音乐本身无干涉的、可以导致音乐不堪重负的迷雾，均被

---

① （清）曹雪芹、高鹗：《红楼梦》，62页，北京，人民文学出版社，1980。
② （清）曹雪芹、高鹗：《红楼梦》，271页，北京，人民文学出版社，1980。
③ ［俄］卡冈：《艺术形态学》，凌继尧、金亚娜译，208页，上海，学林出版社，2008。

吹开并驱散。音乐的松绑，音乐的解放，才能带来音乐从业者的解脱与自由。

过渡从接受西乐开始。无论从音乐研究的哪一个角度看，康熙帝勇于接纳西洋音乐，学习西洋音乐，允许它们在古老的中国大地上传播，都是极具开创性的。正如乐教自上而下的发生过程一样，宫廷内部首先流行新的音乐元素是极为重要的。从这一点上看，就中西文化的交流与融合而言，欧洲音乐影响到中国，要早于小说、戏剧，甚至也早于建筑、美术等其他艺术形式，这是可以肯定的，而说它是最早的或许亦不为过。原因何在？可用宗白华之说："音乐是人类最亲密的东西，人有口有喉，自己会吹奏歌唱；有手可以敲打、弹拨乐器；有身体动作可以舞蹈。音乐这门艺术可以备于人的一身，无待外求。所以在人群生活中发展得最早，在生活里的势力和影响也最大。"①

李渔等人关于音乐本质的阐释，可以使我们确信，音乐是情感的艺术，音乐是想象的艺术，音乐是审美体验的艺术；戏曲以歌唱为主，而非以"戏文"为主。这样的认识同时在创作与歌唱两个方面被提倡，是很难能可贵的。音乐本质的界定，终将有助于这门艺术的独立。后来，梁启超提出："今日不从事教育则已，苟从事教育，则唱歌一科，实为学校中万不可缺者。举国无一人能谱新乐，实为社会之羞也。"②音乐至近代，终成一门独立学科。究其理论之源，实肇于此。

---

① 宗白华：《美学散步》，189 页，上海，上海人民出版社，1981。
② 梁启超：《饮冰室诗话》，77 页，北京，人民文学出版社，1959。

第二十五章
清代前中期的书学、印学思想

书法艺术是中华文化中的瑰宝，是中国古代优秀传统文化的重要组成部分。而清代书法和书学对此也有非常杰出的贡献。著名书法家沈尹默曾云："世人公认中国书法是最高艺术，就是因为它能显示出惊人奇迹，无色而具画图的灿烂，无声而有音乐的和谐，引人欣赏，心畅神怡。"[1]中国书法就是汉字的书写艺术，书法之所以能够成为一门艺术，与汉字和毛笔的特殊性以及书写者的审美追求息息相关。中国"书法"固然指将汉字书写提升至艺术境界的"书写法则"，但从文化视域看，更是一种文化创造现象。朝代更替频仍，书法文化却依然会赓续和发展，验之以清代书法、篆刻的发展，书学、印学的形成，情形也正是如此。

◎ 第一节
概　述

从社会思想史角度考察中国书法思想文化的发展变化，一定要注重对时代背景的考察。明清易代之际，以及清代的前期和中期，发生了一系列惊心

---

[1] 马国权编：《沈尹默论书丛稿》，29页，广州，岭南美术出版社；香港，生活·读书·新知三联书店香港分店，1981。

动魄、影响深广的历史事件。

1644年3月19日,明朝崇祯皇帝于紫禁城外的煤山自缢身亡,李自成率大军攻进了北京城,建国277年的明朝至此灭亡。 此后,李自成被明将吴三桂和清军挫败而撤出北京,多尔衮率军进占北京,建立了一个统治中国长达268年的大清王朝。 早在1629年,清朝统治者就已仿效汉族统治者的科举考试办法来选拔官吏。 清政府为了巩固政权,力求长治久安,便在武力征服的同时,采取了一系列重要举措来恢复汉族文化,如吸收明朝文化素养及"官声"好的官员进入政府机构,还及时恢复科举考试,选拔能书善写的汉族知识分子在新政权中入朝为官。"这些做法一方面是清朝政权早在入关之前就已经开始采取的变革措施的继续,同时也对安抚汉族知识分子,争取民众对新政权的认可和合作起到了相当大的作用。 更为重要的是,清政权的这些措施,在客观上使得汉族文化传统及其形式在王朝更替的巨大社会变革过程中,基本没有受到大的破坏,而得以延续发展下去。"①

"一定的文化是一定社会的政治和经济在观念形态上的反映"②,可见,随着社会的发展,人类的审美意识也与人类的物质文化和精神文化活动息息相关。 清代的审美变化与当时的政治、经济发展及文化氛围密切相关。 清朝,是我国历史上第二个由国内少数民族统治阶级建立起来的王朝。 清兵入关之后,不可否认的是:"满族统治阶层在全国建立起有效的统治后,不仅采取了一系列措施,恢复和发展社会经济,使康熙、雍正、乾隆时期出现了百余年的安定、繁荣的'盛世'局面,达到鼎盛时期:足以傲视汉唐。 即使从世界的范围来看,在这百余年的前期,它也处于领先的地位;后期,其在某些方面或已不及西方,但仍不失为一个实实在在的强邦。 而且,即使在十分敏感的、容易触动人们情绪的国内的民族关系问题上,在清代初期,激烈的征战成为过去之后,无疑也有所进步和发展;清王朝所采取的各种措施,

---

① 刘恒:《中国书法史·清代卷》,1页,南京,江苏教育出版社,1999。
② 毛泽东:《新民主主义的文化》,见《毛泽东选集》第二卷,694页,北京,人民出版社,1991。

大大促进了国内各民族间的相互接近和融合,促进着统一的多民族国家的巩固和发展。对沙皇和西方殖民主义者的侵略,进行了坚决的反击,表现了中华民族不甘心屈服的伟大战斗精神。"①

在朝代更替的大变革时期,虽然社会动荡,但却给思想家和学者提供了纵横驰骋、施展才华的历史舞台,社会思想文化空前活跃。恩格斯曾指出:"历史从哪里开始,思想进程也应当从哪里开始,而思想进程的进一步发展不过是历史过程在抽象的、理论上前后一贯的形式上的反映;这种反映是经过修正的,然而是按照现实的历史过程本身的规律修正的。"②明代中叶,在封建社会内部产生的资本主义萌芽又在战乱中受到摧残,此时的思想文化虽然异常活跃,但仅是属于封建社会生产关系下思想机制的自我完善与调整。而清代前期,社会政治、经济和文化,都发展到了一个高峰,为清代思想、文化的发展奠定了坚实的基础。清政府为了长治久安,采取了一系列旨在化解文化冲突而有利于巩固其统治的措施。其中吸收原明朝官员进入各级政府机构并恢复科举制度,就是一个非常重要的举措。在清政权的前期和中期所采取的诸多变革措施,应该说也有明显的效果和积极作用,既可以安抚汉族知识分子,也可以争取普通民众对清政权的认可并愿意与之合作。恰恰是采取了民族融合的文化策略,汉族文化传统及其形式,包括书画艺术,在王朝更替的巨大社会变革中并没有受到致命的摧毁,而是得以发展。尤其在康熙、乾隆主政期间,出现了深入人心的"康乾盛世"。总体上看,此时期社会稳定,经济繁荣,文化事业包括书画艺术相当繁盛。清政府不仅组织编纂了多部有影响的大型图书,还采取了多渠道笼络人才的办法,如在正常的科举考试以外还开辟了博学鸿词科、贡生等政策,这对清前期和中期的文化复兴和重建,无疑起到了不可忽视的重要作用。

值得强调的是,随着明末深刻的社会危机及资本主义萌芽的出现,以及清政权的建立,一些明末清初的知识思想界人士,总结了明亡的历史教训,

---

① 敏泽:《中国美学思想史》下卷,420 页,长沙,湖南教育出版社,2005。
② 《马克思恩格斯选集》第二卷,43 页,北京,人民出版社,1995。

提倡通经读史，重视博求实证，这也是明末清初时代精神的反映。"思想文化的发展有其继承性和延续性，在肯定当时的进步思想家具有反理学倾向的同时，又不可忽视其仍受理学不同流派的影响。"①对此，有学者进行了申论：

> 在17世纪出现了波澜壮阔的具有求实批判精神的经世致用思潮，形成中国古代学术思想史上，继先秦"百家争鸣"，学派林立，人才辈出的盛况之后，又一次文化思想史上的高潮，涌现了一大批杰出的学者和思想家，犹如群星灿烂，其中最突出的代表人物是王夫之、顾炎武、黄宗羲、吕留良、傅山、陈确、方以智、朱之瑜、李颙、颜元、刘献廷、阎若璩等。他们思想敏锐，学识渊博，著述宏富，都在学术思想史上具有重要地位和影响。围绕这些杰出的代表和大师，又形成了各具特色的学术流派，诸如以黄宗羲为代表的浙东学派，以顾炎武为代表的浙西学派，以李颙为代表的关中学派，以颜元、李塨为代表的颜李学派、以刘献廷为代表的广阳学派，等等。这些学术思想大师和他们开创的学派，既具有明末清初经世思潮的共同趋向，也有各自独具的特色和成就。②

君死国亡，明清转场，思想激荡，书法仍在。政治上朝代更迭，思想上满汉磨合，这些对于明末清初文人士大夫的影响是不言而喻的，他们深受儒家传统文化影响，饱读诗书，在这场翻天覆地的变革中，有的明朝官吏选择了自杀，如倪元璐；有的选择起兵抵抗，如黄道周，以此来表达对故国的忠诚；还有的则看形势顺大势，体现了对新政权的认同和对汉族文化持久的热爱，如王铎、吴伟业。这些知识分子大都是当时文人士大夫中的精英，尤善诗词书画。在政治抱负受到冲击或抑制时，文人士大夫们转而寄情于书画构

---

① 王俊义：《略论清代学术思想的发展与演变》，载《社会科学战线》，2014（5）。
② 王俊义：《清代学术思想的发展与演变》，见《清代学术探研录》，36页，北京，中国社会科学出版社，2002。

成了一种不期而遇的文化现象。而书法一道,作为古代文人士大夫们最常见的艺术娱乐形式,即使在朝代更替中也可以在文人墨客们的挥洒和探索中得以发展。普列汉诺夫曾说,艺术"既表现人们的感情,也表现人们的思想,但是并非抽象地表现,而是用生动的形象来表现"①。文人士大夫们在新政权下常常无法施展政治上的才能,于是就在诗词书画艺术中寻找精神寄托,这也成就了清代初期书法艺术的繁荣。

◎ 第二节
清代前期的书学思想

清代书学不仅对书法艺术本体进行了相当全面的探讨,而且从文化创造的广阔领域,对书法基础的汉字研究及笔墨纸砚等书法工具的研究也有了新的拓展。但由于历史惯性使然,清代顺治时期的书法风格、书学取向依然主要是明代的延续,其表现:一是以王铎为代表的降清官僚书家群体;二是以傅山为代表的遗民书家群体。他们深受明代中叶以来兴起的浪漫主义文艺思潮的影响,这一时期的艺术家们深受政治生活和思想世界相冲突的困扰,民族气节问题在艺术实践和艺术思想上皆有所体现,书法家们希望通过书法、篆刻的个性化创作来宣泄自身的某种思想或情绪,同时这种个性化创作则又成为彰显他们人格、气节的重要体现。康熙年间,由于帝王对董其昌书法的喜爱,崇董书风成为这一时期的主流。由于清政府加强思想、文化控制,清代统治者大兴"文字狱",严苛的政治体制,使得文人远离仕途而转向金石考据之学,反而促发了金石考据学的兴起,书法家对汉碑隶书的取法

---

① [俄]普列汉诺夫:《论艺术(没有地址的信)》,曹葆华译,4页,北京,生活·读书·新知三联书店,1964。

学习，隶书创作因此得以复兴，碑学开始萌芽。

一、 王铎、傅山的书学思想

　　政治归顺，书学却能独立或故我依然，这成为书学思想史上一种别致而又重要的现象。代表这种书学思想取向的是王铎。

　　王铎（1592—1652），字觉斯，一字觉之，号嵩樵、十樵、石樵、兰台外史、雪山道人、二室山人、白雪道人、云岩漫士等，河南孟津人，世称"王孟津"，有"神笔王铎"之誉，明末清初时的著名书法家。王铎享年六十一岁，在清朝为官仅八年，其一生主要活动在明朝，书法风格也是由晚明文化氛围滋养出来的，并在清代延续了下来。王铎降清，虽委以高官，但有职无权，其实仅是清朝政府笼络士人的一个象征性的工具而已。王铎作为投降的官员，清政府重大、重要的决策性事务他都没权参与。因此，王铎晚年在政治上毫无建树，他便把主要精力寄托在书画艺术的活动上。王铎在清朝为官，这在不少汉族知识分子眼里，认为其是贰臣，所以其交往的朋友也受到限制，友人多是与他一样降清的晚明高级官吏，如钱谦益、孙承泽、吴伟业、周亮工、龚鼎孳、戴明说等。

　　这些在文化界，尤其在文学界都是很有影响的领军人物，在清朝为官，给他们的社会影响力和名声都带来了很大的影响。既然在政治上不能作为，这些人只好聚在一起喝酒、写诗，谈论书画艺术，诗文和品鉴书画就成了这些文化精英的共同语言，也使他们从中找到了乐趣。这些文人都擅长书法，他们把明朝的书风带进了清朝，同时也影响到一些清初的后起书法家。

　　王铎博学好古，工诗文书画，传世书法作品主要有《拟山园帖》和《琅华馆帖》等。王铎书法主要得力于二王、米芾诸家，主要成就也在行草书上。王铎的书法笔力雄健，梁巘评其"书得执笔法，学米南宫之苍老劲健，全以力胜"①。 王铎的传世书作中,临古作品很多,晚年尤甚,这无疑是与其所主张的"一日临帖,一日应请索"的书学主张相吻合的。 但观其临作,显然已不是单纯技巧上的临仿,而是借助古人书作来排遣胸中郁闷的再度创作,"也许他是想通过这种办法使自己保持与古人的交流和对传统的不离不即关系"②。 王铎曾在《临〈淳化阁帖〉跋》中强调自己的书法是属于二王正统一脉:"予书独宗羲、献。 即唐宋诸家皆发源羲、献,人自不察耳。 动曰:某学米,某学蔡。 又溯而上之曰:某虞、某柳、某欧。 予此道将五十年,辄强项不肯屈服。"王铎的书法在北方影响较大,时人倪后瞻曾评价其书法云:"学二王草书,其字以力为主,淋漓满志,所谓能解章法者是也。 北京及山东、西、秦、豫五省,凡学书者,以为宗主……洵北方之学哉!"③但王铎的"贰臣"身份,使其书艺成就大打折扣,除了倪氏所评,在清代前期的书论中鲜有论及。

明朝降清的书家群体都是当时的文坛精英,书法并不是他们的主业,但身为学者,他们都在书法的练习上花过很多功夫。 以钱谦益来说,他与王铎相友,来往密切,王铎在书法艺术上所取得的成就,会对钱谦益的书法产生一定的影响。 而这些文人士大夫们,早年都参加过要求严格的科举考试,在小楷书上都曾用心临习过经典法帖。 早年的书法"学古"功夫,为他们个人书法风貌的形成,奠定了坚实的书法功底。 学古且能自出胸臆,继而使得这些文人们从书写中体会到乐趣,他们把大量的时间用于诗文唱和与书写中,在慰藉心灵的同时,亦避免了政治上稍有不慎而突遭新朝统治者猜忌进而惹祸上身。"事实上,这些降臣之中的大多数人正是以自己的文学、艺术才华,而不是治理国家的能力,才获得满族统治者的赏识和任用。"④

---

① (清)梁巘:《评书帖》,见上海书画出版社编:《历代书法论文选》,576 页,上海,上海书画出版社,1979。
② 刘恒:《中国书法史·清代卷》,17 页,南京,江苏教育出版社,1999。
③ 倪后瞻:《倪氏杂著笔法》,见上海书画出版社编:《明清书法论文选》,416 页,上海,上海书店出版社,1994。
④ 刘恒:《中国书法史·清代卷》,27 页,南京,江苏教育出版社,1999。

政治上不归顺清廷,书学思想又特色鲜明、影响深远的人是傅山。傅山通晓经史、诸子、释老之学,长于书画,并精鉴赏,同时又是一位医术高明的医学家和享有美名的传奇人物。值得强调的是,傅山在文学艺术上是一位富有批判和创造精神的思想启蒙先驱,著有《霜红龛集》四十卷,内容相当丰富,其中也蕴含了宝贵的书法思想,特别是他所提倡的著名的"四宁四毋",即"宁拙毋巧,宁丑毋媚,宁支离毋轻滑,宁直率毋安排"[1]的书学主张,尽管从思维模式上看有"二元对立"的特点,但在特定的文化变革时期,却引起了人们的共鸣,迄今仍被书学界不少人所推崇。从书法思想史角度来看,傅山所提出的"四宁四毋"理论堪称精辟之论,不仅对书法的文化追求产生重大影响,而且对其他艺术创作亦产生了深远影响;不仅言简意赅地表达了适应清初书法实践需求的一种书法艺术观念,而且意味深长地表达了能够影响后世乃至当今"现代书法"的一种艺术变形、艺术自由的思想。从他的"四宁四毋"理论中,以及他的文化实践中,细心者也会体察出傅山式的审美追求及文化人格。所谓"宁拙毋巧,宁丑毋媚,宁支离毋轻滑,宁真率毋安排",从书法思想层面看,意在强调的是一种立场鲜明的审美选择,即创作书法宁可追求古拙、葆有拙趣,也不能陷于花哨与玩弄技巧;宁可写得丑怪甚或粗头乱服,也不能媚态十足、刻意取悦于人而搔首弄姿;宁可追求散淡参差、错落有致之美,也不能行笔轻佻浮滑;宁可追求率真自然的信笔直书,也不循规蹈矩、故意安排而陷入窠臼之中。后来的文人雅士多称赏傅青主这种另辟蹊径的书法思想,其间肯定也寄托了针砭时弊、崇尚自然自由的文化情怀。

傅山性情刚直不阿,经常为人们打抱不平,被誉为义士。明亡后,曾与顾炎武等人秘密而又积极地从事反清活动。因之,被捕入狱后,"抗词不屈,绝粒数日,几死"[2],经友人营救而得以生还。后归隐山林,潜心学术

---

[1] (清)傅山:《作字示儿孙》,见《霜红龛集》卷四,92页,太原,山西人民出版社,1985。

[2] (清)全祖望:《阳曲傅青主先生事略》,见《近代中国史料丛刊三编三十九辑:鲒埼亭集》第26卷,1097页,台北,文海出版社,1988。

研究和书画活动。康熙十八年（1679），朝廷开设博学鸿词科，傅山时已72岁，称病不去应试。地方官吏竟命人抬床而至北京近郊，傅山抵死不入城，清廷免试，特封"中书舍人"放还。傅山既不谢恩，也不接受，其性情志节可见一斑。

傅山自幼学书，书法传统功底深厚，喜以篆隶笔法作书，重骨力，宗颜书而参以钟王意趣，并受王铎书风影响，形成了自己独特的书法面貌。他曾记述自己的学书经历，为其"书学"提供了重要文献："吾八九岁即临元常，不似。少长，如《黄庭》《曹娥》《乐毅论》《东方赞》《十三行洛神》下及《破邪论》，无所不临，而无一近似者。最后写鲁公《家庙》，略得其支离。又溯而临《争座》，颇欲似之。又进而临《兰亭》，虽不得其神情，渐欲知此技之大概也。"①傅山的书法也曾取法赵孟頫，但他对"贰臣"赵孟頫的书法贬斥得也比较厉害，曾云："予不极喜赵子昂，薄其人而遂恶其书，近细视之，亦未可厚非，熟媚绰约自是贱态，润秀圆转尚属正脉，盖自《兰亭》内稍变而至此，与时高下亦由气运，不独文章然也。"②也正是由于他对王羲之、王献之书法进行了深入的研究，才能够看到赵书与二王的内在联系，并由衷肯定了赵孟頫书法的整体价值，如他的《秉烛》诗云："秉烛起长叹，奇人想断肠。赵厮真足异，管婢亦非常。醉起酒犹酒，老来狂更狂。斫轮余一笔，何处发文章。"③傅山对赵孟頫的宽容理解和赞赏，体现了一种书法思想者的思维活跃和情绪变化，从主导方面看，他在《霜红龛集》卷四《作字示儿孙》中所说的"作字先作人，人奇字自古。纲常叛周孔，笔墨不可补"④，则更能体现出他所秉持的"书如其人"的书法批评观及书法审美理想。古代书法家和思想者多不能摆脱这种因果的、线性的思维模式，当与他

---

① （清）傅山：《家训》，见《霜红龛集》卷二十五，695~696页，太原，山西人民出版社，1985。
② （清）傅山：《家训》，见《霜红龛集》卷二十五，679页，太原，山西人民出版社，1985。
③ 按，诗中"斫轮"出自《庄子·天道》："行年七十而老斫轮。""赵厮"指赵孟頫，"管婢"指赵孟頫之妻管仲姬，"奇人"则指赵氏夫妇。全诗体现了傅山对赵孟頫书法以及赵氏"书法之家"的赞赏，由此也体现出了傅山的书法审美思想。
④ （清）傅山：《作字示儿孙》，见《霜红龛集》卷四，90页，太原，山西人民出版社，1985。

们所处时代的思想局限性有关,也与他们的艺术心理期待有关。但难能可贵的是,傅山不仅可以较为全面地看待赵孟頫,而且对同为"贰臣"的王铎,也并未多加斥责、一味否定,这当与其本人取法学习王铎书法且有更多内心了解有关。傅山的言论虽说时或偏激,但对带有沦陷性质的"奴书"盛行的清初书坛却无疑是一服"清醒剂"。傅山拒绝投降和臣服的政治意愿,与其保守的传统文化人格及气节密切相关,其多向度展示的文化创造能力及人格魅力也为世人敬重,由此,其力倡的书学观念特别是"四宁四毋"格言式的书论,对清初书坛影响确实很大。

傅山的书法风格也是晚明书风的延续,因其与清朝持不合作的态度,没在清代做官,加之曾有"反清复明"的行为,这些让傅山在当时获得了很大的社会声望。遗民在每个朝代交替的时候都有,明清之际的遗民现象,尤其是"遗民书法"现象却特别明显,除傅山外,明末遗民书家群中,还有陈洪绶、万寿祺、冒襄、归庄、龚贤、宋曹、石涛、朱耷等人,他们把自己的情感都寄托在诗文、书画上了,这是中国文人最主要的一个寄托情感的现象。奥地利心理学家阿德勒曾提出著名的"补偿作用"学说,认为"补偿作用"发生的前提是人面对生活难题、一筹莫展而产生的"自卑情结","由于自卑感总是造成紧张,所以争取优越感的补偿动作必然会同时出现"[1]。阿德勒所说的"自卑"不是通常所说的"自己瞧不起自己",而是对"心理需求"的一种广义的概括,所以他说"我们每个人都有不同程度的自卑感,因为我们都发现我们自己所处的地位是我们希望加以改进的","依我看来,我们人类的全部文化都是以自卑感为基础的","在每件人类的创作之后,都隐藏有对优越感的追求,它是所有对我们文化贡献的源泉"[2]。从这里也可以看出,心理需求(由痛苦、不满、疲累、失败、本能等所激起的愿望)引起了相应的"补偿作用",它首先带来的是个人的心理满足,但又不局限于此,在追求这种"补偿"的过程中,实际导入了"超越"的奋斗之中,其所创获的产

---

[1] [奥]A·阿德勒:《自卑与超越》,黄光国译,48页,北京,作家出版社,1986。
[2] [奥]A·阿德勒:《自卑与超越》,黄光国译,46、50、61~62页,北京,作家出版社,1986。

品（精神的、物质的）也就具有了社会的意义与价值。也唯其为此，才能真正赢得一种优越感，体现出自我的价值，得到心灵的最大抚慰。① 这些遗民书家都有着深厚、扎实的书法基本功，或独善书法，或书画兼善，在晚明文艺思潮影响下，他们不囿于固有法度，力求自我个性的强化和发挥，因此书法面貌各具特色。书法上的成就"补偿"了明亡给这些遗民书家群体带来的内心痛楚，同时也为清初书坛的繁荣做出了功不可没的贡献。

二、康熙年间的崇董书风

清朝康熙年间，天下一统，经济繁荣，政治与社会也趋于安定。此时，以王铎、傅山为代表的个性书风，已被康熙帝所推崇的董其昌书风所代替。康熙帝是中国历史上在位时间最长的皇帝，其精于儒学，对算学、水利、测量亦多造诣，重视文化建设，纂修《明史》《古今图书集成》《全唐诗》《佩文韵府》《康熙字典》等大型图书。康熙帝素来酷爱书法且擅长书法，其师法的主要书法家是董其昌、沈荃等，尤其受董其昌影响至深，十分推崇董其昌书法风格。康熙本人的书法也基本遵循董氏的路数，虽失去了董书的独特神韵，但其书风也流利洒脱，潇洒简淡。康熙对自己的书法十分自负，经常作书颁赐他人，包括得其欢心的大臣和外国使节。他曾书写"清慎勤"三个大字，命人摹刻石上，以精心制作的拓片分赐内外诸臣；又曾书"万世师表"四个大字，作为山东曲阜孔庙的巨幅匾额；亦曾为江西庐山白鹿书院题写巨幅匾额，并以此为书院宗旨，将"学达性天"四字匾额书法颁赐天下各地书院。② 《孟子·滕文公上》："上有好者，下必有甚焉者矣。"康熙以董其昌书法为圭臬，董其昌书风遂成为社会学书者的师法对象，被人争相临摹，董其昌的书学思想自然也受到了重视。

---

① 参见李继凯：《墨舞之中见精神：文人墨客与书法文化》，70～71页，台北，台湾秀威资讯公司，2014。
② 参见路云亭：《书法的人文传播》，75页，上海，上海交通大学出版社，2016。

董其昌精通禅理,学识渊博,在明末以书画名重海内,是一位风格独具、影响甚广的书画家。董其昌年轻时其实并不擅长书法,因考试时书法不好,才发愤用功学习书法。他在回忆学书之路时,曾云:"郡守江西袁洪溪以余书拙置第二,自是始发愤临池矣。初师颜平原《多宝塔》,又改学虞永兴,以为唐书不如晋、魏,遂仿《黄庭经》及钟元常《宣示表》《力命表》《还示帖》《丙舍帖》。凡三年,自谓逼古,不复以文徵仲、祝希哲置之眼角。"又云:"余十七岁时学书,初学颜鲁公《多宝塔》,稍去而之钟、王,得其皮耳。更二十年学宋人,乃得其解处。"①因此,《明史·文苑传》称董氏"始以米芾为宗,后自成一家,名闻外国。尺素短札,流布人间,争购宝之"。

董其昌以古为师,以古为法,用功临习古代名家书法墨迹,同时,与大收藏家项元汴的交往,使其得以饱览许多书画名家真迹。董其昌集古法之大成,融会贯通各家之长,形成了笔致清秀中和、潇洒清秀、平淡冲和的书法风貌。董其昌用笔精到,能始终保持中锋行笔;用墨亦很讲究,枯湿浓淡、萧散自然,尽得书法之妙。董其昌的书法实践,主要体现在用笔、结字、章法、用墨上,并围绕于他所追求的淡、秀、润、韵的审美取向②。其学书主要以"二王"为宗,得力于颜真卿、米芾、杨凝式、赵孟頫诸家,其草书受到怀素、米芾的影响,风格圆劲跌宕、古雅平和,这或许与董其昌终日参禅悟道有关。董其昌的书法尤以行草书见长,作品多是行中带草。董其昌对自己的楷书,尤其是小楷也相当自负。董其昌创造的秀逸平淡为主的书风,对明末清初的书坛产生了深远的影响。以董氏为代表的华亭书派,主要以师法董其昌书法为目标,其中,受董氏书法影响最深的书家是查士标、担当、沈荃、杨文骢、冒襄、范允临、何伟然、倪后瞻、邹臣虎、许立礼、祁豸佳、刘上延、王时敏等。

由于康熙皇帝对董其昌书法的偏爱和推崇,这一时期朝野上下皆以学董

---

① (明)董其昌:《画禅室随笔·评法书》,见上海书画出版社编:《历代书法论文选》,544页,上海,上海书画出版社,1979。
② 黄惇:《中国书法史·元明卷》,332页,南京,江苏教育出版社,1999。

其昌书法为风尚,清朝前期的书风基本上处在董其昌的影响之下。工诗文、善书画的笪重光(1623—1692),有论著《书筏》行世。其诗清刚隽秀,其书笔意遒劲,其山水得江山气象,高情逸趣溢于笔端。笪重光的书法得益于苏轼、米芾的书法。清吴修《昭代名人尺牍小传》载:"书出入苏、米,其纵逸之致,王梦楼最所称服。"①清代著名书法家王文治在《快雨堂题跋》中评论其学书"上至章草,下至苏米,靡所不习。……至于小楷,法度尤严,纯以唐法运魏晋超妙之致。"②从笪重光存世书法作品来看,董其昌书风对其有较深影响。姜宸英(1628—1699),字西溟,号湛园、苇间,慈溪(今浙江宁波江北区慈城镇)人。康熙三十六年(1697),年七十始中进士,授编修,两年后即卒。初以布衣荐修《明史》,与朱彝尊、严绳孙称"三布衣"。工书善画,精鉴赏,家藏兰亭石刻,拓本称《姜氏兰亭》,著有《湛园未定稿》《苇间诗集》等。其书宗米、董,晚年上溯晋人,飘逸俊秀。70岁后作小楷颇精,名重一时。梁同书《频罗庵论书》赞其"小楷为第一"。包世臣称其"行书能品上"。姜宸英的书法早年深受董其昌的影响,杨宾《大瓢偶笔》评论:"西溟少时学米董书有名。"

康熙年间的笪重光、姜宸英、汪士𬭁、何焯并称为清初"书法四大家",以及康乾年间的张照、汪由敦等书法家皆在学董书法的基础上而成自家风貌。因此,王文治在《论书绝句》中赞曰:"书家神品董华亭,楮墨空元透性灵。除却平原俱避席,同时何必说张邢。"③

三、隶书创作的复兴

为了加强统治,从思想领域内严密控制知识分子,清朝统治者大兴"文字狱",经常从知识分子的诗词文章中摘取只言片语,加以歪曲解释,再借

---

① (清)吴修编:《昭代名人尺牍小传》卷二,106页,台北,文海出版社,1980。
② 马宗霍编:《书林藻鉴 书林记事》,202页,北京,文物出版社,1984。
③ 沈培方、洪丕谟:《历代论书诗选注》,73页,上海,上海书画出版社,1987。

题发挥，罗织罪状，制造了大批冤狱，尤以康熙、雍正和乾隆三朝为甚。为了躲避政治上的迫害，一些文人士大夫则倡导通经致用之学，由是朴学大兴。朴学重考据，于是访碑风气成为当时风尚。金石学的兴盛，让人们发现了秦汉、北朝书法的艺术价值，从而使得清初书坛十分活跃，这突破了书坛被董其昌妍美、软媚的书风所笼罩而书风日下的衰落局面。于是，碑学开始萌芽，特别是在篆书、隶书和北魏碑体书法方面流派纷呈，形成了清代书法发展的新格局。

梁启超曾说："明朝以八股取士，一般士子，除了永乐皇帝钦定的《性理大全》外，几乎一书不读。学术界本身，本来就像贫血症人，衰弱得可怜。"①由此，社会学术风气流弊滋生，学风空疏，"惟明末清初之学者，则兼讲为人与读书，矫明人之空疏，而济之以实学"②。清初学风的转变，促使训诂考据学兴起，继而带来了金石学和文字学的繁荣。中国古代的金石学是以"古代青铜器和石刻碑碣为主要研究对象的一门学科，偏重于著录和考证文字资料，以达到证经补史的目的。金石学形成于北宋时期，曾巩的《金石录》（其书不详）最早提出'金石'一词"③。古代许多关于金石的资料，就具有了一定的史料价值，"在经学、史学的研究中，古代遗刻成为不可多得的新资料。访求碑刻，根据碑刻遗文考订经史，或补史料之阙，成为清初学者的兴趣所在"④。清初学术界反古求实的学风，首先吸引了一部分书法界人士加入到寻访、收集碑刻的行列中来。学者们的访碑活动促使书坛碑学书法的萌生，在寻访碑刻、收藏碑刻和研究碑刻拓片的过程中，学者们对汉隶有了新的认识，朴素的碑学观念已逐渐形成。隶书复兴是清代碑学的先声，清代碑学开始萌芽。经过顾炎武、黄宗羲、朱彝尊等人的潜心研探、大力提倡，尤其是他们的身体力行，使得关注汉碑、搜集汉碑、取法汉碑成为书界

---

① 梁启超：《中国近三百年学术史》，3页，上海，上海古籍出版社，2013。
② 柳诒徵：《中国文化史》，722页，北京，中国大百科全书出版社，1988。
③ 张之恒主编：《中国考古通论》，24页，南京，南京大学出版社，2009。
④ 薛龙春：《郑簠研究》，29页，北京，荣宝斋出版社，2007。

持久的一种风气。随后逐渐扩大影响,有更多的书家通过观摹古代碑刻拓本来学习隶书、篆书,这种书界风气在清代中期相当流行。

在清代碑派理论正式形成之前,有一个酝酿的"前碑派"时期。这个发生期形成的前碑派,"是指清代碑派的前身。他们以擅长隶书、篆书为主,其中大多数对传统帖学下过功夫,创作中有糅合二者或以碑破帖的特征。一般认为,清代真正意义上的碑派是以阮元确立的碑学理论为开端,实际上他的理论是总结前碑派实践的结果。我们以邓石如、阮元划界,在他们之前的以碑破帖一派,称为前碑派,此后的尊碑一派,称为碑派"[①]。前碑派与碑派体现了碑学一脉书法发展的两个不同阶段。前碑派书法在突破固定的审美定式的基础上,比成熟期的碑派书法更充满创造性。碑学运动兴起的重要标志是隶书的复兴,篆书随后也有了新的突破。从清初顾炎武等人为代表的考据学派、郑簠等人的取法汉碑隶书,到乾、嘉时期金石、文字之学兴盛孕育出来的邓石如、阮元、包世臣等对北碑的标举、倡导而扩展到楷书和行书领域,再到晚清康有为写《广艺舟双楫》,在先隶后篆再北碑的演进脉络中,使得清代碑学思潮发展的每一步都有学术支撑。

傅山以"宁丑勿媚"为代表的"四宁四毋"书学观开了清代碑学理论的先河,以郑簠为代表的隶书书家的创作来自汉碑,突破了汉代以来隶书创作的审美取向,是汉碑隶书式微之后的第一个高潮,成为清代碑派书法诞生的萌芽。取法汉碑的书法学习思想贯穿了整个清代始终的书法思潮,经历了萌芽、积累、普及等不同的时期后,逐步发展兴盛。顾炎武、郑簠、王澍、金农等书家为清代前碑派代表性书家。

顾炎武学风严谨,学识渊博,注重经世致用,重视实地调查,在经学、音韵学、史地学等方面都有较深造诣。他十分重视对金石文字材料的收集和整理,曾著有《金石文字记》六卷、《求古录》一卷,另外在《日知录》中也有关于金石学的内容。黄宗羲擅长史学,所著《金石要例》,专以金石资料

[①] 黄惇、金丹等:《中国书法史》,252 页,沈阳,辽宁美术出版社,2001。

研究文史义例，开一门派，后之续作，皆仿此而采入汉魏以后碑刻文献。朱彝尊博通经史，擅长诗词，尤好金石之学。著有《经义考》《日下旧闻》《曝书亭集》《曝书亭金石文字跋尾》六卷等书。朱彝尊对《曹全碑》下过很深的功夫，在清初以善隶书著称，书风平和秀雅，古意盎然，和王时敏、郑簠一起被誉为清初"隶书三大家"。

清代隶书书家人才济济，风格多样。其中，较为突出的当数郑簠。郑簠（1622—1693），字汝器，号谷口。江苏上元（今南京）人。以行医为业，终身不仕。郑簠主攻隶书，提倡学习汉碑。郑氏隶书以《曹全碑》为主，学习汉碑达三十余年，融入篆草笔法，形成了飘逸、洒脱的隶书新貌，包世臣《艺舟双辑》将其隶书列为"逸品上"，后人称之为"清代隶书第一人"。郑簠师法汉碑获得了成功，对后来清代汉碑的复兴起了重要示范作用。万经（1659—1741），字授一，号九沙，浙江鄞县（今宁波）人。康熙四十二年（1703）进士，选庶吉士，授翰林院编修，后因事罢归。万经与其父亲万斯大皆师从黄宗羲研究学术。万经秉承家学，博通经史之余，嗜好金石学，尤善隶书，得"郑谷口之妙"，但书风较郑簠淳厚平和，有汉隶古朴浑穆之气。万经著有《分隶偶存》二卷，对当时隶书创作和研究起到了积极的促进作用。

◎ 第三节
清代中期的书学思想

帖起源于尺牍，同时又与材料有关。"《说文》：'帖，帛书署也。'帛乃古代总称丝帖品之名，今语称绸。《辞源》：'帖，以帛作书也，书于帛者曰帖，书于竹木者曰简册。'此帖字之原义也。古代无纸，写字或用竹简木板，或用帛。"①学者应成一认为，帖的含义其实也是在比较研究中被命名的："近代书家有碑学、帖学之分，其学汉魏六朝碑碣之字迹者称为碑学；其宗法钟、王，大字以唐楷为则，小楷行草兼师宋、元、明、清所刻之帖者称为帖学。"②书法史上的"帖学"观念的出现是与"碑学"相对而言的，甚至可以说是伴随着"碑学"的兴起而出现的，由此书学界就有了关于碑学、帖学的许多相关讨论，尤其是经过深入系统的研究，就会形成相应的书法思想或观念，这就是人们经常关注的碑学观和帖学观。

帖学在书法史上有着持久的影响力。积淀深厚的帖学，历经周、秦、汉、魏，至晋朝王羲之时，楷、行、草、篆、隶五体书法达到了很高的境界，可谓已臻于完善和成熟，形成了相当完备的书体形式和笔法系统，这也是名副其实的书法艺术范式，在王羲之书法世界诞生之后历经千余年而不衰。这种书法艺术范式虽最初兴盛于两宋，但其影响却波及元、明、清乃至当代书坛。其实，早在宋代以前，历代墨迹就已成为学书者的师法对象，其中自然也包括王羲之书法。古代限于物质条件和印刷技术，没有照相、影印等技术，珍贵的墨迹也不易保存和流传。但聪明智慧的古人发明了堪称伟大的刻帖技术（篆刻一脉与书法紧密结合也丰富了书法艺术世界，在清代更是登上高峰，详见后面的专节论述）。正是有赖于刻帖技术，官方、私人纷纷传刻，使得清代和此前的众多名家书迹得以广泛流布，其中尤以北宋时期官刻丛帖《淳化秘阁法帖》（简称《淳化阁帖》）最为著名，被称为"帖祖"，作为中国现存最早的一部官刻丛帖，对奠定帖学的历史地位起到了重要作用。

清代中叶以前，中国书法史以帖学占主流。但历史发生变化的时候，书法及相关思考也会随之而变。至清代中叶以后，时势使然，帖学逐渐衰微，碑学兴起。"在帖学一统天下的时代，它们（指碑版书法）看上去被人遗忘了，但这是蛰伏，并非死亡……碑版书法很可能在时代精神的灌注下，获得

---

① 转引自胡传海：《笔墨氤氲：书法的文化视野》，103页，上海，复旦大学出版社，1998。
② 应成一：《碑学与帖学》，见上海书画出版社编：《20世纪书法研究丛书 考识辨异篇》，139页，上海，上海书画出版社，2000。

新的艺术生命"①。尽管雍正、乾隆时期，以帝王将相官员为主的少数书家仍延续了"赵董书风"的帖学面目，但更多的文人学者，包括康有为、梁启超等，却开始了新的书写尝试，这个阶段可视为清代书法帖学与碑学的转换期，帖学与碑学交互生发，由此也创造出了清代璀璨丰富的书法艺术。

一、金农、王澍的书学思想

康熙、雍正、乾隆时期，被后人视为"康乾盛世"，盛世利于书法的探索和发展。在这个历史阶段，中国社会的经济制度和思想文化形态都处于新旧代谢的转折时期。相对而言，盛世带来的长期的社会稳定，促使了生产力的高度发展，也有力促进了文化艺术的发展，包括书法艺术也取得了辉煌的成就。然而，也要看到历史复杂的情况，即清朝统治者出于强化统治的需要，在不断想方设法进一步加强皇权，尤其要用程朱理学来禁锢民众的思想。恰逢盛世，往往也恰是思想被高度固化统一的历史时期，由此出现了骇人听闻的文字狱现象。"特别是雍、乾之际，清统治者屡兴文字狱，其中如《南山集》案，因触犯讳忌，著者及被株连虐杀者百人，流放数百人。"②最高统治者本想用强硬的行政命令来统管一切，尤其要千方百计地控制民间的思想与文化，但事实证明这并不能完全奏效。因为就在传统社会的母体中已经孕育了新的经济形态，与此相伴，也在悄悄地催生着新的启蒙思想，孕育出具有"中介"或"过渡"性质的中国近代"人文精神"。统治者迫于无奈，也在一定程度上进行了政策性的"妥协"，采取了"不行抑勒"的文化政策，允许民间社会风尚与文化艺术有一定的自由发展的空间。

清代"文字狱"使得文人士大夫不敢言语，恐致片语招祸，于是将精力集中在经史考证与诠释上，金石考据之学由此大盛，这也是"碑学"兴起的

---

① 沃兴华：《中国书法史》，449页，上海，上海古籍出版社，2001。
② 中国教育学会书法教育专业委员会编：《中国书法发展史》，304页，天津，天津古籍出版社，2010。

重要原因之一。学者以重价征求古碑，著录古代碑刻成为时尚。"朴学"兴盛，"成就了一大批从事研究金石文字学的学者，如孙星衍、邢澍辑《环宇访碑录》，有碑目八千余条；王昶所著《金石萃编》二百六十卷，收商周铜器及历代石刻本一千五百余种，都为一时之选"。① 碑学兴起必然要体现出相应的系统理论建构，不仅如此，有清一代还形成了卓具影响的碑派书法现象，不论在理论建构方面，还是在书法实践方面，碑学都达到了新的历史阶段和高度。虽然雍、乾时期，封建王朝的统治渐渐衰弱，然而书法文化却日渐繁荣，这种"不平衡"现象也许应了那句古语"国家不幸诗家幸"，换言之则为"官家不幸书家幸"。在此期间，富饶的江南扬州就聚集着一群在文学和艺术上敢于"立新"的人，他们在艺坛享有盛名，其中最为杰出的代表之一是被清代著名画家、诗人蒋宝龄称为"百年大布衣，长生气不死"的金农。

著名的"扬州八怪"之一的金农（1687—1763），早年读书于何焯家，并与丁敬相交。50岁荐举博学鸿词落选后，返回扬州鬻诗文、卖书画，终身布衣，生活清苦。性好游历，精于鉴别，著有《金农斋砚铭》，写隶书古朴，楷书自创一种"渴笔八分"体，称为"漆书"。能篆刻，得秦汉法。金农是"扬州八怪"的典型代表书家，"其书法风格标新立异，且面目繁多。综观其一生的书法创作，可将其书体分为五种类型：隶书、行草，写经体楷书、楷隶、漆书"②。金农以隶书成就最高，其早年学习隶书受郑簠影响很大，后在《西岳华山庙碑》等汉碑上勤加研习，从而跳出郑簠隶书的藩篱，初步形成自家隶书面目；中年后又取法《天发神谶碑》，经过取舍，"用扁笔侧锋，横画宽厚，竖笔瘦削，形成强烈对比，字形则变方扁为竖长，且上部紧密，拉长撇画，又喜用浓墨渴笔，古穆苍厚，别开生面"③，形成了个人古

---

① 中国教育学会书法教育专业委员会编：《中国书法发展史》，304 页，天津，天津古籍出版社，2010。
② 黄惇、金丹等：《中国书法史》，253 页，沈阳，辽宁美术出版社，2001。
③ 刘恒：《中国书法史·清代卷》，141 页，南京，江苏教育出版社，1999。

拙奇逸的"漆书"风貌。金农的"漆书"具有高妙而独到的审美价值，与两百年以后才出土的汉代《诏书木牍》在横粗竖细、字形瘦长等特点上完全一致，可见金农在师法汉碑的同时，善于脱化生新，能够在精神气息上自我作古，与古人暗合，充分彰显了金农过人的胆识及其在书法艺术上独到的领悟能力和创造能力。从金农的独创性思维体系和书学思想中，更能领略到一个时期书法家的主体思想建构和艺术内核。与清代前期擅写隶书者相比，金农的师碑思想，尤其是隶书实践的成功范例，广为碑派书家接受，学者金丹认为："金农将师法传统的视野拓宽，由二王正统书法移向无名氏书家与碑刻，表现为创造新书法审美形象的特征。他的思想为后来的碑派或全部或部分的接受，因此金农成为书法史上由帖学向碑学转换中的关键人物。"①更有学者赞曰："金农样式的出现，为清代师碑的书家立下了一个比郑簠更有说服力的典型。"②

书家取法汉碑的书法实践的成功，使得隶书创作得以兴盛。在复古的同时，伴随着金石、文字学的逐渐普及，也刺激着清代篆书的发展。清代前期的篆书名家以王澍为代表。王澍（1668—1743），字若霖，也称若林、篛林，号虚舟、竹云，江苏金坛人，后寓居无锡，号二泉寓舍。康熙五十一年（1712）进士，他的楷书学习唐代欧阳询，篆书取法李斯、李阳冰，在圆转的基础上，充分地运用篆书的线条对空间进行分割，篆书作品风格清秀严谨、停匀瘦硬，是"玉箸"篆书风。王澍在书法理论上也有成就，著有《竹云题跋》《虚舟题跋》《淳化阁帖考正》等，对各种碑帖进行考证与述评，其论厚古薄今，多褒碑抑帖，斥明末清初的崇董书法习气为"董家恶习"。王澍提倡学习书法应从篆、隶入手，这对乾隆以后的书家的篆隶学习有重要的先导作用。此外，以钱坫（1744—1806）、洪亮吉、孙星衍（1753—1818）等为代表的篆书创作，使得篆书接踵隶书热潮，得以迅速发展起来。

王澍《论书剩语》附于《淳化阁帖考正》之后，文前有序，共分十二类

---

① 金丹：《包世臣书学批评》，47~48页，北京，荣宝斋出版社，2007。
② 黄惇、金丹等：《中国书法史》，253页，沈阳，辽宁美术出版社，2001。

论述：执笔、运笔、结字、用墨、临古、篆书、隶书、楷书、行书、草书、榜书、论古。王澍论书言简意赅，发前贤未发之言。此处所引用的《论书剩语》中的"运笔"和"结字"部分，体现了王澍所主张"圆劲"的书法美学思想。王澍擅长书写铁线篆，对于书法的"圆劲"，王澍在书学实践中体悟到："笔折乃圆，圆乃劲。"王澍从辩证的两个方面，来说"劲"和"软"、"圆"和"方"，他认为这些变化"不是两语""不是两笔"，若能做到变化，才能达到"和"的境地。王澍还辩证地论述了书法中的"正"与"奇"、"收"与"纵"、"虚"与"实"、"背"与"向"、"断"与"连"、"拙"与"巧"、"柔"与"刚"之间的关系，这些对比关系的正奇变化，体现了书法的"无妙不臻矣"。王澍认为书法的结字应"整齐中有参差"，才能避免"字如算子之病"。同时，王澍指出书法中不能刻意求变化，他认为"有意求变，即不能变"，魏晋名家"各有法外巧妙"，并指出"先须有意始于方整，终于变化，积习久之，自有会通处"。

二、梁同书、王文治、梁巘、翁方纲的书学思想

清代碑学兴起之初的前期和中期，"整个书坛一直笼罩在董、赵书风之中，但这种狭隘的取法观逐渐被人们所轻视，而于董、赵之外，转而取径唐、宋诸名家，在楷书方面，表现为对欧、颜等唐碑的普遍继承，在行书、草书方面，则各具风格"[①]。此阶段，出现了一些具有个人特色的帖学书家，著名的有刘墉、梁同书、王文治、梁巘、翁方纲等。

刘墉（1719—1804），字崇如，号石庵、青原、香岩等，山东诸城人。乾隆十六年（1751）进士，大学士刘统勋子。官至文渊阁直阁事、礼部尚书、吏部尚书、上书房总师傅、体仁阁大学士，加太子少保等。刘墉为官清廉，有乃父之风，卒谥文清，有《文清公文集》《石庵诗集》等著作存世。

[①] 黄惇、金丹等：《中国书法史》，262页，沈阳，辽宁美术出版社，2001。

刘墉工书，尤长小楷。包世臣称其"壮岁得力思翁，继由坡老以窥阁本。晚乃归于北魏，碑志所诣，遂出两家之外"①。康有为在《广艺舟双楫》中认为刘墉的书法，"亦出于董，然力厚思沉，筋摇脉聚。近世行、草书作浑厚一路，未有能出石庵之范围者，吾故谓石庵集帖学之成也"②。刘墉的书法雍容富贵、丰腴浑厚，初看圆润软滑，实则刚劲静穆，骨络分明，如绵里裹铁。刘墉的蝇头小楷深得魏、晋小楷风致，点画洁净，结体具有擘窠大字的恢宏气象。刘墉书法融会历代诸大家书法而自成一家，徐珂在其《清稗类钞》中赞刘墉书法："论者譬之以黄钟大吕之音，清庙、明堂之器，推为一代书家之冠。"③

梁同书（1723—1815），字元颖，号山舟，晚署不翁、新吾长翁，钱塘（今杭州）人。大学士梁诗正之子。乾隆十七年（1752）进士，改翰林院庶吉士，散馆授编修。梁同书家学渊源，博学多文，有《频罗庵遗集》《直语补正》《日贯斋涂说》《笔史》《梁山舟楹帖》等著作传世。梁同书自幼学书，书法从董、赵起步，后博涉颜、柳、米等唐宋诸家。梁同书主张学书不能因循守旧，强调学书要能自出胸臆，他认为"帖教人看，不教人摹。今人只是刻舟求剑，将古人的书一一摹画，如小儿写仿本，就便形似，岂复有我"④。梁同书的书法以行草见长，结字严谨平稳，用笔娴静流畅、从容洒脱，颇具温文尔雅的书卷气息。

梁同书的《频罗庵论书》，体现了他提倡的"软笔"书写、"临帖观"和"学书天资说"三个书法美学思想。书法工具的选择会对书写产生影响。梁同书认为用"硬笔"，书法线条易"枯"，他强调以软笔羊毫作书，他认为"笔要软，软则遒"。他认为晋唐以来的书法家临写古人而不拘形似，才成就了各自风貌，"是不知其然而然，非有一定绳尺"的缘故。梁同书将对

---

① （清）包世臣：《书刘文清四智颂后》，见《艺舟双楫》，64页，上海，商务印书馆，1935。
② （清）康有为：《广艺舟双楫》卷六，见《康有为全集》第1集，506页，北京，中国人民大学出版社，2007。
③ （清）徐珂编辑：《清稗类钞》第9册，4055页，北京，中华书局，1986。
④ （清）梁同书：《频罗庵论书》，2页，北京，中华书局，1985。

"形"的追求放到了次要位置,而主张追求书写中的"意"和"气",认为"有气则自有势"。为了使书写具有"意",他认为书写的控笔速度很重要,"落笔要快,快则意出"。同时,他认为书写中的"气"是从熟练中得来的,"大小长短、高下欹整,随笔所至,自然贯注成一片段,却著不得丝毫摆布,熟后自知"。梁同书认为学书一道,居于首位的是"天资",他强调"资为先,学次之。资地不佳,虽学无益也"。

王文治(1730—1802),字禹卿,号梦楼,江苏丹徒(今江苏省镇江市)人。能诗工书,王昶《湖海诗传》称:"禹卿尤工书,楷法河南,行书效《兰亭》、《圣教》;入京师,士大夫多宝重之。"[1]王文治中年以后潜心禅理,尤其关注佛经书法,曾用心临习张即之书法。王文治喜用淡墨,与喜用浓墨的刘墉成鲜明对照。乾隆二十九年(1764)以探花官翰林侍读,时人以"淡墨探花""淡墨翰林"相称,其书名与刘墉齐,与姚鼐交往甚密。有《梦楼诗集》《论书绝句三十首》《快雨堂题跋》等,传世书迹较多,从王文治书法用笔中能看出其师法董其昌书风的痕迹,结构疏朗空灵,瘦硬的笔画略带圆转之意,墨韵轻淡,气格风神婉美妩媚。

梁𪩘(1734—1792或1785后)[2],字闻山,号松斋,亳县(今安徽省亳州市)人。梁𪩘生前并没有理论著作问世,被学界大量引用的梁𪩘书学理论著作《承晋斋积闻录》[3]和《评书帖》[4],是在梁氏殁后,由其门人和朋友记录整理而成的。梁𪩘的书学思想涉及面广,《承晋斋积闻录》和《评书帖》中的记录,也有异同之处,相互参照,可以全面反映出梁𪩘的书学思想。梁

---

[1] (清)王昶辑:《湖海诗传》卷二十二,247页,上海,上海古籍出版社,2013。
[2] 孙晓涛:《关于梁𪩘的生卒年、字号及官籍问题》,载《书法丛刊》,2011(4)。
[3] 洪丕谟在其点校的《承晋斋积闻录》(上海书画出版社,1984年版)后记中记载,《承晋斋积闻录》有三个版本,其一是民国三年(1914)由收藏家裴景福校订、安徽官纸印刷局出版的铅印线装本,即装印本;其二是不署年月、姓名的手钞残本二卷,今藏上海图书馆的上图钞本;其三是光绪三十三年的荷亭钞本。
[4] 《中国丛书综录》等各种目录专书中,记录梁𪩘的著作只有《评书帖》一卷。梁𪩘传世的《评书帖》一卷,有《啖蔗轩集》附刊本和《美术丛书》本等,另有念劬庐丛刻初编本。《中国书画全书》与《历代书法论文选》皆以此两种版本互校断句排印。

巘的"晋尚韵，唐尚法，宋尚意，元、明尚态"时代书法审美观，源自晚明著名书画家董其昌。董其昌认为："晋宋人书，但以风流胜，不为无法，而妙处不在法。至唐人始专以法为蹊径，而尽态极妍矣。"①董其昌对历代书法风格烂熟于心，在此基础上，董氏进一步提出了自己的时代书法审美观："晋人书取韵，唐人书取法，宋人书取意。"②"'韵'、'法'、'意'就属于时代风格的美学概念和范畴"③，这是书法史上的书法评论家，第一次明确用"韵""法""意"关键字来品鉴晋、唐、宋三代书法的审美特征。

虞山诗派的重要代表冯班，也长于书法，著有《钝吟书要》。他认为："书法无他秘，只有用笔与结字耳。用笔近日尚有传，结字古法尽矣！"主张应"先学间架，古人所谓结字也；间架既明，则学用笔"。冯班并进一步阐释说："晋人用理则从心所欲不逾矩。因晋人之理而立法，法定则字有常格，不及晋人矣。宋人用意，意在学晋人也。"④冯班又言："晋人循理而生法；唐人用法而意出；宋人用意而古法具在"，"用意险而稳，奇而不怪，意生法中，此心法要悟"。⑤这里，冯班把董氏的"韵"换为"理"，"理"比"韵"更切实可循，又可以与"法""意"对应。冯班认为"唐人用法谨严，晋人用法潇洒，然未有无法者，意即是法"⑥。继而，冯氏提出了时代书法的"结字"特征，即"晋人用理，唐人用法，宋人用意"⑦，认为"晋人尽理，唐人尽法，宋人多用新意，自以为过唐人，实不及也"⑧的书学观点。

梁巘在冯班的"结字"学说的基础上，借鉴了董其昌的"晋人书取韵，唐人书取法，宋人书取意"的时代书风审美观，并增加了对元明时代书法的

---

① （明）董其昌：《画禅室随笔》，见《历代书法论文选》，546页，上海，上海书画出版社，1979。
② （明）董其昌：《容台别集卷二·书品》，明崇祯庚午年刻本。另见黄惇选注：《董其昌书法论注》，56页，南京，江苏美术出版社，1993。
③ 樊波：《中国书画美学史纲》，302页，长春，吉林美术出版社，1998。
④ （清）冯班：《钝吟书要》，见《历代书法论文选》，549页，上海，上海书画出版社，1979。
⑤ （清）冯班：《钝吟书要》，见《历代书法论文选》，556页，上海，上海书画出版社，1979。
⑥ （清）冯班：《钝吟书要》，见《历代书法论文选》，553页，上海，上海书画出版社，1979。
⑦ （清）冯班：《钝吟书要》，见《历代书法论文选》，549页，上海，上海书画出版社，1979。
⑧ （清）冯班：《钝吟书要》，见《历代书法论文选》，552页，上海，上海书画出版社，1979。

审美认识,提出了"晋尚韵,唐尚法,宋尚意,元、明尚态"的时代书法审美观。梁巘对历代书法风格进行了更为精练的概括,并对此做了进一步阐释:

> 晋书神韵潇洒,而流弊则轻散。唐贤矫之以法,整齐严谨,而流弊则拘苦。宋人思脱唐习,造意运笔,纵横有余,而韵不及晋,法不逮唐。元、明厌宋之放轶,尚慕晋轨,然世代既降,风骨少弱。①

梁巘的观点源自晚明董其昌,并有所发展,在用字上更为简练。显然,这些关键字无法呈现一个时代书法的多样性特征,也无法展现一个时代的整体书法风貌,更不能体现出时代之间书法纵向上的关联,但简洁的关键字易于识记,这对人们学习古代书法,理解一个时代书风的大致特征,起到了很好的阐释和导向作用。梁巘在董其昌书学思想的基础上,发展了董氏的书学观,形成了自己的书学主张,为清代帖学书法的持续性发展做出了自己的贡献。这对后来书法家形成自己的书法审美观,有一定的启示作用。清代周星莲在董其昌、梁巘书学审美的基础上,也提出了自己的时代书法审美观,他认为:"晋书如仙,唐书如圣,宋书如豪杰。学书者从此分门别户,落笔时方有宗旨。"②

梁巘在书法学习中特别重视执笔法。梁巘认为:"书学大原在得执笔法,得法虽临元、明人书亦佳,否则日摹钟、王无益也。不得执笔法,虽极作横撑苍老状,总属皮相。得执笔法,临摹八方,转折皆沉着峭健,不仅袭其貌。"③梁巘还以是否得执笔法为评判标准,对历代书家,尤其是明清以来书家的艺术水平进行评价,梁氏认为:

---

① (清)梁巘:《评书帖》,见《历代书法论文选》,581页,上海,上海书画出版社,1979。
② (清)周星莲:《临池管见》,见《历代书法论文选》,725页,上海,上海书画出版社,1979。
③ (清)梁巘:《评书帖》,见《历代书法论文选》,579页,上海,上海书画出版社,1979。

> 王铎书得执笔法，学米南宫苍老劲健，全以力胜，然体格近怪，只为名家。
>
> 张瑞图书得执笔法，用力劲健，然一意横撑，少含蓄静穆之意，其品不贵。
>
> 汪退谷得执笔法，书绝瘦硬，颉颃得天，诸子莫及。
>
> 王鸿绪得执笔法，学董元宰，腴润有致，然不免弱耳。
>
> 杨宾（字大瓢，山阴布衣）得执笔法，学右军、长公，圆韵自然，亦弱。
>
> 何义门未得执笔法，结体虽古，而转折欠圆劲，特秀蕴不俗，非时流所及。
>
> 郑簠（字汝器，号谷口，上元人，以八分擅名。）八分书学汉人，间参草法，为一时名手。王良常不及也，然未得执笔法，虽足跨越时贤，莫由追踪先哲。①
>
> 王良常未得执笔法，专学欧字，刵削浮弱而乏圆劲。然结构稳称，火候纯熟，虽未上逼古人，自属一时好手。②

梁巘的书学主张崇尚"劲健"。在得执笔法的书家里面，梁氏认为得执笔法的王铎、张瑞图、汪退谷等书家的书作"劲健"，而得执笔法而崇尚"圆润"的书家王鸿绪、杨宾的书作则"弱"。梁巘评价未得执笔方法的何义门、王良常的书作"欠圆劲"；梁巘对于郑簠隶书八分的评价甚高，只是叹其"未得执笔法"，而"莫由追踪先哲"；梁巘称赞"汪退谷得执笔法，书绝瘦硬"。可见，梁巘把执笔方法与其所追求的"尚劲健、崇瘦硬"的书法风格联系起来，这就构成了梁巘主要的书学审美体系。

梁巘追求"尚劲健、崇瘦硬"的书学审美主张，他认为"书大字，笔锋

---

① （清）梁巘：《评书帖》，见《历代书法论文选》，576~577 页，上海，上海书画出版社，1979。
② （清）梁巘：《评书帖》，见《历代书法论文选》，577 页，上海，上海书画出版社，1979。

须瘦硬。盖笔锋瘦硬，落纸时极力揉挫，沉着而不肥浊，否则肥浊矣"①；"观东坡《罗池庙》、山谷《戏米元章帖》，皆瘦硬笔锋所书，故或挫或提，肥瘦如意，必非秃笔书，秃笔无此锋芒。"②为求书作瘦硬峻拔，梁𪩘主张采用硬笔书写工具作书。梁𪩘根据自身书学实践，提出学书感悟："古人软笔书，须以硬笔临之"③；"予用软笔七八年，初至京犹用之。其法以手提管尾，作书极劲健，然太空浮，终属皮相。不如用硬笔，其沉著苍劲处，皆真实境地也。"④梁𪩘还在实践中总结出使用"软笔"和"硬笔"的方法，并建议用"软笔"的作书者要"提得空"，他认为"空笔"作书，书皆"瘦硬"。梁𪩘认为：

用软笔，令笔少侧，锋则外出，笔肚着纸，然后指挥如意；用硬笔，令笔竖起，则锋透纸背，无涩滞之病。⑤
用硬笔，须笔锋揉入画中，用软笔要提得空，须手腕收放得住。⑥
欧书劲健，而笔则提空。⑦
开宝前，欧、褚诸家提空笔作书，体皆瘦硬。⑧

梁𪩘在强调"劲健、瘦硬"书法审美标准的同时，还将"劲健"与"瘦硬"追求保持在合理的范围内，认为书法作品的线条"刚劲忌野，清劲忌薄"⑨。在学书过程中，梁𪩘意识到学习各家书法会带来的一定的弊端，为此，梁𪩘又提出书学建议："学欧病颜肥，学颜病欧瘦，学米病赵俗，学董病

---

① （清）梁𪩘：《承晋斋积闻录·执笔论》，104 页，上海，上海书画出版社，1984。
② （清）梁𪩘：《承晋斋积闻录·执笔论》，105 页，上海，上海书画出版社，1984。
③ （清）梁𪩘：《评书帖》，见《历代书法论文选》，574 页，上海，上海书画出版社，1979。
④ （清）梁𪩘：《评书帖》，见《历代书法论文选》，579 页，上海，上海书画出版社，1979。
⑤ （清）梁𪩘：《承晋斋积闻录·执笔论》，110 页，上海，上海书画出版社，1984。
⑥ （清）梁𪩘：《承晋斋积闻录·执笔论》，103 页，上海，上海书画出版社，1984。
⑦ （清）梁𪩘：《承晋斋积闻录·执笔论》，108 页，上海，上海书画出版社，1984。
⑧ （清）梁𪩘：《评书帖》，见《历代书法论文选》，581 页，上海，上海书画出版社，1979。
⑨ （清）梁𪩘：《评书帖》，见《历代书法论文选》，580 页，上海，上海书画出版社，1979。

米纵，复学欧、颜诸家病董弱。"①梁巘充满自信地坚定自己的帖学审美主张，向历代经典法帖学习，勇于在书写工具上进行大胆尝试，并努力实践，最终别开生面，形成了自家书法面貌，从而在清代中期帖学书坛中占有一席之地。

梁巘主张刻印应向古人学习，取法汉印，"宗姜若彤镌图书宗汉印，工整而苍健。……而始知若彤全宗古人，为近日良手也。"②梁巘还主张"镌印与写字无异"③，认为印章的镌刻与书法的学习相通。对篆刻的初学者，梁巘建议要像学习书法一样从方正一路入手，认为"初学刻者必从正言入手，方能稳当，亦如善学字者，必从欧阳率更楷书立基，方能妥适也"④。篆刻过程中，梁巘主张钝刀与利刀并用。梁巘认为篆刻中用"钝刀"或"利刀"，与书法写字中的用"软笔"或"硬笔"应是一个道理，他认为：

夫镌印与写字无异，镌印用钝刀与写字用软笔一也，未有用软笔而不用硬笔得为大家，亦未有用钝刀而不用利刀得为正法者也。钝刀不过取古拙，求洒落，沈凡民尝用之，然亦不废此一法，未尝专尚此也。⑤

梁巘是传统帖学的守护者，他没有把主要精力放在篆刻及篆隶书的研究上，而只是从篆隶书中汲取有益于其行草书学习的养分。梁巘还把他自己的书学理论及篆刻思想应用在实际的教学中。梁巘书法造诣深厚，能高屋建瓴、因材施教地指导学生学书，邓石如就是其中受益最大的一位。邓石如以篆书入印，开创了"邓派"，后人称其"印从书出、书从印入"，对后世影响

---

① （清）梁巘：《评书帖》，见《历代书法论文选》，581页，上海，上海书画出版社，1979。
② （清）梁巘：《承晋斋积闻录·印章论》，洪丕谟点校，125～126页，上海，上海书画出版社，1984。
③ （清）梁巘：《承晋斋积闻录·印章论》，洪丕谟点校，126页，上海，上海书画出版社，1984。
④ （清）梁巘：《承晋斋积闻录·印章论》，洪丕谟点校，125页，上海，上海书画出版社，1984。引文中"正言"，指的是明代篆刻家胡正言。
⑤ （清）梁巘：《承晋斋积闻录·印章论》，126页，上海，上海书画出版社，1984。

很大。邓石如篆刻融入书法用笔韵致的印学观的最初意识,或许就来自于梁巘的印学思想。

梁巘在继承宋代米芾、费衮、范成大和明代屠隆等前贤书学的基础上,还敏锐地提出了"刻手技术的拙劣对书法笔法的影响"的书学观。梁巘认为刻手技术水平的拙劣影响到对原帖书法笔意的传达,梁巘在评述颜鲁公行书《祭侄稿》时认为:"《停云馆》、《戏鸿堂》、《余清斋》所刻皆有,而《余清斋》刻为最佳,《停云》、《戏鸿》俱不如也。"① 梁巘认为《停云馆》中的"米南宫数帖,乃米书之最佳者,笔意原本《十七帖》而参以梁武帝《异趣帖》,而结构遒劲,体格高古,无复平生放纵轻佻习气,较胜《职思堂》所刻者,至他刻更逊远矣"②。梁氏还认为,《停云馆》中的祝枝山书《古诗十九首》,"圆厚腴古,乃其平生书最佳者;而刻手精微,神味宛然,为此帖中之摹勒最佳者也"③。梁巘对"刻手对刻帖的影响"的认识,并不仅仅局限在《停云馆》和《戏鸿堂》这两部刻帖上,凡其所能见到的碑帖及刻帖书法,他都做了相关评述:

《云麾碑》,北海书中最烜赫者也,刻手精工,虽残损甚多,而其一、二清楚者,锋势完足,真有干将、莫邪莫与争锋之概。《东林寺》、《娑罗树》诸碑已经模刻,仅有形貌,而精神不存矣。④

怀素《千字文》,间架却老,恨当时刻手不精,字画多走作。此本乃明时重刻,愈多不是处,初学者不可学。⑤

《衮公之颂》唐包文该书,类魏碑,笔意颇古,其字画失度处缘刻手不精耳。⑥

---

① (清)梁巘:《承晋斋积闻录·古今法帖论》,12页,上海,上海书画出版社,1984。
② (清)梁巘:《承晋斋积闻录·名人书法论》,74页,上海,上海书画出版社,1984。
③ (清)梁巘:《承晋斋积闻录·古今法帖论》,36页,上海,上海书画出版社,1984。
④ (清)梁巘:《承晋斋积闻录·古今法帖论》,16页,上海,上海书画出版社,1984。
⑤ (清)梁巘:《承晋斋积闻录·古今法帖论》,23页,上海,上海书画出版社,1984。
⑥ (清)梁巘:《承晋斋积闻录·名人书法论》,25页,上海,上海书画出版社,1984。

梁巘认为唐《衮公之颂》"类魏碑，笔意颇古"，但"字画失度处缘刻手不精耳"，可见梁氏看到了"碑版背后的刻手因素"对书法笔意的影响。梁巘所论，对乾嘉时期的碑学理论家钱泳（1759—1844）、叶昌炽（1849—1917）等产生很大影响。钱泳《履园丛话》卷十二中有一段论述"刻碑"的文字：

> 自汉、魏、六朝、唐、宋、元、明以来，碑板不下千万种，其书丹之人，有大家书，有名家书，亦有并不以书名而随手属笔者。总视刻人之优劣，以分书之高下，虽姿态如虞、褚，严劲如欧、颜，若刻手平常，遂成恶札。至如《唐骑都尉李文墓志》，其结体用笔，全与《砖塔铭》相似，王虚舟云必是敬客一手书，而刻手恶劣，较《砖塔铭》竟有天壤之隔。又《西平王李晟碑》，是裴晋公撰文，在柳诚悬当日书碑时，自然极力用意之作，乃如市侩村夫之笔，与《玄秘塔》截然两途，真不可解也。唐人碑版如此类者甚多，其实皆刻手优劣之故。①

钱泳认为刻手的优劣与天分相关，他认为："大凡刻手优劣，如作书作画，全仗天分。天分高，则姿态横溢，如刘雨若之刻《快雪堂帖》，管一虬之刻《洛神十三行》是也。"②钱泳还以章简甫所刻的《停云馆帖》为例，认为"然惟刻晋、唐小楷一卷最为得笔，其余皆俗工所为，了无意趣"③。钱泳指出："书法一道，一代有一代之名人，而刻碑者亦一时有一时之能手，需其人与书碑者日相往来，看其用笔。如为人写照，必亲见其人而后能肖其面目、精神，方称能事，所谓下真迹一等也。世所传两晋、六朝、唐、宋碑刻，其面目尚有存者，至于各种法帖，大率皆由拓本、赝本转转模勒，不特

---

① （清）钱泳：《四库家藏：履园丛话卷十二·碑刻》，228页，济南，山东画报出版社，2004。
② （清）钱泳：《四库家藏：履园丛话卷十二·碑刻》，228页，济南，山东画报出版社，2004。
③ （清）钱泳：《四库家藏：履园丛话卷十二·碑刻》，228页，济南，山东画报出版社，2004。

对照写照,且不知其所写何人,又乌能辨其面目精神耶?"①在此基础上,钱泳认为"藏帖不如看碑,与其临帖之假精神,不如看碑之真面目"②。同时,钱泳还提出了刻手的书法技能修养问题:

> 刻手不可不知书法,又不可工于书法。假如其人能书,自然胸有成见,则恐其将他人之笔法改成自己之面貌。如其人不能书,胸无成见,则又恐其依样葫芦,形同木偶,是与石工、木匠雕刻花纹何异哉?③

与清代的梁巘、钱泳关于刻手对碑刻书法的影响观相比,叶昌炽的观点也很独到。叶昌炽认为拓手及其拓碑技巧以及不同书家的碑刻,经过常年的椎拓,对于石刻作品书法风格的呈现也有一定的影响,叶氏云:

> 有同一碑同时拓本,而精粗迥别,此拓手不同也。陕豫间庙碑墓碣,皆在旷野之中,苔藓斑驳,风高日熏,又以粗纸烟煤,拓声当当,日可数十通,安有佳本。若先洗剔莹洁,用上料硾宣纸,再以棉包熨贴使平,轻椎缓敲,苟有字画可辨,虽极浅细处,亦必随其凹凸而轻取之,自然钩魂摄魄,全神都见。苟非此碑先经磨治挖损,传之百余年后,其声价必高于旧拓,但非粗工所能知耳。④

> 前人名迹,固以摹拓过多致损,然受病亦有不同。欧、褚诸碑,瘦硬通神,愈拓愈细,今《醴泉碑》仅存一丝,若断若续,再久之则无字矣。此一病也;颜、柳诸碑,拓工先砻之使平,又从而刀挖之,愈挖愈肥,亦愈清朗,久之,浮面一层尽揭,而字遂渐移向下,遂至恶俗之态,不可向迩。《圭峰禅

---

① (清)钱泳:《四库家藏:履园丛话卷十二·碑刻》,229页,济南,山东画报出版社,2004。
② (清)钱泳:《四库家藏:履园丛话卷十二·碑刻》,229页,济南,山东画报出版社,2004。
③ (清)钱泳:《四库家藏:履园丛话卷十二·碑刻》,229页,济南,山东画报出版社,2004。
④ (清)叶昌炽撰:《语石》卷十,172页,上海,上海书店,1986。

师碑》前三十年拓本尚清劲有力,今则精神面目迥非本来,此又一病也。①

叶昌炽还注重民间书手及其书法作品,他说:"余之论书也,但以其书而已,未尝以人为区别。顾自帝王将相、名臣硕儒,以逮方外、闺秀,不必以书名,而其书足以传者多矣。"②叶氏认为民间书手的书法十分出色,有些作品甚至可与同时代的一些著名书法大家相媲美,只是由于地位低下,身份卑微,作品往往因被忽视而绝少流传,最终湮没无闻。从叶氏对待"经生体"的态度中,能看出他重视民间书家及其作品的态度。经生体是指唐代以抄写儒、释、道三教经典为生的经生,所书写的书法作品风格,多以端正工稳的小楷手抄而成,书法有较高的水准,但后人所谓的"经生书",则含有贬义。叶昌炽一生收藏经幢多达六百余通,朝夕摩挲,他认为民间的书艺是成就名家的土壤,他说:

> 郑州《开元幢》,龙溪《咸通幢》,褚登善之亚也;《提闻施灯功德经残刻》及总章三年《释敬信造金刚经幢》、《天福八年孟宾于造上生经幢》,欧阳信本之嫡乳也。《孟宾于》一刻,以气韵胜,极似欧书《千文》。《总章幢》小楷尤难得。余所藏惟《长安卧龙寺》一通,亦小楷,字大如豆。越中奚虚己诸刻,极似虞伯施。大中二年《于惟则幢》,宛然《多宝塔》,关中人至呼之为"颜石柱",其实非鲁公书也。僧无可《百塔寺经幢》,视柳诚悬,亦不减虎贲之于中郎。又若《孟郑公》、《赵立本》、《北海县令顾□昌》之类,虽使殷令名、王知敬执笔为之,亦无以远过。③

由上可知,叶昌炽的《语石》一书兼具金石学和书法双重研究特点,对历代碑刻的渊源制度、文字内容、书法风格、摹拓技术等各方面作了全面记

---

① (清)叶昌炽撰:《语石》卷九,163~164 页,上海,上海书店,1986。
② (清)叶昌炽撰:《语石》卷八,141 页,上海,上海书店,1986。
③ (清)叶昌炽撰:《语石》卷四,81~82 页,上海,上海书店,1986。

述，不愧是清代碑学研究的重要著作之一。《语石》所构建的碑学研究框架和理论体系，得到了学界的好评，顾燮光赞叶氏云："其书学博思精，融会修洁，非数十年读书读碑之功，未易臻此。曩取读之，窃叹观止矣。"①《语石》一书的问世，很快便成为石刻学方面的一部带有经典色彩的名著，并渐渐具有了相当的学术权威性，对当时及以后的石刻学与碑学书法研究产生了深远影响。《语石》刊行后，柯昌泗在此书基础上著有《语石异同评》一书，体例不变，对叶氏原书多有补充和发挥，极具学术价值。

"肌理派"诗人翁方纲亦精通金石，长于书法，著有《两汉金石记》《粤东金石略》《苏米斋兰亭考》《汉石经残字考》《焦山鼎铭考》等，书法与同时的刘墉、梁同书、王文治齐名。他的楷书学欧、虞，谨守法度，行草学习米芾、董其昌，书风飘逸跌宕，气清韵通，有朴实淳厚的笔势。马宗霍《书林藻鉴》中载，"覃溪以谨守法度，颇为论者所讥；然小真书工整厚实，大似唐人写经，其朴静之境，亦非石庵所能到也。"②翁方纲以晋为宗，以楷为正，推崇唐碑楷书，由唐溯晋。翁方纲崇尚篆隶古朴的笔意，认为北碑上承隶法下启唐楷，推崇有隶书古意的欧阳询楷书。

翁方纲在乾、嘉时期的书坛声名显赫，交游广泛，弟子众多。当时学界，传统的宋明理学和新兴的汉学考据学派对抗激烈，处在这样的文化氛围里，翁方纲在新旧两方面都有好友至交，他采取一种调和平衡的态度，"一方面，他对理学在哲学和伦理道德上的价值予以赞同；另一方面，他对汉学家们在古代经籍校勘领域的成就及训诂、考据等新的治学方法也大加肯定和运用"③。翁方纲是金石研究方面的权威，但其书法风格属于帖学一派。乾嘉时期，像翁氏这样既坚持书法帖学审美，又研究金石碑版的书家大有人在，但"如果充分注意到翁方纲作为与刘墉、王文治、永瑆、铁保等人共享时誉的帖学书法大家，同时又与毕沅、黄易、阮元等人一道推动并促成了金

---

① 顾燮光撰：《梦碧簃石言·自序》，1页，沈阳，辽宁教育出版社，2001。
② 马宗霍撰：《书林藻鉴 书林记事》，216页，北京，文物出版社，1984。
③ 刘恒：《中国书法史·清代卷》，114页，南京，江苏教育出版社，1999。

石学——碑学的兴盛这一事实的话"①，翁方纲所取得的成就，以及本身所获得的极高声誉与地位，使得翁氏成为帖学和碑学转换时期颇具典型的代表人物。

三、清代碑学的发展

清代碑学的发展主要原因有三：其一，清代重考据的学术风气及金石学的兴盛，开拓了书法家的艺术视野，为碑学的发展提供了宝贵的实物资料；其二，帖学书法的衰落，为碑学书法发展提供了历史机遇；其三，文人们的"崇古"情结及审美的逆反心理，对碑学的发展起到了推波助澜的作用。访碑临碑，其时已成风尚。清代末年，碑学已"开始进入一个由广泛收集、品评、著录向深入研究、归纳、总结转变的新阶段。特别是以书法家为主体的鉴赏活动和临习实践，已经占有重要的位置并成为收藏鉴赏的主流"②。书法家收藏、鉴赏碑版石刻拓本的最终目的是为了形成个人书法风格面目，这就促使碑学从金石学中分离出来，形成一门独立的碑学书法理论。由于碑学和金石学之间的关系，金石学领域的研究进展和成果，会对书法界产生影响，而书法界师法碑刻的风气也会反作用于金石学界。

众所周知，金石学在清代相当发达，清代金石学者在研究过程中，便从大量的古代金石文献中揭示了其书法价值。这些学者既探讨了文字产生演变过程中的重大问题，也结合具体的书法艺术实践揭示了历代书法文化的丰富内涵，并以此为重要的思想文化资源，促成了清代"尚朴"书风的形成，并直接推动了与书法文化密切相关的其他文化的发展。恰如有的学者指出的那样："有清一代，实为我国书法史上之繁荣期，真可谓名家辈出，佳作如林，千枝竞秀，百花争艳，书法艺术丰富多彩。大体上，乾隆以前，帖派独

---

① 刘恒：《中国书法史·清代卷》，115页，南京，江苏教育出版社，1999。
② 刘恒：《中国书法史·清代卷》，246页，南京，江苏教育出版社，1999。

盛,书法家远祧二王(羲之、献之),追摹唐贤(如顾阳洵、褚遂良、颜真卿、柳公权、虞世南等)、归于赵董(赵孟頫、董其昌),继承传统,发扬光大,各具风格。乾嘉以后,碑派崛起,书法家搜求临摹鼎彝碑版,开辟创新,另成蹊径,篆隶真草,诸体大备,达到了书法史上的高峰。"[1]在清代书法繁荣的景象中,书学也发挥了重要作用,迄今仍具有重要的影响。比如,清代书法理论家包世臣的书法思想体系完备而又丰富,对后世产生了很大影响。可以说,包世臣及其书学是清代碑学兴起时的一种特殊文化现象,他的书法思想并非简单地弘扬碑学、贬抑帖学,更非"兴碑灭帖",而是通过文化策略的运演,引碑入帖。包世臣非常推崇书法大家邓石如,很想以邓石如为楷范,探索出以碑为主、碑帖结合的书学道路。包世臣的文化视野很宽阔。他的《安吴四种》(包括《艺舟双楫》)、《说储》和《小倦游阁集》等,体现了他宽阔的文化视野和精到的学术眼光,在积极借鉴乾嘉金石学和阮元书学的基础上,紧密结合邓石如的书论及自身的书法实践,提出了一系列旨在变革书风、创新书学的观点。他重视碑石和"古法",特别讲究书法的笔法和力度,也很看重书法的收藏和鉴赏。在这方面,充分显示了他对阮元书学思想和书法实践的自觉继承和发展。而阮元的书学思想,实际具有不可忽视的包容性,并没有陷入碑和帖的二元对立思维陷阱之中。他的《石渠随笔》就曾记载了他见到的一些珍贵的书帖,并对其质地、装裱、题跋、收藏印等予以点评,从中亦可看出他对帖派书法的尊重。如他评颜真卿《祭侄帖》:"墨气之浓淡枯润,则行间别见元气淋漓,非镌拓所能到。"[2]他评苏轼《武昌西山诗帖卷》:"墨气浓腴秀发,极磊落沈酣之极。苏迹极多正当,以此与《黄州寒食诗》为无上妙品。"[3]显然,这种兼容碑帖的书法思想在清代书学界是一种重要的思想脉络。而这种具有包容气度的书法思想本身,就体现了宽阔的文化视野和深广的人文情怀。此外,能够体现清代书法思想丰富

---

[1] 戴逸:《当代学者自选文库·戴逸卷》,776页,合肥,安徽教育出版社,1999。
[2] (清)阮元:《石渠随笔》卷一,8页,北京,中华书局,1991。
[3] (清)阮元:《石渠随笔》卷一,18页,北京,中华书局,1991。

性的诸多方面，还有某些清代书学论者从文化创造角度，涉论了清代书法教育，包括私塾和科举对书法教育的作用；也涉论了书法工具如文房四宝、笔架、笔洗、笔帘等。至于书画装裱和收藏，在清代也出现了历史性的进步和比较专业化的研究。这些务实性质的书法文化研究，为后世留下了宝贵的文献和有益的启示。

从书法文化创造视角考察清代的书法思想，既可以看到它自身的丰富性，也可以看到异族统治下的汉族文化生命力的强大，其间自然包括以汉字文化为基础的书法文化。许慎《说文解字·序》中所云"画成其物，随体诘屈"，表明汉字所独具的"以形示意"恰是汉字能够成为一种很独特的视觉艺术的基础。当然，汉字的"'象形'并不仅仅是对某事物逼真、具体的描绘，而是对其'体势'的某种表现"[1]。汉字的这种"体势"用中国所独具的书写工具毛笔书写出来，就形成了丰富灿烂的书法艺术。

事实上，具有民族独特审美的书法艺术，一点也不比那些在形式上显得复杂的艺术容易掌握、容易明白，由于文字的应用功能，书法艺术与文化关系尤为密切。"在漫长的历史长河中，书法承载了更多的中华文化的内涵，在某种程度上，我们可以把中国书法看成是中国文化的书写艺术，或者说是中国文化的载体和象征符号。中国书法对文化的象征是通过汉字的媒介进行的，汉字不仅是书写表现的对象，而是书法通往文化世界的桥梁。"[2]可见，书法艺术蕴含着无限丰富的中国文化。因此，书法艺术是中国文化的一部分，也是中国文化精髓的表现。书法艺术不仅具有超越实用书写的价值内涵，还是了解中国文化的一个窗口。

中国的每一个方方正正的汉字都是书法艺术的载体，但"'书法文化'是超越了'书法艺术'的文化范畴和概念，是包含技术性的书艺却并非局限于此的文化体系。其相应的研究对象除了书法作品，还应有书家主体和接受主体、书法理论与批评，装裱与传播以及书法与其他文化（汉字文化、文学

---

[1] 黄惇、李昌集、庄熙祖编著：《书法篆刻》第二版，5页，北京，高等教育出版社，2007。
[2] 吴慧平：《书法文化地理研究》，64页，北京，荣宝斋出版社，2009。

艺术、政治经济、性别文化、建筑文化、旅游文化、宗教文化以及历史学、教育学、心理学、体育学、外交学或交际学等）交叉生成的边缘文化。中国人围绕书法而展开的有关活动创造出了丰富多彩又源远流长的中国书法文化"①。在中国古代，若非"文人"，大抵不会钟爱书法，精通书法，并自觉地把书法当作艺术来看待，这是一种历史的真实。中国古代文人能够"师授家习""向风趋学"，正如朱长文《续书断》所说："当彼之时，士以不工书为耻，师授家习，能者益众，形于简牍，耀于金石，后人虽相去千百龄，得而阅之，如揖其眉宇也。……天下多士，向风趋学，间有俊哲，自为名家。"②纵观书法史，书家皆文人，文化素养与书法造诣极高。一般说来，文化素养与书法造诣二者是成正比例关系的，"作为书法家，从古至今一向被视为'文人'中的一部分，这主要是由于书法家都具备一般文人都需具备的文、史、哲方面的学问所决定的"③。文人与学问、书家与文人、书法与修养等，本来都是密切地联系在一起的，也是古人所谈很多的话题，但唯因有人老把书法视为一种单纯的"手熟而已矣"的技巧，所以强调文化素养与书法艺术的密切关系又很重要④。因此，文人的气质和素养使他们最有得天独厚的条件，可以进入书法领域中一展才华。而书法史上所有这些中国书法界的精英人物，"在某种意义上说，亦堪称中国文化的精英——对中国文化有其可贵的贡献。正由于他们与生俱来浸淫在中国文化的'黄河''长江'之中，他们才有可能会创造出这舒展恣肆、纵横有象、波磔怪奇、妙趣叠生的书法艺术来！"⑤作为中国古代最后一个王朝，清代也有其光辉四射的文化创造，清代书法固然是悠久书法历史的延宕与发展，却也是清代文人们的精神、情感的反映，也体现了清代文人们在书法艺术上孜孜以求的探索精神和智慧。

　　从文化史发展规律看，守正求变当是一种智慧的文化选择。在书法文化

---

① 李继凯：《郭沫若：现代中国书法文化的创造者》，载《陕西师范大学学报》，2007（3）。
② 朱长文：《续书断》，见《历代书论论文选》，318页，上海，上海书画出版社，1979。
③ 葛鸿桢：《读〈试论书法家的知识修养〉后感》，载《书法研究》，1984（2）。
④ 李继凯：《墨舞之中见精神：文人墨客与书法文化》，40页，台北，台湾秀威资讯公司，2014。
⑤ 李继凯：《墨舞之中见精神：文人墨客与书法文化》，41页，台北，台湾秀威资讯公司，2014。

发展史上，当"帖学"一统天下的时候，也就会造成一种"文化偏至论"。于是就迫切需要发掘出更多高水平的"碑"来促成碑学的兴起，通过否定之否定的文化辩证途径，达成一种新的文化平衡以及书法创作上的"生态平衡"，力求通过更好的文化磨合，更快、更好地发展我们的书法文化。清代书学，特别是碑学，便适时地承担了这样的民族文化使命。

清代书法由帖学向碑学过渡的时期，始于嘉庆年间"扬州八怪"的崛起。此外，清代帖学中的"馆阁体"书法也难以满足时人的审美诉求。以"八怪"为代表的这些书画家，均为当时仕途不顺的文人，擅长诗文和书画。在他们的心目中，为科考而必备的"馆阁体"书法技能只不过是应付考试的必备技能而已，强烈的逆反心理驱使他们对这种"乌黑、方正、光亮"的萎靡书风进行抵制和改造，经过他们的书法创作实践，都形成了独具的书法风貌。其中，金农的"漆书"和郑板桥的"六分半书"，对后世影响较大。

清代碑学的兴盛与羊毫书写工具的应用不无关系，"清初喜欢羊毫笔的书家慢慢增多，这与碑学的日益兴盛有关系。清代，碑派书家对羊毫笔的关注远远超过了前代。碑学兴起之后，羊毫、生宣普遍为碑学书家所利用，这主要在于羊毫笔运笔时由于毫软容易出现控制之外的偶然效果"[①]。以邓石如为中心的"改良派"，用羊毫毛笔书写篆书，线条富有弹性和变化，改变了人们只重篆书结构的固定篆书审美定式。邓石如是清代书法史上篆隶书发展的骄子，由于邓氏在篆隶、篆刻上的创新，给清代中期书坛注入了一股新鲜的气息和更为丰富的内蕴，使得更多书法家投身于此，积极寻找书法创新之路。

清代乾嘉时期，金石、考据、文字之学大盛，书法家向长期被忽略的秦篆和汉隶取法学习。之后，北魏碑刻的书法价值亦被重新发现。篆、隶、北魏碑书体因此便有了复兴之势，此阶段书法发展最显著的特点就是"碑

---

① 朱友舟：《羊毫笔考述》，载《美术观察》，2013（11）。

学"的开创与兴盛,继而直接导致了篆、隶、北魏碑等各书体的发展与繁荣。此阶段"碑学"的兴盛,书法理论的提倡与引导功不可没。嘉庆年间,阮元的《南北书派论》《北碑南帖论》中将"碑"与"帖"并论,包世臣的《艺舟双楫》又对阮氏碑帖书学观点进行了发挥。清代末年的何绍基等书法家不仅从理论上认可碑帖并美,还在实践中法碑融帖,创作出自家风貌的书法作品。到了清末民初,康有为的《广艺舟双楫》将北碑的渊源变迁、风格特点等一并进行了总结,碑派书法更加深入人心。然而,传统的"帖学"在清代碑派书风的笼罩下,依然保持着顽强的生命力,占有十分重要的地位。"碑""帖"并行,一些有成就的书家走的也是"碑帖并学"之路,他们在"碑""帖"融合中形成了自己的风格。因而流派纷呈,名家辈出,中国书法艺术亦因此得以中兴。

清代康熙至乾隆年间前碑派的崛起为碑学的诞生提供了必要条件,隶、篆二体的复兴和成就既为碑学理论提出了实践的依据,同时也为碑派书法的创作积累了实践经验。清代前期"先隶书、后篆书的发展脉络是前碑派师碑潮流的史实,并且迅速扩展到隶书、篆书以外的各种书体,特别是北碑,可见已是碑学大潮来临的前夜"[1]。清代篆隶书法创作风气的兴起,为碑学理论的诞生提供了充分的条件。嘉庆时期伊秉绶的书法延续了前碑派以篆隶为主的创作模式,并以新的书法面貌在当时书坛脱颖而出,为此时期碑学书法实践的典范代表。

伊秉绶(1754—1815),字组似,号墨卿、默庵,福建汀州宁化人。乾隆五十四年(1789)进士,授刑部主事,迁员外郎,曾任惠州知府、扬州太守。伊秉绶出身于书香门第,擅长书画,尤以隶书成就最高,为清代碑学中的隶书中兴的代表人物之一。伊氏的隶书取法汉碑,博采广收,融会秦汉碑碣而自抒己意,终成自家古朴浑厚的书法风貌。伊氏自己总结为:"方正、奇肆、恣纵、更易、减省、虚实、肥瘦,毫端变幻,出于腕下……"[2]伊秉绶

---

[1] 黄惇、金丹等:《中国书法史》,261页,沈阳,辽宁美术出版社,2001。
[2] 蒋频:《说说书画名家那些事》,284页,杭州,浙江人民出版社,2016。

用篆书的笔法来写隶书，用笔劲健沉着，笔画圆润、粗细相近，没有明显的波挑，结体宽博，气势雄浑，有庙堂之气，格调高雅。其隶书章法极有特色，字的结构四面撑足，给人方整严谨的装饰美感，梁章钜有"愈大愈壮"之评，对后世的书法创新有很多启示。

伊秉绶取法金石碑版的书学路径，并分别在篆隶书法创作上取得了卓著成就，表明了"碑派书法家已经能够宏观地驾驭这些新兴的古代艺术资源，转而为主体的表情达意和审美追求服务。邓石如和伊秉绶提供了一种融会各家碑版表现自我境界追求的典范，这是尚碑运动以来一直涌动着的个性表现冲动对古代艺术资源的真正意义上的超越。他们提供了时代的范本，也留下更多的创造空间给后来的篆隶书家进行试验和探索，并在晚清掀起了碑派书法的高潮，一时名家辈出，瑰伟奇丽，呈现出极其隆盛的局面"[1]。几乎同时，"扬州人阮元在前碑派实践的基础上，以《南北书派论》和《北碑南帖论》两篇文章，不仅为师法汉碑提供了理论依据，而且第一次给北碑以重要地位，从此揭开了清代碑学的序幕，为此，我们称阮元的'二论'是清代碑学正式形成的标志"[2]。清代从隶书、篆书再到北碑的这条碑学书法线索，到阮元时期已清晰地表现出来，清代碑学从实践到理论再到实践得以完全意义上的成熟。

曾主持校刻《十三经注疏》的阮元，精于金石，撰有《山左金石志》《两浙金石志》《积古斋钟鼎彝器款识》《汉西岳华山碑考》等金石学著作，涉及书法理论领域，为碑学的发展提供了重要的参考依据。阮元不以书法家自居，他是一位经学家，但其对于金石碑版的寻访和研究，却开辟了以金证经的道路。赵彦偁评其书法云："阮太傅亦未致力于书，然偶尔落笔，便见醇雅清古，不求工而自工，亦金石书籍之所成也。"[3]阮元书法自幼受帖学主流书风影响，虽然在理论上摇旗呐喊鼓吹碑学书法，也曾涉及篆隶书法，但其

---

[1] 周睿：《儒学与书道》，163页，北京，荣宝斋出版社，2008。
[2] 黄惇、金丹等：《中国书法史》，265页，沈阳，辽宁美术出版社，2001。
[3] 转引自马宗霍辑：《书林藻鉴 书林记事》第12卷，225页，北京，文物出版社，1984。

个人的书学实践并未能有所改观,或许受制于其精力不济的缘故,与其在学术上所取得的成就相比,阮氏的书法成就较为平庸,没有形成自己鲜明的艺术风格。金丹认为:"阮元是一位学者,凭借着自己深厚的学问而兼及书法,他终身的精力并没有放在书法创作上,因而没有在其书法风格上有突破性的表现,与其理论相比,明显地滞后。从历史的视角来看,这是清代碑学初始阶段的重要特征,也是那个特定时代的普遍特征,即如稍后的包世臣亦是如此,直至康有为才完全将理论和创作合为一体。"①确为的评。

阮元嗜金石成癖,收藏甚丰,为官赋闲期间,广为搜求秦汉石刻,还雇人外出拓碑,阮氏记述:"分遣拓工四出,跋涉千里,岱麓、沂镇、灵岩、五峰诸山,赤亭或春粮而行,架岩涸水,出之椎脱,捆载以归。"②阮氏曾收藏有大量的钟鼎彝器,他在《揅经室集》中曾做描述:"予于钟鼎古器有深好也。政事之暇,藉此罗列以为清娱,且以偿案牍之劳。壬戌腊日,举酒酬宾,且属吴县周子柜卤绘《积古图》。是日案头所积凡钟二、鼎三、敦一、簠一、豆一、匜二、彝一、甗一、卣二、尊一、钘一、角一、爵一、觯三、觚一、洗三、剑一、戈六、瞿一、弩机二、削一、镜二十、镫二及刀布印符之属。同积者有五凤、黄龙、天册、兴宁、咸和、永吉、天册、蜀师八砖。"③阮元还对所藏青铜酒器铭文进行考证,他曾云:"余心好古文奇字,每摩挲一器,拓释一铭,俯仰之间,辄心往于数千年前,以为此器之作,此文之铸,尚在周公、孔子未生以前,何论秦、汉乎!"④

阮元尊碑抑帖,所著《南北书派论》《北碑南帖论》两篇文章,在清代书学界有振聋发聩之效用。阮元明确以地理区域来划分南北书派,继而追溯南北书家的传承关系及其书风差异,其在《南北书派论》中云:

---

① 金丹:《阮元书学研究》,280页,北京,荣宝斋出版社,2012。
② (清)阮元:《山左金石志序》,见《揅经室集》三集卷三,638页,北京,中华书局,1993。
③ (清)阮元:《积古斋记》,见《揅经室集》三集卷三,649页,北京,中华书局,1993。
④ (清)阮元:《积古斋钟鼎彝器款识序》,见《揅经室集》三集卷三,636页,北京,中华书局,1993。

书法迁变，流派混淆，非溯其源，曷返于古。盖由隶字变为正书、行草，其转移皆在汉末、魏、晋之间，而正书、行草之分为南、北两派者，则东晋、宋、齐、梁、陈为南派，赵、燕、魏、齐、周、隋为北派也。南派由钟繇、卫瓘及王羲之、献之、僧虔等，以至智永、虞世南；北派由钟繇、卫瓘、索靖及崔悦、卢谌、高遵、沈馥、姚元标、赵文深、丁道护等，以至欧阳询、褚遂良。南派不显于隋，至贞观始大显。然欧、褚诸贤本出北派，洎唐永徽以后直至开成，碑版石经，尚沿北派余风焉。南派乃江左风流，疏放妍妙，长于启牍，减笔至不可识。而篆隶遗法，东晋已多改变，无论宋、齐矣。北派则是中原古法，拘谨拙陋，长于碑榜，而蔡邕、韦诞、邯郸淳、卫觊、张芝、杜度篆、隶、八分，草书遗法，至隋末、唐初，犹有存者。两派判若江河，南北世族，不相通习。至唐初太宗独善王羲之书，虞世南最为亲近，始令王氏一家兼掩南北矣。然此时王派虽显，缣楮无多，世间所习，犹为北派。赵宋《阁帖》盛行，不重中原碑版，于是北派愈微矣。①

据此，阮元还提出了"北碑南帖"说，他在《北碑南帖论》中云："前后汉隶碑盛兴，书家辈出。东汉山川庙墓，无不刊石勒铭，最有矩法。降及西晋、北朝，中原汉碑林立，学者慕之，转相摩习。"②阮元提出的"南北书派"及"北碑南帖"系统学说，拓展了从地理环境的角度来观照书法艺术的学术视角。而清末的梁启超则在此基础上，自觉借鉴了西方地理环境决定论学说，明确地提出了地理环境对书法艺术的影响。

所谓碑学，主要包括两个方面的内容："一为著录、考订、研究碑刻的源流、时代、形制、体例、文字内容及拓本之先后真伪等，为偏重于文物、考证方面的学问，它是金石学的一部分；一为崇尚碑刻的书派，这是书法艺术

---

① （清）阮元：《南北书派论》，见《揅经室集》三集卷一，591～592页，北京，中华书局，1993。
② （清）阮元：《北碑南帖论》，见《揅经室集》三集卷一，596页，北京，中华书局，1993。

中的流派。与之对应的是帖学。"①阮元的碑学研究则兼备两者。阮元的碑学思想当直接来自金石学。金石学是"研究中国历代金石之名义、形式、制度、沿革,及其所刻文字图像之体例、作风;上自经史考定、文章义例,下至艺术鉴赏之学"②。清代金石学自清初顾炎武、黄宗羲等学者的提倡以后,到乾隆时期,金石学研究开始走向深入和细致。阮元重视金石的论述主要表现在:"一、'其重与九经同之';二、以彝斝簠鼎诸器,通仓籀之学;三、金石碑版可订讹补佚经史记载,碑胜于史;四、金石碑版上的文字难以毁坏,胜于竹帛。"③

阮元还提出了"器可藏礼"的思想,他认为:"器者所以藏礼,故孔子曰'唯器与名,不可以假人。'先王之制器也,齐其度量,同其文字,别其尊卑,用之于朝觐燕享,则见天子之尊,锡命之宠,虽有强国,不敢问鼎之轻重焉。用之于祭祀饮射,则见德功之美,勋赏之名,孝子孝孙,永享其祖考而宝用之焉。且天子诸侯卿大夫非有德位,保其富贵,则不能制其器;非有问学,通其文词,则不能铭其器。"④阮元还在《山左金石志序》中指出了"金""石"的区别:

> 金之为物,迁移无定,皆就乾隆五十八年至六十年在山左者为断。故孙渊如观察莅兖沂曹济,其所藏钟鼎即以入录。石之为物,罕有迁徙,皆就目验者为断。其石刻、拓本并毁,如峄山秦刻者,亦不入录。⑤

阮元的"'金之为物,迁移无定';'石之为物,罕有迁徙'"的金石思想,对金石学资料的编撰和对金石认识的深化起到了极大的促进作用。阮元

---

① 华人德:《评帖学与碑学》,见《华人德书学文集》,214页,北京,荣宝斋出版社,2008。
② 朱剑心:《金石学》,3页,北京,文物出版社,1981。
③ 周斌:《阮元书学思想研究》,53页,上海,华东师范大学出版社,2011。
④ (清)阮元:《商周铜器说上》,见《揅经室集》三集卷三,632页,北京,中华书局,1993。
⑤ (清)阮元:《山左金石志序》,见《揅经室集》三集卷三,638页,北京,中华书局,1993。

对大量金石碑版的收集、整理与考证，从宏观上审视了书法风格的流变，并从文字书写的功用性出发，对书法的流派进行了南北的分类，首次把书法分为碑、帖两大类，并系统阐述了书法的南北书派问题。阮元认为，书派分流源于汉末、魏晋之间，从隶书分化为正书与行草两种不同功用的书体开始南北书派分流：东晋、宋、齐、梁、陈为南派，赵、燕、魏、齐、周、隋为北派。两派均导源于隶书，由钟繇、卫铄相管领，南北两派并行于晋至唐初。北派主要以隶书为基调，向正书滋演，以碑版相沿习，为中原古法；南派通变于王、庾、郗、谢，以行草为面，长于尺牍，属"二王"新风一派。从唐初，唐太宗独善王羲之书，直至宋代，帖学大兴，唯王书是从，于是书法碑派则愈微而古法愈远。

阮元在《北碑南帖论》中对"北碑"和"南帖"进行了细致入微的界定。阮元解释了何为"碑"，何为"帖"：

> 晋室南渡，以《宣示表》诸迹为江东书法之祖，然衣袋所携者，帖也。帖者，始于卷帛之署书，后世凡一缣半纸，珍藏墨迹，皆归之帖。今《阁帖》如钟、王、郗、谢诸书，皆帖也，非碑也。且以南朝敕禁刻碑之事，是以碑碣绝少。惟帖是尚。字全变为真行草书，无复隶古遗意。即以焦山《瘗鹤铭》与蓬莱郑道昭《山门》字相校，体似相近，然妍态多而古法少矣。[①]

阮元的论述中，出现频率最多的为"古""古意""古法"等字眼，可见，阮元的书学审美思想以"尚古"为根本。兹举例如下：

> 书法迁变，流派混淆，非溯其源，曷返于古。
> 北派则是中原古法，拘谨拙陋，长于碑榜。

---

① （清）阮元：《揅经室集》三集卷三，597 页，北京，中华书局，1993。

> 守欧、褚之旧规，寻魏、齐之坠业，庶几汉、魏古法不为俗书所掩。①（《南北书派论》）
>
> 而其书碑也，必有波磔杂以隶意，古人遗法，犹多存者，重隶故也。
>
> 盖登善深知古法，非隶书不足以被丰碑而凿贞石也。
>
> 且以南朝敕禁刻碑之事，是以碑碣绝少，惟帖是尚。字全变为真行草书，无复隶古遗意。
>
> 李邕碑版，名重一时。然所书《云麾》诸碑，虽字法半出北朝，而以行书书碑，终非古法。②

阮元从金石学的角度出发，极力维护汉碑隶书的正统地位，他认为：

> 古石刻纪帝王功德或为卿史铭德位，以佐史学，是以古人书法未有不托金石以传者。秦石刻曰金石刻，明白是也。前、后汉隶碑盛兴，书家辈出。东汉山川庙墓无不刊石勒铭，最有矩法。降及西晋、北朝，中原汉碑林立，学者慕之，转相摩习。③

阮元崇碑思想的真正主体实为"尊崇汉碑"，由此，阮氏论述了汉碑"隶书"的重要性：

> 唐人修《晋书》，南、北《史》传，于名家书法，或曰"善隶书"，或曰"善正书"，"善楷书"，"善行草"，而皆以善隶书为尊。当年风尚若曰不善隶，是不成书家矣。故唐太宗心折王羲之，尤在《兰亭叙》等帖，而御撰《羲之传》，惟曰"善隶书，为古今之冠"而已，绝无一语及于正书、行

---

① （清）阮元：《南北书派论》，见《揅经室集》三集卷一，591、596页，北京，中华书局，1993。
② （清）阮元：《北碑南帖论》，见《揅经室集》三集卷一，596、597、598页，北京，中华书局，1993。
③ （清）阮元：《北碑南帖论》，见《揅经室三集》卷三，596页，北京，中华书局，1993。

第二十五章 清代前中期的书学、印学思想 **1409**

草。盖太宗亦不能不沿史家书法以为品题。《晋书》具在，可以覆案。而羲之隶书，世间未见也。①

阮元以汉碑为标准，从北碑的取法、用笔、制作章法、载体等各个方面向汉碑的标准靠近。"从取法上看，北碑'篆隶遗法'犹多存者，且'北沿于隶之处踪迹甚多'；从笔法上看，北碑'笔法劲正遒秀，往往画石出锋，犹如汉隶'；从制作章法上看，'北朝碑志不署书者之名，即此一端，亦守汉法'；从载体上看，'东汉山川庙墓无不刊石勒铭'，强调古人之书'未有不托金石以传者'，而北朝诸碑字迹'多寄碑板'。"②阮元不遗余力地推崇汉碑，并标举它为后世书碑不可逾越的典范。因为"前后汉隶碑盛兴，书家辈出。东汉山川庙墓无不刊石勒铭，最有矩法"，所以阮氏认为"非隶书不足以被丰碑而凿真石也"，"非隶不足以敬碑"，甚至提出古之名家须以"善隶书为尊"，"若曰不善隶书，是不成书家矣"。阮元进而还认为"隶字书丹于石最难，北魏、周、齐、隋、唐，变隶为真，渐失其本"③。可见，阮氏从实际应用的角度，认为由"隶"到"真"的演变，是缘于隶书书丹的不易，即书丹于石的难度。

包世臣的学术研究对清代碑学的发展起了助推作用。包世臣（1775—1855），邓石如弟子，字慎伯，晚号倦翁、小倦游阁外史，安徽泾县人。泾县古名安吴，故人称其为"包安吴"，嘉庆十三年（1808）举人，曾任新喻（今江西新余）知县。包世臣一生历经乾隆、嘉庆、道光、咸丰四朝，学识渊博，喜兵家言，毕生留心于经世之学，并勤于实际考察，对农政、货币、漕运、水利、盐务、农业、民俗、刑法、军事以及文学等均有研究，都能提出独到的见解。包世臣并工诗文、书画、篆刻，著有《清朝书品》《安吴四种》等著作。包世臣的《艺舟双楫》使得碑学理论得以完善，其碑学主张与

---

① （清）阮元：《北碑南帖论》，见《揅经室集》三集卷三，596 页，北京，中华书局，1993。
② 转引自吴艾伦：《试论阮元、包世臣、康有为崇碑思想之倾向》，载《书法赏评》，2014（2）。
③ （清）阮元：《北碑南帖论》，见《揅经室集》三集卷三，596 页，北京，中华书局，1993。

阮元观点一致，都是抑帖扬碑。包世臣推重他的老师邓石如，其"书法创作以北碑为其主要格调"，"成为清代碑学从理论到实践都统一在北碑上的第一个典型代表"。[①] 包世臣的书法备得古人执笔运锋之奇，一时称为"包体"。他对自己的书法极其自负，自言："廿六而后学，四十而后知。""慎伯中年书从颜、欧入手，转及苏、董，后肆力北魏，晚习二王，遂成绝业。"自以为"右军第一人"[②]。虽然包世臣的书法《小草诗册》确有特色，但在清代书坛中却称不上是第一流的，其主要历史功绩在于通过书论《艺舟双楫》等鼓吹碑学，倡导北魏书法。《艺舟双楫》是清代碑学思想的经典之一，对清代中、晚期书风变革影响很大。

包世臣的书法见解与诠释集中于碑学巨著《艺舟双楫》中，此作是一部倡导北碑的力作，是清代碑学思想的经典著作之一。作为清代中后期的书法家、书法理论家，包氏继阮元之后毅然扛起了"碑学"的大旗，扬碑抑帖，在清代碑学的发展进程中有着"承前启后"之功。包世臣的主要历史功绩在于通过书论《艺舟双楫》等鼓吹碑学，他在《艺舟双楫》中，以前所未有的细致和精微对北碑书法给予高度的评价和赞美，对清代中、后期书风的变革影响很大，尤其对康有为的碑学思想影响深远，这对推动碑学大潮的最终到来做出了不可磨灭的贡献。

嘉庆、道光时期，碑学书法虽然居于书坛主导地位，然而对于"北碑南帖"的问题，刘熙载（1813—1881）有自己独到的见解，他在《书概》中所持观点不偏不倚，对"北碑南帖"作了相当深入而公允的分析：

> 《集古录》谓"南朝士人，气尚卑弱，字书工者，率以纤劲清媚为佳"。斯言可以矫枉，而非所以持平。南书固自有高古严重者，如陶贞白之流便是，而右军雄强无论矣。
>
> 北书以骨胜，南书以韵胜。然北自有北之韵，南自有南之骨也。

[①] 参见黄惇、金丹等：《中国书法史》，265页，沈阳，辽宁美术出版社，2001。
[②] 转引自苏士澍主编：《中国文化遗产年鉴·书画艺术卷》，135页，北京，文物出版社，2007。

南书温雅，北书雄健。南如袁宏之牛渚讽咏，北如斛律金之《敕勒歌》。然此只可拟一得之士，若母群物而腹众才者，风气故不足以限之。①

碑学思想在清代书坛虽居于主流地位，但由于清代科举制度的存在，文人士大夫为了参加科举，追求功名，都在帖学一脉的书法上用功，即便倡导鼓吹碑学的阮元、包世臣、康有为等，亦从帖学书法开始习字。随着金石学的兴盛，大量出土的碑碣、墓志、造像等书法作品迅速吸引了书法家的眼光，因腐蚀、风化等自然因素而形成了碑版书法朴拙沧桑的金石气，这与流于媚俗的帖学书风形成强烈的对比，有志于革新的书法家们由此看到了出路，经众多书家的努力，而使清代碑学一脉书法得以建立和完善，帖学书法一脉而渐趋于衰落。尽管如此，仍有一些书家认为碑学和帖学书法都有可取之处，应广泛汲取，不可尊碑抑帖或从帖弃碑，主张"碑帖融合"的书学观。碑帖融合，是指在书法创作中把碑、帖两种流派的书法风格进行整合，熔铸出新，呈现一种崭新的书法面貌。此阶段中，涌现出一些碑帖融合的书家，何绍基就是其中较为杰出的代表书家之一。

何绍基（1799—1873），湖南道州（今湖南道县）人，字子贞，号东洲、蝯叟，尚书何凌汉之子，道光十六年（1836）进士，官至国史馆总纂、四川学政。何绍基博学多才，工诗，通经史、律算，尤精小学，旁及金石碑版文字，兼善书画，以书法著称于世，誉为清代第一，著有《东洲草堂诗钞》《东洲草堂文钞》《说文段注驳正》等。何绍基受时代碑学书法思潮的影响，认同阮元的"南北书派"论，他曾论述道："书家有南北两派，如说经有西东京，论学有洛蜀党，谈禅有南北宗，非可强合也"②。但何氏没有盲从，他

---

① （清）刘熙载：《书概》，见刘熙载：《艺概》，147～148 页，150 页，上海，上海古籍出版社，1978。
② （清）何绍基：《跋汪鉴斋藏虞恭公温公碑旧拓本》，见何书置编注：《何绍基书论选注》，56 页，长沙，湖南美术出版社，1988。

在诗中表达了阮元的局限："南北书派各流别，闻之先师阮仪征。小子研摩粗有悟，窃疑师论犹模棱。"①何氏认为："君看南北碑，均含篆籀理。"②何绍基早年学书取法受父亲影响颇大，初习颜真卿，何氏参加科举考试期间于颜体用功最深，其不仅勾临颜体，而且大力收藏、翻刻颜书，曾"于颜书手钩《忠义堂》全部，又收藏宋拓本《祭伯文》《祭侄文》《大字麻姑坛记》《李玄靖碑》。"③何氏中年研习南北朝书法，于《魏张黑女墓志》、唐欧阳通《道因法师碑》尤为用功。何绍基晚年致力于汉碑隶书的研习，用功甚勤，凡所见《石门颂》《张迁碑》《礼器碑》等汉碑名刻，无不精研临习多至百遍，不求形似，全出己意。何绍基晚年论书多褒扬北碑，他经常表述自己"既性嗜北碑，故摹仿甚勤，而购藏亦富"④，"于北碑无不习"⑤等，但何氏对《张黑女墓志》外的其他北碑并未作品评和临习，或许是因为何氏并不欣赏北碑粗犷书风的缘故吧。何绍基早年书法作品传世甚少，其所存的早期书风结体宽博，笔法刚健，秀润畅达。后来，随着书法学习的深入，何绍基熔铸古人书法而成自家风貌，其书法晚年已臻炉火纯青之化境。何绍基尤其擅长草书，笔意纵逸超迈，时有颤笔，醇厚有味，金石书卷之气盎然。

不论是阮元《北碑南帖论》《南北书派论》中的"汉隶为贵"，包世臣《艺舟双楫》的"倡导北碑"，还是康有为《广艺舟双楫》的"力尊魏碑"，抑或梁启超的"尊六朝碑但不卑唐"的碑学观，尽管他们每人在碑版的取法上各有侧重点和偏好，但他们却共同为清代碑学的兴盛作出了集体性努力，

---

① （清）何绍基：《题周芝台协揆宋拓阁帖后用去年题座位帖韵》，见何书置编注：《何绍基书论选注》，150 页，长沙，湖南美术出版社，1988。
② （清）何绍基：《题年鹤谿松篸学书图》，见《东洲草堂诗集》，184 页，上海，上海古籍出版社，2012。
③ （清）何绍基：《跋重刻李北海书法华寺碑》，见何书置编注：《何绍基书论选注》，76 页，长沙，湖南美术出版社，1988。
④ （清）何绍基：《跋魏张黑女墓志拓本》，见何书置编注：《何绍基书论选注》，51 页，长沙，湖南美术出版社，1988。
⑤ （清）何绍基：《跋国学兰亭旧拓本》，见何书置编注：《何绍基书论选注》，34 页，长沙，湖南美术出版社，1988。

至此，清代碑学理论体系完全建立。

◎ 第四节
清代前中期的印学思想

书法与篆刻的关联至为密切，清代在书法创作与书法理论领域取得辉煌业绩的同时，以篆刻为主要研究对象而形成的印学，也取得了不俗的成就。清代篆刻的精致化和多样化向来为人称道，其相应的印学也自有其独到的理论特色。

一、顺治、康熙时期的印学思想

明末清初，由于战事缘故，篆刻艺术遭到摧残，曾出现了一个沉寂的局面。随着清代金石学、文字学的繁荣，推动了清代篆隶书法复兴的同时，篆刻艺术也得到了发展，文人篆刻空前兴盛，篆刻与书法、绘画一样成为独立的艺术门类，各种流派应运而生，大家辈出，高手如林。名家印谱得以收集整理，篆刻论著也被广泛刻印。清代篆刻是我国篆刻艺术史上继汉代篆刻之后的又一个高峰，所取得的辉煌成就足可与汉代印章相媲美，篆刻艺术进入了焕然一新的艺术境界。

"印章的历史，始于殷商；印学的历史，则应始于文彭。文彭之后，我国的艺术学中才有了一个新的独立的学科——印学；文彭之后，方有众多才情独造的人痴痴耕石终生使印章这古老的树，春意盎然。"[①]明末清初，金石篆刻之学开始复兴，金石学家和篆刻家们不遗余力地搜集印章，摹刻辑集，

---

① 惠蓝：《篆刻》，3页，济南，山东科学技术出版社，1997。

汇成印谱。 清代的金石学已开始影响到书法篆刻创作，促进了篆、隶书法创作的复兴。 这些师法秦汉碑刻的篆隶书法实践的书家们大多都与篆刻有缘，如金农、丁敬、桂馥、黄易、董洵、巴慰祖、奚冈等人在当时都以篆刻名于世。 清代有关印人传记的著述、印谱与篆刻工具书的编撰以及关于篆刻创作观念的提出与阐述，标志着清代印学的建立。

明末崇祯十三年（1640）庚辰科进士周亮工，是历史上第一位为印人立传的人。 周亮工一生饱经宦海沉浮，唯对印人印事情有独钟，喜欢收集篆刻家的印作，关注篆刻家的活动事迹。 周亮工生前在其收集到的各家印迹上作了体例较为统一的题记，后来由他的儿子周在浚于康熙十二年（1673）癸丑汇编成《印人传》（亦称《赖古堂印人传》），这是中国历史上第一部记录印人活动的著作。 周亮工所著《印人传》"所载之印人起于文彭、何震，而其中有许多印人都进入清代，最迟的一直活动到康熙年间，例如胡日从、程邃、万年少、黄经、顾苓、江皜臣、黄枢等"[1]，所涉及的印人多是明代的遗民，基本反映了清初印坛的发展概况。《印人传》"开印人传记之先河，堪称典范。 其倡导的是'以人存艺'的精神，用历史的眼光对待印人，反映出印人受到社会重视与自身地位的提高，这也是社会进步的一种反映"[2]。

清代的实用印章继承了宋、元、明印章宽边大面的形式，印文篆字在小篆的基础上加以变化。 清代的印章从用途上可以分为官印和私印。 清代官印印面总的特点是印面文字布局较明官印更流动协调。 清代官印一般是汉满两种文字同时入印，满文从开始的手写体逐渐也仿汉字篆法的造型入印，为加以区分，有时会在两种篆书之间加一行满文手写体以示区分。 在乾隆以前，清代官印印文用汉文篆书与满文篆体同刻在一印上。 至乾隆十三年（1748）开始，也有"九叠篆"和满文组合于一印之上的。 至同治初年，官印便在满汉篆书中加一行满文楷书。 见于清代印制记载的清代官印质地自御宝而下依次为玉、金、银镀金、银、铜、木等各种材质，此外，未见于清

---

[1] 黄惇：《清初的印坛及印风》，见申生：《清初印风》，1页，重庆，重庆出版社，1999。
[2] 萧高洪：《篆刻史话》，223页，天津，百花文艺出版社，2004。

代印制记载的清代官印质地还有铜镀金质、牙质、铁质、石质等材质。清代私印则以石质印章为多,铜、玉较少。印文有籀文、小篆、隶书、楷书,但用篆书的最多。也正由于清代金石学的兴盛,篆书流派纷纭,也成就了清代篆刻艺术的辉煌。

清初的印人多是明代遗民,他们的篆刻风格大多直接承续了明代印风,清初印风实际上也是明末印风的延续。万寿祺(1603—1652),字年少,又字介若、内景。晚年僧服,易名慧寿,称明志道人,或曰寿道人、寿若、若若。铜山(今江苏徐州)人。明崇祯三年(1630)中举人。清初著名遗民书法家、画家、诗人,著有《隰西草堂诗集》五卷、《隰西草堂文集》三卷、《遁渚唱和集》一卷、《墨论》及《印说》,辑有《沙门慧寿印谱》一册。万寿祺善篆刻,造诣极深,周亮工誉为"自作玉石章,皆俯视文、何"。万寿祺在《印说》一文七百余字的文章中,提倡汉印,极力推崇汉印之美,赞叹汉印运笔高妙,有折钗股、屋漏痕的古意。针对"近世刻印多不喜平,流为香泥粪土,杂成菩萨,秽洁各半,了无生气;而好奇者正似钟馗嫁妹,鬼狐狸送装,见者怖走"这一现象,万氏敏锐地指出时人在治印形式与字法上一味尚奇,提出了"好古不尚奇"的印学思想,批评了"秽洁各半"的印面处理。并指出"近世刻印多讲章法、刀法,而不究书法之弊也。是以书法浸而印法亦亡"的现象,继而提倡治印应以书法为基础。同时,指出汉印的字形乃是自然成文,不假搭配。万氏还批评了"以聪明杜撰,补缀增减,古文奇字,互相恫喝,甚者凑泊异代之文,合而成印"[①]的治印态度,认为这是一种不负责任的治学态度。万氏针砭印坛时弊,明确提出了自己尊崇传统的印学观。万氏的印学观点与其陶古铸今、独抒性灵的书学思想一致。万寿祺的《印说》植根于他对明末清初整个文艺观的审视理解的基础上,不仅是明末清初一篇极富批判色彩的印论,更是一部指导时人乃至后人的不可多得的印学论著。

---

① (明)万寿祺:《印说》,见韩天衡编订:《历代印学论文选》上,145页,杭州,西泠印社出版社,1999。

清代篆刻在明代文、何之后，在理论与实践上都得到了更大发展，风格流派繁衍，创作出丰富灿烂的印章艺术。据周亮工《印人传》载，清初印坛最为活跃的是文彭一系的传人顾元方、邱令和、袁曾期等人，何震一系的传人汪宗周、李耕隐、郑宏祐等人，以及汪关一系的传人沈石民、林皋等人。其间，福建篆刻开始兴盛，代表人物有擅刻玉印的江皜臣及其弟子陶石公、李云谷等。在清初印坛，真正成为新的篆刻流派而对后世产生深远影响的当数程邃及其创立的徽派篆刻。

程邃（1605—1691），字及名号甚多，其中以字穆倩、号垢区最为著称，自称江东布衣、青溪朽民等，安徽歙县人。程邃早年与黄道周、杨廷麟、陈子龙游，后与朱简、万寿祺同师陈继儒门下。程邃博学多才，善书画、诗文和金石考据，尤精篆刻。清周亮工评其印作时云："黄山程穆倩以诗文书画奔走天下，偶然作印，乃力变文何旧习，世翕然称之。穆倩于此道实具苦心，又高自矜许，不轻为人作，人索其一印经月始得，或经岁始得，或竟不得。以是颇为不知者诟厉。然穆倩方抱其诗文，傲睨一世，不为意也。"[1]程邃篆刻另辟蹊径，而在清初篆刻处于低谷时期异军突起，另开新风。其朱文印以钟鼎款识之大篆参合秦篆入印，布局离奇错落，以冲刀代表，能参以披削之法，刀法古拙，作品富有笔意。程邃的白文印取法浑朴的汉铸印，篆法平稳，线条浑厚圆润，刀法呈稚拙之趣，遇方不露圭角，表现了较强的控刀能力，并能表现出文字的笔意，含蓄隽永。程邃继承了文彭、何震的篆刻艺术，在治印技巧、表现手法等方面均成自家风貌，将当时拘泥仿制汉印的风格朝着清新自然的个性化创作方向推进了一大步，这对于清代篆刻艺术的发展有深远意义。后世对程邃篆刻有很高的评价，如魏锡曾《书〈赖古堂残谱〉后》云："穆倩崛起文、何之后，真豪杰士。"又云："穆倩朱胜于白，仿秦诸制，苍润渊秀，虽修能、龙泓、完白皆不及，

---

[1] （清）周亮工：《书程穆倩印章前》，见周亮工等撰：《印人传全集》上，于良子点校，30页，杭州，浙江人民美术出版社，2014。

余子无论矣。"①鉴于程邃在篆刻上的造诣，后世认为其是"徽派"的开创者。追随其印风的印人有汪肇龙、戴本孝、童昌龄、张恂、黄吕等。

在程邃之后，以丁敬为首的浙派篆刻未兴起之前的康熙雍正年间，江南印坛最著名的印人当数林皋。林皋，生卒年不详，字鹤田，又字鹤颠，福建莆田人，后寓居江苏常熟。其篆刻继承了汪关华丽典雅的风格，多以汉篆入印，布局平整稳妥，其刀法遒劲利落，犹工圆朱文，形成了古雅清丽、精巧逸致的印风。当时著名画家王翚、吴历之印，多出其手。林皋有《宝砚斋印谱》《林鹤田印谱》存世，对清代工稳一路的篆刻有很大影响。

袁三俊印论文章《篆刻十三略》，言简意赅，言之有物，所论多为后之学者引用阐发。袁氏从学古、结构、章法等方面，把篆刻与书法相比，这应是清代"以书入印"的肇始。明清时期的印论中没有直接提出"印从画出"的理论，但是我们可以从相关的印论、篆刻创作中，寻绎到"印从画出"这一理念与篆刻实践。袁三俊论述篆刻创作要求自然，不要做作，他还将绘画中的一些技法直接运用于篆刻，明确提出了"写意"篆刻的概念。"点染"本是画画着色的一种技法，袁氏用来说明篆刻创作的自然天趣，是对其主张篆刻"写意"的补充。袁氏还专门论述了篆刻用刀的技巧，并提出了"满""苍""光""沉着"等篆刻审美概念，丰富了印学理论。

清代印学的发展还体现在印谱与篆刻工具书的编撰上。印谱又称"印存""印集""印式""印举""印汇"等，是汇录古今印章制作、收集印章图式和考订印文等的著作。利用拓印技术制成的印谱，是中国印章艺术赖以传承的重要载体和方式，不仅使印人作品得以流传，而且还使印人所处时代的艺术审美、人文历史以及社会形态得以彰显，可供人鉴赏、临写，更重要的是成为研究篆刻发展史、文字学、史学的资料。传世的印谱各种各样，较为考究、最为珍贵的是原印钤盖的印谱，钤拓印面用名贵的印泥，最能真实保存

---

① （清）魏锡曾：《书〈赖古堂残谱〉后》，见韩天衡编订：《历代印学论文选》下，215、524页，杭州，西泠印社出版社，1999。

印石原作的风神。"印谱的成书，其版本大致有木刻翻摹、原印钤盖、摹刻、制版印刷四种。"①印章边款有乌金拓、蝉翼拓，用古法连史纸或上等宣纸承印，纯手工缝订，精美的木函、蝴蝶装等。据史载，印谱始于宋徽宗的《宣和印谱》，后有晁克一的《集古印格》和姜夔的《集古印谱》等，原谱均佚。明清以后的印谱，有后人汇集而成，有篆刻家亲自手订，还有经由后人摹刻等。据韩天衡先生统计，明代顾从德辑《集古印谱》问世至明末的七十四年间，"出版的印谱有近八十余种。如若下限到民国间，则较可观的印谱，大致有一千二百种"②。这一千余种印谱钤拓精益求精，包括大量的集古印谱、印人自刻印谱和篆刻家印谱等。清代学者编辑集古印谱，数量众多，如顺治十八年（1661），无名氏辑《汉铜印谱》，康熙二十三年（1684）又有吴观均辑《稽古斋印谱》。

清代汇集名人印谱渐兴，其中最为著名的是周亮工所辑的《赖古堂印谱》和汪启淑所辑的《飞鸿堂印谱》。《赖古堂印谱》是保存明末清初篆刻家作品的一份珍贵资料，《四库撤毁书提要》中称："亮工喜集印章，工于鉴别。所编《赖古堂印谱》至今为篆刻家模范，是书则谱之题跋别编为传者也。"③汪启淑所辑的《飞鸿堂印谱》，成书于乾隆三十年（1765），印文内容涉及经史、诸子百家、诗文词曲、格言成语等，全谱五集四十卷，时贤为序题跋达五十一则，收印3948方。《飞鸿堂印谱》可与汪氏所辑的《飞鸿堂印人传》相印证，是研究乾隆时期篆刻水平及风格不可多得的一份资料。清代印人自刻印谱数量也很多，差不多每一个印人都自刻自辑印谱，虽良莠不齐，但仍不乏一些质量较好的印谱存世。"这类印谱内容较为丰富，印面有姓名、斋馆、诗词、格言、图像等等；其边款内容也多种多样，刊述了不少印论和叙情记事之作。"④如清代康熙年间，胡介祉所辑的《谷园印谱》，是

---

① 韩天衡：《九百年印谱史考略》，见《天衡印谭》，83页，上海，上海书店，1993。
② 韩天衡：《九百年印谱史考略》，见《天衡印谭》，82页，上海，上海书店，1993。
③ （清）永瑢等撰：《四库全书总目》附录一，1842页，北京，中华书局，1965。
④ 刘江：《中国印章艺术史（下册）》，395页，杭州，西泠印社出版社，2005。

由印人许荣所刻宋代文学家张炎的《山中白云词》中的诗词。

二、雍正、乾隆时期的印学思想

清代中期，篆刻艺术发展比较迅速，以地域范围形成的篆刻流派纷呈，先后出现了浙派、邓派等，使清代篆刻艺术出现了争奇斗艳的新气象。在丁敬浙派之前，以高凤翰、沈凤、高凤冈、潘西凤为主体的以书画名世的印人悄然崛起，兼及"扬州八怪"的一些印人，他们主张抒发个性，篆刻形式上不拘一格，形成了具有鲜明艺术个性的印作。

"扬州八怪"之一的高凤翰，工书画篆刻，精于鉴赏，收藏颇富。《国朝先正事略》载："嗜砚收藏至千余，皆自铭，大半手琢，著有《砚史》，隶宗汉隶。"高凤翰自铭有《高凤翰砚谱》传世。《清史稿》卷五〇四有传。乾隆二年（1737），高凤翰右臂病残，改用左手创作书画篆刻，重新获得艺术的新生，作品朴拙中有生趣，为世人所推重。高凤翰的篆刻受其伯兄高愧逸的启蒙，他在《印存自记》中云："昔先伯兄愧逸，性喜藏印，所至搜罗，不遗余力……余年甫八九岁，便已时随弄石。"[①]后又受山东篆刻名家张在辛的指点。高凤翰喜收藏，集汉印达五千方、古今砚千余，又善制砚铭，与其刻印交相辉映，终于铸成自家风格。高凤翰曾在致好友冷仲宸的书信中表达了他的篆刻审美与创作思想：

> 余近学得篆印，一以《印统》及所收汉铜旧章为师。觉向来南北所见时贤名手，皆在习气。故近与客家论印，每以洗去图书气为第一。要当以直追本原，窥见太始，为第一义耳。[②]

---

① 转引自萧高洪：《篆刻史话》，176页，天津，百花文艺出版社，2004。
② （清）高凤翰：《与冷仲宸》，见黄惇编著：《中国印论类编》下卷，838页，北京，荣宝斋出版社，2010。

高凤翰以秦汉为宗，其篆刻刀法雄健，苍古朴茂，左手所刻印章更具苍古生辣之气。高凤翰的篆刻为世人所重，当时扬州艺坛许多书画用印皆为其所治。

沈凤（1685—1755），字凡民，号补萝、谦斋等，别署帆溪、补萝外史等，江苏江阴人。早年曾学书法于王澍，他在《〈谦斋印谱〉自序》中云："凤总角时，即与交好，于今三十年，未尝废离，每商榷篆法，往往多所裨益。"[1]王澍对沈凤的印章很推重，并为他的印谱写序云：其"东至齐鲁，搜秦汉之遗碣；北之燕，摩挲宣王《石鼓》；西适秦，抵酒泉，访求晋、唐来金石刻，空昼登登，手拓以归"[2]。王澍又认为沈凤篆刻"无所用意，应手虚落，自然入古，盖凡民信可谓取精多而物宏者"。沈凤篆刻以秦汉为宗，不尚巧饰，也不标新立异，能于平正中见不平之气，并善治鸟虫篆印，显示了精湛的功力与智慧。沈凤与郑板桥相友，《四凤楼印谱》中收录其为郑板桥所刻的印章就有十二枚。阮元在《广陵诗事》中云："郑板桥图章，皆出自沈凡民、高西园之手。"[3]可见，阮氏是据此所论的。

高翔（1688—1753），字凤冈，号西唐，又号犀堂、樨堂、西堂、西塘等，以字行于世，甘泉（今江苏扬州）人。高翔诗书画印俱工，擅绘梅花和山水，精篆隶及篆刻。平生与石涛友谊甚笃，石涛对其篆刻甚是器重，有诗相赠，今书迹尚存，诗云：

> 书画图章本一体，精雄老丑贵传神。秦汉相形新出古，今人作意古从新。灵幻只教逼造化，急就草创留天真。非云事迹代不清，收藏鉴赏谁其人。只有黄金不变色，磊盘珠玉生埃尘。凤冈、凤冈，向来铁笔许何、程。安得闽石千百换与君，凿开混沌仍人嗔。[4]

---

[1] （清）沈凤：《〈谦斋印谱〉自序》，见韩天衡编：《历代印学论文选》下，552页，杭州，西泠印社出版社，1999。
[2] （清）王澍：《〈谦斋印谱〉序》，见韩天衡编：《历代印学论文选》下，552页，杭州，西泠印社出版社，1999。
[3] （清）阮元：《广陵诗事》卷九，146页，北京，中华书局，1985。
[4] （清）石涛：《书画合璧》之十三，见《石涛书画全集》上，98页，天津，天津人民美术出版社，1995。

石涛关于"书画图章本一体"的篆刻审美观，与其画语录中的"一画说"的思想有相通之处，体现出当时书画家们以书画创作的理念来进行篆刻创作。高凤冈性情高洁，平生治印态度精严纯正，不轻易为俗人奏刀。其篆刻上追秦汉，近取程邃，喜用碎刀奏石，形成了苍劲古朴的印风。有印作收入郑板桥编辑的《四凤楼印谱》。

潘西凤，生卒年不详，字桐冈，号老桐、板桐、阪桐等，别署天姥闲人、天姥山樵、天台天姥山樵等，浙江新昌人，寓居扬州，清代篆刻家、刻竹家。潘西凤与郑燮、李鱓等相友，与沈凤一起师事王虚舟。其识见卓越，善音乐，精篆刻竹刻，尤擅长制作竹印和竹琴。潘西凤的刻竹以平面浅刻见著，其篆刻风格与沈凤相似，刀法尚健，印风朴厚。潘氏曾与王澍合作，制作竹简《王澍临十七帖》一通，精妙绝伦，后归清大内收藏。郑板桥有绝句赞之："年年为恨诗书累，处处逢人劝读书；试看潘郎精刻竹，胸无万卷待何如？"潘西凤为郑板桥刻过不少印，收录于《四凤楼印谱》的就有二十多方，位居"四凤"榜首。

清代中期篆刻艺术的繁荣，以浙派丁敬、皖派邓石如等篆刻名家的先后崛起为标志。这一时期的篆刻技法与章法都已成熟，极具鲜明的艺术个性。浙派的开创者丁敬身处乾嘉金石学空前繁荣期，其以淹通古今又癖于金石的学者器识，汲取秦汉印风的精华，融会历代印人的创造精神，力矫当时印坛婉丽妩媚的习气，开创了一种雄健苍古的印风新貌，使当时印坛为之一振。

丁敬（1695—1765），字敬身，号砚林、钝丁等，别署甚多，有丁居士、龙泓山人、孤云石叟、砚林外史等，钱塘（今浙江杭州）人。丁敬精于鉴赏，诗书画印兼工，收藏甚富。有《武林金石录》《龙泓山人印谱》《砚林诗集》等著作存世。丁敬早期的篆刻曾受徽派篆刻的影响，但能以亲身实践来远离秦汉印风，摆脱当时印坛的因袭守旧的刻印固守习气，其特有的用刀技法，"运用长短结合的细碎切刀。用这种刀法表现线条涩滞、苍莽、奇崛、古拙的意趣，有浓厚的金石气"①，形成了个性的艺术语言，开创了一代印风——"浙派"篆刻流派。

丁敬兼收各个时代的印风优势，孕育变化，而"直追秦汉、力挽颓风"，追求平正浑厚、清刚朴茂的印风，力挽时俗矫揉妩媚之态，时出新意而又不失古拙之意，有很强的金石感，可谓前无古人。具体说来，丁敬篆刻艺术的鲜明个性特征主要表现在刻印的用刀、边款的刻制以及入印文字上。细观丁敬刀法中虽以切刀为主，也有冲刀。丁敬在明代篆刻家短刀碎切的运刀方法基础上，"对何震、朱简以来的用刀技法进行系统的归纳和总结，把前人偶然所得的灵感和难以捉摸的效果，总结成为有规律可循的技法，初步形成一种便于学习和仿效的程式"②，开创了"印从刀出"的创作模式，这也是丁敬对刀法的重大贡献。丁敬的篆刻用刀行刀缓缓渐进，所刻线条具有强烈的节奏感，这种篆刻技巧被其继承者蒋仁、黄易、奚冈等人强化并定型为典型的浙派印风③。丁敬的印章边款是用单刀刻就，奏刀前不起稿，以刀代笔，一刀一笔，自然简捷，浑厚醇古。陈豫钟在《"希濂之印"边款》中说："……至丁砚林先生，则不书而刻，结体古茂。闻其法斜握其刀，使石旋转，以就锋之所向。"④浙派印人多效丁敬此法，印款无不佳妙。

丁敬学古而不泥古的篆刻思想体现在他对入印文字的研究上，在唱和朋友沈心的《论印绝句十二首》中，表达了他在篆刻用字上的追求：

《说文》篆刻自分驰，鬼琐纷纶炫所知。解得汉人成印处，当知吾语了非私。

古人篆刻思离群，舒卷浑同岭上云。看到六朝唐宋妙，何曾墨守汉

---

① 参见赵昌智、祝竹：《中国篆刻史》，234页，上海，上海人民出版社，2006。
② 参见赵昌智、祝竹：《中国篆刻史》，234页，上海，上海人民出版社，2006。
③ 参见赵昌智、祝竹：《中国篆刻史》，232页，上海，上海人民出版社，2006。
④ 陈豫钟：《"希濂之印"边款》，见韩天衡编：《历代印学论文选》下，737页，杭州，西泠印社出版社，1999。

家文。①

丁敬认为篆刻属于艺术，应不受《说文解字》的限制，因此他认为"《说文》篆刻自分驰"，主张篆刻用字不要受到《说文解字》的束缚。不要"墨守汉家文"，而应"看到六朝唐宋妙"，从诸家印章中取法。丁敬的印学用字思想，具有开拓精神，给篆刻入印文字确立了一个新范围，拓宽了篆刻的入印文字，给后来印人用字带来了不少新的启示。

汪启淑（1728—1800），字慎义，号秀峰、讱庵、梅堂、秀峰山人、退斋居士，自称印癖先生，安徽歙县人。住江苏娄县、浙江杭州等地，家世业盐，故为大富之家，乾隆时以捐资入仕，历任工部都水司郎中、兵部职方司郎中。汪启淑家中有开万楼和飞鸿堂，藏书极富。汪氏工诗好古，常与杭世骏、厉鹗、程晋芳、翁方钢等文人唱和，后回杭专事刊印印谱。汪启淑汇编了《讱庵集古印存》《汉铜印丛》《退斋印类》《飞鸿堂印谱》《飞鸿堂印人传》等二十八种。《飞鸿堂印谱》是汪启淑耗费20余年时间收集的，全谱收印三千余方，参与篆刻者达362人（包括佚名作者2人）。《飞鸿堂印人传》成书于乾隆十五年（1750），乾隆五十四年（1789）重订，八卷，收录周亮工《印人传》之外印人共129人。其所收印人为汪氏同时期人，其于印谱凡例中谓："每方之下，笺署刻印人名，随手率书，不拘字型大小；其爵里事实，则各为小传，另在一册。"此册即《飞鸿堂印人传》，后顾湘辑《篆学琐著》时更名为《续印人传》。《续印人传》继承了周亮工的传统，把印人视为历史的一分子，记录了汪氏生活的年代（清代中叶）印人的情况，所收印人绝大多数跟作者有过交往，如清代中叶重要印人高凤翰、黄吕、丁敬、潘西凤、张燕昌、董洵、黄易、桂馥等。让人费解的是，像邓石如、林皋、沈凤、高翔等篆刻大家在传记中却没有录入。

---

① （清）丁敬：《论印绝句十二首》，见韩天衡编：《历代印学论文选》下，870页，杭州，西泠印社出版社，1999。

汪启淑有印癖，善鉴别，故所收印人皆有一定水平。《飞鸿堂印人传》记录了清代中叶印人大多私淑明代各大家的事实，为我们提供了正确认识那个时代印人的取法和艺术的追求，故该书同周书一样，是一部融纪实性、艺术性与历史性于一炉的印人传记。[1] 同周氏的《印人传》一样，《飞鸿堂印人传》不仅仅关注印人生平履历，还关注印人们的师承、艺术成就及一些重要印人在印史中的地位等，如评丁敬的艺术成就时谓："古拗峭折，直追秦汉，于主臣、啸民外另树一帜。两浙久沿林鹤田派，钝丁力挽颓风，印灯续焰实有功也。"（《续印人传·丁敬传》）这为后人确立丁敬为浙派鼻祖提供了重要依据。但书中偶尔也有失实之处，如谓丁敬六十四岁而逝等。

清代中叶，当浙派印学风行之际，以邓石如、巴慰祖等为代表的徽籍印人同时崛起，自成风气，足与浙派抗衡。邓石如较程邃晚半个世纪，其篆刻风格与程氏也有较大差异，后人则称以邓石如为首的篆刻团体为"皖派"或"邓派"。与邓石如同时而起的巴慰祖，篆刻与邓氏相近，与邓氏共开徽派新风，给清代印坛吹进了一股清风，大有取代浙派之势。

邓石如（1743—1805），原名琰，字石如，后以字行，又字顽白，号完白山人等，安徽怀宁（今安庆）人。邓石如擅长隶书、篆书及篆刻，其所著《完白山人篆刻偶存》等，在印学史上占有重要地位。邓石如的篆刻承继家学，后学何震、苏宣、梁袠等，受梁巘印学思想启发，其首创"以书入印、印从书出"的篆刻新观念，把自己深厚的篆书用笔与结体，运用到篆刻上，并在实践上大胆尝试，终独创一格，推动了篆刻艺术的发展。

邓石如生于寒士之门，受其父亲影响学习刻印，研习篆书，后外出寻师访友，得到亳州举人、寿春循理书院院长梁巘的因材施教。梁巘见邓石如为书院诸生刻印书篆作品时，赞曰："此子未谙古法耳，其笔势浑鸷，余所不能。充其才力，可以凌轹数百年之巨公矣。"[2] 邓石如受梁巘推荐，在江宁大收藏家梅镠处得观梅家所藏金石碑拓，邓石如刻苦勤习篆隶，包世臣在

---

[1] 萧高洪：《篆刻史话》，225页，天津，百花文艺出版社，2004。
[2] （清）包世臣：《完白山人传》，见包世臣：《艺舟双楫》，72页，上海，商务印书馆，1935。

《完白山人传》中有详细记载：

> 山人既至，举人以巴东故，为山人尽出所藏，复为具衣食楮墨之费，山人既得纵观，推索其意，明雅俗之分，乃好《石鼓文》，李斯《峄山碑》《太山刻石》《汉开母石阙》《燉煌太守碑》《苏建国山》及《皇象天发神谶碑》，李阳冰《城隍庙碑》《三坟记》，每种临摹各百本。又苦篆体不备，手写《说文解字》二十本，半年而毕。复旁搜三代钟鼎及秦汉瓦当、碑额，以纵其势、博其趣。每日昧爽起，研墨盈盘，至夜分尽墨，乃就寝，寒暑不辍。五年篆书成，乃学汉分，临《史晨前后碑》《华山碑》《白石》《神君》《张迁》《潘校官》《孔羡》《受禅》《大飨》各五十本，三年分书成。①

邓石如擅长四体书，以篆书成就最大，隶、楷、行、草次之，时人对邓石如的书艺评价极高，张惠言、包世臣都曾向邓氏学习书法。包世臣列其篆、隶书为"神品"②，称邓石如四体皆精，"论者推为第一"③。

邓石如大胆使用长锋羊毫，创造性地用隶书笔法书写篆书，突破了千年来玉箸篆的樊篱，以隶书笔法入篆，增加了线条的提按起伏，丰富了篆书的用笔，字体微方，接近秦汉瓦当和汉碑额。邓石如晚年篆书，"线条圆涩厚重，雄浑苍茫，臻于化境，开创了清人篆书的典型，对篆书一艺的发展作出不朽贡献"④。

邓石如又是篆刻家，他以小篆入印，强调笔意，其印章有"疏处可以跑马，密处不使透风"的特色，风格雄浑古朴、刚健婀娜，书法与篆刻相辅相成，开创了皖派中的邓派篆刻。邓石如的一生，伴随着刻苦自励，终成清代

---

① （清）包世臣：《完白山人传》，见包世臣：《艺舟双楫》，72页，上海，商务印书馆，1935。
② （清）包世臣：《国朝书品》，见包世臣：《艺舟双楫》，37页，上海，商务印书馆，1935。
③ （清）包世臣：《完白山人传》，见包世臣：《艺舟双楫》，75页，上海，商务印书馆，1935。
④ 史树青总主编、唐吟方等编撰、收藏家杂志社编：《中国艺术品收藏鉴赏百科全书》（书画卷），96页，北京，北京出版社，2005。

碑学书家巨擘,被誉为"清代碑学思潮兴起后第一位全面实践和体现碑学主张的书法家"[①]。邓石如是清代最早全面师碑并体现碑学主张的典型书家,他的出现,标志着碑学派用毛笔在宣纸上书写汉碑及北碑书法的成熟,并具有开派意义。邓石如的书法作品成为碑派书法创作形成的代表,其书学实践对碑学的形成起了推波助澜的作用。邓石如的书法,启发了同时期的诸多书法家从大量的碑版书法中汲取书法营养,碑帖融会贯通,继而形成自家碑派书法风貌。

邓石如在秦篆的基础上,以其深厚的书法功力,把《石鼓文》、汉魏碑额及汉隶意趣等金石文字之巧妙融为一体,形成了独特的篆法,且以之入印,创造了刚健婀娜,多姿多彩的印章风格。具体说来,邓石如的成功之处主要表现在章法上和篆写与篆刻上。在章法安排上,邓石如提出了精辟的篆刻审美观念,对后世篆刻艺术的迅猛发展有着重要的指导意义。邓石如视印文多少、笔画繁简,而分朱布白,使密处更密,疏处更疏;密处见实,疏处见虚,从而将印面字的排叠,根据虚实疏密的效果进行安排。据此,邓石如提出了"疏可走马,密不容针"的篆刻美学观念;邓石如还根据印面的朱白相间,提出了"计白当黑,奇趣乃出"的篆刻美学观念。这些篆刻审美观念,至今仍脍炙人口,给印人以启发。在篆写与篆刻上,邓石如将书法线条与金石效果通过刀法生动地展示出来,表现出深厚的书法功力。邓石如不仅开创了以隶书笔法与篆书结合的创作道路,还以其篆书入印,在朱文印、白文印的制作上也成就卓著。邓石如把书法与篆刻融为一体,作品显得精神饱满,加之刀法苍劲浑朴,形成了刚健婀娜的艺术风格,亦因此确立了邓氏在印学史上的重要地位。自邓石如后,印坛风气为之一变。受邓氏"印从书出,书从印入"的印学观影响的篆刻大家有吴熙载、吴咨、徐三庚、吴昌硕、黄牧甫等人。

与邓石如同时崛起于浙派风行之世,为徽派篆刻的振兴同样做出不可湮

[①] 刘恒:《中国书法史·清代卷》,175页,南京,江苏教育出版社,1999。

没的贡献的印人当数巴慰祖。巴慰祖（1744—1793），字予藉，又字子安，号隽堂、莲舫等，安徽歙县人，长居扬州。巴氏早年受业于乾嘉学派学子聚集之所扬州安定书院，与同窗汪中同岁而交深。巴慰祖卒后，汪中为作《巴予藉别传》，收入《述学》，这是巴氏生平最重要的资料。《歙县志》等介绍巴氏的文字，均据汪中所作别传。传云：

> 予藉故富家，生而通敏，眉目疏秀，身纤而晰。少好刻印，务穷其学，旁及钟鼎款识、秦汉石刻，遂工隶书，劲险飞动，有建宁、延熹遗意。又益搜古书画器用，及琢研造墨，究极精美，罗列左右，入室粲然。其父弗善也，颜其居曰"可惜"，予藉不能改。又善交游，自通人名德，胜流畸士，下至工师乐伎，偏材曲艺之美，莫不一见洒然如旧相识，周旋款密，久而不衰。或欺绐攫夺，予藉憨憨不之校，他日遇之，则又如故。予藉好棋，及驰马度曲，遇名山胜地，佳时令节，可喜可愕之事，未尝不身在其间，竟数十年，由是大亡其财，且日病。晚为人作书自给，数年卖其碑刻，尚三千金，然其爱之弥甚，节啬衣食，时复买之。乾隆五十八年夏，游江都卒。[①]

据此，可知巴慰祖富收藏，通文艺，好棋及骑马、度曲。巴氏亦工书画，另据《扬州画苑录》等书载，巴慰祖能伪作古器，脱手如数百年物。又善画，山水花鸟皆工，然不耐皴染，成幅者绝少。人得其残稿，犹珍重惜之。巴慰祖用力最深当为篆刻，并于秦汉印下过极深的临摹功夫。巴氏三十岁时，曾获金榜赠予的一部顾氏《集古印谱》。他摹之数月，寝馈以之，辑为《四香堂摹印》。巴慰祖在这部印谱的自序中介绍，"金榜所赠印谱为'顾氏所自珍藏原印墨渡卷子，沈明臣手书序跋者'"。可见他所据以摹刻的是极为珍贵的原印墨拓本，他的摹刻之作也深得秦汉印精髓，所以，他对秦

---

① （清）汪中撰：《巴予藉别传》，见汪中：《述学》，127～128页，沈阳，辽宁教育出版社，2000。

汉印的神韵有特别深刻的领悟。这也是他有别于邓石如之处"①。

巴慰祖治印路数较广,深得汉铸印精髓,擅长大篆文字入印的仿古玺之作,尤长于用大篆文字刻多字印。惜巴氏传世印作极少,从现在可见的资料看其印风,主要分为仿秦汉印而得其神髓的作品和融入秦汉以来碑版石刻篆文的体势的元朱文印。前者于工稳淳和中透出古穆雅逸,代表了巴慰祖篆刻最基本的风格特征;后者传世绝少但极有代表性,巴氏在印文中,配篆简净和谐,于虚和中见渊雅。赵之谦对巴氏的此类印章极为钦佩,并用功临摹学习,"尝谓近作多类予藉"②。

巴慰祖与邓石如年龄相仿,又同样以书法入印章,其作品与邓石如之作有异曲同工之妙。邓氏传人为吴让之,巴氏传人当推赵之谦。赵对巴氏印风的发展和完善,也正可与吴让之媲美,而赵吴二人印风的同异,也一如巴邓。对此,罗振玉在《明清名人刻印汇存序》中曾指出:"'巴予藉、邓顽伯复以碑版之法入印,吴让之、赵悲庵为之复动,益昌明之,于是刻印之术乃再进,骎骎乎迈前人矣。'从这个意义上说,巴慰祖与邓石如当为徽派印学两个并行的分支。"③在邓石如、巴慰祖印学观念的基础上,其后的一些篆刻大家,各自发挥聪明才智,在方寸天地的印面上开拓了前贤所不可梦想的全新境界。

三、嘉庆、道光时期的印学思想

清代乾嘉以后,由于出土文物日益增多,"金石文字学术极为兴盛,篆书艺术突飞猛进,对古代印章、古代封泥的搜集和研究也取得前所未有的成

---

① 转引自赵昌智、祝竹:《中国篆刻史》,259 页,上海,上海人民出版社,2006。
② (清)魏锡曾:《书〈巴予藉别传〉后》,见韩天衡编:《历代印学论文选》下,561 页,杭州,西泠印社出版社,1999。
③ 转引自赵昌智、祝竹:《中国篆刻史》,260 页,上海,上海人民出版社,2006。

果，从而为篆刻家提供了极为丰富的取资条件，印坛别开生面，风气日新"①，至晚清，篆刻艺术发展到极盛时期。"道咸以后，印人不守门户，锐意变法。灵府独辟，在书法、章法、刀法以及在格调、情趣方面的探索和创变，多姿多彩，不蹈故常。旧时流派虽交互影响，但已远非徽浙两宗所可以牢笼。"②吴熙载、赵之谦、吴昌硕等翘楚为此阶段印坛中的代表人物。这些印人不论在印学主张上，还是在篆刻风格上，而在晚清印坛标新立异，红极一时。

冯承辉（1786—1840），字少眉，又字少糜、伯承，别号老糜、眉道人、梅花画隐。松江府娄县（今上海松江）人。精于篆刻，取法秦汉，旁及浙、皖两派，所能能出新意，自成面目。冯氏工八分书，能画人物、花卉，画梅尤有独到处，著有《金石蒴》《历朝印识》《国朝印识》《古铁斋印谱》《印学管见》《两汉碑跋》等多种。冯承辉所著的《历朝印识》与《国朝印识》非像周亮工、汪启淑一样出于各自的交往，而均系搜罗遗佚采录而成，是继周亮工《印人传》、汪启淑《续印人传》之后的两部印人传记。冯氏编撰《历朝印识》与《国朝印识》的这种方法成为后来编辑印人传的通例，被后人广泛运用。

《历朝印识》一书，起于秦代终于明朝，一共收录223人的传略（包括约50位有名无传者）。冯氏认为："小学一途，印为津涉，读书识字上可通经，而史氏立传不载其人，岂以小技而遗之也。"③《历朝印识》一书把目光投注到史书、地方志，以及各类文集、笔记上，所录印人并不局限于篆刻家，而是把历史上与篆写、制作印章、编辑印谱等有关的人员都包括进去，由此上溯至秦，其间宋元时期尤为重要，宋元时期一些汇辑过印谱的人员都被列名其中，以往很少提及的吴福孙、叶森等在此也可以见到。书中还揭示

---

① 祝竹：《吴让之的印学贡献和印史地位》，载《中华书画家》，2018（7）。
② 赵昌智、祝竹：《中国篆刻史》，264页，上海，上海人民出版社，2006。
③ （清）冯承辉：《〈历朝印识〉自序》，见周亮工等撰：《印人传合集》下，于良子点校，665页，杭州，浙江人民美术出版社，2014。

出元代篆刻家之间的师承信息，如吾衍一系，《叶森传》谓其"早从贞白先生吾子行游"，《吴睿传》谓其为"子行弟子也"，又《朱珪传》谓其"从吴睿授书法"等。这也是冯承辉的《历朝印识》与周亮工、汪启淑两传的不同及意义所在。

《历朝印识》印行之后，冯承辉又辑成《国朝印识》二卷，共收印人254人，内容"包括汪启淑《续印人传》中的部分印人，存于各种资料的印人和与冯氏当时及交往中所得的印人，其中如汪传未录及不及的浙派中坚蒋仁、奚冈、陈豫钟、屠倬、陈鸿寿等均有名在册。此外，虽增入了金农、高翔等印家，但像邓石如这样重要印人却不在册，留下遗憾"。[1]

此外，黄学圮的《东皋印人传》一书成于道光十年（1830），全书上下两卷，收录印人共28人。其中上卷13人为如皋本地印人，下卷15人为侨寓如皋的印人。此书"收印人虽寥寥可数，但开地域印人传之先河"[2]。

这一时期的篆刻名家代表是吴熙载、赵之谦。吴熙载（1799—1870），原名廷飏，字让之、攘之，别署让翁、方竹丈人、晚学居士等，晚年以字行，江苏仪征人。吴让之擅长写意花鸟，书法功力深厚，尤以篆书名世。其书法师承包世臣，篆隶、篆刻取法邓石如，是邓石如的再传弟子。据吴让之自述，他自幼即喜操刀弄石，十五岁后潜心临摹汉印达十年之久。适值浙派印风风靡之时，吴氏受到影响。吴让之三十岁时，"始见完白山人印，尽弃其学而学之"[3]，做到了"笃信师说，至老不衰"。吴让之所生也晚，虽无缘得邓石如亲授，但邓氏弟子包世臣把接力棒传给了他，使其得邓派正传。包世臣对这位学生解难释疑，循循善诱，《艺舟双楫》中留下若干这方面的文字。吴让之的篆刻学习邓石如，对邓氏的"以书入印，印从书出"的印学观亦有深刻领会，吴氏也以书法入印。吴让之以独具个性的篆书风格入

---

[1] 萧高洪：《篆刻史话》，226页，天津，百花文艺出版社，2004。
[2] 萧高洪：《篆刻史话》，227页，天津，百花文艺出版社，2004。
[3] （清）吴让之：《〈吴让之印存〉自序》，见韩天衡编：《历代印学论文选》下，595页，杭州，西泠印社出版社，1999。

印，加上刀法熟练，一竖一横，圆转流丽，颇有"笔底生花，刀头展翅"之美。因此，在"皖派"中，吴让之的篆刻是对邓石如印风的完善与充实，他是最能传邓氏印学血脉精神且能出己意的一大印家。

吴让之的朱文印洒脱俊秀，畅而不飘，含蓄蕴藉，比邓石如有过之而无不及；白文印稳重平和，淳厚多姿或凝重开阔，气度不凡。吴让之用刀冲切并用，单双相间，薄刃浅刻，游刃有余，无不表现出其独特的个性，达到了书印合一的境界。吴让之善于领会与变通，故能治印如写，运刀如笔，朱白融合，这是他对印坛的一大贡献。黄宾虹对吴让之实现了朱白文风格的合一给予充分肯定，他说："让之姿媚，一竖一横必求展势，颇为得秦汉遗意，非善变者，不克臻此。"[1]吴昌硕也有"让翁平生固服膺完白，而于秦汉印探讨极深，故刀法圆转，无纤曼之习，气象骏迈，质而不滞。余尝语人学完白不若取径于让翁"[2]的高度评价。吴让之是邓派中的印学大家，吴氏学习邓石如篆刻而开轻松婉约、意趣高妙的篆刻境界，其晚年印作，字法、布局、行刀及款法皆自出机杼，形成了吴氏平正、淡雅、拙朴的印风格调，其成就远在邓派篆刻传人徐三庚、吴咨等印人之上，以致后来学"邓派"篆刻的多舍邓趋吴，其对同时代的赵之谦等书法篆刻名家也影响甚深。

赵之谦（1829—1884），初字益甫，号冷君；后改字撝叔，别号冷君、悲庵、梅庵、无闷等，浙江绍兴人。因战乱，赵之谦失去家人，因而笃信佛教，佛教中的不破不立的思想对其艺术思想影响很深。赵之谦学识渊博，善于独立思考，他曾说："独立者贵，天地极大，多人说总尽，独立难索难求。"[3]因此，在诗、书、画、印、碑帖考证等方面，都取得了不凡的成就。其篆、隶、楷、行冠绝一时，花卉为晚清大写意一派之开山。

在书法方面，赵之谦把真、草、隶、篆的笔法融为一体，取精用宏，形

---

[1] 黄宾虹：《〈吴让之印存〉跋》，见黄宾虹著、赵志钧编：《黄宾虹金石篆印丛编》，92页，北京，人民美术出版社，1999。
[2] 吴昌硕：《〈吴让之印存〉跋》，见韩天衡编：《历代印学论文选》下，598页，杭州，西泠印社，1999。
[3] 转引自黄惇：《中国古代印论史》，266页，上海，上海书画出版社，1994。

成自家奇崛飘逸的书法风格。其篆书受到了邓石如、吴让之与胡澍的影响。赵之谦在54岁为弟子钱式临《峄山碑》册时曾写道：

> 绎山刻石北魏时已佚，今所传郑文宝刻本拙恶甚。昔人陋为钞史记，非过也。我朝篆书以邓顽伯为第一，顽伯后近人惟扬州吴熙载及吾友绩溪胡荄甫。熙载已老，荄甫陷杭城，生死不可知。荄甫尚在，吾不敢作篆书。今荄甫不知何往矣。钱生次行索篆法，不可不以所知示之，即用邓法书绎山文，比于文宝钞史或少胜耳。①

赵之谦的篆刻是从学习陈曼生开始的，兼师法汉印。赵之谦于36岁时说："余少学曼生，久而知其非，则尽弃之。"（《杭四家印谱〈附二陈〉序》）受地域印风影响，其篆刻亦取法浙派，并有临仿篆刻作品存世。继以秦汉印为宗，同时吸取"皖派"邓石如、巴慰祖等名家篆刻之长，提出了"求古于拙、拙而不野"的篆刻新理念，取法秦汉金石文字，从战国古泉、秦汉碑版、权诏、镜铭等印外文字中寻找篆刻元素，冲破了浙、皖两派篆刻技法的藩篱，取得了实践上的突破，开创了清代印坛新局面，使篆刻走上了一条充满生机的全新道路。

赵之谦对自己的篆刻也颇为自负，称"为六百年来摹印家立一门户"。赵氏以"印外求印"为宗旨，利用其深厚的金石、文字学修养，将秦权诏版、汉镜钱币、砖瓦及碑版等文字，将一切印外的金石文字大胆地运用到印章中，基本上是一印取法一种字体，面目极为丰富，呈现出风格多样的特色。在"印外求印"的过程中，赵之谦并不仅仅只是拿来机械地套用，而是将取法对象的神髓融会贯通，运用到印章中，使篆刻艺术的内涵更加丰富，开启了"印外求印"的广阔大道，为篆刻艺术的继续发展提供了无限生机。

对于赵之谦的"印外求印"的印学主张，叶铭（1867—1948）曾在

---

① 邹涛编：《赵之谦年谱》，92页，北京，荣宝斋出版社，2003。

《〈赵㧑叔印谱〉序》一文中评论道:

> 善刻印者,印中求印,尤必印外求印。印中求印者,出入秦、汉,绳趋轨步,一笔一字,胥有来历;印外求印者,用闳取精,引伸触类,神明变化,不可方物。二者兼之,其于印学蔑以加矣。……吾乡先辈悲庵先生,资禀颖异,博学多能,其刻印以汉碑结构融会于胸中,又以古币、古镜、古砖瓦文参错用之,回翔纵恣,唯变所适,诚能印外求印矣。而其措画布白,繁简疏密,动中规矩,绝无嗜奇戾古之失,又诅非印中求印而益深造自得者,用能涵茹今古,参与正变,合浙、皖两大宗而一以贯之。观其流传之杰作,悉寓不敝之精神,盖信篆刻之道尊,未可断章子云之言,而谓印人不足为也。……①

叶铭在序中对"印中求印"和"印外求印"两种不同的篆刻创作模式进行了界定,在叶铭看来,"'印外求印'是'博取兼收''神明变化'创作的重要源泉,但同时他们又能客观地对待传统式的'印中求印',在肯定、提倡'印外求印'的前提下,并不否认'印中求印'的重要,道出它们之间兼通兼有、互为依存的关系"②。叶铭认为赵之谦是"印中求印"与"印外求印"两种篆刻取法模式"二者兼之"的"善刻印者"。赵之谦"一心开辟道路,打开新局",在身体力行的探索下,为篆刻创作开辟了一条新的途径,对后世影响深远。赵之谦的"印外求印"印学主张获得了人们的认可,在印论史上与邓石如"印从书出"的印学主张具有同样重要的地位。

赵之谦堪称是"印外求印"的典范与集大成者,其取法之广,是前无古人的,仅印章中使用的文字就有泉币、碑刻、诏版等数十种之多。赵之谦在边款的刻制上也具有开拓性的贡献,他的边款形式多样,扩展了印章艺术的

---

① (清)叶铭:《〈赵㧑叔印谱〉序》,见韩天衡编:《历代印学论文选》下,610 页,杭州,西泠印社,1999。
② 萧高洪:《篆刻史话》,244 页,天津,百花文艺出版社,2004。

天地，从而将向来处于从属地位的边款，转化为印章创作的重要组成部分，并创制了用北碑书法刻边款的先例。尽管赵之谦一生所刻不到四百方印作，但他已站到了清代篆刻的巅峰，对近现代篆刻家的启迪作用是巨大的，影响着后来的吴昌硕、黄牧甫、赵叔儒、易大厂、王福庵、陈巨来、齐白石等，直至近现代一百多年的整个篆刻史。

篆刻创作是以篆书文字为素材，用点线造型的艺术，而汉字是由点画组成的，篆刻创作是篆刻家用笔、墨、刀、石等镌刻出来的印章艺术，"它不但有大小，有形状，而且有力度，有筋骨血肉，是一种净化了的点线。用它们来塑造艺术形象，并把作者对客观事物的感受和主观的思想情感，熔铸在笔情、墨意、刀趣、石味之中，情渗于法，法融于情，使抽象的文字符号升华成独具特色的篆刻艺术美"[①]。印文笔画的粗细、偏旁部首的长短、字间距等印章元素，组合成一个有机整体，不同的篆刻名家分别赋予这些元素以灵性，从而建构了精彩纷呈的篆刻艺术。诚然，以实用性为主的印章逐渐发展到文人篆刻艺术，实自元代赵孟頫、吾衍等人始。进入明清以后，愈来愈多的文人士大夫介入，于是从单纯的技艺制作演化到具备丰富文化内涵与审美取向等元素的整合。以地域为特征的篆刻流派形成后，入印文字、章法、刀法、边跋等都各自具备了有特征的家法，具备了艺术传承与创作的规范。

清代乾嘉以至清末这段时期，编撰的印谱与篆刻工具书数量众多，诸如程从龙《师意斋秦汉印谱》四册、蒋溥等《金薤留真》二十五册、汪启淑《汉铜印丛》六册、潘有为《看篆楼古铜印谱》八册、何昆玉《吉金斋古铜印谱》、吴式芬《双壶斋印存》、张廷济《清仪阁古印偶存》、吴云《二百兰亭斋印存》十二册、陈介祺《十钟山房印举》五十册、《簠斋藏古玉印》、谢春生《秦汉印存正续》二十六册、高庆龄《齐鲁古印攈》六册、周铣诒《共墨斋藏古玺印》八册、周贻鋆《净砚斋艎印录》三十册、吴大澂《十六金符斋印存》二十六册、郭裕之《续齐鲁古印攈》十六册、潘仪征《秋晓庵古铜

---

① 方旭:《〈篆刻美学初探〉前言》，5页，北京，人民美术出版社，2008。

印谱》十二册、吴隐《遁庵秦汉古铜印谱》八册、刘鹗《铁云藏印》四十八册、端方《陶斋藏印》，等等，尤以陈介祺的《十钟山房印举》为一时之最，其收印多达一万零二百八十四方[①]。此外，还出现了分类印谱，如汪启淑所编的《汉铜印丛》，专收汉代铜质印章（当然其中也夹杂少数先秦古玺）；吴大澂所辑的《千玺斋古玺选》，汇录了近千方先秦玺印；杨守敬在其所辑的十四册《印林》中专辟 2 册汇辑花押印；吴式芬、陈介祺合辑的《封泥考略》、徐乃昌《徐乃昌集封泥册》、刘鹗《铁云藏封泥》、陈介祺《簠斋古封泥》与吴式芬《海丰吴氏藏汉封泥》等，是关于封泥印的辑录；刘鹗的《铁云藏陶》、陈介祺的《阵簠斋藏古陶文》、埧室的《三代秦汉六朝古陶》、王孝禹的《瘦云楼古陶拓本》等，是关于陶文的著录[②]。而《朱文公家训印谱》，是乾隆年间，祁靖世、邢德厚所辑的自刻诗文印谱；《巴莲舫先生摹汉印谱》是巴慰祖刻的汉官及图案印、自用印，以及为董洵、王振声、胡唐三家所刻名号姓氏印。

  清代以校勘学、文献学、训诂学为研究方法的乾嘉学派，又称乾嘉汉学或考据学或朴学，同时乾嘉学派大师辈出，各领风骚，其中以《说文解字》为基础的研究，带动了文字学研究的热潮，其中以段玉裁的《说文解字注》、桂馥的《说文义证》、朱骏声的《说文通训定声》以及王筠的《说文句读》研究成果最为著名，类似字典类的工具书，有清初闵齐伋编的《六书通》，经毕弘述篆订，故又称《订正六书通》。此外，还有敕纂的《康熙字典》，以及佟世南的《篆字汇》，吴大澂的《说文古籀补》等。关于古文字学的著作编撰大致可分为金文类、印文类等几类。金文类的工具书，敕纂的有《西清古鉴》《西清续鉴甲编》《西清续鉴乙编》《宁寿鉴古》四部著作，均为以铜器图形为主辅以文字考释的图录专著。私家著述有钱坫的《十六长乐堂古器款识考》四卷，吴东发的《商周文拾遗》三卷，阮元的《积古斋钟鼎彝器款识》十卷，刘喜海的《清爱堂家藏钟鼎彝器款识法帖》一卷，吴荣光

[①] 萧高洪：《篆刻史话》，229 页，天津，百花文艺出版社，2004。
[②] 萧高洪：《篆刻史话》，229～230 页，天津，百花文艺出版社，2004。

的《筠清馆金石文字》五卷，吴式芬的《攗古录金文》九卷，潘祖荫的《攀古楼彝器款识》二卷，吴云的《两罍轩彝器图释》十二卷，吴大澂的《恒轩所见藏古金录》一卷、《愙斋集古录》二十六册，刘心源的《奇觚室吉金文选》二十卷，端方的《匋斋吉金录》八卷、陈介祺的《簠斋吉金录》八卷，方睿益的《诂籀吉金彝器款识》《缀遗斋彝器款识考释》等。① 印文类的工具书，主要有桂馥编的《缪篆分韵》五卷、补遗五篇，袁日省的《选集汉印分韵》二卷，谢景卿的《续集汉分韵》二卷，林佶的《汉甘泉宫瓦记》，朱枫的《秦汉瓦当图记》，程敦的《秦汉瓦当文字》，毕沅的《秦汉瓦当图》，钱坫的《汉瓦图录》，冯登府的《浙江砖录》，吕佺孙的《百砖考》，陆心源的《千甓亭古砖图谱》，端方的《匋斋藏砖》，宋经畬的《砖文考略》等。② 光绪二十四年（1898）发现的甲骨文，也有刘鹗的《铁云藏龟》、孙诒让的《契文举例》等著录问世。 文字学研究的兴盛，也推动了清代篆书篆刻艺术的发展。

  清代碑学书法的发展，扩大了印学取法范围的同时，也促进了印学的发展。 清代篆刻艺术，自丁敬之后，继起者蒋仁、黄易、奚冈、陈豫钟、陈鸿寿、赵之琛，六人皆师从丁敬，成就皆不能与丁敬相提并论，概括来说，蒋仁得其醇，以醇厚取胜；黄易得其秀，以古秀取胜；奚冈得其质，以淡雅出色；陈豫钟得其工，以工挺见长；陈鸿寿得其雄，以雄健闻名；赵之琛得其能，以娴熟名世。 他们都在丁敬开创的篆刻新风的基础上，取其一点进行完善并加以强化，使之定型为印坛风靡一时的印学流派——"浙派"。 从某种意义上说，丁敬与后起的蒋仁、奚冈、黄易共同创立了浙派，世称丁蒋奚黄，为武林四大家，又称"西泠四家"。 此后，陈豫钟以工致精雅为特色承四家之法，陈鸿寿用雄健豪迈之气质传四家之学。 加此"二陈"，遂有"西泠六家"之称。 再后来，加上出自陈豫钟门下的赵之琛与钱松，合称为"西泠八家"。"后人分别将丁、蒋、奚、黄和二陈、赵、钱称为西泠前四家和西

---

① 吴清辉：《中国印学》，91 页，杭州，中国美术学院出版社。 2010。
② 参见萧高洪：《篆刻史话》，235 页，天津，百花文艺出版社，2004。

泠后四家。他们被后世公认为浙派印风的代表人物,前后相沿一百多年"①,历康熙、雍正、乾隆、嘉庆、道光、咸丰六朝。在此期间,西泠印人形成巨大势力,远非上述八家。

◎ 小　结

清代初年,由于统治者所采取的一系列稳定政治的措施,故书法一道得以延续明代帖学一脉,帖学书风依然盛行,并有所发展。明末遗民书家,不论是出仕从清的王铎等,还是归隐山林的傅山等,都基于各自的书法理念,创作出了各具特色的书法作品。由于康熙皇帝推崇董其昌的书风,因而清朝前期的书风基本上笼罩在董其昌的影响之下,使得董氏一脉书法成为清朝初年的流行书体,在其家乡——上海松江为中心的江、浙一带更为流行。"清初书坛虽以帖学为主导,也涌动着变革求新的潜流,许多有识之书家开始反思帖学书法之失,进行着书法的新探索。王铎、傅山等人的书学思想延续并发展了晚明豪放书风的审美观。傅山响亮地提出了'四宁四毋'的审美思想,与清初柔媚浮华书风恰成鲜明对照。他不仅在行草方面富于创造性,晚年又从汉碑入手学习隶书。"②

清代学术思潮发展到清中期以后,儒家思想传统中重考据、重经典的方面得到全面的复兴。梁启超曾云:"明季道学反动,学风自然要由蹈空而变为核实——由主观的推想而变为客观的考察。客观的考察有两条路:一自然界现象方面;二社会文献方面。"③但因"当时狭隘的科举制度不能为前者的

---

① 武蕾、孙志宜:《"印宗秦汉"创作观与明清文人篆刻》,载《长江大学学报(社会科学版)》,2014(10)。
② 张同印:《清代隶书的复兴及其文化基础》,载《甘肃教育学院学报(社会科学版)》,2003(1)。
③ 梁启超:《中国近三百年学术史》,19页,上海,上海古籍出版社,2003。

发展提供制度保证，而通过传教士与西欧交流科学的途径也因政治和宗教原因被中断了一百多年"①，再则"因中国学者根本习气，看轻了'艺成而下'的学问，所以结果逼着专走文献这条路"②。投身于文献考据，成为士人躲避文字狱的一条治学途径。"儒家传统中'文'的一面在清中叶显得特别突出，吸引了一大批士人毕生投入，派别众多，规模宏大。主要有以惠栋为中心的吴派，是以信古为标帜的'纯汉学'；以戴震为中心的皖派，是以求是为标帜的'考证学'；还有以焦循、汪中为代表的扬州派，以全祖望、章学诚为代表的浙东派，他们最大的贡献在史学方面。"③这一时期的学者，"实自成一种学风，和近世科学的研究法极相近，我们可以给他一个特别名称，叫做'科学的古典学派'"④。他们所做的工作主要有：经书的笺释、史料的搜补鉴别、辨伪书、辑佚书、校勘、文字训诂、音韵学、算学、地理、金石学、方志类书的编纂、丛书校刻等。这些浩大繁密的考据工作，"是对传统文化学术一次最大规模的整理、辨析和总结，可视为清代三百年文化的结晶，将儒家传统'文'的一面发挥到了巅峰和绝处"⑤。对于从事学术研究的学者来说，"很多人擅长金石学，他们已不仅仅将金石文字看作是考证经史的文献材料，更进一步深入研究历代金石遗迹的名义、形式、制度、沿革及风格演变"⑥。学者们以古代金石碑版文字作为重要的资料来源和考证依据的朴学的发展及学术思潮的审美变化，对清代书坛影响深远，尤其是体现在清代中期以后碑学的发展上。"学者在借助金石考证经史的同时，也发现了古文字的艺术特色，他们本着求实的基本精神，在对大量出土和搜集的篆、隶、魏碑、唐碑进行品评的过程中，开始分辨、整理、总结并重新梳理书法史的源流。经过郭宗昌、陈奕禧、何焯、翁方纲、王澍等学者的考辨、论争

---

① 周睿：《儒学与书道：清代碑学的发生与建构》，111 页，北京，荣宝斋出版社，2008。
② 梁启超：《中国近三百年学术史》，19 页，上海，上海古籍出版社，2003。
③ 周睿：《儒学与书道：清代碑学的发生与建构》，111～112 页，北京，荣宝斋出版社，2008。
④ 梁启超：《中国近三百年学术史》，22 页，上海，上海古籍出版社，2003。
⑤ 周睿：《儒学与书道：清代碑学的发生与建构》，112 页，北京，荣宝斋出版社，2008。
⑥ 刘恒：《中国书法史·清代卷》，153 页，南京，江苏教育出版社，2009。

和不断的积累,往传统的二王书法谱系之外又开辟出新的碑学谱系,打破了盲目的经典崇拜和单一的取法思路,在看似二元对立的碑帖分辨中,拓辟出开阔的书法资源天地。"[1]

"清嘉庆、道光年间,阮元《南北书派论》和《北碑南帖论》的问世,为清代碑学的中兴竖起了一面鲜明的旗帜"[2],而包世臣的《艺舟双楫》,对碑学的发展起到了促进作用。碑学书法经阮元提倡、包世臣具体入微的探索推动,碑学理论已逐步深入人心。由于邓石如在书坛开创篆隶书风的榜样力量,加之何绍基、张裕钊、赵之谦等书法家的创作实践的助力,"碑派书法已从单纯模仿古人转为利用碑版石刻来启发书家创作灵感,寻找和强化个人风格的努力。与此同时,新的金石碑刻材料不断出土问世,收藏碑刻拓本之风广泛普及,也为碑学理论研究和碑派书法实践提供了更广阔的发展条件"[3]。正是在这种形势下,康有为撰写的《广艺舟双楫》的问世,将清代晚期书坛的碑学运动推向了一个新的高峰。

阮元的碑学思想澄清了传统书法以王羲之为首的帖学体系和以汉魏碑版、石刻为代表的北碑体系,指明了"碑"与"帖"的优劣,并辨别了碑帖之渊流,明确指出学习北碑一系才是书法中真正的古法。同时,将汉晋墓志、山野碑崖提高到书法的层面,把民间书法并入书法传统,丰富了清代碑学书法的取材范围。阮元之后,碑学理论经过包世臣的发展和壮大,康有为的摇旗呐喊,形成了完善的碑学书法理论架构,至此,清代碑学书法达到了全盛局面。

任何艺术门类的传承、艺术生命的持久,需要不断地创新与完善,也要跟上时代艺术发展的步伐,更需要出类拔萃的领军人物,篆刻艺术的发展更是如此。能够独领风骚的印坛领军人物,在艺术创作上,既不囿于门户,又善于吸收其他名家与流派之长,融为己有,以保证自家篆刻艺术流派的可持

---

[1] 周睿:《儒学与书道:清代碑学的发生与建构》,119页,北京,荣宝斋出版社,2008。
[2] 唐戈:《张裕钊与赵之谦之比较》,载《鄂州大学学报》,2003(3)。
[3] 刘恒:《中国书法史·清代卷》,249页,南京,江苏教育出版社,1999。

续发展。明清两代是文人篆刻艺术的鼎盛时期。清代似乎更胜一筹，且在印学上有新的建树。其间名家辈出，流派纷呈，面貌各异，在创作活动的普遍性和艺术风格的多样性上，都达到了前所未有的繁荣程度，从而将文人篆刻艺术推向了新的阶段。

清政府为了维护统治，虽然表面上极力笼络汉族文人，争取他们的支持，实际上对汉族文人具有很强的提防心理，有时甚至是排斥的。为了加强对汉族文人士大夫思想的钳制，防止和镇压知识分子的反抗，他们实行了文化专制制度，故意从文学作品中寻摘字句，罗织罪名，制造文字冤狱。文字狱是封建统治者树立权威、维护政权的一种手段，文字狱带来的后果极其严重，使得文人士大夫的思想产生了巨大"压力"，迫使他们远离政治，而去研究学术，于是，崇尚考据的学术风气就形成了，其中，以乾嘉年间形成的"乾嘉学派"最为著名。由于清代古文字学、金石考据学的兴盛，掀起了崇碑思潮和访碑热潮，古代的吉书、贞石、碑版大量出土，可资文人书家们研究、借鉴和学习的实物材料的不断出现，改变了人们的学书观念和审美观念，学书目标也从魏晋名家碑版转向师法其他非名家汉碑，从而造就了一大批以写碑铭名世的书家，开创了碑学书法，主要表现在篆书、隶书、北魏楷书及篆刻的创作上。碑学书法的兴盛，伴随着碑学研究的拓展，挽回了清代书法发展过程中的颓势，取得了可与千余年帖学书法相辉映的显赫成就，使得清代书法思想及书坛流派纷呈，开创了清代全国性的书法崇尚碑学的新局面，作为晚近的民族文化宝贵遗产，也对近现代中国书法思想和创作产生了持久的影响。

第二十六章
清代前中期的园林思想

古典园林是我国传统文化中的瑰宝，有着悠久的历史传承鲜明的文化特色，对世界园林产生过重要的影响。古典园林是艺术的综合体，它的营建依赖于一定的具体技术，叠山理水、筑庐架桥都是如此；但它以自然为宗，讲求诗情画意的营造，讲求实用性与审美性的有机融合，利用装饰、布置及匾额、楹联，将诗、书、画，甚至各种手工艺都吸纳在内。古典园林的内涵具有极强的包容性，可以是气势恢宏的皇家园林、传承久远的深山古刹，也可以是李渔的"半亩"，叶燮的"二弃"。在广袤的国土上，古典园林绽放开来，显出地域的特色，并在士商互动、中西碰撞之中，融变着自己的面貌。

◎ 第一节
概　述

清代园林发展大致可分为三个时期：恢复发展期，历顺治、康熙、雍正三朝；繁荣鼎盛期，历乾隆、嘉庆两朝；衰落期，主要指鸦片战争爆发时的道光朝。可以说清代园林发展既印证了古典园林的繁荣鼎盛，具有总结与集大成的性质；同时伴随着王朝的衰落，也见证了古典园林的最后辉煌。

清代园林无论在思想上，还是在实际建造上，都对明代园林有明显的继承，具体表现为：首先，以中国园林建造及其思想的发展来看，明清同属于园林发展史上的鼎盛时期。这一时期无论是皇家园林、寺观，还是私家园林，在数量与质量上都为上乘。其次，明清在园林建造与思想等方面呈现出一种发展的延续性与一致性。清承明制，在园林方面，由于清代统治者对中原传统文化的倾慕，没有像以往统治者那样对前代的建筑进行大肆破坏，而是继承了明朝的宫廷建筑，并在百余年的时间里不断地进行改建、扩建。此外，北方皇家园林对南方私人园林的模仿，本身就是对明代甚至明代以前园林思想的吸收和继承。明代计成的名著《园冶》作为古典园林的总结性著作，对清代的造园理论与实践产生了深远的影响。可以说，清代的园林美学是建立在明代的基础之上的，是明代的延续和发展。园林作为可居可游的精神寓所，其建造的形制、手法、原则等，在明代基本大备，如借景、点景等手法，如因地制宜，对自然山水的模仿，以及对文人意趣的推崇等。总之，明清的园林积淀了深厚的文化传统，体现出一些共同的，或者说在清代得到进一步强化的发展趋向。

首先是文人化，主要指园林营造中对于文人趣味的崇尚。私园的主人非富即贵，结庐一定不在深山峻岭之间，人居闹市，身心都远离自然，文人趣味便是对山林之气的向往，表现优游山池园林之雅兴、陶冶宁静清寂之情怀。建造园林，以追求雅逸和书卷气来满足园主人企图摆脱礼教束缚、获得返璞归真的愿望，通过匠心独运的建筑安排，假山、池塘的布置，配合以文人题匾楹联，达成一种诗情画意中的山水情味，不仅使居住者和观赏者都获得审美感受，同时也是对主人品位与财力的标榜。

值得一提的是，文人化实际上也表现为园林单纯求美的倾向，以往传统园林在剪裁山水的同时仍然采用园圃结合的模式，园林部分承担着种菜、养畜的作用。这和明末清初的纯以叠山、理水、建筑、花木来营造审美空间的活动多有不同。园者，文之极也，所谓筑圃见文心，文人园林非常重视自然天趣，力图在园林营造中、居住中，实现一种复归自然的美。这里面有两个层次，一个是园林建造过程中尽量因势利导、因地制宜，如袁枚曾自述随园的设计过程："随其高，为置江楼；随其下，为置溪亭；随其夹涧，为之桥；随其湍流，为之舟；随其地之隆中而欹侧也，为缀峰岫；随其蓊郁而旷也，为设宧窔。或扶而起之，或挤而止之，皆随其丰杀繁瘠，就势取景，而莫之夭阏者，故仍名曰随园，同其音，易其义。"①另一个是通过人为的经营，使得园林虽由人工，宛自天开，追求朴素、简洁、幽雅、疏朗的风格。

不仅如此，很多文人还亲身参与到园林的营造当中，以其丰厚的艺术修养给园林带来了别具一格的特色。《履园丛话》云："扬州新城花园巷又有片石山房者，二厅之后，湫以方池，池上有太湖石山子一座，高五六丈，甚奇峭。"②今天我们通常认为是石涛的手笔。另外，扬州的"万石园"也被认为是按照石涛山水画稿来布置的，该园以山石使用较多而得名。入园即见假山，山中有大小石洞数百个，都用太湖石，玲珑剔透，堪称一绝。明清后，园林的建设主体很多是通晓画理的文人，他们将自己对于艺术的全部旨趣熔铸到园林的设计与建造中，所以即使自己财力不足，观赏他人的也无妨，在想象中建造一间也无妨，无非都是审美精神与情感的抒发与表达，从这个角度来说，园林对于文人而言，是一个可居可游的艺术品。

其次是写意性，指通过造园手段上的变化所体现出来的意趣。写意不同于写实，写实是对全景山水的缩移模拟，追求形似；写意则是通过暗示、象征、点题、比附、寄托等手法来实现对自然之美、自然之趣的亲近，更重神似。在空间处理上，讲究小中见大，以少胜多，迂回曲折、步移景换、巧于因借、对比变化等手法，达到源于自然，高于自然的艺术效果。李渔所谓："一卷代山，一勺代水。"③这当然与清代园林的体量越来越小有关，沧浪亭16亩，怡园9亩，鹤园2亩，还有更小至百余平方米的，从半亩园、瓶隐

---

① （清）袁枚：《随园记》，见陈植、张公弛选注：《中国历代名园记选注》，361页，合肥，安徽科学技术出版社，1983。
② （清）钱泳撰：《履园丛话》下，360页，上海，上海古籍出版社，2012。
③ （清）李渔：《闲情偶寄》，220页，上海，上海古籍出版社，2000。

园、壶隐园、咫园、半茧园、半枝园、容膝园等名字上也能看出其细、微、秀的特点。早期园林主要是写实的手法兼取写意，但是此一时期实现了写意为主的转化，园林营造中更密切的融合诗文、绘画意趣，以诗情画意及蕴藉高远的意境为追求目标。童寯曾论："绘画与造园的关系正如画家和造园者之间的关系一样密切，故而二者总是行迹相连。""一切园事皆是绘事。"[1]叶燮记涉园也云："南涧两厓皆黄石坡，高者为石壁，仿黄子久画。"[2]

再次是多样化。清廷定都北京，但是王朝的经济重心却在江南、岭南等商业繁荣，水路交通便利的地方，这决定了以北方、江南与岭南三处为代表的园林形态。具体而言，因为经济、风俗、物产等自然及人文条件的不同，形成了造园思想、手法、取材的不同，加之南北的沟通融合造就了园林多姿多彩的面貌。

最后是专业化。钱泳论及叠山家曾称："国初以张南垣为最。康熙中则有石涛和尚，其后则仇好石、董道士、王天于、张国泰皆为妙手，近时有戈裕良。"[3]另外，我们今天仍能寻迹的还有张然、张熊、张铖、李渔、王君海、王石谷、龚均谷、龚璜玉、朱维胜、长淑等人，这些人中大部分都是职业的叠山家，世代以此为业的也大有人在。这还只是叠山方面，整个园林中理水、建筑、植被等方面都应该各有专家，但由于其工艺的性质，致使埋没不彰的更不知凡几了。职业化、世家化在一定程度上促进了园林营造技术的精湛。当然这种专业化、专门化也不可避免地存有程式化的危险，父子相传、师徒转授，免不了门户特征，等而下之的一般工匠再加以模仿，便造成了程式化的平庸沿袭，伤害了园林该有的自然之美。

---

[1] 童寯：《园论》，50页，天津，百花文艺出版社，2006。
[2] （清）叶燮：《海盐张氏涉园记》，见陈从周、蒋启霆选编：《园综》下，66页，上海，同济大学出版社，2011。
[3] （清）钱泳：《履园丛话》上，222页，上海，上海古籍出版社，2012。

◎ 第二节
清代前期的园林思想

　　清代初期,随着政权的逐渐稳定与经济的日益恢复,清代统治者在园林营造方面不让以往,清初的皇家园林或承明朝旧址加以翻新、增建,或者干脆独立兴建。 清廷立国之初便开始在明代的基础上扩大皇家园林的建设,整顿南苑及西苑,渐次修建了畅春园、圆明园及避暑山庄等。 在艺术特色方面,这些皇家园林或者在前朝基础上加入北方民族文化、宗教等的特色,或者广泛吸收江南私人园林的体制,从而呈现出新的审美风貌。 私家园林也在北京和其他各处随着商贸经济的发展而兴盛起来,既有南北方相互借鉴、融合,又呈现出极大的差异。

　　园林思想与诗文批评思想最大的不同,便是后者理论及评论文字数量特别大,而数量庞大的造园者大多无文字记录传世,但其营造规矩又独具匠心,并与整个时代的文化相契合。 因此,我们只能从对园林的具体描述中体会和把握园林思想的发展变异,并结合文献记载梳理其中蕴含的思想特点。

一、皇家园林

　　清军入驻北京后,整体上保持了京城的旧貌,没有做大规模的破坏和改动,宫城和御苑基本保留了明朝的样貌。 有鉴于明代的宦官专权、宫廷糜费等弊端,清朝统治者大幅缩减了明代皇城的范围,将原来的宦官衙门、仓库、作坊等悉数改为他用。 等到政权根基稳固之后,经济上行,皇家园林的兴建才水到渠成。 首先被提上日程的是行宫和离宫御苑的营建。 清朝统治者本尚骑射,加之不能完全适应北京城内的暑热,于是便有了兴建苑囿和避暑之地的提议。 到康熙中期,三藩平定,边疆各部纷纷内附,无论是政治上，还是经济上，都具备了相应的条件，西苑以及避暑山庄等就是在这样的背景下不断地被改建和扩建的。

西苑是元代太液池的旧址，位于宫城以西，明代进行了几次改扩建，奠定了北海、中海和南海的格局。整座园林以水景为主，以三岛仙山为骨架，是一座建筑疏朗、富于水乡田园野趣的园林。明人有诗曰："玉镜光摇琼岛近，悦疑仙客宴蓬莱。"入清以后，顺治皇帝首先在琼华岛广寒殿旧址上建立了白色的佛塔，成为三海的空间构图中心，并以此为轴心组织前山的永安寺建筑群和后山北部沿湖的倚澜堂、道宁斋及沿湖楼廊等建筑。白塔、琼阁交相辉映，湖光倒影，上下天光，更增强了琼华岛海上仙山的意境。白塔的修建和清代统治者的宗教信仰有关，白塔是典型的覆钵式塔，高35.9米，下承高大的砖石台基，塔座为折角式须弥座。正面塔门内刻有藏文"十相自在图"，象征吉祥平安。白塔之下的永安寺与白塔同时兴建，初称白塔寺，寺内立有顺治八年白塔寺碑，碑载："……有西域喇嘛者，欲以佛法阴赞皇猷，请立塔建寺，寿国佑民。"[1]"每年十月二十五日，自山下燃灯至塔顶，灯光罗列，恍如星斗。诸喇嘛执经梵呗，吹大法螺，余者左持有柄圆鼓，右持弯槌齐击之。缓急疏密，各有节奏。更余方休，以祈福也。"[2]康熙皇帝在南海的南台地区建造了勤政殿、丰泽园，以及瀛台上的大片建筑群，并在北堤上修建宫墙，隔绝了瀛台与北部景物的沟通，聘请江南叠山名家张然主持叠山工程，静谷与淑清院的假山都出自张然之手，特色独具，成为北方园林假山的代表作。淑清院位于南海的东北角，是在明代乐城殿的旧址上改建的一座园中之园，园内有流水音亭、葆光室、蓬瀛在望殿、云绘楼、清音阁、日知阁、万字廊、双环万寿亭等建筑，淑清院有一处特殊景致就是"千尺雪"，利用水位落差造成人工瀑布。淑清院西邻南海，远处就是瀛台，开阔而又幽静，自成格局，在红砖绿瓦的掩映之间，独得江南园林的意趣。整体上看，进入清代以后，西苑的功能有所变化，增加了很多政治功能，因此在布局上

---

[1] 释妙舟：《蒙藏佛教史》，73页，南京，广陵书社，1993。
[2] （清）潘荣陛等：《帝京岁时记胜 燕京岁时记》，35页，北京，北京古籍出版社，1981。

建筑的比重增大了，风格上以往重自然天趣、野趣，清代增加了人工的比重，在引入借鉴江南园林的基础上，注重小大呼应、虚实结合，在皇家园林的色彩下增加了江南园林的明丽。

北京西郊风景秀丽，多名刹古寺，金元以来一直是帝王贵胄游豫之地。清初，统治者便在玉泉山、香山一带修建了陈设相对简单的帝王临时行宫，真正能够让皇帝长期居住的离宫是畅春园。康熙二十三年（1684），清主在西郊"清华园"废址上兴建畅春园。因康熙帝崇尚节俭，所以畅春园并不是很大，只相当于原有园林的三分之二，但"因兹形胜，构为别墅"，"依高成阜，即卑成池，相体势之自然……"① 更值得注意的是，参与人当中，既有江南籍的山水画家叶洮，又有江南的叠山圣手张然，这代表着皇家园林对南方文人园林的借鉴和模仿。

畅春园以水著名。《御制畅春园记》曰：

> 爰稽前朝戚畹武清侯李伟因兹形胜，构为别墅。当时韦曲之壮丽，历历可考。圮废之余，遗址周环十里，虽岁远零落，故迹堪寻。瞰飞楼之郁律，循水槛之逶迤，古树苍藤，往往而在。爰诏内司少加规度，依高为阜，即卑成池，相体势之自然取石甓。夫固有计庸畀值，不役一夫。宫馆苑籞足为宁神怡性之所，永惟俭德，捐泰去雕。视昔亭台邱壑、林木泉石之胜，絜其广袤，十仅存夫六七，惟弥望涟漪，水势加胜耳。当夫重峦极浦，朝烟夕霏，芳萋发于四序，珍禽喧于百族，禾稼丰稔，满野铺芬，寓景无方，会心斯远。其或稻秫未实，旸雨非时，临陌以悯胼胝，开轩而察沟浍，占离毕则殷然望，咏云汉则悄然忧，宛若禹甸周原在我户牖也。每以春秋佳日、天宇澄鲜之时，或盛夏郁蒸炎景铄金之候，几务少暇则祇奉颐养游息于兹，足以迓清和而涤烦暑，寄远瞩而康慈颜。扶舆后先，承欢爱日，有天伦之乐焉。其轩墀爽垲以听政

---

① 《御制畅春园记》，见《皇朝通志》卷33，清光绪二十七年上海图书集成局印。

事，曲房邃宇以贮简编，茅屋涂茨，略无藻饰。于焉架以桥梁，济以舟楫，间以篱落，周以缭垣，如是焉而已矣。①

可见，畅春园规模虽不比旧园，但在原有旧园基础上，更加突出了水的特色。整个园林以前湖和后湖划分成两大区域，建筑和景点按照纵深三路布置，或群或散，因地制宜，错落有致，建筑疏朗，叠山理水反映了江南园林贴近自然之特色，但其花木栽植方面还是具有传统皇家园林的高贵气质。畅春园在皇家园林的整体特色上，宏观地借鉴江南园林，这同以往局部采用江南风是很不相同的，表明了江南园林对北方园林的深入影响。此外，康熙皇帝还开创了园居办公的先例，这对清代皇家园林的修建意义重大，以往的游豫园林属于偶一过之，不必考虑很多因居住、办公带来的配套设施，而此后的园林就要更多地考虑景观设计与实用性的关系问题了。

康熙四十二年（1703），国内局势更加稳定，财力愈发充裕。康熙帝开始着手营建承德避暑山庄。避暑山庄主要有两个作用：一个是承德山水秀美，气候适宜，是个休闲养生、避暑乘凉的好去处。自建成后，清帝每年都会到避暑山庄短居。另一个便是其军事政治方面的作用。康熙帝为了团结边疆蒙古各部，巩固边防，在北部草原兴建木兰围场，每年北巡并举行狩猎活动，因其距京城较远，路上需要打尖休息，所以承德避暑山庄兼具政治与休闲双重功能。

在避暑山庄的修建上，康熙皇帝不但崇尚节俭，而且对园林有自己独到的审美旨趣。他坚持的"宁拙舍巧""无刻楣丹楹之费，有林泉抱素之怀"等造园原则，在营造过程中，也得到很好的贯彻。他曾在其三十六景定景诗《芝径云堤》中对避暑山庄进行描述："测量荒野阅水平，庄田勿动树勿发。自然天成地就势，不待人力假虚设。"可见园子在兴建过程中比较注重依据天然地势，保持自然风致，这固然与避暑山庄行宫的性质有关，但同时也能

---

① 《御制畅春园记》，见《皇朝通志》卷33，清光绪二十七年上海图书集成局印。

反映某种审美变化。明清以来的很多园林，因为专业人士的参与，施展空间日渐缩小，不可避免地流于纤巧雕琢。而避暑山庄临山傍水，本就环境优美，其地势开阔，起伏多变，为园林创作提供了发挥想象的空间，也使得园林营建在皇帝本人审美原则及北方风物的共同作用下，呈现出另一派迷人的风貌。

建成后的避暑山庄依山形地貌形成山岳景区、平原景区、湖泊景区三大区域，由于布置合理，使得山庄以山名，却因水成景，"瀑之溅、泉之淳、溪之流咸会于湖中"。山水相会成三十六景：烟波致爽、芝径云堤、无暑清凉、延薰山馆、水芳岩秀、万壑松风、松鹤清越、云山胜地、四面云山、北枕双峰、西岭晨霞、锤峰落照、南山积雪、梨花伴月、曲水荷香、风泉清听、濠濮间想、天宇咸畅、暖流喧波、泉源石壁、青枫绿屿、莺啭乔木、香远益清、金莲映日、远近泉声、云帆月舫、芳渚临流、云容水态、澄泉绕石、澄波叠翠、石矶观鱼、镜水云岑、双湖夹镜、长虹饮练、甫田丛樾、水流云在。我们不厌其烦地罗列这些名称，是因为从这些景致的命名上，能窥得一些造园思想。这些名字，整体上虽然工整雅致，但一般都是对景色的客观描绘，基本不用典，文人气、书卷气并不明显。这说明，文学或许还没有成为清初皇家园林的必要组成部分。当然，这也和避暑山庄的环境有关。乾隆的《御制避暑山庄后序》云："崇山峻岭，水态林姿，鹤鹿之游，鸢鱼之乐，加之岩斋溪阁，芳草古木，物有天然之趣，人忘尘世之怀，较之汉唐离宫别苑，有过之而无不及也。"强调的也是一种繁华之外的古意和野趣。

避暑山庄的假山引人注目，在周围满是崇山峻岭的行宫为什么要修建众多的假山呢？这引发了人们的思考。因为很多假山的修建年代难以确定，我们只好以现存的假山来讨论。承德避暑山庄内有纯土堆山 23 处，土方量达 112731 立方米；叠石造山 91 处，使用各种山石为 20292 立方米；土包石和石包土山 3 处，山石量有 210 立方米；假山和假石混渗于真山之中约有 17 处。这在中国园林乃至世界园林中都是少有的。这些假山不是多而无当的，不管是宫殿区，还是湖泊区、山岳区，假山都发挥了各自的园林功能，如湖区利用假山做岛、造岸、修堤、筑台、叠山，造成驰名天下的"芝径云堤""月色江声""如意洲""清舒山馆""香远益清""石矶观鱼""曲水荷香""远近泉声""金山""烟雨楼""文津阁""环碧""戒得堂""船坞""文园狮子林"等秀丽的景色。在原有条件的基础上，利用假山处理、点缀、配置，成其绝妙景物。例如，"山近轩"修造在松云峡"林下戏题"东北沟里东山坡上，又有西对面山巅"广元宫"作"借景"，地利环境，美不胜收。这些假山的修建，有着使用与审美的双重作用。在实用上，可以处理挖湖产生的废土，减少费用开支，同时，还能扩大水面和加深岸边水位，并作特殊地段挡土、护坡、防洪，以及做窗、砌门、造洞、出穴、经路、搭桥等；在审美上，除了造景的作用以外，还有点缀、陈设和做摩崖、碣石、刻诗、镌字的作用。假山也可以弥补真山的不足，使本来不成景色的地方按照人意布置成为景色。比如，"芳渚临流"亭基和其左右地带，经过工匠们将其原有入湖之处，刻峭成假山驳岸，并清除了原山积土，露出埋在地下的石型石态，并将不足之处补上山石，才创造出"岸石天成，亘二里许"的绝妙景物。避暑山庄的假山，主要用北方的青石、黄石，杂采南方叠山技法，不仅具有北方假山风貌，而且秉承南方技巧，做出雄伟奇特、拙重坚实、大小得体、布局非凡的特色，兼以秀丽多姿、苍皱嶙峋的特点，被称为"汇集南北假山风格之大成"的艺术珍品。

圆明园是另一处较著名的离宫御苑，号称"万园之园"。圆明园起初是雍正做皇子时候的府邸，即位后，由于在位时间短，政治斗争剧烈，环境复杂，没有进行大规模的园林兴建，但他仍将圆明园扩建成长期居住的离宫。雍正皇帝对圆明园的扩建，除了早期在南部兴修宫廷区，还向北、东、西三面扩展，不断添加新的景区。雍正后期，圆明园面积已达三千余亩，并建成了"圆明园四十景"中的三十一景。清代圆明园的建筑历史大致分为三个阶段：第一阶段是圆明园本园的建筑，第二阶段是长春园的修造，第三阶段是绮春园的修建。圆明园本园部分是在 1744 年完成的，其后偶有兴作；长春园开始兴建于 1749 年；而由多座小园林组成的绮春园，则是在 1772 年才归属于圆明园,圆明园真正的辉光皇要到乾隆朝才开始,后文详述。

二、私家园林

清代,经过初期的破坏之后,江南经济逐渐恢复,商贸和手工业繁荣,文化事业再次勃兴,鸿商大贾和名门望族无不大兴土木,营造私家园林。北京作为政治文化中心,自然是私人园林的集中地。作为经济中心的江南地区,其水道纵横、气候温宜等得天独厚的自然条件,以及文人墨客聚集生成的审美文化氛围,也共同促成了私家园林的兴盛。江南园林得以续写北宋以来的辉煌,成就古典园林后期发展史上的一座高峰。

江南私家园林,尤以苏、杭、扬三地为胜。《扬州画舫录》记载:"杭州以湖山胜,苏州以市肆胜,扬州以园亭胜。"[1]扬州水运便利,是南来北往的重要通道,商人们一掷千金,自然能吸引南北各方工匠及南北各地造园材料,这使得扬州园林能兼南北特色,融汇南北之长。钱泳曾云:"造屋之工,当以扬州为第一,如作文之有变换,无雷同,虽数间小筑,必使门窗轩豁,曲折得宜,此苏杭匠师断断不能也。"[2]

由于纲盐法的施行,扬州以特有的地理位置成为两淮食盐集散地,成就了大批富商。商人们竞逐豪奢,挥金如土,不惜重金兴建宅邸、园林和别墅,且不止一处,当时有"扬州好,侨寓半官场,购买园亭宾亦主,经营盐,典仕而商,富贵不归乡"的歌谣,说明这些商人又往往身兼士商。因此,此时园林一方面体现出"穷极华靡"的特点,另一方面也体现出极高的艺术性,蕴藏着新的特点。

随着康熙南巡,园林建筑重心逐步移至西郊,渐次形成王洗马园、卞园、员园、贺园、冶春园、南园、郑御史园、筱园这扬州八大名园。至乾隆时更形成了以瘦西湖为核心的园林集群。在这些扬州园林中,又有文人园林

---

[1] (清)李斗:《扬州画舫录》,89页,北京,中华书局,2007。
[2] (清)钱泳撰:《履园丛话》,220页,上海,上海古籍出版社,2012。

和市民园林之分。文人园林较注重诗情画意的营造，叠山理水，讲究天然与人工的有机结合，综合运用书法、诗歌等多种文化媒介，塑造天然、疏朗、朴厚气质的园林经典。市民园林则多为商人所建，一些暴发的盐商缺少文化底蕴，造园形制虽仿文人园林，但是雕梁画栋，植木用石都务求靡奢，一定程度上伤害了园林的自然天趣。

扬州园林历来有"北雄南秀"之称，是指和苏州等典型的江南园林相比，扬州园林还兼具北方园林的大气与壮丽。这种特色和帝王的巡游及园林功能变化有很大关系，表现为建筑体量稍大，以群落的方式显示规模的宏丽；建筑的色彩丰富，好用金碧之色，与京师建筑如出一辙。"碧瓦朱甍照城郭，浅黄轻绿映楼台"，描写出了红黄青绿四色的楼台，与城郭和瘦西湖水交相辉映的美景。此外，扬州园林在植被选择、建筑布局上也都有北方气象。究其原因，为了迎接帝王的宸游，盐商们广延能工巧匠，对各方园林多有借鉴，自然会造成风格的多样。盐商财力雄厚，北方园林的大气雄浑更适合展示财力。再者，从功能上看，这些园林不但供居住使用，还兼具会客、洽事、礼仪等功能，因此与那种为隐者筑，着力体现主人情趣品味的私园必然不同。值得注意的是，盐商作为一个阶层，也有着自己的审美要求，在造园的时候也不全是简单的模仿取法，如为了体现与文人趣味的不同，在水资源原本丰富的扬州作无水的"旱园"，体现出一种独特的审美旨趣。

苏州也以园林称胜。苏州园林之较为著名者大多修建于明代后期，入清后又经不断整修而成一定之规模。苏州城内河道纵横又临近太湖，引水叠山之资非常便利，加上苏州向来人文繁盛，很多官僚文人晚岁定居苏州颐养天年，正是这两者影响了苏州园林的风貌。一方面，取资便利，使得苏州园林因势就便，巧思丽意容易实现；另一方面，文人造园往往注重诗情画意的营造，文人本身兼善书画，使得园林的文人化倾向更加明显。

苏州园林妙在写意，有"大隐隐于市"之感，布局一般是宅园合一，园林主要是主人及家人、友人玩赏，栖游的所在，功能相对单一。在艺术追求上也力图体现出居住者高尚的情操和极好的审美品位，精巧明丽，曲径通幽，利用虚实、大小的对比，空间的阻隔与联通，综合运用诗文、书画等多种艺术手段打造诗情画意的审美空间。

无锡亦是园林胜地，寄畅园是江南地区唯一一座完好保留的明末清初的文人园林。寄畅园始建于明代，几经易主，不离秦氏之门，康熙年间秦德藻加以全面整修，聘请叠山家张钺重新堆筑假山，又引惠山泉水流注园中，后又经多次修整方成今日之规模。寄畅园以山水为主架，建筑疏朗，以追求自然野兴见长，乾隆曾有诗云："独爱兹园胜，偏多野兴长。"园内灌木丛生，古树参天，埏道幽深曲折，造成一种树深林密的乡野之趣。在借景方面也独具匠心，张钺重新营造假山的时候，将假山造成中间突起两端稍低，以配合园外的锡山与惠山，造成一种山山相连、连绵不绝的感觉，惠山与锡山之景也都由此被借入园中，造成远、中、近多层次的美感。水是寄畅园的另一大特色，王稚登《寄畅园记》："环惠山而园者，若棋布然，莫不以泉胜；得泉之多少，与取泉之工拙，园由此甲乙。"又云："兹园之胜……最在泉，其次石，次竹木花药果蔬，又次堂榭楼台池篆。"王穉登也称赞寄畅园："得泉多而取泉又工，故其胜遂出诸园之上。"①

就私家园林来说，北京也是主要的集中地，其园林体现出与南方不同的特色。一方面，是由于北京的造园主体与南方稍有不同。北京是达官贵人的集中地，很多京外官员退休后也愿意到北京居住，这使得北京的园林在士流园的特点而外，还兼有恢宏与严肃。另一方面，造园风格一定程度上受到取材的限制。由于气候原因，北方花木不似南方繁多，石也少南方的奇巧圆润，而更多刚健沉雄，这两方面共同影响了北方私园的风格。

当然这并不是说北方园林自成体系，实际上清初朝廷开博学鸿词科广招江南文士，很多南方才俊来到北京。北方名宿也延请南方造园专家为自己叠山理水，因此北方园林广受南方园林的影响。较为著名的有阅微草堂、芥子园、半亩园、万柳堂等。

---

① （明）王稚登：《寄畅园记》，见陈从周、蒋启霆选编：《园综》上，130～131、132页，上海，同济大学出版社，2011。

总之，文人园林的发展是此一时期的主潮，园林营造承续了顺应自然、追求自然的特色，讲究"虽由人作，宛自天开"的审美效果，追求诗情画意的意境营造。在此基础上，北京、苏州、无锡、扬州等地都各因政治、经济、文化、地理等因素发展有别具特色的园林样态。整体上北方朴健、南方明秀。文人气息浓厚，南北园林风格互相借鉴，但是，同时伴随着商品经济的发展，营造主体的变化，园林也呈现出一种精巧、浮夸的倾向。

◎ 第三节

清代中期的园林思想

乾隆至道光年间，我们视之为清代园林思想发展的中期，历经乾隆、嘉庆、道光三朝。乾隆皇帝在位久，前期国力昌盛，经济繁荣，本人好大喜功，兴建及改扩建了很多皇家园林。江南园林、岭南园林也都伴随着经济繁荣、交流增多而繁盛起来。到道光时期，国力日衰，内忧外患，园林兴建热情、速度都明显不似从前了。与这种由盛转衰趋势相应的，园林也日渐呈现出世俗化、程式化、琐碎化的倾向。

一、皇家园林

乾隆二年（1737），清帝移居圆明园，在不扩园的前提下，对园林景观进行调整，并增加了一些新的建筑。这次历时七年的改扩建的成果，就是后来的十二景，即"曲院风荷""坐石临波""北远山村""映水兰香""水木明瑟""鸿慈永祜""月地云居""山高水长""澡身浴德""别有洞天""涵虚朗鉴""方壶胜境"。这些新景点在圆明园经典四十景中占有重要地位。竣工之时，乾隆命沈源、唐岱作"圆明园四十景图"，连同题跋共八十幅。从题名上看，趋近自然的山水景致多，而较少文化象征意味，部分景致从名字上也能看出对江南景致的有意模仿。

大约就在此时，在圆明园的东侧还兴建了"长春园"和"绮春园"作为圆明园的附园。长春园原为康熙时大学士明珠自怡园故址，有较好的园林基础，分南北两个景区，长春园的北部是著名的西洋楼，是一组欧式宫苑建筑群，占地约6.7万平方米，设计者是郎世宁、王致诚、蒋友仁等人。乾隆曾称自己归政后要久居此地，因此在建造上应该是颇费了一番心力的，这也是中国的皇家宫苑中第一次大规模仿建西洋建筑和园林。从乾隆十二年（1747）开始，至二十四年（1759）完成的这次兴建，共包括六组西洋式建筑、三组喷泉和无数庭院小品。整个景区呈东西轴线布局，自东向西依次有线法墙、方河、线法山、远瀛观（中轴）、海晏堂、方外观、谐奇趣、养雀笼、蓄水楼、万花阵和大水法、观水法等喷泉。它的建筑、环境和式样都采用巴洛克式风格，而装饰细节上又兼具东方的神韵。西洋楼景观不单纯是对西方巴洛克风格的复制，更显示出东西合璧的鲜明特色，如规划上具有欧式的轴线控制、整齐对称的特点，但在布局上却用建筑将其隔成三个段落，以凸显其中国院落的分隔节奏；建筑的基座、门窗、栏杆扶手等用欧式，但是屋脊则用中国传统的鱼、鸟、宝瓶等样式；万花阵不用欧式的灌木而代之以雕花青砖矮墙，植物配置采用欧式的成行排列与整齐修剪，但是点景采用中式，如水塔建成宝塔样式，等等。总之，这个建筑群的意义在于，它是欧洲建筑传到中国以后两大建筑体系首次创造性融合的产物。

如果说长春园的北部是以西方样式为其特色的话，那么其南部就具有明显的传统风格了。南部这片以水域和岛堤为特色的区域，是我国南北园林互相借鉴吸收的范本。长春园是一个名副其实的水景园，水面面积占到全园面积的三分之二，水域的宽度大约都在一二百米之间，适合观赏远近周遭的景物，这在北方园林体系中，恐怕只有皇家园林可以办到。在整体布局上，长春园也安排合理，用来分割水面的洲、桥、岛、堤错落有致，妥当均匀，其中很多园中园模仿了当时的江南名园，包括仿苏州的狮子林、南京的如园和杭州西湖的小有天园等园林胜景。比如，坐落在长春园东南角的如园，是依照南京瞻园的样式来建造的。这些分散在长春园中的小景致，不是一个个单独的个体，而是通过池塘和高墙的分隔，林木与花卉的掩映，巧于因借，使得它们在个体位置上独立成景，又在整体上通过借景、对比等融合协调于整个园林。位于长春园东侧的大池塘把北边的殿堂和南边的楼阁划分开来。在池塘的东边耸起一座七米高的人造山丘，山脚下的两侧和台阶顶端有多座亭子，在台阶上有一个方向可以看到长春园，而另一面就看到南边墙外的郊野景色，在台阶下是数以百计不同颜色的珍贵牡丹。在池塘的西边有很多石造假山与洞穴，在这座假山的顶端建造了清瑶榭，面对着含碧楼。一座六角形凉亭的后面可见惟绿轩，清瑶榭的北面是七楹宽的延清亭，榭西是含翠轩。从这座殿堂的凉台上北望，可以看到几百米外的湖泊和山丘，因此这座小庭园虽然孤立在大范围之内，却更多采用了"借景"的技巧。长春园内最壮观的建筑群是园内西湖里的海岳开襟，位于中央岛西侧开阔的湖泽之中，四面皆有码头，可以凭舟楫往来。主殿高三层，建筑在双层石基之上，周围的水域里植有大片的莲花，这种开阔的襟抱也是皇家园林特有的气象。

绮春园并非新建，而是在乾隆三十四年（1769），由若干个私园合并而成，连同长春园构成"圆明三园"，组成了一个皇家园林群落。乾隆时期的绮春园除宫门和正觉寺以外，几乎没有什么大型建筑，只有一些小型的亭台楼阁点缀其间，如浩然亭、涵远斋、知乐轩、联晖楼、竹园、双寿寺、庄严界、环秀城关等，看来用意仍在游栖，接近自然。这些主体工程之外，修缮和增建一直没有停止，如嘉庆临朝以后，陆续将绮春园附近的含晖园和寓园并入绮春园，并陆续增加了敷春堂、清夏斋、澄心堂等。随着绮春园的功能发生变化，园林建筑等人工成分在不断增加，与前期的看重自然多有不同。由于绮春园的合并性质，又决定了它没有一个统一的规划布局，而更像是一个小型的水景园林集锦，尤其是绮春园几何中心地带，有几处别致的小园，分别是展诗应律、春泽园、生冬室、卧云轩、四宜书屋等建筑群。这几处小园，由蜿蜒水道分隔开来，相互掩映，相互藏露，后世评者大多对这里的布局推崇有加，认为这里的风景犹如中国诗画般隽永，富有韵味。嘉庆帝《绮春园记》云："较圆明园仅十分之三，而别有结构自然之妙趣，虽荆关大笔未能窥其津涯，而云林小景亦颇有可观之道也。"嘉庆帝对小景的追求，一方面可以看作是国力不足以后的一种自然的内敛倾向，另一方面也可看作皇家园林中对私园审美追求的靠近，尤其是对诗情画意的靠近。还值得一提的是，由于西方列强的破坏，圆明园中的大多数景物、建筑已经荡然无存了，位于绮春园中的正觉寺是唯一被完整保留下来的。

再看避暑山庄，乾隆早期国力强盛，加之乾隆帝本人富于诗情，喜欢游赏，因此在位期间，对避暑山庄进行了长达 39 年的改扩建工程。因康熙时已有三十六景，乾隆在"弗出皇祖旧定"的前提下，建成新三十六景：丽正门、勤政殿、松鹤斋、如意湖、青雀舫、绮望楼、驯鹿坡、水心榭、颐志堂、畅远台、静好堂、冷香亭、采菱渡、观莲所、清晖亭、般若相、沧浪屿、一片云、萍香泮、万树园、试马埭、嘉树轩、乐成阁、宿去檐、澄观斋、翠云岩、罨画窗、凌太虚、千尺雪、宁静斋、玉琴轩、临芳墅、知鱼矶、涌翠岩、素尚斋、永恬居。除此之外，尚有烟雨楼、文津阁、狮子林等不下数十处的景点。

康熙时期修建避暑山庄有军事和政治的双重作用，而乾隆时期这里的避暑休闲功能明显加强，离宫御苑性质得到凸显，因而增加了很多建筑。按照功能属性，避暑山庄可分为宫廷区和御苑区。宫廷区由正宫、松鹤斋、东宫组成。御苑区也包括三个区域：即湖泊区、平原区、山岳区。整体上有涵盖南北的宏大特色，这主要体现在对江南、塞北地域风貌的模仿。

湖泊区在宫殿区的北面，湖泊面积包括州岛，约占 43 公顷，有 8 个小岛屿，将湖面分割成大小不同的区域，层次分明，洲岛错落，碧波荡漾，有典型江南鱼米之乡的特色，著名的热河泉在其东北角，清泉涌流。平原区在湖区北面的山脚下，地势开阔，有万树园和试马埭，碧草如茵，林木茂盛，一派蒙古草原风光。山峦区在山庄的西北部，面积约占全园的五分之四，这里山峦起伏，沟壑杂陈，古木参天，叠绿拥翠，有大兴安岭林木莽莽景象，这是造园家们对中华之美进行了高度集中化、典型化、概括化的艺术处理。整个山庄西北高而多山，东南低而多水，则是中国自然地貌的缩影。整个园区将平易、淡泊、朴拙、村野的形式和尊严、高尚、威权、典雅的内涵统一起来，宁拙勿巧，崇朴忌奢，突出自然美。园内亭台楼阁等一百多座建筑与此相协调配合，自然而有韵致，质朴庄重的风格中，有自然山水的本色，还富于朴素淡雅的山村野趣格调。

避暑山庄面积广大，与一般园林不同的是，它因地制宜，多真山真水，湖区虽是人工开凿，但是园之东北的武烈河和狮子沟内都是真水。在布局上，注意虚实结合，因势借景，通过框景和借景的手法，如"月色江声"为五间门殿，门南面对下湖，向内是静寄山房等院落。运用借景的手法，巧借山庄远处的磐捶峰，使山庄内外浑然一体，扩大了空间感，创造了新的意境美。

避暑山庄融南北建筑艺术精华，殿宇和围墙多采用青砖灰瓦、原木本色，淡雅庄重，简朴适度，建筑体量不大，与京城的紫禁城，黄瓦红墙，描金彩绘，堂皇富丽呈明显对照。山庄的建筑既具有南方园林的风格、结构和工程做法，又多沿袭北方常用的手法，成为南北建筑艺术完美结合的典范。在避暑山庄内不仅可以看到北方古典园林建筑的古朴典雅、雄浑壮观、实用气派，如万壑松风建筑群、四面云山、澹泊敬诚殿等；还能看到中国南方的建筑标本，如沧浪屿仿照苏州沧浪亭，烟雨楼仿制嘉兴南湖烟雨楼，湖区的金山亭比照镇江之金山寺，文园狮子林取法苏州狮子林，湖区西北脚下的文津阁模仿范氏天一阁，等等，不一而足，真是移天缩地、融汇南北风景于一园之中。园外还有众星拱月的外八庙，庙宇按照建筑风格分为藏式寺庙、汉式寺庙和汉藏结合式寺庙三种。这些寺庙融合了汉、藏等民族建筑艺术的精华，气势宏伟，极具皇家风范。

颐和园始建于乾隆十五年（1751），历14年而成，是北京三山五园中最后建成的一座行宫御苑。颐和园集传统造园艺术之大成，借景周围的山水环境，以万寿山、昆明湖构成其基本框架，外不设围墙，巧用因借，与周边景物融合为一体。经过改造后，水面约占四分之三，园中有点景建筑物百余座，大小院落20余处，3000余间古建筑，面积70000多平方米，古树名木1600余株。其中佛香阁、长廊、石舫、苏州街、十七孔桥、谐趣园、大戏台等都已成为家喻户晓的代表性建筑。乾隆曾指出颐和园对西湖的模仿，诗云："背山面水地，明湖仿浙西，琳琅三竺宇，花柳六桥堤。"昆明湖的水域划分、西堤的走向及主要建筑的位置关系，都类似于杭州的西湖，因此，虽说颐和园在北京三山五园中居于核心地位，是皇家园林的代表，实际同样是一个南北融合、相互借鉴的产物。

作为皇家园林，颐和园在建筑上布置气势恢宏，呈现出皇家园林的气象，虽然是行宫，随坡就弯，但仍然保持着中轴与对称，东宫门、勤政殿、二宫门、大宫门排列在自东向西的中轴线上，万寿山前的大报恩延寿寺从天王殿、大雄宝殿、多宝殿、佛香阁、琉璃牌楼众香界、无梁殿智慧海构成南北的中轴线。西侧的宝云阁、罗汉堂，东侧的轮转藏、慈福楼又构成鲜明的中轴线；后山的佛寺须弥灵境与三孔石桥、北宫门构成一条纵贯南北的中轴线。这些建筑色彩浓艳、形式华丽，在山水青松掩映之间，非常的耀眼。昆明湖水面表现出"一池三山"的模式，是对西汉建章宫"一池三山"仙苑模式的模拟。

在整体皇家气派的格调下，江南园林风格作为一种格调的点缀，呈现在画中游、无尽意轩，以及听鹂馆、养云轩等处，这些地方没有前述的珠光宝气，而是非常的朴素、恬淡、烘托、点染其间，得张弛之道。苏堤六桥中的五座仿制扬州的亭桥，余下的一座便是著名的玉带桥。乾隆诗云："玉带桥边耕织图，织云耕雨学东吴。"因为附近有蚕神庙、织染局，附近还种了不少桑树，颇有江南水乡的情调，西堤景明楼则是仿制洞庭湖滨岳阳楼的烟水迷离之境。山前水边，横向修建了中国园林中最长的游廊。游廊设计极为巧妙，在长达七百多米的游廊中间搭建的四座八角亭，起到了高低过渡和变向连接的作用，同时利用左右景观转移了游览者的视线。因此，游廊地基虽有高低，但不觉其不平，走向虽有转折，但不觉其不直。

佛香阁作为园内最大的建筑物，气势巍峨，高度甚至超过了山脊，为了渲染佛寺本身的氛围，边上的山体东、西、北三向沿坡势堆叠假山，假山内的洞穴又将佛香阁与宝云阁、多宝殿等连通起来，作为往来通道，叠山手法高超，是北方园林的代表作。

景物多具象征意义，是清代皇家园林的又一特点。比如，圆明园、长春园、万春园内的水域曾设有九个岛屿，用以象征天下九州；福海三岛象征蓬莱三岛；颐和园以佛香阁为主体的这一建筑群的整体构图，则是一个正三角形，显得稳定，象征着王朝统治的巩固。

总之，乾隆时期的皇家园林，三山五园的格局基本建成，无论是在规模上，还是在艺术上，都达到了鼎盛。园林特色恢弘大气，雄浑壮阔，在具体景观上又广泛吸取江南园林的优长，南北融合、中西交汇、雄中有秀、旷奥相得，兼具审美性与实用性。综合运用"借景""活景""对景"等造园技法，使园林内外的景观，无论在隐与显、疏朗与稠密、幽深与旷远的配合上，都能极巧妙地谐合于一处。

二、私家园林

此时期私家园林以地域论，可大体划分为风格不同的三个区域，即北方园林、江南园林及岭南园林。前两者模糊地以南北地域划分，北方园林主要是一些京城附近的官员府邸；江南园林主要指苏杭一带的私家园林；至于岭南园林则为后起，是伴随着岭南开发、商业繁荣而兴盛起来的，这三种园林是此时期私家园林的代表形态。

先看北方园林。北方园林一般不专指某种特殊的风格特色，而基本是一个模糊的地域观念，代表形态就是北京的私家园林。北京城作为政治文化中心，是五方杂处之地，除了皇亲贵戚、达官显爵们修建宅邸之外，还有各地方、各行业的会馆等。如果将这些地方中的园林景观都算在一块儿，那京城的园林数量一定可以达到数百之众。乾嘉时期，北京西北郊围绕皇家园林，一些皇室成员于此筑园，朝廷也给一些元老重臣赐园，较为著名的有一亩园、自得园、蔚秀园、承泽园、朗润园、淑春园、春熙园、翰林花园等。这些园子都利用当地水资源丰富的自然条件，整体上以水景为主，即以洲、岛、桥、堤等来划分区域，颇有南方园林的特点。但除此之外，别处的园林几乎都缺少充足的水源，城内的王府花园可以奉旨引用御河之水，一般的私家园林只能凿井取水或者由他处运水补给，因而水池的面积都比较小，甚至采用"旱园"的做法。这不仅使得水景的建置受到限制，较少水景营造，挖池而来的土方也会减少；加之北方不像南方那样盛产叠山用的石头，叠石为假山或者筑土为山的规模就比较小一些。北京园林叠山多就地取材，运用当地或附近出产的北太湖石和青石。青石纹理挺直，类似江南的黄石；北太湖石的洞孔小而密，不如太湖石之玲珑剔透。这两种石材的形象均偏于浑厚凝重，与北方建筑的风格十分谐调。石料虽为就地取材，但是北方的叠山技法却深受江南的影响，既有对大自然完整山形的模拟，也有截取大山一角的平岗小坂，或作为屏障、驳岩、石矶，或作为峰石的特置处理。这种南北融合的结果，是使其假山风貌总的看来表现出幽燕沉雄的气度。植物配植方面，北方的观赏树种比江南少，尤缺阔叶常绿树和冬季花木，但松、柏、杨、柳、榆、槐和春夏秋三季更迭不断的花灌木如丁香、海棠、牡丹、芍药等，却也构成北方私园植物造景的别样主题。园林的规划布局，中轴线、对景线的运用较多，更赋予园林以凝重、严谨的格调，王府花园尤其如此。园内的空间划分比较少，因而整体性较强，当然也就不如江南私园之曲折多变了。

半亩园以李渔参与叠建的假山而著名。李渔本是南方人，但此处叠山却能因利就便，获得不同的韵致。园内叠山采用北京西郊的青石，横向叠砌，体量不大，但是与周围的树干等形成强烈对比，刀劈斧皴一般，颇有燕赵阳刚雄浑之气。

恭王府花园也是北方园林的代表。花园不像江南园林那样曲径通幽，而是采用相对严整的布局，以及皇家园林常见的前宅后园模式，南北中轴线与府邸的中轴线对位重合。东西两路相对灵动，形成张弛的对比。某种程度上说，恭王府花园是皇家园林与江南小园的结合体。因为主人的身份，所以在设计上既有皇家园林的某种规局，同时也能通过景观的组织呈现风景园林的气氛，从而整体上虽严整但也颇有野趣，既有古典中式建筑，也有西式风格的西洋门。建筑布局规整，工艺精良，有皇家辉煌富贵的风范，同时又能通过楼阁错落，山水植被呼应，营造出诗情画意的景观效果。

再看江南园林。乾嘉时期，甲天下的是扬州园林，苏州园林鼎盛则是同、光年间的事情了。当时，由于扬州盐商富甲天下，他们有足够的财力来建造园林。据统计，最盛时扬州城内私家园林达200多处。扬州的园林主要集中在两处，一处是城内商业区，另外就是城郊保障河一带，几乎到处都布满了大大小小的园林，其中最著名的要数长达十余千米的"瘦西湖"园林群落了。这一带园林风光加上水面景色，形成了"两堤花柳全依水，一路楼台直到山"的绝美景致，计有二十四景，分别为：卷石洞天、西园曲水、虹桥揽胜、冶春诗社、长堤春柳、荷蒲熏风、碧玉交流、四桥烟雨、春台明月、白塔晴云、三过留踪、蜀冈晚照、万松叠翠、花屿双泉、双峰云栈、山亭野眺、临水红霞、绿稻香来、竹楼小市、平岗艳雪。1765年后，复增绿杨城郭、香海慈云、梅岭春深、水云胜概。从名称上便可看出一些特色端倪来。这些景点大部分景名即园名，一园一景，或一园多景，使得两岸数十里楼台相接，无一处重复。沈复曾评价说："虽全是人工，而奇思幻想，点缀天然，即阆苑瑶池，琼楼玉宇，谅不过此，其妙处在十余家之园亭合而为一，联络至山，气势俱贯。"[①]一园一景、多景相合，组成群落，这在江南私园中是很少见的，扬州园林的这种特色倒是非常接近北方的皇家园林。

扬州园林是北方皇家园林与南方私家园林之间的一种介体，兼具北方与南方园林的特色。这是由扬州的地理位置及扬州盐商"上交天子"与"下馆文士"的造园目的所决定的。扬州士商杂处，交通畅达，皇帝巡游，富商与

---

① （清）沈复：《浮生六记》，45页，南昌，江西人民出版社，1980。

地方官吏急于讨好，因此在园林成景上追求规模，并模仿北方皇家园林的某种气象，如迎恩河两岸园亭皆用"档子法"，"其法京师多用之，南北省人非熟习内府工程者，莫能为此"①。当然这也是南北园林匠师技术交流的结果。因此，扬州园林既具有皇家园林金碧辉煌、高大壮丽的特色，又有大量江南园林中的建筑小品，自成一种风格。

扬州园林还具有明显的文人化特征。扬州园林的主人虽是富商或者官吏，但是园林本身的文人化特征非常明显。这也有两方面原因：一方面，这些士绅本身就是读书人；另一方面，园主人多有与文人交往的喜好，园林中总是"蓄养"一批清客，他们风流倜傥，琴棋书画，诗酒流连，给园林涂染上浓浓的文化色彩。

扬州各园都能因地制宜，通过建筑物、假山、水面的对比协调，辅以山峰、石壁、花木等的配置，营造生动、活泼的园林景象，如小盘谷进门便是小庭院，有花厅三间，旁边堆筑小型假山，景物小而雍，继续往北则假山水石豁然开朗，得收放之趣。再如，个园的大假山正面朝阳，山体的皴皱曲折在日光的映照下呈现出多变的阴影变化，既是对山岳多姿景色的仿写，也与周围建筑明暗映衬，造成精致幽深的感觉。江南园林还着意于对真山、真水、真景致的仿写与模拟，如江南园林理水多采用太湖石驳岸，曲折有致，园林多静水，以这种驳岸手法，不仅可以化解水面的单调，还能令人想见江湖万顷、波涛滚滚之势，也形成江南园林独特的野趣。较有代表的还有个园的"四季假山"，该园假山分峰用石，配合植被，如春景就用石笋和修竹，夏景用太湖石和松树，秋景用黄石与柏树，冬景则单用雪石，以园林模拟真山真水还只是空间上的，以山景拟四季，则通过步移景换，达到对四时的仿写。

扬州园林还具有中西合璧的特点。扬州作为一个通商口岸，既有外来的商旅，也有本地人出海经商，这种交通往来也给园林带来了一些变化，当然

---

① （清）李斗：《扬州画舫录》，245页，北京，中华书局，1997。

这些变化更多的还是细部的。记录扬州园林最全面、最详尽的笔记，首推李斗的《扬州画舫录》，这是一本全景式反映乾隆时期扬州风情的百科全书，纵论扬州园亭，既多且深。其多处记载了扬州园林对西洋人制法的仿效，如载怡性堂仿照意大利别墅的逐层平台及大台阶，还仿照欧洲巴洛克建筑的连列厅及大镜子的运用。李斗记录："绿杨湾门内建厅事，悬御扁'怡性堂'三字及'结念底须怀烂缦，洗心雅足契清凉'一联。栋宇轩豁，金铺玉锁，前厂后荫。右靠山用文楠雕密箐，上筑仙楼，陈设木榻，刻香檀为飞廉、花槛、瓦木阶砌之类。左靠山仿效西洋人制法，前设栏，构深屋，望之如数什百千层，一旋一折，目炫足惧，唯闻钟声，令人依声而转。盖室之中设自鸣钟，屋一折则钟一鸣，关捩与折相应。外画山河海屿，海洋道路。对面设影灯，用玻璃镜取屋内所画影，上开天窗盈尺，令天光云影相摩荡，兼以日月之光射之，晶耀绝伦。"[1]模仿西洋壁画，运用透视法而使景物逼真，达到让人想要走进的效果等。

最后看岭南园林。乾嘉时期岭南商业日趋繁荣，经济昌盛产生了对园林的需求，刺激了园林的兴建，于是在潮汕、福建和台湾等地，园林异军突起。岭南园林在布局、组织、水石花木等的配置和运用上，都形成了与北方、江南园林迥异的特色，较有特色的是粤中四大名园：顺德的清晖园、东莞的可园、番禺的余荫山房、佛山的梁园。岭南园林以宅园为主，一般比较小巧，构图简洁，园林布局平易开朗，庭园潇洒，层次分明。建筑重视选址，造型洗练简洁，色泽明朗，注重引庭外风光入室，装修注重本土特色，朴实素秀，构成一种区别于北方之壮丽、江南之纤秀，而轻盈、自在与敞开的岭南特色。园林布局随意性强，商贾所建，自由灵巧，构图清晰，较少江南园林的深庭曲院的空间构设，也不刻意营造北方园林那种厚重荣华富贵的气氛，风雅朴素，而是岭南风情融彻全园，以畅朗轻盈的乡土格调取胜。

岭南园林表现出很强的地域性特色，在叠山、建筑、布局及植被等多方

---

[1] （清）李斗：《扬州画舫录》，270页，北京，中华书局，1997。

面都因地制宜，呈现出与其他园林不同的形态与审美追求。岭南园林叠山一般就地取材，采用地方常见的石蛋和珊瑚礁石，稍内陆地区则用嶙峋皴折的英石，在叠法上也多用塑石法，为其他园林所不备，别具一格。岭南植被丰富，冬夏常青，因此总有草木荫郁的感觉，为了考虑通风，建筑物内部空间较大，陈设较密集，因此也容易给人造成拥挤的感受，但小山、小水所营造的小景却是非常怡人的。如可园清一色的水磨青砖，高低错落，廊庑萦回，充满了岭南园林那种清静、典雅的美感。

因为地缘上靠近口岸，岭南园林得风气之先，受到西洋园林的较大影响，如在中式传统建筑中采用罗马式的拱形门窗和巴洛克式的柱头，用条石砌筑规则整形式水池，厅堂外设铸铁花架等；余荫山房中有几何形状的水塘，这与传统犬牙参差的园林理水方式迥异；再如西洋进口的套色玻璃和雕花玻璃的运用，都反映出中西兼容的岭南文化特色。

从整体上看，此时期南北各地的私家园林大多体量不大，但是非常注重主次、明暗、收放的种种对比所产生的变化，通过建筑步道的高低错落与空间的虚实结合构成灵动的韵律。构建上多采用对景、点景等手法，如网师园水池北岸的看松读画轩与南岸的濯缨水阁就构成对景，而濯缨水阁又与风到月来亭及竹外一枝轩等构成点景建筑，形成对主构图的众星捧月；拙政园的别有洞天与梧竹幽居形成对景来实现变化，注重对充满诗情画意或者象征意味的小景的追求。

三大园林系统之所以各具特色，主要在于其各自依地方物产特色加以灵活运用。以叠山为例，江南叠山石多于土，以漏、透兼具的太湖石和气势雄浑的黄石为主，叠山理石善于模仿真山脉络气势，或大或小，或散置，或倚壁，或于水边蜿蜒，或于屋前隔置空间，各得其趣。北方叠石则多用一般青石和北太湖石，堆叠技法上，以叠砌为主，而少用江南地区常见的勾联作法。由于北方做山多用当地材料，无论是孔洞较多的房山石还是纹理丰富的山皮石或水冲石，还是酷似太湖石的"北太湖石"，以及完全没有窝洞的青片石等，其外形都较浑圆，因而难以用南太湖石的"勾联"方式堆叠假山，而只能施以叠砌的方式。这样的结果就是所做假山多取横向纹理，上下石料之间并不特求纹理的拼合，而多以横向层次控制整体效果，因而假山形象多不似江南假山之灵秀，而更多自然朴茂之感。由于极少有精于绘画的士人参与，因而这些假山缺少画理，追求整体的雄浑，细节的精细处理也不够，特别是受自然条件所限，山体与水景和植物配合不能尽善，如江南常见的以特置石峰与植物配合的小景，在北京多变成了以各石座承托奇石，江南多见的山石花池，北方也较少见到，因而总体景观质量不及江南假山丰富、自然。

三、寺观园林

乾隆皇帝崇信佛法，客观上促进了宗教事业的发展，如刊刻了官修的《大藏经》等。在民间，佛教与道教虽然不似宋明兴盛，但也绵延不绝，寺院、道观新建和扩建的数量仍然很可观。清朝统治者为了笼络蒙、藏贵族阶层，还扶持藏传佛教，因此全国各地修建了很多大型的藏传佛教寺庙，这些寺观的附园作为园林的一种形态，除了突出本身的宗教主题外，在艺术手法上与传统私园本没有什么实质区别，但由于其所在位置、建设目的等原因，还是形成了一些特色。

首先，它不同于禁苑的专供君主享用和宅园的私人专属，而是面向广大的香客、游人，除了传播宗教以外，带有明显的公共游览性质，尤其到明清时代，还成为文人集会的重要场所。其次，在园林寿命上，帝王苑囿常因改朝换代而废毁，私家园林难免受家业衰落而败损。相对来说，寺庙园林具有较稳定的连续性。自然景观与人文景观相交织，使寺庙园林包含着更多历史和文化的价值。再次，在选址上，寺庙有条件挑选自然环境优越的名山胜地。寺庙园林的营造十分注重因地制宜，扬长避短，善于根据寺庙所处的地貌环境，利用山岩、洞穴、溪涧、深潭、清泉、奇石、丛林、古树等自然景貌要素，通过亭、廊、桥、坊、堂、阁、佛塔、经幢、山门、院墙、摩崖造像、碑石题刻等的组合、点缀，创造出富有天然情趣、带有或浓或淡宗教意味的园林景观。最后，由于宗教信仰的原因，寺观园林对花木植被特别重视，很多寺院以古树花木和奇花珍卉闻名。由于很多存在于清代的寺观并不始建于清代，而有着更悠久的历史，同时限于篇幅，我们仅选取潭柘寺和黄龙洞一北一南两处寺观作为代表。

潭柘寺历史悠久，民间有"先有潭柘寺，后有北京城"的说法。潭柘寺建于北京北郊的潭柘山麓，寺庙选址在深山幽谷之中，增加了神秘感，寺门掩映在一片油松背后，也是欲露先藏的处理手法。有诗云："曲折千回溪，微露一线天，榛莽嵌绝壁，登涉劳攀援。"寺中建筑与园林皆依山形地理而设计建造。整体上可分为三路：中路为殿堂，西路是戒台、观音殿、龙王殿等配殿，东路则是园林景区。三路特色非常鲜明，中路谨严规整，有层次而不雷同，依次为牌坊、石桥、山门、天王殿、大雄宝殿和毗卢阁；西路配殿庭院均较小，溪水潺潺，贴切配合了中路的主体建筑；东路园林区水瀑假山，花团锦簇，分布着舍利塔、竹林院等小院落。因依山而建，在处理院落的高低错落关系上十分讲究，利用台地、台阶及茂密的竹子来丰富空间层次及减小空间落差感。不仅如此，潭柘寺还十分注重建筑与园林的疏密关系。沈复在《浮生六记》中曾论及造园艺术："大中见小，小中见大，虚中有实，实中有虚，或露或藏，或浅或深，不仅在周回曲折四字也。"[①]潭柘寺中路总体布局一疏一密，至第三进院落更给人豁然开朗之感，并且建筑和古树体量较大，东路和西路建筑布局较密，西路戒台后面的空间和东路舍利塔前部空间紧凑，融入较多的建筑因素。寺内多处在景观开阔处设置门廊以取景，有山有水处，则山为实，水为虚，潭柘寺处于群山环抱中，所处位置为虚，背山面的实墙为实，南面多廊则为虚，整体上营造了疏密相间的艺术效果。富察敦崇在《燕京岁时记》中这样描述潭柘寺："庙在万山中，九峰环抱，中有流泉，蜿蜒门外而没。有银杏树者，俗曰帝王树，高十余丈，阔数十围，实千百年物也。其余玉兰修竹，松柏菩提等，亦皆数百年物，诚圣境也。"[②]

---

① （清）沈复：《浮生六记》，20页，南昌，江西人民出版社，1980。
② （清）富察敦崇：《燕京岁时记》，56页，北京，北京出版社，1961。

黄龙洞是江南寺观园林的代表，又名无门洞。建在杭州西湖畔栖霞岭上，本为佛寺，清代改为道观。黄龙洞选址背山朝路，视野开阔，主体建筑与庭园以游廊连接，庭园分南北两个区域，北侧以花木胜，有名贵的方竹，南侧园林以水池为中心，其东南面依山而叠的假山较为著名，具有明显的江南园林特色。前殿以西部分则地势较为开阔，以竹林乔木构成了大片的林区景色。因此从整体上看，整个园区刚柔相济、阴阳调和、疏密相间、高低错落，设计上独具匠心。

◎ 第四节
造园家及造园理论

李渔（1611—1680），字笠鸿，号笠翁，金华兰溪人，清初文学家、戏剧家，多才多艺，书画兼善、文戏俱长，对造园也颇多涉猎，其生平所学所得及旨趣集中表现在《闲情偶寄》一书之中。笠翁自己有戏班，又好漫游，长远遍布南北四方，因其见多识广，遍览南北园林，多有官宦富商请其代为设计，他对此也颇为得意，称"置园造亭"为自己的两大生平快意，颇为自负。晚岁于京城定居，更造"芥子园"，为后世熟知。所著《闲情偶寄》内容庞杂，有关造园及建筑的论说集中在第四卷，分为房舍、窗栏、墙壁、联匾、山石五个部分。

园林本来就是人们对自然的模拟和亲近。身处俗世，难以饱览自然之山石林泉，因此，园林在设计上就体现出这种追求来。李渔说："幽斋磊石，原非得已，不能致身岩下，与木石居，故以一卷代山，一勺代水，所谓无聊之极思也。"[1]园林就是对不能时时亲近自然之遗憾的弥补与替代，然而与有

---

[1] （清）李渔：《闲情偶寄》，220页，上海，上海古籍出版社，2000。

些园林以拙朴取自然不同，李渔似乎更重视工巧，并以此与主人的审美情趣结合起来，"主人雅而喜工，则工且雅者至矣"。①

李渔造园提倡独创，自出机杼，反对墨守成规。时人造园有明显的模拟倾向，很多贵胄造园"立户开窗，安廊置阁，事事皆仿名园，纤毫不谬"②。李渔称自己"性不喜雷同，好为新异"，他自己设计的园子都非常讲究艺术个性，自称："一榱一桷，必令出自己裁，使经其地、入其室者，如读湖上笠翁之书，虽乏高才，颇饶别致。"③本着独创的精神，李渔对园林及相关的墙壁、楹联等都提出了自己的看法，尤其是发展了历史悠久的借景理论。

借景是园林艺术空间营造的一种手段，既然是在城市中拟山林，就要在有限中最大限度地创造无限，以邻借、远借、俯借、仰借等方式实现园内之景与园外之景的沟通与融合。李渔在《闲情偶寄》专列一款"取景在借"，论述如何运用窗户来借景，他设计了湖舫式、便面窗外推板装花式、便面窗花卉式、山水图窗、尺幅窗图式及梅窗等以实现"尺幅窗"与"无心画"，这些设计的实质就是要通过窗子的画框作用来选择景物，实现位移景换与四时不同的审美效果。

筑山磊石是园林营造的重要内容，李渔提倡叠石应自然，反对造作，他反对清初以来很多世胄为争奇斗富采取以"高架叠缀为工，不喜见土"的石多于土或者全用石头的做法，他认为叠石的目的就是力求近真山，"用以上代石之法，既减人工，又省物力，且有天然委曲之妙，混假山于真山之中，使人不能辨者"。又云："以土间之，则可泯然无迹，且便于种树。树根盘固，与石比坚。且树大叶繁，混然一色，不辨其为谁石谁土。立于真山左右，有能辨为积垒而成者乎？"④这些论述与实践都对纠正当时园林营造风气起到了重要作用。

---

① （清）李渔：《闲情偶寄》，221页，上海，上海古籍出版社，2000。
② （清）李渔：《闲情偶寄》，181页，上海，上海古籍出版社，2000。
③ （清）李渔：《闲情偶寄》，181页，上海，上海古籍出版社，2000。
④ （清）李渔：《闲情偶寄》，222页，上海，上海古籍出版社，2000。

《闲情偶寄》中论联匾也非常值得注意。明代计成的《园冶》中没有论及楹联，说明楹联在明代还没有成为园林建筑和意境营造的重要手段。李渔认为前人悬挂联匾是一种偶然行为，是后人的模仿使其成为定制。"堂联斋匾，非有成规。不过前人赠人以言，多则书于卷轴，少则挥诸扇头；若止一二字、三四字，以及偶语一联，因其太少也，便面难书，方策不满，不得已而大书于木。彼受之者，因其坚巨难藏，不便纳之笥中，欲举以示人，又不便出诸怀袖，亦不得已而悬之中堂，使人共见。此当日作始者偶然为之，非有成格定制，画一而不可移也。讵料一人为之，千人万人效之，自昔徂今，莫知稍变。"①他关于匾联的起源的说法是可靠的，但将匾联繁荣的原因尽归于此显然是不适当的。匾联之所以成为园林营造者们普遍的选择，尤其是在清代能够发扬光大，与清代园林的文人化紧密相关。匾联文辞之隽永，书法之美妙，不仅能装饰、引导，更能引人思索，进入审美悠游的境界，也正是其与园林的相得益彰的点题、升华作用才得以让"千万人效之"。李渔论及了当时的几种重要的匾联体制"以例其余"，并要求后来"同调"能够像他一样，"各出新裁，……导出几许神奇"。②

陈淏（1615—1703），浙江杭州人，是明末清初的一位园艺栽培大师，其撰写的《花镜》是我国现存最早的园艺专著，记载了三百多种花木果树的品种和栽培方法。与以往的农书兼及花木不同，《花镜》专论观赏植物，全书共六卷，卷一"花历新栽"共分十项，列举各种观赏植物栽培的逐月行事；卷二"课花十八法"，包括"课法大略""辨花性情法""种植位置法""接换神奇法""扦插易生法""移花转垛法""浇灌得宜法""培雍可否法""治诸虫蠹法""变花催花法""整顿刚科法"等，主要记述观赏植物栽培原理和管理方法；卷三到卷五着重论述花木的名称、形态、生活习性、产地、用途及栽培；卷六附记了一些观赏动物，包括禽、兽、鳞、虫等四十五种。③

---

① （清）李渔：《闲情偶寄》，211 页，上海，上海古籍出版社，2000。
② （清）李渔：《闲情偶寄》，212 页，上海，上海古籍出版社，2000。
③ （清）陈淏：《花镜》，日本平贺氏校正木刻本，1718。

《花镜》刻成后,迅速受到人们的喜爱,后世重刻、翻刻时,曾被冠以《秘传花镜》《园林花镜》《百花栽培秘诀》《群芳花镜全书》等美名。据《日本博物学史》载,《花镜》问世后的几十年内即有三批四部运抵日本,经日本学者加以训诂,刻印出版。① 甚至,书中记载的一些果木,有的很早就被移植到了欧洲。这和当时的园林发展及花木在园林中大量运用是相关的,同时也促进了园林的发展,尤其是他在书中阐述的"在花主园丁,能审其燥湿,避其寒暑,使各顺其性,虽遐方异域,南北易地,人力亦可以夺天工"②的思想,使得园林选景在因地制宜的同时,也能一定程度上突破地域的限制。张国泰评曰:"将见是编一出,习家之池馆益奇,金谷之亭园备矣。百卉争暄,别饶花药,繁葩竞露,倍结英华。"③

戈裕良(1764—1830),武进人(今江苏省常州市辖区),清代园林、建筑工艺家。工于堆筑假山石,清代文士钱泳《履园丛话》卷十二"艺能"篇记载堆假山者:"国初以张南垣为最。康熙中则有石涛和尚,其后则有仇好石、董道士、王天于、张国泰,皆为妙手。近时有戈裕良者,常州人,其堆法尤胜于诸家。如仪征朴园、如皋之文园、江宁之五松园、虎丘之一榭园,又孙古云家书厅前山子一座,皆其手笔。"④李渔曾称"从来叠山名手,俱非能诗善绘之人",恐是事实。中国古典园林的发展越来越倾向于写意化,也就是越来越注重诗情画意的展现,但很多著名的造园家竟不出自诗书之家。

戈裕良在长期实践中创造了叠山的独特技法,他评价狮子林假山用条石不算名手,指出:"只得大小石钩带联络,如造环桥法,可以千年不坏。要如真山洞壑一般,然后方称能事。"⑤苏州环秀山庄的假山和常熟的燕园,均出自戈裕良之手,都保存了钩带联络的技法。戈氏叠山还运用"大斧劈法",简练遒劲,结构严谨,错落有致,浑然天成。清代著名学者洪亮吉称

---

① 夏经林主编:《中国古代科学技术史纲:生物卷》,84~85页,沈阳,辽宁教育出版社,1996。
② (清)陈淏:《花镜》,日本平贺氏校正木刻本,1718。
③ (清)陈淏:《花镜》,日本平贺氏校正木刻本,1718。
④ (清)钱泳撰:《履园丛话》上,222页,上海,上海古籍出版社,2012。
⑤ (清)钱泳撰:《履园丛话》上,222页,上海,上海古籍出版社,2012。

誉戈裕良"奇石胸中百万堆,时时出手见心裁"。 王培棠在《江苏乡土志》中称:"戈氏所堆假山极著名,不落常人窠臼,乃直接取法于洞府,而能融泰、华、衡、黄、雁诸奇峰于胸中,布置于堆假山,使人恍若登泰岱、履华岳,入山洞如疑置粤桂,诚奇手也。"①

造园因多有文人参与,不仅越来越文人化,体现出文人趣味,很多文人的论艺文字亦对园林营造理论有所涉及,如钱泳、沈复、叶燮等。

叶燮晚岁居吴江横山,凿水垒石,自造草堂,名之二弃。 另筑独立苍茫室、二取亭等。 其园林思想集中展示于《假山说》《二取亭记》《滋园记》等篇章。

绘画与园林一直有着密切的关系,加之清代园林对于意境的注重,园林仿照绘画便成为一种成规。 叶燮曾说:"今夫垒石为山者,必有其道矣,其称能乎之最者,曰某某,次者,曰某某。 其为山也,必曰若者仿倪云林,若者仿黄子久,若者仿黄鹤山樵,若者仿梅花道人,然后为有原本,为有法则。"②这确是当时的实际。 李渔称:"亭则法某人之制,榭则遵谁氏之规,勿使稍异。"叶燮认为这样的做法是舍近求远,舍真求假的。 他认为:"夫画既已假,而肖乎其美之者必曰逼真。 逼真者,正所以假也。"③因为画本是对山水的模拟,且是各效天地之山之一体,仿黄、仿吴,门户各立,流派纷然,使"后之人遂忘其有天地之山"。 更何况,眼前既有真山,何苦模拟绘画。

叶燮提倡园林取法自然天地,"美本乎天者也,本乎天自有之美也"④。 这种取法不是学自然的形状,而是师法自然之理,在叶燮看来,这有着本质的不同,师山形,则必有斧、凿、圬、墁等工人之技;师自然之理,则是任其工拙的,"自然之理不论工拙,随在而有,不斧不凿、不胶不髹、不圬不

---

① 王培棠:《江苏乡土志》,98页,上海,中华书局,1938。
② (清)叶燮:《己畦集》,见"四库全书存目丛书"集部244册,济南,齐鲁书社,1992。
③ (清)叶燮:《己畦集》,见"四库全书存目丛书"集部244册,济南,齐鲁书社,1992。
④ (清)叶燮:《己畦集》,见"四库全书存目丛书"集部244册,济南,齐鲁书社,1992。

墁，如是而起，如是而止，皆有不得不然者，即或不工，亦如天地之不能尽"①。可见，叶燮实际上追求一种自然自在的野趣，他所钟爱的横山石："石磊磊然异于世所称太湖石，盖质中有文，藓蚀斑驳可喜也。"②其所筑园也可以看作摒弃人工与成法，追求自然生趣的情调。

叶燮这种想法，一方面表达了他对当时园林发展的不满，另一方面与其诗学思想一致，是其重视主体之心、意的表现。叶燮主张"任其意而为""率其胸臆于古人无所仿"。其独特的园林情趣，还和他求游乎象外的思想有关。其《好石说》云："然则世之可慕、可羡、可爱、可乐之事、之物得不得，二者交战于中无有休息而两受其大患。"③因此他更喜欢无所用、无所患的顽石，更愿意在自己的园子里，易名卉珍木以日常果蔬。只有这样才算达到了他强调的"物物而不为物所物"。

钱泳（1759—1844），字立群，号台仙，一号梅溪，江苏金匮（今属无锡）人。长期做幕客，足迹遍及大江南北。钱泳论园林，完全将园林与传统的诗文书画当成同等地位的艺术形式，这大大提高了园林的艺术地位，提高了世人建设园林的热情，自然也有助于提高营造水平。钱泳认为："造园如作诗文，必使曲折有法，前后呼应，最忌堆砌，最忌错杂，方称佳构。园既成矣，而又要主人之相配，位置之得宜，不可使庸夫俗子驻足其中，方称名园。今常熟、吴江、昆山、嘉定、上海、无锡各县城隍庙俱有园亭，亦颇不俗。每当春秋令节，乡佣村妇，估客狂生，杂遝欢呼，说书弹唱，而亦可谓之名园乎？"④钱泳观点有两点值得我们注意。首先，钱泳以作文之法论造园，认为文法与园法相通。古人论文当中多以象喻，或以人或以工艺，并表现出伴随时代改变的迁移，文与其他文艺形式之所以能互喻，根本的还是觉得二者在原理相通的基础上同根共构的关系。钱泳以文论园也是如此，这

---

① （清）叶燮：《己畦集》，见"四库全书存目丛书"集部244册，济南，齐鲁书社，1992。
② （清）叶燮：《己畦集》，见"四库全书存目丛书"集部244册，济南，齐鲁书社，1992。
③ （清）叶燮：《己畦集》，见"四库全书存目丛书"集部244册，济南，齐鲁书社，1992。
④ （清）钱泳撰：《履园丛话》下，369页，上海，上海古籍出版社，2012。

表明造园活动在钱泳心中，与作文一样，是一种艺术活动，而且其手法及最终的审美追求都与作文不二，这是文人园林发展的必然。园林成为主人精神意趣的一种表征，成为文人生活的一部分，这就无怪乎家贫不能营造园林者，也要在心象中营造"乌有园"与"无是园"了。

其次，钱泳论园求雅，不只园林要雅，更要与主人相配，这大概也是针对当时俗流造园竞奢的讽刺。钱泳认为，园林是主人意趣的一种反映，如果主人高雅、高洁，园林不在大小，均可传。他说："园亭不必自造，凡人之园亭，有一花一石者，吾来啸歌其中，即吾之园亭矣，不亦便哉！"[1]表现出和张岱"主人无俗态，筑圃见文心"一样的思想。钱泳在《履园丛话》中对南北园林的记载，少细节而多取神，多对园林主人进行记述，对诗文唱和也多有记录，这与《扬州画舫录》有着鲜明对比。

沈复（1763—1832），字三白，号梅逸，长洲（今江苏苏州）人。沈复在《浮生六记》中对自己亲身游历的许多园林、庭院，甚至是废园投入了相当的笔墨，从一些文字中也可见出作者在园林营造方面的审美旨趣。他的园林美学观是文人写意性质的，比如他特别重视虚实相间、小中见大。园子再大也不可能真正模山范水，在有限的空间内，只有采用虚实、大小的对比及象征映带，才能达到象外之象、景外之景的美学效果。他说：

> 若夫园亭楼阁，套室回廊，叠石成山，栽花取势，又在大中见小，小中见大，虚中有实，实中有虚，或藏或露，或浅或深。不仅在周回曲折四字，又不在地广石多徒烦工费。或掘地堆土成山，间以块石，杂以花草，篱用梅编，墙以藤引，则无山而成山矣。大中见小者，散漫处植易长之竹，编易茂之梅以屏之。小中见大者，窄院之墙宜凹凸其形，饰以绿色，引以藤蔓；嵌大石，凿字作碑记形；推窗如临石壁，便觉峻峭无穷。虚中有实者，或山穷水尽处，一折而豁然开朗；或轩阁设厨处，

---

[1] （清）钱泳撰：《履园丛话》下，369页，上海，上海古籍出版社，2012。

一开而通别院。实中有虚者,开门于不通之院,映以竹石,如有实无也;设矮栏于墙头,如上有月台,而实虚也。①

文中这些原则,虽为园林而发,但实际上亦可移植于论文。或者,我们可以说沈复论园林本来就是其文学思想的一个延伸,这就是我们所说的文人园林中的文人趣味的一个本质方面吧。

沈复论园极重幽雅,幽雅便不是穷奢极欲的华丽铺张,而是体现出独特的质朴幽静的雅意,生机勃勃而又自然纯朴。他在很多篇章透露出这种取向。他说:"村在两山夹道中,园依山而无石,老树多极迂回盘郁之势。亭榭窗栏尽从朴素,竹篱茅舍,不愧隐者之居,中有皂荚亭,树大可两抱。余所历园亭,此为第一。"②好的园子是一种趣味的体现,一种品格的标榜,和花费多少没有关系,甚至连假山也不是必需品,我们能从这样的朴素居所中看出主人的浓浓古风、淳淳雅意。朴素方能幽,幽方能雅,萧爽楼极幽静因此雅,中峰寺"寺藏深树,山门寂静,地僻深闲";郡庙园"丛树交花,娇红稚绿,傍水依山,极饶幽趣"。他赞赏"山东济南府城内,西有大明湖,其中有历下亭、水香亭诸胜。夏月柳荫浓处,菡萏香来,载酒泛舟,极有幽趣"。出使琉球时,赞赏其东苑小村"篠屏修整,松盖阴翳,薄云补林,微风啸竹,园外已极幽趣"。从上面的论述中可见,沈复所谓的幽雅实际就是追求一种远离人工造作的自然天趣。因此,他论园也常以"野"为评判标准。其论沧浪亭假山云:"屋西数武,瓦砾堆成土山,登其巅可远眺,地旷人稀,颇饶野趣。"③而对山阴赵明府园假山则批评道:"拳石乱蠢,有横阔如掌者,有柱石平其顶而上加大石者,凿痕犹在,一无可取。"④沈复批评最重的是"狮子林"假山,写道:"城中最著名之狮子林,虽曰云林手笔,且石

---

① (清)沈复:《浮生六记》,20 页,南昌,江西人民出版社,1980。
② (清)沈复:《浮生六记》,44 页,南昌,江西人民出版社,1980。
③ (清)沈复:《浮生六记》,10 页,南昌,江西人民出版社,1980。
④ (清)沈复:《浮生六记》,41 页,南昌,江西人民出版社,1980。

质玲珑，中多古木；然以大势观之，竟同乱堆煤渣，积以苔藓，穿以蚁穴，全无山林气势。以余管窥所及，不知其妙。"①历来论家对狮子林假山多有颂词，唯三白独具只眼，敢于批评，也体现了他论假山重天趣的主张。他对叠山的主张是："或掘地堆土成山，间以块石，杂以花草，篱用梅编，墙以藤引，则无山而成山矣。"②显然，他是主张叠堆山石，杂以花草树木，反对流俗看重的过于机巧的假山作法的。沈复的《浮生六记》透露出作者对园林营造与欣赏独特的审美情趣，他的主张在继承传统计成、文震亨等名家的同时也更加的文人化。

"性灵"诗人袁枚曾花费许多心力在小仓山隋园基础上建随园，为世人所称赏，其人亦被称为"随园先生"。随园毁于清末，今不可见，但是从《随园记》《随园二十四咏》及后人的笔记如《随园轶事》《随园琐记》等可见其造园理念之大概。

袁枚论园首重自然，从随园的名字就能看出这一点。《随园记》："随其高，为置江楼；随其下，为置溪亭；随其夹涧，为之桥；随其湍流，为之舟；随其地之隆中而欹侧也，为缀峰岫；随其蓊郁而旷也，为设宧窔。或扶而起之，或挤而止之，皆随其丰杀繁瘠，就势取景，而莫之夭阏者，故仍名曰随园，同其音，易其义。"③随园最大的特点，便是不改变原来山水的基本面貌，而是就势取景，随任自然，"随"在这里不仅是任自然的意思，同时"随之时义通乎死生昼夜，推恩锡类，则亦可谓大矣，备矣，尽之矣"。任自然不是不要人工，而是要使自然与人工相统一。《随园杂兴》云："造屋不嫌少，开池不嫌多。屋少不遮山，池多不妨荷。游鱼长一尺，白日跳清波。知我爱荷花，未敢张网罗。"随园在随任自然的同时，还妙于因借，"凡称金陵之胜者，南曰雨花台，西南曰莫愁湖，北曰钟山，东曰冶城，东北曰孝陵，西曰鸡鸣寺。登上小仓山，诸景隆然上浮。凡江湖之大，云烟之

---

① （清）沈复：《浮生六记》，60页，南昌，江西人民出版社，1980。
② （清）沈复：《浮生六记》，20页，南昌，江西人民出版社，1980。
③ （清）袁枚：《随园记》，见陈从周、蒋启霆选编：《园综》上，146页，上海，同济大学出版社，2011。

变,非山之所有者,皆山之所有也"①。因借也是一种对自然的就势取景。

袁枚论园还重视创新。清代中后期,园林艺术已经非常成熟,从清初李渔就已经指出的程式化的缺点,也显露无遗了。袁枚造园讲究个性,追求园林与主人个性相属,他要造一个一水一石,一亭一阁都"有我"的园林,"及其成功也,不特便于己、快于意,而吾度材之功苦,构思之巧拙,皆于是征焉"。随园在建造过程中有所取、有所弃,园子南部整体上保持自然风貌及不用围墙,部分开放等都与众不同。袁枚还亲自参与了随园假山的叠建,务必使假山得真山的精彩,特别是采用了当时极其昂贵的玻璃,构建了"玻璃世界""蔚蓝天"和"水精域"。袁枚说自己平生置心处,全在"水精域"中。诗云:"玻璃代窗纸,门户生虚空。招月独辟露,见雪不受风。平生置心处,在水精域中。"可见,袁枚非常重视园林的审美功能,尽管清代园林大多除了居住之外还兼具社交会客等多种功能,但这并不能冲淡袁枚对园林审美性的追求。

另外,一些文学作者中所涉园林虽不一定为实有,但也颇见作者的园林观念,如《红楼梦》中的大观园虽是虚构,但也表现了曹雪芹本人的园林美学思想。大观园的描绘,是曹雪芹亲历所见的诸多园林的缩影,更是经由他提炼、概括出来的更加理想化的,更具有艺术气息的园林。如贾政云:"若大景致,若干亭榭,无字标题,任是花柳山水,也断不能生色。"这正是文人园林的重要特色之一,园林与诗文结合,从而园林不只是一种工艺形态,而是文人情感寄托的一种途径以及自身品格趣味的一种象征,题名、匾联的作用不仅在阐发园林的功能和作用,也在于它对园林景致所蕴含的意蕴与情思的表达。清人说:"凡人身之所涉,性之所好,每有寄托,必思自立名字以垂于后,即园林何独不然?"②诗文作为一种手段在这里起到了点缀、形容、

---

① (清)袁枚:《随园记》,见陈从周、蒋启霆选编:《园综》上,145页,上海,同济大学出版社,2011。
② (清)褚廷璋:《网师园记》,见陈从周、蒋启霆选编:《园综》下,264页,上海,同济大学出版社,2011。

渗透、暗示、升华的作用。 就像绘画与题跋的关系一样，方薰说："以题语位置画境者，画亦由题益妙。 高情逸思，画之不足，题以发之。"[①]题跋对于文人画的重要，就类似于园林需要品题。

不仅如此，有证据表明曹雪芹自己是个造园的行家里手，有园林设计的专论。 据刘梦溪、丁维忠、李希凡等十余位红学专家考证，认为曹雪芹除《红楼梦》外尚有著作《废艺斋集稿》。 据亲见此书的孔祥泽说，他当年曾抄录其中的部分文字，第七卷《岫里湖中琐艺》就是专讲园林布置的。

◎ 小　结

清代园林在南北、中西、官民、士商的互动融合中呈现出两极趋势，即作为中国古典园林总结成熟阶段，一方面具有成熟的特征，如精湛的技艺，意境的营造，遍地开花的精美园林等；另一方面"后期"的衰颓之势已成必然，如矫揉造作、纤巧琐碎所在多有，保守大于创新，整体上少进取精神，具体表现在以下几个方面。

首先，此时期的中国古典园林更加强化了南北融合、东西交汇的特征。 说南北融合，主要是指北方园林吸收借鉴南方园林，在北方材料、地理、气候的影响下所形成的风格。 另外就是皇家园林除了其本身所固有的严肃、辉煌、大气之外，在局部设置或者整体构造上对于南方某些著名园林的取法。 同时，由于政治中心与南方口岸和外界接触增多，因此也出现了对西洋材料、样式及造园技巧的取法。 这种特征较清初明显增多，清初园林中的西洋模式大多是偶一为之，所占比重较少，而中期的园林，尤其是江南、岭南私

[①] （清）方薰：《山静居画论》，见俞剑华编著：《中国古代画论类编》，241页，北京，人民美术出版社，2004。

家园林，则较多地受到西式的影响，开始成规模的运用，体现出中西合璧的特色。这种西式，如果运用得当的话，的确会给人带来耳目一新的感受，广州十三行就是典型的西洋建筑，沈复称其"结构与洋画同"[1]。南京也受到西洋园林文化的沾染，袁枚在随园中大量采用玻璃代替纸窗便是一例。《随园图说》载："东偏筱室，以玻璃代纸窗，纳花月而拒风露，两壁置宣炉，冬炭，温如春，不知霜雪为寒。……斋侧穿径绕南出，曰水精域，满窗嵌白玻璃，湛然空明，如游玉宇冰壶也。拓镜屏再南出，曰蔚蓝天，皆蓝玻璃。……上登绿晓阁，朝阳初升，万绿齐晓，翠微白塔，聚景窗前。下梯东转，曰绿净轩，皆绿玻璃，掩映四山，楼台竹树，秋水长天，一色晕绿。"[2]随园窗户的装饰，采用了当时国内还非常稀少的玻璃，其色彩有蓝、绿、白等多色，营造出蔚蓝天空的蓝晶世界、冰清玉洁的白色世界和绿杨垂柳的绿色世界，让人称奇。不仅如此，在中西交流方面，我们不单是被动地接受，中国园林也以其特有的风姿远播欧洲。例如，在英国就形成了"英中式"风格，并传播到法国、德国等地。

其次，世俗化倾向明显，包括世俗与庸俗两方面。宋代以来，园林重写意，文人化趋势增强，有明显的怡情养性、标榜风雅的作用。清中期以来，宅、园联系越来越紧密，宅邸园林化，园林多功能化，生活园林的娱乐社交功能显著增强，而陶冶性情、赏心悦目的功能下降，私园不仅成为多功能的活动中心，同时还是炫耀财富和社会地位的工具，功能及目的的转变导致人工建筑的比重加大，密度增加，在宅园越来越小的前提下，虽有能工巧匠的苦心经营，并将庭院、游廊、漏窗等推向极致，但始终距离风景园林自然天成的美感越来越远，等而下之的必将流为纤巧琐碎。宋代以来园林因为重写意，所以特别注重自然意趣，但明清以来由于园主夸富炫耀的原因，花费重金罗致奇石，许多建筑也雕梁画栋，追求富丽堂皇，极尽工巧，从而显得庸

---

[1] （清）沈复：《浮生六记》，51页，南昌，江西人民出版社，1980。
[2] （清）袁起：《随园图说》，见陈植、张公弛选注：《中国历代名园选注》，367页，合肥，安徽科学技术出版社，1993。

俗矫揉、形式主义。传统文人园林的简远、疏朗、天然、雅致等越来越等同流俗，园林表面上文人化，具有文人园林的一般特征，但实际上非常的僵化、模式化，缺少生气和真正的文化底蕴。

最后，理论总结滞后，文人参与热情渐渐退却。造园经历了由皇家到私园，从不自觉到自觉审美的历史阶段，又因为文人的参与而表现出某种文人趣味与品格，成为技与道的统一体。而这种艺术形式的继承发展需要实践的不断总结与理论提升，不能一直停留在能工巧匠的口口相传上，然而此时期却没再出现《园冶》那样的理论著作。文人涉足园林情况也没有清初那样自觉及充满创新热情，偶有灼见也是散见于各类笔记、序文中，难成系统。另外，没有系统整理总结的后果除了理论提升总结不够之外，还有园林营造精华的散失，如某些植被经西人获得加以繁衍栽培，成为欧洲园林常见花木，在中国反而近乎绝迹，不能不说是一种遗憾。

第二十七章
清代前中期其他门类的艺术观念

审美观念源自人的社会生产活动,而人的生产活动是特定时空的具体活动,不能不受到具体生产、生活方式的影响。因此,审美观念不仅载诸篇籍,而且也涵融在百姓平常日用的器物当中,分布于婚丧嫁娶、衣食住行的方方面面。凌廷堪指出:"天地之气,一废一兴,一盛一衰,学术之变迁亦若斯而已。"[1]审美观念亦是如此,本章我们便从器物的盛衰、习俗的奢简,来窥探有清一代审美观念的变迁。

◎ 第一节
概　述

清代的审美观念是多元和复杂的,其中不仅有其自身因时代而产生的变迁,也包括审美意识在各个艺术门类中显出的极大差异。就本章所论及的清代民俗文化中的审美意识而言,其突出的特征是"俗"——世俗、流俗。此一"俗"与清代复古思潮引领下的"古雅"特征是相区别的。"俗"的含

---

[1] （清）凌廷堪:《辨学》,见《校礼堂文集》卷5,《安徽丛书》第四期,民国廿一年至廿六年影印本。

义，有效性很难界定，因为它总是变动的、相对而言的。笼统而言，俗代表着某种技术性、民间性，更多未经反思的本能属性。俗常常与雅相对，雅代表着贵族、文化、文人的审美趣味，蕴含更多的哲学意味和精神属性，包孕某个民族或者核心阶层对现世和未来的想象与观照。因为权贵阶层往往是知识、文化的掌握者，所以雅俗的分野，也是庙堂与民间、富与贫、教化与非教化之间的分野。但是到了明清，尤其是清代，这种明确的分野发生了明显的变化，其形成原因则要从整个社会政治、经济、思想情况来加以说明。

从政治角度来看，首先，从清初到清代的中后期，从宫廷到地方，社会风气逐渐奢靡。清军入关之初，文化传统比较简朴，加之战乱频仍，生产力遭到破坏，整个社会风气还是相对朴素的。但是，至康、雍、乾三世，社会生产逐渐恢复，奢靡的风气开始蔓延开来，从南方到北方，从皇城到民间，莫不如此。例如，宫城内，皇家气派如果有实现的经济条件，奢靡富丽是必然的，尤其是乾隆一朝，国力鼎盛，皇帝本人又好大喜功，喜欢排场。"清乾隆晚岁，极事纵游，于热河特建避暑山庄，圈地数十里，广筑围场，种植时花，分置亭榭，游其地者，忽而青枝蓊郁，忽而竹篱茅舍，凿池引水，杰阁高凭，实天下一大观也。"[1]从乾隆皇帝饮食的变化也可以看出日渐奢靡之风：即位之初，早膳仅十余品，但是到了乾隆四十五年，一顿晚膳的品类竟然有四十多种。这位皇帝非常讲究享受和排场，不仅大兴土木，讲究吃喝，而且曾经六下江南、四次东巡，如此奢靡的风气必然会从宫廷影响到整个官僚阶层。

北京城的情况也是这样。"京师最尚繁华，市廛铺户，妆饰富甲天下，如大栅栏、珠宝市、西河沿、琉璃厂之银楼缎号，以及茶叶铺、靴铺，皆雕梁画栋、金碧辉煌，令人目迷五色。至肉市、酒楼饭馆，张灯列烛，猜拳行令，夜夜元宵，非他处所可及也。"[2]原本简朴的旗人也由简入奢，熊赐履曾写奏折称："臣观今日风俗，奢侈陵越，不可殚述。一裘而废中人之产，一

---

[1] 《清朝野史大观》卷1，49页，上海，上海书店出版社，1981。
[2] （清）李家瑞：《北平风俗类征》，402页，上海，商务印书馆，1937。

宴而糜终岁之城。"①奢侈必然带来陵越,八旗子弟之奢靡,以至于康熙数次过问,"近见内外官员军民人等,服用奢靡,僭越无度。富者趋尚华丽,贫者互相效尤,以致窘乏为非,盗窃诈伪,由此而起。人心嚣凌,风俗颓坏,其于治化所关匪细"②。康熙注意到奢侈、僭越和人心、风俗败坏之间的关联,但三令五申,却屡禁不止。

其次,商人引领的争奇斗胜、竞赛豪奢的活动中,礼制对于服饰、用色、居制等各方面的规定都形同虚设了。徐珂在《清稗类钞》中说:"国初,皇太子朝衣服饰,皆用香色,例禁庶人服用。后储位久虚,遂忘其制。嘉庆时,庶民习用香色,至于车帏巾栉,无不滥用,有司初无禁遏之者。"③商业繁荣,商人富裕,其社会活动能力和影响力增强,他们的奢侈竞赛起到了示范作用。在苏州,钱泳说:"余五、六岁时,吾乡风俗尚朴素……今隔五十余年,则不论贫富贵贱,在乡在城,俱是轻裘,女人俱是锦绣,货愈贵而服饰者愈多,不知其故也。"④以往论家多认为北方奢靡是受南方影响,实不尽然,从京师工商业人口的增加和工商业的崛起来看,南北方同是果而不是因果关系。《水宪录》载:"吴中富后之家,惟是美居室,饰车马,饮食相征逐。"⑤苏州、扬州、杭州等江南富庶之地,奢侈的风气影响到生活的方方面面,如饮食、服饰、婚丧嫁娶等。

再次,官商的勾连和二者审美趣味的一体化。清代有捐官制度,极大地败坏了吏治,至使清朝官场陋规甚多,如"勒接"指新任者接受前任的亏空,"流摊"指某位官员的亏空,大家摊派分担。"放炮"指州县官员将要离任,提前征税,如此种种,不一而足。这种捐纳制度的另一个重要影响,就是提升了商人的地位,间接打击了知识分子。

---

① (清)章梫纂:《康熙政要》,3页,北京,中央党校出版社,1994。
② (清)章梫纂:《康熙政要》,274页,北京,中央党校出版社,1994。
③ (清)徐珂编撰:《清稗类钞》第13册,6185页,北京,中华书局,2010。
④ (清)钱泳撰:《履园丛话》,128页,上海,上海古籍出版社,2012。
⑤ (清)萧奭《水宪录》卷2下,清雍正元后八月初二。

清廷为了巩固统治，曾大兴文字狱，广为罗织，文人的淑世热情已经被大大压制，很多著名的学者都转而去进行古籍的校勘整理工作了。而捐官制度更是造成官商联合，使官商两个群体的审美趣味趋于融合，比如华丽的特征、淫巧的工艺，都是这两个群体喜闻乐见的，这种趣味也影响到了他们的倾慕者。另一方面，将知识分子驱赶到了社会的最底层，成为文化人接近"俗"文化、认同"俗"文化的一个基础。商人不仅捐官，而且巨商富贾及其后人还参与到文化生活当中，成为没落文士的供养者、诗词雅集的组织者，他们竞技豪奢的习气也都会影响到诸多方面，成为社会倾慕的对象。从文士自身来说，长时间沉沦社会底层，也引起了文人心态的变化。如著名的"扬州八怪"，李方膺遭到罢黜，郑板桥辞职，李鱓等也都或辞或免，这些文人都过着清贫的生活，以卖文鬻画为生，更有穷饿而死的，这些遭际都不能不使他们在很多方面与民间百姓更亲近。

最后，多才多艺的皇帝对具体工艺热衷并直接指导。清朝的历代统治者都倾心汉族文化，他们礼聘汉族文士教育皇子，治理国家往往也倚重汉臣，几代下来，清朝的皇帝们大都精通汉族文化。如顺治帝习儒家经典，对书法、绘画、曲调等都非常精通；康熙帝亦是多才多艺，通晓多种语言，并有文集、诗集，可谓精书善绘；乾隆皇帝更不必说，甚至能用诗中用字难倒文臣，又善鉴书画。所以，清代的君主们不仅有很好的文学、艺术修养，本身又对自己的审美趣味非常自信，几任君主都曾亲自过问瓷器、玉器等的加工制作，对式样、颜色、纹饰等都有具体的指导，这些也都对清代工艺的审美趣味产生了影响。

从经济方面看，城市的兴盛、人口的增长和工商业人数的增加，互为表里，影响了清代的审美意识。传统中国社会"重农抑商"，所以，安土重迁、重义轻利都与以农业文化为主有关。明代中期以来，社会结构发生了变化，商人作为一个阶层，扮演着越来越重要的角色。工商业人口增加使得奢靡的社会风气蔓延，人口的增长为手工业提供了消费人群，市场导向的手工业就有了自己的发展逻辑。

第二十七章　清代前中期其他门类的艺术观念　1485

经过清初的混乱之后，局势逐渐稳定，社会生产开始复苏，随着耕地面积的增加，人口数量开始回升，到乾隆时期，人口已经超过3亿。伴随盐政、纺织、陶瓷、家具等行业勃兴，城市商业日益繁荣。据统计，清代的各类集镇或市镇有3万多个，是宋代的十倍之多。比如，丝织锦缎是皇族、贵族、官员享用的高级丝织物，自汉代以来，不许民间织造。但是元明以来，由于庞大的消费数量，官办难以满足，于是开始有民间织造。清代更是取消"百张"的限制，像南京就出现了三四百张的大机户，民间织机累计3万多张，织工20余万人。再如北京，被称作"商贾辐辏之区"，而京城消费型城市的特点，也使它形成了商业比手工业发达，官商优于私商等局面。众多的商人都以"铺户"作为个体从事商业活动。余蛟指出：正阳门外，"左右计二、三里，皆殷商巨贾，列肆开廛"①。这其中不乏被誉为"老字号"、历经明清达百余年的铺户，如六必居、王麻子、王致和、烤肉宛、同仁堂、都一处、和顺居、天福号、内联升、便宜坊、全聚德、正明斋、瑞蚨祥、荣宝斋等。钱庄票号也是京城的主要行业。时人称曰："钱当两行，为商业中最大的买卖。能够流通市面且与人有极近关系者，莫过于钱行。"②其时，北京城众多的消费群体，刺激了商品经济的活跃，清代官僚士大夫对商业观念和行为的态度也开始转变。乾隆年间的朝鲜使者说："然今吾历访卖买者，皆吴中名士，殊非裨贩驵侩之徒，以游览来者，类多翰林庶吉士，为访亲旧，问讯家乡，兼买器服。其所觅物，类多古董彝鼎，新刻书册，法书名画，朝衣朝珠，香囊眼镜，非可以倩人为皮膜苟艰事，莫若亲手停当为愉快。"③官员大臣和普通老百姓一样，与商贾争论市价，这在朝鲜使者看来是不可思议的。商人通过商业活动与权贵有千丝万缕的联系，社会地位大大提升，其生活方式、情趣等都影响到其他的社会阶层。比如，两淮的盐商，其穷奢极欲不仅为世所艳羡，还主导和参加文人聚会。《扬州画舫录》载："扬

---

① （清）李家瑞：《北平风俗类征》，417页，上海，商务印书馆，1937。
② （清）待馀生：《燕市积弊》，85页，北京，北京古籍出版社，1995。
③ 朴趾源：《热河日记》，346~347页，上海，上海书店出版社，1997。

州诗文之会,以马氏小玲珑山馆,程氏筱园及郑氏休园为最盛。"①三园都有盐商背景,"盐商及其后裔以文人的身份,参与诗文活动,并常以提供活动空间和经济支持成为活动的组织者,从而成为中心人物"②。盐商奢侈的生活与诗酒风流如此完美地结合在一起,可以想见其对士风的影响。再如,富商们更是养活了一大批供其驱遣的手艺人,如饭店、书场、手工作坊等的从业人员。"江都多富商大贾,民以末作依之。"③资本和技术的合作,必然使技术生发出重视新变、重视淫巧的倾向来。

再从思想方面看,清代的思想界对世俗生活有了不同以往的看法。清廷对思想的控制非常严酷,这使文人济世报国不行,隐逸山林也不能够,只能流连市井,躲进世俗生活,在衣食住行、柴米油盐当中安顿自己。所以,一方面清代的文人对日常生活花费了大量的心思,关注点遍布生活的方方面面,器具、摆设、饮食无不下笔着墨,讲究备至。另一方面,清代的思想者基于不同的社会现实、阶层变化,对于传统的义利、理欲有了新的看法。"从义利观来看,清代文人摒弃了中国古代传统中'君子喻于义,小人喻于利'的义利截然相对的武断观念,不仅不反对言利,而且极其看重'治生',毫不忌讳求利。"④如颜元说:"以义为利,圣贤平正道理也。"又云:"正其谊以谋其利,明其道而计其功。"竭力为新兴的工商业者阶层正名。戴震则认为,宋儒理欲观发展到当时,已经虚伪和残酷了,他在《孟子字义疏证》中说:今之言理也,离人之情欲求之,使之忍而不顾之为理。此理欲之辨适以穷天下之人尽转移为欺伪之人,为祸何可胜言也哉!他肯定欲望的合理性,主张理欲统一。这些都是清代审美意识世俗化的一个背景。

从以上的背景分析中,我们可以看出,清代民俗文化中的审美观念,正是在朝廷与民间、满族与汉族、北方与南方、东方(中)与西方(外)、工商

---

① (清)李斗:《扬州画舫录》,187页,北京,中华书局,2007。
② 明光:《清代扬州盐商的诗酒风流》,23页,北京,中国社会科学出版社,2014。
③ (清)徐成敩等修,陈治思等纂:《(光绪)增修甘泉县志》卷首,清光绪十二年刻本。
④ 杨明刚:《中国审美意识通史·清代卷》,512页,北京,人民出版社,2017。

与士农的渗透与互动中展开的，其主要特征就是世俗化，传统的审美理想和审美格局因社会阶层结构的改变而改变，新的审美形态呼之欲出。

◎ 第二节
民俗文化及日常生活中的审美趣味

当我们考察一个时代的审美意识的时候，不能只关注文字记载，因为文字记载的多是知识分子阶层的审美观念，而在普通人的衣食住行、婚丧嫁娶中，也蕴含着审美观念。因此，我们选取饮食、婚俗、服饰等几个侧面，来考察清代民俗及日常中的审美观念。

一、饮食

清代是我国传统饮食的集大成时期。一方面，少数民族的饮食影响到汉族，表现在食材和习惯等方面；另一方面，汉族自己的饮食也在城市发展的基础上，呈现出繁荣的景象，初步形成了四大菜系。如果我们从审美意识的层面进行考察，文人的饮食书写和满、汉席的制作与流行值得我们特别注意。

承接晚明文人的日常生活美学，清人也非常注重口食之欲，不仅写成专门之书，并且将自己的审美思想、哲学观念等融合其中，广之于世。如张岱著有《老饕集》，李化楠有《醒世录》，朱彝尊有《食宪鸿秘》，薛宝辰有《素食说略》，顾仲有《养小录》，王世雄有《随息居饮食谱》，周亮工有《闽小记》，钱泳有《艺能篇》，其中我们选取较有代表性的《闲情偶寄》和《随园食单》加以考察。

李渔在其名作《闲情偶寄》中专列"饮馔部",与词曲、居室、玩好等并置,可见饮食在其观念体系中的重要地位。

李渔饮食观注重自然。自然体现在多个方面,比如食材选择方面,在肉与蔬菜、谷食之间,主张"蔬菜第一",理由是"渐近自然"。① 看重"蔬食中第一品"笋与蕈,是"山川草木之气,结而成形者"。在李渔眼里,笋之美者,不单"曰清,曰洁,曰芳馥,曰松脆而已矣,不知其至美所在,能居肉食之上者,只在一字之鲜"②。而蕈,则是"笋之外","至鲜至美之物"。又云"求至鲜至美之物于笋之外,其惟蕈乎?蕈之为物也,无根无蒂,忽然而生,盖山川草木之气,结而成形者也。然有形而无体,凡物有体者必有渣滓,既无渣滓,是无体也。无体之物,犹未离乎气也。食此物者,犹吸山川草木之气,未有无益于人者也"③。这种饮食观念夹杂着自然哲思和实用主义。

李渔的饮食自然观还体现在食物的做法上,中国食物讲究色、香、味、形,本就有过度烹饪的毛病。李渔认为,"从来至美之物,皆利于孤行"④。强调减少配料,减少烹饪流程,使食物"自呈其美"。

李渔的饮食观,还与其自然的养生观相一致。老子认为,"五色令人目盲",多就会生乱。李渔说:"人则不幸而为精腴所误,多食一物,多受一物之损伤;少静一时,少安一时之淡泊。其疾病之生,死亡之速,皆饮食太繁,嗜欲过度之所致也。"⑤饮食养生是由来已久的观念,苏轼给自己的食疗办法就是少吃,这应该是有道家的思想背景。

李渔的饮食观,是他整个人生美学的一个组成部分。所以,李渔的饮食观和人生观、政治观都相互映发。例如,李渔饮食观的出发点,是他对政治的思考,"治国若烹小鲜,此小鲜之有裨于国者"。如自然、简朴的饮食观,

---

① (清)李渔:《闲情偶寄》,262页,上海,上海古籍出版社,2000。
② (清)李渔:《闲情偶寄》,263页,上海,上海古籍出版社,2000。
③ (清)李渔:《闲情偶寄》,264页,上海,上海古籍出版社,2000。
④ (清)李渔:《闲情偶寄》,263页,上海,上海古籍出版社,2000。
⑤ (清)李渔:《闲情偶寄》,270页,上海,上海古籍出版社,2000。

是因为害怕"风气所开,日甚一日,焉知不有易牙复出,烹子求荣,杀婴儿以媚权奸,如亡隋故事者哉!"①。他担心由一种奢侈的饮食观念会导致人心的变化,这种观念一方面和传统关联饮食与政治的思维方式有关,另一方面也是对当时逐渐奢侈的社会风气的反思。

李渔的饮食思想兼具儒与道、世俗与理想、士与民的二重性,使其既强调食物的美感与雅趣,也强调饮食的实用养生,甚至是教化功能。李渔不是传统意义上的士大夫,他的生活离市井很近,但就他所受的文化影响,又使得他具备古典士人的审美理想。所以,一方面他对日用的种种都精心费意,另一方面又有意使其呈现出和市井不同的美感。

随园主人袁枚也是一位美食家,著有食谱名作《随园食单》。该书共分14单,包括"须知单""戒单""海鲜单""江鲜单""特牲单""杂牲单""羽族单""水族有鳞单""水族无鳞单""杂素菜单""小菜单""点心单""饭粥单"和"茶酒单",除记述一些具体饮食品种的制作方法外,其中还蕴含着丰富的饮食理念和思想。

袁枚的食谱写作有两个出发点,一是认为饮食之道古人也非常重视,可以通于忠恕之道。二是他检讨前人写作的食谱,认为多是附会的,不足道。他说:"《说郛》所载饮食之书三十余种,眉公、笠翁,亦有陈言。曾亲试之,皆阏于鼻而蜇于口,大半陋儒附会,吾无取焉。"②这是他写作的直接原因。

袁枚论饮食也倡导自然,且较李渔论述更为细致。他的自然观更是从食物本身出发的。首先要因物之性。其云:"物有本性,不可穿凿为之,自成小巧。即如燕窝佳矣,何必捶以为团?海参多矣,何必熬之为酱?"③正是因物之性,所以反对人为过多的加工,这点和李渔非常接近。他在"戒单"里指出,当时厨师有动不动就熬一锅猪油,淋在菜上,甚至连燕窝都这样被

---

① (清)李渔:《闲情偶寄》,262页,上海,上海古籍出版社,2000。
② (清)袁枚:《随园十种》第2册,1页,杭州,浙江古籍出版社,2019。
③ (清)袁枚:《随园十种》第2册,10页,杭州,浙江古籍出版社,2019。

玷污了。

袁枚论饮食，讲究本味。本味的前提是食物先天品性好坏，"物各有先天，如人各有资禀。人性下愚，虽孔孟教之，无益也。物性不良，虽易牙烹之，亦无味也"。所以他非常看重采办之功，有云："大抵一席佳肴，司厨之功居其六，买办之功居其四。"①采办者要处理的是食材整体的质量，袁枚具体指出应从品类的年龄、形态、生长环境等方面去挑选食物。采办停当之后，庖人要处理的就是让物尽其所用了，不同做法，对食材选取的要求，袁枚也都一一道来。他也反对过分烹饪，对时人"刀鱼"的炸而复煎的做法不以为然，甚至觉得李渔的"玉兰糕"也有点矫揉造作。他说："然求色艳不可用糖炒，求香不可用香料。一涉粉饰便伤至味。"②

为了保持食物的本味，袁枚提出要"戒停顿"。他认为，现做现吃的事物，才能更好地保持本味。当时的人大概有宴请时提前准备菜品的习惯，等客人到时一齐端上，这种习惯和宫廷中的习惯非常类似。袁枚明确反对这种做法，似乎也另有深意。此外，火锅本是满族人的习俗，宫廷中盛行，民间也广为流传。火锅作为一个有特色的满族菜式，还代表某种饮食的礼制等级，康熙、乾隆宴群臣必有火锅。袁枚则专设"戒火锅"一条，认为所有菜一个火候，有违本味。为了保持本味，所以专设"戒纵酒"，反对过量饮酒，认为其喧宾夺主，"置味之道扫地"。流俗重视宴饮的娱乐和交际功能，所以常觥筹交错，酒令喧嚣，袁枚此戒，也是借以区别于一般大众。

袁枚论饮食，注意反对流俗。袁枚主张适口原则，食材有贵贱，但是食物无贵贱，主要看个人口味适合与否，流俗容易追逐新奇、贵重。袁枚说："豆腐煮的好，远胜燕窝。"另说："豆芽柔脆，余颇爱之。炒须熟烂，作料之味，才能融洽。可配燕窝，以柔配柔，以白配白故也。然以极贱而陪极贵，人多嗤之。不知惟巢、由正可陪尧、舜耳。"③豆腐、豆芽都是极平常

---

① （清）袁枚：《随园十种》第2册，1页，杭州，浙江古籍出版社，2019。
② （清）袁枚：《随园十种》第2册，4页，杭州，浙江古籍出版社，2019。
③ （清）袁枚：《随园十种》第2册，66页，杭州，浙江古籍出版社，2019。

的菜肴，贵重人宴请必不肯用，袁枚从本味的观点出发，认为豆芽能配燕窝，所论甚高。宋后，文士口味重平淡，这种由精神而致日用的趋向，亦能见出禅宗思想的影响。

袁枚论饮食还重"和"。有三层含意：其一，注重食物的搭配。"烹调之法，何以异焉？凡一物烹成，必需辅佐。要使清者配清，浓者配浓，柔者配柔，刚者配刚，方有和合之妙。"[1]并具体指出了搭配之法。其二，火候讲究中和。"儒家以无过、不及为中。"所以，袁枚认为，火候的掌握是非常重要的，要依物性而各取文猛。"有须武火者，煎炒是也，火弱则物疲矣。有须文火者，煨煮是也，火猛则物枯矣。有先用武火而后用文火者，收汤之物是也。"[2]于味道也讲"中和"，"清鲜者，真味出而俗尘无之谓也；若徒贪淡薄，则不如饮水矣"。又说："咸淡必适其中，不可丝毫加减，久暂必得其当，不可任意登盘。"其三，要名实相符，戒耳餐和目食。二者皆名实不副，重心都不在吃的合适上，所以袁枚觉得都是俗人做法，可笑至极。

清军入关后，承袭了明代的饮食制度，如宫廷御膳的管理机构，仍为内务府与光禄寺。明代宫廷饮食中的礼法、等级制度，也在清宫中重新得到了体现。而满人自己的饮食习惯，也进入了宫廷和民间，潜移默化地影响着汉人的生活。一些满族传统食品，其食用和制作方法在清代一些笔记里常常被提到，如富察敦崇的《燕京岁时记》载："萨其玛乃满族饽饽，以冰糖、奶油合白面为之，形如糯米，用石灰木烘炉烤熟，遂成方块，甜腻可食。"[3]入关后，萨其玛也成了汉族民众所喜爱的食物，时至今日，仍广受欢迎。传统上，北方人以面食为主，南方人多食稻米，但随着清代统一和商贸往来的影响，南北方的差别逐渐缩小，地域性的区别反而让位于家庭的个体差异了。如金寄水回忆，"我家每天两餐主食，一年到头，从不改样，永远是老米饭（又名柴米，即陈仓米）和白米饭。不见白面蒸食。只有过生日吃面条，

---

[1] （清）袁枚：《随园十种》第2册，2页，杭州，浙江古籍出版社，2019。
[2] （清）袁枚：《随园十种》第2册，3页，杭州，浙江古籍出版社，2019。
[3] （清）富察敦崇：《燕京岁时记》，40页，北京，北京古籍出版社，1981。

过年、入伏吃煮饽饽"①。受满族饮食习惯影响,火锅也被带入关内并盛行起来,宫廷的日常饮食和宴会中都专设火锅,火锅类菜肴有涮火锅、白肉火锅、什锦火锅、三鲜火锅、海味火锅等,仅嘉庆元年的千叟宴,就用火锅1555个。

汉族和满族饮食逐渐交融,汉族的很多节日满族也过,如人日、祭灶、端午等,满族都按明制承袭下来。但是,具体的饮食及仪式,又融入了满族自己的特色,如人日春饼的馅料,加入了很多满族喜欢的熏酱及炉烧盐腌的各种肉类;小年的祭品中增加了关东特色的麦芽糖;端午节的习俗保留了他们原有的椴木叶饽饽。很多节日的特定饮食还逐渐日常化,成为小吃。北京的小吃非常讲究艺术性,讲究造型、色彩美,如著名的"京八件",不仅制作成立体的、仿生的各种造型,还利用食材自身的色彩,与糖、椰蓉等搭配起来,使食物不仅好吃,且寓意好,更加生动美观。

满汉饮食交融方面,另一个值得关注的就是"满汉全席"。关于它的最早记录者,一般认为是袁枚。袁枚在《随园食单》中记载:"今官场之菜名号有十六碟、八簋、四点心之称;有满汉席之称;有八小吃之称;有十大菜之称。"②文中提到的满汉席,非常像我们后来影视剧、餐饮业熟知的满汉全席,但是满汉席不一定就是满汉全席,或为"满、汉席"。因为,宫廷内满汉席是分开的,如康熙年间,曾两次举办几千人参加的"千叟宴",声势浩大,都是分满、汉两席入宴。

今人所说满汉全席的依据,来源于《扬州画舫录》。据李斗载:

> 上买卖街前后寺观,皆为大厨房,以备六司百官食次:第一份,头号五簋碗十件:燕窝鸡丝汤、海参烩猪筋、鲜蛏萝卜丝羹、海带猪肚丝羹、鲍鱼烩珍珠菜、淡菜虾子汤、鱼翅螃蟹羹、蘑菇煨鸡、辘轳锤、鱼

---

① (清)金寄水、周沙尘:《王府生活实录》,57~58页,北京,中国青年出版社,1998。
② (清)袁枚:《随园十种》第2册,13页,杭州,浙江古籍出版社,2019。

肚煨火腿、鲨鱼皮鸡汁羹、血粉汤、一品级汤饭碗。第二份，二号五簋碗十件：鲫鱼舌烩熊掌、米糟猩唇猪脑、假豹胎、蒸驼峰、梨片拌蒸果子狸、蒸鹿尾、野鸡片汤、风猪片子、风羊片子、兔脯奶房签、一品级汤饭碗。第三份，细白羹碗十件：猪肚、假江瑶、鸭舌羹、鸡笋粥、猪脑羹、芙蓉蛋、鹅肫掌羹、糟蒸鲥鱼、假斑鱼肝、西施乳、文思豆腐羹、甲鱼肉肉片子汤、茧儿羹、一品级汤饭碗。第四份，毛血盘二十件：獾炙哈尔巴小猪子，油炸猪羊肉，挂炉走油鸡、鹅、鸭、鸽，猪杂什，羊杂什，燎毛猪羊肉，白煮猪羊肉，白蒸小猪子、小羊子、鸡、鸭、鹅，白面饽饽卷子、什锦火烧、梅花包子。第五份，洋碟二十件，热吃劝酒二十味，小菜碟二十件，枯果十彻桌，鲜果十彻桌。所谓"满汉席"也。①

支持满汉全席在历史上存在过的学者，认为以上便是满汉全席的菜单；不支持的学者认为返只是备料单。我们倾向于认为是备料单，很难想象一百多种菜品，分三天吃完是一种什么样的景象。支持满汉全席的学者，还常引用乾隆时期，孔子第七十二代孙孔宪培大婚，乾隆皇帝赐给孔府一套满汉宴餐具为论据。这套满汉宴餐具的全名是"满汉宴银质点铜锡仿古象形水火餐具"，共计408件，可盛装196道菜。其制作技艺十分精湛，在风格上，以夏、商、周时代的青铜食器为仿效；在形象上，多以荤素类烹饪原料的形象为模式；在工艺上，则精雕细镂，以翡翠、玛瑙、珊瑚做点缀；在种类上，则由小餐具、水餐具、火餐具、点心全盒四套餐具组成。有学者认为，这就是满汉全席全部菜品的有力证明。这个也不准确，这套餐具只能证明满汉饮食文化的融合、交流，这么多餐具，不代表一次性都要用到。因此，我们还是认为，满、汉席作为清廷政治礼仪的一部分，是确实存在的，而满汉全席恐怕是中华人民共和国成立后餐饮行业的创造发明。

---

① （清）李斗：《扬州画舫录》，62页，北京，中华书局，2007。

民族交融从来不是单向的。满、汉席突出满族菜点的特殊风味，烧烤、火锅是不可缺少的菜点；同时也展示了汉族烹调的特色，扒、炸、炒、熘、烧兼备，两种饮食习惯的融合，也是政治的融合。赵旭东指出："文化是因人群的聚合而逐渐发展起来的，借此用来从观念和行为上去控制这个人群的活动，同时还要进一步强调的就是，这些作为控制权力的文化，其本身并非是一种力量，而是借助符号、书写、意象、记忆、意义、表征以及这些内容之间的相互组合而形成类似力的效果而非力量的掌控。"①

二、服饰

穿衣吃饭，乃百姓日用之首要，尤其是穿着，最与时代、地域有紧密的关联。清廷又是一个少数民族政权，有本民族的传统服饰。入关以后，"剃发易服"成了统治者的统治手段，服饰就不只是遮体取暖，更是政治统治的工具，使民族间的正常交融借鉴，沾染了血雨腥风。

剃发和易服是连带推行的，所谓"衣冠悉遵本朝制度"。但是，这两样汉族民众接受都比较困难。"身体发肤，受之父母"，不敢轻易损伤，这是千百年来儒家文化形成的思维惯性；衣服也包含着重要的礼仪信息，是文明和野蛮的分野。汉人虽然仗打输了，但是文化的自信和骄傲还是存在的，所以两样都断难接受，"杀无赦"也吓不住。两相妥协的结果，就是"十从十不从"。需要说明的是，此项规定并不是成文法典，而是民间传说。然而看后来历史的发展，应该确有其事，妥协是存在的。据说"十从十不从"，是由降清的明臣金之俊与入关时掌握清廷实际权力的多尔衮共同确定的，其内容包括："男从女不从，生从死不从，阳从阴不从，官从吏不从，老从少不从，儒从而释道不从，娼从而优伶不从，仕宦从而婚姻不从，国号从而官号不从，役税从而语言文字不从。"影响之下，清代的服饰，就存在着男女、官

---

① 赵旭东：《人类学视野下的权力与文化的表述——关于非暴力支配的一些表现形式》，载《民族学刊》，2010（4）。

民相区别的特点了。

　　清代男子官服主要以满族传统服饰为主。传统服饰和尚武、重骑射等习俗有关联,不废骑射被清廷看作立国的根本,所以,即使后来有人提议改汉服,都遭到皇帝的训斥,称"衣冠必不可以轻易改易"。与宽大的汉族服饰相比,满服改宽衣大袖为窄袖筒身,对襟、无领、马蹄袖是其突出特征。

　　清代的官服有补子,这是明制,文武官阶对应的不同图案也与明朝大同小异。据历史记载,在努尔哈赤时期,就规定:"贝子穿四爪蟒之补服,督堂、总兵官、副将穿麒麟补服,参将、游击穿狮补服,备御、千总穿带彪之补。"①可见,清代官服学明制非常早,而且是先从武将发展完备的,大概到顺治时期,才定"诸王以下文、武官民舆服制"。②当然,与明代官服相比,清代的补子自有其特点。比如,明代补子是直接绣在衣服上的,而清代的是单独绣好再缝到衣服上的,面积也比明朝小一点;明代多绣成对的动物,清代则是单只;明代补子色彩单一,多是红色或素色为地,而清代的补子多以青、黑、红等深色为地,显得绚丽多彩。

　　因为"男从女不从"的影响,女子服饰一直是满汉并存的局面,并且彼此影响。又因为女装不像男装有制度方面的规定,民间的女装更是多姿多彩,变化迅速。

　　清朝初期,汉族女子服装与明朝末期相同,以传统的袄裙套装为主,从内到外,依次为肚兜、贴身小袄、大袄、坎肩、云肩、披风。中后期汉族妇女也有模仿满族旗装及某些装饰手法,体现出相互融合的趋势。

　　清代女装的外裙变化非常多,一方面从简单实用逐渐追求华丽,仅腰间的褶皱就生出无数花样。清初便有"百裥裙",用整幅缎子打折成百裥,以求飘动之美。李渔云:"故衣服之料,他或可省,裙幅必不可省。"③故而裙幅越来越大。还有一种"月华裙",裙围十幅,五色俱备,非常俗艳。又有

---

① 王云英:《清代满族服饰》,62页,沈阳,辽宁民族出版社,1989。
② 王云英:《清代满族服饰》,63页,沈阳,辽宁民族出版社,1989。
③ (清)李渔:《闲情偶寄》,158页,上海,上海古籍出版社,2000。

"墨花裙""凤尾裙",前者就是取侍女、西湖风景等绣于裙上,得画境,故称"墨花";后者则仿凤尾,将装饰华丽的条缎重新拼合,取其烦琐富丽。另一方面,就是镶绲绣彩,装饰渐繁。清代女装喜欢在领、袖、前襟等衣服显眼和边缘处滚花边,"很多是在最靠边的一道留阔边,镶一道宽边,紧跟两道窄边,以绣、绘、补花、镂花、缝带、镶珠玉等手法为饰。早期为三镶五滚,后来越发繁阔,发展为十八镶滚,以至连衣服本料都显见不多了"①。

服饰的局部也是穷极变化之能事,袖口时大时小。《扬州画舫录》载:"女衫以二尺八寸为长,袖广尺二,外护袖以锦绣镶之;冬则用貂狐之类。裙式以缎裁剪作条,每条绣花两畔,镶以金线,碎逗成裙,谓之凤尾。"②都可见女性服饰中所体现的审美意识的变化过程。

三、发饰

发式是民族心理、审美观念的重要载体,受文化惯性影响较大。清代女性的发型和发饰,样式繁多、变化迅速,也比较能反映有清一代民间审美趣味变化的一般规律。

明代初期发式主要沿袭前代,中期以后逐渐烦琐起来。江南地区流行"桃心髻",妇女首先将发髻梳理成扁圆形,再在髻顶饰以花朵。以后又演变为金银丝挽结,且将发髻梳高。髻顶亦装饰珠玉宝翠等。"桃心髻"的变形发式花样繁多,诸如"桃尖顶髻""鹅胆心髻",及仿汉代的"堕马髻"等。清军入关以后,推行"剃发易服",遭到激烈抵抗,不成文的"男从女不从",给了女子发式自由发展的空间,造成了满汉、旗民并存融合的面貌。

清代早期,旗人女子多"团头",又叫旗髻,是民间常见的发式,比较整洁、实用。满族妇女进入中年以后,便不再"盘头翅儿",而改梳"团头",其造型好像一个带花纹的馒头。后来稍稍复杂,"二把头"是其中的典型。

---

① 华梅:《中国服饰史》,120 页,天津,天津美术出版社,1989。
② (清)李斗:《扬州画舫录》,130 页,北京,中华书局,2007。

二把头也叫两把头，是把头发束在头顶上，分成两绺，结成横长式的发髻，再将后面余发结成一个"燕尾"式的长扁髻，压在后脖领上，使脖颈挺直。这种发式在晚期变化为非常夸张的"大拉翅"，高耸入云，装饰烦琐，精美异常。因其超出本书的论述范围，这里提示出来，只是想说明旗人发式由简入繁的总趋势。

汉人女子的发式开始是沿袭明代的，如明末清初的"牡丹头"，那种大高且蓬松的发型要到清初才开始真正盛行起来。清初《阅世编》中提到，顺治后有"高卷之发"。清初董含在《三冈识略》中记载："余为诸生时，见妇人梳发高三寸许，号为新鲜。年来渐高至六七寸，蓬松光润，谓之牡丹头，皆用假发衬垫，其重至不可举首。"李渔在《闲情偶寄》中也提到："窃怪今之所谓'牡丹头''荷花头''钵盂头'，种种新式，非不穷新极异，令人改观，然于当然应有、形色相类之义，则一无取焉。"①这种发式常常需要利用假发、发架，因为高大丰满，所以"重者几至不能举首"，单纯追求装饰性。

清代中期，苏州、北京等地有"元宝头"。徐珂《清稗类钞》载称："都人日用器具，多喜作元宝形……妇女之髻，亦翘其两端，作元宝状。"②嘉庆、咸丰时期，又有"扬州桂花头""牛角纂""狮子望长江"等。

为了增加美观和衬托身份，发饰也是必不可少的。如两把头，《旧京琐记》："大装则珠翠为饰，名曰钿子。"上流社会的发饰多取金玉珠贝等珍贵材料，叶梦珠曾云："顺治初，营中眷属往往纯以金银为之，金者镂花，银者珐琅及烧梁紫金色花，饰于髻顶。"③一般人家用不起这等贵重材料，但是也要讲究修饰，所谓"妇人之首，不能无饰"，只好以骨角为料，亦能各得其妙。珠翠之外，也有戴鲜花和生花的，生花就是假花，尤其是烧料兴起以后，假花几可乱真。

按地域来看，北方是以宫廷为代表的满人发式，南方则是以士、商为代

---

① （清）李渔：《闲情偶寄》，143 页，上海，上海古籍出版社，2000。
② （清）徐珂编撰：《清稗类钞》第 12 册，5983 页，北京，中华书局，2010。
③ （清）叶梦珠撰：《阅世编》，179 页，上海，上海古籍出版社，1981。

表的汉人发式。两者都在继承传统的基础上,逐渐变化。其中南方对北方的汉、满发式影响较多,尤其是清代中期以后,比如,清中期有打油诗称:"长髻下垂遮脊背,也将新样学苏州。"史玄也称帝京妇人"雅以南装为好"。

总之,清代女子的发式与发饰,经历了由小到大,由实用、简单到华丽、精巧等装饰性功能的转变过程。在这个过程中,南北、旗民互相交融和影响,形成了清代女性的发式特色。

四、婚俗

婚姻是社会生活当中的重要内容。从儒家的观点来看,婚姻关系至关重要,"昏礼者,将合二姓之好。上以事宗庙而下以继后世也"[①]。一男一女组合的家庭关系是非血缘结合的最小单位,也是血亲关系衍生的起点,是家庭关系甚至是整个社会关系的微缩版。因此,婚俗的奢简、繁易及其变迁,一定程度上代表了社会思想等方面的变化,当然也包括审美意识的变化;而婚俗的地域差异,则与经济状况、地理环境因素、民族因素等物质与精神两方面紧密相关。

论家常常将明清婚俗合论,这是由于一方面因为婚俗具有较强的文化惯性,在较长的时间范围内保持稳定,人们约定俗成,照章办事,一般鲜有出格;另一方面清代婚俗的很多重要特征,是明代已有,或者已见端倪的,如传统婚礼中的"六礼",因为有儒家礼制的规定,保持了长时间的统治地位,明代以前就已经如此了;再如,婚姻中的重财倾向,是明代中期以后开始出现的,但是到清代则愈演愈烈。总之,我们认为,由于少数民族政权的建立,江南商业的发展、士商的交融互动等因素,清代的婚俗在承袭明代的基础上,亦有其突出特征。

---

① (汉)郑玄注,(唐)孔颖达等正义:《礼记正义》,997页,上海,上海古籍出版社,1990。

清代在品官士庶婚礼中有严格的等级性规定:"凡品官论婚,先使媒妁通言,迺诹吉纳采,自公、侯、伯讫九品官,仪物以官品为降杀。"①但实际的执行过程中,却出现了婚姻论财的现象,为了获得丰厚的聘礼,甚至置子女将来的幸福于不顾,使男女婚姻成为一种买卖。"婚未纳采而先议聘"②,"不择德行而专重资财,纳币则侈陈锦绣"③。李斗《扬州画舫录》也提到:"扬州盐务,竞尚奢丽,一婚嫁丧葬,堂室饮食、衣服舆马动费辄数十万。"④

婚姻论财在清代的某些地区产生或者重新泛滥,主要是由于社会经济的恢复和个别地方商业文化发展的结果。其中以苏、扬为典型代表,"康、乾盛时,盐纲遍天下,而以江苏之扬州总其纲。当时业鹾者竞尚奢靡,无论婚嫁丧葬之事,凡宫室、饮食、衣服、舆马之所费,辄数十万金。"⑤雍正《扬州府志》曰:"郡城惟以华靡相竞、财帛相高。动云:'古礼繁费,宜从乡俗',不知古六礼具备,实省于今。今六礼不行而金珠钗钏、锦绣绮罗、花轿彩灯、鼓乐戏筵等费,十倍于古。"⑥

以往论家往往倾向于认为商品经济的发展导致了奢靡的生活风气,其实不然。奢靡的风气固然以大量的金钱为基础,但是奢靡风气的形成有更深的原因。一个阶层的兴起,要获得别人的注意,需要获得其他阶层的认可,以奢为尚,正是商人阶层获得话语权的努力,从而影响社会风气。所以,奢靡作为一种价值观,是商人寻求社会认可的必然。以扬州为例,明代此地的盐商已经滥觞了奢侈的风尚,婚俗自然也是如此。康熙《扬州府志》曰:"择配选德,礼也。江北聘定,昔多论财,而古道遂不可复。通者嫁娶间以礼义相先,亦砥靡归淳之渐然。"⑦明末战乱,盐业受到冲击,商人逃散,原本

---

① (清)赵尔巽撰:《清史稿》,2643 页,北京,中华书局,1977。
② (清)姜承基等修:《康熙永州府志》,137 页,南京,江苏古籍出版社,1998。
③ (清)吕肃高等修:《乾隆长沙府志》,306 页,南京,江苏古籍出版社,1998。
④ (清)李斗:《扬州画舫录》卷 6,《城北录》,87 页,北京,中华书局,2007。
⑤ (清)徐珂编撰:《清稗类钞》第 7 册,3270 页,北京,中华书局,2010。
⑥ (清)尹会一修,程梦星等纂:《雍正扬州府志》卷 10,清雍正十一年刊本。
⑦ (清)张万寿修、崔华纂:《康熙扬州府志》,清康熙二十四年刻本。

"多论财"的风气渐歇。但是经过几十年的休养生息，社会经济得以恢复，婚嫁论财之风再度蔓延。婚姻本来是两个家庭经济体的联盟，却因为过分重财，导致严重的后果。乾隆《淮安府志》曰："又惑于年命，艰于浮费，以致嫁娶失时。"嘉庆《扬州府志》曰："民间婚姻，男家责妆，女家责财，率致交恶。或致过时而招歉，甚之女殁夫家，父母昆弟仇视其婿。"[1]习俗具有强大的约束能力，一般人只能从俗，对于普通人家来说，嫁娶的费用是非常沉重的负担，因此酿成很多悲剧，以致形成了"溺女"的陋习，实在可叹，官府虽三令五申，但是收效甚微。

这种现象在富庶的南方很有代表性，如浙江东部有称为"十里红妆"的陪嫁传统，红妆指娘家陪送的嫁资，十里喻送亲队伍绵延之长，这种婚姻习俗据说从南宋时就开始了，但是真正昌盛是在明清，经济富庶是这种奢华风气的物质基础，而工艺的进步，使奢华可以通过精美的器物呈现出来。

十里红妆的嫁妆，主要是内房用具和新娘一生的服饰、内房布置。物品以红色为主，追求精致。一般人家嫁妆常有近百件，而大户人家的甚至能做到千件不重复。某些做工精细复杂的物品，常常需要花费数年的准备时间，如花轿、婚床这样的大件，俗有"千工床""万工轿"的说法。这必然不是普通人家能够承受得起的，盲目追随令很多小门小户倾家荡产。

正是在这种背景下，一些扭曲的婚姻形态开始出现，如"养瘦马"。"养瘦马"是一种商业投机行为，就是把穷人家的女孩加以收养调教，然后卖嫁为妾，以获得利润。扬州因为久为烟花之地，所以所教习的女子，能严闺门，习礼法，上者善琴棋歌咏，最上者书画，次者亦刺绣女工。至于趋侍嫡长，退让侪辈，极其进退浅深，不失常度，不致憨戆起争，费男子心神，故纳侍者类于广陵觅之[2]。清代的显著变化就是这种行为的金钱属性更加突出，至有以自己女儿作"瘦马"之养的，这无疑增加了扬州"瘦马"的市场供应，于是买妾者皆称扬州。除了盐商等商业经济因素的考虑外，婚娶中的

---

[1] （清）阿克当阿修，姚文田等纂：《嘉庆扬州府志》卷60，清嘉庆十五年刻本影印本。
[2] （明）王士性：《广志绎》卷之二，北京，中华书局，1981。

巨大花费，也是形成此种风俗的因素之一。再有一些地区有"逼醮""冲喜"等风俗，有些本身是违法的，官府曾加禁止，但是收效不大，也都可以从婚嫁重财方面找到原因。

古代的婚姻观念中，首重门第，讲究"门当户对"，财产并不是第一位的。当然，门第中也包含着财产观念，但因为双方实力相对均等，所以并不以炫耀竞赛为荣，但是淮扬一带的重财观念，冲击了传统的门第观，婚姻嫁娶成了富家比赛炫耀的手段，而贫苦人家也争相效仿，形成习俗，不免发生悲剧。只有相对偏远、封闭，少受商业文化冲击的地方，民风相对淳朴，仍重门第而不论财帛。

财富成为人们追逐的对象，传统的价值观念发生变化，婚嫁中的重财，表面上看是追随富商的竞炫豪奢，实质是商人的价值观、行为受到了人们的肯定和追捧，里边包含着整个商人阶层地位的上升。士农工商，传统社会中商居末流的、被贬抑的状况发生了改变。清代的商人可以捐官。捐纳制度始于秦代，在两汉时候已经形成制度，但是能买到的官职不高，而后各代都有卖官之举，到了清代则登峰造极，户部甚至专门设有管理此事的捐纳房。其始是为了应付平定三藩所需经费，而后时停时行，愈演愈烈，成为与科举并行的一套选人制度。商官的界限既然已经模糊，那么官商通婚就不该有所限制了，原本在清初官商通婚还会遭到皇帝的斥责，后来竟逐渐普及，这两股势力的交融联合，"官以商之富也，而腴之，商以官之可以护也，已而豢之。在京之缙绅，往来之名士，无不结纳。甚至联姻阁臣、排抑言路、占取鼎甲，凡所力能致此者，皆以贿取之"[1]，极大地左右了当时的风俗。

---

[1] （清）盛昱撰，杨钟羲编：《意园文略》，清宣统庚戌刊本。

◎ 第三节
家具、陶瓷的工艺观念

清代是我国传统手工艺的集大成阶段，不仅原有的技艺得到传承，更在综合发展的基础上有很多新创。器物往往比诗文更能敏锐地感受时代，并直接表现出来。器物的兴衰能直接反映社会生产力的水平、工商业人数、技艺的传承和创新等因素。

一、家具

就家具来说，清代有所谓的"清式"风格。"清式"指雍正、乾隆时期及以后以硬木制作家具的一种风格类型。与明式的清雅、简正相比，清式则显得雍容、富丽，装饰性的部件大大增加，有不计工料的奢靡气息。

清式家具选材多用红木，以紫檀等为上等。与明式家具相比，更加突出家具的富贵和庄重。明式家具以苏作为主，如果说"明式"家具的简明、古雅是苏作的主要特征的话，清式家具则以广作为主。流风所及，苏作家具也开始转向烦琐华丽，故有所谓"广式苏作"的说法。另有京作，虽用材与作法稍有区别，但整体上都与清式的"繁复"保持一致。综合来看，清式家具的主要特征是家具的装饰性大大增强。首先，作为整体房间的装饰。清代中期以后，家具，尤其是厅堂、祠堂等重要场所的家具，不再随意搬动，所以家具用材越来越宽裕，腰身及彭腿等都显得结构厚重、体型庞大。成堂整套的家具作为一种房间的整体装饰意味明显增强，如清代有所谓的厅中八景、十景等，就是以八种、十种不同的造型或者式样的家具组合起来，成套的装点厅堂。与明代更为注重家具自身的美感相比,清代较为注意家具与家具、家具与建筑之间的整体协调。当然,也是因为这种装饰性,清式家具的实用性、舒适性较差。胡德生指出:"这些经过精心雕琢的家具,大都比较娇嫩,在使用上不及明式家具实惠。清式家具为了追求豪华、艳丽的效果,注重装饰,往往显得雕饰太繁;加之多彩镂刻和深雕的手法,又必然造成积尘难拭的弊病。镶嵌家具多用突嵌法,同样有以上弊病,而且日久天长,嵌件脱落,又会进一步影响外观。"①其次,家具细节的装饰。清代家具突出的特征就是繁缛,与明式家具"用料合理、朴素大方、坚固耐用"相比,"为了体现清王朝的鼎盛和安定,家具制作力求繁缛多致不惜耗费工时和剖用大材"②。清式家具往往融合多种工艺,雕、漆、嵌都获得长足发展,各种雕刻手法如浮雕、通雕、圆雕、立体雕等都广为运用。以往明式家具只在局部装饰的,如今却成为家具装饰的主体,进行大面积覆盖。雕漆、填漆、描金也被发挥得登峰造极,镶嵌方面,使用金银、玉石、珊瑚、象牙珐琅器、百宝等不同质材,追求金碧璀璨,富丽堂皇。以往明式家具注重部件的装饰性、结构性功能,但是清式家具的装饰,往往为装饰而装饰,从好的方面说,利用各种手段和材料,实现了豪华、威严的感觉,如螺钿工艺,大量在大器型家具上使用;从坏的方面说,清式家具显得华而不实。

  清式家具是一个矛盾体。一方面,由于用材宽绰,不计工料,加上位置固定等因素,使其常常显得厚重、沉闷。另一方面,就单个家具来说,工艺的综合性,色彩的丰富性,又使其成为不可多得的艺术品。从美学的风格角度,可以用巧、艳来概括。艳指色彩丰富,争奇斗艳;巧指工艺上的穷极工巧、富于变化。巧、艳又可以总归为"俗"。

---

① 胡德生:《中国古代家具》,15 页,上海,上海文化出版社,1989。
② 胡德生:《中国古代家具》,14 页,上海,上海文化出版社,1989。

二、陶瓷

瓷器是中国文化的代表符号,是中国古代劳动人民的一项重要创造。许之衡云:"吾华美术,以制瓷为第一。何者? 书画、织绣、竹木、雕刻之属,全由人造,精巧者可以极意匠之能事。独至于瓷,虽亦由人工,而火候之深浅,釉胎之粗细,则兼借天时与地力,而人巧乃可施焉。"①将陶瓷不同于其他工艺的特点,概括得非常准确。在商代和西周遗址中发现的"青釉器",已具有瓷器的基本特征。经过一千多年的发展,制瓷技术不断进步。宋代瓷器,在胎质、釉料和制作技术等方面完全成熟。在工艺技术上,也有了明确的分工。宋代闻名中外的名窑很多,五大名窑(汝、官、哥、钧、定)及耀州窑、磁州窑、景德镇窑、龙泉窑、越窑、建窑等都有独特的风格。元代、明代制瓷业更是获得长足发展。至清初,社会生产遭到破坏,统治者也无暇顾及制瓷。但是从顺治开始,至康、雍、乾三世,瓷器在工艺、色彩等方面都再创辉煌,达到了巅峰,并产生了"三世"有别的特色。许之衡云:"清康熙,专以名工制瓷器,名工绘画,殆纯属于美术范围,而高穆浑雅之气,犹未尽掩入。雍正则专以佚丽胜矣,至乾隆则华缛极矣。精巧之至,几于鬼斧神工,而古朴浑厚之致,荡然无存,故乾隆一朝,为有清极盛时代,亦为一代盛衰之枢纽也。"②

清瓷从烧造和使用者上可以分为官窑和民窑。官窑是供宫廷和官吏使用的,纹饰和器型都符合礼制的规定,体现出严格的等级观念;民窑在纹饰和器型上相对多样自由一些,少了官窑的华丽大气,但是也多了简约和实用。官窑的代表是景德镇,民窑则有耀州瓷等。因为真正代表清瓷成就的是官方督办的景德镇,所以这里以景德镇瓷器为主,按时间顺序略述其在色彩、工艺等方面的演变。

---

① (清)许之衡:《饮流斋说瓷》,7页,北京,中华书局,2012。
② (清)许之衡:《饮流斋说瓷》,17页,北京,中华书局,2012。

从顺治朝到道光朝,瓷器的变化既是封建王朝发展的缩影,也反映着帝王个人的审美趣味。例如,顺、康时期,制瓷刚刚恢复,朝廷百废待兴,国力日盛,所以器型上显得古拙、浑厚,胎体虽厚重,但是质地细密。釉面平整细腻,做工讲究。雍正帝的个人品位极高,又热心造瓷,所以此时瓷器比较灵秀巧妙,胎质轻薄、细润,洁白度高,釉面细腻中更添莹润。乾隆好大喜功,器型雍容规整,至于嘉庆以后,王朝日衰,器型则显得笨厚,质地粗松,釉面甚至很难平整。

清瓷在色彩方面的成就非常突出,其将明瓷用色方面的成就推向了巅峰。许之衡指出:"清代彩色变化繁赜,几于不可方物。"就时代言之,"康熙硬彩,雍正软彩","硬彩华贵而深凝,粉彩艳丽而清逸,青花幽靓而雅洁,硬彩、青花均以康熙为极轨,粉彩以雍正为绝美。乾隆夹彩最盛,镂金错采,几于鬼斧神工。"[①]康熙时瓷器用色异常丰富,在明代红、白、黄、紫、黑的基础上,开始尚黑、尚红与尚彩。雍正时期,发展出雍正彩和蔷薇彩两种特别的颜色。与前代相比,雍正时候的彩都非常细腻柔和,有渐变特征,视觉上非常斑斓闪耀。乾隆朝,色彩上的进步不像之前那么突出,但是在很多方面也都有新的发展。乾隆朝粉彩的创新品种,是在黄、绿、红、粉、蓝等色地上,用极细的工具轧出缠枝忍冬或缠枝蔓草等延绵不断的纹饰,且多和开光一起使用,人称"轧道开光"。这一工艺的出现,将粉彩推上了更加富丽繁缛的顶峰。总的来看,清瓷色彩极为丰富绚丽,往往一色之中能衍生出数十上百种的变化,如青色系,就有天青、东青、豆青、梨青、蛋青、虾青、影青、瓜皮绿、孔雀绿、菠菜绿、秋葵绿、葡萄水、西湖水、宝石蓝、酒蓝、鱼子蓝等数十种变化。这些深浅浓淡的色彩相搭配与协调,构成了清瓷富丽非凡的色彩世界。不仅如此,也能从色彩的变化中窥探某些时代变化及审美风尚。如彩的时代性,豆彩始于康熙,雍正朝开始兴盛,到乾隆朝逐渐意微;粉彩则始于康熙,雍正始盛,至乾隆朝而极。就整体色彩变

---

① (清)许之衡:《饮流斋说瓷》,91页,北京,中华书局,2012。

化而言,清瓷有由一变多、由青尚红的总趋势,具有明显的由朴素到华丽的特征。

清代与明代在制瓷方面有两个制度上的不同,产生了较大的影响。一个是"官搭民烧"的制度,一个是康熙十九年到乾隆四十九年的督造官制度。明代对民窑生产有诸多禁令,清代皇帝取消了这种限制。当三番平定,御窑恢复的时候,就施行"官搭民烧"制度,如此,官窑、民窑相互影响,相互推动和促进,不仅为陶瓷生产创出了新路子,同时也为康熙后期瓷器的繁荣与蓬勃发展打下了基础。

明代也有督窑官,但是多由地方官担任。康熙时则由皇帝亲选京官督造,这样,皇帝的格调和品味,便通过督造者更为直接地得到呈现。这些督造官兢兢业业,成为清代制瓷业的功臣。例如,《景德镇陶录》"康熙年臧窑"条曰:"厂器也。为督理官臧应选所造,土埴腻,质莹薄,诸色兼备,有蛇皮绿、鳝鱼黄、吉翠、黄斑点四种尤佳,其浇黄、浇紫、浇绿、吹红、吹青者亦美"[1]。可以说,其代表着康熙前期景德镇制瓷的最高水平,也开创了以督陶官姓氏称窑的先例。

再如制瓷业的传奇人物唐英,他是景德镇历代成绩最大的督陶官,在景德镇督陶时间近30年,潜心钻研陶瓷,可谓穷尽毕生心血。《景德镇陶录》"乾隆年唐窑"条曰:"厂器也。内务府员外郎唐英督造者。……公深谙土脉、火性,慎选诸料,所造具晶莹纯全。又仿肖古名窑诸器,无不媲美;仿各种名釉,无不巧合。萃工逞能,无不盛备。又新制洋紫、法青、抹银、彩水墨、洋乌金、珐琅画、法洋彩、乌金、黑地白花、天蓝、窑变等釉色器皿,……厂窑至此,集大成矣!"[2]唐英在乾隆朝做督窑官时,官搭民烧已经成为宫廷御用瓷最普遍的生产方式,御窑厂逐步成为产品的设计部门,后续的生产、烧制由民窑完成,形成合作关系。这样,御窑厂的主要精力都放在新品开发、研制上,不用牵扯精力去烧造。也正是这个原因使唐英可以发明

---

[1] (清)蓝浦:《景德镇陶录》卷5,清嘉庆二十年异经堂刻本。
[2] (清)蓝浦:《景德镇陶录》卷5,清嘉庆二十年异经堂刻本。

57 个新品种，将清代瓷器的精美推到巅峰。这些记述，都可见督陶官对清代瓷器进步的巨大推动作用。

清代是陶瓷业发展的黄金时期，如果从思想观念的角度去审视，我们可以从以下两个角度加以考察：一个是清瓷的仿古与象生，一个是工艺的集大成性。

仿古是清瓷的一大特色，陶瓷和别种工艺不同，不仅是人巧，更有赖于地利与天时。历代、各地的各官民窑厂，所产均特色不一，而清代的景德镇却能遍仿历代名品。甚至一些当时被认为是清朝独创的釉色，实际也都是因仿而获。例如，康熙时的郎窑红和豇豆红，都是仿宣德年间的红釉而来。这种仿古，不是单纯的颜色而是器型、纹饰都一一追肖原作。更有意思的是，众所周知，清朝统治者主政中原后，曾大兴"文字狱"，"明月有情还顾我，清风无意不留人"这样的平常送别诗句也会被认为是"怀念亡明，诋毁大清"。但是称奇的是，在瓷器的仿造中，甚至款识也仿，"大明宣德年制""大明嘉靖年制"都赫然在目，无怪人们认为"文字狱"无非是钳制文人的一种手段罢了。

清瓷的仿古有两个方面的原因：一方面是技艺的进步，工匠对烧造各个环节的精准把握使这一切成为可能，"皆得近似"本身具备一种包罗万象的自豪感，是王朝软硬实力的双重象征。另一方面清瓷的仿古，是清代复古思潮的一部分，王朝为了加强统治，树立合法性与正统性，很多方面都依承前朝旧制，尊奉儒学，在思想领域提倡复古，所以在彰显皇家品味、眼光的瓷器方面兴起复古风尚，就非常自然了。

清瓷还善象生。清乾隆时期，象生瓷又叫仿生瓷，是指模仿花果、动物形象的瓷器，也指以瓷器制品仿造其他材质的观赏器物。早在明代，宜兴就有了以紫砂泥为原料的更色象生器物。到了清代乾隆年间，景德镇的陶瓷工人对釉色、彩绘及烧造技术的掌握日益成熟，仿制各种工艺品类的象生瓷制作颇盛。这些瓷器大致分为两类，一类是仿生物，一类是仿器物。前者主要是动植物，植物尤以瓜果居多，动物则多是鱼虾、海螺、鹌鹑、鸭子等。

仿器物类，主要仿木、石、金属等不同材质的器皿，无不惟妙惟肖，几乎可以假乱真。

象生瓷与传统瓷器不同，传统瓷器一般都兼器用和华采，而仿生器皿是单纯为欣赏而存在的，因此是一种新的审美形态。其兴盛一方面是工艺高度发达，朝廷不计工费推动的结果；另一方面其内容和色彩，也是清中叶以后奢华之风日盛、审美世俗化的反映。

综观整个清瓷的工艺审美发展历史，可以看出清瓷发展"与国运世变隐隐相关"。许之衡曾将清瓷与诗歌发展做了一个有趣的比较，不妨引为本节结语。许之衡云："试以瓷比之诗家。宋代之均、汝、哥、定，则谢宣城、陶彭泽也，淡而弥永，渊渊作金石声，殆于三百篇犹未远也。元瓷者，其晋人之古乐府欤？质直而有致，朴拙而不陋。若明瓷则初唐之四杰也，壮美华贵，开盛唐之先声，而疏处往往不及来者。至于康熙，殆如李杜，无美不臻，而波澜老成，纯乎天马行空，不可羁勒矣。若雍正颇似王龙标、岑嘉州，高华而清贵者也。若乾隆则以元、白、温、李，极妃青俪白之能事，所谓千人皆爱，雅俗共赏者矣。"①

三、其他工艺

漆器制造是一门传统工艺，经元、明两代的发展，到清代更为繁盛，制作的规模、工艺都超越前代，技艺更加完善，花样繁多，种类丰富，还出现了一些新的品种。

清代漆器的产地，分布较广：北京、苏州、南京、福州、贵州、杭州、广州等地，均是漆器的重要出产地。清代的漆器品类有近20种，比较有名的如黑漆、朱漆、金漆、描金漆、仿洋漆、彩漆、填漆、戗金漆、识文描金、堆起、嵌螺钿、百宝嵌、雕漆等。

---

① （清）许之衡：《饮流斋说瓷》，20页，北京，中华书局，2012。

宫廷漆器仍以康熙、雍正、乾隆三朝为鼎盛。康、雍、乾三朝在制作上各有侧重，如康熙时期螺钿、填漆为多；雍正时期描金、彩绘为多；而乾隆时期，则达到前所未有的鼎盛，雕漆、百宝嵌盛极一时。

清代的漆器工艺不仅朝着穷极工巧的方向发展，而且还与其他工艺门类相结合，出现了与瓷器、玻璃等的结合工艺，如雍正时期就出现了瓷胎漆。不仅如此，各个工艺门类开始结合并相互影响，比如乾隆时期雕漆盛行，但是"油漆作"没有雕漆匠，所以就从广东、江浙调牙雕匠人充任，封镐、施天章等都各有所擅，能书善画，又工雕刻，这些人以竹木等雕刻技法入雕漆，使得雕漆呈现了新的面貌。

当然工艺发展的结果，也导致了一些问题。比如这些精致考究的器件也都有造型造作、装饰烦琐的毛病。再就是器物的观赏性突出，导致脱离实用性。因清代的统治者引领了崇古之风，所以清代漆器上出现了较大部分的复古题材纹样，这些纹样主要仿制古青铜器的图案以及明代的装饰图案，如蕉叶纹、蝉纹、回纹等，这些纹样主要来源于古青铜器，经过清代的审美创新形成新图案。清代出现的寿春图、竹林七贤图、携琴访友图等，则是继承了明代的图案内容。清代漆器上还出现了大量的锦纹，其中大部分普遍做锦地使用，以辅助衬托其他主要图案，也常装饰于开光、口沿、圈足之处；另外也出现了许多锦纹直接作为主要装饰纹样、通体满饰的情况，这种使用方式在清代所见甚多，极具清代清雅、繁复的装饰特征。

清代玉器的发展受限于需求，也受限于原材料。清初西北玉产区战乱，所以玉的原材料受限，限制了玉器的发展，待到西北战乱平定，玉器就飞速发展了。

清代玉器按产地说，苏州、扬州是重镇；按样式有仿古和时作之说。时作一方面体现的是宫廷的审美趣味，一方面就是技术逻辑的自由发展，两方面往往又互相促进，比如宫廷趣味华丽繁复，而技术逻辑追求工巧尖新。例如，乾隆时期，苏、扬大量进贡镂空的玉器，看起来玲珑剔透，但是全无实际功能，只能当个摆设。对此乾隆皇帝数次下旨申斥，他本人对玉器制造倾向于仿古，君子比德如玉，玉器在古代兼具礼、用的功能，因此，仿古在清代非常流行。

民间的情况也非常类似，工艺和市场的结合，造就了清代玉器的非实用的观赏性，如富商贵胄喜欢将玉器与其他材质相结合，做成盆景，类似园林的假山模样，但是真正清雅的作品并不多见，反而多是些取谐音的吉祥类作品。

清代玉器制作有个特别之处，那就是受到痕都斯坦玉器的影响。痕都斯坦玉器是对中亚、西亚和南亚地区玉器风格的总称。乾隆帝对痕都斯坦玉器的喜爱，使得各地玉肆都纷纷仿制痕都斯坦玉器，制作了一批精美的玉器。可以说，由于乾隆皇帝的喜爱和主导，玉器制作在继承痕玉工艺和装饰的基础上，加入中国特色元素，为中原玉器的艺术风格带来了新的创作灵感，对中原玉器艺术风格影响深远。

清代竹刻、木刻、牙角雕刻等也都有长足发展。竹刻是一个综合性手艺，名手不仅能画会刻，更需熟读诗词经史，了解文人趣味与理想。清代是竹刻发展的鼎盛时期，传统的文具与案头清供都在明代基础上有所发展。其中，嘉定一带，多有作手闻名于世，如吴之璠、封锡禄、周颢等。这些名匠往往工书善画，一专多能，周颢善南宗绘画，所以其竹刻也融入了画法，格调天然，为人称道。但是乾隆后，这门手艺开始呈现衰落趋势，一方面后继乏人，文化修养各方面综合能力突出的不多，部分匠人是单纯的刻工，另一方面就是"贴黄"受到市场青睐，导致其他技法逐渐缺少传承，从而衰落下去。

牙雕，指以象牙为材料的雕刻。因用料较为昂贵，所以器作一般都是文玩小件，其技法风格也与竹木等雕刻有相通相近之处，这就是很多竹木名家也兼擅牙角雕刻的原因，嘉定从而也是牙雕的主要产区。另外的主要产地是广东，两地风格、技法上有一定的差异，嘉定地区比较讲究优雅，而广东则以精致见长。清代广东曾大量进贡象牙丝编织的扇子，这种扇子是将象牙劈丝然后再进行编织，技艺令人叹为观止。另外象牙套球也和象牙劈层有关，这种物什采用镂空的雕刻手法，将象牙层层镂空，乾隆时期已经能做到十几层，在当时的技术条件下，也是因难见巧，但是这类作品贵则贵矣，巧则巧矣，整体格调不高。

总之，清代的工艺美术和王朝的命运一样，均在康、乾达到鼎盛，嘉道后开始走向衰落。

◎ 小　结

一定时期的艺术观念表现在人们的文字表述中，也在人们的行动和他们的产品中呈现出来。本章我们从民俗、服饰及陶瓷、家具等工艺门类来考察当时存在的艺术观念及其变迁。与诗文书画等艺术门类不同的是，诗文书画都有文人的参与，有文人的讨论和记述，能依托文献梳理其传承演变，而服饰、家具等少有文人参与，更少文字方面的流传，大浪淘沙，两百多年下来，留给我们的只是些品相不一、沧桑饱蘸的器物，我们只能依靠这些器物的脉络，来回溯古人的生活世界和观念世界。

就本章所论的工艺世界而言，清代经历了初期的恢复和积累，至康熙、雍正、乾隆三朝各项工艺都称得上集大成和有大发展，清代的工艺有明显的继承性、集成性。工艺发展需要技术的累积，需要手艺人的代代传承，清代的各项工艺都是在继承前代基础上发展起来的。不仅如此，清代的手工艺还有集成性的特点，一是各种工艺种类相互影响，二是一件器物上体现的工艺综合性。前者可以举清瓷仿古和小型雕刻工艺互通为例；后者如明代家具，内房用具上雕、画等多种工艺的综合。

从工艺的表现形态而言，清代工艺的观赏性逐渐增强，如鲜艳的颜色，清代瓷器等创了大量的新色，还有的在一瓶之中兼有数色的。器物上的锦地满铺，服饰上的褶皱，家具上的重重雕刻，玉器的纤薄透漏，都呈现出一种华丽、繁复,脱离实用性的趋势。

从工艺本身而言,确是穷极工巧,但是就工艺的审美角度来说,逐渐脱离实用性的器物,会走向纤巧、华丽、烦琐的路线,最终当财力不济而沦为盲目求奇和粗制滥造的时候,衰落就不可避免了。

当然,因其极高的工艺水平,对周边乃至欧洲还是产生了非常大的影响。如桃花坞的年画曾大量出口日本,"明代晚期以来,在欧洲的许多国家,对瓷器、丝绸、漆木器等中国工艺美术品的美好情感持续增长。到17世纪,上流社会对此已由喜爱上升到普遍的痴迷。于是,王公贵族、达官显贵狂热购置"[①]。由是,欧洲各国模仿东方之风也就兴盛起来,一定程度上推动了欧洲的手工业发展。

---

① 尚刚:《中国工艺美术史新编》,384 页,北京,高等教育出版社,2007。

主要参考文献

B

[1]（清）包世臣：《艺舟双楫》，见《艺林名著丛刊》，北京，中国书店，1983。

[2]卞孝萱主编：《扬州八怪年谱》，南京，江苏美术出版社，1990。

C

[3]蔡国声：《印章三千年》，上海，上海文化出版社，1999。

[4]蔡仲德：《中国音乐美学史》，北京，人民音乐出版社，1995。

[5]陈多：《中国戏曲美学》，上海，百家出版社，2010。

[6]陈洪：《中国小说理论史》（修订本），天津，天津教育出版社，2005。

[7]陈谦豫：《中国小说理论批评史》，上海，华东师范大学出版社，1989。

[8]陈四海：《思无邪——中国文人音乐思想研究》，北京，东方出版社，2002。

[9]曹虹：《阳湖文派研究》，北京，中华书局，1996。

[10]程千帆，莫砺锋编：《程千帆全集》，石家庄，河北教育出版社，2001。

[11]陈伯海：《近四百年中国文学思潮史》，东方出版社，1997。

[12]崔莉萍：《江左狂生——李方膺传》，上海，上海人民出版社，2001。

[13]崔自默：《中国艺术大师——八大山人》，石家庄，河北美术出版社，2009。

[14]蔡子谔：《中国服饰美学》，石家庄，河北美术出版社，2001。

[15]陈从周、蒋启霆选编：《园综》，上海，同济大学出版社，2011。

[16]陈水云：《清代前中期词学思想研究》，武汉，武汉大学出版社，1999。

[17]陈子展:《中国文学史讲话》,上海,北新书局,1933。

D

[18]戴逸:《当代学者自选文库:戴逸卷》,合肥,安徽教育出版社,1999。

[19]董国炎:《明清小说思潮》,太原,山西人民出版社,2004。

[20]杜书瀛:《李渔美学思想研究》,北京,中国社会科学出版社,1998。

[21]杜亚雄、秦德祥:《中国乐理》,上海,上海音乐学院出版社,2007。

[22]党明放:《郑板桥年谱》,北京,首都师范大学出版社,2009。

[23]邓乔彬:《中国绘画思想史》,贵阳,贵州人民出版社,2011。

[24]邓云乡:《清代八股文》,石家庄,河北教育出版社,2004。

E

[25][英]E.H.贡布里希:《艺术与错觉——图画再现的心理学研究》,林夕、李本正、范景中译,长沙,湖南科学技术出版社,2004。

F

[26]方旭:《篆刻美学初探》,北京,人民美术出版社,2008。

[27]方正耀:《中国小说批评史略》,北京,中国社会科学出版社,1990。

[28]傅谨:《中国戏剧艺术论》,太原,山西教育出版社,2003。

[29](清)傅山:《霜红龛集》,太原,山西人民出版社,1985。

[30]樊波:《中国书画美学史纲》,长春,吉林美术出版社,1998。

[31]方豪:《中国天主教史人物传》,北京,中华书局,1988。

[32]方智范等:《中国词学批评史》,北京,中国社会科学出版社,1994。

[33][美]方闻:《超越再现:8世纪至14世纪中国书画》,李维琨译,杭州,浙江大学出版社,2011。

[34][美]方闻:《心印:中国书画风格与结构分析研究》,李维琨译,西安,陕西人民美术出版社,2004。

[35]冯契:《中国古代哲学的逻辑发展》,上海,上海人民出版社,1985。

[36]傅抱石:《中国绘画变迁史纲》,上海,上海古籍出版社,1998。

G

[37]高翔:《近代的初曙:18世纪中国观念变迁与社会发展》,北京,社会科学文献出版社,2000。

[38]郭绍虞:《中国文学批评史》,天津,百花文艺出版社,1999。

[39]郭建平:《论王原祁〈雨窗漫笔〉"龙脉"观的文化意义》,厦门,厦门大学出版社,2009。

[40]郭象升:《文学研究法》,太原,太原中山图书社,1933。

[41][美]高居翰:《气势撼人:十七世纪中国绘画中的自然与风格》,北京,生活·读书·新知三联书店,2009。

H

[42]海震:《戏曲音乐史》,北京,文化艺术出版社,2003。

[43]韩进廉:《中国小说美学史》,保定,河北大学出版社,2004。

[44]黄惇、金丹等:《中国书法史》,沈阳,辽宁美术出版社,2001。

[45]黄惇:《中国书法史:元明卷》,南京,江苏教育出版社,1999。

[46]黄惇、李昌集等编著:《书法篆刻》(第二版),北京,高等教育出版社,2007。

[47]黄惇选注:《董其昌书法论注》,南京,江苏美术出版社,1993。

[48]黄惇:《中国古代印论史》,上海,上海书画出版社,1994。

[49]华人德:《华人德书学文集》,北京,荣宝斋出版社,2008。

[50]胡传海:《笔墨氤氲——书法的文化视野》,上海,复旦大学出版社,1998。

[51]何书置编著:《何绍基书论选注》,长沙,湖南美术出版社,1988。

[52]惠蓝编著:《中国收藏小百科——篆刻》,济南,山东科学技术出版社,1997。

[53]韩天衡:《天衡印谭》,上海,上海书店出版社,1993。

[54]韩天衡编订:《历代印学论文选》,杭州,西泠印社,1999。

[55]韩天衡、张炜羽:《中国篆刻流派创新史》,上海,上海书画出版

社,2011。

[56]华梅:《服饰与中国文化》,北京,人民出版社,2001。

[57]侯外庐等:《中国思想通史》,北京,人民出版社,1956。

[58]何怀宏:《选举社会及其终结——秦汉至晚清历史的一种社会学阐释》,北京,生活·读书·新知三联书店,1998。

J

[59]季伏昆编著:《中国书论辑要》,南京,江苏美术出版社,2000。

[60]金丹:《包世臣书学批评》,北京,荣宝斋出版社,2007。

[61]金登才:《清代花部戏研究》,北京,中华书局,2014。

[62]蒋寅:《清代诗学史》(第一卷),北京,中国社会科学出版社,2012。

[63]江滢河:《清代洋画与广州口岸》,北京,中华书局,2007。

[64]金学智:《中国园林美学》(第二版),北京,中国建筑工业出版社,2005。

[65]金柜香:《骈文概论》,上海,商务印书馆,1933。

[66]蒋伯潜、蒋祖怡:《骈文与散文》,上海,上海书店出版社,1997。

K

[67](清)康有为:《广艺舟双楫》,见《艺林名著丛刊》,北京,中国书店,1983。

L

[68]李继凯:《墨舞之中见精神——李继凯论书法文化》,北京,中国社会科学出版社,2016。

[69]梁启超:《中国近三百年学术史》,天津,天津古籍出版社,2003。

[70]张品兴主编:《梁启超全集》,北京,北京出版社,1999。

[71](清)梁巘:《承晋斋积闻录》,上海,上海书画出版社,1984。

[72](清)梁同书:《频罗庵论书》,北京,中华书局,1985。

[73]刘恒:《中国书法史:清代卷》,南京,江苏教育出版社,1999。

[74]刘良明:《中国小说理论批评史》,武汉,武汉大学出版社,1991。

[75]刘继保:《红楼梦评点研究》,北京,北京图书馆出版社,2007。

[76]刘江:《中国印章艺术史》,杭州,西泠印社,2005。

[77]刘欣中:《金圣叹的小说理论》,石家庄,河北人民出版社,1986。

[78]柳诒徵:《中国文化史》,北京,中国大百科全书出版社,1988。

[79]林岗:《明清之际小说评点学之研究》,北京,北京大学出版社,1999。

[80](清)林霔:《印商》,北京,中国书店,1992。

[81]鲁迅:《中国小说史略》,上海,上海古籍出版社,1998。

[82]罗艺峰:《中国音乐思想史五讲》,上海,上海音乐学院出版社,2013。

[83]刘世南:《清诗流派史》,北京,人民文学出版社,2004。

[84]李世英、陈水云:《清代诗学》,长沙,湖南人民出版社,2000。

[85]李剑波:《清代诗学主潮研究》,长沙,岳麓书社,2002。

[86]梁启超撰:《清代学术概论》,上海,上海古籍出版社,1998。

[87](清)林纾:《春觉斋论文》,北京,人民文学出版社,1959。

[88]李亮伟:《涵泳大雅——王维与中国文化》,北京,中华书局,2003。

[89]李迪编注:《中国数学史简编》,沈阳,辽宁人民出版社,1984。

[90]刘继才:《中国题画诗发展史》,沈阳,辽宁人民出版社,2010。

[91]刘海粟主编:《龚贤研究集》,南京,江苏美术出版社,1988。

[92]李泽厚、刘纲纪主编:《中国美学史》,北京,中国社会科学出版社,1984。

[93]吕澎:《中国现代美术史》,杭州,中国美术学院出版社,2013。

[94]吕晓:《髡残绘画研究》,南昌,江西美术出版社,2010。

[95]卢辅圣主编:《龚贤研究》(朵云63集),上海,上海书画出版社,2005。

[96]龙榆生:《龙榆生词学论文集》,上海,上海古籍出版社,1987。

[97]刘毓盘:《词史》,上海,上海书店,1985。

[98]陈引驰编校:《刘师培中古文学论集》,北京,中国社会科学出版社,1997。

[99]卢前:《八股文小史》,北京,商务印书馆,1937。

[100]刘麟生:《中国骈文史》,北京,东方出版社,1996。

M

[101]敏泽:《中国美学思想史》,长沙,湖南教育出版社,2005。

[102]马宗霍辑:《书林藻鉴 书林记事》,北京,文物出版社,1984。

[103]马积高:《清代学术思想的变迁与文学》,长沙,湖南人民出版社,2002。

[104]莫小也:《十七—十八世纪传教士与西画东渐》,杭州,中国美术学院出版社,2002。

[105][英]迈克尔·苏立文:《东西方艺术的交会》,赵潇译,上海,上海人民出版社,2014。

N

[106][日]内藤湖南:《中国史学史》,马彪译,上海,上海古籍出版社,2008。

P

[107]彭修银:《中西戏剧美学思想比较研究》,武汉,武汉出版社,1994。

[108]潘公凯编:《潘天寿谈艺录》,杭州,浙江人民美术出版社,1985。

[109]皮朝纲:《中国禅宗书画美学思想史纲》,成都,四川美术出版社,2012。

[110][日]平川祐弘:《利玛窦传》,刘岸伟、徐一平译,北京,光明日报出版社,1999。

Q

[111]钱锺书:《谈艺录》,北京,生活·读书·新知三联书店,2001。

[112]钱仲联:《梦苕庵清代文学论集》,济南,齐鲁书社,1983。

[113]钱穆:《中国近三百年学术史》,北京,商务印书馆,1997。

[114]钱穆:《中国史学名著》,北京,生活·读书·新知三联书店,2000。

[115]钱基博:《明代文学史》,上海,商务印书馆,1933。

[116]钱基博:《现代中国文学史》,长沙,岳麓书社,1986。

[117]秦华生:《清代戏曲发展史》,太原,山西教育出版社,2006。

[118]乔念祖主编:《〈石涛画语录〉与现代绘画艺术研究》,北京,人民美术出版社,2007。

[119]启功、张中行、金克木:《说八股》,北京,中华书局,1994。

[120]瞿兑之:《骈文概论》,海口,海南出版社,1994。

[121][日]青木正儿:《清代文学评论史》,杨铁婴译,北京,中国社会科学出版社,1988。

R

[122]阮荣春、顾平、杭春晓:《中国美术史》,沈阳,辽宁美术出版社,2001。

S

[123]上海书画出版社、华东师范大学古籍整理研究室编:《历代书法论文选》,上海,上海书画出版社,1979。

[124]上海书画出版社编:《考识辨异篇》,上海,上海书画出版社,2000。

[125]沈从文:《沈从文全集》,太原,北岳文艺出版社,2002。

[126]申生:《清初印风》,重庆,重庆出版社,1999。

[127]上海博物馆编:《南宗正脉:画坛地理学》,北京,北京大学出版社,2012。

[128]沈从文:《中国古代服饰研究》,上海,上海书店出版社,2011。

[129]施蛰存主编:《词籍序跋萃编》,北京,中国社会科学出版社,1994。

[130]孙克强:《清代词学》,北京,中国社会科学出版社,2004。

[131]商衍鎏:《清代科举考试述录》,天津,百花文艺出版社,2004。

T

[132]唐卫萍:《身份建构的焦虑:北宋"士人画"观念的发展演变》,北京,中国社会科学出版社,2012。

[133]谭帆:《中国小说评点研究》,上海,华东师范大学出版社,2001。

[134]汤哲明:《多元化的启导》,上海,上海书画出版社,2001。

[135]唐圭璋:《词话丛编》,北京,中华书局,1986。

W

[136]万依、黄海涛撰文并译谱:《清代宫廷音乐》,北京,故宫博物院、紫禁城出版社,1985。

[137](清)王昶:《湖海诗传》,北京,商务印书馆,1958。

[138]王平:《中国古代小说叙事研究》,石家庄,河北人民出版社,2001。

[139]王先霈、周伟民:《明清小说理论批评史》,广州,花城出版社,1988。

[140]王政尧:《清代戏剧文化史论》,北京,北京大学出版社,2005。

[141]王忠阁:《中国戏剧学思想史论》,郑州,河南人民出版社,2007。

[142](清)吴昌硕:《吴昌硕诗集》,桂林,漓江出版社,2012。

[143]吴慧平:《书法文化地理研究》,北京,荣宝斋出版社,2009。

[144]吴清辉:《中国印学》,杭州,中国美术学院出版社,2010。

[145]吴士余:《中国小说美学论稿》,上海,三联书店上海分店,1991。

[146]吴子林:《经典再生产——金圣叹小说评点的文化透视》,北京,北京大学出版社,2009。

[147]沃兴华:《中国书法史》,上海,上海古籍出版社,2001。

[148]邬国平、王镇远:《清代文学批评史》,上海,上海古籍出版社,1995。

[149]王英志:《清人诗论研究》,南京,江苏古籍出版社,1986。

[150]汪龙麟、段启明:《清代文学研究》,北京,北京出版社,2001。

[151]王汎森:《晚明清初思想十论》,上海,复旦大学出版社,2005。

[152]王伯敏:《中国美术通史》,济南,山东教育出版社,1988。

[153]王伯敏:《中国绘画通史》,北京,生活·读书·新知三联书店,2008。

[154]王章涛:《阮元评传》,扬州,广陵书社,2004。

[155]王凯符:《八股文概说》,北京,中华书局,2002。

[156]伍蠡甫:《中国画论研究》,北京,北京大学出版社,1983。

[157]王毅:《中国园林文化史》,上海,上海人民出版社,2005。

[158]吴梅:《词学通论》,上海,商务印书馆,1932。

[159]吴承学:《中国古代文体形态研究》,广州,中山大学出版社,2002。

X

[160]薛龙春:《郑簠研究》,北京,荣宝斋出版社,2007。

[161]徐珂编撰:《清稗类钞》,北京,中华书局,1984。

[162]萧高洪:《篆刻史话》,天津,百花文艺出版社,2004。

[163]徐珂:《清代词学概论》,上海,大东书局,1926。

[164]谢桃坊:《中国词学史》,成都,巴蜀书社,1993。

Y

[165]杨守敬:《评碑评帖记》,北京,文物出版社,1990。

[166]杨荫浏:《中国古代音乐史稿》,北京,人民音乐出版社,2004。

[167]姚文放:《中国戏剧美学的文化阐释》,北京,中国人民大学出版社,1997。

[168]叶昌炽:《语石》,上海,上海书店,1986。

[169]叶朗:《中国小说美学》,北京,北京大学出版社,1982。

[170]叶一苇:《中国篆刻的艺术与技巧》,北京,中国青年出版社,2004。

[171]余秋雨:《戏剧理论史稿》,上海,上海文艺出版社,1983。

[172]俞为民编著:《中国戏曲艺术通论》,南京,南京大学出版社,2009。

[173]严迪昌:《清词史》,南京,江苏古籍出版社,2000。

[174]严迪昌:《清诗史》,北京,人民文学出版社,2011。

[175]叶嘉莹:《清词论丛》,石家庄,河北教育出版社,1997。

Z

[176]张之恒:《中国考古通论》,南京,南京大学出版社,2009。

[177]赵昌智、祝竹:《中国篆刻史》,上海,上海人民出版社,2006。

[178]中国艺术研究院音乐研究所编著:《民族音乐概论》,北京,人民音乐出版社,1983。

[179]周斌:《阮元书学思想研究》,上海,华东师范大学出版社,2011。

[180]周妙中:《清代戏曲史》,郑州,中州古籍出版社,1987。

[181]周宁主编:《西方戏剧理论史》,厦门,厦门大学出版社,2008。

[182]周启志、羊列容、谢昕:《中国通俗小说理论纲要》,北京,文津出版社,1992。

[183]周睿:《儒学与书道——清代碑学的发生与建构》,北京,荣宝斋出版社,2008。

［184］朱恒夫：《中国戏曲美学》，南京，南京大学出版社，2008。

［185］朱剑心：《金石学》，北京，文物出版社，1981。

［186］朱谦之：《中国音乐文学史》，上海，上海世纪出版集团，2006。

［187］宗白华：《美学散步》，上海，上海人民出版社，1981。

［188］张健：《清代诗学研究》，北京，北京大学出版社，1999。

［189］朱则杰：《清诗史》，南京，江苏古籍出版社，2000。

［190］赵建章：《桐城派文学思想研究》，北京，北京图书馆出版社，2003。

［191］赵园：《明清之际士大夫研究》，北京，北京大学出版社，1999。

［192］周维权：《中国古典园林史》，北京，清华大学出版社，1999。

［193］张宏生：《清代词学的建构》，南京，江苏古籍出版社，1998。

［194］张仁青：《中国骈文发展史》，杭州，浙江大学出版社，2009。

［195］［日］中村不折、小鹿青云：《中国绘画史》，杭州，浙江人民美术出版社，2013。

大事记

编写说明

一、本大事记主体起于清世祖顺治甲申元年,即公元1644年;迄于清宣宗道光庚子年,即第一次鸦片战争爆发时的1840年。为明确文艺思想发生与发展的历史状况,对明末清初发生的重要事件,也酌情采入。

二、本大事记材料编选,采取大事不漏、要事不遗、突出文学艺术类别特点的方针。不同文类之间有重复的事件,只在第一次出现,略带点明,其后不再记入,以避赘冗。

三、本大事记编辑采取编年体为主、纪事本末体为辅的方法。以记事为主脉,不使其首尾跨越时日过长。有事则逐年、逐季、逐月、逐日记载,无事则隔日、隔月、隔季、隔年记载。

四、本大事记记事,力求准确到具体时间。年、季、月、日清楚者,均显著标识;不清者,则冠以"是年"之类标识。年不清者附于朝代末,冠以"是时"标志。

五、同年、同季、同月或同日出现若干史实与事件,一般以事件重要程度为序,即先记重要事件,后记一般事件。

六、本大事记皆采公历记事。于年后()号内附列皇帝庙号、年号。鉴于明清交替之际的复杂情况,1644年之前,以明朝为先。

七、本大事记的编写,对有争议性的事件、现象,只选用较为普通的观点看法,一般不作论辩说明。编写过程中,对前人研究成果多有吸收和采纳,一般也不作说明。

八、人物均用常用姓名,不写字号和别名。

1616年（明神宗万历四十四年）（清太祖天命元年）

正月　爱新觉罗·努尔哈赤建立后金。以"七大恨"为由，告天誓师，宣读讨明檄文，使明朝朝野震惊。明与后室战争的序幕从此拉开，辽东战事一时成为万民关注的焦点。

是年　汤显祖卒，年六十七。有诗文集《红泉逸草》《问棘邮草》及传奇《牡丹亭》等。

是年　李日华《味水轩日记》成书，著录自万历三十七年（1609）三月以来所见书画的品评。

是年　张丑以书画家为纲、书画作品为目，采集诸书而成《清河书画舫》。

1617年（明神宗万历四十五年）（清太祖天命二年）

是年　华亭锺薇作《瘗鹤铭记》。

是年　董镐摹勒董其昌法书《书种堂续帖》。

1618年（明神宗万历四十六年）（清太祖天命三年）

是年　赵崡著《石墨镌华》。

1619年（明神宗万历四十七年）（清太祖天命四年）

是年　陈元瑞刻成《秀餐轩帖》。

是年　陈钜昌摹勒汇董其昌法书，成《红绶轩法帖》。

1620年（明光宗泰昌元年）（清太祖天命五年）

是年　江阴徐霞客汇辑、梁溪何世太摹勒刻成《晴山堂法帖》。

是年　莫后昌撰集、顾功立镌莫如忠、莫是龙法书为《崇兰馆帖》。

是年　邑人王洽撰集，吴郡吴士端双钩，管驷卿摹刻邢侗法书成《来禽馆真迹》。

1621年（明熹宗天启元年）（清太祖天命六年）

是年　朱绅尧编集《肃府本阁帖》刻成。

是年　程原、程朴辑《何雪渔印海》。

是年　周应麟著《印问》。

是年　邑人王洽撰集，吴郡吴士端双钩，管驷卿摹刻邢侗法书为《来禽馆真迹续集》。

1622 年（明熹宗天启二年）（清太祖天命七年）

三月　王铎、倪元璐、黄道周中进士，同改庶吉士。

是年　董尊文审定、董镐摹勒汇董其昌法书成《来仲楼法书》。

1623 年（明熹宗天启三年）（清太祖天命八年）

是年　王思任撰《批点玉茗堂牡丹亭词叙》，盛赞"天下高才"，历数古人有"左丘明、宋玉、蒙庄、司马子长、陶渊明、老杜、大苏、罗贯中、王实甫"等。对金圣叹提出"六才子书"之说有启示。金氏在1622年，曾从王思任问学。

1624 年（明熹宗天启四年）（清太祖天命九年）

是年　吴县陈钜昌摹勒汇董其昌法书成《延清堂帖》。

1625 年（明熹宗天启五年）（清太祖天命十年）

是年　朱简辑自刻印成《菌阁藏印》。

1627 年（明熹宗天启七年）（清太宗天聪元年）

是年　潘之淙著《书法离钩》。

1628 年（明崇祯元年）（清太宗天聪二年）

是年　吴桢始刻《清鉴堂帖》。

1629 年（明崇祯二年）（清太宗天聪三年）

是年　李自成参加农民起义。1636年，首领高迎祥兵败被杀后，李自成被推为"闯王"。

是年　在范文程的建议下，后金进行了第一次科举考试，满、蒙、汉族都有知识分子积极参加了考试。

是年　张溥等人结复社。陈子龙等人结几社。

1630年(明崇祯三年)(清太宗天聪四年)

五月五日　陆云龙撰《辽海丹忠录序》。是年，其弟陆人龙刊刻《新镌出像通俗演义辽海丹忠录》四十回。

是时　吴门啸客刊刻《镇海春秋》，现仅存十至十二回残本。吟啸主人刊刻《近报丛谭平虏传》。均为反映辽东战事的时事小说。

是年　董其昌刻成《容台集》。海宁陈元瑞编次，上海吴朗摹刻汇董其昌书《玉烟堂帖》成。吴泰裔摹勒，华亭顾绍勋、沈肇镔汇董其昌书为《汲古堂帖》。

1631年(明崇祯四年)(清太宗天聪五年)

是年　锡山秦尔其辑刻成《宝彝堂刻帖》。

是年　吴泰摹勒汇董其昌法书为《研庐帖》。

1632年(明崇祯五年)(清太宗天聪六年)

是年　张以诚摹勒汇张弼法书为《铁汉楼帖》。

1633年(明崇祯六年)(清太宗天聪七年)

是年　张灏辑《学山堂印谱》。

1634年(明崇祯七年)(清太宗天聪八年)

二月五日　后金定丧祭焚衣及殉葬例。

是年爱新觉罗·皇太极正式仿明制进行科举考试，该年参加考试的人多达数百人，录取228人。

是年　郁逢庆撰《郁氏书画题跋记》。

是年　李日华著《六砚斋三笔》。

是年　杨继鹏审定、摹勒汇董其昌法书为《铜龙馆帖》。

1635年(明崇祯八年)(清太宗天聪九年)

是年　松陵陆氏刻成《有美堂法帖》。

是年　如皋冒襄辑董其昌书，刻为《寒碧楼帖》。

1636年(明崇祯九年)(清崇德元年)

是年　后金皇太极在盛京（今沈阳）正式称帝，改国号为清，对明朝发动战争。

是年　陈纪校《篆书字法》。

1637年(明崇祯十年)(清崇德二年)

是年　宜兴蒋如奇刻成《净云枝藏帖》。

1639年(明崇祯十二年)(清崇德四年)

是年　陈继儒（1558—）卒，有《陈眉公全集》。

1640年(明崇祯十三年)(清崇德五年)

是年　董说刊刻《西游补》十六回，并作《西游补答问》，署名"静啸斋主人"。

1641年(明崇祯十四年)(清崇德六年)

二月十五日　金圣叹撰《第五才子书施耐庵水浒传》之《序三》。《序》中自言，他从十一岁开始评释《水浒传》，"历四五六七八月，而其事方竣"。实际上，在长达二十一年的时间里，随着学问和阅历的不断增长，金圣叹很可能不时有所删改与补充。是年，贯华堂刊刻《第五才子书施耐庵水浒传》七十回。

中秋　嶷如居士撰《西游补序》。

1643年(明崇祯十六年)(清崇德八年)

是年　汪珂玉撰《珊瑚网》。

1644年(明崇祯十七年)(清顺治元年)

三月　李自成率领农民起义军攻入北京。四月，即皇帝位，国号大顺。与吴三桂、清兵在山海关内外会战失败后，率军退出北京；转战陕西、山西、河南、湖北、江西等地，直至战死。李闯事件在明清之际影响巨大，形成了当时时事小说中的四大系列之一；（其他为"魏阉系列""辽东系列"，以及反映南明存亡的"东南系列"）。现存作品有《新编剿闯通俗小说》（亦名《李闯小史》）、《定鼎奇闻》（亦名《新世鸿勋》）、《铁冠图演义》，以及《樵史通俗演义》等。

是月　崇祯皇帝自缢于煤山。明亡。

是年　清兵入关，进占京师，顺治帝福临即皇帝位，清王朝统治开始。顺治十八年（1661），清灭南明政权。

是年　江左樵子编辑、钱江拗生批点《樵史通俗演义》四十回刊刻。

是年　蒋胤敬、蒋胤睿摹勒汇其父蒋如奇书法，成《净云枝帖》。

1645 年（顺治二年）

五月十五日，钱谦益率诸大臣降清。

是年　摄政王多尔衮向全国发布《薙发令》，实行"留头不留发，留发不留头"（韩菼《江阴城守纪》上）。又颁布"易服令"，要求各族官民衣冠皆遵满族服制。引发各地各阶层人民的抗清烽火。明清战争转入抗清斗争。

1646 年（顺治三年）

正月　王铎被清廷任命为礼部尚书，兼管弘文院事。

正月　钱谦益授礼部左侍郎。后乞假回乡。

三月　黄道周被杀于南京。

1647 年（顺治四年）

是年　孙承泽撰成《闲者轩帖考》。

1648 年（顺治五年）

夏月　七峰樵道人作《七峰遗编序》。《七峰遗编》为明遗民小说，又名《海角遗编》，描写顺治二年四月至九月间，江苏常熟以严栻为首的城乡百姓抗清斗争和被杀惨状。

是年　宋征璧编成《唐宋词选》。

是年　朱耷削发为僧于江西。

1649年(顺治六年己丑)

是年　在河北农民军抗清斗争浪潮鼓舞下,蔚州饥民、逃兵亦啸聚起事,清统治者哀叹:"居民为盗者十之七八,势难杀尽"。

是年　张翱、刘光旸摹刻王铎书作四十一种,成《琅华馆帖》七卷。

1650年(顺治七年庚寅)

七月　郑成功在厦门建立抗清基地。

是年　《三国志》满汉合璧刻本成,宁完我、刚林等总裁,叶成额等译写。

是年　毛先舒作《与沈去矜论填词书》,沈谦答以《答毛稚黄论填词书》。

1651年(顺治八年辛卯)

是年　初秋或稍前　吴伟业《秣陵春》完稿。

九月　顾炎武到淮安浦西拜访万寿祺,二人以诗画相赠,成为莫逆之交。

是年　清廷停止教坊司女优入宫,改由太监承应,包括扮演戏剧之人在内定数为48人。

是年　侯方域应河南乡试为副贡生,招致物议,遂取室名"壮悔堂"以寓忏悔。

1652年(顺治九年壬辰)

是年　清世祖下令严禁"琐语淫词,违者从重究治"。

是年　吴伟业作《临春阁》、《通天台》杂剧。

是年　毛先舒《诗辨坻》成书。

1654年(顺治十一年甲午)

是年　王士禛自编《阮亭诗余》并序。

是年 "朱衣道人案"发,傅山被控参与反清活动而入狱。

1656 年(顺治十三年)

七月 沈荃出任河南按察副史,龚鼎孳谪调广东,吴伟业分别以诗送行。

八月 王士禛与诸名士会集济南大明湖畔,举秋柳社。

十二月 吴伟业以丁忧乞假回乡。

是年 金圣叹批点《第六才子书西厢记》,历时两月,并于是年刊刻。

是年 浙江左布政使张缙彦出资为李渔刊刻白话短篇小说《无声戏》十二卷,又刊刻《无声戏二集》十二卷。1660 年,因《二集》之刻,张受到弹劾,抄没家产,流徙宁古塔。《二集》亦因此案而被禁毁。

是年 孟称舜编撰戏剧《张玉娘闺房三清鹦鹉墓贞文记》,后更名为《贞文记》,轰动一时,为人称为"四美"剧本(《西厢记》《追魂记》《娇红记》)。

1657 年(顺治十四年)

三月二十四日 金圣叹作《小题才子书序》。言 1656 年高秋开始评批。徐增《天下才子必读书序》则云,该书"历三年",盖指其边评边刻,历时三载而成。

十月 乡试科场案发。吴兆骞因此被捕,后流放宁古塔。汉族考官、士子被绞杀、流放者甚众。

冬月 王望如撰《五才子水浒序》。是年,醉耕堂刊刻《出像水浒传》。

1658 年(顺治十五年)

八月十五日 杜濬为《十二楼序》,末署"顺治戊戌中秋日钟离浚水题"。

是年秋 天花藏主人评点批注《玉娇梨》。该书由荑荻散人编次,书名得自书中三个主人公的名字(白红玉、吴无娇、卢梦梨中各取一字)。

是年冬　顺治帝看到尤侗杂剧新作《读离骚》，颇为赏识，传旨命教坊司排演；同时还注意到尤侗的另一部剧作《清平调》。

是年　从国子监祭酒固尔嘉浑之议，许监生学优者积满八分为及格，可补官职。月试一等得一分，善摹锺、王法帖者虽文不及格亦可得一分。

1659年(顺治十六年)

十一月　科官杨永健上疏《禁止邪言以正人心事》，凡为邪言秽语，不得在书肆任意刊刻，并通谕告示。凡有崇信异端言语者，令加严参问罪。

是冬　顺治帝曾向木陈忞问及金圣叹批《西厢》、《水浒》事。

是年　郑成功、张煌言沿长江反攻，破镇江、芜湖，后败退入海。清廷兴"通海案"。

是年　王无咎选辑，吕昌摹、张翱刻王铎书迹成《拟山园帖》。

1660年(顺治十七年)

六月　湖广道监察御史箫震奏劾浙江左布政使张缙彦编刊李渔《无声戏》并作序，中有拥戴李自成义军，自称"不死英雄"的叙述。疏上，"下王大臣察议，以缙彦诡词惑众，拟斩决。上缙彦死，褫职流徙宁古塔，寻死。"

是月　西湖钓叟作《续金瓶梅序》。《续金瓶梅》为丁耀亢著，另署有爱日老人《序》、天隐道人《序》。

是年　邹祗谟、王士禛选编《倚声集》刊行，邹祗谟、王士禛分别作《倚声集序》。

是年　贺裳《邹水轩词筌》刊行。

是年　孙承泽整理私藏撰成《庚子销夏记》，并增入曾寓目的他人藏品。

1661年(顺治十八年)

七月　苏州发生"哭庙案"。哭庙事件起于是年正月初四，因吴县知县任维初贪酷虐民而群聚哭庙，金圣叹参与其事。四月案发，七月被斩于江宁。

是年　清廷催征欠赋，兴"奏销案"。

1662年(康熙元年)

一月　郑成功攻取台湾。

十月　兴庄廷龙私修《明史》狱，查继佐被牵连下狱。庄廷鑨《明书辑略》刻于1660年，于世颇为流行。是年，为归安知县吴之荣以指斥朝廷告发。1663年结案。因此案而死者达七十余人，株连近二百人。

是年　陈春永辑历代名人法书刻成《秀餐轩帖》。

1663年(康熙二年)

是年　徐增序本金圣叹《天下才子必读书》刊刻。

是年　下令严禁小说。此后，二十六年(1687)、四十八年(1709)、五十三年(1714)又多次下令严禁，并将如何处分出版者、经销者、购买者和读者的规定，列入《大清律例》。

是年　"庄廷鑨《明史》案"起，江南士子多人被牵连下狱。

是年　顾炎武、阎若璩先后访傅山于太原松庄。阎、傅二人纵谈金石之学，并究其起源。

是年　戴本孝为冒襄刻六面名印。

1664年(康熙三年)

九月　朱彝尊至太原入曹溶幕中。

是年　毛纶、毛宗岗开始评点《三国演义》，至1666年评完。1679年以《四大奇书第一种》刊刻。

是年　陈忱《水浒后传》刊刻，为现在所知最早刊本。

1665年(康熙四年)

八月　曹溶、朱彝尊访傅山于太原，鉴赏傅山所藏碑拓，并为题跋。

九月　王时敏邀吴伟业等雅集郊园。

秋　丁耀亢被逮下狱，诏令焚《续金瓶梅》。

是年　洪昇《诗骚韵注》成书。

1666年(康熙五年)

春　姜宸英访吴伟业于太仓,以诗见赠。

是年　毛纶评点的《第七才子书琵琶记》付梓。其子毛宗岗,于是年秋日作《第七才子书·参论》。友人宋学家彭珑,于是年孟秋望日即七月十五,为之作《第七才子书序》。友人戏曲家尤侗,于康熙乙巳(1665年)七月十二日,为之作《第七才子书序》。可见,是书评点工作于1665年已基本完成。

1667年(康熙六年)

四月　江南沈天甫等逆诗案发。

八月　康熙帝亲政,成为清代在位时间最长的一位皇帝。

是年　朱彝尊《静志居琴趣》刊行。

是年　卞永誉辑自藏历代名人书作、黄元铉钩摹、刘光旸镌刻成《式古堂法书》。

是年　周亮工辑成《赖古堂印谱》。

1668年(康熙七年)

是年　李渔作《巧团圆》传奇。大约于是时,《笠翁传奇十种》相继成书。

1669年(康熙八年)

十月九日　清政府重修卢沟桥告成,立碑,康熙帝亲作碑文。

是年　刘如汉疏请举行经筵日讲。

1670年(康熙九年)

五月　纂《大清会典》。

六月　吴伟业为龚鼎孳诗集作序。

八月　吴伟业与毛奇龄等聚于无锡。

是年　王原祁中进士。

1671 年(康熙十年)

是年　李渔《闲情偶寄》成书。其中"词曲部"是戏剧美学专论,亦含有部分音乐美学的论述。

是年　黄宗羲指出清初剽剥之风仍未根绝。

是年　曹尔堪、龚鼎孳等二十余人于北京秋水轩唱和,随后《秋水轩词》刊行。

1672 年(康熙十一年)

是年　邓汉仪《诗观初集》完成。

是年　朱彝尊《江湖载酒集》刊行。

是年　江湄辑历代名人书、刘御李等摹刻成《职思堂法帖》。

1673 年(康熙十二年)

春　康熙帝下令撤藩。平西王吴三桂、平南王尚可喜、靖南王耿精忠借此发动叛乱,提出"兴明讨虏"的口号,史称"三藩之乱"。1678 年,吴三桂在衡州称帝,立国号吴周,但不久积郁而死。1681 年冬,清军进入云贵省城,吴周第二任皇帝吴世璠自杀,历时八年的三藩之乱被平定。

是年　下诏举荐山林隐逸。

是年　周在浚为其父周亮工《读画录》做后记。

是年　朱彝尊作《红盐词序》。

1674 年(康熙十三年)

是年　李渔评点、改定《金瓶梅》。

1675 年(康熙十四年)

是年　理学大家孙奇逢卒。河南北学者祀之百泉书院。

1676 年(康熙十五年)

是年　毛奇龄论定并参释《西厢记》刊刻。

1677 年（康熙十六年）

是年　孙默《国朝名家诗余》陆续刻成刊行，因录 16 家故又名《十六家诗余》。

是年　顾贞观、纳兰性德合选《今词初集》刊行，鲁超作序，毛际可跋。

1678 年（康熙十七年）

是年　康熙帝下诏开博学鸿词科，因天寒，考试时间改为隔年三月。

是年　朱彝尊选编《词综》刊行，朱彝尊作《发凡》，汪森作序。

是年　郑还雅等刻成《尉帖》。

1679 年（康熙十八年）

三月　开博学鸿词科，应试者 143 人，取陈维崧、朱彝尊、汪琬、毛奇龄、米汉雯等 50 人。傅山坚持不参试，主事遂以其老病上奏，诏令免试，授中书舍人，放归山林。

春日　蒲松龄作《聊斋自志》。

春日穀旦　高珩作《聊斋志异序》。

八月　冯原济将王羲之《快雪时晴帖》真迹献入内府。

十二月　李渔为《〈四大奇书第一种〉序》。末署"康熙岁次己未十有二月，李渔笠翁氏题于吴山之层园"。

是年　洪昇《长生殿》脱稿。

是年　康熙帝开《明史》馆，继续扩大招揽晚明学者的力度。

是年　沈心友、王概、王蓍、王臬等编绘《芥子园画谱》彩色套版精刻刊出。

是年　龚翔麟编成《浙西六家词》。包含朱彝尊《江湖载酒集》、李良年《秋锦山房词》、沈皞日《柘西精舍词》、李符《耒边词》、沈岸登《黑蝶斋词》及他自己的《红藕庄词》

是年　查继超编《词学全书》刊行。辑集当时问世的《填词名解》《古今词论》《填词图谱》《词韵》等四种词谱，另附《古韵通略》，凡倚声填词所用的词调、词法、词谱、词韵等，略备于此，故名《词学全书》。

是年　林侗撰成《来斋金石刻考略》。

1680年（康熙十九年）

十月　胡琪为石涛《画谱》（一为《画语录》）作序。

是年　李渔评点《三国演义》出版，前有《笠翁评阅绘像三国志第一才子书序》。李渔评改《三国演义》的念头，早在金圣叹评点《水浒传》开始流传后就已产生；看到毛纶、毛宗岗父子的评本，并为之作序，加快了这一想法的落实。可惜，是书刊刻已在他去世之后。

是年　毛奇龄《竟山乐录》成书。

1682年（康熙二十一年）

八月十六日　唐梦赉作《聊斋志异序》。

是年　三藩之乱平。

是年　卞永誉撰成《式古堂书画汇考》。

是年　姜宸英入史馆参修《明史》。

1683年（康熙二十二年）

夏　汪楫奉旨出使琉球，在琉球应邀为多处庙宇题写匾额。

十月二日　施琅收复台湾。

是年　朱彝尊入值南书房。

是年　姜宸英参加修纂《大清一统志》。

是年秋　张潮作《虞初新志自叙》，后于康熙三十九年（1700）庚辰作《虞初新志总跋》。

是年　康熙帝发帑币一千两，在后宰门架高台，令教坊演《目连传奇》，用活虎、活象、活马上台。

1684年（康熙二十三年）

正月上旬　金丰增订《说岳全传》，并作《新镌精忠演义说本岳王全传序》。此传为清初小说家钱彩编次,是对《大宋中兴通俗演义》《岳武穆王精忠传》等历史演义小说的改编。另按,又有乾隆九年成书说。

是年 王正祥编定《新定十二律京腔谱》;次年(1744),又编纂《新定十二律昆腔谱》,成为清代曲谱史的重要贡献。

是年 康熙帝南巡,至曲阜祭孔,赐孔庙大成殿"万世师表"御书匾额。孔尚任御前讲经,破格拔为国子监博士。

1685年(康熙二十四年)

是年 康熙帝以御书"万世师表"四字颁行天下学宫,又为庐山白鹿洞书院题写"白鹿书院"匾额。

1686年(康熙二十五年)

九月 叶燮请林云铭为《原诗》作序,十月,沈珩为《原诗》写序,同月,汪森赞《原诗》"卓识恣评骘,一编惊众闻"。

是年 时任江宁巡抚的名儒汤斌,颁发告谕,查禁淫邪小说,端正风俗。

是年 万树作《风流棒》《念八翻》《空青石》传奇,合称《拥双艳三种》。

是年 徐常遇撰辑《澄鉴堂琴谱》。

1687年(康熙二十六年)

是年 刑科给事中刘楷疏请禁淫词小说。

二月甲子 上如所请。曰:"淫词小说,人所乐观,实能败坏风俗,蛊惑人心。朕见乐观小说者,多不成材,是不惟无益而且有害。……宜严行禁止。"

是年 议准禁书肆刊刻出卖淫词小说共150余种。

是年 万树《词律》刊行。

1688年(康熙二十七年)

七月 王士禛《唐贤三昧集》成,倡导"神韵"说。

是年　黄周星作《人天乐》传奇。

是年　洪昇《长生殿》定稿。

是年徐釚《词苑丛谈》刊行。

1689 年(康熙二十八年)

八月　洪昇邀请赵执信等人观演《长生殿》传奇,以时值国丧,招祸。

是年　陈维崧《湖海楼词集》刊行,高佑釲作序。

是年　康熙帝再次南巡,原济第二次迎驾于扬州平山堂。

是年　王鸿绪、高士奇被劾罢官。

1690 年(康熙二十九年)

是年　钱澄之《田间诗学》成,作者写有自序。

是年　康熙帝命辑历代名人书迹刻成《懋勤殿法帖》。

1691 年(康熙三十年)

是年　王翚奉召总管十二幅巨型长卷《南巡图》,图绘康熙帝第二次南巡胜况。

是年　张在辛在南京拜郑簠为师。

是年　高凤翰始学刻印。

1692 年(康熙三十一年)

是年　顾复撰成《平生壮观》。

1693 年(康熙三十二年)

十一月　仇兆鳌撰《杜诗详注》撰成。

是年　高士奇撰成《江村销夏录》。

是年　车万育选辑、刘文焕镌刻成《萤照堂明代法书》十卷。

1694 年(康熙三十三年)

是年　孔尚任、顺天石《小忽雷》传奇在京演出。(王季思《桃花扇前言》)

1695 年(康熙三十四年)

三月　张竹坡评点《金瓶梅》,历时十数天,付梓。次年刊成,载之金陵,远近购求。

十月十六日　褚人获作《隋唐演义序》。该著是对明代《隋唐志传》、《隋炀帝艳史》和袁于令《隋史遗文》的改编,并成为隋唐系列小说中流传最广和成就最高的一部作品。

是年　陈同、谈则、钱宜《吴吴山三妇牡丹亭》刊刻。

1696 年(康熙三十五年)

是年　尤侗作《西游记真诠序》。

是年　卞永誉撰成《式古堂朱墨书画记》。

是年　姜宸英成举人。

1697 年(康熙三十六年)

是年　姜宸英因康熙赏识其书法风格,被特擢为殿试第三名,授翰林院编修。

1699 年(康熙三十八年)

是年　孔尚任《桃花扇》完稿。孔氏又作《题志》《小引》《本末》《凡例》等,表明了他的戏剧思想。

是年　李塨作《学乐录》,阐发从毛奇龄学乐的心得,故思想上近于《竟山乐录》。

是年　姜宸英充顺天乡试副主考,因主考官舞弊,被牵连入狱。

1701 年(康熙四十年)

是年　题准禁淫词小说等书,责令五城司坊官,永行严禁。

1704 年(康熙四十三年)

七月二日　戏曲家洪昇不幸失足落水而亡。

秋　刘廷玑读吕熊《女仙外史》,提出改"淫亵语"的意见,并作《品题》《回后评》等。

是年　吕熊《女仙外史》成书。该书回评中汇集了王士禛、洪昇、刘廷玑等人的批评，是清代小说批评中一部集体评点的典范。

是年　曹雪芹在江宁织造府内让家班搬演《长生殿》。

是年　欧洲罗马教皇发布有名的"1704年教令"，要求中国教民最重要的条件是禁拜祖宗，致使传教活动在中国受阻。

是年　张琦选辑历代名人书迹、韩崇孟镌刻成《存介堂集帖》八卷。

是年　吴一蜚摹刻苏轼书迹，成《萼辉堂苏帖》四卷。

1705年(康熙四十四年)

夏　张潮读陕西张鼎望《秦腔论》，心向往之，称为"妙腔"。

是年　王原祁奉旨与孙岳颁、宋俊业等编撰《佩文斋书画谱》。

是年　康熙帝命孙岳颁、王原祁等编撰《佩文斋书画谱》，又命以沈荃书迹刻成《落纸云烟帖》。

1706年(康熙四十五年)

四月　金农往萧山拜访毛奇龄。

十月　《全唐诗》在扬州刻成。

冬　丁敬过访金农，相与欣赏讨论金石书画，竟日不倦。

是年　方苞中式进士，后受《南山集》案牵连下狱，在狱中著《礼记析疑》《丧礼或问》。康熙帝亲赞其学问"天下莫不闻"，出狱后入值南书房。

1707年(康熙四十六年)

春　冯武撰成《书法正传》。

是年　徐日升编写《律吕纂要》成书。徐日升为葡萄牙传教士，康熙十二年（1673）奉诏从澳门到北京，教康熙帝西洋乐器和西洋乐理知识。

是年　《御选历代诗余》刊行，康熙帝作序。

是年　金农入何焯门下读书。

1708年(康熙四十七年)

二月　《佩文斋书画谱》一百卷编撰完毕,康熙帝御制序文。

是年　于准摹刻陈奕禧书迹,成《予宁堂法帖》四卷。

是年　金农访谒朱彝尊。

1709年(康熙四十八年)

六月一日　江南道监察御史张莲条奏疏言,请敕地方官严行禁止出卖淫词小说,从之。

是年　张照中进士。

1711年(康熙五十年)

是年　爆发江南乡试案,为清代三大科举案之一。

是年　《渔洋诗话》三卷刻成。

1712年(康熙五十一年)

冬　刘廷玑与友人围炉小酌,谈论小说,遂作《在园杂志》,于1715年刊刻,成为一部论述小说文字的随笔谈。

是年　吴升撰成《大观录》。

是年　王澍中进士。

1713年(康熙五十二年)

是年　戴名世《南山集》案爆发。

是年　由康熙亲自主持,魏廷珍、梅毂成、王兰生以及西方传教士徐日升、德里格等参与校定乐律,于次年(1714)编校《律吕正义》。该书分三遍五卷。上编、下编各二卷,论述中国传统音乐知识;续编一卷,则介绍了有关声律节奏等方面的西方音乐知识。需要指出的是,作为编纂该书的准备,徐日升在此之前编撰了一部《律吕纂要》,分别有汉文本、满文本,专门讲述乐理五线谱,是我国最早介绍写乐理的书籍。还需提到,后来乾隆皇帝以为该书尚有不完备之处,遂于乾隆六年(1741)命允禄、张照等编纂后编,并于四年后成书,称为《律吕正义后编》。

是年　陈鹏年于江中打捞出《瘗鹤铭》碎石五块,移置焦山西南观音寺。

1714年(康熙五十三年)

四月乙亥　诏谕礼部:"朕惟治天下以人心风俗为本,欲正人心,厚风俗,必崇尚经学,而严绝非圣之书,此不易之理也。近见坊间多卖小说淫词,荒唐俚鄙,殊非正理。不但诱惑愚民,即缙绅士子,未免游目而蛊心焉。所关于风俗者非细。应即通行严禁,其书作何销毁,市卖者作何问罪,著九卿詹事科道会议具奏。"礼部议得,凡坊肆市卖一应小说淫词,在内交与八旗都统、都察院、顺天府,在外交与督抚,转行所属文武官弁,严查禁绝,将板与书,一并尽行销毁。如仍行造作刻印者,系官革职,军民杖一百,流三千里;市卖者杖一百,徒三年。买看者杖一百,该管官不行查出者,交与该部按次数分别议处。仍不准借端出首讹诈。初次罚俸六个月,二次罚俸一年,三次降一级调用。

1715年(康熙五十四年)

是年　意大利人郎世宁来到中国。因擅画,被召入内廷供奉,进入如意馆当画师。

是年　《钦定词谱》刊行,康熙帝作序。

是年　张照入值南书房。

是年蒋廷锡辑历代名人书、汤典贻等镌刻成《敬一堂法帖》三十二卷。

1716年(康熙五十五年)

闰三月　大学士陈廷敬等奉旨编撰《康熙字典》完成,康熙为御制序文。

十一月二十九日　《古今图书集成》定稿。

是年　毛奇龄卒,年九十四。有《西河全集》。

1717年(康熙五十六年)

是年　王原祁任总裁官,与宋骏业、冷枚等绘制《万寿盛典图》,朱圭木刻。

1718 年（康熙五十七年）

四月　河南兰阳白莲教案结，教首袁进即朱复业凌迟死，为从之三十六人分别斩决、监候，并令各地严查白莲教徒。

是年　禁天主教。

是年　孔尚任卒，年七十一。有《桃花扇》传奇及《长留集》《湖海集》等。

是年　李青钥辑历代名人书迹、朱声远摹刻成《古宝贤堂法书》四卷。

是年　顾蔼吉撰成《隶八分辩》、《分书笔法》及《隶书偏旁四百五十部》。

1720 年（康熙五十九年）

十一月　黄越作《第九才子书平鬼传序》。

1722 年（康熙六十一年）

是年　徐祺撰辑《五知斋琴谱》。

1723 年（雍正元年）

七月十七日　朱世勋抄录殿春亭本《聊斋志异》成，并以"殿春亭主人"为名作《跋》一则。

是月　南村作《聊斋志异题跋》。

1724 年（雍正二年）

是年　奏准禁市卖淫词小说。

是年　发生河南科场案。

1725 年（雍正三年）

是年　发生汪景祺文字狱案。雍正帝御批："悖谬狂乱，至于此极，惜见此之晚，留以待他日，弗使此种得漏网也。"

是年　金轮选辑历代名人书迹、王文光摹刻成《宗鉴堂法书》二卷。

是年　山东曲阜出土《孔褒碑》。

1726 年(雍正四年)

是年秋　发生查嗣庭江西科场试题案。历来文字狱基本以诗文获罪,以科场试题贾祸可谓绝无仅有。

1727 年(雍正五年)

春　张在辛撰成《隶法琐言》。

1728 年(雍正六年)

二月二十九日　护军参领郎坤在奏折中援引《三国演义》,有"明如诸葛亮,尚误用马谡"之语,雍正帝震怒,下谕将其"革职,枷号三个月,鞭一百发落"。

是年　曾静、吕留良案发。

1729 年(雍正七年)

春　金农回到扬州,旋又赴泽州,并游晋祠、太原等地。

是年　刘璋作《飞花艳想序》。

是年　改教坊司为和声署,掌管外廷朝会燕飨时演奏事宜。

是年　刘大櫆副贡生,官黟县教谕。

是年　年希尧《视学精蕴》(一名《视学》)刊行。

1731 年(雍正九年)

是年　沈德潜开始撰写《说诗晬语》。

是年　石涛《画语录》为汪绎辰抄本题名《苦瓜和尚画语录》。

1732 年(雍正十年)

是年　发生吕留良文字狱。吕留良惨遭开棺戮尸枭首之刑,著作被付之一炬,亲族弟子广受株连,成为清代以来最大的文字冤狱。

是年　汪竹庐摹刻王澍书迹成《虚舟千文十种》。

1733年(雍正十一年)

是年　发生河南科场案。

是年　平定准噶尔首领噶尔丹策零叛乱。

1734年(雍正十二年)

是年　勾曲外史作《水浒传序》。

是年　高凤翰辑古印及自刻,印成《西园印谱》四册。

1735年(雍正十三年)

元月一日　程士任重刻毛纶评点《第七才子书琵琶记》,并作《重刻绣像七才子书序》。

是年　张庚《国朝画耕录》成书。

1736年(乾隆元年)

是年　诏举博学鸿词,各地共推荐267人,录取了19人,其中一等5人,二等10人,续取4人。

是年　闲斋老人题《儒林外史序》。见载于嘉庆八年(1803)刊刻的卧闲草堂本《儒林外史》。

是年　乾隆帝命辑雍正帝胤禛书迹刻成《四宜堂法帖》六卷,及《朗吟阁法帖》十六卷;又诏命采访法书名迹,牛运震与碑帖拓片商人褚峻编成并刊印《金石经眼录》。

1737年(乾隆二年)

闰九月　黄子云《野鸿诗的》成书。

是年　唐岱与郎世宁、丁观鹏等共同完成《圆明园全图》,悬挂于清晖阁北壁。

是年　沈德潜批选唐宋八家之文,后作《唐宋八家文》序。

是年　袁枚作《胡稚威骈体文序》,提出骈散同源异流论。

1738年(乾隆三年)

春　袁枚作《答袁蕙纕孝廉书》,表达了对时文的矛盾态度。

五月二十一日　刑部奉旨议覆广韶学政王丕烈奏严禁淫词小说事。

八月十二日　黄图珌改写《警世通言白娘子永镇雷峰塔》为戏曲《雷峰塔》,并为自序。

是年　陈祖范、姚培谦在济南,协助黄叔琳纂定《文心雕龙辑注》,有序文。

是年　沈德潜撰、厉鹗评《归愚文续》十二卷附《说诗晬语》二卷刊行。《说诗晬语》体现了沈德潜"温柔敦厚"的诗歌标准。

是年　议准坊肆内一应小说淫辞,严行禁绝,版书一并销毁。官员违禁造作、刻印革职,买者罚俸一年。该管官员不行察出,一次者罚俸六月,二次者罚俸一年,三次者降一级调用。仍不准借端出首讹诈。

是年　唐岱与郎世宁、陈枚、丁观鹏等合绘《乾隆帝岁朝行乐图》轴。

1739年(乾隆四年)

是年　方苞奉命编撰的《钦定四书文》成书,共四十一卷,分《钦定化治四书文》《钦定正嘉四书文》《钦定隆万四书文》《钦定启桢四书文》和《钦定本朝四书文》,每篇均圈点旁批,指明行文优劣,文后有总评,为天下士子提供官方标准的八股文范文。

是年　石成金为小说《笑得好》作《自序》。

1740年(乾隆五年)

春日　蒲立德作《聊斋志异跋》。

四月　澹园主人为《三国后传石珠演义》作序。

九月初九　厉鹗为《半缘词》作跋。

是年　江永《律吕新论》成书。

1741年(乾隆六年)

九月　发生谢济世著书案。

1742年(乾隆七年)

是年　郑燮作《板桥词钞序》。

是年　安岐撰成《墨缘汇观》四卷。

1743年(乾隆八年)

十二月　乾隆命张照、梁诗正、张若霭等，著录登记清宫内府所藏书画。

是年　米澍辑历代名人书迹，刻成《米氏祠堂帖》八卷。

1744年(乾隆九年)

一月上旬　金丰为《说岳全传》作序。

二月　张照、梁诗正、张若霭等开始编辑《石渠宝笈》，至次年十月成书。

五月　张照、梁诗正、张若霭等编成《秘殿珠林》。

八月既望　徐大椿作《乐府传声》，专论北曲演唱方法。无我道人《序》云："溯本追源，传声示法，融会贯通，无微不显，度曲宗之，可谓尽善尽美矣。"

十二月　丁敬游扬州，与金农、汪士慎等聚会。

是年　发生顺天科场案。

是年　徐大椿作《乐府传声》，专论北曲演唱方法。无我道人《序》评为："溯本追源，传声示法，融会贯通，无微不显，度曲宗之，可谓尽善尽美矣。"

是年　王坦的琴论专著《琴旨》成书。

1745年(乾隆十年)

是年　夏纶作《南阳乐》传奇。并于1750年收入《惺斋五种》刊行，其他四种为《无瑕璧》《杏花村》《瑞筠图》《广寒梯》。

是年　牛运震编成并刊印《金石图》二卷、《金石广图》四卷。

1746年(乾隆十一年)

春　庄亲王允禄奉旨编撰的《九宫大成南北词宫谱》完成，包括词曲音乐极为丰富，很多曲调是前代流传下来的。

七月初二　黄图珌作随笔，言及《琵琶记》的艺术特点。

是年　李重华改定所著《贞一斋诗话》，调停格调、性质二说，殊无偏废。

是年　厉鹗编成《宋诗纪事》。

是年　张秉直撰成《文谈》。

1747年(乾隆十二年)

十二月　乾隆帝下令从《石渠宝笈》著录的魏晋以来历代名迹中，甄选出部分珍品，命梁诗正、汪由敦、蒋溥等人负责摹刻《三希堂法帖》。

是年　纪昀作《心心在一艺》，提出了"设身处地"的演艺观。

是年　徐大椿继承魏良辅、沈宠绥以来的唱曲理论，著成《乐府传声》刊刻问世。

1748年(乾隆十三年)

二月　乾隆帝东巡，郑板桥被封为"书画史"。

九月　郑燮作《与江宾谷江禹九书》，论文章风格。

九月　丁敬为金农刻"不可一日无此君"印。

是年　张书绅评《西游记》。

是年　厉鹗、查为仁撰《绝妙好词笺》。

1749年(乾隆十四年)

是年　郑燮作家书《潍县署中与舍弟第五书》，提出经世致用的文章观。

是年　吴敬梓《儒林外史》成书，并有钞本行世。

是年　乾隆帝命梁诗正等著录内府所藏古器，仿《宣和博古图》，修撰《西清古鉴》。

1750年(乾隆十五年)

春二月　蔡奡作《增订证道奇书序》。

是年　张坚作《梦中缘》传奇,收入《玉燕堂四种曲》,其他三种为《梦中缘》《梅花簪》《怀沙记》和《玉狮坠》。

是年　陶南望撰成《草韵汇编》。

1751年(乾隆十六年)

一月　纪昀完成《玉谿生诗说》。

九月中旬　莲塘老渔作《聊斋志异跋》。

十月二十五日　为庆祝太后六十岁生日,举行盛大的戏曲演出。蒋士铨为此作承应戏《西江祝嘏》,以表庆寿之意。

是年　彭端淑作《雪夜诗谈》,力主盛唐。

是年　梁诗正等编撰完成《西清古鉴》四十卷。

1752年(乾隆十七年)

是年　蔡奡评点《东周列国志》,并作《序》《读法》,正文有回评,文中有夹批。

是年　董榕作《芝龛记》,全剧六卷六十出。成为又一部以纪史态度搬演明代历史的剧本,并与李玉《麒麟阁》一道,成为除宫廷历史大戏之外最长的传奇。

是年　梁同书、翁方纲中进士。

1753年(乾隆十八年)

七月　上谕内阁禁译《水浒》《西厢》。"似此秽恶之书,非惟无益;而满洲等习俗之偷,皆由于此。如愚民之惑于邪教,亲近匪人者,概由看此恶书所致,于满洲旧习,所关甚重,不可不严行禁止。"

是年　袁枚作《外史志异序》。该书为明人薛朝选撰。

是年　发生"伪造孙嘉淦奏稿"案。

是年　梁诗正、汪由敦等刻成《三希堂法帖》三十二卷,共收入魏晋唐宋元明书家134人。乾隆帝题"烟云尽态"四个大字,又命在北海内筑"阅古楼"安置原帖刻石。

1754年(乾隆十九年)

是年　郑方坤撰《全闽诗话》刊行。

是年　脂砚斋已开始评点《红楼梦》。甲戌本第1回有"至脂砚斋甲戌抄阅再评"。此按,现在称脂砚斋评点《红楼梦》,署名较复杂,时间不一,且因版本不同而有差别。常见者为:脂砚斋评语多在乾隆二十四年己卯(1759);畸笏叟评语多在乾隆二十七年壬午(1762),乾隆三十年乙酉(1765),乾隆三十二年丁亥(1767)。又,甲戌本第1回有"甲午八月泪笔",当为乾隆三十九年(1774);庚辰本当为乾隆二十五年(1760)。曹雪芹《红楼梦》的成书,有壬午(1762)、癸未(1763)、甲申(1764)三说。脂砚斋的评点,基本与之同时。

是年　福建道监察御史胡定奏称:"盗言宜申饬也。阅坊刻《水浒传》,以凶猛为好汉,以悖逆为奇能,跳梁漏网,惩创蔑如。乃恶薄轻狂曾经正法之金圣叹,妄加赞美;梨园子弟,更演为戏剧;市井无赖见之,辄慕好汉之名,启效尤之志,爰以聚党逞凶为美事,则《水浒》实为教诱犯法之书也。……臣请申严禁止,将《水浒传》毁其书版,禁其扮演,庶乱言不接,而悍俗还谆等语。"吏部奏请,议准。

1755年(乾隆二十年)

一月　高塞侯为《三国英雄略传》作序文。

十月　御制平定准噶尔告成太学碑文。

是年　发生胡中藻文字狱案。以其任广西学政时所出试题中有"乾三爻不象龙说"七字,指责诋毁乾隆年号;所写《坚磨生诗抄》中有"一把心肠论浊清",指责故意在清国年号加"浊"字。诗中还有"斯文欲被蛮"等句,因有"夷""蛮"字样,被说成是辱骂"满人";又有"老佛如今无疾病,朝门闻说不开开"句,被指斥是讥讽乾隆的朝门开不开。胡中藻被斩首示众。

是年　戴震作《与方希原书》，提出先道后艺的文章观。

是年　乾隆帝命蒋溥、汪由敦等，选《三希堂法帖》遗漏的唐宋元书法作品三十八件，刻成《墨妙轩法帖》四卷，作为《三希堂法帖》的续帖。

1756年(乾隆二十一年)

是年　王文治随周煌出使琉球，册封为琉球国王。

1757年(乾隆二十二年)

是年　袁枚作《赠黄生序》。

是年　彭家屏以私藏明季野史、族谱《大彭统记》，于御名直书不缺笔坐斩。同邑诸生段昌绪以传钞吴三桂檄并加批点被诛。

是年　发生两起文字狱案件，分别是朱思藻吊时案、陈安兆著书案。

1758年(乾隆二十三年)

七月初三　刘一明作《西游原旨序》。

是年　发生顺天科场案。

是年　任应烈为《诗法指南》作序。

是年　袁枚作《答友人某论文书》、《答友人论文第二书》、《与程蕺园书》。

是年　杨际昌《国朝诗话》二卷成书。

是年　曹锡黼作《雀罗庭》《曲水宴》《宴滕王》《同谷歌》杂剧，合称《四色石》。又作杂剧《桃花吟》。

1759年(乾隆二十四年)

十一月　御制平定回部告成太学碑文。

是年　发生沈大章密造逆书案。

是年　方世举撰成《兰丛诗话》。

是年　顾龙振辑成《诗学指南》八卷，开何文焕《历代诗话》之先声。

是年　纪昀作《唐人试律说》。

是年　袁枚作《答惠定宇书》。

1760 年（乾隆二十五年）

四月　明安图带队测绘回部舆图成，回北京。

是年　汤聘撰成《律赋衡裁》。

是年　朱琰辑成《学诗津逮》八种。

是年　汪启淑辑成《飞鸿堂秦汉印谱》。

1761 年（乾隆二十六年）

是年　乾隆帝《御制诗二集》刊行，翁方纲参加缮写。

1762 年（乾隆二十七年）

是年　纪昀点论黄庭坚诗集，作《书黄山谷集后》五则。

是年　李百川完成《绿野仙踪》，并作《自序》。

是年　一素子传《琵琶谱》。

是年　郎世宁和王致诚、艾启蒙、安德义一起为铜版组画《乾隆平定准部回部战图》册绘制图稿。这套 16 幅的图稿后来通过广州海关送往法国巴黎镌刻成铜版印刷，成为宫廷艺术珍品之一。

是年　鄂弼辑元明人书迹，刻成《环香堂法帖》一卷。

是年　卢见曾重刻宋赵明诚《金石录》于扬州。

是年　翁方纲典试湖北。

是年　纪昀授福建学政。

1763 年（乾隆二十八年）

二月　袁枚作《答沈大宗伯论诗书》。是年，又作《再与沈大宗伯书》、《答施兰垞论诗书》、《答兰垞第二书》。

九月　金农卒于扬州。

是年　杨绳武所编《文章鼻祖》有刻本。

是年　钱德苍萌生辑刊戏曲选本《缀白裘新集》之意，自乾隆二十九年（1764）至乾隆三十九年（1774），历经十年、四个出版阶段，辑录当时最流行的昆曲、花部剧目521出，成为戏曲选本史上最重要的著作。

　　是年　姚鼐中式进士，官至刑部郎中，充《四库全书》编修官。

　　是年　段玉裁与梁巘在北京定交，并向梁巘请教笔法。

　　是年　董诰成进士。

1764年(乾隆二十九年)

　　二月　陶家鹤作《绿野仙踪序》。

　　三月　芙蓉主人为《痴婆子传》作自序。

　　是年　浦铣始作《历代赋话》。

　　是年　吴镇补续《声调谱》。

1765年(乾隆三十年)

　　三月　芙蓉主人为《痴婆子传》作自序。

　　十一月　余集作《聊斋志异序》。

　　是年　翁方纲始撰《石洲诗话》。

　　是年　浦铣始作《历代赋话》。

　　是年　吴镇补续《声调谱》。

1766年(乾隆三十一年)

　　五月初三日　赵起杲作《聊斋志异弁言》。

　　是年　《聊斋志异》青柯亭本刊刻，成为最早的刻本。《聊斋志异》完稿于康熙后期，此前的半个世纪中仅以抄本形式流传。

　　是年　张象魏辑《诗说汇》五卷，有刊本。

1767年(乾隆三十二年)

　　二月　开馆修《续通志》、《通典》及改订所修《续文献通考》。

　　五月　蔡显《闲闲录》文字狱案发，祸殃众学者。

　　是年　郭兆麟撰成《梅崖诗话》。

　　是年　袁枚作《续诗品》三十二首及《续诗品三十二首有序》。

　　是年　蒋重光编《昭代词选》刊行。

1768年(乾隆三十三年)

一月十三日　郑虎文为《梦田词》作序。

八月望日　吴璿为《飞龙全传》作序。

是年　永忠作《因墨香得观〈红楼梦〉小说吊雪芹诗三首》。

是年　张宗橚《词林纪事》撰成。

是年　朱燮撰成《古学千金谱》。

是年　曾恒德辑历代名人书迹,刻成《滋惠堂墨宝》八卷。

1769年(乾隆三十四年)

是年　乾隆帝命重刻《淳化阁帖》,并逐卷自作跋文。

是年　蒋士铨作《越风序》。

是年　袁枚作《虞东先生文集序》,提出六经借"文"传,而非借"道"传。

是年　沈德潜卒,年九十七。著有《沈归愚诗文全集》,选有《古诗源》《唐诗别裁》《明诗别裁》《国朝诗别裁》。

1770年(乾隆三十五年)

春季　程大衡为《缀白裘合集序》。

是年　何文焕辑《历代诗话》成。

是年　李调元作《剧话序》,认为戏曲可以"兴、观、群、怨"。

是年　蔡元放评改《水浒后传》,并作《序》《读法》,每回正文前有总评,内有夹评。

是年　葛正笏辑历代名人书,穆大展摹刻成《仁聚堂法帖》。

1771年(乾隆三十六年)

十月二十五日　为庆祝太后八十岁生日,再次举行盛大戏曲演出。方成培为参加此次会演,将黄图珌《雷峰塔传奇》的结局由悲剧改为喜剧,使之更适合一般人的喜好。

十二月二十一日　纪昀作《瀛奎律髓刊误序》。

是年　侯定超作《绿野仙踪序》。

是年　蒋士铨作《桂林霜》传奇，收入《藏园九种曲》。

是年　汪鸣珂辑历代名人书、王景桓镌刻成《澹虑堂墨刻》。

是年　翁方纲刊印自著《粤东金石略》。

1772 年(乾隆三十七年)

七月　廉泉从姚鼐尺牍中摘录而成《惜抱轩语》。

是年　翁方纲在北京与罗聘定交，又在京与钱大昕研讨两汉金石。铁保中进士。

1773 年(乾隆三十八年)

夏　蒋澜辑《艺苑名言》成书。

是年　开四库全书馆。乾隆帝命永瑢、刘统勋、纪昀等负责编撰《四库全书》。

是年　浦铣开始撰写《复小斋赋话》。

是年　翁方纲撰并刊行《焦山鼎铭考》。

是年　沈栻、孔继涑辑录张照书画题跋，刻成《大瓶斋书画跋》。

1774 年(乾隆三十九年)

三月　许渭森为《缀白裘十一集》作序。

四月十日　何昌森作《水石缘序》。

是年　李怀民《重订中晚唐诗主客图》成书。

是年　袁枚作《覆家实堂》。

是年　禁淫词小曲。

是年　邓石如在安徽寿州结识梁巘。

是年　张道源辑历代名人书迹，刻成《眠云谷藏帖》。

是年　王亶望辑米芾书迹，刻成《清芬阁米帖》续帖、三刻、四刻，共十八卷。

是年　王治歧在河北元氏县城外，访得汉《祀三公山碑》。

1775 年(乾隆四十年)

是年　叶矫然撰《龙性堂诗话》初续集,有刊本。

是年　杭世骏撰《榕城诗话》,有刊本。

是年　朱一飞所编《律赋拣金录》,有初刻本。

是年　陈朗《孝义雪月梅传》刊行。陈朗有《自序》,董孟汾题《跋》,并作(月岩氏)《雪月梅读法》及回后总评。

是年　查禁明末时事剧、署名清笑生所作《喜逢春传奇》。

是年　胡彦升出版《乐律表微》,讨论荀勖笛律的相关问题。自此,魏晋人荀勖的律学贡献开始受到关注。

1776 年(乾隆四十一年)

是年　诏令四库馆销删"抵触本朝"书籍,对明季诸人书集,如像黄宗羲、顾炎武、王夫之、张煌言等人的著作,"词意抵触本朝者,自当在销毁之列";对叶向高、熊廷弼、杨涟、左光斗、刘宗周、黄道周等人书籍,其"所有触碍字样,固不可存,然只须删去数卷,或删去数篇,或改定字句,亦不必因一二卷帙遂废全部"。这相当于确定了《四库全书》在编辑中进行禁毁和抽毁的基本方针。

是年　江苏巡抚萨载奏查海来道人《鸳鸯绦传奇》,杨魁奏查三吴居士《魏党广爱书传奇》。

1777 年(乾隆四十二年)

三月十六　李绿园为《〈绿园诗钞〉自序》。

八月白露　李绿园为《〈歧路灯〉自序》。《歧路灯》的创作大约始于 1748 年,前后历时近三十年。

是年　李汝襄撰成《广声调谱》。

是年　宋思敬辑董其昌书迹、王凤仪镌刻,成《传经堂法帖》。

1778 年(乾隆四十三年)

闰六月　李调元为《雨村赋话》作序。

是年　江宁布政使刊《违碍书籍目录》，包括《九籥集》《镇海春秋》《定鼎奇闻》《樵史演义》等书，均认为语多悖谬，应请销毁。

是年　发生徐述夔文字狱案。徐述夔遗著《一柱楼诗》中有"明朝期振翮，一举去清都"；"大明天子重相见，且把壶儿搁半边"。乾隆帝认为，"壶儿"就是"胡儿"，显系影射讥刺。命将徐述夔、其子徐述祖（均已死）戮尸，其孙食田论斩，失察之江苏布政使陶易、列名校对之徐首发等俱斩监候。已故礼部尚书沈德潜曾为之作传，命将其御赐碑仆倒，磨毁碑文，并撤出乡贤祠。

是年　章学诚中式进士，官国子监典籍，后入毕沅幕府。

是年　乾隆帝以《永乐大典》册后余纸，分赐四库全书馆诸臣。

是年　蓝嘉瑄于山东济宁，掘出汉《郑固碑》。云南南宁县城南扬旗田，出土《爨龙颜碑》。

是年　桂馥成《续三十五举》。

1779 年（乾隆四十四年）

七月　姚鼐编《古文辞类纂》七十五卷成书。

是年　发生钱谦益文字狱案。指责钱氏所著《初学集》《有学集》中有诋谤语，命将其书版及印行之书交出汇齐送京销毁，违者治罪，并将其列为"悖妄著书人诗文"，著述已载入县志者均被删削。

是年　滋林老人作《说呼全传序》。

是年　和邦额作《夜谭随录自序》，又于乾隆五十六年辛亥（1791）年作《序》。

是年　凌廷堪作《论曲绝句三十二首》。

1780 年（乾隆四十五年）

是年　鲁九皋撰《诗学源流考》，有刊本。

是年　袁枚作《钱筠沙先生诗序》。

是年　朝廷着令巡盐御史伊龄阿在扬州设局改剧，黄文旸任总校，凌廷堪、沈起凤等多人参与，花费一年多时间审阅古今杂剧传奇，撮其关目大概，编成《曲海》一书，又将剧目作者编成总目一卷，后人称为《曲海目》（亦称《曲海总目》）。共辑录元明清三朝剧作达1113种，保存了剧目、剧情、本事、作者、失传折子戏等资料。

是年　梁巘介绍邓石如到江南梅镠家。邓石如遍临梅氏所藏三代秦汉金石拓本，书艺大进。

1781年(乾隆四十六年)

春　黄文旸奉旨查办、修改词曲，著《曲海》二十卷。

是年　第一部《四库全书》抄写完毕并装潢进呈，标志者从乾隆三十七（1772）年开始动议编纂并征书的浩大工程有了结果，成为我国传统文化最丰富和最完备的集成之作。

是年　王芑孙所撰《读赋卮言》成书。

是年　袁枚作《仿元遗山〈论诗〉》三十八首。

是年　蒋士铨作杂剧《一片石》、《第二碑》,《空谷香》《雪中人》《临川梦》《香祖楼》传奇。

是年　沈宗骞《芥舟学画编》成书。

是年　翁方纲撰《石鼓考》八卷。

是年　毕沅撰成并刊行《关中金石记》八卷。

1782年(乾隆四十七年)

七月　《四库全书》编撰完成。

八月十五日　天花藏主人撰《天花藏合刻七才子书序》，成为才子佳人小说理论的代表。

九月上旬　水箬散人为《驻春园小史》作序。

是年　李调元辑《雨村诗话》二卷，论古人诗。

1783年(乾隆四十八年)

十月（良月）　剩斋氏作《英云梦传弁言》。

是年　李调元写成《雨村曲话》二卷。

是年　查随庵辑《词论》，有刊本。

是年　乾隆帝同意意大利耶稣会士在宫廷内排演匹钦尼的歌剧《切奇娜》，并大张旗鼓地搭建舞台，布置幕景，以方便观看。

1784 年（乾隆四十九年）

九月中旬　梦觉主人作《红楼梦序》。

是年　蒋鸣珂撰《古今诗话探奇》二卷，有刊本。

是年　李调元自刻《函海》本《雨村剧话》。

1785 年（乾隆五十年）

五月　袁枚作《赵云松瓯北集序》《蒋心余藏园诗序》。

是年　姚东樵摹刻历代名人书迹，成《因宜堂法帖》八卷。

是年　乾隆帝命以蒋衡所书《十三经》刊石立于太学，并御制序文。

1787 年（乾隆五十二年）

是年　毕沅撰成并刊行《中州金石记》五卷。

是年　孔瑶山辑刻历代名人书迹，成《瑶山法帖》六卷。

是年　姚东樵摹刻唐宋名人书迹，成《唐宋八大家法书》。

1788 年（乾隆五十三年）

五月　袁枚为《历代赋话》作序。

八月十七日　王昶为《琴画楼词钞》作序。

是年　阮元为孙梅《四六丛话》作序。

是年　袁枚作《子不语序》。

是年　武亿撰成并刊行《偃师金石录》。

1789 年（乾隆五十四年）

七月　孙梅为《四六丛话》作自序，程杲为序。

八月　叶葆所撰《应试诗法浅说》成书。

十一月　章学诚作《与沈枫墀论学》，又于是年作《文理》。

是年　纪昀开始撰写笔记小说《阅微草堂笔记》，至嘉庆三年（1798）戊午写成。

是年　舒元炜作《红楼梦序》，这个版本的《红楼梦》被称为舒序本、舒本或己酉本。

是年　翁方纲撰成并刊行《两汉金石记》。

是年　毕沅辑历代名人书迹、钱泳摹刻成《经训堂法书》十二卷。

1790年（乾隆五十五年）

七月　秦潮为《四六丛话》作跋言。

九月二十五日　乾隆帝为庆祝自己八十岁生日，举行大规模戏曲演出。闽浙总督伍拉纳选派以高朗亭为主要演员的徽班"三庆班"进京祝寿，一唱而红，被评为"京都第一"。

是年　"三庆""四喜""春台""和春"四大徽班进京，并在嘉庆、道光间融合发展形成京剧。

是年　戚蓼生作《红楼梦序》。

是年　袁枚自刻《随园诗话》。

是年　翁方纲撰成并自书《宝晋斋研山考》。

是年　武亿撰成并刊行《金石三跋》。

1791年（乾隆五十六年）

六月　霁园主人为《夜谭随录》作自序。

是年　程伟元、高鹗分别作《红楼梦序》，被称为程甲本的百廿回《红楼梦》刊行。

是年　沈起凤《谐铎》刊行。

正月　王杰、董诰、阮元等开始编写《秘殿珠林》和《石渠宝笈》的续编，于癸丑年五月编成。

1792年(乾隆五十七年)

五月十二日　茸城自怡轩主人许宝善作《〈娱目醒心编〉序》。《娱目醒心编》，属"玉山草亭老人编次"，即杜纲。

六月　段玉裁撰《戴东原集序》。

十二月　赏心居士作《水浒后传叙》。

是年　卢文弨作《杜诗双声韵谱序》。

是年　袁枚作《与孙俌之秀才书》。

是年　张惠言为《七十家赋钞》作《叙目》一篇。

是年　程伟元、高鹗合作《红楼梦引言》，被称为程乙本的《红楼梦》刊行。

是年　乾隆帝第三次巡幸五台山时，编演"昆弋承应宴戏"《四海升平》。

1793年(乾隆五十八年)

二月　英和、吴其彦、胡敬等开始编写《秘殿珠林》和《石渠宝笈》的三编。

五月　阮元撰成《石渠随笔》。

八月十四日　英国使臣马嘎尔尼和副使斯当东在热河避暑山庄参加乾隆帝万寿节庆典，并在清音阁大戏楼看戏。

十月　黄易于山东曲阜访得汉《熹平残碑》。

十一月　盛时彦跋纪昀《姑妄听之》。

是年　许宝善为杜纲《南史演义》作序。

是年　蒋和撰成《汉碑隶体举要》。

是年　江声用篆书抄写自著《尚书集注音疏》并刊行。

1794年(乾隆五十九年)

四月　姚鼐撰《海愚诗钞序》、《树经堂诗集序》。

冬　纪昀作《耳溪诗集序》和《耳溪文集序》。

是年　张问陶作《论诗十二绝句》。

是年　周春著《阅读红楼梦随笔》。

是年　李春荣为《水石缘》作后序。

是年　汪辉祖辑清代名人书、冯明和等摹刻成《双节堂赠言》十卷、附录二卷。

是年　蒋和辑其祖父蒋衡、父蒋骥及自撰书画论著,刻成《蒋氏游艺秘录》。

1795年(乾隆六十年)

三月　许宝善为作《〈北史演义〉序》。《北史演义》,亦为杜纲著。

六月　李调元为《雨村诗话》作序。

是年　刘开撰《复陈编修书》。

是年　许宝善为杜纲《北史演义》作序。

是年　曾衍东作《小豆棚自序》。《小豆棚》的写作,约始于乾隆四十六年(1781)前。

是年　李斗撰成《扬州画舫录》,并作《自序》。书中提出"花部"、"雅部"的概念,涉及乾隆年间剧坛上"花雅之争"的现象。作为发展的结果,昆腔结束了一腔独尊的历史,终于在嘉庆道光年间,全国形成了新四大声腔(昆腔、高腔、皮黄腔、梆子腔)并峙的局面。

是年　阮元编撰完成《山左金石志》,次年刻成行世。

是年　蔡廷弼摹刻历代名人书迹,成《太虚斋珍藏法帖》五卷。

1796年(嘉庆元年)

春纪　昀作《丙辰会试录序》。

是年　陶元藻撰《凫亭诗话》,有刊本。

是年　刘大櫆《论文偶记》刊行。

是年　章学诚初刻《文史通义》。

是年　逍遥子《后红楼梦》问世,成为《红楼梦》的第一部续书,由此掀起一股续红风,出现了多种续红小说。

是年　瞿颉作《鹤归来》传奇。

是年　万承风辑刻黄庭坚书迹，成《宋黄文节公法书》四卷。

是年　汪榖摹刻王文治书迹，成《快雨堂诗帖》二卷。

是年　歙县豹氏摹刻钱泳临书，成《钱泳缩临唐碑》三十二卷。

是年　武亿撰成并刊行《授堂金石文字续跋》。

是年　钱坫撰成并刊行《十六长乐堂古器款识考》。

是年　桂馥编成《缪篆分韵》六卷。

1797 年（嘉庆二年）

八月　张惠言、张琦合编《词选》成，金应珪校刻。

八月　阮元摹刻"天一阁"藏宋拓《石鼓文》完成，置于杭州府学。

是年　张惠言、张琦选编《词选》刊行。

是年　阮元重刻宋薛尚功《历代钟鼎彝器款识识法帖》。

是年　钱坫撰成并刊行《浣花拜石轩镜铭集录》。

1798 年（嘉庆三年）

七月　吴骞刻所著《拜经楼诗话》。

八月　十二日梁联第作《栖云山悟元道人西游原旨叙》。

是年　崔象川著《白圭志》，并请何晴川作《序》。

是年　《施公案》正集八卷九十七回有序文，嘉庆二十五年（1820）厦门文德堂有刊本。

是年王昶作《姚苣汀词雅序》，以周邦彦、姜夔、张炎等为词学之宗。

1799 年（嘉庆四年）

二月　乾隆帝驾崩。给事中王念孙首劾大学士和珅，嘉庆帝立即宣布革和珅职，下狱治罪。不久，赐和珅在狱中自尽。

二月　杨春和作《西游原旨序》。

是年　嘉庆帝因八旗子弟征逐歌场，下令禁止京师城内开设戏园。

是年　纪昀作《清艳堂诗序》《清艳堂赋序》。

是年　张惠言进士，改庶吉士，充实录馆纂修官，武英殿协修官。

是年　秦震钧摹刻历代名人书，成《三希堂法帖摹本》六卷。

1800年（嘉庆五年）

是年纪昀作《挹绿轩诗集序》。

是年　屠绅的长篇文言小说《蟫史》初版刊行，首有小停道人序、杜陵男子序。

是年　陈韶摹刻刘墉、梁同书书迹，成《刘梁合璧》4卷。

是年　翁方纲撰成《苏斋唐碑选》。

是年　朱履贞撰成《书学捷要》。

是年　黄易撰成《小蓬莱阁金石文字》，钱大昕作序、翁方纲作题记并诗。

1801年（嘉庆六年）

三月初三　苏宁阿作《西游原旨序》。

四月　阮元《经籍籑诂补遗》撰成。

是年　赵翼《瓯北诗话》十卷完成。

是年　洪亮吉开始撰写并完成《北江诗话》。洪亮吉在看到赵翼《瓯北诗话》初稿后，在《赵兵备翼以所撰唐宋金七家诗话见示，率跋三首》的注中写道："余时亦作《北江诗话》，第一卷泛论自屈宋起。"

是年　张汝执、菊圃评点《红楼梦》，在萃文书屋活字印本上刊行。

是年　秦震钧选辑历代名人书迹、汤铭摹刻成《寄畅园法帖》六卷。

是年　谢启昆撰成并刊行《粤西金石略》。

1802年（嘉庆七年）

二月　孙星衍、邢澍撰成并刊行《寰宇访碑录》。

四月　焦循撰《文章强弱辨》。

八月十五日　潘弈藻作《律诗四辨跋》。

秋　包世臣得识邓石如于镇江，向邓氏请教书法，邓刻"先生之风山高水长"印，赠包氏。

十月癸亥　上谕内阁禁毁小说。

是年　王昶选编《明词综》《国朝词综》刊行。

是年　姚鼐撰《述庵文钞序》。

是年　王昶为《国朝词综》作序。

是年　王曰旦辑恽寿平书迹、毛湘渠摹刻成《爱石山房刻石》一卷。

是年　洪亮吉掌安徽旌德洋川书院。

是年　梁章钜成进士。

是年　张惠言卒，年四十二。著有《茗柯词》《茗柯文编》，与张琦合编有《词选》。

1803年(嘉庆八年)

八月　邓石如与钱鲁斯相识。

十一月　焦循撰《答黄春谷论诗书》。

是年　魏景文撰《古诗声调细论》成书。

是年　卧闲堂巾箱本《儒林外史》刊刻，载有无名氏的回评。卧本是今存最早的《儒林外史》刻本。

是年　盛时彦撰《阅微草堂笔记序》。

是年　郭麐《衡梦词》、《浮眉楼词》刊行，自序。

是年　韩是升摹刻清代名人书迹，成《列真宝训》。

是年　唐作梅选辑赵孟頫、董其昌书迹，汤铭摹刻成《绿豁山庄法帖》四卷。

是年　翁方纲撰成《苏米斋兰亭考》八卷。

是年　张燕昌撰成《飞白录》。

是年　邓石如与包世臣再晤于扬州。

1804年(嘉庆九年)

十一月　邓石如访李兆洛于阳湖辨志书塾，流连旬日。

是年　庚岭劳人《蜃楼志》本衙藏版刊行，首有罗浮居士《序》。

是年　凌廷堪作《燕乐考原序》。据此可知，《燕乐考原》这部乐律论著当为其晚年之作。

是年　嘉庆帝颙琰命以成亲王永瑆书迹，摹刻成《诒晋斋书》五卷。

是年　王望霖选辑明清人书迹，范圣传摹刻成《天香楼藏帖》八卷。

是年　阮元纂成《积古斋钟鼎彝器款识》并刊行。

1805年（嘉庆十年）

五月　徐熊飞作《修竹庐谈诗问答》。

秋　王昶撰成《金石萃编》。

冬　焦循撰《剧说》。

是年　朝廷下谕，严禁西洋人刻书传教。按，雍正年间，法国传教士马若瑟以小说传教，编撰章回小说《儒交信》，将天主教义与儒家学说融合，加强传教效果。

是年　谢希曾选辑历代名人书迹，高铁厂等摹刻成《契兰堂法帖》八卷。

是年　永瑆辑历代名人书迹，袁治摹刻成《诒晋斋法帖》四卷。

是年　孙铨辑永瑆书迹，陈景川摹刻成《寿石斋藏帖》四卷。

是年　刘环之奉旨选辑刘墉书迹，钱泳摹刻成《清爱堂石刻》四卷及《清爱堂墨刻》二卷。

是年　孙吴《天发神谶碑》毁于火。

是年　朱为弼、姚元之、李兆洛成进士。

1806年（嘉庆十一年）

四月初九　俞万春有作《荡寇志》之意。据其自题《荡寇志缘起》载，是夜，俞氏梦雷霆上将陈丽卿付嘱，将欲"助国家殄灭妖氛"，俞氏醒而寤，遂附会《水浒传》而为之。又据其弟俞蠡《续序》载："是书之作，始于道光六年，与兄夜坐，约三更后，星光如筛，尽下西北隅；少顷，一大星复起,众星随之。 兄曰:太白侵斗,乱将作矣。 孰知罗贯中之害,至于此极耶! 晓白诸庭,先大夫命兄作是书,命五弟临作《纲史正气录》以辅之,更五弟之名曰辅清。"

六月　扬州太守伊秉绶请阮元重刻"天一阁"藏宋拓《石鼓文》,置于扬州府学。

九月　段玉裁撰《潜研堂文集序》。

十月二十日　恽敬作《与曹俪笙侍郎书》,较全面地阐明了阳湖派与桐城派立论之异同。

十月　阮元撰《十三经校勘记》刻成。

是年　铁保辑刻历代名人书迹,成《人帖》四卷。

是年　江苏江都惠昭寺出土汉《甘泉山刻石残字》。

1807 年(嘉庆十二年)

正月　阮元修扬州隋炀帝陵完毕,嘱伊秉绶书碑记之。

二月　阮元获西汉厉王胥冢二石于扬州甘泉山,嘱伊秉绶移置州署。

是年　石韫玉评点《六十种曲》。

是年　饬令大小臣工,凡遇喜庆等事,暂停演戏。 祈雨斋戒及祭日,所有戏园,概不准演唱戏剧。

是年　王芑孙选辑《古赋识小录》,有校刻本。

是年　汪縠选辑清代名人书迹,汤泽山摹刻成《试砚斋帖》四卷。

是年　刘恕摹刻宋代名人书迹,成《宋贤六十五种》八卷。

是年　段玉裁撰成《说文解字注》三十卷。

1808 年(嘉庆十三年)

是年春　李雨堂作《万花楼杨包狄演义叙》。

五月至十月　沈复著自传体小说《浮生六记》。

十月　段玉裁于娄东书院撰成《述笔法》。

是年　吴乔撰《围炉诗话》,有刊本。

是年　徐涵撰成《芙蓉港诗词话》。

是年　孙铨选辑历代名人书迹，刻成《寿石斋藏帖》四卷。

是年　董诰任会试主考官。包世臣成举人。

1809 年（嘉庆十四年）

是年　英和选辑赵孟頫书、钱泳摹刻，成《松雪斋法书》六卷。

1810 年（嘉庆十五年）

六月　御史伯依保奏禁《灯草和尚》《如意君传》《浓情快史》《株林野史》《肉蒲团》等。

是月辛卯　上谕内阁：御史伯依保奏，请禁小说一摺。坊本小说，无非好勇斗狠，秽亵不端之事，在稍知自爱者，尚不为其所惑，而无知之徒，一经入目，往往被其牵诱。于风俗人心，殊有关系，本干例禁，但日久奉行不力，而市贾又以此刊刻取利，其名目尚不止如该御史所奏数种，著五城御史出示晓谕禁止，如有此等刻本，即行销毁，亦不得令吏胥等借端向坊市纷纷搜查，致有滋扰。

是年　周济《词辨》（十卷）成书，《词林韵释》（《词学丛书》）刊行。

是年　孙奎撰《春晖园赋苑卮言》，有初刻本。

1811 年（嘉庆十六年）

六月　阮元编成《汉延熹西岳华山碑考》四卷。

十一月　吴展成作《燕山外史序》。

是年　潘德舆《养一斋诗话》撰成。

是年　姚莹作《与吴岳卿书》《与吴春麓员外书》。

是年　东观阁主人王德化重刊《新增批评绣像红楼梦》，成为《红楼梦》最早带有评点的刻本和最早的刻本之一。

是年　禁止官员入戏园看戏及在内城开设戏园。

是年　徐达源辑清代名人书迹，刻成《紫藤花馆藏帖》四卷。

是年　江懋恬辑历代名人书迹、刘文奎等摹刻成《惕无咎斋藏帖》

二卷。

是年　董诰再任会试主考官。林则徐成进士。

1812 年（嘉庆十七年）

是年　潘德舆初编诗话，名为《说诗牙慧》。

是年　姚莹作《复杨君论诗文书》《复吴子方书》。

是年　二知道人蔡家琬撰成《红楼梦说梦》，并有解红轩刊本。

是年　周济《词辨》（二卷）刊行，自序。所作《介存斋论词杂著》成书。

是年　周光纬选辑历代名人书迹、叶潮摹刻成《红蕉馆藏真》。

是年　钱泳摹刻历代名人书迹，成《小清秘阁》十二卷。

是年　叶奕苞撰成《金石录补》及《金石续录》。

1813 年（嘉庆十八年）

九月　阮元撰《文言说》。

冬十月丙午　御史蔡炯奏请饬禁民间结会拜会，及坊肆售卖小说等书。"至稗官小说，编造本自无稽，因其词多俚鄙，市井粗解识字之徒，手挟一册，熏染既久，斗狠淫邪之习，皆出于此，实为风俗人心之害。坊肆刊刻售卖，本干例禁，并著实力稽查销毁，勿得视为具文。"

十二月癸丑　谕准陈预奏，禁开设小说坊肆及扮演好勇斗狠各杂剧。

是年　姚莹作有《张南山诗序》《黄香石诗序》《论诗绝句六十首》。

是年　天理教众"夺门犯阙"，朝野震惊。嘉庆下谕，严禁民间结会拜会及坊肆售卖小说；年底又下旨禁止开设租赁小说的书肆。

是年　龚自珍写成《明良论》四篇。

是年　沈绮雲选辑、钱泳摹刻成《小楷集珍》八卷。

是年　翁方纲刊印自撰《苏米斋兰亭考》八卷。

1814 年（嘉庆十九年）

三月　钱泳访阮元于淮阴官署，阮元出示所撰《南北书派论》。

九月二十一日　姚莹作《与张阮林论家学书》。

是年　李宗文撰《律诗四辨》，有刊本。

是年　法式善撰《梧门诗话》成书。

是年　黄定兰选辑明代人书、冯瑜摹刻成《甬上明人尺牍》二卷。

是年　王森文于陕西褒城石门访得汉《李禹通阁道摩崖》。

1815 年（嘉庆二十年）

十月前　舒位《乾嘉诗坛点将录》成书。

是年　郭麐撰《灵芬馆诗话》，约成书于本年。

是年　邵堂作《论诗》六十首，评屈原以下六十位诗人。

是年　钱泳摹刻历代名人书迹，成《写经堂帖》八卷。又摹刻蔡襄书迹，成《福州帖》四卷。施秋水辑钱泳临书、钱泳摹刻成《问经堂帖》四卷。

是年　梁同书辑明清人书迹、冯瑜摹刻成《明人国朝尺牍》十卷。

是年　贝镛辑历代名人书迹、方云裳等摹刻成《宝严集帖》五卷。

是年　叶梦龙辑历代名人书迹、谢云裳摹刻成《友石斋法帖》四卷。

是年　师亮辑历代名人书迹、钱泳摹刻成《秦邮帖》四卷。

是年　王日升辑清代名人书迹刻成《国朝名人小楷》四卷。

是年　吴修辑梁同书书迹、冯瑜摹刻成《青霞馆梁帖》六卷。

是年　英和辑刘墉书迹刻成《刘文清公手迹》四卷。

是年　黄湄辑黄庭坚书迹、钱泳摹刻成《黄文节公法书石刻》六卷。

1816 年（嘉庆二十一年）

六月英和、吴其彦等奉旨纂修《秘殿珠林》《石渠宝笈》三编完成。至此，清代内府收藏的书画作品基本被清理和鉴定完毕。

是年　恽敬撰《大云山房文稿二集自序》，明确了阳湖派古文写作的追求方向。

是年　郭麐《灵芬馆词话》刊行。

是年　胡敬为《国朝院画录》自序。

是年　钱泳摹刻赵孟頫书迹，成《松雪斋法书墨刻》六卷。

是年　瑞元选辑铁保书迹，刻成《惟清斋手临各家法书》四卷及续二卷。

是年　汤铭摹刻董其昌书迹，成《如兰馆帖》四卷。

是年　福建巡抚王绍兰嘱钱泳重新摹刻南唐徐铉所临秦《碣石刻石》于焦山。

1817年(嘉庆二十二年)

二月十二日　郭麐作《双红豆阁词序》。

十月　翁方纲跋汉《刘熊碑》双钩残本。

冬　李荔云作《西湖小史序》。

是年　焦循手订《雕菰楼集》，其中的《文说》三则、《词说》两则、《琳雅词跋》《与王钦莱论文书》，体现了其文论观点。

是年　彭兆荪作《七家词序》。

是年　包世臣作《与杨季子论文书》《再与杨季子书》。包世臣与张琦同客京师，以书法相互切磋，包撰成《述书》上、中两篇。秋，包世臣离京至扬州，时姚配中初来扬州教馆，请教书法于包。

是年　福建布政使李赓芸被逼自缢，嘉庆帝查后将总督汪志伊、巡抚王绍兰革职，知府涂以辀发往黑龙江充当苦差，到配之日再加枷号三个月。

是年　冯瑜摹刻梁同书书迹，成《频罗庵法书》八卷，亦名《慕义堂梁帖》。

是年　毛渐逵辑历代名人书迹，刻成《餐霞阁法帖》五卷。

是年　山东邹县出土汉《莱子侯刻石》。

是年　恽敬卒，年六十一。有《大云山房文稿》。

1818年(嘉庆二十三年)

十月下旬　冯镇峦应宗弟之请评点《聊斋志异》，包括《读聊斋杂说》、总评、夹评三部分,以抄本形式传于乡里。 至光绪间始刊行。

是年 李汝珍刊行《镜花缘》,书中第 1 回、第 48 回、第 100 回等多有小说批评的内容。 许乔林、洪棣元分别作《镜花缘序》。

是年 吴衡照《莲子居词话》成书,许宗彦、屠倬作序。

是年 钱泳摹刻历代名人书迹,成《吴兴帖》六卷及《述德堂帖》八卷。 又摹刻自书临古,成《攀雲阁帖》四集十六卷。

是年 巴光诰辑历代名人书迹、钱泳摹刻成《朴园藏帖》六卷。

是年 卓秉恬摹刻永瑆书迹,成《快霁楼法书》四卷及《话雨楼法书》八卷。

是年 包世臣在扬州撰成《述书》下篇。

1819 年(嘉庆二十四年)

六月 焦循《花部农谭》成书。

是年 朱彝尊撰《静志居诗话》成书。

是年 林联桂作《见星庐馆阁诗话》。

是年 黄旖绰撰《梨园原》成书。

是年 华秋苹编辑《南北二派秘本琵琶谱真传》。

是年 包世臣撰成《历下笔谭》一篇。

1820 年(嘉庆二十五年)

六月 潘德舆为《桐牕小语》作序,谈到了对时文的看法。

是年 刘开作《与阮芸台宫保论文书》。

是年 于学训编纂《文法合刻》,有刊本。

是年 龚自珍为内阁中书,撰《东南罢番舶议》、《西域置行省议》。

是年 斌良辑历代名人书、钱泳摹刻,成《抱冲斋石刻》十三卷。

是年 马锦选辑明清人书、冯瑜摹刻,成《明人尺牍》四卷及《国朝尺牍》四卷。

是年 邓石如之子邓传密随李兆洛游粤,以邓石如刻印四方赠李,李为作《邓完白石如刻印诗》。

1821 年（道光元年）

  是年 诸联刊《红楼评梦》。

  是年 侯芝改订长篇弹词《再生缘》，本年刊行于世。

  是年 戈载《词林正韵》刊行，顾广圻作序。

  是年 杨玉骐辑清人书、汪耀南摹刻成《瓣香楼近刻》四卷。

  是年 金芝原辑历代名人书、方云和摹刻成《蔬香馆法书》五卷。

  是年 陕西郿县出土西周大盂鼎，鼎内铸有铭文 291 字。

1822 年（道光二年）

  是年 《吴中七家词》刊行，顾广圻为之作序。

  是年 钱曰祥摹刻钱泳书迹，成《述德堂枕中帖》。

  是年 李遇孙撰成《金石学录》。

1823 年（道光三年）

  是年 会稽人杜春生于跳山访得汉摩崖《大吉买山地记》。

1824 年（道光四年）

  正月 包世臣撰成《国朝书品》。

  是年 段雪亭刊刻蒲松龄《聊斋志异》。并于八月作《聊斋志异序》；此外，友人陈廷机于闰七月上旬作《聊斋志异序》，刘瀛珍、胡泉分别作《聊斋志异序》。

  是年 陈其泰开始批评《红楼梦》，至道光二十二年（1842）完稿。

  是年 有侠义小说《施公案》刊本行世，为今见最早刊本。

  是年 鲍漱芳辑历代名人书、党锡龄摹刻成《安素轩石刻》十七卷。

  是年 吴公谨辑历代名人书迹，刻成《养雲山馆法帖》四卷。

  是年 李遇孙刊行《金石学录》。

1825 年(道光五年)

正月　吕湛恩作《聊斋志异序》。

春　何绍基于济南购得北魏《张玄墓志》孤本。

是年　陈森始撰《品花宝鉴》十五卷。

是年　蒋敦复《芬陀利室词话》刊行。

是年　洪瞻墉辑明清人书、梁琨摹刻成《倦舫法帖》八卷。

是年　胡钦三摹刻姜宸英书迹，成《老易斋法书》四卷。

1826 年(道光六年)

是年　俞万春草创《荡寇志》(又名《结水浒传》)，凡三易其稿，至道光二十七年(1847)写成。

是年　魏源在江苏布政使贺长龄幕编成《皇朝经世文编》一百二十卷，次年刊行。

是年　吴修辑清人书、冯瑜等摹刻成《昭代名人尺牍》二十四卷。

是年　陈遵辑恽寿平书、陈贯霄摹刻成《味古斋恽帖》二卷。

1827 年(道光七年)

冬　何绍基自跋郭尚先所赠吴《天发神谶碑》拓本。

是年　改南府为昇平署，命民籍学生退回原籍，宫廷演戏全由太监承差。

是年　陈烺作《花月痕》传奇。

是年　戴公望辑恽寿平书，刻成《宝恽室帖》四卷。

是年　冯登府撰成《金石综例》。

1828 年(道光八年)

是年　张井辑苏轼书、钱泳摹刻成《澄鉴堂石刻》四卷。

是年　钱泳摹刻自书临古成《学古有获之斋帖》四卷。

是年　李兆洛辑邓石如书迹，刻成《完白山人篆书帖》六卷。

是年　程士元辑傅山书、张有忠摹刻，成《集雅园帖》二卷。

大事记　1575

1829 年(道光九年)

是年　阮元主编《皇清经解》一千四百卷刻成,收乾嘉前清人经学著述共一百七十三种,对研究中国古代社会历史、语言文字及清代经学,均极有价值。

是年　孙崧甫评点《红楼梦》。

1830 年(道光十年)

是年　周乐清作《宴金台》杂剧。为《补天石传奇》八种杂剧之一,其他七种为《定中原》《河梁归》《琵琶语》《纫兰佩》《碎金牌》《纫如鼓》《波弋香》。并作《自序》《凡例》《题词》。

是年　梁廷枏作《江梅梦》《昙花梦》《断缘梦》杂剧三种,并与所作《圆香梦》合称"小四梦"。

是年　董毅《续词选》刊行,张琦作序。

是年　那彦成辑历代名人书、周玉堂摹刻成《莲池书院法帖》六卷。

是年　叶梦龙辑清人书、陈和兆摹刻成《风满楼集帖》六卷。

是年　吴荣光辑历代名人书迹,刻成《筠清馆法帖》六卷。

是年　冯登府任宁波府学教授。

1831 年(道光十一年)

十二月　湖南永州瑶族农民因不堪官绅胥役盘剥欺虐,在赵金龙率领下举行起义,后被镇压。

是年　吴德旋撰成《初月楼论书随笔》。

是年　吴荣光擢湖南巡抚。

是年　管同卒,年五十二。有《因寄轩文集》。

1832 年(道光十二年)

二月十二日　王希廉《新评绣像红楼梦全传》由双清仙馆刊行,成为现存最早的刊本。实际上其评早出。

二月　何绍基随父何凌汉按试宁波,登范氏"天一阁",获观所藏碑帖拓本。

十一月　何绍基至焦山，冒雪手拓《瘗鹤铭》残字。

是年　周济选编《宋四家词选》成，并作《宋四家词选目录序论》

是年　吴衡照《莲子居词话》刊行。

是年　戴熙成进士。

1833年(道光十三年)

春　何绍基寓杭州，与僧达受相过从，品评金石书画。

是年　蒋文勋《二香琴谱》成书。二香，乃取他的两位琴师韩古香、戴雪香，均带一香字。是书前六卷为《琴学粹言》、《琴律管见》等理论文字，后四卷为琴谱。

是年　马星恒于山东鱼台访得汉《文叔阳食堂记》。

1834年(道光十四年)

二月庚申　谕准御史俞焜奏，禁毁传奇演义板书。

十月　何绍基在苏州拜访林则徐，讨论书法。

是年　李兆洛辑历代名人书、孔宪三摹刻成《辨志书塾帖》四卷、续刻一卷、补遗一卷。

是年　董恒辑历代名人书、方雲裳摹刻成《采真馆帖》四卷、续刻两卷。

是年　李遇孙刊行自撰《括苍金石志》。

是年　吴式芬成进士。

1835年(道光十五年)

八月　何绍基获观吴荣光所藏金石书画四百余件，并为题跋若干。

是年　陈钟麟作《红楼梦》传奇。

是年　陈森《品花宝鉴》完稿，共六十回。道光二十九年（1849）刊行。

是年　叶元封辑明清人书、朱安山摹刻成《湖海阁藏帖》八卷。

是年　王养度摹刻历代名人书迹，成《春草堂法帖》四卷。

是年　王寿康辑刘墉书、金兰堂摹刻成《曙海楼帖》四卷。

是年　王望霖辑明清人书迹摹刻，成《天香楼续刻》二卷。

是年　萨湘舲于新疆访得汉《沙南侯获残石》。

1836 年(道光十六年)

春　何绍基跋安岐所刻孙过庭《书谱》拓本。是年，何绍基成进士。

是年　潘德舆《养一斋诗话》刊行。

是年　潘德舆《养一斋词》刊行，自序。

是年　梁九章摹刻历代名人书迹，成《寒香馆藏真帖》六卷。冯登府编成《浙江砖录》，阮元为作序。

1837 年(道光十七年)

九月初二日　何彤文作《注聊斋志异序》。

九月初三日　舒其锳作《注聊斋志异跋》二则。

九月　何绍基作行书《为陈颂南临颜真卿争座位帖》册。

十二月　何绍基在北京跋欧阳通《道因法师碑》旧拓本。

是年　戈载选编《宋七家词选》刊行。

是年　阮元为慎甫四弟作行草横幅。

是年　万石君辑历代名人书、方文煦摹刻成《贮香馆小楷》六卷。

是年　翟云升编成《隶篇》并刊行。

1838 年(道光十八年)

五月　何绍基授翰林院编修。

是年　余治《得一录》载，江苏按察使裕谦曾查禁所谓淫书、淫画，公布的百余种书目中，有李渔小说《十二楼》。

是年　云罗山人批点《红楼梦》。

是年　林则徐为钦差大臣赴广东查禁鸦片。

是年　曾国藩中进士。

是年　廖甡摹刻苏轼书迹，成《观海堂苏帖》一卷。

是年　蔡载福辑清人书、胡裕摹刻成《荔香室石刻》二卷。

是年　刘喜海《清爱堂家藏钟鼎彝器款识》刻成。

1839年（道光十九年）

八月　何绍基典试福建。

秋　何绍基在福州跋黄道周《榕坛问业》手稿册。

冬　何绍基访谒李兆洛于龙城书院。

是年　周济卒，年五十九。著有《味隽斋词》《词辨》《介存斋论词杂著》《晋略》，选有《宋四家词选》。

是年　龚自珍因忤其长官，辞官南归。作《病梅馆记》《己亥杂诗》。

是年　吴荣光辑历代名人书、郭子尧摹刻成《岳麓书院法帖》一卷。

是年　曹秋芳刻成《怀米山房吉金图》二卷。

是年　山东掖县出土晋《郛休碑》。

是年　包世臣任江西新喻知县。

1840年（道光二十年）

是年　英国发动鸦片战争。

是年　龚自珍辑《庚子雅词》一卷。

是年　魏源有《寰海十章》（其中个别篇目作于1841年）。

是年　吴荣光撰成并刊行《筠清馆金石文字》。

是年　吴式芬辑成《双虞壶斋印存》。

是年　顾湘辑成《篆学琐著》十二册，收录历代篆书篆刻论著三十种。

后 记

在北京师范大学文艺学研究中心的支持下,"中国古代文学艺术思想通史(清代卷)"获立为2012年度教育部人文社会科学重点研究基地重大项目(项目批准号:12JJD750002)。立项伊始,为了更好地完成这一科研任务,我们正式组建了由来自国内多所高校和科研院所的八位学者组成的项目组,集体进行学术攻关。项目组成立之后,我们先后在北京等地召开了多次研讨会,大家在一起反复研究商讨,集思广益,在原先申报论证书的基础上,进一步调整和优化研究方案,确定了研究重心、篇章目录、撰写体例以及具体分工等事宜。数年来,团队成员克服各种困难,沉潜于课题研究之中,并且齐心协力,相互切磋不断,于2016年完成了研究成果的初稿。

本项目是时任北京师范大学文艺学研究中心主任李春青教授主持的分年度立项的学术工程"中国古代文学艺术思想通史"系列项目之一,该项目之论证、申报是受李春青教授当时之委托而进行的。该大型学术工程经过精心论证和筹划,并且基本完成全部撰写工作之后,又成功申报了2019年度国家出版基金资助项目,具体出版事宜由北京师范大学出版社(集团)有限公司负责。出版社诸君及时召开了书稿讨论会,统一编写体例,提出了修改意见。为了进一步统一写作体例和提升全书的学术质量,本项目组全体成员又齐聚西安召开修改统稿会,就书稿中存在的问题与不足进行了梳理,统一思想与认识,列出了具体的修改要求和注意事项。会后,团队成员就分头投入到初稿的修订工作中,焚膏继晷,精益求精,经过大半年的努力,终于修改完,形成现在这本约120万字的书稿。书稿校样出来之后,项目组成员又把各自所撰部分校对、核定两编,党圣元和李正学通读通校一遍,以尽可能减少错讹。

本项目组的成员构成：项目主持人党圣元（中国社会科学院大学文学院教授、陕西师范大学人文社会科学高等研究院特聘教授），成员有李正学（洛阳师范学院教授）、方盛良（安徽大学文学院教授）、梁结玲（闽南师范大学文学院教授）、陈志扬（华南师范大学文学院教授）、李继凯（陕西师范大学文学院教授）、郭伟（河南大学文学院副教授）、薛显超（宁波大学文学院副教授）、孙晓涛（郑州大学书法学院副教授）。具体分工情况如下：党圣元拟定全书框架、撰写提纲、写作体例与具体要求，并且撰写全书绪论；方盛良撰写散文思想部分，梁结玲撰写诗学思想部分，李正学撰写小说、戏曲、音乐思想部分，陈志扬撰写骈文、八股文思想部分，薛显超撰写词学、园林思想以及其他门类的艺术思想部分，郭伟撰写画学思想部分，李继凯、孙晓涛撰写书学、印学思想部分。全书由党圣元、李正学主编。

从项目开始以来的整个研究和撰写过程，直至最后的修改定稿，竟有将近八年之久，这是一个较为漫长的过程，同时也是项目组成员相互磨合、相互切磋、相互启发而共同探讨交流的过程。这也是一个缘分，项目把大家聚拢在一起，开启了一段难忘的学术旅程，在行进的过程中，大家结下了深厚的友谊，从而给彼此的人生留下一段美好的回忆。当然，从项目开始启动直到这次在排版校样上修订、核校的全部过程中，项目组成员深知自己学术视野的囿限，对形态多样、结构复杂、体系庞大的"文艺思想史"及其书写方式之驾驭能力有所欠缺，尤其是对"文学艺术思想"这个范畴之内涵与外延，其内部元素、相互关系、结构特点等问题，在掌握要点、谋篇布局、阐释书写等环节产生了很多困惑，同时在如何将"文化诗学"这一作为学术理念和方法论的理论工具贯彻落实到整个研究工程中的文献梳理、义理思考和书写中的分析阐述方面，也往往是心有所期而力有所不逮。因此，书中肯定存在不少差强人意之处，甚至是疏漏遗挂之处，难以一一周全，故而恳请学界同仁不吝赐教，以便项目组成员在今后开展的中国传统文艺思想史的研究中进一步提升自己。

最后，还要深深地感谢北京师范大学出版社，尤其是责任编辑王亮、王宁对该著出版所付出的辛劳。同时，对于在该项目研究和书稿写作过程中，给予过我们指点与帮助的各位学界同仁，我们借鉴参考过研究成果的一些前辈时贤们，以及在资料查找复印和会议活动中提供了帮助者，在此，一并致以真诚的谢意！

党圣元　2021 年 7 月 10 日

图书在版编目(CIP)数据

清代文艺思想史/党圣元，李正学主编. —北京：北京师范大学出版社，2022.4（2023.6重印）
ISBN 978-7-303-27015-6

Ⅰ.①清… Ⅱ.①党…②李… Ⅲ.①文艺思想史－中国－清代 Ⅳ.①I209.49

中国版本图书馆CIP数据核字（2021）第110943号

清代文艺思想史
QINGDAI WENYI SIXIANGSHI

党圣元 李正学 主编

策划编辑：禹明超	责任编辑：王 亮
美术编辑：王齐云	装帧设计：王齐云
责任校对：陈 民	责任印制：赵 龙

出版发行：北京师范大学出版社	开本：730mm×980mm 1/16	版次：2022年4月第1版
印刷： 北京盛通印刷股份有限公司	印张：99.75	印次：2023年6月第2次印刷
经销： 全国新华书店	字数：1480千字	定价：398.00元（全三册）

北京师范大学出版社　　　版权所有·侵权必究

http://www.bnup.com　　　反盗版、侵权举报电话：010-58800697
北京市西城区新街口外大街12-3号　　北京读者服务部电话：010-58808104
邮政编码：100088　　　外埠邮购电话：010-58808083
营销中心电话：010-58805602　　本书如有印装质量问题，请与印制管理部联系调换。
主题出版与重大项目策划部：010-58805385　　印制管理部电话：010-58808284